Gusto

DEUTSCHLAND

2021 | 2022

Gusto

DEUTSCHLAND

2021 | 2022

Der kulinarische
Reisefuhrer

Inhalt

Vorwort ... 06

Wer wir sind, wie wir arbeiten und was wir unter guter Restaurantkritik verstehen ... 08

Wie wird getestet und wer sind die Tester? Die Gusto-Pfannen ... 09

Die genaue Bedeutung der Kategorien ... 10

Die Hoteleinträge ... 12

Koch des Jahres 2021 ... 15

Aufsteiger des Jahres 2021 ... 16

Newkomer des Jahres 2021 ... 17

Sommelière des Jahres 2021 ... 18

Gastgeber des Jahres 2021 ... 19

Neueröffnung des Jahres 2021 ... 20

Top 10 Individuellste Handschrift ... 22

Top 10 Moderne und traditionelle Klassik ... 24

Top 10 „State of the Art“: Präzision, Perfektion und Design ... 26

Top 10 Die spannendsten Neuzugänge ... 28

Top 10 Soulfood ... 30

Top 10 Alkoholfreie Getränkebegleitung ... 32

Top 10 Goutmet-Lunch ... 34

Top 10 Nachhaltigkeit ... 36

Top 10 Preis-Genuss-Verhältnis ... 38

Top 10 Fine Dining mit Aussicht ... 40

Top 10 Vegetarische Spitzenküche ... 42

Top 10 Der besondere Ort ... 44

Ranking von 10 bis 6 ... 46

Von Aachen bis Zwingenberg ... 53

Berlin ... 145

Hamburg ... 383

Köln ... 506

München ... 590

Stuttgart ... 830

Deutschlandkarten ... 946

Register der Hotels ... 954

Register der Personen ... 956

Register der Restaurants ... 961

Impressum ... 972

Liebe Leserin, lieber Leser

Eingedeckte Tische, an denen Leute sitzen, Weinflaschenkühler, ein Regal mit zahlreichen Digestiv-Flaschen, dazwischen ausgesprochen freundliche Menschen, die sich zuvorkommend um das Wohlergehen der Leute an den Tischen bemühen. Auch an meinen Tisch kamen sie, haben eine Speisekarte vorbeigebracht und nach einem Aperitifwunsch gefragt. Ich konnte es kaum glauben, aber es bestand kein Zweifel: Ich saß an jenem Frühsommerabend Ende Mai 2021 tatsächlich wieder in einem geöffneten Restaurant. Nach sieben langen und zähen Monaten!

Den Gastgeberinnen, die schon wenig später damit anfingen, angerichtete Teller an die Tische zu bringen, ging es in den ersten Tagen nach Ende des endlos ausgedehnten „Lockdown light" mit Sicherheit ähnlich wie mir: unfassbar, endlich wieder Gäste! Ganz zu schweigen von den Glücksgefühlen der vielen ambitionierten Köche des Landes, die nun nicht mehr mit Take-away-Behältnissen hantieren mussten, sondern wieder „schön kochen", also auf echten Tellern anrichten durften.

Der erste Lockdown von Mitte März bis Mitte Mai 2020 war für alle Betroffenen eine vollkommen neue Erfahrung, irritierend, beängstigend. Und er führte die Gastronomie, die Hotellerie und die ihr angeschlossenen Gewerke binnen weniger Tage beruflich und existenziell ins Ungewisse. Doch die Monate danach waren fast überall sehr heiter und beinahe von einer euphorischen Aufbruchstimmung geprägt. Dann kam – nicht ganz unerwartet, aber trotzdem überraschend schnell – Lockdown Nr. 2, wurde lang und länger und war schließlich nur noch frustrierend und zermürbend. Immerhin flossen in sehr vielen Fällen nach langem Verzug doch noch die versprochenen staatlichen Hilfen, man konnte hoffen und sich immer wieder an der Erinnerung an jene positive Stimmung hochziehen, die im Re-Start-Sommer 2020 allerorts herrschte. Man war sich irgendwie sicher, dass es irgendwann wieder so gut und wahrscheinlich sogar noch viel besser werden würde.

Trotzdem wurde auch viel schwarzgemalt und sogar das bevorstehende Ende der Spitzengastronomie heraufbeschworen. Wir glaubten immer daran, dass ein Großteil der Branche diese Krise überstehen und gestärkt aus ihr hervorgehen würde. Das hatte sich schon im Sommer 2020 angedeutet, denn die hohe Nachfrage auf Gästeseite, eine neue Dankbarkeit und Verbundenheit gegenüber „ihren" Restaurants, nicht zuletzt aber auch eine hierzulande vielleicht noch nie dagewesene Bereitschaft, mehr Geld in Genuss zu investieren, haben Köche und Gastronomen über Monate zu Höchstleistungen beflügelt.

Ende Mai 2021 war es dann endlich so weit: Wir durften alle wieder loslegen, und ein Großteil der Restaurants kam tatsächlich auch recht schnell zurück. So war es dann unsere erste Aufgabe, genau da weiterzumachen, wo wir Ende Oktober des Vorjahres unvermittelt aufhören mussten. Es galt, für die noch ausstehende Buchausgabe in kurzer Zeit möglichst noch alle Restaurants zu besuchen, zu denen wir es auf der Zielgeraden der Testsaison wegen des erneuten Lockdowns nicht mehr geschafft hatten oder die teils noch gar nicht wieder geöffnet waren. In allen Fällen ist es uns nicht gelungen, denn manche Lokale öffneten erst kurz vor Redaktionsschluss wieder oder hatten zu diesem Zeitpunkt überhaupt noch keinen Termin für die Wiedereröffnung. Bei einem Großteil hat es aber geklappt! Den einst für Januar 2021 angedachten Erscheinungstermin hatten wir zugunsten der Vollständigkeit und einer kompromisslos sorgfältigen Recherche auf Anfang September verschoben. Ohnehin ein besserer Zeitpunkt, um einen neuen Guide auf den Markt zu bringen.

Und nun halten Sie, liebe Leserinnen und Leser, mit etwa acht Monaten Verspätung, tatsächlich die neueste gedruckte Ausgabe unseres Gourmetführers in Händen – erstmals unter dem Label des ZS-Verlags! Sie hätte ursprünglich Gusto Deutschland 2021 heißen sollen, aufgrund des neuen Erscheinungszeitraums heißt sie jetzt Gusto Deutschland 2021/2022. Warum? Weil sie in der ersten

Jahreshälfte 2022 auch noch gültig sein wird: Der neue Gusto in Buchform erscheint nämlich fortan immer Anfang September!

Der Recherchezeitraum dieser Ausgabe war durch die langen Zwangspausen naturgemäß deutlich länger als normal. Die ersten Restaurants haben wir bereits im Januar 2020 besucht, die letzten dann in den wenigen Wochen zwischen Ende des zweiten Lockdowns und dem endgültigen Redaktionsschluss am 19. Juli 2021. Am Nutzwert des knapp 1000 Seiten starken Werkes ändert das natürlich nichts. Und der ist – abgesehen vom redaktionellen Inhalt – auch wegen des neuen, ansprechenderen Layouts, der besseren Lesbarkeit oder der umfangreichen Kartografie ungleich höher, als es die Ausgaben in der Vergangenheit waren. Ganz neu sind unsere Top-10-Listen für unterschiedliche Kategorien, etwa die zehn Restaurants mit dem nach unserem Gusto originellsten Interieur, die zehn Köche mit dem eigenständigsten Küchenstil oder einem besonders auf Nachhaltigkeit bedachten Konzept. Einige dieser Hitlisten sind bewusst subjektiv gehalten, denn hier sollten unbedingt auch persönliche Tipps und Lieblingsorte der Redakion einfließen.

Wer im zurückliegenden Jahr in den Öffnungsphasen nach besonderen neuen Trends in der Spitzengastronomie fahnden wollte, wird abgesehen von der kollektiven Besinnung zu mehr Nachhaltigkeit nicht wirklich fündig geworden sein. Was auch kein Wunder ist, denn selbst die kreativsten und erfolgreichsten Protagonisten unter den Köchen waren in erster Linie damit beschäftigt, den Laden unter Pandemie-Bedingungen irgendwie am Laufen zu halten. Für Innovationen hatte kaum jemand einen freien Kopf. Es ging ums berufliche Überleben. Und der sonst immer so inspirierende Blick über die Landesgrenzen half diesmal auch nichts, denn die für gewöhnlich zuverlässig neue Trends setzenden Kolleginnen und Kollegen in den Ländern mit international größerer kulinarischer Bedeutung hatten zumeist dieselben Probleme. Da fällt dann wieder auf, dass die eigene kulinarische Identität innerhalb Deutschlands Restaurantszene leider nach wie vor die größte Baustelle ist. Hieran lohnt es unbedingt weiterzuarbeiten, sobald die Lage wieder Innovationen zulässt.

Vielerorts gab es in den Küchen aber auch ein paar Hände weniger als sonst. Die ohnehin schon schwierige Personalsituation in der Gastronomiebranche hat sich durch die Krise noch mal dramatisch verschärft. Entsprechend rücksichtsvoll sind wir in dieser sehr speziellen Testsaison 2020/2021 auch bei den Bewertungen vorgegangen: Von Abwertungen aufgrund qualitativer oder handwerklicher Schwankungen, geschweige denn wegen fehlender Innovation, haben wir ausnahmsweise abgesehen. Die gab es in diesem Jahr tatsächlich nur dann, wenn beispielsweise wegen Konzeptanpassung ein gänzlich anderes Niveau umgesetzt wurde – und natürlich auch bei Küchenchefwechsel. Erfreulicherweise hätte es aber ohnehin nicht massenhaft Gründe gegeben, die Bewertungen nach unten zu korrigieren.

Zu Aufwertungen gab es indes auch diesmal nicht selten Anlass. Wir waren generell erstaunt, wie viele Restaurants sich in der Krise konstant halten oder sogar steigern konnten. Die Kurve des hierzulande bereits in den vergangenen zehn Jahren kontinuierlich gestiegenen Gesamtniveaus in den Küchen der ambitionierten Restaurants sowie der stete Neuzuwachs solcher Adressen hat auch während der Pandemie keine Delle bekommen. Und so können wir in dieser Ausgabe schlussendlich auch wieder hochverdiente Sonderauszeichnungen bekannt geben, allen voran die für den Koch des Jahres: Herzlichen Glückwunsch an Detlef Schlegel vom Restaurant Stadtpfeiffer in Leipzig und natürlich an alle anderen Preisträger!

Mit kulinarischen Grüßen

Markus Oberhäußer

Markus Oberhäußer, Redaktionsleiter

Wer wir sind, wie wir arbeiten und was wir unter guter Restaurantkritik verstehen

Anfang der Nullerjahre als regionaler Restaurantführer in Bayern gegründet, hat sich Gusto binnen kurzer Zeit in der gesamtdeutschen Restaurant- und Feinschmeckerszene einen sehr guten Namen gemacht und ist zum bundesweit viel beachteten Gourmetführer avanciert. Dabei hat der jüngste unter den einschlägigen Guides schnell einige der sogenannten etablierten, alteingesessenen Größen dieses Genres hinter sich gelassen, denn er brachte seinerzeit viel frischen Wind in das seit Jahrzehnten recht statisch von einer Hand voll Publikationen beherrschte Feld der Gourmetkritik – nicht zuletzt durch offene Worte und Transparenz. So war Gusto seinerzeit auch der erste Guide, der seine Bewertungskriterien für die einzelnen Auszeichnungsstufen klar definiert und offengelegt hat.

Von Anfang an stand bei Gusto fachlich versierte, nachvollziehbare, möglichst objektive Restaurantkritik im Mittelpunkt. Basis hierfür sind regelmäßige, unangemeldete Testbesuche, die zugleich den größten Kostenfaktor darstellen. Es liegt auf der Hand, dass sich ein seriös recherchierter, repräsentativer Restaurantführer aufgrund der hohen Testkosten nicht allein durch den Buchhandelsabsatz und ein wenig Anzeigenwerbung finanzieren lässt. Daher generieren mittlerweile ausnahmslos alle Guides auf dem deutschen Markt zusätzliche Einnahmen entweder durch Anzeigenwerbung von den Restaurants, kostenpflichtige Fotos, Internet-Premiumeinträge oder sonstige Promotion-Pakete. Ein legitimes Prozedere, sofern die damit erzielten Umsätze tatsächlich in Restauranttests investiert werden und die redaktionelle Unabhängigkeit nicht darunter leidet. Leider scheint beides nicht immer der Fall zu sein.

Deshalb hat sich Gusto seinerzeit im Austausch mit führenden Gastronomen dazu entschlossen, im Vorfeld eine Art freiwillige „Anmeldegebühr" oder „Kostenpauschale“ (aktuell in Höhe von netto 329 Euro) zu erheben, die allen Restaurants, die sich offiziell für die jeweils neue Testsaison anmelden, nicht nur einen anonymen Testbesuch garantiert, sondern auch eine deutlich umfangreichere Darstellung in der Buchausgabe, im GUSTO Online-Guide und in der GUSTO-App mit ausführlichem Text und Fotos. Aber natürlich nur den Restaurants, die nach Gusto-Kriterien tatsächlich auch zur Aufnahme in den Guide infrage kommen. Und um noch mehr Transparenz zu schaffen, können sich die teilnehmenden Restaurants nach Veröffentlichung der Jahresausgabe die entsprechende Kopie des Rechnungsbelegs per Mail zukommen lassen: der unumstößliche Beweis, dass tatsächlich getestet wurde. Das einzig akzeptable Zeugnis sauberer Recherche, welches in dieser Form derzeit kein anderer Restaurantführer in Deutschland bietet.

Dass vonseiten der Gastronomen mit dem Entrichten der Anmeldegebühr auf Text und Bewertung keinerlei Einfluss genommen werden kann, ist ebenso selbstverständlich wie die Tatsache, dass dem Anspruch auf eine sorgfältige und fachgerechte Herangehensweise durch die Gusto-Tester Rechnung getragen wird. Natürlich werden bei Gusto zugunsten der Vollständigkeit auch Häuser getestet, bewertet und in den Guide aufgenommen, die sich nicht an diesem Prozedere beteiligen möchten. Diese werden ebenso objektiv und unvoreingenommen geprüft, können allerdings nur in Form eines Grundeintrags mit Kurztext und ohne Foto dargestellt werden.

Wie wird getestet und wer sind die Tester?

Die im GUSTO-Führer empfohlenen Restaurants und Landgasthäuser werden von den erfahrenen Testern anonym, ohne vorherige Absprache als ganz normal reservierende und zahlende Gäste besucht. Unsere testenden Mitarbeiter haben allesamt ein fundiertes fachliches Hintergrundwissen und viel Erfahrung mit der Top-Gastronomie im In- und Ausland gesammelt. Manche haben eine gastronomische Ausbildung und haben selbst schon als Koch oder Servicemitarbeiter in guten Häusern gearbeitet, manche sind einfach nur gastroverrückte Quereinsteiger, professionelle Hobbyköche, Weinexperten, Journalisten mit Schwerpunkt Reise und Genuss. Ein Teil des Teams arbeitet Vollzeit und fest angestellt für den Guide, der andere Teil besteht aus freien Mitarbeitern, die aber nicht hauptberuflich in der Gastronomie tätig sein oder geschäftlich mit der Gastronomie verbunden sein dürfen. Alle Tester eint die teils jahrzehntelange Begeisterung für ambitionierte Gastronomie und Kulinarik und die Passion, möglichst objektiv, detailliert und fundiert darüber zu berichten.
Unsere genauen Kriterien beim Bewerten der Restaurants und beim Einstufen der Küchenleistung:
Hier gibt es zwei Kategorien, die getrennt voneinander stehen: zum einen die Küchenleistung und zum anderen die gesamte Ausstattung, das Ambiente, die Servicequalität oder das Wein- und Getränkeangebot des Restaurants. Eine gehobene, auszeichnungswürdige Küchenleistung wird mit unserem Pfannensymbol und Punkteskala von 5 bis 10 Pfannen ausgezeichnet und eingestuft – für alle anderen Kriterien stehen die Bestecksymbole von 1 bis 5, was sinnbildlich vom einfachen Landgasthof bis zum Luxusrestaurant steht.

Die Gusto-Pfannen

Mit den Gusto-Pfannen wird ausschließlich die Küchenleistung des jeweiligen Restaurants bewertet. Die mit Pfannen ausgezeichneten Betriebe bieten eine in ihrer Kategorie besonders erwähnenswerte Küche. Die imaginäre Bewertungsskala von eins bis zehn Pfannen wird von uns ganz bewusst erst ab fünf Pfannen genutzt, denn hier liegt nach unserer Auffassung die Schwelle von einfacher, ordentlicher und solider Küche zu überdurchschnittlicher Küche, also zu einer in ihrer jeweiligen Kategorie beachtenswerten Küchenleistung. Das „Pfannen-Niveau" soll Auszeichnung und zugleich Ansporn sein – die ausgezeichneten Restaurants sollen sich durch dieses Symbol und eine Bewertung von den anderen Adressen abheben. Zum anderen halten wir es für müßig und eigentlich auch überflüssig, die Küchenleistung im Bereich unter dem 5-Pfannen-Niveau ebenfalls zu differenzieren.
In jedem Fall gilt jedoch: Auch in einem ohne Pfannen aufgeführten Haus lässt sich gut speisen. Je nach Anlass, Erwartungshaltung und unter Berücksichtigung des jeweiligen Preisniveaus sind also auch die nicht mit Pfannen ausgezeichneten Häuser empfehlenswert.
Harmonie der Speisen steht für uns grundsätzlich vor Kreativität, sorgfältige Zubereitung und gute Produkte vor optischer Finesse. Im besten Fall ergeben jedoch all diese Kriterien ein harmonisches Ganzes.

Die genaue Bedeutung der Kategorien

10 10↑

Zehn Gusto-Pfannen

- Perfektion in allen Bereichen, keine Qualitätsschwankungen
- Klarheit und Intensität der Kreationen trenn- und tiefenscharf bis aufs Letzte ausgereizt
- eigener, unverwechselbarer Stil
- entweder virtuose Kreativität, gepaart mit höchstem handwerklich-technischem Niveau, oder eine bis ins letzte Detail perfektionistisch dargebotene, höchst aufwendige klassische Küche in zeitgemäßer Ausführung
- entweder wirken Aromentiefe, Komplexität, Spannung und Ausgewogenheit auf den Tellern eindrucksvoll zusammen, oder man hat es mit ausgefeilt puristischen Kreationen zu tun, bei denen man im Grunde nichts mehr weglassen kann, aber auch absolut nichts hinzufügen möchte
- es kommen hier, im nationalen Vergleich, ausschließlich die allerbesten Produkte zum Einsatz, deren Charakter dann auf den Tellern optimal zur Geltung kommt.

9 9↑

Neun Gusto-Pfannen

- Konstant herausragende Küchenleistung
- erstklassige, sehr harmonische Kreationen
- nur beste, erlesene Produkte, herausragend in Frische und Eigengeschmack
- handwerklich und technisch perfekte Umsetzung
- natürlich intensive (Eigengeschmack, nicht Würze!), klar und trennscharf herausgestellte Aromen in allen Komponenten
- extrem feinfühlig und pointiert abgestimmt
- komplexe, nach klassischen Gesichtspunkten harmonische (balancierte) und ausdifferenzierte Geschmacksbilder oder auch genial umgesetzter Purismus
- eigener Stil erkennbar
- Kochkunst auf Top-Niveau, die sich zur höchstbewerteten Spitze nur durch minimale Schwankungen, nicht immer ganz schlüssige Kompositionen oder auch etwas weniger Originalität auszeichnet.

8 8↑

Acht Gusto-Pfannen

- Handwerklich und geschmacklich hervorragende, oft auch sehr kreative Kochkunst
- konstant ausgezeichnete Produkte ohne größere Qualitätsschwankungen
- handwerklich-technisch tadellose, präzise Umsetzung
- natürlich intensive (Eigengeschmack, nicht Würze!), klare, fein abgestimmte Aromen
- es wird entweder ein hoher Grad an Kreativität geboten, und das Kulinarium überrascht mit viel Esprit und unkonventionellen Ideen (auch bei der Präsentation), oder eine mit Feingespür interpretierte klassische Küche, die durch starke Substanz und Ausdruckskraft beeindruckt.

7 7↑

Sieben Gusto-Pfannen

- Handwerklich und geschmacklich hervorragende, oft auch kreative Küche
- sehr weit über dem Durchschnitt
- sehr gute, seltene oder edle Produkte
- kaum Qualitätsschwankungen
- handwerklich exakte Umsetzung, akkurat gearbeitete Komponenten
- klarer, natürlicher und deutlicher Geschmack
- wenig Schwächen bei geschmacklicher Feinabstimmung
- gute, eigene Ideen, im besten Fall auch Überraschungsmomente
- detailgenaue Küche, die entweder mit kreativen Akzenten aufwartet oder klassische Rezepturen akkurat interpretiert
- es ist nicht alles Gebotene fehlerfrei, aber das Bemühen um Perfektion deutlich erkennbar.

6 6↑

Sechs Gusto-Pfannen

- Sehr gute, handwerklich sorgfältig zubereitete Küche aus überdurchschnittlichen Produkten
- wenig Qualitätsschwankungen, handwerklich exakt (Garzeiten, Saucen ...) und pointiert gewürzt
- harmonischer, gut austarierter Geschmack
- ein gewisses Maß an Komplexität
- eine leicht individuelle Note bei der Umsetzung (Stil, Kreativität ...)
- es wird klar auf überdurchschnittlichem Niveau gekocht – handwerkliche Unebenheiten sind hier selten
- die Proportionen sind meist stimmig arrangiert.

5 5↑

Fünf Gusto-Pfannen

- Überdurchschnittliche, frische Produkte
- handwerklich sorgfältige Zubereitung (saubere, geschmacklich natürliche Saucen etc.) und ein gewisses Mindestmaß an Feinabstimmung
- klarer, natürlicher Geschmack
- es wird auf sehr solidem Niveau gekocht – handwerkliche Unebenheiten können aber dennoch vorkommen.

Restaurant fast & slow

fast & SLOW

„Fastfood" in gut. Unabhängig und außer Konkurrenz von unseren Restaurantempfehlungen führen wir unter diesem Label ausgewählte Lokale oder Verkaufsstände auf, die Einfaches und Unkompliziertes in guter Qualität bieten.
Von authentischer Pizza über gute Burger aus frischen, ausgewählten Produkten, bis zu asiatischem Streetfood. Ohne Anspruch auf Vollständigkeit und lange Texte, einfach als nützliche Ergänzung zu den normalen Restaurants.

Restaurant ohne Auszeichnung

- Interessante Gasthäuser oder Restaurants, die sich vom Durchschnitt abheben
- Produkte über dem allgemeinen Gasthaus- und Bistrodurchschnitt
- frische, handwerkliche Zubereitung
- natürlicher, ausgewogener Geschmack
- angemessene Preise.

Restaurant Der Bonus-Pfeil

Die Küchenleistung in den zusätzlich mit einem Pfeil gekennzeichneten Restaurants hebt sich unserer Ansicht nach erkennbar von den anderen Restaurants der gleichen Bewertungsstufe ab.

Restaurant aktuell nicht bewertet

ohne Bewertung

Wenn ein Restaurant zum Beispiel wegen eines Küchenchefwechsels oder eines veränderten Konzepts noch nicht getestet werden konnte, führen wir es bis zum nächstmöglichen Testbesuch als Empfehlung „ohne Bewertung".

Die Besteck-Symbole

Die Kategorisierung der Restaurants mit den Besteck-Symbolen hat nichts mit der Küchenleistung zu tun, sondern bezieht sich auf Ambiente, Ausstattung (z. B. Weinangebot), Service und folglich meist auch auf die Preiskategorie des Hauses.

(5 Bestecke) luxuriöses Restaurant mit höchstem Komfort und formvollendetem Service, edler Ausstattung und einer Weinkarte, die höchsten Ansprüchen genügt

(4 Bestecke) elegantes Restaurant mit hohem Komfort und exzellentem Service, sehr gute Ausstattung, hervorragende Weinkarte

(3 Bestecke) gehobenes Restaurant mit gutem Komfort und versiertem Service, umfangreiche Weinkarte

(2 Bestecke) besser ausgestattetes Restaurant mit ordentlichem Service, ausgewählte Weine

(1 Besteck) schlichtes Restaurant, Gasthof oder Bar

Die Hoteleinträge

Da unsere Leserinnen und Leser auf ihren Genussreisen auch immer wieder auf der Suche nach einer adäquaten Übernachtungsmöglichkeit sind oder sogar ganz gezielt den besonderen, ausgedehnten Hotelaufenthalt avisieren, haben wir Gusto um entsprechende Hoteleinträge erweitert. Hier besteht kein Anspruch auf Vollständigkeit, denn der Eintrag ist für die Hotels kostenpflichtig. Die Hotels werden nicht von Gusto getestet und bewertet!

Da wir unsere fachliche und redaktionelle Kompetenz weiterhin ausschließlich den gastro-kulinarischen Bereichen widmen wollen und selbst keine Hotelinspektionen und -bewertungen anstreben, haben wir für diesen Bereich ganz bewusst eine Vereinbarung mit der Deutschen Hotelklassifizierung geschlossen. So nehmen wir für die Hotelsparte innerhalb der jeweiligen Städtekapitel nicht nur ausschließlich die vom DeHoGa inspizierten Häuser auf, sondern führen auch bei jedem eingetragenen Hotel die Deutschen Hotelsterne als Klassifizierungsmerkmal und Anhaltspunkt für unsere Leser.

★★★★★ S

Superior

Für die Spitzenbetriebe innerhalb der einzelnen Kategorien, die sich dadurch auszeichnen, dass sie ein besonders hohes Maß an Dienstleistung bieten, wurde der Begriff „Superior" eingeführt. Betriebe, die neben den Sternen diesen Zusatz führen dürfen, erreichen bei der Gesamtpunktzahl die erforderlichen Punkte der nächsthöheren Kategorie, können aber dort nicht eingestuft werden, da sie die Mindestkriterien der nächsthöheren Kategorie nicht erfüllen. Betriebe, die den Zusatz „Superior" auf der Urkunde führen und in der Werbung entsprechend herausstellen dürfen, haben also die für die jeweilige Kategorie notwendige Wertungspunktzahl deutlich überschritten.

★★★★★

Unterkunft für höchste Ansprüche

- 24 Stunden besetzte Rezeption, mehrsprachige Mitarbeiter
- Doorman- oder Wagenmeisterservice
- Concierge, Hotelpagen
- Empfangshalle mit Sitzgelegenheiten und Getränkeservice
- Personalisierte Begrüßung mit frischen Blumen oder Präsent auf dem Zimmer
- Minibar und 24 Stunden Speisen und Getränke im Roomservice
- Körperpflegeartikel in Einzelflakons
- Internet-PC auf dem Zimmer
- Safe im Zimmer
- Bügelservice (innerhalb einer Stunde), Schuhputzservice
- Abendlicher Turndownservice
- Mystery-Guesting

★★★★★

Unterkunft für hohe Ansprüche

- 18 Stunden besetzte separate Rezeption, 24 Stunden erreichbar
- Lobby mit Sitzgelegenheiten und Getränkeservice, Hotelbar
- Frühstücksbuffet oder Frühstückskarte mit Roomservice
- Minibar oder 24 Stunden Getränke im Roomservice
- Sessel/Couch mit Beistelltisch
- Bademantel, Hausschuhe auf Wunsch
- Kosmetikartikel (z. B. Duschhaube, Nagelfeile, Wattestäbchen), Kosmetikspiegel, großzügige Ablagefläche im Bad
- Internetzugang und Internetterminal
- À-la-carte-Restaurant

★★★★

Unterkunft für gehobene Ansprüche

- 14 Stunden besetzte separate Rezeption, 24 Stunden erreichbar, zweisprachige Mitarbeiter (deutsch/englisch)
- Sitzgruppe am Empfang, Gepäckservice
- Getränkeangebot auf dem Zimmer
- Internetzugang auf dem Zimmer oder im öffentlichen Bereich
- Heizmöglichkeit im Bad, Haartrockner, Papiergesichtstücher
- Ankleidespiegel, Kofferablage
- Nähzeug, Schuhputzutensilien, Waschen und Bügeln der Gästewäsche
- Zusatzkissen und -decke auf Wunsch
- Systematischer Umgang mit Gästebeschwerden

★★

Unterkunft für mittlere Ansprüche

- Frühstücksbuffet
- Leselicht am Bett
- Schaumbad oder Duschgel
- Badetücher
- Wäschefächer
- Angebot von Hygieneartikeln (Zahnbürste, Zahncreme, Einmalrasierer etc.)
- Kartenzahlung möglich

★

Unterkunft für einfache Ansprüche

- Alle Zimmer mit Dusche/WC oder Bad/WC
- Tägliche Zimmerreinigung
- Alle Zimmer mit Farb-TV samt Fernbedienung
- Tisch und Stuhl
- Seife oder Waschlotion
- Empfangsdienst
- Telefax am Empfang
- Dem Hotelgast zugängliches Telefon
- Erweitertes Frühstücksangebot
- Getränkeangebot im Betrieb
- Depotmöglichkeit

Unterkunft ohne Sterne-Klassifizierung

- Bei den mit dem Bett-Symbol gekennzeichneten Hotelempfehlungen handelt es sich um Häuser verschiedenster Kategorien, die nicht Mitglied der Deutschen Hotelklassifizierung sind und somit keine Hotelsterne tragen.

Die genauen Definitionen der Fünf-Sterne-Kategorien finden Sie auf der Internetseite der deutschen Hotelklassifizierung unter: www.hotelstars.eu

Preise (in Euro)

Hauptgerichte: minimaler und maximaler Preis für Hauptgerichte in Euro

Menüs: minimaler und maximaler Preis für Menüs in Euro

Einzelzimmer oder Doppelzimmer: minimaler und maximaler Preis für die Zmmer in Euro

Die Symbole

P gute Parkmöglichkeiten

P Hotelgarage

♿ barrierefreie Hotelzimmer

❄ klimatisierte Zimmer

WLAN-Zugang

Hallen- und/oder Freibad im Haus

mit Wellnessbereich

mit Fahrstuhl zu den Hotelzimmern

Hunde im Hotel nicht erlaubt

mit Garten oder Terrasse

Bezahlkarten-Symbole

Mastercard

EC-Maestro

Diners

American Express

VISA Visa

Foto: Restaurant Stadtpfeiffer

Koch des Jahres

2021

Detlef Schlegel

Stadtpfeiffer, Leipzig

____ Dass aufstrebende junge Kochtalente eine rasante Entwicklung hinlegen, ist nicht allzu ungewöhnlich. Wenn ein erfahrener, fest in der klassischen Küche verwurzelter Koch wie Detlef Schlegel von Jahr zu Jahr immer noch besser wird, sorgt das schon eher für Aufsehen. Sehr gut gegessen hat man im direkt am Leipziger Gewandhaus gelegenen Restaurant Stadtpfeiffer zwar schon immer, aber vergleicht man die Gerichte vor etwa fünf, sechs Jahren mit denen von heute, ist die Entwicklung höchst bemerkenswert. Vor allem auch deshalb, weil sich an dem aufgeräumt klaren und immer noch klassischen Stil eigentlich gar nicht viel geändert hat, Detlef Schlegel aber immer mehr in hochpräzise Detailarbeit und feine Akzentuierung gegangen ist. Durch intensives Produktscouting und noch individuellere Ideen entstehen mittlerweile Kreationen mit enormer unterschwelliger Spannung und originellen Finessen. So gibt es nicht nur durchweg erstklassige Qualitäten in exakter aromatischer Fassung, sondern von abgefahrenen Pilzraritäten bis zu seltenen Gemüsesorten auch noch sehr spannende Dinge. Der Stadtpfeiffer unter der Regie unseres diesjährigen Kochs des Jahres Detlef Schlegel spielt damit endgültig auch bundesweit ganz oben mit und macht neugierig darauf, wo die weitere Entwicklung noch hingeht.

Foto: Restaurant Der Butt

Aufsteiger des Jahres

2021

André Münch

Der Butt, Rostock-Warnemünde

—— André Münch ist das perfekte Beispiel dafür, was alles möglich ist, wenn die Rahmenbedingungen und das Team perfekt zu den eigenen Vorstellungen und Ambitionen passen. Dass der hochmotivierte Chef ausgezeichnet kochen kann, stellte er bereits an verschiedenen Stationen unter Beweis: vom L'Escalier in Köln über das Gutshaus Stolpe bis zum Saphir in Wolfsburg. Und er ließ zugleich an jedem dieser Standorte durchblicken, dass eigentlich auch noch mehr möglich wäre. In dem exponiert am Yachthafen gelegenen Gourmetrestaurant der Hohen Düne scheinen nun endgültig beste Voraussetzungen gegeben zu sein. Denn so klar, teils sogar puristisch, und so ausdrucksstark wie hier wirkten die Kreationen André Münchs noch nie. Die Vorliebe für zupackende kraftvolle Aromen wird auf wunderbar freigestellte Art erlebbar, mit einer entspannten Gelassenheit, auf alles Unnötige zu verzichten, wie sie nur wenigen Köchen gegeben ist – klassisch fundierte Produktküche mit individuellen Ideen, mit Tiefe und mit Präzision. André Münch ist damit kein Aufsteiger „von null auf hundert", aber hat von einem ohnehin schon hohen Niveau aus jetzt noch einmal einen bemerkenswerten Schritt nach vorn gemacht. Damit steht unser „Aufsteiger des Jahres" nicht nur an der Ostseeküste ganz weit vorne an der Gourmetspitze.

Foto: Hotel Oberschwäbischer Hof

Newcomer des Jahres

2021

Julius Reisch

Esszimmer im Oberschwäbischen Hof, Schwendi

____ Nach Wanderjahren durch gute Häuser von Baiersbronn bis Sylt ist Julius Reisch Mitte 2020 ins elterliche Hotel mit Restaurant im oberschwäbischen Schwendi zurückgekehrt, zeichnet dort gemeinsam mit seiner Lebensgefährtin Anna Boonk für das Restaurant Esszimmer verantwortlich und gibt richtig Gas! Er konnte dort vom Start weg mit handwerklich präzise und enorm kleinteilig gearbeiteten Kreationen überzeugen, die nicht nur durch ihre aufwendige Präsentation beeindrucken, sondern eben auch mit ausgefeilten Geschmacksbildern und jeder Menge klassischer Substanz. Wie originell, fundiert und zugleich unverkopft Julius Reisch die Dinge angeht, zeigte er mit spannenden Gerichten wie seinem Carpaccio der Rotkopfgarnele und geröstetem Pulpo mit im Big Green Egg gegrillter Ochsenherztomate, Kompott von grüner Tomate, Pinienkern-Rahmeis und Kapuzinerkresse.

Foto: Restaurant Horváth

Sommelière des Jahres

2021

Janine Woltaire

Restaurant Horváth, Berlin

—— Für die Liebe zum Wein und zur gepflegten Gastronomie gab die 30-jährige gebürtige Hamburgerin einst ihr Studium der Politikwissenschaften auf, besuchte die Deutsche Wein- und Sommelierschule in Berlin, jobbte zunächst nebenbei in unterschiedlichen Weinlokalen und schulte dann ihre feine Nase für aufstrebende Winzertalente während ihrer Zeit im Fachhandel. Zurück in der Gastronomie avancierte sie schnell zur Barchefin in Rutz Weinbar und wurde danach Chef-Sommelière im Cinco by Paco Pérez. Seit 2019 bereichert Janine Woltaire das Restaurant Horváth nicht nur mit ihrer sympathisch herzlichen Art, sondern auch mit ihren ebenso unkonventionellen wie präzisen Weinempfehlungen, für die sie sich – passend zu Sebastian Franks Küche – hauptsächlich auf weniger populäre Nischengewächse aus den Ländern Österreich, Deutschland, Ungarn, Slowenien, Serbien und Kroatien konzentriert. So sind den Gästen nicht nur hochspannende Gerichte mit osteuropäischem Akzent, sondern auch ebensolche erlebnisreiche Weinmomente vergönnt. Und auch die hervorragende alkoholfreie Getränkebegleitung protegiert sie charmant und kenntnisreich.

Foto: Hotel & Restaurant Sonnora

Gastgeber des Jahres

2021

Ulrike Thieltges, Magdalena Brandstätter & Clemens Rambichler

Sonnora, Dreis

Die drei aus Dreis zeigen derzeit eindrucksvoll, wie harmonisch und behutsam man ein Traditionshaus ins Hier und Jetzt überführen kann. Wie man an Altem festhalten und trotzdem Neues zulassen kann. Wie sich jahrzehntelange Stammgäste über einen Generationswechsel hinweg mitgenommen fühlen und trotzdem auch neue, jüngere Gäste angesprochen werden. Seit dem überraschenden und viel zu frühen Tod von Helmut Thieltges ziehen dessen Witwe Ulrike Thieltges, Sommelière Magdalena Brandstätter und Küchenchef Clemens Rambichler gemeinsam visionär an einem Strang, haben das Fortbestehen einer der großen kulinarischen Traditionsstätten hierzulande gesichert und die Weichen für die Zukunft gestellt: Seit 2021 sind Magdalena Brandstätter und ihr Lebensgefährte Clemens Rambichler die neuen Inhaber des mittlerweile runderneuerten Sonnora – und trotz der veränderten Gesamtlage weiterhin zusammen mit Ulrike Thieltges als unschlagbares Trio für die Gäste da.

Foto: Hotel Papa Rhein

Neueröffnung des Jahres

2021

Restaurant Bootshaus

im Hotel Papa Rhein, Bingen

—— Mit dem relativ großen Restaurant im Vintage-Style, das mit rustikalem Holzboden, Altholzmöbeln, hellen Leinenstoffen, shabby-schicken Lederstühlen und dem eindrucksvollen Landschaftspanorama im Cinemascope-Format im Hintergrund eine echte Attraktion im Rheintal ist, treffen Investor und Gastgeber Jan Bolland und sein Team um Küchendirektor Nils Henkel genau den Nerv der Zeit. Ein völlig unkompliziertes und entspanntes, an fünf Tagen der Woche mittags und abends geöffnetes und trotzdem kulinarisch anspruchsvolles Konzept, das vom genügsamen Hotelgast bis zum Feinschmecker ein breites Publikum glücklich und ihnen das Genießen äußerst leicht macht. Kein künstlich aufgebauschtes Gourmetkonzept, keine angestrengten Choreografien, kein preistreibendes Gebastel auf den Tellern – und trotzdem muss man weder auf professionelle Bewirtung noch auf niveauvolle und finessenreiche Küche verzichten. Das hat Zukunft!

Das ist eine Ginvolle Idee!

Joel Harrison, Neil Ridley
Gin Atlas

39,99 € [D]
ISBN 978-3-96584-071-3

Gin — der Kosmopolit!

Jetzt überall, wo es gute Bücher gibt.

TOP 10
Individuellste Handschrift

—— Im internationalen Vergleich sind die deutschen Spitzenköche meist mehr als Perfektionisten, denn als Trendsetter bekannt. Nur wenige haben es deshalb ähnlich wie Sebastian Frank, der 2018 im Rahmen der Madrid Fusión zum „Best European Chef" gewählt wurde, zu Strahlkraft bis weit über die Landesgrenzen gebracht. Dennoch gibt es in Deutschland auch neben ihm einige Protagonisten, die ausgesprochen modern und kreativ kochen und sich über die Jahre einen ganz unverkennbaren Stil angeeignet haben. Manche von ihnen haben bereits unzählige Kolleginnen und Kollegen beeinflusst, manche kochen so innovativ, dass sie quasi unkopierbar sind. Hier sind die nach unserem Empfinden zehn herausragendsten aktiven Köche mit eigener, unverkennbarer Handschrift.

Klingt schräg, schmeckt genial: „Forelle mit Senfsaat und weißer Schokolade" von Sebastian Frank.

Foto: GUSTO

Peter Maria Schnurr (Falco, Leipzig)
Die verrücktesten und spannendsten Aromenkombinationen – immer mutig, immer verblüffend neuartig. Bei „PMS“ kommt harmonisch und genial zusammen, was vermeintlich überhaupt nicht zueinander passt.

Christian Bau (Victor's Fine Dining by Christian Bau, Perl)
Er war hierzulande der erste Spitzenkoch, der die Aromen und die Perfektion japanischer Küche mit den Grundtugenden der französischen Haute Cuisine gepaart hat und zu einem völlig neuen Stil hat werden lassen: den „Bau-Stil“.

Tim Raue (Restaurant Tim Raue, Berlin)
Keiner treibt das Spiel mit Schärfe, Säure, Süße und Frucht so gekonnt und prononciert auf die Spitze wie Tim Raue mit seiner von der asiatischen Küche im Allgemeinen und der chinesischen im Besonderen inspirierten Kochkunst.

Andree Köthe & Yves Ollech (Essigbrätlein, Nürnberg)
Die Pioniere der Gewürz- und Gemüseküche stehen für hintergründige, eher subtile Finessen und bieten in Nürnbergs Altstadt seit Jahrzehnten außergewöhnlichen Gaumenkitzel für erwachsene Gourmets, der gänzlich ohne die typischen Edelprodukte auskommt.

Christian Jürgens (Überfahrt, Rottach-Egern)
Sein Kulinarium ist zwar zweifellos das klassischste auf dieser Liste, doch Christian Jürgens entwirft am Tegernsee die markantesten Tellerbilder und hat damit schon etliche Signature Dishes geschaffen.

Joachim Wissler (Vendôme, Bergisch-Gladbach)
Stilprägend war und ist Joachim Wisslers Mut, Bezüge seiner bodenständig-bäuerlichen schwäbischen Herkunft in die hochstilisierte Gourmetküche zu integrieren. Er ist der Meister der verfeinerten Rustikalität!

Optisch markant, kompositorisch pointiert: Christian Jürgens' „Blueberry Hill“.

Marco Müller (Rutz, Berlin)
Spannend unkonventionelle Gerichte voller hintergründiger Finessen aus vorwiegend regionalen Produkten. Müller hat ein untrügliches Gespür für originelle, aber gar nicht unbedingt besonders avantgardistische Aromenbilder, die neuartig und doch vertraut schmecken.

Sebastian Frank (Horváth, Berlin)
Jenseits aller Normen der traditionellen Haute Cuisine, mit starkem österreichischem und osteuropäischem Einschlag. Sebastian Frank ist einer, der mit seiner unangepassten Art zu kochen ebenso inspiriert wie polarisiert.

Felix Schneider (Sosein, Heroldsberg)
Von Skandinavien inspiriert und mit fränkischen Viktualien perfektioniert: Felix Schneiders Kulinarium steht für extrem puristische, in ihrer Konsequenz einzigartige Produktküche. Seine bisherige Wirkungsstelle hat er Anfang 2021 verlassen, um sich selbstständig zu machen.

Johannes King & Jan-Philipp Berner (Söl'ring Hof, Sylt)
Produkttypisch, klar, puristisch und doch vielschichtig: Bei Johannes King und Jan-Philipp Berner werden das Pure, Nordisch-Schlanke und die französische Opulenz zu einer ganz eigenständigen Richtung vereint.

Foto: Restaurant Überfahrt

TOP 10
Moderne und traditionelle Klassik

—— Wenn man hierzulande im Zusammenhang mit Kulinarik von *der* Klassik spricht, ist eigentlich immer die Mutter aller Hochküchen, also die französische Haute Cuisine gemeint. Doch innerhalb dieses Genres gibt es durchaus große Unterschiede: Die frankophile Klassik kann mal opulent buttrig und sahnig und mal mediterran leicht sein, kann sehr modern interpretiert werden oder ganz altmeisterlich. Wir führen hier die nach unserer Wahrnehmung derzeit zehn besten Protagonisten der traditionellen sowie der modernisierten Klassik auf.

Foto: GUSTO

Ein großer Klassiker: der „Lièvre à la royale“ aus der Schwarzwaldstube in Baiersbronn.

Claus-Peter Lumpp
(Bareiss, Baiersbronn)
Schwelgerische französische Klassik in ihrer schönsten Opulenz und Kraft: Claus-Peter Lumpp kocht im besten Sinne barock und gehaltvoll. Besonders eindrucksvoll sind seine À-la-carte-Gerichte, die sich oft über mehrere Teller erstrecken.

Heinz Winkler
(Residenz Heinz Winkler, Aschau)
Er ist der letzte echte Altmeister in unserer Top-10-Liste. Heinz Winklers Maxime: Ein Gericht ist erst dann perfekt, wenn man nichts mehr weglassen kann. Sein Stil steht für puristische Klassik und hohe Saucenkunst.

Torsten Michel
(Schwarzwaldstube temporaire, Baiersbronn)
Größte Präzision, höchste Qualität, enorme Tiefe: kraftvolle, millimetergenaue französische Klassik alter Schule, die auch noch konsequent Klassik sein darf. Torsten Michel komponiert seine Kreationen nicht auf moderne, aber dennoch auf zeitgemäße Art.

Klaus Erfort
(GästeHaus Klaus Erfort, Saarbrücken)
Wohlfahrt-Schüler Klaus Erfort steht mittlerweile wie kein zweiter Koch in Deutschland für die modernisierte französische Klassik: Tiefe, Kraft und Opulenz bei moderner Präsentation, schlanker Linienführung und viel Tiefenschärfe.

Christian Scharrer
(Courtier, Weissenhaus)
Seine Küche ist tief in der französischen Haute Cuisine verwurzelt, zeigt aber auch viel Verständnis für die kulinarische Moderne. Süffige Gerichte mit starken Saucen.

Dirk Luther
(Meierei Dirk Luther, Glücksburg)
Direkt am Ufer der Flensburger Förde kredenzt Dirk Luther eine zeitgemäß leichte und bisweilen nordisch verschlankte französische Klassik, die auch oft mit kreativen Aromenakzenten aufwartet.

Clemens Rambichler
(Sonnora, Dreis)
Des Altmeisters Küche jugendfrisch: Als würdiger Nachfolger von Helmut Thieltges renoviert Clemens Rambichler die Hausklassiker seines viel zu früh verstorbenen Mentors nur ganz behutsam und mit beeindruckender Perfektion.

Hendrik Otto
(Lorenz Adlon Esszimmer, Berlin)
Sehr modern, kreativ und weltoffen, aber in ihren Grundfesten zutiefst klassisch französisch: Die Küche von Hendrik Otto ist mit Sicherheit eine der kreativsten und innovativsten im klassischen Genre.

Christoph Rüffer
(Haerlin, Hamburg)
Christoph Rüffer versteht es, der französischen Klassik nicht nur viel Regionalbezug, sondern auch einen originellen Touch zu verleihen und sie immer up to date wirken zu lassen.

Thomas Schanz
(schanz.restaurant., Piesport)
Der ehemalige Souschef von Helmut Thieltges hat im eigenen Restaurant längst auch seine eigene Linie gefunden und ist mit seinen hochpräzisen Meisterwerken mittlerweile eher in der modernen Klassik zu Hause.

Reh mit Paprika, Champignons und Schwarztee im schanz.restaurant. in Piesport an der Mosel.

Foto: GUSTO

TOP 10
„State of the Art“: Präzision, Perfektion und Design

—— Über den Sinn und Zweck dieser Top-10-Liste haben wir besonders lange diskutiert, zeichnet sich doch im Grunde jeder mit einer besonders hohen Bewertung bedachte Küchenchef ganz automatisch durch eine Küche mit einem besonders hohen Maß an Präzision und Perfektion aus. Und ist doch jeder Cuisinier aus der vordersten Riege immer auch daran interessiert, seine Kompositionen auffällig gut aussehen zu lassen. Dennoch gibt es auch an der Spitze gerade in diesem Punkt gewisse kleine und sogar recht große Unterschiede. Während das eine Kulinarium mehr mit Originalität und Innovation punkten kann, überzeugt das andere umso stärker durch enormen Detailaufwand und millimetergenaue Konstruktionen. Und die folgenden Kochkünstler zeichnen sich in besonders hohem Maße durch handwerkliche Akkuratesse und elaboriert-filigrane Arbeitsweise aus. Sie sind die Architekten unter den Spitzenköchen, die Maßschneider und Perfektionisten. Sie tüfteln so lange an ihren Kreationen, bis wirklich alles zu einhundertzehn Prozent passt. Auf ihren auffällig modern angerichteten, kunstvoll abgezirkelten Tellern bleibt nichts dem Zufall überlassen, jede noch so kleine Komponente erfüllt ihre genau kalkulierte Aufgabe, nichts ist zu wenig, nichts wirkt zu viel.

Makrele mit Radieschen und Verbene auf Chawanmushi im Restaurant Facil.

Foto: GUSTO

Kevin Fehling (The Table Kevin Fehling, Hamburg)
Für die weltoffenen Kreationen, die in seinem „Chef's-Table-Restaurant" in der Hamburger Hafencity im Rahmen eines allabendlich einheitlichen Menüs offeriert werden, wendet der Chef oftmals täglich mehrere Stunden Denk- und Kreativarbeit auf.

Yoshizumi Nagaya (Nagaya, Düsseldorf)
Der im japanischen Gifu geborene und seit rund 20 Jahren in Deutschland lebende Küchenmeister bringt für seine Küche im Restaurant Nagaya die wichtigsten Grundlagen der japanischen Küche und das Beste der europäischen Kochtugenden zu einer ausgefeilten Fusion zusammen.

Sven Elverfeld (Aqua, Wolfsburg)
Ausbalanciert bis ins Letzte: Für viele Gourmets gilt Sven Elverfeld momentan als der beste Koch Deutschlands. Wir würden sein Kulinarium in jedem Fall als das derzeit ausgefeilteste bezeichnen. Jeder Teller ist ein genau kalkulierter Balanceakt zwischen Ausdruckskraft und Subtilität.

Christian Bau (Victor's Fine Dining by Christian Bau, Perl)
Ein Qualitätsfanatiker im besten Sinne. Und auch sonst geht Christian Bau für seine außergewöhnlich eigenständige Mischung aus japanischer Perfektion und französischer Opulenz keinerlei Kompromisse ein.

Christoph Rainer (Luce d'Oro, Elmau)
Sehr facettenreich, elegant und feingezeichnet wirken Christoph Rainers Kompositionen, die zumeist eine spannende Verbindung moderner französischer Klassik mit fernöstlichen, speziell japanischen Einflüssen sind. Filigran und doch voller Aromenwucht.

Jan Hartwig (Atelier, München)
Im Gegensatz zu seinem einstmaligen Lehrmeister und Mentor Sven Elverfeld, der nach unserem Gefühl immer nach der exakten Mitte sucht, geht Jan Hartwig für sein Kulinarium oft und gern bis an die Grenzen und lotet die Extremen aus. Bleibt aber – und auch das ist Präzision – immer im geschmackssicheren mehrheitsfähigen Bereich.

Taubenbrust mit Molke und Lauch im Restaurant Aqua.

Foto: GUSTO

Tohru Nakamura (SALON rouge by Tohru Nakamura, München)
Der Sohn eines japanischen Vaters und einer deutschen Mutter ist ein unermüdlicher Tüftler, der äußerst diszipliniert und strukturiert arbeitet. Für das perfekte Finish seiner Küche beschäftigt er sich akribisch mit den kleinsten Details wie etwa mit den jeweils optimalen Schnitttechniken.

Thomas Schanz (schanz.restaurant., Piesport)
Tradition und Moderne aufs Schönste vereint. Jeder seiner aufwendig inszenierten Teller spiegelt zum einen die Tiefe und Kraft und Opulenz der französischen Klassik wieder, besticht aber zudem mit einer beeindruckend präzisen Linienführung, enormer Tiefenschärfe und fotogener Präsentation.

Michael Kempf & Joachim Gerner (Facil, Berlin)
Der Name Facil ist mittlerweile ziemlich irreführend, denn „einfach" hier rein gar nichts. Im Gegenteil: Spätestens seit das starke Team um die beiden Masterminds vor ein paar Jahren noch mal eine deutliche Schippe drauflegten, präsentiert sich die Facil-Küche nicht nur höchst aufwendig, sondern auch perfektioniert präzise umgesetzt.

Joachim Wissler (Vendôme, Bergisch-Gladbach)
Seit Joachim Wissler sich vor mittlerweile 20 Jahren im Kavaliershäuschen von Schloss Bensberg an die deutsche Spitze gearbeitet hat, spiegelt seine Küche den State of the Art der internationalen Kochkunst wider. Sie ist Inspirationsquell und zugleich Benchmark für unzählige ambitionierte Köche hierzulande.

TOP 10
Die spannendsten Neuzugänge

—— Egal ob Neueröffnung, Wiedereröffnung oder Neuentdeckung: In dieser Top-10-Liste finden Sie die interessantesten Neuzugänge in diesem Guide, zu denen selbstverständlich auch unsere „Neueröffnung des Jahres", das Bootshaus in Bingen, zählt. Es war keine leichte Entscheidung, zehn Restaurants zu definieren, denn trotz Corona eröffneten in diesem Jahr viele spannende neue Lokale, und wir haben etliche Neuzugänge zu verzeichnen. Dass wir hier nur zehn davon unterbringen ist schade – alle anderen Neuen, die hier ungenannt bleiben mussten, erkennen Sie an der Kennzeichnung „Neu" im Übersichtsregister.

Sushi und Sashimi auf internationalem Niveau – seit 2020 in der Innenstadt von Regensburg: Restaurant Aska.

Foto: Restaurant Aska

Alte Liebe, Augsburg

Freudiges Wiedersehen mit einer alten Liebe! Das Lokal von Küchenchef Benjamin Mitschele und dessen unverkrampft kreative Küche hatten wir bereits vor Jahren am früheren Standort in der Ludwigstraße hinter dem Stadttheater lieb gewonnen.

Kulmeck, Heringsdorf

Wenn auf Usedom eine ganz bestimmte Person für die gehobene Gastronomie mit anspruchsvoller Küche steht, dann Tom Wickboldt. Mit dem geschichtsträchtigen Kulmeck hat er dort ein echtes Herzensprojekt gefunden, aufwendig kernsaniert und wiedereröffnet

Bootshaus, Bingen

Das lässige Restaurant an der Bingener Rheinpromenade, das von Hotelier Jan Bolland eröffnet und von keinem Geringeren als Nils Henkel bekocht wird, ist zugleich unsere „Neueröffnung des Jahres".

Nose & Belly, Augsburg

Inhaber und Küchenchef Hendrik Ketter, dessen Küche wir seit einigen Jahren aus dem Neuhof am See in Gundelfingen kennen, hat in diesem Jahr mitten in Augsburg mit dem Nose & Belly ein weiteres ambitioniertes Restaurant eröffnet.

Räthro, Groß Nemerow

Im Zuge der großen Erweiterung des Hotels Bornmühle hat dessen langjähriger Küchenchef Torsten Räth, der bislang einen Spagat zwischen bodenständiger Hotelküche und ambitionierten Gerichten absolvierte, mit dem Räthro ein separates Reich für Fine Dining bekommen.

Landhaus Halferschenke, Dieblich

Dass Christoph Schmah ausgezeichnet kochen kann, wissen wir schon länger. Gemeinsam mit seiner Frau Carina hat er nun in der pittoresken Umgebung zwischen steilen Moselhängen, Burgruinen und Weinbergen die Halferschenke wiedereröffnet.

Faelt, Berlin

Björn Swanson hat dem Golvet den Rücken gekehrt und sich in Schöneberg als Küchenchef und Inhaber des Faelt in die gastronomische Selbstständigkeit gewagt – und gewonnen: Sein Lokal ist definitiv eine große Bereicherung für die kulinarische Szene der Hauptstadt.

Hegel Eins, Stuttgart

Weil das kleine Ein-Raum-Restaurant etwas versteckt in Stuttgarts Völkerkundemuseum liegt, ist es immer noch ein Geheimtipp. Auch für uns war es 2020 eine Neuentdeckung. Und zwar eine äußerst positive, denn das Menü von Jan Tomasic steckte voller Überraschungen!

Roter Hahn, Regensburg

Das Traditionshaus zählt schon lang zu den besseren Adressen der Domstadt, machte aber bislang aus kulinarischer Sicht nie überregional von sich reden. Doch seit dem Ende des Corona-Shutdowns kocht hier Juniorchef Max Schmidt groß auf!

Aska, Regensburg

Manchmal überraschen uns auch die seit Jahren vertrauten Adressen mit etwas ganz Neuem: Direkt neben seinem Storstad eröffnete Anton Schmaus ein Sushi-Tresenrestaurant nach japanischem Vorbild, wie es sie sonst meist nur noch in den Metropolen der Welt gibt.

Björn Swanson eröffnete sein erstes eigenes Restaurant Faelt in Berlin kurz vor dem zweiten Lockdown.

Foto: Restaurant Faelt

TOP 10
Soulfood

—— So gern wir durch die Spitzenrestaurants des Landes tingeln und so viel Spaß wir am Analysieren, Vergleichen, Abwägen und detaillierten Beschreiben von kulinarischen Höchstleistungen haben, so sehr schlägt unser Herz auch für die guten einfacheren und deutlich weniger hoch bewerteten Küchen bis hin zur schlichten Hausmannskost – sofern diese frisch und aus hervorragenden Produkten gemacht ist. In dieser Top-10-Liste geht's um Lieblingsorte jenseits der Gourmetgastronomie, die oft noch nicht mal mit GUSTO-Pfannen ausgezeichnet sind, uns aber genauso glücklich machen können wie ein abendfüllendes Dinner bei den besten Köchen des Landes. Hier unsere aktuelle Auswahl: garantiert subjektiv und direkt von Herzen.

Bieten Gastronomie mit Herz und Essen für die Seele: Thomas und Brigitte Zwink vom Dorfwirt in Unterammergau.

Foto: Restaurant Dorfwirt

Genussmanufaktur, Rügen (Sehlen)

Ein ganz schlichtes Lokal in Sehlen auf Rügen mit einer attraktiven Mischung aus herzhafter bulgarischer und italienischer Küche. Die reicht von original neapolitanischer Pizza mit hervorragendem Teig und ausgesucht hochwertigen Zutaten und teils mit bulgarischem Twist bis hin zu diversen handfesten Tagesgerichten.

Genuss-Shop Johannes King, Sylt (Keitum)

Bei unseren Besuchen auf der Insel Sylt kommen wir nie um einen Besuch in Johannes Kings Genuss-Shop herum, wo es vom halben Dutzend Sylter Royal Austern über „Selinas kleine Wagyu-Burger“ bis hin zur geschmorten Kalbsbacke mit Wurzelgemüse allerhand bodenständige Köstlichkeiten in ungezwungener Atmosphäre gibt.

Dorfwirt & Friends, Unterammergau

Angefangen bei den hausgemachten Köstlichkeiten von den eigenen Mangalica-Wollschweinen wie etwa schmelziger Lardospeck oder Salsiccia über diverse Innereiengerichte bis hin zur „Tarte Legumes“ mit sattem Schmorgemüsegeschmack und zarter, karamelliger Süße: Nirgendwo lassen wir uns lieber auf ein Überraschungsmenü ein als bei den Zwinks im Dorfwirt.

Sansibar, Sylt (Rantum)

Bislang war der Besuch der berühmten Strandbude auf der Düne zwischen Rantum und Hörnum immer eher nette Chronistenpflicht – seit Sebastian Prüßmann Küchenchef ist, zieht es uns noch freudiger dorthin. Allein für das perfekte Kalbskotelett mit formidabler Sauerrahm-Ofenkartoffel würden wir immer wieder hierherkommen.

Orania, Berlin

Es muss ja nicht jedes Mal die sensationelle Pekingente in vier Gängen sein – zumindest dann, wenn man sich als Alternative zur Vorspeise deren krosse Haut bestellen kann: als Topping der kleinen „Pizza X-Berg-Duck“ mit Boden aus Bao-Teig, Grundlage aus Entenfleisch, Lauch, Rettich, Ingwer, Hoisin-Sauce und asiatischer Mayo. Soulfood! Genau wie eigentlich alles andere hier.

Le Stollberg, München

Würden wir subjektiv bewerten, müsste die Küche von Anette Huber 10 Pfannen haben. Denn von gebackenem Kalbskopf und Markus Bensers kross gebratener Blutwurst über Rauchaal auf fluffig zartem Rührei, Rehmaultaschen, Kalbsbries, Nierchen in Senfsauce, bis hin zum Rohmilchkäse von Tourette ist das Eckbistro für uns ein wahres Schlaraffenland.

Spaccaforno, Hamburg

Eine Mischung aus Trattoria, Backstube und Spezialitätenladen! Hier gibt's hervorragende neapolitanische Pizza mit genügend Teigruhe und ausgesuchten Produkten belegt, täglich frisches Sauerteigbrot, à la minute gebackene und verschieden belegte Crostoni, diverse Salate, Suppen, Aufschnitt italienischer Wurst- und Schinkenspezialitäten. Tolle Qualitäten, vieles auch zum Mitnehmen.

Zum Vaas, Forstinning

Ein 150 Jahre altes Familienunternehmen im Hier und Jetzt. In der Küche ist Philipp Schneider der Garant für Qualität, Frische und fundiertes Handwerk. Er setzt behutsam Akzente und interpretiert die bodenständige Küche mit sehr viel Sorgfalt und Können auf einem sehr guten Niveau. In Kombination mit der hervorragenden Weinkarte und der Herzlichkeit der Gastgeber ein echter „Place to be“!

Winzerhaus Rebstock, Vogtsburg

Vom Einfachen das Beste: Mit diesem Slogan beschreibt das bodenständige Gasthaus von Familie Keller seine Philosophie selbst am besten. Hausklassiker der Küche wie das im Ofen gebackene „Mistkratzerle" oder das mit herzhaftem Munsterkäse und luftgetrocknetem Schinken gefüllte Cordon bleu kann man sich nicht besser vorstellen.

Shiso Burger, Berlin

Hin und wieder muss es einfach ein chunky Burger sein. Gerne ganz klassisch, gerne aber auch mal exotischer – zumindest dann, wenn er von Shiso Burger ist. Sehr empfehlenswert: Chili-Lemon-Burger vom Wagyu-Beef, Ebi-Burger mit kross gebackener Garnele, Ingwer-Honig-Senf-Sauce und roten Zwiebeln oder Shiso-Burger mit Thunfisch, Shiso und Teriyaki-Sauce!

TOP 10 Alkoholfreie Getränkebegleitung

—— Die Vielfalt in der Getränkebegleitung von Gourmetmenüs steigt. Nicht nur der Trend zu Natur- oder Orangeweinen, sondern auch der völlige Verzicht auf alkoholische Produkte sorgt für Abwechslung in den Gläsern. In dieser Liste zeichnen wir die originellsten „rauschfreien Geleitzüge" zum Menü aus. Also im besten Fall selbst hergestellte, leichte, bekömmliche und intelligent auf die Speisen abgestimmte Getränkebegleitungen. Hier ist kein Verzicht gefragt, sondern idealerweise eine Horizonterweiterung und echte Alternative. Und nicht von ungefähr fallen dabei besonders häufig Adressen auf, die sich auch beim Thema Nachhaltigkeit durch besonders starke Reflexion auszeichnen ...

Bieten spannende alkoholfreie Getränkebegleitungen zur Kreativküche: Ox & Klee-Chef Daniel Gottschlich (l.) und Bartender Michael Elter (r.).

Foto: Restaurant Ox & Klee

Rutz, Berlin
Kaum weniger Aufwand und Akribie als in den Kreationen von Marco Müller steckt in den alkoholfreien Getränken von Nancy Großmann, die mit Säften, Kräutern und Infusionen oder mit selbst angesetzten Kombuchas nicht nur kreative, sondern auch perfekt korrespondierende Alternativen zum Wein darstellen.

Jante, Hannover
In Hannovers Gourmet-Hotspot gibt es auch ohne Alkohol maximalen Spaß im Glas: Alle Drinks – vom umamistarken „Pilzwasser" bis zum Dessertbegleiter aus Sauerampfer, Kokosmilch und weißer Schokolade – sind selbst gemacht, sehr leicht und animierend und stets so originell wie die Küche selbst.

Horváth, Berlin
Das Team um Sebastian Frank ist mit den Drinks auf komplex cuvetierter Obst-/Gemüse-Basis zweifelsohne ein Vorreiter im alkoholfreien Genre und setzt mit den schlanken, spannenden Drinks noch immer Benchmarks.

Cœur D'Artichaut, Münster
Wenn neben Wein ohnehin auch individuelle Cocktails in der Getränkebegleitung stehen, ist der Schritt zu alkoholfreien Varianten nur ein kleiner – und wird hier unter anderem mit Kräuterinfusionen, Gewürzen und spritzig geschäumten Konsistenzen sehr souverän beschritten.

Essigbrätlein, Nürnberg
Das Essigbrätlein wäre nicht eines der individuellsten Restaurants der Republik und virtuos im Umgang mit Gemüse, wenn es nicht auch in den Gläsern abseits des Mainstreams bleiben würde. Sei es mit Apfel und Sauerampfer oder Heidelbeere und Verbene – die korrespondierenden Getränke kommen auch ohne Promille stets auf den Punkt.

100/200, Hamburg
Bei so viel Aufwand den das Team um Thomas Imbusch in Vorratshaltung und Fermentation steckt, wundert es nicht, dass auch die alkoholfreien Getränke nicht nur originell, sondern auch leicht, frisch und kaum mit Fruchtzucker sättigend daherkommen. Ein Versuch lohnt sich!

Einsunternull, Berlin
Seit vielen Jahren, und noch bevor der Trend ein solcher wurde, zählen die aufwendig angesetzten Kombucha-Kreationen und sonstigen Kreativgetränke aus der Hand von Ivo Ebert zu den lohnendsten in diesem Genre. Und daran hat sich bis heute nichts geändert.

Ox & Klee
Das Team um Daniel Gottschlich hat nicht nur mit dem „Experience Taste"-Konzept eine spannende Entwicklung hingelegt, sondern gibt auch hinsichtlich einer originellen Getränkebegleitung richtig Gas. Oft stammen diese auf Cocktailbasis bereiteten Drinks aus der kompetenten Hand von Bartender Michael Elter.

Palmgarden, Dortmund
Im Palmgarden lassen sich nicht nur äußerst elaborierte Küche, sondern auch ausgefeilte korrespondierende Drinks aus der Hand von Sommelière Sabrina Koos genießen – leicht, komplex und mit animierendem Trinkfluss.

NeoBiota, Köln
In Kölns originellster Ganztagsgastronomie gibt es nicht nur spannende Weine, sondern auch lohnende selbst hergestellte und gemischte Alternativen mit präzisen Kräuter- und Gewürzakzenten und ganz ohne Promille.

TOP 10
Gourmet-Lunch

—— Der Trend ist – leider! – ungebrochen: Attraktive Lunch-Optionen für Gourmets sind hierzulande zunehmend eine Seltenheit. Das hat zum Teil mit Personalknappheit zu tun oder generell mit wirtschaftlichen Gründen, natürlich auch mit fehlender Nachfrage oder dem Standort. Zum Teil aber auch mit fehlenden Konzepten. Umso mehr Grund zur Freude sind all jene Restaurants, die auch am Mittag mit vollem Elan und hohem Anspruch am Start sind und damit viele der eindrücklichsten Genussmomente des Jahres bieten. Mit dieser Liste, die durchaus auch noch um weitere Adressen wie das Haus Stemberg in Velbert oder das Esplanade in Saarbrücken erweitert werden könnte, prämieren wir die spannendsten Gourmet-Spots für den Lunch – ganz gleich, ob mit clever kalkulierten Angeboten abseits gängiger Edelprodukte oder mit einem dem Abend identischen Programm. Allen gemeinsam ist: Besser wird man am Mittag auch unter der Woche hierzulande kaum irgendwo essen!

Hier gibt's auch zum Lunch die große kulinarische Oper: das Gourmetrestaurant Bareiss in Baiersbronn.

Foto: Hotel Bareiss

Facil, Berlin
Der bambusgrüne Glaskubus des Facil ist ohnehin einer der atmosphärischsten Genussorte Berlins – und mittlerweile auch einer der besten. Was das Team um Michael Kempf und Joachim Gerner auch mittags erlebbar macht, sowohl mit preislich attraktiven Lunch-Gerichten als auch mit dem großen Menü.

Tim Raue, Berlin
Die markante asiatisch inspirierte Küche von Tim Raue ist mittags nicht nur genauso attraktiv wie am Abend, sondern auch noch ein echtes Schnäppchen. Insbesondere wenn man erleben möchte, was das Team aus vermeintlich weniger exklusiven Produkten macht.

Alois, München
Im Gourmetabteil von Münchens wahrscheinlich angesagtestem Delikatessen-Spot serviert das Team um Christoph Kunz mittags zwar vielleicht Hereford-Rind statt Wagyu und ein, zwei Gänge weniger – ansonsten gibt es aber unverändert das gleiche sehr hohe Niveau.

Bareiss, Baiersbronn
Zum traditionsreichen „Gourmet-Schlaraffenland Bareiss" gehört der Mittagsservice einfach mit dazu. Stets gut gebucht und, abgesehen von einem kürzeren Lunch-Menü, selbstredend mit all dem klassischen schwelgerischen Luxus, der das Restaurant Bareiss auszeichnet.

GästeHaus Klaus Erfort, Saarbrücken
Bei Klaus Erfort gibt es zwar ungewöhnlicherweise eine Wochenendpause, dafür aber von Montag bis Freitag die klare klassische Perfektion seiner herausragenden frankophilen Kreationen auch mittags in ungekürzter Version.

Le Moissonnier, Köln
Eric Menchon serviert seine oft ausladend facettenreichen Kreationen sowohl am Mittag wie am Abend, ganz ohne Abstriche und mit dem gleichen kreativen Ideenreichtum, mit dem er nicht nur in Köln seit vielen Jahren ganz oben mitspielt.

Essigbrätlein, Nürnberg
Das Essigbrätlein ist eine Institution für aufgeschlossene Genießer und Freunde kreativer Gemüseküche, und der Mittagsservice gehört da seit jeher fest zum Programm. Zwar mit einem Gang weniger als abends geplant, dafür aber zu einem echten Schnäppchenpreis.

Im Restaurant Tim Raue in Berlin gibt es mittags nicht nur echte Lunch-Schnäppchen, sondern auch das große Abendmenü.

Foto: Restaurant Tim Raue

Hirschen, Sulzburg
An Genuss-Traditionsorten wie dem Hirschen in Sulzburg und zumal im Südwesten der Republik gehört der Mittagsservice einfach mit dazu. Man hat die Wahl, ob es Douce Steiners einladend günstiges Mittagsmenü oder die große Degustationsvariante sein soll. Das Niveau ist in beiden Fällen gleich hoch.

Français, Frankfurt
Schnäppchenalarm im Grandhotel: Das Team um Patrick Bittner serviert mittags zwar eine reduzierte Lunchkarte zu günstigen Preisen, die aber entspricht voll und ganz dem Stil und Niveau des Abendprogramms.

Schwarzer Adler, Vogtsburg
In dem Traditionsort gehobener Gastlichkeit wird diese seit jeher sowohl mittags als auch abends mit der gleichen entspannten Souveränität zelebriert – und unter der Ägide von Küchenchef Christian Baur zudem gekonnt zwischen großer Klassik und Moderne balanciert.

TOP 10 Nachhaltigkeit

—— Welche Küchenchefs respektive Restaurants stehen am konsequentesten und überzeugendsten für eine besonders nachhaltige Arbeitsweise? Das Thema ist aktueller denn je, die Frage aber gar nicht so leicht zu beantworten: Wie misst man überhaupt Nachhaltigkeit? Wie viel ist Marketing und wie konsequent und ganzheitlich gehen die Restaurants tatsächlich an die Umsetzung? Aber auch wenn der Allgemeinplatz, dass der Weg das Ziel ist, selten so zutreffend war wie hier und sich hundertprozentige, umfassend gelebte Nachhaltigkeit in Deutschlands Gourmet-Gastronomie kaum finden lässt, könnte man die Liste derer, die sich darum bemühen, natürlich noch deutlich erweitern. Es müssten unbedingt auch Restaurants wie das Mural in München, die Alte Liebe in Augsburg oder das Restaurant Wolfs Junge in Hamburg darin auftauchen. Die folgenden zehn Restaurants in unserer Top-10-Liste sind jedoch die mit der größten Strahlkraft und der überzeugendsten Verbindung von hohem kulinarischem Niveau und nachhaltigen Konzepten.

Von den eigenen Forsten bis zum eigenen Gutshof: Für Peter Niemann vom Hotel Hohenhaus ist Nachhaltigkeit nicht bloß ein Modewort.

Foto: Hotel Hohenhaus

Essigbrätlein, Nürnberg
Die Pioniere kreativer Gemüseküche setzen schon seit vielen Jahren auf eigens angebaute seltene Sorten, verzichten konsequent auf einschlägige Edelprodukte und kreieren auch aus Teilen, die andernorts im Müllkübel landen, individuelle Top-Gerichte.

100/200, Hamburg
Das Team um Thomas Imbusch verwertet in vier Jahresabschnitten ausschließlich ganze Tiere, eigene Rauchwaren und eingewecktes Obst und Gemüse zu tagesaktuellen Menüs. „Nose to tail" und „No waste" at it's best!

Horváth, Berlin
Sebastian Frank kreiert seine oft von Kindheitserinnerungen inspirierten Menüs nicht nur völlig „out of the box", sondern setzt auch auf ganzheitliche Verwertung seltener regionaler Gemüse und unpopulärer Fleischprodukte von Schmalz bis Blut. Aber auch auf Networking über das eigene Restaurant hinaus.

Gutsküche, Wulksfelde
Das Restaurant auf dem Bioland-Gut Wulksfelde zählt hierzulande definitiv zu den Vorreitern einer gemüselastigen Farm-to-Table-Küche. Seit 2009 steht Matthias Gfrörers Leitsatz „Geschmack ist Heimat" kompromisslos für Nachhaltigkeit und Transparenz.

Nobelhart & Schmutzig, Berlin
„Brutal lokal" ist hier nicht nur ein markiger PR-Spruch, sondern die treffende Überschrift einer ganzheitlichen Philosophie, die Wertschätzung für Lebensmittel und Produzenten für die Gäste kreativ erlebbar macht. Konsequent puristisch und auf einem beeindruckend hohen Niveau.

Rutz, Berlin
Eigene Bepflanzungspläne mit Landwirten, enge Kooperation mit Bauern, Viehzüchtern, Gärtnern und kleinen Manufakturen sowie Verzicht auf einschlägige Edelprodukte sind für das Team um Marco Müller die Basis für enorm kreative und elaborierte Menüs auf absolutem Top-Niveau.

N°4, Buxtehude
Jens Rittmeyer wird nicht nur zu Recht als „Saucengott" gefeiert, sondern engagiert sich als kulinarischer Botschafter des Alten Landes unter anderem für gefährdete Gemüse-, Obst- und Getreidesorten und macht in seinen nordischen Gourmetmenüs die Region schmeckbar.

Tian, München
In einem der wenigen rein vegetarischen Gourmetrestaurants hierzulande stehen nicht allein der Verzicht auf Fisch und Fleisch, sondern generell biologische, fair erzeugte Produkte und Respekt vor Natur, Mensch und Tier auf der Agenda. Und immer ein überraschendes Erlebnis auf dem Teller.

Erasmus, Karlsruhe
Slow-Food-Mitgliedschaft, Bio-Zertifizierung und Ganztierverarbeitung sind nur einige der Grundpfeiler, die das ganzheitliche Engagement des Teams im Erasmus prägen und in den einfallsreichen, produktnahen Gerichten erlebbar werden …

La Valée Verte, Hohenhaus
Mitten im hessischen Off stellt auf Schloss Hohenhaus eine eigene ökologische Kreislaufwirtschaft die Basis für Viktualien aus einem Umkreis von maximal 20 Kilometern – vom Honig über Getreide bis zum Fleisch –, die vom Team um Peter Niemann zu kreativer Produktküche veredelt werden.

Die Züchtung und der Schutz alter Tierrassen sowie ein enger Kontakt zu den Produzenten sind für Marcello Gallotti vom erasmus in Karlsruhe ganz besonders wichtig.

Foto: Restaurant Erasmus

TOP 10
Preis-Genuss-Verhältnis

—— Dass hohe Qualität ihren Preis hat, ist im Grunde ein Allgemeinplatz. Genauso wie die Tatsache, dass sich im internationalen Vergleich hierzulande selbst die besten Adressen gemessen an Wareneinsatz und Aufwand oft unter Wert verkaufen. Aber auch mit entsprechend cleveren Konzepten, fokussiertem Angebot und Verzicht auf preistreibende Exklusivität lässt sich sehr gute Küche zu sehr moderaten Preisen realisieren – ganz gleich, ob im bodenständigen Landgasthof oder im hochambitionierten Gourmetrestaurant. Hier zeichnen wir genau jene Adressen aus, die besonders viel Genuss für die aufgerufenen Kurse bieten.

Foto: Gasthaus Goldener Stern

Im Goldenen Stern in Rohrbach bietet Familie Fuß ein außergewöhnlich gutes Preis-Genuss-Verhältnis.

Haus Stemberg Anno 1864, Velbert-Neviges

Kaum sonst irgendwo gehen Bodenständigkeit und Exklusivität so ungezwungen und authentisch zusammen wie im Gourmetgasthaus der Stembergs: Wiener Schnitzel oder großes Menü? Hier geht mittags wie abends beides. Und beides zu bodenständig gebliebenen Preisen.

Hannappel, Essen

Trotz klarer Niveausteigerung und sehr viel vom sehr guten Produkt, zeigt das Team im Restaurant Hannappel, wie mit einer überschaubaren Karte eine verblüffend einladende Kalkulation möglich ist. Chapeau!

Johanns, Waldkirchen

Es ist sicher nicht allein der Provinzbonus, sondern vielmehr der Fokus auf regionale Produkte, charakterstarke Gemüse, Getreide & Co., die dem Team um Michael Simon Reis bei hohem Niveau faire Preise ermöglichen. Und das nicht nur mittags, sondern auch abends. Idee vor Luxus!

Fritz's Frau Franzi, Düsseldorf

So macht Casual Fine Dining tatsächlich Sinn: ungezwungen niveauvolles Drumherum auf den Tellern statt angestrengtem Gebastele, klare, ausdrucksstarke Aromen und clevere Kombinationen auf hohem Niveau. Benjamin Kriegel macht's richtig!

Esskunst, Schwarzenfeld

Mit der Beschränkung auf zwei viergängige Menüs und wenige markante Komponenten bringt Christian Bernholz mehr Spannung auf die Teller als viele Kollegen mit dreifachem Aufwand – und kann so die Kosten erfreulich niedrig halten.

Goldener Stern, Rohrbach

Die „feine Heimatküche by Stefan Fuß" beinhaltet nicht nur bestmögliche Wirtshausklassiker, sondern auch ideen- und aromenreiche Menüs zu unglaublichen Preisen – und ist nicht zuletzt deshalb immer rappelvoll.

Kocht im Zentrum von Fulda für kleines Geld groß auf: Christian Steska in seinem Restaurant Christian & Friends Tastekitchen.

Christian & Friends Tastekitchen, Fulda

Nicht nur das explizite Lunch-Angebot, sondern auch das mittags wie abends verfügbare Menü aus der Hand von Christian Steska bietet schlagkräftige Kombinationen und Einfallsreichtum anstelle von kostspieligem Luxus. Und das zu frappierend günstigen Preisen!

Gasthaus Jakob, Perasdorf

Gasthaus im Namen, im Ambiente und auf der Rechnung – auf den Tellern aber klar Gourmet: Das Team um Michael Ammon weiß, wie es geht, und setzt das souverän und mit viel Coolness um.

Rebers Pflug, Schwäbisch Hall

In den ebenso klassischen wie einfallsreichen und präzisen Gerichten von Harald Reber stehen Qualität, Substanz und Geschmack vor überbordender Inszenierung und Exklusivität – und das macht sich auf der Rechnung auf erfreuliche Art bemerkbar.

ESTIMA, Erfurt

Das junge Küchenteam im Estima ist mit seinen spanisch inspirierten, gekonnt aufs Wesentliche reduzierten Kreationen nicht bloß eine der Entdeckungen des Jahres, sondern lässt auch Reserven im Portemonnaie – etwa für die vielen guten Weine von der iberischen Halbinsel.

Foto: Restaurant Christian & Friends Tastekitchen

TOP 10
Fine Dining mit Aussicht

—— Fast könnte man meinen, Fine Dining und frische Luft würden sich nicht vertragen, denn besonders die gehobenen Restaurants der Luxusklasse bieten ihren Gästen kaum Tische unter freiem Himmel an. Selbst wenn eine schöne Terrasse oder ein Garten vorhanden sind, wird dort meist allenfalls der Aperitif und etwas Knabberei serviert. Umso eindrücklicher sind die Ausnahmen, wo im Sommer gehobene Küche und feine Tischkultur im Freien stattfinden können – vor allem dann, wenn zum Open-Air-Gefühl auch noch eine wunderschöne Aussicht dazukommt. Wir haben hier die zehn schönsten Freiluft-Spots mit sehr guter Küche aufgelistet.

Die Terrasse von Schloss Eberstein wird auch von Werners Restaurant genutzt.

Foto: Schloss Eberstein

Ophelia, Konstanz
Auf der erhöhten Balkonterrasse des Restaurants Ophelia sind die Blicke nicht bloß auf die hervorragenden Teller von Küchenchef Dirk Hoberg und seinem Team gerichtet, sondern schweifen auch immer wieder über den Bodensee.

GästeHaus Klaus Erfort, Saarbrücken
Auch wenn die direkte Umgebung des GästeHaus Klaus Erfort mit Aral-Tankstelle und Verkehrslärm der Mainzer Straße etwas unwirtlich wirkt – auf der Terrasse hinter dem Haus mit Blick in den großzügigen Garten ist davon rein gar nichts zu spüren.

Courtier, Weissenhaus
Im Sommer findet das Geschehen auf der prächtigen Terrasse statt: mit Blick in den Park, auf unendliche Flurweiten und eine kleine Waldschneise, durch die man in der Ferne sogar das Meer glitzern sieht. Eine Traumkulisse für das feudale Kulinarium von Christian Scharrer!

Gut Lärchenhof, Pulheim
Bei entsprechender Witterung können die Gäste die kreative und vor allem sehr eigenständige Küche von Torben Schuster auf der weitläufigen Terrasse mit Blick auf das Green des umliegenden Golfplatzes genießen.

Klassenzimmer, Fürstenhagen
Im Sommer gönnen Nicole und Daniel Schmidthaler ihren Gästen einen Platz im wildwüchsigen Garten um die Alte Schule herum, was das Erlebnis der kreativen und sehr naturverbundenen Regionalküche gleich noch eindrucksvoller werden lässt.

Werners Restaurant, Gernsbach
Allein der atemberaubende Ausblick von Schloss Eberstein aus über die umliegenden Rebhänge hinab nach Gernsbach lohnt den Besuch. In Kombination mit einem Menü aus der Feder von Bernd Werner und Küchenchef Andreas Laux ist das unschlagbar.

Rüssels Restaurant, Naurath
Die Szenerie ist wie gemalt: Das komfortable kleine Hotel am Rande eines Waldes mit kleinem See vor der Türe und weiten grünen Auen dahinter wirkt wie der Prototyp eines gastronomischen Landhauses und ist die traumhafte Kulisse für feinste regionalbetonte Küche.

Pur, Berchtesgaden
Exponierter kann man in Deutschland kaum draußen sitzen und Kulinarik auf hohem Niveau genießen als auf der 1000 Meter hoch gelegenen Terrasse im Gourmetrestaurant Pur im Kempinski Hotel Berchtesgaden auf dem Obersalzberg.

Kronenschlösschen, Eltville
Nur wenige Meter vom Rheinufer entfernt und inmitten eines gepflegten Privatparks gelegen, ist die Terrasse des Kronenschlösschens im Herzen des Rheingaus ein traumhafter Ort, um im Sommer draußen zu dinieren.

Seehalde, Uhldingen
Für uns der schönste Platz am Bodensee, wenn es um sehr gut essen und draußen sitzen mit Seeblick geht: Die gepflegte Terrasse liegt direkt am Ufer, und auf den Tellern von Markus Gruler und seinem Team landen viele Spezialitäten der örtlichen Fischer.

Fine Dining mit Ausblick auf den Golfplatz: Gut Lärchenhof.

Foto: Gut Lärchenhof

TOP 10
Vegetarische Spitzenküche

—— Bis auf eine Ausnahme bekochen unsere vegetarischen Spitzenköche keine rein vegetarischen Restaurants. Aber allesamt bieten permanent ein vegetarisches Menü oder eine größere Anzahl an solchen Speisen an. Und zwar im bundesweiten Vergleich auf Top-Niveau! Das heißt, dass hier Restaurants wie etwa das Essigbrätlein in Nürnberg, das 100/200 in Hamburg, das The Izakaya in Wachenheim, das Horváth und das Nobelhart & Schmutzig in Berlin oder auch das Sosein in Heroldsberg, die uns in der Vergangenheit ebenfalls mit ganz herausragenden fleisch- und fischlosen Gerichten begeistert haben, leider unberücksichtigt bleiben müssen, denn dort wird entweder nur temporär vegetarisch gekocht, oder es sind nur jeweils Teile des Menüs reine Gemüsegänge. Ziel war es aber, eine Top-10-Liste mit Restaurants zu erstellen, in denen man das ganze Jahr über auch ausschließlich vegetarisch essen kann. So wie bei den folgenden Top 10, wo man derzeit die unserer Ansicht nach ausgefeiltesten „Gemüsemenüs" bekommt.

Foto: GUSTO

Variationen vom Mais mit Mohn und Vogelmiere von Nils Henkel.

Andreas Krolik (Lafleur, Frankfurt)
Einer der Pioniere der „High-End-Gemüseküche" in Deutschland. Eines der beiden Menüs von Andreas Krolik ist nicht nur rein vegetarisch gekocht, sondern sogar vegan.

Paul Ivić & Viktor Gerhardinger (Tian, München)
Im gleichnamigen Münchner Ableger des Wiener Restaurants Tian wird ausschließlich vegetarisch gekocht – einfallsreich, spannend und kreativ.

Mike Schiller (Schillers, Koblenz)
À la carte gibt es in Koblenz' bestem Restaurant weiterhin Fleisch und Fisch, das sechsgängige Gourmetmenü ist jedoch seit Kurzem ausschließlich vegetarisch – und man vermisst nichts!

Tim Raue (Restaurant Tim Raue, Berlin)
Spitzkohl mit grünen Sancho-Beeren und Portulak oder Sichuan-Topinambur mit chinesischer Artischocke und roter Traube: Hier hat selbstverständlich auch das vegane Menü den typischen Tim-Raue-Style.

Torsten Michel (Schwarzwaldstube temporaire, Baiersbronn)
Torsten Michel schreibt das einst unter Harald Wohlfahrt eingeführte vegetarische Menü in der Schwarzwaldstube erfolgreich fort.

Bobby Bräuer (EssZimmer BMW Welt, München)
Die kreative klassische Kochkunst von Bobby Bräuer lässt sich auch rein vegetarisch genießen: Das Menü mit Kreationen wie Hokkaidokürbis mit Essigzwetschge, Kümmel und geräucherter Paprika hat bis zu sieben Gänge.

Nils Henkel (Bootshaus, Bingen)
Auch an seinem neuen Arbeitsplatz auf der anderen Seite des Rheins zählt Nils Henkel für uns zur Riege der besten vegetarischen Köche in Deutschland.

Sarah Henke (Yoso, Andernach)
Asiatisch inspirierte Spitzenküche von Sarah Henke: Ihr Menü „Elemente" umfasst Fleisch und Fisch, das Menü „Luft" in bis zu sieben Gängen ist rein vegetarisch.

Knusprig gebratener Sellerie mit Trüffel-Vinaigrette im Restaurant Schillers in Koblenz.

Maurizo Oster (Zeik, Hamburg)
Bereits in seinem regulären „Zeik-Mahl" kann man immer bei zwei oder drei Gängen schmecken, wie raffiniert der Chef mit Gemüse umgehen kann. Parallel dazu gibt's auch eine rein vegetarische sechsgängige Alternative.

Joshua Leise (Mural, München)
Im Mural Kullnarium spielen charakterstarke Gemüse ohnehin eine wichtige Rolle. Mit seinem alternativen vegetarischen Menü stellt das Team unter Beweis, dass sein moderner Stil auch ganz ohne Fisch und Fleisch funktioniert.

Karotte, Sonnenblume und Kräuterbutter im Restaurant Zeik in Hamburg.

Fotos: GUSTO

TOP 10
Der besondere Ort

—— Während es in vielen anderen Ländern zahlreiche architektonisch geradezu spektakuläre oder besonders exponiert gelegene Spitzenrestaurants gibt, wirken die meisten deutschen Gourmetlokale vergleichsweise gediegen. Doch es gibt auch hierzulande einige Spots, die entweder durch ihr außergewöhnliches Raumdesign oder durch ihre besondere Lage – im besten Fall sogar durch beides – zu einer überdurchschnittlich originellen Location werden. Nachfolgend finden Sie unsere Top 10 der in diesem Guide empfohlenen Restaurants, in denen Gourmets an einem ganz außergewöhnlichen Ort ganz besonders gut essen können. Wo das Gesamtpaket aus Raumgefühl, Umgebung und Essen einzigartig ist.

Foto: Restaurant Skykitchen

Der spektakulärste Ausblick über die Hauptstadt: Skykitchen in Berlin.

Facil, Berlin

In seiner puristischen und schnörkellosen Anmutung ist der bambusumwachsene und trotzdem lichtdurchflutete Glaskubus mit Cabrio-Dach hoch über dem Potsdamer Platz wie eine entschleunigte grüne Oase mitten in der hektischen Großstadt.

Falco, Leipzig

Das mondäne und großzügige Interieur des Restaurants Falco im 27. Stock des Hotels The Westin Leipzig hat was – doch erst in Kombination mit dem spektakulären Ausblick über die Sachsenmetropole durch die durchgängige Fensterfront wird das ganze Setting Top-10-würdig.

PURS, Andernach

Das Purs ist das erste Hotel, das der belgische Designer und Antiquar Axel Vervoordt als Gesamtes gestaltet hat. Auch beim großzügigen Restaurant mit seiner behaglichen Ästhetik hat er ganze Arbeit geleistet.

EssZimmer in der BMW Welt, München

Mit seinem heimelig wirkenden Ambiente erzeugt das Restaurant die warme Atmosphäre eines großen, exklusiven Privatrefugiums und ist damit zugleich ein spannender Gegensatz zur kühlen und technisierten Hightech-Autowelt, über der man hier wie in einem Paralleluniversum schwebt.

ÖSCH NOIR, Donaueschingen

Mit schnörkellosem Raumdesign, runden Sitzinseln und Raumteilern aus Glaskugeln, die wie Wasserblasen vom Boden bis zur Decke aufsteigen, kann sich das Ösch Noir im spektakulär großzügigen Hotel-Resort Öschberghof als ein dem noblen Rahmen angemessenes Fine Dining-Restaurant präsentieren.

SKYKITCHEN, Berlin

Dank Breitwand-Panorama durch die bodentiefen Fensterfronten ein spektakulärer Ausblick über die Hauptstadt. Reizvoll ist in dem modern, wohnlich und behaglich gestalteten Raum auch der Kontrast zur unwirtlichen, in alle Himmelsrichtungen bis zum Horizont reichenden Großstadt.

Ostseelounge, Dierhagen

Die Ostseelounge im obersten Stockwerk des Strandhotels Fischland mit ihrem schnörkellos modernen, aber auch sehr eleganten Interieur wird durch den sensationellen Panoramablick über kilometerweiten Strand, das Meer und den nach allen Seiten hin unendlichen Horizont zum einzigartigen „Place to be".

100/200 Kitchen, Hamburg

Der großzügig um einen großen Molteni-Herd herum angeordnete Gastraum mit dem Flair eines Loft-artigen Kochateliers ist in Richtung Elbbrücken und Hafenszenerie ausgerichtet und bietet neben einer durchdachten Gestaltung im Industrial Design auch atemberaubende Sonnenuntergänge.

Söl'ring Hof, Sylt

Das Gesamtkunstwerk Söl'ring Hof, ein stattliches Reetanwesen aus den 50er-Jahren, lebt von seiner traumhaft schönen Lage zwischen den Dünen am südlichen Ortsrand von Rantum. Am eindrücklichsten ist das Erlebnis im Sommer, wenn man den Aperitif und die Austern noch draußen auf der Terrasse genießen kann und später oben auf der kleinen Dünen-Bank den Sonnenuntergang.

Tantris, München

50 Jahre und kein bisschen altmodisch. Das zu Anfang der 70er-Jahre als moderner Sakralbau eröffnete Tantris hatte bis heute das spektakulärste Raumdesign hierzulande: hummerrot und trüffelschwarz, die Decken und Wände aus orangefarbenem Teppich. Hier traf der abgenutzte Begriff „Gourmettempel" ausnahmsweise mal zu! 2021 wird die Restaurant-Legende zwar grundlegend saniert, aber wir sind sicher, dass sie auch danach wieder ihren Platz in diesen Top 10 hat!

Ranking von 10↑ bis 6

10↑ Gusto-Pfannen

Aqua, Wolfsburg
Atelier, München
Lorenz Adlon Esszimmer, Berlin
Schwarzwaldstube temporaire, Baiersbronn
The Table Kevin Fehling, Hamburg
Vendôme, Bergisch-Gladbach
Victor's Fine Dining by Christian Bau, Perl

10 Gusto-Pfannen

Courtier, Weissenhaus
Facil, Berlin
Falco, Leipzig
GästeHaus Klaus Erfort, Saarbrücken
Haerlin, Hamburg
Horváth, Berlin
Meierei Dirk Luther, Glücksburg
Ophelia, Konstanz
Restaurant Überfahrt, Rottach-Egern
Rutz Restaurant, Berlin
Sonnora, Dreis

9↑ Gusto-Pfannen

Lafleur, Frankfurt am Main
Luce d'Oro, Elmau
Restaurant Bareiss, Baiersbronn
SALON rouge by Tohru Nakamura, München
schanz. restaurant., Piesport
Söl'ring Hof, Sylt
Stadtpfeiffer, Leipzig
Steinheuers Restaurant Zur Alten Post, Bad Neuenahr-Ahrweiler
Tim Raue, Berlin

9 Gusto-Pfannen

Alois, München
AMMOLITE – The Lighthouse Restaurant, Rust
bianc, Hamburg
Der Butt, Rostock
Dichter, Rottach-Egern
Essigbrätlein, Nürnberg
EssZimmer, München
Gut Lärchenhof, Pulheim
Hirschen, Sulzburg
Jante, Hannover
L.A. Jordan, Deidesheim
Lamm Rosswag, Vaihingen / Enz
Le Moissonnier, Köln
Le Pavillon, Bad Peterstal
Nagaya, Düsseldorf
PURS, Andernach

8↑ Gusto-Pfannen

August, Augsburg
Eisvogel, Neunburg
Esplanade, Saarbrücken
Friedrich Franz, Bad Doberan (Heiligendamm)
Gustav, Frankfurt am Main
Klassenzimmer, Fürstenhagen
Opus V, Mannheim
Orangerie, Timmendorfer Strand
ÖSCH NOIR, Donaueschingen
Palmgarden, Dortmund

8↑ Gusto-Pfannen

Piment, Hamburg
Restaurant 360°, Limburg an der Lahn
Restaurant Alexander Herrmann by Tobias Bätz, Wirsberg
Restaurant Residenz Heinz Winkler, Aschau i. Chiemgau
Schlossberg, Baiersbronn
Speisemeisterei, Stuttgart

8 Gusto-Pfannen

100/200 Kitchen, Hamburg
1876 Daniel Dal-Ben, Düsseldorf
Adler, Lahr
Bandol sur mer, Berlin
Beckers Restaurant, Trier
Bembergs Häuschen, Euskirchen
BODENDORF'S, Sylt
Coda, Berlin
Cordo, Berlin
Das Maximilians, Oberstdor
fine dining RS, Salach
Français, Frankfurt am Main
Frühsammers Restaurant, Berlin
Goldberg, Fellbach
Gourmetrestaurant Münchhausen, Aerzen
Halbedels Gasthaus, Bonn
Haus Stemberg Anno 1864, Velbert
Hofstube Deimann, Schmallenberg
Huberwirt, Pleiskirchen
Jellyfish, Hamburg
Lakeside, Hamburg
Le Cerf, Zweiflingen
Le Gourmet, Heidelberg
Les Deux, München
LOUIS restaurant, Saarlouis
Maerz – Das Restaurant, Bietigheim-Bissingen
Merkles Restaurant, Endingen a. K.
Meyers Keller – Jockl Kaiser, Nördlingen
Nobelhart & Schmutzig, Berlin
Oben, Heidelberg
Ostseelounge, Ostseebad Dierhagen
Oswalds Gourmetstube, Teisnach
Ox & Klee, Köln
Philipp, Sommerhausen
Philipp Soldan, Frankenberg
Raub's Landgasthof, Kuppenheim
Rebers Pflug, Schwäbisch Hall
Ristorante Ai Pero, Andernach
Rüssels Restaurant, Naurath / Wald
s'Äpfle, Bodmann
Sanct Peter – Restaurant Brogsitter, Bad Neuenahr-Ahrweiler
Schillers Manufaktur, Koblenz
Schote, Essen
Schwarzer Adler, Vogtsburg
Schwarzer Hahn, Deidesheim
Schwingshackl ESSKULTUR, Bad Tölz
Schwitzer's Restaurant, Waldbronn
Seestern, Ulm
SKYKITCHEN, Berlin
Sterneck, Cuxhaven
Storchen Restaurant Hotel, Bad Krozingen (Schmidhofen)
Storstad, Regensburg
taku, Köln
The Izakaya, Wachenheim
Tulus Lotrek, Berlin
Villino, Lindau
Werners Restaurant, Gernsbach
Wolfshöhle, Freiburg i. Breisgau
Zeik, Hamburg
ZweiSinn Fine Dining, Nürnberg

7↑ Gusto-Pfannen

5 Gourmetrestaurant, Stuttgart
Acquarello, München
Agatas Restaurant, Düsseldorf
Anima, Tuttlingen
Aska, Regensburg
avui, Fellbach
bachofer, Waiblingen
Balthasar, Paderborn

7↑ Gusto-Pfannen

Belvedere, Heringsdorf
Camers, Hohenkammer
Carmelo Greco, Frankfurt am Main
Casala, Meersburg
Cheval Blanc, Illschwang
einsunternull, Berlin
Eisenbahn, Schwäbisch Hall
Erbprinz, Ettlingen
Ess Atelier Strauss, Oberstdorf
Esszimmer, Schwendi
Favorite, Mainz
Ferment, Münster
Freustil, Rügen
Gasthof zum Bad, Langenau
Golvet, Berlin
Gourmetrestaurant Nico Burkhardt, Schorndorf
Hämmerle's Restaurant Barrique, Blieskastel
Handwerk, Hannover
Hannappel, Essen
Hugos, Berlin
Iuma by Dyllong & De Luca, Dortmund
Johanns, Waldkirchen
Kaminzimmer im Staudenwirt, Finning
Kochzimmer, Potsdam
Köhlerstube temporaire, Baiersbronn
La Société, Köln
La Vallée Verte, Herleshausen
Laurentius, Weikersheim
Cœur D'Artichaut, Münster
Da Vinci, Koblenz
Der Zauberlehrling, Stuttgart
Die Brasserie, Pirmasens
Eckert, Grenzach-Wyhlen
Malathounis, Kernen
maximilian lorenz restaurant, Köln
Mural, München
Oettingers Restaurant, Fellbach
Petit Amour, Hamburg
Reisers am Stein, Würzburg
Restaurant 1797, Panker
Restaurant auf Schloss Filseck, Uhingen
Rosin, Dorsten
Schlössl, Oberotterbach
showroom, München
Silberdistel, Ofterschwang
Sparkling Bistro, München
St. Andreas, Aue
The NOname Berlin
THE O'ROOM, Heringsdorf
Tian, München,
Traube, Efringen-Kirchen
ursprung – das Restaurant, Königsbronn-Zang
Volt, Berlin
Waidwerk, Nürnberg
YOSO, Andernach
Yunico – Japanese fine dining, Bonn
Zur Krone, Herxheim
Zur Post, Odenthal

7 Gusto-Pfannen

[maki:'dan] im Ritter, Durbach
959 Heidelberg Stadtgarten, Heidelberg
Acetaia, München
Alfredo, Köln
Alte Liebe, Augsburg
Alte Pfarrey, Neuleiningen
Alte Überfahrt, Werder an der Havel
Astrein, Köln
Atelier Sanssouci, Radebeul
Balthazar, Timmendorfer Strand
Berens am Kai, Düsseldorf
Berggasthaus Niedersachsen, Gehrden
Berlins Krone, Bad Teinach
BjoernsOx, Dermbach
Bootshaus, Bingen am Rhein
Brockel Schlimbach, Nideggen
Buchner Welchenberg, Niederwinkling
Chairs, Frankfurt am Main
Christians Restaurant, Kirchdorf
Christopher's, Berlin
Clostermanns Le Gourmet, Niederkassel
Das Alte Haus, Braunschweig
Das garbo im Löwen, Eggenstein-Leopoldshafen
Das Marktrestaurant, Mittenwald
Délice, Stuttgart
Der Schneider, Dortmund
die burg, Donaueschingen
Die Mühle Jork, Jork
Die Mühlenhelle, Gummersbach
Die Reichsstadt, Gengenbach
DIE.SPEISEKAMMER, Oberstaufen
Dorfwirt & Friends, Unterammergau

7 Gusto-Pfannen

Dr. Kosch, Düsseldorf
Ebbinghaus, Burgrieden
Eichhalde, Freiburg i. Breisgau
Elements, Dresden
Ente, Wiesbaden
Entenstuben, Nürnberg
Ernos Bistro, Frankfurt am Main
Essence, München
ESTIMA by Catalana, Erfurt
Faelt, Berlin
Falconera, Öhningen
Fässle le restaurant, Stuttgart
Fritz's Frau Franzi, Düsseldorf
Gabelspiel, München
Gasthaus Jakob, Persdorf
Gasthaus zum Raben, Horben
Gasthof Krone, Waldenbuch
Genießer Stube, Friedland
GenussWerkstatt, Mainz
Goldener Anker, Dorsten
Goldener Hahn, Finsterwalde
Gourmetrest. Laudensacks Parkhotel, Bad Kissingen
Gourmetrestaurant Aubergine, Starnberg
Grammons Restaurant, Dortmund
Gregor's Fine Dining, Rötz
Haco, Hamburg
handicap., Künzelsau
Heimatjuwel, Hamburg
Helbigs Gasthaus, Johannesberg
Höptners Abendmahl, Bielefeld
Hugenhof, Simonswald
Ich weiß ein Haus am See, Krakow am See
Jungborn, Bad Sobernheim
Juwel, Kirschau
KAI3, Sylt
Kaupers Restaurant,Selzen
Keidenzeller Hof, Langenzenn
KellerWirtschaft, Vogtsburg
Kesselhaus, Osnabrück
Koch & Kellner, Nürnberg
Kronenschlösschen, Eltville
Kulmeck, Heringsdorf
La Becasse, Aachen
La Fontaine, Wolfsburg
Landhaus Feckl, Ehningen
Landhaus Halferschenke, Dieblich
Landhaus Scherrer, Hamburg
Landwerk, Wallerfangen
Le Chopin, Boppard
Le Corange, Mannheim
Le Flair, Düsseldorf
Le Jardin de France, Baden-Baden
Le Temple, Neuhütten
Les Deux, München
Lohninger, Frankfurt am Main
Maître, Köln
Meisenheimer Hof Restaurant, Meisenheim
Michael's Leitenberg, Frasdorf
NeoBiota, Köln
Nose & Belly, Augsburg
noVa, Herrenberg
Orania.Berlin, Berlin
Pavo, Pfronten
PIETSCH, Wernigerode
Prism, Berlin
Pur, Berchtesgaden
Räthro – Nature's Finest, Groß Nemerow
Redüttchen, Bonn
Restaurant Weinhaus Uhle, Schwerin
Restaurant zur Krone, Neupotz
Reuter, Rheda-Wiedenbrück
Rolin, Pinneberg
Roter Hahn, Regenburg
Sandhof Gourmetrestaurant Dirk Maus, Ingelheim
Scharffs Schlossweinstube, Heidelberg
Schillingshof, Friedland
Schlossrestaurant Victoria, Kronberg
Se7en Oceans, Hamburg
Seehalde, Uhldingen
sein, Karlsruhe
Setzkasten, Düsseldorf
Seven Swans, Frankfurt am Main
SoulFood, Auerbach i. d. OPf.
Spielweg, Münstertal
St. Benedikt, Aachen
Taverna & Trattoria Palio, Celle
Titus im Röhrbein, Hannover
Trüffelschwein, Hamburg
Urgestein, Neustadt a. d. Weinstraße
Valentin, Lindau
Villa Merton Gourmet, Frankfurt am Main
Voit, Kassel
Wein- & Tafelhaus, Trittenheim
Weinsinn, Frankfurt am Main
Wielandshöhe, Stuttgart
Wonka, Nürnberg
Wullenwever, Lübeck
Yoshi by Nagaya, Düsseldorf
Zehners Stube, Pfaffenweiler
Zeit Werk – by Robin Pietsch, Wernigerode
Zirbelstube, Freiburg i. Breisgau
Zur Golden Kron, Frankfurt am Main
Zur Weinsteige, Stuttgart

6↑ Gusto-Pfannen

Alte Feuerwache Bistro-Restaurant, Würselen
Am Kamin, Mülheim a.d. Ruhr
Ambiente, Staufen
Aureus, Frankfurt am Main
Backmulde, Ladenburg
Bidlabu, Frankfurt am Main
Bieberbau, Berlin
BOK – Brust oder Keule, Münster
Bootshaus, Weissenhaus
Bricole, Berlin
Charlotte & Fritz, Berlin
Christian & Friends Tastekitchen, Fulda
Cookies Cream, Berlin
Das kleine Lokal, Bremen
Dobler's, Mannheim
eins44 Kantine Neukölln, Berlin
erasmus, Karlsruhe
esskunst, Schwarzenfeld
EssZimmer, Weinheim
Fallert, Sasbachwalden
Gasthaus Lege, Burgwedel
Gasthof zum Kranz, Lottstetten
Genussapotheke, Bad Säckingen
Genussschmiede, Pirk
Gourmetrestaurant Kunz, St. Wendel
Gourmetrestaurant Usinga, Chieming
Gruber's Restaurant, Köln
Gude Stub – Casa Antica, Bühl
Haebel, Hamburg
Haubentaucher, Rottach-Egern
Hegel Eins, Stuttgart
Heldenplatz, Hamburg
Heldmann & Herzhaft, Remscheid
Henne. Weinbar & Restaurant, Köln
Henrich Höers Speisezimmer, Idstein
Hirsch, Schramberg
Hirsch – Genusshandwerk, Bad Liebenzell (Monakam)
Jan's Restaurant, Detmold
Jean, Eltville
Juliette, Potsdam
Kaminstube, Baiersbronn
Kleinod, Öhringen
KUNO 1408, Würzburg
Lamm, Maselheim
Landgasthaus zur Linde, Pliezhausen
Landgasthof Adler, Rammingen
Landgasthof Hirsch, Remchingen
Landhaus Rössle, Bretzfeld-Brettach
Lido Hafen, Düsseldorf
Marly, Mannheim
Meister Lampe, Stuttgart
MUN Restaurant, München
NIKKEI NINE, Hamburg
Pfälzer Stuben, Herxheim
PHOENIX Restaurant & Bar, Düsseldorf
Poisson, Köln
Ponyhof Stammhaus, Gengenbach
POTS – Dieter Müller, Berlin
Pure White, Köln
Rebstock-Stube, Denzlingen
Restaurant JM, Sylt
Richard, Berlin
Rutz Zollhaus, Berlin
Sagrantino136, Berlin
Schattbuch, Amtzell
SchauMahl, Offenbach
Schloss Loersfeld, Kerpen
Schwabenstube, Asperg
Spitzner Restaurant, Münster
Toshi, München
Trattoria Enoteca, Bergisch Gladbach
Vecchia Lanterna, München
Villa Hammerschmiede, Pfinztal
WeinBasis – Restaurant & Weinbar, Hannover
Weinschänke Schloss Groenesteyn, Kiedrich
Wolfs Junge, Hamburg
Würzhaus, Nürnberg
Zöllners Weinstube, Forchheim
Zur Esche, Hinterzarten
Zur Malerklause, Bescheid
Zur Tant, Köln

6 Gusto-Pfannen

Adler Wirtschaft, Eltville
Almer Schlossmühle, Brilon
Ambiente Italiano, Kelsterbach
Anders auf dem Turmberg, Karlsruhe
Andreas Scholz, Weimar
August und Maria, Aying

6 Gusto-Pfannen

Bachmaier, Heilbronn
Bachstelze, Erfurt
Berchtesgadener Esszimmer, Berchtesgaden
Bistro Grundschlag, Berlin
Blauer Bock, München
Bob & Thoms, Berlin
Brasserie Colette Tim Raue, Berlin
Brasserie Colette Tim Raue, München
CALLA, Bad Wörishofen
Cornelia Poletto, Hamburg
DÉLICE La Brasserie, München
Der Schafhof, Amorbach
Dorfstuben, Baiersbronn
Drei Birken, Birkenau
Due Fratelli, Bremen
Ederer, München
Egerner Bucht, Rottach-Egern
Einzimmer Küche Bar, Nürnberg
Emma Metzler, Frankfurt am Main
Fährhütte 14, Rottach-Egern
Field, Lüchow
Forsthaus Strelitz, Neustrelitz
Forsts Landhaus, Riedenburg
Freihardt, Heroldsberg
Friedrich von Schiller, Bietigheim
Fürstenhof, Landshut
Gams & Gloria, Schwangau
Garden Restaurant, Prien am Chiemsee
Gasthaus Egertal, Weißenstadt
Gasthaus Goldener Stern, Rohrbach
Gasthaus Weißenbeck, Dachau
Gasthaus Zum Hirsch, Neukirch
Gasthaus Zum Hirschen, Fellbach
Gasthof Bärwalde, Radeburg
Gasthof Widmann, Maisach
Gasthof Zum Rebstock, Kappelrodeck
Genuss-Atelier, Dresden
Gute Stube, Herne
Hardthaus, Kraiburg am Inn
Hardy's Restaurant, Sylt
Haus am See, Nonnenhorn
Heimat, Frankfurt am Main
Hippocampus, München
Hirsch, Sonnenbühl
Hofgut Hohenkarpfen, Hausen ob Verena
Horizont, Timmendorfer Strand
Huber, München
Il Barcaiolo, Rottach-Egern
Jin, München
Johannas, München
Bastian's Restaurant, Friedberg
Bavarie, München
Käfer-Schänke, München
Kaminstube, Bad Peterstal
Kin Dee, Berlin
Kings & Queens, Schweinfurt
Kitchen Library, Berlin
KOOK 36, Moos
Kraftwerk, Oberursel
Kräutergarten, Bonn
La Cuisine Rademacher, Köln
La Fenice, Stuttgart
Landgasthaus Schuster, Freyung
Landgasthof Löwen, Oberopfingen
Landhaus Köpp, Xanten
Landhaus Tanner, Waging am See
Le Canard, Hamburg
Le Stollberg, München
Lindenhof, Emsdetten
Lokschuppen by Julia Komp, Köln
maiBeck, Köln
Maiwerts Hütte, Tegernsee
Maltes „hidden kitchen", Baden-Baden
Matsuhisa Munich, München
Menge, Arnsberg
Michaelis, Leipzig
Müllers auf der Burg by Nelson Müller, Geisenheim
Mussumer Krug, Bocholt
Nihonryori KEN, Frankfurt am Main
nixe, Rügen
Oberländer Weinstube, Karlsruhe
Pageou, München
Pankratz, Mainz
Papageno, Konstanz
Plaisir by Hamid Heidarzadeh, Aachen
Pospisils Gasthof Krone, Bühl
Poststuben, Bad Neuenahr-Ahrweiler
Rauchfang, Bad Orb
Rebstock la petite Provence, Heilbronn
Restaurant am Steinplatz, Berlin
Rindenmühle, Villingen-Schwenningen
Rive, Hamburg
Sartory, Augsburg
Schachener Hof, Lindau
Schäferstuben, Faßberg
Schloßanger Alp, Pfronten
Schneider, Dembach
Schranners Waldhorn, Tübingen
Schuhbecks in den Südtiroler Stuben, München
Schwögler, Bad Abbach

6 Gusto-Pfannen

Seehof, Immenstaad
Sgroi, Hasmburg
SIEBZEHN84, Sylt
Sophia's Restaurant & Bar, München
Speiseberg, Halle
Speisemeisterei Burgthalschenke, Vöhringen
Spiegelstube, Rötz
Sticky Fingers, Regenburg
Strandhaus, Bonn
TIM's KITCHEN, Fürth
Tomatissimo, Bielefeld
Trattoria Ai Pero, Andernach
Tschebull, Hamburg
Turmschänke, Eisenach
Turmstube, Neunburg v. Wald
Ursprung, Presseck
VIDA by Dyllong & De Luca, Dortmund
Villa Kellermann, Potsdam
Villa Mittermeier, Rothenburg o. d. Tauber
VINCE, Hannover
Vinothek by Geisel, München
Vlet, Hamburg
Weinbar Weimar, Weimar
Weinhaus Anker, Marktheidenfeld
Weinhaus Neuner, München
Weinhaus Stern, Bürgstadt
Weinwirtschaft | Weingut Franz Keller, Stuttgart
Wintergarten-Restaurant Deimann, Schmallenberg
ZeitGeist, Weingarten
Zirbelstube, Nürnberg
Zum Goldenen Krug, Mintraching
Zum Ochsen, Karlsruhe
Zum Riesen, Kandel
Zur Glocke, Höchstädt
Zur Iphöfer Kammer, Iphofen

Von Aachen bis Zwingenberg

Aachen (Nordrhein-Westfalen)

7

La Becasse

Hanbrucher Str. 1, 52064 Aachen
0241-74444
www.labecasse.de
Mo ab 18 Uhr, Di–Fr von 12–14 Uhr u. ab 18 Uhr, Sa ab 18 Uhr, So u. Fei RT
Hauptgericht: 34–45 €,
Menüs: 74–110 €
VISA

Ein Stück Frankreich in Aachen: und zwar beste französische Bistro-Kultur, wie sie im Mutterland der Haute Cuisine in den meisten Großstädten auch den Ansprüchen erfahrener Feinschmecker gerecht wird, hierzulande aber Seltenheitswert hat. Das Team setzt voll auf hohe Produktqualitäten, dargeboten in unkomplizierter klassisch-französischer Façon und eher dichtaromatisch und harmonisch als filigran oder kreativ. Das gibt es nicht geschenkt, aber mit reichlich guten Edelprodukten als reellem Gegenwert. Und dazu einen guten, aufmerksamen Service alter Schule.

6

Plaisir by Hamid Heidarzadeh

Schlossstr. 16, 52066 Aachen
0241-89464514
www.plaisiraachen.de
Küchenchef: Hamid Heidarzahdeh
Di–Sa ab 18 Uhr, So u. Mo RT
Hauptgericht: 30–38 €, Menüs: 58–98 €
VISA

Das hatte sich Inhaber und Küchenchef Hamid Heidarzahdeh sicher auch ganz anders vorgestellt, als er Anfang 2020 das schöne Restaurant mit hohen Räumen und Stuckdecke im Frankenberger Viertel von Aachen neu eröffnete, um dann gleich ein paar Wochen später coronabedingt schon wieder vorübergehend schließen zu müssen. Da er sich jedoch schon davor als Küchenchef eines anderen Aachener Restaurants einen Namen machen konnte, reichte die kurze Zeit, um in der Region auf sein neues Projekt aufmerksam zu machen. Und so erfreute sich das kulinarisch sehr ambitioniert betriebene Plaisir in der Zeit nach dem ersten Lockdown bereits großer Beliebtheit – und auch bei unserem ersten Besuch noch vor dem zweiten Lockdown war das Lokal restlos ausgebucht.
Der Chef und sein Team sind hier im Rahmen ihres bis zu achtgängigen Menüs, aus dem man alle Gänge auch à la carte wählen kann, mit extrem hohem Aufwand zugange. Und unser erster Gesamteindruck lässt uns zu dem Schluss kommen: vielleicht etwas zu viel Aufwand! Denn mit ziemlichem Kleinklein und jeder Menge Einzelkomponenten und Variationen auf den meisten Tellern macht es sich die Küche nach unserer Auffassung deutlich schwerer, als es eigentlich nötig wäre. Wir heben das nur deshalb so deutlich heraus, weil man nämlich ebenfalls auf jedem Teller sehr deutlich erkennen kann, dass das bis in die Haarspitzen motivierte Team hervorragend kochen kann und das Ergebnis noch überzeugender ausfallen würde, wenn es seine Ressourcen optimaler einsetzen würde. Wenn man allein die Umsetzung und Präsentation der Gerichte betrachtet, könnte die Bewertung bereits deutlich höher ausfallen. Manchmal hat der Gaumen aber dem Auge noch etwas zu neiden.
Die grazilen Fingerfood-Snacks zum Aperitif beispielsweise sahen raffinierter aus, als sie letztendlich geschmeckt haben, was in erster Linie an deren Texturen lag. Denn das etwas bröselig-pappige, Baiser-ähnliche Steinpilz-Gebäck mit Rindertatar und Jalapeño-Mayonnaise sowie ein mit Kürbis- und Zwiebel-Winzigkeiten appliziertes Reispapier-Gebilde wirkten haptisch recht unausgereift. Geschmacklich sehr fein war die kalte Tomatenessenz, deren Präsentation als Shot im Reagenzglas mit Basilikum-Geleekügelchen allerdings wie etwas aus der Zeit gefallen wirkte. Der eigentliche Küchengruß, eine karamellisierte Brioche-Scheibe, die mit dreierlei Rote Bete (im Salzteig gegart, gepickelt, als Creme …) sowie Wasabi-Crumbles bestückt und von mildem Petersilienschaum umgeben

war, ließ ein generelles Problem der Küche erkennen: so wie hier fehlt es den Kompositionen nämlich aromatisch hin und wieder an Deutlichkeit und Klarheit. So hätte man in diesem Fall beispielsweise mit deutlich prägnanteren Aromen und vor allem auch mehr Säure und Wasabi-Schärfe erheblich mehr herausholen können.
Das Duett von Jakobsmuschel und Ochsenbacke zur Vorspeise kam in zwei Varianten: zum einen auf dem Teller ein mit Miso-Mayonnaise, Zwiebel-Creme, Zwiebel-Gel, Röstzwiebeln und Salicornes appliziertes Jakobsmuscheltatar nebst einer schmalen Tranche von der geschmorten Ochsenbacke, zum anderen auf einem längs halbierten Markknochen einige warme, im Wechsel mit karamellisierten Topinamburscheiben aufgelegte Jakobsmuschelscheiben, die von einer gebackenen Praline der Ochsenbacke begleitet wurden. Hier war es ganz ähnlich: beim Tatar hätte man sich dringend ein frisches, säuerliches Element und vor allem deutlich weniger von der doch sehr dominanten Zwiebelcreme gewünscht. Die Jakobsmuschelscheiben auf dem Knochen kamen deutlich besser zur Geltung, allerdings wirkte die Kombination mit der Ochsenbacke in beiden Fällen etwas zusammenhanglos.
Viel stimmiger und ausgefeilter war der Zwischengang um Wildgarnele mit verschiedenen Blumenkohl-Komponenten und den Aromen von Nougat und Yuzu, die von einer eleganten Krustentiersauce sanft eingefangen wurden. Auch hier war zwar einiges an Komponenten im Spiel, etwa eine mit Koriander aromatisierte und grün gefärbte Blumenkohlcreme, geflämmter Blumenkohl oder Blumenkohl als „Couscous" – doch wirkte diese Komposition deutlich stringenter und in sich runder.
Mit einer Interpretation vom Waldorf-Salat respektive seiner üblichen Ingredienzen wurde das Duett von gebratener Gänseleber und Rauchaal begleitet – namentlich von im Salzteig gegartem und abgeflämmtem Knollensellerie, einem mit Selleriecreme gefülltem Dim Sum aus Granny-Smith-Apfel sowie eingelegten Apfelkügelchen mit Selleriecreme und karamellisierter Walnuss. Umgeben war das Ganze von Trüffeljus, und wieder entstand daraus in Summe ein sehr homogenes und rundes Geschmacksbild. Beim Seeteufel mit Wirsing in unterschiedlichen Zubereitungen waren lediglich die Proportionen suboptimal gewählt, denn nicht nur der Kohl, sondern auch einige Cranberry-Komponenten und nicht zuletzt die Marone waren einfach zu viel und zu üppig für den prinzipiell sehr guten Fisch.
Die qualitativ ebenfalls tadellose Brust von der Challans-Ente, die von etwas Entenragout in einem Kürbismuffin und einer hervorragenden Entenjus eskortiert wurde, hatte neben zahlreichen weiteren Kürbis-Komponenten auch eine mit Pfeffer abgeschmeckte Himbeercreme zur Seite – hier war jedoch alles deutlich besser proportioniert, und die Aromen und Texturen griffen sauber ineinander, ohne die jeweils anderen zu überfrachten. Da bewegte sich die Küche genauso auf 7-Pfannen-Niveau wie beim Dessert, einer ausgefuchsten Komposition von Tabariva-Schokolade, Haselnuss und Vanille, die überraschend filigran und geschmeidig über den Gaumen glitt.
Hamid Heidarzahdehs Plaisir hat definitiv das Zeug dazu, das beste Restaurant in und um Aachen zu werden. Mit etwas weniger Aktionismus auf den Tellern und dafür etwas mehr Blick auf die geschmacklichen Details dürfte das spielend möglich sein. Wir sind gespannt auf unseren nächsten Besuch!

7

St. Benedikt

Benediktusplatz 12,
52076 Aachen (Kornelimünster)
02408-2888
www.stbenedikt.de
Di–Fr von 12–13.45 Uhr u. ab 19 Uhr, Sa ab 19 Uhr, So u. Mo RT
Hauptgericht: 17–58 €,
Menüs: 90–140 €
EC VISA

Das dunkelrote denkmalgeschützte Haus im historischen Ortskern von Kornelimünster wirkt auf Anhieb einladend, aber auch drinnen, im schmalen, eher schlicht und modern gestalteten Restaurant fühlt man sich sofort wohl. Hier kocht der junge, ambitionierte Chef Maximilian Kreus sehr zeitgemäß und leicht, durchaus originell, aber stets nachvollziehbar. Alles auf seinen hübsch und akkurat, aber nicht allzu verspielt angerichteten Tellern kommt klug auf das Wesentliche reduziert in moderner Optik und mit klug gesetzten Akzenten daher. Seine beiden Menüs (mittags gibt es nur ein einfaches Lunchprogramm) strotzen vor beherzten Aromen und ausdrucksstarken Akkorden.

Achern (Baden-Württemberg)

5

Chez Georges

im Hotel Schwarzwälder Hof
Kirchstr. 38, 77855 Achern
07841-69680
www.hotel-sha.de
Di–Sa 11.30–14 Uhr u. ab 17.30 Uhr, So u. Mo RT
Hauptgericht: 12–35 €, Menüs: 25–55 €

Das relativ große Restaurant im familiengeführten Hotel der Friedmanns, das sich mit dem Hauptrestaurant Chez Georges, dem gemütlichen Kächele und der Josefsstube über mehrere unterschiedliche, warmfarbig gestaltete Gasträume erstreckt und im Sommer zudem auf eine lauschige Terrasse ausgeweitet wird, ist auch konzeptionell auf ein breites Publikum ausgerichtet. Das Kulinarium von George Friedmann und seinem Team präsentiert sich uns seit Jahren als eine im besten Sinne gutbürgerliche Küche mit gehobenem Anspruch an Produkt und Handwerk. Nicht zu exklusiv, aber auch nicht zu bodenständig. Es gibt traditionelle Klassiker aus George Friedmanns französischer Heimat, aber auch viel Mediterranes und natürlich badische Traditionsgerichte. Alles sehr solide und schmackhaft gekocht.

Aerzen (Niedersachsen)

8

Gourmetrestaurant Münchhausen

Schwöbber 9, 31855 Aerzen
05154-70600
www.schlosshotel-muenchhausen.com
Di–Sa ab 18 Uhr, So u. Mo RT
Menüs: 125–185 €

Das hübsche Wasserschloss westlich von Hameln ist ein gebührender Rahmen für die zeitlos interpretierte klassische Küche von Achim Schwekendiek, der hier schon seit vielen Jahren die Fahne des guten Geschmacks und zugleich das Niveau hochhält. Er bekocht mit seinem Team nicht nur den kleinen Gourmet-Ableger „1570 – Petit Gourmet“ mit unkomplizierter Bistroatmosphäre und spannenden, kreativen Gerichten, sondern auch das Gourmetrestaurant Münchhausen, ein aristokratisch wirkendes Schlossrestaurant mit Parkett, Stuck, Kristalllüster. Hier steht die behutsam kreativ aufgelockerte französische Haute-Cuisine im Mittelpunkt und wird als bis zu achtgängiges Menü offeriert. Das ist stets akkurat und aufwendig aus sehr guten, überwiegend internationalen Produkten zubereitet und ebenso weltoffen wie ausdrucksstark komponiert. Im Schlosskeller lagern viele gute Gewächse aus ganz Europa.

Alt Duvenstedt (Schleswig-Holstein)

5

LammButtRind

im Seehotel Töpferhaus
Am See 1, 24791 Alt Duvenstedt
04338-997177
www.lammbuttrind.de
Küchenchef: Julian Richert
Täglich ab 18 Uhr, kein RT
Hauptgericht: 16–26 €, Menüs: 36 €

Während noch bei unserem letzten Besuch im Restaurant des herrlich idyllisch am Ufer des Bistensees gelegenen Seehotels Töpferhaus zwischen „Fine dining“ und „Casual“ unterschieden wurde, gibt es mittlerweile in beiden Gasträumen die gleiche Karte und dieselben Gerichte. Das Team um Chef de Cuisine Julian Richert konzentriert sich fortan auf eine bodenständige Küche mit nordischem Einschlag, die weiterhin dem Anspruch des LammButt-Rind an gute heimische Produkte, frische handwerkliche Zubereitung und natürliche,

unverfälschte Aromen entspricht, die konzeptionell und in der Ausführung jedoch deutlich einfacher gestrickt ist und entsprechend preisgünstiger ausfällt.
Man kann aus der Karte ganz normal à la carte auswählen oder sich selbst nach Lust und Laune ein wohlfeil kalkuliertes Menü zusammenstellen. Vorneweg gab's für uns köstlich aromatisches Tomatenbrot mit recht kompakter, aber saftiger Krume, das mit Bärlauch-Frischkäse, aufgeschlagener Butter und getrockneten Tomaten aufgetischt wurde. Verschiedenen Gemüsen und Kräutern, teils aus dem eigenen Garten, konnte man etwa bei einer Quiche nebst mit Honig-Limonen-Vinaigrette angemachten Salaten oder in mit Basilikumöl marinierter Form zusammen mit Mozzarella nachschmecken. Eine ebenfalls sehr leichte Vorspeise wäre der Holsteiner Katenschinken mit Ziegenkäse und Honigmelone gewesen – etwas handfester der Nordsee-Matjes mit Ingwer-Apfel-Chutney und Balsamico-Zwiebeln auf Schwarzbrot.
Die Tomaten-/Fenchel-Suppe, die wir als frisches, vegetabiles Süppchen erwartet hatten, war ein ziemlich intensives, dichtes und würziges Tomatenpüree, das nur von einer dünnen Spur Sauerrahm ein wenig abgefedert wurde. Den mit einer kräuter- bzw. gemüsegrünen Ricottafarce gefüllten Ravioli, die sich den Teller mit gebratenem rotem Mangold, eingelegten getrockneten Tomaten und ein wenig darüber gehobeltem Käse teilten, wurde durch eine rahmig-milde Limonen Buttersauce ein klein wenig Auflockerung zuteil, wenngleich man sich hier durchaus noch etwas mehr Säure und herbe zitrische Aromen hätte vorstellen können. So blieb der Teller zwar etwas eindimensional, war aber durchaus schmackhaft.
Der auf seiner Oberseite mit einer Art Salsa verde oder Pesto bestrichene und mit einer Sauce von frischem grünem Pfeffer auf Buttermilchbasis nappierte Lachs hätte auch eine schmackhafte Sache werden können, lag aber leider ziemlich übergart und trocken auf dem Teller. Weil freilich auch der angebratene grüne Spargel und die à la Arancini frittierten Risottobällchen naturgemäß nicht viel zur Saftigkeit des Gerichts betragen konnten, blieb es alles in allem eine recht karge Angelegenheit. Süffiger wirkte auf den ersten Bissen das in viel dunkler Currysauce geschmorte „Butterhühnchen", das nebst sautierten Zuckerschoten und mit frischem Koriander aromatisiertem Jasminreis daherkam. Doch hatte die relativ kreuzkümmelwürzige Currysauce eine recht pastöse Konsistenz, und das Geflügel war leider wieder ziemlich trocken und mürbe, was dann in Summe doch eher breiig und plump wirkte. Abgesehen davon fehlte hier eindeutig auch ein auflockernder, frischer Akzent.
Wer sein Mahl gerne herzhaft abschließt, kann sich auf die guten Produkte von der Backensholzer Hofkäserei verlassen. Wer lieber süß endet, kann das beispielsweise mit einer Schokoladen-Mürbteigtarte machen, der nebst sehr guten aromatischen Erdbeeren auch ein feines Minz-Rahmeis zur Seite gestellt wurde, das der opulenten Schokoladenmacht genau jenen auflockernden Frischemoment entgegenbrachte, den wir zuvor bei einigen Gängen vermisst hatten. Und apropos vermisst: vom annoncierten Salz war in dem Karamell-Parfait, das es zusammen mit Blaubeeren und Haselnüssen als Dessert-Alternative gab, leider nichts zu schmecken. Auch hier blieb somit der erhoffte kleine Aha-Effekt aus.
Nicht ganz ohne Corona-Bonus und dem sicheren Wissen aus der Vergangenheit, dass das Team hier durchaus etwas auf der Pfanne hat, stufen wir die deutlich vereinfachte Küche des LammButtRind im Rahmen seines neuen Konzepts mit (knappen) 5 Pfannen ein und vertrauen darauf, dass bis zum nächsten Mal wieder mit etwas mehr Detailsorgfalt gekocht wird. Im internationalen Weinangebot, das von Portugal bis Südtirol gut durchsortiert ist und seriöse Gewächse zum moderaten Preis offeriert, wird spielend jeder fündig. Den Service erlebten wir flink und freundlich

Hotelempfehlung

★★★★

Seehotel Töpferhaus

Am See 1, 24791 Alt Duvenstedt
✆ 04338-99710
www.toepferhaus.com
Einzelzimmer: 84–132 €
Doppelzimmer: 84–132 €

VISA

Das Seehotel Töpferhaus bei Kiel, genau zwischen Nord- und Ostsee gelegen, ist als komfortables Landidyll mitten in der malerischen Natur am Bistensee nicht nur gefragtes Genuss- und Urlaubsziel, sondern auch eine der beliebtesten Tagungs- und Hochzeitslocations im Norden. Der engagierte Service eines hochmotivierten Teams ermöglicht auch individuelle Anfragen, und das genauso für Auszeiten im kleinen Rahmen wie für große Veranstaltungen. Die idyllische Lage am See sowie die 47 liebevoll gestalteten und mit Boxspringbetten, Naturholz-Fußböden, modernen Flat-TVs, Tablets und schnellem WLAN komfortabel ausgestatteten Zimmer im hellen nordischem Landhausstil sorgen schnell für Entschleunigung. Zum Verwöhnen steht den Gästen unter anderem der „Nature Spa" mit Seeblick, Sauna, Fitness, Massagen und verschiedensten Anwendungen zur Verfügung. Und für kulinarischen Genuss sorgt das Team mit anspruchsvoller nordisch-portugiesischer Küche im Restaurant LammButtRind sowie beim komplett ohne die Verwendung von Convenienceprodukten zubereiteten Frühstück. Vom Müsli bis zum Milchreis wird hier alles frisch in der Küche produziert. LammButtRind separat erwähnt.

Alzenau (Bayern)

Krone

im Hotel Krone
Hahnenkammstr. 37, 63755 Alzenau
06023-94720
www.krone-alzenau.de
Küchenchef: Peter Reising
Mo–Do 12–14 Uhr u. ab 18 Uhr, So 12–14 Uhr, Fr u. Sa RT
Hauptgericht: 16–36 €, Menüs: 35–50 €
VISA

Im Restaurant des alteingesessenen Hotels Krone wirkt alles relativ gediegen, und man sieht dem gepflegten Gastraum seine Historie durchaus an, doch ist dort mit Peter Reising und seiner Lebensgefährtin Ann-Kathrin Baumann längst die junge Generation am Ruder. Der Koch und Hotelbetriebswirt und die Hotelfachfrau halten weitgehend an den hier seit 1863 gepflegten Familientraditionen fest und haben aus dem Hotelrestaurant kein Szenelokal gemacht. Der Chef zeigt auf den Tellern, dass er sein Handwerk in guten Häusern wie dem Anker in Marktheidenfeld, wo er einst seine Lehre absolvierte, verinnerlicht hat, bleibt aber dennoch im gehoben-gutbürgerlichen Bereich und versucht sich nicht in übermäßiger Exklusivität oder Kreativität.

Ein aufgeschäumtes Hummer-Rahmsüppchen, das mit guter Struktur und kraftvoll-natürlichem Krustentiergeschmack mit Röstaromen überzeugte, ist da eigentlich das Höchste der Gefühle, was Edelprodukte angeht – überwiegend bleibt das Kulinarium in heimatlichen und bodenständigen Gefilden. Von manchen Dingen erwartet man sich vielleicht etwas mehr Finesse: So beschränkten sich bei den „Salaten mit gegrillten Gemüsen und Crostini" der Salat auf Eichblattsalat und etwas Coleslaw und das Grillgemüse auf ein paar gebratene Champignons sowie gegrillte rote Paprika, die auf einer mit Tomatenpesto bestrichenen Weißbrotscheibe lag. Alles wohlschmeckend und frisch, aber eben nicht besonders raffiniert oder originell.

Macht aber rein gar nichts, solange die Qualität der Produkte und das Handwerkliche stimmen. So wie bei der gebratenen Lachsschnitte, die mit noch zart knackigem weißem Spargel, angenehm bissfestem Risottoreis und verschiedenen aromatischen Pilzen in einer recht intensiven, opulent rahmigen, aber nicht plumpen Bärlauchsauce schwammen. Auch das zart geschmorte Schäufele vom Reh mit fluffigen Serviettenknödelscheiben, sautierten Waldpilzen, schön säuerlichen Preiselbeeren und einer tadellosen Jus machte Freude, wenngleich das Beilagengemüse (Blumenkohl, Brokkoli, Karotten …) schon ganz schön oldschool wirkte.

Nicht ganz optimal präsentierte sich bei unserem ersten Testbesuch hier auch das Dessert in Gestalt einer an sich guten, weil zart gestockten und schön klararomatischen Orangen-Crème brûlée, bei der allerdings die ziemlich dicke und fast etwas brandig schmeckende Zuckerkruste den Eindruck etwas trübte. Das Angebot

an offen ausgeschenkten Weinen ist überschaubar, aber in der Flaschenkarte findet jeder etwas Passendes. Den Service erlebten wir flink und routiniert.

Hotelempfehlung

★★★S

Hotel Krone

Hahnenkammstr. 37, 63755 Alzenau
06023-94720
www.krone-alzenau.de
Einzelzimmer: 78–98 €
Doppelzimmer: 110–125 €
VISA

Zwei traditionsreiche Häuser in einer Hand verbindet die Familie Reising seit fünf Generationen zu einem beliebten Ziel für Erholungs- und Businessgäste: das Hotel Krone mit dreißig Betten und das benachbarte Hotel Krone am Park mit weiteren fünfzig Betten. Die Umgebung mit Wäldern und Weinbergen bietet vielfältige Freizeitmöglichkeiten, und trotz der idyllischen Lage ist es nicht weit nach Frankfurt und Aschaffenburg. Im Hotel warten neben den komfortablen Zimmern ein Wohlfühlbereich mit Sauna, Solarium und Fitnessraum sowie zwei Kegelbahnen auf die Gäste. Für Geschäftsreisende stehen fünf Tagungsräume mit moderner Ausstattung zur Verfügung. Und kulinarisch steht das Hotel als „Slow Food"-Förderer für die Nähe zur Region und handwerklichen Anspruch. Restaurant Krone separat erwähnt.

Amorbach (Bayern)

6

Der Schafhof

im Hotel Der Schafhof
Schafhof 1,
63916 Amorbach (Otterbachtal)
09373-97330
www.schafhof.de
Mo–Fr ab 18 Uhr,
Sa u. So 12–14 Uhr u. ab 18 Uhr, kein RT
Hauptgericht: 18–36 €,
Menüs: 49–79 €
VISA

Die beiden Restaurants in dem beschaulich am Ende eines Schotterwegs gelegenen ehemaligen Klostergut wurden im Sommer 2020 zu einem Gesamtkonzept verschmolzen, und trotzdem haben wir nicht weniger gut gegessen als in den vergangenen Jahren. Die gediegene französische Klassik mit Ausflügen in mediterrane oder asiatische Gefilde aus der Hand von Küchenmeister Achim Krutsch steht fortan etwas reduziert neben traditionellen regionalbetonten Gerichten, und beides ist mit der gleichen Sorgfalt und Expertise zubereitet. Weiterhin gibt es keine Experimente, stattdessen süffige, kraftvolle Geschmacksbilder mit viel Substanz, für die mal Edelprodukte im Mittelpunkt stehen und mal eher bodenständige Viktualien. Der Weinkeller ist sehr gut sortiert, hat seinen Schwerpunkt bei fränkischen Gewächsen, aber auch genügend internationale Alternativen zu bieten.

Amtzell (Baden-Württemberg)

6↑

Schattbuch

Schattbucher Str. 10, 88279 Amtzell
07520-953788
www.schattbuch.de/home
Küchenchef: Sebastian Cihlars,
Nico Lanz
Di–Fr 11.30–14 Uhr u. ab 18 Uhr,
Sa ab 18 Uhr, So u. Mo RT
Hauptgericht: 25–48 €,
Menüs: 79–99 €
VISA

Mit Sebastian Cihlars und Nico Lanz als neue Doppelspitze knüpft das in einem modernen Event- und Schulungszentrum gelegene Restaurant an den klassisch-modernen, weltoffenen Stil der vergangenen Jahre an und bleibt weiter ein ambitionierter Genussort. Wobei das Team sich klugerweise weder in überbordender Exklusivität noch in allzu kühnen Experimenten verliert, sondern trotz klar überdurchschnittlichem Niveau recht zugänglich für ein breites Publikum kocht. Die munter kombinierten Gerichte sind zwar nicht in allen Details perfekt, zielen dafür aber gekonnt auf deutlichen und unverfälschten Geschmack ab. Locker-professioneller Service durch die Gastgeber Christian Marz und Holger Birner, inklusive lohnender Weinempfehlungen.

Andechs (Bayern)

5

Bernhardhof

**Andechser Str. 32,
82346 Andechs
0170-4411222
www.bernhardhof.de
Küchenchef: Julian Holzinger
Do–Mo von 11.30–14 Uhr
u. ab 17.30 Uhr, Di u. Mi RT
Hauptgericht: 9–28 €**

VISA

Nicht schlecht, was Familie Holzinger da aus ihrem alten Bauernhof am Fuße von Kloster Andechs gemacht hat! In dem modern gestalteten Restaurant nebst kleinem Hotelbetrieb mit zehn komfortabel ausgestatteten Suiten sind drei Generationen der Familie im Auftrag des Gastes unterwegs, und der Geflügelhof liefert nach wie vor Eier, Nudeln und Mastgeflügel aus Freilandhaltung. Während Oma Rosi als gute Seele des Hauses täglich eine frische Auswahl an Kuchen und Torten für den Nachmittagsbetrieb herstellt, zeichnet ihr Enkel Julian Holzinger für die Speisenauswahl verantwortlich, die es mittags und abends gibt.

Er hat sein Handwerk im Finninger Staudenwirt gelernt und danach im inzwischen geschlossenen Gourmetrestaurant Esszimmer der Traube in Coburg im Team von Steffen Szabo mitgekocht. Jetzt verwirklicht er im eigenen Restaurant einen ansprechenden Mix aus Bodenständigkeit und Kreativität, der auf einer erfreulich übersichtlich gehaltenen Speisekarte vom Schweizer Wurstsalat aus guten regionalen Produkten bis zum Flanksteak vom US-Beef mit sous-vide gegartem Mais, Kräuter-Wedges und Portweinjus reicht.

Meist konzentriert sich der junge Chef auf seinen Tellern auf drei tonangebende Komponenten, die er schlicht und schnörkellos zubereitet. Einen sommerlich-leichten Auftakt bescherte beispielsweise die feinsäuerlich abgeschmeckte Gazpacho vom Kopfsalat, die von zwei mit passablem Taschenkrebstatar, Zitronen-Mayonnaise und Brotcroûtons beladenen Kopfsalat-Schiffchen eskortiert wurden. Qualitativ viel besser als das Taschenkrebsfleisch, nämlich ganz hervorragend, war die sanft confierte und mit Limettenschalenabrieb aromatisierte Tranche vom Stör, die sehr frisch, schön festfleischig und trotzdem ganz zart im Mittelpunkt einer anderen Vorspeise stand. Und ganz puristisch, aber farbenfroh von dreierlei verschiedenen und allesamt sehr aromatischen Tomatenscheiben, etwas Tomatenpüree sowie Aceto Balsamico von der Cantina Endrizzi begleitet wurde.

Ausschließlich von diesem Weingut aus dem Trentino stammen übrigens auch die Weine, die hier auf der sehr kleinen Karte stehen und vom im Stahltank ausgebauten Chardonnay bis zum barriquegereiften Teroldego Rotaliano „Gran Masseto“ reichen. Ersterer passte gut zum kross auf der Haut gebratenen Saibling, der mit einem zitrisch und säuerlich abgeschmeckten Limonen-Kartoffelstampf, knackig-frischen Erbsen und ausgewogenem Kokos-/Curry-Schaum ein sehr attraktiver Fischgang war. Letzterer hätte mit seinen leicht orientalischen Anklängen, den Vanille- und Röstaromen gut zum Raz-el-Hanout-Flavour des leider recht rustikal angebratenen und deshalb ziemlich randtrockenen Iberico-Schweinefilets gepasst, das mit Kicherebsenpüree und leicht säuerlich-fruchtigem geschmortem Fenchel daherkam. Schmackhaft war's trotzdem, nur halt etwas gröber gestrickt …

So wie die neckischen kleinen, leider etwas fest und kompakt geratenen Marillenknödel, die mit Butterbröseln bestreut nebst einer Nocke glatt-schmelzigem Tonkabohneneis à la Pacojet aufgefahren wurden. Leicht, frisch und originell fanden wir die „Andechser Apfelweiße", ein in einem kleinen Andechser-Bierkrug serviertes Dessert aus Apfel-Espuma, Apfel-Sorbet und Weißbier-Tapioka mit erfrischend herber, hopfiger Weißbiernote. Bei schönem Wetter kann man das alles auf der schattigen Terrasse genießen.

Zum Queri

Georg-Queri-Ring,
82346 Andechs (Frieding)
08152-91830
www.queri.de
Mi–Sa ab 17 Uhr, So ab 12 Uhr durchgehend, Mo u. Di RT
Hauptgericht: 8–19 €,
Menüs: 18–50 €
EC VISA P

Das gepflegte bayrische Gasthaus in Frieding nahe Andechs ist ein empfehlenswerter und vor allem sehr zuverlässiger Anlaufpunkt im Fünf-Seen-Land, wenn gute bodenständige bayrische Küche auf gutem Niveau gefragt ist. Hier wird noch richtig gekocht und Wert auf solide Produktqualität gelegt. Dass die Küche auf Hilfsmittel verzichtet, schmeckt man an jeder Zubereitung; dass sie stets gute Rindfleischqualität bietet, dafür garantiert die eigene Angus-Rinderzucht im Nachbardorf. Außerdem: gepflegte Hotelzimmer im modernen ländlichen Stil.

Andernach (Rheinland-Pfalz)

9

PURS

Steinweg 30–32,
56626 Andernach
02632-9586750
www.purs.com
Küchenchef: Christian Eckhardt
Mi–Sa ab 18.30 Uhr,
So–Di RT
Menüs: 165–195 €
EC VISA P

Das Städtchen Andernach am Rhein, unweit von Koblenz, ist vor allem wegen des nahegelegenen Geysirs bekannt, des höchsten Kaltwassergeysirs der Erde. Doch seit dem Frühjahr 2018 bietet der Ort auch Gastrotouristen und anderen Essverrückten einen Reisegrund: Mit dem Purs, dem Yoso und dem Ai Pero eröffneten gleich drei ambitionierte Restaurants, alle in der Hand derselben Inhaber, die ihre Heimatstadt kulinarisch nach vorne bringen möchten. Das Flaggschiff bildet das Purs im gleichnamigen Mini-Luxushotel, wo Küchenchef Christian Eckhardt mit seinem Team eine moderne europäische Gourmetküche kultiviert und binnen kurzer Zeit Spitzenbewertungen erkochte: wir vergaben zuletzt satte neun Pfannen – und sind gespannt, ob dieser Eindruck sich auch heuer bestätigt.
An diesem warmen Spätsommerabend wird der Aperitif im stimmungsvollen Hofgarten des Hotels serviert. Traditionell stehen die ersten Snacks für die drei Restaurants der Eigentümer – eine sympathische Geste, dass man sich hier als Einheit versteht. Ein Stückchen würzig lackierter, kross gerösteter Schweinebauch steht für das Yoso; das Purs wird durch einen gekräuterten Chip mit Gurke und gebeiztem Seeteufel repräsentiert. Beide Snacks sind sehr gut gemacht und pointiert gewürzt. Das Highlight bildet allerdings der Statthalter des italienischen Ai Pero: eine kraftvolle Sphäre aus Minestrone auf einem hauchdünnen Focaccia-Chip, getoppt von einem gegrillten Tomatenfilet mit Büffelmozzarella und Basilikum – ein ungemein verdichteter Happen, der nach Sommer, Sonne und Mezzogiorno schmeckt.
Auch das Amuse – inzwischen sind wir in den geschmackvollen Gastraum umgezogen – kommt aus der italienischen Ecke: Eine Variation aus gegrillten und süßsäuerlich marinierten Stücken von Zucchini, Aubergine und Tomate schmeckt wie die optimierte Version einer klassischem Caponata, ist von schlichter Schönheit, dabei finessenreich in Details wie gerösteten Foccaciabröseln und Stückchen von kandierter Olive.

Wesentlich komplexer kommt der erste Gang unseres Menüs daher. Kleine Tranchen von in Miso und Soja gebeizter Makrele werden da mit einem Röllchen von Palmherz und einer Kopfsalat-Kräutermousse kombiniert, dazu frittierte Shiitake-Pilze sowie verschieden Zubereitungen von Pistazie (Creme, Öl, Crunch). Etwas gepickelte Wassermelone sowie eine Sauce aus Melone und Molke hellen das Geschmacksbild auf. Dieses vielfältige Ensemble klingt vielleicht forciert, schmeckt jedoch absolut schlüssig. Mehr noch: Wie hier die Balance zwischen fettreichem Fisch und Umamiwürze, zwischen milder Nussigkeit, feiner Säure und hintergründiger Fruchtigkeit gehalten wird, lässt sich nur mit dem Begriff meisterhaft umschreiben.
Puristischer ist der Loup de Mer mit Erbse, Rettich und Ingwer konzipiert. Auf einem Erbsengemüse mit Rettich und sattgrünem Kräuterfond liegen drei dünne Scheiben Wolfsbarsch, nur kurz gebeizt und auf der Hautseite abgeflämmt. Der Effekt dieser Behandlung erinnert ein wenig an besten Lardo; der Fisch schmilzt förmlich am Gaumen und entfaltet dabei einen ausgeprägten, eleganten Geschmack. Die Erbsen bilden mit ihrer delikaten Süße einen perfekten Begleiter – nur drängt sich der großzügig dosierte Ingwer mit jeder Gabel stärker in den Vordergrund und degradiert das knackige Gemüse zum Texturgeber. Deutlich weniger wäre hier eindeutig mehr.
Sanfter wird es beim Hummer: drei glasige Medaillons sitzen auf marinierten Kohlrabischeiben, obenauf kleine Nocken eines feingehackten Pinienkern-Kompotts sowie etwas Hummerbutter. Eine Kohlrabi-Beurre-blanc mit Sauerampfer und eine Creme aus Hummer-Corail runden mit seidigem Schmelz ab. In seiner eleganten Milde ist das die pure Freude, von wohltuender Klarheit, präzise auf den Punkt gewürzt und spannungsreich auf den harmonischen Dreiklang aus Hummer, Kohlrabi und Pinienkernen fokussiert. Bravo!
Ganz ähnlich ist der nächste Gang strukturiert, bei dem Huchen im Mittelpunkt steht. Das angeräucherte und confierte Filetstück sitzt auf knackig sautiertem Spitzkohl und wird von süßsäuerlichem Physalis-Kompott und Mandelstückchen ganz leicht akzentuiert. Eine Art Grundierung für dieses rauchig-fruchtige Spannungsfeld bilden eine mildgeräucherte Beurre blanc sowie ein Löffel Mandel-/Physalis-Creme. Wir sind selbst erstaunt, wie gut der zarte Huchen sich in diesem aromenstarken Umfeld nicht nur behauptet, sondern sogar noch besser zum Tragen kommt.
Der erste Fleischgang – vom Livar-Klosterschwein – konzentriert sich auf das, was beim Schweinebraten immer am leckersten schmeckt: die krosse Schwarte. Dafür wird ein Schweinewedel ausgelöst, plattiert und zu größtmöglicher Knusprigkeit ausgebraten. Diese dünne, unglaublich krosse Scheibe bekommt einen mit Shiso gewürzten Schweinefond als Verstärkung und butterzarte Kalamaretti als Gegenpol. Einziger Wermutstropfen ist die hart an der Grenze liegende Salzigkeit, die gerade noch so von der saftigen Frische marinierter Chayote-Scheiben (ein apfelig schmeckendes Gurkengewächs) ausgeglichen wird. Lassen wir den verliebten Koch außer Acht, haben wir hier eine sehr originelle und vor allem famos schmeckende Variante des Themas „Berg & Meer".
Als Hauptgericht wählen wir Lamm mit Bohnen, eine urklassische Kombination, die von Eckhardt durch zwei ungewöhnliche Zutaten modernisiert wird: Johannisbeeren, die in einem Ragout unterschiedlicher Bohnensorten säuerlich-frische Akzente setzen, während das perfekt gebratene, kernig-zarte Lammfilet von dünnen Aalscheiben bedeckt ist. Deren Räuchernote wirkt auf Dauer jedoch arg dominant, und so schieben wir den Fisch lieber beiseite, um den feinen Geschmack des ausgezeichneten Fleischs und des umwerfend guten Lammjus ganz unverfälscht genießen zu können. Ein Bohnentörtchen dazu ist so filigran gearbeitet und schmeckt so delikat, dass es das etwas „kaubedürftige" Stückchen Lammbries als Krönung gar nicht gebraucht hätte.
Nach einem ausgezeichneten Pré-Dessert aus Pfirsich und Hanfsaat beglückt uns Pâtissier Sebastian Kraus mit einem hochfeinen Törtchen aus Piura-Porcelana-Schokolade mit gegrillter Aprikose, abgeschmeckt mit einem Hauch Senf und Zitronenthymian – beides sticht nicht heraus, sondern bereichert das schokoladig-fruchtige Ensemble auf subtile Weise und verleiht dem klassischen Geschmacksbild eine geheimnisvoll „andere" Note. Das wiederum passt zu den besten Gängen des Menüs, das immer dann am stärksten ist, wenn es um spannungsvolle Harmonien, um subtile Akzente und dezente Verschiebungen vertrauter Kombinationen geht. Dass es hier und da ein paar kleinere Unstimmigkeiten gibt, schmälert denn auch kaum den ansonsten wieder sehr starken Gesamteindruck.
Bemerkenswert ist hier einmal mehr auch die reich bestückte, bei vielen Flaschen gastfreundlich kalkulierte Weinkarte und die äußerst

kundige Weinberatung durch den sympathisch unprätentiös auftretenden Sommelier Marian Henss.

8

Ristorante Ai Pero

Schafbachstr. 20–24,
56626 Andernach
02632-9894060
www.ai-pero.de
Küchenchef: Nicholas Hahn
Do–Mo ab 18.30 Uhr,
Di u. Mi RT
Menüs: 89–119 €
VISA

Nachdem Küchenchef Nicholas Hahn, den wir zuvor schon als verantwortlichen Chefkoch zweier Restaurants in Radebeul und Berlin kennengelernt hatten, im Jahr 2019 die kulinarische Leitung der beiden unterschiedlichen Ai-Pero-Konzepte im Hotel am Ochsentor übernommen hatte, zog das Niveau der Küche noch mal merklich an. Hier wurde auch schon unter seinem Vorgänger sehr gut gekocht, doch Hahn konnte nicht nur den Gerichten in der bodenständigeren Trattoria-Variante zu noch mehr Raffinement verhelfen, sondern eben auch der Kulinarik im Ristorante.
Im Vergleich zu unseren früheren Besuchen hat er mittlerweile sogar den bislang eher internationalen Stil, der eigentlich gar nicht unbedingt dem entsprach, was man in einem explizit italienischen „Ristorante" so erwartet, weiter präzisiert und spezialisiert. Und so bietet das bis zu siebengängige Menü jetzt eine durchaus stark italienisch und mediterran inspirierte, allerdings nicht traditionell, sondern betont modern und kreativ interpretierte Küche. Manch einer mag mit dem aktuellen Kulinarium, das im Gegensatz zum eher klassischen Kochstil des Vorgängers deutlich forscher und expressiver daherkommt, etwas fremdeln – uns sind gute, mutige Ideen, die sich vielleicht manchmal nicht ganz so geschliffen präsentieren und hier und da auch mal anecken können, im Zweifelsfall irgendwie lieber als gediegene Langeweile auf den Tellern. Und von Langeweile ist hier keine Spur ...
Der eigentlichen Speisenfolge geht ein fast schon ausufernder Prolog voraus, der in der Gesamtschau allerdings stilistisch noch relativ bunt und allgemein gehalten ist. Er bietet ein sehr breites Spektrum von witzigen Sachen wie der aus Baiser gebackenen „Pizza Napoletana" mit ungewöhnlicher Textur, aber durchaus authentischem Geschmack, über etwas schräge Dinge wie einen eigentlich schon fast unharmonisch bitteren, mit verschiedenen Dingen wie Joghurt, Gurke und Blüten applizierten Chip von schwarzem fermentiertem Knoblauch bis hin zu nicht bloß originellen, sondern auch sehr wohlschmeckenden Kleinigkeiten wie dem veganen „Schaschlikspieß" von der Wassermelone oder dem ebenfalls veganen Paprikatatar mit Paprikaeis auf einer forsch mit Jalapeño angeschärften Paprikasauce. Und man kann schon während dieses vielgestaltigen Intros zweifelsfrei erkennen, dass Nicholas Hahn die Gäste mit seiner Küche nur allzu gerne überrascht und mit Vorliebe bekannte klassische Gerichte neu oder zumindest anders interpretiert.
Und wenn das dann so unangestrengt und überhaupt nicht zu Lasten des guten Geschmacks einhergeht wie auch bei der ersten offiziellen Vorspeise des Menüs, die ganz im Zeichen des Insalata Caprese stand, lassen wir uns das nur allzu gerne eingehen. Die Tomate war hier in Gestalt einer über mehrere Tage im Calziumbad „gedörrten", ausgehöhlten und mit einer Tatarmasse aus sich selbst gefüllten Tomaten sowie einer intensiven Tomatencreme mit einem Strauß jungem Rucola zugegen und wurde von einer schmelzigen Nocke Büffelmozzarella-Rahmeis auf gerösteten, aufgrund ihrer Süße vermutlich sogar karamellisierten und dann zerstoßenen Pinienkernen begleitet. Ein populäres Geschmacksbild, intensiviert und zugespitzt aufs Porzellan gebracht.
Noch besser gefielen uns die ohnehin sehr fluffigen und zudem mit Ochsenmark schmelzig angereicherten Gnocchi, die an sich schon so etwas wie Referenzklasse waren, uns aber auch als Komposition begeisterten: Die drei wolkenzarten Kartoffelknödelchen teilten sich den Teller mit saftigen glasierten Kalbszungenwürfeln, knackigen Rattenschwanz-Radieschen mit ihrer herben grünen Frische, aromatischen Walnusskernen und verschiedenen markanten Kräutern und Blüten. Eine Parmesancreme, et-

was reduzierte Kalbsjus und ein feinwürziges Liebstöckelöl sorgten zudem dafür, dass es sich hierbei um ein sehr saftiges, umamihaftes und aromatisch facettenreiches Geschmacksbild handelte. Ein großartiges Gericht, unkompliziert und trotzdem anspruchsvoll, das mit seiner Süffigkeit und Kompaktheit einerseits zum lustvoll Weglöffeln einlädt, durch seinen Nuancenreichtum aber auch zum aufmerksamen Degustieren taugt.
Ganz ähnlich konzipiert präsentierte sich im Anschluss der erste Teil des gleich über zwei Gänge hinweg in Szene gesetzten Steinbutts. Der kam im ersten Aufzug nämlich in Form von zarten Fischklößchen daher, die zusammen mit frischen grünen Mandeln, mild gesalzenem Kaviar und schwarzer Sopressini-Pasta aufs Porzellan geschickt wurden. Trotz unterschiedlich abgestuften Texturen und einer frischen dynamischen Bergamotte-Note in der cremigen Mandelsauce wirkte dieses Gericht allerdings etwas dichter und kompakter, war nicht so fein aufgefächert wie der Vorgänger.
Der zweite Steinbuttgang, bei dem das Filet des Plattfischs in Gestalt einer akkurat gefertigten und mit Limettenschale zitrisch-herb aromatisierten Roulade im Garnelenmantel auf einer intensiv von Paprikaaromen gezeichneten Creme angerichtet war, wirkte vergleichsweise puristisch. Auch hier konnte man wieder zitrische Anklänge von Bergamotte wahrnehmen und ansonsten nur ein paar Kapuzinerblüten auf dem Teller finden, die aber natürlich das vorherrschende Ungleichgewicht zwischen der dominanten, etwas polterigen Creme und dem deutlich feineren Fisch auch nicht ausgleichen konnten. Das wirkte tatsächlich noch etwas unausgereift.
Ganz im Gegensatz zum wiederum großartigen Hauptgang, bei dem es gelang, ein Dreierlei vom Lamm in Form von kurz gebratenem Rücken, geschmorter Schulter und etwas Lammbries mit einer sehr intensiven und konzentrierten schwarzen Trüffelsauce auf Basis von Kalbsjus sowie einer ebenfalls sehr kraftvollen schwarzen Trüffelcreme auf Pilzbasis zusammenzubringen. Normalerweise wäre auch das einen Tick too much gewesen, aber durch verschiedene sehr frische, grüne, knackige Unterbrechungen, etwa von Cime di Rapa, Poveraden, einer jungen glasierten Möhre und verschiedenen duftigen Kräutern, wurde das ganze Gericht so erfrischend aufgelockert, dass letztlich ein locker-flockiges, transparentes, aber eben auch durchaus markantes Bild entstand. Und selbst der dazu empfohlene Amarone entpuppte sich überraschenderweise nicht als Fehlbesetzung, weil seine sortentypisch rosinierten, überreifen Aromen von einer kühlen Struktur und genügend Säure in Zaum gehalten wurden. Überhaupt wirkten die glasweise zu den verschiedenen Gängen empfohlenen Weine stets gut durchdacht.
Weil sich auch das süße Finale, das von einer falschen Burrata aus Milchhaut und Mascarpone mit lieblicher Vinaigrette aus Olivenöl und gereiftem Balsamico nebst marinierten Kirschen mit Kürbiskerncreme eingeläutet wurde, auf jenem unterhaltsamen hohen Niveau bewegte, erhöhen wir die Bewertung zum zweiten Mal in Folge. Und dagegen sprach schlussendlich auch das erfreulich wenig süße, aber keck mit Safran abgeschmeckte und von dichtem Schaum sowie schmelzigem Eis aus Ziegenmilch rahmig-säuerlich eingefangene Zitrusfrüchtedessert nicht.

6

Trattoria Ai Pero

Schafbachstr. 20–24,
56626 Andernach
02632-9894060
www.ai-pero.de
Küchenchef: Nicholas Hahn
Do–Mo 12–14 Uhr u. ab 18 Uhr,
Di u. Mi RT
Hauptgericht: 16–35 €

VISA

Auch wenn hier zwischen Ai Pero Trattoria und Ai Pero Ristorante unterschieden wird und damit der Eindruck entsteht, dass in beiden Konzepten gleichermaßen der italienischen Küche gefrönt wird – hier etwas bodenständiger, dort von gehobener Art – so ist doch eigentlich nur die gemütliche Trattoria mit windgeschütztem Freisitz und offen einsehbarer Pizza-Backstube hinter Glas der echte Hort der Italianità. Im Ristorante wird eine zwar schon durchaus mediterran inspirierte, aber eben eher weltläufig-kreative Küche geboten.

Nachdem wir uns Ende des vergangenen Jahres bereits davon überzeugen konnten, dass Nicolas Hahn als neuer Küchenchef beider Outlets speziell im Restaurant das Niveau der Küche deutlich steigern konnte, haben wir zwischenzeitlich zudem festgestellt, dass durch sein Wirken auch in der Trattoria eine ganze Schippe draufgelegt wurde.
Die gute Brotqualität, die kleinen Pizzabrot-Schnitten und das aromatische Olivenöl vorneweg gab es immer schon. Doch bereits die Speisekartenlektüre ließ ein Mehr an Originalität erwarten, was dann die Vorspeise um „Calamari fritti" mit Kichererbsen und süßsaurer Sauce eindrucksvoll verifizierte: butterzarte, hauchdünn flockig „panierte" und ohne jeden Fettgeschmack frittierte Calamari, die auf einem überraschend finessenreichen Kichererbsensalat drapiert waren, angereichert mit Tomatenwürfeln, akkurat dünn geschnittenen Scheiben grüner Bohnen, knackigen Passepierre-Quellern und Forellenkaviar, attraktiv aromatisiert von einer elegant feinsäuerlichen Vinaigrette und ätherischen Kräuteraromen. In dieser Form fast schon sieben Pfannen wert!
Ähnlich top war der nahezu optimal beschaffene Risotto, flach auf dem Teller ausgestrichen und mit grünem Spargel, intensiven halbgetrockneten Tomaten, Parmesanhobeln und last but not least perfektem gebackenem Kalbsbries bestückt, so wie wir es gerne öfter hätten: mit saftigen, sehr zarten, aber eben nicht pastösen Scheiben der Kalbs-Milchdrüse in ordentlicher Stärke unter einem dünnen, knusprigen Panko-Mantel, der wieder ganz ohne jeden Anflug von fettiger Penetranz daherkam. Top!
Auch die beiden Schnitten eines einstmals offenbar recht großen Seeteufels machten eine gute Figur – solo, aber auch im puristischen Verein mit einer Melange aus breiten Bohnen und Keniabohnen sowie einer Süßkartoffelcreme, die durch das wohldosierte Zutun von Chorizo-Würze nichts Plumpes an sich hatte.
Etwas gröber und schlichter gestrickt wirkte das Semifreddo-Törtchen mit mariniertem Rhabarber und Waldmeister, weil Ersterer recht hart und säuerlich und Letzterer aromatisch nicht schmeckbar war. Dennoch verband sich hier die Rhabarbersäure mit dem weißen Schokoladenschmelz und der Süße des Parfaits und den nussigen Noten von Mandel und Pistazie zu einem schmackhaften, runden Abschluss. In der Weinkarte finden sich dazu zahlreiche gute und vor allem bezahlbare Flaschen aus Deutschland und Italien, und auch glasweise lassen sich brauchbare Tropfen finden.

7

YOSO

Schafbachstr. 14, 56626 Andernach
02632-4998643
www.yoso-restaurant.de
Küchenchef: Sarah Henke
Di–Sa 12–14 Uhr u. ab 18 Uhr, So u. Mo RT
Hauptgericht: 24–36 €, Menüs: 86–98 €

Das Yoso befindet sich einen Steinwurf vom Andernacher Marktplatz entfernt in einer schmalen, kaum 100 Meter langen Straße, die mit ihrer architektonischen Mischung aus schicken Neu- und pittoresken Altbauten irgendwie auch zu Sarah Henkes Küche passt – eine Küche, die Modernes und Traditionelles auf spannungsvolle Weise kombiniert. Im Grunde beginnt das schon beim angenehm puristischen Interieur: einfache schwarze Tische, rote Designerstühle, heller Holzboden und verspielte Bambuslampen werden da zu einem harmonischen Gesamtbild zusammengeführt. Das wirkt auf lässige Weise urban und passt bestens zur entspannten Stimmung im Lokal.
Der Begriff Yoso stammt übrigens aus dem Koreanischen und steht für die vier Elemente: Feuer, Wasser, Erde und Luft. Dementsprechend wird abends und am Samstagmittag neben Sushi auch ein sechsgängiges „Elemente"-Menü angeboten; das zweite Menü – hier gab es eine Veränderung – ist vegetarisch und trägt den Namen „Luft". Für uns sollen es heute allerdings alle vier Elemente sein.
Bei den Amuses lässt sich die Einteilung gut nachvollziehen: Ein knackiges, angenehm nachschärfendes Gurken-Kimchi dürfte für Feuer stehen, eine leichte, überraschend differenziert gewürzte Currysuppe für Luft und ein hervorragendes Stückchen marinierten Thun-

fischs mit Rettich und Ponzu für Wasser. In einem separaten Schälchen gibt es die „Erde“, sprich: ein Rindfleisch-Wan-Tan, nappiert mit koreanischer Ssam-Jang-Sauce, obenauf ein Stück Cashew für den Extraknack – ein toller Umami-Happen, vollmundig, würzig und dicht.
Der erste Gang besteht aus einem Zweierlei vom Hiramasa Kingfish, besser bekannt als Gelbschwanzmakrele. Auf zwei Sashimi-Scheiben exzellenter Qualität thront ein subtil gewürztes Tatar-Röllchen, und allein dieses Spiel mit unterschiedlichen Zubereitungen wäre schon spannend genug. Natürlich begnügt die Küche sich damit nicht. Ein mit Kaffirlimette aromatisierter Fond, einige Tropfen Korianderöl; sowie ein paar Tupfen Schwarzer Knoblauch setzen kraftvolle Akzente, ohne zu dominieren. Die Gewürze bleiben eine Untermalung, verleihen dem Fisch Komplexität und bringen ihn aromatisch nach vorne. Ein starker Auftakt.
Wir bleiben im Wasser, mit in Miso gebeizter, warmer Makrele, auf deren leicht krosser Haut etwas Avocadocreme, Nashi-Birnengel und geröstete Buchenpilze mit Bulgogi-Würze drapiert sind. Im Prinzip funktioniert diese Komposition sehr ähnlich und ebenso stimmig wie der Kingfish: Diverse Kleinigkeiten und Würzelemente flankieren ein Hauptprodukt von ausgesuchter Qualität, ohne sich in den Vordergrund zu drängen. Vielmehr greift alles ineinander, insbesondere das Birnengel und die kräftigen Pilze harmonieren kontrastreich mit dem aromenstarken Filet, während die Bulgogi-Würze das Geschmacksbild unverkennbar Richtung Korea verschiebt. Es gehört Mut dazu, ein Fischfilet komplett ohne Sauce zu servieren, doch hier übernehmen diesen Part in gewisser Weise ein paar Maulbeeren, die mit saftiger Fruchtigkeit und feiner Säure der fettreichen Makrele Kontra geben.
Ein deutliche Steigerung der Intensität stellt der nächste Gang dar: Eine glasige Tranche Lachs liegt zusammen mit knackigen Shii-Take-Pilzen in einem herrlich heißen „Spicy Fond“, der seinem Namen alle Ehre macht – kein Wunder dass dieser Gang für das Element „Feuer“ steht. Doch keine Sorge, die Schärfe wirkt nicht plakativ und ist auf europäische Gaumen abgestimmt. Zusammen mit dem buttrigen Fisch sowie etwas Erbsencreme ergibt sich ein ebenso elegantes wie anregend kraftvolles Geschmacksbild.
Der erste Fleischgang bildet dann eine klare Referenz an die BBQ-Küche Koreas. Drei quaderförmige Stücke Schweinebauch sind spicy gewürzt und rundum knusprig geröstet. Das Fleisch ist dabei leider einen Tick zu trocken geraten, was jedoch vom herrlich knackigen, saftigen und erfrischend säuerlichen Yoso-Kimchi sowie etwas Apfelgel aufgefangen wird. So bleibt auch dieser Gang in Summe überzeugend.
Weit mehr als das ist das Hauptgericht, rosa gebratene Entenbrust, angenehm kernig und dennoch zart, mit krosser Haut und einer ungeheuer dichten Schmorsauce, die mit koreanischer Paprikapaste abgeschmeckt wurde. Ganz unscheinbar wirkt dazu ein Türmchen aus Yamswurzel, Pak Choi und Bimi (eine Kreuzung aus Brokkoli und Kai-lan), das jedoch nicht nur durch das sehr reine Aroma der Gemüsesorten beglückt, sondern unter dem sich auch der heimliche Star des Tellers verbirgt: geschmortes und gezupftes Keulenfleisch, pur, intensiv und saftig.
Als Dessert gibt es eine opulent aussehende Komposition aus weißer Schokolade, Kirsche und Kalamansi: Auf einem knusprigen Schokoboden thront eine mit Kirschsaft lackierte Kuppel aus weißer Schokomousse, in der sich wiederum ein Kern aus Kirschmousse verbirgt – beide wolkenzart, und alles zusammen so raffiniert wie köstlich. Dazu serviert Henke ein hervorragendes Kirschsorbet auf einem Crumble-Bett sowie ein Kalamansi-Gel für den erfrischenden Zitrus-Kick. So weicht zum Abschluss das kulinarische Crossover einer klassisch französischen Pâtisseriekunst, was wir keineswegs als Kritik verstanden wissen möchten. Vielmehr rundet es das Bild einer Küche ab, die souverän Berührungspunkte zwischen kulinarischen Kulturen schafft. Inwiefern wir die einzelnen Gänge ohne Hinweis mit den vier Elementen assoziieren würden, sei dahingestellt. An der Güte der Küche ändert das nichts.
Die Servicecrew agierte freundlich, entspannt und aufmerksam, die relativ überschaubare Weinauswahl ist ansprechend zusammengestellt, bietet sie neben Publikumslieblingen doch ein paar spannende Entdeckungen, und das zu fairen Preisen.

Bezahlkarten-Symbole

- Mastercard
- EC-Maestro
- Diners
- American Express
- VISA Visa

Ansbach (Bayern)

5

La Corona

Joh.-Seb.-Bach-Platz 20, 91522 Ansbach
0981-9090130
www.lacorona.de
Do–Sa ab 18 Uhr, So–Mi RT
Hauptgericht: 16–38 €

Obwohl die derzeitige Pandemie dem Namen dieser attraktiven Mischung aus Vinothek und Restaurant einen ganz neuen Klang gegeben hat, hielt das Gastgeber-Ehepaar Gerg selbstverständlich an ihm fest und bietet weiterhin nicht nur ein üppiges, hochspannendes, weil individuell zusammengestelltes Weinsortiment, sondern auch eine ebenso unterhaltsame wie niveauvolle Küche. Das Angebot wechselt hier wie gewohnt saisonal nach Themengebieten und punktet durch die schnörkellos sorgfältige Zubereitung ausgesuchter Produkte – ganz so, wie es italienische Nonnas in Idealform vorleben, hier aber stilistisch deutlich breiter aufgestellt. Dazu gibt's fachkundige und ansteckend begeisterte Weinberatung.

Appenweier (Baden-Württemberg)

Engel

Dorfstr. 43,
77767 Appenweier (Nesselried)
07805-919181
www.gasthof-engel.de
Fr–Di von 12–14 Uhr u. ab 17.30 Uhr, Mi u. Do RT
Hauptgericht: 16–27 €,
Menüs: 22–29 €
VISA

Etwas außerhalb des Ortskerns von Appenweier, dafür aber umso idyllischer zwischen Weinbergen und Obsthainen gelegen, findet sich mit dem Gasthaus Engel in Nesselried ein selbst in Baden nicht selbstverständliches Exemplar eines Gasthauses, in dem völlig ohne Gourmetanspruch und dennoch pfiffig und frisch ge-

kocht wird. Besonders angenehm lassen sich die badischen Klassiker auf der Gartenterrasse zwischen Obstbäumen und Kräutern genießen. Aber auch drinnen in den geschmackvoll schlichten Räumen herrscht eine einladende, heiter-lebendige Atmosphäre.
Das Angebot hält natürlich zum überwiegenden Teil viele regionale Traditionsgerichte parat, die von der Badischen Festtagssuppe über Ochsenzunge in Madeirasauce bis zum Rehragout mit Butterspätzle und Preiselbeeren reichen. Alles in frischer, natürlicher und akkurater Zubereitung. Wer nur eine Kleinigkeit genießen möchte und sich eher den vielen frappierend trinkfreundlich kalkulierten Weinen renommierter badischer Erzeuger widmen will, kann auch schlichte Vesper oder Tellergerichte wie ein Cordon Bleu mit Pommes und Salat ordern.
Daneben finden sich aber immer auch etwas individuellere Gerichte im Repertoire. Wie beispielsweise der warme, leicht gratinierte Ziegenfrischkäse, der mit seiner frischen laktischen Säure gekonnt gegen ein schmackhaftes Ratatouille-Gemüse stand, eingefasst von einem leichten und kräuterbetonten Basilikum-Pesto. Derartige Teller sind gewollt simpel, präsentieren aber in aller Regel überdurchschnittliche Produkte und trotz der handfesteren Art recht ausgewogene Proportionen.
Vom Reh gab es nicht nur Ragout, sondern auch den noblen Rücken, serviert in gebratenen Medaillons, die zwar (für Gourmetverständnis) deutlich zu weit durchgegart waren, im Ergebnis aber trotzdem überraschend aromatisch und zart daherkamen. Und in dem dichten intensiven Umfeld aus festen kleinen Steinpilzen und Pfifferlingen, (leider sehr süßen) Preiselbeeren, frischen buttrigen Spätzle und einer produkttypischen rustikalen Wild-Bratensauce zählte ohnehin vor allem der verdichtete Gesamteindruck.
Zum Abschluss finden sich stets verschiedene hausgemachte Parfaits als zu Unrecht wenig ge-

nutzte Alternative zu Eiscreme à la Pacojet & Co. – beispielsweise vom selbst angesetzten Kirschbrand nebst eingelegten Kirschen, oder von der Williams-Birne in Kombination mit Schokoladenmousse. Durchaus gelungen erfrischte zuletzt aber auch ein Limetten-/Joghurt-Sorbet auf einem Salat von exotischen Früchten (Kiwi bis Melone) – auch wenn hier nach unserem Gusto beispielsweise heimische Beeren noch stimmiger gewesen wären. Fazit: Daumen hoch! Solche Gasthäuser könnte es nicht nur in Baden gern noch häufiger geben.

Arnsberg (Nordrhein-Westfalen)

6

Menge

Ruhrstr. 60,
59821 Arnsberg
02931-52520
www.hotel-menge.de
Küchenchef: Christoph Menge
Di–Sa ab 18 Uhr, So u. Mo RT
Hauptgericht: 22–36 €, Menüs: 39–73 €

Genauso charmant verwinkelt wie die historische Altstadt von Arnsberg lädt auch das schmucke Hotel und Restaurant der Familie Menge seine Besucher zum Bleiben ein. Mit dem großen Vorteil, dass zum eleganten Ambiente auch noch anspruchsvolle und erfreulich allürenfreie Küche kommt. Derartige Destinationen, die eher mit Understatement als mit großspurigen Ansagen auftreten, dafür aber mit Qualität auf den Tellern punkten, wünschen wir uns eigentlich möglichst homogen über das gesamte Land verteilt …
Das, was das Team aus der Küche schickt, hält klug die Balance zwischen eleganter Bodenständigkeit und einem Hauch Exklusivität, bleibt aber jederzeit leicht zugänglich und gerade à la carte an Traditionen bestbürgerlicher Küche orientiert. Aber ganz gleich, ob es dann einen gekochten Tafelspitz mit Meerrettichsauce, Gemüse und Bio-Kartoffeln oder ein Saures Schnitzel nach „Uromas Art“ mit Kartoffelplätzchen gibt – die Ergebnisse sind stets deutlich raffinierter, als es die schlichte Annoncierung erwarten lässt.
In dem selbst kombinierbaren Menü, dessen Bestandteile ebenfalls à la carte geordert werden können, geht es etwas ambitionierter zu – die Umsetzung bleibt aber auch hier bodenständig und geradlinig. So etwa bei dem mit reichlich Schalotte, Schnittlauch und Cornichons recht rustikal anmutenden Rindertatar, das aber von einigen Bittersalaten und Kräuteröl sowie einem wachsigen Onsen-Eigelb mit elegantem Schmelz und einer luftigen Meerrettich-Mousse mit mildernder Sahnigkeit gut balanciert eingefasst wurde.
Bei der klararomatischen (kapitalen!) Salzwassergarnele wurde der hohe Anspruch ans Produkt deutlich (verstärkt durch konzentriertes Gel aus Fischfond), und in den zwei Zubereitungen von der Karotte – mit leichtem Biss und cremig – neben fein eingebundener Ingwerschärfe und herbem Kräuteröl einmal mehr die typische Geradlinigkeit der Küche. Und: der leuchtend orange-grüne Teller war sogar ein echter Hingucker!
Optisch nicht ganz so markant, aber geschmacklich gleichermaßen überzeugend kam im Hauptgang bambihaft zarter Sika-Hirsch (eine ursprünglich aus Ostasien stammende Rasse) neben Selleriecreme und verschiedenen, jeweils individuell auf den Punkt gegarten und gewürzten Gemüsen von Blumenkohl bis Schwarzwurzel auf den Tisch. Raffinesse brachten dabei vor allem geröstete Schwarzbrot-Croûtons mit ihrer dunklen Würze, und handwerklich am beeindruckendsten war eine aus geschätzt einhundert hauchdünnen Lamellen geschichtete, rundum angekrosste Kartoffelterrine. Insgesamt, wie alles hier, unaufgeregt und doch fein.
Wenig überraschend galt das dann auch für den süßen Teil des Menüs mit Verschiedenem vom Joghurt (Eis, Creme, Mousse …) neben eingelegten Mirabellen, frischen Beeren, etwas weißer Schokolade und dunkel karamellisiertem Granola. Dabei hielt die Küche gekonnt die Balance zwischen zarter Süße und säuerlicher Frische und einmal mehr das erfreulich hohe Niveau.

Dieses halten übrigens auch der herzliche Service und die ausgesprochen fair kalkulierte Weinkarte, in der zwar hochpreise große Namen fehlen, dafür aber viel Lohnendes im mittleren Segment zu finden ist. Und die auch leicht darüber hinweghilft, dass es bei vollem Haus schon mal zu einem recht gemächlichen Tempo kommt …

Hotelempfehlung

★★★S

Hotel Menge

Ruhrstr. 60,
59821 Arnsberg
02931-52520
www.hotel-menge.de
Einzelzimmer: 69–91 €
Doppelzimmer: 89–126 €

EC VISA P

Seit vielen Generationen führt die Familie Menge bereits ihr Hotel in Arnsberg, das einst von Engelbert Menge als „Bauernkneipe" eröffnet wurde und als einziges Gebäude auf der Ruhrstraße den ersten und zweiten Weltkrieg unbeschadet überlebt hat. Heute sorgen Monika und Christoph Menge für familiären und persönlichen Service in ihrem Nichtraucherhotel mit inzwischen 18 Zimmern, die wohnlich eingerichtet und komfortabel ausgestattet sind. Direkt am Ruhrtalradweg und am Fuße der historischen Arnsberger Altstadt gelegen, ist das Hotel (mit E-Bike-Tankstelle) auch der perfekte Ausgangspunkt für Wanderungen auf der Sauerland-Waldroute, der Arnsberger Aussichtsroute oder im Kurfürstlichen Thiergarten. Besonders groß wird im Hause Menge der kulinarische Genuss geschrieben. Restaurant Menge separat erwähnt.

Aschau i. Chiemgau (Bayern)

8

Restaurant Residenz Heinz Winkler

im Hotel Residenz Heinz Winkler
Kirchplatz 1,
83229 Aschau i. Chiemgau
08052-17990
www.residenz-heinz-winkler.de
Küchenchef: Heinz Winkler
Mo–Fr ab 18.30 Uhr, Sa, So u. Fei 12–14 Uhr u. ab 18.30 Uhr, kein RT
Hauptgericht: 48–99 €,
Menüs: 105–205 €

EC VISA P

Die prächtige Residenz, die da vor der imposanten Kampenwand als Hintergrundkulisse wie ein perfekt eingeparkter alpiner Luxusdampfer in der leicht erhabenen Ortsmitte von Aschau steht, lohnt schon allein wegen der Atmosphäre eine gezielte Reise in den Chiemgau. Zumal klassische Gourmetrestaurants alter Schule wie die beiden großzügigen venezianischen Salons und im Sommer die herrliche Terrasse mittlerweile ein ebenso seltenes wie wertvolles Kulturgut sind, das hierzulande vom Aussterben bedroht ist und das es tunlichst zu erhalten gilt!
Und umso weniger solcher opulenter Genusstempel nach klassisch französischem und in bestem Sinne konservativem Vorbild es in Deutschland gibt, desto größer wird von Jahr zu Jahr die Attraktivität dieses barocken Schmuckstücks, in dem man auch gediegen und komfortabel nächtigen kann. Obwohl, oder eben gerade weil auch die Küche seit einer gefühlten Ewigkeit konsequent an ihrem Stil festhält, die Hausklassiker hegt und pflegt, und

sich eine stilistische Weiterentwicklung im Grunde nur im Millimeterbereich abspielt. Und auch diese Gourmandisen lohnen unbedingt den Besuch.
Was Grand Chef Heinz Winkler hier vor mittlerweile bald dreißig Jahren begonnen und aufgebaut hat, genießt unter Genießern längst Kultstatus und wird heute völlig zurecht für seine Evergreens gefeiert. Für die Umsetzung der Winkler'schen „Cuisine Vitale" ist seit nunmehr sechs Jahren Küchenchef Steffen Mezger verantwortlich, der 2014 aus dem Atelier in München ins schöne Chiemgau kam und seither die leichte, puristische Küche seines Arbeitgebers exakt so umsetzt, wie es sich hier schon immer gehört hat. Darüber hinaus aber auch die eine oder andere eigene Idee einbringt und das Kulinarium an mancher Ecke ganz behutsam modernisiert.
So tauchen heute beispielsweise auch mal moderate asiatische Akzente im ansonsten weitgehend à la française gefassten Programm auf, die allerdings nie laut und plakativ daherkommen, sondern immer ganz harmonisch und für jeden zugänglich eingebunden sind. So wie beispielsweise letztens beim Küchengruß, der wie gewohnt als Dreierlei auf einem länglichen Glasteller präsentiert wurde. Hier fand sich ein Stück kurz angebratener Hamachi auf Apfel-/Wasabi-Tapioka und daneben eine schön knapp gebratene Tiefseegarnele mit Jalapeño-Schaum auf Gurkensalat mit Korianderkresse. Das obligatorische Süppchen war diesmal von Orange und Fenchel: vollmundig, mild, leicht fruchtig, mit eleganter Süße. Ein schöner, sanfter Einstieg.
Als eine optisch überraschend moderne Interpretation kam das Zweierlei vom Thunfisch ebenfalls fernöstlich inspiriert daher: Im Zentrum des Tellers eine flache runde Scheibe vom Tuna, die nur auf der Unterseite sekundenkurz angebraten, auf der Oberseite roh mariniert und mit Soja-Tapiokaperlen, einer zitrisch aromatisierten japanischen Mayonnaise, Avocadopüree, winzigen Zucchini-Partikeln und einigen Friséespitzen ausdekoriert war. Daneben ein Tatar vom Thunfisch, von denselben Komponenten sowie einer cremigen Sojasauce mit tiefer, feinwürziger Süße umgeben. Das ergab im Zusammenspiel ein sehr harmonisches, rundes Geschmacksbild – insgesamt geschmacklich etwas breiter angelegt und mit weniger Trenn- und Tiefenschärfe als grob thematisch vergleichbare Kompositionen etwa von Köchen wie Christian Bau, Tohru Nakamura oder Daniel Schimkowitsch. Aber dennoch sehr gut.
Nach dieser harmlosen kleinen Exkursion in die Moderne folgte puristische französische Klassik par excellence und damit die Königsdisziplin der Residenz-Küche. Nämlich in Gestalt der herrlich fleischig-puren pochierten Austern, die zusammen mit butterzartem Lauch in einer rahmig-fülligen Champagner-Lauchsauce badeten. Das war ebenso kompromisslos wie souverän umgesetzte Drei-Komponenten-Küche, wie man sie sich eigentlich kaum besser wünschen kann. Allenfalls noch etwas prägnanter zugespitztes Champagneraroma, vielleicht einen Tick mehr Säure und unter Umständen weitere maritime Sekundäraromen, die den jodigen Austern kongenial zuarbeiten und das Geschmacksbild dadurch noch etwas vielschichtiger wirken lassen, wären uns da in Hinblick auf eine Optimierung (und eine höhere Bewertung) eingefallen. Aber das Gericht war zweifellos hervorragend ganz genau so, wie es war.
Auch das bei Niedertemperatur in der Schale gegarte Onsen-Ei in wirklich perfekter homogener Konsistenz, das mit kleinen knusprigen Croûtons bestreut auf flüssiger weißer Polenta in weißem Trüffelschaum gebettet lag, hätte das Zeug für maximalen Genuss gehabt – wenn da nicht das zwar durchaus dezent eingesetzte, aber doch deutlich wahrnehmbare synthetische Trüffelölaroma dazwischengefunkt hätte. Wir wissen sehr wohl, dass nicht wenige Menschen diesen immer etwas an Propangas erinnernden Duft und Geschmack schätzen, der jedoch im Grunde nicht viel mit dem natürlichen Duft und Geschmack frischer weißer Trüffel zu tun hat. Trotzdem finden wir, dass dieses Trüffelöl eigentlich ein obsoletes und „unkulinarisches" Produkt ist, das mittlerweile in keiner Spitzenküche mehr Verwendung finden sollte.
Ob unser Gaumen dadurch anhaltend irritiert war? Wir glaubten jedenfalls, auch im folgenden Safran-Schaumsüppchen mit Edelfischen das Trüffelöl zu schmecken. Noch dezenter zwar, aber doch zwischen kleinen, optimal gegarten Fischfilet-Stücken, Krustentier und Wurzelgemüse-Juliennes irgendwie präsent. Abgesehen davon blieb uns aber auch nicht verborgen, dass diese schaumige Suppe viel Klasse hatte, jede Menge Substanz bot, seidig-elegant über den Gaumen floss. Und von da an gab's ohnehin nur noch ausschließlich Erfreuliches, wie den vermutlich an der Gräte gebratenen, jedenfalls wunderbar aromatischen und (obwohl noch ganz leicht glasig) äußerst zarten Seeteufel à l'Ancienne, der auf mildem Fenchelpüree gebettet und von Tomatenconcassée

flankiert auf einer hervorragenden Pommery-Senfsauce schwamm.
Auch der Rücken vom Maibock im Hauptgang brachte sehr viel Saft und Geschmack auf den Teller. Das ausdrucksstarke Stück Fleisch trug unter einer Preiselbeer-Geleefolie ein wenig feinsäuerlich-fruchtiges Rotkraut huckepack und war auf einem Klecks Selleriecreme in einem Spiegel aus wirklich formidabler Wacholder-Wildsauce platziert. Das war in sich schon so stimmig und geschmacklich so tief und vielschichtig, dass es das Zweierlei von der Topinambur-Knolle (weich gedünstete Stücke und etwas Püree) im Prinzip gar nicht gebraucht hätte. Gestört hat es aber natürlich auch nicht und fügte sich aromatisch erwartungsgemäß gut ein, wirkte aber fast schon wie eine verzichtbare Sättigungsbeilage.
Nichts zu viel und eigentlich auch nichts zu wenig beim Dessert, das mit einem Kompott von in Portwein und Rotwein mit warmwürzigen Aromen eingekochten Kirschen nebst einer etwas schludrig abgedrehten Nocke von sehr gutem mildem Zimteis viel guten Geschmack in maximaler Schlichtheit aufbot. Das alles wird äußerst flink und freundlich von einer gut eingespielten Brigade unter der kompetenten Leitung von Gastgeber Alexander Winkler aufgetragen, und die engagierten jungen Herren verleihen dem ehrwürdigen Rahmen jugendlichen Schwung. Die Weinkarte listet weiterhin sehr viel sehr Gutes und Rares aus aller Welt, und wer als Autofahrer nur wenig trinken kann, bekommt auch offen Ansprechendes ins Glas.

Hotelempfehlung

★★★★★

Hotel Residenz Heinz Winkler

Kirchplatz 1,
83229 Aschau i. Chiemgau
08052-17990
www.residenz-heinz-winkler.de
Einzelzimmer: 225–425 €
Doppelzimmer: 250–450 €
VISA

Eingebettet in eine bayerische Bilderbuchlandschaft liegt die stattliche Residenz Heinz Winkler inmitten der Chiemgauer Bergwelt am Fuße der imposanten Kampenwand. Eine wunderbare Mischung aus elegantem Luxus und lokalem Charme, große kulinarische Genüsse und saisonale Arrangements laden hier zum Genießen und Entspannen ein. Mit ganz eigener Handschrift hat sich der Patron persönlich um die Renovierung und Erweiterung des einstigen Hotels zur Post bemüht. Die insgesamt 32 Zimmer und Suiten haben teilweise einen Balkon, eine Terrasse oder einen Garten und sind mit jeglichem Komfort ausgestattet. Im Residenz Vital-Resort kann man die Seele baumeln lassen. Restaurant Residenz Heinz Winkler separat erwähnt.

Asperg (Baden-Württemberg)

6↑

Schwabenstube

im Hotel Adler
Stuttgarter Str. 2,
71679 Asperg
07141-26600
www.adler-asperg.de
Mi–Sa ab 18.30 Uhr,
So u. Mo u. Di RT
Hauptgericht: 35–42 €,
Menüs: 58–115 €
VISA

Der Adler in Asperg ist ein Haus mit langer Familien- und Gourmettradition. Seit vier Generationen lenkt die Familie Ottenbacher das Geschehen und stellt sicher, dass im gesamten Haus der Komfort und das Niveau gleichermaßen hoch bleiben. Das gilt selbstredend auch für die Schwabenstube als kulinarisches Aushängeschild, in der mit Max Speyer ein erfahrener Chef am Herd steht, der die Tradition souverän fortführt. Im edel-gemütlichen Fachwerkambiente serviert sein Team sowohl ein internationales Menü mit Edelprodukten als auch die schwäbischen Hausklassiker à la Zwiebelrostbraten vom trockengereiften Rinderrücken nach bester klassischer Schule. Für eine noch höhere Bewertung bräuchte es zwar etwas Feintuning an dem einen oder anderen Detail, aber auch so ist das Niveau durchgängig hoch. Was auch für die Weinempfehlungen gilt, die oft von Spitzenerzeugern aus dem Ländle stammen.

Aue (Sachsen)

St. Andreas

im Hotel Blauer Engel
Altmarkt 1, 08280 Aue
03771-5920
www.hotel-blauerengel.de
Küchenchef: Benjamin Unger
Di–Sa ab 17.30 Uhr,
So, Mo u. Fei RT
Hauptgericht: 45–55 €,
Menüs: 84–135 €
VISA

Dass es Benjamin Unger mit seinem ambitionierten Gourmet-Projekt im tiefen erzgebirgischen Aue generell nicht leicht hat, konstatieren wir schon länger – und sind umso erstaunter und begeisterter, wie sich der engagierte Chef und Jeune Restaurateur hier über die Jahre immer weiter steigern und sein Profil schärfen konnte. So wunderte es auch nicht wenig, dass die Corona-Pause in Aue deutlich länger ausfiel als in den meisten anderen Destinationen. Die leichte Sorge, dass das kleine, mit viel Holz und Regionalbezug elegant gestaltete Gourmetabteil wirtschaftlichem Pragmatismus zum Opfer fallen würde, war aber zum Glück unbegründet. Benjamin und Claudio Unger waren im Herbst wieder am Start, und das mit dem gleichen Eifer und den gleichen Ambitionen wie zuvor.

Dabei hat auch Claudio Unger, der seit einigen Jahren mit seinem Bruder zu gleichen Teilen die unternehmerische Verantwortung für das gesamte Haus trägt, eine erfreuliche Entwicklung zu mehr Souveränität in seiner Rolle als Gastgeber hingelegt. Die lockere und zugleich professionelle Art, verbunden mit einer angenehmen Prise Humor und authentischem Dialekt, macht schon beim Check-in Spaß. Außerdem wurde hier über die Jahre eine beachtliche, überwiegend deutsche Weinkarte zusammen-

gestellt, in der sich nicht nur aus Sachsen viele teils gereifte Flaschen zu auffallend fairen Preisen finden.

Für Spaß im Glas ist also gesorgt. Aber auch die Küche garantiert mit einem beachtlichen Aufwand, der schon in den sechs Kleinigkeiten zur Einstimmung deutlich wird, sehr genussvolle Unterhaltung. Vom regionalen Büffelmozzarella mit konzentriertem Tomaten-Confit und Basilikumöl als verdichtete, leicht angeschärfte Umami-Bombe über ein mildes, schlankes Kürbissüppchen mit Kernöl als etwas harmlos ruhigerer Part bis zum gebeizten Färöer-Lachs in fantastischer Qualität mit Kürbis-/Orangen-Confit und Koriandercreme zeigten die ersten Miniaturen viel Fingerspitzengefühl.

Gekonnt abgeschmeckt war auch das Tatar vom Pommerschen Rind, das auf einem dünnen Treberbrot-Taler kräftig und markant mit Cornichons, Senf und Brotcrumbles akzentuiert wurde – genau wie die knusprig-glasige Jakobsmuschel in einem schaumigen Sauerkrautsüppchen, dessen vibrierendes Säurespiel durch die intensivierte Fruchtsäure- und Süße eines zarten Apfelkompotts katalysiert und durch gebackene Blutwurst kraftvoll kontrastiert wurde. Verfeinerte Rustikalität at it's best – und schon beinahe ein eigener kleiner Gang. Genau wie die knusprige, leicht rosa gehaltene Wachtel auf feinbitterem Treviso, dunkel geschmortem Knoblauch mit eher milder, runder Würze und einer leichten Parmesan-Velouté.

Richtig los ging es dann dramaturgisch unkonventionell, aber souverän mit einem warmen Fischgang in Form von soft gegartem Weißem Heilbutt auf Blumenkohlcreme und -crumble sowie einer gekonnt gestrafften Beurre blanc. Akzente brachte vor allem das Topping aus Ossietra-Kaviar und Salzzitronen-Streifen. Und solange diese auf der Gabel oder dem Löffel ausreichend proportioniert werden konnten, entstand ein spannender Eindruck. Abseits davon – und unter dem Strich – überwogen allerdings die hellen cremig-weichen Seiten ein we-

nig zu sehr. Auch durch die Konsistenz des (eventuell sous-vide gegarten?) Fischs …
Und apropos „Proportionen versus Idee“: das Konzept des in Salz herrlich pur herausgestellten Selleries in der Kombination mit Petersilie und einer roten Traubenreduktion war super: konzentrierte und differenzierte Gemüsewürze neben herbalen grünen Noten und der intensivierten Traubenfrucht, die das Ganze entscheidend aufbrach. Nur: Die Menge an Traubenreduktion drehte den Gesamteindruck zu sehr in eine markant fruchtige Richtung, mit der diese Kreation an anderer Stelle – etwa am Tresen des Coda in Berlin – auch als avantgardistisches Gemüsedessert durchgegangen wäre. Was allerdings alles eine beinahe kleinliche Kritik auf sehr hohem Niveau ist und den hohen Fun- und Genussfaktor des Tellers nicht in Abrede stellen soll.
Dass Benjamin Unger und sein Team vieles auch absolut auf den Punkt bringen, zeigte im Anschluss zum Beispiel ein begeisterndes Türmchen aus verschiedenen nussig-klarfruchtigen Topinambur- und Birnenkomponenten rund um ein saftig gegartes und leicht koloriertes Rondell vom Kalbstafelspitz und einer ebenfalls rund geformten Scheibe aus zartem Kalbsbries – üppig bedeckt von schwarzer Trüffel und unterfüttert von einer meisterhaften Trüffelsauce auf Kalbsjus-Basis mit viel Druck und erdiger Würze, aber auch lebendiger Säure und Eleganz. Top! Locker 8 Pfannen!
Ein Prädikat, das durchaus auch der Hauptgang rund um Reh, schwarze Olive, Steinpilze und Johannisbeeren verdiente. Neben saftstrotzend rosa gegartem Rehrücken mit zarter dünner Olivenkruste brachten unter anderem gelierte Pralinen von Steinpilz und Johannisbeere, ein konzentrierter Steinpilz-Ketchup und säuerlich fokussiertes Johannisbeer-Gel viele Facetten auf engem Raum zusammen. Neben kleinen gebratenen Steinpilzen lieferte dabei insbesondere eine kühle prägnante Pilz-Pannacotta einen spannenden Kontrast, während die mustergültig saftig geschmorte und glasierte Rehschulter gemeinsam mit einer elegante Jus den Charakter des Hauptdarstellers verstärkten. Wie bei vielen anderen Tellern auch, würde es sich das Team zwar nicht nur leichter machen, sondern auch noch eine stärkere Wirkung erzielen, wenn nicht jedes Produkt in gefühlt mindestens drei Varianten präsentiert würde. Die Ergebnisse sind zwar meist harmonisch, aber eben auch recht kleinteilig und nicht so klar in der Aussage, wie es im besten Fall möglich wäre …
Einen optisch äußerst markanten Eindruck gab es dann beim Dessert mit einem knallgrünen Fake-Apfel neben Granny-Smith-Sorbet und verschiedenen Komponenten aus Buttermilch und weißer Schokolade als Süße- und Säure-Pole. Der täuschend echt imitierte Apfel selbst brachte trotz der frischgrünen (gelierten) Schale eher warme, bratapfelige Noten aufs Porzellan, die aber ganz prima mit den beinahe nussbuttrigen Akzenten eines karamellisierten weißen Schokoladensands zusammengingen.
Wer dazu nicht aus der reizvollen Auswahl an Flaschen wählen will, kann sich getrost auch an die gut korrespondierenden offenen Weine halten – auch hier gibt es immer Spannendes zu entdecken und hohes Niveau.

Hotelempfehlung

★★★★

Hotel Blauer Engel

Altmarkt 1, 08280 Aue
03771-5920
www.hotel-blauerengel.de
Einzelzimmer: 80–110 €
Doppelzimmer: 110–180 €
VISA

Im Hotel Blauer Engel im Herzen der Stadt Aue im Erzgebirge werden seit 1663 Gäste bewirtet. Traditionen und die Historie der Region spielen für die Gastgeberfamilie Unger daher eine große Rolle. Mit viel Sorgfalt im Detail und der Liebe für die kleinen Dinge wurde das erste Haus am Platz mit seinen 39 Zimmern und Suiten gestaltet, um seinen Besuchern einen angenehmen Aufenthalt zu bereiten. Es handelt sich ausschließlich um Nichtraucherzimmer, die allesamt komfortabel und modern eingerichtet sind und in drei verschiedenen Kategorien zur Auswahl stehen. In der Wellnesslandschaft „Kaskade“ laden zudem finnische Sauna, Dampfbad und Whirlpool zum Relaxen ein. Stilvolle Gastlichkeit wird in den beiden Restaurants St. Andreas und Tausendgüldenstube geboten; außerdem gibt es eine hauseigene

Brauerei und ein kleines Biermuseum mit Kegelbahn. Gourmetrestaurant St. Andreas separat erwähnt.

Auerbach i. d. OPf. (Bayern)

7

SoulFood

Unterer Markt 35,
91275 Auerbach i. d. OPf.
09643-2052225
www.restaurant-soulfood.com
Küchenchef: Michael Laus
Mi ab 17.30 Uhr, Do–So 12–14 Uhr u. ab 17.30 Uhr, Mo u. Di RT
Hauptgericht: 17–28 €,
Menüs: 69–76 €

VISA

In das kleine, etwas unscheinbar am Marktplatz gelegene Soul Food in Auerbach in der Oberpfalz kommen wir immer wieder besonders gern. Denn in dem äußerst sympathischen, ganz ohne Hotel oder sonstige quersubventionierende Unterstützung im Hintergrund auf einem hohen Niveau bewirtende Restaurant passt einfach alles perfekt zusammen: schlichtes, stilvolles Ambiente, herzlicher Service und eine anspruchsvolle Küche, die anstelle von übertriebenem Aufwand auf gute individuelle Ideen setzt und damit jedes Mal wieder sehr unverbraucht und inspiriert wirkt.

Ruckzuck stehen dann auch gleich die ersten Appetizer auf dem Tisch und machen klar, dass die Vorfreude auch in diesem Jahr wieder nicht umsonst gewesen ist: Beim Tatar vom Oberpfälzer Saibling in hauchdünnem Cornet gefiel die markante und frische Ausrichtung mit Olivenöl, Limettenabrieb und Himbeergel. Bei den süß geschmolzenen und knusprigen Zwiebeln unter Kartoffelschaum und (selbst roh intensiv duftiger) schwarzer Trüffel die Verbindung von rustikaler Tiefe mit schwebender Leichtigkeit.

Bestes Beispiel für den unverkrampften Stil der Küche war die rund um Hokkaido-Kürbis angelegte erste Vorspeise. Soft geschmorte Tranchen vom Ofenkürbis bildeten ein Rondell als Fundament für knackig marinierte Kürbislamellen mit mehr Säure und ein verdichtetes Topping aus Vadouvan-Mayonnaise, deren warmwürziger Duft den Teller schon beim Einsetzen prägte. Weitere Elemente, die das Ganze zu einem fein abgestimmten Geschmackspuzzle haben werden lassen, waren etwas Kürbiscreme, cremig-frischer Ziegenkäse, saftiges Rinderhachée und eine Art „Dukka" auf Kürbiskernbasis. Drumherum noch etwas Kernöl und eine leichte Kürbisemulsion. Insgesamt ein rustikaler Grundcharakter, aber sehr pfiffig ins Elegante und Spannende gedreht …

Der Gang, mit dem das Restaurant SoulFood seinem Namen am eindrücklich gerecht wurde, folgte mit der bayerischen Ramen-Suppe. Diese verband einen dunklen und tiefen, mit viel Umami, röstigen Sesamnoten und präsenter Chilischärfe aufwartenden Sud mit einer üppigen Einlage hochwertiger Produkte, die von zarten Buchweizennudeln über knackige Garnelen und wachsweiches Wachtelei bis zu soft schmelzenden Scheiben vom Teriyaki-Schweinebauch reichten. Da können sich selbst die besseren asiatischen Restaurants hierzulande ganz schön lang machen. Von der landläufigen Asia-Imbissküche gar nicht erst zu reden …

Von Fernost mit Lokalkolorit wieder ganz zurück in die Heimat ging es beim folgenden Zander, der mit Kartoffel und Sauerkraut mit zwei geradezu treudeutschen Produkten kombiniert wurde. Dafür, dass am Ende dennoch alles andere als eine behäbig rustikale Sache daraus wurde, sorgte zunächst schon mal die fabelhafte Qualität des locker zweifingerhohen, perfekt kross auf der Haut gebratenen Zanderfilets. Daneben wurde die Kartoffel als etwas zarte Creme und krosse Chips eher elegant inszeniert, genau wie das vor allem in einer luftigen Beurre blanc präsente Sauerkraut. Eine gute Idee war auch das mit Säure und dunkler Würze spielende Schwarzbier-Gel auf dem Fisch, nur dass dieses in seiner flächendeckenden Applikation etwas plakativ wirkte.

In filigraner Leichtigkeit endete das Menü beim letzten Besuch mit einer der seltenen gelungenen Gin-Tonic-Interpretationen: Mit milder Süße marinierte Gurkenstreifen in Gin-Tonic-Sud wurden dabei mit kompakt cremigem Sauerrahmeis, kleinen Tupfen von weißer Schokoladencreme als wichtiger Süße-Impact und einem luftig-krossen Baiser kombiniert –

Letzterer ganz ohne Süße, sondern mit zarter Salzigkeit. Wie bei allen Gerichten kommt das Team auch hier mit vergleichsweise wenigen und unkomplizierten Komponenten zu erstaunlichen Ergebnissen.
Eine kleine, aber feine Auswahl offener Weine und deutlich mehr – auch höherwertige Flaschen – im Keller sorgen im SoulFood stets für adäquat gefüllte Gläser. Und die individuelle Beratung sorgt dafür, dass der Inhalt auch ganz sicher nicht nur zum Essen, sondern auch zu den persönlichen Vorlieben und Wünschen passt.

Augsburg (Bayern)

7

Alte Liebe

Alpenstr. 21,
86159 Augsburg
0821-65057850
www.alte-liebe-augsburg.de
Küchenchef: Benjamin Mitschele
Mi–Sa ab 18 Uhr, So–Di RT
Hauptgericht: 26–32 €,
Menüs: 75–95 €
EC VISA

Freudiges Wiedersehen mit einer alten Liebe! Das Lokal von Küchenchef Benjamin Mitschele und dessen unverkrampft kreative Küche hatten wir bereits vor Jahren am früheren Standort in der Ludwigstraße hinter dem Stadttheater liebgewonnen. Heuer gab's endlich wieder ein erstes und ein zweites Date in den neuen, größeren Räumlichkeiten in der Alpenstraße – und die Flammen loderten mehr denn je! Gar nicht so sehr wegen des Ambientes, das sehr schlicht und aufgeräumt wirkt und deutlich weniger Patina hat als das alte Lokal. Aber die Küche hat noch mal eine ordentliche Schippe draufgelegt! Und das hängt nach unserer Ansicht damit zusammen, dass der Chef und sein Team das Profil geschärft und das Kulinarium noch deutlicher auf Fine Dining ausgerichtet haben.
So gibt es in der Alten Liebe nun neben den Offerten à la carte nicht nur ein bis zu siebengängiges Degustationsmenü (und Dinge wie Burger & Co. findet man nicht mehr in der Karte) – es wird mittlerweile außerdem ein sehr hoher Aufwand betrieben, was die Beschaffung regionaler Produkte kleiner engagierter Erzeuger (wenn möglich in Bio-Qualität!) angeht.

Und auf den Tellern wirkt alles noch ein wenig präziser, aufwendiger und scharfgestellter. Das konnte man gleich schon sehr deutlich beim hervorragenden Brot und bei den Amuses-Bouches sehen und schmecken, unter denen eine sehr gute, säuerlich-frisch marinierte Auster und ein sauber von Hand geschnittenes und vielschichtig arrangiertes Rindertatar herausstach.
Die roh marinierte Bernsteinmakrele mit Gurke, Avocado und Physalis war ein Zwischending aus moderner japanisch inspirierter Vorspeise und klassischem Cevice. Der qualitativ überraschend gute, schön dick geschnittene und erfreulich naturbelassene Fisch war auf dem Teller mit seinen Mitspielern sehr apart zu einem Ring drapiert, in dessen Zentrum eine grün-weiß marmorierte Yuzu-Vinaigrette angegossen war. Weitere zitrische Noten kamen von einem Ponzu-Gel und Fingerlimes hinzu, was jedoch zu keinem sauren Overkill führte, sondern vielmehr ein gut abgestimmtes und in den übrigen Komponenten sanft eingefangenes Spiel unterschiedlicher Säuregrade aufbot. Durch die mutige Schärfe grüner Chili erinnerte das Ganze wiederum ein wenig an die peruanische Rohfisch-Spezialität Cevice, was diesem starken Auftakt sogar eine individuelle Note verlieh.
Und die hatte auch das folgende Pastagericht „Ondine", obwohl das auf dem Papier noch gar nicht unbedingt ersichtlich war. Hier waren hausgemachte hauchdünne Nudelblätter mit ebenfalls hausgemachtem Ricotta, sautierten Pfifferlingen, Eigelbcreme, Zwiebelsegmenten, Sauerklee und feinst gehobeltem Parmesan zu einer äußerst filigranen offenen Lasagne geschichtet – ein kräuterwürziges Öl und ein leichter Sud vermischten sich dazu mit dem cremigen Ricotta zu einer eleganten, süffigen Melange. Selten war „Lasagne" so leicht und luftig.
Wie präzise hier das Handwerk ausgeführt und wie viel Wert auf hervorragende Produkte aus der Region gelegt wird, zeigte insbesondere das akkurat auf der Haut gebratene saftig-krosse

Forellenfilet, das auf Kohlrabi (zart knackig und cremig) gebettet und von Navette, wildem Portulak, Kräuteröl und einer mit Zitrusaromen (dezent) aromatisierten Beurre blanc flankiert wurde. Im Anschluss daran präsentierte sich ein gegrilltes Kalbsbries in nahezu Idealform und nicht in der oftmals fast schon pastösen Konsistenz, wie sie zwar viele Gourmets mögen, die aber nicht unbedingt ein Qualitätsmerkmal ist. Hier hatte die goldgelb colorierte Thymusdrüse einen ganz zarten, elastischen Biss, gefiel zudem mit klarem, sauberem Produktgeschmack und war mit verschiedenen sautierten Waldpilzen, etwas Topinamburcreme, Topinamburchips und einer sehr leichten Kalbsjus (eher ein Fond) vermählt. Ein feines und präzises, eher klassisches Geschmacksbild.
Origineller wirkte dann durch das Zutun von Johannisbeeren, Johannisbeerstrauch-Öl und dezentem, gut eingebundenem Fermentationsgeschmack der Hauptgang um Ente und Rote Bete. Das Geflügel, das Benjamin Mitschele von einem bäuerlichen Erzeuger bezieht, spendete zwei aromatische Tranchen seiner Brust und ein ebenso ausdrucksstarkes kleines Schmorstück aus der Keule mit dünner krosser Haut. Die Bete wirkte durch die auch hier wieder gut eingebundene und wohldosierte Säure überhaupt nicht breit und dumpf und fügte sich so sehr gut ins Geschehen ein.
Auch der süße Abschluss bot hohes Niveau. Zunächst mit einem Pré-Dessert um Brombeere, Douglasie und Waldsauerklee, die als Sorbet, Früchte, Granité, Blätter und Creme auch haptisch harmonisch ineinandergriffen. Dann ein ähnlich aufgebautes Hauptdessert mit den Aromen von Zwetschge (Kompott, Sud, Granité), Schafsjoghurt (Sorbet), Karamell (Creme, Schokolade) und gebrannten Mandeln, das einerseits leicht und erfrischend daherkam, andererseits mit zarten weihnachtlichen Anklängen zu Beginn des Herbstes schon mal die kalte Jahreszeit einläutete.
Auch beim Thema Wein werden die Ambitionen deutlich. So überzeugt die Weinkarte mit vielen Naturweinen und fast ausschließlich bio-zertifizierten Gewächsen engagierter Erzeuger aus Deutschland und Europa durch ihre individuelle Handschrift – und das Team um Restaurantleiter Peter Karl durch Sachkenntnis und ansteckender Begeisterung.

ANNA – Tisch und Tresen

Im Annahof 4, 86150 Augsburg
0821-4550780
www.das-anna.de
Mo von 11.30–18 Uhr,
Di–Sa ab 11.30 Uhr durchgehend, So RT
Hauptgericht: 12–25 €, Menüs: 25–50 €
VISA

Kein klassisches Restaurant, sondern eine unkomplizierte Mischung aus Tagescafé und legerem Bistro, in dem man auf den ersten Blick nichts Überdurchschnittliches erwartet. Die Ambitionen der Küche münden hier nicht in aufgeblasene Ankündigungen auf der Speisekarte mit viel Luft und wenig Substanz, sondern fließen in gute Produkte und natürliche Zubereitungen ein, etwa der hausgemachten Saucen, Dips und anderen Komponenten wie Pasta. Besonders exklusive und entsprechend teure Produkte finden hier auch nicht statt, aber was es gibt, ist mit Sinn und Verstand zubereitet. Die Wein- und Getränkekarte listet eine Handvoll Gewächse seriöser Weinerzeuger, verschiedene Cocktails und ansprechende alkoholfreie Getränke.

81

August

Johannes-Haag-Str. 14,
86153 Augsburg
0821-35279
Küchenchef: Christian Grünwald
Mi–Sa ab 19 Uhr, So–Di RT
Menüs: 129–189 €
VISA

Die neoklassizistische Haag-Villa bietet einen adäquaten Rahmen für Augsburgs bestes Restaurant. Die aristokratische, extravagante Umgebung passt zu Christian Grünwalds kreativem, teils avantgardistischem Individualstil und lässt die mit viel Gestaltungsfreude interpretierten Kreationen adäquat zur Geltung kommen. Wesentlicher Teil der kunstaffinen Inszenierung sind die eigens für das Restaurant entworfenen, von innen illuminierten Tische mit Glasplatten, auf und unter die sich das Geschehen von den Tellern aus immer wieder ausweitet. Manche mögen das als Effekthascherei und Ablenkung vom Wesentlichen abtun, doch wer sich davon nicht beirren lässt, dem wird bei all dem Spektakel auch nicht entgehen, dass die Show hier mit viel Substanz unterfüttert ist. Seltene, handverlesene Produkte, geniale Kombinationen und abgefahrene Akzente überwiegen auf den Tellern des Meisters, die sich mal stark kontrastiv und komplex, mal als klar produktfokussierte Kochkunst präsentieren und auch erfahrenen Gaumen immer wieder neue Geschmackserlebnisse bescheren. Wer einfach nur gut und gediegen essen gehen will und auf klassische kulinarische Werte setzt, ist hier grundfalsch. Wer jedoch bereit ist, sich auf ein mehrstündiges, forderndes, in jedem Falle außergewöhnliches Gesamterlebnis für alle Sinne einzulassen, ist goldrichtig.

Fast & SLOW

Beißer Burger

Dominikanergasse 13,
86150 Augsburg
0821-24412582
www.beisserburger.de
Mo–Sa von 11.30–14.30 Uhr u. ab 17.30 Uhr, So RT

Abwechslungsreiche handgemachte Brioche-Beef-Burger mit frisch gewolftem Fleisch aus artgerechter Haltung und als Vollkorn-Veggie-Burger mit hochwertigen regionalen Zutaten.

5

Die Ecke

Elias-Holl-Platz 2,
86150 Augsburg
0821-510600
www.restaurantdieecke.de
Mi–So von 11–14 Uhr u. ab 17.30 Uhr, Mo u. Di RT
Hauptgericht: 29–39 €,
Menüs: 45–85 €

EC VISA

Wer in alten Restaurantführern aus den 70er-Jahren blättert, findet dort schon die „Ecke-Stuben“ als eines der bedeutendsten gastronomischen Etablissements der Fuggerstadt gelistet und erfährt etwa, dass diese als „Künstler- und Schlemmerlokal“ allen Feinschmeckern in der Region bekannte Institution für seine Wildspezialitäten bekannt sei. Daran hat sich bis heute nichts geändert, denn das verwinkelte Restaurant mit seinem nostalgischen Retro-Flair und wechselnder Kunst gilt nach wie vor als gute Adresse für Reh, Wildschwein und Hase aus heimischer Jagd – darüber hinaus aber auch für alles andere, was der im besten Sinne gehoben-gutbürgerlichen Küche entspricht. Was hier vom langjährigen Küchenchef Paul Seiler und seinem Team zubereitet wird, ist zuverlässig routiniert in der Machart und bedient eher den konservativen Geschmack als die Lust auf Innovationen. In der international sortierten Weinkarte findet man für jeden Anlass das Passende.

5

Gasthaus Settele

Martinistr. 29,
86179 Augsburg (Haunstetten)
0821-84086
www.gasthaus-settele.de
Küchenchef: Stefan Settele
Mi–So von 10–14 Uhr u. ab 18 Uhr, Mo u. Di RT
Hauptgericht: 13–32 €,
Menüs: 20–60 €

EC VISA P

So stellen wir uns die zeitgemäße Version eines traditionellen Land- bzw. Stadtgasthofs für jedermann vor. Das Lokal von Familie Settele im südlichen Augsburger Stadtteil Haunstetten ist ein großes Gasthaus, in dem Tradition und Zeitgeist nicht nur beim Ambiente harmonisch nebeneinander einhergehen, sondern auch auf den Tellern. Dass hier immer viel los ist und Stefan Settele und sein Team täglich große Gästescharen bekochen, spricht einerseits für die hohe Akzeptanz des 1905 gegründeten Familienunternehmens und erklärt andererseits, warum hier eine tendenziell bodenständige Linie gefahren wird und die Gerichte nicht übermäßig exklusiv oder minutiös ausgearbeitet sind. Die Küche muss mit Dingen wie Kässpätzle, Schweinsbraten oder Wiener Schnitzel ein breites Publikum ansprechen, zeigt sich mit an-

deren Gerichten aber auch experimentierfreudig, bleibt jedoch stets innerhalb eines mehrheitsfähigen Rahmens. Mit Vorspeisen wie etwa einem Dreierlei vom Ikarimi-Lachs nebst knackigen Quellern und Wasabi-Vinaigrette kann man gut punkten, sofern der Fisch wie in unserem Fall von guter Qualität ist und sowohl als Tatar und gebeizte Scheiben als auch in Gestalt einer mit Nori-Alge umwickelten und mit Frischkäse und Gurke gefüllten Rolle im Sushi-Style auf dem Teller zugegen ist.
Auch mit dem kontrastreichen Akkord, den eine gut zwischen milder, erdiger Schärfe und fruchtiger Frische ausgemittelte Apfel-/Meerrettich-Suppe zusammen mit dem in einem knusprigen Brickteig-Säckchen versteckten saftigen Fleisch vom Räucheraal anstimmte, bewies das Settele-Team Kombinationsgespür. Dass die hausgemachten Steinpilzravioli mit schwarzer Trüffel und Blattspinat an jenem Abend schon aus waren und das gleiche Gericht stattdessen mit sehr guten, festen Tagliolini angeboten wurde, wäre überhaupt kein Problem gewesen, wenn man die versprochene Trüffel wenigstens ansatzweise geschmeckt hätte. So blieb uns aber dennoch die Freude darüber, dass kein Trüffelöl oder ähnliche Ersatzprodukte verwendet wurden – und an einem generell sehr guten Teller Pasta mit rahmig-mildwürziger Sauce (vermutlich von Parmesan) und frischem Blattspinat.
Beim Hauptgang rund um ein schön dickes Stück vom Rinderfilet mit Flower Sprouts, wildem Brokkoli und als Juliennes geschnittenen Wurzelgemüsen sowie Süßkartoffelchips und Erbsen-„Guacamole" standen das qualitativ sehr ordentliche und gleichmäßig korrekt medium gebratene Fleisch sowie die knackigen Kohlgemüse auf der Habenseite. Der seltsam diffus und unharmonisch schmeckende (kalte) Erbsenstampf und der inflationäre Einsatz an Süßkartoffelchips hätte nach unserem Gusto indes nochmal überdacht gehört.
Neben Standard-Nachtisch wie Mousse au chocolat oder Apfelküchle (übrigens sehr gute!) gibt es immer auch ein originelleres Tagesdessert. Beim letzten Mal war das eine gut funktionierende Kombination von marinierter Ananas, Zitronensorbet, Kokos-Parfait und einer markant mit Whisky aromatisierten Espuma, bei der nur das anfangs wirklich steinhart gefrorene Parfait den ansonsten wirklich guten Gesamteindruck ein wenig trübte. In der kleinen Weinkarte finden sich ansprechende Tropfen namhafter Erzeuger aus ganz Europa, und das Serviceteam, in dem einige langjährige Mitarbeiter für Konstanz sorgen, ist flink und hat alles gut im Blick.

Fast & SLOW

Hamburgerei

Ludwigstr. 8, 86152 Augsburg
0821-50824494
www.hamburgerei.de
Mo–Fr ab 12 Uhr durchgehend, Sa u. So ab 16 Uhr, kein RT

Kreative Burger-Varianten aus hochwertigen Produkten teils regionaler Herkunft mit hausgemachten Saucen sowie diverse Salate und Chili con Carne.

5

Kahn

im Feinkost Kahn
Annastr. 16, 86150 Augsburg
0821-312031
www.feinkost-kahn.de
Küchenchef: Thomas Abele
Mo–Sa von 11–15 Uhr, abends geschlossen, So u. Fei RT
Hauptgericht: 19–29 €, Menüs: 29–59 €
EC VISA

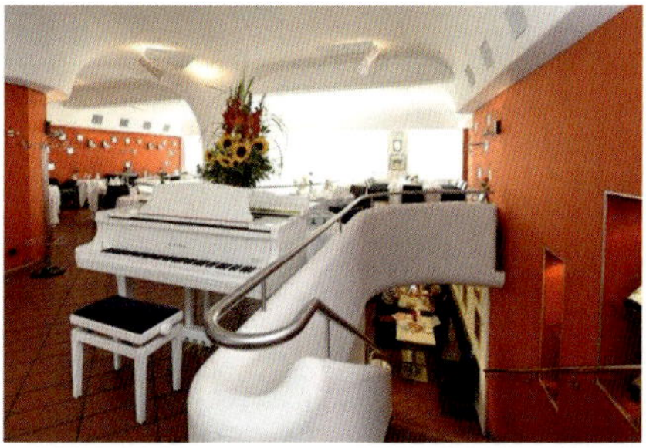

Thomas Abele und sein Team garantieren im zweiten Stock des alteingesessenen Feinkosthauses der Familie Kahn in Augsburgs Fußgängerzone schon seit vielen Jahren ein sehr konstantes und auch sehr ansprechendes kulinarisches Niveau. Stilistisch bedienen sie eine hohe Bandbreite, die von der Kalbsfrikadelle bis zum europäischen Hummer und vom Wiener Schnitzel bis zum Steinbutt reicht und trotzdem nicht beliebig wirkt. Vielmehr kocht man den Gästen nach dem Munde, bietet zur Freude vieler auch Einfaches, Bodenständiges in sehr guter Ausführung und daneben eben auch Edelprodukte, die qualitativ überzeugen. So wird in dem in kräftigem Rot und Weiß gehaltenen Restaurant, das im Grunde nur tags-

über geöffnet hat, eine grundsätzlich klassische und nur moderat gehobene Küche geboten, die auf dem Papier nicht unbedingt besondere Exklusivität und schlanke Nouvellen suggeriert, sich auf den Tellern dann aber doch immer als souverän umgesetzt und auch überraschend wohlproportioniert erweist. Ein Dreierlei von der Tomate in Gestalt einer weißen Tomatenmousse, überzogen von einem klaren Tomatengelee und getoppt mit einem Knusperbrotstreifen, auf dem eine Nocke Tomatentatar thronte, machte bei unserem letzten Besuch den äußerst erfreulichen Anfang: Mild, feine Säure, klarer Geschmack – ein schöner Start!
Gefolgt von einem Dreierlei der Lachsforelle, die als kalt geräucherte Tranche, als gebeizte und in ein Nori-Algenblatt gewickelte Stücke sowie in Gestalt eines mit Crème fraîche rahmig abgemilderten Tatars auf dem hübsch angerichteten Glasteller zugegen waren. Und die dort von einem mit Senfkörnern aromatisierten Gurken-Relish sowie etwas Curry-/Limonen-Creme so zurückhaltend wie nötig, aber auch so ausdrucksstark wie möglich begleitet wurden.
Dass die Küche von Thomas Abele grundsolide ist und eine starke klassische Substanz hat, zeigen stets auch ganz besondere Schmankerl wie etwa die tadellos parierten, sehr schön saftigfleischigen und in eine knusprige, aber überhaupt nicht fettige Panko-Panierung gehüllten Kalbsbries-Nuggets auf Kartoffelsalat. Letzterer ebenfalls einer der besseren Sorte, mit genügend Schlotzigkeit und Säure, viel Kartoffelgeschmack und unauffälliger Hintergrundwürze.
Allein für das famose Wiener Salonbeuscherl aus Herz, Zunge und Lunge vom Kalb, ebenfalls von einer eleganten Säureader durchzogen und mit zart rahmigem Fluss, würden wir immer wieder hierherkommen. Würze bekam dieser elegante „Innereien-Eintopf" unter anderem von Kapern, säuerliche Frische von klein gewürfelten Essiggurken. Und als besonderen Clou liierte Abele diese eigentlich ganz bodenständige Köstlichkeit mit zwei saftigen Tranchen von mild geräuchertem Aal, der sich hier überraschend gut ins Geschmacksbild integrierte ... Top!
Auch der sanft gedämpfte Kabeljau, der uns beim letzten Mal mit Kartoffelstampf, verschiedenem noch ganz leicht knackigem und prononciert gewürztem Gemüse und einer Schnittlauch-Beurre-blanc zum Hauptgang serviert wurde, tendierte eher in eine bodenständige und gediegene Richtung, erfreute aber durch gute Produktqualitäten und exakte Zubereitung. Dass der Chef weiß, auf was es ankommt und wie man mit verhältnismäßig einfachen Mitteln Raffinesse erzeugen kann, zeigte zuletzt auch das Dessert um ein gebranntes Passionsfruchtparfait nebst glasierter Banane und ein mit Kokosflocken paniertes Kokoseis auf Passionsfruchtjus.
Gastgeberin Priska Kahn leitet aufmerksam und sympathisch den Service und hat zu jedem Gericht auf Wunsch auch glasweise gut korrespondierende Weine parat. Das Preis-Leistungs-Verhältnis für Speis' und Trank ist moderat gehoben – gemessen an der Qualität aber als äußerst moderat zu bezeichnen.

Magnolia

Beim Glaspalast 1, 86153 Augsburg
0821-3199999
www.magnolia-restaurant.de
Mo–Fr von 11.30–14.30 Uhr u. ab 18.30 Uhr, Sa ab 18.30 Uhr, So RT
Hauptgericht: 19–33 €,
Menüs: 39–80 €

Der denkmalgeschützte Industriecharme des Augsburger Glaspalasts zeichnet auch das Magnolia mit seinen hohen, lichtdurchfluteten Räumen nebst moderner Kunst aus. Mit diesem Ambiente könnte das Restaurant auch in jeder Metropole bestehen. Hier wird von einfacheren Mittagsgerichten zum günstigen Preis bis zum sechsgängigen Gourmetmenü ein breites Publikum angesprochen und auch stilistisch eine große Bandbreite geboten, die von schwäbischen Leibspeisen über asiatisch inspirierte Gerichte bis zu einfallsreicher Italianità reicht. In der Weinkarte findet man viele fair kalkulierte Tropfen arrivierter Erzeuger aus ganz Europa, und der freundlich-engagierte Service unter der Leitung von Gastgeber Mario Volanti ist ebenfalls gesetzt.

5

maximilian°s

im Hotel Maximilian's
Maximilianstr. 40,
86150 Augsburg
0821-5036650
www.maximilians-augsburg.de
Küchenchef: Simon Lang
Mo–Sa von 12–14 Uhr u. ab 18 Uhr, So RT
Hauptgericht: 13–69 €, Menüs: 52 €
VISA

Das Maximilian°s mit seiner offenen Küche, dem modernen, geschmackvoll schlichten Design in Naturfarben, großen blanken Holztischen und bequemen Polsterstühlen zwischen Wein-Vitrinen und lichten Raumteilern ist ein urbanes Lokal im gehobenen Bistro-Stil – und damit dem ersten Haus am Platz ein zeitgemäßes Hotelrestaurant. Dass hier aber längst nicht nur die Gäste des Hotels einkehren, unter dessen Dach es residiert, sondern dass auch gleichermaßen Leute aus der Stadt und der Region hierher zum Essen kommen, spricht für das Konzept.
Die Küche, die unter der Oberaufsicht von Gesamtküchendirektor Simon Lang steht, ist natürlich sehr breit aufgestellt und bestrebt, von Caesar Salad und Vitello tonnato über Wiener Schnitzel mit Kartoffel-/Gurken-Salat und Kalbsleber Berliner Art bis zum veritablen Hummersandwich möglichst viele Geschmäcker zu bedienen. Dennoch begnügt sich das Team nicht mit behäbigen traditionellen Standards, sondern macht daneben auch kreativeres Programm, mit dem es sich aber grundsätzlich im mehrheitsfähigen Bereich bewegt und keine allzu kühnen Experimente wagt (die hier auch fehl am Platze wären).
Mit einem mit schwarzer Trüffel, Parmesan, Staudensellerie und Zitrone aromatisierten Rindercarpaccio oder einem im Teriyaki-Sud umamiwürzig gebeizten Zanderfilet in süßlich-scharfer Kombination mit Karotte, Kumquat und Wasabi kann im Grunde jeder etwas anfangen, und trotzdem wirkt das nicht bieder und angepasst. Die, wie in der Karte angekündigt, „leicht geräucherte" Goldforelle war tatsächlich so leicht geräuchert, dass man es kaum wahrnehmen konnte. Weil sie allerdings auch sonst kaum gewürzt und zudem sehr kalt und sehr weich daherkam, machte sie leider weniger Spaß als erhofft. Zumal ihr die Entourage aus Roter Bete, Birne und Linsencreme auch nicht unbedingt die Show stahl.
Doch diesen etwas schwächeren Einstieg machte die in einer Cocotte servierte Bouillabaisse bei unserem letzten Besuch umgehend wett! Dass das Team ein gutes Händchen für anspruchsvolle Suppen hat, konnten wir schon in der Vergangenheit immer wieder feststellen – schon bei der Vorjahresvisite beispielsweise an einer satten Hummerschaumsuppe. Die Fischsuppe nach französischem Vorbild war sogar noch besser und wäre uns als solches auch 6 Pfannen wert gewesen, denn in der klaren, aber kraftvollen Suppenbasis mit typischem Geschmack aus angerösteten Schalen, ausgekochten Karkassen, Tomate, Wurzelgemüse, Noilly Prat und vielen weiteren Aromen und Gewürzen schwamm jede Menge attraktive Einlage: von unterschiedlichen und allesamt recht properen Seefischen über Jakobs- und Venusmuschel bis zur comme il faut glasigen Garnele. Daneben nicht zu viel (und auch nur passendes) Gemüse wie Fenchel und Tomate sowie à part eine Scheibe mit Kräuteröl angeröstetes Weißbrot und eine Sauce rouille, die keine verkappte Aioli-Creme war, sondern wirklich schön kräftig nach Paprika schmeckte. Klasse!
Auch das mit einer relativ salzigen Haselnussbutter überschmolzene Medaillon aus der Hirschkeule auf einem Sockel aus Selleriepüree erfreute durch gute Produktqualität und korrekte Garzeit. Kleine, flach aufgespritzte und somit sehr knusprige Herzoginkartoffeln, vor allem aber eine markante, leicht rahmig gebundene Sauce von grünem Pfeffer in Kontrast mit der fruchtigen Süße von Preiselbeeren waren dem Wild eine wirklich sehr schöne Begleitung. Desserts wie ein Moelleux au chocolat mit Banane, Kokoseis und Vanilleschaum oder unser von einer Nocke Blutorangensorbet gekröntes Törtchen von Amarettini-Crumble und Joghurtmousse sind ein harmonischer, ausgewogen proportionierter Nachtisch und machen Spaß.
Das Preisniveau ist moderat, die internationale Weinauswahl mit sehr soliden Offenen wie Alois Lageders Basis-Chardonnay muss sich

nicht verstecken, und der junge Service ist sehr beflissen und bemüht, agiert jedoch nicht immer ganz sattelfest – macht das aber durch natürliche Freundlichkeit wett.

Fast & SLOW

nineOfive

Fuggerplatz 9, 86150 Augsburg
0821-50814365
www.nineofive.de
Täglich ab 17 Uhr, kein RT

Original neapolitanische Pizza mit perfektem Teig und qualitativ hochwertigen Toppings aus dem Spezialofen stehen hier im Fokus. Es gibt aber auch Lasagne, das eine oder andere Pasta-Gericht sowie italienische Snacks und Vorspeisen, die sich ebenfalls über die hohe Qualität der Grundprodukte definieren. Nicht zu vergessem eine sensationelle Weinkarte mit Schwerpunkt Riesling!

7

Nose & Belly

Heilig-Kreuz-Str. 10, 86152 Augsburg
0821-50895791
www.noseandbelly.de
Küchenchef: Hendrik Ketter
Di–Sa ab 18 Uhr, So u. Mo RT
Hauptgericht: 21–38 €, Menüs: 76–88 €

VISA

Wie wir in unserem letzten Text vom Restaurant Neuhof am See in Gundelfingen bereits vorangekündigt hatten, eröffnete dessen Inhaber und Küchenchef Hendrik Ketter in diesem Jahr mitten in Augsburg mit dem Nose & Belly ein weiteres ambitioniertes Restaurant. Da die Eröffnung von Corona ausgebremst wurde, gestaltete sich der Start zwar ein wenig holprig, doch schon einige Wochen nach Ende des ersten Shutdowns nahm das „Nose & Belly" mit seiner schnörkellos schlichten modernen Einrichtung langsam Fahrt auf.
Ähnlich wie in den letzten Jahren im „Mutterschiff" Neuhof am See, das um einiges größer ist, setzt das Team hier im À-la-carte-Bereich auf traditionellere und handfestere Gerichte wie mit Brennnessel und Spinat gefüllte Maultaschen mit geschmälzten Zwiebeln und Nussbutterschaum, einen Rostbraten von der Tegernseer Färse mit wildem Brokkoli und Kartoffelsandwich, Kutterscholle mit Speckstippe und Bratkartoffeln oder ein Wiener Schnitzel mit Bratkartoffelsalat und Kernöl. Bei diesen Dingen, die hier ebenfalls mit aller Sorgfalt und hohem Qualitätsanspruch zubereitet sind, könnte unsere Bewertung vielleicht einen Tick zu hoch gegriffen sein. Das fünfgängige Menü allerdings steht auch hier ganz im Zeichen der elegant verfeinerten kreativen Küche – und die hat eben nicht nur starke Substanz, sondern auch hohes handwerkliches und konzeptionelles Niveau!
Vorneweg tischt der auch in Weinfragen gut informierte Service zwei Sorten qualitativ ansprechendes Brot nebst Kräuterquark, Salzbutter, Zwiebelmarmelade und gepickelten Radieschen auf. Das Menü begann – etwas ungewöhnlich, aber ganz witzig – mit einer Hommage des aus Hessen stammenden Küchenchefs an seine schwäbische Wahlheimat in Gestalt einer Miniportion Kässpätzle aus einem Pecorino-Laib. Kurzes Fazit: unverfälscht bodenständig, ziemlich opulent, kann man aber kaum besser machen!
Ebenfalls als attraktive Interpretation eines bodenständigen Traditionsgerichts – allerdings deutlich leichter! – kam sodann als erster richtiger Gang des Menüs die Makrele mit Apfel und Sauerkraut daher: der Fisch als klassisch eingelegte, schön milde, saftige Tranche und als Rillettes-Kügelchen, der säuerliche grüne Apfel als kleine Zylinder und als Sorbet, das Kraut knackig mariniert und als klarer Sauerkrautsud – alles zusammen ergab einen harmonischen, sehr frischen, schlanken, elegant proportionierten Start.
Weich und mollig, aber nicht sehr opulent, sondern durchaus wieder sehr schlank und elegant kam die Interpretation von „Blumenkohl polnisch" als wohldimensionierter Zwischengang, bei dem der Blumenkohl etwas variiert (knackig und säuerlich, weich und kohlig ...), das obligatorische Ei in Gestalt zweier pochierter Wachteleier und das Brot als filigrane Hippe und Pankoknusper auf dem Teller zu finden waren. Etwas Petersilie als Blätter und Pulver

brachten leider nicht den Akzent, den man sich hier in einer recht milden, gemüsigen Melange gut noch gut hätte vorstellen können – doch auch so war's eine runde, nur halt eben etwas brave, breite Sache. Und das trotz der Säure am eingelegten Blumenkohl, die jedoch durch etwas zu viel Salz konterkariert wurde.
Mehr Spannung bot zum wirklich sehr guten gebratenen Zander auf Rollgerste der Kontrast, den hausgemachte, cremige, schön mild gewürzte Blutwurst und saure grüne Johannisbeeren aufs Porzellan brachten. Alles sanft und sehr transparent eingelullt von einem Kalbsfond mit Lorbeerwürze. Auch sonst lässt der Küchenchef auf nahezu jedem Teller sehr deutlich erkennen, dass er ein gutes Gespür für Aromen und Proportionen hat, denn hier ist das meiste wirklich erstaunlich fein austariert.
Ganz besonders stark war der in zwei Gängen servierte Hauptgang, bei dem ein Alb-Gockel quasi „from nose to tail", oder besser: vom Kamm bis zur Leber, in den verschiedensten Facetten zubereitet war. Sehr viel Produktcharakter und großen Genuss boten zunächst ein Mini-Hühnerfrikassee, ein sehr saftiges und zart krosses Sandwich mit Farce aus dem Keulenfleisch sowie einem Leberflan, der nebst krosser Hühnerhaut und Topinamburwürfeln in einem stark reduzierten, intensiv erdig-süßlichen Topinambursud dargeboten war. Im zweiten Aufzug kam die sagenhaft eigenaromatische und ebenfalls äußerst saftige Brust in Perfektion nebst Rübstiel und krosser Topinamburschale sowie einer formidablen Geflügeljus mit ebenso viel Power wie Eleganz und Klarheit. Souverän – und klares 8-Pfannen-Niveau!
Beim ersten Dessert sorgten spritziger Brombeeressig und ein Salzkaramelleis für wohldosierte Spannung zwischen süßlich-würziger Brombeere (teils rehydriert) und erdig-süßlicher Pastinake. Und zum Schluss gab's mit einem variierten „Armen Ritter" noch eine schöne kleine Portion Dessert-Soulfood – nicht verkrampft originell, sondern einfach nur köstlich. Und auf demselben hohen Niveau wie alles andere. Im Zusammenspiel mit den glasweise zum Menü empfohlenen Weinen, die allesamt mit Sinn und Verstand ausgewählt waren, bot sich hier ein rundum stimmiges Bild. Und am Hauptgang konnte man eindrucksvoll sehen und schmecken, wohin das hier theoretisch alles sogar noch führen könnte …

6

Sartory

im Hotel Maximilian's
Maximilianstr. 40,
86150 Augsburg
0821-50360
www.sartory-augsburg.de
Küchenchef: Simon Lang
Mi–Sa ab 18 Uhr, So–Di RT
Hauptgericht: 32–45 €,
Menüs: 108–165 €
VISA

Das Gourmetrestaurant Sartory befindet sich im alteingesessenen und sehr noblen Augsburger Drei Mohren Hotel (ab 2021: Maximilian's Hotel), dem traditionellen Ersten Haus am Platz in der schwäbischen Kulturhauptstadt. Schon seit einigen Jahren steht hier Küchenchef Simon Lang am Herd, der zuvor bereits im Kurhaus Göggingen und im ehemaligen KKlub die Augsburger Gourmetlandschaft bereicherte, und der nun in dem in Grau- und Beigetönen gehaltenen Lokal mit zwei großen Kristalllüstern an der Decke, dessen relativ gediegenes Setting durch etwas flottere elektronische Hintergrundmusik aufgelockert wird, klassisch französisches Handwerk mit internationalen Einflüssen verbindet.
Der Abend startet beim letzten Testbesuch wie gewohnt ambitioniert mit drei kleinen Snacks, einem Cannellono mit Kartoffel, Forellenmousse und Forellenkaviar, einem Stück Honigmelone mit Zucchini und einem sauer eingelegten Pfifferling sowie einer Velouté mit Artischocke und Parmesan. Alle drei Happen sind gut abgeschmeckt, schmissig und passen gut zum klassischen Ambiente des Hauses.
Irritiert sind wir jedoch erstmals bei der Vorspeise mit Yellowfin-Thunfisch, eingelegten Steinpilzen, einer confierten grünen Tomate und Foie gras. Denn anders als man das in einem Haus von diesem Format und bei dem ge-

hobenen Preisniveau erwarten würde, ist der Fisch von äußerst durchschnittlicher, fast mangelhafter Qualität, schmeckt metallisch-säuerlich und hat eine mürbe, ausgelaugte Konsistenz. Auch die Steinpilze haben kaum Eigenaroma und wirken sehr blass. Die Tomate ist an sich sehr aromatisch, doch weshalb muss man Tomaten Mitte September, wenn ihr sie ausgeprägtestes Aroma und ihre saftigste Textur erreichen, unbedingt confieren? Zusammenhangslos wirkt in diesem Kontext auch die geeiste und fein gehobelte Foie gras, die wenig Aroma beisteuert und eher den Eindruck erweckt, als wolle die Küche hier unbedingt noch ein klassisches Luxusprodukt unterbringen. Ein Gang wie aus der Karikatur eines Gourmetrestaurants.

Wie aus dem Nichts zieht die Küche dann beim nächsten Gang plötzlich an und schickt einen sehr guten Kabeljau mit Vongole, Kürbis und Seeigelvelouté. Hier stimmt alles! Der Fisch ist frisch, sehr schön bissfest und saftig auf den Punkt gegart, die Muscheln schmecken sauber und klar und haben eine feine Würze, der Kürbis kommt als zart gegarte Tranche auf den Teller, etwas Kürbiskernöl vermuten wir auch irgendwo. Fein ist aber vor allem die Velouté, für die Simon Lang und sein Team Seeigelzungen und deren Wasser zu einer schaumigen und typisch süßlich-jodigen Sauce verarbeiten, die leicht und elegant über den Gaumen streicht, aber komplexe, tiefe, dichte Aromen in sich birgt. Geht doch!

Ein deutlicher Schritt zurück ist der Hauptgang um Zweierlei vom Weideochsen (Filet und Schwanz), die mit Rote Bete und Himbeere kombiniert werden. Das Filet ist zwar korrekt rosa gebraten, aber aromatisch ausdruckslos, die Ochsenschwanzfarce trocken und ebenfalls geschmacklich blass – was in Anbetracht der Umamikraft, die Ochsenschwanz für gewöhnlich mitbringt, fast schon seltsam anmutet. Leider wirken auch die Beilagen belanglos: ein Stück Rote Bete und ein wenig Sellerie schmecken immerhin authentisch, ein Gel aus Rote Bete und Himbeere ist hingegen deutlich zu süß und hat eine uncharmant klebrige Konsistenz. Ein paar obligatorische Kresseblätter finden sich auch auf dem Teller, dienen aber lediglich der Optik. Selbst die Kalbsjus, die mit Himbeeressig aromatisiert wurde, hat wenig geschmackliche Tiefe und ist abermals sehr süß.

Schlecht schmeckt das alles freilich nicht, erinnert aber mehr an gehobenes Bankett als an Gourmetrestaurant. Vom Eigenanspruch des Sartory liegt das etwa so weit entfernt wie von der Küchenleistung, die die beiden neuen aufstrebenden Mitbewerber in der Fuggerstadt derzeit unter gleichen Rahmenbedingungen, aber ganz ohne großen Hotelbetrieb im Rücken auf die Teller bringen: eine ganze Bewertungsstufe. Auch im Service scheint es nicht ganz rund zu laufen. Wir wurden zwar sehr herzlich begrüßt, fühlten uns sympathisch umsorgt und grundsätzlich bestens aufgehoben bei den unverkrampft freundlichen Mitarbeitern des Sartory – problematisch war eher, dass dreimal hintereinander die Weinbegleitung erst dann an den Tisch kam, als unsere Teller schon halb leer waren. Kann natürlich immer mal passieren und ist auch kein Beinbruch, doch bei zwei Kellnern und fünf besetzten Tischen sollte schon ein optimaleres Timing möglich sein, vor allem im Vorzeigerestaurant eines Grand Hotels …

Zum Dessert dekonstruiert die Küche schließlich einen Zwetschgendatschi, das bayrisch-schwäbische Heiligtum der Blechkuchenkunst. Im Zentrum stehen dabei Hefeeis, gebackener Savarinteig und in Zimt und Portwein eingelegte Zwetschgen. Hier haben wir ähnliche Vorbehalte wie bereits beim Hauptgang: Es schmeckt nicht schlecht, wirkt aber irgendwie krampfhaft auf originell gemacht und ist als moderne Interpretation eines Klassikers auch nicht wirklich überzeugend. Ein richtig gutes, perfektioniertes Stück Kuchen hätte mit Sicherheit für mehr Begeisterung gesorgt.

So blieb zuletzt noch deutlicher als in den Vorjahren der Eindruck einer etwas verkrampften und auch ein wenig aus der Zeit gefallenen Gourmetküche, die sich mit klassischer Edelproduktpalette, bestimmten Zubereitungsarten und verspielter Präsentation klar von der Masse abheben und Exklusivität demonstrieren will, diese Attribute aber derzeit nicht so überzeugend auf die Teller bekommt. Wir sind uns allerdings sicher, dass Simon Lang unsere berechtigte Kritik und die leider unumgängliche Abstufung zum Anlass nehmen wird, Gas zu geben und wieder aufzuholen …

ohne Bewertung

Wilde 13

im Hotel Alpenhof
Donauwörther Str. 233,
86154 Augsburg
0821-42040
www.alpenhof-hotel.de
Küchenchef: Tobias Laux
Mi–Sa ab 17 Uhr, So–Di RT
Hauptgericht: 22–35 €, Menüs: 70–99 €
EC VISA P

Gerne hätten wir das gastronomische Aushängeschild im Hotel Alpenhof an der Donauwörther Straße auch im Jahr 2020 oder in den wenigen Wochen zwischen dem Ende des zweiten Lockdowns und dem Redaktionsschluss dieser Ausgabe wieder besucht. Doch leider hatte die Wilde 13 mit ihrem wilden und bunten Stilmix, in dem vom Kristalllüster bis zum historischen Filmequipment und von rotem Backstein über goldene geraffte Vorhänge bis zur hölzernen Wandvertäfelung jede klare Linie bewusst vermieden wird, seit dem Beginn der Pandemie noch nicht wieder geöffnet. Wir sind gespannt, wann Tobias Laux und sein Team, die hier bis dato zwei verschiedene fünf- und sechsgängige Menüs angeboten haben, welche man sich auch selbst nach Belieben zusammenstellen konnte, das Feuer wieder entfachen und die Pfannen glühen lassen.
Deren Küchenstil erlebten wir in der Vergangenheit genauso bunt, plakativ und kontrastreich wie das ganz bewusst als Patchwork inszenierte Ambiente. Etwa bei einem knalligen Rote-Bete-Sorbet mit kleinen geflämmten und eingelegten Zucchinischeiben sowie einer milden gelben Chilicreme, flankiert von verschiedenen Knusperbröseln mit würzigem Geschmack. Oder bei einer Entenconsommé à la crème, also einer einstmals klaren und dann rahmig gebundenen Suppe von der Ente, in der ebenfalls eine Nocke von selbigem Rote-Bete-Sorbet eine gewichtige Rolle spielte und ihre erdige Süße mit der herzhaften Suppe, den darin schwimmenden zarten Scheiben eines geräucherten Pulpo sowie einem mit Pastinakencreme betupftem Pecorino-Cracker und säuerlichen Salzpflaumenscheiben auf der Tellerfahne teilte.
Auch Gerichte wie der Steinbutt mit gerösteter Senfsaat, Linsencreme, rotem Curryschaum und knusprigem Papadam oder ein Duett von Gänseleber und Färsentatar mit Gewürzgurkengelee, Räucheraalcreme, Pumpernickel-Crumble, gepickelten Apfelkugeln und mit Kernöl aromatisiertem Schmand spiegeln den kreativen, aber nicht immer ganz sattelfesten Stil der Küche wider. Am besten gelingen jedoch jene Gerichte, die sich auf klassische Werte, Produkt und Geschmack fokussieren, wie wir etwa bei glasierten Nüsschen vom Reh mit Zwiebelmarmelade, einer von Kerbelcreme touchierten fluffigen Kartoffelschnitte und kleinen Würfeln von eingelegtem Hokkaido-Kürbis schon sehen und schmecken konnten.
Uneingeschränkt Spaß machte auch ein einfallsreiches Dessert um Mocca-/Tiramisu-Mousse nebst würzigem Rosmarineis, Schokoladenerde, Salzkaramell-Baiser und Quittengel – und wir hoffen, solche und ähnliche Gerichte hier schon bald wieder probieren zu können. Wie auch an anderer Stelle dieses Buches unter ganz ähnlichen Umständen schon angekündigt, werden wir in unserem Online-Guide und in der App ein Update mit der aktuellen Bewertung und neuer zugehöriger Kritik veröffentlichen, sobald uns wieder ein Besuch möglich ist.

Aying (Bayern)

6

August und Maria

im Brauereigasthof Hotel Aying
Zornedinger Str. 2, 85653 Aying
08095-90650
www.august-und-maria.de
Küchenchef: Mario Huggler
Do–Mo 11.30–14.30 Uhr u. ab 18 Uhr, Di u. Mi RT
Hauptgericht: 22–38 €, Menüs: 52–77 €
EC VISA P

Das Restaurant August und Maria befindet sich im eleganten Landhotel der Brauerei Aying, das im Südosten der Landeshauptstadt schon seit 1810 Gäste beherbergt und so etwas wie das klassische „erste Haus am Platz" ist, wie man es aus Heimatfilmen kennt. Das stilvolle Ambiente in alpenländischem Chic und die ländliche Idylle, die bis in den holzvertäfelten Gastraum reichen, werden immer wieder und auf angenehme Weise von zeitgemäßen Einflüssen aufgelockert. Das schlägt sich auch auf der Speisekarte nieder, auf der ein Wiener Schnitzel mit Kartoffel-/Gurken-Salat genauso seinen Platz findet wie etwa ein Rotbarsch mit Kapern-Rosinenjus und Gurken-/Dill-Risotto.
Zum Aperitif können wir uns zwischen Champagner, frisch gezapftem Bier der weithin bekannten Ayinger Brauerei oder Campari Soda entscheiden, und auch die Vorspeise mit gebeiztem Saibling, Radieschen, Zuckerschoten, Friséesalat und einer schaumigen Meerrettichsauce ist erfrischend zeitgenössisch. Der Saibling besticht mit guter Qualität, schmeckt klar und kein bisschen „fischig", das Gemüse ist wunderbar knackig, die Vinaigrette leicht und bekömmlich. Ein vielversprechender Einstieg, mit dem das Team um Küchenchef Mario Huggler zeigt, dass hier tatsächlich keine opulente Wirtshausküche zu erwarten ist.
Ebenfalls angetan sind wir von den „Teigtascherln" mit Ziegenkäse, Petersilienschaum und Aubergine, die besonders durch treffsicheres Abschmecken und die reintönige und grasige Petersiliensauce punkten. „Al dente" wie in Italien ist die Pasta hier nicht – was bei bayerisch-österreichisch angelegten Nudelteigen öfter der Fall ist –, doch alles in allem ist das der beste Gang des Menüs, der besonders von seinem guten Saucenhandwerk lebt. Dass das August und Maria mehr als ein einfaches Wirtshaus in einem Landhotel ist, zeigt auch ein Blick in die gut sortierte Weinkarte: Hier haben nicht nur einige große Weine klassischer Häuser wie Elio Altare oder Jean Grivot ihren Platz, sondern auch unkonventionellere Flaschen trendiger Winzer wie Wasenhaus oder Ziereisen Einzug gefunden. Positiv überrascht sind wir auch von einem 2003er Château Clarke aus Bordeaux, der hier glasweise aus der Magnumflasche ausgeschenkt wird.
Nicht ganz mithalten kann da der Hauptgang von der Lammhüfte mit Paprikajus, Brokkoli und Kartoffelkrapfen. Zwar hat das Lamm einen ansprechenden Eigengeschmack und ist handwerklich gut unter einer gratinierten Tomatenkruste rosa gegart, doch sowohl die Paprikajus, als auch ein Brokkolipüree bringen den drögen Geschmack von sehr lange gekochtem Gemüse auf den Teller. Und auch beim Kartoffelkrapfen kommen wir nicht ganz drum herum, an Wirtshaus-Kroketten aus Kindertagen zu denken. Und so sind auf diesem Teller gerade jene kulinarische „Altlasten" sehr präsent, deren Abwesenheit wir bei den vorausgegangenen Kostproben so lobten. Der Fischhauptgang aus gebratenem Rotbarsch, Risotto und Rosinenjus wirkt wieder ein wenig zeitgemäßer, kommt aber ebenfalls nicht an den erfrischenden Stil von Vorspeise und Zwischengang heran.
Doch mit dem Dessert, das mit Erdbeere, weißer Schokolade und weißem Spargel sogar noch eine Überraschung bereithält, ist die Küche dann wieder zurück in der Spur. Die weiße Schokolade, die als Eis und Mousse auf dem Teller liegt, ist handwerklich gut eingebunden, und Spargel und Erdbeere sind als eine Art Obstsalat angemacht. Alles in allem wirkt das konzeptionell zwar verhältnismäßig einfach, ist aber gut umgesetzt. Die Pralinen zum Kaffee scheinen allerdings direkt aus dem Kühlschrank zu kommen und sind deutlich zu kalt. Auch ein Stück Spekulatius wirkt im Juni ein wenig uninspiriert ...
Im August und Maria kann man gut einkehren und ebenso gut speisen. Am besten gefällt uns die Küche, wenn sie klassische bayerische oder alpenländische Geschmäcker aufgreift und in einer verschlankten Version auf den Teller bringt. Das gelingt – bis auf ein paar Ausnahmen – wirklich sehr gut. Vielleicht waren wir bei der Auswahl des Hauptgangs auch einfach zu weltläufig unterwegs. Das Wiener Schnitzel vom Nachbartisch duftete jedenfalls herrlich und sah äußerst appetitanregend aus.

Bad Abbach (Bayern)

6

Schwögler

Stinkelbrunnstr. 18,
93077 Bad Abbach
09405-962300
www.schwoegler.de
Küchenchef: Anna Gabelsberger, Helmut Schwögler
Mi–Sa ab 17.30 Uhr, So 11–14 Uhr, Mo u. Di RT
Hauptgericht: 16–35 €, Menüs: 37–78 €
EC VISA P

Seit nunmehr rund 15 Jahren besuchen wir nun schon regelmäßig das Lokal der Schwöglers, das während dieser Zeit vom Landgasthof zum Restaurant konvertiert ist und trotz einiger Küchenchefwechsel immer das Niveau halten konnte. Nachdem die Ära des erst 2019 relativ offensiv als neuer Küchenchef angekündigten Tobias Stegmann nicht von langer Dauer war, sorgt nun Anna Gabelsberger als Küchenchefin neben Helmut Schwögler dafür, dass die von ihrem Chef vorgegebene und über die Jahre etablierte Linie tagtäglich ansprechend auf die Teller kommt.
Das kulinarische Konzept ist weiterhin zweigleisig: es gibt einen als „klassisch" überschriebenen Teil der Speisekarte mit entsprechendem Menü und zusätzlichen À-la-carte-Optionen, und das Gleiche in der Sparte „innovativ", wobei die Grenzen eindeutig fließend sind. Klar lässt sich ein Salat von Wald und Wiese mit Radieschen, Kräutern und gebratenen Waldpilzen eindeutig dem traditionelleren Programm zuordnen und ein Duett von Lachs und Jakobsmuschel mit Kokospolenta, gegrillter Wassermelone und Bimi im Thaicurry-Sud ist unschwer der kreativen Seite von Schwöglers Küche zuzuordnen. Die kraftvoll intensive Schaumsuppe vom Radicchio Treviso mit einer schönen Balance zwischen Süße, Würze, Bitteraromen und Säure, die von gebeiztem Kalbsrücken und einer fruchtigen Orangen-/Pfeffer-Creme begleitet wurde und auf der klassischen Speisekartenseite zu finden war, wäre aber zum Beispiel auch im innovativen Teil nicht auffällig geworden. Sehr stark und unser Favorit beim letzten Besuch!
Generell haben uns zuletzt die Vorspeisen und Zwischengerichte besonders gut gefallen. Vor allem deshalb, weil hier mit relativ einfachen Mitteln ausreichend Finesse erzeugt und auf überflüssigen Klimbim verzichtet wurde. Dafür waren auch nicht mehr als drei tonangebende Produkte nötig, so etwa beim Beeftatar „Asia Style", das von einer durch milde Sojawürze und zarte Säure gezeichneten Honig-/Chili-Mayonnaise aromatisiert wurde. Oder beim ebenso ausgewogen arrangierten Gang um zarten Pulpo nebst Avocado-/Mango-Tatar und Soja-Mayonnaise.
Wer im Hauptgang bei Fisch bleiben will, macht mit Dingen wie dem auf der Haut kross gebratenen Zander nebst Blumenkohl-Gröstl und Salzzitronen-Risotto keinen Fehler. Wer es gern fleischlastig und deftig mag, dürfte sich mit Schwöglers Zwiebelrostbraten vom Angus-Roastbeef schnell anfreunden, der gut gereift, optimal auf den Punkt gebraten mit ausschließlich knusprigen Röstzwiebeln gekrönt (die bayrische Rostbraten-Variante ...) nebst Kartoffelplätzchen, mit Speck bardierten Bohnenbündchen und einer deftigen Speck-Mayonnaise aufgefahren wurde.
Nicht so toll fanden wir den Hauptgang um in Waldmeister mariniertes und dann offenbar im Holzofen gegartes Lammkaree, das prinzipiell ein richtig gutes Produkt war. Allerdings hatte das schön zart strukturierte Fleisch ein unangenehm brandig-bitteres Aroma angenommen, das zudem fast ein wenig an Gasgeruch erinnerte und somit kein großer Genuss war. Daran änderten auch tendenziell recht feister Hummus und relativ säuerliche gepfefferte Johannisbeeren ohne einen entsprechenden Puffer nicht viel.
Deutlich besser gelang dem Team das „Trio von der Schokolade", das eine cremig-moussige Schichtschnitte aus dreierlei Schokoladensorten (dunkel, blond, weiß) nebst intensivem Bananeneis war. Und noch besser das vermeintlich einfachste Dessert, eine wunderbare Blätterteig-Blaubeertarte mit Mandelboden und frisch aufgeschlagener Zabaione. Den Service erlebten wir beim letzten Mal äußerst zuvorkommend, engagiert und auch in Weinfragen gut informiert. Die Karte listet offen gute Basisweine und flaschenweise (oder glas-

weise auf Empfehlung) auch höherwertige und etwas reifere Tropfen aus Deutschland, Österreich und Italien.

Bad Ditzenbach (Baden-Württemberg)

Gasthof Restaurant Hirsch

Unterdorfstr. 2,
73342 Bad Ditzenbach (Gosbach)
07335-96300
www.hirsch-badditzenbach.de
Küchenchef: Andreas Kottmann
Do–Mo von 11–13.30 Uhr u. ab 18 Uhr (So durchgehend), Di u. Mi RT
Hauptgericht: 16–40 €,
Menüs: 30–120 €
VISA P

Mehr als 200 Jahre in Familienbesitz verpflichten einen Gasthof zur Tradition. Die wird bei der Familie Kottmann bestens gepflegt: mit Flädlesuppe, Rostbraten oder Wiener Schnitzel vom Kalb. Klassiker eben, die von einer Mehrheit der Kundschaft dankbar angenommen werden. Darüber hinaus gibt es aber à la carte und im Menü einige Gerichte, die dann doch erstaunlich modern und vielschichtig sind. Das überrascht immer wieder im positiven Sinne, denn erwarten würde man das hier in dem rustikalen Fachwerkhaus in einem kleinen Ort auf der Schwäbischen Alb nicht unbedingt. Verantwortlich für die Küche sind zwei Generationen: Vater August und immer mehr der Sohn Andreas Kottmann, der sich – wie wir bei unserem letzten Besuch erfahren haben – besonders gut auf Fischgerichte versteht.
Bei der Tischkultur sollten Gourmets nicht allzu hohe Ansprüche stellen: Ziemlich zackig kamen ohne Küchengruß und Brot die Vorspeisen auf den Tisch, aber die waren ein sehr guter Auftakt! Der „Salat Gaisentäle“ bot neben Pflücksalat eine Menge an verschiedensten Wiesenkräutern bekannter (Löwenzahn, Waldmeister) und unbekannter Natur und war zudem überstreut mit Rosenblättern. Das Dressing schmeckte fein austariert, ohne Überschuss an Säure und Würze, dazu gab es drei Special Effects: knackigen Crunch durch gerösteten Buchweizen, originellen Fruchtgeschmack durch eingemachte Wildäpfel in Kaperngröße und geschmeidige Würze durch lauwarme Geflügelklößchen, die schmelzig im Mund zergingen.

Die zweite Vorspeise war Teil des saisonbedingten Rosenmenüs: ein blitzsauberes Zandercarpaccio mit kreisrund angerichteten großen Scheiben in einer lieblichen Zitronengrasvinaigrette. In der Mitte des Tellers war ein kleiner, mit Rosenaroma angereicherter Salat aus saftigen Wassermelonenwürfeln, darauf – als deutlicher Geschmackskontrast – ein herbes Kimchi-Sorbet.
Noch besser wurde der Heilbutt im Hauptgericht in Szene gesetzt – geschmacklich, denn optisch wirken manche Teller im Hirschen zwar etwas überladen. Dafür überzeugen sie umso mehr mit ihren aromenreichen Nuancen. Der Fisch war zart in Salbeibutter pochiert und als kleine Tranchen dicht an dicht zu knackigen Blumenkohlröschen gelegt, flankiert von einer milden Bonito-/Blumenkohl-Creme. Zuoberst thronte ein recht harter, aber mit schöner Safrannote versehener Chip. Zuunterst war ein ungemein harmonischer, wohlschmeckender Kirschtomaten-/Radieschen-Sud auf Olivenölbasis, der das Fischgericht perfekt abrundete.
Weniger gelungen war leider diesmal das Fleischgericht. Zum einen kam das Schweinefilet im Rosen-/Kräuter-Mantel ein bisschen trocken daher, zum anderen überlagerte der würzige und scharfe Geschmack von Chorizo fast alles andere auf dem Teller: Die Morchelsauce konnte sich kaum entfalten, von Rosenaroma und Pfefferschaum war wenig zu ahnen, nicht einmal die deftigen Saubohnen hatten eine Chance gegen die pikanten Chorizoscheiben. Immerhin die Kartoffelnockerln, leicht angebraten, konnten sich – auch durch ihre sehr fluffige Konsistenz – gut behaupten.
Im Dessert durfte sich dann das Rosenaroma im Rosenmenü am besten entfalten – besonders in dem Schaum, der das Vanilleeis mit Schokokern umschmeichelte. Dazu gab es einen cremigen Rosen-Lolli sowie eine kompakte Kugel Honig-/Rosen-Parfait, begleitet von einer pochierten Himbeer-Rhabarber-Mousse. Sehr fein!
Auf der Tageskarte standen als Empfehlung einige offene Weine, aber es gibt auch eine Wein-

karte mit einer gut zusammengestellten Auswahl an heimischen, überregionalen und internationalen Gewächsen zu fairen Preisen. Fragen Sie die Chefin – und für die sehr große Auswahl an Destillaten am besten den Chef. August Kottmann versteht sich nämlich bestens aufs Brennen, auch das gehört zur Familientradition in diesem Streuobstwiesengebiet. So empfiehlt es sich für die Autofahrer unter den Gästen, das eine oder andere Fläschchen aus der Edeldestillat-Brennerei einfach mit nach Hause zu nehmen.

Bad Doberan (Heiligendamm) (Mecklenburg-Vorpommern)

8↑

Friedrich Franz

im Grandhotel Heiligendamm
Prof.-Dr.-Vogel-Str. 6,
18209 Bad Doberan (Heiligendamm)
038203-7400
www.grandhotel-heiligendamm.de
Küchenchef: Ronny Siewert
Mi–Sa ab 18 Uhr,
So–Di RT
Hauptgericht: 45–95 €,
Menüs: 149–243 €
VISA P

Ähnlich aristokratisch wie im Grandhotel Heiligendamm kann man in Deutschland nur noch an wenigen Orten speisen. Und auch sonst wird in dessen kleinem, feinem Feinschmecker-Separee Friedrich Franz, das in dem palastartigen Anwesen und im Vergleich zum riesigen Speisesaal nebenan wie ein Gourmet-Kammerspiel anmutet, der festliche Rahmen gepflegt: gesteifte Tischdecken, voll eingedecktes Tafelsilber, Stuck, Kristalllüster, Kellner im Frack … Fast alles, was vor 20 Jahren noch mitteleuropäischer Gourmetrestaurant-Standard war und immer mehr dem Trend des Casual fine dining zum Opfer fiel, kann man hier noch mit souveräner Selbstverständlichkeit erleben. Auch die kulinarischen Kreationen von Küchenchef Ronny Siewert stecken im klassischen Gewand, wirken aber dank bedachter Modernisierung besonders in Bezug auf die Bekömmlichkeit der Speisen nie aus der Zeit gefallen. Schon die ersten Apéros und Amuses-Gueules versprühen den Charme klassischer Größe, der hier omnipräsent ist. Am besten gefallen uns diesmal ein fluffiger warmer Kartoffelkrapfen mit Hering sowie eine Tomatenvariation, bestehend aus einer Tomatenmousse, einem Tomatencarpaccio, kleinen getrockneten Tomaten sowie einer Vinaigrette aus Tomatenwasser und einem dezenten Holundersorbet. Zwei durch und durch von der französischen Klassik geprägte Kreationen, die dabei überraschend schlank und grazil daherkommen.
Konsequent klassisch ist auch ein Gang mit Foie gras, Topinambur, Himbeere, Apfel, weißer Trüffel und in Banyuls marinierter Feige. Die Stopfleber ist in Form einer roh marinierten Tranche sowie eines Schaumes und eines kleinen Gâteaus auf dem Teller zugegen, von sehr guter Qualität und zart nussigem Geschmack. Einen erfrischenden Gegenpol stellt der Temperaturkontrast eines Topinambur-Sorbets dar, und die großzügig dosierte taufrische Trüffel verleiht dem Gang das gewisse royale Etwas. Die verschiedenen Früchte steuern zwar Süße und Süffigkeit bei, insgesamt wirkt das Aromenprofil durch gleich drei verschiedene Obstsorten jedoch etwas diffus. Nichtsdestotrotz: ein wunderbar klassischer, fast barocker Teller.
Noch besser gefällt uns ein großer fleischiger Kaisergranat mit Mango, Krustentiersauce, Erbsen, Koriander, Tahiti-Vanille und schaumiger Zitronengrassauce. Das Krustentier ist von hervorragender Qualität, von Natur aus süßlich, leicht nussig – fast wie Marzipan! – und ein paar Sekunden jenseits von glasig perfekt auf den Punkt gebraten. Die zwei Saucen zeugen von exquisitem Handwerk, sind dicht, bleiben lang am Gaumen, wirken aber grazil und keineswegs zu fett. Als fruchtige und recht präsente Komponente setzen Siewert und sein Team auf einen recht naturbelassenen, nur mit Tahiti-Vanille aromatisierten Mangosalat. Auch ein ähnlich konzipierter Gang mit Zander, Grapefruit, Tomate, Paprika und Kapern setzt auf die Kombination aus Obst, Gemüse und Fisch. Jedoch kann die Hauptkomponente hier nicht mit dem tollen Kaisergranat aus dem vorausgegangenen Gericht mithalten. Der

Fisch ist zwar gut gebraten und saftig, hat jedoch eine etwas muffige Aromatik, die an nasse Wolle erinnert. Eine Problematik, die uns bei Zander immer mal wieder begegnet …
Zum Hauptgang legt die Küche nochmal einen Zahn zu und schickt ein Bruststück vom Mecklenburger Bio-Huhn mit einem Ragout aus der Keule, einer Petersiliencreme, kleinen hocharomatischen Karotten, einer schaumigen Steinpilz-Mousseline und einer großen Menge weißer Albatrüffel, von abermals vorzüglicher Qualität. So wie auch die Hühnerbrust, die sehr saftig auf den Punkt gebraten und recht zart im Geschmack ist, was den Trüffelaromen mehr Platz gibt als ein hocharomatisches, lange abgehangenes Tier. Die Steinpilzcreme ist herrlich dicht und eindringlich, dabei aber nicht zu schwer. Sehr gut passt dazu die so bezeichnete „Brathähnchenjus“, die sich von einer klassischen Demi Glace unterscheidet, weil sie heller ist und weniger glänzt. Außerdem zeigt sie eine recht deutliche Aromatik von fetter Hühnerhaut, was zwar ziemlich rustikal schmeckt, das Gericht aber reizvoll auflockert.
Auch auf diesem Teller findet sich eine fruchtige Obstkomponente wieder, was aktuell ein Markenzeichen von Ronny Siewert zu sein scheint. Wir sind hin und hergerissen: auf der einen Seite finden wir eine klare Handschrift immer begrüßenswert, auf der anderen Seite lässt uns das Gefühl nicht los, dass die Süße, die diesmal auf allen Tellern vorhanden war, das feine, hochpräzise Handwerk ein wenig konterkariert. Immer wieder essen wir um die süßen Bestandteile herum, und plötzlich wirken die Gerichte auf uns noch eine Spur präziser und vielschichtiger.
Paradoxerweise ist ausgerechnet das Dessert keineswegs zu süß, sondern eher auf der blumig-herben Seite. In einem leichten, teeartigen Sud aus Limettenblättern befindet sich eine marshmellowähnliche weiße Schokomousse und ein bitteres Amalfizitronen-Sorbet. Sehr gut passen dazu auch die einzeln gezupften Pomelo-Lamellen, die im Mund platzen und das bittersüße Geschmacksbild des Gerichts treffsicher abrunden. Gemeinsam mit dem Hauptgang war das das Highlight des Abends!
Dem Team des Friedrich Franz gelingt es souverän, das klassische Repertoire abzuspielen, ohne dass es wirkt wie aus der Mottenkiste. Das gilt für den Service, der sich zwar sehr erhaben durch den glamourösen Gastraum bewegt, dabei aber nicht affektiert, sondern ungemein herzlich wirkt – mit Fliege, aber auf Augenhöhe. Das gilt aber allen voran für Ronny Siewerts authentische Küche, die nicht etwa eine verkrampfte Reminiszenz an die Klassik darstellt, sondern durch und durch echt klassisch ist. Handwerklich sehr hohem Niveau und zudem äußerst eigenständig!

5↑

Jagdhaus Heiligendamm

Seedeichstr. 18b,
18209 Bad Doberan (Heiligendamm)
038203-735775
www.jagdhaus-heiligendamm.de
Mo, Do u. Fr ab 17 Uhr, Sa u. So ab 12 Uhr durchgehend, Di u. Mi RT
Hauptgericht: 24–31 €, Menüs: 49–66 €

Ein Idyll im Grünen und doch nicht weit von Uferpromenade und Grandhotel entfernt. Der Blick aus den Fenstern des geschmackvollen Gastraums von Familie Ramm wird dem Namen gerecht, man kann mit etwas Fantasie quasi die Rehe im Wald beobachten. Oder aber doch den Fokus auf die Teller legen und sich über die gleichermaßen bodenständigen wie einfallsreichen Gerichte aus der Küche von Alexander Ramm freuen, der hier grundsätzliche sehr entspannt und gelassen aufkocht, aber immer wieder gewitzte Ideen einfließen lässt. Große Wirkung mit einfachen Mitteln lautet hier das Motto. Und das gelingt seit Jahren prima! Dazu gibt es preiswerte Weine deutscher Erzeuger und auch insgesamt eine attraktive Kalkulation.

Bad Dürkheim (Rheinland-Pfalz)

5

Savarin … die Gesundheitsküche

„naturreine Gesundheitsküche – Bio-sattvisch-ayurvedisch“
Weinstr. Nord 12, 67098 Bad Dürkheim
06322-7908925
www.savarin.de
Küchenchef: Netlef Terziyan
Mo u. Di ab 17 Uhr (nur mit Res.), Mi–So u. Fei ab 11 Uhr durchgehend, kein RT (1.12. bis 27.02. geschlossen)
Hauptgericht: 18–49 €
VISA

Restaurants, die sich auf dezidierte Gesundheitsküche mit Ayurveda-Bezug spezialisiert haben, sind selten und in den allerseltensten Fällen kulinarische Highlights. Dort wird dann meist eher „gesund" als genussreich gekocht, und das zeichnet sich in den besten Fällen zumindest noch durch eine frische und natürliche Zubereitung aus. Im Savarin in Bad Dürkheim – zertifiziertes Gesundheitsrestaurant nach Ayurveda-Prinzipien – sieht das hingegen ganz anders aus.
Das beginnt schon damit, dass ausschließlich teils beachtliche Qualitäten an Wildfang-Meerestieren und bio-zertifiziertem Wild- oder Weidefleisch angeboten werden. Und es endet beim enormen Aufwand, den Familie Terzi in die Kräuter- und Gemüseauszüge, -öle und die Zubereitung à la minute steckt. Wer also das kleine charmante Ecklokal direkt in der Innenstadt und nahe am Kurgarten betritt, muss sich keine Sorgen um klischeehaft karge Gemüsekost zu machen.
Stattdessen gibt es zwar vieles, das sich abseits der gewohnten Gourmetstandards bewegt, durch Passion und Sorgfalt entstehen aber auch spannende Ergebnisse. Anstelle einer Speisekarte werden die verschiedenen Fische, Krustentiere und Fleischsorten mit Gewichtspreis an der Tafel ausgezeichnet. Dazu gibt es tagesabhängige Gemüsezubereitungen und/oder spezielle glutenfreie Pasta aus Buchweizen und Hülsenfrüchten.
Vorneweg steht aber zunächst die Wahl zwischen zwei Suppen für Stoffwechsel oder Magen-Darm-Flora, die wie eine Art feinwürzig-vielschichtiger Pflanzen- und Gewürzextrakt wirken, oder einer abwechslungsreichen, frisch geschnittenen Mischung aus Bittersalaten, Baby-Leafs sowie verschiedenem vollreifem Gemüse und Obst, die in unserem Fall von einer milden, floral und grün schmeckenden Emulsion aus Rosen-, Brennnessel- und Artischockenöl verbunden wurden.
Dass dabei allein 150 Heilpflanzen, die ihren Weg in die Küche finden, aus dem eigenen Garten stammen, sei nur nebenbei erwähnt, ist aber durchaus bemerkenswert. Genau wie der Verzicht auf mis en place und überhaupt alles, was die natürlichen Aromen und Inhaltsstoffe beeinträchtigen könnte. Das gesamte Angebot zielt oft auf unsichtbare oder nur zart erkennbare Details ab. Die gesundheitliche Wirkung ist dabei das eine, dazu gibt es aber auch spannende geschmackliche Feinheiten, trotz des zunächst vergleichsweise groben ersten Eindrucks.
So auch bei der gigantischen, sanft in der Schale auf den Punkt gegarten Black-Tiger-Garnele, die allein qualitativ begeisterte und gemeinsam mit einer ebenso taufrischen Jakobsmuschel in einer duftig-würzigen Sauce aus Ginseng und Kurkumablütenöl serviert wurde. Dazu gab es noch zwei Scheiben vollreifer Nektarine mit feiner Säure für einen gelungen puristischen Gesamteindruck.
Zum ebenfalls eher sanft gegarten, samtig zarten Filet von der Bio-Färse stellten die Gastgeber eine bunte Mischung verschiedenster aromatischer Gemüse zusammen – erneut mit ungewöhnlichen Ölen duftig-würzig verfeinert sowie von einer sämigen Sauce mit feinen Bitternoten einer exotisch-pfeffrigen Ätherik und eher blumiger Schärfe originell umschmeichelt. Wie schon vorab erinnerte das am ehesten an ungewöhnliche fernöstliche Küche und stellte so zwar nicht unbedingt den Eigengeschmack des Fleischs heraus, wirkte dafür aber sehr harmonisch.
Auch zum Dessert blieb es weitab gewohnter Bahnen, sei es bei einer nach fruchtigem Schokoladenpudding schmeckenden Johannisbrotkerncreme oder einer saisonal variierten zarten Fruchtsülze mit Kokos-Nuss-Topping. Bei den Getränken sind die Gastgeber zum Glück keine Gesundheitsapostel und bieten neben frisch gemixten Saft- und Beerendrinks auch eine vernünftige Auswahl hochwertiger Weine.

Bezahlkarten-Symbole

- Mastercard
- EC-Maestro
- Diners
- American Express
- VISA Visa

Bad Herrenalb
(Rotensol) (Baden-Württemberg)

5

Restaurant Lamm

Mönchstr. 31,
76332 Bad Herrenalb (Rotensol)
07083-92440
www.lamm-rotensol.de
Di–So von 12–14 Uhr u. 18 Uhr, Mo RT
Hauptgericht: 15–32 €, Menüs: 48–65 €
VISA

Das Restaurant im nördlichen Schwarzwald lädt in gemütlich-ländliche Stuben ein, in denen eine ambitionierte Frischeküche ohne übertriebenen Verfeinerungsanspruch, aber dennoch mit dem gewissen Etwas serviert wird. Und auf deren gute Qualität ist seit jeher Verlass. Karl Schwemmles Familie führt das Hotel Lamm schon seit über 250 Jahren, und er selbst knüpft auch schon lang an diese Tradition an. Gemeinsam mit seinem Team setzt er hier verstärkt auf gute regionale, saisonale Produkte, kocht klassisch-fundiert, eher bodenständig als exklusiv, und das zu äußerst moderaten Preisen. Die Weinkarte ist nicht zuletzt dank der hauseigenen Vinothek bestens sortiert und fair kalkuliert.

Hotelempfehlung

★★★S

Hotel Restaurant Vinothek LAMM

Mönchstr. 31,
76332 Bad Herrenalb (Rotensol)
07083-92440
www.lamm-rotensol.de
Einzelzimmer: 58–92 €
Doppelzimmer: 130–189 €
VISA

Das familiengeführte Hotel im Ortsteil Rotensol ist nur ein paar Kilometer von Bad Herrenalb entfernt und liegt im Umkreis der Städte Ettlingen, Karlsruhe, Baden-Baden und Pforzheim. Es verfügt über dreißig Zimmer, darunter drei Grand Suiten und zwei Junior Suiten. Die Komfort Zimmer bieten Kabel-TV, Telefon, kostenfreies WLAN und Balkon mit Blick ins Grüne; in den Suiten sind besonders die großen Badezimmer mit viel Tageslicht und großer Badewanne für zwei Personen ein Highlight. Seit jeher hat im Lamm auch das Kulinarische einen hohen Stellenwert. Die regionale Frischeküche mit badisch-schwäbischen Gerichten lädt ein zu gemütlichen Stunden im liebevoll eingerichteten Restaurant. Die Vinothek mit den besten Tropfen aus Baden, Württemberg und der Pfalz, aber auch aus ganz Europa und der Neuen Welt, begeistert Weinliebhaber. Restaurant Lamm separat erwähnt.

Bad Hersfeld (Hessen)

ohne Bewertung

L'étable

im Romantik-Hotel Zum Stern

Linggplatz 11,
36251 Bad Hersfeld
06621-1890
www.zumsternhersfeld.de
Küchenchef: Constantin Kaiser
Do–Sa ab 18 Uhr, So von 12–13.30 Uhr u. ab 18 Uhr, Mo–Mi RT
Hauptgericht: 38–45 €,
Menüs: 69–129 €
VISA

Das wichtigste zuerst: nach zwei Jahren in Bad Hersfeld zieht es Küchenchef Henrik Weiser zum Ende dieses Jahres wieder in den Süden der Republik, wo er im Oberstdorfer Restaurant Maximilians die Nachfolge von Tobias Eisele antreten wird. Am Herd des L'étable übernimmt im November dessen bisheriger Souschef Constantin Kaiser, der bereits seit sieben Jahren im Hause tätig ist und auch schon zu Patrick Spies' Zeiten dessen rechte Hand war. Wir sind schon sehr gespannt, ob er gleich nahtlos an das hohe Niveau anknüpfen kann und welchen Stil er hier künftig etablieren wird.

Bis zum ersten Testbesuch unter neuer Ägide setzen wir die Bewertung natürlich zunächst aus.
Dabei präsentierte sich uns das erst zu einem etwas späteren Zeitpunkt aus dem Corona-Shutdown zurückgekehrte Gourmetrestaurant im Romantik-Hotel Zum Stern am Marktplatz vom Bad Hersfeld beim ersten Wiederbesuch nach der Pandemie-Pause und noch unter Küchenchef Henrik Weiser in gewohntem Bild und in alter Frische. So saßen wir wie immer äußerst kommod in einem der drei kleinen Abteile, deren Architektur verrät, dass es sich hierbei um alte Stallungen der historischen Poststation handelt. Und wir genossen dort mit großem Vergnügen die zeitlose klassische Küche des Chefs, der als Nachfolger von Patrick Spies hier noch keine zwei Jahre im Amt war, uns aber seinerzeit schon regelmäßig in der Traube im südbadischen Blansingen mit seinen Kochkünsten begeisterte.
Aromatisch klar definiert und schnörkellos präsentiert, machten bereits die kleinen Einstimmungen im typisch unaufgeregten Stil von Weisers Küche viel Spaß und Lust auf mehr: Eine kleine Gazpacho andaluz, ein mit Koriander abgeschmecktes Thunfischtatar mit subtiler Soja-/Zitrus-Mayonnaise auf einem hauchdünnen Sesamchip und ein saftiger, gebackener Kalbsbries-Nugget mit Lauch-Mayonnaise waren feine erste Boten. Als weiterer Küchengruß folgte eine cremig weiche, sanfte Petitesse mit prononcierten Akzenten, und zwar in Gestalt eines sanft temperierten und nur subtil gewürzten Stücks Forellenfilets, das mit eingelegten Zwiebelringen und winzigen Kartoffelcroûtons unter einer schaumigen Haube Kartoffelespuma verborgen war und von Dillblüten und Hechtkaviar subtile ätherische und mineralische Obertöne verliehen bekam.
Sehr puristisch und leicht war die Vorspeise um rund ausgelegte Scheiben von der gebratenen Jakobsmuschel im Zusammenspiel mit grob zerstoßenen „aromatisierten" Erdnüssen und einem Sud von der Charentais-Melone – und im Prinzip auch stimmig. Trotzdem konnte uns der Gang nicht hundertprozentig begeistern. Nicht nur wegen der etwas gummihaft festen, matten, ausdruckslosen Coquille-Scheiben, sondern auch wegen eines fehlenden Kontrasts zur Süße des Melonensuds und der karamellisierten Nüsse. Das ebenfalls annoncierte Eisenkrautöl, das hier einen frischen Akzent hätte setzen können, blieb sehr unauffällig, und ein würziger Gegenpart war gar nicht vorgesehen. So fehlte diesem prinzipiell gelungenen Auftakt ein wenig die aromatischen Mitte.
Rein gar nichts gefehlt hat nach unserem Dafürhalten dem folgenden mediterranen Fischgang um eine wunderbare Schnitte vom Wolfsbarsch, die mit krosser Haut und saftigem Fleisch auf einer Melange aus Verschiedenem von Tomate und Fenchel angerichtet und von einem säuerlich-pikanten Chorizo-Sud umflutet wurde. Die Tomate war als dünne Scheibe von der „Cœur de Bœuf", als Tomatenkompott, als Tomatenkerne-Vinaigrette und vermutlich auch als Basis der Sauce zugegen – der Fenchel als dünn gehobelter marinierter Salat und als milde, seidige Creme, die ein willkommener Puffer für die unterschiedlichen Säuregrade war.
Süffiges Soulfood repräsentierten die elegant dünnteigigen und mit süffigem Kalbsschwanz-Schmorkompott gefüllten Ravioli, die sich zusammen mit festen, frischen Pfifferlingen unter einem hellen Waldpilzschaum versteckten, der mit australischer Wintertrüffel sowie frischem Schnittlauch ein aromatisches Topping hatte.
Perfektion bis in die kleinste Ritze bot die wunderbare Rehrücken-Tranche, die mit Gänseleber überschmolzen, mit Schnittlauch beflockt und auf einen Spiegel feinsüßlicher Sauce rouennaise platziert war. Flankiert wurde das verboten schmelzige Wildbret von kleinen, festen gebratenen Steinpilzen, geschmorter Petersilienwurzel und Petersilienwurzelpüree, einer intensiven, von Zitrone aufgefrischten Blattpetersiliencreme auf Mayo-Basis und prononciert mit Kümmel abgeschmecktem Spitzkohl.
Nach einem pikanten Zwischengruß, der sich aus sahnigem Weichkäse, Aprikosenchutney, Schnittlauch, Walnussbaguette und darüber gehobelter Belper Knolle rekrutierte, fiel das Dessert um Heidelbeere, Tahiti-Vanille und Mandel-Crumble für unseren Geschmack etwas breit und süß aus. Trotz Ingwereis und den Aromen von der Amalfi-Zitrone fehlte dem Abschluss etwas die Frische, was durch mehr Säure und deren deutlich zugespitztere Akzente aber locker hätte herbeigeführt werden können. Ein schöner Abschluss war's trotzdem, und so pendelte sich das Gesamtniveau unterm Strich irgendwo zwischen 7 und 8 Pfannen ein.
Dass es zu alldem auf Wunsch auch immer etwas Gutes ins Glas gibt, ist im ersten Haus am Platz eine Selbstverständlichkeit. Bei den glasweisen Offerten ist das Team um Restaurantleiterin Lena Walck sehr auf ein gutes Preis-Leistungs-Verhältnis bedacht, und wem der Sinn nach höherwertigeren Tropfen steht, wird spielend in der international gut sortierten Flaschenweinkarte fündig.

Bad Hindelang (Bayern)

5

Obere Mühle

Ostrachstr. 40,
87541 Bad Hindelang
08324-2857
www.obere-muehle.de
Mi–So ab 18 Uhr, Di RT
Hauptgericht: 16–34 €,
Menüs: 50 €

VISA P

Die behagliche Atmosphäre in einer der schönen holzvertäfelten Stuben aus dem 17. Jahrhundert hat was! Aber auch der Garten mit Panoramablick auf die umliegende Bergwelt macht dieses nostalgische Gasthaus mit eigener Käserei im beschaulichen Bad Oberdorf bei Hindelang zu einem unserer Lieblingsorte im Allgäu. Liegt aber natürlich genauso an der sehr guten Küche, die hier zwar auch mal mediterrane Töne anstimmt, sich ansonsten aber voll und ganz der herzhaften alpinen Produkt- und Aromenwelt verschrieben hat. Fleisch stammt grundsätzlich von Produzenten aus der Umgebung und wird oft auf offener Flamme über Holzkohle gegrillt, was ihm dann einen unvergleichlich rauchigen Geschmack verleiht. Und das Schöne ist, dass es hier nicht bloß die üblichen Filetstücke gibt, sondern auch Dinge wie Kotelett, Herz und Leber oder Kutteln. Die international gut sortierte Weinkarte (viele halbe Flaschen!) und der angenehm lockere, aber nie nachlässig oder nonchalant wirkende Service komplettierten die Obere Mühle zu einem attraktiven gastronomischen Gesamtpaket.

Bad Kissingen (Bayern)

7

Gourmetrestaurant Laudensacks Parkhotel

Kurhausstr. 28,
97688 Bad Kissingen
0971-72240
www.laudensacks-parkhotel.de
Di–Sa ab 18 Uhr, So u. Mo RT
Hauptgericht: 32–45 €,
Menüs: 86–108 €

VISA P

Das kleine Hotel der Familie Laudensack mit seinem großen, parkähnlichen Garten ist seit eh und je eine zuverlässige Anlaufstation für Gourmets im nördlichsten Teil Bayerns. Klassisch-elegant ist hier nicht nur das Ambiente des Gourmetrestaurants, sondern auch die französisch-mediterran geprägte Küche von Gastgeber Hermann Laudensack, für deren Ausführung am Herd seit einigen Jahren Küchenchef Frederik Desch verantwortlich zeichnet. Das Kulinarium besticht seit jeher durch kräftige Aromen, transportiert durch dichte Saucen und beherzten Einsatz von Kräutern und Gewürzen. Man schreckt auch vor Butter und deutlichen Röstaromen nicht zurück, präsentiert aber alles sehr zeitgemäß und leicht. Zudem hat nun auch ein vegetarisches Menü Einzug gehalten, das sich bei den Gästen wohl auch großer Beliebtheit erfreut. Überhaupt wird hier glaubhaft für den Gast gekocht und nicht für die Galerie. So ist seit jeher alles sehr zugänglich und kommt ohne übertrieben kunsthandwerklichen oder intellektuellen Anspruch daher. Sehr zuvorkommender Service; beachtliche Weinauswahl inklusive kompetenter Beratung.

Bad Kreuznach (Rheinland-Pfalz)

5

Im Gütchen

**Hüffelsheimer Str. 1,
55545 Bad Kreuznach
0671-42626
www.jan-treutle.de
Mo u. Do–Sa ab 18 Uhr, So von 12–14.30 Uhr u. ab 18 Uhr, Di u. Mi RT
Hauptgericht: 22–39 €, Menüs: 59–97 €**

Das geradlinig, modern und schön hell gestaltete Restaurant in einem geschichtsträchtigen Gebäude am Rande des Schlossparks lädt zu gehobenen Gaumenfreuden in schlicht konzipierter, aber sehr sorgfältiger und substanzreicher Zubereitung. Stilistisch fährt Jan Treutle zweigleisig, bietet ganz und gar klassische Gourmetküche in deftig-regionaler oder duftig-mediterraner Ausführung, aber auch sehr einfallsreiche Eigenkompositionen, bei denen sich der Chef verschiedenster Einflüsse aus aller Welt bedient. Meist kommen nur drei tonangebende Produkte auf den Teller. Der Keller des Hauses ist mit Gewächsen internationaler Provenienzen bestens gefüllt.

Bad Krozingen (Schmidhofen) (Baden-Württemberg)

8

Storchen Restaurant Hotel

**Felix-Nabor-Str. 2,
79189 Bad Krozingen (Schmidhofen)
07633-5329
www.storchen-schmidhofen.de
Di–Sa von 12–14 Uhr u. ab 18 Uhr, So u. Mo RT
Hauptgericht: 28–48 €,
Menüs: 38–116 €**

VISA

Jeune Restaurateur Jochen Helfesrieder und sein Vater Fritz, die die Küche im familiengeführten Storchen in Schmidhofen bei Bad Krozingen, einige Kilometer südlich von Freiburg, nach wie vor als Doppelspitze führen, haben ihr Niveau innerhalb der vergangenen Jahre sukzessive gesteigert. Doch bei allem Detailaufwand, bei aller Präzision und Gestaltungsfreude wirken ihre Teller völlig unangestrengt und mit leichter Hand komponiert. An ihrem dualen Konzept, das einerseits auf verfeinerte Klassiker der badisch-französischen Küche setzt, sich andererseits (und immer mehr) einer weltoffenen und kreativen modernen Linie auf klassischer Basis widmet, die den Bogen ganz undogmatisch vom Breisgau über den Mittelmeerraum bis nach Asien spannt, haben sie unverändert festgehalten und sprechen damit ein breites Publikum an. Zumal hier zwar sehr anspruchsvoll, aber mit genügend Bodenhaftung gekocht wird; immer leicht nachvollziehbar und stets das jeweilige Hauptprodukt fest im Blick. Die sehr gut sortierte und moderat kalkulierte Weinkarte sowie der zuvorkommende und entspannte Service von Annemarie und Liza Helfesrieder sind weitere gute Gründe, hierherzukommen.

Bad Liebenzell (Monakam) (Baden-Württemberg)

6↑

Hirsch – Genusshandwerk

**Monbachstr. 47,
75378 Bad Liebenzell (Monakam)
07052-2367
www.hirsch-genusshandwerk.de
Küchenchef: Andreas Sondej, Patrick Kühn
Mo u. Fr ab 17.30 Uhr, Sa u. So 12–14 Uhr u. ab 17.30 Uhr, Di–Do RT
Hauptgericht: 18–35 €, Menüs: 40–95 €**

VISA

Das ehemalige Waldhufendorf Monakam im ländlich-beschaulichen Nordschwarzwald mit der Insel Sylt zu vergleichen – darauf würde wohl auch der eigenwilligste Tourismusbeauftragte nicht kommen. Und dennoch liegen zumindest für den gebürtigen Schwarzwälder Andreas Sondej die Berührungspunkte klar auf der Hand. Denn genau wie während seines sechsjährigen Engagements als Küchenchef am Herd des Söl'ring Hofs in Rantum prägten auch hier in der Heimat die Region und die Saison ganz eindeutig seine Karte. Und so kocht der Inhaber und Küchenchef weiterhin „nordisch by nature", sprich: mit dem Besten, was die oftmals unmittelbare Umgebung zu bieten hat. Weil Sondej aber kein verbissener Dogmatiker ist, finden sich auch Makrele & Co. von der Küste im Repertoire. Ein bisschen Sylt geht schließlich auch im Badischen.

Handwerklich macht er dabei genauso wenig Kompromisse wie bei der Auswahl der stets handverlesenen Produkte. So ersetzt zum Beispiel das hausgebackene Sauerteig-Laibchen zum Auftakt mit luftig aufgeschlagener Sauerrahmbutter, Gartenkräuteröl und gepufftem Amaranth ganz locker den Küchengruß: pflückfrische Kräuter aus dem eigenen Garten und ein wenig Pseudogetreide spendieren dem knusprigen Butterbrot noch grüne und krosse Spitzen und komplettieren den ebenso bodenständigen wie genussreichen Einstieg ins Menü.

Wer sich dann noch auf die Arbeit von passionierten Kleinsterzeugern wie Opa Knapp, dem Schwiegervater Sondejs, verlassen darf, punktet natürlich auch mit einem Gericht rund um Pulpo, Tomaten und Mozzarella. Denn der eigentliche Star sind hier ganz klar die höchst aromatischen Tomaten (gelb, rot, grün, mal frisch, mal eingelegt ...), in denen man die liebevolle Pflege förmlich schmeckt. Zusammen mit kräftig angebratenen Tentakel-Segmenten, halbiertem Mini-Mozzarella, leicht pfeffrigem Fenchelsud und einer duftig-frischen Gartenkräutercreme ist das ein gustatorischer „Sea and Field"-Spaziergang mit voll aufgedrehtem Aromenregler.

Aber auch wenn es aromatisch mal etwas gemächlicher zugeht, wirkt die Küche ausdrucksstark. So konnten die selbst gezogenen und perfekt al dente gegarten Spaghettini, die mit Spinatcreme, Pfifferlingen und Ziegenkäseschaum liiert wurden, zwar nicht ganz am voluminösen Level der Vorspeise anknüpfen, was aber im Detail eher eine Frage der Proportionen war. Der schön laktisch-spitze Schaum hätte beispielsweise etwas großzügiger dimensioniert sein dürfen und so die insgesamt ein wenig zu waldig-breite Umgebung bestimmt besser aufgemischt und für einen noch ausgewogeneren Akkord gesorgt.

In etwa so, wie dies gleich im Anschluss mit der Komposition rund um Nordseemakrele, Queller und Fregola sarda wieder eindrucksvoll gelang. Das rösch auf der Haut gebratene, intensiv jodige Filet versorgte nämlich ein Apfel-/Pinienkern-Salat on top unmittelbar mit fruchtiger Säure und nussigem Biss, während die fein salzigen Salicornes sowie die etwas weicher gehaltene Pastakügelchen das Ganze zusätzlich mit ihren Texturen nuancierten. Abgerundet durch einen filigranen Escabechesud zeigte sich, dass man auch im Schwarzwald exzellente Waterkantküche erleben kann – zwar ganz ohne Meeresrauschen, aber dennoch mit authentischem Seewind auf dem Porzellan.

In Andreas Sondejs Küche ist das Produkt der Star, und da der Chef ganz genau weiß, was er an seinen Viktualien hat, lässt er sie ihren Charakter voll ausspielen. So belässt er etwa dem Rücken vom Hohenloher Rind seinen naturgemäß geschmackspushenden Fettanteil und vertraut voll auf den ungemein intensiven Fleischgeschmack, der sich in den fünf Wochen im eigenen Fleischkühlhaus entwickeln durfte. In Kombination mit ein wenig blanchiertem Lauch, einer seidigen Karottencreme und einem Klecks Rauchbutter war auch das ein ganz typischer „Hirsch-Gang": aufs Wesentliche konzentriert, produktfokussiert, genusszentriert.

Luftig, locker und leicht geriet schließlich das Dessert, bei dem sich zu Sommerbeeren aus dem Obstgarten ein vegetabil erfrischender Sauerampfersaft gesellte, der zusammen mit leicht säuerlichem Joghurtsorbet, spritzig-knisterndem Minzgranité und harmonisierender weißer Luftschokolade das gelungene süße Finale bildete.

Auch die Weinkarte zeichnet sich durch individuelle Vorlieben aus: Mit der Konzentration auf Erzeugnisse aus dem deutschsprachigen Raum und dem Verzicht auf internationale Tropfen wird das kulinarische Konzept hier konsequent zu Ende gedacht und vom sympathischen Serviceteam mit erkennbarer Überzeugung und Verve präsentiert.

Bad Mergentheim (Baden-Württemberg)

Landhotel Edelfinger Hof

im Hotel Edelfinger Hof
Landstr. 12, 97980 Bad Mergentheim
07931-9580
www.edelfinger-hof.de
Mo–Sa 11.30–13.45 Uhr u. ab 17 Uhr, So 11.30–14 Uhr, kein RT
Hauptgericht: 12–25 €, Menüs: 25–40 €
VISA

Die größte Besonderheit in der weitläufigen Hotelanlage des Edelfinger Hofs ist und bleibt die beachtliche Sammlung gereifter Weinraritäten. Für Liebhaber und Weinfreunde bietet das die Chance, zu vergleichsweise günstigen Preisen in den Genuss großer Weine zu kommen. Das kulinarische Angebot tritt demgegenüber ein wenig in den Hintergrund. Es wird frisch und natürlich gekocht, was an sich ja beileibe keine Selbstverständlichkeit ist, aber in vielen Details auch recht grob und bisweilen etwas nachlässig. Wenn das Team hier nachlegen, mehr in Detailsorgfalt investieren und auch das Niveau der offenen Weine steigern würde (etwa mit einem Coravin-System), wäre der Gesamteindruck noch runder.

Bad Neuenahr-Ahrweiler (Rheinland-Pfalz)

6

Poststuben

in Steinheuers Hotel
Landskroner Str. 110,
53474 Bad Neuenahr-Ahrweiler (Heppingen)
02641-94860
www.steinheuers.de
Do–Mo 12–14 Uhr u. 18 Uhr, Di u. Mi RT
Hauptgericht: 26–35 €, Menüs: 52–69 €
VISA

Wie so oft in hoch ausgezeichneten Häusern, sind auch die Poststuben der Steinhäuers als bodenständigeres Pendant zum Gourmetrestaurant ein besonders lohnendes Ziel. Immer dann, wenn es mal nicht das große Fine-Dining-Programm sein soll. Das Angebot profitiert von der Expertise und dem Anspruch des gesamten Hauses und bietet so seit Jahren kraftvolle Regionalküche und internationale Klassiker auf hohem Niveau. In den gepflegten, ländlich-eleganten Gasträumen oder im Sommer im lauschigen Garten hinter dem Haus gibt es stets fundierte Zubereitungen nach allen Regeln der Kunst, nur eben etwas gegenständlicher und ohne die ganz exklusive Produktpalette. Ebenfalls erfreulich: die in Relation zu dem Gebotenen sehr bodenständigen Preise und die große Auswahl hochwertiger Weine aus der Region und der weiten Welt.

8

Sanct Peter – Restaurant Brogsitter

im Historischen Gasthaus Sanct Peter
Walporzheimer Str. 134,
53474 Bad Neuenahr-Ahrweiler (Walporzheim)
02641-97750
www.sanct-peter.de
Küchenchef: Dirk Burger, Tobias Rocholl
Mi–Fr ab 18 Uhr, Sa u. So ab 12 Uhr durchgehend Mo u. Di RT
Hauptgericht: 39–56 €,
Menüs: 79–149 €
VISA

Der Mensch wächst mit seinen Aufgaben. Und so konnte Küchenchef Tobias Rocholl, den wir schon von seiner letzten Station als sehr guten und ambitionierten Koch kannten, im neuen Gourmetrefugium des renommierten Hauses Brogsitter noch mal eine ganze Schippe drauflegen. Und seinen Stil weiterentwickeln: Er schaffte sich nämlich einerseits das Programm drauf, das hier von Gäste- und Inhaberseite er-

wartet wird, hat sich deshalb aber nicht verbogen, sondern dem Kulinarium trotzdem auch seinen Stempel aufgedrückt. Rocholl, der ursprünglich aus dem Bergischen kommt, ist kein kulinarischer Leisetreter und mag es auf seinen Tellern gern etwas zupackender und herzhafter, schießt dabei aber auch nicht übers Ziel hinaus. Kraftvolle Geschmacksbilder und starke Aromen geben schon beim Auftakt den Ton an, etwa mit sehr fein gearbeiteten, nicht zu sehr ziseliert oder gar verspielt arrangierten Kleinigkeiten um Pumpernickel und Kottenwurst oder Matjestatar und Sauerrahm. Auch eine zart krosse Interpretation des Toast Hawaii mit Ananas, Ardenner Schinken und lange gereiftem Gouda war dabei. Und zum hausgebackenen Sauerteig-Krustenbrot gab's ausdrucksstarke Sauerampfercreme und mit Kürbiskernöl abgeschmeckten Hüttenkäse. Doch damit nicht genug, denn der eigentliche Küchengruß folgte erst mit drei separat angerichteten, aber gemeinsam aufgetischten Gerichten vom Spargel: eine weiße Spargelschaumsuppe, weiße Spargelspitzen mit Kartoffelsalat und fruchtiger Honigvinaigrette sowie grüner Spargel, der zusammen mit Räucherfischmousse in einer Jalapeño-Vinaigrette angerichtet war.
Perfekt eingestimmt, wurde sodann bei der roh marinierten oder allenfalls ganz kurz und mild gebeizten Eifler Bachforelle in Bio-Qualität offenbar, wie subtil der Chef die Aromen verknüpfen kann. Dill und Wacholder, beides ja naturgemäß recht markant, wurden hier nämlich in Gestalt von Öl und Sud zu einer süffigen Melange, die den als flacher Zylinder kompakt mit Kohlrabi, Radieschen, Rettich und Leinsamen angerichteten Fisch nur ganz leise und elegant untermalten. Sehr fein!
Was schon bei der Speisekartenlektüre positiv auffällt, ist die Vielzahl regionaler oder zumindest heimischer Produkte, die hier mittlerweile Verwendung finden. Nicht nur Fleisch und Fisch, sondern natürlich auch verschiedenstes Gemüse. So wie die Eifler Tomaten, die im Folgenden sehr gegenständlich und vergleichsweise üppig dimensioniert als Interpretation des „Insalata Caprese" zusammen mit Burratacreme, Himbeeren, Pinienkernen und Rucola in einem Sud auf Basis von klarem Tomatenfond daherkamen, und dank der besonders aromatischen Exemplare aus der Eifel sowie auch sonst sehr guter Produktqualitäten und klarer Aromen ein ausdrucksstarkes, leichtes und frisches Sommergericht abgaben.
Unter anderem etwas Sesam und ein Hauch Kreuzkümmel am Spitzkohl gaben dem Würfel vom 36 Stunden bei Niedertemperatur geschmorten Schweinebauch mit seinem crunchigen Topping auf kraftvollem Gulaschsud einen ganz dezent orientalischen Touch. Ebenfalls knusprig getoppt, in diesem Fall von gepufftem Wildreis, war sodann der mit Panko panierte und gebackene Huchen aus dem bayrischen Königssee, was im Zusammenspiel mit dem begleitenden milden Meerrettichrahm und etwas Schnittlauch auf dem Fisch einen reizvollen Akkord erzeugte. Auch die Rote Bete und die säuerliche Kapern-/Gurken-Vinaigrette spielten da vorzüglich mit. Allerdings ging der feine Fisch selbst hier ein wenig unter und konnte seinen Charakter nicht voll ausspielen – hätte also etwa von hellem Geflügelfleisch oder Kalbsbries mindestens ebenbürtig ersetzt werden können.
Qualitativ sehr gutes und auch optimal auf den Punkt gebrachtes Rückenfleisch vom heimischen Reh begeisterte schließlich im Hauptgang zusammen mit einer von Fichtensprossen aromatisierten Wildjus, während aber die aus unterschiedlichen Komponenten von Sellerie zusammengesetzte Eskorte insbesondere wegen einem seltsam schwammigen und auch geschmacklich recht ausdruckslosen Stück von in Salzteig gegarter Knolle ein wenig schwächelte. Unterm Strich war's trotzdem ein sehr ansprechender Menühöhepunkt, der durch einen gereiften Spätburgunder aus großer Lage vom hauseigenen Weingut ge-i-tüpfelt wurde. Auch sonst lohnt es sich eigentlich immer, sich auf die Brogsitter-Weine einzulassen, wenngleich die umfangreich bestückte Karte natürlich sehr viele spannende Alternativen auch gereifter, großer Gewächse aufbietet.
Regionalbetont präsentierte sich bei unserem letzten Besuch auch das Dessert, eine kompakt angerichtete Komposition von Grafschafter Erdbeeren (als Mousse, mariniert, als Gel ...) mit Hafercrunch, Hafermilch und Sauerampfersorbet. Die bot ein anspruchsvolles Niveau, wenngleich hier die Aromen sicher noch etwas zugespitzter hätten herausgearbeitet sein können. Wir wurden jedenfalls wieder bemerkenswert gut bekocht und haben uns in dem noch einigermaßen neuen Gourmetrefugium im separaten, lichtdurchfluteten Anbau sehr wohl gefühlt. Was natürlich auch am ebenso entspannten wie aufmerksamen Service unter der Leitung von Klaus Jungmann und Ina Spatz lag.

9

Steinheuers Restaurant Zur Alten Post

in Steinheuers Hotel
Landskroner Str. 110,
53474 Bad Neuenahr-Ahrweiler (Heppingen)
02641-94860
www.steinheuers.de
Küchenchef: Hans Stefan Steunheuer, Christian Binder
Mo u. Do–Sa ab 18 Uhr, So 12–13.30 Uhr u. ab 18 Uhr, Di u. Mi RT
Hauptgericht: 54–64 €,
Menüs: 125–195 €
VISA

Eigentlich muss das Gourmetrestaurant von Familie Steinheuer an dieser Stelle nicht mehr groß vorgestellt werden, denn die Alte Post im beschaulichen Heppingen zählt seit vielen Jahren ungebrochen zu den besten Adressen in Deutschland. Hier wird seit Langem auf extrem hohem Niveau gekocht, und so hat sich das von außen eher unscheinbare, innen zeitlos schick designte Gourmetrestaurant mit der eleganten klassischen Küche in Gourmetkreisen längst bis weit über das Ahrtal und sogar die Landesgrenzen hinaus einen sehr guten Namen gemacht.
Unter der Führung von Hans-Stefan Steinheuer waren die größten Stärken der Küche immer die gekonnte Verbindung von viel Kraft mit viel Finesse, der hohe Produktanspruch und die perfektionierten klassischen Saucen. Und daran hat sich auch nach dem Einstieg von Schwiegersohn Christian Binder vor ein paar Jahren bis heute nichts Wesentliches geändert – vielmehr kam zu den bekannten Vorzügen teilweise noch mehr Transparenz und Leichtigkeit, ein kreativerer Umgang mit Gemüse und ganz generell eine behutsame Modernisierung und Verschlankung des Küchenstils hinzu. Der talentierte Chef war nicht umsonst lange Zeit die rechte Hand von Nils Henkel im Schlosshotel Lerbach!
Diese Verbindung beider Welten war von Anfang an eine gewinnbringende Liaison und ließ vor allem zu Beginn der neu entstandenen Herdpartnerschaft von Schwiegervater und Schwiegersohn einen merklichen Schub und Veränderungen erkennen, ohne dass das Pendel klar in Richtung Klassik oder in Richtung Moderne ausgeschlagen hätte. Und auch beim letzten Besuch – so viel bereits vorab – waren nach wie vor beide Seiten erkennbar. Allerdings mit einer leichten Entwicklung zu tendenziell etwas sanfteren und milderen Tönen, auch bei den eher moderneren, kreativeren Gerichten. Was einerseits zu ausgesprochen runden und fein ausbalancierten Geschmacksbildern führt, andererseits aber an der einen oder anderen Stelle auch den entscheidenden Akzent ausbleiben lässt, der nach unserer Auffassung die Kreationen noch spannender und den Unterschied zwischen 9 und 10 Pfannen machen würde.
Aber das ist natürlich Kritik auf extrem hohem Level und soll nur verdeutlichen, warum wir die Gesamtperformance der Küche auch in dieser Testsaison eher bei sehr guten 9 Pfannen als auf Höchstbewertungsniveau gesehen haben. An ihrem verlässlich hohen Genussfaktor ändert diese Einschätzung freilich rein gar nichts.
Zuletzt boten bereits die ersten Snacks zum Aperitif in Form eines Kartoffelröllchens mit Rindertatar und geräuchertem Ochsenmark und eines Cornettos mit Nordseekrabben perfekt austarierten salzigen Crunch, ganz ohne störende fettige Frittiernoten – und waren somit die perfekte Begleitung für ein Glas Champagner oder Winzersekt. Schon bei diesen Kleinigkeiten wurde einmal mehr deutlich, wie exakt und feinfühlig das Team arbeitet. Ähnliche Miniaturen gibt es an vielen Orten, aber so elegant umgesetzt wie hier dann eben doch sehr selten …
Eher in Richtung „New School“ führten als weitere Einstimmung kleine krosse Schweinebauchwürfel mit Noten von Sesam und dezenter Chilischärfe, eingefangen von einem klaren, runden, getreidigen Reisfond und aufgelockert von Buchenpilzen, Brunnenkresse sowie eingelegten Rübchen mit einer dezenten und hier sehr dienlichen Süße. Fein gezeichnet und gut balanciert. Und genau diese Attribute trafen auch auf die ganz mild geräucherten Würfel von der Ahrforelle zu, die mit Kartoffelstückchen und -knusper, knackiger Gurke und Limettencreme in einem mild säuerlichen Kefirsud präsentiert wurden. Insbesondere durch

die Kartoffel bekam das Ganze eine gewisse wachsige Cremigkeit, wirkte zurückhaltend harmonisch, sanft und weich. Da wären dann sogar ein paar mehr Ecken und Kanten möglich gewesen, etwa in Gestalt noch forscherer oder differenzierterer Limettennoten.
Auf herausragende Produktqualitäten ist im Hause Steinheuer eigentlich immer Verlass. Die Ausnahme von der Regel war zuletzt ein Hummer, der mit minimal schwammiger Konsistenz und etwas derbem Geschmack nur ein klein wenig vom Optimum entfernt war. Dafür machte hier das grandiose Zusammenspiel von einer stoffig-ätherischen Schaumsauce und einem Chiliöl mit feiner hintergründiger Schärfe umso mehr Freude. Und ergab zusammen mit den nussig-knackigen Juliennes von der Kohlrabiknolle als „Nudelnest" und den röstwürzigen Krustentieraromen vom Hummer eine bestens gelungene Balance zwischen Kraft und Frische.
Mit der kross und saftig gebratenen Dorade nebst zarten Calamaretti, die teils mit konzentriertem Gemüseconfit gefüllt waren, machte das Team anschließend einen gelungenen Ausflug in mediterrane Gefilde. Dazu trugen unter anderem (etwas weiche) Mini-Artischocken, vollfruchtige Röllchen von gegrillter roter Paprika und ein leicht gebundener Paellasud bei. Letzterer war ebenfalls vor allem von komplexen schmorwürzigen Gemüsenoten geprägt, sodass hier neben einem hervorragenden Hauptprodukt auch der differenzierte Umgang mit vegetabilen mediterranen Aromen beeindruckte.
Da konnte der nächste Gang um eine kapitale, goldknusprig-zart auf den Punkt gebrachte Steinbutttranche trotz ihrer perfekten Garung und der Top-Qualität des Plattfischs nur fast mithalten. Zwar wurde der Premiumfisch sehr gekonnt in ein frischgrünes Umfeld aus grünem Spargel und Taubnessel gestellt, dem von einer üppigen, säurestraffen Taubnesselbutter eine kraftvolle, cremige Basis bereitet wurde – was als solches großes Vergnügen bereitete. Optimalerweise gelingt es dann aber, diesen niveauvollen Wohlfühlfaktor auch noch mit einigen zugespitzten Details und mehr flirrender Lebendigkeit zu hinterlegen.
Etwa so wie beim schön straffen, durch und durch rosa gebratenen Rehrücken mit vergleichsweise kräftigem Eigengeschmack, der zum Hauptgang in einen im Grunde absolut klassischen Kontext aus winzigen festen Pfifferlingen, einem knackigen abgeflämmten Spitzkohlröllchen und kühlem Mispelconfit gestellt wurde. Der entscheidende Clou, der das Wildbret aus der gediegenen Ecke holte, kam von differenzierten markanten Pfeffernoten hinzu, die vielschichtig zwischen der warmwürzigen, abgerundeten Ätherik von Kampot-Pfeffer, der hintergründigen Würze fermentierten Pfeffers und der eher spitzen Schärfe von weißem Pfeffer changierten. Mit der zwar in der Karte annoncierten, aber auf dem Teller nicht erkennbar vorhandenen Rehleber hätte zwar zudem sicherlich auch noch der Charakter des Hauptprodukts spannend erweitert werden können, aber auch so war dies ein gefühlvoll modernisierter Powergang mit feinen Details.
Und apropos feine Details: Die gab es auch zum süßen Finale! Und zwar mit einem zierlich verspielten Potpourri aus Eis, Confit, Mousse, Granité, kleinen Geleeröllchen und laktischsäuerlicher Sphäre rund um die Aromen von Erdbeere, Joghurt und Limette, das gekonnt die typischen Aspekte der drei Protagonisten auffächerte und so eindrucksvoll aufzeigte, dass Dessertliebhaber hier auch nach dem Abschied von Pâtissier Tatsuya Shimizu noch voll auf ihre Kosten kommen. Auch die fein gearbeiteten Pralinés mit markanter individueller Aromatik waren Zeugnis von perfektem Pâtisserie-Handwerk und jeder Menge Einfallsreichtum.
Genauso verlässlich wie der süße Abschluss ist stets auch die charmante und zuvorkommende Art des Serviceteams um Gabi und Desirée Steinheuer, die angenehm unaufgeregt und souverän durch den Mittag oder Abend begleiten. Und das hohe Niveau der Weine, ganz gleich ob gezielt zu den einzelnen Gängen ausgewählt und glasweise ausgeschenkt oder aus dem beachtlichen Sortiment hochwertiger Flaschen. Nicht zu vergessen der opulent mit besten Qualitäten bestückte und liebevoll gepflegte Käsewagen, wie man ihn hierzulande leider auch in besten Häusern wirklich nur noch sehr selten findet.

Hotelempfehlung

★★★★

Romantik Hotel Sanct Peter

Wolporzheimer Str. 118,
53474 Bad Neuenahr-Ahrweiler
✆ 02641-905030
www.hotel-sanctpeter.de
Einzelzimmer: 123–148 €
Doppelzimmer: 168–218 €

Das privat geführte Romantik Hotel liegt in unmittelbarer Nähe des Rotweinwanderweges, der Ahr und der Altstadt von Ahrweiler. Hier sorgen Gastgeberin Dagmar Lorenz und ihr Team für Gastfreundschaft und Service auf höchstem Niveau und mit persönlicher Note. Kein Wunder, dass das Haus bis weit über die Grenzen des Ahrtals hinaus bekannt und beliebt ist. Elegantes Interieur, hohe Decken und harmonische Farbtöne zeichnen die wunderschönen Zimmer aus. Sie sind in den warmen Tönen des Weinlaubs – gelb, grün und rot- gehalten, die sich im gesamten Hotel als „roter Faden“ wiederfinden. Im exklusiven kleinen Wellnessbereich entspannen die Gäste in der finnischen Sauna, in der Duo-Crystalwanne mit Magnetfeld-, Farblicht- und Klangtherapie oder im mediterranen Relaxbereich mit beruhigendem, leise plätscherndem Brunnen einer kleinen Steingrotte. Feinschmecker kommen in den Restaurants Weinkirche und Brogsitter auf ihre Kosten. Restaurant Brogsitter separat erwähnt.

Bad Orb (Hessen)

6

Rauchfang

Gutenbergstr. 15, 63619 Bad Orb
06052-912376
www.restaurant-rauchfang.de
Küchenchef: Pierantonio Martian
Mi–So ab 18.30 Uhr, Mo u. Di RT
Hauptgericht: 32–47 €, Menüs: 109 €
VISA

So wie sich die sympathischen Comichelden Asterix und Obelix immer absolut sicher sein können, am Ende eines jeden Abenteuers von einer geselligen Runde mit einem heimischen Wildschwein beglückt zu werden, kann man sich als Gast in Joanna Sifakis und Pierantonio Maritans nostalgischem italienischem Gasthaus in der Stadtmauer von Bad Orb blind darauf verlassen, dass die seit vielen Jahren nur im Detail variierten Hausklassiker zu haben sind. Kein Wunder, locken doch genau die seit vielen Jahren zahlreiche Stammgäste in das kleine Kurstädtchen.

Der Grund dafür ist auf jedem Teller zu schmecken: nur handverlesene Produkte, immer mit Bio-, oft sogar mit Demeter-Label und meist von persönlich bekannten Lieferanten gekauft, die hier unter der Ägide des Maestros mit sehr viel Hingabe und Können kunst- und geschmackvoll zubereitet werden. Sogar die Brotauswahl kommt ausschließlich aus dem eigenen Ofen – Zutaten wie Industriehefe sucht man vergebens. Denn selbstredend verwendet der Chef seine eigens angesetzte „Lievito Madre“ zum Backen von Kräuter-, Dinkel- und Ciabattabroten, die vorweg zum hochwertigen Koroneiki-Olivenöl gereicht werden. Nur wenige Häuser im Land bieten wohl eine vergleichbar straighte Linie, die kompromisslos im Sinne größtmöglicher Qualität und Frische durchgezogen wird.

Der Begriff „Tradition“ erfordert hier übrigens ebenfalls eine ganz spezielle Lesart, denn der Chef, der nach wie vor ganz alleine am Herd steht, hat sich im Prinzip seine eigene geschaffen. Und gerade, weil die einzelnen Kreationen gehegt und gepflegt und dadurch immer stärker präzisiert wirken, ist die Maritan'sche Küche zweifellos eine „Cucina individuale“ im besten Sinn. Dabei bleibt seine Heimat Venedig mit Kreationen rund um superben Fisch und Meeresfrüchte genauso ein Ankerpunkt wie die trüffelsatte Küche des Piemonts, die bei unserem letzten Besuch saisonbedingt besonders in den Mittelpunkt gerückt wurde.

Denn nach einer gewohnt ausladenden Amuse-Parade zückte die Küche ohne Rücksicht auf das Wareneinsatzbudget gleich mehrfach den Trüffelhobel. Doch zunächst tischte uns die sympathische Gastgeberin das bereits bestens bekannte cremig-seidige Linda-Kartoffelsüpp-

chen mit gratiniertem Parmesan auf – gefolgt von einer „falschen Mortadella“ in Gestalt einer etwas dickeren Scheibe von gewolftem bretonischem Seeteufel und gehackten Pistazien, die gewinnbringend inmitten dezent geschärfter Kräuter-Senfcreme mit Biojoghurt-Dots platziert war.
Dann krönte die Trüffelknolle aus den italienischen Marken nicht nur generös die Cremesuppe von Bio-Kräuterseitlingen, die von der Konsistenz zwar eher an eine Creme als an eine Suppe erinnerte, aber mit vollmundiger Aromenwucht für sich einnahm, sondern auch das Begleitprogramm zur handgetauchten Jakobsmuschel aus der Bretagne. Dass diese mitsamt ihres Corails serviert wurde, spricht auch für Maritans Produktverliebtheit und nachhaltige Arbeitsweise. So konnte nämlich nicht nur der sanft gebräunte und schön festfleischige Muskel, sondern eben auch der geschmacklich intensivere orangefarbene Rogensack im Verein mit Wildfanggarnelen und Krustentier-Bisque für einen vehement jodigen Konter zum kräftig erdigen Trüffelaroma sorgen. Ein Häubchen aus kleinporig-wattigem Zitronenschaum, wie es der Chef oft und gern einsetzt, spendierte dem Ganzen auch noch etwas Säure und letztlich ein aromatisch ausgewogenes Finish.
Genauso individualistisch interpretiert wie in den Vorjahren war auch diesmal die Gemüsebegleitung zu den Hauptgängen. Der „Giardino di …“, der von Pierantonio Maritan immer wieder neu arrangiert und bestückt wird, kam unter anderem mit fermentierten Kräuterseitlingen, im Ofen leicht angetrockneten Rosenkohlhälften und Karottenvariationen auf einer Auberginencreme daher – wie immer quasi als eigener Gang vorweg präsentiert und somit fast zum Hauptdarsteller befördert. Der von einem dieser Gemüsegärten begleitetete Fisch überzeugte weit mehr als das Fleisch auf dem anderen Teller: Denn während der bretonische Seeteufel auf seidig-fließender „Salsa alla Piemontese“ wunderbar saftig und fleischig auf den Punkt gegart war, hatte die rösch auf der Haut gebratene Brust der Challans-Barbarie-Ente auf süßsäuerlichen Schattenmorellen leider etwas zu viel Zeit in der Hitze verbracht und war schon ziemlich durch. Wenn man bedenkt, dass der Chef als Einzelkämpfer am Herd alles alleine im Blick behalten muss, kann man über so einen Wackler auch mal hinwegsehen – sich allerdings durchaus auch die berechtigte Frage stellen, warum er sich dann auf der anderen Seite so viel arbeitsaufwendige Basteleien wie den Gemüsegarten aufhalst …
Aber Pierantonio Maritan hat eben unheimlich viel Freude an der kunstvollen Ausgestaltung seiner Teller. Wer es nicht glaubt, sollte zum süßen Abschluss mal durch den „Zauberwald“ gehen: Das kleinteilige Arrangement dieser essbaren Landschaft ist zwar auch so eine zeitraubende und arbeitsaufwendige Teller-und-Zutaten-Bastelei, aber eben auch ein ganz besonderes Steckenpferd des Chefs. Die Melange aus Lübecker Bio-Marzipan, Fior-di-Latte-Eis, Valrhona-Creme und Sonnenblumen-Knusper ist allerdings nicht nur ein pittoresker Hingucker, sondern auch ein schokoladig-cremig-knuspriger Genuss.
Gastgeberin Joanna Sifaki sorgt mit ihrer erkennbaren Freude am gesamten Rauchfang-Konzept stets für eine unnachahmliche Stimmung im holzbalkenschweren Gastraum, der zwar so gar nicht zum mediterranen Programm passen will, aber über die Jahre genauso zum Teil des Ganzen geworden ist wie die kleine, aber feine Weinkarte, die vor allem mit italienischen Erzeugnissen gut bestückt ist.

Bad Peterstal (Baden-Württemberg)

6

Kaminstube

im Hotel Dollenberg
Dollenberg 3,
77740 Bad Peterstal (Griesbach)
07806-780
www.dollenberg.de
Küchenchef: Martin Herrmann
Täglich von 12–14 Uhr u. ab 18.30 Uhr, kein RT
Hauptgericht: 25–36 €,
Menüs: 28–59 €
VISA

Eine gediegen elegante Einrichtung, sehr viele französische Gäste, ein Maître mit elsässischen Wurzeln und einem Hauch Akzent sowie der ernsthafte Wille, Regionalität und Klassik auf

hohem Niveau zu vereinen – all das macht die Kaminstuben in diesem großzügigen Ferienhotel im nördlicheren Teil des Schwarzwaldes unverwechselbar. Wer als junger Gast wissen will, was die gehobene Gastronomie der Achtziger und Neunziger in den besten Fällen so sympathisch machte, der sollte sich hier einen Tisch reservieren.
Letzteres ist für einen Besuch eigentlich unabdingbar, denn das Restaurant ist äußerst beliebt und auch unter der Woche und mittags nicht selten ausgebucht. Auch deshalb, weil man hier gutes Brot reicht und ein hübsches Amuse-Bouche, das in unserem Fall aus einem schmelzend-würzigen Stück gebeizten Ikarimi-Lachses bestand, dazu etwas sauerrahmige Sauce und ein paar Salatblätter. Einfach und sehr gut! Klassisch fiel auch die Vorspeise aus, eine Terrine von der Gänsestopfleber mit hausgebackener Brioche und Dörrfrüchte-Confit. Die beiden Tranchen waren zum Glück nicht süß, sondern würzig abgeschmeckt, wirkten handwerklich tadellos, wurden von einem gut balancierten Confit und der lockeren hausgebackenen Brioche flankiert. Wer den passenden Süßwein trinken wollte, müsste dem aufmerksamen Service nur ein Zeichen geben, sofern der nicht ohnehin fragt. Besondere Aufmerksamkeit ist nämlich auch eine der Grundtugenden im Hause Dollenberg. Auch der Patron schaut immer gern mal vorbei und fragt seine Gäste nach dem Rechten.
Die Badische Schneckensuppe ist dann so, wie sie vermutlich auch schon vor dreißig Jahren serviert wurde: kraftvoll, würzig, nicht zu sahnelastig und mit angenehm erdig-würzigen Schnecken intus. Die mit Knoblauchbutter überbackenen Baguettescheiben (sie waren in der Karte als „Knoblauchgrissini“ angekündigt) passten selbstredend gut dazu.
Höhepunkt unseres letzten Essens in der Kaminstube war aber doch das gebratene Heilbuttfilet auf Erbsenpüree, kleinen geschmorten Tomaten, einer Zitronenthymiansauce und Kräuternudeln, die à part präsentiert und zum Nachservice bereitgehalten wurden. Der Fisch war saftig, gekonnt gebraten, die Tomaten lockerten das ganze Gericht feinsäuerlich-fruchtig auf, denn nur mit Erbsenpüree wäre es vermutlich zu eindimensional geworden. Eine mit Thymianblättchen verfeinerte Sauce und die dünnen, perfekt gegarten und angeschwenkten Nüdeli trugen zum tadellosen Gesamtbild bei.
Da stimmten alle Details. So wie auch beim Kokos-/Zitronengras-Parfait mit Ananas-Chutney und einem Piña-Colada-Schaum, das einen angenehm frischen Abschluss bildete. Zucker dominierte weder bei der Espuma noch beim Parfait. Fehlten nur noch Truffes und Pralinen danach, und auch die gab es natürlich in guter Qualität. Was will man mehr? Wir jedenfalls nichts! Und auch das Weinangebot kann hier hohen Ansprüchen genügen.

9

Le Pavillon

im Hotel Dollenberg
Dollenberg 3,
77740 Bad Peterstal (Griesbach)
07806-780
www.dollenberg.de
Küchenchef: Martin Herrmann
Do–Mo ab 18.30 Uhr, Di u. Mi RT
Menüs: 143–189 €
VISA

Im Schwarzwald ticken die Uhren mitunter anders als in den Metropolen des Landes. Im Eingangsbereich zu den Restaurants des Dollenberg-Resorts in der ersten Etage zeigt eine kuriose Kuckucksuhrsammlung die Zeit in den Weltstädten zwar auch mit modernen Exemplaren an – im Inneren des Gourmetrestaurants Le Pavillon aber wird noch die klassische Gediegenheit gepflegt: mit weißen Tischdecken, die bis auf den Blumenteppich reichen, mit schweren Vorhängen an den bodentiefen Fenstern des Halbrunds. Und mit einer französischen Hochküche, die auch in Baden-Württemberg zwischen vielen neuen Trends nicht mehr so häufig anzutreffen ist.
Verantwortlich dafür zeichnet seit vielen Jahren mit Martin Herrmann einer der besten Köche des Landes. Er setzt auf eine puristische, produktorientierte Küche, die aber trotz vieler Klassiker immer wieder auch zeitgemäß zu überraschen weiß. Mit äußerst präzisen, aromenstarken Geschmacksbildern, die mit nicht viel mehr auskommen als dem, was auf der Karte an Komponenten geschrieben steht. Schon die beiden Porzellanlöffel zum Auftakt

zeigten die klare Handschrift: mit Zitrone marinierte Gelbschwanzmakrele von wunderbarer Leichtigkeit und Rindertatar mit Crème fraîche und Kaviar feinwürzig austariert.
Bei Brot und Butter setzt man im Haus weiterhin auf Opulenz mit fünf beziehungsweise drei Sorten. Besonders prägnant war der mit Algen verfeinerte Butterkegel aus der Bretagne, und auch das schön grasige Olivenöl aus Nizza darf nicht unerwähnt bleiben. Beim Gruß aus der Küche merkte man dann wieder: weniger ist auch mehr. Ein im Mund schmelzendes Stück vom Eismeerlachs in einem fein süßsäuerlichen Sud vom grünen Apfel, davon auch eine Scheibe auf dem Fisch, ein Riegel geflämmter Ananas und etwas Crème fraîche verbündeten sich hier zu einem stimmigen Vorspiel.
Streng separiert auf dem Teller waren die Komponenten des ersten regulären Gangs. Der Star: ein Prachtexemplar von einem Carabinero, perfekt gegart und durch vermutlich Piment d'Espelette mit einer gewissen Schärfe ausgestattet. Eine sanfte Chorizocreme überlagerte nicht die feine Nussigkeit des Krustentiers, auch ein Nest aus Fenchelstreifen unter einer Hippe ordnete sich als dezenter Begleiter am Rande unter. Für einen weiteren starken Solisten war dennoch Platz: ein dunkelgrünes Eis mit potenziertem Basilikumgeschmack.
Auf die Gänseleber haben wir diesmal verzichtet und sind stattdessen gleich zum Fischgang übergegangen, in dem sich alle Komponenten zu einer einzigen Umarmung vereinten. Das rechteckige Filet vom Loup de Mer, saftig, mit sehr knuspriger Haut und bestückt mit drei Totani-Ringen, lag in einem kaum säurebetonten, sondern sehr geschmeidig ausbalanciertem Escabeche-Sud, aus dem auch die Tentakel des Minikalmars herausragten. Ein geschmorter Artischockenboden gab dem ungemein harmonischen Fischgericht noch einen sanft-herben Touch.
Zu zwei kleinen Jakobsmuscheln im nächsten Gericht wurde in Sachen Intensivität so sehr eins draufgesetzt, dass man sich schon nach dem ersten Löffel nicht weiter wunderte, warum dazu ein a' Kira Blaufränkisch aus der Steiermark offerierte wurde. Denn die Muscheln badeten in einer tiefgründigen braunen Sauce mit Maronenstückchen und waren mit reichlich weißer Trüffel bedeckt. Das ergab zwar eine spannende, lange nachhallende Kreation, in deren Zentrum aber alles Mögliche hätte sein können – dem zarten Geschmack der Jakobsmuscheln jedenfalls ließ das Drumherum und Obendrauf nicht viel Raum zur Entfaltung.
Wenn ein schönes Messer von Laguiole zum Einsatz kommen darf, kann man sich immer wieder aufs Neue freuen. Beim Lamm wäre es kaum nötig gewesen, so zart-saftig war das Rückenstück im würzigen Mantel, aus dem beim Schneiden noch jede Menge Saft heraustrat. Die Pomme soufflée dazu war optimal luftigfluffig und durch einen frittierten Zwiebelring und einen Klecks Creme von schwarzem Knoblauch auch noch mit kleinen aromatischen Akzenten versehen. Richtig gut machte sich auf dem akribisch angerichteten Teller aber die erdige Süße eines Petersilienwurzelpürees, begleitet von grün-kräuterigen Tupfern und einem Öl, das in angeschmorte Schalottenschalen gefüllt war. Auch die Estragonjus war eine Klasse für sich: hocharomatisch und dabei trotzdem so elegant, dass sie nicht allen Mitspielern ihren Stempel aufdrückte.
Am Ende des Menüs mit maximal acht Gängen standen eine Käseauswahl und zwei Desserts. Um den Abend abzurunden, hatten wir uns statt für Passionsfrucht mit Joghurt für die klassischere Variante entschieden: Zwetschgen (in verschiedenen Zubereitungsarten) mit Mandeln und Sauerrahmeis, denen aber als letzter Kick hinten raus eine Kante, ja, vielleicht auch Säure fehlte.
Das schmälerte aber in keiner Weise den unverändert guten Gesamteindruck, zu dem auch ein aufmerksamer Service gehört, der das sehr gute Timing der Küche punktgenau choreografieren konnte. Und natürlich Sommelier Christophe Meyer mit seinem französischen Charme. Wir haben uns die Mühe gespart, durchs Tablet mit all seinen Positionen zu wischen und uns einfach auf die glasweisen Empfehlungen und Erklärungen verlassen. Wer sich aber eine besondere Flasche bestellen möchte – einfach fragen. Im Zweifelsfall hat Meyer für jeden Wunsch immer ansprechende Tropfen vorrätig.

Hotelempfehlung

★★★★★ S

Schwarzwaldresort Dollenberg

Dollenberg 3,
77740 Bad Peterstal (Griesbach)
07806-780
www.dollenberg.de
Einzelzimmer: 151–250 €
Doppelzimmer: 250–900 €
VISA

Das Relais & Châteaux Hotel Dollenberg ist eine imposante, über 70 000 m² große Anlage mit Park in der idyllischen Hang- und Alleinlage eines Schwarzwaldtals. In dem familienfreundlichen Haus laden sehr komfortable, klassisch-elegante Zimmer und Suiten auch zum längeren Verweilen ein. Zumal das Freizeit- und Wellnessangebot sehr groß ist: alleine der 5000 m² große Spa- und Wellnessbereich mit mehreren Schwimmbädern, Saunen, Fitnessräumen und den verschiedensten Anwendungsmöglichkeiten bietet für jeden Geschmack etwas. Für das kulinarische Wohl wird in drei zum Teil vielfach ausgezeichneten Restaurants auf hohem Niveau gesorgt. Restaurant Kaminstube und Gourmetrestaurant Le Pavillon separat erwähnt.

Bad Säckingen (Baden-Württemberg)

Genussapotheke

Schönaugasse 11, 79713 Bad Säckingen
07761-9333767
www.genuss-apotheke.de
Di–Sa ab 18.30 Uhr,
Do auch 11.30–13.30 Uhr, So u. Mo RT
Menüs: 51–143 €

In dem hell und freundlich anmutenden Restaurant mit offener Küche, direkt in Bad Säckingens pittoresker Altstadt gelegen, hat Raimar Pilz ein ebenso stimmiges wie attraktives Konzept etabliert: einerseits klarer Produktfokus, andererseits einfallsreiche Akzente, ein insgesamt beschwingt-leichter, kräuterduftiger Stil und eine besonders geschickte Hand für Gemüse ergeben hier einen gleichermaßen unterhaltsamen wie niveauvollen Gesamteindruck. Dabei garantiert die Beschränkung auf ein einziges Menü anstelle umfangreicher Auswahl à la carte eine hohe Produktqualität, und die nach Rebsorten sortierte individuelle Weinkarte mit vielen Badischen Toperzeugnissen sorgt für adäquaten Spaß im Glas.

Bad Saulgau (Baden-Württemberg)

Hotelempfehlung

★★★★

Hotel Kleber Post

Poststr. 1, 88348 Bad Saulgau
07581-5010
www.kleberpost.de
Einzelzimmer: 94–114 €
Doppelzimmer: 149–189 €

Das moderne Romantik-Hotel befindet sich im Herzen von Bad Saulgau und verfügt über 49 elegante, komfortable Zimmer. Alle Räume sind ausgestattet mit Dusche oder Badewanne, WC, Telefon, Flatscreen, Fön, Radio und Minibar und verfügen über große Fenster mit Blick auf die Stadt, den Garten oder den Innenhof. Schnelles, kostenfreies WLAN gehört ebenfalls zum Service des Hauses. Auf dem Dach des Hotels entführt ein 250 m² großer Wellness-Kubus aus Glas in die Welt der Entspannung: Ein Refugium mit Finnischer Sauna, Biosauna, Whirlpool, Solarium, Massage, Fitness und Sonnenterrasse – und tollem Ausblick über die Dächer der Altstadt. Das Restaurant mit seinen verschiedenen Räumlichkeiten steht für Interpretationen schwäbischer Traditionsgerichte sowie moderner Avantgardeküche und präsentiert sich edel und elegant. Das „Poststüble" erinnert an die gute alte Zeit, in der sich hier Literaten und Intellektuelle auf ein Stelldichein trafen, die Ausstattung des Esszimmers ist modern, versprüht aber gleichzeitig mit Mobiliar aus Nussbaum, Bezügen aus braunem Leder und schwarzen Lampenschirmen einen gemütlichen Charme, und die Lounge ist ein zentraler Treffpunkt mit ungezwungener, ruhiger Atmosphäre.

Bad Schwartau (Schleswig-Holstein)

5↑

Gambero Weinbar

Geibelstr. 3, 23611 Bad Schwartau
0451-2900050
www.gambero-weinbar.de
Mi–Fr von 12–15 Uhr u. ab 18 Uhr, Sa u. So ab 12 Uhr durchgehend, Mo u. Di RT
Hauptgericht: 19–34 €, Menüs: 35–59 €

Außen roter Backstein und Fachwerk, drinnen ein helles, freundliches Ambiente mit dezent modernem Touch: dieses bescheiden als Weinbar auftretende Ristorante im Zentrum des beschaulichen Lübecker Vororts Bad Schwartau bietet ein nettes Ambiente zu der mit überdurchschnittlichem Anspruch gekochten Italianità aus der Feder von Küchenchef Valentino Cardillo. Der bewegt sich hier recht leichtfüßig und inspiriert zwischen traditionellen Gerichten seines Heimatlandes und Eigeninterpretationen von meist ebenfalls mediterraner, manchmal aber auch einfach internationaler oder sogar regionalbetonter Art. Und er bringt diese qualitativ ansprechend, handwerklich routiniert und geschmacklich rund auf die Teller. Mittags tendenziell etwas klassischer, am Abend auch mit dem einen oder anderen kreativen Schlenker, aber grundsätzlich immer recht ausdrucksstark und kontrastreich sowie mit hohem Anspruch ans Produkt.

Bad Sobernheim (Rheinland-Pfalz)

7

Jungborn

im Hotel BollAnt's im Park
Felkestr. 100,
55566 Bad Sobernheim
06751-9339-0
www.bollants.de
Küchenchef: Philipp Helzle
Di–Sa ab 18.30 Uhr,
So u. Mo RT
Hauptgericht: 29–36 €,
Menüs: 121–144 €

Das elegante Gewölberestaurant Jungborn ist Teil des großzügig weitläufigen und in einem sehr geschmackvollen ländlich-luxuriösen Stil gehaltenen Wellnesshotels BollAnts – SPA im Park, das fast ein wenig versteckt am ruhigen Ortsrand von Bad Sobernheim liegt. Hier ist entspannter Genuss auf hohem gastlichem Niveau angesagt, und für die anspruchsvolle Küche zeichnet federführend Jeune Restaurateur Philipp Helzle verantwortlich, der den Posten vor nunmehr zwei Jahren von Chef Jens Fischer übernommen hat. Der kulinarischen Linie, die er bereits zuvor als Fischers Souschef mitgestaltet hatte, blieb er seither treu. Geboten werden zwei sehr weltoffene Menüs, eines mit fünf und eines mit sieben Gängen, die unkompliziert auch miteinander kombiniert werden können und einem zeitgemäß interpretierten klassischen Stil folgen.

Helzles Kreationen sind stark auf Harmonie und weiche Akkorde ausgerichtet. Scharfe Kontraste meidet der Chef ebenso wie allzu filigrane Bastelarbeiten. Die drei kleinen Snacks zum Aperitif wie beispielsweise ein recht süßer Pistazienbiskuit mit Roter Bete und Ziegenfrischkäse-Mousse wirkten noch etwas eindimensional und undifferenziert, schmeckten aber allesamt rund und gefällig. Eigenschaften, die allesamt auch auf den Gruß aus der Küche zutrafen, einer Komposition rund um die Kartoffel, bei der noch ganz leicht bissfeste Würfelchen von der lila Kartoffel in einer hellen, leicht transparenten Kartoffelcreme unter Kartoffel-Nussbutterschaum schwammen. Etwas Sauce von Vogelmiere, feiner Kartoffelknusper und Schnittlauch setzten ganz dezente Aromen- bzw. Texturkontraste – insgesamt aber auch wieder ein recht kompaktes, weiches Gericht ohne scharfe Konturen.

Zumindest optisch wirkte die Vorspeise um Thunfisch mit Karotte und Enokipilzen deutlich aufgefächerter und differenzierter, doch auch hier fehlten nach unserer Einschätzung ein wenig die Zwischentöne, Nuancen, Frischemomente. Die beiden kurz angebraten Thunfischtranchen und das sojawürzig marinierte Tunatatar gingen zwischen Karottencreme, Miso, Püree von fermentiertem schwarzem Knoblauch und den ebenfalls viel Umami liefernden eingelegten Enokipilzen doch arg in die Breite.

Der folgende Fischgang um eine wunderschön dicke und perfekt auf den Punkt gebrachte, nämlich gerade nicht mehr glasige, aber auch nicht zu weit gegarte Seeteufeltranche, die mit Bouchotmuscheln, Tomatenconcassée und Passepierrealgen in einem ganz leicht gebundenen Muschelsud schwamm, war ein Gericht, das von Natur aus keinerlei Kontraste benötigt. Hier könnte man allenfalls darüber diskutieren, ob die relativ dicke Knusperbröselkruste auf dem Fisch und die cremige Polenta darunter dem maritimen Charakter von Fisch und Schalentieren nicht etwas zu sehr entgegenwirkte.

Perfekt auf den Punkt gebracht war auch die ebenfalls recht dicke Tranche vom Saibling mit krosser Haut und glasigem Kern (bei diesem Fisch wiederum sehr gewinnbringend!), der in Begleitung seines Kaviars mit etwas ungewöhnlicher Begleitung von Kichererbsen (im Ganzen und als cremiges Püree), Blattspinat und Spinatcreme sowie einer vollmundigen, aber etwas säurearmen Beurre blanc angeschwommen kam. Sehr fein ausgewogen auch das Zwischengericht rund um Steinpilze, die als gebratene Exemplare und als leichte rahmige Sauce zusammen mit Farfalle, geflämmten Kürbiswürfeln, etwas Kürbiskernöl-Creme und Pfirsich ein ansprechendes frühherbstliches Intermezzo abgaben.

Als den vielleicht besten Gang des Menüs empfanden wir das Hauptgericht, bei dem eine Schnitte vom kurzgebratenen Entrecôte und ein etwa gleichgroßer flacher Riegel von der geschmorten kurzen Rippe zusammen mit bunter junger Bete, zwei Nocken einer Art Buchweizengrütze und einem mit sich selbst gefüllten Spitzkohlröllchen aufgeboten wurden. Alles sehr klassisch, natürlich, ohne besondere Gimmicks, aber gute, geschmacklich ausdrucksstarke Fleischqulität, die Aromen klar definiert, alle Komponenten gut proportioniert und einschließlich der Rinderjus handwerklich absolut souverän umgesetzt.

Ein kleines bisschen verwegen wurde es dann doch noch zum süßen Abschluss, der von einer Bloody-Mary-Interpretation eingeläutet wurde und mit einem „Fondant Femmes" von Original Beans' Virunga-Schokolade auf (etwas trocken-keksigem) Leinsamen-Kracker abschloss. Letzterer war nämlich nicht nur von Brombeeren gekrönt, sondern auch von einem Gel mit den Aromen von grünem Anis und wurde eskortiert von einem Eis der Eberraute, die auch als Colakraut bekannt ist und tatsächlich so schmeckt.

Und so können wir heuer im Grunde mit demselben Fazit schließen wie im letzten Jahr: Der Arbeitsaufwand in diesem Restaurant ist beachtlich, die Ambitionen sind groß, der Service ist präsent, ohne aufdringlich zu sein, und auch die Weinauswahl hat Klasse. Alles zusammengenommen ist das Jungborn ohne Zweifel ein Erfolgsmodell an der Nahe, das sogar noch Potenzial für eine höhere Bewertung der Küche erkennen lässt. Aktuell sehen wir dieses Potenzial darin, den Gerichten noch etwas deutlichere Konturen zu verleihen, vielleicht hier und da etwas mehr Säure ins Spiel zu bringen und so manche Komposition letzendlich etwas prägnanter und straffer wirken zu lassen. Doch auch schon jetzt speist man hier auf ansprechend hohem Niveau!

Hotelempfehlung

Hotel BollAnt's im Park

Felkestr. 100, 55566 Bad Sobernheim
06751-93390
www.bollants.de
Einzelzimmer: ab 129 €
Doppelzimmer: ab 258 €

VISA

Eingebettet in die sanfte Fluss- und Weinlandschaft des Nahelands liegt das romantische Hotel mit weitläufigem Wellness- & Spa-Bereich und ganzheitlichem Gesundheitsresort mitten in einem schönen historischen Jugendstilpark. Seit Generationen wirkt Familie Bolland-Anton (die „BollAnts") an diesem einmaligen Ort, an dem man überall den Sinn für Ästhetik, Genuss und Gesundheit spürt. Ein Rückzugsort für Ruhesuchende, der auch grenzenlose Vielfalt für Aktive bietet: Neben unzähligen Anwendungsmöglichkeiten stehen den Gästen verschiedene Saunen und Dampfbäder, Außenschwimmbad, Dachterrassen-Pool, Indoor-Pool und Sprudelbäder zur Verfügung, aber auch ein 120 m2 großer Fitnessraum mit modernster Ausstattung sowie stimmungsvolle Ruheräume. Die Zimmer und Suiten reichen vom kleinen hübschen „Wellness Classic"-Zimmer bis zur großzügigen Heimatlodge mit eigenem Garten. Alle haben eine elegante Ausstattung mit modernen Roca-Waschtischen, Rainshower-Duschen, Flat-TV, Minibar, großem Schreibtisch, manche mit kuscheligen Flokati-Teppichen, manche mit schönen Holzböden und viele Zimmer in heller, natürlicher Kernesche-Möblierung. Vielfältige Kulinarik in fünf verschiedenen Restaurants. Gourmetrestaurant Jungborn separat erwähnt.

Die Symbole

- gute Parkmöglichkeiten
- Hotelgarage
- barrierefrei
- klimatisierte Zimmer
- WLAN-Zugang
- Hallen- und/oder Freibad im Haus
- mit Wellness-Bereich
- mit Fahrstuhl zu den Hotelzimmern
- Hunde im Hotel nicht erlaubt
- mit Garten oder Terrasse

Bad Staffelstein (Bayern)

v. Scheffel-Restaurant

im Kurhotel an der Obermaintherme

Am Kurpark 7,
96231 Bad Staffelstein
09573-3330
www.v-scheffel.de
Mi–So ab 18 Uhr,
Mo u. Di RT
Hauptgericht: 35–44 €,
Menüs: 52–119 €
VISA

Unmittelbar an der überregional bekannten Obermaintherme gelegen und durch einen Übergang auch direkt mit dieser verbunden, ist das Kurhotel in Bad Staffelstein ein beliebter Anziehungspunkt für Vitalität, Wellness und Gesundheit in Oberfranken. Schon seit Langem leistet sich das Haus neben dem Hotelrestaurant mit regionaler Küche auch ein Gourmetrestaurant, dessen Profil in den letzten Jahren zunehmend geschärft wurde und das sich per Definition als mediterranes Feinschmeckerrestaurant versteht.

Ganz im Sinne der mediterranen Küche wird von Küchenmeister Fabian Wallner und seinem Team beim Intro konsequenterweise kein großes Brimborium veranstaltet, sondern man lässt lieber sehr gute Produkte sprechen: zunächst unterschiedliche ausgesuchte Olivenöle bester Provenienzen zur ausgiebigen Verkostung mit verschiedenen Salzen, danach etwas Pata-Negra-Schinken, der auf der feuerroten Berkel-Maschine direkt im Gastraum frisch aufgeschnitten wird. So einfach, so gut!

Und so war es dann etwas schade, dass bei der ersten Vorspeise des Menüs ausgerechnet das puristisch in Szene gesetzte Hauptprodukt schwächelte – namentlich der geräucherte

Thunfisch, der hier zusammen mit feinbitterem Wildkräutersalat und Granatapfelkernen als mitteldünn aufgeschnittenes Carpaccio auf dem Teller lag. Der Fisch hatte nämlich nicht nur eine etwas spröde Konsistenz, sondern schmeckte auch seltsam muffig und metallisch, und harmonierte als solches auch nicht wirklich mit der säuerlichen Marinade, die vom Service am Tisch aus frischer Limone, Aloe Vera und Olivenöl angerührt und angegossen wurde.

Umso schöner, dass die kleine gebratene Jakobsmuschel, die im Folgenden ein sehr feines Parmesanschaumsüppchen mit opulenter, aber nicht plumper Konsistenz eskortierte, deutlich besser war und sowohl als Produkt selbst als auch in Kombination mit der Suppe überzeugen konnte. Je schlichter und einfacher, desto überzeugender wirken hier die Gerichte – sofern das Hauptprodukt mitspielt. Wie schon in den vergangenen Jahren hatten wir auch diesmal den Eindruck, dass das Küchenteam zwar handwerklich solide arbeitet und die Natürlichkeit der Viktualien und Aromen im Blick hat, aber die Gerichte kompositorisch oft nicht ganz zu Ende denkt.

Diese Erkenntnis brachte nämlich auch der nächste Zwischengang um drei an sich durchaus ansprechende, mit einer Farce von Feige und Walnüssen gefüllte Mezzalune, die allerdings in Kombination mit Feigenschnitzen und Walnusskernen sowie ein paar Scheiben Pata-Negra-Schinken als Gericht selbst eher karg und trocken daherkamen. Da hätte eine adäquate Sauce oder wahlweise auch nur ein gutes Olivenöl mit dünn gehobeltem Parmigiano oder, um im Lande des Schinkens zu bleiben, Manchego, schon Wunder gewirkt.

Deutlich süffiger war der Hauptgang um ein korrekt geschmortes und harmonisch gewürztes Kalbsbäckchen, das ebenfalls ganz puristisch nur mit Perlzwiebeln und ordentlichen Safrangnocchi angerichtet war. Dass die reichlich angegossene Jus tatsächlich eine Barolosauce war, wollen wir gerne glauben – geschmeckt hat man das explizite Mitwirken des berühmten Piemonteser Nebbiolo allerdings nicht. Denn die eher mittelbraun und leicht transparente, dezent abgebundene Sauce war weder prononciert weinfruchtig noch zugespitzt säurebetont oder sonst wie charakteristisch für den namensgebenden komplexen norditalienischen Rotwein, sondern eher eindimensional mild und würzig, fleischig, schmorgemüsig. Geschmeckt hat das trotzdem gut und natürlich. Und die vorhandene Säure der Perlzwiebeln glich die fehlende Dynamik in der Sauce sogar ein wenig aus …

Meist fehlt den relativ einfach gestrickten Gerichten eigentlich nur ein ausgleichendes Element. So wie dem Dessert um eine locker-cremige Blaubeermousse (deutlich schmeckbar auf Basis von weißer Schokolade bereitet) und einem intensiven Basilikumsorbet auf schön aromatischen, zerstoßenen Pistazienkernen. Weil beide Komponenten weich und schmelzig und zudem sehr süß waren, vermissten wir hier nämlich nicht nur einen Kontrast wie etwa Säure, sondern auch eine neutralere, strukturgebende Komponente wie beispielsweise Biskuit, die hier die Süße und Intensität ein wenig „schlucken" und abfedern hätte können.

So bleibt unterm Strich der Eindruck einer durchwegs soliden Küchenleistung, die sich mit ihrem Gourmeteigenanspruch nach unserer Auffassung allerdings nach wie vor sehr viel aufbürdet. Im Gegensatz zum nicht nur gut informierten, sondern auch sehr aufmerksamen Service unter der Leitung von Sabine Salewsky und der ansprechenden Getränkeauswahl, die neben den zahlreichen internationalen Weinen insbesondere durch die rund fünfzig verschiedenen regionalen Biersorten hervorsticht.

Hotelempfehlung

★★★★

Best Western Plus Kurhotel an der Obermaintherme

Am Kurpark 7,
96231 Bad Staffelstein
09573-3330
www.kurhotel-staffelstein.de
Einzelzimmer: 118–183 €
Doppelzimmer: 181–290 €

Das Best Western Plus Kurhotel an der Obermaintherme in der 4-Sterne-Kategorie richtet sich insbesondere an anspruchsvolle gesundheitsliebende Urlauber sowie Tagungs- und

Seminargäste. Sie haben hier nach großem Um- und Anbau nun die Wahl zwischen 113 Junior Suiten mit 38 m^2, drei Executive Zimmern von 32–38 m^2 und vier Penthouse Suiten mit bis zu 145 m^2, welche über Wohn- und Sitzbereich, Flat-TVs (inklusive Sky), Safe, Balkon, Schreibtisch, Bad mit Kosmetikspiegel und kostenloses WLAN verfügen. Der VITUS SPA mit Hallenbad und Saunen sowie die über einen „Bademantelgang“ direkt vom Hotel aus erreichbare Obermain Therme (drei Stunden ThermenMeer pro Übernachtung im Zimmerpreis inklusive) laden zum Entspannen ein. Im bayrisch-regionalen Restaurant genießen Sie Spezialitäten aus der fränkischen und bayrischen Region, und im mediterranen „v. Scheffel-Restaurant“ können Sie sich mit anspruchsvoller Mittelmeerküche verwöhnen lassen. Die Restaurants halten kontinuierlich Speisen bereit, die vegan, vegetarisch, laktosefrei, glutenfrei, glutamatfrei, fettarm und salzarm sind. Ab Frühjahr 2020 bis Frühjahr 2021 werden im Südflügel 16 Zimmer „Classic“ und „Classic Plus“ mit einer Größe von ca. 21–32 m^2 sowie ein weiterer Aufzug entstehen. Restaurant v. Scheffel separat erwähnt.

Bad Tabarz (Thüringen)

Arenaris

Lauchagrundstr. 64, 99891 Bad Tabarz
036259-12300
www.aktivhotel-inselsberg.de/de/restaurant-arenaris.html
Täglich ab 11.30 durchgehend, kein RT
Hauptgericht: 10–30 €
VISA

Mitten im Naturparadieses Thüringer Wald, etwa eine halbe Autostunde südöstlich von Eisenach, liegt im Herzen des Kneippkurortes Bad Tabarz das Aktivhotel Inselsberg mit seinem Restaurant Arenaris, das sich der Regionalität und Nachhaltigkeit verschrieben hat, also voll und ganz auf bodenständige heimische Spezialitäten aus ausgesuchten Produkten engagierter Erzeuger setzt. So findet man auf der Karte neben Gemüse aus der Gegend etwa auch Dinge wie die Käse von der Hofkäserei Burgmühle in Haina, das Fleisch der Angus- und Wagyu-Rinder aus Ernstroda, Honig vom Rennsteig und natürlich thüringische Wurstspezialitäten.

Mal ganz und gar traditionell, wie etwa bei der Bärlauchbratwurst mit Schmand-Sauerkraut und Senfjus, mal mit unkonventionellem Pfiff wie beim Bad Tabarzer „Jägerfrühstück“, einer Vorspeise mit geschmortem Rindfleisch, Rauke, Petersilienpesto und Hartkäse. Küchenchef Sebastian Barth und sein Team machen jedenfalls einen guten Job. Das konnte man auch beim sommerlichen Tomaten-Brotsalat schmecken, der aus aromatischen bunten Tomatensorten, cremigem Büffelmozzarella mit feiner Säure, knusprigem olivenölgetränktem Brot, Rauke und kleinen angebratenen Würfeln von luftgetrockneter Thüringer Knackwurst zusammengestellt war. Das Petersilienpesto und eine harmonische Vinaigrette vermählten sich dazu zu einer feinen, kräuterwürzigen Marinade.
Auch die aromatische Minestrone mit ihrem natürlichen, ausgewogenen Gemüsegeschmack, der von Kräutern, Olivenöl und fein geriebenem Hartkäse aufgelockert wurde, war ein Süppchen der besseren Sorte. Alternativ stand auch noch ein Spargel-Cremesüppchen mit Zitronencroûtons in der Karte, die nicht zu umfangreich, aber auch nicht zu knapp gefasst ist. Nur Fisch kam darin nach unserem Geschmack etwas zu kurz – was aber auch an der mangelnden Nachfrage auf Gästeseite liegen mag.
Bei den Hauptgängen kamen wir nicht umhin, aus dem Traditionsrepertoire die hausgemachte Rinderroulade vom Ernstrodaer Wagyu-Beef zu probieren, denn erstens findet man diesen Klassiker leider gar nicht mehr so oft in den Speisekarten, und wenn er dann auch noch aus dem Fleisch eines besonderen Rindes zubereitet ist, muss man einfach zuschlagen. Was sich durchaus gelohnt hat, denn die zart mürbe, aber nicht ausgelaugte Rindsroulade bot zusammen mit ihrer reichlich angegossenen und in der Sauciere nachgereichten Schmorsauce viel natürlichen, ausgewogenen Geschmack. Und auch die kleinen, mit Kräuter-Butterbröseln überflockten Kartoffelknödel sowie das gut durchgezogene, aber noch angenehm bissfeste Blaukraut mit fruchtiger Säure machten

Spaß. Wer lieber Kurzgebratenes mag, findet beispielsweise den Rücken desselben Rindes (mit grünem Spargel, Röstdrillingen und Kräutersalsa) oder ein Filet vom Duroc-Schwein auf der Karte.
Passabel war der süße Abschluss in Gestalt einer zwar mit saftiger Schokoladenglasur überzogenen, an sich aber etwas trockenen Schokoladenkuchenschnitte nebst Erdbeermousse und frischen Erd-, Blau- und Johannisbeeren. In der kleinen Weinkarte findet sich zwar eine Handvoll Gewächse aus Saale-Unstrut, doch könnten, passend zum regionalen Gedanken des Arenaris, die heimischen Erzeuger schon noch etwas stärker in den Mittelpunkt gerückt werden. Den Service erlebten wir freundlich und aufmerksam.

Hotelempfehlung

Aktivhotel Inselsberg

Lauchagrundstr. 64,
99891 Bad Tabarz
036259-12300
www.aktivhotel-inselsberg.de
Einzelzimmer: 68–148 €
Doppelzimmer: 88–168 €

Das Hotel im Herzen des Kneippkurortes Bad Tabarz am Großen Inselsberg im Naturparadies Thüringer Wald ist der ideale Ausgangspunkt für zahlreiche Aktivitäten und Ausflüge. Von Deutschlands ältestem Weitwanderweg, dem Rennsteig, über zahlreiche Sehenswürdigkeiten wie die Wartburg oder die Marienglashöhle in Friedrichroda bis zum Inselsberg-Funpark und dem Miniaturenpark mini-a-thür gibt es in dieser Region sehr viel zu entdecken. Mit dem Entrichten der Kurtaxe erhält jeder Gast eine Kurkarte, mit der zum Beispiel das Kur-

und Familienbad tabbs, der Erlebnisturm Großer Inselsberg, die Thüringerwaldbahn sowie die Buslinien im Regionalverkehr und in der Stadt Gotha kostenlos genutzt werden können. Die gepflegten Hotelzimmer, die von den Kategorien „Klassik" und „Komfort" bis zur geräumigen Junior Suite und zum Familienzimmer reichen, verfügen allesamt neben komfortablen Extras wie separater Sitzecke und Kaffeemaschine auch über kostenloses WLAN und moderne Flachbildfernseher. Im Restaurant Arenaris setzen Chefkoch Sebastian Barth und sein Team auf eine raffiniert bodenständige Küche, für die Regionalität und Nachhaltigkeit an oberster Stelle steht.

Bad Teinach (Baden-Württemberg)

7

Berlins Krone

im Hotel Berlins KroneLamm
Marktplatz 1–3,
75385 Bad Teinach (Zavelstein)
07053-92940
www.berlins-hotel.de
Küchenchef: Franz Berlin
Mi–So ab 18.30 Uhr, Mo u. Di RT
Hauptgericht: 48–55 €,
Menüs: 109–145 €

Das von Jeune Restaurateur Franz Berlin und seinem Team bekochte ländlich-feine Gourmetrestaurant ist Teil des von seiner Familie geführten Hotelensembles, welches sich im Zentrum von Zavelstein über mehrere Gebäude erstreckt und die Gäste nicht nur mit komfortablen Zimmern, sondern auch mit einem modernen Wellnessbereich in den nördlichen Schwarzwald lockt. Und eben mit einem anspruchsvollen kulinarischen Programm, das seinen Höhepunkt im vielfach ausgezeichneten Restaurant des Filius findet und dort in Gestalt eines Auswahlmenüs mit neun Optionen offeriert wird.
Wir starteten zuletzt etwas ambivalent, nämlich mit einem begeisternden Duett aus Kalbszungenragout und Kalbstatar mit Kaviar sowie einer leider etwas matt wirkenden Scheibe von abgeflämmter Lachsforelle mit Gurke und nicht mehr ganz taufrischem Forellenkaviar. Sehr stark waren dann wieder das Sauerteigbrot und diehervorragende gesalzene französische Butter. Und auch die von schmelzig-aro-

matischem Gelee zusammengehaltene Wild-/Pilz-Praline nebst frischen gebratenen Steinpilzen und dichtem Steinpilzschaum auf einer Folie aus Holunderblütengelee hielt das Niveau wie gewohnt hoch.

Den stärksten Gang des letzten Besuchs bekamen wir gleich zu Beginn des eigentlichen Menüs serviert. Bei der Vorspeise um Bayrische Garnele, Caesars Salad, Yuzu und Dashi wirkte das Krustentier zwar auf den allerersten Blick unterrepräsentiert – doch das genaue Gegenteil war der Fall: auf dem Teller war nämlich nicht nur der sofort als solches identifizierbare kurz abgeflämmte Garnelenschwanz auszumachen, sondern auch rohe Segmente der blauen Garnele, zwei dunkle Nocken eines zitrisch abgeschmeckten Tatars sowie kleine Tupfen einer Creme, die das sehr frisch und sauber schmeckende Krustentier aus dem oberbayerischen Langenpreising facettenreich darstellten. Und sich, von einem milden Dashi-Sud untermalt, mit den teils etwas abgewandelten Bestandteilen eines Caesar Salad (wachsweiches Eigelb, Romanasalat, hauchdünne Brot-Parmesan-Chips, Sardellen, Zitronengel ...) spannende Geschmacksverläufe lieferten.

Sehr bunt – und das nicht nur optisch, sondern auch geschmacklich – war der Zwischengang um Seeteufel, Makrele, Artischocke, Süßkartoffel, Rote Bete und Purple Curry. Und was schon auf dem Papier etwas wirr und zusammenhanglos klang, schmeckte ehrlich gesagt auch genau so. Alles ziemlich unruhig und diffus, dazu etwas zu viel Salz an der Süßkartoffelcreme und der naturgemäß immer etwas derbe Geschmack der Makrele, die hier als Füllung eines knusprigen Dim Sum und als Brandade-artiger Bestandteil eines Würfels mit Geleedeckel eingebaut war. Da fehlte irgendwie der rote Faden, da waren keine Konturen zu erkennen ... Etwas aufgebrochen wurde das ganze aber vom famosen 2010er Riesling Escherndorfer Lumpp aus dem Hause Egon Schäffer, den der von uns sehr geschätzte Sommelier Michael Kolb sicher nicht nur aus fränkischem Lokalpatriotismus ausgewählt hat.

Die Calmbacher Forelle, die wir im nächsten Gang als Hauptdarsteller vermuteten, wurde von ihrer überproportionalen Füllung aus geriebener Karotte und weiteren Karotten-Komponenten ein wenig in die Komparsenrolle gedrängt. Der herben Brunnenkresse-Sauce fehlte es gegenüber der süßlichen Karotte und dem ebenfalls ins Geschehen eingebundenen Paprikaragout nach unserem Gusto ebenfalls ein wenig an Abgrenzung (etwa durch prägnantere Säure), sodass hier das Geschmacksbild relativ gemüsig und breit wirkte.

Eine elegantere Balance zeigte der Zwischengang, bei dem ein perfektes saftiges Kalbsbries (hauchdünne Panierung, nicht zu weiche Konsistenz ...) und etwas mattes Kalbstatar mit Erbsen, Pastinakencreme und Brombeeren aufgeboten wurden – auch wenn Cherimoya und Kaffee hier aromatisch eher unauffällig blieben. Ein gutes, optimal auf den Punkt gebrachtes Hauptprodukt gab's schließlich auch im Rahmen des Hauptgangs, bei dem der Rehbockrücken aus heimischer Jagd mit einer aromatischen Haselnussschmelze gratiniert war und nicht nur von einer gelierten Schmorfleischpraline, sondern passenderweise auch von Haselnusscreme, Haselnusskernen und Heidelbeere eskortiert wurde. Ob in diesem Kontext eine geschmorte Aubergine gut dazupasst, ist vielleicht Geschmackssache. Uns hätte hier ein anderes Gemüse wahrscheinlich besser gefallen. Allerdings passte sie thematisch wiederum bestens zu dem von Michael Kolb kredenzten Lambrusco – einem der wenigen von der hochwertigen Sorte! – der minimal oxidativ und mit harmonisch eingebundener Säure zu gefallen wusste.

Mit einer kleinen Schnitte aus Pistazienmousse auf Mandelteig nebst marinierten Kirschen unter Holunderblütenschaum stimmte uns schließlich die Pâtisserie hervorragend auf das eigentliche Dessert um Verschiedenes von der Aprikose und Mandel mit Aprikosen-/Safran-Sorbet ein, an dem wir nur eine Kleinigkeit zu kritisieren hatten, nämlich die zwar winzigen, aber uncharmant zäh-klebrigen Softkaramell-Stücke, die immer wieder zwischen den anderen Komponenten aufploppten.

Und so haben wir uns in diesem sympathisch bodenständigen Gourmetrestaurant wieder äußerst wohl gefühlt, hatten trotz kleinerer Unebenheiten hier und da einen kulinarisch ansprechenden und auch durchaus anspruchsvollen Abend und freuen uns schon sehr auf das nächste Mal.

Hotelempfehlung

★★★★S

Hotel Berlins KroneLamm

Marktplatz 1–3,
75385 Bad Teinach (Zavelstein)
✆ 07053-92940
www.berlins-hotel.de
Einzelzimmer: 95–169 €
Doppelzimmer: 136–242 €

Haupthaus und Stammhaus („Krone“ und „Lamm“) des familiengeführten Hotels ergänzen sich zu einem gastlichen Gebäudensemble am pittoresken Marktplatz in Zavelstein. Vom günstigen, in hellem Landhausstil eingerichteten Standardzimmer mit Blick zum Marktbrunnen bis hin zu komfortablen Suiten mit Whirlwanne, Farblichthimmel und Ausblick zur Zavelsteiner Burgruine bleiben keine Wünsche offen. Der 1600 m²-Wellnessbereich lockt mit Innenpool, beheiztem Außenpool (28 °C), drei Saunen, Dampfbad, Infrarotkabine, einem großen Massage- und Kosmetikangebot sowie einem Fitnessraum mit Fitnesstrainer. Außerdem: drei verschiedene Restaurants (Gourmetrestaurant Berlins Krone, Naturparkrestaurant Lamm und Wanderheim mit Biergarten) sowie Gästeprogramme mit geführten Wanderungen. Gourmetrestaurant Berlins Krone separat erwähnt.

Bad Tölz (Bayern)

5

Hager – Tölzer Schießstätte

Kiefersau 138,
83646 Bad Tölz (Wackersberg)
✆ 08041-3545
www.michaela-hager.de/
Di, Mi, Fr u. Sa von 11.30–15 Uhr u. ab 18 Uhr, So von 11.30–15 Uhr, Mo u. Do RT
Hauptgericht: 10–18 €

Ein typisches oberbayrisches Landgasthaus, das etwas außerhalb von Bad Tölz auf einer Anhöhe mitten im Grünen liegt. In sehr gepflegter ländlicher Atmosphäre wird hier unter der Leitung von Michaela Hager eine ansprechende bodenständige Frischeküche mit Pfiff geboten. Ihre Produkte bezieht die Chefin wenn möglich aus der näheren Umgebung und bereitet sie regionalbetont zu, schließt deshalb aber auch internationale Viktualien und Aromen nicht aus und kocht auch mal mit mediterranem Oberton. Grundsätzlich auf handwerklicher und natürlicher Basis, ohne höheren Kreativitäts- und Exklusivitätsanspruch, aber längst nicht ohne Ambitionen. Dazu gibt es eine kleine, aber ausreichende Anzahl ausgesuchter europäischer Weine, freundlich-familiären Service und ein ausgesprochen günstiges Preis-Genuss-Verhältnis.

8

Schwingshackl ESSKULTUR

im Alten Fährhaus

An der Isarlust 1, 83646 Bad Tölz
✆ 08041-6030
www.schwingshackl-esskultur.de
Küchenchef: Erich Schwingshackl
Mi–So ab 18.30 Uhr, Mo u. Di RT
Hauptgericht: 28–35 €,
Menüs: 69–125 €

Das neue Konzept von Erich und Katharina Schwingshackl, die bereits im vergangenen Jahr mit viel Engagement das Alte Fährhaus in Bad Tölz zu neuem gastronomischem Leben erweckt haben, scheint prima zu funktionieren. In den stilvoll modernisierten historischen Stuben herrscht meist eine angenehm lebendige Atmosphäre. Und das Kulinarium überzeugt nicht nur auf Seiten der „Heimatküche" mit deren unkomplizierten und doch anspruchsvollen Adaptionen alpenländischer Schmankerl, sondern durchaus auch beim täglichen Überraschungs-Gourmetmenü mit der gewohnten qualitativen Klasse und reduzierten Stilistik von Erich Schwingshackl.

Schon wenn zum Einstieg ein kleines Maronenschaumsüppchen mit Mini-Croûtons zunächst recht unscheinbar daherkommt, wird bei dem enormen Zug und der feinen Säure, die darin gebündelt sind, sehr schnell klar, dass hier ein echter Könner ein Herd steht. Und zwar einer, der ein besonders feines Händchen für ausdrucksstarke, perfekt balancierte Suppen und Saucen hat.

Ein Musterbeispiel für den typisch minimalistischen Stil des gebürtigen Südtirolers, der lange Zeit die rechte Hand von Heinz Winkler in dessen Residenz in Aschau war und der nie einen Hehl aus seinem Faible für die Klassiker seines ehemaligen Chefs machte, stellte der erste offizielle Gang dar: auf einem klararomatischen, subtil marinierten (kühlen) Thunfisch-Quader thronte eine karamellisierte (warme) Jakobsmuschel von ausgezeichneter Qualität, zusammen mit Radieschen-Juliennes. Unterlegt war das Ganze von einer Art Ponzu-Sauce mit feiner Ingwerschärfe und Säure, ergänzt von einer limettenfrischen Avocadocreme – elegant und sehr präzise abgeschmeckt.

Zum Stichwort „Suppen und Saucen" lieferte das Team mit einer kraftvollen und zugleich eleganten Krustentier-Bisque einen Volltreffer. Die cremigen, fast nougatartigen Röstnoten der Suppe umspielten eine exzellente Langoustine (knackig, zart, klarer Geschmack ...) sowie dezent geschärftes Mangokompott und waren als solches ein Musterbeispiel für gelungene Drei-Komponenten-Küche.

Das gleiche Prädikat verdiente auch der sanft gebratene Seeteufel mit leichten Röstnoten, der mit pronocierter Würze von Estragon und Dijon-Senfkörnern neben glasierten Fenchelstreifen, sauber enthäuteten Cocktailtomaten für extra Frucht- und Säurekicks sowie einer stoffig-straffen Thymian-Schaumsauce glänzte. Viel besser kann man ein derart reduziertes Gericht tatsächlich kaum kochen. Allein die Qualität der Saucen ist denen eines Heinz Winkler oder Hans Haas ebenbürtig.

Was – wenig verwunderlich – auch für die transparent glänzende Jus zur superklassischen Kombination aus Rinderfilet (gut gereifte und marmorierte Qualität ...), Kalbsbackerl (fest und butterzart zugleich ...) und schön fester gebratener Gänseleber galt. Die begleitende zarte Pastinakencreme mit knackig gegartem jungem Gemüse wurde dazu exakt proportioniert, und am Ende kam trotz der potenzierten Klassik überhaupt keine Langeweile, sondern sehr viel Freude über so feinsinnig ausgeführte Kochkunst auf. Da auch eine erfrischende Miniatur rund um Mandarinensorbet und herbe Campari-Aromen sowie der präzise Dreiklang von Schokolade, Erdnuss und Zitrone äußerst souverän umgesetzt waren, erhöhen wir die Bewertung guten Gewissens auf 8 Pfannen – womit das Team um Erich Schwingshackl erneut an die besten Zeiten am Tegernsee anschließt.

Der herzliche Service und die profunden Weinempfehlungen der Gastgeberin sind sowieso immer eine sichere Bank. Ob aus der attraktiven Flaschenauswahl oder den offenen Weinen, von denen viele „Erste-Lage"-Qualität haben: Es findet sich spielend zu allem und jedem eine adäquate Begleitung.

Bad Wiessee (Bayern)

5

Freihaus Brenner

Freihaus 4,
83707 Bad Wiessee
08022-86560
www.freihaus-brenner.de
Mi-Mo von 12–14 Uhr u. 18.30 Uhr, Sa, So u. Fei von 12–14.30 Uhr u. 18.30 Uhr, (14.30–18.30 Uhr Brotzeit und hausgem. Kuchen), Di RT
Hauptgericht: 12–29 €

Die reizvolle Alleinlage hoch überm Tegernsee lässt vor allem im Sommer zahlreiche Gäste auf die Anhöhe bei Bad Wiesse pilgern, um sich dort auf der großen Terrasse niederzulassen. Aber auch im Winter hat der Besuch dieser edel-rustikalen Gaststätte ihren Reiz, weil dann so etwas wie Hüttenzauber aufkommt. Zudem wird im Freihaus Brenner auch aus kulinarischer Sicht ein überdurchschnittliches Niveau geboten. Die Küche macht einen souveränen Spagat zwischen leicht verfeinerten heimischen Traditionsgerichten und exklusiveren Kreationen aus internationalen Produkten, wobei wir hier seit jeher klar die alpenländischen Schmankerln vorziehen. Auch der Weinkeller ist bestens gefüllt mit Bezahlbarem und Prestigeträchtigem.

Bad Windsheim (Bayern)

Weinstube Drei Kronen

Schüsselmarkt 7,
91438 Bad Windsheim
09841-9199903
www.weinstubedreikronen.de
Küchenchef: Marco Schneider
Do–Mo ab 17.30 Uhr, Di u. Mi RT
Hauptgericht: 14–30 €, Menüs: 30–55 €
EC VISA

Angesichts des urigen Fachwerkhauses mit seinen historischen, stimmungsvoll holzvertäfelt-schiefen Stuben würde man wohl alles vermuten, aber keine japanisch-fränkische Fusionsküche. Was verrückt klingen mag, geht aber unter der Hand von Marco Schneider ganz unkompliziert zusammen und ergibt nebenbei auch weiterhin das attraktivste Genussziel im adretten kleinen Bad Windsheim.
Die früheren Wanderjahre führten den Chef unter anderem nach London in Nobu Matsuhisas „Filiale" in der Berkley Street. Und es ist wahrscheinlich genau diese Adresse, die den Stil Marco Schneiders am stärksten geprägt hat. Zusammen mit den fränkischen Wurzeln und sonstigen Erfahrungen ergibt das eine bunte, undogmatische und aromenfrohe Mischung. Handwerklich stehen eher markante Ideen als detailreiche Feinarbeit im Vordergrund, sodass vieles recht handfest und etwas gröber umgesetzt wird. Den Boden einer sorgfältigen, fundierten Frischeküche verlässt das Ganze aber nie. Zudem wird die Karte klugerweise übersichtlich klein gehalten: es gibt neben zwei Menüs mit asiatisch inspirierten Gerichten noch maximal eine Handvoll regionalerer Sachen, mit denen sich traditionsbewusste oder vorsichtige Gäste womöglich leichter anfreunden können.
Mit der fruchtig-scharfen Gazpacho nebst knackigen Zucchiniwürfeln und geröstetem Sesam, die es zuletzt als Küchengruß gab, gehen aber sicher selbst die größten Skeptiker mit. Außerdem zeigte das kühle Süppchen auch gleich ganz prima den einfachen, aber schlagkräftigen Stil der Küche. Von diesem war dann auch der erste Gang mit drei Stücken mild geräucherter Lachsforelle geprägt – mit großen knackigen Stücken von der (Salz-)Gurke und einer leicht geschärften Creme mit etwas Bonitoflocken und schwarzem Knoblauch obenauf, sowie einer milden, süßlich-sahnigen Espuma. Das ergänzte sich auf etwas ruppige Art ganz gut zwischen Schärfe und leichter Süße.
Noch besser griffen die einzelnen Komponenten beim folgenden Miteinander von feinsäuerlichem Ziegenfrischkäse mit warmer gegrillter Wassermelone und kühler reifer Galiamelone ineinander, die zusammen mit dünnem knusprigem Reispapier auf einem üppigen Fundament ätherisch-scharfer Wasabi-Mayonnaise mit gefriergetrockneten schwarzen Oliven angerichtet wurden. Der Wasabianteil war dabei in seiner cremigen Opulenz und Intensität zwar überproportioniert, dennoch zeigte hier die Küche, zu was sie fähig sein kann. Klare 5 Pfannen!
Wieder etwas gröber wurde es bei den akkurat rosa gebratenen Stücken vom Lammfilet. Diese waren zwar optimal zart, aber auch sehr mild und hatten es mit dem üppigen Sockel aus Sellerie-/Koriander-Püree und weichen Selleriewürfeln nicht ganz leicht. Auch aufgrund des Fehlens einer Sauce wirkte das Ganze recht gemüsig-wässrig, woran auch das (ziemlich fest gelierte) Blutorangengel und eine Art Fenchel-Kimchi wenig ändern. Unser Tipp: nur ein Viertel der Creme, gleich viel Fenchel und zugespitzteres Gel …

Zum Abschluss ein ähnliches Bild: eine aromatisch klar nachvollziehbare Idee rund um Basilikum (Sauce, Eiskugeln), Zitrone (Crumble, zähes Baiser) und Gin (Eis), allerdings handwerklich mit den groben Streuselbrocken und einem deutlich zu lang und heiß gebackenen Baiser erneut bedauerlich grob. Da bräuchte es nur ein paar Handgriffe, um mit den gleichen Komponenten eine andere Wirkung zu erzielen.
Wobei das Gebotene natürlich auch so immer gut schmeckt, einen sympathischen Unterhaltungswert hat und aus der kleinen Weinkarte mit den Erzeugnissen des lokalen Weinguts Meier-Schmidt und anderen regionalen Produzenten gut abgestimmt begleitet wird. Zu durchwegs sehr moderaten Preisen übrigens!

Bad Wörishofen (Bayern)

6

CALLA

im Steigenberger Hotel Der Sonnenhof
Hermann-Aust-Str. 11,
86825 Bad Wörishofen
08247-9590
www.spahotel-sonnenhof.de
Küchenchef: Jörg Richter,
Antonia Biebrich
Mi–So ab 18 Uhr, Mo u. Di RT
Hauptgericht: 31–40 €,
Menüs: 59–78 €
VISA

Das mondäne, gediegene Steigenberger Hotel Der Sonnenhof in Bad Wörishofen verlangt geradezu nach einem Ort exklusiver Küche und hat dafür mit dem Calla ein definitiv standesgemäßes Fine-Dining-Restaurant. Die Besonderheit: In dessen Zentrum steht eine Front-Cooking-Station, in der das kleine Trio am Herd konzentriert hantiert, brutzelt und anrichtet. Der Kontrast von Küchen-Sound und -Düften in Verbindung mit dem noblen Ambiente hat was!
Vor allem aber kann sich das, was da quasi vom Pass direkt auf die Tische fällt, auch sehen und schmecken lassen. Die Headline ist hier schon seit mehreren Jahren unter dem Patronat von Küchendirektor Jörg Richter eine „euro-asiatische Fusion-Küche", die recht munter und farbenfroh mit Einflüssen aus Fernost spielt. Nachdem das in früheren Jahren etwas angestrengt und vor allem auf kunstvolle Optik aus-

gelegt wirkte, konnten wir bereits im letzten Jahr mit Antonina Biebrich als Executive Chef den Trend zu abgeklärteren und ausgewogeneren Gerichten ausmachen.
Wobei der diesjährige Einstieg diesen Trend beinahe in Frage stellte, denn das neckisch in einer Konservendose servierte Chawanmushi hatte eine enorme (!) salzige Konzentration, die von dem Tofu und Balik-Lachs darin kaum gelockert und nur von der prononcierten Meerrettichcreme ein wenig aufgebrochen werden konnte. Definitiv ein Ausrufezeichen – allerdings auch als solches ein bisschen too much. Aber: Die Idee war klar und nachvollziehbar, alles andere als übertrieben aufwendig und bräuchte nur ein bisschen mehr Feintuning. Besser gelang die Balance dann auch gleich bei der Miniaturkombination aus rosa Rinderfilet und Hummer mit einem fruchtig-scharfen Papayasalat, dunkel-süßlicher Sojawürze und einem Hauch Speck.
Der erste reguläre Gang präsentierte ein fleischig-zartes Pulpo-Carpaccio, das gelungen feinsinnig mit verschiedenen floral-mildsüßen Magnolien-Komponenten, Shisokresse und hintergründiger Schärfe zusammenspielte. Weniger harmonisch fügte sich die erneut krass salzkonzentrierte Königskrabbenmousse ein, die in ihrer überintensiven Art eher an eine Würzpaste erinnerte und extrem vorsichtig dosiert werden musste.
Bei der folgenden grünen Shisosuppe blieb dagegen der à la minute eingeleitete Rauch erfreulich dezent im Hintergrund. Der Fokus lag hier auf dem komplexen Süppchen und der Einlage aus pfeffrig-spicy panierten Rochenstücken. Diese Art der Zubereitung ließ zwar nicht viel vom typischen Charakter des Fischs erkennen, machte sich aber – unabhängig davon – in der Suppe sehr gut.
Nach einer gelungenen Erfrischung in Form eines Cashew-/Apfel-Sorbets mit gepufftem Buchweizen kam dann mit der Miéral-Taube der stärkste Eindruck des letzten Besuchs. Hier ging die muntere kontraststarke Grundidee mit süßlicher Batate (Püree, Gnocchi) gegenüber

bitterer Kumquat und herbgrüner Brennesselcreme voll auf. Das aromenstarke Taubenfleisch stand mitsamt der kraftvollen Jus immer im Mittelpunkt. Und dass zwei Gnocchi ein bissl zu dunkel geröstet, einzelne Komponenten (wieder) recht salzig und eine der Taubenbrüste einseitig etwas zu weit gebraten war, störte das Gesamtbild nicht wirklich, sondern zeigte allenfalls die noch aus auszuräumenden Stolpersteine auf dem Weg zu einer noch höheren Bewertung.
Das Dessert stünde dem jedenfalls nicht im Weg. Denn mit einem gut balancierten Kontrast aus säurefrischem Granny-Smith-Apfelsorbet und schmelziger Mascarpone, dem florale und zitrische Noten (Hibiskus, Limone …) auf der einen und etwas zarte Ruby-Schokolade auf der anderen Seite elegant zuspielten, lieferte das Team einen souveränen Abschluss.
Dazu gibt es eine repräsentable Weinkarte, kundig verwaltet und moderiert vom Sommelier, der auch offen ausgeschenkt hohes Niveau in die Gläser bringt. Nur dass (coronabedingt?) zuletzt die fertig eingeschenkten Gläser von irgendwo aus dem Hintergrund kamen, war etwas gewöhnungsbedürftig. Mit einem Blick auf die Flasche und einem Probeschluck macht es einfach noch mehr Spaß …

Hotelempfehlung

★★★★★S

Steigenberger Hotel Der Sonnenhof

Hermann-Aust-Str. 11,
86825 Bad Wörishofen
08247-9590
www.spahotel-sonnenhof.de
Einzelzimmer: 170–330 €
Doppelzimmer: 260–420 €
EC VISA

Hauptattraktion des von weitläufigen Parkanlagen umgebenen Hotels mit 156 sehr komfortablen Zimmern ist die über 2500 m² große moderne Wellnesslandschaft. Hier erwarten den Gast verschiedene Becken und Pools, Saunen, Sole-, Dampf- und Aromabäder. Außerdem: Massagen oder Kosmetikbehandlungen, Ruheraum mit modernen Lounge-Designliegen und eine große Liegewiese. Hotelgäste genießen zudem Inklusivleistungen wie Bademäntel, moderne Mountainbikes und Trekkingräder, Tennis, reduzierte Greenfee oder

freies WLAN im ganzen Haus. Drei Restaurants: CALLA (euro-asiatisch, mit Showküche), Wintergarten (internationale Küche), König Ludwig Lounge (regionale Spezialitäten in der „coolsten Skihütte nördlich der Alpen"), Moderner Indoor-Biergarten für Events. Restaurant CALLA separat erwähnt.

Bad Zwischenahn (Niedersachsen)

ohne Bewertung

Apicius

im Hotel Jagdhaus Eiden
Eiden 9, 26160 Bad Zwischenahn
04403-698416
www.apicius.de
Küchenchef: Tim Extra
Mi–Sa ab 18 Uhr, So, Mo u. Di RT
Hauptgericht: 32–48 €,
Menüs: 75–145 €
EC VISA

Das Gourmetrestaurant hinter der eindrucksvollen Fachwerkfassade des Hotels Jagdhaus Eiden am Zwischenahner Meer machte es uns und allen anderen Feinschmeckern in den zurückliegenden eineinhalb Jahren nicht leicht, in den Genuss der Kreationen des dortigen Küchenchefs Tim Extra zu kommen. Erst sehr spät, um genau zu sein wenige Wochen oder

sogar nur Tage vor Beginn des zweiten Lockdowns, wollte das Apicius im Jahr 2020 seine Pforten wieder öffnen. Keine Chance also für uns, einen Besuch zu koordinieren, geschweige denn überhaupt einen Platz zu bekommen.
Ähnlich kurz war die Öffnungsphase nach Ende des zweiten Lockdowns bis zum Redaktionsschluss dieser Ausgabe: Für den 9. Juli 2021 wurde die Wiedereröffnung bekannt gegeben und wir konnten tatsächlich eine Reservierung um unseren Redaktionsschluss herum ergattern – doch leider wurde uns diese nur wenige Tage vorher mit dem Hinweis gecancelt, dass es sich hierbei um ein Missverständnis bei der Reservierungsaufnahme gehandelt habe: Das Gourmetrestaurant sei jetzt erst mal bis Ende August in der Sommerpause …
Somit war das Apicius im Grunde eineinhalb Jahre permanent geschlossen, und wir müssen die Bewertung aussetzen. Wir hoffen aber sehr, dass das Team um Tim Extra, der uns seit Jahren als filigraner Techniker und Freund aufwendiger Opulenz bestens bekannt ist, nach der Sommerpause wieder wie gewohnt am Start ist. Und dass man dann auch schon zum Aperitif wieder so aufwendige Kleinigkeiten wie zuletzt das Viererlei von kleinen Küchengrüßen genießen kann.
Da bekamen wir nämlich nicht nur ein „Fischbrötchen nordisch“ in Gestalt von Dill-Baiser mit Bismarckhering und Hausfrauensauce oder einen „Krabbencocktail“ in knusprigem Karottenchip serviert, sondern auch etwas Waldorfsalat in Sellerieknokant sowie kross in Tempurateig ausgebackene Blutwurst. Ein handwerklich ausgereiftes Quartett knusprig-zarter Kleinigkeiten. Aufwand und Fülle gibt’s stets auch bei der hausgebackenen Brotauswahl in unterschiedlichen Varianten, die etwa von Steinpilzcreme, wunderbarer Salami und Pancetta vom Eidener Schwein sowie Butter von Bordier begleitet werden könnte.
Unter den „Wattenmeer“ getauften Amuse-Bouches in vier Akten blieb zuletzt der Hauptteller geschmacklich ein wenig hinter seinem optischen Eindruck zurück: Eine Creme aus Sepiatinte, aus Muschel- und Krabbenmousse nachgeformte Muscheln, marinierte Krabben und Estragoncreme wirkten nämlich sowohl geschmacklich als auch texturell etwas eindimensional. Ein echter Knaller dagegen war ein hocharomatisches, leicht schaumiges Süppchen aus Muschel und Krabbe – intensiv, süffig, köstlich!
Die Gänseleberterrine im ersten Gang schmeckte pur sehr gut und natürlich, verfügte über eine schön dichte Konsistenz, war jedoch leider von Vanilleschalotten, einer Creme von getrockneten Pflaumen, Pflaumengel und -kompott, Kakao-Nibs sowie karamellig-röstigen „Kakaoknusperblättern“ so zudekoriert, dass ihr Aroma völlig in der dessertartigen Süße unterging. Einem à part gereichten Gänseleberreis unter einem Kakaoschaum erging es leider nicht anders. Sehr schön: buttrig-fluffige Brioche als Beigabe.
Ganz anders haben wir dagegen die „Zwischenahner Seerose“ in Erinnerung: Leicht gebeizter Zander mit feinem Aroma von Chili, Limette und Koriander ruhte – mit knusprig gepickelten Rettichblättern zur eleganten Rose gewickelt und großzügig bekrönt von einer Nocke Kaviar sehr feiner Qualität – in einem federleichten weißen Tomatensud mit Schnittlauchöl, aromatisiert von Zitronengras und Ingwer. Eine hinreißend puristische, so leichte wie elegante, säurefrische Einfassung des schönen Fisches von wunderbarer Textur und Würze!
Ebenso puristisch und klar blieb uns ein Hummergang im kulinarischen Gedächtnis, bei dem das edle Krustentier gemeinsam mit etwas jungem Lauch um eine sehr luftige XO-Hollandaise von zurückhaltender Süße und Würze angerichtet war, im Grunde aber nur den Rahmen bildete für den eigentlichen Star des Tellers: Hummer-Gyoza mit Lauch und Ponzu. Von diesen japanisch inspirierten Teigtaschen hätten wir problemlos ein halbes Dutzend essen können! So perfekt der dünne, aber bissfeste Teig, so aromatisch die würzig-zarte Füllung, so schmeichelnd der hinreißende Ponzu-Zitrusduft! In solchen Momenten tendierte die Küche von Tim Extra in der Vergangenheit in Richtung 9 Pfannen. Wir sind gespannt, ob sie da demnächst wieder anknüpfen können und werden, sobald als möglich, im Gusto Online-Guide und in der Gusto-App berichten.

Die Symbole

- gute Parkmöglichkeiten
- Hotelgarage
- barrierefrei
- klimatisierte Zimmer
- WLAN-Zugang
- Hallen- und/oder Freibad im Haus
- mit Wellness-Bereich
- mit Fahrstuhl zu den Hotelzimmern
- Hunde im Hotel nicht erlaubt
- mit Garten oder Terrasse

Baden-Baden (Baden-Württemberg)

7 🍴🍴🍴🍴

Le Jardin de France

Lichtentaler Str. 13,
76530 Baden-Baden
☏ 07221-3007860
www.lejardindefrance.de
Küchenchef: Stéphan Bernhard
Di–Sa von 12–14 Uhr u. ab 19 Uhr,
So u. Mo RT
Hauptgericht: 38–46 €,
Menüs: 42–119 €
VISA

Allein der Innenhof, in dem sich der Eingang zu dieser Feinschmeckerinstitution in Baden-Baden mit seinem gläsernen Entree befindet und wo man im Sommer so herrlich zwischen den Backsteinfassaden mit schmiedeeisernen Balkonen der umliegenden Gebäude neben einem plätschernden Brunnen sitzt, hat sehr viel Flair. Aber auch drinnen im Restaurant mit seinem Schachbrett-Fliesenboden, den dunkelroten Wänden und sorgfältig eingedeckten Tischen ist es äußerst kommod. Ein klassisches französisches Gourmetrestaurant – aber eines der heiteren Sorte.
Da passt auch die Küche von Stéphan Bernhard perfekt ins Bild, die ebenfalls klassisch französisch daherkommt, sehr produktfokussiert und schnörkellos ist, aber nichts Altbackenes an sich hat. Zeitlos und substanziell ist das, was man hier serviert bekommt. Man kann sich sowohl mittags als auch abends auf eine Menüempfehlung verlassen, was sicher kein Fehler ist – unsere Erfahrung der letzten 15 Jahre hat aber gezeigt, dass es vor allem die À-la-carte-Gerichte sind, die hier besonders einschlagen. Zumal Stéphan Bernhard jener Spezies souveräner Cuisiniers alter Schule angehört, die auch noch à la minute nach Marktlage kochen. Und so kann es durchaus sein, dass eine der Tagesempfehlungen besonders reizvoll ist. Etwa wenn der Chef gerade ein ausgesucht gutes Krustentier oder ein großes Prachtexemplar von Steinbutt, die ersten Steinpilze der Saison oder taufrische Frühlingsmorcheln ins Haus geliefert bekommen hat.
Wer den Geschmack und die Qualität hervorragender Viktualien und ihre fundierte, geradlinige Zubereitung zu schätzen weiß, wird jedenfalls um einiges glücklicher aus dem Le Jardin de France von dannen ziehen, als jene Fraktion, die es auf sonderliche Kreativität und aufwendige Tellerarchitektur abgesehen hat. In diesem Sinne war auch beim letzten Besuch schon die Vorspeise um Hummer, Taschenkrebs und Gazpacho sehr charakteristisch für den Stil der Küche: Mundgerecht portionierte Tranchen eines ausgesprochen guten Hummerschwanzes waren hier auf einen Sockel aus rahmig angemachtem Taschenkrebstatar und zart knackigen Würfeln hellgrüner junger Zucchini drapiert, auf dem sie aus der mit Olivenöl besprenkelten Gazpacho-Flut ragten. Ein Beispiel klassischer Drei-Komponenten-Küche, bei der man sich keine dieser drei Komponenten besser hätte wünschen können.
Auch der Meerwolf mit Steinpilzen, Spinat und Beurre blanc war ein Musterbeispiel seiner Art: die schmal geschnittene, sehr dicke, sehr saftige, perfekt kross auf ihrer Hautseite gebratene Tranche des Fischs war schneeweiß, sehr klar im Geschmack und umgeben von zahlreichen kleinen, extrem festen, wie frisch aus dem Ei gepellten Steinpilzen und machte mitsamt den jungen glasierten Mini-Rübchen, etwas Blattspinat und rahmig-säuerlicher Weißweinsauce extrem viel Spaß.
So auch die Taube von Théo Kieffer aus dem Elsass, deren perfekt gebratene eigenaromatische Brust mit einem warmwürzig orientalischen Hauch akzentuiert war und deren ausgelöstes Keulenfleisch sich als Croustillant in zwei knusprig ausgebackenen Röllchen versteckte. Und während der geschmorte Chinakohl, auf dem das Fleisch drapiert war, keck mit Salzzitrone verfeinert wurde, setzten in der knackigen Gemüsemelange aus Fenchel, Kohlrabi, Frühlingszwiebel und Rübchen kandierter Ingwer und Tahoonkresse markante Ausrufezeichen.
So optisch schlicht wie geschmacklich begeisternd präsentierte sich schließlich auch das Dessert, ein luftig-leichtes warmes Holunderblütensoufflé, wie man es sich eigentlich auch nicht besser wünschen kann, das nebst geschmackssatten marinierten Erdbeeren und ihrem Sorbet einen federleichten Abschluss bescherte. Die Weinkarte hat ihren Schwerpunkt

passenderweise bei französischen Weinen und reicht von attraktiven Offenen bis hin zu zahlreichen Jahrgängen großer Châteaux. Der Service unter der Leitung von Sophie Bernhard ist stets aufmerksam zur Stelle und kümmert sich angenehm unprätentiös um die Gäste.

6

Maltes „hidden kitchen"

Gernsbacher Str. 24,
76530 Baden-Baden
07221-7025020
www.kaffeehausinbadenbaden.com/fine-dining
Küchenchef: Malte Kuhn
Mi–Sa ab 19 Uhr, So–Di RT
Hauptgericht: 19–45 €,
Menüs: 79–109 €

VISA

Hier ist der Name tatsächlich Programm, wenn Herd und Arbeitsflächen hinter einer für jeden Spionagefilm tauglichen Schiebewand nebst Schokoladenauslage verschwinden, um tagsüber voll das klassische Kaffeehausambiente zu liefern. Allabendlich erfolgt dann die Verwandlung zum Restaurant. Das hat nicht nur einen gewissen Unterhaltungswert, sondern öffnet die Bühne für ein niveauvolles Programm, das hier vom jungen Team um Malte Kuhn mit großer Begeisterung präsentiert wird. Geboten wird ein einheitliches Menü mit zeitgemäßen Kreationen, die hochwertige Produkte mit individuellen Ideen und vielen durchaus aufwendigen Details verbinden. Und am Ende gibt es sogar noch die Möglichkeit einer kleinen Shoppingrunde, um den Genuss beispielsweise mit ein paar Pralinen für daheim noch zu verlängern …

Hotelempfehlung

Bernhard's Boutique Hotel Société

Jagdhausstr. 5, 76530 Baden-Baden
07221-7029898
www.hotel-societe-baden-baden.de
Einzelzimmer: 72–78 €
Doppelzimmer: 100–140 €

VISA

Das stilvolle kleine Boutiquehotel von Sophie und Stéphan Bernhard, die in der Baden-Badener Innenstadt auch das Restaurant Le Jardin de France führen, befindet sich im urbanen Stadtteil Oosscheuern und verfügt über insgesamt 13 Zimmer, davon drei Einzelzimmer, sechs Doppelzimmer, drei Dreibettzimmer und eine Suite. Ab Frühjahr 2019 stehen zudem weitere acht Doppelzimmer im neuen Gästehaus zur Verfügung. Alle Zimmer sind unterschiedlich groß, individuell geschnitten, charmant eingerichtet und verfügen alle über moderne Flat-TVs mit Kabelanschluss und natürlich kostenfreies WLAN (im gesamten Hotel). Auch die Kulinarik kommt bei Familie Berhard nicht zu kurz: Am Morgen hält das Frühstück alles bereit, was man zu einem perfekten Start in den Tag braucht, und am Abend verwöhnt das angeschlossene Restaurant La Table seine Gäste mit bodenständiger, aber dennoch anspruchsvoller badisch-elsässischer Küche.

Badenweiler (Baden-Württemberg)

5↑

KATHARINA

im Park Hotel & Spa KATHARINA
Römerstr. 2,
79410 Badenweiler
07632-2189505
www.parkhotelkatharina.de
Küchenchef: Dirk Gmelin
Mi–So ab 18 Uhr,
Mo u. Di RT
Hauptgericht: 17–38 €,
Menüs: 29–47 €

VISA

Sehr aristokratisch wirkt das äußerst repräsentative altehrwürdige Gebäude neben dem Kurpark im Herzen der netten Schwarzwald-

gemeinde mit römischer Geschichte, in dem einst der unheilbar an Tuberkolose erkrankte russische Schriftsteller und Arzt Anton Pawlowitsch Tschechow vor seinem Tod residierte. Heute erstrahlt die Ende des 19. Jahrhunderts erbaute Villa, die zwischen 2013 und 2017 komplett grundsaniert und rekonstruiert wurde, in neuem Glanz und steht unter neuer Leitung. Und es gibt nicht nur 52 großzügige Hotelzimmer in verschiedenen Kategorien sowie einen ansehnlichen Wellnessbereich, sondern auch ein Restaurant mit durchaus ambitionierter Küche.
Es mag den Corona-Nachwehen geschuldet gewesen sein, dass das Repertoire etwas eingeschränkt und das gesamte Setting etwas reduziert gewirkt hat – doch konnten diese Pandemie-Begleiterscheinungen nicht darüber hinwegtäuschen, dass hier mit Küchenchef Dirk Gmelin jemand verantwortlich zeichnet, der nicht nur Ideen hat, sondern auch gut kochen kann. Man darf also durchaus gespannt sein, wie sich das hier eventuell sogar noch weiterentwickelt, wenn sich die Situation irgendwann mal wieder gänzlich normalisiert hat. Klar gibt's hier für weniger experimentierfreudige Gäste auch populärere Dinge wie einen Caesar Salad oder Rucola-Tagliatelle – die eine oder andere Offerte auf der kleinen Karte ließ aber auch unmissverständlich erkennen, wo das Team eigentlich hintendiert.
Ein geeistes Melonensüppchen stimmte an einem warmen Sommerabend auf der Terrasse mit Blick auf Bäume und Hügel leicht und erfrischend ein – im Grunde war es sehr simpel umgesetzt und präsentiert, aber mit einem Hauch Minze, etwas Limettenfrische und einer Idee hintergründiger Schärfe doch mehr als nur plump gemixte Frucht. Mit der Vorspeise um roh marinierte Jakobsmuschelscheiben, die auf ein Bett aus leicht salziger Sauerrahmcreme drapiert, mit einer warmen Saiblings- und Forellenkaviar-Kartoffel getoppt, von Kalamansi- sowie Avocadocreme-Tupfen und einer leichten, fruchtigen Vinaigrette umgeben waren, zeigte das Team dann aber klar und deutlich, dass es Aromen- und Fingerspitzengefühl hat.
Die aufgeschlagene Suppe vom Hokkaido-Kürbis, die beim ersten Löffel etwas dumpf und gemüsig-breit schmeckte, kam mit ihrer Einlage aus eingelegtem Ingwer und Koriandergrün verzögert auf Touren. Als ein wirklich sehr guter Hauptgang entpuppte sich das wohlproportionierte Gericht um saftige dünne Scheiben eines rosa gegarten und mit dezentem Barbecue-Lack glasierten Bürgermeisterstücks vom Rind, die mit viel buttrigem Eigengeschmack und zarter, schmelziger Textur auf einem Spiegel aus Maiscreme aufgetürmt waren. Auch an der schön leichten, dünnflüssigen Jus und der ringsherum nicht zu üppig arrangierten Melange aus Wachsbohnen sowie geschmorter und sauber enthäuteter Paprika (auch als Creme), die zudem von hauchfeinen Perlzwiebelstreifen und Petersilie etwas angenehm Frisches verliehen bekamen, konnte man deutlich schmecken, dass hier jemand am Herd steht, der weiß wie's geht.
Und der weiß, wie man mit recht einfachen Mitteln zu überzeugenden Ergebnissen kommen kann! So wie beim „Pfirsich Melba 2.0" genannten Dessert, bei dem unterschiedlich, sehr schlichte Pfirsichkomponenten nebst gutem aromatischem Vanilleeis mit glattem Schmelz einen schmackhaften, erfrischend leichten Nachtisch ergaben. Die Weinkarte war zum Zeitpunkt unseres Besuchs ebenfalls noch Corona-reduziert, aber es gab einige ansprechende Gewächse aus der Region zu fairen Preisen.

5

Schwarzmatt

im Hotel Schwarzmatt
Schwarzmattstr. 6a,
79410 Badenweiler
07632-82010
www.schwarzmatt.de
Täglich von 12–14 Uhr u. ab 19 Uhr, kein RT
Hauptgericht: 16–32 €,
Menüs: 36–76 €
VISA

Seit vielen Jahren ist das Restaurant Schwarzmatt im gleichnamigen Ferienhotel eine feste Größe für unkompliziert-anspruchsvollen Genuss am Fuße des Schwarzwaldes. Genauso wie

das adrette Badenweiler mit seiner antik-römischen Historie und dem klimabedingt südländischen Flair prägt auch die Küche einen gelungenen Brückenschlag zwischen badischer Lebensart und mediterranem Esprit. Dabei geht es sowohl im recht vornehm-eleganten Restaurant als auch auf der üppig umgrünten und im Sommer in allen Farben blühenden Terrasse einerseits unkompliziert-herzlich und andererseits doch sehr aufmerksam und professionell zu. Da wird einem das Wohlfühlen leicht gemacht!
Und daran hat sich auch heuer wenig geändert, obwohl die Küche den Aufwand deutlich reduziert und auf ein schlichteres Menükonzept abgestellt hat. Dieses sieht jeweils mittags eine kleine À-la-carte-Auswahl vor, am Wochenende ersetzt durch ein viergängiges Menü und abends das Menü aus dem Halbpensionsangebot. Im Vergleich zu den vergangenen Jahren drückt sich das derzeit in deutlich schlichter und bodenständiger konzipierten, aber auch handwerklich etwas einfacher gehaltenen Gerichten aus. Aber: Der Anspruch ans Produkt und die sorgfältige natürliche Zubereitung werden auch auf dieser Linie spürbar.
So beispielsweise bei zarten, dünnen Scheiben vom erfreulich eigenwürzigen Kalbsrücken, die als eine Art Carpaccio mit zugespitzter Limonencreme und marinierten Paprikastreifen serviert wurden. Dabei wirkten die frische Limone und verschiedene herbale Nuancen gut zusammen, allerdings hätte uns der „Paprikasalat" mit enthäuteten Tranchen und konzentrierteren Aromen noch besser gefallen. So blieb das Ganze recht simpel.
Immer eine sichere Bank sind hier nach wie vor die rein auf fundiertem Handwerk basierenden Zubereitungen wie die einer klebrig-tiefschürfenden Consommé double mit zarten Flädle – steht auf vielen Karten, aber wer wissen will, worum es dabei eigentlich geht, bekommt hier einen guten Eindruck! Fundiertes Handwerk und balancierten Geschmack gab es aber auch beim knusprig auf der Haut gebratenen Heilbutt mit Fregola sarda und Tomaten-Sugo mit Meeresfrüchten. Dabei steuerte der Sugo eine Art kräftige Grundwürze bei, die kleinen Stücke von Pulpo und Garnele darin dagegen kaum mehr als das. Zusammen mit der Hauptsache, einem eher pur und salzarm zubereiteten Heilbutt, war das eine geschmacklich runde und ausgewogene Sache, die aber ohne den besonderen Twist auskommen musste, auf den man hier sonst eigentlich immer hoffen durfte. Den gab es schon eher beim Dessert, das sich souverän dem übergroßen Klassiker „Schwarzwälder Kirsch" widmete: neben konzentriert marinierten Kirschen, saftigem Schokoladenbiskuit und Kirschwasser-Sahne sorgten hier vor allem buttriger Haselnuss-Crumble und ein zart schmelziges Haselnusseis in dem Ensemble für eine gewisse Spannung.
Fazit: klares konzeptionelles „Downgrading", aber dennoch ein attraktives und stimmiges Gesamtbild. Und dazu gehört ganz wesentlich auch die überwiegend regionale Auswahl guter Weine zu einladenden Preisen, die erfreulich kompetent und flexibel von den sympathischen Damen im Service moderiert wird.

Hotelempfehlung

★★★★S

Hotel Schwarzmatt

Schwarzmattstr. 6a,
79410 Badenweiler
07632-82010
www.schwarzmatt.de
Einzelzimmer: 145–165 €
Doppelzimmer: 210–350 €

EC VISA

Seit über zwanzig Jahren ist das von Familie Mast-Bareiss privat und sehr persönlich geführte Haus, das in zentraler Lage zum Kurort und den Thermen in Badenweiler liegt, Mitglied der renommierten Hotelvereinigung Relais & Châteaux. Wie ein roter Faden zieht sich hier der elegante Landhausstil von der gepflegten Anlage über die Lobby und das Restaurant bis in die insgesamt 38 Zimmer, die sich in komfortabel ausgestattete Einzel- und Doppelzimmer sowie großzügige Suiten aufteilen. In der Wohlfühloase „Sano e Salvo" wartet ein vielfältiges Wellnessangebot mit Schwimmbad, Saunalandschaft, Sonnenpavillon, Fitnessraum sowie Kosmetik- und Massageanwendungen auf die Gäste. Im Restaurant gestaltet das Team mit den täglichen frischen Produkten der Saison eine kreative Küche, die französisch, mediterran sowie regional inspiriert ist, und die Kaminhalle sowie die Bar sind stilvolle Orte, um am Abend bei einem Glas Wein oder einem Digestif gemütlich den Tag ausklingen zu lassen. Restaurant Schwarzmatt separat erwähnt.

★★★★

Park Hotel & Spa KATHARINA

Römerstr. 2, 79410 Badenweiler
07632-2189500
www.parkhotelkatharina.de
Einzelzimmer: 99–119 €
Doppelzimmer: 149–229 €

EC VISA

Am Fuße des Schwarzwaldes und im Herzen des Kurorts Badenweiler, rund 35 Kilometer von Freiburg, Basel (Schweiz) und Mulhouse (Frankreich) entfernt, erwartet das Parkhotel & Spa KATHARINA seine Gäste. Das altehrwürdige Haus, das zwischen 2013 und 2017 komplett grundsaniert und rekonstruiert wurde, lockt heute mit 52 großzügigen und liebevoll eingerichteten Zimmern in verschiedenen Kategorien, die zeitgemäßen Komfort und kostenfreies Highspeed-LAN bieten. Die wunderschöne Umgebung des Dreiländerecks, vor allem aber der hauseigene Spa-Bereich mit Thermalwasser bietet beste Voraussetzungen für einen entspannten und/oder aktiven Aufenthalt. Hier stehen verschiedene Saunen (Zeder, Sole ...), Innen- und Außenpool, Hammam sowie Yoga- und Fitnessraum zur Verfügung, und es können auch Massagen und kosmetische Anwendungen von Wellnesstherapeuten gebucht werden. Für Businessgäste und Feiern gibt es einen Tagungs- und Veranstaltungsraum mit viel Tageslicht. Und auch

kulinarisch wird man hier vom reichhaltigen Frühstück bis zum Dinner in der Lobby-Bar (mit toller Aussicht!) und dem Restaurant auf gehobenem Niveau verwöhnt.

Baierbrunn (Bayern)

5

Waldgasthof Buchenhain

Am Klettergarten 7, 82065 Baierbrunn
089-7448840
www.hotelbuchenhain.de
Küchenchef: Carsten Wiedecke
Mo ab 17 Uhr, Di–So ab 11.30 Uhr durchgehend, kein RT

EC VISA

So stellen wir uns ein gemütliches edel-rustikales Landgasthaus vor! Im Waldgasthof Buchenhain vor den südlichen Toren Münchens und dort etwa auf halbem Wege zwischen dem Zentrum der Landeshauptstadt und Starnberg gelegen, sitzen die Gäste auf drei Ebenen – hier in Sitznischen unter einer Gewölbedecke, dort umgeben von holzverkleideten Wänden – in einem ebenso authentischen wie unverkitsch-

ten Ambiente. Und die vertrauenerweckend kleine Karte offeriert dazu Bodenständiges aus der Heimatküche wie eine Festtagssuppe mit Grieß- und Brätnockerl, eine Portion Kässpätzle, einen zünftigen Schweinebraten mit Kartoffelknödel und speckigem Krautsalat oder eine halbe bayrische Ente aus dem Ofen.
Diese Dinge sind zwar nicht mit überbordender Präzision oder handwerklicher Brillanz zubereitet und auch sonderliche Aromenfinessen sucht man vergeblich – der große Trumpf in Baierbrunn sind aber seit jeher die überdurchschnittlichen Produkte und deren seriöse und solide Zubereitung. Und bereits das macht den Unterschied zu vielen Mitbewerbern aus. Besagte Kässpätzle profitieren vom herzhaften Aroma und opulenten Schmelz eines Sennkäses aus der Naturkäserei, der Schweinsbraten stammt vom Strohschwein und die Enten bezieht das Buchenhain-Team vom Lugeder Hof – sämtliche klassischen Saucen haben eine natürliche Substanz.
Da stört es auch nicht im Geringsten, dass bei den Vorspeisen oder Zwischengerichten die Auswahl knapp und der kreative Einfallsreichtum begrenzt ist. Aber auch hier überzeugte zuletzt das klassische Rindercarpaccio, das jedoch ein wenig an Trockenheit litt – sprich: sehr spärlich mariniert war – allein durch die gute Qualität des Rindfleischs und den Verzicht auf überflüssiges Brimborium. Auch der panierte und gebackene Ziegenkäse sah neben ein paar Feigen-Achteln und etwas Feldsalat auf den ersten Blick ziemlich nüchtern aus, aber wir hatten es ebenfalls mit einem guten Produkt zu tun: im Kern noch etwas quarkig, dazwischen zart fließend und generell recht aromatisch, also keiner dieser nichtssagenden sahnig-milden Ziegenkäsevarianten.
Das Wiener Schnitzel, das zuletzt wieder mit viel Saft, zartem Biss und klarem Kalbfleischgeschmack unter seiner ebenso locker-welligen wie buttrigen Panierung reizte, ist hier ebenfalls eines von der deutlich besseren Sorte; die begleitenden Bratkartoffeln immerhin grundsolide. Tadellos war zuletzt auch das Wildbret, wobei es sich bei den rosa gebratenen „Medaillons", die sehr saftig und mit zartem Biss in ihrer Wachholder-Wildjus auf dem Teller lagen, eher um kapitale „Schnitzelchen" gehandelt hatte. Jedenfalls nicht, wie in der Karte annonciert, um Stücke aus dem Rücken – es sei denn, sie stammten von einem Hirsch der Größe eines ausgewachsenen Elchs. Sie schmeckten jedenfalls sehr gut, so wie auch die Sauce und in gewisser Weise der begleitende Spitzkohlstrudel, wenngleich dieser eine etwas trockene und auch nicht wirklich knusprige Hülle hatte und wie aufgewärmt und länger warmgehalten wirkte.
Als grundsolide kennen wir hier stets auch den Nachtisch, sei es ein furchteinflößend großer Windbeutel, der hin und wieder erhältliche frische Kaiserschmarrn, oder – wie zuletzt – die mit Zwetschgenröster gefüllten Quarkbällchen nebst Orangenparfait, das mit kleinen Stücken von der kandierten Orangenschale und nussigen Partikeln fast ein wenig was von Cassata hatte.
Zu loben ist stets auch die Weinkarte, die übrigens weit mehr bietet, als man es in einem edelrustikalen Landgasthaus gemeinhin erwartet: viel Gutes aus ganz Europa und von namhaften Produzenten, sogar nicht wenige attraktive halbe Flaschen, und selbst der Offenausschank hat gewisses Niveau. Der Service war beim letzten Mal insbesondere eines: lässig.

Hotelempfehlung

★★★

Hotel Waldgasthof Buchenhain

Am Klettergarten 7, 82065 Baierbrunn
089-7448840
www.hotelbuchenhain.de
Einzelzimmer: 79–169 €
Doppelzimmer: 105–209 €
VISA

Im dem gepflegten familiengeführten Hotel vor den südlichen Toren Münchens genießen die Gäste traditionelle, ländliche Atmosphäre, verbunden mit hohem Komfort. Von hier aus ist es nicht weit bis ins Zentrum der Landeshauptstadt, und doch liegt das direkt an den Forstenrieder Park und die Isar angrenzende Haus ruhig und beschaulich im Grünen. Die nächste S-Bahn-Haltestelle ist nur 200 Meter entfernt. Die insgesamt 42 Zimmer sind selbstverständlich mit Dusche, WC, Telefon, Farb-TV und kostenlosem WLAN ausgestattet; einige davon auch mit Badewanne und/oder Balkon. Für die kleinen Gäste gibt es ein Kinderkino, eine Hüpfburg und einen natürlichen Klettergarten. Außerdem: Oldtimervermietung an Hotelgäste. Für das leibliche Wohl wird im großen Biergarten und im Restaurant mit mehrfach ausgezeichneter Küche gesorgt. Restaurant Waldgasthof Buchenhain separat erwähnt.

Baiersbronn (Baden-Württemberg)

6

Dorfstuben

im Hotel Bareiss
Hermine-Bareiss-Weg,
72270 Baiersbronn (Mitteltal)
07442-470
www.bareiss.com
Täglich von 11.30–14.30 Uhr u. ab 18 Uhr, kein RT
Hauptgericht: 14–28 €,
Menüs: 52 €
VISA

Ein Besuch in den gemütlichen Dorfstuben des Hotels Bareiss hat für uns mittlerweile fast schon fast so etwas von Heimkommen. Nur allzu gerne kehren wir seit vielen Jahren in den originalen Bauernstuben ein, denn es gibt im ganzen nördlichen Schwarzwald wohl kaum ein zweites Gasthaus, in dem unverkitschter nostalgischer Lokalkolorit und bodenständige Regionalküche mit kulinarischem Anspruch in dem hohen Maße zusammenkommen wie hier. Zu alldem passt wunderbar, dass zuallererst ganz ursprünglich Radieschen, Kräuterquark und an der kleinen Theke frisch vom großen Laib geschnittenes Brot serviert wird. Bei unserem aktuellsten Besuch ging es danach zur Vorspeise mit einem cremig-rahmig angemachten „Tatar" von der geräucherten Schwarzwaldforelle los, das von knackigen grünen Spargelspitzen und einer Art Salat von grünem Spargel und Tomate begleitet wurde. Die in unterschiedlichen Größen auf den Teller gespritzten Tupfen einer Eigelbcreme und die süß-salzigen Crumbles wirkten für Dorfstuben-Verhältnisse fast schon avantgardistisch – fügten sich nach anfänglicher Skepsis aber recht gut ins Geschmacksbild ein.
Bei einem Teller Kalbskutteln mit Röstkartoffeln aus der Sparte „Unsere Regionalen Dorfstuben-Klassiker", in der man neben Maultäschle und gefüllter Kalbsbrust auch den an der Grenze zwischen Württemberg und Baden unverzichtbaren Zwiebelrostbraten findet, fühlten wir uns dann vollends heimisch. Ohne jedweden Schnörkel oder obsoletes Beiwerk lagen hier die flauschig-zarten, geschmacklich vollkommen authentisch belassenen Kalbskutteln in einer kraftvollen, aber nicht allzu würzigen oder dichten dunklen Sauce, die auch jedem gehobenen Restaurant als Jus zum Fleischhauptgang zur Ehre gereicht hätte. Dazu ganz traditionell frisch gebratene, mit Schnittlauch verfeinerte Röstkartoffeln mit tollem Eigengeschmack, die nach unserem Gusto nur noch etwas röscher hätten angekrosst sein können.
Wie gut das Dorfstubenteam sein klassisches Handwerk versteht, das wurde auch bei der mit viel Thymian geschmorten Lammschulter sehr deutlich: Die beiden relativ großen, sauber aus dem Ganzen gelösten Stücke hatten eine optimale Beschaffenheit, waren kräuterwürzig aromatisiert, aber trotzdem sehr klar und produkttypisch im Geschmack. Auf dem Fleisch jeweils ein Ragout von fein gewürfelten Birnen und darunter eine Melange aus nicht zu weichen, aber auch nicht zu knackigen grünen Bohnen und kleingeschnittenen Zuckerschoten, was ja traditionell wunderbar zusammenpasst. Im Schälchen daneben zart fluffige Kartoffelnocken, die jeden stolzen Norditaliener vor Neid hätten erblassen lassen. Und auch hier wieder reichlich gute schmorwürzige Sauce!
Ein wenig aus der Saison gefallen, geschmacklich aber durchaus achtbar waren die Erdbeeren, die mariniert und als sehr gutes Eis zwei picobello formschön abgestochene Nocken einer köstlichen Haselnuss-Krokantmousse begleiteten. Letztere garantiert aus feinsten Piemonteser Nüssen zubereitet, so aromatisch wie auch die beiden karamellisierten ganzen Exemplare waren, die auf den festcremigen Nocken thronten. Beim Wein bleibt man hier ganz authentisch am besten in der Region, glasweise beispielsweise mit einem Gutedel von Dörflinger oder einer trocken ausgebauten Spätbur-

gunder-Spätlese der Edition Bareiss aus der Winzergenossenschaft Alde Gott in Sasbachwalden.

Kaminstube

im Hotel Bareiss
Hermine-Bareiss-Weg,
72270 Baiersbronn (Mitteltal)
07442-470
www.bareiss.com
Küchenchef: Wilhelm Himmler
Mo–Fr ab 19 Uhr, Sa u. So 12–14 Uhr u. ab 19 Uhr, kein RT
Hauptgericht: 19–35 €,
Menüs: 59–78 €
VISA

In der großen charmanten Genusswelt des Hotels Bareiss schließt die Kaminstube die Lücke zwischen den traditionell rustikalen Dorfstuben und der ganz großen Oper im benachbarten Gourmetrestaurant mit einer klassischen, aber deutlich ambitionierten Küche in teils regionalbezogener, teils internationaler Ausrichtung. An vielen anderen Orten würde das Konzept bereits für ein veritables Gourmetrestaurant herhalten – hier bietet es ganz ungezwungen einfach eine attraktive Option für all jene Gäste, die nicht auf exklusive Produkte und fundierte Zubereitung verzichten wollen, andererseits aber dafür auch nicht zwangsläufig die absolute Perfektion benötigen, wie sie nebenan von Claus-Peter Lumpp und seinem Team angestrebt wird.
Und das funktioniert ganz prima, die Ergebnisse können sich durchweg sehen und schmecken lassen. So zuletzt beispielsweise schon bei der zur Einstimmung servierten Liaison von Espuma vom Ziegenkäse und Walnuss, die zwar insgesamt sehr sahnemild daherkam, aber von einer säurefrischen Himbeersauce, herben Wildkräutern und Sonnenblumenkern-Crumbles abwechslungsreich ergänzt und aufgepeppt wurde.
Während viele der regional-traditionell inspirierten Gerichte sich durch kraftvolle Eleganz auszeichnen, fiel der eher asiatisch angehauchte Start rund um sautierte Riesengarnelen zuletzt überraschend puristisch aus: mit wenigen Tupfen von zugespitzter Karotten- und eher nussiger Kokoscreme, drei säuerlich marinierten Karottenstreifen und etwas Kresse wirkte das Ganze beinahe karg, schaffte aber dennoch einen balancierten und zudem federleichten Einstieg ins Menü.
Letzteres lässt sich übrigens sehr flexibel variieren, und selbst wer keine Lust auf ein ganzes Menü hat, wird unkompliziert fündig und kann sich dank der Option auf kleinere Portionen etwas Passendes zusammenstellen. Im Menü selbst präsentierte die Küche zuletzt mit einer golden glänzenden Essenz von der Maispoularde perfektes Handwerk und ein Ergebnis, wie es nur durch stunden- und tagelange geduldige Arbeit möglich ist. Die knackigen Erbsen und zarten Ravioli mit heller kräuterwürziger Fleischfüllung waren in diesem Fall eher Nebendarsteller, sorgten aber für willkommene Auflockerung.
Beim saftig zart gebratenen Zander begeisterte vor allem die Produktqualität des von einem sichtbar kapitalen Fisch stammenden Filets, das mittels röstig-nussiger Pinienkernsauce, geschmortem Kohlrabi und zarter Kohlrabicreme in eine nussig-ätherische Richtung bewegt wurde. Da hätte es nur etwas schärfere Konturen und zumindest punktuell mehr Säure gebraucht, um völlig zu überzeugen. So blieben dennoch eine spannende Idee, harmonischer Geschmack, aber auch ein etwas breiter Eindruck am Gaumen, woran das kräuterduftige Kartoffelpüree dazu auch wenig änderte.
Generell liegen der Küche kraftvolle (Fleisch-)Gerichte, beziehungsweise alles, was mit einem exklusiven Hauptprodukt und tiefer zugespitzter Sauce aufwarten kann, immer noch am besten. Das können dann sowohl Medaillons vom Hirschrücken mit Preiselbeer-Jus, Blumenkohl und handgeschabten Spätzle sein, als aber auch im maritimen Bereich Dinge wie der kross auf der Haut gebratene Loup de Mer mit Nussbutterschaum, Spinat und Trüffelrisotto. Bei derartigen Gerichten fehlt im wortwörtlichen Sinn tatsächlich oft nur ein Spritzer Säure, um auch einer noch höheren Bewertung gerecht zu werden.
Nicht ganz auf einem noch höheren Niveau, dafür aber gediegen klassisch im besten Sinne gelang zuletzt der süße Abschluss mit einem cremigen Cheesecake, betupft mit luftiger

Quarkcreme und ergänzt von Erdbeereiscreme und vollreifen marinierten Erdbeeren. Dazu bietet das schwere Weinbuch eine große Fülle überwiegend deutscher und französischer Weine, darunter viele halbe Flaschen und neben einfacheren Schoppen unter der „Edition Bareiss“ auch eine ganze Reihe anspruchsvollerer offener Weine. Bei der Auswahl hilft der Service mit der bareisstypisch charmanten Art genauso wie bei allen anderen Fragen und Wünschen.

Köhlerstube temporaire

im Hotel Traube-Tonbach
Tonbachstr. 237,
72270 Baiersbronn (Tonbach)
07442-492665
www.traube-tonbach.de
Küchenchef: Florian Stolte
Mo–Fr ab 19 Uhr, Sa u. So 12–14 Uhr u. ab 19 Uhr, kein RT
Hauptgericht: 28–48 €,
Menüs: 125–155 €

Auch die von Küchenchef Florian Stolte seit Jahren mit viel Passion und Expertise bekochte Köhlerstube ist beim Großbrand des Stammhauses der Traube Tonbach den Flammen zum Opfer gefallen, und auch sie hat in dem rekordschnell realisierten „Temporaire“ auf der Hotelgarage ein neues vorübergehendes Zuhause gefunden. Der große, helle Raum, der zwar selbstredend nicht dasselbe Flair wie die alte Location hat, aber auch nicht bloß wie eine schnelle Übergangslösung anmutet, bietet viel Platz und großzügige Abstände zwischen den Tischen, auf die hervorragende Gerichte mit oft asiatischen Einflüssen kommen. Im direkten Vergleich zu den Vorjahren hat Florian Stolte nämlich seinen Stil mit dem Umzug ins „Temporaire“ nochmal deutlich präzisiert und kocht nun fast durchgängig mit einer fernöstlichen Note – bleibt damit aber dennoch in einem mehrheitsfähigen Bereich.
So muss man zwar kein ausgesprochener Fan der asiatischen Küche sein, um seine Gerichte gut zu finden – beliebig oder austauschbar kommt das alles aber trotzdem nicht daher. Im Gegenteil! Mit roh marinierter Forelle in reizvoll dick geschnittenen Würfeln auf zitrisch-fruchtig mariniertem Fenchel und sahniger Fenchelmousse aus dem Siphon bewegt sich der Auftakt noch eher in heimischen Gefilden. Mit dem zweiten Küchengruß waren wir aber gleich schon in Florian Stoltes Element, denn der Küchenchef hat ein ganz besonderes Faible für die Produkte und Aromen Thailands, und er umspielte die Gänseleber, die hier als Parfait und Eis auf dem Teller zugegen war, mit Zweierlei von der Kokosnuss (Creme und Schaum), Zwetschge (mariniert und als Püreetupfen) und einem erfrischenden Ponzu-Sud mit sanfter Sojawürze und viel zitrischer Frische. Das feine Aroma der Korianderkresse fügte sich da im Zusammenspiel mit der Kokosnuss natürlich auch prima ein, und der Chef achtet ohnehin stets darauf, dass seine Gerichte nicht zu plakativ oder dicht wirken.
Auch der wunderbare Balfegó-Thunfisch mit seinem unvergleichlichen Schmelz und ganz klarem, sauberem Geschmack, der im Folgenden sowohl als gewürfeltes Tatar als auch in Gestalt einer rohen marinierten Scheibe angerichtet war, kam in fernöstlichem Gewand: nämlich auf einem transparenten Soja-Ingwersud und in frischer, leichter Begleitung von marinierter Gurke und Gurkensorbet, säuerlich eingelegten Radieschen und Buchenpilzen. Etwas Kombu-Alge brachte dazu jodig-mineralische Facetten ins Spiel, die man sich optional noch durch ein paar Gramm Imperial-Kaviar intensivieren lassen konnte. Die Komposition funktionierte aber eben auch ohne dieses Upgrade ausgezeichnet – was wiederum sehr für die Küche spricht.
Der folgende Seehecht, dessen festfleischiges Filet anstatt seiner Haut eine krosse Hühnerhaut bekleidete, dockte auf cremiger und knackiger Petersilienwurzel an und war von einer geschäumten Dashi-Beurre-blanc umflutet, die ihr straffes Säuregerüst dem auch aromatisch gewinnbringenden Zutun von Estragonessig zu verdanken hatte. Und das war damit bei aller Harmonie ein ebenso lebhaftes Gericht wie der folgende, mit Erdnuss-Crunch beflockte Bärenkrebs mit Kürbis in einem gelben Thaicurry-Sud, dem insbesondere ein duftiger Ober-

ton von Kaffirlimette und moderate Schärfe aus der Reserve lockten. Florian Stolte kann aber auch mediterran, wie der vorbildlich kross gebratene Wolfsbarsch mit Artischocken, Oliven, confierten Tomatenfilets und wolkenzarten Oliven-Gnocchi eindrucksvoll unter Beweis stellte. Hier war es eine ausgewogen säuerliche Escabeche-Sauce auf Basis von Tomatensaft, die für ein flirrendes, belebendes Geschmacksbild verantwortlich war.
Wieder mit einem etwas stärkeren fernöstlichen Touch kam schließlich die formidable Challans-Ente von Züchter Gérard Burgaud daher, deren Brust mit fantastischem Eigengeschmack, saftig-mürbem Fleisch und ganz kross und dünn ausgebratener Fett- und Hautschicht begeisterte. Sekundiert vom ausgelösten geschmorten Keulenfleisch, das als kompakter gepresster Riegel mit von der Partie war, ergänzt um gepickelten, gebratenen und zu Creme verarbeiteten Kohlrabi und so richtig auf Touren gebracht von einem Yuzu-Gel sowie der dezent angeschärften Jus, in der ebenfalls kleine Stücke der Yuzu-Zitrone für einen herbsäuerlichen Touch sorgten.
Extrem gut ist übrigens auch die Pâtisserie der Köhlerstube, die den anderen Darbietungen in nichts nachsteht. Das duftig-exotische Dessert rund um Thaimango, grünen Reis, Pandan und Guave war ein aromatisch sehr ausdrucksstarker und zugleich wunderbar ausgewogener Abschluss, bei dem alle Konsistenzen von Creme über Mousse bis zum Sorbet perfekt proportioniert waren und geschmeidig ineinandergriffen, und so noch mal ein richtiges Ausrufezeichen hinter das Menü gesetzt werden konnte. Lob gebührt auch dem eloquenten, engagierten und bestens eingespielten Serviceteam und den genussbereichernden glasweisen Weinempfehlungen.

9↑ 🍴🍴🍴🍴🍴

Restaurant Bareiss

im Hotel Bareiss
Hermine-Bareiss-Weg,
72270 Baiersbronn (Mitteltal)
07442-470
www.bareiss.com
Küchenchef: Claus-Peter Lumpp
Mi–So von 12–14 Uhr u. ab 19 Uhr,
Mo u. Di RT
Hauptgericht: 94–135 €,
Menüs: 125–245 €
EC VISA P

Völlig unstrittig ist das Gourmetrestaurant Bareiss mitsamt seinem prunkvoll gediegenen Gastraum eine Institution für alle Genießer, die Tradition und klassische Maßstäbe schätzen, die eine über Generationen gelebte und perfektionierte Gastlichkeit suchen und exklusiv verwöhnt werden wollen – und das völlig frei von kurzlebigen Trends und Modernitäten. Nicht umsonst hat das kleine, plüschige Luxusrestaurant im großen Ferienhotel in Mitteltal einen enorm hohen Anteil von Stammgästen. Und der ganz im positiven Sinn eher barocke Stil der Küche von Claus-Peter Lumpp – der im Übrigen rein gar nichts mit schweren Sahne- und Butterschlachten zu tun hat, sondern eine hochelegante Art des Schwelgerischen zelebriert – hat mittlerweile durchaus Seltenheitswert.
Und obwohl wir diesen Stil und das hohe Niveau genauso schätzen und honorieren wie viele der Stammgäste, fällt uns die Entscheidung über die Bewertung im Quervergleich zu anderen Kollegen an der absoluten Spitze immer wieder aufs Neue ziemlich schwer. Denn losgelöst von der „Gourmet-Cosiness" und dem Wohlfühlfaktor vieler Bareiss-Gerichte bleiben die einzelnen Zubereitungen teils etwas flächiger, nicht ganz so zugespitzt, teils auch einfacher als die Referenzgerichte etwa bei Clemens Rambichler im Sonnora oder Klaus Erfort in Saarbrücken, die sich auf einer ähnlich klassischen Linie bewegen.
In diesem Jahr fiel die Entscheidung sogar noch etwas knapper aus als bei vergangenen Besuchen, denn einige Zubereitungen erreichten in ihrer Verbindung von Kraft und Leichtigkeit durchaus absolutes Spitzenniveau. Andere aber eben auch nicht. Und das hatte noch nicht mal vordergründig mit den hier durchaus großen Unterschieden zwischen Menügerichten und À-la-carte-Gängen zu tun. Obwohl letztere bei Claus-Peter Lumpp typischerweise mit mindestens drei parallel eingesetzten Tellern und Schälchen zu einem Thema eine größere Bandbreite aufzeigen und mit einem besonderen „Schlaraffenland-Feeling" beeindrucken, un-

terscheiden sich die einzelnen Zubereitungen nicht grundsätzlich.
Bevor die aktuelle Genussreise mit vielen starken Momenten und wenigen Wacklern startete, schickte das Team zum Aperitif wie gewohnt die silberglänzende Ètagère mit appetitanregenden Kleinigkeiten, darunter zuletzt ein Kalbstatar-Tartelette mit kräftiger Senfwürze sowie eine (etwas trockene) nussig-salzige Mohntarte mit Hibiskusgel – und gleich darauf mit einem vegetarischen Küchengruß die erste Überraschung! Denn wo sonst die klassischen Gerichte ohne traditionelle Proteine etwas beschnitten wirken, sah das hier ganz anders aus: die Reichenauer Tomaten mit intensiven abwechslungsreichen Sorten ergaben zwischen Burrata mit Pesto und Pinienkernen, einem zugespitzt säuerlichen Tomatengel, einem umamireicheren dünnen Tomatengelee und einem kompakt zarten Mascarponeeis ein gelungenes Spiel mit den fruchtsäuerlichen Noten der Tomaten, zartem Schmelz und cremiger Salzigkeit.
Bei dem festfleischigen gebratenen Heilbutt nebst braisiertem Fenchel und Safransud wurde allerdings noch deutlicher, warum das Bareiss so viele Fans hat und warum die Gäste seit vielen Jahren so gerne hierher pilgern: Allein der betörend duftige Sud mit stoffig verdichtetem Körper und vibrierender Säure bei gleichzeitiger Leichtigkeit war ein faszinierendes Schaustück perfektionierten klassischen Handwerks. Und viel Substanz, eine elegante schwelgerische Art und zugleich feine Details sind eben genau die Attribute, mit denen die Bareiss-Küche sich einen Namen gemacht hat.
Optisch ungewöhnlich kleinteilig-filigran kombinierte das Team als À-la-carte-Gang sodann soft confierten Saibling unter einem ätherischen Zitrusgelee mit einem Ring aus Veilchenblüten, Kräuterspitzen und verschiedenen Creme- und Geltupfen aus (Ur-) Karotte und Zitrus mit der markanten Kopfnote von Bergamotte. Letztere prägte auch den klaren Earl-Grey-Sud und brachte eine gewisse Spannung in das ansonsten und trotz locker-krossem Knusper recht stark von cremig-weichen Komponenten geprägte Ensemble. In einem Nebenteller gab es den Saibling als ebenfalls sanft gegartes, aus kleineren Stücken zusammengefügtes Rondell, das mit einem Topping aus Zitrusgel plus krosser Fischhaut und einem Fundament aus Belugalinsen in einem eleganten Karottensud etwas kraftvoller rüberkam. Dritte Variante war ein recht massiger angekrosster Briochetaler mit Saiblingstatar, Saiblingskaviar und Crème fraîche.
Vom heimischen Süßwasser ging es danach ans Meer. Und zwar mit glasigem Kabeljau und fleischig-zartem Pulpo neben konzentrierten mediterranen Gemüsekomponenten, vor allem aus roter Paprika, Tomate und getrockneter schwarzer Olive, zusammengefasst in einem kräuterduftigen leichten Fond. Dabei überzeugten vor allem die prägnant herausgearbeiteten Gemüsenuancen, während ein ziemlich deftiger Käsechip leicht aus dem Rahmen fiel. Da wäre eine filigranere Umsetzung mit nur einem Hauch der salzigen Käsewürze nach unserem Dafürhalten besser gewesen. Und auch die überraschend grob belassene Gazpacho mit Olivenöleis hätte mehr Eleganz gut gestanden. So traten die obligatorischen gemüsefruchtigen und grasig herben Noten in einer insgesamt auffallend süßen, fast zuckrigen Ausrichtung in den Hintergrund. Auf geradlinig schlichte Art besser balanciert gelang ein weiteres Nebenschälchen mit kleingewürfeltem „Salat" aus zartem Pulpo unter schwarzer Oliven-Espuma.
Vom Meer wieder aufs Land und in die Region wechselte die Küche mit Lammrücken von der Schwäbischen Alb. Und dank markanter Eigenwürze – vor allem in dem mustergültig ausgebratenen Fettmantel – sowie straff zartem Fleisch auf sehr überzeugende Art! In ganz puristischer Manier begleiteten einzig marinierte Wassermelonenwürfel mit prägnant warmer Würze von Garam Masala und knackigen marinierten Zuckerschoten-Juliennes das ausdrucksstarke Fleisch. Und natürlich eine ebenso ausdrucksstarke Jus mit Druck und Eleganz im harmonischen Zusammenfluss mit einer helleren geschäumten Cremesauce. Erweitert wurde das Spektrum auch hier durch ein süffiges Löffelgericht auf einem Nebenteller mit Taboulé als Basis für zupfzarte geschmorte Lammschulter – charakteristisch von Kreuzkümmel und Salzzitrone akzentuiert.
Die Pâtisserie unter der Leitung von Stefan Leitner liegt hier seit jeher voll auf der sonstigen Linie der Küche mit kunstfertigen, aber weder auffallend komplexen noch innovativen, dafür aber sehr schwelgerischen Desserts. In diese Kategorie fiel auch der rund um Boskop angelegte Abschluss, der den würzigen Apfel geschmort und als vanilleduftig frisches Eis mit schaumiger Haselnussmousse, Nuss-Sablé und konzentrierterer Nusscreme sowie herber dunkelfruchtiger Brombeere kombinierte. Apart lieferten die gleichen Produkte in Form von Brombeersorbet mit Apfel-Juliennes, Haselnusscreme und Thymianfond die eher leichte und fruchtbetonte Ergänzung.
Dass zum Abschluss weder der üppig bestückte Petits-Fours-Wagen noch die Pralinenschatz-

kiste mit vielen allesamt prägnanten Varianten und eine reiche Auswahl hochwertiger Digestifs fehlen dürfen, ist beinahe ebenso selbstverständlich wie der charmante Service unter Maître Thomas Brandt und Sommelier Teoman Mezda. Letzterer bietet sowohl bei der Auswahl einzelner Gläser als auch einer oder mehrerer Flaschen aus dem in Breite und Tiefe beeindruckenden internationalen Bareiss-Keller stets hochwertige und oft auch individuelle Optionen.

Schlossberg

im Hotel Sackmann

Murgtalstr. 602,
72270 Baiersbronn (Schwarzenberg)
07447-2890
www.hotel-sackmann.de
Küchenchef: Jörg Sackmann
Nico Sackmann
Mi–So ab 18 Uhr, Mo u. Di RT
Menüs: 128–172 €

VISA

Vor dem Hintergrund der Ereignisse im Tonbachtal, die Baiersbronn quasi das ganze erste Halbjahr 2020 bundesweit in den Gourmet-Schlagzeilen hielt, ist nach unserem Empfinden regelrecht untergegangen, dass sich im Murgtal etwas durchaus Spektakuläres entwickelt hat und noch bis Jahresende weiterentwickelt: Das Hotel Sackmann hat nämlich Ende Mai mit Beendigung des ersten Bau- und Renovierungsabschnitts sämtliche Gastronomiebereiche samt Küche vollständig verwandelt wiedereröffnet – und es ist alles nicht mehr wiederzuerkennen! Zum Zeitpunkt unseres ersten Besuchs im neuen Gourmetrestaurant Schlossberg stand zudem auch schon der moderne, an das Stammhaus angrenzende Hotelbau, der bis Dezember fertiggestellt werden soll und dann nicht nur mit vielen weiteren Zimmern und großer Dachterrasse mit Infinity-Pool aufwartet, sondern auch mit einem neuen großzügigen Lobbybereich samt Rezeption, Bar und Lounge. Man darf wirklich sehr gespannt sein.

Das waren wir auch, als wir auf der Suche nach den neuen Räumlichkeiten des Gourmetrestaurants Schlossberg durch den vollständig umgebauten Flügel des alten Gebäudes streiften, von dem allen Anschein nach nur noch die Grundmauern dem bisherigen Grundriss entsprachen. Und staunten dann nicht schlecht, als wir in dem hellen, leichter, größer und natürlich auch zeitgemäßer gestalteten Finedining-Abteil des Hauses standen, das sich nun doch recht deutlich vom traditionellen Bild des klassisch-konservativen französischen Gourmetrestaurants entfernt hat und trotzdem wieder ein sehr stilvoller Rahmen für die kreative Küche des Hauses ist. Geboten wird dort ein bis zu achtgängiges Degustationsmenü mit Fisch und Fleisch sowie eine maximal siebengängige vegetarische Speisefolge. Und auch wenn das Kulinarium dem Vernehmen nach immer stärker Nico Sackmanns Handschrift trägt, hat sich an der grundsätzlichen Ausrichtung des Stils nichts verändert. Wir haben auch im neuen Refugium weltoffen und kreativ auf klassischem Fundament gespeist.

Und im Grunde auch nicht schlechter als in den Jahren zuvor. Dass wir die Bewertung heuer dennoch ganz moderat um eine halbe Pfanne nach unten korrigieren, basiert in erster Linie auf längerfristig gereiften Erwägungen, die wir auch schon im Vorjahr hatten, als wir bereits von „gewohnt starken Kreationen, aber auch einigen aromatisch und feinhandwerklich nicht ganz ausgereiften Tellern" und einem „leichten Auf und Ab auf selbstredend sehr hohem Niveau" sprachen. Etwas zu heterogen auf sehr hohem Grundlevel empfanden wir die Küche nämlich auch diesmal. Darüber hinaus wollen wir Nico Sackmann damit aber in gewisser Weise auch die Chance geben, sich in naher Zukunft und ganz ohne Vorschusslorbeeren für frühere Jahre selbst wieder eine noch höhere Bewertung zu verdienen. Schlussendlich aber – und das ist natürlich der Hauptgrund – entspricht die Bewertung nach unserem Empfinden sehr genau dem aktuellen Stand der momentanen Küchenleistung.

Und die war durchaus großartig! Einen sommerlich leichten Einstieg bescherte uns der mit einem herben und überhaupt nicht süßen Zitronenschaum getoppte, leicht gelierte Tomatensud mit Wassermelonenstückchen. In eine ähnliche Kerbe schlug das folgende Schälchen mit balancierter Erdbeer-Gazpacho und in knusprige Kartoffelstreifen gehüllter Sardelle. Gänzlich klassisch und kompromisslos auf die guten Produkte abgestellt kam schließlich die Vorspeise um Rindertatar, Gillardeau-Auster und hellem, ganz mild eingesalzenem Kaviar daher, denen eine cremige Austernmousse und ein dezent umamiwürziges Algengelee zu noch mehr aromatischer Fülle und angenehmem Schmelz verhalfen. Das war eine ganz großartige, aufgeräumt und pointiert wirkende Komposition, die prinzipiell sogar für eine Höchstbewertung gut gewesen wäre – allerdings empfanden wir sie, zumal als Opener des Menüs, ein klein wenig zu salzig und umamiwuchtig.

Der nächste Gang um roh marinierte Fjordforelle mit Spargel, wildem Lauch und Culatello war ebenfalls eine sehr klare und im Grunde auch puristische Komposition, bei der die einzelnen Komponenten aufgrund ihrer optimal abgestimmten Proportionen perfekt miteinander harmonierten. Die sehr frischen, attraktiv festfleischigen Würfel des Fischs – wenn überhaupt, dann nur äußerst subtil aromatisiert – bekamen von den hauchdünnen kleinen Stücken des Schinkens eine angenehme Dosis an Salz und Würze. Die unterschiedlich geschnittenen und zubereiteten Spargelstücke fügten sich sowohl haptisch als auch geschmacklich sehr gut ein, und ein leicht rahmig gebundener weißer Spargelsud mit Lauchöl grundierte das Ganze mit zarter Süße und grüner vegetabiler Würze.

Es wirkte zu diesem Zeitpunkt des Menüs überhaupt so, als ob sehr penibel auf die Balance der Gerichte geachtet wird. Und das brachte zum süßlich-jodigen Fleisch eines qualitativ sehr guten Carabinero, das in seiner knackigen Festigkeit schon fast Hummer-Charakter hatte, die pikante Würze eines herzhaften Limettendips und die fruchtige Süße von Ananas perfekt zusammen. Vermählt in einer Krustentiersauce auf Basis von Kokosmilch, die alles nicht zu sanft und nicht zu kraftvoll einfing.

Deutlich weniger feinsinnig und ausgewogen präsentierte sich dann aber leider das am Rosmarinspieß mit etwas Zwiebel quasi als „Schaschlik" gebratene Kalbsbries in Kombination mit Gänseleber, Pflaume und Zwiebelkaramell. Zum einen dominierten die mit Gänseleber gefüllte Dörrpflaume, der Zwiebelkaramell und die sehr dunkle, grenzwertig stark reduzierte Jus das Gericht mit ihrer Dichte und Intensität auf recht plakative Art – zum anderen konnten die sehr kleinen und dadurch nach dem Braten recht trockenen Briesstücke den Charakter des Produkts einfach nicht optimal ausspielen. Bries macht nach unserem Dafürhalten einfach erst ab einer bestimmten Größe so richtig Spaß.

Schön saftig und prall war indes die mutmaßlich an der Karkasse gebratene und erst dann ausgelöste Taubenbrust, die mit einer pikanten, aber nicht dominanten Würze und in Begleitung eines mit dem Schmorfleisch der Keule gefüllten Gyoza-Täschchens daherkam. Und zwar auf einem Bett aus saftigen Shiitake-Pilzkappen, Ochsenmarkscheiben und kraftvoller Jus. Ein durchaus spannend unkonventionelles Gericht, dem man höchstens vorwerfen könnte, dass bis auf zwei kleine Tupfen einer Ziegenfrischkäsecreme keine ausgleichend auflockernden Elemente eingebaut waren und es dadurch etwas wuchtig und konturlos wirkte.

Ein erfrischend fruchtiges Obst- und Gemüsedessert mit den tonangebenden Komponenten Nashi-Birne, Ingwer, Avocado, Staudensellerie und Korianderkresse läutete schließlich als Intermezzo das eigentliche Dessert um Rhabarber, Rote Bete, Mandelkuchen und Erdbeergelee ein. Das machte final noch mal einen sehr balancierten Eindruck und brachte zum Finale viel harmonischen Genuss. So wie die gewohnt fein gearbeiteten Petits fours zum endgültigen Abschluss. Ein Extralob gebührt auch Sommelier Manuel Vogel, der diesen Genuss mit seinen teils unkonventionellen Empfehlungen auch noch zu steigern vermag. Er berät auch im neuen Refugium kompetent und zieht glasweise sogar gereifte oder seltene Tropfen auf.

10↑

Schwarzwaldstube temporaire

im Hotel Traube-Tonbach
Tonbachstr. 237,
72270 Baiersbronn (Tonbach)
07442-492665
www.traube-tonbach.de
Küchenchef: Torsten Michel
Mi–Fr ab 19 Uhr, Sa u. So von 12–13.30 Uhr u. ab 19 Uhr, Mo u. Di RT
Hauptgericht: 74–95 €,
Menüs: 185–245 €
VISA

Zuerst der Einbruch in den Weinkeller der Traube Tonbach, bei dem gezielt sehr viele wertvolle große Gewächse entwendet wurden, dann der verheerende Großbrand und schließlich noch die Corona-Pandemie – für die meisten Restaurants wäre eine solche Abfolge von

Krisen, wie sie die Schwarzwaldstube in den vergangenen Monaten komprimiert getroffen hat, das sichere Aus oder zumindest eine einschneidende Zäsur. Aber die Traube Tonbach wäre nicht die Traube Tonbach und die Schwarzwaldstube nicht eines der traditionsreichsten Top-Restaurants des Landes, wenn sie diese schicksalshaften Ereignisse nicht als sportliche Herausforderungen angenommen hätten.
Nur zur Erinnerung: im Januar dieses Jahres wurde das Stammhaus mit seinen drei Restaurants durch ein verheerendes Feuer komplett zerstört. Dort, wo Jahrzehnte eine der bekanntesten Pilgerstätten für Genießer stand, klaffte auch bei unserem letzten Besuch nur eine große Lücke. Allerdings konnten sowohl die Schwarzwald- als auch die Köhlerstube bereits Ende Mai in einem rekordschnell installierten Aufbau der Tiefgarage wiedereröffnen. Und das nicht nur als schnelle Notlösung, sondern in jeder Hinsicht mit dem gewohnten Qualitätsanspruch. Natürlich wirkt das Ambiente im „Temporaire“ in seiner modernen Schlichtheit nüchterner und kühler als die legendäre Schwarzwaldstube im ehemaligen Traditionshaus. Aber das wurde schon allein durch das ebenso eloquente wie zuvorkommende Serviceteam um David Breuer und Stéphane Gass und dessen auffallend positiven Spirit mehr als wettgemacht.
Überhaupt war die gesamte Performance eher von Aufbruchsstimmung als von Niedergeschlagenheit geprägt. Ganz so, als wäre die aktuelle Situation ein besonderer Ansporn für weitere Höchstleistungen. Außerdem stehen die Pläne und die zeitliche Abfolge für den Neubau und den Umzug ohnehin schon. Und für Torsten Michel und sein Team bieten sich – aktuell und für die Zukunft – mit neuem Herd und Equipment, vor allem aber viel Planungsfreiheit, sogar ganz praktische Vorteile. In jedem Fall aber lag das im Temporaire Gebotene, völlig ohne Abstriche, qualitativ auf dem gewohnten höchsten Niveau und auch stilistisch ganz in der kraftvollen, millimetergenauen Klassik, mit der Torsten Michel seit Jahren begeistert.
Von den ersten drei Miniaturen zum Aperitif – darunter zuletzt gebeizte und geflämmte Gelbschwanzmakrele mit Koriander-Mayo und Alge sowie eine zwischen grüner Frische und jodiger Meeresbrandung platzierte Auster mit Kaviar – bis zu den ebenso vielfältigen wie filigranen Petits Fours hatte das bereits alles große Klasse. Der erste richtige Eindruck, wie großartig das Team hier unverändert aufkocht, kam dann mit dem eigentlichen Amuse-Bouche um ein Tatar von Gambas, deren glasklare Frische mit elegant zugespitztem Mangogel, Avocadocreme, Korianderkresse und hauchfeiner Peperonischärfe inszeniert wurde – umspült von einem zarten Buttermilchsud mit ätherischen Kräuternoten.
Gleiche Präzision und noch mehr Details folgten bei dem sommerlich beschwingten Auftakt rund um bretonischen Hummer und Tomate: In einer tiefen Schale mit zart schmelzendem hellem Tomatengelee tummelten sich verschiedene hocharomatische Sorten neben Corailcreme, Safrancreme und einem salzig knusprigen Croustillant mit mariniertem Hummerfleisch. Neben den flirrenden zitrisch-ätherischen Akzenten, unter anderem von Kaffirlimette, war allein die Präsentation der teils getrockneten, teils frischen und sanft mit Öl aromatisierten Tomaten ein enormes Vergnügen, das sich mit den nussig-süßlichen Krustentieraromen katalysierte.
Eigentlich war spätestens zu diesem Zeitpunkt klar, was für eine geschickte Hand das Team auch für Gemüse hat und wie souverän es ihm gelingt, auch selbst scheinbar profanen Zutaten viele spannende Facetten zu entlocken. Wir waren dennoch neugierig auf eine Kostprobe aus dem vegetarischen Menü. Und auch wenn die Präsentation von knackiger grüner Gurke – teils als asiatisch angehauchter, süß-saurer Salat mit Koriander und Peperoni, teils als mit Dillessig zugespitzte Essenz – nicht zu den allerstärksten Eindrücken des letzten Besuchs gehörte, so machten auch hier die gewohnt exakte Präsentation und die gebündelte Frische, die noch durch ein kompakt-cremiges Sauerklee-Sorbet verstärkt wurde, sehr viel Freude.
Wie elegant sich klassische Zubereitungen modernisieren lassen, illustrierte das Team dann mit einer selbstredend perfekt gebratenen Gänseleber (hoch, cremig, kross …), die hauchdünn mit Balsamico glasiert und mit Schnittlauch und Bucheckern beflockt neben halbierten Himbeeren und einer ätherisch-erdigen Miniatur aus Selleriecreme, -lamellen und -würfelchen angerichtet wurde. Oben auf

der Leber thronte noch ein zarter Raviolo, aus dem sich eine fruchtsäuerliche warme Melange aus Himbeeren und Olivenöl ergoss, während eine konzentrierte, fast wuchtige Jus mit perfekt eingebundener Ingwernote für Power sorgte.
Volle Aromenkraft gab es auch mit dem nächsten Gang an den Gaumen, diesmal allerdings in maritim-jodiger Form. Die Idealkombination von Auster, Kaviar und Saint-Pierre – alles in bestmöglicher Qualität – ist ja beinahe schon von Haus aus ein Erfolgsgarant. Zusätzlich gab es aber auch hier hochfeine Details wie die feinwürzige Algenbutter, in welcher der Fisch gegart wurde, vor allem aber frische und in sautierten Spinat eingearbeitete Brunnenkresse, die mit ihren nussigen Aromen und der frischen, pfeffrigen Schärfe alles entscheidend belebte. Eingerahmt wurde die Komposition von einem champagnerherben und zugleich rahmig-eleganten Austernschaum, der wie alle Saucen zum Selbstangießen in der Saucière am Tisch verblieb.
Zurück an Land ging es mit dem Besten vom heimischen Kalb mit Vollgas weiter. Dieser Hauptgang war nicht nur eine perfektionierte Produktparade, die das Kalb vom Filet unter der Trüffelkruste über gebackenes Bries und geschmortes Bäckchen bis hin zu zarter Niere und rosa gegarter Schulter quasi from nose to tail aufbot, sondern diese auch mit einer satt durch Kalbszungenwürfel und schwarzer Trüffel unterfütterten Jus hinterlegte. Einzig das recht kleine Bries im Backteig brachte dabei den jeweiligen Produktcharakter nicht ganz optimal zum Ausdruck. Ansonsten war das ein wahres Fest für alle Freunde kraftvoller Eleganz. Und der von Sommelier Stéphane Gass dazu empfohlene Pinot Noir wirkte dieser Fleischeswucht mit viel Frische, Säure und Lebendigkeit entgegen, sodass wir es hier mit einem vollständig runden und rundum beglückenden Menühöhepunkt zu tun hatten.
Im süßen Finale ging es dann betont leicht und luftig zu: mit einem „Namelaka“ (was auf Japanisch so viel wie „extra cremig“ bedeutet) von Himbeerschokolade, das sich irgendwo zwischen leichter Ganache und Mousse bewegte und von hochintensivem Estragon-/Joghurt-Sorbet, marinierten Himbeeren und Estragon-Knusper begleitet wurde. Ein auf schwebende Art zwischen Fruchtfrische, Kräuterduft und luftigem Schmelz verortetes Dessert, das schon wieder Lust und Appetit auf die vielfältigen Petits Fours machte.
Die zwischenzeitlich fast schon wieder auf gewohnten Umfang angewachsene Weinkarte bietet in Breite und Tiefe eine enorme Auswahl hochwertiger Gewächse aus aller Welt – und mit der profunden Beratung durch Stéphane Gass zudem die Garantie, dass genau die richtige Auswahl in den Gläsern landet. Zum sonstigen Service lässt sich nur sagen: In dieser heiteren charmanten Souveränität gehört das Team um David Breuer definitiv zu den besten des Landes!

Hotelempfehlung

★★★★★S

Hotel Bareiss

Hermine-Bareiss-Weg,
72270 Baiersbronn (Mitteltal)
07442-470
www.bareiss.com
Einzelzimmer: 214–291 €
Doppelzimmer: 376–500 €

Ein traditionsreiches Ferienhotel mit allem nur erdenklichen Komfort, das immer wieder auf den neuesten Stand gebracht wird, dabei aber seinem Stil treu bleibt. Über ein Drittel der insgesamt 99 Zimmer wurden jüngst wieder umfassend renoviert. Der moderne „Beauty & Spa“-Bereich mit großer Poollandschaft, Saunawelt und Beauty & SPA auf 4500 m² überrascht mit 5 Saunen (finnisch, Dampf und Bio – davon zwei exklusiv für Damen), Solarien, Eisbrunnen, Gymnastik, Fitness und vielem mehr. Im „Kinderdörfle“ gibt es ein 7-Tage-Programm für Kinder und Jugendliche, und auch für Erwachsene wird ein umfassendes Ferienprogramm geboten. Außerdem im Hotel Bareiss: ein großzügiger neuer Waldpark, eine Shoppingpassage mit Modeboutique, Geschenkboutique „Das Lädle“ und Bareiss Juwelier mit eigener Kollektion sowie eigene Ausflugsziele wie der restaurierte Morlokhof von 1789 oder die Sattelei im Baiersbronner

Wanderhimmel. Außerdem verfügt die Inhaberfamilie über eine eigene Jagd. Vielfältiges gastronomisches Angebot; Restaurants Bareiss und Dorfstuben separat erwähnt.

★★★★★ S

Hotel Traube Tonbach

Tonbachstr. 237,
72270 Baiersbronn (Tonbach)
07442-4920
www.traube-tonbach.de
Einzelzimmer: 179–249 €
Doppelzimmer: 249–339 €

Inmitten einer der schönsten Naturlandschaften Europas liegt das 5-Sterne-Superior-Hotel „Traube Tonbach". Das Resort befindet sich seit 1789 im Besitz der Familie Finkbeiner und verfügt heute über 153 luxuriöse Zimmer, Appartements und Suiten. Das neue Traube SPA & RESORT mit 9 Behandlungsräumen, mehreren Pools, großem Saunabereich und Fitnessraum umfasst 4500 m². Kinder finden sich im Traube Kids Court in ihrer eigenen Welt mit 1000 tollen Ideen, ganztägiger Betreuung und kostenfreiem Kinderessen. Der in allen Restaurantführern mit Höchstbewertungen ausgezeichnete Küchenchef Harald Wohlfahrt zelebriert in der Schwarzwaldstube seine Grande Cuisine, im Restaurant Silberberg und in der Köhlerstube werden genussreiche, internationale Menüs und Buffets geboten, und die gemütliche Bauernstube lädt zu regionalen Köstlichkeiten ein. Restaurants Bauernstube, Köhlerstube und Schwarzwaldstube separat erwähnt.

★★★★ S

Romantik Hotel Sackmann

Murgtalstr. 602,
72270 Baiersbronn (Schwarzenberg)
07447-2890
www.hotel-sackmann.de
Einzelzimmer: 165–221 €
Doppelzimmer: 151–280 €

Das familiengeführte, ruhig und idyllisch im Murgtal gelegene 4-Sterne-Superior-Hotel Sackmann wurde im Jahr 2020 umfassend an- und umgebaut und in diesem Zuge fortschrittlich renoviert. Vom sehr großzügigen Eingangs- und Empfangsbereich über viele neue Zimmer und Suiten bis hin zu Kochbuch-, Kamin- und Weinlounge, Kaffeebar, „Sackmann Shop" und nunmehr vier Restaurants präsentiert sich alles in neuem Glanz. Mit modernem Outfit und dennoch im Einklang mit Natur und Tradition. Alle Räume sind vollklimatisiert, mit Wärmerückgewinnung und Frischluftzufuhr – die 76 Zimmer und Juniorsuiten in verschiedenen Kategorien bieten allesamt zeitgemäßen Komfort. Zum Entspannen und Aktivsein stehen zwei exklusive Spa-Welten mit Indoor und Outdoor Pool, diversen Saunen, Lounge- und Ruhebereichen sowie Anwendungsmöglichkeiten zur Verfügung. Eines der Highlights ist der neue Sky-Infinity-Pool mit Aussicht in die herzerfrischende Naturkulisse des Schwarzwaldes. Die Kulinarik nimmt im Hause Sackmann schon immer einen ganz besonders hohen Stellenwert ein, der vom reichhaltigen Frühstück über das Angebot in den Restaurants Murgstube, Haselbach und Silberberg bis zum Menü im vielfach ausgezeichneten Gourmetrestaurant deutlich wird. Gourmetrestaurant Schlossberg separat erwähnt.

Bamberg (Bayern)

5

Kropf – Bamberger Köstlichkeiten

Untere Königstr. 28,
96052 Bamberg
0951-2083095
www.kropf-restaurant.de
Küchenchef: Christopher Kropf
Mi–So ab 17.30 Uhr, Mo u. Di RT
Hauptgericht: 28–36 €, Menüs: 45–79 €
VISA

Nicht täuschen lassen: „Kropf – Bamberger Köstlichkeiten" mag nach Feinkostladen klingen, ist es aber nicht! Das kleine, dank der benachbarten Tiefgarage sogar mit dem Auto völlig unkompliziert erreichbare Lokal in der Bamberger Altstadt ist ein ausgewachsenes Restaurant mit schlichtem, behaglichem Bistro-Ambiente und konsequenter Ausrichtung auf Viktualien aus dem Bamberger Umland, vieles sogar aus familieneigener Produktion, Jagd oder Fischerei: Das Gemüse stammt aus „Opa Demuths Gärtnerei", die Fische aus der elterlichen Fischzucht, das Wildfleisch vom passionierten Jäger und Großonkel Rost …
Verarbeitet werden diese durchweg nicht nur regionalen und entsprechend frischen, sondern auch hochwertigen Produkte auf eine unkompliziert schnörkellose Art mit Pfiff – kein Gourmetprogramm, aber auch keine Allerweltsküche. Schon das auffallend gute Brot von einem nahegelegenen Bamberger Bäcker mit verschieden aromatisierten Buttersorten zeigt den überdurchschnittlichen Anspruch. Und wer sich für das wahlweise auch vegetarische „Köstlichkeiten-Menü" entscheidet, bekommt traditionell sogar eine recht raffinierte Vorspeisen-Trilogie.
In dieser wird besonders gut deutlich, wie das Team um Christopher Kropf seine Gerichte mit verhältnismäßig einfachen Mitteln interessant gestaltet. Etwa bei der Kombination eines feinwürzigen Kalbstatars mit ätherisch-fruchtigem Orangen-Fenchel, bei der auffallend eigenaromatischen Brust vom Freilandhuhn mit schnittlauchfrischen, marinierten Pastinakenstücken als Salat. Oder bei einem dichten, recht dunkelwürzigen Selleriecremesüppchen mit röstigem Brotknusper on top.
Als Gesamtkomposition nicht ganz so überzeugend war die Kombination von (solo sehr gutem!) Flussbarsch mit nussig-fruchtigem Muskatkürbis, karamellisiertem Chicorée und umami-konzentrierten Morcheln. Hier drängten sich die – im Herbst zwangsläufig aus getrockneten Beständen stammenden – Morcheln für den hellen feinen Süßwasserfisch zu sehr in den Vordergrund. Solche aromatischen Ungenauigkeiten sind aber eher die Ausnahme, denn in der Regel kommen die Teller harmonisch und ausgewogen daher.
Im Hauptgang sowieso, denn hier liegt der Fokus stets auf einem der dafür zur Wahl gestellten Hauptprodukte, das dann mit jeweils identischen saisonalen (Gemüse-) Beilagen serviert wird. Unsere Entscheidung fiel das letzte Mal auf die Ochsenbäckchen in Gewürzjus. Im Vergleich zu dem, was wir hier schon an Wild von Großonkel Rost oder auch zuletzt mit der getrüffelten Wachtel bekommen haben, war das leider eine der schwächsten Kostproben der vergangenen Jahre, weil das Fleisch zwar löffelweich, aber sehr ausgelaugt und blass daherkam, was auch die eher dünne, brutzelige Schmorsauce nicht nachhaltig ausgleichen konnte. Auf dem gewohnten Niveau waren dagegen die jeweils eigenaromatisch auf den Punkt gegarten Begleiter in Form von Bete, Marone, Waldpilzen und Wurzelgemüse. Und auch die vegetarische Alternative mit zarten, waldig-duftig gefüllten Steinpilzravioli nebst cremiger Parmesansauce (und den gleichen Gemüsebeilagen) machte uneingeschränkt Freude.
Genau wie der Anfang kommt auch das süße Ende stets in Form einer Trilogie. Zuletzt in herbstlich-winterlich üppiger Form mit einer Schokoladen-Crème-brûlée nebst Birnengel und Kakao-Crumble, einer herbfruchtigen Zwetschen-Streuseltarte mit cremigem Schokoladeneis und einer Cheesecake-Ecke nebst in bitterdunklen Schoko-Crumbles gewälztem (und etwas überparfümiertem) Tonkabohnen-Eis und Brombeeren. Ein zwar ziemlich mächtiger, aber unterm Strich souveräner Abschluss.

Und auch in der Gesamtschau war die Performance – trotz deutlich mehr Wacklern als gewohnt – durchaus überzeugend, weil sich am guten, von den lokalen Produkten und größtenteils fundierter Zubereitung lebenden Konzept nichts geändert hat. Genauso wenig geändert hat sich an dem attraktiven fränkischen Weinangebot und der lohnenden glasweisen Begleitung zum Menü, die insbesondere in der höherwertige Version („Kraftvolle Weine"), mit Großen Gewächsen oder trocken ausgebauten Spätlesen renommierter fränkischer Winzer auftrumpfen kann!

Barsinghausen (Niedersachsen)

5

Gasthaus Müller

Golterner Str. 2,
30890 Barsinghausen (Göxe)
05108-2163
www.gasthausmueller.de
Küchenchef: Frank Müller, Rolf Müller
Mi–Sa ab 18 Uhr, So von 11.30–14.30 Uhr u. ab 18 Uhr, Mo u. Di RT
Hauptgericht: 19–33 €, Menüs: 45–69 €
VISA

Das Gasthaus der Müllers im beschaulichen Göxe bei Barsinghausen, mit dem Auto eine gute Viertelstunde westlich von Hannover gelegen, ist ein Phänomen: In sehr vielen Punkten entspricht es nämlich eigentlich dem Klischee des typischen gutbürgerlichen Landgasthofs. Besonders am Sonntagmittag, wenn sich die Karossen aus den umliegenden Regionen schon auf der Wiese neben dem Grundstück zwischen Haus und Acker tummeln, weil keine freien Parkplätze mehr vor und neben dem Haus vorhanden sind, gibt das alles ein sehr volkstümliches Bild ab. Umso erstaunlicher, dass hier seit Jahren konsequent ein kulinarisch anspruchsvolles Niveau gefahren wird, das in jüngerer Zeit mit einem stärker auf mehrgängige Menüs zugeschnittenen Programm sogar noch forciert wurde.

Einzelne Gerichte in bodenständiger Manier, etwa ein Rumpsteak von den „Große Freie" aus der Region Hannover, das mit geschmorten Zwiebeln und Champignons, saisonalem Gemüse und Kartoffel-/Sellerie-Püree zur Disposition steht, gibt es auch noch – allerdings unter der Rubrik „Klassiker-Ecke", in der gerade mal drei Offerten zu finden sind. Ansonsten konzentriert sich hier mittlerweile alles auf drei Menüs, von denen eines ein betont weltoffenes, das andere etwas gediegener und das dritte vegetarisch ist. Gekocht ist das alles konsequent klassisch und durchaus auch mit kreativem Pfiff.

Dass Frank und Rolf Müller hier konsequent auf Qualität setzen, zeigten auch diesmal wieder gleich zu Beginn zweierlei sehr gute Brotsorten von Bäcker Gaues nebst einem hausgemachten Tomatenpesto und Gewürzbutter, die wie schon in den Vorjahren gewohnt attraktiv auf den kommenden Schmaus einstimmten. Beim Küchengruß, der aus einer kleinen maritimen Frühlingsrolle nebst Couscous bestand, waren diese beiden Komponenten für sich genommen tadellos, standen aber ohne ein verbindendes Element etwas nebeneinander.

Die Vorspeise des weltoffenen Menüs begann dann gleich mit einer beeindruckenden Produktpräsentation. Denn der Steinbutt, der hier neben verschiedenen bunten marinierten Tomaten, Artischocke und Auberginenkompott aufgeboten wurde, war weder unterrepräsentiert noch clevere Resteverwertung, sondern nicht weniger als eine sehr schöne, qualitativ respektable, perfekt gebratene und akkurat gewürzte Schnitte des Plattfischs, wie sie sonst auch in höher dekorierten Restaurants bei einem Fisch-Hauptgang nicht unbedingt selbstverständlich ist. Eine geschäumte, aber schön stoffige Weißwein-Fischsauce sowie Tupfen einer aromatischen Safran-Mayonnaise stellten süffig die Verbindung zu den mediterran leichten, frischen Beilagen her und sorgten für einen runden, ausgewogenen Teller.

Ein solcher war auch der Zwischengang, bei dem ein mit kleinen festen Steinpilzen angereicherter Risotto nebst zart knackigem grünem Spargel, wachsweichem Eigelb, einer leichten rahmigen Steinpilzsauce und frischer Sommertrüffel zu echtem Soulfood zusammenkamen.

Und das Schönste: nullkommanull künstliches Trüffelaroma! In eine ähnliche süffig-aromendichte Richtung tendierte auch der nächste Zwischengang um gebratene Jakobsmuscheln, die mit hauchdünn-krossem Speck, Wachtelei und Röstbrotchips auf einem Erbsenpüree ausgebreitet waren. Hier hätte beispielsweise mit diversen Sekundäraromen – Minze würde einem da natürlich gleich auf Anhieb einfallen –, aber auch mittels mehr Geschmack und Säure in den beiden hellen, leider ziemlich blassen Schaumsaucen sogar noch einer draufgesetzt werden können. Aber auch so war das eine harmonische Sache.

Kernig und saftig lagen auf dem Teller des Hauptgangs einige Tranchen vom „Pluma" genannten Rückendeckel des Iberico-Eichelmastschweins mit köstlich schmelzigem Fettansatz auf einer Fläche aus schaumig-leichter, durch den Siphon geblasener Cremepolenta. Dazu Maiskörner, die mittels prägnanter Würze deutlich weniger plakativ süß geschmeckt haben als erwartet, sowie gut dazu passende Gewürztomaten (Vanille, Ingwer …), die noch raffinierter gewirkt hätten, wenn sie enthäutet gewesen wären. Auch das Chorizoaroma in der Jus hätte nach unserem Geschmack durchaus etwas mutiger herausgestellt werden können, weil so der herzhafte Gegenpart zu den eher süßlichen Komponenten ein wenig gefehlt hat. Grundsätzlich war aber auch das ein äußerst erfreulicher Teller.

Am simpelsten wirkte letztes Mal das Dessert, ein „Zerlegter Käsekuchen", der sich aus Frischkäsemousse, Mascarponeeis, viel Butterstreusel und ein paar Heidelbeeren rekrutierte – und im Grunde nur rahmig und süß schmeckte. Uns aber trotzdem nicht davon abbringen konnte, der Küche dieses Mal zu den 5 Pfannen auch noch einen verdienten Bonuspfeil zu geben. Ein Extralob gibt's außerdem für die äußerst gepflegte Weinkultur und die anspruchsvollen glasweisen Empfehlungen zu den Menüs.

Bayrisch Gmain (Bayern)

5

GenussArt

im Premium Hotel & Health Resort Klosterhof

Steilhofweg 19,
83457 Bayrisch Gmain
08651-98250
www.klosterhof.de
Täglich ab 18 Uhr, kein RT
Hauptgericht: 19–42 €
Menüs: 38–125 €
VISA

Eine über 500-jährige Historie ist eine Ansage – aber im Klosterhof in Bayrisch Gmain längst nicht alles. Der sehr stilvolle Wellness- und Wohlfühlort punktet darüber hinaus mit durchweg hochwertigem, zeitgemäßem Design und den vielen an ganzheitlichem Wohlbefinden und Achtsamkeit orientierten Offerten. Dazu zählt auch ein hochwertiges kulinarisches Programm, das hier von dem Team um Sascha Förster für die Hausgäste und – nach Reservierung! – auch für externe Besucher erlebbar wird. Bei den behutsam modernisierten alpenländischen Gerichten setzt das Team eher auf frische und unverkünstelte Zubereitung als auf aufwendige Spielereien – und fährt damit sehr gut. Ein eingespieltes Serviceteam und eine ansprechende Weinauswahl mit Schwerpunkt Österreich/Deutschland und Resteuropa runden den stimmigen Gesamteindruck ab.

Bayrischzell (Bayern)

5↑

Pool

im Naturhotel Tannerhof

Tannerhofstr. 30,
83735 Bayrischzell
08023-810
www.natur-hotel-tannerhof.de
Küchenchef: Nico Sator
Di–Sa ab 18.30 Uhr,
So u. Mo RT
Menüs: 45–85 €
VISA

Wer sich über den Tannerhof in Bayrischzell informiert, wird vermutlich nicht an allererster Stelle auf ein Gourmetprogramm, sondern eher auf das umfassende Natur-, Gesundheits- und Wellbeeing-Angebot in ursprünglicher naturnaher Umgebung stoßen. All das gibt es hier auch. Und zwar in einer wirklich selten gelungenen Verbindung von alpenländischem Charme mit modernem Purismus: rustikale Berghütten neben klaren Linien aus Holz, Stahl und Glas. Alles mit viel Platz und geschickt in die Berglandschaft integriert. Ein toller Platz, um wieder zu sich selbst zu finden – oder einfach nur sehr komfortabel eine entspannte Zeit in schöner Umgebung zu verbringen …

Zum Selbstverständnis des Tannerhof gehört aber eben auch eine dem „Slow Food"-Gedanken verpflichtete, ebenso auf gesundheitliche und ökologische Aspekte wie auf Genuss achtende Gastro-Philosophie, die im gesamten Resort umgesetzt wird. Die kulinarisch spannendste Interpretation dieser Philosophie findet im auf maximal zwölf Plätze limitierten Restaurant Pool statt, in dem unter der Ägide von Küchenchef Nico Sator auch für externe Gäste ein Überraschungsmenü in drei bis sechs Gängen auf das handgetöpferte Geschirr einer regionalen Künstlerin gebracht wird.

Da weder eine Speisekarte noch besonders viele Bilder oder sonstige mediale Eindrücke zum Restaurant beziehungsweise seiner Küche zu finden sind, sondern nur die Information, dass an den verschiedenen Wochentagen wechselnd vegetarisch, mit Fisch oder mit Fleisch gearbeitet wird, waren wir in diesem Fall ganz besonders gespannt auf das, was hier letztlich auf die Tische kommen würde.

Los ging es zunächst mit gutem knusprigem Brot und luftig aufgeschlagener Tomatenbutter, bevor eine wohltuend warme und elegante Tomatensuppe als intensiver, aber ansonsten sehr schlichter Starter immer noch nicht besonders viel verriet. Das tat dann schon eher die erste Vorspeise mit einem durch zarte Säure und Schärfe auffallend feinfühlig abgeschmecktem Gelbe-Bete-Püree nebst geschmorter Gelber Bete. Beide wurden in ein frisches, anisduftiges Umfeld aus Schwedenmilch, Oliven- und Dillöl gestellt, während karamellisierte schwarze Oliven mit ihrer beinahe lakritzartigen dunklen Würze punktuelle Kontraste setzten. Gute Effekte mit einfachen Mitteln.

Nach dem gleichen Prinzip weniger, aber markanter Akzente funktionierte auch der folgende, beherzt angebratene und doch schön glasige Rotbarsch: eine milde Erbsencreme als Fundament, zartfruchtige Tomatenmarmelade als Streifen obenauf und dunkelwürzige schwarze Knoblauchcreme drumherum. Einziges Manko waren hier die allesamt ähnlich cremig-weichen Konsistenzen, die trotz aromatischer Kontraste etwas eintönig wirkten und nur durch etwas knusprigen Buchweizen aufgelockert wurden.

Bei dem folgenden Rinderfilet „Stroganoff" setzte das Team mit Roter Bete, Gewürzgurke und Sauerrahm auf die traditionelle Kombination, die hier allerdings noch um Pastinake als Creme und Chips erweitert und in eleganten Proportionen präsentiert wurde. Angerichtet in reichlich leichter Bete-Creme und geschmorter Bete ergab sich eine harmonische, aber auch etwas diffuse Melange, bei der vor allem die fein dosierte Süße und Säuerlichkeit sowie eine prononcierte ätherisch-warme Pfefferschärfe gut gefielen.

Zum Abschluss steht eine kleine Auswahl guter Bio-Käse parat. Alternativ (oder zusätzlich) aber natürlich auch eine süße Option. Und mit einem milchig cremigen Eis mit Karamell-/Calvados-Sauce plus Butter-Crumbles und herbem Cremepüree aus eigenen Äpfeln und Nussbutter zeigte das Team, dass es sich auch in diesem Bereich in sicherem Terrain bewegt und einmal mehr mit wenig Aufwand wirkungsvoll auf den Punkt kommen kann. Das war der stärkste Eindruck des Menüs und locker 6 Pfannen wert!

Fazit: ein stimmiges Konzept an einem besonderen Ort. Eingeschlossen auch der ebenso unkompliziert-herzliche wie kompetente Service und die Auswahl guter Weine ausgewählter und biologisch zertifizierter Produzenten zu fairen Kursen. Unser einziger dringender Wunsch wäre ein Upgrade bei den Weingläsern!

Hotelempfehlung

Naturhotel Tannerhof

Tannerhofstr. 32,
83735 Bayrischzell
08023-810
www.natur-hotel-tannerhof.de
Einzelzimmer: 145–255 €
Doppelzimmer: 145–225 €

Das Naturhotel Tannerhof, rund 40 km südlich von Rosenheim kurz vor der österreichischen Grenze am Ortsrand von Bayrischzell gelegen, ist eigentlich ein eigenes kleines Dorf in den Bergen. Hier gibt es nicht nur jede Menge Platz und Natur, sondern auch viele Häuser und Räume, in die man sich zurückziehen kann. Herzstück dieses „Hotel-Bergdorfs" ist ein großes altes Bauernhaus („Die Alte Tann"), das durch die lichtdurchflutete „Orangerie" mit dem „Badehaus" verbunden ist, in dem sich Schwimmbad, Wellness- und Anwendungsbereiche befinden. Dann sind da beispielsweise „Die Neue Tann", ein Jahrhundertwende-Haus mit weiteren unterschiedlichen Hotelzimmern, ein separates Saunahäuschen, das „Waschhaus" für Seminare, das „Atelier" mit gigantischem Blick auf Tal und Berge – und viele kleine historische, am Berghang gelegene Lufthütten sowie moderne, ein Jahrhundert später erbaute Hüttentürme mit gemütlichen Zimmern und toller Aussicht. Abschalten, entspannen und das Ursprüngliche genießen steht hier im Vordergrund: keine Kulisse, keine Fernsehapparate in den Zimmern, dafür endlich wieder Zeit für ein gutes Buch. Auf zeitgemäßen Komfort muss man im Tannerhof aber ebenso wenig verzichten wie auf anspruchsvolle Küche in Bio-Qualität. Restaurant Pool separat erwähnt.

Beilngries (Bayern)

Die Gams

Hauptstr. 16, 92339 Beilngries
08461-6100
www.hotel-gams.de
Täglich ab 11.30 Uhr, kein RT
Hauptgericht: 11–35 €,
Menüs: 19–48 €

Mitten in der adretten Altstadt von Beilngries und direkt im malerischen Altmühltal verbindet das Ringhotel „Zur Gams" geschmackvollen Komfort mit niveauvoller Küche nach „Slow Food"-Prinzipien. Das heißt: Produkte aus regionaler handwerklicher Produktion, frische natürliche Zubereitung und eine bodenständige Grundhaltung. Umgesetzt wird das größtenteils traditionell, zum Teil aber auch etwas ambitionierter. So oder so stimmt das Gesamtpaket, zu dem auch die angenehme Atmosphäre in den gemütlichen Stuben – der Hauptgastraum mit dicker Balkendecke, blau weiß gestickten Polsterbänken und markantem grünem Kachelofen – und der herzlich-entspannte Service gehören.

Berchtesgaden (Bayern)

6

Berchtesgadener Esszimmer

Nonntal 7,
83471 Berchtesgaden
08652-6554301
www.esszimmer-berchtesgaden.com
Di–Sa ab 18 Uhr, So u. Mo RT
Hauptgericht: 24–39 €,
Menüs: 56–79 €

Es liegt ein bisschen versteckt, das kleine feine Esszimmer, in dem Gastgeber und Küchenchef Maximilian Kühbeck seine Vision einer unkompliziert anspruchsvollen Küche verwirklicht. Am Rande der Berchtesgadener Altstadt, in einem schmalen Häuschen, locken die Gewölbezimmer des Restaurants mit behaglichem

Flair, coolen rustikalen Designideen und elegant gedeckten Tischen. Die Karte beschränkt sich umsichtig auf jeweils drei Vorspeisen, Hauptgerichte und Desserts, orientiert sich weitestgehend an Gutem aus der Region und rückt auch weniger prominente Produkte in den Vordergrund. Das Esszimmer ist für uns eine wirklich spannende Neuentdeckung mit stimmigem Konzept, inklusive fairen Preisen und (auch offen) hochwertigen Weinen.

5

Lockstein 1

im Biohotel Kurz

Locksteinstr. 1, 83471 Berchtesgaden
08652-9800
www.biohotel-kurz.de
Küchenchef: Christl Kurz
Täglich ab 18.30 Uhr, kein RT
Hauptgericht: 15–20 €,
Menüs: 35 €

VISA P

Schon die Stufen zur Eingangstür und zur zauberhaften Gartenterrasse des Biohotels Kurz haben etwas Idyllisches und sind von liebevollen kleinen Details geprägt. Und das setzt sich in den von antikem Holz, dicken Balken und historischem Mobiliar geprägten Räumen fort. Atmosphärisch hat das Ganze fast schon mehr von einer Einladung bei Freunden, was auch durch die herzlich und familiär auftretenden Damen im Service unterstrichen wird.
Christel Kurz, die Chefin dieses Kleinods, hat sich gemeinsam mit ihrer Tochter Gabi vor allem mit anspruchsvollen Kochbüchern zur vegetarischen Küche einen Namen gemacht und über die Jahre ein starke kleine Marke etabliert, zu der neben dem (winzigen) Hotel, dem Brunch-Angebot und dem abendlichen Menü im Restaurant auch viele thematisch abwechslungsreiche Kochkurse gehören. Während Gabi Kurz schon seit Längerem in Dubai ein vegetarisches „Wellbeeing"-Restaurant führt, hält ein kleines Team um Christel Kurz die Stellung in der oberbayerischen Heimat.
Jeden Abend gibt es für Hotelgäste und – nach Reservierung – für externe Besucher ein fünfgängiges saisonales Menü. Die Zubereitungen bleiben dabei eher „einfach", also alles andere als die technische moderne Küche vieler ambitionierter Kollegen, sind aber mit viel Fingerspitzengefühl arrangiert und setzen gekonnt die natürlichen Eigenschaften der durchweg sehr guten charakterstarken Gemüse, Kräuter, Nüsse und Öle ein.
Nach einem selbst angesetzten Apfel-/Ingwer-Kombucha und den kleinen Brötchen mit Aufstrichen demonstrierte zuletzt schon ein dünner, krachend knuspriger Rösti mit Schnittlauch-Sauerrahm den Stil und Anspruch der Küche. Noch mehr aber der einleitende Salat mit Sellerie-Juliennes, knackigen Gurkenstreifen und Wintersalaten. Dieser bot leichte Fruchtigkeit, nussig-süße Akzente durch Dattel- und Walnussstücke und erfreulich exakte Proportionen. Derartige Sachen sind hier in ihrer Einfachheit ganz bezaubernd, weil wirklich jede Zutat von überdurchschnittlicher Qualität ist und das Ganze zudem sehr gekonnt abgeschmeckt wird.
Das stellte auf schlicht-elegante Art auch die zartschmelzende Tomatengelee-Terrine unter Beweis: gemeinsam mit einer rahmigen lauwarmen Basilikumsauce, dezentem Knoblauch-Flavour und einer präzise verzögert einsetzenden Pfeffrigkeit ergab sich ein exakt getroffener Dreiklang. Eher einen Zweiklang, aber einen ebenfalls gelungenen, gab es dann bei dem federleichten, intensiv ätherisch-erdigen Kohlrabisüppchen mit subtiler Estragonwürze. Sehr pur, sehr konzentriert, sehr fein!
Und auch im Hauptgang holte das Team um Gabi Kurz aus einer (scheinbar) simplen Polenta mit Frühlingsgemüse sehr viel raus: die Polenta selbst sehr fluffig und mit leichter Parmesanwürze, die Gemüse (grüner Spargel, Mangold, Frühlingszwiebel) knackig mit feinen Bitternoten. Dazu noch geröstete Pinienkerne und ein grasiges Öl – that's it. Macht Freude und ist zudem als Ganzes erneut angenehm leicht proportioniert.
Die Mousse au Chocolat zum Abschluss bildete da in eher üppiger Portion fast eine Ausnahme, war aber trotzdem so luftig locker und von einem fruchtsäuerlichen Passionsfrucht-Coulis inklusive knackiger Kerne aufgefrischt, dass dies nicht wirklich ins Gewicht fiel. So lassen sich garantiert auch noch die schmelzend schokoladigen Amaranth-Betthupferl zum Getreidemokka ganz unbeschwert genießen.

Neben dem im Menüpreis inkludierten Wasser gibt es dazu ein kleineres Sortiment guter Bio-Weine und -Biere, die übrigens genauso fair kalkuliert sind wie das gesamte Angebot.

7

Pur

im Kempinski Hotel Bertesgaden
Hintereck 1, 83471 Berchtesgaden
08652-97550
www.kempinski.com/berchtesgaden
Küchenchef: Ulrich Heimann
Mi–Sa ab 18.30 Uhr, So–Di RT
Menüs: 95–180 €

VISA

Mit neuem Design, neuem Namen und modifiziertem Konzept hat das Gourmetrestaurant des Kempinski Hotels Berchtesgaden nach einer langen Pause Anfang 2020 wiedereröffnet. Der Name „Pur" deutet es schon an: es geht in Richtung eines modernen Minimalismus mit stärkerem Bezug zur Region und der Beschränkung auf zwei statt bisher drei Menüs. Mit Blick auf die internationale Klientel und deren (mögliche) Erwartungen an ein Gourmetrestaurant bedient sich eines der Menüs nach wie vor internationaler Edelprodukte. Der „wahre" Chefkoch Ulrich Heimann kommt allerdings – so verrät es auch der Service – vor allem im regionalen und bodenständigeren Alpen-Menü rüber. Da wir hier ohnehin schon länger die Meinung vertreten, dass der dynamische Chef bei der Interpretation verfeinert rustikaler Sachen seine stärksten Momente hat, waren wir sehr gespannt, wie sich die Veränderungen auswirken.
Im Ambiente sind die Neuheiten offensichtlich: statt des klassisch vornehmen Designs schaffen die neuen dunklen Designersessel und -couches an edlen Naturholztischen eine lässig-elegante Atmosphäre, die gekonnt Gemütlichkeit mit Chic verbindet. Und das Alpenpanorama vor der hohen Glasfront ist sowieso einmalig. Relaunch gelungen! Auch die Abkehr von vielen kleinteiligen Küchengrüßen ist eher ein Gewinn, zumal die Alternative mit einer exklusiven Brotzeit in Form eines kleinen knusprigen Brotlaibs, fein akzentuierten Aufstrichen, gutem Schinken und gepickeltem Gemüse viel hermacht und gekonnt augenzwinkernd an urbayerische Traditionen anknüpft.
Ein paar animierende Kleinigkeiten, etwa hochintensive Sellerie-Macarons mit Bärlauchcreme, gibt es dennoch vornweg, bevor pfeffrig spicy gebeizter Rehrücken als dünne Schuppen auf einer intensiven Topinamburmousse kredenzt wird – mit nussigen Kicks durch karamellisierte Kerne und Buchweizen. Den feingliedrigen Gegenpol dazu stellten marinierte Bete, Rettich und Brombeere mit subtilem Säurespiel und feinen erdig-ätherischen Noten. Insgesamt ein zart schmeichelnder und doch charakterstarker Einstieg ins Menü.
Noch stärker auf ein exzellentes Produkt abgestellt war das zart confierte Doppelfilet vom regionalen Saibling. Dieser wurde in ein grasig-ätherisches Umfeld aus Kohlrabi (marinierte Juliennes und knackige Würfelchen) und einer Kräuter-/Oliven-Emulsion gesetzt. Dabei brachten die Juliennes mit ihrer knackigen Säure den nötigen Frische-Boost (waren aber, weil zu lang, etwas unkompliziert zu essen), während ein hauchdünner Haselnuss-Chip für knusprig nussige Spitzen sorgte.
Die Produktqualität war aber genauso auch beim Langustino aus dem Welt-Menü ein starker Trumpf. Das glasig knackige Premium-Krustentier bekam durch die Kombination mit Pomelo (in Form gebrannter Segmente und einem zarten Gelee auf dem Krustentier) in Bitterkeit und Säure einen spannenden Akzent. Dazu eher dunkle, leicht süße Sojasaucen-Noten sowie die bittere Schärfe von Papayakernen, die den ebenfalls gelungen reduzierten Auftritt abrundeten.
Zurück zur Region ging es bei der Ente, von der nicht nur die klassisch gebratene und deshalb schön straffe Brust, sondern auch Herz, Magen und Leber in aparten kleinen Zuschnitten präsentiert wurden. Aromatisch fusioniert waren diese charakterstarken Elemente mit der dunklen Frucht eines Hollerlacks und der ätherisch-säuerlichen Kombination aus Steckrübe und Apfel – wie alles hier in exakten Proportionen und bester Balance.
Den erfrischenden Übergang ins Süße schaffte danach ein kleines blumig-frisches Mini-Dessert aus einem gefrorenen Joghurtring mit Akaziengel, der exotischen Fruchtigkeit eines Guavensorbets und punktuellen Milchschoko-

laden- und Vanillenoten. Das machte Lust auf mehr, und in diesem Sinne kam das anschließende Dessert gerade recht: Hier wurde die fruchtige Seite von Bete präsentiert, kombiniert mit vanilleduftiger Milch, Himbeere, würzigem Honig und einer feinen Salzigkeit. Top! Dass es zu alldem auch reichlich hochwertige Weine gibt, wundert bei einem Haus dieser Klasse kaum. Schon mehr wundert es allerdings, dass die vor allem aus Deutschland und Österreich, aber auch Italien und Frankreich gut sortierten Flaschenweine erfreulich moderat kalkuliert sind, während die glasweise ausgeschenkten Gewächse bisweilen durch eine ziemlich happige Preisgestaltung auffallen.

Hotelempfehlung

Biohotel Kurz

Locksteinstr. 1, 83471 Berchtesgaden
08652-9800
www.biohotel-kurz.de
Einzelzimmer: ab 70 €
Doppelzimmer: ab 140 €

Das über 500 Jahre alte Haus mit seinem idyllischen Garten und Ausblick auf die Berchtesgadener Bergwelt ist ein echtes Kleinod. Es wurde liebevoll renoviert und verbindet alte Bausubstanz mit moderner Technik und Bio-Technologie. Zum Wohlfühlen tragen in den charmanten Gästezimmern Bio-Betten, Wandheizung, ein eigenes Ankleidezimmer, ein großzügiges Badezimmer und jeweils ein kleiner Privatgarten oder Balkon bei. Außerdem verfügt jede Etage über einen Kachelofen oder einen Kamin. Zum Verweilen, Teetrinken und Plaudern lockt die Bibliothek mit dem haustypischen romantisch-antiken Interieur. Für das tolles Frühstück mit regionalen Bio-Spezialitäten wird das Team um Christel Kurz

nicht nur von Hausgästen gerühmt, sondern auch von externen Besuchern. Und für Ihre gute vegetarische Bio-Küche ist die Gastgeberin sogar überregional bekannt. Restaurant Lockstein 1 separat erwähnt.

Bergisch-Gladbach
(Nordrhein-Westfalen)

6

Trattoria Enoteca

Kadettenstr.,
51429 Bergisch-Gladbach (Bensberg)
02204-42915
www.althoffcollection.com
Küchenchef: Marcus Graun
Mo–So von 12–14 Uhr u. ab 18.30 Uhr, kein RT
Hauptgericht: 28–34 €,
Menüs: 66–89 €

VISA

Dass in einem Althoff-Hotel auch ein ambitioniertes italienisches Restaurant installiert ist, kann schon beinahe als Markenzeichen der gourmetaffinen Hotelgruppe gesehen werden, auf jeden Fall aber gehört es zum Konzept. Und so reiht sich die Trattoria Enoteca in einem der Nebengebäude von Schloss Bensberg in diese vom Tegernsee (Il Barcaiolo) über Bonn (Oliveto) bis Celle (Palio) reichende Reihe – dank des rustikal gemauerten Gebäudes und einer weinumrankten Terrasse sogar mit überraschend authentischem Trattoria-Feeling!
Das kulinarische Konzept läuft zweigleisig: Auf der einen Seite stehen traditionelle und etwas bodenständigere Gerichte, auf der anderen Seite moderner und kreativer angelegte Sachen, und beide Richtungen gibt es auch in Form eines dreigängigen Menüs. Egal, zu welcher Richtung man tendiert oder wie man sich seine eigene Speisenauswahl zusammenstellt: Auf

beiden Seiten kann man sich einem identisch hohen Anspruch ans Produkt und einer frischen, akkuraten Zubereitung sicher sein. Schon der gereifte nussige Schinken, die Oliven und eine kräuterwürzige Thunfischcreme zur Focaccia machen hier Lust auf mehr …
Das könnte auf der bodenständigen Seite beispielsweise ein von hochwertigem Öl und Essig geprägter Pulposalat nach ligurischer Art sein, der auf fein prononcierte und völlig unkomplizierte Art überzeugt. Dass auf der modernen Seite aber auch alles andere als pseudokreativer Firlefanz angeliefert wird, illustrierte die Kombination von kurz koloriertem, klararomatischem Thunfisch und gezupftem Taschenkrebssalat mit hauchdünnem Brotchip. Akzente setzten hier eine feinwürfelige und auffallend genau zwischen Süße, Säure und feiner Schärfe abgeschmeckte Caponata sowie punktuelle Kresse-Kicks und eine zitrisch-kräuterfrische Vinaigrette.
Dass hier außerdem klar überdurchschnittliche Primi Piatti zu erwarten sind, verwundert dann schon gar nicht mehr so sehr: sei es bei Pappardelle mit Steinpilzen à la Creme und Petersilie oder bei den zarten hausgemachten Ravioli mit Ochsenschwanzfüllung und Tropeazwiebel-Marmelade. Es lohnt also durchaus, sich auch à la carte durch die Pasta- und Risotto-Optionen zu probieren …
Wobei man dann vielleicht mangels Kapazitäten auf den über sechzig Stunden lang bei Niedertemperatur gegarten Rinderbug mit Cima di Rapa und Steinpilzpolenta verzichten müsste. Und im kreativen Bereich auf die erneut auffallend akkurate Interpretation von Hirsch „Rossini“, mit kernigem rosa Rücken und gebratener Gänseleber neben zarter Selleriecreme, knackigem entblättertem Rosenkohl und intensiven Rotkohlspalten sowie einer kraftvollen Trüffeljus. Mit einem Upgrade bei der leider ziemlich weichen Foie gras und mehr integrierter Säure wäre dieser Hauptgang auch für eine noch höhere Bewertungen gut gewesen.
Definitiv hätte diese auch der kompakt angerichtete und überraschend spannungsreiche süße Abschluss verdient. Auf Basis von knusprig nussigem Erdnusspraliné, cremig dichtem Kaffeeeis und Karamellsauce erfrischten hier ein luftiger Joghurt-/Mascarpone-Schaum und (etwas störrige) kandierte Zitronenzesten gemeinsam mit intensivem Pistazien-Sponge. Alles zusammen auf dem Löffel ergab das ein sehr fein zwischen Nussigkeit, Süße, Bitternoten, Ätherik und unterschiedlichen Konsistenzen changierendes Geschmacksbild und kontrastreich differenziertes Gaumenfeeling.
Dazu stellt die integrierte Vinothek, aus der alle Weine auch mit nach Hause genommen werden können, eine adäquate Begleitung im Glas sicher. Zu den Menüs gibt es kompetent gewählte Optionen glasweise und in der Karte von spannenden Basisweinen bis zum Super-Tuscan und gereiften Barolo viel Spannendes zu Entdecken.

Vendôme

im Hotel Schloß Bensberg
Kadettenstr. 2,
51429 Bergisch-Gladbach (Bensberg)
02204-42906
www.schlossbensberg.com
Küchenchef: Joachim Wissler
Mi–Fr ab 19 Uhr, Sa u. So 12–13.30 Uhr u. ab 19 Uhr, Mo u. Di RT
Menüs: 240–320 €

Überraschenderweise blieben viele der Althoff-Gourmetrestaurants länger als andere Destinationen im Corona-Lockdown, was einmal mehr zeigt, wie schwierig die gesamte Situation sowohl für kleinere Konzepte als auch für größere Unternehmen war und ist. Entsprechend groß war unsere Vorfreude auf einen aktuellen Besuch nach dem Restart von Schloss Bensberg und dem Vendôme. Und so viel sei schon mal vorab verraten: Das lange Warten hatte sich gelohnt! Ob es an der kreativen Zwangspause, an dem reflektierenden „Best-of-Menü“ anlässlich des 20-jährigen Jubiläums oder einfach an einer normalen Entwicklungskurve liegt, lässt sich nur mutmaßen. Sicher aber ist: Besser als zuletzt haben wir bei Joachim Wissler seit vielen Jahren nicht gegessen. Dass es im Vendôme zu keiner Zeit einen Stillstand gab und gibt und dass das Team um Joachim Wissler grundsätzlich mit ebenso viel Akribie wie Kreativität an neuen Gerichten

feilt, ist nichts Neues. Bei den vergangenen Besuchen fehlte uns aber teilweise der ganz stringente rote Faden oder wirkten manche besonders komplex aufgebaute Teller – trotz höchster Präzision und Produktgüte – etwas zergliedert und nicht ganz im Gleichgewicht. Davon war heuer nichts zu spüren. Im Gegenteil: Dass viele Gerichte enorme Tiefe und Intensität mit einer Vielzahl flirrender Details verbinden, wirkte einfach charakteristisch für den Stil, und zudem zeichneten sich viele Teller durch eine so hochfein eingebundene „Rustikalität" aus, wie sie kaum jemand sonst umzusetzen vermag.
Schon vor vielen Jahren war Joachim Wissler einer der ersten, der den Mut hatte, auch Bezüge zur bodenständig bäuerlichen Herkunft in die hochstilisierte Gourmetküche zu integrieren und wurde vor allem mit der Verwendung fett- und geschmacksintensiver Cuts vom Schwein oder auch Innereien stilprägend. Und genau diese Seite der Wissler'schen Küche kam diesmal wieder stärker zum Tragen und zog sich in unterschiedlichen Facetten durch das spätsommerliche Menü. Allerdings in einem dramaturgisch genau austarierten Maß, mal leichter, mal kraftvoller. Und das neben Kreationen, die eher rein von mediterraner Leichtigkeit oder klassischer Eleganz geprägt waren.
Durch die architektonisch geschickt integrierten Glastrennwände hat sich an der weitläufigen entspannten Atmosphäre im Restaurant nichts geändert. An einigen Tischen entstand sogar eine neue, ganz angenehme Intimität. Spätestens bei den akkuraten Kleinigkeiten zum Auftakt sind die Hygienevorschriften aber ohnehin vergessen, denn hier warten neben Evergreens wie dem Gänseleber-Toffee mit seinem traumhaften Nuss-Nougat-Ton zur Leber und dem Hauch Säure durch Rieslinggelee stets schon Eindrücke, die sich in ihrer komprimierten Form stark einprägen. Zuletzt waren das unter anderem ein luftiger gefriergetrockneter Kräuterschaum mit schmelzigem Rauchaal und Purple-Curry-Mayonnaise sowie ein hochpräziser temperierter „Salat" aus saftigem Bulgur, zartem Oktopus, hauchdünn knusprigem Chorizo-Chip, Erdnuss und einer dünnen gepickelten Ananasscheibe, die beide die aromensichere Kombiniergabe des Chefs aufzeigten.
Den ersten mutigen Moment gab es bei einer Kalbshirn-Piccata. Dabei wurde die Innerei soft und zart mit einer hauchdünnen prägnanten Ei-/Parmesan-Schicht gratiniert und auf einer mit Kalbsgelee überglänzten Vitello-Creme platziert – aufgelockert von einem Ring aus kleinen festen Pfifferlingen, Kalbskopfwürfeln und Kapern. Separat spiegelte ein kühlerer und mit noch mehr Säure aufgeladener Side Dish mit einem „Salat" aus Mini-Artischocken und -Pfifferlingen, hauchdünnen Knusperblättern, Kapern und ebenfalls etwas Vitello-Creme das Geschehen auf dem Hauptteller, ohne redundant zu wirken. Etwas entzerrter und klarer, mehr auf das (sensationelle!) Produkt zugeschnitten, präsentierte das Team große fleischige Flusskrebsschwänze und -scheren neben gepickelten Dillgurken, gelierten Tonic-Drops, hauchdünnen Rübchenlamellen und Lemonpepper-/Gin-Sud. Der Clou dabei, der das Ganze aus hochpräzisen, aber relativ konventionellen Bahnen kickte, war eine kompakte Kokoscreme, die sich mit Schmelz und nussiger Süße perfekt einpasste. Das geht kaum besser!
Bei dem folgenden, in Kartoffelascheöl confierten Zander wurde dagegen die unverbrauchte Innovationskraft des Vendôme-Teams besonders gut deutlich. Der festfleischige Fisch war von einer ganz subtilen Lagerfeuer-Aromatik geprägt, die sich wunderbar mit einer erdig-fruchtigen Urkarottencreme (dezent spicy) und feinstreifigem Salat aus gelber Rübe, ätherischer Hanfsaat sowie einer stoffigen Vin-Jaune-Sauce verband. Mit Kraft unterlegt wurde das Ganze noch durch schmelzig marmorierte Streifen von der Schweinemaske sowie einer kleinen Quinoa-Nocke mit Schmalz-Würze. Alles zusammen ergab ein hochkomplexes und spannungsgeladenes Ganzes von verfeinerter Rustikalität, hellen säurebetonten und dunkleren erdigen Noten.
Da kam das vergleichsweise heitere mediterrane Ensemble rund um zarten Wolfsbarsch in Safran-/Bouchotmuschel-Vinaigrette, glasierten Fenchel und petersiliengrünen Hummus im Anschluss gerade richtig. Auch hier waren die Aromen zugespitzt und klar, vor allem das Zusammenspiel von Fenchel, Safran und konzentrierter Paprika wunderbar deutlich herausgearbeitet und mit feinen Details versehen, auch wenn der farbenfrohe Gang für sich einen der harmloseren Eindrücke des Menüs ergab.
Beim folgenden Kinn vom Sonnenschwein (ganzjähriger Freilauf!) wurde die subtile Rustikalität das erste Mal zum Hauptthema gemacht. Wobei „Rustikalität" auch hier unbedingt in Anführungszeichen zu setzen ist, denn auch das kompakt soft glasierte Schulterfleisch nebst zarter Blumenkohl-Senfcreme und heller Weißbier-/Liebstöckel-Jus inszenierte die charakterstarken Aromen in enormer Eleganz. Zu Letzterer trugen auch die enthäuteten Muskattrauben mit Haselnusshobeln, ein herbes Traubengel mit einem Hauch Vanille sowie ein

ätherisches Kräutertopping bei, die das Ganze auflockerten und mit zusätzlicher kräutrig-fruchtiger Frische hinterlegten.
Beim selbstredend in rosastraffer Perfektion servierten Poltinger Rehrücken inklusive glasierter Schulter und einem Schüsselchen mit Rehleberragout unter Kartoffelschaum interpretierte Joachim Wissler die klassische Kombination mit dunkler Frucht in Form von Holunder in einer eleganten Rouennaiser Sauce und als „Kaviar“ – variierte das klassische Thema aber durch die Zugabe von glasierter Tamarillo mit hellerer, vegetabiler Fruchtigkeit und konzentrierter Sesamcreme. Ausgerechnet im Hauptgang war das einer der Teller, die am stärksten an die vergangenen Jahre erinnerte: hochkomplex und intensiv, aber auch ein ganz klein wenig zergliedert …
Den Übergang zu den Desserts schaffte ein zartes Ziegenkäseeis mit teils dunkel konzentrierten und teils frischen helleren Feigenzubereitungen, ergänzt von etwas Senfmarinade (ohne die Penetranz des üblichen zuckrigen Feigensenfs), und vor allem durch Röstbrot-Chips mit markant dunkel-bitterer schwarzer Olive noch eher im herzhaften als im süßen Bereich.
Klar in diesem lag dann die als Sonnenblume inszenierte, erfrischende Kombination von Topinambur, Sonnenblumenmousse mit Mango und einem kompakt cremigen Passionsfrucht-/Champagner-Sorbet. Durch die abgestuften Säuregrade und nussigen Noten sowie enormer Leichtigkeit bei maximaler Intensität war das ein hervorragender Abschluss. Wobei dieser natürlich wie gewohnt noch um die kunstvollen kleinen „Vendôme Celebrations“ verlängert wird, darunter das wahrscheinlich beste „Solero“-Eis am Stiel, eine hintergründig mit Ingwer geschärfte Schokolade und Pralinen mit Erdnuss-Ganache.
Aufgetragen, erläutert und mit anspruchsvollen Weinen ergänzt wird das Ganze von einem perfekt choreografierten Serviceteam, das individuell auf die Gäste eingeht, mal lockerer und mal formeller. Wohlfühlen leichtgemacht, Schwellenangst unbegründet! Mit Jochen Bücher als neuem Gesicht an der Weinfront hat das Team einen guten Fang gemacht. Schon kurz nach dem Einstieg im September konnte der junge, von Gut Lärchenhof nach Schloss Bensberg gewechselte Sommelier mit Expertise und individuellen Empfehlungen einen sehr guten Eindruck hinterlassen.

Die Besteck-Symbole

luxuriöses Restaurant mit höchstem Komfort und formvollendetem Service, edler Ausstattung und einer Weinkarte, die höchsten Ansprüchen genügt

elegantes Restaurant mit hohem Komfort und exzellentem Service, sehr gute Ausstattung, hervorragende Weinkarte

gehobenes Restaurant mit gutem Komfort und versiertem Service, umfangreiche Weinkarte

besser ausgestattetes Restaurant mit ordentlichem Service, ausgewählte Weine

schlichtes Restaurant, Gasthof oder Bar

Die Symbole

P gute Parkmöglichkeiten
Hotelgarage
barrierefrei
klimatisierte Zimmer
WLAN-Zugang
Hallen- und/oder Freibad im Haus
mit Wellness-Bereich
mit Fahrstuhl zu den Hotelzimmern
Hunde im Hotel nicht erlaubt
mit Garten oder Terrasse

Die Hoteleinträge

★★★★★S	Superior
★★★★★	Unterkunft für höchste Ansprüche
★★★★★	Unterkunft für hohe Ansprüche
★★★★	Unterkunft für gehobene Ansprüche
★★	Unterkunft für mittlere Ansprüche
★	Unterkunft für einfache Ansprüche
	Unterkunft ohne Sterne-Klassifizierung

Berlin

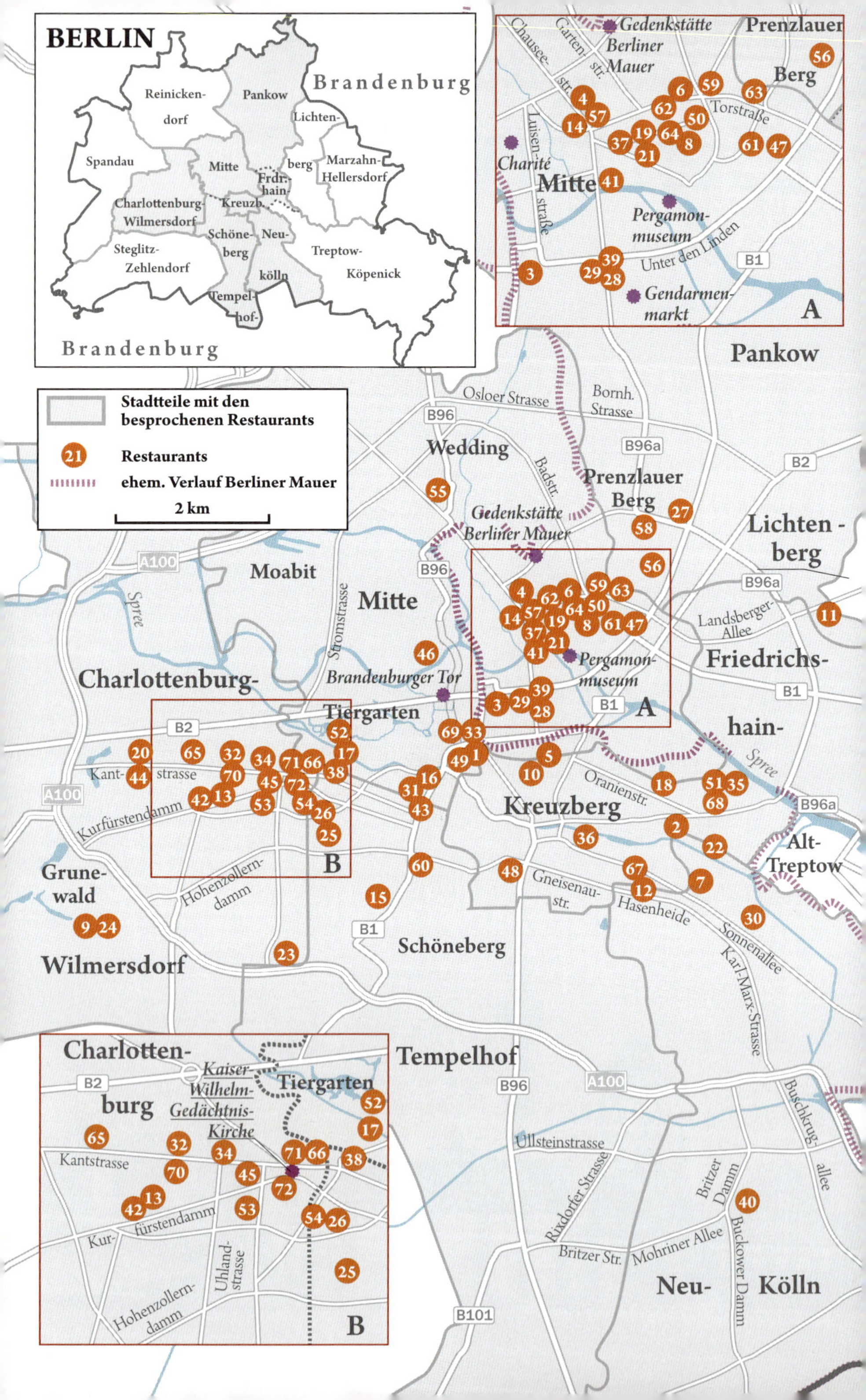
BERLIN
Brandenburg
Reinickendorf
Pankow
Lichtenberg
Marzahn-Hellersdorf
Spandau
Mitte
Frdr.-hain
Charlottenburg-Wilmersdorf
Kreuzb.
Schöneberg
Neukölln
Treptow-Köpenick
Steglitz-Zehlendorf
Tempelhof-
Brandenburg
Stadtteile mit den besprochenen Restaurants
Restaurants
ehem. Verlauf Berliner Mauer
2 km
Chaussee-str.
Garten-str.
Gedenkstätte Berliner Mauer
Prenzlauer Berg
Torstraße
Luisen-straße
Charité
Mitte
Pergamon-museum
Unter den Linden
B1
Gendarmen-markt
A
Pankow
Osloer Strasse
Bornh. Strasse
B96
B96a
B2
Wedding
Badstr.
Prenzlauer Berg
Gedenkstätte Berliner Mauer
Lichten-berg
A100
Moabit
Spree
Stromstrasse
Mitte
B96a
Landsberger-Allee
Friedrichs-hain-
Charlottenburg-
Brandenburger Tor
Pergamon-museum
B1
A
Tiergarten
B2
Kant-strasse
Spree
A100
Kurfürstendamm
Oranienstr.
Kreuzberg
B96a
Alt-Treptow
B
Grune-wald
Hohenzollern-damm
Gneisenau-str.
Hasenheide
Sonnenallee
Karl-Marx-Strasse
B1
Schöneberg
Wilmersdorf
Charlotten-burg
B2
Kaiser-Wilhelm-Gedächtnis-Kirche
Tiergarten
Kantstrasse
Kur-fürstendamm
Uhland-strasse
Hohenzollern-damm
B
Tempelhof
B96
A100
Buschkrug-allee
Ullsteinstrasse
Rixdorfer Strasse
Britzer Damm
Britzer Str.
Mohriner Allee
Buckower Damm
Neu-Kölln
B101

Unsere Besten in Berlin

10↑ – 10 – 10 Gusto-Pfannen

1. Facil
2. Horváth
3. Lorenz Adlon ↑
4. Rutz Restaurant

9↑ – 9 – 9 Gusto-Pfannen

5. Tim Raue ↑

8↑ – 8 – 8 Gusto-Pfannen

6. Bandol sur mer, Torstr. 167
7. Bandol sur mer, Friedelstr. 47
8. Cordo
9. Frühsammers Restaurant
10. Nobelhart & Schmutzig
11. SKYKITCHEN
12. Tulus Lotrek

7↑ – 7 – 7 Gusto-Pfannen

13. Christopher's
14. einsunternull
15. Faelt
16. Golvet
17. Hugos ↑
18. Orania.Berlin
19. Pauly Saal
20. Prism
21. The NOname ↑
22. Volt ↑

6↑ – 6 – 6 Gusto-Pfannen

23. Bieberbau ↑
24. Bistro Grundschlag
25. Bob & Thoms
26. Brasserie Colette Tim Raue
27. Bricole ↑
28. Charlotte & Fritz ↑
29. Cookies Cream ↑
30. eins44 Kantine Neukölln ↑
31. Kin Dee
32. Kitchen Library
33. POTS – Dieter Müller ↑
34. Restaurant am Steinplatz
35. Richard ↑
36. Rutz Zollhaus ↑
37. Sagrantino136 ↑

5↑ – 5 – 5 Gusto-Pfannen

38. BLEND berlin kitchen and bar
39. Borchardt
40. Buchholz
41. Grill Royal
42. Il Calice
43. Irma la Douce
44. Lamazère
45. Ottenthal
46. Paris-Moskau
47. The Grand
48. Tupac
49. Vox
50. Al Contadino Sotto Le Stelle

Unsere Besten in Berlin

Weitere Restaurants

51. Big Stuff Smoked BBQ
52. Cinco by Paco Pérez
53. Diekmann
54. DUKE
55. Ernst
56. Grindhouse
57. Momos
58. Neta, Schönhauser Allee 44
59. Neta, Weinbergsweg 5
60. Prometeo – Pizza & Comfort food
61. Quà Phê
62. Royals & Rice
63. Ryong
64. Shiso Burger, Auguststr. 29 c
65. Shiso Burger, Kantstr. 51
66. Sons of Mana
67. Tante Fichte Speiselokal
68. Tapas La Cazuela
69. The Big Dog Berlin
70. The Butcher
71. The Dawg
72. Upper Burger Grill

Berlin (Berlin)

Al Contadino Sotto Le Stelle

Auguststr. 36, 10119 Berlin (Mitte)
030-2819023
www.alcontadino.eu
Mi–Mo ab 18 Uhr, Di RT
Hauptgericht: 21–29 €
EC VISA

Dieses nette, authentische Lokal im typischen Trattoria-Stil existiert nun schon seit über zwanzig Jahren. Unter gemaltem Sternenhimmel genießt man an kleinen, schlicht mit roten Karo-Tischtüchern eingedeckten Tischen eine im Grunde ganz traditionelle, aber stellenweise pfiffig-kreative Cucina casalinga, wie man sie sich wünscht. Ganz ohne Verfeinerungs-Firlefanz, aber aus guten Produkten, frisch und natürlich gekocht. Das hebt sich erfreulich weit vom touristischen Italo-Einheitsbrei hierzulande ab. Mit dem sprichwörtlichen Italiener um die Ecke hat das nur sehr wenig zu tun.

8

Bandol sur mer

Torstr. 167, 10115 Berlin (Mitte)
030-67302051
www.bandolsurmer.de
Küchenchef: Andreas Saul
Do–Mo ab 18.00 Uhr, Di u. Mi RT
Menüs: 93–130 €
EC VISA

Das winzige Restaurant von Andreas Saul auf der belebten Torstraße in Mitte ist sicherlich eine der unscheinbarsten Fine-dining-Adressen in der Hauptstadt. Nicht nur wegen der wenigen schlichten Tische, die es hier vis-a-vis dem Thekenbereich gibt – es entspricht auch weder dem klassischen Bild einer konventionellen Gourmetadresse noch dem des typischen „Casual Dining"-Lokals. Es wirkt auf den ersten Blick tatsächlich mehr wie eine alternative Szenekneipe. Dabei ist die Küche des Inhabers alles andere als unscheinbar, sondern äußerst inspiriert und originell – und hat unserer Ansicht nach in letzter Zeit noch mal deutlich an Präzision und Raffinement zugelegt!
Es gibt nach wie vor ein einheitliches, zuletzt wahlweise bis zu sechsgängiges Menü, das stilistisch keinem bestimmten Programm folgt. Das weder der neuen nordischen Küche nacheifert noch eine starke asiatische Färbung hat und schon gar nicht die Produkte ausschließlich regional oder brutal lokal bezieht. Und von französischer Klassik ist das, was Andreas Saul und sein kleines Team hier machen, auch denkbar weit entfernt. Was aber keinesfalls heißen soll, dass seine Kreationen mitunter nicht auch eine traditionelle klassische Basis haben. Hier wird mit viel Substanz und Tiefe gekocht.
Überhaupt präferiert der Chef starke Aromen und mitunter deutliche Kontraste, reizt das aber nie zu sehr aus. Die gute Balance zwischen Kraft und Eleganz, die sich sehr stringent und auf gleichbleibend hohem Niveau durchs Menü zog, hat uns beim letzten Mal ehrlich gesagt ziemlich beeindruckt. Los ging es erfrischend und kühl mit einem säuerlich-fruchtig angelegten Wildkräutersorbet nebst knusprigem Buchweizen, gefolgt von einer kleinen mürben Tartelette mit Geflügelleber, Kohlrabi und Blattwerk von Schwarzer Johannisbeere, die mit getrocknetem Rinderherz überhobelt war und einen ebenso originellen wie harmonisch vollmundigen Geschmack an den Gaumen brachte. Und damit sogleich sehr viel Lust auf die nächste Kostprobe machte.
Ein spannend dynamisches und ebenfalls sehr harmonisches Spiel von Süße und Säure zeichnete die Vorspeise aus, bei der kleine Tranchen von gebeiztem und abgeflämmtem Saibling zusammen mit karamellisiertem Hafer-Miso und unreifen eingelegten Johannisbeeren in einem Kombucha-Sud mit Gurkenperlen und Saiblingskaviar zusammenfanden. Empfehlenswert ist hier übrigens auch die alkoholfreie Begleitung, die spannende und fast ausschließlich selbstgemachte Sachen als Alternative zu Wein oder Bier aus Microbrauereien vorsieht – in diesem Fall einen Kombucha mit Holunderblüte, der bestens korrespondierte.
Andreas Saul versteht es, einen Teller aromatisch voll aufzuladen und dennoch viel Raum

für subtile Nuancen und Zwischentöne zu schaffen. Die kross auf der Haut gebratene Schnitte vom Wolfsbarsch zum Beispiel umzingelt er mit unterschiedlichen Zwiebelgewächsen, die von hell, scharf und frisch (Schnittlauchblüten) bis dunkel, süß und würzig (Schmorzwiebelpüree) reichen, und bringt das alles auf Basis einer herzhaft-röstigen und trotzdem eleganten Geflügelsauce zusammen. Eingelegte Bärlauchblüten schenkten dem Gericht maßvolle Säurekicks, eine Creme aus gerösteten Sonnenblumenkernen mit mild nussigen Zwischentönen hatte nicht nur eine verbindende, puffernde Wirkung.
Im nächsten Zwischengang sorgte eine kraftvoll umamiwürzige Deichkäsesauce dafür, dass die in verschiedenen Aggregatzuständen zusammengestellten jungen Möhren mit Bohnenkraut nicht zu einer kargen und spröden Angelegenheit wurden, sondern – ganz im Gegenteil! – ein vollmundiges, sattes Gericht mit Soulfoodfaktor ergaben! Nur der als alkoholfreies Begleitgetränk dazu empfohlene Pilzsud mit seinen viel subtileren Umaminoten hatte es gegenüber der Sauce relativ schwer, sich zu behaupten.
Mildes Rauchaal-Tatar, mutig scharfes Kimchi von Bärlauchblättern, dunkelfruchtiges Apfelmus und eine zwar wieder sehr kraftvolle, aber auch nicht überkonzentrierte Sauce schenkten im Anschluss zwei sehr schönen Stücken eines wirklich perfekten Kalbsbries ein ausdrucksstarkes Surrounding, das die Spezialität aus der Tymusdrüse raffiniert flankiert, aber nicht platt gemacht hat. Auch das kernige Flanksteak vom Rind, das mit viel Saft und Geschmack auf dem Teller lag, war süffig und schlagkräftig begleitet: von einem nussigen Brennnesselspinat, gegrillten Kräuterseitlingen, einer leichten, schaumigen Hollandaise, einer Bärlauch-Mayonnaise und reduzierter Sauce auf Kalbsjusbasis. Dazu gab's für uns einen reinsortigen Sangiovese aus der Emilia-Romana mit gefälligen Ecken und Kanten, der dem Gericht einiges entgegenzusetzen hatte und sich damit bestens arrangierte.
Süßes Tomatensorbet, eine ebenfalls eher süße, intensive rehydrierte Tomate und Ziegenquark läuteten als originelles Vordessert den eigentlichen Dessertabschluss ein, der ebenfalls sehr unkonventionell war: eine Liaison der drei Aromenkomponenten Steinpilz, Heidelbeere und Fichtennadel, die hier cremig, knusprig, saftig, knackig und schmelzig in unterschiedlichen Aggregatzuständen luftig geschichtet übereinander lagen. Und dank feinfühlig arrangierter Proportionen auch gewinnbringend gut zusammenfanden! Kein schräges Experimentaldessert, sondern ein im klassischen Sinne wohlschmeckender, leichter Abschluss mit einer originellen Note. Unterm Strich, klarer Fall: Aufwertung!

6

Bieberbau

Durlacher Str. 15,
10175 Berlin (Wilmersdorf)
030-8532390
www.bieberbau-berlin.de
Mo–Fr ab 18 Uhr, Sa u. So RT
Menüs: 49–69 €

EC P

In den historischen Räumlichkeiten mit Stuckdekor, dunklem Fachwerk und antikem Mobiliar wird eine moderne, kreative Regionalküche kredenzt, wie man sie sich öfter wünschen würde. Sehr klar, sehr konzentriert und sehr ausdrucksstark wird hier gekocht. Und obwohl das Team tatsächlich seinen Fokus auf beste Produkte aus heimischen Gefilden richtet, verfolgt es hier diesbezüglich keine dogmatische Linie, sondern lässt auch mal weiter gereiste Produkte oder Aromen ins Repertoire. Jedenfalls ist alles sehr zeitgemäß leicht und originell, was hier zu vergleichsweise günstigen Preisen geboten wird. Mit viel bodenständiger Raffinesse, gutem Gespür für akkurate Optik und dem Instinkt, Überflüssiges einfach wegzulassen, hat sich das Restaurant über die Jahre zu den interessanten Genusszielen in der Hauptstadt entwickelt. Gut sortierte und individuell bestückte Weinkarte; kompetenter Service.

Fast & SLOW

Big Stuff Smoked BBQ

Eisenbahnstr. 42/43,
10997 Berlin (Kreuzberg)
www.markthalleneun.de
Di, Mi u Fr von 12–18 Uhr,
Do von 12–22 Uhr, Sa von 10–18 Uhr,
So u. Mo RT

Langsam und schonend im Smoker gegartes Fleisch vom Bio-Rind aus dem Salzburger Land und vom thüringischen Duroc-Schwein (auch als Burger oder Sandwiches) in der Markthalle 9.

6 Pfannen, 2 Bestecke

Bistro Grundschlag

Flinsberger Platz 8,
14193 Berlin (Grunewald)
☎ 030-89738628
www.fruehsammers-restaurant.de
Di–Sa von 12–15 Uhr u. ab 17.30 Uhr, So u. Mo RT
Hauptgericht: 18–24 €
VISA

Die Villa des Grunewald-Tennisclubs lohnt aus kulinarischer Sicht längst nicht mehr nur den Besuch von Sonja Frühsammers Gourmetrestaurant, in dem nur abends aufgetischt wird. Auch im Bistro Grundschlag, das sich in einem erdfarben gestrichenen Nebenraum mit Parkettboden, blanken Holztischen und dekorativer Berkel-Aufschnittmaschine befindet und auch mittags geöffnet hat, wird unter der Ägide der Chefin richtig gut gekocht. Mit etwas weniger Detailaufwand und insgesamt bodenständiger als nebenan, aber mit demselben hohen Anspruch an Qualität und Handwerk, mit leichter Hand und sogar dem einen oder anderen kreativen Twist – etwa bei geschmorter Short Rib mit Teriyakisauce, Brokkoli und gerösteten Walnüssen oder einer perfekt glasigblättrigen Tranche vom Kabeljau mit feinsäuerlicher Ochsenmaul-Vinaigrette. Spannende Weinkarte, auch glasweise viel Interessantes.

5 Pfannen, 2 Bestecke

BLEND berlin kitchen and bar

im Hotel Pullman Berlin Schweizerhof
Budapester Str. 25,
10787 Berlin (Tiergarten)
☎ 030-26962696
www.restaurant-blend.com
Küchenchef: Steffen Sinzinger
Täglich von 12–14 Uhr u. ab 18 Uhr, kein RT
Hauptgericht: 15–25 €, Menüs: 39–55 €
VISA

Das im Erdgeschoss des Hotels Pullmann Berlin Schweizerhof an der Budapester Straße untergebrachte Restaurant Blend ist in seiner urbanen Modernität eine Location, wie es sie in jeder größeren Stadt gern öfter geben könnte: mit seinem coolen Stilmix irgendwo zwischen Bauhaus und Art déco, fancy Installationen und bequemen Sesseln an lässigen Loungetischen oder direkt an der Bar. So ergibt sich tatsächlich ein „Blend" aus Bar und Restaurant, aus betont lässiger Gangart und zugleich höherem Anspruch.

Denn Küchenchef Steffen Sinzinger blickt nicht nur auf einige spannende Stationen als Koch zurück, sondern hat hier ein ziemlich pfiffiges Konzept aufgestellt, das originelle Küche für jeden Tag und viele gute Ideen mit fundiertem Handwerk und hohem Produktanspruch verbindet. Ganz klar kein dezidiertes Gourmetrestaurant und genauso klar trotzdem überdurchschnittlich.

Das Angebot beginnt bei Caesar Salad und (sehr gutem!) Flammkuchen und reicht über die Currywurst bis hin zum Rinderfilet mit Sauce béarnaise und hausgemachten Pommes frites. Neben diesen stets auf der Karte zu findenden Klassikern variiert das Team aber immer auch noch etwas ideenreichere Gerichte, die genauso wie alles andere auch zum lockeren Sharing gemeinsam auf den Tisch geordert werden können.

Wie gut es damit dank handwerklichem Können und guten Ideen gelingt, auch mit relativ einfachen Mitteln zu punkten, zeigte exemplarisch das schaumig leichte Kürbissüppchen mit einer blumigen, hellen Exotik und fein eingestellter Schärfe, das in einem Nebenschälchen von krossen Strudelröllchen mit einer Füllung aus wunderbar saftigem Kalbsschmorfleisch ergänzt wurde. Beides simpel, aber auf seine einfache Art bestmöglich und durchaus raffiniert umgesetzt.

Genauso schlüssige Kombinationen liefert das Team beispielsweise bei Rippchen mit geflämmtem Mais, Kimchi und Chipotle-Mayo oder solch süffigem Soulfood wie Ramen-Nudeln mit geschmortem Schweinebauch, Soja-Ei und Frühlingslauch. Zuletzt aber auch mit dem goldknusprig gebratenen Seeteufelfilet auf sautiertem Blattspinat in der waldig-erdigen Umgebung von Kartoffel-/Pilz-Creme und einem hellen (erfreulicherweise ohne synthetische Aromen auskommenden) Trüffelschaum. Hier war nur ausnahmsweise der Fisch trotz akkurater Garung mit seiner leicht körnig-faserigen Konsistenz nicht ganz optimal.

Auch die Desserts folgen dem Konzept „simpel, aber schlagkräftig", sei es bei Pata de nata mit duftigem Vanilleeis oder lockerem „Banana Bread" mit Schoko-Drops, dessen üppigere Süße geschickt von Sanddorneis gebrochen wurde (ohne zu sehr ins Extreme zu gehen) und von Kokos-Espuma eine harmonische Einfassung erhielt.

Dazu stehen neben diversen hochwertigen Cocktails und Drinks von der Bar auch ein Dutzend guter offener (Basis-) Weine bereit, die ein breites Spektrum abdecken. In der Weinkarte findet sich zudem auch eine Auswahl höherwertiger Flaschen.

6

Bob & Thoms

Welserstr. 10–12,
10777 Berlin (Schöneberg)
030-20929492
www.bobthoms.berlin
Küchenchef: Felix Thoms
Di–Sa ab 18 Uhr, So u. Mo RT
Hauptgericht: 22–38 €, Menüs: 45–75 €
VISA

Auf den ersten kurzen Blick könnte man das geschmackvoll schlichte Restaurant von Gastgeber Oliver Körber und Koch Felix Thoms mit seinen drei ineinander übergehenden Räumen von außen glatt für eine Art Galerie halten. In dem hellen, puristischen Altbauambiente mit Holzdielenboden, in dem man als Gast in modernen olivefarbenen Stühlen an schlichten blanken Holztischen sitzt und von in Taupe abgesetzten Wänden mit diverser Fotokunst umgeben ist, kann man tatsächlich aber sehr gut und individuell essen und wird ebenso zuvorkommend wie unprätentiös bewirtet. Die beiden Inhaber sind jeweils Einzelkämpfer auf ihrem Posten – und trotzdem gibt es allabendlich drei verschiedene viergängige Menüs, die auch noch problemlos miteinander kombiniert werden können. Eines ist vegetarisch, eines modern-kreativ und eines eher klassisch ausgerichtet.
Während die traditionelle Speisefolge bei unserem Besuch mit Entenleberterrine oder Hummercremesuppe lockt, geht's in der fleisch- und fischlosen Alternative beispielsweise mit einer Vorspeise um Kohlrabi, Sellerie und Miso los. Als Begrüßung brachte Alleinkoch Thoms zunächst aber erst mal eine schön klararomatische Sauerampfer-Praline (flüssige Füllung in hauchdünner Kakaobutterhülle) und einen kleinen Mürbteigkeks mit Ziegenfrischkäsemousse und Zitronengel. Gefolgt von einer noch etwas verhaltenen Kleinigkeit von Blumenkohl und säuerlich eingelegten Gemüsen – und zeigt damit schon gleich mal, dass er durchaus feinmotorisch unterwegs ist, obwohl er alles in Personalunion erledigen muss.
Mit dem ersten Gang um Reh aus dem Fläming mit Roter Bete und Chicorée kam dann gleich ein richtiger Knaller: das sehr gute, akkurat gewürfelte Tatar des Rehs mit seinem zart knackigen Biss war hier mit saftigen, süßsäuerlichen Knäueln von mariniertem Chicorée, Perlzwiebelsegmenten, süßlich-knusprigen Rote-Bete-Partikeln und verschiedenen herb-grünen bis ätherischen Kräuterkomponenten angerichtet und wurde zudem vom laktischen Schmelz einer Sauerrahmcreme sanft unterfüttert. Da stimmten die Proportionen, da war durch die dezenten Bitteraromen des Chicorée, die elegant eingewobene Süße, die grünen Aromenspitzen und die unterschiedlichen Texturen Spannung drin, und trotzdem ruhte das Ganze souverän in sich.
Wie erfrischend unangepasst und zugleich harmonisch rund die Gerichte hier grundsätzlich sind, demonstrierte auch unser Exkurs ins vegetarische Menü, der uns eine ebenso süffige wie knusprige Melange aus röstaromatischem Tempura von der Bananenblüte auf Kompott von Grünen Tomaten, Escalivada-Gemüse um gegrillte rote Paprika und geschmorte Tomate sowie eine entsprechende Sauce von Grillgemüse bescherte. Auch hier: Süße, Säure, vegetabile Würze in schönem Einklang. Aromendicht, aber dynamisch und transparent.
Ein Hauch von Süßholz gab der geschmeidig-leichten Creme vom Butternutkürbis zum Kabeljau einen verwegenen Touch und passte, wie

auch die säuerlich marinierten, knackig-dünnen Kürbisscheiben, erstaunlich gut zu dem Fisch aus der Nordsee, dessen Fleisch unter der kross angebratenen Haut in zart saftige Lamellen aufblätterte. Karamellisierte und grob zerstoßene Pekannusskerne sowie eine milde Pekannuss-Schaumsauce ergänzten das Ganze originell und gewinnbringend, machten die Komposition vielschichtiger und süffiger und brachten wieder eine reizvolle Süße ein.
Das ausdrucksstarke, saftig-kernige Nacken- oder Halsstück (Teres Major) vom Schwein war Mittelpunkt unseres Hauptgangs und wurde von einem würzigen Kompott aus unreifen Tomaten (wir glaubten Koriandersaat zu schmecken ...), knusprig angegrillter und cremiger Süßkartoffel sowie kraftvoller Jus durchaus spannend begleitet. Auch hier war mit fruchtiger Frische und etwas Säure genügend Gegengewicht zur mehligen Süßkartoffel und der eher schmorwürzigen Sauce vorhanden, sodass ein ausgewogenes Geschmacksbild entstehen konnte.
Und mit einem solchen hatten wir es auch beim Dessert zu tun, das aus einem Schichtwerk von Zwetschge, einer eher weichen Baisermasse mit dem unverkennbaren Geschmack des Johannisbeerstrauchholzes, einer Käsekuchencreme und hauchdünnen Knusperhippen bestand – aromatisch geschickt aufgelockert durch die ätherische Frische von Zitronenverbene. Die ausgesucht zusammengestellte Weinkarte listet dazu in guter Auswahl flüssiges Begleitmaterial in der Flasche; das Angebot der glasweisen Tropfen ist noch ausbaufähig. Oliver Körber erwies sich als sympathischer und aufmerksamer Gastgeber, der auch bei vollem Haus alles im Blick hat.

5

Borchardt

Französische Str. 47, 10117 Berlin (Mitte)
030-81886262
www.borchardt-restaurant.de
Tägl. ab 11.30 Uhr durchgehend, kein RT
Hauptgericht: 19–39 €, Menüs: 39–49 €
VISA

Wer bei dieser Berliner Institution, die es schon seit über 150 Jahren gibt, nur an Promi- und Szenetreff denkt, der könnte ob der Küche dieses immer etwas lärmig-hallenden Lokals mit hemdsärmeligem Service durchaus überrascht sein. Die handwerklich fachgerecht zubereiteten internationalen Küchenklassiker von gutbürgerlich bis edel sind nämlich stets besser, als man es hier eigentlich erwarten würde. Für sein Wiener Schnitzel ist das Borchardt zu Recht bekannt, und auch die anderen Klassiker sind schmackhaft zubereitet. Wer also nur ein bisschen schauen und dabei was „Leckeres" essen will, macht hier keinen Fehler.

6

Brasserie Colette Tim Raue

Passauer Str. 5–7,
10789 Berlin (Schöneberg)
030-21992174
www.brasseriecolette.de
Küchenchef: Dominik Obermeier
Täglich von 12–15 Uhr u. ab 18 Uhr, kein RT
Hauptgericht: 18–38 €, Menüs: 39–99 €
VISA

Direkt im Schatten des KaDeWe, also sehr zentral, aber nicht zu prominent gelegen, befindet sich eine der drei Colette-Filialen, die der umtriebige Tim Raue unter seinem Namen mit den Tertianum-Seniorenresidenzen in deren Häusern in München, Berlin und Konstanz ins Leben gerufen hat. Gut fünf Jahre hält dieses erfolgreiche Konzept nun schon an, und es machte auch bei unserem letzten Besuch im Berliner Outlet nicht den Eindruck, als ob sich das allzu schnell ändern würde: An einem Samstagmittag war das Lokal restlos ausgebucht, und es mussten sogar immer wieder Walk-In-Gäste auf ein anderes Mal vertröstet werden.
Was uns eigentlich auch nicht weiter wundert, denn den Gast erwartet hier nicht nur ein stringent zwischen französischem Bistro und Vintage-Style durchkomponiertes Ambiente, sondern auch ein (in allen drei Filialen identisches)

Speisekonzept, das sich größtenteils an französischen Klassikern orientiert, die hier modern, aber ohne überflüssige Spielereien interpretiert werden und tatsächlich nicht selten den gewissen Tim-Raue-Touch haben. Von frischen Austern (Gillardeau und Fines de Claires) und Bouillabaisse über Jahrgangssardinen und Ratatouille bis zu Clubsandwich mit Hummer oder Steak Frites mit Pommes und Sauce béarnaise bleibt hier kein traditioneller frankophiler Wunsch unerfüllt, und doch erscheint vieles erfrischend anders.

Wir waren seit der Eröffnung jedes Jahr in allen drei Colette-Outlets zu Gast und ebenfalls immer sehr angetan von der einerseits unkomplizierten, andererseits durchaus anspruchsvollen Umsetzung, die zwar von Stadt zu Stadt leicht schwanken kann, aber grundsätzlich immer ein sehr solides Niveau hält. Dafür zeichnet mit Steve Karlsch ein langjähriger enger Mitarbeiter von Tim Raue als Supervisor verantwortlich, der den jeweiligen Küchenchefs vor Ort die Richtung vorgibt.

Und so erlebten wir die Küche auch bei unserem letzten Besuch im Durchschnitt auf gutem 6-Pfannen-Level, auch wenn der Start etwas holprig war. Der als Produkt sehr gute, schön reinaromatische und feste gebeizte Zander war hier nämlich leider nur recht spärlich in drei dünnen Scheiben auf eine längliche und etwas matte Tranche von eingelegter Gurke drapiert und unter einem gänzlich unmariniert trockenen Gestrüpp aus Kerbel und Frisée versteckt, was die ganze Komposition selbstredend etwas karg anmuten ließ. Das konnte auch die feine, fruchtig-florale Senfkörner-/Quitten-Vinaigrette nicht ganz kompensieren. Im Prinzip war das aber nur eine Frage der Proportionierung und der Sorgfalt im Detail.

Beides stimmte bei dem aromatisch würzig mit Wildkräuterspinat gefüllten und mit Schnittlauchbanderole zusammengehaltenen Doppelfilet von der Rotbarbe, das auf einem Bett von noch mehr Wildkräuterspinat und Kartoffelcreme angerichtet war und von einer Champagneressig-Beurre-blanc gleichsam mit geschmeidigem Schmelz und prägnanter Säure versorgt wurde. Der Fisch selbst war freilich kein High-End-Rouget, aber dennoch von recht ordentlicher Qualität und bot unterm Strich sogar ein richtig gutes Preis-Leistungs-Verhältnis.

Selbiges konnte man auch über die beiden äußerst properen Bruststücke von der Bresse-Poularde sagen, die mit ihrem eigenaromatischen und überraschend dunklen Fleisch mit außen maximal krosser und darunter schön fettsaftiger Haut schon an sich der Hit waren. Diese lagen auf einer sehr guten kraftvoll-geschmeidigen Sauce, vermutlich auf Basis von reduziertem Geflügelfond und leicht mit Butter gebunden – flankiert von einer attraktiven Melange aus knackigen Erbsen und Erbsenkresse, dünnen, krossen Schinkenstücken, kleinen Pfirsichwürfeln und Comté-Stücken, die von dunkelwürzigen Pilzcreme-Tupfen und hellem Pilzrahm unterlegt waren. Das war alles andere als eine plumpe Sättigungsbeilage und passte wirklich prima zu dem ausdrucksstarken Geflügel. In solchen Momenten schrammt die Küche knapp die 7-Pfannen-Marke.

Vom Level her etwas darunter angesiedelt, aber ebenfalls sehr ansprechend fanden wir das Dessert um eine Nocke Schafsjoghurteis in einer fruchtig-krautigen Umgebung aus süßsäuerlicher Nektarine und ätherischen Dillaromen, der mit gepufften Amaranth-Pops noch ein dezenter Knuspereffekt mitgegeben wurde. Wer sein Mahl lieber herzhaft beendet, kann das beispielsweise mit Comté nebst Olivenöl und Zitronenmarmelade tun, und die Weinkarte listet eine schöne Auswahl reeller Tropfen, ebenfalls überwiegend aus Frankreich.

6↑

Bricole

Senefelderstr. 30,
10437 Berlin (Prenzlauer Berg)
030-84421362
www.bricole.de
Küchenchef: Steven Zeidler
Di–Sa ab 18 Uhr, So u. Mo RT
Menüs: 54–74 €

VISA

Perfektion durch Reduktion: seit unserem letzten Besuch in dem kleinen, lässigen Restaurant von Gastgeber Fabian Fischer in Prenzlauer Berg hat das Team die Karte nochmals etwas reduziert und bietet nun in ungezwungener Atmosphäre nurmehr zwei unterschiedliche Menüs an, von denen eines weiterhin rein vegetarisch ist. Und auch wenn wir uns in diesem Jahr (noch) nicht zu einer weiteren Aufwertung auf 7 Pfannen durchringen konnten, sahen wir Küchenchef Steven Zeidler und sein Team auf bestem Wege dorthin. Gearbeitet wird nicht nur handwerklich konzentriert und präzise, sondern auch sehr ideenreich. Trotz ihres klar regionalbetonten Stils gibt sich die Küche nicht zugeknöpft, sondern weiterhin recht weltoffen.

Los ging es mit der Interpretation einer Zwiebelsuppe von der Roscoff-Zwiebel und einem Profiterol mit Schneekrabbe und Schmandcreme, die locker und flockig auf das Menü einstimmten. Und das begann in beiden Fällen – also in der vegetarischen Speisefolge wie in der omnivoren – mit einem Gemüsegang um in Salzkruste gebackenen Knollensellerie. Dieser war als dünn geschnittene, zu kleinen Trichtern gerollte Scheiben arrangiert und mit Frischkäsecreme, getrockneten Sellerieflocken, dünnen Stiften von grünem Apfel und überraschend aromatischer Trüffel zu einem geschmackvollen herbstlichen Auftakt arrangiert. Einzig die kleinen Dattelstücke, die zwar aromatisch gut ins Bild passten, aber etwas plump an den Zähnen klebten, trübten den sehr guten Gesamteindruck ein ganz klein wenig.

Beim flüssig gebeizten und dann geflämmten Heilbutt, der sich den Teller mit säuerlich marinierter Zucchini, einer Zucchinicreme, in Nussbutter angeröstetem knackigem Pak Choi und einem maximal knusprigen, doppelt frittierten und mit einer Art Tempura-Gitternetz überzogenen Shisoblatt teilte, fehlte nach unserem Geschmack trotz der Säure an den Zucchini einerseits ein wenig die Frische, andererseits aber auch etwas Süffigkeit. Außerdem war hier partiell relativ viel Salz im Spiel, was diesen eigentlich durchaus originellen Zwischengang etwas gröber und breiter wirken ließ, als er wahrscheinlich konzipiert war. Aber das ist in diesem Fall bereits Kritik auf relativ hohem Niveau.

Und dass sich die Küche sehr durchgehend auf diesem bewegt, demonstrierte auch der nächste Gang, ein mit vielen frischen Kräutern angemachtes und mit wirklich hauchfeinem schmelzigem Käseabrieb (nur für eine Idee Umami) überflocktes Lammtatar, das von einem süßsäuerlich eingelegten und mit Sesam beflockten Rettichstück, mildem, magerem Rauchaal und einem intensiven Kräutereis eskortiert wurde. Hier stimmte wirklich alles, und die Aromen und Texturen griffen geschmeidig ineinander, ohne dass irgendetwas angeeckt hätte.

Ähnlich wie beim äußerst puristisch interpretierten und wirklich perfekt gegarten, minimal glasigen (oder vielmehr zart glänzenden) Kabeljau, der mit krossen Pops vom Schweinekinn und ein paar Auberginencreme-Tupfen getoppt war und auf einer mit Yuzu aromatisierten Beurre blanc angeschwommen kam. Das korrespondierte erwartungsgemäß hervorragend mit dem von Gastgeber Fabian Fischer dazu empfohlenen Chardonnay „R" vom Weingut Kühling-Gillot, der sich mit seinem Schmelz und seiner kalkigen Frische bestens mit der gehaltvoll buttrigen Sauce vermählte. Überhaupt bringt der sympathische Chef hier im Rahmen seiner Weinreise viele attraktiv unkonventionelle europäische Tropfen in die Gläser – wie beispielsweise zuvor schon zum Lammtatar den Teroldego Lezèr von Elisabetta Foradori, ein leichterer eleganter, charmant herbfrischer Rotwein, der wie ein kräftiger Rosé anmutet und deshalb auch völlig zu Recht ein paar Grad kühler ausgeschenkt wurde.

Die sehr gute Fleischqualität des folgenden Rehrückens auf dem Teller unseres Hauptgangs demonstrierte schon allein die Tatsache, dass das schön straffe Fleisch eher bleu als rosa gebraten und trotzdem butterzart war. Auf seinem Rücken trug der Rücken eine kräuterfrische Petersilienhaube mit krossen Buchweizenpops, daneben gerösteter Blumenkohl, Blumenkohlcreme und dünne Dublonen von der Birne. Für Tiefe, Schmelz und Background waren bei dieser Komposition etwas Miso und Bitterschokolade zuständig – beides sehr dezent in Cremeform eingesetzt – die nach und nach mit der umamisatten (aber nicht übertrieben dichten) Jus zu einem spannenden Fluidum zusammenflossen, das sehr gut zum Wildcharakter passte.

Ziemlich gut und überraschend raffiniert war auch das Dessert, obwohl sich das Zusammenspiel von Schokoladensorbet, Popcornmousse, Haselnuss-Malto und Karamellsauce auf dem Papier erst mal ziemlich süß und breit angehört hat. Aber allein durch die eleganten Konsistenzen aller Komponenten wirkte das äußerst apart, und für den Rest sorgte das eher herbe als süße Guanajasorbet und die mutig salzige, eher flüssig-cremig wie etwa eine Beurre blanc gehaltene Karamellsauce, sodass sich die sahnige Süße der in ein filigranes Karamellröllchen gespritzten Popcornmousse fast wie ein harmonisierendes Element ins Geschehen einfügte. Stark, weiter so!

5

Buchholz

Alt-Britz 81, 12359
Berlin (Neukölln)
030-60034607
www.matthias-buchholz.de
Do–Mo ab 11 Uhr durchgehend,
Di u. Mi RT
Hauptgericht: 14–24 €, Menüs: 39–45 €

Das denkmalgeschützte Refugium des Routiniers Matthias Buchholz befindet sich in einem beschaulich anmutenden Teil von Britz und ist in ein altes Gutshofgebäude integriert: geschmackvoll, ländlich-modern, auf zwei Ebenen. Was die angenehm knapp gehaltene Karte offeriert, könnte man als gehobene Regionalküche mit vereinzelten Aromenakzenten aus anderen Breitengraden bezeichnen – im Grunde bleiben die sehr sorgfältig und geschmackvoll ganz ohne überflüssigen Ballast und preistreibendem Plunder zubereiteten Gerichte aber auf heimischem Terrain. Auch wenn sich alles einen Tick bodenständiger und schlichter präsentiert als in der Anfangszeit, lässt Buchholz trotzdem weiterhin die Handschrift des Könners aufblitzen und offeriert hier eine Küche für jeden Tag zu einem ausgesprochen günstigen Preis-Leistungs-Verhältnis!

6↑

Charlotte & Fritz

im Hotel Regent Berlin
Charlottenstr. 49,
10117 Berlin (Mitte)
030-20336363
www.charlotteundfritz.com
Küchenchef: Klaus Beckmann
Di–Sa von 12–15 Uhr u. ab 18 Uhr,
So 12–15 Uhr, kein RT
Hauptgericht: 22–48 €,
Menüs: 65–130 €

VISA P

Das Restaurant Charlotte & Fritz liegt im glamourösen Regent-Hotel am Berliner Gendarmenmarkt und war bis vor einigen Jahren – damals noch mit anderem Outfit und unter dem Namen Fischers Fritz – besonders durch den umtriebigen Küchenchef Christian Lohse bekannt, der hier eines der besten und luxuriösesten Restaurants der Hauptstadt bekochte. Nach dem Weggang von Jörg Lawerenz, der als Küchenchef die Umstrukturierung des Restaurants begleitete und unter dessen Ägide das Restaurant lockerer und alltagstauglicher wurde, ohne am mondänen Charme des Hauses zu rühren, führt nun Klaus Beckmann als verantwortlicher Mann am Herd die Brigade. Und auch der kann hervorragend kochen! Überzeugend war bereits der erste Gang mit einem Tatar von der Königskrabbe nebst Erbsen. Das Krebstier ist sehr gut abgeschmeckt, wir vermuten mit Limette, Öl, Salz und Petersilie oder Kerbel, und wird von einer am Tisch angegossenen leichten Vinaigrette aufgefrischt. Die Erbsen sind sowohl pur als auch als heiße Creme auf dem Teller zu finden, was ein angenehmes Spiel von Kälte und Wärme im Mund erzeugt. Und sogar die überall meist nur als Deko eingesetzte Erbsenkresse ergibt hier auch geschmacklich Sinn und verleiht dem Teller eine schöne grasige Frische.
Ähnlich angetan sind wir vom Zwischengang mit Aal, der sich hier in hervorragender Qualität präsentiert und sehr fleischig ist – mit gewohnt hohem Fettanteil, aber dabei kein bisschen tranig, sondern vielmehr sehr reintönig. Ganz hervorragend passen dazu ein leicht rauchig abgeschmeckter Kartoffelschaum und kleine Perlen aus Eigelb. Ein einfach strukturierter, aber elegant fokussierter Teller, der gekonnt ein gutes Produkt zur Schau stellt.
Überraschend hochqualitativ ist auch der rosa gebratene Lammrücken, den Klaus Beckmann und sein Team zum Hauptgang schicken. Überrascht sind wir nicht deshalb, weil wir im Charlotte & Fritz keine guten Produkte erwartet hätten, aber etwas verdutzt, dass wir ein Stück Fleisch aufgetischt bekommen, das auch deutlich höher bewerteten Restaurants zur Ehre gereicht hätte. Das Lamm ist auf den Punkt gebraten und hat eine herrlich krosse, daumendicke Fettschicht, die lustvoll am Gaumen schmilzt und das wunderbar komplexe Eigenaroma trägt. Großartig! Dazu gesellen sich neben einer wirklich guten Lammjus auch ein paar Stücke Sellerie und eine Art Selleriesoufflé, das zwar handwerklich und aromatisch voll überzeugt, aber sehr viel Massigkeit auf den Teller bringt. So ganz kongenial passen Fleisch und Beilagen für uns nicht zusammen, da hier zum aromatischen, fetten Lammrücken ein eher auflockernder Gegenpol wünschenswert gewesen wäre. Mit passenderen, „frischeren“ Gemüsekomponenten hätte das ein schlichtweg umwerfender Gang werden können.

Das Dessert hebt sich schließlich durch die deutlich ausgefallenere Konzeption vom Rest des Menüs ab und besteht aus Aprikose, Reiseis, Jasmintee und Mandelmilchschaum. Das Eis zeugt von sehr gutem Handwerk, ist glatt und cremig, aber standfest und nicht zu flüssig. Und im Zusammenspiel mit dem Mandelmilchschaum, der eleganten Süße der Aprikose und dem zarten Jasmintee-Nebel ergibt sich ein raffiniertes getreidig-florales Wechselspiel.
Trotz des auf den ersten Blick mit Kronleuchtern und adrett gekleideten Kellnern etwas aristokratisch wirkenden Ambientes ist das Charlotte & Fritz angenehm nahbar und nicht elitär – nicht zuletzt auch dank fair bepreister Weine individueller Erzeuger wie etwa vom badischen Weingut Ziereisen. Auch Klaus Beckmanns authentische Küche, die dem Gast auf Augenhöhe begegnet und es schafft, gute Produkte ganz undogmatisch in den Mittelpunkt zu rücken, zeichnet sich durch eine moderate Preisgestaltung aus.

7

Christopher's

Mommsenstr. 63,
10629 Berlin (Charlottenburg)
030-24356282
www.christophers.online
Mo–Sa ab 18 Uhr, So RT
Hauptgericht: 22–37 €,
Menüs: 55–75 €
VISA

Das schlicht-moderne urbane Lokal mit betont lockerer Gangart trägt den Vornamen seines Küchenchefs Christopher Kümper, der dem ehemaligen „Schwein" (bis 2019) zunächst am alten Standort in Mitte und dann hier in Charlottenburg mit einer originellen anspruchsvollen Küche ohnehin schon immer seinen Stempel aufdrückt. Er und sein Team kochen modern, kreativ und weltoffen aus überwiegend regionalen Produkten, kombinieren clever und bringen ihre Kreationen meist klar und schnörkellos mit wenigen Komponenten auf den Punkt – mit einem raffinierten und unkonventionellen Ergebnis. Und das Ganze wird kongenial von individueller Wein- und Barkompetenz ergänzt.

ohne Bewertung

Cinco by Paco Pérez

im Hotel Das Stue
Drakestr. 1,
10787 Berlin (Tiergarten)
030-3117220
www.5-cinco.com
Mi–Sa ab 18.30 Uhr,
So–Di RT
Hauptgericht: 26–65 €,
Menüs: 130–165 €
VISA

Da das stimmungsvolle Gourmetrestaurant Cinco im Hotel Das Stue am Tiergarten mit seinem originellen Ambiente inklusiv Blick in die Küche und einem langen Tisch in der Raummitte, über dem unzählige glänzende Kupfertöpfe baumeln, während der Pandemiephase 2020/2021 nicht nur durchgehend geschlossen hatte und folglich auch nicht besucht werden konnte, sondern auch seinen langjährigen Küchenchef Andreas Rehberger verloren hat, führen wir es vorübergehend „ohne Bewertung" auf. Doch wir gehen davon aus, dass das anspruchsvolle Restaurant, das unter der Fernregie des Avantgardisten Paco Pérez geführt wird, der in seiner Heimat unter anderem das Miramar in Llançà betreibt, hier die Richtung vorgibt und gelegentlich auch mal selbst vorbeischaut, spätestens im Sommer 2021 mit neuem Schwung zurückkommt – schließlich

zählte es während der vergangenen Jahre nicht nur in unserem Guide kontinuierlich nicht nur zu den kreativsten, sondern auch besten Restaurants der Hauptstadt. So ist davon auszugehen, dass das Team auch künftig am bisherigen Stil festhält und weitgehend auf typische Viktualien und traditionelle Rezepturen von der iberischen Halbinsel setzt, die es in zwar durchaus moderner, aber auch überwiegend sehr gegenständlicher Machart auf die Teller bringt. Wir sind gespannt, was die kommende Testsaison bringt und werden sobald als möglich ein Update im Gusto Online-Guide veröffentlichen.

8

Coda

Friedelstr. 47,
12047 Berlin (Neukölln)
030-91496396
www.coda-berlin.com
Küchenchef: René Frank
Di–Sa ab 19 Uhr,
So u. Mo RT
Menüs: 72–148 €
EC VISA

„Alles außer gewöhnlich" trifft wohl nur selten so gut auf ein Restaurant zu wie auf das Coda in Berlin. Eine Abfolge von sieben experimentellen Desserts als Dining-Experience zu offerieren ist mutig. Aber wer schon Erfahrungen mit den Kreationen moderner Pâtisserie gemacht hat, die mit wenig Süße und dem Einsatz von Gemüse oder anderen, sonst eher in herzhaftem Kontext eingesetzten Produkten kreiert werden, wird schnell einsehen, dass die Idee so abwegig gar nicht ist. Und tatsächlich: Was das Team um René Frank hier auf die kleinen Bartische oder den Tresen bringt, ist zwar zweifelsfrei „anders", aber alles andere als abwegig …
Der vor allem durch seine Zeit im La Vie in Osnabrück als Chef-Pâtissier neben Thomas Bühner bekannt gewordene René Frank blickt auf eine beeindruckende Karriere zurück, mit Stationen in höchstdekorierten Häusern von Frankreich bis Japan. Nicht nur, dass er von dort entscheidende Inspirationen mitgenommen hat – es gibt wohl auch nur wenige Pâtissiers hierzulande, die auf ein vergleichbares Know-how zurückgreifen können. Beste Voraussetzungen also für ein auf den ersten Blick so gewagtes Unterfangen wie die Eröffnung eines Dessert-Restaurants mit Fine-Dining-Anspruch.
Seit dem Opening vor wenigen Jahren, quasi als Zweimannbetrieb mit Oliver Bischoff und einem kleinen Angebot à la carte, bis hin zu dem mittlerweile siebengängigen Degustationsmenü hat es allerdings eine enorme Entwicklung gegeben. Nicht nur was den Rahmen oder die Größe des Teams angeht – auch der Aufwand und die Finesse in den Kreationen haben sich über die Jahre immer weiter gesteigert. Das Grundkonzept ist allerdings gleich geblieben: kein raffinierter Zucker, stattdessen die herausgearbeitete natürliche Süße aus Gemüse, Obst und Getreide. Kaum Milch, Sahne oder Butter, stattdessen Leichtigkeit und die Intensität hochwertiger Rohstoffe. Und natürlich die Kombination mit kreativen Drinks, die eher als Erweiterung des Tellers denn als reine Getränkebegleitung konzipiert sind.
Keine Angst also vor einem Zuckerschock! Tatsächlich spielt Süße in den meisten Kreationen nur eine untergeordnete Rolle. Im Vordergrund stehen unkonventionelle Kombinationen und viele feine Details auf engem Raum. Die Achillesferse des Konzepts ist dann auch eher genau das: bei den allermeisten Tellern dominiert eine kompakte, sehr verdichtete Präsentation. Das führt durch die enorme Akribie und Detailarbeit, die bis hin zu selbst gewalzten Schokoladen aus exklusivem Rohkakao reicht, einerseits zu Spannung und Intensität. Andererseits beschränkt es das Menü aber auch und kann mitunter leicht anstrengend wirken. Da wäre mit dem einen oder anderen Gang mehr, der entzerrt mit mehr Fläche und/oder Purismus arbeitet, für die Gesamtwirkung vielleicht sogar noch eine weitere Steigerung möglich…
Sicher ist aber: Auch in der aktuellen Form garantiert das Dessertmenü enorm viel Spannung, neue Geschmackseindrücke und ein durchgängig hohes Niveau. Teils sogar auf einem Level, das locker mit den höchstbewerteten Häusern mithalten kann. Los geht es stets mit einigen kleinen Snacks, die schon mal langsam an die Philosophie des Coda heranführen. Etwa ein „Gummibärchen" aus gedörrter und mit eigener Reduktion und etwas Traubensaft versetzter roter Bete als Fingerzeig auf den Ein-

satz natürlicher produkteigener Süße. Oder ein knuffiger salziger Churro, mit Sojapulver bestäubt und mit einer puren röstigen Haselnusscreme zum Dippen serviert, der genau wie das Sesam-Eiskonfekt in bitterer Schokoladenhülle und einem recht üppigen Topping aus karamellisierter Dulse prototypisch für das Spiel mit Salz und Umami stand. Abschließender Happen war ein warmes Küchlein aus Süßkartoffel und Mandel, das mit Knochenmark enorme Saftigkeit und feine Würze mitbekam!

Das Menü beschreibt dann eine Steigerung von eher leichten, hellen Geschmacksbildern zu immer dunkleren, würzigeren und extremeren Eindrücken. Entsprechend schwebend wirkte auch der erste Gang mit konzentrierterer Aprikosenfrucht (teils dehydriert) und intensivem Aprikosenconfit-Eis als Kern eines Mousse-Törtchens aus Kichererbse. Ein Hauch Vanille und eine balsamische Emulsion aus Olivenöl und Zitrone mit ätherischer Säure, Bitterkeit und grasigen Noten setzten zarte Akzente, während ein luftig-trockener Baiser (aus Kichererbsen-Abtropfwasser) und geröstete Kichererbsen für Crunch sorgten. Der begleitende Cocktail bündelte die gelbe Fruchtigkeit mit mehr Tiefe und Power sowie der präsenten Kopfnote von Koriandersaat.

Es folgte eine Kombination von Melone und Olive mit dünnen Melonenscheiben auf mit Melonensaft aufgeschlagenem und gedämpftem (Buchweizen-) Biskuit mit der typischen frischfruchtigen Süße, der das röstig-nussige Aroma von Sesam und Nori-Alge gegenüberstanden. Letztere spielte mit subtileren Tönen auch in einer Scheibe weißem, mit Nori infusioniertem Eis mit, während immer wieder dunklere Töne und salzige Facetten für Spannung sorgten. Der Drink aus Sherry und Sake wirkte etwas ruhiger und runder, ergab aber einmal mehr ein gelungenes Pairing.

Mit der bereits zum Klassiker avancierten Raclettewaffel kam dann ein willkommener Break zu den komplexen Sachen zuvor, von dessen Art es während des Menüs durchaus noch mehr geben könnte. Die luftige, fädenziehende Waffel sorgt auf geradezu perfide Art für reichlich Glückshormone, wird dann aber doch wieder recht elegant durch abgehangenen Joghurt (und dessen laktische Frische) sowie ein konzentriert salzig-säuerliches Gewürzgurken-Powder von allzu deutlichen Fast-Food-Assoziationen befreit. Mit den ätherischen Dill- und Fenchelnoten eines Aquavits und der fruchtig herben Note von eingekochtem Birnensaft und Berliner Weiße kam zudem auch ins Glas reichlich Finesse.

Den stärksten Kontrast von Teller zu Glas gab es allerdings bei einer scheinbar simplen Schale mit Maispudding plus einem durch Ahornsirup dunkel gesüßten Spiegel obenauf. Der recht üppige Maisgeschmack wirkte solo geradezu unangenehm und benötigte zwingend die flirrend leichte Verbindung nussiger Noten und gelber Frucht im Glas, die durch ein Sorbet aus Kürbissaft nebst Wildpflaumen-Brand und Riesling-Auslese von der Mosel eingesetzt wurde.

Einen „Hauptgang" im klassischen Sinn gibt es im Coda nicht. Aber wenn, dann wäre dies vermutlich – als am wenigsten süßer Part des Menüs – das betörend duftende Haselnusssoufflé mit flüssigem Nusscremekern gewesen. Seine sehr dezente Süße erhielt das Küchlein von reduziertem Karottensaft, während luftig über eine leichte Käsecreme gehobelter Mimolette die salzig-würzige Seite und eine kleine karamellisierte Aprikose den säuerlichen Fruchtpart darstellten. Ein perfekter Dreiklang mit feinen Zwischentönen, der mit dem durch etwas Mandarine belebten Madeira eine ideale Begleitung für einen alles andere als klassischen „Käsegang" erhielt.

Direkt anschließend gab es eine noch intensivere Ladung Haselnuss, von der besten Piemonteser Art, gepaart mit Rauch und Grillflavour sowie der salzig maritimen Würze einer Sauce auf Anchovis-Basis. Dazu angetrocknete und dann rehydrierten Feigen mit eher dunkler Frucht, während die Haselnuss in einem Sablé mit Haferanteil sowie als Eis und als Schaum bei aller Intensität eher kühl und leicht daherkam. Dazu im Glas: gereifter Tawny Port und erneut Sake als ideale Brücke zur maritimen Salzigkeit. Top!

Beim finalen Schokoladendessert wurde es dann überraschend leicht und frisch. Zum einen, weil die als luftige Mousse in einem hauchdünnen Schokoladenwürfel servierte Schokolade (aus eigener Produktion!) selbst eher fruchtige Nuancen mitbrachte. Zum anderen aber auch, weil die Ergänzung mit Tonkabohnen- und Zwetschgeneis auch eher duftig-herbfruchtig ausfiel und die dunkleren Noten mit einem Hauch von Rauch und Zwetschgenasche recht filigran gehalten wurden. Die Begleitung im Glas lieferte durch Lambrusco und Kirschwein mit einem Sprayer Whisky (als Brücke zur Rauchnote) noch mehr spritzige Frische. Einzig die großen Stücke von Schwarten-Popcorn fielen hier durch ihre grobe Intensität etwas aus dem Rahmen. Da wären kleinere Segmente oder ein Pulver besser gewesen.

Neben den begleitenden Drinks, die ohnehin nur in kleinen, exakten Mengen serviert werden, gibt es eine beeindruckende Auswahl trockener und restsüßer Rieslinge von Mosel, Saar und Ruwer, darunter auch zahlreiche halbe Flaschen und immer auch ein bisschen was glasweise. Einfach mit dem Sommelier ins Gespräch gehen, und es gibt ganz sicher eine passende Option, die genauso locker und begeistert kommuniziert wird wie alles andere hier.

Cookies Cream

Friedrichstr. 158, 10117 Berlin (Mitte)
030-27492940
www.cookiescream.com
Di–Sa ab 19 Uhr, So u. Mo RT
Menüs: 52–99 €

Ohne Übertreibung darf das Cookies Cream in morbider Hinterhoflage mit seinem Eingang zwischen Müllcontainern und Laderampe als das beste rein vegetarische Restaurant der Landeshauptstadt bezeichnet werden. Zumal die spannend unkonventionellen Kreationen von Stephan Hentschel, der hier mittlerweile 13 Jahre als Küchenchef reüssiert, in der jüngeren Vergangenheit noch mal an Präzision und Detailaufwand zugenommen haben. In dem modernen Restaurant mit viel Industrial-Chic (Säulen, Sichtbeton, Leitungen…) wird nicht in freudlosem Öko-Stil gekocht, sondern Gourmet-like und richtig originell. Das Kulinarium präsentiert sich als Auswahl unterschiedlicher Gänge zum eigenen Zusammenstellen eines Menüs, die Kreationen sind ausgewogen, leicht und modern und bieten dank gekonnter, nicht alltäglicher Kombinationen jede Menge origineller Geschmackbilder, die auch überzeugte Nichtvegetarier begeistern. Und das zu nach wie vor sehr moderaten Preisen!

Cordo

Große Hamburger Str. 32,
10115 Berlin (Mitte)
030-27581215
www.cordo.berlin
Di–Sa ab 19 Uhr, So u. Mo RT
Menüs: 42–105 €

Die Küche in Berlins ehemals kulinarischster Weinbar, die mittlerweile zum echten Restaurant geworden ist, wird immer besser und ausgefeilter. Küchenchef Yannic Stockhausen kocht auch in seinem zweiten Cordo-Jahr mit viel Schmackes und setzt bisweilen auf reizvoll rustikale Motive, balanciert seine handwerklich sehr aufwendig arrangierten Teller aber zunehmend feiner aus. Weiterhin wirkt dieser ebenso kreative wie unkonventionelle Küchenstil in seiner expressiven, kontrastiven und sehr internationalen Art fast schon wie ein Gegenentwurf zur puristischen, stark regionalbetonten Naturküche, die in den letzten Jahren geboomt hat. Im Rahmen des bis zu achtgängigen Menüs erlebt man durchwegs kraftvolle Aromenbilder mit schmissigen Akzenten und viel kompositorischem Feingespür. Eine moderne Küche mit guten eigenen Ideen und einer durchaus individuellen Note, die immer den guten Geschmack im Blick behält und sehr zugänglich ist.

Diekmann

Meinekestr. 7,
10719 Berlin (Charlottenburg)
030-8833321
www.diekmann-restaurants.de
Mo–Sa von 12–14 Uhr u. ab 18 Uhr, So RT
Hauptgericht: 21–24 €

In einer Seitenstraße des Kurfürstendamms befindet sich hinter einer mit Efeu eingewachsenen Fassade diese ehemalige Kolonialwarenhandlung, in der heute ein geschmackvolles Restaurant mit schnörkelloser französischer Bistroküche residiert. Dank der markanten originalen Ladeneinrichtung hat das Diekmann viel Flair, und auch das ganz und gar klassische kulinarische Programm, das preiswert und in sehr solider Ausführung daherkommt, macht Spaß. Die Weinkarte offeriert ein nicht zu umfangreiches Programm mit französischem Schwerpunkt.

ohne Bewertung

DUKE

Nürnberger Str. 50–55,
10789 Berlin (Schöneberg)
030-683154000
www.duke-restaurant.com
Küchenchef: Sven Metzner
Mo–Sa durchgehend ab 12 Uhr, So RT
Hauptgericht: 25–70 €,
Menüs: 59–79 €

VISA

Mit seinen deckenhohen Weinregalen, den Schwarzweiß-Fotografien rund um Namenspatron Duke Ellington an den Wänden, einer großen, L-förmigen Theke, kleinen quadratischen Tischen und meist sehr quirliger Atmosphäre ist das große, zeitlos schick gestaltete À la carte-Restaurant im Ellington Hotel mehr Bistro als Gourmetrestaurant. Diesem Eindruck wirkten in den vergangenen Jahren Küchenchef Florian Glauert und sein Team in ihrer teilweise offenen Küche am Abend und mit ihrer Speisekartensparte „Logique" zumindest aus kulinarischer Sicht entgegen. Denn was auf den „Logique"-Tellern, die auch in ein bis zu fünfgängiges Abendmenü münden, im Gegensatz zu der als „Légère" überschriebenen Küchenlinie so zu finden war, konnte in Berlins Gourmetszene recht weit oben mitspielen. Inzwischen hat Glauert das Restaurant verlassen und erst kurz vor Beginn des zweiten Lockdowns wurde sein Nachfolger Sven Metzner vorgestellt. Weil das Duke auch den Sommer 2021 über noch geschlossen bleiben sollte, konnten wir es unter neuer Ägide noch nicht testen und führen es deshalb hier nur „ohne Bewertung" auf.

Während es von 2015 bis 2018 in unserem Guide mit der Bewertung des Duke sukzessive immer ein Stück weiter rauf ging, weil die kreative moderne Küche auf grundsolider klassischer Basis nicht nur mit guten unkonventionellen Ideen überrascht hatte, sondern immer auch mit überdurchschnittlicher Präzision, gab uns das Gebotene zuletzt einige Rätsel auf und das von uns immer gelobte Preis-Leistungsverhältnis erschien plötzlich in einem etwas weniger günstigen Licht.

Was uns an der Duke-Küche über die Jahre immer gut gefallen hatte, war die Tatsache, dass auf den Tellern nicht die sanften, zurückhaltenden Töne angestimmt wurden, sondern dass mit kraftvollen, ausdrucksstarken Aromen hantiert wurde. Unsere letztjährige Feststellung, dass hier zwar keine minutiös abgezirkelte Pinzettenküche zelebriert wird, die gut proportionierten Kreationen aber dennoch sehr fein aufeinander abgestimmt sind, mussten wir zuletzt leider etwas relativieren. Denn manche der sehr auf originelle Optik und weniger auf guten Geschmack getrimmten Kreationen gingen tatsächlich in eine recht bemühte, konstruierte Richtung.

Wir erinnern uns an eine eigens zum 100-jährigen Bauhaus-Jubiläum kreierte Vorspeise, die auf einer ganzen Speisekartenseite offeriert wurde, und mit der die Bauhaus-Prämisse „Form follows function" nahezu ad absurdum geführt wurde. Denn was hier um an sich sehr gutes, mit einer milden Krustentiercreme mariniertes Langoustinen-Tatar, mit Sepiatinte geschwärzte und mit Holzkohle aromatisierte Aiolicreme, flüssiges Spirulinagel, eine winzige Safransphäre und ein mit „Pimenton de la vera" aromatisiertes Gelee in geometrisch-sachlichem Präsentationsstil geboten wurde, war eher „Function follows form": Man konnte sich die generell durchaus stimmige Idee des Gerichts sehr gut vorstellen, aber die Umsetzung im markanten Bauhaus-Stil war im Endeffekt dafür verantwortlich, dass die Aromen hier mehr nebeneinander standen, als sich sinnvoll miteinander zu verbinden. Oder dass Elemente wie das knallige Blau der Spirulinaalge oder die feuerrote Gelee-Platte aus „Pimenton de la vera" mehr optische, als geschmackliche Wirkung zeigten…

Auch bei der in Gestalt kreisförmig um den Tellerrand herum angereihter Einzelkomponenten arrangierten Menü-Vorspeise mit Pulpo, Oliven, Speckalge, Sauce Rouille, Perlzwiebeln, Chips und Püree von der Artischocke, Estragoncreme und Melonenkugeln war die Präsentationsform dafür verantwortlich, dass man im Grunde zu keiner Zeit den durchaus gelungenen Gesamtakkord auf der Gabel hatte und sich vielmehr „degustatorisch" durcharbeiten musste. Denn um mit dem Löffel einmal beherzt quer durchs Gemüsebeet zu fahren und alles miteinander zu probieren, waren die Einzelteile schlichtweg zu groß.

Und apropos groß: von der auf den ersten Blick verheißungsvoll stattlichen Steinbutt-Tranche, die als auf der Haut und an der Gräte gebratenes, goldbraun koloriertes Doppelfilet daherkam, blieb nach dem Filettieren vor lauter Fettsaum, Karkasse und ledriger Haut ganz ohne Übertreibung leider nicht viel mehr als eineinhalb Gabeln Fleisch übrig. Das schmeckte zwar richtig gut, war ob des stolzen Preises des Tellers aber im Grunde ein Witz. Und auch der Rest der Komposition konnte in diesem Kontext nicht wirklich überzeugen: Das knackige Gemüsesalat-Arrangement um Mini-Rote Bete, Gurke, Radieschen Kefir und Dill war ziemlich salzig und sowohl die ohnehin schon mehr Fett als Muskelfleisch aufbietende Steinbutt-Schnitte, als auch das à part dazu servierte Piroggen-Täschchen, wurden mit jeder Menge Nussbutter übergossen, so dass das Ganze zu einer recht breiten, fettig-öligen Angelegenheit wurde, bei der man so etwas wie Säure oder sonstige aromatische Zuspitzung vergeblich suchte.
Leider blieb auch die Menü-Hauptspeise um die „Holi Rib" eines spanischen Charra-Beefs hinter den Erwartungen zurück. Was sich beim letzten Besuch auf 7-Pfannen-Niveau bewegte, war die Pâtisserie. Die präsentierte sich nicht nur mit einer erfrischend leichten „Bellini"-Interpretation um Champagner und Pfirsich voll auf der Höhe, sondern auch mit ihrer „I love chocolate" getauften und ebenfalls im Bauhaus-Stil präsentierten Schokoladenkomposition.
Wir sind nun sehr gespannt, welche Richtung das Restaurant Duke nun unter der Küchenleitung von Sven Metzner einschlagen wird und freuen uns auf den nächsten Besuch. Sobald dieser unter regulären Bedingungen möglich ist (den Sommer über gibt's nur einfache Gerichte auf der Terrasse), bringen wir wie gewohnt im Gusto Online-Guide und in der Gusto-APP ein Update.

6↑

eins44 Kantine Neukölln

Elbestr. 28 u. 29,
12045 Berlin (Neukölln)
030-62981212
www.eins44.com
Täglich ab 18 Uhr, kein RT
Hauptgericht: 24–28 €
VISA

Allein die wunderbaren Räumlichkeiten der ehemaligen Destillerie in einem Hinterhof an der Elbestraße lohnen den Besuch, aber es wird hier auch erstaunlich gut, einfallsreich und intelligent gekocht. In dem auf zwei Ebenen angelegten Restaurant mit nostalgischem Industriecharme, schönem Holzboden, dekorativ gefliesten Decken und Wänden und hohen Rundbogenfenstern sitzt man an massiven Holztischen und genießt eine zeitgemäße, ebenso kreative wie bodenständige Küche aus der Feder von Küchenchef Daniel Achilles (ehemals Restaurant Reinstoff), der hier die vorwiegend regionalen Hauptprodukte raffiniert und undogmatisch weltoffen in Szene setzt. Auf den Tellern geht es sehr gegenständlich und klar strukturiert zu, denn die Finessen stecken im geschmacklichen Detail und werden nicht selten durch unkonventionelle Kombinationen hervorgerufen, die souverän und wohlproportioniert von Könnerhand aufeinander abgestimmt sind. Sehr gute Weinkarte mit Affinität für deutschen Riesling, aber auch vielen spannenden Sachen aus den Nachbarländern Österreich und Frankreich.

7↑

einsunternull

Hannoversche Str. 1,
10115 Berlin (Mitte)
030-27577810
www.restaurant-einsunternull.de
Küchenchef: Silvio Pfeuer
Do–Mo ab 19 Uhr, Di u. Mi RT
Menüs: 139 €
VISA P

Schon seit Anfang 2019 ist der noch recht junge und sehr talentierte Silvio Pfeufer Küchenchef in Ivo Eberts einsunternull. Durch die Corona-Zeit und die langen Unterbrechungen für das Restaurant in den beiden zurückliegenden Lockdowns, während derer das Team unter anderem mit gemeinnütziger Arbeit wie der Charity-Aktion „Mach MAHL!" von sich re-

den machte, ist sein gelungener Einstand dort aber gefühlt noch gar nicht so lang her. Und doch konnte sich der davor zuletzt bei Jan Hartwig im Münchener Atelier gestählte Cuisinier seit seinem Antritt schon erkennbar steigern und der Küche offenbar gerade in den vergangenen Monaten ein deutliches Mehr an handwerkichem und kompositorischem Feinschliff geben.
Der Gastraum des einsunternull liegt ein Stockwerk unter der Erde, Silvio Pfeufer und sein Team arbeiten allerdings überwiegend oberirdisch. Und im Erdgeschoss befindet sich zudem ein kleiner Gastraum, in dem früher auch Lunch serviert wurde. Seit es hier nur noch den Abendservice gibt, spielt sich aber alles im u-förmig angelegten Gastraum im Kellergeschoss ab, der modern-puristisch eingerichtet ist. Das Abtauchen per Fahrstuhl in den Keller hat was – vor allem im Sommer, wenn die City auch am frühen Abend noch heiß und hell ist und man hier unten angenehm kühl bei gedimmter Beleuchtung sitzt.
Zur Auswahl stehen zwei sechsgängige Menüs, davon eines vegetarisch, von denen das Eine auch noch durch einzelne Gänge des Anderen ergänzt werden kann. Die drei Kleinigkeiten, die uns das gut eingespielte junge Serviceteam dann beim letzten Besuch begleitend zum Aperitif auftischten, demonstrierten gleich schon den feinmotorischen Fortschritt der Küche. Da war etwa ein hauchdünnes knuspriges Tartelette mit Mais und Gänselebereis, deren Süße von Vanileessiggel in der Spur gehalten wurde; oder ein gefüllter Knusperzylinder mit in Sherry eingelegten Buchenpilzen und Erbsencreme unter einer Haube von Mascarponeschaum. Auch das seidig zarte, mit Tomatenwasser aromatisierte Chawanmushi nebst Rauchfischsud, Hechtkaviar, Umibudo-Alge und Apfel bot fein ausgetüftelten und vielschichtigen Gaumenkitzel.
Unser Menü startete offiziell mit etwas Tatar und Tataki vom Kalb, die gemeinsam zur Kugel geformt und mit nussiger gerösteter Rapssaat, Rapsölmayonnaise und Johannisbeeren in einem zart röstwürzigen Sud von der Roscoff-Zwiebel angerichtet waren. Letzter hüllte das Rohfleisch in ein sanftes, vegetabiles Umamikleid und sorgte für eine gewisse Tiefe, ohne die Mitspieler allzu kraftvoll zu dominieren. Und die Beeren ließen dazwischen ein paar säuerliche Sidekicks aufploppen. Ein sehr ansprechender Start mit Dynamik und Balance.
Viele Gänge werden inzwischen von einem kleinen Appetizer eingeläutet, der die Leitaromen des nächsten Gerichts in abgewandelter Form zitiert. Ein sehr filigraner, mit Forellentatar und Forellenkaviar beladener Fingerfood-Taco aus einem hauchdünnen gebackenen Ornament-Chip stimmte zum Beispiel auf die mild gebeizte und nur soft temperierte Forelle ein. Die zarte und schmelzige Tranche des Fischs war beladen mit microfeinen Knusperpartikeln von der Kartoffel, ebenso kleinen gegarten Kartoffelwürfeln sowie Schnittlauchröllchen und war platziert auf einem Klecks Brandade, umgeben von einem grün-weiß marmorierten Spiegel aus einer Art Molke-Beurre-blanc mit dynamischem Säurespiel und grünfrischem Dillöl. Von grünen, frischen Aromen war auch die dazu empfohlene Weißweincuvée aus autochthonen Rebsorten des Baskenlandes gezeichnet, die Sommelière Anna Schilling passenderweise als Empfehlung dazu ausgesucht hatte.
Im Folgenden läutete ein kleiner Shot grüner Gazpacho (Paprika, Gurke, Staudensellerie, Jalapeño...) die Tranche eines in Nussbutter glasig gegarten Heilbutts mit Gurke, Cantaloupe-Melone und Zitronenverbene ein, bei der jene Gazpacho-Ingredienzen wiederum als Grundlage einer Espuma zu schmecken waren. Ein durch die allgegenwärtige Gurke und die Melone sehr leichtes, aber keinesfalls seichtes Gericht, in dem Salzzitrone und Kombualge für zusätzliche aromatische Akzente sorgten.
Ein kleiner Exkurs ins vegetarische Menü bescherte uns einen Gang rund um „Barbecue-Karotte“, die in ein Kleid aus zerstoßenen Cashewnüssen gehüllt war und in der Hauptsache von gelben Linsen und einer Espuma von Ayran begleitet wurde. Insbesondere in Kombination mit der „Kystin“ Apfelcidre-Cuvée mit einem deutlichen Hauch Kastanie war das ein durchaus spannender Gang, den wir im Detail aber dennoch als etwas sperrig empfanden. Und zwar zum einen wegen der doch recht naturbelassen wirkenden Konsistenz der Karotte und zum anderen wegen dem etwas borstig vorschmeckenden Ayranschaum.
Deutlich runder und ausgereifter war folgender Spargelgang, den man sich optional hätte mit 12 Gramm Imperial-Kaviar adeln lassen können, der aber – was bei solchen Upgrade-Angeboten für uns eigentlich noch viel interessanter ist – auch ohne dieses Add-On prima funktionierte. Die Spargelspitzen und der zunächst über mehrere Tage eingelegte und dann abgeflämmte Spargel teilten sich das tiefe Schälchen nicht nur mit Blattspinat und einem zart fließenden Onsen-Eigelb, sondern auch mit winzigen sautierten Pfifferlingen, einer Haselnusscreme und einem Schaum aus Haselnussmilch und Spargelfond. Und das war mehr als süffiges Soulfood, weil überraschend fa-

cettenreich und fein nuanciert abgeschmeckt, was die Kombination mit dem dazu ausgeschenkten Pouilly-Fuissé aus dem Mâconnais (nussig, vollmundig und trotzdem frisch und elegant …) umso attraktiver machte.
Auch mit Julian Hubers Malterdinger Spätburgunder traf die Sommelière ins Schwarze. Der ist weniger im Stil eines französischen Pinot Noirs ausgebaut, sondern repräsentiert genau das, was er ist: Ein anspruchsvoller deutscher Spätburgunder mit Eleganz, Struktur und Finesse. Und war somit ein adäquater Weinbegleiter für den angenehm schlank und minimalistisch gehaltenen Hauptgang rund um einige dünne mit Ochsenmark lackierte Tranchen aus dem Nacken vom Wagyu-Beef, die mit fast schon rustikal kernigem Biss und dennoch dem für gutes Wagyu-Fleisch typischen zarten, buttrigen Schmelz und Zartheit auftrumpften. In Kombination mit darunter versteckten Artischocken und Spinatcreme, getoppt mit Artischockenchips sowie Cremetupfen von schwarzem fermentiertem Knoblauch und umgeben von reichlich kraftvollem Beeftea war das ein bemerkenswert schlanker und trotzdem tiefgründiger Hauptgang.
Den geschmeidigen Übergang von salzig zu süß, verantwortete schließlich eine Kombination von Burrata (schaumig und stückig) mit Fenchel und Variationen von der Brombeere, die nichts von einem missglückten Käsegang und auch nichts von einem experimentellen Gemüsedessert, aber alles von einem guten Nachtisch hatte. Und schließlich trotzdem noch vom eigentlichen süßen Abschluss rund um Erdbeere, Fichtensprosse, Buttermilch und Holunder getoppt werden konnte. Wir erhöhen deshalb die Bewertung hochverdient um den Bonuspfeil und geben zu Protokoll, dass hier aktuell wirklich nicht mehr viel für eine weitere Aufstufung auf 8 Pfannen fehlt.

---

ohne Bewertung

Ernst

Gerichtstr. 54, 13347 Berlin (Wedding)
✆ 0355-676111600
www.ernstberlin.de
Mi–Sa ab 19.30 Uhr, So, Mo u. Di RT
Menüs: 145–185 €

Das ultaschlichte Lokal der beiden Kanadier Dylan Watson-Brawn und Spencer Christenson im Berliner Wedding, das an einem L-förmigen Tresen Platz für maximal zwölf Gäste hat, bietet eine höchst spannende und hierzulande einzigartige Produktküche, mit einer Präzision und Kompromisslosigkeit was Qualität und Geschmack angeht, wie man es sonst nur aus Japan kennt. Für aufgeschlossene Esser sind die gut zwei Dutzend kleinen Kostproben dieses äußerst minimalistischen, experimentellen, gemüselastigen Kulinariums definitiv ein außergewöhnliches Erlebnis. Man bekommt es hier mit teils herausragenden Produktqualitäten und neuartigen Geschmäckern zu tun, die in fast schon japanischer Klarheit und Transparenz inszeniert werden. Im Vergleich mit ähnlichen Küchen wie beispielsweise dem Sosein, dem Einsunternull oder auch dem Nobelhart & Schmutzig wird hier noch mal um einiges minimalistischer aufgetischt und auch deutlich weniger „kreiert", dafür noch mehr über die Produkte und die Zubereitungen erzählt. Leider war das Restaurant im Corona-Sommer 2020 geschlossen und wurde auch 2021 erst spät wiedereröffnet, so dass wir die Bewertung in dieser Ausgabe aussetzen.

10

Facil

im Hotel The Mandala
Potsdamer Str. 3,
10785 Berlin (Tiergarten)
✆ 030-590051234
www.facil.de
Küchenchef: Michael Kempf,
Joachim Gerner
Mo–Fr von 12–14 Uhr u. ab 19 Uhr,
Sa u. So RT
Hauptgericht: 38–68 €,
Menüs: 99–215 €

VISA

Berlin hat mittlerweile viele sehr gute und auch äußerst beständige Gourmetrestaurants, doch in keinem sind sowohl die Küchenleistung als auch das Team über so viele Jahre so konstant wie im Facil. Das schnörkellos schlicht und sehr elegant gestaltete Restaurant auf dem

Dach des Hotels The Mandala, das dort in einem bambusumwachsenen und trotzdem lichtdurchfluteten Glaskubus wie eine entschleunigte grüne Oase mitten in der hektischen Großstadt anmutet, wird schon seit über einem Jahrzehnt vom fest zusammengeschweißten Team um Küchendirektor Michael Kempf, Küchenchef Joachim Gerner, Chef-Pâtissier Thomas Yoshida und weiteren engen Mitarbeitern bekocht. Und weil dieses bestens eingespielte Team nicht nur das Talent besitzt, auf höchstem Niveau zu kochen, sondern auch schon so lange gemeinsam an einem Strang zieht und die gleichen ambitionierten Ziele verfolgt, ist es ihm in jüngerer Vergangenheit eindrucksvoll gelungen, an die Spitze aufzuschließen.
Der deutlichen Weiterentwicklung in den letzten zwei bis drei Jahren, die sich auf den bildhübsch angerichteten Facil-Tellern vor allem durch noch mehr handwerkliche und geschmackliche Präzision wiederspiegelt, wollen wir in diesem Jahr mit der erstmaligen Vergabe unserer Höchstbewertung Rechnung tragen. Was sich hier bereits vor geraumer Zeit andeutete und während unserer letzten Testbesuche manifestierte, bewegt sich inzwischen mit den bereits etablierten Spitzenküchen in Deutschland auf Augenhöhe. Wie ausgefeilt perfektionistisch und zugleich unangestrengt die weltoffen und stilübergreifend komponierten Kreationen aus dem bis zu achtgängigen Abendmenü (das es hier übrigens auch mittags gibt!) mittlerweile daherkommen, mit wieviel originellem Facettenreichtum sie aufwarten und wie souverän reduziert sie gleichermaßen sind – das ist ohne Frage großes kulinarisches Kino!
Für die Souveränität und Stilsicherheit des Teams spricht, dass es den Start immer recht gemächlich angehen lässt und längst noch nicht alle Register zieht. Zuletzt begannen wir beispielsweise mit einem Auberginentatar mit Chicorée, verschiedenen Algen und einer ganz dezent geräucherten Shiso-/Pflaumen-Vinaigrette aromatisch angenehm zurückgenommen und auch sonst vergleichsweise schlicht – zumal, wenn man bedenkt, was andernorts oft schon als Präludium eines Gourmetmenüs alles herausgeballert wird. Hier wird kurz, aber sehr verbindlich und nicht selten vegetarisch gegrüßt. Und so ging es ohne große Umschweife, aber mit sehr gutem Brot, schon bald ins eigentliche Menüprogramm über, das ebenfalls vegetarisch begann …
Und wenngleich diese Vorspeise um Sonnenblumenwurzel und Gelbe Bete, die hier zusammen mit gerösteten Sonnenblumenkernen und ein paar knusprigen Topinamburpartikeln als ein leicht cremig angemachter knackiger Salat unter einer gelben Geleefolie versteckt waren, von der relativ straffen, fruchtigen Säure des Sanddorn dominiert wurden, war die Komposition nicht davon überlagert, sondern klar und transparent aufgefächert. So konnte man auch deutlich die feinen Aromenspitzen wahrnehmen, die dem Ganzen von Petersilie und Minze verliehen wurden. Ein sehr fein gewobener, leichter und frischer Auftakt.
Kleine Stücke von rauchiger Makrele, sehr originell schmeckende, weil in Himbeeressig und Passionsfrucht eingelegte Radieschen, knackig frischer Forellenkaviar, Verbene, Tomatenflocken und Kräuterpulver vermählten sich sodann in der milden und vollkommen unaufdringlichen Umamiwürze des seidig-cremigen Untergrunds in Gestalt eines Chawanmushi zu einem beeindruckend facettenreichen, duftigen Zwischengang. Der oftmals ja etwas derb anmutende Fisch wirkte hier trotz der rauchigen Aromen nicht nur sehr elegant, sondern hatte auch eine betörend schmelzige und zugleich feste Textur. Die wohldosierten Fruchtspitzen von Maracuja und Himbeeressig sowie die zitrischen Frischemomente durch das Eisenkraut machten es zu einer duftigen und wieder sehr frischen Angelegenheit.
Ein ätherisch-frischer Minzhauch, der sich mit geräuchertem Tomatensud zu einem betörenden Akkord vermählte, ließ den kleinen Zylinder von Imperial-Kaviar, Blumenkohl, Kapuzinerkresse und Macis, der akkurat darin angerichtet war, zu einem denkwürdigen Großereignis fürs kulinarische Langzeitgedächtnis werden. Eher klassisch, sehr harmonisch und klararomatisch, aber ehrlicherweise auch recht gediegen, kam danach der perfekt glasige Kabeljau mit Gillardeau-Auster auf einem Lauchgemüse mit Senfsaat in Champagnerschaum angeschwommen. Letzterer, der mit einer etwas fetteren, markanteren Champagneraromatik und vor allem mehr Säure einen wirklich schönen Akzent hätte setzen können, blieb hier nach unserem Geschmack etwas zu zahm und defensiv …
Dass das Facil-Team ein sehr feines Händchen für originelle vegetarische Gerichte hat und vermutlich auch ein ganzes Menü ohne Fleisch und Fisch komponieren könnte, das auf Höchstbewertungsniveau anzusiedeln wäre, zeigte der folgende Zwischengang rund um Kohlrabi. Das Gemüse wurde hier in all seinen Facetten von grün, ätherisch und frisch bis nussig, knusprig und röstig aufgeboten – und zwar auf einem Sud mit den Aromen von Kümmel und Macadamianuss, erfrischend akzentuiert von den zitrisch-herben Noten der Blutorange

und den typischen pfeffrig-grünen Anklängen von Brunnenkresse. Stark!
Eine seidige, mit etwas Parmesan verfeinerte Creme von Topinambur, fruchtig eingelegter knackiger schwarzer Rettich, Granatapfelkerne und -jus sowie geröstete und grob zerstoßene Cashewnüsse machten den fantastischen Fläminger Rehrücken mit klassischer Rouennaiser Sauce zu einem äußerst leichten, sommerlichen und irgendwie auch ziemlich exotischen Wildbret – jedoch ohne damit auch nur annähernd ins Experimentelle abzudriften. Wie im Facil überhaupt trotz sehr viel kreativem Output immer der gute Geschmack gewahrt wird. Hier passiert nichts aus bloßem Aktionismus – stets geht es darum, das Hauptprodukt auf originelle Weise zu optimieren.
Und so brachte eine an Garam Masala erinnernde orientalische Würze und moderate Schärfe schließlich auch die zart geschmorte und mit Sauerampfer-Gremolata glasierte Ochsenbacke originell in Front. Und das fügte sich hier prima ins Bild, denn das perfekt saftige Fleisch mit schön kompakter, homogener und nicht etwa fasrig-ausgelaugter Struktur war mit einer in weißen Mohn gehüllten Karotte, süßlich-würziger Karottencreme, knusprigem Buchweizen und Sauerampfer auch sonst stilistisch ein wenig in Richtung Morgenland ausgerichtet.
Mit Ingwer, Yuzu, Sesam, Koriander, fermentiertem Reis und Mandel ging es schließlich beim handwerklich ebenso aufwendig wie makellos umgesetzten Dessert auf der kulinarischen Weltreise für den letzten Trip in den fernen Osten. Beeindruckend, wie Chef-Pâtissier Thomas Yoshida und sein Team diese Aromen hier in Gestalt von Mousse, Biskuit, Sud, Gel, Creme, Baiser und hauchdünner schmelziger Kakaobutter ganz klar und freigestellt transportieren und harmonisch ineinanderfließen lassen.
Mit Manuel Finster (Restaurantleiter) und Felix Voges (Sommelier) stehen auch dem Service zwei langjährige Mitarbeiter des Facil vor, die hier ihre beiden Fachbereiche mit souveräner Gelassenheit bespielen. Felix Voges' Weinempfehlungen, meist recht klassische Vertreter ihres Genres, erweisen sich stets als präzise Begleiter für die Küche, die nicht in den Vordergrund drängen und trotzdem viel eigenen Charakter zeigen. Auch diese beiden Herren tragen nicht unwesentlich zur Beständigkeit dieses Restaurants bei. Herzlichen Glückwunsch zur Höchstbewertung!

7

Faelt

Vorbergstr. 15a,
10823 Berlin (Schöneberg)
030-78959001
www.faelt.de
Küchenchef: Björn Swanson
Di–Sa ab 18 Uhr, So u. Mo RT
Hauptgericht: 25–45 €, Menüs: 89 €

VISA

Eine der spannendsten Neueröffnungen des zurückliegenden Jahres! Björn Swanson kennen wir nicht nur aus dem Golvet, wo ihm in den vergangenen Jahren das Kunststück gelang, zuverlässig und innovativ auf hohem Niveau zu kochen und knapp hundert Gäste pro Abend satt und glücklich zu machen, sondern auch schon von seinen vorherigen Stationen wie etwa dem Gutshaus Stolpe. Ausgerechnet im schwierigen Jahr 2020 hat Swanson dem Golvet den Rücken gekehrt und sich mit dem Faelt in Schöneberg als Küchenchef und Inhaber in die gastronomische Selbstständigkeit gewagt.
Hier ist alles deutlich kleiner und familiärer als in Swansons vorheriger Wirkungsstätte, sodass der Chef nicht nur am Herd steht, sondern auch immer wieder im gerade mal eine Handvoll Tische fassenden Gastraum anzutreffen ist. Geboten wird ein kreatives Menü über insgesamt neun Etappen, daneben aber auch à la carte sogenannte „Snacks", die vom Domberger Brot mit Karamellbutter über eine ganz besondere „Brotzeit" bis zu Handfestem wie Berliner Bollenfleisch mit Bohne oder Rehgoulasch mit Kartoffel reicht. Ein entspanntes kleines Restaurant für viele Anlässe!
Sehr überzeugend und wie schon im Golvet unverkrampft nordisch ist die erste Vorspeise des großen Menüs, die sich um Zander dreht. Der Fisch wurde dezent kaltgeräuchert und als Sashimi aufgeschnitten, was seine hervorragende Produktqualität perfekt zur Geltung kommen lässt. Den naturgemäß im rohen Zustand

recht festen Fisch paaren Swanson und sein Team mit geräucherter Crème fraîche und einer dichten Brühe aus Hühnerfüßen und Zanderkarkassen. Diese bringt genug Wucht mit, um die entscheidenden Sekunden im Mund Präsenz zu zeigen, während derer man den festfleischigen Zander zerkauen muss. Durchdacht, präzise umgesetzt und ausgesprochen kurzweilig!
Noch eine Spur besser ist ein Gang mit rohem, in karamellisiertem Miso mariniertem Kürbis, den eine Paprikacreme, Ziegenquark und ein Sud mit herrlich opulentem Einsatz von Kürbiskernöl begleiten. Hier kann neben der vielschichtigen Aromatik aus Würze, Schärfe und der dezenten „Stallnote" des hervorragenden Quarks vor allem die spannende Textur des Kürbisses punkten: sehr knackig, dabei aber überhaupt nicht harsch oder unreif – „al dente" ist wohl das treffendste Wort.
Für den nächsten Gang schickt die Küche ein gegartes Eiweiß, das ausgehöhlt und mit einer Masse aus Pilzen und Eigelb gefüllt ist. Dazu gibt es schlicht ein paar Erbsen, ein wenig Spinat und eine sehr gute, würzige Curry-Velouté. Auch das ist fein abgeschmeckt, authentisch und schlicht „lecker", im Vergleich zum tollen Kürbisgang aber eine Spur eindimensionaler.
Vielschichtiger wird es wieder beim Hauptgang, in dessen Mittelpunkt sehr zarter und nur leicht mürber Rehrücken steht, der von geschmorter Rehzunge, einer Jus und Spitzkohlpüree sowie einem kurz und sehr heiß gegrillten Wirsingkohlblatt besteht. Was in der Erzählung recht simpel klingt, hat auf dem Teller sehr viel Tiefe, besonders durch die Varianten vom Kohl, die nicht nur verschiedene Texturen aufbieten, sondern auch völlig unterschiedlich schmecken: das Püree eher süßlich, zart, und sehr klar – das bewusst an einigen Stellen dunkelbraune Wirsingblatt nussig, rauchig, knackig.
Unser persönliches Highlight des Menüs folgte jedoch erst jetzt: Ein Dessert aus „anoxidiertem Apfel", einem Apfelsorbet und einreduzierter Sahne mit Whiskey. Den Apfel reiben Swanson und sein Team mit Schale und lassen ihn anschließend einige Stunden ziehen. Das Obst ist so zwar nicht mehr besonders ansehnlich, hat aber an komplexem Aroma zugelegt, schmeckt expressiver und gleichzeitig weniger ruppig oder harsch. Das Apfelsorbet ist sehr rein im Geschmack und die eingekochte Sahne herrlich tief, mit einer leichten Rauchigkeit des Whiskeys. Eine hauchdünne und wunderbar rösche Teighippe ist nicht bloß Deko, sondern gibt dem Gericht als crunchige Komponente zusätzliche Struktur.
„Willst 'n Weinchen dazu oder das, was ich trinken würde?", fragt der sympathische Kellner, der schon den ganzen Abend ausgesprochen viel gute Laune versprüht. Wir begeben uns in seine Obhut und werden mit einem Kümmelschnaps aus dem Sherryfass belohnt, der mit seinem getreidigen Aroma überraschend gut zum Dessert passt. Sehr gut waren allerdings auch die „Weinchen", die die vorherigen Gänge begleiteten – etwa ein Grüner Veltliner aus der Wachau oder ein Spätburgunder vom Weingut Meyer-Näkel, der perfekt zum Lamm passte.
Das Faelt ist ein typisches hippes Wohlfühl-Gourmetrestaurant für die ebenso hippe Berliner Nachbarschaft: wuselig, nahbar und völlig frei von Allüren. Durch Björn Swansons Küche, die uns immer dann am besten gefällt, wenn sie klar strukturiert ist und möglichst nah zum Kern der guten Grundprodukte durchdringt, hebt es sich klar aus der Masse heraus und stellt eine Bereicherung für die kulinarische Szene der Hauptstadt dar. Und es bietet ganz nebenbei auch noch ein hervorragendes Preis-Genuss-Verhältnis!

8

Frühsammers Restaurant

Flinsberger Platz 8,
14193 Berlin (Grunewald)
030-89738628
www.fruehsammers-restaurant.de
Küchenchef: Sonja Frühsammer
Mi–Sa ab 18.30 Uhr,
So, Mo u. Di RT
Hauptgericht: 15–19 €,
Menüs: 99–109 €
VISA P

Sonja Frühsammer kocht in dem schönen, schlichten Gastraum mit Parkettfußboden in der Vereinshaus-Villa des Grunewald Tennisclubs hochfein, aber im besten Sinne unprätentiös ihre „Modern European Cuisine", für die sie sich undogmatisch verschiedenster Einflüsse und Inspirationen bedient. Was sie handwerklich feinsinnig und optisch hübsch angerichtet auf die Teller bringt, ist durchaus aufwendig, aber nicht übertrieben artifiziell. Stets hat man es in ihrem Menü mit einem sensibel abgestimmten Zusammenspiel der unterschiedlichen Komponenten und Aromen zu tun. Ihr Ehemann Peter ist ein hervorragender Gastgeber und leidenschaftlicher Weinexperte und trägt mit seiner entspannten, lockeren Art ganz wesentlich dazu bei, dass das Frühsammers eines der unprätentiösesten Gourmetlokale der Stadt ist.

7↑

Golvet

Potsdamer Str. 58,
10785 Berlin (Tiergarten)
030-89064222
www.golvet.de
Küchenchef: Jonas Zörner
Do–Sa ab 18 Uhr,
So–Mi RT
Hauptgericht: 25–50 €,
Menüs: 60–120 €
VISA

Auf der großzügigen Fläche des achten Stockwerks eines abgerundeten Eckhauses in der Nähe des Potsdamer Platzes mit Ausblick auf denselben, pulsierenden Beats aus dem Soundsystem und entspannter Gangart des jungen Serviceteams, bietet das Golvet lässige urbane Loft-Atmosphäre anstatt der Kulisse eines klassischen Gourmetrestaurants. Man kann sich hier auch getrost ganz entspannt einen Abend lang an einer der beiden Bars niederlassen und nur ein paar Drinks nehmen – würde dann aber die ambitionierte Küche verpassen, die seit ein paar Jahren auch zahlreiche Feinschmecker anzieht.

Im vergangenen Jahr gab es im Golvet eine Stabübergabe am Herd, denn Björn Swanson, der hier seit def Eröffnung für die Kulinarik verantwortlich zeichnete, mittlerweile aber erfolgreich sein eigenes Restaurant Faelt betreibt, hatte noch vor seinem Abschied an seinen ehemaligen Sous-Chef Jonas Zörner übergeben. Der hatte hier nämlich zuletzt schon immer mehr Verantwortung übernommen und war bereits offiziell zum Küchenchef ernannt worden. Und trotzdem oder gerade deswegen war es spannend, ob und wie sich die Golvet-Küche unter seiner alleinigen Federführung verändert hat.

Schon die drei ziemlich elaborierten, aber keineswegs übermäßig verspielten Kleinigkeiten zum Aperitif, die zugleich auch schon das Amuse-Bouche des bis zu sechsgängigen Menüs waren, präsentierten sich auf einem bemerkenswerten Niveau. Mit sehr gut herausgearbeiteten Aromen und präzise gewählten Proportionen ließen diese Einstimmungen nämlich eine ambitionierte Weiterentwicklung durchaus erkennen.

Noch unverkennbarer wurde dies bei der Vorspeise von Kalbszunge und Auster. Und das nicht nur wegen der äußerst akkuraten Präsentation der sehr zarten und saftigen, zum Carpaccio aufgelegten Zungenscheiben vom Wagyu-Rind nebst ähnlich aufgefächerten marinierten Radieschen und besagter Auster, die mit ein paar Kräuterspitzen, -blüten und Salicornes auf einer Art dünnem Flan von geräucherter Auster thronten. Die Vinaigrette auf Basis einer aus dem Pökelsud der Zunge hergestellten und mit Dillöl marmorierten Dashibrühe umrandete dieses feinwürzige Ensemble mit einer belebenden Frische. Eine vielschichtige, zugleich aber auch sehr subtile und elegante Vorspeise. Und ein Start nach Maß auf 8-Pfannen-Niveau!

Ebenfalls sehr gut, bewertungsmäßig aber etwas darunter anzusiedeln, war die schlicht „Wald“ getaufte Pilzconsommé aus Kräuterseitling, Shii Take und Champignons, die nicht nur von einem filigran knusprigen Laubblatt aus Esspapier mit Cassisgeschmack und einem hippenartigen Waldpilz-Chip begleitet wurde, sondern auch von einem hauchdünnen, mit Ziegenfrischkäsecreme betupftem und mit eingelegten Fichtensprossen applizierten Polentachip. Auch eine grüne pastöse Pinselspur an der Innenwand des Schälchens spendete dem Umami-Geschmacksbild weitere ätherischkrautige Spitzen. Wieder eine sehr stimmige Idee und ein schmackhaftes Ganzes, im Detail aber nicht ganz so ausgefuchst.

Ähnlich wie das einigermaßen winzige, unter anderem mit Limettenschalenabrieb und Tomatenflocken aromatisierte Stück Seeteufel, das auf einem „Salat“ aus dünnen marinierten Scheiben von der Poverade sowie etwas dickeren gebratenen Stücken dieser Artischockenvarietät angerichtet und von Champagnerschaum umgeben war: Frisch, fruchtig, gemüsig, rund und mild, aber nicht so stringent und ausdrucksstark wie erhofft.

Etwas mehr Zug und Originalität brachte der Menühauptgang rund um Wachtel aufs Porzellan, die dort in Gestalt zweier Streifen ihrer gebratenen Brust und der kleinen Scheibe einer saftigen Wachtelballotine zugegen war. Auch deshalb, weil hier sowohl die reduzierte Jus als auch die nussigen Haferwurzel-Komponenten eigene Akzente setzen konnten. Wie schon zuvor beim Fischgang hätte aber auch dieses Gericht noch etwas eindrücklicher wirken können, wenn das Hauptprodukt mehr Präsenz gehabt hätte. Mit einem größeren und dickeren Stück so einer gefüllten Wachtelkeule oder einer im Ganzen gelassenen Wachtelbrust kommt nun mal mehr Produktcharakter in die Waagschale als mit sehr kleinen Stücken. Aber das ist letztlich alles nur eine Sache der Proportionen und ließe sich leicht optimieren.
In diesem Sinne war das in Anlehnung an das berühmte „Filet Wellington" frei interpretierte „Reh Wellington" perfekt proportioniert. Denn die hier statt traditionell von Blätterteig von einer sehr knusprigen und unaufdringlich dünnen Croûton-Hülle umschlossenen Stücke des Rehrückens hatten prinzipiell eine adäquate Form und Größe, um sie optimal auszukosten zu können. Leider schwächelte diesmal ausgerechnet das Produkt ein wenig, denn das Fleisch war zwar rosa und zart, aber auch recht mürbe, matt und trocken. So bekam letztlich die süffige Unterlage aus eingelegten und mit Jus vermengten Holunderbeeren, einem Liebstöckelöl und einer stoffig-schaumigen Sauce Foyot eine noch größere Bedeutung. Aber auch aus rein geschmacklicher Sicht war dieses relativ markante, herb-fruchtige Zusammenspiel gewinnbringend – und passte gut zum grünen Spargel, der dieses sommerliche Wildbret begleitete.
Wir begannen das Menü auf 8-Pfannen-Niveau und beendeten es auch auf ebendiesem Level. Denn das haptisch vielschichtig aufgefächerte und aromatisch perfekt ausbalancierte Miteinander von Valrhonas karamelliger „Dulcey"-Schokolade mit Hibiskus, Himbeere und Waldmeister bescherte uns ein anspruchsvolles Dessert, das zum Abschluss nochmal deutlich machte, wohin die Reise hier mittelfristig gehen kann. Noch etwas mehr Präzision in den wirklich wichtigen Details und es steht einer Höherstufung nichts mehr im Wege. Nichts als Lob auch für den sehr zuvorkommenden Service und die sehr individuellen und klug ausgewählten Weinbegleiter.

5

Grill Royal

Friedrichstr. 105,
10117 Berlin (Mitte)
030-28879288
www.grillroyal.com
Täglich ab 18 Uhr, kein RT
Hauptgericht: 19–115 €
EC VISA

Der Grill Royal ist das Szene-Restaurant schlechthin in der Hauptstadt: Ein angesagter Hotspot mit schickem, geschmackvoll reduziertem Interieur zwischen gediegenem 70er-Chic und zeitlos-avantgardistischem Charme. Ein Ort zum Sehen und gesehen werden, aber einer mit sehr guter klassischer Küche! Sie bietet seit jeher weit überdurchschnittliche Produktqualitäten und fachmännische, sorgfältige Zubereitung, in letzter Zeit aber auch noch mehr Originalität, geschmackliche Raffinesse und handwerkliche Feinheiten. Neben Austern, Hummer, Kaviar, Trüffeln, Meeresfrüchteplatte und Prachtsteaks bester Provenienz vom Pommernrind über US-Beef bis zum Original Kobe mit traditionellen Beilagen zur Wahl gibt es immer auch die eine oder andere Vorspeise oder Spezialofferte auf der Tageskarte, die vom gediegen konservativen Klassikerprogramm abweicht. Für Champagnerfans, Etikettentrinker und alle Wein-Connaisseure ist auch die international exzellent sortierte Weinkarte attraktiv.

Fast & SLOW

Grindhouse

Kollwitzstr. 50,
10405 Berlin (Prenzlauer Berg)
030-44308353
www.grindhouseburgers.de
Di–Do von 12–15 Uhr u. von 17.30–22 Uhr, Fr von 12–23 Uhr, Sa von 13–23 Uhr, So von 13–22 Uhr, Mo RT

Qualitativ hochwertige Burger aus regionalen Zutaten, die man sich nach Lust und Laune selbst zusammenstellen kann.

10

Horváth

Paul-Lincke-Ufer 44a,
10999 Berlin (Kreuzberg)
030-61289992
www.restaurant-horvath.de
Küchenchef: Sebastian Frank
Di–Sa ab 18.30 Uhr, So u. Mo RT
Hauptgericht: 27–60 €,
Menüs: 120–140 €

VISA

Wenn's weiter nichts ist: das Einzige, was in Sebastian Franks Horváth am Kreuzberger Paul-Linke-Ufer der Corona-Pandemie zumindest vorübergehend zum Opfer gefallen ist, sind die kleinen Kärtchen, auf denen immer recht detailliert die genauen Bestandteile der zwar oft sehr puristisch anmutenden, mitunter aber ziemlich komplex zusammengesetzten Kreationen aufgeführt waren. Jetzt muss der Service zwar etwas ausführlicher annoncieren und vielleicht auch noch die eine oder andere Frage detailinteressierter Gourmets beantworten, aber das ständige Einsetzen der Kärtchen vor jedem Gang, das natürlich die Anzahl der potentiellen Übertragungskontakte erhöht, wollte man in Zeiten wie diesen verständlicherweise vermeiden. Ansonsten blieb im Grunde alles beim guten Alten, und so hatten wir hier auch in diesem Jahr wieder ein Essvergnügen, das für uns nicht erst seit gestern zu den spannendsten und eigenständigsten in Deutschland zählt und längst sogar europaweit für Aufmerksamkeit gesorgt hat.
Das mit dem internationalen Publikum hat sich zwar durch Corona ebenfalls für einige Zeit erledigt, worunter die in den letzten zehn Jahren extrem stark gewachsene und durch zahlreiche genussfreudige Gäste aus dem Ausland auch äußerst kreativ evolutionierte Berliner Restaurantszene in besonderem Maße leidet – doch für das Horváth und Sebastian Franks innovative Kochkunst gibt es auch im Inland ausreichend interessiertes Publikum, sodass es uns um das Fortbestehen dieser Institution nicht bange sein muss. Im Gegenteil: für Anfang 2021 steht ein großer Umbau der Küche und des Restaurants bevor, der weit über kleinere Renovierungsarbeiten hinausgehen soll. Und es ist nicht abwegig zu vermuten, dass mit dem Relaunch und insbesondere mit den verbesserten Rahmenbedingungen am Arbeitsplatz des Teams neue Ambitionen und Schaffenskräfte freigesetzt werden. Man darf also sehr gespannt sein …
Ganz sicher ist, dass es hier weiterhin höchst originär zugehen wird. Schon vor Jahren begann der gebürtige Österreicher Frank mit seinem Kulinarium immer deutlicher von den Normen der traditionellen Haute Cuisine abzuweichen und mit sehr viel unkonventioneller Kreativität und einem wild sprudelnden Quell an eigenen Ideen wirklich geniale, immer sehr neuartige und doch irgendwie vertraute Geschmackserlebnisse auf hohem Niveau zu kreieren. Dafür zeichneten wir ihn bereits 2015 zu unserem Koch des Jahres aus und dafür kann man ihn als einen der seltenen Individualisten unter den deutschen Spitzenköchen mit einem völlig eigenen Stil, ungebändigter Experimentierlust und sehr viel Kompositionsgespür gar nicht hoch genug schätzen.
Hier wiegen Innovation und Originalität deutlich höher als der handwerkliche Aufwand auf dem Teller. Bei Sebastian Frank gehen wohl die meisten Ressourcen für die Produktbeschaffung und die Vorbereitung drauf. Insbesondere das Erzeugen neuer Geschmäcker durch teils sehr unkonventionelle und oft selbst ausgetüftelte Verfahren ist äußerst aufwendig. Das machen natürlich ein paar andere kreative junge Köche der Nova-Regio-Bewegung mittlerweile auch, aber Sebastian Frank und sein Team huldigen hier nicht nur den Produkten und ihrem unverfälschten oder fermentierten Geschmack, sondern sie kreieren wirklich teils abgefahrene Aromenkombinationen, die ebenso spannend wie eingängig sind und die es in vergleichbarer Form auf diesem hohen Niveau hierzulande kein zweites Mal gibt.
Und das wirkt auf den ersten Blick oft sogar erstaunlich unspektakulär. Eingestimmt wurden wir auch in diesem Jahr mit einem sauber zwischen der Gemüsewürze von Knollensellerie und der säuerlichen Frucht von Äpfeln ausgemittelten Sud, der am Tisch vom Service mit ein paar Tropfen Erdbeerkernöl aus der Manufaktur von Franz Hartl finessenreich finalisiert wurde. Ein wunderbares Beispiel dafür, wie diese Küche funktioniert, war dann der erste richtige Küchengruß, den wir ähnlich schon

aus dem Vorjahr als regulären Gang kannten: eine monochrome Liaison von gekühlter Gemüsecreme und stark reduziertem, mit Salzflocken bestreutem Schlagrahm, effektvoll abgerundet mit etwas Mandelöl. Mehr nicht, aber auch nicht weniger – denn dieser vermeintlich simple oder unspektakuläre Gang beglückt den Gaumen auf erstaunliche Weise. Auf der einen Seite mit fast schon vertrautem Wohlgeschmack, auf der anderen Seite mit völlig neuartigen Aromen. Und genau diese Balance aus neuen und vertrauten Geschmäckern begleitet einen hier eigentlich jedes Mal durch das gesamte Menü.

Manchmal darf man auch an Sebastian Franks kulinarischen Kindheitserinnerungen teilnehmen. Eine solche bescherte uns die „Flüssige Erinnerung Kukuruz & Erbse", die eigentlich auf einer Art herzhaftem Maisbrei basiert, hier aber natürlich um einiges finessenreicher interpretiert wurde. Im Zentrum der zweiteiligen Komposition stand eine warme, mit geklärter Butter und geröstetem Knoblauch verfeinerte Maisconsommé im Weinglas, die durch ein Schälchen mit gedämpftem Brot, knackigen Erbsenschoten, Béchamelcreme und Maränenkaviar mit Leindotteröl ergänzt wurde. Alles zusammen durcheinander genossen, ergibt sich daraus eine herrliche Melange aus der natürlichen, warmen Süße des Mais, der unaufdringlichen Würze des Knoblauchs, den grünen, frischen Aromen der Erbsenschote und den mineralischen Aromen des Kaviars. Die von uns schon in den letzten Jahren hochgelobte antialkoholische Getränkebegleitung sah dazu einen Auszug vom Rhabarber mit einem „Eiswürfel" von Erbse und Gurke vor, der langsam darin schmilzt und dessen Aromen die Brücke zu dem Gericht schlagen.

Hinter der kurzen Chiffre „Eismeerforelle, Paprikaaromen" verbarg sich eine schöne Tranche des Fischs, die zunächst kurz gebeizt, dann glasiert und abgeflämmt und schließlich auf drei verschiedenen Fluida angerichtet wird, die in Jackson-Pollock-Manier wild auf dem Teller verteilt waren: eine Mayonnaise von der Kolbasz-Wurst, eine feuerrote Paprika-/Minz-Reduktion und eine Emulsion mit dem typischen Geschmack des Puzta-Salats. Eine auf dem Fisch platzierte zitrisch-säuerliche Gel-Nocke mit Gulaschgewürz brachte zudem viel Frischemoment in das ansonsten herzhaft würzige Aromenbild und sorgte nicht nur für Kontrast, sondern auch für Balance.

Eine leicht sirupartige Kümmel-/Knoblauch-Essigreduktion nebst etwas Rauchöl und einer leichten Schmalzcreme war im Anschluss wieder so ein vermeintlich unspektakulärer Zusammenfluss verschiedener süffiger Konsistenzen, der es geschmacklich ebenfalls in sich hatte und so die solo eher unauffällige gedämpfte Aubergine zu einem höchst willkommenen Saucenschwamm werden ließ. Gerade in Kombination mit dem alkoholfreien Begleitgetränk, einem Auszug von der Sonnenblumenwurzel mit Apfelblütenschaum, entstand hier abermals ein echtes Aha-Erlebnis.

Ein spannender bitter-scharfer Sud von vermutlich verschiedener Kresse mit geröstetem Senfsaatöl war sodann die aromatische Basis für den gesurten (also gepökelten), geschmorten und angekrossten Schweinebauch, dessen Deftigkeit von hauchfein geschnittenen Juliennes von Wurzelgemüse, darunter insbesondere auch markanter Meerrettich, ebenfalls ätherisch erfrischt wurde. Ein spannender Begleiter – diesmal wieder aus Janine Woltaires inspirierter Weinreise – war der äußerst rare „Quo Vadis"-Riesling von Ausnahmewinzer Tomislav Markovic, der auf Vulkangestein im rheinhessischen Siefersheim gewachsen ist und spontanvergoren, unfiltriert und ungeschwefelt nach seiner Zeit im 500-Liter-Fass auf offenbar nur wenige hundert Flaschen gezogen wurde. Mit seiner zitrusfruchtigen Frische bei zugleich enorm viel Körper und einer animierenden Salzigkeit war dieser Wein, der ebenso eigenständig wie Sebastian Franks Küche ist, eine kongeniale Ergänzung für das Gericht.

Dass der Grat zwischen genialem Purismus und banaler Schlichtheit, auf dem der Chef hier zumeist sehr souverän wandelt, äußerst schmal ist, zeigte nach unserer Einschätzung zuletzt ausgerechnet der als Signature Dish annoncierte und von uns zusätzlich ins Menü integrierte Gang „Sellerie reif und jung". Eine Art Salat von dünnen gedämpften Knollenselleriescheiben, der mit Selleriesaat und dem feinen Abrieb einer über ein Jahr lang im Salzteig dehydrierten Sellerieknolle gewürzt wird und à part lediglich von einem natürlichen Geschmacksverstärker in Gestalt eines gelierten Streifen Hühnerfetts begleitet wird. Hier tat sich der Funke schwer, überzuspringen. Zu eindimensional das Geschmacksbild, zu gewöhnlich das Mundgefühl, auf leicht angegarten Sellerieschieben ohne irgendwelche Nuancen oder Kontraste herumzukauen. Daran konnte auch der mit Kernöl verfeinerte Saft der Gelben Bete als Begleiter nicht viel ändern.

Im Hauptgang hatten wir es gleich noch mal mit Sellerie zu tun, diesmal aber ganz anders. Nämlich als Hauptbestandteil einer fantastischen Komposition, die im Grunde nur aus Gemüse bestand, aber trotzdem nicht ganz vegetarisch war. Hier kam die Knolle in Gestalt

eines größeren, zunächst in Schweineschmalz confierten und dann scharf angegrillten „beschwipsten" Stücks, angerichtet auf einem hellen, milchigen Mandelölsud. Beschwipst deshalb, weil sie je von einem Klecks Kümmelschnaps- und Johannisbeerschnaps-Marmelade flankiert wurde. Das schmeckte großartig, vollmundig, hatte Tiefe, war weich, aber mit Biss, fast fleischig – und wurde von den unterschiedlichen Aromengebern spannend akzentuiert. À part im Schälchen gab's dazu noch einen erfrischend eisigen Gurkensalat mit Zitrone in origineller Darreichungsform.
Sehr stark und originell waren auch beide Desserts. Zunächst ein im Ofen geschmorter Weinbergpfirsich, der nicht nur wie ein gigantischer Flusskrebs- oder kleiner Hummerschwanz aussah, sondern auch mit einer karamellisierten süßen Krustentierjus glasiert war. Im Zusammenspiel mit einem gesalzenen Sauerrahmeis und geeistem kräuterwürzigem „Wald-Pesto" (Sauerklee, Fichtensprosse, Waldmeister ...) eine ziemlich abgefahrene Sache. Im direkten Vergleich etwas konventioneller, aber dennoch sehr kreativ, kamen beim zweiten Dessert drei schaumig-fluffige Biskuit-Quader mit einer herben Zitronencreme zusammen und wurden jeweils à part im Schälchen von einem markanten Traubenkernöleis und von einer Kirsch-Wacholder-Emulsion begleitet.
Und so können wir auch in diesem Jahr beim finalen Praliné aus Schweineblut, das wir hier ebenso wenig missen wollen wie die Blutwurst-Brötchen oder die Mini-Lángos zu Beginn des Abends, wieder nur höchst vergnügt resümieren, dass Sebastian Franks Horváth weiterhin zu den spannendsten Genuss-Destinationen hierzulande zählt.

7↑ — 🍴🍴🍴🍴

Hugos

im Hotel Interconti

Budapester Str. 2,
10787 Berlin (Tiergarten)
030-26020
www.hugos-restaurant.de
Di–Sa ab 18.30 Uhr, So u. Mo RT
Hauptgericht: 36–46 €,
Menüs: 70–130 €

EC AMEX MC VISA P

In Berlins vermutlich höchstgelegenem Feinschmeckerrestaurant, das sich im 14. Stockwerk des InterContinental-Hotels befindet, bietet Küchenchef Eberhard Lange eine zeitgemäß interpretierte klassische Küche, die trotz großer Ambitionen nicht angestrengt daherkommt. So kann man bei grandiosem Ausblick auf den Ostteil der Hauptstadt in ganz entspannter Atmosphäre sehr anspruchsvoll genießen und bekommt es auf den Tellern mit gut balancierten, einfallsreichen Kreationen aus überdurchschnittlich guten Produkten zu tun. Lässig, aber in keiner Weise nachlässig agiert das Team um Restaurantleiter Jan Schulze Köhling und Sommelier Manfred Welter, der seine individuellen Empfehlungen aus der international gut sortierten Weinkarte in kurzweiliger Art vorstellt.

---

5 — 🍴🍴

Il Calice

Walter-Benjamin-Platz 4,
10629 Berlin (Charlottenburg)
030-3242308
www.enoiteca-il-calice.de
Mo–Sa von 12–14 Uhr u. ab 18 Uhr, So RT
Hauptgericht: 21–36 €,
Menüs: 17–65 €

EC AMEX MC VISA

Authentische italienische Küche, klassisch, aber nicht tradiert. So könnte man das Kulinarium in dem quirligen hohen Gastraum am Walter-Benjamin-Platz beschreiben, in dem man zwischen langem Tresen und gut gefüllten Weinregalen sitzt – tagsüber lichtdurchflutet und am Abend stimmungsvoll illuminiert. Es gibt hier natürlich unter anderem die üblichen Verdächtigen, wie sie quasi bei jedem gehobenem „Italiener um die Ecke" zu haben sind, daneben aber auch interessante unkonventionellere Produkte und Kombinationen, die in einer moderat kreativen Linie münden und in einem mehrgängigen Empfehlungsmenü gipfeln. Generell gefällt uns hier die gute Produktqualität, deren sorgfältige Zubereitung und das Gespür für pfiffige Akzente ohne viel Klimbim. Raffiniert Bodenständiges gelingt grundsätzlich besser als exklusivere Versuche. Der stets gut informierte Service moderiert die aktuellen Inspirationen der Küche und empfiehlt mit erkennbarem Faible auch die passende, auf Wunsch glasweise Weinbegleitung.

5

Irma la Douce

Potsdamer Str. 102,
10785 Berlin (Schöneberg)
030-23000555
www.irmaladouce.de
Täglich ab 18 Uhr, kein RT
Hauptgericht: 28–45 €

VISA

In dem geschmackvoll schlicht in Grün-, Gold- und Naturtönen gehaltenen Restaurant sitzen die Gäste an kleinen, sorgfältig eingedeckten Tischen, auf die eine zeitlose Version klassisch französischer Küche kommt. Das Repertoire reicht von weitgehend traditionell zubereiteten Klassikern wie der reichhaltigen Bouillabaisse oder einem Bœuf Bourguignon bis hin zu maßvoll kreativ variierten Eigenkompositionen des Teams. Alle Zubereitungen eint die gute Qualität der verwendeten Produkte, das sorgfältige und fundierte Handwerk, aber auch ein Faible für kraftvolle Aromen. Hervorzuheben ist auch die Weinkarte, die ihren Schwerpunkt ebenfalls in Frankreich hat und von Klassikern bis zu aufstrebenden Neuentdeckungen reicht.

6

Kin Dee

Lützowstr. 81, 10785 Berlin (Tiergarten)
030-2155294
www.kindeeberlin.com/de
Di–Sa ab 18 Uhr, So u. Mo RT
Menüs: 55 €

VISA

Das Kin Dee, was auf thailändisch einfach „gut essen" heißt, ist ein wohltuend schlicht und schnörkellos eingerichtetes Lokal, in dem das kleine Team um die in Bangkok aufgewachsene Küchenchefin Dalad Kambhu eine einerseits sehr authentische, aber auch recht individuell interpretierte Version der thailändischen Küche kredenzt. Während man diese Landesküche hierzulande meist in Form sehr bunter und manchmal auch etwas beliebiger Mischgerichte serviert bekommt, sind Dalad Kambhus Teller vergleichsweise pointierter und reduzierter. Sämtliche Saucen und auch alle Pasten mit denen sie würzt, sind hausgemacht – vieles schmeckt transparenter, frischer, klarer als bei der Konkurrenz. Und auch Gemüse, Fisch und Fleisch stammen meist nicht von irgendeinem Großhändler, sondern von ausgesuchten, oft regionalen Erzeugern. Qualität und Natürlichkeit, die man einfach schmeckt und die den Unterschied ausmachen.

6

Kitchen Library

Bleibtreustr. 55,
10623 Berlin (Charlottenburg)
030-3125449
www.kitchen-library.de
Küchenchef: Udo Knörlein
Di–Sa ab 17.30 Uhr, So u. Mo RT
Hauptgericht: 20–25 €, Menüs: 42–45 €

VISA

Würden wir für unsere Auszeichnungen nicht ausschließlich das bewerten, was auf dem Teller liegt, sondern auch die ganzen äußeren Umstände mit einbeziehen – die Kitchen Library müsste die Höchstbewertung erhalten. Denn was Gastgeberin Daniela Knörlein und Küchenchef Udo Knörlein hier als Einzelkämpfer auf ihrem jeweiligen Posten allabendlich auf die Beine stellen, ist aller Ehren wert. Und trotzdem gibt es nicht nur ein für alle Gäste einheitliches Menü, sondern man hat die freie Auswahl aus einer Karte, die zwar zugunsten der Qualität und der Machbarkeit relativ gestrafft, mit rund vier Vorspeisen, vier Hauptgerichten, zwei Desserts und Käse aber dennoch nicht zu eingeschränkt ist. Gerade so, dass der Chef auch bei regem Betrieb nicht ins Schwimmen gerät und alles mit genügend Sorgfalt finalisieren kann.
Und wenn man dann noch sieht, mit welcher professionellen Ruhe und freundlichen Gelassenheit die sympathische Chefin auch bei Hochbetrieb jeden Tisch in ihrem gemütlichen, mit einer Vielzahl an Küchen- und Weinbibliographie ausgestalteten Lokal bedient, kann man wirklich nur den Hut ziehen. Dass die namensgebenden Kochbücher seiner

renommierten Kollegen, die hier dekorativ die Regale füllen und tatsächlich von historischer Literatur bis zu den relevantesten aktuellen Werken reichen, für Udo Knörlein nicht nur Zierde, sondern auch Inspirationsquell sind, liegt auf der Hand. Denn seine Kreationen verfolgen keine bestimmte Richtung, sondern lassen ganz undogmatisch Einflüsse aus aller Welt erkennen, die hier als unkomplizierte, aber meist originelle Akkorde angestimmt werden. Keine eitlen Tellerposen, kein Firlefanz und kein kulinarisches Kauderwelsch, sondern stets gut durchdachte, handwerklich sehr solide und schnörkellos umgesetzte Gerichte mit kraftvollen Aromen.
Immer wieder ein Genuss ist für uns das mit Gemüse und Kräutern angemachte und dann im längs halbierten Rinderknochen gratinierte Rindermark, das es zuletzt wieder mit verschiedenem gepickeltem und fermentiertem Gemüse und einer Aiolicreme gab. Auch das akkurat von Hand geschnittene und nur angenehm zurückhaltend gewürzte Rindertatar, das mit einem kräuterfrisch angemachtem „Salat“ von sous vide gegartem Kalbsherz und süßlich-fruchtigem Gurkensorbet (erinnerte an grünen Apfel) getoppt und unter einer kleinen Glascloche mit Rauch serviert wurde, war ein Volltreffer. Da bewegt sich dann die Küche mit stimmigen Proportionen, gut zündenden Ideen und markanten Aromen schon fast im oberen 6-Pfannen-Segment. Ähnlich stark präsentierte sich die Vorspeise um dick geschnittene Tranchen vom gebeizten Eismeersaibling, der zusammen mit großen, fleischigen Grönlandgarnelen (toller, klarer Geschmack!) und einem erfrischend fruchtig-säuerlichen Tatar von Papaya und gepickelter Topinambur auf einem leichten Krustentier-/Kamillen-Sud angerichtet war.
Handwerklich etwas gröber und aromatisch nicht ganz so präzise und trennscharf präsentierten sich – wie schon in der Vergangenheit – die Hauptgänge. Wobei sowohl der zunächst zart gegarte und dann kross angebratene Pulpo mit Oliven-/Mandel-Crunch und Fregola sarda auf seinem Bett von Caponata-Gemüse als auch die im Stil eines „Coq au Vin rouge“ zubereitete Keule von der Marensin-Ente aus Freilandhaltung ebenfalls sehr gelungen und schmackhaft daherkamen. Letztere hätte allerhöchstens noch eine etwas längere Schmorzeit vertragen, machte aber auch so schon Spaß und war zudem mit Stengelkohl, Ofengemüse und Kartoffel-/Parmesan-Gratin auch noch in angenehmer Begleitung.
Dass uns eine Crème brûlée begeistert, kommt auch nicht so häufig vor. Mit der von Udo Knörlein mit viel frischem Rosmarin abgeschmeckten, cremig gestockten und sauber abgebrannten Variante, die nebst einem mit Zimtblüte aromatisierten Kürbiseis und einer mit Sternanis aromatisierten Birne in ihrem erfrischenden Sud aufgeboten wurde, gelang es. Und gegenüber dem Schokoladen-/Tonkabohnen-Kuchen mit Butterkekseis, der im Grunde auch ein attraktiver, aber deutlich schlichterer Abschluss war, wirkte die gesamte Komposition auch viel facettenreicher und ausgefeilter. Die überwiegend deutschen Weine, bei denen der Fokus ganz klar auf Unkompliziertheit, Zugänglichkeit und ein gutes Preis-Leistungs-Verhältnis gelegt wird, passen prima zum Stil der Küche und werden von Daniela Knörlein stimmig zu den einzelnen Gängen ausgewählt.

5

Lamazère

Stuttgarter Platz 18,
10627 Berlin (Charlottenburg)
030-31800712
www.lamazere.de
Di-So ab 18 Uhr, Mo RT
Hauptgericht: 24–28 €,
Menüs: 42–59 €
EC VISA

Das kleine, längliche Restaurant im Bistrostil von Patron Régis Lamazère am Stuttgarter Platz ist schon seit einigen Jahren ein sicherer Hafen für unaufgeregt gute französische Küche und attraktive Weine. Das Repertoire reicht von ganz bodenständigen Produkttellern wie der französischen Aufschnittplatte oder dem Käseteller, auf dem gut gereifte aromatische Exemplare liegen, bis hin zu handwerklich und qualitativ äußerst soliden traditionellen Klassikern à la française, die aber mitunter auch mal mit moderat kreativem Twist daherkommen. Im Sommer sitzt man sehr nett auch vor dem Lokal an der nicht sehr stark befahrenen Straße.

Lorenz Adlon Esszimmer

im Hotel Adlon

Unter den Linden 77,
10117 Berlin (Mitte)
030-22611960
www.lorenzadlon-esszimmer.de
Küchenchef: Hendrik Otto
Mi–Sa ab 19 Uhr, So, Mo u. Di RT
Hauptgericht: 75–135 €,
Menüs: 165–210 €

An Selbstbewusstsein mangelt es im ersten Haus der Hauptstadt wahrlich nicht. Auf der Homepage des „Lorenz Adlon Esszimmer“ präsentiert sich dessen Küchencrew in Abendmahlspose in dramatischer Beleuchtung vor dem Brandenburger Tor – wobei der Heiland in Leonardos Original deutlich weniger entschieden dreinblickt … Ehre, wem Ehre gebührt! Schließlich sehen wir Hendrik Otto schon lange in der ersten Riege der deutschen Spitzenköche, er überzeugte uns schon zu seiner Zeit im Kölner Wasserturm, später dann im Vitrum des Berliner Ritz-Carlton am Potsdamer und seit seinem Amtsantritt 2010 nun schon zehn Jahre am Pariser Platz.
Was wir in der letzten Testsaison lobten, gilt weiterhin: Otto liefert zuverlässig und ohne Wackler „eine spannende, kreative Küche auf dem soliden Fundament bester klassischer Kochkunst, die von den Produkten über das Handwerkliche und die aufwendige Präsentation bis hin zu den kompositorischen Belangen höchstes Niveau bietet.“ Ästhetisch schön sind seine Teller selbstverständlich ebenfalls, auch wenn es Hendrik Otto erkennbar vor allem um den Geschmack geht und neben handwerklich hoch aufwendigen Konstruktionen auch immer wieder vermeintlich schlichte Teller im Menü auftauchen.
Einer der wenigen vordergründigen Effekte, die er sich leistet, ist die Rauchglocke, unter der ein köstliches Stückchen Aal ruht, das à la minute geräuchert, mit einer Apfel-/Ingwer-Sphäre, Meerrettich und einem Hauch Bohnenkraut zum Aperitif serviert wird. Außerdem ein wunderbar knusprig-frischer, leichter Krabbenchip mit Langostino-Tatar, Sushi-Ingwer, Tomatengelee und flüssiger Tom Kha Gai in einer Kakaobutterkugel sowie – für uns das Highlight des letzten Apero-Quartetts – etwas geschmorte Aubergine auf einer Art ungarischem Lángos (ein Schmalzgebäck) mit rahmiger Burrata, Paprika und Zitronenabrieb. Eine geschmackssatte Miniatur von großer Harmonie! Etwas fad dagegen war ein geschmorter Pimiento de Padrón mit Yuzu-Gel und Basilikum. Und wenn wir noch etwas anmerken dürfen: Auch waren wir als frühe Gäste nicht gerade begeistert von den im weiteren Verlauf immer wieder herüberwehenden Aal-Rauchschwaden der später besetzten Tische …
Wir gestehen, dass uns auch Sommelier Hans-Martin Konrad, mit beachtlichem Selbstbewusstsein gesegnet, zunächst zu leichtem Stirnrunzeln veranlasste, als er zum Auftakt seiner „Weinbegleitung“ Bitterlemon nebst einem Limettensorbet-Eiswürfel mit australischem Rare Tawny aufgoss. Serviert wurde die Mischung zu einer – der Papierform nach ziemlich süßen – Gänseleber-Interpretation: „Creme und Parfait von der Gänseleber, confierte Zitrusfrüchte, Feige, Lardo“. Um es abzukürzen: Ein Gedicht! Und zwar die Kreation selbst, wie auch ihre völlig stimmige Begleitung im Glas. Serviert wurde eine schaumiges Lebermousse auf einem kleinen Sockel aus marinierter Feige unter einem hauchzart-knusprigen Ananas-„Esspapier“ sowie ein Riegel wunderbar festes Gänseleberparfait unter einem Gelee von Sauternes und Zitrusfrüchten, begleitet von ein wenig weißer Schokoladencreme mit Lardo, einigen Tupfen Zwetschgenröster-Creme im leicht gebundenen Portwein-Pochierfond der Feige. Großartig die aromatische Kraft der Innerei, ihr Schmelz, ihre geschmackliche Länge. Perfekt dosiert die zartherben Kaffeenoten im Fond, die elegante zitrisch-fruchtige Säure im Geleedeckel, das Spiel von Herbheit und Frische des Zwetschgen-Rösters – kongenial begleitet vom leicht bittersüßen, zitrusfrischen Cocktail … Große kulinarische Oper!
Superleicht und dennoch wunderbar aromatisch sodann einige traumhafte Langostino-Segmente, saftig-fleischig, in einem ebenso zarten wie intensiven Krustentierfond mit feiner Pimentschärfe, exotisch abgeleitet durch Koriander und die dezente Süße feiner Mango-Brunoises, geerdet durch den vegetabilen Biss von Staudensellerie und roter Paprika, gekrönt

von einer cremigen Jalapeñosphäre von erneut dezenter Schärfe. Ein klassisches Löffelgericht, zeitgemäß leicht, aber keinesfalls ätherisch interpretiert, den Eigengeschmack des ausgezeichneten Produkts perfekt im geschmacklichen Zentrum verortet.

Etwas ratlos ließ uns nach diesem grandiosen Auftakt der folgende Fischgang unter der Überschrift „Norwegischer Lachs, Rapssaat, Amarant, Emulsion von Tannenhonig, Olivenöl und Dill" zurück. Natürlich schmeckte der Lachs ausgezeichnet, natürlich war dieser im gegarten Zustand ja selbst im Idealfall doch immer ein wenig schlichte Fisch von erstklassiger Qualität. Allerdings kamen wir diesmal nicht umhin, festzustellen, dass der Otto'sche Garpunkt uns nicht ideal erschien – statt saftigblättrig, wie wir den Lachs bei nahezu identischem Gericht in der Vergangenheit auch schon auf dem Teller hatten, kam die dicke Tranche diesmal innen weitgehend roh zu Tisch. Auch schien uns das knusprige Topping aus Rapssaat und gepufftem Amarant sowie allerlei dekorativen Blüten im Mund eher sperrig als komplex, die klassische geschmackliche Verbindung von Honig, Senf und Dill – hier in Form einer zweifarbigen Emulsion – ebenso stimmig wie arg schlicht.

Als absoluten Höhepunkt empfanden wir bei unserem jüngsten Besuch dagegen ein Perlhuhngericht mit Périgord-Trüffel, Chicorée, Sellerie und Sauce Choron. Selten haben wir das zarte Geflügel in vergleichbarer Perfektion und geschmacklicher Klarheit gegessen! Vergäben wir elf Pfannen, hier wären sie verdient. Glasklar und bildschön präsentiert, bildeten zwei dicke, hoch aromatische Scheiben einer Perlhuhn-Crêpinette – die saftigen Brüstchen verbunden durch ein wenig samtige, getrüffelte Farce – das Zentrum des Tellers. Wären sie allein geblieben, wir hätten dank ihres Eigengeschmacks nichts vermisst. Aber um wieviel schöner wurde der Teller geschmacklich noch durch die begleitende dichte, tiefe Geflügeljus, eine luftig-schmelzig-würzige Sauce Choron, ein Viertel karamellisierter Chicorée (geschmort mit Orange und Tahiti-Vanille), dem man seine hauchfeine Bitterkeit und einen schönen Biss belassen hatte ... Wie perfekt passten dazu einige kräutrige Tupfen Petersiliencreme, der getrüffelte Sellerie! Hinreißend dazu im Glas eine 1989er Riesling-Auslese von J.B. Becker „Wallufer Walkenberg" – vor allem auch zur à part gereichten Perlhuhnkeule: mürbe geschmort, dunkel glasiert, unter ein wenig Honig-/Senf-Mayonnaise, Orangenzesten, Zitronenthymian ... Perfekt!

Sind wir in großen Häusern wie dem Adlon auch sonst keine ausgesprochenen Freunde von Käsegerichten statt eines traditionellen, gepflegten Wagens (es gelingt nur wenigen Köchen, ein perfektes Produkt wie einen optimal gereiften Käse noch zu verbessern!), gefiel uns die Otto'sche Interpretation eines Bleu d'Auvergne, warm und geeist, ausgezeichnet. Serviert als winziger, knuspriger Flammkuchen, darauf der cremige, nur leicht erwärmte Blauschimmelkäse, ein Scheibchen der aromatischen Abate-Birne, ein knuspriger Brioche-Chip sowie eine Nocke Eiscreme vom Bleu d'Auvergne unter feinst gehobelten Nüssen: Ein Happen, der in seiner aromatischen und texturellen Komplexität beeindruckte und dem wunderbaren Käsearoma langanhaltende geschmackliche Aspekte entlockte!

Einen ebenso leichten wie frischen Abschluss fand unser jüngstes Menü durch eine frühlingshafte Salatvariation mit Dessertcharakter, die zart-gelbe Kopfsalatblättchen, Joghurteis, weiße Schokolade, Staudensellerie, einen Buchweizen/Quinoa-Cracker, Salatsphären – gefüllt mit grüner Paprika und Passionsfruchtcreme – und Basilikum verband. Und als solches perfekt zu den fabelhaften Petit Fours zum Kaffee überleitete, unter denen uns eine schulbuchmäßige Interpretation der Schwarzwälder Kirschtorte in Pralinenform ganz besonders gut gefiel. Ebenfalls besonders gut gefällt uns die Weinkarte dieses herausragenden Restaurants – angesichts ihrer Preisgestaltung allerdings eher theoretisch als praktisch. Wie gut, dass auch die offene Weinauswahl hier so gut wie keine Wünsche offenlässt! So wie der Service unter der Leitung von Oliver Kraft, einem der versiertesten und sympathischsten Maîtres hierzulande, dessen souverän lockere und immer hoch professionelle Art wir schon vor rund 15 Jahren in der Stuttgarter Speisemeisterei schätzten.

---

fast & SLOW

Momos

Chausseestr. 2, 10115 Berlin (Mitte)
0160-2688177
www.momos-berlin.de
Mo–Sa von 12–22 Uhr, So RT

Hausgemachte, bio-zertifizierte Dumplings, klassich gedäpft oder angebraten und mit kreativen vegetarischen und veganen Füllungen.

Neta

Schönhauser Allee 44,
10435 Berlin (Prenzlauer Berg)
030-89567418
www.neta.de
So–Do von 12–22 Uhr,
Fr u. Sa von 12–23 Uhr, Mo RT

Authentisches Mexican Street Food mit Niveau, komplett homemade: kreative Tortillas, Quesadillas, Burritos, Tacos, Bowls und Salate.

Neta

Weinbergsweg 5, 10435 Berlin (Mitte)
030-68833080
www.neta.de
Täglich von 12–22 Uhr, kein RT

Authentisches Mexican Street Food mit Niveau, komplett homemade: kreative Tortillas, Quesadillas, Burritos, Tacos, Bowls und Salate.

8

Nobelhart & Schmutzig

Friedrichstr. 218,
10969 Berlin (Kreuzberg)
030-25940610
www.nobelhartundschmutzig.com
Küchenchef: Micha Schäfer
Di–Sa ab 18.30 Uhr, So u. Mo RT
Menüs: 105–130 €

Regionalität und Nachhaltigkeit bekamen in den letzten Jahren auch für die Spitzenküche einen höheren Stellenwert, aber oft sind es nur Lippenbekenntnisse – jedenfalls werden diese Themen bei uns bislang in nur sehr wenigen Restaurants so sehr gelebt wie im Nobelhart & Schmutzig. Dessen Hauptprotagonisten Billy Wagner und sein Küchenchef Micha Schäfer dürfen mit Fug und Recht als Vorreiter einer neuen, bewussten Spitzenküche bezeichnet werden. Kompromisslos wurde hier von Anfang an der Ansatz verfolgt, ausschließlich Produkte der näheren und weiteren Umgebung zu verwenden, und es wird viel fermentiert, gepökelt, eingeweckt, gesäuert, gesalzen und mariniert. Auf den ersten Blick mag deren Kulinarium nur eine Adaption der skandinavischen Nova-Regio-Bewegung sein, doch wenn man erst mal seinen Platz am Thekentresen eingenommen und in das „brutal lokale“ Universum eingetaucht ist, wird man sehr schnell feststellen, dass sich hier jemand längst seine eigene Handschrift angeeignet hat – wie überhaupt das Gesamtkonzept dieser „Speisegaststätte“ mit ihrer zehngängigen „Mahlzeit“, der nonchalanten Gangart und den hochinteressanten, individuellen Weinempfehlungen des Gastgebers ebenso speziell wie einzigartig ist. Dass die bisweilen extrem puristische und produktfokussierte Art der Küche, die meilenweit von klassischer Gourmetkost entfernt ist, besonders stark polarisiert, liegt auf der Hand und ist auch gut so. Wie sonst hätte hinter der unscheinbaren Schaufensterfassade in den vergangenen Jahren etwas so Eigenständiges und Neues entstehen können?

7

Orania.Berlin

im Hotel Orania.Berlin
Oranienplatz 17,
10999 Berlin (Kreuzberg)
030-6953968780
www.orania.berlin
Küchenchef: Philipp Vogel
Täglich ab 18.30 Uhr, kein RT
Hauptgericht: 16–36 €, Menüs: 54 €

Das famose Orania in Kreuzberg ist für uns ein Positivbeispiel für „Casual fine dining“ mit Stil und kulinarischer Substanz. Kein modern-reduziertes Ambiente aus dem Einrichtungskatalog, kein für alle Gäste einheitliches Menü, kein Ikebana auf den Tellern, aber auch kein verkopfter Purismus. Stattdessen ein ausgesprochen geschmackvolles, mit warmen Farben, natürlichen Materialien und gedämpftem Licht trotz der Größe fast schon anheimelndes Ambiente, eine umfangreiche und dennoch gut

strukturierte Speisekarte mit der Möglichkeit, fast jedes Gericht auch als kleine Portion zu bekommen und sich so sein eigenes, individuelles Menü zusammenzubasteln. Und last but not least sehr viel Expertise und Genuss, untermalt von live gespielten Jazzklängen, was die ganz besondere, sanft entschleunigte Stimmung trägt.
Küchenchef Philipp Vogel füllt dieses relaxte Setting zusammen mit seinem Team aus der offenen Küche heraus kulinarisch mit Leben. Man liest auf der Website von „Food-Sharing“ und „Reduktion aufs Wesentliche“, denkt zunächst an ein beliebig austauschbares Mainstream-Konzept, wird dann aber aufgrund der hier gebotenen Qualitäten schnell eines Besseren belehrt. Der erfahrene Chef, der sich die Verfeinerung des Elementaren auf die Fahnen geschrieben hat, schafft es hier mit sehr viel Know-how und dem richtigen Gespür für die wesentliche Dinge, seine meist aus nicht mehr als drei Hauptkomponenten bestehenden Gerichte besonders ausdrucksstark wirken zu lassen.
Allein für die formidable Pekingente würden wir immer wieder hierherkommen. Ein absolutes Muss für jeden Kenner und ganz ohne Übertreibung als solches schon eine Reise nach Berlin wert: Die ganz spezielle fetthaltige und in dieser Güte sehr rare Stockentenrasse bezieht der Chef von einer Bio-Farm aus Irland, die ihre Tiere sogar nach China exportiert. Sie wird im Orania aufwendig traditionell vorbereitet und präpariert, nach mehrtägigem Trocken- und Reifeprozess zunächst in einem speziellen großen Stahlkessel gegart, bevor sie verlockend goldbraun an den Tisch gebracht, dort gekonnt ihrer krossen Haut entledigt und anschließend sukzessive als Viergang-Menü (ab zwei Personen) serviert wird.
Da wir diese Rarität, die in der Orania-Version auch international keinen Vergleich scheuen müsste, schon im letzten Guide ausführlich besprochen haben, konzentrierten wir uns beim letzten Besuch auf die anderen Offerten der Karte – und erlebten ebenfalls nur sehr Erfreuliches. Nach gutem Weißbrot mit schwerer, lockerer Krume und röscher Kruste nebst aufgeschlagener Nussbutter zum Beispiel ein Ceviche vom Hamachi, dessen Frische und Klarheit von grünem Spargel, knackigem Saiblingskaviar und feinsäuerlicher Tigermilch unterstrichen wurde. Leicht und transparent, getragen vom Aroma der Korianderkresse, im Hintergrund auch noch etwas Koriandersaat, unterstrichen von einer wohligen Schärfe.
Als das genaue Gegenteil davon und als solches nicht minder attraktiv – chunky, fettig, leicht süßlich und im besten Sinne opulent – kam die Pizza X-Berg-Duck stilecht im kleinen Pizzakarton daher. Das war kreatives Fastfood in slow, mit einem Boden aus Bao-Teig, darauf eine Grundlage aus Entenfleisch, Lauch, Rettich, Ingwer, Hoisin-Sauce und asiatisch aromatisierter Mayo, belegt mit Scheiben der knusprigen Haut der Pekingente. Top! Stark fanden wir auch die mit einer elegant flüssigen und sehr intensiven Parmesancreme gefüllten Ravioli, die mit gebeiztem Eigelb und Knusperbrotpartikeln beflockt in einer herben Kopfsalatsauce schwammen – sinnvoll ergänzt und aufgelockert von knackigen, säuerlich marinierten Salatstücken.
In mediterrane Gefilde beamte uns letztes Mal der geschmorte Pulpo auf einem paprikalastigen Gemüsenkompott und mit Blattpetersilienöl gepimptem klarem Paprikasud. Richtung Fernost ging die kulinarische Reise mit den Gyoza-Taschen, die hier natürlich stilecht knusprig-weich, also zart gedämpft und am Boden kross angeröstet serviert werden. Gefüllt sind sie mit einer Farce aus à la „Dong Po Rou“ zubereitetem Schweinebauch sowie anteilig etwas Garnelenfleisch, und liiert werden sie mit säuerlich eingelegtem Pak Choi und Radieschen sowie einer süßlich-würzigen Sauce. Damit zählten sie – wie überhaupt sehr viele Gerichte aus der Orania-Küche – klar zur Kategorie „Comfort-Food“.
Auch das „Shabu-Shabu“ vom Wagyu-Rind war im Stil einer Ramen-Suppe unkompliziertes und doch anspruchsvolles Essen für die Seele: Dünne Scheiben vom kräftig marmorierten Rücken der edlen Rinderrasse, in einem tiefen Teller auf Soba-Nudeln ausgelegt, von Pak Choi, Buchenpilzen, Zuckerschoten und in Sojamarinade eingelegtem Ei flankiert und dann am Tisch mit kräftiger Fleischbrühe aufgegossen. Süffig, schlotzig, heiß, dabei leicht scharf und mit einem unaufdringlichen Umami-Background auch sehr tief.
Desserts wie eine Liaison von Yuzu-Zitrone, Nougat und karamelligem Dulce Di Leche oder eine frühlingshaft estragonduftige Erdbeer-/Rhabarber-Komposition schlagen in dieselbe Kerbe: nichts Angestrengtes, kein experimentelles Gefrickel, einfach nur Wohlgeschmack. Dazu passt die klug gestraffte Weinkarte, die mit guten Basisqualitäten und sehr moderater Kalkulation aufwartet.

5

Ottenthal

Kantstr. 153,
10623 Berlin (Charlottenburg)
030-3133162
www.ottenthal.com
Täglich ab 17 Uhr, kein RT
Hauptgericht: 18–30 €, Menüs: 34–55 €
VISA

Für uns ist das Ottenthal auf der Kantstraße nach wie vor die beste Adresse für traditionelle herzhafte österreichische Schmankerl in ganz Berlin. In dem länglich schmalen, eher schlicht eingerichteten, aber mit allerhand humorvollen Details dekorierten Lokal in Charlottenburg werden einerseits die Küchentraditionen aus dem Heimatland der Gastgeber gepflegt – hier wird aber auch mit Blick über den rot-weiß-roten Tellerrand hinaus gekocht. Bis weit in die Region (viele gute heimische Produkte!) und bisweilen auch über die Landesgrenzen hinaus, was dem Gast mitunter sogar einfallsreiche Eigenkreationen beschert. In der Weinkarte finden sich unzählige großartige Gewächse aus Österreich, bisweilen auch in gereifteren Stadien und stets zu fairen Kursen.

5

Paris-Moskau

Alt-Moabit 141, 10557 Berlin (Moabit)
030-3942081
www.paris-moskau.de
Mo–Fr von 12–14 Uhr u. ab 18 Uhr, Sa u. So ab 18 Uhr, kein RT
Hauptgericht: 29 €, Menüs: 49–69 €
VISA P

Wer in Wolfram Ritschls kultigem Fachwerkhaus, das von hohen Sicherheitszäunen umgeben ganz surreal am Berliner Innenministerium steht, zum Zeitpunkt unseres letzten Testbesuchs nun namentlich für die Küche verantwortlich war, wissen wir nicht. Was wir allerdings wissen: Auch nach einigem Wechsel in den vergangenen Jahren am Herd des Paris-Moskau präsentierte sich uns die Küche nach dem ersten Corona-Lockdown wie gewohnt auf ansprechendem Niveau. Und nach wie vor als stilistisch zwischen verfeinerten Regionalgerichten und mediterran-französischer Klassik verortetes Kulinarium – schnörkellos und schmackhaft, fundiert gekocht, aber nicht übermäßig aufwendig verfeinert. Auch die Weinauswahl kann hohen Ansprüchen genügen und das Preis-Leistungs-Verhältnis ist gastfreundlich. Im Sommer sitzt man nett auf der Terrasse neben dem Haus.

ohne Bewertung

Pauly Saal

Auguststr. 11–13, 10117 Berlin (Mitte)
030-33006070
www.paulysaal.com
VISA

Mit dem Ende des langen Lockdowns wurde auch das vorübergehende Aus des Pauly Saals bekanntgegeben. Küchenchef Dirk Gieselmann, der in dieser originellen Location, der Turnhalle einer ehemaligen jüdischen Mädchenschule mit Murano-Lüstern an der hohen Decke, bequemen dunkelgrün gepolsterten Sitzinseln und einer markanten Mittelstreckenrakete über dem Küchentrakt, im Sommer 2020 noch für sehr gegenständlich und schnörkellos interpretierte französische Klassik der gediegenen Art verantwortlich zeichnete, wechselt firmengruppenintern ins Le Petit Royal nach Charlottenburg. Neuer Betreiber des Pauly Saals wird Gastronom Shaul Margulies, der bereits die Restaurants Zenkichi und House of Small Wonder betreibt.

6↑

POTS – Dieter Müller

Potsdamer Platz 3,
10785 Berlin (Mitte)
030-337775402
www.potsrestaurant.com
Küchenchef: Christopher Kujanski
Mo von 12–14.30 Uhr, Di–Fr von 12–14.30 Uhr u. ab 18 Uhr, Sa ab 18 Uhr, So RT
Hauptgericht: 19–24 €,
Menüs: 22–59 €
VISA P

Bei der Eröffnung des schick und casual designten Restaurant Pots im Ritz Carlton Hotel am Potsdamer Platz verwunderte es wenig, dass mit Dieter Müller als einem der prägendsten und erfolgreichsten Protagonisten des deut-

schen Küchenwunders als Patron die mediale Aufmerksamkeit und das Interesse möglicher Gäste schon im Voraus gesichert waren. Und das obwohl – oder gerade weil – von Anfang an klar war, dass im Pots nicht luxuriöse Spitzengastronomie betrieben werden soll und der in seiner Zeit im Schlosshotel Lerbach so erfolgreiche Kochkünstler hier ganz im Stil eines Alain Ducasse nicht selbst für die Exekutive am Herd verantwortlich zeichnet, sondern vielmehr für das Konzept und Spurhalten zuständig ist.
Erfreulicherweise hat sich genauso schnell gezeigt, dass das ganze Projekt keine bloße PR-Luftnummer ist, sondern für ein ebenso cleveres wie souverän umgesetztes Konzept steht. Das von kupferblitzendem (Pots) und stilisiert bodenständigem Dekor geprägte Design wirkt ebenso cool wie lässig-urban. Und auf dem kulinarischen Programm steht die ungezwungene Präsentation optimierter deutscher Traditions-Gerichte, die von der offenen Küche flexibel und ganz zeitgemäß im Sharing-Prinzip (genauso flexibel aber auch für Alleinesser!) geordert werden können.
Klar, dass eine souveräne Umsetzung selbst des besten Konzepts nur mit einem gut eingespielten Team gelingen kann. Und da hat Dieter Müller seine Rolle offensichtlich bestens ausgefüllt, denn die junge Crew um Küchenchef Christopher Kujanski und Restaurantmanager und Sommelier Mathias Brandweiner lässt hier hochmotiviert und schwungvoll garantiert nichts anbrennen …
Schon die sauer eingelegten Gemüse und die kräutrigen Aufstriche zum knusprigen selbst gebackenen Brot zeigten überdurchschnittliche Sorgfalt. Genauso wie die hochwertig bestückten Flammkuchen, etwa mit Birne und schmelzig pikantem Blauschimmelkäse, die locker mit der besten Konkurrenz aus dem Elsass mithalten können.
Ganz typisch für den lässigen und aufs Wesentliche reduzierten Pots-Style war auch der feste, sanft temperierte Lachs in einer transparenten Essiggurken-/Dill-Vinaigrette, in der eingelegte Senfkörner und weitere ätherische Kräuter neben der zugespitzten Säure für Action sorgten. Den Ruhepol stellte eine glasierte Kuppel aus milder Räucherlachsmousse (auf Crème-fraîche-Basis) mit Forellenkaviar. Drei-Komponenten-Küche at it's best – eigentlich simpel und doch feinsinnig elegant.
Was beim Lachs die Essiggurken waren, stellten beim folgenden zart in Panko gebackenen Hühnerei als „typisch deutsch“ die Frankfurter Grünen Kräuter in einer schaumigen Sauce dar. Deren ätherisch-würziger Duft ergab mit zarten Graupen und dem cremig fließenden Eigelb eine süffig-harmonische Melange, aufgelockert von einem Knuspernest aus Strudelteig-Streifen.
Im Vergleich zum folgenden Hauptgang war dieses harmonische Kräutererlebnis allerdings geradezu harmlos-brav. Denn mit dem gut gereiften saftstrotzenden Rücken von der Holsteiner Färse neben einer bissfesten Scheibe von geschmortem Topinambur mit bitterfruchtiger Paprikacreme und Gemüsewürfelchen sowie einer subtil rauchigen Jus ging das Team in die Vollen und brachte nicht nur ein begeisterndes Produkt, sondern bei aller reduzierter Klarheit auch ordentlich Spannung auf den Teller. Das üppig buttrige Kartoffelpüree mit Schmorzwiebelkompott war dabei gar nicht zwingend notwendig, fügte sich mit seiner Extraportion an Schmelz und süßer Würze aber prima ein. Klare 7 Pfannen!
Nicht ganz auf diesem Level, dafür aber überraschend kreativ – und ebenfalls souverän umgesetzt! – gelang nach etwas dunkler Schokoganache mit Himbeersorbet das auf Mais basierende Dessert: Anstelle plakativer Süße stellte dieses in einer luftigen Mousse (vermutlich auf Basis blonder Schokolade) eher die würzigen Noten des Gemüses heraus, kombiniert mit der feinen Säure von Ziegenfrischkäse und einem konzentriert duftigen Estragonsorbet, um auch das Finale genauso klar und geschmackssichere auf die Bühne zu bringen wie alles andere hier.
In die Gläser bringt der aus Österreich stammende Sommelier Mathias Brandweiner passend zum Gesamtkonzept ausschließlich deutsche Weine. Das etwa 200 Positionen umfassende Sortiment bietet eine repräsentative Auswahl der unterschiedlichen Anbaugebiete auf jedem Level und dank des „Coravin“-Systems auch hochwertigste Weine glasweise.

7

Prism

Fritschestr. 48,
10627 Berlin (Charlottenburg)
030-54710861
www.prismberlin.de
Do–Mo ab 18 Uhr, Di u. Mi RT
Menüs: 55–125 €
VISA

Im modern-puristischen, eher dunkel gehaltenen Ambiente ihres neuen Restaurants Prism kredenzen Jacqueline Lorenz und der in Tel Aviv aufgewachsene Küchenchef Gal Ben Moshe ein weltoffenes, insbesondere jedoch von den Küchen des Nahen Ostens inspiriertes Kulinarium mit Alleinstellungsmerkmal. Sein achtgängiges Menü liest sich wie ein Spaziergang über einen orientalischen Viktualienmarkt, präsentiert sich auf jedem Teller ausdrucksstark und kontrastreich, aber immer auch schön klar pointiert. Der Chef macht weder um starke Aromen noch um moderne Küchentechniken einen Bogen, setzt aber alles sehr überlegt und wohldosiert ein. Die Weine, die die sympathische Gastgeberin glasweise empfiehlt, sind oft ebenso charakterstark wie die zu begleitenden Gerichte.

Fast & SLOW

Prometeo – Pizza & Comfort food

Goebenstr. 3,
10783 Berlin (Schöneberg)
030-23638837
www.prometeo.pizza
Di–So ab 17.30 Uhr, Mo RT

Authenthische neapolitanische Pizza aus dem Holzofen und eine kleine Auswahl einfacher, ebenfalls sehr authentischer italienischer Gerichte aus guten, frischen Produkten.

Fast & SLOW

Quà Phê

Max-Beer-Str. 37, 10119 Berlin (Mitte)
030-97005479
So–Do von 9-21 Uhr, Fr u. Sa von 9-22 Uhr, kein RT

Authentische und hochqualitative vietnamesiche Gerichte und Snacks in stylischem Ambiente.

6

Restaurant am Steinplatz

Steinplatz 4,
10623 Berlin (Charlottenburg)
030-55444447053
www.restaurantsteinplatz.com
Mo–Fr von 12–14.30 Uhr u. ab 18 Uhr, Sa u. So ab 18 Uhr, kein RT
Hauptgericht: 30–34 €, Menüs: 59–77 €
VISA

Das schlicht-modern eingerichtete Restaurant mit offener Küche, lichtdurchflutetem Wintergartenanbau und nettem Atrium unter offenem Himmel hat einen neuen Küchenchef und steht seit Ende Juni wieder mit gehobener moderner Küche zu moderaten Preisen zu Diensten. Jean-Marc Komfort heißt der neue Mann am Herd und ist somit Nachfolger von Nicholas Hahn, der hier auf hohem Niveau gekocht hatte, aber schon im Vorjahr nach Andernach wechselte. Komfort war länger im Cookies Cream tätig, hat im Kopenhagener Noma hospitiert und zuletzt bei Wenzel Pankratz im Forsthaus Strelitz mitgekocht – allesamt Stationen, deren Stil man auch in seinem aktuellen Schaffen im Restaurant Am Steinplatz wiederfindet.
Es ist also die moderne, eher puristische und zumeist naturnahe Küche mit einem gewissen nordischen Touch, die man hier erwarten darf. Gemüse und Kräuter spielen eine große Rolle, manches ist auch rein vegetarisch, aber es gibt genauso Fisch und Fleisch im Programm – nur die einschlägigen Gourmet-Edelprodukte finden nicht statt. Und das ist auch gut so, denn alles an seinem Ort und zu seiner Zeit. Hier ist es also mehr Bachsaibling als Steinbutt, Schweinebauch statt Gänseleber und Lammschulter als Lammrücken, was der Sache überhaupt keinen Abbruch tut, denn die Küche lebt von cleveren Ideen und deren schnörkelloser Umsetzung, nicht von Exklusivität.

Modern-puristisch angerichtet, von der Machart her aber relativ simpel, kam eine vegetarische Vorspeise um Rote Bete, Ziegenfrischkäse und Radieschen daher, bei der die auf dem heißen Teller temperierten Käsestücke und etwa gleich große Stücke von der gegarten Bete unter dünnen, knackig-säuerlichen Bete- und Radieschenscheiben versteckt waren. Ähnlich arrangiert, aber um einiges vielschichtiger und im Detail aufwendiger war das Schichtwerk von Lachs, Tomate und Kohl, bei dem die mild gebeizten Fischstreifen zusammen mit angeflämmtem und fermentiertem Kohl unter zwei verschiedenen Tomatenscheiben der Sorten Coeur de bœuf und Green Zebra versteckt waren und von einer leichten, frisch hochgezogenen Lauch-Mayonnaise mit Lauchpulver süffig und geschmeidig zusammengebracht wurden. Auch der Gang um pures Rindertatar, das jedoch von Garum mit viel Umamiwürze bedacht wurde und auf dieser Basis mit angerösteten Pfifferlingen und Blaubeeren einen spannenden Akzent anstimmte, ging klar in die Richtung einer schnörkellosen und trotzdem raffinierten Drei-Komponenten-Küche. Bei der geschmorten Rinderrippe mit guter, saftig-zarter Fleischstruktur und heller Farbe, die zusammen mit feinsäuerlich-knackigen und mit Nussbutter marinierten Zwiebelsegmenten auf einem Kartoffel-Paprikagulasch angerichtet waren, sorgte ein heller, sämiger Schmorfond für herzhafte Untermalung und genug Tiefe und machte das in diesem Kontext viel besser als eine dunkle, dichte Jus.
Desserts wie der Johannisbeerknödel mit Joghurt und Sesam oder das cremige Eis von Ziegenfrischkäse und weißer Schokolade mit gefrorenen Himbeersegmenten und Schokoladen-Crumbles ziehen diese Linie wie ein roter Faden bis zum Abschluss durch. Das Team um den gastronomischen Leiter Steve Pietschmann ist auch glasweise mit guten Tropfen dienlich, und die Weinkarte glänzt längst nicht nur mit einer erstaunlichen Armada von deutschem Winzersekt.

6

Richard

Köpenicker Str. 174,
10997 Berlin (Kreuzberg)
030-49207242
www.restaurant-richard.de
Di–Sa ab 19 Uhr, So u. Mo RT
Menüs: 68–118 €
VISA

Küchenchef Francesco Contiero und sein Team kochen in Hans Richards sehr schönem, schlicht-elegantem Lokal, in dem die markante, schwere geschnitzte Holzdecke mit dem strahlenden Weiß der Wände, zarten Farbtupfern, großformatigen Gemälden, diversen anderen Kunstobjekten und modernen Gestaltungselementen kontrastiert, beständig auf hohem Niveau. Das Richard steht seit jeher für klassische, aber nicht unbedingt traditionelle französische Küche, und der gebürtige Italiener verleiht dem Kulinarium darüber hinaus einen leicht mediterraneren Touch. Die saisonal ausgerichteten Kreationen, die es in Gestalt zweier Menüs gibt (eines mit Fleisch und Fisch und ein originelles vegetarisches ...), sind stets leicht und produktbezogen und erfreuen mit starken, natürlichen Aromen.

Fast & Slow

Royals & Rice

Torstr. 164, 10787 Berlin (Mitte)
030-66405111
www.bln.royalsandrice.com/berlin
Mo–Sa von 10–20 Uhr, So RT
Frisch und natürlich zubereitete asiatisch-vietnamesische Küche im Streetfood-Style wie etwa Sommerrollen, Banh Bao & Co.

10

Rutz Restaurant

Chausseestr. 8,
10115 Berlin (Mitte)
030-24628760
www.rutz-restaurant.de
Küchenchef: Marco Müller
Di–Sa ab 18.00 Uhr, So u. Mo RT
Menüs: 180–220 €
VISA

Die bald schon zwanzig Jahre alte Institution für rebellischen Genuss in Berlin Mitte hat sich in diesen zwei Dekaden von der lässigen Weinbar zu einem der entspanntesten und spannendsten Spitzenrestaurants der Republik entwickelt. Die Weinbar im Erdgeschoss gibt es auch heute noch, wenngleich sie coronabedingt vorübergehend Platz machen und umziehen musste. Die Tische, die im ersten Stock wegen des vorgeschriebenen Mindestabstandes weggefallen sind, stehen nun unten. Und so gibt es das ebenso innovative wie inspirierte Kulinarium aus der Gourmetküche von Marco Müller in der Chausseestraße nun erst mal auf zwei Etagen und sogar für noch ein paar Gäste mehr als zuvor. Die nicht minder attraktive, aber deutlich handfestere und fleischlastigere Heimatküche der Weinbar wird fortan eins zu eins im neu eröffneten Alten Zollhaus in Kreuzberg geboten, das jetzt „Rutz – Altes Zollhaus" heißt und gastgeberisch von Hendrik Canis betreut wird.

Doch zurück ins Hauptquartier nach Mitte, wo wir schon seit ein paar Jahren enorme Entwicklungssprünge festgestellt und diese auch durch sukzessive Aufwertungen dokumentiert haben. Schon im Text des vergangenen Jahres attestierten wir Marco Müllers immer sehr originellen, maximal experimentierfreudigen, aber nie experimentellen Gerichten „Höchstbewertungsniveau", zögerten aber letztlich noch ein wenig und erhöhten die Bewertung zunächst nur um den Bonuspfeil. Nachdem das Team um den seit jeher sehr besonnen, präzise und unbeirrt an seinen ureigenen Kreationen tüftelnden Chef mit der inzwischen unverwechselbaren Handschrift so stark aus dem Corona-Shutdown zurückgekommen ist, als ob sie nie weg gewesen wären, konnte der kleine Sprung auf nunmehr 10-Pfannen-Level eigentlich nur noch reine Formsache sein. Und er ist hochverdient!

Zum einen haben Müller & Co. natürlich in zwei, drei Monaten nicht das Kochen verlernt. Zum anderen hat der Chef in diesen Tagen auch nicht die Probleme, wie sie vielleicht andere Kollegen auf Augenhöhe haben: die besten und entsprechend raren Spitzenprodukte aus dem Ausland beschaffen zu müssen. Schließlich begann er schon vor vielen Jahren damit, sich hier in der Heimat ein Lieferantennetz aus engagierten Erzeugern zu spinnen, das ihm inzwischen großartige Qualitäten aus der Region garantiert. Ohne dass er jemals ein Dogma daraus gemacht hätte, bemüht sich der entspannt auftretende Aromentüftler seit Jahren intensiv um interessante Viktualien aus Berlin und dem Umland, hat dafür gemeinsam mit Landwirten eigene Bepflanzungspläne entwickelt und arbeitet auch sonst sehr eng mit Bauern, Viehzüchtern, Gärtnern und kleinen Manufakturen zusammen. Dinge, die es nicht in der näheren oder weiteren Umgebung gibt, werden für sein Kulinarium zwar nicht kategorisch ausgeschlossen – Marco Müllers Art zu kochen lebt aber nicht von den einschlägigen Edelprodukten. Er ist längt nicht in dem Maße darauf angewiesen wie Chefs, die hierzulande klassisch französisch orientierte und meist auf ganz bestimmte Produkte fokussierte Haute-Cuisine zelebrieren.

Vielmehr bastelt er im Rahmen seines bis zu achtgängigen „Innovationsmenüs" mit sehr viel Kreativität und einem untrüglichen Gespür für spannend unkonventionelle, aber gar nicht unbedingt besonders avantgardistische Aromenbilder hochfeine Gerichte voller hintergründiger Finessen, die kaum vergleichbar sind und innerhalb überraschend kurzer Zeit den höchsten Grad der Kochkunst erreicht haben. Wie immer begann auch der letzte Schmaus im Rutz mit dem herausragenden Sauerteigbrot aus über viele Jahre gereifter Hefemutter sowie dem phänomenalen Blutwurstbrot mit Senf, das in Kombination mit der leicht säuerlichen aufgeschlagenen Butter hohe Suchtgefahr birgt. Gefolgt von aparten Miniaturen zum Aperitif und einer erfrischenden Kleinigkeit von Lauch, Gurke und Saiblinskaviar: cremig und knackig, zarte grüne, leicht zwiebelige Würze, mineralische Noten, ein Hauch Süße. Maximal verheißungsvoll!

Was für ein begnadeter Aromenbastler Marco Müller ist und mit wieviel Inspiration er aus vermeintlich banalen Produkten ganz neue Geschmacksakkorde kreiert, wurde auch bei unserem letzten Besuch schon zu Beginn des Menüs deutlich. Zur kurz angebeizten Forelle, die mit Lardo zu einer Schnecke gerollt und mit ihrem Kaviar und krosser Haut sowie Steinbutt-Bottarga getoppt war, sorgte geflämmter Blumenkohl für Struktur und zart kohlige Raucharomen, Basilikumblüte für einen duftigen Oberton – angefacht von der

komplexen süßsäuerlichen Würze eines Suds aus Forellen-Garum und klarem Tomatensaft, sanft eingefangen und unterfüttert von etwas Sauerrahmcreme. Sehr stark!
Ein Algenchip mit Creme von Stockfisch und wildem Brokkoli kam sodann als Vorbote des verboten guten Dorschs aus Rotterdam, der zunächst in Kombu-Alge eingewickelt „gereift" und dann darin soft temperiert wird. Auf dem herrlich reinaromatisch-klaren, nur von einer ganz subtilen jodigen Umaminote unterstrichenen Fisch eine Beflockung aus Eigelb und feinst gehobelter Walnuss, darunter die Stängel von wildem Brokkoli und drumherum eine Beurre blanc mit dem floralen Duft und Geschmack von Holunderblüte und viel straffer Säure, die zusammen mit dem buttrigen Schmelz das ebenso dynamische wie harmonische Gerüst dieses Gericht darstellt.
Auch wenn die Weinempfehlungen von Sommelière Nancy Großmann im Rutz immer eine große Bereicherung sind: Es lohnt sich, auch immer wieder mal ihren alkoholfreien Alternativen zu folgen. Zum Beispiel einem grün-frischen Getränk von Apfel, Estragon und Weizengras zu einem spannenden Zwischengang um eingelegte weiße Erdbeeren, fleischige Schwertmuschelscheiben und seidige Stabmuschelcreme. Mit etwas Vogelmiere und Umebudo-Algen säuerlich beziehungsweise mineralisch akzentuiert und von einem hellen, aber sehr kräftigen Stabmuschelsud getragen, der mit grasigem Öl emulgiert war, durch das sich der Kreis zu dem kongenialen Begleitgetränk schloss.
Überhaupt passiert hier viel mit intensiv komplexen, zugleich aber auch federleicht und transparent schmeckenden Saucen, Fonds und Emusionen. Eine Garum-„Cuvée" von Forelle und Rind diente zum Beispiel im Folgenden als umamiwürzige Grundlage für ein Schichtwerk aus gegrillter und damit leicht karamellisierter roter Erdbeere, schmelzig-dünnem Kalbskopf und marinierter Ochsenherztomate, das von Tomatengelee, grünem Wacholder und Tupfen eines Tomaten-/Himbeer-Gels getoppt war. Auch hier wieder ein großartiges Zusammenspiel von Säure, Würze, Süße, getragen von vegetabilen Aromen und feiner Frucht …
Die natürliche Süße von exzellenter Königskrabbe, die eleganten Bitteraromen von geflämmtem (und zuvor sous-vide gegartem) Spargel und die dezenten rauchigen Noten von Holzkohlebutter wurden beim nächsten Intermezzo von einer intensiven Krustentierjus, buttrig voluminösem Eierschaum (von Marco Müllers eigenen Hühnern!) und duftig-ätherischem Estragonöl hofiert und forciert. Auch das war wieder ein Musterbeispiel für so ein federleichtes, transparentes und schlankes Gericht, das trotzdem füllig, tief und komplex schmeckt – und damit typisch Marco Müller ist.
Angekommen bei den Fleischgerichten, läutete zunächst etwas mit Bärlauch akzentuiertes Lammrückentatar auf einem soufflierten Kartoffelkrapfen, dessen Fett den natürlichen Geschmack des Fleischs auf ein höheres Level hebt, den eigentlichen Lamm-Gang ein. Bei dem handelte es sich um ein kerniges Rückenstück vom Husumer Salzwiesenlamm, das ebenfalls sehr puristisch blieb. Auch hier etwas Kartoffel in Gestalt hauchdünner Streifen, die zusammen mit Bärlauch und Zitrone wie ein filigranes Nest um das Fleisch lagen. Als ebenso leichte wie kraftvolle Sauce ein Lamm-Dashifond und als einmal mehr kongeniale alkoholfreie Getränkebegleitung ein Trunk aus Knollensellerie, Zitrone und Basilikum!
Doch auch die Weinempfehlungen von Nancy Großmann haben es in sich und sind den Gerichten stets gewinnbringende Begleiter. So wie beispielsweise der famose 2014er Colline Lucchesi von der Tenuta Di Valgiano aus der Toskana, eine trotz ihrer populären Zusammensetzung überraschend eigenständige Cuvée aus Sangiovese, Syrah und Merlot, die mit ihrem würzig-herbstlichen Geschmacksspektrum ideal an den hellen und dunklen Pilzaromen andockte, die diesen Hauptgang um unglaublich eigenaromatische Hühnerbrust prägten. Das großartige Geflügelfleisch wurde durch die aufgekrosste, zerkrümelte und auf der Unterseite der saftigen Tranche versteckte Haut noch gepusht und von marinierten Chinakohlstengeln und einer interessanten Variante von Eiskraut kontrastreich erfrischt. Das ebenfalls ins Geschehen integrierte Seegras verstärkte die waldigen Umamiaromen der Pilze von der maritimen Seite her – wie eigentlich alles hier auf eine sehr subtile, feinsinne Art.
Auch der Rhabarber-Kombucha zum Dessert war kein adstringierend säuerlicher Grobian, sondern ein angenehm weiches, geschmeidiges Getränk, das als Begleiter zum Dessert um Rhabarber und Ziegenjoghurt (beides in unterschiedlichen Aggregatzuständen und beides geschmacklich top) prima korrespondierte. Der Clou an diesem Dessert war aber eigentlich der Mirin von acht Jahre altem Rum, der dem Ganzen nicht nur einen verwegen Akzent beschert hat, sondern mit seiner dunklen, karamellig-fruchtigen Süße auch die Oxalsäure des Rhabarbers gut abfedern konnte und so eine harmonische Verbindung herstellte.

Kein Zweifel: Unter den deutschen Spitzenrestaurants, die bei uns im Guide mit der Höchstbewertung ausgezeichnet sind, zählt die Küche von Marco Müller zu den originellsten und eigenständigsten. Und man darf gespannt sein, ob sie sich auch in den kommenden Jahren in diesem rasanten Tempo weiterentwickelt.

6

Rutz Zollhaus

Carl-Herz-Ufer 30, 10961 Berlin (Kreuzberg)
030-233276670
www.rutz-zollhaus.de
Di–Sa ab 16 Uhr, So u. Mo RT
Hauptgericht: 18–26 €
VISA

Das Konzept der Weinbar Rutz, die noch vor Corona im Erdgeschoss des Rutz in der Chausseestraße mit attraktiver Regionalküche und spannenden Weinen als Alternative zum Gourmetrestaurant unter gleichem Dach residierte, ist umgezogen und hat nun im Alten Zollhaus am Landwehrkanal ein neues Zuhause gefunden. In den geschmackvoll modernisierten Räumen des hübschen Fachwerkhauses, das zwar mitten in der Stadt, aber gefühlt fast schon irgendwo draußen im Grünen steht, ist nun Küchenchef Florian Mennicken für die Umsetzung der Weinbar-Klassiker verantwortlich, und für die gastgeberische Leitung sowie alle Weinbelange wurde mit Hendrik Canis ein alter Bekannter gewonnen, der zwar die letzten Jahre in Weimar verbracht hat, aus seiner Zeit davor aber vielen Rutz-Stammgästen und anderen Berliner Wein- und Feinschmeckern (etwa aus dem Vau) noch bestens bekannt sein dürfte.
Auch wenn es mal Ceviche vom Saibling mit gebratenem Romanasalat und Tomate, ein vegetarisches Tatar von gerösteter Karotte und Schafsmilch mit Verveine und Miso und natürlich weiterhin den stets wechselnden Fischfang des Tages mit unterschiedlichen Gemüsen, Kräutern, schaumig-rahmiger Fischsauce und zumeist einem duftig aromatisierten Öl gibt, bleibt die Küche auch am neuen Standort ihrem Ruf als Eldorado für Fleisch- und Innereien-Fans treu: Rieslingkutteln, Wildschweinsalami aus der Schorfheide, Knacker vom Duroc-Schwein, Rennsteiger Bratwurst, die formidable Leberwurst von Hambel aus der Pfalz oder Marcus Bensers Blutwurst, die es auch hier mit Kartoffelpüree und „Jemüse" gibt.
Auch sonst steht alles im Zeichen sehr guter heimischer Produkte, die zwar traditionell, aber immer sehr zeitgemäß und auch mit dem gewissen kreativen Etwas zubereitet werden. Ob Königsberger Klops mit Forellenkaviar, Kartoffelpüree und Schnittlauchöl, das Tatar vom Allgäuer Weideochsen, ebenfalls mit Forellenkaviar sowie herzhaft mit Speck und Gurke liiert, oder die attraktiv angekrosste und ansonsten butterzarte Scheibe von der Ochsenschulter in Kombination mit Gartenkarotte, Sonnenblumenkernen und Liebstöckel – stets schnörkellos und nie verkünstelt, immer mit sattem Geschmack bester Viktualien. Und das gilt natürlich auch für die verschiedenen, mindestens fünf Wochen gereiften Beef-Cuts wie Entrecôte vom Simmentaler Rind oder das Strip-Loin-Steak vom US-Prime-Beef, die grundsätzlich mit 50 Grad Kerntemperatur perfekt auf den Punkt gebracht werden.
Mit Desserts wie etwa dem um „Tom Ka Gai"-Aromen mit Erdbeertee und Weizengrasöl oder einem Berlin Cheesecake mit Stachelbeere und Holunder trumpft die Pâtisserie zum Schluss dann nochmal kreativ auf. Und wer sein Mahl lieber mit Käse abschließt, bekommt hier ausschließlich deutsche Rohmilchkäsesorten von Käse Blomeyer aus Berlin. Dazu gibt's auch glasweise hervorragende Weine ins Glas, oft mit Individualstil und immer mit Expertise empfohlen.

Fast & SLOW

Ryong

Torstr. 59, 10119 Berlin (Mitte)
030-30307047
www.ryong.de
Mo–Sa von 12–23 Uhr, So von 14–23 Uhr, kein RT

Frische, kreative vietnamesische Küche: Bao Burger, Bowls & Rolls, Wraps & Bento-Boxen mit Niveau.

Sagrantino136

Linienstr. 136, 10115 Berlin (Mitte)
030-27909683
www.sagrantino136.com
Küchenchef: Vicente Matias, Diaz Silva
Mo–Sa ab 17 Uhr, So RT
Hauptgericht: 12–23 €, Menüs: 39–59 €
VISA

Auf den ersten Blick hebt sich das nette, alternativ anmutende Lokal in einem ruhigeren Eck des quirligen Mitte-Zentrums zwischen Torstraße, Friedrichstraße und Oranienburger Straße nicht von zahllosen anderen Gastronomiebetrieben in diesem Kiez ab. Doch schon ein Blick auf die Speisekarte des Sagrantino 136, dessen Name sich aus der vor allem aus Umbrien bekannten Rebsorte und der Hausnummer des Lokals zusammensetzt, macht extrem neugierig. Die hier offerierte Mischung aus einfallsreicher Italianità und starken südamerikanischen, speziell peruanischen Einflüssen, resultiert einerseits aus der Heimat der italienischen Inhaber und andererseits aus den peruanischen Wurzeln von Küchenchef Vicente Matias Diaz Silva, der hier seit Herbst 2019 für frischen Wind und viel kreativen Output sorgt.
Dass er zuvor unter anderem im Hotel The Mandala und als Chef de Partie im Hugos gearbeitet hat, zeigt die Professionalität und handwerkliche Präzision, mit der wirklich jeder einzelne seiner Teller umgesetzt ist. Dass er vor seinem Engagement im Sagrantino 136 unter dem Label Limati schon immer wieder mal kleinere kulinarische Pop-up-Veranstaltungen durchgeführt hatte, lässt deutlich seine Ambitionen erkennen, Eigenes zu kreieren. Wir können das wirklich nur gutheißen, denn was der Chef hier zusammen mit seiner rechten Hand Jair Denegri Briceno so alles kredenzt, ist spannend individuell und hat ein überraschend hohes kulinarisches Gesamtniveau, wie man es in dem sehr bodenständigen, charmant patinierten Lokal nicht erwarten würde.
In der Karte gibt es einerseits eine eher klassische und rein italienisch gehaltene Sparte, die ebenfalls anspruchsvollen Genuss und mitunter kreative Ideen beinhaltet, und andererseits das „Il Menu' dello Chef", acht verschiedene Offerten der ganz speziellen italienisch-peruanischen Fusionsküche, die entweder als bis zu fünfgängiges Auswahlmenü oder auch einzeln à la carte bestellt werden können. Deren fein gearbeitete Küchengrüße, von denen die ersten drei als Fingerfood-Snacks daherkommen, dokumentierten sogleich sehr eindrucksvoll die großen Ambitionen und das Talent, das der Chef und sein Team an den Tag legen: Ein kleines Filoteig-Waffelhörnchen mit leider etwas ausdruckslosem Pilzmus und Trüffel, ein kleiner-Rote Bete-Macaron mit umso aromatischerem Ziegenkäse und ein ofenwarmer Panzarotto mit etwas Rindertatar.
Wo die Stärken des Chefs liegen, zeigte ein weiteres Amuse, das aus ein wenig Kartoffelstampf unter einer rahmig-umamiwürzigen und feurig mit peruanischem Chili angespicter Schaumsauce bestand und lediglich mit ein paar Kräutern, Blüten und Frisée getoppt war. Schlichteste Produkte, große Wirkung! Zupackende Schärfe, und doch ganz fein gewoben. Hier beherrscht jemand das Spiel mit den Aromen. Was bei dieser Kostprobe mit mutig viel Schärfe perfekt aufgegangen war, funktionierte dann bei der Vorspeise mit ebenso mutig viel Säure jedoch leider nur bedingt. Zugegeben: Der akkurat und modern angerichtete Teller aus einem flachen Sockel Avocado-/Spargel-Tatar, der auf einer grünen Gazpacho-Emulsion angerichtet und mit grünem Spargel, einer dünnen Geleefolie, Amaranth-Pops, Kräutern, Blüten und dem Tupfen einer grünlichen Mayonnaise getoppt war, sah so aus, als ob er gerade aus der Hightech-Küche eines Spitzenkochs entsandt worden wäre. Geschmacklich war die hier nahezu allgegenwärtige zitrische Säure allerdings viel zu dominant und fand keinen ausgleichenden Puffer.
Deutlich balancierter präsentierte sich sodann aber gleich schon wieder ein Gang, der die moderne Interpretation eines traditionellen peruanischen Gerichts war und mit geschmortem, ausgelöstem Perlhuhnfleisch unter einer rahmig-feinwürzigen, mit Parmigiano angesetzten „Aji Amarillo" fast schon so etwas wie ein Hühnerfrikassee darstellte. Auch das wieder sehr elegant proportioniert und diesmal eben auch

geschmacklich voll ausgewogen – obenauf locker und flockig mit knusprigem Wildreis, Olivenpartikeln, kleinen Parmesanchips, Kresse und Eiweißperlen bedeckt –, war es nicht nur eine niveauvolle, sondern auch äußerst schmackhafte Angelegenheit.
Annähernd dem klassischen Cevice nachempfunden kam der roh marinierte und in jederlei Hinsicht bestechend frische Adlerfisch daher, der sich in dicken fleischigen Tranchen unter anderem mit roten Zwiebeln, Koriander und Zitrone als Kuppel unter einer Haube aus Carpaccio-dünnen Scheiben desselben Fischs verbarg. Von knusprigem Süßkartoffelstroh eingesäumt und von einer prononcierten Vinaigrette aus Rocoto (roter peruanischer Chili) umgeben, war das wieder ein sehr leichtes und transparentes, aber auch sehr pointiertes Gericht, bei dem die Qualität des Fischs klar im Mittelpunkt stand.
Auch der Hauptgang wirkte optisch modern, aufwendig arrangiert und wohlproportioniert. In dessen Mittelpunkt stand ein gleichmäßig rosa gegarter, nur etwas grobfaseriger Lammrücken, der mit einer Senfsaat-Jus glasiert war, von verschiedenen Apfelkomponenten (von frisch, säuerlich und grün bis dunkel und süß), Kirsche und Erbse begleitet wurde und gut die Balance zwischen Fruchtigkeit und Herzhaftigkeit hielt. Das war zugleich aber auch das Gericht, das an diesem Abend der konventionellen europäischen Gourmetküche am ähnlichsten kam
Etwas eigenständiger wurde es wieder zum Finale, besonders beim Pré-Dessert, einer aus dem alkoholischen peruanischen Nationalgetränk Pisco hergestellten Creme, die unter anderem mit Yuzu, Schokoladen-Erde und Pistazie beflockt war. Beim eigentlichen süßen Abschluss sorgte die in den Tälern der Anden von Chile, Peru und Ecuador beheimatete Lucuma-Frucht für einen exotischen Touch, auch wenn diese naturgemäß aromatisch nicht sonderlich ausdrucksstark ist und die daraus produzierte Mousse eher vom Geschmack der Erdbeere und der Tonkabohne gezeichnet war. Aber auch das ein äußerst apartes und gut ausgewogenes Dessert auf hohem Niveau und der Abschluss eines spannenden Menüs, das uns neugierig auf mehr gemacht hat …

Fast & SLOW

Shiso Burger

Auguststr. 29c, 10119 Berlin (Mitte)
030-88944687
www.shisoburger.de
Täglich ab 12 Uhr durchgehend, kein RT

Kreativ zusammengestellte, meist asiatisch inspirierte Burger, zum Beispiel auch vom Wagyu-Rind oder mit gebackenen Garnelen. Alles frisch und homemade!

Fast & SLOW

Shiso Burger

Kantstr. 51,
10625 Berlin (Charlottenburg)
030-39710233
www.shisoburger.de
Mo–Sa ab 12 Uhr durchgehend, So RT

Kreativ zusammengestellte, meist asiatisch inspirierte Burger, zum Beispiel auch vom Wagyu-Rind oder mit gebackenen Garnelen. Alles frisch und homemade!

8

SKYKITCHEN

Vienna House Andel's Berlin
Landsberger Allee 106,
10369 Berlin (Lichtenberg)
030-4530532620
www.skykitchen.berlin
Küchenchef: Alexander Koppe
Di–Sa ab 18 Uhr, So u. Mo RT
Menüs: 99–119 €

VISA

Die Skykitchen ist ein Restaurant, wie es fast jede Weltstadt hat: mondän, geräumig und ganz weit oben. Von dem schick und wohnlich eingerichteten Lokal im zwölften Stock des Hotels Vienna House Andel's aus hat man nicht nur einen großartigen Ausblick, der Berlin fast ein wenig wie Los Angelos wirken lässt – an den zumeist lange im Voraus ausgebuchten Öffnungstagen werden hier auch knapp sechzig Gäste auf hohem kulinarischem Niveau satt. Wo in Deutschland gibt's das schon? Dem Hotspot zum Trotz machen Küchenchef Alexander Koppe und Restaurantleiterin Barbara Merll aus der Skykitchen aber keinen abgehobenen Showroom, sondern bringen viel sympathische Berliner Nonchalance in den stylischen Gastraum. Dass sich Koppe neben der Haute-Cuisine auch immer mal wieder von der deutschen Hausmannskost inspirieren lässt, ist da naheliegend.
Den Auftakt machte bei unserem letzten Besuch zum Beispiel ein Gericht mit drei scheinbar alltäglichen Zutaten: Saibling, Kürbis und (geräucherte) Crème fraîche. Der Fisch ist leicht gebeizt und aromatisch recht zurückhaltend, da es sich auf diesem Teller ohnehin hauptsächlich mehr um den Kürbis zu drehen scheint. Der ist auf dem Teller sowohl süß-säuerlich mariniert und sehr knackig als auch in einer fein geraspelten Konsistenz ähnlich wie Karottensalat zu finden; die Frische des Gemüses wird sehr raffiniert vom schmelzigen und ganz leicht rauchigen Charakter der Crème fraîche kontrastiert. Einzig der rohe (oder fast rohe) geraspelte Kürbis kann uns nicht ganz überzeugen, denn dessen Textur hinterlässt ein ruppiges, „sandiges" Mundgefühl am Gaumen, was das Bild des ansonsten sehr harmonischen Gerichts ein klein wenig trübt.
Als optionalen Zwischengang schieben wir ein Gericht aus dem vegetarischen Menü ein, nämlich ein wachsweich pochiertes Eigelb mit dunkelbraun angegrilltem Blumenkohl sowie einem Couscous-ähnlich angemachtem violettem Blumenkohl. Als sämiges Element dient hier eine schaumige Sauce, in der wir Sauerrahm vermuten und die einen ähnlichen Rauchgeschmack hat wie zuvor schon die Crème fraîche. Ein süffiger und eingängiger „Wohlfühlteller".
Eine ganze Spur komplexer ist der nächste Gang rund um weißen Heilbutt mit Verveine und Kamille, der von Totentrompeten, Vogelbeere, Meerrettich und Beurre blanc sekundiert wird. Der Fisch ist von vorzüglicher Qualität, schneeweiß, glasklar im Geschmack und so saftig, dass beim Schneiden ein paar Tropfen Fleischsaft austreten, wie bei einem guten Steak. Genial ist hier auch das Zusammenspiel der Beilagen, die ein herrlich karges, herbes, kühles Geschmacksbild hinterlassen, das von der sämigen Beurre blanc perfekt eingefangen wird und so zwar fordernd, aber kein bisschen anstrengend wirkt. Ein großartiger Gang, wenngleich auch hier durch die Totentrompeten wieder eine Rauchigkeit auf den Teller kommt, die mittlerweile etwas redundant wirkt. Zwar konnten die unterschiedlichen Raucharomen jeden Teller für sich genommen bereichern, verliehen der Speisefolge aber auch eine gewisse dramaturgische Gleichförmigkeit.
Ganz weit weg von Gleichförmigkeit ist die Weinbegleitung von Sommelier Jakub Kościelniak, den wir in der vergangenen Ausgabe als Sommelier des Jahres auszeichneten. Zu Recht, wie der gebürtige Pole mit seiner extrem eigenständigen Weinkarte auch diesmal wieder unter Beweis stellte. Dem ausgewiesenen Fachmann für osteuropäischen Weinbau gelingt es immer wieder, zum Menü von Alexander Koppe Weine auszuwählen, die nicht nur zum Selbstzweck „osteuropäisch" sind, sondern die jeweiligen Gerichte enorm bereichern. So wie etwa ein fantastischer ungarischer Weißwein aus der autochthonen Rebsorte Hárslevelű, der mit seiner herben Blumigkeit perfekt zum Blumenkohl passte.
Sehr gut ist auch ein herzhafter Zwischengang, der als Praline vom Rind mit Kartoffel, Spinat und Périgordtrüffel auf der Karte steht. Die Praline entpuppt sich als tischtennisballgroße, kross frittierte Kugel, die mit einem hocharomatischen, süffigen Rinderragout gefüllt ist. Im Verein mit einem Kartoffelpüree und sautierten Spinatblättern ist das ein unkomplizierter, aber aromatisch sehr dichter, fokussierter Gang auf höchstem Soulfood-Level. Luft nach oben lässt nur noch die schwarze Trüffel, die leider kaum Aroma hat und für Exemplare aus dem Périgord überraschend blass schmeckt.
Auf einem handwerklich ähnlich hohen Niveau bewegt sich der Hauptgang mit Lamm, Wachsbrechbohne, Gnocchi und Oliven-Gremolata. Neben einem rosa gebratenen Rückenstück kann uns auf diesem Teller vor allem eine optimal geschmorte und mit guter Lammjus glacierte Schulter begeistern. Aromatisch etwas zurückhaltender wirken die Beilagen, die sich im Wesentlichen aus verschiedenen Bohnen, Oliven und Gnocchi rekrutieren, wobei letztere unspektakulär fad schmecken. Um Missverständnisse auszuschließen: In der Summe ist das ganz hervorragend! Im Detail kann der Gang jedoch in Bezug auf Komplexität nicht mit dem aufregenden Heilbutt und in Sachen

Wohlfühlfaktor nicht mit der – pardon! – „leckeren" Praline mithalten.
Die Pâtisserie nimmt sich schließlich ein Müsli zum Vorbild, dekonstruiert dieses aber anhand von allerlei Gels, einer Sphäre und einem Sorbet. Sehr gut gefällt uns hier das rösche, süßlich-würzige Granola und auch das Cranberryeis zeugt von tadellosem Handwerk. Allerdings verliert das Gericht durch ein sehr süßes Pistaziengel sowie eine ebenfalls sehr süße Apfelsphäre ein wenig seinen Fokus. Und auch das Joghurtgel kann nicht mit der Textur eines simplen, aber erstklassigen Naturjoghurts vom Bauernhof mithalten. So lässt uns der Gedanke nicht los, dass die eine oder andere Spielerei doch wirklich nur Spielerei ist und dem jeweiligen Gericht keinen Mehrwert beschert. Da wäre an mancher Stelle weniger noch etwas mehr.
Erst im vergangenen Jahr werteten wir die Skykitchen-Küche auf 8 Pfannen auf. Und dass Alexander Koppe und sein Team diese Aufwertung verdient haben, stellten sie dieses Mal insbesondere mit dem sehr durchdachten und spannungsgeladenen Heilbutt-Gang unter Beweis. Gelingt es dem experimentierfreudigen Küchenchef in Zukunft wieder öfter, dieses Niveau beständig auf ein ganzes Menü auszuweiten, haben wir keinerlei Zweifel daran, dass diese Bewertung so schnell nicht mehr aus Berlins „Himmelsküche" wegzudenken ist.

Fast & SLOW

Sons of Mana

Budapester Str. 38–50,
10787 Berlin (Charlottenburg)
www.bikiniberlin.de
Mo–Sa von 10–20 Uhr, So RT

Kreative hawaiianische Poké-Bowls mit hochwertigen, abwechslungsreichen Toppings, die man sich vor Ort auch ganz nach Lust und Laune selbst zusammenstellen kann.

---

ohne Bewertung

Tante Fichte Speiselokal

Fichtestr. 31, 10967 Berlin (Kreuzberg)
030-69001522
www.tantefichte.berlin
NOCH NICHT ERÖFFNET

Das Herz & Niere von Sommelier und Gastgeber Michael Köhle und Küchenchef Christoph Hauser, dessen Küche in unserem Guide jahrelang konstant mit 6 Gusto-Pfannen ausgezeichnet war, ist seit Ende 2020 Geschichte. Doch Michael Köhle bleibt der Location treu und eröffnet im Frühjahr mit neuem Konzept und neuem Namen, aber dem Vernehmen nach mit gleichbleibend hohem Anspruch. Wir sind gespannt und freuen uns auf den ersten Besuch bei Tante Fichte.

Fast & SLOW

Tapas La Cazuela

Eisenbahnstr. 42/43,
10997 Berlin (Kreuzberg)
www.markthalleneun.de
Di, Mi u. Fr von 12–18 Uhr,
Do von 12–22 Uhr, Sa von 10–18 Uhr,
So u. Mo RT

Hausgemachte Tapas in spanischer Familientradition aus regionalen Produkten in der Markthalle 9.

Fast & SLOW

The Big Dog Berlin

Ebertstr. 3,
10117 Berlin (Mitte)
030-220005440
www.thebigdog.de
Täglich von 12–23 Uhr, kein RT

Hochwertige Hotdogs und Pommes in kreativen Kombinationen, etwa mit Rindswurst, Pulled Beef, Bier-BBQ-Sauce, Romanasalat, Jalapeño und Crispy Cheddar im Brioche-Bun.

Fast & SLOW

The Butcher

Kantstr. 144,
10623 Berlin (Charlottenburg)
030-323015673
www.the-butcher.com
So–Do von 7–24 Uhr,
Fr u. Sa von 7–2 Uhr

Kreative Burger-Variationen aus hochwertigen, frischen Zutaten und andere Kleinigkeiten wie Chicken Wings oder Beef Tacos in cool designem Ambiente. Ab 7 Uhr auch Frühstück.

fast & SLOW

The Dawg

Budapester Str. 38-50,
10787 Berlin (Charlottenburg)
030-13894300
www.thedawg.de
Mo–Sa von 11–20 Uhr, So RT

Kreative Hotdog-Varietäten aus Meisterhand in überdurchschnittlicher Produktqualität, zum Beispiel aus Rindfleischwurst mit Roquefort, Birne und Merguez oder vom Oktopus mit Fenchelslat, Koriandergrün und Chipotle-Mayo.

5

The Grand

Hirtenstr. 4, 10178 Berlin (Mitte)
030-2789099555
www.the-grand-berlin.com
Mo–Fr 12–15 Uhr u. ab 18 Uhr,
Sa u. So ab 18 Uhr, kein RT
Hauptgericht: 13–196 €

VISA

Ein Szenerestaurant par excellence ist das stets sehr gut besuchte The Grand in der Nähe des Alexanderplatzes, zu dem auch ein angeschlossener Club mit Bar gehört. Das doppelstöckige Lokal stellt eine stylische Mischung aus Altbau mit morbidem Charme und modernen, klaren Linien dar; bei schönem Wetter und entsprechenden Temperaturen steht zudem eine lauschige Innenhofterrasse zur Verfügung. Die Küche macht genau das, wonach das heterogene Publikum verlangt und bietet eine ziemlich breit gefächerte Auswahl internationaler Klassiker. Die reicht von Evergreens des Hauses wie dem Rindertatar mit Meerretticheis und Trüffel-Mayo, einem traditionellen Caesar Salad oder halben Hummer mit Krustentier-Mayonnaise bis zu den hochwertigen Steaks bester Rindersorten wie Pommernrind, Irish Hereford, in Edelschimmel gereiftes Luma-Beef oder Kobe. Wenig Experimente, viel Substanz und für jeden Geschmack etwas geboten. Sensationell gut bestückt ist zudem die Weinkarte, die beim „Wine List Award" von Vinum regelmäßig mit Spitzenbewertungen ausgezeichnet wird.

7↑

The NOname

Oranienburgerstr. 32,
10117 Berlin (Mitte)
030-279099027
www.the-noname.de
Küchenchef: Vicenzo Broszio
Di-Fr von 12–16 Uhr u. ab 18 Uhr,
Sa ab 18 Uhr, So u. Mo RT
Menüs: 35–109 €

VISA

Das nach wie vor relativ neue Gourmetrestaurant auf der Oranienburger Straße in Mitte legte nach der Eröffnung im vergangenen Jahr einen beachtlichen Start hin und war als Newcomer schnell in aller Munde. Das lag nicht bloß an der Bondage-Lady, die überlebensgroß und akkurat gefesselt an der Wand des tiefen, hohen Raumes mit stuckverzierter Decke prangt, dort illusionistisch an den quer durch den Raum gespannten Seilen festgemacht ist und den Abend über in die unterschiedlichsten psychedelischen Beleuchtungseffekte getaucht wird. Es hatte in erster Linie mit der hervorragenden Küche zu tun, die sich hier vom Start weg auf verblüffend hohem Niveau bewegt hatte. Damals zeichnete noch David Kikillus als Küchenchef verantwortlich, ein ziemlich talentierter, aber nicht sonderlich sesshafter Cuisinier, der auch hier schon nach wenigen Monaten wieder die Segel strich.
Was aber für Feinschmecker überhaupt kein Grund sein sollte, das The NoName fortan zu meiden. Im Gegenteil, denn dessen ehemaliger Souschef Vicenzo Broszio, der nun als Küchenchef hauptverantwortlicher Mann am Herd des zwar namenlosen, aber alles andere als profillosen Lokals ist, hat uns jetzt eindrucksvoll unter Beweis gestellt, dass auch er ein Könner ist. Es gibt nach wie vor ein einheitliches Menü und auf Nachfrage alternativ auch eine vegetarische Speisefolge. Stilistisch geht es auf

Broszios Tellern nach unserer Auffassung ganz ähnlich weltoffen und kreativ zu, vielleicht sind seine Kreationen aber ein wenig puristischer und aromatisch fokussierter, als sie das noch bei unserem letzten Besuch unter der Ägide des Vorgängers gewesen sind. Damals wirkten viele Gerichte etwas komplexer und vielteiliger.
Grundsätzlich ist der Unterschied aber tatsächlich nur marginal, denn es wird nach wie vor sehr präzise, filigran und durchdacht gekocht. Das Schönste aber: Der Geschmack und das gute Produkt kommen nicht zu kurz! Der Abend begann nach zwei aparten Crackern, von denen der eine vom Aroma verschiedener Algen und der andere von dem einer leicht süßlichen Gänselebercreme gezeichnet war, mit hervorragendem Traubenkernbrot vom Freibäcker Arnd Erbel aus dem fränkischen Dachsbach, das zusammen mit Nussbutter und Leindotteröl aufgetischt wurde.
Spätestens mit dem ersten richtigen Gang des Abendmenüs konnte man zweifellos erkennen, dass der neue junge Chef den elaborierten Stil der Anfangsphase beibehalten hat und mit Feinsinn, Einfallsreichtum und guten Produkten aufwartet. Hier waren Jakobsmuscheln als etwas dicker geschnittene, roh marinierte und schön fleischige Scheiben sowie als hauchdünne getrocknete Chips ganz locker mit knackigen Streifen von mariniertem grünem Spargel geschichtet und wurden am Tisch final mit einem Gurkensud übergossen. Den Akkord grüner Aromen komplettierte Erbsenkresse – rund machte das Ganze mit mildem Umami und zartem Schmelz aber erst ein transparentes und mit knusprig gerösteter Hanfsaat beflocktes Dashi-Gelee. Hauchfeine, fast wie Karamell anmutende Miso-Sticks verliehen dem Gericht mit ihrer süßlichen Würze bei aller Leichtigkeit ebenfalls eine gewisse Tiefe.
Als sehr stark empfanden wir auch den mit einem Algenpulver bepuderten Rochenflügel, der saftig und zartfleischig neben einer sehr hellen und trotzdem recht intensiven Krustentier-Bisque sowie kleinen aufgerollten Zylindern von warmwürzigen, fast orientalisch anmutenden Karottenstreifen angerichtet war. Ein fragiler, durchsichtig dünner Chip von Kimchi-Kohl hauchte dem Ganzen zudem etwas pikante Würze ein.
Den Feinsinn, mit wenigen, aber sehr durchdacht und zielgerichtet eingesetzten, sensibel aufeinander abgestimmten Produkten maximale Wirkung zu erzeugen, offenbarte auch der Zwischengang um Shiitake, Macadamianuss und Lauch. Die Pilze waren bei diesem kompakt auf kleinem Raum angerichteten Teller sowohl als eine Art Püree von fermentierten Exemplaren, in Gestalt von in Sesamöl angerösteten Pilzkappen sowie als pergamentdünnes „Esspapier" zugegen. Die Maccadamianuss als glatte Creme und der Lauch in Blütenform on top sowie als ein Hauch frischer vegetabiler Schärfe irgendwo dazwischen. Eine elegante Umami-Bombe!
Der Stilistik starker, herzhafter Aromen in eleganter Umsetzung folgte auch der Hauptgang, wenngleich dieser in Gestalt dreier Tranchen von im Big Green Egg gegrilltem Pluma vom Ibericoschwein, angerösteter Schmorzwiebel, Creme von fermentiertem Knoblauch und wildem Brokkoli naturgemäß ein kleines bisschen zupackender daherkam. Zum Glück! Diese Melange aus zart durchwachsenem saftigem Fleisch, kraftvollen (aber nicht derben) Rauchnoten, würziger Süße bei den Zwiebelkomponenten und in der Jus sowie zarten Bitternoten vom gezielt angekokelten Kohl machte nämlich unheimlich viel Spaß. Das hätte einen robusteren Rotwein vertragen – wurde aber durch den von Steve Hartzsch dazu empfohlenen zehnjährigen Madeira von Vinhos Barbeitos umso origineller eskortiert. Überhaupt findet der Sommelier oft spannend unkonventionelle Begleiter, wie etwa auch zum Shiitake-Zwischengang einen nussigen Manzanilla-Sherry von Equipo Navazos.
Von der Architektur her etwas schlichter, aber nicht minder gelungen kam das süße Finale um die Aromen von Gurke, Quitte und Rose daher, die als Püree, Sorbet, Sud, Öl und Baiser auch haptisch einen kurzweiligen Menüabschluss bescherten. Wir sind sehr gespannt, wie sich Vicenzo Broszio und sein Team hier weiterentwickeln!

9↑

Tim Raue

**Rudi-Dutschke-Str. 26,
10969 Berlin (Mitte)
030-25937930
www.tim-raue.com
Küchenchef: Tim Raue,
Christian Singer, Philipp Bendel
Di–Do ab 19 Uhr,
Fr u. Sa 12–15 Uhr u. 19 Uhr, So u. Mo RT
Menüs: 188–218 €**

VISA

Wir haben nie ein Geheimnis darum gemacht, dass wir Tim Raue sehr schätzen. Nicht nur Tim Raue, den Koch, sondern insbesondere auch Tim Raue, den Unternehmer und Impre-

sario, dem es in den vergangenen zehn Jahren von La Soupe Populaire über Studio Tim Raue und Villa Kellermann bis hin zu den Colette-Outlets in Berlin, München und Konstanz immer wieder auf beeindruckende Art und Weise gelungen ist, ganz unterschiedliche Restaurantkonzepte zu entwickeln und ihnen seinen unverkennbaren kulinarischen Stempel aufzudrücken. Um seine Ideen realisieren und das Niveau dauerhaft hoch halten zu können, hat sich der nebenbei auch medial vielbeschäftige Raue über die Jahre einen sehr guten und treuen Mitarbeiterstab aufgebaut, aus dem immer wieder neue Leistungsträger hervorgehen, die dann das gemeinsam erarbeitete Konzept vor Ort umsetzen und in ständigem Austausch mit ihrem Chef weiterentwickeln können.
Auch am Hauptsitz in der Rudi-Dutschke-Straße in Berlin-Mitte, wo Marie-Anne Wild als Eigentümerin und Gastgeberin die Geschäfte leitet, kann er sich mit den beiden Küchenchefs Christian Singer und Philipp Bendel auf zwei langjährige und sehr erfahrene Mitarbeiter an vorderster Küchenfront verlassen, denen die Raue-ID längst in Fleisch und Blut übergegangen ist und die ihm quasi vor Ort den Rücken freihalten. Hier wird dann auch nach wie vor die spezialisierteste, markanteste und elaborierteste Küche aller Tim-Raue-Destinationen geboten. Hier ist die Kreativzentrale, die Brutstätte für neue Ideen. In dem passend zur Küche angenehm schlicht und schnörkellos gehaltenen Restaurant werden seit Jahren präzise und kreativ umgesetzte, vor allem aber erfreulich unkonventionelle Gerichte aufs Porzellan gebracht, deren Dreh- und Angelpunkt fernöstliche Aromen und Produkte sind.
Allerdings nicht in Gestalt von euro-asiatischem Crossover-Wischiwaschi, sondern als äußerst authentisch wirkende, stilsicher pointierte Kunststücke asiatischer, speziell chinesischer Hochküche mit einer ganz persönlichen Note. Schärfe, Säure, Süße und Frucht sind seit jeher die vier Grundpfeiler, auf denen fast jede Komposition aufgebaut ist. Und durchwegs geben kraftvoll expressive Geschmackbilder den Ton an, die aber immer sehr ausgewogen und bemerkenswert leicht über den Tellern schweben. Was hier in zumeist edler Schlichtheit daherkommt, bietet dem Gaumen immer ein überraschend komplexes, aufregend neuartiges Geschmackserlebnis. Das gibt es übriges weiterhin mittags und abends und seit über einem Jahr auch als konsequent vegane Speisefolge in sechs Gängen.
So reizvoll diese fleisch- und tierproduktlose Offerte klingen mag, haben wir uns auch in diesem Jahr wieder für das volle Programm „Menü 8" entschieden, das neben dem sechsgängigen „Signature-Menü" und dem schnäppchenhaften „Lunch-Menü" quasi den neuesten Stand der Kochkunst im Hause Raue darstellt und in – na klar – acht Gängen zu haben ist. Viele ebenso puristische wie aromatisch markante Kleinigkeiten, unter denen uns diesmal vor allem eine süßlich-würzig glasierte Taubenkeule und ein Spargelsüppchen mit Holunderblüte ganz besonders in Erinnerung geblieben ist, waren gleich zu Beginn prototypische Vorboten für alles noch Folgende.
Ein Musterbeispiel für die perfekte Balance von Süße, Säure und Frucht in Kombination mit herzhaften Aromen, wofür Tim Raues Küche in maximal verkürzter Form steht, war dann auch die erste Vorspeise, in deren Mittelpunkt generöse Nocken vom Imperial-Kaviar und saftige Schillerlocke stand. Die rauchige Würze des Bauchlappens vom Dornhai wurde gewinnbringend von knackigen marinierten Am-Choi-Stielen (eine Senfkohl-Varietät) und Tupfen eines leicht gelierten Suds aus Kiwi und Limette konterkariert; der Kaviar blieb trotz des kontrastreichen Geleits nicht zuletzt durch die optimal gewählten Proportionen klar tonangebend.
Der nachfolgende Zander, der vor seinem letzten Auftritt einen halben Tag lang in Sangohachi, einer Würzpaste aus fermentiertem Reis, mariniert wurde, blätterte als sehr feste und spektakulär reintönige Tranche unter seiner Haube aus mariniertem grünem Rettich, weißen Trauben und einem Püree von grünem Rettich mit dezenter Wasabischärfe in seine einzelnen Lamellen auf. Charmant eingelullt in eine aufregend konkret mit Sake aromatisierte Beurre blanc und zusätzlich angespitzt von der Oxalsäure der Sauerampferkresse war auch das ein typischer Raue: straight, markant, dynamisch, im Grunde sehr puristisch und doch enorm vielschichtig.
Dass der europäische Hummer, der für den nächsten Zwischengang eine seiner Scheren und ein schönes Medaillonstück aus seinem Rücken spendete, qualitativ nicht der allerbeste war, den wir jemals gegessen haben, konnte die Begeisterung über diese Komposition nicht trüben. Auch hier herrschte wieder ein lebhaftes Spiel von Frucht, Säure, Süße und (gezügelter) Schärfe vor, auch hier wurde dem Verein aus Karotte sowie getrockneter und marinierter Physalis mit dezenter Umami-Würze der nötige Background verliehen, sodass man es mit einem äußerst „vollständigen", in alle Richtungen ausgeloteten Geschmacksbild zu tun hatte.

Als herrliches Soulfood mit Ecken und Kanten wird das knusperkrosse, kümmelwürzige Stück vom Eisbein in unsere Annalen eingehen, dem zur absoluten Offenbarung tatsächlich nur ein wenig die Saftigkeit fehlte. Für dessen Zubereitung orientiert sich der Chef dem Vernehmen nach an einem Rezept seiner Oma Gerda, das ihn selbst an seine Kindheit erinnert. Bei der weiteren Interpretation dieser verfeinert rustikalen Delikatesse vertraut der Enkel dann aber offenbar doch auf die eigenen Ideen, denn es ist kaum vorstellbar, dass Klein Timmi damals das Eisbein auch schon auf zart schmelzigem Dashi-Gelee serviert bekam. Geschweige denn, dass dieses Traditionsgericht dereinst durch die unterschiedlichen Säure- und Schärfefacetten von japanischem Senf und gesäuertem Ingwer sowie der puffernden Fülle einer Creme von gelben Linsen in einen so aufregenden Kontext gebracht wurde.
Marinierter Kopfsalat, eingelegte Petersilienwurzel, Amalfi-Salzzitrone und eine forsche Jalapeñoschärfe, die hier von geeisten Perlen herrührte, prägten als stiltypische Raue-Komposition, wie man sie in abgewandelter Form auch immer wieder mal in den anderen Restaurants erleben kann, die das Label „by Tim Raue“ führen, schließlich das Intermezzo vor dem Hauptgang. Dem wurden mit Petersiliendressing und Schnittlauchöl weitere kräuterwürzige Nuancen zuteil und in Gestalt eines sehr milden Sake der eher lieblichen Sorte ein fast schon kongeniales Begleitgetrank zur Seite gestellt.
Überhaupt versucht Restaurantleiter und Sommelier in Personalunion André Macionga bei seinen Weinempfehlungen oftmals mit kalkulierten Gegensätzen noch etwas mehr Spannung zu erzeugen – was auch mit dem eher seltenen reinsortigen Cinsault aus der südafrikanischen Weinregion Swartland zur folgenden „Szichuan-Taube“ gut gelang. Die rosa Brust des Vogels war satt mit einer ausdrucksstarken Jus glasiert, die das typisch ätherisch-säuerlich prickelnde Aroma des Szechuanpfeffers in sich trug und der dezent mit Blutwurst angereicherten Sauce trotz ihrer Dichte und Würze eine gewisse Leichtigkeit und Stringenz verlieh. Belebende Saftigkeit und fruchtige Süße kam zudem von Trauben (auch als Gelee) ins Spiel, die das Täubchen zusammen mit chinesischer Artischocke und Kastaniencreme begleiteten. Schwarzer Reisessig war hier zudem für spritzige Spitzen verantwortlich, sodass dieses Gericht unterm Strich deutlich mehr Zug und Tiefenschärfe besaß, als man es ob seiner fast monochrom braunen Optik erwartet hätte.
Ähnlich funktionierte das auch bei der Backe vom Wagyu-Rind mit Allium (Zwiebelgewächsen) und Madagaskarpfeffer. Hier lag eine süßlich-würzige und optisch ähnlich dicht und konzentriert anmutende Beaftea-Jus über dem zarten Fleischmedaillon von perfekter Schmorkonsistenz, die vom markanten, leicht blumigen Aroma des Urwaldpfeffers mit dem zungenbrecherischen Namen Voatsiperifery einen schönen Akzent mit auf den Weg bekam. Aber auch die zahlreichen unterschiedlichen Zwiebelfacetten von grün und scharf bis bräunlich mit süßlicher Würze hatten ihren Anteil an diesem durchaus sehr spannenden Menühöhepunkt.
Recht abgefahren fanden wir auch das Dessert rund um Kiwi, Kokosnuss und Shiso, welches unser Menü leicht, frisch und trotzdem angenehm vollmundig, vor allem aber wieder mit einem einfallsreichen und erfreulich unkonventionellen Akkord abrundete. Und sich, wie alle anderen Gerichte auch, trotz einer gewissen Progressivität sehr leicht zugänglich präsentierte. Auch das ist eine sehr positive Eigenschaft dieser Küche, die sich heute in der Rückschau auf die ganzen letzten Jahre nach unserem Gespür noch einen Hauch feingezeichneter präsentiert. Jedoch – und genau das ist das Schöne: bei gleichbleibender Expressivität!

Bezahlkarten-Symbole

Mastercard
EC-Maestro
Diners
American Express
VISA Visa

8

Tulus Lotrek

**Fichtestr. 24,
10967 Berlin (Kreuzberg)
030-41956687
www.tuluslotrek.de
Küchenchef: Maximilian Strohe
Fr–Di ab 19 Uhr,
Mi u. Do RT
Menüs: 90–150 €**

VISA

So engagiert und selbstlos Ilona Scholl und Maximilian Strohe in der ersten Lockdown-Phase des Jahres mit ihrer wohltätigen Aktion „Kochen für Helden" ein starkes Zeichen gesetzt und zahlreiche Gastronomen im gesamten Bundesgebiet zum Mitmachen motiviert haben, so inspiriert und ambitioniert bespielten sie im Sommer und Herbst wieder ihr Kreuzberger Lokal Tulus Lotrek. Hier formen sich ein geschmackvoll schlichtes Ambiente, eloquenter, floskel- und formelfreier Service sowie eine unkonventionell kreative Küche zu einem Wohlfühlort für Individualisten. Strohe, der nie in den Brigaden irgendwelcher berühmter Chefs gearbeitet hat und wahrscheinlich gerade deshalb sehr frei und undogmatisch ans Werk geht, begeistert mit sehr guten Produkten und starken, oft kontrastreichen Aromenakkorden. Er kocht auf klassischer Basis, aber immer mit originellem Twist. Die beiden Menüs, von denen eines vegetarisch ist, kann der Gast nach Herzenslust kombinieren. Die Getränkekarte, zu der auch viele originelle Abfüllungen eigenwilliger Winzer sowie verschiedene Natural Wines gehören, unterstützt den unangepassten Stil der Küche perfekt.

5

Tupac

**Hagelberger Str. 9,
10965 Berlin (Kreuzberg)
030-78891980
www.tupac-berlin.com
Di–Sa ab 18 Uhr, So u. Mo RT
Hauptgericht: 8–17 €**

VISA P

Der Name dieses wirklich netten und auch aus kulinarischer Sicht sehr empfehlenswerten lateinamerikanischen Lokals nahe dem Kreuzberger Viktoriapark bezieht sich auf Túpac Amaru II., einen Freiheitskämpfer gegen die spanischen Eroberer. Das kleine kreative Team des zwar recht spartanisch, als solches aber recht stimmungsvoll eingerichteten Lokals mit lauschigem Freisitz stammt aus verschiedenen Ecken Südamerikas und zelebriert hier eine originell abgewandelte Version verschiedener Länderküchen ihres Heimatkontinents, insbesondere der peruanischen Küche, die bereits der große Auguste Escoffier als eine der spannendsten und besten Küchen dieser Erde bezeichnet hat. Hier kommt das alles ganz schnörkellos und unverkünstelt auf die Tische. Natürliche Aromen frischer Produkte zeichnen die Gerichte aus, deren Raffinement im Ursprünglichen liegt. Und die hier mit viel Sorgfalt, aber ohne jede Gourmet-Attitüde in die Schälchen und auf die Teller kommen. Zu bodenständigen Preisen kann man Herzhaftes, Pikantes, Süffiges, Knuspriges, manchmal recht Scharfes in unkomplizierter Machart genießen – oft mit dem gewissen Etwas!

Fast & SLOW

Upper Burger Grill

**Rankestr. 3,
10789 Berlin (Charlottenburg)
030-55221733
www.upperburgergrill.com
Täglich von 12–23 Uhr, kein RT**

Handwerkliche, frische Burger und exklusive Steak-Cuts.

7↑

Volt

**Paul-Lincke-Ufer 21,
10999 Berlin (Kreuzberg)
030-338402320
www.restaurant-volt.de
Küchenchef: Matthias Gleiß,
Christopher Jäger
Di–Sa ab 18 Uhr, So u. Mo RT
Hauptgericht: 26–38 €,
Menüs: 69–89 €**

VISA

Den ganzen Corona-Sommer 2020 war es still um das originelle Restaurant in den Räumen des ehemaligen Umspannwerks von Kreuzberg mit seinem sehenswerten Industrial Design

und der kreativen Küche aus der Feder von Küchenchef Christopher Jäger und Inhaber Matthias Gleiß. Und als das Volt dann im Herbst endlich wieder seine Türen öffnete und wir uns einen Tisch sichern konnten, kam schon der nächste Lockdown ... Umso frühzeitiger und entschlossener fiel dann aber der Re-Start am quirligen Paul-Linke-Ufer im Frühsommer 2021 aus. Und dass das eingespielte Team nicht nur heiß und bereit war, sondern in der langen Zeit auch rein gar nichts verlernt hatte, konnte man auf jedem Teller sehen und schmecken!

An der kulinarischen Grundausrichtung der Küche und am Konzept mit zwei unterschiedlichen fünfgängigen Menüs hat sich nichts geändert – außer der Tatsache, dass die vegetarische Speisefolgenvariante nun zu einer veganen geworden ist. Gekocht wird weiterhin sehr leicht und modern, mit Blick auf die regionale Produktvielfalt, aber ohne jedes Dogma. Und so kommt der Gast hier von heimischen Gemüsen bis zu exotischen Fischen in den Genuss verschiedenster Viktualien aus aller Welt, die mit Einfallsreichtum, Kompositionstalent und Fingerspitzengefühl zu unangestrengt wirkenden Menüs auf hohem Niveau werden.

Nach sehr gutem dunkelkrustigem Sauerteigbrot mit gesalzener Butter grüßte die Küche zunächst ganz schlicht und puristisch mit zwei kleinen Stücken von vakuumkomprimierter Gurke in einem leicht emulgierten Gurkensud mit dem scharfwürzigen Hauch von eingelegter Knoblauchblüte. Eine sehr natürliche, wohlschmeckende Winzigkeit von überschaubarem Aufwand und geringem Wareneinsatz.

Mit wie viel Feingespür für Aromen und Produkte das Team auch bei aufwendigeren Kompositionen unterwegs ist, bewies sogleich die Vorspeise des omnivoren Menüs rund um Kalbszunge, Spargel, Ei und Liebstöckel: Den zwei Stangen weißen Spargel – zunächst kalt gegart und dann kräftig angeröstet – wurde ein Maximum an Eigengeschmack entlockt und mit locker darüber drapierter Kalbszunge nebst Eigelbcreme und Schnittlauch sowie einer milden Liebstöckelvinaigrette und Schnittlauchblüten gewinnbringend zugearbeitet. Die saftige Fleischigkeit der hauchdünn aufgeschnitten Zunge, der wohldosierte füllige Schmelz vom Eigelb und die überraschend elegant eingewobene Kräuterwürze von Schnittlauchblüte und Liebstöckel waren hier wirklich optimal aufeinander abgestimmt.

Auch im veganen Bereich funktioniert das prima, wenngleich die Kompositionen hier aromatisch und haptisch bisweilen ein klein wenig eindimensionaler wirken können. Dem roh marinierten, mit einem Hauch Zitrone frisch und herb aufgepäppelten Kohlrabi etwa spendierten geröstete Sonnenblumenkerne Biss und Nussigkeit und frittierte Kohlrabiblätter neben ihrem Rascheleffekt am Gaumen auch etwas dezent Herbales – insgesamt blieb das Ganze bei rundem Wohlgeschmack aber vergleichsweise schlicht. Ähnlich die sehr guten, bissfesten hausgemachten Chitarra-Nudeln, die mit nussigen Knollenselleriebröseln getoppt in einem geschmeidig mit Traubenkern- und Distelöl emulgierten Selleriesud ebenfalls etwas einfacher gestrickt waren.

Ein weiterer Zwischengang aus dem omnivoren Menü rund um Tranchen von der mild gebeizten und kurz ringsum angebratenen Gelbflossenmakrele wirkte im Zusammenspiel mit dünnen Scheiben von mit Bockshornklee aromatisierter Gelbe Bete und angemachtem Hüttenkäse trotz ähnlich schnörkellos-unverkünstelter Art vergleichsweise vielschichtiger. Was aber natürlich auch am Fisch selbst lag, der mit seiner Textur und seinem Geschmack einfach automatisch etwas mehr zu bieten hat.

Ähnlich ausdrucksstark füllte auch der saftige Streifen eines rosa Flanksteaks mit kernigem Biss und lediglich von zarter Würze unterstütztem natürlichem Fleischgeschmack den sehr guten Hauptgang aus, der aber mit grünen Bohnen, süßlich-röstwürziger geschmorter Zwiebel, einer festen, nussigen Creme aus gerösteten Sonnenblumenkernen und einer ebenso kraftvollen wie eleganten Jus auch als ausgewogene Komposition keine Wünsche offenließ. Und der mit dem glasweise dazu ausgeschenkten 2013er Sankt Laurent „Muschelkalk" vom Weingut Becker Landgraf aus Rheinhessen einen attraktiven Weinbegleiter mit Charakter und Reife zur Seite gestellt bekam. Überhaupt scheinen die zur „Weinreise" angestellten Tropfen mit Verstand ausgesucht, und das junge, engagierte Serviceteam macht einen guten Job, ist unaufdringlich allgegenwärtig und dabei sehr sympathisch.

Bei der Kombination Erdbeere, Büffelmozzarella und Fichte setzte das Team zum Dessert die aromatisch voll ausgereiften Früchte (mariniert und als Gel) mit sahniger Rahmigkeit und grüner, krautiger Aromatik zwar theoretisch in einen klassischen Kontext, ließ diesen jedoch durch den säuerlichen Geschmack des Bufala-Eises und das markante, harzige Aroma der Fichtensprossen alles andere als konventionell wirken. Wie sich auch sonst die einerseits vertraut und andererseits auf unaufgeregte Art originell schmeckenden Aromenbilder wie ein roter Faden durchs Menü ziehen.

5

Vox

im Hotel Hyatt Berlin
Marlene-Dietrich-Platz 2,
10785 Berlin (Tiergarten)
030-25531772
www.vox-restaurant.de
Mo–Fr von 12–14.30 Uhr
u. ab 18.30 Uhr, Sa u. So ab 18.30 Uhr,
kein RT
Hauptgericht: 20–36 €, Menüs: 45–70 €
VISA

Im relativ großen, schlicht-modern designten Gourmetrestaurant Vox des Hyatt Hotels am Marlene-Dietrich-Platz wird eine betont weltläufige, stark asiatisch inspirierte Küche geboten. Deren Trumpf ist in jedem Fall die gute Qualität der Produkte, weshalb hier auch Sushi und Sashimi durchaus empfehlenswert sind. Die Karte offeriert daneben aber auch zahlreiche einfallsreiche Gerichte mit fernöstlichem Touch, die eher einer East-West-Fusionsküche entsprechen und sich durch kraftvolle und kontrastreiche Aromenliaisons auszeichnen. Dazu finden sich auf der ansprechenden Weinkarte sogar viele tolle deutsche Rieslinge.

Hotelempfehlung

Hotel Orania.Berlin

Oranienplatz 17,
10999 Berlin (Kreuzberg)
030-69539680
www.orania.berlin
Einzelzimmer: 165–185 €
Doppelzimmer: 255–295 €
VISA

Das erst 2017 in einem repräsentativen, über hundert Jahre alten Gebäude im Herzen Kreuzbergs am Oranienplatz eröffnete Hotel Orania wurde von Dietmar Mueller-Elmau konzipiert, der hierzulande mit Schloss Elmau seit Langem erfolgreich Maßstäbe in der Spitzenhotellerie setzt. Hier ist es dem Hotelier gelungen, eine Hauptstadt-Dependance mit 41 Hotelzimmern, einem Literatursalon und einem riesigen Wohnzimmer mit Restaurant, offener Küche, Bar und Konzertbühne in Leben zu rufen, die klar und deutlich am unvergleichlichen Stil von Schloss Elmau anknüpft und trotzdem sehr eigenständig wirkt. „Ein einzigartiges Retreat für reisende Ästheten und Künstler“, die in den ebenso großzügigen wie intimen Zimmern und Suiten zeitgemäßen Komfort, lässige Eleganz und naturbelassene Materialien aus aller Welt mit subtilen orientalischen Einflüssen genießen und sich auf regelmäßige Livekonzerte Berliner KünstlerInnen auf der „Orania.Stage“ freuen können. Das Restaurant mit offener Küche hat sich nicht nur mit Berlins bekanntester Pekingente „X-Berg Duck“ einen Namen gemacht, sondern auch mit seinen Sharing-Menüs, die beste Produkte verschiedener Kontinente miteinander verbinden. Restaurant Orania.Berlin separat erwähnt.

Bescheid (Rheinland-Pfalz)

Zur Malerklause

im Hofecken 2, 54413 Bescheid
06509-558
www.malerklause.de
Küchenchef: Hans Georg Lorscheider
Do–Sa ab 18.30 Uhr, So von 12–14 Uhr, Mo–Mi RT
Hauptgericht: 32–44 €,
Menüs: 72–106 €

Wer an Zeitreisen glaubt, könnte beim Betreten der plüschig-eleganten Malerklause mit ihren dunkelroten Stoffen, den dicken Teppichen und der Tapete mit Blumenornamentik glatt denken, irgendwo kurz vor Bescheid durch ein Zeitportal gefallen zu sein. Ein wenig könnte der Eindruck dann auch noch beim Blick in die Speisekarte des Restaurants anhalten, listet die doch weitgehend klassische Haute Cuisine nach französischem Vorbild, wie es sie so oft gar nicht mehr gibt. Wer es besser weiß und vielleicht sogar schon mal in den Genuss der Küche von Hans Georg Lorscheider gekommen ist, kann dagegen sicher sein, dass alles, was der erfahrene Chef und Einzelkämpfer am Herd hier vom Brot über die Saucen bis zum Sorbet kredenzen lässt, nach bester klassischer Schule produziert und mit teils dann doch wieder überraschend zeitgemäßem Schwung arrangiert wird.
Das alles erlebt man in einer sympathisch familiären Atmosphäre mit Beate Lorscheider und Sohn Mario im Service, die das über die Jahre gewachsene Gesamtkunstwerk Malerklause entscheidend mitprägen. Dazu gehört auch, dass direkt zu Beginn etwas Knabbergebäck zum Aperitif eingedeckt wird und für die Weinbegleitung konsequent fruchtsüße Rieslinge promotet werden – was im Übrigen oft erstaunlich gut funktioniert! Die ersten Kostproben im Küchengruß, ein Schinken-Grissino auf schlotzigem Kartoffelsalat und eine kalte pfeffrige Tomatensuppe (eher eine Creme), die mit ihren konzentrierten Aromen und Trockenkräuternoten aber eher wie kalte Tomatensauce wirkte, funktionierten indes noch nicht ganz so gut und blieben hinter dem zurück, was wir sonst aus der Hand des souveränen Chefs gewohnt sind …
Doch schon die Variation von der Gänsestopfleber mit Tranchen unterschiedlicher Terrinen, unter anderem mit Portwein-, Kirsch- sowie Süßweingelee und (aromatischer!) schwarzer Trüffel bewegte sich in gewohnten Bahnen. In seiner fruchtig-süßen Ausrichtung wirkte das zwar tatsächlich etwas antiquiert, zeigte dank der puren und kraftvollen Leberzubereitung aber auch, warum derartige Klassiker eine so lange Tradition haben.
Das maximale Malerklausen-Erlebnis gab es dann bei der folgenden Kombination aus rosazarter Taubenbrust, perfekt cremig-fester gebratener Entenleber und dicken Stücken herrlich gelatinös schmelzenden Kalbskopfs. Dieses Fest für alle Freunde kräftiger Aromen wurde ergänzt von feinsäuerlichen Linsen und sautierten Champignons, fruchtigen Portweinzwiebeln, etwas cremig-mildem Gemüsesalat, herbem Kräutersalat und einer stoffigen Sauce. Abwechslungsreich, aber dank exakter Proportionen keineswegs überladen. Sehr fein!
Rund und harmonisch wirkte auch das saftig-knusprige Filet vom Zander mit zarten Karotten, Blumenkohl und Zuckerschoten sowie einem feinwürfeligen Ragout aus Kräuterseitlingen. Das kraftvolle und eher mediterrane Gemüseconfit mit gedörrten Tomaten passte da nicht so ganz ins Bild, störte aber auch nicht weiter. Essenziell war dagegen die cremige Rieslingsauce mit viel typischer Frucht und Säure. Bei derartigen Gerichten fehlen zwar die absoluten Feinheiten, viele „Beilagen" werden etwas plakativ mit Salz und Pfeffer gewürzt, aber akkurat sind die Zubereitungen dennoch, und die aromenstarken Gesamtergebnisse machen einfach richtig Spaß.
Der reißt auch bei der Dessertvariation nicht ab, die es mit variierenden Bestandteilen standardmäßig zum Abschluss gibt. Zuletzt mit gebranntem Parfait vom Apfeltrester und Kirschparfait mit altem Kirschbrand neben einem lockeren, fruchtig geschichteten Schokoladenkuchen und Beeren aus dem eigenen Garten. In der Weinkarte tummeln sich selbstredend viele bekannte und unbekanntere Flaschen von der Mosel, allesamt fair kalkuliert und teils auch ge-

reift. Einzig der offene Ausschank fällt etwas mager aus und könnte quantitativ und qualitativ sicher noch etwas ausgebaut werden. Die gute Küche hätte es zweifelsohne verdient!

Beuerbach (Bayern)

5 Pfannen, 2 Bestecke

Büffelhof Beuerbach

Benediktstr. 4, 86947 Beuerbach
08195-1533
www.bueffelhof-beuerbach.de
Küchenchef: Valentin Schwencke, Amelie Schweisfurth, Vuong Pham Huu
Mo, Do u. Fr. ab 17 Uhr, Sa u. So ab 11 Uhr durchgehend, Di u. Mi RT
Hauptgericht: 14–34 €, Menüs: 44–89 €
EC VISA P

Schon alleine die Location lohnt den Besuch, denn in den ehemaligen Stallungen rund um ein stattliches Gehöft, in denen vor gar nicht allzu langer Zeit tatsächlich noch eine Büffelherde gehalten wurde, gibt es nicht nur eine beeindruckende Sammlung diverser Oldtimer zu bestaunen – ein Teil davon ist heute auch ein geschmackvoll renovierter und ambitioniert bewirteter Saal, in dem trotz der Größe eine sehr behagliche Atmosphäre herrscht. Und in dem sogar richtig gut gekocht wird! Dafür sorgt ein sehr junges Team von drei ambitionierten Cuisiniers – Valentin Schwencke, Amelie Schweisfurth und Vuong Pham Huu – die sich auch nach dem Ausscheiden von Lucas Eibl, dem ehemals Vierten im Bunde, nach wie vor nach ihren Initialen die „VALVs" nennen und hier durchaus spannende Dinge kredenzen.

Denn obwohl die Büffelherde, die hier einst lebte, zwischenzeitlich im befreundeten „Hof am Meer" im niedersächsischen Stadland heimisch ist, dreht sich kulinarisch nach wie vor sehr vieles um die zotteligen Langhörner. Das Kulinarium reicht von einer Standardkarte mit eher rustikalen Schmankerln wie Flammkuchen mit Büffelschinken, einem Brotzeitbrettl mit Büffelprodukten oder paniertes und gebackenes Büffelschnitzel mit Meerrettich und Preiselbeeren über die wechselnde Tageskarte auf einer Schiefertafel bis hin zu einem kreativen vier- bis siebengängigen Menü, das es wahlweise auch mit Weinbegleitung gibt.

Man kann also ländlich portionierte Hausklassiker wie das eingelegte mediterrane Grillgemüse mit eigenem Büffelmozzarella oder einen „Carne Salada" vom Büffel in Tomaten-/Lauch-Vinaigrette „nach Mamas Rezept" ordern oder sich einer Vielzahl an kleineren und bisweilen kreativen Schmankerln widmen, die ebenfalls das gute und nicht selten vom Büffel oder seiner Milch stammende Produkt feiern. So wie beispielsweise die Nierchen vom Büffel, die geschnetzelt, sauer zubereitet und süffig von einer hellen, milden Creme vom Stör eingefasst und punktuell von einem säuerlich-fruchtigen Gel erfrischt wurden. Oder das zur Praline gerollte, panierte und knusprig gebackene Büffelfleisch, das nebst einem mit Miso-Mayonnaise applizierten Chip in einer frisch-würzigen Kräuterschaumsuppe daherkam, die von einem japanischen Lauchöl das gewisse Etwas bekam.

Doch es geht im Büffelhof auch fleischlos, zum Beispiel mit selbst hergestelltem Tofu, der in einer Panierung aus Panko sowie weißem und schwarzem Sesam ausgebacken und zusammen mit Winterportulak, gerösteten Haselnüssen und Orangenfilets auf einer mit Orange aromatisierten Ponzu-Sauce angerichtet war. Das schmeckte zwar nicht schlecht, konnte uns als Komposition aber auch nicht hundertprozentig überzeugen und wirkte aromatisch ebenso unruhig und nicht wirklich rund zusammenspielend wie der Zwischengang um gratinierte Salbeipolenta mit Pinienkernen und eingelegten Champignons, roter und gelber Bete, gepickelten Gemüsen und Nussbutterschaum.

Als Hauptprodukt unheimlich stark (und allein als solches locker auch für eine Bewertung im 7- oder sogar 8-Pfannen-Bereich gut) präsentierte sich im Anschluss eine dicke, sehr saftige und zarte, trotzdem aber auch festfleischige Tranche vom Stör, die akkurat gewürzt und filigran mit Reisknusper und Fenchelgrün getoppt war. Etwas diffus spielte auf dem Teller jedoch der Verein von Blattspinat, Perlgraupen und Schwarzwurzeln zusammen, zumal sich dazu auch eine beträchtliche Menge an Schwarzwurzel-Mousseline und helle Schaumsauce mit Kräuteröl zu einer relativ dichten, mollig-rahmigen Angelegenheit vermählten – und so dem

Hauptdarsteller ein wenig von seiner Strahlkraft nahmen.
Sehr gut geschmeckt hat's trotzdem. Genau wie das Duett von Zunge und Keule vom Büffel: die Zunge in schmale Streifen tranchiert, mit einer Kräutercreme, knusprigem Wildreis sowie frischen Kräutern getoppt und auf noch ganz leicht knackigen Grünkohl gebettet – die Keule rosa gebraten, ebenfalls in Tranchen geschnitten und auf ein Bett von gebratener Topinambur und Süßkartoffelpüree gesetzt. Das ist zwar kompositorisch auch eher bunt als pointiert, aber durchaus einfallsreich, zeugt von gutem Geschmack, handwerklichem Geschick und sogar von einem Händchen für gewisse Feinheiten. Wenn es dem Team künftig gelänge, die sehr guten Hauptdarsteller auf den Tellern noch etwas klarer in den Mittelpunkt zu rücken und das Begleitprogramm etwas fokussierter zu gestalten, stünde auch einer höheren Bewertung nichts im Wege.
Denn auch bei den Desserts bedienen sich die VALV's nicht irgendwelcher langweiliger Standards, sondern lassen sich originelle Sachen einfallen. So wie die mit dunkler Schokolade besprenkelte Mousse von der weißen Schokolade auf einem aromatischen Confit von marinierten Zwetschgen, begleitet von einem röstwürzigen Mohneis und einer „Orangenmarmelade" mit eingelegten Orangenzesten. Das ist fein umgesetzt, hat Ecken und Kanten und spielt dennoch harmonisch zusammen.
Auf der Weinkarte gibt es Gutes zu moderaten Preisen zu entdecken, und im alkoholfreien Bereich stehen zum Beispiel selbst hergestellte Säfte im Angebot. Viele der hier verwendeten und erzeugten Produkte kann man übrigens auch im angeschlossenen Hofladen kaufen. Der junge Service ist sympathisch und engagiert.

Die Symbole

- P gute Parkmöglichkeiten
- P Hotelgarage
- barrierefrei
- klimatisierte Zimmer
- WLAN-Zugang
- Hallen- und/oder Freibad im Haus
- mit Wellness-Bereich
- mit Fahrstuhl zu den Hotelzimmern
- Hunde im Hotel nicht erlaubt
- mit Garten oder Terrasse

Biberach a. d. Riß (Baden-Württemberg)

5

Ente

Gymnasiumstr. 17,
88400 Biberach a. d. Riß
07351-13394
www.restaurant-ente.de
Küchenchef: Benjamin Gebhart
Mo ab 17.30 Uhr,
Di–Sa von 11.30–14 Uhr u. ab 17.30 Uhr,
So u. Fei. RT
Hauptgericht: 14–26 €, Menüs: 34–48 €
VISA

Das gepflegte Gasthaus im Herzen der Biberacher Altstadt bietet in seinen beiden gemütlichen Gasträumen oder auf der großzügigen Terrasse eine sehr gute, stilistisch recht vielseitige Küche und aufmerksamen Service. Für Letzteren zeichnet Gastgeberin Claudia Gebhart verantwortlich, für den kulinarischen Part ihr Sohn Benjamin, der hier mit traditionellem Handwerk und guten Produkten überzeugt. Ursprünglich wurde uns für den Betrieb während der Corona-Zeit eine Veränderung der Speisekarte hin zu ganz einfachen und bodenständigen Regionalküchen-Basics angekündigt, tatsächlich erlebten wir die Küche aber im Grunde ebenso ambitioniert und weltläufig wie gewohnt. So reicht das Repertoire hier ungebrochen von schwäbischen Leibspeisen in properer Ausführung über leichte Mediterranità bis hin zu fernöstlich inspirierten Sachen – alles nicht übertrieben exklusiv besetzt oder kreativ ausgearbeitet, aber stets ideenreich und mit gewissem Pfiff. Die Weinkarte listet nicht bloß eine gute Auswahl an seriösen Schoppen aus dem Ländle, sondern auch fair kalkulierte hochwertigere Flaschen internationaler Provenienzen.

Bielefeld (Nordrhein-Westfalen)

ohne Bewertung

GeistReich

im Hotel Bielefelder Hof
Am Bahnhof 3, 33602 Bielefeld
0521-5282635
www.bielefelder-hof.de
Küchenchef: Rafael Kucharski
Di–Sa ab 18 Uhr, So u. Mo RT
Hauptgericht: 16–28 €,
Menüs: 38–95 €
VISA

Auch im Falle des Bielefelder Hofs vis-à-vis des örtlichen Hauptbahnhofs, der neben komfortablen Zimmern in den vergangenen Jahren immer auch aus kulinarischer Sicht ein überdurchschnittliches Angebot hatte, müssen wir schweren Herzens die Bewertung vorübergehend aussetzen. Das dortige À-la-carte-Restaurant GeistReich, ein stilvolles, hell und dezent modernisiert wirkendes Lokal im Erdgeschoss, wurde nach dem ersten Corona-Lockdown nicht wiedereröffnet und blieb auch nach dem zweiten Lockdown bis zum Redaktionsschluss dieser Ausgabe noch geschlossen.
Für das, was hier in der Vergangenheit auf die sauber eingedeckten Tische kam und uns nun schon seit einiger Zeit regelmäßig 5 Pfannen wert war, zeichnete in vorderster Front Rafael Kucharski verantwortlich, der hier mit seinem Team natürlich nicht nur für Gourmets kochen konnte, sondern immer auch den in einem Hotelrestaurant nicht ungewöhnlichen Spagat meistern musste, den eine heterogene Klientel, die sich aus durchreisenden Walk-ins, Geschäftsgästen, Familien und neugierigen Genießern rekrutiert, nun mal mit sich bringt. Aktuell konzentriert sich die vermutlich auch temporär verkleinerte Küchenmannschaft ausschließlich auf die adäquate Speisung der Hotelgäste.
Da das Restaurant bei Erscheinen dieses Guides oder etwas später eventuell ja schon wieder regulär und auch für „Außer-Haus-Gäste" geöffnet hat, wollen wir Ihnen diese seit Jahren bewährte Adresse an dieser Stelle natürlich nicht vorenthalten. Normalerweise stehen hier die etwas handfester und bodenständiger anmutenden Offerten wie der Kalbsrücken mit Senfsauce, Saisongemüse und Meerrettich-Kartoffelpüree oder ein sehr solides Wiener Schnitzel neben kreativer gestalteten Gerichten und einem bis zu siebengängigen Menü, das es in der „Chef's choice"-Variante auch als Überraschungsmenü gibt.
Eine regionalbetonte Mischung aus beidem sind die „Westfälischen Horsd'œuvres", die zum Beispiel in Gestalt eines Matjes vom Bachsaibling mit Apfel und Gurke, einer „Schinken-Schnitte", einem Gemüsesalat und einer würzig-dichten Cremesuppe vom Kürbis in einer Miniglasbowle daherkommen könnte. Eher aus dem international-kreativen Genre entstammt exemplarisch der butterzart geschmorte und in den würzig-süßlichen Aromenschwall einer Teriyakisauce gehüllte Bauch vom Ibericoschwein, der zusammen mit Shiitakepilzen, frischen Spinatblättern und feinstreifig geschnittenem Karottensalat als Mischgericht in einem tiefen Teller aufgetragen wird.
Auch Fisch kann das GeistReich-Team, denn die Schnitte vom Färöer Lachs überzeugte bei unserem letzten Testbesuch Ende 2019 als gutes, punktgenau gebratenes, unter seiner leicht knusprigen Haut sogar noch attraktiv zart glasiges Hauptprodukt, das mit seidiger Selleriecreme, gerösteten Brokkoliröschen sowie marinierten knackigen Scheiben von den Brokkolistängeln liiert war und als solches einen rundum gelungenen Eindruck machte.
Auch das trockengereifte Filet eines einstmals auf bayerischen Wiesen aufgewachsenen Rindes überzeugte durch seine Produktqualität, perfekten Garzustand und akkurate Würzung auf ganzer Linie. Dem zur Seite waren mit Blattspinat, einem Kürbis-Chutney und einer gebackenen Sesam-/Kartoffel-Krokette schmackhafte und ebenfalls weltläufige Begleiter – genau wie die sehr dunkle, umamiwürzige Sauce, die entgegen dem ersten optischen Eindruck auch nicht zu dicht und üppig war, das Fleisch gut unterstützte und die Beilagen nicht dominierte.
Hoffen wir also, dass es hier bald wieder weitergeht und der Service unter der Leitung sympathischer junger Damen weiterhin so flott und zuvorkommend agiert wie in der Vergangenheit. Davon, dass man auch in Zukunft in der Weinkarte noch die Erzeugnisse namhafter

deutsche Winzer wie Battenfeld-Spanier, Dr. Heger oder Jacob Duijn, aber auch genügend internationale Alternativen renommierter Erzeuger zu fairen Preisen findet, sind wir überzeugt.

5

Historisches Gasthaus Buschkamp

Buschkampstr. 75,
33659 Bielefeld
0521-492800
www.museumshof-senne.de
Küchenchef: Silvio Eberlein
Mi–So ab 12 Uhr durchgehend, Mo u. Di RT
Hauptgericht: 11–36 €

VISA P

Inmitten des Freilichtmuseums Senne profitiert das historische Gasthaus Buschkamp natürlich schon allein von seiner malerischen Umgebung. Doch auch sonst fühlt man sich hier als Gast sofort wohl, genießt den unprätentiösen Ton des Serviceteams sowie die wunderbar aus der Zeit gefallene Inneneinrichtung mit massivem dunklem Holzgebälk, rustikalem Mobiliar und alten Emaille-Werbeschildern. Auch ein Teil des Kulinariums von Gastgeber und Küchenchef Silvio Eberlein lockt mit charmant nostalgischem Touch: Althergebrachte Regionalklassiker haben hier nämlich unter dem Label „Westfälisch Genießen“ einen garantierten Stammplatz auf der Karte.
Zudem gelangen aber auch zeitgemäßer und kreativer komponierte Gerichte in für gewöhnlich ansprechender Umsetzung auf die Tische – auch wenn sich die Küche ehrlicherweise während unserer diesjährigen Momentaufnahme leider etwas durchwachsen präsentierte. Denn schon der kleine Küchengruß fiel als eine Art „Griechischer Salat“ mit viel roher Paprika und rohen Zwiebeln, wenig Tomate und noch weniger Schafskäse seltsam schlicht und uninspiriert aus. Ein Eindruck, der sich bei der Vorspeise um marinierte Rinderzunge mit Schnittlauch-Vinaigrette und Meerrettich-Kartoffelsalat verhärtete. Denn die zwar schön zarten, aber gänzlich unmariniert und entsprechend matt auf leicht bissfeste Kartoffelwürfel drapierten Zungenscheiben wirkten als Komposition doch äußerst simpel. Vom versprochenen Meerrettich, der für den nötigen Pep hätte sorgen können, war rein gar nichts zu schmecken, und die ebenfalls annoncierte Schnittlauch-Vinaigrette auch nur in homöopathischer Dosis vorhanden.
Als Ganzes ebenso unrund war die Vorspeise um einen mit gebrannter Zuckerkruste versehenen Schafskäseriegel von recht durchschnittlicher Produktqualität, der zusammen mit einem nur leicht abgeflämmten und etwas angeschärften Wassermelonen-„Steak“ ins Rennen geschickt wurde. Das spärliche Thymianaroma und ein etwas beliebig wirkender Kräutersalat konnten das schiefe Bild auch nicht geraderücken. Gerade vor dem Hintergrund der doch ziemlich starken Vorspeisen aus dem Vorjahr war das umso erstaunlicher …
Beim Fischgang rund um Saibling mit Zucchini, Pepquino und Camargue-Reis stand die gute Qualität des korrekt kross auf der Haut gebratenen Filets mit noch ganz leicht glasigem, saftigem Fleisch klar auf Habenseite. Auch die gegrillten Zucchinischeiben und der rote Reis waren eine schmackhafte Angelegenheit, während sich der Sinn der kleinen mexikanischen Minigurken in diesem Kontext nicht so recht erschloss. Klar im Soll blieb die Küche allerdings mit der vermeintlichen Rieslingsauce, die auf dem Teller nämlich überhaupt nicht stattfand. So war's unterm Strich wieder eine etwas dröge Angelegenheit, der es – wie zuvor schon der Rinderzungen-Vorspeise – an Süffigkeit und aromatischer Ausdruckskraft fehlte.
Die vermissten wir dann letztlich auch beim Hauptgang rund um Maispoulardenbrust, Karotten und Brunnenkresse-Kartoffelpüree. Denn auch wenn das Kikok-Geflügel schön saftig und mit krosser Haut für sich genommen feinen Produktcharakter auf den Teller brachte, erwies sich das Begleitprogramm dem wiederum als wenig ebenbürtig. Die in diesem Kontext eher irritierenden fermentierten Karotten mit ihrer plakativen Säure ließen nämlich genau wie das zwar dezent grün kolorierte, aber dennoch wenig kräuterwürzige Püree den kompositorischen roten Faden vermissen.
Auf gewohnter Höhe präsentierte sich zuletzt eigentlich nur der Nachtisch, ein duftig-sahni-

ges Löwenzahnblüten-Tiramisu nebst Löwenzahneis und Erdbeerkompott. Etwas schade war nur, dass man bei einer solch gelungenen „Kreativ-Einlage" nicht den Löwenzahn gleich noch etwas stärker ins Rampenlicht rückt und etwa als Topping für den Tiramisu-Quader bloß auf gebrannten Zucker setzt.
Weil sich der Gesamteindruck diesmal nicht wirklich mit dem aus den Vorjahren und unserer Bewertung decken wollte, glauben wir fest daran, dass das alles bloß der ungünstigen Momentaufnahme rund um die Corona-Begleitumstände geschuldet war und dass sich die Küche beim nächsten Mal schon wieder voll auf der Höhe befindet. Deshalb belassen wir es auch bei der bis dato verdienten 5-Pfannen-Bewertung. Unverändert verwirklicht wird der hauseigene Anspruch übrigens auch weiterhin bei den Produkten der (F)EINGEMACHTES-Linie, die zum Beispiel vor Ort verarbeitetes Gemüse aus biologischem Anbau im Einweckglas oder selbst hergestellte Wurst aus artgerechter Tierhaltung zum daheim Genießen bereithält.

7

Höptners Abendmahl

Johannisstr. 11a,
33611 Bielefeld (Schildesche)
0521-86105
www.abendmahl-restaurant.de
Küchenchef: Sebastian Höptner
Di–Sa ab 18 Uhr, So u. Mo RT
Hauptgericht: 24–59 €, Menüs: 70–95 €
VISA

Links Erbsenkrug, rechts Abendmahl: Nicht nur die älteste Gastwirtschaft Bielefelds wird von Küchenchef Sebastian Höptner und seinem Team engagiert mit Leben gefüllt, sondern auch das Genießerrestaurant unter gleichem Dach, das mit seiner urigen Weinstubenatmosphäre ganz leger wirkt und bewusst auf jedwede Gourmet-Attitüde verzichtet. Und während im historisch-patinierten Erbsenkrug mit rustikalem Wirtshauscharme gepunktet wird, nimmt man nebenan in der weiß getünchten Stube am Kamin oder im kleinen Nebenzimmer Platz und wird hüben wie drüben von einem sympathischen Serviceteam umsorgt.
Im Restaurant muss man sich lediglich für das fünfgängige oder das siebengängige „Abendmahl" entscheiden, das regelmäßig alle sechs Wochen wechselt. Asiatische Inspirationen finden sich darin genauso wie klassisch französische Ansätze oder saisonale Regionalia in verfeinerter Form. Die Küche überzeugt bei ihren klug reduzierten Arrangements mit hochwertigen Viktualien, satten Aromen, präzise getroffenen Garpunkten und stimmigen Kompositionen. Unebenheiten jedweder Art muss man auf den von Mahl zu Mahl immer klarer fokussierten und aufs Wesentliche reduzierten Tellern mittlerweile fast schon mit der Lupe suchen.
Diese Einschätzung bestätigte sich dann bereits bei der kleinen Begrüßungsminiatur vorweg: Vom Wan Tan mit fein zitrisch abgeschmeckter Garnelenfüllung, der das Menü knusprig-kross als Fingerfood mit einem Klacks Aioli eröffnete, lenkte kein unnötiges Beiwerk ab. Das zuvor servierte, backfrisch-dampfende westfälische Ciabatta der Bäckerei Wulfhorst aus Schildesche hatten wir derweil schon mit seidig-röstiger Nussbutter genossen – und das andernorts so häufig anzutreffende Schaulaufen mit verschiedenen Salzen, Ölen und Aufstrichen nebst ausschweifenden Erklärungen in keiner Weise vermisst.
Von einem hochwertigen Grundprodukt und klarer Fokussierung darauf profitierte schließlich auch das etwas gröber gewürfelte und dadurch noch fleischiger und süffiger wirkende Beef-Tatar vom „Neuland"-Rinderfilet. Und auch hier verwässerte nichts den erprobten klassisch-puristischen Ansatz: Mit gebackenen Kapern als krossem Element, feinst gewürfelten Schalotten für leichte Zwiebelschärfe und einer geräucherten Eigelbcreme arbeitete die Entourage nur dem Hauptdarsteller zu. Selbst die drumherum arrangierte Brunnenkresse (Blätter und Öl) war keine bloße Deko, sondern ergänzte das Ganze stimmig mit grünen, pfeffrig-frischem Akzenten.
Und es ging genauso puristisch und überzeugend weiter: Zum Ceviche vom Hiramasa-Kingfish legte Sebastian Höptner nämlich lediglich ein Zweierlei vom Blumenkohl (Creme

und rohe Mini-Röschen) ins Schälchen und garnierte das Ganze mit feinen Säurespitzen von Salzzitrone, die punktuell nuanciert aufploppten. Der Chef braucht für seine gelungenen Kompositionen generell nicht viele Komponenten, um zu punkten. Auch die rahmige, aromatisch eher elegant als intensiv röstwürzig gehaltene Hummer-Bisque im Anschluss, die mit einem Schuss Champagner abgerundet und mit fein-zartem Hummerklein bestückt war, präsentierte sich als so ein schlichtes, süchtig machendes Geschmacksduett, das definitiv keine weiteren Mitstreiter benötigte.
Den einzigen relevanten Kritikpunkt notierten wir heuer beim korrekt rösch auf der Haut gebratenen und darunter blütenweißen Filet vom Wolfsbarsch auf einem Sockel von mediterranem Gemüse (zart bissfeste Zucchiniwürfel, schmelzig weiche Aubergine …) und einer mit Piment d'Espelette gepimpten Beurre blanc. Denn bei der ziemlich zahmen Sauce vermissten wir sowohl den typisch fruchtig-rauchigen und pikanten Charakter dieses baskischen Gewürzes aus der Gorria-Schote als auch die belebende Säure, die man sich von einer guten Beurre blanc erhofft. Doch auch so bescherte der Teller viel Genuss, wirkte nur eben etwas akzentlos.
Alles andere als das war schließlich wieder der Hauptgang um ein schönes Stück vom sanft röstig und rauchig gegrillten Rehrücken, der in rosa-saftiger Idealform mit sautierten Pfifferlingen, knackigem Rahmwirsing, fluffigem Kartoffelbaumkuchen und einer mustergültigen Jus einen ebenso klassischen wie substanzstarken Akkord anstimmte. Die individuelle Weinbegleitung, die zu jedem Gang ein passendes Glas vorsieht, hat ihren Schwerpunkt bei deutschen Gewächsen und beschert viel Interessantes jenseits ausgetretener Pfade; die Karte selbst listet aber auch Klassiker.
Originell, kontrastreich und gut balanciert präsentierte sich schließlich noch das Dessert um feinwürzige Rosmarin-Panna-cotta, Eis von Matcha-Tee, süß-säuerliche geschmorte Mirabellen und lieblichen Eistee-Sud, die sich zu einer spannend bitterherben und trotzdem hundertprozentig harmonischen Angelegenheit vermählten. Ein dynamischer und zugleich in sich ruhender Schlusspunkt, der schon wieder Lust auf den nächsten Besuch machte …

6

Tomatissimo

Am Tie 15, 33619 Bielefeld
0521-163333
www.tomatissimo.de
Küchenchef: Bernhard Grubmüller
Mi–Sa ab 18 Uhr, So von 12–14 Uhr u. ab 18 Uhr, Mo u. Di RT
Hauptgericht: 19–45 €, Menüs: 65–98 €
VISA

Eigentlich erfüllt das Tomatissimo auf den ersten Blick alle Klischees des landläufigen deutschen Dorfwirtshauses: die Architektur des Gebäudes, die Lage im beschaulichen Kirchdornberg am plätschernden Brunnen neben der Kirche, die Biergartenbestuhlung unter Kastanienbäumen auf dem Platz davor … Doch der Schein trügt, denn schon drinnen weicht die schnörkellos moderne Einrichtung von diesem Bild ab. Und wer einen Blick auf die Speisekarte wirft, kann unschwer erkennen, dass hier – abgesehen vielleicht von einem originalen Wiener Schnitzel, dem „Lieblingsgericht vom Chef" – gehobene Italianità zelebriert wird. Und das ganz ohne Schnöseligkeiten, aber mit bodenständigem Pfiff!
Schon das rahmige kalte Gurkensüppchen, das mit gerösteten Piemonteser Haselnüssen, kleinen Würfeln Wassermelone und Minzöl aufgepeppt war, zeugte bei unserem letzten Besuch einmal mehr vom Talent Bernhard Grubmüllers, mit relativ einfachen Mitteln relativ viel Raffinesse auf den Tellern zu erzeugen. Gute Ideen und beherzte Umsetzung sind das Erfolgsrezept des gebürtigen Bayern, der in der ländlichen Peripherie von Bielefeld schon so lange und so authentisch das Mittelmeer rauschen lässt.
Der Panzanella beispielsweise, jener traditionelle toskanische Brotsalat, der hier als Zugabe mit zwei gebratenen Garnelen getoppt war, hat-

te zwar zuletzt mit Karotte und Kohlrabi auch zwei recht untypische Gemüse versammelt, doch der Rest der Liaison, insbesondere die roten Zwiebeln und natürlich der kräuterwürzige Pesto drumherum, drehten das Ganze wieder deutlich in die mediterrane Richtung.
Die relativ dunkle schmoraromatische Gemüsesauce, die das ansonsten eher helle, knackige und leicht säuerlich abgeschmeckte Gemüse der Caponata unterfütterte, vermählte sich mit dem in einem knusprigen Strudelteigsäckchen versteckten Ziegenfrischkäse zu einer reizvoll mild-würzigen Liaison. Durch grob zerstoßene geröstete Mandelkerne wurde dieser Abwandlung des sizilianischen Klassikers ein weiterer raffinierter Akzent zuteil.
Dass der Chef ein gutes Händchen für gehaltvoll ausgewogene Saucen hat, bewies die kraftvolle Limonen-Safransauce, die zwei sehr gute dünnteigige Ravioli mit einer herzhaften Füllung aus getrockneten Tomaten und Frühlingslauch süffig und mit animierend säuerlicher Frische untermalte. Etwas schade nur, dass das Gemüse um die Ravioli herum dasselbe war, das sich auch darin befand, weil dadurch natürlich die Wirkung der gefüllten Pasta etwas herabsetzt wurde. Geschmeckt hat es natürlich sehr gut.
Auch die Lavendel-/Zitronen-Sauce zum Knurrhahnfilet war eine Sauce der eindeutig besseren Sorte: mit markanten, aber balancierten Aromen, guter Säurestruktur, eleganter Textur. Begleitet wurde der saftig gebratene und akkurat gewürzte Fisch von einer Art „Gröstl“ aus Artischocken und Topinambur sowie von zwei kleinen Papas arrugadas, den kanarischen „Schrumpelkartoffeln“ mit ihrer charakteristisch salzigen Schale – letztere wirkten allerdings in diesem Kontext mehr wie eine verzichtbare Sättigungsbeilage.
Obwohl kompakt übereinandergeschichtet in einem Glas angerichtet, schmeckte das Dessert um Waldmeister-/Joghurt-Eis, marinierte Erdbeeren und Holunderblütenschaum mit etwas Crisp von gebackener Holunderblüte überraschend differenziert und war alles in allem ein eleganter, leichter, duftiger Nachtisch und ein adäquater Abschluss unseres selbst zusammengestellten Menüs. In der ausreichend umfangreich bestückten Weinkarte finden sich genug Gewächse aus ganz Europa, sodass man hier für jeden Geschmack und für jeden Anlass problemlos die passenden Begleiter finden kann. Der Service ist zudem auch gerne mit glasweisen Empfehlungen zur Stelle.

Bietigheim (Baden-Württemberg)

6

Friedrich von Schiller

im Hotel Schiller
Marktplatz 5, 74321 Bietigheim
07142-90200
www.friedrich-von-schiller.com
Mo–Sa ab 17 Uhr, So u. Fei RT
Hauptgericht: 16–45 €, Menüs: 32–85 €
VISA

Burkhardt Schork kocht in seinem kleinen Hotel am Bietigheimer Marktplatz souverän und gelassen ein gediegen-klassisches Kulinarium aus besten, wenn möglich regionalen Produkten. Im Vergleich mit den modernen Küchen junger, ambitionierter Köche wirkt das hier Gebotene zwar vordergründig schlichter, weniger auf Effekte und Überraschungen angelegt – dafür kann man in den gepflegten ländlich-eleganten Stuben bestes traditionelles Handwerk erleben. Besonders gut gefallen uns in Schorks Repertoire seit jeher die verfeinert-rustikalen Gerichte, die mitunter sicherlich auch davon profitieren, dass der Chef nicht nur Küchenmeister, sondern auch gelernter Metzgermeister ist. Die Weinkarte ist beeindruckend mit etlichen Raritäten bestückt, hat aber auch viel Preiswertes zu bieten.

Bietigheim-Bissingen (Baden-Württemberg)

8

Maerz – Das Restaurant

im Hotel Rose
Kronenbergstr. 14,
74321 Bietigheim-Bissingen
07142-42004
www.hotel-rose.de
Küchenchef: Benjamin Maerz
Di–Sa ab 18 Uhr,
So u. Mo RT
Menüs: 59–109 €
VISA P

Viele Spitzenköche trumpfen in ihrer Vita mit Stationen an namhaften Adressen auf. Benjamin Maerz, Jahrgang 1988, musste hingegen nach der Ausbildung im elterlichen Betrieb

aushelfen und dort nach dem frühen Tod des Vaters sofort die Verantwortung übernehmen. Mit großem Erfolg: schnell wurde Maerz mit allerlei Auszeichnungen bedach, und er hat auf diese „unbeeinflusste“ Weise mit den Jahren sogar recht schnell seinen eigenen Stil gefunden, für den auch der Titel seines opulenten Kochbuchs „Heimat – Weite Welt“ steht. In der Küche kombiniert er also beste Produkte, meist aus der weiteren Region, mit Aromen aus fernen Ländern.
Recht heimisch ging es bei unserem jüngsten Besuch mit einer simplen, aber schönen Erfrischung los: eine Gurkenkaltschale mit Gurken-/Meerrettich-Ragout. Zu zwei noch warmen Brothälften mit Speck-Zwiebel und Nuss-Feige wurde eine Gewürzbutter und eine fast ebenso kräftige Burrata-Creme sowie etwas Büffelsalami gereicht. Auch der folgende Brotchip mit Tomate, Paprika und Forelle zielte in die Richtung „herzhaft-rustikal“, untermalt von angenehmem Heuduft, der einem aus der Schale entgegenströmte. Mit dem letzten Gruß wurde erstmals das Tor zu einer fernen Aromenwelt aufgestoßen, denn unter einer knusprig ausgebackenen Zucchiniblüte lagen winzige Zucchinistückchen, Selleriestreifen und Mozzarellakügelchen in einem Ponzu-Sud, der mit Würze, Säure und leichter, hintergründiger Schärfe zeigte, wie gut sich Maerz grundsätzlich auf die mal zitrischen, mal umamihaften, auf jeden Fall immer sehr komplexen Sude, Saucen und Brühen versteht, die bei ihm häufig asiatisch inspiriert sind.
So auch beim sanft gebeizten Saibling – drei kleine Tranchen, die in einer von Limette geprägten Vinaigrette lagen. Mit jedem Stück des Fischs konnte man den einzelnen Komponenten des kunstvollen Aufbaus darauf sowie der intensiven Flüssigkeit darunter nachspüren. Nelkenblüten hatten mehr dekorativen, cremiger Hüttenkäse einen vielleicht eher abmildernden Zweck in der Säuresumme. Rettichgewächse lieferten Pikantes, Saiblingskaviar platzte sanft-jodig im Gaumen auf, helle Sesamkörner gaben etwas Crunch und auch süßlich-nussigen Geschmack dazu. Schön!
In der eigentlichen Menüfolge wären nun Flusskrebse vorgesehen gewesen, aber da man auch munter zwischen den Gängen von zwei Menüs – eines davon vegetarisch beziehungsweise ohne Fleisch – hin- und herspringen darf, kam nun in unserem Fall Aal vom Bodensee an den Tisch. Insofern muss man nachsichtig sein, dass er sehr ähnlich wie der Saibling inszeniert war: drei bestückte Tranchen in einem „ölaugigen“ Sud, diesmal auf Basis von Kokoswasser und Gurken, was für eine schöne Leichtigkeit gegenüber der fetten und rauchigen Würze des Aals sorgte. Hier gaben Joghurtperlen etwas Milde zu einem Volle-Power-Gericht, in dem auch Essigsäure sowie Gurke in verschiedenen Formen (auch deren Blüten) eine prägende Rolle spielte.
Deutlich eindimensionaler war das Zwischengericht mit Fleisch. Natürlich zerfiel das 24 Stunden bei 64 Grad gegarte und dann vermutlich noch kurz rundgebratene Stück von der Ochsenbacke wunderbar zart, aber es war recht schwach gewürzt. Die Bohnenvariationen – grüne, weiße und breite – sowie angeflämmter wilder Brokkoli ergaben dazu ein eher erdiges, stumpfes, verschlossenes Geschmacksbild, das durch fruchtige Frische (etwa von Tomate) weiter geöffnet hätte werden können. So blieb als einziger Gegenpol die mit Bohnenkraut feinwürzig getunte Beurre blanc.
Nach einem erfrischenden Apfel-/Malz-Granité aber bewies Maerz, dass er selbstverständlich auch rund um Fleisch eine Aromenreise aufbauen kann. Hier zum Büffel vom Bodensee, ein rot-saftiges, sanft gegartes Stück, in einer dunklen, nicht zu dichten, aber dennoch hocharomatischen Jus. Die auf der Karte nur als „Kartoffel“ angekündigte Beilage wurde vielfältig interpretiert: auf der einen Seite des Tellers gebacken mit Knusper und Nektarine, auf der anderen Seite in einem exotisch-würzigen Samosa-Täschchen sowie als Reminiszenz an Großmutters Küche in Gestalt einer intensiven gewürfelten „Saure Rädle“-Variante.
Beim Dessert zeigte sich, wie viel mehr Käse sein kann als nur ein Stück auf dem Wagen, hier ein Brillat-Savarin vom Affineur Waltmann. Der geschmeidige und in seinem Inneren mit Trüffel verfeinerte Weichkäse war oben mit Birne und Salzmandel gespickt, mit nicht bloß dekorativen Blättern und Blüten dekoriert, und badete in einem Sud auf Chai-Latte-Basis. Der Effekt: viele gut miteinander harmonierende Aromen auf engstem Raum und mit jedem Löffel ein neues Geschmackserlebnis. Als sozusagen Post-Dessert gab es danach noch eine süße

Kleinigkeit mit einem Mix aus Beeren und Honig-/Chili-Perlen.
Benjamin Maerz' Bruder Christian hat als Restaurantleiter und Sommelier ein Faible für persönliche Entdeckungen, anstatt nur auf große Namen zu setzen. Und er kann den mitunter starken Aromen auf den Tellern seines Bruders in den Gläsern gut Paroli bieten. Zum Aal etwa servierte er einen kräftigen Grauen Burgunder Reserve von Köbelin am Kaiserstuhl. So entstehen im edelrustikalen, teils holzvertäfelten Ambiente der zwei kleinen Räume des Gourmetrestaurants immer wieder stimmige und stimmungsvolle Abende.

Hotelempfehlung

★★★S

Hotel Rose

Kronenbergstr. 14,
74321 Bietigheim-Bissingen
07142-42004
www.hotel-rose.de
Einzelzimmer: 79–109 €
Doppelzimmer: 89–149 €

Das Businesshotel der Gebrüder Maerz in Bietigheim-Bissingen (Raum Stuttgart) überzeugt mit einer gelungenen Mischung aus modernem Stil und traditionellem Flair, bietet hohen Komfort, verbunden mit gemütlicher Leichtigkeit und überzeugt mit der typisch schwäbischen Authentizität und Gastfreundlichkeit. Die insgesamt 33 geschmackvoll eingerichteten Zimmer und Appartements sind gemütliche Rückzugsorte unterschiedlichster Kategorien und reichen vom praktischen Einzelzimmer über Doppelzimmer mit romantischem Flair bis hin zu den modernen Superior- und Deluxe-Zimmern mit sehr viel Platz und hohem Komfort. Das perfekte Hotel für Geschäftsreisen sowie genussvolle Kurzurlaube und Entdeckungsreisen mit der ganzen Familie: Business-Gäste finden ruhige Einzelzimmer mit schnellem kostenfreiem WLAN, die ausreichend Platz zum Arbeiten und Ausruhen haben, die Doppelzimmer bieten romantischen Charme für Paare, und Familien können in den großzügigen Räumen und Appartements die gemeinsame Zeit genießen. Mit gemütlicher Weinbar und vielfach ausgezeichnetem Restaurant. Maerz – Das Restaurant separat erwähnt.

Billerbeck (Nordrhein-Westfalen)

5↑

Domschenke

im Hotel Domschenke
Markt 6, 48727 Billerbeck
02543-93200
www.domschenke-billerbeck.de
Täglich von 12–14 Uhr u. ab 18 Uhr, kein RT
Hauptgericht: 12–40 €, Menüs: 30–80 €

Seit vielen Jahren markiert das direkt am überraschend stattlichen Billerbecker Dom gelegene Restaurant von Familie Groll den kulinarischen Grund für einem Besuch in dem kleinen Städtchen: mit einem breit aufgestellten, aber durchgängig niveauvollen Programm von traditionellen und eher zupackenden Münsterländer Spezialitäten bis zu filigraneren Gerichten aus internationalen Edelprodukten wie Gänseleber oder Hummer. Vieles kommt eher gediegen bürgerlich daher, manches tendiert aber durchaus ins Gourmet-Genre – und beides dank fundierter Zubereitung immer auf einem überdurchschnittlichen Level. Genau wie die überwiegend aus Deutschland und Frankreich stammenden, moderat bepreisten Weine. Kein Wunder, dass die unterschiedlich gestalteten Stuben – teils eleganter, teils rustikaler – meist gut besucht sind.

Hotelempfehlung

★★★★

Hotel Domschenke

Markt 6, 48727 Billerbeck
✆ 02543-93200
www.domschenke-billerbeck.de
Einzelzimmer: 70–120 €
Doppelzimmer: 85–150 €
VISA

Seit über 125 Jahren ist das Hotel gegenüber des imposanten Billerbecker Doms in Familienbesitz. Eine elegante Suite, 23 Doppel- und sechs Einzelzimmer sind hinter der schmucken Klinkerfassade untergebracht und bieten nicht nur den zeitgemäßen Komfort eines 4-Sterne-Hotels, sondern sind auch stilsicher, zeitlos modern und mit viel Liebe zum Detail ein gerichtet. Anspruchsvolles Design und funktionale Eleganz bestimmen Interieur und Wohlfühlfaktor. Radio, Telefon, Kabel-TV und WLAN sind in jedem Zimmer Standard. Restaurant Domschenke separat erwähnt.

Bindlach (Bayern)

5

Landhaus Gräfenthal

Obergräfenthal 7, 95463 Bindlach
✆ 09208-289
www.landhaus-graefenthal.de
Mo ab 17 Uhr, Mi–So von 11.30–14 Uhr u. ab 17 Uhr, Di RT
Hauptgericht: 22–28 €
VISA P

Eine erfreuliche Art von Familientradition: seit 1914 in Familienbesitz, wird das gediegene Landhaus nahe Bayreuth von Helmut und Sigrid Lauterbach in dritter Generation geführt und ist in der Region seit Langem eine der ersten Anlaufstellen für Genießer. Diese bekommen hier hochwertige Frischeprodukte in fundierter Zubereitung, ohne großes Getue aufs Wesentliche fokussiert. Dazu gibt es dann noch einen natürlich herzlichen, aufmerksamen Service sowie kompetente Beratung, und fertig ist ein rundum stimmiges Gesamtpaket für ein bodenständiges, aber durchaus anspruchsvolles Landgasthaus.

Bingen am Rhein (Rheinland-Pfalz)

7

Bootshaus

im Hotel Papa Rhein
Hafenstr. 47,
55411 Bingen am Rhein
✆ 06721-3501
www.paparheinhotel.de/hotel/wohnen/kulinarik/das-bootshaus
Küchenchef: Nils Henkel
Mi–Sa von 12–13.30 Uhr u. ab 18 Uhr, Mo u. Di RT
Hauptgericht: 19–32 €
VISA P

So sehr wir die Spitzengastronomie lieben und so gern wir hören, wenn ein hervorragender Koch, der eine Zeit lang keine Wirkungsstätte hatte, dann plötzlich wieder an anderer Stelle auf höchstem Niveau kochen darf – fast noch spannender finden wir es eigentlich, wenn ein Koch, den wir bereits zu den allerbesten in Deutschland gezählt haben, statt eines exklusiven Spitzenrestaurants fortan ein deutlich bodenständigeres Gastronomiekonzept verantwortet. Denn es ist natürlich immer interessant zu sehen, wie ein großer Könner seines Fachs die einfachere Küche interpretiert und im besten Fall kann daraus ja auch wieder etwas ganz Neues entstehen.

So wie bei Nils Henkel, der während des Corona-Lockdowns seine Stellung auf Burg Schwarzenstein verlor, weil das nach im benannte Restaurant kurzerhand wegrationalisiert wurde – der aber schon wenige Zeit später auf der anderen Rheinseite in Bingen wieder auftauchte und dort fortan im neuen Hotel Papa Rhein seines Freundes und ehemaligen Jeune-Restaurateur-Kollegen Jan Bolland die Gesamtgastronomie verantwortet: ohne separates Fine-Dining-Abteil, aber in Gestalt des schicken, weitläufigen Restaurant Bootshaus mit einem entspannten Gastronomiekonzept für ein breites Publikum, in dem trotz allem sehr anspruchsvoll und weit überdurchschnittlich gekocht wird. Nur eben deutlich zugängiger und weniger exklusiv.
Sechs Vorspeisen und Salate sowie zwölf Hauptgerichte findet man auf der Karte. Alles Dinge, die von der Hand des Könners und durchaus ambitioniert, aber eben ohne preistreibende Luxusprodukte und Verfeinerungsexzesse auskommen. Zugunsten unkomplizierter Verfügbarkeit an fünf Tagen in der Woche mittags und abends und eines sehr guten Preis-Genuss-Verhältnisses.
Um dieses zu gewährleisten, wird auch auf Küchengrüße vorneweg und hintenraus verzichtet und wir starteten nach zwei Sorten Brot und cremig aufgeschlagener Nussbutter gleich mit einer sehr guten Vorspeise, die in allen Belangen überzeugend war. Die Lachsforelle, von der da auf dem Teller eine ganz mild gebeizte Tranche in wunderbarer Festigkeit und Frische und mit reintönigem Geschmack vor uns lag, muss ein mächtiges Kaliber gewesen sein. Obenauf etwas ebenfalls sehr frischer, knackiger Forellenkaviar, darunter ein mit grünem Kräuteröl marmorierter Gurkensud und drumherum saftige Röllchen von säuerlich eingelegtem Rettich, Radieschen und Cremetupfen von Schwarzwald-Miso. Letztere sorgten hier für dem Geschmacksbild äußerst zuträglichen Schmelz und mit ihrem typischen nussig-umamiwürzigen Geschmack auch für den mild-aromatischen Background.
Klar und pur schmeckte die folgende Erbsencremesuppe mit geschmeidigem Fluss und einer dezenten Spur Minze, die von einem Spieß mit saftig-krossen, tempurafrittierten Würfeln vom Fjordlachs eskortiert wurde. Und weil Nils Henkel auf Schloss Lerbach und Burg Schwarzenstein nicht nur für uns einer der besten (wenn nicht sogar der beste!) vegetarische Koch in Deutschland war, bietet er natürlich auch im Bootshaus ein paar raffinierte fleisch- und fischlose Gerichte an, mit denen er sogar stark an das anknüpft, was er die Jahre zuvor schon gemacht hat …
Wir haben mit dem Gericht „Gerösteter Mais, Vogelmiere, Mohnbutter-Brösel" ganz bewusst einen Gang aus dem vegetarischen Repertoire gewählt, den wir ganz ähnlich noch aus dem letzten Jahr in Erinnerung hatten. Und tatsächlich: was wir hier rund um kräftig angeröstete, am Stück vom Maiskolben geschälte Maiskörner, Maiscreme, kleine Zuckermaisschoten, Popcorn und Vogelmiere (als Kräuter und Creme) mit einer röstigen Mohnschmelze serviert bekamen, war wirklich sehr an das Gericht angelehnt, das wir etwa ein Jahr zuvor auf der anderen Rheinseite gegessen hatten. Nicht ganz so vielschichtig und detailliert vielleicht, aber auch nicht meilenweit davon entfernt.
Trotz der rezepttypisch markanten Säure und ihrem sortentypisch kraftvoll-rustikalen Geschmack war die Makrele „Escabeche", die wir uns unter den vier Fischhauptgängen ausgesucht haben, überhaupt nicht derb, sondern vielmehr überraschend elegant. Und das traf auch auf ihre Mitstreiter zu: einem dünn gehobelten und fruchtig marinierten Fenchelsalat, confierte Tomaten und knusprig dehydrierte schwarze Oliven, Gänseschnabel-Paprika und einem ebenso feinen wie kraftvollen Paella-Sud, der die Aromen der spanischen Mittelmeerküche ans Rheinufer spülte.
Deutlich handfester, aber deshalb nicht weniger reizvoll, kam als Fleischhauptgang eine sehr große und sehr schön gewachsene Tranche vom saftig niedertemperaturgeschmorten und auf der Schwarte leicht angekrossten Schweinebauch aus dem Kraichgau daher: mit viel Fleischanteil, dazwischen aber auch genug gelatinösem Fett, sodass wir es hier mit einem köstlich saftigen und aromatischen Riegel zu tun hatten. Der thronte auf einem Bett von ingwerfrisch und -scharf aromatisiertem und zudem mit Korianderkresse kräuterwürzig akzentuiertem Spitzkraut und wurde von gebratenen Kräuterseitlingen und einer ebenso kraftvollen wie ausgewogenen Jus eskortiert. Mehr braucht's dann auch überhaupt nicht, wenn alle Parameter stimmen.
Und das war definitiv auch beim Dessert der Fall, einem Savarin von Mandel-Milchreis, der selbst zwar etwas kompakt und schnittfest daherkam, aber von aromatischen eingelegten Pfirsichspalten, Pfirsichpüree, einem expressiven, pacojetschmelzigen Fichtennaldelsorbet sowie einem Sud aus beidem wiederum so viel Saftigkeit und Cremeux zur Seite gestellt bekam, dass das überhaupt nicht weiter ins Gewicht fiel. Ein starker Abschluss! Und weil hier auch das Serviceteam unter der Leitung von

Marina Saldaña Alonso, die vielen Gästen ebenfalls noch aus Nils Henkels ehemaliger Wirkungsstätte bekannt sein dürfte, dem Konzept gemäß locker und unkompliziert, aber eben nicht nachlässig agiert, ist es ein Leichtes, sich in diesem zeitgemäßen Restaurantkonzept sehr schnell sehr wohl zu fühlen.

Hotelempfehlung

Hotel Papa Rhein

Hafenstr. 47,
55411 Bingen am Rhein
06721-35010
www.paparheinhotel.de
Einzelzimmer: 99–189 €
Doppelzimmer: 129–259 €
VISA

Das neue Designhotel von Familie Bolland-Anton, die auch noch das Hotel Das Marienhöh in Langweiler betreibt, liegt im Binger Hafenpark, wo am Tor zum Weltkulturerbe Mittelrheintal urbaner Chic auf Lifestyle trifft. Die Einrichtung des schicken Neubaus folgt den Impulsen der Designhotellerie europäischer Metropolen. Die 114 Zimmer und Suiten unterschiedlicher Größe bieten einen außergewöhnlichen Rundumblick auf Rhein, Weinberge und das gegenüberliegende Niederwalddenkmal. In ruhigem, handfestem und modernem Design begleiten hier echte Hölzer, helle und sanfte Farben den Ausblick aufs Wasser und in die Rebhänge. Einige Zimmer sind zum Winterhafen hin ausgerichtet, einige zum legendären Binger Mäuseturm oder in die weiten Rüdesheimer Rheinauen. Im „Hafen-Spa" laden verschiedene Pools, Saunen, Ruheräume, Beauty-Zonen, aber auch ein Fitnessbereich zum Entspannen und Aktivsein ein. Im Restaurant Bootshaus sorgt das Team um Spitzenkoch Nils Henkel für anspruchsvollen, aber entspannten Genuss. Eine große Bar mit Afterwork- und Weekend-DJ-Sets, die Rooftop-Bar „Lido Deck" und der eigene Beach Club unterstreichen den Lifestyle-Anspruch des Hauses.

Birkenau (Hessen)

6

Drei Birken

Hauptstr. 170, 69488 Birkenau
06201-32368
www.restaurant-drei-birken.de
Küchenchef: Karl Gassen
Mi ab 17.30 Uhr,
Do–So von 11.30–13.30 Uhr
u. ab 17.30 Uhr, Mo u. Di RT
Hauptgericht: 21–36 €, Menüs: 36–75 €
VISA

Auf das gepflegte, unlängst farblich etwas umgestaltete Gasthaus von Familie Gassen, das direkt an der Ortsdurchfahrtsstraße von Birkenau liegt, ist einfach Verlass. Denn hier wird seit vielen Jahren in beeindruckender Konstanz eine sehr gute klassische Küche geboten und in entspannter Atmosphäre freundlichst und ohne großes Brimborium serviert. Für Ersteres zeichnet Karl Gassen hauptverantwortlich, der sein Handwerk wie aus dem Effeff beherrscht und hier ganz ohne pseudokreative Spielereien und preistreibende Verfeinerungsexzesse, trotzdem aber äußerst delikat aufkocht – für Letzteres seine Frau Christine, die immer fröhlich und gut gelaunt im Gastraum zugange ist und immer auch gut korrespondierende Weinempfehlungen in petto hat.
Die Küche macht seit jeher einen nicht zu breiten Spagat zwischen regionaler Landküche und gehoben-internationalen Gerichten, lässt die bodenständigen Heimatgerichte immer in sehr feiner Ausführung daherkommen und die klas-

sischen Kreationen der Haute Cuisine stets genug Bodenhaftung wahren. In diesem Sinne passte auch bei unserem letzten Besuch bereits der Küchengruß ganz prima ins Bild: eine apart umgesetzte Miniaturform von Tatar und Carpaccio vom Kalb mit milder Meerrettichcreme und kleinem, saftig-krossem Kartoffelpuffer.
Hier bekommt man es im Laufe des Mittags oder Abends weder mit innovativen Kombinationen noch mit abgezirkelten Tellerbildern zu tun – die Qualität der Produkte und die Sorgfalt bei deren Zubereitung ist dennoch beeindruckend. Und der Geschmack begeisternd! So wie auch beim „Carpaccio“ vom Pulpo, das in Gestalt dünner Scheiben von der Pulpo-Terrine interpretiert war, bei der die zarten Tentakel zusammen mit etwas Gemüse wie geschmorter Paprika oder getrockneter Tomate von schön schmelzigem und aromatischem Gelee eingefasst waren. Begleitet von einer sehr guten, weil geschmacksfördernd in der Schale gebratenen Garnele auf einer gerösteten Scheibe Tomatenbrot und einem kleinen Salatbouqet, war hier nichts zu viel und nichts zu wenig. Die punktgenau gebratene, nämlich nicht mehr glasige, aber auch nicht übergarte Tranche eines glaubhaft bretonischen Steinbutts inszenierte das Team ebenfalls ganz unspektakulär und gediegen auf einem kleinen Sockel von Blattspinat mit Rosinen und gerösteten Pinienkernen, umgeben von stoffiger Champagner-Cremesauce. Eine dünne angebratene Mangoscheibe sorgte hier zudem für unaufdringliche Frucht und kompensierte sogar ein wenig die nach unserem Gusto in der Sauce fehlende Säure. Alles in allem eine sehr runde und schmackhafte Sache!
So wie das perfekt rosa gebratene und präzise gewürzte Täubchen unter seiner kross und attraktiv dunkel angebratenen Haut, das ganz puristisch nur auf einem Bett aus zartem jungem Lauch und etwas mit Kurkuma verfeinerter Kartoffel-Mousseline thronte – und von einer maßvoll reduzierten, stoffigen Portweinjus umgeben war. Auch das gut gereifte und à point gebratene Rinderfilet brauchte nicht viel mehr als ein paar feste aromatische Pfifferlinge, grüne Bohnen und Rosmarinkartoffeln, um im unaufgeregten Stil des Hauses zu überzeugen. Einfach deshalb, weil auch hier jede Komponente sauber auf dem Punkt gebracht war.
Das traf in gleicher Weise auf das Dessert um Dreierlei vom Rhabarber zu: Eis, Mousse und ein warmes, saftiges Stück karamellisierter Tarte waren da zusammen mit einigen Beeren (Erdbeere, Brombeere, Himbeere und Blaubeere …), etwas Schokoladenglasur und kleinen Baiser-Makronen angerichtet, boten nicht den kleinsten Anlass zu irgendwelcher Kritik und bescherten uns wieder mal einen schmackhaften Abschluss. Und das alles gibt es hier zu vergleichsweise moderaten Preisen, mittags und abends. Kein Wunder also, dass sich das Drei Birken auch in der Region und nicht nur für besondere Anlässe großer Beliebtheit erfreut und stets gut besucht ist.

Blaichach (Bayern)

Wirtshaus zum Dorfwirt

Burgberger Str. 48, 87544 Blaichach
08321-88822
www.dorfwirt-blaichach.de
Fr–Di von 11.30–14 Uhr u. ab 17.30 Uhr, Mi u. Do RT
Hauptgericht: 9–26 €

Familie Ritzinger, die jahrelang sehr erfolgreich den Kulinarischen Kitzebichl in Bolsterlang geführt hat, übernahm vor einigen Jahren dieses traditionelle, ländlich-rustikale Gasthaus und führt dort nun ausschließlich weiter, was Guido Ritzinger auch schon in Bolsterlang neben seiner „Gourmetschiene“ erfolgreich etabliert hatte: eine fundiert zubereitete Landküche, wie man sie sich stets erhofft und nur so selten bekommt. Neben Backhendl, geschmortem Rinderbraten oder gekochter Ochsenbrust gibt's auch den einen oder anderen Ausflug in südliche Gefilde. Alles seriös und ohne Kreativitätsanspruch zubereitet und zu einem sehr guten Preis-Leistungs-Verhältnis serviert!

Die Hoteleinträge

★★★★★S	Superior
★★★★★	Unterkunft für höchste Ansprüche
★★★★★	Unterkunft für hohe Ansprüche
★★★★	Unterkunft für gehobene Ansprüche
★★	Unterkunft für mittlere Ansprüche
★	Unterkunft für einfache Ansprüche
	Unterkunft ohne Sterne-Klassifizierung

Blankenhain (Thüringen)

ohne Bewertung

Masters

im Spa & Golf Resort Weimarer Land
Weimarer Str. 60,
99444 Blankenhain
036459-61644430
www.golfresort-weimarerland.de
Küchenchef: Danny Schwabe
Do–Di ab 18 Uhr, Mi RT
Hauptgericht: 34 €, Menüs: 67–148 €

In idyllisch abgeschiedener Lage rund zwanzig Kilometer südlich von Weimar, zwischen dem gepflegten Grün einer Golfanlage und der wildwüchsigen Wald- und Hügellandschaft des Weimarer Landes, ist das Spa-und-Golf-Resort bei Blankenhain ein ländlich luxuriöses Hideaway mit einer ganz besonderen Note. Die sehr großzügigen und mit viel Liebe zum Detail aus hochwertigen natürlichen Materialien gestalteten Räume und die sehr angenehme, entschleunigte Atmosphäre ziehen einen unweigerlich in ihren Bann. Uns zieht es an solchen Orten natürlich vorzugsweise in die gute gastronomische Stube des Hauses, in diesem Fall das Masters – doch leider wird das im letzten Jahr wieder mit 6 Gusto-Pfannen ausgezeichnete Gourmetrestaurant dem Vernehmen nach derzeit umstrukturiert und soll erst zum Ende des Jahres 2021 wieder eröffnen. Wir sind gespannt darauf mit welchem Konzept und setzen die Bewertung bis zum nächsten möglichen Testbesuch aus.

Hotelempfehlung

★★★★S

Spa & Golf Resort Weimarer Land

Weimarer Str. 60, 99444 Blankenhain
036459-61640
www.golfresort-weimarerland.de
Einzelzimmer: 139 €
Doppelzimmer: 189 €

Das Spa & Golf Hotel liegt, umgeben von einer in die Landschaft stilvoll eingebetteten 36-Loch-Golfanlage und einem 3-Loch Kurzplatz, mitten im Weimarer Land. Der luxuriöse Landhausstil zieht sich wie ein roter Faden durch das Fachwerk-Gebäudeensemble des ehemaligen Gutshofes, dem, unter Berücksichtigung denkmalpflegerischer Vorgaben, neues Leben eingehaucht wurde. Ein idealer Rückzugsort, um Ruhe zu finden und Kraft zu tanken. Die insgesamt 94 Zimmer und Suiten bieten allesamt ein geschmackvolles, individuell und sehr wohnlich gestaltetes Ambiente. Im Spa-Bereich der 2500 m² großen Lindentherme mit verschiedenen Pools, Saunen und gemütlichen Ruheräumen kann man unter anderem Massagen, Gesichtsbehandlungen oder Körperpeelings genießen. Außerdem: professionelle Betreuung der Kinder im Kidsclub (140 m²) sowie Kinder- und Jugend-Golftraining. Für das kulinarische Verwöhnprogramm wird in verschiedenen Restaurants gesorgt. Gourmetrestaurant Masters separat erwähnt

Blieskastel (Saarland)

7+ Pfannen

Hämmerle's Restaurant Barrique

**Bliestalstr. 110a,
66440 Blieskastel
06842-52142
www.haemmerles-restaurant.de
Küchenchef: Cliff Hämmerle
Mi–Sa ab 19 Uhr, So u. Mo u. Di RT
Menüs: 77–98 €**

EC VISA P

Das großzügige und schnörkellos elegant gestaltete Gourmetrestaurant von Stephanie und Cliff Hämmerle, das unter demselben Dach gemeinsam mit dem etwas bodenständiger gestalterisch ein- und kulinarisch ausgerichteten Gasthaus Landgenuss existiert, ist seit Jahren permanent hochfrequentiert und eigentlich immer schon lange im Voraus ausgebucht. Schon in der Vergangenheit hatten wir des Öfteren Probleme, hier noch rechtzeitig vor Redaktionsschluss einen Tisch zu ergattern, als wir das noch nicht entsprechend berücksichtigt und schon frühzeitig in der Testsaison eingeplant hatten. Und warum sollte das ausgerechnet im Corona-Krisenjahr mit langen Schließungsphasen und weniger Platzangebot bei gesteigerter Nachfrage anders sein?
Der langen Rede kurzer Sinn: In den wenigen Monaten zwischen den Lockdowns im Jahr 2020 war es uns leider nicht vergönnt, hier einen der heißbegehrten Plätze zu ergattern, und in den wenigen Wochen zwischen Gastro-Wiedereröffnung und dem Redaktionsschluss dieser Ausgabe war das Gourmetrestaurant vorübergehend noch geschlossen, und es wurde erst mal nur das Gasthaus Landgenuss bespielt. Im Fall des Restaurants Barrique halten wir die Bewertung aus dem Vorjahr, die hier schon seit einer Dekade souverän und schwankungsfrei verteidigt wird, ausnahmsweise trotzdem aufrecht. Denn erstens war das Lokal im Sommer und im Herbst 2020 unverändert und uneingeschränkt mit der eingespielten Mannschaft bis zum 2. November am Start, und auch die Wiedereröffnung war nach Rücksprache schon fest für August 2021 geplant.
Die 7+ Pfannen können wir hier also ausnahmsweise mit gutem Gewissen unangetastet lassen und mit an Sicherheit grenzender Wahrscheinlichkeit davon ausgehen, dass Sie in Hämmerle's Restaurant Barrique schon bei Erscheinen dieses Guides wieder auf unverändert starkem Niveau bekocht werden. Dann können Sie hier wieder exquisite, aus der Ferne angereiste Edelprodukte wie Steinbutt und Trüffel in Liaison mit auf den ersten Blick bodenständigeren, aber dennoch hochwertigen Produkten und Erzeugnissen aus dem Bliestal erleben. Und zwar in Gestalt aromensatter und substanzstarker Gerichte ohne Showeffekte – genauso schnörkellos wie ausgewogen, genauso zielgerichtet wie spielerisch-leicht umgesetzt.
Und das nicht nur im großen „Barrique-Menü", sondern auch in der vegetarischen Variante sowie einem sehr preiswerten Überraschungsmenü. Das könnte beispielsweise eine in Sojasauce marinierte und kräftig angebratene, im Inneren noch schön glasige Jakobsmuschel in Kombination mit einem geschmacklich deutlich filigraneren Langustinentatar-Cannellono beinhalten. Auch die vielteilige Entourage von Muschel und Krustentier bot bei einem unserer letzten Besuche klug vermittelnde Akzente: So lieferten einerseits Apfel- und Avocadokugeln fruchtige Säure und seidigen Schmelz, pfeffrig-bissige Bete-Variationen sowie ein mit rosa Ingwer dezent angespitzter Sud brachten zusätzliche Textur und Schärfe ins Spiel. Komplexes, aber immer differenziertes und fein austariertes Gaumenkino à la Hämmerle.
Da der Chef zuletzt häufiger auch als Fernsehkoch in Erscheinung tritt und zudem mit einem eigenen Kochbuch seine Marke pflegt, dienen die kurzen Ausflüge in den Gastraum mittlerweile ganz nebenbei auch der persönlichen Imagepflege. Die verkommt bei dem sympathisch authentischen Saarländer aber niemals zur aufdringlichen Selbstdarstellung, sondern wird vielmehr dazu genutzt, um das ein oder andere Detail, wie etwa den traditionellen „Saarländischen Gefüllten" (ein Kartoffelknödel, zum Beispiel mit Paprikafüllung ...), am Tisch zu kommentieren. In Verbindung mit

blanchierten Spargelspitzen, einem süchtig machenden Meeresfrüchtesud mit prägnant herausgestellter Krustentieraromatik und natürlich nicht zuletzt einer perfekt auf den Punkt gegarten Hummerschere nebst drei opulent bemessenen Schwanzstück-Medaillons erlebten wir dieses Gericht hier wiederholt als Signature Dish, der französisch-mediterrane Leichtigkeit mit regionalem Küchengut erdet.
Stets hochklassig und meist ohne den kleinsten Makel kommen bei Cliff Hämmerle auch seine beliebten Taubengerichte auf den Tisch. Etwa eine kolorierte Elsässer Taubenbrust, rösch auf der fettunterfütterten Haut gebraten, die auf blanchierten, knackig-bissigen Spitzkohljuliennes im Verbund mit einem kross ausgebackenen Kartoffelrad à la Pommes Anna (hinter dem sich das knusprig panierte Taubenkeulchen versteckte), einem Strich süßsaurem Zwetschgenconfit, geschmorten Morcheln sowie einer süßlich-seidigen Perlzwiebelcreme serviert wird. Ein dichtes und herrlich süffiges Aromenbild, das von der am Tisch angegossenen Portweinjus noch geadelt wird.
Wir können es kaum erwarten, solche und ähnliche Kreationen hier schon bald wieder zu verkosten – am liebsten in Kombination mit den von Gastgeberin Stephanie Hämmerle individuell dazu empfohlenen Weinen aus einem Repertoire, das in der gläsernen Weinklimakammer an der Stirnseite des Raumes dekorativ bei optimalen Temperaturen schlummert. Ein Update mit neuem Text und aktuell bestätigter Bewertung wird bereits um den Erscheinungstermin dieser Ausgabe im Gusto Online-Guide und in der Gusto-App veröffentlicht sein!

Böbing (Bayern)

5

Bromberg Alm

Bromberg 10,
82389 Böbing
08867-92045
www.bromberg-alm.de
Küchenchef: Jakob Erhard
Do–Mo von 11–14 Uhr u. ab 17 Uhr, Di u. Mi RT
Hauptgericht: 12–26 €,
Menüs: 19–53 €
VISA P

In einer Almgaststätte, die noch dazu am Fuße eines kleinen Skilifts steht, erwartet man aus kulinarischer Sicht gemeinhin rein gar nichts. Die Bromberg Alm, die mitten im oberbayrischen Hügelland zwischen Hohenpeißenberg und Staffelsee ganz unauffällig auf halber Höhe des namensgebenden Bromberg zu finden ist, stellt da jedoch eine Ausnahme dar. In den beiden gepflegten ländlich-schlichten Stuben geht's zwar ganz bodenständig zu, doch es wird schon seit vielen Jahren überdurchschnittlich gut gekocht. Nicht gourmet-like, nicht exklusiv, aber eben handwerklich, frisch und aus guten, zumeist regionalen Produkten. So kann man hier auch guten Gewissens mal ganz traditionelle, landläufige Sachen wie eine Leberspätzlesuppe, ein Cordon bleu oder auch ein Jägerschnitzel essen, weil Qualität und Geschmack stets sehr gut sind.
Die Erzeuger und Lieferanten von Inhaber und Küchenchef Jakob Erhard werden vertrauenerweckend in der Karte aufgelistet. So gibt es beispielsweise die Forellen von Keller aus dem nahe gelegenen Kirnberg, das Lamm von Beckenhof in Schöffau und Pirchmoser in Böbing oder das frisch geschossene Wild aus den Jagdrevieren vor der Haustüre, Murnau-Werdenfelser Weiderinder in Bio-Qualität und Schwäbisch-Hällisches Landschwein. Das schmeckt man! Zumal auch sonst gute Ware eingekauft wird, wie etwa der etwas gereiftere aromatische Ziegenkäse, der karamellisiert mit Gewürzbirne, Preiselbeeren und frischen Salaten als eine der wenigen Vorspeisen offeriert wird und seit Jahren nicht aus dem Angebot wegzudenken ist. Da es nur eine Handvoll Vorspeisen und Suppen, aber eine deutlich größere Anzahl an Hauptgerichten gibt, ist davon auszugehen, dass die meisten Gäste hier wahrscheinlich nur einen Gang essen.
Eine weitere Vorspeisenoption waren beim letzten Mal die hausgemachten Blutwurst-Ravioli, die mit Sauerkraut und karamellisierten Calvados-Äpfeln ein sehr ansprechendes herzhaftes Gericht ergaben: schön dünner Nudel-

teig, die Blutwurst darin zwar keine cremig-feine Variante im Stil einer Boudin noir, sondern etwas gröber und etwas fester, aber in Kombination mit dem zupackend säuerlichen Kraut und den Apfelspalten von karamellig-alkoholischer Süße und ausgleichender Säure eine sehr schöne Sache.
Unter den Hauptgängen auf der Tageskarte entschieden wir uns unter anderem für „Caldonazzo", ein süffiges, mit Mozzarella überbackenes Schichtwerk aus zarten Schweinefiletscheiben und Ricotta-Spinatravioli auf einer fruchtigen Tomatensauce mit Basilikum, das mit Rucolasalat, Parmaschinken und gehobeltem Parmesan getoppt war. Wild steht auch immer hoch im Kurs in der Bromberg Alm und so kamen wir nicht um den Hirschrücken mit Pfifferlingen und der High-Carb-Beilagenoffensive aus Spätzle und Kroketten umhin, der uns diesmal allerdings nicht gänzlich glücklich machte: Auf der Habenseite verbuchten wir die sehr guten, frischen kleinen Pfifferlinge, den hauchdünnen krossen Speck, die Preiselbeerbirne und die tadellosen Butterspätzle, im Soll stand das leider durchgebratene und recht mürbe Rückenfleisch und die unschön angedickte, geschmacklich hingegen recht dünne Wildrahmsauce.
Der Nachtisch ist in der Bromberg Alm immer eine sichere Bank – und genauso sicher können wir mittlerweile sein, dass auch das weiße Schokoladen-Mohnparfait auf der Karte steht, das zuletzt leich variiert auf einem Spiegel von Mango-Coulis und einem dunklen, rotfruchtigen Pendant serviert wurde. Eine generell sehr gute, aber kaum nach der annoncierten Tonkabohne schmeckende Mousse au Chocolat von der Valrhona-Schokolade kam auf dem gleichen Saucenduett daher, während das dazu in der Karte angekündigte Mangoeis unterschlagen wurde. Ein schmackhafter Abschluss war es dennoch und die Preise für Speis' und Trank sind weiterhin als äußerst moderat zu bezeichnen. Eine kleine Weinauswahl, Craftbiere von Riegele sowie einige höherwertige Whiskysorten, die vom diesbezüglichen Faible des Chefs zeugen, runden das sympathische Angebot ab.

Böblingen (Baden-Württemberg)

5

Da Signora

Graf-Zeppelin-Platz 4, 71034 Böblingen
07031-3069509
www.dasignora.de
Di–So von 12–14 Uhr u. ab 18 Uhr, Mo RT
Hauptgericht: 21–34 €, Menüs: 45–89 €
VISA

Auf dieses geschmackvoll gestaltete Restaurant mit dem lichtdurchfluteten Wintergarten-Anbau im weitläufigen Böblinger Meilenwerk können viele Orte neidisch sein: gute italienische Küche, geöffnet mittags und abends an sechs Tagen in der Woche und eine insgesamt gehobene, aber nicht abgehobene Gangart. Für die etwas höheren Preise als beim „Italiener um die Ecke" gibt es hoch qualitative Produkte und – obwohl die namensgebende „Signora" Heiderose Kielwein selbst nicht aus Italien stammt – erfreulich authentische italienische Geschmacksbilder und fundierte Zubereitung. Gemeinsam mit ihrem Mann Antonio hat die Chefin das Lokal zu einem zu Recht beliebten Genussort gemacht, an dem auch Weinliebhaber mit einer stattlichen Auswahl italienischer Gewächse und sogar Aficionados in der separaten Zigarren-Lounge nicht zu kurz kommen.

Bocholt (Nordrhein-Westfalen)

6

Mussumer Krug

Mussumer Kirchweg 143, 46395 Bocholt
02871-13678
www.mussumerkrug.de
Küchenchef: Lars Kathage, Fabian Kracht
Do–So ab 17.30 Uhr, Mo–Mi RT
Hauptgericht: 12–31 €, Menüs: 35 €
VISA

Der für ein Gasthaus fast etwas versteckt und unscheinbar in einem Wohngebiet gelegene Mussumer Krug ist genau so eine Art von Lokal „für jeden Tag", wie es wohl jeder Feinschmecker gerne in seiner unmittelbaren Umgebung hätte. Wo ohne Gourmetanspruch und großes Brimborium, aber mit den richtigen Produkten und dem nötigen Know-how gekocht wird. Wo die Verantwortlichen am Herd ganz genau wissen, worauf es ankommt und niemandem etwas beweisen müssen. Den hauseigenen Slogan „Weil wir lieben was wir tun" nimmt man den Jungs und Mädels vom Mussumer Krug auf Anhieb ab.

Die Karte ist (nicht nur coronabedingt) überschaubar und listet eine Handvoll Vorspeisen, ebenso viele Hauptgerichte und zusätzlich unter „Fleisch" auch noch ein paar schöne Cuts wie beispielsweise ein Entrecôte vom „Feersisch Rind" (ausgesuchtes Färsenfleisch aus Norddeutschland), die mit klassischen Beilagen nach Wahl wie etwa die sehr guten hausgemachten Fritten, Salat und klassischer reduzierter Jus aus Kalbsknochen serviert werden. Alles ganz unaufgeregt und sehr schmackhaft umgesetzt. Los geht's aber zuerst mit röschem Dinkel-Krustenbrot, das man für den ersten Appetit lustvoll in die mitgelieferte Kapern-Mayonnaise tunken kann.

Wer sich der Qual der Wahl gestellt und zur Vorspeise gegen die Ziegenkäse-Crème-brûlée oder die mit Honiggurken und Dillöl verfeinerte Düsseldorfer Senfsuppe und stattdessen für das Rindertatar entschieden hat, bekommt es mit einer besonders attraktiven Variante des Klassikers zu tun: nicht zu fein und nicht zu grob geschnitten, mit Essiggurke, Kapern, Senf, Tomate und sicherlich noch einigem mehr, herzhaft und fruchtig, aber nicht deftig und derb angemacht und mit Brotcroûtons, Crème fraîche und Kräutern getoppt. Insgesamt so ansprechend, dass man dem Team die Selbsteinschätzung „Das beste Rindertatar der Stadt" unumwunden glaubt – selbst wenn man wie wir nie andernorts in Bocholt je ein Rindertatar gegessen hat.

Weil das Team um Küchenchef Lars Kathage qualitätsbewusst einkauft, ist auch der Zander, der mit Gurke, Fenchel und Kartoffeln offeriert wird, eine feine Sache: Der Fisch stammt nämlich nicht irgendwo aus Osteuropa und dem Tiefkühler, sondern ist ein Produkt aus den Fängen der Müritzfischer, das sorgfältig auf der Haut gebraten, mit festem, blättrigem Fleisch und klarem Geschmack daherkommt – und im Schlepptau sogar noch zwei kleine Zander-Bäckchen dabei hat. Der dünn gehobelte Fenchel ist noch zart knackig und bringt nicht nur eine angenehme Säure, sondern auch etwas Fruchtiges mit, was vom milden Rahm des Kartoffel-/Gurken-Gemüses sanft eingefangen wird.

Unter den Fleischofferten, die hier ebenso sanft wie zupackend auf dem Monolith-Grill mit dezent rauchigem Barbecue-Flavour finalisiert werden, pickten wir uns beim letzten Besuch das in Spanien „Presa" genannte Nackenstück vom Iberico-Schwein heraus, das mit kernigem, saftigem Biss und sehr viel Eigengeschmack begeisterte – und deshalb von einer kräuterwürzigen Chimichurri viel besser begleitet wurde als von einer dichten, dunklen Sauce. Außerdem freuten wir uns dazu über mildes, rahmiges Kohlrabigemüse aus eigenem Anbau und ein in Perfektion zubereitetes Kartoffelgratin.

Und obwohl man im Mussumer Krug nach drei Gängen à la carte schon relativ gut gesättigt ist, haben wir hier noch nie auf ein Dessert verzichtet. Wenn der formidable Kaiserschmarrn zur Disposition steht gleich drei Mal nicht – aber auch der klassische Zwetschgen-Crumble mit säuerlichen Früchten unter buttrig-knusprig gratinierter Bröselhaube, den zuletzt ein schmelziges Joghurteis mit rahmiger Vanillesauce eskortierte, machte großen Spaß. Den macht im Normalfall auch die Getränkekarte mit guten Manufaktursäften, PriSecco von Jörg Geiger, zahlreichen verschiedenen Gin-Sorten und ausschließlich deutschen Weinen arrivierter Erzeuger zu fairen Preisen.

Bodman (Baden-Württemberg)

8

s'Äpfle

im Seehotel Villa Linde
Kaiserpfalzstr. 50, 78351 Bodman
07773-959930
www.seehotelvillalinde.de
Küchenchef: Kevin Leitner
Di–Sa ab 18.30 Uhr, So u. Mo RT
Hauptgericht: 32–48 €,
Menüs: 99–159 €

VISA

Die Lage hat Grandezza: Das Seehotel Villa Linde thront aristokratisch über der örtlichen Hafenanlage und ist mit dieser durch eine repräsentative Treppenanlage verbunden. Sie geht auf das 19. Jahrhundert zurück, wie eine Reihe im Haus ausgestellter Bilder und Zeitungsausschnitte belegt; das aktuelle Gebäude ist allerdings ein Nachbau aus junger Vergangenheit. Noch jünger ist das Gourmetrestaurant s'Äpfle, dessen Name an die Apfelanbau-Traditionen dieser Region anknüpft und seit dem Start im Sommer 2019 zu den besten Ess-Adressen am Bodensee zählt.
Hier steht mit Küchenchef Kevin Leitner ein junger und sehr talentierter Cuisinier vor, dessen Kochkünste uns schon bei seiner vorherigen Küchenchefstelle in der Alten Kanzlei in Wangen sehr positiv aufgefallen waren und uns hier bereits im vergangenen Jahr bei unserem Einstandsbesuch beeindruckten. Heuer konnte das Team locker daran anknüpfen und das Kulinarium zeigte sich sogar in den Details weiter verbessert.
Zum Apero wird ein Crémant de Loire (weiß oder rosé) ausgeschenkt, dessen Produzent überraschenderweise Baron de Bodman heißt. Dem Vernehmen nach ist vorzeiten ein Mitglied der gräflichen Familie von Bodman an die Loire ausgewandert. Als kleine Anspielung an den Namen des Lokals wird zum Brot Kräuterbutter serviert, die man in ein täuschend echt nachgebildetes Granny-Smith-Äpfelchen in halber Lebensgröße verpackt hat – man scheut sich fast ein wenig, das Kunstwerk zu zerstören.
Die Küche eröffnet mit Häppchen zum Schaumwein: Mit Ente gefüllter Hefeteig-Bun samt eingelegter Kumquat, eingelegter Chili und Soya-Mayonnaise, dann ein Mais-Taco mit Tomatensalsa, eingelegtem Mais und Jalapeño-Mayonnaise, schließlich ein Kohlrabi-Päckchen mit gebeizter Makrele, Ingwer und gepufftem Reis. Hier zeigt sich ein weiter Geschmacksbogen von üppiger Geschmacksfülle bis zu fruchtiger Eleganz. Ein zweites Amuse-Bouche besteht aus Kopfsalat-Espuma nebst einem mit Grammelsalat gefülltem Kopfsalat-Päckchen und Croûtons. Ein beeindruckendes Präludium!
Die erste Vorspeise ist dem vorzüglichen Huchen aus der Zucht von Nikolai Birnbaum aus Epfenhausen bei Landsberg am Lech gewidmet. Zwei Tranchen davon verbinden sich mit Huchen-Tatar an Granny Smith, Gurkeneis, Senfgurken-Gel und Tapiokachip. Das i-Tüpfelchen sind dabei kleine Tranchen von geräuchertem Aal. Die Komposition kontrastiert das Mundfüllende des Fischs mit der Fruchtigkeit und Säure der Gurkenzubereitungen sowie den Rauchnoten des Aals. Entscheidend zum Gesamtausdruck trägt das Spiel von Warm und Kalt bei.
Fast japanisch mutet die Ästhetik des folgenden Gangs an: Der Akkord aus Crème brûlée von der Gänseleber mit Rhabarbereis und grünem Pfeffer ist in frühlingshaften Pastelltönen gehalten, ein mikadoartiges Gebäck ist mit Kräutern und Blüten besteckt. Aromatische Wucht zeichnet hingegen die Krustentierschaumsuppe mit Carabinero und geräucherter Paprika aus. Die Aromatik des Schwarzen Knoblauchs erscheint dagegen eher dezent in einem bekrönenden Chip.
Den Fischgang bestreitet auf der Haut gebratener Loup de Mer in Begleitung von jungen Erbsen, einem erfrischend herben Confit aus Amalfi-Zitronen, von Kaiserschote ummanteltem Quinoasalat sowie einer Sauce von jungen Erbsen und Shiso – eine breite und spannungsvolle geschmackliche Anlage, die viele wechselnde Kombinationsmöglichkeiten der Elemente bietet.
Im Hauptgang schließlich wird rosa gebratener Rücken vom Somafer-Lamm mit geschmortem Schulterfleisch desselben Tieres kombiniert, das wie „Pulled Pork" gezupft, allerdings bedeutend feiner kalibriert ist. Angemacht ist es mit Auberginen-Ketchup. Die Abrundung des

mediterranen Tellers besorgen Kichererbsen-Nudeln und gegrillte Zucchini.
Piña Colada ist schließlich das Motto des Grußes von der Pâtisserie: Ananasragout, Kokosnuss-Schaum, Piña-Colada-Sorbet und Kokosnuss-Crunch, alles in einem kleinen Cocktailglas serviert, machen auf das eigentliche Dessert neugierig. Und dieses ist der Kirsche gewidmet, die in eine blütenweiße Mascarponekugel verpackt ist und dazu auch als Chip, als Gel und in der mit Verjus säuerlich zugespitzten Sauce vorkommt. Abgerundet wird dieser reichhaltige Abschluss mit Sponge und Honeycomb.
Das Weinangebot hat seinen Schwerpunkt sinnigerweise in der Region, ist relativ überschaubar, aber im Grunde völlig ausreichend bestückt. Während man bei den Weißweinen komplett im deutschsprachigen Bereich bleibt, bietet die Rotweinsparte zudem einige internationale Alternativen. Nicht unerwähnt wollen wir den enorm kraftvollen Espresso lassen, der hier einen gelungenen Abend mit einer respektablen Küchenleistung adäquat beschließt.

Bonn (Nordrhein-Westfalen)

8

Halbedels Gasthaus

Rheinallee 47,
53173 Bonn (Bad Godesberg)
0228-354253
www.halbedels-gasthaus.de
Küchenchef: Rainer-Maria Halbedel
Di–So ab 18 Uhr, Mo RT
Hauptgericht: 45–50 €,
Menüs: 85–130 €
VISA

Am Beispiel von Irmgard und Rainer-Maria Halbedels Gasthaus im Bonner Stadtteil Bad Godesberg lässt sich heute immer noch gut beobachten und erleben, was die Spitzengastronomie in den Neunzigern ausmachte, wenn sie exzellent geführt war. Man kann zwar nicht behaupten, dass sich hier seitdem nichts verändert hätte, doch die Anpassungen hielten sich in Grenzen, und wo sie nötig waren, geschahen sie mit Augenmaß. Rainer-Maria Halbedel hat schon vor langer Zeit zu seinem souveränen Stil gefunden, lässt aber nicht nach bei Kreativität und Eloquenz.
Er kommt gern und mehrfach pro Abend und Tisch in den Gastraum, erläutert die Zutaten

und vergisst dabei selten, von seinen selbstgezogenen Gemüsen zu berichten. Zusammen mit seiner Frau bewirtschaftet der leidenschaftliche Koch, der längst das Pensionsalter erreicht hat, nämlich auch noch einen Garten von beachtlicher Größe in der Eifel. Während andere Gastonomen mit ein paar Salatköpfen prahlen, die in Wirklichkeit eher der Show dienen, ernten die Halbedels relevante Mengen, die während der Saison täglich im Menü eingesetzt werden.
Das Brot, drei unterschiedliche Sorten im Körbchen plus ein hausgebackenes Speckbrot im Töpfchen, sowie die dazu gereichte Butter waren bereits ein weit überdurchschnittlicher Auftakt. Das Amuse-Bouche zeigte dann, was in dieser Woche im Garten reif geworden war: Erbsen, Zuckerschoten, grüne Bohnen, dazu Kräuterpesto, Schafgarbe und Fenchelblüten. Und nicht zu vergessen der vom Chef sehr geschätzte geräucherte Dümmer Aal aus seiner Heimat. Das war so dermaßen frisch und aromatisch, dass man bei der Bewertung dieses Tellers schon fast auf neun Pfannen kam.
Kaum weniger begeisternd war die Königsmakrele samt unaufdringlichem Vanilledressing nebst Rettichröllchen mit Makrelentatar, getrockneter Tomatenhaut und angefrorenem Ziegenfrischkäse auf einem Tomaten-/Basilikum-Sud. Ob es hier auch noch hausgemachtes Krabbenbrot und Wasabi-Tapioka gebraucht hätte, kann man zwar diskutieren, änderte aber nichts am prächtigen Gesamteindruck. Nicht streiten ließ sich allerdings über die Qualität der folgenden Jakobsmuschel mit Zuckerschotenstreifen, Minze, etwas Quinoa und sehr gutem Kaviar.
Das krosse Stück vom Arktischen Saibling wurde anschließend mit Kohlrabi-Soufflé und Kohlrabi-Spaghetti in Szene gesetzt – dazu liierten der Chef und sein Team einen aromatischen Spinat aus Kohlrabiblättern (!) und einigen Pinienkernen. Die schaumige Kokosmilchsauce, der ein Hauch Zitronenthymian anzuschmecken war, verlieh dem Ganzen eine sehr originelle, dezente exotische Note. Als

weiteren Zwischengang offerierte Rainer-Maria Halbedel mündlich frische Steinpilze aus der Steiermark, die sich als herrlich feste, aromatische Exemplare erwiesen, wohltuend puristisch zubereitet und reizvoll oldschool mit Käsestange garniert, ein großer Genuss!
Die Sauce zum optimal gegarten und gereiften saftigen Filet vom Angus Beef kam separat: Sie war intensiv, würzig und besaß dank gehaltvollem Fond, rotem Portwein, altem Balsamico und der eingearbeiteten Gänseleber eine charmant sämige, süffige Konsistenz und einen vielschichtigen, tiefgründigen Geschmack. Halbedels reicher Garten machte sich dazu in Gestalt der Brechbohnen im Stangenbohnenmantel bemerkbar und ein Pastinakenpüree sowie ein Pastinakenchip ergänzten den Hauptgang ebenso klassisch zurückhaltend wie perfekt.
Die berühmten Bühler Zwetschgen wurde im Vordessert als Schaum, Frucht und Eis durchdekliniert und im Porzellanbecher zum hemmungslosen „Durchlöffeln" serviert. Ein Hauch Lakritz war daran auch bemerkbar. Im eigentlichen Dessert wurde es dann nochmals frischer und äußerst aromatisch dazu: vollreife Himbeeren, ein duftiges Rosenblütenparfait mit angenehm wenig Zucker sowie Eis und Gelee vom Matcha-Tee ergaben in Summe einen köstlichen Nachtisch von überdurchschnittlicher Komplexität.
Eines steht fest: Halbedel war nie besser als jetzt! Und wenn man die exzellente Weinkarte (zahlreiche reife Jahrgänge) und den sehr persönlichen Service dazurechnet, zählt dieses Restaurant zu den empfehlenswertesten im Rheinland. Und zu denen, welche die Wünsche der Gäste am trefflichsten erahnen. Bleibt zu hoffen, dass der Chef noch ganz lange Lust verspürt, auf diesem Niveau zu kochen und zu bewirten.

K. u. K. im Weinhäuschen am Rhein

Fährstr. 26,
53179 Bonn (Mehlem)
0228-362756
www.kuk-weinhaus.de
Di–So ab 12 Uhr durchgehend, Mo RT
Hauptgericht: 14–21 €
EC AMEX MC VISA

Das Weinhäuschen in Mehlem mit seiner unmittelbaren Uferlage und der großen Terrasse mit Blick auf den Rhein und das Siebengebirge ist und bleibt der Hort für gute, traditionelle K.-u.-K.-Spezialitäten. Auf den ersten Blick ein ganz normales, unscheinbares Ausflugslokal – aber eben eines mit sehr guter, bodenständiger österreichischer Schmankerlküche! Hier werden die alpenländischen Klassiker vom Tafelspitz bis zu Backhendl in tadelloser, frischer und properer Umsetzung geboten. Schlicht und schnörkellos, ohne Verfeinerungsexzesse, dafür zu günstigen Preisen. Und auf der Weinkarte passend dazu: preiswerte österreichische Gewächse namhafter Erzeuger.

6

Kräutergarten

Töpferstr. 30,
53343 Bonn (Wachtberg-Adendorf)
02225-7578
www.gasthaus-kraeutergarten.de
Mi–Sa ab 18 Uhr, So 12–18 Uhr, Mo u. Di RT
Hauptgericht: 32–36 €,
Menüs: 48–78 €
EC P

Das Gasthaus Kräutergarten im beschaulichen Adendorf südlich von Bonn ist ein kleines, aber feines Landgasthaus, in dem von Astrid (Service) und Herbert (Küche) Jungbluth seit vielen Jahren gekonnt verfeinerte, aber nicht übertrieben exklusive Landküche geboten wird. Und daran hat sich auch heuer nichts geändert. Was in dem warmfarbig-geschmackvollen Gastraum auf die Teller kommt, zeigt auf gediegene Art ebenso viel Bodenhaftung wie Esprit, ist sorgfältig zubereitet und präsentiert eine qualitativ überdurchschnittliche Produktauswahl. Gemeinsam mit dem herzlichen Service der Gastgeberin ein entspannter Ort zum Wohlfühlen und Genießen.

Bezahlkarten-Symbole

- Mastercard
- EC-Maestro
- Diners
- American Express
- VISA Visa

7

Redüttchen

Kurfürstenallee 1, 53177 Bonn
0228-68898840
www.reduettchen.de
Küchenchef: Matthias Pietsch
Di–Sa ab 18 Uhr, So u. Mo RT
Hauptgericht: 32–48 €, Menüs: 54–93 €
VISA

Das Restaurant Redüttchen ist im Grunde nur im Zusammenspiel mit der Redoute denkbar, dem großen Prachtbau gleich nebenan. Hier wurden schon zahlreiche Staatsgäste bewirtet und unzählige Hochzeiten veranstaltet. Küchenchef Matthias Pietsch führt die Oberaufsicht über das À-la-carte-Geschäft hier, aber auch für große Banketts dort – und bekommt das alles erstaunlicherweise sehr gut unter einen Hut, sodass selbst für den anspruchsvollen Restaurantgast viel geboten wird. Selbiges trifft auch auf den Service zu, für den Klaus W. Sasse auf eine sehr persönliche, zugewandte Art verantwortlich zeichnet. Inklusive ausführlicher Weinberatung. Ein Gastgeber, wie er im Buche steht, wie man ihn aber heute immer seltener antrifft.

Schnell bringt er die ersten Kleinigkeiten: Zuletzt waren das Rote-Bete-Butter mit Rote-Bete-Sprossen und Meersalz, Schmand mit reichlich Apfelkraut (die typische, sehr dunkle Spezialität des Rheinlandes bringt eine ganz spezielle Süße mit), dazu hausgebackenes Brot. Ein toller Auftakt mit dem man die Lektüre der umfangreichen und mit vielen Raritäten aufwartenden Weinkarte verbinden kann. Das eigentliche Amuse-Bouche will an die Aromatik von Grünkohl mit Speck anknüpfen, indem Kartoffelschaum, Grünkohlpesto, geräucherte Karotten, Senfperlen und violette Kartoffelchips zusammenspielen. Ausgezeichnete Idee, von süffig bis knusprig, in der nicht nur das Räucheraroma gut zur Geltung kommt; fast glaubt man, den Speck zu schmecken!

Derlei Überraschungen sind offensichtlich eine Leidenschaft von Matthias Pietsch, der außerdem ein Faible dafür hat, viele Zutaten zu süffigen, dichten Kreationen zu vereinen, die manchmal durchaus mächtig sind, aber immer balancierende Süße- oder Säureelemente aufweisen. Man sollte also ernsthaft überlegen, ob man wirklich das große Menü mit allen Gängen bestellt, oder es bei einer etwas kürzeren Variante belässt. Die Vorspeise um geräucherten Aal mit Sauerrahm, grünem Apfel (als Kügelchen), einer Kalbskopfpraline im Kräutermantel, Radieschen und Dill als Deko sowie knuspriger Kalbszunge, Zwiebelringen, Schmand und umrahmender Kräutercreme ist trotz der Fülle an Zutaten gelungen. Dicht und saftig, lässt aber allen Bestandteilen Spielraum: Die Zutaten kommen sich nicht in die Quere, die Frische bleibt erhalten. Fein!

Der Kaisergranat, confiert und mit Zesten von der Salzzitrone aromatisiert, kommt mit warmem Selleriesalat, (nach unserem Gusto verzichtbarer) Avocadocreme, Walnuss-Crumble und einem gelungenen, dichten Selleriesud daher. Als besonderer Clou ist der Selleriesalat mit Mango und Passionsfrucht aufgefrischt. Als „Strammer Max" wird im Anschluss daran wieder mal Neues nach klassischem Aromenbild geformt: mit Onsenei, Ibaiama-Schweinebauch (dem etwas Ahornsirup anzuschmecken ist), Gurkenrelish, Chips vom Sauerteig und gutem Kaviar eine durchaus gelungene Interpretation. Nur die begleitende Jus ist etwas zu konzentriert und salzig …

Der geflämmte Saibling schließlich wird mit Wintertrüffeln, Brunnenkresse und Beurre blanc verfeinert und ist eher leicht und aromatisch angelegt, auch wenn zudem Graupen und Rübchen diesen Gang ergänzen. Danach gibt es in Gestalt eines Bratkartoffelschaums mit Erbsenpüree und Erbsen ein voluminöses, süffiges und leicht crunchiges Intermezzo und spätestens an dieser Stelle fragt man sich, ob die Küche auf Dauer nicht etwas viel Üppigkeit transportiert. Aber hervorragend schmecken tut auch dieser Einschub.

Von der Challans-Ente im Hauptgang schließlich kommen die Tranchen ihrer rosa gebratenen Brust – außen knusprig, innen saftig und aromatisch – sowie à part ein Keulenragout mit Amaranth. Dazu gibt's Stängelkohl und Petersilienwurzelpüree, die von Essigzwetschgen und Zwetschgengel nicht nur erfrischend säuerlich aufgelockert, sondern als Ganzes auch sehr stimmig ergänzt werden. Und schließlich zum süßen Abschluss die „Heiße Liebe" mit Himbeeren und Tahiti-Vanille, eine süße Überraschung in Herzform mit schokoladiger Hülle,

die mit einem heißen, schön säuerlich abgeschmeckten Sud (Himbeeressig?) übergossen wurde, der sich mit dem mousseartigen, angenehm duftig nach Vanille schmeckenden Innenleben harmonisch balanciert verband. Für nette Akzente sorgten außerdem Blüten und eine Art Staub aus Himbeeren.
Fazit: Ein wirklich ausgezeichnetes Konzept, das auf Persönlichkeit setzt und die individuelle Betreuung der Gäste in den Vordergrund stellt. Satt wird man hier auf angenehme, köstliche und kurzweilige Weise, und das ausgezeichnete Preis-Leistungs-Verhältnis ist nur noch ein weiterer Grund für einen Besuch.

---

ohne Bewertung

Ristorante Oliveto

im AMERON Bonn Hotel Königshof
Adenauerallee 9, 53111 Bonn
0228-26010
www.hotel-koenigshof-bonn.de
Küchenchef: Florian Weidlich
Mo–So von 12–14 Uhr u. ab 18 Uhr, kein RT
Hauptgericht: 19–39 €, Menüs: 49–99 €
VISA

„Wenn im Restaurant des Ameron Hotel Königshof, das in Bonns Zentrum direkt über der Rheinpromenade thront, alle paar Jahre mal ein Küchenchefwechsel ansteht, bleibt das kulinarische Konzept trotzdem unangetastet" schrieben wir in unserer aktuellen Kritik, die nach dem jüngsten Testbesuch im Frühsommer diesen Jahres entstanden ist. Zu diesem Zeitpunkt war noch Sebastian Mattis für das Kulinarium verantwortlich, der erst Anfang 2020 aus dem Fritz & Felix in Baden-Baden an den Herd des Königshofs gewechselt hatte. Inzwischen hat er jedoch das Haus schon wieder verlassen und fortan wird Florian Weidlich, der uns als dessen Nachfolger bekannt gegeben wurde, die Grundrichtung unkompliziert raffinierter Italianità weiterführen. Bis unser erster Testbesuch unter neuer Ägide stattfinden kann, bleibt das Ristorante Oliveto natürlich wieder „ohne Bewertung". Wir sind gespannt …
Bei unserem letzten Besuch unter Sebastian Mattis hatte die Küche im Detail zwar nicht ganz nahtlos das unter der Ägide von dessen Vorgänger Marcus Bunzel gebotene hohe Niveau anknüpfen können, war aber eigentlich auf einem sehr guten Weg. Die Grundrichtung unkompliziert raffinierter Italianità blieb natürlich unverändert und qualitativ bewegte sich das Gebotene auch klar über dem Durchschnitt.
Gerichte wie etwa die Vorspeise um Fiagoli bianchi, weiße Bohnenkerne, die zusammen mit Aprikosenstücken und mild eingelegter Sardine zu einem ebenso unspektakulären wie schmackhaften Dreier kumulierten, gingen genau in diese Richtung. Duftig-kräuterwürzige Basilikumtapenade (eher kein klassisches Pesto, weil ziemlich pur …) und eine Vinaigrette mit roten Zwiebeln brachten das alles aromatisch fein zusammen.
Die Oliveto-Interpretation einer „Cacciucco alla Livornese" kam sodann als verfeinerte Version, bei der die allesamt individuell und sehr exakt gebratenen und gegarten Fische und Schalentiere, wie Rotbarbe, Seeteufel, Garnele, Jakobsmuschel und Vongole, sowie ein wenig Gemüsebrunoises erst am Tisch mit der sehr kräftigen, dunklen, klaren Fischsuppe vermählt wurden, die hier proportional eher wie eine reichlich angegossene Sauce zu den Meerestieren zu verstehen war. Geschmeckt hat es sehr gut, wenngleich die Suppe selbst von grenzwertig viel Intensität und Röstpower gezeichnet war.
Ein sehr gutes Pastagericht der Kategorie Cucina casalinga bekamen wir mit den folgenden Orecchiette, die zusammen mit grünem Spargel, Tomatenwürfeln, Zwiebeln und Kräutern sowie dem Brät einer Fenchel-Salsiccia zu einer herzhaften Melange vermengt waren. Von etwas gehobeltem Parmesan sowie einer Tellergrundierung aus leicht reduzierter Jus bekam das Ganze noch den unaufdringlichen Umami-Kick, und grob zerstoßene Mandeln gaben dem Gericht mit einfachen Mitteln einen raffinierten knusprigen Akzent und fügten sich auch sonst aromatisch gut ein.
Nicht ganz so gelungen fanden wir den Hauptgang, bei dem zwei qualitativ gute, aber für einen À-la-carte-Teller von 36 Euro auch recht spärliche Stücke vom Seeteufel mit Kapernbutter neben proportional sehr viel geschmortem Romanasalat platziert waren. Letzterer, mit Trockentomaten, halbgetrockneten Karot-

tenschnipseln, frischen Tomatenwürfeln und Kräutern überhäuft, war an sich eine gute Idee, aber deren Ausführung suboptimal. Allein die Tatsache, dass der geschmorte Salat leicht sandig war, trübte den Spaß an der Sache doch beträchtlich. Aber auch die spröden Dörrtomaten und die Karotte wirkten nicht sehr smart.
Mit mehr Sorgfalt bei der Präsentation hätte auch aus dem Dessert noch mehr herausgeholt werden können. Prinzipiell war der Ricotta-Käsekuchen mit Himbeeren, Pfirsich und pacojetschmelzigem Lavendeleis nämlich ebenfalls eine feine Sache – wirkte nur irgendwie etwas lustlos hingeschludert. An guten italienischen Weinen fehlt es im Oliveto ebenso wenig wie an engagiertem Service. Und so sind wir gespannt, in welche Richtung sich die Küche bis zu unserem nächsten Besuch beim neuen Küchenchef Florian Weidlich bewegt.

6

Strandhaus

Georgstr. 28, 53111 Bonn
0228-3694949
www.strandhaus-bonn.de
Küchenchef: Astrid Kuth
Di–Sa ab 18 Uhr, So u. Mo RT
Hauptgericht: 24–34 €, Menüs: 34–73 €
VISA

Das relativ unscheinbar in einem Bonner Wohnviertel gelegene und gar nicht mal so kleine Restaurant Strandhaus ist seit Jahren eine der beliebtesten Adressen für Feinschmecker in der alten Bundeshauptstadt. Wer hier einen Tisch reservieren möchte, tut gut daran, dies vorausschauend zu tun. In Bonns vergleichsweise überschaubarer Gastroszene ist dieses familiär wirkende Lokal mit seinem unkomplizierten Konzept bei anspruchsvoller Küche ohne überbordenden Kreativitätsanspruch nämlich nahezu konkurrenzlos und entsprechend gut gebucht.
Die Nachfrage ist gewiss mit dem herzlichen Service zu erklären, mit der idyllischen Terrasse oder der unerwartet umfangeichen und obendrein fair kalkulierten Weinkarte. Eine Flasche Spätburgunder Großes Gewächs von Battenfeld-Spanier kostet aktuell beispielsweise gerade mal 62 Euro, und auch an deutschen Weißweinen zu fairen Tarifen mangelt es nicht. Doch auch die Qualität der Speisen ist ein klares Argument, hierher zu kommen. Schon der Quark zu den beiden Brotsorten ist fein abgeschmeckt, und die saftige Wildpraline in einer Kerbel-Hollandaise zeigt bemerkenswerte Finesse, zumal auch noch eine karamellisierte Walnuss zugefügt wurde.
Die gebratenen Gambas auf Mango-/Lauch-Salat werden de facto von zwei Salaten begleitet; der eine aus Mangostreifen und Lauch zubereitet, der andere mit Kräutern, Möhren und Blüten. Die Krustentiere selbst sind von guter Qualität, auf den Punkt gegart, und mit etwas Avocadocreme und frittierten Basilikumblättern akzentuiert. Obwohl das Team am Herd viel zu tun hat, nimmt es sich auch für die Details Zeit.
Auch die grüne Currysuppe ist nur vordergründig ein rustikaler Gang, in Wirklichkeit aber ebenso geschickt wie raffiniert mit Ingwer abgeschmeckt und von Sprossen sowie einem Gemüse-Wan-Tan begleitet. Allerdings sollte man die gebackene Teigtasche lieber separat servieren, statt sie im tiefen Teller mit Suppe zu übergießen, sodass sie in Nullkommanichts durchgeweicht ist.
Die folgenden Seeteufelmedaillons – kurz und kräftig angebraten und schön saftig auf den Punkt gegart – wurden sodann mit gleichfalls angebratenem weißem und grünem Spargel sowie einem würzig-schlotzigen Kräuterrisotto serviert. Und sind als solches genauso beispielhaft für den unaufgeregt klassischen Stil der Küche von Astrid Kuth wie der Hauptgang, ein sehr gutes, auf den Punkt gebratenes Kalbssteak, das von geschmortem Maiwirsing mit einigen akkurat zu Brunoises geschnittenen Karotten und luftigen Brandteig-Gnocchi begleitet wurde. Von der wohlgelungenen Jus, die etwas spärlich auf dem Teller zu finden war, hätten wir gern etwas mehr gehabt, ansonsten gab es hier aber nichts zu kritisieren.
Dass die süße Abteilung ihr Handwerk ebenfalls versteht, konnte man schon vor dem Hauptgang bei einem gut ausbalancierten Limettensorbet schmecken, das von erfrischend ätherischem Minzschaum sekundiert wurde. Vor allem aber beim Dessert: einer dünnen Schokocrêpe mit lockerer Füllung aus Tonkabohnenmousse, die von Schoko-Crumbles

und einem Erdbeer-/Kaffee-Eis sowie marinierten Erdbeeren begleitet wurde. Der ebenso durchdachte wie präzise ausgeführte Nachtisch tendierte nämlich fast schon in Richtung 7 Pfannen – und mündete abschließend in hausgemachte Schokocrossies zum tadellosen Espresso.

7↑

Yunico – Japanese Fine Dining

im Hotel Kameha Grand
Am Bonner Bogen 1,
53227 Bonn (Oberkassel)
0228-43345500
www.yunico-kameha.de
Di–Sa ab 19 Uhr, So u. Mo RT
Hauptgericht: 39–51 €, Menüs: 89–159 €
VISA

„Japanese Fine Dining" in futuristischem Ambiente: Mit seinen knallroten Wänden, dramatischen Säulen und einer goldenen Decke hat das Yunico einiges Potenzial, um vom Geschehen auf den Tellern abzulenken. Dass dies am Ende doch nicht passiert, liegt an der Qualität dessen, was das Team um Christian Sturm-Willms hier im Rahmen des Omakase-Menüs präsentiert. Neben einer kleinen exklusiven Auswahl à la carte ist dieses nach Marktlage variierte Menü die beste Möglichkeit, um das Können des Teams zu erleben. Und das lohnt sich bei den munter mit japanischen Aromen rund um Dashi, Miso, Yuzu & Co spielenden Gerichten durchwegs und auch immer mehr – selbst wenn die Gerichte weniger am typisch asiatischen Purismus als an facettenreicher Kreativität orientiert sind und deshalb auch weiterhin in einigen Details kleinere Dysbalancen möglich sind. Genuss auf hohem Niveau ist jedenfalls garantiert. Und dazu gibt es weiterhin einen ausgezeichneten, charmanten Service unter Gastgeberin Melanie Hetzel sowie – neben vielen hochwertigen Weinen – eine beeindruckende, rund drei Dutzend Varianten umfassende Sake-Auswahl.

Hotelempfehlung

★★★★

AMERON Bonn Hotel Königshof

Adenauerallee 9, 53111 Bonn
0228-26010
www.hotel-koenigshof-bonn.de
Einzelzimmer: 67–198 €
Doppelzimmer: 84–229 €
VISA

Wer die Beethovenstadt Bonn auf komfortable Art erleben möchte, findet dort wohl kaum einen geeigneteren Ausgangspunkt als das direkt am Rhein gelegene, geschichtsträchtige AMERON Hotel Königshof. Hier, wo im 19. Jahrhundert der Adel verweilte und in den 1950er- und 70er-Jahren die politische Elite ein und aus ging, erwartet heute die Gäste ein zeitgemäßes Interieur, das gekonnt klassisches Design und moderne Elemente vereint. Die 129 großzügig ausgestatteten Zimmer bieten viel Komfort, ein Großteil der Bonner Sehenswürdigkeiten ist fußläufig erreichbar. Dabei ist das Hotel aber nicht nur für Städtereisende reizvoll, sondern bietet mit unterschiedlichen Räumen und Blick auf den Rhein auch beste Voraussetzungen für Events und Tagungen, vom Business-Meeting bis zur Hochzeit. Zur Entspannung stehen den Gästen zwei Saunen und ein Fitnessbereich zur Verfügung. Und, wenig verwunderlich, der hohe Anspruch prägt auch das kulinarische Programm im Restaurant Oliveto, das mit seiner originellen Interpretation der Cucina casalinga seit Jahren landesweit mit zu den spannendsten italienischen Restaurantkonzepten zählt. Restaurant Oliveto separat erwähnt.

Bonndorf (Baden-Württemberg)

5

Gasthof Sommerau

Sommerau 5, 79848 Bonndorf
07703-670
www.sommerau.de
Mi–So von 11.30–14 Uhr
u. ab 17.30 Uhr, Mo u. Di RT
Hauptgericht: 21–38 €

Wer in Südbaden mal jenseits von Stress und Hektik und sogar ganz ohne Handyempfang so richtig abschalten will, dem raten wir zu einem Besuch dieses idyllisch zwischen Wald, Wiesen und Hügeln gelegenen Gasthofs im ruhigen Steinatal. Das charakteristische Gebäude mit seinem markanten Vollwalmdach und der gesamte Ort lohnen aus kulinarischer Sicht den gezielten Besuch und machen zugleich Lust, sich hier mal ein paar Tage einzumieten. Zumal man sich dann auch die gut sortierte Weinkarte etwas detaillierter zu Gemüte führen kann. Anlässe zur Begleitung gäbe es genug, denn die Gerichte aus Wolfram Hegars Küche bieten neben einer vielseitigen Auswahl viel guten Geschmack und bodenständige Raffinesse: egal ob bei verfeinerten Heimatgerichten aus regionalen Produkten oder dem hier oft gewagten Blick über den Tellerrand hinaus bis in mediterrane Gefilde oder sogar nach Asien. Sorgfältiges Handwerk und ein gutes Gespür für Aromen sind einem auf den immer auch fürs Auge angerichteten Tellern ebenso gewiss wie ein moderates Preis-Leistungs-Verhältnis.

Die Symbole

- gute Parkmöglichkeiten
- Hotelgarage
- barrierefrei
- klimatisierte Zimmer
- WLAN-Zugang
- Hallen- und/oder Freibad im Haus
- mit Wellness-Bereich
- mit Fahrstuhl zu den Hotelzimmern
- Hunde im Hotel nicht erlaubt
- mit Garten oder Terrasse

Boppard (Rheinland-Pfalz)

7

Le Chopin

im Bellevue Rheinhotel
Rheinallee 41,
56154 Boppard
06742-1020
www.lechopin-boppard.de
Küchenchef: Sebastian Messinger
Mi–So ab 18 Uhr, Mo u. Di RT
Hauptgericht: 20–33 €,
Menüs: 45–98 €
VISA

Einen unverwechselbaren Charakter besitzt Boppard, lässt die Ortschaft doch den Rheintourismus früherer Jahrzehnte heute noch lebendig werden. Hotel um Hotel reiht sich am Rheinufer aneinander, doch den Willen zur Gourmandise spürt der Besucher nur vereinzelt. Am deutlichsten im Gourmetrestaurant des Bellevue Rheinhotels – doch mit dem Wort „Restaurant" ist dieser prachtvolle Speisesaal nur annähernd beschrieben. So viel Platz wie hier, so große und weit auseinander stehende Tische, so viel Tradition sind mittlerweile rar in der deutschen Spitzengastronomie. Jeune Restaurateur Marek Gawel, der das Hotel heute bereits in fünfter Generation leitet, kümmert sich persönlich um die Gäste; sein jahrelanger Küchenchef Sebastian Messinger hat Freiheiten.
Neben dem modern gehaltenen Degustationsmenü platziert dieser auch einige Klassiker und Regionalgerichte auf der Karte, die von Wildbolognese vom Hunsrücker Hirsch bis zur in Rotwein glasierten Rinderbacke reichen. Wir wählten dieses Mal querbeet und wurden schon zur Einstimmung mit der ganzen Bandbreite der Küche überrascht: Rote-Bete-Röllchen mit Ziegenkäsefüllung, Schnittlauch und

Zitrusgel sowie eine Leberpraline auf Walnuss-Sablé deuteten bereits die feine, elegante Moderne der Küche an, geschmorter Schweinebauch auf Süßkartoffelpüree samt Senfkörnern und einer Sauce auf Basis von Fleischfond, Senf und Honig die gehoben-bürgerliche. Und die cremige Austernsuppe mit panierter, ausgebackener Auster war eine ungewohnte Delikatesse, die den Eigengeschmack des Schalentieres auf erfreuliche Art bewahrte.
Auch der erste echte Gang zeigte beachtliche Qualität. Hier wurden Wildtaube und Sellerie liiert: die Brust rosa gebraten, die Keule als Praline verarbeitet und knusprig ausgebacken, der Sellerie in Texturen, also als Crunch auf dem Fleisch, als Salat mit Roter Bete sowie als Selleriejus, die hier einen Kontrast zur intensiven Taubenjus setzte. Auch die Bouillabaisse mit Piment d'Espelette stammte aus dem großen Menü: eine kraftvolle Brühe, aber nicht überkonzentriert, wie anderswo leider häufig zu beobachten. Dazu ein handwerklich gut gemachter Knoblauchraviolo und eine geflämmte, akkurat von ihrem Darm befreite rote Wildgarnele; ein herbes Zitrusgel sowie seidige Avocado- und Espelettecreme schufen zusätzliche Dimensionen.
Als Hauptgang kam dann ein mündlich empfohlenes Steinbuttfilet mit Jakobsmuschel, geschmorter Karotte, kleinen Bohnenkernen und in Streifen geschnittenen schwarzen Trüffeln, die den feinen Fischgeschmack nicht überdeckten, sondern ihn vielmehr kongenial unterstützten – à part dazu gesellten sich auch noch einige Fregola sarda zum Geschehen auf dem Teller. Danach, diesmal wieder dem Degustationsmenü entnommen: Eifeler Ziegenfrischkäse und Spitzpaprika, angerichtet in Form eines nur ganz leicht süß abgeschmeckten, eher erfrischenden und schön schmelzig-cremigen Ziegenkäseeises, eines gelierten, fruchtigen Paprika-/Himbeer-Suds und eines Paprika-/Tomaten-Chutneys; dazu frittierter Rucola und ein Brotchip.
Schließlich kamen wir zum Finale nicht um das verheißungsvolle Topfensoufflé herum, das wir korrekt aufgegangen und wunderbar luftig, vielleicht nur eine Spur zu süß, in Kombination mit Kugeln vom in Riesling eingelegten Äpfeln und einem festen, aber geschmacklich eindeutigen Rosensorbet serviert bekamen. Keine Frage: Sebastian Messingers Küche ist über die Jahre noch selbstbewusster geworden und heute wirklich ein Highlight am Mittelrhein.
Die Weinkarte setzt noch mehr als früher auf regionale Winzer, hat ein paar Newcomer am Mittelrhein ausfindig gemacht und offeriert diese zu sehr fairen Kursen. Schon mal von Sarah Hulten gehört oder Weine von Christos Christian Theodoropoulos (Líthos) oder Gero Schüler getrunken? Falls nicht: bitte umgehend reservieren und hingehen!

Hotelempfehlung

★★★★S

Bellevue Rheinhotel

Rheinallee 41, 56154 Boppard
✆ 06742-1020
www.bellevue-boppard.de
Einzelzimmer: 59–105 €
Doppelzimmer: 77–155 €

VISA

Das traditionsreiche Bellevue Rheinhotel mit drei Restaurants, Hotelbar, Weinkeller und eigenem Weinberg feierte 2017 sein 130-jähriges Jubiläum und wird auch schon genau so lange als Familienbetrieb geführt. Hier spiegeln sich die Eleganz der Belle Époque und die Fantasie des Jugendstils wider, doch es wird auch ständig investiert und renoviert. So wurden erst jüngst zwanzig Zimmer neu gestaltet. Die insgesamt 93 Einzel-, Doppelzimmer und Suiten verfügen alle über Farb-TV, Verdunkelungsmöglichkeit, Telefon, Schreibtisch, Sitzgelegenheit, Minibar, Safe, Satelliten-TV, Kosmetikspiegel und Haartrockner im Bad, Bademantel, analogen Telefonanschluss und CD-Player – einige auch über eine Klimaanlage und einen Balkon oder eine Terrasse mit Rheinblick. Im Wellnessbereich stehen den Gästen Hallenbad, Dampfbad, Sauna, Erlebnisduschen, Ruhe- sowie Fitnessraum kostenlos zur Verfügung. Gourmetrestaurant Le Chopin separat erwähnt.

★★★★S

Résidence Bellevue

Rheinallee 32, 56154 Boppard
06742-1020
www.residence-boppard.de
Einzelzimmer: 123–195 €

In direkter Rheinlage eröffnete das Bellevue Rheinhotel im Mai 2014 eine Dependance. Von jedem der mit 55 bis 70 m² sehr großzügigen Appartements aus genießt man einen unverstellten Blick auf den Rhein und die gegenüberliegende Kurfürstliche Burg Boppard. Alle Zimmer verfügen über ein Schlafzimmer mit Bad en suite, einen komfortablen Wohnbereich und einen „Coffeeplace". Außerdem: kostenfreies WLAN und Samsung Smart-TV. Frühstück und Halbpension können im Bellevue Rheinhotel eingenommen werden. Auch die Nutzung des dortigen Wellnessbereichs ist für Gäste der Résidence Bellevue kostenlos.

Brandenburg/Havel (Brandenburg)

5

Am Humboldthain

Plauer Str. 1, 14770 Brandenburg/Havel
03381-334767
www.am-humboldthain.de
Mi–So von 12–15 Uhr u. ab 18 Uhr, Mo u. Di RT
Hauptgericht: 12–25 €, Menüs: 35–51 €

Mit bewundernswerter Konstanz hält Jasper Krombholz in seinem Restaurant Am Humboldthain die Fahne des guten Geschmacks weit hoch – und das in einer Region, die man wohl eher als kulinarische Diaspora bezeichnen würde. Zwischen Potsdam und Magdeburg gibt es nichts Vergleichbares wie dieses äußerst nette, am Rande eines kleinen Parks an der Havel gelegene Lokal, in das wir nun schon seit bald zehn Jahren regelmäßig einkehren. Und egal, ob in den beiden stilvoll-schlichten Gasträumen oder bei warmem Wetter auf der Terrasse mit Blick in den Park: stets haben wir es hier mit einer unaufgeregten Küche auf zuverlässig solidem 5-Pfannen-Niveau zu tun.
Manchen Dingen begegnet man hier immer wieder mal, beispielsweise dem saftig-frischen Sauerteigbrot, der dazu gereichten roten Schalottenbutter oder einer Blauschimmelkäse-Creme, die wir beide stets als tendenziell etwas zu süß empfinden, die aber den Anspruch an gute Produkte und seriöses Handwerk schon gleich zu Beginn des Mahls erkennen lassen. Auch das Rindertatar, das zur Timbale geformt auf einem Kartoffelflan-Podest angerichtet wird und mit einem Wachtelspiegelei getoppt ist, haben wir hier in der Vergangenheit schon mindestens einmal gegessen. Und würden es auch immer wieder essen, denn das sauber von Hand geschnittene und angenehm dezent gewürzte Rohfleisch macht qualitativ stets einen guten Eindruck und ist in seiner Schlichtheit eine propere Variante des klassischen Beef Tatar.
Nichts zu mäkeln gab's bei unserem letzten Besuch auch am „Caesars Salad" mit Hähnchenbrust und Parmesan, wenngleich dieser in Hinblick auf Zubereitung und Präsentation etwas weniger ambitioniert wirkte als die meisten anderen Dinge. Doch es geht hier ohnehin nicht um aufwendige Interpretationen und maximale Verfeinerung (was bei den äußerst günstigen Preisen auch niemand ernsthaft erwarten kann), sondern um gute, frische Produkte, sorgfältiges, schnörkelloses Küchenhandwerk und natürlichen Geschmack. In diesem Sinne war auch das auf seiner Hautseite richtig schön kross angebratene Lachsfilet auf einem etwas profan anmutenden Kürbis-/Weißkohl-Gemü-

se mit süßlichem Tomatenconfit und mildem Safranschaum tadellos, wenngleich hier etwas mehr Säure nicht schlecht gewesen wäre.
Auch die geschmorten Kalbsbäckchen, die zusammen mit Kartoffelpüree und speckwürzigem Rahmwirsing als Hauptgang aufgetragen wurden, waren propere Repräsentanten ihrer Art: nicht fasrig und spröde, sondern mit kompakter, aber zarter und saftiger Fleischstruktur. Als eher lieblich-fruchtiger Käsegang machte eine milde Gorgonzolamousse-Kuppel auf eingeweckten Kirschen schon mal Lust auf das folgende Dessert, das in Gestalt einer Passionsfrucht-Crème-brûlée mit marinierten Beeren und einer Nocke Brombeersorbet (etwas sulzig und kristallin, aber schön klar und pur im Geschmack ...) ebenfalls den Erwartungen entsprach.
Auf der Weinkarte finden sich gepflegte europäische Tropfen zu moderaten Preisen. Und auch sonst ist immer wieder das äußerst günstige Preis-Leistungs-Verhältnis dieses gepflegten Lokals zu loben.

Braubach (Rheinland-Pfalz)

Zum Weissen Schwanen

im Hotel Zum Weissen Schwanen

Brunnenstr. 4,
56338 Braubach
02627-9820
www.zum-weissen-schwanen.de
Mo u. Do–Sa ab 18 Uhr, So von 12–14 Uhr u. ab 18 Uhr, Di u. Mi RT
Hauptgericht: 16–17 €,
Menüs: 29–65 €
EC VISA P

Das Ensemble aus mehreren alten Fachwerkgebäuden rund um eine historische Mühle mit ihrem idyllischen großen Kräutergarten ist allein schon sehenswert. Zusätzlich wird hier aber auch noch bodenständig, klassisch und gediegen gekocht, ohne übertriebene Ambitionen oder aufgesetzte Kreativität. Stattdessen sind die Zubereitungen frisch und natürlich und machen – auch wenn manche Zubereitung recht schlicht daherkommt – auf diese Art durchaus Freude. Für eine höhere Bewertung bräuchte es etwas mehr Arbeit am Detail, stimmig ist der Gesamteindruck aber auch so. Freundlicher, zügiger Service, ausreichende Weinauswahl von Mittelrhein bis Frankreich.

Braunschweig (Niedersachsen)

7

Das Alte Haus

Alte Knochenhauer Str. 11,
38100 Braunschweig
0531-6180100
www.altehaus.de
Küchenchef: Enrico Dunkel
Di–Sa ab 18 Uhr, So u. Mo RT
Menüs: 84–108 €
EC VISA

In dem Restaurant am Rande der Braunschweiger Innenstadt fühlt sich der Gast sofort wohl: Helle Holzmöbel, warme Farben und sehr bequeme Stühle erzeugen den Eindruck zeitgemäßer Gemütlichkeit. Enrico Dunkel, Inhaber und Alleinkoch mit beruflichen Erfahrungen in renommierten Häusern, verfolgt hier seit Jahren einen geschmackssicheren und zugleich unkonventionellen Küchenstil. Überhaupt zeichnet sich das Menü, das in einer Maximallänge von sieben Gängen angeboten wird, durch handwerkliche und geschmackliche Konstanz aus.
Zur Einstimmung gibt es nacheinander zwei Pralinen: eine saftige mit Skrei und einem Trüffelschaum und eine nicht ganz so saftige aus Rehfleisch. Diese ist aber sehr reizvoll mit dünnen, leicht scharfen Kohlrabistreifen kombiniert. Bevor das eigentliche Menü beginnt, lohnt es sich, etwas Zeit für das Studium der umfangreichen Weinkarte aufzuwenden. Es gibt nicht allzu viele Restaurants mit einem derart breiten Angebot an Weinen aus praktisch allen deutschen Anbaugebieten. Vertreten sind Spitzenweingüter und Namen aus der zweiten Reihe mit Gewächsen aller Qualitätsstufen. Etwas dünner wird die Auswahl erst, wenn man gezielt nach gereifteren Weinen sucht, aber auch dort kann man zu einem äußerst fair kalkulierten Preis fündig werden. Be-

eindruckend ist zudem die Sektauswahl, die zeigt, wie groß inzwischen das Angebot guter deutscher Schaumweine ist.
Zum Zeitpunkt unseres Testbesuchs war auf der Internetseite ein Beispiel-Menü mit starkem Schwerpunkt auf regionale Zutaten veröffentlicht – vor Ort zeigte sich die Speisefolge aber deutlich weltläufiger, und die Viktualien reichten von Jakobsmuschel, Königskrabbe und Miso bis hin zur Kalamansi, die in der Erfrischung vor dem Hauptgang verarbeitet war. Was die Grundstruktur und vor allem die Kombinationsfreude angeht, hat sich das aber trotzdem mit den vorab geweckten Erwartungen gedeckt.
Die gebratene Jakobsmuschel aus Norwegen mit pochiertem Rogen, Kürbis und Safransauce – um nur die tonangebendsten Bestandteile zu nennen – ist dann auch von sehr ordentlicher Qualität. Als geschmacklich prägend erweist sich für das Gericht jedoch hauptsächlich der Kürbis, während der Rogen dem Ganzen aromatische Tiefe bringt. Angenehm dezent wirkt die Safransauce, sodass das Gericht unterm Strich eher einen nordischen als einen mediterranen Touch behält.
Süffig und üppig ist die Aromatik der anschließenden Königskrabbe, deren Fleisch in einer Teigtasche in Misosuppe zusammen mit Lotuswurzel, Pak Choi, grüner Papaya und Wasabi serviert wird, was als Aromenstruktur durchaus reizvoll ist, den Eigengeschmack des Hauptprodukts aber ein wenig überlagert. In der Suppe schwimmen auch einige Würfel Eierstich, die mit Sushi-Ingwer verfeinert sind und ein wenig an Chawanmushi erinnern. So ergibt sich ein Cross-over-Gang mit japanischen Produkten und nahezu thailändischer Aromenintensität.
Der Eindruck, dass das Hauptprodukt meist nicht unbedingt das geschmacklich dominanteste Element des Tellers ist, zog sich beim letzten Mal weiter durchs Menü, das mit geflämmtem Seelachs und Nordseekrabben fortgesetzt wurde. Hier sind es eine Blumenkohlcreme und eine Beurre blanc, die den Ton angeben. Kompositorisch ausgewogener wirken dann wieder die Fleischgänge, etwa eine Brust vom Maishuhn aus der Prignitz, die der Chef mit einer intensiven Pilz-/Thymian-Sauce und gerösteter Topinambur sowie einer Scheibe gebratener Gänseleber serviert. Vor allem die üppige Leber und die Sauce ergeben im Zusammenspiel einen spannenden Kontrast zur straffnussig schmeckenden Sonnenblumenwurzel.
Da Enrico Dunkel seit jeher als Alleinkoch arbeitet, bleibt es nicht aus, dass es bei vollem Haus zwischendurch auch mal zu etwas längeren Wartezeiten kommt. Vor allem, wenn an Tischen mit mehreren Personen das Fleisch für den Hauptgang sorgfältig vom Knochen tranchiert wird, da dieses zweifelsohne sehr schöne Prozedere natürlich eine gewisse Zeit braucht und zudem den Service bindet. Aber das Warten lohnt sich, denn das Kotelett vom Havelländer Apfelschwein ist nicht nur perfekt gebraten, zart und saftig, sondern auch von ausgesprochen guter Qualität – und wird mit reichlich spanischer schwarzer Trüffel kredenzt. Dazu gibt es Selleriepüree sowie Kräutersaitlinge und auch hier wirken die Proportionen optimal abgestimmt.
Das Dessert schließlich stellt den Apfel der Sorte Gala in den Mittelpunkt, der hier in Form von Mus, Chips und Gel auf dem Teller zu finden ist. Dazu Quittenkompott und Karamellcreme, Crumble und aromatisches Vanilleeis: ein handwerklich und geschmacklich tadelloses süßes Finale!
Fazit: So modern-gemütlich wie das Restaurant ist auch das Menü gestaltet. Beim letzten Besuch dominierten auf einigen Tellern die cremigen und süffigen Elemente und das jeweilige Hauptprodukt stand ein wenig im Hintergrund. Dennoch hatten wir es stets mit runden, harmonischen und durchaus auch komplexen Geschmacksbildern zu tun, die eine solide 7-Pfannen-Bewertung (insbesondere aufgrund der hervorragenden Fleischgänge!) auch diesmal überhaupt nicht infrage stellen.

5

Monkey Rosé

Altstadtmarkt 1,
38100 Braunschweig
0531-28793388
www.monkey-rose.de
Di–Sa ab 18 Uhr, So u. Mo RT
Hauptgericht: 19–33 €, Menüs: 45–75 €

VISA

Das stilvoll trendige Lokal hinter historischem Gemäuer in Braunschweigs schöner Innenstadt versteht sich selbst als „Weinbrasserie" und hat neben gelebter Weinkultur, die über das reine Angebot an attraktiven europäischen Gewächsen hinausgeht und sogar regelmäßige Weinseminare umfasst, auch ambitionierte Küche zu bieten.
Die Karte ist vertrauenswürdig überschaubar gehalten und listet etwa ein halbes Dutzend Vorspeisen und nochmal so viele Hauptgerichte, dazu zwei oder drei Desserts und eine Käsevariation. Und sie reicht von Klassikern wie einem attraktiv bestückten Antipasti-Teller oder Kleinigkeiten zum Wein wie etwa einer originellen Flammkuchen-Variante mit Wirsing, Speck, Brie de Meaux und Dörrobst, bis zu handfesten Dingen wie geschmeidigen Königsberger Klopsen mit Schwarzwurzel und Rosine.
Dass letztere vom Linumer Wiesenkalb stammten, zeigte zudem, dass die Inhaber auch beim Einkauf der Viktualien Wert auf Qualität legen. Davon zeugte dann auch die Güte der Jakobsmuscheln und der Föhrer Miesmuscheln, die sich auf schwarzem Schiefer als ansprechende Vorspeise einfanden. Die Cocquilles wurden hier zum einen als gebratene und mit einer Semmelbröselmasse gratinierte Exemplare auf mildem Lauchgemüse, als auch als Tatar aufgeboten und die properen Miesmuscheln aus der Nordsee waren zart säuerlich mariniert. Die Kombination mit verschiedener Bete schien etwas ungewöhnlich, doch das Erdige der Knollen wurde durch fruchtige Säure „entsperrt" und harmonierte somit ganz gut mit seinen maritimen Mitstreitern.
Auch der Zander aus dem Müritz-Nationalpark, der auf einem Bett von Rahmsauerkraut und einem See aus heller, ebenfalls rahmiger Senfsaatsauce serviert wurde, war schon rein als Produkt einer von der besseren Sorte. Zwar relativ weichfleischig, aber sehr saftig und auch „sauber" und frisch im Geschmack, machte er als Hauptdarsteller durchaus Spaß – obwohl das sehr dezente Trüffelaroma im Hintergrund eher von synthetischer Natur war und der ebenfalls in der Karte annoncierte Lauch in Gestalt von viel sperrig-strohigem Gestrüpp auf dem Teller lag. Fluffige Kartoffelkrapfen komplettierten einen sehr schmackhaften, von der Art her eher zupackenden Fischgang.
In die Richtung „zupackend" und aromenstark tendierten bei einem weiteren Besuch auch das Flanksteak vom Rind mit herzhaftem Mac'n'-Cheese, Bohnen, Karotte und süßlich-würziger Barbecuesauce oder ein veritabler Chickenburger vom Paderborner Maishähnchen im Brioche-Bun. Desserts wie die Interpretation von der Maibowle mit Erdbeere, Rhabarber und Holunderblüte oder ein erfrischender Zitrusfrüchte-Nachtisch aus Satsuma und Grapefruit, der mit Avocado und Sesam einen dezent fernöstlichen Touch verliehen bekommt, gehen dem Team ebenfalls locker von der Hand.
Und apropos locker: Die entspannte Atmosphäre in Kombination mit der fachlich fundierten Gangart, die im Monkey Rosé vorherrscht, kommt auch bei den äußerst beliebten regelmäßigen Weinseminaren sehr gut an.

5↑

Zucker – Restaurant in der Raffinerie

Frankfurter Str. 2, 38122 Braunschweig
0531-281980
www.zucker-restaurant.de
Küchenchef: Alexander Riehl, Florian Fuhrmann
Mo–Sa von 12–14 Uhr u. ab 18 Uhr, So RT
Hauptgericht: 27–39 €, Menüs: 49–85 €
VISA

Das schöne lichte Restaurant mit hohen Backsteinwänden in einer ehemaligen Zuckerraffinerie an der Frankfurter Straße, einem Industriedenkmal aus dem frühen 20. Jahrhundert, ist eine schmucke Location mit viel Platz. Und von daher nicht nur ein beliebtes À-la-carte-Restaurant, sondern ob der repräsentativen Räume und der günstigen Infrastruktur seit jeher auch eine viel gebuchte Hochzeits- und Veranstaltungslocation mit gastronomischem Rundumservice.
Für uns zählt freilich in allererster Linie die Qualität der Küche, die sich trotz diverser Schwankungen immer auf überdurchschnittlichem Niveau bewegt, und für die neben Inha-

ber und Küchenchef Alexander Riehl seit vielen Jahren auch dessen rechte Hand Florian Fuhrmann mitverantwortlich zeichnet. Wir haben im Laufe der Jahre festgestellt, dass es hier durchaus einen gewissen Unterschied macht, ob man beispielsweise à la carte ordert oder sich das fünfgängige Degustationsmenü vornimmt. Grundsätzlich wird natürlich alles mit dem gleichen Anspruch an Qualität und Frische zubereitet – die Gerichte der ambitionierten Menüfolge, die sich mitunter durchaus auf 6-Pfannen-Niveau bewegen könnnen, wirken jedoch im Vergleich deutlich aufwendiger, ausgefeilter und akkurater. Sie sind nicht nur gefälliger proportioniert, sondern auch kreativer arrangiert.
Verschiedene Brotsorten und dreierlei Aufstriche gibt es für alle Gäste. Ebenso den Gruß aus der Küche, der bei unserem letzten Besuch nicht nur eine nette Idee, sondern auch handwerklich gut umgesetzt war: eine Art Vitello-tonnato-Schichtpastete, locker und fluffig aus Scheiben von geschmortem Kalbfleisch, Thunfischfarce und dünnem Pfannkuchen aufgebaut. Zusammen mit saftigem rosa Roastbeef und etwas Limonenschmand war das in unserem Fall ein sehr schöner Einstieg ins Degustationsmenü.
Auch die Vorspeise rund um das in einen zartkrossen Tramezzinimantel eingebackene Rindertatar, das neben süßsauer eingelegten Blumenkohlröschen, Schalotten und Senfkörnern sowie einer mild abfedernden Blumenkohlcreme angerichtet war, machte Spaß. Zumal in dem Verein auch noch eine würzig-pikante Tomaten-/Chipotle-Mayonnaise mit knusprig frittierten Kapern und eine Art „Creme Gribiche“ auf Basis von Eiweiß, Gewürzgurke, Senf und Kräutern für pfiffige und markante Akzente sorgte.
Von der in der Karte eigentlich annoncierten schwarzen Trüffel war beim Zweierlei vom Spanferkel, das im Anschluss als geschmortes Bauchstück mit zarter Schwarte und als eine Art sanft gepökelte Rollbratenscheibe viel Produktcharater auf den Teller brachte, zwar nichts zu sehen und zu schmecken, dafür sorgten hier aber Blattspinat, gebackenes Wachtelei und Frankfurter Grüne Sauce für jede Menge Fülle, Schmelz und Kräuterwürze. Fein!
Nach einem erfrischenden Intermezzo in Gestalt von ebenso herbfruchtigem wie glattschmelzigem Pfirsichsorbet in einem schaumigen Nest von sahniger Champagner-Espuma kam schließlich mit einer sehr eigenaromatischen und auf ihrer krossen Haut feinsüßlich glasierten Entenbrust der besseren Sorte auch das Menühighlight an den Tisch. Begleitet von Romanescoröschen auf etwas Romanescopüree, mit dem nussigen Zutun von Macadamianuss und der angenehm säuerlichen Kante von Sanddorn. Auch die maßvoll reduzierte Entenjus hatte Struktur und Klasse.
Fluffig und cremig wurde das Menü sodann von einem kleinen Törtchen aus Biskuit und Orangencreme abgeschlossen – nebst Bruchstücken von Mandelkaramell, eingelegter Hibiskusblüte und Hibiskusblütengelee sowie einem weißen Kaffeeeis, dessen herbe Note dem süßen Abschluss sehr gut zu Gesicht stand. Das junge, motivierte Team sorgt für flinken, aufmerksamen Service, und auf der Weinkarte finden sich viele gute, schwepunktmäßig deutsche und österreichische Gewächse zu moderaten Preisen.

Bremen (Bremen)

Atrium Bistro

Vor dem Steintor 34,
28203 Bremen
0421-702323
www.atrium-bremen.de
Di–Sa ab 12 Uhr durchgehend,
So u. Mo RT
Hauptgericht: 14–30 €,
Menüs: 34–35 €

Ein stets zuverlässiges Ess-Ziel in Bremens Innenstadt ist das zum gleichnamigen Feinkostgeschäft gehörende Bistro Atrium, das auf der Rückseite des Ladengeschäfts an einen kleinen Innenhof anschließt. Hier sitzt man in einem charmant verwinkelten und patinierten Lokal zwischen allerhand Weinregalen und wählt aus einer Speisekarte, die sowohl Hausklassiker, als auch variable Tagesgerichte offeriert. Die Chefin und ihr Team, die in einer halb offenen Küche oberhalb des Gastraums am Werk sind, kochen in jedem Fall stark mediterran angehaucht, haben aber auch französische oder asiatische Akzente im Programm. Gekocht wird schmackhaft und handwerklich fundiert – ohne die letzte Konsequenz, was die handwerklichen Details betrifft, und nicht in Premium-Produktqualität, aber durchaus solide in jeder Hinsicht. Erwähnenswert ist auch die individuell zusammengestellte europäische Weinauswahl.

Das kleine Lokal

Besselstr. 40, 28203 Bremen
0421-7949084
www.das-kleine-lokal.de
Di–Sa ab 19 Uhr, So u. Mo RT
Hauptgericht: 32–35 €, Menüs: 57–83 €

In dem kleinen Lokal von Nina und Stefan Ladenberger sind dem Gast nicht nur ein sehr gepflegtes Ambiente und aufmerksamer, persönlich zugewandter Service garantiert, man wird hier auch ambitioniert auf hohem Niveau bekocht. Der Chef und sein Team kredenzen eine ganz und gar schnörkellose, handwerklich überraschend präzise und geschmacklich ausdrucksstark zubereitete Küche aus sehr guten Produkten, die auch was fürs Auge bietet. Ladenbergers Teller sind wohl proportioniert und mit ästhetischem Gespür angerichtet, klar strukturiert und nicht übertrieben verspielt. Der Fokus liegt meist auf wenigen, gut aufeinander abgestimmten und auf den Punkt gebrachten Komponenten. Und das Beste: Es schmeckt alles noch raffinierter, als es aussieht. Dazu gibt es eine umfangreiche, fair kalkulierte europäische Weinauswahl.

Fast & SLOW

DUE – Italian Street Food

Pieper Str. 5, 28195 Bremen
0421-67304275
www.due-streetfood.de
Mo–Sa von 10–17 Uhr, So RT

Der von den Brüdern Elvis und Denis Behljuljevic (Restaurant Due Fratelli, Bremen) engagiert betriebene Streetfood-Imbiss profitiert von ausgesuchten Produkten hoher Qualität und dem Know-how der beiden Vollblut-Gastronomen. Das Angebot reicht von attraktiv gefüllten Piadine oder Panini über frisch gekochte Suppen und Salate bis hin zu tollen Pastagerichten, etwa mit der legendären Due-Fratelli-Bolognesesauce, für die das Fleisch 16 Stunden lang sanft schmoren darf. Viele Produkte gibt's auch zum Mitnehmen.

Due Fratelli

Hamburger Str. 32,
28205 Bremen
0421-67352817
www.due-fratelli-bremen.de
Küchenchef: Denis Behljuljevic
Mi–So ab 18 Uhr, Mo u. Di RT
Hauptgericht: 15–35 €,
Menüs: 39–115 €

Das muss man auch erst mal schaffen: Das Due Fratelli der beiden Brüder Denis (Küche) und Elvis (Service) Behljuljevic hat einerseits das Temperament und den Charme eines typischen Ristorante „um die Ecke", hebt aber zugleich das Niveau bei den frisch und akkurat zubereiteten Gerichten und den dazu ausgewählten Weinen auf ein deutlich überdurchschnittliches Niveau. So lässt es sich hier völlig unkompliziert und in lockerer Atmosphäre genießen, ohne aber auf hohe Produktqualitäten und fundiertes Handwerk verzichten zu müssen.

Neben einer variierten Auswahl selbst produzierter Pasta (probierfreundlich in 1/4 bis 4/4 Portionen) von zarten Ravioli bis zur 16 Stunden lang geschmorten Bolognese arbeitet das Team vor allem im Bereich der Vorspeisen und Zwischengerichte etwas kreativer, während die Hauptgerichte wieder gediegener auf Fisch oder Fleisch ausgerichtet sind. Wer genügend Offenheit mitbringt, lässt sich allerdings am besten vom Chef zu sensationell fairen Kursen in bis zu acht Gängen überraschen und bekommt dann zum Einstieg mit einer pikanten Paprika-Gazpacho nebst geräuchertem Ricotta schonmal einen Fingerzeig darauf, dass hier gekonnt und mit Power abgeschmeckt wird.

In die Vollen ging es dann mit einem hervorragenden „Fritto misto", das hier mit hauchzarten Calamari und aromatischer Rotgarnele in hauchdünn-knusprigem Teig präsentiert wur-

de. Es spricht für das Produktbewusstsein, dass auch der hoch aromatische Garnelenkopf mit auf dem Teller landete. Ergänzt wurden die feinen Meerestiere durch eine limonige Mayonnaise mit gebackenen Kapern und ein ins Zentrum gesetztes Zucchini-Carpaccio mit confierter Zitrone, Orange, Pinienkernen, Parmesan und geflämmtem Ziegenfrischkäse. Ein schon für sich sehr fein ausgeführtes Ensemble, das für den nötigen Frischemoment sorgte.
Beste Tradition mit individueller Note gab es beim „Mojito-Risotto", in dem der perfekt cremige Schmelz mit Pfeffrigkeit, knusprigem Guanciale-Speck, ätherischen Limetten- und eher herben Minznoten kombiniert wurde. Sogar das wenig süße Limettensorbet darin setzte hier eher einen spannenden Kontrast, als dass es irgendwie irritiert hätte. Richtig cool! Mit der knusprig-saftigen Lasagne bolognese in Form eines Strudel-Säckchens folgte ein wohliger Soulfood-Gang mit Luxus-Attitüde. Zum einen durch die Komplexität und Tiefe der geduldig geschmorten Bolognese-Sauce, aber auch durch die umamikonzentrierte Parmesansauce und die auffallend aromatische schwarze Trüffel dazu.
Mutigen Purismus gab es bei der goldknusprig und saftig an der Gräte gebratenen Seezunge, die allein mit etwas Zitrone und einer prägnanten, luftig-frischen Senfsauce auf den Teller kam. Für zusätzliche Frische und weitere Akzente sorgte dazu noch ein fein gearbeiteter (separater) Tomatensalat mit Walnüssen, Zwiebel, grünen Oliven und Brunoises. Schlicht, aber in der perfektionierten Einfachheit eigentlich kaum besser zu machen!
Tatsächlich haben wir in diesem Jahr stärker als je zuvor gespürt, mit welchem Ehrgeiz, auch scheinbar simple Sachen zu perfektionieren, das Team hier am Start ist. Trotz Corona-Krise sind die Due Fratelli in Topform! Im Übrigen fallen – insbesondere im Menü – die Proportionen bei aller wohligen Süffigkeit vieler Gerichte so elegant aus, dass locker auch noch ein Dessert geht. Etwa die mit sehr gutem Blätterteig geschichtete blumig-duftige Vanillecreme mit vollreifen marinierten Beeren, mit der der Chef dem Stil genauso treu bleibt wie mit dem Rest seines Programms.
Für eine stimmige Getränkebegleitung – sei es mit guten italienischen Weinen oder ausgefallenen Bieren – lohnt es sich, einfach mit dem Gastgeber zu plaudern. So findet sich immer für jeden Anlass und Geschmack etwas Passendes, ausgenommen die ganz exklusiven Tropfen für Etikettentrinker. Das Angebot bewegt sich hier ohnehin größtenteils eher im Bereich erschwinglicher Qualitäten.

5

Grashoff's Bistro

Contrescarpe 80, 28195 Bremen
0421-14749
www.grashoff.de
Di, Mi u. Sa von 12–14 Uhr, Do u. Fr ab 12 Uhr durchgehend, So, Mo u. Fei RT
Hauptgericht: 24–35 €,
Menüs: 32–64 €

VISA

Eigentlich ein exzellent sortiertes Feinkostgeschäft, doch hier wird in den gleichen Räumlichkeiten auch ein typisch französisches Bistro mit kleinen, eng gestellten Tischen betrieben, das eine überraschend hochqualitative, sehr klassische Küche offeriert. Keine kreativen Kapriolen und kein sehr feinsinniges oder gar verspieltes Kunsthandwerk, sondern vielmehr eine aus sehr guten regionalen und internationalen Viktualien und Rezepturen tadellos zubereitete Produktküche, die mit Harmonie und Frische überzeugt. Dazu ein flink und effizient bedienender Service und gute wohlfeile Weine.

Bremerhaven (Bremen)

5

Natusch – Fischereihafen Restaurant

Am Fischbahnhof 1,
27572 Bremerhaven
0471-71021
www.natusch.de
Küchenchef: Richard Apel
Di–So von 11.45–15 Uhr u. ab 17.45 Uhr, Mo RT (Fei geöffnet)
Hauptgericht: 22–44 €,
Menüs: 31–52 €

VISA

Erfreuliche Rehabilitation im Bremerhavener Fischereihafen! Nachdem wir nach einer Dekade erfreulicher Produktqualitäten im letzten Jahr bass erstaunt über so manches Natusch-untypische Meeresgetier auf unseren Tellern waren, konnte die Küche bei unserem aktuellen Besuch ihre eigentliche Stärke wieder wie gewohnt voll ausspielen. In dem nostalgischen Fischereihafen-Restaurant, in dem man tatsächlich wie in einer edel eingedeckten Kajüte

sitzt, weil die Einrichtung der originalen Kapitänskajüte der Yacht des Schauspielers und Frauenschwarms Errol Flynn entstammt, ist nämlich seit jeher die oft fangfrische Ware der große Trumpf.
Die hier servierten Fischgerichte bewegen sich zwischen verfeinert traditionellen, aber eher noch rustikalen Sachen sowie eleganteren, teils sogar asiatisch-exotisch inspirierten Tellern. In beiden Richtungen überzeugen für gewöhnlich vor allem die überdurchschnittlichen Produkte und kräftige, klare Aromen. So auch dieses Mal wieder – und das schon beim Klacks Heringssalat in Curryrahm mit etwas Currykraut, der als schlichter und schmackhafter Gruß aus der Küche den Anfang machte.
Beim Sashimi von Thunfisch und wild gefangenem weißem Heilbutt überzeugte ebenfalls vor allem das Wichtigste, nämlich die Qualität der roh marinierten Fische, die beide sehr schön fest und reintönig auf einer milden, unaufdringlichen Kräutervinaigrette ausgebreitet auf dem Teller lagen. Auch der Algensalat und die verschiedenen aromatischen Küstenkräuter passten hier gut ins Bild – über die nicht nur farblich sehr bunten, mal fruchtigen, mal würzigen Saucen, die ringsherum aufgetragen waren, kann man freilich diskutieren – insgesamt aber war das aber ein sehr erfreulicher Start.
Auch die gebratenen Jakobsmuscheln, die mit einer etwas grobaromatischen Gewürzmischung aus rotem Pfeffer und frittierten Kräutern getoppt neben natürlichem Blattspinat und kurz im Ofen erhitzten Rispentomaten aufgefahren wurden, waren klar von der besseren Sorte und hätten mit ihrer festfleischig-elastischen Konsistenz und dem klaren, sauberen Geschmack auch auf den Tellern deutlich höher bewerteter Restaurants eine gute Figur gemacht. Die Sauce allerdings, eine Limonen-Beurre-blanc, wirkte mit ihrem plumpen Fluss und der matten, eher süßlichen Aromatik nicht sehr animierend. Da fehlten Säure, herbe zitrische Noten, Eleganz und Struktur.
Wie viel hier mit einem Relaunch auf dem Saucenposten tatsächlich noch rausgeholt werden könnte, offenbarte auch der Hauptgang, respektive die Beschaffenheit der sogenannten „Sauce vom Kaisergranat", die ebenfalls sehr lieblich, flach, dickflüssig und überhaupt nicht wirklich arttypisch war. Der Fisch, ein sehr dickes, schneeweißes und sehr saftiges Filet vom Eismeer-Seewolf, der mit einer locker-flockigen Algen-/Pankobrösel-Kruste daherkam, überzeugte hingegen wieder voll. Auch der weiße Deinster Spargel war ziemlich proper und die an sich recht hellen und ausdruckslosen jungen Kartoffeln wurden durch rauchiges Grillaroma und herzhafte Würzung interessant. Dass hier ehrbares Küchenhandwerk betrieben wird und alles eine gute Substanz besitzt, zeigten auch die hausgemachten Sorbets – Johannisbeere, Mango und Zitrone –, die allesamt schön natürlich schmeckten und das Mahl leicht abschlossen. Wer im Fischrestaurant partout keinen Fisch essen möchte, findet mit einem klassischen Carpaccio vom Rind, einem Schnitzel mit Bratkartoffeln oder Rinderfilet mit Spargel und Sauce béarnaise sogar ein paar Alternativen, um die maritime Vielfalt zu umschiffen – was hier allerdings klar ein Fehler wäre!

5

Restaurant PIER 6

Barkhausenstr. 6, 27568 Bremerhaven
0471-48364080
www.pier6.eu
Küchenchef: Michael Uphoff
Mo–Sa von 11.30–14 Uhr u. ab 18 Uhr, So RT
Hauptgericht: 12–32 €, Menüs: 25–39 €
VISA

Auch wenn es in den vergangenen Jahren immer wieder leichte Schwankungen gab, ist und bleibt das schlicht elegante Restaurant von Gastgeber Steffen Heumann in Bremerhaven ein Garant für unkompliziert pfiffige Küche mit Niveau. Der erfahrene, ursprünglich aus Franken stammende Patron setzt mit seinem Team auf schlichte, clever akzentuierte Gerichte, die den Bogen von norddeutscher Tradition bis zu mediterraner Leichtigkeit spannen, kauft qualitätsbewusst ein und hat zudem immer spannende Weine in petto, die „ganz zufällig" öfter von fränkischen Erzeugern stammen.
Nach etwas Brot mit einem herzhaften Schmand-Dip startete der letzte Besuch mit marmoriertem, am Rand zart koloriertem Kalbfleisch in einer eher leichten, kräutrigen Thunfischsauce – gemeinsam mit Kapernäpfeln und groben Parmesanhobeln eine gelungene Umsetzung des Italo-Klassikers, die von einem mit milder Süße marinierten Mizuna-Salat aufgefrischt wurde.
Schlicht und klar repräsentierte eine Strauchtomaten-Essenz mit kräftigem Produktgeschmack (aber ohne besondere Komplexität) den Stil der Küche ebenfalls sehr gut. Für Akzente sorgten darin die (etwas festen) Basilikumklößchen auf Fleischfarce-Basis, etwas Tomaten-Concasse und deftiger Frühlingslauch. Derartige Sachen sind zwar teilweise sehr simpel zubereitet, aber immer frisch und handwerklich sauber gemacht.
Das Gleiche galt auch für das kross und saftig gebratene Filet von einer erfreulich großen Dorade Royal. Ergänzt wurde diese dicke Schnitte von pikantem Couscous, gebratener Zucchini, Auberginen und Paprika sowie einem schmorfruchtigen Paprikaschaum. Auch hier fehlte es zwar – zumindest in Hinblick auf eine höhere Bewertung – ein wenig an Tiefe oder aromatischer Zuspitzung, etwa in Form von konzentrierter Säure, aber auch auf dieser recht einfachen Linie entstand ein stimmiger Gesamteindruck rund um ein gutes Hauptprodukt.
Am akkuratesten und handwerklich aufwendigsten fielen zuletzt die nach cleverem Baukastenprinzip konzipierten Desserts aus, etwa eine zarte Heidelbeerschnitte nebst intensiv dunkelbeerigem Waldfruchtsorbet, griechischem Joghurt und Orangen-Espuma.
Der Service hat spontane Besucher, die nur für eine Kleinigkeit auf der Terrasse vorbeischauen, genauso im Blick wie größere Gruppen und ausgiebiger genießende Gäste. Und die genau wie das gesamte Angebot erfreulich fair kalkulierten Weine runden das stimmige Gesamtkonzept gut ab.

Weinrot

im Hotel Haverkamp
Schleswiger Str. 27,
27568 Bremerhaven
0471-48330
www.restaurant-weinrot.de
Küchenchef: Manfred Bittkowski
Täglich von 12–14 Uhr u. ab 18 Uhr, kein RT
Hauptgericht: 15–28 €, Menüs: 32–53 €
VISA

Nomen est omen: Im elegant gestalteten Restaurant des Hotel Haverkamp herrscht tatsächlich überwiegend ein dunkles Rot vor – hier und da von ein paar Kontrasten wie den schwarzen Schnurvorhängen unterbrochen, die auch als Raumteiler dienen. Zusammen mit den sauber eingedeckten Tischen ist das ein edles Setting, das eine exklusive und entsprechend teure Küche suggeriert, doch das Weinrot-Kulinarium gibt sich eher bodenständig und für jede Klientel zugänglich, was für ein Hotelrestaurant ja durchaus angebracht ist.
Die Zubereitungen sind auch eher schlicht und hausmannsköstlich, kommen ohne kochtechnische Finessen aus. Was bei Dingen wie beispielsweise einer Kürbissuppe mit gerösteten Kernen und Kernöl, einem Hamburger mit Steakhouse-Pommes und Zwiebelmarmelade oder auch einem korrekt gebratenen Rumpsteak mit Kräuterbutter, zweierlei Fritten und Trüffelmayo auch gar nicht von Belang ist.
Überall dort allerdings, wo etwas mehr Feingespür gefragt ist, sind die Defizite auffälliger: Simpel, aber immerhin sehr schmackhaft waren die Spaghetti mit sahnig-milder Gorgonzolasauce und gebratenen grünen Spargelstücken sowie kurz ansautierten Kirschtomaten. Ziemlich plump indes die dicken, massig-breiigen Matten alias „Bärlauchkruste" auf qualitativ passablen Wolfsbarschfilets, die mit geschmorter (ungehäuteter) Paprika, einem intensiven,

thymianwürzigen Tomatensugo und gummihaft kompakten Gnocchi angerichtet waren. Kristallin und hart das Gewürztraminer-Parfait, das wie ein reines Sahne-Parfait geschmeckt hat und mit seiner Begleitung aus ein paar Klecksen Karamellsauce, zerbröselten Schokoladen-Salzstangen und naturbelassenen Blaubeeren auch sonst kein großer Wurf war. Ganz ähnlich wie im letzten Jahr müssen wir auch heuer konstatieren, dass es da doch bisweilen überraschend an den Basics hapert. Dass das Thema Wein im Weinrot ein großes ist, sieht man hier an vielen Ecken des Hauses. Die äußerst umfangreiche Getränkekarte listet neben einem internationalen Weinsortiment mit teilweise eigenen Abfüllungen auch zahlreiche hochwertige Spirituosen, Teespezialitäten und viele andere interessante Drinks. Das macht Lust, nach dem Essen auf einen Absacker in der gepflegten Bar vorbeizuschauen.

Bretzfeld-Brettach (Baden-Württemberg)

6↑

Landhaus Rössle

Mainhardter Str. 26,
74626 Bretzfeld-Brettach
07945-91110
www.roessle-brettach.de
Mi u. So von 12–14 Uhr u. ab 18 Uhr, Do, Fr u. Sa ab 18 Uhr, Mo u. Di RT
Hauptgericht: 26–32 €, Menüs: 58–73 €

In dem auf mehreren Ebenen angelegten Restaurant ihres Landhauses im Hohenlohischen kredenzen die Gastgeber Inka Thomßen-Pils und Bernd Pils eine sehr gute, unkomplizierte Feinschmeckerküche, die hier als überwiegend südländisch-heitere französische Klassik oder auch in Form verfeinerter Regionalküche dargeboten wird. Man erkennt auf allen Tellern die Handschrift eines echten Könners, der sich hier jedoch nicht um extreme Verfeinerung und preistreibende Exklusivität bemüht, sondern vielmehr um starke Substanz und unverfälschten Geschmack sehr guter Produkte zu moderaten Preisen. Dazu serviert die Gastgeberin gute, ebenfalls sehr moderat kalkulierte Weine aus dem deutschen Südwesten sowie aus anderen europäischen Ländern.

Brilon (Nordrhein-Westfalen)

6

Almer Schlossmühle

Schloßstr. 13, 59929 Brilon
02964-9451430
www.almer-schlossmuehle.de
Mi–Fr von 12–14 Uhr u. ab 18 Uhr, Sa u. So ab 12 Uhr durchgehend, Mo u. Di RT
Hauptgericht: 18–36 €, Menüs: 37–45 €

VISA

Die Almer Schlossmühle nahe des Gräflich von Spee'schen Wasserschlosses von Brilon ist ein besonderer Ort: Schon das Ambiente des über zwei Etagen angelegten Gastraumes mit rustikaler, dunkelholziger Balkendecke zwischen historischer Mühlentechnik lohnt einen Besuch. Dazu gibt's aber auch noch sehr feine Küche zu attraktiven Preisen. Dem aus Österreich stammenden Chef Martin Steiner gelingt die Balance zwischen alpenländischen Schmankerln, raffinierter Regionalküche und leichten Gerichten aus internationalen Produkten. Alles mit gehobenem Anspruch, aber ohne übertriebenen Aufwand zubereitet. Der Chef setzt auf seinen gefälligen Tellern lieber wenige, dafür aber markante Akzente. Abgerundet wird das Ganze durch einen freundlich kompetenten Service, eine ansprechende kleine Weinkarte und eine gute Auswahl verschiedener Biere.

Buchholz (Niedersachsen)

5

Henry's

Steinbecker Str. 111, 21244 Buchholz
04181-20000
www.restauranthenrys.de
Küchenchef: Jan Philip Stöver
Mo, Do u. Fr ab 17 Uhr, Sa u. So ab 12 Uhr durchgehend, Di u. Mi RT
Hauptgericht: 15–32 €, Menüs: 37 €

Mit viel Bodenhaftung, aber durchaus auch einer ganzen Menge Ambitionen führt das Geschwisterpaar Christine Buchholz und Jan Philip Stöver sein Restaurant im Flair Hotel Zur

Eiche in Buchholz in der Nordheide. Die Gasträume sind mit diversen Gestaltungsmöglichkeiten aufgehübscht, verbergen ihren traditionellen Charme und ihre Patina aber nicht.
Der Raum rechts vom Eingang wirkt moderner und mehr wie aus einem Guss – rechts wurde viel improvisiert. Doch wir kommen ja in erster Linie des Essens wegen und auch da finden der Chef und sein Team einen schönen Mittelweg zwischen Bodenständigkeit und Anspruch. Es wird nicht exklusiv und schon gar nicht luxuriös, aber doch durchaus einfalls- und finessenreich gekocht. Gute Produkte aus der Region mit kurzen Transportwegen, nachhaltiges Arbeiten in der Küche und ein klarer Fokus auf den Geschmack der Gerichte statt kleinteiligem Firlefanz, der vielleicht gut ausschaut, aber nur mäßig gut schmeckt, lautet hier die Devise. So auch bei der Vorspeise um saftige Tranchen von der knusprig auf der Haut gebratenen und mit Honig glasierten Entenbrust, die zusammen mit einer kleinen Schnitte aus Geflügellebercreme und knusprig angeröstetem Brot auf einem Püreeduett von Urkarotte bzw. Knollensellerie angerichtet war und durch eingelegte Stachelbeeren noch etwas Säuerlich-Fruchtiges an ihrer Seite hatte.
Dem qualitativ recht ordentlichen gebratenen Skrei mit Blumenkohl-Mousseline, süßsauer eingelegten Radieschen und gebratenen Lauchzwiebeln assistierte zudem ein Wildkräutersalat Bouquet, das allerdings eher aus Baby-Leafs verschiedener Salate bestand, als aus echten Wildkräutern – und demnach auch vergleichsweise weniger originell geschmeckt hat.
Ein herzhaftes Wildbret wurde sodann mit dem Zweierlei vom Hirsch aufgeboten. Nämlich ein kurz gebratenes Lendenstück und zart mürber Schmorbraten, zusammen mit Pastinakenpüree, sautierten Pilzen (Champignons und Austernpilze) sowie à part im Schälchen kleinen, knackigen Rosenkohlköpfen mit viel Eigengeschmack, der von etwas speckiger Butter abgerundet wurde.

Spaß machte auch der saftige Softcake auf einer Käsekuchencreme mit Schoko-Crumbles und Birnensorbet, und die ebenfalls annoncierten, aber nicht auffindbaren Himbeeren haben wir überhaupt nicht vermisst. Eine kleine Weinauswahl und verschiedene interessante Biere runden das sympathisch preiswerte Angebot im Henry's ab.

Bühl (Baden-Württemberg)

6

Gude Stub – Casa Antica

Dreherstr. 9, 77815 Bühl
07223-30606
www.gudestub-casa-antica.de
Küchenchef: Andrea Alesi
Mi–Mo von 11.45–14 Uhr u. ab 17.30 Uhr, Di RT
Hauptgericht: 12–31 €, Menüs: 47–57 €
VISA

Auf den ersten Blick wird sicher niemand auf die Idee kommen, dass sich in einem der ältesten Häuser des Ortenau-Städtchens Bühl eines der besten authentisch italienischen Restaurants der Republik befindet. Und mit dieser Einschätzung übertreiben wir in keiner Weise, denn auch wenn der Gastraum eher nach gepflegter regionaltypischer Weinstube mit badischer Küche aussieht, ist das verwinkelte Fachwerkhäuschen in der Bühler Fußgängerzone schon seit 2006 ein individuelles Kleinod der authentischen Italianità. Meilenweit von den üblichen Pizza-und-Pasta-Ristoranti entfernt und von Famiglia Alesi mit bewundernswertem Engagement geführt.
Kompromisse macht Patron und Küchenchef Andrea Alesi weder bei seiner bedingungslos auf Qualität bedachten Produktauswahl noch bei der handwerklich souveränen und oftmals sehr aufwendigen Zubereitung seiner Gerichte.

Erstes Beispiel hierfür ist bereits das hausgebackene, geröstete Sauerteigbrot mit hochwertigem Olivenöl und wildem Oregano – kein Ciabatta, keine Focaccia, keine Grissini, dafür aber eine vollmundige Reminiszenz an die badische zweite Heimat, die der gebürtige Sizilianer mit den Aromen seiner Wurzeln gekonnt in Einklang bringt. Schlicht, einfach und perfekt auf den Punkt gebracht.
Ein bereits lieb gewonnener Klassiker ist für uns die „Selezioni Antipasti Casa Antica", die auch heuer wieder ein breites Aromen- und Produktspektrum aufbot: Nicht nur das Vitello tonnato, das mit saftigem, etwas dicker aufgeschnittenem Kalbfleisch und seidiger Thunfisch-/Kapern-Sauce überzeugte, sondern auch die herrlich süffige, süß-saure Caponata (Auberginen, Kapern, Sellerie, Tomaten, Honig ...) und der mit einem Klecks Mosto cotto angespitzte Brotchip mit Rucola, gedünstetem Dinkel und Kichererbsen wären allesamt auch als veritable Vorspeise vorstellbar – vermittelten aber gerade im Appetizer-Format einen vielseitigen, dabei nicht zu üppigen und maximal genussreichen Einstieg ins Menü.
Apropos Menü: Die teils sehr gut gemeinten Portionen stellen uns hier regelmäßig vor mittelgroße Herausforderungen – und doch können wir nie widerstehen, auch bei den naturgemäß sättigenden Pastakreationen zuzuschlagen. Mit dem Angebot, die Salbeiravioli als kleinen Zwischengang zu schicken, kam uns die Küche daher sehr entgegen. Und letztlich reichten die drei Teigtaschen dann auch voll und ganz, um ihre Exzellenz zu bestätigen. Neben der kräuterwürzigen Füllung und dem unnachahmlichen Charakter der hausgemachten Pasta, mit der der Chef mal wieder perfekt den Punkt zwischen bissfester und seidig-zarter Konsistenz getroffen hat, sorgten lediglich ein wenig gedünsteter weißer und grüner Spargel sowie gestifteter Parmesan für gemüsige und umamisatte Begleitung – und mehr brauchte es da auch nicht ...
Im Detail ein wenig unrund wirkte der zwar schön rösch auf der Haut gebratene, aber mit einer etwas zu sehr auftragenden Haube aus Kräuter-Semmelbröseln und gehobelter Sommertrüffel getoppte Wolfsbarsch. Denn obwohl das feine Eigenaroma des auf verschienenen Gemüsen gebetteten Fischfilets durchaus zu schmecken war, sorgte nicht nur seine krümelige Panierung, sondern auch eine sehr trockene halbe lila Kartoffel im Verbund mit salzig-öligem Blattspinat für ein etwas unausgewogenes und untypisch grobes Bild. Eine frische Komponente und etwas mehr Säure hätte da schon viel bewirkt.
Eine kongeniale Begleitung hatte indes der saftig-aromatische Kalbsrücken im Hauptgang. Hier unterfütterten das feine Fleischaroma nämlich nicht nur kleine, feste Pfifferlinge der ersten Ernte, sondern auch gedünstetes Wurzelgemüse (Rote Bete, Karotte ...) mit waldig-erdigem Charakter, während säuerlich-spitze Taggiasca-Oliven und eine kräutersatte Oreganocreme die mediterrane Note beisteuerten. Formvollendete „Cucina della Nonna" am Rande des Schwarzwalds.
Und trotz der wahrlich generösen Teller sollte man auf jeden Fall noch Platz für ein Dessert lassen, das hier ebenfalls nicht mit der x-ten Panna-cotta- oder Tiramisu-Variante abgehakt wird. So lieferte letztlich die Himbeertorte (fluffiger Schokoboden, luftige Creme, gelierter Saft) einen erfreulich luftig-leichten Abschluss des Programms, das wie gewohnt von Gastgeberin Rita Ciaccio-Alesi mit viel Elan und Schwung kommentiert und begleitet wurde.

6

Pospisils Gasthof Krone

Seestr. 6, 77815 Bühl (Oberbruch)
07223-93600
www.pospisils-krone.de
Di–Fr ab 18 Uhr, Sa u. So von 12–14 Uhr u. ab 18 Uhr, Mo RT
Hauptgericht: 15–28 €, Menüs: 30–50 €
VISA P

Pavel Pospisil ist ein Meister alter Schule, und seine Speisekarte liest sich wie eine einzige Weltreise. Wer aber ob der Lektüre glaubt, in den ländlich-gemütlichen Stuben seiner Krone ein globales Mischmasch serviert zu bekommen, der unterschätzt die Qualitäten des Chefs, der als Böhme die gelungene Verbindung der verschiedensten Nationalitäten auch kulinarisch in den Genen hat. So kommt man hier seit vielen Jahren regelmäßig nicht nur in den Genuss von ausgezeichnetem Handwerk, sondern auch von ausgesprochen selten anzutreffenden traditionellen Gerichten, die wirklich meist ganz flexibel tagesfrisch nach Marktlage erdacht und gekocht werden. Dazu eine sehr persönlich zusammengestellte Weinkarte, charmanter Service und moderate Preise.

Bünde (Nordrhein-Westfalen)

5

Zum Adler

Moltkestr. 1, 32257 Bünde
05223-4926453
www.adler-restaurant.de
Küchenchef: Erkan Yilmaz
Mo–So von 12–14.30 Uhr u. ab 18 Uhr, kein RT
Hauptgericht: 10–55 €,
Menüs: 18–72 €

EC VISA

Trotz der langen gastronomischen Tradition und dem altehrwürdigen Namen ist der Adler in Bünde alles andere als ein nostalgischer Ort. Das Haus macht einiges her, ist aber eigentlich ein komplett neu aufgezogenes Anwesen. Durch die raumhohen Fenster und die reduziert elegante Ausrichtung wirkt alles sehr hell und modern und ist mit humorvoll rustikalen Details aufgelockert.
Kulinarisch liegt das Augenmerk ganz klar auf hohen Produktqualitäten, insbesondere beim Fleisch, dem eine ganze Rubrik in der Karte gewidmet ist. Da tummeln sich dann ideal gereifte Cuts von Black Angus, Wagyu & Co., die einerseits puristisch mit akkuraten traditionellen Beilagen und Saucen nach Wahl, andererseits aber auch in etwas knalligen kreativen Kombinationen angeboten werden. Generell bedient sich das Team gern beherzt aus dem exotischen und mediterranen Aromenbaukasten und bringt dabei immer wieder pfiffige Ideen auf den Teller. Größte Stärke bleibt aber die gute Grundsubstanz und die klar überdurchschnittliche Produktgüte.
So macht stets schon das großporig-wattige Krustenbrot mit fein abgeschmeckten Cremes und Gemüsen zum Start richtig viel Spaß. Aber auch das sinnvollerweise pur gehaltene und nicht überwürzte Tatar vom Wagyu-Rind, das sich geschmeidig mit dem flüssigen Eigelb eines pochierten Landeis verband, konnte sich sehen und vor allem schmecken lassen. Die Nocke körnigen Senfs und die Balsamico-Glace dazu benötigten allerdings eine sehr vorsichtige Hand, um nicht schnell viel zu intensiv zu werden. Aufgelockert und akzentuiert wurde das Ganze von Salatspitzen, milden eingelegten roten Zwiebeln, frittierten Kapern und warmer Pfefferschärfe. Gut!
Gekonnter Purismus prägte auch die locker zweifingerhohe, glasig auf den Punkt gegarte Schnitte vom weißen Heilbutt. Ihr zur Seite standen eine fruchtig-scharfe Orangen-/Chili-Reduktion, krosse Süßkartoffeln und einen leicht mit Parmesan getunten Wildkräutersalat. Auch das war eine gekonnte Produktinszenierung – nur die offenbar sehr gern von der Küche eingesetzte Balsamico-Glace hätte es hier nach unserem Dafürhalten ebenfalls nicht gebraucht.
Wer keinen Fisch mag und weder ein Tomahawk- noch ein Porterhouse-Steak oder eines seiner Verwandten ordern möchte, bekommt auf der Fleischseite beispielsweise mit tiefaromatisch geschmortem Brisket nebst Parmesan-Kartoffelstampf und konzentrierter Jus eine mindestens ebenso umamisatte Geschmacksbombe in souveräner Machart. Besonders feine Details spielen dabei keine große Rolle, dafür sind die etwas handfesteren Geschmacksbilder aber angenehm klar und deutlich herausgearbeitet.
Im süßen Bereich gibt es meist eine etwas kreativere Idee neben gut gemachten Klassikern wie einer tiefdunklen Schokomousse oder intensiv natürlich schmeckendem Erdbeersorbet aus eigener Produktion. Im Zweifel wirken die kreativen Einfälle wie Fichtenaromen oder Ähnliches hier ein klein wenig sperrig, lohnen aber genauso einen Versuch.
In die Gläser kommen gute Basis-Qualitäten und ein paar hochwertige Erzeugnisse einiger renommierter Winzer, die (auch glasweise) sicher für die allermeisten Anlässe und Geschmäcker etwas Passendes bieten. Bei der Auswahl hilft der Service engagiert, auch wenn das Team zuletzt ein wenig hektisch und unkoordiniert wirkte. Sympathisches Lokal mit gutem Preis-Genuss-Verhältnis.

Burbach (Nordrhein-Westfalen)

5↑ 🍴🍴

Fiester Hannes

Flammersbacher Str. 7,
57299 Burbach (Holzhausen)
✆ 02736-29590
www.fiesterhannes.de
Di–So von 12–14 Uhr u. ab 18 Uhr, Mo RT
Hauptgericht: 17–28 €, Menüs: 39–79 €

Ein rundum stimmiges Kleinod: behagliches und geschmackvolles Ambiente mit freigestelltem Holzgebälk in einem schmucken Fachwerkhaus und trotz Inhaber- und Küchenchefwechsel Anfang 2020 eine ungezwungen substanzstarke Küche. Regina und Tino Saubert machen hier sehr vieles sehr richtig. Und im Ergebnis können sich die Besucher auf geschmackssichere Gerichte freuen, die mal exklusiver und mal bodenständiger daherkommen, aber so oder so von A bis Z sorgfältig zubereitet werden. Alles mit der gelassenen Souveränität von einem Koch, der es nicht nötig hat, mit aufgesetztem Schnickschnack zu blenden. Dazu gibt es hier eine hochwertige, gut organisierte kleine Weinauswahl und das alles zu einem sehr ansprechenden Preis-Leistungs-Verhältnis. Und nicht zu vergessen den herzlichen Service der Gastgeberin.

Burg/Spreewald (Brandenburg)

ohne Bewertung 🍴🍴🍴

Bleiche Restaurants

im Hotel Bleiche Resort & Spa
Bleichestr. 16, 03096 Burg/Spreewald
✆ 035603-620
www.bleiche.de
Küchenchef: Alexander Müller
Täglich ab 18 Uhr, kein RT
Hauptgericht: 56–98 €,
Menüs: 120–178 €

Während der Corona-Pandemie wird das gemütlich-elegante Gourmetrestaurant dieses wunderbar individuellen Hotels im brandenburgischen Outback als Galerie „Alte Meister“ mit Kunstwerken aus dem 16. und 17. Jahrhundert genutzt. Die Kochkunst von Küchenchef Alexander Müller gibt es seit Spätsommer zwar auch wieder für externe Gäste in einer konzeptionell veränderten, aber trotzdem anspruchsvollen Version in den verschiedenen anderen Genussräumen des Hotels. „Auf Wunsch serviert der Küchenchef im Stil des 17fuffzig weitere Elemente und schöpft aus seinem reichen Repertoire, das er ständig weiterentwickelt und wo er immer wieder auch neue kulinarische Ideen umsetzt“, heißt es in der Pressemitteilung des Hauses. Außerdem ist darin zu erfahren, dass grundsätzlich geplant ist, das 17fuffzig nach Corona wieder in seinen angestammten Räumen in Betrieb zu nehmen. Ursprünglich hatten wir vor, das neue Gastronomiekonzept der Bleiche vor Redaktionsschluss dieser Ausgabe noch zu testen, was dann aber nicht möglich war, weil es auch nach Wiedereröffnung des Hotels noch keinen Eröffnungstermin für die À-la-carte-Gastronomie des Hauses gab.

Die Symbole

- gute Parkmöglichkeiten
- Hotelgarage
- barrierefrei
- klimatisierte Zimmer
- WLAN-Zugang
- Hallen- und/oder Freibad im Haus
- mit Wellness-Bereich
- mit Fahrstuhl zu den Hotelzimmern
- Hunde im Hotel nicht erlaubt
- mit Garten oder Terrasse

Burgrieden (Baden-Württemberg)

Ebbinghaus

Bahnhofplatz 2/1, 88483 Burgrieden
07392-6041
www.restaurant-ebbinghaus.de
Do–Sa ab 18.30 Uhr, So von 12–13 Uhr, Mo–Mi RT
Hauptgericht: 25–35 €,
Menüs: 84–100 €

Das moderne Gasthaus von Karin Ritter und Peter Ebbinghaus mit seinem hellen, zeitlos eleganten Gastraum und der unaufgeregten Küche ist ein Paradebeispiel dafür, wie gut anspruchsvolle Gastronomie auf dem Land funktionieren kann. Das Erfolgsrezept ist ein Spagat zwischen verfeinerter schwäbischer Traditionsküche und etwas kreativeren, meist mediterran inspirierten Gerichten, mit dem ein breites Publikum angesprochen werden kann. Hier ist nichts hip oder trendy, nichts betont exklusiv oder sonst irgendwie exaltiert – und das braucht es auch überhaupt nicht. Es reicht vollkommen, dass der Chef qualitätsbewusst einkauft und zusammen mit seinem kleinen Team mit ebenso viel Feingefühl wie Expertise kocht. Die Ergebnisse präsentieren vor allem die guten Produkte, die Kreationen sind klar und leicht und an den richtigen Stellen so zugespitzt, dass garantiert keine Langeweile aufkommt. Gemeinsam mit der geradeheraus humorvollen Art von Karin Ritter und dem wohnlichen Ambiente entsteht so seit vielen Jahren ein sehr stimmiges Gesamtes.

Bürgstadt (Bayern)

Weinhaus Stern

Hauptstr. 23,
63927 Bürgstadt
09371-40350
www.hotel-weinhaus-stern.de
Mi–Mo ab 18 Uhr, Di RT
(jeden 1. So im Monat geschlossen)
Hauptgericht: 10–28 €,
Menüs: 35–70 €
VISA

Das sympathische Geschwisterpaar Heidi Martin und Klaus Markert betreibt im beschaulichen Bürgstadt seit vielen Jahren eine Institution, die nicht nur jede Menge Flair hat, sondern unter der Ägide des Chefs auch eine der besten Küchen der Region bietet. Die mit Understatement geschriebene Karte lässt nicht auf die tatsächlich gebotene Qualität und die Finesse schließen, die hier in den nostalgischen Gasträumen in attraktiver, unverkünstelter und fundierter Machart auf die Tische kommt. Traditionelle Regionalgerichte, aber auch internationale Klassiker werden hier mit Feinsinn und Können zu niveauvollen Schmankerln mit viel Substanz zubereitet. Heidi Martin leitet seit Jahr und Tag umsichtig und sympathisch den Service, und der Weinkeller lässt von Franken bis Frankreich keine Wünsche offen. Außerdem gibt's in den oberen Stockwerken nette gepflegte Gästezimmer.

Burgwedel (Niedersachsen)

Gasthaus Lege

Engenser Str. 2,
30938 Burgwedel (Thönse)
05139-8233
www.gasthaus-lege.de
Küchenchef: Hinrich Schulze
Mi–Fr ab 18 Uhr, Sa u. So von 12–13.30 Uhr u. ab 18 Uhr, Mo u. Di RT
Hauptgericht: 28–33 €,
Menüs: 41–69 €
VISA

Das ländlich-elegante Gasthaus der Schulzes in Thönse bei Burgwedel im Nordosten von Hannover ist für uns seit vielen Jahren ein absolutes Musterbeispiel dafür, wie gut bodenständige und trotzdem sehr anspruchsvolle Gastronomie auf dem Lande funktionieren kann. Die Gäste werden in dem stilvollen Gasthaus ganz ohne Exklusivitätsdrang und Innovationsdruck einfach nur ausgesprochen zuvorkommend umsorgt und außergewöhnlich gut bekocht – und das zu einem erstaunlich moderaten Preis. Mit so viel Hingabe und unaufdringlichem Charme Claudia Hinrich ihre Gäste versorgt, so viel Sorgfalt, handwerkliches Know-how und Souveränität legt ihr Mann Hinrich für seine Gerichte an den Tag.
Sieht man sich die „13 Gebote" des Gasthaus Lege an, ist man nicht überrascht, dass an erster Stelle „Geschmack" steht. Man erkennt auf allen Tellern, dass der Chef niemandem etwas beweisen muss und sich deshalb voll und ganz auf den guten Geschmack seiner konsequent klassischen Gerichte konzentrieren kann. Die gibt es als bis zu fünfgängige Menüempfehlung und in Form verschiedener À-la-carte-Optionen, die von verfeinerter Regionalküche bis zu Kreationen aus internationalen Edelprodukten wie Hummer oder Steinbutt reichen.
Und sehr viel Geschmack gab es auch diesmal schon zum Menüauftakt mit der altmeisterlichen Geflügelterrine: Zum ebenso zarten wie aromatischen Brustfleisch von Wachtel und Taube, das in eine lockere, von Schnittlauch- und Karottenstreifen gemüsig akzentuierte Farce gebettet war, sorgte luftige Pfifferlingsmousse für ein waldiges Umland, das vom Apfel-Balsamessig, mit dem sowohl einige Pfifferlinge, als auch kleine Feldsalatsträußchen mariniert waren, fruchtig aufgelockert wurde.
Laut und effektvoll geht es auf Hinrich Schulzes Tellern nie zu. Vielmehr sind es die leisen Nuancen und subtilen Phrasierungen, die entscheidend zum wohltönenden Gesamtbild beitragen. Zur korrekt gegarten und attraktiv gebräunten Tranche vom Steinbeißer lieferten diese beispielsweise jodig-weinfruchtige Miesmuscheln, die auch den angegossenen Sud maritim akzentuierten. Gehobelte Pastinaken- und Birnenstreifen konterten das Ganze von der Landseite aus mit ihrer natürlichen Süße und Erdigkeit und die mit Thymianöl kräuterfrisch nuancierte Sauce komplettierte das souveräne Geschmacksbild. „Tradition bewahren" – noch so ein Gebot der Schulzes, das mit solchen Kreationen eindrücklich unterstrichen wird.
Ein recht individuelles „Surf'n'Turf"-Gericht gab der Chef mit der Kombination von Kaninchen und Garnele als weiteren Zwischengang zum Besten, der zudem eine mediterrane Brise in den Gastraum wehte. Der saftig-reintönige Kaninchenrücken und die zart geräucherte Garnele fanden sich nämlich zusammen mit säuerlichen Kalamata-Oliven, getrockneten Tomaten und Saubohnenkernen in einem leichten, klaren Kräutersud mit zarter Säure und satten Aromen wieder.
Durch hohe Produktqualität und besonders sorgfältige, fundierte Zubereitung werden unter der souveränen Hand des Könners auch Dinge zu überdurchschnittlichem Gaumenkitzel, von denen man nicht viel erwartet, so wie beim gediegen anmutenden Hauptgang um Kalb und Sommergemüse. Denn schon die beiden rosasaftigen Kalbsfilet-Tranchen boten auf einem Ragout von Bries und Zunge in eleganter Kalbsjus jede Menge Finesse und Produktcharakter und wurden von süßlich geschmorten Perlzwiebeln, ebenso eigenaromatischen wie individuell punktgenau gegarten Gemüsen und auflockernden Kräuterbrioche-Bröseln attraktiv umspielt. Wie gesagt: leise Töne, aber was für ein Sound!
Auch die süßen Sachen begegnen dem restlichen Programm auf Augenhöhe: Flankiert von einer sauber abgedrehten, kakaosatten Nocke Mousse sowie einer vom Eis der Cru-Virunga-Schokolade durfte ein gedämpfter und dadurch ungemein saftiger Blaubeerknödel aus Semmelstücken, klein gestoßenen Cantuccini und Beeren Platz nehmen und dort im eingängigen Akkord für wohlige Stimmung sorgen. Ohne Dessert sollte man das Gasthaus Lege niemals verlassen!
Zu dessen positiven Gesamtbild trägt immer auch der Service von Claudia Schulze bei, die die Leidenschaft ihres Mannes auf sympathische Weise in den hellen, warmfarbigen Gastraum transportiert und dafür sorgt, dass man immer auch etwas Gutes im Glas hat. Selten erlebt man solch herzliche, ungekünstelte Gastfreundschaft.

Burrweiler (Rheinland-Pfalz)

5

Ritterhof Zur Rose

Weinstr. 6a,
76835 Burrweiler
06345-407328
www.ritterhofzurrose.de
Do u. Fr ab 18 Uhr, Sa–Mo
von 12–14 Uhr u. ab 18 Uhr, Di u. Mi RT

Das Restaurant im Obergeschoss bietet einen schönen Ausblick auf die Rebzeilen Burrweilers und die Rheinebene. Die Betreiber Karin und Florian Winter haben sich bereits über viele Jahre in der legendären Kanne in Deidesheim einen Namen gemacht und die dort gepflegte verfeinerte und modernisierte Pfälzer Regionalküche servieren sie nun in Burrweiler. Es gibt Menüs, die nach Herzenslust kombiniert werden können; einige dieser Gerichte haben auch einen leicht mediterranen Einschlag. Besonders empfehlenswert sind aber Gerichte vom Donnersberger Wollschwein, einer Mangalica-Kreuzung, die mit wunderbarem Eigengeschmack und herrlicher Fett-Textur begeistern. Ob Innereien, Saumagen oder Kotelett: garantiert höchster Fleischgenuss! Ein Highlight ist die Weinkarte, die vor allem bei den Weißweinen die komplette Bandbreite der Region abbildet. Vom Nachwuchswinzer bis zum Top-Erzeuger, vom frischen bis zum gereiften Wein. Sommelier Bernhard Holzer beschreibt präzise und ist somit ein kompetenter Lotse bei der Suche nach der passenden Flasche. Auch die glasweise Auswahl ist vorbildlich!

Buxtehude (Niedersachsen)

ohne Bewertung

N°4

Harburger Str. 47–51,
21614 Buxtehude
www.jens-rittmeyer.de
Fr u. Sa ab 18.30 Uhr, So–Do RT
Menüs: 195 €

Aus dem Gewölbekeller des Hotels Navigare auf den NSB-Campus in derselben Straße: Jens Rittmeyer macht sich mit dem Restaurant N°4 selbstständig und zieht als Mieter in neue Räumlichkeiten im Vorstandscasino der Niederelbe Schifffahrtsgesellschaft auf deren Betriebsgelände. Dort wird er die weiterhin nur vier Tische vorübergehend sehr exklusiv nur am Freitag- und Samstagabend bekochen, ist aber durchaus gewillt aufzustocken, wenn es die Nachfrage hergibt. Und die Chancen dafür stehen nicht schlecht, denn der gut vernetzte und im Kreis seiner Kollegen hoch geschätzte Chef möchte dort unbeirrt an seinem Konzept und dem hohen Anspruch festhalten. Seit Jahren ist Jens Rittmeyer nämlich nicht nur als „Saucengott“ bekannt, sondern auch einer der wenigen wirklich überzeugten und auch tatsächlich überzeugenden Vertreter der neuen Regionalküche, der hier, direkt am Tor zum Alten Land, ebenso ambitioniert wie gelassen seine ganz eigene Interpretation von „Nova Regio“ zum Besten gibt. Dafür hat er hier ein Netzwerk von engagierten Erzeugern gesponnen, die ihn mit einzigartigen, teils sehr seltenen oder schon fast vergessenen Produkten beliefern – manches wurde gar in enger Zusammenarbeit erst wieder kultiviert. Wir wünschen ihm viel Erfolg beim Neustart und sind gespannt auf den ersten Besuch im neuen Domizil.

Celle (Niedersachsen)

7

Taverna & Trattoria Palio

im Hotel Fürstenhof
Hannoversche Str. 55, 29221 Celle
05141-2010
www.althoffcollection.com
Küchenchef: Holger Lutz
Täglich von 12–14 Uhr u. ab 18 Uhr, kein RT
Hauptgericht: 18–34 €, Menüs: 49–65 €

Gerne wiederholen wir unser Lob aus dem Vorjahr für das wie eine mediterrane Edel-Taverne gestaltete Palio im Althoff Hotel Fürstenhof, respektive die hervorragende Cucina casalinga von Küchenchef Holger Lutz und dessen Team. Und so legen wir uns abermals fest: Der vielleicht beste italienische Koch Niedersachsens ist ein gebürtiger Franke! Dem war die herzhafte Italianità aber gar nicht unbedingt in die Wiege gelegt, denn er hatte sich in der Vergangenheit, als er noch in erster Linie für die Gourmetküche im Endtenfang verantwortlich zeichnete, eher mit anderen Aromen, Produkten und Geschmacksbildern beschäftigt. Doch seit der Schließung des noblen klassischen Fine-Dining-Restaurants unter gleichem Dach hat er sich hier schnell eingegroovt und präsentiert nun die traditionellen italienischen Landesküchen nicht selten mit den Feinheiten der Haute Cuisine, ohne sie jedoch dadurch ihres ursprünglichen Charakters zu berauben.

Denn dass hier auf den Tellern trotz gourmetmäßiger Verfeinerung alles ganz bodenständig und produktbezogen ist, zeigt schon das gute italienische Weißbrot mit großporiger lockersaftiger Krume und röscher Kruste, das zusammen mit aromatischen grünen Oliven und einer Sardinenbüchse voller Thunfischcreme in einer Holzkiste an den Tisch kommt. Genauso wie der kleine Meeresfrüchtesalat mit Pulpo, Vongole, getrockneten Tomaten, Oliven und Basilikum auf leicht gelierter klarer Tomatenvinaigrette und auch das Gläschen mit kalter toskanischer Gemüsesuppe, die bei unserem letzten Besuch den Anfang machten.

Beim Thunfischtatar war der akkurat und nicht zu klein gewürfelte Thuna von grob zerstoßenen Piemonteser Haselnusskernen, frittierten Kapern, säuerlich marinierter Ringelbete, rotem Basilikum und Korianderkresse aufgelockert und bekam von einer punktuell eingebundenen Limonen-Mayonnaise eine nicht zu üppige und trotzdem effektive Schmelzigkeit mit auf den Weg. Da ist nichts zu viel und nichts zu wenig – alles sehr elegant proportioniert und die Aromen fein eingebunden.

Grundsätzlich zeichnet sich diese Küche nicht über sonderliche Exklusivität oder Innovation aus, sondern vielmehr über handwerkliche Präzision und Detailsorgfalt in den wesentlichen Dingen. Davon zeugten auch eindrucksvoll die hauchdünn gefertigten und mit einer lockeren, sehr saftigen und sehr eigenaromatischen Kalbfleischfarce gefüllten Ravioli, die nur nebst etwas Blattspinat, Salbeibutter und fein gehobeltem Parmigiano aufgetischt wurden und nach unserem Gusto als solches Referenzcharakter hatten.

Und auch wenn doch mal Edelprodukte wie Seezunge und Trüffel im Spiel sind, bekommt man es nicht mit Mainstream-Gourmetküche zu tun. Der Chef und sein Team bleiben dem Stil treu, gratinierten das fleischig-saftige Filet des Plattfischs mit einer leichten, schaumigen Haube, setzten es neben Grünspargel und Shimeji-Pilzen auf ein Bett aus fruchtig-herzhaftem Tomatensugo und erdeten das Ganze mit waldiger schwarzer Trüffel.

Das Mordstrumm Rinderfilet – außen attraktiv angekrosst und im Kern wie gewünscht (und ganz gleichmäßig) medium-rare – hatte mit olivenölfruchtigen Bohnenkernen und sautierten Streifen von breiten Bohnen sowie einer oreganowürzigen Kartoffelschnitte, einem Artischockenherz und kraftvoller Safransauce auf Mandelbasis ausdrucksstarke Begleiter zur Seite. Und machte wiederum keinen Hehl daraus, dass wir uns hier kulinarisch konsequent in mediterranen Gefilden bewegen.

Und daran ließ auch die zum aparten Törtchen geschichtete Interpretation der nussigen venezianischen Marcarpone-„Krümetorte“ Fregolotta keine Zweifel, die mit einer schmelzigen Nocke Cantuccini-Eis und eingelegten Feigen einen authentischen Abschluss bescherte. Und was der so wie Holger Lutz ebenfalls aus Bayern stammende Restaurantleiter Kilian Skalet zu alldem auch im Offenausschank in die Gläser bringt, kann mit dem hohen (und zugleich nicht hochpreisigen) Niveau der Küche sehr gut mithalten.

Chemnitz (Sachsen)

Villa Esche

Parkstr. 58, 09120 Chemnitz
0371-2361363
www.restaurant-villaesche.de
Di–Sa von 12–15 Uhr u. ab 18 Uhr, So u. Mo RT
Hauptgericht: 16–35 €, Menüs: 25–70 €

Das in der ehemaligen Remise der Jugendstil-Villa untergebrachte Restaurant bleibt der einzige Lichtblick für Genießer im unlängst zur Kulturhauptstadt Europas 2025 gekürten Chemnitz, das trotz kultureller Highlights kulinarisch ein eher schwieriges Pflaster ist. Das Team um Inhaber und Küchenchef Falk Heinrich geht damit aber seit Jahren souverän um und balanciert gekonnt zwischen mehrheitsfähig-bodenständigen und exklusiveren Gerichten. Letztere können teils locker auch einer höheren Bewertung gerecht werden, besonders an Suppen und Saucen zeigt sich immer wieder beste klassische Schule. Auch die Weinkarte mit Schwerpunkt Deutschland, Österreich und Frankreich und der Service werden höheren Ansprüchen gerecht.

Chieming (Bayern)

Goldener Pflug

im Hotel Gut Ising Chiemsee
Kirchberg 3, 83339 Chieming (Ising)
08667-790
www.gut-ising.de
Täglich von 12–14 Uhr u. ab 18 Uhr, kein RT
Hauptgericht: 14–36 €, Menüs: 33–105 €

Der Goldene Pflug ist und bleibt das traditionelle kulinarische Herzstück von Gut Ising und mit seiner blitzsauberen Regionalküche immer wieder ein lohnendes Ziel für Genießer. Hier werden die Gäste in ebenso elegantem wie behaglichem Stuben-Ambiente mit alpenländischen Schmankerln in fundierter Zubereitung verwöhnt. Vieles kommt ganz traditionell daher, manches aber auch mit einem kleinen kreativen Dreh. Die Qualität der Produkte und eine frische, natürliche und geschmacksstarke Zubereitung sind in beiden Fällen gesetzt und größere Feinheiten werden zu keinem Zeitpunkt vermisst, weil sie konzeptionell auch gar nicht avisiert werden. Stattdessen gibt es frisch gezapftes Bier, charmanten Service und eine auch glasweise attraktive Weinauswahl.

Gourmetrestaurant Usinga

im Hotel Gut Ising Chiemsee
Kirchberg 3, 83339 Chieming (Ising)
08667-790
www.usinga.de
Mi–So ab 18 Uhr, Mo u. Di RT
Menüs: 68–105 €

Klein, aber fein: Die wenigen Plätze in Gut Isings rustikal-elegantem Fine-Dining-Abteil werden seit vielen Jahren von Gunnar Huhn auf hohem Niveau bekocht. Der aus Sachsen stammende Chef verfügt über jede Menge Erfahrung, beherrscht das klassisch fundierte Handwerk und weiß sehr genau, was er macht. Mit der Beschränkung auf ein Menü bleiben die Produktqualitäten verlässlich hoch und die Zubereitungen sorgfältig und souverän. Manches ist von regionalen Traditionen inspiriert, manches ganz individuell. Fehlerquellen gibt es nur in kreativen Details, wenn es etwas verspielter wird. Am hohen Unterhaltungs- und Genusswert ändert das aber kaum etwas. Und der wird außerdem durch den kompetenten Service und eine nicht nur mit österreichischen und deutschen Gewächsen interessant bestückten Weinkarte hochgehalten.

Ristorante Il Cavallo

im Hotel Gut Ising Chiemsee
Kirchberg 3,
83339 Chieming (Ising)
08667-809962
www.il-cavallo.com
Di–Fr ab 17 Uhr, Sa u. So von 12–14 Uhr u. ab 17 Uhr, Mo RT
Hauptgericht: 7–25 €

Wer mitten in Oberbayern ein bisschen mediterranes Lebensgefühl sucht, ist in dem direkt neben der Reithalle von Gut Ising gelegenen Ristorante garantiert an einer der vielversprechendsten Stellen. Und das nicht nur, weil abends der Blick von der Terrasse auf den Chiemsee für Urlaubsfeeling sorgt. Auch die Offerten des Küchenteams – von sehr guter Pizza aus dem brüllheißen Steinofen bis zu Pasta, Pesce, Carne und Dolci – haben viel authentischen Charme und sind frisch und natürlich zubereitet. Alles bleibt bodenständig, betont schlicht und manchmal auch etwas rustikal, was aber nichts am stimmigen Gesamtbild ändert. Flotter, auch bei vollem Haus souveräner Service.

Hotelempfehlung

★★★★S

Hotel Gut Ising Chiemsee

Kirchberg 3,
83339 Chieming (Ising)
08667-790
www.gut-ising.de
Einzelzimmer: 97–378 €
Doppelzimmer: 148–405 €

Das familiengeführte 4-Sterne-Superior-Hotel Gut Ising liegt etwas erhaben über dem nur einen Kilometer entfernten Chiemseeufer auf einem 170 Hektar großen Grundstück bei Chieming und bietet insgesamt 105 wunderschöne Zimmer, Suiten und Junior Suiten, die auf acht historisch-nostalgische Gutshäuser verteilt sind. Alle Zimmer wurden in unterschiedlichem Stil eingerichtet, verfügen jeweils über Sat-TV und ein modernes Bad. Im Übernachtungspreis inbegriffen sind Genießerfrühstück, die alkoholfreien Getränke der Minibar, Bademantel und Nutzung des großen Spa- &

Wellnessbereichs mit großzügigen Innen- und Außenpools, Saunalandschaft und Fitnessraum. Outdoor- und Indoor-Tennisanlagen, ein hoteleigener 9-Loch-Golfplatz sowie eine Reitschule, ein Poloklub und jede Menge Möglichkeiten zum Wandern, Rad- und Ballonfahren sowie Segeln bieten ein breites Spektrum zum Sport machen und Aktivsein. Für das kulinarische Wohl der Gäste wird in drei mehrfach ausgezeichneten Restaurants gesorgt. Gourmetrestaurant Usinga, Goldener Pflug und Ristorante Il Cavallo separat erwähnt.

Cuxhaven (Niedersachsen)

8

Sterneck

im Badhotel Sternhagen
Cuxhavener Str. 86,
27476 Cuxhaven (Duhnen)
04721-4340
www.badhotel-sternhagen.de
Do–Sa ab 18 Uhr, So 13–14 Uhr u. ab 18 Uhr, Mo, Di u. Mi RT
Menüs: 85–180 €

Seit Langem ist Duhnen bei Cuxhaven dank dem Badhotel Sternhagen und seinem Gourmetrestaurant Sterneck ein hell leuchtender

Punkt auf den kulinarischen Landkarten der Republik, und seit nunmehr acht Jahren zeichnet der einstige Juan-Amador-Schüler Marc Rennhack dafür verantwortlich. Nach unserer Einschätzung kocht er hier von Beginn an nicht nur stilistisch konstant, sondern auch qualitativ schwankungsfrei auf dem hohen Niveau, das seine Küche ganz zweifelsfrei hat.
Warum die Michelin-Männchen dem Restaurant letztes oder vorletztes Jahr einen von zwei Sternen einkassiert haben, lässt sich aus unserer Sicht nur schwer nachvollziehen, da er zu diesem Zeitpunkt weder anders noch schlechter gekocht hat als in den Jahren zuvor. Ist aber auch nicht unser Problem. Uns interessiert vielmehr, warum es aktuell den Anschein hat, als ob Marc Rennhack kompositorisch etwas gediegener unterwegs ist und nicht mehr so sehr auf deutliche Kontraste und die für seine Küche bis dato so signifikanten Frucht- und Säure-Akzente setzt wie in der Vergangenheit. Vielleicht war es auch nur Einbildung oder der Momentaufnahme geschuldet – unser jüngster Eindruck war jedenfalls der, dass es auf den nach wie vor hochqualitativ bestückten und handwerklich sehr akkurat umgesetzten Tellern in der Gesamtschau etwas gesetzter zugeht.
An der Klasse der Küche ändert das freilich gar nichts. Und das Intro mit einer fruchtig-säuerlich marinierten Auster, einer heimischen Garnele im spanischen Rohschinkenmantel und einem Salat von Rauchaal und Romanesco deuteten ebenso wenig darauf hin wie der eigentliche Küchengruß um schneeweißen, sehr zarten Seeteufel mit Lauch und zarten Mokka-Aromen. Vielmehr zeigten diese Einstimmungen gleich zu Beginn zwei Eigenschaften der Küche, die wir seit Jahren sehr an ihr schätzen: zum einen die richtig gute Qualität und deutliche Präsenz der Produkte, zum anderen deren Vorliebe für starke Aromen.
Und davon war auch die Vorspeise gezeichnet, die außerdem ziemlich originell und auch sonst ein „echter Rennhack" war: Zum roh marinierten und üppig marmorierten Roastbeef stimmten die natürlichen Bitternoten von roter und gelber Paprika in verschiedenen Ausführungen und die Raucharomen einer Selleriecreme zusammen mit der Süße einer karamellisierten geflämmten Entenlebertranche und der knusprigen Briochescheibe, auf der die Foie gras thronte, spannende Akkorde an. Zumal so ein Menüauftakt sonst ja gern mal zu überbordender Süße neigt, sobald Enten- oder Gänseleber prominent im Spiel ist – mit seiner eher herzhaften, rauchig-fruchtigen Art war das ein schöner Gegenentwurf.
Deutlich klassischer und braver ging es hingegen beim nächsten Gang um ein schönes Stück sous-vide gegarten Kabeljau zu, für den der perfekte Punkt getroffen wurde, an dem der Fisch zwar nicht mehr richtig glasig, trotzdem aber noch schön glänzend ist. Darauf eine Nocke von sehr hellem und ergo auch schön mildem Kaviar und darunter ein Bett aus zartem Lauch. Drum herum Verschiedenes von der Schwarzwurzel, etwas Karotte und alles grundiert von einer transparenten Senfkörnersauce. Das war aromatisch elegant, qualitativ hochwertig und handwerklich akkurat – aber für Sterneck-Verhältnisse auch recht konservativ.
Beim anschließenden Carabinero, der sich den schwarzen Teller nicht nur mit gebratenen Artischockenherzen, Zucchini und limonigem Tomatenconcassé teilte, sondern auch mit feinbitteren geschmorten Salatherzen, leicht angeschärfter Mango und verschiedenen Zitrusaromen, die unter anderem in einer Krustentiersauce und in einem hellen Schaum steckten, bekam ein grundsätzlich konventionelles mediterranes Arrangement eine originelle Drehung. Hier war mit der Mango auch wieder eine fruchtige Komponente mit im Spiel, die stets Markenzeichen in den Gerichten von Marc Rennhack war. Eine solche fehlte wiederum bei der folgenden gebratenen Jakobsmuschel, die auf einer Art „offenen Lasagne" aus Spitzkohl und Blutwurstmousse thronte und von Topinambur sowie einem zarten Hauch Curry begleitet wurde – jedoch ohne, dass wir sie ausdrücklich vermisst hätten. Aber auch hier fehlte nach unserer Auffassung schon ein wenig die Dynamik, die die Kompositionen sonst immer auszeichnet.
Objektiv gesehen ändert das aber an der Klasse solcher Gerichte rein gar nichts. Was im Übrigen auch auf die von einer dünnen schmelzigen Tomatenhaube überzogene Taubenbrust nebst Tomaten-Hollandaise, Zuckermais, Breiten Bohnen und Malzcreme oder die Tranche eines Rückenstücks vom edelschimmelgereiften Luma-Rind nebst Roter Bete, grünem Spargel, Rosenkohlblättern, Kapuzinererbse und einigen eingelegten Rosinen so zutraf, die kompositorisch ebenfalls sehr gesetzt daherkamen und denen nach unserem Gusto ein origineller Akzent nicht geschadet hätte. Restaurantleiterin Anika Nührenberg setzte diesen beiden Fleischgerichten jedoch mit einem etwas gereifteren samtigen deutschen Spätburgunder (zur Taube) und einem erstaunlich stoffigen, kraftvollen Zweigelt (zum Rind) zwei sehr schöne Weinbegleiter entgegen, die sich in beiden Fällen als äußerst gewinnbringend erwiesen.

Das facettenreiche Dessert um Apfel, Kürbis, Kaffeearomen und die spanische helle Nougatvariante Turrón wurde bereits als Vordessert von eben diesen Produkten und Aromen in einer anderen Zubereitungsvariante eingeläutet und schloss das Menü bei unverstelltem Ausblick auf die Nordsee auf angemessenem Niveau durchaus kurzweilig ab.

Hotelempfehlung

★★★★★S

Badhotel Sternhagen

Das Haus am Strand

Cuxhavener Str. 86,
27476 Cuxhaven (Duhnen)
04721-4340
www.badhotel-sternhagen.de
Einzelzimmer: 164–220 €
Doppelzimmer: 214–285 €

VISA

Das Original-Thalasso-Hotel im zeitlosen hanseatischen Stil liegt direkt am Nordseestrand und stellt eine Symbiose aus Kunst und Genuss dar. Neben insgesamt 48 komfortabel ausgestatteten Zimmern stehen auch geräumige Suiten und Appartements von 50–80 m² zur Auswahl. Eine bedeutende Säule des familiengeführten Hauses ist die Meerwasser-Badelandschaft, die stetig mit frischem Nordseewasser gespeist wird. Außerdem erwartet die Gäste ein großer Spa-, Thalasso- und Physiotherapie-Bereich. Zu den jüngsten umfassenden Renovierungs- und Verschönerungsarbeiten gehörten unter anderem die Gestaltung neuer Suiten, z. B. eine großzügige Familiensuite mit zwei geräumigen Schlafzimmern sowie eine neue luxuriöse Private Spa-Suite mit Seesicht-Sauna und Doppel-Whirlwanne. Auch in Verschönerungsarbeiten in den öffentlichen Bereichen sowie in zukunftsweisende technische Neuerungen, welche die Nachhaltigkeit des Hauses betreffen, wurde investiert. In drei verschiedenen Restaurants sorgt das Team vielseitig für das kulinarische Wohl. Gourmetrestaurant Sterneck separat erwähnt.

Dachau (Bayern)

6

Gasthaus Weißenbeck

Ludwig-Thoma-Str. 56,
85232 Dachau (Unterbachern)
08131-72546
www.weissenbeck.de
Küchenchef: Elisabeth Weißenbeck
Mi ab 17.30 Uhr, Do–So von 11.30–14.30 Uhr u. ab 17.30 Uhr, Mo u. Di RT
Hauptgericht: 17–33 €,
Menüs: 48 €

VISA

Das Gasthaus Weißenbeck liegt im beschaulichen Unterbachern bei Dachau vor den nordwestlichen Toren Münchens. Hier sei früher immer die Politikprominenz eingekehrt, erzählt uns der Taxifahrer. Und wir können uns gut vorstellen, dass „der Herr Weißenbeck", der heute am Nachbartisch stolz durch das Fotoalbum der Familie führt, hier schon seit Jahrzehnten zuvorkommend seine Gäste bewirtet. Dennoch wirkt das klassisch bayrische Wirtshaus mit holzvertäfelter Decke, Stammtisch und Jagdtrophäen an der Wand aller Tradition zum Trotz angenehm zeitgemäß und einladend.
Zeitgemäß ist bei aller Liebe zur Tradition auch die Küche! Sehr gut und eher mediterran als bayrisch war zum Beispiel ein lauwarmer Oktopus-Salat mit Kartoffelstampf, den wir hier so ähnlich auch in der Vergangenheit schon mal gegessen haben: Der Tintenfisch ist sehr schön

auf den Punkt gegart und noch leicht bissfest, aber ohne deshalb eine gummiähnliche Konsistenz zu haben. Der mit jeder Menge frischer Kräuter und Frühlingszwiebeln aufgelockerte Kartoffelstampf ist zudem mit einem Hauch Knoblauch abgeschmeckt und wirkt sehr schön frisch und grasig. Dazu gibt es sehr gutes rösches Baguette. Ein gelungener Auftakt!
Noch besser gefällt uns ein Zwischengang mit hausgemachten Rehtortellini und Steinpilzen. Die Teigtaschen sind dünnteigig, perfekt al dente und mit einem süffigen Rehragout gefüllt, die Steinpilze gut gegart, aromatisch und kein bisschen matschig. Dazu gibt es zwei Saucen, nämlich eine buttrige Salbeisauce und eine dichte, fleischige Schmorjus, die zwar nicht ganz fein passiert und recht rustikal gekocht ist, aber gerade deswegen wunderbar nach Großmutterküche schmeckt. Ein wenig Salbei zeigt hingegen nach Süden über die Alpen. Sehr gut!
Überzeugt hat uns auch der Saibling zum Hauptgang, der perfekt auf der Hautseite gebraten wurde und innen noch leicht glasig blieb – genau so, wie man sich den Süßwasserfisch im besten Fall wünscht. Dazu ließ sich das Team um Küchenchefin Elisabeth Weißenbeck ganz puren, dünn aufgeschnittenen Kohlrabi und ein „Kräuterpüree" einfallen, das vermutlich auf Selleriebasis zubereitet war. Aufgepeppt wurde der Fisch mit knusprigen Croûtons und Mandelsplittern, die dem Gericht Crunch und Würze vermittelten. Das ist ebenso eingängig wie raffiniert gestaltet und einfach und sehr gut. Die Küche versteht es, mit wenig Aufwand und Brimborium clevere Akzente zu setzen.
Und das Niveau reißt auch zum Dessert mit Schokoladenmousse, Sesameis, Salzkaramell und Passionsfrucht nicht ab: Besonders das nussige Sesameis zeugt von gutem Handwerk und frischem Ideenschatz. In der Kombination mit der Salzigkeit des Karamells, der dichten Schokoladenaromatik der lockeren Mousse und der Säure der Passionsfrucht ist das ein überraschend vielschichtiges Dessert. Auch die Weinkarte ist spürbar oberhalb des gängigen Gasthausniveaus angesiedelt und punktet vor allem mit deutschen, italienischen und österreichischen Weingütern wie Horst Sauer, Jurtschitsch oder Antinori.
Hier gehen viel Tradition und ein angenehmes Maß an Moderne eine attraktive Verbindung ein. Im Menü, in dem es auch mal ganz „unbayrisch" Fisch zum Hauptgang geben kann, präsentiert sich die Küche etwas zeitgemäßer und weltoffener als bei den oft handfesteren (aber nicht minder lohnenden!) À-la-carte-Hauptgängen wie etwa der traditionellen halben Ente mit Blaukraut und Knödeln. Nicht zuletzt aufgrund des vorbildlichen Preis-Genuss-Verhältnisses ein Gasthaus, wie man es sich wünscht!

Deggenhausertal (Baden-Württemberg)

5

Bio-Restaurant Naturküche

Kirchgasse 1,
88693 Deggenhausertal (Limpach)
07555-9300
www.gutsgasthof-mohren.de
Mi–So von 12–14 Uhr u. ab 17 Uhr, Mo u. Di RT
Hauptgericht: 12–23 €, Menüs: 25–45 €
VISA P

Produktqualität und Frische, wenn möglich sogar vom eigenen Biolandhof oder zumindest von anderen engagierten Erzeugern und Produzenten aus der Bodenseeregion, stehen in diesem sympathischen Naturhotel von Familie Waizenegger an erster Stelle. Auf die massiven Eichenholztische in der freundlichen, ländlich und natürlich eingerichteten Mohren-Stube kommen handwerklich äußerst solide zubereitete, schnörkellose Gerichte, bodenständig und ohne Kreativitätsanspruch, die das gute Produkt in den Mittelpunkt stellen und unverfälschten Genuss versprechen. Das kleine Weinangebot umfasst gute Tropfen vom See und verschiedene ausgesuchte Bio-Weine.

Deidesheim (Rheinland-Pfalz)

9

L.A. Jordan

im Hotel Ketschauer Hof
Ketschauerhofstr. 1,
67146 Deidesheim
06326-70000
www.ketschauer-hof.com
Küchenchef: Daniel Schimkowitsch
Di–Sa ab 18.30 Uhr, So u. Mo RT
Menüs: 95–190 €
VISA P

Jetzt ist es tatsächlich schon wieder über sieben Jahre her, dass unser einstmaliger „Newcomer des Jahres" Daniel Schimkowitsch seine Hei-

matstadt München und das wenig später geschlossene Restaurant Tramin verlassen und das Gourmetrestaurant im Ketschauer Hof bezogen hat. Damals hieß es noch Freundstück, wenig später kam dann aber schon der Relaunch und die Namensänderung in L.A. Jordan, nach Ludwig Andreas Jordan, dem Gründer des heutigen Weinguts Bassermann-Jordan, zu dessen Firmengruppe dieses Ensemble aus Boutiquehotel und verschiedenen Gastro- und Eventbereichen im Herzen von Deidesheim gehört.
Mit dem Umzug an die Weinstraße veränderte sich der Küchenstil von Daniel Schimkowitsch, der sich auch in den darauffolgenden Jahren und bis zum heutigen Tage stetig gewandelt und weiterentwickelt hat. Mit seiner schon immer äußerst eigenständigen, mal mehr und mal weniger stark von fernöstlichen Produkten und Aromen geprägten Freistilküche setzt er weiterhin einen deutlichen Kontrast zu dem, was man in der Pfalz gemeinhin kulinarisch erwartet. Und auch wenn seine Küche stilistisch scheinbar keinen Stillstand kennt, so hat sich der Chef in den zurückliegenden Jahren doch eine ganz eigene und sogar ziemlich markante Signatur zugelegt, die seine Gerichte zunehmend unverwechselbarer macht.
Hätten wir in den vergangenen Jahren insbesondere Säure und wohldosierte Schärfe als prägende Charaktereigenschaften sehr vieler Gerichte aus Daniel Schimkowitschs Menü genannt, war es uns beim letzten Besuch ganz so, als durchlaufe er gerade eine süße Phase. Allerdings wirkt diese deutliche Süße auf vielen Tellern zu keinem Zeitpunkt plakativ, plump oder gar sättigend, sondern wird – ganz im Gegenteil – stets so gut ausbalanciert, dass immer ein aufregend dynamisches, vielschichtiges und doch ganz und gar harmonisches Geschmacksbild entsteht.
Schon der erste kleine Gruß, eine Art Papadam-Cracker mit roh marinierter Geißelgarnele (Gamba blanca), Anchovis und Koriander-Mayonnaise, war Ausdruck harmonischen Wohlgeschmacks – aber eben nicht ohne das gewisse Etwas! So wie auch das mit süffigem Schmorfleisch von der Ente gefüllte Dim-Sum-Täschchen in einer intensiven, würzig-süßlich schmeckenden und mit etwas Entenfett getunten Entenessenz, die durch Koriander und Radieschen einen effektiven Frischemoment verliehen bekam. Ohne Netz und doppelten Boden, einfach nur umwerfend tiefschürfender, trotzdem federleichter Geschmack und handwerkliche Präzision ohne Gedöns.
Etwas elaborierter wirkte da im Vergleich das Tatar vom Ora-King-Lachs, das zur Timbale geformt und auf einer feinfruchtigen, geschmeidigen Vinaigrette platziert war, welche der Chef auf Basis der säuerlichen japanischen Würzsauce Sambai herstellt. Akzentuiert war dieses Tatar unter anderem mit Finger Limes, Reisknusper und ganz dezenter frischer Schärfe durch grüne Thai-Chili. Das geht exakt in die Richtung, die man von Daniel Schimkowitsch aus den letzten Jahren kennt, wirkt aber in der Ausführung etwas milder und weniger progressiv.
Dem folgte in unserem Menü eine dicke Stange knackiger provenzalischer Spargel, die mit Kalamata-Olive überbröselt, mit Lardo überschmolzen und mit den Spitzen von wildem Spargel getoppt war. Markante, aber sehr gut eingebundene Schärfe und Frische lieferte eine fantastische Ingwer-Beurre-blanc; einige Tapioka-Perlen schenkten dem Gericht einen sanften Umami-Background. Als ein sanfter Schmeichler erwies sich auch der mit einer dünnen Scheibe gefülltem Schweinsfuß (Zampone) überschmolzene Pollack, der auf einem grünen Escabeche-Sud mit frischen, knackigen Erbsen angerichtet war. Ein gebackenes Wachtelei, dessen flüssiger Dotter sich lustvoll mit den grünen Aromen verband, fing das alles wie Samt und Seide ein und sorgte damit für einen gewissen Soulfood-Faktor.
Wie souverän es Daniel Schimkowitsch mittlerweile auf seinen Tellern gelingt, mit ganz wenigen Komponenten für Furore zu sorgen, verdeutlichte auch der nächste Fischgang um eine wunderschöne, sehr dicke, kross auf der Hautseite angebratene und mit Wasabiblüten getoppte Tranche vom Madai-Snapper. Der wurde nämlich ganz puristisch ansonsten nur noch von fruchtig-säuerlich mariniertem Daikonrettich begleitet und schwamm in einem schaumigen See aus sogenannter „Umami-Butter", einer enorm vielschichtigen, unter anderem mit heller Teriyakisauce und Limettenschalenabrieb verfeinerten und geschäumten Beurre blanc. Wieder ein sehr sanftes, schmeichlerisches und doch aufregend facettenreiches Gericht, das weit von gediegener Langeweile entfernt lag und einmal mehr mit einem herausragenden Hauptprodukt beeindrucken konnte.
So wie der ebenfalls eher puristisch und im Grunde auch nicht sonderlich kreativ oder elaboriert präsentierte erste Fleischgang, in dessen Mittelpunkt eine perfekte Rückentranche vom Poltinger Reh, eine ebenso makellose gebratene Gänseleber und Kohlrabi standen. Das Gemüse war auf drei Arten zubereitet und fand sich als tiefgrünes Püree, eher fruchtig-säuerliche Dublonen und erdige Zylinder auf dem Teller wieder. Der Clou der Komposition war aber eine schlichtweg großartige Sauce von verbranntem Lauch: tief, lang, zugespitzt, mar-

kant, aber keine kokeligen Bittertöne, nichts Aufdringliches. Und im Hintergrund wieder diese elegante, perfekt eingebaute Süße, die sich mit der robusten, rauen Art des von Jan Steltner dazu empfohlenen reinsortigen 2017er Lagrein aus Neumarkt in Südtirol reizvolle Kontroversen lieferte. Überhaupt gelingt es dem jungen Sommelier oft sehr gut, mit seinen Weinempfehlungen nicht einfach bloß für eine harmonische Begleitung von Daniel Schimkowitschs Gerichten zu sorgen, sondern zusätzliche Dynamik zu erzeugen.
Und dass der Chef ein Händchen für großartige klassisch bereitete Saucen hat, die nach aufregenden Weinpartnern schreien, bewies dann auch die formidable Trüffelsauce, die sich zum gegrillten Wagyu-Beef in saftspritzender 5er-Marmorierung mit einem 2016er Saint-Joseph anlegen durfte. Das begeisternde Fleisch saß auf einem dünnen Sockel aus Topinamburcreme und war pointiert mit Shimeji-Pilzen, fermentiertem Pfeffer, frisch gehobeltem Meerrettich und etwas Schnittlauch getoppt – eine Begleitung, die einerseits dem Hauptdarsteller die Bühne überließ und ihm trotzdem äußerst kurzweilig und erinnerungswürdig in Szene zu setzten vermochte. Und genau das hinzubekommen, macht doch einen wirklich guten Koch aus …
Auch die Pâtisserie, die mit kreativen Desserts wie dem um Banane, Passionsfrucht, flüssige Bitterschokolade und Sake-Trester oder einer als gefüllte Esspapier-Kugel markant und originell umgesetzten Interpretation von der Kirsche in verschiedenen Aggregatzuständen aromatisch straight und handwerklich präzise auf den Punkt kommt, fügt sich perfekt ins Bild und vervollständigt damit das Menü kongenial. Im Zusammenspiel mit dem originellen und zeitgemäßen Ambiente und dem unprätentiös-zuvorkommenden Serviceteam um Restaurantleiterin Maria Friedrich zählt das L.A. Jordan für uns ganz zweifellos zu einer der Top-Adressen in Deutschland.

8

Schwarzer Hahn

im Hotel Deidesheimer Hof

Am Marktplatz 1, 67146 Deidesheim
06326-96870
www.deidesheimerhof.de
Mi–Sa ab 18 Uhr, So, Mo u. Di RT, (feiertags auch mittags geöffnet)
Hauptgericht: 20–40 €,
Menüs: 60–140 €

VISA

Die Abkehr vom einstmals klassisch-gediegenen Gourmetlokal zu einem modernen, farbenfrohen Gewölberestaurant tat dem Schwarzen Hahn im Souterrain des Deidesheimer Hofs weder aus gastlicher noch auch kulinarischer Sicht einen Abbruch. Im Gegenteil: Die beiden langjährigen Küchenchefs Stefan Neugebauer und Felix Jarzina agieren hier auch im Jahr zwei nach dem großen Relaunch auf unverändert hohem Niveau, kochen weiterhin mit viel Esprit und Know-how eine schlanke, puristische Linie, die sich von den zum Teilen konzipierten À-la-carte-Gerichten bis zum mehrgängigen Menü in kleinen Portionen ganz zeitgemäß und weltoffen präsentiert. Im Offenausschank kann man sich auf hochwertige glasweise Empfehlungen verlassen, und der Service ist sympathisch und zuvorkommend.

Denzlingen (Baden-Württemberg)

6↑

Rebstock-Stube

Hauptstr. 74,
79211 Denzlingen
07666-900990
www.rebstockstube.de
Di–Sa von 12–14 Uhr u. ab 18 Uhr, So u. Mo RT
Hauptgericht: 27–38 €,
Menüs: 26–55 €

VISA

In der nostalgischen Rebstock-Stube agieren mit Vater Adolf und Sohn Axel Frey zwei Generationen gewinnbringend zusammen am Herd und bescheren dem Gast eine hervorragende badisch-französische Küche, die so akkurat und von leichter Hand zubereitet ist, dass sie kein bisschen altmodisch wirkt. Auch wenn Dinge wie die getrüffelte Perlhuhn-Ballotine, der „Salat“ von Kalbskopf und Gänseleber oder der meisterlich soufflierte Lachs mit Tomatenconcassé, Fleuron, Blattspinat und Reis auf Riesling-Beurre-blanc nach Art der Auberge de l'Ill ganz alte Schule sind. Der vor ein paar Jahren ins heimische Denzlingen zurückgekehrte Filius hat dem ohnehin schon immer sehr reizvollen Kulinarium zu einer maßvollen Verjüngungskur verholfen, die man nicht unbedingt sieht, aber durchaus schmeckt. Die Küche profitiert so einerseits von der starken klassischen Substanz des Vaters und andererseits vom frischen Wind durch den Sohn. Und über allem wacht auch weiterhin mit herzlicher Sorgfalt Gabi Frey, die die junge Servicegeneration tatkräftig unterstützt.

Dermbach (Thüringen)

7

BjoernsOx

in der Rhöner Botschaft
Bahnhofstr. 2, 36466 Dermbach
036964-869230
www.rhoener-botschaft.de
Küchenchef: Bjoern Leist
Mi–Sa ab 18 Uhr, So, Mo u. Di RT
Menüs: 129 €

Für November 2020 war unser Wiederbesuch im Gourmetrestaurant der Rhöner Botschaft geplant, die vor wenigen Jahren vom hessischen Hilders ins thüringische Dermbach umgezogen ist und dort seither in diesem hübschen alten Fachwerkgebäude mit modernem Anbau in der Ortsmitte residiert. Was dann kam, ist bekannt: Lockdown again, monatelange Zwangspause. Und diese Pause wurde nach der Wiedereröffnung des Hotelbetriebs und des wohnlich und behaglich gestalteten Hauptrestaurants Wohnzimmer, in dem à la carte verfeinert bodenständige Küche geboten wird, zumindest für das Menürestaurant BjoernsOx auf freiwilliger Basis noch bis August 2021 verlängert. Wir konnten hier also bis zum Redaktionsschluss dieser Ausgabe nicht mehr testen. Die Bewertung aus dem Vorjahr lassen wir in diesem Fall ausnahmsweise dennoch unangetastet, denn erstens hatte BjoernsOx im Jahr 2020 bis zum zweiten Lockdown im November geöffnet und zweitens gibt es einen festen Wiedereröffnungstermin. Wie wir aus den vergangenen Jahren außerdem wissen, ist der Eigenanspruch von Inhaber und Küchenchef Bjoern Leist so hoch, dass er hier nicht erst mit angezogener Handbremse wieder loslegt, sondern gut vorbereitet, mit Bedacht und ohne faule Kompromisse zu machen. Von daher vertrauen wir guten Gewissens auf die Erfahrungen der letzten Jahre und sind uns sicher, dass Sie zum Zeitpunkt des Erscheinens dieses Guides in BjoernsOx auch tatsächlich schon wieder auf 7-Pfannen-Niveau genießen können. Wir werden uns nach der Wiedereröffnung natürlich auch recht zügig wieder nach Dermbach aufmachen, um das zu überprüfen. Ein Update mit neuer Kritik und frischer Bewertung finden Sie dann im Gusto Online-Guide und in der Gusto-App.

Was man hier in jedem Fall wissen sollte, um in den Genuss des achtgängigen Menüs mit konzeptionellem Fokus auf regionale Fleischspezialitäten und auf die Interpretation regionaler Traditionen kommen zu können: Rechtzeitige Reservierung, mindestens einen Tag im Voraus, tut not! Und man sollte schon ein klein wenig aufgeschlossen und anpassungsfähig sein, denn das Menü wird ausschließlich als Überraschungsmenü serviert und beginnt verbindlich um 18.30 Uhr. Wenn man sich darauf einlässt, steht einem entspannten und köstlichen Abend nichts mehr im Wege. Denn das mit der Metzgertradition in der Familie naheliegende Konzept und die augenzwinkernd und kreativ verfeinerten Rustikalitäten bieten ein originelles Alleinstellungsmerkmal, das nicht nur einen hohen Unterhaltungswert, sondern auch substanzstarken Genuss garantiert.

Und so sind stets bereits die ersten flugs aufgetragenen Snacks eine spannende Spielwiese, sei es mit den Lebercreme-Cannelloni mit einer Hülle aus Schokoladenkrokant, dem filigranen „Waffel-Brot“ mit Ziegenkäsecreme, Kräuterfrische und Granatapfel, einem kleinen geräucherten Fleischbällchen in einer Art schaumiger Hollandaise oder dem krossen handgeschnittenen Pomme frite mit kümmelwürzi-

gem Kochkäse als Dip. Das waren die kleinen Einstimmungen bei unserem letzten Besuch, die am deutlichsten herausstachen.
In sehr guter Erinnerung haben wir zum Beispiel auch noch einen zarten Raviolo mit Schwartenmagen-Füllung, dessen herzhafte Würze von cremigem und geschmortem Kopfsalat mit grüner Frische elegant eingefasst und von üppiger Bröselschmelze und geriebenem (getrocknetem) Schwartenmagen akzentuiert wurde. Oder auch die in die Tischmitte gestellte Suppenterrine, aus der im „Sharing-Style" kräftige Ochsenessenz auf dünnes Rohfleisch geschöpft werden konnte. Solche Gerichte liegen voll auf der erwarteten Linie. Und mit einem kleinen Satelliten in Form eines fein zwiebelwürzigen Tatars zwischen hauchdünnen Knusperchips und dunkel glasierten Ragoutwürfelchen unter Kartoffel-Espuma wird aus solch vermeintlich schlichtem Schmaus schnell auch wieder ziemlich hohes Niveau.
Aber das Team kann auch Fisch: So kam zuletzt beispielsweise das Filet einer sehr frischen und soft gegarten Forelle auf milder gelber Rübencreme, einer roten Rübenscheibe und einem herben, dezent rotfruchtigen Rotkohlsud auf den Tisch. Akzentuiert von Rhön-Kaviar in einer Zwiebel, der solo arg salzig, in Kombination aber als pointierte Würze wirkte. Fast schon ein Signature Dish ist die Interpretation von „Kloß mit Soß", ein perfekter halbseidener Kloß nach Thüringer Art auf einem Sockel aus Spinatcreme und krossem Toast, der mit einer Füllung aus zartem Spinat und flüssiger Bratenjus daherkommt. Was ebenso effektvoll wie köstlich ist und in der entsprechenden Saison auch noch von duftigem Topping aus weißer Trüffel in eine exklusive Richtung gedreht werden könnte.
So viel sei hier nur beispielhaft aus den Highlights unseres letzten Besuchs Ende 2019 angeführt, damit Sie sich ein Bild davon machen können, was Sie hier in etwa erwartet. Dazu gehört in jedem Fall auch die individuelle und auffallend fair kalkulierte Weinkarte sowie gut korrespondierende glasweise Empfehlungen abseits des Mainstreams. Und der ebenso versierte wie entspannte Service unter der Leitung von Gastgeberin Michelle Bremer.

Hotelempfehlung

★★★★

Hotel SaxenHof der Rhöner Botschaft

Bahnhofstr. 2, 36466 Dermbach
036964-869230
www.rhoener-botschaft.de
Einzelzimmer: 75–130 €
Doppelzimmer: 100–180 €

VISA

Familie Leist hat nach dem Aus der Rhöner Botschaft in Hilders rund 25 Kilometer nördlich im thüringischen Dermbach ein neues Zuhause für ihren Hotel- und Gastronomiebetrieb gefunden. Inmitten der Hochrhön führen sie nun den traditionsreichen Sächsischen Hof, ein renoviertes Fachwerkgebäude mit insgesamt 31 Hotelzimmern, Wellnessbereich und zwei unterschiedlichen Restaurants, dem Wohnzimmer und dem Gourmetrestaurant BjoernsOx. Zimmer gibt es in verschiedenen Kategorien, alle sind sie modern, harmonisch, hell und freundlich eingerichtet. Im Spa- und Wellnessbereich „Eden" können die Gäste entspannen und aktiv sein.

Die Hoteleinträge

★★★★★S	Superior
★★★★★	Unterkunft für höchste Ansprüche
★★★★★	Unterkunft für hohe Ansprüche
★★★★	Unterkunft für gehobene Ansprüche
★★	Unterkunft für mittlere Ansprüche
★	Unterkunft für einfache Ansprüche
	Unterkunft ohne Sterne-Klassifizierung

Dernbach (Rheinland-Pfalz)

6

Schneider

Hauptstr. 88, 76857 Dernbach
06345-8348
www.schneider-dernbachtal.de
Mi ab 17.30 Uhr, Do–So von 11.30–14 Uhr u. ab 17.30 Uhr, Mo u. Di RT
Hauptgericht: 19–38 €, Menüs: 50–70 €

Ein relativ großes und im besten Sinne gutbürgerliches Restaurant, in dem auch noch sehr gut gekocht wird. Mit seiner hellen Holzvertäfelung und den sauber eingedeckten Tischen bietet das Lokal ein freundliches, ländlich-elegantes Ambiente, und aus der Küche von Stefan Püngeler, der hier mittlerweile als Küchenchef die Leitung übernommen hat, kommen neben bodenständigen regionalen Gerichten aus saisonalen Produkten auch gehobenere Speisen aus etwas exklusiveren internationalen Viktualien, die in einem viergängigen Feinschmeckermenü gipfeln – alles ist grundsätzlich in klassisch fundierter und sehr sorgfältiger Machart zubereitet. Die Weinkarte hat ihren Schwerpunkt bei Gewächsen aus der Pfalz, bietet darüber hinaus aber auch genügend Alternativen.

Dessau (Sachsen-Anhalt)

5

Alte Schäferei im Pächterhaus

Kirchstr. 1, 06846 Dessau (Ziebigk)
0340-6501447
www.paechterhaus-dessau.de
Di ab 17.30 Uhr, Mi–Sa von 12–14 Uhr u. ab 17.30 Uhr, So 12–16 Uhr, Mo RT
Hauptgericht: 26–32 €, Menüs: 35–45 €

Unter der Ägide von Manfred Hesse und Matthias Brief wird im Pächterhaus in Ziebigk mit seinen gepflegten Gasträumen im Landhausstil und der efeuberankten Terrasse bodenständig, aber durchaus ambitioniert gekocht. Die Inhaber, die hier seit 2018 amtieren, kochen nach klassischer Manier, sorgfältig, aber nicht übermäßig detailaufwendig. Und sie kaufen qualitätsbewusst, aber nicht hochpreisig ein. Kombiniert wird das Ganze mit Geschick und Raffinesse, oft und gern stark regionalbetont, aber auch mal mit exotischem Touch. Eine Küche zu moderaten Preisen, die Spaß macht, leicht zugänglich ist und höheren Ansprüchen durchaus genügen kann. Auch in der kleinen, aber ausreichenden Weinkarte findet sicher jeder etwas Passendes.

Detmold (Nordrhein-Westfalen)

6↑

Jan's Restaurant

Lange Str. 19, 32756 Detmold
05231-980990
www.hotel-detmolderhof.de/restaurant
Küchenchef: Jan Diekjobst
Di, Do u. Sa von 12–14 Uhr u. ab 18.30 Uhr, Mi u. Fr ab 18.30 Uhr, So u. Mo RT
Hauptgericht: 26–34 €, Menüs: 54–89 €

Frischer Wind weht im altehrwürdigen Detmolder Hof in der Innenstadt von Detmold! Seit Mitte 2019 zeichnet nämlich der nach Wanderjahren mit Stationen bei Dieter Koschina in der Villa Joya, in den Hamburger Top-Restaurants Jacobs und The Table sowie bei Christian Bau auf Schloss Berg in seine Heimatstadt zurückgekehrte Jan Diekjobst mit einem jungen Team in dem traditionsreichen ersten Haus am Platz verantwortlich. Das hat zwar jede Menge von seiner Patina und dem altvorderen Charme behalten, wurde aber

durch moderne Accessoires wie die schwarzen Stühle oder die Lampen im Glühkörper-Style zeitgemäß aufgehübscht.
Genau wie die Beleuchtung während unseres Besuchs bisweilen ein klein wenig flackerte, machen derzeit kleinste Unebenheiten im grundsätzlich sehr überzeugenden kulinarischen Programm deutlich, wo das Team hinsichtlich einer noch höheren Bewertung momentan nachjustieren könnte. Doch trübt weder das eine noch das andere in irgendeiner Weise den Genuss! Denn was Diekjobst & Co. hier zu sehr günstigen Preisen auftischen, ist aller Ehren wert und lässt unzweifelhaft die erstklassige Schule erkennen, durch die der junge Chef gegangen ist. Dass er sein Vor-Ort-Publikum trotzdem nicht mit überzogen hohen Ambitionen und preistreibender Exklusivität vergrault, spricht für seinen Geschäftssinn – und die erkennbar große Nachfrage spricht dafür, dass er damit alles richtig macht. Bei unserem Testbesuch waren fast alle Tische belegt!
Und auf die kam zunächst orientalisch angehauchte Gewürzbutter und hausgebackenes Brot, bevor es in unserem Fall direkt mit der Vorspeise des empfohlenen Überraschungsmenüs weiterging: ein zeitgeistig angerichteter Teller, auf dem eine Tranche vom Freilandhuhn lag, die von auf der Microplane geraspelter Sommertrüffel überhäuft auf einer ebenfalls mit Trüffel und (leider) etwas Trüffelöl aromatisierter Geflügeljus platziert war. Begleitet wurde die recht propere aber etwas zu lang gebratene oder warm gehaltene Brusttranche von einem facettenreichen Arrangement aus verschiedenen Knollensellerie-Komponenten, unter denen sich nebst einigen geflämmten Mangowürfeln und krossen Hühnerhaut-Chips auch etwas Vanille-Flavour befand. Das alles spielte hier sehr gewinnbringend zusammen.
Die Kategorie „Soulfood“ wurde von den Ravioli „Carbonara-Style“ bedient: mit Parmesancreme gefüllte Teigtaschen, die auf etwas Spinatcreme gesetzt und mit Parmesan-Schaumsauce umflutet waren. Jeder einzelne Raviolo war zudem mit etwas Eigelbcreme getoppt und alles mit knusprigen Speckpartikeln, kleinen Parmesanchips und Schnittlauchröllchen überflockt. Wäre dieses leider schon etwas pappige Knuspertopping zartkrosser gewesen und der Schnittlauch etwas feiner geschnitten und noch frischer, hätte man es hier bereits mit 7-Pfannen-Niveau zu tun gehabt. Deutlich in Richtung 7 Pfannen tendierte auch der Zwischengang um gebratene Jakobsmuscheln, die zusammen mit knackigem und cremigem Kohlrabi, aromatisch an das Gemüse andockender gerösteter Haselnuss und einem kräuterwürzigen Öl sowie Kartoffelchips kamen. Hier hätte man sich allenfalls noch etwas mehr Frischemoment und Säure vorstellen können.
Ansonsten war das ein ebenso attraktives Gericht wie der Hauptgang, bei dem gut gereiftes Rindfleisch in gleich drei Ausführungen aufgeboten wurde: eine à point gebratene Scheibe Filet, ein dünn paniertes und knusprig gebackenes Stück vom geschmorten Bäckchen und à part in einem Schälchen etwas akkurat von Hand gewürfeltes Rindertatar mit Sojavinaigrette – alle drei sehr schön auf den Punkt gebracht. Und dieses Trio hätte nach unserer Auffassung sogar noch besser gewirkt, wenn die Beilagen etwas reduzierter ausgefallen wären; denn ein relativ großes geschmortes Salatherz, eine gegrillte Avocadospalte, Süßkartoffel als Creme und als Chips, geviertelte gebratene Champignons und Perlzwiebelsegmente kamen für einen Menühauptgang etwas üppig daher, und das Geschmacksbild wirkte dadurch und im Zusammenspiel mit der Teriyaki-Jus und der Sojavinaigrette beim Tatar relativ dicht. Aber eigentlich ist auch das nur eine Frage der optimalen Proportionierung, denn grundsätzlich war an diesem Gericht, das durch das Zutun von Sesam und Koriandergrün eindeutig in Richtung Fernost gedreht wurde, nicht das Geringste auszusetzen.
Genauso wenig wie am Dessert, einer Variation von der Schokolade in Gestalt einer dreischichtigen Mousseschnitte und Vollmilch-Schokoladencreme nebst heimischen Kirschen (eingelegt und als Sorbet) und warmem Karamellschaum, die zur Optimierung allenfalls noch etwas mehr Säure und Frischemoment als Ausgleich zur Süße vertragen hätte. Unterm Strich also ein sehr stimmiger, erfreulicher Gesamteindruck und zudem ein beachtliches Preis-Genuss-Verhältnis, was auch auf die ausreichend bestückte Weinkarte zutrifft. Hier schlummert zudem auch noch jede Menge Potenzial, und so sind wir äußerst gespannt, wie es in den kommenden Jahren weitergeht …

Dettelbach (Bayern)

5

Himmelstoss

Bamberger Str. 3,
97337 Dettelbach
09324-4776
www.restaurant-himmelstoss.de
Do–Mo von 12–14 Uhr u. ab 18 Uhr, Di u. Mi RT
Hauptgericht: 18–26 €,
Menüs: 39–59 €
VISA

In seinem schmucken Gasthaus im malerischen Dettelbach gelingt es dem gelernten Bäcker, Hotelfachmann und Sommelier Roman Krückel schon seit Jahren spielend, das heimische Publikum und kulinarische Touristen gleichsam adäquat zufriedenzustellen. Denn in den sehr schönen, geschmackvoll-ländlich eingerichteten Gaststuben gehen auf angenehme Weise Bodenständigkeit und gehobener Anspruch miteinander einher. Die Offerten auf der kleinen Karte klingen vielleicht nicht sonderlich avanciert, präsentieren sich auf den Tellern aber durchaus einfallsreich. Und sie wissen durch fundierte Zubereitung guter, frischer Produkte zu gefallen, die vom Küchenchef mit Sorgfalt und Routine beim Würzen auf den Punkt gebracht werden. Neben den Weinen vom Weingut Glaser-Himmelstoss, dem das Gasthaus gehört, hat der Chef eine Vielzahl weiterer ansprechender nationaler und internationaler Gewächse in petto.

Dieblich (Rheinland-Pfalz)

7

Landhaus Halferschenke

Hauptstr. 63,
56337 Dieblich
02607-7499154
www.halferschenke-dieblich.de
Küchenchef: Christoph Schmah
Mo u. Do–Sa ab 18 Uhr, So ab 12 Uhr durchgehend, Di u. Mi RT
Hauptgericht: 16–36 €,
Menüs: 29–89 €
VISA P

Mitten zwischen den steilen Moselhängen, den Burgruinen und Weinbergen, hat die Halferschenke eine ebenso pittoreske wie charmante Umgebung. Und beide Attribute beschreiben auch das historische steingemauerte Haus mit dem weinumrankten Eingang und den hellen, elegant und freundlich gestalteten Gasträumen sehr gut. Auf jeden Fall haben Carina und Christoph Schmah sich hier für die Selbstständigkeit einen ganz besonders reizvollen Ort ausgesucht, der wie geschaffen für entspannte und zugleich niveauvolle Gastronomie ist.
Und dass hier hohes Niveau gesetzt ist, war im Grunde schon vor unserem ersten Testbesuch klar, hat Christoph Schmah doch bereits im Da Vinci in Koblenz und davor im Graf Leopold in Daun eindrücklich unter Beweis gestellt, dass er ausgezeichnet kochen kann und keine Kompromisse bei der Qualität der Produkte macht. Am überzeugendsten gelang das in der Vergangenheit immer dann, wenn die Gerichte klar und schnörkellos eher im klassischen Metier angesiedelt waren. Insofern stimmte es noch zuversichtlicher, dass hier im neuen Domizil schon rein konzeptionell mit Blick auf ein breites Publikum und Gäste, die auch mal unkompliziert nur ein oder zwei Gänge essen wollen, kein superaufwendiges Gourmetprogramm zu erwarten sein würde.
Dass der erfahrene Chef auch in der Selbstständigkeit keinerlei Kompromisse bei der Produktqualität eingeht, zeigten schon die beiden dunklen Brotsorten mit kaltgepresstem Rapsöl, Kräuterquark und (sehr guter!) Salzbutter, genauso wie ein Blick in die Speisekarte, in der vom französischen Freilandhuhn über Elsässer Gänseleber bis zum „Glen Douglas“-Lachs durchweg ausgesuchte Viktualien gelistet werden.
Geradezu puristisch und erfreulich nah am Produkt kam dann auch schon der erste Gang mit einem hell und klar gehaltenen, nur sehr dezent mit Limone und Kapern gewürzten Kalbstatar in hervorragender Frische unter einem Topping aus Crème fraîche und Kaviar daher. Als erfrischend auflockernden Part gab

es dazu separat einen abwechslungsreichen kleinen Salat, der mit seinem nussigen Dressing sowie etwas Crunch aus gerösteten Kernen und Brot deutlich über einen üblichen „Beilagensalat“ hinausging.
Wie perfektionistisch und handwerklich akkurat das Team arbeitet, wurde dagegen noch mehr bei der folgenden Suppen-Trilogie deutlich: einem perfekt zwischen Röstwürze und eleganter Leichtigkeit balancierten Hummersüppchen plus topfrischem Hummer-Medaillon als Einlage, einem schaumig hellen Trüffelsüppchen mit eigenaromatischer schwarzer Trüffel und hellen knackigen Schwarzwurzel-Scheiben sowie einem leichten und dezent angeschärften Kürbissüppchen – alle drei mit straffer Säure und stoffigem Körper!
Und genauso erfolgreich gelang bei der Ente mit Rotkohl und Klößen der Versuch, ein gänzlich traditionelles Festtagsgericht unverändert klassisch und doch deutlich optimiert zu präsentieren. Schon die Ente wurde in Gestalt einer optimal rosa gegarten Brust mit straffem, saftigem Fleisch und dünner, knuspriger Haut äußerst schmeichelhaft in Szene gesetzt. Der Rotkohl begeisterte mit gut balancierter Frucht, feiner Säure und pikanter Würze, während der kleine fluffige Kartoffelknödel so gut war, dass er selbst in Sachen „Knödelkunst“ verwöhnte Bayern in Staunen hätte versetzen können und zudem durch eine ebenso geschmeidige wie konzentrierte Selleriecreme einen weiteren überraschend wohlschmeckenden Akzent zur Seite bekam. Die Entenjus dazu zeigte viel Tiefe und Kraft, aber genauso auch beeindruckende Eleganz, was wieder durch eine deutlich präsente, perfekt eingebundene Säure erzeugt wurde. Wer „Ente mit Rotkohl und Klößen“ mit gediegener Langeweile assoziiert, kann hier eine Überraschung erleben …
Das Gleiche gilt für den „medium rare“ gebackenen Schokoladenkuchen, weil sich anhand Christoph Schmahs Version auch die Magie der Perfektion des scheinbar Simplen und schon zigfach Gegessenen bestaunen lässt. Die in der Tasse gebackene Schokolade war hier nämlich keine zähe, süße, halbflüssige Masse, sondern außen knusprig gebacken und innen wunderbar gleichmäßig cremig, wie eine Art warme Ganache mit vollem, kakaoherbem Schokoladengeschmack, der sich perfekt mit dem duftig-hellen Gegenüber eines zur Idealform gebrachten Vanilleeises ergänzte. So gut kann „einfach“ sein!
Der rundum stimmige Gesamteindruck, den die Halferschenke macht, ist auch Verdienst des ebenso charmanten wie ungezwungenen Serviceensembles rund um Gastgeberin Carina Schmah – und einer gut sortierten Weinkarte mit fairen Preisen. Deren Schwerpunkt liegt natürlich in der Region, aber auch aus anderen Ecken der Republik oder aus Frankreich und Italien gibt es darin lohnende Flaschen zu entdecken.

Dießen a. Ammersee (Bayern)

Gasthof Seefelder Hof

Alexander-Koester-Weg 6,
86911 Dießen a. Ammersee
08807-1022
www.seefelder-hof.de
Küchenchef: Andreas Filgertshofer
Fr–Mi von 12–14 Uhr u. ab 18 Uhr, Do RT
Hauptgericht: 11–39 €, Menüs: 29–45 €
VISA

In der schlichten Gaststube des Hotesl Seefelder Hof in Dießen am Ammersee wird das geboten, was man oft sucht, aber in Zeiten von Convenience & Co. jenseits gehobener Restaurants immer seltener findet: eine vernünftig zubereitete Küche aus frischen Produkten und mit natürlichen Aromen. Unsere Empfehlung für den bodenständigen Seefelder Hof halten wir auch in diesem Jahr aufrecht, obwohl es bei unserem letzten Besuch wieder ein paar Dinge auszusetzen gab, die wir so aus den Vorjahren nicht kannten.
Grundsätzlich sei gesagt, dass hier ohne Gourmetanspruch gekocht wird, dass die Karte rustikale Schmankerl wie Bratensülze mit Vinaigrette und Zwiebeln oder Fleischpflanzerl mit Bratensoße und Kartoffelsalat ebenso zu bieten hat wie auch mal eine Kokossuppe mit gebratenen Garnelen oder gebratenen Kabeljau auf Yuzu-Sahnesauce mit gebratenen Kräuterseitlingen und Quellern. Handwerklich wird das

meist solide, aber ohne weitreichendere geschmackliche Finessen oder handwerkliche Feinheiten umgesetzt.
Manchmal hapert es aber auch schlicht mal an der Sorgfalt. So wie beim letzten Mal, als die gehaltvolle „Fischsuppe nach Art der Bouillabaisse“, die wir hier in der Vergangenheit schon öfter mal gegessen haben und die auch diesmal wieder stilecht von Rouille und Knoblauchröstbrot begleitet wurde, nicht sauber entfettet war, sodass sich auf ihrer Oberfläche schon beim Einsetzen des Tellers eine unschöne und relativ dicke Haut gebildet hatte.
Auch die feinen Linguini, die mit gebratenen Garnelen, frischen Pilzen, etwas Knoblauch und gutem hausgemachtem Pesto ebenfalls zu den Hausklassikern gezählt werden dürfen, haben wir hier schon mal eleganter zubereitet erlebt. Diesmal ließen insbesondere die relativ dunkel angebrutzelten Pilze und relativ viel Salz das im optimalen Fall mediterran leicht und kräuterwürzig anmutende Gericht etwas plump und dicht wirken.
Der folgende Ammersee-Zander war zwar schön zart pochiert, aber ziemlich unsauber entgrätet und lag auf einer recht dicken, cremigen Wermutsauce, begleitet von grünem Spargel, der ebenfalls dunkel und röstbrutzelig daherkam. Begleitet wurde das von verschiedenen weiteren, allerdings eher sanft gedämpften Gemüsen und einem Schälchen Butterreis. Und wirkte damit ebenso gutbürgerlich wie das Kalbsrückensteak mit Rahmpfifferlingen und breiten Bandnudeln, das in diesem Sinne ein unspektakulärer, aber durchaus schmackhafter Hauptgang war.
Die kleine Auswahl an Nachtisch beschränkte sich auch bei unserem diesjährigen Besuch auf zugekauftes Eis und hausgemachtes Sorbet. Und so schließen wir mit demselben Satz wie im Vorjahr: Einen Kreativitätspreis kann man mit all dem zwar nicht gewinnen, aber das wird hier auch gar nicht angestrebt und ist überhaupt nicht notwendig. Genauso wenig, wie in einem bodenständig-ländlichen Gasthof wie dem Seefelder Hof eine Vielzahl an exklusiven Weinen vonnöten wäre – denn das, was die Karte offeriert, reicht vollauf. Und zu vielem passt auch gut ein kühles frisches Bier.

Seehaus

Seeweg Süd 22,
86919 Dießen a. Ammersee (Riederau)
08807-7300
www.seehaus.de
Täglich durchgehend ab 12 Uhr, kein RT (i. d. Wintermonaten Mo–Do nur abends geöffnet)
Hauptgericht: 14–24 €
VISA

Das Seehaus in Riederau mit seiner von Schilf umsäumten Terrasse und eigenem Bootssteg dürfte nach wie vor der mit Abstand schönste Ort sein, um direkt am Ammersee gediegen zu speisen. Das Restaurant selbst ist eine stilvolle Mischung aus ländlich-rustikal und elegant und die Küche unter der Leitung von Florian Kiening ein geschmackvoller Mix aus französisch-mediterranen Gourmandisen und moderat gehobener Heimatküche. Hier und da gibt's auch mal asiatische Exkurse, und in jedem Fall überzeugen die gute Qualität der Produkte und das souveräne Handwerk. Auf überflüssiges Beiwerk wird auf den unverkünstelt angerichteten Tellern ebenso verzichtet wie auf allzu aufwendige Spielereien und technische Effekte. Im Mittelpunkt steht stets der natürliche und harmonische Geschmack der Produkte, und gekocht wird grundsätzlich klassisch. Die Weinkarte offeriert dazu gute Tropfen aus Deutschland und den europäischen Nachbarländern zu moderaten Preisen.

Hotelempfehlung

★★★

Hotel & Gasthof Seefelder Hof

Alexander-Koester-Weg 6,
86911 Dießen a. Ammersee
08807-1022
www.seefelder-hof.de
Einzelzimmer: 81–143 €
Doppelzimmer: 102–182 €
VISA

Das Hotel Gasthof Seefelder Hof liegt ruhig, aber zentral und nur einen Katzensprung vom Ammersee entfernt. Ortskern, Dampfersteg, Bootsliegeplätze, Segelschule und Segelclub, das Strandbad und ein Kneipp'sches Wassertretbecken sind zu Fuß in wenigen Minuten erreichbar. Das 3-Sterne-Haus verfügt über insgesamt 25 Zimmer (49 Betten) – im Altbau eher bayrisch-rustikal, in dem erst vor wenigen Jahren errichteten Neubau modern und warmfarbig-mediterran gestaltet. Alle Zimmer (überwiegend Nichtraucherzimmer) sind mit Balkon, TV & Radio, Minibar und Safe ausgestattet. Das Restaurant, die gemütliche Gaststube und die Gästezimmer sind bequem mit dem Aufzug zu erreichen. Hier steht ganz besonders frischer Fisch aus dem Ammersee im Mittelpunkt, aber auch andere regionale Spezialitäten, die auch im lauschigen Biergarten unter Kastanien serviert werden. Gepflegtes bayerisches Bier ist ebenso selbstverständlich wie eine reichhaltige Auswahl an ausgesuchten Weinen. Gasthof Seefleder Hof separat erwähnt.

Dillingen (Bayern)

5

Storchennest

Demleitnerstr. 6,
89407 Dillingen (Fristingen)
09071-4569
www.storchen-nest.de
Mi–So von 12–15 Uhr u. ab 18 Uhr, Mo u. Di RT
Hauptgericht: 16–25 €, Menüs: 39–59 €
EC VISA P

Wer auf gute, gediegene klassische Landküche aus ist, wird in Elmar Schneiders Storchennest nie enttäuscht. Seit vielen Jahren erwarten den Gast in diesen gepflegten Gaststuben zuverlässig und fachmännisch zubereitete Klassiker, für die der routinierte Chef nicht nur die Region und ihre Produkte im Auge hat, sondern sich auch von mediterranen und fernöstlichen Produkten und Aromen inspirieren lässt. Weil Elmar Schneider während seiner Lehr- und Wanderjahre genug Erfahrung in besten Häusern gesammelt hat, er also sein Handwerk beherrscht und überdies einen gewissen Eigenanspruch hegt, ist hier alles sehr ansprechend und gibt zusammen mit dem günstigen Preis-Leistungs-Verhältnis ein sehr stimmiges Bild ab. Der sehr freundliche, zuvorkommende Service durch die Gastgeberin ist ein weiterer Grund, hierherzukommen.

Donaueschingen (Baden-Württemberg)

7

die burg

Burgring 6,
78166 Donaueschingen (Aasen)
0771-17510050
www.burg-aasen.de
Küchenchef: Jason Grom
Mi–Fr u. So von 12–14 Uhr u. ab 18 Uhr, Sa ab 18 Uhr, Mo u. Di RT
Hauptgericht: 20–35 €,
Menüs: 43–79 €
EC VISA P

Ganz anders als der Name „Die Burg" suggeriert, handelt es sich hierbei nicht um ein urignostalgisches Burgrestaurant hinter verwittertem historischem Mauerwerk, sondern um ein modernes und sehr helles Lokal in einem strahlend weißen Hotelneubau inmitten der Ortschaft Aasen. Die namensgebende Burg gab es zwar mal, heute ist davon allerdings nurmehr der Burghügel mit Kreuz erhalten. Macht aber nichts, denn die beiden Burgherren ohne Burg, die Brüder Jason und Niklas Grom, haben im Hier und Jetzt viel Besseres zu bieten, und es ist

mit an Sicherheit grenzender Wahrscheinlichkeit davon auszugehen, dass die Herren von Aasen im 11. Jahrhundert bedeutend schlechter gegessen und getrunken haben, als das den Gästen hier heute möglich ist.
Die beiden Grom-Brüder sind hier nämlich in ihrem jeweiligen Metier mit sehr viel Ambition und Expertise zugange. Restaurantleiter und Sommelier Niklas hegt und pflegt eine hervorragende Weinkarte, die von den Gewächsen aufstrebender deutscher Winzer bis zu gereiften Raritäten renommierter Häuser von Passion und Kennerschaft zeugt – sein Bruder Jason kocht mit kreativen Ideen und viel Können auf einer fundierten klassischen Basis. Die Speisekarte offeriert neben Klassikern wie Beef Tatar, Rindersüpple und Rostbraten ein fünfgängiges vegetarisches Menü „Gartenliebe" und das sechsgängige Menü „Burg", in dem von allerhand maritimen Spezialitäten bis zu Poltinger Lamm, Marensin-Huhn und Luma-Beef eine sehr hochwertige Produktpalette aufgefahren wird. Zu nach wie vor sehr moderaten Preisen übrigens!
Nach hausgebackenem Sauerteigbrot aus bereits über dreißig Jahre lang gepflegter Mutterhefe nebst aufgeschlagener Butter und einem kleinen Gruß aus der Küche, der zuletzt eine fruchtige Rote-Bete-Gazpacho mit Feta war, ging es mit einer modern und klar angerichteten Vorspeise vom Stör gleich in die Vollen. Die längliche Tranche eines mild gebeizten und dann à la minute noch zart angeräucherten Störs war mit seinem Kaviar, kleinen knackigen Scheiben von fermentiertem weißem Spargel, eingelegten Johannisbeeren aus dem eigenen Garten und Haselnüssen aus dem Piemont beladen, dockte auf etwas Spargelcreme und wurde von einem Radicchiosud touchiert. Schon an diesem sehr gekonnt zwischen Säure, Frucht, Würze und Bitteraromen austarierten Auftakt konnte man gut erkennen, dass sich die Küche im Vergleich zum Vorjahr nochmals gesteigert hat und die Kompositionen noch detaillierter und feiner abstimmt.
Ein erster Eindruck, der beim folgenden Black Cod sogleich bestätigt wurde. Der blütenweiße Kohlenfisch mit krosser Haut und wirklich sehr saftigem Fleisch, das sich unter dem geringsten Druck fast von selbst in seine festfleischigen Lamellen zerlegte, thronte auf einem Bett aus frischen knackigen sowie zu einer Mousseline verarbeiteten Erbsen. Ergänzt wurde das Ganze von dünn gehobeltem und mariniertem Fenchel sowie dünnen Artischockenchips und umflutet von einer vollmundig-aromatischen Safran-Schaumsauce, die sich im Verein mit dem Prachtfisch und den Erbsen zu einer sehr delikaten Angelegenheit hochschaukelten.
Puristisch und doch sehr komplex präsentierte sich dann der erfreulich hell und klararomatisch geschmorte Poltinger Lammbauch, der so als Produkt sehr schön seinen ursprünglichen Charakter und sein Eigenaroma ausspielen konnte, das von einer wunderbar transparenten, mutmaßlich mit etwas Sherry abgeschmeckten Lammjus noch fett unterstrichen wurde. Getoppt war das ausdrucksstarke Stück Fleisch mit einem fruchtigen Kompott aus roter Schmorpaprika und Mispeln, wenigen Tupfen einer Creme von fermentiertem Knoblauch, etwas krossem Wildreis und eingelegten Bärlauchknospen – flankiert wurde es lediglich noch von etwas Auberginencreme. Hervorragend! Einzig der im Rahmen der alkoholfreien Getränkebegleitung dazu empfohlene Minze-Kombucha war hier mit seiner relativ rustikalen Säure kein optimaler Begleiter.
Dafür machte der hervorragende 2015er Pinot Noir „R" vom Weingut Baumann aus dem schweizerischen Teil des Klettgau zum Hauptgang eine umso bessere Figur und erwies sich als Traumpartner für das formidable Bayrische Reh, dessen gegrillter Rücken in größter Präzision optimal auf den Punkt gebracht war. Was nicht nur eine vollkommen gleichmäßige Garung ohne grauen Rand bedeutete, sondern eben auch viel Saft und Aroma sowie eine straffe (und nicht mürbe ausgelaugte) Fleischstruktur mit butterzartem Biss. Besser kann man einen Rehrücken fast nicht hinbekommen. Die Kirscharomen des Pinot Noir dockten an den Kirschen des Wildbrets an, die zusammen mit gebackenem Knollensellerie, etwas Staudensellerie und schmelzigem Lardo zu pointiertem Beiwerk ohne Sättigungsbeilagen-Charakter zusammenkamen. Irgendwo schwang auch noch ein Hauch von Holunderblüte mit und als Side-Dish gab's zwei mit Rehfleisch gefüllte Gyoza-Täschchen.
Weil schlussendlich auch das auf einer mit Buchweizenbröseln beflockten Joghurtmousse-Scheibe aufgebaute Dessert um Verschiedenes von der Erdbeere, eingelegten Rhabarber und Waldmeister mit geeistem Joghurtschnee hohes Niveau hatte, steht heuer einer Aufwertung auf 7 Pfannen rein gar nichts im Wege. Gratulation!

8↑ 🍴🍴🍴🍴🍴

ÖSCH NOIR

im Hotel Der Öschberghof
Golfplatz 1,
78166 Donaueschingen
☎ 0771-84610
www.oeschberghof.com/restaurants-bars/oesch-noir
Küchenchef: Manuel Ulrich
Mi–So u. Fei ab 19 Uhr, Mo u. Di RT
Hauptgericht: 35–65 €,
Menüs: 125–175 €
VISA

Mit mondänem Ambiente und luxuriösem Setting kann sich das Ösch Noir im spektakulär großzügigen Hotel-Resort Öschberghof als ein dem noblen Rahmen angemessenes Fine-Dining-Restaurant präsentieren. Das von einer 45-Loch-Golfanlage umgebene und in natürlichen Farben und Materialien gestaltete Luxushotel oberhalb von Donaueschingen mit 145 Zimmern und Suiten, großem Wellness- und Spa-Bereich, vielfältigem Gastronomieangebot und weitläufigen öffentlichen Bereichen wie beispielsweise dem „Wohnzimmer" mit Bar, gemütlichen Sitzgruppen, offenem Feuer, behaglich gedämpfter Illuminierung und gediegener Klaviermusik, hat Weltniveau – und da wurde natürlich insbesondere beim kulinarischen Aushängeschild nicht gekleckert, sondern geklotzt.
Dass das Ösch Noir eine enorme Außenwirkung für das Hotel hat, weswegen auch immer wieder externe Feinschmecker nur für ein paar genüssliche Stunden den Weg in den Öschberghof finden, ist aber in allererster Linie das Verdienst von Küchenchef Manuel Ulrich und seinem motivierten Team, die hier vom Start weg ein sehr hohes Niveau vorgelegt haben. Das „Eigengewächs" des Öschberghofs, das lediglich ein Jahr lang bei Christoph Rüffer im Hamburger Haerlin mitgearbeitet und kurz vor der Eröffnung des Gourmetrestaurants noch ein paar Wochen in der alten Schwarzwaldstube bei Torsten Michel hospitiert hat, ansonsten aber keine namhaften Stationen in seiner Vita aufweisen kann, scheint ein echtes Naturtalent zu sein. Geboten werden in dem von schnörkellosem Raumdesign gezeichneten Ambiente mit runden Sitzinseln und Raumteilern aus Glaskugeln, die wie Wasserblasen vom Boden bis zur Decke aufsteigen, zwei bis zu siebengängige Menüs, von denen das eine vegetarisch ist und der Gast diese nach Belieben miteinander kombinieren kann.
Das Team scheut nach wie vor keinen Aufwand und arrangiert seine Kreationen sehr feinsinnig, klein- und vielteilig, verliert sich bei all der Detailarbeit aber nicht bloß in sinnlosen Basteleien, sondern legt erkennbar viel Wert darauf, dass das alles auch geschmacklich voll zur Geltung kommt. Was auf dem Porzellan zumeist sehr grazil und elegant wirkt, entfaltet am Gaumen enormen Druck. So hat man es hier auf den akkurat angerichteten Tellern nicht mit seichtem Aromengeplänkel und mutlos angedeuteten Akzenten zu tun, sondern genießt klare, ausdrucksstarke Pointen, die hier und da auch mal erfreuliche Ecken und Kanten haben können, dabei aber nie den geschmackssicheren Bereich klassischer Küche verlassen.
Schon die drei kleinen Apero-Snacks waren in ihrer unaufgeregten Schlichtheit und Brillanz delikat. Vor allem die rohe, in Speckbutter lediglich leicht temperierte und dann mit etwas von ihrem getrockneten Corail und Tannenwipfel-Staub bepuderte Jakobsmuschel stach hier heraus und sorgte für einen ersten Gaumenkitzel. Aber auch das kleine süffige Lammragout unter Kartoffelschaum zum Löffeln im Gläschen war ein feiner Appetizer. An dem kleinen, mit einer Creme aus sich selbst gefüllten Poveraden-Boden trübte uns nur das gottlob sehr dezent eingesetzte synthetische Trüffelaroma ein wenig den Genuss. Aber wir wissen: Viele Gäste schätzen diesen Geschmack.
Zum äußerst behutsam gebeizten und geflämmten Bauch sowie einem Tatar aus dem Rücken des Balfego-Thunfischs gab es mit Senf, Kartoffel, Zwiebel und Petersilie vermeintlich rustikale Begleiter, die hier aber so elegant zubereitet und feinfühlig ins Geschehen integriert waren, dass man nur staunen konnte, wie gut etwa eine Senfsauce, ein Schalottenchutney und ein Kartoffelsalat zum subtilen Thuna passen, der hier in exzellenter Qualität auf dem Teller lag. Mit viel präzise eingesetzter Säure, mit der zum Beispiel die Thunfisch-Senfsauce schlank zugespitzt war, aber auch mit exakt bemessenen Proportionen und grazi-

len Strukturen (Mini-Pommes-Soufflées, winzige geflämmte Perlzwiebelsegmente, seidige Cremes …) gelang es hier eindrucksvoll, ein kleines Meisterwerk moderner Klassik zu inszenieren, das wir für sich genommen mit 9+ Pfannen bewertet hätten.
Mit dem zum Thunfisch-Gang empfohlenen Kaltauszug von der Artischocke, der mit ein paar Tropfen Estragonöl aromatisiert war, zeigte das Team zudem, dass es auch in Sachen alkoholfreie Getränkebegleitung sehr weit vorne mitspielt. Wir probierten ein paar Dinge aus „Julians Saftladen", wie die von Souschef Julian Lechner mit viel Kreativität und Engagement kreierte alkoholfreie Getränkebegleitung heißt, und erfreuten uns an spannenden und angenehm leichten Getränken mit wenig Süße.
Aber auch das Thema Wein ist im Ösch Noir ein sehr großes, und Sommelier Michael Häni ein Spezialist mit breitem Fundus und viel Hintergrundwissen. Zum folgenden Carabinero, der mit cremigen und knackigen Erbsen, einer geschäumten Chorizo-Hollandaise mit winzigen knusprigen Chorizo-Partikeln sowie einer intensiven Kopfsalatcreme nebst kleinen knackigen Stücken von mariniertem Kopfsalat in einem klaren, kraftvollen Krustentiersud schwamm, empfahl er den bestens mit den pikanten Aromen korrespondierenden Riesling „Pfeffer" von Karl Haidle aus dem württembergischen Stetten im Remstal.
Der für ein Kaiserstuhl-Gewächs recht außergewöhnliche Weißburgunder „Löss Lehm" vom Weingut Höfflin war dem folgenden bretonischen Wildfang-Steinbutt ein kongenialer Begleiter. Dessen perfekt gegarte und akkurat gewürzte Tranche, die eine Seeigel-Zunge auf ihrem Rücken trug, badete gemeinsam mit geröstetem Brokkoli und Brokkolicreme in einer vollmundigen Seeigel-Nage. Eine Seeigel-Creme verstärkte das süßlich-jodige Aroma des hierzulande auch in besten Restaurants durchaus seltenen Stachelhäuters, während etwas Yuzu-Gel mit säuerlich-herber Frische für Kontrast und Dynamik sorgte.
Als luxuriöse Verfeinerung eines Klassikers der rustikalen österreichischen Küche kam das mit Imperial-Kaviar nicht bloß verteuerte, sondern tatsächlich delikat ergänzte Rahmbeuscherl von Kalbsherz und Lunge daher, das mit frischen und pulverisierten Steinpilzen erdig aufgemotzt und mit Chardonnay-Essig elegant zugespitzt war. Die Nocke des Störrogens thronte auf einem fluffigen Taler, der sich als gebratener Serviettenknödel entpuppte und einen willkommenen Saucenschwamm für diese komplexe, säuerlich-würzige Delikatesse mit noblem mineralisch-nussigem Oberton vom Kaviar abgab. Als weiteres geniales Begleitgetränk aus dem inspirierten Saftladen erwies sich hier der mit Yuzu-Zitrone effektvoll erfrische Knollenselleriesaft.
Etwas hin- und hergerissen waren wir beim Hauptgang, in dessen Mittelpunkt einerseits eine fantastische, an ihrer Karkasse gebratene Imperial-Taubenbrust stand, die mit einer Art Barbecue-Lack glasiert war. Andererseits fanden wir den entfernt an ein Chili con Carne erinnernden Eintopf aus dem Schmorfleisch der Taubenkeulen, den Innereien, dreierlei Baked Beans, Schlangenbohnen, Bohnencreme, Mais und Maiscreme sowie Röstzwiebeln und gepickelten Zwiebeln, auf dem die Taubenbrust thronte, schlichtweg zu dicht und zu plump – zumindest an dieser Stelle und in diesem Kontext. Damit kein Missverständnis entsteht: Das war köstlicher Mischgeschmack. Aber der Taubenbrust hätten wir gerade im Hauptgang ein etwas differenzierteres und variantenreicheres Begleitprogramm gewünscht.
Eine Cassis-Mousse mit Milcheis, Basilikumcreme und frischen Sommerbeeren in einem mit Estragon und Wacholder aromatisierten Molkesud läutete mit sehr zurückhaltender Süße und Leichtigkeit das süße Finale ein. Und auch der mit Zwetschgenröster gefüllte Topfenknödel, der sich den Teller mit verschiedenen weiteren Komponenten von der Zwetschge (Gel, Gelee, marinert, als Sud mit rotem Shiso …), einer Vanille-Quarkcreme und einem expressiven Eis von Piemonteser Haselnüssen teilte, hatte rein gar nichts Opulentes an sich. Und so blieb auch nach unserem diesjährigen Besuch die Gewissheit, dass aktuell für eine Höherstufung auf 9 Pfannen gar nicht viel fehlt und für die Zukunft sicher noch einiges zu erwarten ist.

Hotelempfehlung

★★★★★ S

Der Öschberghof

Golfplatz 1,
78166 Donaueschingen
0771-840
www.oeschberghof.com
Einzelzimmer: ab 281 €
Doppelzimmer: ab 406 €

Der Öschberghof begrüßt seine Gäste inmitten einer 45-Loch-Golfanlage bei Donaueschingen am südöstlichen Rande des Schwarzwalds in einem ebenso großzügigen wie luxuriösen Resort, das sicherlich kaum Wünsche offenlässt. In den 126 Zimmern und Suiten trifft modernes Design auf innovative Raumgestaltung. Alle Räume zeichnen sich durch klare Linien, komfortable Wohlfühlatmosphäre und wirkungsvolle Ästhetik aus. Der „SPA & GYM“ bietet Ruhe und Entspannung in den vier unterschiedlichen Bereichen „Harmony“, „Energy“, „Asia“ und „Relax SPA“. Einen 25 Meter langen Innenpool, einen 20 Meter langen, ganzjährig beheizten Infinity-Außenpool, verschiedene Saunen und Dampfbäder, warme Quellen, eine Duschlandschaft mit Eisbrunnen, Massage- und Kosmetikbehandlungen und noch vieles mehr findet man hier auf über 5000 m2. Sportbegeisterte trainieren mit den modernsten Geräten auf über 550 m2 Indoor- und Outdoor-Trainingsfläche. Vier Restaurants mit alpenländischer, italienischer und internationaler Küche sowie Fine Dining im Ösch Noir. Außerdem: ein modernes Tagungszentrum mit sechs Räumen und einem Festsaal. Restaurant Ösch Noir separat erwähnt.

Die Besteck-Symbole

luxuriöses Restaurant mit höchstem Komfort und formvollendetem Service, edler Ausstattung und einer Weinkarte, die höchsten Ansprüchen genügt

elegantes Restaurant mit hohem Komfort und exzellentem Service, sehr gute Ausstattung, hervorragende Weinkarte

gehobenes Restaurant mit gutem Komfort und versiertem Service, umfangreiche Weinkarte

besser ausgestattetes Restaurant mit ordentlichem Service, ausgewählte Weine

schlichtes Restaurant, Gasthof oder Bar

Dornum (Niedersachsen)

5

Fährhaus

Dorfstr. 42,
26553 Dornum (Neßmersiel)
04933-303
www.faehrhaus-nessmersiel.de
Küchenchef: Gerold Janssen, Maximilian Eberleh
Mo–Sa ab 16 Uhr, So u. Fei von 12–14 Uhr u. ab 17 Uhr, kein RT
Hauptgericht: 18–33 €

Wer glaubt, an der friesischen Nordseeküste ein gutes Fischrestaurant nach dem anderen zu finden, wird zwischen Emden und Cuxhaven schnell eines Besseren belehrt. Eine der wenigen seit Jahren wirklich konstant empfehlenswerten Adressen ist das Fährhaus in Neßmersiel bei Dornum, ein familiengeführtes Hotel mit Restaurant, dessen Gastgeber Maximilian Eberleh sein Handwerk in guten Häusern wie der Traube Tonbach gelernt hat. In der unkomplizierten maritimen Landgasthof-Atmosphäre des Klinkerbaus nahe des Dornumer Norddeichs geht es natürlich nicht annähernd so exklusiv zu wie im Tonbachtal, dafür bekommt der Gast eine gute, bodenständige Küche „für jeden Tag“ geboten, die das Beste von Land und Meer zu günstigen Preisen bietet.
Was es tagesaktuell so alles gibt, wird seit jeher auf einer großen Tafel offeriert, die relativ klein und eng beschrieben ist. Dass es ob diesem breitgefächerten Angebot zu Qualitätseinbußen kommt, muss indes niemand befürchten. Denn wenngleich es zwar bei der Ausführung der Gerichte mitunter schon mal zu kleineren Schwankungen kommen kann, haben wir in all den Jahren nie erlebt, dass hier mäßige Produkte auf die Teller kämen. Im Gegenteil: auf Frische und seriöses Handwerk ist im Neßmer-

sieler Fährhaus immer Verlass! Und die Kompositionen bieten ebenfalls deutlich mehr Einfallsreichtum als in den allermeisten anderen Betrieben dieser Region.
Zur Vorspeise gab's letztens beispielsweise eine klassische gebackene Pastete, deren mürber Teig eine saftige, nicht zu kräftig gewürzte Füllung aus Nordseekrabben und Leng umschloss, in der auch ein paar Pfifferlinge und einige Gemüse-Brunoises auszumachen waren. Umgeben war das Ganze von verschiedenen Gemüseblättern und Kräutern sowie knackigen Quellern, was für viel grüne Frische auf dem Teller sorgte.
Auch wenn die folgenden, mit einer dünnen Kruste angebratenen Jakobsmuscheln ziemlich durchgegart waren, konnte man noch gut ihre solide Qualität erkennen. Sie waren auf einen Glasnudelsalat mit Wakame-Algen drapiert und wurden von einem Jaipur Curry-Beurre blanc genannten Schaum eskortiert, der leider ziemlich flüchtig war und sich in Windeseile in Luft aufgelöst hatte – also eigentlich das genaue Gegenteil vom dem war, was man sich von einer mit indischem Curry aromatisierten Weißwein-Buttersauce vorstellt.
Deutlich kompakter und süffiger war jedoch die rahmig-milde Fischsauce zu einem Klassiker des Hauses, der sich „Der Fischfang des Tages als Salat" nennt und zumeist mehrere attraktive Filetstücke sowie ein wenig Krusten- oder Schalengetier um ein Salatbouquet herum aufbietet. Am Tag unseres letzten Besuchs war die Ausbeute leider ausnahmsweise mal nicht ganz so glamourös wie sonst. Zwar verbuchten wir auf der Habenseite unter anderem ein recht saftiges kleines Stück Seeteufel, und auch ein sehr ordentlicher Nordsee-Steinbeißer war auszumachen, daneben aber eben auch ein ziemlich trockener Lachs und ein hauchdünnes paniertes Endstück, das ebenfalls zu lange in der Pfanne war und deshalb nicht mehr näher bestimmt werden konnte. Was alle Fische gemeinsam hatten: Sie waren kaum gewürzt. Doch sei's drum: Das nächste Mal wird sich das alles schon wieder weitaus properer präsentieren, da sind wir uns ganz sicher.
Nichts zu mäkeln gab's dann außerdem schon wieder am Dessert, einem sehr guten, markant mit Grappa aromatisierten Stracciatella-Parfait, das mit feinsäuerlicher Beerengrütze, knuspriger Mandelhippe und cremiger Schokoladengrundierung auf der Tellerfläche dargeboten wurde. Für die süßen Seiten des Lebens hat man im Fährhaus ohnehin ein gutes Händchen, was auch immer wieder die famosen hausgebackenen Kuchen und Torten belegen, mit denen wir uns auch schon das eine oder andere Mal am Nachmittag auf der kleinen, windgeschützten Terrasse köstlich die Zeit vertrieben haben. Überdies findet man in der Weinkarte eine gute Auswahl an Gewächsen namhafter deutscher Erzeuger, genügend Alternativen aus Europa und Übersee sowie eine umfangreiche Digestiv-Kollektion.

Hotelempfehlung

Hotel Fährhaus

Dorfstr. 42,
26553 Dornum (Neßmersiel)
04933-303
www.fährhaus.eu
Einzelzimmer: 55–75 €
Doppelzimmer: 78–140 €

„Schlemmen und Schlummern am Deich" lautet das Motto dieses familiär geführten Ferienhotels, das tatsächlich direkt am Deich der Ortschaft Neßmersiel an der ostfriesischen Küste liegt. Es befindet sich seit mittlerweile vierzig Jahren im Besitz der Familie Eberleh und liegt verkehrsgünstig zwischen der historischen Hafenstadt Emden und Wilhelmshaven. Das Weltnaturerbe Wattenmeer ist nur ca. 600 Meter entfernt. Perfekte Inliner-Strecken zu den benachbarten Küstenorten und ein komplett ausgebautes Radwegenetz machen hier den Weg auch ohne Auto in alle Himmelsrichtungen frei. Die insgesamt 19 Zimmer sind behaglich und komfortabel ausgestattet und bieten alle Dusche, WC, Fön, Radio, Safe, TV und WLAN. Die Zimmerpreise umfassen auch das individuelle Schlemmer-Frühstücksbüfett. Im Restaurant des Hauses wird eine sehr gute, vielfach ausgezeichnete regionale Frischeküche geboten. Restaurant Fährhaus separat erwähnt.

Dorsten (Nordrhein-Westfalen)

7

Goldener Anker

Lippetor 4, 46284 Dorsten
02362-22553
www.goldeneranker.info
Küchenchef: Christoph Kaiser, Björn Freitag
Mi–So ab 18 Uhr, Mo u. Di RT
Menüs: 74–126 €

Schon lange am Start, aber immer noch ein bisschen besser: keine Selbstverständlichkeit für einen medienpräsenten Koch wie Björn Freitag. Aber der hat ein gutes Team hinter sich, und was das in seinem mit farbenfroher Lichtgestaltung und Bildern ebenso modern wie behaglich anmutenden Restaurant auf die Teller bringt, hat durchgehend Hand und Fuß. Die teils etwas über die Stränge schlagende Kreativität früherer Jahre ist längst passé, jetzt kommen die nach wie vor einfallsreichen Akzente in aller Regel überlegter und feiner dosiert auf den Punkt. Und das ganz gleich, ob bodenständige Klassiker verfeinert werden oder es beschwingt in die mediterrane oder asiatische Richtung geht. Basis ist immer die gute klassische Schule. Sehr sympathischer und aufmerksamer Service, entspannte Atmosphäre.

7↑

Rosin

Hervester Str. 18,
46286 Dorsten (Wulfen)
02369-4322
www.frankrosin.de
Küchenchef: Oliver Engelke, Frank Rosin
Di–Sa ab 18 Uhr, So u. Mo RT
Menüs: 87–193 €

Der aus diversen medialen Formaten bekannte Frank Rosin ist nicht nur im TV, sondern auch in seinem Stammhaus in Dorsten ein erfolgreicher Geschäftsmann, vor allem aber ein erfolgreicher Koch. Auch wenn der umtriebige Chef hier selbstredend kaum persönlich am Herd steht, gibt er die Grundlinie vor, und die sorgt in dem gleichermaßen schick wie wohnlich gestalteten Restaurant seit Jahren für hohes Niveau. Dass wir dieses Niveau schon seit Jahren etwas niedriger einschätzen als manch anderer Guide ändert nichts an der Wertschätzung, die wir der fantasievoll-kreativen Küche entgegenbringen. In dem maximal zehngängigen Menü, das stets von einigen markanten „Schmackofatzen" eingeleitet wird, geht es mal eher produktfokussiert zu, mal eher „catchy" um Idee und Optik – und es verlässt in keinem Fall die geschmacklich harmonische Bahn. Und auch wenn es auf den Tellern mal etwas verspielter zugeht und das Niveau übers Menü hinweg ein bisschen schwankt, ist sorgfältiges klassisches Handwerk genauso gesetzt wie ein unterhaltsamer und genussvoller Abend. Und so ist bei jedem Besuch garantiert, dass dieser beileibe nicht nur vom Star-Glamour des Patrons getragen wird. Dafür sorgen auch der gut gelaunte und bestens eingespielte Service und die kompetente Weinberatung.

Dortmund (Nordrhein-Westfalen)

7

Der Schneider

im Hotel Ambiente

Am Gottesacker 70, 44143 Dortmund
0231-4773770
www.derschneider-restaurant.com
Küchenchef: Phillip Schneider
Di–Sa ab 18 Uhr, So u. Mo RT
Hauptgericht: 31–36 €, Menüs: 74–99 €

Dass jemand so clever und humorvoll aus dem eigenen Namen eine kulinarische Marke und ein weites Assoziationsfeld kreiert wie Phillip Schneider im Hotel Ambiente ist extrem selten. Nicht nur der Slogan „tailoredfood" – sprich: maßgeschneidertes Essen – hat Potenzial, auch

viele Dekordetails im Restaurant, beim Geschirr und in der Kommunikation spielen augenzwinkernd mit dem Näh- und Schneiderthema. So wird das Brot auf einer antiken Nähmaschine als Servierwagen im Nähkästchen serviert und auch sonst immer wieder mal Bezug zum Namen hergestellt.
Das könnte alles leicht ziemlich aufgesetzt und albern wirken, tut es aber nicht. Schon allein, weil die Ambitionen und die Expertise des gesamten Teams erkennbar hoch sind und spätestens bei den ersten Kostproben klar wird, dass hier einer ernsthaften puristisch-klaren Küche nur ein aufgelockerter Rahmen gegeben wird – und nicht andersherum. Denn sowohl das mild schaumige Pfifferlingssüppchen mit säuerlich eingelegten Pilzen als auch das Speck-Madeleine mit Paprikacreme und der knusprig gebackene Grünkohl mit Bouillonkartoffel-Juliennes zeigten schon zu Beginn prägnante Aromen, vor allem aber eine sympathische Grundidee: das Anknüpfen an kulinarische Kindheitserinnerungen und die damit verbundenen Emotionen.
Das funktionierte auch beim „Rahmkohlrabi" ganz prima, der einen aus hauchdünnen Scheiben geformten Raviolo nebst fermentiertem Kohlrabi und milchig leichter Béchamelsauce kombinierte und dem traditionellen „großmütterlichen" Geschmacksbild durch knackigen Biss und feine Fermentationssäuren auf die Sprünge half.
Neben der Verankerung an Emotionen gibt es noch ein weiteres charakteristisches Merkmal der Küche: Durchweg alle Teller und Schüsseln sind im höchsten Maß „instagramtauglich". Manchmal sogar optisch ein klein bisschen detailgenauer, als es geschmacklich am Ende umgesetzt wird. Aber das schmälert den Genuss von Sachen wie der Kürbis-Panna-cotta mit Kürbissaft, salzigem Mandarinensorbet und Hagebuttengel nur marginal. Im Grunde rüttelte die süß-sauer-scharfe Geschmackswelt auch mit ihrer etwas ungezügelten Art als erster offizieller Gang sehr erfolgreich wach.
Und bereitete so unter anderem auf das erneut kompakt angerichtete, mit wenigen markanten Akzenten getunte Rehtartar vor, das von Totentrompeten und getrockneter Rehschulter auf der dunklen Seite verstärkt, ansonsten aber mit Johannisbeeren, Scharfgarbe und Schwarzwurzel eher frisch und hell eingefasst wurde – mit nussigen Nuancen und säuerlichen Kicks. Hier war eigentlich nur das festcremige Tatar selbst minimal zu feist für seine Umgebung.
Rundum stimmig arrangierte das Team dagegen die folgenden fleischig-zarten Flusskrebsschwänze auf knackig sous-vide gegartem Topinambur an, der in dieser Form vor allem nussig und sogar leicht wie Kokosnuss schmeckte, und stellte beiden eingelegte Meerrettichwurzel und eine helle Krebs-/Meerrettich-Sahne zur Seite. Typisch dabei: Rund um ein sehr gutes Produkt werden nie mehr als zwei, drei weitere markante Aromen gesetzt, die vielleicht in Details variiert werden, ansonsten aber ziemlich geradlinig auf den Punkt kommen.
Genau das funktionierte auch bei den rosa Tranchen von der Entenbrust ganz prima. Zwar war die goldbraun knusprige Haut nicht ganz ausgebraten und deshalb partiell etwas zäh, aber die Kombination mit einer saftig gebackenen Schmorfleischpraline und transparent-eleganter Jus sowie der mit feinen Bitternoten dazwischenfunkende Frische von Chicorée ging einmal mehr voll auf. Hatten wir im letzten Jahr ehrlich gesagt etwas Mühe mit der Bewertung und mussten für die 7 Pfannen ein Auge zudrücken, war das dieses Mal eine ganz klare und souveräne Sache.
Und auch das Dessert mit mutig prägnanten Thymianaromen in einer grün besprayten Mousse neben milchig-frischen Noten (unter anderem aus einer Buttermilch-Emulsion) und dunkler roter Fruchtigkeit in kleinen Details präsentierte eine ebenso unkonventionelle wie souverän umgesetzte Idee. Viele dieser Teller werden von den Köchen selbst eingesetzt und kurz erklärt, ansonsten aber vom gleichermaßen unkompliziert wie professionellen Serviceteam, das auch sonst alles gut im Blick hat, charmant präsentiert.
Spannende Weinempfehlungen abseits des Mainstreams inklusive! Unter den offenen Positionen findet sich am einfachsten im Dialog mit dem Service das Passende für die Speisen und individuellen Vorlieben. Und in der gut strukturierten europäischen Flaschenauswahl sind ohnehin viele spannende Optionen zu fairen Preisen zu entdecken.

Bezahlkarten-Symbole

- Mastercard
- EC-Maestro
- Diners
- American Express
- VISA Visa

7

Grammons Restaurant

Wieckesweg 29, 44309 Dortmund
0231-93144465
www.grammons.de
Küchenchef: Dirk Grammon
Di ab 18 Uhr, Mi u. Do von 12–14.30 Uhr u. ab 18 Uhr, Fr u. Sa ab 18 Uhr, So u. Mo RT
Hauptgericht: 38–45 €,
Menüs: 82–99 €
EC VISA P

Er ist zwar ein Newcomer in der Dortmunder Restaurantszene, aber als Koch kein Rookie: Dirk Grammon, der bereits vor rund einem Jahrzehnt als Küchenchef der Villa Suplie in Werne für Furore sorgte, hat sich im Herbst 2019 mit einem eigenen Restaurant direkt am Dortmunder Knappschaftskrankenhaus selbstständig gemacht. Das Lokal selbst ist ziemlich groß und erstreckt sich über eine legere Weinbar und den offenen Küchenpass in der Mitte bis in den etwas eleganter anmutenden Restaurantbereich im hinteren Teil des Hauses. Und es präsentiert sich ebenso schnörkellos wie die Küche des Chefs, der hier mittags und abends ambitioniert und talentiert groß aufkocht.
Der Chef weiß was er kann und wo seine Stärken liegen – nämlich in der modernen französischen Klassik. Schon die relativ aufwendig und feinsinnig inszenierten, dabei aber überhaupt nicht sinnlos verspielten Apero-Snacks und Küchengrüße lassen aufmerken. Da geht es um Geschmack und um gute Produkte, da geht es um Gaumenkitzel und nicht um Effekthascherei. Dinge wie ein hauchdünner Brotchip mit schmelzigem Lardo und Apfel, ein kleiner Kaisergranat-Croustillant oder ein süffiges Schälchen mit Steinpilzen, Kartoffelschaum und Kräuteröl machen auf sehr zugängliche und eingängige Art Lust auf mehr. Die fluffige Buchtel und das saftige Dinkelbrot mit gesalzener Butter zeugen vom Qualitätsbewusstsein des Chefs in allen Details.
So überraschte es dann schon nicht mehr so sehr, dass auch der roh marinierte und behutsam abgeflämmte Rücken sowie das Tatar vom Bauch einer Gelbschwanzmakrele qualitativ über dem Durchschnitt lagen – und von einer Melange aus mariniertem Fenchel, Mandarinenkaviar, Sojagel und Vinaigrette leicht und markant umspielt wurden. Säure, Süße, Frucht und Umami: alles dabei und alles in schönstem Einklang.
Ähnlich funktionierte auch der Akkord rund um einen festfleischigen Carabinero, der nebst gestowtem Spitzkohl mit Piemonteser Haselnuss und Zweierlei vom grünen Apfel in einer ebenso vollmundigen wie elegant ausgewogenen Thai-Currysauce schwamm. Auch hier spielten Süße, Frucht, Würze und diesmal noch moderate Schärfe sehr dynamisch und harmonisch miteinander. Ohne Ecken und Kanten, aber durchaus akzentuiert.
Was sich bis hierhin schon andeutete, wurde beim folgenden Zander mit Kürbis, Kürbiskernen und einem auf Basis von Trompetenpilzen sowie den Fischkarkassen, Alge und Bonitoflakes hergestellten Dashisud überdeutlich: Dirk Grammon hat ein sehr feines Händchen für Saucen aller Art! Die äußerst tiefe und komplexe, aber überhaupt nicht undurchdringlich dichte Dashibrühe unterfütterte den wirklich exzellenten Fisch aus heimischem Gewässer, der in optimaler Qualität, mit fein zerstoßenen Kürbiskernen beflockt und mit einer Kürbiskernöl-Mayonnaise in dünnen Spuren glasiert auf Kürbiswürfeln angerichtet war, mit ihrer erdigen Umamiwürze.
Auch die rahmig gebundene und luftig aufgeschäumte Geflügelsauce, die im Anschluss daran ein mit Spinatcreme, Kartoffelschaum sowie Haselnüssen und weißer Trüffel aus dem Piemont überdecktes pochiertes Ei vom Bresse-Huhn umschmeichelte, war mit ihrer zarten Süße und der für so ein helles Schaumsößchen überraschend vielschichtigen aromatischen Struktur eine große Nummer.
Etwas zu dicht und intensiv fanden wir nur die fast bis zum Anschlag reduzierte Jus beim folgenden Wildgericht, dem Hauptgang des Menüs. Nicht dass diese überwiegend (oder ausschließlich) auf Kalbsjusbasis hergestellte Sauce in irgendeiner Weise unharmonisch bitter, zu salzig oder sonstwie handwerklich unzulänglich gewesen wäre – auch hier hatten wir es mit meisterlichem Handwerk zu tun. Allein mit Blick auf eine noch höhere Bewertung wäre hier etwas weniger Power deutlich besser gewe-

sen, um den perfekt auf den Punkt gebrachten hervorragenden Rehrücken vom Gutshof Polting nebst etwas Rehlebermousse und à part unter Kartoffelschaum im Schälchen serviertem Schulterragout noch gewinnbringender zu eskortieren. Doch auch so war das von Rotkraut, einem dünnen, mit Wirsing gefüllten Knusperstick, Petersilienwurzelcreme und Birne ganz klassisch, aber nicht dröge begleitete Reh ein großer Genuss!
So wie der süße Abschluss rund um verschiedene Variationen mit Tahiti-Vanille, bei der vom Eis über einen mit Mousse gefüllten Baumkuchenzylinder, Espuma und Baiser bis hin zur gebrannten Creme längst nicht nur bloß Vanillearomen den Ton angaben, sondern auch Zitrusfrüchte, Zimt, Kokos und eine elegante alkoholische Note, die vermutlich von Grand Marnier herrührte. Sehr ansprechend fanden wir auch die glasweise Weinbegleitung mit recht individuellen Tropfen, die vom salzig-mineralischen Weißwein aus Portugal bis zu Ziereisens Blauburgunder „Rhini" reichte. Angenehm präsent und unprätentiös agierte der Service.

7↑

Iuma by Dyllong & De Luca

Hagenerstr. 231,
44229 Dortmund
0231-95009942
www.iuma-dortmund.com
Küchenchef: Pierre Beckerling
Do–Sa ab 19 Uhr, So–Mi RT
Menüs: 69–99 €

VISA P

Eines steht fest: Michael Dyllong und Ciro de Luca haben ein Händchen für spannende Gastro-Konzepte. Neben dem von Michael Dyllong als Küchenchef geführten Palmgarden in der Spielbank Hohensyburg und dem entspannteren Vida, die beide eher Spielarten zeitgemäßen Fine Dinings offerieren, setzen die beiden im Iuma, das direkt neben dem Vida unter gleichem Dach zu finden ist, auf vor allem japanisch inspirierte Fusionsküche. Der Bezug spiegelt sich auch im schlicht dunklen kosmopolitischen Ambiente wider, wo es dem Gast mit bequemen Designersesseln und elektronischer Musik im Background leicht gemacht wird, sich fallen zu lassen.
Es gibt also Einflüsse aus Asien und der Welt, gepaart mit moderner europäischer Herangehensweise, und die Ergebnisse haben so einerseits eine federnde Leichtigkeit, andererseits aber auch viel Substanz und Tiefe. Vor allem aber bringt Küchenchef Pierre Beckerling viele kreative und feinsinnige Ideen auf die Teller. Man kann sich sicher sein, dass es bei einem Besuch viele Sachen gibt, die man so oder so ähnlich noch nicht oft gegessen hat …
Einen Vorgeschmack gab es schon beim Fingerfood zum Aperitif durch knuffige Tagomaiaki, mit Parmesan gefüllt und mit Oktopus sowie zitrischer Frische ergänzt, sowie einem Knusperkörbchen mit Lachs und ätherisch-pfeffriger Yuzu-/Koshu-Mayo. Aber auch die hauchdünnen Buchweizenchips mit kressefrischem Frischkäse waren erfreulich „out of the box" und fein gearbeitet, genau wie der klare, reine Apfel-/Jalapeño-Shot zum Bereinigen der Geschmacksnerven.
Was sich als durchaus sinnvoll erwies, denn der erste offizielle Gang punktete vor allem mit viel Subtilität und Finesse und erforderte genaueres Hinschmecken: glasklar aromatischer festfleischiger Hamachi wurde hier als kurz angebeiztes Sashimi mit fermentierter und eingelegter Gurke, eingelegter Kapuzinerwurzel sowie deren Blättern und Blüten ergänzt. Das allein ergab bereits ein subtiles Spiel mit Säuren und leichter Schärfe. Dazu ergänzten allerdings noch die herbe gelbe Frucht von Physalis und ein zarter Gurken-/Kapuziner-Fond das Ensemble. Die gleichen Komponenten gab es separat noch einmal als Topping eines cremig gehaltenen Tatars von dem Premiumfisch, das ebenfalls gekonnt dessen Qualität in den Vordergrund stellte.
Nach diesem schwebend leichten Einstieg ging es bereits beim nächsten Gang voll auf die Zwölf. Und das auf tatsächlich meisterhafte Art! Präsentiert wurde ein Tatar-Ring vom heimischen Wagyu-Rind, mit Austern- und Fischsauce sowie Sesamöl abgeschmeckt und getoppt von kleinen milden Räucheraalstücken,

der jodigen Salzigkeit von reichlich Kaviar (unterstützt von Passepierre und Algen), nussig eingelegter Senfsaat und knackigen Radieschenscheiben. Ins Zentrum rund um eine leicht confierte Tomate wurde dann ein warmer jodig-schaumiger Seeigelsud angegossen, der alles verband und zugleich pushte. Starke 8 Pfannen!

Unkonventionell ging es weiter mit einem Taschenkrebssalat, der mit einer selbst über mehrere Jahre fermentierten Chilipaste cremig gebundenen war. Dessen präsente Schärfe und üppiger Schmelz wurde durch Grapefruit, eingelegte Fichtensprossen, japanisches Reisgewürz und Saiblingskaviar aufgebrochen und feingliedrig akzentuiert – Säure, Nussigkeit und herbe Noten, unter anderem durch das Bier, mit dem der Kaviar gespült wurde. Super!

Ebenfalls spannend individuell wurde der intensive Eigengeschmack von in Miso mariniertem und über Holzkohle gegrilltem grünem Spargel mit Frankfurter Kräutern (Creme, Öl, Chips, naturelle Spitzen ...) und einem Schafsmilch-Fond kombiniert. Eine bekannte Grundidee, aber mit scharfen Details neu freigestellt. Zusammen mit dem begleitenden frischsäuerlich-cremigen Cocktail auf Erdbeer-/Rhabarber-Granité und Orangenbasis als Kontrast ebenfalls sehr stark!

Weniger differenziert und dafür mehr in die erdige, fleischige und umamireiche Richtung ging die Kombination aus Morchel (saftige Stücke und Dim Sum) mit Pata Negra und Belper Knolle. Zitrisch abgeschmeckte Erbse (Creme, Sprossen, Stücke ...) setzte einen gewissen frischgrünen Gegenpol, ging aber ebenfalls in eine eher cremig-breite Richtung. Vielleicht hätte ein kantiger Zitrusschaum anstelle des erneut umamireichen Schaums aus fermentierten Pilzen noch besser gewirkt. Harmonisch und interessant war es aber auch so.

Außerdem gab es gleich beim folgenden Hauptgang rund um knusprig zarte Brust und Keule vom Stubenküken sowohl Power als auch Frische. Ergänzt wurde der durch Holzkohle-Flavour verstärkte Eigengeschmack des Geflügels durch eine zarte, mit Wasabi angeschärfte Brokkolicreme, wilden Brokkoli, eingelegte Bärlauchkapern und einen luftigen Bärlauchschaum. Bärlauch und Wasabi spielten dabei eher leise und subtil im Hintergrund, während knackiger Rettich mit seiner gemüsigen Schärfe einen kantigeren Akzent setzte. Nachdruck bekam das Ganze noch durch eine elegante Geflügeljus.

Zum Abschluss setzte das Team durch präzise Süße und Säure getunte Erdbeerfrucht neben zarte Joghurtmousse, die zusammen mit gebrannter weißer Schokolade (karamellige, nussbuttrige Noten) neben der Cremigkeit ebenfalls unterschiedliche Süße und Säuregrade ins Geschmackbild einbrachten. Erfrischend gebrochen wurde das wiederum durch ein intensives Sauerampfereis. Und das alles sehr zart und elegant umgesetzt.

Unbedingt lohend sind dazu auch die individuellen Getränkeempfehlungen. Die kleine, aber feine Weinkarte setzt eher auf spannende Entdeckungen mit attraktivem Preis-Genuss-Verhältnis als auf Prestigegewächse und entsprechend gibt es auch offen ausgeschenkt spannende Sachen in die Gläser – auch Sake oder komponierte Cocktails, größtenteils aber Entdeckungen aus dem klassischen Genre.

---

5 Pfannen · 4 Bestecke

La cuisine Mario Kalweit

Lübkestr. 21, 44141 Dortmund
0231-5316198
www.mariokalweit.de
Küchenchef: Mario Kalweit
Di–Sa ab 18 Uhr, So u. Mo RT
Hauptgericht: 30–45 €, Menüs: 55–75 €
EC MC VISA P

In der ehemaligen Clubvilla eines Tennisvereins lädt Mario Kalweit in sein sehr schönes, puristisch-modern gestaltetes Restaurant mit altem Holzparkett, hoher Decke und zeitgenössischen Kunstobjekten. Sehr kunstvoll sind auch die handwerklich teils aufwendig arrangierten Kreationen auf den Tellern, die modern interpretierte klassische Küche mit teils pfiffigen Akzenten verheißen. Am überzeugendsten sind hier allerdings nach wie vor nicht unbedingt die kunsthandwerklichen Fähigkeiten der Küchenmannschaft, sondern vielmehr die beachtlich hohe Qualität der Hauptprodukte. Gastgeberin Susanne Thoenes kümmert sich stets aufmerksam und zuvorkommend um die Gäste und hat treffsichere Weinempfehlungen in der Hinterhand.

Palmgarden

in der Spielbank Hohensyburg
Hohensyburgstr. 200,
44265 Dortmund (Hohensyburg)
0231-7740735
www.palmgarden-restaurant.de
Küchenchef: Michael Dyllong
Mi–So ab 18 Uhr, Mo u. Di RT
Hauptgericht: 25–35 €,
Menüs: 49–99 €

VISA

Das seit Jahren unter der Ägide des jungen, erfolgreichen Gastronomen und Küchenchefs Michael Dyllong geführte Gourmetrestaurant in der Spielbank Hohensyburg, etwas außerhalb von Dortmund, hat sich zu einer der besten Adressen in Nordrhein-Westfalen gemausert und zählt für uns spätestens seit letztem Jahr aus kulinarischer Sicht klar zu den Top 10 des Bundeslandes. Und auch wenn das Gesamtniveau bei unserem letzten Besuch während der Corona-Öffnungsphase von Juni bis November ehrlicherweise nicht ganz nahtlos an das hohe Level des Vorjahres anknüpfen konnte, sind wir uns ziemlich sicher, dass das nur der Momentaufnahme in dieser besonderen Situation geschuldet war und wir mit unserer Einschätzung tendenziell weiterhin richtig liegen. Die Bewertung lassen wir deshalb unangetastet.
Das Menü in dem nobel dunklen und recht modern gestalteten Gastraum begann wie immer mit der als schwarzer Stein getarnten Parmesanmousse, gefolgt von vier sehr feinmotorisch und akribisch arrangierten Kleinigkeiten. Der erste reguläre Gang um zart geräuchertes Forellentatar, das mit unterschiedlichen Komponenten von Rettich, Kastanie und Miso zu einem Schichtwerk gestapelt war, überzeugte leider nur bedingt. Denn so weich und diffus hier die Konsistenzen von Mousse, Gelee, verschiedenen Cremes und einer dünnen eingelegten Rettichscheibe ineinandergriffen, so wirkte die Komposition leider auch aromatisch. Diesem Eindruck konnte der à part dazu servierte Reiscracker mit Kartoffelcreme und Forellenkaviar natürlich auch nicht maßgeblich entgegenwirken.
Deutlich differenzierter und trennschärfer präsentierte sich aber schon die auf zwei Tellern beziehungsweise Schälchen inszenierte Kreation von Auster, Alge, Feldsalat und Sanddorn. Hier waren einerseits die pochierten Austern in Stücken mit einer Sanddornmousse und verschiedenen Algen in einem Algensud zugegen und andererseits eine zur Perle verarbeitete Mousse aus den pochierten Austern mit geeisten Sanddornperlen, einer Algencreme und Feldsalatvinaigrette. Beides sehr fein ausbalanciert, mit präsenten Aromen, viel Frische, Säure und Umami. Nicht unbedingt ein Austerngericht für Produktpuristen, aber durch das Zutun der jodigen Algen und der gut dosierten fruchtigen Säure des Sanddorns eine sehr stimmige Interpretation.
Im Folgenden kam in einem tiefen Schälchen eine sehr gute, ganz klassisch gehaltene Galantine von der Wachtel neben einer mit Kräutern beflockten Wachtelmousse-Praline und einem imitierten Wachtelei nebst krosser Hühnerhaut in einer Wachtelconsommé daher. Begleitet von etwas Roter Bete und aufgefrischt von Apfel und Sauerklee war das ein rundum harmonisches Gericht – allerdings stellte sich da doch die Frage, ob der hier gebotene hohe kleinteilige und verspielte Aufwand denn überhaupt in dem Maße nötig ist, wenn sich beispielsweise die Moussepraline sehr schnell in dem warmen Sud aufzulösen beginnt oder das mit Dotter und Schwarzwurzel gefüllte Fake-Ei irgendwie nur eindimensional weich ist und seltsam diffus schmeckt. Da hätte beispielsweise ein größeres Stück von der fantastischen Galantine mit nur wenigen zusätzlichen Komponenten, wie etwa einem echten (!) Wachtelei, deutlich überzeugender sein können.
Ebenfalls relativ vielteilig und verspielt, diesmal aber wieder deutlich stringenter und durchdachter wurde das zu einer kleinen Rolle geformte und saftig zart gegarte Filetstück vom Zander aufgeboten. Das teilte sich den Teller nicht nur mit etwas Zander-Brandade, knackigem Fenchel, einer sublimen Fenchelcreme sowie verschiedenen Salzwiesenkräutern und einem Schaum aus denselben, sondern auch mit Ochsenschwanz, der als flache zarte Scheibe aus dem ausgelösten und gepressten Schmorfleisch sowie als kraftvoller Sud zuge-

gen war. Und dank klug gewählter Proportionen funktionierte das richtig gut, sodass der hervorragende Fisch zwar ausdrucksstark umspielt, aber von seiner Entourage nicht übervorteilt wurde.
Herzhaftes herbstliches Soulfood repräsentierte das süffige Zwischengericht „Waldspaziergang", bei dem ein mit Haselnusscreme auf Kartoffelbasis gefüllter Raviolo zusammen mit Spitzkohl, Haselnuss, Pfifferlingen und Trüffel aus Umbrien von einem aufgeschäumten Gemüsesud umschmeichelt wurde und im Verein ein schlichtweg köstliches waldig-nussiges Ensemble abgab. Geschmacklich top, haptisch aber noch ausbaufähig präsentierte sich sodann der Hauptgang um französische Taube. Die Taubenbrust etwa war zwar schön aromatisch, aber seltsam weich und mürbe und wurde von einer ebenfalls cremig-weichen Praline aus der Taubenleber begleitet, die auf einem Sockel aus Brunnenkresse-Spinat thronte. Weil zudem auch der unter anderem mit Perlzwiebel und Champignon gespickte Riegel aus einer hellen, milden Zwiebelmasse ganz weich, cremig und mildwürzig daherkam, fehlte es dem Gericht nicht nur an Kauwiderstand und Kontrasten, sondern auch an Süffigkeit und Spritzigkeit. Was die relativ viskos reduzierte, umamireiche und säurearme Jus leider auch nicht ausgleichen konnte.
Umso willkommener war das wohlgelungene Dessert um Birne und Avocado, bei dem nicht nur die unterschiedlichen Konsistenzen aller Komponenten einen vielschichtigen Gesamteindruck aufs Porzellan brachten, sondern auch die herben Kaffeenoten im scharfen Kontrast zu den unterschiedlichen Zitrusaromen eine spannende Dynamik am Gaumen entfachte. Ein starker Abschluss! In sehr guter Erinnerung blieben auch einmal mehr die spannenden Weinbegleiter von Sommelière Sabrina Koos, deren nicht nach Ländern oder Rebsorten, sondern nach Weintypen sortierte Karte mittlerweile eine klare Handschrift erkennen lässt. Aber auch ihre alkoholfreien Begleiter, wie etwa das aus Bergapfel, Granatapfel und Verjus gemischte Getränk zur Wachtel, haben hohes Niveau!

6

VIDA by Dyllong & De Luca

Hagenerstr. 231, 44229 Dortmund
0231-95009940
www.vida-dortmund.com
Küchenchef: Sascha Kosslers
Di–Sa ab 17 Uhr, So ab 12 Uhr, So u. Mo RT
Hauptgericht: 19–37 €, Menüs: 59–68 €
VISA

Mittlerweile besteht das trendig-urbane VIDA schon einige Jahre und hat sich mit seiner coolen Mischung aus stylischer Bar und ambitionierter Weltküche einen festen Platz in der Dortmunder Foodszene und viele Stammgäste erarbeitet. Und das wundert nicht, denn das rund um die markante Bar angelegte Restaurant hat von der lässigen Atmosphäre inklusive treibender Elektrobeats über die hochwertigen Getränke bis zu den schlagkräftigen Gerichten allerhand zu bieten. Einmal mehr der Beweis, dass sich mit Ciro De Luca und Michael Dyllong zwei echte Konzept-Könner gefunden haben.
Stilistisch steht das VIDA für eine lockere, ungezwungene Gangart von Casual Fine Dining, die programmatisch Einflüsse aus aller Welt verbindet und in den meisten Gerichten eine gewisse Exotik verankert. Das aber stets mit Augenmaß. Generell setzt die Küche eher auf wenige markante Komponenten und eine klare Linie ohne allzu aufwendige Detailarbeit. Nachdem im letzten Jahr überraschend einige deutlich elaboriertere Gerichte aufgetaucht waren, die beinahe wie vom benachbarten IUMA inspiriert wirkten, kehrte die Küche aktuell eher wieder zur bekannten Linie zurück, bei der kleinere Holprigkeiten mit dazu gehören, aber am ebenso hohen Unterhaltungs- wie Genusswert der Gerichte nichts ändern.
Schon ein kleiner, herzhafter getreidiger „Keks" mit zarten kühlen Tomatenkomponenten und die erfrischende, präzise geschärfte Gurken-

suppe auf Joghurtbasis zeigten durch zugespitzte Aromen, dass hier nicht auf Show, sondern auf Geschmack gesetzt wird. Und das wurde auch beim ersten offiziellen Gang deutlich, der eine bereits aus dem Vorjahr bekannte Grundidee variierte: Diesmal standen kurz gegrillter (leider etwas kalt angerichteter) Schwertfisch mit gelbfruchtig-elegantem Papayasalat auf dem Buckel und einer fleischig-saftigen (warmen) Schwertfisch-Frühlingsrolle im Gepäck neben süßlich-sojawürzigen Komponenten von mariniertem Rettich, deren recht plakative Würze von saftigem Couscous und Joghurt-/Wasabi-Eis abgefedert und von Edamame und Eisenkraut erfrischt wurden. Unter dem Strich war das in Süße, Umami und Frucht immer noch in sehr dicken Pinselstrichen gehalten – aber gut ausbalanciert.
Dass Suppen und Saucen viel über eine Küche verraten, ist nichts Neues. Im Fall des ätherisch mit Zitronengras und duftigem Curry aromatisierten Kokossüppchens im VIDA hieß das: zunächst eine substanzstarke Basis für den dichten Gesamteindruck, viel Fingerspitzengefühl bei den feinen Kopfnoten und Kombinationsgabe bei der pfiffigen Einlage aus Kürbischutney und glasigen Garnelenstücken. Das Ergebnis war jedenfalls ein Schälchen mit ebenso hohem Funfaktor wie Niveau auf eigentlich völlig unkomplizierte Art.
Das gleiche gute Verständnis für schmissige Kombinationen prägte auch den sanft gebratenen Steinbeißer mit milder Meerrettichsauce, karamellisiertem Chicorée, Kopfsalat, Pfifferlingen und Kartoffelcreme. In diesem eher nordischen Umfeld waren es vor allem Details wie der ebenfalls integrierte kühle Krabben-Apfelsalat (auf Mayo-Basis) oder die mit eigener Kopfsalat-Mayo marinierten Salatblätter, die für Spannung sorgten. Einziges Manko: deutlich zu viel Salz am Fisch selbst.
Derartige kleinere Unebenheiten werten wir allerdings nicht über, da die Substanz und die guten Ideen nach wie vor klar sichtbar sind und selbst im süßen Bereich nicht abreißen. Als optisch markantes Birnendessert kam hier beim letzten Besuch eine „Fake-Birne" auf Mousse-Basis mit ebenfalls eher mild-süßer Avocadocreme auf den Teller. Im Prinzip brachten beide auch eher helle und „grüne" Noten ein, während ein konzentriertes Passionsfruchteis (mit Säure) und Crème Pâtisserie (mit vanilleduftiger Süße) dazwischen forsch nach vorne drängten.
Neben den gekonnt und individuell gemixten Cocktails bietet die kleine Weinkarte eine abwechslungsreiche Auswahl hochwertiger Flaschen größtenteils renommierter Erzeuger und das mit sehr trinkanimierenden Aufschlägen. Auch das offene Angebot deckt clever eine große Bandbreite unterschiedlicher Weinstile ab, sodass hier jeder etwas Passendes finden dürfte.

Dreis (Rheinland-Pfalz)

10

Sonnora

Auf'm Eichelfeld 1, 54518 Dreis
06578-406
www.hotel-sonnora.de
Küchenchef: Clemens Rambichler
Mi–Sa ab 19 Uhr, So von 12–13.30 Uhr u. ab 19 Uhr, Mo u. Di RT
Hauptgericht: 78–98 €,
Menüs: 195–225 €
VISA P

Wir können uns nur wiederholen: Die Geschichte des Waldhotels Sonnora hat etwas von einem Märchen. Vor über vierzig Jahren als schlichte Pension entstanden, in der einfach nur ganz bescheiden und gut für die Gäste gekocht wurde, hat Helmut Thieltges über die Jahre das Niveau der Küche sowohl auf der Produktseite als auch bei der Zubereitung kontinuierlich so weit gesteigert, bis er bundesweit zu den ganz Großen seiner Zunft gehörte. Parallel dazu entwickelte sich auch die kleine Pension zu einem schmucken, komfortablen Hotel.
Bei einem derart stark an eine Führungsperson geknüpften Erfolg hätte es wenig gewundert, wenn es nach dem viel zu frühen Tod von Helmut Thieltges im Jahr 2017 zu einem Ende der Erfolgsgeschichte dieses Hauses gekommen wäre. Allerdings war zur Freude von Gastgeberin Ulrike Thieltges und der zahlreichen Stammgäste das Gegenteil der Fall: Mit Helmut Thieltges' Souschef Clemens Rambichler stand der bestmögliche Nachfolger, der den Stil

und die Rezepturen seines Mentors voll verinnerlicht hatte, bereits seit Jahren am Herd. Das Erfreulichste aber ist, dass Rambichler zwar in jedem Gericht das große Erbe bewahrt, das er hier angetreten hat, aber keine Museumsküche betreibt, sondern das Sonnora-Kulinarium trotz grundklassischer Ausrichtung mit minimalen Justierungen und eigener Handschrift voll im Hier und Jetzt hält. Des Altmeisters Küche in jugendlicher Frische! Besser als aktuell konnte man in Dreis auch in den vergangenen Jahrzehnten nicht genießen!

Neben dem mit ansteckender Begeisterung vorgestellten Brotwagen und seiner Vielfalt hochwertiger Gebäcke zeigten zuletzt bereits die ersten Einstimmungen besser als in vielen anderen Fällen, auf welcher Linie das folgende Menü liegen würde. Nämlich auf einer schnörkellos präzisen, in jedem Detail intensiven und doch federnd leichten! So etwa bei der scheinbar schwerelosen und doch prägnanten weißen Tomatenmousse mit gelierter Gazpacho, klararomatischen Garnelen und Gurkensauerrahm. Oder bei der gebackenen Krustentierpraline mit Mangochutney, kaum Süße und filigraner Ingwerschärfe. Vor allem aber bei der wie eine frische Meeresbrise über den Gaumen streichenden Auster mit Gurke, Bohnen, Dill und Champagneressig und dem minimal temperierten Lachs mit Schnittlauch und Wasabieis.

Derartige Kombinationen mögen auf den ersten Blick weder besonders originell noch aufwendig wirken, überraschen aber geschmacklich beinahe immer durch äußerst präzise herausgearbeitete Aromen. Die Raffinesse steckt hier im Detail. So wie bei der als eigentlicher Auftakt in eleganter Perfektion mit Sellerie und Trüffel geschichteten Gänseleberterrine. Der erdig-würzige Grundton stand dem kraftvollen Foie-gras-Geschmack ganz ausgezeichnet und wurde durch eine nussig-röstige Pinienkern-Vinaigrette noch zusätzlich gekickt. Die dezenten Fruchtnoten einer Bari-Feigen-Jus spielte eher dezent im Hintergrund, war für die Gesamtwirkung aber genauso essenziell wie jedes andere Detail auf dem Teller.

Überhaupt zeichnen sich die so wunderbar auf den reinen intensiven Geschmack ausgerichteten Kreationen dadurch aus, dass rein gar nichts überflüssig oder eher dekorativ ist. Auch beim selbstredend erstklassigen Hummer (geschmeidig zart, leichter Biss, klarer Geschmack ...) in blumig duftender, straffer Curry-/Champagner-Nage setzten die kleinen, mit Brunoise gefüllten Karottenröllchen mit ihrer zarten Süße genauso wichtige Akzente wie die knackigen Blumenkohlscheiben. Dass es dazu noch ein üppig mit zartem Scherenfleisch und cremigem Wachtelei bestücktes Hummersüppchen gab, das die nussigen Röstnoten etwas stärker in den Vordergrund stellte, war ebenfalls kluges Kalkül. Besser kann man Hummer in einem klassischen Kontext kaum präsentieren.

Beim idealtypisch röstig-schmelzigen Kalbsbries betörten zuallererst die (sogar roh) hocharomatischen schwarzen Trüffelstreifen, die generös über die Kombination aus mit zarter Kalbsfarce gefüllten Champignons, kleinen Pfifferlingen und sautiertem Frühlingslauch lagen. Verbunden wurde diese wunderbar zum Schwelgen einladende Produktparade durch eine Vin-Jaune-Sauce mit der typischen oxidativen Würze, während rohe Champignonscheiben und Petersilienöl punktuelle Frischemomente setzten.

Und apropos Produktparade: Dass hier von A wie Auster bis Z wie Zitrone tatsächlich kompromisslos nur das Beste verwendet wird, ist essenziell für den unverkünstelten Stil und zeigte sich einmal mehr auch bei der Tranche vom Steinbutt, die sogar die eher knappe glasige Garung mit geschmeidig zarter Konsistenz tolerierte. Zudem war die eher leichte Präsentation genau richtig für das duftig grüne Umfeld einer in einen Kartoffelpüree-Ring angegossenen Kräuter-Velouté und das Topping aus Kräuterblättern von Kerbel über Estragon bis Minze, Zuckerschotenstreifen und Kohlrabi-Juliennes. Ein rundum ätherisch frischer und dennoch substanzstarker Gang.

Noch mehr Power brachte das Team dann beim ebenso rosa-zarten wie saftig-straffen Rehrücken auf den Teller: Das mit dezentem Macadamia-Crunch beflockte Wild bekam mit zarter Leber in hauchdünnem Crêpe und einer tiefschürfend eleganten Rouennaiser Sauce ordentlich Nachdruck mit auf den Weg. Für Ausgleich sorgten eine kleine frischgrüne Spitzkohlkuppel und helle Selleriezubereitungen. Extrem klassisch und einmal mehr extrem gut!

Beim abschließenden Délice von Himbeeren stand weniger die Süße, als vielmehr deren in Säure zugespitzter Geschmack im Vordergrund – und wurde von einem geschmeidigen Estragonsorbet auf Joghurtbasis sowie weiteren subtileren Joghurt- und Estragonkomponenten mit derselben laktischen Frische und den anisduftigen Kräuternoten akzentuiert. Leicht, frisch, intensiv und perfekt auf den Punkt gebracht.

Nicht wegzudenken ist in dieser Pilgerstätte klassischer Hochküche auch der üppig wie qualitativ hochwertig bestückte und mit der gleichen enthusiastischen Kompetenz wie das

Brot und die reiche Auswahl an Petits Fours vorgestellte Käsewagen. Und natürlich die profunden Weinempfehlungen von Magdalena Brandstätter, die auch in der offenen Begleitung immer mit raren und gereiften Tropfen zu überraschen weiß.

Dresden (Sachsen)

ohne Bewertung

Caroussel Nouvelle

im Hotel Bülow Palais
Königstr. 14, 01097 Dresden
0351-8003140
www.buelow-palais.de/caroussel
Küchenchef: Sven Vogel
Di–Sa ab 18.30 Uhr, So u. Mo RT
Hauptgericht: 48 €, Menüs: 105–150 €
VISA P

Küchenchef- und Konzeptwechsel im Bülow Palais: Obwohl es erst nach der Winterpause 2019/2020 einen optischen Relaunch für das Caroussel gegeben hatte, wurde die Corona-Pause zwischen Lockdown 1 und Lockdown 2, während der das Restaurant nur an wenigen vereinzelten Tagen für Sonderveranstaltungen geöffnet war, intensiv genutzt, um das Konzept zu überdenken und eine Neuausrichtung voranzutreiben. Die Fusion des ehemals separat geführten Gourmetrestaurants mit dem Bülows Bistro bedeutet nun die Aufhebung der traditionellen Grenze zwischen Haute Cuisine und Bistroküche – allerdings nicht die Abkehr von verfeinerten Genüssen auf hohem Niveau! Die Gäste können und sollen sich zukünftig je nach Lust und Anlass am Tisch entscheiden, wie exklusiv der Abend werden soll. „Der Einfluss der französischen Haute Cuisine soll unverkennbar bleiben", so die Presseinformation des Bülow Palais. Saisonale und regionale Genüsse sollen künftig verstärkt mit Spezialitäten der traditionellen Küchen der Welt ergänzt werden. „Weniger verschiedene, dafür größere Komponenten pro Gang. So kommen die einzelnen Bestandteile besser zur Geltung", heißt es laut eigener Definition weiter. Für die Umsetzung dessen ist künftig der neue Küchenchef Sven Vogel verantwortlich, der Benjamin Biedlingmeier am Herd abgelöst hat. Jana Schellenberg bleibt Sommelière und ist gemeinsam mit Julia Schwartz die Gastgeberin im Restaurant. Bis zu unserem ersten Besuch unter neuer Küchenleitung und mit neuem Konzept bleibt das ehemalige Caroussel, das jetzt passenderweise Caroussel Nouvelle heißt, natürlich ohne Bewertung.

Fast & SLOW

Dampfschwein

Louisenstr. 26, 01099 Dresden
0351-8103197
www.dampfschwein.de
Mo–Fr von 12–22 Uhr,
Sa u. So von 13–22 Uhr, kein RT

Handwerklich gesmoked: Pulled Pork und Beef, Ribs und Bauch in verschiedenen Burger-Buns aus Weizen und Roggen. Für Vegetarier gibt's die Alternative aus geräuchertem Seitan.

7

Elements

Königsbrücker Str. 96,
01099 Dresden
0351-2721696
www.restaurant-elements.de
Mo–Sa ab 18 Uhr, So RT
Hauptgericht: 29–45 €,
Menüs: 55–90 €
VISA P

Mittags konzeptionell einfacheres, aber gutes Lunchkonzept, abends gehobenes Fine Dining: Stephan und Martina Mießner betreiben auf dem ehemaligen Industriegelände der Zeitenströmung seit Jahren ein erfolgreiches und stimmiges Konzept, das in beiden Bereichen vom Können des Teams und einer unaufgeregt souveränen Gangart profitiert. Wer abends das Gourmetprogramm wählt, kann sich in dem Restaurant mit in kraftvollem Lila gestrichenen Wänden und kontrastierenden weißen Balken auf größtenteils klassisch französische Cuisine freuen, die zwar den einen oder anderen Blick ins Mediterrane oder Asiatische wagt, ihre Basis dabei aber nie verlässt. Und das ist gut so, denn die erfreulich uneitlen Gerichte leben gerade von ihrem kraftvollen und harmonischen Charakter mit wenigen, elegant eingebundenen Komponenten. Das macht dank der hohen Produktqualität durchweg Freude und wird von charmantem Service und einer attraktiven Weinkarte begleitet. Bei moderatem Preisgefüge!

6

Genuss-Atelier

Bautzner Str. 149, 01099 Dresden
0351-25028337
www.genuss-atelier.net
Küchenchef: Marcus Blonkowski
Mi–Fr ab 17 Uhr, Sa von 12–15.30 Uhr u. ab 17 Uhr, So u. Mo RT
Menüs: 52–92 €
VISA

Während in der vergangenen Zeit einige der Dresdner Genuss-Spots von der Bildfläche verschwunden oder noch wieder nicht aus der Coronaversenkung aufgetaucht sind, bleibt das kleine schlicht-elegante Genuss-Atelier nah der Elbe eine feste Größe für Genießer. Die unkomplizierte Kombination aus Restaurant, Bar, Separee und Lounge bietet im eher schummrigen Keller mit wechselnden Gemälden an den Wänden – oder bei passendem Wetter draußen auf der Terrasse – eine entspannte Atmosphäre und macht den Gästen das Wohlfühlen leicht.
Dazu trägt sicherlich auch bei, dass die Gerichte nicht zu abgehoben daherkommen und eher auf clevere Akzente mit einfachen Mitteln setzen, als auf herausgestellten Luxus oder extremen Bastelaufwand. Optisch ansprechend, weil akkurat und wohlproportioniert, sind die Teller aber dennoch. Weil das Preisgefüge nach wie vor sehr einladend gehalten wird, passt es auch gut, dass nach knuffigen Käsebrötchen mit leicht gesalzener Butter keine aufwendigen Grüße folgen, sondern es direkt losgeht.
Ganz typisch für den Stil des jungen Teams war diesmal eine vegetarische Vorspeise um Karotte (gedünstet mit leichter Säure und als Creme), die mit üppig gehobeltem Bockshornkleekäse und einer milden Nussbutter-Emulsion kombiniert wurde. Weitere Akzente setzten eine rotfruchtige Creme als Kontrast sowie Cracker und Crumble mit eher nussigen Noten. Das war in den Details zwar nicht bis aufs Letzte zugespitzt, griff aber dennoch harmonisch ineinander.
Generell wirkten zuletzt insbesondere die Gemüse oft etwas blass und naturbelassen-schlicht. So auch zu dem ebenfalls vegetarischen Hauptgang rund um eine saftig-rustikale Karottenquiche mit knusprigem Teig und knuspriger Kruste. Das ohnehin eher bodenständige Zentrum hätte gut kreativ aufgepeppt werden können, wurde aber nur durch eine intensive Wurzelgemüse-Creme und eine leichte Kräutersauce ergänzt, während das drum herum drapierte Gemüse-Potpourri aus Möhre, Blumenkohl, Sellerie, Champignons und Bohnen recht farb- und wahllos wirkte.
Überzeugender gelangen die Gerichte mit hochwertigen Fisch- oder Fleischprodukten, so etwa die zart gebratenen (nur vereinzelt recht salzigen) Jakobsmuscheln mit weißem und grünem Spargel sowie dunkelherbem Holunder. Vor allem durch eine leichte Milchcreme mit zarter Rauchnote und die kühle Frische eines Spargelsorbets spielte das Team hier clevere Akzente ein.
Auch das kernig-zarte, exakt medium gebratene Roastbeef mit intensiver, eleganter Jus und Pilzen in verschiedenen Texturen von roh bis weich machte eine gute Figur. Obwohl auch hier der pure blanchierte Blumenkohl dazu recht blass wirkte. Am besten wirkten alle Komponenten gemeinsam – auch, weil von einer konzentrierten Selleriecreme noch zusätzlicher erdiger Würz-Boost beigesteuert wurde. Auch hier wird exemplarisch deutlich, was das Team in seinen starken Momenten leisten kann.
Dass dies beim aktuellen Eindruck nicht zu hundert Prozent abgerufen werden konnte, verbuchen wir als Post-Corona-Effekt und wollen es von daher nicht überbewerten. Zumal zum Ende mit dem Dessert und der Verbindung von Erdbeere (Sorbet, frische Frucht und Gel) mit Pistazie und kakaointensivem Crumble ein souveräner Abschluss gelang. Dazu liefert der entspannte, aber stets aufmerksame Service unter anderem auch gute Empfehlungen aus einer nicht nur mit heimischen Ge-

wächsen attraktiv bestückten Weinkarte und sorgt für eine angenehm lässige Atmosphäre. Ein echter Wohlfühlort mit sehr guter, unkomplizierter Küche zu moderaten Preisen!

Moritz

An der Frauenkirche 13, 01067 Dresden
☎ 0351-41727152
www.moritz-dresden.de
Täglich ab 17.30 Uhr, kein RT
Hauptgericht: 29–35 €, Menüs: 45–65 €

Premiumlage: Die Dachterrasse im fünften Stock des Suitess Hotels liegt direkt gegenüber der Frauenkirche und bietet nun als Wintergarten ganzjährig die Chance, mit Blick über die reizvolle Stadt zu speisen. Und dafür, dass dies auch auf einem ansprechenden Niveau möglich ist, sorgt das Team unter Küchenchef Sebastian Probst mit einer munteren Mischung aus kreativ interpretierter Regionalküche und internationalen Gerichten. Nicht immer bis ins Letzte ausgefeilt, aber durchgängig auf einer soliden Basis. Dazu kommen außerdem noch eine kleine, feine Weinauswahl mit erfreulich vielen offenen Optionen und ein aufmerksamer, authentischer Service.

Fast & SLOW

Wein | Kultur | Bar

Wittenberger Str. 86,
01277 Dresden (Striesen)
☎ 0351-3157917
www.weinklang.com
Di–Sa ab 15 Uhr durchgehend,
So u. Mo RT

Affineur-Käse und kleine, unkomplizierte Tagesgerichte zu spannenden Weinen aus einer sensationell bestückten Weinkarte, die nicht nur zu den umfangreichsten, sondern auch zu den qualitativ besten in Deutschland zählt.

Duisburg (Nordrhein-Westfalen)

Küppersmühle

Philosophenweg 49–51, 47051 Duisburg
☎ 0203-5188880
www.kueppersmuehle-restaurant.de
Di–So ab 12 Uhr durchgehend, Mo RT
Hauptgericht: 28–42 €, Menüs: 59–95 €

Das moderne, lichte und sehr großzügig gestaltete Lokal im legeren Bistrostil liegt direkt am Duisburger Innenhafen und residiert dort in einem ehemaligen Mühlen- und Speichergebäude, in dem es neben der anspruchsvollen Gastronomie des Restaurant Küppersmühle auch anspruchsvolle Gegenwartskunst zu bestaunen gibt. Ansonsten beherbergt der stattliche, nah am Wasser gebaute Klinkerbau verschiedene Büros. Im Sommer sitzt es sich sehr nett auf der leicht erhöhten Terrasse mit Blick auf die Hafenszenerie.
Das Motto des jungen Teams lautet: „Moderne Genusskultur heißt Vielfalt, ohne zu überfrachten". Und nach genau dieser Maxime ist auch die durchaus abwechslungsreiche und vom Wiener Schnitzel bis zum mehrgängigen Menü ein breites Spektrum an Wünschen abdeckende Karte nicht übertrieben umfangreich. Mittags konzentriert sich die Küche auf Dinge wie „Caesars Salad", Backfisch mit Remouladensauce und Pommes, Roastbeef mit Bratkartoffeln, Hähnchen-Curry oder Linsen-Dal in vernünftiger Zubereitung – abends geht's etwas gehobener, aber nicht übertrieben exklusiv zu.
Auch der abendliche Küchengruß in Form eines kleinen, mit ein paar Tropfen Kräuteröl verfeinerten Petersilienwurzel-Cremesüppchens und einer knusprig ausgebackenen, mit geschmortem Ochsenschwanzkompott gefüllten Praline auf etwas Karottencreme passte in seiner schlichten, schmackhaften Art perfekt zum

konzeptionellen Credo. Etwas forcierter ging es bei der Vorspeise um gebeizten und mit einer Nocke Apfel-/Gurken-Relish getoppten Wildlachs zu, der mit mariniertem Kohlrabi, Petersilienwurzelcreme, gerösteter Senfsaat sowie roter Shiso und anderer Kresse zu einem zeitgemäßen Tellerbild arrangiert war. Aber auch hier war von Überfrachtung keine Spur: Eher waren die Gemüsestücke, Cremetupfen, Vinaigrettes und Blätter zu einem klug arrangierten Mosaik vereint, welches das gute Hauptprodukt – eine dicke, feste, dunkelrote Tranche, schön klar im Geschmack und nur mild aromatisiert – stimmig umrundete.
Auch die Bouillabaisse der Küppersmühlen-Küche zählen wir zu einer der besseren Sorte, denn deren klare, gehaltvolle Basis bot den typischen Geschmack der traditionellen südfranzösischen Fischsuppe, wenngleich das einzige Fischfilet, das neben Jakobsmuschel, Garnele und geröstetem Pulpo darin schwamm, ein gar nicht mal so mediterranes Lachsfilet war, das noch dazu leicht übergart und deshalb tendenziell etwas trocken war. Geschmeckt hat's trotzdem sehr gut.
So wie das mit einem Bergamottenöl glasierte Zitonensorbet, das nach alter Väter Sitte vor dem Hauptgang nochmal den Gaumen neutralisieren und erfrischen sollte, bevor es schließlich mit dem Hauptgang weitergeht. Und unter diesem Aspekt war das durchaus sinnvoll, denn der nachfolgende Teller lud aufgrund seiner großzügigen Portionierung zur Völlerei ein. Wenngleich die gebratene Maishähnchenbrust vom Borgmeier'schen Kikok-Geflügel aus Delbrück mit Pak Choi, Bulgur, einer Art Paprikachutney und (viel) Salzzitrone an sich ein eher leichtes Gericht darstellte, waren die schiere Menge und das etwas grobklotzige Arrangement – zusammenhängende Pak-Choi-Stängel samt Strunk, ganze Zitronenscheiben, Berge von Bulgur – eher nicht so grazil. Den annoncierten Safran in der prinzipiell sehr guten, kräftigen, für helles Fleisch nach unserem Gusto allerdings etwas zu dichten, dunklen Jus konnte man erahnen.
Wer es zum Hauptgang lieber mit dunklem Fleisch aufnimmt, wird mit einem Rinderfilet australischer (warum?) Provenienz mit Blumenkohl, Madeirajus und dem reizvollen Kontrast zwischen Rauchmandel und Kalamansi bestens bedient. Und im Finale beweist die Pâtisserie beim Dessert um verschiedene Schokoladentypen in unterschiedlichen Aggregatzuständen nebst moderat gesalzenem Karamelleis und Maracujajus nochmal Fingerspitzengefühl und Kompositionsgeschick.

Die internationale Weinkarte mit deutschem Schwerpunkt setzt voll auf das mittlere Preissegment und auf arrivierte Erzeuger wie Philipp Wittmann, Balthasar Ress, das Pfälzer Weingut von Uli Metzger oder deren südpfälzische Kollegen von Reichsrat von Buhl. Das Preisniveau von Speis' und Trank ist moderat.

5

Villa Patrizia

Mülheimer Str. 213,
47058 Duisburg
0203-330480
www.villa-patrizia-online.de
Küchenchef: Mimo Trichi
Mo–Fr von 12–14.30 Uhr u. ab 18 Uhr, Sa ab 18 Uhr, So RT
Hauptgericht: 28–39 €,
Menüs: 39–95 €

VISA

Die Villa Patrizia am Duisburger Kaiserberg ist genau jener Typus eines gehobenen italienischen Restaurants, von denen hierzulande jede größere Stadt, die etwas auf sich hält, eines haben sollte. Wo sich die Stammklientel aus einer bunten Mischung aus Politprominenz, Akademiker, Unternehmer und Szeneleuten zusammensetzt, wo Sehen und Gesehenwerden eine große Rolle spielt, wo aber sowohl für die Gastgeber als auch auf Gästeseite der kulinarische Genuss nicht bloß reine Nebensache ist. So ein Ristorante braucht natürlich immer auch einen entsprechenden Padrone und im Falle von Duisburgs „Vorzeige-Italiener" ist Nico Bodean ein solcher, wie er im Buche steht: mit Stil und Gentilezza, mit einer Mischung aus sympathischer Leutseligkeit und eleganter Zurückhaltung und mit dem feinen Gespür, genau zu wissen, mit was er seinen Stammgästen den Mund wässrig machen kann.
Die Karte bietet mit zumeist zwei verschiedenen Menüs, diversen Tagesofferten und einem

À-la-carte-Programm eine gewisse Vielfalt, die immer auch noch durch persönlich vom Chef am Tisch vorgetragene Offerten ergänzt wird. Das ist in Summe einigermaßen viel Auswahl – und trotzdem hat man überhaupt nicht das Gefühl, dass hier eine Unmenge an Gerichten zu Lasten der Qualität gehen würde. Im Gegenteil, denn bereits nominell verheißen diverse Spezialitäten wie besondere Olivenöle, ausgesuchte Mozzarella-, Wurst- oder Schinkensorten, Fleisch vom Chianina-Kalb (Kotelett am Knochen gebraten) oder -Rind (Tatar, Kurzgebratenes wie Filet oder Entrecôte), Karree vom Salzwiesenlamm oder europäischer Hummer gewisse Ambitionen für überdurchschnittliche Produkte. Und das zeigt sich dann tatsächlich auf den Tellern …
Nach einem kleinen weißen Spargelsüppchen mit Pesto-verde-Schaum erfreute beim letzten Besuch als Vorspeise ein Carpaccio vom Seeteufel mit Hummertatar. Die an klassische Cocktailsauce erinnernde alkoholische Süße und der Schmelz des cremig angemachten Tatars verbanden sich mit dem eher naturell gehaltenen und eigentlich nur von sehr gutem Olivenöl, Pfefferaromen und etwas Säure gezeichneten Carpaccio (sauberer, klarer Geschmack!) zu einer runden und harmonischen Angelegenheit.
Bei den Strozzapreti, die ganz puristisch nur mit einer in der Schale gegrillten Gamba sowie ein paar Wildkräutern und Salatspitzen als Pastagang daherkamen, überzeugte die milde, füllige Sauce auf Krustentierbasis, aber der nur mittelmäßige Zustand des etwas trockenen und leicht mehligen Krustentiers trübte ein klein wenig den trotzdem noch positiven Gesamteindruck. Spaß machte auch der rustikal auf dem Holzbrett angerichtete Maibockrücken, der mit einer Rotweinjus (solide Basis, aber viel Bindung), ein paar Pfirsichspalten, glasierten Möhren, sowie zweierlei Kartoffelpüree aufgetischt wurde, von denen eines mit Tropea-Zwiebeln und eines mit Himbeerrhabarber vermengt war. Das präsentierte sich kompositorisch ebenso zusammenhanglos wie grundsätzlich schmackhaft.
Pointierter wirkte wiederum das Dessert um Dreierlei vom Nougat (zwei Parfait-Varianten und eine Mousse) mit prononciert pfeffrigen Erdbeeren. Bestens ist uns auch die mit würzigem Aceto balsamico tradizionale gefüllte Himbeere in Erinnerung und insbesondere ein Ananassorbet, das vom Chef am Tisch mit Rum aufgegossen wurde. Mit den passenden glasweisen Weinen zu den verschiedenen Gerichten ist Nico Bodean ebenso gerne dienlich. Die Flaschenweinkarte listet zudem einiges an Preziosen, etwa aus dem Piemont und der Toskana.

Durbach
(Baden-Württemberg)

7 🍴🍴🍴

[maki:'dan] im Ritter
im Hotel Ritter
Tal 1, 77770 Durbach
0781-93230
www.wilder-ritter.de
Küchenchef: André Tienelt
Täglich ab 19 Uhr, kein RT
Hauptgericht: 9–22 €
EC MC VISA P

Des Rätsels Lösung findet sich auf Seite drei der notizblockartigen Speisekarte: „[maki:'dan] ist die Lautschrift für Mazidan, welches vom persischen Wort Mezze abstammt und für Köstlichkeiten, Geselligkeit und Gastfreundschaft steht." Und weiter unter dem Stichwort „Konzept": „Wer Mezze kennt, weiß, dass es bei einer bunten kulinarischen Mischung an Köstlichkeiten keine vorgegebene Reihenfolge gibt. Sie, lieber Gast, entscheiden! Mischen und probieren Sie nach Lust und Laune".
Verantwortlich für den folgenden Reigen rund 30 kulinarischer Miniaturen zeichnet nach wie vor André Tienelt, den wir schon als Küchenchef des Fine-Dinig-Vorläufers Wilder Ritter hoch einschätzten. Seit genau einem Jahr setzt er nun das neue Konzept in der ausgesprochen sensibel und klug modernisierten Ritterstube um, ursprüngliche Zweifel vieler alteingesessener Ritter-Stammgäste konnten zwischenzeitlich erkennbar zerstreut werden: Der Laden brummt. Generationenübergreifend!

Das ist nicht verwunderlich bei einer Produktqualität, wie sie bereits die Einstiegskleinigkeiten zeigen. Auf die klassischen Begrüßungen wird verzichtet – keine Snacks zum Aperitif, kein Amuse-Bouche, selbst das gute Sauerteigbrot mit französischer Salzbutter und Schnittlauch-Schmalz erscheint nach italienisch-österreichischem Vorbild später auf der Rechnung –, dafür ist die Karte durchgehend gastfreundlich kalkuliert. Wir begannen unseren jüngsten Besuch mit einigen herausragenden Produkten der Metzgerei Glasstetter (zweierlei luftgetrocknete Salami, Hüft- und Wollschweinschinken), einem luftig-zarten und erfreulich wenig süßen Macaron von Roter Bete, Gänseleber, grünem Apfel, einem Hauch Meerrettich sowie einem Tupfen Crème fraîche. Ebenfalls sehr schön unter den Horsd'œuvres: puristisch gebeizter Saibling auf einem knusprigen Cracker mit einem äußerst milden Tupfen Avocadocreme und ein wenig Saiblingskaviar.
Der folgende Reigen animierender Kleinigkeiten führte quer durch die Karte, die die weite Welt ins Durbachtal holt: Lime Pickle, Jalapeño, Falafel, Kardamom, Reisessig, Lammragout orientalisch mit Datteln und Kichererbsen, Rehrücken mit Mole, Dashi, Kimchi … Wunderbar die feine Curryschärfe einer kleinen Cremesuppe von schön fruchtiger Aromatik und deutlicher Kokosmilch-Grundierung ohne Schwere oder Fettigkeit, animierend-frisch durch Zitronengras und die Säure einiger Sudachi-Geltupfen. Die eingelegten Sot-l'y-laisses hatten wir schon mal saftiger gegessen, was ein getrockneter Kokoschip unterstrich.
Unter den folgenden Fischen erfreute ein großkalibriger, etwas weicher schottischer Kaisergranat, punktgenau gebraten, bestreut mit knusprig-gepufftem Reis, flankiert von eingelegten roten und gelben Rübenröllchen, umflossen von einem dichten Krustentierfond mit feiner Orangennote und Kaffirlimetten-Duft. Süße steuerten entsaftete Karotten bei, für Frische sorgte auch hier das Sudachigel – was ein strukturelles Problem des Küchenkonzepts offenbarte: Darf und soll der Gast frei und wild kombinieren, müssten Wiederholungen eigentlich ausgeschlossen sein!
Noch besser als das edle Krustentier gefiel uns eine klassisch gehaltene Tranche vom Rochenflügel, dick, fleischig-saftig, nach Grenobler Art, mit Petersilie, gerösteten Kapern, Tomatenconcassée, gerösteten Pinienkernen und Zitrusgel (siehe oben). Dazu eine nur leicht gebundene Beurre blanc von feinem Säurespiel sowie ein Tupfen sehr mildes aber wunderbar stimmiges Knoblauchpüree und etwas Schnittlauchöl. Ein wunderbar eleganter, süffiger Teller!
Pfiffig die Idee (auch wenn sie die weiteren Abläufe organisatorisch ein wenig durcheinanderbrachte), mit einem „Bauchladen" ein überraschendes Zwischengericht zu präsentieren. Selbstverständlich probierten wir und bereuten es nicht: saftig-gedämpfter Kabeljau auf einem frischen Mango-/Karotten-Salat nebst feinem Hummer-Dim-Sum und einem ungebunden-leichten, aromatischen Tom-Kha-Sud von feiner Schärfe und Zitronengras-Duftigkeit. Weiter im Dim-Sum-Thema ging es mit einer bereits im Vorjahr gelobten Verbindung von drei Teigtaschen nebst einer feinwürzigen Füllung vom Ibérico-Schwein auf einem aromatischen, leicht gebundenen Misosud nebst Auberginenpüree und wildem Brokkoli.
Weiter gefielen uns aus der „Fleischabteilung" ein gut gebratenes, wenn auch im Eigenaroma etwas zurückhaltendes Stück vom Lammrücken unter einem Lammfond-Gelee mit milder Paprikacreme, fermentiertem Knoblauch sowie einer intensiven, aber nicht zu röstigen und ungebundnen Lammjus, seidiger Tandoori-Hollandaise und einem lockeren Falafelbällchen. Sehr schön reduziert sodann ein Riegel von der Short-Rib eine US-Beefs, sous-vide gegart und kross gebraten, mit Lime Pickle, Buchenpilzen und roten Zwiebeln, die feinsäuerlich das Fett kontrastierten, sowie einer feinsüßen Miso-Hollandaise, die es schmelzig unterstützte. Ein für diese Fleischart untypisch „heller", dadurch aber sehr gelungener Akkord! Etwas schlicht und plakativ (und zu süß!) wirkte dagegen ein gedämpfter Bun mit Pulled-Pork-Füllung auf etwas fettem und spannungsarmem Coleslaw. Pluspunkt: die BBQ-Würzung mit ihrer gut eingebundenen Schärfe!
Nach bestens gereiftem Rohmilchkäse vom Affineur Tourette mit sehr schönem hausgebackenem Früchtebrot überzeugten abschließend auch die Desserts, darunter ganz besonders ein in Orangensaft geschmorter Chicorée, dem Biss und vor allem Bitterkeit belassen worden waren und der großartig zwischen der kräftigen Süße einer weißen Schokoladen-Ganache, der Säure eines Lemon-Squash-Sorbets und einem fruchtigen Mandarinensud schwebte. Akzentuiert durch zusätzliche bitterfruchtige Note von getrockneten Grapefruitpartikeln. Top! Ein Attribut, das auch klar für den aufmerksam-freundlichen Service gilt. Und in Teilen für die sehr fair kalkulierte Weinkarte, die wir uns insbesondere regional jedoch noch ein wenig breiter und gereifter aufgestellt vorstellen könnten.

Hotelempfehlung

★★★★S

Hotel Ritter Durbach

Tal 1, 77770 Durbach
0781-93230
www.ritter-durbach.de
Einzelzimmer: 100–250 €
Doppelzimmer: 170–290 €

Hier verbinden sich Tradition und Moderne auf äußerst geschmackvolle Weise. Das Hotel Ritter Durbach steht für zeitgemäße Wohnkultur, gepaart mit Design und Funktion. Mit der jüngsten Hotelerweiterung ist die Anzahl der modern und komfortabel eingerichteten Zimmer auf 87 gestiegen und der Spa-Bereich lädt nun auf 1200 m^2 zum Entspannen ein. Hinzugekommen sind erweiterte Ruhezonen und Behandlungsräume, sowie Pool und ein Sonnendach mit Blick in die Weinberge, ebenso eine zusätzliche große Finnische Sauna mit Außenbereich. Außerdem im „Ritter": WLAN in der Lobby, Oldtimervermietung, Veranstaltungsräume, zwei moderne Tagungsräume, begehbarer Weinkeller. Gourmetrestaurant [maki:'dan] im Ritter separat erwähnt.

Düsseldorf (Nordrhein-Westfalen)

8

1876 Daniel Dal-Ben

Grunerstr. 42a, 40239 Düsseldorf
0211-1717361
www.tafelspitz1876.de
Di–Sa ab 19 Uhr, So u. Mo RT
Menüs: 85–140 €

Das kleine, wohltuend schlicht und zeitlos gestaltete Restaurant von Daniel Dal-Ben am Rande des Zooparks im Düsseldorfer Nordwesten ist zweifellos eines der besten Restaurants im Rheinland. Das Düsseldorfer Urgestein mit italienischen Wurzeln hat in den letzten Jahren nicht nur sukzessive seinen Stil verfeinert, sondern auch am Gesamtniveau der Küche gefeilt. Der Chef kocht handwerklich äußerst feinsinnig und präzise, komponiert kreativ und stilsicher und kredenzt seine weltoffene moderne Gourmetküche in Form eines elaborierten Menüs voller lebhafter und spannender Geschmacksbilder. Oft und gern spielt der Chef mit asiatischen Aromen und Motiven, manchmal bewegt sich das Ganze auch auf klassisch französischem Terrain, und immer ist das Ergebnis originell und sehr zeitgemäß.

7↑

Agatas Restaurant

Kirchfeldstr. 59, 40217 Düsseldorf
0211-20030616
www.agatas.de
Di–Sa ab 18 Uhr, So u. Mo RT
Hauptgericht: 29–38 €,
Menüs: 79–132 €
VISA

Küchenchefwechsel in dem von Agata Reul ebenso charmant wie persönlich geführten Restaurant in Oberbilk: Nach vielen erfolgreichen Jahren mit Jörg Wissmann hat nun dessen Souschef Philipp Lange das Ruder übernommen. Und weil die beiden schon ewig zusammengearbeitet haben, blieb auf den Tellern des modernen, in warmen Naturfarben gestalteten Lokals stilistisch und qualitativ erst mal alles beim Alten. Weiterhin spielen die Zutaten und Aromen verschiedener asiatischer Küchen eine entscheidende Rolle, das sechsgängige Menü präsentiert sich aber generell sehr weltoffen und tendiert auch gerne mal in die eine oder andere Richtung – kann also auch mal modernisierte französische Klassik oder ein kreativ weitergedachtes Regionalküchen-Rezept umfassen. Alles sehr präzise und auf handwerklich souveräner Basis zubereitet. Dazu hält die Gastgeberin hier auch eine spannende Weinauswahl vor.

Berens am Kai

Kaistr. 16, 40211 Düsseldorf
0211-3006750
www.berensamkai.de
Mo u. Mi–Fr von 12–14 Uhr u. ab 19 Uhr, Sa ab 19 Uhr, So u. Di RT
Hauptgericht: 45–62 €,
Menüs: 95–145 €
VISA

Nach der Neugestaltung der Räume passt das moderne, lichte Ambiente des Restaurants von Holger Berens weiterhin sehr gut in den urbanen Medienhafen und noch besser in die Zeit. Die Stühle aus Chrom und schwarzem Leder wichen stylischen sandfarbenen Schalensesseln, es gibt viel mehr Naturfarben, Holz und am Abend warme Lichtquellen, die eine behaglichere Atmosphäre schaffen. Auch die moderne klassische Küche des Chefs fügt sich sehr gut in dieses Umfeld. Die präsentiert sich auf den Tellern in gewohnt schnörkelloser Art und bewegt sich stilistisch zwischen französischer Klassik und etwas moderneren Gerichten mit mutigeren Aromenakzenten, die auch mal asiatisch oder orientalisch inspiriert sein können. Berens und sein Team kochen leicht und ausgewogen, aber eigentlich immer sehr ausdrucksstark. Besondere Beachtung verdient auch die international gut sortierte Weinkarte.

Fast & SLOW

Bob & Mary

Berger Str. 35, 40213 Düsseldorf
0211-86930710
www.bobmary.de
So–Do von 12–22 Uhr, Fr u. Sa von 12–23 Uhr, kein RT
VISA

Handwerklich, frisch und sorgfältig zubereitete Burger aus hochwertigen Produkten mit frischen Manufaktur-Saucen. Alternativ oder dazu gibt's verschiedene kreative Salate.

Fast & SLOW

Bob & Mary

Hammer Str. 26, 40219 Düsseldorf
0211-99455355
www.bobmary.de
So–Do von 12–22 Uhr, Fr u. Sa von 12–23 Uhr, kein RT
VISA

Handwerklich, frisch und sorgfältig zubereitete Burger aus hochwertigen Produkten mit frischen Manufaktur-Saucen. Alternativ oder dazu gibt's verschiedene kreative Salate.

Dr. Kosch

Roßstr. 39, 40476 Düsseldorf
0176-80487779
www.breadroses.de
Mo, Di u. Do–Sa ab 18.30 Uhr, Mi u. So RT
Hauptgericht: 16–22 €,
Menüs: 75–92 €

Der gebürtige Franke Volker Drkosch fährt in seinem Derendorfer Restaurant ein spannendes Casual-Fine-Dining-Konzept und kredenzt in lockerem Rahmen und in legerer Gangart spannende, modern interpretierte Gerichte zu nach wie vor recht moderaten Preisen. Am liebsten als Überraschungsmenü. Was aus Drkoschs „Glückslabor" kommt, garantiert unkompliziert-kreatives Essvergnügen in durchaus feingeschliffener, aber nicht übertrieben artifizieller Machart und wird weitgehend von den Jahreszeiten und dem Marktangebot komponiert. Beim Herkunftsradius der Produkte und Aromen schränkt sich der Chef nicht selbst ein und kocht kreativ querweltein.

Fritz's Frau Franzi

Adersstr. 8, 40215 Düsseldorf
0211-370750
www.fritzs-frau-franzi.de
Di u. Mi ab 18 Uhr, Do–Sa von 12–14 Uhr u. ab 18 Uhr, So u. Mo RT
Hauptgericht: 18–28 €, Menüs: 29–69 €
VISA

Das Casual-Fine-Dining-Restaurant mit seinem geschmackvoll schlichten Design gehört zum Boutiquehotel The Fritz und ist eine moderne Mischung aus stylischer Bar und gehobenem Bistro, in dem ambitioniert und kreativ gekocht wird. Mittags gibt es konzeptionell einfachere, aber ebenfalls sehr empfehlenswerte „Quicklunch"-Gerichte mit einem hervorragenden Preis-Genuss-Verhältnis, aber auch die vergleichsweise aufwendiger gestalteten Kreationen aus etwas exklusiveren Produkten der Abendkarte überraschen mit äußerst moderater Kalkulation. Küchenchef Benjamin Kriegel und sein Team kochen ebenso originell wie bodenständig, ebenso weltoffen wie heimatverbunden und überzeugen nicht nur mit überdurchschnittlich guten Qualitäten, sondern auch durch deren finessenreiche Zubereitung. Auf Kriegels Tellern findet man keine angestrengten Konstruktionen, kein Gebastele und kein Getupfe, stattdessen klare, ausdrucksstarke Aromen und clevere Kombinationen. So entspannt und professionell wie die Küche agiert auch der Service unter der Leitung von Gastgeberin Ramona Kriegel.

Fast & SLOW

Grindhouse

Bankstr. 83, 40476 Düsseldorf
0211-51344606
www.grindhouseburgers.de
Di–Sa von 12–15 Uhr u. 17–22 Uhr (Sa bis 23 Uhr), So von 14–22 Uhr, Mo RT

Qualitativ hochwertige Burger aus regionalen Zutaten, die man sich nach Lust und Laune selbst zusammenstellen kann.

7

Le Flair

Marc-Chagall-Str. 108,
40477 Düsseldorf
0211-51455688
www.restaurant-leflair.de
Mi–Sa ab 19 Uhr, So von 12–13.30 Uhr u. ab 19 Uhr, Mo. u. Di RT
Menüs: 75–119 €

Das passenderweise in der Marc-Chagall-Straße am Maurice-Ravel-Park gelegene frankophile Le Flair mit seinem schlicht-eleganten Ambiente ist die perfekte Adresse für Gourmets, denen es auf den Tellern in erster Linie auf sehr gute Produktqualitäten und fokussierten Geschmack ankommt und nicht um größtmögliches Spektakel und Kreativität. Der aus der französischen Schweiz stammende junge Chef Dany Cerf setzt in den modern und puristisch anmutenden Gerichten seines bis zu sechsgängigen Menüs klar auf die Tugenden der französischen Klassik, die er zwar in all ihrer geschmackvollen Opulenz, aber mit maximaler Leichtigkeit interpretiert. Und zwar auf ausgesprochen weltoffene Art, denn auch für exotische Aromen und verwegene (subtile) Gewürzakzente hat der Chef ein Faible – was wiederum an Jean-Claude Bourgueil, seinen vielleicht prägendsten Lehrmeister erinnert. Sehr gutes Preis-Leistungs-Verhältnis; Weinkarte mit deutsch-französischem Schwerpunkt.

6↑

Lido Hafen

Am Handelshafen 15,
40221 Düsseldorf
0211-15768730
www.lido1960.de
Do–Sa ab 19 Uhr, So RT
Hauptgericht: 29–46 €

Im dem auffälligen gläsernen Würfel, in dem das wie ein gehobenes, urbanes Bistro anmutende Lido am Düsseldorfer Medienhafen untergebracht ist, legt Küchenchef Florian Ohlmann seit Jahren die kulinarische Messlatte sehr hoch. Der Alain-Ducasse-Schüler, der drei Jahre lang in dessen Eiffelturm-Restaurant Jules Verne gearbeitet hat, steht hier für erfreulich konsequente französische Küchenklassik in zeitgemäßem Gewand, die er und sein Team einigermaßen aufwendig, aber nicht sehr verspielt umsetzen. Viele der À-la-carte-Gerichte sind ganz traditionell gehalten und überzeugen durch hohe Produktqualitäten und viel Substanz, worin auch die besondere Stärke dieser Küche liegt. Bei den Vorspeisen und Zwischengerichten fließen hin und wieder auch mal kreative Ideen mit ein.

9

Nagaya

Klosterstr. 42, 40211 Düsseldorf
0211-8639636
www.nagaya.de
Mo u. Sa ab 19 Uhr, Di–Fr von 12–14 Uhr, So RT
Menüs: 79–169 €
VISA

Nicht nur wegen der erstaunlich hohen Produktqualitäten auf seinen Tellern ist das elegant-puristische Lokal von Yoshizumi Nagaya für uns das mit Abstand beste japanische Restaurant in Deutschland. Die Küche spannt auch sehr gekonnt den Bogen zwischen der puristisch-produktfokussierten japanischen Hochküche und der von Frankreich geprägten mitteleuropäischen Kochkultur und begeistert zudem mit überraschend kreativen Akzenten. Nagayas Affinität für kulinarische Moderne und Avantgarde sorgt stets für eine reizvolle Liaison aus japanischer Präzision, Transparenz und Qualitätsphilosophie und der typischen Aromenfülle und Komplexität europäischer Spitzenküche. Die Kompositionen sind bestechend klar und pointiert; die Produkte optimal in Szene gesetzt. Weil das alles denkbar wenig mit East-West-Crossover zu tun hat und stilistisch ziemlich eigenständig daherkommt, hält das Nagaya bei uns seit Jahren seine Ausnahmestellung.

Fast & SLOW

nineOfive

Ackerstr. 181, 40233 Düsseldorf
0211-94218181
www.nineofive.de
Mo–Mi ab 17 Uhr, Do–So ab 12 Uhr durchgehend, kein RT

Original neapolitanische Pizza mit perfektem Teig und qualitativ hochwertigen Toppings aus dem Spezialofen stehen hier im Fokus. Es gibt aber auch Lasagne, das eine oder andere Pastagericht sowie italienische Snacks und Vorspeisen, die sich ebenfalls über die hohe Qualität der Grundprodukte definieren. Nicht zu vergessem eine sensationelle Weinkarte mit Schwerpunkt Riesling!

6↑

PHOENIX Restaurant & Bar

Dreischeibenhaus, 40211 Düsseldorf
0211-30206030
www.phoenix-restaurant.de
Küchenchef: Philipp Wolter
Mo–Fr von 12–14.30 Uhr u. ab 18 Uhr, Sa ab 18 Uhr, So RT
Hauptgericht: 33–47 €,
Menüs: 65–122 €
VISA P

Einen architektonisch markanteren Spot für ein elegantes Gourmetrestaurant als das hohe verglaste Gebäude des Dreischeibenhauses wird man in der Düsseldorfer Innenstadt kaum finden. Auch im Inneren wirkt das Phoenix sehr stylisch, luftig und hell, durch die mintgrünen Polster und Holzelemente aber zugleich „cosy". Auf jeden Fall ein rundum stimmiger Rahmen, begleitet von lässigem Jazz aus den Lautsprechern, den Philipp Wolter da für seine anspruchsvolle Küche hat – deren Entstehung man übrigens durch die verglaste Front zur Küche teils live mitverfolgen kann.
Von dort kommt dann mittags ein minimal schlichteres, auf Business Lunch und à la carte ausgerichtetes Programm mit Gerichten wie kross gebratenem Zanderfilet auf Rieslingkraut mit karamellisierten Trauben, Kartoffelpüree und Beurre blanc oder geschmortem Kalbsbäckchen mit Pastinaken, Fingerkarotten, Balsamico-Perlzwiebeln und Pommes Dauphine. Der Qualitätsanspruch ist auch hierbei hoch. Wer die volle Leistung des Teams erleben will, sollte aber das Degustationsmenü am Abend ordern.

Dieses wurde dann beispielsweise mittels Pumpernickel, Frischkäse und Büffelrohfleisch sowie einer frittierten Kartoffelspirale mit (etwas mampfiger) Kartoffelcreme und scharfer Paprika recht gewitzt eingeleitet, bevor es gleich mit einer kühlen vegetarischen Kreation ins Menü ging, die trotz Sellerie, Steinpilz und Trüffel als Protagonisten mit viel Frische und Leichtigkeit punkten konnte: Auf einer puren Selleriecreme wurden (durch Soja verstärkte) gebrannte Steinpilze und eingelegte Trüffelscheiben drapiert. Letztere brachten vor allem dezente Bitterkeit, dem typischen Trüffel-Flavour wurde leider dezent mit Trüffelöl auf die Sprünge geholfen. Als Gegenpol zu der Umami-Power und einer gewissen Breite setzten knackiger Blumenkohl, süß-säuerlich gepickelte Sellerieröllchen, Eisenkraut und Holunderkapern feine Säuren dagegen.
Eine gewisse Breite hatte auch der folgende Gang – mit nur ganz knapp gerösteten und innen roh belassenen Bayerischen Garnelen vor allem aber ein selbstbewusst präsentiertes Top-Produkt! Eingefasst wurde dieses mit (etwas feister) Avocadocreme und Kokosfond mit den typischen „Tom-Kha-Gai"-Aromen, denen Koriander, Zuckerschotenstreifen und Limone erfrischendes Kontra boten. Das Ganze hätte zwar mit deutlicheren Ecken und Kanten noch spannender gestaltet werden können, machte auf die entspannte harmonische Art aber ebenfalls großen Spaß.
Und den machte auch der voll in bester französischer Klassik angesiedelte Gang rund um eine nussbuttrige Steinbutt-Tranche, üppig gekrönt von einer Nocke kühlen Prunier-Kaviars. Mit zartem Tomaten-/Artischocken-Sauté, Kartoffelcreme, Kräuterspitzen und einer schaumigen Sauerrahmsauce war das ein gediegener, aber zugleich eben auch begeisternd schwelgerischer Teller. Klare 7 Pfannen!
Ebenfalls in dieser Klasse war der straff-rosa gebratene Rehrücken anzusiedeln, dem eingelegte Mispel, Zuckerrübe und würziger Honig mit einer herben Süße originell zuspielten, was auch bestens mit der Fichtensprossenjus und dem kecken Rösthefe-Crunch auf dem Reh harmonierte. Ebenfalls gut gedacht, aber nicht ganz exakt umgesetzt, waren das recht salzig-rustikale Kräuterpüree und die minimal frittierdeftigen Pommes Soufflés dazu. Wenn das Team an solchen Details noch etwas genauer arbeiten und abschmecken würde, wäre sicher auch noch eine höhere Bewertung drin. Die vorhandene Substanz ist stark!
Das zeigten zuletzt auch wieder die süßen Sachen, unter denen eine zart in Aprikosengelee gerollte Joghurt-Panna-cotta neben Vanille-Tapioka, Hafer-Crumble und Aprikoseneis überraschend einen der aromatisch feinsinnigsten Eindrücke des Menüs bescherte. Nicht zuletzt aufgrund eines floralen und wenig süßen Verbene-Eistees als verbindender Rahmen. Und wir erinnerten uns: Schon im letzten Jahr war das Dessert ein besonders starker Gang!
In der Weinkarte zeigt sich, dass das Phoenix nicht umsonst auch den Titel „Weinbar" trägt. Die Karte ist attraktiv bestückt mit populären Winzern und Châteaux, von Schneider, Stodden oder Knipser in Deutschland über Jermann, Lageder oder Walch im Alpenland bis hin zu den Big Players aus Toskana, Piemont, Bordeaux und Burgund. Wer da die Orientierung verliert, bekommt vom aufmerksamen Service unter der Leitung von Gastgeberin Tanja Wolter die nötige Unterstützung.

Ristorante L'Arte in Cucina

Gerricus Platz 6,
40625 Düsseldorf (Gerresheim)
0211-52039590
www.arteincucina.de
Fr–Di von 12–14.30 Uhr
u. ab 17.30 Uhr, Mi u. Do RT
Hauptgericht: 15–38 €
EC VISA

Im Herzen des Düsseldorfer Stadtteils Gerresheim betreibt die Familie Casini ihr hübsches kleines, sehr individuell gestaltetes Ristorante. Teils offeriert die Karte traditionelle Gerichte aus Gianluca Casinis toskanischer Heimat – vieles sind aber auch Eigenkompositionen oder Variationen. Am überzeugendsten ist die Küche immer dann, wenn sie sich auf die Tugenden der klassischen Cucina casalinga beruft und ganz schlicht, schnörkellos und ohne bemüht kreative Ansätze kocht. Mit der italienischen Weinauswahl kann man sich ebenfalls ganz mühelos anfreunden, und schöne Weingläser gehören hier ebenso zum Standard wie die herzliche Betreuung durch die sympathische Chefin.

5 🍴🍴🍴

Rossini

Kaiserstr. 5, 40479 Düsseldorf
0211-494994
www.rossini-gruppe.de
Mo–Sa von 12–14.30 Uhr u. 18 Uhr, So u. Fei RT
Hauptgericht: 25–32 €, Menüs: 49–66 €
EC AMEX MC VISA

Seit Jahrzehnten ist dieses schicke Ristorante der „Vorzeige-Italiener" Düsseldorfs. Und obwohl das Rossini auch schon etwas Patina angesetzt hat, so ist es auch heute noch ein sehr elegantes, geschmackvolles Lokal, in dem klassische italienische Feinschmeckerküche auf sehr solidem Niveau kredenzt wird. Das Produkt steht, wie man es von einer guten Cucina italiana auch erwartet, meist deutlich im Mittelpunkt. Die Weinkarte listet sehr viel Gutes aus allen Regionen Italiens, vom preiswerten Einstiegswein bis zu den Granden aus der Toskana und dem Piemont.

---

7 🍴🍴

Setzkasten

Berliner Allee 52, 40212 Düsseldorf
0211-2005716
www.setzkasten-duesseldorf.de
Küchenchef: Anton Pahl
Mo–Sa von 11.30–15 Uhr u. ab 17.30 Uhr, So RT
Hauptgericht: 19–39 €, Menüs: 25–94 €
EC AMEX MC VISA ♿

Das Restaurant Setzkasten ist zwar ziemlich sicher das einzige Gourmetrestaurant in einem – wenn auch auf Feinkost spezialisierten – Supermarkt hierzulande, das elegant modern designte Restaurant darauf zu reduzieren, würde dem aber nicht gerecht werden, was das junge Team hier auf die Beine stellt. Wenn man also vorbei an Obst und Gemüse, an Rohmilchkäse, Schinkenspezialitäten, Champagner-Bar und der immensen Weinauswahl ins Untergeschoss gewandert ist, bietet das kreisförmig angelegte, durch Glas abgetrennte Restaurant ein entspannt stylisches Ambiente mit Blick in die offene Küche.

Und dort entstehen in ebenfalls entspannter, aber hoch konzentrierter Gangart sehr schlanke moderne Gerichte – ohne übertriebenen Aufwand, aber mit guten und sehr exakt umgesetzten Ideen. Gerade zum Lunch gibt es obendrein noch ein unschlagbares Preis-Genuss-Verhältnis. Dieses bedingt dann auch, dass auf aufwendige Amuses zugunsten guten Brotes mit orangenduftiger Butter verzichtet wird und es danach gleich ins Menü geht.

Dort wird dann aber keineswegs auf Sparflamme gekocht, sondern beispielsweise hauchdünn aufgeschnittenes Iberico-Kinn als „Salat" mit süßen Zwiebeln, filigranem Kartoffel-Knuspersegel und Petersilie (Öl, Blätter ...) gleich auch noch mit zwei Satelliten-Tellern ergänzt: einmal ein Petersilien-/Essig-Granité mit herbaler Frische und zugespitzter Säure und einmal eine warme schaumige Espuma von der Feuerkartoffel mit kleinen schwarzen Crunch-Partikeln. Alles zusammen ergab das mit verhältnismäßig einfachen Mitteln ein erstaunlich komplexes und feingliedriges Miteinander, das insgesamt wie eine Art „Luxus-Sülze" mit freigestellten Komponenten wirkte. Ähnlich schlank und elegant punktete auch der folgende sanft temperierte und kurz abgeflämmte Kohlenfisch unter einem Topping aus Apfel- und Gurkenwürfeln, Apfeltapioka und einem zarten säurefrischen Apfelgelee. Aromatisch angelehnt war das Ganze mit einem dillwürzigen, laktisch-frischen Fundament aus knackigen Apfel-/Salzgurke-Partikeln in einem Kefirsud an „Akroschka" und zusätzlich durch ein forsches Chiliöl befeuert. Gut auf dem Punkt!

Ein Attribut, das auch auf den folgenden schottischen Lachs zutraf. Dieser war zwar verhältnismäßig weit gegart und nur noch zart rosa, blieb aber dennoch saftig und ganz ohne Eiweißaustritt. Überzeugend war auch hier vor allem das pfiffig fein akzentuierte Umfeld durch eine minimale Passionsfrucht-Glasur auf dem Lachs, der zudem dünn mit Wasabi-Spinat, Selleriecreme, gebratenen Selleriewürfelchen, Kresse und papierdünnem Knusper bedeckt war. Der produktminimalistische Hauptteller wurde cremig-warm ergänzt durch eine seidige Selleriecreme mit Passionsfrucht-/Chicorée-Coulis und gebratenem Sellerie. Alles zusammen ergab ein sehr markantes Miteinander von würzigen, feinbitteren und exotisch-fruchtsäuerlichen Noten, die dem Lachs fast kongenial zuspielten.

Da verwunderte es wenig, dass auch der süße Abschluss aromatisch genau durchdacht und exakt umgesetzt war. Mit einer zarten weißen Pfirsichmousse in Pistazien-Crumble gab es den cremig-mildesten Part, der von einem frischeren Pfirsichsorbet, vor allem aber durch die grasig-herben und ätherischen Noten (Earl

Grey) – unter anderem in einer Pistazien-Ganache und einem zitrusfrischen grünen „Stein“ – gekontert wurde. Auch hier wurde eine bekannte Kombination (Pfirsich-Pistazie) spannend erweitert und um freigestellte Details ergänzt.
Für eine adäquate Getränkebegleitung steht natürlich ein beachtlicher Fundus direkt hinter der Glaswand zur Verfügung, aus dem auch glasweise hochwertig und flexibel ausgeschenkt wird. Das Serviceteam muss zur Primetime ganz schön flitzen, hat aber alles gut im Griff.

5

Stappen

Luegallee 50,
40545 Düsseldorf (Oberkassel)
0211-93077600
www.gasthaus-stappen.de
Mi–So ab 12 Uhr durchgehend,
Mo u. Di RT
Hauptgericht: 20–34 €

Die Düsseldorfer Dependance des Korschenbroicher Mutterhauses von Carmen und Franjo Stappen, die seit der Eröffnung vor nunmehr sieben Jahren von Mitgesellschafter David Büchner und seinem Team bekocht wird, ist ein gehobener Stadtgasthof wie er im Buche steht: bodenständig und trotzdem ambitioniert, schlicht, aber geschmackvoll. Das trifft nicht nur auf das Ambiente und die Gangart zu, sondern auch auf die Küche, die von populären und im besten Sinne gutbürgerlichen Gerichten wie Wiener Schnitzel, Düsseldorfer Senfrostbraten oder verschiedenen Steaks vom Grill mit Pommes und Caesar Salad bis zu asiatisch oder mediterran inspirierten Gerichten ein breites Spektrum souverän abdeckt. Weil auf Produktqualität geachtet und mit Sorgfalt gekocht wird, macht das zu moderaten Preisen durchaus Spaß.

5↑

The Duchy

im Hotel Breidenbacher Hof
Heinrich-Heine-Allee 36,
40212 Düsseldorf
0211-16090154
www.breidenbacherhofcapella.de
Di–Sa von 12–14.30 Uhr
u. ab 17.30 Uhr, So u. Mo RT
Hauptgericht: 22–56 €
VISA

Neuer Name, neues, sehr schickes Ambiente, bewährter Küchenchef: Philipp Ferber und sein Team sorgen in der Edelbrasserie The Duchy auch weiterhin für eine sehr gute, gehobene klassisch internationale Küche, die sich nicht nur durch beachtlich gute Produkte, sondern auch durch deren sehr sorgfältige Zubereitung auszeichnet. Weiterhin ohne übermäßigen Kreativitätsanspruch, aber mit hohen Anforderungen an die Qualität der Viktualien. Hier gibt’s alles, was gut und teuer ist: von Kaviar und Trüffel über Gillardeau-Austern und Gänseleber bis zu Hummer und Steinbutt in weitestgehend traditioneller Umsetzung. An der Raw Bar auch mit asiatischem Touch und etwas kreativer zusammengestellt.

5↑

Weinhaus Tante Anna

Andreas Str. 2, 40213 Düsseldorf
0211-131163
www.tanteanna.de
Di–Sa ab 18 Uhr, So u. Mo RT
Hauptgericht: 21–36 €, Menüs: 56–105 €
VISA

Das Traditionshaus in Düsseldorfs quirliger Altstadt existiert seit 1593 und ist seit gut 200 Jahren in Familienbesitz. Ein herrlich nostalgischer Ort, an dem man viel Geschichte atmet, es aber mit durchaus zeitgemäßer Kulinarik zu tun bekommt. Küchenchef Simon Nauels hat schlanke Nouvellen im Sinn und blickt über den heimischen Tellerrand, hat aber trotzdem auch ein Herz für regionale Produkte und Aromen. Und diese Mischung präsentiert sich auf den mit Sinn für Optik und Proportionen angerichteten Tellern als durchaus reizvoll. Dazu kredenzt der Gastgeber aus einer stattlichen Weinkarte mit einer ganzen Litanei an (auch gereiften) deutschen Gewächsen und ähnlich vielen französischen Preziosen, aber auch jeder Menge veritabler Alternativen aus Italien, Österreich und Übersee.

Yoshi by Nagaya

Kreuzstr. 17, 40210 Düsseldorf
0211-86043060
www.nagaya.de
Di–Sa von 12–14 Uhr u. ab 18.30 Uhr, So u. Mo RT
Hauptgericht: 38–78 €,
Menüs: 78–118 €
VISA

In Yoshizumi Nagayas „Ableger", der gar nicht weit vom „Stammhaus" entfernt ist, konzentriert sich der Gastgeber und federführende Küchenchef auf eine eher klassische japanische Küche im Kaiseki-Stil (inklusive Sushi und Sashimi). Während auf den kreativen Tellern des Nagaya immer auch Einflüsse der europäischen Haute Cuisine willkommen sind, geht es im länglichen, geschmackvoll-puristisch eingerichteten Yoshi traditioneller zu. Hervorragende Produkte sind im Hause Nagaya ohnehin selbstverständlich – hier werden sie deutlich puristischer in Szene gesetzt. Spartanisch oder karg geht es auf den kleinen, aparten Schälchen, Tellerchen und Platten aber nicht zu: Man darf sich bisweilen auf ausdrucksstarke und dabei wunderbar klare, transparente Geschmacksbilder mit aromatischen Finessen freuen.

Efringen-Kirchen (Baden-Württemberg)

Traube

Alemannenstr. 19,
79588 Efringen-Kirchen (Blansingen)
07628-9423780
www.traube-blansingen.de
Mi–So ab 18 Uhr, Mo u. Di RT
Menüs: 69–99 €
VISA

Mit einer modernen, kreativen Naturküche nach nordischem Vorbild, die sich jedoch stark an der südbadischen Saison und den Produkten und Aromen dieser Region orientiert, hat die Traube mit ihren ebenso schnörkellos wie geschmackvoll gestalteten ländlich-eleganten Gasträumen ein Alleinstellungsmerkmal, das weit über das Markgräflerland hinausgeht. Während sich die Gourmetrestaurants im Südwesten traditionell überwiegend an der französischen Klassik orientieren und mit ihrer Küchenstilistik eher opulent und schwelgerisch in Richtung, Aromendichte und Komplexität tendieren, ist das sechsgängige Menü von Brian Wawryk und seinem kleinen Team, das es mit Wein- oder wahlweise Saftbegleitung gibt, extrem leicht, vegetabil und transparent. Hier wird viel gesammelt und gegartelt, eingeweckt, fermentiert, mariniert, verschiedenste Gemüse spielen eine ebenso große Rolle wie Kräuter und Blüten – und alles kommt präzise, wohldimensioniert und farbenfroh angerichtet in Form origineller Aromenakkorde auf die schlicht eingedeckten Tische. Sehr persönlicher Service und kompetente Weinberatung durch Gastgeberin Daniela Hasse.

Eggenstein-Leopoldshafen (Baden-Württemberg)

Das garbo im Löwen

Hauptstr. 51,
76344 Eggenstein-Leopoldshafen
0721-780070
www.garbo-loewen.de
Küchenchef: Marcel Kazda
Di u. Mi ab 18 Uhr, Do–Sa von 12–14 Uhr u. ab 18 Uhr, So u. Mo RT
Hauptgericht: 21–39 €, Menüs: 55–110 €
VISA

Auch wenn das Haus an der Eggensteiner Ortsdurchfahrt auf den ersten Blick eher unscheinbar wirkt, deuten schon die großformatigen Foodfotos an der Fassade darauf hin, dass

Küchenchef Marcel Kazda hier kein Allerwelts-programm bietet. Denn genauso fokussiert und selbstbewusst wie die individuelle Außenwerbung wirkt auch die gesamte garbo-Kulinarik. Hochwertige Produkte, die oft aus der Region stammen, aber durchaus auch von weiter weg anreisen dürfen, bestimmen das Bild und komplettieren das undogmatische Konzept. So geht es hier mal mediterran, mal klassisch-französisch und mal regionalbetont zu, ohne dass das Programm dadurch beliebig wirken würde. Das liegt auch daran, dass Kazda gerade durch die Konzentration auf weniger Elemente über die Jahre hinweg immer mehr zu seinem eigenen Stil gefunden hat. Dabei setzt der Herdverantwortliche im Detail weiterhin auf knallige Schärfe oder Säure, überlädt seine Teller aber nicht mehr mit (zu vielen) Schattierungen, wie das früher bisweilen der Fall war. Ein gereifter „junger Wilder" eben …

Klug abgesteckte Aromen und Texturen lieferte dann ganz in diesem Sinne schon der wie gewohnt vielfältige Gruß aus der Küche: Zum erfrischend gemüsigen Gazpacho-Shot oder dem geräucherten Bachsaibling mit geflämmter Melone gesellte sich da unter anderem noch eine schön kräutersatte Basilikumbutter sowie ein mit Trockenfrüchten gespicktes Frischkäsebällchen. Abwechslungsreiche Miniaturen mit durchweg hohem Genussfaktor! Dass diese ausladende Amuse-Parade auch bei jenen Gästen aufgetragen wird, die kein mehrgängiges Menü essen, ist beste Eigenwerbung: Vielleicht kommt so ja auch derjenige auf den Geschmack, der es sich hier nur mit einem klassischen Wiener Schnitzel gutgehen lässt – ein Hausklassiker, der hier selbstverständlich vom Kalb ist, langsam schwimmend in Butter gebraten und von lauwarmem Grenaille-Kartoffelsalat begleitet wird. Ganz traditionell und ohne jeden weiteren überflüssigen Schnörkel.

Generöser bestückt, aber keineswegs überladen, setzte beim Menü bereits das Tatar vom Kalb nach Piemonteser Art ein erstes kulinarisches Ausrufezeichen. Hier war nicht nur das mit mikrofein geschnittenen Zwiebeln und getrockneten Tomatenstückchen abgeschmeckte saftig-süffige Fleisch handwerklicher Gradmesser des Küchenteams – auch die rundum platzierten frittierten Kapern und Parmesanhippen sowie ein Spiegel aus Büffelmilch und Kräuteröl als Über- bzw. Unterbau weiteten gekonnt den Raum, der unter anderem auch noch durch cremig-laktische Burrata und ein leicht süßliches Tomatensorbet gewinnbringend ergänzt wurde. Ein perfekt austariertes Spiel mit den Grundzutaten der Cucina italiana: zugänglich, mehrheitsfähig und unbedingt authentisch!

Auch spontane Stegreifaufgaben meistert das Team am Herd übrigens ganz locker. So zum Beispiel beim warmen Fischgang rund um ein großzügig bemessenes und schön glasig gebratenes Kabeljaufilet. Dieses wurde nämlich kurzfristig als Alternative zum „Eggensteiner Landei", welches wir schon vom letzten Besuch in bester Erinnerung hatten, aus dem Hut gezaubert – und perfekt in Szene gesetzt: Getoppt mit Salzwassergarnelen, geraspelten Salzmandeln sowie spritzig-säuerlichem Limonengel und auf scharf-würzigem, perfekt beschaffenem Chorizo-Risotto platziert, war das ein süchtig machender Mix aus Jod, Säure, Schärfe und Crunch in perfekter Justage, der offenbar ad hoc aus der Hüfte geschossen worden war. Chapeau!

Auch das klassisch französische Fach liegt der Küchenbrigade erfahrungsgemäß schon immer sehr gut und wurde zuletzt beim vielleicht gediegensten Gang nahezu tadellos interpretiert. Zur kräftig angebratenen, innen cremig-zarten (aber nicht matschigen) Entenleber-Tranche brachten karamellisierte Salzbutter-Aprikosen zwar nach unserem Gusto etwas zu viel Süße und etwas zu wenig Fruchtsäure ins Spiel – die weitere Entourage aus spanischen Mandeln, Kaffee-/Kardamom-Schaum und Estragon-Brioche ergänzten und vollendeten die Komposition – knackig, bitter und kräutrig ausgewogen – aber sehr ansprechend und durchaus komplex. Mit einem etwas deutlicher herausgestellten Kaffeekick hätte der luftige Schaum einen noch besseren Kontrast zur etwas plakativen Süße liefern können …

Über jeden kompositorischen Zweifel erhaben und hochwertig besetzt zeigte sich schließlich der Hauptgang rund um „Feines vom Münsterländer Juvenil-Schwein". Zum exquisiten Edelfleisch-Ensemble (gebratene Blutwurstscheiben, kross frittierte Schmorfleischpraline, am Knochen gegartes Kotelett mit gekrosstem Fettdeckel …) passte dann auch das handverlesene Begleitprogramm perfekt: süß-säuerliche Karotten-/Lorbeer-Creme, glacierte Erbsen, Pfifferlinge und Majoran-Serviettenknödel, die in säuerlich-peppiger Gurken-/Senf-Jus baden durften. „Rustikale Hochküche" – in dieser Form und Umsetzung alles andere als ein Widerspruch!

Eine perfekte Vermählung war zum Abschluss auch das Dessert um Eggensteiner Himbeeren und Valrhonas „Ivoire"-Schokolade: Zur weißen Schokoladenkugel, die mit Blaumohncreme gefüllt den süßen Part beisteuerte, erschien die Himbeervariation (Sorbet, Gel, ganze Früchte …) als satt säuerlich erfrischender Konter, denen von geschäumtem Holun-

derblütensirup und Pistazien-Sponges mit blumig-nussigen Aromen zugearbeitet wurde.
Als kompetentes und sympathisches Bindeglied zwischen Küche und Gastraum agiert Hermine Kazda, die neun Jahre gemeinsam mit ihrem Mann am Herd stand und weiterhin ganz nah am Geschehen in der Küche ist. Das Faible für deutsche Rieslinge, die hier in großer Auswahl zur Verfügung stehen, wird mit der Rieslingsekt-Edition „garbo“ doppelt unterstrichen. Und auch die exklusiv vor Ort erhältliche Kaffeemischung „garbo Cuvée“ ist definitiv eine Entdeckung.

5

Zum Goldenen Anker

Landgasthof „Zum Goldenen Anker“
Hauptstr. 16–20,
76344 Eggenstein-Leopoldshafen
0721-706029
www.hotel-anker-eggenstein.de
Küchenchef: Armin Radtke
So–Fr von 12–13.30 Uhr u. ab 18 Uhr, Sa RT
Hauptgericht: 14–36 €
VISA

Was macht ein Restaurant auf dem Lande, wenn es sich von der Konkurrenz abheben will, aber eher traditionell gepolte Stammgäste nicht verschrecken möchte? Es betreibt Understatement, verpackt die Innovationen gut in einer Speisekarte, die auf den ersten Blick traditionell wirkt: Viele klassisch anmutende Fleischgerichte, ein paar vegetarische Speisen, eine Suppe und ein paar Desserts. Aber wer genauer hinschaut, entdeckt dann doch deutliche Hinweise darauf, dass Stephanie und Armin Radtke durchaus Ambitionen haben und hier einiges mehr bieten, als nötig wäre.
Eine Trilogie vom Ziegenkäse mit Apfel-/Nuss-Chutney steht hier etwa auf der Karte, ein Kalbscarpaccio mit gebackenem Ochsenschwanz und Wildkräutersalat oder die bunten Tomaten mit Burrata und Gurkensorbet, für die wir uns beim letzten Testbesuch zur Vorspeise entschieden haben. Vorab kam ein recht flaches Brötchen in Gesellschaft von einigen gut gewürzten Oliven und Butter, das eher unspektakulär schmeckte. Bei den bunten Tomaten schließlich handelte es sich um Datteltomaten, orangegelb und rot, geviertelt, schmackhaft mariniert und zudem von akzeptablem Eigengeschmack. Zu denen gesellten sich tadellose cremige Burrata und ein gut abgestimmtes, angenehm erfrischendes Gurkensorbet. Ein unkomplizierter und doch pfiffiger, erfreulich leichter Start!
Noch besser gelangen die Strozzapreti, perfekte Teigware, die mit Zucchini, Aubergine, Paprika (allesamt schön auf den Punkt gegart) und einem alle Gemüse gut verbindenden Rucolapesto verfeinert waren; dazu dünn gehobelte Scheiben vom Grana Padano. Menü-Esser sollten übrigens vorsichtshalber dazusagen, dass sie, wenn möglich, gerne kleinere Portionen bekommen würden, denn sonst wird es nämlich bei mehreren Gängen schnell etwas üppig.
Im Hauptgang schließlich hatten wir es mit einem Rinderfilet in der Pekanusskruste zu tun, das medium gebraten, saftig und mürb, schlicht einwandfrei war. Die Kruste passte mit ihrer nussig-milden Art gut zum Fleisch; das geschmorte Ochsenbäckle daneben war von guter Konsistenz, hätte nach unserem Geschmack aber sogar noch etwas kräftiger gewürzt sein können. Die sämige sogenannte Burgundersoße schmeckte schön fruchtig und füllig und wurde separat in einer verblüffend großen Portion zum Selbstnachschenken zur Verfügung gestellt. Selleriepüree und Pfifferlinge, Letztere teilweise etwas roh, waren gut konzipierte Beilagen, die fingerdicken, knusprig-fluffigen Laugenkrapfen machten aber am meisten Spaß.
Für den sorgt hier übrigens auch die Weinkarte, die nicht übertrieben üppig ist, aber mit gut ausgewählten Weinen der umliegenden Anbaugebiete punktet. Der Sauvignon Blanc vom badischen Schloss Ortenberg wurde in der kleinen Karaffe auf Eis serviert, der verkostete trockene Sherry wirkte leider etwas zu warm. „Schokolade & Erdbeere“ nannte sich schließlich das Dessert, das ein Erdbeersorbet, ein Erdbeerparfait, ein Parfait von weißer Schokolade, einen schön saftigen Schokoladenkuchen und eine rahmige Erdbeer-Panna-cotta umfasste. Bis auf das etwas kristalline Semifreddo von der Erdbeere waren alle Komponenten in Sachen Süße, Säure und Cremigkeit gut abgestimmt und überdies hübsch angerichtet. Was will man mehr in einem Landgasthof?

Hotelempfehlung

Zum Goldenen Anker

Hauptstr. 16–20,
76344 Eggenstein-Leopoldshafen
0721-706029
www.hotel-anker-eggenstein.de
Einzelzimmer: 65–70 €
Doppelzimmer: 96–155 €
EC VISA P

Der familiär geführte Generationsbetrieb in Eggenstein befindet sich nur etwa 15 Minuten von der Stadt Karlsruhe entfernt. Von hier aus können Gäste die Stadt und die Umgebung ganz bequem per Straßenbahn und Auto erreichen. Die insgesamt 34 Hotelzimmer unterschiedlicher Kategorien befinden sich im Stammhaus, im Neubau und im Gästehaus am Ankerberg, sind selbstverständlich allesamt mit Dusche/WC, TV und Telefon ausgestattet; WLAN steht in den meisten Zimmern zur Verfügung. Auch das Kulinarische hat hier einen hohen Stellenwert: im schlicht, zurückhaltend und schnörkellos in den Farben Vanille, Bordeauxrot und Schokoladenbraun eingerichteten Restaurant wird von Küchenchef Armin Radtke und seinem Team zeitgemäße Regionalküche geboten. Restaurant Zum Goldenen Anker separat erwähnt.

Ehningen (Baden-Württemberg)

7

Landhaus Feckl

im Hotel Landhaus Feckl
Keltenweg 1, 71139 Ehningen
07034-23770
www.landhausfeckl.de
Küchenchef: Franz Feckl
Di–Sa von 12–13.30 Uhr u. ab 18 Uhr, So u. Mo RT
Hauptgericht: 28–44 €,
Menüs: 48–106 €
EC VISA P

Das stattliche, am Ortsrand von Ehningen im Stuttgarter Südwesten gelegene Landhaus von Familie Feckl blickt bereits auf viele erfolgreiche Jahre ambitionierter Gastronomie zurück und hat sich eine feste Fangemeinde erarbeitet. Das wundert uns nicht, denn das in bester Ländle-Tradition mittags wie abends geöffnete Restaurant bietet sowohl für traditionsbewusste Genießer, als auch für neugierige Feinschmecker viel Lohnendes. Das Team um Franz Feckl überzeugt dank bestem klassischem Handwerk, exakten Proportionen und kraftvollen Aromen bei Zwiebelrostbraten de luxe genauso wie bei Steinbutt und Rehrücken. Und auch wenn es im Gourmetmenü mal kleinteiliger und aufwendiger wird oder der regionale Geschmacksraum in Richtung mediterraner Gefilde verlassen wird, bleiben die Gerichte immer zugänglich und für ein breites Publikum kompatibel. Abgerundet wird das stimmige Ganze von einem kompetenten Service und vielen guten Weinen in einer gastfreundlich kalkulierten Karte.

Hotelempfehlung

★★★★

Hotel Landhaus Feckl

Keltenweg 1, 71139 Ehningen
07034-23770
www.landhausfeckl.de
Einzelzimmer: ab 79 €
Doppelzimmer: ab 158 €
EC VISA P P

Das moderne Landhaus von Familie Feckl am Rande des Großraums Stuttgart, nahe dem Naturpark Schönbuch, bietet in ruhiger Lage angenehm familiäre Gastfreundschaft und behagliche Atmosphäre. Die insgesamt 21 Zimmer stehen in den zwei unterschiedlichen Kategorien „Komfort“ und „Business“ zur Verfügung und sind mit Dusche, WC, Fön, Kosmetikspiegel, Schreibtisch, ISDN-Direktwahl-Telefon, Kabel-TV, Minibar (im Preis inklusive), DSL-Anschluss sowie kostenlosem WLAN ausgestattet. In der nur wenige Meter entfernt liegenden Dependance „Feckl's Apart“ gibt es zudem 28 schöne große Appartements mit Kitchenette zur Selbstverpflegung – prädestiniert somit auch für einen längeren Aufenthalt. Restaurant Landhaus Feckl separat erwähnt.

Eisenach (Thüringen)

6

Turmschänke

im Hotel Kaiserhof

Karlsplatz 28,
99817 Eisenach
03691-213533
www.turmschaenke-eisenach.de
Küchenchef: Ulrich Rösch
Mo–Sa ab 18 Uhr, So RT
Hauptgericht: 16–29 €,
Menüs: 37–49 €
VISA P

Das nostalgische Ambiente, die entspannte Gangart, in der Hauptsache aber die sehr gute Küche von Ulrich Rösch lassen uns immer wieder mit viel Vorfreude in Eisenachs bestes Restaurant zurückkommen. Denn was der Chef hier in seiner nostalgischen, auf zwei Ebenen angelegten Turmschänke im Seitenbereich des historischen Nikolaitor den Gästen kredenzen lässt, ist nicht nur äußerst sorgfältig und fundiert auf den Punkt gebracht, sondern bei aller Bodenhaftung oft sogar recht kreativ.

Dass unsere Kostproben zuletzt allesamt auch wieder sehr gut, allerdings nicht ganz so originell waren, wie wir es hier aus der Vergangenheit kannten, wollen wir zwar nicht verschweigen, aber auch nicht überbewerten. Es kann der aktuellen Situation und somit der Momentaufnahme geschuldet gewesen sein und trübte den Genuss in keiner Weise. Wir vermissten lediglich ein klein wenig die Hintergrundfinessen, die bei der Bewertung eben den deutlichen Unterschied zwischen fünf und sechs Pfannen machen.

Weiterhin gilt: Das Kulinarium kommt ohne übertriebenen Detailaufwand aus, aber nicht ohne Zugeständnisse an Gäste mit einfacheren Bedürfnissen. So wird hier zwischen altem dunklem Holzgebälk und originalem Mobiliar aus den Anfängen des letzten Jahrhunderts auch der eine oder andere gutbürgerliche thüringische Klassiker serviert und es gibt diverse Steaks vom Grill. In der Hauptsache aber durchaus ambitionierte und zeitgemäße Gerichte, die ohne überflüssigen Schnickschnack daherkommen und gerade auch mit wenigen Komponenten voll überzeugen. Vieles aus Ulrich Röschs Küche schmeckt nämlich deutlich raffinierter, als es aussieht.

Das, was die Küche ausmacht, nämlich sehr sorgfältiges Handwerk, repräsentierte uneingeschränkt das Amuse-Gueule: Eine extrem cremige und aromatische Panna Cotta von weißem Spargel mit zart knackiger marinierter weißer und grüner Spargelspitze auf milder und fruchtiger Tomatenvinaigrette mit zarter Süße. Zur Vorspeise ließ sich der Chef im Rahmen seines Menüs diesmal ein Dreierlei vom Thüringer Wels einfallen, wobei er das Fleisch des größten aller reinen Süßwasserfische als ein schön festes, frisches, und nur angenehm mild gewürztes Tatar sowie als geräucherte Scheiben und als kleine gepickelte, also säuregegarte Stücke in einer Marinade aufbot. Während das Tatar und die gepickelte Variante auch solo sehr gut mundeten, wirkten die dünnen, kaltgeräucherten Scheiben sehr salzig und fast ein

wenig rustikal, was sich aber im Zusammenspiel mit dem Gurkenspaghetti-Salat und insbesondere mit dem darunterliegenden Crème-fraîche-Sockel weitgehend harmonisierte.
Rein gar nichts zu mäkeln gab es an der klararomatischen Rahmsuppe von der Kohlrabiknolle, die durch ein Öl vom Kohlrabigrün nicht nur optisch aufgelockert wurde – außer vielleicht die Tatsache, dass in deren Fluten die köstliche Einlage des saftig-zart und kräuterwürzig confierten Fleischs vom Landhuhn nur sehr spärlich aufzufinden war. Wer es noch sommerlicher und mediterraner mag, wird sicherlich mit Erdbeergazpacho und argentinischer Rotgarnele glücklich – einem sehr balancierten und überhaupt nicht zu süßen oder fruchtigen kalten und leicht pikanten Süppchen, das wir hier in der Vergangenheit auch schon probiert haben.
Rundum gelungen war der Hauptgang des Menüvorschlags um perfekt gleichmäßig rosa gegartes Karree und zart geschmorte Schulter vom Lamm, die im Kreise mediterraner Gemüse und einer kleinen Schnitte Kartoffelgratin aufgeboten wurden. Nicht nur am mustergültig zubereiteten Fleisch und dem tadellosen Kartoffelgratin, sondern insbesondere auch den allesamt unterschiedlich und jeweils punktgenau zubereiteten Gemüsesorten wie nicht zu fester, aber auch nicht zu weicher gegrillter Aubergine, sauber enthäuteter roter Paprika, Artischockenböden ohne Muffigkeit und ohne Säurestich oder einem herzhaft abgeschmeckten Fenchelpüree, war einmal mehr sehr schön zu schmecken, was die Küche von Ulrich Rösch ausmacht. Da kann ein nicht sonderlich aufregendes klingendes Gericht dann schnell zum Gaumenkitzel werden. Allenfalls die recht kraftvolle reduzierte Jus hätten wir uns zum feinen Lamm ein wenig leichter und transparenter gewünscht.
Zum Nachtisch setzte der Chef voll und ganz auf die Ausdruckskraft reifer thüringischer Erdbeeren, die er lediglich mariniert und ihnen neben einer Nocke Basilikumeis nur ein paar Meringue-Makronen und Mascarpone zur Seite gestellt hat. Im Zusammenspiel mit dem dazu empfohlenen Jurançon mit seiner eleganten Frucht und Frische war das ein schöner Abschluss. Auch sonst kann man den glasweisen Weinempfehlungen zum Menü getrost folgen, oder man sucht sich in der gut sortierten Karte selbst ein Fläschchen aus. Und wird sich nebenbei freuen, dass diese ebenso moderat und gastfreundlich kalkuliert sind wie die Speisen.

Ellwangen (Baden-Württemberg)

5

Hirsch – Das Ellwanger Landhotel

Maierstr. 2,
73479 Ellwangen (Neunheim)
07961-91980
www.hirsch-ellwangen.de
Do–Di von 11.30–13.30 Uhr
u. ab 18 Uhr, Mi RT
Hauptgericht: 16–33 €, Menüs: 40–50 €
VISA P

Das gepflegte Lokal mit Holzvertäfelung und gemütlichem Kachelofen, das zu einem modernisierten Landhotel bei Ellwangen in verkehrsgünstiger Nähe zur A7 gehört, ist für uns ein Musterbeispiel eines gediegenen schwäbischen Landgasthofs. Zur Mittagszeit brummt der Laden mit Stammgästen und Geschäftsleuten aus der Gegend, die von den preisgünstigen Tagesessen angelockt werden, und auch am Abend ist der Hirsch ein beliebtes Anlaufziel, längst nicht nur für die Hotelgäste. Wen wundert's, denn obwohl hier auf den ersten Blick erstmal nichts auf eine überdurchschnittliche Küche hindeutet, so wird doch genau das geboten.
Neben traditionellen Klassikern, wie sie in keinem Landgasthaus fehlen dürfen, etwa Kässpätzle, Zwiebelrostbraten, „Filet-Pfännle" oder Schweineschnitzel „Wiener Art", die dank guter Produkte (zweierlei Sorten aromatischer Almkäse bei den Spätzle, Fleisch aus eigener Schlachtung …) sicherlich auch über dem herkömmlichen Standard liegen, gibt es zudem eine ganze Reihe ambitioniertere Gerichte. Und das Beste: Sie werden mit erstaunlich viel Fingerspitzengefühl und Liebe zum Detail zubereitet.
Schon die Vorspeise um aromatischen Ziegenfrischkäse aus dem nahe gelegenen Rattstadt,

der mit Roter Bete, Rucola, Walnusspesto und Apfel-Vinaigrette offeriert wurde, überraschte im Detail durch eine feinsinnige Ausarbeitung mit vielen kleinen Akzenten, die zu einem facettenreichen Ganzen zusammenfanden: Granatapfelkerne sorgten für fruchtige Frische, eine säuerliche Kräutercreme zusätzlich für herbe grüne Würze, kleine Croûtons sowie dünne Knusperbrotchips für einen deutlichen Kontrast und Auflockerung. Zudem war die Bete auf zweierlei Arten einmal eher erdig-dumpf und einmal eher fruchtig und säuerlich interpretiert, was ebenfalls viel Abwechslung brachte.

Und auch sonst punktet die Küche von Martin Hald und Dennis Wiche mit guten Ideen. Etwa bei attraktiv verfeinerten Rustikalitäten wie den mit Kalbsbries und Tafelspitz gefüllten Ravioli auf Rahmspinat, Bete und Meerrettichsauce oder der kross gebratenen Blutwurst auf Kartoffelstampf mit Schnittlauch, Apfelchutney und Röstzwiebeln. Aber das Team hat auch ein gutes Händchen für Fisch, wie die kross auf der Haut gebratenen und mit Zitronenzesten, Petersilie und Makadamianuss beflockten Filets vom Kocher-Saibling zeigten, die auf einem schmelzigen Rote-Bete-Graupenrisotto nebst knackigem wildem Blumenkohl und säuerlich-stoffiger Beurre blanc eine gute Figur machten.

Da ist wirklich alles überraschend exakt auf den Punkt gebracht, und selbst bei den vermeintlichen Nebensächlichkeiten stimmen die Details. Jede Komponente ist akkurat abgeschmeckt, nichts zu viel und nichts zu wenig – wenngleich aber die Portionen als Ganzes schon recht ländlich-üppig ausfallen. So auch bei dem Mordstrumm eines gut gereiften Rinderfilets, das sorgfältig zum locker fünf oder sechs Zentimeter hohen Tournedos gebunden, mit einer schmelzigen Kruste von schwarzer Trüffel gratiniert und auf ein süffiges Schmorragout von der Rinderbacke platziert war. Drum herum Topinambur, Stängelkohl, Kartoffelpüree und Parmesanhippen in solider Ausführung.

Da wundert es dann gar nicht mehr so sehr, dass auch Desserts wie der „Apfelstrudel Edition Hirsch" stilistisch ambitionierter und handwerklich raffinierter ausfallen, als man es in einem Landgasthof für gewöhnlich erwartet. In unserem Fall lag ein zimt- und vanilleduftiges Gemisch aus Alb-Apfel, karamellisierten Nüssen und einem intensiven Haselnusseis unter einer schaumig-rahmigen und mit etwas Getreidecrunch beflockten Moussekuppel versteckt, an der knusprige Strudelblätter lehnten. Ein sehr runder, zeitgemäßer, durchdachter Abschluss. Und weil der Weinkeller mit guten internationalen Gewächsen zu moderaten Preisen mehr als bloß einfache Schoppenweine vorhält und der herzlich-familiäre Service mit Umsicht bei der Sache ist, stimmt auch das Gesamtpaket.

Elmau (Bayern)

9↑ 🍴🍴🍴🍴

Luce d'Oro

im Schloss Elmau Luxury Spa & Cultural Hideaway

In Elmau 2, 82493 Elmau
☎ 08823-180
www.schloss-elmau.de
Küchenchef: Christoph Rainer
Mi–Sa ab 18 Uhr, So–Di RT
Hauptgericht: 52–54 €,
Menüs: 140–215 €
VISA

Jetzt kommen wir mittlerweile seit 13 Jahren regelmäßig nach Schloss Elmau am Fuße des Wettersteingebirges im südlichsten Zipfel von Oberbayern und doch hat dieser ganz besondere Ort in all der Zeit nichts von seinem Reiz verloren. Ganz egal, ob man sich im Winter hierher aufmacht und die letzten Kilometer durch den Wald über die schneebedeckte Privatstraße fährt oder ob sich einem das monumentale Schloss und seine alpine Kulisse an einem warmen Sommerabend im Sonnenuntergang präsentiert – stets wohnt schon der Anreise ein gewisser Zauber inne. Wer es sich leisten kann, hier ein paar Tage verbringen zu können, darf sich glücklich schätzen. Wer als externer Gast eines der Restaurants im Haus besucht, bekommt zumindest einen Eindruck davon, was dieses Hotel ausmacht.

Wer das in einem einsamen Tal gelegene Bauwerk erreicht hat, findet in dessen Räumen eine

Art entschleunigtes Paralleluniversum vor. Nicht nur, dass sich in der großen, weitläufigen Festung sowieso alles entzerrt – von der Lobby, über die weiten Gänge bis hin zu den Aufenthaltsräumen wie den Lounges oder Bibliotheken herrscht stets eine auffällig ruhige, entspannte, sehr wohnliche Atmosphäre. Und von der ist auch das unter einem großzügigen Kreuzgewölbe beheimatete Gourmetrestaurant Luce d'Oro geprägt, das dank entsprechender Beleuchtung und seiner warmen, in Rot, Gold und Naturholz gehaltenen Ausstattung sowie dem knisternden offenen Kamin äußerst behaglich wirkt. Das alles würde schon locker reichen, dass sich die Küche gar nicht mehr so richtig ins Zeug legen müsste – doch das Gegenteil ist der Fall. Denn hier agiert im dritten Jahr mit Christoph Rainer ein Koch, der für uns schon im Frankfurter Tigerpalast und davor in der Villa Rothschild zu den besten fünfzig Köchen des Landes gezählt hat. Und der nun in Elmau drauf und dran ist, sich peu à peu in die absolute Spitzenriege abzusetzen.

Es passt zu ihm und seinem Stil, dass er das nicht mit Hauruck und Sensationseifer tut, sondern mit Bedacht und Seriosität, auf einem breiten klassischen Fundament, aber mit wachem Blick für die Entwicklung der Kochkunst. Christoph Rainers Kulinarium ist eine spannende Verbindung moderner französischer Klassik mit fernöstlichen, speziell japanischen Einflüssen, wie man sie sonst in ähnlicher Form nur von Christian Bau kennt. Im Vergleich mit den Kreationen auf Schloss Berg sind die auf Schloss Elmau allerdings etwas zarter gehalten, wirken nicht ganz so monumental, kontrastreich komplex und bis aufs Letzte ausgereizt, sind auf ihre Art aber kaum weniger reizvoll. Die meisten Kompositionen werden relativ kompakt angerichtet und bieten viel Geschehen auf engem Raum, was automatisch zu sehr vollmundigen, nicht selten süffig ineinandergreifenden Geschmacksbildern führt.

Dabei gelang es dem Chef in der jüngeren Vergangenheit aber auch, seine Kreationen noch etwas facettenreicher, eleganter und feingezeichneter wirken zu lassen. Höchst filigran waren schon die ersten vier kunstvoll akkurat gefertigten Miniaturen zum Aperitif, von denen die flüssig-feste Miso-Interpretation so fragil daherkam, dass sie fast schon beim Anfassen zerbrochen wäre. Und jede dieser Petitessen war auch aromatisch extrem fein ausgearbeitet. Als weiterer Gruß aus der Küche folgte ein Zweierlei vom Ora King Lachs, als Tatar und gebeiztes Stück nebst Saiblingskaviar, denen Daikonrettich, Ingweraromen und eine Art heller Ponzu-Sud mit zitrischer Säure und dezentem Umami-Background erfrischend zur Seite standen.

Kompakt, viel- und kleinteilig als Törtchen angerichtet präsentierte sich sodann die Vorspeise rund um ungestopfte Bio-Gänseleber, die roh mariniert als Fundament des Ganzen mit Schichten von eingelegter Quitte, einer Quitten-Geleefolie, Quittengel und -sorbet sowie geflämmten Stücken von der Miso-Aubergine appliziert war. Ein mildes und nicht zu süßes Gänselebergericht, bei dem sich Frucht und Würze in etwa die Waage hielten. Konzeptionell ganz ähnlich, aromatisch allerdings gänzlich anders und obendrein besonders stark war der nächste Gang um gebeizten und leicht angeflämmten Hiramasa Kingfish, der wieder als Podest für eine ganz Armada an kleinen und filigranen Komponenten herhielt: Kumamoto-Auster, Austernkraut, Salty Fingers und N25-Kaviar, die allesamt ein wunderbar jodig-mineralisches Aromenbild zeichneten, das sich gut mit den sanften Bitteraromen von Endiviensalat (als winzige knackige Stücke, Sorbet, Creme, Vinaigrette …) ergänzte, die hier zudem für lebhafte Frischemomente sorgten. Da war der von Sommelière Marie-Helen Krebs dazu empfohlene Junmai Ginjô Sake von der über 300 Jahre alten Katsuyama-Brauerei mit seiner geradlinigen Art und der ausgeprägten Salzigkeit ein prädestinierter Begleiter.

Das knackig-feste süßliche Fleisch der Tristan-Felsenlanguste, die im Folgenden von Cipolle und einer Spitzkohlrolle mit zitrusduftiger Füllung auf Basis von Sushireis und grüner Papaya begleitet wurde, schwamm in einem Bisque-Schaum mit der pikanten paprikawürzigen Aromatik der balinesischen, auf Chili basierenden Mischung Sambal Matah. Die unterschiedlichen fleischigen Strukturen von Schweinefleisch und Huchen spielten bei der mit einer dünnen Scheibe des zart geschmorten Bauchs vom Luma-Schwein sowie schmelzigem Lardo überzogenen Tranche des auch als Donaulachs bekannten Fischs kongenial zusammen, welche zudem auf einem klein gewürfelten und mit grünem Apfel erfrischten Schweinebauchragout platziert war. Ein cremiger, mit Wakame-Alge aromatisierter Grünteesud brachte zudem Schmelz, Süffigkeit und Umami auf den Teller und machte das Ganze zu echtem Soulfood.

Christoph Rainer setzt seine Akzente ebenso behutsam wie wirkungsvoll und trifft eigentlich immer die perfekte Balance. So auch mit dem Thaicurry in der Sauce zu einer Challans-Entenbrust, die gewinnbringend von Schwarzkohl (knackig und cremig), Pattaya-Mango und Macadamianuss umspielt war. Bei dem auf

dem Holzkohlegrill finalisierten Rückenstück vom Kagoshima Wagyu Beef, das von einer Schmorfleischpraline und schlanken Miniaturen von Topinambur sowie Palmherz und Knollenziest eingekreist wurde, war das markante, aber eben nicht plakative Aroma der Salzzitrone in der Jus für einen wohldosierten Akzent verantwortlich – und setzte diesem nicht nur qualitativ beeindruckenden, sondern auch kompositorisch äußerst spannenden Hauptgang das i-Tüpfelchen auf.
Auch die Pâtisserie ist zwischenzeitlich über die Phase hinaus, in der sie einfach „nur" handwerklich und kompositorisch perfektionistische Desserts kreiert hatte, und kommt mittlerweile mit eindrucksvollen Aromenliaisons ums Eck. Etwa zuletzt miteinem schon vom Duft her betörenden „Elmauer Waldboden". Das mag zwar nicht der neueste Schrei sein, denn „Waldspaziergänge" konnte man nicht nur auf Vorspeisen-, sondern auch auf Nachtischtellern der ambitionierten Köche hierzulande natürlich schon etliche unternehmen. Dieser hier mit „Piura Porcelana"-Schokolade, Schlehe und den Aromen von Hibiki-Whisky und Fichtensprosse wird uns jedoch ob seiner einerseits sehr eleganten, andererseits aber auch sehr komplexen und markanten Art noch lange in Erinnerung bleiben.
Erinnerungswürdig sind stets auch die Weinempfehlungen von Sommelière Marie-Helen Krebs, die mit ihren treffsicheren Empfehlungen wie einem 1999er Solist der Wein- und Sektkellerei Hans Kirchmayr zum Kingfish oder dem 2011er Spätburgunder „Cuvée Max" von August Kesseler zur Ente für lohnende glasweise Weinbegleiter sorgt. Und wer lieber selbst auswählt, wird in der bestens sortierten Karte auch spielend fündig.

Hotelempfehlung

★★★★★S

Schloss Elmau Luxury Spa & Cultural Hideaway

In Elmau 2, 82493 Elmau
08823-180
www.schloss-elmau.de
Einzelzimmer: 200 €
Doppelzimmer: 410 €

VISA

100 km südlich von München – 1000 Meter über dem Meer: in einem weiten, geschützten Tal von magischer Schönheit liegt inmitten unberührter Natur dieses einzigartige Schlosshotel. Hier erwarten den Gast anspruchsvolle Architektur mit kosmopolitischem Ambiente, luxuriöse Zimmer und Suiten, getrennte Family- und Erwachsenen-Spa, weltklasse „Yoga-Retreads", Pilates-Geräte (Reformer, Cadillac, Wunda Chair ...). Auch das Kulturprogramm ist vom Feinsten. Für den kulinarischen Genuss stehen insgesamt neun verschiedene Restaurants zur Verfügung. Restaurant Luce d'Oro separat erwähnt.

Eltville (Hessen)

6

Adler Wirtschaft

Hauptstr. 31,
65347 Eltville (Hattenheim)
06723-7982
www.franzkeller.de
Mi–Fr ab 18 Uhr, Sa ab 16 Uhr, Mo, Di u. Mi RT
Menüs: 49–79 €

Dieses Gasthaus ist der Inbegriff für schlichte, bodenständige Küche mit der Handschrift des Meisterkochs. Hier gilt die Devise „Einfaches in Bestform", und es wird sehr viel Wert auf Substanz und herzlich wenig Wert auf Brimborium gelegt. Franz Keller Junior, der unter anderem bei Annibal Strubinger im Schwarzen Adler von Onkel Fritz Keller und bei Joachim Wissler gelernt hat, hält wie schon sein Vater nichts von übertriebener Verfeinerung, bereitet seine verhältnismäßig einfach und schlicht gehaltenen Gerichte aber dennoch mit Feinsinn und Präzision zu, sodass auf jedem Teller überdurchschnittlicher Genuss entsteht. Im kleinen oder großen „Adler-Essen", die das vom Gast selbst zusammenzustellende Auswahlmenü hier traditionell heißt, steht das pure Produkterlebnis im Vordergrund, für das die Viktualien zu einem nicht unerheblichen Teil aus dem eigenen Bio-Hofgut Falkenhof (u. a. eigene Limousin-Rinder und Bunte Bentenheimer Schweine) stammen.

6↑

Jean

im Hotel Frankenbach
Wilhelmstr. 13, 65343 Eltville
06123-9040
www.hotel-frankenbach.de
Do–Sa ab 18 Uhr, So von 12–14 Uhr u. ab 18 Uhr, Mo–Mi RT
Hauptgericht: 20–40 €,
Menüs: 69–109 €
VISA P

Johannes Frankenbach, der während seiner Lehr- und Wanderjahre bei Heinz Winkler die traditionelle französische Klassik und bei Christian Bau deren moderne, weltoffene Spielart kennengelernt hat, setzt im eigenen Restaurant seine persönlichen Vorstellungen von guter klassischer frankophiler Küche um. Und zwar in der ehemals gutbürgerlichen Weinstube des elterlichen Hotels, die der Juniorchef geschmackvoll umgestaltet und neu in Szene gesetzt hat. Statt heimeliger Winzerromantik prägen nun in Weiß und Bordeaux abgesetzte Wände den holzvertäfelten Gastraum und sorgen im Verbund mit dunklem Bistro-Mobiliar für französischen Charme, den wir hier auf gediegene Art und Weise auch auf den Tellern immer wieder finden. So passt es ins Bild, dass auch auf der Weinkarte (neben dem Rheingau) besonders Bordeaux und Burgund im Fokus stehen.

Bezahlkarten-Symbole

- Mastercard
- EC-Maestro
- Diners
- American Express
- VISA Visa

7

Kronenschlösschen

im Hotel Kronenschlösschen
Rheinallee,
65347 Eltville (Hattenheim)
06723-640
www.kronenschloesschen.de
Küchenchef: Simon Stirnal
Di–Sa von 12–14.30 Uhr u. ab 18.30 Uhr, So u. Mo RT
Hauptgericht: 22–44 €,
Menüs: 38–132 €
VISA P

Nicht nur dem Frankfurter Galeristen, der 1894 nach einem Refugium für seine Künstler suchte, ist es zu verdanken, dass das herrschaftlich anmutende Anwesen am Rheinufer auch heute mit ganz individuellem Charakter und Stil aufwartet, sondern auch der Vision von Hans B. Ullrich. Der Gastgeber, der 1990 die zusehends in die Jahre gekommene Künstlerkolonie erwarb, verfolgte schon von Beginn an das Ziel, den ganz eigenen Charme des Hauses zu bewahren: keine Rundum-Modernisierung, sondern aufwendige Erhaltung der Patina und nur punktuell notwendige Anpassung an heutige Qualitätsstandards, von denen vor allem die Hotelgäste profitieren sollten.
Nahezu ohne Facelift kam allerdings das Herzstück des Anwesens aus: Der Gastraum des Gourmetrestaurants verweist auch heute noch mit floral verzierten gewölbten Decken, verspielten Leuchtern und üppig drapierten Vorhängen im Art-nouveau-Stil auf die Historie des Hauses und steht gewissermaßen unter gastronomischem Denkmalschutz. Dass solche Räumlichkeiten natürlich auch für ambitionierte Veranstaltungen den idealen Rahmen bieten, zeigt sich nicht nur beim international renommierten Rheingau-Gourmet-Festival, das alljährlich diese Bühne bespielt, sondern wird auch sonst häufig als Event-Location genutzt.

Küchenchef Simon Stirnal, der dieses Setting kulinarisch mit Leben füllt, überzeugt durch seine an Region und Saison orientierte Linie auf dem Fundament klassisch französischer Haute Cuisine. Die einschlägigen Edelviktualien zieren die Karte ebenso wie Feines aus der Gegend, denn auch vor Ort hat sich der Chef mittlerweile ein Netzwerk an anspruchsvollen Erzeugern gesponnen. So genießt man zum Beispiel den schmelzig-zart pochierten Taunus-Saibling fast in Sichtweite seiner Herkunft inmitten eines rot-gelben Tomatenmix, der rauchig gegrillt, als herrlich säuerliches Chutney oder als Tomatenmark-Sphäre mit dezidierter Umami-Power den Teller schon geschmackssatt grundiert. Cremig-laktisch von geräucherter Burrata akzentuiert und leicht pfeffrig abgerundet durch einen Olivenölsud nebst mediterraner Kräuterbeigabe ergibt sich in Summe ein souverän umgesetztes Wohlfühlarrangement ohne überambitionierten Kreativitäts-Klimbim.
Der Zwischengang von Geflügelleber und Frucht im Anschluss, der ohne Zweifel den eher traditionell orientierten Genießern gewidmet war, wäre hingegen als abschließendes Dessert überzeugender gewesen. Den ziemlich süßen Holunderblüten-Komponenten (Gel, Sorbet, Blüten …) hatten nämlich weder die cremige, nur leicht herbe Entenlebermousse, noch die ebenfalls aufgelegten Scheiben von schwarzer Walnuss und der wiederum eher süß als sauer marinierte Rettich viel entgegenzusetzen. Hier hätte beispielsweise ein straffes Säureelement, etwa ein zitrischer Sud, sicherlich mehr Effekt erzielt als die recht poltrige Lauchasche.
Dies sollte allerdings der einzige Ausreißer des letzten Testbesuchs bleiben, dem mit der stringenten Interpretation des Traditionsgerichts „Hamburger National" vom Sattelschwein sogleich ein echtes Highlight folgte. Die dreiteilige Variation des mittlerweile stark gefährdeten Nutztieres unterstrich eindrücklich, warum die Verwendung solcher Rassen (zumal in der Hochküche!) unbedingt Sinn ergibt: Sowohl der on top aufgesetzte Schinken, als auch die geschmorte Backe und erst recht der gebratene Bauch mit imposantem Fettanteil boten unnachahmlichen Wohlgeschmack, den eben kein Low-Fat-Mastzucht-Produkt auch nur annähernd liefern kann. Auch die Kombination von Karotte, Lauch und Steckrübe (mal blanchiert, mal als Creme oder als Mini-Brunoise-Nocke), die nicht nur in der Hansestadt als kongenialer Begleiter von Schweinefleisch gilt, sorgte im Verbund für ein abwechslungsreiches Mundgefühl und eine reizvoll „gemüsige" Durchlüftung des Tellers. Ein mehr als überzeugendes Statement für das Bewahren traditioneller deutscher Ess- und Kochkultur – nachhaltig, arterhaltend, traditionssichernd …
Gänzlich undogmatisch lieferte der Hauptgang schließlich ein East-West-Meeting der besonderen Art, das von einer süchtig machenden, unendlich langen Jus geadelt wurde. Dem Aromenschwergewicht vom Nebraska Prime Beef (mürbe geschmorte Schulter, saftig rosa gebratener Rücken) versetzte da unter anderem mit Purple Curry angespitzer Blumenkohl den passenden Schärfekick, während die schon erwähnte, auf der Grundlage von Knochen sowie Rind- und Kalbs-Parierstücken ganz klassisch angesetzte und auf kleinster Flamme exakt auf den Punkt reduzierte Jus gleich noch einmal zum Nachg(en)ießen geordert werden musste.
Für den passenden Cool-down, der pfeffrigkräutrig und erfrischend fruchtig zugleich war, sorgte ein Joghurtmousse-Riegel, den geflämmte Grapefruitfilets noch rauchig-bitter kitzelten, während im Anschluss Himbeeren (Gel, halbierte Fürchte …), bitter-säuerliches Grapefruitsorbet, einige Blättchen Aniskresse und ein Litschisud das große Menü frühsommerlich beschlossen.
Über jeden Zweifel erhaben ist nach wie vor die Weinkarte, eine der besten der Nation, mit der Chefsommelier Florian Richter uns immer wieder vor die Qual der Wahl stellt. Wenige Keller verfügen über eine auch nur annähernde Jahrgangstiefe, zumal im Top-Segment – und das national wie international. Selbst ausgefallenste Wünsche gehen hier oftmals in Erfüllung, aber auch für kleinere Budgets hält der versierte Weinfachmann aus Franken stets äußerst ansprechende Alternativen bereit.

5

Zum Krug

Hauptstr. 34,
65347 Eltville (Hattenheim)
06723-99680
www.hotel-zum-krug.de
Di ab 18 Uhr, Mi–Sa von 12–14 Uhr u. ab 18 Uhr, So von 12–14 Uhr, Mo RT
Hauptgericht: 18–25 €, Menüs: 45–65 €
VISA P

Hinter der pittoresken Fachwerkfassade kocht Josef Laufer im gepflegten nostalgischen Restaurant erfrischend zeitgemäß auf, lässt aber auch die traditionellen Tugenden nicht außer Acht. Und genau für diese zeigemäßen Interpretationen traditioneller, deftiger Küche können wir uns hier immer ganz besonders begeistern, denn dafür hat der junge Chef einfach ein Händchen. Neben traditionell eingerichteten Zimmern gibt es im historischen, denkmalgeschützten Weinhaus übrigens auch stylische und komfortable Themenzimmer. Sehr gutes Preis-Leistungs-Verhältnis.

Hotelempfehlung

★★★★

Hotel Kronenschlösschen

Rheinallee, 65347 Eltville (Hattenheim)
06723-640
www.kronenschloesschen.de
Einzelzimmer: 130–250 €
Doppelzimmer: 150–390 €

VISA

Die Mischung aus liebevoll restaurierter historischer Bausubstanz und modernster Technik, der Nähe zur Mainmetropole Frankfurt und der idyllischen Lage zwischen Weinbergen und Rhein macht das Kronenschlösschen zum „Landhotel par excellence". Kein Wunder, dass dieses Bilderbuchanwesen auch ein sehr beliebtes „Hochzeitshotel" ist. Seit Jahren ist das Haus als Veranstalter des „Rheingau Gourmet & Wein Festival" überregional bekannt, und die vielfach prämierte Weinkarte zählt zu den besten des Landes. Zeitgemäß zubereitete traditionelle Küche wird im Bistro serviert; Gourmetrestaurant Kronenschlösschen separat erwähnt.

Emsdetten (Nordrhein-Westfalen)

6

Lindenhof

Alte Emsstr. 7, 48282 Emsdetten
02572-9260
www.lindenhof-emsdetten.de
Küchenchef: Udo Hankh
Mo–Sa ab 18 Uhr, So RT
Hauptgericht: 14–30 €,
Menüs: 30–60 €

VISA

In dem unweit des Emsdettener Bahnhofs gelegenen Lindenhof, der sich über mehrere aneinander liegende Backsteinbauten erstreckt, schafft Udo Hankh in gediegen-elegantem Ambiente das, was viele sich gar nicht erst trauen: einerseits unaufgeregte Küche für Hotelgäste und Traditionalisten, andererseits aber auch deutlich ambitioniertere Gerichte und eine exklusivere Produktpalette für Genießer mit ein bisschen mehr Zeit und Neugierde. So gibt es auf der einen Seite Westfälisches Schnitzel mit Knochenschinken, Spiegelei und Bratkartoffeln oder Schwarzwaldeisbecher mit Amarenakirschen und auf der anderen Seite eben auch Rehrücken im Crêpemantel mit Essigkirschen, Rotkohl, Sellerie und Rosenkohl oder rosa gebratene Barbarie-Entenbrust mit Pflaumenweinjus, Steinpilzen und Schupfnudeln.
Beiden Seiten gemeinsam ist die solide klassische Basis und frische, natürliche Zubereitung, sodass in jedem Fall ein klar überdurchschnittliches Ergebnis zu erwarten ist. Deshalb machte zuletzt beispielsweise bereits ein „Cocktail" aus cremig-frisch marinierten Eismeergarnelen dank derer Qualität, der weiteren Zugabe einer saftigen Bouchot-Muschel und sowohl fein geschnittenem als auch knackigem Salat mehr Vergnügen, als es der erste Eindruck vermuten ließ. Ein Upgrade wäre allerdings bei der Qua-

lität des blassen Weißbrots wünschenswert gewesen.
Was aber spätestens bei dem zarten Carpaccio vom rosa Rehnüsschen schon wieder vergessen war. Denn dessen feinwürziges Fleisch bildete in erdig-markanter Kakao-Vinaigrette mit knackigen Kakao-Nibs und feiner Säure ein originelles Tableau für herbes Rotwein-/Feigen-Confit, hellen ätherischen sowie nussig gebratenen Topinambur, etwas knackigen Feldsalat und Röstbrotchips, die auf lockere Art immer wieder neue passende Akkorde ermöglichten. Tolle Idee, fein umgesetzt!
Wer reichlich Appetit mitbringt, sollte in jedem Fall auch eine der saisonal variierten Suppen probieren, an denen sich besonders gut die von A bis Z sorgfältige und aufwendige Zubereitung erschmecken lässt. Und das ganz gleich, ob bei einer tiefen klaren Wildkraftbrühe mit Waldpilzstrudel oder der cremigen Kürbissuppe mit Kernöl, die durch Apfelwürfelchen mit Frucht und Säure belebt wird.
Wie alles im Lindenhof nicht eben zierlich, sondern als gestandene Portion daherkommt, setzte das Team kräftig (auf den Punkt) gebratenen und gewürzten Heilbutt neben gebackene Kalbskopf-Würfelchen, die den charakterstarken Fisch mit ihrem Schmelz prima unterstützten und auch mit einem knackigen Frühlingslauch-Sauté, (leider sehr weichen) Minimöhren, zarten Kartoffel-/Pilz-Ravioli und einer substanzreichen Weißweinsauce harmonierten. Der einzige wirkliche Makel bei diesem Hauptgang von Format war das völlig unnötige Trüffelöl-Parfum an den Ravioli. Einfach weglassen! Diesen scheinbaren Hauch von Extravaganz braucht es definitiv nicht …
Vor allem nicht, wenn die eigentliche Stärke ohnehin in viel Substanz, klassischen Saucen und einem guten Gespür für gelungene Akkorde liegt. Bester Beweis dafür war einmal mehr auch das Dessert, in dem die klare Frucht von Birne gekonnt mit den zarten Bitternoten von Matcha-Grüntee zusammengeführt wurde. Neben einem prägnant birnenaromatischen Mousse-Törtchen standen dabei eingelegte Birne und Williams-Christ-Sorbet neben würzigen Crumbles und Espuma vom Grüntee, während karamellisierte Mandel die vielen weichen Konsistenzen zusätzlich mit Crunch aufbrach. Fein!
Dazu erwartet den Gast im Lindenhof auch eine offen ausgeschenkt eher einfache (aber ebenfalls lohnende) und flaschenweise höherwertige Weinauswahl sowie flotter, aufmerksamer Service. Das alles zu einem günstigen Preis-Leistungs-Verhältnis. Und so bleibt nur zu sagen: weiter so!

Hotelempfehlung

★★★★

Hotel Lindenhof

Alte Emsstr. 7, 48282 Emsdetten
02572-9260
www.lindenhof-emsdetten.de
Mo–Sa ab 18 Uhr, So u. Fei RT
Einzelzimmer: 75–95 €
Doppelzimmer: 99–130 €
VISA

Das familiengeführte 4-Sterne-Hotel im Herzen von Emsdetten erstreckt sich über vier historische Wohnhäuser, die aufwendig und geschmackvoll erneuert wurden, einen charmant in das Backstein-Ensemble integrierten Hotelneubau sowie die erst 2017 dazugekommene „Villa Hankh". Insgesamt stehen den Gästen 51 individuell eingerichtete Gästezimmer zur Auswahl, von denen jedes anders gestaltet ist. Alle sind wohnlich eingerichtet und zeitgemäß ausgestattet, sodass in den Komfort- und Superior-Zimmern und den Suiten selbst die Arbeit zum Vergnügen wird. Wie wäre es mit einem 200 Jahre alten Himmelbett, oder doch lieber italienische Designermöbel? Mal romantisch, mal modern, mal rustikal – keines ist wie das andere, aber alle verfügen über Dusche, WC, Fön, Telefon, Schreibtisch, Flat-TV und WLAN/DSL. Im hauseigenen Saunabereich mit finnischer Sauna, Infrarotkabine mit Farbtherapie und Ruheraum mit Wärmeliege lässt es sich angenehm entspannen und bei gutem Wetter lädt der idyllische Garten mit Seerosenteich zum Verweilen ein. Restaurant Lindenhof separat erwähnt.

Endingen a. K. (Baden-Württemberg)

8

Merkles Restaurant

Hauptstr. 2,
79346 Endingen a. K.
07642-7900
www.merkles-restaurant.de
Küchenchef: Thomas Merkle
Mi–Sa ab 18 Uhr, So–Di RT
Hauptgericht: 42–49 €,
Menüs: 73–149 €

EC VISA P

Der Rebstock ist ein bildhübsches Haus am Ostrand der historischen Endinger Altstadt im Herzen des Kaiserstuhls. Hier wirkt Gastgeber, Küchenchef und Jeune Restaurateur Thomas Merkle mit seinem Team in zwei unterschiedlichen Gastronomiekonzepten, dem Gourmetrestaurant mit kreativer weltoffener Küche und dem Zweitlokal Pfarrgarten, in dem etwas bodenständiger und regionalbetonter gekocht wird. Wenn es Witterung und Temperatur zulassen, sitzen die Gäste beider Restaurants im üppig begrünten Hinterhof.

„Gewürzorientiert, scharf, Aromen, kreativ" – das stellt Merkle als Motto über sein Gourmetmenü. Was sprachlich vielleicht etwas heterogen anmutet, wird auf den Tellern ohne Wenn und Aber eingelöst. Dies gleich von Beginn an mit den Sesam-Sablés, Tandoori-Pekanüssen und Grissini, die nicht dicker sind als Mikado-Stäbchen. Besonders gut bestückt ist der Brotkorb: hausgebackenes Bauernbrot, Baguette mit Sepia und Cranberrys, Tomaten-Focaccia und ein verführerischer Kräuterfladen treffen hier auf eine Creme von Topinambur, hausgemachtes Spätburgundersalz sowie eine aufgeschlagene gebräunte Butter mit Rosmarin, Knoblauch und Ras el-Hanout.

Voraus gibt Thomas Merkle eine gelbe Gazpacho mit Mango, Olivensphäre, Auster und schwarzer Knoblauch-Mayo, was exemplarisch ist für seine bunt schillernden Aromenbilder. Außerhalb der Norm präsentierte sich auch der Thunfisch: als Tataki und Carpaccio mit Sobanudeln sowie Miso als Vinaigrette und Mayonnaise. Das Besondere ist hier das beigesellte Allerlei von der Melone, die als Shot mit Chili, Chutney und eingelegt interpretiert wird. Merkle hat Melonenwürfel teilweise gegrillt und dehydriert, was dem Gaumen eine aparte Aromenverdichtung und eine höchst originelle, kompakte Textur beschert.

Es folgt ein Zwischengang rund um Garnelen aus der bayerischen Crusta-Nova-Zucht. Das Team hat sie sowohl gebraten als auch ein Dim Sum mit ihrem Fleisch gefüllt und sie mit Finger-Ingwer und Yuzu in einem Umamisud baden lassen. Ganz in Grüntönen gehalten ist die Begleitung aus frischen Erbsen, Erbsenschoten und Sojabohnen, die allesamt zu optimalem Biss gegart sind. Grün ist dann auch das Motto des nächsten Gangs, bei dem grünes Gemüse, namentlich Spargel, Brokkoli, junger Lauch, Zucchini und Avocado, mit einer grünen Thaicurry-Paste und getrocknetem Büffel-Feta akzentuiert werden.

Gewagt, aber aromatisch und texturell gut ausgedacht ist die Konfrontation von Seeteufel und mariniertem Kalbskopf – Letzterer erscheint hier zum saftigen Fisch gebraten, als Carpaccio und als Basis der Vinaigrette. Für zusätzliches Profil sorgen Kapernbutter, frittierte Kapern und fermentierter Kampot-Pfeffer.

Hohenloher Dry-Aged-Kalb steht dann im Mittelpunkt unseres Hauptgangs in Form von geschmorter Haxe und im „Big Green Egg" grillierter Hüfte, und tadellos sind hier Produktqualität, Garung und Aroma. Begleitend schicken Merkle & Co. eine Art Ratatouille aus Aubergine und Paprika sowie Steinpilzpolenta, für Aromentiefe sorgt die Jus aus Chorizo, Black Pepper und Essig und für einen angenehmen Schmelz die Chorizo-Mayonnaise.

Den süßen Abschluss bescherte uns diesmal weiße „Edelweiss"-Schokolade, die als Canellono und Crumbles auf dem Teller lag. Als Aromenspender fungierten hier Himbeeren in verschiedenen Aggregatzuständen und ein verwegener Hauch „Goldbrenner"-Gin; für Textur sorgte ein Joghurt-Biskuit, was nicht auf der Hand liegt, aber technisch tadellos gelingt. Vergleichsweise schlicht, aber absolut stimmig ist zum Schluss – nach dem Dessert! – der alte Comté mit Pfefferkirsche und Holundergelee.

Zum Menü wird eine sorgfältig abgestimmte und stets sehr lohnende Weinbegleitung angeboten, was uns immer ein wenig ins Dilemma geraten lässt, denn auch die Weinkarte hat einiges zu bieten! In erster Linie natürlich aus dem Weinland Kaiserstuhl und erfreulicherweise eine Reihe gut gereifter Flaschen.

Erfurt (Thüringen)

6

Bachstelze

**Hamburger Berg 5,
99094 Erfurt (Bischleben)
0361-7968386
www.bachstelze-erfurt.de
Küchenchef: Maria Groß
Mi–Sa ab 18.30 Uhr,
So von 12–14.30 Uhr, Mo u. Di RT
Menüs: 65–90 €**

VISA

In der eher dörflichen Peripherie von Erfurt bietet die Homebase von Maria Groß tatsächlich genau das, wofür die medial bekannte Köchin so prominent steht: Unkomplizierte und doch anspruchsvolle Gastlichkeit in einer Umgebung, die von der kunterbunt ausgestalteten Villa am Hamburger Berg bis zum wildromantischen Garten so gar nicht an ein klassisches Restaurant und schon gar nicht an Fine Dining erinnert. Zusammen mit ihrem Lebens- und Geschäftspartner Mathias Steube, der auch als stets gut gelaunter und herzlicher Gastgeber fungiert, hat sich die Köchin hier einen Ort geschaffen, an dem tatsächlich jeder völlig ohne Attitüde willkommen ist und sich schnell eher wie bei einer Einladung zu Freunden als bei einem Restaurantbesuch fühlt.
Viele kleine Details vom eingehäkelten Geländer am Treppenaufgang, verschiedenen Schildern, die „Love, Peace and Happiness" propagieren, bis zu den aus Lautsprechern vorgelesenen Märchen in den Sanitäranlagen hat das Anwesen ein einmaliges Flair. Zudem erfüllen verschiedene, immer wieder neue Projekte das Ganze mit Leben. Im Sommer gibt's im Biergarten unter alten Kastanien kühle Getränke und Snacks von Grillmeister Steube, das Restaurant wird auch für diverse Kurse und Gruppenveranstaltungen genutzt und seit der Corona-Zwangspause schmückt ein üppiger Kräuter- und Gemüsegarten den Hang hinterm Haus. Vielleicht gibt es demnächst sogar die ersten eigenen Trüffel für die Gäste …
Überhaupt ist den Gastgebern viel an einem nachhaltigen Umgang mit Ressourcen gelegen. Da passt das Sharing-Prinzip, nach dem ein Abend in mehreren Durchgängen aufgebaut ist, genauso gut ins Konzept wie das mineralisierte Wasser, der Fokus auf regionale Produkte und der Verzicht auf eine immer wieder neu gedruckte Weinkarte. Los geht ein Abend in der Bachstelze stets mit Aperitif draußen im Biergarten, diesmal kulinarisch begleitet von gegrilltem Rhön-Kaninchen mit Gurke, Dillblüte und einem beherzt mit Kümmel und Meerrettich abgeschmeckten Kraut als definitiv wachrüttelnder Happen, bevor es danach je nach Witterung entweder ins Restaurant oder an die Tische draußen geht.
Atmosphärisch angenehm sind beide Varianten und beide werden mit einer kleinen Ansprache und gemeinsamem Anstoßen eröffnet, bevor als weitere kleine Appetizer (etwas dicker) gefrorener Kohlrabi mit grünem Speck sowie saftig-knusprig gebackener Spargel und feinsäuerliche Spargelstangen gemeinsam mit markant pfefferscharf und spicy gebeizter Lachsforelle in einer ätherischen Kräutercreme auf den Tisch kommen.
Überhaupt gehört es zum Konzept, dass in dem grob in drei Abschnitte gegliederten Abend fortlaufend verschiedene Teller und Schüsselchen serviert werden, aus denen dann munter kreuz und quer probiert werden kann. So auch die geschmorte Aubergine mit konzentriertem Tomatenkompott, Zitronenabrieb und Estragon, die neben saftiger Focaccia und Bärlauch-/Minzcreme aufgetischt wurde und gleich flugs noch von einem abwechslungsreichen Salat rund um verschiedene aromatische Tomaten-Varietäten, Erbsensprossen, Kerbel und Spargel ergänzt wurde. Burrata und Traubenmost verliehen dem kräuterfrischen, locker arrangierten Salat noch Schmelz und feine Süße.
Generell zeichnen sich die Gerichte allesamt weniger durch akkurate Kleinarbeit als vielmehr durch deutliche Aromen und Kontraste aus, die auch dann super funktionieren, wenn alles ein bisschen einfacher und gröber gearbeitet wird. So wie beim Ceviche vom Saibling, das grün-fruchtig von Apfel, Gurke, Zucker-

schote und Koriandergrün aufgelockert wurde und durch Gels von Orange und Grapefruit zitrische Frische erhielt, während dazwischen etwas Kroepoek für Crunch sorgte. Deutlich reduzierter und umso gelungener gab es parallel noch eine saftig-zarte Crêperolle, auf deren Schnittfläche ein üppiges Topping aus Crème fraîche und Kaviar platziert war. Und als „Hauptteller" des Fisch-Ensembles kam in gewohnt lockerfrischer Manier dann ein knusprig gebratenes Saiblingsfilet auf aromenreichem Gemüsepotpourri aus knackig frischen gepahlten Erbsen, Apfel und Sellerie, dazwischen aufblitzender Schärfe, Crunch von gerösteter Hirse und einer rahmig milden Holunderblütensauce als hilfreichen Puffer.
Einen Prise Lokolpatriotismus transportierte, quasi als eigener Zwischengang, die augenzwinkernde Interpretation des Thüringer Kloßes: Kleine knuffige Kartoffelteig-Kissen (allerdings aus gekochten Kartoffeln, nicht klassisch roh …) mit ein wenig künstlich schmeckender Trüffelfüllung, brutzelig röschen Pfifferlingen und knusprig frittierter Brennnessel.
Zeit für den Hauptgang, der stets nochmal als eigener „Aufzug" mit verschiedenen Beilagen auf den Tisch kommt: Im Zentrum stand diesmal auffallend feinfaseriger, straffer und perfekt rosa gebratener Hirschrücken, der rustikal auf einem Holzbrett mit (sehr salzigem) Bohnengemüse und einer gegrillten Orangenhälfte serviert wurde, mit deren Saft das Fleisch und Gemüse nach Belieben gewürzt werden konnte. Separat ergänzten eine tiefgründige kräftige Wildjus und lockeres Kartoffelpüree mit dezenter Käsebindung einen weiteren gelungenen Eindruck.
Und auch der Abschluss rund um Erdbeeren mit bewusst wenig gesüßter Quarkcreme und einem sehr zarten, nussig-süßen Kürbiskernparfait gelang souverän und beendete einen Abend, der auf positive Art aus der Restaurantlandschaft heraussticht und ein sehr stimmiges und eindrückliches Gesamtpaket liefert.
Zu diesem gehören auch die ausführlich anmoderierten Weinempfehlungen, unter denen es nicht nur gutes Niveau, sondern immer auch spannende Entdeckungen zu machen gibt – oder wahlweise die engagiert aus regionalen Säften, eigenen Reduktionen oder mit Trinkessigen gemixten alkoholfreien Alternativen.

ohne Bewertung

Clara

im Kaisersaal Erfurt
Futterstr. 15–16, 99084 Erfurt
0361-5688207
www.restaurant-clara.de
Küchenchef: Markus Prinz
Di–Sa ab 18.30 Uhr, So u. Mo RT
Menüs: 88–119 €
VISA

Nach dem leider nur relativ kurzen Gastspiel von Arne Linke, der den Kaisersaal und das Restaurant Clara schon nach wenigen Monaten in Richtung Kiel verlassen hat, blieb auch sein Nachfolger Markus Prinz nur denkbar kurz. Der hatte erst wenige Wochen vor dem zweiten Lockdown seinen Dienst in Erfurts bislang bestem Restaurant für kulinarischen Genuss angetreten und die Regie am Herd übernommen, kehrte dann aber während der Schließungsphase aus familiären Gründen wieder in seine Heimat zurück. Was zur Folge hatte, dass das Clara bei Gastro-Restart erst mal ohne Küchenchef dastand und noch nicht wiedereröffnen konnte. Bis zum Redaktionsschluss dieser Ausgabe waren die Verantwortlichen noch auf der Suche nach einem adäquaten Nachfolger, die ja dann auch nicht überstürzt erfolgen sollte. Sobald Vollzug vermeldet werden kann und das zeitlos elegante Gourmetrestaurant mit rotem Teppichboden, dunklem Mobiliar und elegant gedeckten Tischen wieder in gedämpftes warmes Licht gehüllt und für die Gäste da ist, werden auch wir dort schnellstmöglich wieder einkehren und im Gusto Online-Guide und in der Gusto-App die neue Kritik veröffentlichen.

Das Ballenberger

Gotthardtstr. 25, 99084 Erfurt
0361-64456088
www.das-ballenberger.de
Mo–Sa ab 9 Uhr durchgehend, So RT
Hauptgericht: 23–25 €,
Menüs: 27–42 €
EC VISA

Das mitten in der pittoresken historischen Altstadt von Erfurt gelegene, hell und freundlich anmutende Lokal mit Vintage-Bistro-Ambiente und unkompliziertem Drumherum überzeugt auch kulinarisch durch ein klares Bekenntnis zu Qualität und Niveau ohne Allüren. Das Angebot reicht vom individuellen Frühstück und kleinen Snacks aus der Theke bis zu aufwendigeren Gerichten, die in einem fünfgängigen Menü gipfeln. Die insgesamt überschaubare Anzahl unterschiedlicher Gerichte hält die Qualität meist klar über dem Durchschnitt. Alles, was auf die Tische kommt, wirkt natürlich und frisch, wenn auch teilweise sehr einfach gehalten. Dazu gibt's eine kleine Auswahl hochwertiger Weine, von denen viele auch offen ausgeschenkt werden.

7

ESTIMA by Catalana

Allerheiligenstr. 3,
99084 Erfurt
0361-5506335
www.estima-erfurt.de
Küchenchef: Sebastian Ernst
Di u. Fr ab 17.30 Uhr,
Sa–Mo u. Mi, Do RT
Menüs: 55–95 €
EC VISA

Jan-Hendrik Feldner ist kein unbeschriebenes Blatt in der Erfurter Gastroszene. Mit dem Catalana-Nachfolger Estima, versteckt in einer kleinen Gasse mitten in der Altstadt gelegen, setzt der engagierte Gastgeber seine Liebe zur spanischen Esskultur in einer neuen Location und mit neuem Konzept um. Schlicht elegantes Interieur und alte Bausubstanz mit freigestelltem Fachwerk geben dem Restaurant einen behaglichen Rahmen und die Begeisterung und Expertise des Gastgebers für die Küche der iberischen Halbinsel wird auf sympathische Art direkt spürbar – auch bei der Beratung zu der kleinen, aber feinen Auswahl spanischer Weine.

Leitlinien des kulinarischen Programms sind ein durchgehend hoher Qualitätsanspruch und natürlich die Orientierung an kulinarischen Traditionen des spanisch-französischen Mittelmeerraums. Was das Miniteam um Sebastian Ernst (Küchenchef) und Jürgen Birth (Souschef) daraus macht, transportiert den Charakter und Geschmack der Region ganz ausgezeichnet, überrascht aber vor allem durch genau abgezirkelte, schlagkräftige Aromen und eine clevere Herangehensweise mit nicht zu viel Aufwand, aber doch so vielen Details, dass in jedem Gang überraschend viel Spannung entsteht.

Dass es einiges zu erwarten geben würde, signalisierten bereits das Wagyu-Tatar mit zugespitztem Gazpacho-Schaum und ein Tapiokachip mit saftig-tiefem Confit von der Schwarzfederhuhn-Keule als Aperitivos. Dem Confit wurde eventuell beim Sommertrüffel-Topping leicht mit Trüffelöl nachgeholfen, wenn, dann aber nur sehr dezent. Unter dem Strich machten diese beiden Miniaturen sehr neugierig auf mehr …

Ähnlich pointiert ging es auch bei den zart gebratenen Jakobsmuscheln weiter. Deren nussig-süßer Geschmack bekam einen prägnanten Dreiklang aus Aprikose, Steinpilz und Estragon in je drei ausdrucksstarken Varianten von Öl bis Confit zur Seite und wurde zudem von einer kräftigen Corail-Creme unterstützt. Mit den exakten Proportionen und der trotz einiger Komponenten eher minimalistischen Art ein ebenfalls gelungener Auftakt.

Nach dem gleichen Prinzip funktionierte auch die Präsentation des festfleischigen und schmeckbar frischen Hamachi: Dieser kam als bewusst nicht zu fein geschnittenes Tatar und abgeflämmte Tranche mit den markanten Aromen von Paprika, Kreuzkümmel und Zitronenverbene auf den Teller. Auch hier waren die Akzente nicht hingehaucht, sondern kräftig,

was gegenüber dem angegossenen Paprika-/Escabeche-Sud mit seiner straffen Säure auch nötig war. Erneut eine Punktlandung!
Vergleichsweise zart und sommerlich leicht erfrischten danach verschiedene sauber enthäutete Tomaten-Varietäten in leichtem Minz-Pesto und einer zarten Burrata-Creme, getoppt von Gelee und Sorbet aus Rosé Cava, der dieser Komposition mit seiner prickelnden Frucht und Säure nochmal einen eleganten Frische-Boost mitgab.
Beim perfekt mit hauchdünner knuspriger Haut und zartem festen Fleisch servierten Schwarzfederhuhn wagte sich das Team an die ja bekannterweise schnell mal kitschig-plumpe Kombination aus Mais und Vanille, umschiffte die Kitschfalle aber gekonnt durch luftige Konsistenzen und aufbrechende Kontraste mittels Röstnoten, Säure und grüner Frische. Vor allem durch ein PX-Essig-Gel und Weizengras (als Öl und frische Blätter) gelang das hier ganz prima.
Und weil das Team am Ende mit dem kompakten Rondell aus saftigem Mandel-/Orangen-Kuchen mit duftigem Topping aus Erdbeergel, hocharomatischem Walderdbeersorbet und Mandelschaum direkt noch eine weitere verdichtete Punktlandung hinlegte, geben wir direkt eine – auch angesichts des moderaten Preisgefüges – beeindruckend hohe Einstiegsbewertung und hoffen, dass das Konzept ausreichend Zuspruch findet, um auf gleichem Niveau fortgesetzt werden zu können.

Erkelenz (Nordrhein-Westfalen)

ohne Bewertung

Troyka

Rurstr. 17,
41812 Erkelenz (Neu-Immerath)
01522-4349817
www.troyka.de
Küchenchef: Alexander Wulf, Marcel Kokot
Di–Sa ab 18.30 Uhr, So u. Mo RT
Menüs: 99–159 €
EC VISA P

Die schlechte Nachricht: Im Frühjahr 2021 ist leider die Geschichte der Burgstuben Residenz in Randerath für immer zu Ende gegangen. Ab März war Schluss, die Inhaber verlängerten den Pachtvertrag nicht und zogen für eine kurze Übergangszeit in ein Küchenstudio in Erkelenz. Die gute Nachricht: Im Herbst 2021 soll schon das neue Restaurant fertig sein, das gleich daneben liegt. Was auch am neuen Standort bleiben wird, ist die Ausrichtung der Küche, die sich als moderne, durchdachte europäische Linie mit russischem Einschlag mittlerweile ziemlich originell und eigenständig präsentiert.
Alexander Wulf, der das Konzept zusammen mit seinem Freund und Kollegen Marcel Kokot sowie Sommelier und Maître Ronny Schreiber verantwortet, scheint wirklich Lust zu haben, neue Wege zu gehen. Das zeigte sich diesmal schon beim Amuse-Bouche, das ein gegrilltes Stück Wassermelone, würzige Melonensalsa in knuspriger Cannellono-Hülle und etwas Melonenkaltschale verband. Knackig gewürzt, frisch, animierend – ein Sommergericht par excellence! Die Poverade mit falscher Tomate und Tomatenschaum erinnerte zwar eher an Südfrankreich als an Russland, war aber produkt- wie würztechnisch überzeugend. Und erfrischend dazu, weil neben halbgetrockneten Tomaten, Tomatensud und -schaum sowie Tomatenflocken auch noch ein Tomatengranité anwesend war.
Exzellent auch das Brot, ein kleiner knuspriger Laib, begleitet von griechischem Olivenöl und Butter. Dann aber wurde es unzweifelhaft russisch, nämlich mit Okroschka, einer gestockten Masse aus Gurke und Smetana sowie wunderbar herb-würzigem Dilleis à part, einem intensiven Sud aus Gurke und Sauerrahm sowie Süßkartoffeln in Form knusprig frittierter Streifen. Eingelegte Senfkörner und gepickelte Gurke kontrastierten die übrigen Komponenten dieser Kreation, die aromatisch und bezüglich der Textur ziemlich ausgefeilt wirkte.
In die asiatische Richtung tendierte der „Sashimi Heaven" genannte Gang, der dicke, nur leicht mit Wodka gebeizte Stücke vom Hamachi mit Mangotatar, Radieschen, Avocadocreme und Papadam-Teigblätter sowie Ponzu verband. Kein spektakulärer, aber ein sehr ausgewogener Gang. Im Zentrum des folgenden Zwischengangs „Saté de luxe" stand ein großer, festfleischiger und wunderbar saftiger Carabinero-Krustentierschwanz unter einer Panierung aus herzhaft abgeschmeckten Erdnusspartikeln, der auf schlotzigem schwarzen Reis und einem Hauch von Passionsfrucht-Frische präsentiert wurde. Als „Love my Butt" firmierte dann ein, na klar, Steinbutt: ein knusprig gebratenes Filetstück mit zart gewürztem, zur Nocke geformtem Blattspinat obenauf, der zusammen mit einigen Pfifferlingen in einer cremigen und

angenehm frischen Sauce auf Basis von Kokosmilch und Zitrone schwamm. Frittierte Kapern brachten zudem eine konterkarierende Würze ins Spiel.
Der Büffel „Russian Style“ mit Andengold-Kartoffel und Kräutern machte schon deshalb Spaß, weil dieser Gang so puristisch war. Zwei Tranchen des perfekt saignant gegarten Fleisches mit ein paar Salzkörnern darauf wurden hier lediglich von einer geschmorten, mit Zwiebelmus gefüllten Zwiebel sowie einer gebackenen Zwiebel mit Kartoffelpüree und würziger Jus begleitet – und man vermisste nichts. So stand für uns schon an dieser Stelle fest, dass die Küche heuer mit dem Bonuspfeil eine Aufwertung verdient hat.
Und daran änderte auch das als „Honey Bear“ angekündigte Dessert nichts mehr – eine Kombination aus Honig, Blau- und Moltebeeren, die zu einem klaren, sehr präzisen süßen Abschluss zusammenfanden. In Gestalt von fruchtig-blumigem Honigeis, dessen Süße gut mit Blaubeeren sowie den in der deutschen Gastronomie noch relativ selten anzutreffenden eingelegten Moltebeeren, ein paar Teigblättern und einer ebenso cremig wie erfrischend anmutenden Beerenmasse im Schokomantel korrespondierte. Wieder unverkennbar russisch inspiriert waren auch die drei Patisseriestücke danach, die zwar zu diesem Zeitpunkt ein wenig mächtig wirkten, aber ausgezeichnete Qualität boten: Sie nannten sich Orechi, Kartoschka und Prjanik – vor allem Letzterer, eine Art Quarkkrapfen mit Zuckerguss, überzeugte sehr.
Und apropos überzeugend: die Weinauswahl, die sich hier in den letzten zwanzig Jahren deutlich gewandelt hat, ist es auch. Ronny Schreiber bewegte das Repertoire allmählich weg von den großen Namen aus Frankreich, die hier traditionell in einer Wand aus Klimaschränken lagerten, hin zu Neuentdeckungen und eigenständigen Winzern mit Profil.

Essen (Nordrhein-Westfalen)

Casino Zollverein

Gelsenkirchener Str. 181,
45309 Essen
0201-830240
www.casino-zollverein.de
Di–So ab 12.30 Uhr durchgehend, Mo RT
Hauptgericht: 15–32 €,
Menüs: 25–65 €

VISA P

Das noch bis 1986 aktive Steinkohlebergwerk in Essen, das heute Architektur- und Industriedenkmal ist und zusammen mit der unmittelbar benachbarten Kokerei Zollverein zum Welterbe der UNESCO gehört, ist unbedingt besuchenswert. Hier untergebracht, zwischen wuchtigen Holz- und Stahlkonstruktionen, ist seit nunmehr zwanzig Jahren auch das Casino Zeche Zollverein mit Restaurant, Cateringbetrieb und Bankettbereich. Es lohnt sich schon alleine ob der einzigartigen historischen Atmosphäre der Zeche, hier einzukehren – aber auch die Küche der von außen wie von innen monumental anmutenden Industrie-Location hat ihren Reiz. Weltläufig-kreativ und modern wird hier gekocht, aber nicht zu aufwendig und kleinteilig. Die aus soliden Grundprodukten sorgfältig zubereiteten Gerichte, für die sich ganz undogmatisch verschiedenster Aromenwelten bedient wird, präsentieren sich auf den Tellern in Form unkomplizierter Bistroküche ohne ausgeprägten Originalitätsdrang, aber mit einer gesunden, fundierten Basis.

Die Symbole

- P gute Parkmöglichkeiten
- P Hotelgarage
- barrierefrei
- klimatisierte Zimmer
- WLAN-Zugang
- Hallen- und/oder Freibad im Haus
- mit Wellness-Bereich
- mit Fahrstuhl zu den Hotelzimmern
- Hunde im Hotel nicht erlaubt
- mit Garten oder Terrasse

7↑ (Bonus-Pfeil)

Hannappel

Dahlhauser Str. 173,
45279 Essen (Horst)
0201-534506
www.restaurant-hannappel.de
Küchenchef: Knut Hannappel,
Tobias Weyers
Mo u. Mi–Sa ab 17.30 Uhr, So u. Fei von 12–15 Uhr u. ab 17.30 Uhr, Di RT
Hauptgericht: 30–40 €,
Menüs: 60–120 €
EC VISA

Zu der Zeit, als das Hannappel im beschaulichen Essener Stadtteil Horst tatsächlich noch eine Eckkneipe für die zahlreichen Bergarbeiter der Gegend war, das Bier vom Fass in Strömen floss und hauptsächlich Jägerschnitzel über den Pass gingen, waren wir noch nicht hier zu Gast. Aber es ist selbst schon ganz erstaunlich, wie sich das Restaurant hinter der unscheinbaren Klinkerfassade allein in den vergangenen zehn Jahren weiterentwickelt hat – was das Interieur angeht, vor allem aber aus kulinarischer Sicht.

Einer, der aber schon zu Anfangszeiten am Herd des Lokals seiner Eltern stand, ist Knut Hannappel, Gastgeber und Küchenchef, der hier nun schon fast dreißig Jahre lang an der Verwandlung seines Betriebs arbeitet und durch den äußerst behutsamen, sukzessiven Wandel von der Kneipe zum Gourmetlokal wohl auch eine Menge Gäste aus früheren Zeiten ins Hier und Jetzt mitnehmen konnte. Chapeau! Am deutlichen Schub der letzten zwei Jahre ist aber auch ein anderer Protagonist maßgeblich mit beteiligt: Tobias Weyers, Anfang dreißig und bis in die Haarspitzen motiviert, brachte als neuer zweiter Küchenchef an der Seite von Knut Hannappel viel frischen Wind ins Kulinarium. Natürlich wurde auch schon vorher sehr ansprechend auf hohem Niveau gekocht, aber mit Weyers kreativem Output und Know-how wirkte die Küche sehr schnell noch sehr viel moderner und präziser.

Und auch in diesem Jahr konnten wir wieder eine leichte Steigerung im Vergleich zum Vorjahr feststellen, was wir mit dem Bonus-Pfeil zu den 7 Pfannen auch in der Bewertung ausdrücken wollen. Drei Apero-Kleinigkeiten zum Thema Pilz, ein hauchdünner Cracker mit schmelzigem Pilzgelee, ein Roggenbrot-Snack mit rohen Champignons und Senfsaat sowie eine holzkohlegegrillte Spargelspitze mit Pilzcreme stimmten gediegen und doch neugierig machend auf die ausladende Speisefolge ein.

Ein kleines Produkt-Highlight gab es gleich zu Beginn des regulären Menüs, das mit 98 Euro für acht (!) Gänge nach wie vor äußerst moderat bepreist ist, in Gestalt des mit fermentiertem Kōji-Reis gebeizten Huchen. Der unter anderem für die Sake-Produktion notwendige Schimmelpilz auf dem flaumigen Reis ist dafür verantwortlich, dass die dicke, festfleischige Tranche mit extrem feinem Schmelz und sehr reintönigem und dennoch feinwürzigem Eigengeschmack begeistert – fast so, als würde der saubere, glasklare Geschmack des Fischs von einem Hauch Umami unterstützt. Souverän, dass ihm mit leicht fermentiertem knackigem Kohlrabi und Scheiben von unreifen weißen Erdbeeren, frischem Meerrettich und Fichtensprossenpulver leichte, transparente und schneidige Partner zur Seite gestellt wurden, die auch durch ihre optimale Proportionierung kongenial zusammenspielten. Ein leichter und subtiler Start mit viel Ausdruckskraft!

Erfreulich leicht und subtil war auch das Begleitgetränk mit den Aromen von Mango, Ananas und einem Hauch Kaffee auf Kombucha-Basis, das es in der alkoholfreien Getränkebegleitung zum Zwischengang „Jakobsmuschel / Gelbe Bete / Haselnuss / Senf“ gab. Hier wurden die roh marinierten Jakobsmuschelscheiben zusammen mit hauchdünnen Jakobsmuschelchips, marinierter Bete, Haselnusscreme, Zitrusgel und Senfsaat zur Rosette drapiert und von einer mit Haselnussmilch aromatisierten Dashi-Brühe begleitet – Letztere statt mit Bonito mit Jakobsmuschel zubereitet. Auch das ein sehr feines, filigranes und trotzdem markantes Gericht.

Der Bonito fand sich dann neben (unter anderem) gerösteter Sesamsaat in der Gewürzmischung, mit der der folgende glasig-knackige Kaisergranat aromatisiert war. Das Krustentier dockte auf etwas Fenchelsalat, war mit Ziegenfrischkäse-Tupfen und einer Jalapeño-Sphäre

umgeben und schwamm in einer Vinaigrette von der Kombu-Alge, die das Ganze mit ihrer sanften Umamiwürze untermalte. Auch wenn das optisch sehr elaboriert und differenziert daherkam, fehlte uns hier geschmacklich ein wenig die Trennschärfe. Ein starker Gang mit einem sehr guten Hauptprodukt war das aber trotz allem.
Und die Tatsache, dass man uns die dicke Tranche vom Nordsee-Steinbutt auch als bretonischen Wildfang hätte verkaufen können, hatte weniger mit unserer Sachkenntnis als vielmehr an der herausragenden Qualität des Plattfischs zu tun. Dieser lag zudem in einem für Steinbutt optimalen Garzustand – also schon nicht mehr glasig, aber eben auch nicht allzu weit drüber – auf dem Teller und trug ein Stück Unagi-Aal auf seinem Rücken. Dessen typisch süßlich-würzige Lackierung korrespondierte erwartungsgemäß gut mit dem säuerlichen Yuzu-Gel, das nebst cremigem und knackigem Blumenkohl als pointierte Begleitung an der Seite des Doubles war. Etwas Lauchstroh, Zitronenzeste und Korianderkresse on top – das war's. Und man vermisste ob des saftigen Butts nicht mal eine Sauce – zumal hier ein mit geröstetem Reis und Waldmeister aromatisiertes Getränk auf Basis von weißem Tee nicht nur geschmacklich sehr gut harmonierte, sondern auch für zusätzliche Süffigkeit sorgte.
Die Aromen von Lauch spielten dann auch bei der Ente zum Hauptgang eine nicht unwesentliche Rolle, deren saftig gebratene Brust mit krosser Haut auf einer feinsäuerlich-würzigen Lauchvinaigrette angerichtet und von Pfifferlingen (als Creme und als kleine Pilze) umgeben war. Das gezupfte Fleisch der Keule versteckte sich zusammen mit weiteren Pfifferlingen in einem à part dazu aufgetischten Schälchen unter einem sublimen, vollmundigen Schaum von Deichkäse als vollmundiger Satellit. Leicht, frisch und modern, aber geschmacklich ein bisschen konturlos stimmte schließlich das Dessert um Brombeere, rote Shisokresse und Ingwer den Schlussakkord eines äußerst attraktiven Menüs an, das vom sehr aufmerksamen jungen Service freundlich und fachkundig aufgetragen wurde. Und wir sind mittlerweile äußerst gespannt, wo das hier bei der starken Entwicklung mittelfristig noch hinführt …

5

Hugenpöttchen

August-Thyssen-Str. 51,
45219 Essen (Kettwig)
02054-12040
www.hugenpoet.de
Täglich ab 12 Uhr durchgehend, kein RT
Hauptgericht: 22–26 €, Menüs: 39–59 €

VISA

Für die Kulinarik des vor geraumer Zeit in die Remise dieses über 350 Jahre alten Schlosshotels umgezogenen Restaurants Hugenpöttchen ist nach dem Weggang der langjährigen Küchenchefin Erika Bergheim und der Schließung des Gourmetrestaurants Laurushaus deren ebenfalls langjähriger Souschef Dominik Schab hauptverantwortlich. Gemeinsam mit seinem Team bietet er dort wie gewohnt an sieben Tagen in der Woche mittags wie abends eine sehr gute und auch durchaus preiswerte klassische Küche. Die hat er seit seinem Amtsantritt nicht neu erfunden, sondern setzt vielmehr auf die seit Langem bewährte Mischung aus internationalen Klassikern wie Caesar Salad oder Wiener Schnitzel, leichten mediterranen Gerichten und betont weltläufigen Zubereitungen mit einem Hauch asiatischer Exotik. Vieles davon gibt's als Sharing-Konzept zum Teilen, und alles ist fundiert und frisch zubereitet, erfreut mit harmonischem, natürlichem Geschmack. Auch die Weinkarte ist weiterhin gut bestückt; der Service gut eingespielt und sehr freundlich.

5

La Grappa

Rellinghauser Str. 4, 45128 Essen
02054-12040
www.la-grappa.de
Mo–Fr von 12–14 Uhr u. ab 18 Uhr, Sa ab 18 Uhr, So RT
Hauptgericht: 29–42 €, Menüs: 49–88 €

VISA

In Rino Frattesis sehr individuellem italienischem Ristorante wirkt der viele Nippeskram und die folkloristische Deko zunächst etwas erdrückend, aber man fühlt sich schnell wohl in dem charmant patinierten Ambiente und genießt sodann sehr authentisches Italo-Feeling.

Das wird freilich insbesondere durch die tolle Küche von Alessandro D'Amico und seinem Team zum stimmigen Gesamterlebnis, denn die bietet ebenso klassische wie hochqualitative Italianità: schnörkellos, traditionell und ohne kreative Verrenkungen, aber mit immer wieder mal aufblitzendem Raffinement. Und nicht zuletzt durch die umfangreiche Weinauswahl kommt hier jeder Italien-Connaisseur wirklich voll auf seine Kosten.

5

Parkhaus Hügel

Freiherr-vom-Stein-Str. 209,
45133 Essen (Hügel)
0201-471091
www.parkhaus-huegel.de
Mo–Fr ab 18 Uhr, Sa u. So von 12–14.30 Uhr u. ab 18 Uhr, kein RT
Hauptgericht: 19–30 €,
Menüs: 40–60 €
VISA

Die schmucke historische Villa mit ihrer breiten Fensterfront und den elegant eingedeckten, dezent modernisierten Gasträumen hat auch sonst viel zu bieten: altehrwürdigen Charme, aufmerksamen Service, sogar einige Hotelzimmer – vor allem aber eine ansprechende und niveauvolle Küche, die das Haus weit weg von üblichen Ausflugslokalen rückt. Die Gunstlage mit Sonnenterrasse, direkt oberhalb des Baldeneysees, macht das Haus in der grünen Lunge von Essen seit jeher zu einem ganz besonderen Ort mit besonderem Flair. Für den guten Ruf der Küche zeichnet Küchenchef Michael Hau verantwortlich, der sich hier kulinarisch zwar in weitestgehend vertrauten Bahnen bewegt, dort allerdings auch immer wieder mit interessanten Ideen und gekonnt eingesetzten Details frische Akzente setzt. Kleine, aber ansprechende Weinkarte. Im Offenausschank vor allem Gewächse der Kategorie „einfach und gut".

8

Schote

Rüttenscheider Str. 62,
45130 Essen (Rüttenscheid)
0201-7780107
www.restaurant-schote.de
Küchenchef: Nelson Müller, Kris Kokoszka
Di–Sa ab 18.30 Uhr, So u. Mo RT
Menüs: 112–160 €
VISA

Schon im vergangenen Jahr ist das Gourmetrestaurant von Nelson Müller umgezogen und residiert nun zusammen mit dessen zweitem Lokal „Müllers auf der Rü" unter einem Dach. Wie ein kleines Fine-Dining-Separee mutet es dort an, mit grünen lederbezogenen Sitznischen und dunklen Wänden, die genügend Kontrast zu den wechselnden Gemälden bieten, die darauf in Zusammenarbeit mit einer benachbarten Galerie präsentiert werden. Es wirkt kuschlig, aber nicht beengt. Die Atmosphäre ist entspannt, und es fällt einem leicht, sich hier sofort wohlzufühlen und auf den Abend zu freuen.

Der begann für uns aus kulinarischer Sicht mit Rindertatar nebst Schalottenschmand und Kaviar im Cornetto-Waffelhörnchen, einer Blumenkohlmousse in der Eierschale und einer marinierten Spargelspitze von außergewöhnlich guter Qualität mit feinen Bittertönen. Alles unaufgeregt und fein gemacht, fundiert und ohne Effekthascherei präsentiert. Weiterhin pflegen Nelson Müller und sein Team einen sehr weltoffenen und durchaus auch kreativen Stil, der sich jedoch ganz und gar auf klassischen Fundamenten bewegt und den Gast nicht selten auf eine ausgedehnte Reise durch verschiedene Länderküchen mitnimmt.

Eine von der türkischen Küche inspirierte, mit leicht pikant abgeschmeckter Mischung aus Auberginenmark und Pilzfarce gefüllte und gebackene Mini-Aubergine etwa kam als weiterer

Gruß aus der Küche mit etwas Feta, Ziegenjoghurttupfen und Salzzitrone obenauf. Säuerlich-herb und laktisch-mild akzentuiert, darunter eine Emulsion von Tomate und Olivenöl. Viel Geschmack, wenig Gedöns.

Etwas mehr Spielerei auf dem Teller, aber alles mit viel Substanz hinterlegt, dann bei der Vorspeise um Terrine und Essenz vom Kaninchen, bei der die kraftvolle klare Suppe nicht nur zum Schlürfen im Gläschen zum Einsatz kam, sondern auch als Gelee in der nach alter Tradition zubereiteten Terrine, die zudem Stücke von Gänseleber (Mousse und mariniert) und Kaninchen intus hatte. Von Letzterem fand sich auch noch eine köstliche Mini-Bulette auf dem Teller, die dort auf einem süffigen Sockel aus Alblinsen und Frankfurter Grüner Sauce angerichtet und unter einem Friséesalat-Bouquet versteckt war. Ein Brioche-Riegel mit Confit von getrockneten Aprikosen komplettierte diesen konzeptionell zwar sehr gediegenen, aufgrund der präzisen Zubereitung und klarer, gut herausgearbeiteter Aromen aber durchaus aufregenden ersten Gang sehr stimmig.

In Olivenöl confierter Kabeljau dockte im Anschluss auf weißem Bohnenpüree und trug schwarz-weiße Mini-Farfalle, Bohnenkerne und Partikel von schwarzer Olive auf seinem Rücken. Der dazu gereichte Gulaschsud funktionierte deshalb prima, weil er nicht dunkel, fleischig und deftig, sondern im Gegenteil rein vegetarisch zubereitet und eher auf der fruchtigen Paprikaseite verortet war. Sehr gut gefiel uns schon allein als Produkt auch der gebratene Steinbutt: darauf ein Streifen mit Yuzu abgeschmeckter Béchamelcreme sowie kleine hauchfeine Zwiebelringe, etwas Essiggurke, Wachtelei und soufflierte Kartoffelkissen. Der Clou war jedoch eine mit „Stauder“-Bier abgeschmeckte Beurre blanc, die mit ihrer ganz subtilen, bestens integrierten herben Hopfenaromatik perfekt ins Bild passte und für einen originellen Akzent sorgte.

Überhaupt Saucen: Auch die klassische Mornay mit schwarzer Trüffel, auf der man zwei mit Eigelbcreme gefüllte Ravioli aus Kartoffelteig schwimmen ließ, welche wiederum mit einer dünnen Buchweizenhippe, geräucherten Weintrauben und Mimolettecreme getoppt waren, machte richtig Spaß. Zwar wirkte der Gang als solches in einem vielgängigen Menü ein wenig massig und opulent, war aber trotzdem pures Soulfood.

Während danach am Tisch bereits langsam in einer kleinen heißen Cocotte die rohe Bayrische Crusta-Nova-Garnele mit Couscous und Krustentiernage sanft vor sich hin garen durfte, richtet die Küche den dazugehörigen und flugs folgenden Hauptteller an. Auf diesem befand sich dann neben cremiger und knackiger Erbse sowie etwas Urkarotte Dreierlei vom Perlhuhn: eine eher hellaromatische Crêpinette von der Brust, eine etwas dunklere Facette des Geflügels in Gestalt einer gebackenen Praline aus geschmortem Keulenfleisch und schließlich noch herzhafte Röstnoten, die von knuspriger Hühnerhaut ins Spiel gebracht wurden. Und auch hier sorgte wieder eine Sauce für den Aha-Effekt, nämlich eine tiefe, dunkle, reduzierte Erdnussjus von der eleganteren Art, ganz ohne plumpe Plakativität.

Auf dem Teller des Hauptgangs war die wunderbar marmorierte Roastbeef-Schnitte vom US-Beef der unangefochtene Star, die mit angenehm kernigem Biss und viel aromatischem Saft spielend für sich einnehmen konnte. Dazu gab's mit geschmorten Mairübchen, Perlzwiebeln und traditioneller Burgundersauce ein erfreulich wenig sättigendes, leichtes Begleitprogramm mit feinen Säuren und noch etwas Rest-Ätherik an den herben Rübchen. Die Kombination mit dem glasweise dazu ausgeschenkten 2015er Nebbiolo von Chiara Boschis erwies sich als Volltreffer!

Das hohe Niveau hielt bis zum Schluss an, denn auch die beiden Desserts zeugten von Fingerspitzengefühl und Kompositionsgeschick. Vor allem die duftig-frühlingshafte „Rhabarber-Zeit“, bei der „Yuna Edelweiß“-Schokolade von Original Beans, Ziegenfrischkäse und Mandeln die Frucht und Säure des schön deutlich herausgestellten Rhabarbers sanft und harmonisch einfingen, ohne ihm die Show zu stehlen. Aber auch die „Tea Time“, bei der eine Lemoncurd-Tarte als Shortbread-Schnitte nebst Schwarztee-Gelee und einer Nocke schmelzigem Clotted-Cream-Eis vollmundigen Nachtischgenuss ohne Opulenz aufs Porzellan brachte, hatte was. Und bessere Cannelés als jene, mit der sich die Küche schließlich zum Kaffee verabschiedete, muss man ebenfalls lange suchen.

Hotelempfehlung

★★★★★S

Schlosshotel Hugenpoet

August-Thyssen-Str. 51,
45219 Essen (Kettwig)
☎ 02054-12040
www.hugenpoet.de
Einzelzimmer: 160–440 €
Doppelzimmer: 160–820 €

Dieses prachtvolle Erbstück des Freiherrn von Fürstenberg ist mit seinen 36 individuellen Zimmern und Suiten ein elegantes Refugium für Privatgäste und Geschäftsleute. Das Wasserschloss aus dem 17. Jahrhundert mit großem Park steht für Exklusivität, exzellenten Service, privaten Charme und einzigartiges Ambiente – und ist dabei keine zwanzig Fahrminuten von den Messestädten Düsseldorf, Essen und vom Flughafen Düsseldorf entfernt. Acht Veranstaltungsräume, Festsäle und Salons stehen für Tagungen, Workshops und private Feiern zur Verfügung. Hochzeiten können mit einer freien Trauung im Park gefeiert werden. Mit zwei anspruchsvollen Restaurants und einer gepflegten Bar hat auch das Kulinarische einen hohen Stellenwert. Küchenchefin Erika Bergheim ist seit 1997 im Schloss Hugenpoet tätig und zeichnet für beide Restaurants verantwortlich. Im eleganten LAURUShaus in der ehemaligen Zehntscheune wird moderne, vielfach ausgezeichnete Gourmetküche geboten, und im legeren HUGENpöttchen in der Remise gibt's abwechslungsreiche regionalbetonte Frischeküche mit Produkten von den umliegenden Höfen. Restaurant HUGENpöttchen separat erwähnt.

Ettlingen (Baden-Württemberg)

7↑

Erbprinz

im Hotel Erbprinz
Rheinstr. 1, 76275 Ettlingen
☎ 07243-3220
www.erbprinz.de
Küchenchef: Ralph Knebel
Mi–Sa ab 18 Uhr, So–Di RT
Hauptgericht: 36–59 €,
Menüs: 108–148 €

Die Geschichte des Hotel Erbprinz in Ettlingen reicht bis ins Jahr 1788 zurück. Fast alle Bundeskanzler und Bundespräsidenten zählte das Haus bis dato zu seinen Gästen, und auch zahlreiche Mitglieder des europäischen Hochadels sowie echte Weltstars gingen hier bislang ein und aus. Kein Wunder also, dass man hier seit jeher auch aus kulinarischer Sicht hohe Ansprüche hat. Das Hauptrestaurant dieser Hotel-Ikone ist die „Weinstube Sibylla", die täglich durchgehend auch für externe Gäste geöffnet sind. Ralf Knebels ambitionierte Kochkünste gibt's im zeitlos elegant eingerichteten und mit seinen dunkel gerahmten Bildern und den Stehlampen fast schon wohnlich anmutenden Gourmetrestaurant. Im Sommer sitzen die Gäste beider Restaurants auf der wunderschönen Innenhofterrasse, die mit ihren hohen Mauern und Hecken, einem Springbrunnen, einer prachtvollen alten Straßenlaterne und gepflegter Botanik fast wie ein kleiner südländischer Park oder eine lauschige Plaza anmutet. Hier lässt es sich aushalten!
Zumal dann, wenn aus der Küche sogleich ein feines Amuse rund um die Erbse kommt: eine cremige Nocke im mit pikant-säuerlichem Erdbeer-/Minz-Chutney gefüllten Waffelhörnchen, eine kleine Bananenbiskuit-Schnecke mit Erbsenpüree, knuspriger Erbse und Erbsensprosse sowie ein Shot mit Erbsensud und Olivenöl. Der vierte Amuse-Snack hatte nichts mit Erbse zu tun, doch die Olivenölcreme nebst Mini-Brotchip auf einem „Uri-Geller-Löffel" dockte am Olivenöl vom Erbsensud an. Beim nächsten Gruß sorgte eine Creme von geräuchertem Honig dafür, dass das Pulpo-Carpaccio mit Avocado nicht zu gediegen daherkam. All das sind die Aufwärmübungen zum großen Menü von Ralf Knebel und seiner rech-

ten Hand Peter Kubach, das es in fünf oder sieben Gängen gibt, aus dem man aber auch à la carte auswählen kann.

In einem sehr fruchtbetonten und gegenüber dem etwas spärlich dimensionierten Hauptdarsteller nicht ganz optimal proportionierten Umfeld kam im ersten offiziellen Gang der Hummer in Gestalt dreier dünner Scheiben aus dessen Schwanzfleisch daher. Die zeugten von der sehr guten Qualität des Krustentiers und waren mit Palmherzen, Romanasalat, gegrilltem grünem Spargel, dezent sojawürzig eingelegten Shiitake-Pilzkappen und etwas Crème fraîche liiert – ein Yuzu-Gel sowie eine Vinaigrette aus Holunderblütenöl sorgten zudem für den aromatischen Background und für Süffigkeit auf dem Teller. Insgesamt ein schöner Start, der mit Jürgen Fends 2012er Mosel-Riesling sehr gut harmonierte.

Elegant verfeinerte Rustikalität mit herzhaftem Charakter kam in Gestalt eines saftigen (und leider wieder sehr kleinen) Stücks vom Rauchaal aus der Zucht von Niki Birnbaum in Kombination mit einem dünnen, mit Eigelbcreme bestrichenen, mit knackigen eingelegten Rettich- und Wurzelgemüsen belegten und mit einer schmelzigen Scheibe Lardospeck getoppten Scheibe Röstbrot. Verbindungsstück zwischen allen Komponenten dieser kreativ und leicht interpretierten „Brotzeit" war ein zart süßliches Senfeis.

Der ringsum ganz kurz angebratene dunkelfleischige Thunfisch mit Schnittlauchglasur hatte mit gedämpftem Tonkabohnen-Spinat, einem weißen Mandelschaum und einer öligen Melange mit gerösteten Mandelsplittern, Ingwer und Koriandersaat eine durchaus spannende exotische Begleitung – die dem fraglos sehr guten Fisch jedoch ein wenig die Show stahl. Wir hätten uns das Arrangement beispielsweise zu gebratenem oder gegrilltem hellem Fleisch (vielleicht sogar zu sehr gutem, fettmarmoriertem und pikant gewürztem Schweinefleisch) noch besser vorstellen können.

Wie schon der Thunfisch, so war im Anschluss auch der Steinbutt großzügig bemessen. Dessen grüne Bohnenbegleitung (spaghettidünne Streifen, weiße Bohnencreme, Bohnenkerne) verlor sich indes in dem schwarzen Teller. Zumal, nachdem reichlich Nussbutter-Emulsion mit fettem Balsamicoessig angegossen wurde, die den Fisch zwar nicht dominierten, aber doch tonangebend waren. Ausgewogener präsentierte sich der erste Fleischgang um ein schönes Stück rauchig angegrillten Rinderrückens, der sehr puristisch und gegenständlich nur mit confiertem Eigelb, ein paar Pfifferlingen und einer mit sich selbst gefüllten gratinierten Kartoffel aufs Porzellan geschickt wurde. Gerade dieser Gang lebte im Grunde fast ausschließlich von seinen guten Produkten.

Beim eigentlichen Hauptgang, der im direkten Vergleich mit dem vorangegangenen Rind eigentlich gar nicht so aussah, gab's wieder etwas mehr Spektakel. Hier verbarg sich unter dem ringförmigen Deckel eines großen offenen Raviolo ein kleines Stück vom Rücken eines Brandenburger Rehs, etwas gebratene Gänseleber, Aprikosenchutney und eine Aprikosenspalte sowie ein wenig Kopfsalat und frittierter Salbei, was im Zusammenspiel ein harmonisches sommerliches Wildgericht abgab. Einzig die vom Service annoncierte geschmorte Wade vom Reh fanden wir unter dem Nudelblatt nicht, was der Sache aber keinen Abbruch tat. Der dazu empfohlene Spätburgunder „Mimus" von Dr. Heger aus dem Jahr 2016 harmonierte erwartungsgemäß bestens und setzte hier das i-Tüpfelchen.

Nach einem etwas zu süßen Pré-Dessert um Himbeer-Rhabarber und Eis von weißer Schokolade folgte in Gestalt eines mit Applikationen von Meringue und Baiser ausdekorierten Pfirsich-Tartelettes nebst Lavendel-Rahmeis das unangefochtene Highlight des Menüs: der vollaromatische Pfirsich, der mandelige Teig, die prononcierte Lavendelnote … Und irgendwo im Hintergrund schwang noch etwas Zitronenverbene mit. Das war absolut top und klar 8 Pfannen wert; den Rest des Menüs sahen wir im Schnitt auch diesmal wieder bei sehr guten 7 Pfannen!

Hotelempfehlung

★★★★★S

Hotel Erbprinz

Rheinstr. 1, 76275 Ettlingen
07243-3220
www.erbprinz.de
Einzelzimmer: ab 105 €
Doppelzimmer: ab 151 €

Als eines der traditionsreichsten Luxushotels in Deutschland blickt das Hotel Erbprinz in Ettlingen auf eine bewegte Geschichte zurück, überzeugt aber auch im Hier und Heute mit einem exklusiven Angebot für seine Gäste. Das gesamte Haus ist geprägt vom Bekenntnis zu individueller Gastlichkeit auf höchstem Niveau. Die insgesamt 122 Zimmer, Suiten und Appartements bieten viel Komfort und ein gleichermaßen elegantes wie gemütliches Design. Mit Indoor-Pool, Saunalandschaft, GYM und Ruheräumen fällt es im „Erbprinz Beauty Spa" leicht, die Seele baumeln zu lassen, oder sich mit kosmetischen Anwendungen verwöhnen zu lassen. Verschiedene Tagungsräume und hervorragendes Catering schaffen beste Voraussetzungen für Business-Buchungen. Und auch gastronomisch bewegt sich im Erbprinz alles auf hohem Niveau. Nicht nur im vielfach ausgezeichneten Gourmetrestaurant unter der Leitung des langjährigen Küchenchefs Ralf Knebel, sondern auch in der Weinstube und beim Frühstück. Restaurant Erbprinz separat erwähnt.

Euskirchen (Nordrhein-Westfalen)

8

Bembergs Häuschen

Burg Flamersheim 1,
53881 Euskirchen (Flamersheim)
02255-945752
www.burgflamersheim.de
Mi–Sa ab 18 Uhr, So–Di RT
Menüs: 85–149 €

Unweit der Metropolregion Köln-Bonn und doch bezaubernd ländlich gelegen, bietet die sehr schmucke, schlossartige, idyllisch an einem kleinen Weiher gelegene Burg Flamersheim ein stimmungsvolles Ambiente. Und ganz nebenbei auch noch hochspannende Gastronomie! Letztere liegt nun schon seit Jahren in den Händen von Katharina und Oliver Röder in Service und Küche, die dort von einem gut eingespielten, weil schon länger konstanten Team unterstützt werden.
Wenn zum Aperitif ein filigranes Trio rund um Steckrübe und Erdnuss mit – dank eines mit Dillöl akzentuierten Süppchens mit enormer Power und Stoffigkeit – konzentriert ätherisch-salzigen Spitzen daherkommt, lässt sich schon erahnen, dass hier Könner am Herd stehen. Spätestens aber nach dem ebenfalls vegetarischen Amuse-Bouche besteht daran kein Zweifel mehr: Hier kombinierte das Team sauerkrautähnlich eingelegten Rettich, Pomelo und knackigen Kohlrabi mit einer säuerlich-nussigen Vinaigrette aus Molke und Mohn. Die mildernde Mitte zwischen den verschiedenen Säuren und Bitternoten schaffte eine cremige Buttermilch-Espuma. Ein animierender Start, bei dem nur der salzig-vorlaute Einlegesud vom Rettich die Balance minimal störte.
Wäre der erste reguläre Gang danach in einem neutralen Raum serviert oder nur als Bild ge-

zeigt worden, hätten wir vermutlich auf Tanja Grandits als dessen Schöpferin getippt, so knallig und sattgrün präsentierte sich das aparte Rondell aus Hamachi, Schwarzkohl und Banane. Der Trick: Der topfrische Fisch wurde in tiefgrünem Schwarzkohlsaft mariniert, der auch die Basis für die Saucen-Emulsion stellte. Die herbgrünen und leicht bitteren Aromen des Schwarzkohls dockten beinahe noch besser an die (abgefederte) Bananenaromatik an, als die in diesem Kontext populärere Petersilie. Und da die Süße der Banane in einem Sorbet und kleinen Würfeln gekonnt gezähmt wurde, entstand in diesem Fall ein sehr fein ausbalancierter Gesamteindruck.

Eine prima Idee war auch die Präsentation eines einseitig goldknusprig gebratenen Seezungenfilets. Dieses brauchte die kräftigen Röstnoten, um gegen einen kräftigen Hühnerfond und verschiedene knackige und soft-süße Lauch- und Zwiebelkomponenten zu bestehen. Etwas maritime Jodigkeit und Frische kam noch von verschiedenen grünen Algen hinzu. Einziger kleiner Schönheitsfehler: Die Seezunge hatte zu viel grobe Salzkörner abbekommen. Ohne eigene Abhilfe dominierten diese den gesamten Eindruck – leicht salzreduziert passte aber alles bestens.

Nur scheinbar verwegen oder extrem entpuppte sich danach die Kombination aus geschmortem Wirsing und knackigem Grünkohl, die mit cremiger Blutwurst zu einer saftigen Melange geschichtet und von einem umamireichen hellen Saucenschaum und üppigem Trüffeltopping als perfektes Löffel-Wohlfühlgericht inszeniert wurden. Komplexer aufgebaut wiederum inszenierte das Team glasiertes Kalbsbries mit kandierter und knackig marinierter Bete, fermentiertem Rotkohl, festen kleinen Buchenpilzen und ascheschwarzem Knuspergitter. Das Ergebnis: konzentrierte Fleisch-Umami-Power neben erdiger Süße, feinen Säurenuancen und dazwischen immer wieder aufploppenden Frischekicks.

Wie fein das Team in seiner derartigen Form die Aromen verwebt, ist wirklich beachtlich und macht uns die Entscheidung einfach, die Bewertung heuer auf runde 8 Pfannen anzuheben. Und so wunderte es uns dann auch kaum noch, dass auch zum Dessert die zarten Bitternoten in der Grüntee-Panna-cotta und den Kaffee-Crumbles mit der blumigen gelben Clementinenfrucht und dem prägnanten Aroma von Safran nicht nur eine originelle, sondern auch sehr harmonische Verbindung eingingen. In die Gläser kommen dazu durchweg spannende und hochwertige Weine. Katharina Röder beweist bei der Auswahl ein sicheres Gespür und geht individuell auf die Gäste ein, sei es im offenen Ausschank oder bei der Empfehlung attraktiver Flaschen aus einem gut sortierten und mit Expertise zusammengestellten Fundus.

Hotelempfehlung

Nachtquartier

Burg Flamersheim,
53881 Euskirchen (Flamersheim)
02255-945752
www.burgflamersheim.de
Einzelzimmer: 100–200 €
Doppelzimmer: 100–200 €

VISA

Beim Anblick des malerischen Weihers vor der Kulisse der imposanten Burg Flamersheim ist es leicht, sich vorzustellen, wie einst die Burgherren und ihre Besucher mit einer Kutsche vorfuhren. Dieses Bild vor Augen, wurde das kleine, feine Hotel in dem ehemaligen Gutshof „Nachtquartier“ getauft. Heute nächtigen die Gäste hier natürlich nicht mehr auf Strohmatratzen und haben lediglich einen Waschtisch für ihre Morgentoilette – vielmehr verfügen die vier komfortablen Zimmer sowie eine geräumige Suite über moderne Boxspring-Betten sowie hochwertige Bäder und sind auch sonst äußerst wohnlich und apart eingerichtet. Auch für attraktive Kulinarik ist gesorgt, denn die benachbarte Landlust Burg Flamersheim mit dem Gourmetrestaurant Bembergs Häuschen und dem Gasthaus Eiflers Zeiten steht für Kochkunst auf hohem Niveau. Im ehemaligen Rinderlaufstall mit seinem klaren Designkonzept finden bis zu 140 Personen Platz, und mit der angrenzenden Remise sind Hochzeiten, Tagungen, Seminare oder Konferenzen mit bis zu 200 Gästen möglich. Gourmetrestaurant Bembergs Häuschen separat erwähnt.

Faßberg (Niedersachsen)

6

Schäferstuben

in Niemeyers Posthotel
Hauptstr. 7,
29328 Faßberg (Müden/Örtze)
05053-98900
www.niemeyers-posthotel.de
Di–Fr ab 17 Uhr, Sa u. So von 12–14 Uhr u. ab 17 Uhr, Mo RT
Hauptgericht: 17–42 €,
Menüs: 38–50 €
VISA

In den ländlich eleganten Schäferstuben von Niemeyers Romantik Hotel wird seit vielen Jahren eine handwerklich fundiert zubereitete Frischeküche geboten. Die fällt mal etwas ambitionierter und mal etwas bodenständiger und gutbürgerlicher aus, hält dabei aber immer hohes Niveau und bietet starke klassische Substanz, die man hier vor allem an komplexen Suppen, Fonds und Saucen sehr gut schmecken kann. Zwischen gehobener Kochkunst aus exklusiveren Produkten und herzhafter Regionalküche ist jedenfalls für jeden Geschmack etwas Gutes dabei. Der zugewandte und gut geschulte Service sowie die individuell bestückte und gut gepflegte Weinkarte können ebenfalls höheren Ansprüchen genügen.

Feldkirchen (Bayern)

Bauer

im Hotel Bauer
Münchner Str. 6,
85622 Feldkirchen
089-9098407
www.bauerhotel.de
Täglich von 11.30–14 Uhr u. ab 18 Uhr, kein RT
Hauptgericht: 13–34 €,
Menüs: 24–48 €
VISA

In den verschiedenen Gaststuben des gepflegten Hotels vor den östlichen Toren Münchens, die von modern-alpenländisch über ländlich-traditionell bis hin zum lichten Wintergarten reichen, wird seit vielen Jahren sehr fundiert, schmackhaft und frisch gekocht. Das Repertoire von Küchenchef Rainer Unglaub ist breit gefächert und reicht von regionalen Klassikern über mediterrane Spezereien bis hin zu dem einen oder anderen exotischen Farbtupfer. Das Handwerk ist sehr solide, und auch die Produkte machen einen sehr ordentlichen Eindruck. Auf der ausreichend bestückten Weinkarte finden sich ansprechende Gewächse namhafter Erzeuger.

Feldkirchen-Westerham (Bayern)

5

Aschbacher Hof

Aschbach 3,
83620 Feldkirchen-Westerham
08063-80660
www.aschbacher-hof.de
Küchenchef: Heiko Obermaier
Mo–So ab 12 Uhr durchgehend, kein RT
Hauptgericht: 14–30 €,
Menüs: 23–42 €
VISA

Der Aschbacher Hof ist ein Phänomen: Eigentlich würde man allein angesichts der schieren Größe des schmucken Landgasthofes mit seinen verschiedenen Gasträumen und der weitläufigen Terrasse alles andere als anspruchsvolle Gastronomie vermuten. Aber hier gibt es tatsächlich mehr als nur eine schöne Aussicht übers Land bis auf die Chiemgauer Bergwelt. Das Geheimnis? Ein cleveres Konzept und bestens eingespieltes Team in Küche und Service, die selbst beim Ansturm von gefühlt Hunderten von Gästen noch attraktive Gerichte und eine herzliche Atmosphäre liefern.
Dass es dabei nicht um dezidierte „Gourmetküche“ geht, ist klar. Der Fokus liegt im Asch-

bacher Hof auf blitzsauber umgesetzten Traditionsgerichten, erweitert um Mediterranes und – besonders gern und gut! – farben- und aromenfrohe asiatische Gerichte. Die Teller sind bewusst so einfach und gegenständlich gehalten, dass sie für das Team um Küchenchef Heiko Obermaier auch bei Vollauslastung gut umsetzbar sind. Dafür gibt es aber von der Basis aufwärts natürliche und handwerkliche Gerichte und immer wieder auch den einen oder anderen pfiffigen Akzent.
Das wissen sowohl Tagesausflügler, Stammgäste (selbst aus München!) wie auch Geschäftsreisende und Familien zu schätzen und entsprechend bunt und lebendig geht es hier in der Regel zu. Und dennoch wird die Atmosphäre dank der geschickten Raumaufteilung innen wie außen nie hektisch, und die Terrasse, direkt im Grünen mit plätscherndem Brunnen als Hintergrundsound, ist sowieso ein sehr entspannter Platz.
Umso erfreulicher, dass dann auch Sachen wie das Vitello tonnato vom zart rosa gebratenen Kalbstafelspitz dank einer eher eleganten, nicht zu wuchtigen Sauce und der frischen Begleitung von knackig mariniertem Romanasalat und Kapernäpfeln gut balanciert auf die Tische kommen. Typisch (und probierfreundlich) sind auch die kleinen Köstlichkeiten im Glas unter den Vorspeisen und Desserts. Etwa ein fruchtig-feinwürziger Tomatensalat mit Tomaten-/Schnittlauch-Vinaigrette, Wachtelei und Brotchip oder – süß – die Aschbacher „Bayrisch-Creme" mit Löffelbiskuit und Rum.
Immer auf der sicheren Seite ist man natürlich auch bei traditionellen Zubereitungen wie dem löffelzarten Kalbsrahmgulasch nebst kraftvoller natürlicher Sauce und hausgemachten Spätzle, das in unserem Fall von einem Gurken-/Sauerrahm-Salat gekonnt erfrischt wurde. Aber auch knusprig gebratene Doradenfilets bringt das Team souverän auf den Teller, wenngleich die natürlich nicht von einem handgeangelten kiloschweren Fisch stammen – aber: Frische und Zubereitung sind erfreulich! Genau wie deren Begleitung durch ein Risotto mit grünem und weißem Spargel, akzentuiert von Pinienkernen und confierten Cocktailtomaten.
Alternativ und genauso zugänglich und mehrheitsfähig gäbe es beispielsweise den exakt rosa gebratenen Zwiebelrostbraten aus einer dicken Tranche von der Lende nebst Käsespätzle sowie in der Pfanne aufgeknusperten Röstzwiebeln und viele auffallend gut umgesetzte Klassiker mehr.
Für eine adäquate Begleitung in den Gläsern sorgt neben frisch gezapften Bieren – die hier tatsächlich oft ganz ausgezeichnet passen – auch eine gut aufgestellte Weinkarte mit Flaschen aus Deutschland (vor allem Franken), Österreich, Italien und Frankreich. Die ganz großen Granaten fehlen zwar, aber dafür gibt es eine einladende Preisgestaltung (gilt übrigens auch für die Küche!) und viel Lohnendes aus der Basis und dem mittleren Qualitätssegment.

Fellbach (Baden-Württemberg)

avui

im Hotel Zum Hirschen
Hirschstr. 1, 70734 Fellbach
0711-9579370
www.zumhirschen-fellbach.de
Küchenchef: Armin Karrer
Mi–Sa ab 19 Uhr, So–Di RT
Hauptgericht: 19–75 €,
Menüs: 75–168 €

Seit langer Zeit schon begleiten wir den gebürtigen Tiroler Armin Karrer auf seinem spannenden Weg. Er zählte einst zu den wenigen Chefs im Südwesten, die sich offensiv mit der sogenannten Molekularküche auseinandersetzten, machte sich mit dem extremen Ausreizen von Kleinteiligkeiten und Texturen aber nicht nur Freunde. Seit einigen Jahren konzentriert er sich mit seiner „Cuisine réelle" jedoch wieder mehr auf die eigentlichen Stärken, und seine Küche steht für das, was Karrer schon immer war: ein Meister der prägnanten Geschmacksbilder!
Die Küchenleistung in seinem kleinen Hotel Zum Hirschen muss man umso mehr anerkennen, da es außer dem Gourmetbereich im stil- und stimmungsvoll inszenierten Gewölbekeller ja auch noch ein sehr gutes Gasthaus im Erdgeschoss gibt. Und in den vergangenen

Jahren konnte man zunehmend den Eindruck gewinnen, dass sich die beiden räumlich wie konzeptionell getrennten Bereiche vom kulinarischen Niveau her immer mehr annähern. Das spricht einerseits sehr für Armin Karrers hervorragende Gasthausküche, die nach unserem Empfinden immer noch ein bisschen besser wurde – liegt aber auch am Kulinarium des avui. Denn während im Gasthaus sehr fokussiert gekocht wird, waren uns in letzter Zeit im nur temporär geöffneten avui einige Beliebigkeiten aufgefallen. So auch in diesem Jahr.
Dabei bietet die Karte weiterhin erfreulich viel: neben dem großen Menü der „Kollektion avui" auch die Möglichkeit, das Ganze kleiner in drei oder vier Gängen zu halten und nach Belieben auch mit einigen zusätzlichen À-la-carte-Gerichten zu ergänzen. Zuletzt begeisterte uns vorneweg ein Currysamtsüppchen als Shot, das sich mit deutlicher Zitronengrasnote und schöner sanfter Frische am Gaumen ausbreitete. Einen nicht ganz so nachhaltigen Eindruck haben die wie üblich folgenden Aperos hinterlassen, wobei erstmals seit Jahren das effektvolle Cellophantütchen mit Mandeln in Buchenholzrauch nicht zum Einsatz kam. Dafür gab es bei den anderen avui-Snacks das eine oder andere Déjà-vu: ein Austernblatt mit Apfelgel, ein etwas zähes Röllchen Räucheraal mit Ananas im Noriblatt, eine falsche Muschel als schwarzer Cracker mit Chorizo, Paprika und Koriander sowie ein Taleggio-Lolly mit Schinken. Mit mehr Frische und Säure konnte der folgende Gruß die Aufmerksamkeit auf sich ziehen: Sashimi vom Färöer Lachs in einem Misodip mit dem herb-pikanten Touch von winzigen Paprikawürfelchen – wenngleich von der angekündigten Schärfe zweier Joghurttupfer nichts zu spüren war.
Ähnlich erging es uns mit der annoncierten Passionsfrucht in der Vorspeise des Petit-avui-Menüs, in dem zwei mit Gurkengel bedeckte Jakobsmuscheln die Hauptrolle erwartbar gut erfüllten. Darunter und in einem geschmeidigen Kaffeeschaum verbarg sich ein Nest aus Gurkenstreifen, am Rande des Tellers machten sich auch Selleriestreifen in einem Schwarzwurzelchip ganz gut. Eher banal wirkte blanchierter Mangold, fast schon pflichtschuldig etwas Kaviar in einem optisch nicht wirklich ansprechenden Gericht. Der à la carte gewählte Feldsalat erfüllte seinen Zweck mit eingelegten Rote-Bete-Stücken und -Chips sowie Selleriestreifen und Apfelwürfeln in einer Walnussvinaigrette. Am bemerkenswertesten waren die cremigen Wachteleihälften.
Auch die Zwischengerichte waren zwar durchaus schmackhaft, rockten aber nicht richtig, weil sie sich in einer Beliebigkeit ohne jegliche Spitzen und Highlights verflüchtigten. Vegetarisch die mit einer hellen Farce gefüllten Fagotelli mit Artischockenstückchen und Streifen von Strauchtomaten in einem Parmesanschaum. Das Fischgericht des Menüs wurde nach Marktlage geändert: statt des Steinbutts ein recht widerspenstiger Seeteufel in einem Beurre-blanc-Schaum mit Topinambur, geschmortem Chicorée, Sonnenblumenkernen und animierend klingenden Aprikosen, von denen allerdings nichts zu schmecken war. Um es deutlich zu sagen: Beide Gerichte waren in ihrer Eindimensionalität ein gutes Stück weit entfernt vom hohen 7-Pfannen-Niveau.
Der aktuellen Bewertung wurden dann aber wieder die Hauptgerichte gerecht, in denen sich die einzelnen Komponenten besser behaupten konnten. Vegetarisch überzeugte die erdige Süße von großen Stücken Haferwurzel zu einem würzigen Dinkel-Couscous – dazu eine Spitzkohlroulade und erneut geschmorter Chicorée. Wilder Brokkoli und Pfifferlinge taten dem Gericht, das wie schon die vorhergehenden von weißem Schaum dominiert war und durch Quitten-Dots etwas Fruchtigkeit verliehen bekam, auch optisch gut. Pfifferlinge gab es dann schließlich auch zum Lammrücken, der rot, saftig und mit guter Bissstruktur auf dem Teller lag. Dazu eine feinkörnige Polenta, Zucchiniröllchen und geschmorte Zwiebelhälften, des Weiteren rote Paprika und noch leicht knackige Erbsen. Und das alles in einer relativ hellen, aber intensiven Jus.
Auch auf der Zielgeraden näherte man sich dem seit vielen Jahren gewohnten avui-Niveau an. Und zwar mit einem sehr schönen Dessert von Mandelmousse in einer weißen Schokoladenkugel. Clementinen wurden zu einem feinfruchtigen Sorbet und infusioniert zu einem stückigen Halbkreis verarbeitet, in dem sich noch marinierte Himbeeren und grüne Öltupfer (mutmaßlich Basilikum) befanden. Die sogenannten „Mignardises", darunter Silbernuggets aus weißer Schokolade und Feigenmacarons, machten Spaß bis zum Finale, in dem sich schließlich der Nebel von flüssigem Stickstoff über einem Minzparfait lichtete.
In der kleinen Weinbegleitung tauchte neben Gängigerem auch ein großes Gewächs aus dem Hause Aldinger auf. Überhaupt ist es eine Freude, wie hier die besten Weine aus dem Remstal, deren Produzenten ja nur einen Steinwurf entfernt sitzen, in den Fokus gerückt werden. Und zusammen mit einer guten Auswahl an Gewächsen aus der österreichischen Heimat des Chefs deutlich mehr Aufmerksamkeit bekommen als die Franzosen und Italiener.

6 ¶¶

Gasthaus Zum Hirschen

im Hotel Zum Hirschen
Hirschstr. 1, 70734 Fellbach
0711-9579370
www.zumhirschen-fellbach.de
Di ab 18 Uhr, Mi–Sa von 12–14 Uhr u. ab 18 Uhr, So von 12–15.30 Uhr, Mo RT
Hauptgericht: 17–30 €,
Menüs: 49–78 €
VISA P

Im modern gestalteten Gasthaus von Familie Karrer, dem Dreh- und Angelpunkt eines Ensembles aus Hotel, Kochschule, Catering und Restaurants im Fellbacher Hirschen, kann man zu moderaten Preisen hervorragend essen. In zeitlosem Ambiente lässt das Team um Patron und Küchenchef Armin Karrer eine unverkünstelte, substanzstarke Küche kredenzen, die aller Ehren wert ist und richtig Spaß macht. Das Kulinarium, das mit knapp einem Dutzend Vorspeisen, Suppen und Zwischengerichten sowie acht oder zehn Hauptgerichten und ein paar Desserts ganz übersichtlich auf eine einzige Seite passt und dennoch keine Wünsche offenlässt, ist eine attraktive Reise vom Schwabenland über Armin Karrers österreichische Heimat bis in den Mittelmeerraum und bietet verschiedenste Regional- bzw. Landesküchen – bodenständig, aber auf hohem Niveau. Auf der Weinkarte findet sich eine Vielzahl guter Tropfen aus Österreich, aber auch aus Deutschland und anderen europäischen Weinländern.

---

8 ¶¶¶

Goldberg

Guntram-Palm-Platz 1
(Navi: Tainer Str. 7), 70734 Fellbach
0711-57561666
www.goldberg-restaurant.de
Küchenchef: Philipp Kovacs
Di–Sa ab 18 Uhr, So RT
Hauptgericht: 37–44 €,
Menüs: 75–110 €
VISA P

Modern und elegant in gedeckten Farben, Holz und dem namensgebenden Gold gehört das Goldberg in der Schwabenlandhalle sicherlich mit zu den stylischsten Restaurants im weiten Umkreis. Umso besser, dass die Küche von Philipp Kovacs das Attribut „stylisch" durchaus genauso verdient, bietet der kreative Kopf doch bereits seit Längerem eine sehr individuelle und einfallsreiche Spielart von Fine Dining. Ließ sich das Ganze bis dato am besten unter „Crossover" fassen, führte die Corona-Zwangspause zu einem kreativen Neustart, der – wie der Chef ausführlich erklärt – ins „Hier und Jetzt" und damit in eine zeitgemäße Linie mit stärkerem Fokus auf Regionalität und Saisonalität führte.
Von drei Menüs steht das erste mit dem Namen „Abenteuer" sehr weltoffen am ehesten für den bekannten Kovacs-Style, wird aber flankiert von „Zeitlos" mit weitestgehend regionalen Produkten von Calmbacher Saibling bis Schwarzwaldmiso sowie einer mit „Zukunft" überschriebenen vegetarischen Variante. Es muss sich jedoch niemand strikt entscheiden, auch munteres Kombinieren ist erlaubt und perfekt für besonders neugierige Genießer …
Vor dem eigentlichen Start stimmten jedoch erst mal ein kleines aromatisches Krustenbrot und perfektes Mini-Dünnete (flammkuchenartige Spezialität der schwäbisch-alemannischen Küche) mit Schnittlauchschmand sowie ein Schüsselchen mit einem schmorgemüsig-feinbitteren Ragout von gegrilltem Tintenfisch unter luftigem Kartoffelschaum, kleinen Croûtons und subtilen Kräuterblüten-Kicks auf den Abend ein. Alles noch eher lässig und unkompliziert.
Beim regional geprägten Opener rund um Saibling, Kohlrabi, Estragon und Radieschen sah das schon ganz anders und präziser aus: drei feste, sanft temperierte Saiblingstranchen mit knackig jodig-säuerlichem Toppig aus Radieschen-/Kohlrabi-Salat und Saiblingskaviar ruhten in einem Buttermilch-/Estragon-Sud und wurden von einem hochintensiven Estragoneis zusätzlich anisduftig erfrischt. Das Ganze von eleganter Leichtigkeit und bestechender aromatischer Klarheit. Sehr fein!
Ein wenig zupackender wurde es bei einem der vegetarischen Gänge mit gebackener heller Aubergine, wenngleich auch diese in ein eher aromatisch grünes, vegetabiles Umfeld gestellt wurde. Durch grüne, mit präsenter Säure hinterlegten Tomaten nämlich, zusammen mit eingelegter Senfsaat, einem hellen Tomatenfond und dezentem Umami-Boost.
Deutlich mehr Umami unterfütterte danach den glasig aufblätternden, kurz geflämmten Seehecht mit gegrilltem Frühlingslauch, knackigen Erbsen und Algen. Einerseits steckte die Power in einer Seidentofu-/Miso-Creme, anderseits in einer Art angegossenem Dashi, ebenfalls mit Miso. Das Gesamtergebnis bewegte sich gekonnt zwischen Power, Leichtig-

keit und grüner Frische, blieb aber – wie alle Kostproben des letzten Besuchs – radikal produktfokussiert.
Auch der kernig saftige, perfekt gebratene Rinderrücken blieb dieser Linie treu: Das mit Schnittlauch beflockte Fleisch wurde von homogen zart-kompakt geschmorter Rippe unter BBQ-Lack und kühlen marinierten Radieschenlamellen sowie einer eleganten Jus und Petersilienöl begleitet. Die bereits bekannte gebackene Aubergine erweiterte das Ganze um hellere Noten, nicht zuletzt durch ihr Topping aus Cashew und Limone.
Die Überleitung zum Dessert schaffte eine erfrischende Bellini-Interpretation mit Lemoncurd, Champagnereis und Pfirsichgranité und trug die Leichtigkeit gleich weiter zur ätherisch frischen Kombination aus marinierten Fenchelstreifen, Litschi (Sorbet, Sud ...) mit Kokos (Schaum, Baiser-Plättchen ...) und der blumigen Fülle von Pandan. Auch hier gelang der aromatische Balanceakt sehr exakt und durchdacht!
Besonders lobenswert ist auch die Weinbegleitung in zwei Qualitäts- und Preisniveaus, je nachdem, ob der Sinn eher nach unkomplizierten (aber ebenfalls lohnenden) oder anspruchsvollen Weinen steht. Sommelier Josip Stjepandic gibt sich generell sehr engagiert und geht gekonnt auf unterschiedliche Wünsche ein – auch bei der Auswahl aus dem gut strukturierten Sortiment hochwertiger Flaschen.

7↑

Oettingers Restaurant

im Hotel Hirsch
Fellbacher Str. 2–6,
70736 Fellbach (Schmiden)
0711-9513452
www.hirsch-fellbach.de
Küchenchef: Michael Oettinger
Mi–Fr ab 18 Uhr, Sa von 12–13.45 Uhr u. ab 18 Uhr, So, Mo u. Di RT
Hauptgericht: 28–42 €, Menüs: 65–98 €
VISA

Schon nach dem ersten Lockdown 2020 kam das angenehm bodenständige Gourmetrestaurant des Familienbetriebs der Oettingers, zu dem neben dem gar nicht so kleinen Hotel auch die rustikalere und kulinarisch traditioneller bespielte Weinstube Schnitzbiegel im denkmalgeschützten Bauernhaus gehört, nur sehr langsam und zögerlich aus der Schließungsphase zurück. Und kaum hatte man sich auf einen Termin und ein gut überlegtes Wiedereröffnungskonzept festgelegt, kam bereits der nächste Lockdown. Im Jahr 2021 sah es ähnlich aus: Zwar öffnete Oettingers Restaurant diesmal schneller, aber auch nur am Wochenende und unterm Strich nur wenige Tage, die schnell ausgebucht waren – um sich dann Anfang Juli für zwei Monate in den Sommerurlaub zu verabschieden. Keine Chance also für uns, noch kurz vor Redaktionsschluss dieser Buchausgabe zu testen.
Die Vorjahresbewertung lassen wir dennoch unangetastet, denn unser letzter Besuch fand ohnehin im Januar 2020 statt, das Restaurant war auch während der Corona-Pandemie mit unverändertem Konzept am Start und wird nach dem Sommerurlaub sicher auch wieder mit mehr Öffnungstagen für seine Gäste da sein. Auch dann erwartet diese aller Voraussicht nach wieder eine überraschend große

Auswahl auf hohem Niveau, was ja in der gehobenen Gastronomie zu Zeiten von einheitlichen Menüs für alle Gäste ein immer selteneres Vergnügen ist.
Michael Oettinger, der nun seit 15 Jahren die Premiumküche im Familienbetrieb verantwortet, weiß jedenfalls, was er seinen Stammgästen schuldig ist. Neben einigen Hausklassikern à la carte bietet er gleich drei Menüs an, eines davon vegetarisch. Und obwohl das gediegene Ambiente im Hotelrestaurant anderes vermuten lässt, ist die Küche durchweg modern, ohne dabei verkrampft oder überzogen zu wirken. Insgesamt versteht es der Chef nämlich sehr gut, Balance zu halten zwischen in sich sehr stimmigen Kompositionen einerseits und dem Setzen von kleinen Kontrapunkten andererseits.
Bei unserem letzten Testbesuch im Januar 2020 waren die Küchengrüße vor der ofenheißen Brotauswahl mit Olivenöl, Salz, Butter und Verjuscreme zunächst noch etwas verhalten und ziemlich betelastig: Zur Thymiankrokette gab es kräftig marinieren Spitzkohl mit Gelber Bete und Kaninchenschinken sowie ein herzhaftes Kaninchenragout auf einer Gelbe-Bete-Scheibe, gefolgt von einem erdig-dumpfen Gelbe-Bete-Süppchen nebst Iberico-Schinken am Spieß.
Deutlich akzentuierter waren dann aber schon die Vorspeisen: Selbst ein vermeintlich profaner Feldsalat in akkurat glänzenden Büscheln wurde spannungsreich inszeniert mit der vollen Wucht von geschmolzenem Gorgonzola auf Weißbrotwürfeln, Mango in Stücken und als intensivierte Mousse – dazu frische und getrocknete Goji-Beeren, die auch einen dekorativen Zweck erfüllten. Aber natürlich toppte das alles dann schon allein wegen eines herausragenden Hauptprodukts die Vorspeise von „Oettingers Menü“: namentlich das ausgelöste Bein der Königskrabbe, zart und dezent nussig im Geschmack, das als großes Stück mittig über dem Arrangement und vereinzelt noch in kleineren Teilen auf Türmchen aus Kohlrabi und Nashi-Birne thronte. Neun an der Zahl, die immer wieder für Überraschungen gut waren: mal mit Kohlrabi mild und relativ puristisch, dann mit Reisessig eingelegt als saurer Muntermacher, sich abwechselnd mit der Birne und ihrer changierenden Fruchtigkeit, angegossen mit einem aromentiefen Krustentierfond.
Nach den gut pointierten Kontrasten der Vorspeisen zeigten sich die Zwischengerichte in vollendeter Harmonie. Oettingers Klassiker etwa, das „Schnitzbiegel-Ei“, eine Stunde bei 63 Grad gegart, wurde gut im Zaum gehalten von einem knusprigen Kartoffelnest. Obenauf ordentlich schwarze Trüffel und als unterste Schicht der junge Grünkohl namens „Kale“, dazu Kartoffel-Espuma und angebratene Schwarzwurzelstifte. Das zweite Gericht begeisterte mit confiertem Kabeljau, der ebenso durch Kale und Trüffel in ein frisches, erdiges, aber recht säurefreies Umfeld geschickt wurde und durch Lauch in verschiedenen Texturen (darunter ein tiefgrünes Gelee in Lauchringen) noch eine feinwürzige Süße mitbekam. Das alles in einem Bad aus Beurre blanc, die auch pur zu löffeln das reinste Vergnügen war.
Spannend und dennoch harmonisch war das „Iberico Puro Bellota“ in Gestalt dreier saftiger und tiefroter Nackenstücke des spanischen Eichelschweins mit einer hocharomatischen Jus. Buchenpilze fügten sich perfekt ein, süßlicher Mais in verschiedenen Formen zog das Geschmacksbild etwas in die Breite, was aber durch die Spitzen von scharfen Sprossen, marinierter roter Ofenpaprika und eines bitter-herben Chutneys von der grünen Paprika wieder gut eingefangen wurde. Solide Basis für das herzhafte Wohlfühlgericht bildete eine sehr cremige Polenta.
Auch die Desserts verloren sich nicht in beliebiger Lieblichkeit, sondern setzten noch einmal eigene Akzente. Rund und stimmig der Fromage blanc, stichfester französischer Joghurt mit Engelshaar und kernigen Birnenstückchen in einem goldfarbenen Sud aus Birnen-Secco, dazu ein Schlehensorbet – nicht zu süß, nicht zu sauer, nicht zu fruchtig. Variantenreicher noch „3 x Mandarine“ in verschiedenen Süßsauer-Stufen auf einem Pistazienbiskuit mit gerösteten Kürbiskernen, flankiert von einem neutralisierenden Molke-Eis. In einem Extraschälchen als starkes, herbes, frisches Ausrufezeichen ein Granité aus Weizengras!
Die Weinbegleitung zu den einzelnen Gerichten ist sehr bedacht und profitiert nicht nur vom Output der Spitzenwinzer aus dem Remstal. Auch überregionale Eigenheiten kommen zum Zug, sei es ein Viognier von der Rhône zur Königskrabbe oder ein Moscato d'Asti von La Spinetta zum Fromage blanc. Alles zu einem so guten Preis-Leistungs-Verhältnis, dass man sich beim Verlassen des Restaurants schon gleich wieder auf den nächsten Besuch freuen kann.

Hotelempfehlung

Hotel Zum Hirschen

Hirschstr. 1, 70734 Fellbach
0711-9579370
www.zumhirschen-fellbach.de
Einzelzimmer: ab 79 €
Doppelzimmer: ab 97 €
VISA

Hotel für Gourmets oder Gourmet-Gasthaus mit Hotelzimmern? Der Hirschen im Herzen von Fellbach ist vieles: Zum mehrfach ausgezeichneten Gewölberestaurant avui, dem etwas bodenständigeren Gasthaus zum Hirschen mit hervorragender Regionalküche und Spezialitäten aus der österreichischen Heimat des Chefs und der modernen Kochschule Armand gehören jedenfalls auch neun schöne, geräumige und helle Zimmer, die mit Telefon, TV, WLAN, einem geräumigen Bad mit Dusche/WC und großen bequemen Betten ausgestattet sind. Alle sind Nichtraucherzimmer, die als Einzel- oder Doppelzimmer gebucht werden können. So profitieren die Gourmetgäste von der Möglichkeit, direkt im Haus übernachten zu können, und die Business-Reisenden davon, direkt im Hotel in gleich zwei Restaurants hervorragend essen zu können! Gasthaus Zum Hirschen und Restaurant avui separat erwähnt.

Finning (Bayern)

Kaminzimmer im Staudenwirt

Staudenweg 6,
86923 Finning
08806-92000
www.staudenwirt.de
Küchenchef: Dominik Schmid
Mo, Fr u. Sa ab 18 Uhr, So von 12–13.30 Uhr u. ab 18 Uhr, Di–Do RT
Hauptgericht: 20–30 €,
Menüs: 90–110 €
VISA

Mit Spannung und gewissen Erwartungen haben wir der Eröffnung des separaten Gourmetrestaurants im Finninger Staudenwirt entgegengefiebert, steht doch dort mit Dominik „Smitty" Schmid bereits seit Jahreswechsel ein zwar noch recht junger, aber schon ziemlich erfahrener Küchenchef am Herd des alteingesessenen Landhotels, der jahrelang als Souschef an der Seite von Tohru Nakamura gearbeitet und als solcher auch am Erfolg von Geisels Werneckhof mitgebastelt hat. Uns war natürlich klar, dass hier selbst im frisch umgestalteten Fine-Dining-Separee nicht unmittelbar an ein vergleichbares Niveau angeknüpft werden würde und im beschaulichen Finning in Sachen Gourmetgastronomie ohnehin erst mal noch etwas Vorarbeit geleistet werden muss – immerhin bespielt der Staudenwirt seit Jahrzehnten als gutbürgerliches Landgasthaus eher die bodenständige Sparte.
Doch um die Pointe gleich vorwegzunehmen: Wir waren beeindruckt! Und zwar sowohl vom geschmackvoll schlichten, überraschend großzügigen und durchaus nicht uneleganten neuen Kaminzimmer, als auch von der ambitionierten

Küche, die mit einem bis zu siebengängigen Menü plus zusätzlichen Auswahlmöglichkeiten bei Vorspeise, Hauptgang und Dessert überhaupt nicht auf Sparflamme konzipiert ist. Nimmt man dann noch den Service unter der Leitung von Kathrin Freudensprung hinzu, die zuvor ebenfalls im Werneckhof sowie im Königshof Erfahrungen in der gehobenen Gastronomie sammeln konnte, wird deutlich, was die Gastgeber Veronika und Konrad Wolfmiller und ihr geschäftsführender Küchenchef Dominik Schmid hier im Schilde führen.
Klar könnte im stellenweise etwas clean wirkenden Gastraum mit einigen Akzenten noch etwas mehr Stimmung erzeugt werden, natürlich merkt man dem Team die eine oder andere Unsicherheit noch an und selbstverständlich zeigt auch die Küche an manchen Stellen noch Potenzial nach oben – insgesamt hat das Kaminzimmer unsere Erwartungen aber übertroffen. Und das Konzept scheint auch in der Region gut anzukommen, denn bei unserem Antrittsbesuch einige Wochen nach Eröffnung waren fast alle Tische belegt.
Wir erlebten bereits einen starken Auftakt mit Tiefseesaibling und Renke aus dem Ammersee, beides in bestechender Qualität, festfleischig, aber mit zartem Schmelz. Der schmale Streifen vom Saibling feinsäuerlich mariniert, als Ring drapiert, mit Sonnenblumenkerncreme gefüllt und in einem leichten Fischsud serviert – die Renke gebeizt auf einem Mini-Kichererbsenpuffer mit etwas Schmandcreme. Was sich hier schon andeutete, wurde im Laufe des Abends immer deutlicher: Dominik Schmid und sein Team sind sehr feinmotorisch unterwegs und arbeiten recht kleinteilig. Allerdings ohne, dass es auf den Tellern allzu verspielt oder gebastelt zugehen würde.
Außerdem beweisen sie ein feines Gespür für Aromen, wie auch schon die Vorspeise unseres Menüs offenbarte, bei der gebratener Aal und angegrillter Lauch auf einer Vichyssoise-Sauce daherkamen, einer kühlen und elegant dünnflüssigen Kartoffel-Lauch-Creme. Hier war ein fein angestimmter Akkord aus natürlicher Süße von Maiskörnern, rauchiger Würze kleiner Rauchaalwürfel und herber Säure von Salzzitrone sowie einige Kräuterspitzen wie Eiskraut und Affillakresse dafür verantwortlich, dass das Ganze nicht in eine zu gediegene und seichte Richtung ging, sondern sogar ein gewisser Spannungsbogen entstehen konnte.
Starkes bodenständiges Metzger- und Bäckerhandwerk plus filigrane Kochkunst in einem Gang repräsentierte die „Brotzeit“, bei der neben sehr gutem hausgebackenem Sauerteigbrot, mit Tagetes aromatisierter aufgeschlagener Andechser Butter und großartiger hausgemachter luftgetrockneter Salami und Schinken (Dominik Schmid stammt aus einer Metzgerfamilie!) in einem Extrateller eine moderne Interpretation vom Obazda dargeboten wurde. Mit wachsweichem Eigelb in der Mitte, einer herzhaft gewürzten Mascarpone als cremige Masse, einer unter anderem mit Paprika aromatisierten Geleefolie und crunchy gepuffter Schweineschwarte war das vom bayrischen Biergartenklassiker zwar meilenweit entfernt, aber das Geschmacksbild knüpfte dennoch recht nah daran an. Und es schmeckte köstlich!
Spätestens beim Zwischengang um aromatische Tomatenvarietäten von Züchter Johannes Schwarz in unterschiedlichen Zubereitungsvarianten und -facetten nebst gebratenen Steinpilzen und Rucolacreme, der mit einem reizvollen Spiel von Süße und Säure die Aromen des Spätsommers und des Frühherbstes aufs Köstlichste vereinte, wurde klar, dass die fernöstlichen Aromenwelten, in die Dominik Schmid während seiner Zeit im Werneck tief eingetaucht war, im Kaminzimmer kaum eine Rolle spielen.
Auch nicht beim saftig-zarten Huchen aus Kinsau, der mit einer als „Gremolata“ bezeichneten Haube aus gerösteten kleinen Würfelchen von der Topinamburknolle, Kräutern und (unter anderem) zart schmelzigem Speck beladen war und ansonsten im Kreise verschiedener Bittersalate aufgefahren wurde: eine Art Kompott vom Chicorée sowie Radicchio und eine Löwenzahn-Beurre-blanc sorgten zum erdig-nussigen Grundton des Topinambur für feine Bitteraromen, die wiederum vom Schmelz der feinsäuerlichen Buttersauce und des in seiner Zartheit und Milde an Lardo erinnernden Specks harmonisch eingefasst wurden.
Dass hier in keiner Weise an den Produkten gespart wird, bewies auch die qualitativ hervorragende und zudem perfekt auf den Punkt gebrachte Brust von der Bresse-Taube mit ihrem ausgeprägten Aroma, viel Saft und zarter Spannung im Fleisch, die nebst ihren gewürfelten und mit einer tiefen, satten Jus vermengten Innereien aufgeboten und von bunter Bete eskortiert wurde. Letztere fanden wir etwas simpel, denn sie wirkten stellenweise fast wie naturbelassen und damit eher spröde. Dazwischen einige mit Fichtensprossen getoppte Tupfen einer Pinienkernemulsion, die wie eine warm hochgezogene Mayonnaise schmeckte und ziemlich unauffällig blieb. An deren Stelle hätten wir uns beispielsweise etwas Laktisch-Säuerliches wie Ziegenfrischkäsecreme gut vorstellen können – auch und gerade in Verbin-

dung mit der Bete und den eingelegten Nadeltrieben. Ein sehr schmackhafter Menü-Höhepunkt war das Täubchen aber auch so.
Auch die von Dominik Schmids Bruder Stefan verantwortete Pâtisserie knüpfte an das hohe Niveau an, schickte zunächst ein Pré-Dessert von roter Traube (Sorbet und Ragout), Topfen (Mousse und Baiser) und Hibiskusblüte (Gelee). Danach den eigentlichen süßen Abschluss um eine mit knusprig-kerniger Haselnusskuvertüre umhüllte Mascarponemousse nebst Mascarpone-Parfait, Mandarinenfilets und -sorbet sowie Kaffee-Zabaione, bei dem die schön freigestellten Aromen wunderbar zusammenspielten und sich prima ergänzten. Bloß die Haselnuss-Schokohülle wirkte etwas zu dick und massiv.
Die Weinkarte selbst ist recht überschaubar, und man setzt auf arrivierte Erzeuger von den deutschen Winzern Tesch und Schneider über Österreichs Ott bis zum Italiener Angelo Gaja. Die glasweise zum Menü ausgeschenkten Weine waren individuell, gut ausgewählt und fair kalkuliert. Alternativ gibt's auch eine interessante alkoholfreie Getränkebegleitung mit Van-Nahmen-Säften, Bier und sogar Selbstgemachtem wie einer Heu-/Grapefruit-Schorle zum Huchen, die perfekt an den Bitteraromen angedockt hat, oder einem Orangenkefir zum Haselnussdessert, mit dem an den Aromen der Mandarine angeknüpft wurde. Fazit: ein starker Start und eine sehr große kulinarische Bereicherung der Region!

5↑

Zum Staudenwirt

Staudenweg 6,
86923 Finning
08806-92000
www.staudenwirt.de
Küchenchef: Veronika Wolfmiller, Konrad Wolfmiller, Dominik Schmid
Do–Di von 11.30–14 Uhr u. ab 17.30 Uhr, Mi RT
Hauptgericht: 7–26 €,
Menüs: 25–55 €

EC VISA P

Es tut sich einiges im Finninger Staudenwirt von Veronika und Konrad Wolfmiller! Nicht nur, dass seit einigen Monaten mit Dominik „Smitty" Schmid ein neuer Küchenchef am Herd steht, der lange Zeit als rechte Hand von Tohru Nakamura am Erfolg des Münchner Werneckhofs mitgebastelt hat – im Sommer soll nun endlich auch das bereits von langer Hand geplante und auf der Zielgeraden von Corona nochmal fies ausgebremste separate Gourmetrestaurant an den Start gehen. So kann man künftig im Staudenwirt auch weiter wie gewohnt einen Mix aus guter Regionalküche und zeitgemäß umgesetzten weltoffenen Gerichten haben, daneben aber im neuen „Kaminzimmer" auch ambitioniert verfeinerte Menüs aus der Feder von Dominik Schmid. Wir sind sehr gespannt!
Im normalen Programm hatte sich das Zutun des neuen Executive-Chefs zuletzt noch nicht merkbar bis auf die Teller ausgewirkt. Kann aber auch gut sein, dass das Erlebte bei unserem Besuch im Frühjahr nicht wirklich repräsentativ war, denn wir kennen die Küche aus den vergangenen Jahren etwas anders, weshalb wir diese Momentaufnahme hier auch nicht als allgemeingültigen Status quo verkaufen wollen. Im Vergleich zu den zurückliegenden Besuchen präsentierte sich das Kulinarium heuer konzeptionell eigentlich auch gar nicht weniger stimmig – wirkte aber an einigen Stellen im Detail nicht so überzeugend umgesetzt, wie wir das hier gewohnt sind. Das ging bereits beim obligatorischen Süppchen im kleinem Weckglas als Küchengruß los, das diesmal dezent fernöstlich inspiriert, aber nahezu kalt war.
Sehr ansprechend wirkten die beiden Vorspeisen, ein recht aparter Gemüsesalat mit verschiedenen Wurzel- und Knollengemüsen wie etwa knackige Topinambur, Gelbe Bete, Eiszapfen oder Petersilienwurzel, die mal säuerlich zugespitzt und mal erdig breit zusammen mit mild gebeiztem Saibling und saftigem Pumpernickel auf einer Buttermilchvinaigrette arrangiert waren. Auch das Zweierlei vom Rind, das aus einem mit Meerrettich aromatisierten und mit Kürbiskernen und einer Art Kürbischutney getoppten Tatar sowie dünnen Pastramistreifen bestand und passend dazu von einer Kürbiskernöl-Vinaigrette unterstützt wurde, konnte überzeugen. Mengenmäßig zwar ziemlich opulent, aber stimmig proportioniert und gut abgeschmeckt.
Weniger gut gefallen hat uns der schon rein optisch furchteinflößend üppig portionierte Safran-/Fenchel-Risotto mit einigen gebratenen Jakobsmuscheln von passabler Qualität on top. Zum einen, weil der Reis selbst ziemlich weich und spröde war und weder das Aroma von Fenchel, noch das des Safran so richtig gut durchkam – zum anderen aber auch, weil der Risotto mit zahlreichen Miesmuscheln vermengt war, die mit ihrer ziemlich trockenen, mürben Konsistenz nur denkbar wenig Spaß machten.

Deutlich besser war da im Vergleich der (optisch etwas grob und rustikal wirkende) Hauptgang um eine saftige Shortrib-Tranche vom Rind, die mit gebackenen Kartoffeln, geschmortem Romanasalat mit Panko-Knusper und Sauce Béarnaise aufgeboten wurde und als solches einen wie gewohnt sehr schmackhaften, handwerklich grundsoliden Eindruck hinterließ. Und dank des gelatinösen Fettanteils im Fleisch, dem knackigen Kontrast durch den feinbitteren Salat und der schaumigen, feinsäuerlich abgeschmeckten Sauce Béarnaise auch ein wenig mehr Finesse aufs Porzellan brachte. Die ließ wiederum der süße Abschluss gänzlich vermissen, denn der Birnen-Clafoutis war kein cremig-zartes Vergnügen, sondern ein ziemlich hieb- und stichfestes Kuchenstück mit dem Charme eines Radiergummis, was auch von dem leider viel zu süßen Ahornsirup-Milcheis und den ziemlich harten, mit etwas Yuzu-Gel aufgefrischten Birnenscheiben à part nicht kompensiert werden konnte. An der Bewertung ändern wir deshalb aber erst mal nichts (siehe oben) und vertrauen darauf, dass hier im Normalfall die Sorgfalt der Vergangenheit auch die Teller der Zukunft prägt. Und dass künftig trotz separatem Gourmetrestaurant auch der normale Staudenwirt eine zuverlässige Empfehlung für Feinschmecker bleibt, wenn eine etwas bodenständigere und trotzdem sehr gute Küche „für jeden Tag" gefragt ist. Wir sind da sehr guter Dinge …

Bezahlkarten-Symbole

- Mastercard
- EC-Maestro
- Diners
- American Express
- VISA Visa

Finsterwalde (Brandenburg)

7

Goldener Hahn

Bahnhofstr. 3, 03238 Finsterwalde
03531-2214
www.goldenerhahn.com
Di–Fr ab 17.30 Uhr, Sa von 12–14.30 Uhr u. ab 17.30 Uhr, So u. Mo RT
Hauptgericht: 17–38 €, Menüs: 35–95 €
VISA

Der Goldene Hahn von Familie Schreiber ist eines jener gastronomischen Phänomene, die wirklich größten Respekt verdienen. Finsterwalde als provinzielles Kleinstädtchen ist weder Tourismusmagnet noch Kulturbrennpunkt und doch bieten Frank Schreiber und sein Team ein beeindruckendes Portfolio, das sich von mustergültigen Regionalgerichten bis zu feingliedriger Moderne auf durchgängig hohem Niveau bewegt. Kombiniert mit einer authentischen Gastgeberkultur ergibt das einen Genussort, der nachvollziehbar seit vielen Jahren ein bunt gemischtes Publikum aus dem nahen und weiten Umfeld anzieht. Dazu gibt es eine attraktive kleine Weinauswahl mit den sonst eher raren sächsischen, anderen deutschen und europäischen Winzern und einen herzlichen Service mit Bodenhaftung.

Fischbachau (Bayern)

5

Alter Wirt

im Hotel Landgasthof Alter Wirt
Leitzachtalstr. 209, 83730 Fischbachau
08028-9053610
www.rubins-alterwirt.de
Di–Do ab 17.30 Uhr, Fr–So von 11.30–14 Uhr u. ab 17.30 Uhr, Mo RT
Hauptgericht: 12–29 €
VISA P

Ein Wirtshaus wie aus dem Bilderbuch: Das Domizil der Familie Rubin mit dem schmucken, stilvoll herausgeputzten Haus und seinen traditionellen Stuben wäre ein Vorzeigeobjekt für jede Tourismusbroschüre. Noch dazu wird hier auch richtig gut gekocht – frisch, fundiert und aus hochwertigen Produkten. Die einfachen, traditionellen Sachen haben Pfiff und daneben gibt's immer auch die eine oder andere weltläufigere, kreative Idee. Eine kleine Weinauswahl, gutes regionales Bier und herzlicher Service sowie ländliche Preise runden den stimmigen Gesamteindruck ab.

Flintsbach (Bayern)

Gasthof Dannerwirt

im Hotel Dannerwirt
Kirchplatz 4, 83126 Flintsbach
08034-90600
www.dannerwirt.de
Mo–Mi u. Fr ab 16 Uhr, Sa, So u. Fei ab 11.30 Uhr durchgehend, Do RT
Hauptgericht: 8–25 €
EC VISA P

Wenn jemand eine Bilderbuchgeschichte über ein bayerisches Wirtshaus malen und schreiben würde, käme ziemlich sicher genau so etwas heraus wie der Dannerwirt in Flintsbach am Inn. Das schmuck herausgeputzte Haus macht schon rein äußerlich einiges her, liegt in malerischer Alpenlandschaft am Fuße des Wendelsteins und bietet sowohl innen in seinen urigen gepflegten Gaststuben als auch draußen im idyllischen Biergarten genau die herzliche und behagliche Atmosphäre, die man sich von einem urbayerischen Wirtshaus erhofft – aber gar nicht so selbstverständlich findet.
Das Beste aber ist: zu dem geradezu prototypischen Drumherum kommt eine auf Frische und Natürlichkeit setzende Küche, die viele alpenländische Klassiker feiert und klar der Tradition verpflichtet ist, aber – insbesondere im Sommer! – durchaus auch über den Tellerrand ins gar nicht so ferne Italien blickt und dabei ebenfalls eine gute Figur macht. Da kann dann beispielsweise ein „Toskanischer Brotsalat" mit verschiedenen hocharomatischen Tomaten, schwarzen Oliven, Artischocken und in gutem Olivenöl aufgeknusperten Bauernbrotscheiben auf den Tisch kommen – und dort dank der hochwertigen Zutaten inklusive etwas Parmesan, Babyspinat und Rucola für Urlaubsfeeling sorgen.
Vor allem aber sind es die traditionellen Gerichte, die nicht nur für die Stammtischrunde, oder wenn mal wieder Blasmusikabend angesagt ist, viel Vergnügen bereiten. Im Grunde wird vom Gröstl der Bauernente mit Herbstgemüse und Schupfnudeln bis zum Krustenbraten vom bayerischen Strohschwein in Dunkelbiersoße mit Semmelknödel und Krautsalat alles völlig schlicht und unspektakulär gehalten, liefert aber dennoch Ergebnisse, die deutlich über dem Wirtshausdurchschnitt und der Konkurrenz in der Gegend liegen. Und das auch, obwohl nicht alles völlig blitzsauber und auf elegant gemacht daherkommt, sondern manches auch eher mal betont rustikal oder ein bisschen rumpelig …
Letztlich tragen aber die Substanz und Sorgfalt im Einfachen, die es beispielsweise auch in einem zarten Hirschragout in süßwürziger Schmorsauce mit Preiselbeeren und lockerkrossen Semmelknödeln zu schmecken gab, locker über kleinere Unebenheiten hinweg. So hätte das Ragout mit etwas weniger Süße und dafür mehr Tiefe noch besser gewirkt, machte aber auch so viel Freude. Wer also die gute bayerische Genusstradition erleben will, ist bei derartigen Gerichten, unter denen ab dem Herbst natürlich auch die ofenfrische Bauernente oder saftig-knuspriges „Ganserl" mit (immer sehr gutem!) Blaukraut und Kartoffelknödeln nicht fehlen darf, garantiert an der richtigen Adresse.
Und auch zum Abschluss wird sowohl bei Mehlspeisenklassikern wie dem mustergültigen karamellisierten Kaiserschmarrn mit Zwetschgenröster oder bröselknusprigen Topfenknödeln mit Holunderblüten das erfreuliche Grundniveau genauso gehalten wie bei etwas leichteren Desserts, zum Beispiel einem zarten Schichtwerk aus Mascarponecreme mit marinierten Kirschen und Schokoladenmousse. Zu alldem passt oft ein frisch gezapftes Bier ganz ausgezeichnet, im Keller schlummern aber auch viele attraktive Weine aus Deutschland, Österreich und Italien.

Hotelempfehlung

★★★

Hotel Dannerwirt

Kirchplatz 4, 83126 Flintsbach
08034-90600
www.dannerwirt.de
Einzelzimmer: 59–65 €
Doppelzimmer: 82–120 €
VISA

Der Gasthof mit Hotelbetrieb liegt in einer der schönsten Regionen Bayerns, der Gegend rund um den Wendelstein, zwischen München und Salzburg. Zum Chiemsee ist es nicht weit, man kann golfen oder radfahren, wandern und bergsteigen und im Winter natürlich Ski fahren. Die Gäste erwarten hier mittlerweile 27 geschmackvolle, teils sehr moderne, teils traditionelle und mit viel Holz im gemütlich-ländlichen Stil eingerichtete Zimmer, die alle mit Dusche/Bad, Telefon, WLAN-Hotspot und Flachbild-TV ausgestattet sind. Auch der Genuss kommt im Dannerwirt nicht zu kurz: ob kulinarische Schmankerl, in Ruhe geschmorte Braten, fangfrische Fische aus heimischen Gewässern oder einfach nur eine Brotzeit mit frisch gezapftem Bier im Wirtsgarten. Hier wird aufgetischt, was Oberbayern zu bieten hat. Restaurant Gasthof Dannerwirt separat erwähnt.

Forchheim (Bayern)

6

Zöllners Weinstube

Sigritzau 1, 91301 Forchheim
09191-13886
www.zoellners-weinstube.de
Mi–So ab 18 Uhr, Mo u. Di RT
Hauptgericht: 17–29 €, Menüs: 55–75 €

Das hübsche Fachwerkhaus von Familie Zöllner im kleinen Sigritzau bei Forchheim ist ein seit Jahren beliebter und geschätzter Anlaufpunkt für Gäste aus der näheren und weiteren Umgebung, die substanzstarke, pointierte Küche ohne unnötigen Schnickschnack zu schätzen wissen. Ganz gleich ob im verfeinert-bodenständigen oder etwas exklusiveren Metier – Johannes Zöllners Gerichte leben von hoher Produktqualität, kraftvoll ausgewogenen Saucen und stimmigen Proportionen. Und oft sorgen auch clevere Akzente für ein gewisses Maß an Spannung. Gemeinsam mit dem herzlich familiären Service und einer attraktiven Weinkarte, die nicht nur bei den fränkischen Gewächsen einiges zu bieten hat, ergibt das ein rundes Gesamtbild. Und so erfreut sich das urig elegante Gewölbelokal seit jeher vieler Stammgäste, die für die feine klassische Küche des Chefs längst nicht nur aus der näheren Umgebung kommen.

5

Zum Alten Zollhaus

Hauptstr. 4, 91301 Forchheim
09191-970990
www.zollhaus-forchheim.de
Küchenchef: Christopher Kraus
Mi–Sa ab 17.30 Uhr,
So von 11.30–14 Uhr u. ab 17.30 Uhr,
Mo u. Di RT
Hauptgericht: 17–27 €, Menüs: 30–49 €
VISA

Mitten in der Forchheimer Altstadt lockt das Restaurant Zum Alten Zollhaus seine zahlreichen (Stamm-)Gäste mit einem gemütlichen Ambiente irgendwo zwischen gehobenem Bistro und gepflegtem Wirtshaus. Man sitzt entspannt in heiterer und bisweilen sogar etwas quirliger Atmosphäre, vor allem aber

kann man sich auf ambitionierte Küche freuen. Denn das, was das Team um Küchenchef Christopher Kraus auf die dunklen Holztische schickt, hat zwar klar bodenständige Wurzeln, hebt sich aber sowohl von der Produktauswahl als auch bei der sorgfältigen natürlichen Zubereitung und mit vielen pfiffigen Ideen klar vom Durchschnitt ab.
Schon die simple, aber elegant abgeschmeckte Vitello-Miniatur zur Einstimmung gefiel dank feiner Säure, zartem rosa Kalbfleisch und neckischem Crunch von zerstoßenen und karamellisierten Saaten ganz prima. Noch aussagekräftiger für den Stil und das Niveau der Küche war allerdings das eher hell gehaltene Rindertatar auf einem nussig-buttrigen Sockel violetter Kartoffelstücke, das von einem prägnanten süß-scharfen Senfeis und säuerlich eingelegten Steinpilzen mit kräftigen Kontrasten ergänzt wurde. Etwas Feldsalat lockerte das zwar recht handfest proportionierte, aber aromatisch erfreulich kecke Ensemble zusätzlich auf.
Die cremige Steinpilzsuppe funktionierte nach dem gleichen Prinzip: Die üppige, waldig-rahmige Basis wurde von zart gebratenen Steinpilzscheiben intensiviert und bekam ihre Akzente von einem saftigen kühlen (!) Zwiebelkuchen und feinwürzigen Wild-Pfefferbeißern verliehen. Bekanntes Thema, clever variiert! Allerdings beschränkt sich das Portfolio beileibe nicht nur auf die bayerisch-regionale Basis. Genauso wirkungsvoll mit einfachen Mitteln integriert das Team auch asiatische Anleihen, etwa wenn es ein geflämmtes Lachs-Tataki mit Apfel-/Sellerie-Salat und Meerrettich-Espuma verbindet oder lackierte Entenbrust mit Süßkartoffelgnocchi durch eine Zitronengras-/Sternanis-Jus hinterlegt.
Dabei gelingt es meist ganz prima, die nicht übermäßig fein gezeichneten, dafür aber deutlichen Komponenten auf harmonischen Wohlgeschmack abzustellen und mit guten Ideen zugleich interessant zu halten. Den typischen hohen „Lecker-Faktor" gab es auch beim folgenden saftig gebratenen Adlerfisch mit Hummer-Spaghetti und paprikafruchtiger Schaumsauce. Hier ging jedoch alles ein wenig zu weich ineinander, einerseits harmonisch, andererseits aber auch ohne spannungsstiftende Kontraste – weder bei den Texturen noch bei der Aromatik, weil das Ganze überwiegend von den cremig eingefassten Spaghetti geprägt war.
Wer sich noch etwas Appetit aufgespart hat, bekommt auch bei den Desserts das gleiche erfreuliche Niveau. Etwa bei einem recht aufwendigen Arrangement rund um drei Bohnen mit einer Tonkabohnen-Crème-brûlée neben Kaffee-Eis auf Kakaostreuseln, einer dreischichtigen Schokoladenmousse-Terrine und mildem Sojamilch-Espuma. Das Ganze hätte noch deutlicheren Gegenwind zur milden sahnigen Süße vertragen, als es die wenigen Beeren und die herbe Kakaonote in den Streuseln lieferten, war aber in jedem Fall ein gelungener Abschluss.
Gelungen waren auch die Weinempfehlungen des italienischstämmigen Restaurantleiters, der mit gutem Überblick über das deutsch-italienische Sortiment korrespondierende Gläser aussucht und – genau wie das restliche Serviceteam – auch sonst alles gut im Blick hat.

Forstinning (Bayern)

5↑ 🍴🍴

Zum Vaas

Münchner Str. 88,
85661 Forstinning
08121-43091
www.zum-vaas.de
Mi–So von 11-14 Uhr u. 17.30 Uhr,
Mo u. Di RT
Hauptgericht: 12–20 €

So schmackhaft und zeitgemäß kann lange Familientradition sein: Über 150 Jahre reicht die Geschichte dieses traditionellen Gasthauses zurück, die heute von den Geschwistern Veronika und Johannes Bauer mit Herz, Elan und Kompetenz fortgeschrieben wird. Und mit Veronika Bauers Lebensgefährten Philipp Schneider steht zudem ein souveräner Koch am Herd, der hier seit Jahren das Niveau hochhält, viel Wert auf Qualität, Frische und fundiertes Handwerk legt und die grundsätzlich bodenständige Küche mit achtsam gesetzten Akzenten verfeinert. Ganz ohne unnötige kreative Schlenker, aber immer mit dem gewissen

Etwas und der Handschrift des Könners. Außerdem sehr positiv: die ausgezeichnete Weinkarte!

Frammersbach (Bayern)

5

Schwarzkopf

im Hotel Schwarzkopf
Lohrer Str. 80, 97833 Frammersbach
09355-307
www.schwarzkopf-spessart.de
Do–Sa ab 18 Uhr, So von 12–14 Uhr u. ab 18 Uhr, Mo, Do u. Mi RT
Hauptgericht: 12–30 €, Menüs: 25–56 €
VISA

Als kulinarischer Leuchtturm im Spessart hat sich das geschmackvoll und gemütlich eingerichtete Lokal von Anja und Stefan Pumm über die Jahre einen ausgezeichneten Ruf und viele Stammgäste erarbeitet. Leicht verständlich, denn die feine bodenständige Regionalküche, die stets um einige etwas ambitionierte Dinge für Gourmets ergänzt wird, spricht ein breites Publikum an. Vor allem aber wird diese aus hochwertigen frischen Produkten mit dem erkennbaren Know-how eines souveränen Kochs zubereitet, sodass man hier aus kulinarischer Sicht mit einem gediegeneren Hauptgericht genauso auf der sicheren Seite liegt wie mit dem fünfgängigen Menü. Ebenfalls lobenswert ist die fair kalkulierte Weinkarte mit einem schönen Querschnitt aus deutschen Anbaugebieten und darüber hinaus – alles übrigens auch zum günstigen Mitnehmtarif!

Die Symbole

- P gute Parkmöglichkeiten
- Hotelgarage
- barrierefrei
- klimatisierte Zimmer
- WLAN-Zugang
- Hallen- und/oder Freibad im Haus
- mit Wellness-Bereich
- mit Fahrstuhl zu den Hotelzimmern
- Hunde im Hotel nicht erlaubt
- mit Garten oder Terrasse

Frankenberg (Hessen)

8

Philipp Soldan

im Hotel Die Sonne Frankenberg
Marktplatz 2–4,
35066 Frankenberg
06451-7500
www.philipp-soldan.de
Küchenchef: Erik Arnecke
Fr u. Sa ab 18.30 Uhr, ausgewählte Sontage ab 12 Uhr, Mo–Do RT
Hauptgericht: 42–49 €,
Menüs: 59–119 €
VISA

Während hierzulande in vielen gehobenen Hotels oder mehrgleisig aufgestellten Gastrobetrieben nach dem Lockdown zunächst die Basisgastronomie langsam hochgefahren wurde und das jeweilige kulinarische Aushängeschild noch auf die Wiedereröffnung warten musste, war es in der Sonne in Frankenberg genau umgekehrt. Hier blieb das Bistro Philippo anfangs ganz geschlossen und die Küche der Sonne Stuben wurde erst mal langsam auf Sparflamme mit ganz kleiner Karte und einfachen Gerichten wiederbelebt – Erik Arnecke und sein Team hingegen legten im stilvoll modern gestalteten Kellergewölbe des Gourmetrestaurant Philipp Soldan mit seinen gläsernen Wein-Klimakammern nach dem Re-Start sofort wieder richtig los.
Und wie! Schon kurz nach Wiedereröffnung wurde hier so gut und inspiriert gekocht, als ob auch in den Monaten zuvor nichts anderes gemacht worden wäre. Keine Spur von Startschwierigkeiten oder angezogener Handbremse. Die Reduktion des Angebots auf nur noch ein einheitliches Menü für alle Gäste gab's schon vor Corona. Und ebendieses Menü begann nun in unserem Falle mit drei aparten Apero-Snacks als Fingerfood, einem knuspri-

gen Sepia-Tartelette mit feiner heller Fruchtnote, einer Art Kroepoek mit marinierter Jakobsmuschel und grüner Currycreme sowie einem Rindertatar-Sandwich mit Sesammayonnaise. Alle drei aromatisch markant, aber sehr fein und sensibel abgestimmt.

Und das trifft im Grunde auf alles zu, was das Team in der gläsernen Küche fabriziert. Erik Arnecke ist ein Freund der schlagkräftigen Aromen und schmissigen Akkorde, lässt seine Kreationen deshalb aber trotzdem niemals plakativ oder gar plump wirken. Im Gegenteil: Wie fein er die Gerichte mitunter anklingen lässt und wie gut er das Kunststück einer stimmigen Menüdramaturgie beherrscht, zeigte sodann der Küchengruß um zwei Tranchen vom gebeizten Islandsaibling mit Saiblingskaviar, die sich zwischen der frischen, grünen Schärfe von Bachkresse und der milchig-säuerlichen Milde eines Buttermilchsuds sehr wohl fühlten. Ein leichter, frischer und klarer Start mit Ausdruckskraft, der in Sachen Intensität noch genügend Luft nach oben ließ.

Bei der Vorspeise um eine mit karamellisierten Nüssen eingefasste Scheibe von marmoriertem Gänseleberparfait gelang es Erik Arnecke, diese klassischerweise fruchtbetonte kalte Foie-Gras-Vorspeise kaum süß wirken zu lassen. Die hier zusammen mit der marinierten Leber ins Rennen geschickten eingeweckten Johannisbeeren (schwarz, rot und weiß) brachten nämlich naturgemäß eher herbe Frucht und ausreichend Säure mit. Und Maiwipfel als eingelegte Sprossen sowie als ausdrucksstarkes Granitée spendeten dem Akkord ihre typisch harzig-mentholische Note. So hatte man es mit einem sehr dynamischen, fast schon erfrischenden Gänselebergang zu tun, der spannend unkonventionell und trotzdem sehr harmonisch war.

Der butterzart confierte und final noch etwas abgeflämmte Ora-King-Lachs begeisterte schon allein mit seinem Schmelz und sauberem, reintönigem Geschmack. Aber auch die Komposition drumherum war gut: Der Fisch wurde mit marinierter Avocado, einer mit Korianderkresse aromatisierten Avocadocreme sowie einer Art Pak-Choi-Salat liiert, welcher unter anderem mit Sesam gewürzt und von kleinen Zitrusfrucht-Würfeln aufgelockert war. Das Zitrusaroma und die entsprechende Säure fanden sich auch in der begleitenden Hollandaise wieder, die das Gericht einerseits mit ihrem Schmelz untermalen und andererseits mit ihrer Frische beleben konnte.

Das statt konventionell mit Mehl offenbar mit fein gemahlenen Brotbröseln „mehlierte", so besonders schön kross ausgebackene und eben überhaupt nicht mehlige Kalbsbries kam mit knackigen Erbsen, winzigen Pfifferlingen und einigen Sprossen Wildspargel als süffiges Wohlfühl-Gericht in einer füllig-samtigen Parmesanvelouté daher. Letztere färbte sich durch die intensive Blattpetersiliencreme und das Petersilienöl im Nu auch kraftvoll grün und passte sich so der überwiegend monochromen Optik und grünen Aromatik dieses sehr guten frühsommerlichen Gerichts wie ein Chamäleon an. Einzig die optional dazu angebotenen fünf Gramm einer schwarzen Wintertrüffel aus Australien brachten dem Ganzen unserer Ansicht nach keinerlei Mehrwert.

Sehr stark fanden wir den Hauptgang, einen Rehrücken aus Burgwald, der mit eingelegten Herzkirschen, jungem Kohl aus Fritzlar und Speck ganz und gar regionalbetont und im Grunde ultraklassisch daherkam – aufgrund der sehr präzisen und pointierten Zubereitung aller Komponenten und deren elegant zugespitzten Aromen aber alles andere als behäbig, sondern sogar ziemlich aufregend wirkte. Wozu neben einer intensiven Wirsingcreme auch die beeindruckende Jus beitrug, die ein wenig wie eine konzentrierte Wildsauerbratensauce mit verwegener Hintergrundwürze schmeckte. Und ein so perfekter Rehrücken wie hier, nicht weich und mürbe, sondern mit Spannung und zartem Biss, mit feiner, glatter Struktur und viel aromatischem Saft im Fleisch, ist auch in der sogenannten „Sternegastronomie" heutzutage keine Selbstverständlichkeit.

Schon davor erfrischte ein Erdbeersorbet in geliertem Holunderblütensüppchen auf Champagnerbasis ganz ohne übertriebene Süße und plattmachende Opulenz. Und auch das Hauptdessert, ein in Schichten aufgebauter cremig-moussiger „Gâteau" von gerösteter Mandelmilch und weißer Schokolade, der in der attraktiven Kombination mit aromatischen karamellisierten Aprikosen, frischen grünen Mandeln und einer duftig-schmelzigen Nocke Estragoneis begeisterte, kam mit erfreulich wenig Zucker aus. Ein starker Schlusspunkt hinter einem durchgängig stringenten Menü auf schwankungsfreiem 8-Pfannen-Niveau, das von gut korrespondierenden glasweisen Weinempfehlungen und einem auffallend fröhlichen, gut eingespielten Service begleitet wurde.

5

SonneStuben

im Hotel Die Sonne Frankenberg
Marktplatz 2-4, 35066 Frankenberg
06451-7500
www.sonne-frankenberg.de
Küchenchef: Timo Schröder
Täglich von 12–14.30 Uhr u. ab 18 Uhr, kein RT
Hauptgericht: 14–34 €,
Menüs: 16–69 €
VISA

Im ersten Haus des hübschen Fachwerkstädtchens Frankenberg, ein komfortables Hotelensemble, das sich über mehrere Gebäude direkt beim markanten historischen Rathaus erstreckt, kann man seit jeher sehr gut essen. Und das nicht nur im Gourmetrestaurant Philipp Soldan im Untergeschoss des Haupthauses, sondern auch in den SonneStuben im Erdgeschoss, wo man einen Ausblick auf die pittoreske Kleinstadtszenerie hat und sehr nett in zwei ländlich-wohnlichen Gasträumen oder auf der Terrasse direkt am Rathausplatz sitzt.
Hier kocht Timo Schröder, der schon seit acht Jahren Küchenchef der Sonne Frankenberg ist, gemeinsam mit seinem Team eine eher regionalbetonte Küche, die dem Konzept der SonneStuben entspricht, welche als täglich mittags und abends geöffnetes Hotel-Restaurant die unterschiedlichsten Vorlieben einer heterogenen Gästeklientel adäquat bedienen muss. Und obwohl die Offerten in der Speisekarte im Vergleich zu vor ein paar Jahren etwas schlichter wirken und auch die Umsetzung auf den Tellern nicht mehr ganz so aufwendig ist wie bei unseren vergangenen Besuchen, so hat man es hier doch weiterhin mit einer ansprechenden Alternative zur Gourmetküche zu tun. Das verdeutlichte beim letzten Mal schon gleich der Salat von verschiedenen bunten Cherrytomaten, die mit eingelegten Zwiebeln und drei Nocken eines mit Kürbiskernen vermengten Ziegenfrischkäses liiert waren. Hier trübte einzig die leider reichlich über die Tomaten gespritzte Balsamicocreme mit ihrem penetranten süßlichen Geschmack ein wenig den Gesamteindruck. Rein gar nichts zu kritisieren gab es am Vitello tonnato mit seinen saftigen, zart rosa gegarten Tranchen vom Kalbsrücken, die aromatisch und texturell gewinnbringend etwas dicker aufgeschnitten waren und locker drapiert, mit geschmackvoller pastöser Thunfischcreme nappiert und mit Cocktailtomaten garniert auf einem marmorieren Teller angerichtet wurden. Für geschmackliche und haptische Akzente sorgten kleine frittierte Kapernbeeren, Kapernäpfel und Zitronensaft-Kaviarperlen, die zwischendurch immer wieder herb-säuerlich aufploppten.
Die formidablen Wildbratwürstchen aus heimischer Jagd, die hier meist mit Champagnerkraut, Kartoffelpüree und Apothekensenf zur Disposition standen, gab's beim letzten Mal leider nicht. Für den eher herzhaften Appetit wurde aber ein sehr schöner, zart gesottener Tafelspitz vom Kalb angeboten, der zusammen mit Bouillon-Wurzelgemüse und ebenfalls in der Suppe gegarten Kartoffelwürfeln in einer sehr kraftvollen, aber überhaupt nicht würzdichten Tafelspitzbrühe mit leichter, natürlicher Bindung schwammen. Die sämige Meerrettichsauce, die auch noch von frisch gehobeltem Meerrettich ätherisch-scharfe Unterstützung erfuhr, war hier zudem für einen schönen Akzent verantwortlich.
Wer zum Hauptgang lieber Fisch ist, könnte es beispielsweise mit einem Lachsfilet zu tun bekommen, das in unserem Fall zwar unter der kross angebratenen Hautseite wunderschön saftig aufblätterte, allerdings ziemlich rustikal gesalzen war. In Kombination mit den partiell ziemlich unschön harten Fregola sarda summierte sich das zu einem recht rumpeligen Gesamteindruck – auch wenn sich das begleitende Schmorgemüse (Zucchini, Aubergine, Paprika) sowie die helle geschäumte Weißwein-Fischsauce absolut untadelig präsentierten.
Der Dessertbereich wirkte zuletzt mit hausgemachtem Sorbet und Crème brûlée verblüffend uninspiriert – aber auch da ist einem das solide Grundniveau der Küche sicher. Zur Begleitung der Gerichte finden sich zahlreiche ansprechende Gewächse auf der gut sortierten Weinkarte. Daneben ein paar alkoholfreie Alternativen jenseits konventioneller Säfte und Softdrinks.

Hotelempfehlung

Hotel Die Sonne Frankenberg

Marktplatz 2–4, 35066 Frankenberg
06451-7500
www.sonne-frankenberg.de
Einzelzimmer: 129–470 €
Doppelzimmer: 179–520 €

Das schmucke Hotel liegt direkt in der pittoresken Altstadt von Frankenberg in der größten Urlaubsregion Hessens, dem Ederbergland. In einem Ensemble aus historischen Gebäuden aus dem 16. Jahrhundert erwartet Sie am schönsten Platz der Stadt gemütliches Ambiente, viel Ruhe und ein einzigartiger Service. Sechzig Zimmer und Suiten laden mit vielen liebevollen Details zum Wohlfühlen ein. Zum Relaxen steht ein 1000 m^2 großer, in orientalischem Stil gestalteter Spa-Bereich mit Solebecken zur Verfügung (Spa-Suite mit direktem Zugang!). Für das kulinarische Wohl der Gäste wird in vier Restaurants (u. a. dem vielfach ausgezeichneten Gourmetrestaurant Philipp Soldan) und einem Café gesorgt. Außerdem: Tagungs- und Veranstaltungsräume für bis zu 130 Personen, Standesamt im 500 Jahre alten zehntürmigen Rathaus gleich nebenan. Gourmetrestaurant Philipp Soldan sowie Restaurant SonneStubenseparat erwähnt.

Frankfurt am Main (Hessen)

6↑

Aureus

Kettenhofweg 27,
60325 Frankfurt am Main
069-79533979
www.aureus-restaurant-im-goldmuseum.com
Küchenchef: Christian Senff
Mo–Mi von 12–14.30 Uhr,
Do u. Fr von 12–14.30 Uhr u. ab 18 Uhr,
Sa ab 18 Uhr, So RT
Hauptgericht: 18–32 €,
Menüs: 62–127 €

Nicht nur die ringsum aufragenden Türme der Großbanken zeugen im Frankfurter Westend von der Macht des Geldes, sondern auch die dort ansässige Degussa-„Goldkammer“. Das Thema „Gold“ zieht sich dabei erwartungsgemäß wie ein roter Faden durchs Gebäude, das schon im Museumsbereich sehr nobel, aber nicht protzig wirkt. Und auch das Restaurant im Obergeschoss nimmt diese Vorlage gekonnt auf: gedämpftes Licht, Holzparkett und (natürlich!) goldene Accessoires sorgen im Gastraum ebenso wie die großformatige Wandmalerei für eine stimmige Fortsetzung des musealen Charakters im Erdgeschoss des spätklassizistischen Hauses.

Am Herd steht mit Gastgeber Christian Senff ein Küchenchef, der mit seiner klassisch französisch orientierten Küche den edlen Rahmen überzeugend füllt. Und da der ehemalige Manfred-Schwarz-Schüler fast gänzlich auf experimentelle Ausflüge und Teller-Ikebana verzichtet, transportieren seine aromenprallen Gerichte, die sich oft nur um wenige, klug gewählte Komponenten drehen, schlicht und einfach viel guten Geschmack!

Erste Beispiele hierfür lieferten heuer schon die Kleinigkeiten vorweg. So setzten der Kartoffelchip mit Trüffel-Aioli, eine Knusperpraline vom Dorsch oder auch eine weit reduzierte und entsprechend tiefgründige Geflügelbouillon schon erste kleinere Ausrufezeichen, bevor der eigentliche Küchengruß „Senff Pur“ bot. Saftig-zarter Kalbstafelspitz, blanchierter Spinat und cremig-luftiger Kartoffelschaum durften da nämlich ganz einfach ihren jeweiligen Charakter ausspielen. Schlichte und einfache, aber eben geschmackssatte und produkttypische Miniaturen!

Ordentlich Vorschusslorbeeren bekam sodann „Der König der Bretagne", den die Karte aber gar nicht mit Wortspielchen hätte featuren müssen – denn der exquisite bretonische Hummer, der zweifach variiert aufgetragen wurde, hätte auch ohne zusätzlichen Adelstitel überzeugt. Sowohl die in brauner Butter mürb-zart und ganz leicht röstig gebratenen Schwanzstücke als auch das mit feinstem Haselnussabrieb getoppte und schön süffige Tatar zeigten die Klasse des auch handwerklich perfekt behandelten Edelprodukts. Dessen klug reduzierte Entourage aus Steckrüben (Creme und blanchierte Stücke), säuerlichen Kapern und einer tiefgrünen, herrlich frisch und kräutrig schmeckenden Brunnenkresse-Emulsion lieferte punktuelle Spitzen, ohne das Krustentier in den Schatten zu stellen. Ein frühes Highlight des Menüs!

Zumindest im Detail ein wenig forscher wurde es beim Zweierlei vom Taunus-Reh. Vor allem deshalb, weil hier die erprobte Verbindung von Kakao und Wild weit ausgereizt wurde. Zum rosa gebratenen Rücken und in Wacholder gebeizten, schmelzig-zarten Tranchen sorgte nämlich eine kräftig herb-bittere und äußerst generös bemessene Kakao-Erde für den aromatisch etwas vorlauten „Waldboden", auf dem zusätzlich wilde Preiselbeeren, Buchenpilze und Topinamburchips zu finden waren. Im Verbund mit einer tiefschürfenden Jus auf Basis von Wild- und Rinderknochen entstand so ein bewusst kontrastreiches Zusammenspiel erdiger, fruchtiger und bitterer Aromen, das nur durch sehr vorsichtige Portionierung der einzelnen Elemente seine volle Wirkung entfalten konnte – dann aber restlos überzeugte. Hier wäre also schlicht eine von Haus aus optimalere Dosierung der Schlüssel zu einem noch überzeugenderen Ergebnis gewesen.

Auf einem prinzipiell sehr stimmigen, aber ebenfalls suboptimal bestellten Gelände fand sich im Anschluss auch der Heilbutt wieder. Denn die blütenweiße, zart confierte Tranche des Plattfischs ging zwischen herzhafter warmer Blutwurst, kräftig saurem Champagnerkraut, goldbraun geschwenkten Steinpilzen, Holundergel und gewürziger Wacholderjus doch ein wenig unter und war im Grunde nur noch Statist innerhalb einer wohlschmeckend zupackenden Melange.

Rund und ausgewogen kamen im Hauptgang beide Aufzüge des „US-Rind in 2 Akten" daher, bei denen sich die Konzentration auf wenige Komponenten voll auszahlte. Denn nicht nur beim sous-vide gegarten und vor dem Servieren kurz nachgebratenen Onglet durfte das Produkt so seine tolle Qualität und seinen Charakter voll ausspielen, sondern auch bei dem über mehrere Stunden geduldig in Rotwein geschmorten „Sauerbraten" vom Schulterstück. Dem Nierenzapfen arbeiteten lediglich ein wenig Kürbisstampf mit schwarzen Olivenscheibchen und eine mit fein gehackten Kürbiskernen, gehobeltem Staudensellerie und gezupften Friséespitzen vermengte Vinaigrette zu, während der Bratenwürfel, der in einer Rotweinjus aus der eigenen Marinade badete, von einem rundum in Butter angebratenen Serviettenknödel-Quader und Petersilienwurzel (als Creme und Chips) sekundiert wurde. Beide Male großer Genuss!

Die diesjährige Aufwertung um den Bonus-Pfeil rechtfertigte schließlich auch noch die Reminiszenz an einen süßen Alpenküchenklassiker, der mit seinem modischen Zusatz „2.0" offenbar zeitgemäßer wirken sollte. Am fluffigen Topfenknödel, der mit cremiger Schokoganache gefüllt auf Zwetschgenröster thronte, konnte man den „neuen" Twist dann zwar nicht festmachen – am begleitenden Rosmarineis, dem Vanille-Espuma, einer gefrorenen Quarkhippe und gehackten Pistazien aber eigentlich auch nicht. Aber selbst ohne Innovationen konnte das Dessert unser Menü sehr genussreich beenden.

Das junge, vielköpfige Serviceteam führte motiviert durchs Programm und weiß auch zur Weinkarte, die ohne erkennbaren regionalen oder programmatischen Schwerpunkt zusammengestellt ist und bei den glasweisen Offerten sicher noch weiter ausgebaut werden könnte, einiges Nützliches zu sagen. Mit den hochklassigen und entsprechend teuren Angeboten auf der kleinen „Schatzkarte" schließt sich der Kreis – man is(s)t ja schließlich in der „Goldkammer" Frankfurts.

ohne Bewertung

Biancalani [Cucina]

**Walther-von-Cronberg-Platz 7–9,
60594 Frankfurt am Main
069-68977615
www.biancalani.de
Do–Sa ab 18 Uhr,
So–Mi RT
Hauptgericht: 19–32 €,
Menüs: 49–69 €**

VISA

Nachdem wir das lange geschlossene Biancalani nach dessen Wiedereröffnung nicht mehr unter der Küchenleitung von Christoph Kubenz erlebten, bekamen wir es zuletzt schon mit der Küche von dessen einstigem Souschef Andreas Busse zu tun, der den grundsätzlichen Stil beibehielt. Diese heitere Mischung aus traditioneller und innovativer Italianità passt prima in dieses individuell und sehr geschmackvoll gestaltete Ambiente mit sehenswerter offener Küche, in dem ebenfalls Tradition und Moderne eine stimmige Liaison eingehen. Leider stand das Lokal zuletzt nur noch nach Vereinbarung für Private Dinings und als „Cooking Club" zur Verfügung. Wir hoffen, dass sich die Türen nach Corona auch wieder für den ganz normalen Restaurantbetrieb öffnen werden.

6

Bidlabu

**Kleine Bockenheimer Str. 14,
60313 Frankfurt am Main
069-95648784
www.bidlabu.de
Mo–Fr von 12–14.30 Uhr u. ab 18 Uhr
Sa von 13–15 Uhr u. ab 18 Uhr,
So u. Fei RT
Hauptgericht: 15–30 €,
Menüs: 24–55 €**

VISA

In dem lässigen Lokal im schlichten Neo-Bistrostil mit kleinem Freisitz, schlichtem Gestühl und kleinen, blanken Tischen deutet auf den ersten Blick nur wenig auf gehobene Küche und überdurchschnittliche Bewirtung hin. Doch wer Küchenchef André Rickert und Restaurantleiter und Sommelier in Personalunion Dietmar Fritz kennt, weiß, was zu erwarten ist. Die Gangart ist hier ebenso leger und zugleich hochprofessionell und die Küche kreativ und ambitioniert, aber nicht übermäßig exklusiv oder elaboriert, was der Gast spätestens bei der milden Rechnung goutiert. So macht gerade die überraschende Mischung aus Understatement und Expertise in allen Bereichen den Reiz des Bidlabu aus. Rickert und sein Team kochen weltoffen, ohne ein spezielles Genre bedienen zu wollen, aber eher in Richtung mediterran gefärbte Regionalküche, als asiatisch oder exotisch inspiriert, und Dietmar Fritz schenkt dazu kongeniale Tropfen aus, die auch nicht die Welt kosten müssen.

Brighella

**Eschersheimer Landstr. 442,
60433 Frankfurt am Main
069-533992
www.brighella.de
Di–So von von 12–14.30 Uhr
u. ab 18 Uhr, Mo RT
Hauptgericht: 28–35 €**

VISA

Hier wird in italienisch schlichtem, geschmackvollem Rahmen eine unkomplizierte, aber dennoch bei jedem Besuch sehr ansprechende, schmackhafte italienische Küche geboten, die stets schnörkellos und leicht daherkommt, aber auch mit einigen pfiffigen Ideen aufwartet. So unterscheidet sich das hiesige Programm vom sprichwörtlichen Italiener um die Ecke. Die Weinauswahl bewegt sich innerhalb der klassischen Regionen, weiß aber auch mit Tropfen jenseits des Mainstreams zu überzeugen.

7

Carmelo Greco

**Ziegelhüttenweg 1–3,
60598 Frankfurt am Main
069-60608967
www.carmelo-greco.de
Küchenchef: Carmelo Greco
Mo–Fr von 12–14 Uhr u. ab 18.30 Uhr,
Sa ab 18.30 Uhr, So RT
Hauptgericht: 26–67 €, Menüs: 75–115 €**

VISA P

Kaum jemand würde in diesem Mischgebiet aus Hochhäusern und Geschäftsgebäuden zwischen Obi, Apotheke und Pizza Hut eines der besten Restaurants von Frankfurt und schon gar nicht eine der besten italienischen Küchen Deutschlands vermuten. Doch genau das gibt es hier. Gastgeber und Küchenchef Carmelo Greco bekocht sein gleichnamiges Ristorante seit nunmehr zehn Jahren mit viel Inspiration und Grandezza. Und das Schönste an seinem Kulinarium ist für uns die Tatsache, dass seine Gerichte zwar authentisch italienisch, aber nie althergebracht traditionell daherkommen, sondern immer kreativ und mit einem originellen Twist.

Als Grüße aus der Küche erreichten uns diesmal ein in Reis-Tempura ausgebackenes, allerdings noch etwas zu bissfestes Stück vom Oktopustentakel, ein leicht pikanter Sauerkleejoghurt und einer von Carmelo Grecos Klassikern, ein quasi souffliertes Stück Parmesan mit Kaffeeschaum auf einem Spiegel aus intensiver Kaffee-/Orangen-Emulsion. Puristisch und schnörkellos wie die italienische Küche nun mal ist, aber bisweilen eben auch so mutig kreativ, wie sie sehr oft nicht ist.

Ein ebenfalls auf das Wesentliche reduzierter und überdies qualitativ beeindruckender Start gelang dem Chef mit der Vorspeise um dicke, fleischige Scheiben hervorragender Jakobsmuscheln, die relativ pur, nur ganz kurz angebraten und behutsam gewürzt auf eine seidige Erbsencreme (samt knackigen Früchten und Erbsensprossen) drapiert und von einer eleganten Lightversion der traditionellen Bagna cauda umspielt waren – jener für gewöhnlich recht rustikalen Sardellentunke, die hier ganz rahmig-mild und dünnflüssig für eine herzhafte Untermalung verantwortlich war.

Die sizilianischen Rosso-di-Mazara-Garnelen, die im folgenden Gang auf einem Bett aus klassischem Risotto lagen, durften ihre Vorzüge voll ausspielen: glasig-pur und in wunderbar frischer Qualität, mit der charakteristischen jodigen Süße – so bekommt man sie hierzulande, wenn überhaupt, nur äußerst selten! Der relativ käsige Risotto bekam zudem von einem thymianwürzigen Heidelbeereis mit eleganter Süße und herber Frucht einen nicht unspannenden Temperaturkontrast zur Seite gestellt. Klassische Drei-Komponenten-Küche mit dem gewissen Etwas!

Noch besser fanden wir allerdings Carmelo Grecos eigene Interpretation des Cucina-casalinga-Klassikers „Pasta e Fasule", der hier natürlich auch wieder deutlich eleganter daherkam als das traditionelle Pasta-und-Bohnen-Gericht, das ursprünglich aus der Region um Neapel stammt. Hier lag die selbstredend hausgemachte Pasta – kurze, perfekt bissfest geratene Röhrchennudeln, die den Cannelloni recht nahekommen – in einem kraftvollen Fisch- bzw. Meeresfrüchtesud und obenauf ein sublimer Bohnenschaum. Verschiedene Muscheln, Calamaretti, ein Gambero rosso, ein Streifen Makrele und einige kleine Thunfischwürfel waren dem ursprünglichen „Arme-Leute-Essen" eine exklusive Ergänzung.

Die zunächst gar nicht sonderlich mediterrane Gelbflossenmakrele, die wir hierzulande gemeinhin eher mit asiatischer, speziell japanischer Küche in Verbindung bringen, briet der Chef ringsum kurz von allen Seite an und drückte ihr mit mariniertem Fenchel (gewürzt mit rotem Pfeffer und Fenchelgrün) und einem milden Parmesanschaum leicht und lässig den Stempel der Italianità auf. Ein paar weiße Johannisbeeren, die dazwischen mit erfrischend säuerlicher Fruchtnote wortwörtlich aufploppten, gaben dem Gericht auch noch den unkompliziert kreativen, individuellen Carmelo-Greco-Swag. Der Chef weiß einfach, wie man mit einfachen Mitteln und auf gegenständliche Art Finesse erzeugen kann. Und genau so funktioniert ja auch ganz generell die gute italienische Küche.

Im Grunde ist ihm das auch beim ultrapuristischen Hauptgang gelungen, bei dem die längs geschnittene Tranche eines Pré-Salé-Lammrückens mit einer Purple-Curry-Bröselkruste unter einem knackigen Spitzkohlblatt versteckt lag und auf einem See aus reduzierter Portweinjus mit hohem Frucht- und Säurefaktor angerichtet wurde. Das war dann wahrscheinlich der tatsächlich am wenigsten klassisch italienisch anmutende Gang des letzten Menüs – und auch nicht unbedingt der beste, denn das Salzwiesenlamm selbst stand hier trotz der äußerst fokussierten und minimalistischen Präsentation nicht besonders prominent im Mittelpunkt. Was zum einen mit seinem elegant zurückhaltenden Eigengeschmack, aber auch mit der ziemlich dominanten und plakativen Jus zu tun hatte. Schmackhaft und auch durchaus spannend, aber nicht herausragend. Und eher im unteren Bereich der 7-Pfannen-Skala anzusiedeln.

Wir schlossen den Schmaus beim letzten Mal zunächst mit einem hervorragenden Bitterorangen-Granité und dann mit dem wahrscheinlich cremigsten und homogensten Parfait des Jahres ab, das freilich nicht am Stück gefroren, sondern wahrscheinlich ein in Form gestrichenes Pacojet-Eis war. Geschmeckt hat es wunderbar intensiv und natürlich nach Mandel, hatte eine perfekt damit korrespondierende herbfruchtige Aprikosenglasur und war reichlich mit duftigem Limettenschalenabrieb

überflockt. Gutes kann manchmal so einfach sein!
Ein Extralob gebührt unbedingt auch dem individuellen Feingebäck zum Kaffee, das ebenso wenig von der Stange ist wie die Weinempfehlungen – insbesondere der fantastische gereifte 2013er Pinot Nero „Red Angel" von Silvio Jermann zum Lamm. Und dem Service, der hier mit Umsicht und Gentilezza zugange ist.

7

Chairs

Gronauer Str. 1,
60385 Frankfurt am Main
069-48446922
www.chairsffm.de
Mi–So ab 18 Uhr,
Mo u. Di RT
Hauptgericht: 16–27 €
EC VISA

Die Küche von Dennis Aukili wird immer besser! Und als Unwissender würde man auf den ersten Blick überhaupt nicht erkennen, dass hier so modern, kreativ und unkonventionell gekocht wird, denn das Chairs in Bornheim, dessen Name von dem allerhand unterschiedlichen Designergestühl der 60er- bis 80er-Jahre herrührt, das an den ebenfalls bunt zusammengewürfelten blanken Tischen steht, erinnert mit seinem coolen Look und der ungezwungenen Gangart eher an eine coole Szenekneipe als an ein Feinschmeckerrestaurant. Doch gerade ob dieser ungezwungenen Atmosphäre und der moderaten Preise macht es hier richtig Spaß. Und auch der Stil der Küche passt hier bestens ins Bild: Mit Gastgeber und Küchenchef Aukili steht hier nämlich jemand am Herd, der richtig gut kochen, originelle Ideen und ein Händchen für schmissige Kombinationen hat, seine Teller aber trotz viel Sinn für Optik nicht zu Kunstobjekten hochstilisiert, sondern sie in eine leicht zugängliche, unkomplizierte und trotzdem irgendwie anspruchsvolle Richtung münden lässt. Hier passiert viel mit Gemüse und Obst, hier stammt auch Fleisch und Fisch wenn möglich aus der Region. Vieles ist raffiniert puristisch gehalten und manches wirkt dank mutiger Akzente überraschend neuartig. Im Vergleich zu den Vorjahren erlebten wir die Gerichte heuer handwerklich und kompositorisch sogar noch eine ganze Spur präziser. Klarer Fall: Aufwertung!

6

Emma Metzler

Schaumainkai 17,
60594 Frankfurt am Main
069-83040094
www.emmametzler.de
Di–Sa ab 12 Uhr durchgehend,
So von 12–18 Uhr, Mo RT
Hauptgericht: 25–31 €
EC VISA

Als der junge Gastronom Anton de Bruyn 2017 das leer stehende Emma Metzler am Frankfurter Museumsufer übernahm, brachte er Erfahrungen aus dem Wiener Steirereck und dem Londoner Clove Club mit. Und siehe da: unter seiner Ägide avancierte das idyllisch gelegene Lokal zu einer der lohnendsten Adressen der Stadt. Die entspannte Atmosphäre, das wohltuend bunte Publikum, der lockere (zu Stoßzeiten manchmal etwas überforderte) Service und vor allem natürlich die originelle Küche machen das Emma Metzler zu einem zeitgemäß urbanen Restaurant par excellence. Bruyn arbeitet fast ausschließlich mit Produkten aus der Region, was der kulinarischen Bandbreite zwischen Mitteleuropa und mediterranen Akzenten keinen Abbruch tut, als ein Beispiel sei der hausgemachte Ricotta genannt. Aus Fisch, Fleisch und Gemüse handverlesener Erzeuger zaubert das Team Gerichte im Bistronomie-Stil, die uns immer wieder mit ihrer raffinierten Simplizität überzeugen. Das gilt insbesondere für die Vorspeisen, die durchdacht, aber nicht verkopft sind: Es schmeckt einfach richtig gut. Auch das zwar überschaubare, dafür eigenwillig zusammengestellte (und nicht ganz preisgünstige) Weinangebot kann sich sehen lassen. Besondere Erwähnung verdient der große

Außenbereich mit Blick auf den Metzlerpark: An lauen Sommerabenden kann man in ganz Frankfurt kaum schöner sitzen.

7

Ernos Bistro

Liebigstr. 15,
60323 Frankfurt am Main
069-721997
www.ernosbistro.de
Mo–Fr von 12–14 Uhr u. ab 19 Uhr, Sa, So u. Fei RT
Hauptgericht: 35–58 €,
Menüs: 95–125 €

Der bei Größen der klassischen französischen Kochkunst wie Haeberlin oder Troisgros gestählte Küchenchef Valéry Mathis bietet in dem traditionellen Bistro, das sich seit der Eröffnung vor über vierzig Jahren nur unwesentlich verändert hat, die beste traditionelle Küche à la française im gesamten Rhein-Main-Gebiet. Alles, was in dem etwas düsteren Ambiente mit den markanten und längst zum Markenzeichen gewordenen weiß-roten Tischdecken kredenzt wird, hat Klasse, Tiefe und Substanz. Die meisten Gerichte zeichnen sich zudem durch eine angenehme Süffigkeit und Opulenz im besten Sinne aus. Dazu kredenzt Patron Eric Huber erstklassige französische Tropfen aus allen Provenienzen und in allen Preisklassen.

Fast & SLOW

Exenberger

Bruchstr. 14,
60594 Frankfurt am Main
069-63390790
www.exenberger-frankfurt.de
Mo–Sa ab 11 Uhr durchgehend, So RT

In modernem, puristischem Ambiente werden hessische Traditionsgerichte serviert, leicht modernisiert, frisch und regional, zum vor Ort Essen, aber auch zum Mitnehmen.

8

Français

im Hotel Frankfurter Hof
Am Kaiserplatz,
60311 Frankfurt am Main
069-215119
www.restaurant-francais.de
Di–Do von 12–14 Uhr u. ab 18.30 Uhr, Fr u. Sa ab 18.30 Uhr, So u. Mo RT
Hauptgericht: 48–58 €,
Menüs: 49–139 €

Kaum ein deutsches Spitzenrestaurant war während der Corona-Pandemie so lange geschlossen wie das Français im ehrwürdigen Frankfurter Hof. Doch die lange Auszeit hat sich in keiner Weise negativ auf die kulinarischen Qualitäten ausgewirkt, im Gegenteil: Patrick Bittner kocht so beflügelt auf wie selten zuvor. Der grundsätzliche Stil hat sich nicht verändert; passend zum sehr gediegenen Ambiente gibt es traditionelle Luxusprodukte wie Gänseleber, Kaviar und Kaisergranat, deren Zubereitung auf klassischer Basis ruht – nur eben gerne mit einem originellen Detail aufgepeppt. Sei es ein Amuse-Gueule aus geschmeidigem Seeigeleis, das von kleinen Ananaswürfeln und knackigem Silberohrpilz so ungewöhnlich wie schlüssig begleitet wird, oder ein perfekt gegartes Zanderfilet in einem Tomatensud, der durch einen Hauch Kombucha den entscheidenden Aha-Effekt bekommt. Bittners Kreationen bleiben immer mehrheitsfähig, ohne beliebig zu sein oder erfahrenere Esser zu unterfordern. Dazu passen auch die Weinempfehlungen von Sommelier Sebastian Höpfner, der gerne mit einer Auswahl jenseits des Mainstreams überrascht.

5

Goldman Restaurant

Hanauer Landstr. 127,
60314 Frankfurt am Main
069-4058689806
www.goldman-restaurant.de
Mo–Fr von 12–14 Uhr u. ab 18.30 Uhr, Sa ab 18.30 Uhr, So u. Fei RT
Hauptgericht: 16–36 €,
Menüs: 39–64 €

Küchenchef Thomas Haus setzt in diesem betont trendigen Szenerestaurant, das wie ein großstädtisches Bistro anmutet, auf eine unkomplizierte, klassische internationale Küche, die weitgehend französisch-mediterran ist, aber auch asiatische Aromen mit einbezieht und zwischen den überwiegend eher traditionellen Kombinationen auch immer wieder mal mit einfallsreichen Akzenten aufwartet. Manches kommt auch in Form pfiffig aufgepeppter Regionalküche daher, und alles überzeugt durch gute Produktqualität, Frische, fundiertes Handwerk und klare, ausdrucksstarke Aromen. Der Service agiert locker und unkompliziert, in der Weinkarte dominieren die Gewächse aus Deutschland und Frankreich.

Gustav

Reuterweg 57,
60323 Frankfurt am Main
069-74745252
www.restaurant-gustav.de
Küchenchef: Joachim Busch
Di–Do ab 18.30 Uhr, Fr von 12–14 Uhr u. ab 18.30 Uhr, Sa ab 18.30 Uhr, So, Mo u. Fei RT
Menüs: 95–125 €

Auch wenn in den vergangenen Jahren ganz ähnliche Konzepte wie Pilze aus dem Boden schossen: Das Gustav mit seinem Küchenchef Joachim Busch war nicht nur eines der ersten Casual-Fine-Dining-Restaurants mit einer modernen, konsequent regionalen Naturküche in Hessen und weit darüber hinaus – es ist nach wie vor einer der spannendsten und originellsten Vertreter dieses Genres. Der Chef hat hier längst eine eigene Handschrift entwickelt und kreiert seine Gerichte mit viel Feingespür und Originalität. Nirgends ist der Stil der Küche so pointiert und klar umrissen wie der von Joachim Busch. Mit ausschließlich regionalen Produkten und teils enormem Aufwand bei Vorbereitung und Präsentation bauen die Aromenbilder von Buschs Kreationen häufig auf bekannten Akkorden auf, rücken diese aber oft in ein neues Licht. So hat man es in diesem geschmackvoll schlicht und zeitgemäß eingerichteten Restaurant mit einer besonders ausgereiften und kreativen Art der modernen, leichten Heimatküche zu tun, für die unterschiedlichste, mitunter rare Gemüsesorten und Kräuter eine ebenso große Rolle spielen wie Getreide, Öle, Essige oder Essenzen sowie das Fermentieren und Reifen bestimmter Viktualien.

Heimat

Berliner Str. 70,
60311 Frankfurt am Main
069-29725994
www.heimat-frankfurt.com
Täglich ab 18 Uhr, kein RT
Hauptgericht: 24–29 €, Menüs: 39–55 €

Trotz coronabedingter Doppelbelegung der Tische und gestrafftem Angebot erlebten wir die Küche in dem unweit des Frankfurter Römers gelegenen Lokal von Sabine Fey und Oliver Donnecker in diesem Jahr erstaunlich unangestrengt und beständig. Und ehrlich gesagt gefiel uns das, was aus Gregor Nowaks kleiner Küche kam, zuletzt sogar noch ein gutes Stück besser als in der Vergangenheit, weil die Gerichte allesamt mit noch mehr Substanz und handwerklicher Präzision daherkamen. Gekocht wird weiterhin sehr gegenständlich, klassisch und leicht zugänglich, gerne schön süffig arrangiert und nicht selten mit pfiffigen Ideen kreativ aufgepeppt. Die Qualität und der natürliche Charakter der Produkte stehen für Gregor Nowak und sein Team klar im Mittelpunkt ihres Schaffens, nicht deren aufwendig verspielte Verfeinerung. Ein Konzept, das bei einem breiten, heterogenen Publikum, das es im Restaurant atmosphärisch gern locker und leger und auf dem Teller anspruchsvoll, aber unkompliziert hat, schon seit Jahren sehr gut ankommt. Hinzu kommt eine beachtliche Auswahl internationaler Gewächse zu moderaten Preisen und geballte Weinkompetenz. Nicht von ungefähr darf sich dieser kleine ovale Pavillon also über eine große Zahl Stammgäste freuen, denen er zur kulinarischen Heimat geworden ist.

9↑ – 🍴🍴🍴🍴

Lafleur

Palmengartenstr. 11,
60325 Frankfurt am Main
069-90029100
www.restaurant-lafleur.de
Küchenchef: Andreas Krolik
Di–Sa ab 18 Uhr,
So u. Mo RT
Hauptgericht: 65–85 €,
Menüs: 170–208 €

VISA

Selten ist der Name eines Restaurants so passend wie beim Lafleur, zu deutsch „die Blume". Natürlich leitet er sich vom legendären Weingut Château Lafleur her, doch die Lage des Restaurants im Frankfurter Palmengarten sowie Andreas Kroliks vegane Kreationen geben dem blumigen Bezug noch eine weitere, individuellere Note. Über das geschmackvolle Facelift des Interieurs haben wir bereits letztes Mal berichtet; mittags ist der elegante Gastraum dank der durchgehenden Fensterfronten herrlich lichtdurchflutet, abends herrscht eine festliche Atmosphäre, gediegen, aber keineswegs verkrampft.

Wenngleich Andreas Krolik sich durch seine veganen Menüs ein Alleinstellungsmerkmal in der deutschen Spitzengastronomie erkocht hat, entscheiden wir uns für das traditionelle Degustationsmenü, denn es klingt einfach zu verlockend: mit Kaisergranat und Kabeljau, Ente und Reh. Zum Aperitif (hier wäre eine Karte wünschenswert) werden eine erdig-süßliche Rotkohlessenz mit eher dekorativ wirkendem Apfel-Air sowie eine fluffige Lammpraline gereicht, deren orientalische Würze an Falafel erinnert – zwei äußerst souverän gearbeitete Einstimmungen, die den ersten Hunger stillen, ohne allzu schweres Geschütz aufzufahren; zugleich zeigt sich, dass man die Herausforderung vermeintlich einfacher Zubereitungen nicht unterschätzen darf, wenn das Ergebnis so gut sein soll wie hier.

Als Amuse-Bouche gibt es ein hervorragend gewürztes, nicht zu fein gehacktes Tatar vom Vogelsberger Wagyu-Rind, bedeckt von einer minimal süßlichen Geleehaube aus Piquillo-Paprika und getoppt mit einer federleichten, feinwürzigen Senfcreme sowie einem texturell flaumigen, geschmacklich intensiven Eis aus Bio-Gänseleber und Anchovis. Aufgelockert wird das sehr dichte und umamireiche Geschmacksbild von einem säuerlich-frischen Gurken-/Senfkorn-Relish. Zu Recht ist diese Kreation ein Klassiker aus Kroliks Repertoire.

Der erste Gang des Menüs variiert gewissermaßen die Struktur des Küchengrußes auf Krustentierbasis: roh marinierter Kaisergranat ist in Form zweier Kreise angerichtet, obenauf einmal ein Löffel Imperial Kaviar, einmal eine Nocke geeister Krustentierschmand. Der Gaumen wird von diesem Dreiklang edler Meeresaromen regelrecht geflutet, trotzdem schmeckt es differenziert und fein, jede Komponente kommt zur Geltung, und durch die etwas größeren Scheiben bleibt der Kaisergranat seidenzart, ganz ohne die oft etwas schmierige Textur roher Krustentiere. Austernkraut und Salty Fingers brechen das meerig-jodige Aromenspiel mit erfrischender Salzigkeit und leicht bitteren Noten auf, hauchdünne Karottenscheiben, Karottencreme und Zitrusaromen setzen fruchtig-süßliche Akzente, ohne dass es plakativ wirkt. Alles ist hier bis ins Detail abgestimmt, nichts wirkt überflüssig, nichts fehlt. Für sich genommen wäre uns dieser hocheleGante Teller souveräne 10 Pfannen wert.

Fast genauso stark der nächste Gang: Ein saftiges, butterzart sich aufblätterndes Filetstück vom geangelten Island-Kabeljau bedeckt Krolik mit würziger Schalottenbutter und frisch gehobelten Meerrettichflöckchen – gerade genug, um einen ätherisch schärfenden Akzent zu setzen. Der Fisch schwimmt in einer Kabeljauessenz, die mit einem Hauch Safran aromatisiert und so mild geräuchert wurde, dass man eher von einer Ahnung sprechen muss – was wir ausdrücklich als Kompliment meinen, wirken Räucheraromen doch ganz schnell plump und dominant. Etwas Rote Bete und feine Streifen geschmorten Lauchs greifen das zwischen Erdigkeit und feiner Süße changierende Spektrum auf, eine in Nori gehüllte Brandade verleiht dem Gericht Fülle. Und trotz all der durchaus geschmacksstarken Komponenten bleiben die Aromen subtil und elegant.

Von ähnlicher Präzision zeigt sich auch ein asiatisch eingefasster Carabinero. Das Prachtexemplar ist mit einer feinen Schicht Sesamcrunch überzogen und in eine samtig-süffige Thaicurry-Sauce gebettet, die fern aller Asia-Klischees zwischen der Kraft eines Krustentierfonds und hintergründiger Schärfe oszilliert. Eine Nocke Avocadocreme, ein Löffel Paprikakompott und etwas Basilikum schlagen eine Brücke ins Mediterrane – und führen zu einer ebenso anregenden, wie überraschend harmonischen Vermählung der Geschmackswelten.

Früher servierte Andreas Krolik als Einstimmung auf die Hauptgerichte gerne ein Tässchen intensiver Fleischessenz mit einem pochierten Wachtelei und einem Foie-gras-Raviolo als Einlage. Dieser Küchengruß war stets so köstlich, dass wir uns nicht wundern, ihn nun zum Zwischengang befördert im Menü zu finden: als exquisite Entenconsommé, in der zwei Scheiben butterzarte Challans-Entenbrust ruhen, außerdem Goldkäppchen (japanische Edelpilze) sowie besagtes Wachtelei und zwei betörend gute Entenleberravioli, deren Inneres am Gaumen wortwörtlich schmilzt. Besser kann man eine so klassische Komposition kaum zur Aufführung bringen.

Vollkommen klassisch mutet auch der Hauptgang an. Zwei Tranchen Rehrücken aus heimischer Jagd sind perfekt gegart, von wunderbarem Eigengeschmack und mit einer leichten Briochekruste überknuspert, die für unseren Geschmack jedoch etwas präsenter hätte sein können. Dafür punktet die süß-säuerliche Feigenblattjus ebenso wie eine Variation von grünem und weißem Sellerie. Das originelle i-Tüpfelchen bildet hier allerdings eine überraschend intensive Burratapraline, die auf einem feinherben Feigenchutney mit Rehschinkenknusper thront. Ein kontrastreiches Trio, das den Mitspielern in die etwas braven Harmonien grätscht und dem Gericht den nötigen Kick gibt.

Beim Dessert, das wir aus dem veganen Menü tauschen, werden Scheiben marinierter Feigen von Brombeersorbet, Haselnussbiskuit und Schokoladenkrokant flankiert; ein kräftiges Fencheleis sowie hauchdünne Fenchelspäne geben dem herbstlichen Ensemble eine angenehme Frische, wobei der Anisgeschmack spannungsvoll mit den Feigen und den Brombeeren harmoniert. Kein übermäßig aufregender, aber sehr souveräner Abschluss eines in Summe exzellenten Menüs, mit dem Andreas Krolik erneut zeigte, dass er seinen klassisch-modernen Stil unermüdlich weiter verfeinert und zu unserer Freude immer stärker auf zurückhaltende Eleganz und subtile Aromenspiele setzt.

Mehr denn je haben wir den Eindruck, dass hier ein Koch in der Blüte seines Schaffens steht. Apropos Blüte: Château Lafleur findet sich selbstredend auch auf der hervorragend bestückten Weinkarte, deren üppiger Kalkulation man jedoch anmerkt, dass wir uns in der Bankenstadt Frankfurt befinden. Dank Sommelière Alexandra Himmel gibt es im Rahmen der glasweisen Weinbegleitung aber auch etwas weniger kostspielige und dennoch äußerst anspruchsvolle Alternativen. Hervorzuheben ist zudem einmal mehr der angenehme Service unter Leitung von Miguel Martin, inzwischen so etwas wie die „gute Seele" des Hauses, und dem erst im Frühling 2020 aus dem Münchener Tantris hinzugestoßenen Boris Häbel.

7

Lohninger

Schweizer Str. 1,
60594 Frankfurt am Main
069-247557860
www.lohninger.de
Mo–So von 12–14 Uhr u. ab 18 Uhr, kein RT
Hauptgericht: 19–49 €,
Menüs: 39–96 €

EC VISA

Das Restaurant Lohninger ist längst zum Klassiker in Frankfurts Gastroszene avanciert und darf sich einer beachtlichen Anzahl an Stammgästen erfreuen. Kein Wunder, handelt es sich doch um ein sehr zeitgemäßes Gasthaus, in dem überdurchschnittliche Qualität und unverkrampfte Atmosphäre Hand in Hand gehen. Ein entspannte Genussdestination, die hohen kulinarischen Anspruch und Bodenständigkeit wie selbstverständlich miteinander verbindet. Wo die Lust nach alpenländischem Soulfood ebenso adäquat befriedigt wird wie die Neugierde auf weltläufige Kreativgerichte von großer Leichtigkeit und Komplexität. Seit jeher bildet die Karte hier nicht nur moderne alpine Einflüsse und optimierte traditionelle Klassiker wie das legendäre Wiener Schnitzel, die Kärtner Schlutzkrapfen oder einen Kaiserschmarrn in Referenzklasse ab, sondern lässt die Gäste auch in den Genuss jener kreativen, teils fernöstlich inspirierten Kreationen kommen, für die der einstige kulinarische Globetrotter Mario Lohninger schon immer bekannt ist.

6

Nihonryori KEN

Wallstr. 22, 60594 Frankfurt am Main
069-97694660
www.ken-japan.de
Di–Sa ab 18 Uhr, So 11.30–14 Uhr, Mo RT
Menüs: 87–115 €
VISA

Auch wenn von außen ganz bescheiden so gut wie nichts darauf hindeutet, aber in dem betont schlicht gestalteten, von hellem, weichem Holz und Steinplatten geprägten Gastraum im Frankfurter Stadtteil Sachsenhausen widmet man sich der höchsten Blüte japanischer Genusskultur: Die Küche dieses authentisch japanischen Kaiseki-Restaurants lässt sich von den Jahreszeiten inspirieren, stellt beste saisonale Zutaten in den Mittelpunkt und richtet die Speisen auf farblich und thematisch passendem Geschirr präzise und bildschön an. Kentaro Fujita und sein Team kredenzen traditionelle japanische Geschmacksbilder in bis zu neun Gängen, die eine facettenreiche Parade sehr guter Produkte und von roh über gedämpft bis gegrillt ein breites Spektrum an Zubereitungsarten aufbieten. Herauszustellen sind zudem die erstaunlich gute Sake-Auswahl und der zuvorkommende Service.

5

Schönemann

Opernplatz 16, 60313 Frankfurt am Main
069-256695936
www.restaurant-schoenemann.de
Mo–Fr von 12–14 Uhr u. ab 18 Uhr, Sa 18 Uhr, So RT
Hauptgericht: 27–39 €
VISA

Das schicke Bistronomique-Restaurant im Sofitel Frankfurt Opera gegenüber der Alten Oper bietet seinen Gästen nicht nur ein äußerst stilvolles Ambiente mit legerer Atmosphäre, sondern auch ambitionierte Küche, deren Angebot auch nach dem Küchenchefwechsel von Lukas Sulik zu Marc-Oliver Herbert in Teilen noch über das hinausgeht, was man für gewöhnlich in einem mittags und abends geöffneten Hotelrestaurant mit internationalem Publikum erwartet. Die Karte umfasst weiterhin eine Auswahl an Klassikern und internationalen Evergreens (Filet „Rossini", Wiener Schnitzel, Coq au Vin vom Apfelwein), dazwischen aber auch ein paar zeitgemäße weltläufige Interpretationen, asiatisch inspiriert oder mit eigenen Ideen garniert. Zum Lunch gibt es zwar eine etwas kleinere Auswahl, konzeptionell ist das Angebot aber mittlerweile mittags wie abends identisch. Die Preise haben gehobenes Niveau, doch insgesamt kann man an diesem Ort mit gehobenem Standard, aufmerksamem Service und Ausblick auf die Alte Oper schon noch von einem moderaten Preis-Leistungs-Verhältnis sprechen, denn die Grundqualität der Küche ist sehr solide.

7

Seven Swans

Mainkai 4, 60311 Frankfurt am Main
069-21996226
www.sevenswans.de
Di–Sa ab 19 Uhr, So u. Mo RT
Menüs: 99 €
VISA

Entgegen ihrer Ankündigung, das Seven Swans Ende 2020 dichtzumachen, geben Ricky Saward und Christian Velthuizen nun doch nicht auf und lassen das beste rein vegetarische Restaurant im Großraum Frankfurt in der jetzigen Form weiterleben. Das ist eine sehr gute Nachricht, denn mit ihrer modernen und kreativen vegetarischen Küche zählt die originelle Location, die sich in einem schmalen Haus über mehrere Stockwerke erstreckt, längst auch zu den aus kulinarischer Sicht attraktivsten Essadressen in der Main-Metropole. Mit Ricky Saward am Herd hat sich das Seven Swans, das von einem kleinen Team Idealisten geführt und bekocht wird, in den letzten Jahren definitiv nochmal gesteigert. Gekocht wird ganz überwiegend mit regionalen Produkten aus eigener engagierter Landwirtschaft, die zu einem zehngängigen Abendmenü mit bequem zu bewältigenden Portionsgrößen zubereitet werden. Die Gerichte sind so ausdrucksstark und ausgetüftelt, der Umgang mit Gemüse, Kräutern, Beeren, Hülsenfrüchten, Milchprodukten und Gewürzen so gekonnt, dass man selbst als überzeugter Fleischesser oder Fisch- und Krustentierfan nichts vermisst.

ohne Bewertung

Stanley

Ottostr. 16–18,
60327 Frankfurt am Main
069-26942892
www.stanleydiamond.com
Do–Sa ab 18 Uhr, So–Mi RT
Hauptgericht: 17–32 €

Das Stanley ist eine urbane Mischung aus Bar und Restaurant, die durchaus schick und gehoben wirkt, in der es aber überhaupt nicht steif zugeht. In dem länglichen Raum mit viel dunklem Marmor herrscht eine gediegene, ungezwungene Atmosphäre, zu der sich im Sommer durch die weit geöffneten bodentiefen Schiebefenster auch noch etwas Streetlife mischt. Ein Szenelokal mit kulinarischem Anspruch, der auch an der Bar und in der Weinkarte offensichtlich ist. Da seit unserem letzten Testbesuch in der vom Gastraum einsehbaren Küche zwar weiterhin Küchenchefin Beate Braun verantwortlich zeichnet, allerdings nicht nur der Name des Lokals, sondern auch das kulinarische Konzept leicht geändert wurde, setzen wir die Bewertung bis zu unserem nächsten Testbesuch aus.

---

ohne Bewertung

Tiger-Gourmetrestaurant

im Tigerpalast

Heiligkreuzgasse 16–20,
60313 Frankfurt am Main
069-9200220
www.tigerpalast.de
Küchenchef: Coskun Yurdakul
Mi–Sa ab 19 Uhr, So–Di RT
Hauptgericht: 34–57 €,
Menüs: 98–145 €

Auch im Falle des Tiger-Gourmetrestaurants im elegant gestalteten Souterrain des renommierten Varieté-Theaters „Tigerpalast" müssen wir schweren Herzens vorrübergehend die Bewertung einkassieren. Der bereits seit vier Jahren unter der Ägide von Küchenchef Coskun Yurdakul engagiert mit einem orientalisch verzierten, ansonsten aber klassisch französisch orientierten Kulinarium versorgte Klassiker in Frankfurts Fine-Dining-Szene war seit dem Anfang der Pandemie permanent geschlossen und wird auch erst zum Start der Herbst-/Winterrevue Ende Oktober 2021 wiedereröffnen. Dann können die Gäste endlich wieder erleben, wie diffizil der einst unter anderem bei Dieter Müller auf Schloss Lerbach in die Geheimnisse der klassisch französischen Hochküche eingeweihte Küchenchef die einzelnen Aromen und Texturen auf seinen Tellern ineinandergreifen lässt. So wie bei unserem letzten Besuch im Dezember 2019 mit sehr gutem Ikarimi-Lachs als confierter und kurz abgeflämmter Hauptdarsteller eines Vorspeisentellers: Da sorgten unter anderem süßliche Currycreme, spitzer Ingwer-/Limonen-Schaum, fein geschärftes und mit Dill gewürztes Senfeis sowie ein Klacks Imperial-Kaviar für einen komplexen Hintergrund.
Dem präzise auf den Punkt gebrachten, aber sehr brav begleiteten Carabinero hätte indes damals etwas mehr Pep gutgetan, denn der dezent rauchig süßliche Paprikasud, in dem auch geschmorte Spitzkohlstreifen und plakativ süße Mangowürfel badeten, bot dem Krustentier nur ein sehr einseitiges Geschmacksgerüst, das von markanten Gewürzmischungen wie Ras el-Hanout oder Pul Biber, vielleicht aber auch Salzzitrone oder Ähnlichem sicher profitiert hätte – und damit auch dem Zusatz „mit orientalischen Aromen", wie das Gourmetmenü auf der Karte annonciert wird, gerecht geworden wäre.
Wie so ein East-West-Crossover gelingen kann, zeigte sich damals bei den restlos überzeugenden Fleischgerichten, einer Variation von der Taube sowie hochklassigem Wagyu-Beef. Zur perfekt à point gebratenen Taubenbrust gesellte sich da nämlich nicht nur eine süffige Schmorfleischpraline und ein schmelziges Crème-brûlée-Türmchen aus der Taubenleber, sondern auch handgerollter Couscous, essigsaure Perlzwiebeljuliennes, seidige Kichererbsencreme und eine zimtig-aniswürzige „Sauce Oriental", die das Ganze kongenial vollendeten. Klassisch französisch und authentisch orienta-

lisch zugleich – definitiv eines der Highlights aus der bisherigen Ära Coskun Yurdakuls.
Ganz traditionell wurde es dann beim lediglich mit etwas fein gemahlenem Pfeffer und Salzflocken gewürzten Wagyu-Beef, das aufgrund seiner außerordentlichen Fleischqualität aber auch gar nicht recht viel mehr brauchte. Ein Arrangement von Waldpilzen (Creme, Ragout …), gegrillte Schwarzwurzel und eher herb abgeschmeckte Schalotten-/Sauerkirsch-Jus lieferten dem Fleisch eine erdig-würzige Basis, die es angenehm zurückhaltend grundierte und dem Hauptdarsteller genügend Entfaltungsspielraum ließ. Souverän umgesetzte klassische Produktküche!
Genauso unaufgeregt in sich ruhend zeigte sich damals zum Abschluss auch die Pâtisserie. Namentlich mit ätherischem Ricottaschaum im hauchdünnen Knusperteig-Cannellono nebst einem Dreierlei von der Birne (pochiert, Creme, Sud), spritzigem Zitronenconfit und kräuterherbem Estragoneis. Hoffen wir also, dass dem Chef und seinem Team solche und ähnliche Gerichte auch nach der Wiedereröffnung wieder so inspiriert und unangestrengt von der Hand gehen. Wir werden im Herbst da sein und dann zeitnah im Gusto Online-Guide und in der Gusto-App berichten!
Die umfangreiche Weinkarte, die vor allem mit französischen Bouteillen bestens bestückt ist, wird dann ein unverändert weites Feld bieten, um die Kreationen des Chefs auch unter Berücksichtigung unterschiedlichster Vorlieben und Ansprüche passend zu begleiten.

5↑

Villa Merton Bistro

Am Leonhardsbrunn 12,
60487 Frankfurt am Main
069-703033
www.restaurant-villa-merton.de
Täglich von 12–14 Uhr u. ab 18 Uhr, kein RT
Hauptgericht: 25–32 €,
Menüs: 34–59 €
VISA

Im hochherrschaftlichen ehemaligen „Colonial Room" der Villa Merton, der heute als Bistro des Hauses unter der Regie André Großfelds fungiert und erst im vergangenen Jahr schick renoviert wurde, gibt's an sieben Tagen in der Woche mittags und abends eine unkomplizierte, aber dennoch mit gehobenem Anspruch konzipierte Küche. Und die profitiert klar und deutlich vom Einkauf und der Expertise des nur am Abend geöffneten Gourmetrestaurants, was man an der Qualität vieler Produkte, aber auch an der Beschaffenheit von Suppen, Fonds und Saucen erkennen und schmecken kann. Tendenziell präsentiert sich das Bistro-Programm etwas weniger aufwendig in den Details und natürlich vergleichsweise bodenständiger, denn an dem Repertoire muss ein möglichst breites Publikum Gefallen finden und es darf deshalb keinesfalls zu exklusiv, aber auch nicht bloß „gutbürgerlich" sein. Eben diesen Spagat meistert das Team seit Jahren respektabel, und so lässt sich hier vor allem auch zur Mittagszeit und im Sommer auf der schönen Terrasse zu äußerst moderaten Preisen vollkommen untadelig auf überdurchschnittlichem Niveau speisen.

7

Villa Merton Gourmet

Am Leonhardsbrunn 12,
60487 Frankfurt am Main
069-703033
www.restaurant-villa-merton.de
Küchenchef: André Großfeld
Mo–Sa ab 18 Uhr, So RT
Hauptgericht: 38–56 €,
Menüs: 105–135 €
VISA

In der 1927 erbauten Nobelimmobilie im Frankfurter Diplomatenviertel trifft Neobarock auf anspruchsvolle Kulinarik. Die besondere Atmosphäre des Gourmetrestaurants in den historischen, nur sehr behutsam modernisierten Räumen der Villa Merton wird vom Zusammenspiel hoher Stuckdecken, patiniertem Parkett und einem offenen Kamin getragen und schafft ein authentisches Gefühl herrschaftlicher Grandezza, die sich im Sommer auch auf

der einladenden Gartenterrasse mit Blick in den umliegenden Park genießen lässt.
Mit André Großfeld kocht in diesem Umfeld passenderweise ein Cuisinier, der die kulinarisch eher konservativ gestimmte Stammklientel nicht mit allzu viel Innovation und Kreativität auf den Tellern irritiert. Das Team setzt mit einer eher klassischen und sehr zugänglichen Linie vor allem auf die Strahlkraft hochwertiger Produkte, die hier auf stets mehrheitsfähige Art in Szene gesetzt werden. Dass ihnen dafür oft schon wenige Komponenten genügen, um mal mediterranen, mal frankophilen oder auch mal dezent exotisch inspirierten Genuss zu bereiten, spricht nicht nur für die Qualität der Viktualien, sondern auch für das souveräne Handwerk und überhaupt sehr viel Substanz der Zubereitungen. Egal, ob man das große Gourmetmenü wählt, die rein vegetarische Variante präferiert oder sich die exklusive „Chef's-Table"-Offerte in der Restaurantküche gönnt – der gebürtige Münsterländer Großfeld kreiert mit Herz und Verstand und läuft keine Gefahr, sich auf seinen pointierten Tellern mit allzu viel Beiwerk oder kühnen Experimenten zu verzetteln.
Mit einer fein abgestimmten Mischung aus Erdigkeit, Säure und Crunch zeigte bei unserem letzten Besuch schon der Küchengruß, dass Großfeld ganz genau weiß, was er da macht. Zu den beiden geschmorten Schweinebäckchen-Tranchen in der Tellermitte sorgte noch leicht knackige Schwarzwurzel im Verbund mit Granatapfel-Espuma für ein ausgewogen wurzelig-fruchtiges Gegengewicht zum raumgreifenden Fleischaroma – die ringsum drapierten, grob zerstoßenen Haselnüsse und Pinienkerne rundeten das Ganze aromatisch ab und sorgten zusätzlich für ein knackiges Mundgefühl. Vermeintlich einfache, aber im Detail eben doch geschickt austarierte Produktküche.
Unerwartet zerfahren wirkte hingegen der Gang rund um den als „confiert" annoncierten Lachs, der „mi-cuit" zubereitet, also halbroh und lauwarm bis kalt serviert daherkam. Dass dieser von einer plakativ scharf-säuerlichen Pommery-Senfnote attackiert wurde, die auch von der Roten Bete und dem kräuterfrischen Basilikumschaum nicht eingebremst werden konnte, brachte das Ganze etwas aus der Balance. Viel besser gefiel uns im Anschluss die Kreation rund um exquisite Wildgarnelen. Nicht nur dem schönen Zusammenspiel der fast pastösen grundierenden Reiscreme mit säuerlich erfrischendem Zesty-Martini-Sud war es zu verdanken, dass der Teller das diesjährige Menü-Highlight darstellte. Der feinmürbe Biss der mit Panko panierten und sehr behutsam knusprig ausgebackenen Garnele, die jodig-würzige Süße des Krustentierragouts, die gemüsigen und knusprigen Akzente von Staudenselleriebättern und -brunoises, geflämmter Minimöhre sowie gebrannten Reiskörnern – all das sorgte im Zusammenspiel für ein raffiniertes Ganzes.
Dass die Sous-Vide-Garmethode nicht zum Nachteil eines guten Produkts werden muss, sofern sie richtig angewendet wird, bewies André Großfeld gleich zwei Mal. Zunächst mit einer tiefrot-aromatischen Taubenbrust, die behutsam vorgegart und dann kurz nachgebraten im vollen Saft stand und nur eine Cipollini-Variation (Chips, Creme, sauer mariniert …), süßlich konternde Zwergfeigen und eine etwas grobkörnigere weiße Polenta als vor allem haptisches Gegengewicht benötigte, um uns restlos zu überzeugen. Dann bei zwei üppig bemessenen rosa-saftigen Tranchen vom US Prime Beef, die als erwartungsgemäß rustikal zupackender Barbecue-Teller mit recht salzigem Stängelkohl, prägnant süßlich-scharfer Paprikamarmelade und seidig-mildem Kartoffelfondant liiert waren. Die gehaltvolle rauchige Jus finalisierte den Teller ebenso satt und tiefgründig wie bereits zuvor die am Tisch angegossene reduzierte Jus zum Täubchen. Beide zeugten von tadellosem Saucenhandwerk alter Schule.
Mit einer feinsinnigen „Asia Sweet Variation" machte sich die Pâtisserie dann abschließend zu einem Trip in den fernen Osten auf und besänftigte damit ganz entspannt die zuvor beim Barbecue-Teller aufgeheizten Geschmackspapillen. Die Melange von Zitronen-/Koriander-Sorbet, Calpico-Gelee und Mango-Ragout, die auf einem Mürbeteigboden angerichtet war, sorgte dabei nicht zuletzt durch den Einsatz des japanischen Softdrinks „Calpis" für einen milchig-milden exotischen Abschluss, der auch farblich mit Pastelltönen luftig leichte Stimmung verbreitete.
Im Service agieren Gastgeber und Sommelier Markus Klug und sein Stellvertreter Roman Eichhorn dem aristokratischen Rahmen entsprechend in bester traditioneller Manier, wirken dabei aber nicht stocksteif, sondern begleiten locker, charmant und kenntnisreich. Die Weinbegleitung zum Menü liefert einen spannenden Streifzug durch den national wie international sehr gut bestückten Keller des Hauses und ist fair kalkuliert.

7

Weinsinn

Weserstr. 4,
60329 Frankfurt am Main
069-56998080
www.weinsinn-frankfurt.de
Di–Sa ab 18.30 Uhr, So, Mo u. Fei RT
Menüs: 89–119 €

Auch der jüngste Wechsel am Herd des Weinsinn änderte nichts am konstant hohen Niveau der Küche: Milica Trajkovska und Matthias Scheiber regelten die Nachfolge von Julian Stowasser intern und gaben Daniel Pletsch, dem bisherigen Souschef ihres zweiten Restaurants Gustav, die Chance, sich hier fortan als Küchenchef zu etablieren. Und auch wenn man im Detail die Einflüsse der stark gemüse- und regionalorientierten Gustav-Küche durchaus erkennt, präsentiert sich das Kulinarium im Weinsinn vergleichsweise weltläufiger – schon allein, was Produkte und Aromen angeht. So kommt im ebenso kunstsinnigen wie coolen Ambiente auch weiterhin eine zeitgemäß leichte und unkonventionell kreative, junge Gourmetküche auf die blanken Tische, die jetzt vielleicht etwas stärker in Richtung der modernen Naturküche tendiert. Sehr gute Weinkarte, entspannter Service.

7

Zur Golden Kron

Alt-Eschersheim 58,
60433 Frankfurt am Main
069-26941174
www.goldenkron.de
Di–Sa ab 17 Uhr,
So ab 12 Uhr durchgehend, Mo RT
Hauptgericht: 29–42 €,
Menüs: 75–109 €

Das schmucke Fachwerkhaus im ruhigen Frankfurter Stadtteil Alt-Eschersheim ist eines der ältesten Wirtshäuser der Stadt – seitdem Altmeister Alfred Friedrich hier die Regie übernommen hat –, aber zugleich die denkbar zeitgemäßeste und niveauvollste Interpretation eines solchen. In rustikal lässigem Ambiente bringt der erfahrene Chef hier durchwegs raffinierte und aromenstarke Gerichte auf die Tische, die gekonnt zwischen eleganter Bodenständigkeit und Noblesse balancieren und beim Backhendlsalat genauso begeistern können wie beim Steinbuttfilet. Die Raffinesse liegt in der Qualität und im Detail, die Akzente sitzen und kreative Extravaganzen werden weder gewollt noch vermisst. Gute Weinkarte mit österreichischem Schwerpunkt. Im Sommer sitzt man nett im Innenhof.

Frankweiler (Rheinland-Pfalz)

5

Weinstube Brandt

Weinstr. 19, 76833 Frankweiler
06345-959490
Di ab 17 Uhr, Mi–Sa von 12–14 Uhr u. ab 18 Uhr, So u. Mo RT
Hauptgericht: 10–25 €

Eva-Maria und Christian Knefler empfangen die Gäste in ihrem kleinen, gemütlichen Gasthaus mit Natursteinwänden und blanken Holztischen in einer völlig ungezwungenen Wohlfühlatmosphäre. Im Sommer findet man auf der ebenso kleinen Innenhofterrasse ein lauschiges Plätzchen. Die Küche überrascht durch akkurat und sehr fundiert zubereitete Gerichte, die weit über das hinausgehen, was man in Pfälzer Weinstuben für gewöhnlich serviert bekommt. Die Zubereitungen mit dem gewissen Etwas, das ihnen der ehemalige Wissler-Schüler scheinbar spielerisch verleiht, reichen von regionalen und bodenständigen, aber nicht minder attraktiven Sachen bis hin zu Anspruchsvollerem aus internationalen Viktualien – manchmal auch mit moderat exotischem Touch. Die sympathische Gastgeberin schenkt zur Küche ihres Mannes gute Pfälzer Gewächse aus.

Frasdorf (Bayern)

7

Michael's Leitenberg

Weiherweg 3,
83112 Frasdorf
08052-2224
www.michaels-leitenberg.de
Küchenchef: Michael Schlaipfer
Mo, Di u. Fr, Sa ab 18 Uhr, So von 11.30–14 Uhr u. ab 18 Uhr,
Mi u. Do RT
Hauptgericht: 25–42 €,
Menüs: 89–120 €

VISA P

So etwas ist mittlerweile wirklich selten: ein modern designtes Restaurant mit sichtlich ambitionierter Küche auf tatsächlich hohem Niveau – und immer noch weitestgehend unter dem medialen Radar. Das unlängst mit neuem Interieur elegant umgestaltete Lokal von Michael Schlaipfer ist eine solche Ausnahme. Bereits der Erstbesuch in der letzten Testsaison war eine echte Überraschung und auch heuer wurde – so viel vorab – der positive Eindruck erneut bestätigt.
Die zahlreichen Gäste aus der näheren und weiteren Umgebung – darunter auch namhafte Kollegen – wissen ganz offensichtlich zu Recht, was sie an dem Geheimtipp im kleinen Nebenort vom ebenfalls beschaulichen Frasdorf haben. Michael's Leitenberg bietet eine sympathische Mischung aus familiärer Wirtschaft und elegantem Fine Dining. Es wurde einiges von der traditionellen Einrichtung erhalten, aber durch moderne Möbel und Einrichtungsdetails ergänzt. Dazu gibt die unkomplizierte Art des Service einen entspannten Grundton vor.
Dass tatsächlich viel Wert auf die Produktqualität des Gebotenen gelegt wird, belegen schon die sehr gute Auswahl an Brot und Aufstrichen sowie eine cremig-jodige, luxuriös mit Kaviar getunte Miniatur als Amuse-Bouche. Spätestens aber bei den erfreulich klar und frisch wirkenden, kräftig colorierten Jakobsmuscheln in einem kraftvoll röstigen Yuzu-Fond mit präzise eingebundener Schärfe und Korianderwürze (auch als saftiges Tapioka) wurde deutlich, dass hier alles andere als ein Blender am Herd steht. Im Gegenteil, die bewusst übersichtlichen Gerichte leben von wenigen clever gesetzten Akzenten und zeigen, dass die Urheber eher abgeklärt als reißerisch vorgehen.
Auch die stoffige, gemüsefruchtige Paprikaschaumsuppe in idealer leichter Konsistenz war ein Beispiel dafür: Wie auch die meisten Saucen zeigte das Süppchen genauso Komplexität wie Leichtigkeit. Den hohen Anspruch ans Produkt illustrierte die kross gebratene Gänselebertranche in (nicht ganz, aber fast perfekter) homogen-fester Konsistenz, die nur von zartem Birnenragout mit subtilen Kräuterakzenten und kraftvoller Jus begleitet wurde.
Zu den überzeugendsten Kostproben des letzten Besuchs zählte außerdem die hohe, reinweiße und saftige Heilbuttschnitte in einer kräftigen und zugleich eleganten „Umami-Schaumsauce", vermutlich auf Miso-Basis, die durch Buchenpilze mit subtilen Umaminoten und durch ein frisch gehaltenes Gelbes-Rüben-Püree den nötigen Kontrast mitbekam. Astreine Drei-Komponenten-Küche!
Nicht ganz so gelungen, weil zu sehr Ton in Ton, folgten eine geschmorte Roulade und kross gebratene Brust vom Hendl mit Selleriecreme und kräftiger Jus. Hier sorgte nur etwas beherzt sautierter wilder Brokkoli mit knackiger Bitterkeit für etwas Kontrast, das aber eher als kleine Randnotiz. Der braune, tendenziell breite Eindruck überwog insgesamt.
Umso erfreulicher, dass zum Dessert ein betont zitrusfrisches und kontraststarkes Finale wartete: Auch wenn die annoncierte Teenote nur mit viel Fantasie wahrnehmbar war, gelang das Zusammenspiel von duftiger säurefrischer Kalamansi mit einem zartherben dunklen Schokosorbet und dem hellen Schmelz weißer Schokolade ganz prima.
Unter dem Strich bleiben es eher Kleinigkeiten, die noch Optimierungspotenzial aufzeigten. Die stimmigen Kreationen überwiegen. Und da passt es auch ins Bild, dass neben den elaborierteren Sachen auch einige besonders mehrheitsfähige einfachere Gerichte wie ein Wiener Schnitzel mit Bratkartoffeln, eine Sellerieschaumsuppe mit Kresse oder eine Sorbetvariation auf der Karte stehen.
In die Gläser kommen dazu hochwertige Weine renommierter Erzeuger, überwiegend aus Deutschland, Österreich und Italien. Vor allem

bei den Flaschenweinen gibt es vom Gutswein bis zum großen Gewächs viele spannende Entdeckungen und teils sogar echte Schnäppchen.

Freiburg i. Breisgau
(Baden-Württemberg)

51↑

Drexlers

Rosastr. 9, 79098 Freiburg i. Breisgau
0761-5957203
www.drexlers-restaurant.de
Mo–Fr von 11.30–14 Uhr u. ab 18 Uhr, Sa ab 18 Uhr, So u. Fei RT
Hauptgericht: 39–41 €,
Menüs: 54–66 €

Das gestraffte Programm mit einem allabendlichen Auswahlmenü in drei oder vier Gängen aus acht unterschiedlichen Offerten und die ebenso pragmatische wie anspruchsvolle Arbeitsweise des Teams um Küchenchef Mario Fuchs sorgen in dem modernen Bistro mit unkomplizierter, meist quirliger Atmosphäre, eng stehenden Tischen und Glasfront zur Straße für eine seit Jahren zuverlässig gute Küche. Geboten wird Klassisches in zeitloser Ausführung und sehr solider Machart, mal als verfeinerte Regionalia, gern aber auch in Form mediterraner Gerichte oder schmissiger Eigenkreationen. Immer mit überdurchschnittlichem Anspruch an Produkt und Handwerk, aber auch mit genügend Bodenhaftung und zu moderaten Preisen, sodass ein breites Publikum etwas damit anfangen kann. Das Mittagsangebot weicht jedoch konzeptionell vom Abendprogramm ab.

7

Eichhalde

Stadtstr. 91,
79104 Freiburg i. Breisgau (Herdern)
0761-58992920
www.eichhalde-freiburg.de
Küchenchef: Federico Campolattano
Fr–Di von 12–14 Uhr u. ab 18 Uhr, Mi u. Do RT
Hauptgericht: 24–28 €, Menüs: 58–71 €
VISA

Die italienische Küche hat es schwer hierzulande. Von Liebe erdrückt und in Banalität erstickt, hat sie in ihrer ganzen großartigen Schlichtheit, Produktfixierung und geschmacklichen Eleganz nur in Nischen eine Chance. Dort, wo die Menschen erkennen, dass Pastasorten einen Unterschied machen, dass Carbonara und Carbonara so verschieden sein können wie Dschungelcamp und Burgtheater. In der Eichhalde im Freiburger Norden, über Jahrzehnte ein Lieblingsrestaurant des Bürgertums aus den hübschen Jugendstilvillen ringsum und am Hang darüber, finden Kenner seit einigen Monaten eine kulinarische Italianità von bemerkenswerter Klarheit und Ambition. Schon das Ambiente ist meilenweit von Chiantiflaschen im Bast und naiven Vesuvio-Interpretationen an der Wand entfernt: Die Tische aus blankem Nussbaum, die Stühle von KFF-Lemgo, dazu hauchzarte Riedel-Gläser, die Bestecke von Cutipol. Man erkennt leicht die gestalterische Handschrift von Sascha Weiß, der in Freiburg mit seiner Wolfshöhle in der Altstadt kulinarische Maßstäbe setzt: Er fungiert hier als Partner! Am Herd steht Federico Campolattano – ein echter Glücksfall. Als ehemals enger Mitarbeiter des genialen Niko Romito (sowie kurz von Massimo Bottura) steht sein Können außer Zweifel. Für seine Bescheidenheit spricht, dass er seine Zeit bei den großen Lehrmeistern nicht an die große Glocke hängt. Viel lieber lässt er seine Küche sprechen, bereits die Karte liest sich animierend und klar wie das Ambiente: je fünf Antipasti und Primi, je zwei Fisch- und Fleischgerichte. Schon das kleine Amuse zum feinperlenden Franciacorta – eine sahnige Brokkolicreme (ohne Butter! ohne Sahne! Nur: Brokkoli, Salz, Öl) auf einem krossen Tartelette, darüber einige hauchfeine Fäden Parmesan – fängt den Geist der italienischen Küche perfekt ein. Man fragt sich, wie solche Schlichtheit so gut schmecken kann!
Zum Einstieg ins Menü unseres Auftaktbesuches gefiel uns ein Klassiker „rivisitato", also in adaptierter, modernisierter Form: Kalbstafelspitz in hauchdünnen Scheiben, rosé gebraten

und luftig um ein perfekt wachsweiches Eigelb gelegt, dazu etwas rasierschaumfeiner Parmesanschaum, ein Faden Olivenöl sowie geröstete Bröseln nach sizilianischer Art für den Biss. Wunderbar leicht, puristisch, klar. Vielleicht hätte ein Hauch Salz das Ganze noch ein wenig gehoben, da der Schaum sehr zurückhaltend den Parmesan nur erahnen ließ.
Deutlich kräftiger dagegen anschließend ein traditioneller neapolitanischer „Insalata di rinforzo" von herausragender Qualität. Konkret: Blumenkohlröschen – knapp gegart und kurz abgeflämmt – auf einem milden, das ganze Gericht verbindenden Bett von Blumenkohlcreme, Schwarzkohlstreifen, sekundenkurz angebraten, einige Sardellenstückchen von großartigem Aroma, etwas angetrocknete Tomate, kleine Taggiasca-Oliven, winzige Kapern und ein feiner Hauch Peperoncino.
Wie es sich gehört, ist die Pasta in der neuen Eichhalde das unangefochtene Highlight. Uns fällt in der Republik kein halbes Dutzend Köche ein, das sie auf vergleichbarem Niveau fertigbrächte! Hinreißend die klassischen Spaghetti „Vongole", in perfektem Garpunkt zur kleinen Spirale gelegt und nur knapp umhüllt von grasgrüner Petersiliencreme (Öl, Muschelfond, Petersilie), dazu ein paar hocharomatische Vongole, etwas Knoblauchschaum sowie feine Milchcreme; großartig die dicken Röhrennudeln Millerighe mit samtig-dichtem, butterzart-sanftem Ochsenschwanzragout (ohne Röstaromen; nur stundenlang geschmort mit Tomate und Gemüsen) und einem Hauch Pecorino.
Auch die Secondi – sonst gerne ein wenig stiefmütterlich behandelt – liegen Federico Campolattano. Ein aromatischer Traum ist seine kross gebratene, saftige Dorade Royale über knapp gegartem, gestifteltem Wurzelgemüse, begleitet von einer ölig-duftend-aromatischen, hochintensiven „Cacciucco"-Sauce auf der Basis von Hummerkarkassen, Muschelfond und Sepioline nach Art der berühmten toskanischen Fischsuppe. Ein wenig fest und im Vergleich zum Fisch eher ausdruckslos erschien uns dagegen eine gekochte und dann angebratene Rinderzunge in dicken Scheiben auf schön seidigem Selleriepüree mit einer schlichten, angenehm herben Sauce von grünen Oliven und Zwiebelmarmelade. Und auch das Dessert – eine Crostatina mit Nougatcreme, karamellisierten Haselnüssen und gehobelter Schokolade – hätte ein wenig spannungsreicher und leichter ausfallen dürfen.
Absolut nichts zu meckern gab es dagegen am hochsympathischen Service von Campolattanos Partnerin Valentina Tito. Wir sind uns sicher: Mit ihrem Charme, der Kochkunst ihres Partners und etwas Durchhaltevermögen im zweifellos eher behäbigen Freiburger Umfeld wird sich die Eichhalde zu einem der absoluten Spitzenitaliener hierzulande entwickeln – mit Konkurrenz nur in Großstädten wie Hamburg, Frankfurt oder München.

5↑

Hirschen Lehen

im Clarion-Hotel Hirschen
Breisgauer Str. 47,
79110 Freiburg i. Breisgau (Lehen)
0761-8977690
www.clarion-hotel-freiburg.de
Küchenchef: Christian Laberer
Täglich von 12–14 Uhr u. ab 18 Uhr, kein RT
Hauptgericht: 28–45 €,
Menüs: 42–140 €
VISA P

Der Hirschen in Lehen, ein Gebäudekomplex aus historischem Stammhaus von 1740 und modernem Hotelanbau von 2005, liegt am beschaulichen Stadtrand von Freiburg und ist mit der Straßenbahn doch nur wenige Stationen vom Münster entfernt. Seit vielen Jahren bietet Gastgeberfamilie Baumgartner hier im Westen der Breisgau-Metropole eine sichere Bank für anspruchsvolle und doch bodenständige Küche. Und die gibt's entweder in den sehr gepflegten und trotz hohem Nostalgiewert irgendwie sehr zeitlos wirkenden alten Stuben mit ihren gemütlichen „Holzabteilen" im Stammhaus oder auf der lauschigen Sonnenterasse unter alten Bäumen hinterm Haus.
Für das Kulinarium, das seit jeher einen Mittelweg zwischen traditionellen badischen Gerichten und internationalen Feinschmeckereien geht, zeichnet nun schon seit über dreißig Jahren Küchenchef Christian Laberer verantwortlich. Und der steht für einen substanzstarken

Küchenstil ohne artifizielle Ader, der sich nicht über filigrane Anrichtkunst oder besonders kreative Kombinationen definiert, sondern über gute Grundprodukte in fundierter und schnörkelloser Zubereitungsart. So war zum Beispiel der Feinschmeckersalat mit gebratenen Gambas „Piri-Piri" zwar kein allzu großer Augenschmaus, aber durchaus einer für den Gaumen. Denn die Krustentierchen, die hier mit einer süßlich-pikanten, nur mäßig scharfen klaren Glasur nappiert und mit Wokgemüse aus Zucchini, Karottenstreifen, Sprossen und Lauch überhäuft neben einem Gemisch aus Blattsalat, Avocado und Röstbrot auf dem Teller lagen, waren von sehr ordentlicher Qualität. So auch der mit Knoblauch und Thymian kross auf der Haut gebratene Loup de Mer, der sich den Teller mit sehr gutem Ratatouille, zitronigem Blattspinat und einer mit Pesto gefüllten Auberginenroulade teilte und last but not least auch noch von einem Schälchen mit attraktivem Steinpilzrisotto (zarter Biss, schmelzige Textur …) begleitet wurde. Die „Französische Fischsuppe" – darin unter anderem ein ausgezeichneter Raviolo mit kräftiger Hummereinlage und feinem, bissfesten Teig sowie etwas schlicht und wenig elegant wirkende Lachsklößchen – war insgesamt schön klar und reintönig, nur leider aromatisch etwas dünn. Die Gemüsejuliennes und der viele Dill darin vermittelten einen etwas gemüsig-groben Eindruck. Hier hätte – ganz klassisch – etwas Mayonnaise oder Rouille mit Croûtons noch für Schmelz und Dichte sorgen können.

Reichlich Schmelz gab's indes beim Kalbsbries mit aromatischen Frühlingsmorcheln, das sauber pariert, perfekt gebraten, kräftig coloriert und doch schön zart war. Aber eben mit viel Sahne auch relativ fett, was zusammen mit den eher weichen und breiten (handgeschabten) Spätzle sowie dem ebenfalls sehr weichen Blattspinat einen insgesamt etwas üppig-opulenten Eindruck hinterließ. Sehr schmackhaft war das trotzdem …

So wie auch der erste badische Spargel mit wunderbarem Eigengeschmack, auch wenn dieser nach unserem Gusto ebenfalls etwas zu weich gegart war. Was aber vielen Gästen gut gefallen dürfte und eher eine Frage der regionalen Spargeltradition ist. Perfekt luftig-samtig präsentierte sich dazu die Hollandaise sowie – als eigentliches Highlight! – die badischen „Kratzete", eine Art zerrissener Pfannkuchen, von hinreißend elastischem Biss. Ein Detail, aber auch eine so ideale Verbindung von Zartheit und Rustikalität, dass wir sie – vielleicht mit einem kleinen Salat – bereits als vollständiges Gericht mit viel Genuss gegessen hätten.

Eine sehr schöne Dessert-Trilogie begleitete schließlich den Espresso: fluffig-saftige Tiramisu mit deutlicher Kaffeenote und schokoladiger Herbheit, opulent-halbflüssiger Schokokuchen mit feinsäuerlichen Kirschen, sowie – als echte Rarität! – Erdbeeren mit Aroma, puristisch begleitet von einer nicht zu süßen weißen Schokoladenmousse. Auch die Crème brûlée mit ihrer zwar etwas dickeren, aber sehr sauber und homogen geschmolzenen Karamellkruste (ebenfalls mit den fantastischen marinierten Erdbeeren serviert) war klar eine von der besseren Sorte.

Das Thema Wein ist im Hirschen stets ein besonders großes. Das erkennt man nicht nur am diesbezüglich sehr gut geschulten jungen Serviceteam, sondern natürlich auch auf der Karte mit ihrem umfangreichen Baden-, Burgund- und Bordeaux-Angebot. Garantiert findet man sonst nirgendwo in der Stadt und der weiteren Umgebung beispielsweise eine vergleichbare Kollektion von der Domaine de la Romanée-Conti! Aber auch für kleineres Budget hat der Keller viele attraktive Bouteillen zu bieten.

5

Kreuzblume

Konviktstr. 31,
79098 Freiburg i. Breisgau
0761-31194
www.hotel-kreuzblume.de
Mi–So ab 18 Uhr, Mo u. Di RT
Hauptgericht: 19–39 €,
Menüs: 45 €
VISA

Es gibt nicht viele Restaurants in Freiburgs romantischer Altstadt, die mit einem derart aufgeräumten, modernen und doch gemütlichen Ambiente punkten können wie dieses kleine schlauchartige Bistro in der malerischen Konviktstraße: blanke Holztische, Parkett, graue Möblierung – schlicht, schnörkellos. Auch kulinarisch geht es ambitionierter zu als in dem meisten Lokalen ringsum, dafür spricht schon die übersichtliche Speisekarte. Exotische Aromen und eine undogmatische Weltküche sind der Stil des aus Australien stammenden Küchenchefs, der hier ein solides Gesamtniveau bietet und auch durch sein Kulinarium einen deutlichen Kontrast zur überwiegend traditionellen Umgebung herstellt. Man kann hier in unkomplizierter Atmosphäre angenehme Abende verbringen, die mit einer im offenen Ausschank etwas animierender gestalteten Weinkarte auch noch an Attraktivität gewinnen könnten.

8

Wolfshöhle

Konviktstr. 8,
79098 Freiburg i. Breisgau
0761-30303
www.wolfshoehle-freiburg.de
Küchenchef: Sascha Weiß
Di–Sa von 12–14 Uhr u. ab 18 Uhr,
So u. Mo RT
Hauptgericht: 26–52 €,
Menüs: 37–125 €
VISA

Einladender als der Name denken lässt, liegt die Wolfshöhle am bergseitigen Ende der Freiburger Altstadt, in der pittoresken gepflasterten Fußgängerzone. Ein Altbau, der im Äußeren die historische Substanz bis ins Detail wahrt, innen aber einen blanken modernen Einrichtungsstil zeigt. Im Sommer gibt es eine Reihe von Tischen auf der Gasse, die natürlich rasch ausgebucht sind. Zum Start empfiehlt sich je nach Façon ein Glas Riesling-Sekt aus dem Hause Wegeler; das Studium der Weinkarte verrät dann überhaupt eine hohe Kompetenz in Sachen Rebensaft. Erstaunlich, was sich hier allein an regionalem Spätburgunder so alles tummelt. Weit über dem Durchschnitt steht auch das Offenweinangebot.
Die Apéro-Häppchen werden in der Wolfshöhle extra berechnet – etwas erstaunlicherweise auch das Brot. Allerdings ist dieses hervorragend, ein dicht gewirktes, mit Fenchelsamen aromatisiertes und noch lauwarm im Tontöpfchen serviertes Gebäck. Bei den Häppchen entscheiden wir uns für Räucherlachs aus dem nahen Dreisamtal, ein schönes Produkt, das mit Sauerrahm und etwas Dill inszeniert wird. Puristisch präsentiert sich sodann ein Tatar vom Wolfsbarsch mit ansprechend festem Biss und klarem, sauberem Geschmack. Wilder Spargel als aufragend angeordnete Stücke vom Schaft und als Cremetupfer sorgt dazu für einen dezenten vegetabilen Kontrast; kräftige herbe Frische und Säure bringt Zitrone als Saft und Zeste ein. Eine Spur Paprika, eine Andeutung von Dill und zwei Blüten runden diesen ästhetisch angerichteten Teller subtil ab.
Der folgende Seeteufel wird von rotem Curry und Kirschtomaten sekundiert, wobei Letztere als sauber enthäutete und dann confierte Exemplare auf dem Teller zu finden sind, aber auch die Grundlage der gelben Marmelade bilden, mit der der Fisch lackiert ist. Die Currymischung prägt den Sud, der unter dem Seeteufel mit etwas Kräuteröl zu einer fruchtig-pikanten Melange zerfließt. Ebenso schlicht gehalten ist dann auch die rosa gebratene Taubenbrust mit Erbsen und Pfifferlingen, was wunderbar funktioniert, denn der Akkord ist stimmig, das Fleisch vom Besten und die Erbsen wie die Pilze frisch und aromatisch.
Etwas ausladender wirkt anschließend der Hauptgang, wo ein Stück Lammhüfte mit einer herzhaften Kruste von Salbei und Kümmel von gebratenen Frühlingszwiebeln und einer leichten Sauce Béarnaise begleitet wird. Als à part gereichte Beilage fungieren Gnocchi an Sauerrahm mit etwas Grün von Frühlingszwiebeln und einer Grundierung aus nicht näher bezeichneter kräftiger Hartwurst.
Zum Dessert transformiert Sascha Weiß die Schwarzwälder Kirschtorte, und natürlich ist er nicht der Erste, der auf diese Idee kommt. Aber er tut es auf eine sehr ansprechende Weise mit einem getränkten Schokobiskuit, einem Schokoladeneis, das eigentlich eher ein Sorbet ist, aromatischen Kirschen und einigen süßschmelzigen Cremetupfern. Wesentlich für das Geschmacksbild sind ein paar Flocken Fleur de Sel, die dem Ganzen Dynamik und Tiefe verleihen.
Verbesserungspotenzial bei dieser grundsoliden Gesamtleistung? Kaum. Sascha Weiß und sein Team haben längst zu einem recht eigenen, souveränen Stil gefunden, der sich ganz unaufgeregt und bisweilen sogar ziemlich bodenständig und zupackend präsentiert – überall dort, wo es nötig ist, aber auch sehr präzise und bei allem Purismus auch elaboriert daherkommt.
Dass wir zuletzt zwar wie gewohnt sehr sympathisch umsorgt wurden, die für uns zustän-

digen Mitarbeiter aber nicht ganz sattelfest waren, die Speisen verschiedentlich nicht von Grund auf kannten, manchmal in der Küche nachfragten, manchmal aber auch nicht, sei nur am Rande erwähnt. Denn prinzipiell sind wir hier immer voll des Lobes über den charmanten Service unter Gastgeberin Manuela Weiß, der es selbst im größten Rummel jederzeit gelingt, den Überblick zu behalten und die Kreationen ihres Mannes durch treffsichere Empfehlungen aus der Weinkarte kongenial zu begleiten.

7

Zirbelstube

im Hotel Colombi
Rotteckring 16,
79098 Freiburg i. Breisgau
0761-21060
www.colombi.de
Di–Sa ab 19 Uhr, So u. Mo RT
Hauptgericht: 44–59 €,
Menüs: 59–125 €
VISA

Als souveräner Routinier mit langjähriger Gourmeterfahrung gelang es Harald Derfuß erwartungsgemäß, dem Traditionshaus im Herzen von Freiburg nach einer ziemlich unsteten Phase, die hier mit dem Weggang von Altmeister Alfred Klink zu einigem Auf und Ab und zu mehreren Küchenchefwechseln führte, auch gastronomisch und vor allem kulinarisch wieder die gewohnte Ruhe und Beständigkeit zu geben. Das unlängst aufgefrischte und immer noch erznoble Gourmetrestaurant im ersten Haus am Platz steht unter seiner Ägide wieder für das, wofür sie jahrzehntelang immer stand: eine tadellose klassisch französische Küche mit etwas badischem und viel mediterranem Einschlag. Derfuß und sein Team bieten ein für heutige Verhältnisse relativ umfangreiches Programm, scheuen auf den Tellern keinen Aufwand, machen aber auch keine Experimente und kreativen Verrenkungen, kochen gediegen und mit viel Substanz.

Freinsheim (Rheinland-Pfalz)

ohne Bewertung

Atable im Amtshaus

im Hotel Amtshaus
Hauptstr. 29, 67251 Freinsheim
06353-5019355
www.amtshaus-freinsheim.de
Küchenchef: Swen Bultmann
Di ab 18.30 Uhr, Mi–Sa von 12–14 Uhr u. ab 18.30 Uhr, So u. Mo RT
ericht: 32–39 €, Menüs: 56–90 €
VISA

Sybille Herbst und Swen Bultmann haben ihr kleines, feines Restaurant in der Ludwigshafener Innenstadt, dessen Küche in unserem Guide seit Jahren konstant mit 6 Pfannen ausgezeichnet war, im April offiziell verlassen und sind ins etwa 25 Kilometer westlich gelegene Freinsheim umgezogen. Dort haben die beiden das Hotel Amtshaus in der Hauptstraße 29 übernommen, wollen Anfang Juni 2021 eröffnen und am hohen gastronomischen und kulinarischen Anspruch festhalten. So kann man sich auch im künftigen Restaurant Atable im Amtshaus über die schnörkellos klassische Küche des Chefs freuen, der sich auf seinen Tellern seit jeher auf die besonders exakte und fokussierte Zubereitung weniger Produkte konzentriert, die bewährt gut miteinander harmonieren. Sein Stil ist französisch-mediterran, aber es gibt im Repertoire immer auch einige verfeinerte Regionalgerichte. Gastgeberin und Sommelière Sybille Herbst empfiehlt dazu schwerpunktmäßig ausgesuchte Gewächse aus den nächstgelegenen Anbaugebieten. Bis zu unserem ersten Testbesuch im neuen Refugium bleibt das Atable natürlich kurzfristig ohne Bewertung.

Freising (Bayern)

ohne Bewertung

Mountain Hub Gourmet

im Hotel Hilton Munich Airport
Terminalstr. Mitte 20,
85356 Freising (Flughafen München)
089-97824500
www.mountainhub.de
Küchenchef: Stefan Barnhusen
Di ab 18.30 Uhr,
Mi–Fr von 12–13.30 Uhr u. ab 18.30 Uhr,
Sa, So u. Mo RT
Menüs: 125–165 €
EC VISA P

Es war bei uns fest eingeplant, das neue ambitionierte Gourmetrestaurant unter dem Dach des Hilton Munich Airport am Münchener Flughafen noch für diese Ausgabe zu besuchen. Denn sowohl dessen Restaurantleiter Johannes Gahberger als auch Küchenchef Stefan Barnhusen kennen wir von ihren früheren Stationen als ausgewiesene Könner ihres Fachs: Gahberger unter anderem als Maître aus dem Esszimmer in der Münchener BMW-Welt und Barnhusen zuletzt aus dem Jellyfish in Hamburg, wo er es mit seiner kreativen Küche auf Anhieb zu einer Bewertung mit 7+ Pfannen brachte. Leider machte uns im Herbst des Vorjahres zunächst der Lockdown einen Strich durch die Rechnung und danach die Wiedereröffnungspläne des Mountain Hub Gourmet, das erst im August 2021 und damit nach dem Redaktionsschluss dieser Ausgabe wieder Gäste empfängt. Weil wir aufgrund der Vorgeschichte der Hauptprotagonisten sehr sicher sind, dass das noch sehr neue Restaurant mit Erscheinen dieser Ausgabe bereits wieder eine lohnende Genussdestination sein wird, möchten wir es Ihnen an dieser Stelle nicht vorenthalten – natürlich noch ohne Bewertung. Die finden Sie aber gewiss bereits bei Erscheinen des Buches ganz aktuell im Gusto Online-Guide und in der Gusto-App!

Schuhbauers Oberwirt

Sternstr. 20,
85414 Freising (Kirchdorf a. d. Amper)
08166-7366
www.oberwirt-kirchdorf.com
Mi–Fr ab 17 Uhr,
Sa u. So von 11.30–14.30 Uhr
u. ab 17.30 Uhr, Mo u. Di RT
Hauptgericht: 18–23 €
EC P

Wenn doch jedes Wirtshaus so wäre: in dem ländlich-rustikalen, gepflegten Familienbetrieb der Schuhbauers gibt's herzlichen Service und pfiffige, frisch und natürlich zubereitete Regionalküche. Für Letztere sorgt am Herd der Juniorchef Benedikt Schuhbauer, alles drum herum managen seine beiden Schwestern. Und was auf die Tische kommt, kann sich auf seine traditionelle, aber zugleich behutsam verfeinerte Art jederzeit sehen und schmecken lassen. Weiterer Pluspunkt: der idyllische Wirtsgarten im Sommer.

Freyung (Bayern)

6

Landgasthaus Schuster

Ort 19, 94078 Freyung
08551-7184
www.landgasthaus-schuster.de
Küchenchef: Leopold Schuster
Do–So von 11.30–13.45 Uhr
u. ab 18 Uhr, So, Mo u. Di RT
Hauptgericht: 22–34 €,
Menüs: 39–90 €
EC P

So ungezwungen und souverän kommen herzhafte Rustikalität und feinsinnige Kochkunst nur selten zusammen wie in Bärbel und Leopold Schusters schmuckem Domizil. In stilvoll heimeligem Ambiente kommen von jedem unnötigen Ballast befreite Gerichte auf die Tische, die sich durch tiefen Geschmack und die hohe Qualität der regionalen Produkte auszeichnen. Dank präzisem Handwerk und ausgewogenen Proportionen beim Anrichten wirken die Gerichte bei aller zupackender Kraft stets elegant und balanciert – bodenständige Kreativität und eine Prise Weltoffenheit inklusive. Die Gastgeberin steht für einen mit Sinn und Verstand bestens gefüllten Keller mit Schwerpunkt bei deutschen Gewächsen neben Österreich, Frankreich und Italien und für kompetente Beratung. Das alles gibt's seit vielen Jahren nicht nur auf einem konstant hohen Niveau, sondern auch zu einem konstant guten Preis-Leistungs-Verhältnis.

Frickingen (Baden-Württemberg)

5↑

Löwen Altheim

Hauptstr. 41,
88699 Frickingen (Altheim)
07554-8631
www.loewen-altheim.de
Küchenchef: Roman Pfaff
Di–Sa ab 17.30 Uhr,
So von 11.30–13.30 Uhr, Mo RT
Hauptgericht: 14–26 €, Menüs: 31–36 €

Von außen zwar charmant, aber eher unscheinbar zwischen großen alten Laubbäumen versteckt, verbindet das Gasthaus Löwen drinnen urige Gemütlichkeit mit viel Holz, historischem Dekor und Accessoires mit elegant gedeckten Tischen und gehobener Gastkultur. Kein Wunder, dass sich der mit über 400 Jahre langer Tradition besetzte Gasthof auch in der vierten Generation unter Gastgeber und Küchenchef Roman Pfaff ungebrochener Beliebtheit erfreut. Die Mischung aus warmer Atmosphäre und bodenständiger, aber feiner Küche ist einfach ein Erfolgsrezept. Und mit dem in guten Adressen geschulten Cuisinier am Herd kam vor wenigen Jahren auch noch ein bisschen frischer Wind ins Programm …

Ganz gleich, ob man „nur" ein auf den Punkt gegrilltes Schweinerückensteak (aus nachhaltiger Erzeugung) mit Dip aus roten Zwiebeln und Senf, kleinem grünem Salat und Pommes frites ordert oder sich munter durch die etwas kreativeren Offerten probiert – das Ganze wird auf unkomplizierte Art immer Freude bereiten. So wie auch in unserem Fall die sanft mit Zitronenverbene pochierten Saiblingsfilets nebst limonenfrisch und spicy gehaltenem Couscous, erfrischendem Himbeerjoghurt und würzigen Wildkräutern als aromen- und farbenfroher Einstieg. Oder wie der säuerlich würzige Ziegenfrischkäse, bei dem eingelegte Gemüse, Kräuter und ein pikantes Nuss-Topping für einfallsreiche Abwechslung sorgten.

Oft werden die Gerichte zwar eher etwas gröber und ohne aufwendige Feinarbeit angerichtet, geschmacklich sind die Teller aber meist gut durchdacht. Und handwerkliche Substanz gibt es obendrauf, wie zuletzt vor allem das ausnehmend zarte, feinfaserige Lammfilet mit elegantem Portwein-„Sößle" untermauerte. Die zarte fruchtige Süße der Sauce passte naturgemäß gut zu dem eher herben, feinbitteren Blattspinat und bekam mit einem mustergültig cremig-knusprigem Kartoffelgratin einen willkommenen Partner zur Seite gestellt.

Einzig das eher kreativ gehaltene Dessert rund um betont säuerlich-würzig geschmorte Aprikosen konnte beim letzten Mal nicht ganz überzeugen. Und das nicht, weil es recht schludrig angerichtet war, sondern weil der begleitende Hüttenkäse-Biskuit arg trocken und keksig geriet, was auch von dem vanillesüßen Sauerrahmpudding und etwas Minze nicht ganz kompensiert werden konnte.

Am stimmigen Gesamteindruck, den wir auch dieses Jahr von der Löwen-Küche vermittelt bekamen, ändert das aber nichts. Der bleibt bestehen und schließt auch die einfachen, aber guten Schoppen und die Auswahl an seriösen, preiswerten Tropfen aus Baden und der europäischen Nachbarschaft mit ein, die vom herzlichen Service kompetent offeriert werden.

Fridingen a. d. Donau
(Baden-Württemberg)

5

Landhaus Donautal

**Bergsteig 1,
78567 Fridingen a. d. Donau
07463-469
www.hotel-donautal.de
Küchenchef: Yannick Traut
Do–Mo von 11.30–14 Uhr u. ab 18 Uhr, Di u. Mi RT
Hauptgericht: 11–30 €, Menüs: 35–50 €**

EC VISA

Etwas außerhalb der Ortschaft Fridingen auf einer Anhöhe des Donautals laden die Gastgeber Veronica Leascenco und Yannick Traut in ihr gemütliches Landhaus am Bergsteig. Der Chef hat sein Handwerk einst bei Jörg Sackmann in Baiersbronn gelernt und war danach unter anderem zwei Jahre als Commis bei Hans Stafan Steinheuer im Ahrtal. Im eigenen Gasthaus geht's atmosphärisch wie kulinarisch natürlich weitaus bodenständiger zu, aber man kann auf Trauts Tellern durchaus erkennen, dass hier jemand sein Handwerk versteht und weiß, worauf es ankommt.
Weltläufige Dinge wie das Duett von gebratener Garnele und Jakobsmuschel mit Lardo, Tomatenchutney und Wildkräutersalat sind auf der Karte eher die Ausnahme – es dominieren bodenständig regionale Gerichte wie eine Kraftbrühe vom Hegau-Rind mit Flädle und Kräutern, hausgemachte Kässpätzle mit Bergkäse und Emmentaler, paniertes Schnitzel „Wiener Art“ und natürlich der in schwäbischen Gefilden unvermeidbare Zwiebelrostbraten. Gerichte, wie man sie in einem traditionellen Gasthaus wie diesem erwartet, die aber besser sind, als man sie in den meisten vergleichbaren Gasthäusern bekommt!
Schon das Tatar vom hausgebeizten Lachs, das herzhaft, aber nicht deftig angemacht war und von etwas Schnittlauchschmand begleitet wurde, machte in seiner natürlichen, frischen Art Spaß. Das kunstvoll von einer Radieschen-Chartreuse eingefasste Salatbouquet bestand zwar nicht wie annonciert aus Wildkräutern, sondern aus grünem Salat und ein paar Babyleafs, war aber trotzdem schmackhaft. Sehr fein auch die mit leicht pikant abgeschmecktem würzigem Brät gefüllten Maultäschle mit dünnem, elastischem Teig, die ganz traditionell auf schlotzigem, klein geschnittenem Kartoffelsalat angerichtet und mit tadellosen glasig geschmälzten Zwiebeln gekrönt werden.
Die Tranchen vom Kalbsrücken sind klassisch gebraten, außenherum schön kross und im Kern gleichmäßig rosa und sehr saftig, die begleitende Bandnudelrolle in feinwürzigen Rahm gelullt, die sautierten Pfifferlinge frisch und fest und die schmorwürzige dunkle Sauce, die zum Nachschenken auch reichlich im Kännchen am Tisch verbleibt, zeugt trotz ihrer etwas dicken Bindung von solidem Küchenhandwerk.
Selbiges gilt für die im Weckglas cremig gestockte Crème brûlée und insbesondere für das begleitende, mit Limettenschalenabrieb und Minze aromatisierte Ananas-Tatar und -Carpaccio. Dass aus dem Himbeersorbet ein Cassis-Eis geworden war, tat der Sache keinen Abbruch. In der kleinen Weinkarte finden sich gute, preiswerte Tropfen namhafter Erzeuger, vorwiegend aus Deutschland.

Friedberg (Hessen)

6

Bastian's Restaurant

**Erbsengasse 16,
61169 Friedberg (Dorheim)
06031-6726551
www.bastians-restaurant.de
Küchenchef: Chris Bastian Draisbach
Di–Sa ab 18 Uhr, So u. Mo RT
Hauptgericht: 23–34 €, Menüs: 49–89 €**

EC VISA

Als wir das letzte Mal in dem Restaurant im Friedberger Ortsteil Dorheim zu Gast waren, hieß es noch „Gastraum der Sinne“ und wurde vom mittlerweile nach Frankfurt abgewanderten André Großfeld bekocht. Das einst in satten Rottönen gehaltene Lokal mit der stylish aus-

geleuchteten Bar als Eyecatcher präsentiert sich nun mit weißgetünchten Wänden deutlich heller und luftiger – überzeugt mit historischer Holzbalkendecke, dekorativem Steindekor an den Wänden und dem nahezu unveränderten Barbereich aber auch im neuen Kleid.
Der neue Inhaber und Küchenchef Chris Bastian Draisbach kennt als ehemaliger Weggefährte Großfelds dessen Küche sehr genau, verfolgt am Herd aber auch konsequent und zielgerichtet seine eigenen Ideen. Unbestritten übt der klassisch französische Ansatz jedoch weiterhin den größten Einfluss auf das Kulinarium aus, was auch heuer schon beim Küchengruß zu Beginn auf kleinem Raum deutlich wurde: Den erprobten Dreiklang von leicht herber Entenleberpaté, süß-säuerlichem Traubengelee und gerösteter Brioche akzentuierte da nämlich lediglich ein wenig Schokoladen-/Pilz-Crumble on top, der das tradierte Zusammenspiel von Schmelz, Frucht und Rauch noch zusätzlich mit erdigen Noten unterfütterte.
Inhaltlich klug fokussiert wählt man hier übrigens je nach Lust und Laune aus einem drei- bis siebengängigen Menü, wobei der Küche auch mit einem Überraschungsmenü freie Hand gewährt werden kann und zudem alle Gänge einzeln à la carte zu haben sind. Draisbach konzentriert sich wie gesagt auf klassische Akkorde und peppt diese nur im Detail mit modernen Akzenten auf. So sind hier keine pseudokreativen Verrenkungen angesagt, sondern entspannter Genuss.
Schlüssige und stets zugängliche Kombinationen bilden durchwegs die Richtschnur, auch wenn heuer zu Beginn noch nicht alles hundertprozentig passte: Denn zum etwas widerspenstig-faserigen confierten Hummerschwanz, der nebst einem mit gezupftem Scherenfleisch und Avocadocreme gefülltem Geleeröllchen aus Krustentiersud aufgetragen wurde, waren salzige Erdnusscreme und ein plakativ süßes Litschisorbet prinzipiell stimmige, aber etwas überzogene Kontraste. Auch frischer Koriander, der hier einen retardierenden, erfrischend „grünen" Akzent lieferte, konnte das nicht ganz kaschieren. Aber schon so viel vorweg: Es sollte dies der einzige nennenswerte Wackler des Abends bleiben.
Wie gut der Chef nämlich üblicherweise auf den Punkt kommt, bestätigten schon die beiden (fast gänzlich) vegetarischen Teller im Anschluss. Denn sowohl die schaumig-cremige Suppe von der lila Süßkartoffel, in deren Zentrum eine kompakt-festfleischige Jakobsmuschel Platz genommen hatte, als auch die knusprig ausgebackenen Ravioli mit schmelziger Ricotta-/Kräuter-Füllung, die auf einem leicht säuerlichen Artischocken-Ragout platziert und mit Pekannuss-Crumble bestreut waren, zeugten von gutem Geschmack und handwerklicher Kompetenz. Unkompliziert, produktnah und ausbalanciert.
Doch auch für Fleisch und Fisch haben Chris Bastian Draisbach und sein Team ein gutes Händchen und adeln diese zudem mit herrlich süffigen und gehaltvollen Saucen! So begleitete die medium gebratene Entenbrust und die saftige Keulenpraline nicht nur eine umfangreiche Mais-Variation (schlotzige Creme, fluffiger Pancake, säuerliche Kölbchen, Popcorn ...), sondern auch eine komplexe, mit Portwein und filigran eingeflochtener Kräuternote (Rosmarin!) tiefengrundierte Entenjus, die wir bis zum letzten Tropfen aus dem Töpfchen löffelten. Und weil sich der „karkassensatte" geschäumte Krustentiersud auf dem gleichen Niveau präsentierte, profitierte auch die kross auf der Haut gebratene, saftig aufblätternde Zandertranche nebst gemüsig-grünem Kohlrabi-„Risotto" (mit Blättersud grün eingefärbte, bissfeste Kohlrabiraspel) vom Saucen-Faible des Chefs.
Die augenzwinkernde „Quetschekuche"-Interpretation brachte mit geflämmten Zwetschgenschnitzen (Belag), leicht zimtigem Briocheteig (Boden) und luftiger Chantillycreme (Sahne) den Kuchenklassiker originell und stimmig aufs Porzellan und stellte ihm mit einer feinbitteren Eisnocke sogar noch den obligatorischen Nachmittagskaffee zur Seite. Klasse!
Mit Namen wie Knipser, Molitor, Rings und Co. präsentiert sich die Weinkarte durchaus prominent bestückt – da weiß man sich auf der sicheren Seite. Im Gespräch mit dem Chef kann man zudem immer auch dessen jeweiligen „Personal Favorite" glasweise zu den Gängen ordern – und macht damit nach unserer Erfahrung keinen Fehler!

Friedland (Niedersachsen)

7

Genießer Stube

im Landhaus Biewald
Weghausstr. 20,
37133 Friedland
05504-93500
www.biewald-friedland.de
Küchenchef: Daniel Raub
Mo ab 18 Uhr, Di–Fr von 12–14 Uhr u. ab 18 Uhr, Sa ab 18 Uhr, So RT
Hauptgericht: 45 €,
Menüs: 80–145 €

VISA

Nicht nur wegen der pittoresken Fachwerkidylle lohnt sich der Weg in den südlichsten Zipfel Niedersachsens, der geschichtsträchtig die ehemalige deutsch-deutsche Grenze markiert – auch kulinarisch ist die aus 14 Ortschaften bestehende Gemeinde gut aufgestellt. Das liegt unter anderem am breit gefächerten Angebot von Familie Raub, die mit dem Landhaus Biewald, dessen Historie sich bis ins 17. Jahrhundert zurückverfolgen lässt, eine echte gastronomische Institution verantwortet. Die Küche von Küchenchef Daniel Raub in dessen Gourmetrestaurant Genießer Stube gibt's weiterhin allabendlich als wahlweise bis zu achtgängiges Menü, und sie präsentierte sich uns auch heuer im gewohnt puristischen und produktorientierten klassischen Stil. Während der Corona-Zeit kann man übrigens auch à la carte bestellen und sogar mittags von der (etwas reduzierteren) Gourmetkarte wählen.
Schon die mit Lardo gratinierte Maresto-Auster, die neben luftig aufgeschlagenem Ziegenkäse die reiche Auswahl an hausgebackenen Minibrötchen flankierte, aber auch das darauffolgende feinschmelzige Thunfisch-Carpaccio mit dezent limonensaurer Vinaigrette, schmeichelnder Avocadocreme und krossen Topinamburchips, zeigten gleich zu Beginn, was die Küche ausmacht: klar definierte Geschmacksbilder, die aus dem Zusammenspiel von exquisiten Produkten und souverän schnörkellosem Handwerk entstehen.
Ähnlich wie beim rauchig angegrillten Felsenoktopus mit seinem zarten Biss, der zusammen mit einem filigranen krossen Kartoffelring auf dillwürzigem Wildkräutersalat mit Artischockenwürfeln angerichtet war. Oder bei der schon zum Hausklassiker avancierten reintönigen Parmesanschaumsuppe, die diesmal auf dem Tellerrand von zwei opulenten fleischigen Kaisergranaten begleitet wurde, welche den milden, rahmigen Umamigeschmack des Süppchens mit ihrer süßlich-jodigen Note bereichern konnten.
Als überzeugend selbstbewusste Verbeugung vor der „Alten Schule" lieferte auch die anschließende Seezungenroulade harmonisch ausgereifte Gourmandise: Der festfleischige, akkurat zur Schnecke gerollte und auf der Oberseite sorgfältig angebräunte Plattfisch mit seinem leicht nussigen Eigengeschmack wurde ganz traditionell und minimalistisch nur von ein paar grünen Spargelspitzen und einer generösen Menge Kaviar eskortiert. Letztere sorgte sowohl als Nocke auf der Seezunge, als auch in der schön säurestraffen Beurre blanc für luxuriösen, jodig-mineralischen Gaumenkitzel.
Ein attraktives Löffelgericht mit hohem Soulfood-Faktor bescherte uns sodann der kleine Ausflug in das „4-Tassen-Mittagsmenü" mit der Kombination von Kalb, Ei und Kartoffel, die sich deutlich raffinierter und vielschichtiger präsentierte, als zunächst erwartet. Das Kalb war hier nämlich als animierendes Trio in Gestalt rosa kurz gebratener Filetstreifen, einer frittierten Praline vom Kalbskopf und saftiges Bries zugegen, die in einer großen Tasse auf einem köstlich süffigen Schichtwerk aus (von unten nach oben) cremig gestocktem Eigelb, buttrigem Kartoffelpüree und Kalbsjus thronten.
Und während wir von unserem letzten Besuch den Hauptgang noch als einzigen nennenswerten Kritikpunkt im Gedächtnis hatten, zeigte sich heuer auch dieser durchwegs überzeugend in Szene gesetzt: Ein saftstrotzendes Bisonfilet, das auf einem Podest von fluffiger Polenta und knusprigem Pancettaspeck saß, liierte der Chef mit süß-säuerlichen Portweinzwiebeln und hocharomatischen kleinen Pfifferlingen in einer mittelbraunen, leicht rahmig gebundenen Sauce. Intensive Geschmacksnuancen, harmonisch ineinandergreifende natürlich Texturen,

klug gesetzte Kontraste – so funktioniert die schnörkellose Genussküche à la Daniel Raub! Als augenzwinkernde Wertschätzung des Loriot'schen „Kosakenzipfels" läutete ein Miniwindbeutel mit Mokkacremefüllung und krönendem Zitronenbällchen das süße Finale ein, das die Speisefolge mit einer fruchtsäuerlichen und blätterteigknusprigen Reineclauden-Tarte mit Kürbiskerneis und Nougatschaum auf Augenhöhe mit dem restlichen Menü abschloss.
Gastgeberin Anne Raub leitet mit ebenso viel Verve wie Sachverstand das ansonsten rein männliche Serviceteam. Ihren glasweisen Empfehlungen aus der national wie international recht gut bestückten Karte kann man dabei bedenkenlos folgen und wird sicher nicht enttäuscht.

7

Schillingshof

Lappstr. 14,
37133 Friedland (Groß Schneen)
05504-228
www.schillingshof.de
Küchenchef: Stephan Schilling
Mi–Sa ab 17.30 Uhr,
So von 12–14.30 Uhr, Mo u. Di RT
Hauptgericht: 26–50 €,
Menüs: 40–130 €

VISA P

Seit 1648 und in mittlerweile 13. Generation führt die Familie Schilling nun schon ihren altehrwürdigen Schillingshof, ein stattliches Fachwerkgebäude in Groß Schneen, einer von insgesamt 14 Ortschaften im Süden von Göttingen, die sich zur Einheitsgemeinde Friedland zusammengeschlossen haben. Den charmant patinierten Gasträumen mit integriertem Holzgebälk sieht man die lange Tradition des Hauses durchaus an – und doch sieht hier nichts nach Stillstand aus. Immer wieder gibt es kleine Neuerungen wie zuletzt die schicken grauen Stühle, die nun einem Teil der Räumlichkeiten einen moderneren Touch verleihen. In der Küche, wo sich vor wenigen Jahren zunächst ein Generationswechsel angebahnt hatte, ist nun schon seit geraumer Zeit wieder – beziehungsweise weiterhin – Stephan Schilling ganz in seinem Element. Der kocht zwar grundsätzlich auf ganz und gar klassischer Basis, bringt aber auch immer wieder kreative Ideen aufs Porzellan, sodass hier ein Abend keinesfalls droht, zu gediegen zu verlaufen. Als Küchengruß entsandte der Chef beim letzten Testbesuch zunächst eine mit Piment d'Espelette angespicte Nocke von körnigem Frischkäse nebst bunter spätsommerlicher Tomatenvielfalt, Pesto und Oliven als erfrischend leichter Auftakt, gefolgt von einem kleinen Buchweizen-/Gemüse-Risotto mit mariniertem Fenchel und Orangenfilets, denen auch noch ein (leider etwas trockenes) kleines glasiertes Hühnerkeulchen beiwohnte.
Der erste Gang war diesmal eine kleine Herausforderung, denn als Vorspeise eines mehrgängigen Menüs erschien uns das „Sashimi von Edelfischen" in jeder Hinsicht überladen. Interpretiert wurde es als ein von einer Fischroulade geschnittenes Carpaccio und als recht große, ganz kurz einseitig angebratene Filetstücke nebst etwas Pulpo, Garnele, Forellenkaviar und Fliegenfischkaviar – wurde aber auch noch à part von einem Schälchen mit asiatisch inspiriertem Bohnensalat begleitet. Zudem war die Komposition ein echter Overkill an Aromen: Wasabicreme, roter Pfeffer, Ingwer, Sesam, Fenchelsaat, Zitrus, Radieschen, Zuckermais, Korianderkresse ... Scheinbar inspirieren die asiatischen Aromenwelten Stephan Schilling immer etwas zu überbordender Opulenz, denn wir erinnern uns an eine fernöstliche Vorspeise vor ein paar Jahren, die im Gegensatz zu allem anderen auch ein wenig ausufernd anmutete.
Deutlich ruhiger und zudem besser proportioniert wirkte der folgende Zwischengang, ein Klassiker aus der Küche von Stephan Schilling, für den er rohe Scheiben vom Lachs auf noch leicht knackige grüne Spargelstangen drapiert, sie mit rosa Pfeffer würzt und mit einer warmen, rahmigen Zitronenschaumsauce übergießt, in der der nicht zu dick, aber auch nicht zu dünn geschnittene Fisch ganz soft temperiert. Ein sehr schönes, pures Gericht mit feinem Säurespiel, Frucht und Süße in wohligem Einklang. Ebenfalls sehr gut und ausgewogen, allerdings eine richtig intensive Umamibombe waren die hausgemachten schwarzen und weißen Maccaroni, die zusammen mit halbgetrockneten Tomaten, Oliven, Pfifferlingen, Bacalao und Bottarga auf einer vermutlich

ebenfalls mit Bottarga aromatisierten rahmigen Sauce schwammen.
Vom Aberdeen-Angusrind fuhr der Chef zum Hauptgang nicht nur ein mit köstlich buttriger Steinpilz-/Pfifferlings-Haube gratiniertes Filetstück auf, sondern auch die kleine Scheibe eines perfekten Schmorstücks desselben Tieres, das dank genügend intramuskulärem Fett schön saftig war und ebenso viel Spaß machte wie das gut gereifte Kurzgebratene. Ganz gediegen im Kreise diverser glasierter Wurzel- und Kohlgemüse auf reduzierter Rotweinsauce mit balanciertem Frucht-Säure-Spiel angerichtet – ein rundum klassisches Hauptgericht mit viel Tiefgang. Und damit prädestiniert für den mit fünf Jahren Reifezeit schon sehr zugänglichen, aber natürlich trotzdem schön robusten Barolo, den Restaurantleiter und Sommelier in Personalunion Felix Schilling dazu glasweise empfahl. Überhaupt schenkt der bekennende Riesling-Fan stets spannende und gerne auch unkonventionelle Tropfen aus, die solo Spaß machen, aber immer auch gut mit dem zu begleitenden Gericht funktionierten.
Sehr fein war dann auch der süße Menüabschluss, eine luftige mittelbraune Schokoladenmousse-Nocke mit den Aromen von Espresso und Nuss, die auf einem von einer Cappuccino-Kaltschalte umgebenen Sockel aus gewürfeltem Pflaumenkompott thronte und auf der Tellerfahne noch von diversen Beeren, karamellisierten Haselnusskernen und Schokosplittern eskortiert wurde. Nicht zu süß, etwas röstig, herbe Kaffeearomen, ausreichend Säure und Frische … Fein! Und so reichte es unterm Strich auch dieses Mal bewertungsmäßig wieder für (knappe!) 7 Pfannen, die hier schon seit Jahren in schöner Beständigkeit „erkocht“ werden.

Hotelempfehlung

Hotel Schillingshof

Lappstr. 14,
37133 Friedland (Groß Schneen)
05504-228
www.schillingshof.de
Einzelzimmer: 65 €
Doppelzimmer: 119 €

Das familiengeführte Hotel und Restaurant Schillingshof liegt ruhig und beschaulich in der kleinen Ortschaft Groß Schneen bei Friedland, nur gut zehn Autominuten südlich von Göttingen. Die sechs Hotelzimmer im dem gemütlichen Fachwerkhaus sind allesamt modern renoviert, hell und zeitlos gestaltet, mit klaren Formen und dezenten, natürlichen Farben. Die Zimmer sind mit Flachbild-Fernsehgeräten und einem Sitzbereich ausgestattet; in den Bädern stehen kostenfreie Pflegeprodukte und ein Haartrockner zur Verfügung. Außerdem nutzen die Gäste überall im Haus kostenloses WLAN. Das Kulinarische wird im Schillingshof nicht nur beim Frühstück (kontinental und à la carte) großgeschrieben, sondern insbesondere auch im mehrfach ausgezeichneten Restaurant mit seiner leichten, kreativen Küche. Restaurant Schillingshof separat erwähnt.

Landhaus Biewald

Weghaustr. 20,
37133 Friedland
05504-93500
www.biewald-friedland.de
Einzelzimmer: 75–85 €
Doppelzimmer: 95–105 €

Im Dezember 2019 hat das Landhaus Biewald in Friedland bei Göttingen sein komplett neu errichtetes Hotelgebäude eröffnet, mit dem der Familienbetrieb nun um zwölf

Komfort-Doppelzimmer, sechs Komfort-Plus-Doppelzimmer und ein behindertengerechtes Komfort-Plus-Doppelzimmer erweitert wurde. Die Zimmer sind alle als Einzel- und Doppelzimmer buchbar – außerdem besteht bei sechs Zimmern mit Verbindungstür die Möglichkeit, diese auch als Familienzimmer zu nutzen. Hier genießen die Gäste nun alle Annehmlichkeiten eines modernen 4-Sterne-Hotels wie komfortabel und allergikergerecht ausgestattete Zimmer (teilweise mit Balkon), schnelles WLAN oder eine E-Zapfsäule, aber auch moderne Tagungstechnik steht im Neubau zur Verfügung. Weitere Zimmer befinden sich im Altbau, in dem auch das Restaurant „Im Wintergarten" mit regionaler und mediterraner Küche (à la carte) und das vielfach ausgezeichnete Gourmetrestaurant „Genießer Stube" (ein täglich in Auszügen wechselndes Menü) untergebracht sind. Restaurant Genießer Stube separat erwähnt.

Friedrichshafen (Baden-Württemberg)

Hotelempfehlung

★★★★

Naturresort Gerbehof

Gerbehof,
88048 Friedrichshafen (Ailingen)
07541-50020
www.gerbehof.de
Doppelzimmer: 140–230 €

Der familiengeführte Gerbehof ist eine ländliche Oase in Bodensee-Nähe, umgeben von Wäldern und Obstplantagen. Bei der Einrichtung wurde größter Wert auf die Verwendung von natürlichen Materialien gelegt. So ist zum Beispiel ein Teil des Interieurs aus eigenem Holz in liebevoller Handarbeit geschreinert worden. Mit vielen kleinen und großen Details wurden Appartements und Suiten in Vollholz gebaut. Der neue Wellnessbereich lockt mit Privat-Spa, Blockhaus-Außensauna mit Ruheraum, einem Natur-Innen-Spa-Bereich mit verschiedenen Saunen, Liegewiese, Massagen, Körperbehandlung auch auf energetischer Basis- und Naturkosmetik-Anwendungen. Es gibt eine eigene Reithalle (Ponyreiten, Reitunterricht ...), und auch ein eigener Waldspielplatz befindet sich auf dem Gelände. Bio-Frühstücksbüffet (100 % biozertifiziert) mit zum Teil eigenen Produkten!

Friedrichstadt (Schleswig-Holstein)

5

Aquarium

Ringhotel Aquarium Boddenberg
Am Mittelburgwall 4–8,
25840 Friedrichstadt
04881-93050
www.hotel-aquarium.de
Mo u. Di ab 18 Uhr,
Mi–So von 12–14 Uhr u. ab 18 Uhr
(April-Sept. ab 12 Uhr durchgehend),
kein RT
Hauptgericht: 27–40 €,
Menüs: 39–115 €

Das Städtchen Friedrichstadt mit seinen hübschen Bauten der niederländischen Backsteinrenaissance und malerischen Grachten ist zweifelsohne sehenswert. Und noch dazu, weil ein Besuch auch kulinarisch aufgewertet werden kann. Möglich ist das im einladend in Sand- und warmen Grautönen gehaltenen Restaurant des Ringhotels Aquarium, das deutlich über das Angebot eines „normalen" Hotelrestaurants hinausgeht. Zwar bietet die Karte mehrheitsfähige unkomplizierte Gerichte à la Matjes nach Hausfrauenart, aber einerseits überzeugen auch diese durch ihre hohe Grundqualität, und andererseits geht es, vor allem abends, auch etwas exklusiver und ambitionierter zur Sache – ohne die Grundlinie einer schlicht-pfiffigen Küche zu verlassen. Und ohne preislich allzu sehr abzuheben. Aufmerksamer Service und treffsichere, anspruchsvolle Weinempfehlungen.

Fulda (Hessen)

6↑

Christian & Friends Tastekitchen

Nonnengasse 7,
36037 Fulda
0162-4139588
www.christianandfriends.de
Küchenchef: Christian Steska
Di–Do von 11.30–14 Uhr, Fr–Sa von 11.30–14 Uhr u. ab 19 Uhr, So u. Mo RT
Hauptgericht: 13–25 €,
Menüs: 69 €

Hinter dem etwas kryptischen Namen „Christian & Friends Tastekitchen“ verbirgt sich mitten in der Fuldaer Altstadt, direkt gegenüber des Klosters, ein kleines charmantes Lokal. Hier bieten Christian Steska und sein Kompagnon Jens Diegelmann – der vermutlich jedem Fuldaer als Kultgastronom der „Sonne“ bekannt ist, die er 17 Jahre lang geführt hat – vom individuellen Frühstück über unkomplizierten Lunch bis zum Gourmetmenü ein attraktives Genuss-Komplettprogramm. Individualität ist hier überhaupt das Stichwort: Wer etwas mehr Zeit und Aufgeschlossenheit mitbringt, bekommt im Grunde ein persönlich verhandeltes Überraschungsmenü mit pfiffigen Ideen, aber ohne übertriebenen Bastelaufwand. Und das trifft ganz prima den Punkt zwischen unkompliziert und anspruchsvoll.

Wer also einen der wenigen Tische ergattert hat, wird mit knusprigem Baguette nebst einem süßwürzigen Dattelaufstrich und einer kühlen konzentrierten Vichyssoise im Reagenzglas auf das Menü eingestimmt – und bekommt damit direkt gezeigt, dass die Crew feinfühlig abschmecken kann. Den eigentlichen Start markierte dann eine frischgrüne Melange aus klararomatischem Sashimi von der Gelbschwanzmakrele, die süffig und zugleich leicht von Matcha-Hollandaise, Joghurttupfen, einer Gurken-/Limetten-Emulsion und hauchdünnen dunklen Algenchips umgeben war. Dabei sorgten vor allem die unterschiedlichen Säuregrade für Spannung und einen extra Frischekick. Fein!

Wie bereits im letzten Jahr überzeugte die knallige Kombination aus zartem Waller unter einer saftig warmwürzigen Blutwurstkruste mit luftigem Kartoffelschaum und einem duftigen Frankfurter-Kräuter-Eis. Und es war für uns auch heuer wieder absolut nachvollziehbar, warum dieses schwelgerische, aber trotzdem leichte und kontrastreiche Gericht hier längst zum Evergreen avanciert ist und nicht mehr aus dem Kulinarium wegzudenken ist.

Keinen Schritt zurück, sondern eine volle Ladung Umami obendrauf folgte mit einer buttrig zarten Iberico-Schweineschulter, die puristisch mit einem Sonnenblumenkern-/Graupen-Risotto und gebratenem Salatherz präsentiert wurde. Vor allem die leichte Parmesanbindung und die kräftige Jus an den kernig-nussigen Graupen sorgten für ordentlich Power. Insgesamt wirkte das Ganze zwar ein wenig Ton-in-Ton und verbarg die Akzente eher im Detail, machte aber dennoch viel Freude.

Gleiches Powerlevel, aber mehr Kontraste gab es bei dem in Heu sous-vide gegarten und kurz nachgebratenen Kalbsfilet, dem nussige Belugalinsen, wilder Brokkoli und ein kühles, mild kapern- und zwiebelwürziges Kalbstatar zur Seite gestellt wurden. Für zusätzlichen Schmelz und Säure sorgte in diesem Verein außerdem eine luftige Hollandaise. Es ist das Gespür für derartige effektvolle Kombinationen und Kontraste, die das Gebotene besonders attraktiv macht und beispielsweise auch bei einer Zwischenerfrischung aus grünem Apfel-Granité mit geeistem Ziegenkäse, Kresse und kühlen Mastleberwürfeln voll aufging.

Und apropos Erfrischung: die bot zuletzt auch wieder in besonderem Maße das Dessert mit (leider nur etwas fest gelierter) Creme aus Holunderbeeren und weißer Schokolade, einem floral-frischen Holunderblüten-/Sauerampfer-Sorbet, Ingwer-Granola und crunchigen gefriergetrockneten Holunderbeeren. Eine gelungene Mischung aus dunkelbeerigen und frischgrünen Noten.

Eine Weinkarte, die coronabedingt nicht ausgehändigt werden konnte, braucht es nicht für hochqualitativ gefüllte Gläser: einfach mit Jens

Diegelmann ins Gespräch gehen! Der passionierte Weinliebhaber bevorratet viele spannende Tropfen von lohnenden Basisqualitäten bis zu (vor allem bei Rotwein!) echten Granaten, darunter auch viele Gewächse aus der Neuen Welt.

Fürstenhagen
(Mecklenburg-Vorpommern)

8↑

Klassenzimmer

im Hotel & Restaurant Alte Schule
Zur Alten Schule 5, 17258 Fürstenhagen
039831-22023
www.hotelalteschule.de
Küchenchef: Daniel Schmidthaler
Mi–So ab 18 Uhr, Mo u. Di RT
Menüs: 94–124 €
VISA

Trotz der beachtlichen Dichte anspruchsvoller Restaurants hierzulande gibt es letztlich doch nur wenige Orte, die durch ihr Konzept, den Stil oder das Gesamterlebnis so richtig herausstechen. Das liebevoll zu einem Ensemble aus Hotel und Restaurant ausgebaute Dorfschulhaus im kleinen Fürstenhagen, mitten in der Feldberger Seenlandschaft, gehört aber fraglos dazu. Und das nicht nur, weil Daniel und Nicole Schmidthaler hier einen charmanten und rundum stimmigen Ort geschaffen haben, sondern vor allem auch, weil sich die Küche über die letzten zehn Jahre zu einem bemerkenswert individuellen Stil weiterentwickelt hat. In der Anfangszeit standen bei dem aus Österreich stammenden Chef noch kreativ interpretierte alpenländische Gerichte auf dem Programm. Mittlerweile geht es dagegen vielmehr um eine kulinarische Darstellung der Region mit einer Vielzahl individueller Ideen, eher im Sinne nordischer Regionalküchenkonzepte.

Und damit verbindet Daniel Schmidthaler im Grunde das Beste zweier Welten: einerseits das kreative Zurückgreifen auf regionaltypische Produkte, frische oder eingelegte Wildpflanzen und seltene oder fermentierte Gemüse; andererseits aber eine auch an geschmacklicher Tiefe und Harmonie orientierte Grundlinie, sodass die Ergebnisse kreativer Prozesse nie ins Karge oder Spröde abdriften, wie es bei manch ähnlich orientierten Kollegen der Fall ist. Sicher ist jedenfalls: Auch wenn es leichte Niveauschwankungen zwischen einzelnen Gerichten gibt und einige kreative Einfälle durchaus auch noch weiter ausgearbeitet werden könnten – ein Besuch in dem puristisch und zugleich einladend gastlichen ehemaligen Klassenzimmer verspricht jedes Mal völlig neuartige Eindrücke, Produkte und Ideen!

Dass diese trotz des hohen Innovationslevels nicht vordergründig experimentell rüberkommen, sondern durchweg viel Spaß und Genuss bereiten, illustrierten zuletzt bereits die ersten Miniaturen zum Aperitif mit einem eingelegten gebackenen Steinpilz, einer dunkelwürzigen Pilzcreme mit Huflattich, mit der Kombination aus fermentiertem Spargel und schwarzen Johannisbeeren auf einem locker-krossen dünnen Kartoffelrösti oder mit einem knusprigen Lindenblatt mit feinwürzigem regionalem Ziegenfrischkäse. Auch der luftige Pfifferling-/Miso-Schaum mit viel waldigem Umami, ergänzt von einem Hauch süßlicher Tomatenmarmelade und gedörrten Tomaten inklusive deren konzentrierter Frucht und Säure sowie einem Leinsamencracker für nussigen Crunch, zeigte prototypisch, wie hier mit scheinbar profanen Zutaten und wenigen Handgriffen für Komplexität und Spannung gesorgt wird.

Das funktionierte auch beim ersten offiziellen Gang ganz ausgezeichnet, der eine Rolle aus fermentiertem und gegrilltem Kopfsalat mit einer Füllung aus glasierter Gelber Bete präsentierte – eingehüllt von prägnant duftenden dünnen Haselnussflocken und ergänzt von einer leichten Holunderblütencreme und Kopfsalatgranité. Aromatisch war das Ensemble überraschend kraftvoll zwischen grünen Bitternoten, Nussigkeit, dem reduzierten salzigen Schmelz der Holunderblütencreme und dazwischen blitzenden ätherisch frischen Kräuternoten eingestellt. Sehr individuell und sehr komplex! Und damit ein perfekter Einstieg in die Aromenwelt des Klassenzimmers der Schmidthalers.

Reduzierter, aber kaum weniger kreativ, wurde eine Tranche sanft temperierten Saiblings mit fermentierter Pilzcreme und winzigen Pfifferlingen belegt und von einem komplexen feinsäuerlich-nadelwaldigen Fichtenfond ergänzt. Noch präsenter war die Fichte außerdem in Form von eingelegten jungen Zapfen (!), die kleine, ansonsten eher reintönig-klare „Päckchen" aus Saiblingstatar in einer dünnen Kräuterseitlingshülle ergänzten. Neben der Erkenntnis, dass die Idee vom aromatischen Darstellen der Region hier alles andere als leeres Gerede ist, beeindruckte dabei vor allem auch, wie feinfühlig und elegant die waldigen und dunklen Noten den feinen zarten Süßwasserfisch ergänzten.
Beim folgenden, wieder rein vegetarischen Gang rund um Lauch, gelbe Tomate und Wildkräuter gelang das dagegen nicht ganz so gut. In einem tiefen Teller angerichtet, wurde hier ein spannender, allerdings auch etwas sperriger Verlauf von dunkel-kraftvoll zu frischgrün abgebildet: Die Basis stellte eine „Jus" aus geröstetem Gemüse mit tiefen, malzartig dunklen Noten, darauf brachte bissfest geschmorter Lauch mehr Frische, aber durch den Biss auch viel Dominanz. On top sorgten säuerlich-fruchtige gelbe Tomaten und eine lockere Haube aus kressescharfen und ätherischen Kräutern, die mit einer leichten Eigelbcreme mariniert waren, für Lebendigkeit und Dynamik. Insgesamt aber dennoch einer der eher schwerer zugänglichen Klassenzimmer-Teller.
Andererseits zeigen die vegetarischen Gerichte auch regelmäßig die Innovationskraft Daniel Schmidthalers am deutlichsten auf. So auch bei der Idee, eine gestockte Senf-Béchamel als Basis für in Mandarine glasierte Radieschen, knackige rohe Radieschenscheiben, gerösteten Blaumohn und halbierte frische Erbsen zu verwenden. In dieses verdichtete Feuerwerk aus süßlich-scharfen, zitrisch und röstig-nussigen Noten mengten sich außerdem noch die milde nussige Aromarik eines Buchweizensuds und ein eher frischgrünes Kräuteröl. Das erinnerte teilweise an kreative Gemüsegerichte von Sebastian Frank aus dem Berliner Horvath (was an dieser Stelle uneingeschränkt als Kompliment zu verstehen ist!) und lag locker auf 9-Pfannen-Niveau.
Ebenfalls ein rundum stimmiger und in den Details überraschender Teller kam rund um knusprig-glasig gebratenen und mit getrockneten und leicht geräucherten Fischbauch-Spänen gewürzten Zander. Dieser wurde in einem duftig grasigen Umfeld aus Gurke und Waldmeister angerichtet, wobei vor allem die Gurke in hauchfeinen Abstufungen auf engem Raum für Spannung sorgte – von knackig grün über komplexer eingelegt bis hin zur säuerlich-salzigen Variante. Verbindendes Element und zudem ein perfekter Katalysator für den Waldmeisterduft war hierbei eine ebenso säurestraffe wie vollmundig cremige Beurre blanc.
Ähnlich eingängig kam auch ein flauschiger Kartoffelkrapfen mit fruchtig säuerlicher Aprikosenfüllung daher – quasi die Luxusvariante einer Krokette. Mit der Kombination aus feinsäuerlich mandelartiger Aprikosenkern-Emulsion und gebratenem Blumenkohl war diese von vornherein eher unkompliziert geradeheraus angelegt und damit ebenfalls überzeugend. Schon allein, weil hier sämtliche Saucen und Fonds viel Zug und einen prägnanten Säurekern haben und die Details betont feinfühlig und balanciert abschmeckt werden.
Und apropos Saucen und Fonds: Als eine der wenigen klaren Reminiszenzen an die österreichische Heimat stellte Daniel Schmidthaler bei den knusprigen Schweinegrieben mit süßsaurem Schweinefond und Fenchel im Grunde die Sauce in den Mittelpunkt des Gerichts. Was vermeintlich deftig klingt, war es überhaupt nicht. Denn zwischen die scheinbar rustikale, tatsächlich aber auf elegante und komplexe Art kraftvolle Sauce brachten ein im Ganzen gegartes Fenchelstück, dünner gehobelter Fenchel mit einer Rapsemulsion, knusprige Rapssaat, Zitronenverbene und Fenchelgras eher frische, aniswürzige Noten ins Spiel. Einziges Problem dabei: Fenchel und Topping gingen zwangsläufig schnell in der üppig proportionierten Sauce baden. Vielleicht gewollt, aber doch zu Lasten einiger feinerer Details.
Im Hauptgang gab es den allgegenwärtigen Rehrücken einmal erfrischend anders, nämlich eher leicht und schwebend eingefasst. Zwar bekam das Reh auch hier markant spicy-pfeffrige Akzente verliehen, ansonsten aber mit weich glasierten Rübchen, dünnen Mispelscheiben und einer samtigen Verjussauce eher feinwürzige und feinsäuerliche Begleiter zur Seite. Kleiner Schwachpunkt bei der individuellen und feinfühlig angelegten Kombination war nur der in diesem Kontext wohl bewusst straff und eher „bleu" gebratene Rehrücken, der beim Einsetzen schon mehr kühl als lauwarm temperiert auf dem Tisch stand. Ein kleines Timing-Problem, das aber bereits der Side Dish mit gebratener Rehleber, Mispelconfit und knackig marinierter Navette wieder wettmachte. Und im Übrigen auch der begleitende, von Nicole Schmidthaler ausgesuchte „Kapitel I" von Christian Tschida aus dem österreichischen Ill-

mitz, der neben Leichtigkeit und etwas kühler Frucht vor allem markante Pfeffer- und Gewürznoten mitbrachte. Überhaupt gelingt es in der Weinbegleitung sehr gut, einerseits spannende Charakterweine zu präsentieren und andererseits über verbindende Aromen ausgezeichnete Pairings zu finden …
Auch das Dessert rund um mariniertem und im Ofen karamellisiertem Rhabarber mit Milcheis zeigte eine eigentlich klassische Kombination in einem ganz neuen Licht. Denn der eher weich gegarte Rhabarber brachte leicht bittere Röstnoten und Komplexität auf den Teller, während zarte Fichtennadeln für herbe Säurespitzen sorgten und das satt-cremige Milcheis als ausgleichender Ruhepol fungierte.
Neben der lohnenden Weinbegleitung bietet die Karte selbstredend auch eine reiche Auswahl guter Flaschen, die mit viel Charakter und hohem Niveau einen Teil oder auch ein ganzes Menü begleiten können. Und in beiden Fällen muss man sich auch bei einer weiteren Anreise ins beschauliche Fürstenhagen keine Sorgen machen, denn es lässt sich in den 18 schlicht-gemütlichen Zimmern im Haupthaus und dem modernen Anbau auch sehr komfortabel übernachten.

Fürth (Bayern)

5

Kupferpfanne

Königstr. 85, 90762 Fürth
0911-771277
www.ew-kupferpfanne.de
Mo–Sa von 11.30–13.30 Uhr u. ab 18 Uhr, So u. Fei RT
Hauptgericht: 26–36 €, Menüs: 45–65 €

VISA

Wer beim Essengehen Überraschungen nicht mag, sondern sich lieber genau dessen sicher sein will, was er bekommt, ist in Erwin Weidenhillers Kupferpfanne genau richtig. Keine Variationen von irgendwas, keine kreativen Eigeninterpretationen und keine verwegenen Produktkombinationen: Alles, was der Chef auf seiner Karte in schöner geschwungener Schreibschrift zu recht stolzen Preisen offeriert, präsentiert sich auf dem Teller exakt so, wie es angekündigt war. Hier wird eine klassische Drei-Komponenten-Küche geboten, bei der kaum mehr als jene drei tonangebenden Produkte auf den Teller kommen, die auch auf der Karte stehen. Und es wird nichts großartig verkünstelt, verpackt oder verändert. Und weil die Produkte von guter Qualität sind, die Saucen Klasse haben und auch sonst mit viel Fingerspitzengefühl gekocht wird, funktioniert das hier schon seit so langer Zeit so überzeugend.

6

TIM's KITCHEN

Friedrichstr. 22, 90762 Fürth
0911-740560
www.timskitchenfuerth.com
Küchenchef: Tim Reinwald
Mi–Sa ab 18 Uhr, So–Di RT
Hauptgericht: 30–80 €, Menüs: 45–95 €

VISA

Positive Überraschung in TIM's KITCHEN, jenem zu Werners Boutique Hotel gehörenden Restaurant in Fürths Innenstadt, das wir schon seit ein paar Jahren in unserem Guide empfehlen. Hier wurde unter der Ägide von Küchenchef Tim Reinwald zwar schon immer sehr gut gekocht und auf ausgewählte Produkte engagierter Erzeuger Wert gelegt, inzwischen wirkt das alles aber noch um einiges feingeschliffener und organisierter.
Die Küche scheint sich im Laufe der vergangenen Monate seit unserem letzten Besuch etwas stärker in Richtung Fine Dining spezialisiert zu haben und hat die Speisekarte auf ein Zwei-Menü-Konzept hin gestrafft – jedoch, und das ist eigentlich das Schöne, ohne dadurch ihre unkomplizierte Lockerheit verloren zu haben. Es gibt eine betont weltoffene Speisefolge mit Fisch und Fleisch und ein rein vegetarisches Menü, die beide als Weltreise konzipiert sind,

sodass jeder Gang thematisch in ein anderes Land führt. Als Zugeständnis an jene Gäste, die hier eben doch nur einen Hauptgang essen wollen, gibt es aber nach wie vor zwei oder drei Alternativen: Steak-Cuts vom US Premium Beef und original Wiener Schnitzel.

Vorneweg ging es mit ganz erstaunlich gutem Brot los: schmeckbar lang gereifter Teig, tolle Kruste und saftig-schwere, trotzdem aber lockere und großporige Krume mit feinem Aroma. Dazu ebenfalls sehr feine gesalzene Rohmilchbutter, davon eine naturell und eine als mit Purple Curry aromatisierte Variante. Als Gruß aus der Küche folgte eine kleine, dicke kräuterwürzige Waffel, die beherzt mit Schmand und Saiblingskaviar beladen war. Ein ebenso schlichter wie wirkungsvoller Start, ganz nach unserem Geschmack. Und viel überzeugender als irgendwelche bemüht filigranen Gebilde ohne Ausdruckskraft.

Die erste Etappe der Weltreise führte nach Griechenland und bescherte uns mit gebackenem und fermentiertem Kohlrabi zwei recht unterschiedliche Facetten dieses Gemüses. Einmal als dicke Stücke und eher von seiner erdigen und sanften Seite und einmal als dünne, knackig-säuerliche Scheiben, die als kleine, mit Kalamata-Olive und Schafskäsecreme gefüllte Täschchen drapiert waren und mit frittierter Petersilie dekoriert in einem von Orangenöl fruchtig aromatisierten Buttermilchsud schwammen. Leicht, erfrischend, klar, aber nicht karg.

Im Anschluss wurde Japan von einer Shabu-Shabu-Interpretation repräsentiert, die nicht nur dank des hervorragenden Rindfleischs aus Nebraska von der Dan Morgan Ranch zu überzeugen wusste, sondern auch mit einem in heller Shiro-Shoyu-Sojasauce perfekt wachsweich gebeizten Eigelb und einer sehr guten Ramen-Suppenbasis mit Frühlingslauch. Auf sonstige Einlagen-Exzesse wurde wohltuend verzichtet, und so konnte das zarte, buttrige Fleisch, das in den nicht zu heißen Fluten der harmonisch vollmundig-umamiwürzigen Suppe mehr temperiert als gegart wurde, voll wirken.

Auch die Steinbuttschnitte in dem thematisch nach Frankreich führenden Fischgang war ein schönes Produkt, dem allerdings von einer großen, im getreidig-flockigen Knuspermantel ausgebackenen Garnele ein wenig die Show gestohlen wurde. Ansonsten blieb auch diese Komposition mit etwas Mangold, Artischocke und Krustentiernage erfreulich puristisch.

Ein großartiger Hauptgang rund um das gute Geflügel von Züchter Lars Odefey aus dem niedersächsischen Uelzen führte schließlich in die Länderküche Mexikos und bescherte uns die Brust, die gefüllte Keule, eine Creme aus der Hühnerleber (als Füllung eines Tortilla-Tacos) und eine fantastische Geflügelsauce. Kraftvoll und doch transparent, in Kombination mit Mais, Avocado und einem gegrillten Steinpilz, stark untermalt von den Aromen einer fruchtig-pikanten Tomatensalsa, markanter grüner Jalapenoschärfe und Limettenfrische. Das ist auf attraktive Art rustikal und herzhaft zupackend, aber in keiner Weise grob oder plump.

Ähnlich durchdacht wirkte auch der Nachtisch, der mit einem exotischen Aromenmix von Kokos, Limette, Rum, Ananas, Banane, Mango und Tonkabohne an die Gefilde Trinidads und Tobagos erinnern sollte – allein handwerklich war das auf einem Bananenblatt angerichtete Dessert mit allzu hartem Parfait und unreifen Ananaswürfeln etwas spröde und fiel gegenüber den anderen Gerichten etwas ab. Konnte aber den guten Gesamteindruck nicht schmälern. Klarer Fall: Aufwertung!

In der kleinen, aber sehr ansprechenden Getränkekarte findet man fast alle Weine auch im Offenausschank – darunter mit ausgesuchten Preis-Leistungs-Knallern aus dem Sortiment der K&U-Weinhalle sogar einige interessante Gewächse mit Individualstil. Und wer sich lieber alkoholfrei begleiten lässt, dem kredenzt die Chefin auch mal erfrischend leichte, mit Kräutern aromatisierte Getränke.

Hotelempfehlung

Werners Boutique Hotel

Friedrichstr. 20–22, 90762 Fürth
0911-740560
www.werners-hotel.de
Einzelzimmer: 75–99 €
Doppelzimmer: 109–160 €

In dem familiengeführten Boutique-Designhotel mit zwei Restaurants in der Fürther Innenstadt laden die Reinwalds Business- und Städtereisende in 34 gepflegte, individuell gestaltete Zimmer. Je nach Anspruch und Bedürfnis gibt es sowohl die funktionell ausgestattete, kostengünstige „Regular"-Kategorie, als auch Einzel- und Doppelzimmer der gehobenen Klasse. Diese „Comfort"-Einzel- und Doppelzimmer gibt es vom mediterran-spanischen bis hin zum geradlinig-modernen Ambiente, allesamt großzügig ausgestattet und ruhig gelegen, mit großen Betten, großem Schreibtisch, teilweise seperaten Sitzmöglichkeiten, Flat-TV, Telefon, Minibar, Dusche, WC und einer Auswahl an Kosmetikprodukten. Auch ein Studiozimmer mit eigenem Whirlpool und eine Suite mit zwei Schlafzimmern stehen für einen entspannten Aufenthalt bereit. Das Frühstück besticht durch frische und größtenteils regionale Produkte (auf Wunsch auch frisch zubereitete Eierspeisen). Restaurant TIM's KITCHEN separat erwähnt.

Garmisch-Partenkirchen (Bayern)

5

Reindl's Restaurant

im Hotel Reindl's Partenkirchner Hof

Bahnhofstr. 15,
82467 Garmisch-Partenkirchen
08821-943870
www.reindls.de
Täglich von 12–14.30 Uhr
u. ab 18.30 Uhr, kein RT
Hauptgericht: 14–28 €,
Menüs: 23–60 €
VISA

Inmitten der malerischen Bergwelt Garmisch-Partenkirchens stellt Reindls Restaurant seit vielen Jahren einen verlässlichen Anlaufpunkt für Freunde klassischer internationaler und verfeinerter alpenländischer Küche dar. Das in modernisiertem ländlich-alpinen Stil gestaltete Restaurant inklusive Flatscreen-Anzeigen und gläsernem Weinlager sticht dabei aus dem ansonsten sehr traditionellen Hotel ein wenig heraus. Die Gerichte aus der Hand von Chefin Marianne Holzinger wiederum kommen nicht modisch daher. Und das ist gut so, denn mit guten Produktqualitäten, fundiertem Küchenhandwerk und harmonischem Geschmack hat die Küche überzeugende Grundpfeiler, die Modernität oder größere Finesse nicht wirklich vermissen lassen. Umso erfreulicher sind die Teller für all jene, die kraftvollen Geschmack gediegener Kompositionen zu schätzen wissen. Und auch die begleitenden Getränke machen Freude: Der Weinkeller ist gut bestückt, teils sogar mit großen Gewächsen zu kleinen Preisen.

Gehrden (Niedersachsen)

7

Berggasthaus Niedersachsen

Köthnerberg 4,
30989 Gehrden
05108-3101
www.berggasthaus-niedersachsen.de
Küchenchef: Oliver Gerasch
Do u. Fr ab 15 Uhr, Sa u. So ab 12 Uhr
durchgehend, Mo–Mi RT
Menüs: 37–89 €
VISA

Solche Restaurants wie das Bergasthaus Niedersachsen mögen wir ganz besonders gern. Entspannte Lokale ohne Gourmetattitüde, in denen aber dennoch gourmetlike gekocht wird. Oft mittags und abends und an manchen Tagen sogar ganz unkompliziert auch mit Start um vier Uhr am Nachmittag. Ohne aufwendigen Vor- und Abspann und wenig preistreibendem Firlefanz auf den Tellern, aber mit dem Blick für die wirklich wichtigen Dinge. Das, was Oliver Gerasch hier in seinem unprätentiösen Landidyll auf dem Gehrdener Berg auf die Teller bringt, ist im Grunde eine kompromisslos „ehrliche“ Feinschmeckerküche ohne Netz und doppelten Boden. Die in dieser Art nur funktionieren kann, wenn die Produkte überdurchschnittlich gut und die Zubereitungen auf dem Punkt sind.

Und das heißt noch nicht mal, dass dafür mit minutiöser Präzision gewerkelt werden muss. Im Gegenteil: Wenn man die Gerichte von Oliver Gerasch nur flüchtig betrachtet, wirken sie mitunter deutlich simpler gestrickt als das, was in ähnlich hoch bewerteten Restaurants aufwendig zusammengebastelt wird. Doch der erfahrene Cuisinier weiß einfach, worauf es ankommt und wie man auch mit verhältnismäßig wenig Aufwand zu schmissigen Ergebnissen kommen kann, die oftmals sogar mehr überzeugen als aufwendige Präsentationskunst. So stimmten beispielsweise schon beim kleinen Küchengruß die Süße der Vinaigrette und die Umamiwürze des fein gehobelten gereiften Hartkäses zusammen mit den natürlichen und durch kurzes scharfes Anrösten noch etwas mehr hervorgekitzelten Bitteraromen von Rosenkohlblättern einen hübschen Akkord an.

Die Vorspeise um sehr propere Jakobsmuscheln mit leicht knuspriger Bratfläche, glasigem Inneren und sehr klarem, sauberem Geschmack, die nebst zweierlei vom Kürbis (knackig und cremig) und Kürbiskernen angerichtet waren, profitierte nicht nur von der guten Qualität der Schalentiere und dem eher fruchtig-nussig gehaltenen Kürbis ohne jede Plumpheit, sondern auch vom raffinierten Zusammenfluss eines Kerbel-Sabayons mit etwas Kürbiskernöl und einer fruchtig-säuerlichen, leicht zitrisch schmeckenden Emulsion.

Auch die nächsten beiden Gänge führten in maritime Gefilde mit vegetabiler Erdung: Zunächst schwammen in einer tendenziell eher leichten, hellen und klaren Krustentieressenz neben einem mit herzhaft gewürzter Krustentierfarce gefüllten Tortellono souveräner Bauart auch verschiedensortige Wurzelgemüse-Juliennes. Danach wurden die soft temperierten, comme il faut glasigen und zart knackigen Kaisergranatschwänze auf ein Bett von zu seidiger Mousseline sowie scharf angerösteten Crumbles verarbeitetem Blumenkohl drapiert – und dort von stark reduzierter, fast schon grenzwertig salziger Krustentierglace eingefasst. Auch die Blumenkohlbrösel waren solo relativ salzig, was sich allerdings mit der sehr milden Creme und den in Sachen Würze fast naturbelassenen Krustentierchen wieder harmonisierte.

Mit den Attributen „fest und flauschig“ ließe sich das Hannoveraner Zungenragout überschreiben: ein herrlicher Eintopf aus butterzarten Würfeln von der Kalbszunge und knackigen kleinen Champignons, die zusammen mit winzigen Hackfleischbällchen und feinen Brätknödelchen in einer kraftvoll-eleganten Sauce schwammen. Letztere begeisterte mit ihrer schönen Balance zwischen alkoholischer Süße (Madeira?) und würzig-erdiger Basis. Da sieht man sehr gut, wie stark die Substanz dieser Küche ist. Und dass längst nicht nur die Gerichte im Rahmen des sechsgängigen Menüs das hohe Niveau unserer Bewertung erreichen können, sondern auch die traditionelleren Sachen. Was aber im Umkehrschluss nicht bedeutet, dass jemand, der hier ausschließlich den gebackenen Ziegenkäse mit Pflücksalat und zum Hauptgang ein Wiener Schnitzel bestellt, unsere Bewertung gleichermaßen nachvollziehen kann. Es ist wie überall: Man muss der Küche schon eine realistische Chance geben, sich zu beweisen.

Und diese Chance nutzt sie! Obwohl wir nicht unbedingt große Fans von Kalbsfilet sind, hat uns auch der Hauptgang um selbiges ausnahmslos begeistert. Denn allein das relativ dunkelfleischige Filet war schon überraschend ausdrucksstark, hatte aber zudem auch noch ein feines Kalbsbäckchen-Ragout sowie zwei aparte kleine, mit akkurat gewürztem grobem Kalbsbrät gefüllte und mit Knusper-Kräuterbröseln beflockte Cannelloni zur Seite. Knackiger Spitzkohl, ausgesucht makellose Pfifferlinge, ein paar Preiselbeeren und eine sehr gute natürliche Sauce komplettierten den Teller zu einem rundum stimmigen Ganzen mit gewissem Suchtfaktor.

Auch im Nachtischbereich gibt's bei Oliver Gerasch nichts von der Stange. Apfelmerengue mit Federweißer, Bitterschokoladenmousse und Birnensorbet waren ein ganz gegenständliches herbstliches Dessert: leicht und frisch, trotzdem vollmundig und opulent, unaufgeregt und doch mit dem gewissen Twist. Und im Service machten einige sehr sympathische und engagierte Rookies Hoffnung, dass es mit dem Gastronachwuchs vielleicht doch noch nicht ganz so schlecht bestellt ist, wie es immer heißt.

Bezahlkarten-Symbole

- Mastercard
- EC-Maestro
- Diners
- American Express
- VISA Visa

Geisenheim (Hessen)

Müllers auf der Burg by Nelson Müller

im Relais & Châteaux Hotel Burg Schwarzenstein
Rosengasse 32,
65366 Geisenheim (Johannisberg)
06722-99500
www.burg-schwarzenstein.de
Mi–Sa ab 18 Uhr, So von 13–16.30 Uhr u. ab 18 Uhr, Mo u. Di RT
Hauptgericht: 15–48 €

Kulinarischer Richtungswechsel im Relais & Châteaux Hotel Burg Schwarzenstein, wo seit Frühjahr nun nicht mehr auf spezialisierte Highend-Gourmetküche gesetzt wird, sondern auf ein populäreres, für ein breites Publikum konzipiertes Programm im gehobenen französischen Brasseriestil. Für die Realisierung konnte kein Geringerer als Nelson Müller gewonnen werden, der hier jetzt quasi einen Ableger seines erfolgreichen und ganz ähnlich gepolten „Müllers auf der Rü" betreibt, welcher passenderweise „Müllers auf der Burg" heißt. Das Interieur ist weiterhin sehr schick, und vieles erinnert noch an das Restaurant, das bis März 2020 von Nils Henkel und seinem Team bekocht wurde – allerdings hat man ein wenig umgestellt.

Beste Voraussetzungen also weiterhin für entspannten Genuss unter der Federführung des sympathischen musikalischen Gastronomen Nelson Müller, der eigentlich in Essen beheimatet und aus Funk und Fernsehen jedermann bekannt ist. Auch sonst sind die Vorzeichen gut: Das Brot ist von Jochen Gaues, der Salat vom Keltenhof, der geräucherte Lachs aus der Balik-Manufaktur, die Ente aus der Dombes, der Steinbutt aus dem Atlantik und der Rohmilchkäse von keinem Geringeren als Maître Antony. Wenn jetzt noch die ausführenden Köche was können, dürfte es sich hier gut aushalten lassen …

Und dem scheint so zu sein, denn die Vorspeise um Entenleberterrine und geräucherten Entenschinken lässt sich dann gleich schon mal gut an: Die Leber ist sehr schön pur und fest, mit viel Produktcharakter, nicht überwürzt oder überalkoholisiert. Der Schinken, der in zwei sehr kleinen Röllchen auf dem Teller zugegen war, diente mehr als feine, rauchige Würzzutat. Die zur Foie gras fast schon obligatorische fruchtige Frische brachten Birnenkomponenten (Tatar, Püree, Sorbet) in die Runde – und zwar mit angenehm wenig Süße. Und das begleitende Rieslinggelee schmeckte tatsächlich nach Riesling, ergänzte den Akkord also mit einer herb-frischen alkoholischen Note. Fein!

Noch so ein Klassiker, der bei einem französischen Brasseriekonzept nicht fehlen darf, ist natürlich auch die Bouillabaisse, die hier sehr klassisch umgesetzt wird. Die kraftvoll dunkle, klare Suppenbasis, in der neben den in der Karte annoncierten Vongole auch einige qualitativ recht gute Fischfilets und etwas Garnelenfleisch sowie Passepierre-Queller und ein großer hauchdünner Brotchip mit einem Klecks Sauce Rouille schwammen, war grundsolide zubereitet, allerdings grenzwertig salzig.

Jenes Salz fehlte indes bei der an sich sehr guten Tranche vom Atlantik-Steinbutt, die ebenso zaghaft gewürzt war wie die Kartoffelpüree-Nocke auf dem Fisch und die vier (qualitativ ebenfalls beachtlich guten!) Stangen vom grünen Spargel darunter. Weil auch die Krustentierjus, die hier zusammen mit einer hellen, rahmigen Schaumsauce ein Duett bildete, eher von der seichten Sorte war, hatte man es mit einem qualitativ zwar durchaus anspruchsvollen, geschmacklich aber recht langweiligen Gericht zu tun. Außer für ausgesprochene Knoblauchfans, denn mit dem Inhalt der in ihrer Schale confierten Knoblauchzehe konnte man natürlich schon einen gewissen Pep auf den Teller bringen.

Auch für gepflegten Fleischgenuss ist im Müllers auf der Burg gesorgt: Coq au Vin vom Stubenküken, geschmorte Simmenthaler Ochsenbacke mit Wirsing, Vanillekarotten und Kartoffelpüree oder ein klassisches Tournedos Rossini, das hier vom irischen Hereford-Rind stammt, lassen kaum Wünsche offen, die man sich von französischer Brasserieküche erhoffen kann. Was an den Tischen um uns herum wie geschnitten Brot ging, war allerdings typisch deutsch: Currywurst. Berlinerisch ohne Darm,

so wie sie auch in Nelsons Müllers Lokal auf der Rüttenscheider Straße der Renner ist. Aus reinem Kalbfleisch hergestellt und mit hausgemachter Currysauce und belgischen Fritten aufgetischt.
Auch dazu wird Sommelier Michel Fouquet, der vielen Gästen auch noch aus dem Vorgängerrestaurant bestens bekannt sein dürfte, im reich bestückten Weinkeller des Hauses den passenden Tropfen finden. Und selbstverständlich auch zu Desserts wie einer klassischen Tarte Tatin, die uns allerdings nicht in dem Maße begeistern konnte, wie wir uns auf sie gefreut hatten. Zu kompakt und zäh war ihre Konsistenz, zu süß und sahnig-mild das begleitende Vanilleeis. Dennoch ein sehr solider Nachtisch, der verdeutlichte, wie leicht sich das Niveau dieser durchaus ansprechenden Küche mit ein wenig Detailarbeit noch optimieren ließe. Wir haben uns hier jedenfalls gut abgeholt gefühlt, was nicht nur an der Küche, sondern auch am zuvorkommenden Service gelegen hat – und kommen gerne wieder!

Gengenbach (Baden-Württemberg)

7

Die Reichsstadt

im Designhotel Die Reichsstadt

Engelgasse 33,
77723 Gengenbach
07803-96630
www.die-reichsstadt.de
Küchenchef: Gerhard Hummel
Di–Sa ab 18.30 Uhr, So u. Mo RT
Hauptgericht: 21–45 €,
Menüs: 39–105 €

VISA

Ein romantischer Ort, ein romantisches Hotel. Hier wurde viel Geld und vor allem jede Menge Zeit und Mühe investiert, um die Balance zwischen Tradition und Moderne zu gestalten – und das ist eindeutig gelungen! Der klug unterteilte Gastraum, die konsequent geschmackvoll eingerichteten Zimmer, die romantische Terrasse und die in regional-bürgerliche Spezialitäten und Gourmetgerichte unterteilte Speisekarte repräsentieren ein stimmiges Konzept. Die Zweiteilung führt freilich dazu, dass die Küche ein beachtliches Programm bewältigen muss. Eine vergessene Sauce am Nachbartisch und das erst nach der Bestellung als „aus" annoncierte Kaninchengericht zeugten davon, dass am Abend unseres Besuches am Limit gearbeitet wurde. Doch der Service fing etwaige Unzufriedenheit wieder ein, verbreitete gute, ungezwungene Stimmung. Man merkt vom ersten Moment des Ankommens über Essen und Frühstück bis zur Abreise am nächsten Morgen, dass Carmen und Gerhard Hummel das Haus mit viel Engagement und Leidenschaft führen und ihre Mitarbeiter zu motivieren wissen.
Was bei unserem diesjährigen Besuch auf den Teller kam, überzeugte durchweg. Etwa die Amuse-Bouche-Variation, die ein Vitello tonnato, eine Kürbismousse mit gegartem Kürbis und Bulgur mit einem Stück gegarten Lachs zusammenfasste. Das war alles gut abgeschmeckt, handwerklich tadellos und hübsch angerichtet in unterschiedlichen Porzellan- oder Glasbehältnissen. Gutes, frisches Brot im Holzkästchen gehörte ebenfalls zum Einstieg.
Die Gänselebervariation aus dem Feinschmeckerangebot zeigte sehr gut den Stil des Hauses: Es handelte sich um beachtliche Qualität, die auf opulente Weise angerichtet wurde. Eine Scheibe Terrine, fest, gut gewürzt, schmelzend, ein Stück kross angebratene Foie gras (haptisch und bezüglich der Farbe eher Enten- als Gänseleber, aber weit überdurchschnittlich …), eine aromatische Lebercreme, dazu Scheiben von schwarzen Walnüssen, Mangogel, Apfelkugeln und Nusscreme. Ein üppiger Teller, auf dem aber alles stimmte. Nur über das à part gereichte, überraschend große Stück Biskuit konnte man diskutieren, denn das war schon fast zu viel des Guten.
Dem Seeteufel war hoch anzurechnen, dass er nicht trocken war. Der Strang steckte in einem Mantel, der außen knusprig, innen saftig war und teilweise ein wenig zu dick ausfiel. Großartige Beilagen in Gestalt ausgezeichneter Maronen-Tortelloni mit nicht zu dickem Teig und gut abgeschmeckter Füllung, eine geschmeidige Hokkaidokürbiscreme und das spannende, Kontrapunkte setzende Kimchi begleiteten den Fisch überraschend attraktiv. Ein heller, dichter Schaum wurde separat in der

Saucière serviert und bewies endgültig, dass das Küchenteam sein Handwerk versteht und sich richtig gut mit Saucen auskennt.
Beim Hirschrücken mit Birne und Rosenkohl war ebenfalls die handwerkliche Fertigkeit von Küchenchef Gerhard Hummel und seinen Mannen zu bewundern – wunderschön dunkles Fleisch, optimal gegart, dazu Rosenkohlblätter, knusprige große Gnocchi à part und eine dunkle, kraftvolle, angenehm sämige Sauce. Ein süffiger und rundum stimmiger Gang, bei dem auch die Proportionen optimal passten.
Schließlich folgte noch ein Dessert, das stilisierte Karotten, ein von Kalamansi erfrischtes Karottensorbet, eine Art Vanillecreme sowie einen Touch Ingwer zu einem Nachtisch verband, der angenehm wenig Süße transportierte, harmonisch wirkte und einen ausgezeichneten, animierenden Abschluss bot. Außer dem Essen gibt es noch einen weiteren Grund, um hier zu reservieren: Das gut sortierte Weinangebot zeichnet sich nämlich nicht nur durch regionale Betonung, sondern auch durch Preiswürdigkeit aus. 45 Euro für eine Flasche Top-Grauburgunder aus dem Weingut Andreas Laible sind wirklich alles andere als teuer!

5

Pfeffermühle

Victor-Kretz-Str. 17, 77723 Gengenbach
07803-93350
www.pfeffermuehle-gengenbach.de
Fr–Mi von 11.45–14.15 Uhr u. ab 17.30 Uhr, Do RT
Hauptgericht: 9–33 €, Menüs: 15–69 €
VISA

Im heimelig holzgetäfelten Restaurant des hübsch herausgeputzten Fachwerkhauses am historischen Gengenbacher Marktplatz steht Inhaberfamilie Armbruster schon seit einigen Jahren für ein zuverlässiges Niveau der Küche. Auf der recht umfangreichen Karte finden sich neben badischen Wirtshausklassikern auch mediterran inspirierte Gerichte und sogar ein paar exotische Offerten. Egal ob Mittagstisch oder Abendmenü: Inhaber und Küchenchef Axel Armbruster versteht sein Handwerk und bereitet die Maultäschle oder den Schmorbraten mit ebenso viel Hingabe zu wie extravagantere Sachen aus internationalen Produkten. Im Keller des Hauses lagern neben bekannten badischen Tropfen auch etliche Bouteillen aus dem nahen Frankreich.

6↑

Ponyhof Stammhaus

Mattenhofweg 6, 77723 Gengenbach
07803-1469
www.ponyhof.co
Di–Fr ab 16 Uhr, Sa ab 11 Uhr, So ab 12 Uhr durchgehend, Mo u. jeden 2. Di RT
Hauptgericht: 14–30 €, Menüs: 54–98 €
VISA P

Im Stammhaus der Wusslers am Ortsrand von Gengenbach stehen zwei Generationen gemeinsam am Herd: Marco und Tobias, die ihre Lehr- und Wanderjahre bei international bekannten Chefs im In- und Ausland verbracht haben und vor gut fünf Jahren in den Schwarzwald zurückkehrten, leiten die Geschicke fortan gemeinsam mit ihrem Vater, der seine Söhne nicht ausbremst, sondern ihnen mit viel Erfahrung und Solidität den Rücken freihält. Nicht nur für die zahlreichen Stammgäste eine lohnende Liaison, denn obwohl die kreativen Brüder viel frischen Wind auf den Ponyhof mitbrachten, gibt es daneben nach wie vor traditionellere Heimatgerichte und Steaks vom Holzkohlegrill mit klassischen Beilagen. Daneben aber eben auch die „New Black Forest Cuisine", wie die Wusslers ihre moderne und kreative Küchenlinie nennen. ebenfalls stark regionalbetont, aber eben auch genauso weltoffen. Da kommen Bodenständigkeit und Originalität zu sehr natürlichen, ausdrucksstarken, zeitgemäßen Gerichten zusammen, die allesamt eine starke Basis haben und damit nicht nur viel fürs Auge bieten.

Hotelempfehlung

★★★★

Designhotel Die Reichsstadt

Engelgasse 33, 77723 Gengenbach
07803-96630
www.die-reichsstadt.de
Einzelzimmer: 85–115 €
Doppelzimmer: 130–285 €
VISA

In dem familiär geführten Designhotel inmitten der pittoresken Gengenbacher Altstadt warten nach dem Um- und Neubau im vergangenen Jahr insgesamt 17 Zimmer und vier individuell geschnittene und ausgestattete Suiten auf die Gäste. Ausgewählte Materialien, modernes Interieur und die komfortabel ausgestatteten Badezimmer untermalen das Bild von stilvoller Behaglichkeit. Auf der Dachterrasse oder im lauschigen, hübsch angelegten Gastgarten kann man auch an der frischen Luft die Seele baumeln lassen und an der neuen Lobby-Bar gepflegte Drinks genießen. Restaurant Die Reichsstadt separat erwähnt.

Gera (Thüringen)

5

Küche im Keller

Lutherstr. 20, 07546 Gera
0365-77308995
www.marco-brauch.de
Küchenchef: Marco Brauch
Di–Sa ab 17 Uhr, So u. Mo RT
Menüs: 45–60 €
EC VISA

So unscheinbar, wie das Restaurant KiK (Küche im Keller) in einem wenig aufregenden Wohngebiet im östlichen Gera gelegen ist, läuft man durchaus Gefahr, erstmal an der Eingangstür vorbei zu schlendern. Beim Betreten des Souterrains ist die Verblüffung allerdings umso größer: Das kleine gemauerte Gewölbe mit den fein gedeckten Tischen hat nämlich viel Charme und ein gleichermaßen behagliches wie elegantes Ambiente. Und in dem Wissen, dass hier auch noch ambitioniert gekocht wird, wirkt das Ganze gleich noch einladender!
Marco Brauch hat sich hier einen wirklich schönen Ort für die Selbstständigkeit geschaffen und das auch noch mit einem Konzept, mit dem das nicht eben einfache Kunststück gelingt, ein kleines ambitioniertes Restaurant ohne Unterstützung oder sonstige Nebenprojekte (auch wirtschaftlich) erfolgreich zu führen. Der aktuelle Stand ist: Es gibt im zweiwöchigen Wechsel ein fixes Dreigangmenü inklusive vegetarischer Alternative und Käse statt Dessert. Alle Gäste starten zur gleichen Zeit und bekommen dafür zuverlässig hohe Produktqualität und genaue Zubereitung zu einem überaus fairen Preis.
Überhaupt mutet sich der Einzelkämpfer am Herd nicht mehr zu, als er bewältigen kann. Und setzt klugerweise eher auf unkompliziert gegenständliche Zubereitungen als auf aufwendiges Kleinklein. Bevor es ins Menü geht, stimmt Marco Brauch seine Gäste aber stets erstmal mit einer pfiffigen Miniatur ein und zeigte dabei zuletzt mit einem fein abgestimmten Salat von mildem Matjes und knackig fruchtigen Gemüsewürfeln im (zugekauften) Waffelhörnchen, dass er präzise abschmecken kann.
Anschließend weckten der Brutzel-Sound und der Duft von gebratener Chorizo aus der halb offenen Küche um die Ecke zum Gastraum bereits die Vorfreude auf den ersten Gang … Und dieser kombinierte die feurigen Scheiben der Paprikawurst mit einer eher schlank und pur gehaltenen Kürbiscremesuppe, die ganz klassisch nur von Kernöl und geschlagenem Rahm verfeinert wurde – gerade deshalb aber mit dem balancierten natürlichen Geschmack den Unterschied zu Allerwelts-Kürbissuppen erkennen ließ.
Noch besser erkennbar, mit wie viel Hingabe und welch gutem Blick für die Details des scheinbar Einfachen der Chef zugange ist, wurde beim Bœuf bourguignon im Hauptgang: löffelzartes und trotzdem eigenaromatisches Schmorfleisch in tiefer, glänzend dunkler und zugleich säuregestraffter Sauce, dazu knackig glasierte Perlzwiebeln, gebratene Champignons und Speck und etwas Frische durch ver-

schiedene Kressen – viel besser kann man diesen Klassiker nicht zubereiten! Die kräutrigen Macaire-Kartoffeln dazu waren eine stimmige Ergänzung, hatten als kleinen Schönheitsfehler aber trotz ihrer locker-fluffigen Konsistenz einen etwas leimigen Kern.
Nicht weniger Hingabe und handwerkliche Sorgfalt als im Bœuf bourguignon steckte allerdings in der vegetarischen Alternative, die drei mit Roter Bete, Bergkäse und Spinat unterschiedlich gefüllte Knödel mit frischer Kresse, Kräutern und einer leichten hellen Creme kombinierte. Daran wäre eigentlich Allgäuer Bergkäse der logische Anschluss. Die Neugierde führte dann aber doch zum kryptisch als „Bananasplit 2.0“ annoncierten Dessert …
Dieses entpuppte sich als recht schaumig üppige, aber dennoch leichte Angelegenheit mit einer Bananenmousse in hauchdünner knackiger Schokohülle im Zentrum, ergänzt von Eis und Cremes von der Banane, Eierlikör-Espuma und Nuss-Malto. Alles sehr harmonisch, aber insgesamt so milchig-mild, dass wir uns irgendeinen kantigeren Kontrast gewünscht hätten, etwa von Passionsfrucht, Zitrusfrucht oder Sanddorn. Viel Freude machte das Ganze dennoch. Wie überhaupt das ganze KiK-Erlebnis, inklusive des aufgeweckten Service und der kleinen, zwischen Region und weiter Welt pendelnden Weinauswahl.

Gernsbach (Baden-Württemberg)

8

Werners Restaurant

im Hotel Schloss Eberstein
Schloss Eberstein 1, 76593 Gernsbach
07224-995950
www.schlosseberstein.com
Küchenchef: Andreas Laux
Mi–Sa ab 18.30 Uhr, So von 12–14 Uhr u. ab 18.30 Uhr, Mo u. Di RT
Hauptgericht: 26–45 €,
Menüs: 63–105 €
VISA

Hochherrschaftlich liegt der Speisesaal von Schloss Eberstein mit seinem hellen Parkett, den dunkelroten Wänden und goldenen Akzenten über dem Tal. Weit geht von dort der Ausblick in den Schwarzwald. Dies ist kein Landstrich für hochdrehende Moden: Hier,

nahe Baden-Baden und Frankreich, pflegt man die klassische Gourmandise seit Jahrzehnten und akzeptiert Innovationen erst nach eingehender Erprobung. Patron Bernd Werner und sein Küchenchef Andreas Laux wissen und beherzigen das, entsprechend wohl fühlen wir uns in ihrem Refugium hoch auf dem Berg seit Jahren.
Allerdings konnten wir uns auch bei unserem jüngsten Besuch – wie bereits im Vorjahr – nicht davon überzeugen, dass die zum Aperitif gereichte knusprig-harte Parmesanwaffel (diesmal üppig von einer kompakt-rustikalen Bergkäsecreme getoppt) einen kulinarischen Geniestreich darstellte. Deutlich besser gefiel uns da das Amuse-Bouche in Form eines kleinen handgeschnittenen Rindertatars, kräftig säuerlich abgeschmeckt und mit ein wenig Lachskaviar verfeinert. Klarer Minuspunkt: der Einsatz einer Trüffelvinaigrette/-creme mit deutlicher Chemienote …
Schnell vergessen war der ruckelige Einstieg beim folgenden Menüauftakt von großer Eleganz und Klasse: Im Zentrum eine großzügige Scheibe „Gänseleber-Maki“, eine klassische Terrine, fest und cremig zugleich, eingeschlagen in ein japanisches Noriblatt, der diese würzige Alge eine wunderbar nussig-mineralische Note verlieh und die ansonsten nur dezent aromatisierte edle Innerei mit ihrem hochintensiven Eigengeschmack perfekt akzentuierte. Zusätzliche Tiefe und Würze verliehen dem Teller einige exakt dosierte Streifen vom dezent geräucherten Aal, einen eleganten – eher feinherben als süßen – Kontrast steuerten Sake-Gel sowie eine Pflaumencreme bei. Herzhafte Eleganz, gehoben durch die Frische und zarte Schärfe eines leicht gebundenen Ingwersuds mit Korianderöl und abgerundet durch eine milde Reiscreme sowie einen knusprigen Chip von Algen und gepufftem Reis. Das klassischschöne Brioche à part empfanden wir angesichts dieser Vollendung als eher überflüssig, selten haben wir eine Leber von solch großer

aromatischer Länge gegessen – eines der schönsten Gänselebergerichte der letzten Zeit! Etwas weniger transparent wirkte im Vergleich dazu die anschließende Verbindung von Hummer und Büffelzunge, bei der das schön glasige Krustentier angesichts der animalischen Übermacht von der Weide leicht in den Hintergrund geriet. Am besten gefiel uns hier eine kleine Roulade von der rosig-saftig gepökelten Zunge mit einem feinen Hummertatar – die begleitenden Segmente des knapp gegarten Hummerschwanzes hatten es dagegen im Akkord mit einer Artischockencreme und gebratenen Artischocken, Yuzu-Gel, einem kräftigen Hummersud (nicht zu röstig, nicht zu süß!) sowie Olivencrunch geschmacklich schwer. Insgesamt ein angenehm süffig-harmonisches Gesamtbild von fleischiger Saftigkeit, zu dem ein Riesling von Grans-Fassian aus dem Jahr 2011 ausgezeichnet gefiel!
Ebenfalls perfekt zum Mosel-Riesling – sowie ebenfalls eher als Ensemblespieler denn als Solist eingesetzt – erschien im folgenden Fischgang eine schön dicke Tranche vom abgeflämmten, saftig-blättrigen Kabeljau unter einer Zwiebel-Tapenade und gehackten Nüssen. In Verbindung mit einer knusprig gebratenen Reisschnitte auf einem Bett knapp gegarter Gemüsejuliennes von asiatischer Würze im duftenden See eines pikanten Tom-Kha-Gai-Suds mit einem feinen Faden Krustentieröl und Koriandergrün war das eine wunderbar würzige, fernöstlich-duftige Kreation in verführerischer Balance von Schärfe, Frische und Schmelz: klar an der Salzgrenze (aber nicht darüber) und ohne die oft in solchen Verbindungen anzutreffende Süße. Sehr schön!
Zurück in die Heimat führte sodann „Chefs Favorit“: ein Duroc-Schweinekotelett, laut Karte aus dem „Stall am Brandeck aus nicht mal fünf Kilometern Luftlinie Entfernung“. In der silbernen Schale am Knochen serviert und am Tisch tranchiert, hätten wir das wunderbar aromatische, rosige Fleisch mit seiner knackigen Schwarte auch ohne weitere Zutaten pur mit größtem Vergnügen verspeist. Zweifellos ein Gewinn war dazu natürlich dennoch die federleicht-cremige Sauce Béarnaise, die geschmorten Perlzwiebelchen sowie eine milde Artischockencreme. Für verzichtbar angesichts des feinen Fleischgeschmacks hielten wir eine arg dominante dunkle Jus sowie ein etwas fettes Kartoffelgratin.
Keinesfalls verzichten wollten wir – den durchgängig opulenten Portionen zum Trotz – abschließend auf eine zitrische Mousse von weißer Valrhona „Opalys“-Schokolade mit einer Nocke cremigem Bananeneis, karamellisierten Bananen, schwarzem Sesam und Yuzu-Gel. Man ahnt es: Von Schonkost oder substanzloser Pinzettenküche kann auf Eberstein keine Rede sein, erfreulicherweise bietet das Schloss nach einem ausführlichen Mittagessen im Umfeld zahlreiche Möglichkeiten für einen revitalisierenden Spaziergang. Oder alternativ ein weiches Bett in altem Gemäuer …

Gießen (Hessen)

5

Tandreas

im Hotel Tandreas
Licher Str. 55, 35394 Gießen
0641-94070
www.tandreas.de
Küchenchef: Martin Bonk
Mo–Sa ab 18 Uhr, So RT
Hauptgericht: 24–36 €,
Menüs: 29–69 €
VISA

Das hell und großzügig angelegte sowie geschmackvoll schnörkellos gestaltete Restaurant im gleichnamigen Hotelbetrieb, der von Gastgeberin Tanja Steinbrecher-Levoux und ihrem jungen Team sympathisch und engagiert geführt wird, ist und bleibt ein zuverlässiges Ziel für anspruchsvollen Genuss. In den Sommermonaten ist hier auch die Terrasse ein schöner Ort, um es sich entspannt gut gehen zu lassen. Das kulinarische Konzept setzt auf Internationalität und Kreativität, ist dabei aber weder zu exklusiv noch zu abgedreht und bleibt (auch preislich) wohltuend auf dem Teppich. Ein Restaurant für viele Gelegenheiten eben. Das passt einerseits zu einer automatisch immer etwas heterogenen Hotelklientel mit unterschiedlichsten Ansprüchen und Wünschen, nimmt aber auch viele Leute aus der Region mit, die dann gerne öfter hierherkommen. Ein

aufmerksamer Blick in die Runde verrät, dass hier an einem gut besuchten Wochenendtag viele Stammgäste sitzen.
Und die werden durchaus veritabel bekocht! Die Vorspeise um Jakobsmuscheln mit Avocado, knusprigem Spargel und Frühlingslauch überzeugte schon deshalb, weil die knapp und glasig gebratenen Coquilles von sehr ordentlicher Qualität waren. Auch die Avocado, die als Creme sowie als dünn geschnittene Umhüllung eines akkurat gefertigten Canellono mit einer etwas undefinierbaren milden Moussefüllung auf dem Teller stattfand, war in puncto Reifegrad und Geschmack ziemlich gut. Etwas Mangotatar sorgte zudem für exotische Süße und einen gewissen Frischemoment. Der ebenfalls annoncierte Spargel allerdings, der leider nur als frittiertes Stroh zugegen war, spielte aromatisch keine Rolle.
Die Gyoza mit Rindfleischfüllung, die in einer Reihe zusammenklebten, weil sie eng anliegend zum Dämpfen und Anbräunen gegeben wurden, hatten ansonsten eine angenehme Konsistenz und ein schmackhaftes Innenleben – auch wenn man sie mit etwas mehr Schärfe, Säure und Frische noch etwas prägnanter hätte zubereiten können. Und selbst wenn in diesem Fall mit einem pfiffigen kleinen Asia-Salat auf Zuckerschotenbasis, eingelegtem Ingwer, Wasabi, Teriyakisauce mit Sesam, einer ziemlich guten Sweet-Chili-Sauce und (zumindest thematisch etwas unpassender) Rote-Bete-Mayo ein ziemlich buntes und facettenreiches Begleitkonzert veranstaltet wurde, verfestigte sich der Eindruck, dass die Verantwortlichen am Herd hier und da sogar gerne noch etwas markanter abschmecken bzw. einfach die Aromen besser herausarbeiten könnten.
Das wurde nämlich beispielsweise auch bei den auf der Haut gebratenen Filets eines zwar recht kleinen, aber durchaus properen Wolfsbarschs deutlich. Respektive am begleitenden Safran-/Fenchel-Risotto und dem Bouillabaisse-Schaum. Denn von Safran war an dem ansonsten sehr guten, weil harmonisch abgeschmeckten und auch in seiner Konsistenz wohlbeschaffenen Risotto ebenso wenig zu schmecken wie an dem weißen, rahmig-milden Saucenschaum irgendetwas auszumachen gewesen wäre, das entfernt an eine Bouillabaisse erinnert hätte. Etwas Diskrepanz zwischen Speisekartenofferte und Tellerwahrheit lag auch beim „Paprikaconfit“, das aus recht naturell wirkenden, aber immerhin sauber enthäuteten Paprikastücken bestand. Dass es unterm Strich trotzdem sehr schmackhaft war, lag an den guten Produkten, unverfälschten Aromen und handwerklicher Sorgfalt. Das ist meist mehr als die halbe Miete!
Und auch sonst lässt sich die Küche beim Einkauf nicht lumpen, setzt beispielsweise auf das hervorragende Lamm von Franz Riederer aus dem Gutshof Polting und liiert dessen Karree mit wohlschmeckendem Fettdeckel auf mediterrane Art mit Ratatouille und confierter Aubergine, oder gibt Roastbeef vom „Greater Omaha“-Rind im Big Green Egg den unvergleichlichen Rauch- und Röstgeschmack. Auch Desserts wie unsere Variation von Erdbeere und Rhabarber, eine klassisch-gediegene Crème brûlee mit schmelzigem weißem Schokoeis oder ein lauwarmer blonder Schokoladenkuchen aus der Edelweiß-Schokolade der äußerst fair handelnden „Original Beans“-Truppe mit Mango und Kaffee gehen in sehr solider Machart über den Pass. Und weil zudem auch die Weinkarte einiges zu bieten hat und der Service unkompliziert, flott und aufmerksam ist, kann man es hier wirklich prima aushalten.

Hotelempfehlung

★★★★

Hotel Tandreas

Licherstr. 55, 35394 Gießen
0641-94070
www.hotel-tandreas.de
Einzelzimmer: 89–140 €
Doppelzimmer: 113–160 €

VISA

In der Universitätsstadt Gießen bietet das Hotel Tandreas den Charme und die Individualität eines familiengeführten Hotels mit herzlicher Gastfreundschaft und viel Komfort. „Eine tiefe Verbundenheit mit dem hohen Norden sowie ein Heimatgefühl, wie man es aus den Bergen kennt, vereint mitten in Deutschland“ lautet der hauseigene Slogan, der nicht nur auf die nordisch-schlicht und dennoch sehr warm und wohnlich gestalteten Räume zutrifft.

Behaglich und elegant eingerichtet, machen es die großzügigen klimatisierten Zimmer den Gästen hier sehr leicht, sich wohlzufühlen und zu entspannen. Besonderes Augenmerk liegt im Tandreas zudem auf dem kulinarischen Genuss: sowohl beim reichhaltigen exquisiten Frühstück als auch beim Lunch und Dinner im Restaurant mit einem zwischen regionalen und mediterranen Spezialitäten variierenden Angebot. Oder beim Besuch der „Rieslinglounge" und Bar als idealem Ort zum entspannten Beisammensein.

Glashütten (Hessen)

5↑

Schützenhof

Langstr. 13, 61479 Glashütten
06174-61074
www.schuetzenhof-mohr.de
Küchenchef: Martina Mohr
Mi–Fr u. So ab 18.30 Uhr, Sa von 12–14 Uhr u. ab 18.30 Uhr, Mo u. Di RT
Hauptgericht: 27–36 €, Menüs: 65–85 €

In den ländlich-gutbürgerlich anmutenden Gasträumen des historischen Schützenhofs mit seiner markanten Fachwerkfassade, in dem die Gastgeberfamilie Mohr bereits seit drei Generationen amtiert, wird unter der Ägide von Martina Mohr als Kontrastprogramm eine überraschend einfallsreiche, kreative, leichte internationale Küche geboten. Gekocht wird klassisch, aber nicht bieder. Neben den stets sehr guten Grundprodukten und dem sorgfältigen Handwerk sind es besonders die originellen Kombinationen und die clever eingesetzten Würzakzente, die uns hier regelmäßig zusagen. Auch die Weinkarte mit vielen attraktiven Kreszenzen wie gut gereiften Tropfen aus Burgund und Bordelais zu gastfreundlichen Preisen und der zuvorkommende Service unter der Leitung von Lothar Mohr stehen auf der Habenseite und sprechen für einen Besuch dieses ambitionierten Gasthauses.

Glottertal (Baden-Württemberg)

5

Adler

Talstr. 11, 79286 Glottertal
07684-90870
www.adler-glottertal.de
Mo u. Mi–So von 11.30–14 Uhr u. ab 17.30 Uhr, Di RT
Hauptgericht: 17–42 €

VISA P

Ein typischer Schwarzwald-Gasthof. Man sitzt sehr angenehm in den nostalgischen, regionaltypischen Stuben oder auf dem Freisitz im „Adler-Gärtle" und wird vom herzlichen Service mit guter, badisch-französischer Küche bewirtet. Was aus Nicolas Cordiers Küche kommt, ist traditionell und bodenständig, aber mit jenem gehobenen Anspruch an Produkt und handwerkliche Zubereitung gekocht, wie man es jenseits des Gourmetsektors eigentlich nur hier im Südwesten der Republik häufiger antreffen kann. Die stets blitzsauber und sehr schmackhaft fabrizierten Gerichte sind mal von gehobener internationaler Art, mal eher deftig, kraftvoll und hausmannsköstlich, aber immer seriös und fundiert aus guten, frischen Produkten zubereitet. Dazu gibt's eine ausreichende Anzahl wohlfeiler Weine aus Baden und einige Alternativen aus anderen Gegenden.

5

Zum Goldenen Engel

Friedhofweg 2, 79286 Glottertal
07684-250
www.goldener-engel-glottertal.de
Do–Di von 12–14 Uhr u. 18 Uhr, Mi RT
Hauptgericht: 18–34 €, Menüs: 42–60 €

VISA P

Allein schon das markante, über 500-jährige Gebäude wirkt auf Anhieb sehr einladend, und wenn man erst mal in einer der nostalgischen Gasträume Platz genommen hat und die Speisekarte in Händen hält, will man eigentlich gar nicht mehr weg aus diesem seit Generationen familiengeführten Hort badischer Gastlichkeit. Küchenchef Michael Mannel wandelt hier seit Jahren sehr zuverlässig auf klassischen, badisch-französischen Pfaden, tendiert zwischen gehobenen Gerichten wie der Gänselebervariation oder dem Lammrücken mit Pestokruste und ganz bodenständigen Dingen wie einer Schwarzwaldforelle nach „Müllerin Art" oder dem schier unvermeidlichen Rostbraten mit Brägele. Mal erstaunlich akkurat und von leichter Hand gekochte Gerichte, mal eher deftig, kraftvoll und hausmannsköstlich, aber immer handwerklich seriös und fachlich fundiert aus guten, frischen Produkten. Dazu offeriert die Karte eine ausreichende Anzahl wohlfeiler Weine aus Baden und Alternativen aus anderen Regionen und Ländern.

Glücksburg (Schleswig-Holstein)

5

Felix

im Strandhotel Glücksburg
Kirstenstr. 6, 24960 Glücksburg
04631-6141500
www.strandhotel-gluecksburg.de
Täglich von 12–14 Uhr u. ab 18 Uhr, kein RT
Hauptgericht: 27–39 €,
Menüs: 47–89 €
VISA P

Im weitläufigen Restaurant des Strandhotels Glücksburg mit seinem hellen, nordischen Flair und Ausblick auf Strandkiosk und Segelschiffe wird das Team um Küchenchef André Schneider täglich mittags und abends verschiedensten kulinarischen Vorlieben und Ansprüchen gerecht. Umso schöner, dass hier trotzdem auf Qualität geachtet wird und neben Traditionsklassikern sowie verschiedenen Steaks, Lamm oder Thunfisch vom Lavasteingrill mit Beilagen nach Wahl auch noch mehrgängige Menüs im Angebot stehen. Die garantieren gute, frische Produkte und harmonischen Geschmack und konnten uns in ihrer durchaus ambitionierten, wenngleich nicht immer ganz schwankungsfreien Art in den letzten Jahren immer überzeugen. Zumal die Preise moderat sind.

10

Meierei Dirk Luther

im Hotel Alter Meierhof
Uferstr. 1, 24960 Glücksburg
04631-6199411
www.alter-meierhof.de
Küchenchef: Dirk Luther
Di–Sa ab 18.30 Uhr, So u. Mo RT
Menüs: 178–198 €
VISA P

Es war eine der großen Überraschungen der vergangenen Testsaison – und irgendwie aber auch wieder nicht. Denn erstens hatten uns Dirk Luther und sein Team ja in der Vergangenheit schon wiederholt bewiesen, dass sie auf Höchstniveau kochen können, und zweitens zeigt ein Blick in die Historie unserer Kritiken und Bewertungen zur Meierei, dass die Leistungskurve hier einem wellenartigen Auf und Ab auf konstant hohem Niveau gleicht. Bereits im vergangenen Jahr konstatierten wir wieder einen sanften Anstieg und dieses Mal erlebten wir die Küche in Höchstform wie zuletzt Mitte des zurückliegenden Jahrzehnts.
Als Pessimisten hätten wir die Bewertung also trotz der extrem starken Performance in diesem Jahr unangetastet auf 9+ Pfannen belassen und mittelfristig auf den turnusmäßigen Abschwung spekulieren müssen. Da wir aber nun mal eher zu den Optimisten zählen, setzen wir auf ein lang anhaltendes Hoch in der Meierei-Küche und wollen mit der verdienten Höherstufung auf 10 Pfannen nicht nur den aktuell reellen Leistungsstand widerspiegeln, sondern auch unseren bescheidenen Beitrag dazu leisten, dem zuletzt ohnehin beflügelten Team gleich noch etwas mehr Wind in die Segel zu geben.
Der Abend begann im coronabedingt temporär nach nebenan umgezogenen Gourmetrestaurant mit allerhand köstlichen, einerseits aufwendigen, andererseits aber auch ganz unkomplizierten Kleinigkeiten. Etwa einer süffig mit

Schmorkompott, Eigelbcreme und Sherryschaum gefüllten Eierschale, einem Rindertatar-Stick mit Imperial-Kaviar oder einee Knuspertartelette vom Rauchaal. Den Küchengruß kannten wir ähnlich schon aus dem Vorjahr, doch das mit grüner Shisocreme und Sojagel betupfte Duett von Taschenkrebstatar im Rettichmantel und Sashimi von der Gelbflossenmakrele schwamm diesmal statt in einem Süppchen von Miso und Schnittlauchöl in grüner Paprikaessenz – und wirkte dadurch noch frischer und klarer. Der Gesamteindruck eines angenehm milden, unaufdringlichen Umamigerichts mit subtilen Sesamaromen von Shiso und generell viel Produktcharakter der beiden Hauptprotagonisten blieb unverändert, diesmal nur eben vor einem transparenteren, grünaromatisch-herben Hintergrund.

Es ist nach wie vor die große Stärke des Lutter'schen Kulinariums, dass es die vor allem im Bereich der Fische und Krustentiere wirklich hervorragenden, oft tagesfrisch aus dem steinwurfnahen Dänemark gelieferten Produkte klar und kompromisslos in den Mittelpunkt stellt und stark wirken lässt. So auch die fantastischen roh marinierten Jakobsmuschelscheiben, die festfleischig und reintönig mit ihrem faszinierend nussig-jodigen Geschmack auf einem Spiegel aus mit Bergamotte aromatisierter Crème fraîche ausgebreitet waren. Unaufdringliche, knackige und cremige Muskatkürbis-Komponenten, vor allem aber anisduftige Fenchelblüten und der mit nussigem Kürbiskernöl marmoriere Buttermilch-/Dashi-Sud lieferten dazu ebenso subtil wie facettenreich gesetzte Aromenakzente. Ein starker Start, der zugleich dick unterstrich, was wir diesmal im Grunde allen Kompositionen attestieren konnten: ein deutliches Mehr an Komplexität und Tiefenschärfe bei gleichzeitig maximaler Leichtigkeit und Transparenz.

So wie beim dänischen Kaisergranat, der sich noch am Vortag irgendwo vor der dänischen Küste vergnügt hatte, und jetzt in fester, reintöniger Idealform und nur mit einer kleinen Nocke Papayachutney, Tupfen einer würzigen Karottencreme und Korianderkresse dekoriert vor uns lag. Diese Leitaromen fanden sich auch in dem mit Zitronengras und Curry abgeschmeckten Karotten-/Papaya-Flan wieder, auf den das Krustentier – umgeben von einem pikanten Schaum von Grünem Curry – sorgfältig hindrapiert war. Ein großartiges Gericht mit fernöstlicher Note: vielschichtig, präsente Schärfe, fein gepuffert, sehr vollmundig, aber alles andere als opulent, das in Kombination mit der Frische und den sortentypisch floralen und würzigen Kopfnoten des zehn Jahre alten Muskatellers von Friedrich Becker aus der Pfalz ein echtes Traumpaar bildete.

Nicht nur da traf Sommelier und Restaurantleiter Tim Blaszyk mit seiner Weinempfehlung genau ins Schwarze, auch der zum folgenden Kabeljau ausgeschenkte 2016er Pouilly-Fuissé „La Roche" von Eric Forest aus der Magnum war ein Volltreffer! Und das, obwohl dieser Wein in der Weinreise ursprünglich erst zur Seezunge vorgesehen gewesen wäre. Doch auch zum qualitativ absolut makellosen, nur dezent angebräunten und mit einem Hauch Pancetta überschmolzenen Kabeljau nebst Erbsen in knackig und cremig überzeugte dieses Gewächs als Begleiter auf ganzer Linie. Vor allem im Zusammenspiel mit dem Saucenduett aus Dashi-Beurre-blanc und einer mit Pancetta aromatisierten dunklen Sauce auf Kalbsjusbasis, das hier wieder enorme Tiefe, Komplexität und einen echten Spannungsbogen aufs Porzellan brachte.

Bereits angesprochene Seezunge kam im Anschluss in festfleischiger Idealform als Doppelfilet daher, gefüllt mit etwas Pilzduxelles und vollaromatischen Perigord-Trüffelscheiben und flankiert von butterzartem Lauch, einer intensiven Lauchcreme, kleinen Kopfsalatschiffchen mit gehacktem Ei und Butterbröseln sowie einer rahmigen Verjus-Sauce, diesmal deutlich zahmer und mit weniger Säure ausgestattet, hier aber genauso perfekt …

Der Reigen an erstklassigen Produkten nahm auch mit der gebratenen Entenleber nicht ab, die da als blitzsaubere, dicke, stabil schnittfeste Tranche und mit ganz sauberem Geschmack neben pochierter Auster und Salicornes in einem Shiitake-Pilzfond auf Basis von Geflügeljus schwamm, welcher von Korianderöl eine kräuterwürzige Kopfnote verliehen bekam. Und er fand im Hauptgang um eine formidable Taubenbrust mit maximal saftigem und eigenaromatischem Fleisch unter krosser Haut seinen Höhepunkt, die sich den Teller mit Petersilien-/Spinat-Püree, weißem Zwiebelkompott und Navetten teilte und vom Geschmack ihrer Innereien und einer meisterlichen reduzierten Taubenjus mit zusätzlichem Produktcharakter gepusht wurde.

Nach dem lauwarm schmelzigem Taleggio mit geräucherter Kartoffel und Majoransud, einem zum Klassiker avancierten Käsegang von Dirk Luther, der uns diesmal nicht nur deshalb deutlich leichter vorkam, weil er auf einem Glaskissen-Teller quasi über dem Tisch schwebte, begeisterte uns auch die Pâtisserie restlos. Und zwar insbesondere mit einem Dessert von Apfel, Tonkabohne, weißer Schokolade und Calvados-Sahne, das so überraschend markant, tiefenscharf und klar zugespitzt daherkam und auch wegen des ätherisch-duftigen Limettenaromas maximal erfrischend schmeckte, dass es sicher nicht nur in unserem kulinarischen Langzeitgedächtnis einen Platz gefunden hat. Und so bleibt uns abschließend nur noch, dem Meierei-Team zur Wiedererlangung unserer Höchstbewertung zu gratulieren und auch dem jungen Serviceteam um Tim Blaszyk viel Lob für sein souveränes Wirken auszusprechen.

Göpfersgrün (Bayern)

Wirtshaus im Gut

Göpfersgrün 2, 95632 Göpfersgrün
09232-917767
www.wirtshausimgut.de
Mi–Sa von 11–14 Uhr u. ab 17 Uhr, So u. Fei durchgehend, Mo u. Di RT
Hauptgericht: 6–18 €

Frische, handwerkliche Küche auf einem soliden qualitativen Niveau steht im gepflegten Wirtshaus im Gut auf dem Programm. Gutbürgerliche Gerichte in gehobener Hausmachermanier, hier und da auch Originelles wie Kronfleisch, das wie ein guter Tafelspitz sanft in der Brühe gekocht wird. Regionaltypisch fallen die sehr großen, bisweilen überladen wirkenden Portionen aus. Zuvorkommender Service, gutes Preis-Leistungs-Verhältnis.

Grainau (Bayern)

Henri-Philippe

im Romantik Alpenhotel Waxenstein
Höhenrainweg 3,
82491 Grainau
08821-9840
www.waxenstein.de
Küchenchef: Holger Rösch
Täglich von 12–14 Uhr (kleine Karte) u. ab 18 Uhr, kein RT
Hauptgericht: 22–34 €,
Menüs: 38–98 €

VISA

Mit seinem beeindruckenden Panorama auf den Waxenstein und die Zugspitze hat das Henri-Philippe im Grainauer Hotel Waxenstein ja bereits einiges zu bieten und für viele Hotel-Restaurants wäre das wahrscheinlich schon Grund genug, ansonsten fünfe gerade sein zu lassen. Betreiberfamilie Lehn sowie Küchenchef Holger Rösch und sein Team setzen aber längst nicht nur auf den Standortvorteil, sondern bieten ihren Gästen weit mehr als sie hier vielleicht müssten. So gibt es neben dem Hausgäste-Halbpensionsmenü seit diesem Jahr von Mittwoch- bis Sonntagabend auch eine recht umfangreiche Speiseauswahl à la carte, die drei unterschiedliche Menüvarianten und sämtliche Gänge daraus (plus ein paar weitere …) auch einzeln offeriert.
Mit einem „Verwöhn-Menü", der regionalbetonten Speisefolge „Heimat" sowie dem eher weltläufigen Gourmetmenü, das mit Produkten von Schottischem Lachs über Krustentier bis zur Short Rib im Barbecue Style aufwartet, ist man gut und breit aufgestellt. Der Lachs aus dem Gourmetmenü kam in Gestalt schön dicker, angenehm mild gebeizter Tranchen daher und wurde von verschiedenen Kürbis-Komponenten wie süßsauer eingelegten Würfeln oder Kürbiscreme sowie etwas Gurkenpüree begleitet. Und wirkte als solches eleganter und ausgewogener als die Vorspeise des Heimat-Menüs, bei der das vorbildlich handgeschnittene, von einem Wachtelspiegelei getoppte, mit Kartoffelchips gespickte und von (aromatisch leider ziemlich stumpfem) Avocadopüree umspielte Kalbstatar mit seinen relativ großen rohen Zwiebelstücken etwas grob daherkam.
Das Team hat in jedem Fall gute Ideen, so wie zum Beispiel die angenehm herb schmeckende, rahmig gebundene Heusuppe, die von einem länglichen Brotchip eskortiert wurde, der mit Rauchaalwürfeln, Apfelgel und Apfelkugeln appliziert war. Ein pfiffiger, mit einfachen Mitteln erzeugter Akkord mit schönen Kontrasten. So ein Kontrast in Gestalt von fruchtiger Süße und etwas Säure hätte auch dem herzhaften Blutwurst-Kartoffelpüree gut zur Seite gestan-

den, auf dem ein an sich recht zurückhaltend gewürztes Zanderfilet von durchaus passabler Qualität angerichtet war. Dezent angedeutet brachten die begleitenden Rotweinschalotten einen solchen Akzent sogar aufs Porzellan, aber hier hätte man sich durchaus etwas mehr Frucht, Süße und Säure gewünscht. Zumal die dünnen frittierten Zwiebelringe auch eher deftig waren und die flüchtige helle Schaumsauce nur in homöopathischer Dosis auf dem Teller stattfand.
Deutlich präsenter war die maximal reduzierte und entsprechend intensive Jus, die das Duett vom Perlhuhn nebst gebratenen Kräuterseitlingen und verschiedenen Gemüsen (glasiert und als Püree) eskortierte. Das auf einem gebratenen Serviettenknödel-Streifen drapierte Geflügel selbst machte als saftige Brusttranche und als gebackene, mit einer Pistazienfarce gefüllte Keule Spaß. Den machte auch das Dessert des Gourmetmenüs, eine Kombination aus kraftvoller Schokoladenganache-Schnitte nebst Basilikum-Eiscreme und allerlei von der Zwetschge, die als eingelegte Stücke, Fruchtpüree und leider etwas matschiges Zwetschgenkuchen-Törtchen zugegen war.
Und so können wir die Küche auch in diesem Jahr wieder ohne nennenswerte Abstriche empfehlen, wollen darüber hinaus aber auch nicht vergessen, das ansprechende Weinangebot zu loben: Zu jedem Gang der unterschiedlichen Menüs gibt es eine qualitativ respektable glasweise Empfehlung, und in der Flaschenweinkarte findet man ohnehin viel Gutes.

Hotelempfehlung

★★★★S

Romantik Alpenhotel Waxenstein

Höhenrainweg 3, 82491 Grainau
08821-9840
www.waxenstein.de
Einzelzimmer: 80–130 €
Doppelzimmer: 150–290 €

Eine über 100-jährige Tradition liegt hinter ihm und das großartige Panorama der Zugspitze direkt vor der Haustür: Das komplett modernisierte Romantik Hotel Waxenstein in Grainau bei Garmisch-Partenkirchen bietet stilvolles Ambiente, familiäre Atmosphäre, einen schönen Wellnessbereich und vielfältige Freizeitmöglichkeiten. Die 41 Zimmer reichen von komfortabel ausgestatteten Standard-Einzel- und -Doppelzimmern bis zur luxuriösen Suite; der Wellnessbereich lädt zum Entspannen in Sauna, Dampfbad und einem schönen, neu renovierten Pool ein. Ganz nah um das Hotel in Grainau liegen die kristallklaren Bergseen Eibsee und Badersee, zahlreiche Wander- und Mountainbike-Routen, Golf-, Kletter- und Wassersport-Möglichkeiten sowie wunderschöne Skigebiete auf deutscher und österreichischer Seite. Restaurant Henri-Philippe separat erwähnt.

Grenzach-Wyhlen (Baden-Württemberg)

Eckert

Baslerstr. 20, 79639 Grenzach-Wyhlen
07624-91720
www.eckert-grenzach.de
Küchenchef: Nicolai P. Wiedmer
Mi–So von 12–14 Uhr u. ab 18 Uhr, Mo u. Di RT
Hauptgericht: 25–39 €, Menüs: 85–115 €

Das Eckert an der Grenzacher Hauptstraße strahlt historischen Charme aus, obschon der aus den dreißiger Jahren stammende Bau mit viel Stil aktualisiert worden ist. Besonders viel Atmosphäre bieten der Barbereich und die Lounge. Geführt wird das Haus von Rainer P. Wiedmer, der dem Hotelbetrieb vorsteht, sowie seinem Sohn Nicolai P. Wiedmer an den Kochtöpfen. In wenigen Jahren hat dieser sein Restaurant nicht nur zu einer der valabelsten Adressen im Südwesten gemacht, sondern mittlerweile auch einen unverkennbaren Küchenstil entwickelt.

Asiatische Noten gehören ebenso dazu wie eine ausgeklügelte Optik der Teller. Innovation steht neben Festhalten am Bewährten, etwa beim Brot. Hier wird nämlich seit Jahren ein vorzügliches Rote-Bete-/Lavendel-Brot auf Kartoffelbasis mit Sauerampfer-Emulsion serviert; dieses Jahr kam noch eine generös aromatisierte Orangenbutter dazu. Der Snack zum Aperitif war diesmal ein tadelloses Entenconfit auf Chicorée mit Liebstöckelcreme, ein Ein-Bissen-Happen als Fingerfood, aromatisch und verheißungsvoll.

Als Amuse-Bouche folgte eine Spinat-/Parmesan-Suppe mit Fregola sarda, die uns vorzüglich geschmeckt hat, wenngleich aber als Einleitung ein wenig zu kräftig vorkam. Einer der besten Gänge des letzten Menüs war dann gleich die Gelbschwanzmakrele mit Tomatenessenz, Kohlrabi und Yuzu zur Vorspeise. Sehr schön spielt Wiedmer hier bereits optisch mit den Rot- und Rosatönen von Fisch und Tomaten in verschiedenen Ausprägungen – als Filet etwa oder als angetrocknete Scheibchen. Geschmacklich beeindruckt die Komposition mit fein austarierter Säure.

Der dazu ausgeschenkte 2017er Gelber Muskateller von Bassermann-Jordan passt mit seiner moderaten Säurestruktur und den direkt an die Exotik des Gerichts andockenden Noten von Rosen und Litchi perfekt. Ein großer Wurf – wie wir auch sonst selten eine dermaßen passgenaue Weinbegleitung vorgesetzt bekommen. Mehrmals kommt erstaunlicherweise die Säure mehr vom Gericht als vom Wein. Völlig zu Recht besteht die Menübegleitung größtenteils aus Weißweinen; der Service entschuldigt sich augenzwinkernd dafür, dass es erst zum Hauptgang einen Roten gibt. Ausgerechnet dieser – ein „Le Volte“ von Ornellaia – ist dabei der wohl am wenigsten originelle Tropfen des Abends, obwohl auch er sich natürlich gut mit dem Gericht paart.

Aber zunächst weiter im Menü, denn es folgt mit handwerklich tadellos gefertigten Schweine-Dumplings in Asia-Brühe mit Frühlingslauch ein ebenso puristischer wie umamiwürziger Gang. Dazu kontrastierend setzen im Anschluss die Erbsen-Gnocchi mit Thaicurry stark auf die frisch-vegetabilen Noten, unter anderem der beigegebenen Pfefferminze. Klassischer und kraftvoller ist schließlich wieder das kompakt angerichtete Kalbsbries mit Spargel und Sonnenblumenkernen, das von einer reduzierten Jus dicht unterfüttert wird. Äußerst apart und fast schon ätherisch folgt darauf wieder der dampfgegarte Heilbutt mit Holunder-Tempura als ausgebackene Blüte und einer Gurkensauce als Leitaroma.

Kein Nachlassen in Sachen Qualität und handwerklicher Präzision schließlich auch beim Hauptgang, der sich um Rehrücken, Aubergine, Pfirsich und Miso drehte. Hier stellt Wiedmer die kräftig-animalische Aromatik des Wilds in einen japanisch angehauchten Kontext, was ihm erstaunlich harmonisch gelingt. Beim Dessert lässt die Pâtisserie auf modische Weise die Grenzen der klassischen Süßspeise zerfließen, indem sie Erdbeeren mit Dill-Granité und Olivenöl vermählt.

Das Weinangebot zeigt, wie bereits eingangs erwähnt, große Kennerschaft, einen Blick für aufstrebende Weingüter und nicht zuletzt ein paar hochspannende Preziosen in der Raritäten-Rubrik. Der Service arbeitet professionell, und die Küche schafft dank einer gut ausstaffierten Brigade nötigenfalls auch eine hohe Kadenz der Gänge. So verlebten wir alles in allem auch in diesem Jahr wieder einen äußerst gelungenen kulinarischen Abend im Eckert und würdigen die erkennbare Steigerung der Küchenleistung heuer mit einem Bonus-Pfeil.

Die Besteck-Symbole

luxuriöses Restaurant mit höchstem Komfort und formvollendetem Service, edler Ausstattung und einer Weinkarte, die höchsten Ansprüchen genügt

elegantes Restaurant mit hohem Komfort und exzellentem Service, sehr gute Ausstattung, hervorragende Weinkarte

gehobenes Restaurant mit gutem Komfort und versiertem Service, umfangreiche Weinkarte

besser ausgestattetes Restaurant mit ordentlichem Service, ausgewählte Weine

schlichtes Restaurant, Gasthof oder Bar

Hotelempfehlung

★★★★

Hotel Eckert

Baslerstr. 20,
79639 Grenzach-Wyhlen
✆ 07624-91720
www.eckert-grenzach.de
Einzelzimmer: 97–142 €
Doppelzimmer: 106–142 €
VISA

In direkter Nachbarschaft zur Schweizer Grenze und zur Universitäts- und Messestadt Basel führt die Familie Wiedmer mit dem Hotel Eckert ein modernes Hotel mit Fine-Dining-Restaurant. Die 44 Zimmer und zwei Suiten sind geprägt von eleganten Designermöbeln und viel Komfort – von bequemen großen Betten, Butterfly-Sesseln oder stylischen Badewannen über moderne 40-Zoll-Flat-TVs, schnelles WLAN und Tee- und Kaffeezubereiter bis zu Kosmetik- und Vanityartikeln. Der familiäre Service sorgt für eine angenehme Atmosphäre vom reichhaltigen Frühstück mit selbst gebackenem Brot bis zum abendlichen Drink an der liebevoll renovierten historischen Bar. Überhaupt zieht sich der gehobene Anspruch durch das gesamte Portfolio bis zu Fitness im hauseigenen Gym, Personal Trainer, Pool und Sonnenterrasse. Auch für Tagungen und Veranstaltungen gibt es ein vielfältiges Angebot. Und im Restaurant Eckert bietet das junge Team um Juniorchef Nicolai P. Wiedmer zwischen heimatlicher Tradition und fernöstlicher Inspiration sehr hohes Niveau. Restaurant Eckert separat erwähnt.

Groß Nemerow
(Mecklenburg-Vorpommern)

7

Räthro – Nature's Finest

im Hotel Bornmühle
Bornmühle 35, 17094 Groß Nemerow
✆ 039605-60359
www.bornmuehle.de/restaurant
Mi–Sa ab 18 Uhr, So–Di RT
Menüs: 69–119 €
VISA

Mit seinem neuen modernen Anbau ist das Hotel Bornmühle, das in ruhiger und abgeschiedener Lage mitten im Grünen am beschaulichen Tollensesee zu finden ist, kaum wiederzuerkennen. Neben vielen neuen Hotelzimmern in den oberen Geschossen des neuen Traktes residiert in dessen Erdgeschoss jetzt die gesamte Gastronomie des Hauses. Und während es früher nur das Hotelrestaurant Lisette gab, in dem der langjährige Küchenchef Torsten Räth einst gekonnt den Spagat zwischen Pflicht und Kür, also zwischen eher bodenständiger Hotelküche und ambitionierten Gerichten für Feinschmecker absolvierte, gibt es hier nun ein eigenes, separates Reich für Fine dining. Das nennt sich Räthro und ist im hinteren Bereich etwas vom Trubel des ebenfalls neuen, weitläufigen Panorama-Restaurant The View abgeschottet.
In dessen modern und sachlich in Naturfarben gestalteten Räumen wird an fünf Abenden in der Woche ein Menüvorschlag in bis zu zehn Gängen offeriert, aus dem sich die Gäste selbst die Gänge ihrer Wahl herauspicken können. „Natures finest" lautet die Devise von Torsten Räth und seinem Team, die ihr Kulinarium selbst als „eine ländlich feine und zugleich bodenständige Küche aus lokalen Bio-Zutaten" umschreiben – und damit wohltuend auf dem Teppich bleiben.
Während es die sehr gute, locker-saftige Terrine von der Müritz-Forelle mit Safranmayonnaise und Kräutercreme, die uns beim Antrittsbesuch im neuen Refugium als Amuse-bouche serviert wurde, genau in dieser Art auch hätte im ehemaligen Restaurant Lisette geben können, wirkte die Vorspeise um Dreierlei vom Müritz-Stör mit Gurke schon deutlich elaborierter. Doch sie lebte nicht von der Architektur, sondern in erster Linie von der guten Qualität des Fischs, der hier gebeizt, warm geräuchert und als Praline gebacken zum Besten

gegeben wurde. Den gewinnbringend dick geschnittenen, fleischigen Scheiben vom gebeizten Stör assistierte ein Gurkensorbet und eine Art Gurkenmayonnaise, die warme gebackene Praline war mit ebendieser Mayo und einer Folie Gurkengelee getoppt und die von Spiralen aus eingelegter Gurke flankierte und mit einer hauchdünnen weißen, rahmigen Glasur überzogene Roulade vom mild geräucherten Stör war passenderweise mit etwas „Nationalpark-Kaviar“ vom Stör getoppt. Alles handwerklich gut auf den Punkt gebracht und auch geschmacklich überzeugend.
Der mit Limettenschalenabrieb sowie einem fruchtigen Gel und etwas Koriandergrün applizierte Kaisergranat auf einem Bett aus regionalem Wokgemüse und ausgewogenem Krustentierschaum war im Vergleich dazu etwas einfacher gestrickt, machte aber ebenfalls viel Spaß. Nur der Hauptdarsteller selbst – vermutlich das einzige Produkt im gesamten Menü, das nicht aus dem Nordosten der Republik stammte – war ein klein wenig vom Optimum entfernt und relativ weich im Biss. Aber das ist in diesem Fall wirklich schon Jammern auf hohem Niveau!
Vom Beelitzer Kaninchen gab's anschließend das kurzgebratene Filet, saftiges gezupftes Schmorfleisch und die Leber zusammen mit kleinen Artischocken und maßvoll reduzierter Jus als in einem keinen tiefen Teller süffig arrangiertes Zwischengericht mit aromatischem Tiefgang. Etwas seichter, aber wirklich nur wegen seiner relativ zurückhaltenden Würzung, präsentierte sich ein wunderbares Stück vom kross auf der Haut gebratenen Hecht, der von einer mit Perlgraupen gefüllten Zucchiniblüte sekundiert wurde. Getoppt mit seinem eigenen Kaviar und flankiert von einem etwas flüchtigen Paprikaschaum sowie einer mit Estragonöl marmorierten Beurre blanc, die nach unserem Geschmack etwas mehr Säure und Zug hätte haben dürfen, machte der Prachtfisch mit festem, schneeweißem Fleisch eine sehr gute Figur.

So wie auch der Hauptgang um Rücken, Filet und Ragout vom Reh, der mit Kohlrabi, wildem Spargel und frischen, einfach gepulten Erbsen sowie Blaubeeren ein sommerliches Wildbret abgab. Zwar erinnerte das etwas überfüllt und detailliert-verspielt angerichtete Gericht ein wenig an die Teller der Gourmetrestaurants aus den 80er- oder 90er-Jahren, war aber als solches handwerklich, qualitativ und geschmacklich tadellos umgesetzt. Vielleicht wäre aber ganz generell etwas mehr Mut zu moderneren und puristischeren, dafür aber im Detail noch präziser ausgeführten Kreationen mit klarer und prägnanter Linienführung der Schlüssel, um künftig zu einem eigenen markanten Profil zu gelangen. Dass Torsten Räth dies draufhätte, steht für uns außer Frage.
Und man konnte es beispielsweise auch schon beim Dessert um Ziegenkäse-Cheesecake, weiße Schokolade und Rhabarber sehen und schmecken: Einigermaßen minimalistisch und aufgeräumt, im Grunde aber trotzdem facettenreich und ausladend, legte hier eine mit Rhabarbergel, weißer Schokoladencreme, Baiser, Blüten und Kräutern getoppte Cheesecake-Schnitte neben Dreierlei vom Rhabarber (als Eis, leicht gelierter Sud und eingelegt) ein pointiertes, erfrischendes Dessert aufs Porzellan.
Die relativ kleine Weinkarte wäre noch ausbaufähig, was gar nicht unbedingt auf die Menge der Positionen abzielt, sondern vielmehr auf eine etwas individuellere Auswahl. Nichtsdestotrotz hat das Räthro nach unserer Ansicht einen sauberen Start hingelegt und wir sind gespannt, wie sich das hier in nächster Zeit etabliert und weiterentwickelt.

Hotelempfehlung

★★★★

Hotel Bornmühle

Bornmühle 35, 17094 Groß Nemerow
☏ 039505-600
www.bornmuehle.de
Einzelzimmer: 89–99 €
Doppelzimmer: 126–180 €

VISA

Das Wellness- und Gesundheitshotel liegt ruhig und idyllisch am Tollensee, inmitten der Mecklenburgischen Seenplatte. Die 66 komfortablen Hotelzimmer sind alle mit SuitePad (Infotainment-System) und Betten mit Samina-Schlafkonzept ausgestattet; außerdem verfügen sie über Dusche/WC, Fön, Kosmetikspiegel, Leihbademantel, Flatscreen-TV, Radio, Telefon, kosetenloses WLAN, Minibar, Safe, Sitzecke und Schreibtisch. In der Spa-Landschaft erwarten die Gäste verschiedene Sauna-Varianten, ein großes Indoor-Salzwasser-Schwimmbad sowie wirksame Bäder, Packungen, Massagen, Beauty-Anwendungen und Mei-Rituale (Phytomassopodia). Außerdem: effektive Trainingsprogramme rund um Revitalisierung und Leistungssteigerung und das erste Höhentrainingszentrum in der deutschen Hotellerie. Restaurant Räthro separat erwähnt.

Güby (Schleswig-Holstein)

Schlei-Liesel

im Hotel Schlei-Liesel
Dorfstr. 2, 24357 Güby
04354-99770
www.hotel-schlei.de
Küchenchef: Frank Jebe-Öhlerich
Mo–Mi u. Fr ab 17.30 Uhr, Sa u. So von 11.30–14 Uhr u. ab 17.30 Uhr, Do RT
Hauptgericht: 15–33 €
VISA

Wer auf der B76 von Eckernförde nach Schleswig fährt, trifft auf etwa halber Strecke und in Höhe der Schlei auf ein kleines, unscheinbares Landhotel, für dessen engagiertes Kulinarium sich ein Stop durchaus lohnt. Hier bieten Carina und Frank Jebe-Öhlerich in schlichtem Gasthausambiente – etwas freundlicher der in dunklem Rot gestrichene vordere Raum, etwas karger der saalartige hintere Bereich – eine frische Küche des Nordens zu moderaten Preisen, die in ihrer fachlich fundierten, schmackhaften Art wirklich Spaß macht. Man darf keine präzise angerichteten Tellerkunstwerke erwarten, keine stark verfeinerten Rezepturen und keine kreativen Akzente. Doch wenn man auf der Suche nach bodenständigen Gerichten aus mindestens soliden, oft sogar sehr guten Produkten in frischer, handwerklicher Zubereitung ist, kann man mit der Schlei-Liesel nichts falsch machen. Zuletzt zeigte das schon die lockermoussige Räucherfischterrine mit Honig-/Dill-Senfsauce und ein paar knackigen Salatspitzen. Aber auch das Dreierlei vom Spargel, das der Chef als eine weiße rahmige Spargelsuppe mit kleinen Fleischklößchen, einen Spargelsalat aus weißem und grünem Spargel mit zartem Katenschinken und ein kleines Stück Spargelquiche schickte, war durchaus schmackhaft – wenngleich alle drei Komponenten tendenziell recht süßlich gehalten waren und nach unserem Gusto ein wenig Säure fehlte.
Herzhafter fiel erwartungsgemäß die „Gübyer Bouillabaisse" aus, eine klare tomatisierte Fischsuppe, die sich mit ihrer vorwiegend heimischen Fisch- und Meeresfrüchteeinlage sowie kaum Röstansatz und ohne Safran etwas vom südfranzösischen Vorbild unterschied und eher nordisch daherkam. Röstbrot und Rouille ließen bei deren Genuss aber trotzdem auch ein wenig ans französische Mittelmeer denken.
Grundsätzlich tendieren wir hier in der Schlei-Liesel aber inzwischen etwas stärker zu Fleischgerichten und kraftvolleren Aromen. Das kann mal etwas ganz Rustikales sein, wie etwa die hausgemachten Bratwürste vom „Uthlande"-Galloway-Rind – relativ mager und mit schön klarem Rindfleischgeschmack –, die mit frischen, knusprigen Bratkartoffeln serviert werden. Aber auch ein Rumpsteak, das gut gereift und mit schmelzig-zartem Fettansatz ebenfalls viel Fleischgenuss beschert und neben einer klassischen reduzierten Jus sowie (nach unserem Gusto verzichtbarem) frittiertem Rucola auch gutes Kartoffelgratin zur Seite hatte.
Das Lammkarree war ebenfalls von sehr ordentlicher Produktqualität und sauber à point gebraten. Der Chef liierte es mit relativ grob geschnit-

tenem und untypischerweise neben Zucchini, Aubergine und Paprika unter anderem auch mit Karotte zubereitetem Ratatouille sowie fluffig-zarten thymianwürzigen Kartoffelnocken, was beides sehr gut schmeckte. So wie auch die mit einem hausgemachten weißen Mokka-Rahmeis gekrönten Rumtopffrüchte zum süßen Abschluss keinerlei Anlass zur Kritik boten.
Es bleibt also die Gewissheit, dass es zwischen Kiel und Sankt Peter-Ording weiterhin nicht viele Plätze gibt, an denen man besser essen kann als hier. Dazu eine kleine, aber durchaus brauchbare Weinauswahl und freundlich-familiärer Service.

Gummersbach (Nordrhein-Westfalen)

7

Die Mühlenhelle

im Hotel Die Mühlenhelle
Hohlerstr. 1,
51645 Gummersbach (Dieringhausen)
02261-290000
www.muehlenhelle.de
Küchenchef: Michael Quendler
Do–Sa ab 18 Uhr, So von 12–14 Uhr u. ab 18 Uhr, Mo–Mi RT
Hauptgericht: 26–48 €,
Menüs: 49–130 €
EC VISA P

Die in einem kleineren Nebenort von Gummersbach gelegene Mühlenhelle ist seit Jahren eine verlässliche und gefragte Adresse für Genießer, gleich, ob es ins unkompliziertere Bistro zu Schnitzel, Steak und Kaiserschmarrn oder in den eleganten Fine-Dining-Bereich zu einem (wahlweise vegetarischen) Menü gehen soll. Beides sind stimmige Konzepte mit dem Anspruch an frische natürliche Zubereitung. Allerdings im Gourmetbereich selbstredend mit exklusiverer Produktpalette, höherem handwerklichem Aufwand und mehr Finesse auf den Tellern. Und wahrscheinlich ist dies der Bereich, in dem sich Jeune Restaurateur Michael Quendler auch besonders gut verwirklichen kann.
Bevor die Ergebnisse dessen so richtig spürbar werden, stimmt das Team aber stets mit drei kleinen und eher einfach gehaltenen Miniaturen ein, darunter zuletzt eine gebackene Parmesankugel (etwas zäh, weil abgekühlt ...), marinierte Gurken mit Dill-Crème-fraîche und gebeizte Lachsforelle mit Honig-/Senf-Creme und Vogelmiere als überzeugendster Eindruck. Dass die Küche dabei bewusst noch Luft nach oben ließ, zeigte direkt ein weiterer Gruß mit geliertem Oktopussalat nebst knackigen Brunoises und Sauce Rouille. Zwar war auch das eher gegenständlich als kunstvoll filigran gefertigt, aber dafür mit schön deutlichen und kraftvollen Aromen ausgestattet.
Ein sehr genussvolles Ergebnis eines Corona-Lockdown-Projektes folgte mit einer Variation von Tomaten aus dem eigenen neu gebauten Gewächshaus. Das Resultat war eine Art bunte „Tomatenspielwiese" mit einer Vielzahl unterschiedlicher Zubereitungen vom warmen knuffigen Miniknödel und Tomatenbrioche über getrocknete und rohe Tomaten bis zu hellem Gelee und grünem Chutney. Das Durchprobieren machte durchaus viel Freude – in Summe waren es aber nach unserem Gusto ein paar Komponenten zu viel, insbesondere weil das Chutney und das Gelee in Süße und Säure recht plakativ abgeschmeckt waren.
Deutlicher und direkter auf den Punkt kam das Team bei zwei kräftig angekrossten Jakobsmuscheln (idealer Garpunkt, aber nicht ganz klarer Geschmack ...) mit den ebenfalls zupackenden Begleitern in Form von sous-vide bissfest gegartem wildem Blumenkohl, Tapioka-/Senf-Crunch und Cremes aus Blumenkohl und Senf. Eine spannende erdig-tiefe Basis bekam das Ganze von einer intensiv dunklen vegetarischen Jus verliehen.
Die stärkste Kostprobe des letzten Besuchs kam mit einer festfleischigen, kurz gegrillten Steinbutt-Tranche neben Karottenzubereitungen unterschiedlichster Farben und Formen, deren zwar variierter, aber insgesamt doch erdig-süßlicher Charakter von einer teils subtilen Ingwernote, vor allem aber von einem konzentrierten fruchtig-scharfen Ingwergel aufgebrochen und von einer luftigen Kokos-Schaumsauce mit weiteren Facetten hinterlegt wurde. Das war wirklich sehr gut!

Den Übergang ins Süße schaffe erneut ein Produkt eigener Ernte, diesmal mit der herben Frucht von Weißdorn, der als zartes Sorbet neben reifen mürben Apfelkugeln einem schlichte, aber aromatisch spannende Miniatur ergab. Dagegen wurde das eigentliche Dessert deutlich aufwendiger gestaltet und bediente sich erneut der für Michael Quendlers Küchenstil ganz typischen Deklination eines bestimmten Produktes. In diesem Fall war es die Heidelbeere, die als konzentriertes pures Sorbet, Gel, Macarons und in einem fluffigen Pancake-Küchlein präsentiert und mit weißer Schokolade und Mandel (als Creme und Crumbles) harmonisch kombiniert und gewinnbringend ergänzt wurde.
Genauso wie die von der Gastgeberin aus der umfangreichen und individuellen Weinkarte treffend ausgewählten Begleiter rundeten sich die prägnant aromatischen Petits Fours einen erneut stimmigen Gesamteindruck ab, der zwar nicht am obersten Bereich des Bewertungslevels liegt, die Auszeichnung mit 7 Pfannen aber dennoch vollauf verdient.

Hotelempfehlung

★★★★

Hotel Die Mühlenhelle

Hohlerstr. 1,
51645 Gummersbach (Dieringhausen)
02261-290000
www.muehlenhelle.de
Einzelzimmer: 80–115 €
Doppelzimmer: 100–140 €

EC VISA

Das durch die Familie Quendler sehr persönlich und engagiert geführte Haus verfügt über acht sehr modern und komfortabel ausgestattete Zimmer. Vier davon befinden sich im Haupthaus, einem komplett sanierten Gutshaus aus dem 18. Jahrhundert, und die anderen in einem an der Felswand angebauten, erst vor wenigen Jahren eröffneten Gästehaus. Alle Zimmer sind Nichtraucherzimmer und verfügen über Dusche und WC, zum Teil auch Badewanne, sind mit Treca-Betten, Fön, Kosmetikspiegel, Telefon, TV und WLAN ausgestattet. Sehr familienfreundlich: Kinder bis zum 7. Lebensjahr übernachten kostenfrei im Baby- oder Beistellbett. Für das kulinarische Wohl wird in Bistro, Vinothek und Gourmetrestaurant gesorgt. Restaurant Die Mühlenhelle separat erwähnt.

Halberstadt (Sachsen-Anhalt)

Hotelempfehlung

★★★★S

Hotel Villa Heine

Kehrstr. 1, 38820 Halberstadt
03941-31400
www.hotel-heine.de
Einzelzimmer: 69–99 €
Doppelzimmer: 129–179 €

EC VISA

Das Hotel Villa Heine in Halberstadt, dem „Tor zum Harz“, ist ein idealer Ausgangspunkt, um die von artenreicher Flora und Fauna geprägte Region um das höchste Gebirge Norddeutschlands zu erkunden. Das wunderschöne Hotel mit stattlicher Parkanlage wurde 1918 vom Fabrikaten Friedrich Heine als Familienvilla gebaut und steht heute unter Denkmalschutz. Den Gästen stehen 61 stilvoll eingerichtete Zimmer und Suiten zur Wahl, die erst im Sommer 2017 grundrenoviert wurden und selbstverständlich alle mit WC, Bad oder Dusche, Radio und Flachbild-Fernseher mit Satellitenempfang sowie Minibar und Tresor ausgestattet sind. Kostenfreies WLAN gibt es im gesamten Hotel. Im „Emile Spa & Kosmetik“ mit Pool und Sauna findet man Entspannung und

Erholung, und in der Wellnessoase werden die Sinne mit wohltuenden Massagen, berauschenden Düften und warmen Ölen in einer angenehmen Atmosphäre verwöhnt. Für das kulinarische Wohl sorgt das Küchenteam im Restaurant Das Heine mit eigener Brauerei.

Halle (Sachsen-Anhalt)

6

Speiseberg

Kröllwitzer Str. 45, 06120 Halle (Saale)
0152-56029306
www.speiseberg.com
Küchenchef: Konstantin Kuntzsch
Mi–Fr ab 17 Uhr, Sa u. So ab 12 Uhr durchgehend, Mo u. Di RT
Hauptgericht: 25–30 €, Menüs: 64–98 €
EC VISA P

Der hoch über der Saale und vis-à-vis zu Burg Giebichenstein gelegene Speiseberg ist ein schöner Platz, und umso erfreulicher ist es, dass das junge Speiseberg-Team den traditionellen Ausflugsstandort schon seit ein paar Jahren mit viel Herzblut und Ambition wieder auf die Landkarte für Genießer gesetzt hat. Denn das Konzept sieht neben dem steil am Flussufer exponierten Biergarten und dem zeitgeistigen, aber schlichteren Bowl-Bistro auch ein kleines Fine-Dining-Abteil vor, in dem zwei Menüs zu fünf oder sieben Gängen offeriert werden.
Und die haben es durchaus in sich, zunächst mal optisch, sind die Teller und Schüsseln doch durchweg sehr exakt und mit viel Sinn für Proportionen und Ästhetik arrangiert. Aber auch geschmacklich zeigt sich schnell, dass nicht nur für die Kamera, sondern vor allem auch für den Gaumen gekocht wird – seit letztem Jahr schon unter der Ägide von Küchenchef Konstantin Kuntzsch, der hier das kulinarische Konzept nochmal etwas geschärft und den Eigenanspruch erhöht hat.
Weiterhin charakteristisch ist eine moderne Herangehensweise mit eher wenigen, aber dafür markanten Akzenten. Ein perfektes Beispiel dafür kam gleich zum Einstieg mit dem zarten Physalis-Raviolo nebst mildem Milchschaum, der die typische Säure und Herbheit der Frucht in teils geschmorter und getrockneter Form gekonnt als Wachmacher einsetzte. Genau wie beim auffallend guten flaumig-krossen Brot mit

geräucherter Butter sorgen im besten Fall wenige, schlicht anmutende Details für überzeugende Ergebnisse.
So auch beim ersten offiziellen Gang, bei dem auf einer kräutermarmorierten Dashibrühe mit viel Umami und einem leicht salzigen Background eine konzentrierte Kürbiscreme neben verschiedenen Melonen-Varietäten als Kugeln und Cremes mit den jeweils natürlichen klaren Fruchtnoten gestellt wurde. Dazwischen kleine Kicks durch Kapuzinerkresse und Klee und fertig war ein gelungener sommerlich-leichter Auftakt.
Deutlich kleinteiliger wurde es dann bei der Verbindung von kurz in Sesam gebratenem und als Tatar in Avocado gerolltem Thunfisch mit Gurke und weißer Schokolade. Hier fächerten Gelees, Gels und Malto-Crumble die Begleitaromen modern auf. Und was oft in reiner Technikshow versandet, gelang hier mit etwas rumpeligem (eine fast stichige Säure im Gurkengelee), aber deutlichem Süße-Säure-Spiel durchaus sehr gut.
Wieder in eine ganz andere Richtung ging es beim folgenden Gang rund um Zander, Pilze und Lardo: nämlich eher in die einer radikalen roughen Naturküche. Denn die spannenden, von gallertartig über saftig bis röstwürzig reichenden Pilz-Varietäten standen gemeinsam mit einer (mittels getrocknetem Pilz getunten) Pilzcreme recht pur und radikal neben dem (minimal zu trocken) gebratenen Zanderfilet. Dieser bekam noch ein brutal intensives Topping aus ausgelassenem Lardo mit. Definitiv cool und spannend, aber mit irgendwas Frischem, Liquidem und weniger extremem Lardo wäre da noch mehr drin gewesen …
Aber weil das Speiseberg-Team immer für Überraschungen gut ist, folgte mit dem Hauptgang direkt ein echter Knaller: In markant schwarz-weißer Optik stand ein geschmortes Iberico-Bäckchen in tiefdunkler Jus neben zarter Selleriecreme und hauchdünnen rohen Sellerielamellen. Gewürzt wurde das Ganze mit im Horváth-Style getrockneter Sellerieknolle

und ergänzt von pikant gewürzten Selleriekugeln. Auf dem Punkt und solo gut in Richtung 8 Pfannen tendierend!
Dieses Niveau erreichte das Dessert rund um die erstaunlich unterrepräsentierte Kiwi nicht ganz. Gemeinsam mit knackigem Kopfsalat und einem etwas spröden Buttermilcheis entstand ein säurefrisches, knackig grünes, aber leider auch etwas sperriges Geschmacksbild. Letztlich macht aber auch das einen der Reize der Speiseberg-Küche aus: Es wird – auf durchgängig gutem Niveau! – nie langweilig. Wer einigermaßen aufgeschlossen ist, wird sich hier eher heimisch fühlen als in vielen brav und risikoarm kochenden Locations, wird ganz sicher auch etwas Lohnendes in der kleinen internationalen Weinauswahl finden und die leichte Hipster-Attitüde inklusive konsequentem Duzen entspannt als „part of the game" einstufen.

Hamberg (Baden-Württemberg)

ohne Bewertung

Alte Baiz

Hauptstr. 2, 75242 Hamberg
07234-9473899
www.gruenerwald.de/w56gft
Mi–Sa ab 18.30 Uhr, So–Di RT
Menüs: 104–134 €
VISA

Claudio Urru hatte in der Vergangenheit über mehrere Stationen und viele Jahre hinweg mit seiner Küche nicht nur immer hohe Bewertungen in unserem Guide – er war 2016 im Restaurant 5 in Stuttgart auch unser Aufsteiger des Jahres. Klar, dass wir gerne auch sein neues Projekt in Neuhausen-Hamberg, südöstlich von Pforzheim, wieder in unserem Guide aufgenommen hätten. Es war bei uns 2020 fest für einen Testbesuch eingeplant, doch leider machte uns zunächst der Lockdown einen Strich durch die Rechnung und danach die Wiedereröffnungspläne von Claudio Urru, der erst im September 2021 zunächst sein Gasthaus Grüner Wald und voraussichtlich ab Oktober auch das Gourmetrestaurant Alte Baiz wieder bespielen wird. Weil wir aufgrund der Vorgeschichte sehr sicher sind, dass das Restaurant schon kurz nach Erscheinen dieser Ausgabe wieder eine lohnende Genussdestination sein wird, möchten wir es Ihnen an dieser Stelle nicht vorenthalten – natürlich noch ohne Bewertung. Die finden Sie aber gewiss bereits bei Erscheinen des Buches ganz aktuell im Gusto Online-Guide und in der Gusto-App!

Die Symbole

- gute Parkmöglichkeiten
- Hotelgarage
- barrierefrei
- klimatisierte Zimmer
- WLAN-Zugang
- Hallen- und/oder Freibad im Haus
- mit Wellness-Bereich
- mit Fahrstuhl zu den Hotelzimmern
- Hunde im Hotel nicht erlaubt
- mit Garten oder Terrasse

Die Besteck-Symbole

- luxuriöses Restaurant mit höchstem Komfort und formvollendetem Service, edler Ausstattung und einer Weinkarte, die höchsten Ansprüchen genügt
- elegantes Restaurant mit hohem Komfort und exzellentem Service, sehr gute Ausstattung, hervorragende Weinkarte
- gehobenes Restaurant mit gutem Komfort und versiertem Service, umfangreiche Weinkarte
- besser ausgestattetes Restaurant mit ordentlichem Service, ausgewählte Weine
- schlichtes Restaurant, Gasthof oder Bar

Hamburg

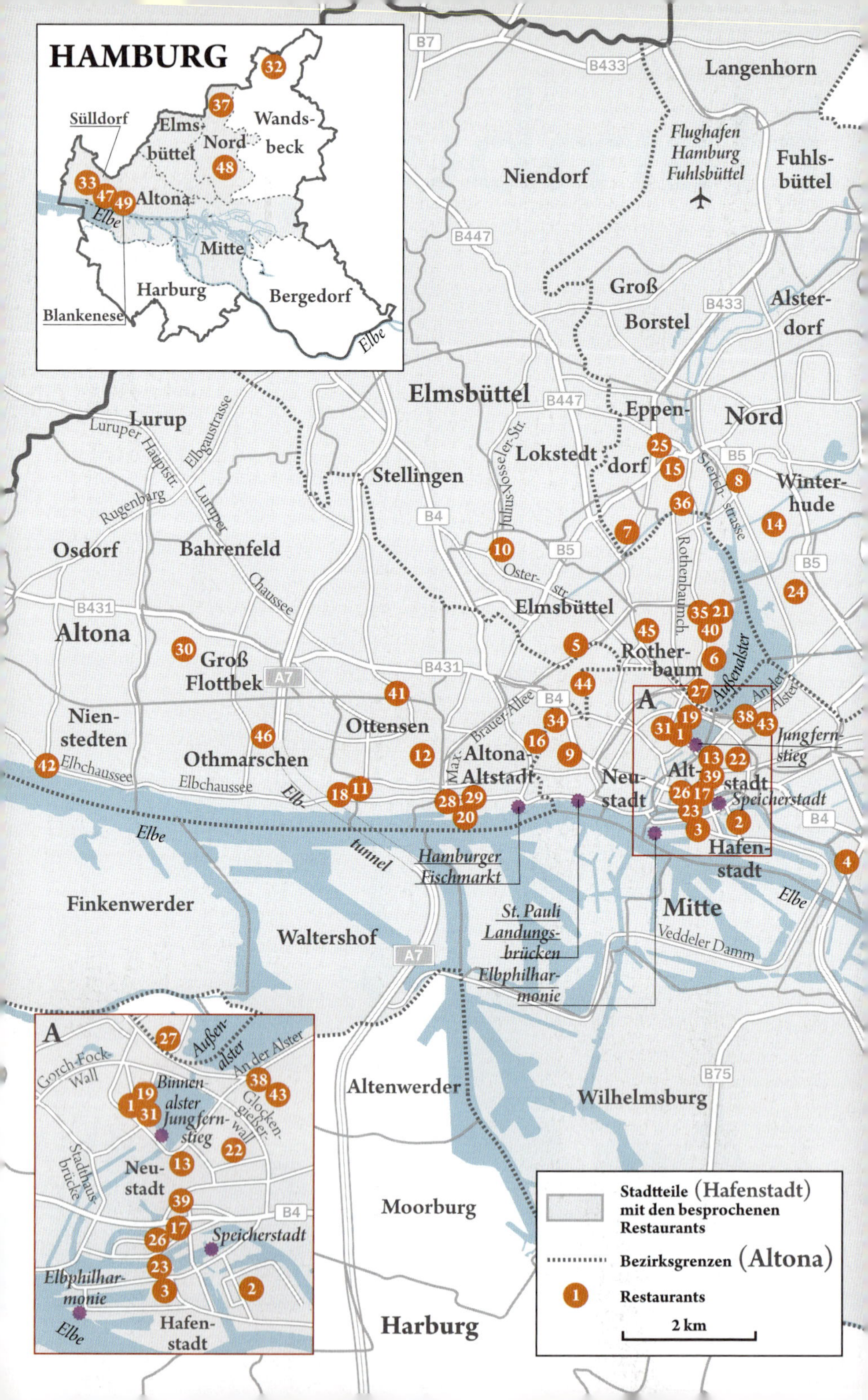
HAMBURG
Sülldorf
Elms-büttel
Nord
Wands-beck
Altona
Elbe
Mitte
Harburg
Bergedorf
Blankenese
Langenhorn
Flughafen Hamburg Fuhlsbüttel
Fuhls-büttel
Niendorf
Groß Borstel
Alster-dorf
Elmsbüttel
Eppen-dorf
Nord
Lurup
Lokstedt
Stellingen
Winter-hude
Osdorf
Bahrenfeld
Elmsbüttel
Altona
Groß Flottbek
Rother-baum
Außenalster
An der Alster
Nien-stedten
Ottensen
Jungfern-stieg
Othmarschen
Altona-Altstadt
Neu-stadt
Alt-stadt
Speicherstadt
Hafen-stadt
Elbchaussee
Elbtunnel
Hamburger Fischmarkt
Finkenwerder
Waltershof
St. Pauli Landungs-brücken
Elbphilhar-monie
Mitte
Veddeler Damm
Altenwerder
Wilhelmsburg
Moorburg
Harburg
Luruper Hauptstr.
Elbgaustrasse
Rugenbarg
Luruper Chaussee
Julius-Vosseler-Str.
Osterstr.
Rothenbaumch.
Sierichstrasse
Max-Brauer-Allee
Gorch-Fock-Wall
Binnen-alster
Glocken-gießer-wall
Stadthaus-brücke
Stadtteile (Hafenstadt) mit den besprochenen Restaurants
Bezirksgrenzen (Altona)
Restaurants
2 km

Unsere Besten in Hamburg

10↑ – 10 – 10 Gusto-Pfannen

1. Haerlin
2. The Table Kevin Fehling ↑

9↑ – 9 – 9 Gusto-Pfannen

3. bianc

8↑ – 8 – 8 Gusto-Pfannen

4. 100/200 Kitchen
5. Jellyfish
6. Lakeside
7. Piment ↑
8. Zeik

7↑ – 7 – 7 Gusto-Pfannen

9. Haco
10. Heimatjuwel
11. Landhaus Scherrer
12. Petit Amour ↑
13. Se7en Oceans
14. Trüffelschwein

6↑ – 6 – 6 Gusto-Pfannen

15. Cornelia Poletto
16. Haebel ↑
17. Heldenplatz ↑
18. Le Canard
19. NIKKEI NINE ↑
20. Rive
21. Sgroi
22. Tschebull
23. Vlet
24. Wolfs Junge ↑

5↑ – 5 – 5 Gusto-Pfannen

25. Brechtmanns Bistro ↑
26. Brook
27. Die Gute Botschaft
28. Fischereihafen-Restaurant ↑
29. Henssler & Henssler
30. Hygge
31. Jahreszeiten Grill
32. Lenz
33. Memory ↑
34. Nil
35. Osteria da Francesco ↑
36. Stüffel ↑
37. Zum Wattkorn

Unsere Besten in Hamburg

Weitere Restaurants

38. Atlantic Restaurant
39. Brooklyn Burger Bar
40. Butcher's american steakhouse
41. Farina Meets Mehl
42. Jacobs Restaurant
43. Otto's Burger, Lange Reihe 40
44. Otto's Burger, Schanzenstr. 58
45. Otto's Burger, Grindelhof 33
46. Röperhof
47. Seven Seas
48. Spaccaforno
49. Witthüs

Hamburg (Hamburg)

8

100/200 Kitchen

Brandshofer Deich 68,
20539 Hamburg (Rothenburgsort)
040-30925191
www.100200.kitchen
Küchenchef: Thomas Imbusch
Di–Sa ab 19 Uhr, So u. Mo RT
Menüs: 144 €

Man könnte den Standort ein unwirtliches Industriegebiet nennen, aber dafür hat er zu viel Flair. Man könnte die Location als reine Kochwerkstatt mit Sitzplätzen für Gäste beschreiben, aber dafür ist die Gestaltung zu durchdacht, die Atmosphäre zu behaglich und der Ausblick zu spektakulär. Man könnte das Konzept mit einem festen Menü und das Ticketsystem mit Vorkasse bei Reservierung als diktatorial abtun, aber die Zeiten haben sich nun mal geändert. Und man könnte das Kulinarium von Thomas Imbusch als minimalistische, produktpuristische Regionalküche bezeichnen, aber dafür ist der Stil – bei aller Wertschätzung des Teams für die heimischen Viktualien und deren Erzeuger – einfach zu weltoffen und sind die Kompositionen bisweilen zu komplex. Man kommt also unweigerlich recht schnell zu dem Schluss, dass es sich beim 100/200, das schlicht so heißt, weil Wasser bei 100 Grad kocht und der Ofen bei 200 Grad läuft, um ein sehr individuelles, zeitgemäßes und nachhaltiges Restaurantkonzept handelt, das sich nicht so leicht in eine Schublade stecken lässt.

Das Gesamterlebnis beginnt im Grunde lange im Vorfeld, bereits beim Kauf der Tickets im Internet, ehe man am ausgewählten Tag vor Ort mit dem Fahrstuhl ein paar Stockwerke hinauffährt, um dort in dem großzügig um einen großen Molteni-Herd herum angeordneten Gastraum mit dem Flair eines loftartigen Kochateliers begrüßt und an seinen gebuchten Tisch gebracht wird. Der ist entweder mehr in Richtung Elbbrücken und Hafenszenerie ausgerichtet, oder man hat direkt das Tun der Brigade vor Augen, die hier gut organisiert, ruhig und in einer angenehmen Taktung die Gänge des jeweiligen Menüs finalisiert. Dieses folgt stets saisonalen Themen wie „Feuer & Rauch", „Wasser & Salz" oder „Feld & Flur" und dreht sich sogar auch mal nur um die verschiedensten Teile und Zubereitungsarten eines bestimmten Tieres, das hier dann quasi „from nose to tail" zum Besten gegeben wird. Unser letzter Besuch fiel in den Zeitraum der immer von Anfang Juli bis Anfang Oktober andauernden vegetarischen Phase …

Wie es im 100/200 obligatorisch ist, stimmte die Küche auch diesmal mit fünf Kleinigkeiten ein, die mit den vier Grundgeschmacksrichtungen süß, salzig, sauer und bitter sowie dem sogenannten fünften Geschmack Umami die Papillen einnorden sollen. Und die zugleich auf durchaus schmackhafte Weise demonstrieren, um was es dem Team um Thomas Imbusch geht: nämlich die Essenz des Kochens, um Handwerk und Verständnis. Und mit wie viel Verständnis hier aus scheinbar simplen Produkten mithilfe von schlichten Dreiklängen überraschende und komplexe Geschmacksbilder kreiert werden, zeigen sodann die weiteren Einstimmungen wie ein Rote-Bete-Macaron mit confiertem Tomatenfilet und Haselnuss, ein Bohnensalat auf sublimer Quarkcreme und fermentiertem Knoblauch sowie angeröstete Streifen vom Austernpilz mit nussiger Bohnencreme und würzigem Lorbeeröl. Da wir uns diesmal vorab auf den „rauschfreien Geleitzug" festgelegt hatten, bekamen wir dazu ein alkoholfreies Begleitgetränk im Glas, das auf dem Saft von Tomate und Pflaume basiert, mit Chili und Lavendel aromatisiert ist, angenehm salzig schmeckt und gut mit den Küchengrüßen korrespondiert.

Ganz generell ist die alkoholfreie Getränkebegleitung hier ein ziemlich großer Wurf: alles selbst hergestellt und aromatisch bestens auf die zu begleitenden Speisen abgestimmt – nicht nur originell, sondern immer sehr leicht, dünnflüssig und frisch, mit ganz wenig Fruchtzucker, sodass man zu keinem Zeitpunkt das Gefühl der Übersättigung hat, was bei konventionellen Saftbegleitungen meist recht schnell der Fall ist. Ein solches Getränk auf Basis von Gurke, Minze und Olive begleitete sodann den ersten regulären Gang, der sich um verschiedene Tomatensorten drehte, die allesamt unterschiedlich appliziert und aromatisiert waren –

etwa mit süßem Lorbeereis und Zwiebelconfit oder mit frisch geriebenem Meerrettich – und auf einem klaren Sud aus Tomaten-Abtropfsaft und Olivenöl schwammen. Ein spannender und zugleich unaufgeregter Einstand.

Dem folgte ein sehr vielsortiger und facettenreicher Gemüsesalat mit gegrillten und roh marinierten bzw. eingelegten Gemüsen, zahlreichen unterschiedlichen Wildkräutern (auch markant herben Sorten), der auf einer Auberginencreme mit laktischem Schmelz und belebender Säure aufgebaut war. Ein flüssiges Bergamotte-Gelee brachte punktuell Frische ins Spiel, aber auch sonst war das ein aufgelockertes und vielschichtiges Ereignis. Verhältnismäßig einfach gestrickt wirkte dagegen das folgende Pilzgericht, bei dem Shiitake-Pilzkappen, etwas Pilzragout und fermentierte Kirsche zusammen mit Sommertrüffel angehäuft waren. Letztere wurde hier – großzügig von der Knolle gehobelt, aber knausrig im Geschmack – bewusst mehr als Textur- denn als Aromengeber eingesetzt. Für die Untermalung des Ganzen war nämlich ein warmer, erdig-würziger, aber dennoch schön leichter und transparenter Pilzsud verantwortlich. Und auch das korrespondierte prima mit dem hier als Begleiter vorgesehenen Kombucha, dessen Zitronenverbene-Aroma dem Gericht eine frische ätherische Note beisteuerte.

Einen mit Beeren und Hibiskus angesetzten Wasserkefir gab's zu einem weiteren erdigen Intermezzo, das diesmal aber ein cremig-knuspriges Vergnügen war. Auf im Ganzen im Ofen gegarter Knollensellerie, von der eine Creme und grobe Stücke die Grundlage des Tellers bildeten, waren hier verschiedene Gemüsechips, knusprige Blätter und knackige Hasselnusskerne drapiert und erzeugten nicht nur ein spannend dynamisches natürliches Texturenspiel, sondern auch ein nuanciertes Geschmacksbild.

Da das Kulinarium im 100/200 weniger dem traditionellen dramaturgischen Menüaufbau entspricht, sondern eher als lose (aber natürlich trotzdem nicht willkürliche) Abfolge der unterschiedlichen Speisen zu verstehen ist, folgte mit den letzten beiden Akten im herzhaften Teil des Abends nicht unbedingt prototypische „Hauptgang-Gerichte“. Zunächst war das ein mit Lauch und Sauerkraut gefüllter Canellono, der mit dem herbfruchtig-säuerlichen Akzent von etwas eingelegter Salzmirabelle in einem pikanten Kimchischaum serviert wurde. Danach eine mit würziger Deichkäsecreme und hauchdünn gehobelten Champignons beladene Röstbrotschnitte – beides ziemlich genial begleitet von einem mit Kaffee aromatisierten Trunk auf Basis von Apfel und Jasmintee. Das Team hat ein gutes Gespür für kreative Kombinationen!

Im süßen Teil des Abends bekamen wir es mit einem sehr spannenden ersten Dessert zu tun, das eine Melange aus gefrostetem Milchkefir und Creme Chantilly, fermentierten Früchten und wie Reis gekochten Graupen war und mit leicht salzigem Geschmack unter feinsüßlichem Mandelmilchschaum betörte. Und schließlich kam noch das frisch gebackene, buttrig-briocheartige Zimtgebäck, dessen Duft schon eine gute halbe Stunde zuvor verheißungsvoll durch den Raum gewabert war. Wir tunkten es mit größtem Genuss ein paar Mal in das dazugestellte Schälchen süßer Sahne, ließen die vergangenen dreieinhalb Stunden nochmal Revue passieren und resümierten einmal mehr, dass es doch oft die vermeintlich einfachen, essenziellen Dinge sind, die uns nachhaltig begeistern. Und auch von diesem Abend wird so einiges Platz im kulinarischen Langzeitgedächtnis finden.

---

ohne Bewertung

Atlantic Restaurant

im Hotel Atlantic Kempinski

An der Alster 72–79,
20099 Hamburg (Neustadt)
040-2888860
www.kempinski.com/de/hamburg/hotel-atlantic
Küchenchef: Peer Sturm
Di–Sa ab 18.00 Uhr, So u. Mo RT
Hauptgericht: 22–62 €,
Menüs: 69–99 €
VISA

Schon seit ein paar Jahren schickt sich das Team um Küchenchef Peer Sturm ambitioniert an, dem Restaurant der ebenso eleganten wie traditionsreichen Hotelikone an der Alster zu einem kreativeren und zeitgemäßeren Finish zu verhelfen. Im Frühjahr 2020 eröffnete das Fine-Dining-Restaurant nach neun Monaten Bauzeit dann passend dazu auch noch sehr stilvoll renoviert seine Pforten – doch bevor wir dem neu gestalteten Klassiker endlich einen Wiederbesuch abstatten konnten, kam die Pandemie und das Atlantic Restaurant blieb seitdem und auch noch bis über den Redaktionsschluss dieser Ausgabe hinaus auf unbestimmte Zeit geschlossen. Sobald es wieder geht, werden wir das selbstverständlich nachholen und dann ganz aktuell im Gusto Online-Guide und in der Gusto-App ein Update mit neuer Bewertung und ausführlicher Kritik veröffentlichen.

9

bianc

Am Sandtorkai 50,
20457 Hamburg (Hafencity)
040-18119797
www.bianc.de
Küchenchef: Matteo Ferrantino
Di–Sa ab 18.30 Uhr, So u. Mo RT
Menüs: 160–190 €

VISA

Mit dem im apulischen Städtchen San Giovanni Rotondo geborenen Matteo Ferrantino tat der Norderstedter Kieferchirurg Dr. Endre Vari vor rund zwei Jahren einen richtigen Glücksgriff, als er diesen als Küchenchef für sein ambitioniertes neues Restaurantprojekt in der Hamburger Hafencity gewinnen konnte. Und das wusste er zum damaligen Zeitpunkt selbst schon sehr genau. Denn immerhin war Vari seit Jahren Stammgast in der Villa Joya an der Algarve, wo Ferrantino damals noch als rechte Hand von Patron Dieter Koschina reüssierte. Und weil es schon lange der Traum des heute 40-Jährigen war, ein eigenes Restaurant zu leiten, musste Vari nicht allzu viel Überzeugungsarbeit leisten, den ebenso talentierten wie erfahrenen Cuisinier von der portugiesischen Atlantikküste in die deutsche Hansestadt zu locken.

Zumal der Arzt dem Chef hier die optimalen Bedingungen bot und das unscheinbar hinter der Fassade eines nüchternen Bürogebäudes versteckte Restaurant großzügig ausstattete. Großzügig ist auch das Platzangebot in dem schlicht aber elegant gestalteten Raum, der sich am Abend bei gedimmtem Licht mit Spots auf den runden, in weitem Abstand voneinander stehenden Tischen, fast schon behaglich präsentiert. Aus seiner Heimat hat Ferrantino nicht nur den imposanten Olivenbaum mitgebracht, der im ansonsten sehr schlicht designten bianc der Eyecatcher ist und tatsächlich eigens aus dem Garten seiner italienischen Familie hierher verpflanzt wurde, sondern auch sonst noch jede Menge Mediterranità.

So erlebt der Gast über den Abend hinweg wunderbare kulinarische Geschichten aus der Heimat des Chefs, taucht ein in eine sonnig warme mediterrane Geschmackswelt und kann dort Dinge erleben, die Ferrantino an seine Kindheit und die Kochkünste der Nonna erinnern, oder was er während seiner Zeit an der Algarve alles so kennengelernt hat. Er interpretiert diese freilich nicht in Gestalt bodenständiger Cucina casalinga, sondern kredenzt sie modern und elegant als Alta Cucina auf edlem Porzellan. Dennoch hat man es hier nicht mit unterkühlter Pinzettenküche zu tun, sondern – ganz im Gegenteil – mit wunderbar warmen, eingängigen, ausdrucksstarken Kompositionen, die Emotionen wecken.

Los geht's immer mit einer ganzen Armada an kleinen Köstlichkeiten, für die es sich der Chef nicht nehmen lässt, selbst an den Tisch zu kommen, um sie mit großer Geste zu präsentieren. Appetizer wie die mit Meerrettich angeschärfte Granny-Smith-Gazpacho im Reagenzglas, die Austernperle „Escabeche" oder das Rindertatar mit Creme von Schwarzem Knoblauch könnte man hierzulande so oder so ähnlich zwar auch in anderen Spitzenrestaurants bekommen – Dinge wie der Boquerones-Snack mit Gurke und Dill, der galizische Oktopus als Knusperpraline, die gebackene Bacalhau-Brandade mit Kichererbsen oder die fragile Gamba-Tortilla wirken hingegen äußerst eingeständig. Alles texturell sehr filigran gearbeitet und geschmacklich packend.

Eine Emulsion von Karottensaft und Orange trug die erste Vorspeise um cremiges Hummertatar, das in einem Hörnchen von marinierter Karotte verborgen war. Flankiert von kleinen Würfeln hausgemachtem Feta und intensiver grüner Olive, dazu ein Hauch Ingwer und frische, aber nicht dominante Säure … So einfach

so gut! Eine auf Basis von klarem Tomaten-Abtropfsaft emulgierte Olivenölsuppe, in der nicht nur Olivenölperlen, sondern auch Meeresgrün wie Austernblatt, Salicornes oder Meerfenchel für herbe, mineralische Facetten verantwortlich waren, stellte im Folgenden die Basis für eine wunderbar klararomatische gebratene Jakobsmuschel mit all ihrer natürlichen Süße und Nussigkeit.
Purismus und Schlichtheit in seiner edelsten Form folgten bei den Medaillons vom Carabinero, die zusammen mit einer verfeinerten Miniaturversion des portugiesischen „Arme-Leute-Essen" Migas aufgeboten wurden – einer Art süffiges Ragout auf Basis von altem Weißbrot und Paprika, das sich hier unter einer schmelzigen Paprika-Geleefolie verbarg. Auch an dieser Stelle konnte man staunen, was sich diesen schlichten Zutaten doch an Geschmack und Finesse entlocken lässt.
Eine herausragend gute festfleischige Rotbarbe, die so richtig „pure white" war, also extrem reintönig, sauber und frisch, und die in einem kraftvoll reduzierten Rotbarbenfond mit belebender Säure und prägnanter Fruchtigkeit schwamm, entpuppte sich als echter Wolf im Schafspelz. Auf dem fantastischen Fisch lagen lediglich ein paar angeröstete Artischockenblätter, Kapernknospen, Kräuterstreifen und drum herum drei fast flüssige sphärisierte Polentakugeln, die dem unscheinbaren kleinen Tellerchen, das jedoch eine gewaltige Detonation am Gaumen verursachte, noch einen unaufdringlich schmelzigen Background verliehen. So leicht und elegant und doch so enorm ausdrucksstark! Solche Gerichte sind es, die sich im kulinarischen Langzeitgedächtnis verewigen. Die minimalistisch und vermeintlich simpel anmuten, tatsächlich aber äußerst markant und komplex sind.
Und zu diesen würden wir auch den Amalfizitronen-Risotto zählen, der in Anlehnung an das traditionelle baskische Meeresfrüchtegericht „Chipirones" mit zarten Calamaretti-Stückchen verfeinert und mit einer sepiaschwarzen Fischsauce ummalt war. Und der ansonsten nicht mehr als ein Blättchen Korianderkresse benötigte, um jede Menge Eindruck zu hinterlassen. Allein der druckvoll klare Geschmack der Amalfizitronen, aber auch die perfekte Beschaffenheit des Risotto, der Schmelz und Schlotzigkeit ganz ohne üppig-rahmige Schwere aufs Porzellan brachte und fast schon federleicht über dem Teller schwebte, war eine Offenbarung. Das bekommen hierzulande nicht viele Köche so hin.
Dass Matteo Ferrantinos Gerichte oft relativ herzhaft schmecken und er in Sachen Salz nicht selten bis an die Grenze geht, empfanden wir bislang nicht als Manko. Denn zum einen bleibt er trotzdem immer noch in einem vertretbaren und absolut geschmackssicheren Rahmen und zweitens passt diese zupackende Art gut gewürzter Speisen auch zum kulinarischen Gesamtkonzept des bianc. So war dann auch die an eine moderne Adaption des Carbonara-Themas erinnernde Liaison aus Rauchaal in hauchdünnem Panchetta-Überzug nebst mit flüssigem Eigelb gefüllten Tortelli, einer cremigen Parmesansauce, gerösteten Pinienkernen und jeder Menge intensivem Basilikum (als Gelee, kleine Blätter und Pesto) eine maximal lustvolle süffige Angelegenheit. Ein Teller voll sattem, intensivem Wohlgeschmack und viel natürlichem Umami, der bei aller Aromenwucht höchst elegant über den Gaumen gleitet.
Und im Grunde hätte uns auch der Hauptgang um gegrilltes Secreto vom Iberico-Schwein mit Erbse, Topinambur und Périgord-Trüffel nur noch schwelgen lassen, wenn wir in dessen Hintergrund nicht von einem zwar sehr dezenten, aber doch wahrnehmbaren Ton irritiert worden wären, der verdächtig an synthetisches Trüffelaroma erinnerte. Keinerlei Irritationen, sondern nur puren Genuss brachte das leichtfüßige Dessert um Valrhona-Schokolade und die erfrischenden Akzente von Bergamotte und Blutorange sowie die glasweisen Weinempfehlungen, die Ferrantinos Küche den Abend hindurch kongenial ergänzten. Und wer sich gern selbst etwas aussucht, findet in der großen Weinkarte, die hier aus mehreren kleinen Weinkärtchen in einem Schuber besteht, eine weitreichende europäische Auswahl, die kaum Wünsche offenlassen dürfte.

5

Brechtmanns Bistro

Erikastr. 43, 20251 Hamburg
040-41305888
www.brechtmann-bistro.de
Mo–Fr ab 12 Uhr durchgehend (von 15–18 Uhr kleine Karte), Sa ab 18 Uhr, So RT
Hauptgericht: 13–32 €, Menüs: 43–46 €
VISA

In dem verwinkelten Restaurant im lässig-modernen Bistrostil in Hamburg-Eppendorf haben die Brechtmanns ein entspanntes Bistronomy-Konzept etabliert, das sich zahlreicher Stammgäste erfreut. Der unkomplizierte Stilmix aus ein klein wenig Heimatküche und sehr viel asiatischem Flavour kommt bei einem breiteren Publikum ohnehin sehr gut an. Und weil das beim fernosterfahrenen Sven Brechtmann alles sehr fundiert und frisch zubereitet und zudem moderat bepreist wird, ist hier immer gut was los. Das fernöstliche Repertoire reicht von diversen Salaten und Bowls mit verschiedenen Add-ons über Klassiker wie Tom Kha Gai oder Satay-Spießchen vom Huhn bis hin zu unterschiedlichen Currys. Im heimischen Angebot steht beispielsweise eine klassische, mit Apfel und Rosine gefüllte Oldenburger Ente mit Spitzkohl und Kartoffelklößen hoch im Kurs. Eine sehr entspannte und vielseitige Art der Gastronomie auf ansprechendem Niveau zu sehr moderaten Preisen.

5

Brook

Bei den Mühren 91,
20457 Hamburg (Speicherstadt)
040-37503128
www.restaurant-brook.de
Küchenchef: Lars Schablinski
Di–Sa von 12–15 Uhr u. ab 18 Uhr, So u. Mo RT
Hauptgericht: 16–29 €, Menüs: 19–45 €

Dieses relativ große und wie ein zeitloses Bistro eingerichtete Restaurant vis-à-vis der Speicherstadt stellt für uns seit vielen Jahren eine äußerst zuverlässige Empfehlung dar, wenn anspruchsvolle, aber eben nicht zu exklusive Küche „für jeden Tag“ gefragt ist. Und genau unter diesem Aspekt und mit dieser Erwartungshaltung wurden wir hier in der zurückliegenden Dekade nie enttäuscht. Denn was das Team um Lars Schablinski stets in handwerklich ebenso sorgfältiger wie fachlich versierter Art ohne preistreibenden Verfeinerungsaufwand zu moderaten Kursen aufs Porzellan bringt, ist grundsolide und immer sehr schmackhaft.

Die Business-Lunch-Offerten zum Schnäppchentarif, die zur Mittagszeit viele Gäste anziehen, kennen wir nur vom Blick auf die Nebentische, aber selbst das sieht immer sehr apart aus. Wir konzentrieren uns natürlich immer auf das normale À-la-carte-Angebot, das eine stilistisch große Bandbreite für ein bunt gemischtes Zielpublikum umfasst, aber trotzdem nicht zu umfangreich oder beliebig wirkt. Und das vom ehrenwerten Wiener Schnitzel aus dem Kalbssattel mit Kartoffel-/Gurken-Salat über diverse Pastagerichte aus hausgemachten Teigwaren bis hin zur asiatisch inspirierten Vorspeisenvariation einen weiten Bogen spannt. In erster Linie würden wir die Küchenrichtung aber schon als mediterran bezeichnen, denn das meiste tendiert in Richtung Mittelmeer.
Auch wenn zuletzt unsere Vorspeise eine waschechte Crossover-Fusion aus orientalischen, asiatischen und eben südeuropäischen Einflüssen war: Zum sehr zarten (aber nicht zu weichen) Pulpo gab's einen Verein aus Pak Choi, einer mit Chili moderat angeschärften Mangosalsa, Salzzitronenstücken und Humus, was zusammen mit weißem und schwarzem Sesam sowie verschiedener Kresse einen recht bunten, aber nicht unharmonischen Eindruck machte. Wem das schon zu exotisch ist, der kommt sicher mit einem kleinen Hamburger Labskaus mit Spiegelei, Gurke und Rollmops klar. Oder beginnt das Mahl mit krossem Schweinbauch nebst Ringelbete, Shiitake-Pilzen, einer Creme aus Cashewnüssen und Maniok-Pommes.
Ein Blick auf die separate Seite mit Pastagerichten lohnt sich auch immer. Zuletzt erfreuten da bissfest-elastische Linguini mit gebratener Salsiccia, Pilzen und Zwiebel in einer leichten, frischen, von Rosmarinwürze getragenen Tomaten-/Olivenöl-Sauce. Das ist beste traditionelle Cucina casalinga, wie man sie sich nur wünschen kann und wie sie – abgesehen von der Pasta vielleicht – auch von einer italienischen Nonna in der Toskana nicht viel besser zu erwarten ist.
Wer schnörkellose mediterrane Fischgerichte mag, wird sicherlich mit dem kross auf der Haut gebratenen Doradenfilet mit Venere-Risotto, Taggiasca-Oliven und Tomatensugo glücklich. Aber auch das samt seines aromatischen Fettansatzes schön rösch angebratene und im Kern gleichmäßig rosa zu Ende gegarte Lammkarree war eine tadellose Sache – ganz schlicht mit noch leicht knackigen Schneidebohnen, intensiv parmesanwürziger Kartoffelcreme und einer für das feine aromatische Lammfleisch nicht zu dichten Jus aufgetischt.

Und weil wir aus den Vorjahren wissen, dass auch der süße Abschluss immer ein schlichtes, aber durchaus raffiniertes Vergnügen sein kann, lassen wir hier das Dessert natürlich nicht aus: ob Grießknödel mit Zwetschgen und weißem Schokoladenparfait, ein „New York Cheesecake"-Crêpe mit Zwergorange und einem mit Kardamom aromatisierten Salzkaramelleis, oder eine mit glänzender Ganache überzogene Gâteau-Schnitte von cremiger Mohnmousse auf Mandelboden, die mit einem geschmacklich sehr guten, von seiner Konsistenz her nur etwas spröden Blutorangenparfait liiert war – es lohnt sich!
Die Weinkarte listet dazu ein ausreichendes, fair kalkuliertes Sortiment europäischer Weine, und der Service bringt das alles flink und freundlich zu Tisch – im Sommer auch draußen mit Blick auf die imposanten Klinkerbauten der historischen Speicherstadt.

Fast & SLOW

Brooklyn Burger Bar

Alter Fischmarkt 3,
20457 Hamburg (Altstadt)
040-34994866
www.brooklynburgerbar.de
Mo–Fr von 12–15 Uhr u. ab 18 Uhr, Sa ab 18 Uhr, So RT

Kreative Burger aus hochwertigen Zutaten, Barbecue-Gerichte wie gesmokte Rippchen, Craftbier und Cocktails.

Butcher's american steakhouse

Milchstr. 19,
20148 Hamburg (Rotherbaum)
040-446082
www.butchers-steakhouse.de
Mo–Fr von 12–14 Uhr u. 18 Uhr, Sa u. So 18 Uhr, kein RT
Hauptgericht: 39–75 €

VISA

Wer in gepflegter Umgebung ein erstklassiges Steak genießen will, der ist im gediegenen Steakhaus der Wieschendahls in unmittelbarer Nähe des Alsterparks genau richtig. Hier wird mit dem US Prime Beef aus Nebraska (in allen Cuts erhältlich) nicht gekleckert, sondern geklotzt. Dazu klassische Beilagen nach Wahl in guter Qualität sowie eine gute Auswahl an Vorspeisen mit vorwiegend Fisch und Krustengetier – mit einer ebenfalls sehr hohen Produktgüte. Und wer sich schon vor dem 700-Gramm-Ribeye der Fleischeslust hingeben will, der nimmt das erstklassige Tatar zum Selbstanmachen.

6

Cornelia Poletto

Eppendorfer Landstr. 80,
20249 Hamburg (Eppendorf)
040-4802159
www.cornelia-poletto.de
Di–Sa ab 11 Uhr durchgehend, So u. Mo RT
Hauptgericht: 19–29 €, Menüs: 59–139 €

VISA

In Cornelia Polettos charmantem Ecklokal, einem legeren Bistro im Stil einer Weinbar mit angeschlossenem Feinkostladen, wird an fünf Tagen in der Woche von mittags bis abends durchgehend ebenso zugänglich wie anspruchsvoll gekocht. Was hier in entspannter Atmosphäre und schlichtem, schickem Ambiente auf die kleinen Tische kommt, teilt sich in bodenständige Klassiker der mediterranen Küche auf der einen und ein preislich und konzeptionell deutlich ambitionierteres, bis zu neungängiges Degustationsmenü auf der anderen Seite. Letzteres ebenfalls von der Italianità inspiriert, aber insgesamt deutlich weltläufiger. Die Küche interpretiert beide Sparten sehr ansprechend, aber das Niveau ist bisweilen ziemlich heterogen: Während manche Gerichte erstaunlich raffiniert und feinsinnig daherkommen und gut und gern 7 Pfannen verdienen würden, präsentieren sich andere vergleichsweise simpel und grob gestrickt – was dem Reiz der Küche insgesamt aber keinen Abbruch tut.

5

Die Gute Botschaft

Alsterufer 3,
20354 Hamburg (Neustadt)
040-28410014
www.dgb.hamburg
Küchenchef: Alex Högner,
Tim Mälzer
Mo u. Di von 11.30–15 Uhr, Mi–Sa von 11.30–15 Uhr u. ab 18 Uhr, So RT
Hauptgericht: 10–24 €,
Menüs: 45–65 €
VISA

Das nur einen Steinwurf vom Ufer der Außenalster an der Kennedybrücke gelegene Lokal von Tim Mälzer mit offener Küche und lockerer Atmosphäre ist eine Mischung aus gediegener Lieblingskantine für die Leute der umliegenen Büros und Geschäfte (mittags) und Fine-Dining-Lokal (abends). Mittags setzt die Küche auf Unkompliziertes in sehr schmackhafter Ausführung und reicht von Flammkuchen oder verschiedenen Salat-Variationen über Tim-Mälzer-Klassiker wie die wachsweichen Bio-Eier mit Spinat und Nussbutter auf Kartoffelpüree oder Pasta bolognese aus gezupftem Rinderschmorfleisch bis hin zum veritablen Burger aus Dry Aged Beef. Am Abend kocht das Team überwiegend Gerichte mit asiatischem, insbesondere japanischem Einschlag auf Basis kreativerer Ideen und bisweilen in etwas präziserer Ausführung als im Mittagsprogramm. Lohnend ist die substanzstarke Küche der Guten Botschaft aber zu jeder Tageszeit, zumal die Preise für das Gebotene sehr moderat sind.

Fast & SLOW

Farina Meets Mehl

Gaußstr. 190,
22765 Hamburg (Ottensen)
0176-23758432
www.farina.pizza
Di–So ab 18 Uhr, Mo RT

Die Spezialität dieses netten Lokals sind original neapolitanische Pizzen aus hochwertigen Zutaten, die in einem über 450 °C heißen Tonofen sekundenkurz gebacken werden.

5↑

Fischereihafen-Restaurant

Große Elbstr. 143,
22767 Hamburg (Altona)
040-381816
www.fischereihafenrestaurant.de
Täglich ab 11.30 Uhr durchgehend, kein RT
Hauptgericht: 19–59 €,
Menüs: 34–74 €
VISA P

Der große Klassiker in Hamburgs gehobener Restaurantlandschaft ist das Fischereihafen-Restaurant direkt auf dem Fischmarkt, wo von Gastgeberfamilie Kowalke seit über sechzig Jahren generationsübergreifend für gehoben-gutbürgerliche Gastronomie und eine sehr gute, durch und durch klassische maritime Küche steht. Fisch, Krusten- und Schalentiere kommen im gepflegten, im besten Sinne konservativen Restaurant oder auf der kleinen Aussichtsterrasse unter der Ägide von Küchenchef Jens Klunker in sorgfältiger, fachmännischer Zubereitung auf die Tische. Hier geht's nicht um kreative Kombinationen, Innovationen oder moderne Kochtechniken, sondern um frische, hochwertige Produkte und guten Geschmack. Das gefällt seit jeher auch allerhand Promis aus Sport, Wirtschaft und Showgeschäft, die hier gerne ein und aus gehen und natürlich wiederum viele andere anziehen, denen es auf Sehen und Gesehenwerden ankommt. Ein Szenetreff mit hanseatischem Understatement und sehr guter Küche!

7

Haco

Clemens-Schultz Str. 18,
20359 Hamburg (St. Pauli)
040-74203939
www.restaurant-haco.com
Küchenchef: Björn Juhnke
Di–Sa ab 18 Uhr, So u. Mo RT
Menüs: 52–99 €
VISA

Das modern puristisch gestaltete Restaurant von Björn Juhnke – ein Ecklokal auf einem gastronomisch belebten Straßenzug auf St. Pauli und deshalb auch Haco („Hamburg Corner") getauft – ist eines der typischen „Casual fine dining"-Restaurants, wie sie in den letzten Jahren vor allem in den Metropolen wie Pilze aus dem Boden geschossen sind: puristische Einrichtung, lässige Gangart, eine minimalistische, gemüselastige Küche mit nordischem Akzent, hoher Anspruch ans zumeist regionale Produkt, moderate Preisgestaltung, Nischenweine ... Und trotzdem wirkt es nicht wie eine Kopie der Kopie, sondern hat einen recht eigenständigen Charakter. Auch und besonders auf den Tellern.

Die Gäste, die an den kleinen Tischen relativ eng, aber nicht ungemütlich nebeneinandersitzen, haben die Wahl zwischen einem rein vegetarischen (bis zu siebengängigen) Menü und einer bis zu achtgängigen Speisefolge, die auch Fisch und Fleisch einschließt. Manche Gänge sind in beiden Menüs identisch, denn auch zwischen Rochenflügel und Schweinebauch tauchen natürlich auch mal vegetarische Kostproben auf. Was alle gemeinsam haben, ist der konsequente Verzicht auf jegliches Brimborium. Mehr als drei Komponenten finden sich selten auf den schnörkellos angerichteten Tellern. Das kann zu genialem Purismus führen, in seltenen Fällen aber auch mal ins Karge kippen. Weil jedoch die Produkte zumeist von hervorragender Qualität sind und ihre Vorzüge auch voll ausspielen dürfen, funktioniert das zumeist äußerst überzeugend.

Den hohen Anspruch, den der Chef bei seinen Viktualien aus Norddeutschland und den angrenzenden Nachbarländern hegt, belegten auch bei unserem diesjährigen Besuch schon gleich zu Beginn die tropffrischen Austern aus Groningen. Aber auch Kleinigkeiten wie die säuerlich eingelegte knackige Knollenziest, die schmelzig zart geräucherte Entenbrust und ein kleiner intensiver Brunnenkresse-Shot, die zusammen mit hausgebackenem Knäckebrot und Dillblüten-Frischkäse als Appetizer gereicht wurden. Ein federleichter und zugleich markanter Start ohne Gedöns. Überhaupt kommt in keiner Phase des Menüs die Befürchtung auf, es könne zu frühzeitiger Sättigung führen, denn alle Teller sind apart dimensioniert und die acht Gänge somit auch für untrainierte Esser locker zu bewältigen. Hungrig wird dennoch niemand das Lokal verlassen.

Die erste Vorspeise war zuletzt ein feinsäuerlich angemachter Spitzkohlsalat unter einem leicht angeflämmten Spitzkohlblatt mit Mayonnaise und frittiertem Meerrettichstroh, die zum Start zarte bitteraromatische Geschmäcker harmonisch verlaufen ließen. Das rohe Fleisch von Langustinen, das im Anschluss mit ihrem getrockneten und flockig darüber gehobelten Rogen und kleinen Petersiliencreme-Tupfen auf einem mürben Keksboden als Fingerfood gereicht wurde, stellte die natürliche jodig-nussige Süße und glasige Fleischigkeit des Krustentiers genial in den Vordergrund. Scheinbar simpel, aber doch anspruchsvoll fein ausbalanciert, filigran und perfekt proportioniert.

Als deutlich zupackenderes Intermezzo folgte sodann in Gestalt einer Art Krapfen aus Donut-Teig, der mit (wenig) milder Käsecreme gefüllt und mit (viel) Lammschinken und Korianderkresse belegt war – und uns kurzzeitig überlegen ließ, wie wir das als Fingerfood konzipierte Ding denn nun so ganz ohne Hilfsbesteck unfallfrei essen sollen. Es ging so einigermaßen und es schmeckte köstlich! Keine derartigen Probleme machte der Beef Tea mit den markanten grünen Aromen von Wacholder (in Geleeform) und einer kleinen Blätterteigstange à part. Einen spannenden Einblick ins vegetarische Menü gab schließlich auch noch das Duett von Sellerie (Knolle und Staude) als süffig-knackiger Waldorfsalat unter einer Haube aus nussigem Schaum und flockig geraspelter Walnuss.

Eine etwas trockene und karge Angelegenheit, aufgrund der guten Produktqualitäten aber dennoch reizvoll, war der Fischgang um eine verhältnismäßig dünne, einseitig knackig angeröstete Tranche vom Kabeljau, die neben einem Kompott von Rotweinschalotten und dicker erdiger schwarzer Trüffelscheiben aufgeboten wurde. Ähnlich minimalistisch ging es auch beim Hauptgang zu, bei dem es im Wesentlichen um eine schön dicke Bauchtranche vom Apfelschwein mit fester und zugleich schmelzig-zarter Textur unter dünner krosser Schwarte ging, deren dezente Würze ausschließlich von einem Bad in der Salzlake herrührte, in dem sie vor dem Sous-vide-Garen einige Zeit verbrachte. Der Bauch teilte sich den Teller ausschließlich mit einer Pastinakencreme und einem Öl von Brunnenkresse, die ihm mit erdiger Süße und grasig-säuerlichen Noten pointiert zuarbeiteten.

Im süßen Bereich empfanden wir die durchaus clevere Kombination einer Milch-Maiscreme

mit einem Sorbet vom grünen Apfel im Grunde wirkungsvoller als das eigentliche Dessert um Brombeere und Schokolade, obwohl hier Sorbet, Baiser, Ganache, Coulis und Crumbles ein haptisch facettenreicheres Dessert aufboten. Lohnend sind in jedem Fall auch die zu den einzelnen Gängen glasweise ausgeschenkten Weine mit Individualstil.

6↑

Haebel

Paul-Roosen-Str. 31,
22767 Hamburg (St. Pauli)
0151-72423046
www.haebel.hamburg
Di–Fr ab 17.30 Uhr, Sa von 12–14 Uhr u. ab 17.30 Uhr, So u. Mo RT
Menüs: 67–87 €
EC MC VISA

Mit „Nordic French Cuisine" umschreibt Gastgeber, Küchenchef und Quereinsteiger Fabio Haebel das, was er in seinem schlichten und kuschelig engen Lokal in Reeperbahnnähe aus der offenen Küche auf blanke Holzische servieren lässt, selbst schon sehr treffend. Denn die konsequent sehr puristisch gestalteten und immer stark produktbezogenen Kreationen, die allabendlich und samstagmittags als eine Art „Carte blanche-Menü" mit nur grob umrissenem Warenkorb sehr präzise zubereitet werden, transportieren zwar zumeist den Geschmack des Nordens, haben aber dennoch nichts Nordisch-Sprödes an sich. Vielmehr profitieren sie mit Fülle und Substanz von den französischen Küchentugenden. Das präsentiert sich bei allem Minimalismus durchaus sehr einfallsreich und bisweilen sogar ziemlich originell, lebt aber in erster Linie schon von den qualitativ ausgesprochen guten, treffsicher auf den Punkt gebrachten Produkten – und nicht selten auch von der Paarung mit attraktiven unkonventionellen Weinen, die sich durch ihren Individualstil auszeichnen.

10

Haerlin

im Hotel Vier Jahreszeiten
Neuer Jungfernstieg 9–14,
20354 Hamburg (Neustadt)
040-34943310
www.restaurant-haerlin.de
Küchenchef: Christoph Rüffer
Di–Sa ab 18.30 Uhr, So u. Mo RT
Menüs: 155–225 €
EC VISA P

Im Gourmetrestaurant der Hamburger Hotel-Ikone Vier Jahreszeiten an der Binnenalster versteht man es, Tradition und Moderne geschmackvoll und unverkrampft zu vereinen. Der altehrwürdig noble Speisesaal wurde schon vor Jahren aufwendig und kostspielig modernisiert und präsentiert sich seither zwar weiterhin höchst klassisch und elegant, aber eben trotzdem in einem sehr zeitgemäßen Outfit. Das wird nicht nur von der jungen Servicebrigade unterstrichen, sondern auch durch smoothe elektronische Hintergrundmusik, sodass hier eine schwungvolle und zugleich relaxte Atmosphäre herrscht. Im Zusammenspiel mit der durchaus modern und auch kreativ interpretierten klassischen Küchenstilistik von Christoph Rüffer hat man hier also zu keiner Zeit das Gefühl, an einem aristokratischen und tendenziell eher konservativ geprägten Ort zu speisen.
Und auf den allesamt akkurat und bildschön präsentierten Tellern ging es auch bei unserem letzten Besuch dynamisch, beschwingt und ereignisreich zu – Christoph Rüffer achtet aber mittlerweile noch stärker auf eine sinnvolle Dramaturgie, beginnt zunächst etwas leiser und zurückhaltender und fährt im Laufe seines aktuell bis zu sechsgängigen Menüs mit Auswahlmöglichkeit beim Hauptgang erst ganz allmählich die Regler immer weiter hoch. Unter den handwerklich sehr präzise und aromatisch klar gearbeiteten Apero-Snacks stach insbeson-

dere ein mit Buttermilch sublimierter und mit winzigen Kartoffelcroûtons beflockter Kartoffelschaum heraus, unter dessen seidiger Decke sich marinierte Gurken, Rauchaalwürfel und eine feinsäuerliche Kräutervinaigrette verbargen, die so zu perfekt proportioniertem Wohlgeschmack zusammenfanden.

Selbst wenn, so wie beim eigentlichen Küchengruß um die zwei dicken Hälften einer ziemlich großen, ringsum colorierten Jakobsmuschel, mit Röstzwiebel, Kardamom und Meerrettich durchaus sehr starke Aromen im Spiel sind, komponiert der Chef daraus etwas ganz Subtiles: Ein Hauch Meerrettich im Apfelchutney, eine Spur Kardamom in der darauf thronenden Nocke Buttermilcheis und ein elegant zurückhaltendes Röstzwiebelaroma in dem am Tisch angegossenen Sud vereinten sich hier zu einem überraschend feingliedrigen Aromengeflecht ohne Ecken und Kanten. An einer anderen Stelle im Menü könnte man das als mutlos bezeichnen, doch als Küchengruß erfüllt dieser sanfte Gaumenkitzel seinen Zweck perfekt.

Ein ebenfalls sehr sanftes und zartes Gericht war auch die Vorspeise um Bachforelle aus dem Ilmenautal, die saftig gegart, äußerst subtil gewürzt und mit Bergamotte-Gel sowie Kerbelstängeln dekoriert und zudem als ein mit Sauerrahm bestrichenes und mit Quinoa-Knusper beflocktes Tatar auf dem Teller lag. Eskortiert von einer mit Forellenkaviar gekrönten Kerbelmousse und einem mit Algenpulver bestäubten Kartoffelgeäst sowie umspielt von einem klaren Artischockensud, war auch das ein Gericht der leisen Töne, aber der vielschichtigen Akkorde.

Der knallrote, festfleischige Carabinero, der sich den optisch effektvoll angerichteten Teller mit Herz- und Miesmuscheln teilte und zusammen mit diesen auf einem cremigen Fenchelpüree angerichtet und von mit Ingwer aromatisierter Krustentierjus umgeben war, kam als letzter maritimer Gang des Menüs auch noch etwas zurückhaltender daher. Doch tendierte die Aromenkurve hier schon deutlicher nach oben, ehe es im Anschluss daran mit dem ersten Fleischgang richtig zur Sache ging.

Als zwei aromenstarke und auch in der gegenseitigen Wirkung sehr kontrastreiche Pole setzten da nämlich zum Bressehuhn eine nussig-umamiwürzige Sesamcreme mit erfrischend straffer Säure und ein herb säuerliches, mit Tamarinde abgeschmecktes Zitrus-Gel deutliche Akzente. Das Geflügel aus der Zucht von Lars Odefey aus Uelzen bot seine gebratene Brust mit festem aromatischem Fleisch und knuspriger Haut sowie eine herzhaft gewürzte Farce der Keulen als Füllung einer dünnteigigen Gyoza-Tasche auf. Zusammen mit kleinen, knackig-festen gegrillten Steinpilzen mit vollem Aroma, etwas Kürbis und einer mit Ingwer und Limette keck zugespitzten Jus brachte das jede Menge Ausdruckskraft auf den Teller.

Zum Reh aus der Lüneburger Heide, dessen wunderbar saftig-straffer und knusprig überflockter Rücken von einer in dünner Geleehülle verkapselten Rehpraline auf Polentasockel sekundiert wurde, sorgte eine ziemlich intensive, aber keinesfalls überkonzentrierte Cassisjus für aromatischen Druck. Zwei Pistaziencreme-Sphären, mit Zimt gewürzte Perlzwiebelchen und eine mehr getreidig als gemüsig anmutende Malzcreme auf Topinamburbasis umspielten das Wild mit ihren nussigen und dezent warmwürzigen Anklängen kongenial, sodass sich auch hier wieder ein harmonisch verdichteter Spannungsbogen aus straffer fruchtiger Säure und samtig weichen Puffern aufbauen konnte.

Die moderne, leichte und frische Seite der Pâtisserie repräsentierte zunächst das Pré-Dessert um Himbeere und Kopfsalat – Erstere als Sorbet und Früchte, Letzterer als säuerlich-spicy marinierte Blätter und als Sphäre, die von einer Passionsfruchtvinaigrette und den floralen Aromen der Tonkabohne untermalt waren. Etwas klassischer, aber nicht minder frisch und leicht, war der eigentliche süße Abschluss rund um die Altländer Birne mit Haselnuss und Buchweizen als Eis und Cremering, denen eine Fichtensprossencreme spannende Akzente zuarbeitete.

So fällt unser Fazit auch in diesem Jahr wieder ausschließlich positiv aus: Christoph Rüffer und sein Team sind in Hochform! Sie kochen grundsätzlich klassisch, aber immer mit originellem, kreativem Twist. Und sowieso nur noch das, was ihnen selbst am meisten Spaß macht, und nicht das, wovon sie sich die höchste Anerkennung der Kritikerinstanzen erhoffen können – auch wenn sich das in unserem Fall zufällig überschneidet. Dass das alles seinen Preis hat, liegt in einem Haus von Rang und Namen wie diesem natürlich auf der Hand. Das der aber keinesfalls überzogen ist, zeigt auch ein Blick in die Weinkarte …

Die listet aus Deutschland und Europa sehr viel Gutes, auch Prestigeträchtiges, ist aber für so eine erste Adresse, wie sie das Hamburger Vier Jahreszeiten zweifellos ist, vor allem jenseits der einschlägigen „Granaten" überraschend günstig kalkuliert. Und jenseits der Klassiker sondiert auch Sommelier Christian Scholz seine spannend unkonventionellen Weinempfehlungen – etwa den mineralisch-grasigen Bical „Nossa" von Filipa Pato aus Portugal zur Forellenvorspeise oder die 2016er Jura-Cuvée

„Blanc Tradition“ vom Château d'Arlay, ein ausdrucksstarker Nischenwein, dessen leicht oxidative, würzig-salzige Noten und die an Ingwer und Quitte erinnernde Frucht perfekt zum Bressehuhn gepasst haben. Auch hier ganz klar: Daumen hoch!

Heimatjuwel

Stellinger Weg 47,
20255 Hamburg (Eimsbüttel)
040-42106989
www.heimatjuwel.de
Küchenchef: Marcel Görke
Di u. Mi ab 18 Uhr, Do u. Fr von 12–14 Uhr u. ab 18 Uhr, Sa ab 18 Uhr, So u. Mo RT
Menüs: 49–79 €
VISA

Lange Zeit schien der Trend zu deutlich mehr Regionalität auf dem Teller einen weiten Bogen um die Hamburger Gastroszene zu machen. Doch seit einigen Jahren haben sich auch in der Hansestadt eine Reihe von Feinschmeckerrestaurants etabliert, die sich überwiegend den saisonalen heimischen Viktualien widmen – das 2016 von Marcel Görke eröffnete Heimatjuwel ist sogar schon eines der etablierten Lokale aus der Nische der neuen Regionalküche.
Das Restaurant passt mit seiner Ausrichtung gut ins gehoben-alternative Viertel Eimsbüttel und die Einrichtung gut in die Schublade „Casual dining“: Die dunklen Holztische und -stühle könnten auch in einem auf studentisches Publikum ausgerichteten Lokal stehen, und die anthrazit-grau gestrichenen Wände mit einigen dezenten Bildern und weißen Gestaltungselementen wirken puristisch und geschmackvoll, ohne jedoch an Fine Dining zu erinnern. Auf den Tellern des Heimatjuwel ist der Fine-Dining-Anspruch jedoch ohne Zweifel gegeben!
Abends wird ein vegetarisches Menü angeboten, das sich in Teilen mit der „heimatnah“ genannten Speisenfolge mit Fisch und Fleisch überschneidet. Bereits der zweiteilige Gruß aus der Küche repräsentiert den Küchenstil von Marcel Görke beispielhaft: Einige Kügelchen Lachskaviar und ein Tupfer Zitronen-Crème-fraîche kommen auf einem „Poffertje“ (kleine niederländische Pfannkuchen-Varietät) gut zur Geltung. Ebenso fein ist eine luftige Kürbis-Espuma, der dank etwas Sauerklee angenehm frisch wirkt.
Nach dem fluffigen Espuma ist es aus unserer Sicht nicht ganz optimal, dass auch der erste Gang des Menüs zu einem beträchtlichen Teil aus schaumigen Konsistenzen besteht. So gibt es hier einen Cannellono aus Rote-Bete-Krokant, der mit einer Steinpilzcreme gefüllt ist. Dass dieser aromatisch etwas blass daherkommt, fällt nicht weiter ins Gewicht, weil er von umso geschmackvolleren, sauer eingelegten Steinpilzen und ebenfalls eingelegten, tief erdig schmeckenden Stückchen von der Roten Bete sekundiert wird, die das locker ausgleichen. Richtig Pfiff kommt aber durch die pfeffrige Schärfe von Kapuzinerkresse in die Komposition, die als Vinaigrette und Mayonnaise die Brücke zwischen den Pilzen und der Bete schlägt.
Der zweite Gang ist eine Zwiebel-/Brot-Suppe, die dampfend aus einem zylindrischen Glas in die Suppenschale gegossen wird, in der sich bereits Rinderzunge in Gestalt gebratener Würfel und als Pastramischeibe sowie etwas frischer Liebstöckel befindet. Das Aroma der Zwiebel ist in der angenehm samtigen Suppe nur dezent wahrnehmbar – umso besser kommen die Fleischaromen und der Liebstöckel zur Geltung. Spätestens hier erkennt man, wie durchdacht und mit wie viel Fingerspitzengefühl der Chef seine Gerichte komponiert.
Als Fischgang gibt es Müritz-Zander, der zwar kräftig auf der Haut angebraten wurde, dessen Fleisch darunter aber dennoch schön glasig und zart geblieben ist. Diesen kombiniert Marcel Görke mit kleinen geräucherten Kartoffeln, rohen marinierten Champignons und einer Nocke Frischkäse und begleitet das Ganze mit einem nicht zu kräftig reduzierten Pilzsud. Dieser verbindet sich sehr schön mit den Kartoffeln zu einem rauchigen Umami-Background, der auch die Röstaromen der Fischhaut gut integriert; der Frischkäse setzt dazu einen reizvoll feinsäuerlichen Frischeakzent. Wieder ein sehr fein abgestimmter Akkord, wieder wurde

mit einfachen Mitteln relativ viel Raffinesse erzeugt.
Die rosa gegarte Rehschulter für den Hauptgang kommt ebenfalls aus der Müritz-Region. Dazu gibt es eine gebratene Karotte und Möhrencreme, die dezent süß ist, sowie einen samtig-runden Fond mit herben Kakaobohnenstücken, der diese natürliche Süße gut ergänzt. Außerdem sind da noch zwei Kleckse einer Salzpflaumencreme auf dem Teller, die jedoch nicht wie erwartet fruchtig-säuerlich und herb salzig schmecken, sondern vorwiegend süß. Und so sind sie auch nicht der vermutlich intendierte belebende Akzent, sondern lassen das Gericht im Zusammenspiel mit der Möhre eher ein wenig eindimensional wirken.
Ein Ausrufezeichen setzt dann aber schon wieder das Dessert rund um eine Nocke Espressoeis mit viel Schaum von Petersilienwurzel. Der Clou ist hier neben dem Texturkontrast durch feine knusprige Haferflocken insbesondere auch das frische Aroma der Verbene – vor allem aber verbindet sich die nussige Süße der Petersilienwurzel perfekt mit dem Espressoeis zu einem fein nussig-karamellartig schmeckenden und trotzdem überraschend leichten Nachtisch. Ungewöhnlicherweise wird im Heimatjuwel der Käsegang nach dem Dessert serviert. Und so stimmt in unserem Fall ein recht kräftiger, salziger Ziegenkäseschaum mit etwas Schinken, Petersilie und Topinambur einen äußerst gelungenen Schlussakkord an.
Marcel Görke gehört ganz sicher nicht zu den „Regional-Extremisten" mit selbst auferlegten Kilometerbeschränkungen bei der Auswahl der Produkte und maximalem Purismus bei der Zubereitung. Er wählt eher Geschmackswelten, die für viele Gästegruppen „anschlussfähig" sind. Was aber nicht bedeutet, dass seine Kreationen beliebig oder austauschbar wären. Im Detail überzeugen seine durchaus anspruchsvollen Teller zumeist mit einer sehr präzisen Feinabstimmung; alle in der Speisekarte benannten Ingredienzen sind gut herausgearbeitet. Auffällig wird dies vor allem immer wieder bei den Kräutern, die zumeist sehr stimmig in die Geschmacksbilder integriert sind und nicht wie andernorts so oft bloß die Rolle des „Verlegenheits-Grün" auf dem Teller einnehmen.
Das gesamte Menü wirkt unangestrengt und ist doch so elaboriert, dass wir unsere hohe Bewertung problemlos aufrechterhalten können. Und es ist überdies zu einem äußerst fair kalkulierten Preis zu haben!

6↑

Heldenplatz

Brandstwiete 46,
20457 Hamburg (Speicherstadt)
040-30372250
www.heldenplatz-restaurant.de
Mi–So ab 18 Uhr, Mo u. Di RT
Hauptgericht: 29–35 €, Menüs: 65–85 €
EC VISA

Das Restaurant von Julia Stevens und Markus Hampp in einem denkmalgeschützten Haus in der HafenCity ist ein entspannter Genussort, an dem man es zu moderaten Preisen mit überraschend guter schnörkellos-moderner Küche zu tun bekommt. Hier wird fundiert, einfallsreich und mit überdurchschnittlich guten Produkten gearbeitet und alles mit Sinn für Optik, Proportionen und geschmackliche Details, aber mit erfreulich wenig Show auf die Teller gebracht. Die Gerichte (ein fünfgängiges Menü, ein gutes Dutzend Gänge à la carte) überzeugen durch ausdrucksstarke Aromen und clevere Akzente, die man in dem schicken, aufgeräumten Gastraum auch noch bis spät abends genießen kann. Die Weinkarte listet sehr viele offene (auch höherwertige) Gewächse internationaler Provenienzen.

5

Henssler & Henssler

Große Elbstr. 160,
22767 Hamburg (Altona)
040-38699000
www.hensslerhenssler.de
Mo–Sa von 12–15 Uhr u. ab 17.30 Uhr, So RT
Hauptgericht: 23–39 €, Menüs: 49–79 €
EC

Im quirligen, schlicht und schick in Rot, Schwarz und Weiß gehaltenen Lokal von Fernsehkoch Steffen Henssler herrscht eine unkomplizierte Atmosphäre, und es wird eine durchaus schmackhafte, asiatisch inspirierte Crossover-Küche aus soliden Produkten geboten, die durchaus mit pfiffigen Akzenten aufwartet. Auch Sushi, Sashimi & Co. stehen hoch im Kurs, bieten zwar im Vergleich nicht höchstes Niveau und entsprechen auch nicht der reinen Lehre, sind aber doch um Klassen besser als das, was in den allermeisten Sushiläden landauf, landab unter diesem Namen verkauft wird. Auch gute, am Knochen trockengereifte Steaks sind im Angebot. Die Preise sind gehoben, aber in Relation zum Gebotenen auch nicht überzogen.

5

Hygge

im Hotel Landhaus Flottbek

Baron-Voght-Str. 179, 22607 Hamburg
040-82274160
www.hygge-hamburg.de
Küchenchef: Thomas Nerlich
Mo-So ab 15 Uhr, kein RT
Hauptgericht: 21–39 €, Menüs: 36–48 €
VISA

Bereits seit fast einem Vierteljahrhundert betreibt Inhaber Nils Jacobsen das bis weit über die Grenzen des Stadtviertels hinaus bekannte Landhaus Flottbek im Hamburger Westen, das er vor geraumer Zeit sogar gekauft und dann attraktiv umgebaut und modernisiert hat. In den ehemaligen Stallungen des stattlichen Anwesens residiert das großzügig angelegte Restaurant Hygge, dessen Name sich von dem dänischen Wort „hyggelig" ableitet und so viel wie „gemütlich", „angenehm" oder „nett" bedeutet. Und das ist in diesem Fall nicht einfach bloß irgendeine trendige Namensgebung, sondern durchaus stimmig, denn erstens hat der Gastgeber dänische Wurzeln und zweitens trifft der Name im Hinblick auf das weitläufige und trotzdem sehr stimmungsvolle Ambiente mit viel freigelegtem Holzgebälk, offenem Kamin und modern-rustikalem Einrichtungsdesign den Nagel auf den Kopf.
Doch auch aus kulinarischer Sicht ist es hier „angenehm" und „nett", denn das Team um Küchenchef Thomas Nerlich bietet ein entspanntes Programm, das von bodenständigen populären Klassikern wie Wiener Schnitzel, einer sehr guten Bouillabaisse oder einem Roastbeef-Burger bis zu schlankeren Gerichten in Menüform reicht. Und das sich in erster Linie durch überdurchschnittlich gute Produkte und eine solide, schnörkellose Zubereitung auszeichnet. Je kraftvoller und aromatisch zupackender, desto besser. So sind hier ganz besonders Dinge wie die mit Aprikosensenf und Spitzkohlsalat servierte Wildbratwurst von Stefan Runge, ein Lammragout mit Navetten, Bohnen, Pilzen und Bauchspeck oder die Gerichte für zwei Personen wie das dicke Kotelett vom Rhinluch-Kalb oder Ossobuco mit gegrillter Focaccia der Bringer.
Wir ließen den Küchenchef und sein Team einfach machen und wählten das Überraschungsmenü, das zunächst mit sehr gutem Brot und Butter, dann mit einer dicken Tranche vom mild gebeizten Lachs losging, der bereits solo durch seine gute Qualität zu gefallen wusste. Aber auch als Arrangement überzeugte diese Vorspeise, war relativ schlicht, aber schön natürlich und frisch. Den Fisch eskortierte etwas marinierter Fenchel (vielleicht ein bisschen dick gehobelt …), Kräutersalat und zwei verschiedene Cremes, von denen die eine ein säuerlich-herbes Zitronengel und die andere eine ebenfalls recht erfrischende Kräutermayo war.
Auch die sehr fluffigen und schön kartoffelig schmeckenden Gnocchi machten Spaß, wenngleich sie mit einem Schnitz vom gegrillten Kürbis und einer nicht zu dickflüssigen Kürbiscreme etwas breit und akzentfrei umspielt waren. Da hätte man auch mit relativ einfachen Mitteln einiges mehr herausholen können. Die Zubereitungen an sich sind aber generell eher einfacher gehalten und profitieren zumeist von den guten Hauptprodukten. So auch bei den zwar ziemlich kleinen und für ihre geringe Dicke auch recht lang gebratenen kanadischen Jakobsmuscheln, die mit ähnlichem mariniertem Fenchel wie zuvor der Lachs und zudem einer milden klassischen Brandade sowie einer hellen, rahmig-milden Schaumsauce aufgeboten waren. Ein grundsolider, wenngleich aber auch nicht sonderlich ausdrucksstarker Teller, bei dem uns in Hinblick auf eine höhere Bewertung ein wenig die Präzision bei den Garzeiten und der Pfiff beim Abschmecken gefehlt hat.
Sehr gut gefiel uns der Hauptgang um zwei sehr schöne Tranchen vom Rehrücken, die akkurat gleichmäßig rosa gebraten waren und mit viel Saft, zartem Biss und Geschmack zu überzeugen wussten – eben keine von diesen breiig mürben, kraftlosen Wildfilets aus dem Plastikbeutel, für die man kein Messer und keine Geschmackspapillen braucht. Das charakterstarke Fleisch kam mit zweierlei Pastinake (etwas rustikalere geröstete Wurzeln und ein Püree) sowie Preiselbeerjus und frittierter Petersilie

ebenfalls eher schlicht und zupackend daher, aber hier passte das richtig gut.
Und auch der warme Schokoladenbrownie-Riegel, der als süßer Abschluss nebst eingelegten Brombeeren und Himbeersorbet aufgeboten wurde, machte auf seine unkomplizierte Art Spaß – nicht nur wegen dem eher hellen, nussigen Port, der dazu aus der großformatigen Flasche ausgeschenkt wurde. Wein ist im Hygge ohnehin ein großes Thema und mit Lennart Wenk, den wir bereits aus dem Sylter Fährhaus und dem Philipp Soldan kennen, kümmert sich ein sehr guter Sommelier um die individuelle Beratung und um die Pflege des Repertoires, das mit unkonventionellen europäischen Gewächsen ausstaffiert ist.

---

ohne Bewertung

Jacobs Restaurant

im Hotel Louis C. Jacob
Elbchaussee 401–403,
22609 Hamburg (Nienstedten)
040-822550
www.jacobs-restaurant.de
Küchenchef: Thomas Martin
Mi–Fr ab 18.30 Uhr, Sa u. So von 12.30–14 Uhr u. ab 18.30 Uhr, Mo u. Di RT
Hauptgericht: 29–65 €,
Menüs: 102–148 €
VISA

Das elegante Restaurant in dem geschichtsträchtigen Traditionshaus an der Elbchaussee mit seiner legendären Lindenterrasse und Küchenchef Thomas Martin, der hier seit über zwanzig Jahren seinen Dienst tut, blieb während der Corona-Pandemie ausschließlich Hotelgästen im Rahmen der Halbpension vorbehalten. Der Platz wurde benötigt, um allen Hausgästen Tische mit dem nötigen Mindestabstand anbieten zu können. Da wir aktuell noch nicht wissen, wann und wie es mit dieser Restaurant-Ikone weitergeht, setzen wir die Bewertung bis zum Re-Start aus. Wenn es eines Tages mit einem ähnlichen Konzept wie vor Corona weitergeht, kann sich der Gast auf eine konsequent um alles Überflüssige entschlackte klassische Küche freuen, deren Kreationen von der überdurchschnittlichen Qualität aller Viktualien und von ihrer besonders präzisen Zubereitung profitieren. Denn ganz egal, ob man hier in der Vergangenheit nur ein oder zwei Gänge à la carte bestellt oder sich mit dem sechsgängigen Menü etwas umfangreicher durchs Programm probiert hat: stets kam man in den Genuss hervorragender, tadellos auf den Punkt gebrachter Hauptprodukte inmitten reduzierter, auf die natürlichen Aromen der Viktualien abzielender Kompositionen – meist von einer aufwendig zubereiteten und meisterlich abgerundeten Sauce begleitet. Ganz ohne Kreativitätsdrang, aber mit sehr viel Substanz.

5

Jahreszeiten Grill

Neuer Jungfernstieg 9–14,
20354 Hamburg (Neustadt)
040-34943312
www.hvj.de
Täglich von 12–14.30 Uhr u. ab 18 Uhr, kein RT
Hauptgericht: 28–45 €
VISA

Meeresfrüchtecocktail, verschiedene Sorten Austern und Kaviar, Hummercremesuppe, an der Gräte gebratene Seezunge und unterschiedliche Cuts hervorragender Fleischrassen mit traditionellen Beilagen nach Wahl: Seit jeher steht der ehrenwerte, im Art-déco-Stil gestaltete Jahreszeiten Grill in Hamburgs vornehmstem Hotel für eine im besten Sinne konservative hanseatische Klassiker-Küche, ergänzt um gehobene internationale Gerichte der traditionellen Art. Aufgrund des hohen Qualitätsanspruchs, der hier seit jeher an Produkt und Zubereitung gelegt wird, macht das auch ganz ohne Innovationen großen Spaß. Zudem kann man sich im ersten Haus am Platz formvollendetem Service und einer ausgezeichneten Weinauswahl sicher sein, aber natürlich auch einem gehobenen Preisniveau bei Speis' und Trank.

Bezahlkarten-Symbole

- Mastercard
- EC-Maestro
- Diners
- American Express
- VISA Visa

8

Jellyfish

Weidenallee 12,
20357 Hamburg (Eimsbüttel)
040-4105414
www.jellyfish-restaurant.de
Küchenchef: Stefan Fäth
Mo ab 18 Uhr,
Do–So von 12–14.30 Uhr u. ab 18 Uhr, Di u. Mi RT
(Mittagskarte abweichend)
Hauptgericht: 18–35 €,
Menüs: 45–169 €
EC VISA

Widerstand ist im Hamburger Schanzenviertel nichts Ungewöhnliches und hat dort lange Tradition. Stefan Fäth, der neue Inhaber und kreative Küchenchef des Restaurants Jellyfish, leistet ihn dort seit Herbst vergangenen Jahres gegenüber gewissen Kräften, die solch ein Restaurant in ihrem Kiez offenbar nicht tolerieren wollen und deshalb seinen Vorgängern durch wiederholten Vandalismus das Leben schwer gemacht haben, bis diese schließlich entnervt das Handtuch warfen.
Auch wenn die Täter das vermutlich nicht gerne hören, muss man zunächst einmal festhalten, dass diese Aktionen – ganz egal, ob die Attacken nun aufgrund von Gentrifizierungs-Paranoia oder grundsätzlicher Ablehnung gegenüber Lokalen mit anspruchsvoller und hochpreisiger Küche stattfanden – typisch deutsch sind. Denn der deutsche Michel hält Gourmetrestaurants auch heute noch für eine zutiefst dekadente und natürlich höchstgradig elitäre Angelegenheit. Um zu erkennen, dass das Jellyfish schon immer alles andere als elitär war und ein sehr buntes Publikum aus nahezu allen Schichten angezogen hat, dem es größtenteils einfach nur um gutes Essen geht, und dass die hier verwendete Produktpalette aus konsequent nachhaltigem Fischfang schon immer ökologisch korrekter war als jede vegane Imbissbude, müsste man natürlich über den eigenen Tellerrand schauen …
Der erst 25 Jahre junge, im fränkischen Aschaffenburg geborene Stefan Fäth ließ sich von der Vorgeschichte nicht beeindrucken und legte von Beginn an sehr ambitioniert und auf hohem Niveau los. Mehr noch: Das Ambiente blieb zwar gewohnt schlicht und schmucklos (nur eine große stilisierte Qualle ziert nun die weißen Wände), der neue Chef hat allerdings das Preisniveau gegenüber dem, was seine Vorgänger hier für das Menü aufgerufen haben, deutlich angehoben. Und auch durch seine Art zu kochen, die um einiges aufwendiger, kleinteiliger und verspielter ist, als das, was hier bislang geboten wurde, gibt er zumindest dem Kulinarium des Jellyfish nochmal einen exklusiveren Touch.
Weil sich das, was hier von den Amuses bis zu den Petits Fours in meist elaborierter Präsentation aufgetragen wird, zumindest auf den ersten und zweiten Blick gar nicht so sehr von dem unterscheidet, was derzeit in vielen gehobenen Fine-Dining-Restaurants landauf, landab geboten wird, ist jetzt natürlich das Alleinstellungsmerkmal der zumindest unter Nils Egtermeyer und später unter Laurin Kux immer so charmant pragmatisch und eigenständig wirkenden Jellyfish-Kulinariums ein wenig perdü. Was die grundsätzliche Performance der Küche angeht, konnte der ehemalige Souschef von Dieter Müller (auf der MS Europa) aber tatsächlich nochmal eine deutliche Schippe drauflegen.
Und diese Performance scheint auch beim Publikum anzukommen: Wir erlebten das Restaurant an einem Abend unter der Woche sehr gut besucht! Los ging's mit kleinen und sehr feinen Einstimmungen, die jeweils traditionelle Geschmacksbilder auf authentische, aber stark verfeinerte Art interpretierten. Beispielsweise eine schön stoffige, säuerlich-rahmige Schaumsuppe zum Thema „Birne-Bohne-Speck", ein mit allerhand dem typischen Labskaus zugeschriebenen Kleinstkomponenten applizierter Rote-Bete-Macaron oder ein fragiles Kleinkunstwerk mit dem Label „Hummer Thermidor".
Was hier schon sehr deutlich wurde, hat die erste Vorspeise nochmal fett unterstrichen. Denn die Sardine „Tomate Mozzarella", bei der der Fisch als kleine filigrane Knusperschnitte mit hauchdünnem Ciabatta-Brot und die italienische Trikolore aus Burrata-Schaum, verschiedenen Tomaten- und Basilikum-Interpretationen in unterschiedlichen Aggregatzuständen zusammengesetzt war, zeigte sich als klassisches Aromenbild, das sehr zeitgemäß, wieder höchst filigran und vor allem äußerst arbeits-

aufwendig und präzise inszeniert war. Und zwar mit sehr viel Geschmack in allen Details, jede Komponente ist elegant abgerundet und klar herausgearbeitet. Unterstützt wurde dieses feinmechanische Caprese-Kabinettstückchen noch von ein wenig Avocado-Schmelz.
Und in diesem aufwendigen und ausdrucksstarken Stil präsentierte sich auch jeder andere Teller des insgesamt neungängigen Menüs, das mit der Jakobsmuschel „Waldboden" voranschritt. Das war weit mehr als die hundertste gedankenlose Adaption eines beliebten „Waldspaziergang-Themas", sondern ein äußerst stimmig inszeniertes Umfeld für die nussigen Coquilles, die hier als geflämmte Scheiben und als Tatar zugegen waren. Erdigkeit (Topinambur, schwarze Walnuss), natürliche vegetabile Süße (Kerbelwurzel) und harzig-ätherische Aromen (Fichtensprossen-Espuma) stellten gemeinsam mit der säuerlichen Frische von grünem Apfel ein ebenso eigenständiges wie gut korrespondierendes Begleitprogramm mit hohem Unterhaltungswert.
Und so zog sich das auf einem Level durch. Ein Aromengeflecht aus zarter Süße, milder Schärfe und feinen Säuren zeichnete den Zwischengang um eine „Currywurst" von der Garnele, die mit einer Rolle aus Kimchi und Schwedensalat sowie einem gebackenen Kartoffelstick alias Pomme frite in sublimem Curryschaum eingebettet war. Unter dem Arbeitstitel „Caesar Salad" kam ein ebenso vollmundig-herzhafter wie fein ausdifferenzierter Verein aus mit würziger Hühnerfarce gefülltem Calmar, einem mit Sardellencreme und Parmesan-Crumble bestücktem Riegel von geschmortem Romanasalat, einem cremigen Bio-Eigelb sowie Creme und Schaum von Vogelmiere daher. Und Fäths Interpretation von der Bouillabaisse war ebenso feinsinnig wie kraftvoll zupackend, darüber hinaus unverkünstelt klassisch und von erstaunlicher Produktqualität.
Mit einer rohen Auster in Sanddorn-Granité mit Tequila als erfrischend salzig-mineralisch-säuerliches Intermezzo wurde der Hauptgang eingeläutet, der uns als einziger Gang nicht gleichermaßen überzeugen konnte wie alles andere. Was jedoch weder an der Qualität der Makrele lag, noch an der im „Marrakesch"-Style mit Couscous, Chicorée, Zitrusfrüchten, Granatapfelkernen, Kichererbse und den Aromen von Koriander und der maghrebinischen Gewürzmischung Ras el-Hanout aufgebotenen Komposition, sondern mehr daran, dass das als Ganzes etwas sperriger war und die Komponenten nicht ganz so harmonisch ineinander griffen, wie bei allen anderen Kostproben.
Von der Anmutung her sehr vielteilig und bunt, als Komposition aber dennoch ausgesprochen schlüssig präsentierte sich ein um die Aromen von Shiso (rot und grün) und Erdnuss ergänztes „Bananensplit"-Dessert. Bei dem wurden final mit Eis, Sorbet, Mousse, Creme, Crumble, Gebäck, geeisten Perlen, gelierten Pralinen und verschiedenem Knusper nochmal alle handwerklichen und technischen Register gezogen. Ganz so, als ob der ambitionierte Chef und seine Crew nochmal ganz sicher gehen wollen, dass sie dem Gast nach einem kulinarisch eindrucksvollen Abend auch wirklich alles gezeigt haben, was sie können. Und das ist in der Tat eine ganze Menge …
Auch das Serviceteam um Gastgeberin Insa Richter macht einen professionellen Job und kommt sehr sympathisch rüber. Die zur Weinbegleitung ausgesuchten Gewächse hatten allesamt Klasse und wirkten stimmig zu den jeweiligen Gängen ausgewählt.

8

Lakeside

im Hotel The Fontenay Hamburg
Fontenay 10,
20354 Hamburg (Rotherbaum)
040-60566050
www.thefontenay.de
Küchenchef: Julian Stowasser
Di–Sa ab 18.30 Uhr, So u. Mo RT
Menüs: 130–165 €

VISA

Das Lakeside hatte es bislang nicht leicht, sich als kulinarisches Aushängeschild des Luxushotels The Fontenay auf die kulinarische Landkarte Hamburgs zu setzen. Schon die Eröffnung vor inzwischen fast zweieinhalb Jahren verzögerte sich infolge eines Wasserschadens. Der erste Küchenchef, Cornelius Speinle, verabschiedete sich bereits nach eineinhalb Jahren – samt Schlagabtausch mit Eigentümer

Klaus-Michael Kühne in der Hamburger Lokalpresse. Unter dem Radar der kulinarischen Öffentlichkeit überbrückte dann der Küchenchef des mallorquinischen Schwesterhotels den Winter. Im Frühjahr übernahm Julian Stowasser die Küchenleitung, wurde allerdings nach nicht einmal zwei Wochen schon wieder vom Corona-Lockdown ausgebremst. Von diesen Belastungen zeigten sich Küche und Service bei unserem Besuch jedoch vollkommen unbeeindruckt.
Mit Julian Stowasser scheint man für das kulinarische Aushängeschild des Fontenay nun einen Küchenchef gefunden zu haben, der dem Restaurant mit seinem weiß-grauen Interieur das notwendige Profil verschaffen kann. Stowasser kommt mit Vorerfahrung aus dem Frankfurt Weinsinn nach Hamburg. Dort erreichte er in unserem Guide bereits 7 Pfannen. Zuvor war er im Wolfsburger Aqua von Sven Elverfeld tätig und begleitete Jan Hartwig bei seinem Aufstieg an die Gourmetspitze im Atelier in München. Die Markenzeichen seiner beiden Lehrmeister, nämlich Aromen präzise zu justieren, beeindruckend scharfzustellen und die Gerichte maximal zugänglich zu halten, kennzeichnen auch seine Küche – und er setzt bereits eigene Akzente!
Der erste Gang unseres Menüs drehte sich um Tatar vom Carabinero. Das Fleisch ist mariniert und hat leicht angezogen, wirkt somit weniger süßlich, sondern eher jodig und mineralisch. Es ist in drei kleinen Talern auf dem Teller verteilt und wird jeweils abgedeckt von Hüttenkäse, der mit hauchdünnen Kohlrabischeiben ummantelt ist. Die Cremigkeit des Käses kommt dennoch deutlich zur Geltung und rückt auch den Geschmack des Carabinero etwas in den Hintergrund. Das aromatische Gegengewicht bilden einige Tupfer von Grapefruitgel und eine Kohlrabi-/Spitzkohl-Vinaigrette, die dem Gericht eine säuerlich-frische Grundstruktur verleiht. Aromatisch ist das sehr gut abgestimmt, auch wenn Freunde produktfokussierter Gerichte sich wahrscheinlich eine stärkere Präsenz des Carabinero wünschen werden.
Doch schon mit dem zweiten Gang ist Julian Stowasser ein großer Wurf gelungen: Der Saibling aus der Lüneburger Heide wird mit einer Selleriecreme, Holunderblüten und Apfel aromatisch spannend inszeniert. Gleichzeitig kommt der wachsweiche Fisch auch für sich gut zur Geltung, auch wenn die leicht gebundene Sauce auf Basis von Apfel- und Holunderblütensaft für sich genommen recht plakativ wirkt. Doch in Kombination mit der Selleriecreme entsteht eine große geschmackliche Tiefe und Vielschichtigkeit. Frische Akzente setzen in diesem Ensemble noch einige Gelkügelchen in Kaviargröße aus Apfelessig. Die Aromen haben allesamt einen gewissen Druck, sind aber optimal austariert und gleichzeitig behält das Gericht seine sommerliche Leichtigkeit.
Überraschend ist der Gang, der laut Kartenbeschreibung gegrillte Tomate in den Mittelpunkt stellen sollte. Auf einer Tomatenscheibe befindet sich eine im Verhältnis recht großzügig bemessene Portion von fein gehobelten Ladotyri-Käse, ein griechischer Hartkäse, der in Textur und Geschmack ein wenig an Parmesan erinnert. So passt sein Aroma natürlich gut zu den Grillaromen der Tomate und fördert deren Umami-Intensität. Durch eine Tomaten-Barbecue-Emulsion und eine Tomaten-Beurre-blanc bekommt das Gericht zudem eine süffige Rundung. Auf der Karte werden auch noch Zwergartischocken erwähnt, die allerdings geschmacklich eher unauffällig bleiben. Das Gericht changiert zwischen einem intensiv umamigeprägten vegetarischen Zwischengericht und einem gemüsebetonten Käsegang.
Bei der Menülänge von sechs Gängen ist es auffällig, dass nur ein Seafood- und ein Fischgang serviert wird. Nach dem vegetarischen Gericht folgte nämlich bereits der erste Fleischgang, der sich weiter dem Thema Grillaromen widmet: Es gibt zwei Stückchen Secreto vom Iberico-Schwein mit merklicher Rauchnote. Eine Creme von Kidneybohnenn und Jalapeño hemmt die Wirkung des Fetts mit leichter Schärfe, hinzu kommt Frische von einer Zitrusvinaigrette mit Fingerlimes und merklich kräftigem Korianderanteil. Einen kleinen, aber wirkungsvollen Effekt haben in diesem Ensemble zudem gepoppte Maiskörner, deren Aroma dezent bleibt, der Komposition aber mehr Räumlichkeit verleiht.
Nach der präsenten Kraft der Grillaromen wirkt der nominelle Hauptgang fast ruhig und entspannend: Die Challans-Ente mit Sauerkirschgel, einem „Risotto“ aus fein gehackten Nüssen und Mandeln und einer Gewürzjus mit Purple Curry ist ein aromatisch elegantes und fein ausbalanciertes Gericht. Angenehm ist, dass weder die Nüsse noch die Kirsche zu kräftig durchschlagen; eine salzige Gewürzkruste verleiht dem hervorragenden Entenfleisch genügend Ausdruckskraft, ohne es zu dominieren.
Ohne weiteres Pré-Dessert folgt dann der süße, von Pâtissier Marco d'Andrea gestaltete Teil des Menüs. Und der bleibt seinem bereits erworbenen Markenzeichen, die Desserts ringförmig anzurichten, treu. Er parfümiert eine leichte Creme aus weißer Schokolade dezent,

aber effektiv mit Lavendel und kombiniert sie mit verschiedenen Rhabarber-Texturen. Durch einen Rhabarbersud mit Sauerampfer lässt er zudem noch vegetabile Noten in den Nachtisch einfließen, und auch sonst wirkt dieser süße Abschluss nicht zu süß. Der Lavendel ist am Gaumen mal mehr, mal weniger präsent, aber nie penetrant. Insgesamt hat das Dessert zwar nicht ganz den aromatischen Zug, wie die vorausgegangenen Gerichte, hält aber trotzdem das Niveau.
So präsentiert sich das Menü in der Gesamtschau ohne Schwächen und überzeugt mit einem sehr gut kontrollierten Aromendruck. Alles ist präzise kombiniert und handwerklich akkurat gestaltet. Auf diese Weise haben die Gerichte trotz ihrer Harmonie eine gute Spannung und präsentieren sich durchgängig auf solidem 8-Pfannen-Niveau. Und durchbrechen damit das etwas unterkühlte Ambiente des Restaurants ebenso wie der souverän-entspannte Service unter der Leitung von Michel Buder. Ein Pluspunkt des Lakeside ist auch die Weinkarte, die Sommelière Stefanie Hehn mit Expertise zusammengestellt hat. Sie umfasst neben Klassikern eine ganze Reihe interessanter Gewächse jenseits großer Namen, die zudem für Hamburger Verhältnisse sehr fair kalkuliert sind. Selbstredend gibt's auch eine ansprechende glasweise Weinbegleitung.
Das Zusammenspiel all dieser positiven Faktoren sorgt nun hoffentlich auch längerfristig dafür, dass sich das Restaurant weiter zu dem entwickeln kann, was es nach dem Selbstverständnis des Hauses längst sein sollte. Wir sehen das Lakeside jedenfalls momentan auf einem guten Weg, weiter zur Spitze aufzuschließen.

7

Landhaus Scherrer

Elbchaussee 130,
22763 Hamburg (Ottensen)
040-883070030
www.landhausscherrer.de
Mo–Sa von 12–14.30 Uhr u. ab 18 Uhr, So RT
Hauptgericht: 35–54 €,
Menüs: 98–125 €
VISA

Das hellgrün holzvertäfelte Gourmetrestaurant mit frivoler Kunst an den Wänden ist und bleibt Hamburgs Hort der ultraklassischen französischen und gehoben norddeutschen Küche, der völlig zu Recht seine Evergreens hegt und pflegt: lauwarmer Hummersalat, Oevelgönner Fischsuppe im Bouillabaisse-Stil, krosse Vierländer Ente – seit mittlerweile drei Jahrzehnten sorgt Küchenchef und Patron Heinz Wehmann an der Elbchaussee für ein blitzsauberes traditionelles Kulinarium auf hohem Niveau. Der erfahrene Grandseigneur und sein Team arbeiten mit sehr guten Produkten und nach allen Regeln der Kochkunst, und der Gast wird mit süffigen, kraftvollen Gerichten verwöhnt, die Tiefe und Ausdruckskraft ohne besondere Schwere oder Opulenz aufs edle Porzellan bringen. Das ist ebenso gute alte Schule wie der tadellose Service.

6

Le Canard

Elbchaussee 139,
22763 Hamburg (Ottensen)
040-88129531
www.lecanard-hamburg.de
Küchenchef: Felix Becker
Di–Sa ab 18.30 Uhr, So u. Mo RT
Hauptgericht: 38 €, Menüs: 89–119 €
VISA

Die Zeichen der Vergangenheit sind noch überall zu sehen: Am Tor direkt an der Elbchaussee und am Banner über dem Holzsteg, über den es mit spektakulärem Hafenblick in das weiter unten am Hang gelegene Restaurant geht, steht noch der Name „Le Canard nouveau“. Doch seit Kurzem nennt sich das Restaurant wieder „Le Canard“, wie es zu erfolgreichsten Zeiten unter Josef Viehhauser hieß, der hier einst zu den führenden Vertretern der Nouvelle Cuisine in Deutschland zählte. Dabei war das „Le Canard nouveau“ noch vor gut einem Jahr mit Norman Etzold nach einer längeren Schließpause infolge eines Brandes überzeugend neu gestartet: Mit 7 Pfannen ist die Küche damals bei uns auf Anhieb eingestiegen.

Nach der Corona-Pause verließ Etzold jedoch das Unternehmen, und der Eigentümer änderte das Konzept. Die Küche steht nun unter der Leitung von Etzolds ehemaligem Souschef Felix Becker, der die Aufgabe bekam, „der Qualität und dem Niveau des Gourmetrestaurants einen neuen modernen Stil zu geben", wie in der Pressemitteilung des Hauses angekündigt wurde. Bedeutet konkret: das Menü wurde verkürzt, ein À-la-carte-Angebot soll etabliert werden, das Preisniveau wurde gesenkt und eine jüngere Zielgruppe ist in den Fokus gerückt. Die Optik des Gastraums ist unverändert sachlich und klar, man sitzt also weiterhin sehr bequem an den runden Tischen entlang der geschwungenen Fensterfront mit Ausblick auf den Hafen.

Dass der Verzicht auf die Insignien der Spitzenküche bei Zutaten und preistreibendem Aufwand nicht nachteilig für die geschmackliche Qualität sein muss, beweisen inzwischen viele Restaurants der Casual-Fine-Dining-Szene, die es so durchaus schaffen, ein junges Publikum anzusprechen. Bei sorgfältiger Auswahl von alltäglichen Produkten und einem kreativen Händchen bei der Zubereitung können oft sogar dicke kulinarische Ausrufezeichen gesetzt werden. Demzufolge muss die nach kulinarischem „Downsizing" klingende Neupositionierung des Hauses keineswegs zu schlechterer Qualität auf dem Teller führen. Nach unserem ersten Testbesuch nach dem Neustart blieb noch relativ offen, wohin die Reise mittelfristig gehen wird …

Zur Einstimmung wurden zwei aromatisch runde Kleinigkeiten serviert: eine Austern-Mayonnaise mit Radieschen und Pumpernickel-Crunch und gebeiztes Lammfleisch mit Pfirsichcreme auf einem Reischip. Beides ist geschmacklich stimmig, aber etwas ausdrucksschwach. Der erste Gang nahm uns nochmal mit in den Hochsommer, da es sich um eine Art dekonstruierte Gazpacho handelte. Sehr aromatische Melonenstücke wurden hier mit Paprikacreme kombiniert und dazu gab's einen recht dünnen, gerösteten Pulpo-Tentakel, der punktuell etwas Fleischigkeit einbrachte. Zudem war das Ganze noch um eine Nocke Paprikaeis ergänzt. Nun ist Eis in salzigen Gängen ja nicht immer ein Volltreffer, bei einer Gazpacho-Interpretation passt das aber natürlich sehr gut. Allerdings kam mit dem Eis auch eine gewisse Schärfe ins Spiel, die sich in der schmelzenden Kälte nur sehr langsam, dann aber umso intensiver am Gaumen breit gemacht hat, anstatt nur punktuell als Akzent zu wirken. So war's ein relativ plakativer Start.

Der zweite Gang blieb in der mediterranen Welt: „Fagottine, Tomate, Pinienkerne" steht in der Karte. Das Gericht ist recht cremig, denn neben einer Piniencreme findet sich als „Sauce" auch ein heller Tomaten-/Basilikum-Espuma auf dem Teller. Ein Parmesanchip und eine geschmolzene Cherrytomate runden die gelungene Kombination ab. Der Schaum hat von der Tomate eine feine Säure, sodass das Gericht bei aller Cremigkeit und aromatischen Üppigkeit nicht zu schwer wirkt.

Im folgenden Gang wird roher Thunfisch mit Alge, Gurke und Wasabi auf erprobte Art verbunden. Ein Dashischaum minimiert die Umamiwirkung, dafür kommt der jodig-salzige Geschmack von Algen in der Kombination mit der Gurke besser zur Geltung. Auch hier wird die Schärfe über Eis eingeführt, das diesmal mit Wasabi aromatisiert wurde – was letztlich zum gleichen Problem wie im ersten Gang führte.

Etwas unorthodox wirkte es, danach einen ausgewachsenen Fleischgang folgen zu lassen. Zweierlei vom Rind wurde hier mit typisch orientalischen Elementen wie Kichererbsen, Granatapfel und ein paar Joghurttupfen kombiniert: die Hauptsache war ein à point gebratenes Rückenstück mit gutem Fleischgeschmack, das von einer orientalisch gewürzten Praline von der Rinderzunge begleitet wurde. Der Granatapfel war als Kerne, Gel und Aroma in der Sauce verarbeitet, doch hier fehlte es nach unserem Gusto an Säure oder Würze, um die Fruchtsüße des Granatapfelsafts auszugleichen. So tendierte das Gericht leider in eine ziemlich süße Richtung, und die Frucht erinnerte uns ein wenig an Weingummi.

Ein ähnliches Problem hatte auch der eigentliche Hauptgang, der sich aus einer amtlichen Tranche vom Heilbutt unter einer Estragonkruste, Karotten in den verschiedensten Formen und einer Karotten-/Passionsfrucht-Jus zusammensetzte. Die Grundkombination aus Fisch, Estragon und Karotte funktionierte erwartungsgemäß prima, und auch die Säure der Passionsfrucht wirkte sehr stimmig. Allerdings war auch hier die Jus dermaßen plakativ süßlich, dass dadurch die geschmacklichen Proportionen auf dem Teller erneut sehr ungünstig beeinflusst wurden.

Im Dessert versuchte sich das Team wie zum Ausgleich an einer herb-frischen Kombination. Ein Milchreiseis wurde hier von Zitronen-Crumble und Romanasalat begleitet, der sowohl in seiner natürlichen Form als auch als Sponge auf dem Teller zu finden war. Schon akustisch deutete sich beim Einstellen des Tellers an, dass auch reichlich Knallbrause verarbeitet wurde, und die lenkte doch irgend-

wie sehr von der eigentlich gut gelungenen Grundkombination ab, welche – aber das kann man einem Dessert natürlich eigentlich ankreiden – tendenziell dann doch auch recht süß daherkam.
Fazit: Handwerklich sind alle Gerichte korrekt zubereitet, und auch die Grundideen wirken überzeugend, lesen sich auf der Karte interessant und stimmig. In der Umsetzung fehlten Felix Becker und seinem Team dann aber bisweilen (noch) die aromatische Trittsicherheit und offenbar das Vertrauen in den Eigengeschmack der verwendeten Produkte.
Bei allen Veränderungen blieb der Service in den routinierten Händen von Roland Schärf und dem Anfang August neu als Geschäftsleiter und Gastgeber im Le Canard eingestiegenen Henning Lütchens, die mit ihrem Team die Gäste unaufgeregt und locker betreuen. Eine Weinbegleitung wurde zum Zeitpunkt unseres Besuchs nicht angeboten, allerdings hält die gut überschaubare Weinkarte eine ausreichende Auswahl an trinkreifen Gewächsen zu gut vertretbaren Preisen bereit.

5

Lenz

**Poppenbütteler Chaussee 3,
22397 Hamburg (Duvenstedt)
040-60558887
www.restaurant-lenz.de
Küchenchef: Dennis Kerber
Mo u. Mi–Sa von 12–14.45 Uhr u. ab 17.30 Uhr, So ab 12 Uhr durchgehend, Di RT
Hauptgericht: 11–33 €,
Menüs: 28–52 €**

EC VISA P

In der fast schon ländlichen Peripherie am äußersten nördlichen Stadtrand von Hamburg ist das Restaurant von Lenz Leslie Himmelheber schon seit vielen Jahren eine sichere Bank, wenn bodenständige und trotzdem anspruchsvolle Küche gefragt ist. Wobei sich das „anspruchsvoll" in dem gepflegten legeren Lokal im Bistrostil, das etwa zur Hälfte mit massiven Hochtischen ausgestattet ist, weniger über besonders luxuriöse Produkte und aufwendige Präsentation definiert, sondern vielmehr über Qualität, Sorgfalt und seriöses Handwerk im Einfachen.
Dazu passt das überdurchschnittliche Weißbrot und ein bemerkenswertes Olivenöl ebenso wie der schlichte, schmackhafte Küchengruß in Gestalt einer Mousse von gelber Paprika und Kokosmilch mit Currycreme on top, die flugs nach der Bestellung in einer Mini-Suppenterrine auf dem Tisch standen. Überhaupt geht hier alles recht zackig, auch wenn am Wochenende viele der gar nicht wenigen Tische besetzt sind. Ein Blick durch die Scheibe der offenen Küche zeigt auch: Das Team ist gut aufgestellt.
Das Ceviche vom Skrei fiel mit Radieschen, Gemüseblättern, Kräutern und Kresse, Chili, knusprig getrockneten Maiskörnern und etwas Joghurtcreme, die in dünnen Spuren darübergezogen war, sehr leicht und frisch aus – doch ihm fehlte auch ein wenig die Würze und etwas Schmelz, denn das Ganze wirkte alles in allem doch recht dünn und akzentfrei. Zudem war vom Aroma der in der Karte dazu annoncierten Tonkabohne nichts zu schmecken, und auch die Salatgurke fand nicht statt. Von der Anmutung eher simpel, aber durchaus voll und rund präsentierte sich die klar schmeckbar mit Erdnuss verfeinerte Süßkartoffelsuppe, in der neben Kresse mit einem feinem Anisaroma auch Stücke einer Riesengarnele schwammen.
Die Entenbrust, die mit Rosenkohl und Gnocchi zum Hauptgang liiert war, sah zwar auf den ersten Blick gar nicht so aus, war aber überraschend gut – tatsächlich eine von der Sorte, die man eigentlich gar nicht in die Sauce eintunken will, um ihren feinen, von viel Saft getragenen Eigengeschmack bloß nicht zu übertünchen. Zumal die dazu gereichte Jus zwar auch schön natürlich schmeckte, aber relativ stark reduziert und dicht war. Ein weiteres Plus: die hauchdünnen, schön schmelzigen Pancettascheiben, die quer über den Teller ausgelegt waren, ebenfalls voll für sich sprachen, aber auch gut mit dem hauchdünn geraspelten Rosenkohl koalierten.
Schön, wenn sich eine Küche dieser Kategorie viel mehr über gute Produkte definiert als über irgendwelchen Firlefanz oder (oftmals mehr gewollte als gekonnte) Originalität. Von daher passt es auch sehr gut ins Bild, dass man sich hier auf die verlässlich gute Qualität der Käse vom Hofgut Backensholz aus dem

nordwestlichen Schleswig-Holstein beruft und auch beim Wein mit Erzeugern wie Lageder, Klumpp, Molitor oder Bassermann-Jordan auf arrivierte Weingüter setzt.
Der süße Abschluss, eine Whiskeymousse auf Basis weißer Schokolade nebst eingelegten Kumquats, intensiv nussigem Pistazieneis und einer grundierenden Karamellcreme war übrigens ebenfalls ein guter – einzig der Hauptdarsteller schwächelte ein wenig und ließ das hochprozentige Getreidedestillat leider nur erahnen. Da hätte man mit einer markanteren Whiskeynote einen noch eindrucksvolleren Schlusspunkt setzen können.

5

Memory

Sülldorfer Landstr. 222,
22589 Hamburg (Sülldorf)
040-86626938
www.memory-hamburg.de
Di–Sa ab 18 Uhr, So u. Mo RT
Menüs: 39–69 €

VISA

Inga Büttner-Hagemann und Heiko Hagemann kredenzen in ihrem von außen recht unscheinbar anmutenden und drinnen mit warmfarbig-dunkelroter Wandgestaltung, Terrakottafliesenboden und hübsch eingedeckten Tischen einladend schlicht-modern wirkenden Restaurant eine gute klassische Küche für gehobene Ansprüche zu moderaten Preisen. Mittags gibt es ein kompaktes Bistro-Angebot und am Abend zeigt der Chef auf den hübsch und nicht überladen angerichteten Tellern recht gediegene, mitunter auch ideenreiche Gerichte eher traditioneller Gourmetart. Die Weinkarte hat ihren Schwerpunkt bei europäischen Gewächsen und ist ebenso moderat kalkuliert wie die Speisen.

6

NIKKEI NINE

Neuer Jungfernstieg 9,
20354 Hamburg (Neustadt)
040-34943399
www.nikkei-nine.de
Küchenchef: Song R. Lee
Mo–Sa von 12–14.30 Uhr u. ab 18 Uhr, So ab 18 Uhr, kein RT
Hauptgericht: 28–65 €,
Menüs: 59–183 €

VISA

Das im Keller des Hamburger Fairmont Hotels Vier Jahreszeiten untergebrachte, sehr schick in Braun- und Goldtönen gestaltete Restaurant mit offener Küche, Barbereich und Lounge ist seit seiner Eröffnung vor zwei Jahren ein echter Hotspot in der Hansestadt und wird längst nicht nur von Hotelgästen besucht. Das Publikum schätzt neben der urbanen Atmosphäre und wechselnden DJs an den Wochenenden natürlich auch das kulinarische Angebot. Denn der Hauptanziehungspunkt ist die hier gebotene Nikkei-Cuisine, jene populäre Fusion aus japanischen Küchentraditionen und Einflüssen aus Südamerika im Allgemeinen und Peru im Besonderen, die einst von Nobuyuki Matsuhisa in die Metropolen dieser Welt gebracht wurde und seither nicht nur Markenzeichen seiner Nobu- und Matsuhisa-Restaurants, sondern auch sonst sehr populär ist.
Das Angebot ist breit gefächert und reicht von Sushi und Sashimi über eine beträchtliche Anzahl kalter (Taschenkrebstatar, Hamachi-Tataki, Wagyu-Rindertatar …) und warmer Vorspeisen wie Tempura-Garnelen, Gyoza-Täschchen oder einer Miso-Aubergine mit Ponzu und Paprikasauce über diverse Nudel- und Reisgerichte bis hin zu den Hauptgängen, bei denen das jeweilige Hauptprodukt oft von der Brüllhitze des Robata-Grills profitiert, auf dem es kurz und knackig angeröstet wird. Einen schönen Querschnitt durch die Küche be-

kommt der Gast im Rahmen des Omakase-Menüs geboten, das hier fünf Gänge hat und sich auf Signature Dishes konzentriert. Auf Wunsch kann man dieses Menü auch upgraden und bekommt es dann bei einem der Gänge mit japanischem Wagyu-Beef der Fettstufe A5 zu tun. Das kommt nicht etwa als dicke Tranche zum Hauptgang, sondern in dünnen Scheiben als Vorspeise – zusammen mit einem heißen Stein, auf den man die satt marmorierten Scheiben sekundenkurz anrösten kann, nachdem man sie zuvor durch eine Marinade aus Soja, Sesamöl und Ingwer gezogen hat. Dazu gibt's ganz puristisch eingelegte Gurken und eine Shisocreme mit den typischen sesamnussig-ätherischen Aromen, was gut mit der Umamiwürze der Fleischmarinade harmoniert. Schon davor unterstrich sehr schön magerer roh marinierter Lachs mit Rettich und einer Sauce von Soja, Miso, Senf und Reisessig, die den Fisch ebenso ausdrucksstark wie elegant und transparent begleitete, dass die Produkte auch ohne kostspieliges Upgrade überdurchschnittliche Qualität bieten.

Davon zeugte im Übrigen auch eine Kollektion aus fünf unterschiedlichen Nigiri-Sushis, die in unserem Fall von Balfego-Thunfisch über Lachs und Barsch bis zur Makrele reichte und nicht nur in puncto Produktqualität herausragte. Deren puristische Klarheit, unterstützt von der subtilen Aromatisierung des relativ locker geformten Reises, ging stark in Richtung reine Lehre und war beeindruckend. Vor dem Bad in der hausgemachten SojaSauce haben wir sie deshalb ebenso verschont wie vor eingelegtem Ingwer und Wasabi, mit denen wir aber gerne zwischendurch den Gaumen mal auf Durchzug gebracht haben.

Der Kabeljau, den das Signature-Menü als einen für den Küchenstil äußerst repräsentativen Hauptgang vorsah, war definitiv schon mal eine Produktbesonderheit. Denn der auf seiner Hautseite à la Robatayaki auf dem japanischen Holzkohlegrill knackig angekrosste Fisch wurde zuvor schon mit dem Koji-Edelschimmelpilz eingelegt, der ursprünglich für die Reisfermentation beim Sake-Brauprozess verantwortlich ist. Dieser zersetzt die Enzyme, intensiviert den Geschmack und lässt das Fleisch zarter und schmelziger (aber nicht unbedingt weicher) wirken. So stand der zwar relativ rustikal anmutende, aber eben sehr feine Kabeljau neben einem kleinen Salat aus ganz feinstreifig geschnittener Petersilie, roten Zwiebeln und Ingwer sehr puristisch fast für sich alleine, hatte aber mit einer süßlich-umamiwürzigen, an Teriyaki erinnernden Sauce eine recht plakative Begleitung.

Wer zum Hauptgang lieber ein schönes Stück Fleisch isst, kann sich mit gereifter Entenbrust mit Aji-Amarillo-Karotte und Teriyakisauce oder einem saftigen Secreto-Stück vom Iberico-Schwein mit geräucherter Aubergine und Süßkartoffel begnügen oder gleich ein kleines Steak vom Kagoshima-Wagyu-Beef grillen lassen. Dass der traditionelle Nachtisch nicht die Königsdisziplin der fernöstlichen Küchen ist, fällt bei gefüllter Yuzumousse mit Kokos, Zitronensorbet und Crumbles gar nicht auf: ein frisches, leichtes und doch vollmundiges Dessert auf der Höhe der Zeit. Jenseits des internationalen Weinangebots oder der Auswahl verschiedener Sake mixt der professionelle Barmann auch anspruchsvolle Cocktails (mit und ohne Alkohol), die auf das jeweilige Gericht abgestimmt sind.

5

Nil

Neuer Pferdemarkt 5,
20359 Hamburg (St. Pauli)
040-4397823
www.restaurant-nil.de
Mi–Mo ab 18 Uhr, Di RT
Hauptgericht: 18–28 €,
Menüs: 27–39 €
VISA

In dem originellen Restaurant mit geschwungener Galerie auf St. Pauli geht es stets heiter und locker zu. Alles mutet nach Szenerestaurant an, doch sollte man davon nicht auf das Niveau der Küche schließen, denn die ist hier deutlich besser, als man es vielleicht auf den ersten Blick vermuten würde. Gekocht wird seit jeher munter querweltein, mal herzhaft-regional, öfter aber mit mediterranem Oberton – immer geschmacksstark und handwerklich fundiert. Kleine, aber feine Käseauswahl. Und auch an guten, bezahlbaren Weinen besteht hier kein Mangel.

Bezahlkarten-Symbole

- Mastercard
- EC-Maestro
- Diners
- American Express
- VISA Visa

Osteria da Francesco

Milchstr. 3–4,
20148 Hamburg (Rotherbaum)
040-25304380
www.osteria-da-francesco.de
Täglich ab 12 Uhr durchgehend, kein RT
Hauptgericht: 19–32 €

VISA

In Francesco Delvecchios gehobenem italienischem Ristorante im mondänen Pöseldorf, in dem allerhand Prominenz ein- und ausgeht, wird man nicht nur mit Gentilezza umsorgt, es wird auch richtig gut gekocht. Dafür zeichnet mit Jochen Kempf ein Routinier und Könner verantwortlich, der einerseits die französische Klassik aus dem Effeff beherrscht, aber schon seit Jahren am Osteriaherd beweist, dass er auch mit der Cucina italiana prima zurechtkommt. Konzeptionell ist das gebotene ganz italienisch-schlicht gehalten, doch clevere Akzente und viel Substanz bei der Zubereitung sorgen für Raffinesse mit einfachen Mitteln. Nicht selten verpasst der Chef traditionellen Gerichte der gehobenen italienischen Küche einen originellen Twist.

---

fast & SLOW

Otto's Burger

Lange Reihe 40,
20099 Hamburg (St. Georg)
040-23953382
www.ottosburger.com
So–Do von 11.30–22.30 Uhr,
Fr u. Sa von 11.30–23 Uhr, kein RT

Klassische Craft-Burger aus erlesenen Zutaten, frisch und natürlich zubereitet, immer wieder originell variiert und garantiert so richtig schön chunky.

fast & SLOW

Otto's Burger

Schanzenstr. 58,
22765 Hamburg (Sternschanze)
040-33458270
www.ottosburger.com
Mo–Do von 11.30–22.30 Uhr,
Fr u. Sa von 11.30–23 Uhr,
So von 11.30–22 Uhr, kein RT

Klassische Craft-Burger aus erlesenen Zutaten, frisch und natürlich zubereitet, immer wieder originell variiert und garantiert so richtig schön chunky.

---

fast & SLOW

Otto's Burger

Grindelhof 33,
20146 Hamburg (Rotherbaum)
040-38046525
www.ottosburger.com
Mo–Do von 11.30–22.30 Uhr,
Fr u. Sa von 11.30–23 Uhr,
So von 11.30–22 Uhr, kein RT

Klassische Craft-Burger aus erlesenen Zutaten, frisch und natürlich zubereitet, immer wieder originell variiert und garantiert so richtig schön chunky.

Petit Amour

Spritzenplatz 11,
22765 Hamburg (Ottensen)
040-30746556
www.petitamour-hh.com
Küchenchef: Boris Kasprik
Di–Sa ab 18 Uhr, So u. Mo RT,
Apr–Okt Do–Sa ab 18 Uhr, So–Mi RT
Menüs: 149–174 €

VISA

In vielen Gourmetrestaurants wird mittlerweile eine modernisierte, weltoffene Klassik geboten, die sich etwa asiatischen Produkten und Aromen widmet oder beispielsweise regionalen Einflüssen bedient. Das ist inzwischen so etwas wie der kulinarische Mainstream. Hingegen werden Restaurants, die sich voll und ganz der französischen Klassik verschrieben haben, immer rarer. Diesen Umstand bedauern nicht nur konservative Gourmets, denn auch für Fans der modernen Küche kann ein gelegentlicher Abgleich mit den ewigen Werten der traditionellen Grande Cuisine immer sehr reizvoll sein. Ein Restaurant, das diese Art der Küche verspricht, ist das Petit Amour am Spritzenplatz im Hamburger Stadtteil Ottensen. Das Schöne dabei: Man sitzt hier in einem modernsachlichen Ambiente, das auf jeden feudalistischen Pomp verzichtet. Bei Inhaber und Küchenchef Boris Kasprik bürgen Stationen bei Jean-Claude Bourgueil und im Le Jules Verne von Alain Ducasse sowie dem Hamburger Klassiker Louis C. Jacob für die kulinarische Ausrichtung seines eigenen Restaurants.

Liest man das Menü, zeigt sich an Aufbau und Kombinationen, dass hier gelernte Geschmackskombinationen auf dem Programm stehen. Bereits beim in zwei Teilen servierten Amuse-Bouche wird zudem deutlich: Boris Kasprik scheut keinen handwerklichen Aufwand, um bildschöne und exakt gearbeitete Gerichte aufs Porzellan zu bringen. Auch die Qualität der verwendeten Produkte ist im gesamten Menü makellos. Der Küchengruß besteht allein auf dem ersten Teller aus nicht weniger als sechs Abwandlungen des Themas bretonischer Hummer und Tomate. Der Bogen reicht von der Essenz des Hummers mit Tomatenschaum, Wan Tan aus Hummerkopffleisch und Kimchi von grüner Tomate bis zur Weißwurst vom Hummer mit Laugengebäck und Tomatensenf. Was so vielfältig klingt, bleibt geschmacklich jedoch in engen Bahnen um den Eigengeschmack von Tomate und Hummer. Im Gegensatz zu der ganz ähnlichen, aber facettenreicheren Interpretation von Hummer und Kopfsalat aus dem letzten Jahr fehlte uns hier ein wenig das Markante und die geschmackliche Bandbreite. Ein qualitativ hervorragender Start war das aber allemal!

Das Menü selbst beginnt diesmal mit einer Terrine von Foie gras mit Taggiasca-Olive. Die Terrine ist in klassischer Manier als Schachbrettmuster aus der Gänselebercreme und einem Olivengel gearbeitet, sodass die beiden Geschmäcker nicht nur in der Intensität ausgewogen, sondern auch mit jedem Löffel gleichmäßig am Gaumen präsent sind. Zur Steigerung der Komplexität kommen auch noch mehrere kleine karamellisierte Borettane-Zwiebeln dazu. Die bringen nicht nur etwas süßliche Schärfe in das Gericht, sondern steigern auch sonst merklich die Vielschichtigkeit. Dazu gibt es noch ein Thymian-Brioche, das allerdings trocken wie Toastbrot ist.

Der modernste Gang des Menüs ist eine leichte Essenz von Gelbflossenmakrele mit Kartoffel und Ossietra-Kaviar. Optisch ist das ein Hingucker: Auf schönen Tatartstückchen des zunächst rohen Hamachi ist ein wachsweiches Eigelb platziert, umgeben von einem hauchdünnen Ring aus Kartoffel, der mit nicht wenig Kaviar bestrichen ist. Die klare, warme Essenz wird dann am Tisch angegossen, sodass der Fisch eine langsame und nur minimale Garung erfährt. Zersticht man das Ei, bekommt das Gericht eine seidige Harmonie. Diese Kombination ist eigentlich wohldurchdacht; der Nachteil ist aber, dass der Kaviar auf der Kartoffelunterlage kleben bleibt und somit merklich an geschmacklicher Wirkung verliert. Rätselhaft bleibt zudem der Sinn des à part gereichten Sashimi vom Hamachi, denn die Tranche wird mit einem Kräutereis kombiniert, das jedweden Eigengeschmack des Fischs überlagert.

Äußerst aufwendig gestaltet und wieder ein echter Hingucker ist der Steinbutt mit winzig kleinen, exakt gebräunten Kartoffelschuppen. Der Fisch wird klassisch kombiniert mit Erbsen, Erbsenpüree und Pfifferlingen – Letztere fanden auch den Weg in die Vin-jaune-Sauce, welche die Komposition mit einem nur sehr dezenten Säureakzent belegt. So werden die Möglichkeiten des Aromenspiels, die diese Kombination durchaus bietet, angedeutet, aber nicht ausgespielt.

Auch der Hauptgang bedient ein klassisches Geschmacksbild, denn der Rehbock mit Spitzkohl und Mairübchen bildet zusammen mit der schönen Jus eine bewährte Harmonie. Das Fleisch wurde mit einer Pfefferkruste bedacht, die teilweise karamellisiert wirkt, was das Geschmacksbild im Zusammenspiel mit getrockneten Mairübchenchips zumindest punktuell und eigentlich unnötig ein wenig zu sehr ins Süßliche tendieren lässt.

Ein Ass spielt das Petit Amour nach den salzigen Gängen aus, denn da fährt Restaurantleiter Sebastian Fredericì, der den ganzen Abend über mit dem passenden Maß aus klassischer Gewandtheit und sympathischer Lockerheit agiert, den Käsewagen vor, der in der Speisekarte als Nähkästchen verniedlicht wird. Dabei beinhaltet er in mehreren Schubfächern eine umfassende Käseauswahl aus dem Hause Antony, so wie es sich für ein klassisch französisches Restaurant gehört, heutzutage aber leider immer seltener wird. Das sollte sich kein Käsefan entgehen lassen!

Überzeugend sind dann auch die Desserts: Das Pré-Dessert, eine dekonstruierte Piña colada, hat bereits die Ausmaße eines veritablen Hauptdesserts. Das ist dann ebenfalls gut gelungen und verbindet Eis von der Gariguette-Erdbeere mit einer Creme von dezentem Vanil-

legeschmack und verschiedenen Elementen aus Matcha-Tee. Vor allem die herben Noten des Tees unterstützten die frische Seite der Erdbeere kongenial und geben dem Dessert mehr geschmackliche Struktur.
Legt man die Qualität der verwendeten Produkte und die handwerkliche Präzision zugrunde, wäre für das Petit Amour mittlerweile eine 8-Pfannen-Bewertung zwingend. Dafür fehlte uns diesmal aber an mehreren Stellen noch der überzeugende Kick und die geschmackliche Detailarbeit, die durch die Optik und die handwerkliche Qualität bereits angedeutet werden. Statt die komplette Klaviatur und die geschmackliche Spannbreite der verwendeten Produkte auszunutzen, zentrieren sich die Kompositionen oft geschmacklich recht mittig – sind so in jedem Fall stets klassisch harmonisch und rund, lassen aber keine Zweifel daran, dass sogar noch mehr möglich wäre …
Dass auch in den Gläsern etwas Anspruchsvolles zu finden ist, gewährleistet die gut bestückte Weinkarte mit Schwerpunkt Deutschland und Frankreich, vielen Großen Gewächsen, Premiers Crus und gereiften Tropfen, aber auch spannenden Dingen im preisgünstigeren Bereich.

8↑

Piment

Lehmweg 29,
20251 Hamburg (Eppendorf)
040-42937788
www.restaurant-piment.de
Küchenchef: Wahabi Nouri
Mo, Di u. Do–Sa ab 19 Uhr,
Mi u. So RT
Hauptgericht: 28–48 €,
Menüs: 49–108 €
VISA

Wahabi Nouri und sein kleines, familiär geführtes Restaurant in Eppendorf sind ein Phänomen. Nicht nur, dass der Koch durch die Einflüsse seiner marokkanischen Wurzeln einen unverwechselbaren eigenen Stil entwickelt hat – er begeistert trotz gastronomischer Selbstständigkeit und knappem Personalschlüssel immer wieder mit bestechend klaren und sehr individuellen Kreationen auf erstaunlich hohem Niveau. Besser kann man mit den gegebenen Rahmenbedingungen wohl kaum liefern! Dabei ist die Basis der Küche ganz klar französische Haute Cuisine mit all dem Arbeitsaufwand, den diese mit sich bringt. Nur eben spannend akzentuiert durch die stets präzise und nie plakativ eingesetzte Gewürzwelt Marokkos und des Orients. Selbst aus scheinbar profanen Produkten entstehen so hochspannende Eindrücke, was vor allem bei vegetarischen Gerichten immer wieder deutlich wird. Aber auch mit klassischen und exklusiven Viktualien von Foie gras über Langoustinen bis zur Etouffé-Taube brilliert der Chef immer wieder aufs Neue. Wahabi Nouri zählt für uns zu den besten Köchen des Landes, und ein Besuch in seinem Piment ist immer wieder ein Vergnügen.

6

Rive

Van-der-Smissen-Str. 1,
22767 Hamburg (Neustadt)
040-3805919
www.rive.de
Di–So ab 12 Uhr durchgehend, Mo RT
Hauptgericht: 19–49 €, Menüs: 25–49 €

Das Rive ist eine seit vielen Jahren zuverlässige Adresse mit konstant guter Küche, die unter Küchenchef Felix Dietz nochmal an Klasse zugelegt hat. Mit Expertise, Sorgfalt und Geschmackssicherheit sorgen der Chef und sein Team dafür, dass das ebenso maritime wie weltoffene Kulinarium einerseits hohes Niveau hält und andererseits für ein breites Publikum unkompliziert und zugänglich bleibt. So ergänzen sie die zeitlos klassische internationale Küche ganz behutsam mit exotischen Einsprengseln, die oft und gerne asiatisch oder orientalisch ausfallen können, und locken neben den eher traditionellen Fischen, Krustentieren und Meeresfrüchten vom Grill nebst gängigen Side Dishes eben auch mit einfallsreichen, im besten Sinne „bunten“ Kreationen. All das lässt sich am besten an einem lauen Sommertag auf der Balkonterrasse genießen, denn nirgendwo im Innenstadtbereich kann man so nah an der Elbe sitzen und zugleich auf vergleichbarem Niveau lunchen oder dinieren wie hier, wo die großen Schiffe fast schon bedrohlich nah an den Fenstern vorbeiziehen.

Röperhof

Agathe-Lasch-Weg 2,
22605 Hamburg (Othmarschen)
040-8811200
www.roeperhof-restaurant.de
Täglich von 12–14.30 Uhr u. ab 18 Uhr, kein RT
Hauptgericht: 19–28 €, Menüs: 39–49 €
VISA

Was in dem backsteinernen, reetgedeckten Bauernhaus, das malerisch in einem Gärtchen steht und so etwas wie ländliche Idylle vermittelt, so alles auf die sauber eingedeckten Tische kommt, begeistert mit seinem besonders guten Preis-Leistungs-Verhältnis nicht nur immer wieder bekannte Hamburger Top-Köche, sondern auch viele weitere treue Stammgäste, die sich in den authentischen Bauernstuben sehr wohlfühlen. Hier wird klassisch und herzhaft gekocht, stets fundiert und mit Sorgfalt, aber auch mit dem Blick für Proportionen und gewisse Feinheiten, die auch Dinge wie „Himmel und Erde“ von der hausgemachten Blutwurst, ein Wiener Schnitzel oder einen Tafelspitz attraktiv machen.

---

ohne Bewertung

Se7en Oceans

Ballindamm 40,
20095 Hamburg (Neustadt)
040-32507944
www.se7en-oceans.de
Di–Sa von 12–15 Uhr u. ab 18 Uhr, So u. Mo RT
Hauptgericht: 16–33 €, Menüs: 39–143 €
VISA P

Küchenchef Stefan Beiter hat das in der Europapassage an der Binnenalster gelegene Se7en Oceans während des zweiten Lockdowns verlassen. Trotz wiederholter Küchenchefwechsel konnte sich das Restaurant in den vergangenen Jahren mit einer attraktiven Verbindung von unkompliziert elegantem Ambiente und anspruchsvoller Küche zu einem verlässlichen Klassiker in der Hamburger Gourmetszene entwickeln. Wir sind gespannt, ob die Gastgeber, die unter demselben Dach neben dem Se7en Oceans auch das legerere Oceans Bar & Bistro und eine Sushi-Bar betreiben, auch nach dem Lockdown an dem ambitionierten Kurs festhalten, und wenn ja: wer als neuer Küchenchef vorgestellt wird! Bis dahin bleibt das Restaurant in unserem Guide natürlich erst mal ohne Bewertung.

---

ohne Bewertung

Seven Seas

im Hotel Süllberg
Süllbergsterrasse 12,
22587 Hamburg (Blankenese)
040-8662520
www.karlheinzhauser.de
Küchenchef: Karlheinz Hauser, Axel Krause
Mi–Sa ab 18.30 Uhr, So–Di RT
Hauptgericht: 29–52 €,
Menüs: 90–195 €
VISA P

Mit der Corona-Pandemie und all ihren Einschränkungen und Ungewissheiten für die Gastrobranche ging nun leider auf dem Süllberg die Ära für das Seven Seas etwas früher und zu Ende als gedacht. Eigentlich führt Karlheinz Hauser, der das Wilhelminische Gebäude-Ensemble über dem Blankeneser Treppenviertel vor knapp zwanzig Jahren übernommen und überregional bekannt gemacht hat, die Geschäfte noch bis Ende 2021, doch das Gourmetrestaurant des Gastro- und Veranstaltungstempels wird bis dahin nur noch an sechs

Abenden im Herbst für ein „BEST OF Seven Seas" öffnen. Damit hat leider hierzulande ein weiteres Spitzenrestaurant für immer geschlossen, in dem Silberbesteck und Tischdecken ebenso selbstverständlich dazugehörten wie der Käse- und Pralinenwagen und in dem gleich mehrere große Menüs auf der Karte standen, für die teils in Handschuhen eingedeckt wurde. Durch seine wuchtigen Polstermöbel, schweren Teppiche und goldenen Vorhänge wirkte das Refugium auf dem Blankeneser Süllberg dabei immer ebenso hanseatisch wie durch seinen erhabenen Elbblick. Hier kehrte in den vergangenen zwei Dekaden ein, wer entspannten Luxus alter Schule schätzt. Wie es mit der Süllberg-Gastronomie nach dem Auslaufen des Pachtvertrages von Karlheinz Hauser weitergeht und was der in der Szene bestens bekannte und vernetzte Gastronom über 2021 hinaus vorhat, war zu Redaktionsschluss dieser Ausgabe noch nicht bekannt. Wir wünschen dem Patron, seinem langjährigen Seven-Seas-Küchenchef Axel Krause und dem gesamten Team jedenfalls viel Erfolg bei allen neuen Projekten und sind gespannt, wann und wo man sich wiedersieht.

6

Sgroi

Milchstr. 7,
20148 Hamburg (Harvestehude)
040-28003930
www.annasgroi.de
Mi–Fr von 12–14.30 Uhr u. ab 19 Uhr, Sa u. So ab 19 Uhr, Mo u. Di RT
Hauptgericht: 19–42 €,
Menüs: 49–89 €

EC VISA P

Im geschmackvoll puristisch eingerichteten Stadthaus mit viel Stuck und einer schönen vorgelagerten, leicht erhöhten Veranda, auf der man im Sommer trefflich im Vorgarten des schmucken Anwesens speisen kann, lässt Anna Sgroi ihre italienisch-schlichten, ausdrucksstarken Gerichte kredenzen. Dafür kommt sie ganz im Stil der traditionellen Cucina casalinga mit wenigen Komponenten aus, die zwar nicht immer in minutiöser Präzision, aber dennoch stets handwerklich fundiert und überdurchschnittlich schmackhaft zubereitet sind. In ganz schnörkelloser und unverkünstelter Art stehen hier die Produkte und ihre natürlichen Aromen im Mittelpunkt.

Fast & SLOW

Spaccaforno

Erdkampsweg 4–6,
22307 Hamburg (Barmbek)
040-42101301
www.spaccaforno.de
Di–So ab 12 Uhr durchgehend, Mo RT
Hauptgericht: 9–15 €

Eine attraktive Mischung aus Trattoria, Backstube und Spezialitätenladen! Hier gibt's wirklich hervorragende neapolitanische Pizza aus ausgesucht guten Produkten und täglich frisches Sauerteigbrot. Aber auch à la minute gebackene und verschieden belegte Crostoni, diverse Salate, Suppen und Aufschnitt italienischer Wurst- und Schinkenspezialitäten. Tolle Qualitäten, vieles auch zum Mitnehmen.

5↑

Stüffel

Isekai 1, 20249 Hamburg (Eppendorf)
040-60902050
www.restaurantstueffel.de
Di–Fr u. So von 12–14.30 Uhr u. ab 18 Uhr, Sa ab 18 Uhr, Mo RT
Hauptgericht: 16–30 €, Menüs: 34–49 €

EC VISA

Gastgeber Andrej Kovar macht in seinem am Eppendorfer Isekai gelegenen Lokal sehr vieles sehr richtig, hat er sich hier doch nach dem Umzug aus Bergstedt in relativ kurzer Zeit eine treue Fanbase erarbeitet. Und das ist nachvollziehbar, denn die gelungene Mischung aus klassischem Restaurant und modernem Bistro, aus unkomplizierten und anspruchsvolleren Gerichten, die dennoch stets zugänglich und mehrheitsfähig sind, macht einfach Spaß. Ganz gleich, ob eher traditionelle bodenständige oder etwas gehobenere Sachen auf die Teller kommen – abgehoben wirkt das Ganze nie, bleibt bei der Umsetzung eher schlicht und setzt auf Akzente mit einfachen Mitteln. Dank der soliden Produktbasis und gutem Handwerk ist dieser Kurs so erfolgreich. Dazu kommt eine mit Passion und Kompetenz verwaltete und vermittelte Weinkarte mit vielen spannenden und vor allem bezahlbaren Gewächsen.

The Table Kevin Fehling

Shanghaiallee 15,
20457 Hamburg (Hafencity)
040-22867422
www.the-table-hamburg.de
Küchenchef: Kevin Fehling
Di–Sa ab 19 Uhr, So u. Mo RT
Menüs: 230 €

Vermutlich hätten ihm nur die wenigsten diesen Erfolg wirklich zugetraut. Doch nach dem Aus in Travemünde und dem durchaus riskanten Sprung in die Selbstständigkeit ging die Kurve bei Kevin Fehling nur immer noch weiter nach oben. Zunächst führte er mit seinem hierzulande damals noch recht einzigartigen Chef's-Table-Konzept in der HafenCity die Unkenrufe ad absurdum, die behaupteten, Deutschland wäre noch nicht reif für solch ein Konzept. Dann widerlegte er die Thesen jener, die ihm prophezeiten, der große Hype würde schnell abflauen, weil der kühl und industriell anmutende Gastraum inmitten der am Abend trist wirkenden HafenCity mit ihrer Bauklötzchen-Architektur kein Flair hätte. Und nur für sehr gute Küche würde sich niemand einen Abend lang an einen Tresen in einem ausgestorbenen Büro- und Industriegebiet setzen … Nichts davon sollte sich bewahrheiten. Auch im Jahr 2020 und selbst noch zu Anfang der Corona-Krise waren die Plätze an dem markant geschwungenen Tisch, der sich entlang der Koch- und Anrichteinseln von Kevin Fehlings offener Küche schlängelt, heiß begehrt – die Vorlaufzeiten bei der Reservierung ebenso lang wie die Warteliste. Zudem startet der smarte Koch und Gastronom gleich mit zwei neuen Projekten durch, sticht seit geraumer Zeit mit dem neuen Restaurant The Globe auf der MS Europa in See und stand zum Zeitpunkt unseres letzten Testbesuchs kurz vor der Eröffnung der Puzzle Bar im 15. Stockwerk des Campus Tower, mit der er unter dem nicht übertrieben vollmundig klingenden Motto „kreative Hot Dogs" und „außergewöhnliche Drinks" gleich den nächsten Coup landen und etwas Neues, ganz Außergewöhnliches ins Leben rufen will. Und vermutlich wird ihm auch das gelingen.
Doch zurück in die Shanghaiallee, wo uns auch diesmal wieder viele alte Bekannte in ganz neuem Gewand begegneten. Denn schon seit jeher ist es Teil des Konzepts von Kevin Fehlings Kulinarium, dass verschiedene Bausteine überlegt hin und her geschoben, erprobten und für besonders gut befundenen Stilmitteln oder Präsentationsformen andere Aromen gegeben oder manchmal auch nur einzelne Komponenten ausgetauscht werden. Hin und wieder entstehen dadurch über die Jahre hinweg zwar auch nur marginal neue Eindrücke, etwa beim Zusammenspiel von Rhabarber, Waldmeister, Erdbeere und Mandel, dem nach wie vor vielleicht bekanntesten Motiv von Kevin Fehling. Das wurde nämlich stets nur einem gewissen Feintuning unterzogen, und so hat dieser subtile, stets perfekt ausbalancierte Akkord in den vergangenen Jahren mal der roh marinierten Gänseleber, mal Jakobsmuscheln seinen Stempel aufgedrückt – was in beiden Fällen ganz ausgezeichnet funktionierte. Meistens haben Fehlings Aromen- und Produktrochaden aber eine viel deutlichere Wirkung, und es entstehen völlig neue, faszinierende Kompositionen. Gern spielt der Chef mit bekannten Geschmacksbildern, denen er ein neues Outfit gibt, sie maximal verfeinert und dem Gast dadurch gleichsam vertraute wie originelle neue Eindrücke vermittelt. So schlägt er zwei Fliegen mit einer Klappe, schickt einerseits unkompliziert „leckeres" Essen für die Seele und hält andererseits den Erlebnisfaktor hoch. Das gelingt schon im Intro ganz ausgezeichnet, für das er sich zuletzt den Themen „Krabbenbrötchen", „Carbonara", „Ceviche" und „Stroganoff" als Fingerfood angenommen hatte. Das Krabbenbrötchen als hochfeinen Macaron mit Gurkengelee und Krabbentatar interpretiert, die „Pasta Carbonara" in der Porzellan-Eierschale mit Risoni-Nudeln in sublimem Eigelbschaum mit etwas Spinatcreme, feinen Speckpartikeln und satt erdiger schwarzer Trüffel on top und das peruanische Ceviche in Gestalt wunderbar fester, fleischiger, nur sehr kurz gesäuerter dicker Stücke vom Skrei auf einem Tamarillo/-Paprika-Kompott, flankiert von Jalapeño-/Apfel-Sorbet unter hauchdünnem Jalapeño-Karamell. Die typischen Bestandteile des Bœuf Stroganoff (Rinderbraten, Rote Bete, Gewürzgurke, Sauerrahm …) waren schließlich in und auf einem süffig mit Schmorfleisch-

kompott gefüllten und kurz abgeflämmten gedämpften Bun versteckt. Was alle diese Miniaturen gemeinsam hatten: ausdrucksstark und präzise herausgearbeitete Aromen und maximale Zugänglichkeit. Was geht mehr?
„Das Tor zur Welt", wie Kevin Fehlings Menü überschrieben ist, steht zu diesem Zeitpunkt bereits sperrangelweit offen. Und die erste Reise geht in den fernen Osten: Die Vorspeise um roh marinierten Hamachi mit Kaviar, Algen, Rettich, eingelegter Gurke und geeisten Wasabiperlen auf Ponzu-Vinaigrette folgte im Grunde einem typischen modernen japanischen Aromenbild, wurde als solches jedoch insbesondere von Nussbuttercreme und feinen Speckpartikeln voluminös aufgepimpt. Allerdings ohne dadurch am Grundcharakter zu rühren. Denn Feinkreateur Fehling orientierte sich hierbei an den Sekundäraromen von Kaviar und dockte mit dem Nussigen und dem Speckigen sowie den jodigen Noten der drei verschiedenen Algensorten kongenial an der natürlichen Typizität des Störrogens an, sodass auf diese Weise ein stark geboostetes Geschmacksbild entstehen konnte, dass trotz alledem sehr transparent und klar daherkam.
Optisch und konzeptionell erinnerte der folgende Gänselebergang, der im „Punjab Style" nach Indien führte, an die letztjährige Variante mit Ananas, Räucheraal, Mandel und rosa Pfeffer – geschmacklich ging das Ganze aber selbstredend in eine völlig andere Richtung. Das sehr komplexe Aromenbild mit Curry, Safran und Schwarzkümmel, der Milchigkeit von Joghurt, der Süße von Granatapfelkernen und Mangogelee, der fruchtigen Säure von Sanddorntupfen und der milden Exotik von Kokos bot ein ganzes Füllhorn voll bunter Eindrücke, die durch Temperatur- (Eis) und Texturkontraste (Knusperreis) noch vielschichtiger wirkten. Die allerdings nicht nur durch die klar strukturierte Anrichteweise sehr geordnet und präzise aufeinander abgestimmt waren. Und die in der von Sommelier David Eitel dazu empfohlenen 2004er Moselriesling-Spätlese „Leiterchen" vom Weingut Milz kongenial aufgefangen wurden. Überhaupt wirkt jede Etappe von David Eitels spannender Weinreise sehr durchdacht.
Und wenn es noch eines letzten Beweises bedurft hätte, dass hier keine kühle, seelenlose Setzkastenküche geboten wird (was Kevin Fehling hin und wieder mal vorgeworfen wird) – der Fischgang „Skrei, Grünkohl und Pinkel, Krustenbraten & Senf" hätte ihn erbracht. Hier nämlich hat man es mit der maximalen Verfeinerung norddeutscher Deftigkeit zu tun. Und zwar in Gestalt von saftig zartem Kabeljau, dem typisch herzhaften Grünkohl mit Geräuchertem als Porridge, fleischig-zarten Würfeln von der Schweinehaxe, filigraner Schweinsbratenkruste auf einem Klecks Kartoffelpüree und einer schaumigen Senf-Hollandaise, die auf einem transparenten, sehr leichten, aber vollaromatischen Schweinesud mit feiner Kümmelnote ausgebreitet sind. Das ist ebenso vielschichtig und elaboriert wie unkompliziert und zugänglich. Es taugt zum Sezieren und Analysieren, aber man kann es auch einfach nur „lecker" finden. Die nötige Frische und zugleich ein gewisses Maß an exotischer warmer Würze spendierte diesem Gang ein spontanvergorener 2017er Chenin Blanc „Le Buisson" von der Loire, der ihm damit gewinnbringend zur Seite stand.
Eine virtuelle Olive aus den Hauptbestandteilen Aubergine und Zimt, eine Jus mit Harissa und deutlicher Kreuzkümmelnote, flockiger Couscous mit Salzzitrone, eine Arganöl-Hollandaise und etwas Quittengel machten die folgende Wachtel, die als gegrillte Brust und confiertes Keulenstück auf dem Teller zugegen war, zu einer nordafrikanisch-orientalischen Angelegenheit. Und in thailändische Aromenwelten führte schließlich im Hauptgang die formidable Challans-Entenbrust: auf ihrer Hautseite perfekt kross gebraten, das Fett darunter nahezu vollständig abgeschmolzen. Begleitet wurde sie von einer Sommerrolle als knackig-frisches Element, einer mit duftig-pikanten Thaicurryaromen vollgepackten Hollandaise, ausgleichend etwas Litschi als fruchtiges Gel, Erdnuss als Mousse (in Erdnussform) sowie Kokos und Ingwer als Aromengeber der Jus. Und à part dazu im Schälchen eine Melange aus flockigem Sushireis, schaumiger Reis-Espuma und knusprig gepopptem Reis on top, die selbst solo ein finessenreicher Gaumenkitzel gewesen wäre. So stoffig und robust wie möglich, aber gleichzeitig so elegant und durchdringlich wie nötig: der 2016er Côte-Rôtie „Les Triotes" von der Domaine Garon, ein von den Schieferböden der nördlichen Rhône geprägter reinsortiger Syrah. Saftig und warmwürzig, aber mit rauer, kühler Struktur.
Ob Kevin Fehlings Interpretation der nach der russischen Ballerina Anna Pawlowa benannten Baisertorte den Gast nun ins Zarenreich oder eher nach Australien bzw. Neuseeland reisen lässt, wo die „Pavlova" seit jeher als Nationalheiligtum gilt, bleibt dem Auge des Betrachters überlassen. Jedenfalls hat das Dessert, man ahnt es schon, nur wenig mit dem traditionellen Original zu tun. Es besteht aus Nashi-Birne, Jasminreis-Creme, Rahmeis von der Ingwerwurzel, Pomelo-Segmenten und anderen zitrischen Aromenspitzen und liegt unter einigen

Baiser-Platten mit dem Aroma von weißem Pfeffer verborgen. Das spielt sowohl geschmacklich als auch haptisch reizvoll dynamisch zusammen, wirkt aber nicht ganz so schlagkräftig und markant wie die vorausgegangenen Sachen. Und ist, wie übrigens auch das zweite Dessert um glasierte Rote Bete, eine mit Betegelee überzogene Yuzu-Ganache, Crumbles von der Nori-Alge und Sorbet von Rote Bete und Apfel, zwar schon ein ausgesprochen guter und auch kreativer Nachtisch – allerdings keiner, der das Finale zum Finale furioso werden lässt. Der den Gast also entweder vor lauter Kreativität nochmal so richtig aus den Socken schießt oder ihn als perfektionierter Klassiker lustvoll opulent dahinschmelzen lässt.
Final machten die als ebenso originelle wie markante Petits Fours interpretierten Cocktailklassiker „Prince of Wales", „New York Sour" und „Spicy Lumumba" noch sehr geschmackvoll Werbung für die zukünftige Puzzle Bar, deren Eröffnung nun durch die Corona-Krise zwar etwas aufgeschoben, aber deshalb natürlich nicht aufgehoben wurde. Wir sind sehr gespannt!

7

Trüffelschwein

Mühlenkamp 54,
22303 Hamburg (Winterhude)
040-69656450
www.trueffelschwein-restaurant.de
Di–Sa ab 18 Uhr, So u. Mo RT
Menüs: 89–134 €
EC VISA

Mittlerweile kann man das Winterhuder Restaurant von Jana und Kirill Kinfelt, die längst auch mit ihrem zweiten Standbein „Kinfelts" in der HafenCity erfolgreich sind, zu den Klassikern in Hamburgs gastronomischer Oberliga zählen. Seit rund zehn Jahren schließt das Trüffelschwein die Lücke zwischen den casual geführten, schlicht ausgestatteten Bistronomy-Lokalen und den luxuriösen Gourmetrestaurants. Gekocht wird tendenziell klassisch, aber zeitgemäß, einfallsreich, unkonventionell: mit modernen und auch kreativen Akzenten, oft und gerne fernöstlich inspiriert. Die Weinkarte präsentiert sich klug bestückt mit guten Gewächsen seriöser Erzeuger zu moderaten Preisen.

6

Tschebull

Mönckebergstr. 7,
20095 Hamburg (Neustadt)
040-3296476
www.tschebull.de
Mo–Fr von 12–15.30 Uhr u. ab 17.30 Uhr, Sa ab 12 Uhr durchgehend, So RT
Hauptgericht: 19–36 €,
Menüs: 49–79 €
EC VISA

Ein modernes österreichisches Gasthaus mitten in Hamburg! Die austriakischen Wurzeln der sympathischen Gastgeber Yvonne und Alexander Tschebull finden sich hier nicht nur im stylisch-alpinen Ambiente ihres sehenswerten Restaurants im ersten Stock des Levantenhauses wieder, sondern auch in dessen Kulinarium. Der Jeune Restaurateur und sein Team kochen in der vom Gastraum einsehbaren Küche mit sehr viel Sorgfalt und Können ein zeitgemäß, aber nie modisch interpretiertes alpenländisches Speisenprogramm, das von ein paar weltläufigeren Offerten ergänzt wird. Am originellsten ist die Küche tatsächlich bei den verfeinert-rustikalen Schmankerln, die hier mit jeder Menge Pfiff und Substanz daherkommen und die es in der weitgehend uniformen Gourmetlandschaft wirklich nicht an jeder Ecke gibt.

6

Vlet

Am Sandtorkai 23/24,
20457 Hamburg (Hafencity)
040-334753700
www.vlet.de
Mo–Sa ab 18 Uhr, So RT
Hauptgericht: 18–29 €,
Menüs: 59–75 €
EC VISA P

Das schicke, großzügig geschnittene Restaurant in einem der markanten Backsteingebäude in der Speicherstadt legt seinen Fokus seit jeher klar auf besondere Produkte heimischer Erzeuger, die kreativ in der Geschmacksrichtung „nordisch" interpretiert werden. Mit diesem modernen heimatlichen Kulinarium steht der einstige Vorreiter dieses Genres in der Hansestadt zwar zwischenzeitlich längst nicht mehr alleine da, sorgt damit aber weiterhin für attraktive Farbtupfer und teils außergewöhnliche, meist erfreulich pure Geschmackserlebnisse.

Witthüs

Elbchaussee 499a,
22587 Hamburg (Blankenese)
040-860173
www.witthues.de
Di–So ab 19 Uhr, Mo RT
Hauptgericht: 16–31 €,
Menüs: 35–39 €
VISA

Dass das charmant patinierte Lokal in dem über 250 Jahre alten Reetdachhaus, das in einem der größten Englischen Gärten der Elbvororte zwischen Nienstedten und Blankenese steht, eine echte Institution im Südwesten Hamburgs ist, beweist die hohe Auslastung der drei Gasträume. Die zahlreichen, recht eng gestellten Tische sind nämlich auch unter der Woche oft gut belegt mit Stammgästen, die in diesem ehemaligen Kavaliershaus eine frisch und schmackhaft zubereitete und im besten Wortsinn preiswerte Küche genießen. Die beruht auf Basis klassischen Handwerks und kommt mal ganz traditionell, mal mit pfiffigen Kombinationsideen daher.

61

Wolfs Junge

Zimmerstr. 30,
22085 Hamburg (Uhlenhorst)
040-20965157
www.wolfs-junge.de
Küchenchef: Sebastian Junge
Di–Fr von 12–14.30 Uhr
u. ab 18 Uhr, Sa ab 18 Uhr,
So u. Mo RT
Menüs: 48–79 €
VISA

Das gar nicht so kleine, aber etwas verwinkelte Restaurant von Sebastian Junge, dessen etwas ungewöhnlicher Name aus einem Wortspiel hervorgeht (Junges Vater heißt mit Vornamen Wolf ...), ist im Grunde so etwas wie ein Prototyp für Casual Fine Dining: ganz schlichtes, aber nettes Ambiente, unkomplizierter, aber versierter Service und eine ambitionierte, aber nicht zur überbordenden Exklusivität neigende Küche. Statt mit teuren Edelprodukten aus aller Welt zu hantieren, konzentriert sich der Chef lieber auf preiswertere saisonale Viktualien aus der Region und vor allem aus nachhaltiger Erzeugung. Außerdem bewirtschaftet er selbst einen Garten, in dem er zahlreiche Gemüse und Kräuter anbaut.

Es begann auch bei unserem jüngsten Besuch bei Junge gleich ziemlich verheißungsvoll mit verschiedenen hausgebackenen Brotsorten und selbstgemachter Butter sowie vier ebenso zupackenden wie fein und elegant abgestimmten Fingerfood-Happen. Und die ließen gleich erkennen, worauf die Küche abzielt: den authentischen Geschmack ausgesuchter Produkte einfallsreich und kreativ, aber nicht überzogen innovativ in Szene zu setzen. Handwerk steht für den Chef, der nach seiner Kochausbildung auch immer wieder bei Bäckern und Metzgern hospitiert hat, vor artifiziellem Kunsthandwerk – dennoch sind seine Kreationen von leichter Hand gefertigt und zeugen von einem feinen Gespür für Texturen und Aromen.

In die gleiche Kerbe schlug auch das Labskausgericht nach „Wolfs-Junge-Art", bei der der obligatorische Wurstebrei, der traditionell aus Rindfleisch, Kartoffel und Rote Bete zubereitet ist, mit perfektem Onsen-Ei, rauchigem Seitan, knusprig dünnen Gemüsechips, säuerlichen Gemüsewürfeln sowie eingelegter Senfsaat und einem milden Senfschaum sehr facettenreich interpretiert wurde – sowohl geschmacklich als auch haptisch.

Was im Anschluss daran lapidar als „Makrele & Rauch" serviert wurde, war nicht weniger als eine sehr spannende und pointierte Interpretation der gebeizten Makrele, die hier herzhaft, aber nicht zu deftig zusammen mit einem Gröstl vom hausgeräucherten Speck (würzig, aber eben nicht salzig überwürzt!), einer aus der Fischhaut der Makrele zubereiteten Mayonnaise und eingelegter Essiggurke daherkam. Chunky und fettig, aber durchaus auch schlank und elegant. Ein feines norddeutsches Schmankerl!

Die goldgelb colorierte Tranche vom Rotbarsch aus nachhaltiger Fischerei – ein wirklich sehr gutes und von Sebastian Junge und seinem Team perfekt auf den Punkt gebrachtes Produkt! – kam mit gepickeltem knackigem Rettich, einem vollmundigen Schaum desselben, säuerlich-pikant im Stil von Kimchi eingelegten Karottenwürfeln und Spuren einer intensiven Krustentierreduktion als ebenfalls schlank zugespitztes und sehr leichtes Gericht daher.

Die gute Qualität der Grundprodukte und ihre sorgfältige, aber gar nicht unbedingt übermäßig aufwendige Zubereitung ist hier maßgeblich dafür verantwortlich, dass die im Grunde schlicht und schnörkellos aufs Porzellan gebrachten Kreationen so überzeugen. Wie auch das Zweierlei vom Dahlhorster Lamm, von dem ein geschmackssattes kurz gebratenes Rückenstück und nicht minder ausdrucksstarke Würfel vom geschmorten Nacken eigentlich nur in Kombination mit Sesamspinat und einer bedeutend guten Teriyaki-Jus aufgeboten wurde – Letztere viel eleganter und klar strukturierter, als man vergleichbare Saucen bisweilen kennt. Kein süß-salziger Umamikleister, sondern eine fruchtig-mildwürzige, druckvolle, aber nicht undurchdringliche Sauce mit Niveau.

Zum Abschluss versuchte sich das Team unter dem Arbeitstitel „Basilikum, grüne Tomate, Molke-Baiser“ ganz offensichtlich an einem Dessert, das die typischen Aromen des Insalata caprese repräsentiert und trotzdem möglichst weit davon entfernt ist. Und entsprechend hat das Ganze auch geschmeckt: viel Basilikumwürze, Süße, Frucht und Umami von der Tomate, aber wenig Puffer zur bisweilen sehr zuckrigen Interpretation, die nach unserem Dafürhalten nicht schlecht, aber viel zu süß und viel zu wenig vollmundig und dessertkhaft war. Hier hätte es sich unserer Ansicht nach gelohnt, statt des Molke-Baisers mit cremiger Burrata oder Ähnlichem zu arbeiten, um etwas mehr Fett und cremige Opulenz, aber auch milde ungesüßte Rahmigkeit als Puffer ins Spiel zu bringen.

Ein schöner Abschluss eines durchgängig ansprechenden und konsistenten Menüs war das trotzdem. Und das kann man sich mit guten Weinen aus einer klug gestrafften und mit Präferenz für Naturweine und Individualstile zusammenstellen Karte sogar noch ein wenig netter machen lassen. Hilfreich ist hierbei Restaurantleiter und Sommelier in Personalunion Sascha Ureidat, der mit treffsicheren Empfehlungen zur Stelle ist.

8

Zeik

Sierichstr. 112,
22299 Hamburg (Winterhude)
040-46653531
www.zeik.de
Küchenchef: Maurizio Oster
Di–Sa ab 18 Uhr, So u. Mo RT
Menüs: 75–85 €
VISA

In einer unscheinbaren Ecke von Winterhude, die eher ruhiges Wohngebiet als quirliger Kiez ist, feilt unser einstiger „Newcomer des Jahres“ Maurizo Oster nun schon im dritten Jahr sehr erfolgreich an seiner eigenen Handschrift, ohne dabei zu verkrampfen. Sein kleines Restaurant im lässig-modernen Bistrostil ist ebenso wenig glamourös wie die Außenwirkung seines kulinarischen Schaffens – doch auch ohne ausgeklügeltes Marketingkonzept und große Medienpräsenz hat er es im Grunde vom Start weg geschafft, mit verhältnismäßig einfachen Mitteln auf hohem Niveau zu kochen. Seine besonderen Stärken: viel Kreativität und ein sehr gutes Gespür für Aromen und Zusammenhänge.

Oster und sein Miniteam kochen einfallsreich und unkonventionell, und sie kommen mit ganz bodenständigen Produkten – oft sogar nur mit Gemüse – auf ein ähnliches Gesamtniveau, für das klassisch gepolte Köche eine ganze Reihe an teuren Luxusprodukten auffahren müssen. Der Schwierigkeitsgrad, mit simplen (aber

natürlich qualitativ sehr hochwertigen) Viktualien auf ein solches Niveau zu kommen, ist natürlich vergleichsweise höher und das Preisniveau deutlich niedriger. Auch wenn sich vieles unterscheidet und Oster niemandem erkennbar nacheifert, erinnert an dieser Art zu kochen vieles an das, womit etwa das Nürnberger Essigbrätlein oder das Berliner Horváth seit Langem erfolgreich vorlegen.
Die Karte ist klein, offeriert zwei Menüs: das „Zeik-Mahl“ sowie eine rein vegetarische Speisefolge, aus der immer auch zwei oder drei Gänge im omnivoren Menü vorkommen. So hält sich die Anzahl verschiedener Gänge noch im Rahmen und Maurizio Oster kann das auch ohne große Brigade gut wuppen. Praktischerweise sind auch die Apero-Starter für beide Menüs identisch und ließen ihrer Art nach schon deutlich erkennen, wie gut man sich hier auf Gemüse versteht. So auch der kleine Kürbiszylinder, der das Herbstgemüse auf kleinem Raum von knusprig bis schaumig und von fruchtig und säuerlich bis nussig überraschend vielseitig an den Gaumen brachte – und das in nur einem Happs.
Noch facettenreicher gelang das bei der Vorspeise um Rote Bete, Feldsalat und Senf, bei der die Bete in Salzteig gegart, süßsauer eingelegt, als Karamellchip und als intensiver leichter warmer Sud zugegen war, der Senf in Gestalt eingelegter Senfsaat und als schmelziges Eis und der Feldsalat als Mousse. Sehr feinsinnig und doch ausdrucksstark gelang hier das Spiel mit Süße und Säure, Frucht und Würze. Und auch der Temperaturkontrast belebte die dynamische Komposition, von der wir uns deutlich weniger erwartet hatten, ganz entscheidend. Man konnte deutlich schmecken, dass da jemand nachgedacht hat und mit viel Fingerspitzengefühl bei der Sache ist.
Da passt es nur ins Bild, dass auch der alkoholfreien Getränkebegleitung viel Augenmerk zuteilwird und diese durchaus lohnenden Alternative zur Weinreise ebenfalls auf hohem Niveau mitspielt. So bereicherte beispielsweise ein mit Essig angesetztes Getränk von roten Sommerbeeren und Soda den folgenden ebenso milden wie saftigen Rauchaal mit Grünkohl und knusprigem Buchweizen unter einer Dörrobst-Geleefolie. Dieses Schichtwerk wurde von einer filigranen, außen knusprigen sowie mit Grünkohlpowder bestäubten und innen cremig mit Aal-/Kartoffel-Brandade gefüllten Tasche und etwas Dörrobstcreme begleitet. Umspielt war das Ganze wieder von einem sehr leichten und prägnanten Sud, der hier aus Dörrobst und Grünkohlsaft gewonnen war. Auch diese vielschichtige und in den Details überraschend scharf gestellte Komposition ließ keine Zweifel an Maurizio Osters Expertise und dem hohen Grad seiner Kochkunst.
So auch das folgende Intermezzo aus dem vegetarischen Menü, bei dem gerösteter Stampf von Karotten und Sonnenblumenkernen, geschmorte Karottenscheiben und Sonnenblumenblüten zu einer von Karottenstaub umgebenen Scheibe geschichtet waren und einen avantgardistisch-puristischen Eindruck vermittelten. Im Zusammenspiel mit der angegossenen Kräuterbutter, die wie eine kräutrige Beurre blanc schmeckte, belebende Säure mitbrachte und sich mit dem intensiven Karottenpulver zu einer reizvollen Melange verband, war auch das ein spannender und sehr wohlschmeckender Gang, der nicht nur dadurch überraschte, was hier aus diesen vermeintlich banalen Produkten herausgekitzelt wurde, sondern auch, wie leicht und dynamisch das gewirkt hat.
Astreines Gourmet-Soulfood, nämlich ein unkompliziertes Löffelgericht mit viel Finesse und Originalität, stellte der erste Aufzug des zweiteiligen Hauptgangs dar, der sich um Ente eines kleinen regionalen Züchters drehte. Süffiges Keulenragout, ein Eis von der Entenleber und ein Schaum vom Entenfett waren hier zusammen mit luftiger Kartoffelcreme, Kartoffelcroûtons, Schnittlauch und Schnittlauchöl zu einer umwerfend köstlichen Melange vermählt. Tiefe Würze, rahmige Süße, kontrastiert von Schnittlauchschärfe, dazu das Wechselspiel von Kälte und Wärme – absolut stark!
Doch im zweiten Aufzug wurde es noch besser: Die formidable Entenbrust, die mit einer crunchigen Bröselkruste aus der separat gekrossten Haut, dem gebeizten und getrockneten Unterfilet, Röstzwiebel und etwas Knoblauch beschichtet war, zählt für uns zu den besten Enten des Jahres. Maurizio Oster mariniert das Fleisch mit Wacholderöl, gart es damit auch sous-vide und lackiert es vor dem Anrichten noch mit einem Johannisbeersud, was dem tollen Eigengeschmack des Fleischs aber tatsächlich nur sehr dezent zuarbeitet. Im Mittelpunkt steht eindeutig das enorm ausdrucksstarke Produkt. Und das wird folglich auch nur ganz puristisch von etwas mit Petersilienwurzelstaub gepuderter Mousseline der Petersilienwurzel flankiert und von einer prononciert mit Johannisbeere aromatisierten Entenjus grundiert. Spätestens hier war die Höherstufung auf 8 Pfannen eigentlich gesetzt.
Und daran konnte auch der durchaus originelle, aber auch etwas schräg schmeckende Nachtisch um Pastinake, Schwarzbier und Vanille nichts mehr ändern – denn der folgte erst nach

einem umso überzeugenderen ersten Dessert, das sich rund um eine cremig-knusprige Melange von Apfel und Haselnuss drehte, die mit einer Sorbetnocke von Rotkohl und Apfelessig gekrönt war. Auch hier ist es wieder gelungen, opulente Leichtigkeit auf den Teller zu bekommen. Ein Oxymoron, mit dem sich die hervorragende Küche des Zeik eigentlich auch in der Gesamtschau recht gut charakterisieren lässt.

5

Zum Wattkorn

Tangstedter Landstr. 230,
22417 Hamburg (Langenhorn)
040-5203797
www.wattkorn.de
Täglich ab 11.30 Uhr durchgehend, kein RT
Hauptgericht: 15–35 €, Menüs: 29–42 €

Die rustikalen Gaststuben in Michael Wollenbergs sympathischer Speisewirtschaft im ruhigen Hamburger Norden sind mit allerhand Weinflaschen, Jagdtrophäen und anderen Accessoires dekoriert und wirken sehr einladend und gemütlich. Am schönsten sitzt es sich aber im Sommer im gepflegten Garten hinter dem Haus. Der nicht nur sehr umfangreiche, sondern auch stilistisch wild durcheinandergewürfelte Speisenzettel, auf dem die Wurstspezialitäten aus der eigenen Metzgerei neben Sushi und Sashimi und Vierländer Ente stehen, sollte niemanden davon abhalten, hier einzukehren. Der Chef und sein Team wissen nämlich sehr genau, was sie hier machen, und hegen trotz einfach gehaltener Zubereitungen einen hohen Anspruch an Produkt und Handwerk. Ob rustikale Regionalschmankerl, gehobene internationale Klassiker oder die für zwei oder mehr Personen im Ganzen oder Großformat zubereiteten und am Tisch tranchierten Produkte – stets kann man sich hier tadellosen Gerichten zu moderaten Preisen sicher sein.

Hannover (Niedersachsen)

Bistro Schweizerhof

im Hotel Crowne Plaza
Hinüberstr. 6, 30175 Hannover
0511-3495250
www.schweizerhof-hannover.de
Di–Sa von 12–15 Uhr u. ab 18 Uhr, So u. Mo RT
Hauptgericht: 21–37 €,
Menüs: 40–79 €

VISA P

Nach einigen erfolgreichen Jahren als Küchenchef des weitläufigen Bistros im gleichnamigen Hotel wechselte Marcel Elbruda innerstädtisch quasi auf die andere Seite der Bahngleise ins nahe gelegene Vince. Sein Nachfolger in der halb offenen Küche des Bistro Schweizerhof, der hier seit Mitte 2020 verantwortlich zeichnet, ist uns namentlich bislang nicht bekannt – die gute Nachricht ist aber, dass prinzipiell am Konzept festgehalten wurde und nach wie vor eine Mischung aus Klassikern wie getrüffeltem Rindercarpaccio, Wiener Schnitzel mit Bratkartoffeln oder Rinderfiletsteak mit Süßkartoffelragout und gebackenen Bohnenbündchen und kreativer anmutenden Gerichten geboten wird – Letztere nach wie vor auch als Menü in drei oder vier Gängen.
Und prinzipiell wird auch mit dem gleichen Frischeanspruch bei den Zubereitungen und teilweise auch bei den Produkten gekocht – zugegebenermaßen allerdings schon deutlich schlichter und in der Ausführung gröber als unter der Ägide des Vorgängers. Das war schon gleich an dem ziemlich üppigen und überproportionierten Vorspeisenteller um Tranchen von der gebeizten Gelbflossenmakrele und einem ziemlich groben Arrangement aus Rettichsalat und süßsauer marinierten bunten Beten zu sehen. Und auch zu schmecken, denn durch das viele eindimensional säuerliche Gemüse ging der Fisch nahezu unter. Zwar brachte ein ziemlich guter Grapefruitschaum auch eine belebende bitteraromatische Fruchtkomponente ins Spiel, doch es fehlte hier definitiv nicht nur irgendein geschmeidiger Puffer, sondern auch Struktur. Ansonsten war das ein natürlicher, frischer Start.
Dass die Flusskrebse, die beim Zwischengang zusammen mit Kürbisravioli (Pastateig gefüllt mit einer Kürbisfarce, die vermutlich auf Ricot-

tabasis zubereitet war) in einem recht guten, ganz leicht gebundenen Fond schwammen und von einem lilablassblauen Curryschaum akzentuiert wurden, keine großen, frisch ausgelösten Exemplare sein würden, lag auf der Hand. Es waren allerdings beileibe auch nicht die schlechtesten, die wir je gegessen haben, und es störte an den freilich leicht gummihaft anmutenden kleinen Dingern auch kein beißender Geschmack nach Konservierungsmittellake. Somit war auch diese Kostprobe unterm Strich durchaus passabel.
Den eindeutig besten Gang, für den wir knappes 5-Pfannen-Niveau notierten, bekamen wir in Gestalt zweier mit einer herben Kaffee-/Brösel-Kruste gratinierten Lammkarree-Tranchen, die zwar mit geschmortem rotem Spitzkohl (zart knackig) und einer Creme von Cocobohnen auch maximal schlicht begleitet wurden – das aber auf durchaus schmackhafte Art. Auch die reduzierte Jus dazu zeugte von solidem Küchenhandwerk.
Dessen waren wir uns bei der halbierten Schokoladenschnitte, die zum Nachtisch mit cremigem Eierlikÿreis und eingelegter Sauerkirsche kombiniert wurde, gar nicht so hundertprozentig sicher. Wenn die Pâtisserie des Hauses diese dünn mit Ganache überzogene, mehrfach geschichtete Petitesse selbst so akkurat hinbekommen hat, dann Respekt. Geschmeckt hat sie allerdings vorwiegend süß und harmlos. Im Zusammenspiel mit den saftigen Sauerkirschen und dem rahmigen Eis war's aber schon ein netter Abschluss.
Man gibt sich also weiter Mühe im Schweizerhof. Und das gilt auch für den Weinservice, dem sich der Restaurantleiter gerne annimmt und bei interessierten Gästen auch mal die eine oder andere Besonderheit oder Entdeckung präsentiert.

7

Handwerk

Altenbekener Damm 17, 30173 Hannover
0511-26267588
www.handwerk-hannover.com
Küchenchef: Thomas Wohlfeld
Mi–So ab 18 Uhr, Mo u. Di RT
Menüs: 75–95 €
VISA

Das ebenso lässig wie ambitioniert auf Casual Fine Dining setzende Restaurant Handwerk in Hannover ist längst kein Newcomer mehr, geht aber auch nach mehreren erfolgreichen Jahren immer noch mit der gleichen unverbrauchten Begeisterung und jugendlichen Frische an den Start wie zu Beginn. Und ziemlich sicher ist das eines der Erfolgsgeheimnisse des selbst direkt nach dem ersten Corona-Hoch auf der Terrasse bestens besuchten Restaurants. Die Dynamik und Begeisterung, mit der das junge Team hinter dem Konzept steht, ist einfach ansteckend. Da passen selbst der lockere Umgangston und das ungezwungene „Du" ganz prima zum ambitionierten Küchenkonzept. Gemeinsam mit dem stilvoll-schlicht mit viel Holz gestalteten Interieur inklusive Blick in die geöffnete Küche bleibt das Handwerk damit eine Referenz für das inflationär ziemlich abgenutzte Label „Casual Fine Dining" …
Das Team um Thomas Wohlfeldt bewegt sich auf einer schlanken, puristischen Linie irgendwo zwischen Nova Regio und moderner Haute Cuisine, immer mit spannenden individuellen Ideen, optisch markanten Tellern und hohem Anspruch an die Produkte. Das wird bereits mit den ersten kleinen Snacks gut vermittelt, die genau den Zweck erfüllen, neugierig zu machen, ohne zu viel zu verraten. Etwa mit einem knusprig zarten Baiser mit frisch-knackigen Erbsen und einem säurefrischen Gel, den schaumig-knusprigen Cornets mit Kapuzinerkresse oder (etwas frittier-rustikalen) Cannelloni aus Karotte mit Frischkäsefüllung und Karottengrün. Ernsthafter und noch charakteristischer für den aufgeräumten klaren Stil der Küche folgte ebenfalls noch zur Einstimmung ein Stück festfleischige, minimal temperierte Lachsforelle mit eigenem Kaviar und gerösteten Haselnüssen in einer stoffig-straffen Beurre blanc.
Und auf genau dieser Linie ging es auch weiter: zunächst mit einer beinahe karg wirkenden Präsentation subtil duftiger Gurkenzubereitungen inklusive marinierten Tranchen, einer cremig gefüllten dünnen Knusperrolle und zart kühlendem Eis. Den einzigen Kontrast und clever verbindenden Schmelz zwischen der puren Gurkenfrische brachte ein eleganter laktischer Moussestreifen, vermutlich auf Molkebasis.
Schon die folgenden beherzt gerösteten Jakobsmuscheln mit glasigem Kern und klarem süßlich-nussigem Geschmack bekamen bei gleichem Purismus aber deutlich mehr Dynamik. Und zwar durch die Kombination mit gepickelten Kohlrabischeiben für zugespitzte Säurekicks und eine gewisse Ätherik sowie durch einen intensiven, mit Lauchöl marmorierten Lauchfond und knackig frische Früh-

lingszwiebeln. Gelungenes Spiel mit nussigen Nuancen, zartem Süße-Säure-Kontrast und eher hellen Zwiebel-Lauch-Aromen …
Eine originelle Idee und ein optischer Knaller folgten mit der „umgedrehten“ Sushirolle, die eine rohe Rindfleischscheibe als Hülle für klar-aromatisches, fleischiges Tatar verwendete, bedeckt von säuerlich zugespitzter Mayo sowie Schwartenpopcorn und eingefasst von einer erneut perfekt gestrafften Sake-Beurre-blanc. Tolle Idee, souverän umgesetzt!
Das galt im gleichen Maß und sogar noch ein bisschen mehr auch für den mutig (aber in diesem Kontext sinnvoll) knapp gegarten Rehrücken. Dieser vertrug dank der hohen Produktqualität die im Kern eher „bleu“ gehaltene Garstufe und erhielt durch ein Würzpulver aus getrockneten Rehabschnitten und eine Jus mit perfekt transparentem Glanz einen enormen Umami-Boost. Als Kontrast zu diesen dunklen animalischen Noten setzte das Team helle Blumenkohlcreme und etwas gerösteten Kohl-Crumble sowie eingelegte grüne Erdbeeren als Stücke und Gel, die feine Säure und hellere frische Akzente einbrachten. Top und locker bei 8 Pfannen!
Die ausgereifte Version der Erdbeeren gab es im wieder etwas simpleren Dessert rund um marinierte Erdbeeren, einen in Erdbeersaft getränkten Biskuit, Mascarpone-Eis und Sauerklee. Das brachte zwar nuancierte Frucht, aber insgesamt sehr weiche milde Texturen und wirkte im Vergleich zu manchen Vorspeisen und dem Hauptgang eher schlicht. Tatsächlich war der süße Abschluss inklusive der Petits Fours aber der einzige minimal schwächere Part in einer ansonsten begeisternd konsistenten Performance, die im Vergleich zu den vorherigen Eindrücken definitiv eine Weiterentwicklung markiert.
Nichts geändert hat sich dagegen an der ebenso unkomplizierten wie kompetenten Art der Damen im Service und den lohnenden Weinempfehlungen. Und das ist gut so! Denn die glasweisen Offerten und auch die alkoholfreien Alternativen bereichern die Gerichte mit spannenden Eindrücken abseits des Mainstreams. Lohnt sich!

---

ohne Bewertung

Insel Beach Club

Rudolf-von-Bennigsen-Ufer 81, 30519 Hannover
0511-831214
www.dieinsel.com
Küchenchef: Benjamin Meusel
Di–Sa von 12–14 Uhr u. ab 18 Uhr, So von 12–14 Uhr, Mo RT
Hauptgericht: 34–49 €

Das ehemalige Restaurant Die Insel heißt jetzt Insel Beach Club und präsentiert sich fortan auch mit einem etwas veränderten Konzept. Die unterschiedlichen Bereiche „Beach“, „Kitchen“, „Lounge“ und „Beachclub-Restaurant“ auf drei Ebenen im Gebäude und auf den weitläufigen Außenbereichen bieten zahlreiche Möglichkeiten: vom entspannten Frühstück über unkomplizierten Lunch oder Cocktails mit Freunden bis hin zum anspruchsvollen Dinner. Der langjährige Küchenchef Benjamin Meusel, der hier schon zu Norbert Schus Zeiten für das Kulinarium mitverantwortlich war und zuletzt auch als Geschäftsführer fungierte, hat die Insel schon 2020 verlassen. Das Restaurant, für das mittlerweile Alexander Ekes als neuer Küchenchef verantwortlich zeichnet, war im Sommer 2020 leider nicht geöffnet. Und auch 2021 standen einige Wochen nach Ende des Lockdowns bis zum Redaktionsschluss dieser Ausgabe nur die anderen Bereiche für die Gäste offen, sodass wir die Bewertung aussetzen mussten. Sobald auch das Restaurant Insel Beach Club wieder geöffnet ist, freuen wir uns auf den nächsten Besuch am Ufer des Maschsees und werden im Online-Guide und in der App ein Update bringen.

9

Jante

Marienstr. 116,
30171 Hannover
0511-54555606
www.jante-restaurant.de
Küchenchef: Tony Hohlfeld
Di–Sa ab 18 Uhr, So u. Mo RT
Menüs: 105–115 €

VISA

Der gebürtige Dresdener Tony Hohlfeld, gerade mal dreißig Jahre jung, ist nicht nur einer der Shootingstars unter den kreativen Köchen, er gehört für uns mittlerweile zu deren souveräner Spitze. Bereits im Jahr 2016 zeichneten wir ihn für seinen sehr eigenen, innovativen, zukunftsträchtigen Stil zu unserem damaligen „Aufsteiger des Jahres" aus und ahnten damals schon, dass da noch einiges zu erwarten sein wird. Und tatsächlich: in den vergangenen vier Jahren ist im Jante wieder viel passiert. Und so konnte der Chef mit tatkräftiger Unterstützung seines jungen und ebenfalls bis in die Haarspitzen motivierten Teams nicht nur die Entwicklung seiner Handschrift vorantreiben und viele neue originelle Ideen in die Tat umsetzten – es ist auch gelungen, handwerklich einiges zu optimieren, die Kreationen zu perfektionieren und kompositorisch noch „sicherer" zu werden.

Stilistisch mag sich das, was im Jante geboten wird, auf den allerersten Blick in die Schublade der stark regionalfokussierten, ausgesprochen leichten, gemüse- und kräuterbetonten Küche stecken lassen. Doch spätestens nach den ersten Kleinigkeiten aus der Küche wird einem klar, dass man hier mit jeglicher Art von Stereotypen schnell in der Sackgasse steckt. Tony Hohlfeld verfügt in großem Maße über zwei Eigenschaften, von denen hierzulande viel zu viele Köche viel zu wenig haben: Einfallsreichtum und Aromengespür. Gepaart mit dem Mut, auf die eigenen Ideen zu vertrauen, sind das die besten Voraussetzungen für eine wirklich spannende und selbstbewusst eigenständige Küche, wie sie hier über die vergangenen Jahre hinweg entstanden und gereift ist.

Ähnlich wie beispielsweise bei Sebastian Frank im Horváth oder bei Marco Müller im Rutz – irgendwo dazwischen würden wir das Kulinarium von Tony Hohlfeld auch ganz grob einordnen – bekommt man es hier den Abend über mit spannend neuartigen Geschmackserlebnissen zu tun, die oft auf vermeintlich simplen Produkten basieren, hier und da sogar an vertrauten Aromenbildern andocken, diese aber eben auf neue und durchaus aufregende Art interpretieren. Los ging es bei unserem letzten Besuch in der auch räumlich ausgefallenen Location, einem um- und angebauten ehemaligen Toiletten- und Kioskhäuschen neben einer Brückenunterführung, die drinnen modern und geschmackvoll eingerichtet ist und auch einen schönen schattigen Freisitz hat, ganz locker, unkompliziert und sogar vergleichsweise unspektakulär …

Nämlich mit einer kleinen, mit Schnittlauch zusammengebundenen „Salatblätter-Schaufel", auf die man sich Miso-Hollandaise schippen konnte. Gefolgt von einem mit geröstetem Buchweizen und Gewürztagetes applizierten Sauerkirsch-„Leder", einer intensiv fruchtigen, in tatsächlich ledriger Konsistenz gelierten Kirschfolie, die in ihrer plakativen Art auch noch nicht wirklich vom Hocker riss. Etwas raffinierter und vor allem differenzierter wurde es dann beim dritten und letzten Snack, ein mit Eis von Petersilienwurzel, Sellerie und Pinienzapfen gefüllter Doppelkeks, der nussig, erdig und nicht zu süß einstimmte und neugierig auf das Kommende machte. Das knusprig-saftige Sauerteigbrot, das zwischenzeitlich auch schon mit aufgeschlagener Nussbutter, die mit intensivem Gemüsepulver bestäubt ist, auf dem Tisch steht, zeugt von bodenständigem Handwerk und Qualität.

Recht subtil und sehr leicht begann das eigentliche Menü mit in Lavendelsud eingelegten Kohlrabiröllchen und Felchenkaviar, die zusammen mit filigranen Hibiskuswaffeln auf einer mit Fichtenöl verfeinerten Heumilch angerichtet waren. Das schmeckte durchaus originell, weil der Felchenkaviar mit seiner mineralischen Note bei dieser Komposition viel Gewicht hatte – so ganz gepackt hat uns das allerdings noch nicht. In Kombination mit dem alkoholfreien Begleitgetränk, einem Erdbeer-/Tomaten-Wasser mit ein paar Tropfen Käseöl (sic!) schaukelte sich das Ganze aber doch zu einer recht abgefahrenen Komposition hoch.

Als ziemlich genial und pointiert empfanden wir dann aber die mit fruchtkaramellglasierter Hühnerlebercreme gefüllten, mit Oxalisblättern umhüllten und mit halbgetrockneter Kirsche, gerösteter Haselnuss und Kerbelstielen getoppten kleinen Päckchen auf einer mit Kerbelöl verfeinerten Haselnussmilch. À part dazu und ebenso raffiniert ein mit Hühnerfett glasiertes Madeleine-Gebäck, hier quasi das Pendant zur Brioche, das durch seinen würzig-süßlichen Akkord einen weiteren spannenden Akzent setzten konnte und sich kongenial in dieses fruchtig-nussige und schön säuerlich unterstützte Lebergericht einbrachte und es sogar in eine leicht herzhafte Richtung drehte. Ziemlich gut passte dazu auch der von Gastgeberin Mona Schrader dazu empfohlene Sherry Moscatel, ein robuster Bursche, dessen Nussigkeit hier optimal am Geschmacksbild andockte.

Eine ziemlich coole Weiterentwicklung oder Eigeninterpretation des Ceviche-Themas kam mit den folgenden Jakobsmuscheln, die zwar ringsum ganz kurz angebraten, aber ansonsten roh und halbiert auf dem Teller lagen und mit Stachelbeere, in scharf-säuerlichem Jalapeño-Sud eingelegten Gurken und roher Schalotte getoppt waren und in einem mit viel Butter montierten und mit rotem Paprikaöl verfeinerten Maiswassersud lagen. Eine geniale Verbindung von Säure (Stachelbeere), grün-scharfen Aromen und der genialen Liaison aus zarter, buttriger Süße und dem herzhaften Öl sorgte auch hier für einen echten Aha-Effekt. Leider war das hier vorgesehene Getränk aus der alkoholfreien Begleitung, das auf den Aromen von Staudensellerie und Waldmeister basierte, einen Tick zu süß und stahl damit der eleganten Maissüße im Gericht die Show.

Ein gebeizter, geflämmter und mit Paprika und Chili gewürzter kanadischer Hummerschwanz (glasig, knackig und voller Saft) folgte als apartes Fingerfood zum Dippen in eine mit Tandoori-Knusperflakes getoppe Bärlauch-Hollandaise. À part dazu gab's marinierte Spargelscheiben mit Schnittlauchblüte und eingelegter Holunderdolde, aufgegossen mit einer vollmundigen Hummer-Bisque. Auch hier fanden wir das Begleitgetränk (Gurke und Kastaniensirup) eine ganze Spur zu süß, was aber nichts an unserer grundsätzlichen Einschätzung ändert, dass hier im Jante eine der besten alkoholfreien Getränkebegleitungen in Deutschland angeboten wird: alles selbstgemacht, sehr leicht und animierend und stets so originell wie die Küche selbst.

Perfekt korrespondierte beispielsweise das „Pilzwasser" mit seiner subtilen Umamiwürze zum kommenden Zwischengang um Lauch und den von Tony Hohlfeld gern verwendeten „Deisterspeck": warme, sehr zarte, in schmelzigen Deisterspeck gehüllte Lauchherzen, die mit knusprigen Hefekrümeln, einem Lauchzwiebelring, gedörrter Johannisbeere und eingelegter Fichtensprosse bestückt sind und als mundgerechte, aromatisch perfekt proportionierte Happen auf einer leichten, milden, mit Fichtensprossenöl verfeinerten Käsesauce (eher ein Sud) angerichtet sind.

Auf die Weinbegleitung sind wir im Hauptgang ausgewichen und bekamen zum Lamm einen südafrikanischen 2017er Syrah der eleganten Art mit angenehm viel Säure und kühler Struktur ausgeschenkt. Das passte perfekt zur offenbar bewusst tendenziell eher ein wenig mehr durchgebraten als rosa zubereiteten, trotzdem wunderbar saftigen und mit dünner, kross angebratener, geschmacksspendender Fettkruste belassenen Lammhüfte, die sich den Hauptteller mit zitrischer Blumenkohlcreme, einem marinadedurchzogenen und mit etwas Lammfett und Kräutern überschmolzenen Radicchioblatt auf Zitrusfrüchtesalat und leicht buttermontierter Lammjus teilte. In einem Satellitenschälchen gab's dazu noch ein eher leichtes und hell geschmortes Lammragout mit Zitrusfrucht und knackigen Erbsen vermengt und on top mit Blumenkohl und mutig viel scharfem Meerrettich überhobelt. Sehr stark!

Ein cremig-voluminöses Getränk auf Basis von Sauerampfer, Kokosmilch und weißer Schokolade war schließlich wieder ein echter Volltreffer zum ersten Dessert: Rahmeis von Maiveilchen, das mit einer Paprika-/Himbeeressig-Lasur überzogen, mit Sauerampferblättern tapeziert und auf ein paar fein geschnittene Sauerampferstiele gesetzt war. Für Tiefe und harmonische Rundungen sorgten hier ein paar Tropfen nussiges Kürbiskernöl sowie einige aus getrockneten Steinpilzen hergestellte Knusper-Dublonen, die weniger pilzig als vielmehr schokoladig wirkten. Ein fast schon virtuoser Umgang mit den Aromen! Und auch das zweite Dessert rund um marinierte Erdbeeren mit einem aus Molke und einem mandeligen Auszug von Obstkernen hergestellten Granitée, Sauerklee und winzigem Mandelbrandteig-Gebäck auf leicht gelierter Mandelmilch mit Sauerkleeöl war ein äußerst origineller Nachtisch, bei dem bekannte Aromen und Geschmacksmuster überraschend neuartig in Szene gesetzt waren.

So quittieren wir heuer die erneute Steigerung der Küchenleistung mit einer erneuten Höherstufung der Bewertung und können das nunmehr verdientermaßen mit 9 Pfannen ausgezeichnete Jante nur weiterhin jedem aufgeschlossenen Gourmet wärmstens ans Herz legen, der auf originelle und sehr eigenständige Freistilküche aus ist.

Fast & SLOW

Lindenblatt Burger-Bar

Nikolaistr. 1, 30159 Hannover
01522-3076591
www.lindenblatt-hannover.de
Mo–Fr von 16-23 Uhr,
Sa von 15–22.30 Uhr,
So von 14–22 Uhr

Einfallsreiche Burger mit hohem Anspruch und Qualität sowie Nachhaltigkeit. Das Fleisch stammt von Blonde-d'Aquitaine-Rindern, Salat und Gemüse von Bauernhöfen aus der Region, die Buns liefert ein heimischer Bäcker.

7

Titus im Röhrbein

Joachimstr. 6, 30159 Hannover
0511-835524
www.restaurant-titus.com
Küchenchef: Dieter Grubert
Di–Sa ab 18 Uhr, So u. Mo RT
Hauptgericht: 22 €,
Menüs: 65–95 €

VISA

Die schlechte Nachricht zuerst: Im Januar 2021 geht die Ära des Restaurants Titus in der Wiehbergstraße nach 26 erfolgreichen Jahren zu Ende, weil das Haus abgerissen wird. Die gute Nachricht: Eine neue Location ist bereits gefunden ,und das Titus soll pünktlich zum 1. April in den Räumen des ehemaligen Restaurants Röhrbein in der Joachimstraße wiedereröffnen – mit Dieter Gruberts bewährtem Konzept und unverändert hohem Niveau!
Er ist und bleibt ohnehin ein Phänomen: Seit über einem Vierteljahrhundert allein am Herd liefert der Chef eine so durchdachte und exakte Performance, wie sie viele Kollegen selbst mit größeren Brigaden nicht zusammenbringen. Möglich ist das nur dank einer durchdachten Arbeitsstruktur, gutem Mise en place und clever aufgebauten Gerichten, die auch ohne filigranes Kleinklein mit Abwechslung und Spannung punkten.
Und das tun sie! Genau deshalb macht ein Besuch in dem mit modernem Design und Bildern sowie Objekten wechselnder Künstler adäquat unkonventionellen Restaurant auch jedes Mal wieder so viel Freude. Es passt einfach alles sehr gut zusammen: vom inspirierenden heiteren Ambiente bis zur ungezwungen niveauvollen Küche und den originellen Weinempfehlungen von Pascalé Pietruschka.
Schon wenn zum Start ein „Cocktail“ aus kühlen fruchtigen Tomaten und Melonenkomponenten gemeinsam mit einem Lachs-/Mozzarella-Röllchen und neckisch bitzelnder Brause auf etwas Erbsenpüree mit Passionsfrucht als augenzwinkernd animierender Start daherkommt, wird der Geist des Hauses sehr gut deutlich. Nur ein recht bitterer und frittierdeftiger Kartoffelchip störte dabei ein klein wenig das Bild …
Pure Harmonie in klassischer Ausführung gab es dagegen beim sanft confierten festfleischigen Lachs auf zartem Blattspinat mit etwas nussigem Fregola sarda dazwischen. Eingefasst wurde das alles von einer gekonnt mit zarter Süße und Säure spielenden Trüffel-Schaumsauce, während ein Topping aus Roter Bete und Perigord-Trüffel erdige und fruchtig-süßliche Akzente setzte. Dabei wurde die Sauce eventuell dezent mit Trüffelöl getunt, in der Gesamtwirkung fiel das aber jedenfalls nicht weiter auf.
Generell überzeugen die Teller vor allem durch das erstaunliche Zusammenspiel vermeintlich einfacher Komponenten, weil der Chef die natürlichen Eigenschaften der Produkte besonders clever einzusetzen weiß. So auch bei dem Miteinander von großen schmelzig-krossen Kalbsbriesstücken und fleischigem Pulpo, die mit der verfeinerten Rustikalität von Rahmsauerkraut und Belugalinsen konfrontiert wurden. Dank der feinen nussigen Noten und der zarten Säure, die gekonnt von einer cremigen Hummersauce eingefangen wurden, entstand auch hier ein harmonisches Ganzes mit interessanten Details – vor allem aber mit ausgezeichneten Hauptprodukten!
Das gleiche Prinzip funktionierte schließlich auch bei den kernigen Tranchen vom Hirschkalbrücken, die zwar eine noch etwas längere Ruhephase vertragen hätten, sich zwischen gebratenen Steinpilzen, knackigen Spitzkohlblättern und herben Preiselbeeren aber naturgemäß wohlfühlten. Aus der gediegenen

Komfortzone heraus bewegten das Ganze ein markant mit Blutwurst gewürztes Kartoffelpüree und die prägnanten spicy Noten einer Ras-el-Hanout-Jus. Einmal mehr: eine runde Sache!

Eine ganz im Wortsinn runde Sache gab es dann auch zum Dessert, bei dem Dieter Grubert den alpenländischen Klassiker „Topfenknödel" in besonders feiner, zarter Machart mit seiner typischen Topfensäure neben marinierte Heidelbeeren, Vanillesauce und ein keck und gekonnt mit Balsamico zugespitztes Brombeereis platzierte. Dass es dann zum Espresso auch noch eine Auswahl fein gearbeiteter Pralinen gibt, sorgt abschließend nochmal für Erstaunen und macht es dann doch wahrscheinlich, dass der Tag für Dieter Grubert mehr als 24 Stunden haben muss …

5

Tropeano Di Vino

**Kleiner Hillen 4,
30559 Hannover (Kirchrode)
0511-3533138
www.restaurant-tropeano.de
Di–So von 12–14.30 Uhr u. ab 18 Uhr, Mo RT
Hauptgericht: 22–29 €**

EC VISA P

In diesem hübschen alten kernsanierten Gebäude, das von modernen architektonischen Akzenten aufgelockert wird, kredenzt man eine unkonventionell-kreative, aber im Grunde sehr authentische italienische Küche. Für die zeichnet seit vielen Jahren ein Deutscher verantwortlich: Kai Bachmann beherrscht die klassische Italianità souveräner als ein Großteil der italienischen Köche hierzulande und er bereichert seine von starken natürlichen Aromen und kraftvollen Geschmacksbildern getragenen Gerichte bisweilen sogar um raffinierte unkonventionelle Pointen. Dazu schenkt der smarte Patron und Sommelier Biagio Tropeano spannende Weinentdeckungen aus seinem Heimatland aus.

6

VINCE

**An der Börse 4, 30159 Hannover
0511-89734420
www.vince-hannover.de
Küchenchef: Marcel Elbruda
Mo–Sa ab 12 Uhr durchgehend, So RT
Hauptgericht: 18–36 €,
Menüs: 58–66 €**

EC VISA

Im Sommer 2020 zog es Küchenchef Marcel Elbruda vom Herd des Schweizerhof im Crown Plaza in die neue Location im Souterrain eines ehemaligen Bankengebäudes direkt gegenüber der Staatsoper. Hier herrscht in dem weitläufigen, mit hellen Grautönen und Holz freundlich gestalteten Restaurant eine unkompliziert lockere Atmosphäre, in der entspannter Italo-Pop aus den Lautsprechern schon darauf hindeutet, wo der Schwerpunkt liegt. Patron Vassilios Vassiliou hat hier einen Hotspot geschaffen, der sich genauso zum Sehen und Gesehenwerden wie für niveauvollen Genuss eignet. Die Ausrichtung der Küche ist klar „gehoben italienisch" und grundsätzlich klassisch, doch immer wieder sorgen auch kleine kreative Ideen für Spannung, und generell liegt hinter allem ein schmeckbar hoher Anspruch an die Produkte und die handwerkliche Umsetzung. Sommelier Sebastian Wilkens hat eine wirklich verblüffende Fundgrube für Enthusiasten zusammengestellt, und dank „Coravin"-System können auch glasweise Weltklasseweine probiert werden.

6↑ 🍳 🍴🍴

WeinBasis – Restaurant & Weinbar

Lärchenstr. 2, 30161 Hannover
0511-89711735
www.wein-basis.de
Di–Sa ab 18 Uhr, So u. Mo RT
Menüs: 48–70 €

In dem sympathischen Ecklokal von Dennis Thies mit hohen Räumen, die viel Altbaucharme haben, gehen Weinkultur und kreative Küche auf entspannte Weise nahezu gleichberechtigt einher. Im vorderen Bereich wirkt das Lokal mit seinen Hochtischen eher wie eine lässige Weinbar, in der man zu guten Tropfen auch etwas Gutes essen kann – im hinteren Bereich mit klassischen Tischen wie ein lässiges Casual-Fine-Dining-Restaurant. Hier wie dort gibt es ein festes abendliches Menü, das in eine moderne und weltoffene Richtung geht, ohne einen bestimmten Stil zu verfolgen. Dennis Thies kocht ambitioniert und kreativ, richtet seine Teller modern und detailliert an. Kürzlich ist Sommelière Martina Glauberstein, die wir noch aus dem Frankfurter Tigerpalast kennen, neu zum Team gestoßen und wird hier fortan für spannende Weinempfehlungen sorgen – auf Wunsch als passgenaue Weinreise zu den einzelnen Gängen des Menüs.

Hanstedt (Niedersachsen)

Sellhorn

im Hotel Sellhorn
Winsener Str. 23, 21271 Hanstedt
04184-8010
www.hotel-sellhorn.de
Mo–Do ab 17.30 Uhr, Sa u. So ab 12 Uhr durchgehend, kein RT
Hauptgericht: 11–26 €, Menüs: 12–43 €

In den weitläufigen, wohnlich-elegant gestalteten Gasträumen, in denen durch geschickte Raumunterteilung und behagliche Beleuchtung trotz der Größe keine ungemütliche Atmosphäre herrscht, wird ansprechend gekocht. Die Küche präsentiert sich seit Jahren sehr solide und erfreut durch handwerklich sauber zubereitete Gerichte aus regionalen Produkten engagierter Erzeuger, die durch natürliche und unverfälschte Aromen überzeugen. Neben einer kleinen Auswahl an offen ausgeschenkten Weinen gibt es eine ausreichende Anzahl an Flaschen internationaler Provenienz zu vernünftigen Preisen.

Hartenstein (Sachsen)

5 🍳 🍴🍴

Artichoke

Stein 8, 08118 Hartenstein
037605-5760
www.restaurant-artichoke.de
Mo–Mi, Fr u. Sa ab 18 Uhr, So u. Do RT
Hauptgericht: 25–35 €, Menüs: 45–65 €

In den hohen Räumen des Gästehauses Wolfsbrunn mit Stuckdecke, Kronleuchtern und Kerzenschein herrscht eine festlich-elegante, aber dennoch sehr entspannte Atmosphäre. Für Letztere sorgt neben schwungvoller Musik auch immer der junge Service mit charmantem sächsischem Zungenschlag. Neben dem besonderen Rahmen lockt das Restaurant aber vor allem durch eine Küche, die sich in Anspruch und Aufwand deutlich vom Durchschnitt abhebt. Und das zu sehr fairen Kursen, die dann auch leicht darüber hinwegsehen lassen, wenn doch einmal etwas ein wenig holprig oder übereifrig ausfällt. Die Weinkarte listet glas- und flaschenweise ausreichende und interessante Optionen abseits preistreibender Prestigegewächse.

Feengarten

im Jagdhaus Waldidyll
Talstr. 1,
08118 Hartenstein
037605-840
www.romantikhotel-waldidyll.de
Täglich von 12–14 Uhr u. ab 18 Uhr, kein RT
Hauptgericht: 14–28 €,
Menüs: 49–64 €

Im Romantik Hotel Waldidyll erwartet die Besucher eine vornehme, ein bisschen aristokratische Atmosphäre. Ein Ort für den besonderen Anlass. Und damit ein solcher auch kulinarisch erfreulich wird, steht hier das Team des Restaurants Feengarten mit einem ambitionierten, aber nicht zu abgehobenen Programm parat. Die Karte setzt einerseits auf klassische Gourmetküche inklusive der einschlägigen Edelprodukte, andererseits aber auch auf verfeinerte regionale Traditionsgerichte, die hier dank der handwerklich fundierten Zubereitung besser sind, als an den meisten anderen Orten. Auf beiden Linien gibt es keine größeren Finessen, aber auch in Relation zu den aufgerufenen Preisen einen lohnenden Gegenwert in eleganter Umgebung.

Hartmannsdorf (Sachsen)

5↑

Laurus

Limbacher Str. 19,
09232 Hartmannsdorf (bei Chemnitz)
03722-505210
www.restaurant-laurus.de
Küchenchef: Hanna Lehmann
Do–Sa ab 17 Uhr, So u. Mo RT
Hauptgericht: 15–39 €, Menüs: 35–69 €

VISA

Seit Hanna Lehmann den Chefposten in der halb offenen Küche des schlicht eleganten Restaurants in der Nähe von Chemnitz übernommen hat, scheint es konzeptionell noch ein wenig mehr in Richtung Fine Dining zu gehen. Die Karte lenkt geschickt zur Wahl eines Menüs (von mindestens zwei Gängen), bleibt ansonsten aber der Grundlinie einer schnörkellosen, pfiffigen Produktküche weitestgehend treu. Und das passt wie gehabt auch bestens zu dem der „Slow Food"-Philosophie verpflichteten Ausrichtung, die Gastgeber Norbert Hanussek hier von Anfang an geprägt hat.
Ganz in diesem Sinne spielen biologisch erzeugte Produkte aus der Region eine große Rolle, Kräuter aus dem eigenen Garten und eine gewisse natürliche Leichtigkeit, die sich durch alle Gerichte zieht. Das Ergebnis ist keine klassische Gourmetküche nach französischem Vorbild, aber ein durchweg fundiert und frisch zubereitetes Programm, das viel Freude bereitet, ohne allzu kompliziert zu werden.
Einige Sachen bleiben dann eher relativ schlicht, so wie beispielsweise das grüne Frühlingsgemüsesüppchen, das mit schlanker Konsistenz und leichten Bitter- und Säurenoten eine Option zum Einstieg ins Menü darstellte. Andere Dinge wiederum fallen auch komplexer und spannungsreicher aus, wie zuletzt der knackige Spargel, dessen grüne Bitternoten von selbst angesetztem Ziegenricotta mit laktischer Frische abgefedert und von herben Wildkräutern und einem ätherischen Salzzitroneneis kreativ aufgefrischt wurde. In diese Richtung könnte sich das Team ruhig noch ein bisschen mehr trauen …
Nicht sehr weit davon weg lag auch das sanft gegarte und schön klararomatische Zanderfilet neben frischen grünen Erbsen, Spinatsalat und einer kräutrigen Waldmeisternote. Alles sehr leicht und transparent – schwere Buttersaucen und Jus finden hier ohnehin kaum statt –, sogar die fluffig krossen kleinen Kartoffelbällchen, die den Fisch begleiteten, gelangen dem Team ohne jede Schwere.
Sowohl das Zweierlei vom erfreulich eigenaromatischen Duroc-Schwein mit recht puren (aber geschickt durch Säure belebten!) Karottenzubereitungen und hellen Holunderblütennoten, als auch der perfekt rosa gebratene Lammrücken mit weißem Spargel, jungen Kartoffeln und Brunnenkresse-Hollandaise präsentierten dagegen das jeweilige (gute!) Produkt eher puristisch. Funktioniert auch. Aber ein wenig mehr Finesse im Detail könnte solchen Gerichten durchaus noch einen draufsetzen …
Auch der süße Abschluss folgte der Maxime „schlicht und gut": mit einer Kombination aus vollreifen Erdbeeren mit vanilleduftiger Sauerrahmcreme sowie zarter Meringue als charmanten Abschluss. Und apropos charmant: das ist und bleibt auch die Atmosphäre in dem hellen, schlichten Raum oder auf der überdachten Terrasse. Vor allem, wenn man das Brutzeln und die Aromen aus der offenen Küche wahrnimmt und einer der vielen guten, durchweg biologisch erzeugten Weine im Glas ist. In der

Karte gibt es einiges Spannendes aus der Region zu entdecken, aber auch viel Gutes aus dem Rest der Republik und aus Europa.

Hausen ob Verena (Baden-Württemberg)

6

Hofgut Hohenkarpfen

im Hotel Hofgut Hohenkarpfen

Hohenkarpfen 1,
78595 Hausen ob Verena
07424-9450
www.hohenkarpfen.de
Küchenchef: Stefan Schäfer
Sa ab 18 Uhr, So–Fr von 12–13.30 Uhr u. ab 18 Uhr, kein RT
Hauptgericht: 18–45 €, Menüs: 55–92 €

Es ist nicht eine Anfahrt wie irgendeine andere. Die schmale Straße führt durch Wiesen zum landschaftsgeschützten Hohenkarpfen mit seiner markanten Form. Eindrücklich ist auch der Ausblick vom Hofgut auf die sanft geschwungenen Hügelzüge der Schwäbischen Alb und des Donauberglands. Die Gebäudegruppe des Guts hält die Mitte zwischen denkmalpflegerischem Erhaltungswillen und neuzeitlicher Gestaltung, die sich etwa in den ausgestellten Skulpturen manifestiert.

Im Restaurant bestellen wir das Menü und staunen schon bei der Vorspeise, in deren Zentrum ein behutsam geflämmter Thunfisch steht. Hier stimmt alles, von der Temperatur über die Textur bis zur dezenten, edlen Aromatik. Sekundiert wird der Fisch von Mayonnaise aus Schwarzwald-Miso, vermutlich aus der Werkstatt von Peter Koch, die ja seit einiger Zeit Furore macht. Vorzüglich in seiner hochfeinen Struktur ist auch das beigesellte Wasabi-Sorbet. Für Frische in Gestalt von wohldosierter Frucht und Säure sorgt schließlich filetierte Grapefruit, für etwas Biss die mit Sepia eingefärbten und mit Sesam versehenen Knusperstangen.

Auf dem folgenden Teller rückt die Jakobsmuschel, obwohl tadellos gegart und von guter Qualität, gegenüber ihrer Begleitung fast ein wenig in den Hintergrund. Hier trifft Blumenkohl auf ein Haselnusspüree, das nicht allein mimikriartig den Blumenkohlröschen angeglichen ist, sondern sich auch geschmacklich bestens fügt – ein Aspekt, der andernorts bei solchen Spielereien oft vergessen geht. Für etwas Biss und Dekoration sind Haselnusshälften, gepuffte Quinoa und Erbsensprossen verantwortlich. Erwähnenswert ist hier auch der duftige Dashi-Fond, der zu der Komposition angegossen wird.

Verstecken spielt nachher das Lachsfilet, obwohl es das von seiner Qualität her beileibe nicht müsste: Es verbirgt sich nämlich unter einem riesigen Kracker, der mit Saucentupfern und Radieschenscheiben dekoriert ist. Im Übrigen ist der Lachs exotisch eingekleidet, seine Begleitung besteht aus Mango-/Papaya-Salat und Kokossauce. Eine Zusammenstellung, die man eher selten sieht, die aber dank der Zurückhaltung der fruchtigen Aromen bestens funktioniert.

Ein stattliches Stück Fleisch ist dann der Lammrücken von Donald Russell, der saftig und aromatisch auf seinem Wirsingbett thront und von separaten Fregola Sarda begleitet wird. Ein weiterer Fleischgang bringt 24 Stunden geschmortes und dadurch denkbar zartes Brisket vom Wagyu-Kalb. Hier dominieren die erdigen Noten, wesentlich geprägt von der Roten Bete als Schaum sowie als auf den Punkt geschmortes Gemüse mit bekrönendem Ricottaschaum. Weitere Fixpunkte auf dem Teller sind das betont würzige Süßkartoffelpüree und die tiefgründige Portweinjus.

Pistazie prägt schließlich den Dessertteller, auf dem sie als Mousse, Sponge und Eis reüssiert und von einer angenehm säuerlichen Note durch Zitrusfrucht und Lemon Curd akzentuiert wird. Zu monieren gibt es bei diesem gelungenen kulinarischen Panorama nur wenig. Wenn man sich für das volle Menü in sechs Gängen entscheidet, sind die Portionen jedoch heillos zu groß. Da täte man gut daran, die Mengen gegen unten anzupassen oder zumindest die Beilagen etwas zu verschlanken. So waren etwa die Fregola Sarda bei unserem Hauptgang nicht nur mit geschmorter Lammschulter, sondern auch noch mit einem sehr gehaltvollen Schaum aufgerüstet und hätten in der Form schon fast als eigener Gang fungieren können.

Auch könnte man die württembergische Rotweincuvée, die ihrer Gattung keine Ehre macht, aus dem Offenausschank nehmen, oder sie wenigstens als Süßwein deklarieren bzw. der Kategorie Dessertweine zuordnen. Ansonsten gibt aber die gut sortierte Weinkarte, die Local Heroes ebenso listet wie Global Players, keinen Anlass zur Optimierung.

Hotelempfehlung

Hotel Hofgut Hohenkarpfen

Hohenkarpfen 1,
78595 Hausen ob Verena
07424-9450
www.hohenkarpfen.de
Einzelzimmer: 94–104 €
Doppelzimmer: 122–138 €

VISA

Seit dem gelungenen Umbau der ehemaligen Scheune des denkmalgeschützten Anwesens im Jahre 1989 können die Gäste in einem zauberhaften Ambiente herrliche Momente erleben – stets begleitet von dem faszinierenden kilometerweiten Panoramablick über die Schwäbische Alb, das Donaubergland und bei guter Fernsicht bis hin zu den Schweizer Alpen des Säntis-Bereichs. Das Hotel verfügt über 21 Hotelzimmer, in welchen durch die Kombination von stilvollem Interieur mit rustikalen Holzbalken ein ganz besonderer Charme geschaffen wurde. Das Unterhaltungsangebot ist vielfältig und reicht von kulinarischem Hochgenuss im Restaurant über Kunst und Kultur (Kunststiftung mit eigenem Museum im Haus) bis hin zu zahlreichen Wandermöglichkeiten rund um das Hotel. Restaurant Hofgut Hohenkarpfen separat erwähnt.

Hechenberg (Bayern)

5

Moarwirt

Sonnenlängstr. 26,
83623 Hechenberg (Dietramszell)
08027-1008
www.moarwirt.de
Mi–So ab 12 Uhr durchgehend, Nov, Mo u. Di RT (Nov, Jan u. Feb auch Mi RT)
Hauptgericht: 10–28 €, Menüs: 38–48 €

Im idyllisch gelegenen, bio-zertifizierten Moarwirt zeigt sich das kulinarische Bayern von seiner besten Seite: ein behagliches Ambiente mit vielen geschmackvollen ländlichen Accessoires und Details geht hier mit einer klar in der bayerischen Bodenständigkeit verwurzelten Küche zusammen, die auf eine zeitgemäße Art interpretiert wird. Die Masterminds hinter diesem Erfolgsrezept, Michael Günster und Sebastian Miller, wissen einfach wie's geht, setzen größtenteils auf Erzeuger und Produkte aus der Umgebung, kochen substanzstark und immer mit ein bisschen mehr Finesse, als man es zumeist von der ganz traditionellen alpenländischen Regionalküche kennt. Das macht viel Spaß, kostet nicht die Welt und wird noch dazu von einer ansehnlichen Auswahl überwiegend österreichischer und deutscher Weine ergänzt, von denen auch offen gut korrespondierend und niveauvoll ausgeschenkt wird.

Heidelberg (Baden-Württemberg)

7

959 Heidelberg Stadtgarten

Friedrich-Ebert-Anlage 2,
69117 Heidelberg
06221-6742959
www.959heidelberg.com
Küchenchef: Tristan Brandt
Mo–Mi u. Sa von 12–15 Uhr (mittags einfache Karte) u. ab 18 Uhr, So ab 18 Uhr, Di RT
Hauptgericht: 29–48 €,
Menüs: 85–120 €

VISA

Ein Gastronomiekonzept, wie es locker in jeder Metropole bestehen könnte – und das am Stadtgarten im beschaulichen Heidelberg! Der große, hohe und weitläufige Raum beherbergt eine stilvolle Mischung aus Bar, Bistro und Restaurant, in dem auch aus kulinarischer Sicht ein breit gefächertes Programm gefahren wird. Das noch bis Jahresmitte unter der Ägide des jungen und aufstrebenden Dustin Dankelmann als ausführender Küchenchef bekochte Lokal bekam bereits im Frühjahr 2020 mit Tristan Brand einen neuen Küchendirektor, der zuvor lange erfolgreich im Opus V in Mannheim reüssierte, wo er in seinem ersten Jahr unser „Newcomer des Jahres" wurde. Fortan gibt er hier die Richtung vor.
Und hält das Qualitätsniveau hoch: klasse schon vorweg die drei Sorten Brot samt erstklassiger Butter – jenes mit Kohl und Speck stach besonders positiv hervor. Ausgezeichnet und glatte acht Pfannen wert war die Aal-Ballotine mit Kräuterfarce im Noriblatt sowie einer gehaltvollen Vinaigrette, in der Kalbszunge würzige Akzente lieferte und Zitruskaviar für wohldosierte herbe Frischekicks sorgte. Handwerklich bereits ein Meisterstück, weil alles in klassischer Harmonie zusammenfand und dennoch jeder Bissen verblüffte.
Der bretonische Seeteufel mit Safransauce bewies sodann, dass es nicht vieler Zaubereien bedarf, um aus einem exzellenten Grundprodukt ein überzeugendes Gericht zu gestalten. Eine mit Zitrusnoten abgeschmeckte Mie-de-Pain-Kruste auf dem Fisch, eine pointierte Beilage aus Minitomaten sowie Schwert- und Miesmuscheln und natürlich der vollmundige, deutlich nach Safran schmeckende Sud à part: fertig war ein zupackender Einstieg in die klassisch und mediterran geprägte Aromenwelt des 959.
Der folgende Kaisergranat, den das Team lebend aus Norwegen geliefert bekam, wurde mit einem ätherisch leichten Krustentiersud angereichert und in Begleitung einer Blätterteigschnitte serviert, auf der Auberginen, Tomaten und Sardellen feine mediterrane Würze lieferten. Die gedämpften Dim Sum danach – dünner, fester Teig, eine gemüsige Füllung, geschmorte Ofentomate und frittierte Basilikumblätter – erinnerten geschmacklich auch eher an Südfrankreich als an Asien.
Das Lammkotelett kam mit einem Ragout von der Lammschulter sowie dünnen Zucchinischeiben getoppt als kompaktes kleines Kunstwerk daher, das uns spontan an den Pariser Großmeister Yannick Alléno denken ließ. Begleitet wurde es ebenso gediegen wie überzeugend von frischen Erbsen, grünen Bohnen und einer ausgezeichneten, angenehm fruchtigen und intensiven dunklen Lammjus.
Auch bei Brust und Keule von der französischen Bauernente gab's gute französische Schule – allerdings mit einer Fichtensprossenschmelze, Kirschen und Steinpilzen in durchaus origineller Façon. Der Vogel begeisterte mit seinem festen, aromatischen Fleisch, die erdige Grundwürze der Pilze wurde von den großen, eher fruchtigen als süßen Kirschen ausgeglichen, und auch die knackigen Kohlrabi-Spaghetti vermittelten dem Gericht etwas Leichtes, Frisches. Allein die Geflügeljus wirkte hier nach unserem Dafürhalten eine Spur zu dicht und konzentriert. Wieder zeigte sich, welche Bedeutung die Qualität des Hauptprodukts hier hat.
Beim ersten Dessert hatte sich das Team dann ebenfalls für Frische entschieden und aus in Portwein gegarten Holunderbeeren, einem Sorbet von griechischem Joghurt, einer ebenfalls auf Joghurtbasis zubereiteten Holunderblüten-Espuma und ätherischer Minze einen säuerlich-schaumigen, aromatisch verblüffend komplexen Gang geschaffen. Deutlich voluminöser war die Kombination aus Erdbeeren und Topfen, aber ebenso spannend, weil hier die auch zu Erdbeersorbet und Sud verarbeiteten Früchte von der besten Art waren, nämlich jener nach Mieze Schindler benannten, besonders aromatischen Sorte. Gemeinsam mit ein paar zusätzlichen kleinen Walderdbeeren, schmelzigem Topfeneis und Topfencreme, duftigem Basilikumschaum und Butter-Crumbles war das ein niveauvoller süßer Abschluss.
Die Weinkarte prunkt mit unzähligen namhaften Kaliforniern, listet auch aus Frankreich und den einschlägigen Regionen Italiens wirklich alles, was gut und teuer ist, hat aber auch Spannendes aus Deutschland zu bieten.

Herrenmühle

Hauptstr. 239, 69117 Heidelberg
06221-602909
www.herrenmuehle.net
Küchenchef: Joachim Heß
Mo–Sa ab 18 Uhr, So von 12–13.30 Uhr u. ab 18 Uhr, kein RT
Hauptgericht: 33–37 €, Menüs: 66–98 €
EC VISA

Wahrscheinlich ist es der etwas authentischere Charme der ruhigen Altstadtausläufer, den das heimische Publikum an Heidelberg zu schätzen weiß. Denn anders als die vielen touristisch orientierten Angebote rund um die Heiliggeistkirche ziehen die traditionellen Studentenkneipen und Weinstuben am Ende der Hauptstraße eher Einheimische an, die dem touristischen Trubel des Zentrums entgehen wollen.
Eine der ersten Adressen in diesem Stadtteil ist das herrlich patinöse Reich von Joachim Heß, das mit wuchtigem Holzgebälk, gemütlichem Polstermobiliar und blütenweiß eingedeckten Tischen an längst vergangene Zeiten erinnert. Genauso einladend ist übrigens auch der von einem dichtem Pflanzendach beschattete Freisitz, der in der warmen Jahreszeit viele Gäste anzieht. Das liegt aber natürlich auch am kulinarischen Programm: Anleihen bei der Mittelmeerküche finden sich da ebenso wie dezente Exotik oder auch vielfach erprobte Klassiker im Brauhausstil – oft mit einem kleinen originellen Twist aufgetragen.
Fruchtig-scharfe Exotik prägte da zum Beispiel das Tataki vom Schwertfisch nebst Currycreme und Mangosauce, welches die Küche als kleine Begrüßung schickte und das die Papillen bereit machte für das frühe Highlight des letzten Besuchs. Denn mit wie viel aromatischer Wucht der Seafood-Gang rund um Jakobsmuschel, Gamba und Pulpo auftrumpfte, war schon fast etwas fürs Langzeitgedächtnis: Nicht nur die jeweils perfekt getroffenen Garpunkte der allesamt auch qualitativ überzeugenden Meeresfrüchte standen hier auf der Habenseite, sondern auch die Begleitung durch leicht säuerliche Artischocken, gartenfrische Zucchini und süßliche Physalis. In Kombination mit der sehr intensiven und generös portionierten Krustentier-Bisque als salzigem Konter und voluminösem Unterbau des Tellers war das altmeisterliche Mediterranità mit hoher Suchtgefahr!
Auch die schön kräutrig-pfeffrige „Heidelberger Riesling-Schnittlauchsuppe", die mit einem feinen Schuss Weinsäure angespitzt war und aromensatt aus dem Gläschen floss, war für sich schon ein Kraftpaket an gutem Geschmack. Im Verbund mit Tranchen vom tiefroten gebeizten Odenwälder Saibling, der dem Ganzen noch salzig-schmelzig zuarbeitete, war das ein kulinarisch überzeugendes Statement pro Region und Nachhaltigkeit.
Im Gegensatz zu den sehr feinen Vorspeisen erschienen heuer beide Hauptgänge recht unrund und waren auch handwerklich ungewohnt grob gefasst. So schlug das Aromenpendel beim aufdringlich süßen schwarzen Venere-Reis, der mit Ananasschaum und Mangobutter ziemlich tutti-frutti daherkam, viel zu weit in Richtung Dessert aus und ließ das naturgemäß eher feine Aroma des nur sehr dezent gewürzten Zanderfilets letztlich nur erahnen. Auch zum Kalbsrücken, der in zwei schön medium gebratenen Tranchen und von einem zart geschmorten Kalbsbäckchen begleitet auf den Tisch kam, irritierten unter anderem ein ebenfalls plakativ süßer Gewürzapfelring und ein trocken-bröckeliger Petersilien-/Kartoffel-Flan. Dass zudem beide Hauptgänge mit naturbelassen hartem, offenbar nur ultrakurz erhitztem Gemüse begleitet wurden, überraschte ebenfalls. Solche Unebenheiten kennen wir von der Küche eigentlich nicht – und sind uns sicher, dass es nur ein Ausrutscher war.
Denn dass das Team um Routinier Joachim Heß sein Programm draufhat und üblicherweise auch souverän umsetzt, unterstrich zuletzt auch der süße Abschluss. Zur duftigen und lockerteigigen Heidelbeerbrioche, die mit fruchtsäuerlicher Füllung den Ton angab, steuerten eine „Dulcey-Blonde"-Schokoladenmousse sowie ein cremiges Macadamianusseis noch gewinnbringend dezente Süße und Schmelz bei, die das Finale satt abrundeten.
Das sehr sympathische Serviceteam füllt den Rahmen mit unkomplizierter Herzlichkeit und hat dabei auch stets die Weinkarte im Blick. Vor allem die Gewächse der Erzeuger aus der erweiterten Region sind hier immer einen Versuch wert.

8

Le Gourmet

im Hotel Die Hirschgasse

Hirschgasse 3, 69120 Heidelberg
06221-4540
www.hirschgasse.de/le-gourmet
Küchenchef: Mario Sauer
Di–Sa ab 18 Uhr, So u. Mo RT
Menüs: 83–173 €

VISA

Auch wenn das ebenso geschichtsträchtige wie romantische Hotel in der Heidelberger Hirschgasse mittlerweile neue Betreiber hat – die beiden Restaurants Mensurstube und Le Gourmet stehen weiterhin unter der Ägide von Familie Kraft und werden wie gewohnt und unvermindert ambitioniert von Küchenchef Mario Sauer und seinem Team bekocht. Es ist also weiterhin alles beim guten Alten in Heidelbergs guter Stube.
Dass der Helmut-Thieltges-Schüler längst aus dem Schatten seines früheren Lehrmeisters herausgetreten ist und einen völlig anderen, im Grunde sogar recht eigenständigen Stil gefunden hat, haben wir bereits in den vergangenen Jahren immer wieder festgestellt und zu Protokoll gegeben. Und auch während unseres jüngsten Besuchs hatten wir in dem charmant nostalgischen Gastraum einen kulinarisch sehr kurzweiligen Abend und bekamen es mit zahlreichen Gerichten zu tun, die sich zwar stilistisch konsequent der modernen Klassik zuordnen lassen, die aber niemals den Eindruck vermitteln, dass man sie so oder ganz ähnlich schon häufig anderswo gegessen hat.
So ging es nach der im Le Gourmet bereits obligatorischen saftig-knusprigen Brotscheibe mit Rohmilchbutterröllchen in Gestalt eines mit Cocktailsauce gefüllten und mit einer gebratenen Garnele belegten schwarzen „Luftbrots“ gleich recht artifiziell los. Gegenständlicher und nicht minder schmackhaft wurden anschließend die Lamellen von confiertem Kabeljau mit geschmortem Fenchel, Orange, getrockneten Oliven, dem Tupfen einer Art Kapern-Hollandaise und fruchtigem Olivenölsud in mediterrane Gefilde verfrachtet – und fühlten sich dort schmeckbar wohl.
Auch im ersten Gang des Menüs ging es leicht und luftig zu. Hier war ein mit verschiedenen Wildkräutern und kleinen Stücken von krossem Speck angereicherter Salat von Pfifferlingen und Pfirsich das Bett für eine kapitale Garnele aus dem Atlantik, die tiefrot, glänzend und mit knusprigem Reis beflockt darauf thronte und von einem dezent angeschärften Krustentierschaum flankiert wurde.
Einen spannend unkonventionellen vegetarischen Gang gab's danach in Gestalt einer mit Pilzen und Gemüse-Duxelles gefüllten und im Heu-Salzteig gegarten Kohlrabiknolle. Das eher warmaromatisch und sehr intensiv nach sich selbst schmeckende Gemüse wurde mit einer eher frisch schmeckenden Begleitung aus Erbsencreme, knackigen Erbsen und knackigem Zuckermais aufs Porzellan geschickt und dort mit einem voluminösen Maiswasser-Schaum nappiert. So bekamen die unterschiedlichen vegetabilen Facetten von erdig-dumpf bis grün und frisch die Untermalung von einer zarten Süße. Ein sehr spannendes und eigenständiges Gericht.
In die eher klassische, diesmal mediterrane Richtung ging es mit der saftig-fleischigen Seezunge auf einem Potpourri aus zitrisch angehauchtem Artischockenpüree, Artischockenachteln, Tomatenconcassée und Zucchini. Eine Vinaigrette auf Basis von Olivenöl und Balsamessig mit Pinienkernen und Kräutern sorgte für eine leichte, erfrischend säuerliche Basis mit zarter, gut eingebundener Süße.
Richtung Fernost ging die Reise mit Buttermakrele und Schweinekamm, die zusammen mit Korianderwurzel und kleinen Punkten einer intensiven Creme von Koriandergrün als kleines Schichtwerk in einem fruchtigen Sojasud angerichtet waren – und in ähnlicher Konstellation auch als Füllung eines à part dazu servierten Knuspersticks zusammenfanden. Die Paprika, die in dem Sojasud im Hauptschälchen als kleine Würfel schwamm, fand auch auf dem Satellitentellerchen statt. Dort als Creme von geschmorter Paprika. Vor allem durch das schmelzig-röstaromatische Schweinefleisch war das ein sehr reizvoller, leicht zugänglicher und im besten Sinne „leckerer“ Gang.
Ähnlich zugänglich und geschmackssatt, diesmal wieder ganz und gar klassisch, präsentierte sich im Hauptgang das Dreierlei vom Kalb „nach Burgunder-Art“: ein mit flockig-knus-

priger Bröselhaube aus Brot, Speck und Schnittlauch bedecktes Filet, ein mit rohen Champignons, mit Champignoncreme gefüllten Zwiebeln und Lardo-Speck liiertes Kalbsbries und eine kleine Scheibe von der geschmorten Kalbsbacke. Letztere teilte sich das à part zum Hauptteller eingesetzte Schälchen mit Kartoffelmousseline, Zwiebel, Champignon, Speck und kräftiger Kalbsjus. Ein insgesamt sehr tiefes, dichtes und würziges Hauptgericht, das durch den dazu ausgeschenkten Lalande de Pomerol mit den nötigen Ecken und Kanten in Form von Säure und Tannin versorgt wurde. Solo wäre uns dieses Gericht eventuell ein wenig zu breit und behäbig gewesen – wenngleich das an dieser Stelle schon Kritik auf sehr hohem Niveau ist, auf dem sich die Küche durchgängig bewegt.

Beim Dessert um Joghurt, Himbeere und Pastis kam das typische Anisaroma leider nur beim ersten Teil, dem Pré-Dessert aus den gleichen Bestandteilen richtig gut durch und konnte dort einen pfiffigen Akzent setzen. Der Hauptteller um einen cremigen Joghurt-Savarin mit Himbeersorbet im Himbeersüppchen war ebenfalls ein sehr aparter, leichter Nachtisch, blieb aber etwas brav. So ließe sich aus unserer Sicht im Hinblick auf weiteres Steigerungspotenzial vor allem auf zu mehr Mut bei den Aromenakzenten und noch etwas prägnantere Konturen hinweisen. Grundsätzlich sollte das Team aber einfach genau so weitermachen.

8

Oben

Kohlhof 5, 69117 Heidelberg
0172-9171744
www.restaurant-oben.de
Küchenchef: Robert Rädel
Mi–Sa ab 18 Uhr, So, Mo u. Di RT
Menüs: 120 €

Wie ein wenig aus der Zeit gefallen wirkt der im frühen 18. Jahrhundert entstandene „Alte Kohlhof" unweit des beliebten Ausflugsziels rund um den Königsstuhl. Mit Trubel und Menschenmassen muss man bei der Einkehr in diesem etwas abseits gelegenen, authentisch urigen Anwesen dennoch nicht rechnen. Vielmehr erfreut man sich hier an einer putzigen Ziegenherde oder man genießt den Blick in den liebevoll gehegten Obst- und Kräutergarten. Mit dem Label „kreative Naturküche" bringt das kleine Team um Küchenchef Robert Rädel die kulinarische Linie selbst auf den Punkt. „Regional, nachhaltig, saisonal" – vielerorts fast schon überstrapazierte Modeworte, werden hier in einer Art und Weise mit Substanz unterfüttert, die fast schon einzigartig ist.

Und auch wenn der ehemalige Manfred-Schwarz-Schüler die neue Regionalküche natürlich nicht erfunden hat, ist seine individuelle Interpretation nicht nur spannend und innovativ, sondern immer auch sehr genussreich und zugänglich, also denkbar weit von karger Wald-und-Wiesen-Küche entfernt. Heuer präsentierte sich das Kulinarium in Summe vielleicht sogar noch ein klein wenig stringenter, weil offenbar an einigen Stellschrauben gedreht wurde, die originellen Einfälle bisweilen noch besser ausgearbeitet wirkten und auch sonst fast alles äußerst stimmig und konsequent zu Ende gedacht war.

Das Sammeln, Konservieren und Verfeinern von Zutaten wie Lindenkapern oder Fichtenspitzen ist für das Team mittlerweile zur Passion geworden und überhaupt überlässt man hier auch bei der Auswahl der Viktualien nichts mehr dem Zufall. Der Hinweis auf der Karte, dass man ganz bewusst auf „Prime Goods", also die einschlägigen Edelprodukte der internationalen Gourmetwelt verzichtet, wirkt da fast schon überflüssig. Man erwartet sie weder, noch vermisst man sie!

Schlagendes Beispiel für einen überzeugenden Auftakt ganz ohne Austern, Kaviar, Jakobsmuscheln & Co. war gleich der dreifache „Prolog" zur Begrüßung. Da durfte nicht nur ein herrlich charakterstarkes, gekonnt zwischen Süße und Erde vermittelndes Karottensüppchen nebst Aromen von Kamille und Lupinen-Miso ganz produktnah und doch originell wirken, auch der auf Holzkohle gegrillte und mit Holunder (Kapern, Blüten, Öl …) akzentuierte Spargel sowie ein Tatar vom Karlsruher Rheinhecht, einem Lieblingsprodukt der Küche, machten ganz unverstellt und doch kreativ in Szene gesetzt für sich Werbung.

Genauso überzeugend war dann auch der eigentliche Auftakt ins Menü, das weiterhin aus

dreizehn Gängen besteht und auch als vegetarische Variante geordert werden kann. Und gerade im fleisch- und fischlosen Metier setzen die verwendeten Produkte ohne Zweifel Maßstäbe. Umamiberstende Tomaten (gelb, grün, rot, mal als Sorbet, mal erwärmte Cocktails …) gaben bei der Interpretation des „Tomatensalats“ süß-säuerlich den Ton an, profitierten aber auch von der leichten Schärfe und einer herb-bitteren Note der Kapuzinerfrüchte sowie von der spritzigen Säure frischer Himbeeren. Die zusätzliche alkoholische Note des am Tisch aufgesprühten Himbeergeistes und der krosse Crunch-Akzent von Tapiokachips rundeten das Ganze kongenial ab – und zeigten, was die Essenz der Küche ausmacht: präsente Aromen, prägnante Texturen und handwerkliche Präzision!
Präzision war im Anschluss dann sowohl bei der Kombination von Bachforelle, Gurke und Zwiebel als auch bei der Kreation rund um Stör, Paprika und Aubergine das Leitmotiv. Denn wie messerscharf hier die einzelnen Akzente zunächst schon für sich alleine wirkten, aber auch in Summe ein völlig ausgereiftes Gesamtbild ergaben, war schon beeindruckend. Das auf einem Zedernholzspan über Holzkohle gegrillte Saiblingsfilet brachte zunächst rauchiges Fischaroma ins Spiel, das von einer sattgrünen Gurkenkaltschale (Sorbet, Röllchen, Suppe …) erfrischt und von Forellenkaviar punktuell gepusht wurde. Klasse! Im Anschluss stimmte das mit Schmackes angebratene, feste und doch locker aufblätternde Fleisch vom Stör mit feinbitterer Paprika (orangefarbene Creme und grünes Chutney) und schmelzig-schlotziger Auberginencreme einen starken Akkord an.
Dass Robert Rädel weiterhin nur von seiner langjährigen Sous-Chefin Mona Schmid unterstützt wird, ist gemessen am betriebenen Aufwand schon beachtlich. Wer die Chance bekommt, am kleinen Chef's-Table Platz zu nehmen und deren blindes Zusammenspiel, die fast wie choreographiert wirken Abläufe und Handgriffe, in unmittelbarer Nähe zum Geschehen zu beobachten, bekommt eine Ahnung davon, wie präzise hier gearbeitet wird.
So wie auch beim Hauptgang, der mit einem Rib-Eye-Entrecôte vom deutschen Rind vielleicht noch am ehesten als klassisches „Edelprodukt“ bezeichnet werden konnte. Dem perfekt trockengereiften, saftig-zarten Beef spendierte das eingespielte Duo ein Zweierlei von Kopfsalat und Fichte, das dem Fleisch nuanciert grüne Aromen zuarbeitete. So kam das Kopfsalatherz scharf und röstig angebraten daher, während der Nadelbaum die Kreation in Form von jungen Spitzen, einer Fichtennadel-Mayonnaise und getrocknet als Pulver waldig unterfütterte. Im Verbund mit einer perfekt reduzierten Kalbsjus und einer kleinen gekochten Annabell-Kartoffel war auch das ein Paradebeispiel für den Oben-Style: Handwerkliche Klasse, erprobte Grundmuster und unverbrauchte Akzente im perfekten Zusammenspiel.
Wenn es denn wirklich einmal etwas zu kritisieren gibt, sind das keine grundsätzlichen Patzer, sondern höchstens Kleinigkeiten bei der Feinabstimmung. So wie zuletzt beim süßen Abschluss, als ein relativ neutrales Podest aus gefrorener Dickmilch die ansonsten gelungene Variation von Erdbeeren, Löwenzahn-Honig und Vanillecreme etwas „verwässerte“, oder das als „R3“ annoncierte Trio um Rhabarber, Riesling und Ritter zu sehr von der allzu üppigen Zuckerhülle der Arme-Ritter-Würfel dominiert wurde.
Mit Anna Kaufmann ist im Oben noch eine weitere Überzeugungstäterin an Bord, die nicht nur den neugestalteten und mit viel Gutem vor allem aus der Pfalz und aus Baden bestückten Weinkeller gerne bei einer persönlichen Führung präsentiert und Gewächse daraus empfiehlt, sondern auch die empfehlenswerten alkoholfreien Alternativen wie selbst hergestellte Säfte, Tees und Essenzen verantwortet. Und das tut sie mit derselben Passion wie ihre Mitstreiter am Herd.

7

Scharffs Schlossweinstube

Schlosshof 1, 69117 Heidelberg
06221-8727010
www.heidelberger-schloss-gastronomie.de/scharffs-schlossweinstube
Do–Sa ab 18 Uhr, So–Mi RT
Hauptgericht: 35–40 €,
Menüs: 85–135 €
VISA P

Auch nach dem jüngsten Konzeptwechsel, weg von einer allzu forcierten Gourmetküche, hin zu nach wie vor anspruchsvollen, aber etwas zugänglicheren Gerichten ohne Menüzwang, die der Chef „unkomplizierte Geschmacksküche“ nennt, kann man in dem schlicht-eleganten Schlossrestaurant mit monumental dicken Mauern, Parkettfußboden und Kachelofen unverändert gut essen. So lohnt ein Besuch der berühmten Schlossruine hoch über Heidelberg, die jedes Jahr unzählige Touristen anzieht, weiterhin auch aus kulinarischer Sicht. Schon im Vorjahr stellten wir fest, dass sich das Team um Patron und Jeune Restaurateur Martin Scharff gesteigert hatte, indem es die Gerichte schnörkelloser, dafür handwerklich präziser ausarbeitet und somit letztlich auch geschmacklich besser auf den Punkt bringt. Stilistisch bewegt sich das weiterhin auf Basis einer zeitlosen frankophilen Klassik, die oft und gern auch regionale Produkte einbezieht. Bei den glasweisen Weinempfehlungen konzentriert sich das Team schwerpunktmäßig auf die Gewächse deutscher Erzeuger.

5

Wirtshaus zum Nepomuk

im Stadthotel Zur Alten Brücke

Obere Neckarstr. 2, 69117 Heidelberg
06221-739130
www.altebruecke.com
Täglich ab 18 Uhr, im Sommer auch Sa u. So Mittag, kein RT
Hauptgericht: 16–32 €, Menüs: 39–69 €
EC VISA

Stimmungsvoll nostalgische Gasthäuser gibt es in Heidelbergs Altstadt ja eine ganze Menge. Eines davon, noch dazu in absoluter Gunstlage, nämlich direkt an der berühmten Alten Brücke von 1788, ist das Nepomuk, das zum „Hotel Zur Alten Brücke" gehört und dessen renovierten, mit Liebe zum Detail dekorierten Gastraum man über den überdachten Innenhof des um 1700 erbauten Bürgerhauses erreicht. Hier wird eine zwar bodenständige, aber dennoch mit Anspruch gekochte Küche geboten, die sich nicht ausschließlich, aber doch größtenteils mit heimischen Viktualien und traditionellen Rezepturen beschäftigt. Die reicht von hausgemachten schwäbischen Maultäschle nach Großmutters Rezept bis zum Krustenbraten von Landschweinen der schwäbisch-hällischen Erzeugergemeinschaft und bietet ein sehr solides Gesamtniveau. Dazu eine kleine Auswahl meist badischer und pfälzer Weine und das alles zu moderaten Preisen.

Hotelempfehlung

★★★

Stadthotel Zur Alten Brücke

Obere Neckarstr. 2, 69117 Heidelberg
06221-739130
www.altebruecke.com
Einzelzimmer: ab 78 €
Doppelzimmer: ab 99 €
EC VISA

In seiner wechselhaften Geschichte seit der Erbauung 1707 hat das Haus, das direkt an der berühmten Alten Brücke in Heidelbergs Altstadt liegt, die über den Neckar führt, viele Studenten kommen und gehen sehen. Denn die Nähe zur Universität, zum Neckarufer, zur romantischen Schlossruine und zu den zahlreichen Studentenlokalen haben diesen Standort für Generationen von Studierenden zum Wunschziel des Wohnens in Heidelberg gemacht. Eine ideale Lage also für Besucher, die hier heute in zehn Doppel- und drei Einzelzimmern, zwei Dachsuiten, zwei Maisonettesuiten und zwei Balkonzimmern das echte Heidelberg in Gehdistanz zu den weltberühmten Sehenswürdigkeiten der romantischen Universitätsstadt erleben können. Um den Geist des Studiums zu erhalten, wurden alle Zimmer mit „Bücherregalen", Schreibtischen und einem geschmackvollen bunten Stilmix in individuelle „Studierstuben" verwandelt. Kein Raum gleicht in diesem historischen Gebäude dem anderen. Eines haben jedoch alle Zimmer gemeinsam: die lässige Gemütlichkeit und die Liebe zum Detail. Restaurant Wirtshaus zum Nepomuk separat erwähnt.

Heilbronn (Baden-Württemberg)

6

Bachmaier

Untere Neckarstr. 40, 74072 Heilbronn
07131-6420560
www.restaurant-bachmaier.de
Di–Sa ab 18.30 Uhr, So u. Mo RT
Hauptgericht: 14–25 €, Menüs: 39–59 €
EC VISA

In der offenen Küche des kleinen und schnörkellosen Restaurants mit Freisitz auf der Gastromeile „Untere Neckarstraße" kocht Ottobert Bachmaier raffiniert-bodenständig und schnörkellos seine meist nur aus drei tonangebenden Komponenten kreierten Gerichte. Die gibt's in Form eines nach Marktlage wechselnden Auswahlmenüs, sie sind oft und gern mediterraner Art, aber auch mal verfeinert regional-rustikal oder sogar exotisch angehaucht und immer schön leicht – auch wenn's mal etwas zupackender ist. Meist verlässt er sich auf die heimische Produktvielfalt, arbeitet sehr sorgfältig und würzt couragiert. Und seit wir den Chef und seine Küche kennen, schmeckt das meistens noch attraktiver als es klingt. Umsichtig und unprätentiös agiert Gastgeberin Ulrike Bachmaier.

6

Rebstock la petite Provence

Eppingerstr. 43,
74080 Heilbronn (Böckingen)
07131-4054351
www.rebstock-provence.de
Küchenchef: Dominique Champroux
Mi–Sa ab 18.30 Uhr, So–Di RT
Hauptgericht: 23–32 €, Menüs: 42–75 €
EC

Das kleine Eckhaus-Lokal mit nettem Freisitz unter Laubbeschattung im Heilbronner Stadtteil Böckingen wird von Beate und Dominique Champroux seit Jahren in Personalunion bespielt, wobei der ursprünglich aus der Provence stammende Koch seine Frau stets auch im Service unterstützt und die eben noch in der Küche finalisierten Teller selbst mit aufträgt. So kann er am Tisch auch immer etwas genauer erklären, um was es sich dabei handelt und welche besonderen Produkte Verwendung gefunden haben. Tolle Produkte sind für den sympathischen Küchenmeister ohnehin das A und O. Und wenn man das Glück hat, genau dann hier einzukehren, wenn der Chef gerade erst von einem kurzen Trip in die Heimat zurückgekommen ist, dann macht es gleich noch mehr Spaß!

Zum Aperitif trug Champroux zuletzt auf einer Schieferplatte ein schlichtes, schmackhaftes Dreierlei auf. Ein süffiges, zugleich herrlich sommerliches und farbenfrohes Amuse-Bouche folgte sodann in Gestalt einer pikant abgeschmeckten Aprikosencreme, auf die von sehr zarten und saftigen kleinen Kalbfleischwürfeln über winzige Pfifferlinge, geröstete Pinienkerne, kleine saftige Pistazien-Sponges bis hin zu Tupfen von Sauce Pistou und Joghurt eine Menge unterschiedliche Aromengeber auf engen Raum appliziert waren – und dort prima miteinander harmonierten.

Nicht minder sommerlich und farbenfroh ging es mit einer vegetarischen Vorspeise weiter, die sich den Gemüsen Zucchini und Aubergine in verschiedenen Darreichungsformen von cremig bis bissfest und von säuerlich bis würzig widmete. Unterstützt durch eine Creme von schwarzem fermentiertem Knoblauch, französischer Sommertrüffel sowie duftigen Kräutern wie Estragon und Basilikum war das mit verhältnismäßig einfachen Mitteln recht raffiniert und facettenreich gestaltet. Da hat auf dem Teller bin hin zu den frittierten Zucchiniblüten alles seine bestimmte Aufgabe.

Weil der Chef bei der Rückkehr seines letzten Frankreich-Trips jede Menge frische Sommertrüffel aus der Provence im Gepäck hatte, ließ er es sich nicht nehmen, diese dann großzügig in fast jedem Gang seines Menüs unterzubringen. So wie auch beim umwerfend saftig und fluffig geratenen, in Sachen Salz und Pfeffer allerdings bis an die Grenze des Vertretbaren ausgereizten Rahmrührei, das mit reichlich Trüffel und etwas Schnittlauch aromatisiert war. Bis auf die Würzintensität ein sehr gutes, unkompliziertes Löffelgericht mit Soulfood-Faktor. Aber wir wollen uns überhaupt nicht beschweren, denn eigentlich finden wir es an der Küche von Dominique Champroux ja gerade so reizvoll, dass sie zumeist markante Ecken und Kanten hat.

Und die hatte auch der nächste Zwischengang um frische und tatsächlich sehr gute Flusskrebsschwänze reichlich: Das Artischockenpüree, das neben geviertelten Artischockenher-

zen die Basis dieses Gangs bildete, war nämlich sehr kräuterwürzig mit Thymian abgeschmeckt, die Krustentierreduktion entpuppte sich als ein hochkonzentrierter Ausbund an produkttypischem Geschmack und die mit reichlich Pastis abgerundete Sabayon brachte mit ihrer rauen alkoholischen Note ebenfalls viel Charakter auf den Teller. Wenn das dann (so wie hier im Verein mit Salicornes, etwas Rucola und Borretschblüte) auch noch äußerst harmonisch schmeckt, dann gibt's sowieso rein gar nichts zu meckern.
Auch auf dem Teller des Hauptgangs ging es farbenfroh, aromenreich und südfranzösischzünftig zu: Der gebratene Lammrücken mit kernigem Biss und viel Eigengeschmack, der da von confierter Tomate und geschmortem Minifenchel sekundiert wurde, war mit einer pikanten und sehr würzigen Paprikacreme, einem intensiven, aus den Fenchelstängeln gekochtem Püree und ziemlich deftig knoblauchscharfer Joghurtsauce cremig unterlegt. Nichts für besonders sensible Gaumen, aber wenn man kraftvolle Aromenküche schätzt, eine sehr schmackhafte und runde Sache.
Ein vom Chef selbst mit Trüffel affinierter Banon, der traditionelle Ziegenkäse aus dem Gebiet von Alpes-de-Haute-Provence, leitete dann zusammen mit eingelegten Kirschen samt einer konzentrierten Reduktion des Kirschsafts sowie Walnussbrot und französischer Salzbutter zum süßen Finale über. Und da setzten mit Piment d'Espelette und Olivenöl abgeschmeckte Himbeercoulis sowie kräftig mit Trüffel aromatisierte weiße Schokoladencreme zu zweierlei Pfirsich und Rahmeis von Zitronenverbene wieder kreative und überraschend stimmige Akzente. Beate Champroux serviert zu allem auch glasweise schöne, individuelle Weine aus der Provence – gerne auch in „Autofahrerportionen".

Heringsdorf (Mecklenburg-Vorpommern)

7↑ 🍴🍴🍴

Belvedere

im Hotel Travel Charme Strandidyll
Delbrückstr. 10, 17424 Heringsdorf
☎ 038378-476547
www.travelcharme.com/hotels/strandidyll-heringsdorf/restaurant-belvedere
Küchenchef: Christian Somann
Di–Sa ab 18.30 Uhr, So u. Mo RT
Hauptgericht: 35–49 €, Menüs: 75–115 €
EC VISA P

Eine exponierte Lage inklusive Meeresblick ist ein besonderer Luxus vieler Restaurants an der Ostseeküste. Dass sich zur attraktiven Aussicht auch spannende Küche findet, ist dagegen schon weit weniger häufig. Umso erfreulicher also, wenn wie im großzügigen Rondell in der vierten Etage des eleganten Travel Charme-Hotels in Heringsdorf beides zusammenkommt.
An den fein eingedeckten Tischen rund um die umlaufende Fensterfront, zwischen klassischem Weiß und Stoffen in dunklem Rot sitzt es sich zweifelsohne sehr entspannt. Und genauso unbestritten sind die Ambitionen von Küchenchef Christian Somann, der hier auch im zweiten Jahr weiter ordentlich Gas gibt. Die Erfahrungen unter anderem bei André Münch und als rechte Hand von Daniel Schmidthaler in der Alten Schule Fürstenhagen (von wo er das saftige Kartoffelbrot mit nach Heringsdorf gebracht hat) sind die Basis, auf der er hier außerdem eine zunehmend eigenständigere Linie entwickelt. Und insbesondere vor dem Hintergrund, dass der Chef das nicht eben kleine Restaurant mit einem minimal kleinen Team bespielt, ist das Gebotene mehr als beachtlich.

Zwar wird nicht jede Textur absolut optimal getroffen und ist nicht jede Komponente millimetergenau austariert. Aber die geschmackliche Aussagekraft, insbesondere bei Fonds und Saucen, macht das locker wett. Überhaupt liegt in der Verbindung von klassischer Substanz mit moderner Leichtigkeit und prominenteren Rollen auch für Gemüse die größte Stärke. Zu Beginn machten auf dieser Linie schon ein luftiger Eischaum und Croûtons auf Roter Bete und Pilzcreme als Umami-Miniatur sowie ein Strudelteig-Cornet mit Spitzkohl, Sauerrahm und Felchen-Kaviar als knackig frisches Pendant selbst die Lektüre der Karte schon genussvoll und direkt noch mehr Lust auf die humorvoll betitelten, gern auch mit bodenständigen und rustikalen Assoziationen spielenden Gerichte.

Das Fingerspitzengefühl im Umgang mit Gemüse und eine Vorliebe für deutliche Aromen zeigte dann der ausgewachsenere Gruß aus der Küche mit einem markant angeschärften schlanken Kürbissorbet auf Buttermilchmolke und Kernöl, ergänzt von gebackenem Spitzkohl und zarten gerösteten Kürbisstreifen. Gerade durch das Spiel mit Säure und Schärfe ein animierender Opener.

Gemüse brachte auch den ersten regulären Gang „Pfeffer-Bohne" auf Spannung, hier mit einem knallgrünen vegetabilen Bohnenfond in samtiger Bindung. Dieser kleidete die dezent in Pfeffer gebeizten festfleischigen Stücke vom (mageren) Ostseelachs inklusive Crème fraîche und Störkaviar ein, während im Zentrum dünne knackige Bohnenstreifen, ein mit geradezu spritziger Säure hinterlegtes Buttereis und ein transparentes Bohnen-Knusperteigblatt deutlicher auf Kante gingen. Insgesamt trotzdem ein eher zarter, schwebender Auftakt. Und das Buttereis konnte durchaus auch Juan Amadors bekanntem Beurre-blanc-Eis Konkurrenz machen …

Deutlich kraftvoller – und mit etwas dickeren Pinselstrichen gezeichnet – wurde es dann beim folgenden Gang: dunkler Trüffelduft und knusprige Pfifferlinge rund um ein cremig fließendes Hühnerei unter pfeffrigem Panko-Knusper. Das kann nur gut werden, wurde hier aber sogar noch besser, weil durch eine Melange aus fruchtsüßem Aprikosenconfit und Trüffeljus unterlegt. Gourmet-Soulfood der besten Art!

Auch das kräftig geröstete, innen schmelzige Kalbries sprach (trotz einiger störender Häutchen und etwas ungleichmäßiger Garung) direkt die Emotionen an. Zumindest dann, wenn positive Assoziationen zu paprikapikanten Gulaschnoten bestehen. Serviert wurde das Bries nämlich auf einem kleinen Klecks Sauerkraut-/Kartoffel-Creme und leichtem transparentem Gulaschfond mit pikanter Schärfe, während eine schmorfruchtige Paprikacreme und ein (etwas zu pastöses) säuerliches Gel fokussiertere Akzente beisteuerten und einen verfeinert rustikalen Gang mit hohem Fun-Faktor formten.

Einer der stärksten Eindrücke des letzten Besuchs kam allerdings erst im Anschluss mit Teil eins des Hauptgangs: An der Karkasse zu rosa-aromatischer Perfektion gebratene Taubenbrust kam hier auf gegrilltem Knollensellerie gemeinsam mit der würzigen Süße geschmorter Schalotte, einem filigranen Buchweizen-Gebäckblatt und einer leicht trüben Senfkornjus auf den Teller. Die Jus war es auch, welche die ansonsten vor allem auf süßliche Würze und Umami setzende Kombination mit ihrem festen Säurekern und komplexem Körper (wie von eingemixten Innereien) auf Spannung brachte.

Diese Differenzierung zumindest in Nuancen fehlte im zweiten Teil ein wenig: hier ergab der gedämpfte böhmische Knödel mit Füllung aus geschmortem Keulenfleisch, süßlich fruchtigem Holundergelee und etwas Trüffel zwar einen peppig-harmonischen Happen, der sich in reichlich rauchiger Taubenessenz aber schnell in Einzelteile auflöste und selbst mit dem Gourmetlöffel schwer zu handeln war. Da hätte allein mit verschobenen Proportionen und anderem Anrichten noch mehr rausgeholt werden können.

Vollkommen stimmig gelang dagegen der süße Abschluss rund um dunkelfruchtig-säuerliche Brombeere (Sorbet und Mousse-Ring) mit Dill und luftig aufgeschäumtem Ziegenquark. Ein bisschen nussig-getreidiger Crunch und pointierte Extrasäure durch Quittengel lockerten das Ganze noch weiter auf. Unter dem Strich ein zwar nicht ausgereizt scharfgestelltes, aber harmonisches und sommerlich frisches Finale.

Für den passenden Rahmen und die reibungslose Versorgung mit Nachschub sorgt Restaurantleiter Steffen Berger. Der charmante und kompetente Gastgeber teilt zwar das Schicksal der Küche, mit einem kleinen Team für viele Gäste sorgen zu müssen, behält aber selbst bei vollem Haus und zügigem Tempo stets den Überblick und die Zeit für gut korrespondierende Weinempfehlungen. Die mit auffallend vielen attraktiven offenen Positionen (unter anderem aus Sachsen) bestückte Karte bietet dafür eine ausgezeichnete Basis.

Bernstein

im Strandhotel Ostseeblick
Kulmstr. 28, 17424 Heringsdorf
038378-54297
www.strandhotel-ostseeblick.de/de/restaurant-bernstein-usedom
Küchenchef: Arjan Mensies
Täglich ab 18 Uhr, kein RT
Hauptgericht: 30–35 €, Menüs: 39–89 €
EC VISA P

Das Restaurant Bernstein befindet sich im Usedomer Strandhotel Ostseeblick, das nicht nur so heißt, sondern tatsächlich einen ungestörten Blick auf das Meer und den Osteestrand ermöglicht. Den genießt man am besten von einem der Plätze vor den bodentiefen Fenstern des schicken Halbrunds des Gastraums aus, der erhöht über der Heringsdorfer Promenade schwebt. Schon seit vielen Jahren steht hier der gebürtige Holländer Arjan Mensies am Herd, der hier den nicht eben leichten Spagat zwischen Halbpensionsmenü für Hotelgäste und À-la-carte-Programm für Gourmets souverän meistert und eine im Kern klassische Küche hier und da mit kreativen Akzenten versieht.
Die Vorspeise unseres letzten Menüs konnte besonders mit den gut gebratenen, saftigen, nur in Sachen Eigengeschmack etwas ausdruckslosen Jakobsmuscheln punkten, die von guten al dente gegarten Graupen begleitet wurden. Gleich drei an sich schon sehr charakterstarke Aromen – nämlich Yuzu, Ponzu und Curry – bringen Mensies und sein Team in diesem Gericht unter. Zwar sind alle gut in Form von verschiedenen Cremes eingebunden, jedoch verläuft sich das Aroma ein wenig im Diffusen und lässt einen klaren Fokus vermissen. Handwerklich einwandfrei und durchaus schmackhaft ist dieser schmissige Teller aber allemal!
Genau über diese bei der Jakobsmuschel-Vorspeise fehlende Fokussierung freuten wir uns aber beim nächsten Gang mit Kalbsbries, Erbsen, Kräutersaitling und Spitzkohl. Das Fleisch der Thymusdrüse vom Kalb ist kross frittiert und aromatisch sehr klar und rein. Der Spitzkohl schmeckt angenehm natürlich und leicht süßlich, ebenso das saubere Erbsenpüree, dem der Kräutersaitling mit einer guten Prise Umami zur Seite steht. Einzig das Bries selbst ist durch das beherzte Frittieren etwas übergart und leicht trocken – ein kleiner Wermutstropfen, der den positiven Gesamteindruck des Gerichts jedoch nur minimal trüben kann.
Ein weiterer Zwischengang mit Steinbutt, Currysauce, Karotte und Risotto kann da nicht ganz mithalten. Zwar ist der Fisch qualitativ nicht schlecht und auch gut gebraten, allerdings leidet der Teller in unseren Augen ähnlich wie die Vorspeise unter zu vielen Komponenten. Besonders die Currysauce, in der wir Kokosmilch und Ingwer vermuten, will nicht so ganz zum Risotto passen, das darüber hinaus sehr weichgekocht und entsprechend breiig ist. Doch das ist auch hier Kritik auf gutem Niveau, das dieser Gang trotz gewisser Abstriche dennoch hat.
Nach Bries und Steinbutt schickt die Küche mit Ente zum Hauptgang ein weiteres recht typisches Produkt der klassischen gehobenen Küche. Im Gegensatz zu den Hauptkomponenten der vorausgegangenen Gerichte kann uns hier der vermeintliche Star auf dem Teller aber nur bedingt überzeugen. Zwar ist das Fleisch rosa, zart und nicht zäh, jedoch trotzdem sehr trocken und mürbe, fast breiig, was auf eine suboptimal angewendete Sous-vide-Garung hindeutet. Erfreulicherweise können aber gute Beilagen auch diesen Gang noch auf ein recht ordentliches Niveau hieven – allen voran sehr knackige sautierte Mairübchen und eine gut strukturierte Fleischsauce, die mit der indisch inspirierten Gewürzmischung Vadouvan auch noch ziemlich interessant aromatisiert ist.
Konsistenter ist dann wieder das Dessert, das mit Rotkohl eine ungewöhnliche, hier aber sehr treffsicher eingesetzte Zutat beinhaltet. Das passte deshalb so gut, weil sich daneben mit gutem Mandarineneis, Quittencreme, Schokoladenmousse und Streusel mit Spekulatiusgeschmack allerlei winterliche Aromen auf dem Teller befanden. Im Zusammenklang zwar wieder etwas diffus, aber stimmig, harmonisch und durch das weihnachtliche Timbre auch durchaus authentisch.
Allein schon für den Ausblick und das angenehme Ambiente dieses inhabergeführten Hotels lohnt es sich, im Bernstein einzukehren – dass sich dazu die Küche auch noch einfallsreich und klar überdurchschnittlich präsentiert, ist umso schöner. Wir wollen aber auch nicht mit

unserem Gefühl hinterm Berg halten, dass hier mit nur ein wenig mehr Fingerspitzengefühl auch noch deutlich mehr möglich wäre. Wenn es Arjan Mensies und seinem Team gelingt, die ein oder andere Komponente kritisch zu hinterfragen und noch etwas mehr Fokus auf die Hauptprodukte zu legen, könnte das Niveau spielend noch angehoben werden. Die Ansätze auch für eine höhere Bewertung sind nämlich zweifellos vorhanden.

7

Kulmeck

Kulmstr. 17,
17424 Heringsdorf
038378-488040
www.kulmeck.de
Mi–Sa ab 19 Uhr, So–Di RT
Hauptgericht: 40–50 €,
Menüs: 99–135 €
EC VISA P

Wenn auf der Urlaubsinsel Usedom eine ganz bestimmte Person für die gehobene Gastronomie mit anspruchsvoller Küche steht, dann ist das wohl eindeutig Tom Wickboldt. In den vergangenen Jahren hat der erfahrene Chef hier über verschiedene Stationen hinweg immer wieder hohes kulinarisches Niveau etabliert, ist deshalb entsprechend bekannt und natürlich bestens vernetzt. Nachdem er mit dem geschichtsträchtigen Kulmeck – einer schmucken kleinen Villa am gleichnamigen Hügel in Heringsdorf – ein echtes Herzensprojekt gefunden, aufwändig kernsaniert und wiedereröffnet hatte, wurde er leider nur wenig später durch den Corona-Lockdown wieder ausgebremst. Im Frühsommer 2021 konnte er mit seinem kleinen Team aber endlich durchstarten. Und das auf die gewohnt entspannt-motivierte und souveräne Art.
Das historische Kulmeck jedenfalls ist einladend und schick geworden: Naturholz, hellgrüne und hellgraue Polster, etwas Kunst und insgesamt reduziertes Design lassen die neue Wirkungsstätte des kulinarischen Local Hero eindeutig „casual“ wirken, sind aber zugleich so elegant, dass auch das abendliche Fine Dining eine absolut passende Bühne erhält. Und selbst wenn es mal nicht das volle Programm sein soll, kann man sich hier auch einfach am frühen Abend auf ein Glas Wein und bodenständigere kleine Gerichte oder zu späterer Stunde auf einen Absacker auf der Terrasse vorbeischauen. Eben ein sympathisch entspanntes Mischkonzept mit Niveau!
Aber auch das Gourmetmenü am Abend wird, wie bereits angedeutet, im Vergleich zu vorherigen Stationen Tom Wickboldts eher unkompliziert und produktorientiert gestaltet. Da kommen sowohl die langjährige Erfahrung als auch die guten Kontakte zu den Lieferanten voll zum Tragen, denn eine derart reduzierte Küche, die oft mit nur drei tonangebenden Komponenten auskommt, funktioniert eben nur, wenn man genau weiß, worauf es ankommt, und wenn die Produkte überdurchschnittlich hohe Qualität bieten. Das funktioniert hier im Kulmeck ganz prima, denn schon die ersten kleinen Appetizer aus gepickeltem Gemüse mit Kräuterquark, feinem Rohschinken mit Radieschen und einer raffinierten, flüssig gefüllten „Caesars-Salad-Praline“ machen unmittelbar Lust auf mehr.
Und dieses Mehr kommt dann auch prompt in Form von fleischig zarten Tranchen der Gelbschwanzmakrele in einer markanten Marinade aus Sojasauce, Chili und Koriander, die neben Umami und dezenter Schärfe auch kräftige Säure mitbrachte. Etwas abfedernd wirkte eine milde Kokoscreme, während Buchenpilze und Reiscrunch für texturelle Auflockerung sorgten. Parallel dazu brachte ein Tatar vom dänischen Kaisergranat mindestens ebenso viel Produktfokus und benötigte dank der ausgezeichneten Qualität auch gar nicht viel mehr als etwas Koriandermayonnaise, einen Hauch Chili und den erfrischenden Akzent von Kalmansi-Gel, um zu punkten.
Die gleiche klare und aufgeräumte Herangehensweise ging auch beim topfrischen und perfekt gegarten Carabinero ganz wunderbar auf: Die Premium-Garnele wurde mit knackigem grünem Spargel, einer luftigen Estragon-/Mandarinenhollandaise und subtil geschärftem Mandarinengel serviert – und hatte so mit vermeintlich einfachen Mitteln sowohl Schmelz als auch Ätherik, fruchtige Frische und genügend Säure zur Seite. Nicht zu vergessen ein dezenter Crunch durch etwas (Buchweizen-?) Popcorn.

In ebendiesem Stil präsentierte das Team auch ein zwar leicht übergartes, aber dank guter Qualität dennoch zart gebackenes Kalbsbries ganz puristisch mit reichlich duftigem australischem Wintertrüffel auf mild süßlicher Zwiebelcreme und einer dichten, säurestraffen Spinatvelouté. Aufgrund der cremigen Konsistenzen ging das Ganze zwar trotz genügend Säure etwas in die Breite, war ansonsten aber erneut eine Punktlandung – und das ganz ohne übereifrige Verrenkungen.
Im Hauptgang stieß das Konzept der großen Wirkung mit kleinem Aufwand dann erstmals leicht an seine Grenzen, weil der (vermutlich sous-vide gegarten) getrüffelten Maishähnchenbrust zwar ein bittergrünes Spinat-Pesto und eine sehr gute Trüffeljus zuarbeiteten, das ergänzende „Knobi-Brot" mit Artischockencreme und -stücken dagegen auf seine trockene Art ein klein wenig grob und verloren wirkte. Da wäre bereits mit einem besseren, saftig aufgekrossten Brot schon ein ganz anderer Effekt möglich gewesen. Im Gesamtkontext ist das aber nur eine Kleinigkeit und ändert nichts an der absolut stimmigen und souveränen Performance.
Genauso wenig wie die Tatsache, dass bei der Überleitung zum süßen Abschluss ein wunderbar säuerlich-cremiges Sauerklee-/Joghurtsorbet leider durch das dazugesellte Holunderblütengelee nicht in erhofftem Maße unterstützt wurde: zu üppig proportioniert und zu fest geliert! Dagegen war bei der duftig pochierten Pfirsichhälfte mit Lavendelhonig und grasig-würzigem Olivenöleis nichts zu viel, nichts zu wenig und alles auf dem Punkt. Sogar die kandierten schwarzen Oliven, die mit ihrer lakritzartigen Würze kleine freche Aromenkicks dazwischenschoben, hatten eine gewinnbringende Wirkung.
Fazit: Tom Wickboldts neues Baby überzeugt auf sympathisch entspannte Art und mit klarer, reduzierter Küche, die eher auf die Produkte und auf wenige markante Akzente als auf kreatives Kleinklein setzt. Dazu gibt es eine überschaubare, aber hochwertige Auswahl an Weinen und auch glasweise korrespondierend immer gut ausgewählte Empfehlungen.

THE O'ROOM

Kulmstr. 33, 17424 Heringsdorf
038378-183912
www.strandcasino-marc-o-polo.com/de/oroom
Mi–Sa ab 18 Uhr, So, Mo u. Di RT
Menüs: 125–155 €
EC VISA

Das kleine Gourmet-Abteil des „Marc O'Polo"-Stores in Heringsdorf hat ein erfrischend eindeutiges Profil: klares Bekenntnis zur norddeutschen Kulinarik, beziehungsweise den Traditionen und Produkten der Ostseeküste. Erfreulicherweise hat das rein gar nichts mit der oft etwas spröden nordischen Regionalküche nach skandinavischem Vorbild zu tun, sondern widmet sich tatsächlich überwiegend traditionellen Zubereitungen, erhält dabei deren vollmundigen, herzerwärmenden Charakter und geht zugleich in eine schlanke, technisch moderne Richtung, die sich ganz auf der Höhe der Zeit bewegt. In jedem Fall entsteht so ein ebenso hoher Fun- wie Genussfaktor, und die Küche schafft es besonders gut, nicht nur rational auf hohem Niveau zu kochen, sondern die Gäste – von „Ei und Stulle" über „Bratensoße" bis „Nachtisch bei Oma" auch emotional abzuholen. Was im Übrigen auch dem Service mit seiner ebenso souveränen wie lockeren und schlagfertigen Art ziemlich gut gelingt und von einem kleinen Sortiment attraktiver Weine passend ergänzt wird.

Herleshausen (Hessen)

La Vallée Verte

im Hotel Hohenhaus
Hohenhaus 1,
37293 Herleshausen
05654-9870
www.hohenhaus.de
Küchenchef: Peter Niemann
Mi–Sa ab 19 Uhr, So–Di RT
Menüs: 104–194 €
EC VISA P

Bereits bei der Anfahrt nach Schloss Hohenhaus, die mitten durch wild und unberührt wirkende Wiesen, Wälder und Weiden, vorbei an Obstbäumen und grasenden Schafen führt, wird schnell klar, dass die hier propagierte „Kreislaufwirtschaft“ und der überwiegende Bezug regionaler Produkte aus dem kleinen Umkreis von nur zwanzig Kilometern Entfernung kein bloßes Lippenbekenntnis sind. Was Peter Niemann hier als Küchendirektor gemeinsam mit seinem Team in kurzer Zeit auf die Beine gestellt hat, ist beachtlich: Vom eigenen Anbau vieler Produkte und Viehzucht auf dem eigenen Landgut, der handwerklichen Herstellung auch von Basiszutaten wie Brot und Essigen bis zum engen Lieferantennetzwerk und sozialem Engagement ergibt sich ein faszinierender eigener Kosmos.

Dessen kulinarisches Aushängeschild ist das kleine Gourmetabteil La Valée Verte mit seinen beiden Menüs, von denen sich eins konsequent der Region und das andere der Bretagne widmet. Wie schon im letzten Jahr gab's die ersten Snacks mit Cidre sehr stimmungsvoll und entschleunigend am prasselnden Kaminfeuer im Foyer, bevor es schließlich weiter ins kleine Restaurant geht. Neben entspannter Stimmung machten die Opener wie eine jodig-straffe Austernschaumsuppe, cremiges Hummertatar auf gegrillter Limette oder luftig-kross gebackener Hahnenkamm in Grüner Sauce zuletzt aber vor allem auch wieder neugierig und Lust auf mehr. Tatsächlich ist die ausgesuchte und mit raren Dingen aufwartende Produktpalette einer der ganz großen Pluspunkte der Küche. Filigranes Feinhandwerk dagegen zählt nicht zu den allergrößten Stärken – auch wenn die Gerichte optisch meist sehr akkurat auf die Teller und Schüsseln kommen. So auch bei der regionalen Forelle, deren festes klararomatisches (eventuell leicht gebeiztes) Fleisch auf dem Hauptteller puristisch mit winzigen Pfifferlingen, knackig säuerlichem Apfel und einer klaren Forellenkaviar-Vinaigrette angerichtet wurde, dabei aber etwas zu dominante Sidekicks von eingelegten Senfkörnern mitbekam. In einem separaten Schälchen wurde leicht confierte Forelle mit Kräutern und Joghurt auf eine laktisch-frische Basis gestellt, während eine fluffige Waffel mit Kräutercreme, Kartoffel-Crunch und Forellenkaviar für etwas Volumen und Abwechslung sorgte. In Summe durchaus ausgewogen und ein animierender Auftakt, in den separierten Tellern hinkte die Feinabstimmung allerdings ein klein wenig der Optik hinterher.

Purismus prägte dann auch den beherzt auf den Punkt gebratenen bretonischen Steinbutt, der nebst luftigem Kartoffelschaum, krossen Kartoffelwürfeln und Piment d'Espelette serviert wurde. Einmal mehr ein grandioses Produkt, jedoch in einen sehr „weichen“, ins Breite gehenden Kontext gestellt, der ohne den begleitenden Riesling von Jakob Jung mit seinen Zitrusnoten und feinen Säuren geradezu behäbig gewirkt hätte. Die Weinempfehlungen des Sommeliers sind übrigens auch sonst empfehlenswert, durchdacht und oft sogar originell … Und apropos ungewöhnliche Ideen: Als solche kann man durchaus auch die tiefdunkle, röstigsüße Gemüseessenz bezeichnen, die mit ihrer leicht klebrigen Textur und Umamifülle regelrecht massiv wirkte, aber gekonnt von säurefrischen Tomaten und cremig-festem Ziegenfrischkäse aufgelockert wurde. Im direkten Vergleich deutlich filigraner wirkte der in Bienenwachs sanft gegarte Kabeljau mit einem neckischen Topping aus buttrigen Krustentier-/Wasabi-Streuseln neben verschiedenen akkuraten süß-säuerlichen Gurkenzubereitungen und süß-scharfer Senfcreme. Das ausgeprägte Süße-Säure-Spiel wirkte dabei ein klein wenig zu plakativ, vor allem auch im separat servierten Gurkensorbet. Ansonsten war das aber eine gelungene Interpretation des Themas Fisch-Gurke-Senf.

Das größere Potenzial zeigt die Küche allerdings, wenn sie sich auf puristische Drei-Komponenten-Küche einlässt und dafür vielleicht noch ein bisschen mehr ins Feintuning investiert. So wie bei der löffelzarten und dennoch kompakt gegarten Kalbswange, die auf etwas Kartoffelcreme mit gegrilltem Fenchel, eingelegter Trüffel und einem ätherisch-straffen Salzzitronenschaum serviert wurde. Kongenial war hier als Begleitgetränk der lang gereifte Amontillado-Sherry …

Im regionalen Hauptgang wurde mit (etwas ungleichmäßig) rosa gegartem Rücken und Filet sowie geschmortem Nacken vom Bergschaf erneut die Produkt-Trumpfkarte ausgespielt, denn das Fleisch lag mit seinem feinwürzigen und charakterstarken Geschmack erfreulich weit von penibel geputzten Babylämmern entfernt. Als ebenfalls ausdrucksstarke Begleiter dienten eine mit weißem Mohn gesprenkelte knackig-zarte Karotte und schwarzes Walnussconfit mit dunkler Fermentationswürze. Das wildkräutrig-herbe Gemüseconfit hätte es da gar nicht zwingend gebraucht. Allerdings zeigt sich erneut: Je mehr unverkrampfte und verfeinerte Rustikalität sich die Küche zutraut, desto überzeugender sind die Ergebnisse in der Regel.

Im süßen Teil des Menüs galt das zunächst für ein Törtchen aus Mandelfinancier-Boden und kompakter Schmandcreme mit karamellisierten Himbeeren, Trüffelhonig und duftiger Walderdbeersauce. Etwas filigraner überzeugte auch das regionale Pendant mit einer locker-

zarten Bayerischen Creme, deren süßer Vanilleduft fruchtig von Kirsch-/Holunder-Gelee eingefasst und von säurebetontem Kirschkompott sowie Kirsch-/Schmand-Sorbet erfrischt wurde. Suboptimal war dabei nur das Anrichten auf drei kleineren Schüsselchen, weil aromatisch eigentlich nur alles zusammen richtig schlüssig war.
La Valée Verte ist und bleibt ein ebenso spannendes wie sympathisches Gesamterlebnis, das in Sachen Nachhaltigkeit Benchmarks setzt. Wenn die Küche sich noch mehr auf ihre großen Stärken und die Produkte konzentriert, wäre sogar noch mehr drin. Vielleicht bringt auch der anstehende Umzug ins Schloss mit eigener Küche noch mal einen Schub. Da der Weinkeller mitsamt seinen fair kalkulierten Flaschen vermutlich so bleibt, wie er ist, wird auch im neuen Domizil an gut gefüllten Gläsern kein Mangel sein.

Hotelempfehlung

★★★★★

Relais & Châteaux Hotel Schloss Hohenhaus

Hohenhaus 1,
37293 Herleshausen
05654-9870
www.hohenhaus.de/de
Einzelzimmer: 120 €
Doppelzimmer: 180–570 €

Inmitten eines idyllischen Landschaftsparks und Vogelschutzgebiets im Wald- und Hügelland zwischen Bad Hersfeld und Eisenach ist das Schlosshotel Hohenhaus ein echtes Hideaway. Als ehemaliges Rittergut zeichnet sich das heutige Relais & Châteaux-Hotel durch sei-

ne besondere Architektur und ein ganz eigenes Flair aus. Das historische Schloss ist eine Augenweide und bietet den Gästen vor seiner Haustüre ein einzigartiges Naturschauspiel. Die ruhigen Zimmer mit Blick auf das reizvolle Rotbuchental oder in den Lindenhof haben teilweise Balkon und sind ebenso hochwertig wie individuell mit Antiquitäten, feinen Stoffen oder Marmorbädern ausgestattet. Fernseher, Telefon und kostenfreier WLAN-Zugang sind ebenso selbstverständlich wie das im Zimmerpreis enthaltene Frühstück in Form eines reichhaltigen Landbuffets. Das Wellness-Angebot umfasst ein 25m-Schwimmbad und Sauna, aber auch Massagen und Kosmetikanwendungen. Für das kulinarische Wohl der Gäste sorgen Küchenchef Peter Niemann und sein Team mit zwei unterschiedlichen Restaurantkonzepten, die von einem eigenen Jagdrevier sowie einer eigenen Schaf- und Schweinezucht profitieren. Restaurants La Vallée Verte separat erwähnt.

Die Besteck-Symbole

luxuriöses Restaurant mit höchstem Komfort und formvollendetem Service, edler Ausstattung und einer Weinkarte, die höchsten Ansprüchen genügt

elegantes Restaurant mit hohem Komfort und exzellentem Service, sehr gute Ausstattung, hervorragende Weinkarte

gehobenes Restaurant mit gutem Komfort und versiertem Service, umfangreiche Weinkarte

besser ausgestattetes Restaurant mit ordentlichem Service, ausgewählte Weine

schlichtes Restaurant, Gasthof oder Bar

Herne (Nordrhein-Westfalen)

6

Gute Stube

im Parkhotel Herne
Schaeferstr. 109, 44623 Herne
02323-955100
www.parkhotel-herne.de/de/kulinarik/stube.html
Küchenchef: Thorsten Brodal
Mi–So ab 18 Uhr, Mo u. Di RT
Hauptgericht: 37–45 €,
Menüs: 59–140 €
VISA

Zentrumsnah und doch sehr ruhig gelegen ist das Parkhotel in Herne ein stattlicher Bau, der geschickt eine langjährige Tradition mit modernen Neubauten, gepflegtem Ambiente und warmer Atmosphäre verbindet. Und er hält mit seiner „Guten Stube" einen Anlaufort für Genießer parat, für den das Team um Küchenchef Thorsten Brodal – ohne allzu dick aufzutragen – die Fahne des guten Geschmacks hochhält. Dass die „Stube" eigentlich gar keine solche ist, sondern ein großzügiger verglaster Pavillon, tut der Sache überhaupt keinen Abbruch. Im Gegenteil: Die elegante Atmosphäre wirkt einladend, und gerade in der dunklen Jahreszeit entsteht bei flackerndem Feuer und Kerzenschein sogar doch behagliche Stubenstimmung.

Umso erfreulicher ist es, dass auch das Team in Küche und Service dem Ambiente und den geweckten Erwartungen durchaus gerecht wird. Hier gibt es keine Schaumschlägerei, keine bemüht modernen Versuche, sondern eine im besten Sinn klassische Küche mit spürbar hohem Anspruch an die Produkte. Präsentiert werden diese relativ geradlinig und klar, aber nicht ohne gute individuelle Ideen, die das Geschehen auf den Tellern interessant machen. So auch bereits die zwei überdurchschnittlichen Brotsorten und eine kleine Einstimmung aus zart pochiertem Wachtelei mit Koriandercreme, vor allem aber ein Gläschen mit gestockter Bete-Creme, Möhrenschaum und Schneckenragout, bei dem schön zugespitzt zwischen erdigen, fruchtigen und fleischig-würzigen Nuancen balanciert wurde, belebt von einer messerscharfen Säureader. Das machte sehr neugierig, zeigt es doch, dass die Crew in jedem Fall präzise abschmecken kann …

Und das wurde auch beim Gâteau von der roh marinierten Gänseleber deutlich, die zwar ganz klassisch in einem Mantel aus Madeiragelee und mit dunkelfruchtigem Feigenkompott serviert wurde, das aber ohne übertriebene Süße und zudem auch noch durch die röstige Würze einer Pinienkern-Vinaigrette etwas weiter aus der desserthaften Ecke geholt. Gute Grundidee und sehr gute Qualität der kraftvollen Gänseleber! Nur an Details wie dem sehr dicken Gelee oder der teils spitzen Säure der nur lose verrührten (und nicht emulgierten) Vinaigrette hätte hier noch nachgeschärft werden können.

Deutlich unkonventioneller wurde es beim glasig gebratenen Seeteufel (der die knappe Garung leider mit etwas zäher Konistenz quittierte) nebst feinbitterer Auberginencreme und einer dunklen, beinahe rauchig wirkenden Paprika-Salsa. Ätherisches Rückgrat erhielt die Kombination von einer duftigen Kaffirlimetten-Nage – trotzdem lag das Ganze insgesamt ein klein wenig zu sehr auf der dumpfen, bitteren Seite und hätte mit einer helleren Note oder präsenterer Säure noch stärker gewirkt.

Im Hauptgang folgte mit akkurat gebratenem, durch seine etwas mürbe Konsistenz nur knapp vom Optimum entfernten Rehrücken auf saftigem gezupftem Rehschulter-Kompott ein winterlicher Powergang: mit sautierten Totentrompeten, gebratenen Kürbisscheiben und milder Selleriecreme ergab sich eine gute Balance zwischen erdig-dunklen und frischeren Noten, während eine Purple-Curry-Jus sowohl feine (Portwein-) Süße als auch die typische floral duftige Eleganz der Gewürzmischung beisteuerte. Letztere hätte sogar noch ein bisschen präsenter sein können, um das insgesamt von dunklen Umaminoten geprägte Bild noch etwas schwebender zu gestalten.

In jedem Fall kam der beerenfruchtig leichte Abschluss aus einem hauchdünnen Zucker-Cannellono mit (kaum gesüßtem) Ricotta, marinierten Waldbeeren und einem Hauch von Lavendel danach genau richtig – auch wenn es sich das Ganze durch den puren, körnig-käsi-

gen Ricotta eher um einen Grenzgänger zwischen Dessert und modernem Käsegang als um klassische Pâtisserie handelte.
Und damit zeigte sich auch am Ende noch einmal, was in beinahe jedem Gang mehr oder weniger sichtbar wurde: alles hat viel Substanz und überzeugt durch gute Ideen, bei der Umsetzung wird allerdings beides noch nicht voll ausgereizt. Wenn das Team also noch etwas mehr in die Detailarbeit geht, wäre mittelfristig definitiv sogar noch mehr drin!
Direkt in Sichtweite ist das bereits bei der Weinkarte, deren finale Form von Sommelière Nadine Briese zum Zeitpunkt des Besuchs noch überarbeitet wurde, aber schon erkennen ließ, dass am Ende ein attraktives und informativ gestaltetes Portfolio aus Deutschland und der Welt entstehen wird. Mit vielen offenen Weinen, unterschiedlichsten Stilen und Verzicht nur auf ganz große und/oder hochpreisige Gewächse.

Hotelempfehlung

★★★★

Parkhotel Herne

Schaeferstr. 109, 44623 Herne
✆ 02323-9550
www.parkhotel-herne.de
Einzelzimmer: 63–103 €
Doppelzimmer: 75–121 €

Das umfangreich renovierte Hotel liegt ruhig und idyllisch direkt im Herner Stadtgarten. Die insgesamt 71 zeitgemäß und komfortabel eingerichteten Zimmer und Suiten unterschiedlicher Kategorien sind allesamt mit bequemen Boxspringbetten, modernen Flat-TVs sowie kostenlosem WLAN-Zugang ausgestattet, und die Nutzung der hauseigenen Sauna ist ebenfalls im Zimmerpreis inbegriffen. Die Umgebung bietet zahlreiche Möglichkeiten zur Freizeitgestaltung: Eine Besonderheit ist die Route der Industriekultur, die Museen wie das Deutsche Bergbaumuseum, verschiedene Ausstellungen, Panorama-Aussichtspunkte und historisch bedeutsame Siedlungen miteinander verbindet. Für Kinder mit Familien gibt es vor Ort ein tolles Freizeitbad, ein Kinderspielhaus, eine Kartbahn, eine Minigolfanlage, eine Kletteranlage mit zehn Meter hohem Turm, einen Streichelzoo und vieles mehr. Dank exklusivem Tagungs- und Veranstaltungsräumen mit modernster Technik ist das Parkhotel Herne zudem sowohl für Seminare und Tagungen als auch für Hochzeiten und Familienfeiern eine attraktive Location. Und in den beiden Restaurantkonzepten Stübchen und Gute Stube ist auch für das kulinarische Wohl gesorgt. Restaurant Gute Stube separat erwähnt.

Heroldsberg (Bayern)

6

Freihardt

Hauptstr. 81,
90562 Heroldsberg
✆ 0911-5180805
www.freihardt.com
Küchenchef: Hans-Jürgen Freihardt
Mi u. Do ab 18 Uhr, Fr–So von 12–14 Uhr u. ab 18 Uhr, Mo u. Di RT
Hauptgericht: 21–40 €,
Menüs: 37–75 €

Die Verbindung von Metzgerei und Gasthaus ist oft ein Garant für lohnende Küche. So zeitgemäß und niveauvoll wie im Heroldsberger Restaurant Freihardt, das unter dem gleichen Dach wie die gleichnamige familiengeführte Fleischerei residiert, wird das Konzept aber nur selten umgesetzt. Die Gastgeber um Hans-Jürgen Freihardt tragen die Tradition in den hellen, elegant modernisierten Stuben (antikes Holz und dezente Designelemente) mit viel Engagement ins Hier und Heute und holen damit sowohl langjährige Stammgäste als auch neugierige Genießer ab.
Erstere wählen zum Start vielleicht ein klassisches Vitello tonnato oder das sorgfältig von Hand geschnittene und elegant-pikant abgeschmeckte Beeftatar, das zwar von regionalen Chilischoten ordentlich Pfiff mitbekam, mit geröstetem Bauernbrot und gezupften Salatspitzen ansonsten aber ganz gediegen begleitet wurde. Letztere halten sich vermutlich eher an

so etwas wie die zarte Tranche von der gepökelten Rinderzunge, die in kraftvoller Jus mit zarter Süße und einer fein proportionierten Entourage aus Kartoffelcreme, glasiertem Apfel und Röstzwiebel akzentuiert wurde. „Berliner Art" mal anders …
In beiden Fällen wird aber sowohl die hohe Qualität der Ausgangsprodukte als auch die handwerkliche Sorgfalt direkt erkennbar. Im Grunde bewegt sich das gesamte Programm im Restaurant Freihardt nämlich verlässlich auf hohem Niveau. So auch die zartcremige Topinambur-Suppe mit ihrer ausgewogenen Basis und den clever à part servierten Topinambur-Chips zum dazu Knuspern. Außerdem belegten die ebenfalls klug auf einem Spieß separierten (und damit vorm Übergaren bewahrten) beherzt angerösteten Riesengarnelen und Jakobsmuscheln den hauseigenen Qualitätsanspruch auch bei maritimen Sachen.
So kann man hier getrost auch zum Hauptgang fleischlos bleiben, falls es mal nicht der Referenz-Zwiebelrostbraten, ein klassisches, in Butter gebratenes Wiener Kalbsschnitzel mit Kartoffel-/Gurken-Salat oder einer der trockengereiften Steak-Cuts sein soll, deren große Stücke dekorativ in der gläsernen Reifekammer zwischen Metzgerei und Restaurant hängen. Zuletzt überzeugte beispielsweise ein kapitales, zart aufblätterndes Skreifilet mit feinem Nussbutteraroma und einer aufgeräumt-wirkungsvollen Umgebung aus Blattspinat, Blumenkohlcreme, prägnanten Pesto-Pinselstrichen und kräftigen Säurekicks durch gebackene Kapernäpfel.
Für den kleinen süßen Appetit gibt es stets ein cremig-knuspriges Mini-Dessert, aber auch die normal dimensionierten Douceurs wie zuletzt eine karamellisierte Zitronentarte mit Vanilleeis und Himbeeren, die Süße und Säure auf straighte Art harmonisch miteinander verband, wirken stets apart. Die Weinkarte listet zu alldem eine attraktive, preiswürdige Auswahl, längst nicht nur aus Franken. Und der Service ist nicht nur engagiert, sondern macht seinen Job auch sehr souverän.

Herrenberg (Baden-Württemberg)

5

Gasthof Hasen

im Hotel Hasen
Hasenplatz 6,
71083 Herrenberg
07032-2040
www.hasen.de
Küchenchef: Gerhard Nölly
Täglich von 12–14 Uhr u. ab 18 Uhr, kein RT
Hauptgericht: 14–30 €,
Menüs: 38–60 €
VISA P

In Zeiten, in denen Landgasthöfe mangels Nachfolge schließen müssen, kann man beim Hasen in Herrenberg von einem Glücksfall sprechen. Der Gasthof von Familie Nölly besteht seit mehr als 400 Jahren, drei Geschwister der jungen Generation sind nach sehr guter Ausbildung ins elterliche Haus zurückgekehrt: Gerhard Nölly als Küchenmeister, sein Bruder Arnold als Restaurantleiter und deren Schwester Margit als Rezeptionsleiterin – der Hasen ist nämlich auch ein Hotel mit 66 Zimmern. Die großen Gasträume wurden im vergangenen Herbst behutsam modernisiert, ohne den alten Charakter des Hauses zu kaschieren.
Neben Klassikern der regulären Speisekarte, auf der in Schwaben Maultaschen, Rostbraten und Schweinelendchen nicht fehlen dürfen, gibt es eine ambitionierte Monatskarte, die insbesondere Gourmets anspricht. Mit welchem Anspruch und Know-how in der Küche gearbeitet wird, sieht man schon beim Start in den Abend, wenn etwa eine Lauchterrine mit Paprikadip, Schinkenchip und gepickeltem Gemüse sowie ein Apfel-Gurken-Chutney mit Schwarzwurzelchip zu Brot und Butter auf den Tisch kommen.

Wie schon in den vergangenen Jahren waren wir auch heuer besonders von den Vorspeisen angetan. Hier eine gebratene Garnele zu einem knusprig gebackenen Krustentierbällchen, umrahmt von allerlei asiatischer Power in einem Rondell aus Mango und Passepierre-Algen mit kräftigem Ponzu-Kick und Ingwer-Vinaigrette. Dort eine sanftere Variation von Fenchel und Orange: geschmort, als Mousse und Salat. Ein Sorbet sorgte zudem für Frische, aufgepopptes Getreide für den Crunch und Aromapower verlieh dem Ganzen mit Curryschärfe präparierter Schafskäse.
Fielen die Hauptgerichte früher manchmal profaner aus, konnte man dies zuletzt nicht feststellen. Jedoch wirkten die Teller etwas überladen und die Kompositionen somit recht komplex. Der Winterkabeljau zum Beispiel kam als großes, saftiges, lockeres Stück, schön abgeflämmt und in einem nicht zu dominanten Liebstöckelöl, das von einer quer über den Teller gelegten Spur von Kalamansi-Gel in Zaum gehalten wurde. Auf der anderen Hälfte des Tellers tummelten sich spanische Kroketten mit saftiger Kabeljaufüllung und gerauchten Aromen, Lauch (geflämmt und püriert), Fischrogen und Erdnüsse. Hier wäre etwas weniger mehr gewesen …
Wie auch beim Fleischgericht mit zweierlei vom Lamm: ein etwas zu lang gebratenes, aber deshalb noch lange nicht trockenes Stück Rücken unter eine Kruste aus Schafskäse und Pinienkernen sowie – in einem Schälchen unter Schaum – ein sehr kräftig gewürztes Ragout aus der Keule. Auf dem Teller: ausreichend Topinamburknollen, sautierte Pilze, ausgestochene und aromatisierte Kügelchen vom Granny-Smith-Apfel sowie eine Kartoffel-/Heubutter-Espuma. In einer kleinen Sauciere wurde außerdem eine hocharomatische Jus dazu gereicht.
Auch beim Dessert durfte man selbst angießen: eine leicht kräuterige Buttermilch zur Délice von Banane mit Passionsfrucht als Eis, Mousse und Ragout; dazu Biskuit und Crumble mit Schokolade, Petersilie und Kresse garniert. Eine in sich stimmige Komposition, wie uns überhaupt beeindruckt, dass selbst bei vollem Haus samt Nebenräumen mit stark gefragter gutbürgerlicher Küche so „nebenbei“ auch aufwendigere Gerichte gelingen.
Wenn sich die Präzision konsequent durchziehen würde, so wie bei manchen (erklärungsbedürftigen) Kreationen, die sich schon jetzt annähernd in Richtung 6-Pfannen-Niveau bewegen können, stünde einer Aufwertung nichts im Wege. Aber auch so kann man im Hasen immer wieder schöne Abende verbringen. Im „Haus der Baden-Württemberger Weine“ gibt es zudem nicht nur solide Tropfen zu einem guten Preis-Leistungs-Verhältnis, sondern auch Weine darüber hinaus; zuletzt einen knackigen Veltliner aus dem Kamptal und eine würzige Cuvée aus Okzitanien. Kein Wunder, ist doch Arnold Nölly nicht nur ein sympathischer Gastgeber, sondern auch staatlich geprüfter Sommelier.

7

noVa

im Hotel Römerhof
Rigipsstr. 1,
71083 Herrenberg (Gültstein)
07032-71837
www.roemerhof-herrenberg.de
Küchenchef: David Höller
Di–Sa ab 18 Uhr, So u. Mo RT
Menüs: 95–132 €

VISA

Erst Anfang 2019 als abgegrenzter Teil des Hausrestaurants im Hotel Römerhof gestartet, hat das noVa in Herrenberg, gut dreißig Kilometer südwestlich von Stuttgart, sehr schnell für Furore gesorgt. Dank Küchenchef David Höller, der aus familiären Gründen in seine Heimat zurückgekehrt ist, um hier erstmals als Küchenchef in der Verantwortung zu stehen. Der inzwischen 33-Jährige wurde im Berliner Facil ausgebildet und hat auch Erfahrungen in weiteren Spitzenadressen der Hauptstadt gesammelt. Nachdem wir bei unserem Antrittsbesuch im letzten Jahr äußerst überrascht und sehr positiv angetan waren, knüpfte die Küche beim letzten Besuch zwar anfangs nahtlos daran an, konnte dann allerdings nicht durchgängig in gleichem Maße begeistern.
Da es im noVa nur eine einzige, in vier bis sieben Gängen angebotene Speisefolge gibt, sollte man sich als heikler Gast mit Produktaversionen im Vorfeld gut informieren, denn David

Höller setzt gerne auch Viktualien wie Gänseleber oder Austern ein, die vielleicht nicht jedermanns Sache sind (und auch nicht alle in der Karte aufgeführt sind) – so viel nur vorweg. Unser Menü begann – nach einer knusprigen Kartoffelpraline mit Ziegenkäsefüllung, einer gelierten Kalbsbäckchenpraline mit erfrischender Yuzunote und Esspapier aus der lila Kartoffel – mit einem hier schon fast zur Tradition gewordenen Aha-Effekt: Unter dem aufsteigendem Buchenholzrauch einer gläserneren Tasse, die mit Deckel auf den Tisch gestellt wird, kam ein Picanha-Tatar zum Vorschein. Mit dieser ursprünglich aus Brasilien stammenden Spezialität aus dem Schwanzstück vom Rind, die mit winzigen Würfeln vom Granny-Smith-Apfel garniert in einem vietnamesischen Phở-Ga-Sud serviert wurde, zeigte die Küche schon mal, mit welchen Einflüssen und Aromen sie virtuos spielen kann.
Für Wohlgefühl sorgte auch die zart schmelzende und vermutlich nur leicht gebeizte Tranche vom Lachs, mit Sesam ummantelt, in einem grün-kräuterigen Dashisud. Darauf applizierte Scheiben vom schwarzen Rettich gaben dem Ganzen einen kleinen Frischekick, die Chips aus Tapiokaperlen waren naturgemäß eher geschmacksneutral, boten aber etwas spaßigen Crunch und Splash dazu. Eine Austern-Mayonnaise spendete dem Ganzen noch eine jodige Note.
Die folgende Gänseleber wurde einerseits recht klassisch interpretiert, andererseits mit kleinen geschmacklichen Gags versehen: Zuunterst lag die Foie gras als marmorierte Scheibe in einer Ziegenmilchcreme, zuoberst thronte ein Lebereis, dazwischen etwas Crumble und Creme von Pistazien, Kirschgelee und „Fischerman's Friends"-Baisers mit Cherrynote und Frischeeffekt. Natürlich durfte auch die obligatorische Brioche nicht fehlen, die hier als angerösteter Riegel zugegen war.
Wie ein akkurates rundes Gartenarrangement kam der vegetarische Zwischengang als spannendstes Gericht des Abends daher: In einem Sud von Gurke und einem Bett von Avocadocreme steckten extrem knackige halbierte mexikanische Pepquino-Minigurken – Senfsaat und Senfcreme sorgten für weitere Kicks unter einem Gurkensorbet. Kalamansi-Sphären setzen zudem kleine zitrisch-fruchtige Akzente, und zu kauen gab es auch noch was: An der einen Seite des kunstvollen Aufbaus war ein kleiner Wald aus fleischigen und leicht salzigen Eiskrautblättern.
Nach so viel frischer Vielfalt zeigten sich die Hauptgerichte leider enttäuschend: Die Taubenbrust war zwar schön saftig und aromatisch, aber alles Weitere erdrückte den Gang mit zu viel Schwere. Ein intensiv-würziges Ragout von der Short Rib ließ den Geschmack von Shiitake nicht durchdringen. Des Weiteren waren da wie zu einem Glasnudelsalat geschnittene und geschmorte Roscoff-Zwiebeln, ein paar dicke Kleckse Cassis und eine ebenso kräftige wie zähflüssige Jus – aber nirgendwo Frische, Eleganz, Leichtigkeit. Ein kleines Gesteck aus Wildkräutern erfüllte eher einen dekorativen Zweck in dieser auch optisch sehr kompakten und undifferenzierten Kreation.
Dem Steinbutt, der leicht übergart war und eine uncharmant „quietschige" Konsistenz hatte, erging es nicht viel besser, weil auch er als ein eher derbes Gericht inszeniert war. Mit einem erdigen bis stumpfen „Eintopf" aus Edamame-Bohnen, Speck und Tomaten; mit fermentierter Misopaste, karamellfarbener Fischsauce und einem mit Sepia geschwärzten „Korallenchip" als Deckel fehlte es hier in Summe an Klarheit und Geschmeidigkeit.
Der Abschluss präsentierte sich indes wieder auf einem höheren Niveau. Zum intensiv blauschimmeligen Stück Bleu de Auvergne wurden frische und fruchtige Begleiter ins Rennen geschickt, die dem Begriff „Käsegang" wirklich zur Ehre gereichten. Rechts und links davon ein Kompott aus marinierten Trauben und etwas Walnuss-Crumble, in der Mitte aufgesetzt ein Verjus-Granité und darauf noch ein Zitronen-Thymian-Sorbet. Wunderbar! Auch das Dessert überzeugte mit einer facettenreichen Variation von 60%iger Oriado-Schokolade und Kaffee – als Ganache, Espuma und Sorbet mit weißen Kaffeesteinen, Macadamia-Crumble, Heidelbeeren und einer sanften Holundernote.
Die glasweise Weingebeleitung dazu ist passabel, aber nicht immer herausragend – auch die Flaschenauswahl ist weiterhin überschaubar. Das ist auch okay so, denn man sitzt hier eben nicht in einem Gourmettempel einer Metropole, sondern in einem Businesshotel im Gewerbegebiet. Die Optik des kleinen Raums ist zwar hell, klar und ansprechend, die Akustik allerdings recht problematisch – zumindest wenn auch zwei Vierertische besetzt sind.
Fazit: Wir wissen, was David Höller kann, und das ist durchaus eine ganze Menge, sicher aber sogar noch ein bisschen mehr. Vielleicht will er manchmal zu viel auf einmal und es fehlt ihm noch ein Stück weit die entspannte Souveränität, um konstant schöne, ausgereifte Geschmacksbilder zu kreieren. Jedenfalls bewegte sich die Küchenleistung diesmal nach unserer Einschätzung etwas unterhalb des letztjährigen Levels. Doch wir sind guter Dinge, dass die Küche schon beim nächsten Mal wieder mit dem

Preisniveau gleichgezogen hat, das im Vergleich zum Vorjahr merklich angehoben wurde – und lassen daher die Bewertung unangetastet.

Hotelempfehlung

★★★★

Hotel Gasthof Hasen

Hasenplatz 6, 71083 Herrenberg
07032-2040
www.hasen.de
Einzelzimmer: 69–147 €
Doppelzimmer: 89–214 €

Das moderne 4-Sterne-Hotel ist ein Stück Herrenberger Geschichte und wird seit 2019 in der zweiten Generation durch die Familie Nölly geführt. Erstmals urkundlich erwähnt wurde der Hasen 1620 und erlangte schon damals einen Bekanntheitsgrad weit über die Stadtgrenzen hinaus. Heute besteht das Hotel aus einem modernen, barrierefreien Anbau mit 66 klimatisierten Einzel-, Doppel- und Deluxe-Zimmern sowie Appartements, die alle mit einem Lift erreichbar sind. Die Gäste entspannen in der Sauna oder an der Lounge Bar, und eine gemütliche Raucherlounge steht ebenfalls zur Verfügung. Mit seinen fünf zeitgemäß ausgestatteten Veranstaltungsbereichen (tageslichtdurchflutete Räume für fünf bis 120 Personen) ist das Hotel Gasthof Hasen seit vielen Jahren auch „Certified Business und Conference Hotel" und gehört seit 2018 zu den Top-250-Tagungshotels in Deutschland. Das Restaurant wurde im September 2018 komplett renoviert und ist das Herzstück des Hasen, denn Genuss steht bei den Küchenmeistern an erster Stelle. Restaurant Gasthof Hasen separat erwähnt.

Herrieden (Bayern)

Gasthaus Limbacher

Vordere Gasse 34, 91567 Herrieden
09825-5373
www.gasthaus-limbacher.de
Di–Sa von 11.30–14 Uhr u. ab 18 Uhr, So u. Mo RT
Hauptgericht: 14–19 €,
Menüs: 29–39 €

Seit über dreißig Jahren bekocht Routinier Paul Limbacher die Gäste in seiner netten Gastwirtschaft an der Ortsdurchfahrtsstraße von Herrieden nicht nur auf einem sehr ansprechenden Niveau, sondern auch zu günstigen Preisen. Hier gibt es eine vergleichsweise schlichte, aber sehr fundiert von Meisterhand zubereitete Klassikerküche aus regionalen und internationalen Produkten, die zwar nicht mit modernen kochtechnischen Raffinessen auftrumpft, wohl aber mit einer sehr guten Grundsubstanz. Auch für ansprechende Weine ist bestens gesorgt in der gemütlichen Stube, die seit über einem Jahrhundert in Familienbesitz ist.

Herrsching (Bayern)

Chalet am Kiental

im Romantik Hotel Chalet am Kiental
Andechsstr. 4, 82211 Herrsching
08152-982570
www.gourmetchalet.de
Mo, Di u. Do, Fr ab 18 Uhr, Sa u. So von 12–14 Uhr u. ab 18 Uhr, Mi RT (Mittagskarte abweichend)
Hauptgericht: 20–36 €,
Menüs: 38–110 €

In den vergangenen Jahren ging es im geschmackvoll gestalteten Restaurant des familiären Hotels Chalet Kiental in Herrsching am Ammersee aus kulinarischer Sicht etwas unstet zu. Vor geraumer Zeit lobten wir noch die klare kulinarische Handschrift des damaligen Küchenchefs Fabian Höckenreiner, und auch des-

sen Nachfolger Rene Maluck war hier sehr ambitioniert am Werk, konnte aber in den vergangenen zwei Jahren nie so richtig an das hohe Niveau des Vorgängers anknüpfen – dennoch ließ er spannende Ansätze erkennen und kochte zuletzt deutlich verbessert. Nun steht mit Hyusein Hyuseinov wieder ein neuer Mann am Herd, unter dessen Führung wir in diesem Jahr ein Menü erlebten, das uns wieder etwas ratlos zurückließ. Ratlos deshalb, weil man einerseits gute Ansätze erkennen konnte, andererseits aber unerklärliche Nachlässigkeiten überwogen, die das Bild trübten.
Man kann freilich nach wie noch gemütlich einkehren im Chalet Kiental. Das einladende Ambiente des Chalets, der freundliche Service, die Weinauswahl – all das wirkt angenehm persönlich und repräsentiert ein Haus, das sich sehr viel Mühe gibt, individuell zu sein. Die erste Kostprobe aus der Küche mit Garnele, Süßkartoffelpüree und Fenchel kann daran leider nicht anknüpfen: Die Garnele ist zwar qualitativ in Ordnung und saftig gebraten, aber allenfalls lauwarm, und auch das stückige Püree hat nur Zimmertemperatur und hinterlässt einen faden, pappigen Beigeschmack. Ein nichtssagender Happen, der zudem schwach umgesetzt ist.
Der erste von fünf Gängen steigert das Niveau dann allerdings erst mal: Die Tranchen vom gebeizten Wildlachs aus Schottland sind nämlich von guter Qualität, kein bisschen fischig, leicht floral und nussig aromatisiert. Cremes von Roter Bete und Avocado passen da gut ins Bild, und eine Zitrussauce auf Mayonnaise-Basis umspielt den Fisch mit fruchtigen, würzigen und spritzigen Aromen. Ein kurzweiliger Gang, der auch solides Handwerk erkennen lässt. Ein Lichtblick!
Leider geht es mit der Spargelcremesuppe mit Flusskrebsen wieder rapide bergab. Die Suppe selbst ist dabei nicht das Problem, sie ist gut abgeschmeckt und sämig. Von minderwertiger Qualität sind allerdings die winzigen Flusskrebse, die in der Suppe schwimmen. Im optimalen Fall erreichen diese Krustentiere die Größe eines Daumens und müssen sich aromatisch hinter keinem Kaisergranat verstecken. Die winzigen Exemplare, die hier auf dem Teller liegen, sind jedoch trocken, gummiartig und schmecken beißend nach Konservierungs-Lake.
Ein wenig erfreulicher präsentiert sich dann wieder der Zwischengang mit Zander, Chorizo, Sellerie und Safran. Der Fisch ist diesmal von besserer Qualität, schmeckt reintönig und ist saftig gegart, allerdings überlagert der exzessive Einsatz von Pfeffer sämtliche Aromen. Den Safran, der sich wohl im Selleriepüree hätte verstecken sollen, können wir so nicht herausschmecken, und der getrocknete Chorizochip, der nicht wie erwartet knusprig, sondern ledrig-zäh ist, bietet wenig Genuss.
Größere Probleme haben wir auch mit dem Hauptgang aus Milchkalbshaxe, Bries, Polenta und Wirsing. Die Haxe selbst ist trocken, faserig und mit einer Kalbssauce bedeckt, die offensichtlich mit sehr viel Stärke abgebunden wurde und deswegen eine unschön schleimige Textur hat. Das Bries ist zwar grundsätzlich sehr gut und im Kern schön zart und saftig, hat aber weder einen spürbaren Eigengeschmack noch Röstaromen aufzuweisen, die so ein Bries ja erst so richtig attraktiv machen. Die Polenta wurde als Taler gebraten und lässt jede Form von Würzung vermissen. Noch größere Schwächen offenbart der Wirsing, der breiig weichgekocht ist und in einer – abermals! – stärkehaltig-pampigen Liaison badet. Somit leider der Tiefpunkt des Menüs …
Aber auch am Ende nochmal ein Lichtblick: die Käseauswahl vom Affineur Waltmann, der viele Spitzenrestaurants beliefert, ist vorzüglich. Ein Ziegenkäse mit Asche, ein alter und sehr würziger Gouda, ein Rotschmier- und ein Blauschimmelkäse. Alle Sorten sind gut gereift, wohltemperiert und herrlich aromatisch. Trotzdem kann der gute Käseteller natürlich nicht den Eindruck des restlichen Menüs kompensieren, das ansonsten nur ein gutes, ein passables und zwei deutlich mangelhafte Gerichte umfasste. Da wir das Chalet am Kiental sehr mögen, würden wir uns nichts sehnlicher wünschen, als dass das Team am Niveau der Lachs-Vorspeise anknüpft und künftig überwiegend solche Teller produziert, die mit natürlichen Aromen, Frische, Ausgewogenheit und guter Produktqualität überzeugen können.

Hotelempfehlung

★★★★

Romantik Hotel Chalet am Kiental

Andechsstr. 4, 82211 Herrsching
08152-982570
www.gourmetchalet.de
Einzelzimmer: 125–175 €
Doppelzimmer: 155–220 €

Das historische Kleinod, ein sorgsam renovierter Bauernhof, der ruhig und idyllisch im Herzen des Ammersee-Städchens und direkt am Pilgerweg nach Andechs liegt, verbindet charmant Nostalgie und Zeitgeist. Die neun geschmackvoll mit edlen Naturmaterialien gestalteten Design-Hotelzimmer haben eine individuelle Handschrift und bieten dem Gast hochwertige Ausstattung und behagliche Wohnatmosphäre. Zur Ausstattung gehören Minibar, Direktwahltelefon, Flatscreen-TV mit Sat-Fernsehen und kostenlosem Sky-TV, Schreibtisch und Highspeed-WLAN. In den Bädern sorgen beheizbare Handtuchhalter, Fön und Kosmetikspiegel, Kosmetikprodukte, Bademantel und Hausschuhe für angenehmen Komfort. Außerdem: „Private SPA" mit Saunabereich, Massagen sowie Spa- und Kosmetik-Behandlungen im kleinen Gartenhäuschen mit Blick in den romantischen Garten. Restaurant Chalet am Kiental separat erwähnt.

Herxheim Rheinland-Pfalz)

6

Pfälzer Stuben

im Hotel Krone
Hauptstr. 62–64,
76863 Herxheim (Hayna)
07276-5080
www.hotelkrone.de
Täglich von 12–13.30 Uhr u. ab 18 Uhr, kein RT
Hauptgericht: 15–38 €,
Menüs: 35–60 €

Gäbe es eine Sonderauszeichnung für das beste Zweitrestaurant – die Pfälzer Stuben in der gourmettraditionsreichen Krone in Herxheim wären der beste Kandidat dafür. Denn was hier in gemütlich edel-rustikalem Ambiente auf die Tische kommt, hat so viel Substanz und oft auch Finesse, dass sich viele dezidierte Gourmetrestaurants noch das eine oder andere abschauen könnten. Hier geht die souveräne Performance des Teams um Fabio Daneluzzi jedoch mit einer gehörigen Portion Understatement einher, die dann umso mehr Staunen darüber hervorruft, was von den detailreich variierten Vorspeisen bis zu verfeinerter Hausmannskost in manchen Hauptgängen so alles präsentiert wird. Dank der handwerklich aufwendigen Zubereitung und dem hohen Anspruch an die Produkte ist der Abstand zum Gourmetrestaurant, zumindest was die Qualität einzelner Komponenten angeht, mitunter gar nicht allzu groß. Und auch der souveräne Service unter Erika Kunz und deren regionalbetonte Weinempfehlungen machen hier genauso viel Freude wie nebenan im Kronen-Restaurant.

7

Zur Krone

im Hotel Zur Krone
Hauptstr. 62–64,
76863 Herxheim (Hayna)
07276-5080
www.hotelkrone.de
Mi–Sa ab 18 Uhr, Mo, Di u. So RT
Menüs: 119–146 €

Mit einer über einhundertjährigen Familiengeschichte und jahrzehntelanger Gourmettradition ist die Krone in Herxheim eine der ganz großen Adressen für Genießer im weiten Umland. Und ganz besonders für all jene, die gediegen-edles Ambiente und klassische, bisweilen altmeisterliche Küche zu schätzen wissen. Und daran hat sich auch nach dem Stabwechsel von Karl-Emil Kuntz zu dessen Tochter Erika Kuntz und deren Partner Fabio Daneluzzi vor wenigen Jahren nichts geändert. Weiterhin steht hier französische Haute Cuisine mit Pfälzer Einschlag auf dem Programm und eine Küche, die hochwertige Edelprodukte in kraftvoll harmonischem Umfeld und klassische Saucenkunst zelebriert. Dazu akkurat gearbeitete Details und ein enormer handwerklicher Aufwand, der in jeder einzelnen Komponente schmeckbar wird. Mit diesem Stil hat die Krone schon beinahe Seltenheitswert, und die junge Generation geht es zurecht langsam an, diesen traditionsreichen Genussort modernen Einflüssen zu öffnen. Dazu gibt's viele lohnende Flaschen aus der Pfalz und dem nahen Frankreich.

Hinterzarten (Baden-Württemberg)

5

Adler Stuben

im Parkhotel Adler

Am Adlerplatz 3, 79856 Hinterzarten
07652-1270
www.parkhoteladler.de/oscars
Küchenchef: Bernhard König
Täglich ab 18 Uhr, kein RT
Hauptgericht: 19–35 €
VISA

In den vergangenen Jahren hatten wir an dieser Stelle noch das separat geführte Gourmetrestaurant im Parkhotel Adler empfohlen, doch das „Oscars" ist mittlerweile Geschichte. Nach dem ersten Corona-Lockdown mit Wiedereröffnung unter Auflagen war für die Verantwortlichen schnell klar, dass es keinen Sinn macht, die Zweigleisigkeit der Küche beizubehalten. Stattdessen wurde in den stilvoll ländlichen Adler Stuben, die auch schon seit zwei Jahren unter der Ägide von Küchendirektor und Gewürz-Sommelier Bernhard König und dessen Team seriös bekocht werden, das Niveau noch etwas höhergeschraubt, sodass die Gäste des Adlers auch weiterhin nicht auf anspruchsvolle gehobene Küche verzichten müssen.

Das Angebot ist vergleichsweise bodenständiger und regionalbetonter, vor allem aber weniger exklusiv bei der Auswahl der Produkte und beim Aufwand in Sachen Präsentation und Zubereitung – trotzdem aber klar überdurchschnittlich. Keine kreativen Höhenflüge also, doch was auf den Tisch kommt, hat Hand und Fuß, überzeugt durch sorgfältiges Handwerk, Qualität und Geschmack. Etwa das Baguette mit Kräutercreme und Olivenöl zum Auftakt. Oder die kross ausgebackenen saftigen Kalbskopfwürfel mit Radieschen, Salatblättern, einer herzhaft kräuterwürzigen Grünen Soße und knusprigen Waffelkartoffeln, die eine durchaus attraktive Vorspeise waren. Auch die Ochsenschwanzsuppe war eindeutig von der besseren Sorte, bestand aus einer dunklen, erfreulich konzentrierten, substanzstarken Brühe, knackigen Gemüserauten und saftigen Fleischstücken als Einlage. So einfach, so gut.

Der beste Gang des letzten Besuchs war allerdings das australische „Jack's Creek"-Rinderfilet. Es kam optimal gebraten, zart und eigenaromatisch daher, wurde mit einer dunklen, fruchtig-würzigen Jus und sehr viel Gemüse serviert: Zuckerschoten, Zucchini, Möhren und Brokkoli sowie der (etwas zu) knackige Rosenkohl umrahmten das Fleisch; knusprig angebratene Kartoffeltaler mit Kräutern gehörten ebenfalls zu diesem generösen Hauptgang. Den passenden Wein dazu gibt es auch glasweise, beispielsweise aus Baden oder aus der Rioja, allerdings sind dem Offenausschank hier qualitative Grenzen gesetzt. Ein oder zwei Spitzenweine offen zu servieren, eventuell mithilfe des Coravin-Systems, würde Weinkenner, denen eine ganze Flasche zu viel ist, bestimmt noch mehr ansprechen und fände hier sicher sein Publikum …

Der Cheesecake zum Schluss, der mit einem offensichtlich hausgemachten Cassis-Sorbet und einer gut darauf abgestimmten Blaubeersauce kombiniert wurde, gelang der Pâtisserie saftig und locker, präsentierte sich als Ganzes zwar relativ süß, war aber dennoch ein anspre-

chender Abschluss eines rundum soliden Menüs. Sehr positiv herauszuheben war an diesem Abend übrigens auch das von Sarah Frank geleitete Serviceteam, das alle Gäste mit Namen ansprach und stets eine gute Balance zwischen Professionalität und Lockerheit fand.
Auch beim Publikum kommt das alles ganz offensichtlich sehr gut an, denn es hatte erstaunlich lange gedauert, bis wir in der aktuellen Testsaison einen freien Tisch ergattern konnten. Der Adler hat also das Beste aus der momentanen Situation gemacht und ist mit seinem Konzept, gehobene Küche für ein breites Publikum anzubieten, auch für die Zukunft gut aufgestellt.

6↑

Zur Esche

im Waldhotel Fehrenbach

Alpersbach 9,
79856 Hinterzarten (Alpersbach)
07652-91940
www.waldhotel-fehrenbach.de
Mi–So von 11.30–14.30 Uhr
u. ab 18 Uhr, Mo u. Di RT
Hauptgericht: 18–45 €, Menüs: 48–68 €

Kompliment an Familie Fehrenbach: eine über 150-jährige gastronomische Familientradition zu bewahren und gleichzeitig niveauvoll in die Gegenwart zu führen, das schafft nicht jeder. Allerdings haben die Fehrenbachs mit der Premiumlage ihres Waldhotels, direkt am Schwarzwaldhang mit Blick auf die Rheinebene, auch einen großen Pluspunkt. Und Josef Fehrenbacher in der Küche weiß einfach genau, was er macht, wie er einerseits langjährige Stammgäste halten und andererseits immer wieder neugierig machen kann. Seine Gerichte basieren auf bestem klassischem Fundament, angereichert mit guten individuellen Ideen, zeitgemäßem Schwung und dem gekonnten Einsatz von Kräutern und Wildpflanzen aus dem Umland. So entstehen hier auch ohne übertriebenen Aufwand immer wieder Teller, die sich auf 7-Pfannen-Niveau bewegen. Dazu noch die Gemütlichkeit der Zirbelstube mit ihrem Kachelofen, der charmante familiäre Service, eine attraktive Weinauswahl – und ein sehr stimmiges Ganzes ist perfekt.

Hotelempfehlung

★★★★★

Parkhotel Adler

Adlerplatz 3, 79856 Hinterzarten
07652-1270
www.parkhoteladler.de
Einzelzimmer: 199–229 €
Doppelzimmer: 358–738 €

VISA

In der 16. Generation führt Katja Newman das Hotel ihrer Familie, das inmitten eines sieben Hektar großen Grundstücks am Rande des idyllischen Urlaubsortes Hinterzarten im Herzen des Naturparks Südschwarzwald liegt. Ein behagliches Wohnerlebnis mit einem gewissen Luxus erfahren die Gäste in den 64 komfortabel ausgestatteten Zimmern und Suiten – acht davon sind 2020 neu dazugekommen, ebenso wie ein eleganter Sitzbereich im Restaurant Adler Stuben. Im Übernachtungspreis ist eine Genusspension mit umfangreichen kulinarischen Leistungen enthalten. Neues Herzstück des Hotels: die komplett umgebaute Lobby mit integrierter Hotelbar und Blick in den Park. Hier findet am Nachmittag bei Livemusik die Original Tea Time statt. Der Spa-Bereich mit frischem Farb- und Interieurkonzept umfasst 1800 Wohlfühl-Quadratmeter. Zum Draußensein animiert der Privatpark mit Wäldchen, Wildgehege und Spielplatz. Indoor begeistert Kinder ein neu eingerichteter Spielbereich. Outdoorsport ab Haus möglich, 18-Loch-Golfplatz nebenan! Restaurant Adler Stuben separat erwähnt.

Höchst (Hessen)

5↑

Zur Krone

Rondellstr. 20,
64739 Höchst (Hetschbach)
06163-931000
www.krone-hetschbach.de
Di u. Mi ab 17.30 Uhr,
Fr–So von 11.30–13.30 Uhr
u. ab 17.30 Uhr, Mo u. Do RT
Menüs: 48–110 €

VISA

Von außen würde man nicht vermuten, dass drinnen ein so modernes Restaurant auf die Gäste wartet. Die gemütlich Stube, in der einfachere Regionalküche geboten wird, wirkt noch so, wie man es hier erwarten würde – das aufgeräumte Ambiente mit schlicht-elegantem Interieur und sauber eingedeckten Tischen überrascht jedoch. Genauso wie die Küche von Karl-Ludwig Wölfelschneider, die sich sowohl mit dem regionalbetonten Menü als auch mit einer Speisefolge aus internationalen Produkten einfallsreich und ambitioniert zeigt und beweist, dass sie auch handwerklich gut drauf ist. Und dafür veranstaltet sie gar nicht viel Zirkus auf den Tellern, sondern konzentriert sich auf wenige, aber schön auf den Punkt gebrachte Komponenten. Dass nicht alles minutiös abgezirkelt ist und vielleicht auch nicht jede Komponente mit der erwünschten Ausdruckskraft aufwartet, kann das positive Bild nicht trüben. Die Grundqualität stimmt und rechtfertigt auch die gehobenen Preise. Sehr gute Weinauswahl und kompetente Beratung durch Gastgeberin Iris Wölfelschneider-Daab.

Höchstädt (Bayern)

6

Zur Glocke

Friedrich-von-Teck-Str. 12,
89420 Höchstädt
09074-957885
www.restaurant-zur-glocke.de
Mi–Fr ab 17.30 Uhr,
Sa u. So von 11.30–13.30 Uhr
u. ab 17.30 Uhr, Mo u. Di RT
Hauptgericht: 18–30 €, Menüs: 39–49 €

Nachdem wir die Küche zuletzt konzeptionell etwas schlichter und handwerklich weniger akkurat erlebt haben, als wir sie aus den Vorjahren kannten, präsentierte sich in diesem Jahr alles wieder auf dem gewohnten Niveau. Daniel Stoiber und sein Team kochen in dem modernen, stylischen Gasthaus, das mittlerweile um einen großen Hotelanbau erweitert wurde, mit viel Fingerspitzengefühl und Expertise einen regionalbetonten, weltoffenen Stil. Die Küche ist seit jeher stark mediterran geprägt, wartet aber auch mal mit asiatischen Akzenten auf oder interpretiert die Heimatküche neu. Stets auf Basis guter, frischer Produkte und mit bodenständig kreativem Pfiff. Neben den deutschen und europäischen Weinen mit gutem Preis-Leistungs-Verhältnis gibt es auch eine Kollektion verschiedener Van-Nahmen-Säfte als niveauvolle alkoholfreie Getränkealternative.

Hofheim (Hessen)

5

Die Scheuer

Burgstr. 12, 65719 Hofheim
06192-27774
www.diescheuer.de
Mi–So von 12–14 Uhr u. ab 18 Uhr,
Mo u. Di RT
Hauptgericht: 24–36 €, Menüs: 46–70 €

VISA

Das romantische Fachwerkhaus liegt direkt im historischen Stadtkern von Hofheim und begeistert auch drinnen mit einem geschmackvollen, zum äußeren Erscheinungsbild passenden

Ambiente in sehr gepflegtem, ländlichem Outfit. Was da seit vielen Jahren in sehr sorgfältiger und gegenständlicher Machart aus Ralph Stöckles Küche kommt, überzeugt mit viel Substanz und Qualität. Der erfahrene Chef setzt auf engagierte Erzeuger wie etwa Lars Odefey, die Bäuerliche Erzeugergemeinschaft Schwäbisch-Hall oder die Wagyu-Rinderzucht Marquardt und ist überzeugter Nose-To-Tail-Verfechter. Als stolzer Schwabe bringt er natürlich immer wieder gerne ein paar Klassiker aus seiner Heimat auf die Karte, kocht aber ansonsten sehr weltoffen und einfallsreich mit den Jahreszeiten.

Hohenkammer (Bayern)

Camers

im Hotel Schloss Hohenkammer

Schlosstr. 20,
85411 Hohenkammer
08137-934443
www.camers.de
Küchenchef: Florian Vogel
Di–Sa ab 18 Uhr, So u. Mo RT
Hauptgericht: 40–49 €,
Menüs: 120–140 €

VISA

Das Restaurant Camers befindet sich in Schloss Hohenkammer in Oberbayern, in dem neben dem überregional bekannten Gourmetrestaurant auch ein Bistro und ein Tagungshotel untergebracht sind. In dem mächtig gemauerten, mittlerweile kernsanierten und mit viel hellem Holz ausgestatteten Gewölbe im Erdgeschoss der Burg aus dem 11. Jahrhundert kann man schon seit einigen Jahren sehr gut essen. Küchenchef Florian Vogel punktet mit einer unaufgeregten klassischen Linie, in die er fein dosiert zeitgenössische Einflüsse einarbeitet.

Den Auftakt machte bei unserem letzten Besuch eine kalt servierte, knackig gegarte Stange Spargel mit einer leichten Misocreme, schmelzigem Lardo und einem weich gekochten Wachtelei. Ein erfrischender Start in den Abend, der uns genauso überzeugte wie eine Art Frühstücksei mit Spinat und Kartoffel. Zwei klassische Geschmacksbilder, die in ihrer präzisen Umsetzung voll aufgehen!

Weiter geht es mit Entenleber, Rhabarber, Shiso, Brioche und jungen Trieben von einem Nadelbaum, der in Bayern „Wipferl“ genannt wird. Wir vermuten – und begrüßen –, dass die Leberterrine nicht passiert wurde, was ihre natürliche Konsistenz bewahrt, die schmelziger und gleichzeitig bissfester ist als die moussige Textur einer durchgestrichenen Leber. Die Süße des Rhabarbers, die leicht pfeffrige Würze des Shiso und eine zart herbe Note der „Wipferl“ passen hervorragend zum klar präsenten Eigengeschmack der Leber. Einzig die Proportionen sind nach unserem Geschmack nicht ganz optimal gewählt, doch wir „basteln“ uns das einfach zurecht und lassen einen guten Teil des recht süßen Rhabarbers einfach auf dem Teller. Einziger Wermutstropfen: die Brioche schmeckt sehr neutral und erinnert eher an Toastbrot.

Noch besser ist die rohe Gelbschwanzmakrele „Häckerle Art“ mit bunten Beten, Gartenkresse und Kaviar. „Häckerle“ kommt aus dem Schlesischen und bezeichnet Fisch mit Ei, Zwiebeln, Gewürzgurken und Sardellen. Die Häckerle-Mayonnaise schmeckt dementsprechend ähnlich wie eine sehr gute Remoulade und gibt der ansonsten königlichen Kombination eine bodenständige Note. Zusammen mit dem hervorragenden bissfesten Fisch, der erdigen Würze durch die Beten und dem nussig-jodigen Kaviar ist das nicht weniger als ein großartiges Gericht!

Ein Stück sehr guter Saint-Pierre mit knackigem weißem Spargel, einer herrlich grasigen Zuckerschotensauce und „bayerischem Risotto“ aus Getreide ist ebenfalls überzeugend. Allerdings fehlt uns hier schlicht Salz. Ein Gang mit intensivem Duroc-Schwein, grünem Spargel und Silberzwiebeln punktet ebenfalls, wobei das Fleisch eine Spur zu trocken geraten ist. Sensationell ist aber der dazu gereichte Kräutersalat, in dem wir unter anderem Zitronenmelisse, Borretschblüten, Stiefmütterchen und Calendula ausmachen können.

Mit dem Hauptgang aus Lammrücken vom Hofgut Polting, Paprika, Cannellini-Bohne und Quinoa legen Florian Vogel und sein Team nochmal einen Zahn zu. Selbst die simple Quinoa kann sich hier mit einer würzig-nussigen

Art hervortun. Das Fleisch schmeckt – wie sollte es bei einem der besten Lammzüchter Deutschlands auch anders sein – wunderbar intensiv, aber dennoch fein und elegant nach Lamm und ist saftig auf den Punkt gegart. Ganz ähnlich die Jus aus Lammknochen: leicht und transparent und dennoch unglaublich geschmacksintensiv. Großartig und der beste Gang des Menüs!
Das Dessert mit Himbeere, Joghurtmousse, Sauerampfer und Crème-Brûlée-Eis bereitet uns ebenfalls Freude und lebt besonders vom sahnigen Eis, klaren Fruchtaromen und dem Sauerampfer, der das Gericht unverkrampft in die Richtung moderner herb-süß-säuerlicher Desserts schiebt. Überzeugend, aber weniger einprägsam als etwa die vorausgegangenen Gerichte mit Lamm oder Gelbschwanzmakrele.
Florian Vogel weiß zeitlose Kombinationen gekonnt in Szene zu setzen und lässt immer dort, wo die Gefahr besteht, dass es zu althergebracht wirken würde, gekonnt moderne Bestandteile einfließen. Sei es ein wirkungsvolles Shisoblatt auf einem klassischen Leberteller oder Gelbschwanzmakrele zu Ei und Kaviar. Wir können am Ende gar nicht genau sagen, ob wir gerade eher modern oder eher klassisch gespeist haben, und am Ende ist es vermutlich genau das, was die Küche des Camers ausmacht …

Hotelempfehlung

★★★★

Hotel Schloss Hohenkammer

Schlosstr. 20, 85411 Hohenkammer
08137-934443
www.schlosshohenkammer.de
Einzelzimmer: 68–110 €
Doppelzimmer: 88–287 €

EC VISA

Das malerisch von einem Wassergraben umgebene Schloss Hohenkammer mit dem angrenzenden, modern designten Tagungszentrum wirkt schon bei der Ankunft beeindruckend. In der besonderen Atmosphäre des Schlosses finden vor allem Gäste für Workshops und Seminare viel Ruhe und Komfort. Aber auch für private Auszeiten bietet das Hotel einen stimmungsvollen Rahmen mit Wellnessbereich, Parkanlagen, Biergarten und niveauvollen kulinarischen Spezialitäten aus den Bio-Produkten vom hauseigenen Gut Eichethof. Die einladend großzügig geschnittenen und zudem komfortabel und zeitgemäß ausgestatteten Zimmer sind clever nach dem „Schneckenhausprinzip" als Spirale zu Dusche und Bad konzipiert. Holz, Stein und Verputz prägen das elegante Design. Und neben den vielfältigen Freizeitangeboten in Hotel und Umgebung bietet die „Kultur im Schloss" eine Reihe von Lesungen, Musikabenden und anderen Veranstaltungen. Restaurant Camers separat erwähnt.

Hohentengen (Baden-Württemberg)

Landgasthof Hirschen

Rheintalstr. 13, 79801 Hohentengen (Lienheim)
07742-7635
www.hirschen-lienheim.de
Mo–Fr von 11.30–14.30 Uhr u. ab 17.30 Uhr, Sa ab 17.30 Uhr, So RT
Hauptgericht: 18–27 €, Menüs: 29–59 €

EC VISA

Ein blitzsauberer Gasthof an der Durchfahrtsstraße von Lienheim, der über die Jahre immer schöner herausgeputzt wurde. Das Kulinarium ist überwiegend klassisch und traditionell, manche Gerichte werden von Küchenchef Freddy Kuno aber auch durch pfiffige Akzente aufpeppt. So gibt es eine eher regionale Linie mit preiswerten Traditionsgerichten, aber eben auch eine etwas gehobenere, internationale Küche mit weiter gereisten Produkten. Beides wird gleichermaßen mit Sorgfalt und gehobenem Anspruch bei Qualität und Frische zubereitet.

Hohnstein (Sachsen)

Landgasthaus Schwarzbachtal

Niederdorfstr. 3,
01848 Hohnstein (Lohsdorf)
035975-80345
www.schwarzbachtal.de
Mo–Mi u. Fr ab 17 Uhr, Sa, So u. Fei von 11.30–14 Uhr u. ab 17 Uhr, Do RT
Hauptgericht: 12–22 €, Menüs: 27–42 €

Slow-Food-Küche at it's best: in Barbara Sieberts über die Jahre liebevoll individuell gestaltetem Gasthaus am Rande der Sächsischen Schweiz dreht sich alles um charaktervolle, nachhaltig produzierte Produkte aus dem nahen Umland, Gemüse und Kräuter aus dem Garten oder aus Wald und Wiesen. Dass dabei nicht um jeden Preis absolute Premiumqualität gefragt ist, gehört zum Konzept – und gerät ohnehin schnell in Vergessenheit, weil die servierten Viktualien dennoch durchweg außergewöhnlich und selten sind. Verarbeitet werden sie zu schlicht-pfiffigen Gerichten, die zwar in manchen Details vergleichsweise etwas grob ausfallen können, dadurch aber auch sympathisch bodenständig wirken und trotzdem überdurchschnittlich sind. Abgerundet wird das Ganze durch eine kleine ansprechende Weinauswahl, vor allem aber regelmäßige kulturelle Veranstaltungen von Lesungen bis Schauspiel.

Horb a. N. (Baden-Württemberg)

Quartier77

Am Garnisonsplatz 4,
72160 Horb a. N.
07451-6230977
www.quartier77.de
Mo–Fr von 11.30–14 Uhr u. ab 17.30 Uhr, Sa u. So RT
Hauptgericht: 14–30 €

VISA

In einem modernisierten ehemaligen Kasernenareal versammelt das Quartier 77 ein breites Portfolio vom Mittagstisch unter der Woche bis zur Ausrichtung von Hochzeiten und Events am Wochenende – aber auch einem ambitionierteren Restaurant an den Abenden. In dem industrialchic designten Lokal setzt das junge, engagierte Team auf einfallsreiche internationale Gerichte aus einer durchaus gehobenen Produktpalette und kocht – auf recht einfache Art – frisch und schmackhaft. Vieles hat prinzipiell sogar das Potenzial für eine höhere Wertung, allerdings funken immer wieder zu grobe Details dazwischen. Wenn noch etwas mehr Augenmerk auf handwerkliches und konzeptionelles Feintuning gelegt würde, wären hier sogar 5 Pfannen drin. Außerdem: präsenter, aufmerksamer Service und eine zwar nicht überbordende, aber ausreichende Weinauswahl.

Horben (Baden-Württemberg)

7

Gasthaus zum Raben

Dorfstr. 8, 79289 Horben
0761-556520
www.raben-horben.de
Mi–Fr ab 18 Uhr, Sa u. So von 12–14 Uhr u. ab 18 Uhr, Mo u. Di RT
Hauptgericht: 32–46 €,
Menüs: 54–118 €

Hoch über Freiburg sorgt Familie Disch in ihrem sorgsam restaurierten Gasthaus Raben schon seit Jahren für eine ebenso bodenständige wie elegant verfeinerte Produkt- und Regionalküche. Das Repertoire des Jeune Restaurateur beschränkt sich dabei aber längst nicht bloß auf die heimischen Viktualien, vielmehr sucht und findet der Chef Inspiration in aller Welt. Mal kocht er herzhaft mit alpenländischem Einschlag, mal mediterran leicht, dann wieder pflegt er behutsam und gekonnt asiatische Akzente mit ein, bleibt aber auf seinen attraktiv angerichteten Tellern stets sehr gegenständlich, verliert sich nicht in artifiziellem Kunsthandwerk und konzentriert sich bei aller Gestaltungsfreude stets auf den Geschmack seiner Kompositionen.

Horn-Bad Meinberg
(Nordrhein-Westfalen)

Die Windmühle Fissenknick

Windmühlenweg 10,
32805 Horn-Bad Meinberg (Fissenknick)
05234-919602
www.diewindmühle.de
Mi u. Do ab 18 Uhr, Fr–So von 12–14 Uhr u. ab 18 Uhr, Mo u. Di RT
Hauptgericht: 15–25 €,
Menüs: 38–55 €
EC VISA P

Die historische Windmühle aus dem 14. Jahrhundert hat trotz des eher hell modernisierten Hauptgastraumes einiges an Windmühlenromantik zu bieten und ist – auf einem kleinen Hügel und mit idyllischen Außenplätzen – überhaupt ein sehr ansprechender Ort. Hier wird eine fundiert und frisch zubereitete Küche geboten, die überwiegend regionalbetont daherkommt, teils aber auch etwas exklusivere internationale Produkte bietet. Holger Lemkes Kulinarium steht in jedem Fall für natürliche und handwerklich zubereitete Speisen und lohnt aus unserer Sicht gerade für die eher etwas rustikaleren und handfesten Gerichte aus heimischen Viktualien den Besuch. Neben einfachen offenen Weinen gibt es auch eine gute Auswahl hochwertigerer Flaschen und herzlichen, sehr aufmerksamen Service unter der Leitung von Gastgeberin Birgit Lemke.

Hornbach (Rheinland-Pfalz)

ohne Bewertung

Refugium

im Hotel Kloster Hornbach
im Klosterbezirk,
66500 Hornbach
06338-910100
www.kloster-hornbach.de
Küchenchef: Martin Opitz
Do–So ab 18.30 Uhr, Mo–Mi RT
Hauptgericht: 19–38 €,
Menüs: 62–125 €
EC VISA P

Das Refugium im Hotel Kloster Hornbach bietet seinen Gästen neben klassischer Gourmetküche auf gehobenem Niveau auch den Reiz einer originellen Location, zu der wir nicht nur das helle, im Souterrain gelegene Gewölberestaurant zählen, in dem die Gäste an etwa sieben Tischen in den Genuss von Küchenchef Martin Opitz' Küche kommen, sondern die gesamte monumentale Anlage. Das Hotel von Familie Lösch, das sich als richtiges Ensemble über die Gemäuer des ehemaligen Benediktinerklosters hinaus auch auf verschiedene andere Gebäude erstreckt, hat was!
Leider gehört dieses kleine, feine Gourmetrefugium zu jenen Feinschmeckeradressen, die während der Coronapandemie und ihren Beschränkungen konsequent geschlossen blieben und auch noch in den Wochen nach Ende des Lockdowns Mitte 2021 bis zum Redaktionsschluss dieser Ausgabe geschlossen waren. Man versicherte uns nach Rückfrage zwar, dass Martin Opitz weiterhin für das Hotel Kloster Hornbach tätig ist und auch der Fine-Dining-Bereich wieder öffnen werde – konnte aber noch kein genaues Datum nennen.
Weil das Refugium mit Erscheinen dieser Ausgabe bereits weit über ein Jahr durchgehend geschlossen hat, müssen wir die Bewertung schweren Herzens aussetzen. Wir sind aber sicher, dass der ambitionierte Chef hier nach dem Re-Start schnell wieder an das Niveau anknüpfen kann, das wir aus den letzten zehn Jahren von ihm gewohnt waren. Zumal er mit seiner Küche nach einigen etwas durchwachseneren Eindrücken in der Vergangenheit bei unserem letzten Testbesuch Ende 2019 wieder zu gewohnter Form zurückgefunden auf die eigenen Stärken besonnen hat.
Unter dem Titel „Krustentiere“ schickte er damals zum Beispiel eine Vorspeise, in deren Mittelpunkt zwei sehr propere Langostinos standen. Die waren zwar relativ kräftig angeflämmt und deshalb von äußerst plakativen Rauch- und Röstaromen gekennzeichnet, was aber irgendwie auch ganz reizvoll war. Zumal die

Qualität und Frische dieser beiden Kaisergranate überzeugte, die hier an einem rechteckigen, mit dünnen Scheiben von der Nashi-Birne gedeckelten Sockel aus säuerlich mariniertem Rotkohl und Taschenkrebstatar angelehnt waren. Etwas Krustentiernage unterstrich das Hauptthema des Tellers nochmal und Würfel von der Nashi-Birne brachten weitere süßlich-fruchtige Facetten ins Spiel. Eine runde Sache! So wie auch der mit Roter Bete gefärbte und erdig aromatisierte Aquerello-Risotto, dessen natürliche zartbittere Süße, die von einigen Segmenten kleiner bunter Bete-Knollen noch verstärkt wurde, wunderbar mit den dumpfen erdigen Noten der schwarzen Trüffel korrespondierte. Dazu ergoss sich ein confiertes Eigelb zart fließend über dem Risotto und spendete dem Ganzen mit seinem Schmelz nochmal ein deutliches Mehr an Finesse. Der gebratene Wolfsbarsch, der auf einer Skala von 1 bis 10 sicher eine gute 7 war, kam mit Blumenkohl-Couscous und etwas geröstetem Blumenkohl, einer dezent mit Safran aromatisierten gelben Paprikacreme und einer kräftigen, mittelbraunen Gemüsejus in rein vegetabiler Begleitung daher, was zwar einerseits etwas gleichartig „gemüsig“ wirkte, aufgrund der eweils sehr schön klar und deutlich herausgestellten Aromen aber irgendwie auch recht gut funktionierte.
Ohnehin lag bei unserem letzten Besuch im Refugium die Stärke der Küche eindeutig bei den richtig guten auf den Punkt gebrachten Hauptprodukten. So auch beim klassisch gebratenen Rehrücken, dessen sehr dunkles, wildaromatisches Fleisch mit ganz feiner Struktur und zartem (saftigem!) Biss im Grunde sehr puristisch nur mit kurz ansautiertem Feldsalat, ein paar Zwetschgen-Spalten und einer Zwetschgencreme kombiniert war. In letzterer, aber auch in der druckvollen Wildauce die das Reh begleitete, sorgte etwas Gewürzschokolade für Tiefe und Aha-Effekt. Der dazu empfohlene burgundisch-stoffige Spätburgunder Großes Gewächs von Philipp Kuhn war dem ein kongenialer Weinbegleiter.
Wir sind sicher, dass hier schon bald solche und ähnliche Dinge wieder über den Pass gehen werden und wollen mit den Beschreibungen aus dem Vorjahr an dieser Stelle auch ohne aktuelle Bewertung nur ein paar Beispiele vermitteln, welche Art von Küche hier geboten wird. Die Weinkarte des Refugiums wird auch nach der Wiedereröffnung ein „Who-is-Who“ der pfälzischen Weinszene sein, aus der man als Gast beliebig eine Flasche auswählen und glasweise trinken kann. Es wird hier nämlich seit jeher lediglich das berechnet, was tatsächlich konsumiert wurde. Das ist nicht nur übermäßig gastfreundlich, sondern hierzulande auch relativ einzigartig!

Hotelempfehlung

★★★★S

Kloster Hornbach

im Klosterbezirk, 66500 Hornbach
☎ 06338-910100
www.kloster-hornbach.de
Einzelzimmer: 99–189 €
Doppelzimmer: 139–235 €

Ein geschmackvoll in ein ehemaliges Benediktinerkloster aus dem 8. Jahrhundert integriertes Hotel, das im Jahr 2000 eröffnet wurde. Die Natur rund um das Klosterhotel lädt zum Beispiel zu einer Wanderung auf dem Pfälzer Jakobsweg oder einer Runde Golf auf den nahe liegenden Golfplätzen ein. Edle Materialien, Formen und Farben verleihen jedem Zimmer und jeder Suite ihren ganz persönlichen Charme. Im Wellnessbereich können die Gäste im Entspannungspool, in der Erlebnisdusche, in der Sauna oder im Dampfbad relaxen. Für das leibliche Wohl stehen drei verschiedene Restaurants zur Verfügung; Gourmetrestaurant Refugium separat erwähnt.

Hörstel (Nordrhein-Westfalen)

ohne Bewertung

Westfälische Stube

im Parkhotel Surenburg

Surenburg 13,
48477 Hörstel (Riesenbeck)
05454-93380
www.parkhotel-surenburg.net
Do–So ab 18 Uhr, Mo–Mi RT
Hauptgericht: 29–55 €, Menüs: 65–119 €

Oliver Jacoby, dessen Küche wir zuletzt im Restaurant Turnhalle des Hotels Schulhaus in Schwelm bei Wuppertal mit 6 Gusto-Pfannen ausgezeichnet hatten, ist Anfang 2020 als neuer Küchenchef ins großzügig noble Parkhotel Surenburg zurückgekehrt, wo er wenige Jahre zuvor bereits als Souschef seines Mentors René Kalobius tätig war. Jetzt, wo das Haus unter neuer Leitung steht, wollte er auch mit dem Gourmetrestaurant Westfälische Stube wieder durchstarten, doch dann kam Corona, und man entschied sich nach einer kurzen Öffnungsphase doch dazu, die Westfälischen Stuben bis auf Weiteres geschlossen zu halten und sich auf die Grundversorgung der Hotelgäste in den anderen Restaurants zu konzentrieren. Und so fiebern wir gemeinsam mit dem ambitionierten Team dem Re-Start entgegen, denn der junge Chef hat viel Talent und könnte hier schnell einen neuen attraktiven Hotspot für Gourmets etablieren. Wir drücken die Daumen und stehen in den Startlöchern …

Hotelempfehlung

★★★★

Parkhotel Surenburg

Surenburg 13,
48477 Hörstel (Riesenbeck)
05454-93380
www.parkhotel-surenburg.com
Einzelzimmer: ab 99 €
Doppelzimmer: ab 169 €

Das erst 2012 nach grundlegendem Um- und Neubau neu eröffnete Parkhotel Surenburg liegt im Herzen des Münsterlandes und dort in einer romantischen Umgebung inmitten eines großen Park- und Waldgeländes in direkter Nachbarschaft von Schloss Surenburg. Die insgesamt dreißig geschmackvoll und mit viel Liebe zum Detail gestalteten Zimmer und Suiten mit Balkon bieten modernen Komfort, verfügen über moderne Bäder mit Haarfön und Kosmetikspiegel, haben einen Zimmersafe, Telefon am Bett, Radio, Sat-TV, Weckeinrichtung und natürlich Schreibtisch mit Internetanschluss und schnelles WLAN. Der Wellnessbereich im Badehaus mit großzügigem Schwimmbad, verschiedenen Saunen, Dampfbad und Fitnessgeräten lädt zum Entspannen und Aktivsein ein. In den Restaurants Zum Goldenen Reiter und Surenburg wird anspruchsvolle regionale Küche geboten; im Gourmetrestaurant Westfälische Stube – separat erwähnt – gibt es unter der Ägide von Küchenchef Oliver Jacoby und dessen Team gehobene Crossover-Küche mit asiatischen Einflüssen in Menüform.

Hüfingen (Baden-Württemberg)

5

Landgasthof Hirschen

Wutachstr. 19, 78183 Hüfingen
07707-99050
www.hirschen-mundelfingen.de
Fr–Di von 12–14 Uhr u. ab 17.30 Uhr, Mi u. Do RT
Hauptgericht: 22–31 €, Menüs: 37–79 €

Noch so ein Paradebeispiel für einen blitzsauberen badischen Landgasthof! In dem hell, farbenfroh und freundlich eingerichteten rustikal-eleganten Ambiente des Hüfinger Hirschens wird unter der Ägide von Chefin Verena Martin-Hofmaier seit vielen Jahren in sehr verlässlicher Manier ein ansprechender Mix aus regionaler bodenständiger Küche und moderat gehobener Kochkunst aus internationalen Viktualien geboten. Gekocht wird aromatisch zupackend, aber mit leichter Hand, was nicht nur auf die nominell anspruchsvolleren Gerichte mit weltläufigem Touch zutrifft, sondern ausdrücklich auch auf Traditionsgerichte wie etwa die hervorragenden Rindsrouladen. Wer also auch herzhaft Ländliches auf Feinschmeckerniveau schätzt, der ist hier genau richtig. Denn die Chefin lässt auf ihren Tellern mit fachlich fundiert umgesetzten Kreationen immer wieder aufblitzen, dass sie mit Leib und Seele Köchin ist und genau weiß, worauf es ankommt. Die Weinkarte listet dazu adäquate heimische Tropfen, und das alles gibt es hier zu tendenziell gehobenen, aber gemessen am gebotenen Niveau nach wie vor moderaten Preisen.

Die Symbole

- gute Parkmöglichkeiten
- Hotelgarage
- barrierefrei
- klimatisierte Zimmer
- WLAN-Zugang
- Hallen- und/oder Freibad im Haus
- mit Wellness-Bereich
- mit Fahrstuhl zu den Hotelzimmern
- Hunde im Hotel nicht erlaubt
- mit Garten oder Terrasse

Idstein (Hessen)

6↑

Henrich Höers Speisezimmer

im Hotel Höerhof
Obergasse 26, 65510 Idstein
06126-50026
www.hoerhof.de
Küchenchef: Sebastian Straub
Mo–Sa von 12–13.30 Uhr u. ab 17.30 Uhr, So RT
Hauptgericht: 25–42 €, Menüs: 39–89 €

VISA

Das wunderschöne Fachwerkensemble in ruhiger zentraler Lage im Ortskern von Idstein ist von außen wie von innen ein echtes Kleinod. In dessen Restaurant Henrich Höers Speisezimmer sitzt man in ganz besonders reizvollem nostalgischem Ambiente mit Nischen, Erkern, altehrwürdigem Gebälk und auflockerndem Floral-Dekor und kann die bewegte Geschichte des 1621 erbauten Höerhofs förmlich atmen. Doch so gern wir bei ungünstiger Witterung dort verweilen, ist uns im Sommer doch der lauschige Innenhof das liebste Plätzchen, um die fast 400-jährige Historie des Hauses und die sehr gute Küche von Sebastian Straub zu genießen. Der Küchenchef hat sich hier mittlerweile prima eingegroovt und kocht genau so gut wie sein langjähriger Vorgänger und könnte hier – so unser jüngster Eindruck – mittelfristig auch die nicht leicht zu nehmende 7-Pfannen-Hürde nehmen.
Viel fehlt da nämlich wirklich nicht! Auch beim letzten Mal ging es appetitanregend mit zweierlei Brotsorten einer ortsansässigen Bäckerei los, die warm und sehr gut waren; die dazu gereichte Kräuterbutter hatte zu ihrer grünen, herben Würze auch noch einen angenehm zi-

trischen Touch. Bei der Vorspeise um mild gebeizten und vor dem Servieren leicht abgeflämmtem Saibling, der sich den hübsch angerichteten und farblich schön abgestimmten Teller mit zart knackigen Edamame-Bohnen, Passepierre-Algen, einem würzigen Pflaumengel und einer milden, aber trotzdem ausdrucksstarken Currysauce teilte, konnte man schon sehr schön erkennen, mit wieviel Feingespür und Kombinationsgeschick das Team hier unterwegs ist. Allerdings – und das ist eigentlich das Schöne! – ohne sich damit allzu sehr zu verkünsteln.
Und so war beispielsweise auch der gebratene Kabeljau, der zusammen mit saftigen Schmortomaten, sautiertem Blattspinat, angerösteten knackigen Kohlblättern, feinsüßlicher Karotten-Mousseline, nussigem Bulgur und einer Krustentier-Schaumsauce mit viel aromatischem Druck und trotzdem ausgewogener Eleganz in einem tiefen Teller daherkam, ein ganz und gar unkompliziert arrangiertes Mischgericht, bei dem im Grunde alle Komponenten locker übereinandergeschichtet waren. Aber eben eines von der Sorte, die nicht dicht und kompakt, sondern sehr differenziert, fein abgestimmt und wohlproportioniert wirken.
In eine ganz ähnliche Richtung, nämlich die einer gänzlich unaufgeregten, aber dennoch sehr attraktiven, weil bis in die Details präzise zubereiteten Regionalküche tendierte auch die perfekt gebratene Brust vom ausdrucksstarken Kikok-Huhn, deren festes, saftiges Fleisch sich den Teller mit ganz sublim gerahmtem Mangold, kurz ansautierten Kräuterseitlingen, rösch angekrosstem, fluffigem Serviettenknödel und einer mit Maß reduzierten Jus teilte. Und auch der zum Nachtisch aufgefahrene eingelegte Pfirsich nebst schön säuerlichem Joghurtsorbet, locker-cremiger Joghurtmousse und einem intensiven Sauerampfer-Granité machte uneingeschränkt großen Spaß: mit präzisem, schnörkellosem Handwerk, verbindlichen Aromen, harmonisch ineinandergreifenden Aromen und Konsistenzen.
Die persönlich und individuell zusammengestellte Weinkarte von Gastgeberin Sabine Kogge setzt bei den heimischen Weingütern weniger auf möglichst viele Produzenten als vielmehr bei ausgewählten Erzeugern auf Jahrgangs- und Sortenvielfalt. Ihre Empfehlungen sind immer treffsicher zu den zu begleitenden Speisen ausgesucht, und ihre Begeisterung für das Thema springt sehr schnell auf den Gast über.

Hotelempfehlung

★★★★

Höerhof

Obergasse 26, 65510 Idstein
06126-50026
www.hoerhof.de
Einzelzimmer: 98–128 €
Doppelzimmer: 126–156 €

„Inmitten der grünen Taunushügel, nahe der Großstädte Frankfurt und Wiesbaden, liegt die alte Nassauische Residenz Idstein. Hier, am Ende der Obergasse, über den Dächern der liebevoll restaurierten autofreien Altstadt, steht seit jetzt fast 400 Jahren unser Kulturdenkmal, die letzte so erhaltene Renaissance-Hofreite Hessens“ heißt es auf der Internetseite des 4 Sterne-Hotels. Und tatsächlich ist das im Jahr 1992 aufwendig restauriert neueröffnete Anwesen ein echtes Kleinod mit sehr viel Charme und Tradition, wie man es nicht allzu häufig findet. In den Zimmern und Suiten des kleinen, familiengeführten Hotels mit gehobenem Restaurant, Veranstaltungs- und Tagungsräumen gelang es mit einem feinen Gespür für Stil, klassische Eleganz und modernes Design, eine private, gemütliche Wohlfühlatmosphäre zu schaffen. Jedes Zimmer hat sein ganz eigenes, individuelles Ambiente und wurde mit viel Liebe zum Detail eingerichtet. Alle verfügen über schönen Parkettboden und sind auch sonst nur mit hochwertigen Materialien und komfortablen Treca-Betten ausgestattet. Restaurant Henrich Höers Speisezimmer separat erwähnt.

Ihringen a. K. (Baden-Württemberg)

5

Bräutigams Weinstuben

im Hotel Bräutigam
Bahnhofstr. 1, 79241 Ihringen a. K.
0768-890350
www.braeutigam-hotel.de
Di ab 17 Uhr, Mi–So von 12–14 Uhr u. ab 17 Uhr, Mo RT (im Winter auch Di RT)
Hauptgericht: 18–31 €

In dem als „Weinstube" betitelten Restaurant des Hotels Bräutigam wird in zwei unterschiedlichen, ländlich-rustikalen Gaststuben eine im besten Wortsinne gutbürgerliche Küche geboten. Und zwar eine mit überdurchschnittlichem Anspruch an Handwerk und Produkt. Neben den gängigen badisch-frankophilen Traditionsgerichten, die vom Schneckengratin bis zum krossen Zander auf Rahmsauerkraut reichen, gibt's seit jeher auch eine etwas weltläufigere Linie mit internationalen Produkten. Gekocht wird alles fundiert und bodenständig, mit Sorgfalt und zu kleinen Preisen. Dazu gibt's seriöse Weine badischer Erzeuger und flinken, freundlichen Service.

5

Holzöfele

Bachenstr. 46, 79241 Ihringen a. K.
07668-207
www.holzoefele-ihringen.de
Küchenchef: Thassilo Eyrainer
Mi–So von 11.30–14 Uhr u. ab 17.30 Uhr, Mo u. Di RT
Hauptgericht: 18–33 €, Menüs: 43–80 €

Seit inzwischen anderthalb Jahren steht das traditionsreiche Wirtshaus – 1853 begann hier alles mit einer Bäckerei, deren Überbleibsel man im Gastraum auch heute noch erkennen kann – nun schon unter der Regie von Küchenchef Thassilo Eyrainer (ehemals „Magnolia" in Augsburg) und vermittelt bereits beim Betreten gastronomische Ambition. In nach wie vor etwas bonanzaartiger Rustikalität fallen die blütenweißen, akkurat eingedeckten Tische, die gestärkten Servietten und polierten Gläser sofort ins Auge.

Anspruch vermittelt auch die Speisekarte, die neben einem Menü in bis zu sechs Gängen sowie einigen Küchenschlagern à la Feldsalat mit Joghurt-Senf-Dressing und Poulardenstreifen, dem heißgeliebten Zwiebelrostbraten oder Filetspitzen in Rahmsoße zum Beispiel auch ein Risotto mit Onsen-Ei und schwarzem Trüffel, hausgeräucherten Lachs, Lammrücken oder ein klassisch in Butter gebratenes Wiener Schnitzel mit kaltgerührten Preiselbeeren im Angebot hat.

Auch das Amuse-Bouche kam bei unserem jüngsten Besuch eindeutig aus der ambitionierten Ecke: Freundlichst serviert wurde ein Salat von Belugalinsen, geräucherter Forelle und Espuma von Sellerie. Von perfektem – also nicht zu weichem – Biss die Linsen, feinwürzig der zarte Fisch, schmelzig ohne Schwere der sahnige Schaum. Einige ausgebackene Kartoffelstreifen sorgten für etwas Knusper – sehr schön!

Ebenfalls erfreulich, wenn auch in der handwerklichen Ausführung vielleicht ein bisschen grob, ein Salat von (spärlich dosierten und festen) Hummerstückchen und Garnelen sowie Papaya, Zuckerschoten, Erbsen, Möhren und Rettich, umgeben von drei akkurat gebratenen, aromatischen Scampi auf einer Art intensiver, aber nicht zu süßer Krustentier-Bisque. Von der angekündigten Thaicurry-Vinaigrette war wenig zu schmecken, insgesamt hinterließ der Teller aber einen Eindruck von angenehmer Frische und geschmacklicher Bandbreite. Das à part gereichte „Vadouvan-Brot" entpuppte sich als hausgebackene und kräftig angeröstete Brioche, ziemlich süß und etwas fett.

Ohne Vadouvan-Beigabe begleitete das Brot eine andere Vorspeise, die wir uns in unmittelbarer Nähe zum Elsass natürlich nicht entgehen lassen konnten: Gänseleberterrine, Apfelperlen, Gewürztraminergelee. Hier vermissten wir jedoch das charakteristische Aroma der Leber, ihr Geschmack erschien uns etwas dumpf – außerdem fehlte schlicht Salz. Im Zentrum der großzügig bemessenen, von weißem

Speck umwickelten Scheibe bot eine balsamicoartige Reduktion Kombinationsmöglichkeiten, die sich in Verbindung mit Himbeeren, Apfelperlen (tolles Aroma!), Himbeerpüree und deutlich zu festem Weingelee angesichts des wenig prägnanten Leberaromas jedoch schnell erschöpften.
Ganz anders im Folgenden ein regionaler Zwischengang, der hausgemachte Maultaschen mit schön luftig-saftig-aromatischer Spinat-Brät-Füllung mit einer dichten Kalbsjus, sautierten Champignons, einer hellen Zwiebelschmelze sowie einem Kräuteröl bestens verband. Dazu einige Blättchen Feldsalat und ein paar Croûtons – eindeutig der handwerklich wie geschmacklich souveränste Teller des Abends!
Beim Hecht im Hauptgang gefielen uns die akkurate Garung des ziemlich weichen Filets unter seiner angenehm dezenten und tatsächlich röschen Tomatenkruste sowie der ausgezeichnete, zart zitrusduftige Blattspinat darunter. Gelungen auch die begleitende Weißweinschaumsoße, perfekt einige kräftig sautierte kleine Artischockenherzen, ebenso teigig wie in jeder Hinsicht blass die begleitenden Steinpilzravioli. Eine zusätzlich applizierte Krustentiersauce erinnerte uns an die Vorspeise …
Unter den fleischlichen Genüssen entschieden wir uns in der aktuellen Testsaison für eine butterzart geschmorte badische Ochsenbacke – herrlich gelatinös, aber leider nicht sehr geschmackskräftig – in einer aromatischen Spätburgundersoße. Auch hier fehlte wieder etwas Salz, dafür hatte das üppige Kartoffelpüreebett unter der Backe einen Guss Trüffelöl abbekommen (eine Unsitte, die wir Küchenchef Eyrainer jedoch nicht ankreiden wollen, wo doch selbst viel höher Bewertete und entsprechend renommierte Köche immer wieder in Versuchung kommen, dieses Teufelszeug einzusetzen).
So harmlos wie üppig schließlich eine Lebkuchenmousse mit sehr schönen, feinsäuerlichen Gewürzzwetschgen und Vanilleeis zum Ende eines Menüs, das von Ambition kündete, aber den einen oder anderen handwerklichen Wackler nicht verbergen konnte. Klar ist: Bei mehr Konzentration auf beste Regionalität und küchentechnische Präzision wäre hier sogar noch deutlich mehr drin!

Illertissen (Bayern)

5↑

Vier Jahreszeiten Restaurant Imhof

Dietenheimer Str. 63, 89257 Illertissen
07303-9059600
www.vier-jahreszeiten-illertissen.de
So–Di u. Do–Fr von 11.30–14 Uhr u. ab 17.30 Uhr, Sa ab 17.30 Uhr, Mi RT
Hauptgericht: 9–32 €, Menüs: 36–63 €
EC VISA P

Susanne Maier und Andreas Imhof gehen in ihrem hell, modern und geradlinig gestalteten Restaurant einen notwendigen Kompromissweg: einerseits bieten sie blitzsaubere bodenständig-traditionelle Regionalküche für ein breites Publikum, auf der anderen Seite aber auch ein fünfgängiges, etwas internationaler gehaltenes Menü für anspruchsvolle Genießer. Damit sind die Gastgeber ganz offensichtlich erfolgreich, denn beides ist im stets gut besuchten Restaurant samt Biergarten sehr gefragt. Und trotz des breiten Programms weisen auch die ambitionierten Teller erstaunliche Qualität auf, sind akkurat, bisweilen sogar recht aufwendig gearbeitet und überzeugen nicht nur mit gelungenen Pointen, sondern auch mit gutem Produktniveau. Dazu gibt es charmanten Service durch die Gastgeberin, gut sortierte internationale Weine und Spirituosen und ein attraktives Preis-Genuss-Verhältnis.

Illschwang (Bayern)

7↑

Cheval Blanc

Am Kichberg 1, 92278 Illschwang
09666-188050
www.weisses-ross.de/de/restaurant.html
Mi–Sa ab 18.30 Uhr, So–Di RT
Hauptgericht: 36–46 €, Menüs: 110–135 €
EC VISA P

Im kleinen beschaulichen Illschwang im Herzen der Oberpfalz wirkt das rund um seine historische Wirtshaus-Bausubstanz geschmackvoll modernisierte und erweiterte Landhotel

Weißes Roß äußerst überraschend, ist aber ein Musterbeispiel dafür, wie gut traditionelle Gastlichkeit und zeitgemäßer Komfort zusammengehen können. Entscheidender Motor für die Entwicklung des geschichtsträchtigen Familienbetriebs war Inhaber Hans-Jürgen Nägerl, der auch für den immer schon hohen Qualitätsanspruch in der Küche verantwortlich zeichnete.

Mit Schwiegersohn Christian Fleischmann, der hier nun nach Stationen unter anderem bei Christian Jürgens im Restaurant Überfahrt der Küche des kleinen naturnah und elegant designten Gourmetrestaurants „Cheval Blanc" vorsteht, tritt die jüngere Generation in die durchaus großen Fußstapfen – und das mindestens genauso motiviert wie souverän.

Über die letzten Jahre wurde das Gourmetprogramm des Cheval Blanc immer weiter ausgebaut und dessen Profil geschärft. Die neue Mitgliedschaft bei den Jeunes Restaurateurs ist da eine durchaus logische Konsequenz und bringt künftig sicherlich neben dem guten Produktnetzwerk auch wertvollen Austausch unter gleichermaßen ambitionierten Kollegen. Klar ist jedenfalls: Der junge Chef ist extrem motiviert und steckt einen enormen Aufwand in seine Kreationen, die meist aus vielen Details und begleitenden Satelliten-Tellern aufgebaut werden.

Allein der Reigen an Kleinigkeiten zur Einstimmung ergibt beinahe ein eigenes Menü und reicht von einem „Falschen Stein" als dünnes knuspriges Luftbrot mit säuerlich-würziger Ziegenkäsecreme über einen gebackenen Würfel schmelzend saftigen Schweinefleischs mit eingelegten Zwiebelringen obenauf bis zu einer kühlen, ausgewogen-tiefgründigen Ochsenschwanzessenz, die perfekt zum Nachspülen passte.

Wieder eleganter folgte ein filigranes Knusperrad aus Tempura, das entfernt an ein Signature-Amuse von Christian Bau erinnerte, und hier mit Räucheraal, Gurke und Dillcreme auf der duftig frischen Seite gehalten wurde. Eigentlich wäre aus dramaturgischer Sicht dieser animierende Eindruck ein guter Abschluss der „Grußphase" gewesen. Das folgende kompakte Rindertatar mit Kaviar und Schalotten-Mayo, effektvoll im Knochen serviert, wirkte danach jedenfalls, trotz generell feiner Abstimmung, etwas massiger und matter.

Den eigentlichen Einstieg ins Menü schaffte als filigraner Dreiteiler eine Kreation rund um Saibling, Bachkresse und Raps: Auf dem Hauptteller stand der sanft temperierte Saibling neben Kressemousse mit Saiblingskaviar und Brotchip obenauf, daneben dezente Rapscreme und Rapsblüten, alles eingefasst von Buttermilch und Kresseöl. Dabei griffen die Aromen eher mild und harmonisch ineinander, so dass letztlich ein bisschen mehr Prägnanz, etwa von der Kresse oder der typischen Senfschärfe des Raps, sehr hilfreich gewesen wäre. Fokussierter wirkte der kleine Satellit aus Saiblingstatar mit Senfeis und Kressemousse, während eine gurkenbasierte Kresse-Gazpacho alles mit prägnanter Säure auffrischte.

Und bereits hier wurde deutlich, dass sich der Chef mit den extrem arbeitsaufwändigen Gerichten gar nicht unbedingt einen Gefallen tut, weil der Fokus und scharfgestellte Details in den einzelnen Bestandteilen nicht ganz so prägnant rüberkommen, wie es im besten Fall möglich wäre. Das wird zum Teil durch einen Spannungsbogen über alle separierten Bestandteile hinweg ausgeglichen, erfordert dann aber wiederum eine glückliche Hand des Gastes beim selbst kombinieren …

Ähnlich komplex und aufwändig aufgebaut kam die Kombination von Hummer, Gänseleber und Spitzkohl daher. Im Zentrum stand hier der klassisch in Pernod gegarte (leicht faserige) Hummerschwanz, neben Spitzkohl mit Ingwer und grünem Pfeffer, gebratener Gänseleber und fast ätherischer grüner Petersilienwürze. Verglichen mit dem vorherigen eher milden Gang ging es dabei mit prägnanteren Akzenten aromatisch deutlich mehr zur Sache. Einzig die gute Idee, den Hummer mit dem Schmelz der Gänseleber zu unterstützen, funktionierte mit dem kleinen gebratenen Stück und dessen beinahe bitteren Röstnoten nicht optimal. Da wären beispielsweise rohe schmelzende Scheiben auf dem Hummer die bessere Wahl gewesen. Wirklich perfekt passte dagegen hier wieder der kleine Satellit aus konzentrierter Leberterrine mit Orangen-Spitzkohl und Gänselebereis sowie eine temperierte komplexe Hummeressenz als „Background-Getränk".

Bei der Taube zeigte sich zunächst, dass man für ein sehr gutes Produkt keineswegs immer nach Frankreich schauen muss, denn das straffe und zarte Fleisch einer Zucht aus dem Nachbarort überzeugte auf etwas mildere Art ebenfalls. Dazu brachten eine forsch geschärfte Harissacreme mit Kümmel und Koriander neben verschiedenen Zwiebelkomponenten, sowie die herbe Säure von Sanddorn und milde helle Mandelcreme außerdem viel Dynamik ins Spiel. Durchaus gewagt sogar, denn das dominante Harissa-Aroma abzufedern gelang dabei nur bedingt (und auch beim separaten „French Toast" mit geräucherter Mandelcreme und frittierter Taubenkeule nur im Ansatz). Der Hauptteller selbst wirkte zwar spannend, aber mit dem Kontrast zwischen Schärfe und kratziger Sanddornsäure auch etwas sperrig.

Wieder in klassischeren Ideenwelten, dafür aber sehr gekonnt umgesetzt, folgte mit dem Rehrücken im Hauptgang ein hervorragendes Produkt mit prägnantem Topping aus Speck, Mini-Croûtons und Schnittlauch neben bestens harmonierenden Begleitern in Gestalt eines im ganzen gegarten Mini-Kohlrabis sowie Kohlrabiblättern und rohem Kohlrabi, die von etwas rohem Schinken akzentuiert und von kleinen festen Pfifferlingen und saftiger Herzkirsche stimmig ergänzt wurden. Einzig die Rotweinjus dazu war – wie schon bei der Taube – eher ein sehr leicht gehaltener Fond. Und obwohl wir große Fans leichter transparenter Saucen sind, wäre in diesem Fall ein bisschen mehr Tiefenschärfe und Komplexität nicht schlecht gewesen. Dafür gab es allerdings auch hier einen gelungenen Satelliten in Form zarten Rehragouts unter luftigem Kartoffelschaum und Croûtons sowie eines hauchdünnen, dezent pilzwürzigen Knusperchips.
Der enorme Detailaufwand hörte dann konsequenterweise auch im süßen Bereich nicht auf und sorgte hier sogar für einen der stärksten Eindrücke des Menüs auf lupenreinem 8-Pfannen-Niveau! Rund um ein mustergültig saftig-luftiges Sauerrahmsorbet standen hier zwei Miniaturen rund um weiße Schokolade, Rhabarber, verschiedene säurefrische Beeren und Sauerklee im Mittelpunkt. Und mit Rhabarber-Deklinationen von knackig mariniert über ein dunkel reduzierteres Gel bis zum kompakt-cremigen Rhabarber-Buttereis wurden dabei gekonnt verschiedene Facetten und Säuregrade aufgefächert, zwischen denen als Puffer immer wieder cremige, leicht laktische und süße Akzente auftauchten. Super!
Dazu gibt es eine beachtliche und sogar erfreulich fair kalkulierte Auswahl überwiegend deutscher und europäischer Flaschenweine, aber auch glasweise hochwertige Empfehlungen, die das Menü gut begleiten und von den Damen im Service souverän moderiert werden.

Hotelempfehlung

★★★★

Weißes Roß

Am Kichberg 1, 92278 Illschwang
09666-1334
www.weisses-ross.de
Einzelzimmer: 89–360 €
Doppelzimmer: 164–420 €

Das modern designte und sehr komfortabel ausgestattete Genuss- und Wellnesshotel der Familie Nägerl mutet inmitten der kleinen Gemeinde Illschwang im Herzen der ländlichen Oberpfalz nahezu spektakulär an. Das ursprüngliche Wirtshaus stammt aus dem 15. Jahrhundert, wurde in jüngerer Zeit sukzessive an- und umgebaut, und die heutigen Gastgeber führen es bereits in sechster Generation. Neben zehn unterschiedlichen Zimmerkategorien, die von zeitgemäß ausgestatteten Klassikzimmern bis zur 70 m² großen SkySuite mit eigener Dachterrasse, privater finnischer Sauna und freistehender Whirlpoolwanne reichen, verfügt das 4-Sterne-Haus über einen attraktiven 1000 m² großen Wellnessbereich mit Pool, verschiedenen Saunen und fünf Behandlungsräumen für verschiedenste Anwendungen von Massage bis Beauty. Aber auch die Kulinarik hat im Weißen Roß einen sehr hohen Stellenwert: Im Restaurant mit moderner, raffinierter, aber auch klassischer bayerischer Küche werden vorwiegend heimische Produkte verwendet, und die hauseigene Metzgerei garantiert Qualität und Frische. Im separaten Gourmetrestaurant Cheval Blanc wird an vier Abenden in der Woche stark verfeinerte Kochkunst zelebriert.

Ilsenburg (Sachsen-Anhalt)

ohne Bewertung

Forellenstube

im Landhaus zu den Rothen Forellen
Marktplatz 2, 38871 Ilsenburg
039452-9393
www.rotheforelle.de
Küchenchef: Viktor Rundau
Mi–Sa ab 18 Uhr, So, Mo, u. Di RT
Menüs: 85–125 €

Das kleine, feine Gourmetrestaurant im Landhaus zu den Rothen Forellen, das einen exklusiven Rahmen für gerade mal vier Tische mit Ausblick auf den beschaulichen Ilsenburger Weiher bietet, gehört schon seit geraumer Zeit zu unseren Sorgenkindern. Allzu oft haben wir in den vergangenen Jahren vergeblich versucht, dort einen Tisch zu bekommen. Kurzfristig geht sowieso meist nichts, und oft war das Restaurant auch außerhalb der Urlaubszeiten gar nicht geöffnet. So wunderte es uns nicht, dass auch im letzten Jahr während der Coronaphase offenbar kein Betrieb stattfand – zwischenzeitlich war die Forellenstube auch ganz von der Website des Hotels verschwunden. Wir sind gespannt, ob es eine Wiedereröffnung gibt, wenn sich die allgemeine Lage wieder entspannt hat, und drücken die Daumen.

Hotelempfehlung

★★★★★S

Landhaus Zu den Rothen Forellen

Marktplatz 2, 38871 Ilsenburg
039452-9393
www.rotheforelle.de
Einzelzimmer: 95–145 €
Doppelzimmer: 165–280 €

Das behutsam renovierte und in den vergangenen beiden Jahren erweiterte Landhaus liegt wunderschön und idyllisch in der Mitte des Luftkurortes Ilsenburg am Fuße des Brockens, mitten im Nationalpark Harz. Die Ursprünge des Hauses reichen bis ins 16. Jahhundert zurück. Es verwöhnt seine Gäste mit viel Liebe zum Detail und Herzlichkeit – sei es in den liebevoll in Landhausstil eingerichteten Zimmern, im „Forellen-Spa", dem großzügigen Wellness- & Beautybereich, oder auf kulinarischer Ebene. Romantisch am glitzernden Forellensee gelegen, bietet das Landhaus einen optimalen Ausgangspunkt für allerlei Unternehmungen. Kultur und Natur pur, zu jeder Jahreszeit. Genau der richtige Ort, um die Seele baumeln zu lassen und eine kleine oder große Auszeit in vollen Zügen zu genießen. Gourmetrestaurant Forellenstube separat erwähnt.

Immenstaad (Baden-Württemberg)

6

Seehof

im Hotel Seehof
Am Yachthafen (für GPS: Bachstr.15), 88090 Immenstaad
07545-9360
www.seehof-hotel.de
Küchenchef: Jürgen Hallerbach
Tägl. von 12–14 Uhr u. ab 18 Uhr, kein RT (Jan–März Mo u. Di RT)
Hauptgericht: 16–38 €, Menüs: 42–65 €

VISA

Delbstverständlich muss man in diesem traditionsreichen modernisierten Landgasthof mit Hotelbetrieb am Ufer des Bodensees auf fleischliche Genüsse nicht verzichten – die Karte listet allerlei Animierendes von der hausgemachten Gänseleberterrine mit Chutney und Wildkräutersalat über den klassischen Rostbraten vom Allgäuer „Primarind“ mit Schalottensauce bis zu gebratenem Bries und Nierle vom Kalb in Cidresenf-Rahmsauce mit knusprigen Bratkartoffeln auf. Und wie wir aus der Vergangenheit wissen: Durch die Bank handwerklich souverän und von untadeliger Produktqualität! Bei unserem jüngsten Besuch stand uns jedoch bei der Anfahrt bereits der Sinn nach Schmankerln aus dem Wasser – so frisch, vielfältig und präzise zubereitet wie hier findet man die wunderbaren heimischen Fische nämlich beileibe nicht überall!

Küchenchef Jürgen Hallerbach ist erkennbar stolz auf sein regionales Lieferantennetzwerk. Allein zwei Dutzend Erzeuger listet die Speisekarte namentlich (ohne Winzer wohlgemerkt!) auf. Darunter Produzenten interessanter Spezialitäten der Vereinigung „Gutes vom See“ – unter anderem Schnecken aus Überlingen, Mozzarella aus dem Linzgau, Bison aus der Nähe von Pfullendorf … So etwas wirkt immer vertrauenserweckend! Und auch ein so unverschnörkeltes Credo wie das der Seehof-Küche läsen wir gern öfter in Speisekarten: „Wir verzichten auf Zusatzstoffe und Geschmacksverstärker, kaufen keine Fertigprodukte, sondern machen alles selbst“.

Was in der aktuellen Testsaison auf den Tisch kam, unterstrich den von der Karte vermittelten Anspruch erneut klar. Zum Auftakt gefiel uns ein „Dreierlei von unseren Bodensee-Felchen“, natürlich aus Wildfang-Fischerei. Genauer: ein butterzartes, sanft gebeiztes Felchenfilet auf einem kleinen, rahmigen Apfel-/Zwiebel-Ragout nach „Hausfrauenart“; ein butterzartes Stückchen vom Räucherfelchen auf einem kleinen Kartoffel-Radieschen-Salat sowie der knusprige Kaviar vom Felchen mit einer dicken Nocke Crème fraîche und einem kleinen, krossen Kartoffelpuffer. Dazu ein frisches, kräuterwürziges Salatbouquet mit (verzichtbarer) Sonnenblumenkern-Beigabe. Ein typisches Seehof-Gericht: tolle Produktqualität, punktgenaue Zubereitung, klare Präsentation, klassisch strukturiert. Wunderbar begleitet durch einen animierend-frischen Schluck Grünen Veltliner „Liebkind“ vom Vorzeigeweingut Aufricht. Ein Wein, der auch ausgezeichnet zur folgenden „Variation von Edelfischfilets auf Taschenkrebs-Sauce“ passte: Egli, Seesaibling, Zander, Hecht und eine knackige Garnele auf einem wunderbar süffigen, nicht zu süßen!, und feinröstigen Spiegel einer hochfeinen Krustentiersauce. Elegant aufgefächert und punktgenau gebraten, überzeugten die aromatischen Filets durch Saftigkeit und Zartheit; mehr als eine Spirale feiner hausgemachter Eiernudeln, etwas Blattspinat und einige Kirschtomaten (die uns geschält noch besser gefallen hätten) brauchten sie wirklich nicht. Noch puristischer wurden die gebratenen Bodenseefelchenfilets „Müllerin Art“ serviert, begleitet von sehr dezent gebräunter Butter mit einigen Würfelchen etwas blassem Tomatenfleisch und einigen Fäden Petersilie. Dazu einige kleine, in Butter geschwenkte Linzgauer Kartoffeln von sattem Geschmack – zusammen mit einem kleinen Blattsalat ein idealer Rahmen für den hochdelikaten, zarten Fisch.

Nur mit Mühe konnten wir uns anschließend verkneifen, aus der Abteilung „alemannische Spezialitäten“ der Karte noch in Richtung Käsespätzle, Maultäschle mit Zwiebelconfit, hausgemachte Bratwurst oder Saure Kutteln „auf Oma Bertas Art“ mit knusprigen Bratkartoffeln zu wandern, schließlich wollten wir uns den weithin gerühmten großen Desertteller „Badische Weinstube“ nicht entgehen lassen. Nach Auskunft des freundlichen Service für nicht wenige Gäste ein eigener Besuchsgrund, versammelte er in ebenso verführerischer wie beim besten Willen nicht zu bewältigender Opulenz seidige dunkle und weiße Valrhona-Schokoladenmousse, cremig-intensive Walnusseiskrem, zarten Strudel auf Vanillesauce, frische Fruchtsorbets, eine zartbittere Schokoladentarte, Orangensalat sowie allerlei Dekorationen aus Hippen, Früchten, karamellisiertem Popcorn und Schokolade … Serviert und benannt nach einem historischen Ambiente, wie es in seiner Qualität als Beispiel gelungener historischer Bewahrung und sensibler Auffrischung nur selten zu finden ist. Bleibt uns abschließend die fabelhaft gastfreundliche Preispolitik sowie die Tatsache zu rühmen, dass dieser kulinarische Gunstort täglich (!) mittags und abends (!) geöffnet ist.

Hotelempfehlung

★★★

Hotel Seehof

Am Yachthafen (für GPS: Bachstr.15),
88090 Immenstaad
07545-9360
www.seehof-hotel.de
Einzelzimmer: 80–110 €
Doppelzimmer: 120–265 €
VISA

Das von der Besitzerfamilie Hallerbach geführte Hotel liegt direkt am Bodenseeufer und verfügt über einen privaten Yachthafen sowie einen eigenen Badestrand mit Liegewiese. Fast alle Zimmer haben einen Südbalkon mit traumhaftem Ausblick über den See und die Schweizer Alpen. Bei warmer Witterung wird das Frühstück auf der Seeterrasse mit Blick über den Yachthafen serviert. Die Garten- und Außenanlagen wurden 2014 komplett renoviert und neu gestaltet, und auch ein neuer Treppenaufgang mit Aufzug vom Parkdeck direkt zu den Zimmern wurde in diesem Zuge gebaut. Das komplette Haus wurde in den Jahren 2015–2017 renoviert, und es erwarten Sie u. a. neue, großzügige Doppelzimmer-Appartements. Zimmer überwiegend mit Seeblick. Restaurant Seehof separat erwähnt.

Ingelheim (Rheinland-Pfalz)

7

Sandhof Gourmetrestaurant Dirk Maus

im Sandhof
Sandhof 7,
55262 Ingelheim (Heidesheim)
06132-4368333
www.dirk-maus.de
Küchenchef: Dirk Maus
Steve Hermann
Mi–So ab 18 Uhr, Mo u. Di RT
Menüs: 95–130 €
VISA

Der Aufforderung „Lassen Sie sich ein Stück mitnehmen“, die auf der Website des Sandhofs das Credo von Tina und Dirk Maus auf den Punkt bringt, kommen wir nur allzu gerne nach. Denn genauso unkompliziert und sympathisch wie ihr hauseigenes Motto klingt, so bespielen Gastgeberin und Küchenchef auch ihre Bühne. Das etwas abseits am Ortsrand gelegene Areal rund um das altehrwürdige Gemäuer aus dem 12. Jahrhundert bietet zudem jede Menge Platz für die vielfältigen Arrangements, die im prallvollen Jahreskalender vermerkt sind. Ein fester Bestandteil des Programms ist zum Beispiel das „Rheinhesssen-Mittwoch-Menü“, das wöchentlich zum äußerst gastfreundlich kalkulierten Preis in drei Gängen ein erstes Kennenlernen ermöglicht – und vielleicht Geschmack auf mehr von der Gourmet-Karte macht.
In der spielen kulinarische Trends und Modeerscheinungen kaum eine Rolle, wohingegen die stetige Optimierung der eigenen klassischen Linie klar im Vordergrund steht. Auch beim letzten Besuch konnten die Kreationen qualitativ und geschmacklich wieder voll überzeugen – wenngleich ein wenig mehr optische Akkuratesse deren Auftritt noch eindrücklicher gemacht hätte. Im Vergleich zu unseren letzten Besuchen wirkten heuer nämlich einige Teller etwas ungenauer angerichtet. Programmatisch hat sich unterdessen nichts geändert: weiterhin kommen hier hervorragende Viktualien aus der Ferne genauso zum Einsatz wie ausgesuchte Produkte aus der näheren Umgebung, und die Saison gibt Dirk Maus und Steve Hermann die Richtung vor. Generell stellen die beiden gerne Mediterranes neben Regionales und greifen allenfalls im Gewürzregal hin und wieder zu exotischeren Akzenten.

In diesem Sinne erschien schon der Küchengruß genussreich „zweigleisig". Zu den saftig-zarten Presa- und Secreto-Tranchen vom Iberico-Schwein gesellte sich da nämlich ein mit Chili leicht angespitztes Sauerkrautgel, das im Verbund mit Senfkörnern und einer leicht süßlichen Senfcreme die bodenständige Begleitung gab. Weil exakt bemessene grüne Tupfen eines Apfelgels noch öffnende Fruchtsäure beisteuerten, gelang hier ein sehr typischer Auftakt: mit kräftigen Aromenfarben, satt, deckend und akkurat mit breitem Pinselstrich aufgetragen.
Und selbst wenn dieser Pinselstrich mal ein wenig verrutscht, muss das nicht gleich zum Malheur werden: So wie beim eigentlichen Einstieg ins Menü, bei dem eine plakativ essigsaure Vinaigrette den mediterranen Akkord aus „Rote Perle"-Tomate, Oliven-Espuma, fruchtig-süßem Wassermelonensorbet und frittierten Kapern etwas konterkarierte. Trotzdem war das ein gelungenes Beispiel für produktnahe Mittelmeerküche, bei der gerade auch im Hinblick auf die Qualität der verwendeten Zutaten keinerlei Kompromisse gemacht werden.
Ebenso gut bestückt war auch der vegetarische Teller rund um Lauch, Petersilie und Belper Knolle. Dem recht weich geschmorten, vielleicht nur einen Tick zu salzigem Lauch stand hier ein mit „Polnisch Butter" gefülltes Teigtäschchen zur Seite, das die am Tisch angegossene Jus auf Miso-Basis beim Anschneiden noch zusätzlich mit würzigem Schmelz anreicherte. Ergänzt durch fein gehobelte Belper Knolle, geschmacklich etwas blassen Lauchschaum und grasig-grüne Petersilienöl-Tupfen war das im Ergebnis ein ansprechend facettenreiches Ensemble.
Maritimes spielte diesmal im Menü komischerweise gar keine Rolle, aber die beiden folgenden Fleischgänge überzeugten voll. Schon die rosa-saftigen Tranchen von der Taubenbrust, die von würzigem Keulenragout begleitet wurden, profitierten von ihrer präzisen, sanften Zubereitung. Das Team gart das magere Filet zunächst schonend im Dampf (vermutlich an der Karkasse) und lässt es anschließend langsam im „Hold-O-Mat" nachziehen. Das Ergebnis ist weitaus überzeugender als sous-vide-gegarte oder ausschließlich gebratene Taubenbrust und spricht unbedingt für diese Art der Zubereitung. Zum satten Eigengeschmack der Taube gesellten sich duftiges Fenchelpüree, süßliche Hagebutten-/Schalotten-Marmelade und als aromatischem wie haptischem Clou die mit der orientalischen Gewürzmischung „Ducca" durchsetzten Mikroelemente von krosser Taubenhaut, die hier noch einen pfeffrig-würzigen Akzent setzten.
Zum wunderbar straffen gratinierten Rehrücken ließ sich das Team eine vielteilige Variation von der Roten Bete einfallen, die sehr gut mit dem Wild korrespondierte, weil die Spielarten der Kulturrübe hier nicht süßlich-breit, sondern vielmehr erdig und herb daherkamen: In Form von Creme, geschmorten Stücken und Pulver und in Kombination mit geschmortem Spitzkohl, Blaubeeren und Wildjus ergab das einen sehr pointierten Hauptgang mit hohem Genussfaktor.
Die Küche ist hier ohnehin immer dann am überzeugendsten, wenn sie sich auf wenige Elemente konzentriert. So wie auch die Patisserie, die heuer ungemein fruchtiges Aprikosensorbet mit einer satt alkoholischen, schaumig-seidigen „Gin Fizz"-Zabaione zusammenführte und das ganze mit einem Hauch Rosmarin kräuterte – fokussierte und aufs Wesentliche konzentrierte Aromenküche ohne ablenkendes Beiwerk!
Freundlich aufgetragen und kompetent erläutert wird das alles von Gastgeberin Tina Maus, die in dem schmalen Naturstein-Separée für entspannte Stimmung sorgt und gut korrespondierende Weine ins Glas bringt. Ihre bestens gepflegte und mit vielen guten Tropfen aus der Nachbarschaft bestückte Weinkarte ist eine Herzensangelegenheit.

Ingolstadt (Bayern)

5

Avus

im Audi-Forum

Auto-Union-Str. 1, 85045 Ingolstadt
0841-8941071
www.moevenpick-restaurants.com/ingolstadt-audi-forum
Mo–Sa von 11–14 Uhr u. ab 18 Uhr, So RT
Hauptgericht: 21–45 €, Menüs: 25–49 €
VISA

In dem technisch-elegant gestalteten, lichtdurchfluteten Lokal im ersten Stock des Audi-Forums, in dem man erhöht über dem quirligen Treiben auf dem Vorplatz zwischen Audi-Museum und Auslieferung und mit Ausblick auf Verwaltungsgebäude und viele stolze Neuwagenbesitzer sitzt, wird seit vielen Jahren anspruchsvolles Niveau geboten. Küchenchef Thomas Pöferlein, der hier die kulinarische Hauptverantwortung trägt, hat sich einer gehobenen klassischen, aber durchaus auch einfallsreich kombinierten Küche verschrieben, die er und sein Team handwerklich sehr solide auf die Teller bringt. In der von der Betreibergesellschaft Mövenpick mit den Gewächsen namhafter Erzeuger ausstaffierten Weinkarte wird man ebenfalls bequem fündig; der Service ist freundlich und effizient zugange und das Preis-Leistungs-Verhältnis angemessen.

Inzell (Bayern)

5

Binderhäusl

Bichlstr. 43, 83334 Inzell
08665-461
www.familie-keller.de
Mo, Di u. Do–Sa ab 18 Uhr, Mi u. So RT
Hauptgericht: 11–21 €, Menüs: 23–39 €
VISA

Das charmante kleine Gasthaus von Familie Keller ist im Chiemgau längst ein Klassiker für Genießer. Und das nicht nur wegen der familiären Atmosphäre im stilvoll-behaglichen Gastraum, sondern auch wegen der Küche. Karoline Keller jongliert genauso gekonnt mit den Aromen und Produkten der Heimat wie mit denen aus Fernost, und genau diese Mischung macht – nicht nur an den regelmäßigen „Sushi-Abenden" – ganz wesentlich den Reiz des Binderhäusls aus. Die Zubereitungen selbst bleiben dabei auf schlichte Art pointiert. Großes Gebastel oder Getue würde gar nicht zur Grundhaltung passen, und gerade deshalb wirkt die Küche stets sympathisch stimmig. Zumal der Anspruch an die Produkte und eine natürliche handwerkliche Zubereitung von regional-vegetarischen bis zu den japanisch inspirierten Gerichten durchweg spürbar wird. Spürbar ist außerdem die Begeisterung und Expertise von Gastgeber Yoshi Keller für das Thema Wein, die immer zu spannend gefüllten Gläser zu einem fairen Preis führt.

Iphofen (Bayern)

5

Augustiner am See

Klostergasse 6,
97346 Iphofen (Birklingen)
09326-978950
www.augustiner-am-see.de
Küchenchef: Johannes Schwab
Fr–Di durchgehend ab 11 Uhr,
Mi u. Do RT
Hauptgericht: 15–25 €,
Menüs: 25–50 €
VISA

Wer in die kleine malerische Ortschaft Birklingen gefunden hat, den erwartet ein idyllischer gastronomischer Platz zwischen den zwei namensgebenden kleinen Teichen. Besonders nett sitzt es sich deshalb im Augustiner am See natürlich in der warmen Jahreszeit auf der Terrasse, aber auch die geschmackvoll schlichten Gasträume bieten eine einladende Atmosphäre.

Da sich das Publikum neben kulinarisch besonders Interessierten vor allem auch aus vielen Ausflüglern, Sportlern und Spaziergängern zusammensetzt, spannt auch die Karte den Bogen von rustikaler fränkischer Hausmannskost à la Blaue Zipfel, Schäufele und Bratwurst bis hin zu verfeinert bodenständigen Gerichten.

Zu diesen zählte bei unserem letzten Besuch beispielsweise die feincremige Spargelsuppe mit prägnantem Produktgeschmack, deren kräftig zugespitzte Würze sich prima mit einer Art Karottenkompott und saftig ausgebackener Wachtelkeule ergänzte. Und sowohl an der feinhandwerklichen Machart dieser Suppe als auch an dem gesamten Arrangement wird sehr gut der Unterschied zu den unzähligen Spargelsuppen deutlich, die ab April landauf, landab serviert werden.

Ebenfalls klar über durchschnittlichem Wirtshausniveau lag das in einem Tramezzinimantel zartrosa gebratene Kalbsfilet nebst weißem und grünem Spargel, lockeren Kartoffelkrapfen und luftiger Hollandaise. Für weitere Akzente sorgten etwas Kalbsjus und ein mit Zwiebel, Knoblauch und getrockneten Kräutern eher rustikal gehaltenes Tomatenragout. Eigentlich vollkommen klassisch und gutbürgerlich – das aber in sehr akkurater Umsetzung.
Und wem das bereits zu sehr in die verfeinerte Richtung geht, der wird bei in Kräutern gebratenem Karpfen mit Kartoffel-/Gurken-Salat oder Hirschgulasch mit Kartoffel-/Speck-Roulade zwar etwas einfacher, aber mit dem gleichen Anspruch an Handwerk und Produkt versorgt. Sogar Desserts sind nicht nur notwendiges Beiwerk, sondern werden mit Feingefühl zubereitet. Zuletzt etwa mit zarter Spargel-Panna-cotta neben vollreifem aromatischem Erdbeerragout, vanilleduftigem Rhabarberstrudel und einem Hauch Minze. Die Chiasamen hätte es da gar nicht wirklich gebraucht. Neben einfachen Schoppen gibt es hier auch eine kleinere Auswahl überwiegend fränkischer Weinflaschen engagierter und namhafter Erzeuger. Flotter, beim letzten Besuch etwas burschikoser Service.

5

Zehntkeller

im Romantik Hotel Zehntkeller

Bahnhofstr. 12,
97346 Iphofen
09323-8440
www.zehntkeller.de
Täglich von 11.30–14 Uhr u. ab 18.30 Uhr, kein RT
Hauptgericht: 20–39 €,
Menüs: 49–71 €

VISA P

Auch wenn sich mal der eine oder andere Meeresfisch, bzw. Schalen- oder Krustentiere ins Repertoire einschleichen, konzentriert sich die Küche des gehoben-rustikalen und sehr nostalgisch anmutenden Restaurants im einstigen Amtssitz der Würzburger Fürstbischöfe ganz überwiegend auf regionale Produkte. Die werden klassisch und fundiert zubereitet – mit gehobenem Anspruch, aber nicht überzogen exklusiv. Zwischen Kalbstafelspitz, fränkischem Zwiebelrostbraten, Rinderconsommé und Schäufele finden sich auch weltläufigere Kompositionen, etwa mit mediterranem Oberton. Die Qualität der Produkte und die Sorgfalt der Zubereitungen haben hier trotz Küchenchefwechsel ein gleichbleibend solides Niveau.

6

Zur Iphöfer Kammer

Marktplatz 24, 97346 Iphofen
09323-8772677
www.kammer-iphofen.de
Mi–Sa ab 18 Uhr, So von 11.30–14 Uhr, Mo u. Di RT
Hauptgericht: 19–27 €, Menüs: 32–58 €

Mit viel Passion betreiben Heidrun Kaufmann und Markus Lösch dieses nette kleine Lokal mit fünf Tischen plus Freisitz am Marktplatz von Iphofen, welches sie als Einzelkämpfer auf ihrem jeweiligen Posten bewirten. Das Kleinod gehört zum bekannten Weingut Wirsching, ist schlicht, aber geschmackvoll eingerichtet – mit Holzbänken und -stühlen, hellgrünen Holzvertäfelungen und rotbraunem Fliesenboden. An den Wänden hängt farbenfrohe moderne Kunst, und aus der Küche von Markus Lösch kommt eine überschaubare Auswahl an feinen, oft regionalbetonten Gerichten, die schnörkellos, sorgfältig und fundiert mit einer gehörigen Portion Understatement zubereitet werden. Denn auf den Tellern gibt's dann meist doch deutlich mehr Finesse zu schmecken, als man erwarten würde. Neben den Erzeugnissen aus dem Weingut Wirsching gibt es eine kleine Auswahl alternativer Getränke, etwa die sehr guten Biere der Biermanufaktur Engel aus Crailsheim. Und das alles zu einem attraktiven Preis-Genuss-Verhältnis!

Die Symbole

- P gute Parkmöglichkeiten
- P Hotelgarage
- barrierefrei
- klimatisierte Zimmer
- WLAN-Zugang
- Hallen- und/oder Freibad im Haus
- mit Wellness-Bereich
- mit Fahrstuhl zu den Hotelzimmern
- Hunde im Hotel nicht erlaubt
- mit Garten oder Terrasse

Irschenberg (Bayern)

5

Dinzler

Wendling 15,
83737 Irschenberg
08025-992250
www.dinzler.de
Küchenchef: Markus Zieher
Täglich ab 12 Uhr durchgehend, kein RT
Hauptgericht: 12–35 €,
Menüs: 25–60 €
EC VISA P

Für das gelungene Gesamtkonzept des weitläufigen Ensembles aus Rösterei, Café, Konditorei, Vinothek, Barista-Akademie und auch Restaurant verdient das Dinzler am Irschenberg einigen Respekt. Nicht zuletzt durch die direkte Anbindung an die Autobahn lohnt sich hier eigentlich immer ein Zwischenstopp – auch wenn vor allem tagsüber und an den Wochenenden die Atmosphäre in dem sehr großen und sehr weitläufigen Gastraum äußerst quirlig ist und man tatsächlich ein wenig den Eindruck hat, in einer individuell gestalteten Autobahnraststätte zu sitzen.

Das sollte aber nicht darüber hinwegtäuschen, dass hier seit vielen Jahren konstant für eine schier unzählige Menge an Plätzen auf erstaunlich solidem Niveau gekocht wird. Zwar wurden die Gerichte offenbar in jüngerer Zeit konzeptionell noch ein wenig vereinfacht – frische und natürliche Zubereitungen gibt es aber nach wie vor.

Rein optisch hätte beispielsweise bei einem der letzten Besuche die Vorspeise um Kalbsbries mit Kartoffel-Vogerlsalat eigentlich gut ins landläufige Raststättenbild gepasst, denn die mit normaler Semmelbröselpanier ausgebackenen Nuggets, die neben einem Schälchen Kartoffelsalat ohne jede weitere Garnitur auf dem Teller lagen, wirkten auf den ersten Blick schon sehr profan. Qualitativ war das jedoch tadellos, denn unter der Knusperhülle präsentierte sich die Thymusdrüsen-Spezialität vom Kalb comme il faut zart, saftig und mit „sauberem", klarem Geschmack. Und gegen den schlotzigen Kartoffelsalat gab es auch nichts einzuwenden. Damit war das Ganze prototypisch für die aktuelle Linie: grundsätzlich gut, aber sehr einfach und in diesem Fall ohne irgendeine Sauce oder Vinaigrette, etwa eine frische Remoulade mit etwas Säure, recht karg.

Schön klararomatisch und nur angenehm leicht gebunden war die Brunnenkressesuppe, in der eine Pavesen-Schnitte schwamm, die allerdings mehr die Anmutung eines buttrigen Toastbrots hatte. Gut geschmeckt hat's trotzdem. So wie auch die auf der Haut kross angebratene Tranche einer einstmals offenbar recht stattlichen Fjordforelle, die leider in nicht ganz optimaler Verfassung – nämlich etwas trocken und mit relativ viel Eiweißaustritt – auf einem Bett von rotem Reis lag und angebratenen grünen Thaispargel zur Seite hatte. Sehr gut gefiel uns die zugehörige Zitronenrahmsauce, die keine opulente Sahnesauce mit Zitronenaroma war, sondern eine leichte, spritzige Variante mit knackiger Säurestruktur, die aber auch genügend Schmelz hatte, um die Säure harmonisch zu puffern.

Wenn die Erwartungen nicht in Richtung raffinierter Kompositionen gehen, sondern sich eher an einem clever aufgestellten Ausflugs- oder eben Raststättenkonzept orientieren, ist das alles mehr als solide und vor allem bei schlichten Sachen wie auch den ofenfrischen Pizzavarianten mit hervorragendem Teig und hochwertigem Topping erfreulich. So brachte im vergangenen Jahr bei einem weiteren Besuch auch ein Saftgulasch vom Rind mit Spätzle zwar keine größere Finesse auf den Teller, aber mit zartem aromatischem Fleisch und feiner Zwiebelbindung ein handwerklich tadelloses Ergebnis.

Deshalb, und auch weil der gut organisierte Service selbst bei vollem Haus den Überblick behält und es hochwertige Getränke inklusive guter, vornehmlich deutscher und österreichischer Weine gibt, bleibt das Fazit: empfehlenswert!

Isny (Baden-Württemberg)

Terra
im Allgäuer Terrassen Hotel
Alpenblickweg 3,
88316 Isny (Neutrauchburg)
07562-97100
www.terrassenhotel.de
Di–Fr von 12–14 Uhr u. ab 18 Uhr,
Sa u. So ab 12 Uhr durchgehend,
Mo RT
Hauptgericht: 15–25 €
VISA

Im Allgäuer Terrassenhotel gibt es nicht nur eine schöne Aussicht, sondern auch ein hell und freundlich gestaltetes Restaurant, dessen Design tatsächlich ein wenig an skandinavische Vorbilder erinnert und das Wohlfühlen leicht macht. Außerdem setzt das Team auf ein nach nachhaltigen und ökologischen Prinzipien ausgerichtetes Arbeiten und das Gute im Schlichten. Auf den Tellern spiegelt sich das in reduzierten, einfach gehaltenen Gerichten wider, die wesentlich von den guten Produkten und deren seriöser, natürlich-frischer Verarbeitung leben. Manchmal sind die Ergebnisse eher schlicht, oft aber auch pfiffig mit einfachen Mitteln. Dank der klug gestrafften Karte liegt das gesamte Programm auf einem ansprechenden Niveau und könnte mit ein wenig mehr Schliff sogar noch attraktiver gestaltet werden. Außerdem: schöne Weinauswahl mit Schwerpunkt Deutschland und Österreich; flinker und freundlicher Service.

Jena (Thüringen)

5↑

Scala
im Intershop-Tower
Leutragraben 1, 07743 Jena
03641-356666
www.scala-jena.de
Täglich von 12–14 Uhr u. ab 18 Uhr,
kein RT
Hauptgericht: 19–33 €,
Menüs: 39–101 €
VISA

Egal ob zum Lunch oder zum Dinner, egal ob Sonnenschein und Fernsicht oder nächtliches Lichtermeer: das exponiert im 29. Stockwerk des JenTowers gelegene Restaurant Scala ist immer ein außergewöhnliches Erlebnis und bietet aus knapp 130 Metern Höhe einen beeindruckenden Ausblick über die Stadt und das Umland. Küchenchef Christian Hempfe setzt sogar noch einen drauf: mit ambitionierter, modern und kreativ interpretierter klassischer Küche. Die Weinkarte listet ein durchaus attraktives Sortiment von der Region bis in die europäischen Nachbarländer, von Newcomern bis hin zu festen Größen.

Johannesberg (Bayern)

7

Helbigs Gasthaus
im Hotel Auberge de Temple
Hauptstr. 2, 63867 Johannesberg
06021-4548300
www.auberge-de-temple.de
Küchenchef: Ludger Helbig
Di–Sa von 12–14 Uhr u. ab 18 Uhr,
So u. Mo RT
Hauptgericht: 26–44 €,
Menüs: 43–127 €
VISA

Eigentlich ist die Auberge de temple mehr als nur ein Hotel und Restaurant, nämlich eine „Herberge" im ursprünglichen Sinn, wenn man damit einen Ort der Begegnung und des herzlichen Willkommenseins versteht. In der schmucken Villa in Johannesberg gehen dann auch eine sehenswerte Galerie und viele Kulturveranstaltungen ganz selbstverständlich mit einigen liebevoll gestalteten Zimmern und einem in deutlichem Understatement schlicht „Gasthaus" genannten kulinarischen Programm einher, das sich aber eigentlich – auf

bodenverhaftete Art – klar im Gourmet-Genre bewegt.
Kopf und Herz des Ganzen sind Nicole Helbig, die mit ihrer natürlich herzlichen Art die besondere Atmosphäre prägt, und Ludger Helbig, der mit seiner langjährigen Erfahrung das Niveau in der Küche hochhält. Nicht umsonst hat der Chef lange Zeit an der Seite von Ingo Holland in dessen Altem Gewürzamt gearbeitet, und der gekonnte Gewürzeinsatz prägt noch heute viele seiner Gerichte.
Typisch für den Stil – und da schließt sich dann doch der Kreis zum „Gasthaus" ist allerdings, dass dem Chef jede Art von eitlem Gebastel und Getue völlig fremd ist. Seine Teller zeichnen sich vielmehr durch eine eher gegenständliche, kraftvolle Arbeit mit guten Produkten aus. Und das genauso im regionaler verorteten Gasthausmenü und bei den Klassikern wie auch im Genussmenü, das mehr von internationalen Produkten und minimal erhöhtem Aufwand geprägt ist. Die Mitte zwischen beiden Linien traf zuletzt die Miniaturausgabe einer Poké-Bowl mit feinsäuerlichem Sushireis, Sepia-Mayo, knackigen Schnittbohnen und Kohlrabi sowie obenauf magerem festem Räucherlachs und glasig knapp gegarten Garnelen als willkommener Gruß aus der Küche.
Beim kurz kolorierten Thunfisch-Sashimi zeigte sich dann, warum die Zuwendung zu Saibling, Forelle & Co. keineswegs nur ein zu belächelnder Hype ist. Die Süßwasserfische lassen – die Wahl eines richtig guten Züchters vorausgesetzt – einfach leichter konstante Qualitäten zu. Im Fall des Thunfischs war diese zwar gut, aber mit einer minimal säuerlich metallischen Note eben nicht perfekt. Dafür funktionierte das typisch schlichte Arrangement mit Fenchelpollen, vollreifen Nektarinenscheiben, schwarzen Kichererbsen und spicy Sesamkräckern hier ganz prima.
Schon beim golden gebratenen Steinbutt stimmten sowohl die Produktqualität als auch die Kombination, die in diesem Fall mit einem frischgrünen Bohnen-Sauté mit Gartenkresse neben umamistarker Sesam-/Miso-Aubergine und fluffig krossen Kartoffelwürfeln (eine Art ideale Pommes frites) abwechslungsreich leicht ausfiel. Fein! Nur der dezente Saucenschaum hätte etwas mehr Substanz vertragen können.
Davon hatte das Duo aus Kalbsfilet und -niere wiederum reichlich: Beide mit feiner Eigenwürze und gepusht von einer Curry-/Kaffee-Jus, die transparente Eleganz meisterhaft mit Tiefe, feinbitteren Röstnoten und blumiger Schärfe verband. Eindeutig das Highlight des letzten Besuchs, zu dem auch die Umgebung aus cremigem und knackigem Blumenkohl, frischen grünen Erbsen und kleinen Pfifferlingen mit natürlichem Abwechslungsreichtum beitrug.
Von der gleichen gegenständlichen und aromenstarken Art wie der Rest des Programms war auch das Dessert rund um ein zartes Kirschmoussetörtchen mit Orangen-Crumble und schmelzigem Milchschokoladeneis. Unter anderem, weil hier auch einige wirklich vollreife saftige Herzkirschen ihre pure Fruchtintensität ausspielen konnten und nicht nur abgemilderte Texturen …
Unbedingt erwähnenswert sind auch die vor allem mit spannenden fränkischen und französischen Gewächsen reich bestückte Weinkarte und die Möglichkeit, dank des Coravin-Systems auch glasweise echte Raritäten verkosten zu können.

Hotelempfehlung

Auberge de Temple

Hauptstr. 2, 63867 Johannesberg
06021-4548300
www.auberge-de-temple.de
Einzelzimmer: 114–154 €
Doppelzimmer: 154–194 €

VISA

In der Idylle des Vorspessarts, wo Natur und fränkische Herzlichkeit schon lange Inspirationsquelle für Künstler und Genießer bietet, begrüßt auf rund 365 Metern Höhe das 2013 nach aufwendigen Sanierungsarbeiten neu eröffnete Anwesen, das seit vielen Jahrzehnten für traditionsreiche Gastlichkeit steht. Heute erwartet den Gast in der Auberge de Temple authentische, traditionelle Gastlichkeit in idyllischem, sehr geschmackvollem Ambiente mit kunstsinnig gestalteten, komfortabel ausgestatteten Zimmern und Suiten. Die individuellen Räume, die kleine, aber feine Galerie, die moderne Kochschule sowie nicht zuletzt das

Kulinarium von Helbigs Gasthaus verwandeln dieses Ambiente zu einem Haus, wo sich Weltreisende, Heimatverbundene, Anspruchsvolle, Gesellige, Ruhesuchende, Kulturfreunde, Naturliebhaber, Weinkenner und Gourmets willkommen und wohl fühlen. Mit der „Remise" steht zudem für Tagungen und Konferenzen ein bestens ausgestatteter, inspirierender Kreativraum für bis zu 14 Personen zur Verfügung. Restaurant Helbigs Gasthaus separat erwähnt.

Jork (Niedersachsen)

7

Die Mühle Jork

Am Elbdeich 1, 21635 Jork
04162-6395
www.diemuehlejork.de
Küchenchef: Danny Riewoldt
Mi–Fr ab 18 Uhr, Sa u. So von 12–14.30 Uhr u. ab 18 Uhr, Mo u. Di RT
Hauptgericht: 23–34 €,
Menüs: 49–99 €

Wenn man sich der Ortschaft Jork im Alten Land von Hamburg aus nähert, ist die gleich hinterm Deich gelegene historische Mühle aus dem Jahr 1856 weithin sichtbar. Und auch kulinarisch gesehen ragt das von Kerstin und Danny Riewoldt in dieser durchaus originellen Location sehr engagiert bespielte Restaurant weit heraus und setzt seit Jahren ein deutliches Ausrufezeichen. Während unserem letzten Besuch wurde wegen der geltenden Abstandsregeln zusätzlich der Gastraum im ersten Stock genutzt – unter normalen Umständen spielt sich jedoch alles im Erdgeschoss ab, das mit seinen unbehandelten Backsteinwänden und den stylischen Ledersesseln an schicken Holztischen einen geschmackvollen Rahmen und eine gemütliche Atmosphäre bietet.
Das Speisenangebot setzt sich auf der einen Seite durch eine Klassikerkarte mit bodenständigen Offerten wie Forelle im Ganzen, verschiedenen Steaks oder Beef Tatar und auf der anderen Seite durch das deutlich kreativere Degustationsmenü aus vier bis acht Gängen zusammen, welches es übrigens auch in einer vegetarischen Variante gibt. Die Menüportionen sind so dimensioniert, dass bei normalem Appetit sechs oder sieben Gänge zu einer angenehmen Sättigung führen. Der Gast darf sich die Gänge seiner Wahl aus insgesamt zwölf Ge-

richten frei wählen. Überhaupt wird Flexibilität in der Alten Mühle großgeschrieben: Offensichtlich kombinieren die Stammgäste auch gerne mal eine der Vorspeisen mit einem Klassiker-Gericht zu einer kleineren Speisefolge, was sicher auch eine gute Alternative ist und eine schöne Verbindung aus eher traditionellen und modernen Regionalgerichten bietet.
Und eben jenem modernen regionalen Stil lassen sich alle Gerichte aus dem Menübereich zurechnen. Schon das Amuse überzeugt durch die unkonventionelle Komposition der Aromen: Eine mit Blaubeermiso gegarte Möhre in Verbindung mit Pistazie und Kaffeesud entwickelt ein mehrschichtiges Miteinander zwischen feiner Säure und einem entfernt an Lakritz erinnernden Geschmack. Und an diese Originalität und Qualität kann auch das folgende Menü gut anknüpfen. Allen Gerichten gemeinsam ist eine auf drei oder vier tonangebenden Elementen aufgebaute Architektur und markante, gut eingebundene uns somit belebende Säure.
Die geflämmte, aber kühl servierte Makrele wird beispielsweise mit Rhabarber und Zwiebeln kombiniert (beides gepickelt) und in einem Aquavitsud angerichtet. Die Spirituose ist als solche geschmacklich kaum wahrnehmbar, aber es entsteht eine angenehme Verbindung aus dem Fett des Fisches, den Röstnoten und einer durchaus beherzten Säure. Dieses markante Fett-Säure-Spiel ist gut ausgeglichen und man könnte hier fast von so etwas wie einer eigenen Interpretation des eingelegten Herings sprechen.
Der zweite Gang wirkt zunächst ganz klassisch: Relativ reife Erbsen und eine Erbsencreme sind mit Rahm und eingelegten Morcheln zu einer stimmigen Kombination vereint. In der Karte wird als weitere Komponente „Müsli" genannt, was sich auf dem Teller prosaisch in Gestalt einiger knuspriger Haferflocken präsentiert. Aber auch die sind nicht bloß überflüssiges Beiwerk, das die Verbindung aus Morchel und Erbsen absorbiert, sondern sie geben dem Gericht einen feinen Biss, Struktur und runden es

noch besser ab. Man sieht schon, dass da jemand sehr genau weiß, was er macht.
Ebenso überzeugend ist der folgende Gang, bei dem eine in Olivenöl nur ganz soft und zart angegarte Tranche vom Saibling im Mittelpunkt steht. Der Fisch changiert zwischen glasig und noch eher roh, was sehr gut zu seinen Begleitern passt: einer fermentierten Kartoffel und etwas Kartoffelcreme, unterlegt durch feine Schärfe von eingelegter Senfsaat und etwas fermentiertem Bärlauch. Als Sauce dient ein leicht gebundener Essigsud mit eleganter Säure und so fühlt sich der Gaumen etwas an einen klassischen Kartoffelsalat erinnert – bekanntlich eine gute Kombination zu Fisch. Ein gelungenes Spiel mit bodenständigen Anleihen auf gehobenem Niveau. Bei der Vorstellung des Gerichts weist Kerstin Riewoldt darauf hin, dass der Essig aus eigener Produktion stammt, die während des Lockdowns angestoßen wurde. Einige Sorten werden bereits über einen eigenen Webshop vertrieben …
Als ersten Fleischgang wählten wir Kalbsbries, das für unseren Geschmack eine Spur mehr durchgegart hätte sein dürfen. Doch außenherum ist es schön knusprig und kross gebraten und der cremige Biss findet ein gutes Gegengewicht im feinbitteren geflämmten Blatt von Römersalat und der mit Koji behandelten Sauce, die mit feinem Säurespiel und cremiger Textur an eine Beurre blanc erinnerte. Einen süßlichen Schmelz und damit eine gute Abrundung verliehen dem Gericht zudem gebackene Charlotten und ein Süßholzgewürz.
Der Maibock im Hauptgang liegt dann als geschmortes Fleisch von Keule und zwei perfekt kurzgebratene Stücke vom Rücken auf dem Teller. Beides ist zart und eigenaromatisch und wird vom Chef mit gebackener Mairübe, Austernpilz, der Getreidesorte Emmer, getrockneter Butter und fermentiertem Bärlauch zu einem nicht nur originellen, sondern auch sehr leichten, sommerlichen Wildbret liiert.
Einen bemerkenswert guten Schlussakkord ließ das Dessert anklingen! Hauptelement waren Erdbeeren, ein Teil ist davon ist unbehandelt, der andere eingelegt und ein Erdbeergelée mit Pfeffer intensiviert die fruchtige Basis. Diese Anmutung wird spannend aufgebrochen von Ziegenfrischkäse (als Eis, Schaum und naturell) und Gurke, die auch als Granitée auf dem Teller zu finden ist. Gerade die Verbindung der Gurke mit dem Frischkäse, die etwas Salziges auf die Zunge zaubert, bereitet den Erdbeerkomponenten eine wunderbare Bühne. Ergänzt und vollmundig abgerundet wird das alles durch kleine Stückchen eines Biskuits mit Olivenöl und ein wenig heller Schokolade, denn die punktuelle Süße verleiht dem Ganzen auf beiläufige Art noch mehr Volumen.
Angesichts der allesamt durchaus komplexen, mit Köpfchen zusammengestellten Gerichte ist es umso erstaunlicher, dass Danny Riewoldt seit Jahren allein am Herd steht. Ausschlaggebend für das hohe und schwankungsfreie Niveau seiner Küche ist die bemerkenswerte Treffsicherheit bei der Abstimmung der Aromen und Texturen in allen Gerichten. In der eingespielten Zusammenarbeit mit seiner Frau, die mit fröhlicher Professionalität den Service leitet, ergibt das für den Gast eine gewinnbringende Symbiose.

Ollanner Buurhuus

im Hotel Altes Land
Schützenhofstr. 16, 21635 Jork
04162-91460
www.hotel-altes-land.de
Mo–Fr von 11.30–14.30 Uhr u. ab 17.30 Uhr, Sa u. So von 11.30–15 Uhr u. ab 17.30 Uhr, kein RT
Hauptgericht: 10–25 €, Menüs: 24–43 €
VISA

Im Ollanner Buurhuus, dem Restaurant im Hotel Altes Land, hat man sich den vergessenen Genüssen Norddeutschlands im Allgemeinen und des Alten Landes im Speziellen verschrieben. Und auch sonst versetzt der stattliche Backsteinhof im Altländer Fachwerkstil den Gast für die Dauer des Besuchs unweigerlich in die gute alte Zeit: Das Hotel mit seinen verschiedenen authentisch-nostalgischen Stuben ist seit etwa 175 Jahren in Familienbesitz, und man besinnt sich hier unter der Ägide von Küchenchef Frank Müller eben auch kulinarisch auf alte Traditionen. So findet man auf der Speisekarte des Olaaner Buurhus alte Gemüsesorten, das Fleisch der Bunten Bentenheimer Schweine oder vom Auerochsen, die authentischen, „unverzüchteten“ Produktcharakter bieten und hier handwerklich sehr solide und schmackhaft zubereitet werden.

Kahl am Main (Bayern)

Zeller Restaurant

im Hotel Zeller
Aschaffenburger Str. 2,
63796 Kahl am Main
06188-9180
www.hotel-zeller.de
Küchenchef: Harald Wiedenhöft
Täglich von 12–14 Uhr u. ab 18 Uhr, kein RT
Hauptgericht: 16–42 €,
Menüs: 22–60 €

Schon beim Ankommen gerät man ins Staunen ob des überraschend weitläufigen, großzügig-eleganten Hotelgebäudes an der Hauptdurchfahrtsstraße von Kahl am Main, dessen weitläufiger Gebäudekomplex sich auf der Rückseite entlang eines Flusslaufs überraschend weit ausdehnt und das beim Betreten mit einer sympathisch bodenständigen Exklusivität einlädt. Was sich wie ein Widerspruch anhören mag, ist hier Programm, denn das gesamte Haus verkörpert einerseits einen hohen Qualitätsanspruch und ist nicht zuletzt deshalb auch für viele Tagungen, Seminare und sonstige Geschäftstermine sehr gefragt – wirkt aber auch angenehm unkompliziert und unaufgeregt.
Der hohe Anspruch des Hauses schließt auch das Restaurant mit ein, in dem in behaglich-eleganten Räumen oder auf der chilligen Terrasse überraschend fein aufgekocht wird. Nach etwas Brot mit schnittlauchfrischem Kräuterquark zeigte zuletzt schon ein Zucchini-Carpaccio mit Zitronenöl und Pinienkernen ganz famos die hier verfolgte Philosophie: einfache Mittel, deutliche Effekte! Letztere gab es hier neben den ätherischen Zitrusnoten durch eine prononcierte Schafskäsecreme mit kleinen fruchtigen Paprikawürfeln und Zitronenzesten, die zudem von filigranem Strudelteig-Crunch bedeckt war. Ein guter Auftakt!
Noch aussagekräftiger, wie gekonnt das Team in der Küche hier hantiert, war jedoch das folgende Kräuterschaumsüppchen dank seiner substanzstarken Basis und präsenter und gut eingebundener (Wein-)Säure neben den duftig frischen Kräuternoten, die ein klugerweise eher pur und klar gehaltenes Saiblingstatar in ihrem Zentrum umspielten.
In genauso klararomatischer und blitzsauberer Art überzeugte auch das folgende Kabeljaufilet mit dünner goldener Bratkruste und glasig aufblätterndem Fleisch, das auf mildem Rote-Bete-Kartoffelpüree und knackigem Frühlingslauch angerichtet war. Einen schneidigen Turn bekam das Ganze von einem Hauch frischem Meerrettich und einer leichten Meerrettich-Beurre-blanc. Von diesem wunderbar aufgeräumten Stil könnte sich manch übermotivierter Bastelkünstler in Deutschlands Küchen durchaus noch etwas abschauen.
Und weil zum Abschluss auch eine zart und dünn karamellisierte Crème brûlée mit intensivem Cassissorbet genauso tadellos gelang wie der Rest des Programms und auch das gut strukturierte Weinangebot mit Schwerpunkt Franken glas- wie flaschenweise nach wie vor repräsentabel ist, bleibt nur ein Wunsch: Weiter so!

Hotelempfehlung

★★★★

Zeller – Hotel + Restaurant

Aschaffenburger Str. 2,
63796 Kahl am Main
06188-9180
www.hotel-zeller.de
Einzelzimmer: 100–198 €
Doppelzimmer: 130–238 €

Das sehr persönlich geführte Hotel in Kahl am Main, direkt an der bayrischen Grenze zu Hessen, präsentiert sich in allen Bereichen modern und geschmackvoll. Die Kategorien der insgesamt 82 Zimmer und Suiten unterscheiden sich in Einrichtung, Ausstattung, Größe und Lage und reichen vom „Small Economy"-Einzelzimmer bis zur Businesssuite mit großem King-Size-Bett, zwei Bädern sowie einen Wohnraum mit Terrasse und direktem Zugang zum ruhigen Garten. Im Wellness- und Fitnessbereich laden Schwimmad, Sauna, Dampfbad, Kraftraum und Massageanwendungen zum Entspannen oder Aktivsein ein. Im gemütlichen Restaurant im historischen Teil des Hauses wird eine ambitionierte Küche mit regionalen und internationalen Spezialitäten geboten. Außerdem: vier helle und freundliche modern ausgestattete Tagungsräume. Zeller Restaurant separat erwähnt.

Kandel (Rheinland-Pfalz)

6

Zum Riesen

im Hotel Zum Riesen
Rheinstr. 54, 76870 Kandel
07275-3437
www.hotelzumriesen.de
Küchenchef: Andreas Wenz
Di–Sa ab 18 Uhr, So u. Mo RT
Hauptgericht: 20–39 €,
Menüs: 37–57 €

Das Konzept des Riesen in der beschaulichen südpfälzischen Ortschaft Kandel ist nachahmenswert. Hier gibt's nicht nur individuell und geschmackvoll gestaltete Hotelzimmer, auch das von Andreas Wenz und seinem Team engagiert bekochte Restaurant hat sich einen sehr guten Namen gemacht. Trotz allem Anspruch und aller Kreativität bleibt es für weite Teile der Bevölkerung zugänglich, ist mit seiner Kalkulation bei Weinen und Speisen à la carte mehr als fair. Das Viergangmenü, das auch in vegetarisch-veganer Version zu haben ist, kostete am Tag unseres Besuches zwischen 45 und 65 Euro. Solche Preisgestaltung sorgt für Zuspruch aus der Region – auch unter der Woche. Voll war es dann auch bei unserem diesjährigen Testbesuch, für den es wie immer zahlreiche Reservierungsanläufe gebraucht hatte – und der zunächst die Erkenntnis brachte, dass die in

der Karte gelisteten Weine tatsächlich nur einen Teil des Gesamtangebotes umfassen. Man sollte also nachfragen und sich beraten lassen. Vor allem die Pfalz wird hier gewürdigt, aber nicht nur mit berühmten, sondern auch mit wenig bekannten Erzeugern; die Weinbegleitung glasweise ist, ebenfalls sympathisch gastfreundlich kalkuliert, eine weitere Attraktion.
Das Amuse-Bouche an diesem Abend bestand aus einem lauwarmen Zwiebelkuchen, saftig, mit delikatem Brotteigboden, etwas Schmand à part und Ringelbete. Simpel, aber wirklich schmackhaft – ebenso wie das servierte Brot. Der Begriff „Blutwurst-/Kartoffel-Ravioli" für den ersten Gang war etwas missverständlich, denn es kamen nicht mehrere kleine Ravioli, sondern es handelte sich um zwei große, recht dicke und fluffige Teigschichten – die obere Schicht war außen knusprig – mit einer saftigen, kraftvollen Blutwurstfüllung. Das Ganze lag auf einem angenehm säuerlichen Rahmsauerkraut, obenauf mit knusprig gerösteten Streifen vom Kürbis. Das war ein üppiger, aber durch die Säure und die unterschiedlichen Texturen sehr abwechslungsreicher und auch raffinierter Gang, der zudem handwerklich sehr überzeugend ausgeführt war.
Küchenchef Andreas Wenz weiß genau, was er tut. Die folgende Kürbis-/Kokos-Suppe wurde spektakulär serviert: Auf einem großen schwarzen Teller mit allerlei Kieseln als Dekoration befand sich das Glas mit dezent cremiger, gut gewürzter Suppe, die mit Kürbiskernen und etwas Kürbiskernöl verfeinert worden war; à part dazu in einer Muschelschale lag die Nuss einer Jakobsmuschel, außen kurz und kross angebraten, innen glasig und saftig, dazu etwas Yuzu-Gel und Kürbissauce. Das hatte was!
Von einem hohen grundsätzlichen Verständnis für Produkt- und Aromenkombinationen zeugte auch die saftige, in eine dünne Lardo-Schicht gehüllte Tranche vom Kabeljau. Die dazu vorgesehenen Waldpilzgraupen besaßen die erhoffte Schlotzigkeit und einen würzigen Goût, der Rieslingschaum war perfekt schaumig und zudem angenehm säuerlich, die auf dem Fisch lie-

genden Herbsttrompeten fügten noch eine natürliche erdige Würze hinzu, die sich mit dem Geschmack der Graupen und des schmelzigen Lardos sehr gut zusammenfügte.
Das Dessert zeigte schließlich, dass das Riesen-Team auch dem süßen Abschluss des Essens mehr Aufmerksamkeit widmet, als dies ist in der Gastronomie jenseits des Gourmet-Sektors allgemein üblich ist. Die geschmorte Feige vom eigenen Baum war nicht allzu lange der Hitze ausgesetzt und noch recht kompakt und sehr aromatisch; sie war von einer dunklen, würzig-süßen Reduktion (offenbar Rotwein) bedeckt und wurde von einem à la minute aufgeschlagenen Marsala-Sabayon sowie einem cremigen und sehr eindeutig schmeckenden Kalamansi-Eis begleitet. Auch hier: handwerklich eigentlich nicht zu toppen und geschmacklich sehr präzise. Guter Kaffee und eine Art Financier, der ebenfalls ausgezeichnet war, schlossen den in jeder Hinsicht äußerst angenehmen Abend ab, der für die Küche mit einer erneuten und sehr verdienten Höherstufung auf nunmehr 6 Pfannen endet. Was das Preis-Leistungs-Verhältnis angeht, ist der Riesen in Kandel nicht nur deshalb kaum noch zu schlagen!

Kandern (Baden-Württemberg)

5

Pfaffenkeller

im Hotel Pfaffenkeller

Rathausstr. 9,
79400 Kandern (Wollbach)
07626-9774290
www.pfaffenkeller.de
Mi–Sa ab 18 Uhr, So von 12–17 Uhr, Mo u. Di RT
Hauptgericht: 20–48 €,
Menüs: 55–75 €

EC VISA

Der Besuch im Pfaffenkeller ist jedes Mal eine Art Zeitreise. In erster Linie natürlich wegen dem historischen Gebäude, das in der beschaulichen Ortschaft Wollbach seit Jahrhunderten den Posten hält. Es ist Teil eines alten Gehöfts, das laut Denkmalbehörden etwa um 1400 erbaut und rund 200 Jahre später erstmal umgebaut und erweitert wurde. Das Haupthaus, das einst als Pfarr- und Domänenhaus gedient hat (daher auch der heutige Name) wurde nach einer Komplettsanierung zum äußerst charmanten, individuell gestalteten Hotel und Restaurant.
So viel authentisches Flair mit ganz besonderer Note, wie man es in den mit Kunst, Antiquitäten und Kuriosem gestalteten kleinen Gasträumen vorfindet, muss man lange suchen. Uns gefällt auch die familiäre Atmosphäre, wo der Chef selbst zu Stoßzeiten einen Schwatz mit den eintreffenden Gästen hält, obwohl er keine große Küchenbrigade im Rücken weiß. Und die ungekünstelte Attitüde der Gerichte!
Gut zu sehen ist dies etwa bei den Salaten, die fast die Schlichtheit zeigen, die man von Ausflugsrestaurants gewohnt ist. Das gilt für das Karottenbeet unter den Fleischpralinen, aber auch für den gemischten Salat. Hier macht allerdings die Finesse der Limettenvinaigrette den feinen Unterschied. Die besagten Pralinen sind mit Zander, Maispoularde und Kalbshaxe gefüllt und eher trocken ausgebacken, aber von einer schönen Knusprigkeit – das ideale Fingerfood.
Durchaus gelungen auch das sorgfältig ausgelegte und hauchdünn aufgeschnittene Rindercarpaccio, selbst wenn wir sonst die handgeschnittene bzw. flachgeklopfte Variante vorziehen – aber wo kriegt man die heute noch? Etwas Kapernapfel, Pfeffer und eine Spur Balsamicodressing runden diesen traditionellen Vorspeisenklassiker ab.
Auf der Habenseite notierten wir zuletzt auch die aromatisch konzentrierte Kürbissuppe, die optional mit separatem Kürbiskernöl, Kürbiskernen und Sahne zu haben ist. Zu den gelungenen Tellern ist auch der Salzwiesen-Lammlachs zu zählen: Zart und schön rosa gebraten, zeigt das Fleisch die charakteristische Aromatik eines erlesenen Produkts. Sekundiert wird es von einwandfrei gegarten Stiften von Kohlrabi und kleinen Karotten. Gepflegt werden im Pfaffenkeller nicht zuletzt Details wie das Brot mit geschmacklich ausbalanciertem Apfel-/Zwiebel-Chutney.
Dennoch muss auch gesagt sein, dass die Liste der nach unserem Dafürhalten zu optimierenden Punkte nach dem letzten Besuch etwas länger war, als in den Jahren zuvor. Die Teig-

taschen mit Bio-Pfifferlingen etwa hatten den idealen Garpunkt merklich überschritten und verfügen nicht mehr über den Biss, den man sich optimalerweise erhofft. Dass die Aromatik der Füllung etwas arg dezent und die Pilze relativ rar waren, mag bewusster Stilwillen sein. Dass die Crême brûlée beim Dessert nicht über die erwartete Kruste verfügte, sondern nur über eine Schicht von leicht angebräuntem Zucker, erstaunte doch etwas mehr. Immerhin fiel hier aber die kräftige Vanille-Aromatik sehr positiv auf.
Zum Drum und Dran: Dass bis zur ersten Vorspeise eine geschlagene Stunde verstreicht, mag für einmal angehen. Einen etwas gemischten Eindruck hinterließ jedoch unser Service, der die Dessertbestellung gleich zweimal vergessen und am Tisch nie angesagt hat, was auf dem Teller liegt – noch nicht einmal beim Überraschungsmenü, wie wir am Nebentisch mitbekamen. Zudem könnte man erwähnen, wenn Bestandteile eines Gerichts kurzerhand angepasst werden. Bei unserem Hauptgang etwa hatte die Küche sämtliche Beilagen kommentarlos ausgewechselt.
Unterm Strich haben wir aber trotzdem auch in diesem Jahr gut gegessen und uns wohlgefühlt. Zudem ist das Lokal mit einer Reihe von Kunstwerken versehen, sodass nicht nur der Gaumen, sondern auch das Auge auf seine Kosten kommt. Und Gastgeber Georg A. A. Gysin-Spitz kommt stets mit gut korrespondierenden Weinen ums Eck, die primär von den engagierten Erzeugern des Südwestens stammen und oft ebenso individuell sind wie der Pfaffenkeller selbst.

Hotelempfehlung

★★★S

Hotel Pfaffenkeller

Rathausstr. 9,
79400 Kandern (Wollbach)
07626-9774290
www.pfaffenkeller.de
Einzelzimmer: 90–110 €
Doppelzimmer: 120–180 €
EC VISA

Das familiengeführte Hotel residiert in einem historischen, um 1400 erbauten Haus, das im Jahr 2007 einer Totalsanierung unterzogen wurde und im August 2009 wiedereröffnet hat. Dabei hat man alles aus baubiologischem Material wieder in die Zeit um 1860 „zurückgebaut", und so bieten heute neun außergewöhnlich und individuell gestaltete Zimmer und Suiten nicht nur jede Menge nostalgisches Flair aus über 600 Jahren Hausgeschichte, sondern auch zeitgemäßen Komfort. Mitten im Zentrum des Dorfes und von viel naturwüchsiger Schönheit umgeben, spiegeln Interieur und Ambiente einen Hauch jener Ursprünglichkeit und unkonventionellen Harmonie wider, die für die hiesige Umgebung so charakteristisch ist. Ganz nach dem Motto „klein aber fein" setzen die Gastgeber im Pfaffenkeller auf einen sehr persönlichen Service. Kulinarische Genüsse zwischen weltgewandter Raffinesse und einheimischer Herzhaftigkeit werden im ländlich-eleganten Restaurant geboten. Restaurant Pfaffenkeller separat erwähnt.

Kappelrodeck (Baden-Württemberg)

6

Gasthof Zum Rebstock

Kutzendorf 1,
77876 Kappelrodeck (Waldulm)
07842-9480
www.rebstock-waldulm.de
Küchenchef: Karl Hodapp
Mo–Fr ab 17.30 Uhr, Sa u. So von 11.30–14 Uhr u. ab 17.30 Uhr, kein RT
Hauptgericht: 23–31 €, Menüs: 38–69 €
EC VISA

Nur allzu gerne und stets mit großer Vorfreude kehren wir Jahr für Jahr in diesem schmucken Fachwerkhaus im Kappelrodecker Ortsteil Waldulm ein. Ganz egal ob im Sommer, wenn wir auf der großzügigen Terrasse verweilen und den Blick über das hügelige umliegende Reb-

land schweifen lassen können, oder in der kalten Jahreszeit, wenn die nostalgischen Stuben mit ihren sauber eingedeckten Tischen behagliche Stunden garantieren: Stets lockt uns die einerseits bodenständige, andererseits aber auch sehr anspruchsvolle und trotz sehr moderater Preise überraschend niveauvoll umgesetzte Küche des Gastgebers hierher.
Kein Wunder, denn Gastgeber Karl Hodapp hat sein fortgeschrittenes Handwerk noch beim Grand Chef Eckart Witzigmann in dessen Münchener Aubergine gelernt und lässt das auch heute noch auf vielen Tellern durchblitzen. Vor allem bei jedweden Pasteten, Terrinen oder à la Crêpinette gefülltem und umwickeltem Fleisch blitzt die alte Schule durch. Prinzipiell wird hier zugunsten des besonders günstigen Preis-Leistungs-Verhältnisses auf kostenintensive Luxusprodukte verzichtet und überwiegend regional gekocht – was in unmittelbarer Nähe zu Frankreich aber unbedingt auch Gänseleber, Wachtel und Munsterkäse einschließt.
Eine intensive nussige Creme aus Kürbiskernen, die zusammen mit Kräuterquark und leider eher durchschnittlichen Oliven zu unterschiedlichem Brot aufgetragen wurde, setzte gleich zu Beginn ein kleines Ausrufezeichen. Auch an der tiefroten Gazpacho unter einer schaumigen Haube von Gurken-Espuma, die vorweg als kleiner sommerlicher Gruß aus der Küche einen Schlenker in mediterrane Gefilde unternommen hatte, konnte man deutlich erkennen, dass hier viel Wert auf Geschmack und wenig auf Gedöns gelegt wird.
Und so pragmatisch und aromensatt präsentierten sich dann auch die drei „Versucherle", wie hier schon seit jeher die Vorspeisen in Miniportion heißen, welche man sich wie Tapas gleich zu mehreren vorneweg servieren lassen kann: Eine gebratene Garnele in Kombination mit einer sehr guten Schichtterrine von mediterranem Schmorgemüse in Tomatengelee beispielsweise, eine dünn mit Blutwurst ummantelte Wachtel-Ballotine mit Zwetschen-Senf und eine gelbe Paprikaschaumsuppe mit Croûtons, die merklich mit Safran abgeschmeckt war. Alles sehr sorgfältig zubereitet und mit klarem, produkttypischem Geschmack.
Ausschließlich erfreulich war dann auch die tadellos feste, kross angebratene Gänseleber, die auf einer Art „Armer Ritter" vom Elsässer Gugelhupf daherkam und von einem Kompott der hauseigenen Brennkirschen begleitet wurde, welches der Foie-gras-Stulle genau die richtige Dosis an Süße, Säure und Saftigkeit spendierte. Und apropos Brennkirschen: Die Hochprozenter, die in der kleinen Brennerei entstehen, die Familie Hodapp neben dem eigenen Weingut betreibt, sind auch immer einen Versuch wert!
Wer noch nie im Rebstock war, sollte unbedingt mal die schaumig-zarten badischen Hecht-„Klößle" mit Saiblingseinlage auf kräuterwürzigen Petersilienspätzle und säurestraffer Beurre blanc probieren, für die alleine sich ein Besuch lohnt. Vegetarier könnten mit dem Dinkel-Serviettenknödel auf Pfifferlingen, Steinchampignons und Schnittlauchsauce glücklich werden. Und wer zum Hauptgang Fleisch bevorzugt, bekommt beispielsweise mit den von einer dünnen Schicht Ziegenkäsefarce und Rohschinken ummantelten Lammrückenmedaillons nebst Olivenpolenta, Ratatouillegemüse und echter Lammsauce (keine reduzierte Universalsauce aus Kalbsjus!) eine sehr ansprechende mediterrane Variante.
Auch Desserts gelingen stets unangestrengt schlicht und qualitativ überzeugend, wovon man sich hier ebenfalls im Rahmen der hauseigenen „Versucherle"-Reihe recht umfassend in Kleinstportionen überzeugen kann. Wir hatten es zuletzt mit einem Eisparfait von Zitrone und Pfefferminze in Baumkuchenmantel, einer mit eingelegten Kirschen gefüllten und schön kakaoherben Schokoladenmousse und einem vollaromatischen Himbeersorbet zu tun, die allesamt mit erfreulich wenig Zucker auskamen.
Begeisternd ist die umfassende Weinkarte, die sehr viele sehr gute gereifte Gewächse aus Deutschland und europäischen Nachbarländern zu äußerst moderaten Preisen listet und von sehr viel Passion und Kennerschaft zeugt. Wie gut, dass der Rebstock auch Hotel ist und man gleich vor Ort gediegen übernachten kann!

Hotelempfehlung

Hotel Gasthof Zum Rebstock

**Kutzendorf 1,
77876 Kappelrodeck (Waldulm)
07842-9480
www.rebstock-waldulm.de
Einzelzimmer: 56–69 €
Doppelzimmer: 104–128 €**

Das denkmalgeschützte Fachwerkhaus im beschaulichen Kappelrodecker Ortsteil Waldulm, mitten im Herzen der Ortenau, ist stolzer Familienbetrieb seit 1750. Zahlreiche Fotos, Ansichtskarten und das liebevoll geführte Gästebuch illustrieren die 260-jährige Tradition des Rebstock als beliebtes Ausflugsziel, Ort der Gastlichkeit und Erholung. Doch Familie Hodapp bietet weit mehr als eine sehr gute, traditionell verwurzelte und gleichzeitig überraschend kreative Küche, sie betreibt auch erfolgreich Weinbau und führt eine eigene Brennerei. Zudem kann man hier preiswert und komfortabel übernachten: die insgesamt elf wohnlich und detailverliebt eingerichteten Einzel- und Doppelzimmer sind gepflegte Nichtraucherzimmer und verfügen alle über einen Balkon. Ideal für ruhesuchende Schwarzwaldurlauber mit Faible für alles Kulinarische. Restaurant Gasthof Zum Rebstock separat erwähnt.

Karlsruhe (Baden-Württemberg)

6

Anders auf dem Turmberg

**Reichardtstr. 22, 76227 Karlsruhe
0721-41459
www.anders-turmberg.de
Mo, Do u. Sa ab 17.45 Uhr, So von 11.30–14 Uhr u. ab 17.45 Uhr, Di u. Mi RT
Hauptgericht: 26–29 €, Menüs: 69–115 €**

Der umtriebige Sören Anders und sein Team kochen in dem schlicht und modern gestalteten Restaurant auf dem Karlsruher Turmberg einen weltoffenen Mix aus kreativen regionalen Gerichten, zeitgemäß interpretierter französischer Klassik und mediterraner Italianità. Auch einige einfallsreiche vegetarische Gerichte sind im Angebot, die man sich zu einer entsprechenden Speisefolge zusammenstellen kann. Der Anspruch an Frische und Qualität ist hoch, die Substanz der Zubereitungen ebenfalls. Von maximaler Verfeinerung und allzu viel dekorativem Aufwand auf seinen Tellern hat sich der erfolgreiche Koch und Unternehmer, der auch passionierter Jäger und Imker ist, schon länger verabschiedet. Auf niveauvollen Genuss muss man trotzdem nicht verzichten, und in der Weinkarte (Schwerpunkt Deutschland) finden sich ausreichend viele gute Tropfen zu vernünftigen Preisen.

5

Das Scheibenhardt

im Hofgut Scheibenhardt

**Scheibenhardt 1, 76135 Karlsruhe
0721-95296420
www.das-scheibenhardt.de
Mi–So ab 12 Uhr durchgehend, Mo u. Di RT
Hauptgericht: 26–49 €**

Das einstige Jagdschloss und Hofgut am südlichen Stadtrand von Karlsruhe mit seinen hübsch restaurierten historischen Gebäuden ist ein wunderbarer Ort für gepflegte Gastlichkeit. Routinier Leonhard Bader, der sich nach dem Aus für sein zweites Lokal „Baders Wirtshaus“ mit den Ratsstuben in Ettlingen schon wieder ein neues künftiges zweites Standbein angelacht hat, garantiert in den geschmackvoll modernisierten ehemaligen Stallungen auf dem auch für Nichtmitglieder frei zugänglichen Gelände des Golfplatzes Hofgut Scheibenhardt für ein zuverlässig hohes Niveau. Er steht hier mit seinem guten Namen für eine schnörkellose klassische Produktküche, die für jeden Geschmack etwas bietet, sich auf ausgesucht hohe Produktqualitäten insbesondere bei Fleisch fokussiert und diese in fachmännischer und gegenständlicher Art sehr schmackhaft interpretiert. Mal bodenständig badisch, mal in gehoben französischem Stil, bei den maritimen Vorspeisen auch gern mit asiatischen Aromen gespickt. Aber immer zupackend und bodenständig unverkünstelt, ganz wie es der Natur des sympathischen Bayern entspricht.

6

erasmus

Nürnberger Str. 1, 76199 Karlsruhe
0721-40242391
www.erasmus-karlsruhe.de
Küchenchef: Marcello Gallotti
Di–Fr von 12–13.30 Uhr u. ab 18 Uhr, Sa ab 18 Uhr, So u. Mo RT
Hauptgericht: 28–48 €,
Menüs: 69–119 €

Es ist ziemlich einleuchtend, dass der Name des schlicht eleganten Karlsruher Restaurants nichts mit dem EU-Förderprogramm für Studierende zu tun hat, sondern mit dem humanistischen Namensgeber Erasmus von Rotterdam und dessen Bildungsgedanken. Tatsache ist jedenfalls: Die hier mit sichtbar viel Herzblut engagierten Gastgeber setzen voll auf die Verbindung von hoher Qualität und möglichst großer Nachhaltigkeit. Da ist es nur logisch, dass der Fokus, ganz im Sinne der „Slow Food"-Prinzipien, auf der handverlesenen Auswahl größtenteils biologisch oder biodynamisch erzeugter Produkte liegt.
Wobei hier keine spröde Öko-Küche serviert, sondern erfrischend individuell und gekonnt die typische italienische Art umgesetzt und auf den aufs Wesentliche konzentrierten Tellern aus wenigen, aber sehr guten Viktualien immer das Beste herausgeholt wird. Und wen wundert's, denn in diesem Gesamtkonzept aus Feinkostgeschäft und Restaurantbetrieb wirken mit Andrea und Marcello Gallotti zwei echte „Food Nerds" mit sehr viel Hintergrundwissen, die aus voller Überzeugung ein kompromisslos auf Qualität, Authentizität und ehrliches Handwerk ausgerichtetes Kulinarium präsentierten.
Viele der ausgesuchten Produkte stammen aus der Region, durchweg aber von engagierten Produzenten, und sie stellen mit ihrem hohen Grundniveau den Kern des Kulinariums. So begeisterte etwa schon die hauchdünne Scheibe von der hausgemachten Mangalitza-Schweinesülze mit kraftvollem Eigengeschmack als Auftakt ins Menü. Die Nussigkeit des Fleischs wurde dabei gekonnt von Haselnusssplittern erweitert, während Grünkohl (knusprig und als sehr milde Mousse) dazu Crunch und dezente, sehr gut eingebundene Bitteraromen lieferte.
Den Qualitätsanspruch unterstrichen auch die kräftig gerösteten, nussig-süßen kleinen Jakobsmuscheln. Der eigentliche Star war hier aber der über viele Stunden konzentrierte Sugo aus Kastanie, Wirsing und Tomate: mit tiefer dunkler Würze und erneut einer leichten, animierenden Bitterkeit und Nussigkeit. Derartige Zubereitungen sind ein Lehrstück für alle „Insta-Foodies": optisch machte die braune matschige Masse nämlich überhaupt nichts her, aromatisch ging allerdings die Post ab!
Mehr Sein als Schein gab es auch bei der authentisch rustikalen Fasanenterrine mit Pistazien. Deren kräftiger, fein akzentuierter Geschmack wurde nämlich von mild mariniertem Feldsalat und schwarzer Trüffel kongenial ergänzt. Daneben gab es aber erneut auch wieder sehr akkurate und durchdachte Gemüsezubereitungen in Form von in feinbitterem Öl marinierten Sellerie-Juliennes und einer warmen gebackenen Selleriepraline mit cremigem Kern. Genau wie die Jakobsmuscheln vorab war das in seiner kantigen und zupackenden Art locker auf 7-Pfannen-Niveau.
Nicht ganz so überzeugend schwächelte der (schon auch gute, aber nicht außergewöhnliche) Glattbutt danach ausnahmsweise einmal auf der Produktseite. Zusammen mit einer mil-

chig milden Weißweinsauce, Grünkohl-Tempura, Karottenwürfelchen und tomatisiertem Buchweizen im Wirsingblatt ergab sich ein „leckeres“, aber überraschend überfrachtetes Gesamtes.
Zum Abschluss bleibt das Team mit ätherisch herben Zitruszubereitungen (tonangebend Orange, Zitrone ...) als Tarte, Cremes, Filets und knusprigem Mandelkeks seiner pointierten und produktbezogenen Linie treu. Es fehlt da aktuell wirklich nicht viel, um auf erfrischend klischeefreie Art auf 7 Pfannen aufzusteigen!
Der herzlich unkomplizierte und dynamische Service um Andrea Galotti wird das jedenfalls ebenso wenig bremsen wie die biologisch erzeugten Weine auf der Karte.

5↑

Kesselhaus³

Griesbachstr. 10c,
76185 Karlsruhe (Grünwinkel)
0721-6699269
www.kesselhaus-ka.de
Küchenchef: Sven Hemmann
Di–Fr von 12–14 Uhr u. ab 18 Uhr, Sa ab 18 Uhr, So u. Mo RT
Hauptgericht: 20–40 €,
Menüs: 49–85 €

VISA

„Neustart / Relaunch / Wir sind wieder da!“: Ganz egal, mit welchem Schlagwort man das Comeback des Kesselhauses mit Familie Hemmann versehen möchte – die Freude darüber dürfte nicht nur bei den zahlreichen Stammgästen groß sein. Denn auch wenn das Gastro-Konzept im Karlsruher Westen kurzzeitig in recht unruhiges Fahrwasser geraten war, zweifelten weder Gastgeber Chris noch Küchenchef Sven Hemmann an ihrer gastronomischen Vision. Nun ist das junge Team programmatisch verschlankt und mit neuem Eigentümer im Rücken wieder angetreten und ließ sich auch durch die Corona-Krise nicht kleinkriegen!
Die Räumlichkeiten der ehemaligen Fabrikhalle bieten zwar weiterhin nahezu unbegrenzte Möglichkeiten, doch nutzte man die letzte Zeit, um sich klarer zu positionieren. Dies erklärt auch das Label „Kesselhaus³“, das neben dem Restaurant vor allem auf die Segmente „Event-Location“ und „Wein-Lounge“ setzt. Auch das separate Gourmetrestaurant „Le Salon“, das schon seit einiger Zeit geschlossen war und in dem Sven Hemmann zwischenzeitlich sogar

auf 7-Pfannen-Niveau kochte, wurde nicht wieder reaktiviert. Die Karte listet nun aber neben einem etwas handfesteren Angebot mit Burgern, Salaten und hochwertigem Dry-Aged-Beef auch eine etwas abgespeckte Gourmet-Offerte, die im industrial-stylishen Gastraum mit kleinem Menü und ansprechender À-la-carte-Auswahl mittags wie abends zu haben ist. Dass der Küchenchef, der auch im „Le Salon“ schon immer gerne kraftvoll und kontrastreich gekocht hat, nach wie vor alles andere als ein kulinarischer Leisetreter ist, zeigte sich heuer schon beim ersten Gruß aus der Küche: Zum karamellisierten Ziegenkäse sorgten da frische Pfifferlinge und eine sattgrüne Tomaten-Gazpacho für eine fast schon überbordende Mischung aus zuckriger Süße, fruchtiger Säure und laktischem Schmelz, die sofort unterstrich, was die Küche im besten Fall auszeichnet: aromatisch voll aufgeladene Kreationen, die im Übrigen fast durchweg intensiv von der asiatischen Küche inspiriert sind.
So zum Beispiel auch das „Dreierlei vom heimischen Bachsaibling“ (schmelziges Tatar, auf der Haut gebratene Tranche, frittiertes Teigröllchen mit Fischmoussefüllung), das unter anderem mit mariniertem Kohlrabi, süßem Gurkensorbet und knalliger Ingwer-/Chili-Vinaigrette authentisch süß-sauer, scharf und eben „exotisch“ begleitet wurde. Oder bei den saftigen Tranchen vom Kalbstafelspitz, die es mit säuerlichem Buttermilch-Dashi, angeröstetem Romanasalat und nachhaltig feurigen Jalapeños zu tun bekamen. Im Detail dann vielleicht aber schlicht ein wenig zu viel von allem.
Überzeugender, weil ein wenig zurückhaltender konzipiert, war hingegen das gebratene Rotbarschfilet mit einer zwar etwas üppig bemessenen, aber schön kräuterwürzigen Knusperhaube von Basilikum-Semmelbröseln. Eine Scheibe vom geschmorten Fenchel als Sockel für den feinblättrigen Fisch und ein Dreiklang aus eingelegten Ingwergurken, schwarzem Sesam und Dashi-Sud grundierten das Ganze mit diesmal fein abgestimmtem Asiasound – ohne dabei den Geschmacksregler zu überdrehen.

Und fast schon klassisch französisch wurde es im Anschluss bei der Variation vom Pfälzer Weidelamm: Der gewinnbringend am Knochen gebratene Rücken, die saftige Tranche der geschmorten Keule und die mit gezupftem Schmorfleisch gefüllte und frittierte Praline zeigten deutlich, wie souverän Sven Hemmann das traditionelle Handwerk versteht. Aber auch der Rest des Tellers, der mit geschmortem Jaromakohl, kross frittierten Kartoffelpralinen und duftig-dichter Thymianjus zu überzeugen wusste, unterstrich diesen Eindruck deutlich.
Das eigentliche Highlight sparte sich die Küche aber bis zum Finale auf: Zur sommerlichleichten Erdbeervariation (Sorbet, Ragout, Törtchen, Püree, Gel …) steuerten herrlich voluminöse Vollmilchschokoladen-Mascarpone-Ganache, ein Tupfen cremiger Thymian-„Leche“ und Salzzitronenstückchen Schmelz, Würze und Säure in perfekter Balance bei. Ein deutlicher Fingerzeig, zu welchem Niveau die Küche hier mittelfristig zurückkehren könnte …
Das Serviceteam um Gastgeber Chris Hemmann, der auch die vor allem mit badischen Erzeugnissen gut bestückte Weinkarte des Hauses hegt und pflegt, agiert aufmerksam und kompetent und steht erkennbar motiviert hinter dem neuen Konzept, das ganz gewiss auch beim breiten Publikum die nötige Akzeptanz finden wird.

6

Oberländer Weinstube

Akademiestr. 7, 76133 Karlsruhe
0721-25066
www.oberlaender-weinstube.de
Küchenchef: Jörg Hammer
Di–Sa von 12–13.30 Uhr u. ab 18 Uhr, So u. Mo RT
Hauptgericht: 21–31 €, Menüs: 34–66 €
EC VISA

Die Oberländer Weinstube galt früher als Karlsruhes Innenstadt-Gourmetlokal schlechthin, beeindruckte mit anspruchsvoller, aufwendig gemachter Küche in traditionellem Rahmen. Vor ein paar Jahren hat Familie Hammer diese Institution von Peter Rinderspacher übernommen und es seither ganz bewusst etwas weniger exklusiv und mehr bodenständig angehen lassen, was jedoch dem Reiz des Ganzen in keiner Weise abträglich ist. Man fühlt sich gleichermaßen gut aufgehoben und von Gastgeberin Diana Hammer und ihrem Team aufmerksam umsorgt – ihr Mann Jörg kocht im Vergleich etwas alltagstauglicher als die Vorgänger, aber ohne damit der Beliebigkeit anheimzufallen.
Das scheint anzukommen bei den Gästen, zumal hier die Details stimmen. Schon das Amuse Bouche ist durchdacht: eine ausgebackene, saftig schmeckende Kalbfleischpraline mit Thunfischsauce und Lauchsalat; zwei Sorten Brot mit Butter und Frischkäse kommen auch hinzu, und der Service erklärt das Angebot à la carte. Es ist überschaubar, nicht allzu experimentell, hat aber Pfiff und wird stets auf die jeweilige Saison abgestimmt.
Kirsch-Gazpacho mit Taschenkrebs und Tatar vom Rind heißen diesmal unsere beiden Vorspeisen. Erstere ist schon optisch ein kleines Kunstwerk mit dem fruchtigen, geschmacklich eindeutigen und nicht zu süßen Fond, den marinierten Gurken, die gerollt und in Würfel geschnitten sind, und natürlich dem saftigen Taschenkrebsfleisch, das sich als Füllung einer Art Brikteig-Tasche hinter angenehm knusprig ausgebackener Hülle verbirgt; ein Flusskrebsschwanz und ein Kirschsorbet ergänzen diesen würzig-fruchtigen und animierenden Sommergang auf animierende Weise.
Das bereits erwähnte Tatar ist auf einem großen Teller arrangiert, schön grob gehackt, mit einer Scheibe gelierter Lauchcreme bedeckt und mit etwas Kaviar appliziert – dazu hat die Küche Lauchcreme, Schnittlauchröllchen und ein dezent fruchtiges Laucheis mit einem Hauch von Raucharoma arrangiert. Ein rundum stimmiges Ensemble, abgesehen vom Maltopulver, das als einzige Komponente komplett überflüssig wirkt.
Den Wildfang-Adlerfisch – ein kross auf der Haut gebratenes, schönes Stück vom Filet – mit Pfirsich und Bohnen zu liieren, erweist sich ebenfalls als eine gute Idee. Vor allem das Zusammenspiel aus der knusprig-röstigen Fischhaut, den fruchtigen Pfirsichkomponenten (als angegartes Achtel, als Würfel und als Gel auf dem Teller zu finden) und den kleingeschnittenen grünen Bohnen macht Spaß. Dazu gibt's

eine helle, frisch wirkende, dezent cremig-buttrig aufgeschäumte Sauce sowie eine leider etwas trocken geratene und zum Fisch etwas plump wirkende ausgebackene Kugel aus Kichererbsen; passender ist da schon die geschmeidige Kichererbsencreme.
Das minutiös bei 59 Grad über 48 Stunden gegarte Schaufelstück vom Rind aus der weithin bekannten und für ihre beeindruckenden Qualitäten zurecht gerühmten Metzgerei Glasstetter entpuppt sich erwartungsgemäß als hervorragendes und dazu noch recht großes Stück Fleisch. Das ist kraftvoll gewürzt, herrlich saftig-mürbe und kommt zusammen mit einem schlotzig abgerundeten Kohlrabigemüse, einer Art Kartoffelkrapfen sowie einer dunklen, handwerklich tadellos gefertigten Jus daher.
Gelungen sind auch die hausgemachten Eis- und Sorbetsorten, von denen wir gleich vier verkosten. Himbeere und Lychee schmecken sehr präzise, angenehm fruchtig mit austarierter Süße. Salzkaramell könnte noch etwas salziger ausfallen, ist aber ebenfalls von überdurchschnittlicher Güte, so wie auch das Eis von Sauerrahm mit seiner angenehm frisch-säuerlichen Art. Unterm Strich auch in diesem Jahr wieder eine sehr überzeugende Performance, an der auch wieder der ausgesprochen aufmerksame Service und das sehr gute Preis-Leistungs-Verhältnis hervorgehoben werden können.

7

sein

Scheffelstr. 57, 76135 Karlsruhe
0721-40244776
www.restaurant-sein.de
Küchenchef: Thorsten Bender
Mi–Fr von 12–13.30 Uhr u. ab 18.30 Uhr, Sa u. So ab 18.30 Uhr, Mo u. Di RT
Hauptgericht: 32–44 €, Menüs: 90–120 €
VISA

Die Frage nach dem „Sein oder Nichtsein" hat das Team um Inhaber und Küchenchef Thorsten Bender gewiss genauso oft gehört, wie die nach dem Grund für die Kleinschreibung. Dass dies vielleicht dem Understatement der ganzen „sein"-Mannschaft geschuldet ist, liegt dabei nahe. Im stylish reduzierten Gastraum, der sich auch vom Ausmaß eher bescheiden präsentiert, findet sich folglich auch kein Design-Brimborium, während die klug positionierten Licht-Spots über den Tischen schon andeuten, was hier im Mittelpunkt steht. Und das ist ohne Zweifel die Kulinarik, von der nichts ablenken soll. Dass Bender hierbei vor allem von satten asiatischen Aromen fasziniert ist, zeigte sich dann sowohl im rein vegetarischen als auch im „querbeet"-Menü, das uns heuer durchweg überzeugen konnte.
Denn wirkten die Teller beim letzten Besuch teilweise noch etwas zu verspielt und überladen, kamen die nun deutlich aufgeräumter und fokussierter daher, was die diesjährige Aufwertung zweifellos rechtfertigt. Dass sich Bender ja schon immer mit großem Elan und Sachverstand seinen Kompositionen widmet ist ein Grundpfeiler seiner Küche, die vor allem durch eine fast durchgängige Schärfe gekennzeichnet wird, die auch beim letzten Besuch das ganze Programm, mal mehr, mal weniger akzentuierte. Und weil hier natürlich immer noch mit ordentlich „Bang" gekocht wird, die Kontraste und Aromen aber insgesamt stimmiger umgesetzt und ausgewogener tariert wirkten, erlebt man die Küche nun ausgereift in sich ruhend.
So zu sehen bei der vierteiligen Apero-Parade, die beispielsweise eine mit Kimchi gefüllte, lediglich mit Hoisin-Sauce gewürzte Gyoza neben einem Kohlrabiröllchen mit Mirin und Wasabi-Beigabe präsentierte. In die ähnliche Richtung ging es beim Takoyaki mit Kräuterseitling und Hoisin-Sauce. Das Bällchen aus dem in Streifen geschnittenen und anschließend gerösteten Pfannkuchenteig war ein properes Umami-Schwergewicht, dem durch das assistierende Misoschaumsüppchen nebst geröstetem Kokos und Orangensaft auch noch knusprig-säuerlich zugearbeitet wurde. Genauso gut geriet übrigens auch die feine Brotbegleitung, die mit rösch-duftigem Bockshornkleebrot und Fassbutter Suchtcharakter hatte.
Mit wie viel Feinjustierung das kleine Team am Start ist, offenbarte sich beim ersten Menügang, der die handwerkliche Klasse der Küche unterstrich. Der bei 45 Grad gestockte, lediglich mit etwas Sojasauce verfeinerte japanische Eierstich Chawanmushi bildete als schmelziger Sockel den perfekten Unterbau für ein typisches Bender-Konstrukt in Form von mariniertem Rettich, jodigem Osietra-Kaviar und erfrischendem Frühlingslauch. Noch stringenter war im Anschluss die Entourage zum Saibling aus dem Eyach-Tal. Zur aromatischen und schön festen Tranche in der Tellermitte gesellte sich ein weit reduzierter Dashifond aus der

Fischkarkasse sowie ein ungemein intensiver weißer Tomatensud oder knalliges Jalapeñopulver, dessen Schärfenachhall aber fast schon ein wenig zu viel war.
Und während uns beim letzten Mal gerade der vegetarische Gang im großen Menü nicht ganz überzeugen konnte, bildete dieser heuer das Menü-Highlight! Denn die zunächst auf Salz gegarte, anschließend kräftig geflämmte und mit Lavendellack versehene Fencheltranche war feinstes Soulfood. Dass man dann aber weder Fleisch noch Fisch vermisste, lag vor allem an deren Kombination von mildem Sambal-Öl, das mit Zitronengras-Note und behutsamer Schärfe glänzte, sowie laktischem Kefir und herb-zitrischer Salzzitrone als Aromenspitzen.
Gerade die perfekt gesetzten Akzente beförderten auch den Hauptgang nach vorne! Zur saftig gebratenen, tiefroten Taubenbrust gesellte sich da nämlich eben nicht nur die dralle Fruchtsäure von Aprikosenchutney, sondern auch orientalische Noten vom mit Ras el Hanout und Purple Curry gepushten Taubenjus, und dem als Clou gesetzten Schärfekick von grünem Pfeffergel. Diese Kombination verpasste auch dem schmorwürzigen Keulenfleisch, das auf einem buttrig-knusprigen Brioche-Riegel platziert war, und der an Foie-gras erinnernden Taubenleberpraline den nötigen Drall.
Den Auftritt komplettierte die Patisserie, die das Niveau vorgelegte locker halten konnte. Denn nicht nur die mit Lupinen-Miso abgeschmeckte Creme von Valrhonas weißer „Ivoire“-Schokolade, die mit weißen Sesam-Hippen und schwarzem Sesameis daherkam, überzeugte auf ganzer Linie. Auch das eigentliche Dessert rund um „Opalis“-Schokolade, Kokos, Brombeere und rosa Ingwer war schlagender Beweis für die gewachsene Kompetenz am Herd. Dies gilt übrigens auch für Restaurantleiterin Franziska Dufner, die hier die Weinkarte mit deutschem Schwerpunkt verantwortet.

6

Zum Ochsen

Pfinzstr. 64, 76227 Karlsruhe
0721-943860
www.ochsen-durlach.de
Mi–So von 12–14 Uhr u. ab 18 Uhr, Mo u. Di RT
Hauptgericht: 25–35 €, Menüs: 55–98 €
VISA

Mittelfristig wollen sie das hübsche Fachwerkhaus dem Vernehmen nach verkaufen oder verpachten – momentan bewirten Anita Zoller-Jollit und ihr Ehemann Gérard Jollit in dem darin befindlichen Restaurant auf zwei Etagen aber noch selbst ihre Gäste. Die gediegen-eleganten Räumlichkeiten bieten den passenden Rahmen für die gehobene klassisch französische Feinschmeckerküche aus dem Reich der Chefin, die hier seit langer Zeit solide das hohe Niveau hält. Die meisten Gerichte ihres Repertoires sind der eher konservativen frankophilen Küche zuzuordnen – hier und da aber durch unkonventionelle Akzente kreativ aufgepeppt. Alles in allem bewegt sich das durchaus anspruchsvolle und mit den einschlägigen Edelprodukten gespickte Kulinarium aber in traditionellen Bahnen. Im Weinkeller schlummern etliche große, gereifte Weine von Baden über Bordeaux bis Burgund.

Kassel (Hessen)

7

Voit

Friedrich-Ebert-Str. 86, 34119 Kassel
0561-50376612
www.voit-restaurant.de
Di–Sa ab 18 Uhr, So u. Mo RT
Hauptgericht: 36–39 €, Menüs: 89–109 €
VISA

Durch die große Fensterfront lässt sich schon von außen das geschmackvoll-schlichte Ambiente mit Industrial Chic und modernem Interieur von Kassels derzeit bestem Restaurant bestaunen. Drinnen nimmt man auf stylischem Gestühl an blanken eingedeckten Holztischen

Platz und kann je nach Position großformatige Bilder oder das Team um Sven Wolf bei der Arbeit beobachten. Dieses kocht zeitgemäß leicht und produktfokussiert in der Machart, weltoffen und maßvoll experimentierfreudig, was die allgemeine Stilistik der Küche angeht – zeigt auf den ansehnlich, aber uneitel angerichteten Tellern perfektes Timing bei den Garzeiten und Fingerspitzengefühl bei den tendenziell eher kraftvollen und ausdrucksstarken Aromenkombinationen. Einige Offerten in der klug gestrafften, als Auswahlmenü mit verschiedenen Optionen dargebotenen Karte machen harmlose Schlenker in Richtung Fernost, an anderer Stelle geht es eher heimatlich zu – und immer überzeugt das harmonisch ausgewogene Ergebnis.

Kelsterbach (Hessen)

6

Ambiente Italiano

In der Alten Oberförsterei
Staufenstr.16, 65451 Kelsterbach
06107-9896840
www.ambienteitaliano.de
Küchenchef: Pedro Fernandes
Mo–Fr von 12–15 Uhr u. 18 Uhr, Sa ab 18 Uhr, So RT
Hauptgericht: 19–39 €, Menüs: 49–105 €

VISA

Die hübsche historische Villa, die in Kelsterbach am Ende eines ruhigen Wohngebiets und dort direkt am Hang mit Ausblick auf Maintal und Taunus liegt, ist nicht nur ein schöner Ort, sondern auch ein gutes Restaurant. Denn mit Gastgeber Riccardo Re und Küchenchef Pedro Fernandes zeichnen hier seit Jahren zwei Protagonisten verantwortlich, denen gehobene Gastronomie und verfeinerte Küche am Herzen liegen und die hier entsprechend engagiert zugange sind.

Wir schätzen die kreativen Gerichte aus der Feder von Pedro Fernandes seit jeher für ihren Einfallsreichtum und ihre starke Substanz und waren auch dieses Mal sehr zufrieden – in der Gesamtschau jedoch nicht ganz so angetan wie in den Jahren zuvor. Das kann aber daran liegen, dass wir sonst vorzugsweise mittags bei moderatem Betrieb hierher kamen und diesmal an einem gut besuchten Abend auf der lauschigen Terrasse zu Gast waren, an dem die Küche natürlich alle Hände voll zu tun hatte.

Ein lauwarmer Rote-Bete-Flan mit Ziegenkäsecreme und Basilikumschaum als kleiner, feiner Küchengruß bewegte sich aber ebenso auf dem hier gewohnten hohen Niveau wie eine attraktiv variierte Spielart des Vitello tonnato, die zur Vorspeise des Überraschungsmenüs eingesetzt wurde. Deren Basis war ein rosa Roastbeef-„Carpaccio", auf dem eben nicht nur milde Thunfischcreme und Kapernäpfel ausgebreitet waren, sondern auch ein schön pur gehaltenes, von Hand geschnittenes Rindertatar, kleine fluffige Parmesan-Flans und etwas Parmensan-Crumble, die der Komposition mit ihrer milden Umamiwürze das gewisse aromatische Etwas verliehen. Fein!

Das neapolitanische Traditionsgericht „Pasta e Fasule" mit kurzen Röhrchennudeln und kleinen weißen Bohnenkernen interpretierte der Chef als eine à la minute unter einer Cloche geräucherte Melange aus wunderbar bissfester Pasta und cremig-pastösen Bohnen, die auf der Tellerfahne noch von einer in milden Guanciale-Speck gehüllten Jakobsmuschel von passabler Qualität eskortiert wurden.

Etwas unentschieden zwischen den Aromenwelten tingelte das kleine, in schwarzen Sesam gehüllte und etwas faserige Thunfischsteak von ebenfalls passabler Qualität auf einem Sockel aus Kartoffelstampf, der nicht nur von einem Limonengel umzingelt war, sondern auch von relativ uninspiriert wirkendem Beilagengemüse in Gestalt einer angebräunten und leicht verschrumpelten Zuckerschote und einem Brokkolizweig.

Im Hauptgang bekamen wir es sodann mit einem gut gereiften, medium rare servierten Filet vom Rind zu tun, das mit schön lockerer rosmarinwürziger Polenta und kleinen aromatischen Pfifferlingen kombiniert war. Etwas zu intensiv, weil relativ stark reduziert, fiel die dazu angegossene Jus aus, die dann auch recht

schnell etwas unschön auf dem Teller geliert hat. In jeden Fall ein gutes Zeichen für handwerkliche Arbeit – in der Form aber einfach zu konzentriert und salzig.
Ein schöner Abschluss war in jedem Fall der saftige, mehlfrei gebackene Schokoladenkuchen auf Mandelbasis, der auf einem Spiegel von Mango-Coulis und Kokosschaum dargeboten wurde. Und auch die Weinempfehlungen von Gastgeber Riccardo Re, der hier eine beachtliche Weinauswahl mit deutlichem Schwerpunkt bei den Gewächsen aus seiner Heimat Italien hegt und pflegt, sind jederzeit eine separate Würdigung wert. Ebenso wie der engagierte und flotte Service, der auch dann nicht die Übersicht verliert, wenn das Restaurant sehr gut besucht ist.

Kernen (Baden-Württemberg)

7↑

Malathounis

Gartenstr. 5, 71394 Kernen
07151-45252
www.malathounis.de
Di–Sa von 12–13 Uhr u. ab 18 Uhr, So, Mo u. Fei RT
Hauptgericht: 19–39 €,
Menüs: 48–70 €

Das mit modernen Möbeln und Accessoires behutsam relaunchte Restaurant von Anna und Joannis Malathounis ist ein echtes Kleinod. Mit seiner durch den herzlichen und sehr persönlichen Service der Gastgeberin besonders einladenden Atmosphäre und der originellen „Modern Greek Cuisine" des Chefs zählt das so unscheinbar anmutende Lokal sicherlich zu den individuellsten des Landes. Denn die Art und Weise, in der Joannis Malathounis die Produkte und Aromen seiner griechischen Heimat und des gesamten Mittelmeerraums ganz ohne großes Team zu originellen und abwechslungsreichen Gerichten formt, zeigt nicht nur große Klasse, sondern auch ebenso großen Einfallsreichtum. So markant zugespitzt, originell und zugleich leicht zugänglich wird Griechenland hierzulande sonst nirgendwo schmeckbar. Durch den gekonnten Einsatz unterschiedlicher Säuren, Zitrusnoten, leichter Fonds und Kräutern wirkt alles zudem immer sehr beschwingt und leicht und stellt bekannte Produkte in ganz neue Kontexte. Abgerundet wird das Ganze durch eine zurecht prämierte individuelle Weinkarte und eine einfallsreiche alkoholfreie Menübegleitung aus Gemüseauszügen, Säften und besonderen Ingredienzen.

Kerpen (Nordrhein-Westfalen)

6↑

Schloss Loersfeld

Schloß Loersfeld,
50171 Kerpen
02273-57755
www.schlossloersfeld.de
Küchenchef: Paul Spiesberger
Di–Sa von 12–14 Uhr u. ab 19 Uhr, So u. Mo RT
Hauptgericht: 46–48 €,
Menüs: 99–145 €

VISA P

Es ist höchst erfreulich, dass in der wirklich außergewöhnlichen Location des Schlosses Loersfeld über verschiedene Küchenchefs hinweg stets ein anspruchsvolles kulinarisches Niveau gehalten wird. Denn das im 15. Jahrhundert erbaute Schloss mit seinen hohen historischen Sälen und seinem aristokratischen Ambiente (Gemälde mit Jagdmotiven, Kamine, Stuckdecken ...) ist wirklich etwas Besonderes.
Mit dem Österreicher Paul Spiesberger zeichnet nun seit über einem Jahr ein junger Cuisinier für die Küche verantwortlich, der hier neben seiner Vorgängerin Julia Komp schon als Souschef zugange war. Mittlerweile finden sich auch kleine behutsame Bezüge zu seiner Heimat, wie der in alpinem Quellwasser gezüchtete Baeri-Kaviar oder eine Interpretation von

der Sachertorte zum Dessert in dem ansonsten grundsätzlich eher klassisch französischen Programm.
Den kulinarischen Einstieg markierten eher schlicht (aber prägnant!) ein Mango-Fruchtgelee mit getrockneter schwarzer Olive, eine kleine saftige Lammfleischkrokette sowie ein kleines Schälchen mit dünnen Roastbeefscheiben (denen etwas Salz gutgetan hätte) nebst Kürbiskern- und Gewürzgurkengels. Das alles wirkte im Vergleich zu dem, was viele andere junge Kollegen so zum Start zaubern, erstmal überraschend simpel und „oldschool", schmeckte aber schön klar und balanciert.
Was prinzipiell auch für den gegrillten und glasierten Pulpo mit Staudenselleriewürfeln und warmem Parmesanschaum galt – eher einfache und vergleichsweise grobe Komponenten, hier allerdings mit etwas mehr Volumen und Power. Es spricht nichts gegen überlegten Purismus, ganz im Gegenteil, aber dann sollten die einzelnen Komponenten auch möglichst zugespitzt sein und eine gewisse Komplexität in sich mitbringen. Das gelang hier leider nur bedingt. Die letztjährige Pulpo-Variante mit Fenchelcreme, gerösteten Fenchelzwiebeln, Kokosschaum und Kokos-/Basilikum-Gel wirkte im Vergleich deutlich raffinierter.
Deutlich besser gefiel uns das dünn aufgeschnittene Rehcarpaccio mit zarten Rauch- und Wacholdernoten, das durch die salzige Kraft von Parmesan (genau dosiert), herbsäuerliches Preiselbeergel, Wacholder-Mayonnaise und Feldsalat (Blätter und Mousse) sehr abwechslungsreich und präzise begleitet wurde. Vergleichsweise einfach und aufgeräumt war dieser Gang zwar auch, aber eben mit deutlich höherer Komplexität.
Nicht ganz so überzeugend gelang indes die gedämpfte, üppig mit relativ grobem Rucola gefüllte Zanderrolle. Denn zum einen präsentierte die in viele kleine Segmente zerfallende Form den feinen Fisch sicher nicht optimal, zum anderen dominierte der Rucola hier nach unserem Gusto zu stark. Auch die Orangenblütennote im klaren Fischsud wurde so kaum spürbar; die gebraten und als saftiges Tatar dazu arrangierten Kräuterseitlinge setzen sich da mit ihren Röstnoten und ihrer Umamiwürze schon eher durch …
Beim soft rosa gebratenen Hirschkalbsrücken überzeugte das Produkt in Charakter und Zubereitung. Konzeptionell schlüssig war auch die Begleitung in Form von Rote-Bete-Creme, einer in Betesaft erdig-fruchtig marinierten Kartoffelspirale, kleinen Kartoffel-/Kräuter-Flans und geröstetem Lauch. Die Umsetzung war insgesamt stimmig, allerdings in den Details nicht ganz ausgereizt. So wirkten beispielsweise der beinahe roh belassene und nur kurz auf der Schnittfläche colorierte Lauch sehr derb und die viskose Wildjus allzu breit und mächtig. Da wäre mit wenigen Handgriffen noch deutlich mehr möglich gewesen.
Wieder nach oben ging die Kurve dann beim Dessert, bei dem in erfrischender grüner Leichtigkeit eine kühle Melange aus Granny-Smith-Apfel, Gurke, Gin und Minze präsentiert wurde. Und auch für die Weinbegleitung gilt hier: Daumen hoch! Es finden sich sowohl flaschen- als auch glasweise viele lohnende und hochwertige Tropfen renommierter Erzeuger. Bei der Auswahl stehen die sympathischen Herren im Service um Gastgeber Thomas Bellefontaine und Restaurantleiter und Sommelier Ulrich Ternierßen genauso souverän zur Seite wie bei allen anderen Fragen.

Kiedrich (Hessen)

5

Kiedricher Hof

Oberstr. 22, 65399 Kiedrich
06123-9349777
www.kiedricher-hof.de
Küchenchef: Felix Kuckein
Mo, Di u. Fr ab 17 Uhr, Sa, So u. Fei ab 12 Uhr durchgehend, Mi u. Do RT
Hauptgericht: 15–30 €, Menüs: 30–60 €

Es hat sich was getan im ehemaligen Adelshof im Herzen von Kiedrich! Nicht nur deshalb, weil sich Rita und Felix Kuckein seit unserem letzten Besuch „getraut" haben und nun sozusagen auch partnerschaftlich ganz offiziell ein „Team" sind, sondern auch, weil man hier in den vergangenen Monaten noch einmal geschickt am Konzept gefeilt hat. Dass man vom Gläschen Wein nach Feierabend bis zur großen Familienfeier ein sehr breites Spektrum abdeckt, ist sicher nicht nur in wirtschaftlich schwierigen Zeiten ein großes Plus, sondern auch ein Ansatz, der sich langfristig auszahlen dürfte.

Zentral im renommierten Weinort gelegen, ergibt sich zudem im Zusammenspiel mit der einnehmenden Atmosphäre des Hauses eine Win-Win-Situation. Denn ganz egal, ob man im mit dunklem Holzfachwerk und freigelegter Bruchsteinmauer akzentuierten Gastraum, in der urigen Scheune oder im idyllischen Garten Platz nimmt: Das jeweilige Setting unterstreicht den unverkrampften Ansatz der Kuckeins, die mit ihrem gastronomischen Angebot ganz bewusst ein möglichst breites Publikum ansprechen wollen.

Dies erklärt vielleicht auch, warum Felix Kuckein neben mediterran inspirierten Gerichten und regional-bodenständiger Hausmannskost auch Beef- und Veggie-Burger auf der kleinen Karte listet, die tagesaktuell noch um die ein oder andere Empfehlung erweitert wird. Der Spagat zwischen anspruchsvollerer Genießer-Offerte einerseits und verfeinerter Fast-Food-Küche andererseits gelingt vor aber allem deshalb so gut, weil mit dem jungen Küchenchef ein handwerklich versierter Koch am Herd steht, der sich hier nicht verkünsteln will und voll hinter seiner bodenständigen Linie steht.

Und die ließ sich dann schon beim Opener rund um hausgebeizten schottischen Lachs erschmecken: Zum qualitativ sehr guten, gewinnbringend dick aufgeschnittenen Fisch brauchte es nur noch einen knackig-fruchtigen Fenchel-/Orangen-Salat, etwas Ingwerdressing sowie knusprige Weißbrotchips on top, um viel Geschmack und Produktcharakter aufs Porzellan zu bringen. Hätte die Küche beim Dressing dann noch etwas mehr von der typischen Ingwerschärfe gewagt und statt der eher süßlichen Orangen noch kräftiger mit zitrischer Säure gespielt, hätte der Teller sogar noch stärker punkten können. Gut geschmeckt hat es aber natürlich auch in dieser Version …

Genauso gut übrigens wie der vegetarische Gang im Anschluss, bei dem vor allem die knusprig ausgebackenen Linsenkrapfen den Ton angaben, aber auch cremiger Hummus sowie ein mit Tomatenvinaigrette angespitzter Rucolasalat unspektakulär, aber genussreich zusammenwirkten. Passgenaue, zugängliche Gemüseküche ohne Kreativitätsverrenkungen …

Dass die auch gar nicht nötig sind, zeigte sich letztlich auch sowohl beim rösch auf der Haut gebratenen, blütenweißen und schön festfleischigen Doradenfilet, das auf Gemüsereis gebettet und mit einer fein säuerlichen Kapern-Gremolata abgerundet war, als auch bei der gegrillten deutschen Lammhüfte. Die kam saftig-rosa in Begleitung von Couscoussalat (frisch-fruchtig akzentuiert mit Gurkenstückchen und Cranberries) sowie einem dezent kräutrigen Joghurt-/Minz-Dip und konnte in ihrer properen Umsetzung unsere diesjährige Aufwertung ebenfalls forcieren.

Mit einem Minidessert im Shotglas bewies das Küchenteam auch in der süßen Abteilung, dass mit wenigen guten Elementen viel möglich ist: Zur schön sahnigen Kokos-Panna-cotta lieferten Mango und Ananas fruchtige Akzente, während on top Cocoa-Pearls noch für schokoladigen Biss sorgten. Klein und fein – so kann's gehen!

Gastgeberin Rita Kuckein, die selbst aus einem Eltviller Weinbaubetrieb stammt, setzt auf ihrer Weinkarte vor allem auf die Jungwinzer der Region und ermöglicht so spannende Einblicke in die neue Rheingauer Weinbaugeneration. Wer es traditioneller mag, findet aber natürlich auch bekanntere Erzeuger, die zudem sehr fair kalkuliert angeboten werden.

Weinschänke Schloss Groenesteyn

Oberstr. 36,
65399 Kiedrich
06123-1533
www.groenesteyn.net
Mo, Do u. Fr ab 17 Uhr,
Sa, So u. Fei
ab 12 Uhr durchgehend, Di u. Mi RT
Hauptgericht: 32–52 €,
Menüs: 75–120 €
VISA

In der liebevoll renovierten Weinschänke verbinden sich urig-elegantes Ambiente im Gastraum oder ein herrlicher Ausblick über die alten Dächer auf die umliegenden Rebflächen auf der Terrasse mit schnörkellos-substanzstarker Küche. Verantwortlich für Letztere ist mit Dirk Schröer ein erfahrener Könner, der bereits in Dresden und auf Burg Schwarzenstein seine

Klasse unter Beweis stellen konnte und hier eine perfekte neue Heimat gefunden hat. Auf seinen Tellern setzt er auf wenige markante Komponenten in sehr guter Qualität und verzichtet völlig zurecht auf alles Dekorative und Verspielte. Wer also besonders die freigestellte Kraft und Tiefe klassischer Küche in zeitgemäßer Ausführung mag, ist hier genau richtig. Und wird zudem von dem charmanten Serviceteam um Amila Begic und vielen (auch offen ausgeschenkt) ausgezeichneten Rheingauer Weinen zusätzlich verwöhnt.

Kiel (Schleswig-Holstein)

ohne Bewertung

Ahlmanns

im Romantik Hotel Kieler Kaufmann

Niemannsweg 102,
24105 Kiel
0431-88110
www.kieler-kaufmann.de
Küchenchef: Arne Linke
Mi–Sa ab 18.30 Uhr, So–Di RT
Menüs: 72–162 €

VISA

Mathias Apelt hat sich nach einer erfolgreichen Zeit im Hotel Kieler Kaufmann, in der er unter anderem 2018 zu unserem Aufsteiger des Jahres ausgezeichnet wurde, neuen Herausforderungen gestellt. In Bälde will er sich in Kiel mit einem neuen Projekt selbstständig machen. Sein Nachfolger für das Restaurant Ahlmanns ist uns auch kein Unbekannter. Arne Linke konnte in der Vergangenheit bereits an den Herden mehrerer Restaurants überzeugen und war zuletzt im Clara in Erfurt auf 8-Pfannen-Kurs. Wir sind gespannt, wie sich der gebürtige Hamburger nun im hohen Norden macht, und setzen die Bewertung bis zu unserem ersten Wiederbesuch des Ahlmanns unter neuer Küchenleitung aus.

Die letzte Kritik, aktualisiert 07/2020:
Längst hat sich Mathias Apelt, unser Aufsteiger des Jahres von 2018, in der schleswig-holsteinischen Gourmetszene als feste Größe etabliert. Der 32-Jährige fühlt sich mittlerweile offenbar im Hohen Norden richtig heimisch und im Kieler Kaufmann dem Vernehmen nach rundum wohl. Kein Wunder, hat er doch in all den Jahren, in denen er nun schon in der ehemaligen Bankiersvilla aus dem Jahre 1911 als Küchenchef zugange ist, deren gastronomische Erweiterung mitbegleitet und -gestaltet.

Das ehemalige Parkrestaurant, in dem sich hier zu seinen Anfangszeiten kulinarisch alles abgespielt hatte, ist mittlerweile in das „Steak- & Grillrestaurant“ Kaufmannsladen und das separate Gourmetrestaurant Ahlmanns gesplittet – und in dessen schickem, großzügigem Ambiente hat der Chef seither alle Möglichen, sich kreativ auszutoben und den Gästen seine Version einer zeitgemäßen nordischen Feinschmeckerküche näherzubringen.
Und die kommt gut an: Egal ob unter der Woche oder am Wochenend: Das Ahlmanns ist stets gut gebucht, und so hatten wir in der Vergangenheit schon öfter mal Pech, wenn wir uns kurzfristig um einen Tisch bemühen wollten. Selbst kurz nach Ende des Corona-Shutdowns, als das Ahlmanns mit einem zunächst reduzierten Angebot wieder an den Start ging, waren die Tische, die hier ohnehin schon immer in großzügigem Abstand gestellt waren, schnell vergeben. Und man konnte als Gast höchst zufrieden sein, denn an der Qualität und am Aufwand der Zubereitungen wurden keinerlei Abstriche gemacht. Und so überzeugte die Küche auch in diesem Jahr wieder durch sehr gute Produkte, deren punktgenaue Zubereitung und die Konzentration auf die tonangebenden Aromen.
Im Grunde genommen sehr schlicht, als solches aber eben auch sehr fein umgesetzt, erfreute zunächst ein Stück gebratener Lachs auf einem lauwarmen Salat von knackigem weißem Spargel mit feinwürziger buttriger Schnittlauchvinaigrette mehr als irgendeine angestrengte Bastelarbeit ohne klare geschmackliche Aussagekraft. Zuvor hatte das Team schon mit einigen pointierten Apero-Snacks gezeigt, worauf es ihm hier ankommt: Geschmack, Handwerk, Präzision.
Eine kleine, aber sehr schön saftig auf der Haut gebratene Tranche vom Wolfsbarsch war mit ihren Begleitern in Gestalt kurz ansautierter Mangoldblätter, einer intensiven, süßlich-her-

ben Walnusscreme, einem „Kompott“ aus kleingewürfelten Mangoldstielen und Apfel sowie ein paar Moosbeeren ausgewogen zwischen Frucht, Nussigkeit und vegetabilen Aromen ausgemittelt. Ein kompositorisch recht ungewöhnlicher Fischgang, aber als solches durchaus wohlschmeckend und raffiniert.
Echtes Soulfood kam sodann auf zwei Tellern, die sich beide um Bresse-Geflügel drehten: zum einen war da eine mit fein gewürzter grober Geflügelfarce gefüllte und mit Hühnerhaut-Knusper überbröselte Maultasche auf sehr klein gewürfeltem Kohlrabi-/Oliven-Gemüse in einem tiefen, vollmundigen, aus den Hühnerfüßen gezogenen Sud. Zum anderen daneben eine Tranche von der gebratenen Brust auf etwas Gemüseragout mit Selleriegrün und derselben tiefgründigen Sauce. Zum Reinlegen gut!
Beim Ostsee-Steinbutt mit Erbse und Chorizo reichte das überraschend breite Aromenspektrum der Erbsenkomponenten vom nussig-cremigen Püree bis zum säuerlich-grünen Schaum aus den Erbsenschoten. Der Fisch selbst war von sehr guter Qualität und perfekt saftig auf den Punkt gebracht, die spanische Paprikawurst spendete dem Aromenbild ihre unaufdringlich pikante Würze, und eine körperreiche Beurre blanc fing das alles sanft in ihrer geschmeidig-rahmigen Struktur ein.
Auch im Hauptgang begeisterte zunächst die Produktqualität, hier die des „Hanging Tender“ genannten Nierenzapfen-Stücks vom Holsteiner Weiderind, das mit seiner typisch kernigen Fleischstruktur und markantem Eigengeschmack – einer fast schon an milden Parmesan erinnernden natürlichen Umaminote – der Star auf dem Teller war. Und so nebst grünem Spargel, Pfifferlingen und der Scheibe einer mit Pilzfarce gefüllten Kartoffelroulade als Komposition einen zwar relativ braven Eindruck machte, aber eben äußerst ausdrucksstark war.
Ähnlich das in zwei Teilen servierte Dessert, bei dem es um jungen Rhabarber, Erdbeere, Waldmeister und Joghurt ging. Auch hier wieder wunderbar aromatische Produkte, milder Rhabarber, intensive Erdbeeren, rahmig-fetter Joghurt, duftiger Waldmeister – jeweils in verschiedenen Varianten zusammengebracht und im zweiten Aufzug noch durch etwas Karamellcreme gewinnbringend ergänzt.
Und apropos ergänzt: Auch die Wein- und Getränkebegleitungen, die Gastgeberin Britta Künzl zu den Kreationen ihres Lebensgefährten präsentiert, lohnen stets mehr als nur einen Versuch. Vom 2017er Rotschiefer-Riesling von Clemens Busch über ein Golden Ale Craft Beer von der Südtondern-Brauerei zum Steinbutt bis zur großartigen Pannobile-Cuvée aus Blaufränkisch, St. Laurent und Zweigelt von Judith Beck aus dem Jahr 2015 machten die Empfehlungen zu jedem Gang wieder mal uneingeschränkt großen Spaß.

Fast & SLOW

Extrawürste 56

Holtenauer Str. 56, 24105 Kiel
0431-99019765
www.extrawuerste.de
Mo–Fr von 11–19 Uhr, Sa von 10–18 Uhr, So RT

Variantenreiche Currywürste, Hot Dogs oder Bratwürste aus 100 % reinem Fleisch von Rind, Lamm und Schwein; alles aus verantwortungsvoller Haltung und von regionalen Produzenten.

Fischers Fritz Restaurant

im Birke Hotel Kiel
Martenshofweg 2–8, 24109 Kiel
0431-5331435
www.fischers-fritz.com
Küchenchef: Pierre Binder
Täglich von 12–14 Uhr u. ab 18 Uhr, kein RT
Hauptgericht: 7–34 €, Menüs: 42–44 €
VISA

Das gepflegte und in warmen Farben gestaltete Hotelrestaurant mit offener Küche im Ringhotel Birke ist eine der Brutstätten der „Feinheimisch“-Bewegung und setzt sich als Gründungsmitglied seit der ersten Stunde dieses kulinarischen Netzwerks von agrarischen Er-

zeugern und Manufakturen, Küchenchefs und Gastronomen für frische, qualitativ hochwertige Lebensmittel ohne Zusatzstoffe aus Schleswig-Holstein ein. „Regional, fair und nachhaltig" hat sich das Team auf die Fahnen geschrieben. So ist hier auch die Speisekarte nicht nur stilistisch relativ nordisch, sondern auch sehr saisonal geprägt. Es gibt darauf zwar auch haufenweise Klassiker, die uns hier seit Jahren immer wieder begegnen, aber auch diese sind je nach Verfügbarkeit variiert.
So wie beispielsweise „Birkes Vorspeisenvariation aus dem Meer", die einerseits zeigt, wie bodenständig und unverkünstelt die Küche hier ist, und zudem mit vielen maritimen Schmankerln eine schöne Bandbreite an Produkten aufbietet, die von der guten Qualität des Einkaufs zeugen: Von Matjes mit Sauerrahmsauce über Rollmops, Kieler Sprotte und geräucherte Makrele bis hin zur kleinen Labskaus-Interpretation mit flüssigem Spiegelei im Gläschen hat man es hier mit einer üppigen Auswahl verschiedener Kleinigkeiten auf engem Raum zu tun, die nahezu alle überzeugen können. Vor allem auch Dinge wie der kaltgeräucherte Lachs oder Rauchaal, die schnell mal zur etwas derben Angelegenheit werden können, gefallen hier durch mildes Aroma, wenig Salz und letztlich klaren, sauberen Geschmack der Produkte. Und der kleine Wildkräutersalat durch ausdrucksstarke Sortenvielfalt wie Brunnenkresse, Pimpernelle oder Schafgarbe.
Natürlich, sauber und klar – optisch wie geschmacklich – war auch die folgende Fischsuppe, in der nicht nur akkurat gewürfelte und sanft gargezogene Fischfiletstücke schwammen, sondern auch feinstreifige Gemüse-Juliennes. Die saisonale Tageskarte offerierte zum Zeitpunkt unseres letzten Besuchs ein Kotelett vom Angler Sattelschwein, dessen saftig-eigenaromatisches Fleisch mit einer nussigen Semmelbröselkruste gratiniert war und zusammen mit äußerst properen, festen Pilzen à la Creme und Kartoffelgratin aufgeboten wurde. Während die Pilze (Champignons und Austernpilze) in ihrer leichten, geschmackvollen Rahmsauce einen ausgesprochen guten Eindruck machten, sah das partiell etwas angebrannte und eher trockene Kartoffelgratin nicht nach Meisterleistung aus. Geschmeckt hat's trotzdem, und alles in allem war das ein ansprechender Hauptgang, der wie alles hier von den guten Produkten, natürlichem Geschmack und solider Umsetzung profitiert, aber keine überproportionale Verfeinerung erwarten lässt.
Auch das Dessert lebte von guter Lübecker Schokolade, die hier als kakaoherbes Eis, liebliche Moussenocke und etwas mampfig-kompakte Schokoladenschnitte zusammen mit eingelegter Zwetschge und Zwetschgengel einen schönen Abschluss bescherte. Die Weinkarte konzentriert sich auf deutsche Erzeugnisse arrivierter süddeutscher Winzer wie Bercher oder Klumpp, hat aber auch internationale Alternativen, etwa aus Österreich, Italien und Frankreich zu bieten. Das Preis-Leistungs-Verhältnis bei Speis und Trank ist günstig.

Fast & SLOW

John's Burgers

Gutenbergstr. 16, 24118 Kiel
www.johnsburgers.de
Di-Do von 12–22 Uhr, Fr von 12–23 Uhr, Sa von 13–23 Uhr, So 13–22 Uhr, Mo RT

Klassische und sehr authenthische Burger aus guten, frischen Produkten; ohne Schnickschnack, aber in perfektionierter Machart. Auch diverse Sandwiches (z. B. Pulled Pork).

5

Mamajun

Jägersberg 6, 24103 Kiel
0431-97993135
www.mamajun-restaurant.de
Mo u. Di von 12–14 Uhr, Mi-Sa von 12–14 Uhr u. ab 18 Uhr, So RT
Hauptgericht: 15–33 €
VISA

In angenehm klarem Ambiente bietet Viktor Gottschalks Mamajun dem Kieler Publikum ein zeitgemäßes Restaurant mit einer ebenso reizvollen wie versierten Produktküche. Und an deren Attraktivität hat sich auch rein gar nichts geändert, seit der neue junge Küchenchef Ben Oliver Timm hier am Herd verantwortlich zeichnet. Der hat sein Handwerk im Kieler Kaufmann gelernt und seine Ausbildung als Deutschlands bester Koch-Azubi abgeschlossen. Geboten wird unter seiner Ägide weiterhin eine gehobene, regional gefärbte Stilistik, die er ideenreich und weltoffen konturiert. Die konsequent klein gehaltene Karte garantiert am Abend substanzielle kulinarische Eindrücke und bietet an den Werktagen zur Lunchtime Kiels besten Mittagstisch.

fast & SLOW

Manufactur

Saarbrückerstr. 3, 24114 Kiel
0175-9700323
www.manufactur-kiel.de
Mo–Fr u. So von 11–20 Uhr, Sa RT

Frisch und natürlich zubereitetes Streetfood von Burger über Grillspieß bis zu saisonalen Röstis, hausgemacht aus hochwertigen regionalen Zutaten, vieles bio-zertifiziert.

Hotelempfehlung

Birke Hotel Kiel

Martenshofweg 2–8, 24109 Kiel
0431-53310
www.hotel-birke.de
Einzelzimmer: 109–165 €
Doppelzimmer: 138–190 €

VISA

Im Birke Hotel Kiel, das am ruhigen Stadtrand der Landeshauptstadt liegt, erwarten die Gäste insgesamt 94 Hotelzimmer, Suiten und Appartements mit modernem maritimem Ambiente. Alle sind mit bequemen Boxspringbetten aus regionaler Fabrikation ausgestattet, verfügen über Safe und Minibar, Sat-TV und Telefon sowie kostenfreie Hygieneartikel und sind teilweise klimatisiert. Kopfkissenauswahl oder allergikerfreundliche Bettwäsche gehört ebenso zum Service wie schnelles WLAN im gesamten Hotel. Im „Birke-Spa“ mit Schwimmbad, Finnischer Sauna, Vitalsauna, Tepidarium und Soledampfbad sowie Erlebnisdusche, Kneippbecken und Wellnessgarten lässt es sich prima entspannen. In den 8 Veranstaltungsräumen bietet das Haus modernste Veranstaltungstechnik mit persönlicher Betreuung. In allen Bereichen wird höchster Wert auf Regionalität und Nachhaltigkeit gelegt. Als Gründungsmitglied von FEINHEIMISCH – Genuss aus Schleswig-Holstein e. V. hat man sich dazu verpflichtet, mindestens 60 % des Wareneinsatzes aus Schleswig-Holstein zu beziehen. Restaurant Fischers Fritz separat erwähnt.

★★★★S

Romantik Hotel Kieler Kaufmann

Niemannsweg 102,
24105 Kiel
0431-88110
www.kieler-kaufmann.de
Einzelzimmer: 70–274 €
Doppelzimmer: 100–325 €

VISA

Das Romantik Hotel Kieler Kaufmann vereint drei unterschiedliche Gebäude zu einem großen Wohlfühl-Ensemble: mal als gelungene Verbindung von Tradition und Moderne im neuen Parkflügel, mal voller historisch eleganter Behaglichkeit in der Villa, mal in zeitgemäß klarer Wohnlichkeit wie im Marienflügel – aber überall mit dem gleichen hohen Anspruch an Design und Komfort. Das geschichtsträchtige Haus bietet zeitgemäßen Luxus und individuellen Service für private Reisen, Events, Veranstaltungen und Hochzeiten. Im „Sanctum“, dem lichtdurchfluteten modernen Wellnessbereich, können Gäste in einem großzügigen Schwimmbad, einer Finnischen Sauna und einer Biosauna, im Dampfbad sowie im Ruheraum und auf der Sonnenterrasse entspannen oder aktivsein. Im „Body & Mind“-Spa können zudem exklusive Massagen und Anwendungen gebucht werden. Kulinarisch wird ebenfalls hohes Niveau geboten: vom Frühstück und den Steak- und Grill-Spezialitäten im „Kaufmannsladen" über die exquisiten Drinks im gediegenen Ambiente der Bar „Soll & Haben" bis zur anspruchsvollen Gourmetküche unter der Regie von Mathias Apelt im „Ahlmanns". Restaurant Ahlmanns separat erwähnt.

Kirchdorf (Bayern)

Christians Restaurant

Dorfstr. 1 (Navi: Alte Schulstr. 2), 83527 Kirchdorf
08072-8510
www.christians-restaurant.de
Küchenchef: Christian F. Grainer
Mi–Sa ab 18 Uhr, So von 12–18 Uhr, Mo u. Di RT
Menüs: 65–115 €

Wer seit über 30 Jahren unverändert an einem Konzept festhält ist entweder sehr stur oder sehr erfolgreich. Im Fall von Christian Grainer und seinem wunderbar nostalgischen Restaurant können wir zu Ersterem nichts sagen, zweiteres aber voll bestätigen. Der erfahrene Chef, der hier im winzigen Kirchdorf seit vielen Jahren nur ein maximal sechsgängiges Überraschungsmenü (mit einigen Variationsmöglichkeiten) anbietet, hält damit über die Jahre ein beachtliches Niveau, das sich in jüngerer Zeit sogar noch etwas gesteigert hat. Schon im letzten Jahr hatten wir deshalb unsere Bewertung auf 7 Pfannen erhöht.

Dass hier nach wie vor in einer Art Wohnküche am massiven Holzherd gekocht wird, sei nur am Rande erwähnt, verdeutlicht aber irgendwie auch die handwerklich klassische Linie der Küche. Moderne Spielereien wird man hier in Kirchdorf vergeblich suchen – sie aber auch nicht vermissen, gibt es doch dafür viel Power, Produktcharakter und durchaus kochtechnisch feinsinnige Details. So kann es sein, dass schon zur „Begrüßung" mit zarten sautierten Kaninchennieren und Champignons ein erstes Produkthighlight wartet, mit der knackigen Frische von rotem Spitzkohl und marinierter Bete attraktiv aufgelockert. Auf dem Punkt!

Ein wirklich begeisterndes Produkt folgte sodann auch mit dem kapitalen Rochenflügel, der goldknusprig gebraten und mit einem Spritzer Zitrone erfrischt serviert wurde. Obenauf wirkungsvolle Akzente durch Oliventapenade und Austernkresse, nebenan schmorwürziges Gemüseconfit und eine markante Tomaten-/Kapern-Vinaigrette, die weitere Aromen- und Säurespitzen ins Spiel brachte. Ein äußerst gelungener Abstecher ins Mediterrane, der beispielhaft sehr geschickt die natürlichen Eigenschaften hochwertiger Ingredienzen nutzt.

Bei einer solchen Art der Kochkunst spielt aber neben der Güte der Viktualien naturgemäß auch das Handwerk eine absolut entscheidende Rolle. Und woran wird das besser deutlich als in Suppen und Saucen? Anhand der zuletzt servierten samtig leichten Currysuppe mit karamellisierter Ananas, geröstetem Sesam und markanten Noten von Ingwer und Zitronengras ließ sich jedenfalls zweifelsfrei attestieren, dass mit aufwendiger natürlicher Basis und viel Fingerspitzengefühl gearbeitet wird. Und das traf auch auf die auf der Tellerfahne mitgelieferte Rote Garnele nebst roter Curry-Mayo zu, durch die hier zudem ein exklusives (und wieder sehr gutes!) Krustentier mit ins Spiel gebracht wurde.

Gänzlich auf dem Land verortet waren dagegen die butterzarten feinwürzigen Koteletts vom Salzwiesenlamm nebst knackigen grünen Bohnen, eigenaromatischen Karotten, transparent leichter Lammjus und einer so seidigen Artischockencreme, dass wir uns gefragt haben, ob die Küche nicht doch heimlich irgendwo einen Pacojet versteckt hat … Auf jeden Fall war das ein gänzlich uneitles und pointiertes Beispiel klassischer Haute Cuisine, das sogar noch einen schwelgerischen Nebenteller mitbekam, auf dem sich Zickleinbrust mit dottrig-buttriger Knödelfülle und perfekt saftige Morcheln in aromatisch-voluminöser Sauce fanden. Toll!

Auch wenn wir uns im letzten Jahr über ein formidables klassisches Quarksoufflé begeistern konnten, sind Desserts für gewöhnlich nicht die allergrößte Stärke des Teams – fallen aber gegenüber allem anderen auch nicht deutlich ab und stehen immer für starke Qualitäten und interessante Ideen. Zuletzt stach beispielsweise das Mango-/Tamarinden-Sorbet mit seiner

kompakten Cremigkeit und dem komplexen Säurespiel auf, und der exotische Obstsalat aus Melone und Mango sowie eine röstig-getreidige schwarze Reismousse fügten sich dazu gut ein. Schmackhaft, jedoch nicht ganz so stark.
Aber: Insgesamt war das erneut ein durchwegs souveränes Menü, das vor allem durch sensationelle Produkte, viel Substanz und Feingefühl begeisterte. Zusammen mit dem charmant herzlichen Service und den immer lohnenden Weinempfehlungen von Gastgeberin Christiane Grainer macht das Kirchdorf nicht nur in unseren Augen zu einem echten Sehnsuchtsort für Genießer.

Kirchdorf im Wald (Bayern)

Hubertus Stüberl

Schlag 36,
94261 Kirchdorf im Wald
09928-1500
www.hubertus-stueberl.com
Küchenchef: Tobias Schönhofer
Mo, Di, Fr u. Sa ab 17 Uhr,
So von 11–14 Uhr u. ab 17 Uhr,
Mi u. Do RT
Hauptgericht: 9–25 €,
Menüs: 16 €

VISA

Weder die abgeschiedene Lage mitten im Bayerischen Wald, noch der Name oder das beschauliche Äußere lassen vermuten, dass im Hubertus Stüberl irgendetwas anderes als deftige Brot- und Mahlzeiten für Wanderer oder den Stammtisch aus dem Ort geboten würden. Selbst ein nur flüchtiger Blick in die Speisekarte deutet auf nichts anderes hin, denn dort finden sich eben durchaus auch der „Gsengatteller“ (verschiedenes Fleisch, Pommes, Gemüse …), gebackenes Schollenfilet mit Petersilienkartoffeln oder Schweinefilet mit Lauchrahm und Kroketten …
Wer jedoch etwas genauer hinschaut, entdeckt da aber auch beispielsweise kross gebratenes Zanderfilet mit Dijon-Senfsauce und Tagliatelle oder karamellisierten Ziegenkäse mit Salaten und Croûtons – und stellt fest, dass hier ganz offensichtlich die junge Gastgebergeneration frischen Wind reinbringt, ohne andererseits Stammgäste und hungrige Sportler zu vergraulen.

Aus dem ambitionierteren Teil der Karte stammten zuletzt auch die hervorragend frischen Rotbarbenfilets, die in einer salzig-pfeffrigen Mehlpanierung auf der Haut knusprig-glasig gebraten waren. Dazu spendeten wachsweiche Wachteleier etwas Schmelz, und ein kleiner und recht attraktiver Wildkräutersalat, der von Kerbelblüte über Gundermann und Oregano bis zur wilden Minze seinen Namen wirklich verdient hat, brachte nuancenreiche herbe Noten ins Spiel. Für etwas Crunch gab es auch noch Pastinakenchips, die aber weniger zäh noch charmanter gewirkt hätten …
An der schaumigen Kohlrabisuppe mit viel Produktgeschmack und feinem Süße-Säure-Spiel zeigte sich das handwerkliche Können und genaues Abschmecken, zu dem der Juniorchef imstande ist. Dass das Süppchen nicht superfein passiert wurde, störte dabei nicht wirklich. Vor allem nicht, weil es mit einer luftigen Eischneenocke einen cleveren Kontrast mit ätherischen Noten von Kräutern und Zitronenabrieb mit auf den Weg bekam. Fein!
Da verwunderte es ein wenig, dass der folgende Hirschrücken zwar eine dünne knusprige Bratkruste aufwies, darunter aber leider eindeutig eher „well done“ als medium auf den Teller kam. Zart war er trotzdem, wirkte aber insbesondere in Verbindung mit dem süßlichen Karotten-/Wacholder-Püree etwas behäbig und breit. Vielleicht hätte eine Sauce, und sei es nur ein heller Schaum, mit etwas Frucht und Säure dagegenhalten können. Das puristische Arrangement kam allerdings ohne eine solche aus, und die Petersilie allein reichte als Frischemoment genauso wenig wie die festen kleinen Pfifferlinge und Karottenchips – beides aber ein willkommener Textur-Kontrast …
Desserts sind im Hubertus Stüberl weniger im Fokus, so wild weht der frische Wind dann doch nicht. Dafür gibt es eine verlockende Auswahl regionaler Obst- und Kräuterbrände. Ansonsten kommen neben regionalen, teils auch ausgefalleneren Bieren die Weine eines partnerschaftlichen fränkischen Weinguts in die

Gläser – eher einfach, aber mit genauso gutem Preis-Genuss-Verhältnis wie das gesamte Programm.

Kirschau (Sachsen)

7

Juwel

im Hotel Bei Schumann
Bautzener Str. 74,
02681 Kirschau (Schirgiswalde)
03592-5200
www.bei-schumann.de
Küchenchef: Robert Hauptvogel
Do–Sa ab 19 Uhr, So–Di RT
Hauptgericht: 58–81 €,
Menüs: 117–148 €

Das kam ehrlich gesagt überraschend: Philipp Liebisch schien in dem großzügigen Wellness-Hotelkomplex von Familie Schumann den perfekten Ort und ideale Partner gefunden zu haben. Aber selbst von außen scheinbar perfekte Konstellationen können einmal enden und so steht nach dem Weggang Liebischs mit Robert Hauptvogel ein neuer talentierter Chef am Herd des edlen Gourmetbereichs des Hauses – einer, der die Bedingungen und den Rahmen bereits aus seiner vorherigen Position als Souschef bestens kennt. Nichts geändert hat sich stattdessen an dem zwischen schwarzem Mobiliar, glänzendem Silber und blitzendem Edelstein extravaganten und stylischen Ambiente und dem lockeren, augenzwinkernd charmanten Stil, mit dem Restaurantleiter und Sommelier Patrick Grunewald hier die Atmosphäre prägt.
Auch das Konzept eines einzigen, maximal siebengängigen Menüs mit etwas Spielraum für etwaige Aversionen und Unverträglichkeiten ist geblieben und bietet gute Voraussetzungen für hohe Produktqualität und Detailgenauigkeit. Und beides – so viel schon vorab – war durchweg gegeben, auch wenn es an einigen Stellen noch etwas holperte. Nachdem etwas Papadam mit körnigem Frischkäse ersten Knabberspaß bereitet hatte und das personalisierte Brot vom Tisch wieder zum Backen in der Küche verschwunden war, startete der Abend zunächst mit einem kleinen Schüsselchen, in dem marinierte Ananas und Gurke in verschiedenen kühlen (teils geeisten) Zubereitungen eine elegante fruchtig süß-säuerliche Bühne für kurz abgeflämmte Gelbschwanzmakrele bildeten. Gelungener Auftakt! Nur ein paar Salzflocken wären in dem auffallend milden Arrangement hilfreich gewesen.
Betont frisch und filigran stimmte anschließend „Schumann's Herbstgarten" als zierliche Degustationsstraße aus hauchdünnen Kürbisstreifen und Kürbisgelee, dezent geräucherten Kürbiskernen und Granatapfel (Kerne, Sphären …), etwas Kräuter- und Kressefrische sowie einem Gel von Sushi-Ingwer weiter auf die Saison und den Abend ein. Insbesondere die fein dosierte fruchtige Schärfe des Ingwers setzte das Ganze gekonnt unter Spannung.
Im Vergleich zum folgenden Gang war das aber vergleichsweise harmlos. Denn mit dem puristisch angerichteten Eis vom Bismarkhering (!) neben Bete-Powder sowie zarten Gels und Cremes von Bete und Dill als klar abgezirkelte Punkte, Pralinen und Cremes ging das Team voll auf Risiko. Aber mit Erfolg! Denn die salzig-säuerliche Konzentration des Heringeises wurde allein durch die Temperatur leicht gezügelt und von den ebenfalls zugespitzten Noten von Dill und Bete markant ergänzt. Toll dazu auch der bereinigend klare Premium-Sake. Hier trennten nur technische Kleinigkeiten wie ein recht festes Dillgelee oder eine etwas dicke weiße Schokoladenhülle (um eine Betecreme-Praline) davon, in Richtung 8 Pfannen zu gehen …
Noch etwas weiter davon entfernt (und mit einer harten stilistische Wende verbunden) war der sanft in Butter gegarte Zander nebst Aubergine, Grapefruit und Passepierre – hier ging es nämlich zurück zu einer schlichteren und gegenständlicheren Herangehensweise. Dem feinen Geschmack des (guten, aber nicht bestmöglichen) Zanders gaben die unterschiedlichen Bitternoten aus Aubergine und Grapefruit, feine Säure und die jodige Salzigkeit der Passepierre-Queller ein lebendiges Umfeld mit

relativ einfachen und natürlichen Mitteln. Und auf diese unaufgeregte Art war das ebenfalls überzeugend.
Wieder gewagter wurde es beim Juvenil-Ferkel, das als zartes helles Filet mit etwas Schwarten-Popcorn und kräftigeres dunkles Nackenstück auf einer hauchdünnen, leicht salzigen Valrhona-Schokoladencreme platziert wurde. Aber obwohl die salzig-süße Basis durch herbe Cranberrys-Säure aufgebrochen wurde, blieb sie etwas vorlaut und insbesondere mit teils recht derben Lauchkomponenten eher sperrig als harmonisch. Insbesondere die dickeren, kurz angegrillten Lauchrollen wirkten rustikal und dumpf, auch weil sie kalt auf den Teller kamen. Da hätte es mit der guten Grundidee für ein wirklich rundes Ergebnis noch mehr Feintuning gebraucht. Dagegen war der begleitende Elsässer Riesling aus 2008 dazu einmal mehr ein gelungener Wurf, der in der Nase viel Reife und Würze mitbrachte, am Gaumen aber mit erstaunlich lebendiger Säure und Frische durchbrach.
Säure und Frische prägten dann auch den süßen Abschluss rund um Quitte, Molke und Pumpernickel. Letzterer sorgte als Eis gemeinsam mit einem Braune-Butter-/Walnuss-Eis für kühle milchig-nussige Noten und als gröbere Stücke für dunkle Würze. Dazwischen drängte sich aber immer wieder die herbe Säure der Quitte nach vorn. Auch hier hätte zwar an einigen Details wie der körnigen Konsistenz einer gelierten Quittencreme oder den etwas zu groben Pumpernickelstücken nachgeschärft werden können – viel Spaß und hohes Niveau gab es aber auch so.
Fazit: Robert Hauptvogel ist sichtbar erst am Anfang seiner Entwicklung als Küchenchef. Aber er traut sich was. Und das ist vielversprechend! Wenn das Team genügend Zeit und Raum für Reflexionen bekommt und immer wieder mal über den Tellerrand zu anderen Kollegen und aktuellen Entwicklungen blickt, ist hier noch einiges möglich. Wir sind in jedem Fall gespannt! Und so oder so gibt es auch mit der zwar nicht gerade günstig kalkulierten, dafür aber spannend strukturierten Weinkarte und -begleitung einen weiteren Grund, um regelmäßig wieder hierher zu kommen.

Hotelempfehlung

★★★★S

Hotel Bei Schumann

Bautzener Str. 74, 02681 Kirschau (Schirgiswalde)
03592-5200
www.bei-schumann.de
Einzelzimmer: 76–108 €
Doppelzimmer: 158–332 €

Das vom bekannten Architekten Max Hans Kühne in den Jahren 1921 bis 1923 erbaute romantische Jugendstilschlösschen liegt inmitten der malerischen Landschaft der Oberlausitz, deren Schönheit man während eines Spazierganges oder einer Radtour entlang des Spreeradweges, welcher unweit des Hotels beginnt, eindrucksvoll erleben kann: Sanftgrüne Wälder und Wiesen durchziehen die Landschaft, und reiche Kulturschätze erzählen von einer bewegten Vergangenheit. Unter der Ägide der heutigen Inhaber Petra und Rüdiger Schumann wurde das Haus mit sehr viel Liebe zum Detail in ein komfortables Hotel verwandelt. Die insgesamt 63 Zimmer und Suiten sind allesamt individuell gestaltet und liebevoll eingerichtet. Sie bieten vom heimelig komfortablen Einzelzimmer bis zum Luxus-Doppelzimmer mit offenem Kamin und eigener Sauna auf der Terrasse ein breites Angebot für verschiedenste Ansprüche. Im römischen Spa-Tempel stehen den Gästen neben dem Schwimmbad Sudatorium, Heu-Sauna, Binsenkammer, Salzstollen, Dampfbad, Infrarotkabine und Bio-Sanarium zum Entspannen zur Verfügung. Mit dem neuen modernen Hotelanbau wurde das Angebot des Hauses durch weitere Deluxe-Zimmer, eine „Private Spa"-Etage, einen spektakulären Infinity Pool und einen Eventbereich erweitert. Auch die Kulinarik hat in verschiedenen Restaurants und einer gemütlichen Bar seit jeher einen hohen Stellenwert. Gourmetrestaurant Juwel separat erwähnt.

Koblenz (Rheinland-Pfalz)

5

Augusta

Rheinstr. 2a (Eingang Reinzollstr.),
56068 Koblenz
0261-91446822
www.augusta-koblenz.de
Di–So von 12–14 Uhr u. ab 18 Uhr, Mo RT
Hauptgericht: 13–32 €, Menüs: 9–75 €
VISA

Da soll einer sagen, dass man in touristischen Orten nicht gut essen kann: Das direkt an der Promenade zum Deutschen Eck gelegene Augusta hebt sich schon durch die individuelle Gestaltung des Gastraums mit einer Vielzahl an Kunstwerken unterschiedlicher Stilrichtungen von einer Touristenfalle ab und tut das auch kulinarisch! Ob gekonnt verfeinerte Regionalia oder mediterran gefärbte Gerichte – alles ist hier nicht nur äußerst sorgfältig und schmackhaft aus frischen Produkten handwerklich zubereitet, sondern auch gastfreundlich kalkuliert. Die ausschließlich mit deutschen Weinen bestückte Weinkarte ist ein besonderes Steckenpferd des Patrons und wird von ihm gerne persönlich und kenntnisreich erläutert.

7↑

Da Vinci

Deinhardplatz 3,
56068 Koblenz
0261-9215444
www.davinci-koblenz.de
Küchenchef: Daniel Pape
Mi–So ab 17.30 Uhr, Mo u. Di RT
Menüs: 109–136 €
VISA

Die zentrale Lage am Deinhardplatz, die großzügigen Räumlichkeiten, das elegante, zeitgemäße Interieur und der hohe Eigenanspruch, mit dem das Lokal bespielt wird, machen aus dem Da Vinci in Koblenz das sprichwörtliche erste Haus am Platz. Dazu passt auch die ambitionierte Küche, die hier exklusiv in Form eines wahlweise fünf- oder achtgängigen Menüs kredenzt wird, das überwiegend mit Edelprodukten gespickt ist. Und auch sonst steht für den Gast außer Frage, dass er in einem klassischen Gourmetrestaurant sitzt ...

Schon die ersten Küchengrüße zeugen klar von den großen Ambitionen und der Gestaltungsfreude, mit denen das Team um Küchenchef Daniel Pape unterwegs ist. Zum Aperitif wurde auch zuletzt wieder eine Vielzahl aufwendiger und sehr unterschiedlicher Kleinigkeiten aufgefahren, gefolgt von einem stilistisch recht klassisch gehaltenen Amuse-Bouche um eine Hummerschere, die mit confierten Cherrytomaten und Wassermelone in einer hellen, milden, schaumig aufgemixten Krustentiernage angeschwommen kam. Zusammen mit den drei Sorten Brot und zweierlei Butter war das ein ansprechendes, in Anbetracht der bis zu acht Gänge, die das große der beiden Menüvarianten umfasst, aber auch relativ sportliches Vorprogramm.

Da ist man direkt etwas erleichtert, dass der erste echte Gang des Menüs sehr grazil wirkt. In unserem Fall Rotbarbe mit Fenchel und Zitrone in Gestalt eines sehr kleinen gebratenen Filetstücks nebst Fenchelsalat, Fenchelcreme und gegartem Fenchelstiel, akzentuiert mit Gel und Sud von der Zitrone. Das kann theoretisch schnell zu einer kargen Angelegenheit werden, war hier aber nicht zuletzt durch geschickt eingebundene Süße – unter anderem durch etwas Olivenkrokant – sehr harmonisch abgerundet.

Und es ging ähnlich elegant und wohlproportioniert weiter. Mit einem kleinen Würfel vom Kalbskopf samt dünner, krosser Fettkruste, der im Kreise von verschiedensten Pilzen in allesamt eher hellen, leichten Facetten aufgeboten war – geschmeidig unterfüttert von etwas Creme aus Soja-Eigelb, die das natürliche Umami der Pilze subtil unterstrich. Keine Frage: Das Team ist mit Fingerspitzengefühl bei der Sache! Das belegte auch die folgende knackige Langoustine, die auf etwas Lauchzwiebel gebettet in einer mit Stör- und Lachsforellenkaviar schön mineralisch angereicherten Beurre blanc schwamm. Klassisch und puristisch. Und dank hoher Produktqualität sowie starker Substanz der Sauce eine feine Sache. Genau wie der perfekt auf den Punkt gebrachte und

mit knackigen Salicornes getoppte Steinbutt, der zusammen mit aromatischem weißem Spargel in einer Estragon-Velouté angerichtet war. Stilistisch auch das wieder sehr gediegen, als solches aber eben sehr überzeugend.
Dass Pape & Co. auch aus relativ einfachen Produkten viel machen können, das bewiesen sie schon vor dem Steinbutt mit der in Hühnerfett gegarten Urkarotte, die mit etwas Karottencreme und intensiver Blattpetersiliensauce liiert und von knusprigen Hühnerhaut-Flakes nicht nur mit einem Texturkontrast, sondern auch mit Röstaromen und Tiefe untermalt war. Und auch wenig später bei der satt mit geschmortem Lammbauch gefüllten und mit einem kleinen Stück vom gebratenen Bries getoppten Nudeltasche, die mit Artischocke, Chorizowürfelchen und Senfkörnern auf purer reduzierter Lammjus präsentiert wurde. So vermeintlich einfach, so köstlich.
Überhaupt kommen die Gerichte mit erfreulich wenig Firlefanz aus. Im Grunde genommen ganz ohne. So wie auch der schlicht als „Beef, Sellerie, Jus“ annoncierte Hauptgang. Das Beef entpuppte sich als Tranchen vom Wagyu-Roastbeef, die mit etwas Fettrand und viel intramuskulärem Fett jede Menge saftigen Schmelz und Geschmack auf den Teller brachten. Flankiert wurden sie von dünnen Scheiben Knollensellerie und Spitzkohl sowie etwas Stängelkohl; à part gab's noch cremiges Kartoffelpüree mit Panko-Nussbutterbröseln und eine sehr gute reduzierte Rinderjus. Und dafür, dass das alles nicht zu sattsam und breit ist, sorgte eine schön säuerlich abgeschmeckte und mit Selleriegrün angereicherte Hollandaise.
Danach hätte uns – rein subjektiv! – ein kleines, pointiertes Dessert als süßer Abschluss völlig gereicht. Doch die Küche ließ sich auch bei ihrem Outro nicht lumpen und fuhr analog zum ausladenden Intro jede Menge Douceurs auf. Allein drei kleine Nachtische, von denen uns das cremige Schichtwerk von Erdbeere und Mandelschaum am besten gefallen hat. Gefolgt von einer ganzen Armada synchron aufgetragener Petits Fours, die nochmals demonstrierten, dass hier kein Aufwand gescheut wird. Als Gesamtpaket mit dem sehr aufmerksamen Service und den stimmigen Weinempfehlungen aus einem international sehr gut bestückten Keller eine absolut runde Sache.

8

Schillers Manufaktur

Mayener Str. 126, 56070 Koblenz
0261-963530
www.schillers-restaurant.de
Küchenchef: Mike Schiller
Mo–Sa ab 18 Uhr, So RT
Hauptgericht: 24–35 €,
Menüs: 79–99 €

VISA

Mit neuen Ideen und auch mit neuem Mut, die Dinge künftig einfach etwas anders zu machen, ist das Restaurant Schillers im Sommer aus dem Corona-Lockdown zurückgekehrt, heißt fortan Schillers Manufaktur und forciert unter diesem Label künftig Kochschule, Delikatessen-Lieferservice und Restaurant. Vor allem mit dem Außer-Haus-Vertrieb von konservierten Suppen und Saucen, Marmeladen oder Terrinen bis hin zu frisch und hochwertig gekochten Speisen von der Bouillabaisse bis zu Sauerbraten oder Tafelspitz hat sich das Team während der Schließungsphase gut über Wasser gehalten und diesen Zweig nun noch weiter ausgebaut. Nach wie vor gibt es aber natürlich auch den ambitionierten Restaurantbetrieb, und auch da wurde das Konzept ein wenig geändert.

Statt wie früher ein einziges Degustationsmenü mit wenigen Auswahlmöglichkeiten zu offerieren, setzt Mike Schiller nun verstärkt auf à la carte und bietet ein attraktives, nicht zu umfangreiches Repertoire an Klassikern. Das reicht von Vorspeisen wie getrüffeltem Gänseleber-Gugelhupf, einer Variation von Kalbsbries, Kalbsnierchen und lauwarmem Kalbskopf oder einem halben Hummer mit Ananas-/Paprika-Chutney und Hummer-Vinaigrette mit Vanille bis hin zu Hauptgerichten wie Reh aus heimischen Wäldern mit eingelegten Beeren und Früchten oder das in Rotwein geschmorte Ochsenbäckchen-Ragout mit confiertem Gemüse und Topfenspätzle.
Ein mehrgängiges Menü gibt es auch weiterhin – dieses ist aber ab sofort ausschließlich rein vegetarisch. Und um die Pointe gleich vorwegzunehmen: Es hat uns sehr begeistert! Natürlich hatte Mike Schiller auch schon früher in sein Menü immer ein oder zwei vegetarische Gänge integriert, die sehr gut waren. Dass er uns allerdings ausgerechnet mit einer konsequent vegetarischen Speisefolge so packen würde, dass wir die seit Jahren per Bonus-Pfeil in Aussicht gestellte Höherstufung der Küchenauszeichnung jetzt endlich vollziehen, hätten wir im Leben nicht gedacht. Doch, ja: sein vegetarisches Menü hat wirklich alles, was wir uns von einer solchen Speisefolge erhoffen. Die Kreationen sind vielschichtig, aber klar strukturiert, leicht, aber nicht seicht. Sie sind handwerklich feinsinnig arrangiert und haben bisweilen auch eine enorme Tiefe. Es ist im Verlauf des Menüs eine deutliche Dramaturgie erkennbar und – vor allem! – man hat auch als Omnivore zu keinem Zeitpunkt das Gefühl, gerade auf irgendetwas verzichten zu müssen.
Nach einem durchaus „leckeren", aber eher simplen Küchengruß in Gestalt verschiedener Tempura-Gemüsesticks mit etwas frischem Wasabi und einer süßsauren, currywürzigen Sauce zum Dippen startete das Team mit der Vorspeise deutlich feingliedriger, komplexer und im Ergebnis regelrecht fulminant! Nicht zu weicher, aber auch nicht mehr zwiebelig-derber Lauch war hier zusammen mit Birnenstreifen, eingelegter Gurke, Kürbiskernen und verschiedenen recht markanten Kräutern wie etwa Schafgarbe auf einem Spiegel von verschiedenen Vinaigrettes, Ölen und Cremes von Miso über Sesam bis Kürbiskern angerichtet. Und was wie wirr und bunt zusammengewürfelt anmutete, entpuppte sich als eine zwar durchaus dichte und vielschichtig verwobene, im Ergebnis aber geniale Melange, die eine schöne Balance von Süße und Würze, Säure und Schärfe, Nussigkeit und Frucht an den Gaumen tapezierte.
Ebenfalls recht feinsinnig arrangiert, aber längst nicht ganz so ausgefuchst dynamisch und balanciert präsentierte sich der nächste Gang um verschiedene Maiskomponenten von Maiskörnern über Zuckermaisschoten bis zum Popcorn, die auf einer kreisrunden Fläche aus Maiscreme angerichtet und mit einem Vanille-/Mohn-Öl nappiert waren. Das Problem: Saftige Dörrtrauben, ein paar Trompetenpilze und Vogelmiere konnten der übermächtigen Süße des Mais nicht in der Form Paroli bieten, als dass hier ein ähnlich kontrastreich-balanciertes Geschmacksbild entstanden wäre. Damit kein Missverständnis entsteht: Das war beileibe nicht schlecht, aber eben etwas eindimensionaler und plakativer.
Deutlich ausgewogener und nuancierter präsentierte sich dann aber schon wieder der nächste Gang um mit Erbsencreme, Erbsen und Buchenpilzen gefüllte Roskoff-Zwiebelringe, die zusammen mit knackigen Erbsen-

schoten und (leider etwas nichtssagender) Schäumchenkrone auf einer fantastischen mittelbraunen gebundenen Sauce angerichtet waren. Hier durfte man wirklich staunen, welche Komplexität und Tiefe bei gleichzeitiger Eleganz und Transparenz Mike Schiller in einem Fluidum auf rein pflanzlicher Basis untergebracht hat. Überhaupt sind alle Saucen und Fonds eine der besonderen Stärken des Chefs. Und deshalb war auch der folgende Safranrisotto ein großer Wurf, der in perfekter Beschaffenheit und mit wieder sehr viel aromatischer Tiefe beeindrucken konnte. Die Safrannote schlug sehr kräftig an, war aber noch im Rahmen. Das Lakritzpulver in diesem Kontext durchaus spannend, aber etwas überdosiert und das Blattgold bzw. -silber im Grunde überflüssig, aber natürlich auch nicht störend.
Und dank einer weiteren famosen Sauce, die von eleganter alkoholischer Süße über Säure und Umami bis zur typischen feucht-dumpfen Erdigkeit schwarzer Perigord-Trüffel alles hatte, was man sich eben auch von einer „ganz normalen“ sehr guten nicht-vegetarischen Trüffeljus erwartet, war der nominelle Hauptgang rund um knusprig gebratenen Knollensellerie auch wirklich aromatisch ein gefühlter Hauptgang. Einer mit Tiefe und Kraft, aber auch mit Eleganz und Leichtigkeit. In dessen Zentrum stand eine etwas dickere rechteckige Tranche von einer offenbar im Salzteig gegarten Sellerieknolle, die ihr wunderbar intensives, reintöniges Aroma zwischen zwei dünnen saftig-krossen Weißbrotdeckeln entfalten durfte – und von auch geschmacklich völlig unterschiedlich gestalteten Komponenten aus Stauden- und Knollensellerie umgeben war. Im Zusammenspiel mit der großartigen Trüffelsauce entstand hier ein wunderbar robustes Gericht, das förmlich nach einem mittelkräftigen Rotwein wie Meyer-Näkels Cuvée „Us de la Meng“ schrie.
Und auch das Dessert, ein mit weißer Schokolade besprenkelter Ring aus Honigparfait von den eigenen Bienen, das mit zahlreichen, sehr ausdrucksstarken eingelegten Früchten, Beeren und Knospen aus der Region (auch als Sorbet und Sud) und etwas Honigjus getoppt war, hielt das hohe Niveau und war ein überraschend spannender und facettenreicher süßer Abschluss. So sind wir sehr gespannt, wie sich Mike Schillers neues vegetarisches Menükonzept in den kommenden Jahren weiterentwickelt, und zählen es schon jetzt zu den besten vegetarischen „Experiences“ in Deutschland.

Die Hoteleinträge

★★★★★S	Superior
★★★★★	Unterkunft für höchste Ansprüche
★★★★★	Unterkunft für hohe Ansprüche
★★★★	Unterkunft für gehobene Ansprüche
★★	Unterkunft für mittlere Ansprüche
★	Unterkunft für einfache Ansprüche
	Unterkunft ohne Sterne-Klassifizierung

Köln

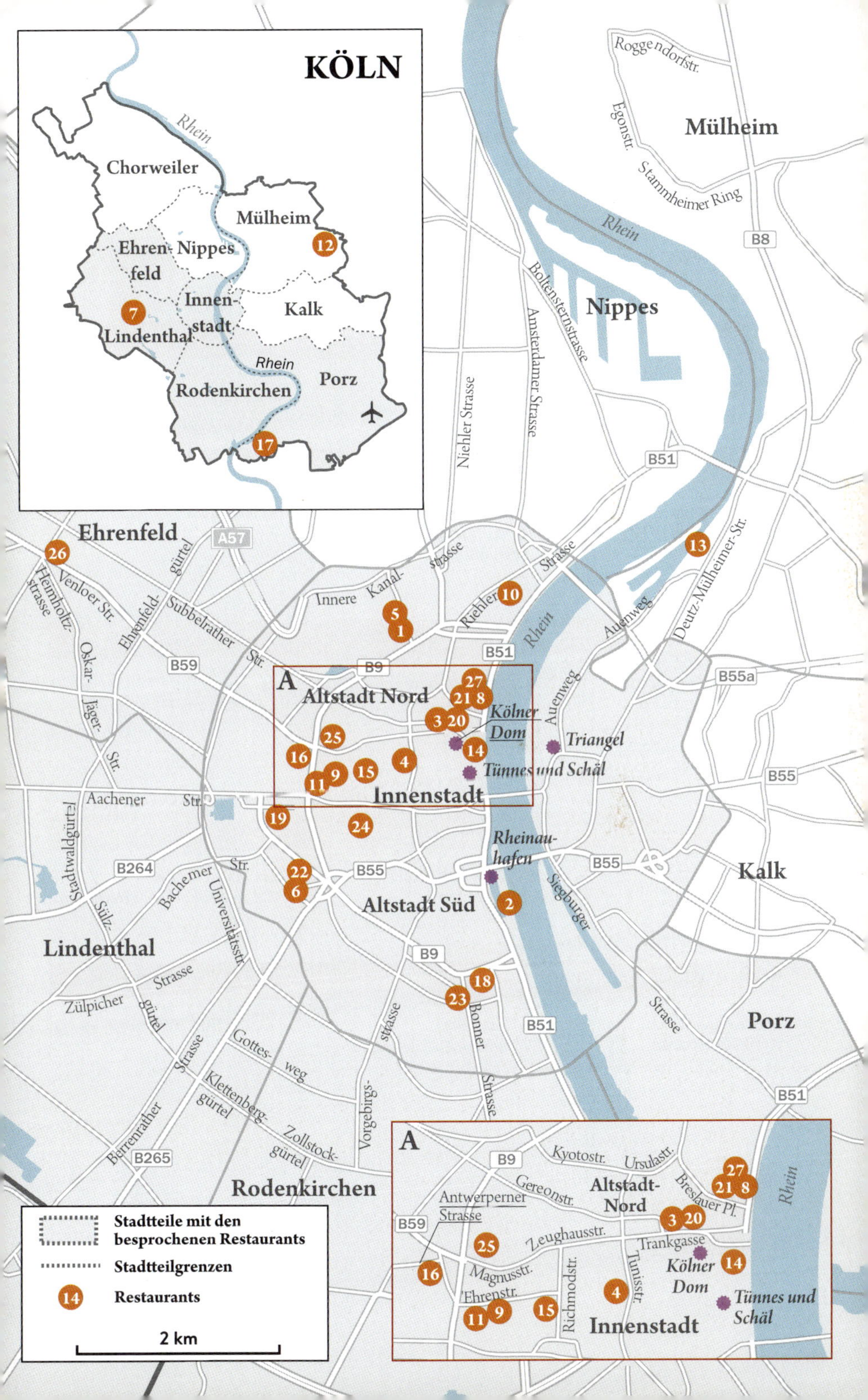
KÖLN
Rhein
Chorweiler
Mülheim
12
Ehren-
feld
Nippes
7
Innen-
stadt
Kalk
Lindenthal
Rhein
Porz
Rodenkirchen
17
Roggendorfstr.
Egonstr.
Mülheim
Stammheimer Ring
Rhein
B8
Boltensternstrasse
Nippes
Amsterdamer Strasse
Niehler Strasse
B51
Ehrenfeld
A57
26
Heimholtz-
strasse
Venloer Str.
gürtel
Ehrenfeld-
Subbelrather
Str.
Innere
Kanal-
strasse
Strasse
10
Riehler
5
1
Rhein
Auenweg
13
Deutz-Mülheimer-Str.
B51
B59
B9
B55a
Oskar-
Jäger-
Str.
A
Altstadt Nord
27
21
8
3
20
Kölner
Dom
Auenweg
Triangel
25
16
14
4
9
15
11
Tünnes und Schäl
B55
Aachener
Str.
Innenstadt
19
24
Stadtwaldgürtel
Rheinau-
hafen
B264
Bachemer
Str.
22
6
B55
B55
Kalk
Universitätsstr.
Siegburger
2
Altstadt Süd
Sülz-
Lindenthal
B9
Strasse
Zülpicher
gürtel
18
23
Bonner
B51
strasse
Strasse
Porz
Gottes-
weg
Strasse
Klettenberg-
gürtel
Zollstock-
gürtel
Vorgebirgs-
Berrenrather
B265
B51
Rodenkirchen
A
B9
Kyotostr.
Ursulastr.
27
21
8
Gereonstr.
Altstadt-
Nord
Breslauer Pl.
Antwerpener
Strasse
3
20
B59
Zeughausstr.
Trankgasse
Rhein
25
16
Magnusstr.
Kölner
Dom
14
Ehrenstr.
Richmodstr.
Tunisstr.
4
Tünnes und
Schäl
11
9
15
Innenstadt
Stadtteile mit den
besprochenen Restaurants
Stadtteilgrenzen
14
Restaurants
2 km

Unsere Besten in Köln

9 Gusto-Pfannen

1. Le Moissonnier

8 Gusto-Pfannen

2. Ox & Klee
3. taku

7 Gusto-Pfannen

4. Alfredo
5. Astrein
6. La Société ↑
7. Maître
8. maximilian lorenz restaurant ↑
9. NeoBiota

6 Gusto-Pfannen

10. Gruber's Restaurant ↑
11. Henne. Weinbar & Restaurant ↑
12. La Cuisine Rademacher
13. Lokschuppen by Julia Komp
14. maiBeck
15. Poisson ↑
16. Pure White ↑
17. Zur Tant ↑

5 Gusto-Pfannen

18. Capricorn [i] Aries Brasserie
19. Christoph Pauls Restaurant
20. Hanse Stube
21. weinlokal heinzhermann

Weitere Restaurants

22. 485 Grad, Kyffhäuserstr. 44
23. 485 Grad, Bonner Str. 34
24. Café 1980
25. Heising & Adelmann
26. Karl Hermann's
27. Pig Bull BBQ

Köln (Nordrhein-Westfalen)

485 Grad

Kyffhäuserstr. 44, 50674 Köln
0221-39753330
www.485grad.de
Mo–Mi von 17–22 Uhr, Do u. So von 12–22 Uhr, Fr u. Sa von 12–23 Uhr, kein RT

Original neapolitanische Pizza mit perfektem Teig und hochwertigen Toppings, die bei 485 °C in etwa sechzig Sekunden gebacken wird. Sensationelle Weinkarte (Riesling!) und verschiedene Craftbiere.

485 Grad

Bonner Str. 34, 50677 Köln
0221-93293148
www.485grad.de
Mo–Mi von 17–22 Uhr, Do u. So von 12–22 Uhr, Fr u. Sa von 12–23 Uhr, kein RT

Original neapolitanische Pizza mit perfektem Teig und hochwertigen Toppings, die bei 485 °C in etwa sechzig Sekunden gebacken wird. Sensationelle Weinkarte (Riesling!) und verschiedene Craftbiere.

7

Alfredo

Tunisstr. 3, 50667 Köln
0221-2577380
www.ristorante-alfredo.com
Mo–Fr von 12–14 Uhr u. ab 18 Uhr, Sa, So u. Fei RT
Hauptgericht: 31–46 €, Menüs: 69–99 €

Mit schöner Beständigkeit und nicht nachlassendem hohem Anspruch bietet Roberto Carturan seinen Gästen in diesem wohltuend schlicht-eleganten Restaurant im Kölner Zentrum ein feines, klassisches, aber nicht traditionelles oder gar folkloristisches italienisches Kulinarium. Mit viel Fingerspitzengefühl und unangestrengter Perfektion interpretiert er die Küche seines Heimatlandes in all ihrer Ursprünglichkeit auf Gourmetniveau. Dass der Chef größten Wert auf Produktqualität und exakte Zubereitung legt, ist bei den puristischen Zubereitungen, bei denen nichts kaschiert werden kann, Grundvoraussetzung. Seine hübsch angerichteten, aber eben niemals verspielt anmutenden Gerichte kommen ebenso einfallsreich wie authentisch daher und finden stets die richtige Balance zwischen Aromenkraft und Subtilität. Gerne betätigt sich der Chef, der stets zwischen Herd und Gastraum tingelt, auch als Sommelier.

7

Astrein

Krefelder Str. 37, 50670 Köln
0221-95623990
www.astrein-restaurant.de
Küchenchef: Eric Werner
Di–Sa von 12–14 Uhr u. ab 18 Uhr, So u. Mo RT
Hauptgericht: 28–39 €, Menüs: 89–119 €

VISA

Als das Astrein im Sommer 2019 im Kölner Agnesviertel eröffnete, ließ das die Freunde gehobener Küche aufhorchen. Kein Wunder, denn Inhaber und Küchenchef Eric Werner hatte mehrere Jahre zusammen mit Erik Arnecke als Doppelspitze Berthold Bühlers legendäre Residence in Essen geleitet und zuletzt erfolgreich als Küchenchef das Himmel un Äd im Kölner Hotel im Wasserturm bekocht.
Waren das eher gediegene Adressen, setzt Werner in seinem eigenen Restaurant, nur ein paar Häuser vom Lokalmatador Le Moissonnier entfernt, auf Casual Fine Dining. Man sitzt an dunklen Holztischen auf gemütlich gepolsterten Drehstühlen, dazu kommen lässige Musik und lockerer Service. In der Küche geht es derweil recht klassisch zu: Die Köche tragen

Toques, und die beiden Menüs (eines davon rein vegetarisch) führen Haute-Cuisine-Zutaten wie Hummer, Wolfsbarsch und Perigord-Trüffel. Wir entscheiden uns für das omnivore Menü, mit einem Gang aus dem Veggie-Angebot. Notabene: Sämtliche Gerichte lassen sich auch einzeln als À-la-carte-Portionen bestellen.
Das Amuse-Trio kommt noch fleischlos daher: Ein Rettichröllchen mit Apfel und Fenchel, ein Happen aus Minikarotte, Chicorée und Buddhas Hand sowie eine Petitesse aus Zwergorange und Gelber Bete kombinieren sehr stimmig fruchtige, bittere und würzige Aromen. Leicht und frisch macht das alles Laune, ohne gleich in die Vollen zu gehen.
Das tut dann der erste Gang des Menüs, bei dem Thunfischbauch im Mittelpunkt steht. Die rohen Tranchen sind hauchfein mit Soja und Muscovado-Zucker lackiert, ein salzig-süßliches Zusammenspiel, das den Eigengeschmack des herrlich marmorierten Fischs ganz wunderbar nach vorne bringt. Das schmeckt so famos und der am Gaumen schmelzende Thunfischbauch ist von so exzellenter Qualität, dass es im Grunde gar keine Beigaben mehr gebraucht hätte – was deren Wirkung nicht schmälern soll, denn das herbfruchtige Zweierlei von der Papaya (als Kompott und knackiger Salat) sowie ein paar frittierte Shisoblätter erweitern die Aromen- und Texturpalette auf spannende Weise.
Wir bleiben in der asiatischen Geschmackswelt: Saftige Hummerstücke bettet Werner auf einen Kokos-/Curry-Schaum, der genau die richtige Dosis Exotik hat, ohne in parfümierte Thai-Klischees abzurutschen. Das i-Tüpfelchen versteckt sich allerdings unter dem makellos gegarten, nur stellenweise leicht zähen Krustentier: knackig-sämige Kürbis-Fregola, die dem Gericht Fülle geben, mit einem ausgeprägten Kürbisgeschmack überraschen und vor allem durch ihren knackigen Biss eine wichtige Bereicherung darstellen. Es sind solche unerwarteten Details, die ein solide-süffiges Gericht zu einem besonderen Vergnügen machen.
Als Einschub aus dem vegetarischen Menü folgen Agnolotti, gefüllt mit Frischkäse, schwarzer Trüffel und Parmesan, bedeckt von einer guten Portion weißer Trüffel. Das ist ein im besten Sinne gefälliges Wohlfühlgericht, bei dem sich die Küche gleichwohl nicht bloß auf die luxuriöse Wirkung des Edelpilzes verlässt, sondern auch souveränes Handwerk zeigt. Die Kunst wirklich guter Pastagerichte wird in Deutschland häufig noch unterschätzt. Umso mehr freut es uns, wenn sich eine ambitionierte Crew darauf einlässt – und damit gewinnt! Die Teigtaschen sind exakt gearbeitet, mit einer stimmigen Balance von Pasta und cremiger Füllung; sie haben Biss, subtile Würze und sitzen in einer leichten Cremesauce, die – eine sehr schöne Idee! – mit kleinen Stücken Kerbelwurzel angereichert ist. Dieser Ausflug ins Vegetarische hat sich gelohnt.
Weiter geht es in der regulären Menüfolge mit Wolfsbarsch, Borlottibohnen und Räucheraal-Velouté. Der in Nussbutter gebratene Fisch hat eine herrlich knusprige Haut, ist saftig und prägnant im Geschmack. Weshalb man ein so exquisites Filet mit Räucheraal traktieren muss, erschließt sich uns jedoch nicht, denn trotz der zurückhaltenden Portionierung droht der Aal den eigentlichen Protagonisten ins Abseits zu drängen. Also konzentrieren wir uns auf den Wolfsbarsch und das hervorragend abgeschmeckte Bohnenragout, bei dem die Küche einmal mehr einen überraschenden Clou eingebaut hat, nämlich Traubenstücke, die in dem kraftvoll-klassischen Ensemble erfrischende Akzente setzen.
Auf den Hauptgang sind wir besonders gespannt, denn hier kombiniert Eric Werner zwei Klassiker: Tournedos Rossini und den hierzulande kaum bekannten Pithivier, ein Blätterteigkuchen mit einer Füllung aus verschiedenen Fleischteilen und Foie gras. Im Astrein besteht dessen Innenleben aus Rinderfilet, Entenleber und Ochsensbacke, ummantelt von einer dünnen Schicht Kalbshack mit Pistazien und Artischocken. Das klingt nicht nur gehaltvoll, das schmeckt auch sehr dicht und mächtig. An der Zubereitung gibt es, außer der etwas trockenen Ochsenbacke, nichts zu mäkeln – im Gegenteil: Das Filet ist rosa und saftig, die Entenleber hat Struktur und Schmelz, das kräftig abgeschmeckte Hack dient vor allem als Würzkomponente. Dazu gibt Werner kleine Steinpilze, knackigen Knollenziest und eine seidig glänzende Balsamicosauce, die dem Ganzen zumindest eine Illusion von „Leichtigkeit“ verleiht. In Frankreich veranstalten die besten Chefs regelrechte Wettbewerbe um solche Traditionsgerichte, und wir freuen uns, eine Variante in so überzeugender Güte auch hier zu bekommen – in der Krefelder Straße in Köln.
Beim ersten Dessert, einem riegelförmigen Gateaux von Goldmilch mit Banane, bringt die Küche französische Pâtisseriekunst und exotische Aromenwelten in Einklang. Das zarte Törtchen changiert zwischen der Üppigkeit der Banane und der anregenden, sanft exotischen Würze der Goldmilchcreme. Das könnte durchaus schwer wirken, was jedoch von einem erfrischend-pfeffrigen Ingwersorbet verhindert wird. Alles zusammen schmeckt originell, aber nicht überspannt. Sehr schön.

Noch viel besser gefällt uns allerdings das abschließende Dessert aus karamellisierter Abate-Birne mit weißer Schokoladenmousse. Das klingt vielleicht etwas altmodisch, schmeckt jedoch dank der handwerklich exzellenten Umsetzung – vor allem bei der federleichten Mousse – kein bisschen altbacken und wird durch ein hervorragendes Rum-/Tonkabohnen-Eis sowie einen Saucenspiegel aus umwerfend guter Rotweinbutter nochmal auf ein anderes Level gehoben. Da dürfte sich so mancher modernistische Pâtissier gern eine Scheibe abschneiden.
Mit diesem Highlight geht einmal mehr ein sehr überzeugendes Menü zu Ende. Im Astrein wird eine Küche gepflegt, die gerade durch die Hinwendung zu klassischen, in Details aufgepeppten Kompositionen von Eigenwilligkeit zeugt – und mit diesem Stil die Kölner Gastroszene bereichert. Zum hohen Wohlfühlfaktor tragen natürlich auch der sympathisch-temperamentvolle Service und die lebendige Atmosphäre bei.

---

fast & SLOW

Café 1980

Bobstr. 28, 50676 Köln
0221-60606860
www.cafe-1980.de
Mo–Fr von 12–22 Uhr,
So u. Fei von 12–19 Uhr, Sa RT

Hier gibt's originelle Bánh mì (Baguette-Sandwich) mit kreativen asiatischen Toppings und dazu eine kleine Auswahl frischer vietnamesischer Salate und Snacks.

5

Capricorn [i] Aries Brasserie

Alteburger Str. 31, 50678 Köln
0221-3975710
www.capricorniaries.com
Mo–Mi u. Sa ab 18 Uhr, Do u. Fr von 12–15 Uhr u. ab 18 Uhr, So RT
Hauptgericht: 21–28 €

Hier wird in lockerer, unprätentiöser Atmosphäre eine fundiert gekochte und immer äußerst schmackhafte Bistroküche geboten, die sowohl typische französische Klassikergerichte der gutbürgerlichen Machart umfasst, als auch ihre rheinländischen Pendants. Der Service ist flott und freundlich, im Sommer kann man direkt an der belebten Straße an kleinen Tischen sitzen. Ansonsten ist aber auch das schlicht und stilvoll eingerichtete Lokal ein sehr netter Ort.

5

Christoph Pauls Restaurant

Brüsseler Str. 26,
50674 Köln
0221-34663545
www.christoph-paul.koeln
Mi–Sa ab 18 Uhr, So, Mo u. Di RT
Hauptgericht: 24–29 €, Menüs: 46–56 €

Manchmal sagt schon ein Gruß aus der Küche schon viel über ein Restaurant aus. Christoph Paul serviert ein Stück elsässischen Zwiebelkuchen: ganz klassisch, herrlich saftig, viel besser kann man ihn nicht zubereiten, sowohl Speck als auch Zwiebeln kommen voll zur Geltung. Das Gericht zeigt, wohin sich die Küche des Altmeisters entwickelt hat: sie ist traditioneller geworden, hat sich von Fine Dining in Richtung Landhaus gewandelt. Und was die Komponenten auf den Tellern betrifft ist sie deutlich reduzierter als früher.
Wenn er den lauwarmen Räucheraal vom Stommeler Forellenhof mit gleich zweierlei Rote Bete (als Mousse und als Würfel), betont scharfem Meerrettich, knusprigem Bacon und Walnuss als süßen Crunch kombiniert, kommt das nun fast schon einem Exzess gleich. Aber: alles greift wie ein Puzzle ineinander. Viel schlichter ist der schlotzige Getreiderisotto, der angenehm viel Biss hat und von einigen wenigen knackigen Erbsen in Estragoncreme sekundiert wird, die jene Frische und Säure beitragen, die das üppige Risotto zur Balance benötigt. Gekrönt wird das Ganze zudem von einem kleinen Salatbouquet.
Die charmant cremige Maronen-/Selleriescham-Suppe ist einer von Pauls nie aus der Mode kommenden Klassikern und bietet ein wunderbar ausgewogenes Aromenspiel der beiden erdigen Produkte. Die frittierten Selleriestreifen darauf sind mehr Deko als essenzieller Bestandteil, geben dem Ganzen aber dennoch etwas Struktur und Kontrast. Wie gut der Chef trotz weniger Elemente auf den Tellern die Balance seiner Gerichte im Griff hat, zeigte auch die gebratene und leicht karamellisierte Entenleber, die Paul mit Chillischokoladen-

Crunch und Pflaume liiert, deren Süße angenehm zurückhaltend ist.
Der Sauerbraten vom Eifeler Limousin mit zweierlei Apfelmus ist dann bis auf die Kartoffelchips Tradition pur. Das Fleisch ist fest, aber mit Struktur, alles zielt darauf ab, dass sich sein Geschmack entfaltet. Auch hier ist Süße wieder sehr fein austariert. Aber auch einem so erfahrenen Koch wie Paul gelingt nicht alles: die Frischkäseravioli werden auf Kürbis mit Kürbiskrokant serviert, der sie vollständig dominiert. Zudem ist der Gang süßer als das folgende Dessert in Gestalt eines sehr schmackhaften Tiramisus mit Pistazieneis.
Das Abendmenü kann man in drei oder vier Gängen bestellen, wobei es daneben auch noch ein paar Auswahlmöglichkeiten bzw. Alternativen gibt. Pauls wichtigstes Geschäft im ganzen Jahr sind übrigens die Martinsgänse, die bei ihm alle Label-Rouge-Bioqualität haben, sowohl klassisch als auch leicht orientalisch inspiriert zubereitet werden und in Köln fast schon Kultstatus besitzen.
Die Weinkarte ist sehr klein und hat sich seit Jahren nur wenig verändert. Den Service im doppelstöckigen Restaurant, das einst eine Kapelle war, leiten Christoph und seine Frau Juliane sehr charmant gemeinsam, was immer für eine sehr familiäre Atmosphäre sorgt.

6↑

Gruber's Restaurant

Clever Str. 32,
50668 Köln
0221-7202670
www.grubersrestaurant.de
Küchenchef: Denis Steindorfer
Mo–Fr von 12–14 Uhr u. ab 18 Uhr, Sa ab 18 Uhr, So RT
Hauptgericht: 21–35 €,
Menüs: 56–92 €
EC VISA

Während die Coronakrise viele Gastronomiebetriebe zu deutlicher Reduzierung des Platzangebots und manche sogar bereits ganz in die Knie gezwungen hat, ging ein Klassiker der Kölner Restaurantszene mit noch mehr Platz und schönen neuen Räumen aus dem Shutdown hervor: Gruber's Restaurant in der Clever Straße hat sich jüngst vergrößert und bietet seinen Gästen fortan nicht nur die doppelte Freisitzfläche vor dem Lokal, sondern mit dem „Kölner-Dom-Zimmer" und dem „Kronleuchterzimmer" auch noch zwei schicke neue Gasträume indoor. Möglich geworden ist diese wundersame Expansion durch einen Durchbruch in die angrenzenden Räumlichkeiten, die frei geworden waren und von den Betreibern Franz A. Gruber und Karl-Heinz Kappes kurzerhand angemietet wurden.
Viel freier Platz ist im Zusammenhang mit Gruber's Restaurant sowieso ein Thema: es ist nämlich in Köln alles andere als selbstverständlich, so wie hier Parkplätze unmittelbar vor dem Lokal zu finden. Und es ist ebenfalls nicht alltäglich, dass man eine ambitionierte und kreative internationale Küche Seit an Seit mit klassisch österreichischen Schmankerln entdeckt. Tatsächlich bietet die Karte hier vieles, zuvorderst natürlich das ambitionierte Überraschungsmenü, in dem allerdings, wie uns später verraten wurde, immer (oder meist?) auch ein Wiener Schnitzel in Miniaturausführung als neckische austriakische Aufmerksamkeit beinhaltet ist. Man kann sich also getrost auf die weniger traditionelle Linie der Küche einlassen, ohne auf eine kleine Kostprobe der klassischen österreichischen Küche verzichten zu müssen.
Doch zunächst gab es zwei Sorten Brot mit einem Aufstrich von geräucherter Paprika und Kürbiskernpesto, alles qualitativ überdurchschnittlich präzise abgeschmeckt. Die Spargelquiche mit Schmand war leider eher enttäuschend, zwar deutlich nach Spargel schmeckend, aber auch recht weich; doch bereits in Gestalt einer Tomatenvariation mit Pfirsich stieg das Niveau wieder merklich an: Pfirsichscheiben, -gel und -chutney wurden hier mit verschiedenen roten und grünen Tomatensegmenten kombiniert und das passte sehr gut, weil sich die Süße beider Früchte gewinnbringend ergänzten, die cremig-rahmige Burrata die Frucht sanft pufferte und sowohl die Croûtons als auch ein Basilikumsorbet mediterrane Würze in das Gericht brachten. Nur die getrockneten grünen Oliven mit ihrer eigenwilligen Textur störten das gelungene Gesamtbild nach unserem Gusto ein wenig.
Das folgende Kalbstatar mit Eigelbcreme obenauf war zwar recht zurückhaltend gewürzt, aber

von hoher Produktqualität, die man besonders gut auskosten konnte, weil das Fleisch nicht zu fein geschnitten war. Eingelegte Senfkörner spendierten die noch fehlende Würze, die und die separat dazu servierte locker-knusprige Brioche machten ebenfalls Spaß. Klare 7 Pfannen dann für den Yellowfin-Thunfisch im Sesammantel, der sekundenkurz angebraten seine Produktstärke voll ausspielen konnte und von frischen Aromen und nicht zu aufdringlichen Umamigeschmäckern umrahmt war: Ein nur dezent geschärftes Apfel-/Wasabi-Gel, eine Nocke Apfel-/Wasabi-Sorbet, eine eher fruchtig angelegte Misocreme und eingelegte Buchenpilze ergänzten sich zu einem harmonischen Begleitprogramm, das den sehr guten Fisch nicht dominierte.
Die gelungene Spargelschaumsuppe wurde mit einer Spargelmousse à part serviert, die eher ein festes, aber intensiv nach Spargel schmeckendes Parfait war. Holundergel, Wildkräutercreme, Spargelchutney und fluffige Focaccia sorgten darüber hinaus für ebenso spannende wie stimmige Akzente. Bei exakt 47 Grad garte der folgende Kabeljau seinem optimalen Genusszustand entgegen, der uns ein herrlich saftiges Stück Fisch bescherte, das mit einer auf Sauerrahm und Zitronengrasöl beruhenden Sauce serviert wurde. Dazu sorgte ein Salat von Zuckerschoten und Wildkräutern für Frische und brachte durch dezente Süße und angenehm bittere Noten sogar ein paar schöne Kontraste in das Geschmacksbild ein. Ein wunderbar klarer und pointierter Fischgang.
Statt eines Sorbets folgte vor dem Hauptgang nun augenzwinkernd das obligatorische Schnitzel – warum auch nicht? Eine Miniaturversion mit schön soufflierter Panierung und Preiselbeergel, das uns zu verstehen gab, warum das hier in der Großversion an den anderen Tischen eines der am meisten bestellten Gerichte ist. Unser eigentlicher Hauptgang, ein Duett von Lammrücken und geschmorter Lammhaxe, wurde mit Pistazien und Dörraprikosengel nussig-fruchtig und von grünem und weißem Spargel eher vegetabil-würzig begleitet. Das Fleisch war tadellos gegart, die Würzung stimmte, aber die schaumige Mayonnaise passte nicht wirklich zum Ganzen – oder war sie ausschließlich für den Spargel gedacht?
Das Vordessert war dann wieder sehr präzise: ein Eis aus Holunderblüten und Buttermilch, leicht und aromatisch, mit Marillen als Gel und ganze Früchte. Im eigentlichen Dessert wurde die Erdbeere durchdekliniert: eine weiße Ivoire-Schokoladenkugel mit Erdbeerkern, dazu ein Erdbeersorbet, Erdbeercarpaccio, Thaibasilikum als Gel und ein grüner Sponge. Das war handwerklich sehr gut gemacht, uns unterm Strich zwar eine Idee zu süß, aber dennoch sehr überzeugend umgesetzt. Und das galt auch für die Kaffeepraline und den Kürbiskernflorentiner danach. Die umfangreiche, nach Rebsorten sortierte Weinauswahl, die von Polz bis Kerschbaum und von Tement bis Wieninger alle namhaften österreichischen Winzer listet und darüber hinaus auch Platz für Neuentdeckungen hat, ist ebenso fair kalkuliert wie das Speiseangebot.

5

Hanse Stube

im Excelsior Hotel Ernst
Trankgasse 1–5 / Domplatz, 50667 Köln
0221-2701
www.excelsiorhotelernst.com
Küchenchef: Joschua Tepner
Täglich von 12–14.30 Uhr u. ab 18 Uhr, kein RT
Hauptgericht: 24–54 €, Menüs: 104 €
VISA

Tradition ist seit jeher das zentrale Thema in der Hanse Stube im noblen Excelsior Hotel am Dom, einer altehrwürdigen, mit dunklem Edelholz vertäfelten guten Stube, die durch moderne Wandleuchten und großformatige Gemälde mit abstrakter Kunst aufgelockert wird. Und die wie kein anderer Ort für gediegene klassische Küche aus exklusiven Produkten steht. Insofern passt es ganz ausgezeichnet, dass mit oschua Tepner nun wieder ein Küchenchef an den Herd gekommen ist, der hier bereits von 2013 bis 2017 tätig war.
Doch natürlich wäre die Hanse Stube nicht die Hanse Stube, wenn mit diesem Wechsel gravierende Änderungen einhergegangen wären. Das ist, da können alle treuen Stammgäste ganz beruhigt sein, ganz sicher nicht der Fall. Nach wie vor kommt nämlich auf die edel eingedeckten Tische dieser ersten Adresse für gediegene ge-

hobene Gastlichkeit in der Domstadt durchwegs klassische Haute Cuisine, teils ganz traditionell, teils aber auch etwas kreativer.
Wobei die annoncierten innovativen Interpretationen hier seit jeher vergleichsweise brav ausfallen und trotz einiger kreativerer Akzente die gediegene Grundlinie nie verlassen. Umso erstaunlicher war, dass zuletzt mit dem veganen Blauschimmelkäse zu verschiedenen Bete-Varietäten, gebrannten Walnüssen und knuspriger Quinoa tatsächlich Neuland betreten wurde. Der „Käse" aus Blauschimmelpulver, Tofu und Macadamianüssen ließ das Original geschmacklich sogar klar erkennen, bedarf aber noch der Optimierung. In der uns servierten Form dominierte das Schimmelpulver viel zu streng und ließ die wild aufgetürmte Bete-Melange zusammen mit den dick-zuckrigen ganzen Nüssen unnötig grob erscheinen.
Derartige überraschend unsaubere Details erinnerten an die Eindrücke aus dem Vorjahr – waren heuer aber glücklicherweise eher die Ausnahme. Schon der karamellisierte Ziegenkäse mit orangenfrischem Couscous-Salat und einem cleveren Akzent durch geröstete Fenchelsaat zeigte sich in einer viel feineren Ausführung.
Akkurat und gut balanciert präsentierte das Team auch die von eleganter Säure belebte Topinambur-Schaumsuppe, die eine schmorwürzig kross gebackene Ochsenschwanzpraline inklusive Topping aus mild geräucherter Topinambur umspülte. Und da stimmten auch die Details, unter anderem mit dem eher roh belassenen und damit nussig-ätherischen Topinambur.
Bei der kleinen rosa und knusprig gebratenen Taubenbrust ergänzten sich eingelegte Cranberrys mit ihrer herben Säure gut mit sautierten Rosenkohlblättern und Schwarzwurzel, die hier als seidige Creme und kräuterwürzig umhüllte Stücke zugegen waren. Insgesamt ergab das ein zwar einfaches, aber gelungenes „Produktgericht", das vor allem durch den sehr guten Hauptdarsteller überzeugte.
Süßes wie eine zartbittere Schokoladenvariation mit Mandel, Banane und Ananas oder eine Frischkäsemousse mit Texturen von Wassermelone und Langpfeffer gehen dem Team ebenfalls souverän von der Hand, wenngleich sich diese Dinge auf dem Teller nicht ganz so elaboriert präsentieren, wie es die verheißungsvolle Lektüre der Speisekarte und die gehobenen Preise vermuten lassen.

Heising & Adelmann

Friesenstr. 58–60, 50670 Köln
0221-1309424
www.heising-und-adelmann.de
Di–Sa ab 18 Uhr, So u. Mo RT
Hauptgericht: 18–23 €, Menüs: 38–89 €
VISA

Dieses recht große Restaurant in der trubeligen Friesenstraße gehört zu den Klassikern der Kölner Gastronomieszene. Was hier aus der Küche kommt, ist nicht selten italienisch oder klassisch französisch inspiriert und in gehobenem Bistrostil gekocht: immer schmackhaft, immer frisch, recht ambitioniert, aber ohne übertriebenen Detailaufwand, dafür zu moderaten Preisen. Empfehlenswert ist die Küche ob ihrer grundsätzlich guten Qualität jederzeit. Und beim Wein bleiben ohnehin kaum Wünsche offen: gute deutsche Gewächse, ausgesuchte internationale Spezialitäten und fair kalkulierter Champagner glasweise.

Henne. Weinbar & Restaurant

Pfeilstr. 31–35, 50672 Köln
0221-34662647
www.henne-weinbar.de
Mo–Fr von 12–15 Uhr u. ab 18 Uhr, Sa ab 12 Uhr durchgehend, So RT
Hauptgericht: 10–20 €, Menüs: 22–69 €
VISA

Wie viel Attraktives dabei herauskommen kann, wenn ein hoch veranlagter Koch wie Hendrik „Henne" Olfen eine legere Weinbar mit anspruchsvollem Tapas-Programm auf Gourmetniveau eröffnet, kann man im Henne. Weinbar & Restaurant erleben. Was der Chef und sein Team hier in dem schlicht und modern gestalteten und sogar relativ großen Lokal in kleinen Portionen zu äußerst moderaten Preisen auf die Teller und in die Schälchen bringen, macht richtig Spaß, zeugt von Ideenreichtum und noch mehr Können. Die Gerichte sind einerseits sehr unkompliziert aus wenigen Komponenten zusammengestellt, begeistern aber mit moderner Kreativität, cleveren, ausdrucksstarken Aromenakzenten und haben viel Substanz. Auch die unkonventionell und mit Kennerschaft zusammengestellte Weinkarte hat was. Und das alles gibt's auch noch zu wirklich moderaten Preisen.

Fast & SLOW

Karl Hermann's

Venloerstr. 538, 50825 Köln
0221-59557960
www.karlhermanns.de
So–Do von 12–20 Uhr,
Fr u. Sa von 12–21 Uhr, kein RT

Exzellente Burger und Steaks vom Bœuf de Hohenlohe, Pommes in Rindertalg frittiert und kreativ ergänzt.

6

La Cuisine Rademacher

Dellbrücker Hauptstr. 176,
51069 Köln
0221-96898898
www.la-cuisine-koeln.de
Mi–Fr von 12–14 Uhr u. ab 18 Uhr,
Sa u. So ab 18 Uhr, Mo u. Di RT
Hauptgericht: 20–30 €, Menüs: 49–75 €
EC VISA

Marlon Rademacher lernte sein Handwerk im Restaurant Zur Post in Odenthal, und man merkt seinen Speisen an, wie sehr ihn dies geprägt hat. Seine Küche versammelt einiges an Edelviktualien und zielt stets auf den geschmacklichen Sweet Spot. Angeboten wird nur ein Menü, dieses aber mit bis zu acht Gängen, die alle auch à la carte bestellbar sind. Als Spezialgericht wird à la carte auch eine reichhaltige Bouillabaisse angeboten, die Rademacher als seinen Signature Dish ansieht.

Das stilistisch weltoffene Menü eröffnet ein dünn aufgeschnittenes Carpaccio vom Hamachi, dem Rademacher mit Piment d'Espelette allerdings etwas zu viel zumutet. Das damit aromatisierte Öl rahmt rechts und links den Fisch ein, geschmacklich übertönt es ihn aber mit seiner deutlichen Schärfe. Australische Fingerlimette und ein wenig Dill finden sich als weitere Elemente auf dem Teller, doch auch sie haben gegen die Schärfe keine Chance.

Hervorragend gelingt Rademacher dagegen der folgende vegetarische Gang, den er „Sellerie Mille-Feuille" getauft hat. Das in dünne Scheiben geschnittene Wurzelgemüse wurde mit Trüffelöl mariniert und in Heu geräuchert, was zu einer subtilen Rauchnote führt, die er mit Parmesanschaum, dunkelgrünem Kräuteröl und Kaffeeöl kontrastiert, was ein ebenso komplexes wie schlüssiges Ganzes ergibt.

Beim nächsten Gang zeigt sich dagegen wieder, dass der junge Koch manchmal einer Komponente aromatisch zu viel Raum zugesteht. Beim Ris de Veau ist dies eine Cornichon-Emulsion, die sogar die großzügig vorhandene Herbsttrüffel in die Schranken weist. Das Fleisch wird aber auch noch von Senfsaat und einem lauwarmen Kartoffelsalat unter Beschuss genommen. Rustikal-zupackend ist der Gesamteindruck, die feinen Aromen des Hauptdarstellers erhalten kaum eine Chance zur Entfaltung.

Auch beim nächsten Gang ist Rademacher großzügig mit Luxuszutaten und kombiniert Wolfsbarsch und Hummer. Geradezu jugendlich-verspielt und unbeschwert erscheint die Komposition, die auch einen Pancettachip, Tellicherry-Pfeffer und eine Art orange Pool-Landschaft aus Kürbis mit dunklen Kürbiskernöl-Punkten beinhaltet, für die der Kürbis in drei Varianten zubereitet wird: dünne Spaghettini zur Nocke gedreht, eingelegte, säurestarke Würfel sowie etwas Püree.

Noch ein Beispiel für Rademachers Vorliebe für klassische Edelprodukte ist der zentrale Fleischgang: „Rinderfilet à la royale". Auf dem rosa gegarten Filet thront nicht nur eine angebratene Scheibe Foie gras, sondern auch jede Menge darüber gehobelter Herbsttrüffel. Dazu liiert der Chef Steinchampignons und eine leider recht fettige Kartoffelwaffel als knuspriges Element. Hier ist nicht nur an der maßvoll reduzierten dunklen Jus einmal mehr Rademachers souveränes Handwerk zu schmecken.

Das erkennt man auch beim Dessert, was insofern überrascht, als Rademacher den Pâtissier-Posten selbst betreut. Sein mit Cassis gefüllter weißer Schokoladen-Buddha „La Cuisine" ist ein Augenschmaus – und in Kombination mit einem goldverzierten Thai-Ingwer-Sorbet sowie der thailändischen Litschi-Varietät Rambutan auch eine Gaumenfreude. Vielleicht ist dieses Dessert bezeichnend für Marlon Rademacher, dem man die Freude am Ausbreiten seiner Flügel anmerkt. Weil das Publikum im rechtsrheinischen Kölner Stadtteil Dellbrück als eher konservativ gilt und vielleicht nicht so viele Experimente erlaubt, wie er es sich wünschen würde, muss er die kreativen Akzente jedoch behutsam setzen.

Darauf deutet auch das Mittagsmenü hin, das deutlich gutbürgerlicher ausfällt und für die gebotene hohe Qualität ausgesprochen preiswert ist. Der Service agiert souverän, die kleine Weinkarte ist noch ausbaufähig.

La Société

Kyffhäuserstr. 53,
50674 Köln
0221-232464
www.restaurant-lasociete.de/lasociete/uebersicht.html
Küchenchef: Grischa Herbig
Do–Mo ab 18.30 Uhr, Di u. Mi RT
Hauptgericht: 32–45 €,
Menüs: 65–119 €

Das kuschelig-kitschige La Société im Studentenviertel Kwartier Latäng – nicht umsonst seit Jahrzehnten Kult in der Domstadt – ist der krasse Gegenentwurf zu all den aalglatten, am Reißbrett entworfenen modernen Restaurantprojekten, wie sie in jüngerer Zeit mit der Casual-Fine-Dining-Welle überall angeschwemmt worden sind. Casual war das La Société übrigens schon immer, und Fine Dining gibt's hier auch seit jeher. Was das charmant patinierte, immer wieder anders, aber stets gleichermaßen skurril dekorierte Lokal auch noch hat, vielen anderen hippen Gourmetrestaurants der jungen Generation jedoch fehlt, ist eine Seele.

Das wird natürlich nicht nur allein durch die schmalen vier Wände und das Interieur dazwischen transportiert, sondern lebt insbesondere von den Menschen, die hier zugange sind. Allen voran Gastgeber Stefan Helfrich, der seit über dreißig Jahren sympathisch unangepasst im La Société seinen Dienst tut, wie ein Kölner Urgestein wirkt, aber eigentlich aus der Pfalz stammt. Vergleichsweise kurz ist dagegen Küchenchef Grischa Herbig am Herd der Société zugange, der erst im Sommer 2018 hierher gewechselt war, uns mit seiner Küche aber vom Start weg begeisterte. Auch sein Stil ist nicht normkonform, und seine Teller wirken nicht, so wie anderswo leider allzu oft, beliebig austauschbar. Gleichwohl basiert alles, was die winzige Kombüse verlässt, auf klassischem Küchenhandwerk.

Ein nach Aussage des Kochs, der bei unserem letzten Besuch den Küchengruß servierte, „orientalisch angehauchtes", nach unserem Dafürhalten aber sogar fast eher thailändisch schmeckendes zitrisch-frisches Karottenpesto erfreute sogleich in Kombination mit dünnen, saftigen Streifen vom Schweinekinn, hauchdünnen Erdnusshippen und verschiedener Kresse. Daran konnte man schon sehr gut erkennen, wie raffiniert und subtil hier kombiniert und abgeschmeckt wird.

Wie erfrischend unkonventionell die Küche ist, stellte sodann auch die formidable Vorspeise unter Beweis. Hier ging nämlich gezupfte Kalbs- oder Rinderbrust – einerseits saftig mit Kräutern mariniert und mit roten Zwiebeln angereichert, andererseits gebacken und strohigknusprig – im Verein mit einer attraktiven Gemüse-Schichtterine, zweierlei Mozzarella di Buffala, Lauchöl und Gazpacho verde eine sehr reizvolle, mediterran leichte Verbindung ein.

In eine ähnlich eigenständige Richtung tendierte der hervorragende, in und mit Kombu-Alge „gereifte" Kabeljau, der blättrig, fest und feinwürzig zusammen mit wildem Spargel, Sobanudeln, Nori-Alge und Strudelschnecken von japanischem Omelett seinen Auftritt hatte. Für die akzentuierte aromatische Untermalung des Ganzen waren sowohl eine zitrisch herbe Yuzu-Mayonnaise, als auch ein Gel aus sojawürzigen, aber auch an Barbecue erinnernden Aromen verantwortlich.

Das folgende saftig geschmorte Rinderbäckchen, das genau das richtige Verhältnis zwischen zartem (nicht ausgelaugtem) Muskelfleisch und gelatinösem Fett aufbot, bekam seinen Aha-Effekt durch eine markante Glasur mit einer Jus von roten Beeren verpasst. Und es korrespondierte prima mit Bruchsaler Spargel, jungen frischen Erbsen, winzigen aromatischen Pfifferlingen sowie Schaum und Chips von lila Trüffelkartoffeln. Im Grunde genommen absolut klassisch und gediegen, durch die präzise Zubereitung und die klar herausgestellten Aromen aber meilenweit von traditioneller Langeweile entfernt.

Und im Anschluss daran wurde mit einem spannenden Intermezzo aus Granité von der Holunderblüte und Sorbet von der Salzzitrone unter einer moussigen Haube aus Buttermilchschaum der Originalitätsregler ohnehin wieder weiter aufgedreht. Beim eigentlichen Dessert orientierte sich der junge, kreative, aus Österreich stammende Pâtissier an dem Thema Piña colada, doch es blieb nicht nur bei Ananas und Kokos, sondern es kamen zudem mit markan-

tem Rumgel, etwas Zitrusfrische und vor allem einem Cashewnusseis zusätzlich spannende Facetten hinzu.
In Kombination mit den inspirierten Weinempfehlungen des Gastgebers wird uns also auch der diesjährige Besuch im La Société wieder als nicht nur sehr genussreich, sondern auch äußerst kurzweilig in Erinnerung bleiben.

9

Le Moissonnier

Krefelder Str. 25, 50670 Köln
0221-729479
www.lemoissonnier.de
Küchenchef: Eric Menchon
Di–Sa von 12–14 Uhr u. ab 19 Uhr, So u. Mo RT
Hauptgericht: 43–56 €,
Menüs: 56–145 €

EC VISA

Deutlich später als die allermeisten anderen Spitzenrestaurants kam das Lokal von Liliane and Vincent Moissonnier diesen Sommer aus der Corona-Pause zurück – was sicher auch mit den räumlichen Gegebenheiten des charmanten Lokals mit Spiegeln an den Wänden, schwarz-weiß kariertem Fliesenboden, umlaufenden roten Lederbänken und eben recht kleinen und noch dazu recht eng gestellten Tischen zu tun hatte. Dem Charme des Restaurants und vor allem der seit jeher extrem eigenständigen und facettenreichen Kreativküche von Eric Menchon konnte das alles nichts anhaben. Der weltoffene Franzose begeistert weiterhin mit einem sprudelnden Quell an guten, originellen Ideen, sodass er pro Gang nicht selten einen Hauptteller und mehrere Satelliten ins Rennen schicken muss, um das alles unterzubringen. Zusammenhanglos, überladen oder beliebig bunt wirkt das trotz der Opulenz an Eindrücken dennoch nie. Oft und gern bespielt Menchon bekannte Themen oder Klassiker auf humorvolle, aber stets kulinarisch seriöse Weise neu – manchmal wird auch einfach nur das exzellente Produkt gefeiert und puristisch, aber einfallsreich in Szene gesetzt. Und immer mit einer ganz eigenen Note!

6

Lokschuppen by Julia Komp

Hafenstr. 7, 51063 Köln
0221-9670039
www.lindgens-gastronomie.de
Küchenchef: Julia Komp
Mi–Fr ab 18 Uhr, Sa u. So von 12.30–14.30 Uhr u. ab 18 Uhr, Mo u. Di RT
Hauptgericht: 20–32 €,
Menüs: 75–105 €

EC VISA P

Die spektakulärste Neueröffnung des Jahres 2020 in Köln war gleichzeitig eine Rückkehr: Julia Komp, einst gefeierte Küchenchefin im vor den Toren Kölns liegenden Schloss Loersfeld in Kerpen und dann über ein Jahr lang kulinarisch in der ganzen Welt unterwegs, realisierte mit dem Lokschuppen by Julia Komp nun endlich ihren Traum vom eigenen Restaurant. Das Industriedenkmal wurde dafür aufwendig renoviert, trägt seine Vergangenheit mit unverputzten Wänden aber immer noch stolz zur Schau.
Einen „Chef's Table" für maximal zehn Personen gibt es auch, allerdings steht dieser genau wie alle anderen Tische auch im großzügigen Gastraum, und Julia Komp serviert ohnehin grundsätzlich mehrere Gänge höchstpersönlich – das ist Teil ihres Konzepts. Von einigen Plätzen des Restaurants aus kann man sogar den Rhein und den Kölner Dom sehen und im Sommer sitzt man im angeschlossenen Streetfood-Bistro-Restaurant Anker 7 auch idyllisch im Freien. Im kommenden Jahr soll mit dem Sahila auch noch ein separates Gourmetrestaurant hinzukommen!
Geboten wird schon jetzt ein Menü, das man in vier, fünf oder sechs Gängen, aber auch à la carte bestellen kann. Es ist eine sehr persönliche Angelegenheit, denn Komp zelebriert darin ihre lange kulinarische Reise, die auch zum beherrschenden Narrativ des Restaurants

aufgebaut wurde. Ob Indien, Korea, Japan oder Tunesien (von dort stammt auch ihr eigenes Olivenöl) – es sind vor allem Länder aus Asien und dem Orient, die hier kulinarisch ihren Platz haben. Wobei Julia Komp sich ausdrücklich gegen „Crossover" ausspricht und großen Wert darauf legt, bei jedem Gericht stets einer Landesküche treu zu bleiben.
Doch ihr Stil ist kosmopolitisch und sie hat Freude an herausragenden und ungewöhnlichen Produkten. Wo die Menüreise hingeht zeigt schon der Gruß aus der Küche: in unserem Falle Gurkenragout-Rollen mit Cobia, den sie zu ihrem Lieblingsfisch auserkoren hat. Doch es ist der Passionsfruchtschaum, der dem kleinen Gaumenkitzel mit seiner kecken und gut eingebundenen Säure den Kick verleiht.
Mit „Okonomiyaki Style" ist ein japanisches Gericht betitelt, das Onsen-Ei, Bonito-Flocken und Spitzkohl vereint – und eine wahre Umamibombe ist! Zudem aber auch einer der wenigen Gänge, der nicht optisch makellos und ausgesprochen fotogen angerichtet ist, denn ansonsten sind Julia Komps Gerichte oft sehr kleinteilig und elaboriert, meist glänzt etwas ,und es wird spielerisch verziert.
Tajine-Gerichte in wechselnden Variationen sollen die Signature Dishes des noch jungen Restaurants werden. In unserem Fall war das traditionell aus Lehm gebrannte Schmorgefäß mit spitzem Deckel allerdings bloß Show, denn serviert wurde das Gericht zwar in der kleinen Tajine, darin zubereitet allerdings nicht. Dennoch: walisisches Lamm, Dattel und Navette ergaben ein köstliches, würziges Gesamtgefüge, dem Granatapfelkerne feine Fruchtakzente verliehen. Julia Komp arbeitet oft mit solchen kontrastiven Elementen, denkt viel über unterschiedliche Konsistenzen nach und setzt oft und gern Obst als frisches Element ein.
Oftmals blieb die Küche bei unserem Antrittsbesuch in Sachen Würze verhältnismäßig zurückhaltend und schien den Gast nicht mit zu viel pikanter Exotik überfordern zu wollen. Beim Oktopus dagegen drehte Julia Komp auf: Der gehobelte Fenchel war prononciert sauer und dazu gesellte sich eine klug integrierte betonte Schärfe. Mit Harissa, Tomate und Kichererbse finden sich weitere wirksame Komponenten auf dem Teller, und es ist Komps Kunst, dass diese sich nicht gegenseitig neutralisieren. Wie viel Wert die Chefin auf hohe Produktqualitäten legt, wird an vielen Details deutlich. So ist die Bio-Garnele aus Guyana von einer Güte und Präsenz, die es ihr erlaubt, mit Wassermelone, Kohlrabi und vor allem einer präsenten Yuzu-Note in den Infight zu gehen. Fisch und Fleisch, so wird es kommuniziert, stammen hier übrigens grundsätzlich aus artgerechter Haltung.
Komp hat ihr Team gut zusammengestellt! So ist Pâtissière Anne Kratz ihr kongeniales Pendant in der süßen Abteilung und geht dort ebenso spielerisch und detailverliebt zu Werke wie sie selbst. „Herbstanfang" nennt Kratz etwa eines ihrer Desserts, das raffiniert Pflaume, Kardamom und Joghurt vereint, wobei ein halbmondförmiges Kuchenstück das Zentrum des Tellers bildet, der dank eines Schokoladenzweigs und der Konzentration auf Brauntöne auch optisch herbstliche Assoziationen weckt.
Restaurantleiter und Sommelier Yasin Yesilmen ist ein charmanter und kundiger Gastgeber. Seine Weinkarte steht verständlicherweise noch am Anfang, was man vor allem an den Jahrgangstiefen sieht. Aber sie bietet bereits einige sehr schöne Flaschen. Gastgeberin Julia Komp hat vor der Eröffnung unumwunden erklärt, dass sie mit ihrem eigenen Restaurant mittelfristig bundesweit ins Spitzenfeld vorrücken will. Ein Anfang ist bereits gemacht, ja sogar deutlich mehr als das!

6

maiBeck

Am Frankenturm 5,
50667 Köln
0221-96267300
www.maibeck.de
Di–Sa von 12–14 Uhr u. ab 17.30 Uhr, So ab 12 Uhr durchgehend, Mo RT
Hauptgericht: 23–32 €,
Menüs: 39–79 €
EC VISA

In ihrem schlicht, aufgeräumt und großstädtisch wirkenden Eckhaus-Restaurant bieten die Gastgeber Jan Cornelius Maier und Tobias Becker („maiBeck") eine unkompliziert-bodenständige Gastronomie mit gehobenem Anspruch. Bei ihnen werden schnörkellos gekochte und bisweilen unangestrengt kreativ aufgepeppte Gerichte einer herzhaften bürgerlichen Küche in verfeinerter Version serviert. Kaum teure Edelprodukte, kein sonstiger preistreibender Firlefanz, sondern verhältnismäßig einfache, aber eben qualitativ hochwertige Viktualien. Und die werden mit viel Sorgfalt und Fingerspitzengefühl zu einem zeitgemäß interpretierten, maßvoll gehobenen Kulinarium, das ob seiner unkomplizierten, leicht zugänglichen Art viele Fans hat.

7

Maître

im Landhaus Kuckuck
Olympiaweg 2,
50933 Köln (Müngersdorf)
0221-485360
www.landhaus-kuckuck.de
Mi–So ab 19 Uhr, Mo u. Di RT
Hauptgericht: 38–40 €,
Menüs: 109–129 €
VISA

Wir können uns nur wiederholen: Wenn es kulinarischen Denkmalschutz gäbe, wäre das noble Gourmetabteil im Landhaus Kuckuck – und das uneingeschränkt positiv gemeint! – ein heißer Kandidat dafür. Was hier seit vielen Jahren unter der Ägide von Altmeister Erhart Schäfer als gute Stube für Genießer im Großraum Köln etabliert wurde, steht mit seinem eloquenten Service und der unbeirrt klassischen Haute Cuisine im harten Kontrast zu den zahlreichen trendigen urbanen Konzepten der Domstadt – und hat gerade deshalb seinen besonderen Reiz.
Der Patron und Chefkoch steht für eine produkt- und qualitätsbewusste Küche alter Schule mit aufwendig gekochten Saucen und kraftvollem Grundton, aber durchaus auch individuellen Ideen und Eleganz. Nach erfreulich pointierten Löffelhappen wie eine von grasigem Olivenöl getragene Kombination aus grünen Bohnen und Schinken stand das Zweierlei vom Tafelspitz als Amuse-Bouche bereits prototypisch für den unaufgeregten, dafür aber in den besten Momenten sehr klaren und markanten Stil der Küche: neben einer tiefschürfenden Consomée platzierte das Team eine feingliedrige, zart gelierte Terrine, ein wenig Blätterteig und einen (etwas zahmen) Klecks Frankfurter Grüner Sauce – und präsentierte damit den klassischen Tafelspitz-Akkord apart en miniature.
Noch besser sichtbar wurde der Stil allerdings beim kalt geräucherten Saibling, dessen festes hohes Filet (mit eher milder Rauchnote) von einem üppigen, salzig-frischen Topping aus Buttermilchschaum und Saiblingskaviar bedeckt wurde. Daneben sorgte pure Crème fraîche für milden Ausgleich und ein heller ätherischer Rübchensalat für weitere Säuregrade. Sehr geradlinig und sehr fein!
Das galt auch uneingeschränkt für das goldknusprig gebratene Steinbuttfilet von einem erfreulich großen und dicken Exemplar, das zudem einen hohen Anspruch ans Produkt illustrierte. Inszeniert wurde der Hauptdarsteller in einer verdichteten Melange aus umamistarkem konzentriertem Tomatensugo, Artischockencreme und -stücken mit zarter Säure und einem frisch-kräutrigen Tomaten-/Kapern-Kompott sowie Forellenkaviar on top. Das war in dieser Fülle schon beinahe too much an Cremigkeit und Volumen, ergab aber in jedem Fall ein sehr gelungenes schwelgerisches Ganzes.
Und apropos schwelgerisch: Dieses Attribut galt ebenso für das mustergültig geschmorte Kalbsbäckchen (geschmolzenes Fett und Bindegewebe, feste Konsistenz), das – glasiert, mit Schnittlauch und Croûtons – in einem tiefen Teller mit Topinamburcreme und -würfelchen, sautierten Minikräuterseitlingen sowie reichlich kraftvoller Jus arrangiert wurde. Der Clou, der das Gericht zudem clever vor dem Power-Overkill bewahrte, waren zartfruchtige Pfirsichwürfelchen.
Im Hauptgang gab es dann ebenfalls Klassik at it's best, nämlich mit akkurat rosa gegrilltem Omaha-Rinderfilet, dessen starker Charakter von üppigen kleinen Markknödelchen und einer kraftvoll röstigen Jus unterlegt wurde. Für einen gewissen Frischemoment sorgten in dem Verein gerösteter Wildbrokkoli und knackige junge Gemüsespitzen.
Anders als in den Vorjahren war bei den Desserts die Süße heuer etwas besser gezügelt oder zumindest sehr gut eingebunden. Vor allem bei einem geschmeidigen Aprikosensorbet mit minzfrischen Mandarinen, die durch einen Hauch von Essig aufgefrischt wurden.
Unverändert positiv zu erwähnen sind auch die von den charmanten Herren im Service empfohlenen Weine. Zur Wahl steht ein reicher und erfreulich fair kalkulierter Fundus hochwertiger (auch gereifter) Flaschen, vor allem aus Deutschland und Frankreich.

maximilian lorenz restaurant

Johannisstr. 64, 50668 Köln
0221-37999192
www.restaurant-maximilianlorenz.de
Küchenchef: Maximilian Lorenz, Enrico Hirschfeld
Di–Sa ab 18 Uhr, So u. Mo RT
Menüs: 115–144 €
EC VISA

Der ebenso umtriebige wie engagierte Jeune Restaurateur Maximilian Lorenz ist in Köln längst eine Art eigene kulinarische Marke geworden und hat das, was nur wenige junge Chefs vorweisen können: eine klare Vision und eine eigene Handschrift. Das Team um seine rechte Hand Enrico Hirschfeld widmet sich vorrangig der originellen Interpretation traditioneller und oft rustikaler deutscher Gerichte – eine Linie, die oft zu ebenso markanten wie schlagkräftigen Eindrücken führt und in der gehobenen Gastronomie hierzulande noch viel zu wenig Beachtung findet. Maximilian Lorenz kann da durchaus als eine Art Vorreiter gesehen werden.
Ganz in diesem Sinne begann das letzte Menü dann auch mit einer „Brotzeit“, humorvoll auf einer blechernen Oldschool-Brotzeitdose serviert. Angerichtet waren darauf drei Miniaturstullen mit präzise abgestimmten Aromenakkorden: zum einen eine Kombination aus Ziegenkäse und Senfcreme, dann pikant geschärfte Pastrami und schließlich eine Kombination mit Blutwurst auf Zwiebelbrot. Das könnte im besten Wortsinn gern Schule machen …
Etwas elaborierter folgte ein cremig gebeiztes Eigelb mit Forellenkaviar und Micro-Croûtons in einer konzentrierten, dezent rauchigen Forellen-Consommé als feinsinniges Löffelgericht, das gekonnt auf den ersten eigentlichen Gang vorbereitete. Dieser präsentierte gebeizte Goldforelle – geschmeidig und festfleischig – puristisch zwischen der differenzierten Säure und Ätherik eines Toppings aus knackig gebrannter Steckrübe und mariniertem (bzw. fermentiertem) Chicorée. Helle dünne Maronenscheiben sowie Cremes von Steckrübe und Marone brachten der Komposition etwas Schmelz, daneben sorgte Steckrübenasche zum Dippen für spannende Bitternoten.
Noch mutiger wurde es beim folgenden kross gebratenen Zander mit Grünkohl und Gänseklein. Zum einen wurde der Grünkohl einmal nicht knackig grün, sondern – angelehnt an die Tradition – eher erdig-breiig verkocht und unter anderem mit knackigen Haselnusssplittern akzentuiert. Der Grünkohl stellte so die (minimal zu üppig breite) Basis des Gerichts. Den nötigen herzhaften Punch brachten zartrosa Herz und Magen von der Gans, gemeinsam mit einer salzigen Nougatcremeschicht, beides so dosiert, dass es dem Zander zuarbeitete, ihn aber nicht unterbutterte. Eingerahmt wurde das Ganze von einem goldenen, nussig stoffigen Saucenschaum.
Vor dem Hauptgang erfrischte nicht weniger als eines der besten Sorbets der vergangenen Monate in Form von geschmortem Apfel mit Bratapfel-Flavour und einem puren bitterfruchtigen Rotkohl-/Wacholder-Saft als eher herzhaftes, aber dennoch auflockerndes Intermezzo. Auf jeden Fall war so optimal die Bühne bereitet für die folgende trockengereifte Ente mit herrlich festem, nussig-aromatischem Fleisch. Dazu ein (fast zu) effektvoller Crumble aus gebackener Entenhaut und Hanfsamen. Einen markanten Gegenpol dazu stellten die fermentierten Stachelbeeren mit herber Säure und Würze von Kümmel und Senfsamen, während eine Wirsingkohlroulade mit gezupftem Keulenfleisch, Lebercreme und gebranntem Kohl für weitere markante Facetten sorgten. Sehr stark und locker auf 8 Pfannen-Niveau!
Durchaus auch auf diesem Level bewegte sich das Dessert rund um Radicchio, Bete und weiße Schokolade. Neben einem recht extremen bittersüß eingekochten Kompott setzten hier knackige Bete-Rondelle, Radicchioblätter und ein erdig-fruchtiger Coulis die Gegengewichte zum kakaobuttrigen Schmelz der Schokolade (als Cremes, Plättchen, Crumbles …) und sorgten für einen ebenso fordernden wie genussreichen Schlussakkord.
Über das Weinangebot aus dem über 1000 verschiedene Gewächse beherbergenden Keller braucht es nicht viele Worte. Passend zum Stil der Küche liegt auch hier der Fokus auf den heimischen Erzeugnissen. Es gibt von span-

nenden Einstiegsweinen bis zu gereiften Raritäten für jeden Anlass und Geschmack etwas Passendes, und auch glasweise schenkt das Team sehr flexibel und individuell hochwertige Tropfen aus. Überhaupt ist der Service geprägt von einer unkomplizierten Professionalität, die für eine angenehm entspannte Atmosphäre sorgt.

7

NeoBiota

Ehrenstr. 43c, 50672 Köln
0221-27088908
www.restaurant-neobiota.de
Di–Sa ab 18.30 Uhr,
(Frühstück von 10–15 Uhr), So u. Mo RT
Menüs: 85–145 €

VISA

Hinter dem Namen NeoBiota verbirgt sich eine spannende Kombination aus innovativem Frühstücks-„Restaurant“ und Fine-Dining-Hotspot, in dem in beiden Bereichen mit hohem Anspruch an Qualität und Kreativität gearbeitet wird. Tagsüber gibt's in dem stilvoll schlicht gestalteten Gastraum mit Frontcooking-Theke originelle süße und vor allem herzhafte Dinge und am Abend ein wahlweise bis zu achtgängiges Menü mit sehr individueller Handschrift: gemüsebetont, aber nicht rein vegetarisch, puristisch und leicht, aber nicht karg und spröde. Und immer mit dem gewissen Etwas! Mehr als drei tonangebende Hauptprodukte findet man selten auf den modern angerichteten Tellern von Sonja Baumann und Erik Scheffler, die stets pointiert komponiert sind. Und wenngleich es dazu immer attraktive Weinempfehlungen gibt, lohnt sich hier auch ganz besonders der Blick auf die kreative alkoholfreie Getränkebegleitung.

8

Ox & Klee

Im Zollhafen 18, 50678 Köln
0221-16956602
www.oxundklee.de
Küchenchef: Daniel Gottschlich,
Erik Schmitz
Di–Sa ab 19 Uhr, So u. Mo RT
Menüs: 115–185 €

VISA

Das Ox & Klee-Team um die beiden Masterminds, Inhaber Daniel Gottschlich und Co-Küchenchef Erik Schmitz, gibt in dem modernen, schlicht elegant eingerichteten Restaurant im Rheinauhafen auch und gerade in schwierigen Zeiten Vollgas. Auf nunmehr zwei Etagen – das The Bayleaf wurde zugunsten mehr Platzangebot bei größerem Tischabstand vorübergehend aufgelöst – wird inspiriert, kreativ und aufwendig wie eh und je gekocht. Dabei wirkt das bis zu achtgängige innovative „Experience Taste Menü“ immer weniger experimentell und stattdessen immer stilsicherer, machen die immer einfalls- und oft kontrastreichen Kreationen zwischenzeitlich durchgängig einen äußerst ausgereiften, harmonischen und kompositorisch präzisen Eindruck. Selbiges gilt auch für die Weinempfehlungen von Sommelier Lucas Wenzl, der gemeinsam mit seinem engagierten Kollegium auf Wunsch auch eine anspruchsvolle alkoholfreie Getränkebegleitung kredenzt.

---

fast & SLOW

Pig Bull BBQ

Johannisstr. 64, 50668 Köln
0221-29209208
www.pig-bull-bbq.de
Di–Sa von 12–20.30 Uhr, So u. Mo RT

Rezepturen aus der Spitzengastronmie featured by Maximilian Lorenz: Pulled Pork, Beef Brisket und Pastrami mit Coleslaw & Co in Brioche- oder Roggen-Buns.

6↑

Poisson

Wolfsstr. 6–14, 50667 Köln
0221-27736883
www.poisson-restaurant.de
Di–Fr von 12–14 Uhr u. ab 18 Uhr,
Sa ab 12 Uhr durchgehend,
So, Mo u. Fei RT
Hauptgericht: 32–56 €

VISA

Austern, Hummer, Bouillabaisse, Steinbutt: Der Name Poisson verrät bereits, dass es hier überwiegend maritim zugeht. Aber die Karte offeriert immer auch ein paar Alternativen. Es ist seit jeher nicht nur die kompromisslos hohe Qualität und Frische der Grundprodukte, die Ralf Marhenckes Küche ausmachen, sondern auch deren präzise, schnörkellose und sorgfältige Zubereitung. Der erfahrene Chef und sein Team kochen in der offenen Küche des stilsicher eingerichteten Bistro-Restaurants auf überdurchschnittlichem Niveau, im besten Sinne unangestrengt. Sie bewegen sich damit stilistisch zwischen kreativer Mittelmeerküche und fernöstlicher Exotik, tendieren spielerisch zwischen Fusion und Klassik. Jeder der mit Sinn für Ästhetik und stimmige Proportionen angerichteten Teller, die hier vom freundlich und flink auftretenden Service an die kleinen Tische mit schwarzer Lederbestuhlung eingesetzt werden, überzeugt zudem durch zeitgemäße Leichtigkeit und klare Aromen.

6↑

Pure White

Antwerpener Str. 5, 50672 Köln
0221-29436507
www.pure-white-food.de
Küchenchef: Christiano Rienzner
Mo–Sa ab 18 Uhr, So RT
Hauptgericht: 27–99 €

Schon beim Eintreten in das an ein schlichtes Bistro erinnernde Lokal duftet es leicht und sehr angenehm nach Gegrilltem und nach Akazienholzkohle. Dieses Flavour erzeugt ein glühend heißer Josper-Ofen, auf dem Christiano Rienzner und sein Team beste Grundprodukte wie Krustentiere und Jakobsmuscheln aus Norwegen oder Wagyu- und Dakota-Beef ganz kurz und knackig grillten. Die werden dann in erfreulich puristischer Manier ohne manieriertes Beiwerk angerichtet und erfreuen jeden Produktfetischisten durch pure Qualität und den bestmöglich herausgekitzelten Eigengeschmack. Die Küche ist leicht verständlich und doch anspruchsvoll. Ein echter Hotspot für Gourmets, die eine schnörkellose Produktküche zu schätzen wissen.

Bezahlkarten-Symbole

- Mastercard
- EC-Maestro
- Diners
- American Express
- VISA Visa

8

taku

im Excelsior Hotel Ernst
Trankgasse 1–5 / Domplatz, 50667 Köln
0221-2701
www.taku.de
Küchenchef: Mirko Gaul
Di–Sa ab 18.30 Uhr, So u. Mo RT
Hauptgericht: 26–34 €,
Menüs: 65–105 €

Das Fine-Dining-Restaurant im Keller des Excelsior Hotel Ernst direkt am Kölner Dom ist schon immer asiatisch geprägt, was bereits durch die Gestaltung des modernen, stilvoll schlicht gestalteten und effektvoll illuminierten Ambientes sehr deutlich wird. Aus kulinarischer Sicht wird dieses Setting seit Jahren von Küchenchef Mirko Gaul und seinem Team mit Leben gefüllt. Und zwar in Gestalt fernöstlich-europäisch gecrossoverten Spezialitäten auf Gourmetniveau, für die verschiedenste Einflüsse aus nahezu allen fernöstlichen Länderküchen Einzug halten.

In dieser Zeit nahm Gauls Kulinarium eine schöne Entwicklung, die wir in unserem Guide erst im letzten Jahr mit der Höherstufung auf nunmehr 8 Pfannen honoriert haben. Und auch wenn wir das Gebotene bei der Momentaufnahme unseres letzten Besuchs doch eher wieder leicht unterhalb dieser Bewertung gesehen haben, lassen wir es fürs Erste dabei und versuchen im Folgenden lieber konstruktiv anzumerken, was wir für optimierungswürdig hielten.

Das war zunächst mal gar nicht so viel, denn mit drei zwar äußerst unkomplizierten, zugleich aber überraschend raffinierten Kleinigkeiten grüßte die Küche höchst attraktiv! Und zwar in Gestalt einer spicy Thai-Gazpacho, einer kleinen feinen Umamibombe alias Cracker mit Jakobsmuschel und eingelegten Enoki-Pilzen und einem süffig gefüllten Bao-

Bun, die alle drei mit markanter, aber sehr gut eingebundener Schärfe auftrumpften.
Auch die Vorspeise um mild gebeizten und schön festfleischigen Wildlachs mit Kimchi, angeflämmter Mango und einer cremigen Chili-Vinaigrette kam mit einer mutigen Dosis Schärfe ums Eck und auch hier war diese wieder ganz geschmeidig ins Geschehen integriert und letztlich durch die optimal dosierte Mango sanft abgemildert. Überhaupt fiel auch hier sofort auf, wie optimal von den schön dick geschnittenen Fischtranchen bis zu den dünnen Scheiben von abgeflämmter Mango die Proportionen sämtlicher Komponenten gewählt waren.
Deutlich sanfter kam die glasig gegarte Lachsforellentranche auf Buttermilchsud angeschwommen, die auf ihrem Rücken ein Topping aus jungem Blattspinat, herbfrischer Wildkräutercreme, knusprigen Getreidepops und Radieschenscheiben trug. Von der milden laktischen Säure der mit Kräuteröl gepimpten Sauce profitierte auch das Aroma des grünen Spargels, der hier ebenfalls mit von der Partie war. Bis hierhin bewegte sich das Ganze trotz der beiden vom Typus her relativ ähnlichen, direkt aufeinanderfolgenden Fische noch auf klarem 8-Pfannen-Level.
Beim nur minimal über den optimalen Punkt hinaus gegarten Steinbutt auf einem Bett aus Buchweizen, frischen Erbsen, Mu-Err-Pilzen und Pak Choi trübte eigentlich bloß das dezente künstliche Trüffelaroma, das die Plattfischschnitte neben ein paar schwächlichen Sommertrüffelscheiben begleitete, den ansonsten sehr soliden Gesamteindruck. Bei der mit Ramen-Nudeln, Lauch-Tempura, Pak-Choi-Blättern und Wachtelei bestückten Ramen-Suppe, deren Boden mit dünnen Scheiben eines nach Chāshu-Art würzig zubereiteten Schweinebauch-Rollbratens ausgelegt war, hätte etwas weniger Würze und Salz gut getan. Ansonsten war auch das Soulfood der anspruchsvollen Sorte.
Weil allerdings auch die nachfolgende Vendée-Ente, deren Brust auf dem Hauptteller ganz puristisch nur mit etwas Stängelkohl und einer aromatischen Pfefferjus präsentiert und in einem der beiden Satelliten-Schälchen von einer kraftvollen Pekingenten-Consommé begleitet wurde, wurde es doch etwas viel Umami-Boost. Zumal da auch noch ein zweites Schälchen mit einem wunderbaren süffigen Inhalt aus geschmortem Keulenfleisch, wachsweich gebeiztem Eigelb und knusprig karamellisierten Cerealien unter einem mutmaßlich mit Miso aromatisiertem Blumenkohlschaum war, das in dieselbe Kerbe schlug. Alles sehr gut, alles prima – aber etwas redundant und opulent.
Willkommene Erfrischung bot das Dessert um einen aus Yuzu- und Erdbeermousse gefertigten Ring, in dessen Zentrum eine Sorbet-Nocke und ein Sud aus feinsäuerlichen roten Beeren platziert waren, die wiederum von Sesamcreme und -Crumbles sowie etwas Atsina-Kresse reizvoll aromatisiert waren. Auch hier gingen die 8 Pfannen als Bewertung in Ordnung.
In der gut gefüllten Weinkarte lässt sich viel Spannendes, auch sehr Kostspieliges ausmachen. Die glasweisen Empfehlungen zum Menü erweisen sich hier zumeist als stimmig ausgewählt. Der junge engagierte Service agiert flink und umsichtig.

5

weinlokal heinzhermann

Johannisstr. 64,
50668 Köln
0221-37999193
www.weinlokal-heinzhermann.de
Di–Fr von 12–14 Uhr u. ab 18 Uhr, Sa ab 18 Uhr, So u. Mo RT
Hauptgericht: 15–29 €
VISA P

Mit zwei unterschiedlichen Restaurantkonzepten in ganz ähnlichem, modern-schnörkellosem Design bietet Gastgeber und Küchenchef Maximilian Lorenz einem breiten Publikum ein attraktives Angebot. Links geht's ins Gourmetrestaurant mit verfeinerter Regionalküche in Menüform und rechts ins etwas größere weinlokal heinzhermann, wo in schickem, warmem Bistro-Ambiente mit puristischem Design ein etwas bodenständigeres, aber trotzdem anspruchsvolles Konzept gefahren wird. Das reicht vom Business-Lunch über kecke Kleinigkeiten zum Wein bis hin zu unkomplizierten Klassikern. Mindestens ebenbürtig wie die Küche wird auch das Thema Wein angegangen. Und so gibt es neben der fulminanten Flaschenweinkarte eine nicht minder beeindruckende Anzahl an hochwertigen Tropfen, die hier dank des Coravin-Systems glasweise angeboten werden können.

6↑ 🍴🍴

Zur Tant

Rheinbergstr. 49,
51143 Köln (Porz)
📞 02203-81883
www.zurtant.de
Fr–Di von 12–14 Uhr u. ab 18 Uhr, Mi u. Do RT
EC MC VISA P

Das Restaurant Zur Tant, das zwar zur Stadt Köln gehört, aber in deren ländlicher Peripherie im Süden zu finden ist, zählt zu den Traditionslokalen der Rheinland-Metropole. Der heutige Gastgeber und Küchenchef Thomas Lösche knüpft in dem direkt am Rhein gelegenen Haus mit schöner Aussichtsterrasse und Zweitrestaurant Bistro Piccolo an diesen Traditionen an und steht für eine substanzstarke klassische Küche mit Niveau und guten Ideen. Das passt zwar noch zum gediegen konservativen Rahmen, kommt aber deutlich moderner und kreativer daher, als man es hier zunächst erwarten würde. Die Qualität der verwendeten Produkte ist sehr gut, alle Zubereitungen haben viel Substanz, manche Kreationen überzeugen aber darüber hinaus auch durch einfallsreiche Akzente, etwa wenn Lösche nicht alltägliche Kombinationen zu gewinnbringenden Liaisons werden lässt. Den Service erleben wir regelmäßig sehr zuvorkommend und sympathisch bodenständig.

Hotelempfehlung

★★★★★S

Excelsior Hotel Ernst

Trankgasse 1–5 / Domplatz,
50667 Köln
📞 0221-2701
www.excelsiorhotelernst.com
Einzelzimmer: 180–420 €
Doppelzimmer: 210–460 €
EC MC VISA P

In Kölns einzigem Mitgliedshaus der „Leading Hotels of the World" wird kontinuierlich die Tradition der Gastlichkeit gepflegt, und durch ständige Innovationen bleibt das Haus zudem stets zeitgemäß. Die 137 luxuriösen Zimmer und Suiten (alle mit Sat- und Pay-TV, Klimaanlage, Breitband-Internet, Faxanschluss, Minibar im Preis enthalten ...) bieten teilweise Ausblick auf den Kölner Dom. Eine weitere Besonderheit ist die Piano-Bar mit großem Zigarrenangebot. Restaurants taku und Hanse Stube separat erwähnt.

Königsbronn-Zang (Baden-Württemberg)

7↑ 🍴🍴🍴

ursprung – das Restaurant

in Widmann's Hotel
Struthstr. 17,
89551 Königsbronn-Zang
📞 07328-96270
www.loewen-zang.de
Küchenchef: Andreas Widmann
Do–So ab 18 Uhr, Mo–Mi RT
Menüs: 105–130 €
EC MC VISA P

Zeitgemäße Restaurants, die sich besonders der Region verpflichten, gibt es mittlerweile einige. Aber so authentisch und niveauvoll wie im Fine-Dining-Bereich von Widmann's Löwen, in dem Andreas Widmann sich kulinarisch mit der Ostalb auseinandersetzt, gelingt das dann doch nur recht selten. Schon das Ambiente verbindet Moderne und Tradition gelungen auf reduziert elegante Art: klare

Linien und bequeme Designersessel neben einem (dezenten) Kachelofen und antiker Kommode …
Und genau so gibt sich auch die Küche: einerseits heimat- und traditionsverbunden und andererseits kreativ und weltoffen. Allerdings agiert das Team nicht mit einer Radikalität, mit dem beispielsweise im Sosein in Heroldsberg oder im Berliner Nobelhart & Schmutzig in die regionale Richtung gedacht wird. Stattdessen gibt es moderne Klassik, die viele individuelle Ideen rund um die regionalen Produkte einbringt und gewitzt mit Rustikalität spielt. Das Ergebnis ist vergleichsweise zugänglich und doch jederzeit für Überraschungen gut.
Im Übrigen hat der Juniorchef in den drei Jahren seit der Eröffnung des separaten Gourmetrestaurants auffallend konsequent an der Optimierung und Verfeinerung des Gebotenen gearbeitet. Und die Entwicklung ist klar sicht- und schmeckbar. Zuletzt gab es eine Verknappung auf sechs Gänge im Menü (neben vielen Kleinigkeiten drum herum), die sicherlich nochmal einen kleinen Qualitäts- und Genauigkeitsboost geben kann. Dabei dreht das Team den Regler im Menü bewusst erst ganz langsam auf. Zum Aperitif gab es filigrane, aber vergleichsweise harmlose, pfiffig akzentuierte Chips plus Ketchup-Dip (übrigens anders als die Chips ein Killer für die meisten Schaumweine …), unter denen vor allem der hauchdünne Kartoffel-Millefeuille mit Essigcreme durch Raffinesse auffiel.
Schon etwas komplexer waren die folgenden drei Snacks, die ausgefallene Produkte der Ostalb präsentierten: eine hauchzarte knackige Sommerrolle mit Waller-Ceviche, dann eine gelierte Praline aus Straußen-Carpaccio und Tatar, dessen feine Würze mit eleganter Säure abgefedert wurde. Und schließlich ein fluffiger Blini mit gebratenen Hechtstücken und milder Zwiebel als saftiges Gourmet-Fingerfood. Schon beinahe ein eigener Gang kam letztlich in Form eines zarten Ziegenfrischkäses mit herrlicher feiner Eigenwürze, den verschiedene knackig-zarte Gurkenzubereitungen, eingelegte Senfkörner, Fenchelpollen und Saiblingskaviar zu einem Auftakt von frischer Leichtigkeit ergänzten.
Leichtigkeit prägte auch den ersten offiziellen Akt, der als eine Hommage an Süßwasserfisch-Qualitäten betrachtet werden konnte. Präsentiert wurde Saibling – ganz mild gebeizt und kurz geflämmt – in einer klaren Form, die ganz ohne Salz auf den puren Geschmack abgestellt war. Verbunden und eigentlich auch gewürzt wurden die beiden Zubereitungen von einem kräftigeren Forellentatar mit Basilikumcreme. Und ergänzend lieferten geröstete Haselnuss und Roggen (Brotchips, Schmelze, Fond) getreidig-nussige Noten, während spitze Säure in einem mit Rucolaöl marmorierten Fond für Lebendigkeit sorgte. Fein!
Augenzwinkernd rustikal wurde es dann beim rein vegetarischen „Karotten-Gulasch", das seine Kraft aus markanten Wurzelgemüse- und Zwiebelröstnoten bezog, allerdings mit einer schon fast grenzwertigen Bitterkeit. Den nötigen frischen Gegenpol gab es à part mit einem feinstreifigen Karottensalat auf Liebstöckelcreme, ein wenig Sauerrahm und einem locker angekrossten Liebstöckel-/Semmelknödel-Taler. Witzig, aber auch etwas rumpelig und nicht die stärkste Kostprobe des Abends …
Wie bereits im letzten Jahr kam zum Thema „Schwein" dagegen ein echter Knaller: In hochfiligraner Optik angerichtet, geschmacklich aber ein Kraftpaket, wurden auf mild geräucherter Kartoffelcreme, Speckschaum, Schnittlauch-Vinaigrette und Blattspinat zart gezupfte Schweineschulter und gelierte Kalbshaxe drapiert – darauf krosse Kartoffelspiralen mit einer soften Blutwurstrolle darin. Das Ergebnis: viele Details und Power auf engstem Raum. Süffig und zugleich komplex. Sehr gut!
Und das war erneut auch der Hauptgang, diesmal mit Reh als Protagonisten. Dieses kam unter saftig herber Fichtenspitzenkruste in rosastraffer Idealform auf den Teller. Und zudem in einem feinsinnig zwischen vibrierend-frisch und erdig-würzig aufgespannten Umfeld aus Pfifferlingen, einer Mangoldrolle mit Pfifferlingen und zartem Keulenfleisch gegenüber Blaubeeren und einer Erdbeer-/Kombucha-Sauce, die sich spannend mit der eleganten Rehjus vermischte. Dazwischen blitzen immer wieder verschiedene herbe Kräuternoten auf und ergänzten ein exakt abgestimmtes Bild, das ebenfalls schon für eine noch höhere Bewertung gut gewesen wäre.
Fein balanciert, aber nicht ganz so scharf gestellt, wechselte das Team mit einem zarten Schichtwerk aus Joghurt-Panna-cotta mit marinierten Kirschen, kräuterfrischem Verbene-Eis, weißer knuspriger Luftschokolade und Schafsjoghurt-Espuma ins süße Metier. À part ergänzte das Ganze noch ein knuffiger Hefekrapfen mit Kirschfüllung und Blütencreme um elegantes Fingerfood.
Nach filigranen Petits Fours mit durchweg prägnanten Aromen bleibt das Fazit: Es fehlt nur ein Hauch mehr Konstanz über das gesamte Menü hinweg für eine Aufwertung. Das gesamte Konzept begeistert aber auch so – und da

braucht man über die ausgesprochen faire Kalkulation bei Speisen und Wein noch gar nicht mal reden. Durchaus explizit erwähnt werden müssen aber die Damen im Service rund um Gastgeberin Anna Widmann, die mit ihrer ebenso herzlichen wie kompetenten Art wesentlich zur entspannten Atmosphäre beitragen. Die Gastgeberin stellt außerdem auch eine absolut lohnende hochwertige Weinreise auf und reagiert zudem flexibel auf individuelle Vorlieben.

Widmann's Löwen

in Widmann's Hotel
Struthstr. 17,
89551 Königsbronn-Zang
07328-96270
www.loewen-zang.de
Küchenchef: Andreas Widmann
Mi ab 17.30 Uhr, Do–Mo von 11.30–14 Uhr u. ab 17.30 Uhr, Di RT
Hauptgericht: 11–45 €,
Menüs: 42–58 €
EC VISA

Mit seinem Fine-Dining-Restaurant ursprung und der stark regionalbetonten Gourmetküche hat der Traditionsbetrieb der Widmanns in den vergangenen drei Jahren auch überregional immer mehr von sich reden gemacht. Aber auch im einfachen, ländlichen Restaurant des Hauses kann man ganz fantastisch essen! Vor allem, wenn eine etwas handfestere, dabei aber auch moderat verfeinerte Variante der schwäbischen Küche gefragt ist.
Es gibt jedoch auch hier das eine oder andere etwas moderner angelegte Gericht auf Basis regionaler Produkte. Etwa ein sorgfältig von Hand geschnittenes und estragonduftig angemachtes Rindertatar mit eingelegten gelben Tomaten, Mayonnaise-Tupfen, Radieschen und Kräuteröl, das bei unserem letzten Besuch auf der Schwäbischen Alb leicht und zeitgemäß arrangiert nebst Wildkräutern und Brotchip als Vorspeise zur Disposition stand.
Auch das Saiblings-Carpaccio erwies sich als ein überraschend raffinierter Schmaus, denn die nicht zu dünn geschnittenen und wunderbar frischen Scheiben des Süßwasserfischs aus nahe gelegenen Gewässern waren lauwarm temperiert und lagen zusammen mit sautierten Pfifferlingen, Rauke, Radieschen und Tomaten auf einer dünn ausgestrichenen Schmandcreme, was ein fülliges und trotzdem leichtes Arrangement ergab.
Ein Fest für Fans der gepflegten Schwarte war das Zweierlei vom „Stauferico"-Schwein, von dem der geschmorte Bauch und ein offenbar sous-vide gegartes Rückenstück jeweils mit viel butterzart schmelziger Fettschicht aufgeboten wurden – und ein aromatisches und saftiges Vergnügen waren. Begleitet von Alblinsen in kräftiger Jus und Spätzle-„Soufflé", eine Art locker flockiger Auflauf von geschabten Spätzle in zylindrischer Form.
Der Zwiebelrostbraten, der natürlich auch auf der Schwäbischen Alb nicht fehlen darf, ist aus sehr gutem, reifem Rindfleisch zubereitet und macht beide Fraktionen gleichermaßen glücklich. Die, welche ihren Rostbraten mit geschmälzten Zwiebeln bevorzugten, und jene, die lieber frittierte Zwiebeln auf dem Fleisch haben: Widmanns Rostbratenzwiebeln sind nämlich überwiegend hell und glasig, partiell aber auch dunkel knusprig. Die begleitende Maultasche würden wir mit ihrem zarten, dünnen Teig und der saftig-aromatischen, sehr natürlich schmeckenden Füllung gar als mustergültig beschreiben …
Am schwächsten erschienen uns beim letzten Mal die Desserts, eine klassische Crème brûlée mit Sommerbeerensorbet und ein im Glas als Schokoladenmousse und Kirschragout serviertes „Schwarzwälder Kirschtörtle" nebst Haselnusseis. Was aber mehr mit dem hohen Niveau der vorausgegangenen Gerichte zu tun hatte als mit dem durchaus soliden Nachtisch selbst. Fazit: Widmanns Gasthaus Löwen ist und bleibt jene Art bodenständiges Gasthaus „für jeden Tag" mit moderaten Preisen, das wohl jeder Feinschmecker gerne in seiner unmittelbaren Umgebung hätte.

Hotelempfehlung

★★★S

Widmann's Hotel

Struthstr. 17, 89551 Königsbronn-Zang
07328-96270
www.loewen-zang.de
Einzelzimmer: ab 84 €
Doppelzimmer: 84–139 €

Das Hotel von Familie Widmann liegt im Herzen der idyllischen Ostalb in der Ortschaft Zang nahe Heidenheim an der Brenz. Hier gibt es gemütlich, komfortabel und ganz unterschiedlich eingerichtete Zimmer, die vom gemütlichen Landhausstil über moderne Komfortzimmer bis zu großen Räumen im „ALB. STYLE" reichen. Letztere spiegeln den zeitgemäßen Stil des gesamten Hauses am besten wider, haben eine hochwertige Einrichtung aus Spaltholz-Eiche und Wacholder, schöne Eichenholzböden, sind mit gemütlicher Sitzecke und großem HD-Plasmabildschirm ausgestattet und verfügen über moderne Bäder im Glasdesign mit Tageslicht und großer Regendusche. In den originellen Chalets genießen die Gäste modernen Komfort und ehrlichen Luxus in Forsthaus-Ambiente. Außerdem: modern ausgestattete Seminar- und Tagungsräume und professionelles Catering. Restaurants Widmann's Löwen und ursprung – Das Restaurant separat erwähnt.

Konstanz (Baden-Württemberg)

5

Brasserie Colette Tim Raue

Brotlaube 2a, 78462 Konstanz
07531-1285107
www.brasseriecolette.de
Küchenchef: Van Hung Nguyen
Mi–So von 12–15 Uhr u. ab 18 Uhr, Mo u. Di RT
Hauptgericht: 18–38 €, Menüs: 39–99 €

Wie auch die beiden gleichnamigen Schwester-Restaurants in München und Berlin wird die Brasserie Colette in Konstanz vom Berliner Spitzenkoch Tim Raue betrieben, der hier natürlich nur als eine Art stiller Patron fungiert und nicht selbst am Herd steht – was mit Hinblick auf den Terminkalender des umtriebigen und medienpräsenten Unternehmers nicht verwundern dürfte. Dafür kann er sich aber blind auf Supervisor Steve Karlsch verlassen, ein langjähriger enger Mitarbeiter und Vertrauensmann von Tim Raue, der hier den jeweiligen Küchenchefs vor Ort die Richtung vorgibt, die Qualität überwacht und kreative Impulse setzt. Wie in den französischen Vorbildern geht es in der Brasserie Colette quirlig zu, und auch die Karte ist gespickt mit französischen Bistroklassikern von Sardinen aus der Dose bis zur Crème brûlée. Fast schon obligatorisch fällt unsere Wahl daher auf Austern zur Vorspeise, die sowohl ganz pur als auch gratiniert angeboten werden. Die rohen Fines de Claire sind von sehr guter Qualität, noch leicht bissfest, die Gillardeau – es gibt zwei verschiedene Austernsorten auf der Karte – etwas kleiner, typischerweise weniger salzig und etwas reiner im Geschmack. Sehr gut sind auch die mit Sauce hollandaise gratinierten Austern, die sich durch Fenchelbutter eine angenehme ätherische Fri-

sche bewahren. Perfekt passt dazu von der kleinen, aber gut zusammengestellten Weinkarte ein Muscadet aus Sèvre et Maine, der typischerweise auch an der französischen Atlantikküste zu Austern gereicht wird.
Wir belassen es vorerst klassisch und haben eine Bouillabaisse als Zwischengang bestellt, die nicht ganz an die stilsicheren Austern anknüpfen kann. Die Suppe ist eher leicht und etwas wässrig, während eine klassische Fischsuppe dieser Art dicht und durch eingekochtes Fischeiweiß leicht sämig ist. Auch die darin schwimmenden Fischstücke können nur mäßig begeistern, da sie eine recht trockene Konsistenz haben und nicht mehr taufrisch sind. Besser ist die „Garnele Marocain" die mit überraschend gut getroffenen Litschi- und Rosenaromen eher in der kreativen Richtung zu verorten und an einen Tim-Raue-Klassiker angelehnt ist. Auch das Thunfischtatar mit Tomate, Passionsfrucht und Basilikum kann überzeugen, das auf „asiatische" Aromen setzt und würzig-spicy mit Chilisauce abgeschmeckt ist.
Überzeugend ist auch ein Gericht, das, egal ob in Paris, Hong Kong oder Konstanz, auf keiner Brasseriekarte fehlen darf: Steak frites. Das Fleisch aus dem Rinderrücken ist gut gebraten, saftig und rosa. Dazu gibt es astrein knusprige, aber nicht trockene Pommes frites, einen einfachen Mesclunsalat und die obligatorische Sauce béarnaise, die mit einer kraftvoll duftigen Estragonnote begeistert. Ein Klassiker des Hauses scheint auch seit einigen Jahren schon das Clubsandwich mit Hummer zu sein, für den das Krebstier – was die Karte nicht erwähnt – in einem Ausbackteig frittiert wird. Auch dieser Hauptgang ist dank guter Brioche und einer hervorragenden Cocktailsauce sehr schmackhaft, wenngleich der Hummer selbst eine eher wässrige Textur und wenig Eigengeschmack hat.
Wir wollen es wissen und bestellen in Gestalt der Tarte au citron mit Baiser gleich den nächsten Bistroklassiker, der hier mit Yuzu modernisiert wird. Etwas irritiert sind wir, als keine Tarte, sondern ein postmodern anmutender Teller mit Streuseln, Eis und Baiserstücken an den Tisch kommt. Dass es sich um eine dekonstruierte Version des Klassikers handelt, hatte weder die Karte noch der ansonsten sehr kompetente und freundliche Service verraten. Schlecht schmeckt das nicht: Das Eis ist schön cremig, die Streusel sind knusprig und das Aroma der japanischen Zitrone ist klar präsent. Mit einer perfekten klassischen Tarte au citron kann dieses „Dekonstrukt" unserer Ansicht nach aber nicht mithalten.
Wenn Paris oder die Atlantikküste gerade aus irgendeinem Grund nicht zur Hand sind, kann man in der Brasserie Colette getrost ein paar Austern schlürfen und dabei an Frankreich denken. Dem Team gelingt es in den meisten Fällen nämlich sehr gut, die großen Brasserieklassiker in guter Qualität an den Bodensee zu holen und ihnen hier den gewissen kreativen Twist zu geben, ohne dass sie ihren Glanz verlieren.

10

Ophelia

im Hotel Riva
Seestr. 25, 78464 Konstanz
07531-363090
www.restaurant-ophelia.de
Küchenchef: Dirk Hoberg
Do–Mo ab 19 Uhr, Di u. Mi RT
Hauptgericht: 72 €,
Menüs: 130–195 €
VISA P

Das Ophelia liegt in prominenter Lage im ersten Stock des Riva Hotels an der Konstanzer Seestraße, der vermutlich schönsten Flaniermeile am Bodensee. Obwohl das elegante Restaurant in der schneeweißen Jugendstilvilla mit klassischen Luxusprodukten – Kaviar, Foie gras, Taube – wie ein Gourmettempel der alten Schule wirkt, bringt der lockere Service eine entspannte Atmosphäre in den erhabenen Gastraum, und auch Dirk Hobergs Kreationen auf dem Teller weisen Trüffel und Gänseleber zum Trotz keinerlei Altlasten auf, sondern präsentieren sich voll und ganz auf der Höhe der Zeit, sind herrlich klar, frisch und eingängig.
Bereits die Apéros läuten das Menü auf hohem Niveau ein, sind sehr fein verarbeitet und gezielt einfach gehalten. Mit nur zwei, drei Aromen kommt etwa eine Mousse vom leicht geräucherten Bodenseeaal mit Gurke aus. Ebenfalls von wenigen, aber ganz klar umrisse-

nen Geschmäckern lebt ein süffig geschmortes Rinderbrustragout, das mit hauchdünnem türkischem Kataifiteig ummantelt ist. Ein starker Auftakt, der einige Register bewusst ungezogen lässt. Was zum Apéro auch vollkommen in Ordnung ist!
Alle Register ziehen Dirk Hoberg und sein Team aber schon beim ersten „richtigen" Gang: Imperial Kaviar, eine Nocke Crème-fraîche-Eis, ein knuspriger Brotchip, roh marinierte Gelbschwanzmakrele, Katsuobushi – also japanischer getrockneter, geräucherter und fein gehobelter Thunfisch –, Gurke und Stachy – eine Knolle, deren Aroma an nussige Topinambur und deren Konsistenz an knackigen Kohlrabi erinnert. Das klingt viel, ist es auch, wirkt dabei aber von allem Kompliziertem befreit. Der Fisch ist von hervorragender bissfester Qualität und zeigt eine leichte Jodigkeit, die gut vom Kaviar ergänzt wird, und durch die omnipräsente Crème fraîche wirkt dieser Teller auf eine wunderbar dekadente Weise einfach.
Sehr gut sind auch die beiden nächsten Gänge, die mit nicht ganz alltäglichen Fischbeilagen ähnlich konzipiert sind, aromatisch aber in völlig unterschiedliche Richtungen gehen. Eine butterzarte, sanft gegarte Tranche vom Lachs paaren Hoberg und sein Team mit einem süffig-ätherischen Fenchelragout, zart knackigen Stabmuscheln, Minze und al dente gekochtem Farro, einer Dinkelsorte, die an Grünkern erinnert. Der Clou ist hier eine grazile, aber intensive schaumige Sauce auf Fischfondbasis, die mit Amalfizitrone aromatisiert wurde und so eine feine Bitternote bereithält, die einen spannenden Gegenpol zum leicht süßlichen Eigenaroma des Lachses darstellt.
Noch eine Spur besser ist der Seeteufel mit Spinat, Kassler und Pilzen, was vor allem an der überbordenden Qualität des Tiefseefischs liegt, der hier eine sehr fleischige, aber dennoch enorm saftige Textur hat. Wieder mal punktet die Küchen mit einer hervorragenden Fischsauce, diesmal eher vergleichbar mit einer Brühe und aromatisiert mit selbst geräuchertem Kassler und japanischer Kombu-Alge. „Eigentlich wie ein Dashi", sagt Hoberg später, als er seine Runde durch das Restaurant macht, was faszinierend ist, da die Sauce bei uns Assoziationen an einen ebenfalls phänomenalen Dashi mit Mangalica-Schinken aus dem Berliner Ernst hervorruft. Dazu gibt es ganz simplen, aber herrlich kräutrig-herben Spinat, einige krosse Würfel Schweinebauch und saftige Pfifferlinge. Elektrisierend gut!
Begeisternd ist auch das Kalbsbries, das comme il faut außen knusprig und innen saftig und sehr zart auf den Teller kommt und das in einem schlotzigen Ragout mit Weißwein, Trüffel, Steinpilzen und Erbsen badet. Wenn man unbedingt Kritik anbringen möchte, könnte man sagen, dass die Erbsen nur einfach gepuhlt wurden und nicht von ihrer zweiten Haut, die die einzelne Erbse umschließt, befreit worden sind – was eine leicht faserige Textur im Mund hinterließ. Doch wenn man schon an solchen Kleinigkeiten herummäkelt, muss die Küche auf einem sehr hohen Niveau angekommen sein …
Auf diesem bewegt sich im Ophelia übrigens auch die Weinauswahl, die – obwohl das Riva-Hotel vermutlich die Mittel dazu hätte – nicht einfach auf große Namen setzt, sondern äußerst passende, aber vorrangig unbekannte Weine auftischt. Den Lachs begleitet etwa ein trockener Gewürztraminer vom badischen Weingut Abril, der entgegen aller Gewürztraminer-Klischees sehr ruhig und sanft duftet und unerwartet gut zum Fisch passt. Man kann aber auch anders. Am Nachbartisch wird eine Flasche vom legendären Burgunder Weingut Coche-Dury ausgeschenkt. A votre santé!
Sehr gut ist auch der Hauptgang mit Taube „BBQ", die erst in Öl confiert und anschließend über Holzkohle gegrillt wurde, was ihr eine deutliche Rauchnote verleiht. Wieder mal ist die Jus auf höchstem Niveau, dicht, einnehmend und vermutlich ebenfalls „barbecueisiert", aber kein bisschen plakativ, fettig oder pastös. Dazu gibt es knackig gegarten Kohlrabi, ausgebackene Polenta und einen Coleslaw, in dem wir ganz klassisch weißen Essig und Mayonnaise vermuten. Und obwohl wir es durchaus sehr schätzen, wenn sich Spitzenküche auch mal etwas rustikaler zeigt, haben wir hier das Gefühl, dass das Team ein wenig übers Ziel hinausgeschossen ist. Nicht, dass es nicht geschmeckt hätte, aber die Räuchernote der Taube, der etwas simpel anmutende Krautsalat, der Kohlrabi – all das wirkt in der Kombination dann doch etwas gewöhnlich, sodass wir es hier „nur" mit einem sehr guten, aber nicht herausragenden Gericht zu tun haben.
Konzeptionell braver ist das Dessert mit Erdbeere, Matcha und Kamille, das uns aber sehr zusagt, weil es nicht nur auf Süße setzt, sondern durch den grünen Tee auch herbe und durch die Kamille kräutrig-blütige Aromen beinhaltet. So ist das ein sehr leichtes, zugängliches, aber auch sehr finessenreiches Dessert, das von einem außergewöhnlich guten süßen Rosé vom Bodenseeer Weingut Clauß komplettiert wird. Auch die Petits Fours bewegen sich auf sehr hohem Niveau, allen voran ein sehr gutes klassisches Zitronen-Tartelette mit abgeflämmtem Eischnee.

Ein Fazit, in dem wir alle Stärken des charmant-lockeren Service und der bedacht-ausgefuchsten Küche zusammenfassten, wäre wohl nochmal drei Absätze lang, weswegen wir zum Schluss lediglich das exquisite Saucenhandwerk nochmal ausdrücklich betonen möchten, das sich immer irgendwo zwischen Klassik und Fusion Cuisine bewegt und so nie anstrengend, aber immer aufregend wirkt. Glücklicherweise lässt der Service die am Tisch angegossenen Saucen immer in einer kleinen Kupfersauteuse stehen, sodass wir sie voll auskosten und genüsslich bis auf den letzten Tropfen auslöffeln können. Ob man das in piekfeinen Jugendstilvillen darf? In der entspannten Atmosphäre des Ophelia haben wir jedenfalls keine Scheu!

6

Papageno

Gottlieber Str. 64, 78462 Konstanz
07531-368660
www.restaurant-papageno.net
Mi–So von 12–14 Uhr u. ab 18 Uhr, Mo u. Di RT
Hauptgericht: 24–37 €, Menüs: 50–89 €
VISA P

Das Papageno im Gasthaus zur Schweizer Grenze befindet sich etwas außerhalb der Konstanzer Innenstadt in einem unscheinbaren Altbau mit urigem Gastraum und gemütlicher Außenbestuhlung unter einer dicht mit Weinreben verwachsenen Gartenlaube. Bereits seit Jahren empfehlen wir den Vorgänger des Papageno, das unter der Leitung von Johann Kraxner und an anderer Stelle stets ein Garant für souveränes Küchenhandwerk auf solidem 6-Pfannen-Niveau war. Kraxners langjähriger Mitarbeiter Patrick Stier hat den Namen, den Spirit des Papageno und sicher auch einige alte Stammgäste von seinem ehemaligen Chef übernommen und nun im Traditionsgasthaus zur Schweizer Grenze als Inhaber und Chef am Herd sein eigenes Papageno eröffnet.

Der Einstieg ist ruhig und bedacht und erinnert damit an den alten Papageno-Stil, den Patrick Stier als Souschef an der Seite Kraxners mitprägen konnte. Eine Wassermelonen-Kaltschale mit Paprika ist angenehm frisch und kühl und kitzelt den Gaumen mit einer ansprechenden Schärfe. Aromatisch und konzeptionell erinnert uns das an eine gute Gazpacho, die einen idealen Frischekick im heißen Sommerwetter darstellt. Ähnlich erfrischend ist die Vorspeise mit zweierlei Lachs – Tatar und Ceviche – nebst frittiertem Wachtelei, Gurkensalat und einer kalten Gurkensauce. Punkten kann dieser Gang mit seinem kurzweiligen Hauptdarsteller, der gut abgeschmeckt ist und dank seiner nur sehr kurzen Beize noch viel Saftigkeit hat. Verbesserungspotenzial sehen wir in der Balance des Tellers, der durch viel Gurken und recht wenig Fisch etwas zu stark ins Salathafte kippt.

Einen immensen Qualitätssprung können wir beim Zwischengang mit Steinbutt, Spinat, Pfifferlingen, Passepierre und Champagner-Beurre-blanc feststellen. Die zwei bis drei Finger hohe Tranche des Plattfischs ist wunderbar fleischig, außenherum offenbar mit brauner Butter und Petersilie goldbraun arrosiert und innen herrlich saftig. Die Beilagen sind ganz natürlich und sehr klassisch gehalten, der Spinat taufrisch, die Pfifferlinge reintönig und angenehm fest in der Konsistenz. Ein hochklassischer Teller, der dank vorzüglicher Produktqualitäten trotz der gewohnten Geschmacksbilder überraschend aufregend schmeckt. Ganz und gar nicht hochklassisch, sondern angenehm locker wirken die jungen Kellner, und auch die Weinkarte bietet einige positive Überraschungen, wie zum Beispiel einen Chardonnay der hochkarätigen Domaine Boillot aus dem Burgund sowie eine ausgezeichnete Auswahl der Top-Weine des Kaiserstuhls.

Überzeugend ist auch der Hauptgang mit Kalbsfilet, Portweinjus, einem ausgebackenen Kartoffelplätzchen, Brokkoli und jungen Möhren. Das Kalbfleisch ist auffallend groß und aromatisch, was auf ein nicht mehr ganz junges Tier schließen lässt. Wieder zeugt die Garung von souveränem Küchenhandwerk: Das Fleisch weist am Tisch noch kleine brutzelnde Blasen geschäumter Butter auf und ist perfekt auf den Punkt rosa gegart. Auch die Portweinjus ist schön dicht, aber nicht zu konzentriert, hat eine leichte Süße und jede Menge herzhaftes Aroma. Etwas plump wirken allerdings die Gemüse, die knackiger sein könnten,

und auch der Kartoffeltaler ist sehr massig und bietet wenig Feinheiten. So ist das zwar auch ein guter klassischer Gang, der aber nicht ganz an das hervorragende Niveau des Steinbutts anknüpfen kann.
Ähnlich das Dessert, das als dekonstruierte Schwarzwälder Kirschtorte auf den Teller kommt. Eingelegte Kirschen, ein Vanilleschaum, Schokobrownies, ein Beereneis – das schmeckt alles nicht schlecht und ist bis auf das etwas grieselige Eis handwerklich gut umgesetzt, aber doch stehen die Aromen ein wenig nebeneinander. Eine perfekte traditionelle Schwarzwälder Kirschtorte hätte da wohl eher an das vorgelegte hohe Niveau anknüpfen können. Ein sehr schmackhafter Abschluss war das aber allemal.
Und so können wir freudig resümieren, dass das Papageno auch nach Johann Kraxners Weggang und dem Umzug in die neue Location nichts von seinem Reiz verloren hat. Ganz im Gegenteil, denn der Fischgang war einer der besten, den wir standortübergreifend je in diesem Restaurant serviert bekommen haben. Gelingt es Patrick Stier, dieses Level auszubauen und auf die gesamte Speisekarte auszuweiten, kann hier tatsächlich Großes entstehen. Wir sind gespannt, wie es weitergeht!

5↑

San Martino Restaurant

Bruderturmgasse 3, 78462 Konstanz
07531-2845678
www.san-martino.net
Küchenchef: Jochen Fecht
Di–Sa von 11.30–14 Uhr u. ab 17.30 Uhr, So u. Mo RT
Hauptgericht: 19–32 €
VISA

Was hier zwischen groben Sandsteinmauern oder auf der Terrasse an fünf Tagen mittags und abends in der normalen Restaurantkarte (neben dem San Martino Restaurant gibt es auch ein kleines separates Gourmetrestaurant) offeriert wird, ist eine anspruchsvolle, mit viel Expertise und Sorgfalt zubereitete klassische Küche, die undogmatisch und weltoffen zwischen zupackenden regionalen Gerichten, internationalen Klassikern à la Wiener Schnitzel und Bouillabaisse sowie originellen exotischen Kompositionen tendiert. Die hohe Qualität der Produkte und der weit überdurchschnittliche Anspruch der Gastgeber Thomas Haist und Jochen Fecht garantieren auch hier überdurchschnittliches Niveau und währschaften bis raffinierten Genuss.

5↑

Seerestaurant Riva

im Hotel Riva
Seestr. 25, 78464 Konstanz
07531-363090
www.hotel-riva.de/de
Täglich ab 12 Uhr durchgehend, kein RT
Hauptgericht: 24–39 €, Menüs: 37 €
VISA P

Das Stammhaus des Konstanzer Riva Hotels, in dem sich neben dem Seerestaurant mit gehobener Bistroküche auch das Gourmetrestaurant Ophelia befindet, ist eine schmucke schneeweiße Jugendstilvilla mit Blick auf den Bodensee und die Alpen, was es dem Team um Küchenchef Michael Kratt nicht leicht macht, die Aufmerksamkeit überhaupt noch auf ihr Gekochtes zu lenken.
Dass das trotzdem immer gut gelingt, zeigte auch bei unserem jüngsten Besuch bereits der sehr gute San-Daniele-Schinken, den man sich hier als Appetizer bestellen kann. Ansprechend ist dann auch ein Thunfisch-Teriyaki, das allein mit seiner guten Fischqualität überzeugt und als Komposition mit geröstetem Sesam, Sojasauce und Yuzu äußerst treffsicher abgeschmeckt ist. Noch besser hat uns jedoch fast eine Gemüsetarte mit Ziegenkäse und Pinienkernen gefallen, die vor allem dank eines krossen und dennoch saftigen Bodens aus Blätterteig großen Genuss bot. Der Ziegenkäse darauf ist von sehr guter Qualität und schmeckt im geschmolzenen Zustand leicht nussig, die geschmorten Paprika- und Zucchinistücke erinnern an Ratatouille und schmecken herrlich

frisch und sommerlich. Im Prinzip sehr einfach, aber aus überdurchschnittlichen Produkten mit Fingerspitzengefühl zubereitet.
Täglich mittags und abends geöffnet, muss das Riva ganz selbstverständlich ein breites Publikum mit unterschiedlichsten Bedürfnissen ansprechen und kann nicht zu exklusiv oder speziell kochen. Der Anspruch, den Gästen auch hier Überdurchschnittliches zu bieten, wird aber auf nahezu jedem Teller deutlich. Wie es sich für ein Hotelrestaurant der alten Schule gehört, kann man im Riva ein gepflegtes Clubsandwich bestellen, das hier perfekt umgesetzt und mit krossem Bacon, Salat, Tomaten und Hühnerbrust saftig belegt ist. Außerdem probierten wir dieses Mal ein Wiener Schnitzel – ein Gericht, das alles andere als simpel zu kochen ist und mit dem man den Fertigkeiten eines Küchenteams ganz besonders gut auf die Finger schauen kann.
Und dass es das Riva-Team draufhat, zeigte schon die luftig-leicht soufflierte Panierung, die das perfekt zarte, leicht mürbe, nicht zu dünn geklopfte und dadurch noch herrlich saftige Fleisch fast wie ein Ballon umschließt. Die Panierung selbst ist mittelgrob – kein japanisches Panko, aber auch kein fein gesiebtes Haushalts-Paniermehl – und dadurch enorm knusprig und dennoch federleicht. Auch auf der Aromenebene ist das Schnitzel ein Volltreffer, hat einen zarten Geschmack von gutem Kalbfleisch und ein intensives Aroma von brauner Butter. Dazu gibt's ganz traditionell einen Kartoffel-/Gurken-Salat der besseren Sorte und Preiselbeeren, die noch knackig und eher herb-süß-sauer schmecken. Ein perfektes Wiener Schnitzel und in dieser Qualität alles andere als alltäglich!
Auch die Pâtisserie setzt auf Klassiker und so kann man hier etwa das omnipräsente Schokoküchlein mit flüssigem Kern oder Affogato bestellen. Wir entscheiden uns für Tiramisù und Pastel de Nata, ein portugiesisches Blätterteiggebäck mit Puddingfüllung. Beide sind gut, wirken aber etwas gewöhnlicher als das formidable Wiener Schnitzel, mit dem sich die Küche die Messlatte selbst sehr hoch angelegt hat.
Fazit einmal mehr: Im Hotel Riva kann man nicht nur im Ophelia vorzüglich essen, auch im Seerestaurant wird man höchst kompetent verköstigt. Dem Team gelingt es, Klassiker mit viel Hingabe auf den Punkt zu bringen, und auch bei den ein oder anderen kreativer anmutenden Gerichten kann man sich dem souveränen Küchenhandwerk sicher sein – und zumindest für eine Zeitlang den Seeblick vernachlässigen.

Staader Fährhaus

Fischerstr. 30, 78464 Konstanz
07531-3616763
www.staaderfaehrhaus.de
Fr–Di ab 12 Uhr durchgehend, Mi u. Do RT
Hauptgericht: 19–29 €, Menüs: 33–95 €

Das kleine, feine Gasthaus liegt direkt am Konstanzer Hafen. Drinnen sitzt man nett in gepflegter Umgebung, im Sommer ist natürlich ein Platz im Garten die erste Wahl – mit Blick auf den See. Die Küche bietet ein solides Niveau, kocht klassisch, schmackhaft, regionalbetont, mit frischen Produkten. Geboten werden verschiedene Menüs, unter anderem auch ein vegetarisches, dazu eine kleine À-la-carte-Auswahl. Lobenswert, dass auffällig viele Bio-Produkte den Weg in die Küche finden.

Hotelempfehlung

★★★★★S

Riva Hotel

Seestr. 25, 78464 Konstanz
07531-363090
www.hotel-riva.de
Einzelzimmer: 150–270 €
Doppelzimmer: 275–805 €

Das privat geführte Hotel befindet sich in einer Jugendstilvilla und einem modernen Seehaus in bester Lage, direkt am Bodensee. Die meisten der lichtdurchfluteten Zimmer und Suiten sind zum Wasser hin ausgerichtet und aus edlen Materialien stilvoll gestaltet. Die öffentlichen Bereiche sind akzentuiert von Kunst- und Designobjekten; eine spektakuläre Wendeltreppe windet sich freischwebend vom Wasserbassin durch die Etagen. Im Wellness- und Spa-Bereich können die Gäste in Dampfbad, Finnischer Sauna oder im Ruheraum relaxen, mit modernen Fitnessgeräten trainieren oder sich verschiedenste Anwendungen gönnen. Ein Highlight ist das Pooldeck mit 12 x 5 Meter großem beheiztem und ganzjährig geöffnetem Schwimmbad mit spektakulärem Seeblick. In beiden Restaurants werden die Gäste auf hohem kulinarischem Niveau verwöhnt: von regionalen Gerichten bis zum Gourmetmenü. Restaurant Ophelia und Seerestaurant Riva separat erwähnt.

Korschenbroich (Nordrhein-Westfalen)

5

Gasthaus Stappen

Steinhausen 39, 41352 Korschenbroich
02166-88226
www.gasthaus-stappen.de
Mi–Mo ab 18 Uhr, So von 12–14 Uhr u. ab 18 Uhr, Di RT
Hauptgericht: 26–34 €, Menüs: 42–66 €
EC P

Das von Carmen und Frajo Stappen in fünfter Generation geführte Restaurant wurde mit viel gutem Geschmack schick gestaltet und wird vom Chef und seinem Team mit noch mehr gutem Geschmack bekocht. Auch wenn ganz selbstverständlich der eine oder andere Fisch aus dem Meer kommt und hier und da weltläufige Aromen im Spiel sind, kann die Küche durchaus als zeitgemäße kreative Regionalküche bezeichnet werden. In der bewährten Klassikerlinie sowieso, aber auch die saisonalen Menüs lassen viel Heimatverbundenheit erkennen. Alles ist fachmännisch, schnörkellos und produktorientiert zubereitet und zudem sehr moderat kalkuliert. In der Vinothek gibt's in locker-kommunikativer Atmosphäre gute Weine und leckere Kleinigkeiten.

Kraiburg am Inn (Bayern)

6

Hardthaus

Marktplatz 31, 84559 Kraiburg am Inn
08638-73067
www.hardthaus.com
Do–Sa ab 18.30 Uhr, So ab 12 Uhr durchgehend, Mo–Mi RT
Hauptgericht: 19–35 €, Menüs: 35–85 €
EC

Seit vielen Jahren ein zuverlässiger Tipp, wenn anspruchsvolle kreative Küche zu moderaten Preisen in entspannter Atmosphäre gefragt ist. Denn was in dem originellen Gastraum des einstigen Kolonialwarenhandels mit deckenhohen, dunkelhölzernen Regalen an beiden Wandseiten, in denen neben antiken Schreibmaschinen jede Menge Hochprozentiges und eine stattliche Kochbuchsammlung lagert, von Marc Vermetten und seinem Team mit Sorgfalt und Können aufs Porzellan gebracht wird, macht auf unkompliziert zugängliche Art einfach viel Spaß. Gekocht wird weltoffen und im besten Sinne bunt und kontrastreich, ohne Exklusivitätsdrang, aber immer mit dem gewissen Etwas. Die Weinkarte ist angemessen bestückt, vorwiegend mit Gewächsen aus Deutschland, Österreich und Italien.

Krakow am See (Mecklenburg-Vorpommern)

7

Ich weiß ein Haus am See

Paradiesweg 3, 18292 Krakow am See
038457-23273
www.hausamsee.de
Di–Sa ab 18.30 Uhr, So u. Mo RT
Menüs: 70–100 €
EC P

Seit über 25 Jahren existiert das Landidyll am Nordufer des Krakower Sees nun schon als weithin bekanntes und geschätztes Genussziel zwischen Berlin und Rostock. In dem ruhig gelegenen und sehr gepflegten Anwesen sitzt man als Restaurantgast – nur durch das hauseigene, parkähnliche Grundstück mit altem Baumbestand vom Ufer getrennt – in einem hellen, angenehm schlicht eingerichteten und zur Front hin halbrunden Raum mit zwei Ebenen und wird von Küchenchef Raik Zeigner, der hier auch schon bald 15 Jahre seinen Dienst am Herd tut, fein bekocht. Vier allabendliche Gänge, konsequent klassisch im Stil und hochqualitativ, was die Produkte angeht, erwarten Hausgäste wie extern angereiste Feinschmecker hier. Auf den ersten Blick immer recht gediegen, im Detail aber meistens durchaus pfiffig und sogar mit markanten Pointen. Und dafür, dass stets auch etwas Ansprechendes im Glas ist, sorgt Patron Adi König, der mit seiner erfrischend unkomplizierten und versierten Art nicht nur ein weinkompetenter, sondern auch sehr sympathischer Gastgeber ist.

Kranzberg (Bayern)

Hörger Tafernwirtschaft

Hohenbercha 38, 85402 Kranzberg
08166-990980
www.hoerger-biohotel.de
Täglich ab 11.30 Uhr durchgehend, kein RT
Hauptgericht: 11–29 €

Alleine für den schmelzig zarten hausgemachten Lardo, der hier mit locker-knusprigem dunklem Baguette kredenzt wird, lohnt sich der Besuch. Aber auch sonst ist in der Tafernwirtschaft mit ihrem authentischen ländlichen Stuben ohne Folklorekitsch und dem angeschlossenen modernen Bio-Hotel die Qualität der Produkte der Trumpf: alles biologisch, entweder aus eigener Produktion oder von engagierten Erzeugern aus der Region. Gekocht wird eher handfest, ohne größere Verfeinerungsansprüche, aber mit handwerklichem Geschick und stets dem guten, unverfälschten Geschmack verpflichtet.

Krefeld (Nordrhein-Westfalen)

Landhaus Fischerheim

Nieperstr. 275, 47802 Krefeld
02151-564835
www.landhausfischerheim.de
Di–Sa ab 18 Uhr, So von 12–15 Uhr, Mo RT
Hauptgericht: 23–32 €

Das markante lange Gebäude steht in Alleinlage außerhalb der nächsten Ortschaften direkt an der mäßig befahrenen Landstraße und lädt die Gäste in einen hellen Gastraum mit dunklem Parkett, sauber eingedeckten Tischen und wuchtigen Backsteinsäulen als Raumteiler. Der Österreicher Peter Hribar kredenzt hier einerseits die gutbürgerliche und traditionsreiche Schmankerlküche seines Heimatlandes, präsentiert darüber hinaus (vor allem im Bereich der Vorspeisen und Zwischengerichte) aber auch kreativere Eigeninterpretationen auf klassisch fundierter Basis. Nach wie vor eine der wirklich empfehlenswerten Essadressen in dieser Gegend. Der gehobene kulinarische Anspruch der Gastgeber spiegelt sich auch auf der gut sortierten Weinkarte wider.

Pur

Roonstr. 1, 47799 Krefeld
02151-6223415
www.pur-krefeld.de
Mo–Fr von 12–14.30 Uhr u. ab 17.30 Uhr, Sa ab 17.30 Uhr, So RT
Hauptgericht: 12–24 €
VISA

Von außen unscheinbar, innen aber stylisch industrial-chic eingerichtet mit rohen Betondecken, großformatigen modernen Bildern sowie Designerlampen und -sesseln wurde hier ein attraktiver urbaner Genussort geschaffen. Setzte das Pur in der ersten Zeit nach der Eröffnung und damals noch unter der Ägide von Günter Rönner als Küchenchef klar auf Fine Dining, liegt der Fokus jetzt auf gehobener Bistroküche mit Anspruch an natürliche und frische Zubereitung. Das Team konzentriert sich auf schnörkellose, handwerklich und frisch zubereitete

Speisen. Im besten Fall bekommen diese auch noch einen kleinen kreativen Twist mit, in jedem Fall aber werden sie akkurat und balanciert umgesetzt. An einigen Stellen könnte durch Produkt-Upgrades und Verzicht auf überkonzentrierte Geschmacksbilder auch noch mehr rausgeholt werden. Umfangreiche Weinkarte, die neben interessanten Einstiegsweinen auch viele hochwertige Gewächse zu fairen Preisen listet.

Kronberg (Hessen)

7

Schlossrestaurant Victoria

Hainstr. 25, 61476 Kronberg
06173-701551
www.schlosshotel-kronberg.com/schlossrestaurant
Mi–So ab 18.30 Uhr, Mo u. Di RT
Menüs: 79–175 €

Die Gastronomie im monumentalen Schlosshotel Kronberg, das uns mit seinen vielen Erkern und Türmchen inmitten eines weitläufigen Parks mit alten, hohen Bäumen immer ein wenig an Harry Potters Hogwarts Zauberschule für Zauberei und Hexerei erinnert, war in der Vergangenheit nicht zuletzt wegen häufiger Küchenchefwechsel immer etwas heterogen. Jetzt, wo es mit dem Restaurant Enrico d'Assia ein mittags wie abends geöffnetes bodenständigeres Pendant gibt, könnte im separaten, nach Victoria Kaiserin Friedrich benannten und nur an fünf Abenden geöffneten Gourmetrestaurant tatsächlich mal Beständigkeit auf hohem Niveau einkehren. Mit Küchenchef Christoph Hesse zeichnet jedenfalls ein sehr fähiger Cuisinier verantwortlich, der hier jetzt an den Leistungen anknüpft, die er zuletzt schon in Schellers Restaurant im Hardtwald-Hotel in Bad Homburg auf die Teller brachte. Geboten werden zwei bis zu sechsgängige Menüs – eines betont weltoffen und moderat experimentierfreudig, das andere etwas gediegener –, die stilistisch beide der zeitgemäß interpretierten Klassik zuzuschreiben sind und ein qualitativ wie handwerklich hohes Niveau bieten.

Krumbach (Bayern)

Gasthof Diem

Kirchenstr. 5, 86381 Krumbach
08282-88820
www.gasthof-diem.de
Täglich von 11.30–14 Uhr u. ab 17.30 Uhr, kein RT
Hauptgericht: 10–28 €, Menüs: 20–39 €

Schön, dass es noch Gasthöfe wie diesen gibt, mit eigener Metzgerei und Konserven-Manufaktur, wo vom Ketchup bis zur Rinderroulade alles selbstverständlich hausgemacht ist, wo aber nicht nur gutes Fleisch, sondern auch frisches Gemüse eine übergeordnete Rolle spielt, wo man auf der Speisekarte nicht nur die üblichen Traditionslangweiler findet, sondern auch mal seltenere Produkte und Zubereitungen. Die Küche dieses gepflegten ländlich-rustikalen Stadtgasthofs, zu dem auch noch ein kleiner Hotelbetrieb gehört, wird von Juniorchef Johannes Diem geführt, der viel frischen Wind in den elterlichen Betrieb gebracht hat. Hier wird interessant und abwechslungsreich gekocht!

Krummhörn (Niedersachsen)

Fischerhus

Sielstr. 5, 26736 Krummhörn
04926-319
www.fischerhus-greetsiel.de
Küchenchef: Weert Zell
Mi–So durchgehend ab 11.30 Uhr, Mo u. Di RT
Hauptgericht: 16–20 €, Menüs: 19–36 €

Malerisch liegt das Fischerhus im ostfriesischen Fischerdorf Greetsiel mit seinen historischen Giebelhäusern aus dem 17. Jahrhundert und den hübsch und akkurat rot gepflasterten Gassen direkt am über 600 Jahre alten Fischerhafen. Und inmitten dieser Szenerie, in der auch traditionelle Krabbenkutter vor Anker liegen, lädt das kleine Gasthaus zu rustikalem maritimem Schmaus. Küchenchef Weert Zell und sein Team fabrizieren hier nicht nur sehr gefragte Fischbrötchen zum Mitnehmen, sondern kochen aus frischen Produkten auch normale Tellergerichte, die in der schlichten Gaststube mit ihren markanten hellblauen Stühlen und maritimem Dekor oder auf der Terrasse mit Blick auf die Krabbenkutterflotte serviert werden.

Was auf die Teller kommt, ist eher von handfester norddeutscher Art als von leichter Hand, kommt als solches aber durchaus recht proper daher. Zumal hier eben das, auf was es bei einer bodenständigen Fischküche immer noch am meisten ankommt, nämlich die Qualität der Fische und Meeresgetiere, durchaus überdurchschnittlich ist. Das war zuletzt auch schon an der „Greetsieler Bouillabaisse" zu schmecken, die zwar nicht sehr Bouillabaisse-typisch war und deren Basis mit allerhand Gemüse- und Kräutereinlage eher vegetabil als maritim anmutete –, die aber mit verschiedenen wirklich guten Muscheln, Krabben, Garnelenfleisch und sogar etwas Tintenfisch eine adäquate Einlage intus und eine authentische Sauce Rouille nach klassischem Rezept (also mit Kartoffel) an ihrer Seite hatte.

Dank der stets hervorragend süßlich-frischen und saftigen Meerestiere ist auch die cremige Krabbensuppe hier immer lohnend. Die eher dickliche Konsistenz wirkt zwar eher behäbig und oldschool-like, bekommt aber durch Dill und Pernod etwas anisduftige Frische und bietet auch sonst viel Produktcharakter. Trotz etwas mampfig-trockenem Bun war auch der Seelachs-Burger eine schmackhafte Angelegenheit: weil das gebratene Fischfilet darauf saftig, das Gemüse knackig-frisch und aromatisch und die fruchtig-süßliche Currysauce (mit Ananas) eine runde Sache war. Und weil das mächtige Ding durch kross gebackene Zwiebeln auch noch einen eingebauten Knuspereffekt hatte.

Da es heuer einmal nicht die frischen, in Buchweizenmehl gebratenen Heringe mit Kartoffel-/Apfel-Salat und Sabayon oder der Matjes mit apfelfrischer Rote-Bete-Creme sein sollten, bekamen wir diesmal mit einer üppig bestückten Fisch-Salat-Variation einen guten Querschnitt der Produkte. Über die superschlichten naturellen Rohkostgemüse sehen wir hinweg, dafür gab es reichlich von den Top-Krabben, knusprig gebratene Fischstreifen (größere und saftigere Filets wären allerdings noch repräsentativer gewesen ...), milden festen Matjes und – als einzige Schwachstelle – etwas recht blassen und weichen Räucherlachs.

Im Grunde war aber auch dieses sommerliche Gericht die Bestätigung dafür, dass sich ein Besuch hier für den rustikalen und unkomplizierten Genuss frischer Fische und Meeresfrüchte lohnt. Nicht umsonst gehen die Krabben- und Matjesbrötchen „to go" fast schon im Akkord an die Laufkundschaft. Ins Glas passt dazu ein kühles Pils ganz prima, alternativ gibt es aber auch eine kleine Auswahl einfacher Weine.

Krün (Bayern)

Das Alpenglühn Restaurant

im Hotel Alpenglühn

Kranzbachstr. 10, 82494 Krün
08825-2374
www.das-alpengluehn.de
Fr ab 18 Uhr, Sa–Mi von 12–14 Uhr u. ab 18 Uhr, Do RT
Hauptgericht: 12–28 €,
Menüs: 27–46 €

Bereits in der vierten Generation betreiben Katja und Dimitrij Kriner das in modernem alpinem Stil gestaltete Restaurant. Allerdings belassen es die beiden nicht beim Bewahren der Tradition, sondern setzen voll auf ambitionierte Gastronomie in einer zeitgemäßen Gangart. Auf der Karte wird diese Linie vor allem in den angebotenen Menüs gebündelt, in denen recht einfalls- und aromenreich kombiniert wird. Dabei gelingt es ganz prima, auch mit verhältnismäßig einfachen Mitteln für Finesse zu sorgen. Die Produkte haben ordentliches Niveau und vor allem auch bei den traditionelleren Gerichten à la carte zeigt sich immer wieder, wie gut Dimitrij Kriner das klassische Handwerk beherrscht. Erwähnenswert ist auch die von der sympathischen Gastgeberin zusammengestellte Weinkarte aus größtenteils deutschen

Gewächsen namhafter Erzeuger, die hier – wie das gesamte Angebot – auch nicht das letzte Hemd kosten.

Kühlungsborn
(Mecklenburg-Vorpommern)

5

Tillmann Hahns Gasthaus
in der Villa Astoria
Ostseeallee 2, 18225 Kühlungsborn
038293-410214
www.villa-astoria.de
Mi–So ab 18 Uhr, Mo u. Di RT
(mittags Feinkost-Bistro)
Hauptgericht: 15–23 €
VISA

In der eleganten Villa Astoria an der Kühlungsborner Strandpromenade offeriert Tilmann Hahn in Feinkostladen und Restaurant alles, was das Umland an kulinarisch Wertvollem zu bieten hat. In dem schicken nordischen Gasthaus werden schlicht und schmackhaft zubereitete Gerichte von ungekünstelter, substanzstarker Art serviert. Mal norddeutsch-deftig, mal mediterran-leicht, aber mit dem gewissen Etwas. Die moderaten Preise versprechen hier keine Hochleistungs-Gourmetküche, und so präsentiert sich das Gebotene in seiner unprätentiösen Machart als durchaus stimmig. Kleine hochwertige Weinauswahl, ausgewählte Biere und Säfte.

Künzelsau (Baden-Württemberg)

7

handiɔap.
im Hotel Anne-Sophie
Hauptstr. 22–28, 74653 Künzelsau
07940-93460
www.hotel-anne-sophie.de
Küchenchef: Tobias Pfeiffer, Sebastian Wiese
Mi–Sa von 12–14 Uhr u. ab 18 Uhr, So von 12–14 Uhr, Mo u. Di RT
Hauptgericht: 20–40 €,
Menüs: 75–105 €
VISA P

Die Unternehmerfamilie Würth fördert seit jeher nicht nur die Kunst, wie nun auch im neuen Museum Würth 2 in Künzelsau zu bestaunen ist, sondern ebenso die Kulinarik. Dies weiterhin auf hohem Niveau im Wald & Schlosshotel Friedrichsruhe – im Alten Amtshaus in Mulfingen-Ailringen hingegen hat man nach vielen Jahren das Gourmetrestaurant aufgegeben. Der Amtskeller wird fortan nur noch für Veranstaltungen genutzt, Küchenchef Sebastian Wiese ist ins Hotel Anne-Sophie nach Künzelsau gewechselt, einem weiteren Vorzeigeprojekt der Würth-Gruppe. Im Restaurant handiɔap, in dem Menschen mit und ohne Behinderung arbeiten, bildet Wiese nun mit Tobias Pfeiffer eine Doppelspitze, die die Küche noch näher an der Region ausrichten soll.
Da das Hohenloher Land für seine Produktqualität bekannt ist, nicht zuletzt durch die Bäuerliche Erzeugergemeinschaft Schwäbisch Hall, wird für Genießer auch ohne Kaviar & Co. viel geboten. Bei unserem jüngsten Besuch kamen gleich vorneweg drei Löffel mit einem Beef Tatar und Radiescheneis, Ochsenherztomate mit Ziegenfrischkäse und eine Fischpraline auf Bratkartoffelsalat – alles herzhaft, kräftig und auch ein bisschen deftig. Zum hausgemachten Brot gab es dreierlei Gewürze und dreierlei weitere Beigaben: eine kompakte Heumilchbutter, ein sanftes Roggen-/Bärlauch-Pesto und gutes Kürbiskernöl. Als Amuse-Bouche kam eine Art „Chicken McNugget“ für Fortgeschrittene auf den Tisch, ein paniertes und knusprig ausgebackenes Stück vom Mäusdorfer Landgockel nämlich, das mit geschmorten Aprikosenschnitzen, einer leichten Mayonnaise und etwas Rauke aufgeboten wurde.
Eleganter wurde es alsdann mit der Vorspeise des „Menüs Hohenlohe“. Zur Lachsforelle, als Tatar und auf Buchenholz geräuchert, gab es Knackig-frisch-Würziges vom Staudensellerie und das zwischen süß und säuerlich Changierende der Stachelbeere, beides auch zu einem fruchtigen Sud verarbeitet, der in der Mitte des Arrangements angegossen war und mit Bach-

kresse und Haselnüssen sowie dekorativen Blüten ein rundes Bild ergab. Bei der À-la-carte-Vorspeise um eine Erbsenschaumsuppe erstaunte, dass der aufgehellte grüne Schaum nicht zu sehr ins Lieblich-Süßliche abdriftete, sondern einen herben, metallischen Touch hatte – vielleicht auch durch die ganzen Schoten, die neben den leicht knackigen Hülsenfrüchten in der Mitte des Tellers arrangiert waren. Star des Gerichts war das ebenso knusprige wie saftige, mit Laugengebäckbröseln panierte Kalbsbries, das hier nebst Weinbergpfirsich und frischer Minze einen schönen Akzent setzen konnte.

Um die Klepsauser Wachtel drehte sich das Zwischengericht des Menüs: sous-vide gegart und gegrillt – unter der knusprigen Haut effektvoll mit einem Salbeiblatt getunt – sowie als Füllung in einem großen Tortellino. Mit auf dem Teller: Mangold, Pilze und ein feinsäuerliches Gemüsekompott. Nach einer sehr gelungenen Erfrischung zwischendurch, einem Molkesorbet mit Karottenkaviar und Kräuterlimonade, überzeugte als Hauptgericht das „BBQ-Lamm" in Teilen: Die Hitze war zwar nicht komplett bis ins Innerste der Keulenstücke vorgedrungen, die halbrohe Saftigkeit des Fleischs war aber aufgrund dessen guter Qualität kein Defizit. Eine leichte Jus, eine geschmorte Zwiebel, Artischockenböden und überfruchtige, fast schon zu süße Tomatenstückchen ergaben in der Summe eine schöne Kombination aus Würze und Frische. Letztere vermissten wir auf dem zweiten kleinen Teller, denn trotz Tomatenstücken und Lauchzwiebelringen war die hohenlohische Variante des Flammkuchens namens Blootz von Angetrocknetem – Ragout von der Lammschulter auf einem mitgebackenen Joghurt – und Dehydriertem dominiert. Diese knusprig aus der Hand zu essende Hommage an die Heimat hätten wir uns einzeln und vorneweg fast noch besser vorstellen können.

Auf der Karte findet sich unter „Altbewährtem – neu gedacht" auch ein Zwiebelrostbraten, der wie gewünscht nicht blutig, sondern rosarot und halbiert an den Tisch kam. Als eher bemühte Variante der klassischen Zwiebelschmelze haben wir das überbackene rote Zwiebelmus auf dem Fleisch empfunden. Zu geschmorten und halbierten Zwiebeln gab es noch eine süße Mousse, dünne, aber tiefgelbe, sehr butterige Spätzle sowie eine Rotweinjus, deren dichte Konsistenz der von Rübensirup recht nahe kam und die auch geschmacklich arg konzentriert war.

Überraschend leicht und elegant war schließlich (und trotz der in der Kombination oft eher kompakt wirkenden Komponenten Kirsche und Schokolade) das Dessert, hier in Gestalt eines Schoko-/Schwarzbier-Körbchens mit einer geschmeidigen Holunder-/Hopfen-Creme, einem Kirschsorbet sowie marinierten Früchten bis hin zur Amarena-Variante. Zum Kaffee überzeugten auch die nicht zu überkandidelten Petits Fours.

Die Weinbegleitung, in der es auch international werden kann, ist fair kalkuliert – wie überhaupt das Preis-Leistungs-Verhältnis im handi ap ein ziemlich gutes ist. Die Ausstattung im Inneren ist klassisch-gediegen und wirkt mitunter etwas schwer, auch durch gemusterte Teppiche, die aber in den hohen Räumlichkeiten mit einem gemalten und lichtumrandeten Himmeloval an der Decke für eine angenehm gedämpfte Akustik sorgen. Abschließend kann man sagen: Man sitzt und isst hier einfach gut!

Kuppenheim (Baden-Württemberg)

8

Raub's Landgasthof

Hauptstr. 41,
76456 Kuppenheim
07225-75623
www.raubs-restaurant.de
Di ab 18.30 Uhr, Mi–Sa von 12–14 Uhr u. ab 18.30 Uhr, So u. Mo RT
Hauptgericht: 24–42 €,
Menüs: 46–130 €

EC P

Mit einer attraktiven Mischung aus der hier seit so langer Zeit bewährten Souveränität von Altmeister Wolfgang Raub und viel frischem Wind, den sein Sohn Martin nach seiner Rückkehr in den elterlichen Betrieb an den Herd mitgebracht hat, erreichte die Küche des feinen Landgasthofs in Kuppenheim mittlerweile wieder ein Niveau wie zu besten Zeiten. Hervorragende Produkte bester Provenienz von nah und fern sind weiterhin der Dreh- und Angelpunkt dieses fundiert und mit Sinn für hintergründige geschmackliche Raffinessen zubereiteten Kulinariums, für das auf kurzlebige Trends und Küchen-Hightech verzichtet wird und stattdessen lieber kompromisslos handwerklich und sehr gegenständlich gearbeitet wird. Was im sehr stilvoll ländlich-elegant gestalteten Lokal oder auf der Gartenterrasse in Gestalt einer ebenso regionalbetonten wie weltoffenen und ebenso bodenständigen wie kreativen Küche serviert wird, wirkt völlig zeitlos und enorm substanziell.

Kusterdingen (Baden-Württemberg)

Hotelempfehlung

★★★S

Hotel & Restaurant Mayers Waldhorn

Neckar-Alb-Str. 47,
72127 Kusterdingen (Mähringen)
07071-13330
www.mayers-waldhorn.de
Einzelzimmer: 69–119 €
Doppelzimmer: 99–189 €
VISA

Das bereits seit 1950 familiengeführte Hotel liegt zentral zwischen Reutlingen und Tübingen am Rande der Schwäbischen Alb. Vom Stadtbummel bis zur Landpartie ist hier alles möglich: Mit dem Auto sind die beiden Städte in nur 15 Minuten erreichbar, und der nahe gelegene Schönbuch lädt zu ausgiebigen Spaziergängen und Wanderungen ein. Ein Highlight für Golfer ist der nur wenige Kilometer entfernte Golfclub Schloss Kressbach – einer der längsten Meisterschaftsplätze in Deutschland. Die insgesamt 18 Zimmer des Hotels reichen vom gepflegten Einzelzimmer bis zur komfortabel ausgestatteten Junior-Suite; ein Flatscreen-TV, kostenloses WLAN und ein Schreibtisch gehören in allen Kategorien zum Standard. Der Morgen beginnt mit einem reichhaltigen Frühstücksangebot, und im Restaurant (mit Wintergarten) steht der Chef persönlich für eine gute schwäbische und internationale Küche.

Ladenburg (Baden-Württemberg)

6↑

Backmulde

Hauptstr. 61, 68526 Ladenburg
06203-404080
www.back-mul.de
Di–Fr ab 18 Uhr, Sa u. So von 12–14 Uhr u. ab 18 Uhr, Mo RT
Hauptgericht: 19–39 €, Menüs: 55–99 €
VISA

Küchenchef Daniel Geib und sein Team geben in dem modern-ländlich eingerichteten Restaurant mit schönem altem Holzgebälk in einem Fachwerkhaus im Zentrum von Ladenburg richtig Gas und bieten eine einfallsreiche, weltoffene klassische Küche auf hohem Niveau. Die verfolgt mit einer kleinen À-la-carte-Auswahl sowie zwei Menüs einerseits eine regionalbetonte, saisonale Linie und daneben auch eine moderne, betont international und kreativ komponierte Richtung – beide mit derselben Präzision und mit viel Liebe zum Detail aus sehr guten Produkten äußerst schmackhaft umgesetzt. Im Service ist Gastro-Quereinsteiger Rainer Döringer ein engagierter Gastgeber, der hier seine Leidenschaft und Expertise für Wein in Gestalt spannender Weinempfehlungen unter Beweis stellt und daneben auch noch einen Weinladen betreibt.

Lahr (Baden-Württemberg)

8

Adler

Reichenbacher Hauptstr. 18, 77933 Lahr
07821-906390
www.adler-lahr.de
Küchenchef: Daniel Fehrenbacher
Mi–Sa ab 18.30 Uhr, So von 12–14 Uhr u. ab 18.30 Uhr, Mo u. Di RT
Hauptgericht: 47–49 €, Menüs: 69–171 €
VISA

Baden und der Schwarzwald sind nicht eben arm an reizvollen Adressen für Genießer. Unter den vielen interessanten Zielen nimmt der Adler in Lahr allerdings seit Jahren nochmal eine besondere Stellung ein. Selten gelingt die Verbindung von Tradition und Historie mit Modernität und einem jungen Spirit so famos wie hier unter der Hand von Familie Fehrenbacher. Schon das Ambiente mit reduziert edler Einrichtung, hellem Holz, rotem Lichtspiel, warmen Farben und einem scharfen Blick für Details erhält einerseits den Bezug zu Region und Geschichte, wirkt andererseits aber absolut zeitgemäß.
Und genau auf dieser Linie bewegt sich auch die Küche, mit ambitionierten Kreationen auf den Wurzeln badisch-elsässischer Genusskultur, die gekonnt um kreative Ideen und internationale Einflüsse erweitert wird. Die Masterminds hinter dem aktuellen Erfolg und der behutsamen Weiterführung ins Hier und Heute sind in der mittlerweile vierten Generation Daniel (Küche) und Kerstin Fehrenbacher (Sommelière). Beide stehen mit sichtlich viel Herzblut und hohen Ambitionen hinter dem Konzept. Und der Erfolg gibt ihnen Recht: Ein Abstecher hierher ist immer ein besonderes Vergnügen!
So auch beim aktuellen Besuch, der ganz entspannt mit etwas regionalem luftgetrocknetem Schinken und einem Happen aus Wildterrine mit Topping von Aprikosenchutney und spicy Popcorn startete. Schon etwas vielschichtiger aufgebaut folgte in einem kleinen Schälchen ein mit Rote Bete, Matjes und Apfel gefülltes Rettichröllchen, das im Verbund mit knackigen Gurkenkugeln und gepopptem Weizen das Matjes-Thema in sehr filigraner Form interpretierte.
Das volle Können des Chefs und seines Teams wurde dann aber bei der bildhübsch puristisch aufgebauten Gänseleberterrine deutlich: purer kraftvoller Fruchtgeschmack, nur dezent mit alkoholischer Süße hinterlegt, obenauf hauchdünnes Feigenconfit und Scheiben von frischen Feigen zwischen filigranen Schwarzbrotchips. Deren dunkle, röstige Noten fanden sich – zusammen mit leichter Bitterkeit – auch in der Feigen-Saucenreduktion drum herum wieder und sorgten für einen pointierten Kontrast zur klassischen Fruchtigkeit. Dazwischen lieferte zudem Sauerklee dezente, gut eingebundene Frischekicks.
Einen ähnlichen Purismus, aber mit noch mehr verdichteten Details, gab es bei der im Ganzen geschmorten Miniaubergine. Neben den produkttypischen Bitternoten stand hier ein betörender Duft von Ras el-Hanout im Hintergrund, während auf der Schnittfläche knusprige Quinoa, kühle Ziegenkäseflocken, Olivenöl-Kaviar und dunkle Holunderbeeren immer wieder neue Facetten zwischen grasig, beerig und laktisch-salzig aufblitzen ließen. Auf seine individuelle Art sehr stark!
Sehr stark, vor allem in Sachen Intensität, war aber auch die folgende Kombination von beherzt angebratenem und trotzdem auf den Punkt glasig gegartem Seehecht mit einer Tranche geschmorten Schweinebauchs, die in etwa gleichen Proportionen angerichtet waren. Diese Verbündeten ergaben ein zupackendes, verfeinert-rustikales Schmankerl der Extraklasse, bei dem sich die beiden Hauptdarsteller kraftvoll ergänzten, zumal sie mit bissfesten Radieschen und mit Zwiebelkaramell bepinseltem Schwarten-Popcorn auch noch ein kongeniales Topping hatten. Am Schüsselboden dazu noch ein Hauch schmorwürzige Zwiebelcreme, der sich mit einer straffen aufgeschäumten Beurre blanc vermischte und als Duo die ganze Installation trug – zugleich aber auch mit flirrender Säure belebte. Klasse!
Kaum weniger gelungen war aber auch das folgende junge und perfekt bambizarte Reh, dessen nur leicht kolorierter Rücken mit einem knusprig-cremigen Entenleber-Wan-Tan und knuffigem Minisemmelknödel in Bröselschmelze sowie einer eleganten transparenten Jus eigentlich als perfektes Beispiel optimierter Klassik in präzisen Proportionen serviert wurde. Den besonderen Dreh bekam das Ganze allerdings durch dünne Streifen eines Douglasien-Pestos, das selbst in geringer Dosis alles mit einem spannenden, ätherisch herben Waldduft hinterlegte.
Anschließend leitete das Team mit einem Miniaturdessert rund um üppiges Rosmarineis nebst Zwetschgenragout und Sesam-/Karamell-Hippe gekonnt zum eigentlichen süßen Abschluss über. Dieser stellte die gut balancierte Kombination aus zarter Zitronentarte mit feinherbem Schokoladensorbet in den Mittelpunkt und zirkelte drum herum einen Ring aus vollreifen Sommerbeeren, cremiger Meringue und Zitronengel als frischeres, in sich ebenfalls

gut austariertes Umfeld. Mit verhältnismäßig wenig Aufwand wurde hier große Klarheit und Intensität auf den Teller gebracht.
Dass dazu auch der charmante Service und die große Auswahl hochwertiger Weine (nicht nur aus der Region) Klasse haben, versteht sich beinahe von selbst und trägt nicht unwesentlich zum rundum positiven Gesamteindruck bei.

Landsberg a. Lech (Bayern)

Fast & SLOW

73 Burger Bar

Hubert-von-Herkomer-Str. 73,
86899 Landsberg a. Lech
08191-9735180
www.73bb.de
Di–So ab 17 Uhr, Mo RT

Hier gibt's variantenreiche Burger der besseren Art aus guten, frischen Produkten teils regionaler Erzeuger.

Gasthaus Süßbräu

Alte Bergstr. 453,
86899 Landsberg a. Lech
08191-39192
www.suessbraeu.de
Di, Sa u. So von 11.30–14 Uhr u. ab 17.30, Mi–Fr ab 17.30 Uhr, Mo RT

EC VISA P

Das Süßbräu gegenüber dem historischen Bayertor ist eine der ältesten Gastwirtschaften in Landsbergs Altstadt und wurde vor geraumer Zeit nicht nur umfassend renoviert, sondern auch an die nächste Generation weitergegeben. Unter der Leitung von Johannes Matheis hat auch die Küche einen Zahn zugelegt und präsentiert sich nun schon seit ein paar Jahren äußerst solide und ansprechend. Der junge Chef konzentriert sich auf Produkte aus der Region, kocht bodenständig, aber mit Frischeanspruch. Die Karte ist vertrauenerweckend klein und bewegt sich vom Tafelspitz auf Meerrettichsauce mit Wurzelgemüse über Zwiebelrostbraten mit Kässpätzle bis zum Hausklassiker Kalbszunge mit Semmelknödel in Kapernsauce im traditionellen Bereich – alles sehr schmackhaft und fundiert zubereitet. Obwohl zu den meisten Sachen bestens ein Weihenstephaner passt, gibt es auch eine kleine, respektable Weinauswahl.

Wirtshaus am Spitalplatz

Alte Bergstr. 394,
86899 Landsberg a. Lech
08191-9370574
www.wirtshaus-am-spitalplatz.de
Di–So ab 11.30 Uhr durchgehend, Mo RT
Hauptgericht: 14–28 €

EC VISA P

Ein Vorzeigewirtshaus: In dem freundlich, schlicht und ohne Kitsch eingerichteten Lokal in Landsbergs historischer Altstadt gibt es genau das, was man sich in einem bayerischen Wirtshaus wünscht, aber nur noch selten bekommt, nämlich zupackende, kraftvolle Bodenständigkeit zu moderaten Preisen. Der aus Österreich stammende Küchenchef Walter Harb setzt voll auf solides Handwerk, eine gute Produktpalette und verzichtet in seinen traditionell gehaltenen Gerichten auf überflüssige Verfeinerungen und Spielereien. Die Ergebnisse sind schlicht, aber substanzstark und zeigen den Blick aufs Wesentliche. Etwas längere Wartezeit für die frische Zubereitung, auch von Mehlspeisen in bester K.u.k.-Manier, nimmt man da gern in Kauf – und kann sich mit der kleinen Auswahl an guten Schoppenweinen und Craftbier sehr genüsslich die Zeit vertreiben.

Landshut (Bayern)

6

Fürstenhof

im Hotel Fürstenhof

Stethaimer Str. 3, 84034 Landshut
0871-92550
www.fuerstenhof.la
Di–Sa ab 18.30 Uhr, So RT
Hauptgericht: 38–42 €, Menüs: 56–84 €
EC VISA

Mit Schmankerlkarte und Feinschmeckerkarte machen Simone und André Greul im Landshuter Fürstenhof einen relativ breiten Spagat zwischen herzhaft-rustikaler Heimatküche und exklusiveren Kreationen. Die beiden festlich-nostalgischen Räume sind ein gediegener Rahmen für alles, was aus André Greuls Küche kommt, und im Sommer findet sich ein lauschiges Plätzchen auf der Terrasse im Garten. Unsere Bewertung bezieht sich ausschließlich auf die Kreationen, die als Menü und à la carte auf der Feinschmeckerkarte zu finden sind. Diese sind deutlich aufwendiger gestaltet als das Schmankerlprogramm, und der Chef nimmt sich dafür in handwerklich versierter, klassisch-fundierter Machart vorwiegend regionaler Produkte engagierter, namentlich auf der Karte erwähnter Produzenten an. Daneben lässt er aber auch gerne von weiter her angereiste Viktualien oder exotischere Aromen einfließen, kocht fantasievoll, mit bodenständiger Kreativität auf seit Jahren beständigem Niveau. Die Weinkarte bietet zu moderaten Preisen viel Gutes aus Deutschland und den europäischen Nachbarländern, und die Gastgeberin bedient ebenso freundlich wie zuvorkommend.

5

Ristorante Bellini

Papierstr. 12,
84034 Landshut
0871-630303
www.bellini-landshut.de
Küchenchef: Maurizio Ritacco
Mo–Fr u. So von 11.30–14.30 Uhr u. ab 18 Uhr, Sa ab 18 Uhr, kein RT
Hauptgericht: 17–25 €,
Menüs: 40–70 €
EC VISA

Das sehr zentral in der Nähe des Stadtparks gelegene Bellini ist ein Klassiker in Landshuts Restaurantszene und schon seit über einem Vierteljahrhundert an dieser Stelle in nahezu unveränderter Konstellation mit gehobener italienischer Küche dienlich. Der ursprünglich aus Kalabrien stammende Gastgeber Maurizio Ritacco ist in der Region bestens bekannt und vernetzt, und die Leute schätzen seine Qualitäten als Gastgeber und nomineller Küchenchef. Dass hier auch der gehobene Weingenuss eine nicht unerhebliche Rolle spielt, kann man im hinteren Gastraum unschwer erkennen, wo Vinoteca-ähnlich in Weinregalen die guten Gewächse bester italienischer Erzeuger von der Tenuta Sassicaia über Masseto bis zu Angelo Gaja schlummern – aber auch glasweise ist Gutes, wenngleich natürlich deutlich weniger Prestigeträchtiges zu moderaten Preisen zu bekommen. Ein wunderschöner Innenhof mit akkurat gepflegter Botanik macht zudem im Sommer viel Lust aufs Draußensitzen.
Die Küche ist zwar klassisch italienisch, umschifft aber weitgehend die typischen und immer gleichen Klassiker, wie man sie in fast jedem Ristorante nördlich des Brenners angedient bekommt. So macht hier schon die Lektüre der angenehm überschaubaren Speisekarte Lust und gleichzeitig die Wahl schwer. Es gibt Dinge wie Sepia-Tagliatelle mit Südfrüchte-Marinade, Strozzapreti mit leicht pikant abgeschmecktem Lammragout oder eine mit Ricotta und Radicchio trevisano gefüllte Teigroulade auf Sauce von Gorgonzola dolce mit Walnüssen. Oder so etwas wie die redliche hausgemachte Entenleberterrine, die hier nicht aus Stopfleber, sondern aus den etwas gröberen, magereren und kräftiger schmeckenden natürlich gewachsenen Lebern zubereitet ist und in unserem Fall mit einer Creme von schwarzer Trüffel sowie etwas gehobelter Sommertrüffel und sorgfältig filetierten Zitrusfrüchtefilets liiert war. Auf die prinzipiell sehr gute, leicht fruchtige Senfkörnersauce hätte man in diesem Kontext nach unserer Auffassung ebenso verzichten können wie auf das

synthetische Trüffelaroma – Letzteres aber immerhin so dezent, dass es kaum auffiel.
Tadelloses Handwerk offenbarten auch die mit einer saftigen und nicht zu sehr gestockten Seeteufelfarce gefüllten Agnolotti, die ganz puristisch zusammen mit glasig-knackigen Scampi und etwas Tomatenconcassé auf einer leichten Sauce angerichtet waren, die wie ein Mittelding zwischen Krustentierjus und Tomatenfond schmeckte. Der Wolfsbarsch, der im Ganzen zusammen mit Kräutern im Brotteig im Ofen gebacken wurde, kam zwar recht schludrig filetiert, dafür aber sehr schön saftig und reintönig auf den Teller und wurde final mit einer ausgewogenen Amalfizitronen-Sauce nappiert. Das Beilagengemüse wirkte eher uninspiriert, war aber tadellos (Fenchel, Zucchini, Röstkartoffel …).
Wer zum Hauptgang lieber Fleisch isst, könnte beispielsweise in den Genuss eines im Pancetta-Mantel gebratenen Iberico-Schweinefilets mit Tropea-Zwiebeln und Brunello-Rotweinsauce kommen, oder wählt ein auf Lavastein gebratenes Fileto di manzo mit grünem Pfeffer und Steinpilzsauce. Anstatt der Ananas-Tiramisu, die hier als Signature-Dessert gilt, entschieden wir uns für einen als Zitronensoufflé mit Minzsauce annoncierten Nachtisch, der in unseren Augen jedoch eine waschechte Panna cotta mit Minzsauce war. Immerhin aber eine sehr gute, sehr cremige und lockere Vertreterin ihrer Art, aber eben kein Soufflé. Dem guten Gesamteindruck auf solidem 5-Pfannen-Niveau tat dies trotzdem keinen Abbruch.

Langenau (Baden-Württemberg)

7↑

Gasthof zum Bad

Burghof 11, 89129 Langenau
07345-96000
www.gasthof-zum-bad.de
Küchenchef: Hans Häge
Di ab 18 Uhr, Mi–Sa von 12–14 Uhr u. ab 18 Uhr, So von 11.45-14 Uhr, Mo RT
Hauptgericht: 27–42 €,
Menüs: 47–130 €
EC VISA P

Immer wieder erstaunlich, was da im beschaulichen Langenau und dem gepflegten Gasthof Zum Bad kulinarisch geboten wird. Wo man eher bodenständige, maximal moderat verfeinerte Landküche erwarten würde, schickt Hans Häge mit seinem Team seit Jahren ein sehr individuelles und feingeschliffenes Programm und zählt damit definitiv zu einem der (zumindest medial) stark unterschätzten Köche im Südwesten der Republik. Den besten Eindruck vom Können des erfahrenen Chefs bekommt man im „Menü by Hans Häge“. Im À-la-carte-Angebot mischen sich auch einige – nicht weniger lohnende! – bodenständigere Gerichte und optimierte Klassiker ins Programm. Unsere Bewertung umschließt dann auch das Gesamtprogramm, denn bei reiner Menüwahl kann es durchaus passieren, dass man auf lupenreinem 8-Pfannen-Niveau verwöhnt wird …
Durchaus auf diesem Level lagen zuletzt auch schon die ersten Kleinigkeiten, darunter eine zarte Kohlrabicreme mit grünem Apfelfond, knuspriger Quinoa und Eismeergarnelen, eine knackige Caesar-Salad-Miniatur und ein endlich einmal technisch perfekter Kürbis-Macaron mit gebeizter Fjordforelle und zitrischer Frische. Überhaupt zogen sich die gekonnt integrierten Säuregrade als klare Verbesserung im Vergleich zum Vorjahr durch das gesamte Menü.
So auch durch die leicht emulgierte Gurken-Gazpacho mit laserscharfer (fast zu spitzer) Säure, feiner pfeffriger Schärfe und anisduftigen Fenchel- und Dillspitzen als Rahmen für ein klararomatisches Zandertatar. Etwas Brotknusper sorgte hier für Crunch, kleine Joghurttupfen für cremige Frische. Die gleiche präzise Säure und leichte Konsistenz prägte auch den Pilzfond zur folgenden kreativen Vitello-Interpretation, die neben markantem Tatar, je vom Kalb und vom Thunfisch, auch hauchzart kolorierten rohen Thuna, milde kleine Buchenpilze (teils konzentriert knusprig getrocknet) und helle verbindende Cremetupfen parat hielt. Außerdem sorgte ein üppig zerfließendes Eigelb auf dem Kalbstatar für einen cremig verbindenden, nur etwas überproportionierten Effekt.

Da in den letzten Jahren hier die Gänsestopfleber-Gerichte immer wieder besonders überraschend und stark gelangen, waren wir auch heuer neugierig darauf, was das Team aus dem Piña-colada-Thema in Verbindung mit Foie gras wohl machen würde. Dass es nicht auf Leber mit plumpem Obstsalat hinauslaufen würde, war eigentlich klar. Die Exaktheit, mit welcher das kraftvoll und pur gehaltene Leberparfait mit zartem (nicht süßem) Kokosgelee und -chips sowie straff säuerlicher Exotik (Ananaswürfel, leichter exotisch säuerlicher Fond …) kombiniert wurde, überraschte dann doch. Fein dabei und ein weiterer Dreh raus aus der fruchtigen Ecke waren die pfeffrigen Papayakerne, die vereinzelte Würzkicks aufploppen ließen.
Ebenfalls eher ins Exotische ging es bei den topfrischen und glasig gebratenen Jakobsmuscheln in einer cremig-eleganten Erdnusssauce mit deutlicher Schärfe. Obwohl präzise eingesetzt, wirkte die sehr schnell sehr dominante Erdnuss, die hier auch als grobe Creme und Crumble auftauchte, etwas zu kräftig und stand sehr plakativ im Vordergrund. Ein wenig Ausgleich schafften zarte Tupfen von Crème fraîche, zugespitztes Yuzu-Confit auf den Muscheln und eher mild nussiges Kürbiskernöl.
Rundum stimmig wurde dagegen der hauchzart aufgeknusperte Zander mit seinem klarem glasigen Fleisch präsentiert: als Basis bekam der feine Fisch markant zitronenherbe Kartoffelcreme, als Sidekicks frisch fruchtige Wassermelone, enthäutete rote und gelbe Cocktailtomaten zusammen mit knapp knackig gegarten Garnelenstücken und puffernd milden Mozzarella-Komponenten. Zusammen mit intensiv ätherischem Minibasilikum und Kräuteröl ein typisch mediterranes Thema – dieses aber kreativ in spannende Facetten aufgegliedert, die dem Zander gekonnt zuspielten.
Das Niveau riss auch im süßen Bereich nicht ab, sei es bei einer luftig-leichten limettenfrischen „Cuba Libre"-Interpretation oder der filigranen Verbindung von dunkelfruchtiger Kirsche (Sorbet, Gel, Gelee) mit pointierter dunkler Schokolade, hellen milchigen Vanilleakzenten und Sauerklee als marmorierter Fond – wahrscheinlich auf Molke-Basis – und säuerliche Blätter.
Dazu gibt es glasweise eher einfache Schoppen oder höherwertige Sachen aus der abgestimmten Weinbegleitung. Wer Flaschen aus der Weinkarte wählt, findet sowieso viele fair kalkulierte und liebevoll beschriebene europäische Weine.

Hotelempfehlung

★★★S

Hotel Gasthof zum Bad

Burghof 11, 89129 Langenau
✆ 07345-96000
www.gasthof-zum-bad.de
Einzelzimmer: 72–88 €
Doppelzimmer: 105–125 €

Der familiengeführte Hotel-Gasthof liegt im Herzen einer bemerkenswerten Landschaft nordöstlich von Ulm – in der Stadtmitte von Langenau und doch mitten im Grünen. Alle Zimmer sind modern ausgestattet, hell und in freundlichen, warmen Farben gestaltet. Sie verfügen über Dusche/WC und haben teilweise Balkon oder Terrasse. Fernsehen, Telefon und WLAN gehören ebenfalls zur Ausstattung. Entspannung bietet der Wellnessbereich mit Saunen und Dampfbad; wer lieber aktiv ist, kann im kleinen Fitnessraum die Geräte nutzen. Im Restaurant (Mo Ruhetag) sorgt Küchenchef Hans Häge jun. für eine Mischung aus traditionellen, regionalen Gerichten und kreativer, weltläufiger Küche. Restaurant Zum Bad separat erwähnt.

Langenzenn (Bayern)

7

Keidenzeller Hof

Fürther Str. 11,
90579 Langenzenn (Keidenzell)
0911-901226
www.keidenzeller-hof.de
Do–Sa ab 18 Uhr, So von 12–14 Uhr u. ab 18 Uhr, Mo–Mi RT
Menüs: 59–99 €

Das dunkel, puristisch und trotzdem sehr gemütlich und stilvoll gestaltete Restaurant mit modernem Mobiliar, schönem Holzboden, heller Natursteinoptik im Kontrast mit dunklen Flächen und warmer punktueller Beleuchtung lauert Erstbesuchern des Keidenzeller Hofs im beschaulichen Langenzenn hinter der traditionellen Sandsteinfassade mit einem echten Aha-Effekt auf. Und auch die Küche von Martin Grimmer und seinem Team überrascht im historischen Gemäuer mit viel Moderne und Kreativität. Weltoffen und mit wachem Blick für die kulinarischen Entwicklungen, trotzdem aber mitviel Bodenhaftung und Bewusstsein für Regionalität und Nachhaltigkeit, lassen sie finessenreiche Menüs entstehen. Gemüse spielt eine übergeordnete Rolle, und auch sonst verzichtet der Chef auf die immer gleichen und zumeist auch preistreibenden Edelprodukte der konventionellen Gourmetküche, zaubert lieber aus vermeintlich einfacheren Viktualien Überraschendes zu moderaten Kursen. Die junge engagierte Servicemannschaft unter der Leitung von Gastgeberin Vera Grimmer macht ebenfalls einen sehr guten Job, agiert angenehm locker und wartet mit einem individuell zusammengestellten Weinsortiment auf.

Lauda-Königshofen (Baden-Württemberg)

5

Rebgut – Die Weinherberge

im Hotel Rebgut – Die Weinherberge
Rebgutstr. 80,
97922 Lauda-Königshofen
09343-614700
www.rebgut.de
Küchenchef: Christian Hedderich
Mo–Sa ab 17.30 Uhr, So RT
Hauptgericht: 19–39 €,
Menüs: 39–69 €

Das ehemalige staatliche Versuchsweingut am ruhigen und beschaulichen Ortsrand von Lauda verkörpert auf den ersten Blick Gastlichkeit und Genuss. Schon wenn man im Sommer den lauschigen Innenhof des aufwendig renovierten und modernisierten historischen Ortes vor der Kulisse der hinter dem Haus aufsteigenden Rebhänge betritt, bekommt man unmittelbar Lust, sich hier niederzulassen, eine gute Flasche Wein zu trinken und dazu etwas Schönes zu essen zu bestellen. Dank mittlerweile zweier moderner Anbauten mit Wohlfühl-Zimmern und Appartements lässt sich diese Destination im Romantischen Taubertal sogar länger auskosten als nur für ein paar Stunden.
Neben einer feinen Auswahl an hauseigenen und anderen Weinen – viele davon aus der Region, aber auch jede Menge nationale und internationale Alternativen zu moderaten Preisen – gibt es hier seit Jahren auch handwerklich und frisch zubereitete Küche mit vielen regionalen Produkten und pfiffigen Ideen. Wir haben hier vor einigen Jahren und unter der glei-

chen Küchenleitung sogar schon auf starkem 5-Pfannen-Niveau gegessen, doch in jüngerer Zeit hat der Standard leider etwas nachgelassen, was wir bereits registriert, aber bislang noch nicht in der Bewertung berücksichtigt haben. Nach dem letzten Testbesuch hätten die 5 Pfannen streng genommen eigentlich weg sein müssen, aber wir gehen davon aus, dass das Team um Küchenchef Christian Hedderich an den richtigen Stellschrauben dreht und künftig wieder zu mehr Konstanz finden wird.
Die Vorspeise um Burrata auf Kalbsgelee mit gegrillter Wassermelone hat beispielsweise auch gar nicht gegen 5 Pfannen gesprochen, denn die soft gelierte Umamigrundlage korrespondierte recht pfiffig mit der bewährten Kombination aus laktischer Salzigkeit und Melonenfrische. Anders sah es allerdings beim prinzipiell recht guten, zart schmelzig confierten Lachs aus, der sich mit marinierten Gurken, einer Art Limonen-Mayonnaise und einem Bouquet aus Wildkräutern und Frisée zwar schlicht, aber durchaus proper präsentierte. Durch den übertrieben vielen bitteren roten Pfeffer, der sich zusammen mit Sesam und Schnittlauch als „Aromamantel" auf dem Fisch befand, war das jedoch kompositorisch eine ziemlich schräge, und unter objektiven Gesichtspunkten leider auch sehr unharmonische Angelegenheit.
Als schlichtweg indiskutabel präsentierte sich schließlich die breiig-matschige Kalbsleber, die mit einer seltsam bröckeligen Bratkruste auf dem Teller lag und von einer Dissonanz aus Olivenöl-Kartoffelstampf mit Piment d'Espelette, geflämmten Radieschen und fermentiertem Rettich begleitet wurde. Die stellten nämlich leider nicht mehr als die Summe ihrer Teile dar und konnten auch von der „mediterranen" Kräutersauce auf Kalbsjus-Basis nicht näher zusammengebracht werden. Eine bessere, aber auch etwas rumpelige Alternative im Hauptgang gab es in Form von gerade noch rosa gebratener Entenbrust. Die war zwar durch die partiell zähe, weil nicht sauber ausgebratene Haut und einem ungleichmäßigen Garverlauf ein Stück weit vom Optimum entfernt, präsentierte ansonsten aber ein gutes Produkt inklusive sauberer Geflügeljus und wurde von Granatapfelkernen stimmig aufgefrischt.
An Gerichten wie der Burrata-Vorspeise oder der Ente wird deutlich, dass weiterhin das Potenzial vorhanden ist, auf „Pfannen-Niveau" zu kochen. Und auch das schlichte, aber als solches durchaus schmackhafte Dessert in Gestalt eines aromatischen Limettenparfaits mit Erdbeere (frische Früchte, Gelee, Coulis) und weißer Schokolade ging in die richtige Richtung. Ansonsten setzen wir aktuell unsere Hoffnung auf die Rückkehr zu alter Stärke und lassen die Bewertung aufgrund der vielen erfreulichen Eindrücke der letzten Jahre unangetastet.

Hotelempfehlung

★★★★

Hotel Rebgut – Die Weinherberge

Rebgutstr. 80,
97922 Lauda-Königshofen
09343-614700
www.rebgut.de
Einzelzimmer: 95 €
Doppelzimmer: 140 €

Idyllisch und ruhig liegt das „Rebgut" am Ortsrand von Lauda in den Weingärten des Taubertal-Städtchens. Seit Mitte 2015 steht den Gästen hier der moderne Anbau des hübschen Anwesens mit zehn „Wohlfühl-Doppelzimmern" zur Verfügung. Die modern, hell und freundlich gestalteten, nach Rebsorten benannten Zimmer sind unter anderem mit Kühlschrank, Kaffeemaschine, Wasserkocher und Föhn ausgestattet und bieten nicht nur zeitgemäßen Komfort, sondern auch einen schönen Ausblick in die Reben oder ins Taubertal. Im ersten Stockwerk des Altbaus gibt es vier weitere Apartments mit Kochzeile, hochwertigen Möbeln und bequemen Betten in frischem, lichtdurchflutetem Design mit regionaler Kunst. Die beiden Apartments mit Blick auf den Weinberg haben sogar eine großzügige Dachterrasse. Restaurant Rebgut – Die Weinherberge separat erwähnt.

Laudenbach (Bayern)

5

Goldner Engel

Miltenberger Str. 5, 63925 Laudenbach
09372-99930
www.goldner-engel.de
Do–Di 12–14 Uhr u. 18 Uhr, Mi RT
Hauptgericht: 24–35 €, Menüs: 35–75 €
VISA

Seit Jahren isst man bei Familie Meisenzahl verlässlich auf sehr ansprechendem Niveau, denn die Küche achtet auf Produktqualität und hat ihr Handwerk souverän im Griff. Gekocht wird klassisch-routiniert, handfest, aber nicht grob. In jedem Fall deutlich besser, als man es in einem rustikalen Gasthaus erwartet. In dem hübschen alten Fachwerkhaus an der Ortsdurchfahrtsstraße des beschaulichen Örtchens Laudenbach im Maintal kommen zudem die Fleischprodukte der eigenen Metzgerei auf den Tisch. Man versteht sich aber auch auf das sorgfältige Zubereiten von Fisch, und auch Terrinen jeglicher Art stehen hier schon immer hoch im Kurs. Beachtliche Weinkarte!

Lauingen (Bayern)

5

Lodner Genießerrestaurant

Imhofstr. 7, 89415 Lauingen
09072-95890
www.hotel-lodner.de
Küchenchef: Alexander Lodner
Di–Sa ab 18 Uhr, So u. Mo RT
Hauptgericht: 20–35 €, Menüs: 39–89 €
VISA

Wer in die romantisch elegante Genießerstube der Lodners in Lauingen an der Donau eintritt und zu leiser chilliger Musik bei Kerzenschein auf den samtbezogenen Stühlen Platz nimmt, wird zwangsläufig direkt entschleunigt. Das Ganze wirkt auf charmante Art ein wenig aus der Zeit gefallen, schafft aber eine sehr angenehme, entspannte Atmosphäre.
Besonders Mutige lassen sich von der Küche dazu in maximal sieben Gängen überraschen, können sich von Gastgeber Alexander Lodner

aber auch detailliert den Mund wässrig reden lassen mit dem, was die Küche alles parat hat. In der Regel sind das zwei Vorspeisen, drei Optionen zum Hauptgang und ein Dessert. Sicher ist aber: es warten ausgesuchte Produkte in geradliniger Zubereitung, nicht gewollt kreativ oder raffiniert, aber trotzdem immer wieder mit pfiffigen Akzenten.
Bevor es richtig losging, stimmten zuletzt allerdings erstmal das hausgebackene (etwas trockene, aber hocharomatische) Dinkelbrot mit verschiedenen Salzen, mildem Olivenöl und Pfifferlingsbutter sowie der – dank ausgesuchter Zutaten endlich einmal wieder erfreuliche und nicht mit Balsamico-Sirup zugekleisterte – Klassiker „Insalata caprese" auf das Menü ein.
Dieses bot dann mit zart mürben Scheiben vom Kalbstafelspitz unter knusprigem Kartoffelstroh neben einem „Salat" aus kleinen festen Pfifferlingen und herbfruchtigen Spalten der alten Birnensorte „Clapps Liebling" einen mit einfachen Mitteln sehr ansprechenden Auftakt. Zugespitzt wurde das Ensemble von mildem Fruchtessig, kräuterfrisch aufgelockert durch etwas Kresse und Thymianspitzen. Einziges Manko: Wie schon beim Insalata caprese waren etwas zu viel von den feinen Salzraritäten über den Teller gestreut …
Dem solo natürlich-aromatischen, aber recht sahnemilden Steinpilz-/Pfifferlings-Cappuccino verhalf etwas Chiliöl an der sautierten Pilzeinlage zu mehr Pep und Struktur, dennoch blieb der hübsch in einem hohen Glas angerichtete Zwischengang eine eher füllige Angelegenheit – mit einem krossen Speckchip als rustikales, crunchiges Element.
Nicht direkt rustikal, aber ebenfalls vorpreschend wirkte die asiatisch inspirierte Umgebung aus viel Umami, Chilischärfe und geröstetem Sesam an Bandnudeln und Wokgemüse zum Bretonischen Steinbutt. Die kapitale Tranche des hervorragenden, klararomatischen Fischs hätte auch hochdekorierten Häusern viel Ehre gemacht, hatte es hier aber trotz der Produktqualität nicht ganz leicht. Außerdem

zeigte sich einmal mehr, dass knuspriges Braten auf der Haut bei Steinbutt nicht die beste Option ist, weil das Ergebnis immer relativ zäh bleibt. Also lieber runter damit …
Wie begeistert und engagiert der Chef allerdings an manchen Details arbeitet, zeigte sich überraschend gerade beim Dessert, das einen halbflüssigen Schokoladenkuchen mit (recht festem) Heidelbeergelee und einem mit frischen Steinpilzen und einem Hauch Tonkabohne geimpften Rahmeis mit üppigem Schmelz und subtiler Würze zu einer echten Punktlandung verband.
Dass die Performance manchmal etwas holpert, relativiert sich auch angesichts der extrem einladenden Kalkulation, vor allem aber, weil das Gebotene alles andere als langweilig daherkommt. Und es gibt noch einen weiteren großen Pluspunkt: den Weinkeller! Hier hält der Chef als Sammler aus Leidenschaft viele ebenfalls fair bepreiste, teils rare und gereifte Entdeckungen vor, von denen durchaus auch Spannendes glasweise an den Tisch kommt. Richtig lohnend wird es aber zu mehreren und mit einer (oder vielen) Flaschen.

Hotelempfehlung

★★★

Drei Mohren & Lodner Genießerhotel

Imhofstr. 6+7, 89415 Lauingen
✆ 09072-95890
www.hotel-lodner.de
Einzelzimmer: 65–75 €
Doppelzimmer: 79–99 €

Das Hotel Drei Mohren mit seiner benachbarten Dependance Genießerhotel Lodner befindet sich in unmittelbarer Nähe des Schimmelturms im Zentrum des Städtchens Lauingen an der Donau, das jeweils rund fünfzig Kilometer von den Städten Augsburg und Ulm entfernt liegt. Zusammen verfügen beide Häuser über zwölf Einzel- und 16 Doppelzimmer sowie zwei Junior-Suiten und ein Appartement mit zwei Schlafräumen, alle klassisch möbliert und mit Dusche/Bad, Föhn, Telefon, Flat-TV und WLAN ausgestattet. Das mit verspielten Stuckfassaden aus der Ursprungszeit des Jugendstils versehene Gebäude aus dem Jahr 1873 erstrahlt seit 1991 in neuem Glanz und wurde von der Inhaberfamilie Lodner in jahrelanger Arbeit mit viel Fingerspitzengefühl und einem hohen Maß an Eigenleistung aufwendig umebaut und renoviert. Das größere Hotel Drei Mohren nebenan residiert in einem etwas jüngeren Gebäude und verfügt über eine Lobby mit Bar sowie das Restaurant Drei Mohren. Lodner Genießerrestaurant separat erwähnt.

Laupheim (Baden-Württemberg)

Ristorante Amalfi

König-Wilhelm-Str. 3, 88471 Laupheim
✆ 07392-2441
www.ristorante-amalfi.net
Mi–Mo von 11.30–14.30 Uhr u. ab 17.30 Uhr, Di RT
Hauptgericht: 17–32 €, Menüs: 25–75 €

Das Amalfi ist ein kleines, sehr sympathisches italienisches Lokal in der Laupheimer Innenstadt, das sich mit großen Fenstern, offener Backecke mit Pizzaofen, Natursteinwand und vielen kleinen, eng stehenden Tischen nicht von vielen Ristoranti hierzulande unterscheidet – dennoch aber einer der seltenen Glücksfälle für Fans von ganz einfacher, aber guter italienischer Küche ist. Es wird weder gehoben bewirtet, noch exklusiv gekocht, es gibt Pizza und landläufige Pastagerichte, wie sie der Deutsche kennt und liebt, ebenso wie Fisch und Meeresfrüchte in puristischer Zubereitungsart. Und genau im Weglassen überflüssiger Dinge liegt auch die eigentliche Stärke der Amalfi-Küche! Netter, unkomplizierter Service. Einfache italienische Weine. Gutes Preis-Leistungs-Verhältnis.

Zum Hasen

Marktplatz 19, 88471 Laupheim
07392-1687333
www.hasen-laupheim.de
Di–So von 11.30–14 Uhr
u. ab 17.30 Uhr, Mo RT
Hauptgericht: 12–28 €, Menüs: 27–55 €
VISA

Gastgeber Massimiliano Calabro steht am kleinen, beschaulichen Marktplatz von Laupheim für eine schnörkellose, bodenständige italienische Küche konventioneller Art. Das ist in der hier gebotenen Form zwar kein Kulinarium, das sich durch irgendwelche ganz außergewöhnliche oder qualitativ weit überdurchschnittliche Produkte aus der Heimat des Chefs hervortun würde und ehrlich auch nichts, was ob seiner besonders fundierten traditionellen oder feinsinnigen handwerklichen Zubereitung herausragt. Die Gerichte erfreuen sich aber durchaus frischer Zubereitung, natürlicher Aromen und sind von solider Machart, sodass man hier von einer schmackhaften Küche sprechen kann.
Was es gibt, ist von durchwegs simpler, unverfälschter Art, beginnt bei Dingen wie einem Antipastiteller oder einem Insalata caprese von Büffelmozzarella aus Kampanien und endet bei knusprig geröstetem Oktopus, der nebst Cherrytomaten auf sautiertem Blattspinat serviert wird und mit schwarzem Voghera-Knoblauch aromatisiert ist. Das Kalbfleisch beim Vitello tonnato kam in unserem Fall zwar nicht optimal saftig und rosa, aber zart und etwas mürbe daher, lag auf einem Bett aus Rucola und Blattsalaten und war von guter, sämiger Thunfischcreme sowie saftigen (ebenfalls recht guten) Kapern bedeckt. Den Extraspritzer Balsamico kann sich die Küche nicht verkneifen – es ist zwar kein „Tradizionale“ und auch keine ähnliche Delikatesse, aber auch keine von diesen scheußlichen Balsamicocremes aus Aromastoffen, Konservierungsstoffen und Zuckercouleur. Von daher: alles gut!
Natürlich gibt's auch allerhand Pastagerichte, etwa handgemachte Tricolore-Gnocchi (naturell, Spinat, Rote Bete …) mit Gorgonzolacreme, gerösteten Walnusskernen und Apfel oder Spaghetti mit einem Tomatensugo, dem Sardellen, Kapern, frische Oliven und als Kontrast leicht süßliche Oliven-Crumbles Pep verleihen. Dass in der schwäbischen Provinz selbst in einem italienischen Ristorante unter der Rubrik „Pasta“ Kässpätzle angeboten werden (müssen?), zeugt einerseits von den etwas eingefahrenen Essgewohnheiten mancher Gäste, aber auch von der Kompromissbereitschaft des sympathischen Gastgebers.
Ähnlich die Situation bei den Fleischgerichten, unter denen man traditionsreiche Schmorgerichte wie Ossobuco oder Brasato leider vergebens sucht und stattdessen Wiener Kalbsschnitzel mit Petersilienkartoffeln und Preiselbeeren oder Rindersteakstreifen mit Spargel und Rosmarinkartoffeln findet. Auch Saltimbocca alla romana reiht sich hier regelmäßig in die vertrauenerweckend übersichtlich gehaltene Auswahl ein, bei dem wir den eigentlich obligatorischen Salbei geschmacklich nicht ausmachen konnten, den ziemlich salzigen Schinken aber umso deutlicher. Auf der Habenseite: das ansprechende Schmorgemüse und die mit belebender Zitronensäure harmonisch aufgefrischte Champignonsauce.
Fisch und Meeresfrüchte wie beispielsweise Dorade, Branzino oder Vongole werden als Tagesgerichte auf der Tafel offeriert und nach Gusto des Gastes oder auf Empfehlung des Chefs zubereitet bzw. begleitet. Der hat auf Nachfrage auch passende Weine glasweise zu jedem Gericht in petto oder offeriert Dolci wie das schmackhafte hausgemachte Tiramisu, das uns ohne die relativ dicke eingearbeitete Schokoladenschicht on top sogar noch etwas besser gefallen hätte.

Bezahlkarten-Symbole

Mastercard
EC-Maestro
Diners
American Express
VISA Visa

Lauterbach (Hessen)

schuberts

im Hotel Schubert
Kanalstr. 12, 36341 Lauterbach
06641-96070
www.hotel-schubert.de
Küchenchef: Stefan Schubert
Mo–Sa von 12–13.30 Uhr
u. ab 18 Uhr, So RT
Hauptgericht: 11–42 €, Menüs: 35–89 €

Genau so wünscht sich doch im Grunde jeder Feinschmecker sein Stammlokal „für jeden Tag", wo man mittags wie abends gleichermaßen in unkomplizierter Atmosphäre und zu moderaten Preisen etwas sehr Gutes essen kann. Wo es sich einerseits bei ein, zwei guten und vor allem bezahlbaren Flaschen Wein abendfüllend dinieren lässt, wo es das Konzept aber auch ganz entspannt hergibt, dass man nur mal auf einen Hauptgang vorbeikommt. Beides ist in der Ortsmitte des nordhessischen Städtchens Lauterbach im familiengeführten Hotel Schubert möglich, wo man auf eine sehr gepflegte, ganz zeitlos in gehobenem Bistro- oder Brasseriestil gestaltete Gastronomie trifft.
Diese adretten Räumlichkeiten werden sehr gut bekocht. Durchaus ambitioniert, aber nicht übertrieben exklusiv, kunstvoll oder gar avantgardistisch, denn das schuberts orientiert sich zu hundert Prozent an den Bedürfnissen der Gäste, weshalb hier auch mittags unter der Woche immer gut was los ist. Der Chef und sein Team kochen seit jeher ganz gegenständlich, klassisch, schnörkellos und ohne großes Brimborium auf den Tellern. Was darauf angerichtet ist, überzeugt nicht nur durch überraschend gute Produktqualität, sondern auch durch sehr sorgfältiges und fundiertes Handwerk.
Wir starteten bei unserem letzten Besuch mit einer opulenten Vorspeise um Rindertatar und Hummer, die auf einem Bett von sautierten Paprikawürfeln, Artischockenspalten und verschiedenen Salaten drapiert waren. Der Hummer, der für dieses Gericht eine Schere und die Hälfte seines Schwanzes spendete, war zwar qualitativ nicht high end, aber sehr in Ordnung – das Rindertatar leider nicht handgeschnitten, aber äußerst schmackhaft angemacht. In Kombination mit einer unaufdringlichen Teriyakisauce und Tupfen einer milden (Gewürz-)Mayonnaise ein schöner Start!
Die Basis des folgenden „Bretonischen Fischeintopfs" präsentierte sich relativ kräftig tomatisiert, und das dadurch recht säuerlich gehaltene Süppchen hatte nicht zuletzt mit seinen vielen Gemüse-Brunoises einen mehr vegetabilen als maritimen Touch. Die tadellose Einlage in Gestalt sehr properer und allesamt präzise gegarter kleiner Fischfilets, Jakobsmuscheln und einer fleischigen Garnele machten seinem Namen dann aber dennoch alle Ehre.
Das am Knochen gebratene Kalbskotelett schließlich, um das wir zum Hauptgang nicht herumkamen, war ein mustergültiger Vertreter seiner Art. Besser als dieses drei Finger dicke, auf seinen Außenseiten schön kräftig angeröstete und in seinem saftigen, mit schmelzigzartem Fett durchwachsenen Inneren ganz gleichmäßig rosa gegarte Exemplar kann man sich diese Delikatesse tatsächlich kaum wünschen. Begleitet wurde das Mordstrumm von einer ebenfalls nicht zierlich bemessenen und mit Pfifferlingsrahm durchtränkten Rolle perfekt bissfester Linguini, etwas heterogenen sautierten Pfifferlingen (schön feste, kleine Exemplare, aber auch ein paar matschige große ...), ein paar kurz durch die Pfanne geschwenkten Cocktailtomaten und einer angenehm leichten Jus.
Als durchaus solide empfanden wir das Dessert um zwei etwas kompakte Topfenknödel, die von einer schmelzigen Nocke schön kakaoherbem Schokoladensorbet und etwas kargem, weil noch recht hartem und unverstellt säuerlichem Rhabarberragout begleitet wurden. Im Hinblick auf die zarten, duftigen Aromen des Rhabarbers wäre hier vielleicht ein weißes Schokoladensorbet die bessere Wahl gewesen – und das hätte mit seiner kakaobuttrigen Süße auch die ruppige Oxalsäure etwas harmonischer einfangen können. Ein gelungener Abschluss war's trotzdem.

Und so bleibt uns auch in diesem Jahr nur noch das kultivierte Weinangebot zu loben, das beim attraktiven glasweisen Ausschank von beispielsweise Roederer Brut Reserve oder der Cuvée „Das kleine Kreuz“ von Rings anfängt und mit einer beachtlichen Auswahl hochwertiger Spirituosen aufhört.

Hotelempfehlung

★★★★

Romantik Hotel Schubert

Kanalstr. 12, 36341 Lauterbach
06641-96070
www.hotel-schubert.de
Einzelzimmer: 70–95 €
Doppelzimmer: 135–175 €

Das Hotel Schubert ist ein familiär und liebevoll in der dritten Generation geführtes Hotel im idyllischen Fachwerkstädtchen Lauterbach und in der Region bekannt für seine exzellente Küche und den sehr persönlichen Service. Es liegt in der Stadtmitte, direkt am Lauterflüsschen. Der Gast findet hier ein stilvolles und behagliches Ambiente vor. Die 36 Gästezimmer, aufgeteilt in zehn Komfort-, sechs romantische Landhaus- und fünf Deluxe-Doppelzimmer, zwölf Einzelzimmer sowie drei komfortable Themenzimmer (Zen, Rosen, Toskana), sind mit viel Liebe zum Detail eingerichtet und individuell gestaltet. Dusche/Bad/WC, Kabel-TV, Telefon, kostenfreies WLAN und Minibar sind in jedem Zimmer Standard. Hunde sind im Hotel akzeptiert, jedoch nicht im Restaurant „schuberts“ (internationale Küche in modernem, legerem Ambiente). Das Hotel ist ganzjährig geöffnet. Restaurant schuberts separat erwähnt.

Leeder (Bayern)

Zum Luitpold

Hauptstr. 36, 86925 Leeder
08243-3160
www.restaurant-luitpold.de
Mi–Sa ab 17 Uhr, So u. Fei von 11.30–13.30 Uhr u. ab 17 Uhr, Mo, Di u. Mi RT
Hauptgericht: 11–28 €

Das Gasthaus zum Luitpold in Leeder ist eine der wenigen Anlaufstellen für Besseresser in der Region Landsberg. Die Räumlichkeiten sind sehr ansprechend: eine schöne ländliche Gaststube, schlicht und stilvoll, ohne Folklorekitsch, mit eingedeckten alten Holztischen. Die sympathische Chefin Maria Keßler kümmert sich zugewandt und aufmerksam um die Gäste, während ihr Mann Harald in der Küche ambitioniert zugange ist. Schon auf der ersten Seite seiner handgeschriebenen Speisekarte macht er deutlich, was er von Convenience und unlauteren Würzzutaten hält. Auf die Teller kommen einfallsreiche Gerichte in schlichter, fundierter Zubereitung. Traditionellere Geschmacksbilder gelingen erfahrungsgemäß besser als kreativer anmutende Aromen- oder Produktkombinationen. Beim Wein setzt man, passend zum Gesamtkonzept, in allen Bereichen (Auswahl, Service, Gläser …) nicht auf die hochklassige Schiene, bietet aber auch hier anständiges Niveau.

Leipzig (Sachsen)

10

Falco

im Hotel The Westin
Gerberstr. 15, 04105 Leipzig
0341-9882727
www.falco-leipzig.de
Küchenchef: Peter Maria Schnurr
Di–Sa ab 19 Uhr, So u. Mo RT
Hauptgericht: 85–180 €, Menüs: 155–199 €

Auch wenn es fast schon etwas abgedroschen klingt, aber höher hinaus kann man in ganz Leipzig und Sachsen aus kulinarischer Sicht kaum gelangen, als in die oberste Etage des imposanten Westin Hotels. Denn das Kreativfeuerwerk, das Peter Maria Schnurr hier seit vielen Jahren und mit scheinbar unerschöpflichen neuen Ideen immer wieder aufs Neue abbrennt, gehört definitiv zum Spannendsten, was die Fine-Dining-Welt hierzulande zu bieten hat. Dass der virtuose Aromen- und Produktkünstler mit seinen Kreationen und deren teils geradezu überdreht hippen und provokativen Titeln und Anrichteideen teilweise aneckt, wundert kaum. Dabei geht es hier keineswegs nur um Show. Was teilweise etwas übertrieben wirkt, trägt einerseits meist ein kleines Augenzwinkern und zeigt andererseits einfach den dynamischen Drive, mit dem das Team hier am Start ist.
Wer dem Ganzen ein bisschen offen entgegentritt, wird schnell feststellen, dass die wilden Kreationen oft vor allem in den fein gezeichneten Details überraschen, ansonsten aber vor allem absolute Premiumprodukte inszenieren. Dabei gibt es von den guten Sachen dann auch stets (in erfreulich generösen Dimensionen) ordentlich was zum Hin- und Nachschmecken. In typischer Falco-Manier wird zu Beginn erstmal der Tisch mit einer ganzen Armada individueller Snacks bestückt, die auch während des Menüs dort bleiben und so einfach zwischendurch degustiert werden können. Zuletzt gab es da unter anderem ein knackiges Salatblatt mit umamistarkem Entenhack und fein justierter Schärfe und Säure, eine Auster mit Cheddarcreme, Paprika und Bacon, eine filigrane „Pizza“ mit grünem Tomatenchutney, klararomatischem Fisch und Granny Smith, einen Gabelbissen vom Langustino mit fruchtig scharfer Mayo, ein kleines Saiblings-Päckchen mit Banane und einer kraftvollen nougatartig dunklen Entenlebercreme sowie Kimchi mit Erdbeere und Sesam. Alles kreativ, präzise und kraftvoll.

Die gefrorenen Gänseleberscheiben im ersten Gang, die ihren konzentrierten Schmelz elegant verzögert entfalten, sind bereits ein Klassiker, der immer wieder leicht variiert wird. In der letzten Version krönten die Foie gras herrlich festfleischige und zugleich geschmeidig schmelzende Scheiben von Hamachi-Bauch, eingefasst von einem zitrusfruchtig-röstaromatischen und dabei leicht geschärften Aromenteppich.
Bei der von Peter Maria Schnurr verfolgten Produktphilosophie sind Sachen wie Kalbsbries ein unbedingtes Muss. Und entsprechend begeisterte auch das aktuelle Prachtexemplar – kräftig geröstet und schmelzig im Kern – mit der unkonventionellen Begleitung von rohen und getrockneten Jakobsmuscheln. Wobei der für beide Produkte typische nussige Grundton eine Brücke schlug und die Muschel gleichzeitig einen klaren, hellen Gegenpol darstellte. Dazu lieferten knackiger weißer Spargel mit Maracujagel, Fenchelblatt und -pollen sowie eine kräutergrün marmorierte Buttermilch die elegante Bühne mit feiner Bitterkeit, Säurekicks und verbindendem Schmelz ...
Zum Thema Klassiker passte auch die Langustine „Bondage“, die mit ihrem unmittelbar eingängigen Premium-Soulfood-Charakter immer wieder ins Menü findet. Verantwortlich für den hohen Suchtfaktor ist die knackig-zarte Qualität des Krustentiers, die zwar aromatisch eher eingefasst als freigestellt wird, durch die zarte Ummantelung mit Kalbszunge, Reis-Crunch und Mandarinen-Gel sowie den komplexen Fond und eine cremige Wasabi-Ganache mit feinem Säurekern und präziser duftiger Schärfe dafür aber ein sehr schmeichelndes Ganzes ergibt.
Wieder etwas komplexer aufgebaut, standen einem bilderbuchmäßigen Filet vom geangelten Meerwolf (zweifingerhoch, glasig, krachend-krosse Haut ...) eine Miniatur aus gebrannter Gurke, Gurkenkraut, marinierten Algen und Senfkörnern sowie Tupfen einer mayoähnlichen Emulsion aus sonnengetrockneten Tomaten gegenüber – eingerahmt von einem leichten Enten-/Salzbutter-Schaum. Derartige Gerichte basieren einerseits auf einer klassischen Basis, werden andererseits aber so unkonventionell interpretiert, dass etwas völlig Neues und Spannendes entsteht.
Nicht weniger als eines der eigenständigsten Lammgerichte seit Langem folgte mit der samt knusprigem Fettdeckel servierten Lammhüfte. Deren saftiges aromatisches Fleisch stand puristisch auf einem bunten Creme- und Saucen-Ensemble aus Senfgemüse (grün), Haselnussöl und einer dunkelkonzentrierten Lammjus.

Auflockerung und weitere Facetten lieferte ein aparter „Salat“ aus Rauke, Morcheln, Brombeeren und Lammbries in einer Art French Dressing, getoppt von hauchfeinem Brotknusper. Während der Hauptteller mehr Wucht, Umami und einen röstig-süßen Grundton vertrat, zeigte der Satellit einen eher flirrenden, säurebetonten Stil. Beides zusammen: genial!
Typisch provokativ stimmte ein am Wattestäbchen serviertes Sorbet in Ohrform mit exotischer Zitrusfrische auf den süßen Abschluss ein. Und dieser war zwar in beinahe identischer Art bereits bekannt, begeisterte aber erneut: Die kreative Kombination aus duftigem Mandarinensorbet und mit Vanille und Essig abgeschmeckter Creme von gereiftem Ricotta wurde durch Komponenten vom Hokkaido-Kürbis und eingelegter schwarzer Walnuss erweitert. Durch einen mit Zitrone säuerlich zugespitzten Mandarinenfond sowie eine mit Olivenöl hochgezogene, estragontypische „falsche Béarnaise“ hatte das Ganze eine erfrischend herbe Basis, die durch die dunkleren Noten der schwarzen Walnuss mit Tiefe ergänzt wurde. Ganz im Falco-Style war das ein ebenso experimenteller wie harmonisch wohlschmeckender Abschluss.
Und wie auch bei den anderen Kreationen gelingt es dem sympathischen und kommunikativen Christian Wilhelm dazu ganz ausgezeichnet, mit seinen Empfehlungen eine perfekte Begleitung und oft sogar noch einen Extrakick mitzugeben – was bei den meist recht abgefahrenen Aromenkombinationen eine echte Herausforderung und deshalb umso bewundernswerter ist! Es lohnt sich aber auch, mit dem Sommelier einfach ins Gespräch zu gehen, um individuelle Vorlieben einzubeziehen und sowohl glasweise als auch bei der Auswahl spannender Flaschen das Passende zu finden. Der Fundus dafür – nicht nur bei Rieslingen in enormer Breite und Tiefe vorhanden – ist jedenfalls riesig und macht große Lust auf Entdeckungsreisen …

---

fast & SLOW

Kartoffelfräulein

Karl-Heine-Str. 68, 04229 Leipzig
0341-92706764
www.kartoffelfraeulein.de
Mo–Fr von 11.30–20 Uhr,
Sa von 12–19 Uhr, So RT

Regionale Ofenkartoffeln mit frischen, natürlichen Toppings, beispielsweise mit Pulled Pork, Sauerrahm, Rotkohlmus, Buttercroûtons und frischer Petersilie oder vegetarisch mit Couscous-Salat, Blattspinat, spicy Kürbis und Schafskäse.

5↑

MAX ENK

Neumarkt 9–19
(Städtisches Kaufhaus Leipzig),
04109 Leipzig
0341-99997638
www.max-enk.de
Küchenchef: Roy Düsel
Mo–Sa durchgehend ab 12 Uhr,
So von 11.30–15 Uhr, kein RT
Hauptgericht: 22–52 €, Menüs: 19–72 €

VISA

Mittlerweile ist das direkt im Leipziger Zentrum gelegene MAX ENK eine feste Größe für alle, die gern anspruchsvoll und zugleich entspannt und unkompliziert genießen wollen. Ob im Restaurant mit dem hellen überdachten Innenhof oder auf der großzügigen Terrasse – die Atmosphäre ist entspannt und elegant zugleich, der Service aufmerksam und bestens geschult, aber ohne großes Getue.
Letzteres findet auch auf den Tellern nicht statt. Dafür aber bringt das Team hochwertige regionale und internationale Produkte angenehm fokussiert und mit kleineren kreativen Akzenten versehen auf die auch optisch ansprechenden Teller. Man merkt bereits bei den ersten Kostproben, dass hier von Grund auf sorgfältig und genau gearbeitet wird. So machte zuletzt bereits ein Tatar aus mild gebeiztem Lachs mit saftig-gemüsefruchtigem Quinoa bei aller Einfachheit viel Lust auf mehr, vor allem durch das pfiffige Pesto aus schwarzen Nüssen. Gelungenen Purismus repräsentierte auch das kräftig abgeschmeckte Thunfischtatar, das mit salziger Präsenz und nussiger Note von geröstetem Sesamöl mit aromatisch wiederum eher „grünen“ und herben Begleitern in Form von

knackigem grünem Spargel, etwas festerer und nicht zu reifer Avocado und diversen Salatspitzen kombiniert wurde. Ein zartes Kräuteröl und cremiger heller Olivenöl-Pudding schlossen aromatisch daran an, wobei Letzterer der Kreation vor allem auch reichlich verbindenden Schmelz lieferte. Schlicht und dennoch animierend!

Die handwerkliche Sorgfalt, die ja bei Suppen und Saucen generell besonders klar sichtbar wird, sorgte danach bei einer schaumigen Hummer-Bisque für einen vollen Körper mit leichten Röstnoten als eher zarte und liebliche Interpretation des Krustentiers – in jedem Fall aber als eine attraktive Umgebung für die zarten Hummerklößchen darin und einen krossen Parmesanchip obenauf. Einziges Problem: der Chip wirkte etwas deftig, vor allem in der schnell aufgeweichten Form. Da wären eine technisch aufwendigere Variante oder veränderte Proportionen noch besser gewesen.

Rundum stimmig wirkte dagegen die Kombination aus kräftig gerösteten, homogen zarten und kleinen Jakobsmuscheln, die neben hauchdünnem Pancetta, knackig eingelegter Haferwurzel und herben Wildkräutern klar die Oberhand behielten. Eine gute Idee war dazu die bitter-frische Grünkohl-Gremolata, die das Gericht gemeinsam mit etwas Kräuteröl durchaus raffiniert abrundete.

Im Hauptgang stehen als Evergreen verschiedene Cuts von hochwertigen Fleischsorten mit akkuraten Beilagen und kraftvollen Saucen nach Wahl auf der Karte. Genauso souverän bringt das Team aber beispielsweise schmelzend zartes Secreto vom Iberico-Schwein neben einem Ragout aus geschmorten Bäckchen desselben Eichelmastschweins sowie Kräuterseitlingen, Bohnen und gedörrter Tomate auf den Teller.

Das alles ist nicht außergewöhnlich kreativ kombiniert oder artifiziell gefertigt, gibt das aber auch überhaupt nicht vor. Weder preislich noch lyrisch wird hier ein aufwendig, exklusiv oder gar avantgardistisch interpretiertes kulinarisches Hochamt proklamiert, und so wirkt das, was hier freundlich serviert wird, rundum stimmig und passt sehr gut zum Gesamtkonzept.

Das gilt genauso für Desserts wie einen halbflüssigen Schokoladenkuchen mit Brombeere und Mangosorbet, dem durch einen Hauch von ätherischer Pfefferschärfe sogar noch ein origineller Twist mitgegeben wurde. Oder für die attraktive Weinkarte, in der (insbesondere offen) natürlich gute sächsische Erzeugnisse nicht fehlen.

6

Michaelis

im Hotel Michaelis

Paul-Gruner-Str. 44, 04107 Leipzig
0341-26780
www.michaelis-leipzig.de
Küchenchef: Patrick Schellenberger
Mo–Sa ab 18 Uhr, So RT
Hauptgericht: 18–28 €,
Menüs: 40–53 €

VISA

Die erste Überraschung bei unserem aktuellsten Testbesuch im Restaurant Michaelis des gleichnamigen Hotels im südlichen Leipziger Zentrum bot das Ambiente: Der einstmals etwas bieder anmutende Raum präsentierte sich nach einem umfassenden Relaunch viel zeitgemäßer, leichter und kontrastreicher. Mit moderner Blumenornamentik an einer der Wände, grauem Boden aus Teppich und Fliesen, rot gepolstertem Gestühl in stylischem Design und blanken Holztischen.

Die zweite Überraschung bot die Küche von Patrick Schellenberger und seinem Team, die sich im Vergleich zu den Vorjahren deutlich verbessert zeigte. Deren stets einfallsreiches und unkonventionelles Kulinarium hatte auch in der Vergangenheit immer Spaß gemacht – bei unserem letzten Besuch waren die Gerichte aber noch detaillierter ausgearbeitet, die Proportionen stimmten und nichts wirkte überflüssig, alles diente dem guten Geschmack der Komposition.

Es ging los mit aufgeschlagener Korianderbutter und einer mit floraler Gewürzmischung aromatisierten Frischkäsecreme zu zweierlei Baguette. Kontrastreich im besten Sinne präsentierte sich im Anschluss der Küchengruß, bei dem saftige Tranchen von der geräucherten Entenbrust mit Sorbet von der gelben Paprika, etwas Kichererbsencreme sowie säuerlich eingelegtem und mit Curry dezent ange-

spictem Blumenkohl einen kurzweiligen Einstand abgab.
Schon optisch wirkte die Vorspeise um geräucherten Black Cod mit süßsauren Mairüben, frischem Dill (auch als Mayo-Tupfen) und eingelegten Senfkörnern einerseits vielgestaltig – denn da waren beispielsweise auch noch mit Thunfischtatar gefüllte offene Rübchenravioli auf dem Teller zu finden – andererseits angenehm aufgeräumt und durchdacht. Süffig und aromatisch zusammengehalten wurde das Ganze von einer wunderbaren Geflügeljus mit asiatischem Touch (dezente Zitrusnoten, moderate Schärfe …), die nicht zu kraftvoll, aber auch nicht zu schwachbrüstig daherkam.
In die gleiche dynamische Richtung tendierte der grün-rote, mit saftigem Schmorkompott vom Strohschwein gefüllte und mit etwas frisch gehobeltem Meerrettich getoppte Raviolo, der von verschiedenen Zwiebelkomponenten sowie „Carbonara"-Ingredienzen umringt war. Erstere mit einem süßlich-würzigen Zwiebelmus, säuerlichen Perlzwiebeln und frischscharfer Frühlingszwiebel durchaus variantenreich und Letztere mit Bauchspeck, Erbsen und rahmiger Schaumsauce ein herzhaftes wie fülliges Geleit. Alles zusammen rund, harmonisch und süffig, mit vielen Facetten.
Und das traf auch in gleichem Maße auf die zum Zylinder geformte gebratene Brust und eine saftig-krosse gebackene Praline vom Perlhuhn zu, die zwischen Haselnussmilch, Mairüben und kleinen savarinartigen Morchelmuffins sehr proper wirkte. Durchaus auch mit Finesse im Detail in Gestalt grüner knackiger Frische durch Zuckerschoten, Erbsen und Affila-Kresse, dazwischen bitteren Nussaromen und einer eleganten alkoholischen Süße in der Jus. Alles handwerklich gut umgesetzt – sehr fein!
Der vielleicht schwächste Gang des letzten Besuchs war das Dessert. Zwar auch alles andere als schlecht, aber etwas breiter und stumpfer als gedacht. Vor allem, weil sich der Ziegenjoghurt, von dem man sich als Gegenüber zu aromatischer Erdbeere (mariniert und als Espuma), gepoppten Müsli-Crumbles und Gierschsorbet viel frische laktische Säure erhofft hatte, hier eher als sahnig-breiter und etwas fest gelierter Moussering entpuppte. Der verdienten Aufwertung auf 6 Pfannen konnte das aber nichts anhaben.
Die Weinkarte listet neben einer kleinen Auswahl an Gewächsen aus Sachsen und Saale-Unstrut auch ein paar internationale Alternativen aus jedem gängigen Weinland. Das Preisniveau von Speis und Trank ist moderat.

5

Münsters

Platnerstr. 13, 04159 Leipzig
0341-5906309
www.münsters.com
Mo–Sa ab 18 Uhr, So RT
Hauptgericht: 16–32 €

In geschmackvollem Gewölbe mit charmant rohem Ambiente (dickes Holzgebälk, teils unverputzte Ziegelwände) präsentiert Gastgeber André Münster die schmackhaften Gerichte seines Küchenchefs Martin Steinert. Die kommen in der Regel ganz schnörkellos daher, wirken bisweilen recht schlicht, sind aber fundiert gekocht und haben in ihrer einfachen Art dennoch Pfiff. Das liegt natürlich an den guten, frischen Produkten, aber auch am soliden Handwerk. Hier wird mit Anspruch gekocht und das zu günstigen Preisen. Darüber hinaus gibt es interessante sächsische Gewächse auf der auch ansonsten nicht unattraktiven Weinkarte, und im Sommer findet sich unter freiem Himmel ein schönes Plätzchen.

---

fast & SLOW

Rusty's Burgers

Brühl 1, 04109 Leipzig
0341-68417525
www.rustysburgers-leipzig.de
Mo–Sa von 11.30–19.30 Uhr, So RT

Hausgemachte Burger und Grillspezialitäten vom Aberdeen Black Angus oder Chicken, aber auch vegetarische und vegane Burger-Alternativen.

9↑

Stadtpfeiffer

Augustusplatz 8, 04109 Leipzig
0341-2178920
www.stadtpfeiffer.de
Küchenchef: Detlef Schlegel
Di–Sa ab 18 Uhr, So u. Mo RT
Hauptgericht: 42–58 €, Menüs: 108–138 €

VISA

In diesem Jahr hätten wir ja vieles erwartet, aber eine derartige Überraschung im Leipziger Stadtpfeiffer ganz sicher nicht! Die Küche im unmittelbar am Gewandhaus gelegenen Restaurant von Familie Schlegel hatte sich zwar schon in den vergangenen Jahren sukzessive auf ein beeindruckend hohes Niveau gesteigert – das aber vor allem mit der Interpretation einer klaren, mit feinsinnigen Details und hoher Präzision gearbeiteten Klassik. Und eigentlich hat sich daran auch nicht grundsätzlich etwas geändert. Allerdings hat das Küchenteam um Detlef Schlegel diese Grundlinie jetzt noch um eine höchst unkonventionelle Produktauswahl und erstaunlich kreative Details erweitert, die zwar auf den ersten Blick relativ unaufgeregt daherkommen, bei genauerer Betrachtung (und vor allem genauem „Hinschmecken"!) aber kaum weniger originell sind als die hyperkreative Küche im nicht weit entfernten Falco. Ganz offensichtlich hat das Team die lange Pause vom Corona-Lockdown im Frühling über die im Stadtpfeiffer ohnehin traditionell geschlossenen Sommermonate Juli und August auf bestmögliche Art und Weise genutzt!
Ein erstes Aufmerken gab es schon bei der Tatsache, dass neuerdings auch ein vegetarisches Menü mit völlig eigenständigen und sehr originellen Ideen angeboten wird. Geradezu ungläubiges Staunen erzeugte dann allerdings das Amuse-Bouche mit drei Miniaturen aus abgefahrenen Pilzraritäten: Da gab es Leberreischling (einen aufgeschnitten an Leber erinnernden Baumpilz) mit eher gemüsig-knackigem Biss und hellen Pilzaromen nebst Zwiebelcreme, dezenter Schärfe und der feinen Säure von Bärlauchkapern. Dann eine mit Gelee überzogene Klapperschwamm-Mousse nebst einem gegrillten Stück mit fleischigem Biss und fast nougatartig tiefer Würze. Und als dritte Variante gebackenen Schwefelporling als knusprig softer, nicht nur farblich an Dotter erinnernder Happen nebst zarter heller Riesenbovistcreme und Schnittlauchöl. Ein äußerst individueller Auftakt, mutig und mit perfekt herausgearbeitetem Produktcharakter, der gleich zu Beginn in Richtung Höchstbewertung tendierte!
Und es ging ähnlich eigenständig weiter, im ersten offiziellen Gang rund um perfekt klararomatischen Kaisergranat von herausragender Qualität. Nur leicht temperiert und mit hauchzarten Röstnoten stand das Krustentier zusammen mit einem von Kaviar und Krustentiergelee jodig-nussig verstärkten Langustinentatar neben flirrenden Akzenten, die sich bestens in die virtuos mit Subtilität spielende helle Aromenwelt einfügten: unter anderem eine Emulsion und ein Sorbet von Essigbaum (feine Säurespuren) und Blaugurke – ein Gewächs, das nichts mit der gewöhnlichen Gemüsegurke zu tun hat, als Rarität im Leipziger Land zu finden ist und aromatisch mit seiner klaren, hellen Süße am ehesten an eine dezente, nicht ganz reife Melone erinnert.
Bei den glasig-nussigen Jakobsmuscheln, deren erneut eher zarte Röstnoten gemeinsam mit ein wenig Krustentierschaum harmonisch an fein differenzierte ätherische Kumquat-Zitrusnoten anknüpften, wurde das Aromenlevel dann schon etwas höher gedreht. Von getrockneten Scheiben für einen kraftvollen Zitruskick über etwas Schalenabrieb bis hin zu einem eher duftigen hellen Zitrusgel kam die Zwergorange hier sehr feinsinnig und pointiert daher und stellte so die eigentlich klassische Kombination von Orange und Kürbis in ein ganz neues Licht. Wobei hier auch die knackig gegrillte Kürbisscheibe mit ätherisch-betäubender Schärfe (ähnlich wie von Szechuanpfeffer) eher die nussige Seite des Gemüses betonte und nicht die süßlich-breite …
Anschließend zeigte die Präsentation unterschiedlichster, individuell zubereiteter Pilze aus dem Leipziger Auwald, was zuvor das Amuse-Bouche schon angekündigt hatte: mutiges Produkt-Scouting und fabelhafte geschmackliche Darstellung der vielfältigen Pilzwelt. Vom eher nussig-kräftigen Steinpilz über milden Birkenpilz und konzentrierten Schopftintling bis zum Violetten Lacktrichterling schmeckte jede Art signifikant anders – dazu sehr facettenreich mal mit Petersilie und mal mit Vogelmiere aufgefrischt und von einem konzentrierten Pilzschaum und hellerer Pilzcreme verbunden. Im Zentrum gab es auch noch einen Cannellono mit intensiver, saftiger Pilzfüllung sowie ein Powder aus getrockneten Pilzen und Pfeffer, sodass hier ganz automatisch mit jeder Gabel immer wieder neue Geschmacksverläufe entstehen konnten.

Wobei der folgende Heilbutt, weil komplexer und kontraststärker, sogar noch eine Steigerung schaffte: subtil buchenholzrauchig gegrillt, glasig aufblätternd und mit hocharomatischen Pulpo-Scheiben bedeckt, stand die beeindruckend hohe Tranche des Plattfischs neben einem filigranen Arrangement aus knackigen Bete-Lamellen, saftigem Feigenfruchtfleisch und Hagebutte (Blüten und Aromatik). Dieser hellfruchtige, florale Pol wurde gekonnt von schwarzen Trüffelwürfeln und pfeffrigen Papayakernen aufgebrochen, während eine luftig-leichte und dennoch straff konzentrierte Beurre blanc der Komposition den perfekten harmonischen Rahmen gab. Groß!
Zurecht etwas puristischer wurde im Hauptgang eine Tranche vom Hirschrücken in den Mittelpunkt gestellt. Dessen durch und durch gleichmäßig dunkelrosa gegartes und satt glasiertes Fleisch konnte an Zartheit mit jedem Reh mithalten, brachte aber deutlich dunklere und im positiven Sinn animalische Noten mit sich, die durch dünne, schinkenähnliche Scheiben vom Hirschherz und eine kraftvoll transparente Jus noch verstärkt wurden. Demgegenüber standen mit knackig-zart gegrillter Schwarzwurzel (teils als in Rotwein geschmorte Stücke), herbsäuerlichem Boskoop-Apfel als größeres Segment und mutig angeschärfte, soft gelierte Sphären sowie etwas knusprig getrockneter Blattpetersilie für einen herben, grünen Akzent auch noch durchweg originelle Begleiter, die einen Aha-Effekt auf den Teller brachten.
Nach diesem Powergang kam die filigrane, beinahe zierliche Eleganz der Desserts gerade recht. Zunächst mit der aromatisch helleren Variante aus weißer Schokolade (Creme, Luftschokolade ...) mit der kantigen Säure von Sanddorn und zarten Bitternoten von Chicorée. Und dann in einer dunkleren (aber nicht weniger leichten) Variante mit einer kompakten Zartbitterschokoladen-Ganache, filigranen Schokozubereitungen, subtilem Nelkenduft sowie feinfruchtiger roter Traube als elegant eingebunden Kontrast.
Neben der spannenden kulinarischen Weiterentwicklung im Stadtpfeiffer gibt es auch eine – ebenso erfreuliche! – Konstante: das Serviceteam um Petra Schlegel, die mit ihrer natürlich herzlichen und ruhigen Art gemeinsam mit einem größtenteils langjährig stabilen Team für die angenehme Atmosphäre sorgt, in der sich ein genussvoller Abend hier regelmäßig abspielt. Außerdem sorgt die Gastgeberin für hochwertige, immer treffsicher ausgewählte Weine in den Gläsern. Die nicht überbordende, aber mit Kennerblick zusammengestellte Karte spannt dafür in einer gelungenen Balance zwischen frischen und gereiften Weinen den Bogen von Sachsen über andere deutsche Anbaugebiete bis nach Südtirol und Frankreich.

Hotelempfehlung

★★★S

Hotel Michaelis

Paul-Gruner-Str. 44, 04107 Leipzig
0341-26780
www.michaelis-leipzig.de
Einzelzimmer: 79–109 €
Doppelzimmer: 109–149 €
VISA

Das historische Gebäude in Leipzigs Südvorstadt, das um einen exklusiven, luftigen Neubau mit Doppelzimmern, Appartements und Suiten erweitert wurde, verfügt über insgesamt 88 komfortable Zimmer unterschiedlicher Kategorien. Die gepflegten, modernen Räume sind alle mit Minibar, SAT-TV, Telefon, Fax und kostenfreiem Internetzugang ausgestattet. Die Zimmer im Neubau verfügen zudem über eine kleine Pantryküche und teilweise über Balkon oder Terrasse. Unmittelbar neben dem Hotel Michaelis, verbunden durch einen Laubengang, liegt der Tagungs- und Veranstaltungsort „Alte Essig-Manufactur“ mit zwei Tagungsräumen auf technisch neuestem Stand. Im eleganten Restaurant oder auf der Sommerterrasse lassen die Küchenchefs Mirko Brückner und Patrick Schellenberger gehobene Küche aus regionalen und saisonalen Produkten kredenzen. Restaurant Michaelis separat erwähnt.

Lichtenstein (Sachsen)

Schönburger Palais

Schlossberg 19,
09350 Lichtenstein
037204-601010
www.schoenburger-palais.de
Küchenchef: Christian Weidt
Di–Sa ab 17 Uhr, So ab 12 Uhr durchgehend, Mo RT
Hauptgericht: 16–35 €,
Menüs: 40–80 €
VISA

Direkt unterhalb des Lichtensteiner Schlosses bietet das Schönburger Palais mit seinen Jahrhunderte alten Räumen im Stil des Barocks ein stilvolles und festliches Ambiente – wie gemacht für anspruchsvolle Küche. Und auf genau die setzt das Team um Christian Weidt, gleich ob man hier im historischen Kreuzgewölbe oder Salon, der Rauchfangstube oder in dem idyllischen Innenhof Platz nimmt.
Dabei bleibt das Team aber sowohl preislich als auch konzeptionell bewusst am Boden. Die Erfahrung zeigt, dass es allzu ambitionierte Projekte in der sächsischen Provinz nicht leicht haben. So gestaltet sich das Angebot einladend zugänglich und hebt sich doch klar vom Durchschnitt ab. Der Anspruch an frische und natürliche Zubereitung wird durchweg deutlich, und auch die eine oder andere kreative Idee fließt ein – stellt aber sicher nicht die größte Stärke der Küche dar.
Am überzeugendsten ist diese, wenn sie sich möglichst sorgfältig auf die gute Basis verlässt und beispielsweise einen salzig-frischen gebackenen Hirtenkäse mit Oliven, reifen Tomaten, Zwiebel und Brotchips in ein rustikal mediterranes Umfeld setzt. Gerät die Basis aber allzu „oldschool", wie bei der uncharmant mehlgebundenen Spargelsuppe mit Garnele, oder allzu bemüht kreativ, wie bei dem vor allem fruchtsüßen kalten Bete-/Erdbeer-Süppchen mit klitzekleinen Ziegenkäsepartikeln, kippt das Bild leicht in eine gewisse Schieflage. An diesen Stellen würde aber schon ein kleines Nachjustieren – beim Süppchen etwa mit präsenterer Säure und größeren (präsenteren) Ziegenkäsestücken – das Bild wieder geraderücken.
Auch bei der etwas trockenen und (sehr!) rustikal gebrutzelten Hähnchenbrust mit stückigem Kartoffelpüree und knackigem Gemüse wäre mehr Detailgenauigkeit gut gewesen. So blieb das einer der schwächsten Eindrücke des letzten Besuchs. Besser, weil wohlproportionierter und aromatisch vielfältiger, gelang ein saftig auf der Haut gebratenes Saiblingsfilet mit Brokkoli, Bete-Ravioli und milder cremiger Safransauce, die allerdings besser neben als üppig über den Fisch angegossen hätte werden können. Auch das mit luftgetrocknetem Schinken und Thymian markant aromatisierte Kalbsfilet machte durchaus eine gute Figur und ergab mit etwas Püree und röstwürziger Jus einen kraftvollen Hauptgang rund um ein gutes Produkt.
Zum Abschluss locken noch Klassiker wie eine akkurate Crème brûlée mit Rhabarber und Minze oder ein halbflüssiger Schokoladenkuchen mit Kirschen und Vanilleeis – und sind trotz der eher üppigen Portionen einen Versuch wert. Bleibt zu sagen: Das stimmige Konzept und die erkennbaren Fähigkeiten des Teams haben Potenzial. Es bräuchte nur mehr Augenmerk auf Details und an manchen Stellen mehr Zeit bei der Konzeption von kreativeren Gerichten.
So bleiben, wie sie ist, kann dagegen die nach Rebsorten und Weinstil sortierte Weinkarte, die vor allem bei den Flaschen aus Sachsen, Europa und der Welt einiges Gutes zu fairen Kursen listet, aber auch glasweise mit einfacheren Weinen eine stimmige Begleitung ermöglicht.

Limburg an der Lahn (Hessen)

8↑

Restaurant 360°

Bahnhofsplatz 1a,
65549 Limburg an der Lahn
06431-2113360
www.restaurant360grad.de
Küchenchef: Alexander Hohlwein
Mi–Sa von 12–13.30 Uhr u. ab 18.30 Uhr, So von 12–13.30 Uhr, Mo u. Di RT
Menüs: 85–140 €
VISA P

Wenngleich sich das Restaurant von Rebekka Weickert und Alexander Hohlwein wirklich mitten im Zentrum von Limburg befindet, ist die Lage selbst für ein anspruchsvolles Restaurant nicht unbedingt 1a. Doch der nüchterne Anbau einer Shopping-Meile, in der neben dem 360° ansonsten noch Arztpraxen und Bü-

ros residieren, ist schnell vergessen, sobald man das großzügige und helle Restaurant mit Blick über die Dächer der Stadt betreten, Platz genommen und den Aperitif im Glas hat. Und erst recht, wenn der Chef und sein Team die ersten Küchengrüße schicken. Durch eine große Scheibe kann man der Brigade den ganzen Mittag oder Abend lang immer wieder mal bei ihrem Schaffen zusehen und wird unweigerlich feststellen, wie ruhig und gut organisiert hier alles abläuft.
Die Professionalität und Abgeklärtheit, mit der unser einstmaliger „Newcomer des Jahres" hier mittlerweile zugange ist, spiegelt sich auch auf den Tellern seiner extrem weltoffen komponierten Menüs wider. Handwerklich sowieso, aber auch kompositorisch. Nach wie vor geht der ehemalige Souschef von Kevin Fehling beim Abschmecken oft und gern bis an die Grenzen, bleibt aber immer souverän im harmonischen Bereich und bietet seinen Gästen so eine spannende Vollgasküche mit hohem Erlebnis- und Genussfaktor.
Bei den keinen Grüßen aus der Küche, die in zwei Aufzügen serviert werden, zeigt sich die Küche schon gleich von ihrer besten Seite und gibt erste deutliche Hinweise zu ihrem Stil, ohne schon zu viel zu verraten. Was man hier aber, angefangen bei einem exotisch gewürzten Rindertatar-Snack und einem kleinen Kürbissüppchen über ein saftig-mürbes Zwiebel-Tartelette, ein mit Schweinebauch belegtes und mit Reis und Kimchi gefülltes Rettichröllchen sowie eine gebackene Pekingenten-Praline bis hin zum süffigen Löffelgericht im Miniformat rund um confierte Wachtelkeule mit cremigem Wachteleigelb, knuspiger Geflügelhaut und Champignons unter Sellerieschaum, schon sehr deutlich sehen und schmecken kann, ist die Tatsache, dass es dem Team nicht um blinden Aktionismus und übers Knie gebrochene Originalität geht, sondern um eingängigen Wohlgeschmack.
Dass der Chef auch das heikle Spiel mit Säure extrem gut beherrscht und dass er auch mit Würzzutaten gekonnt bis an die Grenze gehen kann, ohne darüber hinauszuschießen, bewies sodann die erste Vorspeise des Menüs „Weltreise". Hier kam roh marinierter und als Tatar zubereiteter Hamachi mit verschiedenen AvocadoKomponenten, Korianderkresse und einer würzigen, an Curry erinnernden Creme zusammen und wurde sowohl von einer Kombucha-Vinaigrette, als auch von kleinen Fruchtfleischstücken gepickelter Zitrone ziemlich stark zugespitzt. Doch die unterschiedlichen Säuregrade konnten nicht nur von Süße und Salzigkeit, sondern auch vom Schmelz der Avocado und der spicy Creme sanft gebändigt und harmonisch eingefangen werden.
Die folgende Gänseleber, die mariniert und geeist in zwei Aggregatzuständen auf den Teller kam, wurde von Zwetschge (eingelegt und als Granité), Rauchmandel in ihrer knackigen Urform und Malzaroma in Gestalt kleiner Geleewürfel unkonventionell, aber nicht allzu avantgardistisch umspielt, sodass sowohl die Freunde der kulinarischen Moderne, als auch die der französischen Klassik etwas damit anfangen können. Und sicher wären auch die Fraktionen aller kulinarischen Lager mit der gebratenen Jakobsmuschel auf hauchfeinen ChinakohlStreifen nebst Hokkaido-Kürbis und leichtem Krustentiersud prima klargekommen. Hier war etwas Miso für einen dezenten Umami-Background verantwortlich, und von Yuzu kam zudem eine auflockernde Zitrusnote ins Spiel. Diese spannende, sanft umschlossene Dynamik ist ganz typisch für Alexander Hohlweins Küche.
So wie auch die zupackenden Geschmacksbilder. Der auf Holzkohle gegrillte Süßwasserstör von einer nahe gelegenen Fischzucht kam beispielsweise mit Zwiebelbrandade und weiteren Zwiebelkomponenten sowie Roter Bete recht zünftig daher, was generell gut zu diesem sehr festfleischigen, robusten Fisch passt. Ein kleines Fest für Fans von Kalbsinnereien gab es vor dem Hauptgang in Gestalt eines süffigen Arrangements aus ziemlich rösch und dunkel angebräuntem Kalbsbries, zweier mit einem Ragout von Bries und Zunge gefüllter Dim-Sum-Täschchen, gebratener Steinpilze und Champignons sowie weißer Trüffel in einem mildwürzigen Saucenschaum. Ein erdig-umamistarkes Löffelgericht mit hohem Suchtfaktor, dessen harmonisch weiches Aromenbild durch eine intensive herbe Blattpetersiliencreme geschickt gebrochen und damit noch interessanter gemacht wurde.
Einen äußerst reizvollen Ausflug in die Kaschmir-Küche unternahmen wir dann zum Hauptgang mit dem Poltinger Lamm „Rogan Josh", angelehnt an das deftige, ursprünglich aus dem persischen Raum stammende traditionelle Lammgericht. Trotz der an einen Spaziergang über einen orientalischen Gewürzbasar erinnernden Begleitung durfte das wie immer ganz hervorragende, von gebackenem Lammfrikandeau sekundierte Lammfleisch aus der niederbayrischen Zucht von Franz Riederer von Paar unangefochten die Hauptrolle einnehmen. Mit aromaspendendem, kross gebratenem Fettdeckel und saftigem Fleisch bot das ausdrucksstarke Rückenstück maximalen Genuss. Aber auch die Komposition selbst, zu der

neben dem Aroma der Cashewnüsse auch eine vom Reisgericht Biryani inspirierte Komponente und eine an die indische Gewürzjoghurt-Speise angelehnte Espuma gehörten, war ein großer Wurf.
Abschließend zeigte auch die Pâtisserie mit ihrem „Bee Happy" getauften Dessert rund um den Honig vom eigenen Bienenvolk, der hier mit Aprikose, Ziegenkäse und Fichtensprossenaroma zu einem kompakt angerichteten und dennoch fein differenzierten Finale zusammenfand, ihr ganzes Können. Und weil sich das – ebenso wie die anderen Gerichte der achtgängigen „Weltreise" – auf beeindruckend hohem Niveau bewegte, erhöhen wir in diesem Jahr verdientermaßen die Bewertung um den Bonus-Pfeil und sind sehr auf die weitere Entwicklung der Küche gespannt. Zum attraktiven Gesamtpaket zählen im 360° aber auch die mit erkennbar viel Passion und Expertise ausgewählten und vorgestellten Weinempfehlungen der Gastgeberin, die es mit den mutig gewürzten Gerichten ihres Lebensgefährten zwar nicht immer einfach hat, in ihrem Fundus aber trotzdem immer überzeugende Begleiter ausfindig macht.

Die Symbole

- gute Parkmöglichkeiten
- Hotelgarage
- barrierefrei
- klimatisierte Zimmer
- WLAN-Zugang
- Hallen- und/oder Freibad im Haus
- mit Wellness-Bereich
- mit Fahrstuhl zu den Hotelzimmern
- Hunde im Hotel nicht erlaubt
- mit Garten oder Terrasse

Lindau (Bayern)

6

Schachener Hof

Schachener Str. 76,
88131 Lindau (Bad Schachen)
08382-3116
www.schachenerhof-lindau.de
Küchenchef: Thomas W. Kraus
Do–Mo ab 18 Uhr, So von 12–14 Uhr u. ab 18 Uhr, Di u. Mi RT
Hauptgericht: 18–32 €, Menüs: 31–75 €
EC VISA P

Die Lage des Schachener Hofs gewährt zwar keinen Blick auf den nahe gelegenen See, dafür entschädigt im Sommer eine lauschige Gartenterrasse mit viel gepflegtem Grün, auf der es sich auch sehr kommod draußen sitzen lässt. Geführt wird das Restaurant seit vielen Jahren in erfreulicher Konstanz von Brigitte und Thomas W. Kraus, einem Gastronomenpaar mit Leib und Seele. Die Schilder der geparkten Autos im Hof verraten eine weit gestreute Kundschaft – ein gutes Zeichen!
Kraus' kulinarisches Universum umfasst zwei Schwerpunkte: Fisch und Badisches. So finden bei unserem Besuch gerade Fischwochen unter dem Motto „aus den Pariser Markthallen" statt. Wie gewohnt vertrauen wir hier im Schachener Hof dem Menüvorschlag des Chefs, der mit einer Linsenterrine und Speck als Amuse-Bouche startet. Gewollt rustikal ist das, aber sorgfältig zubereitet und präsentiert.
Als ein besonderer Gang präsentiert sich der Thunfisch mit Thunfischsauce. Versuchte man geistreich zu sein, könnte man das als „Tonno tonnato" und als originelle Verfremdung des italienischen Klassikers bezeichnen. Die Sauce mit ihren Kapern weist jedenfalls in diese Richtung. Ein farbliches wie geschmackliches Ausrufezeichen setzen hier die Poivrons rouges, bei Kraus eine kleine, tropfenförmige orangerote

Varietät mit moderater Schärfe, die auch als Gänseschnabel bekannt ist. Zu erwähnen sind in diesem Verein zudem die eingelegte Gurke, etwas Currykraut, einige Salatblätter sowie Blüten und Blütenblätter zur Dekoration.
Beim Fischgang verrät der Steinbutt traumwandlerische Sicherheit bei der Zubereitung – und ausgesuchte Lieferanten. Der Sud, worin der Fisch liegt, gibt sich vornehm zurückhaltend, wenig gesalzen und dezent in der Würze, umso intensiver aber mit seiner vom Safran sattgelben Farbe. Nur lauwarm gibt er Gewähr, dass der Fisch darin nicht zu stark nachgart; etwas gerösteter Wildreis gibt dem süffigen Gericht zudem eine reizvolle krosse Textur. Nicht fehlen darf natürlich das Blätterteigfischchen, ein Markenzeichen des Hauses, das hier jeden maritimen Gang ziert.
Zum Hauptgang hatten wir es diesmal mit tadellosem Rehrücken, Schachener Weißkraut, Pfifferlingen und krossem Speck zu tun – ein tendenziell sehr klassisches Gericht, dem jedoch die beigegebenen Zimtkirschen einen pfiffigen Akzent verleihen. Einwandfrei ist auch das Gemüse (Blumenkohl, Brokkoli …) mit viel Geschmack und knackigem Biss.
Im Dessert sind schließlich Schokolade, Erdbeeren und Rhabarber vermählt; die Schokolade ist in verschiedenen Variationen als Eis, Mousse und formgebende Tarte auf den Teller gebracht, der Rhabarber als Espuma. Dezente Noten von Nougat sorgen zudem für einen nussig-vollmundigen Grundton und runden das Geschmacksbild harmonisch ab.
Die Weinauswahl setzt schwerpunktmäßig, aber nicht ausschließlich, auf Gewächse aus dem näheren und mittleren Umkreis – dies bei ausgesprochen moderaten Preisen. Ein Beispiel dazu: Der Gutedel der Auggener Schäf, hier seit Jahr und Tag im Offenweinangebot, ist uns mit seiner unprätentiösen Art längst ans Herz gewachsen.

7

Valentin

In der Grub 28A, 88131 Lindau
08382-5043740
www.valentin-lindau.de
Küchenchef: Daniel Siebert, Mark Beastall
Mi–Mo ab 17 Uhr, Di RT
Hauptgericht: 25–35 €,
Menüs: 51–89 €
EC VISA

Überraschung auf der Lindauer Insel! Während wir in dem geschmackvoll hellen Gewölberestaurant, das mit Schwemmholz, Weinkisten-Deko und moderner farbenfroher Kunst äußerst ansprechend gestaltet ist, im letzten Jahr nur verhalten begeistert waren, präsentierte sich die Küche heuer nicht nur stark verändert, sondern auch stark verbessert. Fast überbordend kreativ wurde im Valentin ja schon immer gekocht. Nun präsentiert sich die Küche zunehmend artistisch, was sich vor allem in der ausgeklügelten und klug reduzierteren Optik der Teller niederschlägt. Geblieben ist ein gewisser naturnaher Ansatz, besonders auf der Weinkarte – übermäßig in den Vordergrund gestellt wird das allerdings nicht.
In Vorahnung, was im Weinsektor alles auf uns zukommen würde, beginnen wir defensiv mit einem alkoholfreien Apéro. Was hier die Küche aus Tomate, Himbeere und Honigtau zu zaubern versteht, ist überraschend, vielseitig und lässt die fehlenden Prozente vergessen. Das Weinerlebnis ist auch im Folgenden außergewöhnlich; die Begleitung enthält Gewächse aus wenig bekannten Regionen wie Savoyen, Weine aus Großflaschen, dazu Raritäten wie Barolo chinato und Kuriositäten wie aufgespriteten Beaujolais. Der besagte alkoholfreie Cocktail wird begleitet mit Parfait von der Geflügelleber samt fermentierter Walnuss, Saiblingskaviar auf Focaccia mit Avocado und Allerlei von der Tomate, das Letztere als Schaum und Essenz, sowie gerösteter Quinoa.
Auch das Menükonzept („Seed – vom Samen zum Gaumenschmeichler") mit bis zu elf Gängen in kleinen Portionen ist neu. Unsere Speisefolge startete mit einer Kombination aus Linse, Karotte und Ingwer. Würzige Linsen sorgen hier für das Leitaroma, dazu gesellt sich Verschiedenes von Karotte und Ingwer, das sich aus gepickelter Karotte, Creme und Schaum von Karotte und Ingwer sowie Chips aus den gleichen Zutaten rekrutiert. Daran schließt sich als nächster Gang in Salz gebackener Kohlrabi mit Verschiedenem von der Bohne an. Ein Knusperkörbchen fasst das Ganze

zusammen, für die Abrundung sorgt etwas Bohnencreme mit fermentiertem Knoblauch und ein knuspriges Kohlrabiblatt bringt Abwechslung fürs Mundgefühl. Alles klar durchdacht und pointiert umgesetzt.
Das nachfolgende Onsen-Ei ist mit Granola bestreut und wird mit Shiitake-Tee angegossen, die nächsten zwei Gänge sind beide in Törtchenform gebracht: im ersten Fall als aparte „Tarte Tatin“ mit Zwiebel und Asche von derselben sowie delikater Liebstöckelcreme, im zweiten als kleine Pizza aus Artischocken und Roter Bete mit Eierpilzen, gerösteten Perlgraupen und Trüffelschaum. Vermeintlich simpel, aber tatsächlich eines raffinierter als das andere!
Es folgt Oktopus und Krabbe in zwei Aufzügen: beim ersten wird langsam gegarter Oktopus mit Melone in verschiedenen Zuständen kombiniert, und für aromatische Abrundung sorgt Bohnenwasser, das mit Jasminteeblüten aromatisiert wurde. Der zweite Halbgang wird augenzwinkernd als „Chili con Krabbe“ bezeichnet, denn im Chili-con-Carne-Sud liegen neben dem Krustentier Bohnen, ein gebackenes Reisbällchen sowie Koriander und ergeben zusammen ein enorm vielschichtiges und intensives Geschmacksbild.
Nicht weniger vielfältig präsentiert sich sodann der Hauptgang, ein Zweierlei vom Allgäuer Reh: Unter grüner Kruste verbirgt sich ein bei Niedertemperatur gegartes Stück von der Keule, flankiert von gebratenem Rücken mit Szechuanpfeffer und Verschiedenem von der Aubergine sowie mit Baba Ganoush gefüllter Zucchiniblüte und Aubergine in gepickelter und knuspriger Variante. Außerhalb der Kategorie „alltäglich“ bewegte sich auch das Dessert, ein Soufflé mit Johannisbeeren und Milchreis, der als Eis sowie in gepuffter Form auf dem Teller zugegen war.
Der Menütitel „11 Seed – vom Samen zum Gaumenschmeichler“ lässt in gewisser Weise an einen Marathon denken, was die Speisefolge über die gesamte Distanz von elf Gängen (man kann auch beliebig verkürzen) irgendwie auch ist – aber keineswegs ein ermüdender! Wir würden die elf genüsslichen Etappen eher als kulinarischen „Erlebnis-Parcours“ bezeichnen, der noch kurzweiliger wird, wenn man im Sommer einen der raren Tischchen auf der belebten Gasse erwischt.

8

Villino

Mittenbuch 6, 88131 Lindau (Bodolz)
08382-93450
www.villino.de
Küchenchef: Toni Neumann
Täglich ab 18 Uhr, Jul. u. Aug. kein RT, sonst saisonal wechselnd
Hauptgericht: 48–58 €,
Menüs: 80–156 €

VISA

Das luxuriöse Landhaus in idyllischer Alleinlage am Lindauer Hoyerberg, das so viel südliches Flair versprüht, dass man sich im Sommer problemlos den Kurzurlaub an den Gardasee sparen kann, ist ein ganz besonderes Hotel. Es liegt ruhig auf dem Land, die Stadt Lindau und der Bodensee sind nicht in Sichtweite. Der Komplex ist vielmehr in sich geschlossen, wobei der Atrium-artige Innenhof das Herzstück darstellt. Vieles lässt hier an Italien denken. Schon die Außenbepflanzung wirkt sehr mediterran, und die Hotelzimmer tragen keine Nummern, sondern poetische italienische Namen wie „Sole“, „Fiore“, „Cielo“ oder „Tramonto“.
Obschon Küchenchef Toni Neumann und sein Team auch die Menüs „La Cucina dei Sensi“ und „Menu tradizionale“ italienisch betiteln, dominiert hier tendenziell eine französisch inspirierte Klassik, ergänzt durch eine gute Portion Fernost. Gleiches gilt für die von Sommelier Rainer Hörmann seit so vielen Jahren engagiert gehegte und gepflegte Weinkarte: Sie führt zwar eine ganze Reihe bemerkenswerter Schätze aus Italien, doch sind darin auch andere Regionen außergewöhnlich gut dotiert.
Neumann eröffnet das Menü bei unserem letzten Besuch mit einem Knusper-Cornet, das mit Räucherlachscreme gefüllt und einer Borretschblüte verziert ist – ein gefälliger Einstieg! Das gute Brot ist hausgebacken; uns gefällt besonders die zwar keineswegs kalorienreduzier-

te, aber vorzügliche Focaccia. Als eigentliches Amuse-Bouche fungiert dann ein Taco mit Spanferkel und Tomatensalsa, Letztere peppig mit Kreuzkümmel, spürbarem Knoblauch und einer leicht offensiven Schärfe ausgestattet.
Die gebratene Gänseleber steht schließlich im Spannungsfeld von auflockernden Erdbeeren und intensivierender Balsamicojus, ein aromenkräftiger Akkord mit schier endlosem Nachklang. Bei dieser Gelegenheit sei gesagt, dass das Villino zu den nicht allzu zahlreichen Restaurants gehört, wo konsequent und ungefragt überall dort Saucenlöffel gereicht werden, wo es Sinn ergibt. Das ist nachahmenswert!
Tradition hat im Villino auch die sechsteilige, im asiatischen Stil gehaltene Vorspeisenvariation, die zuletzt etwa Thunfisch mit Wakame-Alge, Kimchi, eine Garnele im Tempuramantel und fermentierten Blumenkohl zum Besten gab und in ihrer Unterschiedlichkeit von knusprig bis süffig ein breites Spektrum an Eindrücken vermitteln konnte. Abgeklärt dann der auch qualitativ überzeugende Hamachi mit Kopfsalat.
Der geschmorte Lauch mit Blumenkohl und Trüffel, der Teil des „Menu tradizionale" ist, kommt nicht zu knapp mit der frisch über das Gericht gehobelten Knolle verfeinert daher. Auf Trüffelöl wird im Villino zwischenzeitlich ganz oder zumindest weitestgehend verzichtet, was uns besonders freut, denn in früheren Jahren wurde hier in dieser Hinsicht schon manchmal ein wenig gesündigt.
Der folgende Schweinebauch, der wieder aus dem Menü „Cucina dei Sensi" stammt, hat die schlanke Form einer Grissinistange, ist rösch angekrosst und schmelzig-zart. Inszeniert wird er von Toni Neumann und seinem Team asiatisch inspiriert, süßsauer, nebst Wan-Tan-Täschchen und etwas Paprikagemüse. Zum Hauptgang gibt Neumann dann klassisch-puristisch inszenierten und maßvoll proportionierten Lammrücken mit Aubergine und Tortellini, der in seiner pointierten und handwerklich akkuraten Ausführung tadellos ist.
Sehr löblich, dass man im Villino auf das althergebrachte Sorbet zwischendurch verzichtet und zur Entspannung des Gaumens schlicht und einfach etwas Verveinetee reicht. Der süße Abschluss bleibt auf der Flughöhe des Vorangegangenen: zunächst ein Kefirsorbet mit Joghurt-Crumble und Mandarinen-Tartelette, schließlich ein von der fernöstlichen Kulinarik inspiriertes Dessert um Eis von Jasminreis mit Kirsche und Shiso. So verbrachten wir auch diesmal wieder einen restlos gelungenen kulinarischen Abend, der durch den wie stets ausgesprochen charmanten und aufmerksamen Service der beiden Gastgeberinnen Sonja und Alisa Fischer und ihrem Team sowie die präzisen Weinempfehlungen von Rainer Hörmann auch sonst höchst angenehm war.

Lottstetten (Baden-Württemberg)

6↑ 🍴🍴

Gasthof zum Kranz

Dorfstr. 23,
79807 Lottstetten (Nack)
07745-7302
www.gasthof-zum-kranz.de
Küchenchef: Gerd Saremba
Do–Mo von 11–13.30 Uhr
u. ab 17.30 Uhr, Di u. Mi RT
Hauptgericht: 30–38 €, Menüs: 60–95 €

VISA P

Nicht nur die Schweizer kommen gern über die nur einen Katzensprung entfernt liegende Grenze, auch die Baden-Württemberger schätzen diese Adresse. Das gepflegte, moderne Dorfwirtshaus von Familie Saremba, in dem eine Reservierung auch unter der Woche am Mittag dringend notwendig scheint, ist nämlich verwurzelt in seiner Region und weit darüber hinaus, tut dennoch mehr, als es tun müsste. Was man schon bei der Weinkarte merkt, die nicht nur Klassiker der Umgebung (etwa vom Weingut Clauss) anbietet, sondern auch zahlreiche französische Weine – sogar im Offenausschank hat man hier immer etwas Besonderes im Angebot wie einen Grünen Spitzen-Veltliner von Emmerich Knoll aus der Wachau oder einen reifen Bordeaux (Château Beau-Site). Bei den Speisen geht es ebenfalls ambitioniert zu, wenn man sich die Beschreibungen der Gerichte anschaut und später überprüft, was sich alles auf dem Teller befindet.
Unter den zwei Sorten Brot ist jenes mit Walnüssen hervorzuheben. Das Amuse-Bouche

besteht aus etwas akkurat gebeiztem Lachs und einer lockeren Frischkäsecreme. Die anschließende Wildrahmsuppe mit Wacholder und Rosmarin ist nicht übertrieben sahnig, schön dicht im Aroma und gut mit Wacholder abgeschmeckt. Der marinierte Wildlachs in der Vorspeise wird mit allerlei Zutaten umrahmt, bleibt aber geschmacklich im Mittelpunkt und ist von feiner, unaufdringlicher Güte. Dazu gibt es kleine gebratene und schön saftige Jakobsmuscheln samt Ingwer-/Limetten-Glace sowie einen Schaum von grünem Apfel und Wasabi. Alles ist üppig dekoriert mit Sprossen, Kräutern, Wasabinüsschen und Granny-Smith-Stäbchen, bleibt frisch und würzig und ist nur ganz dezent süßlich abgeschmeckt.
Die hausgeräucherte Barbarie-Entenbrust aus dem Buchenrauch mit Wacholderreduktion, Mango, Pak Choi und Kartoffelküchlein profitiert von der guten Fleischqualität und der präzisen Zubereitung; Gemüse und Frucht kommen sich allerdings ein bisschen in die Quere. Beim Lammrücken kann man zwar über den Sinn des Holunderlacks diskutieren – die fruchtige Komponente ist sehr dezent gehalten –, aber auch hier stimmen Fleischqualität und Garpunkt. Eine gebackene Ziegenkäsepraline mit knuspriger Außenhülle und cremiger Füllung, etwas Rote-Bete-Creme und knackiger Wirsing sind als Beilagen tadellos zubereitet und unaufdringlich; nur die kleinen gebratenen Kartoffelwürfel hätten nach unserem Geschmack etwas knuspriger sein dürfen. Sehr fein auch die maßvoll reduzierte, nicht überkonzentrierte Jus.
Den Herbst und die Region repräsentiert die Vermicelles-Mousse mit marinierten Zwetschgen, Zwetschgen-/Spätburgunder-Eis und Kirschwasserschaum im Glas: Das kann man kaum besser machen, weil alles gut abgeschmeckt ist, weil das Kastanienaroma ebenso gut zum Ausdruck kommt wie der Rotwein im Eis und weil die Süße nicht dominiert. Ein weiteres Dessert um eine geschichtete, mit Ananasgel und Mascarpone gefüllte Biskuitschnitte wirkt allenfalls ein bisschen mächtig. Weißer Rum ist hier mittels Espumas eingebunden, Hanfsamen sorgen für Crunch und eine originelle Würze, und das eher feste als cremige Vanilleeis ist erfreulich eindeutig im Aroma. Hausgebackene Plätzchen und Meringues zum bemerkenswert guten Kaffee sorgen für einen feinen Abschluss in diesem engagiert geführten Gasthaus.

Lübeck (Schleswig-Holstein)

7

Wullenwever

Beckergrube 71, 23552 Lübeck
0451-704333
www.wullenwever.de
Di–Sa ab 19 Uhr, So u. Mo RT
Hauptgericht: 42–48 €,
Menüs: 65–120 €

Das stilvoll eingerichtete Lokal in dem historischen Kaufmannshaus darf seit langer Zeit als einer der kulinarischen Leuchttürme an der schleswig-holsteinischen Küste bezeichnet werden. Roy Petermanns konsequent klassische Küche hat hier in der Gegend fast schon so etwas wie ein Alleinstellungsmerkmal, und was er hier in der Lübecker Altstadt servieren lässt, bewegt sich auf hohem Niveau, ist immer handwerklich fundiert, präzise und von leichter Hand zubereitet. Stilistisch folgt das Kulinarium seit jeher den französischen Küchentraditionen und den Jahreszeiten, kommt mal mediterran und kräuterduftig, mal exotisch gewürzt daher und dann wieder so kräftig-süffig und aromentief, wie man es sich eben von der guten alten Schule im Idealfall wünscht. Gastgeberin Manuela Petermann zeichnet für den familiären und zuvorkommenden Service sowie stimmige individuelle Weinempfehlungen verantwortlich.

Lüchow (Niedersachsen)

6

Field

im Hotel Katerberg
Bergstr. 6, 29439 Lüchow
05841-97760
www.hotel-katerberg.de
Küchenchef: Salvatore Fontanazza
Di–Sa ab 18 Uhr, So u. Mo RT
Menüs: 69–115 €

Seit etwa vier Jahren kommen wir nun schon regelmäßig hierher, in diese Oase der kulinarischen Diaspora im Dreieck zwischen Hannover, Hamburg und Berlin. Und man kann

hinsichtlich des Engagements von Gastgeberfamilie Fontanazza, die hier quasi allein auf weiter Flur die Fahne der anspruchsvollen Gastronomie weit hochhält, wirklich auch weiterhin nur den Hut ziehen. Das lockt sicherlich auch immer wieder mal Gäste von weiter weg an, die nicht in erster Linie wegen einer Übernachtung ins Hotel Katerberg kommen, sondern eben wegen dessen schicken Gourmetrestaurant Field, das sich im Gegensatz zum Bistro unter gleichem Dach nämlich explizit an Feinschmecker richtet.
Weil die hier aber trotzdem nicht gerade Schlange stehen, liegt es auf der Hand, dass das Team sein Konzept entsprechend der Nachfrage anpassen musste, etwa die Gäste mittlerweile schon bei der Reservierung darum bittet, sich im Voraus auf das Menü und die Anzahl der Gänge festzulegen. Und folglich den Gourmetbetrieb überhaupt nur dann hochfährt, wenn verbindliche Reservierungen vorliegen. Das wundert auch nicht, denn der Aufwand, der hier betrieben wird, ist immens. Und gemessen an eben jenem gebotenen Aufwand, an der grenzenlosen Gestaltungsfreude, mit denen der Chef seine Menüs kreiert und ausschmückt, aber insbesondere auch an Küchenchef Salvatore Fontanazzas Eigenanspruch, erscheint unsere Bewertung fast noch zu niedrig. Ganz nüchtern und sachlich an dem gemessen, was dann tatsächlich auf den Tellern liegt, ist sie allerdings ausreichend hoch.
So hatten wir nämlich auch diesmal den Eindruck, dass sich Salvatore Fontanazza mit seinem offenkundigen Ehrgeiz, in der Gourmetliga zu kochen und möglichst hohe Auszeichnungen zu bekommen, nach wie vor selbst ein wenig im Wege steht. Es wirkt nämlich weiterhin fast so, als ob er auf seinen Tellern partout ganz bestimmte Muster abarbeitet und dabei den klugen Designleitsatz „Form follows function" oft gänzlich ignoriert. So hat man es beispielsweise im Laufe des Abends immer wieder mit Komponenten und Stilmitteln zu tun, die das jeweilige Gericht vielschichtig und komplex wirken lassen sollen, allerdings eher sperrig und störend sind. Manchmal, weil sie thematisch nicht schlüssig wirken, manchmal aber auch, weil sie handwerklich etwas grob geschnitzt sind.
Oft hat man den Eindruck, dass Optik und Originalität eine zu große Bedeutung beigemessen wird und bestimmte Vorstellungen in Bezug auf einen gourmettauglichen Teller deshalb etwas unreflektiert umgesetzt werden – was hin und wieder zu unausgereiften und unausgewogenen Geschmacksbildern führt. Vor zwei Jahren hatten wir geschrieben: „Deutlich weniger Süße und weniger Aktionismus, dafür mehr Konzentration auf den guten, harmonisch ausgewogenen Geschmack könnten hier Berge versetzen. Etwas mehr Grundtugenden der Küche aus Salvatore Fontanazzas italienischer Heimat statt vermeintlich kreativer Pirouetten". Und das gilt nach wie vor!
Zwar wirkte in diesem Jahr zum Beispiel das Präludium, das verschiedene Kleinigkeiten zum Aperitif und in mehreren Aufzügen aufgetragene Küchengrüße umfasst, etwas reduzierter und ausgewogener, war aber immer noch relativ umfangreich. Das bindet arbeitstechnisch Ressourcen und erhöht automatisch die Fehlerquote. So kommt dann Beispielsweise eine Art Krokette vom Kingfish mit Tamarillocreme auf einer sirupartigen Orangenreduktion, die mit Paprikaflakes und Zitronenthymian gewürzt ist, tendenziell etwas trocken daher. Oder wirkt ein quadratisches Schichttörtchen von Gänselebermousse, Aal und Apfelgelee, karamellisiert und von einer Lauchzwiebelcreme auf Joghurtbasis mit herzhafter Würze und laktischer Säure umspielt, aromatisch eher diffus als klar und straight.
Zu den gelungenen Kompositionen zählte für uns beim letzten Mal eindeutig die Vorspeise um marinierte Tranchen vom rundum kurz angebratenen und ansonsten rohen Thunfisch, der mit einer würzigen Gurkenvinaigrette mit Enokipilzen nappiert und mit Geleekügelchen auf Basis von Sojasauce bestückt war – umgeben von Komponenten der Avocado und einer Austerncreme, die allerdings ehrlich gesagt nicht sonderlich ausdrucksstark nach Auster geschmeckt hat. Insgesamt aber ein sehr harmonisches, stimmig komponiertes Gericht.
Was wir wiederum vom folgenden Duett eines gebratenen Aals aus der Müritz-Region mit geschmortem Schweinebauch leider nicht behaupten können. Denn statt dem fetten Fisch und dem fetten Fleisch ein ruhiges, ausgleichendes und auffrischendes Umfeld zu schaffen, überfrachtete das Team die beiden Hauptdarsteller mit einigen Dissonanzen, die vom sehr süßen und sehr harten Eiweiß-Zuckergebäck mit prickelnd künstlichem, an Brausepulver erinnerndem Zitronenaroma bis zu den aromatisch eher stumpfen als zugespitzten und somit wie Fremdkörper wirkenden Tupfern von Sauerampfermousse reichten.
Deutlich stringenter wirkte das auch optisch ansprechende Miteinander von schön zarter Kalbszunge und (leider noch etwas zu festem, gummihaftem) Pulpo, die mitsamt eingelegter Senfsaat, frittierten Kapern und Kräutern im Halbkreis um ein Püree von Salicornes drapiert waren. In diesem Kontext machten allenfalls

die an Sataysauce erinnernden Cremetupfen mit ihrer erdnussigen Süße einen nicht ganz schlüssigen Eindruck. Licht und Schatten auch beim Hauptgang, in dessen Mittelpunkt ein sehr schönes, mit Kräuterbröseln gratiniertes Stück vom Rücken und die mit Sorgfalt geschmorte Schulter eines Eifler Urlamms standen. Als Ergänzung zu dessen Entourage aus zweierlei Süßkartoffel und Auberginenpüree gab's eine sehr fruchtbetonte, süß-säuerliche Sauce ohne die Tiefe und Komplexität einer klassischen Jus, die dafür sorgte, dass dieses Gericht leider auch nicht wirklich rund und ausgewogen wirkte.
So sind es im Grunde immer nur Kleinigkeiten, die den Gesamteindruck einer Komposition allerdings mit großer Regelmäßigkeit trüben. Beim Pré-Dessert um Apfel, Fenchel und Johannisbeeren mit Karamelleis war das etwa die uncharmant fest gelierte Fruchtmatte, auf der die übrigen Komponenten angerichtet waren. Beim Hauptdessert um Banane, Mais und Passionsfrucht ein sehr trockener und entsprechend harter Sockel aus Maisgries, auf dem eine Eisnocke thronte.
Und so wünschten wir uns einmal mehr, der Chef würde sich in kulinarischer Hinsicht viel stärker auf seine italienischen Wurzeln und traditionelles Handwerk besinnen, alles Überflüssige über Bord werfen und lieber puristisch-schlichte, dafür aber als solche perfektionierte Geschmackserlebnisse bescheren. Das grundsätzliche Vorhaben der Familie Fontanazza, den Gästen ein außergewöhnliches gastronomisches Gesamterlebnis auf hohem Niveau zu bieten, geht allerdings auf. Und dazu trägt auch die ansprechende und fair kalkulierte internationale Weinauswahl sowie der eloquente Service bei.

Ludwigslust (Mecklenburg-Vorpommern)

5

Landküche

im Hotel de Weimar
Schlossstr. 15, 19288 Ludwigslust
03874-4180
www.landhotel-de-weimar.de
Küchenchef: Wilfried Glania-Brachmann
Mo–Mi 12–14 Uhr u. ab 18 Uhr, Do ab 12 Uhr durchgehend, Fr–Sa von 12–14 Uhr und ab 18 Uhr, So RT
Hauptgericht: 12–44 €, Menüs: 49–75 €

Das ehemalige Restaurant Ambiente im schmucken Landhotel De Weimar wurde von den Gastgebern Petra Fuchs und Wilfried Glania-Brachmann nach dem Corona-Lockdown mit neuem Konzept und neuem Namen wiedereröffnet, heißt jetzt schlicht Landküche und konzentriert sich fortan, nomen est omen, überwiegend auf ländlich-regionale Kost zu vergleichsweise günstigeren Preisen. Die erste Befürchtung, dass der Konzeptwechsel mit einem deutlichen „Downgrading" des bisherigen hohen Anspruchs des Hauses einhergegangen sein könnte, erwies sich recht schnell als unbegründet.
Der Hauptraum des Restaurants, ein glasüberdachter Innenhof mit schwarz-weißen Schachbrettfliesen, Backsteinwänden und stimmungsvollen Wandleuchten präsentierte sich elegant und originell wie eh und je. Die großen runden Tische waren wie gewohnt sauber in Weiß eingedeckt, darauf frische Blumen, Platzteller mit unterschiedlichem floralem Dekor und stilvolle Gläser.
Auch die Weinkultur wird unverändert engagiert gepflegt und der Chef und sein Team kochen weiterhin mit sehr guten Produkten und großer Sorgfalt. Dass mehr auf Saibling, Maishähnchen, Spanferkel und heimischen Rinder-

rücken gesetzt wird als auf einschlägige importierte Gourmetprodukte zu höheren Preisen, finden wir hier durchaus positiv und lässt das Konzept im Grunde noch stimmiger und die Kompositionen bisweilen sogar ansprechender wirken.
Um nichts in der Welt hätten wir beispielsweise das sehr frische, sauber gewürfelte und sehr pur gehaltene Tatar vom Ostseelachs, das mit knackigem Saiblingskaviar, gehaltvoller Crème fraîche, Erdnüssen, Radieschen und Spuren von Wasabi recht attraktiv umspielt war, beispielsweise gegen handelsüblichen Thunfisch eingetauscht, der hier im Vergleich eigentlich nur hätte verlieren können. Wer bei der Vorspeise lieber mit Fleisch beginnt, könnte auf den geräucherten Rehschinken mit Williams-Birne, Sauerrahm und Sesam anspringen. Beides schöne Beispiele für regionalbetonte Landküche mit dezent exotischem Twist.
Wer gar nicht auf die klassischen Gourmetprodukte verzichten will, wird vielleicht bei Steinpilzen mit Gänseleber hellhörig: ein rahmiges, aromatisches Süppchen aus Steinpilzen der umliegenden Wälder, die auch in reichlicher Menge als kleine ansautierte Würfel in den Fluten zu finden waren. So wie die Foie gras, die als dicke, schön rösch angegrillte und mit ein paar Steinpilzscheiben beladene Scheibe in dem Süppchen schwamm.
Von den Müritzfischern stammte der qualitativ tadellose, schön kross auf der Haut gebratene Zander, der uns im Duett mit sehr feiner gebratener Blutwurst als Hauptgang erfreute. Dazu gab's ganz schlicht und gut aromatische Schmorgurken, ein (leider etwas feistes) Kartoffelpüree und eine tolle Senfkörnersauce mit straffem Säuregerüst und elegant cremigem Fluss. Fein!
Locker und fluffig kam der mit Mohnschmelze gefüllte und mitButterbröseln überflockte Quarkknödel auf einem Spiegel aus Pflaumensud daher. Und auch wenn das Vanilleeis auf der Tellerfahne höchstwahrscheinlich nicht hausgemacht war, überzeugte auch dieser Gang auf dem hier seit Jahren gewohnten grundsoliden Niveau.
Die von Gastgeberin und Sommelière Petra Fuchs mit viel Passion gehegte und gepflegte Weinkarte hat zwar ihren Schwerpunkt bei deutschen Gewächsen, aber daneben auch aus den europäischen Nachbarländern wie Frankreich und Österreich sowie aus Italien, Spanien und Übersee viel Gutes und auch Gereiftes zu moderaten Preisen zu bieten.

Lunden (Schleswig-Holstein)

5

Lindenhof 1887

im Hotel Lindenhof 1887
Friedrichstr. 39,
25774 Lunden
04882-407
www.lindenhof1887.de
Mo u. Mi ab 18 Uhr, Do–So von 11.30–13.30 Uhr u. ab 18 Uhr, Di RT
Hauptgericht: 18–42 €,
Menüs: 40–90 €
EC VISA P

So sieht ein moderner Landgasthof aus! Die jungen Gastgeber Jasmin und Tjark-Peter Maaß haben den traditionsreichen Lindenhof in der Ortschaft Lunden hinter seiner gemütlichen rotbraunen Klinkerfassade mit weißen stuckverzierten Fenstern und Türen seit der Übernahme nicht nur optisch zeitgemäß renoviert, sondern legen auch Wert auf eine Küche von heute. Ganz ohne modische Manierismen, sondern mit viel Bodenhaftung und Blick für das Wesentliche.
Was in dem großen, hellen und freundlichen Gastraum mit seiner schnörkellosen Inneneinrichtung auf die mit Sorgfalt angerichteten Teller kommt, überzeugte uns auch in diesem Jahr durch Frische, Qualität und harmonischen Geschmack. Tjark-Peter Maaß, der sein Handwerk in ersten Häusern wie dem Vier Jahreszeiten in Hamburg oder dem Alten Meierhof in Glücksburg gelernt hat, weiß ganz genau, auf was es ankommt. Und wie man mit relativ einfachen Mitteln ein überzeugendes Ergebnis liefert, das zudem auch noch ein breites Publikum ansprechen kann, ohne beliebig zu wirken.
Wir wiederholen uns: Was hier serviert wird, ist sehr gegenständlich gekocht, schmeckt schön natürlich und wirkt trotzdem nicht uninspiriert oder naturbelassen. Die Portionen

empfanden wir in diesem Jahr deutlich aparter, was den Gesamteindruck auch nochmal ein klein wenig hebt. Das zeigte schon die Vorspeise um gute, frische Miesmuscheln, die mit etwas Saiblingskaviar, säuerlich eingelegten Wurzelgemüse-Brunoises und verschiedener Kresse und Blüten angerichtet waren. Hauchdünne Schwarzbrotchips lieferten einen knusprigen Kontrast sowie unaufdringlichen getreidigen Background und kleine Tupfen einer Mayonnaise die richtige Dosis Schmelz und Struktur. Fein!

Etwas schlichter gestrickt war die Frühlingslauch-Rahmsuppe, die überhaupt nicht unharmonisch geschmeckt hat, aber relativ stark in die Breite ging. Mit ein wenig prononcierter Säure und/oder einem ätherisch-kräuterfrischen Touch hätte man da noch etwas mehr herausholen können. Ansatzweise boten das sogar die wenigen Radieschenscheiben, die sich als Einlage in der Suppe befanden. Das gebackene Wachtelei daneben entpuppte sich indes als eine eindrückliche Demonstration dessen, wie hart sich Eiweiß im Notfall kochen lässt, wenn es drauf ankäme …

Rein gar nichts zu mäkeln gab es beim Hauptgang, einem Zweierlei vom Duroc-Schwein, bei dem nicht nur der wunderbar saftig-zarte Nacken mit gelatinös schmelzigem Fett und das ebenfalls sehr attraktive Rückenstück ausgesprochen gut gefielen, sondern auch die Maiskomponenten drum herum. Vor allem die Maiscreme mit ihrem unaufdringlich rauchigen Barbecue-Flavour machte viel Spaß. Und an der mit Augenmaß reduzierten Portweinjus konnte man schmecken, dass der Chef auch etwas vom Saucenmachen versteht.

Hatten wir im letzten Jahr bei unserem ersten Besuch im Lindenhof vielleicht noch leise Restbedenken, die Küche gleich mit 5 Pfannen auszuzeichnen, stand diese Bewertung aktuell überhaupt nicht mehr infrage. Auch nicht beim Dessert um Ruby-Schokolade, Grapefruit und Buttermilch, bei dem sich warmwürzig eingelegte Grapefruitfilets, Grapefruitgel, eine Nocke Buttermilchsorbet, Baiser-Macronen und eine schokoladige helle Mousse auf einer dünnen, mit Luftpolsterfolie geprägten Fläche aus der typisch fruchtig-beerigen Ruby-Schokolade tummelten – und geschmacklich wie haptisch gut ineinandergriffen.

Die Weinkarte listet ein ausgesuchtes Sortiment hauptsächlich namhafter deutscher Winzer wie Balthasar Ress aus dem Rheingau oder dem Nahe-Weingut am Katharinenstift von Familie Korrell, daneben aber auch noch ein paar internationale Alternativen.

Hotelempfehlung

Hotel Lindenhof 1887

Friedrichstr. 39,
25774 Lunden
04882-407
www.lindenhof1887.de
Einzelzimmer: ab 80 €
Doppelzimmer: ab 130 €

VISA

Der über hundert Jahre alte Lindenhof in der beschaulichen Ortschaft Lunden im Nordosten Schleswig-Holsteins, etwa eine halbe Autostunde südlich von Husum gelegen, wird heute engagiert von Jasmin und Tjark-Peter Maaß geführt, die ihn erst 2014 um einen Anbau mit sechs modernen Doppelzimmern erweitert haben. Jeder dieser Räume ist stilvoll schnörkellos eingerichtet; mit Stoffen in warmen Farben wie Grün und Beige, edlem Holz und bequemem Mobiliar wurde hier ein gemütliches Ambiente zum Wohlfühlen geschaffen. Zur Ausstattung gehören neben einem großen Doppelbett auch Sessel, Schreibtisch, moderner Flat-TV, WLAN und USB-Steckdose und Pflegeprodukte. Eine kostenlose Flasche Mineralwasser steht auf den Zimmern bereit, und an der Kaffeebar im Hotelflur dürfen sich die Gäste ebenfalls kostenlos bedienen. Auch die Kulinarik wird großgeschrieben: Tjark-Peter Maaß, der sein Handwerk in ersten Häusern wie dem Vier Jahreszeiten in Hamburg oder dem Alten Meierhof in Glücksburg gelernt hat, legt im hellen, lichtdurchfluteten Restaurant größten Wert auf Produktqualität und Geschmackserlebnis. Restaurant Lindenhof 1887 separat erwähnt.

Lütjensee (Schleswig-Holstein)

5

Fischerklause am Lütjensee

Am See 1, 22952 Lütjensee
04154-792200
www.fischerklause-lütjensee.de
Di u. Mi ab 17 Uhr, Do–So von 12–15 Uhr u. ab 17 Uhr, Mo RT
Hauptgericht: 21–38 €
VISA

Das idyllisch am Ufer des Lütjensees gelegene Traditionshaus ist seit über hundert Jahren in Familienbesitz und bietet weit mehr als ein klassisches Ausflugslokal. Vom umfangreichen, mit Expertise gepflegten Weinangebot bis zur handwerklich fundiert zubereiteten Küche bietet die Fischerklause in ihren gepflegten Gasträumen mit Seeblick oder auf der weitläufigen Terrasse überdurchschnittliches Niveau. Das Repertoire reicht von regionalbetonten Gerichten aus heimischen Fischen wie dem hausgeräucherten Lütjenseer Aal, Flusskrebsen oder Forellen bis zu mediterraner oder klassischer internationaler Küche.

Magdeburg (Sachsen-Anhalt)

5↑

Landhaus Hadrys

An der Halberstädter Chaussee 1, 39116 Magdeburg
0391-6626680
www.landhaus-hadrys.de
Di–Do ab 14.30 Uhr durchgehend, Fr, Sa u. Fei ab 12 Uhr durchgehend, So u. Mo RT
Hauptgericht: 21–28 €, Menüs: 35–58 €
VISA

Ein nettes, gepflegtes Landhaus am ruhigen Stadtrand von Magdeburg. Ob im länglichen, warmfarbig gestalteten Gastraum oder auf der Terrasse mit Blick in den Garten: hier wird eine sehr sorgfältig zubereitete und vor allem äußerst preiswerte Küche geboten, die von pfiffig regional bis mediterran reicht, auf preistreibenden Firlefanz verzichtet und dennoch nicht ohne Finesse daherkommt. Was hier mit relativ einfachen Mitteln erreicht wird, ist aller Ehren wert und präsentiert sich auf den Tellern als eine zeitgemäße Landküche souveräner Machart. Die Weinkarte offeriert ein buntes Querwelteinprogramm und bietet ebenfalls ein günstiges Preis-Leistungs-Verhältnis.

Mainz (Rheinland-Pfalz)

5

Am Bassenheimer Hof

Acker 10, 55116 Mainz
06131-237357
www.ambassenheimerhof.de
Di–Sa ab 18 Uhr, So u. Mo RT
Hauptgericht: 16–28 €, Menüs: 40–58 €
VISA

Die Küche in diesem originellen, urwüchsigen alten Winzerdomizil mit sehr individuellen, geschmackvoll-schlicht und einladend freundlich gestalteten Gasträumen ist weitgehend mediterran und bewegt sich in ganz und gar klassischen Bahnen. Man kann sich hier auf gute Produkte und sorgfältiges, fundiertes Handwerk ebenso verlassen wie auf harmonischen Wohlgeschmack. Außerdem werden aufmerksamer Service und attraktive Weine geboten – und das alles zu gastfreundlich moderaten Preisen. Die Bistrokarte offeriert einfachere Gerichte aus überwiegend heimischen Viktualien.

7↑

Favorite

im Favorite Parkhotel

Karl-Weiser-Str.1, 55131 Mainz
06131-8015133
www.favorite-mainz.de/restaurants/gourmetrestaurant
Di ab 19 Uhr, Mi–Sa von 12–13.30 Uhr u. ab 19 Uhr, So u. Mo RT
Hauptgericht: 44–65 €, Menüs: 135–155 €
VISA

Lange hat es den mit viel PR als Nachfolger von Philipp Stein eingeführten Daniele Tortomasi nicht in Mainz gehalten. Doch für das modern-elegante Gourmetrestaurant mit Blick auf Parkanlage, Tennisplätze, Eisenbahn und Rheinschifffahrt und die Feinschmecker der Region ist das kein Drama, denn auch unter der Leitung von Tobias Schmitt hält die Fine-Dining-Küche des Parkhotels hohes Niveau. Der neue Chef ist ebenfalls in der modernen Klassik zu Hause, bewegt sich munter und aufgeschlossen zwischen den Aromenwelten und zeigt sich mit seinen im direkten Vergleich zum Vorgänger vielleicht etwas gegenständlicheren Kreationen auch handwerklich und qualitativ auf einem anspruchsvollen Level. Das bewährte Serviceteam sowie die umfangreiche digitale Weinkarte lassen es den Gästen hier auch sonst an nichts fehlen.

7

GenussWerkstatt

im Hotel Atrium
Flugplatzstr. 44, 55126 Mainz (Finthen)
06131-4910
www.genusswerkstatt-mainz.de
Küchenchef: Carl Grünewald
Do–Sa ab 18 Uhr, So–Mi RT
Menüs: 80 €
VISA

Die „GenussErlebnisse" im Menü der GenussWerkstatt legen schon ob ihrer Schreibweise die Vermutung nahe, dass im Gourmetabteil des Mainzer Atriumhotels kein schnödes Allerweltsprogramm von der Stange geboten wird. Und tatsächlich: was Küchenchef Carl Grünewald hier auf die Teller bringt, ist immer das Ergebnis von im positiven Sinne fanatischer Produktauswahl und – trotz des hier gepflegten Purismus – beindruckendem handwerklichem Aufwand. Da passt es dann auch ins Bild, dass in der Karte eben nicht nur die exzellenten Viktualien selbst, sondern auch deren Erzeuger Erwähnung finden. Dem Trend zur regionalen Küche im skandinavischen Stil folgt die Küche aber nicht blindlings und lokaldogmatisch, sondern weitet die „Region" bei Bedarf auch gerne mal bis beispielsweise ins Oberbayrische aus, um qualitativ anspruchsvolle Ware offerieren zu können.

Den „Werkstatt"-Charakter merkt man dem eleganten, mit dunklem Mobiliar ausgestatteten und in stimmungsvoll gedämpftes Licht gehüllten Gastraum eigentlich gar nicht an. Allerdings ermöglicht die prominent platzierte Anrichtstation, die im stimmigen Setting fast schon als Theaterbühne durchgeht, die Arbeit der Küche quasi als „Work in Progress" zu erleben. Das Team lässt es sich nämlich nicht nehmen, jeden Gang eben dort unter Wärmelampenlicht zu finalisieren sowie jede Kreation persönlich am Tisch zu präsentieren. Und das so sympathisch, kompetent und locker, dass die Freude am Entdecken der hiesigen Kulinarik unmittelbar auf den Gast überspringt.

Das zehngängige Menü, das auch vegetarisch gestaltet, grundsätzlich aber nicht verändert werden kann, zeigt dabei jederzeit, was Carl Grünewald an- und umtreibt. Denn dass der Fokus auf heimische Produkte und der Verzicht auf die übliche Gourmetpalette mit Gänseleber, Steinbutt und Co. hier überhaupt keinen Nachteil darstellt, wird schon bei den vielzähligen Küchengrüßen zum Auftakt überdeutlich. Die mit viel Understatement als „Brotzeit" aufgetragene Schmankerlparade brauchte den Vergleich mit internationalen Edelprodukten wirklich nicht zu scheuen: Schon das ofenwarme Roggen-Dinkel-Sauerteigbrot mit Nussbutter und hausgemachtem Steinsalzschinken war etwas Besonderes. Und auch das parmesan- und pinienkernfreie „Pesto" aus Frankfurter Kräutern, der kleine Zwiebelkuchen oder der Wetterauer Ziegenfrischkäse mit Honig vom eigenen Bienenvolk unterstrichen das Credo der Küche – und machten Lust auf mehr!

Wie zum Beispiel auf die mehrere Stunden im heißen Ofen gegarten und dadurch fast durchgetrockneten und entsprechend konzentrierten jungen Karotten mit ihrem zart rauchigen Aroma, die von bissfesten und satt säuerlichen Brunoises der lila Urkarotte mit Zwiebeln und gezupftem Liebstöckel deutlich herb und kräutergrün gekontert wurden. Kochtechnisch perfekt behandelt war die leicht gebutterte und lediglich unter der Wärmelampe temperierte Tranche vom Huchen, der nur ein kleines Bouquet aus feinst geschnittener Steckrübe, Pumpernickel und Gartenkresse zuarbeitete,

während die aufgeschäumte, aus Fischkarkassen gezogene Sauce das Ganze satt füllig grundierte. Pointierte Produktküche im Heimatmodus …
Den nutzte augenzwinkernd übrigens auch die „Rheinhessische Jakobsmuschel", die optisch zwar täuschend echt als Coquille St. Jacques durchging, sich aber als sanft gegarte Rettichsäule entpuppte, die von halbgetrockneten Tomatenfilets sowie einer schön säurestraffen Sauce béarnaise gewinnbringend begleitet wurde.
Aber nicht nur im vegetarischen Segment bieten Gegend und Küche Hervorragendes – auch das zweifach interpretierte Vogelsberger Kräuterlamm zeigte sich mit seinen Salzwiesen-Artgenossen auf Augenhöhe. Da liegt es doch nahe, dass Grünewald grundsätzlich immer nur ganze Tiere ordert und diese komplett in sein Menü einbaut. So kommt man dann auch mal in den Genuss eines zart-schmorwürzigen Ragouts vom Lammhals, das ganz ohne weitere Beilagen und nur mit Sellerie, Zwiebeln und etwas Kümmel akzentuiert aufgetragen wird und so ganz ohne Ablenkung Produktgeschmack pur liefern darf. In aller Konsequenz stellte sich der zweite Lamm-Part dann aufgrund der Verfügbarkeit an jedem Tisch etwas anders dar: Während am Nebentisch ein Stück der zu Unrecht unterschätzten Semerrolle aufgetischt wurde, war uns das saftig rosa gebratene Rückenstück in Referenzqualität zugedacht – umrahmt von süßlich-seidiger Rauchzwiebelcreme, mit seiner eigenen Asche bestreutem Lauch und eingelegter roher Zwiebel ein klares Statement der Küche. So geht Nachhaltigkeit, ganz ohne kulinarische Einbußen!
Diese gab es auch bei den abschließenden Desserts nicht. Dafür viel Geschmack und aufwendiges Küchenhandwerk. Denn schon die gekochten, anschließend getrockneten, gepufften und schließlich karamellisierten Graupen, die das duftig-laktische Zitronenmelisseeis auf Joghurtbasis mit raffiniertem Crunch versorgten, ließen erkennen, was für ein Aufwand hier auch im Detail betrieben wird. Und beim süßsäuerlichen Quittenröster, der mit einer Strudelteighippe und Mohncremeeis kombiniert war, sorgten letztlich in Essig eingelegte Fenchelblüten für die säuerlich-lakritzigen Noten, die das Ensemble aus Frucht und Schmelz originell akzentuierten.
Aus dem Gesamtbild kaum wegzudenken ist auch Gastgeber und Sommelier Oliver Habig, der die vor allem mit rheinhessischen Erzeugnissen bestückte Weinkarte verantwortet, aber auch für die ein oder andere Überraschung gut ist. Zum Aperitif einen eigenwilligen Charakterkopf wie den säurespitzen Cidre des Pfälzer Weinguts Odinstal zu empfehlen, muss man sich auch erst einmal trauen – alternativ kann man aber auch ganz traditionell mit Champagner oder Winzersekt starten. Und die alkoholfreien Alternativen sind hier ebenfalls immer eine Entdeckung wert.

6

Pankratz

im Pankratiushof

Lindenplatz 6,
55129 Mainz (Hechtsheim)
06131-957780
www.pankratiushof.de
Mi von 9–14.30 Uhr, Do–Sa von 9–14.30 Uhr u. ab 19 Uhr (mittags nur à la carte, abends nur Menü), So–Mi RT
Hauptgericht: 22–28 €, Menüs: 80 €

VISA

Das im Sommer 2020 eröffnete Restaurant Pankratz fliegt noch ein wenig unter dem Radar von Presse und Essinteressierten. Und das ist umso erstaunlicher, wenn man sich die bisherigen Stationen des jungen Küchenchefs Paul Schmiel anschaut: Er arbeitete unter anderem im Stockholmer Frantzén und gehörte zum Team des Ernst in Berlin. Im familieneigenen Pankratiushof setzt er nun seine persönliche Vorstellung einer streng regionalen, produktorientierten Küche um. Ein zweites Frantzén oder Ernst sollte man hier wohlgemerkt nicht erwarten, doch die Einflüsse von Schmiels Wanderjahren zeigen sich schon beim puristischen Interieur, das skandinavischen Chic und japanische Klarheit in Einklang bringt: mit viel hellem Holz, wenig Deko, Weckgläsern im Regal, einer offenen Küche samt Feuerstelle und einigen Tresenplätzen. Ähnlich auch das Kulinarium, einem je nach Marktlage wechselnden Menü, das aus etwa zehn Gerichten plus Kleinigkeiten davor und danach besteht und nicht selten eine stimmige Verbindung von japanischer Darreichung und nordeuropäischer Geschmackswelt darstellt.

Hotelempfehlung

★★★★S

Atrium Hotel Mainz

Flugplatzstr. 44, 55126 Mainz
06131-4910
www.atrium-mainz.de
Einzelzimmer: 89–279 €
Doppelzimmer: 99–292 €

Das 4-Sterne-Superior-Hotel am Stadtrand von Mainz ist das größte inhabergeführte Privathotel in Rheinland-Pfalz und der Rhein-Main-Region. Die Hotelanlage umfasst 150 individuell gestaltete Designer-Zimmer, -Suiten und -Apartements, die größten Komfort bieten. Der Wellnessbereich wartet neben verschiedenen Möglichkeiten zu Anwendungen und Massagen (traditionell, ayurvedisch, Shiatsu ...) auch mit Schwimmbad, finnischer Sauna, Dampfbad, Infrarot-Relax-Kabine, Erlebnisdusche und Tauchbecken auf. 22 hervorragend ausgestattete Konferenz- und Banketträume auf über 2000 m² Gesamtfläche inmitten einer großen Gartenanlage ergänzen das Angebot. Und für das kulinarische Wohl wird in drei verschiedenen Gastronomie-Outlets gesorgt. Neu ist das À-la-carte-Restaurant Adagio Restaurant und Weinbar mit stilvoller, mediterran anmutender Atmosphäre. Restaurant Genuss-Werkstatt separat erwähnt.

Maisach (Bayern)

Gasthof Heinzinger

Weiherhauser Str. 1,
82216 Maisach (Rottbach)
08165-9942763
www.gasthof-heinzinger.de
Küchenchef: Denis Michael Kleinknecht
Mi–So von 12–14 Uhr u. ab 18 Uhr,
Mo u. Di RT
Hauptgericht: 15–45 €, Menüs: 37–69 €

Nach unserem ersten Besuch in diesem authentischen Dorfgasthaus, das in der Nähe von Maisach im nordwestlichen Umland Münchens liegt, müssen wir uns schon etwas verwundert die Frage stellen, weshalb wir dieses wunderbare Lokal bislang noch nicht kannten. Gastgeber Denis Kleinknecht, der einst in der Brigade von Otto Koch im legendären Le Gourmet die Feinheiten des Kochens verinnerlicht hat, ist hier nämlich immerhin schon seit 2016 am Start und sein traditionsreicher Gasthof Heinzinger vor allem wegen seiner ebenso nachhaltigen wie genussreichen Küche, die irgendwo zwischen regionalverwurzelter Bodenständigkeit und gehobenem kulinarischem Anspruch liegt, ganz nach unserem Geschmack.
Für den Chef sind Regionalität und Authentizität nicht bloß Modeworte. Er bezieht einen Großteil seiner Viktualien aus dem Umland und legt größten Wert auf natürliche, frische Zubereitung. Weder im Gastraum mit seinem Schanktresen und den schlichten Holztischen und Stühlen noch auf den Tellern geht es in irgendeiner Weise exklusiv zu, aber die Gerichte haben bei aller Bodenständigkeit klar überdurchschnittliches Niveau und oft sogar das gewisse Etwas. Allein für so seltene Schmankerl wie ein gebratenes Kalbsherz in Senfsauce mit

Marktgemüse oder gebackenen Kuheuter mit Bratkartoffelsalat lohnt sich die Landpartie hierher.
Man kann hier traditionelle und eher handfeste Gerichte der besseren Art bekommen, die vom aufg'schmalzten Brotsupperl über einen Schweinsbraten mit Dunkelbiersauce und Kartoffelknödel bis zum „Almschnitzel" mit einer Panierung aus Gewürzbrot, Bergkäse und Speck reicht. Man kann aber sowohl à la carte als auch im Rahmen des fünfgängigen Gourmetmenüs noch etwas ambitioniertere, zum Glück aber nicht gestelzt und bemüht wirkende Gerichte bekommen. Etwa ein fantastisches Kalbskopf-Carpaccio mit attraktivem Verhältnis von (mehr) saftigem Fleisch und (weniger) gelatinösem Fett, das von seiner Vinaigrette fein zwischen straffer fruchtiger Säure und milder, weicher Nussigkeit (Kernöl, Kürbiskerne ...) eingebettet war. Etwas Portulak mit Hanfnuss-Schrot gab dieser schlichten, aber raffinierten Vorspeise noch eine frische Facette.
Wie man mit einfachen Mitteln für bodenständige Finesse und Prägnanz sorgen kann, zeigte auch das vollmundige Sauerkrautsüppchen mit Kartoffelcreme und dünnen krossen Speckkrusteln auf der Tellerfahne. Noch etwas stärker – und in seiner wohlproportionierten und ausdrucksstarken Art locker 6 Pfannen wert – waren die elegant dünnteigigen und mit einer saftig-aromatischen Wildschweinfarce gefüllten Nudeltaschen auf einem Bett aus mit kleinen Birnenwürfeln fruchtig aufgelockerten Rahmsauerkraut, eingefasst von dunkler Jus und heller milder Schaumsauce. Das ebenfalls annoncierte Mokka-Aroma blieb leider sehr im Ungefähren, tat der Sache aber keinen Abbruch. Stark!
Doch das Team Heinzinger kann auch Fisch: Die properen Saiblingsfilets überzeugten schon allein durch ihre gute Qualität und machten neben lockeren Süßkartoffel-Gnocchi und knackigem Romanesco auf ihrer spritzigen Prosecco-Schaumsauce eine gute Figur. Und weil hier so viel Wert auf gute Produkte gelegt wird, ist auch das perfekt gereifte Filet vom Bio-Simmentaler Rind unter einer nussigen Hanfsamenkruste ein Volltreffer, zumal die begleitende Rotweinsauce, die prima zwischen herzhafter Schmorwürze und fruchtiger Säure ausgemittelt war, ebenfalls herausstach. Da spielte es überhaupt keine Rolle, dass das Selleriepüree nach unserem Gusto schon etwas zu salzig und die Selleriechips etwas zäh waren.
Von der eindeutig besseren Sorte ist hier auch der Kaiserschmarrn, der fluffig-zart mit knackiger Mandel-Karamellkruste und aromatischem Apfelkompott in einer gusseisernen Pfanne aufgetischt wird – und notfalls auch für drei reicht. Wem das zu mächtig ist, der bekommt mit smarten Desserts wie der ebenso luftigen wie kakaosatten Schokoladenmousse im Baumkuchenmantel aparten Abschluss in Slimline-Format. Fürs nächste Mal haben wir uns aber schon die verheißungsvollen Dampfnudeln vorgenommen: Die gibt's nur donnerstags, werden nach dem „Dampfnudel-Reinheitsgebot" fabriziert und versprechen höchsten Genuss.
Zu vielen Gerichten passt freilich prima das gute Maisacher Bier, das zu Recht bis über die Landkreisgrenzen hinaus bekannt ist. Die Weinkarte ist aber für einen Landgasthof ebenfalls respektabel bestückt und bietet sogar glasweise eine schöne Auswahl von Deutschland über Österreich bis nach Italien.

6

Gasthof Widmann

Bergstr. 4,
82216 Maisach (Überacker)
08135-485
Di–Sa ab 18 Uhr, So u. Mo RT
Hauptgericht: 24–28 €, Menüs: 45–69 €

Das Gasthaus Widmann ist eine sichere Bank, seit wir in kulinarischer Mission unterwegs sind. Und in all den Jahren hat sich in diesem von außen eher unscheinbaren, drinnen aber sehr geschmackvollen Landgasthaus mit zwei ländlich-adretten Stuben, hübsch eingedeckten Tischen und sympathisch-unkompliziertem Service nicht viel geändert. Die Küche von Anna Widmann-Schwarzmann, die in ihrer zwar bodenständigen, aber sehr feinfühligen Art großen Genuss bietet, ist weiterhin ebenso attraktiv wie das Angebot auf der Karte vertrauenerweckend klein ist: ein Menü mit Alternativen bei Hauptgang und Dessert. Das klingt meist weit weniger interessant, als es tatsächlich schmeckt. Eine feine Landküche mit internationalen Streifzügen. Auf der Weinkarte finden sich gute Gewächse namhafter Erzeuger aus Europa.

Mannheim (Baden-Württemberg)

Dobler's

**Seckenheimer Str. 20,
68165 Mannheim
0621-14397
www.doblers.de
Di–Sa von 12–14 Uhr u. ab 18 Uhr,
So u. Mo RT
Hauptgericht: 29–34 €,
Menüs: 38–92 €**

Mit seinem gediegenen französisch-mediterranen Programm, das zwar hier und da mit harmlosen exotischen Würzakzenten aufgepeppt wird, ansonsten aber grundlegend klassisch ausgerichtet und leicht zugänglich ist und ganz sicher niemanden überfordert, ist Norbert Dobler der dienstälteste und beständigste unter Mannheims Spitzenköchen. Und das Restaurant mit seiner modernen, schnörkellosen Ausstattung ist auch ganz zweifellos einer der Eckpfeiler der gehobenen Gastronomie in der Region, denn was den Gästen hier in zeitgemäß-schickem Ambiente zu moderaten Preisen kredenzt wird, ist eine mit viel Sorgfalt, Präzision und Anspruch zubereitete Feinschmeckerküche, die konzeptionell eher schlicht und ohne selbst auferlegten Kreativitätsanspruch daherkommt, geschmacklich aber äußerst vielschichtig wirkt. Und so schon allein durch die stets gute Qualität der meist schön freigestellten Hauptprodukte und die starke Substanz von Fonds und Saucen überzeugt.

Le Corange

**O5, 9–12,
68161 Mannheim
0621-1671133
www.corange-restaurant.de
Küchenchef: Igor Yakushchenko
Mo–Mi ab 18 Uhr, Fr u. Sa von
12–14 Uhr u. ab 18 Uhr,
Do u. So RT
Menüs: 59–104 €**

Der raumgreifende Engelhorn-Komplex in den Mannheimer Quadraten, in erster Linie ein exklusives Modehaus, bietet seinen Kunden auch ein breit gefächertes Gastronomie-Portfolio mit drei Bars und fünf Restaurants, in dem man von coolen Cocktails über ausladendes Frühstück bis zum exklusiven Dinner in einer der bundesweiten Top-50-Adressen kulinarisch umfassend versorgt wird. Und so ist die Engelhorn Gastrosparte fast schon zu einem ganz eigenen Standbein geworden, das den Ruf des Traditionsunternehmens bis weit über die Grenzen der Kurpfalz trägt und neben modebewussten Menschen auch jede Menge Genießer in die Mannheimer City lockt.
Eines der beiden Outlets mit kulinarischer Strahlkraft ist das Reich von Küchenchef Igor Yakushchenko, das rundum verglast ein spektakuläres Panorama über die unmittelbar angrenzende Rheinebene und die nahe Bergstraße bietet. Der Chef konzentriert sich hier nahezu ausschließlich auf den Bereich Fisch und Meeresfrüchte und überlässt den klassischen „ganzheitlichen" Gourmetansatz dem Opus V unter dem neuen Küchenchef Dominik Paul, das gleich nebenan logiert. Dass solch eine Fokussierung auf Fisch, Schalen- und Krustentiere aber keineswegs einengen muss, sondern eben im Idealfall den Blick schärfen kann, bewies die Küche auch heuer wieder – unter anderem mit den ersten Küchengrüßen, die auf kleinstem Raum maritime Aromen und Texturen passgenau und gewinnbringend zusammenführten. Da kam beispielsweise eine taufrische Fine-de-Claire-Auster im Zusammenspiel mit Chorizo-Crumble und Wasabi-Granité zu einem scharfen Auftritt, wobei die Schärfe hier gar nicht übermächtig, sondern vielmehr hintergründig und anregend eingebunden war, sodass dem jodigen Geschmack der Muschel genügend Platz blieb. Oder abgeflämmte Saiblingswürfel, denen ein Salat von blanchiertem Spitzkohl, Wassermelonen-Brunoise und eine luftige Sauce hollandaise nebst feiner Säurespitze zuarbeiteten. Das Spiel mit gemüsigen, fruchti-

gen, sauren oder auch laktischen Konterelementen zum maritimen Tellermittelpunkt liegt Yakushchenko ganz besonders. Nichts wirkt überzogen, fast alles stringent komponiert und handwerklich gekonnt in Szene gesetzt.
Ganz in diesem Sinne war auch der Gang rund um einen etwas weichfleischigen, aber als Komposition hocharomatischen Kaisergranat fein abgestuft: Haselnuss-Crumbles und -creme akzentuierten das Krustentier on top nussig und süßlich, während dazu mit kräftig säuerlichem Escabeche-Gemüse (Fenchel, Staudensellerie, gelbe Tomaten …) pointiert Gegenwind erzeugt wurde. Während der aromatisch dichte Escabeche-Sud mit Kräuteröltropfen geschickt „grünaromatisch" akzentuiert wurde, sorgten einige Fetacremekügelchen mit ihrem eher stumpf-spröden Mouthfeeling für unnötige Irritationen – konnten den insgesamt guten Gesamteindruck aber nicht wirklich schmälern.
Zu den scharf (und nach unserem Geschmack fast etwas zu lange) angebratenen Jakobsmuscheln passte das Spiel von rauchigen, kräutrigen und leicht bitteren Noten, die eine geschäumte Paprikajus, duftige Liebstöckelstreifen und allerhand Kresse sowie spicy Paprikachutney diesem Zwischengang beisteuerten. Ein wenig angelehnt an das bekannte Barbecue-Thema, aber eben nicht rauchig und poltrig, sondern eher fruchtig und vegetabil, sodass man auch vom feinen Aroma der Muscheln noch was hatte.
Souverän werden von der Küche übrigens auch Sonderwünsche erfüllt, so wie unsere Bitte nach einer rein vegetarischen Alternative, der mit einem feinen Trüffelrisotto auf köstliche Weise entsprochen wurde. Das vom kraftvollen Aroma australischer Wintertrüffel, angenehm straffer Säure und optimaler Beschaffenheit gezeichnete Reisgericht überzeugte genauso wie der anschließende Fisch-Hauptgang, der sich um ein opulentes Filet vom bretonischen Wolfsbarsch drehte. Rösch auf der Haut gebraten und darunter fest und saftig aufblätternd, dazu Porree satt: intensiv aromatische Creme, frittiertes Stroh, blanchierte Stücke und eine voluminöse Lauch-Beurre-blanc mit gut eingebundener Säure. Als lauchferne, aber trotzdem gut dazu passende Komponenten komplettierten knackige Mairübchen und cremige Fregola sarda das Gericht. Kein überflüssiges Beilagen-Brimborium, sondern eine variantenreiche und pointierte Eskorte für den sehr guten Fisch, der hier klar der Star auf dem Telle war.
Mit dem erprobten Duett „Kuchen und Frucht" gestaltete die Pâtisserie schließlich ein Dessert, das sich auf Augenhöhe mit den restlichen Menügängen bewegte. Zum satt alkoholisch getränkten „Baba au Rhum" passte das süßlich-sahnige Himbeer-/Mascarpone-Eis genauso gut wie eine federleichte Pfirsichmousse und die separat servierte Eistee-Sphäre, die zwischendrin für eine aufploppende Erfrischung sorgte.
Bei der Weinauswahl kann man sich getrost dem erfahrenen Serviceteam anvertrauen; die Karte bietet zudem schon im offenen Segment viel Gutes, zum Beispiel aus der nahen Pfalz, aber auch international zeigt sich der Keller gut bestückt.

6↑ 🍴🍴🍴

Marly

Rheinvorlandstr. 7, 68159 Mannheim
0621-86242121
www.restaurant-marly.com
Di–Sa von 12–13.30 Uhr u. ab 19 Uhr, So u. Mo RT
Menüs: 45–123 €
EC VISA

Der ungewöhnliche Charme eines ehemaligen Getreidespeichers direkt am Mannheimer Hafen sorgt hier für eine Umgebung, in der man eher einen experimentierfreudigen Modernisierer und nicht einen traditionsbewussten Klassiker wie Küchenchef Gregor Ruppenthal erwarten würde. Im Gastraum, der mit dunkelgrauem Mobiliar, anthrazitfarbenen Wänden und klassisch weiß eingedeckten Tischen zeitlos elegant wirkt, schafft es der erfahrene Küchenchef mit seiner überzeugenden Mischung aus verfeinerten mediterranen Arrangements sowie regional oder auch dezent exotisch inspirierten Kreationen, jede Menge guten Geschmack auf die Teller zu bringen. Dass für seine stets mehrheitsfähige Küche nur sehr gute Produkte eine Rolle spielen dürfen, zeigt sich vom Brotkorb bis zur Petits-Fours-Parade. Der Blick von der Sonnenterrasse auf den gemächlich dahinfließenden Rhein oder der eindrucksvolle einsehbare Weinschrank, dessen Inhalt der formvollendet agierende Service kenntnisreich kommentiert, geraten ob der unaufgeregt-souveränen Leistung am Herd fast zur Nebensache.

Opus V

O5, 9–12, 68161 Mannheim
0621-1671155
www.restaurant-opus-v.de
Küchenchef: Dominik Paul
Mi u. Do ab 18.30 Uhr, Fr u. Sa von 12–14 Uhr u. ab 18.30 Uhr, So–Di RT
Menüs: 115–195 €
VISA

Dass sich das Köchekarussell immer weiterdreht und auch in den Top-Restaurants im Laufe der Jahre fliegende Wechsel stattfinden, ist nichts Neues. Deutlich seltener kommt es dagegen in dieser Liga vor, dass der neue Chef aus den eigenen Reihen stammt. Wobei als prominentestes Beispiel erst Clemens Rambichler im Waldhotel Sonnora gezeigt hat, wie gut das funktionieren kann. Und auch in dem in der Beletage des mondänen Engelhorn-Modehauses in Mannheim gelegenen Opus V rückte mit Dominik Paul, der lange Zeit die rechte Hand von Tristan Brandt war, ein aufstrebendes Talent nach, das dem Restaurant einen nahtlosen Übergang und nahezu gleichbleibend hohes Niveau beschert hat.
Einen Unterschied gibt es allerdings: Dominik Paul setzt von Beginn an auf einen eigenen Stil und versucht sich mit stärkerem Regionalbezug und transparenteren Aromenbildern klar von seinem Vorgänger und ehemaligen Chef zu emanzipieren. Am betont lässigen, ungezwungenen Rahmen des Restaurants hat sich dagegen kaum etwas geändert, allenfalls in einigen Dekordetails, die in den hellen offenen Räumen mit Glasfront zur Terrasse auf der einen und Blick in die Küche auf der anderen Seite noch mehr auf Naturmaterialien setzen. Auf jeden Fall gelingt hier die Umsetzung eines „Casual"-Rahmen für ein dezidiertes Fine-Dining-Angebot so gut wie selten und macht das Zurücklehnen und Genießen leicht.
„Bühne frei!" also für die ersten Snacks, die in ihrer klaren Leichtigkeit und flirrenden Säure tatsächlich schon so etwas wie eine neue Stilistik zeigen – und zwar sowohl der Kohlrabi-Shot mit Ingwer und Limone als auch ein filigranes warmes Tartelette mit Lauch und Lardo sowie eine bereinigend frische Miniatur aus Rettichröllchen mit fleischig konzentrierter Tomatenfüllung, klarem Tomatengelee und einer hellen Tomatenvinaigrette mit Estragonöl. Auch der sanft gar gezogene Saibling wirkte betont schwebend in seinem feingliedrigen Umfeld aus ätherischem Salzzitronengel und säuerlich gestrafften Karottenzubereitungen, die im verbindenden Fond mit Verveine und Pilzöl für einen hauchzarten Umamikick sorgten.
Genau wie die ebenfalls nur leicht temperierten Garnelen, klar und pur in einem minimal gebundenen Buttermilchmolken-Sud, in den dunkel-rauchige Noten von Auberginenöl getupft wurden. Dazu bündelten kleine „Kiesel" aus mit Gurkengelee, Zitronengelb und Dill bedeckter Buttermilchmousse weitere grüne und erfrischende Aromen. Erneut: alles glasklar und sehr fokussiert umgesetzt.
Ebenso trennscharf, aber mit mehr Dichte und Power präsentierte das Team marinierte und confierte Artischocke, teils eher säurefrisch, teils eher kraftvoll, in einer luftigen Artischocken-/Sahne-Sauce mit Schwarzwälder-Schinken-Flavour und straffer Säure. Akzentuiert wurde das Ganze von Limonen-Mayonnaise und -zesten für einen herben Frischekick, Ochsenmark und Kombu für sanfte Umamireize sowie subtile duftige Kräuter als herbale Kopfnoten. Das Ergebnis: einerseits ein kraftvolles Löffelgericht par excellence, andererseits aber auch faszinierend detailreich.
Noch eine Steigerung an Intensität folgte beim zartkross gebratenen Zander – sogar beinahe eine überreizte Konzentration an Umami, Salz und Säure in dem Umfeld aus knackigen Erbsen, Krauser Glucke und Bärlauchöl, die in Miso-Creme und einer superstraffen Dashi-Beurre-blanc präsentiert wurden. Eine trotz der leichten Angestrengtheit beinahe frühlingshafte Aromenwelt rund um ein erneut exzellentes Hauptprodukt. Die Extreme in Intensität und Säure erinnern teilweise sogar ein wenig an Jan Hartwig im Münchener Atelier, allerdings ohne an dessen maximale Ausdrucksstärke anzuschließen.
Im Hauptgang wurde es aromatisch etwas entspannter, obwohl das Powerlevel nochmal gesteigert wurde: Im Mittelpunkt stand hier eine erfreulich saftig marmorierte Kalbsrückentranche mit transparent glänzender fermentierter Pfefferjus. Deren Kraft, Säure und hinter-

gründig ätherische Noten waren dann auch die tragende Achse des Gerichts, das als einzigen weiteren Part ein mit süßlich-saftiger Gemüsewürze spielenden Riegel aus geschmorten und frischen Spitzkohl- und Selleriezubereitungen parat hielt.
Da kam die kreative Miniatur aus heller Minz-/Balsamico-Creme und Hugo-Sorbet mit den Aromen von Rieslingtrauben, Yuzu und Verjus als Erfrischung gerade recht, bevor es zum eigentlichen süßen Abschluss ging. Bei diesem wurde es dann aromatisch nochmal ziemlich abgefahren, mit einer stark verdichteten Melange aus Sommerbeeren mit Joghurt und Limoncelloparfait, zart eingeflochtenen Hefenoten, markanten röstigen Malzaromen und einem prickelnd konzentrierten Malzbierschaum. Wichtig dabei: alles zusammen auf dem Löffel! Nur so entstand aus den einzelnen Extremen letztlich doch Harmonie.
Genauso spannend wie der Abschluss bleibt die weitere Entwicklung im Opus V. Dass Dominik Paul hier gerade erst am Anfang einer beachtlichen Entwicklung steht, hat der souveräne Auftakt mehr als deutlich gemacht. Passend zum lässigen Grundton agieren auch Restaurantleiter Adrian Dastig, Sommelier Jo Wessels und das gesamte Serviceteam mit entspannter Souveränität und spürbarer Begeisterung; sie sind stets zur Stelle und garantieren für bestens korrespondierende Getränke auf hohem Niveau. Der Fundus an hochwertigen Weinen von spannenden Neuentdeckungen bis zu großen Namen ist jedenfalls groß …

fast & SLOW

ROMANs {Take . Eat . Easy}

vegan & healthy FastFood
P2, 4, 68161 Mannheim
0176-57761408
www.facebook.com/RomansMannheim
Mo–Sa von 11–20 Uhr, So RT

Falafel-Bowls zum Selbstzusammenstellen, frisch und sehr schmackhaft mit vielen einfallsreichen Zutatenvarianten und Saucen. Inhaber Roman Kress hat in unterschiedlichen Gourmetrestaurants als Koch gearbeitet und bietet nun in seinem Imbiss in der Mannheimer Fressgass' einfache, aber ideenreiche vegane Gerichte rund um die gebackenen Kichererbsenbällchen.

Marburg (Hessen)

5

Marburger Esszimmer

Anneliese-Pohl-Allee 1, 35037 Marburg
06421-8890471
www.marburger-esszimmer.de
Di–Sa von 12–14 Uhr u. ab 18 Uhr, So u. Mo RT
Hauptgericht: 16–35 €, Menüs: 40–50 €
VISA

Der erfahrene Küchenmeister Bernd Siener und sein Team kochen in dem freundlich und modern anmutenden, in natürlichen Holz- und Grüntönen gestalteten Restaurant ein breit gefächertes, bewusst mehrheitsfähig gehaltenes kulinarisches Programm ohne bestimmten Schwerpunkt – und sprechen damit ein breites Publikum an. Von schlichteren Mittagsofferten über diverse Sushi-Zubereitungen bis zu ambitionierteren Gerichten kann man überall die Handschrift des Könners sehen und schmecken. Viel Genuss und Qualität zu moderaten Preisen in ungezwungener Atmosphäre.

Marktheidenfeld (Bayern)

6

Weinhaus Anker

Obertorstr. 13, 97828 Marktheidenfeld
09391-6004801
www.hotel-anker.de
Küchenchef: Bernhard Lermann
Täglich von 12–14 Uhr u. ab 18 Uhr, kein RT
Hauptgericht: 16–28 €, Menüs: 33–95 €
VISA P

Der herrlich nostalgische Anker in der Fußgängerzone von Marktheidenfeld, der zum gegenüberliegenden und gleichnamigen Hotel von Familie Deppisch gehört, ist seit Jahrzehnten der gastronomische Leuchtturm des Städtchens und überregional bekannt. Seit 2011 steht hier mit Bernhard Lermann ein nach Stationen bei unter anderem Jörg Müller, Paul Haeberlin und Georges Blanc sehr erfahrener Cuisinier am Herd, der niemandem mehr etwas beweisen muss und mit seiner Küchenphilosophie „die Genialität der Einfachheit" sehr gut ins Konzept dieser stilvollen holzvertäfelten Weinstube passt.
Hier wird nämlich nicht übermäßig exklusiv und schon gar nicht exaltiert gekocht, sondern eher bodenständig und regionalbetont, aber durchaus mit gehobenem Anspruch. Der gewisse Unterschied liegt nicht unbedingt klar ersichtlich auf dem Teller, aber man kann ihn schmecken. Tendenziell hat sich das Angebot in letzter Zeit etwas vereinfacht und es gibt à la carte auch Rustikales wie Fränkische Bratwürste mit Sauerkraut und Kartoffelstampf, mit Käse überbackene Schweinefiletmedaillons mit Zwiebelsoße und Kroketten oder ein Rumpsteak mit „Café de Paris"-Butter, Speckbohnen und Pommes im Programm. Daneben aber weiterhin auch Dinge wie die famose Fischsuppe im „Bouillabaisse-Style", einen in Nussbutter gebratenen Rochenflügel mit Kapern und geschmorten Kirschtomaten und natürlich das bis zu fünfgängige „Weinhaus-Menü", das ebenfalls die etwas ambitioniertere Seite der Küche vertritt.
Ganz egal, welche Richtung man als Gast einschlägt – der Schmaus im Anker beginnt für alle mit drei verschiedenen Sorten gutem Brot von hell bis dunkel mit Butter, in unserem Fall auch noch begleitet von einer Bärlauch-Frischkäsecreme. Als aromatischer Schaum deckelte der Bärlauch danach auch eine festcremige weiße Spargelmousse, die – etwas zusammenhanglos – nebst einem kleinen, mit Sardine und Olive gekrönten Röstbrothappen als schlichter, aber sehr schmackhafter Küchengruß gereicht wurde.
Auch die Vorspeise des „Weinhaus-Menüs", ein klassisches Rindercarpaccio mit gebratener Gänseleber und weißem Spargel, machte durchwegs Freude: Das roh marinierte Rindfleisch war ganz traditionell à la Cipriani geklopft, nicht zu dünn, nicht zu dick, vor allem aber perfekt temperiert und von sehr guter Fleischqualität. Mariniert war das sehr zarte und nur angenehm dezent gewürzte Rohfleisch mit einer gut ausgewogenen emulgierten Vinaigrette auf Basis von Olivenöl und Balsamessig. Die übereinandergeschichteten weißen Spargelstücke darauf zart knackig und die gebratene Gänseleber-Tranche von guter, fester Qualität, reintönig und tadellos gebraten. Auf die kleinen Tupfen von (mutmaßlich) Karotten-/Ingwer-Creme hätte man in dem Kontext zwar eigentlich auch verzichten können – gestört haben sie jedoch in keiner Weise.
Auch die kleine, in Tempurateig ausgebackene Wildgarnele war kein schlechtes Exemplar. Sie lag auf einem in Sachen Reiskonsistenz und Cremigkeit sehr gut beschaffenen und nicht zu intensiv gewürzten Bärlauch-Risotto, der wiederum von einer milden Schaumsauce umsäumt war, von der wir vermuteten, dass sie von Krustentierkarkassen gezogen war. Dezidiert geschmeckt hat man es nicht, da wir keinen Löffel hatten und sich das rahmige Sößchen schnell mit dem Risotto zu einer mildwürzigen Melange verband.
Auch über die klassisch rosa gebratenen Tranchen vom Rehrücken lässt sich eigentlich nur Positives sagen: Sie waren auf dem Punkt, nicht zu mürbe, standen gut im Saft und hatten ein schön präsentes, aber nicht zu aufdringliches Wildaroma. Die begleitenden Frühlingsgemüse (Karotte, Lauchzwiebel, Kohlrabi ...) ganz puristisch mit zartem Biss, mit nicht zu viel Salz und von etwas Butter geküsst; die gebackenen Kartoffelkrapfen fluffig, die Sauce ausgewogen und mit elegantem Fluss. Wer an dieser Stelle ein Kreativitätsfeuerwerk erwartet hat, könnte das vielleicht langweilig finden – qualitativ, handwerklich und geschmacklich gibt's da jedoch keinen Grund zur Klage ...
Eigentlich auch nicht am halbflüssigen und etwas obsolet mit Schokoperlen und Knusperbröseln überflockten Schokoladenkuchen nebst sehr feinem, natürlich-aromatischem Erdbeersorbet und noch weniger an der moderat kalkulierten Weinkarte, die ein engagiert gepflegtes Portfolio mit Schwerpunkt Franken und Deutschland listet, in der aber auch darüber hinaus viel Lohnendes zu finden ist.

Hotelempfehlung

★★★★

Hotel Anker

Kolpingstr. 7, 97828 Marktheidenfeld
09391-60040
www.hotel-anker.de
Einzelzimmer: 83–103 €
Doppelzimmer: 122–135 €
VISA

Rund um den romantischen Innenhof liegt das Hotel mit mehreren Gebäudeteilen direkt im Herzen von Marktheidenfeld. Die Stadt ist ein idealer Ausgangspunkt für Touren und Ausflügsziele zwischen Spessart und fränkischem Weinland. Von den 39 Einzel- und Doppelzimmern aus genießt man die Aussicht in den reich bepflanzten Hof oder über die Dächer der Altstadt bis zum Main und den Naturpark Spessart. Zentral im Hotelareal liegt der neue Querbau mit Lobby, Rezeption, Bar und dem Gartensaal, in dem auch das Frühstück serviert wird. Glasfronten begrenzen die lichtdurchfluteten Räume. Im historischen Holzfasskeller können die Weine aus dem eigenen Weingut probiert werden und für das leibliche Wohl wird in zwei Restaurant gesorgt: fränkisch-rustikal geht es im Schöppele zu und feine internationale Küche gibt's im Weinhaus Anker. Außerdem: Bike- und E-Bike-Verleih, Wellness-Studio „Casa Vitalis", ermäßigter Eintritt im nahe gelegenen „Wonnemar". Restaurant Weinhaus Anker separat erwähnt.

Maselheim (Baden-Württemberg)

6↑ 🍴🍴

Lamm

Baltringer Str. 14,
88437 Maselheim (Sulmingen)
07356-937078
www.sulminger-lamm.de
Küchenchef: Mike Becker
Mi–Sa ab 18 Uhr, So von 12–13.30 Uhr u. ab 18 Uhr, Mo u. Di RT
Hauptgericht: 20–29 €, Menüs: 35–75 €

Seit der ersten Stunde begleiten wir dieses nette, von Constanze und Mike Becker mit viel Passion und Expertise geführte Gasthaus im Herzen Oberschwabens nun schon und freuen uns, wie gut es sich unter der Ägide seiner engagierten Gastgeber in der Region und darüber hinaus etabliert hat. Mit einer attraktiven Mischung aus Bodenständigkeit und Anspruch, die sich vom Ambiente über die Gangart bis zur Küche wie ein roter Faden durchzieht, spricht es ein breites Publikum an. Man kann hier problemlos nur einen Senfrostbraten vom Angus Rind mit hausgemachten Spätzle und roter Zwiebelmarmelade oder eine in zwei Gängen servierte ofenfrische halbe Bauernente essen, es gibt aber auch ein mehrgängiges Menü in kleineren Portionen.

Der Chef hat seit jeher ein feines Händchen dafür, herzhaft zupackende Geschmacksbilder elegant zu verpacken, ohne diese Gerichte verspielt oder konstruiert wirken zu lassen. Ein schönes Beispiel hierfür war zuletzt schon die Vorspeise des monatlich wechselnden saisonalen Menüs, bei der attraktiv festfleischige und klar schmeckende Kabeljausegmente mit Wildkräutern und Frisée auf einem schön säuerlich angemachten Kartoffelsalat mit Kapern und milden Zwiebeln angerichtet waren. Das schmeckte einerseits zupackend, andererseits leicht und frisch und passte bestens in das Repertoire eines ambitionierten Landgasthofs für Feinschmecker.

Mike Beckers fantastische hausgemachte Gnocchi, die innen schön fluffig und außen kross angebräunt, zusammen mit geschmorten Kirschtomaten, etwas Büffelmozzarella und frittiertem Salbei in einer aromatischen Salbeibutter schwammen, dürften wahrscheinlich sämtlichen italienischen Gastronomen aller umliegenden Landkreise die Schamesröte ins Gesicht treiben. Wir können uns nicht daran erinnern, dass wir in den letzten zehn Jahren zwischen Ulm und Bodensee irgendwo ähnlich gute Exemplare serviert bekommen hätten.

Viel Spaß machte auch der glasig gebratene Seesaibling mitsamt seines Kaviars, der nicht nur von gelber Bete aus eigenem Anbau, sondern auch von zwei handwerklich akkurat gefertigten schwarz-weißen Ravioli begleitet

wurde, die mit einer sehr saftigen, lockeren Farce von Jakobsmuscheln gefüllt waren. Eine rahmige, aber nicht opulente Schaumsauce mit zarter Estragonnote stellte aromatisch stimmig die Verbindung zwischen Süßwasserfisch bzw. Schalentier und Rübe her.
Der Rehbock, der zum Entstehen des folgenden Wildbrets jeweils ein Stück seines Filets, seiner Schulter und noch ein wenig anderes Schmorfleisch gab, lebte vormals in den Wäldern der Region und kam mit Verschiedenem vom Sellerie (Staude und Knolle), sautierten Pfifferlingen und lockeren Pfeffernocken auf kräftiger Wildjus daher. Das rosa Filet im Tramezzini-Mantel gebraten, das Schulterstück sehr zart und überraschend saftig geschmort und das etwas dunkler geschmorte Rehragout als kleines, mit Kräuter-Semmelbröseln paniertes und knusprig ausgebackenes Päckchen. Ein handwerklich tadelloser Hauptgang!
Auch mit dem sommerlichen Nachtisch, einem gebackenen Frischkäsetörtchen mit Aprikosen-/Lavendel-Sorbet, eingelegten Aprikosen und Aprikosenmark, ließ sich bestens leben: eine gute Balance aus festcremigem Cheesecake und saftiger Frucht, nicht zu viel Süße, dafür erfrischende Säure, und über allem die animierende Würze des Lavendels. Schnörkellos und sehr schmackhaft.
Zu alledem winkt die gut strukturierte Auswahl europäischer Weine mit klarem Fokus auf solche Gewächse mit gutem Preis-Leistungs-Verhältnis, freundlich und umsichtig serviert unter der Leitung von Gastgeberin Constanze Becker und ihrem jungen Team.

Meersburg (Baden-Württemberg)

7↑

Casala

im Hotel Residenz am See
Uferpromenade 11,
88709 Meersburg
07532-80040
www.hotel-residenz-meersburg.com
Küchenchef: Markus Philippi
Do–So ab 19 Uhr, Mo–Mi RT
Menüs: 99–140 €
EC VISA P

Das Casala befindet sich im individuell gestalteten und inhabergeführten Romantik Hotel am See in Meersburg, auf dessen Terrasse man nicht nur einen weitläufigen Blick über den Bodensee hat, sondern auch schon seit Jahren eine der besten Küchen der Region genießen kann. Küchenchef Markus Philippi kredenzt hier zeitlose Gerichte auf hohem Niveau, orientiert sich dabei weitgehend an der französischen Klassik und kauft exquisite Produkte ein. Etwa sehr guten Atlantikhummer, den er und sein Team bei unserem letzten Besuch ganz puristisch lediglich mit einer harmonischen Vinaigrette und knackigem Frühlingsgemüse umspielten. Passend dazu hält der charmante und erfrischend lockere Service eine gut bestückte Weinkarte mit Fokus auf deutsche Gewächse und großteils fairen Preisen bereit.

Meiningen (Thüringen)

ohne Bewertung

Posthalterei

im solewerk Hotel Sächsicher Hof
Georgstr. 1, 98617 Meiningen
03693-4570
www.saechsischerhof.com
Küchenchef: Michael Schneider
Mi–Sa ab 17.30 Uhr, So–Di RT
Hauptgericht: 20–38 €,
Menüs: 37–59 €
EC VISA P

Der geschichtsträchtige Sächsische Hof, der mit seiner reich verzierten Fassade den Ortskern der südthüringischen Kulturstadt bestimmt, zählt genauso wie das Staatstheater zu den Aushängeschildern Meiningens. Schon im 19. Jahrhundert galt das 1798 erbaute Haus bald als erste Adresse, die vor allem auch von zahlreichen Künstlern gerne gebucht wurde. Das erste Haus am Platz hat selbstverständlich auch ein Gourmetrestaurant, eine gepflegte, mit hellem Holz und steinernen Torbögen urgemütlich wirkende Gaststube, die bei unserem letzten Besuch von Küchenchef Michael

Schneider ambitioniert, aber mit Bodenhaftung bekocht wurde. Ein Besuch war im Corona-Sommer 2020 wegen eingeschränktem Betrieb leider nicht möglich, und die Wiedereröffnung des Hauses ist auch erst für September 2021 geplant. Wir sind gespannt und freuen uns auf den Wiederbesuch, setzen die Bewertung bis zu diesem aber wegen der langen Schließungsphase natürlich aus.

Hotelempfehlung

★★★★

solewerk Hotel Sächsischer Hof

Georgstr. 1,
98617 Meiningen
03693-4570
www.saechsischerhof.com
Einzelzimmer: 79–89 €
Doppelzimmer: 99–199 €

Im solewerk Hotel Sächsischer Hof, der im Jahr 1802 als Logierhaus erbaut wurde, verbinden sich moderner Komfort, traditionelle Gastlichkeit und stilvolles Ambiente. Die insgesamt vierzig großzügig eingerichteten Zimmer und Suiten haben Dusche oder Bad/WC, Radio, Telefon und TV-Anschluss, bieten aber weit mehr als Annehmlichkeiten gehobener Ausstattung. Viele liebenswerte Details erinnern hier an die über 200-jährige Geschichte. Die charaktervolle Gestaltung, teils mit Antiquitäten und Bühnenbildentwürfen von Herzog Georg II. von Sachsen-Meiningen, machen den Aufenthalt zu einem besonderen Erleben. Das Feinschmeckerrestaurant Die Posthalterei und die rustikale Kutscherstube lassen die Tradition der Fürsten von Thurn und Taxis auch kulinarisch wieder auferstehen. Restaurant Posthalterei separat erwähnt.

Meisenheim (Rheinland-Pfalz)

7

Meisenheimer Hof Restaurant

im Hotel Meisenheimer Hof
Obergasse 33,
55590 Meisenheim
06753-1237780
www.meisenheimer-hof.de
Küchenchef: Markus Pape
Mi–Sa ab 18 Uhr, So ab 12 Uhr durchgehend, Mo u. Di RT
Hauptgericht: 22–45 €,
Menüs: 37–139 €

VISA

So weit draußen auf dem Lande ein Gasthaus zu führen und das noch mit hohen Ansprüchen ist allein jede Menge Komplimente wert. Zu Markus Papes Meisenheimer Hof im beschaulichen Ortskern von Meisenheim, einem renovierten barocken Gasthaus, das seit 1699 als solches urkundlich erwähnt ist, gehören ein Weinhotel, ein Café und eben ein Restaurant mit ländlich-eleganten Gasträumen und farbenfroher moderner Kunst an den Wänden. Der Chef kocht frisch, zupackend, ideenreich, ohne sich damit allzu weit von klassischen Geschmacksbildern zu entfernen – neben den eher kreativen, aber auf klassisch-mediterraner Basis ruhenden Speisen gibt es auch regionale Gerichte.
Bei unserem letzten Besuch ging es los mit einem Tatar vom Glantalrind nebst Senfcreme, schön würzig abgeschmeckt, handwerklich einwandfrei verarbeitet, mit unaufdringlicher Creme, in die man gern das zusätzlich gereichte (gute!) Brot tunkt. Die Terrine von der Gänseleber kam sodann in Begleitung von geröstetem Brioche, einer Sauce Cumberland und einem Himmel-und-Erde-Salat. Die Terrine selbst

war frisch, von zart schmelzender Konsistenz und perfekter, also eher verhaltener Würzung, die Sauce von gelartiger Konsistenz und angenehm fruchtig und der Salat aus Apfel- und Kartoffelstreifen eine gute Idee, denn die bereits in der Sauce enthaltene Süße wurde durch den fruchtig-erdigen Geschmack der Beilage angenehm konterkariert. Dazu sehr gute, leicht angeröstete Brioche, die in ihrer guten Qualität weit mehr als ein Alibiprodukt war!
Es folgte ein wirklich taufrisches Tatar von der roh marinierten Wildfanggarnele, auf der eine angebratene Jakobsmuschel lag und zu der ein herzhaft würziges Spinatsüppchen gereicht wurde. Hier deutet sich zum zweiten Mal an, dass Pape es gut versteht, eine gewisse handfeste Rustikalität im Essen unterzubringen, mal erdig, mal dezent bitter (Spinat), ohne dass die übrigen Bestandteile übertüncht werden.
Und dieses Grundprinzip wird auch beim dritten Mal nicht langweilig, denn die Kombination aus Wildfang-Rotbarsch aus der Nordsee, Blutwurstscheiben, schwarzen Linsen und Beurre blanc war gut balanciert: Die dünnen, angeschmolzenen Blutwurstscheiben hatten stimmige Proportionen zu den übrigen Komponenten, die schaumige Buttersauce war so abgeschmeckt, dass sie dem Gericht nicht nur Süffigkeit und Schmelz, sondern auch noch etwas Frische vermittelte, und der Fisch hatte Klasse.
Ein Zweierlei vom Maibock folgte als Hauptgang und auch hier waren es neben dem qualitativ sehr guten und schön saftig gegarten Fleisch – einmal tadellos rosa gebraten, einmal als geschmorte Würfel in dichter, fruchtiger Jus – einmal mehr die Beilagen, die von einem tieferen Verständnis des Teams für gelungene Akkorde zeugten: Der feinbittere Radicchio als eine Art Kompott, dunkelwürzig und leicht süß abgeschmeckt, dazu geschmorte Spargelscheiben, ebenfalls ganz leicht süß, ein würziges, recht voluminöses Püree von Alsenzer Kartoffeln und kraftvolles Karottenpüree kamen hier zu einer nicht uninteressanten Melange zusammen.
Zum Schluss schickte die Küche noch ein schlichtes, aber überzeugendes Dessert, das einen karamellisierten Käsekuchen in den Mittelpunkt stellte: eine gut gewürzte Käsemasse, nicht zu süß, ohne Teigboden, oben mit akkurater Karamellschicht, dazu Erdbeer- und Sauerrahmsorbet, marinierte Erdbeeren, ein Erdbeergel und zerbröselte Erdbeermeringue. Schließlich noch ein Mürbeteigkeks zum guten Espresso, und auch der war natürlich selbst gebacken.

Die auf die Nahe-Region spezialisierte Weinkarte mit einer bemerkenswerten Breite und Tiefe, der nette, unaufgeregte und unkomplizierte Service und die persönliche, auf die Gäste eingehende Art des Chefs tragen zum Erfolg des Unternehmens bei. Hier hat alles Hand und Fuß. Ein gutes Konzept für ein Gasthaus auf dem Lande!

Hotelempfehlung

Hotel Meisenheimer Hof

Obergasse 33, 55590 Meisenheim
06753-1237780
www.meisenheimer-hof.de
Einzelzimmer: 79–129 €
Doppelzimmer: 129–169 €
EC VISA

Das charmante Wein- und Erlebnishotel ist mit viel Liebe zum Detail gestaltet. Die insgesamt 17 Hotelzimmer und Suiten sind Themenzimmer – die meisten heißen nach berühmten Weinbergen an der Nahe. Ihre ganz individuelle Einrichtung nimmt Bezug auf den Weinberg und die prominenten Winzer, die die Weinberge pflegen und Paten der Zimmer sind. Andere Räume erinnern an historische Persönlichkeiten mit Bezug zur Meisenheimer Geschichte. Moderner Komfort ist selbstverständliche Basis, aber der ganz eigene Stil prägt das Erlebnis. Für die Hotelgäste stehen z. B. eine exklusive Dach- und Ruheterrasse und der Kräutergarten zur Verfügung. Oder man liest die „Meisenheimer Novelle" in den Fauteuilles der Bibliothek. Außerdem: ein Restaurant mit verschiedenen, sehr individuellen Räumlichkeiten, eine moderne Bar, ein großes Weingewölbe mit historischem Sandsteinfußboden und ein Weinkeller mitzahlreichen Schätzen. Frühstück mit Produkten aus der Region. Meisenheimer Hof Restaurant separat erwähnt.

Mettlach (Saarland)

5

Restaurant Saarschleife

im Landhotel Saarschleife
Cloefstr. 44,
66693 Mettlach (Orscholz)
06865-1790
www.hotel-saarschleife.de
Küchenchef: Christian Münch-Buchna
Täglich ab 12 Uhr durchgehend, kein RT
Hauptgericht: 17–40 €, Menüs: 29–85 €
VISA

Die touristisch beliebte Saarschleife hat nicht nur einen atemberaubenden Ausblick über die Saar, attraktive Wanderwege und – für schwindelfreie Menschen – einen spannenden Baumwipfelpfad zu bieten, sondern in unmittelbarer Nähe mit dem Hotel zur Saarschleife auch einen Ort, an dem Genuss großgeschrieben wird. Das ländlich-adrett gestaltete, in den vergangenen Jahren beachtlich modernisierte und weiterentwickelte Haus verfolgt gastronomisch sowohl in der bodenständigeren „Dorfküche" als auch in seiner im Kaminzimmer offerierten „feinen Landküche" einen höheren Anspruch. Und mit der „feinen Landküche", die wahlweise als Menü oder auch à la carte genossen werden kann, bewegt sich das Team, was Ambitionen und Stil angeht, sogar vorsichtig in den Gourmetbereich.
Und auch wenn dies dann keineswegs extrem elaborierte und aufwändige Kreationen beinhaltet, sondern stets gegenständlich und oft etwas einfacher gestrickt bleibt, sind die Gerichte doch sehr abwechslungsreich und mit einfachen Mitteln interessant gestaltet. Das größte Manko gab es zuletzt tatsächlich bei den wenig begeisternden kleinen Aufbackbrötchen, die mit etwas Butter zum Einstieg serviert wurden. Da wäre ein Upgrade nicht verkehrt! Schon die kleine Gazpacho mit Parmesanchip als Küchengruß machte das aber schon wieder wett, nämlich mit einer zwar rustikalen Machart, aber guter Balance zwischen Frische und Pikanterie.
Und bei dem eigentlichen Einstieg ins Menü in Gestalt einer Trilogie vom Ziegenkäse war das Team dann auch schon voll auf Linie. Präsentiert wurden ein gebackener Ziegenweichkäse (dank guter Reife mit feinem Schmelz und kräftigem Geschmack), eine mildsäuerliche Frischkäse-Praline und eine sanft süßliche Crème brûlée. Alles ergänzt von knackigem Spargelsalat mit Frühlingszwiebel sowie Auberginen- und Tomatenconfit, was unterm Strich ein zwar etwas loses, aber abwechslungsreiches und prägnant abgeschmecktes Ensemble ergab.
Dass die einzelnen Zubereitungen eher einfach ausfallen, dafür aber auf gute Produktqualität und eine natürliche Aromatik geachtet wird, zeigte auch das Zweierlei vom Lamm mit fluffigen Süßkartoffel-Krapfen, Spinat und roter Zwiebel. Hier überzeugten vor allem das helle saftige Ragout aus der Keule und der saftig-zarte, mit Tomate gratinierte Rücken des Lamms, gestützt von einer rustikalen Schmorjus. Ein kleines Problem, auch wegen der kompakten Anrichtweise, war dagegen der zu einem nahezu ungewürzten Püree verarbeitete Spinat, der sich recht schnell mit Sauce und Ragout vermischte. In diesem Fall wäre weniger einfach mehr gewesen.
Alles gut proportioniert am Platz war dagegen wieder beim süßen Abschluss rund um ein zartes Parfait mit hell karamellisierten Haselnüssen, marinierten Erdbeeren und einem luftigen Minzschaum, der einzig mit etwas weniger Süße und dafür mehr ätherischer Frische noch besser gepasst hätte. Und auch der aufmerksame Service, die kleine individuelle Weinauswahl und die herzliche Art der Gastgeber sorgen hier weiterhin für einen rundum positiven Gesamteindruck.

Bezahlkarten-Symbole

- Mastercard
- EC-Maestro
- Diners
- American Express
- VISA Visa

Hotelempfehlung

★★★★

Landhotel Saarschleife

Cloefstr. 44,
66693 Mettlach (Orscholz)
06865-1790
www.hotel-saarschleife.de
Einzelzimmer: 79–144 €
Doppelzimmer: 129–198 €

Ein seit drei Gererationen familiengeführtes Hotel, direkt an der imposanten Saarschleife, eingebettet in den Varadeser Kurpark des Luftkurortes Orscholz. Hier wurde in jüngster Zeit enorm viel investiert und erneuert: Zimmer, Flure und Bäder präsentieren sich aufwendig und stilvoll renoviert; in diesem Zuge sind auch zwei neue Zimmerklassen entstanden. Im letzten Jahr ist zudem die neue Wellnessanlage in Betrieb gegangen – mit Hallenbad und Saunen auf über 500 m². Auch der Gastronomiebereich wurde erneuert und um eine neue Hotelbar und einen neu gebauten, auch für Gäste begehbaren Weinkeller ergänzt. Restaurant Saarschleife separat erwähnt.

Die Symbole

- gute Parkmöglichkeiten
- Hotelgarage
- barrierefrei
- klimatisierte Zimmer
- WLAN-Zugang
- Hallen- und/oder Freibad im Haus
- mit Wellness-Bereich
- mit Fahrstuhl zu den Hotelzimmern
- Hunde im Hotel nicht erlaubt
- mit Garten oder Terrasse

Mittenwald (Bayern)

7

Das Marktrestaurant

Dekan-Karl-Platz 21,
82481 Mittenwald
08823-9269595
www.das-marktrestaurant.de
Küchenchef: Andreas Hillejan
Di–Sa von 12–13.15 Uhr
u. ab 18.30 Uhr, So u. Mo RT
Hauptgericht: 21–42 €,
Menüs: 84–105 €

Mittlerweile ist es schon wieder rund zehn Jahre her, dass Nancy und Andreas Hillejan aus Neuss an den südlichsten Zipfel Deutschlands gezogen sind, um hier bodenständige Gastronomie mit gehobenem Anspruch zu betreiben. Und es ist schön zu sehen, wie sich das mittlerweile bestens in der Region etablierte Konzept des Marktrestaurants sukzessive weiterentwickelt und die Küche von Jahr zu Jahr immer noch ein bisschen besser und ausgefeilter wird.
Wir fanden die originelle alpenländische Regionalküche des Jeune Restaurateur, die hier an der Brennerroute auch mit ihren österreichischen und italienischen Einflüssen vollkommen authentisch wirkt, schon immer äußerst ansprechend und inspiriert. Auch in den Anfangsjahren, als Hillejan noch bewusst bodenständiger und rustikaler gekocht hat. Den Grundzügen seines Kulinariums ist er in all den Jahren erfreulicherweise treu geblieben, hat es sich aber nicht nehmen lassen, alles sukzessive zu verfeinern und zu veredeln. Und so hat man es hier heute nach wie vor mit herzhaft zupackenden, aber feinfühlig und kreativ umgesetzten Geschmacksbildern zu tun, mit optimierter Rustikalität, die vor allem in dem bis zu sechsgängigen Menü sehr apart daherkommt. Die

À-la-carte-Gerichte sind mitunter etwas traditioneller gehalten.
Mit Sauerteigbrot und zweierlei Butter sowie einem herzhaften „Schrebergarten-Salz" (einem Kräuter-/Gemüse-Salz) ging es bereits animierend los. Und auch die kleinen Einstimmungen, wie der gebeizte Lachs mit Kartoffel-Rahmeis, eine aromatische kalte Erbsencremesuppe, das mit mildnussiger Getreidecreme gefüllte Waffelhörnchen oder ein Pumpernickel-Stockbrot im Stil eines hauchdünnen Karamell-Lollys, boten viel harmonischen Produktgeschmack, der auf kurzweilige und schnörkellose Art interpretiert war.
Als ein ganz großartiges inspiriertes Gericht, das zugleich als perfektes Musterbeispiel für den Stil der Küche herhalten kann, entpuppte sich der erste Gang des Menüs, der unter dem Titel „Brotzeit" reichlich Interpretationsspielraum ließ. Zu geschmortem Bäckchen, Zunge und Bries vom Kalb gesellten sich hier fruchtig marinierter Rettich, eine zünftige Röstkartoffelcreme, herb-bitteres Schwarzbiereis, eingelegte Senfkörner und eine moussige Kräutercreme, und so entstand tatsächlich ein Geschmacksbild wie bei einer zünftigen Brotzeit, nur eben viel feiner, eleganter, facettenreicher …
Die Bayrische Garnele mit confierten Honigtomaten, Wildkräutern, Joghurt-Tofu und Buttermilchsud kam tendenziell eher schlank und sommerlich frisch daher, bekam durch ein zartes Stück Lauchquiche mit Bergkäse aber die gewisse herzhafte Note. Soulfood par excellence bot das fluffige, mit Schmorfleisch vom Duroc-Schwein gefüllte und mit fein gehobelter Sommertrüffel überhäufte Bao-Bun auf einer hollandaiseartigen Schaumsauce, das von einem cremig-knackigen Spitzkohlröllchen begleitet wurde. Einziges kleines Wermutströpfchen war die Tatsache, dass die magere Fleischfüllung etwas trocken und matt ausfiel.
Saftig und ausreichend fett war indes die Füllung der grün-weißen Reh-Fagottini, deren Farce mit Zugabe von unter anderem Schweinenacken, Entenleber und Portweinjus von der Trockenheit bewahrt und zugleich attraktiv aromatisiert wurde. Mit sautierten Pfifferlingen, etwas Rehschinken, gebratenen Aprikosen und einer leichten hellen Sauce, die ebenfalls von Aprikose eine angenehm dosierte Menge an Säure und Frucht verliehen bekam, war das ein bestens ausgewogenes und überdies sehr raffiniertes Zwischengericht.
Ein klein wenig dröger wirkte da im Vergleich der Hauptgang, wenngleich der offenbar ganz klassisch gebratene (und nicht etwa sous-vide gegarte) Kalbsrücken selbst überraschend ausdrucksstark schmeckte. Ein Falafelbällchen, Perlzwiebel, subtil mit Minze verfeinerte Wachsbohnen, ein kräftiges, glattes Püree von grünen Bohnen und eine Currycreme rückten ihn ein klein wenig in die orientalische Richtung. Gut, aber nicht begeisternd, weil das Ganze trotz des ätherischen Minzhauchs etwas breit wirkte und außerdem recht unentschlossen zwischen den Aromenwelten verharrte.
Flockiger und entschiedener kam dann aber schon wieder der Nachtisch daher, bei dem karamellisierte Brioche den „Armen Ritter" gab und von einem kaum süßen Mädesüß-Rahmeis, einer herbfruchtigen Creme von Rosé-Champagner, Schwarzkirschen und Oxalis schön frisch und schlank eingefasst wurde.
Auch wenn wir hier und da noch etwas Optimierungspotenzial sehen, stufen wir die Küche heuer verdientermaßen um eine halbe Pfanne auf nunmehr 7 auf. Und stoßen darauf mit einer guten Flasche aus dem konzeptgetreu schwerpunktmäßig mit deutschen und österreichischen Gewächsen bestückten Keller an.

Molfsee (Schleswig-Holstein)

5

Bärenkrug

im Hotel Bärenkrug
Hamburger Chausee 10,
24113 Molfsee
04347-71200
www.baerenkrug.de
Di–Fr ab 17 Uhr, Sa u. So von 12–14.30 Uhr u. ab 17 Uhr, Mo RT
Hauptgericht: 10–32 €, Menüs: 24–54 €
VISA

Der renommierte Landgasthof im Kieler Raum zieht ein breites Publikum an, denn hier gibt es neben souverän optimierten Klassikern der bodenständigen Art im bis zu fünf Gängen reichenden Abendmenü auch eine verfeinerte Version der Landhausküche. Das Team setzt in beiden kulinarischen Linien des traditionsreichen Hauses erfolgreich auf die Feinheimisch-Karte, hält überdies stets einige ansprechende vegetarische Alternativen parat und hat zwischenzeitlich überdies eine eigene Produktlinie für den Hofladen entwickelt. Mit seiner „Flaschenkammer", einer neuen Location für Feiern, strebt der seit 1919 in Familienbesitz befindliche Bärenkrug auch innenarchitektonisch in Richtung Zukunft.

Moos (Bayern)

6

KOOK 36

**Thundorferstr. 36,
94554 Moos
09938-9196636
www.kook36.de
Küchenchef: Daniel Klein
Mi–So ab 18.30 Uhr, Mo u. Di RT
Hauptgericht: 19–25 €,
Menüs: 46–81 €**

VISA

Unscheinbar in einem Wohngebiet am Ortsrand von Moos, etwa zehn Autominuten südöstlich von Deggendorf gelegen, laden Inhaber und Küchenchef Daniel Klein und seine Lebensgefährtin Josefine Noke, die charmant den Service leitet, in ihr modernes, ambitioniert geführtes Lokal. Das bietet einen stilvollen Rahmen für gehobenen Genuss, ist aber bei allem Eigenanspruch bewusst niedrigschwellig gehalten und wird zwar sehr professionell, aber locker und entspannt bespielt. Es gibt ein bis zu fünfgängiges Menü und eine davon abweichende, vernünftig übersichtlich gehaltene À-la-carte-Auswahl – und das alles zu moderaten Preisen.

Bereits an den drei Weißbrotsorten nebst zweierlei selbst hergestellter aromatisierter Butter und Aufstrich lässt sich feststellen, dass das Team um Daniel Klein den Gästen viel bieten möchte. Es folgten gleich drei hintereinander aufgetischte Kleinigkeiten, die ebenfalls unzweifelhaft gleich zu Beginn des Abends zeigen, wie ambitioniert das KOOK 36 unterwegs ist. Die Küche grüßte zunächst mit einer chiliaromatisierten Knuspertartelette, in der etwas Balik-Lachs mit Avocadocreme und Kalamansigel transportiert wurden, gefolgt von einem zylindrischen Tramezzini-Snack mit Rindertatar, Creme von schwarzem fermentiertem Knoblauch, Senf und Liebstöckel sowie als dritte Petitesse einer kleinen Cornetto-Eiswaffel mit Ziegenfrischkäse, Mango und Paprika.

Zu Beginn des eigentlichen Menüs gab es als Vorspeise ein handgeschnittenes und nur dezent gewürztes Kalbstatar, das seine aromatischen Mitspieler in Erdnuss (Cremetupfen und

ganze Nüsse), kleinen sphärisierten Zitrusperlen und fein darübergehobelter Belper Knolle fand. Eine durchaus spannende und auch stimmige Liaison, die jedoch, genau wie übrigens die drei Küchengrüße vorneweg, auch aufzeigte, wo derzeit nach unserer Sicht noch das größte und einfachste Optimierungspotenzial schlummert: Oft fehlt nämlich den Kompositionen, damit sie richtig zünden können, im Grunde nur das entscheidende Bindeglied. Etwa wie im Falle des Tatars ein alles verbindender und unterfütternder Schmelz, der hier durch irgendeine Mayonnaise oder ausreichend fette Creme hätte herbeigeführt werden können. So wirkte der Verein – trotz der cremigen Erdnuss, die aber mehr festes Püree als schmelziger Texturgeber war, und nochmal verstärkt durch den knusprigen und etwas trockenen Brotdeckel on top – ein bisschen wie die nebeneinanderstehende Summe seiner Teile.

Viel besser klappte die Vermählung aller Bestandteile zur überraschend großen Bayrischen Garnele aus der Crusta-Nova-Zucht im oberbayerischen Langenpreising, die in Statur, Struktur und Geschmack schon fast wie eine Gamba Carabinera anmutete. Außenherum nur akkurat abgeflämmt und innen noch schön glasig thronte das Krustentier auf seinem Sockel aus Sushireis und wurde von saftiger Gurke (marinierte Spiralen und Sud) sowie aromatisch eher unauffälligen Fakekaviar-Perlen aus Plankton begleitet, aber von einer mayonnaiseartigen Wasabicreme schneidig scharf akzentuiert. Sehr fein!

Auch der Kabeljau konnte qualitativ und kompositorisch voll überzeugen. Der perfekt gegarte blättrige Fisch mit einem röstaromatischen Topping aus Sobrassada-Gröstl auf der kross gebratenen Haut lag mit etwas Spinat von rotem Mangold inmitten eines dynamisch kontrastreichen Zusammenspiels aus leichtem Sobrassada-Sud und dunklen, saftig-reifen Kirschen – und war so attraktiv zwischen herzhafter Würze und fruchtiger Süße eingeparkt. Zupackend und wegen des dunkelbrutzeligen

Bräts auf dem Fisch sogar ein klein bisschen rustikal. Aber genau das machte es in diesem Fall auch aus …
Viel Licht und etwas Schatten dann beim Hauptgang um Lamm, von dem der saftige und eigenaromatische Rücken begeistern konnte und das kleine, matt und trocken anmutende Stück aus der Keule eher enttäuschte. Ganz weit auf der Habenseite verbuchten wir auch die wirklich sehr feine, süffige Liaison aus echter Lammjus und Schnittlauchöl (großartig!) – nicht so toll fanden wir hingegen die Trüffelölnote im Selleriepüree. Was hier auch gut funktionierte, war wieder das Spiel mit Süße und Säure, das in dem Fall durch gebratene Pfifferlinge und Stachelbeere erzeugt wurde.
Als gut gelungen würden wir schlussendlich auch das Dessert beschreiben, bei dem Rote Bete, grüner Apfel, Himbeere und Joghurt in einem mehrschichtigen Moussetörtchen und schmelzigem Eis zu einem erfrischend leichten Nachtisch zusammenfanden. In der nach Rebsorten gegliederten Weinkarte mit umfangreichem und attraktivem glasweisem Angebot dominieren die österreichischen Gewächse, im Rotweinbereich ergänzt um ausgewählte Tropfen aus Italien, Frankreich und Spanien, und alles mit besonderem Fokus auf Preis-Leistung. Die Gastgeberin berät engagiert und empfiehlt mit Gespür, was meistens zu äußerst stimmigen Essensbegleitern führt.

Mülheim a. d. Ruhr
(Nordrhein-Westfalen)

5

Mölleckens Altes Zollhaus

Duisburger Str. 228,
45478 Mülheim a. d. Ruhr
0208-50349
www.moelleckensalteszollhaus.de
Di–Fr von 12–14 Uhr u. 18 Uhr,
Sa ab 18 Uhr, So von 12–14 Uhr, Mo RT
Hauptgericht: 17–24 €, Menüs: 34–45 €
VISA

Hier wird eine feine Landküche zum moderaten Preis zelebriert, wie man sie gern öfter hätte, aber nur recht selten bekommt. Was in dem Fachwerkhaus mit seinen in Bistro und Restaurantbereich zweigeteilten Gasträumlichkeiten gekocht wird, ist stark regionalbetont, produktorientiert ohne aufwendiges oder gar kreatives Beiwerk, angenehm saisonal und hat eine sehr gute Gesamtqualität. Im Winter eher deftig und kräftig, im Sommer auch gerne mal als kräuterbetonte Italianità. Die Weinkarte listet viele gute, in der Mehrzahl süddeutsche Gewächse etablierter Erzeuger.

6↑

Am Kamin

Striepensweg 62,
45473 Mülheim a. d. Ruhr
0208-760036
www.restaurant-amkamin.de
So–Fr von 12–14 Uhr u. ab 18 Uhr,
Sa ab 18 Uhr, kein RT
Hauptgericht: 20–35 €,
Menüs: 55–109 €
VISA

Der viel bemühte Begriff Tradition lässt im Kontext mit Gastronomie schnell an antiquiert oder angestaubt denken. Dass es auch ganz anders geht, beweist das seit sechzig Jahren in Familienhand und aktuell von Patronin und Gastgeberin Heike Nöthel-Stöckmann geführte Restaurant Am Kamin. Das recht unscheinbar in einem Wohngebiet gelegene hübsche Fachwerkhaus von 1732 mit behaglich-nostalgischem Wohnzimmerambiente und lauschiger Gartenterrasse zählt nicht nur atmosphärisch seit vielen Jahren zu den attraktivsten Genusszielen des Ruhrgebiets. Dabei sind das Haus und vor allem die Küche aber nicht stehen geblieben, sondern durchaus mit der Zeit gegangen.
Die Küche hält generell bestens mit dem Ambiente mit und das in gewisser Weise auch stilistisch – denn die hier gebotenen Gerichte sind ebenfalls einerseits zugänglich und „behaglich", andererseits aber verschlankt und auf das Wesentliche konzentriert. Auf dieser Linie lag auch bereits die konzentriert gemüsefruchtige Gazpacho, die erfrischend schlicht auf das sommerliche Menü einstimmte.

Sommerlich ging es dann auch bei mild gebeizten, zart temperierten und rauchig abgeflämmten Saiblingstranchen neben feinstreifigem Fenchel-/Oliven-Salat weiter, die markant ätherisch mit Passionsfrucht und Zitronenabrieb einen beschwingten Touch bekamen. Für Frische und Crunch sorgten hier Babyleafs und luftige Knusperchips, während eine Joghurtcreme als Fundament und weiterer Säurepol diente. Letztere weckte jedoch leichte Mayonnaise-Assoziationen und hätte etwas weniger üppig und mehr auf die säuerliche Frische des Joghurts ausgerichtet noch besser gewirkt – insgesamt entstand dennoch ein harmonisches Ganzes.
Von vornherein auf Harmonie ausgerichtet war die folgende Umamibombe in Form eines feinporig-luftigen Pfifferlingsschaums als Rahmen für ein weiches Eigelb und gebratene Pfifferlinge mit kräftigen dunklen Röstnoten. Vor dem absoluten Overkill – auch wegen der stattlichen Portion – bewahrten das Ganze laktisch salzige Ziegenkäsesegmente, die gemeinsam mit einer feinen ätherischen Pfefferwürze den mundfüllenden Pilzgeschmack ergänzten. Dennoch hätte eine weitere crunchige Einlage oder ein Kräuterakzent (der annoncierte Schnittlauch war nämlich kaum präsent) mit veränderten Proportionen das Gesamtbild noch weiter auflockern können – etwa in einer kleinen Schale präsentiert und auf der ganzen Oberfläche üppiger mit Schnittlauch beflockt …
Ganz prima ging der Fokus aufs Produkt beim Eifeler Lamm auf, dessen perfekt röstig-rosa gebratener Rücken noch durch ein gezupftes Schmorragout auf einem Rondell mild zwiebeliger weißer Bohnen mit Speck verstärkt wurde. Diese geballte Fleischpower stand im verfeinert rustikalen Kontext von geschmorter Birne und heller Bohnencreme. Für etwas Frische und Auflockerung sorgte hier zudem ein fruchtsäuerliches, allerding zu körnig-fest gebundenes Gel. Wie auch bei den Gängen vorab war das handwerklich eher gröber gehalten und auch aromatisch mehr verschwommen als scharf gestellt. Pluspunkte waren dagegen auch hier die Produktgüte und das kraftvolle Fundament.
Wenn das Team die einzelnen Komponenten noch etwas genauer definieren und bei moderneren Sachen an den Texturen feilen würde, könnte mit wenigen Handgriffen auch wieder deutlich mehr rausgeholt werden. Die gelungenste moderat-kreative Idee gab es zuletzt zum süßen Abschluss mit einem warmen „Milchreis“ aus dunklem Venerereis, bedeckt mit hocharomatischen marinierten Erdbeeren und etwas weißer Schokolade. Dazu ein (etwas zuckriges) Erdbeersorbet sowie die floralen und zitrusfrischen Aromen von Holunderblüte und Zitrone, und fertig war ein klassisch süßes Dessert auf glattem 7 Pfannen-Niveau.
Wie eh und je gibt es für die passende Getränkebegleitung keine Karte, sondern das Gespräch mit der Gastgeberin. Funktioniert aber prima, denn der Fundus an hochwertigen Flaschen, aus denen munter auch glasweise ausgeschenkt wird, ist groß und die Beratung ebenso herzlich wie kompetent. Ein Extralob gebührt auch dem alkoholfreien Getränkeangebot, das mit selbst entwickelten und aromatisierten Frucht- und Gemüsesäften, Infusionen, hausgemachten Limonaden, Essenzen und Molken sowie anspruchsvollen Getränken engagierter Erzeuger weit mehr zu bieten hat, als viele andere sehr gute Restaurants.

Mülheim a. d. Mosel
(Rheinland-Pfalz)

ohne Bewertung

Culinarium R 2.0

im Weinromantikhotel Richtershof
Hauptstr. 81–83,
54486 Mülheim a. d. Mosel
06534-9480
www.weinromantikhotel.de
Küchenchef: Peter Krones
Mi–Sa ab 18.30 Uhr, Fei von 12–14 Uhr u. ab 18.30 Uhr, So u. Mo u. Di RT
Hauptgericht: 12–30 €, Menüs: 42–54 €
VISA

In den vergangenen Jahren war uns das Gourmetrestaurant, das in der ehemaligen Remise des Gebäudeensembles vom Weinromantikhotel Richtershof untergebracht ist und während dieser Zeit von Küchenchef Mario Niederprüm bekocht wurde, stets eine zuverlässige Empfehlung, wenn gute unkomplizierte Produktküche und anspruchsvoller Weingenuss gefragt sind. Während der letzten Testsaison stand das Fortbestehen des Konzepts zunächst wegen Personalproblemen infrage und zuletzt sorgte die Corona-Pandemie dafür, dass hier kein À-la-carte-Programm geboten werden konnte, weil die Räume aufgrund der Abstandsregeln ausschließlich Hotelgästen zur Verfügung stehen konnten. Deshalb müssen wir das Culinarium R 2.0 vorübergehend noch „ohne Bewertung“ aufführen, sind aber guter Dinge, dass es hier wieder wie gewohnt weitergeht, sobald sich die allgemeine Lage endlich zum Positiven entwickelt hat.

Hotelempfehlung

★★★★S

Weinromantikhotel Richtershof

Hauptstr. 81–83,
54486 Mülheim a. d. Mosel
06534-9480
www.weinromantikhotel.com
Einzelzimmer: 99–180 €
Doppelzimmer: 160–330 €

VISA

Das Weinromantikhotel Richtershof liegt eingeschmiegt in eine romantische Parkanlage und erhält seinen besonderen Charme durch eine gelungene Verbindung aus Tradition und Moderne. Der Säulenkeller sowie der Jugendstil-Ballsaal erzählen Geschichten aus vergangenen Zeiten, 43 Zimmer und das Beauty-Atelier laden zum Entspannen ein. In der Bistro-Bar-Remise kann man unter dem Motto „Gemütlicher Genuss – bodenständige, regional inspirierte Gerichte für den kleinen und großen Hunger“ 365 Tage ab 12 Uhr eine Vielzahl an Leckereien genießen. Im Restaurant Culinarium R 2.0 treffen historische Mauern auf innovatives Interieur, und die unkomplizierte Speisekarte lädt unter dem Motto „Feinstes aus der Region – Bestes aus aller Welt“ zu einer besonderen kulinarischen Entdeckungsreise ein. Menüs im Rahmen der Halbpension sowie die Davidoff-Zigarren-Lounge komplettieren das facettenreiche Angebot. Restaurant Culinarium R 2.0 separat erwähnt.

Die Besteck-Symbole

luxuriöses Restaurant mit höchstem Komfort und formvollendetem Service, edler Ausstattung und einer Weinkarte, die höchsten Ansprüchen genügt

elegantes Restaurant mit hohem Komfort und exzellentem Service, sehr gute Ausstattung, hervorragende Weinkarte

gehobenes Restaurant mit gutem Komfort und versiertem Service, umfangreiche Weinkarte

besser ausgestattetes Restaurant mit ordentlichem Service, ausgewählte Weine

schlichtes Restaurant, Gasthof oder Bar

Die Hoteleinträge

★★★★★S	Superior
★★★★★	Unterkunft für höchste Ansprüche
★★★★★	Unterkunft für hohe Ansprüche
★★★★	Unterkunft für gehobene Ansprüche
★★	Unterkunft für mittlere Ansprüche
★	Unterkunft für einfache Ansprüche
	Unterkunft ohne Sterne-Klassifizierung

München

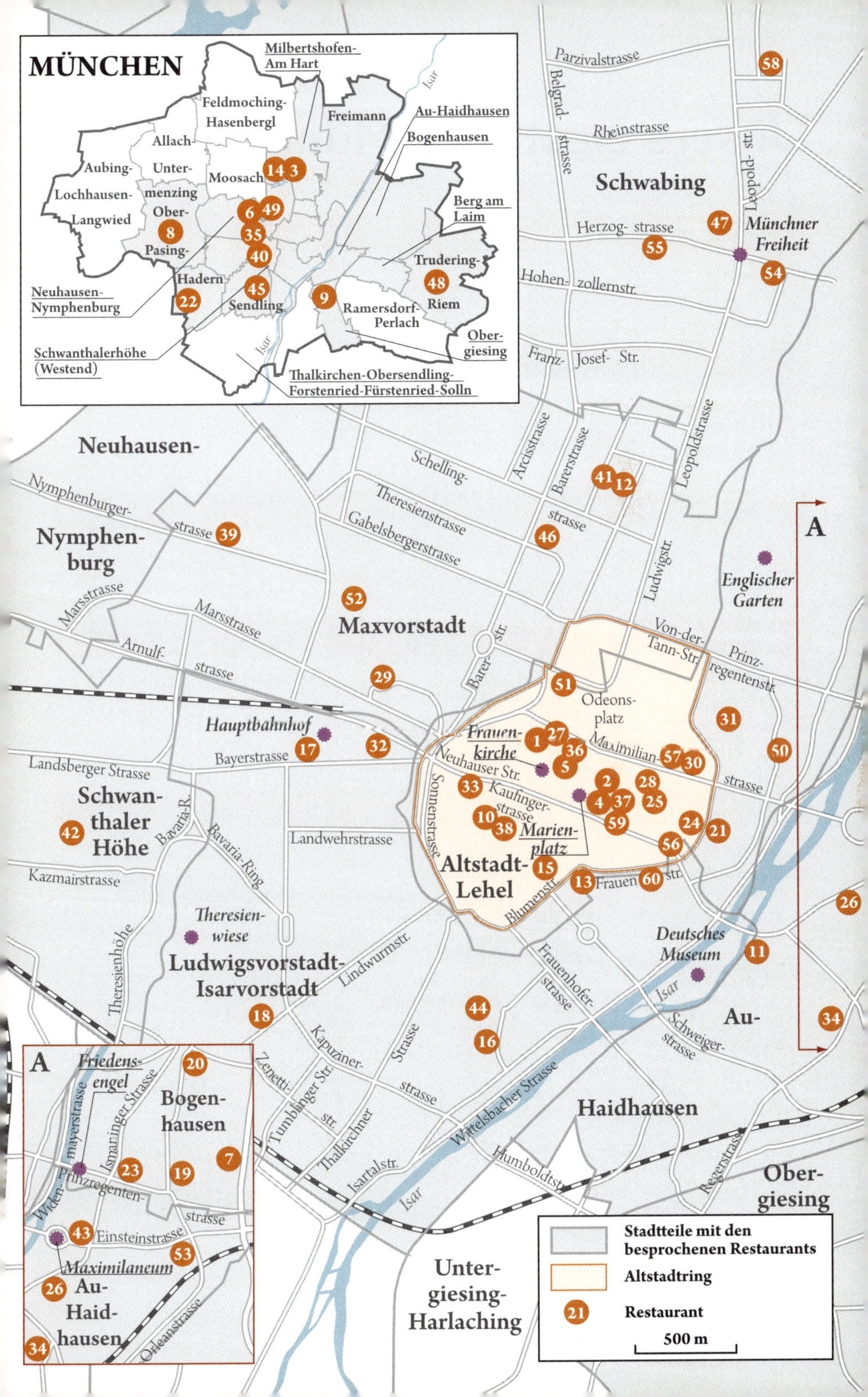

MÜNCHEN
Milbertshofen-Am Hart
Feldmoching-Hasenbergl
Freimann
Au-Haidhausen
Bogenhausen
Allach-Untermenzing
Aubing-Lochhausen-Langwied
Moosach
Obermenzing
Pasing-
Neuhausen-Nymphenburg
Hadern
Sendling
Berg am Laim
Trudering-Riem
Ramersdorf-Perlach
Obergiesing
Schwanthalerhöhe (Westend)
Thalkirchen-Obersendling-Forstenried-Fürstenried-Solln
Isar
Parzivalstrasse
Belgradstrasse
Rheinstrasse
Leopoldstr.
Schwabing
Herzogstrasse
Münchner Freiheit
Hohenzollernstr.
Franz-Josef-Str.
Arcisstrasse
Barerstrasse
Leopoldstrasse
Neuhausen-
Nymphenburger-strasse
Nymphenburg
Schellingstrasse
Theresienstrasse
Gabelsbergerstrasse
Ludwigstr.
Englischer Garten
Marsstrasse
Arnulfstrasse
Maxvorstadt
Barer-str.
Von-der-Tann-Str.
Prinzregentenstr.
Hauptbahnhof
Odeonsplatz
Frauenkirche
Maximilianstrasse
Bayerstrasse
Landsberger Strasse
Neuhauser Str.
Kaufingerstrasse
Schwanthaler Höhe
Sonnenstrasse
Marienplatz
Landwehrstrasse
Bavaria-R.
Bavaria-Ring
Altstadt-Lehel
Kazmairstrasse
Frauenstr.
Blumenstr.
Theresienwiese
Deutsches Museum
Theresienhöhe
Ludwigsvorstadt-Isarvorstadt
Lindwurmstr.
Frauenhoferstrasse
Schweigerstrasse
Au-
Kapuzinerstrasse
Strasse
Zenettistr.
Tumblinger Str.
Thalkirchner
Isartalstr.
Wittelsbacher Strasse
Humboldtstr.
Haidhausen
Regerstrasse
Obergiesing
Untergiesing-Harlaching
A
Friedensengel
Widenmayerstrasse
Ismaninger Strasse
Bogenhausen
Prinzregentenstrasse
Einsteinstrasse
Maximilaneum
Au-Haidhausen
Orleanstrasse
Stadtteile mit den besprochenen Restaurants
Altstadtring
Restaurant
500 m

Unsere Besten in München

10 Gusto-Pfannen

1. Atelier ↑

9 Gusto-Pfannen

2. Alois
3. EssZimmer
4. SALON rouge by Tohru Nakamura ↑

8 Gusto-Pfannen

5. Les Deux

7 Gusto-Pfannen

6. Acetaia
7. Acquarello ↑
8. Essence
9. Gabelspiel
10. Mural ↑
11. showroom ↑
12. Sparkling Bistro ↑
13. Tian ↑

6 Gusto-Pfannen

14. Bavarie
15. Blauer Bock
16. Brasserie Colette Tim Raue
17. DÉLICE La Brasserie
18. Ederer
19. Hippocampus
20. Huber
21. Jin
22. Johannas
23. Käfer-Schänke
24. Le Stollberg
25. Matsuhisa Munich
26. MUN Restaurant ↑
27. Pageou
28. Schuhbecks in den Südtiroler Stuben
29. Sophia's Restaurant & Bar
30. Toshi ↑
31. Vecchia Lanterna ↑
32. Vinothek by Geisel
33. Weinhaus Neuner

5 Gusto-Pfannen

34. Atelier Gourmet
35. Broeding ↑
36. Brasserie Les Deux
37. Galleria ↑
38. Landersdorfer & Innerhofer ↑
39. Nymphenburger Hof
40. Rüen Thai
41. sansaro ↑

Weitere Restaurants

42. Burger House, Gollierstr. 30
43. Burger House, Ismaninger Str. 5
44. Burger House, Jahnstr. 30
45. Burger House, Plinganserstr. 37
46. Burger House, Theresienstr. 60
47. Burger House, Siegfriedstr. 14
48. Burger House, Truderinger Str. 276
49. Burger House, Leonrodstr. 27
50. CA-BA-LU Bar
51. Das Luitpold
52. Hamburgerei, Brienner Str. 49
53. Hamburgerei, Einsteinstr. 106
54. Hamburgerei, Feilitzschstr. 12
55. nineOfive
56. Schapeau
57. Schwarzreiter
58. Tantris
59. Weisses Brauhaus
60. Xaver's

München (Bayern)

7 🍴🍴

Acetaia

**Nymphenburger Str. 215,
80639 München
089-13929077
www.restaurant-acetaia.de
Küchenchef: Giorgio Maetzke
So–Fr von 12–14 Uhr u. ab 18.45 Uhr,
Sa ab 18.45 Uhr, kein RT
Hauptgericht: 27–45 €,
Menüs: 70–100 €**

EC VISA

Giorgio Maetzke und Michele Perego, die beiden Hauptprotagonisten des originellen kleinen Restaurants mit schöner Jugendstil-Einrichtung wie den deckenhohen alten Holzvitrinen, Mosaikfußboden und roten Lederpolstern, prägen das Acetaia sicher schon seit 15 Jahren – und tun das mit unverändertem Enthusiasmus. Giorgio Maetzke als inspirierter Küchenchef mit vielen sehr guten Ideen, der gerne traditionelle Gerichte seiner Heimat neu interpretiert, aber auch souverän die Klassiker mit dem gewissen Etwas versieht. Und Michele Perego als versierter Gastgeber und Sommelier, der immer wieder mit spannenden Neuentdeckungen aus Italiens Weinszene aufwartet. Zusammen sorgen sie hier für die wahrscheinlich kreativste Italianità auf hohem Niveau in der bayrischen Landeshauptstadt.

7↑ 🍴🍴🍴

Acquarello

**Mühlbaurstr. 36, 81677 München
089-4704848
www.acquarello.de
Küchenchef: Mario Gamba
Di–Fr von 12–14 Uhr u. ab 18.30 Uhr,
Sa u. So ab 18.30 Uhr, Mo RT,
Hauptgericht: 46–59 €,
Menüs: 55–248 €**

EC VISA

Das durchaus elegante, mit maritimen Illusionsmalereien mediterran verbrämte Lokal von Patron Mario Gamba bietet die wahrscheinlich beste italienische Küche der Landeshauptstadt. So sensibel und feinfühlig, wie das Küchenteam hier die hauseigene „Cucina del Sole“ nach allen Regeln der Kochkunst zubereitet, macht das in München kaum ein zweites italienisches Lokal – jedenfalls bringt niemand die klassische Italianità so sehr in die Nähe der französischen Haute Cuisine. Die Eleganz der Acquarello-Küche und ihre konzentrierte, exakt zubereitete Art offenbarten sich auf nahezu jedem Teller. Dabei hält das Team stets eine gewisse Spannung aufrecht, indem es einen interessanten Mittelweg zwischen alter Tradition und neuer Interpretation geht. Ein Lob gebührt auch dem stets charmanten und liebenswürdigen Service und den treffsicheren individuellen Weinempfehlungen von Massimiliano Gamba.

---

9 🍴🍴🍴

Alois

im Delikatessenhaus Dallmayr

**Dienerstr. 14–15,
80331 München
089-2135100
www.dallmayr.de/alois
Küchenchef: Christoph Kunz
Mi ab 19 Uhr, Do–Sa
von 12–13.30 Uhr u. ab 19 Uhr,
So–Di RT
Menüs: 59–198 €**

EC VISA

Wurde die Spitzengastronomie in den letzten Jahren immer legerer, kann man unter dem Dach des berühmten Feinkosthauses Alois Dallmayr am Münchener Marienplatz getrost noch mit Anzug und Krawatte speisen, ohne overdressed zu wirken. Das Spitzenrestaurant Alois ist in vielerlei Hinsicht ein klassischer Gourmettempel, mit farbenfrohen Teppichen, goldenen Lampen und Schwanentapete – in vielerlei Hinsicht aber eben auch nicht, wenn man die jungen Kellner mit Sneakers und die

moderne Küche von Christoph Kunz mal genauer unter die Lupe nimmt.
Zum Aperitif gibt es beispielsweise – überraschend progressiv! – einen Pet Nat aus den Savoyen, der gleich eine ganze Reihe an Fingerfood begleitet, wovon uns ein herrlich röschers„Kartoffelcroissant“ und eine mit gelierter Buttermilch ummantelte und mit Kaviar getoppte Tranche vom Hamachi am besten gefallen. Ebenfalls sehr gut und auch ziemlich spannend ist eine Vorspeise mit gebeiztem Saibling, Wassermelone und Waldmeister. Besonders die dehydrierte Wassermelone, die durch dieses Verfahren immer ein wenig speckig schmeckt und auch ihrer Konsistenz ein wenig an Schinken oder Rohfleisch erinnert, wirkt deren Kontext originell. Sehr gut harmoniert hier auch das Aroma des Waldmeisters, das nur ganz dezent zum Einsatz kommt, aber ein unerwartetes und erfrischend neues Geschmacksbild hervorruft. Das einzige Manko ist leider der Saibling selbst, der sehr weich und mürbe ist, was vermutlich auf eine zu lange oder zu intensive Beize zurückzuführen ist. Alles in allem trotzdem ein sehr schöner Start auf hohem Niveau.
Nicht mithalten kann da ein Gang mit dem schlichten Namen „Pilze, Eigelb, schwarze Bohnen“. Kleine, leicht sautierte Pfifferlinge und Buchenpilze können nur wenig Aroma beisteuern und gehen in einem für unseren Geschmack deutlich zu süßen und ansonsten recht schwachbrüstigen Fond unter. Die Bohnen sind als Creme verarbeitet und ebenfalls recht süß, Eigelb finden wir in Form sous-vide gegarter, passierter und dehydrierter „Gnocchi“ wieder, die geschmacksneutral und trocken sind. Weswegen man solch langwierige Herstellungsprozesse einleitet, um einen Geschmack zu erzeugen, der nicht ansatzweise mit einem simpel gegarten Eigelb mithalten kann, ist uns schleierhaft. So ist das unterm Strich leider ein eher nichtssagender und unnötig verkopfter Gang.
Viel besser sind im Anschluss daran die sanft gegarten Tranchen vom Bonito, die mit knackigem rohem Fenchel getoppt in einem dampfend heißen Jalapeño-Fond garen. Der Garpunkt der kleinen Thunfischart, die binnen einiger Sekunden von roh in trocken kippen kann, ist hier perfekt getroffen. Der Clou ist jedoch der prononcierte Jalapeño-Fond, der für ein Spitzenrestaurant überraschend deutlich auf Schärfe setzt. Doch das geht hier voll auf, da die Wärme, die im Mund entsteht, genial vom kühlenden Anethol des Fenchels erwidert wird. Sehr gut passt dazu ein Weißwein aus Südportugal, der eine ähnliche Note wie der Fenchel mitbringt. Überhaupt sind wir von der Weinbegleitung von Julien Morlet wieder mal sehr angetan, die wie immer auch spannende Gewächse abseits der großen Namen beinhaltet, wie beispielsweise einen Chardonnay vom Ätna.
Zum Hauptgang schickt die Küche eine Tranche vom Wagyu-Rind der höchsten Marmorierungsstufe A5 aus Hokkaido. Dazu gibt es ganz schlicht gegarte Navetten, eine Creme aus Moltebeeren – und völlig zurecht keine Sauce, da die das Aroma des extraklassigen Beefs überlagern würde. Eine weise Entscheidung, denn uns sind eigentlich schon die spärlichen Beilagen zu viel, die wir nach einer kurzen Kostprobe einfach auf dem Teller lassen. Denn was dann bleibt, ist ein Rindfleischgenuss, den wir uns besser nicht vorstellen können. Das Fleisch ist maximal saftig, sehr zart und hat ein Aroma von Heu, Fassbutter, getrockneten Bergblüten und Haselnüssen. Zum Augenschließen und Zurücklehnen!
Der Käsegang besteht sowohl aus purem Beaufort als auch einer Creme des Käses, der von knackigem Kohlrabi und kräutriger Kapuzinerkresse umspielt wird. Überzeugend, aber auch recht gewöhnlich. Ähnlich das Dessert aus Blaubeersorbet, Zitronenverbene und Wacholder, das uns vor allem durch das cremige herbsüße Blaubeersorbet und den Wacholder zusagt, der wie ein dezenter Nebel über dem ganzen Teller schwebt und alles wie ein guter Gin-Cocktail duften lässt.
Wir hatten wieder einen kurzweiligen, mitunter eindrucksvollen und beim Wagyu-Rind sogar Gänsehaut stimulierenden Abend im Alois. Zweifelsohne wird hier auf sehr hohem Niveau gekocht. Dennoch war der Eindruck dieses Mal unterm Strich etwas heterogen, und in Anbetracht der Schwankungen – zu weicher Saibling, zu süßer Fond, trockene Eigelbgnocchi, Hauptgang-Beilagen, die eher stören als bereichern – hätten wir die Küchenleistung aufgrund dieser jüngsten Momentaufnahme vielleicht eher nur mit 8 oder 8+ Pfannen bewertet. Da wir aber immer auch längerfristige Entwicklungen und Tendenzen miteinbeziehen, lassen wir es bei der Vorjahresbewertung und sind uns sogar ziemlich sicher, dass wir schon beim nächsten Mal die Küche wieder bei 100 Prozent erleben werden.

10↑ 🍴🍴🍴🍴🍴

Atelier

im Hotel Bayerischer Hof

Promenadeplatz 2–6, 80333 München
089-2120743
www.bayerischerhof.de
Küchenchef: Jan Hartwig
Di–Sa ab 19 Uhr, So u. Mo RT
Menüs: 175–245 €

VISA

Auch das beste Restaurant der bayrischen Landeshauptstadt, das Atelier im legendären Bayerischen Hof, ist unbeschadet und mit unverändert hohem Anspruch aus dem ersten Corona-Lockdown zurückgekommen. Über die Sommermonate war das gesamte Ensemble vorübergehend nach nebenan in die lichtdurchfluteten und um einiges größeren Räumlichkeiten des Garden-Restaurant umgezogen – unser Testbesuch im Herbst fand jedoch schon wieder in gewohntem Umfeld statt. Dort sorgen jetzt große Holzrahmen mit Scheiben für eine Trennung zwischen den großen runden Tischen und damit sogar auch für etwas mehr gefühlte Privatsphäre. Der sehr schöne, vom renommierten belgischen Innenarchitekten Axel Vervoordt gestaltete Raum wird dadurch nicht beeinträchtigt und kann unverändert auf die Gäste wirken.
Eine hohe Wirkung hat seit jeher auch die Küche von Jan Hartwig, dem unangefochtenen Shootingstar der vergangenen Jahre, der quasi von null auf hundert vom Souschef zum deutschen Spitzenkoch wurde. Mit seiner allerersten Küchenchefstelle hat er es nach nur zwei oder drei Jahren unter die Besten der Besten geschafft! Aber er hatte natürlich nicht nur das Talent und das nötige Know-how, auf höchstem Niveau zu kochen, sondern wusste von Anfang an auch einen Arbeitgeber hinter sich, der genau das will und ihm deshalb alle Freiheiten gibt, die dafür nötig sind. Doch anstatt mit Trüffeln zu werfen und einfach nur die besten und teuersten Edelprodukte einzukaufen, besann sich Jan Hartwig früh darauf, lieber etwas deutlich Spannenderes zu machen und mit vermeintlich einfachen Produkten zu brillieren.
Nicht selten besinnt er sich auf traditionelle heimische Geschmacksbilder, die er maximal verfeinert und kreativ variiert – und er nimmt sich sogar auch schon mal einem rustikalen Regionalklassiker aus seiner neuen Wahlheimatstadt wie der Briesmilzwurst an, die er im letzten Jahr in einer köstlichen De-luxe-Variante servieren ließ. Doch auch wenn er zwischendrin immer mal was mit importierten Edelprodukten macht und diese weltläufig kombiniert, kommt dabei nie etwas Gediegenes oder gar Althergebrachtes aus der traditionellen Haute Cuisine heraus. Jan Hartwigs markante Kompositionen sind stets spannungsgeladen und originell. Eine Highend-„Vollgas-Küche", die auch immer wieder die Grenzen auslotet. Hatten wir im vergangenen Jahr noch das Gefühl, der Chef würde es fortan etwas entspannter angehen, waren heuer auf einigen Tellern die Regler wieder voll aufgedreht. Während in den Anfangsjahren oft bisweilen fordernd viel Umami im Spiel war, gingen bei unserem letzten Besuch einige Gerichte mit dem Säurelevel ins Maximum – und sogar dezent darüber hinaus …
Der Schmaus im Atelier begann ebenso fein austariert wie schlagkräftig mit einem hauchdünnen Strudelteig-Tartelette, saftig gefüllt mit minzfrischem Spinat und Feta, einem Sauerteigkissen mit köstlicher cremig-heißer Boudin noir und Sauerkraut sowie einem besonders haptisch sehr finessenreichen Macaron. Der Diskrepanz zwischen dem eigenen Faible für Austern und der Aversion mancher Gäste gegen diese maritime Delikatesse löst Jan Hartwig sehr charmant mit einer Perle aus wirklich kraftvoll authentischer Austernmousse und Champagnergelee auf Bloody-Mary-Sud mit Wachholderöl – und kann damit nicht nur die meisten Austern-Skeptiker, sondern auch ausgesprochene Austern-Fans mitnehmen.
Im ersten regulären Gang des Menüs hatten wir es dann gleich mit so einem ganz typischen Beispiel für verfeinerte Rustikalität zu tun: dünne Scheiben von der zart gesottenen Kalbszunge, mit Graupen gefüllt, zur Nocke geformt und geschmacklich ebenso authentisch bodenständig wie hochfein, war hier im Kreise neckischer Mini-Essiggemüse angerichtet – unter anderem zwei je mit einer Zwiebelcreme und einer Schnittlauchcreme gefüllte Perlzwiebelhüllen. Diese, vor allem aber der angegossene Essiggemüsesud, brachten viel Säure auf den Teller und doch wirkte das Geschmacksbild re-

lativ sanft und ausgeglichen. So harmonierte das auch mit dem von Sommelier Jochen Benz dazu ausgeschenkten 2017er Grüne Veltliner „Z“ von Zillinger aus dem Weinviertel ganz vorzüglich. Überhaupt sind dessen Empfehlungen immer erstaunlich passgenaue, stark auf Harmonie bedachte Weinbegleiter, die so akribisch ausgewählt sind, dass sich nicht selten auch deren Sekundäraromen in den zu begleitenden Gerichten wiederfinden oder kongenial an irgendwelchen Nuancen in Hartwigs Kreationen andocken.
Ein süffiges Soulfood-Gericht stellte der folgende, mit einer cremigen Füllung aus „Grana Bavaria“ von der Kemptener Käsemanufaktur „Jamei Laibspeis’“ gefüllte Raviolo auf seinem süßlich-herzhaften Bett aus Zwiebelconfit und halbgetrockneten San-Marzano-Tomaten in einem dichten, intensiv duftigen Basilikumschaum dar. Der Teig, aus dem das filigrane Knuspergitter gebacken war, welches als Deckel über dieser köstlichen Melange im tiefen Teller lag, war ebenfalls aus dem Hartkäse gebacken. Unaufgeregt und hochelegant – genau wie der von Sommelier Jochen Benz dazu empfohlene geradlinig-stahlige Chardonnay aus dem Burgund von Winzer François Mikulski.
Ein typischer Powergang à la Hartwig war dann die kurz gebeizte Makrele mit einer auch optisch sehr markanten Glasur aus geräuchertem Joghurt, Pistazie und rotem Wermut, die auf orientalisch gewürztem Couscous thronte und von einer in jeder Hinsicht tiefgrünen Emulsion von der Olive umgeben war. Deren spannende Bitteraromen wurden harmonisch in der natürlichen Süße der Tomatensaftbasis eingefasst. Ein im Grunde sehr reduzierter, puristischer und trotzdem erstaunlich komplexer Gang, der viel mehr als eine raffinierte, eingängige Optik zu bieten hatte.
Zum furchteinflößend großen und unverschämt guten Färöer Kaisergranat ließ sich Jan Hartwig Bratreis und Beurre blanc einfallen, was zunächst mal ziemlich gediegen klingt. Doch hier brachten in dem Gemenge aus gekochtem Reis, Kombu-Alge und Frühlingszwiebel kross gepuffte Reiskörner den Aha-Effekt, und das aus dem Gehölze des Johannisbeerstrauchs gewonnene Aroma sowie viel straffe Säure verwandelten die klassische Beurre blanc zum heimlichen Star auf dem Teller. Und sie schlug die Brücke zum fantastischen Sauvignon Blanc „500“ vom Weingut Von Winning aus der Pfalz, der sich hier mit seinen typischen Stachelbeeraromen in Kombination mit den grünen, hölzernen Noten vom Johannisbeerstrauch als kongenialer Begleiter erwies.
Saft vom fermentierten weißen Spargel akzentuierte wiederum die Beurre blanc zum fulminanten Süßwasserstör aus der Zucht von Nikolai Birnbaum, der augenfällig mit Knusperpops von Amaranth und Knoblauchmayonnaise getoppt auf einer Geleescheibe von Rumrosinen thronte. Die wieder mal ziemlich kernige Säure in der Sauce passte prinzipiell noch ganz gut zum Fisch, stellte sich aber für den großkörnigen Kaviar von N25, der in reichlicher Menge mit der Sauce auf den Teller transportiert wurde, als echtes Problem dar. Der ging nämlich dadurch regelrecht unter. Spätestens hier wäre weniger deutlich mehr gewesen.
„Revival-Time“ hieß es dann für uns bei der nahezu unveränderten Neuauflage des Hartwig-Klassikers um gepökelten und geschmorten Schweinebauch in Umami-Sud und Miso-Hollandaise, mit etwas Sesamkraut unter einer Daikonrettich-Scheibe, die mit jeder Menge Korianderkresse, gepuffter Schweineschwarte und pikanten Sesamkörnern appliziert ist. Mit diesem ausdrucksstarken und aromendichten Signature Dish imitiert Jan Hartwig quasi den Geschmack einer traditionellen Ramen-Suppe und schickt seinen Gästen wieder maximal zugängliches und trotzdem sehr anspruchsvolles Essen für die Seele.
Ein sehr ursprüngliches Gericht war der Hauptgang, in dessen Mittelpunkt die längliche Brusttranche einer im Ganzen klassisch im Ofen gegarten Dombes-Ente und ihr natürlicher Bratensaft standen. Hier hatte man es mit einem herausragend guten Stück Fleisch und einer wirklich fantastischen Natursauce zu tun, die im Grunde weitgehend aus dem beim Ruhen und Tranchieren ausgetretenen Fleischsaft und Fett bestand. Da wirkte die wieder grenzwertig säuerliche Apfel-Bohne-Speck-Beilage dazu ehrlich gesagt fast schon etwas störend. Alles andere als störend war der 2015er Casòn Hirschprunn Bianco von Lageder, eine Cuvée aus den Rebsorten Grauburgunder, Viognier und Chardonnay, die genau die richtige Dosis an gelben Fruchtaromen, Nussigkeit und Holz mitbrachte, um dem fantastischen Fleisch und der Ente und ihrem Saft auf Augenhöhe zu begegnen.
Hervorragend, aber nicht ganz auf dem extrem hohen Niveau der übrigen Kompositionen erlebten wir auch heuer die Pâtisserie, die zunächst mit einem Pré-Dessert aus roter Shiso-Kresse, Zwetschge und Kokos-Eiscreme nebst effektvollen Knuspertexturen grüßte und anschließend ein herbstliches Aromenensemble aus verschiedenen Zubereitungen unterschiedlicher Früchte und Nüsse wie Hagebutte oder

Vogelbeere, Walnuss und Haselnuss sowie dem Schmelz von Nougat und dünnen, knusprigen Streifen von der Petersilienwurzel aufs Porzellan zauberte. Knalliger, und das nicht nur farblich, kam unter dem Titel „No'zapft is'" ein kulinarisches Ersatzprogramm für das in diesem Jahr wegen Corona ausgefallene Oktoberfest, das sich der beiden Klassiker „Liebesapfel mit Vanillesauce" und dem duftenden Geschmack gebrannter Mandeln annahm – Letztere als süchtig machendes Eis. Ein uneingeschränkt köstlicher, wenngleich etwas plakativer Abschluss.

So erlebten wir unterm Strich auch in diesem Jahr wieder ein maximal erlebnisreiches, den State of the Art der Kochkunst abbildendes Menü, das trotz weniger kleiner Unebenheiten unsere Höchstbewertung zweifellos verdient hat. Größtes Lob auch der jungen, engagierten Servicebrigade unter der Leitung von Barbara Englbrecht, die hier bei aller Professionalität eine äußerst entspannte Atmosphäre schafft.

5

Atelier Gourmet

Rablstr. 37, 81669 München
089-487220
www.ateliergourmet.de
Mo–Sa ab 18 Uhr, So RT
Hauptgericht: 19–28 €, Menüs: 45–65 €

VISA

Freunde von unkomplizierter, aber anspruchsvoll gekochter französischer Bistroküche kommen bei Philippe Bousquet schon immer voll auf ihre Kosten. In seinem schnörkellos-schlicht gestalteten Lokal in der Rablstraße lässt der Chef klassische und durchaus raffinierte Gerichte zu moderaten Preisen kredenzen. Und wegen der feinsinnigen Zubereitungen von leichter Hand und mit Blick für die wesentlichen Dinge sowie der Verwendung guter Produkte gelingen hier auch traditionelle französische Gerichte, die vielleicht behäbig klingen, weitaus besser, als man es bei der Kartenlektüre erwarten würde. Auch die Weinempfehlungen erweisen sich zumeist als sehr stimmig und mit Bedacht gewählt. Sehr freundlicher Service; gutes Preis-Leistungs-Verhältnis!

6

Bavarie

Am Olympiapark 1
(BMW Welt München), 80809 München
089-358991818
www.feinkost-kaefer.de
Mo–Sa von 11–15 Uhr u. ab 17.30 Uhr, So von 11–15 Uhr, kein RT
Hauptgericht: 21–27 €, Menüs: 39–69 €

VISA P

Das ebenso schlichte wie stylische, im Grunde nur durch Raumteiler von den unendlichen Weiten der BMW Welt abgetrennte Brasserie-Restaurant profitiert grundlegend von der futuristischen Architektur des Gebäudes. Mit Blick in die von Stahl, Glas und Beton geprägte Halle oder durch die große Fensterfront auf den gegenüberliegenden Olympiapark werden hier schon seit Jahren zeitgemäße klassische Gerichte mediterraner, französischer und alpenländischer Art serviert, die unter der Ägide von Küchenchef Dominik Kreuzig und seinem Team mit Können und Sorgfalt auf die Teller gebracht wird. Außerdem gibt's eine kleine, aber völlig ausreichende Auswahl internationaler Weine populärer Produzenten und aufmerksamen, flinken Service.

6

Blauer Bock

Sebastiansplatz 9, 80331 München
089-45222333
www.restaurant-blauerbock.de
Di–Sa von 12–14 Uhr u. ab 18.30 Uhr, So, Mo u. Fei RT
Hauptgericht: 24–32 €, Menüs: 32–89 €

Der Name suggeriert rustikale, krachlederne Folklore, aber schon das moderne, farbenfrohe Ambiente zeigt das genaue Gegenteil. Das Team um Chef Hans-Jörg Bachmaier kocht in diesem zeitgemäßen Restaurant mit angenehm lockerer Atmosphäre seit vielen Jahren sehr konstant auf hohem Niveau. Dabei legt der erfahrene Chef den größten Wert auf sehr gute Produkte und deren unverfälschte, aber trotzdem finessenreiche Zubereitung und weniger auf besonders originelle Präsentation und Komposition. Seine Küche ist klassisch und kraftvoll, deren Stärken sind nicht Filigranität und Leichtigkeit, sondern die etwas handfestere, geschmackssatte Art. So werden nicht selten vermeintlich einfache Produkte durch gekonntes Herausarbeiten ihrer besten Eigenschaften und besonders sorgfältige Zubereitung in den Adelsstand gehoben. Und genau daran erkennt man in Hans-Jörg Bachmaier immer wieder den Witzigmann-Schüler! Engagierter, sympathischer Service; gute Weinauswahl mit Schwerpunkt Deutschland, Österreich und Frankreich.

6

Brasserie Colette Tim Raue

Klenzestr. 72, 80469 München
089-23002555
www.brasseriecolette.de
Küchenchef: Matthias Roth
Täglich ab 18 Uhr, kein RT
Hauptgericht: 18–38 €, Menüs: 39–99 €
VISA

In dem irgendwo zwischen französischem Bistro und Vintage-Style gestalteten Ambiente der Brasserie Colette im Münchner Glockenbachviertel wird eine Küche geboten, die sich größtenteils an französischen Klassikern orientiert, diese aber auf relativ moderne, allerdings nie modische Art interpretiert. Ohne Firlefanz und eigentlich fast immer mit dem gewissen kreativen Etwas. Geschmackssatt und aus guten Produkten. Im Zusammenhang mit dem gastronomischen Konzept muss man wissen, dass es sich hierbei um eine von deutschlandweit drei „Filialen“ handelt, die der umtriebige Berliner Koch Tim Raue unter seinem Namen mit den Tertianum-Seniorenresidenzen in deren Häusern in München, Berlin und Konstanz ins Leben gerufen hat.
Und dafür, dass in allen drei Outlets nicht nur ein identisches, übers Jahr öfter mal wechselndes Programm, sondern auch ein relativ einheitliches hohes Niveau geboten wird, sorgt Supervisor Steve Karlsch, ein langjähriger enger Mitarbeiter und Vertrauensmann von Raue, der hier den jeweiligen Küchenchefs vor Ort die Richtung vorgibt, die Qualität überwacht und kreative Impulse setzt. Wir mögen die Colette-Lokale sehr und schätzen die immer sehr substanzstarke, durchaus originelle, aber auch nicht zu sehr forcierte oder verkünstelte Küche, die einfach Spaß macht und traditionelle Klassiker tatsächlich mit dem gewissen Tim-Raue-Touch interpretiert, ohne dass es irgendwie gewollt oder verkrampft wirken würde.
Hier gibt's natürlich auch den einen oder anderen Klassiker, der gefühlt schon seit Anfang an in der Karte zu finden ist. Beispielsweise die (wirklich sehr gute!) Bouillabaisse, eine im Ganzen servierte Artischocke mit Crème fraîche, Petersiliendressing und pikanter Mayonnaise, die Jahrgangssardinen mit Brioche und Zitrone oder auch die fast schon legendäre „Garnele Marocain“ mit Litschi und Rose, die dem eigentlichen Stil von Tim Raue, also wie in seinem Berliner Gourmetrestaurant gekocht wird, vielleicht noch am ähnlichsten ist. Bei unserem letzten Besuch gab es daneben aber auch wieder viele neue Dinge zu entdecken.
Etwa eine Roastbeef-Vorspeise, die nicht nur wegen der wirklich sehr guten Qualität des reich marmorierten und in dünnen Streifen als rechteckige Fläche aufgelegten Fleisches voll einschlug, sondern auch wegen der ebenso puristischen wie markanten Inszenierung: kleine Perlzwiebelchen, Radieschenscheiben, Wassermelonenwürfel und Granatapfelkerne lieferten hier ein wohlproportioniert zwischen fruchtiger Süße und vegetabiler Würze ausgemitteltes Aromenspiel, das von Tupfen einer Remoulade und Jalapeño-Gel auch noch harmonischen Schmelz und einen pikanten grünen Schärfekick verliehen bekam.
Ziemlich cool auch der Foie-gras-Berliner, tatsächlich „nur“ ein kleiner Krapfen, der auf seiner Oberseite mit einer hauchdünnen Kakaoklasur eingelassen, mit einigen Jalapeño-Geltupfen appliziert und im Inneren mit einer leicht süßlichen Entenlebercreme und Endivienmarmelade gefüllt ist. Letztere brachte einen angenehmen Bitterton, aber auch eine dunkle, an Pflaume erinnernde Frucht ins Spiel, die sich mit der dezenten Schärfe der Jalapeño gut vermählte. Insgesamt fanden wir es trotzdem tendenziell etwas zu süß. Hier würde sich insbesondere der Leberpart etwas herber und herzhafter noch deutlich besser machen – und somit auch das Spiel der Gegensätze stärker forcieren.
Das schlicht als „Hummer-Clubsandwich“ annoncierte Hauptgericht aus der maritimen Sparte war mit kräuterwürzigen Pommes,

Wachtelspiegelei, pikanter Cocktailsauce im Mayo-Style und einem geschichteten Türmchen aus gerösteter Brioche, Salatstreifen, Ochsenherztomate und Hummer-Tempura eine exklusive Version von chunky Soulfood zwischen Schärfe, Süße, Würze, opulentem Schmelz sowie Frittierfettgeschmack. Und als solches auch wirklich gelungen. Einzig die Qualität des Krustentiers und seines relativ dicken, eher pastösen als knusprigen Tempuramantels überzeugte nicht wirklich, was jedoch im Gesamtkontext gar nicht so schwer wog, denn es war – pardon! – einfach „lecker".
Und allein für solche Dinge wie die formidable, rosa gebratene Entenbratwurst mit feinem Produktgeschmack ohne penetrante Würze, die als Birne-Bohne-Speck-Interpretation zusammen mit weißem Bohnenpüree, grünen Bohnen, glasierten Birnenspalten und hauchdünn-krossen Speckchips aufgeboten wurde, lieben wir Tim Raues Colette-Brasserieen. Hier war zudem eine entfernt an Teriyakisauce erinnernde Senfkörnerjus für einen süßlichen Umami-Background verantwortlich.
Einzelne Gerichte des Münchner Colette-Outlets bewegen sich schon fast am oberen Ende der 6-Pfannen-Skala. Dazu hätten wir beim letzten Besuch in jedem Fall auch die „Tarte Biscuit" gezählt, ein köstliches Schichtwerk aus Mandeleis, Rumsahne, gerösteten Mandelstiften und eben saftigem Schokoladenbiskuitboden, das ebenso unkompliziert wie raffiniert und markant unser Mahl abschloss. Wer lieber herzhaft abschließt, kann das mit französischen Rohmilchkäsesorten von Maître Philippe tun. Auf der Weinkarte dominieren konzeptgemäß die französischen Gewächse – ergänzt von den Erzeugnissen einiger weniger deutscher Winzer.

5

Brasserie Les Deux

Maffeistr. 3a, 80333 München
089-710407373
www.lesdeux-muc.de
Mo–Sa ab 12 Uhr durchgehend, So RT
Hauptgericht: 15–45 €
EC VISA

Im Erdgeschoss des markanten Spitzbaus im Schäfflerhof wird in modern-schlichtem Ambiente mit steingrauen Wänden, langer Theke und kleinen Tischen eine attraktive Küche für jeden Tag zu moderaten Preisen kredenzt. Die kommt in schicker, aber unkomplizierter Bistroatmosphäre um einiges bodenständiger daher als oben im Gourmetrestaurant – überzeugt aber trotzdem durch überdurchschnittliche Qualität: sehr gute Produkte, professionelle Zubereitung und mitunter auch etwas Raffinement – kommt doch von Entenleberpastete und Rindertatar über Pastagerichte und kreativ zusammengestellte Burger bis zu hochwertigen Steaks bester Provenienz mit klassischen Beilagen nach Wahl alles aus derselben Küche wie die Gourmetofferten und profitiert von der Expertise und dem Anspruch des Teams um Gastgeber Fabrice Kieffer. So kann selbstredend auch die Auswahl internationaler, schwerpunktmäßig französischer Weine höheren Ansprüchen genügen.

5↑

Broeding

Schulstr. 9, 80634 München
089-164238
www.broeding.de
Küchenchef: Manuel Reheis
Mo–Sa ab 18 Uhr, So RT
Menüs: 49–92 €
EC VISA P

Seit über 15 Jahren kehren wir nun schon regelmäßig in dem schlicht und schnörkellos eingerichteten und sympathisch unprätentiös geführten Gasthaus in der Nähe des Rotkreuzplatzes ein, wo es ebenso ambitioniert wie pragmatisch zugeht. In dem Gottfried Wallisch und Küchenchef Manuel Reheis mit ihrem sehr beständigen Team um die beiden Sommeliers Matthias Hegele und Broeding-Rückkehrer Nico Romano oder Servicemitarbeiter wie Michael Wendlinger-Iwan, der auch schon fast zum Inventar gehört, einem stets das Gefühl vermitteln, zu Gast bei Freunden zu sein. Und in dieser langen Zeit erlebten wir die Küche immer verlässlich und schwankungsfrei auf solidem 5-Pfannen-Niveau. Um so erstaunter

waren wir bei unserem letzten Besuch, weil eigentlich jeder Gang des allabendlich einheitlichen Menüs von dieser „Norm“ abwich und sich raffinierter, differenzierter und nuancenreicher präsentierte, als wir das bislang kannten.
Dabei hat sich das Broeding-Kulinarium noch nie über sonderlich komplizierte oder komplexe Gerichte definiert, sondern über sehr gegenständlich und schnörkellos gekochte Dinge, deren Stärke in der guten Produktqualität, dem sorgfältigen Handwerk und mitunter cleveren Akkorden liegen. Und das ist auch weiterhin so. Ein Musterbeispiel dessen war beim letzten Besuch schon das Amuse, bei dem eine saftige Scheibe geräucherter Entenbrust auf rahmigem Knollenselleriesalat von der milden ätherischen Schärfe einer Meerrettichmousse und der herben Zitrusfrucht von Zwergorange profitierte. Schlicht, aber effektiv. Und ein unkompliziert schmackhafter Einstieg.
In eine ähnliche Richtung ging es mit der Vorspeise des wahlweise bis zu sechsgängigen und für alle Gäste einheitlichen Menüs, bei dem eine große, dünne, saftige Scheibe von der Rinderbrust mit mariniertem rotem Spitzkraut, knackigen Topinamburwürfeln in Topinamburcreme sowie etwas Zuckermais auf einer eher zurückhaltend eleganten Barbecuesauce angerichtet war. Ein „Mischgericht“, das dennoch schön differenziert geschmeckt hat.
Dasselbe galt auch für ein Onsen-Ei mit gebratenen Shiitake-Pilzen unter einem schaumig-leichten, aber sehr aromatischen Bergkäseschaum, der das cremig-fleischige Vergnügen mit einem natürlichen Umami-Kick unterfütterte. Viel frische Petersilie und kleine Graubrotcroûtons bescherten diesem Soulfood-Gericht wieder mit ganz einfachen Mitteln viel Raffinesse.
Und die liegt hier oft im Detail. So wie bei der Brandade mit Cime di Rapa und Taggiasca-Oliven, die nicht einfach ein plumper Fischbrei aus Stockfisch war, sondern mit größeren festfleischigen Stücken vom Ike-Jime-geschlachteten Pollack und glasigen Garnelentranchen durchzogen war. Neben der Oliventapenade brachten hier auch die kleinen Datteltomaten, viel duftiges Basilikum und ein Tomaten-/Olivenöl-Sud jede Menge Mittelmeerflair auf den Teller – der Stängelkohl zudem eine feine, animierende Bitternote. Top!
Das Zweierlei vom Kalb im Hauptgang präsentierte sich als Tranche von der sous-vide gegarten Keule und als eher hell geschmortes, herrlich auf das Produkt und den puren Fleischgeschmack abgestelltes Ragout von der Schulter, die in Kombination mit knackig-saftiger Urkarotte, Saubohnenkernen und Pastinakencreme in unprätentiöser, aber sehr präzise und aromenklar umgesetzter Art auftraten.
Beim Käsegang um Ziegen-Robiola mit Birnenragout und einer Art Walnusstapenade war erwartungsgemäß der ausdrucksstarke Frischkäse der Star auf dem Teller, während das Dessert rund um locker-cremige Topfentarte, hervorragendes Pistazieneis mit eleganter alkoholischer Note, marinierten Orangenfilets und last but not least fermentierter Ananas, die mild und kraftvoll schmeckte und ganz ohne adstringierende Säure daherkam, vom Kompositionstalent und sorgfältigen Handwerk der Küchencrew lebte.
Dazu gibt's immer attraktive glasweise Weinempfehlungen – ausschließlich aus Österreich und stets kurzweilig vorgestellt – die zuletzt von Polz' Grauburgunder „Grassnitzberg“ (Rinderbrust mit Spitzkraut) bis zum burgenländischen Blaufränkisch von Moric zum Zweierlei vom Kalb im Hauptgang reichten und hier einfach zum Gesamterlebnis gehören. Wenngleich das Team aber auch veritable alkoholfreie Alternativen in petto hat …

Fast & SLOW

Burger House

Gollierstr. 30, 80339 München
089-20183956
www.theburgerhouse.com
Täglich ab 11 Uhr durchgehend, kein RT

Klassische und kreativ zusammengestellte Burger aus hochwertigen, frischen Zutaten wie 100 % bayerischem Rindfleisch oder Buns und Saucen nach eigenen Rezepturen.

Fast & SLOW

Burger House

Ismaninger Str. 5, 81675 München
089-92586552
www.theburgerhouse.com
Mo–Fr von 12–15.30 Uhr u. ab 17 Uhr, Sa ab 12 Uhr durchgehend, So ab 13 Uhr durchgehend, kein RT

Klassische und kreativ zusammengestellte Burger aus hochwertigen, frischen Zutaten wie 100 % bayerischem Rindfleisch oder Buns und Saucen nach eigenen Rezepturen.

Fast & SLOW

Burger House

Jahnstr. 30, 80469 München
089-46227289
www.theburgerhouse.com
Mo–Fr von 11.30–15.30 Uhr u. ab 17.30 Uhr, Sa ab 12 Uhr durchgehend, So ab 13 Uhr durchgehend, kein RT

Klassische und kreativ zusammengestellte Burger aus hochwertigen, frischen Zutaten wie 100 % bayerischem Rindfleisch oder Buns und Saucen nach eigenen Rezepturen.

Fast & SLOW

Burger House

Plinganserstr. 37, 81369 München
089-76776630
www.theburgerhouse.com
Mo–Fr ab 11.30 Uhr durchgehend, Sa u. So ab 13 Uhr durchgehend, kein RT

Klassische und kreativ zusammengestellte Burger aus hochwertigen, frischen Zutaten wie 100 % bayerischem Rindfleisch oder Buns und Saucen nach eigenen Rezepturen.

Fast & SLOW

Burger House

Theresienstr. 60, 80333 München
089-44384377
www.theburgerhouse.com
Mo–Fr von 11.30–15.30 Uhr u. ab 17.30 Uhr, Sa u. So ab 12 Uhr durchgehend, kein RT

Klassische und kreativ zusammengestellte Burger aus hochwertigen, frischen Zutaten wie 100 % bayerischem Rindfleisch oder Buns und Saucen nach eigenen Rezepturen.

Fast & SLOW

Burger House

Siegfriedstr. 14, 80803 München
089-37413034
www.theburgerhouse.com
Mo–Fr von 11.30–15.30 Uhr u. ab 17:30 Uhr, Sa ab 12 Uhr durchgehend, So von 13-21 Uhr, kein RT

Klassische und kreativ zusammengestellte Burger aus hochwertigen, frischen Zutaten wie 100 % bayerischem Rindfleisch oder Buns und Saucen nach eigenen Rezepturen.

Fast & SLOW

Burger House

Truderinger Str. 276, 81667 München
089-45108086
www.theburgerhouse.com
Täglich ab 11 Uhr durchgehend, kein RT

Klassische und kreativ zusammengestellte Burger aus hochwertigen, frischen Zutaten wie 100 % bayerischem Rindfleisch oder Buns und Saucen nach eigenen Rezepturen.

Fast & SLOW

Burger House

Leonrodstr. 27, 80339 München
089-20183956
www.theburgerhouse.com
Mo–Fr von 11.30–15.30 Uhr u. ab 17:30 Uhr, Sa u. So ab 12 Uhr durchgehend, kein RT

Klassische und kreativ zusammengestellte Burger aus hochwertigen, frischen Zutaten wie 100 % bayerischem Rindfleisch oder Buns und Saucen nach eigenen Rezepturen.

Bezahlkarten-Symbole

- Mastercard
- EC-Maestro
- Diners
- American Express
- VISA Visa

Fast & SLOW

CA-BA-LU Bar

Thierschplatz 5,
80538 München
089-94508840
www.ca-ba-lu.de
Mo–Fr von 12–14 Uhr u. ab 18 Uhr,
Sa ab 18 Uhr, So RT

Mittelamerikanische und asiatisch inspirierte Vorspeisen und Snacks, weltoffene Burger-Varianten aus hochwertigen, frischen Zutaten und Flanksteaks vom Grill.

Das Luitpold

Brienner Str. 11, 80333 München
089-2428750
www.cafe-luitpold.de
Di–Sa ab 8 Uhr durchgehend,
So u. Mo 9–18.30 Uhr, kein RT
Hauptgericht: 15–35 €, Menüs: 30–75 €

VISA

Das weitläufige Café und Bistro mit Confiserie und Bäckerei ist ein beliebter Platz in Münchens Innenstadt, wenn unkomplizierte, aber doch anspruchsvolle Rundumbewirtung gefragt ist. Von Kaffee und Kuchen über kleine Snacks bis zur ambitionierten Bistroküche gibt es hier eine große Bandbreite in guter Qualität, die dafür sorgt, dass immer viel los und die Atmosphäre entsprechend lebhaft ist. Weiterhin gilt auch: Die kulinarischen Ambitionen der Betreiber sind nicht nur an den Douceurs aus der hauseigenen Confiserie zu erkennen, sondern werden auch schon beim Blick in die Speisekarte deutlich. Die Zubereitungen sind teils recht einfach gehalten – gekocht wird frisch, schnörkellos und schmackhaft. In der Weinkarte findet man gute Tropfen namhafter Erzeuger und auch alkoholfreie Alternativen wie die sehr guten hausgemachten Limonaden.

6

DÉLICE La Brasserie

im Sofitel Hotel Munich Bayerpost
Bayerstr. 13, 80335 München
089-599480
www.delice-la-brasserie.de
Täglich ab 11 Uhr durchgehend,
kein RT
Hauptgericht: 16–52 €

VISA P

Die beiden Gasträume, in die sich das Restaurant DÉLICE La Brasserie im luxuriösen Münchener Sofitel Bayerpost direkt beim Hauptbahnhof aufteilt, könnten unterschiedlicher nicht sein: Hier ein sehr hoher, heller Raum in elegantem Bistrostil, dort ein sehr dunkler Raum mit Clubatmosphäre, niedriger Decke, dekorativen Weinregalen. Und seit diesem Jahr ist auch die Küche irgendwie zweigeteilt. Während früher mittags und abends die gleiche Speisekarte einen sehr klassischen und unverkünstelten, aber ob seiner starken Substanz nicht uninteressanten Stil offeriert hatte, wird jetzt zumindest hinsichtlich der Produktauswahl stärker zwischen Lunch und Dinner differenziert – gekocht wird aber jeweils mit dem gleichen Qualitätsanspruch.
Und der wird hier regelmäßig schon beim Brot deutlich, das in drei Varianten (besonders gut: das dunkle Walnussbaguette!) nebst subtil mal mit Senf und mal mit Nussbutter abgeschmeckter Butter und einem Kräuterquark von der besseren Sorte gereicht wird. Und woran könnte man die Güte eine Küche besser erkennen als an Saucen und Suppen? So überzeugte etwa die Zitronengrassuppe mit klarem, unverfälschtem Aroma, die ganz schlicht nur mit frischem Koriander und etwas Chili gewürzt war und gute, schön glasig-knackige Garnelen intus hatte, trotz ihrer etwas dünnen Substanz.
Ein Risotto steht hier eigentlich immer in saisonaler Variante auf der Karte, mal herbstlich, etwa mit Steinpilzen, mal eher frühlingshaft. Und recht viel besser kann man sich einen Risotto im Grunde auch nicht wünschen als die hier in dunkelgrün-kräuterherber Frühlingsvariante gebotene Version mit festem, aber überhaupt nicht hartem, grießigem Risottoreis und einer geschmeidig-cremigen Konsistenz, in der nicht nicht zu viel Parmesan für Schmelz und Umami sorgte. Bei den mit einer Farce auf Ricottabasis gefüllten Rote-Bete-Ravioli in entsprechendem Sud sorgten kleine Würfel von Blauschimmelkäse für herzhafte Würze und Schmelz, aber der Teller blieb ansonsten etwas

breit und flach – beim Lachs mit Erbse und Spargel indes setzte das Team mit Grapefruit frische, säuerliche Akzente, die das Ensemble attraktiv auflockerten.
Prinzipiell kommt es dem Team klar erkennbar auf den unverfälschten Geschmack guter Produkte an, wie auch die von einem eleganten Fond und aromatischen Oliven begleiteten Artischocken (gebraten und als Creme) verdeutlichen, die es zu gebratenen Garnelen gab. Die saftig- zarte Brust vom Kikok-Huhn mit zweierlei Urkarotte (geröstet und als Püree), Brunnenkresse und Morcheln, bei dem vor allem die feine Jus begeisterte, die zwar mit kraftvollen Aromen auftrumpfte, aber sonst von eher leichter, nicht zu stark reduzierter Beschaffenheit war – und damit einen perfekten Begleiter für das feine Geflügelfleisch darstellte. Wem der Sinn eher nach Beef steht, der bekommt mit pommerschem Entrecôte, amerikanischem Flanksteak oder französischem Filet vom Charolais-Rind sehr gute Qualitäten mit klassischen Beilagen nach Wahl.
Von Eleganz und Purismus war schließlich auch das Dessert gezeichnet, das mit glasierten Grapefruit-filets, einem nicht zu süßen und dabei schön puren Kokoseis und leichtem Thymian-/Honig-Sud ein feiner Abschluss war. Für den herzhaften Abschluss stehen Rohmilchkäse mit diversen Chutneys und Früchtebrot zur Auswahl. Und Wein ist hier nicht nur zur Dekoration ein Thema: Die Karte offeriert selbst im glasweisen Ausschank gute Qualitäten.

6

Ederer

Lindwurmstr. 48, 80337 München
089-74747928
www.restaurant-ederer.de
Di–Fr von 12–14 Uhr u. ab 18 Uhr, Sa ab 18 Uhr, So u. Mo RT
Hauptgericht: 20–30 €
VISA

Solche Lokale wie das von Altmeister Ederer nahe der Theresienwiese sind ganz nach unserem Geschmack. Das Lokal selbst schlicht und unprätentiös, aber stilvoll und gepflegt; die Küche ebenfalls schlicht und unprätentiös, aber anspruchsvoll und auf qualitativ hohem Niveau. Klar: Karl Ederer, den es nach seinem Schlussstrich im Ederer in den Fünf Höfen nicht allzu lange im Unruhestand gehalten hat, kann hervorragend kochen und weiß, was für gute Küche relevant ist und was eben nicht. Auf die blanken Holztische kommen völlig uneitle, gegenständliche, substanzstarke Gerichte mal mediterraner, mal regionaler Prägung – nie mit überflüssigem Firlefanz, aber immer mit dem gewissen Etwas. Dazu eine ansprechende internationale Weinauswahl, moderate Preise und gastfreundliche Öffnungszeiten!

7

Essence

Gottfried-Keller-Str. 35, 81245 München
089-80040025
www.essence-restaurant.de
Küchenchef: Sascha Bulander
Di–Fr von 12–15 Uhr u. ab 18 Uhr, Sa u. So ab 18 Uhr, Mo RT
Menüs: 69–95 €
VISA P

Etwas unscheinbar liegt das Restaurant Essence im Erdgeschoss einer neugebauten Wohnsiedlung außerhalb des Zentrums im Stadtteil Pasing. Schon im vergangenen Jahr lobten wir die unaufgeregte und versierte Küche, damals noch unter Leitung von Sven Gerlach, der mittlerweile den Chefposten an Sascha Bulander abgegeben hat, den wir noch aus seiner Zeit im Hotel Alpenkönig in Oberstaufen kennen. Und auch in diesem Jahr fühlen wir uns gut aufgehoben in Pasing – kulinarisch durch die moderne Umsetzung klassischer Geschmacksbilder und gastronomisch durch den warmherzigen und erfreulich unaffektierten Service unter der Leitung von Christiane Asadur und Florian Werbus.
Der erste Gang unseres Menüs besteht aus kalt serviertem weißem Spargel, Sauce Soubise und Rucola: Der Spargel ist schön knackig gegart und die Sauce Soubise, eine französische Sauce aus Schmelzzwiebeln, comme il faut leicht süßlich, cremig und zart würzig. Der Rucola findet sich in Form einer Eisnocke und eines grünen

Schwamms auf dem Teller – Letzterer eine Art luftig gebackener und gezupfter Biskuit, der leider recht schnell matschig ist. Auch das recht muffige Rucola-Aroma (trifft auch auf das Eis zu) haut uns nicht vom Hocker. Ganz hervorragend ist jedoch die Vinaigrette aus fermentiertem Spargelsaft, der sich von frischem Spargel in etwa unterscheidet wie ein guter Wein von einem guten Traubensaft: weniger expressiv, aber lang anhaltender, tiefgehender und komplexer. Selten erleben wir derart große Schwankungen – von großartig bis enttäuschend – auf einem Teller.

Zum Glück lassen Bulander und sein Team das Enttäuschende ab jetzt links liegen und schicken eine herrlich grasige Erbsengazpacho mit Granny Smith und fein gewürfelter Jakobsmuschel. Die Suppe ist wunderbar abgeschmeckt, wir vermuten mit Gurke, Olivenöl, Essig und Basilikum. Auf ein höheres Niveau könnte man das Gericht allenfalls noch heben, wenn man der Jakobsmuschel, die hier eher als Texturgeber fungiert, noch mehr Platz ließe. Sehr gut passt dazu ein Grüner Veltliner aus der kompakten Weinkarte, die neben großen populären Häusern wie Louis Jadot auch ein paar Überraschungen wie das junge aufstrebende Weingut May aus Franken oder das alteingesessene und zurzeit wieder aufstrebende Weingut Hermannsberg von der Nahe beinhaltet.

Noch besser ist im Anschluss ein Gang rund um geschmorte Keule und gebratene Brust von der Wachtel, denen eine Mousseline aus Egerlingen und ein Ragout aus kleinen knackigen Sellerie- und Karottenwürfeln zur Seite stehen. Die Wachtel ist perfekt gegart, die Brust mit krosser Haut, die Keule herrlich zart. Die Pilzcreme zeigt sich klar und reintönig, wenn auch nicht ganz fein passiert. Besonders angetan sind wir von der dichten, konzentrierten Fleischjus, die unglaublich intensiv ist und die Zunge belegt, ohne dabei klebrig oder leimig zu sein.

Leider ist der Heilbutt im Hauptgang stark übergart, was der aufmerksame Service wohl schon an unserem lustlosen Stochern erkennen kann und unumwunden Ersatz anbietet. Der steht keine zehn Minuten später vor uns – diesmal mit perfekt auf den Punkt gebrachtem, wunderbar saftigem Fisch. Und besticht überdies durch klar herausgearbeitete Aromen von grünem Spargel, einem Püree aus sanft gegartem Blumenkohl und goldbraune Röschen von heiß angeröstetem Blumenkohl. Eine sehr gute leichte Schaumsauce und würzige Chips aus lila Kartoffeln komplettieren einen kurzweiligen Teller, der im zweiten Anlauf wirklich hohes Niveau hatte.

Nicht ganz mithalten kann da das Dessert von Heu, Roter Grütze und Pumpernickel. Zwar ist das Milcheis mit Heu reizvoll vegetabil, und eine Pumpernickelcreme bringt eine schön herbe salzige Note ein, die ein guter Gegenspieler für die Rote Grütze ist. Jedoch leidet das Gesamtbild unter einer gewissen Schwere, die vor allem durch die etwas plumpe Rote Grütze und eine Mascarponeschnitte hervorgerufen wird, die sich nicht so wirklich geschmeidig ins Geschehen einfügen will. Durchaus schmackhaft, aber deutlich einfacher gestrickt als etwa der Wachtelgang oder die Erbsensuppe.

Alles in allem haben wir jedoch ein sehr überzeugendes Menü genossen. Bulander und seinem Team gelingt es, authentische Geschmacksbilder einzufangen und sie mit gutem – und bei den Saucen sogar hervorragendem! – Handwerk zu untermalen. Kleinere Wackler wie die nicht ganz zu Ende gedachten Spielereien bei der Vorspeise, eine etwas stückige Mousseline, ein suboptimaler Garpunkt und ein recht einfach gestricktes Dessert können uns jedoch nicht davon abhalten, die Küche heuer wieder um eine halbe Pfanne aufzuwerten. Denn das Gesamtkonstrukt stimmt hier allemal, und wir stellen in vielen Komponenten eine aromatische Tiefe und Ausgewogenheit fest, wie man sie nur von echten Könnern ihres Fachs kennt.

9

EssZimmer

Am Olympiapark 1
(BMW Welt München), 80809 München
089-358991814
www.feinkost-kaefer.de/esszimmer-muenchen
Küchenchef: Bobby Bräuer
Di–Sa ab 19 Uhr, So u. Mo RT
Menüs: 150–195 €

EC VISA P

Bobby Bräuers EssZimmer ist mit Sicherheit eines der prunkvollsten Restaurants des Landes. Architektonisch spektakulär hängt der verglaste Gastraum wie ein Krähennest unter dem Dach der BMW Welt und bietet seinen Gästen Ausblick über den Showroom und den Hauptsitz des Autobauers sowie über einen Teil der bayerischen Landeshauptstadt. Überraschend gemütlich ist es hier oben, was nicht selbstverständlich ist, wenn man den futuristisch verchromten Stil des Gebäudes kennt. Das ist zum einen der wohnlichen Einrichtung zu verdanken, aber nicht zuletzt auch dem charmanten Service um Maître und Sommelier Frank Glüer, der uns hier stets sehr souverän mit Fachwissen und Witz durch den Abend führt.
Den Anfang macht beispielsweise ein sehr guter Winzer-Champagner vom kleinen Familienbetrieb Pouillon. Auch die dazu gereichten Apéro-Snacks können auf Anhieb überzeugen: Am besten gefällt uns ein herrlich klares und reintöniges Petersiliensüppchen und ein „Carbonara-Chip" mit pochiertem Wachtelei, Käsecreme und gekochtem Schinken, der von spannenden Texturen und punktgenauem Abschmecken lebt.
Für den ersten Gang hat Bobby Bräuers Team eine Foie-gras-Mousse in Trüffelform gebracht und mit Krümeln des Edelpilzes aus dem Périgord ummantelt. Begleitet wird der Leber-Trüffel von Haselnüssen – geröstet, als Creme und als Nougat – sowie von Champignons und ein paar Blättern Frisée. Ein handwerklich erstklassiger Gang, der mit noch weniger Süße und mehr Bittersalaten womöglich sogar noch einen Zahn zulegen könnte.
Weiter geht es mit Skrei von den Lofoten nebst Mairübchen, wildem Spargel und der exotisch-pikanten Würze von Anapurna-Curry. Was hier in einem ersten kurzen Moment etwas plump wirkt, entpuppt sich dann schnell als äußerst komplexes und fein ausbalanciertes Geschmacksbild. Die Schärfe des Currys, die deutlichen Röstaromen des gegrillten Spargels sowie die knackige und typischerweise zart kohlige Mairübe: alles greift perfekt ineinander und schmeckt dann doch erfrischend neu und ungeahnt fein.
Noch besser ist der darauffolgende Fischgang mit Saint-Pierre, Belugalinse, Estragon, Fenchel und Taggiasca-Olive. Der Fisch ist von hervorragender Qualität, bissfest und schneeweiß. Die exzellente, schaumige und fast schon medizinal-kräutrige Estragonsauce gibt dem Ganzen Tiefe und Süffigkeit und die dezent eingesetzten Oliven sorgen für ätherische Würze. Der unscheinbare Clou sind hier aber die Linsen, die „al dente" gegart wunderbar nussig schmecken und so auch für reizvollen Biss sorgen. Großartig!
Der Hauptgang schließlich rückt einen für die Spitzengastronomie raren Protagonisten in den Mittelpunkt: die Kalbshaxe. Das Stück Fleisch ist perfekt irgendwo zwischen zart und bissfest gegart und bringt viel tierischen Eigengeschmack auf den Teller. Dazu liiert das Team lediglich eine sehr gute Jus, ein paar kleine Pfifferlinge und eine Art Hachis Parmentier mit Kalbskopf. In dem Ambiente eines modernen Spitzenrestaurants mutet dieser Gang fast schon provokant an, da er mit Aromen spielt, die denen aus der rustikalen Wirtshausküche gar nicht so fern sind. Aber natürlich ist hier alles sehr viel feiner gearbeitet und solch eine Fleischqualität wird man im Wirtshaus vergeblich suchen. Optimierte Rustikalität par excellence!
Die Weinkarte des Esszimmers ist reich bestückt und bietet sowohl Klassiker – die richtigen und nicht die protzigen wohlgemerkt! – wie Jacques Selosse oder Armand Rousseau, als auch die Gewächse aufstrebender dynamischer Winzer wie Eva Fricke oder Pierre Amiot. Den Saint-Pierre beispielsweise begleitet ein Sauvignon Blanc „Zieregg" vom Weingut Tement.
Der Käsegang mit Blue Stilton, Aprikose, Mandel und Vintage Port sagt uns ebenfalls zu, besonders deshalb, weil er nicht zu sehr ins Süßliche tendiert und weil qualitativ sehr guter Blauschimmelkäse zum Einsatz kommt. Das zweite Dessert aus Dattel, Pistazie, Orangenblüte und Kakaobohne kommt zwar deutlich verspielter als der Käsegang daher, begeistert aber mit einem feinen Wechselspiel zwischen floralen und gewürzigen Aromen, zwischen samtigem Datteleis und röschem Pistaziengebäck. Genial präsentiert sich dazu eine 1985er Trockenbeerenauslese vom Weingut Frey, die auch nach 35 Jahren noch straff und saftig im Glas steht.
Im Esszimmer gelingen an diesem Abend gleich mehrere Spagate. Die Architektur ist pompös und die Stimmung doch so heimelig. Die Gerichte sind aufregend und dabei vollkommen unaufgeregt. Sie sind erfrischend modern und doch versucht hier niemand das Rad neu zu erfinden. Das überlassen Bobby Bräuer und sein Team dann nämlich ganz entspannt den Automobilkollegen einige Stockwerke weiter unten.

7

Gabelspiel

Zehentbauernstr. 20,
81539 München
089-12253940
www.restaurant-gabelspiel.de
Küchenchef: Florian Berger
Di–Sa ab 18 Uhr, So u. Mo RT
Menüs: 95–135 €
EC VISA P

Man spürt in dem unscheinbaren Giesinger Lokal, dass Sabrina und Florian Berger sich viel selbst erarbeitet und ihr Gabelspiel vor einigen Jahren ohne große Finanzspritze auf die Beine gestellt haben. Der Guéridon sieht eher nach Ikea als nach Designerstück aus und auch sonst wirkt hier vieles eher pragmatisch als glamourös. Und um gleich Missverständnissen vorzubeugen: Uns stört das keinesfalls, und es trübt auch nicht im Geringsten die Atmosphäre. Ganz im Gegenteil, es unterstreicht die nahbare Herzlichkeit des Restaurants und zeigt, dass man sich hier ohnehin lieber um das kümmert, was auf den Tisch kommt.
Und das strotzt vor Professionalität, wie schon die ersten Kleinigkeiten zeigen. Am besten gefällt uns dabei ein frittiertes rabenschwarzes Bällchen mit surrealer Optik, das außen kross und extrem luftig ist und innen mit einer sämig-süffigen Pilzcreme besticht. Ebenfalls sehr überzeugend ist ein Lassi mit Jogurt, Magnolienessig und Johannisbeerstrauchöl, das aus den verholzten Zweigen gewonnen wird.
„Don't call it scallop" heißt der nächste Gang, der ganz ohne scallop – sprich: Jakobsmuschel – auskommt, sondern für den eine Nashi-Birne mehrmals abwechselnd eingefroren und wieder aufgetaut wurde, was ihr eine ungewöhnliche Konsistenz gibt, die an die der Muschel erinnern soll. So ganz nachvollziehen können wir diese Assoziation zwar nicht, was aber auch nicht weiter stört, da die Birne eine spannend mürbe Textur hat und sehr gut von knackig-grasigen Erbsen und einer leichten Vinaigrette umspielt wird. Ein ansprechender Gang, der auch ganz ohne Jakobsmuschel überzeugen kann.
Für den nächsten Gang haben Küchenchef Florian Berger und sein Team eine Seeforelle nur von einer Seite scharf angebraten, wodurch der Fisch im Kern bewusst roh bleibt. Wirklich ansprechen will uns diese Technik nicht, da der Fisch auf die Art und Weise eben nicht nur roh bleibt, sondern gleichzeitig lauwarm ist, was ihm eine mürbe, breiige Textur gibt und sein Aroma offenbar völlig untergräbt. Sehr gute Beilagen retten das Ganze aber dennoch: Ein Sud aus Räucherfisch, in dem wir Leinsamen vermuten, ergibt gemeinsam mit dezentem Einsatz von Sellerie ein schönes Spiel von rauchigen, getreidigen und mildwürzigen Noten, und Apfel steuert zudem eine gut harmonierende Frische bei. Mit einem überzeugenderen Hauptdarsteller könnte hier aus einem guten ein sehr guter Teller werden!
Deutlich stringenter ist ein Gang mit Tropeazwiebel, Aubergine und Lauch, bei dem ein großes Stück Aubergine saftig und mit Bedacht gegart ist, sodass das Gemüse noch einen guten Biss hat. Dazu gibt es zwei Cremes, eine süßliche aus der Tropeazwiebel und eine umamibeladene Variante aus hellem Miso. Der Clou ist hier jedoch eine sehr intensive und vielschichtige Lauchjus, die so manche Demi Glace in den Schatten stellt.
In höchsten Tönen loben können wir zudem alles, was Gastgeberin Sabrina Berger anstellt. Herzlich und keck an unserem Tisch, etwas ruhiger am Nachbartisch, wo es einem älteren Paar ganz offensichtlich nach weniger Schwung zumute ist. So stimmt man hier ganz ohne Servicedogmen Gäste sämtlichen Schlags zufrieden. Und leistet ganz nebenbei noch einen wichtigen Beitrag, die Schwellenangst abzubauen, die hierzulande vor ambitionierten Restaurants leider immer noch herrscht.
Und auch die Küche legt zum Hauptgang mit rosa gebratenem Rind, Paprika und Chorizo nochmal einen Zahn zu. Das Rind ist zart auf den Punkt gegart und hat einen recht klaren fleischigen Geschmack ohne Reifearomen. Dazu passen eine süßlich geschmorte kleine Spitzpaprika und ein Paprikacracker ganz hervorragend, und auch die klassische Sauce auf Knochenbasis, die auf dem Teller ein wenig mit Chorizo-Öl besprengelt wurde, ist vorzüglich. Großartig wirkt hier der dezente Einsatz von Kapern, die wie ein Nebel über dem gesamten Teller schweben und viel geschmackliche Tiefe beisteuern. Durch die Schärfe der Chorizo ist

das unterm Strich ein durchaus mutiger Gang und für uns das Highlight des Abends.
Großartig ist an dieser Stelle auch die Sommelière, die zum Rind einen maischevergorenen Grauburgunder auftischt, der dieses Gericht besser begleitet als jeder Premium-Pinot-Noir es könnte, da er – kühl serviert – die Schärfe der Chorizo einfängt und durch seine rotweinähnliche Fülle genug Kraft hat, um gegen die dunkle Fleischjus zu bestehen.
Aus der Pâtisserie schickt Florian Berger ein sehr gutes Milcheis mit Brombeeren und einer würzig-blumigen Veilchencreme, dazu gibt es ein paar vollreife und sehr aromatische Brombeeren: alles in allem ein rundes Dessert, das erfrischend lässig daherkommt und besonders durch die äußert cremige Textur des Eises punktet. Im Glas gibt es dazu roten Tawny-Port, was ebenfalls nicht gerade die alte Schule ist, hier aber ganz hervorragend passt.
Wer einen Gourmettempel sucht, in dem man sich mit Anzug und Krawatte ein Stopfleberchen und eine Flasche Oldschool-Bordeaux genehmigen kann, der geht besser woanders hin. Doch wer sich nicht daran stört, dass Sabrina Berger und ihr wunderbares Serviceteam weder bei Ein- und Ausheben der Teller und Gläser in glatter Hotelfachschul-Perfektion die Hand hinter den Rücken nehmen, noch ein Blatt vor den Mund nehmen, der ist hier goldrichtig. Und wer dann auch noch unverkopfte, aber raffiniert gekochte Gerichte wertschätzen kann, der erst recht!

5

Galleria

Sparkassenstr. 11 / Ecke Ledererstr., 80331 München
089-297995
www.ristorante-galleria.de
Täglich von 12–14.30 Uhr u. ab 18 Uhr, kein RT
Hauptgericht: 24–29 €

Das charmant verwinkelte Lokal von Maria Grazia De Luca und Andrea Pomiato Colesso, das mit Herzen in allen möglichen Farben und Formen dekoriert und auch sonst mit allerhand Accessoires ausstaffiert ist, gehört zu den gastronomischen Klassikern in der Innenstadt. Mit seiner durchaus einfallsreichen und bisweilen auch kreativ interpretierten Italianità lockt der Chef schon seit mehr als zehn Jahren die Gäste hierher. Die Vorspeisen und Zwischengerichte sind oftmals Eigeninterpretationen mit originellem Twist, die Hauptgänge nicht selten etwas klassischer gefasst. Gastgeberin Maria Grazia De Luca hat zur Küche ihres Lebensgefährten stets auch die passenden Weinbegleiter glasweise parat.

Fast & SLOW

Hamburgerei

Brienner Str. 49, 80333 München
089-20092015
www.hamburgerei.de
Mo–Fr von 11.30–14 Uhr u. ab 17.30 Uhr, Sa u. So von 12–15 Uhr u. ab 17.30 Uhr, kein RT

Kreative Burger-Varianten aus hochwertigen Produkten teils regionaler Herkunft und hausgemachte Saucen.

Fast & SLOW

Hamburgerei

Einsteinstr. 106, 81675 München
089-45079962
www.hamburgerei.de
Mo–Fr von 11.30–14 Uhr u. ab 17.30 Uhr, Sa u. So von 12–15 Uhr u. ab 17.30 Uhr, kein RT

Kreative Burger-Varianten aus hochwertigen Produkten teils regionaler Herkunft und hausgemachte Saucen.

Fast & SLOW

Hamburgerei

Feilitzschstr. 12, 80802 München
089-244126744
www.hamburgerei.de
Mo–Fr von 11.30–14 Uhr u. ab 18 Uhr, Sa u. So ab 11.30 Uhr durchgehend, kein RT

Kreative Burger-Varianten aus hochwertigen Produkten teils regionaler Herkunft und hausgemachte Saucen.

6

Hippocampus

Mühlbaurstr. 5, 81677 München
089-475855
www.hippocampus-restaurant.de
Di–Fr u. So von 12–15 Uhr u. ab 18.30 Uhr, Sa ab 18.30 Uhr, kein RT
Hauptgericht: 26–31 €, Menüs: 39–79 €
VISA

Mit seinem markanten Mosaik-Marmorboden, der halbhohen dunklen Holzvertäfelung an den Wänden und einer charmanten Patina ist das Ambiente des Hippocampus ebenso originell wie die Küche von Cosimo „Mimmo" Ruggiero, der hier seit vielen Jahren für die einfallsreiche Cucina casalinga auf Feinschmeckerniveau verantwortlich zeichnet. Der Chef gehört zu den etablierten und souveränen Könnern in der Landeshauptstadt, muss niemandem mehr etwas beweisen und fühlt sich nur dem guten Geschmack verpflichtet. Schnörkellos, aromenstark und mit bodenständiger Finesse kommen seine Gerichte daher – die typischen Gourmetattitüden und -stilmittel findet man auf den Tellern ebenso wenig wie konventionelle Langeweile. Seine Italianità ist zwar kompromisslos authentisch, aber eben alles andere als traditionell.

6

Huber

Newtonstr. 13, 81679 München
089-985152
www.huber-restaurant.de
Küchenchef: Michael Huber
Di–Sa ab 18.30 Uhr (im Sommer auch von 11.30–14 Uhr), So u. Mo RT
Hauptgericht: 33 €, Menüs: 79–125 €
VISA

Das Restaurant Huber liegt ein wenig versteckt in einer unscheinbaren Seitenstraße zwischen Wohngebiet und Busbahnhof östlich des Englischen Gartens. Drinnen ist das Lokal schlicht, aber durchaus stilvoll eingerichtet, mit sattem Rot und Schwarz in Kontrast zu den weißen Wänden, mit hellem Holz und weingefüllten Glasvitrinen. Sandra und Michael Huber führen das Restaurant nun schon seit gut zehn Jahren sehr engagiert und bringen hier eine anspruchsvoll unkomplizierte, klare „unverkopfte" Küche auf die Teller.

Den Auftakt machen bei unserem letzten Testbesuch neben einem Winzersekt von Bassermann Jordan gutes Baguette und Schüttelbrot, die knäckebrotartige Südtiroler Fladenbrot-Spezialität mit Kümmel. Gut passen dazu eine Gewürzbutter, eine Frischkäsecreme mit Paprika und Griebenschmalz. Das Zeug zum Aushängeschild hat die Weinkarte, die nicht nur spannende gereifte Gewächse bietet, sondern überaus fair kalkuliert ist. Ein 2006er Scharzhofberger Kabinett von Egon Müller kostet zum Beispiel philanthropische 48 €, etwas mehr als die Hälfte seines aktuellen Marktpreises. Wir haben uns inzwischen für ein 5-Gang-Menü entschieden, schnabulieren davor aber noch brav unser Amuse-Gueule: gegrillte, kühle Zucchini mit dezenten Raucharomen, cremige Burrata und gehobelter Bottarga. So simpel, so gut und so schnell ausgelöffelt.

Weiter geht es mit Thunfischtatar, Sesamcreme, Avocado und Shiso. Hier gefällt uns erneut die stimmige Komposition, denn die Liaison mit Avocado und Sesam ist erwartungsgemäß schlüssig und auch die Shisoblätter dienen nicht bloß zur Deko, sondern ergänzen mit ihrer krautig-ätherischen Nussigkeit und Schärfe die Cremigkeit der Avocado trefflich. Der Thunfisch ist zudem von guter Qualität und hat keine metallischen oder fischigen Aromen, für die dieses Produkt bei roher Darreichungsform oft anfällig ist.

Nicht ganz so begeistert sind wir vom nächsten Gang, der als „Agnolotti, Mais, Périgordtrüffel, Belper Knolle" auf der Karte steht. Denn leider

gehen hier gleich zwei der Hauptbestandteile völlig unter. Weder die Périgordtrüffel noch die Belper Knolle, eine pfeffrige Schweizer Hartkäsespezialität, lässt sich geschmacklich wirklich klar ausmachen. Selbst als wir sämtliche Trüffelscheiben des Tellers zusammenschieben und auf einem einzelnen Agnolotto platzieren, vernehmen wir allenfalls einen leichten Pilzton, nicht aber die charakteristische erdige Tiefe der Périgordtrüffel. Das bestätigt wieder eine alte Regel: Das Verschwenderischste, was man mit Luxusprodukten machen kann, ist sparen. So haben wir es immerhin mit einem soliden Pastagang zu tun, bei dem auch der gepuffte Mais gut ins Bild passt.
Doch es geht es gleich wieder bergauf! Skrei, Fenchel und Miso kommen im tiefen Teller als sehr gutes, napfiges Gericht daher, und alle Aromen sind hier gut herausgearbeitet: Auf einem zarten (und ziemlich kleinen) Stück des Winterkabeljaus thront eine Tranche vom gegarten Fenchel und drum herum fließt eine aufgeschäumte Sauce mit Miso und – so vermuten wir – Nussbutter. Ein schöner und klar strukturierter Gang, der allenfalls mit einem etwas größer proportionierten Stück Fisch noch an Zugkraft gewinnen würde.
Noch stärker ist der Hauptgang: Lamm, Navetten, Cipollini. Zwei großzügige Rückenstücke prunken auf dem Teller, dazu lediglich gegarte Navetten in mehreren Texturen und einige saftige Cipollini, die Perlzwiebeln ähneln. Das Lamm ist von sehr guter Qualität und perfekt auf den optimalen Garpunkt gebracht: kein grauer Rand mit hellrotem Kern, sondern ein gleichmäßiges Rosa. Auch die Kruste, in der wir Rosmarin vermuten, ergibt Sinn, da sie den von Natur aus nach dem Garen etwas plumpen Navetten nochmal das Mittelmeer um die Ohren haut. Großartig ist auch die Fleischjus aus Lamm- und Kalbsknochen. Michael Huber lässt es sich nicht nehmen, die sorgsam einreduzierte und mit Cipollini gepimpte Sauce persönlich am Tisch aus einer Kupfersauteuse auf unsere Teller zu löffeln. Ein grandioser Gang, der sich traut, unkompliziert zu sein!
Auch das Dessert aus Moro-Orange, Mandel, Frischkäse und Agoureleo gefällt uns gut, da es mit wenigen, klaren Aromen punkten kann. Die Moro-Orange, eine süditalienische Sorte zwischen Orange und Blutorange, kommt als bittersüßes Granité auf einem Küchlein aus Frischkäsemousse mit Mandelkuchenboden – dazu gibt es knackige Florentiner und einen Sud aus Orangen mit einigen frischen Stücken des Fruchtfleisches. Agoureleo, ein Öl aus unreifen Oliven, können wir zwar nicht direkt herausschmecken, doch es könnte erklären, weshalb so viel Fülle bei recht dezenter Süße vorhanden ist. Ein sehr ansprechender und authentischer Abschluss!
Fazit: Das Restaurant Huber ist eine empfehlenswerte Adresse für alle, die schnörkellose Küche mit Raffinesse und Klasse suchen und dafür weder Schlips noch Kragen brauchen. Für eine höhere Bewertung, die beispielsweise der Hauptgang locker verdient hätte, waren uns die Schwankungen innerhalb des Menüs (noch) etwas zu groß. Doch sollte es künftig gelingen, dieses hohe Niveau etwas konstanter zu zeigen, wäre auch noch mehr drin!

6

Jin

Kanalstr. 14, 80538 München
089-21949970
www.restaurant-jin.de
Di–So von 12–14.30 Uhr u. ab 18 Uhr, Mo RT
Hauptgericht: 25–35 €, Menüs: 35–95 €
VISA

In dem kleinen Restaurant von Gastgeber und Küchenchef Hao Jin wird eine zeitlose, kreative chinesische Küche geboten, deren großer Trumpf nicht bloß die hohe Qualität der verwendeten Produkte ist. Gewürzt wird mit transparenten Sojasaucen, die zum Beispiel mit Sesam oder Limone aromatisiert sind und dem rohen Fisch und Krustengetier mit prononcierter Würze zur Seite stehen. Auch für kraftvolle Schmorgerichte, etwa von Schweinebauch oder Rind, ist die Küche bekannt und beliebt. Die Zubereitungen an sich sind puristisch und präzise, gerne aromendicht und intensiv, dabei aber meist sehr gut ausgewogen. Neben allerhand Premium-Sake werden anspruchsvolle Weine gelistet – teilweise auch mit Restsüße, was wiederum prima mit Schärfe und exotischer Würze harmoniert.

Bezahlkarten-Symbole

Mastercard
EC-Maestro
Diners
American Express
VISA Visa

6

Johannas

im Hotel Neumayr
Heiglhofstr. 18,
81377 München (Großhadern)
089-7411440
www.hotel-neumayr.de
Küchenchef: Andi Neumayr
Mo–So von 12–13.30 Uhr u. ab 18 Uhr, kein RT
Hauptgericht: 20–45 €,
Menüs: 30–115 €
VISA

Das erst im vergangenen Jahr sehr umfassend renovierte Restaurant Johannas im Hotel Neumayr an Münchens ruhigem Stadtrand Großhardern ist so etwas wie ein Unikat in der Münchener Genussszene. Denn nirgendwo sonst gibt es nach unserem Wissen in einem vergleichbar bodenständigen Gastronomiekonzept eine ähnlich ambitionierte Weinkarte mit über 1000 Positionen, darunter über drei Dutzend halbe Flaschen, viel Gereiftes und Spannendes. Damit warten sonst nur die einschlägigen gehobenen Gourmetadressen auf – allerdings nicht zu solch günstigen Kursen wie hier. Dank Coravin gibt's auch Hochwertiges glasweise!
Noch dazu bietet das Team um Küchenchef Andi Neumayr hier seit Jahren eine substanzreiche Küche mit Schwerpunkt auf alles, was die regionale Jagd hergibt – und dazu zählen dann auch Rebhuhn, Hase und Fasan in eleganter Zubereitung nach bester klassischer Manier. Aber auch die gern für zwei Personen servierten Meeresfische und größere Cuts von Wild, Lamm oder auch gereiftem Rindfleisch lohnen hier zu einem großen Gewächs jederzeit den Versuch.
Zur Einstimmung gab es bei unserer letzten Visite ein säurefrisches Karotten-/Orangen-Süppchen, das zwar etwas mehr Körper hätte vertragen können, ansonsten aber animierend frisch wirkte und ein schöner Einstieg war. Danach ging es – passend zum Stil der Küche, die sich seit jeher schnörkellos und unverkünstelt gibt – direkt und ohne große Nebenwege ins Menü. Auch hier liegt der Fokus klar auf den kraftvollen Hauptprotagonisten selbst, nicht auf aufwendigem Drumherum.
Dass die Gerichte bei aller Geradlinigkeit dennoch erfreulich individuell daherkommen, belegte zuletzt schon das Ceviche von der Seeforelle: deren feste frischaromatische Tranchen wurden nämlich neben zitrisch exotischer Yuzu-Säure mit nussig-scharfen Senfkörnern und Senfblättern sowie erdig-ätherischer Gelber Beete eher unkonventionell, aber gut balanciert begleitet.
Beim folgenden Seeteufel schwächelte zwar ausnahmsweise ausgerechnet das Hauptprodukt mit etwas faseriger Konsistenz und Eiweißaustritt ein klein wenig, ansonsten war dieses Ensemble rund um zarte Fregola sarda, Cime di Rapa für herbe, grüne Frische und einer stoffigen Sauce nebst waldig-duftiger Trüffel geradezu prototypisch für den unaufgeregten schwelgerischen Stil der Küche von Andi Neumayr.
In Bestform gab es diesen Stil dann beim Hauptgang aus rosa gebratener Moorhuhnbrust und krosser Gänseleber (überraschend gut, wenn auch nicht absolut highend ...). Diese wurden mit dem kräftigen Aroma ausdrucksstarker Wildpilze, Rotkohl und einem Duo aus voluminöser Wildgeflügeljus und robuster heller Schaumsauce mit viel Power und Eleganz präsentiert. Auch handwerklich sehr präzise ausgeführt und von daher locker auf 7-Pfannen-Niveau!
Zum süßen Abschluss locken im modern-ländlichen Ambiente oder auf der Terrasse hinterm Haus zumeist pfiffig interpretierte Klassiker wie eine Orangen-Crème-brûlée mit Schokoladeneis oder ein fluffiger Heidelbeerschmarrn mit Vanilleeis. Aber auch solo machen die hausgefertigten Eis- und Sorbetsorten mit authentischem Geschmack viel Freude – sei es bei Ringlotte (eine alte Mirabellenart), Bergamotte oder einem intensiven Pinienkerneis.

6

Käfer-Schänke

Prinzregentenstr. 73, 81675 München
089-4168247
www.feinkost-kaefer.de
Mo–Sa ab 12 Uhr durchgehend,
So u Fei RT
Hauptgericht: 27–52 €,
Menüs: 75–120 €
VISA

Mehr als 1000 Mitarbeiter stehen bei der bundesweit bekannten Handelsfirma Feinkost Käfer in Lohn und Brot, von denen natürlich nur ein kleiner Teil hier in der Käfer-Schenke im ersten Stockwerk des 1933 eröffneten Stammhauses in München tätig ist. Unten im Feinkostladen trifft man auf üppig gefüllte Vitrinen mit allerlei Köstlichkeiten aus Bayern und der Welt, oben im Restaurant bringt das Team um das Führungsduo André Wörner und Michael Emmerz selbige in lockerer, aber eleganter Atmosphäre fachgerecht zubereitet direkt auf den Teller. Ab und an verneigt sich die Käfer-Schenke zwar auch vor ihren bayerischen Gründermüttern und Gründervätern – weite Teile der Speisekarte sprechen aber doch eine internationale Sprache. Ein Edelwirtshaus von Welt sozusagen.
Folglich ist die Karte auch geprägt von den klassischen Luxusprodukten à la Hummer und Kaviar, die man hier angenehm pur genießen kann. Zur Vorspeise etwa entscheiden wir uns für den halben Hummer, der ganz klassisch lauwarm und mit warmer Butter und Zitronensaft übergossen in seinem Panzer serviert wird. Das Krustentier ist von guter Qualität, bissfest und leicht süßlich. Auch die separat gereichte Cocktailsauce und ein kleiner Mesclunsalat sind klassisch dargeboten und sehr gut abgeschmeckt. Das Rad muss hier niemand neu erfinden, es läuft sowieso rund.
Wir halten es für eine gute Idee, klassisch weiterzumachen und wählen einen Hauptgang von der Steak-Karte. Neben dem in diesem Umfeld obligatorisch anmutenden Rinderfilet kann man sich zwischen Limousin-Kalb, Yellowfin-Thunfisch und Presa Ibérico entscheiden, wovon es für uns Letzteres sein soll. Das schön marmorierte Nackenstück vom semidomestizierten spanischen Schwein wurde scharf angegrillt und weist so neben den typischen Aromen, die bei diesem Tier immer etwas zwischen Schwein und Rind liegen, auch herzhaft rauchige Noten auf. Sehr gut passt dazu ein klassischer Caesar Salad, der durch sein würzig-süffiges Dressing mit Parmesan besticht. Ebenfalls gut umgesetzt ist die Sauce béarnaise mit frischem Estragon und einer recht luftigen Konsistenz.
Imposant ist hier auch die Weinauswahl, für welche die Käfer-Schenke offensichtlich aus dem Vollen schöpfen kann. Den Weg zum Lokus säumt etwa eine Glasvitrine mit klangvollen Namen wie Haut-Brion oder Armand Rousseau. Es geht aber auch volksnaher: für uns mit einem einfachen, aber schön authentischen Weißwein aus Sardinien aus der glasweisen Auswahl.
Nach zwei Klassikern entscheiden wir uns mit dem Dessert aus Cantaloupe-Melone mit Basilikum, Malzbrot, Süßwein und knusprigem Parmaschinken für eines der kreativeren Gerichte, die in der Käfer-Schenke auch immer mal wieder auf der Karte stehen. Und André Wörner und Michael Emmerz zeigen damit, dass ihnen auch die progressivere Gangart gut von der Hand geht. Der Schinken ist vorsichtig dosiert und fungiert ähnlich wie ein salziger Crumble, der ja ebenfalls auf die Kombination aus Salz und Fett setzt. Gut ist auch eine Panna cotta gelungen, in der wir die Melone vermuten, sowie ein schmelziges Sorbet. Zwar können wir hier weder Malzbrot noch Süßwein wirklich klar herausschmecken, was das Gericht als solches aber nicht weniger kurzweilig macht.
Freilich, Schnäppchen darf man hier nicht erwarten, aber das dürfte wohl so oder so niemand, wenn man im hauseigenen Restaurant eines alteingesessenen Feinkostladen speist. So sind 39 Euro für eine Hummervorspeise oder 135 Euro für eine Dose Kaviar mit Blinis zwar nicht gerade hinterhergeworfen, aber keinesfalls überzogen. Lässt man die Rechnung mal Rechnung sein, kann man in der Käfer-Schenke angenehme Abende mit ein paar guten Flaschen Wein und treffsicher gekochten Klassikern verbringen. Gemütlich ist es übrigens auch hier.

5↑

Landersdorfer & Innerhofer

Hackenstr. 6–8, 80331 München
089-26018637
www.landersdorferundinnerhofer.de
Mo–Fr von 11.30–13.30 Uhr
u. ab 18.30 Uhr, Sa u. So RT
Hauptgericht: 14–32 €, Menüs: 64–79 €
VISA

Seit vielen Jahren ist das geschmackvoll schlichte Lokal von Küchenchef Johann Landersdorfer und Gastgeber Robert Innerhofer in Münchens Zentrum eine feste Größe in der gehobenen Gastronomieszene der Landeshauptstadt. Und genauso lange halten die beiden Inhaber schon an ihrem ebenso einfachen wie konsequent umgesetzten Konzept fest: Gekocht wird nicht nur fundiert, sorgfältig, schnörkellos und frei von Moden, es gibt auch seit jeher allabendlich nur ein einziges festes Menü in vier Gängen, das um einen weiteren Gang ergänzt werden kann. Auf den Tellern präsentiert sich das als ein sehr ansprechender bayrisch-österreichischer Stilmix, der ganz weltoffen und undogmatisch auch mal Produkte und Aromen einfließen lässt, die für gewöhnlich nicht im Alpenraum zu finden sind. Mittags kann aus einem kleinen Angebot unkomplizierter Lunch-Gerichte à la carte gewählt werden.

Le Stollberg

Stollbergstr. 2, 80539 München
089-24243450
www.lestollberg.de
Küchenchef: Anette Huber
Mo–Sa von 11.30–14.30 Uhr u. ab 18 Uhr, So RT
Hauptgericht: 24–36 €, Menüs: 49–81 €

Seit Jahren kehren wir in dem schlicht eleganten Eckrestaurant von Anette Huber stets mit größter Vorfreude ein. Und ebenso lange machen wir auch gar keinen Hehl daraus, dass ihr Le Stollberg bei uns zu den kulinarischen Lieblingsadressen zählt. Einfach deshalb, weil es ein unkompliziertes Lokal „für jeden Tag" ist, in dem ohne angestrengte Choreografie und preistreibende Exklusivität, aber dennoch mit hohem Anspruch an Produkt und Handwerk gekocht wird. Und weil wir nun mal ausgesprochene Fans von Innereien und anderen weniger populären Viktualien sind, wie sie hier bei der jungen Chefin, die während ihrer Lehr- und Wanderjahre auch bei Massimiliano Alajmo in dessen Le Calandre bei Padua im Veneto mitgekocht hat, seit jeher hoch im Kurs stehen. Kalbszunge, beste Blutwurst von Markus Benser aus Berlin, Kutteln par excellence, feinstes Kalbsbries, die Lebern verschiedener Tiere aus artgerechter Haltung oder heimischer Jagd und natürlich die formidablen Kalbsnierchen: Anette Huber hat ebenfalls ein Faible für die „Inneren Werte", weiß damit sehr gut umzugehen und hat sich dadurch bereits eine kleine Fangemeinde erkocht, zu der wir uns eben auch zählen. Aber selbst jenseits dessen gibt es hier viel Attraktives und wenig Belangloses. Vom Bauernhof Hermann aus Kleinhöhenrain zum Beispiel Kaninchen, von dem es mal den Rücken, mal die geschmorte Keule geben kann. Oder Zicklein vom Demeterhof „Oberlohe". Das Lammkaree hat einen aromaspendenden Fettdeckel und ist auch sonst sehr ausdrucksstark, das Wild stammt aus heimischer Jagd und der Käse ausschließlich von der Fromagerie Tourette aus Straßburg. Man sieht und schmeckt, dass die Chefin weiß, was gut ist!
Weil der Gruß aus der Küche hier zwar immer eine nette, schmackhafte Kleinigkeit ist, aber nie die wahren Stärken des Teams zeigt, wunderten wir uns auch diesmal nicht, dass die Tafelspitzpraline mit Bohnensalat eher plänkelte und noch nicht rockte. Das tat dann aber umso mehr die Vorspeise um butterzarte, nicht zu dick und nicht zu dünn geschnittene Kalbszunge im Duett mit rahmigem Taschenkrebssalat auf einer lauwarmen Senfvinaigrette. Ganz unaufgeregt und gegenständlich zubereitet, aber dennoch von überdurchschnittlicher Finesse. Dank des frischen Gegenparts von knackigem Staudensellerie, Rettich und Radieschen war das ein gut balanciertes, verfeinert rustikales Vergnügen.
So wie auch der Zwischengang, bei dem eine stattliche Menge Kalbsbries von duftig-aromatischer schwarzer Trüffel geadelt, von knackigen Spitzkohlblättern aufgelockert, von Nussbutterbröseln mit ein klein wenig Crunch versehen und von leichter Kalbsjus süffig untermalt wurde. Da wird kein Hokuspokus veranstaltet und kein Fass aufgemacht – aber trotzdem mit ganz einfachen Mitteln für Raffinesse gesorgt. Das zeigten auch die comme il faut scharf angebratenen und im Kern noch schön glasigen Jakobsmuscheln, drei sehr schöne Exemplare, die das Team auf einer Interpreta-

tion der „Clam Chowder" servierte, die aus schmelzigen Kartoffelwürfeln, fleischig-zartem Speck und gehaltvoller Hummer-Bisque (statt der traditionellen Muschelsauce) bestand. Und auch hier war das Rezept für überdurchschnittlichen Gaumenkitzel vermeintlich einfach: gute Produkte, sorgfältiges Handwerk und eben das Gespür für das Wesentliche.
Die Nierchen mit Zuckerschoten und Kartoffelpüree, ein Hausklassiker im Le Stollberg, kamen diesmal als kleine Wundertüte. Denn was zunächst nach spärlich wenig Nierchen und noch weniger Sauce, aber absurd viel Püree aussah, entpuppte sich schnell als eine stattliche Menge der optimal zubereiteten und wunderbar klar und sauber schmeckenden Kalbsinnerei in jeder Menge einer hervorragenden Senfsauce mit feiner Säure und elegantem Fluss, die hier quasi in einem Bassin aus (sehr gutem) Kartoffelpüree schwammen. Dazu in der gut sortierten Weinkarte etwas Anspruchsvolles (auch Gereiftes) zu finden, ist ein Leichte, und dass der junge engagierte Service zu allem auch glasweise gut harmonierende Weine in petto hat, ist ganz selbstverständlich.
Ein echtes Highlight gab es bei unserem letzten Besuch dann auch noch zum Abschluss, denn die mit einer herb säuerlichen Marillenmarmelade gefüllten, in eine buttrige Zimt-/Zucker-Mischung eingehüllten und von köstlichem (zart schmelzig und ganz leicht sandigem) Cantuccini-Eis und Heidelbeeren begleiteten Bavesen waren so locker und fluffig, dass wir selbst nach einem opulenten Mahl noch ein weiteres Dutzend davon hätten essen können …

8

Les Deux

Maffeistr. 3a, 80333 München
089-710407373
www.lesdeux-muc.de
Küchenchef: Nathalie Leblond, Gregor Goncharov
Mo–Fr von 12–13.30 Uhr u. ab 18.30 Uhr, Sa ab 18.30 Uhr, So u. Fei RT
Hauptgericht: 38–65 €, Menüs: 59–135 €
VISA

Die Münchener Fine-Dining-Szenerie ist derzeit so stark in Bewegung wie schon lange nicht mehr. Restaurantschließungen, aufsehenerregende Neueröffnungen, Küchenchefwechsel und temporäre Pop-up-Projekte … Von Letzteren ist Fabrice Kieffers elegantes und seit Jahren auf hohem Niveau etabliertes Restaurant in den Schäfflerhöfen zwar so weit entfernt wie der Eiffelturm vom Hofbräuhaus – aber spannend ist die Entwicklung hier dennoch. Nachdem Fabrice Kieffers ehemaliger Kompagnon und Küchenchef Johann Rappenglück erst vor etwa zwei Jahren von Souschef Edip Sigl abgelöst wurde, hat sich dieser im Januar 2021 aus privaten Gründen schon wieder in Richtung Chiemsee verabschiedet. Und seit der Wiedereröffnung nach dem Corona-Lockdown steht nun ein gleichberechtigtes Duo am Herd.
Das ist sicher keine schlechte Lösung, um die beiden Restaurantkonzepte des Les Deux mit 6-Tage-Woche konstant am Laufen zu halten. Und mit Gregor Goncharov, der bereits seit sieben Jahren im Les Deux arbeitet und zuletzt Edip Sigls Souschef war, steht auf der einen Seite ein Garant für Konstanz und einen nahtlosen Übergang, während auf der anderen Seite mit Nathalie Leblond, die zuletzt vier Jahre als Souschefin von Jan Hartwig im benachbarten Atelier tätig war, auch wieder ein wenig frischer Wind ins Haus kommt. In jedem Fall eine vielversprechende Konstellation!
Und mit den ersten kleinen und fein gearbeiteten Einstimmungen wurden die Erwartungen jedenfalls schon mal erfüllt. Denn sowohl ein intensiv zitrischer Yuzu-Macaron mit Topping aus Rotgarnelentatar, Macadamia, Kresse und Kräutercreme, als auch eine Tartelette mit dezent rauchigen Noten, roter Paprika und Kaninchenragout oder ein Tatar von der Königskrabbe in einem zitrusduftigen Fond nebst frischgrüner kühler Avocadocreme und Reiscrunch mit Piment d'Espelette machten in ihrer unaufgeregt-feinsinnigen Art viel Lust auf mehr.
Ausgerechnet der optisch besonders aufgeräumt und klar wirkende erste Gang des Menüs konnte dann nicht ganz daran anschließen, sondern erinnerte mit seinem plakativen Süße-Säure-Spiel an die schwächeren Momente, die es bereits unter Edip Sigls Ägide gab. Dabei war die leicht angebeizte, ebenso festfleischig wie zarte und perfekt klararomatische Gelbschwanzmakrele, die hier von kleinen gelierten Joghurtperlen und milder Senfcreme akzentuiert wurde, ein Top-Produkt mit Starpotenzial. Dessen Auftritt wurde durch die konzentrierte Süße und Säure in einem hellgrünen Apfel-/Sellerie-Sud und das ebenfalls mit Süße und Säurespitzen spielende (zudem recht üppig dimensionierte) Sorbet aber mehr erschwert als

unterstützt. Hier wäre noch etwas mehr Feintuning oder eine insgesamt zartere Federführung nötig gewesen.
Süße spielte auch beim folgenden Saibling aus der Premiumzucht von Niki Birnbaum eine wichtige Rolle. Und zwar durch die karamelligen Noten einer Wasabi-Crème-brûlée, welche die Basis für den kurz abgeflämmten und mit eigenem Kaviar getoppten Saibling bildete. Dieser wurde zudem von knackig mit Chili und Erdnuss marinierten Gurkenstreifen erfrischt, deren punktuelle Schärfe und Nussigkeit hier dann einen gänzlich anderen und besser balancierten Kontext für die maßvoll vorhandene Süße erbrachten.
Einen gewaltigen Sprung, nämlich direkt um ein ganzes Bewertungslevel weiter nach oben, machte das Team sodann mit dem kapitalen, in Kalbsjus lackierten Kalbsbries, das vom Produkt und seiner Behandlung durchaus an grandiose Kalbsbries-Momente bei Jan Hartwig erinnerte, der in dieser Disziplin regelmäßig neue Benchmarks setzt. Außerdem brillierte hier nicht nur das Produkt, sondern auch die kompakt angerichtete Umgebung aus knackigen halbierten Erbsen mit hauchfeinen Zuckerschotenstreifen und Erbsensprossen sowie einem elegant mit feiner Säure und Schärfe, blumigen und röstigen Noten spielender Curryschaum mit elegant eingewobenen Kaffeearomen. Absolute Punktlandung!
Auch beim Rehrücken im Hauptgang gelang die Kombination aus hervorragendem Produkt mit wenigen markanten Akzenten ganz ausgezeichnet: Das straffe und saftige Wildfleisch wurde zart mit einem Topping aus Petersilie und Mandel beflockt und bekam lauwarme, in Reiswein gegarte Sellerielamellen und Himbeerkomponenten zur Seite. Erneut wirkte dabei der Sellerie recht plakativ süß-säuerlich, was hier allerdings durch die reichlich angegossene, kraftvoll-elegante Wacholder-Wildsauce gepuffert wurde, die nicht nur Tiefe und Komplexität, sondern auch ein gewisses Volumen mitbrachte.
Als gelungenen Refresher und Überleitung zum süßen Teil des Menüs bekamen wir ein prägnantes Sorbet von Sauerampfer, das durch einen transparenten Zuckerchip von marinierten Erdbeeren und einem duftigem Erdbeerfond getrennt war und gemeinsam mit der herben Frische eines Crémant gekonnt auf der säurefrischen und blumigen Seite gehalten wurde.
Auch thematisch war das eine gute Brücke zum eigentlichen Dessert, das eine mit Rhabarber-Kakaobutter besprühte Rolle von kompakter weißer Felchlin-Schokoladencreme in den Mittelpunkt stellte. Deren Schmelz und duftige Vanillenoten harmonierten naturgemäß gut mit der eher harten, aber elegant eingebundenen Säure von Rhabarber und einem zarten Rhabarber-Fond. Spannend wurde das Ganze durch die zwei rauchig-salzigen Mandeln, die beim Zerbeißen einen krassen Kontrast, aber dann einen lang nachhallenden Background lieferten, auf dem die anderen Aromen (darunter auch einige ätherische Kräuterspitzen) spielten. Einfache Mittel, große Wirkung!
Bleibt zu resümieren, dass Fabrice Kieffer mit seiner Doppelspitze fraglos eine gute Wahl getroffen hat. Die größte Stolperstelle bleibt der Umgang mit Süße, wobei auch das diesmal nur an einer Stelle wirklich problematisch geworden ist. Ansonsten liefert das Team eine höchst souveräne, zeitgemäß klassische Küche mit guten eigenen Ideen und hohem feinhandwerklichen Anspruch. Die Chancen, dass sich das Duo am Herd auf hohem Niveau weiter etabliert, stehen damit sehr gut.
Und der charmante Service unter Fabrice Kieffer und Vincent Leblond, die sich übrigens beide ein Patent für das nonchalante Augenzwinkern geben lassen könnten, garantiert sowieso einen höchst vergnüglichen Abend. Dafür, dass bei diesem auch die Gläser angemessen gefüllt sind, sorgt weiterhin eine vor allem aus allen Ecken Frankreichs bestens bestückte Weinkarte mit vielen großen Namen, aber auch unbekannteren Entdeckungen. Und die ebenfalls lohnenden glasweisen Empfehlungen!

6

Matsuhisa Munich

im Hotel Mandarin Oriental
Neuturmstr. 1, 80331 München
089-29098875
www.mandarinoriental.com
Täglich von 12–14.30 Uhr u. ab 19 Uhr, kein RT
Hauptgericht: 18–56 €, Menüs: 95 €
VISA

In Deutschlands einzigem Matsuhisa-Outlet lässt der international bekannte japanische Starkoch Nobuyuki Matsuhisa, der neben seiner Premiummarke auch noch über dreißig „Nobu"-Filialen betreibt, seine weithin bekannte Fusionsküche aus asiatischen und südamerikanischen Einflüssen servieren – in einem nobel-dunklen, weltststädtisch anmutenden Restaurant mit asiatischen Akzenten. Auf den Tellern geht es weniger um elaborierte, minutiös abgezirkelte, aufwendig inszenierte Kreationen, als vielmehr um konzeptionell etwas einfacher und plakativer gestrickte Gerichte, die sehr nah am Produkt bleiben – allerdings ohne dieses dann auch wirklich immer ganz konsequent in den Mittelpunkt zu rücken. Mal gelingt es hervorragend, das jeweilige Hauptprodukt so glasklar herauszuarbeiten und pointiert in Szene zu setzen, wie man es von der guten japanischen Küche gewohnt ist, mal wirken die Gerichte recht plakativ und mit Aromen überladen. Gehobenes Preisniveau, auch auf der gut sortierten Weinkarte.

6↑

MUN Restaurant

Innere Wiener Str. 18, 81667 München
089-62809520
www.munrestaurant.de
Di–So ab 18 Uhr, Mo RT
Hauptgericht: 10–38 €, Menüs: 75–95 €
VISA

Nach seinem außergewöhnlichen Werdegang vom erfolgreichen Banker zum Sushi-Meister und Restaurantbetreiber ist Mun Kim offensichtlich in Haidhausen heimisch geworden und mittlerweile am Herd mindestens genauso erfolgreich wie früher in der Finanzwelt. In seinem stylisch asiatisch designten Restaurant taucht man, ganz wortwörtlich, in eine faszinierend exotische Welt ein. Kulinarisch geschieht das mit einem cleveren Mix aus präzisen Sushi-Kreationen, Korean BBQ und Fusion-Gerichten in einem bis zu viergängigen Menü. Dabei ist die Produktqualität durchgängig sehr hoch und wird gekonnt präsentiert – auch wenn die Kreationen ehr plakativ-markant als japanisch-puristisch daherkommen. In jedem Fall aber ist ein ebenso hoher Fun- wie Genussfaktor garantiert, der auch durch die nicht überbordende, aber ansprechende Auswahl hochwertiger Weine unterstrichen wird.

7↑

Mural

Hotterstr. 12, 80331 München
089-23023186
www.muralrestaurant.de
Di–Do ab 18 Uhr, Fr–So von 12.30–16 Uhr u. ab 18 Uhr, Mo RT
Menüs: 85–105 €
VISA

So geht Casual Fine Dining im Jahr 2020! Das Mural verbindet die drei Säulen dieses Konzepts hervorragend: Der Service in gleichem Maße fachlich versiert wie locker, die coole Atmosphäre wird durch die offene Küche, Industriecharme und Street Art geprägt und die Küche erreicht ein hohes Niveau. Regionale Produkte, aromatische wie handwerkliche Präzision und ungewöhnliche, aber durchweg schlüssige und harmonische Kombinationen prägen das Bild auf den Tellern. Und selbst wenn mal eine tendenziell klassische Kombination gewählt wird, gelingt es dem Duo, dieser einen spannenden Twist zu geben. Den gleichen Stellenwert wie das Essen hat im Mural der Wein, für dessen Auswahl Sommelier Wolfgang Hingerl verantwortlich zeichnet. Der hat ein deutliches Faible für Natural- und Orange-Weine, geht mit seinen Weinempfehlungen zu den Gerichten aber nicht zu sehr in die Extreme.

Fast & SLOW

nineOfive

Herzogstr. 29, 80803 München
089-54849556
www.nineofive.de
Täglich ab 17 Uhr, kein RT

Original neapolitanische Pizza mit perfektem Teig und qualitativ hochwertigen Toppings aus dem Spezialofen stehen hier im Fokus. Es gibt aber auch Lasagne, das eine oder andere Pastagericht sowie italienische Snacks und Vorspeisen, die sich ebenfalls über die hohe Qualität der Grundprodukte definieren. Nicht zu vergessem eine sensationelle Weinkarte mit Schwerpunkt Riesling!

5

Nymphenburger Hof

Nymphenburger Str. 24, 80335 München
089-1233830
www.nymphenburgerhof.de
Di–Fr von 12–14 Uhr u. ab 18 Uhr, Sa ab 18 Uhr, So u. Mo u. Fei RT
Hauptgericht: 25–36 €, Menüs: 29–75 €

VISA

Der Nymphenburger Hof versteckt sich hinter mannshohen Büschen vor der recht befahrenen Nymphenburger Straße etwas abseits der Münchner Innenstadt. Dort sitzt man im Sommer auf der verwunschen eingewachsenen Terrasse fast wie in einem Paradiesgarten mitten in der Stadt. Patron und Österreicher Andreas Derler präsentiert hier die klassisch-gediegene Version des „gehobenen Restaurants" sehr charmant und alles andere als bieder. Der Service agiert dabei so steirisch wie der Gastgeber selbst: direkt und herzlich. Man fühlt sich umgehend wohl!

Unser erster Eindruck am Tisch ist dann auch in diesem Jahr schon gleich ein sehr guter: Champagner aus Zalto-Gläsern! Dazu gibt es Weißbrot, das bereits vor uns am Tisch war und dementsprechend etwas trocken wirkt. Doch mit einem großzügigen Löffel „Verhackerts", einer Spezialität aus der Steiermark, die aus klein gehacktem Bauchspeck hergestellt wird, ist schon wieder alles im Lot. Als Amuse-Gueule schickt die Küche eine heiße, süffige Kürbisquiche, dazu Kürbiskernöl und einige Blätter Salat in einem guten Dressing. Das ist einfach, perfekt abgeschmeckt und durch Kürbis und Kürbiskernöl – erneut – authentisch steirisch.

Der erste von uns bestellte Gang ist ein Meeresfrüchtesalat mit Avocado, dem als Säurespitze ein kleiner Feldsalat dient und eine pikante Sauce, die vermutlich auf Crème fraîche basiert, Sämigkeit verleiht. Und so ein Meeresfrüchtesalat ist meist ein sehr aussagekräftiges Gericht, da gleich mehrere heikle und schwierig zuzubereitende Produkte auf dem Teller liegen. In unserem Exemplar gefallen uns Garnele und Jakobsmuschel am besten, die beide sehr schön glasig gebraten sind. Besonders die Garnele ist sehr fleischig, zeugt von guter Produktqualität und präzisem Küchenhandwerk. Die Avocado liegt prachtvoll aufgefächert vor uns, ist aber eine Spur zu fest. Ein reiferes Exemplar ließe sich zwar nicht so schön giftgrün drapieren, brachte aber vermutlich mehr Schmelz mit. Etwas problematisch wirkt in dem Verein lediglich der Pulpo, der offenbar sehr lang gegart wurde und dadurch eine etwas breiige und glitschige Textur hat. Alles in allem ist das aber ein stimmiges Gericht, das erkennen lässt, dass das Team im Nymphenburger Hof sehr genau weiß, was es macht.

Als Zwischengang haben wir uns für Loup de Mer mit einer Buttersauce, gelben Rüben und Perlgraupen entschieden – und an dieser Stelle zeigt auch der Patron, dass er sein Handwerk versteht: denn als wir uns nicht zwischen Nierchen und Loup de Mer entscheiden können, schlägt Andreas Derler vor, doch einfach von beidem eine halbe Portion zu essen. Leider hatte der Loup de Mer etwas zu lange in der Hitze verbracht, doch das solide Saucenhandwerk, die gut abgeschmeckten Karotten und die risottoähnlich schlotzigen Perlgraupen heben das Ganze dann doch auf ein ordentliches Niveau.

Noch besser sind aber die geschnetzelten Kalbsnierchen in Pommery-Senfsauce mit Kartoffelpüree und grünen Bohnen. Die Senfsauce, die das Gericht dank großzügiger – und damit

einzig richtiger – Portionierung trägt, zeigt deutlich, dass man auch mit scheinbar Profanem zu Hochform auflaufen kann. Großartig, und die beste Komponente des Abends! Da können wir locker darüber hinwegsehen, dass auch die Nierchen eine Nuance zu weit gegart waren: Zwar sind sie nicht trocken, doch deren minimal gummiähnliche Konsistenz geht etwas über eine optimale zart knackige Beschaffenheit hinaus. Bohnen und Kartoffelpüree erfüllen ihren Zweck und machen aus diesem Teller einen kurzweiligen und vielsagenden Wohlfühlgang.
Ebenso klassisch ist das Dessert in Gestalt gratinierter Beeren mit Vanilleeis, das dann aber etwas an Aussagekraft und Raffinement vermissen lässt. Sowohl die Beeren als auch das Eis sind fehlerfrei; eine wirklich aufregende Dessertkomposition sind sie aber nicht. Doch kalt, süß und cremig ist natürlich ein netter Gegenpol zu heiß, säuerlich und fruchtig. Immerhin.
Fazit: Der Nymphenburger Hof ist eine gute Adresse, wenn man solides Küchenhandwerk und herzliche Gastronomie sucht. Die Karte ist abwechslungsreich und bietet Gerichte der alten Schule in unverkrampfter Atmosphäre. Auch die Weinkarte lässt sich sehen und bietet einige spannende Weine aus – wen wundert's – Österreich. An ein paar handwerklichen Stellschrauben ließe sich noch drehen. Besonders ein größeres Augenmerk auf die Garpunkte könnte die Gerichte noch ein Stück voranbringen. Doch auch so präsentiert sich die Küche durchaus ansprechend. Wer gerne mal wieder Nierchen essen möchte, die ja vielerorts vollkommen zu Unrecht verpönt sind, sollte in jedem Fall in Betracht ziehen, das hier zu tun.

6

Pageou

Kardinal-Faulhaber-Str. 10,
80333 München
089-24231310
www.pageou.de
Di–Sa von 12–14.30 Uhr u. ab 18.30 Uhr, So u. Mo RT
Hauptgericht: 29–45 €,
Menüs: 35–107 €
VISA

Die Küche von Gastgeber und Küchenchef Ali Güngörmüş steht für einen gehobenen weltoffenen Stil, der im Mittelmeerraum beheimatet ist und immer wieder gewitzte Würzakzente aus dem Orient mit einfließen lässt. Das ist erfreulich individuell und wird in dem sehr schönen Restaurant unter dem Dach der Fünf Höfe mit hohen Decken und großen Fenstern nach wie vor ohne ausgeprägten Hang zur Exklusivität oder zu elaborierten Spielereien präsentiert. Auf den Tellern geht es südländisch-leicht, aber kraftvoll und aromendicht zu. Neben einer gut strukturierten Auswahl an Weinen aus den gängigen europäischen Anbaugebieten findet man auch ein paar Gewächse aus Güngörmüs' türkischer Heimat.

5

Rüen Thai

Kazmairstr. 58,
80339 München
089-503239
www.rueen-thai.de
Küchenchef: Anuchit Chetah
Mo–Do von 12–14.30 Uhr u. ab 18 Uhr, Fr–So ab 18 Uhr, kein RT
Hauptgericht: 17–30 €,
Menüs: 52–127 €
VISA

Das Rüen Thai, das vor über dreißig Jahren von Patron und Weinsammler Anuchit Chetah eröffnet wurde und nun von ihm in die treuen Hände des neuen Inhabers Quang Nguyen gegeben wurde, zählt in Münchens Gastroszene zu den Klassikern und gilt vielen als das beste thailändische Restaurant weit und breit. Dem würden wir zustimmen, denn nirgendwo sonst in der Landeshauptstadt und weit darüber hinaus bekommt man die Aromen dieser Landesküche so authentisch, klar und transparent dargeboten wie hier.
Auf den ersten Blick sieht das alles nicht viel anders aus als bei den meisten besseren thailändischen Restaurants hierzulande: Platten mit Fleisch, Gemüse und Sauce, in einer Schale à part dazu der obligatorische Klebreis … Doch die Raffinesse liegt hier im Detail. Es sind vor

allem die komplexen und sehr ausgewogenen Saucen, die den Unterschied machen, natürliche starke Aromen ohne plakative Würze und Glutamat-Attacken.
Eine unserer diesjährigen Vorspeisen mit glasig gebratenen Garnelen kam als eine Art Salat mit roten Zwiebeln, Frühlingslauch und Paprika, mit den Aromen von Thaibasilikum und Limettenblatt und einer transparenten roten, leicht öligen Sauce. Die vermittelte dem Gericht eine pikante Würze, aber auch eine angenehme Süße und war zudem von etwas Säure getragen, was das Ganze wiederum ansprechend lebhaft wirken ließ.
Ähnlich vielschichtig und ausgewogen präsentierte sich auch die Erdnusssauce zu den saftigen Saté-Spießen, deren begleitender Gemüsesalat mit einer milden, fruchtig-klaren Vinaigrette mit zarter Süße und viel Kräuterwürze ebenfalls ein Ausrufezeichen setzen konnte und den Unterschied zur Konkurrenz deutlich machte.
Generell können hier auch die Hauptprodukte immer mit leicht überdurchschnittlicher Qualität überzeugen. So wie beispielsweise zuletzt die kapitalen, im Kern noch schön glasigen Hummerkrabben mit gebratenem Reis und Ei. Als einen anderen Hauptgang entschieden wir uns diesmal für gebratenes Rindfleisch mit grünem Gemüse, das in Gestalt von Thaispargel, grüner Paprika, Pak Choi und viel Thaibasilikum tatsächlich optisch wirkungsvoll monochrom und geschmacklich pointiert daherkam. Süffig unterlegt mit einer Sauce, die auch wieder eher hell war und in die rote, pikante Richtung tendierte – mit angenehm forscher Schärfe, aber auch mit hintergründiger Frucht, unaufdringlicher Würze, sanfter Säure …
Selbst die Honigsauce zu den gebackenen Bananen, einem Dessert, das wie alles hier handwerklich ganz schlicht daherkommt, ist nicht einfach nur süß und plakativ, sondern hat etwas Fruchtiges und eine dezente Säure intus, die dem naturgemäß immer eher plump und breit schmeckenden Obst gewinnbringend zuarbeitet.
Und wer sich anhand der unzähligen leer getrunkenen Bouteillen großer Gewächse aus dem Bordelais, dem Burgund, der Toskana oder aus Übersee, die hier höchst dekorativ die Szenerie flankieren, ungläubig die Augen reibt, wird beim Blick in die Weinkarte erst recht erstaunt sein. Ähnliche Preziosen schlummern nämlich auch in großer Anzahl und trinkfreudig kalkuliert im Keller des Patrons – daneben aber auch gute deutsche Weißweine mit Restsüße, die hervorragend mit den scharfen Aromen des Essens korrespondieren.

SALON rouge by Tohru Nakamura

Burgstr. 5, 80331 München
089-21529172
www.salonrouge-muc.de
Küchenchef: Tohru Nakamura
Di–Sa ab 19 Uhr, So u. Mo RT
Menüs: 145–195 €
VISA

Ein Pop-up-Konzept in einem Restaurantführer? Eigentlich eher unüblich. Wenn es sich allerdings um ein so professionell, langfristig und zukunftsorientiert angelegtes Pop-up-Restaurant wie den SALON rouge in der Münchener Innenstadt handelt und der Koch, der dort in einer voll ausgestatteten und nicht etwa notdürftig improvisierten Küche steht, zufällig Tohru Nakamura heißt und in unserem Guide an alter Wirkungsstätte bereits mit Höchstbewertung ausgezeichnet war, kommen wir ja eigentlich gar nicht drum herum. Außerdem könnten wir uns theoretisch durchaus vorstellen, dass dieses temporäre ja vielleicht doch noch zu einem permanenten Restaurant wird – jedenfalls waren wir von der wirklich einzigartigen Location im ersten Stock eines historischen Hauses so angetan, dass uns nur sehr wenig einfallen würde, was man hier überhaupt noch groß verändern sollte.
So erreicht man über ein schmales Treppenhaus, das in seiner schummrig roten Beleuchtung fast schon etwas Verwegenes hat, den charmant patinierten und leicht verwinkelten SALON rouge, der mit seinen knallig roten Wänden, den Butzenscheibenfenstern und generell sehr viel alter Bausubstanz und historischer Architektur in effektvoller Beleuchtung irgendwo zwischen Pop-Art-Ratsherrenzimmer und Draculas Spukschloss changiert. Ein ziemlich cooler Rahmen für ein kreatives, junges Spitzenrestaurant mit einer Küche, die sich

ebenfalls durch eine ganz besondere Note auszeichnet. Und weil Tohru Nakamura nicht nur die beiden Klaas-Zwillinge Markus und Tobias für das neue Projekt als Sommelier und Restaurantleiter gewinnen konnte, sondern auch die meisten Leute aus dem gut eingespielten Küchenteam wieder mit an Bord sind, knüpft das alles schon sehr nah an das Niveau an, das wir aus den letzten Jahren aus Geisels Werneckhof kannten.

Noch deutlicher, als uns das von unseren Besuchen an alter Wirkungsstätte in Erinnerung war, setzt Tohru Nakamura hier auf eine ganz sanft und kontinuierlich ansteigende Menüdramaturgie. Als Gruß aus der Küche schickte das Team eine kleine Zukishi (Variation) von unterschiedlichen, teils sehr seltenen Kürbis-Varietäten auf zunächst drei Tellerchen, die jeweils nur sehr dezent aromatisiert waren – einmal mit etwas Katsuobushi und Johannisbeere, eine Art Kürbis-Tofu wurde in einem milden klaren Thaisud präsentiert und eine gebackene Scheibe mit Oliventapenade und Kimizu, der japanischen Reisessig-Mayonnaise getoppt. Als vierte Kürbis-Darbietung folgte noch ein seidiges Miso-Chawanmushi unter Schaum von Lardo und Nussbutter, gekrönt mit einer kleinen Nocke von Butternut-Kürbis und knusprigem Buchweizen. Auch mit dieser Kostprobe blieb Tohru Nakamura noch im äußerst subtilen Bereich.

Vom wunderbaren Balfegó-Thunfisch gab's in der Vorspeise nicht nur das makellose dunkle Rückenfleisch, das in sehr exakte, etwa einen Zentimeter dicke Streifen geschnitten war, sondern auch das fette Bauchfleisch. Und während die Rückenstreifen durch die japanische Schnitttechnik tatsächlich bestmögliche Wirkung entfalten und sich mit der aus Thunfischsud und Kapuzinerkresseöl emulgierten Vinaigrette in optimaler Dosierung vermählen konnten, wirkte indes das Bauchfleisch als klein gehacktes und mit Rettich, Melothria-Gurken und Kapuzinerkress getopptes Tatar weit weniger spektakulär als „am Stück". Trotzdem war diese auch sonst von den kleinen Minigurken, Rettich und Radieschen knackig-frisch umspielte, von einem Yuzu-Gel zitrisch-herb akzentuierte und mit mayonnaise-artiger Kapuzinerkressecreme kräuterwürzig „geschmierte" Vorspeise ein großer Wurf. Und sie verdeutlichte, wie klar und transparent Nakamura zwischenzeitlich seine Kreationen komponiert.

Dem sehr mild gebeizten, aus zwei Tranchen zum Medaillon geformten und soft temperierten Saibling aus der Zucht von Niki Birnbaum, der mit einer dünnen klaren Geleehaube von Tomatensaft und Soja belegt und darauf mit einer Nocke tiefdunklem „Royal Belgian Kaviar" getoppt war, spielten milde Habaneros, Miniaturkomponenten von Topinambur (weich und knusprig) und eine ebenfalls mit Habaneros dezent aromatisierte Beurre blanc sehr ausgewogen zu. Letztere brachte mit ihrer relativ straffen Säure zudem viel Schwung ins Gericht. Nach unserem Geschmack hatte der Fisch allerdings durch das Beizen und anschließende Temperieren eine relativ weiche, mürbe Textur und hätte uns in einer etwas festfleischigeren Konsistenz noch mehr Spaß gemacht. Aber das ist Kritik auf höchstem Niveau und zugegebenermaßen auch ein bisschen Geschmackssache.

Der Koshikari-Reis, auf dem die folgende über Holzkohle gegrillte Bernsteinmakrele gebettet lag, war mit kleinen Stücken vom Bauch desselben Fischs angereichert und unter anderem mit Shiso aromatisiert. Eine mit Shiro Miso und Nussbutter aromatisierte Sauce kleidete die Komposition mit einem zarten Umami-Teppich aus und stellte sicher, dass neben dem fleischigen Reis auch ausreichend Süffigkeit vorhanden ist. Für die Kopfnoten und etwas knackige Abwechslung im Mund waren hier verschiedene teils säuerliche, teils röstige Karottenkomponenten, aber auch einige sehr markante Kräuter wie Austernblatt oder Tagetes verantwortlich. Und wieder nichts Dichtes, nichts Überkonzentriertes, sondern viel Raum für subtile Aromenspitzen und Produktqualität.

Die folgende Wachtel aus Frankreich, passenderweise aus der Zucht eines Monsieur Rouge, betörte als köstlich rauchig angegrillte Brust und saftig-zartes, fast von selbst vom Knochen fallendes Keulenfleisch unter krosser Haut. Und auch die Entourage des Vogels in Gestalt eines Shiitake-Pilzpürees auf einer Röstbrotschnitte, etwas Matsutake und Korallenpilz war eine ansprechend unkonventionelle und geschmacklich abwechslungsreiche Sache. Dazu gab's ein köstliches Saucenduett aus Sauce Riche und perfekt zu den Grillaromen der Wachtelbrust passende Yakitori-Jus. Das von Tobias Klaas im Rahmen der exklusiven „Sake-Reise" dazu empfohlene Daruma Jahrgangs-Reisgebräu von 2018 dockte mit seiner entfernt an große reife Weißweine erinnernden Stilistik perfekt an den feinsüßlichen Sherryaromen der Sauce Riche an und war hier tatsächlich ein kongenialer Begleiter.

Aber auch die Weinempfehlungen des Sommeliers sind nicht selten Volltreffer. So stellte er beispielsweise unserem Hauptgang um original japanisches Ozaki-Wagyu-Rind mit Aubergine,

Sellerie und heller Bohnencreme einen saftigen Saint-Joseph „Le Passage“ von Ogier aus 100 % Syrah-Trauben an, der dem extrem feinen Fleisch mit seinem ausgeprägten Geschmack und buttrigen Fettschmelz genügend Säure entgegenbrachte und zudem feinsinnig genug war, es nicht zu übertünchen. So hatte auch das begleitende Gemüse seine Freude damit, und selbst das auf einen krossen Algenchip drapierte und mit frisch geriebenem Wasabi ätherisch angeschärfte Wagyu-Rohfleisch konnte sich behaupten. Ein starker Menühöhepunkt …
… der von einem ebenso starken, eigenständigen Dessert abgerundet wurde, das in der Hauptsache aus einem geairbrushten cremigen Ring von Original Beans’ „Edelweiß“-Schokolade, einer geleeverkapselten Kirschblüte und einem nussig schmeckenden Rahmeis aus gerösteter Kombu-Alge bestand. Und das mit weiteren floralen Aromen der ein wenig an Tonkabohne erinnernden Sakura-Blätter in der weißen Schokolade und im angegossenen Sud auf unangestrengte Weise sehr duftig und komplex wirkte. Bei den beiden Fleischgängen und dem Dessert bewegte sich die Küche überraschenderweise schon wieder auf Höchstbewertungsniveau. Die anderen Kostproben waren nicht weit davon entfernt. Wir sind gespannt, wie es hier weitergeht. Und wenn wir einen Wunsch frei hätten, dann den, dass es auch nach dem Ende der Pop-up-Zeit ein Wiedersehen im SALON rouge gibt.

5

sansaro

Amalienstr. 89,
80799 München
089-28808442
www.sushiya.de
Di–So ab 18 Uhr, Mo RT
Hauptgericht: 20–50 €,
Menüs: 30–110 €
EC VISA

Das Restaurant des ehemaligen Japanologie-Studenten Alexander Reinelt in der Amalienpassage ist für Münchener Sushi- und Sashimi-Fans sicherlich kein Geheimtipp mehr, denn immerhin existiert das Lokal in der Maxvorstadt schon seit fast 15 Jahren. Für uns ist es dennoch eine Neuentdeckung, und der Tipp kam aus der unmittelbaren Nachbarschaft des schlicht eingerichteten Lokals mit netter Terrasse an einer stimmungsvoll beleuchteten Natursteinmauer.

Anfang des Jahres waren wir bereits von den Sushi-Zubereitungen aus dem sansaro begeistert, die wir mit zum Besten zählen würden, was diesbezüglich in der bayrischen Landeshauptstadt zu bekommen ist. Handwerklich präzise aus wirklich guten Produkten gefertigt, überzeugen sie vor allem durch ihre sehr puristische, klare Art, ohne irgendwelchen Schnickschnack. Und das kommt natürlich besonders schön bei den Nigiri zur Geltung, der Sushi-Königsdisziplin, die hier auch vom O-Toro, von der Jakobsmuschel, zartem Tintenfisch oder geflämmter Makrele sein können und wirklich durch gute Qualität überzeugen.
Auch wenn wir hier insbesondere Sushi empfehlen können, lohnen auch die anderen Gerichte der saisonalen Menükarte, die das sansaro-Team dem Vernehmen nach künftig noch mehr in den Fokus rücken und ihnen noch mehr Aufmerksamkeit schenken wird, immer einen Versuch. Etwa Dingen wie dem mit einer pfeffrigen Sesamkruste ummantelten Thunfisch auf einer recht plakativen und für unseren Geschmack etwas zu viskosen Ponzusauce, der allerdings als Produkt noch besser gewirkt hätte, wenn er dicker geschnitten gewesen wäre. Oder der Unagi-Aal, der als Kern einer Art Eierstich-„Pastete“ deren zarten, fast schon saftigen Tranchen mit seiner eleganten süßlichen Würze den Stempel aufdrückte.
Weil die Zubereitungen selbst äußerst schlicht und puristisch sind, stehen und fallen sie – wie im Grunde alles rund um die japanische Küche – mit der Qualität des Hauptprodukts und der Präzision bei dessen Handling. Das kann dann bei aller Einfachheit zu ganz hervorragenden Ergebnissen führen, wie bei den dickfleischig-glasigen Garnelen mit sauberem, klarem, süßlich-jodigem Geschmack unter dünnem und nullkommanull fettigem Tempurakleid, die nicht nur von ebensolchen Shiitake-Pilzen begleitet wurden, sondern auch von einer feinen, transparenten Chilisauce. Es kann aber auch schnell belanglos wirken, so wie bei den leider deutlich übergarten, mit Teriyaki-Lack eingelassenen Lachstranchen, deren Geleit aus

offenbar länger vorbereitetem gedünstetem Blattspinat, halbierten rohen Tomaten, sautierten Pimentos de Padron und Shiitake-Pilzen auch etwas dröge wirkte.
Alles andere als langweilig ist die Getränkekarte, die neben ausgesuchten Weinen auch japanische Biere und hochwertige Sake-Varietäten verschiedener Brauereien listet.

Schapeau

Tal 41, 80331 München
089-24234400
www.schapeau.de
Küchenchef: Andrej Kvesic
Täglich ab 11 Uhr durchgehend, kein RT
Hauptgericht: 14–33 €, Menüs: 38–60 €
VISA

Überraschung im Restaurant des Hotel Torbräu, das in Münchens Altstadt direkt am Isartor liegt und dessen Name Schapeau für die bayrische Form des französischen „Chapeau" stehen soll: Während es nämlich im letzten Jahr ganz so aussah, als ob die Küche dieser ansprechenden Mischung aus Café, Bistro und Restaurant ihre Ambitionen deutlich heruntergefahren hätte, weil es zeitweise eine mittags wie abends identische Karte mit eher schlichten Gerichten gab, las sich die Abendkarte dieses Jahr wieder animierend und deutete auf anspruchsvollen Genuss hin.
Was in dem langen Raum mit Bartresen, Flügel und Parkettboden, dessen Mix aus historischem Ambiente und modernen Accessoires an späten Jugendstil erinnert, auf den zwei Speisekartenseiten offeriert wurde, machte auf Anhieb Lust darauf, deutlich mehr als das mit 40 Euro sehr günstig kalkulierte Drei-Gänge-Menü zu probieren. Da war von geflämmten Rinderscheiben mit grüner Papaya, Chili und Korianderöl zu lesen, von einer Pho-Suppe mit Wasserspinat und Kalbsbries oder von Glen-Douglas-Lachs mit Thaispargel, Belugalinsen, Tempura und Teriyakisauce. Aber auch weniger fernöstlich inspirierte Sachen wie das Zweierlei vom Schaufelbraten eines US-Beefs mit Spitzkohl, Karotten und Lardo zeugten von deutlich mehr Einfallsreichtum als noch das letztjährige Angebot.
Unter den verheißungsvollsten Gerichten war auch ein Garnelen-Carpaccio mit Mango, Pomelo und Blutampfer, das nicht nur über seinen stolzen Preis hohe Ambitionen suggerierte. Und tatsächlich war das in reichlicher Menge ausgelegte marinierte (glasige, aber nicht ganz rohe) Fleisch von Riesengarnelen von der besseren Art – die relativ fruchtig-süße Mangovinaigrette und die proportional viel zu großen und vielen Pomelofilets dominierten es aber weitgehend. Außerdem hätte man sich etwas mehr Säure und vielleicht auch eine würzige Komponente vorstellen können. Fazit: nicht schlecht, aber relativ grob und plakativ gehalten.
Dass die anschließende getrüffelte Kartoffelsuppe nicht nach penetrantem Trüffelöl geschmeckt hat, tröstete über die Tatsache hinweg, dass sie generell eigentlich gar nicht nach Trüffel geschmeckt hat. Qualitativ leider nur passabel war der ziemlich spröde, dezent übergarte Winterkabeljau, der ein recht zünftiges Begleitprogramm aus deftigem, kümmelwürzigem Wirsing mit Speck, Kartoffelkrapfen und eine milde, rahmige Sauce zur Seite hatte, die aromatisch nicht klar definierbar war. Auch der Rehrücken in einer Panierung aus „Pfefferkrokant", der mit Pastinake, Kartoffelbaumkuchen, einer offenbar mit weißer Schokokalde abgeschmeckten Pastinakencreme und dunkler reduzierter Jus aufgefahren wurde, konnte als Produkt nicht so wirklich überzeugen, war relativ ausgelaugt und mürbe, einfach recht saft- und kraftlos.
Man kann auf jedem Teller gute Ideen erkennen, die jedoch nicht mit letzter Konsequenz umgesetzt werden. Dieser Eindruck bestätigte sich auch bei den Desserts, einem guten, saftig-kakaosatten Schokokadenkuchen mit schön natürlich, aber leider auch sehr süß schmeckendem Himbeersorbet, oder einer Komposition von opulent warmwürzig-orientalisch eingelegter Nashi-Birne nebst sehr gutem, glatt schmelzigem Kokoseis, weißer Schokoladen-Espuma, einer Art nussiger Opera-Schnitte und gerösteten Pekannüssen. Ein durchaus schmackhafter, wenngleich aber etwas rumpeliger Nachtisch, der allein mit etwas mehr

Feinabstimmung durchaus noch Potenzial zu Höherem hätte. Wie fast alles hier! Das international sortierte Weinangebot kann sich ebenfalls sehen lassen, und den Service erlebten wir diesmal wieder sehr aufmerksam und zuvorkommend.

6

Schuhbecks in den Südtiroler Stuben

Am Platzl 6–8, 80331 München
089-2166900
www.schuhbeck.de
Mo–Sa von 12–15 Uhr u. ab 18 Uhr, So u. Fei. RT
Hauptgericht: 28–32 €, Menüs: 78–123 €

Auch wenn die ausführenden Küchenchefs im edel-rustikalen Stammhaus-Restaurant am Schuhbeck-Platzl immer mal wechseln, hält das Küchenteam von Deutschlands wohl berühmtestem Koch souverän das Niveau. Alfons Schuhbecks Kulinarium im Hauptrestaurant (daneben betreibt er auch noch einige Ableger) steht für traditionelle bayrische oder alpenländische Schmankerl in verfeinerter Form und natürlich immer auch für ein paar weltläufige Gerichte, die dann meist von den hauseigenen Gewürzen einen besonderen Akzent verliehen bekommen. Es ist in jedem Fall eine sehr gegenständliche und unverkünstelte Küche, die durch fundierte Zubereitung und bisweilen raffinierten Pfiff im Detail dem Mittelmaß enthoben wird. Wie gemacht für all jene Feinschmecker, die mit allzu kreativen, aufwendig verspielten oder puristischen Gerichten der modernen Gourmetrestaurants nichts anfangen können und eine gehobene bodenständige Küche mit nur moderat veränderten traditionellen Geschmacksbildern bevorzugen. Service und Weinauswahl können ebenfalls höheren Ansprüchen genügen.

ohne Bewertung

Schwarzreiter

Maximilianstr. 17, 80539 München
089-21252125
www.schwarzreiter.com
Küchenchef: Maike Menzel
Mi–Sa ab 18.30 Uhr, So–Di RT
Hauptgericht: 45–55 €, Menüs: 92–119 €

Küchenchefwechsel im Gourmetrestaurant des glamourösen Hotels Vier Jahreszeiten Kempinski in der Maximilianstraße: Auf Maike Menzel, die hier auch nach der Wiedereröffnung im letzten Jahr wieder souverän 7 Pfannen erkochte, sich aber Anfang 2021 in den Mutterschutz verabschiedete, folgte nun ihr bisheriger Souschef Hannes Reckziegel. Der gebürtige Allgäuer gehört seit 2019 zum Team und arbeitete davor unter anderem im Orania und bei Tim Raue in Berlin. Dem Vernehmen nach will er unverändert am bisherigen Konzept einer „Young Bavarian Cuisine" festhalten, die wir in der jüngeren Vergangenheit stets als eine attraktive Mischung aus viel Regionalkolorit bei den Produkten und kosmopolitischer Offenheit in der kreativen Umsetzung erlebten. Wir sind gespannt, ob der neue Chef und sein Team nahtlos am Niveau der Vorgängerin anknüpfen können und freuen uns schon auf den ersten Besuch in neuer Konstellation. Bis dahin setzen wir die Bewertung aus.

7↑

showroom

Lilienstr. 6, 81669 München
089-44429082
www.showroom-restaurant.de
Küchenchef: Dominik Käppeler
Mo–Fr ab 18 Uhr, Sa u. So RT
Menüs: 130–160 €

Marion und Dominik Käppelers showroom ist wohl nicht nur das kleinste Spitzenrestaurant Münchens, sondern mit Sicherheit auch eines der lässigsten des Landes. Das junge Serviceteam ist schnell beim Du, und Küchenchef Käppeler schickt dazu passend ausgefeilte und mitunter unkonventionelle Gerichte, wie sie

auch genauso in London, Hongkong oder Barcelona aufgetischt werden könnten.
Dabei ist der Auftakt aus Süßkartoffel, Blutwurst, Kreuzkümmel und Pistazie bei unserem letzten Testbesuch sogar noch vergleichsweise brav, gefällt uns aber dank der würzigen und exzellent harmonierenden Aromen schon sehr gut. Wilder wird es beim zweiten Amuse-Gueule mit pochierter Auster, Kaffeeschaum, Enokipilzen und Speck, das uns aromatisch ebenfalls überzeugt, obgleich der Kaffee die Auster überlagert. Weiter geht es mit Amalfizitrone, Tomate und Avocado. Dieses dritte Amuse-Gueule besteht aus mehreren geschmacksintensiven Gels, Geleeperlen, Chutneys und Geleewürfeln und gibt, wie auch schon die vorigen Kreationen, eine Vorschau, wie der Abend verlaufen wird: Käppeler spielt und würzt gerne.
Und das macht er exzellent, wie die erste Vorspeise aus Hamachi, Ponzu, weißem Spargel, dunklem Miso und süßem Senf beweist. Die rohe Gelbschwanzmakrele ist von vorzüglicher Qualität und wird von einem ansehnlichen Arrangement aus perfekt gegartem und leicht nussigem Spargel sowie allerlei Geliertem und Dehydriertem begleitet. Sehr gut gefällt uns dabei die Kombination aus Miso und Senf, die gemeinsam mit der guten Produktqualität des Fischs Garant für einen überraschend unverkopften Teller ist.
Klassischer, aber nicht weniger wohltuend ist die Erbsensuppe mit Minze, Gurke und Poularde. Das Huhn erinnert uns an sehr gute Schawarma und zeigt einmal mehr, dass Käppelers würzstarker Ansatz voll aufgeht. Lediglich die Gurken erschließen sich uns in diesem Zusammenhang nicht ganz, da sie in der heißen Suppe schnell labberig und abgestanden schmecken. Nicht ganz zu Ende gedacht wirkt auch der geschmorte Lauch mit Pfirsich, Buttermilch und Haselnuss, der nach unserem Gusto zu sehr ins Süßliche kippt und ein recht homogenes, breiiges Mundgefühl hinterlässt.
Verdutzt von der vermeintlich absurden Kombinierwut des Küchenchefs sind wir zunächst auch, als ein Teller mit gebratenem Saibling, Sauerkraut, Banane, Erdnuss und Senf auf dem Tisch steht, der die Produkte wieder mal in diversen Texturen dekliniert. Doch schon nach der ersten Gabel sind Argwohn und Irritation uneingeschränkter Begeisterung gewichen: Alles ergibt hier Sinn, jede Komponente ist präsent und fügt sich harmonisch in das Gesamtbild ein, das ungewohnt und aufregend schmeckt, dabei aber eine lässige, fast schon

klassisch anmutende Ruhe verkörpert. Der verrückteste und gleichzeitig beste Gang des Abends!
Obwohl die Flaschenweinkarte mit vielen populären Erzeugern wie der Domaine Leflaive, Angelo Gaja oder Bürklin-Wolf eine recht klassische Sprache spricht, geht in der Weinbegleitung die Post ab. Restaurantleiter David kündigt Weine gerne mal mit „… davon würde ich mir nie eine Flasche bestellen, aber zum Essen, der Hammer …“ an. Das geht mal gut, wie beim Orange-Wein von Hajszan Neumann aus Wien, und mal weniger gut bei einem sehr bissigen Chasselas aus Südfrankreich, für den David aber schnell eine Alternative auftischt: „Ich bin da ganz spontan!“
Ein typischer „Käppeler“ ist auch der Hauptgang aus Wagyu-Beef, grünem Spargel, Estragon, Morcheln und Pecorino, der durch eine wieder mal starke Würzkraft von Käse und Estragon auffällt. Das Fleisch aus der Keule ist rare gebraten und für unser Empfinden recht geschmacksneutral, was verwundert, wenn man das an Heu und Fassbutter erinnernde Aromenspektrum kennt, das Wagyu-Rind haben kann. Doch dank der sehr guten Beilagen, allen voran der dichten, aber nicht überkonzentrierten Jus und der saftigen Morcheln, ist auch das ein äußert kurzweiliger Hauptgang.
Der Käsegang mit altem würzig-nussigem Gouda zeigt, dass dieser Käse in guter Qualität ein absolut würdiger Protagonist für ein Spitzenrestaurant ist. Auch die Kombination mit Apfel, Sellerie und japanischer Nori-Alge ergibt Sinn, präsentiert ein ausgewogenes Spiel von Frucht und Würze und passt ins Konzept. So wundert es auch nicht, dass das Dessert aus Basilikum, Pinienkernen, Guave, Rum und Avocado ebenfalls stilsicher komponiert und handwerklich sehr gut umgesetzt ist. Besonders das cremige Basilikumeis und die würzigsüße Pinienkerncreme stechen hervor. Einziges Manko: eine gelierte Sphäre mit flüssiger Rumfüllung schmeckt seifig nach Texturgeber.

Auch mit den letzten Happen, den Petits Fours, bleibt sich die Küche treu und tischt zum Espresso der Münchner Rösterei „Man vs. Machine" Postmodernes auf. Ein „Basilikum-Jelly", eine Praline mit Olive und ein ganz besonders guter Marshmellow mit Tobinambur, der uns zum Abschluss nochmal klar vor Augen führt, was den ganzen Abend schon im Raum steht: Dominik Käppeler vermag es, verrückte Kombinationen auf den Punkt zu bringen. Punkt.

6

Sophia's Restaurant & Bar

im Rocco Forte The Charles Hotel

Sophienstr. 28, 80333 München
089-5445551200
www.sophiasmuenchen.de
Küchenchef: Michael Hüsken
Täglich von 12–14.30 Uhr u. ab 18 Uhr, kein RT
Hauptgericht: 23–42 €, Menüs: 75 €
VISA

Die beste Nachricht kam kurz vor dem zweiten Lockdown: Michael Hüsken, der das The Charles Hotel nahe dem alten Botanischen Garten erst Ende 2019 verlassen hatte, zeichnet fortan wieder als Küchenchef für das Sophia's verantwortlich! Damit steht fest, dass diese attraktive Mischung aus Bar, legerem Hotel-Restaurant in modernem gehobenem BistrosStil und Feinschmeckerlokal auch künftig zu den gefragten Zielen in Münchens Innenstadt gehört.
Der erfahrene Koch und leidenschaftliche Weltenbummler hatte hier schon in den beiden Jahren davor gezeigt, dass er es exzellent versteht, dieses relativ große Restaurant an sieben Tagen in der Woche mittags und abends auf sehr zugängliche Art für ein breites Publikum zu bekochen und trotzdem das Niveau hochzuhalten. Er und sein Team müssen es hier einer heterogenen Gästeklientel mit den unterschiedlichsten kulinarischen Bedürfnissen recht machen, wollen aber auch ein klares Profil zeigen. Das gelang in der Vergangenheit sehr überzeugend!
Der Eindruck unseres letzten Testbesuchs, der während der mehrmonatigen Auszeit Hüskens stattfand, ist damit nicht wirklich repräsentativ, wenngleich sich am Konzept nichts Wesentliches geändert hatte und sich die Unterschiede eher in den etwas weniger detailgenauen Zubereitungen bemerkbar machten. Dass die Qualität in der Zeit unverändert hoch blieb, konnte man schon an der Focaccia und dem sehr guten Sauerteigbrot mit krachiger Kruste schmecken, die mit einer Creme von der Roten Bete aufgetischt wurde, welche etwas an Hummus erinnerte. Alles war handwerklich gut umgesetzt, ließ den Abend stilsicher und unaufgeregt beginnen.
Eine Vorspeise rund um das Tatar eines Yellow-Fin-Thunfischs nebst Karotte, Salzzitrone und Kerbel war ebenfalls sehr gelungen. Die Karotte lag einmal als rote und einmal als gelbe Varietät auf dem Teller, beide zart knackig und damit prädestiniert, um zusammen mit dem Kerbel adäquate Frische ins Spiel zu bringen. Im Gegensatz zu Thuna in Spitzenqualität, der jodig bis nussig sein kann, hatte unser Exemplar kein nennenswertes Eigenaroma und wirkte eher neutral, war aber gut abgeschmeckt. In Summe also ein durchaus schmissiger und kurzweiliger Teller.
Auch einen Hauptgang um Rinderfilet, Topinambur, Zwiebel aus Tropea und Sauce bérnaise, der gut zum zeitlos-modernen Bistrostil des Hauses passte, verbuchten wir auf der Habenseite. Obwohl Filet ja bekanntlich nicht die ausdrucksstärkste Partie vom Rind ist, und auch dieses Fleisch mit seiner leicht mürben Textur und überschaubarem Eigengeschmack nicht die Ausnahme von der Regel darstellte, sorgte auch hier die souveräne Zubereitung für einen gelungenen und sehr schmackhaften Teller. Die großen Stücke Topinambur brachten ihre typische milde Erdigkeit ein, und die estragonduftige Sauce béarnaise mit ihrer geschmeidigen Konsistenz war eine von der besseren Sorte, auch wenn die Säure etwas zu spitz und nicht ganz perfekt eingebunden war.
Auch beim Dessert blieb es mit einer Sorbetvariation zuletzt ganz klassisch. Obwohl die Karte auch nominell aufwendigere und kreativere Nachspeisen bereithielt, erschien es uns sinnvoll, das Handwerk der Küche mit so etwas scheinbar simplem wie Sorbet auf die Probe zu stellen. Und sie überzeugte damit nicht nur

handwerklich, sondern auch kompositorisch: Die homogenen, glatt schmelzigen Nocken begeisterten nicht nur in der Kombination Zitrone & Thymian, sondern auch in der Variante aus dunklen Beeren und der japanischen Zitrusfrucht Yuzu.
Fazit: Das Team hielt die Küche zwar auch ohne Michael Hüsken auf überdurchschnittlichem Niveau, aber es ist wirklich sehr gut, dass er wieder da ist. Denn er wird dem Kulinarium nicht nur wieder ein Mehr an Kreativität geben, sondern den Zubereitungen auch den nötigen Feinschliff. So lassen wir die Bewertung mit bestem Wissen und Gewissen unangetastet und freuen uns auf den nächsten Testbesuch!
Die internationale und nach Rebsorten sortierte Weinkarte listet weiterhin hochwertige, aber nicht unbedingt teure Gewächse grundsätzlich sehr namhafter Erzeuger, deren Liste von Markus Schneider bis Alois Lageder und von Angelo Gaja bis Cloudy Bay reicht.

7↑

Sparkling Bistro

Amalienstr. 89, 80799 München
089-46138267
www.bistro-muenchen.de
Küchenchef: Jürgen Wolfsgruber
Mo u. Di ab 18.30 Uhr,
Mi–Fr von 12–14.30 Uhr u. ab 18.30 Uhr,
Sa u. So RT
Menüs: 95–135 €
EC VISA P

Das Sparkling Bistro in der Amalienpassage heißt nicht nur einfach so, es wirkt auch wie ein modernes Bistro. Eine durchgehende Eckbank ziert den wohltuend schnörkellos gestalteten und nach der langen Umbau- und Renovierungsphase neu illuminierten Gastraum, der nicht sehr groß ist und in dem deshalb bei vollem Haus schnell eine quirlige Atmosphäre herrscht. Auch der Service trägt seinen Teil zum angenehm lockeren Bistroflair bei. Seit einigen Jahren steht hier Inhaber Jürgen Wolfsgruber am Herd, der basierend auf französischem Handwerk aber ansonsten völlig dogmenfrei und sehr zuverlässig reduzierte aromenstarke Gerichte auf die Teller bringt. Spitzengastronomie ohne Allüren.
Bereits der erste Gang trifft voll ins Schwarze: Ein bei 50 Grad Celsius in Öl pochiertes Stück Forelle, ganz schlicht, lediglich von ein paar Apfelwürfeln und einem Brunnenkresseschaum begleitet. Der Fisch ist recht fest und hat viel Eigenaroma, fast wie ein Stück Matjes, jedoch ohne dessen Derbheit. Der Apfel bleibt im Hintergrund und steuert lediglich ein wenig fruchtige Frische bei. Durchdacht ist in diesem Kontext auch der Schaum, der sehr ölig, aber trotzdem leicht ist und so den recht intensiven Fisch gewinnbringend begleiten kann. Ein zugänglicher und trotzdem sehr intelligenter, anspruchsvoller Auftakt.
Noch besser ist ein Gang mit gelber Zucchini, Pistaziencreme, geräuchertem getrocknetem Thunfisch und einer großzügigen Nocke Kaviar. Obwohl aromatisch völlig anders, weist der Gang konzeptionelle Parallelen zur ersten Vorspeise auf: Was anderswo zum Protzen verwendet wird (Schäumchen, Kaviar), ist hier ein elementares und indigenes Teil des Gerichts. Denn der Störrogen fungiert mit seinem Salz und seiner nussigen Jodigkeit als perfektes Bindeglied zwischen der süßlichen Pistaziencreme und dem umamibeladenen Thunfisch. Die Zucchini sorgt für Frische, und eine Art Tapenade aus Kürbiskernen steuert noch einen weiteren spannenden nussigen Oberton bei. Ein großartiges, süffiges Gericht!
Weiter geht es mit Kalbsbries, kroatischer Trüffel und geräuchertem Kartoffelschaum. Das gebratene Bries ist von vorzüglicher Qualität, recht fest, aber nicht zäh und mit einer dichten Jus glasiert – sehr gut passen dazu knackige süßlich-würzige Tropeazwiebeln. Etwas über die Stränge schlägt für unseren Geschmack das überbordende Raucharoma des Kartoffelschaums. Nicht dass der Gang deshalb nicht schmeckt. Im Gegenteil, er schmeckt sogar sehr gut! Doch lässt uns das Gefühl nicht los, dass hinter der Rauchwolke noch viel feinere Aromen wie etwa die der kaum spürbaren Trüffels verborgen bleiben.
Sehr angetan sind wir auch diesmal wieder von der Weinbegleitung, die passenderweise sprudelig mit einem sehr guten Grand-Cru-Champagner beginnt und sprudelig mit einem Moscato d'Asti vom Weingut Prunotto endet. Dazwischen überzeugt uns vor allem ein spannender Pinot Noir aus dem Burgund von der

elf Hektar großen Familiendomaine Jacob, und ein spannender Sauvignon Blanc aus Slowenien vom Weingut Tement landet auch noch im Glas. Kurzweilig und sehr authentisch!
Großartig ist auch der Hauptgang mit Lamm, Saubohnen, Vogelbeere und Sellerie: Die Lammtranche hat viel Eigengeschmack und sie wurde aus einem recht großen Rückenstück geschnitten, weswegen wir auf ein nicht mehr ganz so junges Tier tippen. Dessen angenehm kräftigen Eigengeschmack erwidern Wolfsgruber und sein Team mit kräftigen Beilagen, insbesondere einer Jus gras, die zwar viel Fett enthält, das aber nicht eingekocht wurde, weswegen die Sauce auch keine leimige Textur hat. Klassisch, fundiert und wieder sehr, sehr gut!
Ebenso klassisch ist auch das Dessert, dass wunderbar einfach gehalten wurde und schlicht aus einem perfekt ausgebackenen Topfen mit Zimt und Zucker besteht, der leicht käsig schmeckt – im positiven Sinn! Das begleitende Eis von der Marille gehört zu den cremigsten und aromatischsten die wir seit Langem gegessen haben. Und durch die geschmackliche Tiefe des Topfens und das gute Handwerk ist dieses Dessert deutlich aufregender und komplexer als es zunächst anmutet.
Nicht jedes Restaurant, das wir mit ähnlich hohen Bewertungen auszeichnen, würden wir gerne wöchentlich besuchen. Komplizierte Degustationsmenüs voller kreativer Kompositionen und fordernder Komponenten sind zwar haufig spannend, aber selten alltagstauglich. Ins Sparkling Bistro könnten wir ohne Probleme auch jeden Tag gehen. Obwohl oder gerade weil man hier aufregend einfach oder einfach aufregend gut essen kann.

---

ohne Bewertung

Tantris

Johann-Fichte-Str. 7, 80805 München
089-3619590
www.tantris.de
Mi–Sa von 12–13.30 Uhr u. 18.30 Uhr, So Mo u. Di RT, (Okt.–Dez. nur So u. Mo RT)
Hauptgericht: 60–80 €,
Menüs: 130–235 €

VISA

Leider haben Corona und der zweite Lockdown Hans Haas' Finale am Herd des legendären Tantris radikal verkürzt und viele Gäste um die Möglichkeit gebracht, den souveränen Meister vor Antritt seines wohlverdienten Ruhestandes noch ein letztes Mal in dieser Kultstätte der Kulinarik zu erleben. Das ist extrem schade. Extrem spannend ist hingegen die Zukunft des Tantris: Im legendären denkmalgeschützten Bau von Justus Dahinden in München-Schwabing, der zum „Maison Culinaire" werden soll, vereint die Marke Tantris künftig das Menü-Restaurant Tantris, das neue À-la-carte-Restaurant Tantris DNA und die Tantris Bar – unter der kulinarischen Federführung von Matthias Hahn, Benjamin Chmura und Virginie Protat. Letztere stammt aus Lyon, der Wiege der französischen Kochkunst, und wird künftig für die Küche des Tantris DNA verantwortlich sein. Hier soll sich das Team – nomen est omen – auf die Grundgedanken der klassischen französischen Küche berufen, also der DNA des Tantris. Benjamin Chmura, der neue Küchenchef im Restaurant Tantris, ist ebenfalls geprägt von der klassischen französischen Küche und ihrem tiefen Verständnis für Produkte und deren Zubereitung, wird aber dem Vernehmen nach einen etwas moderneren Stil pflegen. Bei ihm soll es wechselnde saisonale Menüs geben, mittags in vier oder sechs Gängen, abends in sechs oder acht.

7↑

Tian

Frauenstr. 4,
80469 München
089-885656712
www.tian-restaurant.com/muenchen
Küchenchef: Paul Ivić
Di ab 18 Uhr, Mi–Sa von 12–13.30 Uhr u. ab 18 Uhr, So u. Mo RT
Hauptgericht: 23–36 €,
Menüs: 47–122 €

VISA

Das Tian am Münchener Viktualienmarkt ist ganz dem gleichnamigen Schwesterrestaurant in Wien nachempfunden, wo bereits seit einigen Jahren auf hohem Niveau gekocht wird. Nach dem Abgang von Küchenchef Christian Schagerl hatte in den Monaten um den Jahreswechsel herum Mastermind und Geschäftsführer Paul Ivić, der normalerweise in Wien am Herd steht, interimsweise auch in München die Töpfe in der Hand. Mittlerweile konnte der aber die Stelle des Executive Küchenchefs wieder adäquat besetzten und so hatte zum Zeitpunkt unseres aktuellsten Testbesuch bereits Viktor Gerhardinger das Küchenzepter in der Hand, der hier die von Ivić etablierte Küche, die weitestgehend ohne klassische Luxusprodukte auskommt, perfekt umzusetzen weiß.
Der erste Gang, der auf der Karte schlicht als „Junger Lauch, Artischocke, Kalamata-Olive" ausgewiesen ist, hat es bereits in sich: Weich gegarte Lauchscheiben haben viel Eigenaroma und steuern süßlichen Schmelz bei, gegrillter Frühlingslauch hat noch eine dezente zwiebelige Schärfe und zusätzlich rauchige Noten. Die Kalamata-Olive ist in Form einer leichten Sauce und von geschmacksintensiven Krümeln vertreten, die wie Blumenerde aussehen und wie Urlaub in der Ägäis schmecken. Sehr gut sind auch die Artischocken, die als feine Creme und als nussig-knackige Würfel auf dem Teller zu finden sind. Großartig, sehr fein austariert und einprägsam!
Der nächste Gang besteht mit Ei, grünen Bohnen, Liebstöckel und Spinat aus augenscheinlich alltäglichen Zutaten und ist damit ein typischer Tian-Gang. Damit das Hochgenüsse auslöst, muss man jede Menge richtig machen: von der Lieferkette angefangen, bis hin zum gradgenauen Garpunkt der Bohnen. Eine Tranche Foie gras in die Pfanne schmeißen und mit Sauternes ablöschen ist da handwerklich in vielerlei Hinsicht anspruchsloser. Das Ei kaufen Ivić und Gerhardinger beispielsweise nicht einfach beim Großhändler, sondern beim Billesberger Bio-Hof in Oberbayern. Dass das Gelbe wachsweich ist, darf man in so einem Restaurant erwarten, doch der Clou ist die Textur des Eiweißes, das gleichmäßig schnittfest, aber keine Spur trocken ist und uns an japanischen Seidentofu erinnert. Dazu passt ein Püree aus Spinat und selbstbewusst viel Liebstöckel ganz hervorragend, und die akkurat in dünne Streifen geschnittenen und knackig gegarten Bohnen fungieren wie al dente gekochte Pasta. Ein großartiger Gang, der auf den Punkt bringt, was gutes Kochen ausmacht.
Ebenfalls sehr fein ist ein Zwischengang mit gebratenen Reiswürfeln, Pfifferlingen, Erbsen und Zuckerschoten. Der „Fried Rice" ist außen herrlich kross, innen saftig und aus Reiskörnern gemacht, die noch leichten Biss haben. Die Erbsen hätte Alain Passard vermutlich noch eine Nuance saftiger hinbekommen, und die knackigen Zuckerschotenstreifen wirken nach den knackigen Bohnenstreifen etwas repetitiv – aber das ist in diesem Fall schon wirklich Kritik auf sehr hohem Niveau …
Zum Süßen leitet ein Rotschmierkäse mit einer Apfelcreme und Crackern aus Emmer und Sumak über. Der Käse ist von sehr guter Qualität: cremig, eindringlich, lang und mit einem zarten Aroma nach Haselnüssen und Champignons, kann sich aber nur bedingt gegen den intensiven Apfel durchsetzen. Den Abschluss macht Rhabarber mit Vanilleeis, Hibiskus und einem süßen Kartoffelknödel. Auch diese Kreation ist stimmig, das Eis ist klassisch gehalten, aber schön cremig-sahnig und der Knödel gibt dem Teller etwas Tiefe.
Fleisch oder Fisch haben uns bei diesem Menu genauso viel gefehlt, wie wir bisher in diesem Text den vegetarischen Ansatz des Restaurants erwähnt haben – nämlich überhaupt nicht! Ja, das Tian arbeitet ausschließlich vegetarisch. Und: ja, das Tian ist weit und breit eines der wenigen Restaurants, das auf diesem hohen Niveau konsequent ganz ohne Fleisch und Fisch kocht. Wenngleich viele Gourmets die rein vegetarische Küche nach wie vor mit Verzicht assoziieren, haben wir uns an diesem Abend nicht gefühlt, als hätten wir auf irgendetwas verzichtet. Schon gar nicht auf guten Geschmack!

6↑

Toshi

Wurzer Str. 18, 80539 München
089-25546942
www.restaurant-toshi.de
Küchenchef: Toshio Kobatake
Di–Fr von 12–14 Uhr u. ab 18 Uhr, Sa ab 18 Uhr, So u. Mo RT
Hauptgericht: 28–110 €, Menüs: 80–140 €
EC VISA

Münchens bestes japanisches Restaurant liegt recht unscheinbar in einer Seitenstraße der mondänen Shopping- und Flaniermeile Maximilianstraße im Schatten des Hotels Vier Jahreszeiten. In Toshio Kobatakes schnörkellos und schlicht eingerichtetem Restaurant praktiziert der Chef mit seinem Team eine sehr klassische japanische Küche, die sich klar und puristisch dem natürlichen Geschmack der bisweilen erstaunlich guten Produkte widmet. Man hat es hier also weder mit kreativ modernisierten Gerichten zu tun, noch mit einem französisch unterfütterten Kulinarium, welches die auf traditionelle Gourmetkost gepolten Mitteleuropäer ja meist als runder, satter und zugänglicher empfinden.

Neben verschiedensten Sushi- und Sashimi-Varianten und dem sonstigen À-la-carte-Angebot gibt es immer auch ein fünfgängiges Monatsmenü mit zahlreichen Auswahlmöglichkeiten – darunter meist auch diverse Upgrade-Optionen auf spezielle Produkte wie etwa Kobe-Beef, Gänseleber oder europäischen Hummer. Die sind kostspielig, aber lohnen sich im Grunde immer, denn die besondere Qualität von möglichst unverfälschten Spitzenprodukten ist es ja, was diese Art der Küche ausmacht. Das volle Programm gibt es nur am Abend, aber auch wenn die Karte am Mittag deutlich reduziert ist, kann man sich zum Lunch interessante Sachen aus dem Angebot herauspicken, die durchaus dem Niveau der Abendkarte entsprechen.

Am besten geht das mit den höherpreisigen Varianten des Mittagsmenüs, die dann meistens mit einer feinen, klassischen Misosuppe beginnen, deren natürliche milde Würze und samtige Struktur nur von ein paar Seidentofuwürfeln und etwas Alge unterbrochen wird. Das ist ebenso schlicht und unspektakulär wie auch der obligatorische kleine Blattsalat zwischenrein, der aber durch eine sehr geschmeidige, vielschichtige und mutmaßlich mit Yuzu zitrisch angespitzte Vinaigrette mehr Spaß machte, als es die profane Optik zunächst vermuten ließ.

Immer eine gute Wahl, um im Toshi ein möglichst breites Spektrum an Produkten und Aromen erkunden zu können, ist die Auswahl an neun verschiedenen Überraschungsvorspeisen. Genau wie bei den allermeisten „Variations-Gerichten“ hat man es natürlich

auch hier nicht mit einer besonders pointierten, stringent durchkomponierten Sache zu tun, sondern mit einem relativ bunt zusammengewürfelten, trotzdem aber immer gut miteinander korrespondierenden Sammelsurium, das mehr auf Vielfalt ausgelegt und von Mahl zu Mahl wirklich immer völlig anders bestückt ist. Auch hier überzeugen Qualität, Frische, Konsistenz und Produktgeschmack, und alles ist so zurückhaltend wie möglich, aber so markant wie nötig gewürzt.

Zu den verschiedenen, allesamt sehr guten Tempura-Komponenten (Gamba, grüner Spargel, Aubergine …) gab's eine leichte, transparente, nur mild würzige und zart fruchtige Sauce, von der Art ähnlich einer Tentsuyu, die für gewöhnlich auf Basis von Dashi, Mirin und Sojasauce zubereitet ist. Die folgenden Sashimi-Varianten bestanden unter anderem aus Lachs, Gelbflossenmakrele und zwei verschiedenen Thunfisch-Varianten, von denen der Rücken roh und der Bauch sekundenkurz ringsum angebraten war, was sein köstliches Fett noch schmelziger werden ließ und den Geschmack intensivierte. Dazu gab's etwas fein geschnittenes Rohgemüse, Nori-Alge und eine behutsam mit Wasabi angeschärfte Sojasauce.

Auf Letztere haben wir bei den drei vom Chef höchstselbst fabrizierten Nigiri natürlich verzichtet, denn diese präzise geschnittenen und akkurat mit Lachs, Thunfischbauch und lackiertem Aal belegten Sushi-Varianten waren bereits perfekt subtil abgeschmeckt und ob der sehr guten Produktqualität aller drei Happen wäre jede zusätzliche Würze ohnehin Frevel gewesen. Unser Hauptgang drehte sich beim letzten Besuch um ein sehr schönes, glänzendes, schneeweißes Stück vom zart gedämpften Black Cod, das auf einem Bett aus mildem Spinat und Austernpilzen gebettet war und von einer cremigen Sauce mit ganz mildem Umami-Background und zitrischer Frische umschmeichelt wurde.

Wer lieber in ungetrübten Genuss herausragenden Rindfleischs kommen möchte, wählt das auf der Teppanyaki-Platte zubereitete Beef mit Upgrade auf japanisches Wagyu-Rind – und kann sich über den festen Biss und spritzigen Schmelz nicht zu dünn geschnittener, herzhaft gewürzter und rösch angebratener Tranchen freuen, die ganz puristisch nur mit etwas Lotuswurzel-Gemüse und frischem Wasabi daherkommen. Und wer zum Abschluss noch etwas Süßes schafft, wird im Toshi mit Dingen wie einem Kirschblüten-Moussetörtchen, einer Matchatee-Panna-cotta oder verschiedenen natürlichen Sorbets auf leichte Art erfrischt. Neben der sehr ordentlichen Weinauswahl gibt es ein großes Angebot an Premium-Sake verschiedenster Brauereien aus den unterschiedlichsten Präfekturen des Landes.

Vecchia Lanterna

St.-Anna Str. 31, 80538 München
089-81892096
www.vecchia-lanterna.de
Küchenchef: Antonino Denami
Di–Fr von 11.30–14 Uhr u. ab 18.30 Uhr, Sa ab 18.30 Uhr, So u. Mo RT
Hauptgericht: 25–45 €, Menüs: 55–100 €

Das Restaurant Vecchia Lanterna liegt im Münchener Stadtteil Lehel und ist ein typischer schicker, gehobener Nachbarschafts-Italiener, den Gastgeberin Mirka Otta und ihr Lebensgefährte, Küchenchef Antonio Denami, seit einigen Jahren mit viel Herzlichkeit betreiben. Am besten isst man hier die klassische italienische Menüfolge Antipasto, Primo, Secondi, Dolce und kann sich dabei sicher sein, dass die zahlreichen Stammgäste nicht umsonst treu und regelmäßig wiederkommen. Bei fast voll besetztem Haus scheinen wir auch diesmal wieder die einzigen Gäste zu sein, die nicht ständig hier sind.
Auch wenn wir nicht zu den Stammgästen dieses Ristorante zählen, kennen und schätzen wir Antonio Denamis Küche schon recht lange, waren schon im früheren Lokal der beiden im Münchener Vorort Germering immer sehr zufrieden. Auch diesmal können wir uns schon mit der ersten kleinen Kostprobe direkt anfreunden: Eine Tranche vom Ora King Lachs in sehr guter, bissfester Qualität hat die Küche nur ganz leicht angegart und mit frischer Aprikose sowie einer spritzigen Zitrusmayonnaise getoppt. Dazu gesellen sich einige streifen blanchierte Tropea-Zwiebel, und fertig ist ein schmissiges Amuse-Gueule, das von einer schlüssigen Komposition und einer sehr guten Hauptkomponente lebt.
Weiter geht es mit kleinen Garnelen, Thunfischtatar, grünem Spargel und einer Currymayonnaise, die uns vor allem dank einer ausgesprochenen Kurkumawürze gefällt. Das Tatar selbst ist mit viel Olivenöl angemacht, sodass man die grasigen Polyphenole, die Öl guter Qualität hat, deutlich herausschmecken kann. Auch der Spargel passt prima in dieses herb-vegetabile Geschmacksbild und vollendet einen ausgewogenen und kurzweiligen Gang, der zeigt, wie viel Freude der schlichte Geschmack von exzellentem Olivenöl bereiten kann.
Auch das obligatorische Pastagericht kann uns überzeugen. Knackige nussige Artischocken, Jakobsmuscheln, Zucchiniblüte und eine herrlich leichte Sauce, in der wir Tomatenconcassée und stärkehaltiges Kochwasser der Pasta vermuten: Das passt einfach. Besonders wenn das Nudelhandwerk so ausgefeilt ist wie hier: Die Tagliatelle sind perfekt al dente, strohgelb und haben viel aromatische Tiefe, was auch auf den Einsatz von jeder Menge Eigelb schließen lässt. Aus der deutschen Perspektive ist das zwar „nur“ ein Teller Nudeln, doch in Italien steckt in einem Teller Nudeln oftmals sämtliches kulinarisches Weltwissen. Daher: sehr gut!
Etwas weniger begeistert sind wir vom Fischgang mit Steinbutt, der zwar saftig gebraten ist, aber mit einer sehr weichen, fast schon etwas breiigen Textur auf lediglich passable Produktqualität hindeutet. Doch retten den Teller knackiger Spargel und sehr gute Pfifferlinge, die viel Eigenaroma und eine feste und gleichzeitig saftige Konsistenz mitbringen – ganz ohne jene Schleimigkeit, für die dieser Pilz leider sehr anfällig ist.
Die Pâtisserie schickt einen „Joghurt-Cremino“, was eine Art gelierte Joghurtmasse ist, die in ihrer Textur an eine weichere Panna cotta erinnert. Dazu gibt es schlicht einige eingelegte Kirschen und eine rote Fruchtsauce, in der wir ebenfalls Kirschen vermuten. Das ist fraglos kurzweilig, „lecker“ und gut umgesetzt, bleibt aber mit Sicherheit weniger lang im kulinarischen Gedächtnis als die Pasta oder das Tatar mit Olivenöl. Viel spannender ist ein süß-nussiges Mandelgebäck, das außen resch und innen noch leicht feucht und saftig ist und dass es final zum sehr guten Caffè gibt.
Wer moderne und authentische italienische Küche sucht, ist im Vecchia Lanterna richtig.

Und wer dazu auf ein entspanntes zeitgemäßes Ambiente und einen herzlich zuvorkommenden Service nicht verzichten möchte, der erst recht. Was die Küche angeht, würden wir uns allenfalls an einigen Punkten etwas mehr kreative Raffinesse (z.B. beim Dessert) oder mehr klassische Größe (z.B. beim Steinbutt) wünschen. Im Großen und Ganzen wünschen wir uns hier allerdings rein gar nichts anders, sondern alles weiterhin ganz genau so, wie es ist.

6

Vinothek by Geisel

im Hotel Excelsior

Schützenstr. 11, 80335 München
089-551377140
www.excelsior-hotel.de
Mo–Sa von 12–14.30 Uhr u. ab 18 Uhr (von 14.30–18 Uhr kleine Karte), So ab 18 Uhr, kein RT
Hauptgericht: 16–36 €, Menüs: 19–45 €

VISA

Dieses vinophile Gasthaus in der Münchener Innenstadt mit seiner historischen Kreuzgewölbedecke, den hohen, mit allerhand „Edelstoffen" prall gefüllten Holzschränken und den dekorativ auch in jeder freien Nische und in jedem Winkel verteilten leeren Bouteillen großer Gewächse ist ein heiterer Ort für entspannten Genuss auf hohem Niveau. Mit seiner ungezwungenen Atmosphäre und der charmant saloppen, aber niemals unaufmerksamen Gangart des langjährigen Servicepersonals hat das Lokal jede Menge Stammgäste. Das liegt aber auch an der vielseitigen Art der attraktiven Alpenküche, die von heimatlichen Regionalgerichten über Kreationen mit österreichischem Schmäh bis hin zu mediterraner Leichtigkeit reichen und von Küchenchef Thomas Kahl und seinem Team attraktiv und fundiert zubereitet werden.

6

Weinhaus Neuner

Herzogspitalstr. 8, 80331 München
089-2603954
www.weinhaus-neuner.de
Küchenchef: Benjamin Kunz
Täglich von 12–14.30 Uhr u. ab 18 Uhr, kein RT,
Hauptgericht: 24–38 €, Menüs: 25–69 €

VISA

Das historische Weinhaus in der Münchener Innenstadt wird von Küchenchef Benjamin Kunz bodenständig, aber auf hohem Niveau bekocht. Was hier unter dem Kreuzgewölbe mit dunkler Wandvertäfelung auf die blanken Holztische kommt, ist eine blitzsaubere, zeitgemäß interpretierte Heimatküche mit dem gewissen Raffinement, die von souveränem Handwerk und guten Ideen zeugt. Grundstock dieser modernen (aber nicht modischen!) Alpenkulinarik, die auch gelegentliche Ausflüge in internationale Gefilde macht, sind vorwiegend beste Viktualien aus der Region. Für flinken Service und gute Tropfen im Glas sorgt das Team um Restaurantleiter Lars Vogel. Gutes Preis-Leistungs-Verhältnis!

Weisses Brauhaus

Tal 7, 80331 München
089-2901380
www.weisses-brauhaus.de
Täglich ab 11.30 Uhr durchgehend, kein RT
Hauptgericht: 9–19 €

VISA

Das Weisse Brauhaus im Tal möchten wir all jenen Lesern ans Herz legen, die auf der Suche nach guter, traditioneller bayrischer Küche zu moderaten Preisen in bodenständiger Umgebung aus sind. Das große, weitläufig auf zwei Ebenen angelegte Wirtshaus im Herzen von München wird auch von uns immer wieder gerne angesteuert, weil täglich durchgehend und sehr zuverlässig gekocht wird. Das weißblaue Wirtshaus-Programm hat bei aller Rustikalität Niveau. Wegen des hohen Gästedurchlaufs kommt alles garantiert frisch auf den Tisch und es wird merklich ohne Fertigprodukte gearbeitet – jedenfalls wurden wir hier in all den Jahren von den bodenständigen Schmankerln noch nie enttäuscht. Die Sorgfalt der Zubereitungen schwankt zwar bisweilen, und man braucht auch keine akkurat angerichteten Teller erwarten, aber es ist doch geschmacklich immer deutlich besser als in den meisten bayrischen Wirtshäusern.

Xaver's

Rumfordstr. 35,
80469 München
0157-71490313
www.xaver-s.de
Di–So ab 11.30 Uhr durchgehend, Mo RT
Hauptgericht: 21–21 €

Erfrischend traditionell soll es zugehen im Xaver's, versprechen die Wirte und die Wirtin. 2018 gründeten die drei Portenlänger-Geschwister das Restaurant als Wirtshaus mit trendigem Einschlag: Bio-Produkte, junge Kellner und ein Küchenchef, der zuvor im Gaggan in Bangkok am Herd stand. Neben frisch gezapftem Augustiner bietet die Karte auch spannende Weine, die man in einem traditionellen Wirtshaus meist vergeblich sucht. Unfiltrierten Grünen Veltliner aus Österreich etwa oder gereiften Riesling aus den 90ern vom Weingut J.B. Becker aus dem Rheingau. Auf der Karte stehen Wirtshausklassiker, kreative Gerichte und einige Kreationen zwischen diesen beiden Welten – und die Küche interpretiert sie in sehr zuverlässiger Machart. Wer die bayerische Wirtshauskultur genauso zu schätzen weiß wie unverkrampfte Gastronomiekonzepte, ist hier gut aufgehoben.

Hotelempfehlung

★★★★★S

Hotel Bayerischer Hof

Promenadeplatz 2–6,
80333 München
089-21200
www.bayerischerhof.de
Einzelzimmer: 310–395 €
Doppelzimmer: 390–580 €

VISA

Das legendäre Hotel Bayerischer Hof mit Grandhotel-Atmosphäre im Herzen der Landeshauptstadt ist eine Welt für sich. Seit Januar 2014 kann das Haus mit einem neuen Dachgarten im 6. Stock aufwarten. Weitere Besonderheiten sind das Premiumkino „astor@Cinema Lounge" mit 38 Plätzen, der spektakuläre „Blue Spa" über den Dächern Münchens, der Nightclub mit Liveprogramm sowie insgesamt fünf Restaurants und sechs Bars. Gourmetrestaurant Atelier separat erwähnt.

★★★

Hotel Neumayr

Heiglhofstr. 18,
81377 München (Großhadern)
089-7411440
www.hotel-neumayr.de
Einzelzimmer: 80–140 €
Doppelzimmer: 90–200 €

VISA

Das Hotel Neumayr in München-Großhadern, nahe des Klinikums gelegen, gehört zu den beliebtesten Hotels im Münchener Südwesten und wird von der Inhaberfamilie bereits in der dritten Generation geführt. Es liegt sehr ruhig am Rand der Landeshauptstadt und ist durch seine gute Anbindung dennoch ganz zentral: eine Station der Linie U6 befindet sich in Fussreichweite. Die insgesamt 48 gemütlich eingerichteten Zimmer (davon 30 Doppel- und 18 Einzelzimmer) verteilen sich auf zwei Etagen. Bei rechtzeitiger Reservierung hat man die Wahl zwischen zahlreichen Zimmertypen, die den speziellen Bedürfnissen von Familien gerecht werden. Mit einem großen Garten und Kinderspielplatz ist das Haus ohnehin sehr familienfreundlich. Auch das Kulinarische wird großgeschrieben: Das Restaurant mit der Gemütlichkeit einer typisch bayrischen Gaststube steht unter Leitung von Chefkoch Andreas Neumayr. Restaurant Johannas separat erwähnt.

★★★★

Hotel Torbräu

Tal 41, 80331 München
089-242340
www.torbraeu.de
Einzelzimmer: 123–335 €
Doppelzimmer: 165–497 €

Direkt am Eingang zur Altstadt und in unmittelbarer Nähe zum Marienplatz wartet mit dem Hotel Torbräu, das bereits im Jahr 1490 erstmalig Gäste empfing, ein Haus, das mehr zu bieten hat als eine exzellente Lage und die vermutlich längste Tradition in der Landeshauptstadt. Seit vier Generationen befindet sich das Hotel in den Händen von Familie Kirchlechner, die das historische Haus gekonnt in die Moderne geführt hat. In den unterschiedlichen Zimmern verschiedener Kategorien von Basic bis zur exklusiven Suite steht durchweg eine zeitgemäße Ausstattung inklusive Schallschutzfenstern zur Verfügung. Ein zuvorkommendes Concierge-Team hilft bei der individuellen Gestaltung des Aufenthalts oder der Buchung von Konzerten und Veranstaltungen. Auch für interne Events und Feiern stehen verschiedene Räumlichkeiten zur Verfügung. Und kulinarisch warten neben dem reichhaltigen Frühstück vor allem bei den Kuchen und Torten aus der hauseigenen Konditorei echte Highlights. Restaurant Schapeau separat erwähnt.

★★★★★S

Rocco Forte The Charles Hotel

Sophienstr. 28,
80333 München
089-5445550
www.roccofortehotels.com/hotels-and-resorts/the-charles-hotel
Einzelzimmer: 370–880 €
Doppelzimmer: 370–880 €

Im Herzen Münchens, direkt am Alten Botanischen Garten und in der Nähe des Königsplatzes gelegen, bietet das The Charles Hotel luxuriösen Komfort, elegantes, individuelles Design und sehr persönlichen Service. Insgesamt stehen in dem architektonisch markanten Gebäude 160 komfortable Zimmer und Suiten zur Verfügung. Diese reichen von der Kategorie „Classic Room" mit großzügigen 40 m² und einem Maximum an zeitgemäßem Komfort und Ausstattung bis zur Royal Suite mit 250 m² im obersten Stockwerk, die sogar eine Dachterrasse hat. Der 800 m² große „The Charles Spa" verfügt über fünf Behandlungsräume, Fitnessraum, Sauna, Dampfbad und einen großen Pool. Außerdem: sieben Konferenzräume und ein Ballsaal für Veranstaltungen für bis zu 300 Personen. Sophia's Bar serviert einzigartige Drinks und wird mit viel Passion betrieben. Im eleganten Sophia's Restaurant mit sehr großzügigem Ambiente und Terrasse mit Blick auf

den Alten Botanischen Garten kredenzt man gehobene internationale Küche mit kreativen Akzenten. Sophia's Restaurant & Bar separat erwähnt.

Mundelsheim (Baden-Württemberg)

5 Pfannen

Ochsen

Heinrich-Maulick-Str. 2,
74395 Mundelsheim
07143-50204
www.ochsen-in-mundelsheim.de
Do–Mo ab 18 Uhr, So auch von 11.30–14 Uhr, Di u. Mi RT
Hauptgericht: 17–28 €
EC MC VISA

Der Gasthof von Familie Kölbl im Weinort Mundelsheim zwischen Ludwigsburg und Heilbronn ist eine sehr zuverlässige Adresse für gute, preiswerte Küche. Christian Kölbl bietet in den beiden ländlich-nostalgischen Gaststuben eine attraktive Mischung aus schwäbischen Traditionsgerichten in tadelloser Machart und einer internationalen Linie aus vorwiegend asiatischen oder orientalischen Aromen und Produkten, für die der junge Chef seit jeher nicht nur ein Faible, sondern auch ein gutes Händchen hat. Und zu allem, was die Küche hier von der klassischen Rinderroulade bis zum Thai-Hühnchen kredenzen lässt, hat der familiäre Service auch entsprechende Weinbegleiter von guten Erzeugern aus der Region parat.

Münster (Nordrhein-Westfalen)

6↑ Pfannen

BOK – Brust oder Keule

Melchersstr. 32,
48149 Münster
0251-9179656
www.brustoderkeule.de
Mi u. Do ab 17 Uhr, Fr u. Sa von 12.30–15 Uhr u. ab 17 Uhr, So von 12.30–16 Uhr, Mo u. Di RT
Menüs: 54–82 €
EC Maestro MC VISA

Das nette Souterrain-Restaurant hört nach wie vor auf den Namen Brust oder Keule, jetzt aber mit der Abkürzung BOK im Logo. Auch sonst ist so ziemlich alles neu hier: die Gastgeber, aber vor allem auch das jetzt deutlich hellere, moderner und aufgeräumter wirkende Ambiente. Geblieben ist die ambitionierte Küche unter der Leitung von Küchenchef Manfred Roß, der hier zuletzt richtig stark aufkochte und sich mit einigen Kompositionen bereits in den 7-Pfannen-Bereich vortastete.
Viel fehlte wirklich nicht! Ein mit mariniertem weißem Spargel, Verbene und Salzzitrone bestückter Knusperchip, ein mit Tatar vom Heilbutt gefülltes Filoteig-Röllchen mit einer Art Hollandaise zum Dippen und eine herzhaft-schmorwürzige Lammfleischpraline stimmten handwerklich fundiert, mit Fingerspitzengefühl gefertigt und vor allem sehr schmackhaft auf das Menü ein. Es gibt insgesamt sieben Gänge, die man entweder alle nimmt, oder sich selbst zusammenstellen kann, was man essen möchte.
Qualitativ überraschend guter Thunfisch, roh mariniert und in erfreulich dicken, fleischigen Tranchen portioniert, lag bei unserer Vorspeise zusammen mit gelben, offenbar eingelegten Tomaten, einem mit Miso-Mayo, Avocadocreme und Zitrusgel betupften Brotchip, verschiedenen Kräutern und etwas Zitruskaviar am Rande eines grünen Gazpachosuds, der dieser Vorspeise Frische, Leichtigkeit und eine gewisse, an Schnittlauch erinnernde grüne vegetabile Schärfe verlieh. Sehr fein!
Dass hier mit klassischer Substanz und Können gekocht wird, konnte man auch gut an der sehr kraftvollen, fast schon röstwürzigen Fischsuppe schmecken, die rahmig gebunden und luftig aufgeschäumt mit attraktiver Einlage in Gestalt von Rotbarbe, Zander und Wildgarnele sowie einem kleinen luftigen Brotkissen als verfeinerte Version des Croûton daherkam. Womöglich hätten etwas weniger aromatische Konzentration und eine etwas leichtere Bindung das Süppchen noch eleganter und ausgewogener

wirken lassen – schlecht war das aber auch so nicht …
Die gute Produktqualität, die auf den BOK-Tellern richtig Bock macht, konnte auch die nachfolgende große Zandertranche eindrucksvoll dokumentieren: Die war festfleischig, klararomatisch und noch einen Hauch glasig auf einem süffigen Bett aus Perlgraupen angerichtet, an deren Rand die rahmige helle Sauce und eine dunkle Jus zu tiefem, geschmeidigem Wohlgeschmack ineinanderflossen. Und dafür, dass es nicht zu dicht und breit auf dem Teller zugeht, sondern vielmehr locker, leicht und frisch, sorgten nicht nur Kohlrabi und Pfirsich, sondern auch ein Verbenegel, das zusammen mit etwas Gel vom Pfirsich fruchtig-säuerliche Kontrastpunkte setzte.
Eingeläutet von einem zarten Schmorkompott unter einer mit Kirschreduktion, Schnittlauchöl und winzigen superkrossen Kartoffelcroûtons applizierten Haube von Kartoffel-/Schnittlauch-Espuma kamen schließlich auf dem Hauptteller des Hauptgangs Rehbockmedaillons daher. Die lagen zwar schön punktgenau rosa gebraten, aber überraschend hell und aromatisch ausdrucksschwach auf einem auch nicht gerade sehr arttypisch schmeckenden Rucolapüree auf Kartoffelbasis, denen aber von eingelegten Pfefferkirschen und gebratenem weißem Spargel schmackhaft zugearbeitet wurde.
Deutlich mehr Ideenreichtum und Aussagekraft kam dann aber schon wieder mit dem Dessert auf den Tisch. Einer ziemlich starken Komposition von der Münsterländer Erdbeere mit weißer Schokolade, Süßholz und Fenchel, bei der überraschenderweise vor allem das immer sehr heikle, hier jedoch mit viel Fingerspitzengefühl eingesetzte ätherisch-süßlich-würzige Lakritzaroma in Kombination mit dem als geschmortes „Kraut“ und Sorbet eingesetzten Fenchel für einen spannenden Akkord verantwortlich war.
Das Team hier hat wirklich was drauf und ist sehr ambitioniert! Das konnte man auch an den individuellen drei hausgemachten Kleinigkeiten zum Kaffee sehen und schmecken, die das Menü ebenso niveauvoll ausklingen ließen, wie es begonnen hatte. Die ansprechende europäische Weinkarte hat ihren Schwerpunkt bei geutschen Gewächsen, aber auch gute Alternativen aus Österreich, Frankreich, Spanien und Italien. Alles fair und trinkfreudig kalkuliert.

Cœur D'Artichaut

Alter Fischmarkt 11a, 48143 Münster
0251-39582823
www.coeur-dartichaut.de
Küchenchef: Frédéric Morel
Mi–Sa ab 18.30 Uhr, So von 12–14 Uhr, Mo u. Di RT
Menüs: 69–109 €

Ein wenig versteckt am Alten Fischmarkt mitten in Münster überrascht das erst im Herbst 2019 neu eröffnete Cœur d'Artichaut mit einer Art super-stylischer Wohnzimmeratmosphäre und einer Küche, die scheinbar ganz locker aus dem Handgelenk verblüffenden und sehr anspruchsvollen Genuss bietet. An den acht Tischen mit bequemen Designersesseln unter einer markanten Installation unzähliger moderner Lampen sitzt es sich wunderbar entspannt und lässig, was vom charmanten und offenen Service unter der Leitung von Elisabeth Morel nur noch verstärkt wird. Genauso wie von dem munteren Team um Frédéric Morel in der halb offenen Küche, das die unterschiedlichen Gerichte jeweils selbst einsetzt und erklärt. Schon allein deshalb ergibt sich hier ein echter Wohlfühlort.
Dazu ist aber auch das, was auf den Tellern passiert, erfreulich individuell und anspruchsvoll. Der im bretonischen Brest geborene Chef wird seinem eigenen Anspruch, der auch hinter dem Namen des Restaurants steht, ausgezeichnet gerecht: nämlich eine Küche zu bieten, die immer wieder überraschend ins Herz trifft. Seine Gerichte, mit denen er uns seinerzeit schon im Hamburger Se7en Oceans begeistert hatte, verbinden bretonische und kreolische Einflüsse mit westfälischen Produkten, sind modern, aber zugleich radikal produktfokussiert und wirken deshalb zu keinem Zeitpunkt angestrengt oder technisch.

So liefert schon ein Krustentier-Salpicon (mit Pet Nat angesetzt) nebst Erbsencreme und einem papierdünnen Pumpernickelchip sowie Affila-Kresse viel Finesse auf engem Raum. Genau wie ein leicht gelierter klarer Tomatenfond mit eleganter Säure, darin gelierten Balsamicodrops, Mozzarellakügelchen und Rucolakresse. Teil drei der einstimmenden Miniaturen war eine ebenfalls clevere und feinsinnige Interpretation, nur mit mehr Wumms – nämlich in Gestalt eines „Caesar Salad" mit einem dünnen Roggenchip, Romanasalat, saftig-knusprig gebackenem Huhn und Parmesan als kleiner warmer Happen. Neugierde geweckt, Auftrag erfüllt!

Der eigentliche Start ins Menü fiel dann wieder filigraner und vielschichtiger aus. Das Team inszenierte hierbei zart gegarte Crevettes Roses – akzentuiert mit confierter Zitrone, Zitronenthymian und Fenchelpollen – neben auf Salz gegartem Fenchel, der wirkungsvoll mit gerösteter Fenchelsaat bestäubt war. Für Frische sorgte hier ein klares Granité aus Buttermilch und Zitronenthymian, während eine Krustentier-Mayo und gelierte Krustentier-Reduktion auf elegante Art die typische Schalen-Röstpower einbrachten. Fein!

Das sollte aber auch der einzige kleinteiligere Gang des Menüs bleiben. Bereits beim einseitig goldknusprig gebratenen Steinköhler wurde es deutlich puristischer. Das reinweiße zarte Fleisch des feinen Fischs wurde mit einem Topping aus nussigen Senf-Crumbles und sautiertem Spinat gekrönt, ansonsten aber optimal freigestellt und nur von luftiger Bratkartoffel-Espuma mit reichlich Cremigkeit hinterlegt, die aber wiederum gekonnt vom begleitenden Cocktail mit rotfruchtig säuerlicher Johannisbeernote gebrochen wurde.

Das namensgebende Gemüse, sprich die Artischocke, fand seinen Weg ins Menü im nächsten Gang. Zu einer im Ganzen entgräteten und außen kross, innen glasig gebratenen Rotbarbe unter schwarzem Olivencrunch gab es den Boden des Distelgewächses in einem kleinen Gemüse-Ensemble neben zartfruchtiger Tomate und herber Olive (unter anderem als Sphäre) sowie als Bestandteil eines aromensatten, lang reduzierten Barigoule-Fonds, der mit seinen Noten von Artischocke, Tomate und Thymian quasi das Plateau für das Gericht bildete. Einziges kleines Manko: Die Rotbarbe war im Kern grenzwertig knapp gegart – was manchem Produkt gut steht, wirkte hier in der weichen Konsistenz nicht ganz so passend. Alles zusammen ergab das aber ein ebenso kraftvolles wie elegantes Ganzes, das einen unmittelbar in mediterrane Gefilde beamte.

Wie eigenständig und unkonventionell das Team seine französischen Einflüsse interpretiert, wurde dann besonders beim französischen Salzwiesenlamm deutlich: in seinem schmelzenden Fettmantel eingeschlagen, wurde das hocharomatische, spannungsgeladene Fleisch mit Gurke (dünne eingelegte Streifen und kräftig abgebrannte Rondelle), einem intensiven Kamillen-Pesto, weißer Knoblauch-Emulsion und Sesam kombiniert. Letzterer fand sich auch als Paste in der kräftig reduzierten Lammjus wieder, die dem Gericht neben seiner eher hellen und vegetabilen Seite das nötige Rückgrat einbrachte. Sehr stark. Klare 8 Pfannen!

Dieses Niveau konnte der durchaus originelle, an Thai-Curry angelehnte süße Abschluss nicht ganz halten, weil der etwas massige Erdnussboden mit wuchtiger gelber Currycreme ein wenig zu plakativ für die zarten, eher naturell belassenen Erdbeeren und das kräutergrüne Kokoseis mit Basilikum und Koriander daherkam. Eine super Idee, die aber noch etwas Feintuning vertragen könnte. Denn dass es auch beim Dessert perfekt balanciert geht, zeigte die bereits aus Hamburg bekannte Kombination aus Eukalyptus (Baiser) mit roter Paprika und Himbeere als erfrischendes „Petit Four" zum Löffeln. Fazit: ein ebenso sympathisches wie spannendes Restaurant, von dem noch einiges zu erwarten ist!

Einiges erwarten kann man auch in den Gläsern, denn sowohl die glasweisen Weinempfehlungen als auch die vielen hochwertigen Flaschen werden mit viel Sinn für gute Kombinationen empfohlen, fair kalkuliert und haben durchweg hohes Niveau. Was aber in besonderer Weise auch für die alkoholfreien Alternativen, insbesondere die eigens kreierten Cocktails gilt. Da ist das Cœur D'Artichaut selbst im überregionalen Vergleich weit vorne mit dabei!

7↑

Ferment

im Restaurant Ackermann

Roxeler Str. 522,
48161 Münster
02534-1076
www.restaurant-ackermann.de
Küchenchef: Laurin Kux
Do–So ab 18 Uhr, Mo–Mi RT
Menüs: 89–119 €

EC VISA P

Das kleine Fine-Dining-Abteil im Restaurant Ackermann, das sich bis Frühjahr 2020 noch in einem umgestalteten Kellerraum des Hauptgebäudes mit Anschluss an den Weinkeller des Hauses befunden hat, ist nach dem Ende des Corona-Shutdown zunächst temporär nach oben gezogen, empfängt die Gäste jetzt aber dauerhaft im Erdgeschoss des Nebenhauses. Warum auch nicht? Hier sitzt es sich sehr kommod, im Sommer kommt Tageslicht rein, die Luft ist besser – und auch hier lässt sich die kreative, moderne Freistilküche von Laurin Kux, der vor wenigen Jahren aus dem Hamburger Jellyfish ins Münsterland gewechselt ist, in einem adäquaten Rahmen genießen.
Schon die ersten Kleinigkeiten, ein Fingerfood-Snack aus Essig-Baiser mit Rauchaal (als Brandade und kleines Stück) und kleiner Nocke Essigeis on top, eine marinierte Auster mit klarem Tomatensud, Pfefferblatt und Blumenkohl sowie etwas Makrelentatar mit fruchtiger Roter Bete und ätherischem Dillsorbet, repräsentierten den Stil des Kochs trefflich, denn sie waren alle gleichsam geschmacklich sehr markant, pointiert und elegant umgesetzt.
Dem attraktiven Duett aus handgeschnittenem und relativ pur belassenem Tatar vom Münsterländer Wagyu und Störkaviar aus heimischer Aquakultur assistierten frische knackige Erbsen, gebackene Kapern, die dünne Spur einer leicht umamiwürzigen Mayonnaise und eine prinzipiell sehr pfiffige, nach unserem Dafürhalten nur etwas zu süße und zu kleine Nocke Meerretticheis ebenfalls recht ausdrucksstark, ohne den Hauptprotagonisten jedoch die Show stehlen zu wollen.
Der schottischen Lachsforelle, die einstmals ein Mordstrumm Fisch von den Ausmaßen eines kleinen Lachses gewesen sein muss und im folgenden Gang als abgeflämmte, innen glasige Tranche sowie als taufrisch wirkendes Tatar präsentiert wurde, stellten Kux & Co. Miniaturen von Sellerie und Gurke gegenüber. Die kleinen Röllchen aus marinierter Sellerieknolle waren mit einem Liebstöckel-Pistou gefüllt, und dem erdigen Grundton des Selleries standen mit Kirschfrucht ausgleichende Süße und Säure gegenüber. Letztere Liaison funktionierte auch in dem final am Tisch angegossenen Sud ganz prima. Schön, dass sämtliche Saucen und Fonds in einem kleinen Kännchen zum Nachschenken am Tisch bleiben!
Der Oktopus präsentierte sich mit perfekt bissfest-weichem Fleisch und knusprig angebratener, röstwürziger Hülle in guter Verfassung und kam in einem eigentlich sehr simplen Umfeld aus Fenchel und Salzzitrone (Kompott, Salat, Gel …) daher. Hier waren sowohl Atsina-Kresse als auch insbesondere Fenchelblüten für ätherische Obertöne verantwortlich. Die schwarze Mayonnaise war nicht etwa mit Sepia gefärbt, sondern verdankte ihr Aussehen und ihre tiefe, süßliche Würze fermentiertem schwarzem Knoblauch, dessen Geschmack sich hier ebenfalls prima einfinden konnte.
Mit sehr krosser Haut, darunter maximal saftig und gerade noch einen Hauch glasig, kam der Seehecht mit seiner Entourage aus frischen Nordseekrabben angeschwommen, dockte in seinem Bad aus feinsüßlicher Sauerkraut-Schaumsauce auf knackigem Spitzkraut und bekam von kleinen Pfirsichwürfeln ein angenehmes Maß an Frucht an die Seite gestellt. Nicht plakativ, eher subtil und von der Sauce sanft eingefangen. Auch die herben Noten von etwas Kapuzinerkresse brachten sich hier gewinnbringend ins Geschmacksbild ein.
Überraschend ausdrucksvoll und vielschichtig war der Hauptgang, bei dem Perlhuhn im Mittelpunkt stand. Und das nicht nur als herrlich eigenaromatische Brusttranche unter krosser Haut und saftspritzender Fettschicht, sondern auch als eine mit Lebercreme gefüllte Moussekuppel aus der Keule des Vogels. Ganz puristisch und pointiert begleitet von einem als kleine gefüllte Rolle interpretierten Salat von grünem Spargel mit duftiger Estragonnote und einer sehr kraftvollen und zugleich elegant säuerlich zugespitzten Champignonsauce.
Eingeläutet von einem Baiser-Cracker mit Ziegenkäsemousse und Pumpernickel kam dann der eigentliche süße Abschluss um Himbeere und Joghurt mit karamellisierten Mandeln und einer Sauce von Sauerampfer sowie einer flüssig gefüllten Sphäre von Tagetes, die hier im Zusammenspiel eine originelle Kräuterfrische mitbrachten. Die Desserts verdankt man im Ferment – ebenso wie die sehr guten eigenständigen Petits Fours und das Brot vorneweg – übrigens Laurin Kux' Frau Dana, die damit nahtlos am hohen Niveau anknüpft.

5

Gabriel's im Kaiserhof

im Hotel Kaiserhof
Bahnhofstr. 14, 48143 Münster
0251-4178600
www.kaiserhof-muenster.de
Mo–Sa ab 18 Uhr, So RT
Hauptgericht: 20–30 €,
Menüs: 39–59 €
VISA

Auch nachdem der dezidierte Gourmetbereich im schicken Hotel Kaiserhof aufgegeben wurde, müssen genussfreudige Gäste hier nicht hungern, denn auch im eleganten Bistro-Restaurant des Hotels wird durchaus ambitioniert gekocht – und seit der Konzeptänderung sogar ein bisschen kreativer und einfallsreicher als in früheren Jahren. Zwar sitzt auf den recht aufwendig gestalteten Tellern nicht jede Pointe, aber das Grundniveau ist erfreulich hoch und es gibt immer den einen oder anderen überraschenden Einfall. Wenn das Produktniveau noch ein wenig angehoben und der fast immer greifende Grundsatz „weniger ist mehr" stärker berücksichtigt würde, wäre konzeptionell durchaus auch noch mehr möglich. Lohnend ist das Angebot in den beiden fünfgängigen Menüs (eins davon vegetarisch) und den ergänzenden Gerichten à la carte aber auch so. Genau wie die beeindruckend breit und anspruchsvoll angelegte Weinauswahl, aus der auch glasweise sehr hochwertig ausgeschenkt wird.

5↑

Giverny

Spiekerhof 25, 48143 Münster
0251-511435
www.restaurant-giverny.de
Küchenchef: Cyril Courtin
Di–Sa von 12–14 Uhr u. ab 18 Uhr, So u. Mo RT
Hauptgericht: 28–40 €,
Menüs: 49–69 €
VISA

Wenn klassisch französische Genusskultur in Deutschland, dann doch gern ganz genau so authentisch wie in dem gehobenen frankophilen Bistro im Kiepenkerl-Viertel in Münster! Seit Jahren ist das zwar schmale, aber nach hinten raus überraschend geräumige Restaurant ein Hotspot für all jene Genießer, für die Auster, Bouillabaisse und Turbot keine Fremdwörter, sondern Musik in den Ohren sind. Und die zum Einstieg feinperligen Crémant oder Champagner guter Erzeuger genauso zu schätzen wissen wie im weiteren Verlauf des Abends stoffige Weine von der Rhône oder aus Burgund und Bordeaux.
All das wird hier auch nach dem bereits vor zwei Jahren vollzogenen Generationswechsel – Cordula und Emile Zaragoza hatten das Lokal damals an ihre Tochter Nadja Zaragoza-Winkler und deren Ehemann Jörg Winkler übergeben – unverändert engagiert zelebriert. Nicht nur bei zahlreichen besonderen Events, sondern Abend für Abend. Dabei liegt der Fokus auf hoher Produktqualität und souveräner Zubereitung. Vor gediegener Langeweile muss sich dennoch niemand fürchten, denn die traditionellen Gerichte werden oft kreativ abgewandelt, ohne jedoch das schlichte klassische Genre zu verlassen oder sich in allzu elaborierten Dingen zu verlieren. Im Gegenteil: Die einzelnen Komponenten sind zwar meist ein bisschen gröber gehalten, dafür aber aromatisch ausdrucksstark. Für das ansprechende Niveau der Küche sorgt mit dem langjährigen Küchenchef Cyril Courtin übrigens ein gebürtiger Franzose aus der Champagne.
Ausgerechnet das fein geschärfte kühle Gurken-/Wasabi-Süppchen zur Einstimmung lag dann jedoch eher abseits von Frankreich und hätte auch etwas konzentrierter sein können. Für einen sommerlich beschwingten Einstieg sorgte es aber allemal. Und es sollte außerdem direkt inspirierter werden, nämlich in Form einer Trilogie rund um Pfifferlinge. Serviert wurden dabei ein schlankes pures Schaumsüppchen neben einem pfiffig-effektvollen Salat bester kleiner knackiger Exemplare, Blaubeeren und Schnittlauch. Die Nummer 3 im Bunde war eine zarte Crème brûlée, die zwar den waldwürzigen Geschmack auf milde Art transportierte, durch die etwas dicke Zuckerkruste dann aber doch fast schon zu desserthaft geriet. Insgesamt: durchaus originell, aber zu milchig-mild und süß.
Mehr Power und markantere Aromen gab es beim (leider etwas wässrigen) Rindertatar, dessen klassische Kapern- und Zwiebelwürze bestens mit einem eleganten Röstzwiebelchutney und intensivem Senfeis korrespondierte. Auch gehobeltes gebeiztes Eigelb und (leider ziemlich blasse) Trüffelscheiben fügten sich gut ein. Problematisch waren dagegen die essigstichigen Rettichscheiben und Baby-Maiskolben, die

unangenehm stark an ihre Verwandten aus dem Glas erinnerten. Einfach weglassen!
Nichts wegzulassen brauchte man dagegen bei den kurz kräftig angebratenen und innen roh belassenen Thunfischtranchen, die sich in dem Umfeld aus mit Meerrettich geschärftem Kartoffelpüree, knackigem grünem Spargel, auffallend prononciert gewürzten Rübchen und einer stoffigen Beurre blanc mit feiner Säure schmeckbar wohlfühlten. Hier stimmte auf aufgeräumte und schlichte Art endlich alles: nichts zu viel, nichts zu wenig und auch nichts daneben. Mit genau diesem Stil begründet das Giverny seinen Erfolg und belegte das auch durch ein à point gebratenes Kalbsfilet nebst grünem Spargel, zarten erdigen Trüffel-Ravioli und Armagnac-Sauce. Dass es auch am Ende klassisch französisch bleibt, verwundert kaum. Und so wurde die zarte Tarte au citron mit Baiser, intensivem Blaubeersorbet und Veilchenaromen trotz relativ viel Süße gut auf den Punkt getroffen.
Tatsächlich überzeugte uns die Küche diesmal umso mehr, je aufgeräumter und klarer sie vorging. Bei kreativeren Versuchen oder zu viel Aktionismus auf den Tellern gerät das Resultat schnell ein wenig in Schieflage. Die moderate Bewertungskorrektur, die freilich nicht ausschließlich auf unserer jüngsten Momentaufnahme, sondern auch auf früheren Gesamteindrücken und Tendenzen beruht, bildet die nach wie vor sehr gute Küchenleistung auch im regionalen Vergleich am realistischsten ab und soll das Team dazu motivieren, zukünftig entweder die moderneren Gerichte noch etwas genauer auszuarbeiten, oder aber insgesamt etwas klassischer, reduzierter und fokussierter vorzugehen. Das Potenzial und die Substanz für eine höhere Bewertung sind nämlich nach wie vor vorhanden. Genau deshalb, und natürlich auch dank der heiteren Atmosphäre sowie der guten (vor allem flaschenweise) französischen Weinauswahl, macht ein Besuch im Giverny nämlich unverändert viel Freude!

Spitzner Restaurant

Königsstr. 42, 48143 Münster
0251-41441550
www.spitzner-restaurant.de
Küchenchef: Karl-Nikolas Spitzner
Di–Sa von 12–14 Uhr u. ab 18.30 Uhr, So u. Mo RT
Hauptgericht: 32–39 €,
Menüs: 49 €

Obwohl wir schon seit rund zehn Jahren im Auftrag des guten Geschmacks auch regelmäßig nach Münster reisen, sind das geschmackvoll nostalgische Restaurant im Oer'schen Hof in der Innenstadt und dessen Küchenchef Nikolas Spitzner für uns in diesem Jahr tatsächlich Neuentdeckungen. Dabei führt und bekocht der Chef schon seit rund sechs Jahren dieses schmucke Lokal mit viel Flair. Und auch davor hatte er schon an den Töpfen des Restaurants am Aasee von sich reden gemacht.
Dass wir bislang noch nicht auf ihn aufmerksam wurden, finden wir nach unserem ersten Besuch in dem repräsentativen Backsteinbau umso erstaunlicher, weil er richtig was auf der Pfanne hat und hier eine weitestgehend frankophile, ab und an aber auch regionalbetonte klassische Küche auf die Teller bringt, die sich nicht nur durch äußerst starke Substanz auszeichnet, sondern auch ziemlich originell ist.
Originell nicht unbedingt im Sinne von überbordender Kreativität, sondern eher wegen ausgesprochen spannender Produkte in animierender Zusammenstellung. Wo sonst bekommt man denn beispielsweise einen Hecht aus dem holländischen Ijsselmeer mit Boudin blanc und Morchelsaft, einen Bodensee-Felchen mit Wilder Bachkresse, Rübstiel, Soufflé-Kartoffel und Riesling-Zwiebel oder eine temperierte Terrine vom Bresse-Huhn? Zumal in der hier gebotenen Qualität?

Dass die Liebe zur französischen Klassik kein bloßes Lippenbekenntnis ist, zeigte sich auch aufs Beste bei der Paté en croûte von der Blutente mit herber Schlehen-Cumberlandsauce, Feldsalat und Wurzelgemüsestiften. Und zwar allein deshalb, weil eine solche Paté unter dem krossen splittrigen Teig handwerklich kaum besser zu machen ist: saftige Füllung mit tiefem dunklem Fleischgeschmack, in den kleinen Zwischenräumen mit Jus geliert, hochwertiger Einlage durch Gänseleber plus Wildhasenfilets – und gekonnten nussig-pfeffrigen Akzenten durch Pistazie und grüne Pfefferkörner.
Die gebratenen Jakobsmuscheln aus der Bretagne überzeugten allein schon durch ihre Qualität und Frische, waren sehr schön festfleischig und hatten einen klaren, nussig-jodigen Geschmack. Auf einen milden Zwiebelschaum gebettet, von in Spätburgunder geschmorten Roscoff-Zwiebeln, eingelegten Brombeeren, kleinen knusprigen Speckpartikeln und Salbei umkreist und mit einer feinsäuerlichen Zwiebeljus eingefasst, war das aber auch kompositorisch ein sehr elegantes und dennoch herzhaft zupackendes Gericht auf hohem Niveau.
Aromatisch eher im Süden Frankreichs angesiedelt, das aber auf sehr einnehmende Art und Weise, war der auf dem krossen Fettdeckel markant mit Fenchelsaat gewürzte Lammrücken. Dessen feinwürzig-kerniges Fleisch wurde von gegrillten Kartoffelscheiben und geschmorter Schalotte auf der würzigen Seite verstärkt, daneben aber durch ein knackiges Schnittbohnenragout und Bohnenkrautschaum mit viel grüner Frische ergänzt. Gemeinsam mit einer hellen, natürlichen und nicht überkonzentrierten Lammjus war das eine rundum stimmige Angelegenheit!
Ein großer Klassiker der Haute Cuisine folgte mit dem „Lièvre à la royale", dem königlichen Wildhasen, der hier tatsächlich nach Art der großen Meister als akkurat geformte Scheibe mit Gänseleberkern und einer feinen, mit Blut gebundenen Schmorsauce glasiert daherkam. Und durchaus überzeugte! Nicht ganz so tiefgründig, geschmeidig und saftig wie etwa bei den Haeberlins oder einst bei Harald Wohlfahrt, aber durchaus respektabel – und sehr aufwendig! Begleitet wurde das königliche Langohr von Brombeeren, Perlzwiebelsegmenten, karamellisierter Schwarzwurzel und Steinpilz-Gnocchi.
Auch bei den Desserts bewegt sich das Team klar abseits des modernen Mainstreams, indem beispielsweise mit einem in Vanillemilch getränkten und dann knusprig karamellisierten Brioche ein beinahe Crème-brûlée-ähnlicher Effekt entstand, der von einem deutlich herben Schlehensud, marinierter Birne und mildem Buttermilch-Espuma abwechslungsreich eingefasst wurde. Und weil in den stimmungsvollen Räumen des Restaurant Spitzner auch Wein eine übergeordnete Rolle spielt und selbst im Offenausschank interessante Gewächse in die Gläser kommen, macht das hier auch sonst richtig Spaß.

Münstertal (Baden-Württemberg)

7

Spielweg

Spielweg 61,
79244 Münstertal (Obermünstertal)
07636-7090
www.spielweg.com
Täglich von 12–14 Uhr u. ab 18.30 Uhr, kein RT (Mo u. Di verkleinertes Angebot)
Hauptgericht: 22–36 €, Menüs: 49–84 €
VISA

Nach dem Generationswechsel im Spielweg hat dieses gastliche Gesamtkunstwerk, das malerisch zwischen hohen Wiesen und dunklem Tann im Münstertal, etwa eine halbe Autostunde südlich von Freiburg liegt, nichts von seinem traditionellen Charme verloren. Atmosphärisch sowieso nicht, aber auch kulinarisch sind die jungen Füchse Kristin und Vicky einfach zu klug und zu stark verwurzelt in ihrem kulinarischen Erbe, um nun plötzlich und unvermittelt alles auf links zu drehen. So blieben einerseits den Gästen liebgewonnene Klassiker im Repertoire und werden aber auch die Novitäten, die nach Vicky Fuchs' Übernahme des Küchenzepters immer stärker zunehmen, sehr behutsam und stimmig ins Repertoire integriert. Ein softer Übergang zu einer mittlerweile deutlich erkennbaren eigenen Handschrift, die zwar vergleichsweise moderner, kreativer und weltoffener wirkt, aber unverändert auf dem Fundament der groß gewachsenen Traditionen des Hauses basiert. Was bei der Affinität für Wild anfängt und beim hervorragenden hauseigenen Käse noch längst nicht aufhört.

Murnau (Bayern)

5↑ 🍴🍴🍴🍴

Murnauer Reiter

im Hotel Alpenhof Murnau
Ramsachstr. 8, 82418 Murnau
08841-4910
www.alpenhof-murnau.com
Küchenchef: Claus Gromotka
Täglich von 12–13.30 Uhr u. ab 18 Uhr, kein RT
Hauptgericht: 18–48 €,
Menüs: 48–160 €

VISA P

Die Gastronomie in dem ruhig und beschaulich am Rande des Murnauer Mooses gelegenen Hotels Alpenhof Murnau war über die letzten Jahre hinweg im Wandel. Die unterschiedlichen weitläufigen Räumlichkeiten wie das ländlich-elegante Reiterzimmer oder das neu gestaltete Panorama-Restaurant, welche von mehreren gläsernen Weinklimakammern gesäumt sind, bieten nun nicht nur sehr viel Platz, sondern auch jenen gehobenen Komfort, den man in einem luxuriösen Hotel dieser Kategorie erwartet. Auch das Kulinarium von Küchenchef Claus Gromotka ist weit von dröger Hotelküche entfernt, basiert zwar auf einem relativ breit gefächerten Portfolio, das möglichst für jeden Geschmack etwas bereithalten muss, verliert sich damit aber nicht in einfallslosen Allerweltsgerichten.

Natürlich gibt es auch hier Caesar Salad, Forelle „Müllerin Art" und Wiener Schnitzel, aber vorwiegend zur Mittagszeit und auch das mit gehobenem Anspruch an Produkt und Handwerk, wovon wir uns in der Vergangenheit auch schon überzeugen konnten. Am Abend wird aber nochmal eine Schippe draufgelegt und es gibt neben Klassikern wie Spaghetti in Trüffelcreme oder Rindefilet „Rossini" auch ambitionierte Eigenkreationen, die mittlerweile in einem bis zu achtgängigen „Verwöhnmenü" gipfeln, das sich preislich wie kompositorisch klar an Gourmets richtet. Während in den letzten Jahren der Fokus mehr auf gehobener Alpenkulinarik und regionalen Produkten lag, fischt das Team mit seiner neuen Flagship-Speisefolge verstärkt in internationalem Gewässer: Hummer, Adlerfisch, Loup de Mer … Und das Fleisch darf auch mal ein Wagyu-Beef aus Übersee sein.

Den äußerst schnörkellosen Anfang machte bei unserem jüngsten Besuch ein Tässchen randvoll mit richtig guter, gehaltvoller, ganz leicht sämiger Hummer-Bisque: sehr röstaromatisch, mit charakteristischer Süße, viel Power und Tiefe, aber dennoch elegant. Zur Vorspeise zeigten dann auch die Medaillons von der akkurat gefertigten Wachtelroulade ansprechendes Handwerk, während der Kontrast von Süße und Würze, den die deftige Speckhülle und das Mangotatar anstimmten, den Gang in eine durchaus reizvolle, aber kompositorisch eher schlichte Richtung tendieren ließ.

Ebenfalls von einem Wechselspiel zwischen Süße und Würze getragen, aber als solches eleganter und diffiziler, kam sodann der Cocktail vom kanadischen Hummer daher, dessen Grundlage aus kleinen Ananaswürfeln, rohem Champignon, Gurke und klassischer (leichter!) Cocktailsauce überdies von Koriandergrün und Tonic aromatische Akzente und eine gewisse Spritzigkeit verliehen bekam. Da bewegte sich die Küche ebenso auf 6-Pfannen-Niveau wie bei den mit Erbsenmousseline gefüllten Tortellini auf verblüffend großen, knackigen Scheiben von der Schwarzwurzel, denen Belper Knolle ihr charakteristisch pfeffriges Aroma und die typisch sandig-cremige Textur verliehen. Das Ganze funktionierte aber ausgerechnet deshalb so gut, weil die ebenfalls aufgetragene Nussbutter-Espuma gar nicht wie erwartet geschmeckt hat, sondern sehr kühl und recht säuerlich, fast an Ziegenkäseschaum erinnernd – und damit einen interessanten Kontrapunkt setzte.

Eher etwas unruhig wirkte indes das Zusammenspiel von ruppiger Säure und zu viel Salz beim folgenden Fischgang um ein schönes Stück Wolfsbarsch, dessen Begleitung aus Safran-Fenchel, Gemüse-/Aal-Kompott und Rote-Bete-/Senf-Sauce alles andere als arttypisch schmeckte. Der Safran am noch relativ bissfesten, fast etwas störrischen Fenchel war allenfalls ob der zart gelblichen Färbung zu erahnen, der Aal im klein gewürfelten Schmorgemüse à la Caponata nicht zu identifizieren, und in der Sauce war noch eher Senf als Rote Bete zu schmecken – an beides hätten wir aber in einer

Blindprobe nicht als Erstes gedacht. Sie war jedenfalls mildwürzig und federte die fruchtigen Säurepunkte der vereinzelten Fake-Kaviar-Perlen, die zwischen den kleinen Gemüsewürfeln aufploppten, harmonisch ab.
Nach einem nicht uninteressanten, aber auch nicht ganz rund in Einklang gebrachten Intermezzo aus Matchatee-Sorbet, Kräuterschaum, Fingerlimes und Blaubeergranité begeisterte im Hauptgang auf der einen Seite das schön kernige Stück vom Flanksteak eines Wagyu-Rindes – trübte allerdings auf der anderen Seite die etwas unharmonische Bitternote der Jus (zu dunkler Röstansatz!) ein klein wenig Gesamteindruck. Zumal auch die üppigen Cremetupfen des fermentierten schwarzen Knoblauchs, die zahlreich zwischen Selleriemousseline, Kräuterseitling, Kürbis, Rosenkohlblättern und Maisbrot aufgetragen waren, in eine bittersüße Richtung gingen.
Erwartungsgemäß gut funktionierte im Käsegang das Miteinander von Vacherin Mont d'Or mit Périgord-Trüffel und Birne, während bei der relativ süßen Dessertkomposition „Impression von der Schwarzwälder Kirsche" das annoncierte Aroma der Tonkabohne bloß im Ungefähren blieb. Davon, dass das Thema Wein im Alpenhof seit jeher ein ganz besonders großes ist, zeugen hier nicht nur mehrere einsehbare Weinkammern, sondern auch die sensationelle Weinkarte und die von Sommelier und Maître Guarino Tugnoli ausgewählte glasweise Begleitung zum Menü.

Naumburg (Sachsen-Anhalt)

5

Gasthof Zufriedenheit

Steinweg 26, 06618 Naumburg
03445-7912051
www.gasthof-zufriedenheit.de
Di–So von 11.30–13.30 Uhr u. ab 18 Uhr, Mo RT
Hauptgericht: 24–38 €, Menüs: 48–138 €
VISA

Als Mittelpunkt des nördlichsten deutschen Weinanbaugebietes Saale-Unstrut ist man in der Stadt Naumburg, die weithin für das UNESCO-Weltkulturerbe Naumburger Dom bekannt ist, von Haus aus genussaffiner als in den anderen Regionen des gastro-kulinarisch eher dünn besiedelten Bundeslandes Sachsen-Anhalt. Und so erfreut sich das stilvolle Hotel und Gasthaus Zufriedenheit in dessen Zentrum nicht nur bei Touristen großer Beliebtheit.
Das Team um Küchenchef Alexander Frömel lässt nämlich in dem ebenso schick wie schlicht designten Lokal in modernem gehobenem Bistrostil, das quasi Restaurant, Rezeption und Lobby in einem ist, eine zeitgemäße und einfallsreiche Küche kredenzen – mit einem Programm, das die „Zufriedenheit" der Gäste erfreulicherweise nicht über touristisches Standardprogramm, sondern über erkennbar ambitionierte Gerichte erreichen will.
Das Team geht dabei einen klugen Mittelweg zwischen leichter Zugänglichkeit und der einen oder anderen kreativen Idee und bereitet alles frisch, natürlich und optisch ansprechend zu. Besonders charmant: nahezu alle regionalen Weine werden offen ausgeschenkt und in der Karte direkt korrespondierenden Gerichten gegenübergestellt.
So hätte es zur mit Ziegenkäse gefüllten und in Speck gebratenen Feige sowie eher milder schwarzer Knoblauchcreme neben dem 2019er Blanc de Noir von Gussek beispielsweise auch einen gut mit der kräftigen Würze umgehenden Muscaris gegeben. Wobei der wahrscheinlich gegenüber dem außerdem zum Ziegenkäse kombinierten und da deutlich überproportionierten, deftigen Zwiebelchutney ebenfalls eingeknickt wäre.
Beim Feintuning hapert es auf manchem Teller noch ein wenig – trotz der aufgeräumt klaren Optik der meisten Gerichte. Da wäre im Zweifel eine weitere Reflexionsschleife vor dem „Go" auf die Karte hilfreich. Nicht gebraucht hatte das allerdings die ohnehin sehr pur und schlicht gehaltene Pfifferlings-Cremesuppe, die neben markantem Produktcharakter nur von einem milden Kräuterschaum obenauf akzentuiert wurde. Ein schmackhaftes Intermezzo!
Beim folgenden, schonend auf der Zedernholzplanke gegarten Lachs wurde die ebenfalls schlichte Kombination mit knackigen, buttrig

glasierten Wurzelgemüsestücken und Kartoffelstampf durch etwas confierte Zitronenstreifen und den begleitenden 2018er Riesling „S37" vom Weingut Böhme & Töchter aufgebrochen. Leider handelte es sich beim fasrigbutterweichen Lachs entweder um ein sehr faules und bewegungsarmes oder (wahrscheinlicher) um ein aus durchschnittlicher Zucht stammendes Exemplar. In der großzügigen Portionierung war das unterm Strich und trotz der guten Grundidee schon sehr, sehr mächtig. Auch bei Fleisch-Hauptgängen wie dem Wiener Schnitzel mit Rahmgurken und Kartoffelsalat oder den geschmorten Ochsenbäckchen, die von Pastinake, Schwarzwurzeln und Süßkartoffel eskortiert werden, meint es die Küche gut mit ihren Gästen. Wer danach eine längere Pause einlegt oder sehr viel Appetit mitbringt, wird mit Desserts rund um Birne, Mohn, Tonkabohne und Mokka oder Holunderbeere, Pfirsich, Rosmarin und Joghurt auch zum Abschluss auf der gleichen Linie versorgt: gute Ideen, manchmal ein bisschen holprig umgesetzt, aber im Ergebnis immer ansprechend. Dazu gibt es in der Weinkarte neben den glasweise empfohlenen Gewächsen auch noch weitere, etwas höherwertige Weine flaschenweise, die von den Damen im Service genauso freundlich und beflissen moderiert werden wie alles andere.

Hotelempfehlung

Hotel Gasthof Zufriedenheit

Steinweg 26, 06618 Naumburg
03445-7912051
www.gasthof-zufriedenheit.de
Einzelzimmer: ab 105 €
Doppelzimmer: ab 135 €

Im Zentrum des nördlichsten deutschen Weinanbaugebietes Saale-Unstrut und in Laufweite zum UNESCO-Weltkulturerbe Naumburger Dom lädt das stilvolle Hotel und Gasthaus Zufriedenheit in helle, moderne Räume. „Individuell, sachlich, elegant" umschreibt sich das 2017 nach umfassenden Renovierungsarbeiten wiedereröffnete Historikhotel im Herzen Naumburgs sehr treffend selbst. Und individuell ist tatsächlich schon die charmante „Wohnhalle" des von Direktor Matthias Albrecht geführten Hauses, in der Empfang, Lob-

by, Bar und Restaurant fließend ineinander übergehen. Individuell gestaltet in schnörkellos wohnlichem Stil und zeitgemäß ausgestattet präsentieren sich auch die 15 Zimmer und zwei Suiten, mit feinen natürlichen Stoffen, leichten Daunendecken in Kingsize-Betten, großzügigen Bädern, modernen Flatscreen-TVs und natürlich schnellem WIFI. In Restaurant und Weinstube werden durchgehend große Klassiker und feine Kleinigkeiten serviert. Restaurant Gasthof Zufriedenheit separat erwähnt.

Naurath / Wald (Rheinland-Pfalz)

8

Rüssels Restaurant

in Rüssels Landhaus
Büdlicherbrück 1, 54426 Naurath / Wald
06509-91400
www.ruessels-landhaus.de
Mo, Do u. Fr ab 18.30 Uhr, Sa u. So von 12–14 Uhr u. ab 18.30 Uhr, Di u. Mi RT
Hauptgericht: 39–48 €,
Menüs: 125–145 €

Ein Landidyll-Paradies par excellence ist dieses malerisch entlegene Anwesen von Familie Rüssel unweit der Mosel in ruhiger Alleinlage zwischen Wald und Flur. Hier gibt es neben komfortablen Hotelzimmern das Restaurant Hasenpfeffer mit feiner Regionalküche und das nach den Gastgebern benannte Gourmetrestaurant, das sich mit seinem ebenso behaglichen wie eleganten Interieur geschmackvoll ins gehoben-ländliche Ambiente des gesamten Hauses einfügt. Wer im Sommer hierher kommt, kann auf der wunderbaren Terrasse an einem Teich sitzen, den Blick auf den sich sanft in weite grüne Auen ausdehnenden Park und das lichte Wäldchen vor der Haustüre genießen und einfach abschalten und sich erfreuen. Aber selbst drinnen im Restaurant wirkt die am Abend beleuchtete Szenerie vor den großen Fenstern. Ein sehr schöner und inspirierender Ort!

Dieser Lebensraum, die gesamte Region, ihre Produkte und natürlich insbesondere die Jahreszeiten inspirieren auch die Küche von Harald Rüssel seit jeher. Noch lange bevor Regionalität zum kulinarischen Modethema wurde, hat sich der Chef zu einem großen Teil auf heimische Viktualien besonnen, und so entstand im Laufe der Zeit ein Netzwerk aus engagierten Erzeugern, das das Landhaus Rüssel zuverlässig mit hochqualitativen Spezialitäten beliefert. Zudem geht der Chef selbst leidenschaftlich gern auf die Jagd, und auch sonst reicht die Kreativität des Teams weit über das Kochen hinaus. So wird beispielsweise selbst Käse affiniert oder ein eigener Gin produziert, der sich auch hin und wieder mal als Aromengeber in dem bis zu siebengängigen Gourmetmenü wiederfindet.

Dieses bietet mitunter ebenfalls das Beste aus der Region – darüber hinaus ist es aber sehr weltoffen komponiert und lässt von der Gänseleber über den Hummer bis zum Steinbutt und von Tonkabohne über Ingwer bis Miso keine Produkte außen vor, die für Abwechslung und Spannung sorgen könnten. Mit Enrico Back und Harald Rüssels Sohn Maximilian stehen zwei bis in die Haarspitzen motivierte und in besten Häusern gestählte junge Cuisiniers an vorderster Front, die viel kreativen Output beisteuern und ihren Teil dazu beitragen, dass das Team seit geraumer Zeit so gut aufgestellt ist und die Küche ein beständig hohes Niveau abliefert.

Auch in diesem Jahr und trotz Vollbelegung erlebten wir wieder eine beeindruckende Performance, die nach sehr gutem Brot und Butter sowie Kleinigkeiten zum Aperitif mit einem als „Waldspaziergang" angekündigten Amuse-Bouche begann: ein kleines apartes Tellerchen mit hausgeräuchertem Wildschinken, Sellerie, Buchenpilzen und Johannisbeergelee – begleitet von einem feinsäuerlich abgeschmeckten Pfifferlings-Rahmsüppchen im Gläschen. Unaufgeregt, klassisch, heimatlich und sehr fein umgesetzt.

Die in Riesling Auslese marinierte Gänseleber mit perfekt festcremiger Konsistenz und nicht zu intensiver Parfümierung machte in Kombination mit Haselnuss als Cremetupfen und sehr intensiv nussige sphärisierte Pralinen (vermutlich auf Gänseleberbasis) als erster regulärer Gang des Menüs den Anfang. Säuerlich aufgelockert von Hagebuttencreme und begleitet von kurz angerösteter, wattig-zarter Brioche war auch das ein sehr klassisches Geschmacksbild für so eine Foie-gras-Vorspeise, aber als solches alles andere als bieder, weil äußerst präzise, feinmechanisch und modern umgesetzt.

Ebenfalls so ein Klassiker in ziemlich leichter, zeitgemäßer und erstaunlich differenzierter Ausführung war der Zwischengang um Ei, Spinat, Rote Bete und Schinken. Und was auf dem Papier zunächst wie eine deftige, dichte, erdig-würzige Melange anmutete, entpuppte sich auf dem Porzellan mit flüssig-cremigem Ei, sehr luftigem, aber intensivem Schinkenschaum, eher säuerlich und fruchtig als dumpf gehaltener Bete und sublimer Spinatcreme überraschend elegant und leicht – bei vollem Geschmack!

Der Steinbutt mit geröstetem Blumenkohl, wildem Brokkoli, etwas Couscous, einem Gel von der Salzzitrone und einer milden Krustentier-Buttersauce lebte vom tollen Hauptprodukt und den optimal proportionierten, perfekt auf den Punkt gebrachten Mitspielern. Und selbiges lässt sich eigentlich auch von der Taube sagen, deren aromatisch-saftige, mutmaßlich an der Karkasse gebratene Brust nebst dem Taubenherz mit einer ebenso gehaltvollen wie fein abgerundeten Sauce financière aufgeboten wurde – begleitet von eher heller Artischocke, Artischockenchips, Selleriecreme und etwas weißer Trüffel – alles ohne Wucht und Intensität, sondern wieder erstaunlich leicht und aromentransparent.

Eine formidable Produktparade war auch der Hauptgang, der sich um Naurather Reh drehte – und Wild ist bei den Rüssels eigentlich immer ein ganz besonderes Erlebnis! Dieses Mal gab es nicht nur den straff-zarten Rücken und ein mürbes, aber nicht trockenes Schmorstück aus der Schulter, sondern auch etwas vom Herz des Rehs, kombiniert mit gebratenen Steinpilzen, Karottencreme und sanft confierter Haferwurzel.

Sehr schön klar und durchdacht reduziert auf den Punkt gebracht präsentierte sich nach ei-

ner Degustation heimischer Käsesorten auch das herbstliche Dessert: ein schön saftig durchgezogenes Schichtwerk vom Rubinette-Apfel mit mariniertem Kürbis, ein paar gerösteten Kürbiskernen und Kürbiskernöl – flankiert von einem ziemlich intensiven und in diesem Kontext originellen Muskatblüteneis, das vermutlich auch noch mit etwas Muskatnuss abgeschmeckt war.
Erwähnenswert ist zudem die glasweise Weinbegleitung, die uns vom 2016er Blanc de Noir des Mosel-Weinguts Kirsten bis zum zehnjährigen Grahams-Port zum Käse überlegt ausgesuchte Begleiter ins Glas brachte – mit klarem Schwerpunkt bei den regionalen Gewächsen von Mosel, Saar und Ruwer. Und last but not least der zuvorkommende wie unaufgeregte familiäre Service unter der Leitung von Gastgeberin Ruth Rüssel.

Hotelempfehlung

★★★★S

Rüssels Landhaus

Büdlicherbrück 1,
54426 Naurath / Wald
06509-91400
www.landhaus-st-urban.de
Einzelzimmer: 85–130 €
Doppelzimmer: 115–220 €

EC AMEX DINERS MASTERCARD VISA P

In einem ruhigen Seitental der Mittelmosel, zwischen Wald und Weinreben, liegt inmitten der Natur die L'art de vivre-Gourmetresidenz Rüssels Landhaus. Hier wurde aus einer alten Mühle ein Refugium des guten Geschmacks geschaffen und zugleich der Charakter und Charme des traditionsreichen Anwesens bewahrt. Die insgesamt 14 Zimmer und Suiten (sechs Landhauszimmer und eine Landhaussuite sowie fünf Themenzimmer und zwei Themensuiten) sind mit Liebe zum Detail eingerichtet – jedes Zimmer mit individueller Ausstattung und Bezug zur Region. Regionalität wird in Rüssels Landhaus auch in Sachen Kulinarik großgeschrieben und ist nicht nur ein Lippenbekenntnis: sowohl im modernen Gourmetrestaurant, als auch im Restaurant Hasenpfeffer darf man sich auf eine neue deutsche Küche mit dem Besten aus der Region, aus Deutschland und dem benachbarten Ausland im Dreiländereck freuen. An Sommertagen sogar auf der idyllischen Sommerterrasse am See. Rüssels Restaurant separat erwähnt.

Neualbenreuth (Bayern)

5↑

Geniesser-Restaurant Altmugler Sonne

im Hotel Altmugler Sonne
Altmugl 20,
95698 Neualbenreuth (Altmugl)
09638-248
www.altmuglersonne.de
Küchenchef: Johann Lemberger
Di–So ab 18 Uhr, Mo RT
Menüs: 59–119 €

EC AMEX MASTERCARD VISA P

Ein Besuch in Altmugl hat immer ein bisschen was von Expedition und Abenteuer. Zum einen wegen der maximal abgelegenen Lage mitten im Oberpfälzer Wald. Zum anderen aber auch, weil hier schon bei der Reservierung das gewünschte Menüpaket ausgewählt wird und das, was es dann tatsächlich gibt, erst als Überraschung auf der Menükarte am Platz sichtbar wird. Auf Unverträglichkeiten und Aversionen wird natürlich sowohl bei der Reservierung als auch live flexibel Rücksicht genommen. Es muss sich also niemand vor einem Besuch fürchten.

Das wäre ohnehin unangebracht, denn was in dem liebevoll verspielt dekorierten Gourmet-Wintergarten auf den Tisch kommt, zeigt durchweg Substanz und ausgewogenen Geschmack. Johann Lemberger kauft, auch dank des gut kalkulierbaren Konzepts, hochwertig ein und weiß genau, was er kann und will. Heißt: der erfahrene Chef versteigt sich nicht in übertriebene Ambitionen, sondern kocht angenehm gegenständlich und klar, in den besten Momenten mit tollen Produktentdeckungen und dem einen oder anderen pfiffigen Akzent.

In diesem Stil machte zuletzt schon der schlicht auf feinsäuerlich-cremigem Blumenkohl und Kresse servierte, soft confierte Saibling viel Freude. Vor allem durch seine kecke Würze mit Sesam, Limette und Pfeffer. Ein erfreulich klarer Dreiklang folgte in Gestalt der rosa Entenbrust mit ihrer kross und dünn ausgebratenen Haut und straffem Fleisch, die mit hellem duftigem Birnenragout im Baumkuchenring und einem tatsächlich „wilden" Wildkräutersalat mit seinen abwechslungsreich herben Noten und feinem Süße-Säure-Spiel in der Vinaigrette richtig ansprechend war. Sehr schön!

Ebenso eingängig-souverän, aber weniger spannungsreich kombinierte der Chef eine cremige (etwas mollige) weiße Tomatenschaumsuppe mit kleinen intensiven Cocktailtomaten und einer guten gebratenen Jakobsmuschel, die vor allem mit ihren Röstnoten ein bisschen Kontra geben konnte. Mit einem weiteren Akzent oder auch nur mehr integrierter Säure wäre da noch mehr drin gewesen, Spaß machte das Ganze aber auch so.

Ein ganz uneingeschränktes Vergnügen gab es beim feinfaserig zarten Hirschrücken nebst kleinen festen Bilderbuch-Steinpilzen, einem Pilzrisotto mit zarter Parmesanbindung und kräftiger Wildsauce. Dazwischen brachten Aroniabeeren kleine Frucht- und Säurekicks und rundeten den rundum stimmigen Hauptgang feinfühlig ab.

Und weil auch das Dessert mit knusprig-fluffigen zimtwürzigen Zwetschgen-Pfannküchle nebst frisch aufgeschlagenem Rumtopf-Sabayon und einem dunkel-herben Fichtensprossen-Parfait geradlinig genau auf den Punkt traf, gibt es einen verdienten Bonuspfeil mit der Hoffnung, dass sich das Gebotene auf diesem Niveau einpendelt. Dann wäre in dieser Form sogar auch eine noch höhere Bewertung drin.

Die herzliche, teils fast schon familiäre Atmosphäre durch die Gastgeberin ist ohnehin sehr angenehm, genauso wie sie ist. Und auch die fair kalkulierte kleine Weinkarte kann sich jederzeit sehen lassen.

Neuhaus am Rennweg (Thüringen)

5

Schieferhof

im Boutique Hotel Schieferhof
Eisfelder Str. 26,
98724 Neuhaus am Rennweg
03679-7740
www.schieferhof.de
Küchenchef: Christopher Morina
Di–Sa ab 17.30 Uhr, So u. Mo RT
Hauptgericht: 18–45 €,
Menüs: 35–70 €

Viele Besucher werden Neuhaus am Rennsteig vor allem für ausgedehnte Wander- oder Radtouren im Thüringer Wald besuchen und dabei eher an zünftige Regionalküche als an Fine Dining denken. Ein Besuch im ländlich schmucken Boutique Hotel Schieferhof ermöglicht allerdings beides: Regionale Klassiker für großen Appetit in sehr guter Ausführung, aber auch ambitioniertere Kost. Beides geht hier ganz lockerflockig zusammen – und eignet sich im Übrigen auch beides gleichermaßen zur Regeneration nach sportlicher Betätigung …

Das mutig farbenfroh im amerikanischen Pop-Art-Stil gehaltene Ambiente mit längs gestreifter Tapete in schwarz-weiß, dunklen Holztischen und rotem Sitzpolster wirkt stylisch und lebensfroh. Was durch den charmanten Service um Anja Köhler weiter verstärkt wird und mit einem Blick in die Karte längst nicht endet, in der vor allem die kleine, überwiegend regional gut aufgestellte Weinauswahl damit

punktet, dass sämtliche Positionen auch glasweise ausgeschenkt werden.
Zum Einstieg weckt ein kleines knuffiges Brötchen mit Curry-Frischkäse und mildem Olivenöl den Appetit. Auf aufwändige Küchengrüße wird zugunsten einer insgesamt einladenden Kalkulation verzichtet und deshalb geht danach direkt mit einer der etwas kreativeren Offerten los – in Form von mild und eher fest gebeizter Lachsforelle, die gemeinsam mit Avocado und Grapefruit in ein üppiges Ponzubad gesetzt wurde. Dabei ging die eigentlich gute Idee, der Forelle auf einfache Art mit Schmelz und herber Säure zuzuarbeiten, nur leider ein wenig in der dunklen Sojasauce, auf der die Ponzusauce basierte, unter. Und auch die akkurate, aber ein wenig kalte und kompakte Forellen-/Kräuterterrine und die Cremetupfen auf der Tellerfahne pufferten das kaum ab, sondern waren eher eine separate Miniatur. Potential nicht ganz ausgeschöpft …
Bei der Zucchini-/Thymian-Schaumsuppe mit Kalbsbries überraschte im ersten Moment die sichtbar mit Stärke justierte Konsistenz anstelle klassisch schaumiger Velouté. Abgeschmeckt war das Süppchen mit kräftiger Basis und forscher Weinsäure aber gekonnt. Und die schmelzend zarten Stücke vom Kalbsbries darin machten gemeinsam mit glasigen Zwiebelringen in Geschmack und Konsistenz sogar richtig viel Freude.
Die machte auch das leicht mehlierte und saftig kross gebratene Zanderfilet durch dessen beherzte und dennoch gekonnte Zubereitung und gute Qualität – begleitet von einem Pinienkern-Risotto und feinsäuerlichen Ingwer-Karotten (als bissfeste Stücke und zarte Tagliatelle), gut balanciert zwischen nussig-umami, kräuterduftig und fruchtig-scharf. Unter strengen italienischen Augen hätte das eher kompakte, als Ring angerichtete Risotto zwar wahrscheinlich nicht bestanden, überzeugte mit leichter Parmesanbindung und den nussigen Noten als solches aber dennoch. Und insgesamt hatte das Gericht trotz gegenständlicher Zubereitung genau die aromatischen Konturen, die sonst teilweise fehlen. Einzig die schaumige Kräutersauce war mit ihrer mehr nach konzertiertem Fond als nach prägenden Aromen schmeckenden Art kein ganz so großer Wurf.
Unkompliziert, aber mit markanten Kontrasten und handwerklichem Können zubereitet, gelang zum Abschluss noch eine zarte, dünn karamellisierte Crème brûlée nebst marinierten Beeren, einem kompakt-cremigen Schokoladensorbet sowie schokolierten Kräuterblättern – und bestätigte die aktuelle Bewertung. Fazit: nicht alles im Schieferhof ist so kreativ und modern, wie es der erste Blick vermuten lässt. Aber auf die eher bodenständige Art mit kreativen Einsprengseln, fundierter handwerklicher Zubereitung und erkennbar hohem Produktanspruch überzeugen die Ergebnisse auch so.

Hotelempfehlung

★★★★

Boutique Hotel Schieferhof

Eisfelder Str. 26,
98724 Neuhaus am Rennweg
✆ 03679-7740
www.schieferhof.de
Einzelzimmer: 85–125 €
Doppelzimmer: 110–180 €

Der Schieferhof liegt 835 m hoch im Thüriger Wald, direkt am Rennsteig. In dem schmucken Boutiquehotel trifft alter Charme auf jungen Geist, trifft ein hundertjähriges verschiefertes Fachwerkhaus auf Design und Thüringer Handwerk. Innenarchitekt Hartmut Wölfer hat das Interieur erschaffen, der Berliner Karikaturist Hans Wunderlich die Andy Warhool nachempfundenen Wanddekorationen und Kati Zorn verführt mit erotischer Porzellankunst in den Nischen. Alle Zimmer sind mit Bad oder Dusche, WC, Haarfön, TV und Telefon ausgestattet. Besonders attraktiv sind die individuellen Themenzimmer. An der Hotelbar kann man neben Bier, Cocktails und Spirituosen auch hochwertige Essige degustieren. Im originell gestalteten Restaurant wird von deftigen Thüringer Spezialitäten bis zu ambitionierter Feinschmeckerküche schmackhaft aufgetischt. Restaurant Schieferhof separat erwähnt.

Neuhütten (Rheinland-Pfalz)

7

Le Temple

Saarstr. 2, 54422 Neuhütten
06503-7669
www.le-temple-du-gourmet.de
Do–Di von 12–14 Uhr u. ab 18 Uhr, Mi RT
Menüs: 90–160 €
VISA

Das sehr schicke und wie das ganze Haus modern durchgestylte Gourmetrestaurant der Familie Detemple-Schäfer wirkt im beschaulich-ländlichen Neuhütten fast schon spektakulär. So wie das Kulinarium der Gastgeber, das Eleganz auf hohem Niveau bietet und die französisch-mediterrane Klassik durch gewitzte, aber nie überdrehte kreative Aromenakzente geschickt aufpeppt. Alles kommt leicht, wohlproportioniert und hübsch angerichtet daher, es wird finessenreich mit (natürlichen) Texturen und Kontrasten gespielt, und die durchaus feingliedrigen, aber nicht extrem verspielten Kompositionen sind bei aller Besinnung aufs Wesentliche immer auch sehr vielschichtig. Eben eine intelligent modernisierte klassische Küche. Die Weinkarte ist international gut sortiert und bietet ein gutes Preis-Leistungs-Verhältnis. Im Haus gibt es zudem gepflegte, preiswerte Hotelzimmer.

Neukirch (Baden-Württemberg)

6

Gasthof zum Hirsch

Argenstr. 29,
88099 Neukirch (Goppertsweiler)
07528-1765
www.gasthof-zum-hirsch.com
Küchenchef: Artur Frick-Renz
Mi–Sa ab 18 Uhr, So von 11.30–13.45 Uhr u. ab 18 Uhr, Mo u. Di RT
Hauptgericht: 19–32 €, Menüs: 27–59 €
VISA

Genau wegen solcher Lokale wie dem Hirsch in Neukirch machen wir unseren Job so gerne: bodenständige Gasthäuser, denen man nicht

unbedingt ansieht, dass sie eine überdurchschnittlich gute Küche haben. In denen unterm Strich deutlich mehr geboten wird, als es vielleicht den Anschein macht. Seit nunmehr 15 Jahren kehren wir nun schon regelmäßig hier ein. Und wenn man diese lange Zeit mal Revue passieren lässt, kommt man nicht umhin, eine sukzessive Entwicklung und Steigerung des Niveaus auf den Tellern aus Artur Frick-Renz' Küche festzustellen. Gut gekocht wurde hier schon immer, aber vor über einer Dekade wirkten viele Gerichte bisweilen um einiges rustikaler und handfester als heute.
Schon in der jüngeren Vergangenheit erkannten wir diese sanfte Entwicklung mit dem Bonuspfeil zu den bereits angestammten 5 Pfannen an – die zuletzt gezeigte Leistung war unterm Strich aber dann doch schon solide 6 Pfannen wert. Was sich vielleicht noch nicht unbedingt bei den drei schmackhaften Kleinigkeiten des Küchengrußes abzeichnete, wohl aber bei den originell zusammengestellten und überdies handwerklich fein gearbeiteten Vorspeisen: Namentlich etwa einem nicht bloß qualitativ überzeugenden zweigeteilten Tatar-Duett vom Kalb und von der Garnele, das im Kern effektvoll mit einem weich fließend pochierten Wachtel-Ei gefüllt und on top mit kleinen Süßkartoffelchips gekrönt auf marinierter Roter Bete angerichtet war.
Durchaus raffiniert auch das Duett vom Reh, das als eine mit Treviso und Farce ummantelte und mit Filet gefüllte Roulade sowie in Gestalt glänzend glasierter dunkler Tranchen vom gebeizten Rücken auf dem Teller zugegen war. Behutsam gewürzt, von einem Kräutersalat mit feinsäuerlicher Gemüsevinaigrette begleitet und von einem mild nussigen Tannenwipfel-Pesto pfiffig aufgepeppt, war das ein ganz typisches Beispiel für die einerseits bodenständige, andererseits aber auch kreative Küche des Goppertsweiler Hirschen.
Von leichter Hand war das feine Spargelsüppchen gemacht, das mit sehr wenig Sahne oder Crème fraîche auskam und viel puren Eigengeschmack aufbot. Darin ein saftiger und aroma-

tischer Morchel-Flan sowie eingelegte Bärlauchknospen, die mit fruchtiger Säure und zarter Süße für wohldosierte Aha-Effekte sorgten. Bei einem weiteren Zwischengericht kamen gebratene Jakobsmuscheln von sehr ordentlicher Güte zusammen mit Perlgraupen, gegrilltem und mariniertem mediterranem Gemüse und Kapern auf Bouillabaisse-Sud maritim mediterran daher.

Traditionell etwas zupackender sind im Hirsch die Hauptgänge, aber auch die geizten nicht mit gewissen Feinheiten und Finessen. So machte sich etwa zum gebratenen Seeteufel mit zart knackigem Wildspargel die Säure und Frucht von Rhabarberstücken in der hellen schaumigen Sauce sehr gut und Schnittlauchblüten sowie Kresse verliehen den buttrigen Taglierini einen feinwürzigen Hauch Kräuterfrische. In eine ganz andere Richtung tendierte der asiatisch marinierte und zart geschmorte Schweinebauch nebst gebratenen Garnelen, ein Duett, das mit Tandoori-Gemüse und „gepressten Nudeln“ alias Spätzle quasi so etwas wie ein fernöstlich-schwäbisches Fusionsgericht abgab – mit einer dunklen und kraftvollen, aber nicht übertrieben dichten Sauce. Wer weder Fisch noch Fleisch isst, findet auch ein einfallsreiches vegetarisches Menü in bis zu vier Gängen in der Karte.

Auch beim Nachtisch geht's im Hirsch weder dröge noch einfallslos zu. Im Gegenteil, denn Desserts wie das Holunderblüten-Rahmeis mit Johannisbeeren unter einem feinherben Schaum aus Campari und Blutorange oder die von einer Art Banderole aus weißer Schokolade umhüllte Panna cotta auf duftig-frühlingshafter „Maibowle“ in Gestalt von Erdbeeren und Rhabarber in einem süffigen Gelee von Holunderblüte und Waldmeister sind weit mehr als routinierter Standard, schließen das Mahl auf beschwingte und markante Art ab.

Aufmerksam und sympathisch unprätentiös wie eh und je agiert der Service unter der Leitung von Gastgeberin Ulrike Frick-Renz und in der völlig ausreichend bestückten Weinkarte findet man gute preiswerte Gewächse vom naheliegenden Bodensee bis in die europäischen Nachbarländer.

Neuleiningen (Rheinland-Pfalz)

7

Alte Pfarrey

Untergasse 54,
67271 Neuleiningen
06359-86066
www.altepfarrey.de
Di,Mi u. Do ab 18.30 Uhr, Fr u. Sa von 12–13.30 Uhr u. ab 18.30 Uhr, So von 12–13.30 Uhr, Mo RT
Menüs: 80–120 €

VISA

Die Alte Pfarrey im malerischen Ortskern von Neuleiningen ist schon rein atmosphärisch ein herrlicher Ort. Ob im Sommer auf der lauschigen Innenhofterrasse, im eher klassisch-gediegen eingerichteten vorderen Restaurantraum oder im moderner ausgestatteten Wintergartenanbau mit Blick auf die am Abend effektvoll illuminierten alten Mauern: All das alles ist eine wunderbare Kulisse für die feine, unaufgeregte Küche von Inhaber und Küchenchef Silvio Lange. Der tendiert zwischen klassisch französischen und mediterranen Gerichten, die nicht selten mit einem modernen Twist daherkommen, tendenziell aber eher von welchen Harmonien als von kontrastreichen Akzenten geprägt sind. Die Weinkarte listet dazu viele gute Gewächse aus der direkten Nachbarschaft, aber auch genügend Alternativen aus den Nachbarländern.

5

H'manns

Am Goldberg 2, 67271 Neuleiningen
06359-5341
www.hmanns.de
Küchenchef: Chris Brigitte Hegmann
Mi–Fr ab 18 Uhr, Sa von 12–14 Uhr u. ab 18 Uhr, So ab 16 Uhr, Mo u. Di RT
Hauptgericht: 25–39 €, Menüs: 52–88 €

VISA P

Für das Bild, mit dem das prominent am Ortseingang von Neuleiningen gelegene Domizil der Hegmanns mit seinem unverstellten Ausblick bis hin zur Bergstraße aufwartet, trifft die arg strapazierte Bezeichnung „Toskana Deutschlands“ ausnahmsweise mal wirklich

den Nagel auf den Kopf. Besonders auf der sonnigen Terrasse, aber auch im hellen Gastraum, der mit schlicht elegantem Mobiliar und rustikalem Holzofen äußerst einladend wirkt, ist Dolce Vita angesagt.
Aber nicht nur dieses besonders atmosphärische Setting macht das H'manns von Küchenchefin Chris Brigitte und Gastgeber Andreas Hegmann aus – auch der Blick in die randglossierte Speisekarte schürt Vorfreude und lässt ahnen, mit welchem Anspruch hier eingekauft und gekocht wird. Nahezu jedes Gericht wird darin mit genauer Herkunftsbeschreibung des Hauptprodukts aufgeführt und entsprechend gewürdigt. So verwendet die Chefin argentinische Rotgarnelen aus Wildfang mit der gleichen Überzeugung wie Bio-Eier und Tomaten vom Demeter-Hof aus dem benachbarten Altleiningen. Kein dogmatisches Regionalkonzept also, sondern eine kompromisslos umgesetzte, weltoffene Qualitätsoffensive mit klarem Fokus auf hochwertige Zutaten, die von den verschiedenen hausgebackenen Sauerteig-Brotsorten bis zu Fisch aus dem Atlantik reicht.
Ganz nah am sehr guten Grundprodukt zeigte sich dann auch schon die seidige Muskatkürbissuppe, die mit goldbraun angebratenen und innen schön glasigen Jakobsmuscheln am Spieß getoppt war und zudem mit Miesmuscheln weiteren maritimen Spirit intus hatte. Drei qualitativ überzeugende Komponenten, handwerklich und geschmacklich gekonnt aufeinander abgestimmt – mehr braucht es dann auch gar nicht …
Ein wenig aufwendiger war das hauchdünn aufgeschnittene gebeizte Rinderfilet vom Simmentaler Rind arrangiert: Zwei Nocken vom mikrofeinen Blumenkohl-Couscous lieferten dem Ganzen gemüsig-knackigen Biss, eine exakt bemessene Menge Salzzitronen-Vinaigrette angenehm herb-säuerliche Spitzen und dünne Parmesanspäne einen umamiwürzigen Background. Auch das blitzsauber abgezirkelte Aromenküche, ganz ohne jeden Firlefanz.
Diese ungekünstelte Linie setzte sich dann bei den Hauptgängen fort, wobei zumindest die Tellergestaltung rund um zwei Filets von der Dorade Royal den Ansprüchen der Küche etwas hinterherhinkte. Denn auch wenn der saftige und korrekt rösch auf der Haut gebratene Fisch an sich gut auf den Punkt gebracht war, wirkte dessen Arrangement mit Fenchel-Tomaten-Gemüse, Risotto und Tomatennage überraschend unambitioniert und war ohne den Blick für die geeigneten Proportionen angerichtet – was nicht nur fürs Auge ein relativ diffuses Durcheinander war, sondern auch für den Gaumen. Geschmeckt hat's natürlich trotzdem.
Deutlich differenzierter und feinfühliger war die in herbstlich abgestuften Brauntönen gehaltene Begleitung zur feinen Brust vom Schwarzfederhuhn in Gestalt von Auberginencreme und -tapenade abgestimmt. Und gerade, weil das Geflügel selbst nicht nur schön saftig, sondern auch mit feinem Eigengeschmack und gewinnbringenden Brataromen ausgestattet war, ergab sich im Verbund mit knusprig ausgebackenen Kartoffelecken ein passender, rustikalröstaromatischer Konter zum satt säuerlichen Gemüseduett.
Wiederum sehr „individuell" gestaltet und interpretiert war das abschließende Salzkaramell-Törtchen mit Schokoladenschaum und Karamelleis. Der annoncierte „Schaum" entpuppte sich nämlich als schludrig auf das Törtchen gekleckstes Topping von nutellaartiger Konsistenz, das sich mit der (Über-)Macht des Karamells zu einem recht üppig-süßen Nachtisch summierte, dem in jedem Fall irgendein öffnender fruchtiger Akzent gefehlt hat. Auch hier agierte die Küche dieses Mal ein wenig unter ihren Möglichkeiten, was den unverändert guten Gesamteindruck aber trotzdem nicht trüben konnte.
Ansprechend wie eh und je ist die mit viel Lokalkolorit zusammengestellte Weinkarte, die Andreas Hegmann mit Know-how und Herzblut hegt und pflegt. Und in der neben bekannten Pfälzer Platzhirschen immer wieder auch unbekanntere Winzer zu ihrem wohlverdienten Auftritt kommen. Auf Wunsch schenkt der sympathische Gastgeber natürlich auch glasweise gut korrespondierende Tropfen aus.

Neunburg v. Wald (Bayern)

8↑ 🍴🍴🍴🍴

Eisvogel

im Landhotel Birkenhof

Hofenstetten 55,
92431 Neunburg v. Wald (Hofenstetten)
09439-9500
www.landhotel-birkenhof.de
Küchenchef: Hubert Obendorfer, Christian Schider
Di–Sa ab 18.30 Uhr, So u. Mo RT
Hauptgericht: 40 €, Menüs: 80–138 €
EC VISA

Während der vergangenen 15 Jahre, in denen wir den Birkenhof von Familie Obendorfer nun schon regelmäßig besuchen, durften wir dessen beeindruckende Wandlung vom ambitionierten Landhotel zum zeitgemäßen Spa- und Genussresort live miterleben. Jedes Jahr konnten wir auf dem Areal mit der imposanten Aussicht ins oberpfälzische Hügelland weitere Bauabschnitte entdecken oder bereits fertiggestellte neue Bereiche bestaunen. Und auch die Außenanlagen wurden während dieser Zeit immer schöner und moderner. Analog zum gesamten Hotel hat sich aber auch das Gourmetrestaurant Eisvogel weiterentwickelt – und zwar nicht bloß die Optik des länglichen Raumes mit halbrunder Panoramafront, sondern insbesondere auch die dort servierte, seit jeher höchst ambitionierte Küche.
Mit der Wiedereröffnung nach dem Corona-Lockdown kehrte das Team voll motiviert mit einer Doppelspitze an den Herd zurück: Hubert Obendorfers Sohn Sebastian, der während seiner obligatorischen Lehr- und Wanderjahre in zahlreichen hervorragenden Restaurants wie unter anderem im Leipziger Falco gearbeitet hat, ist nun endgültig in den elterlichen Betrieb heimgekehrt und dort offiziell zum Küchenchef ernannt worden. Er setzt bereits eigene Impulse und zeichnet dem Vernehmen nach immer mehr für die gesamte Menügestaltung verantwortlich. Schon im kommenden Jahr soll er die Leitung des Gourmetrestaurants dann als alleiniger Küchenchef übernehmen. Außerdem wird das Eisvogel-Team ab sofort von einem neuen Restaurantleiter unterstützt: Dario Campanella, der in der Vergangenheit in zahlreichen namhaften Restaurants Italiens, der Schweiz und Englands gearbeitet hat, kümmert sich nun um die Gäste und zeigt, dass er ein weltgewandter Maître ist.
Und um die Pointe gleich vorwegzunehmen: Auch auf den Tellern ließ sich in diesem Jahr wieder eine Entwicklung erkennen, nämlich zu noch klarer fokussierten Kreationen mit eindeutigeren Akzenten und noch mehr Originalität. Schon die ersten Kleinigkeiten zum Aperitif, etwa ein mildes, rahmiges Eis von fermentierten Kartoffeln mit grünem Paprikaconfit und knusprigen karamellisierten Oliven, ein mit Unagi-Aal und Sojagel bestückter, erfrischend nach Yuzu schmeckender Macaron-„Burger“ im Miniaturformat oder ein zartes, saftiges Stück Pulpo mit Staudensellerie in rotem Gazpochosud waren originelle und ausdrucksstarke Petitessen, ohne dass das Team damit gleich in die Vollen gegangen wäre.
Im Gegenteil, denn schon mit dem nächsten Gang bewies das Obendorfer-Duo, dass es die Kunst der Menüdramaturgie sehr gut beherrscht. Hier standen Toro vom Balfego-Thunfisch und Imperial-Kaviar klar im Mittelpunkt des Geschehens und durften ihre Vorzüge auch voll ausspielen. Nur ein paar Tupfen einer dezent sojawürzigen Mayonnaise und eine Vinaigrette von Litschi-Dashi und Korianderöl eskortierten die beiden, nichts störte die perfekte Harmonie. Der Schmelz des fetten Thunfischbauchs, die mineralisch-jodigen Noten des Kaviars, die nicht übertriebene fruchtige Süße und feine Säure der Vinaigrette und nicht zuletzt die zurückhaltend dosierte Idee an Umami ließen aus dem kleinen Gruß der Küche einen großen Gaumenkitzel werden.
Und genau diese fein nuancierte und trotzdem deutliche, ausdrucksstarke Art ließ auch die vegetarische Vorspeise um unterschiedliche Komponenten von der Gurke herausragend wirken. Schmelziges Eis, cremige Streifen einer Panna cotta oder marinierte Stücke von der Gurke kamen hier nicht nur wegen der Akzente von rauchiger Maccadamianuss, Zitronengel und -zesten sowie Dillaromen auf Touren, sondern insbesondere wegen der sanften Kontraste, die hier durch Salzigkeit, Süße, Frucht und Säure erzeugt wurden. Dass der ebenfalls in der Karte annoncierte Bestandteil „Kokos“, der in

einer eher nach Buttermilch schmeckenden Vinaigrette gesteckt haben soll, für uns nicht dezidiert auszumachen war, änderte an der Großartigkeit dieser Vorspeise rein gar nichts.
Oft sind es sowieso genau jene Aromenkomponenten, welche nicht explizit in der Karte aufgeführt sind, die einem Gericht den besonderen Twist geben. So war etwa beim minimal mürben Atlantik-Hummer, der zusammen mit Tomatenconfit und Passionsfruchtmayonnaise in einem intensiven Tomatensud schwamm, gerade das Zusammenspiel der geeisten Holunderblütenperlen mit dem Aroma von Safran im Sud der Clou. Durchaus gewollt plakativ, aber als solches auch wieder sehr fein und klar konturiert abgestimmt und deshalb auch so überzeugend.
Etwas too much war die Aromenpower allerdings beim folgenden Carabinero. Insbesondere die reichliche Dosis Kaffirlimette, die den in feinste Brunoises gewürfelten Apfel-/Rettichsalat schon fast etwas unharmonisch bitter wirken ließ und sich so auch ein wenig mit der dumpfen Rettichschärfe biss, hätte nach unserem Dafürhalten deutlich gezügelter eingesetzt werden müssen. Aber immerhin gab es mit der am Tisch angegossenen Chipotle-Jus einen ebenbürtigen Power-Partner, der die zitrische Bitterkeit etwas einfangen und abfedern konnte.
Der Hit beim folgenden Zander mit Petersilie, Kohlrabi und Boudin noir war nicht nur die überragend gute Qualität des perfekt glasigen, festfleischigen Fischs mit glasklarem, reinem Geschmack, sondern das wiederum nicht in der Karte annoncierte Aroma von Fenchel (als Saat und Blüten). Das nämlich verlieh dieser Komposition einen spannend markanten, ätherischen Oberton und korrespondierte nicht nur mit der intensiven Blattpetersilie sehr gut, sondern insbesondere auch mit der feinwürzigen cremigen Blutwurst.
Beim Hauptgang rund um ein Schaufelstück vom Wagyu-Rind blieb nicht nur das wirklich herausragend ausdrucksstarke Hauptprodukt mit seinem buttrigen Eigengeschmack und der betörend zwischen robustem Biss und saftspritzend zartem Schmelz changierende Konsistenz im Gedächtnis, sondern auch die meisterliche Sauce. Denn entgegen der fast schon inflationären und oft sehr plakativen Barbecuesaucen, die man vielerorts zum gegrillten Beef serviert bekommt, war die hier dem Fleisch zur Seite gestellte Paprikasauce aus einem ganz anderen Holz geschnitzt. Deren pikantes rotes Paprikaaroma schmeckte einerseits sehr klar und deutlich vor, war aber zwischen feinen Säuren und eleganter Frucht mit sehr wenig Süße deutlich transparenter eingebunden und konnte so letztlich einen überraschend schmissigen Akzent setzen. Da hätte es daneben sogar gar nicht mehr viel gebraucht, aber auch die Zwiebelgewächse, die halbierten Poveradenherzen und die zarten Kartoffelblätter, die in ihrem Erscheinungsbild eine halbierte Lauchstange imitierten, fügten sich als smartes und sehr schmackhaftes Beiwerk ganz ohne Sättigungsbeilagencharakter hervorragend ins Gesamtbild ein – und ließen das hervorragende Fleisch dennoch der unangefochtene Star auf dem Teller sein!
Mit Desserts wie der Kreation um Stachelbeere und Staudensellerie mit Sauerklee und Cerealien oder dem süßen Abschluss um Ananas und Pistazie, dem das markante würzige Aroma roter Shisoblätter als Eis und Gel einen unkonventionellen Twist gab, zeigte auch die Pâtisserie recht eindrucksvoll, dass sie da durchaus mithalten kann. Einige Gerichte des Menüs hatten bereits klares 9-Pfannen-Niveau, einige lagen noch knapp darunter. Wir erhöhen daher die Bewertung voller Überzeugung um den Bonuspfeil und sind uns sehr sicher, dass das noch längst nicht das Ende der Fahnenstange ist und die Entwicklung hier in den kommenden Monaten und Jahren weiter voranschreitet. Der Eisvogel zählt mittlerweile definitiv zu den Adressen, die man als interessierter und reisefreudiger Gourmet unbedingt im Auge haben sollte …

6

Turmstube

im Landhotel Birkenhof
Hofenstetten 55,
92431 Neunburg v. Wald (Hofenstetten)
09439-9500
www.landhotel-birkenhof.de
Küchenchef: Hubert Obendorfer, Christian Schider
Täglich von 12–14 Uhr u. ab 18.30 Uhr, kein RT
Hauptgericht: 16–23 €, Menüs: 29–40 €
VISA

Etwas erhöht in idyllisch ländlicher Umgebung gelegen und mit weitem Ausblick auf Wälder und Seen, ist das familiengeführte Landhotel Birkenhof ein perfekter Ort für stilvolle Entschleunigung. Und das noch einmal mehr, als dass hier durch Inhaber und Küchenchef Hubert Obendorfer seit jeher ganz wesentlich Wert auf anspruchsvolle Gastronomie gelegt wird. Erfreulicherweise erfährt der Gast die kulinarischen Ambitionen des Hauses nicht nur im Gourmetrestaurant Eisvogel, das mit zahlreichen hohen Auszeichnungen (u. a. derzeit 8 Pfannen in unserem Guide …) dessen kulinarisches Aushängeschild ist, sondern auch in der etwas schlichteren Turmstube mit ihrer ambitionierten Landhausküche.

Die vielen dezent eleganten Plätze werden hier mittags wie abends erfreulich souverän mit Gerichten bekocht, die gekonnt die Balance zwischen Zugänglichkeit und Finesse halten. Es gibt stets gediegene Klassiker wie das Tegernseer Kalbs-Cordon-bleu (verfeinert mit süßem Senf und Meerrettich) nebst Kartoffel-/Gurken-Salat und Preiselbeeren, daneben aber auch viele ideenreiche und durchaus ambitionierte Sachen.

Besonders erfreulich: Nach der Brotpleite im letzten Jahr stimmten heuer gleich zwei aromatischere helle Brotsorten inklusive Schnittlauchcreme qualitativ deutlich adäquater auf die nachfolgenden Gerichte ein – genau wie übrigens das kräftig-pikante Rindertatar im Waffelhörnchen, welches das Küchenteam um Hubert Obendorfer und Christian Schider vorneweg als kleinen Küchengruß schickte.

Geradezu prototypisch für den Turmstuben-Stil waren dann die dicken, mild gebeizten Saiblings-Tranchen mit wunderbar klarem Geschmack, die eine peppige Begleitung von Feldsalat in Orangen-/Erdnuss-Dressing und einer (etwas massigen) Frischkäse-Senfcreme mit auf den Weg bekamen. Derart deutliche Wirkung mit einfachen Mitteln zu erzielen ist ganz typisch für die Küche und zeigt, wie clever das Team seine Gerichte konzipiert.

Bei der folgenden Krustentiersuppe wurde das genauso deutlich. Hier waren es die bittere Säure von Grapefruit und ein knuspriger Wan Tan mit exakt knapp gegarter Garnelenfüllung, die für Spannung und Raffinesse sorgten. Das eher milde Süppchen zeigte handwerkliche Sorgfalt, reizte mit seinem etwas dumpf-bitteren Grundton seine Möglichkeiten aber nicht ganz aus.

Voll auf dem Punkt war dagegen der „Turm" aus gebratener Blutwurst und sautiertem Apfel nebst kräutergrünem Schnittlauch-Kartoffelpüree und Sauerkrautschaum. Die Kombination aus pfeffriger warmer Würze der Blutwurst mit dem leichten Biss und der Säure des Apfels ist ohnehin immer reizvoll, wurde hier auch noch sehr harmonisch eingefasst. Einzig das Püree kam nach unserem Gusto ein bisschen zu kleistrig daher.

Wem solche Dinge schon zu „wild" sein sollten, der wird alternativ ganz sicher unter anderem beim traditionellen Zwiebelrostbraten glücklich, der hier als hohe, exakt gebratene Tranche mit frisch angekrossten Zwiebeln, sorgfältig aufgeknusperten Bratkartoffeln und einem separaten Salatbouqet mit Radieserl präsentiert wird.

Zum süßen Abschluss ist man in der Turmstube mit Schokoladenmousse nebst Haselnuss und Preiselbeersorbet genauso auf der sicheren Seite wie mit saftigem Pistazienkuchen und herb-süßem Camparisorbet. Wirkliche Aussetzer haben wir hier ohnehin noch nie erlebt. Im Gegenteil: Die Küche bietet eigentlich letztendlich immer mehr, als sie nicht zuletzt auch ob der moderaten Preise vorgibt. Dazu bringt der gut organisierte, stets sehr aufmerksame Service solide offene Basisweine, regionale Biere, aber auch höherwertige Flaschenweine in die Gläser.

Die Besteck-Symbole

luxuriöses Restaurant mit höchstem Komfort und formvollendetem Service, edler Ausstattung und einer Weinkarte, die höchsten Ansprüchen genügt

elegantes Restaurant mit hohem Komfort und exzellentem Service, sehr gute Ausstattung, hervorragende Weinkarte

gehobenes Restaurant mit gutem Komfort und versiertem Service, umfangreiche Weinkarte

besser ausgestattetes Restaurant mit ordentlichem Service, ausgewählte Weine

schlichtes Restaurant, Gasthof oder Bar

Hotelempfehlung

★★★★S

Genießer-Landhotel Birkenhof

Hofenstetten 55,
92431 Neunburg v. Wald (Hofenstetten)
09439-9500
www.landhotel-birkenhof.de
Einzelzimmer: 87–97 €
Doppelzimmer: 147–187 €

VISA

Das von der Familie Obendorfer mit viel Engagement geführte Landhotel liegt in einem sanften Seen- und Hügelland in der Oberpfalz. In den letzten Jahren hat sich das Haus stetig weiterentwickelt und ist längst zum eleganten, komfortablen Genießerhotel avanciert. Ob in den Landhauszimmern oder den Suiten in modernem Design: Alle Räume bieten höchsten Komfort und wurden unter Verwendung natürlicher Materialien mit viel Liebe zum Detail eingerichtet. Ein Highlight ist der 2000 m² große Spa-Bereich mit Innenpool (mit Wasserfall), Whirlpool, Außenpool, Panoramasauna, Finischer Sauna, Tepidarium, Laconium, Dampfbad, Infrarotkabine, Erlebnisduschwelt, Eisbrunnen u.v.m. 2014 entstand zudem ein Neubau mit Beautycenter, Tiefgarage und neun weiteren Suiten. Restaurants Turmstube und Eisvogel separat erwähnt.

Neupotz (Rheinland-Pfalz)

7

Restaurant zur Krone

Hauptstr. 25, 76777 Neupotz
07272-9337845
www.zurkroneneupotz.de
Mi–So ab 18 Uhr, Mo u. Di RT
Menüs: 110–150 €

VISA

In der ländlich, traditionell und recht beschaulich wirkenden Ortschaft Neupotz ist das hinter der unscheinbaren Fassade eines hübsch herausgeputzten Hauses an der Durchfahrtsstraße versteckte, drinnen überraschend modern gestaltete Gourmetrestaurant ein echter Kontrast zur Umgebung. Aber nicht nur das in dunklen Grautönen gehaltene Ambiente mit moderner Kunst an den Wänden, sehr schönen stylischen Holztischen und lederbezogenen Designerstühlen hebt sich vom rustikalen Charme der Südpfalz ab – auch die Küche von Chef Faycal Bettioui, der ursprünglich aus Marokko stammt, sein halbes Leben in den USA verbracht hat und schließlich gemeinsam mit seiner Frau Kerstin in deren Heimat zurückgekehrt ist, hebt sich deutlich von deftig zupackender pfälzischer Kost ab.
Wie längst in sehr vielen Gourmetrestaurants üblich, gibt es auch hier allabendlich ein für alle Gäste einheitliches Degustationsmenü, das in acht apart portionierten Gängen zu haben ist und wahlweise noch um Rohmilchkäse vom Straßburger Affineur Lorho erweitert werden kann. Es begann auch zuletzt wieder mit sehr elegant und feingliedrig arrangierten Apero-Snacks, die diesmal von einem cremig gestockten Eigelb mit Maisschaum und Schnittlauch über ein filigran dünnes Tartelette mit Hummertatar und verblüffend aromatischen Erbsen sowie ein saftig mit Aal gefülltes und mit Kaviar gekröntes fluffiges Blini-Bällchen bis hin zu einem nach unserem Geschmack etwas zu süßen Macaron mit Lebercreme reichten. Und nach denen auch bei Gästen, die zum ersten Mal in der Krone sind, letzte Unklarheiten beseitigt sein dürften: Hier wird aufwendig inszenierte Kochkunst geboten!
Und die wird immer noch ein bisschen besser und raffinierter. Beim ersten Gang, der sich um den hervorragenden Balfego-Thunfisch drehte, lag das von einem etwas fetthaltigeren Teil ge-

schnittene Carpaccio in einer erfrischend säuerlich gehaltenen Dashi-Vinaigrette, die auf Basis des Abtropfsaftes von grünen Tomaten zubereitet wurde. Darauf eine Timbale aus magerem Thunfischtatar, das selbst nur sehr zurückhaltend aromatisiert, aber mit einer Avocadocreme, Yuzu-Kaviarperlen, Radieschen und Blutampfer gekrönt war. Schon hier wird deutlich, dass es dem Chef sehr stark auf Natürlichkeit der Aromen und Produkte ankommt, die er klar und schnörkellos, aber trotzdem akzentuiert in Szene setzt. Sehr gut harmonisierte zu diesem harmonisch fruchtig-säuerlich eingefassten Geschmacksbild mit dem zarten natürlichen Schmelz von Tuna und Avocado ein mineralischer Gelber Muskateller des Jahrgangs 2019 von der jungen Pfälzer Winzerin Kathrin Wind, den Sommelier Stefan Echle dazu ausgesucht hatte. Dessen inspirierte und bisweilen durchaus experimentierfreudige Weinempfehlungen machten auch in der Folge des Menüs immer wieder großen Spaß.
Eine erstaunlich delikate und fein nuancierte Angelegenheit war das Taschenkrebstatar mit einer dünnen Mousse-Haube von mild geräuchertem Stör und einem generösen Klecks Störkaviar aus der „N25"-Aquakultur obenauf. Und zwar nicht zuletzt wegen dem erfreulich markant mit Vin Jaune abgeschmeckten Störschaum, der hier mit seiner bestens eingebunden alkoholischen Note für den besonderen Gaumenkitzel verantwortlich war. Verhältnismäßig akzentfrei blieb hingegen leider der folgende Gänseleber-Gang, bei dem die beiden mit weißer Schokolade umhüllten Foie-gras-Pralinen, die zusammen mit Perlzwiebel, etwas Röstzwiebel-Crunch, Brombeere und fermentierter Blaubeere arrangiert waren, recht mild und ausdruckslos blieben. Man schmeckte im Grunde mehr die Kakaobutter als die Fettleber, sodass die Pralinen mehr als Texturgeber fungierten. Sehr stark fanden wir allerdings die à part dazu gereichte Brioche-Schnecke, die eher ein Mittelding aus Croissant und Brioche war und köstlich schmeckte. Genau wie der Rosé-Naturwein vom Weingut Seckinger, der hier statt der opulenten Süße eines restsüßen Gewächses etwas mostige Frische und ein angenehmes Säurespiel einbrachte.
Ganz puristisch war im Anschluss die Tristan-Languste in Szene gesetzt, nämlich nur von etwas Karottencreme, einer unter anderem (tonangebend) mit Korianderkresse applizierten Kürbisschleife und eher mild und sanft gehaltener Krustentier-Bisque begleitet. Und hier wurden die natürlichen Aromen und der ursprüngliche Charakter der Produkte ebenso vorzüglich abgebildet wie beim darauffolgenden Heilbutt mit Stabmuscheln, den formidablen Riedinger Erbsen, die uns schon beim Intro aufgefallen waren, und einer mit Yuzukoshō gewürzten Sauce. Der Fisch war perfekt festfleischig, sehr saftig und gerade so behutsam gewürzt, dass er nicht blass wirkte und sich sein Eigengeschmack voll entfalten konnte. Die von der japanischen Gewürzpaste aus (unter anderem) Yuzu und Chilipfeffer aromatisierte Sauce war gerade so markant, dass sie einen subtilen Akzent setzen durfte, aber nicht dominant auftrat. Und der dazu empfohlene 2018er Auxerois „350 NN" aus biodynamischem Anbau von Odinstal brachte genau das Quäntchen Süße und Schmelz mit, um die Erbsen kongenial zu unterstützen.
Etwas mehr Würzkraft brachte dann der Hauptgang um eine zwar sous-vide gegarte, aber beinahe so saftig und kernig und straff wie an der Karkasse gebraten wirkende Taubenbrust und ihr geschmortes, ausgelöstes und in eine kleine Zwiebelhülle gefülltes Keulenfleisch aufs Porzellan. Ebenfalls sehr reduziert nur mit einer prononciert säuerlich-fruchtig zugespitzten Mini-Rote-Bete und einem Tupfen fermentierter Knoblauchcreme begleitet. Und nicht zu vergessen einer köstlichen Sauce, die sich fein mit dem reinsortigen 2015er Carignan von der Domaine Le Roc des Anges vermählte.
Weil auch das als kleiner Pfirsich auf großem weißem Teller präsentierte Dessert um Weinbergpfirsichkompott und weiße Schokoladenmousse nicht nur handwerklich aufwendig inszeniert war und originell aussah, sondern auch köstlich schmeckte, halten wir eine weitere Aufwertung für dringend angebracht.

Neustadt a. d. Weinstraße
(Rheinland-Pfalz)

7

Urgestein
im Hotel Steinhäuser Hof
Rathausstr. 6a,
67433 Neustadt a. d. Weinstraße
06321-489060
www.restaurant-urgestein.de
Küchenchef: Hedi Rink
Di–Sa ab 18.30 Uhr, So u. Mo RT
Menüs: 100–190 €
VISA

Das Restaurant unweit des Neustadter Marktplatzes lebt von seinen Protagonisten. Das merkt man sofort beim kurzweiligen Tischgespräch, das Küchenchefin Hedi Rink während ihrer obligatorischen Lokalrunde gerne mit jedem Gast führt, und vor allem auch beim stets kurzweiligen Austausch mit Gastgeber und Sommelier Tanel Idil, der die gekonnt verfeinerte Regionalküche der Chefin mit kongenialen Weinempfehlungen begleitet. Die sympathische Art, in der er Pfälzer Gewächse fast schon zelebriert und mit Leidenschaft und ebenso viel Fachwissen „seine" Region featured, macht das Erlebnis im ehemaligen Marstall des Steinhäuser Hofs erst komplett. Ein atmosphärisches Gesamtpaket, das wir uns in dieser Form durchaus noch viel öfter wünschen würden …

Am Herd setzt Hedi Rink weiterhin auf eine zwar kreativ verfeinerte, aber grundsätzlich doch bodenständig geerdete Linie, mit der sie immer ganz nah am jeweiligen Produkt bleibt. Und egal ob man dann im Menü „Grundstein" auf beliebte Haus-Evergreens trifft, die in immer wieder leicht veränderter Rezeptur offeriert werden, oder ob man sich für das Menü „Meilenstein" entscheidet, in dem auch das ein oder andere Edelprodukt Verwendung findet – die Chefin kommt mit nahezu all ihren Kreationen ohne Umwege auf den Punkt.

Die Heimat bleibt dabei immer der Dreh- und Angelpunkt. Wenn die Qualität stimmt, erhält das regionale Produkt bei Hedi Rink den Vorzug gegenüber importierten Edelprodukten. So auch heuer gleich zu Beginn in der wie gewohnt ausladenden Amuse-Parade, die dieses Mal neben einem stoffig-kompakten Taler aus Aal-Mousse im hauchdünnen Rettichmantel zum Beispiel auch einen rauchig-luftigen

Schaum von der Pfälzer Forelle als Begleitung zum legendären „Urgestein-Sauerteigbrot" beinhaltete. Letzteres hätte unserer Meinung nach sogar einen Solo-Auftritt im Rahmen des Menüs verdient.

Ein Gang, der schon etliche Variationen hinter sich hat und trotzdem nie langweilig wird, ist der „Waldspaziergang". Zu den Variationen vom Steinpilz (Essenz, Creme, Gelee, Hippe …) gesellten sich zuletzt noch ein paar Enoki-Pilze, die den waldigen Untergrund komplettierten. Als Konter zu dieser aromatisch satten Pilzbasis belüfteten dieses Mal ein leicht säuerlich abgeschmeckter Wirsingsalat sowie eine mit Pilzfarce gefüllte Wirsingrolle und ein süßlich-kräutriges Thymiansorbet den Teller – und sorgten im Zusammenspiel für exakt abgemessenes Grün am Wegesrand!

Einen kleinen Exkurs aus der Pfalz unternahmen wir sodann mit dem Wolfsbarsch, der nicht nur mit saftigem und blütenweißem Fleisch unter der kross gebratenen Haut überzeugte, sondern auch mit seinem puristischen Auftritt: Ein Podest aus leicht bissfester Quinoa und schlotzige Belugalinsen on top unterstützten den hervorragenden Fisch mit feiner Textur und zurückhaltendem Aroma, und eine leicht rauchige aufgeschäumte Dashi-Emulsion gab dem Fisch Süffigkeit und einen sanften Umami-Kick. Mehr brauchte er nicht, um zu glänzen.

Dass eine Rippe vom Hereford-Rind durchaus auch das Zeug zum fulminanten Hauptdarsteller hat, wenn sie wie hier perfekt geschmort, mit einem letzten Rest an Biss und dennoch saftig-zart aufgetragen wird, liegt auf der Hand. Doch sollte man sie dann auch tatsächlich die Hauptrolle spielen lassen! Hier wurde dem mit einer dicht einreduzierten, fast schon geleedicken Rippchen-Jus glasierten Fleisch allerdings durch eine plakativ röstzwiebelige und recht süße Pastinakencreme, roh marinierte Pastinakenstreifen, einem leicht speckigen Senfsaatbrot sowie roher und getrockneter Bresaola die Show gestohlen. Alles in allem war das

doch ein wenig zu viel und etwas zu poltrig – auch und gerade für so einen konzeptionell authentisch rustikal angelegten Gang. Da wäre weniger mehr gewesen …
Als glatten Gegenentwurf erlebten wir das Dessert rund um Aprikose, Nougat und Verveine: Der duftig-kräutergrüne „Zitronenstrauch", der hier herber Aprikose (Sorbet, Marmelade …) und massigem Nougat (als Brandteigpralinen-Füllung und aufgetupfte Creme) in Form eines Gels gegenübergestellt war, lieferte diesem Nachtisch den exakt abgezirkelten Frische-Kick, der das Aromenspektrum pointiert komplettierte. Unterm Strich summiert sich das auch in diesem Jahr wieder zu soliden 7 Pfannen. Sicherlich nicht die Stärksten, denn vor allem handwerklich fehlt hier und da ein wenig der letzte Schliff. Dafür ist das, was Hedi Rink auf die Teller bringt, durchaus eigenständig und authentisch – nicht wie andernorts allzu oft bloß die bemüht perfektionistische, aber beliebig austauschbare Kopie von der Kopie.

Neustrelitz (Mecklenburg-Vorpommern)

6

Forsthaus Strelitz

Berliner Chaussee 1, 17235 Neustrelitz
03981-447135
www.forsthaus-strelitz.de
Mi–So ab 18 Uhr, Mo u. Di RT, (von Okt.–Apr. auch Mi RT)
Menüs: 69 €

EC P

Mit seiner modernen, puristischen Regional- oder, besser, „Lokalküche" setzt Inhaber Wenzel Pankratz mitten im Grünen, einige Kilometer außerhalb der Stadt Neustrelitz, einen attraktiven Farbtupfer in dieser kulinarisch eher grauen Gegend. Fast alles, was er für seine kreativen, an den skandinavischen „Nova Regio"-Stil erinnernde Kreationen braucht, züchtet oder baut er entweder selbst an, oder bezieht es von engagierten Produzenten aus der unmittelbaren Umgebung. Das Ergebnis sind sehr aromatische, pure, aber auch faszinierend neuartig schmeckende Dinge, die manchmal etwas experimentell wirken, aber meistens sehr gut funktionieren – und nichts mit den allgemein üblichen Geschmacksmustern der konventionellen Gourmetküche zu tun haben. Sehr gutes Preis-Genuss-Verhältnis!

Neuwied (Rheinland-Pfalz)

5↑

Parkrestaurant Nodhausen Brasserie

Nodhausen 1, 56567 Neuwied
02631-344880
www.s258353772.online.de
Di–Fr von 12–14.30 Uhr u. ab 18 Uhr, Sa ab 18 Uhr, So u. Mo RT
Hauptgericht: 17–32 €, Menüs: 32–55 €

EC P

Zwar hat Familie Kurz das Gourmetrestaurant Coquille St. Jacques, welches jahrelang unter demselben Dach dieses Jagd- und Lustschlosses inmitten einer idyllischen Parkanlage am Rande von Neuwied existierte, im vergangenen Jahr endgültig geschlossen – gut essen kann man im Parkrestaurant Nodhausen allerdings nach wie vor. In einem etwas weniger exklusiven Rahmen zwar und auf den Tellern auch nicht mehr ganz so aufwendig inszeniert, dafür aber zu günstigen Preisen und weiterhin mit gehobenem Anspruch. Kein Wunder, hat Küchenchef Florian Kurz doch nach dem Aus für das separate Fine-dining-Lokal im Gegenzug ganz bewusst das Niveau der Brasserie-Küche angehoben. So bekommt man hier nun ein sehr zugängliches Programm geboten, das eben einfach nur etwas niederschwelliger angesiedelt ist und nicht mehr explizit Gourmets anspricht, die ein abendfüllendes langes Menüprogramm bewältigen wollen.
Ein Menü gibt es trotzdem noch. Es hat vier Gänge und steht in der Karte neben weiteren À-la-carte-Gerichten, die stilistisch allesamt auch in die französisch-mediterrane Richtung tendieren. Vorspeisen wie ein Vitello Tonnato oder ein Rehcarpaccio mit Frühlingspilzen und Kräuteremulsion oder Hauptgänge wie ein so-

genanntes Suprême (also die Brust) vom Schwarzfederhuhn mit mediterranem Gemüse und Kräuterkartoffeln klingen zwar auf dem Papier sehr gediegen, machen aber auf dem Teller aufgrund der guten Qualität der Produkte und deren fundierter Zubereitung aus der Hand eines Könners viel Spaß.
So wie auch die sanft confierte und beherzt gewürzte Tranche vom Bio-Lachs, die in Begleitung von Wildkräutern, zweierlei Avocado und einer Vinaigrette aus einem dezent mit Chili angeschärften Avocadoöl aus der eigenen Produktionslinie (die man hier auch käuflich erwerben kann) den Auftakt des Menüs machte. Schon davor zeigte der mit zweierlei saftig-krossen Sorten recht attraktiv bestückte Inhalt des Brotkorbs, dass Nodhausen weiterhin auf Genuss gepolt ist.
Bei dem moderaten Preisniveau, das im Parkrestaurant vorherrscht, würde man weder Steinbutt noch Trüffel erwarten. Das Menü bot überraschenderweise trotzdem beides – und sowohl die Tranche des Plattfischs als auch die erdige Knolle waren deutlich besser, als man es hätte vermuten können. Zusammen mit Spinat-/Ricotta-Ravioli, einer zart knackigen Stange von grünem Spargel, auf der Microplane fein geraspelter Trüffel und einer aromatisch leider recht blassen hellen Schaumsauce war das ein angenehm natürlich schmeckender, wenngleich für eine höhere Bewertung etwas zu ausdrucksloser Zwischengang.
Überhaupt nicht ausdruckslos und sogar klar der beste Gang des letzten Besuchs war das Fischgericht um eine kross auf der Haut gebratene Tranche von der Dorade in Begleitung eines Würfels vom saftig sous-vide gegarten Schweinebauch mit krosser Schwarte auf einem süffigen Calamarettirisotto. Die Dynamik, die der rotweinfruchtige Risotto und das Aroma der Salzzitrone in der Sauce zusammen mit der herzhaften Rustikalität des saftigen Schweinebauchs und den zarten Mini-Tintenfischchen hier aufs Porzellan brachte, war gar nicht allzu weit von dem entfernt, was es einst im Coquille St. Jacques gab. Dort wäre allerdings wahrscheinlich die Dorade noch präziser gebraten gewesen …
Ein nicht ganz optimaler Garzustand war auch das einzige kleine Manko beim Hauptgang, so dass das im mittleren Kern zwar noch schön rosafarbene, ansonsten aber schon etwas zu randtrockene Roastbeef vom Australischen Rind rustikaler wirkte, als ihm guttat. Geschmeckt hat es aber auch mit dem etwas kernigeren Biss noch sehr gut. Und seine völlig uneitel angerichtete Begleitung aus knackigen aromatischen Kohlrabiwürfeln, sehr zarten und geschmeidigen Gnocchi, fruchtigen Rotweinschalotten und einer Trüffeljus ohne künstliches Trüffelaroma fügten sich ebenfalls gut ein.
Für uns steht außer Frage: Mit nur etwas mehr handwerklicher Präzision im Detail und teilweise noch besser herausgestellten Aromen kann das Team um Florian Kurz auch mit dem neuen Konzept spielend auf eine respektable 6-Pfannen-Bewertung kommen. Das zeigte auch das Dessert um Holunderblüte, Erdbeere und Mascarpone, bei dem lediglich der sahnig-neutrale Mousseriegel und das zwar bemerkenswert glatt und schmelzig zubereitete, aber ebenfalls ziemlich leer schmeckende Rahmeis den ansonsten guten Eindruck etwas schmälerten. Da wirkten dann die aromatischen marinierten Erdbeeren, das ziemlich intensive Holunderblütengel und der Erdbeermacaron fast ein wenig wie bunte Farbtupfer an einer großen weißen Wand.
Alles in Allem war der Gesamteindruck also ein äußerst positiver. Nett und freundlich bedient wird man auch weiterhin und an guten Weinen in unterschiedlichsten Preissegmenten sowie alkoholfreien Alternativen herrscht hier ohnehin kein Mangel.

Nideggen (Nordrhein-Westfalen)

7

Brockel Schlimbach

im Burgrestaurant Nideggen
Kirchgasse 10, 52385 Nideggen
02427-9091066
www.burgrestaurant-nideggen.de
Küchenchef: Herbert Brockel, Tobias Schlimbach
Mi–Sa ab 18 Uhr, So u. Fei von 12–14 Uhr u. ab 18 Uhr, Mo u. Di RT
Menüs: 68–105 €
VISA P

Im Altstadtkern von Nideggen mit seinen schmalen Straßen geht es zur Burg zwar stetig etwas bergauf, trotzdem ist man überrascht, wenn man schließlich im kleinen, dunkel holzvertäfelten Gourmetrestaurant mit einigen modernen Akzenten angekommen ist und dort beim Blick durchs kleine Fenster doch aus einer unerwartet erhabenen Position ins Umland schaut. Nur wenige Gäste kommen hier an

mittlerweile wenigen Tagen der Woche in den Genuss eines einheitlichen Menüs, das fast doppelt so viele Gänge hat wie das nach seinen beiden Köchen benannte Restaurant Tische – nämlich sieben, zählt man den in zwei Aufzügen servierten Hauptgang hinzu.
Wer möchte, kann das Menü aber auch nach persönlichem Geschmack und Appetit kürzen, da ist man ganz flexibel. Überhaupt geht es hier entspannt ungestelzt und bodenständig zu: Die Gastgeberin parliert im sympathisch unaufdringlichen Plauderton mit den Gästen, und Herbert Brockel und Tobias Schlimbach – gemeinsames Markenzeichen: Bowler-Hut! – kommen abwechselnd immer wieder mal selbst vorbei, um einen Gang aufzutragen und leere Teller mitzunehmen. Da ist von Anfang an alles auf ungezwungenen Genuss gepolt.
Auch die Küche ist bei aller Gestaltungsfreude der beiden Cuisiniers voll auf Geschmack und Produkt abgestellt, kommt mit erfreulich wenig Gefrickel und halbgaren Experimenten aus. Als Erstes machen bei unserem letzten Besuch ein knuspriges Wirsingblatt mit Kapernmayo, frittierten Kapern und Kräuterspitzen, ein vollmundiges Brioche-Sandwich mit Rindertatar sowie eine sehr saftige und natürliche (kein Trüffelöl!) Trüffelquiche auf unkomplizierte und doch anspruchsvolle Art viel Spaß.
Genau wie der erste Gang des Menüs, der deutlich komplexer und raffinierter geschmeckt hat, als es zunächst den Anschein machte: Da war eine Nocke von herrlich klar und frisch schmeckendem Rohfleisch bayrischer Garnelen im tiefen Teller zwischen zwei dicken Gurkenscheiben und luftigen Hügeln Gurkenschaum eingepfercht, das Tatar subtil abgeschmeckt, die Gurken nicht wie zunächst vermutet naturbelassen, sondern offenbar vakuumkomprimiert und mit einer feinen hintergründigen Schärfe ausgestattet. Sauerklee und eingelegte Senfsaat brachten zudem verschiedene Säuren ins Spiel und Schnittlauchöl eine frische, grüne Würze. Das war elegant und auf subtile Art vielschichtig.
Gröber gestrickt wirkte dagegen der nächste Gang um mild gesäuerte Matjesfilets, die in Begleitung verschiedener Komponenten von grünem Apfel auf einem Bett aus aufgefächerter marinierter Avocado angerichtet waren. Eine Nocke Curryeis setzte einen etwas ruppigen aromatischen Akzent und lockerte das Gericht mit Unterstützung geeister Sauerrahmperlen mit Temperaturkontrasten auf – insbesondere stellte aber die Süße vom Eis eine harmonische Verbindung aller Komponenten her. Leider ließen mehrere große, weitgehend naturbelassene Staudenselleriestücke inklusive nicht abgezogener Fasern das Ganze unnötig grob und sperrig wirken.
Das angebratene, dadurch dehydrierte und leicht angekokelte Herz vom Romanasalat, das mit sautierten kleinen Pfifferlingen, krossen Kartoffelsticks, Zitronenzesten und frischem Estragon beladen auf einer von Miso umamistark aufgeladenen Hollandaise angerichtet wurde, war ein mit sehr einfachen Mitteln pfiffig gestaltetes Gericht, das man sich wahlweise auch hätte mit N25-Kavair veredeln lassen können. Es funktionierte zwar auch ohne dieses Upgrade gut, hätte durch das jodig-mineralische der Störrogen aber vermutlich noch dazugewonnen, denn ohne wirkte das Ganze in der Tat etwas schlicht.
In seiner leichten, frischen und sehr transparenten Art mutete an dieser Stelle der Fischgang um die glasig gegarte, außen abgeflämmte Tranche einer amtlichen Eifeler Lachsforelle nach den etwas dichteren und auch aromatisch kraftvolleren Gängen vorab fast etwas deplatziert an, schmeckte für sich genommen aber fantastisch: Der Fisch war mit Erbsencreme, knackigen frischen Erbsen, hauchdünnen Radieschenscheiben und etwas mit zerstoßenen Walnusskernen vermengtem Hüttenkäse beladen und thronte so auf einer Scheibe von der Ochsenherztomate, umgeben von einem klaren Fond auf Basis des abgetropften Tomatensuds. Gut gewählte Proportionen, feine Abstufungen der Aromen; eine sehr runde und schmackhafte Sache.
Beim zweigeteilten Hauptgang rund um Eifeler Black-Angus-Rinder machte ein nicht nur süffiges, sondern auch aromatisch ausdrucksstarkes Ragout von Herz, Leber und Zunge des Tieres unter einer Haube Parmesanschaum den Anfang – gefolgt von einer Tranche des Flanksteaks. Das saftige Fleisch mit seinem typisch kernigen Biss wurde von einer im Ofen geschmorten Miniaubergine eskortiert, die mit Auberginencreme, fein gewürfeltem Schmorragout von der Paprika und etwas Weizengras getoppt war. Dazu nichts weiter als eine perfekt reduzierte Sauce klassischer Schule. So einfach, so gut.
Als Überleitung in den süßen Teil des Menüs schickten Brockel & Schlimbach ein mit fein gehobeltem geeistem Joghurt überflocktes Rucolasorbet auf einem Schluck Himbeersüppchen, was sehr erfrischend und klararomatisch schmeckte. Im eigentlichen Dessert wurde ein mit Ganache überzogener Mousseriegel von der 70-prozentigen Guanaja-Kuvertüre mit Krokantboden von Erdbeere und Fenchel auf-

gefrischt. Die Erdbeere als marinierte Stücke und als Sorbet, der Fenchel als milder Schaum, Chip, dünn gehobelt und mariniert sowie als karamellisierte Fenchelsaat, wobei vor allem Letztere für einen zwar etwas plakativen, aber durchaus spannenden Akzent verantwortlich waren und dem Nachtisch so einen kreativen Twist gaben.
Wer in der ausschließlich mit deutschen Weinen bestückten Karte selbst nichts findet, kann sich getrost auf die glasweisen Empfehlungen zum Menü verlassen und entdeckt auf diese Weise vielleicht sogar noch den einen oder anderen neuen Tropfen. Das Preisniveau ist dem Rahmen angemessen.

5↑ 🍴🍴

Rosenflora

im Hotel Rosenflora
Kirchstr. 2, 52385 Nideggen
☎ 02427-94040
www.rosenflora.de
Küchenchef: Joachim Harings
Mi–Mo ab 18 Uhr, So u. Fei von 12–14 Uhr u. ab 18 Uhr, Di RT
Hauptgericht: 20–30 €,
Menüs: 29–75 €
EC VISA P

Die „Rosenflora" im beschaulichen Berg bei Nideggen ist eines der Lokale, die einem Zaubertrick gleichkommen. Von außen wirkt es wie eine ganz normale Dorfgaststätte, betritt man das Eckhaus allerdings, gelangt man in ein schick in Weiß und Grau eingerichtetes Ambiente mit modernem Interieur und klug gesetzten Farbakzenten. Neben dem Restaurant firmieren auch ein Bistrobereich und ein kleiner Hotelbetrieb unter gleichem Dach und Namen. Küchenchef Achim Harings, der hier schon seit Jahren in konstanter Weise das Niveau der Küche hochhält, bezeichnet seinen Stil als klassi-

sche, gehoben französische Küche, aber auch die verfeinerte deutsche Landhausküche findet sich in seinem Repertoire, und manchmal macht er sogar auch kurzweilige Ausflüge in die unterschiedlichen Weltküchen.
Was für ein guter Handwerker Harings ist, zeigt sich schon an der Essenz von der Strauchtomate, die in Sachen Salzigkeit und Würze angenehm zurückhaltend eingestellt ist und ganz auf den guten Eigengeschmack der Tomaten setzt, von denen sich auch gelbe und rote Exemplare in der Suppe befinden. Außerdem an Bord: diverse Gemüse-Brunoises und grüne Flädle – insgesamt ziemlich viel Einlage. Es ist eine Großzügigkeit, welche die Küche oftmals ausstrahlt.
Der sonst zumeist roh oder gebeizt servierte Hamachi kommt hier mit krosser, leicht gebräunter Haut daher, ist zwar einen Hauch zu lang gegart, wegen seines vergleichsweise hohen Fettgehalts aber dennoch angenehm saftig. Links und rechts von ihm findet sich ein Streifen süßlich-rauchiger Paprikasauce, die angenehm die Röstaromen aufnimmt, ohne dessen Aroma zu überlagern. Gebettet liegt der Fisch auf einem Bett aus sehr weich gekochtem Graupenrisotto, in dem jedoch die knackigen Lauchzwiebelstücke mit ihrem Biss einen angenehmen Kontrast setzen.
Bei den Hauptspeisen wird Achim Harings oft sehr klassisch und traditionell – so auch bei unserem jüngsten Besuch. Das sous-vide gegarte und nachgebratene Rumpsteak gelingt ihm selbstredend im Kern gleichmäßig fein rosa, das mit großzügig Butter und Muskatnuss verfeinerte Kartoffelgratin indes etwas dunkel. Die grünen Bohnen dazu kommen als frittierte Rolle sowie auch ganz klassisch zubereitet. Als einzige modische Referenz findet sich ein knuspriges Dreieck mit dunklem Sesam auf dem Teller. Der eigentliche Star des Gerichts ist aber die maßvoll intensive, wunderbar würzige Sauce. Das mit einem Rosmarinstängel dekorierte und ebenfalls korrekt rosa gegarte Filet vom Eifelschwein kombiniert Harings mit sehr röstigen Steinpilzen, ebensolchem Kartof-

felgratin und einem Salat, der auch Paprika, Gurken und Karotten beinhaltet.
Die vertrauenerweckend klein gehaltene Karte offeriert zwei Desserts, und auch bei diesen verfolgt Harings einen sehr klassischen Ansatz: Drei Nocken fluffiger, aber ziemlich süßer weißer Mousse au Chocolat werden beispielsweise von Himbeeren und Feigen sowie einer Schoko-Gebäckrolle flankiert. Die gebrannte Vanillecreme serviert das Team in einem hohen Auflaufförmchen mit einer sehr dünnen und auch kaum knusprigen karamellisierten Zuckerschicht. Dass sie trotzdem ein gelungener Abschluss ist, stellt das begleitende Joghurteis sicher, das dem Nachtisch eine angenehme Frische verleiht.
So souverän wie die Küche agierte der sehr freundliche Service beim letzten Mal leider nicht. Im Laufe des Abends häuften sich die Nachlässigkeiten: Eine bestellte Flasche Wein kam nicht, es wurde stetig vergessen Wasser nachzuschenken, leere Salat- und Brotteller wurden nicht abgeräumt ... Das kennen wir hier eigentlich anders und war gewiss nur der Momentaufnahme geschuldet.
Wenngleich sich das kleine Weinangebot mit vier glasweisen Offerten und zusätzlichen fünf Flaschen, die zwar ausführlich beschrieben, aber nicht immer mit Jahrgang verzeichnet sind, offenbar als ausreichend erwiesen hat, ließe sich in dem Bereich spielend noch etwas nachbessern und auch den weniger genügsamen Weinfreunden etwas bieten. Aber auch so zählt das sympathische Landgasthaus mit gutem Preis-Genuss-Verhältnis am nördlichen Rande der Eifel in diesem Jahr natürlich wieder zuverlässig zu unseren Empfehlungen.

Die Besteck-Symbole

5 Bestecke: luxuriöses Restaurant mit höchstem Komfort und formvollendetem Service, edler Ausstattung und einer Weinkarte, die höchsten Ansprüchen genügt

4 Bestecke: elegantes Restaurant mit hohem Komfort und exzellentem Service, sehr gute Ausstattung, hervorragende Weinkarte

3 Bestecke: gehobenes Restaurant mit gutem Komfort und versiertem Service, umfangreiche Weinkarte

2 Bestecke: besser ausgestattetes Restaurant mit ordentlichem Service, ausgewählte Weine

1 Besteck: schlichtes Restaurant, Gasthof oder Bar

Niederkassel (Nordrhein-Westfalen)

7 Pfannen, 3 Bestecke

Clostermanns Le Gourmet

Hotel Clostermannshof
Heerstr. 2a,
53859 Niederkassel (Uckendorf)
☎ 02208-94800
www.clostermannshof.de
Küchenchef: Thomas Gilles
Mi–Sa ab 18 Uhr, So, Mo u. Di RT
Hauptgericht: 21–38 €, Menüs: 45–95 €
EC, VISA, P

Im besonderen Ambiente des denkmalgeschützten, zu einem schicken und komfortablen Hotel ausgebauten Viereckshof am Ortsrand von Niederkassel und direkt in Sichtweite zur gleichnamigen Golfanlage, lässt es sich nicht nur entspannt unterkommen, sondern auch sehr gut essen. Kulinarisch wird im gesamten Clostermannshof hohes Niveau angestrebt, sei es im gediegeneren Hotelrestaurant mit regionaler Küche, dem legeren Biergarten im Innenhof, oder eben im Fine-Dining-Restaurant Le Gourmet, in dem Thomas Gilles und sein Team in reduziert elegantem Ambiente die Fahne der anspruchsvollen Kochkunst hochhalten.
Über die Sommermonate wird das Gourmetprogramm in einem dezent separierten Bereich auch im großzügigen Innenhof angeboten und dann gehen die rustikalere Biergarten-Atmosphäre und die fein eingedeckten Gourmettische ein lockeres Nebeneinander ein. Das sorgt für eine noch entspanntere Atmosphäre, ändert aber natürlich rein gar nichts an dem, was letztlich auf die Tische kommt. Und das kann sich drinnen wie draußen sehen lassen.
Bereits die zügig servierten ersten Snacks in Form luftigen warmen Brots mit Kräutermayo, schwarzer Knoblauchcreme und sweet and spicy Cashewkernen zeigen ein gutes Gespür für

Aromen. Noch mehr aber der obligatorisch vegetarische Küchengruß, der diesmal gebackenen Spargel mit mildem Kimchi und einer pfiffigen Mayonnaise aus dem Kimchi-Sud verband, und zusammen mit kleinen Pfifferlingen einen prononcierten, unkomplizierten Frühsommereindruck ergab. Gelungener Auftakt, an dessen schlichter und dennoch animierender Art sich viele überambitioniert grüßende Kochkollegen ein Beispiel nehmen könnten.
Dabei fallen die eigentlichen Gerichte hier in der Regel durchaus kreativ und kontrastreich aus, was insbesondere bei dem ebenfalls vegetarischen Einstieg ins Menü deutlich wurde. Dieser war in seiner fokussierten Art auch direkt der stärkste Gang des Menüs. Und zwar mit Kohlrabi, dessen ätherische Noten und leichte Schärfe in dünn gehobelten Lamellen und einem mit Creme unterfütterten Tatar schön transparent dargestellt wurden. Die nussigen Aromen des Gemüses verstärkten kleine helle Mandelsplitter, während Verbene für einen zitrisch-krautigen Oberton, Ziegenquark für cremige Frische und ein klarer Rieslingsud mit spitzer prickelnder Säure auf der einen und zarte Traubenscheiben auf der anderen Seite für ein markantes Süße-Säure-Spiel sorgten. Elegant und feinsinnig umgesetzt!
In eine ganz andere Richtung, nämlich in die von verfeinerter Rustikalität, ging es bei den folgenden, schmelzend dünnen Scheiben vom Bürgermeisterstück. Mit einem forsch würzigen Gewürzgurkengel, einer Mayo aus Leindotteröl, knackigem Rettichsalat und einer Art Confit aus Jahrgangssardinen, Radieschen und Schnittlauch, die weitere feinsinnig-herzhafte Würze einbrachte, ergab das ein zwar etwas zergliedertes und weniger pointiertes, aber ebenfalls gelungenes Zwischengericht.
Eine unverkennbare (etwas redundante) Vorliebe für cremige Mayonnaisetupfen prägte auch den folgenden eher fest und würzig gebeizten Saibling, hier durch eine umamistarke Mayo-Variante aus Mimolette. Gemeinsam mit den mutig zupackenden Begleitern aus feinwürfeligem, bitterfruchtigem Salat von Wassermelone, Focaccia, Chicorée und Tomate sowie einem leicht chilischarfen Krustentiersud gerieten die schmalen Saiblingsstreifen hier beinahe ein wenig ins Hintertreffen. Dafür aber erzeugten die prägnant akzentuierten „Beilagen" einen erfreulich kontraststarken Eindruck.
Ganz und gar nicht unterrepräsentiert, sondern stolzer Hauptdarsteller, war dagegen das zarte saftige Schwarzfederhuhn, dessen gebratene Brust und soft confierte Keule sich nebst weißem Bohnenpüree, einem frischgrünen Potpourri aus Erbse, Spargel und Kaiserschoten und in Pancetta gebratenen Aprikosen schmeckbar wohl fühlten. Alles eher gegenständlich und nicht übermäßig komplex umgesetzt, aber als solches absolut überzeugend und sehr stimmig komponiert. Was auch für die duftige kraftvolle Estragonjus galt, die als verbindendes und verstärkendes Fundament diente.
Als Refresher und Übergang ins Süße schickte das Team ein kleines Gläschen mit gekonnt gebündelter süß-salzig-fruchtiger Miniatur aus Popcorneis und -baiser, einem Blondie-Biskuit, nebst Mirabellengel und Lupinenmiso. Neben dem ersten Kohlrabi-Gang war das – auf durchgängig hohem Niveau – die feinsinnigste Kostprobe des Menüs und zeigte deutlich, wozu das Team hier imstande ist, was es sich vielleicht aber noch nicht durchgängig traut.
Wobei sich auch das eigentliche Dessert mit verschiedenen sommerlich gelbfruchtigen Zubereitungen von Mango und Pfirsich neben einem röstigen, beinahe nougatartigen Parfait aus Sonnenblumenkernen und blonder Schokolade daneben auch nicht verstecken musste. Ergänzt durch feinherbe Olivenölnoten und knusprigen Sonnenblumencrunch bot nämlich auch das ein Potpourri erfreulich markanter und gut balancierter Aromen.
Alles in allem war das, was hier zuletzt geboten wurde, zwar nicht in allen Details bis aufs Letzte ausgereizt, aber trotzdem ein ebenso abwechslungsreiches wie souveränes Programm. Und zu diesem zählen ganz uneingeschränkt auch die passgenau ausgesuchten und kompetent vorgestellten Weine und der überhaupt (selbst bei knapper Besetzung) sehr zugewandte, eloquente Service.

Hotelempfehlung

★★★★S

Hotel Clostermannshof

Heerstr.,
53859 Niederkassel (Uckendorf)
02208-94800
www.clostermannshof.de
Einzelzimmer: 89–129 €
Doppelzimmer: 109–149 €

Ein historischer, denkmalgeschützter Gutshof, idyllisch im Grünen zwischen den Städten Köln und Bonn gelegen. In der weitläufigen Anlage rund um den rheinischen Viereckhof kann man ungestört Erholung finden, sich aber auch vielseitig sportlich betätigen. Etwa auf den über 30 Golfplätzen im Umkreis von 50 Kilometern oder an den hochwertigen, modernen Geräten im hauseigenen Fitnessbereich. Ruhe und Entspannung findet man in der großzügigen finnischen Sauna. Für die Gäste stehen insgesamt 66 großzügige Hotelzimmer in vier unterschiedlichen Kategorien, zwölf moderne Tagungsräume sowie elegante Bankettträumlichkeiten für bis zu 110 Personen zur Verfügung. In der „Clostermanns Bar" (idyllischer Kaffeegarten mit Parkblick) sowie dem Biergarten im Innenhof dreht sich alles um den kulinarischen Genuss. Restaurant Clostermanns Le Gourmet separat erwähnt.

Niederwinkling (Bayern)

7

Buchner Welchenberg

Freymannstr. 15,
94559 Niederwinkling (Welchenberg)
09962-730
www.buchner-welchenberg.de
Mi–So von 11.30–14 Uhr u. ab 18 Uhr, Mo u. Di RT (außer an Feiertagen)
Hauptgericht: 22–39 €,
Menüs: 69–105 €

Besser kann ein Generationswechsel kaum gelingen als vor ein paar Jahren im schmucken Landgasthof von Familie Achatz. Seither sind Sommelier Andreas Achatz und sein Bruder Mathias als Küchenchef mit ebenso viel Leidenschaft wie Können am Start und führen die lange Familientradition auf eine für Weinliebhaber und Genießer sehr reizvolle Art ins Hier und Heute. Dabei gelingt der nicht einfache Spagat zwischen den Erwartungen traditionsbewusster Stammgäste und neugierigen Feinschmeckern ganz ausgezeichnet: Von Wirtshaus-Traditionsgerichten (in Referenzklasse) geht es reibungslos zu ambitionierteren Gerichten und dem Gourmetmenü, in dem die kreativen Ideen des Teams stets am besten erlebbar werden. Und das lohnt sich, denn hier gibt es von Hummer bis Seezunge nicht nur überraschend hohes Produktniveau, sondern immer auch viel Substanz und aromatische Ausdruckskraft – begleitet von ebenso treffsicheren wie spannenden Weinempfehlungen.

Nonnenhorn (Bayern)

6

Haus am See

im Hotel Haus am See
Uferstr. 23,
88149 Nonnenhorn
08382-988510
www.hausamsee-nonnenhorn.de
Do–Di ab 18 Uhr, Mi RT
Hauptgericht: 22–34 €,
Menüs: 39–63 €

Das Haus am See löst die Romantik, die schon im Namen mitschwingt, nicht nur an warmen Sommerabenden auf der idyllisch begrünten Terrasse ein, sondern auch im gepflegten und ansprechend schlicht und hell gestalteten Restaurant. Kurzum: ein Ort zum Wohlfühlen. Und einer, an dem es dank der engagierten Familie Knörle noch dazu auch sehr gute Sachen zu Genießen gibt. Juniorchef Valentin Knörle spannt hier gekonnt den Bogen von schlichtbodenständigen bis zu etwas aufwendigeren Zubereitungen, stellt Produktqualität und Substanz über alles, braucht in der Regel nicht mehr als drei tonangebende Komponenten – und erreicht damit sehr erfolgreich ein breites Publikum. Eine besondere Liebe gilt den fangfrischen Fischen aus dem See, die genauso stolz präsentiert werden wie die guten, offen ausgeschenkten Weine aus der Region sowie der etwas weiter angereisten hochwertigen Flaschenweine.

Torkel

im Hotel Torkel
Seehalde 14, 88149 Nonnenhorn
08382-98620
www.hotel-torkel.de
Do–Di von 12–14 Uhr u. ab 18 Uhr, Mi RT
Hauptgericht: 24–39 €, Menüs: 59–89 €
EC VISA P

Nur wenige Schritte vom Bodenseeufer entfernt findet sich mit dem Hotel und Restaurant Torkel eine gelungene Verbindung von Tradition und Moderne: das Stammhaus wurde von den Brüdern Georg und Alexander Stoppel durch moderne kubische Erweiterungen inklusive vielfältigem Wellnessangebot ergänzt. Und kulinarisch bewegt sich das Team in der Küche zwischen gediegen traditionellen Gerichten auf der einen und einem Fine-Dining-Menü auf der anderen Seite – wobei die Stärken hier nach unserer Auffassung klar im traditionellen Bereich liegen und weniger bei den kreativen Versuchen. Zusammen mit dem charmanten Ambiente, der lauschigen Terrasse und der attraktiven Weinauswahl haben die eher klassisch gehaltenen Zubereitungen durchaus ihren Reiz.

Nonnweiler (Saarland)

5

Landgasthof Paulus

Prälat-Faber-Str. 2, 66620 Nonnweiler
06873-91011
www.landgasthof-paulus.de
Mi–So von 11–14 Uhr u. ab 18 Uhr, Mo u. Di RT
Hauptgericht: 25–30 €, Menüs: 45–58 €
EC VISA P

In diesem wunderschönen Landgasthaus mit zwei gehoben-rustikal eingerichteten Stuben in einer gelungenen Mischung zwischen Landart und Moderne wird betont schnörkellos-produktbezogen und ohne Firlefanz gekocht. Die Küche hat sich voll und ganz einer „ethisch-hedonistischen Qualitätsphilosophie“ verschrieben und rückt besonders die Nachhaltigkeit der Viktualien und ihrer Verarbeitung in den Fokus. Was auf den Tellern eher schlicht und unspektakulär anmutet, ist fachlich solide zubereitet und entpuppt sich bei genauerem „hinschmecken“ als sehr substanziell und auch geschmacklich nachhaltig. Auf der vom Gastgeber gehegten und gepflegten Weinkarte dominiert der Riesling.

Norden (Niedersachsen)

Hotelempfehlung

★★★★S

Romantik Hotel Reichshof

Neuer Weg 53, 26506 Norden
04931-1750
www.reichshof-norden.de
Einzelzimmer: 95–155 €
Doppelzimmer: 140–200 €
EC VISA P

Das familiengeführte Romantik Hotel Reichshof liegt mit seinen charmanten historischen Backsteingebäuden mitten in Nordens Fußgängerzone und ist nur wenige Minuten von der Nordseeküste entfernt. Aufgrund der ruhigen Lage ist dieses Hotel der perfekte Ort für ein ausgedehntes Wochenende, einen Kurzurlaub mit der Familie oder einen entspannten Romantik-Trip zu zweit. Zuschnitt und Einrichtung der insgesamt 55 Zimmer variieren je nach Stil und Kategorie, die Ausstattung lässt dabei einen komfortablen Aufenthalt zu. Kulinarisch werden die Gäste im Restaurant „Heimisch“ verwöhnt, das mit einer ideenreichen Mischung aus altbewährten Klassikern und zeitgenössischer Küche aus regionalen sowie saisonalen Zutaten zu überzeugen weiß. Entspannte Stunden verbringt man im stilvoll gestalteten Wellness- und Spa-Bereich, der unter

anderem mit mehreren Saunen, Whirlpools sowie einem Indoor-Schwimmbad ausgestattet ist. Und an der hoteleigenen Bar-Lounge „Wolbergs" lässt sich der Tag gemütlich ausklingen.

Nördlingen (Bayern)

5↑

DoRies Restaurant

im 2ND HOME HOTEL

Luntenbuck 9, 86720 Nördlingen
09081-2729330
www.2ndhomehotel.de
Mo u. Mi–Sa ab 17.30 Uhr, So u. Di RT
Hauptgericht: 17–38 €, Menüs: 39–59 €

VISA

Das relativ zentral in Nördlingen, aber etwas abseits der Innenstadt am Rande eines Industrieareals gelegene Hotel 2ND HOME bietet nicht nur schnörkellos modern und stilvoll eingerichtete Zimmer und Suiten, einen Erholungsbereich mit Sauna sowie Tagungs- und Veranstaltungsbereiche, sondern auch ein Restaurant mit ambitionierter Küche. Die hat natürlich auch ein Pflichtprogramm mit bodenständigen Klassikern wie etwa einer bunten Auswahl frischer Bio-Blattsalate mit French Dressing als einfache Vorspeise oder einen Zwiebelrostbraten mit Spätzle als veritablen Hauptgang zu absolvieren – bietet daneben aber eben auch eine Kür, die man selbst in einem ambitioniert geführten Business-Hotel nicht automatisch erwartet.
Zum Beispiel eine Vorspeise um gebratenen Pulpo mit marinierten Cherrytomaten und Maispolenta oder ein Rindertatar mit Trüffelmayonnaise, Spiegelei und Wildkräutersalat. Die ambitioniertere Küchenlinie der Gastgeber kann man auch als bis zu fünfgängiges Überraschungsmenü ordern, das in unserem Fall mit einer sehr guten, hochkonzentrierten Tomatenessenz in der Espressotasse begann. Ein Ausbund an natürlichem Umami! Dem folgte eine Vorspeise von hausgemachter Forellenterrine auf einem Carpaccio von Roter Bete, das mit einer milden, öligen Vinaigrette lauwarm mariniert war und von mayonnaiseartigen Tupfen etwas hintergründigen Schmelz verliehen bekam. Sowohl die beiden glänzend glasierten Scheiben der zarten und saftigen Fischterrine als auch alles andere war von sehr natürlichen, angenehm zurückhaltenden Aromen geprägt.
Dass das Küchenteam um Chef Florian König, das neben dem Hotel einen eigenen Gemüse- und Kräutergarten bewirtschaftet und auch sonst auf Nachhaltigkeit achtet, einiges auf der Pfanne hat, konnte man auch an den gratinierten Jakobsmuscheln mit bunten Tomaten auf flüssiger Polenta erkennen, die mit frischem Majoran und einem grünen Schaum mit Estragon-Kopfnote sehr kräuterwürzig und duftig daherkamen. Die recht kleinen, aber schön festfleischigen Coquilles St. Jacques überraschten durch ihre gute Qualität, und auch sonst war das ein zwar recht einfach, aber mit Fingerspitzengefühl gestricktes, sehr schmackhaftes und wieder betont natürliches Gericht.
Der Reigen guter Produkte und sehr sorgfältiger Zubereitungen riss auch mit dem nächsten Zwischengang um eine gebratene Wachtelbrust auf lila Kartoffelcreme und ausgesucht kleinen, festen Pfifferlingen in reduzierter Jus nicht ab, denen von kleinen Basilikumspitzen einmal mehr ein grünes und duftiges Aroma gegeben wurde. Und auch hier ein überzeugendes Hauptprodukt und sorgfältig auf den Punkt gebrachte Begleiter. Kein Kreativitätsfeuerwerk, aber ein sehr präzise und harmonisch zubereitetes Gericht.
So wie auch der Hauptgang, in dessen Mittelpunkt ein tadelloses gratiniertes Lammkarree auf würzigem Blattspinat nebst fluffigen Gnocchi und ausgewogener Jus stand. Da gibt es wenig bis gar nichts zu herumzumäkeln, da könnte man sich höchstens fragen, warum denn die geschmorten gelben Cocktailtomaten nicht enthäutet und etwas interessanter aromatisiert waren.
Überraschend gut auch der Nachtisch, denn wo bekommt man denn heute in einem „normalen" Restaurant jenseits der Gourmetnische noch ein so fluffiges und saftiges, frisch gebackenes Quarksoufflé serviert? Es wurde mit Rhabarberkompott und marinierten Erdbeeren saisonal und dem sonstigen Stil der Küche angemessen unaufgeregt und schmackhaft begleitet. Da kann man nur erfreut feststellen, dass

die gehobenen Preise hinsichtlich des Gebotenen keinesfalls überzogen sind. Und dass man in der Weinkarte gute ausgesuchte Tropfen namhafter Erzeuger aus Deutschland und Europa zu moderaten Kursen finden kann.
Gut möglich also, dass nicht nur das Hotel 2ND HOME, sondern auch das Restaurant DoRies – übrigens ein Wortspiel aus dem Vornamen von Gastgeberin Doris Hihn und dem Nördlinger Ries – einigen Leuten zum zweiten Zuhause wird.

8

Meyers Keller – Jockl Kaiser

Marienhöhe 8, 86720 Nördlingen
09081-4493
www.jockl-kaiser.de
Küchenchef: Joachim Kaiser
Mi ab 18 Uhr, Do–So 12–14 Uhr u. ab 18 Uhr, Mo u. Di RT
Hauptgericht: 22–48 €,
Menüs: 69–150 €
VISA P

Drei Jahre ist es mittlerweile her, dass sich die Kaisers entschieden haben, ihr vormals separat geführtes Fine-Dining-Abteil mit der bodenständigeren Linie von Meyers Keller zusammenzulegen und fortan auf eine Art Mischkonzept zu setzten, bei dem der Übergang zwischen Gourmet und Gasthaus fließend, die Qualität aber gleichbleibend hoch ist. Der Gast kann auf diese Weise mittags wie abends völlig flexibel zwischen nach alten Hausrezepten hergestellten Klassikern, anspruchsvoller Regionalküche und modernen Feinschmeckereien pendeln, unkompliziert à la carte wählen, oder sich doch an das Genussmenü in maximal acht Gängen halten. Und das funktioniert ganz fantastisch!

Joachim Kaiser hat nämlich schon immer vor allem auf erstklassige Produkte abseits des Mainstreams und traditionelles Handwerk gesetzt und das stets mit einer Akribie verfolgt, die dann unter anderem zu so sensationellen Ergebnissen wie dem dreißig Monate lang in den eigenen Kellern gereiften „Rieser Culatello" führen. Seine Gerichte brauchen nicht viel, zeigen aber durchweg ein außergewöhnliches Verständnis dafür, wie die jeweiligen Viktualien mit wenigen markanten Akzenten versehen und dadurch bestmöglich in Szene gesetzt werden können. Und das führt dazu, dass selbst eine so scheinbar simple Kleinigkeit wie das zum Aperitif gereichte Tellerchen mit zartem Bete-Püree, kandiertem und cremigem Rettich, eingelegter Quitte und Saiblingskaviar mit einem spannungsgeladenen Aromenspiel überraschen kann: hier mit flirrenden Noten zwischen erdig, ätherisch, herbsäuerlich und salzig …
Das enorme Feingespür für Aromen und noch dazu eine ordentliche Prise an Originalität brachte der erste Gang mit einer federleichten, beinahe fließenden Blumenkohlcreme auf den Tisch, auf der geröstete Cerealien, ein mild nussiges Öl und eingelegte Rote Johannisbeeren für markante Akzente sorgten. Im Mittelpunkt brachte ein hauchdünn knusprig ausgebackenes Eigelb mit fließendem Kern Crunch und Schmelz zugleich. Auf dem Punkt! Etwas zahmer, aber dafür von der typischen bodenständigen Süffigkeit getragen, präsentierte das Team sodann löffelzarten (aber keineswegs breiigen) Pulpo auf einem saftigen Schweinsfuß-Graupenrisotto sowie weißem und grünem Spargel, der – mal weicher, mal knackiger – die Umami-Fülle mit erfrischenden Bitternoten aufbrach.
Und apropos Produktfanatismus: dass die Selektion und charakterstarke Präsentation außergewöhnlicher Lebensmittel eine der größten Stärken des Chefs ist, wurde zuletzt vor allem beim Kalbsbries mit gepickelten Schalotten erlebbar. Hier gilt die Maxime: wenn Kalbsbries, dann perfekt! Also kein kleines Fitzelchen oder schleimig untergartes Stück, sondern eine locker zwei Finger hohe Tranche mit goldknuspriger Kruste und homogen zart-weichem Kern. Unterfüttert wurde dieses Prachtexemplar von etwas konzentrierter Kartoffelcreme, den knackigen Schalottenlamellen mit ihrer dezenten Süße und Röstnoten sowie einer seidigen Räucheraal-Cremesauce, deren salzig-rauchige Noten das Ganze fein balanciert abrundeten.

Auf gleichem Niveau und sogar noch etwas komplexer folgte ein zart gebratenes Stück aus der Keule eines Milchzickleins inmitten eines leichten Zicklein-Suds und verschiedener „grüner“ Aromen. Letztere entpuppten sich hier als ein faszinierendes Sammelsurium unterschiedlichster Konsistenzen und einem von säuerlich über bitter bis mildfruchtig reichenden Aromenspektrum. Versteckt war dieses unter anderem in knackigen frischen Erbsen, Erbsencreme, Sauerampfer und -klee, Salbei und Zitronenthymian, Fingerlimes, Limonen-Tapioka und marinierten grünen Tomaten. Dass hier die Proportionen genau austariert waren muss kaum erwähnt werden, sorgte aber maßgeblich für den klar auf das Zicklein fokussierten Gesamteindruck.
Beim süßen Abschluss bestätigte sich der Eindruck aus dem letzten Jahr, dass die Küche hier dem sonstigen Niveau teils ein klein wenig hinterherhinkt – zumindest bei den kreativer angelegten Desserts. So tönte der klare Dreiklang aus zartbitterer Schoko-Ganache mit einem kräutergrünen Minzeis und säuerlichem Joghurtschaum ganz prima, wirkte aber ein wenig karg, woran auch das (originale!) After Eight als Deko mit seiner fast betäubenden Minznote nicht viel ausrichten konnte.
In die Gläser kommen dazu selbstredend viele hochwertige Gewächse aus dem Taubertal und aus Franken, aber auch aus vielen anderen Anbaugebieten und Ländern. Und da die Auswahl genauso unkompliziert und flexibel ermöglicht wird wie im Rest des Programms, ist auch hier viel Freude garantiert. Der charmante Service um die Gastgeberin sorgt ohnehin dafür, dass es einem hier an nichts fehlt.

Hotelempfehlung

★★★★

2ND HOME HOTEL

Luntenbuck 9, 86720 Nördlingen
09081-2729330
www.2ndhomehotel.de
Einzelzimmer: 79–169 €
Doppelzimmer: 89–169 €

VISA

Das von den Gastgebern Doris Hihn und Florian König sehr persönlich geführte Designhotel im historischen Nördlingen mit seiner modernen, schnörkellosen Architektur verfügt über insgesamt 45 Zimmer, die sich in Doppel- und Einzelzimmer unterschiedlicher Kategorien, zwei Familienzimmer, ein behindertengerecht ausgestattetes Doppelzimmer und eine Juniorsuite aufteilen. Das zentrale Gestaltungselement in den zeitgemäß, geradlinig und urban in Naturtönen gestalteten Hotelzimmern sind hochwertige und natürliche Hölzer, und man schläft in hochwertigen Boxspringbetten. Moderne Flat-TVs gehören ebenso zum Standard wie schnelles und kostenfreies WLAN. In dem kleinen, aber feinen und exklusiven Saunamodul mit Ruheraum können die Gäste in Relaxliegen mit Blick auf stimmungsvolle Sonnenuntergänge über dem westlichen Riesrand entspannen. Für das leibliche Wohl wird mit regionaler und saisonaler Küche in Dories Restaurant gesorgt. Für Tagungen stehen moderne, technisch gut ausgestattete Räume unterschiedlicher Größe zur Verfügung, und auch als Feier- und Hochzeitslocation bietet sich das 2nd Home Hotel mit seinem großzügigen Barbereich an.

Nürnberg (Bayern)

6

Einzimmer Küche Bar

Schustergasse 10, 90403 Nürnberg
0911-66463875
www.einzimmerkuechebar.de
Di u. Mi ab 18 Uhr, Do–Sa von 12–14 Uhr u. ab 18 Uhr, So u. Mo RT
Hauptgericht: 12–26 €, Menüs: 37–74 €

VISA

Dieses sehr kleine und sehr schlicht mit blanken Holztischen eingerichtete Lokal in der Nähe des Weinmarkts ist eine spannende Adresse, wenn anspruchsvoller Genuss in ungezwungener Atmosphäre gefragt ist. Hier geht es betont locker zu, und rein gar nichts erinnert an das landläufige Klischee-Gourmetrestaurant. Dennoch richtet sich die Küche an Besseresser – aber eben nicht an solche, für die Damast, Tafelsilber und förmliches Servicegebaren ebenso unabdingbar sind wie Hummer, Gänseleber und Steinbutt. Fisch und Fleisch spielen in Tim Kohlers Kulinarium ohnehin nur eine untergeordnete Rolle. Der junge Chef, der alleine am Herd seiner offen einsehbaren, nur durch eine große Glasscheibe vom Gastraum getrennten Küche steht, kocht mit klarem Gemüse-Schwerpunkt, setzt viele Kräuter und andere gewachsene Aromen ein und konzentriert sich auf wenige, gut durchdachte Komponenten auf den Tellern. Und wer möchte, bekommt glasweise korrespondierende Weine ausgeschenkt, die ebenso viel Spaß machen wie die Küche.

7

Entenstuben

Schranke 9,
90489 Nürnberg (Wöhrd)
0911-5209128
www.entenstuben.de
Küchenchef: Fabian Denninger
Di–Sa ab 18 Uhr, So u. Mo RT
Hauptgericht: 26–34 €,
Menüs: 79–129 €

VISA

Obwohl die Entenstuben mit ihrem eher gediegenen als hippen Ambiente wie eines dieser Restaurants wirken, die irgendwie schon immer dagewesen sind, gibt es sie zumindest in dieser Form doch erst seit 2014, als Fabian Denninger als Inhaber das Heft in die Hand nahm. Seitdem steht das Kulinarium für eine standfeste und grundsolide gehobene Küche, die sich an der französischen Haute Cuisine orientiert und gar nicht erst krampfhaft versucht, irgendwelchen Trends hinterherzulaufen.

Sehr gut gefällt uns diesmal bereits das Amuse-Gueule mit Lammschinken und Pumpernickel-Krümeln, die Deninnger und sein Team wunderbar pikant mit Senf und Schnittlauch zu einer Art Tatar anmachen. Auch die Vorspeise mit gebeiztem Saibling, einer leichten schaumigen Nage, Kaviar und Kartoffel überzeugt auf Anhieb, denn der Fisch ist von guter Qualität, hat einen klaren Geschmack und einen guten, festen Biss. Der Kaviar ist angemessen proportioniert, und die zarte Sauce gibt dem Ganzen eine schöne Tiefe. Lediglich die kühlen Kartoffeltaler wirken hier für unseren Geschmack etwas zu plump und zu massig.

Noch besser ist im Anschluss daran der Heilbutt mit Olive und Fenchel. Der Fisch ist saftig auf den Punkt gegart und wird von einem Olivenjus, ganz puren Oliven und einigen Stücken geschmortem Fenchel begleitet. Das klingt nicht nach kreativem Feuerwerk, und Freunden von Innovation und ausgefuchster Tellerakrobatik dürfte dieser Gang vermutlich schlicht zu langweilig sein. Doch für alle anderen, die klassisch-puristische Kompositionen zu schätzen wissen, sind die sehr gute Produktqualität und die glasklar herausgearbeiteten Aromen allemal Grund zur Freude. Sehr gut!

Beim nächsten Gang um Foie gras von der Gans in Kombination mit Karotte und Basilikum handelt es sich um einen durch und durch herzhaften Teller, was nicht selbstverständlich ist, wenn man bedenkt, wie häufig selbst warme Gänseleber-Gerichte als Dessert durchgehen könnten. Die Foie Gras ist perfekt gebraten, außen leicht kross und schmelzend, aber nicht schlotzig am Gaumen. Dazu gibt es lediglich Karotten in verschiedenen Texturen, zwei frittierte Basilikumblätter und einen klassischen Jus – vermutlich auf Kalbs- oder Geflügelbasis. Erfrischender Klassizismus, punktgenaues Handwerk und ein altbewährtes Luxusprodukt: für uns der beste Gang des Menüs.

Aus der gleichen stilistischen Ecke kommt der Hauptgang, der aus rosa gebratenem Rehrücken, einem Selleriepüree und einem Brennnesselknödel besteht. Das Fleisch ist auch hier saftig auf den Punkt gebraten, leicht mürbe und für Wild verhältnismäßig zart im Geschmack. Das Püree gleitet fein und cremig über den Gaumen, die Knödel schmecken schön kräuterig nach Brennnessel, und einige Stücke dunkelbraun abgeflämmter Sellerie geben dem Gang auch noch eine ganz zarte Rauchnote, die gut dazu passt. Verbesserungspotenzial sehen

wir jedoch in der Sauce, die aromatisch etwas flach, aber recht stark abgebunden wirkt und daher wenig Tiefe beisteuern kann.
Sehr gut ist hingegen das Pre-Dessert aus Grüner-Kaffee-Eis, Rhabarber und Streuseln, in denen wir Salz und Nelkenblüte vermuten. Das Eis schmeckt spannenderweise gleichzeitig nach Kaffee und nicht nach Kaffee, da es die Röstigkeit mitbringt, ohne einen bitteren Mokkageschmack zu entwickeln, den Kaffeeeis oft hat. Genial fügen sich da die fruchtige Säure des Rhabarbers und die Salzigkeit der Streusel ein.
Ebenfalls angetan sind wir vom eigentlichen Dessert, das in Form einer kleinen Tarte mit eingelegten Kirschen, einem Hefeeis und einer Creme mit Kirsche und Balsamico auf den Tisch kommt. Essig in Desserts einzuarbeiten ist ein heikles Unterfangen, da solche Kombinationen häufig nach zwei Löffeln anstrengend schmecken können. Hier gelingt das Kunststück jedoch und macht so aus einem guten Kirschdessert ein sehr gutes, raffiniertes Kirschdessert!
In Zeiten von jeder Menge Geschäumtem, Dehydriertem und drapierten Geltupfern sind die Entenstuben ein sicherer Hafen für jene, denen das alles zu viel geworden ist. Fabian Denninger gelingt eine Reminiszenz an die klassische Küche, ohne viele Pirouetten zu drehen. Wenn er und sein Team ein Selleriepüree kochen, dann schmeckt es erfrischend klar und einfach „nur" nach Sellerie, eine Olivenjus einfach „nur" nach Olive. Keine Frage, die Küche der Entenstuben wirkt dadurch manchmal ein wenig aus der Zeit gefallen. Aber das ist in diesem Fall auch sehr gut so!

9

Essigbrätlein

Weinmarkt 3,
90403 Nürnberg
0911-225131
www.essigbraetlein.de
Küchenchef: Andree Köthe, Yves Ollech
Di–Sa von 12–15 Uhr u. ab 19 Uhr, So u. Mo RT
Menüs: 86–160 €
EC VISA

Seit über 30 Jahren ist dieses kleine und völlig unscheinbare Gasthaus mit Butzenscheiben im Nürnberger Zentrum eines der kreativsten Restaurants in Deutschland. Andree Köthe und sein kongenialer Herdpartner Yves Ollech haben sich noch nie so richtig dafür interessiert, was in der Welt der Kulinarik gerade angesagt ist und was all die anderen Spitzenköche so machen – und so schon sehr früh einen äußerst eigenständigen Küchenstil geformt, der über die Jahre behutsam, aber bestimmt weiterentwickelt wurde. Einst als maximal weltoffene „Gewürzküche" etabliert, sind in der jüngeren Vergangenheit statt exotischer Gewürzzutaten immer mehr die regionalen Aromen in den Fokus gerückt, die hier durch Fermentieren, Intensivieren, Pulverisieren verschiedenster heimischer Gemüse, Früchte oder Kräuter entstehen und den Gerichten fein nuancierte Akzente zuteilwerden lassen. Das Essigbrätlein steht in jedem Fall für eine intelligente Aromenküche, eher subtilen gemüse-, gewürz- und kräuterlastigen Gaumenkitzel für fortgeschrittene Gourmets. Und so anspruchsvoll hier die Menüs sind, so fordernd, inspirierend und charaktervoll ist auch die von Sommelier Ivan Jakir verantwortete Weinbegleitung. Aber auch für den spannenden alkoholfreien Trinkgenuss ist dank origineller Eigenproduktionen gesorgt.

7

Koch & Kellner

Obere Seitenstr. 4,
90429 Nürnberg
0911-266166
www.kochundkellner.de
Mo–Sa von 12–13.30 Uhr u. ab 18 Uhr, So RT
Hauptgericht: 25–35 €, Menüs: 75–115 €
EC VISA

Gerald Hoffmann und sein kleines Team geben in der Küche von Gastgeber Frank Mackerts schlicht und geschmackvoll gestaltetem Restaurant mit entspannter, professioneller Gangart immer mehr Gas. Sie arbeiten ihre zeitlose Feinschmeckerküche auf fundierter klassischer Basis zunehmend präzisier aus und überraschen in ihrem Menü mit kompositorisch durchdachten, handwerklich feinsinnig umgesetzten Kreationen. Das durchaus anspruchsvolle, aber nicht übertrieben exklusiv gestaltete Kulinarium überzeugt mit sorgfältig behandelten Produkten überwiegend (aber nicht ausschließlich) regionaler Herkunft, die in schnörkelloser Machart, aber mit originellen, einfallsreichen und weltoffenen Aromenpointen daherkommen. Und Frank Mackert ist ein sympathischer Gastgeber, der dazu mit sichtlich viel Spaß und schmeckbar viel Expertise seine individuellen Weinbegleiter empfiehlt.

Vineria Nürnberg

Kleinreuther Weg 87,
90408 Nürnberg (Thon)
0911-3001950
www.vineria.de
Küchenchef: Costantino Pala, Maria Utzeri
Mo–Sa ab 17 Uhr, So RT
Hauptgericht: 19–39 €, Menüs: 35–69 €
VISA P

In der Vineria in Nürnberg kann man feiern, tagen, heiraten, Wein kaufen oder zwischen gut gefüllten Weinregalen einfach schick essen gehen. Das Restaurant liegt etwas außerhalb der Nürnberger Innenstadt und bietet Räumlichkeiten für mehrere hundert Personen. Inhaber Peter G. Rock ist nicht nur erfolgreicher Gastronom, sondern auch Sommelier und Weinhändler – dementsprechend ausschweifend ist die Weinkarte aufgebaut, in der neben 800 Flaschenweinen auch knapp sechzig (!) offene Weine glasweise angeboten werden.
Kulinarisch ist die Vineria klar in Italien zu verorten. So beinhaltet das Menü, das auf einer großen Schiefertafel am Tisch präsentiert wird, zahlreiche Klassiker, wie Vitello tonnato oder Carpaccio, verschiedene, mal mehr und mal weniger traditionelle Pastagerichte, aber auch diverse Risotti und mediterran geprägte Hauptgänge. Ganz weit weg von Dolce Vita war jedoch überraschenderweise unser als Amuse-Gueule gereichter Insalata Caprese, der hierzulande mehr als „Tomate-Mozzarella“ bekannt ist und je nach Produktgüte alles oder nichts sein kann. In unserem Fall war es eine kühlschrankkalte, wässrig-saure Tomate mit einem trocken und schnittfesten Kuhmilch-Mozzarella von gummiartiger Konsistenz. Auch die beiden Brotsorten – ein Baguette und ein Körnerbrot – ließen beim Auftakt noch nicht auf überdurchschnittliche kulinarische Ambitionen schließen.
Doch schon mit der Vorspeise rund um ein Oktopus-Carpaccio und grünen Salat wurde es gleich ein ganzes Stück besser, und die Küche pendelte sich auf dem Niveau ein, das wir aus den Vorjahren kannten. Der Tintenfisch war zart gegart und kalt in dünne Scheiben geschnitten, mit harmonischer Säure, Olivenöl und Pfeffer mariniert und mit einem kleinen grünen Salat nebst Gurke und Tomaten liiert. In seiner mediterranen Schlichtheit ein durchaus schmissiger Teller, der gut abgeschmeckt war und von sehr solidem Handwerk und Gespür für südliche Aromen zeugte.
Dem Saltimbocca mit Grauburgundersauce, Gemüse und Rosmarinkartoffeln ging jene mediterrane Heiterkeit leider weitgehend ab. Das Fleisch selbst war schmackhaft, gut gebraten, saftig und klassisch mit luftgetrocknetem Schinken und Salbei gespickt, die Beilagen wirkten jedoch überraschend blass. Zucchini, Paprika, Blumenkohl und Brokkoli brachten relativ wenig Eigengeschmack auf den Teller, wurden beispielsweise auch nicht von aromatischen Kräutern oder intensivem Olivenöl veredelt und waren deutlich zu lange gegart. Ähnlich die Kartoffeln, die ziemlich trocken waren und kaum Aroma hatten. Die seltsam eingedickte Weißweinsauce ohne lebhaftes Säurespiel stand leider auch nicht auf der Habenseite unserer Notizen. Ein durchaus solides, wohlschmeckendes, aber wenig raffiniertes Gericht.
Sehr gut ausgestattet ist wiederum die Weinkarte, die auf große Namen setzt und diese in einer beachtlichen Breite und Tiefe repräsentiert: Sassicaia bis zurück in die 90er, Große Gewächse vom Weingut Von Winning oder ereifte Rotweine aus Barolo kann man hier trinken. Dass sich solche eindrucksvollen Flaschenweine nicht im normalen glasweisen Ausschank wiederfinden, liegt auf der Hand, doch könnte man mit dem vorhandenen Fundus auch offen immer wieder charakterstarke, spannend individuelle Tropfen anstellen. Die im Glas angebotenen Gewächse sind überwiegend von einfacher, unkompliziert zugänglicher Art.
Zum Nachtisch entscheiden wir uns für ein Schokoladenfondant, ein Küchlein mit flüssigem Kern, der außen heiß und innen recht kühl, ansonsten aber zuverlässig zubereitet und schön saftig ist. Makellos das dazu servierte Mangoeis, eher trist der ebenfalls angehörige

Obstsalat mit Apfel, Banane und Kiwi. Man merkt der Vineria-Küche durchaus an, dass das À-la-carte-Geschäft nicht deren alleiniges Standbein ist. Es wirkt oft so, als zieht sich eine von den Herdverantwortlichen mitgedachte Skalierbarkeit durch alle Gerichte: die meisten Teller sind so konzipiert, dass man sie problemlos auch für 200 anstatt für zwei Personen kochen kann.
Und in dieser souveränen Routine liegt auch die Stärke der Küche dieses attraktiven Mischkonzepts, das viele Dinge unter einem Dach vereint und nicht nur ob des großen repräsentativen Saals, der sich hinter dem Restaurant- und Barbereich erstreckt, oft und gern für Hochzeiten und andere Feierlichkeiten gebucht wird.

7↑

Waidwerk

im Romantik Hotel Gasthaus Rottner
Winterstr. 15–17,
90431 Nürnberg
0911-612032
www.rottner-hotel.de
Di–Sa ab 18 Uhr, So u. Mo RT
Menüs: 125–175 €
VISA P

Über die Jahrzehnte hat sich das Gasthaus Rottner mit verfeinert fränkisch-bodenständiger Küche eine treue Fangemeinde und zahlreiche Stammgäste erarbeitet. Viele von diesen werden sicher auch neugierig das neue Fine-Dining-Restaurant unter gleichem Dach von Junior Valentin Rottner erkunden. Darüber hinaus hat das Traditionshaus mit dem Waidwerk aber genauso sicher auch schon viele neue Gäste nach Großreuth am südwestlichen Nürnberger Stadtrand gelockt, denn das behaglich-elegant mit dunklen Holztischen und Ledersesseln, samtig mattgrünen Eckbänken und gedämpft-warmem Licht gestaltete Restaurant verbindet gekonnt Zugänglichkeit mit Moderne und Entspanntheit mit hohem Niveau.
Der in besten Häusern geschulte Chef – darunter so namhafte Stationen wie das Schlosshotel Lerbach oder der Söl'ring Hof – hat hier vom Stand weg einen beeindruckenden Start hingelegt und mit seiner modern-kreativen Spielart von „Regionalküche" gleich im ersten Jahr eine Benchmark gesetzt. Der Name Waidwerk ist dabei durchaus Programm, orientiert sich das Team doch weitestgehend an der Natur und den Produkten der Region (allerdings nicht nur und auch gar nicht primär mit Wildfleisch …) und formt daraus präzise, originell gedachte und angerichtete Eindrücke.
Dass das Ganze in keiner Weise dogmatisch oder verkopft daherkommt und durchaus auch mal weiter gereiste Zutaten wie zuletzt Pulpo und Hamachi Verwendung finden – dann meist mit regionalen Akzenten verfeinert – passt gut zur bei aller Professionalität eher lässigen und lockeren Atmosphäre, an der im Übrigen Sommelier Thomas Wächter mit seiner augenzwinkernd charmanten Art keinen unwesentlichen Anteil hat und zudem mit ausgesuchten Empfehlungen für viel Spaß im Glas sorgt.
Das kulinarische Programm startete zuletzt mit einigen akkuraten Miniaturen, darunter ein saftiger warmer Falafel, eine Ziegenfrischkäse-Praline mit Erdnuss und Papadam sowie Rehtatar mit feiner pikanter Note in knusprigem Cornet. Beinahe schon ein eigener kleiner Gang war der hohe Quader von sanft temperierter Goldforelle, den gekonnt abgestufte Säuregrade in dünn gehobelten Brokkolistielen und einer Beurre blanc mit den nussig-salzigen Nuancen von Pistaziencreme und Saiblingskaviar ergänzten.
Feine Säuren prägten auch die hauchzart angeräucherten Hamachi-Tranchen, hier durch feinstreifigen Spitzkohlsalat und Ponzu-Gel, die neben Prunier-Kaviar und Blattkohl (Creme und Blätter) als filigranes Topping auf den Fisch appliziert wurden. Die Basis stellte ein kräuterduftiger Dashi-Fond und gab dem Ganzen einerseits einen verbindenden Umamiton, erhielt andererseits aber zugleich die flirrende Leichtigkeit.
Aromatisch deutlich lauter gedreht präsentierte das Team ein in zarten rosa und roten Farbtönen gehaltenes Arrangement rund um eine leicht temperierte Scheibe Ochsenherztomate mit Pulpo, nussigen Sonnenblumen-Akzenten und einer mutig prononciert geschärften Paprikacreme. Kleine Beerentomaten ergänzten das Ganze mit punktuellen Frucht-Säure-Kicks, während ein laktisch abgefederter Tomaten-

fond wieder mehr Ruhe reinbrachte. Vor allem durch die Schärfe und natürliche Säure ein fordernder, aber gerade deshalb auch sehr spannender Gang.
Wieder entspannter, weil puristisch von eleganter Frische neben markanter Power geprägt, wirkte das folgende Kalbsbries mit Erbse und Zuckerschote. Der eindeutige Star und tatsächlich Referenzqualität war das glasierte Bries mit seinem klaren Geschmack und der idealen cremig-zarten (aber nicht schmierigen) Konsistenz. Das eher minimalistische Umfeld mit knackfrischen Erbsen neben Cremes von getrockneter Erbse und frischer Zuckerschote boten einen vergleichsweise einfach gestrickten, aber gut balancierten Rahmen. Vielleicht hätte mit Zitrusnoten oder einem anderen Akzent noch mehr Spannung erzeugt werden können, vielleicht war aber auch die minimalistische Produktshow gewollt. Aber: wenn schon Purismus, dann doch ohne rein dekorative Elemente wie die geöffnete Schote, in die einige Erbsen gelegt wurden …
Im Hauptgang gab es dann – natürlich – Wildfleisch, in Gestalt von Rehrücken mit Zwiebel, Miso und Stachelbeeren. Eine super Grundidee mit unkonventionellen Süße-, Säure- und Umamiträgern. Und das Ergebnis konnte sich ebenfalls sehen und schmecken lassen, auch wenn es teils noch am letzten Feintuning fehlte. Denn neben dem sous-vide gegarten und (relativ weit) angegrillten Reh mit frechem Röstzwiebelcrunch dominierten eher mildsüße Zwiebelnoten das Gesamtbild, mit der Miso-Würze als anschmiegsamem Partner. Die Stachelbeere wurde in einer Stachelbeeren-/Lauch-Creme recht handzahm integriert, sodass unter dem Strich ein wenig die scharfen Konturen fehlten. Was womöglich (klein-)kritisch klingt, soll jedoch nur zeigen, wo Schritte zu einer noch höheren Bewertung ansetzen könnten …
Der süße Abschluss präsentierte dann einen gelungen klaren Drei-Komponenten-Kontrast aus Limette, Gurke und Muscovadoeis, bei dem Letzteres mit seiner karamelligen Cremigkeit den Mittelpunkt bildete, gestützt von etwas Malz-Crumble, während Limette und Gurke (als Espuma und Granité) relativ hart, aber exakt dosiert die Kante gaben.
In Summe lag das Gebotene damit etwas weiter vom 8-Pfannen-Level entfernt als der letztjährige Eindruck, zeigte aber erneut, wie viel Potenzial in der Waidwerk-Küche steckt. Und bot, ganz unabhängig von der Einstufung, einen stimmigen und spannenden Abend auf hohem Niveau, der neugierig auf die weitere Entwicklung macht.

7

Wonka

Johannisstr. 38, 90419 Nürnberg
0911-396215
www.restaurant-wonka.de
Küchenchef: Kemal Besirevic
Di–Fr von 12–13.15 Uhr u. ab 18.30 Uhr, Sa ab 18.30 Uhr, So u. Mo RT
Hauptgericht: 32–36 €, Menüs: 67–97 €
VISA

Das unscheinbar im Erdgeschoss einer Häuserzeile untergebrachte Restaurant von Gastgeber Christian Wonka ist alles andere als glamourös, könnte aber dennoch auch in irgendeiner Metropole dieser Erde liegen und dort als Nachbarschaftsrestaurant eines wohlhabenden Viertels herhalten. Dabei liegt das Wonka nicht in Berlin und auch nicht London, sondern in der „Frankenmetropole" Nürnberg. Modern, auf subtile Art mondän und trotzdem sehr heimelig ist es hier. Auf der kleinen, exzellent zusammengestellten Karte mit den Weinen, die glasweise ausgeschenkt werden, findet man sowohl einen klassischen 1er Cru aus dem Burgund als auch einen postmodernen Grauburgunder des Hipster-Weinguts Forgeurac aus Baden.
Seit vielen Jahren gehört das schnörkellose Lokal mit seiner unkonventionell-kreativen Küche zu den interessantesten Essadressen in ganz Franken. Der sympathische Gastgeber, der das Lokal zusammen mit Teilhaber Andree Köthe vom Essigbrätlein betreibt, hat hier gemeinsam mit seinem langjährigen Küchenchef Kemal Besirevic einen sehr eigenständigen Kochstil entwickelt. In seinem Kulinarium findet man nicht die bekannten Edelprodukte, sondern vielmehr vermeintlich einfachere Dinge, aus denen das Team aber bisweilen sehr originelle Kreationen zaubert.
Den Anfang machte in diesem Jahr eine rosa gebratene Entenbrust mit einem süßlichen Zwiebelchutney und dreierlei Kürbis: einer

schlotzigen Creme, einem al dente gegarten Stück und knackig sauer eingelegten Hobeln, die für einen schönen Frischemoment sorgen. Ein stimmiger und authentischer Einstieg, gut abgeschmeckt und punktgenau gekocht! Dass hier ausgerechnet die Ente selbst, die mit krosser Haut und gutem Garpunkt zwar korrekt zubereitet war, mit leicht laktisch-säuerlichem und ansonsten seltsam wässrigem Aroma aber nur Mittelmäßigkeit repräsentierte, nicht so recht überzeugen konnte, ist eigentlich gar nicht typisch für die Küche des Wonka. Für gewöhnlich stehen hier nämlich schon die Viktualien für überdurchschnittliche Qualität.
Gemüse spielt im Wonka-Kulinarium eine gewichtige Rolle, ebenso wie Kräuter. Außerdem ist hier alles ausgesprochen leicht und aromentransparent. Die Geschmacksmuster der klassischen Haute Cuisine wie komplexe lange Saucen und dichte, süffige Arrangements findet man eher weniger. Stattdessen leichte Fonds, Emulsionen, Öle. Die darauffolgende Pilzcremesuppe mit Pfifferlingen ist sehr schmackhaft, sämig und durch kleine saftige Perlhuhnstücke, die darin als Einlage schwimmen, auch schön würzig gestaltet. Eine Nocke Crème fraîche, ein wenig Kräuteröl und frische Feige sorgen darin für unkonventionelle Finesse. Das ist ein schmissiger Teller, gut gekocht, fein abgeschmeckt und durch die nicht alltägliche Kombination aus Pilzen und Feige auch originell und frisch.
Sehr frisch und leicht wirkt auch der Hauptgang rund um Rochenflügel, Fenchel und Apfel. Der Fenchel kommt geschmort sowie roh als Salat angemacht auf den Teller, und beide Komponenten schmecken angenehm pur und authentisch. Der Apfel ist als grasiger Sud verarbeitet und unterstreicht so sehr gut die Ausgewogenheit und Leichtigkeit des Gerichts. Der Rochenflügel selbst liegt leider recht weichfleischig, mürbe, aromatisch blass und seltsam zerfleddert auf dem Teller, sodass wir uns hier nur ausmalen können, um wie viel besser dieses Gericht mit einem properen Hauptdarsteller gewirkt hätte.
Auf gewohnt hohem Niveau präsentierte sich dann wieder das Dessert rund um Schokolade, Petersilie und Birne. Schon die Birne selbst begeistert mit tollem Geschmack, guter Saftigkeit und zarter Säure. Das Schokoladeneis zeugt von gutem Handwerk, ist glatt und cremig und hat ein feines, rahmiges Aroma. Der aromatische Clou an diesem Nachtisch ist aber der kräutrige Petersilienfond, der kein bisschen „gemüsig" schmeckt, sondern vielmehr eine elegante Grasigkeit beisteuert. Sehr gut!
Und gemütlich ist es zweifelsohne auch im Wonka. Der nahbare Service und die fair bepreiste, mit vielen individuellen Gewächsen bestückte Weinkarte machen das Lokal in Kombination mit der leichten, unaufgeregten und doch bisweilen erstaunlich raffinierten Küche zu einem lohnenden Ziel. Auch wenn wir heuer im Detail ausnahmsweise mal etwas mehr als sonst zu kritisieren hatten und die Bewertung für diese Momentaufnahme eher bei 6 als bei 7 Pfannen hätte liegen müssen, lassen wir in dem für die Gastronomie äußerst schwierigen Jahr alles so, wie es ist, denn am grundsätzlichen Konzept hat sich hier ja rein gar nichts geändert. Zudem sind wir uns sicher, dass wir die Küche schon beim nächsten Mal wieder auf gewohnter Höhe erleben werden.

6

Würzhaus

Kirchenweg 3a, 90419 Nürnberg
0911-9373455
www.wuerzhaus.info
Küchenchef: Diana Burkel
Mo ab 18 Uhr, Di–Fr von 11.30–14 Uhr u. ab 18 Uhr, Sa ab 18 Uhr, So RT
Hauptgericht: 12–32 €, Menüs: 21–85 €
VISA

Diana Burkel, kreative Würzhaus-Küchenchefin mit Essigbrätlein-Vergangenheit, hat in dem gepflegten bodenständigen Gasthaus längst eine klare Handschrift gefunden und verwirklicht ihre ganz eigene Version einer mutig innovativen Gewürz- und Aromenküche. Mit hohem Anspruch, aber ohne preistreibende Exklusivität setzt sie souverän ihre guten Ideen in die Tat um und lässt die Gäste so zu moderaten Preisen in den Genuss origineller Liaisons nicht alltäglicher Viktualien kommen. Auf nahezu allen Tellern beweist sie ihr großes Talent für spannend unkonventionelle Produkt- und Aromenkombinationen und ihr Feingespür beim Abschmecken. Auch der junge Service agiert hier sehr umsichtig, ist gut informiert und zeigt sich auch in Weinfragen kompetent.

6 – 2 Kochlöffel

Zirbelstube

Friedrich-Overbeck-Str. 1,
90455 Nürnberg (Worzeldorf)
0911-998820
www.zirbelstube.com
Di ab 18 Uhr, Mi–Sa von 12–13.30 Uhr u. ab 18 Uhr, So u. Mo RT
Hauptgericht: 22–30 €, Menüs: 55–81 €

Mit zunehmender Originalität und Präzision bekochen Sebastian Kunkel und sein Team die Tische des kleinen, feinen, holzvertäfelten Gasthauses. Abgesehen von gelegentlichen Krusten- oder Schalentieren und dem einen oder anderen Meeresfisch konzentriert sich der Chef bei seinen Menüs seit jeher auf die heimische Produktvielfalt – was aber nicht heißt, dass es auf seinen Tellern traditionell und behäbig zugeht. Mit Blick über den fränkischen Tellerrand kommen auch mal exotische Aromen zum Einsatz, und generell zeichnet sich Kunkels Küche durch viel bodenständig-kreative Finesse aus. So hat man es hier mit unkompliziert zugänglichen, handwerklich fundiert und mit viel Sorgfalt und Können zubereiteten Gerichten zu tun, die zu moderaten Preisen zu haben sind. Dazu der zuvorkommende Service unter der Leitung von Susanne Wagner-Kunkel und wohlfeile Weine von einer ausreichend bestückten Karte mit fränkischem Fokus.

---

8 – 3 Kochlöffel

ZweiSinn Fine Dining

Äußere Sulzbacher Str. 118,
90491 Nürnberg
0911-92300823
www.meierszweisinn.de
Küchenchef: Stefan Meier
Di–Sa ab 18 Uhr, (Di–Fr von 12–14 Uhr nur Bistro), So u. Mo RT
Hauptgericht: 20–35 €,
Menüs: 100–140 €

VISA

In den letzten Jahren hat sich das schick designte Lokal im Erdgeschoss eines Bürogebäudes an einer viel befahrenen Ausfallstraße unter der Führung von Stefan Meier kontinuierlich gesteigert und ist längst eine feste Größe in der individuellen Nürnberger Fine-Dining-Szene. Entsprechend herrscht auch sowohl vorne im etwas bodenständigeren Bistro als auch hinten im eleganten Gourmetbereich eigentlich immer reger Betrieb. Der junge Chef macht also offensichtlich vieles richtig, und das spiegeln – unabhängig von Erfolg und Zuspruch – ganz klar auch die fein ausgeführten Gerichte wider. Anders als viele der anderen Nürnberger Kreativen setzt das Team nicht auf neue Natur- oder Regionalküche, sondern eher auf modern und individuell interpretierte klassische Haute Cuisine, hat damit in der Umgebung auch direkt ein Alleinstellungsmerkmal. Bereits zur Einstimmung zeigen das bittersüße Spiel eines kleinen Chicorée-Schiffchens mit Dattelconfit und karamellisiertem Joghurt, die zarte Power einer gelierten Tafelspitzpraline mit knusprigem Reiscrunch und Kräutercreme sowie die röstig-sesamnussige Intensität eines (extrem würzkonzentrierten) Thunfischtatars mit schwarzer Knoblauchcreme im Strudel-Tartelette den Stil auf – und die handwerkliche und aromatische Genauigkeit. Alles bereits sehr filigran gearbeitet mit klaren Aromen versehen.
Auch der krustig-würzige kleine Brotlaib war Grund zur Freude und mit einer Mohnbutter und Fenchel-Skyrcreme zudem originell begleitet. Originell war auch der vegetarische Gruß aus der Küche, obwohl etwas von der Intensität des zentralen Senfeises dominiert, das hier von gerösteter Mandelmilch und Avocado eingerahmt wurde.
Die eigentliche Leistungsshow begann aber erst mit dem ersten offiziellen, nicht nur optisch bezaubernden Gang: einem kühlen Mosaik aus Alge und Jakobsmuscheln, klararomatisch und außen leicht geflämmt, stand hier ein Miniaturensemble aus Mais- und Erdbeerkomponenten sowie Thai-Basilikum gegenüber. Dabei wurde nicht die übliche süßlich-breite Seite des Mais betont, sondern eher Noten von geröstetem Maismehl in einem fluffigen Biskuit und einer Creme, knackigem Minimais und einem Maissaftfond. Da auch die Erdbeeren, teils halbgetrocknet, teils fein mit Essig zugespitzt, eher konzentriert eingefügt wurden und geeiste Basilikumperlen einen pointierten Frische-Effekt lieferten, griff das alles erstaunlich gut (und kontrastreich) zusammen. Kompliment!
Puristischer wurde es beim folgenden Kabeljau: zwar wirkt die Sous-vide-Garung wegen des (trotz perfekter Frische und Klarheit!) etwas farblosen und faserigen Auftritts nicht ideal für den sensiblen Fisch – gemeinsam mit einer schmelzenden Kalbskopfscheibe als Umami-Booster beeindruckte dieser aber dennoch. Zur Seite standen ihm Erbse (Creme,

Stücke, Sprossen) und ein luftiger Salzzitronenschaum, der das Ganze mit seiner herben Säure gekonnt aufbrach.
Überhaupt sind die Ideen hier nicht irgendwie gewürfelt, sondern gut durchdacht und stets präzise umgesetzt. Technisch ist das alles sehr modern, aber keine Show, sondern immer auf einen pointierten geschmacklichen Effekt ausgerichtet. In diesem Sinne stand auch der rosastraffe Rehrücken klar im Mittelpunkt eines vergleichsweise braven (aber perfekt proportionierten) Gangs, ergänzt um zart mit Schnittlauch sautierte Pfifferlinge, Kirschen (eingelegt und als Gel) und Selleriecreme. Aus dem eher klassischen Bereich holte das Gericht die duftige Exotik von Purple Curry, die hier als Kruste und in einer eleganten Jus eingewoben war.
Das durchgängig hohe Niveau reißt auch im süßen Bereich nicht ab, und so stimmte das Team zuletzt schon mit einer Miniatur aus Himbeere, Schoko-/Himbeer-Ganache, marinierter Nektarine und Joghurteis gewohnt feinfühlig auf das Finale ein. Dieses bestach dann in frühsommerlicher Frische mit dem Zusammenspiel aus konzentriert dunkelbeerigen Brombeerkomponenten mit eingelegten Gurkentexturen, einer marmorierten Buttermilchcreme auf Biskuit und einem prägnanten Sauerampfereis.
Abgerundet wird das stimmige Erlebnis durch die Empfehlungen von Sommelier Stephan Voit, der auf lockere und unterhaltsame Art und Weise hochwertige, bestens korrespondierende Weine abseits des Mainstreams empfiehlt und zudem auch gute Ideen für originelle alkoholfreie Alternativen in petto hat.

Hotelempfehlung

★★★★

Romantik Hotel Gasthaus Rottner

Winterstr. 15–17,
90431 Nürnberg
0911-658480
www.rottner-hotel.de
Einzelzimmer: 82–235 €
Doppelzimmer: 121–270 €

Das Romantik Hotel im Westen von Nürnberg besteht aus dem historischen Stammhaus, in dem die beiden Restaurants untergebracht sind und das schon seit rund 200 Jahren generationsübergreifend von Familie Rottner geführt wird, sowie einem modernen, erst 1998 eröffneten Hotelanbau mit 37 individuell und zeitgemäß gestalteten Zimmern. Die teilen sich in acht Einzel-, vier Familien- und 25 Doppelzimmer unterschiedlicher Kategorien auf. Alle Zimmer haben runde Bäder, die mit beheizten Solnhofer Natursteinböden ausgestattet sind. Des Weiteren verfügen sie über Badewanne oder Dusche, Fön, Durchwahltelefon, kostenlosen WLAN-Internetzugang (im gesamten Haus), Safe und TV mit integriertem Wecksystem. Zwei modern ausgestattete Tagungsräume sowie ein separater Pavillon (bis zu 80 Personen) stehen für Seminare, Veranstaltungen und Feierlichkeiten zur Verfügung. Neben der Hotelbar, dem Gasthaus Rottner mit gehobener regionaler Küche und dem erst 2018 eröffneten neuen Gourmetrestaurant Waidwerk gibt es im Sommer auch den idyllischen Lindengarten, in dem die À-la-carte-Gerichte des Gasthaus Rottner serviert werden. Im Nussbaumgarten gibt es eine separate Biergartenkarte mit bodenständigen Gerichten. Bei schönem Wetter wird auch das Frühstück auf der Hotelterrasse serviert. Gourmetrestaurant Waidwerk separat erwähnt.

Nürtingen (Baden-Württemberg)

5

Belsers Restaurant

Brunnensteige 15,
72622 Nürtingen
07022-7195860
www.belsers.com
Küchenchef: Christer Belser
Di–Sa von 11.30–14 Uhr u. ab 18 Uhr,
So von 11.30–14 Uhr, Mo RT
Hauptgericht: 20–34 €

VISA

Drunten im stilvollen Gewölbe residiert die Brasserie Kellertraube und oben im Restaurant sitzt man leicht erhöht über dem Geschehen am Marktplatz in einem lichtdurchfluteten, geradlinig-modern, aber trotzdem behaglich gestalteten Restaurant. Das anspruchsvolle und trotzdem mehrheitsfähige Gastrokonzept von Christer Belser, der mal Privatkoch von Rupert Murdoch war, versteckt sich nicht in der exklusiven Gourmetnische, sondern bietet gutes Essen für jedermann zu erschwinglichen Kursen, das sich stilistisch zwischen verfeinerter traditioneller Regionalküche und internationalen Klassikern mit mediterranem Schwerpunkt bewegt.

Die Karte offeriert neben ständig wechselnden günstigen Mittagsgerichten eine vertrauenswürdig überschaubare Karte aus vier oder fünf Vorspeisen, zwei Suppen und nochmal einem halben Dutzend Hauptgängen sowie einigen Desserts. Dazwischen gibt's auch mal einen klassischen Zwiebelrostbraten, ein in schäumender Salzbutter gebratenes Wiener Kalbsschnitzel mit Röstkartoffeln und den einen oder anderen asiatischen Akzent, der dann meist im Vorspeisenbereich zu finden ist – mehrheitlich ist das Kulinarium von Christer Belser aber schon im Mittelmeerraum zu Hause.

Dazu passte auch der kleine sommerliche Gruß aus der Küche bei unserem letzten Besuch: ein Shot mit kräuterwürziger Melonen-Kaltschale. Und dem folgte ein weiterer Gang, der uns ebenfalls in südlich-mediterrane Gefilde entführte, wenngleich er weder sonderlich saisonal, noch besonders leicht war – aber Christer Belsers Interpretation eines Vitello tonnato, das hier in Gestalt eines süffigen Schichttürmchens aus zarten, saftigen Scheiben von geschmortem Kalbfleisch, milder Thunfischsauce und verschiedenen jungen Salatblättern sowie Kresse angerichtet war und von Kapernäpfeln ergänzt wurde, ist in dieser ansprechenden Form einfach Italianità par excellence.

Weit mehr Diskrepanz zwischen Erwartungshaltung und Realität verursachte die als „Bouillabaisse" und explizit mit Safran annoncierte Fischsuppe, die zwar eine tadellose nordeuropäische Fischsuppe war – mit klarem, kraftvollem Fond, saftigen dünnen Streifen von Forelle und verschiedenen weißfleischigen Fischen sowie jeder Menge Gemüseeinlage, die von Karotte über Lauch bis Staudensellerie und Schnittlauch reichte –, aber eben nicht annähernd eine Bouillabaisse. Das konnte auch die à part gereichte (qualitativ sehr ordentliche!) gebratene Garnele nebst aromatisch würziger Sauce Rouille und Röstbrotchip nur ansatzweise kaschieren. Aber wie gesagt: geschmeckt hat das alles wirklich sehr gut!

Klar in südliche Gefilde ging es dann aber wieder mit kross auf der Haut gebratener Dorade, die saftig und rösch auf einem Sockel aus attraktiv mit Oliven, Pinienkernen und Olivenöl ins Mediterrane gedrehten Stampfkartoffeln thronte. Flankiert von frischem, mildem Blattspinat und einem süßlich-fruchtigen konzentrierten Tomatensugo, der in der Speisekarte etwas irreführend als „Tomaten-Glacé" angekündigt war. Wer zum Hauptgang lieber Fleisch isst, wird garantiert mit der von uns schon öfter probierten und gelobten, weil sehr zart und kompakt geschmorten Rinderbacke in Barolojus glücklich, der mit Kartoffelmousseline, Spinat und Lauch serviert wird.

Und wer die meist etwas inflationär auf den Karten zu findende Crème brûlée trotz ihrer hier individuellen Tonkabohnen-Parfümierung umschiffen mag, bekommt vielleicht beim saftig-cremigen Schokoladenkuchen mit Bourbon-Vanillesauce und erfrischend unsüßem Mango-/Passionsfrucht-Sorbet Lust. Zubereitet ist beides tadellos! Tadellos trifft auch auf den Service zu, den wir hier seit Jahren schon immer sehr aufmerksam und zugewandt erleben. Die Weinkarte offeriert ein kleines, aber durchaus ansprechendes Angebot, das von Württemberg bis in die europäischen Nachbarländer reicht.

Oberboihingen (Baden-Württemberg)

Zur Linde

Nürtinger Str. 24,
72644 Oberboihingen
07022-61168
www.linde-oberboihingen.de
Mi–So von 11.30–14 Uhr u. ab 18 Uhr, Mo u. Di RT
Hauptgericht: 12–23 €

Wenn ganz und gar traditionelle schwäbische oder internationale Küche in solider, sorgfältiger Machart gefragt ist, dann ist dieser ländliche, aber nicht rustikale Gasthof in Oberboihingen die richtige Wahl. Unter der Leitung von Jörg Ebermann wird hier seit Jahr und Tag ein seriös zubereiteter Mix aus Althergebrachtem, aber auch sehr interessanten, weil nicht alltäglichen Schmankerln dargeboten. Die Weinkarte glänzt mit guten regionalen Weinen sowie gereiften Bordeaux und Burgundern zu sehr günstigen Preisen.

Oberkirch (Baden-Württemberg)

Haus am Berg

Am Rebhof 5, 77704 Oberkirch
07802-4701
www.haus-am-berg-oberkirch.de
Mi ab 18 Uhr, Do–Mo von 12–14 Uhr u. ab 18 Uhr, Di RT
Hauptgericht: 19–30 €

In exklusiver Premiumlage mit freier Sicht bis ins nahe gelegene Straßburg lässt es sich natürlich aushalten. Und was für Küchenchef Peter Zimmermann und sein sympathisches Team gewohnter Alltag ist, trägt nicht unerheblich zum Genussfaktor im charmant-pastelligen Gastraum bei. Unverkrampft und souverän gefällt die bewährte Linie am Herd, die mal französisch angehaucht, mal mediterran verspielt und mal traditionell geerdet interpretiert wird. Die tief in der Region verwurzelte Weinkarte, die von Gastgeberin Nicola Welte mit angenehm ungekünstelter Geste „symbadisch" erläutert wird, listet sinnigerweise etliche Erzeugnisse aus der näheren Umgebung. Im Sommer sollte man auf alle Fälle die wunderschöne Umgebung auf der großzügigen Terrasse genießen.

Oberkochen (Baden-Württemberg)

Vilotel

Eugen-Bolz-Platz 2, 73447 Oberkochen
07364-955540
www.vilotel.de
Küchenchef: Johannes Bischof
Mo–Sa ab 17.30 Uhr, So RT
Hauptgericht: 14–36 €,
Menüs: 45–65 €

Es ist gar nicht so einfach, als ambitioniertes Hotelrestaurant eines Businesshotels einen guten Mittelweg zwischen den normalen Bedürfnissen der Hausgäste und den höheren Ansprüchen einer auf kulinarischen Genuss abzielenden Klientel zu finden. Johannes Bischof, dem noch jungen Küchenchef dieses relativ neuen Hotelbaus im Zentrum von Oberkochen bei Aalen, der leicht versetzt an das moderne Rathaus andockt, gelingt dieser Spagat ausgesprochen gut. Ohne das eine als lästige Pflicht zu vernachlässigen und das andere als Kür hochzustilisieren, kocht er ein recht homoge-

nes Programm zwischen Flammkuchen „Elsässer Art" und Trüffelmaultaschen, zwischen Rinderkraftbrühe mit Flädle und Leberknödel und Gewürzcappuccino mit Kokos, Zitronengras und Ingwer, das eine breite Zielgruppe anspricht und dennoch nicht beliebig wirkt.
In dem nahtlos in Barbereich und Lobby übergehenden und trotzdem nicht hallenartig wirkenden Restaurant in zeitgemäßem Design wird deutlich mehr als schnöde Hotelküche geboten. Der Chef, der während seiner Wanderjahre schon in namhaften Restaurants wie Schloss Schauenstein in Fürstenau, bei Heinz Hanner in Mayerling oder auch bei Jörg Sackmann in Baiersbronn mitgearbeitet hat, bietet für Feinschmecker ein bis zu fünfgängiges Menü, dessen einzelne Gerichte auch à la carte zu haben sind. Und das begann zuletzt gleich äußerst ansprechend mit einem handgeschnittenen, herzhaft und fast schon ein wenig süßsauer angemachten Rindertatar, das von gebeiztem Eigelb angenehmen Schmelz und mit Brotchips einen knusprigen Kontrast verliehen bekam. Eingelegte rote Zwiebeln (ebenfalls süßsauer gepickelt), verschiedene aromatische Kresse und eine zitrisch angehauchte Trüffelmayonnaise fügten sich da sehr gut ein.
Der bereits erwähnte Gewürzcappuccino mit Kokos, Zitronengras und Ingwer war ein sehr schmackhaftes und geschmeidiges Süppchen, ließ aber auch erkennen, wie sich die Küche ohne großen Aufwand noch steigern könnte: Der weiße Schaum on top schmeckte im Grunde auch nur weiß, und im Süppchen selbst hätten die annoncierten Aromen ruhig noch etwas prägnanter herausgestellt sein können. Die Basis stimmt aber! Und so machte auch der auf der Haut gebratene Bachsaibling mit sehr gut beschaffenem Pfifferlings-Risotto, knackigen Zuckerschoten und „confierten" Tomaten viel Spaß, obwohl der Fisch etwas zu viel Zeit in der Hitze verbracht hatte und die Tomaten nicht confiert, sondern eher wie rohe, mit einer Art Salsa vermengte Tomatenwürfel gewirkt haben.
Sehr gut fanden wir auch die perfekt sous-vide gegarte Rinderbacke, die nicht einfach nur dicht und würzig, sondern eher fast schon wie ein Sauerbraten geschmeckt hat – mit feiner Säure und einer an Zwiebel erinnernden fruchtigen Würze am Fleisch ergab das in Kombination mit Petersilienwurzelpüree und gedünsteter Zucchini einen attraktiven Hauptgang. Und beim Dessert um Portwein-Sauerkirschen, Salzkaramell und Joghurt hätte lediglich ein leichtes Verschieben der Proportionen das Ganze noch eindrucksvoller wirken lassen. Denn durch die leider nur angedeutete Salzigkeit und laktische Frische des sehr spärlich portionierten griechischen Joghurts und dem auch eher unterrepräsentierten Salzkaramell wirkte das Ganze tendenziell doch recht süß.
Die Weinkarte ist weiterhin überschaubar, doch in der Auswahl einer Handvoll deutscher Weine aus zwei oder drei Anbaugebieten, ein paar Alternativen aus dem benachbarten Europa und etwas Übersee wird man in jedem Fall fündig. Bei Fragen hilft der zuvorkommende Service kompetent.

Oberopfingen (Baden-Württemberg)

6

Landgasthof Löwen

Kirchdorfer Str. 8,
88457 Oberopfingen
08395-667
www.loewen-oberopfingen.de
Küchenchef: Alexander Ruhland
Di–Sa ab 18 Uhr, So von 11.30–13.30 Uhr u. ab 18 Uhr, Mo RT
Hauptgericht: 14–39 €, Menüs: 40–89 €

VISA

Mit einem sinnvollen Spagat zwischen Pflicht und Kür, also zwischen Rinderkraftbrühe mit Leberknödel und Flädle oder dem in Schwaben unvermeidlichen Zwiebelrostbraten auf der einen und einem bis zu sechsgängigen Feinschmeckermenü auf der anderen Seite, ist es Jeune Restaurateur Alexander Ruhland in den vergangenen Jahren gelungen, Stammgäste des alteingesessenen Familienbetriebs zu halten und neue, neugierige Gäste ins beschauliche Oberopfingen bei Memmingen zu locken. Und egal ob traditionelle Regionalküche oder Ausflüge in die große weite Gourmetwelt: Die gesunde Basis für das alles sind gute Pro-

duktqualitäten und sorgfältiges, fachmännisches Handwerk.
Wobei es der ambitionierte und trotzdem bodenständige Chef auch bei den Offerten aus dem Menü, die man allesamt auch à la carte bestellen kann, trotz hohem Eigenanspruch nicht mit maßlosem Aktionismus übertreibt. Will heißen, der Detailaufwand auf den Tellern ist so bemessen, dass die Gerichte vom kleinen Team auch bei viel Betrieb noch in moderaten Zeitabständen und in konstanter Qualität geschickt werden können. Auch die sympathische Gastgeberin Simone Striegel, die bei vollem Haus wirklich alle Hände voll zu tun hat, behält souverän die Ruhe und stets alles Blick.
Nach drei Kleinigkeiten zur Einstimmung, einer schön schmelzigen Tafelspitzsülze, einem sojawürzigen gedämpften Wan-Tan-Täschchen auf Wakame-Algensalat und einem sehr intensiven, grenzwertig salzigen Gurkensüppchen, startete das „Menü Alexander Ruhland“ mit einem im Ceviche-Stil säurebetont angemachten Tatar vom Färöer Lachs, gekrönt mit knackig frischem Forellenkaviar, das von eingelegter Gurke, einer angenehm forschen Kalamansimayonnaise und milder Karotten-/Ingwer-Creme dezent auf Fernost gedreht war. Ein schöner Start, der durch die Frische der Produkte und klare Aromen überzeugte.
Sehr gut hat uns auch der nächste Zwischengang um zwei butterzarte und sehr saftige Riegel von mit Kalbsjus nappierter Kalbszunge im Kreise verschiedener gepickelter Gemüse gefallen, die von einer duftigen Kräutercreme und frisch gehobeltem Meerrettich akzentuiert wurden. Einziger Schönheitsfehler bei diesem ansonsten sehr gelungenen Beispiel einfallsreicher Regionalküche waren nach unserem Gusto die zerstoßenen Wasabi-Erdnüsse, die hier in Kombination mit dem Meerrettich nicht wirklich aromatisch stimmig wirkten und auch thematisch verzichtbar gewesen wären.
Eine Tranche von der gebratenen Gänseleber in ordentlicher Qualität, also mit sauberem Geschmack und einer zwar relativ weichen, aber nicht matschig zerfließenden Konsistenz, kam sodann nebst eingelegten Erdbeeren mit rotem Pfeffer und Rhabarberkompott in säuerlich-fruchtiger Begleitung; eine Spur Jus sorgte daneben für etwas Tiefe und Umami als Ausgleich dazu, und die obligatorische Brioche brachte mit Rosmarinaroma auch noch einen feinwürzigen Akzent ins Spiel. Das war zwar als Ganzes nicht sonderlich genau oder besonders trennscharf komponiert, aber durchaus stimmig und schmackhaft.
Das mögliche Optimierungspotenzial der Küche war dann beispielhaft auch sehr gut an folgendem Zwischengericht um gebratene Jakobsmuscheln zu erkennen. Die wurden nämlich neben frischen Erbsen und kleinen Pfifferlingen außerdem in Gestalt mehrerer mit Kartoffel-/Lauch-Creme gefüllter Lauchröllchen und einer sehr zahmen, nur äußerst zurückhaltend mit Yuzu aromatisierten Velouté begleitet, die das Gericht mit ihren opulent weichen, cremigen Texturen und sehr milder, etwas diffuser gemüsig-breiter Würze dominierten. Auch das schmeckte durchaus harmonisch, aber eben auch etwas eindimensional und wenig differenziert, fast wie in Watte gepackt.
Deutlich besser funktionierte das mit den klaren Abstufungen dann aber wieder bei der Begleitung von tadellos geschmortem Bäckchen und rosa gebratenen Tranchen vom Rücken eines Allgäuer Weiderindes. Hier wurde dem Fleisch mit seidig fließender Selleriemousseline, Segmenten von geschmorten Schalotten und dünnen Scheiben gepickelter Navetten ein Geleit in stimmigen Proportionen gegeben, das sich selbst und allem anderen genug Raum ließ.
Auch das nach einem kleinen erfrischenden Eis am Stiel servierte Dessert um einen Dreiklang von festcremiger Himbeer-Panna-cotta nebst Sorbet, Kompott und Coulis von herbfruchtig-säuerlichen Aprikosen und dem süßen, schaumigen Puffer von Espuma aus weißer Schokolade war eine runde und ausgewogene Sache. Und wie sich die Küche in den letzten Jahren auf nunmehr sehr schwankungsfreies und klares 6-Pfannen-Niveau gesteigert hat, so wurde auch die Weinkarte sukzessive ausgebaut und bietet mittlerweile einen guten europäischen Querschnitt im populären und preiswerten Bereich.

Oberotterbach (Rheinland-Pfalz)

7

Schlössl

im Hotel Schlössl
Weinstr. 6,
76889 Oberotterbach
06342-923230
www.schloessl-suedpfalz.de
Küchenchef: Christian Oberhofer
Do–Sa ab 18 Uhr, So von 12–14 Uhr,
Mo–Mi RT
Hauptgericht: 39–42 €,
Menüs: 65–135 €
VISA

Während dieses pittoreske Anwesen ein paar Kilometer weiter westlich in Frankreich wohl als „Châtelet" bezeichnet werden würde, belässt man es in der naturgemäß bodenständigeren Pfalz bei der deutschen Verniedlichung und betreibt mit dem Namen „Schlössl" mehr Understatement als Übertreibung. Vielen Genießern von außerhalb bietet das historische Haupthaus mit seinem hingebungsvoll gehegten Barockgarten schon lange den Grund für einen Trip in die Südpfalz. Die Nähe zur kulinarischen Inspiration Frankreich ist hier nicht nur räumlich zu spüren, sondern auch auf den klassisch-süffigen Tellern von Küchenchef Christian Oberhofer, der hier neben dem Gourmetrestaurant auch noch für das zweite gastronomische Konzept „Guud Gess" gleich nebenan verantwortlich zeichnet.
Die Wahl zwischen den dort kredenzten pfälzischen Schmankerln und den ambitionierteren Kreationen vom gleichen Herd fällt nicht leicht – führt aber immer zu genussreichen Momenten, für die das Team stets nah an den Produkten bleibt und auf unnötige Spielereien verzichtet. En miniature führte das schon die Einstimmung um ein Röllchen vom gebeizten Eismeersaibling mit Kohlrabisalat, Pfefferkörnern, Wasabicreme und Rote-Bete-Sud vor – ein geschmacksrunder, mit viel Punch versehener Auftakt nach Art des Hauses!
Die zwischenzeitliche Reduzierung des großen Menüs auf vier Gänge hat nur quantitativ weniger Genuss zur Folge – qualitativ scheint diese Konzentration zu einer noch fokussierteren Arbeitsweise geführt zu haben. Schlagendes Beispiel hierfür lieferte schon der eigentliche Menüauftakt, der nicht nur hochwertig, sondern auch äußerst großzügig bestückt war: Zum opulent bemessenen und akkurat abgeflämmten, ebenso zupackend bissfest wie filigran und zart anmutenden Schwanzstück von der Tristanlanguste setzte ein schmelziges, fast cremiges Langustentatar ein passendes texturelles Gegenstück, das von Hechtkaviar, Salicornes und einem würzig-erdigen Safran-/Fenchel-Sud unterstützt wurde. Erweitert durch marinierten Fenchel und handgerollten Couscous als Basis war das ein perfekt ausgewogener Gang, der sofort Lust auf mehr machte.
Und so wie die Vorspeise ließen dann auch die Zwischengänge deutlich erkennen, wie akkurat und nuanciert das Team um Christian Oberhofer hier mittlerweile zu Werke geht. Denn die schön festfleischigen und nur auf einer Seite kolorierten Coquilles St. Jacques überzeugten hier im Verbund mit einer Rosette aus Zucchini- und marinierten Jakobsmuschelscheiben, leicht essigsäuerlichem Tomatenschaum und -sud genauso wie die folgende Hommage an die Cucina italiana: Handwerklich bessere Ravioli bekommt man auch im Mutterland der Pasta nicht an jeder Ecke. Der Nudelteig selbst sehr dünn und mit feinem elastischem Biss, die Füllung laktisch und umamisatt auf Basis von Ricotta mit kleinen Pancettastückchen; dazu gab's mit erdiger Erbsencreme, kleinen frischen Pfifferlingen und seidigem Eigelb on top sehr feine Begleiter. Kann man anders, aber nicht viel besser machen!
Wollte man ein Haar in der Suppe finden, ließen sich hier und da minimal ungleich gewichtete Aromenakzente anführen. Etwa die plakativ süßen Cremetupfer von Aubergine und Tamarinde beim ansonsten sehr gelungenen Hauptgang um Limousin-Lamm, von dem der saft- und kraftstrotzende Rücken mit angekrosstem Fettdeckel und in einem Gyoza-Täschchen verstecktes würziges Schmorfleisch aufgeboten wurde. Begleitet von einer Artischockenrosette und Artischockencreme sowie optimal bissfester Fregola sarda, abgerundet durch die üppige Menge einer nicht zu stark konzentrierten Jus, war das ein süffiger Hauptgang, der keine Wünsche offenließ.
Letztlich lieferte auch die Pâtisserie ein nicht nur optisch eindrucksvolles Finale: Die akkurat geschichtete Ganache-Schnitte aus Tainori-Schokolade führte kakaobittere Aromen und schmelzig-luftige Texturen genauso perfekt zusammen wie deren Begleitung in Gestalt von fruchtsäuerlichem Kirschsorbet und seidiger Haselnusscreme.
Und obwohl in der Weinkarte einiges aus dem benachbarten Ausland zum Probieren lockt, bleibt man auch da der Region treu, und die Pfalz ist der Star im Keller. Ein wenig vermissten wir diesmal die alkoholfreie Begleitung mit Essenzen aus dem Schössl-Garten, aber so wie das reduzierte Menü ist auch diese Einschränkung wohl nur temporärer Art und dem Re-Start nach Corona geschuldet.

Hotelempfehlung

Schlössl

Weinstr. 6, 76889 Oberotterbach
06342-923230
www.schloessl-suedpfalz.de
Einzelzimmer: 75–120 €
Doppelzimmer: 120–180 €

Das Schlössl, ein historisches Gebäude samt prachtvollem Barockgarten mit Brunnen, wurde um 1740 als Sommersitz eines Zweibrücker Adelsgeschlechts erbaut. Zum historischen Ensemble zählen ein französisch beeinflusster, spätbarocker Mansardwalmdachbau, eine Mansarddachscheune und ein umgebauter Wintergarten. Heute beherbergt das Gebäude ein exklusives Boutiquehotel mit nur acht Zimmern, Gewölbekeller, eigener Destillerie, Pfälzer Bistro und Gourmetrestaurant. Hochwertige Materialen und modernstes Interieur ergänzen hier die historische Pracht. Kostenloser Breitband-Internetzugang gehört ebenso zur Ausstattung wie etwa ein moderner Flachbildfernseher. Das Frühstück ist im Preis inbegriffen und wird in der Orangerie mit Blick in den Garten serviert. Gourmetrestaurant Schlössl separat erwähnt.

Oberstaufen (Bayern)

7

DIE.SPEISEKAMMER

im Hotel DAS.HOCHGRAT
Rothenfelsstr. 6+8, 87534 Oberstaufen
08386-9914620
www.die-speisekammer.de
Küchenchef: Friedrich Braumüller
Mo, Di u. Do–Sa ab 18 Uhr, So von 12–13.45 Uhr u. ab 18 Uhr, Mi RT
Hauptgericht: 22–48 €, Menüs: 69–99 €

Ein Wunder: Mit Friedrich „Fritz“ Braumüller hat seit der Eröffnung 2015 der erste Küchenchef länger als ein Jahr im alpin-schicken Chalethotel DAS.HOCHGRAT überdauert! Wobei: so verwunderlich ist das gar nicht, wirkten der sympathische Österreicher und Gastgeber Thomas Klopfer doch schon im Vorjahr wie ein Team, bei dem die Chemie besonders gut stimmt, und überzeugte auch die Performance des Chefs mit dem höchsten Niveau, das wir bisher in dem immer schon kulinarisch attraktiven Restaurant erleben durften. Die Konstanz ist also erfreulich, und der bodenverhaftete, zupackende Stil passt bestens zum Gesamtkonzept und auch in das Ambiente mit viel Holz, modernen klaren Formen und warmem behaglichem Licht.
Im Sommer sitzt es sich aber auch draußen auf der Terrasse sehr entspannt und genau dort stimmten zuletzt ein eigenwürziges Wildtatar mit (sehr zurückhaltendem) Meerrettich-/Gin-Fond und Knusperbrot sowie flaumiges Kartoffel- und Krustenbrot mit aufgeschlagener Nussbutter auf lässig unkomplizierte Art auf das Folgende ein. Das war dann als „Griechischer Wein“ zunächst eine Art abstrahierter griechischer Salat, bei dem die typischen Komponenten gekonnt intensiviert und freigestellt

kombiniert wurden: mit mariniertem satt-cremigem Feta auf konzentriertem Gurkengelee im Zentrum, darum herum schwarze Oliven und Tapenade, Kopfsalatschaum und -blätter. Da hat der typisch augenzwinkernd schmissige Titel, den hier im Übrigen alle Gerichte bekommen, nicht zu viel an griechischem Flair versprochen.
Noch etwas kontrastreicher präsentierte das Team „Big in Japan“: kurz kolorierte Gelbschwanzmakrele (leider mit leicht metallischem Geschmack) auf mildem Dashi-Gelee. Daneben geschmorte Gelbe und dünn gehobelte Ringelbete, Brunnenkresse, Mandel-/Sesam-Crumble und ein zartes Kren-Eis. Alles akkurat aufeinander abgestimmt, da hätte es nur ein kleines Produkt-Upgrade für einen rundum perfekten Eindruck gebraucht.
Bei den knusprig zart gebratenen Knurrhahnfilets gab es dagegen weder von der Produktseite noch kompositorisch viel zu bemängeln: Der frische und generell eher charakterstarke Fisch ergab mit einer prononcierten Chorizocreme, feinstreifigem Fenchel und einem duftigen hellen Anisschaum ein zupackend dichtes Ensemble auf hohem Wohlfühllevel. Auch die luftigen Polenta-Gnocchi darin fügten sich als Puffer und Saucen-Transporteur gut ein.
Noch ein paar Powerlevel höher ging es dann beim geschmacksintensiven Schulterfleisch einer zehnjährigen Kuh – geschmort und dann für kräftige Röstnoten angegrillt. Im Zusammenspiel mit einer schmorsüßen Zwiebeltartelette, Pinienkerncreme, gebratenen Artischocken für nussige Akzente und einem eher leichten Ratatouille-Fond war das ein zupackender Hauptgang von klarem 7-Pfannen-Format.
Dieses Niveau erreichten die riesigen und arg festen, grieseligen Topfenknödel mit Aprikosenragout und Butterbrösel nicht ganz, auch wenn ein Lavendelgel und ein zartes Getreideeis für pfiffige Akzente dazu sorgten. Unter dem Strich erreichten die aktuell probierten Sachen die derzeitige Bewertung nur knapp, aber mit ein klein wenig Corona-Bonus und angesichts des rundum stimmigen Gesamtkonzepts sind wir sicher, dass sich das bis zum nächsten Besuch schon wieder eingependelt hat. Der Service rund um Gastgeber Thomas Klopfer performt sowieso so offen und zugewandt wie eh und je und erfreut weiterhin mit individuellen Weinempfehlungen aus seiner gut sortieren Karte.

5

Esslust

im Hotel Alpenkönig
Kalzhofer Str. 25, 87534 Oberstaufen
08386-93450
www.hotel-alpenkoenig.de
Mi–Sa ab 17.30 Uhr, So–Di RT
Hauptgericht: 19–42 €, Menüs: 47–89 €
VISA

Hier ist der Name des Hotels tatsächlich Programm, denn im Alpenkönig in Oberstaufen verbindet sich eine hochwertig elegante Ausstattung sehr geschmackvoll mit Naturdekor in alpinem Stil und schafft so eine einladend behagliche Atmosphäre. Das schließt selbstredend auch das Restaurant mit dem ebenfalls programmatischen Namen Esslust ein, in dem in vier verschiedenen Stuben zwischen eher ländlich schicken oder exklusiv modernerem Ambiente gewählt werden kann. Die Speisekarte aus der Hand von Küchenchef Manuel Gorbach ist in allen Bereichen die gleiche, genauso wie der aufmerksame Service des Teams um Restaurantleiter Jürgen Rupp – und sie bietet eine clevere Mischung aus traditionell-bodenständigen und exklusiveren Gerichten.
So stehen auf der einen Seite beispielsweise eine Consommé vom Allgäuer Weiderind mit hausgemachtem Kalbsbrätstrudel oder ein klassisches Kalbsschnitzel mit Petersilienkartoffeln und Preiselbeeren und auf der anderen Seite eine Kaviarvorspeise oder ein Chateaubriand mit Sauce béarnaise, hausgemachten Dauphine-Kartoffeln, getrüffeltem Blattspinat und Kalbsjus, wobei die Küche dabei bis auf wenige kreative Schlenker auf sehr klassischem Fundament bleibt und eher bekannte Geschmacksbilder in etwas modernerer Art darstellt, als gänzlich neue Wege zu gehen.
Wer einen besonders guten Einblick, auch in die ambitionierten Ideen des Teams haben möchte, wählt am besten das maximal fünfgän-

gige Menü. Anstelle aufwendiger Küchengrüße und zugunsten einer insgesamt einladenden Preisgestaltung startet dieses mit zweierlei Brot nebst einem mediterranen Frischkäse, gutem Olivenöl und Salz. Im Übrigen vermeidet die Küche auch sonst unnötige Spielereien oder übertriebenen Aufwand und hält sich an die Maxime, lieber mit einfachen Mitteln für Raffinesse zu sorgen – was in der Regel, gute handwerkliche Skills vorausgesetzt, gar keine schlechte Idee ist …

Im ersten Gang des Menüs wurde das Team dem eigenen Anspruch allerdings noch nicht ganz gerecht, denn die mit Rosmarin, Petersilie und Knoblauch gebratenen Wildgarnelen in einem leichten mediterranen Kräutersud zeigten zwar ein sehr gutes Produkt mit kräftigen, rustikalen Begleitaromen, wirkten ansonsten aber doch etwas sehr puristisch, beinahe verloren auf dem tiefen Teller. Mit dem in der Karte annoncierten, tatsächlich aber leider vergessenen Röstbrot dazu hätte das vielleicht ein klein wenig anders ausgesehen …

Wie handwerklich fundiert das Team arbeitet, wurde beim kross auf der Haut gebratenen Kabeljau schon deutlich besser sichtbar: Der nur minimal zu lang (beziehungsweise zu heiß) gegarte und trotzdem sehr zarte Fisch wurde mit kräftig salzwürzig abgeschmeckten Trüffel-Risoni inklusive dezentem Safranfenchel und einem luftigen hellen Saucenschaum in eine dichte, harmonische Umgebung gestellt. Der leicht artifizielle Trüffelgeschmack spielte dabei eine eher untergeordnete Rolle, dafür sorgte hauchdünnes Selleriestroh für effektvollen Crunch. Auf geradlinig unkomplizierte Art war das gelungen, und es war der beste Gang des letzten Besuchs!

Die mustergültig geschmorten Kalbsbäckchen (butterzart, mit perfekt geschmolzenem Bindegewebe und dennoch kompakter Struktur) in einer leichten Schmorjus zeigten danach ebenfalls das handwerkliche Können des Teams. Allerdings wirkte die dazu gereichte Beilagenkombination aus Apfel-/Sellerie-Püree und einem luftigen Semmelknödelsoufflé trotz der leichten Säure im Püree unnötig massig und breit. Da wäre beispielsweise mit glasiertem Wurzelgemüse anstelle des Pürees schon ein völlig anderer Eindruck und vielleicht auch mehr Raum für feinere Akzente entstanden.

Die gab es dann – mit einfachen Mitteln clever erzeugt – beim Dessert, einem mit Pernod flambierten Beerenragout mit dem charakteristischen zarten Anisduft und feiner Fruchtsäure, das zusammen mit leichtem Kokos-/Limetten-Schaum neben ein solo zwar sehr süßes, im Verein aber bestens harmonierendes Vanilleeis gestellt wurde. Und damit gekonnt für etwas unerwartete Finesse sorgte! Fazit: Das Team um Manuel Gorbach kann kochen, das steht außer Frage. Und es achtet bei den regionalen Produkten genauso auf Qualität wie bei weiter angereisten. Um sich auf dem Niveau der aktuellen Bewertung sicher zu etablieren und dem selbst formulierten Ansprüchen vollständig gerecht zu werden, sollte nach unserer aktuellen Einschätzung aber noch etwas mehr in Konzeption und Feintuning der Gerichte investiert werden.

In der Weinkarte mit Schwerpunkt Baden, Pfalz, Württemberg und Österreich finden sich überwiegend gute Basisqualitäten, dazwischen aber auch hochwertige Gewächse. Glasweise wäre das Niveau noch ausbaufähig, etwa mit einer eigenen Weinbegleitung zum Menü.

Hotelempfehlung

DAS.HOCHGRAT

Rothenfelsstr. 6+8, 87534 Oberstaufen
08386-9914620
www.das-hochgrat.de
Einzelzimmer: ab 141 €
Doppelzimmer: 186–325 €

Die 19 Luxus-Ferienwohnungen des DAS. HOCHGRAT – vier Junior-Chalets bzw. Doppelzimmer sowie 15 Luxus-Chalets – liegen mitten im Herzen von Oberstaufen und sind die moderne Interpretation des alpenländischen Baustils. Die gesamte Architektur spiegelt die perfekte Mischung aus Tradition und Moderne wider. Holz, Glas und Naturmaterialien versprühen Wärme und Gastlichkeit. Sie reichen von den gemütlichen Junior-Chalets (zwischen 27 m^2 und 34 m^2), die mit hochwertigen Materialien, wunderschönen

Designbädern, Betten in Übergröße und Flachbild-TV ausgestattet sind, bis hin zu den über 100 m² großen Superior- und Panorama-Chalets mit zwei separaten Schlafzimmern sowie Bädern und Designkamin, teilweise mit Dampfdusche und Whirlpool oder sogar mit eigener Sauna, die Platz für vier bis sechs Personen bietet. Außerdem wartet der kleine, feine Wellnessbereich mit zwei Saunen (Bio- und finnisch), Außenpool, Relax-Lounge und Wellness-Massagen auf. Restaurant DIE.SPEISEKAMMER separat erwähnt.

Oberstdorf (Bayern)

8

Das Maximilians

im Das Freiberg Romantik Hotel
Freibergstr. 21, 87561 Oberstdorf
08322-96780
www.das-maximilians.de
Küchenchef: Henrik Weiser
Di–Sa ab 18 Uhr, So u. Mo RT
Hauptgericht: 30–36 €,
Menüs: 99–137 €
EC VISA

Tlles hat seine Zeit. Das mag ein Allgemeinplatz sein, trifft aber die Entwicklung im kleinen charmanten Gourmetabteil des individuellen, modern-alpinen Hotels Das Freiberg in Oberstdorf sehr gut. Denn nach über zehn Jahren, in denen Tobias Eisele hier das Gourmetrestaurant geprägt und sich dabei vermutlich mit seiner fein gezeichneten und kreativen, aber nicht immer leicht zugänglichen Küche sukzessive von dem eher niveauvoll bodenständigen und unkomplizierten Spirit der Gastgeber entfernt hat, wurde es Zeit für einen Neustart. Und auch wenn wir über die genauen Umstände, die letztlich zum Wechsel am Herd geführt haben, nur mutmaßen können, eins ist sicher: Mit Henrik Weiser als neuem Küchenchef haben Margret Bolkart-Fetz und ihr Mann Ludger Fetz definitiv einen guten Nachfolger gefunden.

Der erfahrene Chef ist alles andere als ein unbeschriebenes Blatt und war an seinen bisherigen Stationen, zuletzt im L'etable in Bad Hersfeld, immer ein Garant für erfolgreiche Konzepte auf hohem Niveau, rund um das 8-Pfannen-Level. Und weil er dabei eher für zeitgemäß interpretierte klassische Küche als für experimentelle Kreativität steht und sich seine Kreationen vor allem durch kompromisslose Produktqualität, klare Konturen und leichte Zugänglichkeit auszeichnen, passt er offensichtlich gut in das Gesamtkonzept des Hotels, in dem Exklusivität, hoher Anspruch und Bodenständigkeit auf so einladend unbekümmerte und lockere Art Hand in Hand gehen.

Schwellenangst ist also bei einem Besuch ebenso wenig angesagt wie die Sorge, vor kulinarische Rätsel gestellt zu werden. Genauso wenig aber Angst vor Langeweile, sorgen doch die kleinen Details und zugespitzten Aromen in den Gerichten für gehörige Spannung. Bereits mit einem zwischen hauchdünne Bauernbrotchips angerichteten und mit Röstzwiebel belegten Rindertatar als kräftig zupackender Happen und in Rettich gewickeltem Wildlachs mit Wasabicreme, der klar und mit schmelzender Textur nur ganz leicht von etwas Schärfe geküsst wurde, gab es zum Aperitif einen Auftakt nach Maß.

Ebenfalls schon rein konzeptionell ein Winner und zudem in Perfektion umgesetzt, war das kleine Schälchen mit kühlem stückigem Blumenkohlstampf, der mit Schnittlauchöl und Nussbutterschaum eine ebenso schmeichelnde wie pointierte Basis für zart temperierten Saibling und eine üppige Kaviarnocke darstellte. Da wirkte der erste offizielle Gang im Vergleich regelrecht minimalistisch, wobei die Idee auch hier bestens aufging: Als eine Art Carpaccio ausgelegte Hummerscheiben (sehr gut, mit zart festem Biss und süßlich-nussigem Geschmack) wurden nur von Bagna cauda betupft, einer typisch italienischen Sauce auf Basis von Olivenöl, Knoblauch und Sardellen, und mit gerösteten Weißbrotkrumen, Nussbutter und herb-frischen Kräuterspitzen verfeinert. Dank perfektem aromatischem Feintuning ergab das eine Premiumproduktpräsentation par excellence.

Auf der gleichen puristisch produktorientierten Linie lag auch das zart aufblätternde Filet vom Zander, das hier scheinbar schlicht neben

kräftig gebratener Poverade und einer Nocke Erbsenpüree in einem klaren Bellota-Schinkensud angerichtet wurde. Dabei war die Grundaromatik dann auch eher erdig und verfeinert rustikal, nicht zuletzt durch das recht kompakte Erbsenpüree, und wurde vor allem durch den komplexen Schinkensud getragen. Hier wäre eine Spur mehr Säure oder irgendein anderer auflockernder Akzent nicht schlecht gewesen, aber auch wenn das Ergebnis nicht zu den stärksten Eindrücken des letzten Besuchs zählte, machte es viel Freude auf hohem Niveau.
Wieder etwas komplexer aufgebaut, wurde im Hauptgang ein klassisch à point gebratener (und nicht im Sous-vide-Bad mürbe aufgeweichter) Rehrücken mit einer Scheibe roher, gepfefferter Gänseleber belegt, und brillierte so als beispielhaft guter Vertreter seiner Art neben einem zarten Foie-gras-Flan, einem mild-cremigen Kohlrabi-Salatnest und einer nussbuttrig glasierten Kohlrabischeibe mit winzigen festen Pfifferlingen. Das tragende Fundament war dabei eine in Tiefe und Eleganz beeindruckende Sauce rouennaise, die erfreulicherweise in der Sauciere am Tisch verblieb. So gut kann Klassik sein, wenn die Details stimmen!
Und die stimmten am Ende auch beim Dessert, das mit Himbeere und Schokolade eine perfekte Verbindung von Fruchtfrische und dunkler Tiefe schaffte. Im Zentrum stand dabei ein cremiger zartbitterer Ganache-Riegel mit einem Topping verschiedener Mikroelemente wie Himbeer-Geleeröllchen, getrocknete Himbeere, marinierte Beeren mit Himbeercoulis sowie einem zarten Himbeersorbet, die durch die fein differenzierten Säuregrade und eine teils hellere, teils dunklere Fruchtaromatik für Spannung sorgten.
Spannung im Glas gibt es durch eine zwischen Deutschland, Österreich, Frankreich und Italien gut sortierte und fair kalkulierte Weinkarte. Es finden sich immer auch Entdeckungen abseits des Mainstreams, sowohl bei den Flaschenweinen als auch bei den glasweisen Empfehlungen, die vom Service kompetent moderiert werden. Überhaupt zeichnet sich das Serviceteam, trotz kleiner Holprigkeiten in den Abläufen, durch eine zuvorkommend unkomplizierte Art aus, die einen vergnüglichen Abend noch leichter macht.

7↑

Ess Atelier Strauss

im Alpin Lifestyle Hotel Löwen & Strauss
Kirchstr. 1, 87561 Oberstdorf
08322-800080
www.loewen-strauss.de
Do–So ab 19 Uhr, Mo–Mi RT
Hauptgericht: 36–42 €,
Menüs: 111–160 €
VISA

Eines der reizvollsten Gourmetziele im touristisch stark erschlossenen Oberallgäu ist das Ess Atelier im Alpin Lifestyle Hotel Löwen & Strauss, das von der Substanz her ein traditionelles Gasthaus ist, sich in seinem Fine-Dining-Separee aus Holz, Naturmaterialien und einer gläsernen Wein-Schrankfront als Eyecatcher aber gehoben-elegant und geschmackvoll modernisiert zeigt. Hier gibt es auch eine ausgesprochen modern, elaboriert und weltoffen umgesetzte Küche, die dem „Atelier"-Anspruch durchaus gerecht wird. Die einerseits auf klassische, süffige Geschmacksbilder setzt, andererseits aber auch ideenreich für originelle Geschmacksbilder auf den Tellern des bis zu neungängigen Auswahlmenüs sorgt – und die sich zuletzt wieder ein Stück weit ausgefeilter präsentierte als in den Vorjahren. Küchenchef und Inhaber Peter A. Strauss profitiert hier sicher auch vom Netzwerk der Jeunes Restaurateurs, sei es über bestimmte Produkte oder schlicht durch den regen kollegialen Austausch. Und dafür, dass stets auch etwas Gutes im Glas ist, sorgt hier Gastgeber Sabir Achmedsade, der durch seine sympathische und kommunikative Art auch maßgeblich für die entspannte Atmosphäre verantwortlich zeichnet.

Die Symbole

- P gute Parkmöglichkeiten
- Hotelgarage
- barrierefrei
- klimatisierte Zimmer
- WLAN-Zugang
- Hallen- und/oder Freibad im Haus
- mit Wellness-Bereich
- mit Fahrstuhl zu den Hotelzimmern
- Hunde im Hotel nicht erlaubt
- mit Garten oder Terrasse

Hotelempfehlung

Alpin Lifestyle Hotel Löwen & Strauss

Kirchstr. 1, 87561 Oberstdorf
08322-800080
www.oberstdorf-hotel.org
Einzelzimmer: 69–130 €
Doppelzimmer: 120–260 €

Das elegante Alpin Lifestyle Hotel Löwen & Strauß aus dem Jahr 1872 liegt mitten im Herzen des Oberallgäus und dort zentral in der Altstadt von Oberstdorf. Mit einer geschmack- vollen Mischung aus neuzeitlicher Innenarchitektur und alter Bausubstanz sowie liebevollen traditionellen Details mit regionalem Flair wie alten Skiern oder Kuhglocken verbindet das Haus Historie und viel Lokalkolorit mit dem Komfort der Moderne. Einige der 25 Zimmer haben Bergblick, Holzbalkendecken und sind mit Steindusche mit Kieselsteinboden oder frei stehender Whirl-Wanne ausgestattet. Das historische Hotel verfügt außerdem über einen „Day-Spa" mit Saunen und Dachterrasse sowie ein Gourmetrestaurant und ein Bistro. Ein idealer Ausgangspunkt für Outdooraktivitäten wie Wandern oder Skifahren. Die Lifte des Nebelhorns sind nur 15 Gehminuten vom Hotel entfernt; die „Heini-Klopfer-Skiflugschanze" 6 km. Für kulturell interessierte Gäste empfiehlt sich zum Beispiel ein Besuch im Heimatmuseum Oberstdorf, im Museum Bergschau oder der Pestkapelle. Restaurant Ess Atelier Strauss separat erwähnt.

★★★★

Das Freiberg Romantik Hotel

Freibergstr. 21, 87561 Oberstdorf
089322-96780
www.das-freiberg.de
Einzelzimmer: 170–300 €
Doppelzimmer: 170–300 €

In Deutschlands einstmals kleinstem 4-Sterne-Hotel wird auch nach der umfassenden Erweiterung und Modernisierung weiterhin die familiäre Atmosphäre eines Privathauses mit modernem, anspruchsvollem Hotelkomfort verbunden. Zu den acht jüngst renovierten Stammhaus-Zimmern kamen im zeitgemäßen Anbau 15 neue Zimmer, zwei Appartements und drei Suiten hinzu. Außerdem ein neuer Wellness- und Spa-Bereich (Sauna, Dampfbad, Infrarot-Therme, Magnetfeld, individuelle Behandlungen mit hochwertigen Produkten …) und ein ganzjährig beheizter Outdoor-Pool. Der Stil des Hauses, ein von klaren Linien und Formen bestimmter, harmonischer Einrichtungsmix aus Bauhaus, Landhaus und modernem Design, zieht sich nun wie ein roter Faden durchs gesamte Haus. Ebenfalls neu ist das „Dine Around"-Kulinarik-Konzept mit nun vier verschiedenen Restaurants. Hunde im Hotel auf Anfrage. Restaurant Maximilians separat erwähnt.

Oberthal (Saarland)

5

Zum Blauen Fuchs

Walhausener Str. 1, 66649 Oberthal
06852-6740
www.zumblauenfuchs.de
Mi–Sa ab 18.30 Uhr, So u. Fei von 12–14 Uhr, Mo u. Di RT
Menüs: 65–94 €

Der Blaue Fuchs ist seit mittlerweile sechzig Jahren in Familienhand und zählt unter der Ägide von Christiane und Olaf Bank zu den guten Klassikern im Saarland. In seiner handgeschriebenen Karte offeriert der Chef feine klassische Gerichte mit meist französischem und manchmal mediterranem Oberton, die mit großer Sorgfalt zubereitet und mit viel Geschmackssinn abgerundet sind. Auf den klar strukturierten Tellern kommen meist nur wenige, gut auf den Punkt gebrachte Komponenten zum Einsatz. Sie werden von der Gastgeberin in der gemütlichen Gaststube mit sauber eingedeckten Tischen und wechselnden Gemälden regionaler Künstler freundlichst serviert. Auch mit guten Tropfen ist Christiane Bank gern dienlich und berät kompetent. Die Preise sind moderat, die Atmosphäre entspannt-familiär.

Oberursel (Hessen)

6

Kraftwerk

Zimmersmühlenweg 2, 61440 Oberursel
06171-929982
www.kraftwerkrestaurant.de
Di–Sa ab 18 Uhr, So RT
Hauptgericht: 25–36 €, Menüs: 49–80 €

Jeune Restaurateur Bertl Seebacher hat das österreichische Schmankerl-Gen im Blut und bietet in seinem Casual-Fine-Dining"Restaurant im ehemaligem Umspannwerk der Main-Kraftwerke ein substanzstarkes und sehr einfallsreiches Kulinarium. Das überzeugt seit Jahren mit bodenständigen Finessen und humorvollen Details, präsentiert sich zeitgemäß und modern, ist aber weder modisch, noch kreativ überdreht. Und besonders gut gefällt es uns immer dann, wenn mit herzhaft-alpenländischen Aromen und Geschmacksbildern gespielt wird. In traditioneller Form kommen diese meist im Menü „Heimat" vor – originell variiert und um internationale Produkte und bisweilen auch exotische Aromen ergänzt auch im Menü „Around the World".

Odenthal (Nordrhein-Westfalen)

7↑

Zur Post

Altenberger-Dom-Str. 23, 51519 Odenthal
02202-977780
www.zurpost.eu
Küchenchef: Alejandro Wilbrand, Christopher Wilbrand
Mi–Fr ab 18 Uhr, Sa u. So von 12–14 Uhr u. ab 18 Uhr, Mo u. Di RT
Menüs: 49–125 €

Die Post in Odenthal ist das perfekte Beispiel für ein im besten Sinne bodenständiges Gourmetrestaurant. Eines, wohin man Leute einladen kann, die immer noch dem Vorurteil Glauben schenken, Feinschmeckerlokale seien teuer, abgehoben, steif, und man wird dort sowieso nicht satt. Im hell und freundlich gestalteten Fine-Dining-Bereich des familiär geführten Traditionshauses mit seiner für die Region typischen dunklen Schieferfassade nebst grünen Fensterläden und Dachrinnen, das von den Brüdern Christopher, Alejandro und Thomas Wilbrand engagiert geführt und zeitgemäß bespielt wird, lassen sich sämtliche Klischees widerlegen.
In dem geschmackvoll schlichten, aber nicht uneleganten Lokal gehen hoher gastlicher und

kulinarischer Anspruch und bodenständig-heitere Gelassenheit Hand in Hand, und es ist alles auf den völlig entspannten Genuss ausgelegt. Die Speisekarte bietet hier noch eine gewisse Auswahl und ist nicht nur auf ein Menü reduziert, auf den Tellern wird nicht angestrengt und preistreibend herumgebastelt und sämtliche Portionen sind so bemessen, dass man angenehm satt, aber auch nicht erschlagen wird. Und dennoch geht das alles weit über gehobene Landgasthofküche hinaus. Was in der einsehbaren Küche fabriziert wird, ist nämlich durchaus aufwendig. Oft wird auf den Tellern vielfältig variiert, und alle Zubereitungen beeindrucken grundsätzlich durch ihre starke Substanz.
Stilistisch bewegt sich das alles im klassischen Bereich, ist aber weltoffen und einfallsreich zusammengestellt und komponiert. Begonnen wurde das Menü auch bei unserem letzten Besuch sehr unkompliziert und delikat mit einem kleinen rahmigen Schalen- und Krustentiersüppchen, in dem ein paar Miesmuscheln als Einlage schwammen. Parallel dazu gab's auf der Zunge dahinschmelzenden Thunfischbauch nebst Avocadocreme und Miso-Mayonnaise auf etwas sojawürzig-zitrischem Sud, der an Ponzusauce erinnerte. Ein geschmackvoller, ausdrucksstarker Start.
Ob es nun positiv oder negativ zu werten ist, dass bei der gebratenen Gänseleber deren in der Karte annoncierten „Barbecue-Aromen" allenfalls zu erahnen waren, wollen wir dahingestellt lassen. Jedenfalls hat uns diese Vorspeise ausgesprochen gut gefallen, ganz genau so, wie sie war. Nicht nur, weil die Leber selbst von hervorragender Qualität und fester Konsistenz war, sondern auch, weil deren Begleitung mit Honig-/Ziegenfrischkäse-Eis, Ziegenkäsecreme und glasierten Aprikosenspalten mit angenehm wenig Süße, sondern vielmehr schön erfrischender laktischer und fruchtiger Säure aufwartete.
Den Färöer Lachs gab's schließlich auf zwei Arten: einmal als festfleischige, mit Kräuter gebeizte Tranche auf dem Hauptteller mit verschiedenen Gartengurken-Komponenten (Sorbet, eingelegt, knackige Spirale, Sud ...) sowie Senfsaat und Ziegenkäse-/Holunderblüten-Mousse, einmal als Tatar mit roher Auster unter einer schaumigen Haube aus Holunderblüten-Espuma. Beides wieder mit sehr gutem Hauptprodukt und klar herausgearbeiteten Aromen. Und an diesen deutlich präsenten Gurken- und Holunderaromen dockte der dazu glasweise empfohlene Albariño fast schon kongenial an.
Kaum verwunderlich, dass bei so viel Genauigkeit auch ein Intermezzo wie das von schmelzigem Tomatengelee mit Basilikumsorbet und Burrataschaum zum überraschend feinen Gaumenkitzel wird. Dem folgte sodann ein sehr leichtes, sommerliches Wildbret, bei dem das gratinierte Rückenstück und die geschmorte Schulter des Rehs aus den Bergischen Wäldern von knackig-säuerlichem Rettich und eher hellaromatischen Pfefferkirschen eskortiert wurden. Selbst das flankierende Mandelpüree war leicht und fast schon luftig, sodass die sehr konzentrierte reduzierte Jus, mit der auch das Schmorstück glasiert war, gar nicht so optimal ins Bild passte.
Wenngleich wir keine besonders großen Freunde von Dessertvariationen sind, weil sie meistens recht bunt und beliebig daherkommen und uns ein stringent komponierter Nachtisch einfach lieber ist: hier in der Post lassen wir uns auch so ein süßes Vielerlei gerne schmecken. Denn man bekommt von Crème brûlée über Sorbets und Mousses bis zum warmen Kuchen lauter perfekt auf den Punkt gebrachte Sachen, die auch noch ziemlich gut miteinander harmonieren. Und apropos harmonieren: Xurch die treffsicher empfohlenen Weine aus einer sehr gut sortierten und so wie auch das Speisenangebot äußerst fair kalkulierten Karte lässt sich der Genuss selbst im glasweisen Bereich durchaus noch steigern. Kurzum: ein sehr sympathisches Haus.

Offenbach (Hessen)

SchauMahl

Bismarckstr. 177, 60367 Offenbach
069-82993400
www.schaumahl.de
Mo–Sa ab 18 Uhr, So RT
Hauptgericht: 31–39 €, Menüs: 57–93 €

In dem charmanten Eckhaus-Restaurant finden entspannter Service, Weinkompetenz und spannende Küche zu einer attraktiven Liaison zusammen. Für die ersten beiden Punkte zeichnen Esra Egner und Raffaele Fazio verantwortlich; am Herd ist Küchenchef Björn Andreas engagiert und kreativ zugange und entsendet aus seinem winzigen Reich moderne, originelle Gerichte mit viel Bodenhaftung. Vieles auf seiner Speisekarte kommt aus heimischen Gefilden, manche Inspiration holt er sich aus Fernost, denn für die japanische Küche hat er seit jeher eine besondere Leidenschaft. Zumeist kombiniert und crossovert er sich aber geschmackssicher und finessenreich durch die Weltgeschichte. Die Teller sind mit Sinn für ansprechende Optik komponiert, wirken aber nicht elaboriert, sondern sind klar strukturiert und bisweilen puristisch. Die Küche lebt von cleveren Kombinationen, kraftvollen Akkorden und präziser handwerklicher Zubereitung ohne technisches Gefrickel.

Ofterschwang (Bayern)

5↑

freistil.

im freistil. boutiquehotel.
Schweineberg 20, 87527 Ofterschwang
08321-7071
www.kiehnes-freistil.de
Küchenchef: Constantin Kiehne
Mo–Fr ab 18.30 Uhr, Sa u. So von 12–14 Uhr u. ab 18.30 Uhr, kein RT
Hauptgericht: 14–34 €, Menüs: 42–68 €
VISA P

Auch wenn es von außen noch recht traditionell anmutet, so hat sich das Interieur des mittlerweile zum freistil. boutiquehotel. umgetauften Hauses gegenüber dem Vorjahr deutlich gewandelt und damit dem modernen, ausgesprochen puristisch und geradlinig eingerichteten Restaurant freistil. angenähert. Der Eingangsbereich und die Gänge wurden seit unserem letzten Besuch renoviert und modernisiert – mittlerweile sind auch alle Zimmer auf dem neuesten Stand. So ist der Kontrast zu dem von Inhaber Constantin Kiehne engagiert bekochten Restaurant schon gar nicht mehr so deutlich wie noch bei unserem ersten Besuch 2019. Hier verwirklicht der gebürtige Westfale, der sich während der obligatorischen Wanderjahre Inspiration und Know-how unter anderem auf Sylt bei Johannes King im Söl'ring Hof geholt hat, seine eigenen Vorstellungen von zeitgemäßer Gastronomie und von moderner Regionalküche mit kreativen Ideen.

Auch wenn das freistil. mittags geöffnet hat – die ambitioniertere, aber auch nicht übermäßig elaborierte Küchenlinie gibt's nur am Abend und zwar in Gestalt zweier Auswahlmenüs mit bis zu sechs Gängen. Von denen ist sogar eines rein vegetarisch und die allermeisten Produkte stammen tatsächlich aus der Region oder zumindest aus Bayern. Der Küchengruß ist für beide Menüs identisch, ziemlich schlicht gehalten, und bestand zuletzt aus einem halbierten, leider im Kern etwas holzig-verschossenen Radieschen auf Kräuterschmand und einer mit Apfelragout und karamellisierten Kürbiskernen gefüllten und zusammengeklappten Scheibe Rote Bete. Da wurde das grundsätzlich gute Niveau der Küche noch nicht so richtig deutlich.

Es ging zwar von der Machart her ähnlich schlicht weiter, aber deutlich delikater: Der „Garnelencocktail" alias schön frische, glasig-knackige Garnelenschwänze aus bayrischer Aquakultur in klassischer, feinsüßlich-cremiger Cocktailsauce auf geröstetem Schwarzbrot mit Wildkräutern war schon allein aufgrund der erfreulichen Qualität der Krustentiere und der fein abgeschmeckten cremigen Sauce bemerkenswert. Und dass die Küche eine solide Substanz hat, war auch bei der Exkursion ins vegetarische Menü unverkennbar, denn das zart säuerlich abgeschmeckte und leicht aufgeschäumte Kräutersüppchen, mit erfrischenden Sauerrahm-Ravioli intus, schmeckte voll und rund und sehr natürlich.

In Richtung Comfort-Streetfood ging das süffig mit gezupfter Kalbshaxe, etwas Roter Bete und rauchig-süßer Sauce im Barbecue-Style gefüllte Bao-Bun. Saftig auf der Haut gebraten und tadellos frisch präsentierten sich die beiden Filets vom Gunzesrieder Saibling, die mit nussigem Bärlauch-Buchweizen und gebratenem weißem und grünem Spargel sowie etwas Brokkolicreme ein sehr solides Hauptgericht abgaben. Beim Zweierlei vom Kemptener Reh war sowohl der sehr schön zarte (und nicht mürbe) kurz gebratene Rücken, als auch die vorbildlich geschmorte Schulter auf dem Punkt – dazu gab's Kartoffelkrapfen im Krokettenstil, Kohlrabi und ein Kräuterpüree, was das Ganze zu einem eher sommerlichen Wildbret machte.

Raffiniert verschmolzen im Anschluss die Späne von herzhaft gereiftem Bergkäse mit der säuerlichen Frucht von zweierlei Rhabarber und den kräuterwürzigen Aromen von Kerbel. Saftig mit Marillenkompott getränkt, schenkte uns final auch noch der abgewandelte „Baba au Marille“ nebst intensivem Himbeersorbet und schön fettem Rahm einen erfreulichen Menüabschluss. Die Getränkekarte offeriert neben den spezifischen und gut ausgesuchten glasweisen Empfehlungen zum Menü eine kleine Flaschenweinauswahl mit Schwerpunkt Deutschland, Österreich und Italien sowie natürliche sortenreine Säfte, ausgesuchte Tees und einiges mehr.

7↑

Silberdistel

im Sonnenalp Resort

Sonnenalp 1,
87527 Ofterschwang
08321-272900
www.goo.gl/V5vjJk
Küchenchef: Kai Schneller, Carsten Müller
Mi–Sa ab 18.30 Uhr, So–Di RT
Hauptgericht: 42–65 €,
Menüs: 95–145 €

EC VISA P

Das Restaurant Silberdistel im vierten Stock des pompösen 5-Sterne-Ferienhotels Sonnenalp, durch dessen durchgehende Fensterfront man nicht nur die großzügigen Outdoor-Pools der Wellnessanlage bestaunen kann, sondern auch ein imposantes und weit gestrecktes Berglandpanorama der Allgäuer Alpen genießt, hat wirklich alles, was man sich von einem Gourmetrestaurant in solch einem Haus erwartet: viel Platz, nobles Interieur, aufwendig eingedeckte Tische, eine umfangreiche internationale Weinkarte, eine vielköpfige Servicebrigade – und last but not least in Brian McLaren einen ebenso souveränen wie sympathischen Maître mit Umsicht, Erfahrung und ruhiger Ausstrahlung. Darüber hinaus aber auch eine sehr gute Küche, für die seit Jahren das Chef-Duo Kai Schneller und Carsten Müller verantwortlich zeichnet.

Wie auch schon seit Längerem offeriert die Karte einerseits als großen Streifzug ein kreatives Degustationsmenü („Alpine Cuisine“), das fast ausschließlich aus heimischen Produkten komponiert wird, und andererseits ein eher klassisches und überwiegend internationales À-la-carte-Programm mit gebratener Entenleber in Trüffeljus, Hummer-Bisque mit Flusskrebsen, einem ganzen kanadischen Hummer oder einer im Ganzen gebratenen und am Tisch filetierten Seezunge mit Blattspinat und Champagnersauce. Egal für welche Richtung man sich entscheidet – die Küche grüßt zunächst herzhaft und elegant mit einem saftigen Würfel Bergkäse-Quiche und einer sphärisierten Linsenpraline auf Knäckebrotcracker. Dem folgte ein kleines aromatisches Stück Rehfilet auf Selleriecreme mit Pilzschaum und Borretschblüte. Das ist bodenständig, gegenständlich und trotzdem sehr fein.

Wir entscheiden uns eigentlich immer für das große Menü, das für uns nicht nur eine größere Bandbreite an Gerichten, sondern einfach auch die inspirierteren und schlichtweg interessanteren Kreationen bereithält. Und das begann beim letzten Besuch mit einer Vorspeise von der Bayrischen Garnele aus der Crusta-Nova-Zucht nahe Freising, die sich sowohl als gebratenes Exemplar, als auch in Gestalt eines leicht pikant abgeschmeckten Tatars auf dem Teller befand. Und zwar in einem mediterranen Umfeld aus Aubergine (als geschmortes Ragout) und Tomate, Letztere als geliertes „Fake-Exemplar“ ihrer selbst mit einer Füllung aus sahniger weißer Tomatenmousse sowie als klarer, mit Dillöl verfeinerter Sud. Das war ein leichter, aromatischer Einstieg, der in der durchaus ansprechenden alkoholfreien Getränkebegleitung von einer kräuterwürzig-frischen Limonade mit den Aromen von Basilikum und Zitrone eskortiert wurde. Ein gelungener Einstieg!

Ein ebenfalls gut korrespondierendes Begleitgetränk aus „Morgentau“-Grüntee von Ronnefeldt mit etwas Holunderblüte und Zitrone gab es im Anschluss zum Saibling, der aus einer nahe gelegenen Zucht stammt und von dem eine gebeizte und abgeflämmte Tranche Mittelpunkt der ansprechend puristischen Kreation war. Beladen mit einer mineralisch-säuerlichen Fracht aus etwas Kaviar vom Stör (aus der Zucht von Walter Grüll in der Nähe von Salzburg), Buttermilchflocken und verschiedenen säuerlich eingeweckten Wildsprossen schwamm der Fisch auf einem Spiegel von Ho-

lunderblüten-/Dashi-Fond und genügte sich damit quasi selbst.
Als spannend erwies sich auch die Enzian-Limonade mit Rosmarin, die sich das Team zum nächsten Zwischengang ausgedacht hatte. Der war rein vegetarisch und drehte sich um Gartenerbse als Früchte, Schote und Kresse, die zusammen mit geröstetem grünem Spargel, Ziegentopfen und der typisch süßlich-würzigen Creme von schwarzem fermentiertem Knoblauch eine durchaus interessante, aber nach unserer Auffassung nicht geniale Verbindung einging.
Auf diesen etwas sperrigen Gang folgte ein wunderbar süffiges und tiefes Intermezzo mit Soulfood-Faktor, nämlich gebackenem Schweinskopf, der als cremige Kuppel unter zarter, hauchdünner Panierung auf einer aromatischen Creme von Röstkartoffelschalen platziert und dort von einer süchtig machenden Jus aus eingekochten schwarzen Burgundertrüffeln eingefasst war. On top auch noch eine Trüffelscheibe in Gelee, die uns mitten im Sommer fast schon wieder Lust auf den Herbst und seine erdig-süßlichen Trüffeleskapaden machte. Hierzu hätten wir im Nachhinein dann doch lieber einen Wein getrunken, denn der (im Grunde hervorragende) Saft von Wachauer Marillen aus 2019 erwies sich in diesem Kontext nicht als Traumpartner.
Unterm Strich entpuppte sich die alkoholfreie Getränkebegleitung dennoch als veritable Alternative, denn schon der Eistee mit Kirsche und Zitrone passte dann wieder ganz wunderbar zum sommerlichen Wildbret im Hauptgang, den er zu begleiten hatte. Hier stand der kurz gebratene Rücken vom Bergstätter Reh im Mittelpunkt, der von mariniertem Spitzkraut, properen Pfifferlingen und einer mit Brombeeressig akzentuiert angespitzten Wildsauce leicht und flockig eskortiert wurde. Ein im Grunde sehr klassisch gediegenes, aber in keiner Weise behäbiges Gericht.
Und das waren auch die süßen Sachen nicht. Weder das Heidelbeereis unter Champagnerschaum und Fichtensprossen-Baiser, das es als kleines, vollmundiges Vordessert gab, noch der mit einer 2019er Jahrgangs-Marille gefüllte Topfenknödel auf einem von Safran aromatisierten Fruchtspiegel aus Marillenmark, dem ein lavendelwürziges Heumilchjoghurteis kongenial assistierte. Und weil wir diesmal fast durchgängig das Gefühl hatten, dass die Kompositionen in jeder Hinsicht noch ein wenig ausgefeilter waren, erhöhen wir heuer die Bewertung um einen wohlverdienten Bonus-Pfeil.

Hotelempfehlung

freistil. boutiquehotel.

Schweinberg 20, 87527 Ofterschwang
08321-3509
www.alpenhotel-dora.de
Einzelzimmer: ab 70 €
Doppelzimmer: ab 180 €
VISA

Das von Constantin Kiehne privat geführte freistil. boutiquehotel. liegt am ruhigen Ortsrand von Schweineberg, einem Ortsteil des bekannten Bergdorfes Ofterschwang, und ist dort eingebettet in die bilderbuchhafte Bergwelt des südlichen Oberallgäus. Hier kann man die Ruhe und alpenländische Idylle genießen. Nur wenige Autominuten vom Hotel entfernt sind bereits die ersten Skigebiete, und es ist auch nicht weit bis Oberstdorf und Sonthofen. Im Sommer ist die Gegend ein Paradies zum Wandern, Radfahren, Golfen oder Baden, aber auch Gleitschirmfliegen, Klettern, Canyoning oder Rafting, Kanu- oder Wasserskifahren und Sommerrodeln kann man hier in unmittelbarer Nähe. Die allesamt neu renovierten, mit viel hellem Holz ausgestatteten Zimmer und Suiten des Hauses bieten nicht nur Bergblick, sondern auch ein sehr freundliches Ambiente im schnörkellos modernen ländlichen Stil. Im Indoorpool, in der finnischen Sauna oder bei einer Wellnessmassage lässt es sich nach dem Aktivsein prima entspannen. Für das kulinarische Wohl sorgt Juniorchef Constantin Kiehne im Restaurant freistil. Restaurant freistil. separat erwähnt.

Öhningen (Baden-Württemberg)

7 – 3 Bestecke

Falconera

Zum Mühlental 1,
78337 Öhningen (Schienen)
07735-2340
www.restaurant-falconera.de
Küchenchef: Johannes Wuhrer
Mi–Sa von 12–13.30 Uhr u. ab 18 Uhr, So–Di RT
Hauptgericht: 39–51 €,
Menüs: 75–112 €
VISA

Mit wachem Blick für das kulinarische Weltgeschehen, aber souverän unbeeindruckt von aktuellen Moden, kocht Chef Johannes Wuhrer in seinem ländlich-eleganten Restaurant auf dem Schiener Berg im entlegenen Hinterland zwischen Bodenseeufer und Schweizer Grenze mit viel Sorgfalt, Fantasie und Bodenhaftung einen zeitlos klassischen Stil. Das von seiner Frau Anne sehr persönlich und zuvorkommend geführte Restaurant mit geschmackvoll rustikalem Ambiente, dunklem Holzgebälk, offenem Kaminfeuer und hübsch eingedeckten Tischen ist dafür ein herrlicher Platz. Doch so schön es drinnen ist – am liebsten kommen wir doch bei Sommerwetter hierher, wenn um das hübsche Fachwerkhaus herum alles grünt und blüht und man an einem der Tische auf der Wiese sitzen kann. Hier wie dort ist der Hauptanziehungspunkt aber die ebenso anspruchsvolle wie bodenständige Landküche, die uns immer dann am besten gefällt, wenn ausdrucksstarke Produkte und kraftvolle klassische Saucen im Spiel sind. Die international sortierte Weinkarte listet zahlreiche gute Gewächse und ist ebenso gastfreundlich kalkuliert wie das Speisenrepertoire.

Öhringen (Baden-Württemberg)

6↑ – 2 Bestecke

Kleinod

Uhlandstr. 27, 74613 Öhringen
07941-9894727
www.restaurant-kleinod.de
Mi–Sa ab 18 Uhr, So–Di RT
Hauptgericht: 26–42 €,
Menüs: 39–149 €
VISA

In der ehemaligen Orangerie im Öhringer Hofgarten mit ihrem stilvollen lichtdurchfluteten Gastraum in einem kleinen denkmalgeschützten Gebäude am Rande des großen Schlossparks präsentiert der sympathische Serkan Güzelcoban einen sehr unkonventionellen und einfallsreichen Küchenstil, der seine anatolischen Wurzeln ebenso klar erkennen lässt wie sein Faible für heimische Produkte. Die Gerichte führen nahezu allesamt in die Aromenwelten zwischen Orient und Okzident, zeigen aber zudem auch, was das Hohenloher Land und die angrenzenden Regionen Gutes zu bieten haben. Alles ist handwerklich fundiert gekocht, mal schlicht und gegenständlich, mal modern und ambitioniert ausgeführt. Besonders im Rahmen des Menüs beweist der Chef eine auf diesem Niveau ziemlich eigenständige Handschrift.

Oppenweiler (Baden-Württemberg)

ohne Bewertung – 2 Bestecke

Einhorn

im Hotel Einhorn
Hauptstr. 55, 71570 Oppenweiler
07191-340280
www.restaurant-einhorn.de
Küchenchef: Alexander Munz
Mo, Di, Do u. Fr von 12-13.30 Uhr u. ab 17.30 Uhr, Sa u. So ab 17 Uhr, Mi RT
Hauptgerichte: 17–28 €, Menüs: 36–67
VISA

Fast 15 Jahre lang kamen wir regelmäßig zu Ute Wagner und Alexander Munz in ihren Landgasthof in der kleinen Ortschaft Däfern – seit Juni betreiben die beiden nun das Einhorn im rund 15 Kilometer entfernten Oppenweiler. Wir sind schon sehr gespannt, wie sich die feine und unaufgeregte klassische Küche des Chefs am neuen Standort präsentieren wird und ob sie an das zuletzt in Däfern wieder merklich angezogene Niveau anknüpfen kann. Da bewegte sie sich nämlich schon wieder in Richtung 6 Pfannen …

Wir bekamen zum Beispiel als kleines Amuse-Bouche eine gebratene Jakobsmuschel auf mediterranem Gemüsetatar serviert, was ebenso unspektakulär wie schmackhaft war, denn die kleine, festfleischige Coquille St. Jacques bot recht gute Qualität, war beidseitig kurz und heiß angebraten und behutsam gewürzt, das Gemüse hatte zarten Biss, der Krustentierschaum schmeckte mild und harmonisch … Ein erfreulicher Auftakt!

Relativ aufwendig und facettenreich kam dann die Vorspeise um saftige gebratene Wachtelbrust und dünne Streifen von der mild geräucherten Poulardenbrust daher, die im Kreise verschiedener gepickelter Gemüse von Gurke über Blumenkohl bis Rettich sowie einiger sautierter Pfifferlinge und Tupfen einer Kräutercreme angerichtet waren. Hier hätte man allerhöchstens über die etwas suboptimale Proportionierung des Gerichts diskutieren können, denn das naturgemäß säuerliche Gemüse war deutlich in der Überzahl und ließ das Ganze so nach geraumer Zeit etwas unausgewogen wirken. Deutlich weniger „Mixed Pickles“ oder mehr solcher Puffer wie die zwei Hälften eines Wachteleis mit cremigem Dotter hätten hier für ein noch ausgereifteres Bild gesorgt. Ein bisschen ruppig, aber trotzdem fein …

So wie auch der Zwischengang um sehr gute gebratene Wildfanggarnele, die sich tatsächlich durch ihre zart knackige Konsistenz und den sauberen süßlich-jodigen Geschmack von den handelsüblichen Garnelen, wie es sie überall gibt, unterschied. Das noch leicht glasige und mit ein paar Chilifäden sowie frittierten Kapern applizierte Krustentier lag auf einem ähnlich wie ein Risotto leicht cremig eingefassten Sockel von schwarzem Piemonteser Reis und war umgeben von einer ebenfalls dezent mit Chili und Safran aromatisierten Schaumsauce. Hier stimmten die Proportionen perfekt.

Als einen wirklich hervorragenden klassischen Hauptgang erlebten wir das Duett von kurz gebratenem Rücken und einem geschmorten Schulterstück vom Lamm, die auf einem mit Enokipilzen angereicherten und mit Kräutern verfeinerten Potpourri verschiedenster Bohnen (alle schön auf dem Punkt) serviert wurden. Begleitet von kleinen, fluffigen gebackenen Thymiannocken aus Kartoffelteig und einer echten Lammsauce, die das Aroma des Hauptdarstellers unterstützte und ihn nicht plattmachte. Ganz klares 6-Pfannen-Niveau!

Auch das Dessert war wieder so gut, wie wir es hier schon aus der Vergangenheit kannten: Eine erfrischende Liaison aus kräuterwürzig eingelegtem Pfirsich nebst einem feinsäuerlichen Sorbet von roten Johannisbeeren und einer raffiniert mit Pernod abgeschmeckten Johannisbeercreme, flankiert von einer kleinen Crème brûlée, die ebenfalls eine der deutlich besseren Vertreterinnen ihrer Art darstellte. Es machte also zuletzt wieder durchgängig richtig viel Spaß auf den Tellern des Waldhorns, und wir sind uns relativ sicher, dass es das auch im neuen Einhorn wird!

Der Inhalt des Kellers wird mit umgezogen sein, sodass auch künftig nicht nur als Flasche, sondern auch glasweise genug ansprechendes Weinmaterial vorhanden ist, um so ein Menü adäquat zu begleiten. Der 2016er Nebbiolo aus dem Piemont beispielsweise, der unser Lamm sehr stimmig eskortieren durfte, bot ein ausgezeichnetes Preis-Genuss-Verhältnis – genau wie die Küche von Alexander Munz.

Die Hoteleinträge

★★★★★S	Superior
★★★★★	Unterkunft für höchste Ansprüche
★★★★★	Unterkunft für hohe Ansprüche
★★★★	Unterkunft für gehobene Ansprüche
★★	Unterkunft für mittlere Ansprüche
★	Unterkunft für einfache Ansprüche
	Unterkunft ohne Sterne-Klassifizierung

Osnabrück (Niedersachsen)

7

Kesselhaus

Neulandstr. 12, 49084 Osnabrück
0541-97000072
www.kesselhaus-os.de
Küchenchef: Randy de Jong
Di–Fr ab 18 Uhr, Sa von 12–14 Uhr u. ab 18 Uhr, So u. Mo RT
Menüs: 78–109 €
VISA

In dem etwas versteckt gelegenen charmanten alten Fabrikgebäude in Osnabrück verbindet sich lässiger Industriecharme mit hohem Niveau in Service und Küche. Als Gastgeberin sorgt Thayarni Garthoff, die vielen Gästen noch aus dem La Vie bekannt sein dürfte, für charmante Rundumversorgung, während mit Randy de Jong ein weiterer La Vie-Veteran eine souverän an den Produkten orientierte, kreativmoderne Küche zelebriert. In der Regel reichen ihm maximal drei tonangebende (variierte) Viktualien, um ebenso markante wie abwechslungsreiche Geschmackseindrücke zu kreieren. Das Produktniveau ist hoch, das Handwerk akkurat, und Akzente wie ein elegantes Säurespiel und verschiedene subtile Details sorgen für beschwingte Leichtigkeit auf den Tellern. Zusammen mit einer moderaten Preisgestaltung und attraktiven, souverän ausgewählten Weinen ergibt das ein äußerst positives Fazit.

Ostrach (Baden-Württemberg)

5

Gasthof zum Hirsch

im Landhotel Gasthof zum Hirsch
Hauptstr. 27, 88356 Ostrach
07585-92490
www.landhotel-hirsch.de
Küchenchef: Josef Ermler, Johannes Ermler
Täglich von 11.30–13.45 Uhr u. ab 17.30 Uhr, kein RT
Hauptgericht: 9–23 €, Menüs: 25–35 €
VISA

Sei es durch die katholische Prägung oder die allgemein lebendigere Genusskultur: es ist einer der Vorteile der südlichen Bundesländer, dass es in kleineren Ortschaften tatsächlich noch authentische Gasthäuser gibt, in denen ganz ohne Verrenkungen in Richtung der Moderne die traditionelle Regionalküche hochgehalten wird. Im oberschwäbischen Ostrach gelegenen Hirschen ist es auch genau so, dass gemütliche Stuben und eine idyllische schattige Gartenterrasse zum entspannten Genießen einladen, die vielen Stammgäste aber nicht nur deshalb kommen, sondern vor allem auch wegen der substanzstarken frischen Küche, die hier seit jeher geboten wird.
Stilistisch bleiben die Gerichte erfrischend konsequent in der Region. Heißt: typisch schwäbisch. Ein Schlenker nach Baden oder ein feines Curry-Sößle zum Geflügel oder Fisch sind die einzigen Extravaganzen, die einem hier begegnen können. Einfallslos ist das kulinarische Programm deshalb aber keineswegs – pfiffige Akzente bei den Vorspeisen und das genaue Abschmecken sorgen dafür, dass es bestimmt nicht langweilig wird.
So ergab zuletzt auch die zarte Pfifferlingsterrine mit sahnecremig-pfeffrigem Kern in zartem Kalbsgelee gemeinsam mit einem fruchtig-pikanten Aprikosendip, schön frischen und durch Erbsensprossen aufgelockerten Blattsalat, saftiger Quinoa und feinzwiebeligem Knödelsalat eine abwechslungsreiche und runde Vorspeise.
Neben solchen Gerichten mit leichter Gourmetattitüde stehen viele ganz klassisch und traditionell gehaltene Sachen, die vom schwäbischen Wurstsalat mit Weckle über mustergültigen Zwiebelrostbraten mit hausgemachten Spätzle bis zum Rehragout mit Spätburgunder-„Sößle" reichen. Generell sind die Fleischqualitäten und -zubereitungen eine der großen Stärken des Hirschen, sodass man getrost auch bei ausgefallenen Sachen und (vor allem!) Innereien zuschlagen kann. Und sollte!
Denn dann gibt es beispielsweise mild gepökelte und butterzarte (aber nicht zerkochte)

Kalbszunge neben großen gebackenen Kalbsbriesmedaillons. Letztere wirkten zwar rustikaler als vergleichbare Zubereitungen in ambitionierteren Häusern, brachten den typischen Schmelz und Charakter des Produktes aber dennoch gut rüber. Gemeinsam mit zarten „Butternüdle“ in Bröselschmelze, kleinen sautierten Pfifferlingen und einer weinfruchtigen Sauce ergab das ein geradlinig feines Gericht zum Schwelgen, bei dem nur die arg salzigen blanchierten Gemüse etwas irritierten, die hier doch eigentlich für auflockernde Frische hätten sorgen können.
Der süße Abschluss ist traditionell nicht unbedingt das Steckenpferd des Teams, lohnt aber dennoch immer einen Versuch. Und mit einem sommerlich frischen Ensemble aus vollreifen Beeren rund um intensives Heidelbeersorbet auf einer dünnen knusprigen Hippe konnte das sonstige Niveau auch beim Finale durchaus gehalten werden.
Dazu passt regionales Bier genauso wie die Auswahl lohnender Schoppen – oder aber eine der hochwertigen Flaschen aus der Karte mit Schwerpunkt Deutschland/Österreich. Der zugewandt herzliche Service behält stets den Überblick.

Osteseebad Dierhagen
(Mecklenburg-Vorpommern)

8

Ostseelounge

im Strandhotel Fischland
Ernst-Moritz-Arndt-Str. 6,
18347 Ostseebad Dierhagen
038226-52666
www.gourmetrestaurant-ostseelounge.de
Küchenchef: Pierre Nippkow
Di–Sa ab 18.30 Uhr, So u. Mo RT
Menüs: 115–140 €
VISA

Es gibt in Deutschland nicht allzu viele spektakulär gelegene Gourmetrestaurants – die Ostseelounge im obersten Stockwerk des Strandhotels Fischland mit ihrem unverstellten Ausblick auf das offene Meer, den weiten Horizont in allen Richtungen und zig kilometerlangen Strand gehört aber definitiv dazu. Mit seinem großzügigen modernen Wohnzimmerambiente ist das Restaurant auch sonst sehr attraktiv und zu allem Überfluss wird hier auch

noch richtig gut gekocht. Verantwortlich dafür ist in erster Linie Pierre Nippkow, den wir schon seit Jahren zu den besten Köchen Mecklenburg-Vorpommerns zählen. Sein Kulinarium bewegt sich auf einem Niveau, das in Verbindung mit der exponierten Location eine gezielte Reise hierher durchaus lohnenswert macht.
Und das würden wir auch nach unserem jüngsten Besuch behaupten, wenngleich es dieses Mal doch einiges zu kritisieren gab, und wir die Bewertung nur aufgrund der durchwegs positiven Erfahrungen der letzten Jahre nicht nach unten korrigiert haben. Dabei begann das Menü sehr gut, wie immer äußerst vielgestaltig und feinmotorisch, mit allerhand neckischen Kleinigkeiten: einer flüssig gefüllten sphärischen Olive von klarer Intensität, einer bestechend guten, mit Miso, Kokoswasser und Kokosessig marinierten Scheibe von der norwegischen Jakobsmuschel, einem geräucherten und mit Trüffelgelee und Kaviar getoppten Wachtelei, einem Macaron mit Gelber und Roter Bete und Rauchaal oder einem Stück karamellisierter Kartoffeltarte, die mit Creme und fein gehobelten Fäden von Mimolette bedeckt war. Alles ebenso originell wie eingängig und wohlschmeckend.
Eine ziemlich seltsame, partiell fast schon pastöse Konsistenz machte indes die in Sojamarinade eingelegte und nur abgeflämmte Makrele, die auf einer „Tomatengrütze“ genannten leichten und frischen Melange aus Tomatenvinaigrette, Tomatengelee-Perlen und Tomatenconcassée angerichtet war, zu einem etwas heterogenen Auftakt. Verschiedene eingelegte Pilze und kleine Aromen- und Texturgeber wie zum Beispiel frittierte Kapern lockerten das fruchtige Ensemble auf, und eine Sojamayonnaise verstärkte den bereits durch die Tomate und die Pilze deutlich präsenten, aber nicht zu dichten Umami-Grundton und ergaben in Summe eine prinzipiell sehr gute Komposition, die uns allerdings mit einem properen, festfleischigeren Fisch deutlich besser gefallen hätte.

Ein mit Farce vom Ostseeschnäpel gefülltes Gyoza-Täschchen führte im Anschluss mit der auf Basis von Kokosmilch zubereiteten und vermutlich mit Limettenblatt und/oder Zitronengras zurückhaltend aromatisierten Sauce dezent in Richtung Fernost. Auch verschiedene Algen und ein (aromatisch leider kaum wahrnehmbares) Shiso-Öl ließen die süffige Kleinigkeit dorthin tendierten – insgesamt fehlte uns hier aber ein wenig der Frischeakzent, und auch sonst wirkte das Ganze aromatisch etwas defensiv und seicht.
Als Komposition attraktiv, auf der Produktseite aber wieder ausbaufähig präsentierte sich das kleine Schulterstück vom Juvenil-Ferkel, das zwar eine wunderbar krosse Schwarte, darunter aber deutlich zu zartes, ja fast schon denaturiertes Fleisch aufbot – mit wenig Saft und mürber, matter Struktur, was immer auf eine suboptimale Sous-vide-Garung hindeutet. Das kontrastreiche Gericht selbst war mit einer sehr dünnen, kross angebratenen Blutwurstscheibe, etwas Gel vom grünen Apfel und karamellisierter Schmorzwiebel in einer ebenso schmeichlerischen wie aufrüttelnden Sauerkraut-Beurre-blanc wiederum begeisternd. Sehr elegant proportioniert, feinfühlig umgesetzt und (wie alles hier) ziemlich schlank dimensioniert.
Und ehrlich gesagt verhielt es sich beim Hauptgang ganz ähnlich, denn die auf eine angenehme Art plakative Kombination aus Mecklenburger Rehnuss, sautierten kleinen Pfifferlingen, einer würzigen Röstbrotcreme, fruchtigem „Kirschbalsam“ und klassischer Wildjus, über der ein herber Hauch von Kakaoaroma wehte, war durchaus spannend – allein das Wild schwächelte aus ähnlichen Gründen wie zuvor die Schweineschulter: Es fehlte dem weichen, mürben Fleisch schlichtweg an Straffheit, Saft und Eigengeschmack. Was sich mit dem im Rahmen der durchwegs spannenden alkoholfreien Getränkebegleitung zum Wildbret empfohlenen Rote-Bete-Saft mit Himbeere und Cranberry natürlich nur bedingt kaschieren ließ. Sehr gut korrespondiert hat das aber natürlich schon. Genau wie zuvor der Kombucha mit Zitrone und Ingwer zum Juvenil-Ferkel oder beispielsweise ein Orange-/Estragon-Getränk mit feiner Essigsäure und überraschender Lakritznote zur Schnäpel-Gyoza. Alles schön leicht und frisch, mit wenig Fruchtzucker und gutem Trinkfluss. Eine lohnende Alternative zur Weinbegleitung!
Vom Palmziner Schafskäse, den wir hier schon des Öfteren als Käsegang serviert bekamen, gab es diesmal gleich eine kleine Degustation unterschiedlicher Sorten und Reifegrade, die nur von etwas Zwetschgen-„Ketschup“ und einem gerösteten Brioche-Taler eskortiert wurden und weitestgehend für sich stehen durften. Am gelungensten fanden wir beim letzten Besuch allerdings das sehr frische, leichte, saftige Dessert um ein intensives Sauerampfereis mit Gurke, Minze und griechischem Joghurt, das mit prägnanten Aromen und gut ineinandergreifenden unterschiedlichen Strukturen einen markanten Schlusspunkt setzte. Und sich im Grunde als einziger Gang auf dem hier gewohnten Niveau präsentierte.
Auch dazu harmonierte der alkoholfreie Getränkebegleiter, der diesmal auf Basis von Gurke und Apfel bereitet war, mit seinem grünfrischen Dillaroma bestens. Und wer die klassische Weinbegleitung bevorzugt, bekommt ebenfalls Ansprechendes ins Glas – charmant und mit Hintergrundwissen kommentiert von Restaurantleiterin und Sommelière Vanessa Riedemann. Nichts als Lob auch für die anderen Servicemitarbeiterinnen, die sympathisch und zuvorkommend durch den Abend leiten.

Hotelempfehlung

★★★★S

Strandhotel Dünenmeer

Birkenallee 20,
18347 Ostseebad Dierhagen
038226-5010
www.strandhotel-ostsee.de
Einzelzimmer: ab 155 €
Doppelzimmer: ab 410 €

VISA

Entspannte Wellnessurlauber fühlen sich im Strandhotel Dünenmeer und im umgebenden Reetdachdorf mit seinen Ferienwohnungen und -häusern besonders wohl. Individuelle Wellnessanwendungen, Massagen und ein großzügiger, ruhiger Poolbereich sind zu jeder Jahreszeit Oasen für die Entschleunigung. Aber das eigentliche Highlight ist der direkte Blick über die Ostsee, der nicht nur von den meisten

Zimmern zu genießen ist, sondern auch aus dem Restaurant mit seiner frisch-gesunden Küche und den süßen Köstlichkeiten aus der hauseigenen Pâtisserie.

★★★★S

Strandhotel Fischland

Ernst-Moritz-Arndt-Str. 6,
18347 Ostseebad Dierhagen
038226-520
www.strandhotel-ostsee.de
Einzelzimmer: 170–486 €
Doppelzimmer: 170–486 €

EC VISA P

Direkt am feinsandigen Strand befindet sich die Urlaubswelt des Strandhotels Fischland mit luxuriös ausgestatteten Zimmern, Suiten, gemütlichen Ferienwohnungen und exklusiven Landhausvillen. Auf begeisterte Freizeitsportler und Familien warten umfangreiche Angebote, wie die großzügige Schwimmbad- und Saunalandschaft und der luxuriöse Spa. Die kleinen „Strandpiraten" werden von den bestens geschulten Mitarbeitern im Kinderclub liebevoll betreut. Regionale Bio-Produkte bilden die Basis für die abwechslungsreiche Küche und im Gourmetrestaurant Ostseelounge auch für kulinarische Spitzenleistungen. Gourmetrestaurant Ostseelounge separat erwähnt.

Ötisheim (Baden-Württemberg)

5

Sternenschanz

Gottlob-Linck-Str. 1, 75443 Ötisheim
07041-6667
www.sternenschanz.de
Mi–So von 11.30–14 Uhr u. ab 17.30 Uhr, Mo u. Di RT
Hauptgericht: 8–26 €

EC VISA P

Das traditionsreiche Gasthaus mit dem unverwechselbaren Namen im östlichen Enzkreis, gelegen im Dreieck zwischen Stuttgart, Bruchsal und Karlsruhe, unweit vom UNESCO-Weltkulturerbe Kloster Maulbronn, ist unter Küchenmeister Andreas Schneider und Inhaber Werner Linck seit Jahren eine sichere Bank. Im gehobenen Gasthausambiente werden überwiegend schwäbische Gerichte in sehr sorgfältiger und qualitativ vergleichsweise überdurchschnittlicher Machart offeriert. Es gibt aber auch internationale Produkte und Zubereitungen im preiswerten Repertoire. Gute, regionale Weinauswahl.

Paderborn (Nordrhein-Westfalen)

7↑

Balthasar

Warburger Str. 28, 33098 Paderborn
05251-24448
www.restaurant-balthasar.de
Küchenchef: Elmar Simon
Di–Sa ab 19 Uhr, So u. Mo RT
Hauptgericht: 32–45 €,
Menüs: 89–125 €

EC VISA P

Wir kennen und schätzen das Restaurant und die gegenständliche, feine und oft augenzwinkernde Küche von Elmar Simon im Balthasar schon seit vielen Jahren, saßen aber heuer tatsächlich das erste Mal auf der weitläufigen, üppig grünen Gartenterrasse und konstatieren: Das ist genauso stimmungsvoll und entspannt wie im weitläufigen Rundbogen des Gastraums mit seinen hohen Fenstern und den warmen Farben. Zumal die auffallend charmanten Da-

men und Herren rund um Gastgeberin Laura Simon die Atmosphäre so oder so entscheidend positiv prägen.
Genau wie der sympathisch bodenverhaftete Stil der Küche. Das Team um den stets ebenso dynamisch wie lässig auftretenden Chef spielt gern mit traditionellen Vorlagen, verfeinert diese aber nicht bis zur Unkenntlichkeit, sondern erhält sehr viel von dem Charakter der bodenständigen Originale – nur eben mit herrlich freigestellten Details und deutlich mehr Tiefenschärfe. Solche Dinge sind dann meist unmittelbar eingängig und oft ziemlich „cool", aber zugleich anspruchsvoll und facettenreich.
Und wer sich aufgrund dieser Beschreibung noch kein so rechtes Bild davon machen kann, soll einfach das Signature-Amuse „Paderborner Dosenfisch" probieren: stilecht in der Dose serviert. Darin finden sich dann auf einer intensiven, luftigen weißen Tomatenmousse und rotem Tomatengel milde feste Matjeswürfel, ein feinfruchtiges Tomatenkompott, eingelegte Zwiebelkomponenten und eine leichte Honig-/Senf-Creme in exakten Proportionen. Zurecht bereits ein Signature Dish der herzhaften Balthasar-Küche.
Genau wie die warm in der Bäckertüte an den Tisch gebrachten Brötchen und das kleine Paderborner Kastenbrot, die mit Charme und Charakter das Menü begleiten. Vorab gab es aber zuletzt noch eine weitere kleinteilige Einstimmung rund um weißen Spargel. Dabei zündeten vor allem das luftige, süßlich-feinbittere Süppchen und ein knackiger Miniatursalat mit Spargel-/Safran-Eis durch Prägnanz. Dagegen geriet die Mousseschnitte mit Rhabarber recht sahnemild und wurde vom kakaoherben Biskuitboden dominiert. Einmal mehr der Beweis: akkurate Pinzettenküche kann das Team zwar auch recht gut – dessen Kernkompetenz ist es aber nicht.
Die zeigte sich – trotz erneut vieler Komponenten – schon eher bei der Interpretation von Vitello tonnato. Im Zentrum standen hier ätherisch pfeffrige, nur kurz angegrillte Scheiben und ein klararomatisches Tatar vom Thunfisch zwischen zwei knalligen Saucen, nämlich Teriyaki und Worcester-Mayo. Daneben wurde allerdings auf der Tellerfahne eine ganze Parade von Kalb und Thunfisch aufgefahren: Angelehnt an das Kapern-Thema gab es einen kräuterduftigen Königsberger Miniklops, der Geschmack der klassischen Thunfischsauce fand sich in Mousse und Creme zwischen gebackenen Kapern und stärkere Fleischpower in einem saftig geschmorten Schmortstück und zartrosa Scheiben vom Kalb. Einzige Schwachstelle war hier eine deutlich zu zuckrige Tomatenmarmelade, die mit ihrer Süße in den Vordergrund drängte. Ansonsten war das eine sehr gelungene Interpretation des populären italienischen Klassikers in enormer Bandbreite.

Ein deutlich schlichterer und reduzierterer Refresher folgte mit dem minz- und säurefrischen Gurken-/Joghurt-Schaum. Dieser bildete aber eigentlich nur den Rahmen für eine stattliche Portion topfrischer, süßlich-klarer Nordseekrabben, die sich mit knackigen Gurkenkreisen darin versteckten. Für Crunch und einen weiteren Akzent sorgte ein hauchdünner Landbrotchip mit Rotweinschalotten-Marmelade – diesmal mit besser eingebundener Süße!
Ganz typisch Balthasar war auch die Zandermaultasche, eben weil hier keine Abstraktion, sondern tatsächlich eine Maultasche mit dünnem zartem Nudelteig und luftiger (nicht wie so oft wurstiger) Zanderfarce auf den Teller kam. Für Bodenhaftung sorgten sautierte Pfifferlinge, knackige Kohlrabi-Julienne und Petersiliengrün, für einen luxuriöseren Rahmen ein straffer Hummerschaum mit feiner Schärfe, die wahrscheinlich von Piment d'Espelette herrührte.
Den typischen bodenständigen Bezug gab es schließlich auch im Hauptgang beim Reelser Lamm, nämlich in Form der schmelzenden Fetteinlage als Aromen-Booster. Und in Gestalt eines elegant tomatisierten Krauts, das neben (erneut etwas süßen) confierten Cocktailtomaten und einer tiefdunklen Balsamicojus mit viel Umami-Power und festem Säurekern das Fundament für das auffällig gute Lammfleisch stellte. Auf seine geradlinige und doch markante Art war das ein zu einhundert Prozent typischer Balthasar …
Überraschenderweise verzichtete das Team ausgerechnet beim Dessert auf konzentrierte Süße und stellte bei der Variation rund um die Marille (gebraten, Mousse, Creme-Eis …) eher deren Säure und herbe Bitternoten heraus. Der aromatisch komplexe Fruchtgeschmack wurde von salzigem Mandelkrokant und einer hellen (eher lieblich gehaltenen) Sternanis-

creme ergänzt. Alles zusammen ergab einen ebenso gelungenen wie eigenständigen Abschluss auf hohem Niveau. Fein!
Auf ebenso locker-flockige Art wie alles andere hier, nämlich ganz ohne Dogmen und erhobenen Zeigefinger, bringt die Gastgeberin dazu erfreulich flexibel und individuell hochwertige Weine in die Gläser. Der Fundus dafür ist groß, und auch glasweise finden sich stets spannende Optionen. Bis zum Niveau Großer Gewächse!

Panker (Schleswig-Holstein)

7↑

Restaurant 1797

im Hotel Ole Liese
Gut Panker, 24321 Panker
04381-90690
www.ole-liese.de
Küchenchef: Volker M. Fuhrwerk
Mi–Sa ab 18.30 Uhr, So–Di RT
Menüs: 89–119 €
VISA

Das kleine Hotel mit seinen zwei Restaurants ist Teil eines wunderschönen Ensembles, das sich Gut Panker nennt, zwischen Selenter See und Ostseestrand etwa eine Dreiviertelstunde östlich von Kiel liegt, und jedem „Landlust"- oder „Country-Life"-Magazin Motive für ein Dutzend Sonderausgaben bieten würde. Inmitten dieses weitläufigen dörflichen Kleinods bekocht Volker M. Fuhrwerk mit seinem Team sowohl das Ole-Liese-Restaurant als auch das separate kleine, nur vier oder fünf Tische fassende Gourmetrestaurant 1797. Letzteres mit einer modernen und sehr anspruchsvollen Version von Heimatküche, deren Schwerpunkt selbstredend auf Qualitätsprodukten aus Norddeutschland, Fisch, Schalen- und Krustentieren aus Nord- und Ostsee sowie heimischen Gewässern liegt und für die einiges sogar im eigenen Garten wächst und gedeiht.
Seit rund fünf Jahren steht Fuhrwerk hier nun schon am Herd und hält seither das hohe Niveau beachtlich konstant. Auch die Corona-Krise konnte dem nichts anhaben, und so erlebten wir die Küche auch bei unserem letzten Besuch proper und inspiriert wie eh und je. Es gibt weiterhin ein festes Menü, und der Chef kocht trotz vieler eigener Ideen auf grundsätzlich klassischer Basis und nah am Produkt, veranstaltet keinen unnötig preistreibenden Firlefanz auf den Tellern und schmiedet auch keine Kompositionen, die für die Gäste kompliziert nachvollziehbar wären. Alles kommt recht gegenständlich und unverfälscht daher, aber eben oft deutlich finessenreicher, als es die Speisekartenlektüre erwarten lässt.
Los ging es beim letzten Mal mit gebeiztem Hirschfilet-Tatar nebst etwas Birnenmus in einem Knuspertartelette, einer Petitesse von Ofensellerie, Petersilienwurzel, Blattpetersilie und Kürbis sowie einer Kleinigkeit von Rettich und Ziegenfrischkäse. Zum hausgebackenen Sauerteigbrot und Laugenbrötchen gab's Rohmilchbutter mit einer Kräutergewürzmischung aus dem eigenen Garten und eine sehr feine Erbsencreme, die mit Mandelöl und geröstetem Buchweizen raffiniert verfeinert war. Und mit dieser nussigen Ebsencreme wurde in gewisser Weise schon der nächste Teller eingeläutet, auf dem sich alles um Erbse und Flusskrebs drehte: Die Erbse als Püree, knackige Früchte, Schote und Sprosse, die Flusskrebsschwänze von sehr guter Qualität, frisch, fest, leicht nussig im Geschmack. Dazu ein fluffiger kleiner Grießknödel mit Kerbel-/Brioche-Panierung und eine kräftige, leicht reduzierte und mit Butter gebundene Saucenemulsion von Krustentier- und Geflügeljus. Top!
Im Folgenden ging es dann in der Hauptsache um Kaviar vom Ossietra-Stör, der in einer Zucht in Schleswig-Holstein produziert wird. Dessen Liaison mit Ofenkarotte, Buchweizen und Kopfsalat klang auf dem Papier deutlich weniger schlüssig, als sie sich auf dem Teller präsentierte. Denn die natürliche Süße der noch zart bissfesten Karottenwürfel war der jodig-mineralischen Allianz von Kaviar (in Buttermilchsauce) und einer cremigen, Velouté-artigen Austernemulsion ein durchaus harmonischer Partner. Die subtilen Bitteraromen von geschmortem Kopfsalat fügten sich da auch gut ein und der Buchweizen, der hier à part als lockerer Blini-Zylinder das Podest für eine weitere generöse Menge Kaviar war, sowieso. Das Ganze war deutlich schlanker und

eleganter als gedacht, sodass sich der sehr gute großkörnige Kaviar hier als mindestens gleichberechtigter Partner behaupten konnte.
Auch der Steinbutt von Fischdealer Alfred Urthel, ein wirklich hervorragendes Produkt, das von Volker Fuhrwerk und seinem Team perfekt auf den Punkt gebracht wurde, hatte mit Radieschen, Mairübe, Brunnenkressequark und Kartoffel ein vermeintlich rustikales Begleitprogramm. Doch die Art und Weise, wie das zu Teller gebracht wurde – der tolle pure Geschmack und die schmelzige Konsistenz der Kartoffel vom Hofgut Bock im Zusammenspiel mit säuerlich marinierten Rübchen und Rettichen, der herbfrischen Brunnenkressecreme und eingelegter Senfsaat, samtig eingefangen in einer leichten Kartoffelcremesauce –, hatte was. Und zwar weit mehr als gedacht!
Ähnlich ging es uns auch beim Hauptgang um Kalb, weißen Spargel, Pfifferlinge und Hollandaise. Man rechnete mit gediegener Langeweile und bekam es mit dem genauen Gegenteil zu tun. Denn schon alleine das Kalbfleisch vom Hof Ernst, das sich in Gestalt von überraschend eigenaromatischem Filet, einem kleinen Schmorstück vom Tafelspitz und gebratenem Bries auf dem Teller tummelte, bot viel Finesse und Produktcharakter. Die Pfifferlinge als sehr kleine, feste Exemplare und als intensive Creme, die Spargelspitzen mit tollem Aroma, feiner Bitteraromatik und perfektem Biss, die Hollandaise mit zartem Raucharoma hatten ebenfalls viel Ausdruckskraft, und ein gut zugespitztes Gel von der roten Johannisbeere sorgte mit herber Frucht und Säure sogar noch für einen Spannungsbogen.
Selbst das Dessert um Rhabarber aus dem eigenen Garten nebst Sauerampfersauce und kandierten Blüten präsentierte sich nicht als karger, adstringierender Nachtisch, sondern vollmundig-rund und ausdrucksvoll, weil die verschiedenen Säuren in der schmelzigen Rhabarber-Grießmousse sanft eingefangen wurden und die Aromen wunderbar präsent und gut aufeinander eingestellt waren. Zu allem schenkt Yasmin Fuhrwerk – stets aufmerksame und charmante Gastgeberin – interessante Weine glasweise aus. Zum süßen Abschluss zuletzt etwa einen 2016er Riesling Kabinett von Nieport/Kettern oder zum Steinbutt den robusten 2017er Chardonnay „R" von Rebholz. Nicht die schlechtesten Tropfen …

Perasdorf (Bayern)

7

Gasthaus Jakob

Haigrub 19, 94366 Perasdorf
09965-80014
www.genuss-jakob.de
Küchenchef: Michael Ammon
Di–Sa ab 18 Uhr, So von 12–14 Uhr, Mo RT
Hauptgericht: 25–32 €,
Menüs: 49–68 €
EC VISA P

Eine Beschreibung des Gasthaus Jakob könnte eigentlich gut mit „Es war einmal …" beginnen. Denn das schmuck herausgeputzte historische Wirtshaus liegt in einem kleinen Tal mitten im Bayerischen Wald, maximal abgeschieden, und es überrascht beim Erreichen und Eintreten mit märchenhaftem Charme: antikes Holz, lederbezogene Stühle, viele vinophile Details und dennoch auch eine gewisse Coolness.
Die „Zauberer" im Hintergrund sind mit Michael Ammon und Mona Haka, zwei junge engagierte Gastronomen, die hier allerdings kein Hexenwerk veranstalten, sondern einfach „nur" ganz genau wissen, was sie machen. Beide profitieren von den Erfahrungen aus sehr guten Häusern und setzen sie hier im eigenen Lokal konsequent um. Dabei spielt ein sympathisches Understatement eine nicht unwesentliche Rolle. Denn spätestens beim Blick in die Speise- und Weinkarte wird klar, dass „Gasthaus" hier allein auf die unkomplizierte Gangart bezogen ist. Was auf den Tellern und in den Gläsern geboten wird, gehört dagegen ganz klar ins Gourmetgenre.
Anstelle aufwendiger Amuse-Tiraden gibt es drei Miniaturen zur Einstimmung, unter denen vor allem das pfiffig mit Marille zugespitzte Lachstatar im Knusperkörbchen animierte. Zusammen mit der auffallend guten Brotauswahl

und einer mit Kren und Kapern akzentuierten Frischkäsecreme war das ein gelungener Auftakt, nicht zuletzt angesichts der ohnehin sehr moderaten Preisgestaltung.
Den Start ins vier- bis fünfgängige Menü schafften dann festfleischige, in Bete gebeizte Skrei-Tranchen gemeinsam mit einer knallig frischen Sanddornsauce, deren kantige Säure von Crème fraîche abgepuffert wurde. Weitere Akzente setzten Salicornes, kleine Knusperelemente und eingelegte Senfkörner. Das war trotz der oft recht plakativen, kratzigen Art des Sanddorns gut balanciert – vielleicht nicht die beste Art, um den Skrei in den Vordergrund zu bringen, aber insgesamt doch sehr ausgewogen.
Ausgewogen und zudem schön süffig war auch das folgende Kalbskopf-Duo: Serviert wurden ein herrlich schmelziges lauwarmes Carpaccio in milder Vinaigrette und Kräuteröl sowie ein saftig-soft gebackener Würfel, beides aufgelockert von bitteren Salat- und Spargelspitzen, herben Kräutern und fruchtigen Beerentomaten. Im Vergleich zu den teils deutlich verspielteren und „technischeren" Gerichten aus dem Vorjahr waren derartige Sachen heuer gegenständlicher und klarer konzipiert – und profitieren davon eher, als dass irgendetwas gefehlt hätte.
So auch die Jakobsmuscheln, die mit sehr kräftigen dunklen Röstnoten und glasig-klarem Kern schon solo viel Charakter mitbrachten. Zusammen mit einer röstwürzigen Hummersauce und einer filigranen Schichttorte aus Pfannkuchen und Pilzen (salzig, leichte Süße, viel Umami ...) ergab das ein ebenso kraftvolles wie elegantes Gericht, das von sautiertem Blattgemüse und Sauerklee gekonnt vom Power-Overkill bewahrt wurde.
Auch der Hauptgang rund um Kalb präsentierte das oft harmlos milde Produkt erfreulich charakterstark. Neben kernig-straffem, rosa gebratenem Tafelspitz und löffelweichem Bäckchen sorgten tiefgrüner Spargel, Brokkoli und Morcheln für frühlingshaftes Flair, das zudem durch zarten Trüffelduft luxuriös erweitert wurde. Abgerundet von einem schaumig-hellen, pilzwürzigen Saucenschaum und eleganter tiefer Jus.
Und da das Team auch im süßen Bereich sowohl handwerklich als auch geschmacklich souverän auf klarem Kurs bleibt – sei es bei einem Bete-/Himbeer-Sorbet mit Yuzuschaum oder der gekonnten Verbindung von Mango mit Kaffirlimette und Kakao, erhöhen wir unsere Bewertung heuer ganz ohne Zweifel auf 7 Pfannen.
Das Gesamtkonzept und die individuelle Weinkarte sind ebenso spannend wie überzeugend. Gerade beim Wein gibt es offen wie flaschenweise viele Entdeckungen zu machen, oft von kleineren aufsteigenden Erzeugern, zu denen die Gastgeber einen persönlichen Bezug haben.

Perl (Saarland)

10↑ 🍴🍴🍴🍴🍴

Victor's Fine Dining by Christian Bau

im Hotel Victor's Residenz
Schlossstr. 27, 66706 Perl (Nennig)
06866-79118
www.victors-fine-dining.de
Küchenchef: Christian Bau
Do u. Fr ab 19 Uhr, Sa u. So von 12–13 Uhr u. ab 19 Uhr, Mo–Mi RT
Menüs: 185–275 €

EC VISA P

Eigentlich halten wir nicht viel davon, einzelne Restaurants oder Köche mit überhöhter Ehrfurcht zu betrachten. Im Fall von Christian Bau und dem Victor's Fine Dining können aber auch wir kaum anders. Und das nicht nur wegen der permanenten Höchstbewertung seit vielen Jahren, dem Bundesverdienstkreuz oder der Ernennung zum „Botschafter der japanischen Küche". Vor allem ist es der über die Jahre geformte und immer weiter präzisierte eigene Stil des Ausnahmekochs und sein selbst unter höchstdekorierten Kollegen außergewöhnlicher Produktfanatismus, was unsere Erwartungshaltung und Vorfreude vor jedem Besuch immer wieder ganz besonders hochtreibt. Seit seinen Anfängen auf Schloss Berg – damals noch stärker von der klassisch französischen Stilrichtung seines langjährigen Chefs und Mentors Harald Wohlfahrt inspiriert und auch schon auf beeindruckend hohem Niveau – hat sich Christian Bau auf mutige Weise von dieser eher traditionellen Hochküchenprägung emanzipiert und zunehmend den Einflüssen der japanischen Küche geöffnet. Deren Aromenwelten, der Produktpurismus und die Klarheit übten schon immer eine besondere Faszination auf den Spitzenkoch von der Mosel aus und tun das bis heute. Damit war Christian Bau hierzulande ein Vorreiter und ist bis heute stilprägendes Vorbild für eine ganze Generation ambitionierter Köche. Die schon beinahe im Gourmet-Mainstream angekommene Verwendung von Dashi, Yuzu oder dem japanischen „Eierstich" Chawanmushi wäre zwischen Flensburg und Garmisch ohne die Pionierarbeit Christian Baus kaum denkbar.

In der Perfektion, mit der die Vorzüge der französischen Grande Cuisine mit fernöstlicher Leichtigkeit und Transparenz vermählt werden und ganz neue Aromenbilder entstehen lassen, nimmt Baus Küche aber nach wie vor eine Ausnahmestellung ein. Im ganz treffend mit „Paris-Tokyo" überschriebenen Menü gibt es so einerseits die Fülle, Komplexität und Tiefe europäischer Gourmettradition, andererseits aber auch die prägnanten Aromen und die schwebende Transparenz japanischer Küche. Und das in einer bis ins letzte Detail von höchster Präzision geprägten Eleganz, in der – ganz gleich, ob das Pendel mal eher in Richtung Frankreich oder nach Fernost ausschlägt – stets die sensationellen Produktqualitäten in den Mittelpunkt gerückt werden. Was insbesondere bei Fisch und allen anderen Meeresbewohnern schon allein auf der Produktseite zu Genussmomenten führt, die auch im internationalen Vergleich definitiv Referenzcharakter haben.

Wenn man nach irgendeinem Schwachpunkt in dem so perfektionistischen Gourmetprogramm auf Schloss Berg sucht, dann war das – vor allem in früheren Jahren – ein gewisser überbordender Bombast an kraftvollen, hochintensiven Eindrücken, der über die Länge eines gesamten Menüs selbst erfahrene Genießer beinahe an die Grenzen führen konnte. Aber Christian Bau wäre nicht der reflektierte und rastlose Perfektionist, der er ist, wenn es nicht auch hier in der jüngeren Vergangenheit eine klare Entwicklung zu produktpuristischeren Kreationen und einer noch ausgefeilteren Dramaturgie gegeben hätte. So mag das große Menü in maximalem Umfang mit seiner Fülle an intensiven Reizen insbesondere für Gourmetnovizen zwar immer noch recht fordernd sein – aber eben sicher nicht mehr überfordernd.

Wer den Weg nach Schloss Berg einschlägt und in dem von lässiger Eleganz, fernöstlichen Dekorelementen und hochwertigen Materialien geprägten Restaurant Platz nimmt, kann sich also ganz entspannt zurücklehnen und von der Palette ausgefeilt elaborierter Miniaturen zum Aperitif behutsam in die Aromenwelt und Philosophie Christian Baus einführen lassen. In vielen Restaurants würde das, was hier zu Beginn an kleinen Petitessen aufgefahren wird, in seiner Fülle an präzisen und originellen Eindrücken für ein ganzes Menü reichen. Hier aber wird das so flirrend leicht und besonders im Kontext zu dem, was danach noch kommt, geradezu zurückhaltend inszeniert, dass dieses umfassende Präludium die Funktion einer sachten Einführung tatsächlich perfekt erfüllt.

Für Baus ungebrochene Kreativität stand zuletzt beispielsweise in Bier pochierte und als Tatar angerichtete Königskrabbe in einem hauchdünnen Knuspertartelette, der feine Dillwürze und ein subtiler Dashi-Hintergrund gemeinsam mit den zarten Bitternoten des Biers raffiniert zuspielten. Für die filigrane Leichtigkeit in der Verbindung von westlicher und fernöstlicher Geschmackswelt stand die hauchdünne Knusperwaffel mit Sardine, jodig-grüner Meereskräutercreme und Kaviar. Und beispielhaft für den Übergang zu dunkleren, kraftvolleren Tönen lässt sich das Tatar vom Wagyu-Beef mit Unagi-Aal im knusprigen Nori-Schälchen anführen, das mit Umami, Tiefe und zugleich der bestechenden Klarheit jedes einzelnen Details die Vorfreude auf alles Folgende auf ein Maximum steigerte.

Im Menü selbst sollte man, wenn möglich, optional mit der „Japanese Raw Bar" starten. Denn in dieser Abfolge dreier eigenständiger Kreationen rund um rohe oder nur minimal gegarte Meerestiere wird der enorme Anspruch an die Produktqualitäten und die japanischleichte Seite des Bau-Stils stets besonders klar und pur erlebbar. So etwa bei der japanischen Kampachi (Kleine Bernsteinmakrele), deren reintöniges, festes Fleisch wir hierzulande noch nirgendwo in vergleichbarer Qualität genießen konnten und die gemeinsam mit nicht weniger taufrischen Muschelsegmenten und Strandkräuterzubereitungen in einem wunderbar jodig-grünen Umfeld präsentiert wurde: mit maximaler Aromentransparenz und ganz feinen, unterschiedlichen Säuren, die hier nicht grob und beißend den Fisch malträtieren, sondern vielmehr flirrend und schwebend den reinen Geschmack des Referenzprodukts beleben. Und damit es nicht zu leicht und hingehaucht wirkt, funkt noch ein jodig-konzentriertes Seeigeleis mit kühlem Schmelz dazwischen. Genial!

Beim zweiten Part, einem Ceviche vom Ike-Jime geschlachteten Wolfsbarsch, wurde dessen festes klares Fleisch glücklicherweise ebenfalls nicht wie so oft in derber Säure denaturiert, sondern in einer kecken und komplex aus sehr feinen Säuregraden und jodiger Würze assemblierten Seeigel-Tigermilk angerichtet und konnte so ebenfalls seine Qualität voll ausspielen – und das dank unterschiedlicher Schnittformen auch noch in verschiedenen Facetten. Dazu sorgten geeiste rote Shiso-Perlen für feine Kopfnoten, die hier allerdings weniger kühlen Biss lieferten, sondern punktuell in den Seeigelsud einschmolzen …

Zurecht an dieser Stelle, weil am aromatisch kraftvollsten, folgte als letzter Part der Trilogie ein Tatar und etwas Sashimi vom Thunfisch (Otoro und Chutoro) in einer kompakten Verdichtung intensiver Aromen: neben der schmelzend klaren, sauberen Qualität des Thunfischs gab es da röstig-nussige Noten, einen Hauch süßliche Würze und eine zitrische Ponzusauce mit schwebender Wasabischärfe. Und einmal mehr ging es dabei trotz vieler Details in erster Linie um kraftvoll herausgestellten Produktcharakter, den separat noch ein tiefer und runder Umami-Fond aus Fischknochen unterstrich.

Dramaturgisch wieder genau an der richtigen Stelle platziert folgte daraufhin ein entspannter Schwenk nach Frankreich und eine zwar weniger fordernde, aber nicht weniger perfektionistische Kombination aus zarten Gnocchi mit ätherisch-nussigem Kürbis-Confit, Sot-l'y-laisse, krossen Geflügelhautchips und weißer Albatrüffel. Hier stand die Harmonie und das Schwelgerische im Vordergrund, wurde aber erneut mit vielen subtilen Details hinterlegt. Einziges kleines Manko – und nebenbei der einzige Hauch von Schwäche im gesamten Menü – war dabei die nicht ganz optimale Qualität der nur verhalten aromatischen Trüffel.

Diese seltene Ausnahme vom Produktperfektionismus geriet allerdings bei den folgenden Jakobsmuscheln direkt schon wieder in Vergessenheit, denn die nur am Außenrand sanft kolorierten, ansonsten aber homogen glasig temperierten Coquilles und deren geschmeidig-elastische „Bärte" setzten eine Benchmark, nicht nur für die aktuelle Testsaison. Zudem wurde jetzt auch das Umfeld wieder fordernder, denn neben der unkonventionellen Textur der Bärte spielten die zugespitzten Bitternoten von Blattspinat (Creme, junge Blätter, Öl …) neben Koji-Vinaigrette, Saiblings- und Forellenkaviar und der konzentrierten Würze von getrocknetem japanischem Karasumi (Meeräschenrogen) mal mehr mit Umami und Bitternoten und weniger mit Säure.

Säure spielte dagegen beim folgenden Roten Gamberoni wieder eine größere Rolle. Und zwar in Form von Yuzu (u. a. als Gel und Zesten), die zwischen nussig intensiven Blumenkohlzubereitungen wie Creme und eher rohem „Couscous" sowie der dunklen tiefen Würze eines Kombu-Fonds aufblitzte. Klar im Fokus stand aber – wie könnte es anders sein – immer das prächtige Krustentier mit seinem Topping aus Yuzu, Kombu und Reisflakes für präzise Mikroakzente, während ein saftig-elastisches Krustentier-Dim-Sum noch zusätzlichen Produkt- und Soulfood-Charakter einbrachte.

Beispielhaft, sowohl für den Anspruch und die Präzision im Umgang mit den Produkten, als auch für die beiläufige Kreativität, stand sodann ein Rotbarbenfilet mit perfekt frittierten Schuppen (hauchdünn, splitternd kross) und hervorragend feinwürzigem Geschmack neben Artischocke als (solo sehr salziges) Stück und zarte Creme, einer Nocke dunkelgrün-maritimem Meereskopfsalat und einem Topping aus feinstreifigen Bittersalaten. Vor allem auch deshalb, weil hier die Saucenkombination aus Dashi-artigem Schnittlauchfond und einer cremig mit Abaloneleber gebundenen Sauce für enorme Spannung sorgte und zugleich feiner wirkte als die klassischere Verwendung von Rotbarbenleber.

Und apropos „feine Akzente": Die gab es auch im Hauptgang beim japanischen Kobe-Rind mit deutlichen Grillnoten und schmelzender A5-Gradierung. Und zwar durch eine rare Würzpaste mit edler Sojatiefe, subtilen Fermentationsnoten, Schärfe und leichter Süße. Exakt so dosiert, dass das exklusive Fleisch hintergründig komplex wirkte, aber an keiner Stelle dominiert wurde. Genauso wenig wie durch das genau proportionierte Umfeld aus marinierten Zucchinistreifen, Edamame, Palmherz und einer geschmeidigen Black-Bean-Sauce mit Chili und Koriander. Großartig!

Nach einer derartigen Fülle ausgefuchster intensiver Genussmomente kam der kühle und erfrischende Schwenk zu den Desserts mit einem duftigen Jasminreiscreme-Ring nebst fruchtig-scharfem Galganteis, hauchdünnen Baiserplatten und klaren hellen Fruchtkomponenten auf seine markant monochrome Art genau zum richtigen Zeitpunkt. Und machte auch am Ende noch einmal neugierig auf den eher westlich inspirierten Abschluss rund um Pfirsich und Himbeerzubereitungen, der mit herben Champagnernoten und ätherisch frischer Verbene einmal mehr aromatisch genau auf den Punkt treffen konnte.

Dass zum Abschluss auch die süßen Miniaturen von einer Erdnuss-/Yuzu-Praline über perfekte Madeleines bis zum löffelbaren „Mojito" mit filigraner Perfektion und intensiven Aromen beeindrucken, ist beinahe genauso selbstverständlich wie die anspruchsvolle Weinbegleitung durch Sommelière Nina Mann. Die bedient sich aus einem gewaltigen Fundus Großer Gewächse von der Mosel bis zu französischen Klassikern, hat aber auch aktuelle Trends im Blick und bleibt insbesondere bei den korrespondierenden Gläsern größtenteils abseits des Mainstreams. Sei es durch deutlich gereifte Weine oder andere charaktervolle Vertreter, die auch mal eher dem modernen „Naturwein"-Genre zuzuordnen sind. Sicher ist jedenfalls: Das Niveau in den Gläsern hält locker mit dem auf den Tellern mit. Und das gilt im Übrigen für den gesamten Service, der mit der neuen sympathischen Restaurantleiterin Julia Pleintinger einen ebenso souveränen wie charmanten und kompetenten Ruhepol hat.

Pfaffenweiler (Baden-Württemberg)

7

Zehners Stube

Weinstr. 39,
79292 Pfaffenweiler
07664-6225
www.zehnersstube.de
Di ab 18 Uhr, Mi–So von 12–14 Uhr u. ab 18 Uhr, Mo RT
Hauptgericht: 42–49 €,
Menüs: 74–115 €

Fritz Zehner ist nicht nur weithin als König im besten Sinne opulenter, tiefschürfender und geschmacksdichter Saucen in feinster Balance bekannt – bei ihm kann man sich auch sicher sein, die in seiner zwar saisonal wechselnden, aber über die Jahre hinweg einigermaßen statischen Karte annoncierten Produkte unverfälscht und in schöner Portionierung auf den gediegen angerichteten Tellern vorzufinden. Alles, was der Chef im historischen Gewölbesaal seines über 400 Jahre alten Anwesens oder dessen Gastgarten kredenzen lässt, überzeugt durch die außerordentliche Qualität eben dieser Viktualien und die fundierte altmeisterliche Zubereitung. Hier kann der Gourmet tatsächlich noch Glanzstunden der französischen Klassik erleben – und mit gereiften badischen, französischen und italienischen Gewächsen aus dem gut gefüllten Keller krönen.

Pfinztal (Baden-Württemberg)

6↑

Villa Hammerschmiede

im Hotel Villa Hammerschmiede
Hauptstr. 162, 76327 Pfinztal (Söllingen)
07240-6010
www.villa-hammerschmiede.de
Täglich von 12–14 Uhr u. ab 18 Uhr, kein RT
Hauptgericht: 23–49 €, Menüs: 73–110 €
VISA

Die Villa Hammerschmiede ist einer der absoluten Genussklassiker in der Region. Mit der Verbindung aus ambitionierter Küche und dem historischen Charme des ehemaligen Direktorenwohnsitzes, der im eleganten Pavillon genauso spürbar wird wie in den urigen Gewölbestuben und auf der Terrasse im liebevoll gepflegten Park, ergibt sich einfach ein reizvolles Ganzes. Und kulinarisch sorgt seit 2015 Küchenchef Michael Grünbacher mit seinem Team dafür, dass das Niveau zuverlässig hoch bleibt. Mit einer substanzstarken und tendenziell klassisch französischen Haute Cuisine, die teils durch regionale, mediterrane oder asiatische Einflüsse variiert wird, zeigt sich das Team vor allem mit harmonischen, kraftvollen Akkorden stark. Standesgemäß ergänzt werden die Gerichte durch viele hochwertige Weine aus dem gut bestückten Keller, viele davon aus der Pfalz und Baden, aber auch Frankreich, Italien und Spanien sind repräsentativ vertreten.

Bezahlkarten-Symbole

- Mastercard
- EC-Maestro
- Diners
- American Express
- VISA Visa

Pfronten (Bayern)

7

Pavo

im Burghotel Falkenstein
Auf dem Falkenstein 1,
87459 Pfronten (Meilingen)
08363-914540
www.burghotel-falkenstein.de/de-DE
Küchenchef: Simon Schlachter
Do–So ab 18 Uhr, Mo–Mi RT
Menüs: 130 €
VISA

Das Burghotel Falkenstein beeindruckt auf verschiedenste Art und Weise: zuallererst natürlich mit der maximal exponierten Lage auf dem namensgebenden Berg, direkt über steil abfallenden Felswänden in einer Umgebung, die sonst nur Berghütten vorbehalten ist. Hier gibt es zum alpinen Feeling und dem grandiosen Bergpanorama allerdings den Komfort eines mit Liebe zum Detail gestalteten Boutiquehotels. Und es gibt eine ausgezeichnete Küche, die mit dem kleinen Gourmetabteil des Pavo für maximal zehn Gäste zudem eine Spielwiese eröffnet hat, auf der das Team sich alle Mühe gibt, auch kulinarisch zu beeindrucken.
Mit einem zeitgeistigen Sharing-Konzept in beinahe privat anmutendem Rahmen bewegt sich die kleine Crew um den jungen Chef Simon Schlachter dabei abseits gängiger Gourmetpfade und brennt – insbesondere angesichts der Tatsache, dass das Fine-Dining-Programm parallel zum Normalbetrieb quasi nebenher geschickt wird – ein beachtliches Feuerwerk vieler kleiner Köstlichkeiten ab, die in vier Aufzügen aufwendig gestaltet und sehr fotogen in Schüsseln, Tellern (oder auf Brettern) zum Teilen auf die Tische gebracht werden. Handwerklich ist das alles aufwendig und exakt, aber nicht übertrieben artifiziell. Im Vordergrund steht immer der klare, zugängliche Geschmack.
Allerdings verfestigte sich auch nach dem diesjährigen Besuch der Eindruck, dass sich das Team vielleicht insgesamt ein wenig zu viel aufhalst und das Niveau insgesamt sogar noch steigern könnte, wenn ein paar Schüsselchen weniger aufgetragen würden oder aber die einzelnen Sachen noch präziser aufeinander abgestimmt wären. So gab es neben einigen wirklich außergewöhnlich guten Kostproben immer auch einige nicht ganz so ausgefeilte Sachen – und unter dem Strich ein leicht heterogenes Gesamtbild auf hohem Level.
Unter den Snacks zum Aperitif beispielsweise bündelte eine innen flüssige Gurkenpraline in weißer Schokoladenhülle sehr gekonnt starken Gurkengeschmack mit feiner Säure und Schärfe, während ein Räucherfischtatar mit Dill und Apfel und ein saftiger Falafel mit dominantem Kreuzkümmel-Flavour zwar wohlschmeckend, aber vergleichsweise rustikal wirkten. Stilistisch legt sich das Team dabei nicht fest: vieles ist asiatisch angehaucht, manches aber auch mediterran oder zeigt rustikal-regionale Bezüge.
Unter den Vorspeisen wirkte der „Salat“ aus knackigem Kohlrabi mit nussig mildem Traubenkernöl, sautierten Pfifferlingen, Brotchips und einer (etwas üppig dosierten) Limonen-/Buttermilch-Sauce sogar wie aus der nordischen Regionalküche entlehnt. Das funktionierte ebenfalls ganz prima, genau wie das duftige Ensemble aus glasigen Langoustinen mit saftigem Gemüsereis, knackigen Zuckerschoten und einer blumig-scharfen Curryschaumsauce. Das Ganze hatte zwar nicht viel vom typischen Charakter des annoncierten Risotto und wirkte eher wie ein fernöstliches Curry, belohnte aber dafür mit dichten, fein verwobenen Aromen. Einzig die etwas weichen und geschmacklich nicht hundertprozentig klaren Krustentiere hätten ein Produkt-Upgrade vertragen können.
Weitere Highlights unter den Vorspeisen waren die in einer Eierschale servierte, fein differenzierte Miniatur aus Erbsencreme mit Kartoffel-Espuma und -Crunch sowie ein süchtig machendes Bao-Bun mit saftigem Pulled Pork, süß-säuerlich eingelegtem Gemüse und einer prägnanten, aber nicht zu vordergründigen asiatischen Barbecue-Sauce. Das filigrane (leider schon etwas lätscherte) Knusperröllchen mit Thunfisch und Kren konnte da mit seinen weniger klaren Aromen nicht ganz mithalten.
Dass es dem Team gut liegt, wenn mit ordentlich Wumms und weniger feinen Details arran-

giert wird, zeigte bei den Hauptgängen auch das hocharomatische Entrecôte einer „alten Kuh", serviert mit Selleriecreme, grünen Bohnen und einer limonenfrischen Mayonnaise. Hier war schon allein das perfekt zubereitete Produkt ein Fest. Beim thematisch angeschlossenen Satellitenteller mit Tatar und Schinken von der Kuh nebst Kimchi und Tataki-Vinaigrette dominierte der feste Schinken ein wenig den Eindruck. Gerade in Kombination mit dem Hauptteller brachte die prägnante Schärfe aber einen spannenden Kontrast. Etwas zusammenhangslos standen die kräutrigen Gnudi auf tomatenfruchtigem Pfifferlingsragout daneben, waren für sich aber ein gelungener Exkurs in etwas bodenständigere Gefilde, auf den jedes ambitioniertere Wirtshaus neidisch sein könnte …
Das ganze Sharing-Programm ist in Summe bereits an dieser Stelle durchaus üppig und dennoch lässt sich das Team natürlich nicht lumpen und schickt auch im süßen Part gleich eine ganze Armada unterschiedlicher Petitessen, darunter eine willkommen erfrischende Gurken-/Holunderblüten-Kaltschale mit Ayraneis, ein geeister und frischer Beerensalat mit Ziegenfrischkäsecreme und (wenig aromatischem) Pistazien-Sponge sowie ein exotisches Arrangement aus kühler Bananencreme mit eingelegtem Ingwer, Grapefruit und Karamellsauce. Das finale Topfensoufflé mit Vanillesauce war dann tatsächlich ein bisschen zu viel des Guten und zudem – wie bereits im Vorjahr! – im Kern noch arg flüssig und ohne Stand.
Deshalb erneut das Plädoyer: weniger ist mehr! Und sicherlich auch möglich, ohne das von der Vielfalt lebende Sharing-Prinzip aufgeben zu müssen. Wenn noch an ein paar Stellschrauben gedreht wird, könnte das Gesamtniveau ein ganzes Stück angehoben werden und der auch so höchst vergnügliche Eindruck noch runder werden. Denn viel Freude macht das Konzept – zu dem auch eine anspruchsvolle Weinreise gehört – in jedem Fall.

6

Schloßanger Alp

im Hotel Schloßanger Alp
Am Schlossanger 1,
87459 Pfronten (Meilingen)
08363-914550
www.schlossanger.de
Küchenchef: Barbara Schlachter-Ebert
Täglich von 12–14 Uhr u. ab 18.30 Uhr, kein RT
Hauptgericht: 21–36 €, Menüs: 39–80 €
EC VISA P

Seit vielen Jahren schon belohnt die kurze, aber durchaus abenteuerlich steile Fahrt hinauf auf die Schloßanger Alp mit einem wirklich besonderen Ort für Genießer. Das malerisch gelegene und liebevoll mit Blick für Details gestaltete Landhotel der Familie Schlachter-Ebert hat einen echten Logenplatz in alpinem Ambiente, mit idyllischen Außenplätzen und einem geschmackvoll-eleganten alpenländischen Interieur. Vor allem aber gibt es hier die bodenständig-feine Küche, mit der Barbara Schlachter-Ebert die Schloßanger Alp auch überregional bekannt gemacht hat.
Seitdem ist das Team in Küche und Service seiner Linie unverändert treu geblieben. Und es gibt eigentlich auch überhaupt keinen Grund für Veränderungen. Denn das, was hier ganz uneitel und doch hübsch angerichtet auf die Teller kommt, lebt von klassischer Substanz und viel Heimatverbundenheit, kombiniert mit vereinzelten exklusiveren Produkten aus dem Gourmetfach. So schätzen viele Gäste die von feiner Hand zubereiteten Allgäuer Traditionsgerichte wie die Tafelspitzbrühe mit Milzschnitte, Kräuterflädle und Eierschöberl oder das Kalbslüngerl mit Crème fraîche und gebratenen Knödelscheiben genauso wie Gänse-

stopfleber und Rinderfilet. Schließlich gibt es gerade diese vermeintlich einfachen Sachen höchst selten in vergleichbarer Qualität.
Dass es dabei durchaus kleine Schwankungen im Niveau gibt und nicht jede Idee blitzsauber umgesetzt wird, ändert nichts am stimmigen Gesamteindruck, ließ allerdings unsere Bewertung auch heuer im Quervergleich wieder etwas wackliger dastehen. So gelang beispielsweise einerseits eine sommerlich asiatische Kombination von saftig-kross gebackenen Gemüsebällchen mit fruchtig-knackigem Chinakohl-/Mango-Salat, knusprigem schwarzem Reis und etwas zitrischer Mayo ganz prima und abwechslungsreich. Andererseits fiel ein ebenfalls asiatisch inspirierter Teller mit krossen Schweinebauchscheiben auf Spitzkohlsalat durch die sojasüße Glasur und Sauce viel (!) zu zuckrig aus. Da fehlte konzeptionell klar ausgleichende Säure.
Bei der pilzwürzigen Wildbolognese zu zarten Tagliatelle, knackigem jungem Gemüse und einem hellen frischen Saucenschaum fehlte eigentlich nichts. Das war ein abwechslungsreiches und zugleich tiefes Pastagericht, von dem sich viele italienische Mitbewerber etwas abschauen könnten – auch wenn es in der Allgäuer Interpretation eher eine Schwammerl-Rahmsauce als ein Ragù alla bolognese nach italienischem Verständnis war.
Auf verfeinert bodenständige Art überzeugten auch die fluffigen milden Fischnocken nebst senfwürzigen Belugalinsen und frischem Weißweinschaum – geradlinig und handwerklich blitzsauber. Und auch wenn derartige Gerichte nicht immer ganz das Niveau unserer Bewertung erreichen: angesichts der Tatsache, dass andere Gerichte (insbesondere abends) wie ein Zweierlei vom Lamm mit Ratatouillegemüse, Kartoffelkrapfen und Rosmarinjus oder ein Saiblingsfilet mit Spitzkohl-/Spinat-Gemüse und Kräuter-/Tomaten-Buttersauce noch eine Spur exakter angelegt sind, lassen wir die Bewertung weiterhin unangetastet und setzen auf mehr Konstanz.
An den Desserts wie dem prägnanten Quark-/Kirsch-Eis nebst Holunderblütensüppchen, Vanilleschmand und krossen Strudelblättern, das mit einfachen Mitteln große Wirkung erzielte, wird es jedenfalls genauso wenig scheitern wie an der beachtlichen Auswahl guter Weine, aus der Gastgeber Bernhard Ebert mit Leidenschaft und Expertise auch glasweise lohnende Sachen ausschenkt.

Hotelempfehlung

★★★★

Das Burghotel Falkenstein

Auf dem Falkenstein 1,
87459 Pfronten (Meilingen)
08363-914540
www.burghotel-falkenstein.de/de-DE
Einzelzimmer: 135–170 €
Doppelzimmer: 200–320 €

VISA

Schon Prinzregent Luitpold von Bayern unternahm seinerzeit Lustreisen zur heutigen Ruine der Burg Falkenstein – und die Lust zu reisen ist den Gästen des Burghotels Falkenstein bis heute geblieben. Nach der steilen Auffahrt über die schmale Serpentinenstraße wird man hier nicht nur mit einer atemberaubenden Aussicht belohnt, man checkt in einem familiengeführten Refugium ein, dessen Zimmer und Suiten sehr individuell, modern und verspielt gestaltet sind. Themen von „Sissis Herz" bis hin zu „Ludwigs Traum" knüpfen auf charmant nostalgische Art an die royale bayrische Geschichte an. 2017 feierte das Burghotel sein 120-jähriges Bestehen, verwöhnt die Gäste aber ganz auf der Höhe der Zeit mit viel modernem Komfort. Im Wellness- und Spa-Bereich stehen neben Finnischer Sauna, Marokkanischer Lehmsauna und dem „Pfrontener Heustadl" auch verschiedene Ruheräume und Anwendungsmöglichkeiten von Massagen bis Beauty zur Auswahl. Restaurant Pavo separat erwähnt.

★★★★S

Hotel Schloßanger Alp

**Am Schloßanger 1,
87459 Pfronten (Meilingen)
08363-914550
www.schlossanger.de
Einzelzimmer: 117–228 €
Doppelzimmer: 209–426 €**

EC VISA

Das Hotel Schloßanger Alp befindet sich auf 1130 Metern Höhe in idyllischer Einzellage mit wunderschönem Blick auf die umliegende Allgäuer Bergwelt. Die insgesamt 35 komfortabel in modernem alpinem Stil eingerichteten Zimmer und Suiten sind auf ganz unterschiedliche Ansprüche abgestimmt. Mit dem Wellness- und Spa-Bereich (ganzjährig beheizter 15-Meter-Außenpool, Panorama-Sauna, Dampfbad, Physiotherapie sowie Kosmetik und Beauty) sind auch die Bereiche Fitness und Entspannung auf der Schloßanger Alp zeitgemäß und vielseitig besetzt. Außerdem bietet die Urlaubsregion von der reizvollen Wanderlandschaft über zahlreiche Ausflugsattraktionen für den Sommer bis hin zu den Wintersportgebieten vor der Haustüre jede Menge Abwechslung für die Outdoor-Freizeitgestaltung. Nicht zuletzt machen aber die persönliche Gastlichkeit, der perfekte, schnörkellose Service, die ausgezeichnete Küche (mit Barbara Schlachter-Ebert, eine der bekanntesten Köchinnen in Bayern) und Mitarbeiter, die ihrer Berufung mit Leidenschaft nachgehen, dieses familiengeführte Haus zu etwas Besonderem. Restaurant Schloßanger Alp separat erwähnt.

Piding (Bayern)

5

Lohmayr Stub'n

**Salzburger Str. 13, 83451 Piding
08651-714478
www.lohmayr.com
Küchenchef: Sebastian Oberholzner
Mo u. Do–Sa ab 17 Uhr, So von 11–13.30 Uhr u. ab 17 Uhr, Di u. Mi RT
Hauptgericht: 17–27 €, Menüs: 36–54 €**

EC VISA

Traurig, aber wahr: Wirklich gute Wirtshäuser, die frisch, natürlich und mit Pfiff aufkochen, werden auch in Süddeutschland immer seltener. Und noch seltener sind die Wirtshäuser, die dabei noch einen Schritt über reines Traditionsbewusstsein hinausgehen. Die gute Nachricht aber ist, dass man genau das in den schmuck herausgeputzten und fein eingedeckten Lohmayr Stub'n von Familie Oberholzner in Piding bei Bad Reichenhall noch erleben kann. Und ausgesprochen herzlichen Service noch dazu! Entsprechend beliebt und gut besucht ist das nahe der österreichischen Grenze gelegene Restaurant; viele Besucher sind Stammgäste, aber auch von weiter her werden immer wieder Genießer nach Piding gelockt. Denn die Verbindung von Traditionsgerichten in blitzsauberer Idealform und unkompliziert kreativeren Ideen, die besonders gern und gut in die fernöstliche Richtung gehen, hat einfach was.

Die Karte spannt den Bogen von ganz unverfälscht klassischen Evergreens wie einer Rindersuppe mit Frittaten oder Hirschgulasch mit Blaukraut und Serviettenknödel bis zu gewitzt aufgelegten Sachen wie der Kombination von Jakobsmuschel und „bayerischem Thunfisch" (eigentlich aus Schwein) nebst Berglinsensalat, Kürbis-Coulis und Sepia-Mayonnaise. Aller-

dings kommt die Rindssuppe hier eben nicht aus dem Pulvertopf, sondern wird mit viel Geduld und Sorgfalt selbst angesetzt, und im kreativeren Bereich wird nicht um jeden Preis nach Aufmerksamkeit gehascht, sondern ebenfalls immer rund und ausgewogen arrangiert.
So stellen die knusprig gebackenen, innen schön glasig-saftigen Garnelen mit Thaisalat und einer süß-scharfen Chilisauce durch die Qualität der Produkte und die prägnanten Aromen die allermeisten asiatischen Restaurants, die vielleicht Ähnliches auf der Karte haben könnten, ganz locker in den Schatten. Und wenn Sachen wie ein in Kernöl mariniertes Wammerl mit gebackenem Kalbskopf auf der Karte stehen, heißt es erst recht: ausprobieren! Denn da sind immer ansprechend zupackende, verfeinert-rustikale Schmankerl zu erwarten, mit viel Schmelz und Nachdruck und in zugleich eleganterer Façon.
Aber auch der Sizilianische Fischtopf, seit Jahren und völlig zu Recht ein Lohmayr-Klassiker, ist jederzeit einen Versuch wert, warten hier doch in einem ausgewogen-natürlichen, eher leichteren Fischsud von Jakobsmuscheln bis Garnele durchweg frische und akkurat gegarte Einlagen, die ebenso klassisch wie stimmig von pikant würzigem Röstbrot ergänzt werden. Wer lieber ein größeres Fischstück möchte, wählt beispielsweise sanft kross auf der Haut gebratenen Zander, der mit Rahmpfifferlingen und Zitronenpüree völlig unaufgeregt, aber rundum überzeugend auf den Teller kommt.
Im Grunde ist es genau diese scheinbar unspektakuläre, aber in den Details doch deutlich überdurchschnittliche Art von Gerichten, die einen wesentlichen Reiz im Gasthaus der Oberholzners ausmachen. Auch die löffelzarten (aber nicht ausgelaugten oder faserigen) Kalbsbäckchen mit kräftiger dunkler Cabernet-Reduktion und Kartoffel-/Petersilien-Püree gehören klar in diese Kategorie. Und wer am Ende noch ein bisschen Appetit aufgespart hat, wählt am besten die Dessertvariation für einen abwechslungsreichen Querschnitt durch das Lohmayr'sche Süßigkeitenprogramm und wird dabei selten enttäuscht, weil von der luftigen Schokoladenmousse bis zum selbst gemachten Eis alles mit natürlichen Aromen und eleganten Konsistenzen überzeugt.
In der Weinkarte – wie das gesamte Angebot von fairen Preisen geprägt – finden sich offen ausgeschenkt gute Basisweine, bei den Weißweinen vor allem Gutes aus Österreich und Deutschland, bei den Roten auch aus Italien und Frankreich und dann auch mit den ganz großen Namen aus der Toskana und dem Bordeaux – Raritätenalarm!

Piesport (Rheinland-Pfalz)

9↑ 🍴🍴🍴🍴

schanz. restaurant.

im schanz. hotel.
Bahnhofstr. 8a, 54498 Piesport
☎ 06507-92520
www.schanz-restaurant.de
Küchenchef: Thomas Schanz
Mi, Do u. Sa ab 18.30 Uhr, Fr u. So von 12–14 Uhr u. ab 18.30 Uhr, Mo u. Di RT
Hauptgericht: 50–69 €,
Menüs: 97–166 €
EC VISA P

Das noble, reduziert-elegant designte Domizil der Familie Schanz bietet schon seit vielen Jahren hohes kulinarisches Niveau, hat sich aber in der jüngeren Vergangenheit nochmals enorm gesteigert. Was Thomas Schanz mit seinem Team an filigranen und präzisen Kunstwerken auf die Teller bringt, ist mittlerweile so fokussiert und eigenständig, dass es in der an spannenden Adressen nicht eben armen Umgebung ganz oben mitspielt und auch bundesweit sehr weit vorn dabei ist – auch wenn die mediale Aufmerksamkeit oft eher an anderen Stellen liegt.
Aber große Show und Selbstdarstellung sind ohnehin so gar nicht die Sache von Thomas Schanz. Dieser arbeitet lieber reflektiert und zielstrebig an einer Weiterentwicklung seiner Küche und zeigt die Ergebnisse schlicht und einfach auf den Tellern. Und was es da zu sehen und zu schmecken gibt, beeindruckte auch zuletzt wieder durch seine feinsinnige Art, bereits bei den ersten Miniaturen, die unter anderem Wagyu-Beef mit Aloe vera und Koriander, ein wattig jodiges Algen-Baiser mit Goldforelle und (im Knusperkörbchen) mild rauchigen Aal mit Birne und Kaviar verbanden.
Nicht wegzudenken unter den Appetizern und immer wieder gleichermaßen vergnüglich ist

auch das Schanz'sche Trüffelei, das in einer gefüllten Eierschale satten, waldig-erdigen Geschmack ganz ohne synthetische Penetranz in einer leicht angestockten Trüffel-Royale transportiert, die unter Trüffelschaum mit nobler alkoholischer Süße und zarter Säure auf maximale Eleganz getrimmt wird.
Ein ganzes Stück vielschichtiger als die Einstimmungen, aber ebenfalls in der für Thomas Schanz' Küche typischen Filigranität, kam das Amuse-Bouche in Form eines Rindertatars mit kräftigem Eigengeschmack als klarer Mittelpunkt, versteckt unter einer luftigen weißen Tomatenmousse-Halbkugel und einem ätherisch-dichten Sorbet aus Kerbel, das zart mit einer salzigen Umami-Ader durch Sardellenpaste hinterlegt wurde – alles umgeben von einer kräuterduftigen Tomatenemulsion.
Gleichermaßen akkurat gearbeitet war auch das kraftvoll und pur gehaltene Rondell von Gänseleberparfait. Aufgebaut war dieses auf einem Boden aus knusprig-röstigem Cashewbruch und bedeckt mit winzigen Würfeln von Sambuchagelee und Joghurtmousse, einem kühl schmelzenden Gänsebereis und dunklem Mostessig. Insgesamt ergab das nur zurückhaltende Süße, eher nussige Noten und mit den hellen flirrenden Kopfnoten eine hochelegante Inszenierung der Gänseleberpastete.
Beim folgenden, etwas dichter und geschlossener angelegten Kabeljaugang gab es den einzigen Moment des Menüs, in dem die Balance nicht ganz exakt getroffen wurde: Die perfekt glasig aufblätternden Lamellen des Kabeljaus badeten in einem schlanken luftigen Kardamomschaum mit Eisbergsalat in kleinen knackigen Quadraten. Etwas heftig umamikonzentriert kam dagegen das Topping aus geraspeltem Bottarga, Weinhefe-Crumbles, geriebener Mango und Limonenkaviar daher. Die Grundidee, den feinen Fisch derart zwischen Frische, Duftigkeit und salzige Würze zu stellen, war jedoch super und hätte mit minimalen Anpassungen (oder ganz ohne die Hefe) in seiner kompakten Art genauso begeistern können wie die sonstigen Kostproben.
Wieder mit perfektem Feingefühl ausgeführt ging die Idee dagegen beim beherzt abgeflämmten Black Cod auf. Das generell etwas festere und eigenaromatische Fleisch des Kohlenfischs wurde von den Röstnoten und etwas Miso nur subtil gestützt und stand außerdem mit einem minimal gebundenen sowie mit zarter Säure hinterlegten Thymianfond und knackigen Kohlrabi-/Kokos-Röllchen in einem ätherisch frischen Umfeld. Top!
Beim rosa gebratenen, perfekt straff-zarten Rehrücken lag der Fokus ebenfalls klar auf dem ausdrucksstarken Hauptprodukt, verstärkt durch eine konzentrierte kleine Innereienpraline auf hauchdünnem Brotknusper und eine Zitronenmyrtejus von meisterhafter Transparenz und Tiefe. Weitere Akzente schenkten Thomas Schanz und sein Team diesem grandiosen Hauptgang mittels dunkler Olive (als Sauce und Stücke) und kleinen, festen, aromatischen Minipfifferlingen – für elegante Leichtigkeit sorgten helle Topinamburzubereitungen, die eher dessen ätherisch-nussige Seiten betonten.
Auf den Millimeter genau austariert blieb das Menü auch beim betont sommerlich frischen Dessert. Optisch fast zu schön, um es zu zerstören, kam eine umgedrehte Halbkugel aus Vacherin-Parfait mit Sauerampferkern und etwas süßerer Himbeercreme, üppig bedeckt mit vollaromatischen marinierten Himbeeren, die knackig grün mit winzigen Gurkenwürfelchen versetzt waren und einer hauchdünnen Haube aus Baiser-Plättchen, die der Komposition die entscheidende Süße beisteuerte. Drum herum transportierte ein knallgrüner klarer Sauerampfersud noch einmal sehr prägnant dessen grüne Aromen, ganz ohne zu heftige Oxalsäure-Attacken.
Das Fazit des letzten Jahres hat sich damit mehr als bestätigt: Das Team um Thomas Schanz ist trotz des schwierigen Krisenjahres mit seinen in Produktqualität und handwerklicher Präzision beeindruckenden Gerichten weiter auf der Überholspur und auf dem Weg zu einem immer noch schärferen eigenen Profil. Gemeinsam mit dem ebenfalls perfekt choreografierten herzlichen Serviceteam, hochwertigen Weinempfehlungen abseits des Mainstreams und der entspannten Atmosphäre ergibt sich ein rundum stimmiges Gesamtpaket.

Hotelempfehlung

★★★S

schanz. hotel.

Bahnhofstr. 8a, 54498 Piesport
06507-92520
www.schanz-hotel.de
Einzelzimmer: 95–101 €
Doppelzimmer: 130–136 €
EC VISA P

Ein modernes, von der Familie Schanz engagiert geführtes Winzerhotel mit herzlicher Gästebetreuung und einem Angebot von zwölf geschmackvoll eingerichteten Zimmern. Diese wurden in 2013 alle neu gestaltetet, verfügen über iPhone-Dockingstation sowie kostenfreien WLAN-Zugang und sind in Stil und Komfort dem modernen, lichtdurchfluteten Gourmetrestaurant angepasst worden. Besondere Gourmetarrangements finden sich stets aktuell auf der Homepage des Hauses. Im traditionellen Weinhaus werden ausgesuchte Weiß-, Rot- und Roséweine ausgeschenkt und informative Weinproben abgehalten. Schanz. restaurant. separat erwähnt.

Pinneberg (Schleswig-Holstein)

Rolin

im Hotel Cap Polonio
Fahltskamp 48,
25421 Pinneberg
04101-5330
www.cap-polonio.de
Küchenchef: Marc Ostermann
Fr–Di von 12–14 Uhr u. ab 18 Uhr, Mi u. Do RT
Hauptgericht: 21–42 €,
Menüs: 37–75 €

Genau wegen solcher Restaurants wie dem Rolin im Hotel Cap Polonio in Pinneberg lohnt sich unsere Arbeit ganz besonders. Restaurants, die nicht auf den ersten Blick erkennen lassen, wie gut man dort essen kann, und deshalb nicht unbedingt einem breiten Feinschmeckerpublikum bekannt sind. Die nicht auf „Gourmet" machen und sich deshalb weit unter dem Radar bewegen – deshalb aber kulinarisch nicht uninteressanter sind als viele deutlich renommiertere Lokale. Sie zunächst zu entdecken, ihre Entwicklung dann über Jahre zu verfolgen und den interessierten Lesern das vermitteln zu können, macht uns seit jeher ganz besonders viel Spaß.
Der Gastraum selbst, der aus Teilen des Mobiliars eines Luxusliners besteht, das hier das Speisesaalflair des Dampfers „Cap Polonio" wieder aufleben lässt und ein wenig „Prunkliner-Atmosphäre" der goldenen Zwanziger versprüht, wirkt herrlich aus der Zeit gefallen und fast wie ein Gegenentwurf zu den modernen Casual-Dining-Konzepten vom Reißbrett. Auch Küchenchef Marc Ostermann, der das charmant patinierte Lokal engagiert und eben auf erstaunlich hohem Niveau bekocht, schielt weniger auf kulinarische Moden als vielmehr auf klassische Substanz. Sein Kulinarium überzeugt durch viel mehr Sein als Schein, ohne übertriebenen Exklusivitätsdrang, aber mit jeder Menge handwerklichem Können und überraschend viel Gespür für Details.
Und auch mit dem souveränen Wissen, wann es besser ist, auch mal etwas wegzulassen. Ganz egal ob bei eher traditionellen Klassikern, die es hier auch gibt, oder bei den etwas leichter und moderner interpretierten Gerichten, wie man sie zum Beispiel in Marc Ostermanns Menüempfehlung findet: stets zeigt sich deutlich die Handschrift des Könners. Immer überzeugt die Qualität der Produkte. Und das zu überraschend moderaten Preisen!
So zuletzt auch schon bei einem Mordstrumm Kaisergranat mit herrlich festem, fleischigem Biss und glasklarem Geschmack, der in perfektem Garzustand, nämlich noch leicht glasig auf dem Teller lag. Der buhlte mit ebenso referenzartigen Jakobsmuschelscheiben darum, wer der Star auf diesem ist. Ergebnis: unentschieden! Und es lenkte weder die seidige Kürbiscreme noch die mit fruchtig-säuerlich marinierten Kürbisbrunoises gefüllten Kürbis-Dim-Sum und schon gar nicht die mit einem fernöstlich zitrischem Hauch aromatisierte Krustentierschaumsauce davon ab. Besser bekommt man derlei Produkte auch in noch höher bewerteten Restaurants nicht allzu häufig.

Auch der äußerst präzise glasig gegarte und rundum abgeflämmte (zuvor vermutlich kurz in einer Salzlake gebeizte ...) Kabeljau war ein Prachtexemplar seiner Art. Der schwamm wiederum in einem eher mediterranen Umfeld herum, nämlich auf einer Art Cassoulet aus Coco-Bohnenkernen, Pimientos del Piquillo, Tomaten und kleinen Chorizowürfeln. Und er war zudem mit einer Nocke Auberginenmus, Basilikum, einem Chorizochip und erfrischend auflockerndem Zitronengel beladen. Das hatte Tiefgang, war aber trotzdem federleicht und transparent.
Inspiriert von einem Gericht von Rolf Fliegauf aus dem Gourmetrestaurant Ecco in Ascona, der kurze Zeit vor unserem letzten Testbesuch für das „Schleswig-Holstein Gourmet Festival "ein paar Tage im Cap Polonio als Gastkoch zugegen war, schickten Marc Ostermann und sein Team als Hauptgang eine mit Purple-Curry-Schmelze gratinierte Taubenbrust. Die saß auf einem straff säuerlich angemachten Blaukrautsockel und war von einem hauchdünnteigigen, optimal wachsig-zarten Dim-Sum-Täschchen mit einer süffigen Füllung aus Schmorfleisch und Innereien der Taube, Blaukraut- und Selleriecreme sowie roter Shiso-Kresse umgeben. Auch hier merkte man in jeder Komponente und insbesondere auch in der exakt reduzierten und mit viel gut balancierter Säure ausgestatteten Jus, wie substanzstark und präzise hier gekocht wird.
Dass das ganz schnörkellos, völlig frei von Manierismen und mit dem geschulten Blick (und Gaumen) für das Wesentliche geschieht, zeugt für Marc Ostermanns Souveränität als Koch, die er sich unter anderem einst in der Brigade von Michael Hoffmann in dessen Berliner Margaux angeeignet hat. Und so kommt auch das Dessert, ein Törtchen von Gianduja-Schokoladenganache mit nussig-mürbem Boden und einem natürlich-intensiven Kirschsorbet als Topping, ganz unaufgeregt daher. Schmeckt aber überraschend aufregend!
Aufregend könnte für Riesling-Fans auch der Blick in die Weinkarte werden. Aber auch jenseits dieser Rebsorte hält der Keller sehr viel Gutes bereit. Und das Schönste: All das gibt es hier mittags wie abends zu erschwinglichen Preisen.

Hotelempfehlung

★★★S

Hotel Cap Polonio

Fahltskamp 48, 25421 Pinneberg
☏ 04101-5330
www.cap-polonio.de
Einzelzimmer: 92–102 €
Doppelzimmer: 116–132 €

Was einstmals dem Drei-Schrauben-Schnelldampfer „Cap Polonio" vergönnt war, währt nun schon seit 1935 an Land: Teile des Mobiliars des Ozeanriesens, die einst in 65 Fuhren vom Pinneberger Hafen in das Haus am Stadtwald transportiert wurden, schmücken nun die Räumlichkeiten des Hotels Cap Polonio. Wandvertäfelungen aus Rosenholz, Ledertapeten, Lampen und Heizkörperverkleidungen aus Messing sowie Möbel des ehemaligen Schiffes prägen das Interieur des 3-Sterne-Superior-Hauses und vermitteln ihm Prunkliner-Atmosphäre der goldenen Zwanziger Jahre. So treffen hier maritime Vergangenheit und Gegenwart aufeinander, gepaart mit herzlicher Gastlichkeit, Tradition, moderner Annehmlichkeit und persönlichem Service. Die Zimmer verfügen über Dusche, WC, Haartrockner, Schminkspiegel mit Vergrößerung, Radio, SAT-TV, Direktwahltelefon, Highspeed-DSL-Anschluss am Schreibtisch und WLAN. Außerdem: Allergikerzimmer mit Parkettböden, Räume für Bankettveranstaltungen mit bis zu 500 Personen, fünf modern ausgestattete Konferenzräume. Restaurant Rolin separat erwähnt.

Pirk (Bayern)

Genussschmiede

Rathausplatz 6, 92712 Pirk
0961-48026600
www.genussschmiede-pirk.de
Küchenchef: Peter Mauritz
Mi–So von 11.30–14 Uhr u. ab 18 Uhr, Mo u. Di RT
Hauptgericht: 17–29 €,
Menüs: 52–82 €
VISA P

Stabwechsel in der Genussschmiede im oberpfälzischen Pirk, etwa auf halber Strecke zwischen Weiden und Wernberg-Köblitz an der A9 gelegen: Seit unserem ersten Besuch in dieser aufwendig und stilvoll sanierten alten Dorfschmiede in der Ortsmitte im vergangenen Jahr zeichnet hier nun seit Anfang 2020 mit Peter Mauritz ein neuer Küchenchef verantwortlich, der richtig was auf der Pfanne hat! Mit Stationen unter anderem in Obendorfers Eisvogel und als Souschef von Thomas Kellermann auf Burg Wernberg hat dieser sich nach seiner Ausbildung bei hervorragenden Könnern ihres Fachs weitergebildet und ist nun drauf und dran, sich selbst einen guten Namen zu machen.

Bei Thomas Kellermann hat er scheinbar den richtigen Umgang mit Gemüse ganz besonders verinnerlicht. Denn dass der junge Chef damit sehr gut umgehen kann, war bereits beim Start zu schmecken, bei dem ein aromatisches rotes Sorbet und ein etwas flüchtiger weißer Schaum von der Ochsenherztomate mit dünnstreifig gehobeltem Fenchelsalat zusammenkamen und einen sehr guten, geschmacklich differenzierten Eindruck hinterließen. Auch im weiteren Verlauf des Besuchs wurde deutlich, dass Mauritz es genau wie sein einstiger Chef draufhat, vermeintlich simples Allerweltsgemüse in leuchtenden Farben erstrahlen zu lassen und ihnen sehr viel Finesse zu entlocken.

Und auch wenn, wie beispielsweise beim marinierten Kopfsalat mit Holunderblüte und Ayran, auch Fisch mit im Spiel ist, muss dieser nicht zwangsläufig die Hauptrolle einnehmen: Das Fleisch der in nicht zu große, aber eben auch nicht zu kleine Würfel geschnittenen, subtil gebeizten Forelle war hier als eine Art Tatar zusammen mit dem milden grünen Teil von Lauchzwiebel, kleingeschnittenem Kopfsalat, Sonnenblumenkernen und grob zerstoßenen Mandeln vermengt und wurde von größeren, knackig-frischen Blättern aus dem Kopfsalatherz und einem mit Holunderblüte aromatisierten Ayran-Schaum flankiert. Eine sehr leichte, frische und trotzdem vollmundige Sache, bei der Fisch und Gemüse quasi gleichberechtigt nebeneinanderstanden.

Optisch ein ganz klein wenig gröber, geschmacklich jedoch nicht minder interessant und zudem voll aufs gute, vermeintlich simple Produkt abgestellt, erschienen die Variationen von der Gartengurke, die als eingelegte Stücke, als Salat und als Sorbet zusammen mit lockerflockigem und mit Minze aufgefrischtem Couscous sowie eingelegten Zitronenzesten zu einem überraschend dynamischen vegetarischen Gang zusammenkamen. Hier zeigte sich vor allem die wohldosierte Süße im Sorbet als idealer Vermittler zwischen allen anderen Komponenten.

Qualitativ hervorragender Saibling durfte schließlich – perfekt glasig gebraten und soft in seine saftig-festfleischigen Lammellen aufblätternd – neben geschmeidigem und sehr aromatischem Erbsenpüree, gegartem Kohlrabi und einem feinsäuerlichen Salat aus dünnen Streifen von Kohlrabiknolle und -blattwerk Platz nehmen. Rund machte den Akkord aber erst ein ebenso harmonisch-weicher wie ausdrucksstarker Curryschaum.

Der ganz offenbar klassisch gebratene und gleichmäßig nachgegarte Rücken vom Reh aus Oberpfälzer Jagd, bei dem sich der Saft wieder schön im Fleisch verteilt hatte und nicht bereits ausgelaufen war, kam schließlich als Hauptgang mit Pfifferlingen (Püree und frische kleine Exemplare), saftigen Herzkirschen und den prononcierten Aromen von Estragon (Creme und Blätter) als saisonales sommerliches Wildbret mit ausgewogener Sauce daher.

Und auch mit dem leichten und wohlproportionierten süßen Abschluss um zweierlei Melone und einem Eis von Cashewnüssen mit raffiniertem Säurespiel, denen ein herb wacholderwürziges Gin-Gel und Basilikum als

schmelzig-süße vermutlich auf Basis von weißer Schokolade zubereiteter Creme spannende Akzente vermittelten, blieb das Niveau hoch und der Stil originell. Was das Thema Wein angeht gibt's selbst glasweise ansprechende Tropfen namhafter Erzeuger wie von Winning oder Polz. Das Preisniveau von Speis' und Trank ist moderat gehoben – gemessen am Gebotenen aber absolut reell.

Pirmasens (Rheinland-Pfalz)

7↑ 🍴🍴🍴

Die Brasserie

Landauer Str. 103–105, 66953 Pirmasens
06331-7255544
www.diebrasserie-ps.de
Küchenchef: Vjekoslav Pavic
Di u. Mi ab 18 Uhr, Do–Sa von 12–14 Uhr u. ab 18 Uhr, So u. Mo RT
Hauptgericht: 28–69 €, Menüs: 73–95 €

Der Name „Brasserie" mit seinem Understatement ist absolut typisch für alles, was in dem gepflegten, schlicht-eleganten Restaurant unter der Führung von Vjekoslav Pavic passiert. Schon die Tische sind zwar dezent, aber edel eingedeckt, der Weinkeller und -klimaschrank mit vielen hochwertigen Flaschen bestückt, und was auf die Teller kommt, stellt mit seiner unaufgeregten Kraft und Substanz die Küchen vieler anderer Kollegen in den Schatten, die sich um Kreativität bemühen, dabei aber nicht selten verzetteln.

Diese Gefahr besteht bei Vjekoslav Pavic nicht. Die Jahre im Deidesheimer Hof, seine prägende Zeit bei Heinz Winkler und bei Jörg Müller auf Sylt haben ein Fundament geschaffen, auf dem der Chef schon seit vielen Jahren auch mit ganz reduzierten Arrangements immer wieder überraschend große Wirkung auf seinen Tellern erzielt. Stichwort: Saucen! Und natürlich die stets sehr hohe Produktqualität. Da geht das Team genauso wenig Kompromisse ein wie bei der minutiösen Zubereitung sämtlicher Komponenten.

Schon das wattige, lockerporige Parisienne mit aufgeschlagener Crème fraîche zu Beginn war eine Schau. Und mit einem zum Trinken aus der Schale servierten kühlen Tomaten-/Himbeer-Süppchen wurde mit dem feinen Spiel aus Bitterkeit, Gemüsefruchtigkeit und Säure gleich einmal aufgezeigt, auf welcher Linie das Team hier unterwegs ist.

Wie radikal puristisch das ausfallen kann, zeigte der erste reguläre Gang des Menüs mit zarten, reinaromatischen Thunfischwürfeln. Diese waren subtil mit einer sojawürzigen, ganz leicht süßlichen Glasur bepinselt und mit gepickeltem Ingwer und Korianderblättern belegt. Dazu noch eine pure (vorsichtig zu dosierende) Wasabicreme mit durchdringender Schärfe. Fertig. Das muss man sich erstmal trauen, funktionierte dank des hervorragenden Produktes aber ganz prima.

Und es gibt ja daneben viele Gerichte mit einem dichteren und süffigeren Charakter. So etwa die kleinen, festen, bilderbuchhaften Pfifferlinge – akzentuiert mit eingelegten Senfsamen und Pfeffer – auf einer konzentrierten nussig-duftigen Pistaziencreme, die in einer straffen, stoffigen Champagner-Nage baden gingen. Traumkombination. Klare 8 Pfannen!

Die hätten wir ohne Bedenken auch für die klassisch gebratene Entenbrust (straffes Fleisch, schmelzendes Fett, krosse Haut) gezückt, die in typischer Pavic-Manier mit wenigen markanten Akzenten präsentiert wurde: deutliche Bitternoten auf der glasierten Haut, daneben saftige Dörrpflaumen mit ätherischem Orangenconfit gefüllt sowie eine feine Säurespur und Ingwerschärfe in der tiefen, kraftvollen Jus. Das separate zarte Kartoffelpüree mit Haselnüssen und Schnittlauch diente als milderer Puffer, hätte es aber gar nicht zwingend gebraucht. Fazit: Tolle Idee, perfekt ausgeführt.

Der reduzierten Linie folgte dann auch das Dessert, auch wenn es mit einem (etwas festen) limettenfrischen Crème-fraîche-Parfait nebst Waldheidelbeeren, dezent salzigem Haselnusskaramell und einem Fond mit leichten Kaffeearomen das Niveau der vorherigen Gänge nicht ganz erreichte. Aromatisch gewohnt sicher kombiniert, aber mit minimal dickeren Pinselstrichen …

Dass die Weinklimaschränke nicht nur Attrappe sind, beweist Alexander Wahl mit ungebrochener Begeisterung und über viele Jahre aufgebauter Kompetenz. Der langjährige Weggefährte des Küchenchefs, der als Restaurantleiter und Sommelier in Personalunion aus dem Gesamtkonzept nicht mehr wegzudenken ist, promotet vor allem bekannte und unbekanntere Pfälzer Weine, macht aber natürlich auch gern Umwege in andere deutsche Anbaugebiete oder nach Frankreich und findet garantiert immer kongeniale Begleiter für die Kreationen der Küche.

Pleinfeld (Bayern)

5

Landgasthaus Zur Linde

Spalter Str. 2, 91785 Pleinfeld (Stirn)
09144-254
www.zur-linde-stirn.de
Mi–So von 11–14 Uhr u. ab 17 Uhr, Mo u. Di RT
Hauptgericht: 10–21 €, Menüs: 19–35 €
VISA

Die Linde in Stirn bei Pleinfeld ist ein weithin beliebtes Gasthaus und zieht Alt und Jung ins fränkische Seenland. Kein Wunder, denn die Qualität ist hoch und das Preisniveau in Relation niedrig. Man legt hier Wert auf gute Produkte aus der Region, schaut aber auch über den Tellerrand, kombiniert Bewährtes mit Neuem oder verleiht traditionellen Gerichten mit dem gewissen Etwas den Pfiff, den sie sonst andernorts eben nicht haben. Was unbedingt noch für die Küche und ihren Chef Stefan Maurer spricht: auch wenn hier Großkampftag ist, kommen die Gerichte beeindruckend akkurat an den Tisch. Das ist alles andere als selbstverständlich.

Pleiskirchen (Bayern)

8

Huberwirt

Hofmark 3, 84568 Pleiskirchen
08635-201
www.huber-wirt.de
Küchenchef: Alexander Huber
Mi–So von 12–14 Uhr u. ab 18 Uhr, Mo u. Di RT
Hauptgericht: 22–42 €, Menüs: 49–115 €
VISA

Es braucht sich niemand zu schämen, der Pleiskirchen erst einmal auf der Landkarte nachschlagen muss. Der kleine Ort in Oberbayern liegt abseits von touristischen Attraktionen und bietet im Grunde nicht viel mehr als eine Kirche, die Grundschule und die Filiale eines Geldinstituts – und den Huberwirt! Und ziemlich sicher ist der traditionsreiche, schmuck herausgeputzte Gasthof für Besucher von außerhalb mit großem Abstand der Grund Nummer eins, um hierher zu kommen. Denn das lohnt sich! Tatsächlich kennen wir nur wenige Häuser, in denen das Neben- und Miteinander von Tradition und Moderne so authentisch und auf hohem Niveau umgesetzt wird wie hier im Huberwirt. Nicht umsonst ist Alexander Huber seit einigen Jahren auch Präsident der Jeunes Restaurateurs, entsprechend bestens vernetzt und voll auf der Höhe der Zeit. Das bietet ideale Voraussetzungen für ein abgeklärtes und durchdachtes Konzept.
Dieses zielt klugerweise sowohl auf neugierige und reisefreudige Gourmets als auch auf Stammgäste ab. Erstere finden in einem durchkomponierten Genießermenü, einer Abfolge elegant modernisierter Teller, die zwar gern mit rustikalen und regionalen Ideen spielen, aber letztlich klar im Fine-Dining-Bereich angesie-

delt sind, die spannendste Erfahrung und das durchgängig höchste Niveau. Traditionsbewusstere Gäste haben im Wirtshausmenü mit seinen optimierten regionaltypischen Gerichten eine kaum weniger attraktive Alternative, nur etwas bodenständiger, gegenständlicher und besser für Bestellungen à la carte geeignet. Aber auch hier liegt das Niveau – genau wie im vegetarischen Menü, das sich irgendwo zwischen beiden Welten bewegt – immer noch erfreulich hoch und durchgängig zwischen 6 und 7 Pfannen …

Auch „Nebensächlichkeiten“ wie Brot, Butter und Schmalz liegen weit über dem Durchschnitt. Spätestens aber, wenn der erste Starter aus dem Genussmenü auf den Tisch kommt, weiß man, was Sache ist. Zuletzt war das eine festfleischig mild gebeizte und abgeflämmte Goldforelle in der nussig-säuerlichen Umgebung von Physalis und verschiedenen leichten Kürbiszubereitungen, hinterlegt von Ponzu-Sauce mit deren typischer Melange aus Sojawürze und Zitrusfrische, sowie eher bodenständiger grüne Akzente durch Vogerlsalat und Kapuzinerkresse.

In der vegetarischen Alternative verband das Team auf nahezu gleichem Level die gemüsefruchtige Intensität einer Terrine aus Paprika, Zucchini, Aubergine und Tomate neben Artischocke (als Stücke und Chips …), einer leichten, exakt austarierten Fetamousse, sämiger Oliven-Vinaigrette und einigen bitterfrischen Kräutern zu einem sehr dichten und doch differenzierten Eindruck mediterraner Lebensart. Demgegenüber wirkte der vegetarische Hauptgang etwas bodenständiger und schlichter, bot mit zarten Kartoffel-/Kürbis-Gnocchi neben kräftig gerösteten und roh gehobelten Steinpilzen, eingelegtem Kürbis und Kürbiskernen aber ebenso viel Genuss und durch den transparenten, feinnussigen Fond aus gerösteter Topinambur dann doch auch wieder viel Finesse. Und die gab es auch in der – allein durch die monochrome lila-rote Farbgebung sehr markanten – Kombination von Kaninchen und Bayrischer Garnele mit Lardo, Roter Bete, Hibiskus und roter Oxalis. Der exakt gegarte Kaninchenrücken und die sanft temperierte Garnele ergänzten sich in ihrer zarten Fleischigkeit perfekt, hauchzart von Lardo verstärkt, und bekamen von erdig-fruchtigen Tupfen aus Bete- und Hibiskusgel, den Säurekicks vom Oxalis sowie papierdünnen Knusperchips exakte Akzente. Der Clou war hier allerdings die schwebend hintergründige Hibiskus-Jus, die nur genauso viel Kraft wie nötig, aber zugleich feine Zwischentöne einbrachte.

Mehr Power und eine gelungene Verbindung von verdichteter Tiefe und feinen Details bot die bayerische Taube als rosazarte Brust und geschmorte Keule, die neben die Nussigkeit von Topinambur (geröstet und Chips) und die herbale Würze von Petersilie (konzentrierte Creme und frittiert) gestellt wurde. Dazwischen setzte ätherische Kresse kleine Frischekicks, während eine tiefwürzige Jus mit ordentlich Druck und festem Säurekern das Fundament bildete. Derartige Gerichte, die alles andere als avantgardistisch, in den Details aber doch überraschend wirken, sind absolut „typisch Huberwirt“ …

Und das Niveau reißt auch im süßen Bereich nicht ab. Sei es bei den knusprigen Kakaoröllchen mit karamelliger Edelweiß-Schokoladencreme, vollreifen Himbeeren und konzentriertem Basilikumsorbet oder der noch komplexer aufgebauten Verbindung von zartbitterer Schokolade als eine Art cremigem Flan mit zarten Tupfen, herbfruchtiger Zwetschge (mariniert und als Sorbet …) und der anisartigen duftigen Würze von roter Shiso. Und wem das alles zu abgehoben ist, der bekommt mit einem fluffigen kleinen „Zwetschgendatschi“ nebst Rumsahne-Tupfen und blumig-üppigem Vanilleeis eine zwar schlichtere und zugänglichere, aber ebenfalls uneingeschränkt lohnende Alternative.

Wie man es sich in einem (Gourmet-)Wirtshaus wünscht und erwartet, aber nur selten erlebt, wird das alles von einem ebenso herzlichen wie kompetenten Serviceteam aufgetischt und erklärt, lohnende Weinempfehlungen aus dem stattlichen Sortiment inklusive. Der Schwerpunkt beim Wein liegt klar bei renommierten Erzeugern aus Deutschland und Österreich, daneben findet sich aber auch einiges aus Italien und Frankreich, von der Champagne über Burgund bis Bordeaux.

Pliezhausen (Baden-Württemberg)

6↑

Landgasthaus zur Linde

Schönbuchstr. 8,
72124 Pliezhausen (Dörnach)
07127-890066
www.linde-doernach.de
Do, Fr u. So u. Mo von 12–14 Uhr u. ab 18 Uhr, Sa ab 18 Uhr, Di u. Mi RT
Hauptgericht: 28–31 €, Menüs: 59–82 €

Ein Landgasthof auf Gourmet-Niveau! In der von Irene und Andreas Goldbach seit vielen Jahren sehr engagiert geführten Linde in Pliezhausen gibt's in geschmackvoll ländlichem Ambiente zu zivilen Preisen eine konstant hochqualitative Küche. Die definiert sich weder durch aufgesetzte Kreativität bei der Zusammenstellung der Aromen noch durch überzogene Exklusivität, was die Produkte angeht, sondern bietet den Gästen vielmehr sehr gegenständliche und anspruchsvoll bodenständige Gerichte in Menüform, die sich über fundiertes Handwerk, gekonntes Abschmecken und eben überdurchschnittliche Produktqualitäten auszeichnet. Der erfahrene Chef muss niemandem mehr etwas beweisen und kocht von daher mit souveräner Gelassenheit genau das, was er selbst gut findet – und damit auch einer großen Gästeschar nach dem Munde, die sich zwischen gediegen unverkünstelter französisch-mediterraner Küche und einfallsreich umgesetzten regionalbetonten Gerichten bestens abgeholt fühlt. Zumal es nicht schwerfällt, sich in den wohltuend schlicht gestalteten Gasträumen bei sympathisch familiärem Service, einer mit Sachverstand individuell zusammengestellten Weinauswahl mit regionalem Schwerpunkt und moderaten Preisen rundum wohl zu fühlen.

5↑

Schönbuch

im Hotel Schönbuch
Lichtensteinstr. 45, 72124 Pliezhausen
07127-56070
www.hotel-schoenbuch.de
Küchenchef: Alexander Bauer
Täglich von 12–14 Uhr u. ab 17.30 Uhr, kein RT
Hauptgericht: 20–42 €,
Menüs: 39–89 €
VISA

Schon bei unserem letzten Besuch im Vorjahr hatten wir das Potenzial erkannt, das im Hotel Schönbuch steckt – und das nicht nur im Tagungs- und Eventbereich, für den das Haus mehrfach ausgezeichnet ist. Küchendirektor Alexander Bauer und seinem Team gelingt es hier nämlich, sowohl ein breiteres Publikum mit schwäbischen und anderen Klassikern zu versorgen, als auch höhere Ansprüche mit ausgefalleneren und aufwendigeren Gerichten zu bedienen.
Geplant war ursprünglich sogar, einen separaten Bereich für Gourmets abzutrennen. Aber wie so vieles hat die Pandemie auch dieses Vorhaben erst einmal nach hinten geschoben. Immerhin gab es aber kurz vor Redaktionsschluss dieser Ausgabe wieder ein offizielles Gourmetmenü, das man weiterhin im großzügigen Hauptrestaurant mit seinem fantastischen Blick auf Albtrauf und Achalm zu sich nimmt – gegebenenfalls flankiert von einer vielköpfigen Wandergruppe an den Nachbartischen. Trotz des Trubels an unserem Abend (auch eine große Gesellschaft wurde bekocht) konnte die Küche mit einer guten Leistung überzeugen. Und wir glauben, dass trotz der ohnehin schon festgestellten und diesmal mit dem Bonuspfeil honorierten Steigerung gegenüber dem Vorjahr künftig sogar noch mehr drin ist …

Vor dem Einstieg ins Menü gab es auf einem Holzbrett zu Brot und Salz etwas Schmalz und Kräuterquark, aufgeschlagene Butter und – besonders apart! – Burrataschaum mit Quinoa und Tomaten. Der erste Gang war dann gleich ein erster Höhepunkt: Island-Saibling „Strammer Max". Der vermutlich confierte Fisch war mit Eigelb bestrichen sowie einem Lardostreifen umwickelt und zerging lauwarm auf der Zunge. Darauf war ein kleines Salatbouquet und Saiblingskaviar gesetzt, darunter eine Blumenkohlcreme, daneben geröstete hauchdünne Schwarzbrotscheiben – ein runder, harmonischer, umarmender Auftakt.
Demgegenüber fiel der zweite Gang etwas zurück, weil es der Gazpacho aus Wassermelone mit salzigem Mandeleis auf einem Garnelenrondell trotz Kräutern und Öl an Tiefe und Prägnanz fehlte. Viel besser gefiel uns die parallel dazu bestellte frische, fruchtige und leicht scharfe Garneleninterpretation aus dem „Welcome-Back-Menü" mit japanischem „BBQ"-Lack, Gurkenröllchen, Wasabicreme und -cracker sowie Apfelvariationen (dünne Spalten, Gel und Süppchen).
Im Gourmetmenü ging es mit einem kleinen Paukenschlag weiter, der im Prinzip aus drei intensiven und gut aufeinander abgestimmten Komponenten bestand. Das perfekt auf den Punkt gebrachte Kinn vom Iberico-Schwein hatte eine wunderbar zarte Bisskonsistenz, die Sauce mit gepickelten Apfelwürfelchen eine komplexe Tiefe, das Selleriepüree eine süßlich-erdige Würze.
Auch bei den Hauptgerichten zeigte sich, wie genau es das Team mit den Garpunkten beim Fleisch nimmt. In der klassischen Linie mit einem hohen Stück Rostbraten vom Rinderrücken mit hausgemachten Maultäschle und Spätzle zu feinsäuerlich interpretiertem Sauerkraut. Im Gourmetmenü mit einem in Kaffee gebeizten Rinderfilet, das wie der Rostbraten innen perfekt gleichmäßig rosarot gegart war und so sehr saftig auf seiner begleitenden Portweinjus thronte. Deren Dichte wurde gut kontrastiert durch die fruchtige Säure geschmorter Aprikosenspalten, die pfeffrig-waldige Note sautierter Pfifferlinge und knackigen wilden Brokkoli. Nur das Kartoffelpüree dazu wirkte etwas profan.
Zum Abschluss – wenn man so will, denn das Menü lässt sich mit aufgegossenem Sorbet und einer Käseauswahl von Affineur Waltmann optional auch auf sieben Gänge steigern – kam noch mal ein Höhepunkt, denn der Akkord aus Kirsche (eingelegt, als Gel, Mousse und Süppchen), Schokoladenmousse, Buchweizen und Kerbel, der als Sorbet einen kräftig kräuterwürzigen Gegenpol zu den anderen Komponenten einbrachte, steckte voller raffinierter Zwischentöne.
Die Auswahl an offenen Weinen ist ordentlich und dürfte viele Bedürfnisse befriedigen. Weil Patron Maik Hörz aber auch ein weinverrückter Gourmet ist, finden sich unter den mehreren hundert Positionen an Flaschen zudem einige Berühmtheiten und Raritäten. So kann es kommen, dass zu den einzelnen Gängen des Gourmetmenüs auch mal ein Sauvignon Blanc aus der Quarz-Edition der Kellerei Terlan oder sogar ein 2004er Sezzana von La Spinetta geöffnet wird – und das zu einem unglaublich fairen Preis-Genuss-Verhältnis!
Wie überhaupt die Verhältnisse im Schönbuch sehr gut sind: Manche Gerichte haben bereits 6-Pfannen-Niveau und viel fehlt nicht zu einer dementsprechenden Gesamtbewertung. Daher sehen wir dem nächsten Besuch schon jetzt mit Spannung und Vorfreude entgegen.

Hotelempfehlung

★★★★

Hotel Schönbuch

Lichtensteinstr. 45, 72124 Pliezhausen
07127-9750
www.hotel-schoenbuch.de
Einzelzimmer: 79–129 €
Doppelzimmer: 119–179 €

VISA

Das nach der Region vor der Haustür, einem fast vollständig bewaldeten Gebiet südwestlich von Stuttgart benannte Tagungs- und Eventhotel am grünen Südhang des Neckartals, erwartet seine Gäste nicht nur mit einem einzigartigen Panoramablick bis zur Schwäbischen Alb, sondern auch mit 59 modernisierten und voll ausgestattete Zimmern unterschiedlicher Kategorien. Alle haben Balkon oder Terrasse und sind zeitgemäß ausgestattet. DSL-WLAN, Minibar, Sky-TV und Telefon ins deutsche Festnetz sind kostenfrei. Auch die Nutzung des Saunabereichs ist im Zimmerpreis inbegriffen. Mit zwei Profi-Tischfußballgeräten, Beamer und mehreren 42"- und 55"-Flat-TVs sowie an der hauseigenen Event-Hotelbar (Playstation, Super Nintendo...) lässt sich die freie Zeit im Haus kurzweilig genießen. Und auch kulinarisch ist hier viel geboten: Ob als Hotel- und Tagungsgast, oder à la carte in Form des regionalen Menüs „Treibjagd" bzw. dem Gourmetmenü „Streifzug", wird man in den unterschiedlichen Restaurantbereichen ambitioniert bekocht. Restaurant Schönbuch separat erwähnt.

Ponholz (Bayern)

5

Kandlbinder Küche

Postplatz 1, 93142 Ponholz
09471-6050646
www.kandlbinderkueche.de/start.html
Küchenchef: Martin Kandlbinder
Mo u. Do-Sa ab 17.30 Uhr, So von 11.30-14 Uhr u. ab 17.30 Uhr, Di u. Mi RT
Hauptgericht: 17-40 €,
Menüs: 37-90 €

In den historischen Gemäuern der Alten Post hat das Team um Martin Kandlbinder mit großzügig gestellten, massiven und elegant gedeckten Holztischen neben antiken Stühlen, blau gestrichenen Wänden und reduziertem Dekor einen einladenden Genussort geschaffen, dessen entspannte Atmosphäre von munter klimperndem Jazz unterstrichen wird.
Und munter – ganz ohne irgendwelche Allüren und doch anspruchsvoll – gibt sich hier auch das kulinarische Programm. Das Angebot hält à la carte clever eine Reihe bodenständigerer Traditionsgerichte neben exklusiveren Sachen bereit. Daneben steht ein sichtbar ambitioniertes Degustationsmenü mit einfallsreicheren Ideen und besonderen Produkten sowie die Möglichkeit, sich in wählbarem Umfang einfach von der Küche überraschen zu lassen.
Bevor diese bei unserem ersten Besuch in diesem atmosphärischen Gasthaus aber richtig startete, steigerten bereits das fluffige Brot mit Senfcreme und O'batzda sowie ein kleines

Löffel-Amuse mit mariniertem Chicorée, Zuckerschoten-Juliennes, gerösteten Mandeln und Oliven-Crème-fraîche die Erwartungshaltung. Vor allem der Löffel mit seiner gelungenen Balance aus zarter Bitterkeit, knackiger Frische und Röstnoten zeigte, dass hier Leute mit sicherem Aromengespür am Start sind.
Dieses zeigte sich dann trotz der relativ simplen Machart auch bei Überraschung Nr.1, die zart gebratenen und produktmäßig sogar recht guten Kaisergranat in Krustentieröl mit gegrillter Avocado und kühlem Rindertatar verband und so mit einfachen Mitteln für gelungene Akzente und Kontraste sorgte. Zusätzlich interessant wurde das Ganze noch durch eine feine ätherische Pfefferschärfe im Hintergrund.
Bei der folgenden Steinpilzcremesuppe wurde die handwerkliche Sorgfalt des Teams sogar noch deutlicher, denn das eigentlich völlig schlichte Süppchen mit seiner Einlage aus festen, aromatischen Steinpilzscheiben und Croûtons strotzte nur so von intensivem Produktgeschmack, hatte eine zarte Säureader und die Sahne nicht als Ballast, sondern als Aromen-Katalysator on board.
Was bei der ohnehin schlicht reduzierten Suppe prima funktionierte, war bei der dunkelrosa gebratenen und wunderbar straffen Entenbrust (wieder ein sehr gutes Produkt!) die einzige Schwachstelle: In der Kombination mit prägnant röstwürzigen Steinpilzen, Maroni, leichter Selleriecreme und mittelkräftiger Jus gab etwas Kartoffelstroh zwar leichten Crunch – allein es fehlte irgendeine Auflockerung in diesem voll auf Umami, Würze und Röstnoten ausgerichteten Arrangement. Mit einer solchen wäre das qualitativ überzeugende, gut proportionierte und präzise zubereitete Gericht locker bei guten 6 Pfannen einzuordnen gewesen. Viel Freude machte es aber auch so!
Genau wie der Dessertabschluss mit Himbeeren auf zart schmelzendem Toblerone-Parfait und einer cremigen Schokoladenmousse ohne vordergründige Süße und umso mehr Kakao-Tiefe, sowie die nicht überbordende, aber mit

vielen spannenden einfacheren Weinen und einigen hochwertigen Gewächsen durchaus attraktiv bestückte Weinkarte.

Potsdam (Brandenburg)

6

Juliette

Jägerstr. 39, 14467 Potsdam
0331-2701791
www.restaurant-juliette.de
Mi–So von 12–15.30 Uhr u. ab 18 Uhr, Mo u. Di RT
Hauptgericht: 22–28 €, Menüs: 52–85 €

In dem auf drei Ebenen angelegten Restaurant mit schönem Mosaik-Fliesenboden, freigelegtem Ziegel und Fachwerk, offenem Kamin und jeder Menge Patina-Charme in Potsdams Zentrum wird seit Jahren fern aller kursierenden Küchenmoden ein zeitlos klassischer Stil geboten. Gastgeber Carsten Rettschlag und sein Küchenchef Christian Weber schränken sich dafür weder bei der Herkunft der Produkte noch stilistisch in irgendeiner Weise ein und kochen eine ansprechende Mischung aus traditioneller französischer Küchenbasis und unkonventionellen, aber nicht kreativ überdrehten Ideen. Clevere Aromen- und Produktakkorde geben den Ton an. Auf den zumeist schnörkellos angerichteten Tellern findet man keine aufwendigen und preistreibenden Bastelwerke, keinen kargen Produktpurismus und keine intellektuell verbrämten Kreationen, sondern eine unaufgeregte Küche mit dem gewissen Etwas – auf beachtlichem Niveau und zu moderaten Preisen.

Bezahlkarten-Symbole

- Mastercard
- EC-Maestro
- Diners
- American Express
- VISA Visa

ohne Bewertung

Kabinett F. W.

im Hotel Bayrisches Haus
Im Wildpark / Elisenweg 2, 14471 Potsdam
0331-55050
www.bayrisches-haus.de
Küchenchef: Alexander Dressel
Mi–Sa ab 19 Uhr, So–Di RT
Hauptgericht: 45–55 €, Menüs: 85–155 €

Auch im Falle des Gourmetrestaurants dieses so herrlich verwunschen in einem kleinen Waldstück außerhalb von Potsdam gelegenen Romantik Hotels Bayrisches Haus hat uns die Corona-Pandemie und ihre Auswirkungen ein vernünftiges Update verhagelt: Der erst im Jahr davor neu eröffnete, in warmen Grautönen holzvertäfelte Raum mit hellem Parkettboden, in dem fünf runde Holztische Platz haben, hatte im Grunde ab März nicht mehr geöffnet. Zwischendurch hatte das Team um Jeune Restaurateur Alexander Dressel den Plan, dass es das Kabinett F.W. als separat geführte Fine-Dining-Lokal nicht mehr geben wird und das Gourmetmenü künftig als Teil der Speisekarte eines neuen Gastro-Gesamtkonzeptes zusammen mit dem im Saal darüber residierenden Restaurant 1847 anzubieten – inzwischen aber heißt es auf der Website des wiedereröffneten Hotels, dass das Kabinett F.W. vorübergehend noch geschlossen bleibt.
Wir hoffen daher nach wie vor auf einen baldigen Re-Start, denn was hier in den vergangenen Jahren regelmäßig zunächst im Gourmetrestaurant Friedrich Wilhelm und zuletzt im neuen Kabinett F.W. kulinarisch erlebt hatten, war uns stets 8 Pfannen wert. Zum Beispiel eine spannende vegetarische Vorspeise, die sich das Team rund um Sellerie und Steinpilze einfallen ließ, wobei hier ein zarter, dezent geräucherter Knollensellerie-Flan das Funda-

ment für allerhand Steinpilzkomponenten wie kleine halbierte gebratene Exemplare, ein aromatisches Steinpilztatar (als Fülle eines Knuspercanellono) sowie Steinpilzpüree war, die sich das Plateau mit marinierten dünnen Selleriescheiben sowie gerösteten Selleriewurzeln teilten. Und dafür, dass das alles nicht zu sehr Ton in Ton verläuft, sorgte ein intensiv mit Estragon aromatisierter Pilzsud, der auflockernd duftige Kräuterwürze ins Spiel brachte. Oder ein süßlich-würzig lackiertes Stück Rauchaal und ein mit geschmortem Entenfleisch gefülltes Dim-Sum-Täschchen, die sich den Teller mit Röschen vom wilden Blumenkohl teilten, welche mit einer Eicreme und Butterbröseln eingelassen bzw. beflockt waren. Eine gereifte Shoyu-Sauce brachte mächtig viel Umami auf den Teller, deren Würze jedoch geschickt durch die fruchtig-säuerlichen Frischepunkte von floral eingelegten Apfelkugeln und ein Apfelgel aufgebrochen wurde. Marco Grundmann, langjähriger sympathischer Restaurantleiter und kundiger Sommelier in Personalunion, schenkte damals dazu einen 2014er Riesling Paradies von Korell aus, der hier ebenfalls eine auffrischende Wirkung hatte, ohne mit den anderen Säuren in Konflikt zu treten. Volltreffer!
Im Mittelpunkt von Alexander Dressels Kreationen stehen in jedem Fall immer äußerst gute Produkte, die ihren Charakter trotz eines selbst sehr ausdrucksstarken Begleitprogramms stets voll ausspielen dürfen. So wie eine Tristan-Languste, die es in Begleitung von mit Saiblingskaviar bedecktem fermentiertem Kohl mit einer aromatisch kraftvollen, haptisch aber angenehm leichten Bisque aufnehmen musste, deren Geschmack von etwas Krustentiercreme auf dem Langustenschwanz punktuell intensiviert wurde. Das sous-vide gegarte und dann beherzt angekrosste Schweinekinn – charakteristisch festfleischig, aber mit viel Saft und Schmelz – bekam es mit Birne und Zwiebel (cremig, knackig, saftig, knusprig …) zu tun, die gemeinsam mit etwas Liebstöckelöl eine kraftvolle Jus aufbrachen und der Komposition so zu einem zwar sehr aromendichten, aber eben auch sehr ausgewogenen Geschmacksbild verhalfen.
Sehr gern erinnern wir uns auch an das Poltinger Lamm zurück, dessen Rücken unter seinem kross-schmelzigen Fettmantel maximalen Genuss mit viel Eigengeschmack aufbot. Kein Vergleich zu den oft nichtssagenden französischen Lämmern; von Neuseelandware ganz zu schweigen. Auf dem Hauptteller sorgte frische Minze für einen raffinierten Twist – auf einem Satellitenteller mit delikaten Scheiben von der Lammzunge und Schmorgurke leider eine ziemlich unharmonische Bitternote von Koriandersaat für Irritationen. Da erwies sich der Hibiskuskefir als eine willkommene Neutralisation …
Solche und ähnliche Kreationen wird man hier dann wohl auch nach dem Re-Start wieder genießen können. Wir sind gespannt, drücken die Daumen und setzen die Bewertung wegen der mittlerweile über zwölfmonatigen Pause des Restaurants und des zu Redaktionsschluss noch ungewissen Eröffnungsdatums vorübergehend aus.

Kochzimmer

in der Gaststätte zur Ratswaage

Am Neuen Markt 10,
14467 Potsdam
0331-20090666
www.restaurant-kochzimmer.de
Mi–Sa ab 18 Uhr, So, Mo u. Di RT
Menüs: 82–110 €

Es gibt nicht wenige Restaurants, die mehr oder weniger statisch über viele Jahre ein bewährtes Programm kochen. Andere entwickeln sich dagegen so ambitioniert weiter, dass man kaum hinterherkommt, den aktuellen Stand abzubilden. Das Kochzimmer gehörte in den letzten zehn Jahren eindeutig zur zweiten Kategorie. Zunächst an alter Wirkungsstätte in Beelitz und dann auch bei unserem bislang ersten und letzten Besuch kurz nach dem Umzug ins Zentrum von Potsdam. Nach einer durch den Lockdown bedingten etwas längeren Pause waren wir also entsprechend gespannt. Und so viel bereits vorab: Es scheint so, als wäre das Team um die Gastgeber Claudia und Jörg Frankenhäuser und Chefkoch David Schubert mittlerweile so richtig in ihrem neuen Domizil angekommen.

Der schlicht und stylisch gestaltete Gastraum und der unlängst regensicher überspannte Freisitz im Innenhof stellen eine geschmackvolle Umgebung für die Küche dar, die über die Jahre immer klarer und aufgeräumter geworden ist und ihre individuellen Ideen ganz ohne Manierismus in durchdachten Proportionen auf die Teller bringt. Die vermeintlich simple Erkenntnis, dass weniger oft mehr ist und dass es sich in den allermeisten Fällen als zielführender erweist, einfach auf den Geschmack hin zu kochen, als auf eine bestimmte visuelle oder konzeptionelle Idee, wird hier auf erfreuliche und vor allem genussvolle Art erlebbar.
So bereits bei der kühlen tomatenfruchtig-scharfen Salsa mit saftigen Wassermelonenwürfeln und hauchdünnen Verbenestreifen, die als echter Wachmacher effektvoll mit ganz einfachen Mitteln punktete und die Papillen in Habachtstellung brachte. Oder auch bei dem zweiten einleitenden Schälchen, in dem schmelzige, mild geräucherte Kartoffelstücke gemeinsam mit zartgrünem Frühlingslauch (als Creme und als Streifen) sowie einem schaumig-konzentrierten Sabayon samt erfrischendem Säurekern schon etwas vollmundiger und komplexer aufzeigten, woher hier der Wind weht.
Außerdem machten beide Küchengrüße direkt Lust auf das vegetarische Menü, das hier mit komplett eigenständigen Gängen eine Alternative zum Menü mit Fisch und Fleisch darstellt. Der erste, prompt vegetarisch gewählte Gang wurde dann ganz der Tomate gewidmet und präsentierte eine bunte Vielfalt verschiedener Sorten mit ihren jeweils unterschiedlichen Aromen, teils roh, teils getrocknet und teils confiert. Ergänzt wurde das Tomaten-Potpourri von kandierter Zitrone und Mispel, die sich zwischen die Tomaten mischten, sowie als weitere Kontraste saftigem schwarzem Olivenbiskuit, Kapuzinerkresse und Sauerklee. Insgesamt ergab das einen schön sommerlich frischen Starter, der nur durch einen sämigen (und damit dominanten) Rauchtomatenfond ein klein wenig ausgebremst wurde. Da wäre womöglich mit einem klaren Tomatensud als Fundament noch mehr Transparenz und somit auch eine bessere Wirkung für die feineren Akzente möglich gewesen …
Besser gelang das im nichtvegetarischen Menü dank der leichteren Konsistenz eines säuerlich-fruchtigen Tomatenfonds und der Kombination mit duftig-ätherischem Kräuteröl. Beide begleiteten hier knackige kleine Gurkenwürfelchen, hervorragende Nordseekrabben und einen in glasig klarer Perfektion gegarten Kabeljau. Dessen krosse, eher getrocknete als ausgebratene Haut brachte noch dezente Röstnoten und Crunch, während Dill und Borretsch für zusätzliche grüne Frische sorgten.
Dass auch bei der Kombination von Kohlrabi und Kirsche ein tiefer Teller und reichlich Fond als Fundament zum Einsatz kamen, wirkte zwar etwas repetitiv, funktionierte in diesem Fall aber exzellent. Denn die prägnant produkttypische Kohlrabimilch, gesprenkelt mit einem anisduftigen Estragonöl, transportierte das lockere Miteinander von dünnen nussbuttrigen Kohlrabilamellen mit teils gedörrten Kirschen (konzentrierte Frucht und Säure!) und knusprig getrockneten Kohlrabiblättern gekonnt nach vorn. Und das trotz des gar nicht so einfachen Handlings. Einer der stärksten Gänge des letzten Besuchs!
Der Hauptgang rund um Beelitzer Landhuhn, Mais und Pfifferlinge wurde dann einmal eher flächig angerichtet – und das Ergebnis konnte sich ebenfalls sehen lassen. Allein die Qualität des festen und dennoch zarten, vor allem aber äußerst eigenaromatischen Huhns, das meilenweit von seinen aufgeschwemmten Schnellzuchtverwandten entfernt lag, war pures Vergnügen. Eine kräftige und dennoch elegant schwebende Geflügeljus unterstützte das von der Produktseite aus noch, während gestockte Maiscreme und kleine Pfifferlinge eine harmonische, süßlich waldwürzige Umgebung boten. In diese passte sich auch eine helle gelierte Frikassee-Kuppel unter knuspriger Quinoa geschmeidig ein. Als einzigen kleinen Kritikpunkt wollen wir an dieser Stelle die beinahe zu gefällige, zu sehr in die Breite gehende Gesamtausrichtung anmerken. Da wäre nach unserem Gusto irgendein frecher Akzent für etwas mehr Dynamik nicht schlecht gewesen. Der naturgemäß eher milde Portulak auf dem Mais lieferte das nur bedingt.
Umso mehr Dynamik brachte dagegen ausgerechnet das Dessert mit, weil hier stark verdichtete und dennoch trennscharfe Aromen rund um dunkle Schokolade, Kirsche und Vanille so feinfühlig und exakt abgestuft präsentiert wurden, dass die vermeintlich brave Kombination zu einem hochspannenden Dessert wurde. Mit teils kakaoherben, teils kirschfruchtigen oder satt schmelzenden Schokoladennoten, der bisweilen dunkelfruchtigen, dann wieder säuerlich frischen oder cremig kühlen Kirsche sowie den abwechslungsreichen Konsistenzen und immer wieder neuen Details war das ein Abschluss auf klarem 8-Pfannen-Level.
Dass Gastgeber Jörg Frankenhäuser als versierter Weinkenner jederzeit für spannende

Empfehlungen aus dem reichlich und individuell gefüllten Keller gut ist, bleibt ebenso eine verlässliche Konstante wie die insgesamt entspannte und unaufdringliche Gangart des Serviceteams. Und auch die alkoholfreie Getränkebegleitung mit verschiedenen, passend ausgewählten Produkten von Van Nahmen und Geiger oder teils selbst gemixten Drinks auf Saftbasis lohnt einen Versuch, auch wenn hier noch nicht ganz das Niveau von ausgewiesenen Spezialisten auf diesem Gebiet erreicht wird.

6

Villa Kellermann

Mangerstr. 34,
14467 Potsdam
0331-20046540
www.villakellermann.de
Küchenchef: Christopher Wecker
Mi–Fr ab 18 Uhr, Sa u. So von 12–14 Uhr u. ab 18 Uhr, Mo u. Di RT
Hauptgericht: 21–27 €,
Menüs: 62 €
VISA

Von außen zwar imposant aristokratisch, ansonsten aber eher unauffällig, wirkt die von ihrem Investor Günther Jauch aufwendig renovierte Villa Kellermann am Ufer des Heiligen Sees in Potsdam in ihrem Inneren geradezu spektakulär. Hier gehen sorgfältig ausgesuchte Gegensätze verblüffend harmonische Verbindungen ein. Kraftvoll kontrastierende Farben, edle Stoffe, alte Bausubstanz und moderne Gestaltungsakzente, vor allem aber grundverschiedene Muster und Formen prägen den ebenso originellen wie stilvollen Rahmen, der unter der Ägide von Tim Raue auch kulinarisch eine besondere Note erfährt. In Günther Jauchs Vorzeigevilla sind es überwiegend typisch deutsche Gerichte, also Rezepturen, Produkte und Aromen, wie man sie vielleicht noch aus Omas Küche kennt und liebt, denen sich das Team Raue unter der Leitung von Küchenchef Christopher Wecker annimmt und sie moderat verschlankt, modernisiert und kreativ aufpeppt. Mit einem beglückend authentischen Ergebnis und dem verwegenen gewissen Etwas, das oft und gern als maßvoll dosierte Schärfe oder prägnante Säure auf den Tellern zu finden ist.

Hotelempfehlung

★★★★S

Romantik Hotel Bayrisches Haus Potsdam

Im Wildpark / Elisenweg 2,
14471 Potsdam
0331-55050
www.bayrisches-haus.de
Einzelzimmer: 110–180 €
Doppelzimmer: 140–210 €
VISA

Vor den Toren Potsdams und doch mitten im Wald, eröffnet sich hier eine Welt der Entspannung. Die idyllische Lage im Potsdamer Wildpark garantiert Exklusivität und höchste Privatsphäre. Die Standardzimmer im Landhausstil sind hell und freundlich eingerichtet und befinden sich im „Gartenhaus“ und im „Waldhaus“; die Comfort-Doppelzimmer mit ihrer modernen Ausstattung in der Wildparkresidenz. Zur Ausstattung gehören Schreibtisch, kostenfreies WLAN, gemütliche Sitzecke, Fernseher, hochwertiges Marmorbad mit Badewanne oder Dusche, Minibar und Safe. Des Weiteren stehen 13 Comfort Superior und Deluxe Superior Zimmer zur Verfügung. Die „Wildpark-Oase“ mit Pool, Sauna und Dampfbad bietet zahlreiche Anwendungsmöglichkeiten. Gutem Essen gilt in den beiden Restaurants des Hauses, dem Hotelrestaurant 1847 und dem Gourmetrestaurant Kabinett F. W., die besondere Aufmerksamkeit. Gourmetrestaurant Kabinett F. W. separat erwähnt.

Presseck (Bayern)

6

Ursprung

Wartenfels 85,
95355 Presseck (Wartenfels)
09223-229
www.berghof-wartenfels.de
Küchenchef: Alexander Schütz
Mi–So von 11.30–14 Uhr u. ab 17 Uhr, Mo u. Di RT
Hauptgericht: 12–32 €, Menüs: 37–69 €

VISA P

Nur selten gehen Tradition und Moderne eine so gelungene Verbindung ein wie in dem von Claudia und Alexander Schütz in vierter Generation geführten Berghof im oberfränkischen Wartenfels. Das Gasthaus der Eltern und Vorfahren wurde geschmackvoll modernisiert und bietet heute ein einladend helles Ambiente mit vielen Naturmaterialen (geöltes Holz, Schiefer ...), in dem erdverbundenes Braun und frisches, leuchtendes Grün den Ton angeben. Die Gäste sitzen entweder mit Blick in die teiloffene Küche oder können durch die bodentiefen und durchgehenden Fensterfronten des modernen Anbaus in den Ort und übers hügelige Land schauen. Im Sommer sitzt es sich zudem im wildromantisch begrünten Innenhof sehr nett.
Die Bezüge zur Tradition, zur eigenen Hausschlachtung und zu regionalen fränkisch-zünftigen Gerichten werden nach wie vor deutlich – allerdings von Alexander Schütz sehr gekonnt ins Hier und Heute transportiert. Der einstmalige Souschef von Johann Lafer lockt damit Stammgäste genauso wie weiter angereiste Genießer ins hügelige Hinterland und verspricht beiden eine ebenso unterhaltsame wie genussvolle Zeit. Die beginnt im Hause Schütz zumeist mit dem in mundgerechte Würfel geschnittenen Holzofenbrot, das zusammen mit Butter, Griebenschmalz, Obazda und Essiggurken zu einer kleinen zünftigen Brotzeit aufgefahren wird. Danach verbringt man sie entweder bei verfeinert rustikalen Gerichten wie Schweinshaxensülze auf einem mit roten Zwiebeln, Radieschen und Schnittlauch angemachten Carpaccio von der hausgemachten „Göttinger", oder man tendiert zu einem eher weltläufigen, in bis zu fünf Gängen angebotenen Menü.
Schon unsere Vorspeise ließ mal wieder klar und eindeutig erkennen, wo die Unterschiede zwischen der Ursprung-Küche und dem regionalen Durchschnitt liegen, denn Alexander Schütz' Interpretation des Vitello tonnato überzeugte wirklich in jedem Detail: Schon das in dünnen Scheiben auf dem Teller ausgelegte Kalbfleisch war nicht nur rosa und saftig, sondern hatte einen tollen Eigengeschmack, und die milde, cremige Thunfischsauce darauf wurde gewinnbringend von einer fruchtigen Schalotten-/Schnittlauch-Vinaigrette assistiert. Die ebenfalls mit Schnittlauch beflockten, wunderbar dunkelfleischigen Thunfischtranchen on top beeindruckten mit ihrer hervorragenden Qualität und Frische, hatten eine ganz feine Struktur und waren sekundenkurz und akkurat ringsherum angebraten, sodass fast kein Rand zu erkennen war. Locker und luftig ausdekoriert war das Ganze mit Rucola, Radieschen, Tomate und Kapernapfel – nicht zu viel und nicht zu wenig. Eine äußerst propere Vorspeise, wie man sie nicht zuletzt wegen des wunderbaren Thunfischs in einem oberfränkischen Landgasthaus nicht erwarten würde.
Mit zwei tadellosen und perfekt auf den Punkt gebrachten Hauptprodukten glänzte auch das Duett von Lachsforelle und Riesengarnele: Erstere kross auf der Haut gebraten und darunter zart und saftig, Letztere glasig, knackig und mit sauberem, klarem Geschmack – drapiert auf hausgemachte, mild rahmig cremierte und mit aromatischem Bergkäse überschmolzene Maccaroni, die wir gerne auch solo als Pastagericht genossen hätten. Dazu etwas Rucola und wie aus dem Ei gepellte sautierte Pfifferlinge.
Die Pfifferlinge begleiteten zusammen mit frittierter Petersilie und kräutergrünem Kartoffelstampf auch ein schön dickes und perfekt gleichmäßig rosa gebratenes Rumpsteak vom Angusrind, das mit viel Saft und Eigengeschmack punkten konnte. Wem eher nach Wild ist, dem brät das Ursprung-Team ein in Haselnusspanierung gehülltes Keulenschnitzel vom Wartenfelser Rehbock, und für Geflügelfans

haben sie ein Backhendl mit Kartoffelsalat nach altem Hausrezept in petto.
Die Portionen sind so dimensioniert, dass immer auch noch ein Nachtisch geht. Wenn die Kapazitäten für den hervorragenden Kaiserschmarrn mit gerösteten Mandeln nebst Apfelkompott und glatt-schmelzigem Vanilleeis nicht mehr reichen sollten, dann doch zumindest für ein Dreierlei von der Schokolade, das als Macaron, Crème brûlée und kleines Stück von der saftigen Schoko-/Walnuss-Tarte auf aromatischen marinierten Erdbeeren vergleichsweise leicht ausfällt.
Der Weinkeller wartet mit vielen guten fränkischen Gewächsen auf (im Offenausschank etwas einfacher), und den Service erleben wir jedes Mal ebenso unkompliziert wie aufmerksam und professionell.

Prien am Chiemsee (Bayern)

6

Garden Restaurant

im Garden Hotel Reinhart

Erlenweg 16, 83059 Prien am Chiemsee
08051-6940
www.restaurant-reinhart.de
Küchenchef: Chris Amtmann
Täglich ab 18 Uhr, kein RT
Hauptgericht: 18–28 €,
Menüs: 25–64 €
VISA P

Das in diesem Jahr von uns neu erschlossene Garden Restaurant im Garden Hotel Reinhart hat gleich mehrere Trümpfe zu bieten: zunächst die touristisch attraktive Lage am Chiemsee mit bester Anbindung zur Herren- und Fraueninsel, dann den Charme und die Gastfreundlichkeit, die man von einem familiengeführten Hotel in Bayern erwartet. Außerdem gibt es hier im Restaurant und insbesondere im Sommer auf der großzügig angelegten Terrasse den Blick auf den namensgebenden idyllischen und wirklich liebevoll gestalteten Garten. Vor allem aber – und das ist für uns natürlich das Wichtigste! – eine substanzstarke Küche, die sich locker-flockig zwischen Bayern und Italien bewegt, den Hausgästen ein mehrheitsfähiges Urlaubsfeeling transportiert und zugleich aber auch Feinschmecker, die gezielt nur zum Essen hierherkommen, weder langweilt noch enttäuscht.
Kein Wunder, dass hier in der Regel eine bunte Mischung aus Hotelgästen und externen Besuchern für eine lebendige Atmosphäre und hohe Nachfrage sorgt. Selbst in der coronabedingt angespannten Situation hatte sich daran nicht wesentlich etwas geändert, nur das Angebot im Restaurant war ressourcenschonend etwas verschlankt. Das Team um Küchenchef Chris Amtmann stellte einerseits eine Reihe von alpenländischen Klassikern zur Wahl, andererseits ein dreigängiges Menü mit ambitionierteren Gerichten. Wobei dank dem Anspruch an frische und substanzielle Zubereitung auch die schlichteren und traditionelleren Sachen wie ein Wiener Schnitzel mit Kartoffel-/Gurken-Salat und kaltgerührten Preiselbeeren oder ein kerniger rosa Zwiebelrostbraten mit Butterspätzle, Röstzwiebeln und Wildkräutersalat deutlich über dem Durchschnitt liegen.
Selbst eine simple Rinderessenz mit knackigem Gemüse und zarten Frittaten wird mit ihrem runden, natürlichen und tiefen Geschmack zum Vergnügen, genau wie ein scheinbar profaner Salat, der sich jedoch durch die gut balancierte Vinaigrette, eigenaromatische Gemüse und herbe Kräuterakzente als durchaus finessenreich auszeichnete. Generell punktet die Küche in allen Zubereitungen mit auffallend klaren aromatischen Konturen und exakten Proportionen – selbst bei eigentlich ganz einfachen Sachen. Und bei den Gerichten, die ohnehin etwas ambitionierter angelegt sind, führt das dann auf völlig unaufgeregte Art zu einem erfreulich hohen Niveau …
Etwa wenn ein beherzt gebratener Seeteufel mit klarem Geschmack und zarter Konsistenz neben ein zitrisch zugespitztes gelbes Rübenpüree und orangenfruchtige Schaumsauce gestellt wird. Kräftig angeröstete Gemüsewürfelchen, säurefrische Geltupfen auf dem Fisch und ein herb ätherisches Kräuterbouquet lieferten dazu weitere stimmige Akzente. Insgesamt ein gelungenes Beispiel für unkomplizierten Wohlgeschmack mit zarten, für Spannung sorgenden Akzenten.

Genau wie das zarte gebratene Schweinefilet, das zwar etwas knapper gegart noch besser zur Geltung gekommen wäre, aber auch so mit einem für dieses Teilstück überraschend aromatischen Charakter und mit der Melange aus kräuterduftigen Butterbröseln, einer leichten Selleriecreme-Spur neben knackigen Bohnenkernen und der Verbindung von eleganter, kraftvoller Jus mit säurefrischerer heller Schaumsauce einen klassischen Akkord bildete, der klar eher im Fine Dining als in der bürgerlichen Küche angesiedelt war.
Auch die Desserts rund um die eigenaromatischen hausgemachten Eissorten überzeugen mit klarer geschmacklicher Aussage und schlicht pointierter Konzeption und runden den stimmigen Gesamteindruck ab. Genau wie der gut organisierte Service und die nicht überbordende, aber clever aufgestellte europäische Weinauswahl, in der sich – abgesehen von exzessivem Etikettentrinken – für die allermeisten Anlässe etwas Passendes findet und auch die offene Auswahl mehr bietet als einfache Schoppen ...

Hotelempfehlung

★★★★

Garden Hotel Reinhart

Erlenweg 16, 83059 Prien am Chiemsee
08051-6940
www.reinhart-hotel.de
Einzelzimmer: 65–130 €
Doppelzimmer: 100–210 €

In unmittelbarer Nähe zum Chiemsee mit bester Anbindung zu Herren- und Fraueninsel bietet das Garden Hotel Reinhart den Charme und die Gastfreundschaft, die man von einem familiengeführten Hotel in Bayern erwartet. Dass der Name nicht von ungefähr kommt, lässt sich in dem idyllischen, liebevoll gestalteten Garten mit Liegewiese erleben. Zusätzlich zum Komfort und der behaglichen Atmosphäre, die auch in den im bayerischen Landhausstil gestalteten und mit Flachbild-Sat-TV, Dusche oder Badewanne, Minibar und Safe ausgestatteten Zimmern (38 Doppelzimmer, zwanzig Einzelzimmer und vier Suiten) vorherrscht, stehen den Gästen ein Schwimmbad und zwei Saunen zur Entspannung zur Verfügung. Die meisten haben auch einen Balkon. Für das leibliche Wohl sorgen einerseits

ein herzhaftes Frühstücksbüffet und andererseits die unkomplizierte bayerisch-mediterrane Küche im angegliederten Restaurant. Garden Restaurant separat erwähnt.

Pulheim (Nordrhein-Westfalen)

9

Gut Lärchenhof

Hahnenstr., 50259 Pulheim (Stommeln)
02238-9231016
www.restaurant-gutlaerchenhof.de
Küchenchef: Torben Schuster
Mi–Fr ab 18 Uhr, Sa u. So von 12–13.30 Uhr u. ab 18 Uhr, Mo u. Di RT
Hauptgericht: 48–69 €,
Menüs: 89–159 €

Inmitten der exklusiven, üppig grünen Golfanlage Gut Lärchenhof ist das direkt im Clubhaus beheimatete Gourmetrestaurant seit Jahren einer der Topspots für Genießer im Großraum Köln, gleich ob auf der weitläufigen Terrasse oder im ebenso großzügigen Restaurant. Und daran hat sich auch nichts geändert, seit Torben Schuster hier das Kommando am Herd übernommen hat. Im Gegenteil: Der junge, unter anderem von Jonnie Boer geprägte

Chef gibt hier mit seinem Team seit mittlerweile drei Jahren richtig Gas! Seine einfallsreichen, auffallend individuellen Teller verbinden Top-Produkte mit spannenden Ideen, sind federleicht und substanzreich zugleich. Stilistisch ist das alles modern, aber nicht übertrieben technisch; was an exakten Komponenten auf die Teller kommt, ist durchwegs exakt kalkuliert.

Dramaturgisch klug wurden deshalb auch die ersten Snacks zum Aperitif noch puristischer gehalten, sensibilisierten und weckten die Geschmacksnerven aber gekonnt: ein Sashimi vom Loup de Mer mit hausgemachter Sojasauce eher rein und klar, ein Granité von Gazpacho nebst schaumig-cremiger Rauch-Hollandaise mit spannenden Temperatur- und Texturkontrasten und ein Briochetaler mit geliertem Hummertatar sowie Ananas und Chilicreme in salzig-fruchtiger Präzision mit leichter Schärfe.

Schon etwas weiter gespannt wurde der aromatische Bogen beim Sashimi von schottischer Jakobsmuschel mit bezaubernd reinem Geschmack, ergänzt von dünnen marinierten Gurkenstreifen, Brunnenkresse, confierten Zitruszesten, Chili und knackigen milden Perlzwiebelsegmenten. Eingefasst und mit einer salzig-säuerlichen Basis versehen war das Ganze durch eine aromentransparente Ponzusauce mit Orange und Limonenöl.

Ein Musterbeispiel für die Individualität, die sich auch das letzte Mal wieder durchs gesamte Menü zog, war die Gänseleberterrine, die sich als zarte „Rocks" auf dem Teller wiederfand und zudem gemeinsam mit cremigen (ähnlich geformten) Ziegenkäse-Steinen in ein unkonventionelles herbfruchtiges Umfeld gestellt wurde: eingeweckte Holunderbeeren, deren dunkle Frucht in einem leichten Sud durch Rhabarber erfrischt und mit Erdmandelöl emulgiert waren. Scharfgarbe und Sauerklee ließen dazwischen noch feine bittere und frische Kräuterakzente aufblitzen. Hier hätte allenfalls der Gänselebergeschmack noch etwas kraftvoller und purer präsentiert werden können, ansonsten war das eine glatte Punktlandung.

Enorm verdichtete und dennoch klare Details auf engstem Raum gab es danach beim folgenden Taschenkrebs. Dessen zart gezupftes Fleisch wurde mit besten knackig süßen Krabben auf einem buttrig-nussigen Macadamia-Gelee angerichtet und durch kleine schwarze Olivenakzente, hochintensive Grapefruitcreme, dicke Bohnenstücke und Pimpernelle strukturiert. Im Zentrum war immer der klare Krebsgeschmack – dazwischen wechselnd dunkle, frischgrüne und ätherisch-zitrische Noten. Auch hier rundete den Mittelpunkt ein transparenter Sud mit straffer Säure und viel Substanz ab, in diesem Fall auf Basis von entsafteten Buschbohnen und Traubenkernöl.

Etwas flächiger, aber genauso klar in den Details wurde ein glasig temperierter und kurz abgeflämmter Kaisergranat in einem säuerlich fruchtigen Apfel-/Schnittlauch-Fond gestellt. Spannend wurde das aber vor allem durch die Integration des rustikalen Themas „Kartoffel, Apfel und Blutwurst": milde Blutwurstcreme in kleinen, filigran aufgepufften Pommes Soufflé und in frischgrünen Apfelgelee-Ravioli, dazu Schnittlauchcreme und -blüten sowie Zwiebellamellen en miniature. In dieser sehr eleganten und feingliedrigen Form kam der eigentliche Charakter der Blutwurst zwar nur sehr abgemildert zum Tragen, fügte sich als subtiler Akzent aber dennoch gut ein.

Auch bei der folgenden Seezunge, die ebenfalls recht knapp gegart war, aber nicht jene fest-zähe Konsistenz hatte, zu der gerade dieser Fisch bei zu lascher Temperierung meist neigt, ging die Idee voll auf: Der exzellente Fisch bekam einen jodigen Frischeboost durch ein Topping aus fleischigen Austernstücken, Kaviar und süß-säuerlich eingelegtem Kohlrabi. Als Gegenpol diente grünwürziger Blattspinat, und als Rahmen bewies eine umamistarke Kombu-Beurre-blanc mit beinahe süßlich voll wirkendem Körper und straffem Säurekern einmal mehr die handwerklichen Fähigkeiten des Teams.

Und apropos: Bei der an der Karkasse rosa gebratenen und glasierten Taubenbrust im Hauptgang kam nicht weniger als das gesamte Tier in handwerklicher Perfektion auf den Teller! Eine schmelzende Sphäre mit Keulenragout, aber auch sämtliche Innereien von Herz bis Magen – deutlich erkenn- und schmeckbar! – mitsamt einer glänzend kräftigen Jus. Dieser dunklen, feinwürzigen Produkt-Show stand ein eher helles, filigran-flirrendes Umfeld zur Seite, mit Spitzkohl (als junge Blatttriebe, heller, straffsäuerlicher Sud und luftige Beurre blanc), kleinen festen Pfifferlingen (auch als konzentrierte Creme mit Pinienkernen) und kleinen Pinienkernsplittern. Exzellent und in dieser Exaktheit eigentlich fast schon ein Gang auf 10-Pfannen-Niveau.

Nicht ganz auf diesem überragenden Level, aber mit viel sommerlicher Finesse beendete ein Dessert rund um Himbeere, Estragon und Wacholder das Menü. Alle Protagonisten wurden dabei differenziert und klar in verschiedenen Komponenten präsentiert und bekamen

von Dulcey-Schokolade mit ihrer typischen karamelligen Note einen perfekt dosierten schmelzigen Gegenpol. Für uns war das unterm Strich alles Grund genug, die Bewertung der Küche abermals anzuheben und sie für ihren äußerst originellen und eigenständigen Stil sowie die hohe Qualität von Handwerk und Produkten in diesem Jahr erstmals mit 9 GUSTO-Pfannen auszuzeichnen.
Wenn es keine der vielen spannenden Flaschen aus der ebenso individuellen wie umfangreichen Weinkarte sein soll, lohnt sich unbedingt auch die abgestimmte offene Begleitung mit hochwertigen Offerten abseits des Mainstreams. Das Serviceteam rund um Charakterkopf-Gastgeber Peter Hesseler berät in jedem Fall souverän und eloquent, was den stimmigen Gesamteindruck abrundet.

Quedlinburg (Sachsen-Anhalt)

5

Weinstube

im Romantik-Hotel Am Brühl
Billungstr. 11, 06484 Quedlinburg
03946-96180
www.hotelambruehl.de
Täglich ab 18 Uhr, von Jan–März So RT
Hauptgericht: 25–38 €, Menüs: 42–70 €
EC VISA

Das Restaurant Weinstube befindet sich in einem Landidyll, das mit viel Geschmack und Komfort zu einem Romantikhotel mit stilvollen Zimmern wurde. Das Restaurant, das mit seiner gewölbten Backsteindecke und markanten Säulen ganz unverkennbar in den ehemaligen Stallungen dieses Gehöfts untergebracht ist, wirkt zwar durch den Fliesenboden etwas kühl, die warmen Terrakottafarben gleichen das aber wieder aus. Für die Küche ist hier mittlerweile Sebastian Lorenz verantwortlich, der das Niveau steigern konnte und zudem jede Menge weltoffene Kreativität ins Spiel bringt. Er schreckt weder vor exotischen Akzenten noch vor originellen Kombinationen zurück und kommt damit zumeist auch geschmackssicher auf den Punkt.

Radebeul (Sachsen)

7

Atelier Sanssouci

im Hotel Villa Sorgenfrei
Augustusweg 48, 01445 Radebeul
0351-7956660
www.hotel-villa-sorgenfrei.de
Küchenchef: Marcel Kube
Do–Mo ab 18.30 Uhr, Di u. Mi RT
Hauptgericht: 29–39 €, Menüs: 69–115 €
EC VISA P

Das hohe, fast schon ein wenig sakral wirkende Restaurant in der Villa Sorgenfrei hat sich mittlerweile seit einigen Jahren fest in der Dresdner Fine-Dining-Szene etabliert. Mit einem gleichermaßen heiteren wie festlichen Ambiente zwischen Stuckdecke und Kristalllüster auf der einen und zeitgenössischen Skulpturen auf der anderen Seite ist das ein besonderer Ort. Und wenn im Sommer die hohen Flügeltüren geöffnet sind, sitzt es sich auch auf der Gartenterrasse sehr idyllisch und entspannt.
Die elegante und sehr niveauvolle, aber zu keiner Zeit angestrengte Küche gibt sich zeitgemäß und zugleich mehrheitsfähig. Eine gut balancierte Art moderner Klassik. Entsprechend wundert es nicht, dass auch relativ früh nach dem Corona-Lockdown das Restaurant selbst unter der Woche schon von einer bunt gemischten Gästeschar komplett gefüllt wurde. Alle Hände voll zu tun für Restaurantleiter und Maître John Piotrowsky, was dieser mit seinem Team in der gewohnt souveränen und augenzwinkernden Art problemlos bewältigte.
Eingestimmt auf das Menü wurden wir unter anderem mit einem fluffigen Blini nebst Eigelbcreme, Schnittlauch und Kaviar, einem erfrischenden Spargeltatar im Knusperkörbchen und unamisattem Chawanmushi mit gepickelten Enoki-Pilzen und pfeffriger Schärfe, auch durch Belper Knolle.

Bereits hier wird klar, wie abgeklärt die Küche vorgeht. Und entsprechend einfach, aber aromatisch sehr feinfühlig und sogar überraschend spannungsreich kombinierte das Team zum Auftakt auch vollreife süße Wassermelone (gegrillt) mit cremiger Ricotta und grünem Apfel, der gemeinsam mit zarten Wildkräuterblättern und Kräuteröl für Frische sorgte. Der Clou waren aber spicy gewürzte und zart angeröstete Cashewnuss-Stücke mit einer warm nachhallenden Schärfe. Gut auf dem Punkt!
Geradezu minimalistisch wirkte anschließend das in knusprigem dünnem Teig ausgebackene (und innen perfekt cremig-zarte) Kalbsbries auf Champignoncreme, Egerlingen und etwas kraftvoller Jus. Für präsente Kopfnoten sorgten Limonenabrieb und eine pfeffrige Cayenne-Schärfe, die das Ganze auch aus seiner sonst geradezu deftig rustikalen Umami-Ecke holten. Konsequent im eher reduzierten Stil blieb auch der kross gebratene Saibling, dessen zartes, glasiges Fleisch „polnisch" von Blumenkohlcreme, wilden Blumenkohlröschen, goldbraunem Nussbutter-Crumble und einer dichten Eicreme begleitet wurde. Gut balanciert zwischen Schmelz, üppigen Röstnoten und Frische und dabei unmittelbar zu- und eingängig! Genau das macht das Erfolgsrezept der Küche aus, die damit übrigens perfekt zum Namen der „Villa Sorgenfrei" passt: relaxed, aber doch fein. Nicht ganz so stimmig wie bei den herzhaften Gerichten wirkte die scheinbare Einfachheit beim Dessert rund um ein sehr (!) süßes Erdbeersorbet und marinierte Erdbeeren auf einer zarten Mascarponecreme. Deren milchiger Schmelz wurde von gepufftem und als Powder knusprig zerstoßenem Buchweizen texturell aufgebrochen; aromatisch setzte die Nussigkeit des Buchweizens ebenfalls eine weitere Linie. Allein: Es fehlte vor allem an ausgleichender Säure.
Diese könnte aber beispielsweise durch einen rassigen Riesling eingebracht werden, den John Piotrowsky sicher im gut sortierten Weinkeller finden würde. Auf jeden Fall lohnt es sich, den Empfehlungen des erfahrenen Sommeliers zu folgen, der sich nicht nur bei den sächsischen Weingütern bestens auskennt – oder einfach mit ihm ins Gespräch zu gehen, um individuell etwas Passendes zu finden.

Radeburg (Sachsen)

6

Gasthof Bärwalde

Kalkreuther Str. 10a, 01471 Radeburg
035208-342901
Mo u. Do–Sa ab 18 Uhr,
So von 12–14 Uhr, Di u. Mi RT
Hauptgericht: 15–28 €, Menüs: 35–55 €

Olav Seidels Gasthof im beschaulichen Bärwalde bei Radeburg ist zwar klein und entlegen, aber alles andere als ein Geheimtipp. Kein Wunder, denn der Gastgeber, der sich die starke Substanz seiner konsequent klassisch gehaltenen Regionalküche einst unter anderem bei den Kellers in Oberbergen im Kaiserstuhl aneignete, macht hier zu moderaten Preisen einen attraktiven Spagat zwischen Bodenständigkeit und höherem Anspruch. Alles, was im kleinen saisonalen Angebot zu haben ist und in der ländlich-schlicht gehaltenen, aber adrett und gepflegt anmutenden Gaststube in unverkünstelt-gegenständlicher Machart auf die Tische kommt, bietet mehr Sein als Schein, überzeugt durch fundierte, sorgfältige Zubereitung, kraftvolle Aromen und hintergründige Finesse. Attraktives Weinangebot, freundlich-familiäre Gästebetreuung.

Radolfzell (Baden-Württemberg)

5

Grüner Baum

Radolfzellerstr. 4,
78345 Radolfzell (Moos)
07732-54077
www.gruenerbaum-moos.de
Küchenchef: Hubert Neidhart
Fr–Di von 12–13.45 Uhr u. ab 18 Uhr,
Mi u. Do RT
Hauptgericht: 15–30 €,
Menüs: 26–45 €
VISA

Gastgeber und Küchenchef Hubert Neidhart prägt den Grünen Baum auf der Bodensee-Halbinsel Höri mit seiner physischen und stimmlichen Präsenz im Saal. Ein Patron vom alten Schlag, der die große Mehrheit seiner

Gäste kennt – schließlich wirtet er hier seit über vierzig Jahren. Gegründet wurde das Haus 1873 vom Gastwirt Georg Baum, von dem sich der Name des Hauses herleiten dürfte. Die Fassade zur Straße hat ihren ursprünglichen Charakter gewahrt, innen wurde über die Jahre allerhand Heterogenes angesammelt. Gestaltungswille ist auf jeden Fall auszumachen, hat man doch zwei Stuben von Künstlern ausgestalten lassen, deren Namen sie nun tragen. Gemütlich ist es hier.
Kulinarisch ist auf den Tellern des Gasthauses schon immer grundsolide Einfachheit angesagt, dies auf der Basis guter Produkte und fundierten Handwerks. Regionalität spielt in Hubert Neidharts Kulinarium ebenfalls eine gewichtige Rolle: So wachsen und gedeihen beispielsweise fast alle verwendeten Gemüse vor der Haustüre, etwa die lokale Zwiebelspezialität Höri-Bülle. Und der Fisch stammt nahezu ausschließlich aus dem See, der nur einen kurzen Spaziergang entfernt liegt.
Unser diesjähriger Start erfolgt dennoch mit Fleisch: Das Tafelspitz-Carpaccio ist dünn aufgeschnitten und angenehm auf gute Zimmertemperatur gebracht. Als Begleitung fungiert ein gemischter Salat, das Fleisch ist mit einem dezenten Dressing und zweierlei Linsen ausgestattet. Dem folgt die Flädlesuppe, eine kräftig-gehaltvolle Consommé mit nicht zimperlichem Fettgehalt. Das fügt sich bestens zu den Brotscheiben, die mit einer Kräutermischung überbacken wurden, wobei die Bärlauchnote besonders präsent ist.
Wir entschließen uns dazu, ausnahmsweise zwei Suppen aufeinander folgen zu lassen. Als solche kann man die Bodenseesuppe mit Röstbrot, Rouille und geriebenem Käse allerdings kaum noch bezeichnen: sie ist eher eine vollständige Mahlzeit, die man selber aus dem Gusseisentopf schöpfen kann. Hecht und Saibling machen wir darin aus, dazu zwei Fischklöße verschiedener Färbung. Die Aromatik gefällt mit Noten von Brot, Zwiebel, Tomate und Wermut, dazu eine gute Balance von Säure und merklicher Schärfe – eine sehr persönliche Interpretation dieses Klassikers.
Wenn auf der Tageskarte unter den Hauptgerichten von einem Filet vom „Großen Fisch" die Rede ist, sollte man immer zugreifen. Dann könnte man beispielsweise in den Genuss einer zwei bis drei Finger dicken, sehr saftigen Tranche vom Waller kommen, oder hat es mit einem klararomatischen Hecht zu tun, wie man ihn jenseits einschlägiger (und entsprechend teurer) Gourmetadressen tatsächlich nicht allzu oft auf dem Teller hat. Meist ganz schlicht begleitet, etwa von einer in der Schale geschmorten und mit Basilikum-Tapenade bestrichenen Aubergine. Manchmal braucht es einfach nicht viel mehr …
Unser letztes Mahl schlossen wir mit Schokoterrine, eigentlich eine Schokoladenmousse auf (leicht trockenem) Biskuit, begleitet von Erdbeeren und Rhabarberkompott. Beim Wein dominieren die üblichen Verdächtigen vom erweiterten Bodensee von Clauß über Aufricht bis Kress, aber wir machen auch eine Flasche 2011er Barolo von Virna aus, die wir hier nicht erwartet hätten. Eine gefragte Adresse ist der Grüne Baum allemal – ohne Reservation ist hier auch unter der Woche und selbst bei durchwachsenem Wetter und frühem Eintreffen nichts auszurichten.

Rammingen (Baden-Württemberg)

6↑ 🍴🍴🍴

Landgasthof Adler

Riegestr. 15,
89192 Rammingen
07345-96410
www.adlerlandgasthof.de
Küchenchef: Thomas Keim
Di-Do ab 18 Uhr, Fr-So von 12-13.30 Uhr u. ab 18 Uhr, Mo RT
Hauptgericht: 19-38 €,
Menüs: 39-128 €
VISA (P)

Der schmucke, efeuumrankte Landgasthof Adler ist ein echter Bilderbuchort: elegant behagliches Ambiente, eine hübsch umgrünte Terrasse, draußen wie drinnen eine heitere und entspannte Atmosphäre und dazu eine niveauvolle, anspruchsvoll bodenständige Küche, die

völlig frei von Allüren ist. Hinter dem Ganzen steht mit Jan Bimboes ein Gastgeber und Sommelier von Format, was dem geneigten Gast neben tadellosem Service nicht zuletzt auch eine individuelle Weinkarte mit teils raren und lang gereiften Gewächsen beschert. Wer also ganz unkompliziert und doch fein genießen möchte, dafür nicht zwingend Innovation und die einschlägigen exklusiven Edelprodukte braucht und im besten Fall noch zu mehreren unterwegs ist, um einen ausgiebigeren Streifzug durch die Weinkarte unternehmen zu können, der ist hier goldrichtig.
Und bekommt nach einer in unserem Fall eher unauffälligen Brotauswahl dann sogleich etwa mit einer saftig glasierten Geflügel-Galantine nebst nussigen Alblinsen und kräutrigem Schmand einen Fingerzeig auf den klaren, handwerklich souveränen Stil der Adlerküche. Aufgeräumt und klar war auch die Vorspeise um die fleischigen Stücke eines Felsenoktopus, die den Teller mit einem elegant süßsäuerlichen Gemüsechutney, etwas Sepiajus und mild marinierten Salaten teilten. Doch auch wenn wir so einen Kraken im Zweifelsfall lieber etwas fester mögen als mürbe zerkocht, so hatte unserer schon noch einen sehr (!) elastischen Biss. Wäre der Oktopus also etwas optimaler gegart und der Salat tatsächlich wie angekündigt von herben Wildkräuteraromen ergänzt gewesen, hätte das Ganze sogar noch ein bisschen mehr Spaß gemacht – ein ansprechender Auftakt war das aber auch so.
Als ausnahmslos runde Sache präsentierte sich dagegen das Pfifferlingssüppchen mit Wurzelgemüse-Brunoises, sautierten Pfifferlingen und mild geräucherter Forelle. Zwar hatte das cremige Süppchen nicht ganz die annoncierte Leichtigkeit, bot dafür aber neben einer gewissen Voluminösität mit ihrer feinen Waldwürze auch jede Menge Produktcharakter. Und Letzterer ist bei einer gegenständlichen und schnörkellosen Küche, wie sie sie hier praktiziert wird, ohnehin einer der Grundpfeiler für den Erfolg. Dass es für die ansprechende Präsentation aber auch solides Handwerk und ein gewisses Feingefühl braucht, ist sowieso klar. Und beides gab es beim Zwischenrippenstück vom Rind, das kräftig angegrillt, innen zartrosa mit kernigem Biss und perfekt geschmolzenem Fett, ein echtes Fest für Fans des gepflegten Fleischgenusses war. Da störte es dann auch herzlich wenig, dass die an das Grillthema angelehnten Begleiter in Form von würzigem Maispüree und gegrillten Karotten, Zucchini und Babymais allesamt eher auf der lieblichen Seite lagen und als Kontrast allenfalls dezente vegetabile Bitternoten aufbieten konnten. So grätschte hier nichts in die weichen Harmonien des Gerichts und das Ganze wirkte sehr (!) rund und gediegen – machte aber schon wegen des hervorragenden Hauptprodukts auch viel Freude.
Insbesondere im Rahmen des Menüs oder bei der expliziten Auswahl kleinerer Portionen geht am Ende immer auch noch ein Dessert. Und das lohnt sich durchaus, werden doch die süßen Sachen hier von den natürlich intensiven Sorbets aus dem Pacojet über Tartes bis zu fluffigen Soufflés genauso souverän auf die Tische gebracht wie der Rest des Programms. Das schließt natürlich auch das gesamte, bereits lange Jahre zusammen tätige Team ein, das hier herzlich und mit souveräner Gelassenheit einen angenehmen Genussrahmen schafft.

Ravensburg (Baden-Württemberg)

5

Brasserie Cocotte

Grüner-Turm-Str. 16,
88212 Ravensburg
0751-88879001
www.brasserie-cocotte.de
Di–Sa von 11.30–14 Uhr u. ab 18 Uhr, So u. Mo RT
Hauptgericht: 15–42 €

Sowohl der Name des Lokals in der Ravensburger Innenstadt als auch dessen Interieur, die frankophile Hintergrundmusik und insbesondere die ansprechend klingende Speisekarte lassen erst gar keine Zweifel aufkommen, was Gastgeber und Küchenchef Stefan Schulze hier im Schilde führt: klassisches französisches Bistro im allerbesten Sinne, also durchaus gehoben und mit Gourmetanspruch. Und so sind

die Flammkuchen in verschiedenen Varianten dann auch die bodenständigste Offerte im Programm, während Fines-de-Claires-Austern aus Isigny mit Limette, grünem Apfel und Fenchel, eine Vorspeise wie „Steak Tartare“ mit Meerrettich-Crème-fraîche, Kirschessiggel und süßsaurer Roter Bete oder eine Brunnenkresse-Velouté mit „Croque Monsieur“, Comté und Schinken klar den gehobenen Anspruch vermitteln.
Generell präsentiert sich das Repertoire erfreulich wenig klischeehaft. Da gehört die mit Brustfleisch und Farce vom Maishuhn sowie Entenleberterrine nach Art der Alten Schule gefertigte, dünn mit Gelee ausgegossene und ansonsten von festem Teig umschlossene hausgemachte Pastete, die mit ein paar Pistazien, einem dezent mit Ingwer abgeschmeckten Dörraprikosen-Chutney und sehr gutem fein gemahlenem französischem Senf aufgetischt wurde, noch zu den traditionellsten Dingen. Sie schmeckte übrigens sehr gut, war nur recht kompakt und tendenziell etwas trocken, was mit einem noch süffigeren Arrangement natürlich weniger deutlich aufgefallen wäre.
Apropos süffig: Nussbutter-Espuma und Vin-Jaune-Velouté umspielen eine frühlingshafte Melange aus Morcheln, grünem Spargel und Erbsen rund um die kleinen französischen Nudelplättchen „Crozets Savoyards“. Und zum „Croque Monsieur“ mit Comté und Schinken gibt's ein bei 65 Grad gegartes Bio-Ei und eine Brunnenkresse-Velouté. Auch sonst präsentieren sich die Gerichte in der Regel sehr ausgewogen, und die Produkte überzeugen. So zum Beispiel auch die schön reintönigen gebratenen Jakobsmuscheln, die optimal glasig und festfleischig mit zweierlei Blumenkohl (geröstet und knackig sowie als seidige Mousseline) und Kapern-/Rosinen-Nage angerichtet waren – haptisch und aromatisch akzentuiert von gerösteten Mandeln und kleinen krossen Croûtons. Hier wird auch auf die Feinheiten geachtet!
Das zeigte zudem der perfekt sanft auf den Punkt gegarte und final nur noch ein wenig abgeflämmte Kabeljau aus dem Atlantik, dessen ganz leicht glasiges, in seine festfleischigen Lamellen aufblätterndes Filet in Begleitung sehr guter Krustentiertortelloni mit angenehm dünnem Teig um viel saftige Farce in den Fluten eines Bouillabaisse-/Muschel-Suds aufgeboten wurde. Letzterer war kraftvoll genug, um mit den kleinen Chorizowürfeln, den Taggiasca-Oliven und Cannellini-Bohnen (im Ganzen und als Creme) zurechtzukommen. Ein sehr gutes, herzhaftes maritim-mediterranes Gericht, zupackend und doch elegant. Wer im Hauptgang lieber Fleisch isst: Nicht minder ansprechend klang mit Bohnen-Cassoulet, Panna cotta und Gnocchi vom Ziegenkäse, Pommery-Senf sowie Salzzitronenjus auch die Begleitung einer Lammhüfte.
Und selbst zum Abschluss verliert sich die Küche nicht in Einfallslosigkeit. Die in einer Brasserie wahrscheinlich unvermeidliche Mousse au Chocolat, die hier aus 70%iger Guanaja-Schokolade gemacht ist, kommt beispielsweise mit Maldon-Sea-Salt-Karamell, Mokkacreme und Popcorneis daher. Und auch unsere Interpretation vom Erdbeerkuchen schmeckte kurzweilig: Das mit Rührkuchencreme und Streuseln vom gebackenen bretonischen Sablé bedeckte Erdbeerconfit wurde von feinsäuerlichem Crème-fraîche-Eis und einer Nocke Erdbeer-/Holunderblüten-Sorbet sekundiert. Jedes für sich genommen sehr gut auf den Punkt gebracht und auch im Zusammenspiel fein aufeinander abgestimmt.
Für uns in jedem Fall eine lohnenswerte Neuentdeckung, deren weitere Entwicklung wir gespannt verfolgen werden. Und apropos Entwicklung: Die Weinkarte ist sicher noch ausbaufähig, bietet aber schon jetzt adäquate Begleiter. Das Preisniveau ist gehoben, aber der Qualität durchaus angemessen.

5

Lumperhof

Lumper 1, 88212 Ravensburg
0751-3525001
www.lumperhof.de
Mi–Fr ab 17Uhr, Sa–So u. Fei von 11.30–14 Uhr u. ab 17 Uhr, Mo u. Di RT
Hauptgericht: 15–23 €

Der idyllisch etwas außerhalb von Ravensburg gelegene Lumperhof lässt nicht sofort erkennen, dass hier eine so niveauvolle, bisweilen sogar kreative Küche geboten wird. Für die zeichnet Jochen Fischer verantwortlich, der einst bei Albert Bouley im Waldhorn jahrelang dessen rechte Hand war und schon seit mehreren Jahren in seinem eigenen Landgasthof, den er gemeinsam mit seiner Frau Sabine Decker-Fischer betreibt, gute Landküche mit originellen Akzenten offeriert. Die hübsche ländliche Stube und der urwüchsige Gastgarten lassen eher an Hausmannskost denken, aber hier wird deutlich mehr geboten. Mit vorzugsweise regionalen, aber genauso auch internationalen Feinschmeckerprodukten wird inspiriert, aber bodenständig und mit dem richtigen Augenmaß für Konzept und Klientel gekocht. Dazu eine kleine, aber feine Weinauswahl.

Regensburg (Bayern)

7↑

Aska

Watmarkt 5,
93047 Regensburg
☎ 0941-59993000
www.aska.restaurant
Küchenchef: Atsushi Sugimoto
Di–Sa ab 18 Uhr, So u. Mo RT
Menüs: 95–125 €
EC VISA

Was hat sich Anton Schmaus denn da jetzt wieder einfallen lassen: Schwedisches Sushi? Japanische Naturküche? Beides falsch! Mit dem Aska, was auf Schwedisch „Asche" heißt, bleibt Anton Schmaus zwar sprachlich dem schon für das Storstad adaptierten Norden treu, hat hier aber direkt neben dem Stammrestaurant ein Sushi-Tresenrestaurant nach japanischem Vorbild installiert, das es so neben dem Heimatland allenfalls noch in den Metropolen der Welt, kaum in Deutschland und schon gar nicht in Regensburg gibt. Der Anspruch ist hoch, und das ziemlich coole, stylisch-dunkle Ambiente wird diesem in jedem Fall schon mal gerecht.

Man kann entweder direkt am Tresen mit Blick auf das ebenso fingerfertige wie routinierte Schaffen von Sushimeister Atsushi Sugimoto Platz nehmen oder aber, bei rechtzeitiger Reservierung, an einem der kleinen Tische mit etwas mehr Privatsphäre. So oder so passen nicht mehr als etwa zehn Gäste in einen Service, und mehr gibt schon allein der hohe Qualitätsanspruch nicht her.

Es lohnt sich allerdings durchaus, hier einen Tresenplatz zu wählen, denn Atsushi Sugimoto, der übrigens auch eine der selten vergebenen Kugelfisch-Lizenzen besitzt, agiert zwar nicht mit der zenartigen Ruhe manch großer Meister, eher etwas augenzwinkernd heiter und in manchen Momenten auch hastig, beherrscht sein Handwerk aber ganz ausgezeichnet. Was an kunstvoll geschnittenen und geformten Miniaturen von seiner Hand an die Gäste kommt, hat so überhaupt gar nichts mit dem zu tun, was landauf, landab als Sushi offeriert wird – sodass es schon eine wahre Freude ist, ihm bei der Entstehung seiner präzisen Kunstwerke zuzuschauen.

Zur Wahl steht dann eine Menüfolge in acht oder zehn Bestandteilen. Wobei die Zubereitungen allesamt so klar und federleicht daherkommen, dass sich die reine Zahl kaum mit gängigen Menüs vergleichen lässt und selbst das Maximum problemlos zu bewältigen ist. Los ging es zuletzt mit Makrele und Lachs als etwas straffer gerolltes Sushi, geprägt von dem tatsächlich annähernd idealen feinsäuerlichen Reis, darauf der Fisch und eine hauchdünne Kombu-Hülle. Guter Einstieg!

Beim folgenden Sashimi wurde das erste Mal der enorme Anspruch an die Produkte deutlich, die sanft auf Eis gebettet am Tresen lagern: Sowohl Steinbutt als auch Hamachi punkteten nämlich mit glasklarem Geschmack. Akzente gab es durch Kaviar sowie rosa Rettich und Lauch, die mit zitrisch frischer Ponzusauce vermischt werden konnten. Der Hamachi wurde vielleicht etwas dünn geschnitten, was achtsamen Umgang mit der Sauce erforderlich machte; beim fleischigeren Steinbutt funktionierten die Proportionen besser. Aber dennoch: ein puristisch reintöniger Hochgenuss!

Danach wurde es vollmundiger, nämlich mit einem locker gestockten Chawanmushi mit klarem Umami-Grundton und prononcierter, ziemlich forscher Ingwerschärfe. Darin versteckt waren Sobanudeln, Okra sowie gebrate-

ne Doraden- und Garnelenstückchen. Aufgegossen mit einem warmen Fischfond ergab das ein süffiges und doch präzise akzentuiertes Gericht mit der typischen japanischen Klarheit.
Die folgende Miso-Suppe mit Venusmuscheln und Algenblättern erforderte zunächst fortgeschrittene Essstäbchen-Skills beim Auslösen des aromatischen Muschelfleisches. Der übrig bleibende Sud zum Ausschlürfen machte dann auf runde, tiefe und klare Art ebenfalls viel Freude. Nur dramaturgisch war das (im Acht-Gang-Menü) als zweiter harmonischer Umami-Gang in Folge vielleicht nicht ganz ideal …
Umso erfreulicher, dass es danach back to Sushi ging: mit Nigiri vom Thunfisch in drei verschiedenen Fettstufen und einer in Soja eingelegten Variante. Vom mageren Rücken bis hin zum stark marmorierten schmelzenden Bauch eine hervorragende Produktpräsentation in einer Qualität, die wir auch in den bestbewerteten Restaurants hierzulande eher selten erleben. Wenn kleine Kritikpunkte, dann auch hier der minimal überproportionierte Reis und teils ein recht starker Wasabi-Kick – zumindest für strenge Fischpuristen.
Letztere kamen beim Black Cod dafür umso mehr auf ihre Kosten. Denn das warme, in Miso-Marinade aromatisierte und glasig gebratene Filet wurde weder von der leicht süßen Marinade noch von zu dunklen Röstnoten erschlagen, sondern nur sanft gestreichelt. Und außerdem gab es zum Kontrast noch ein kleines kühles, kunstvoll mit Gemüsestreifen drapiertes Stückchen aus kalter Essigmarinade. Sehr gut!
Danach gab's nochmals Nigiri, diesmal vom Lachs (beeindruckende Qualität), kurz abgeflämmten Wolfsbarsch (feiner würziger Eigengeschmack), von der Garnele (geschmacklich in Ordnung, etwas lose geformt) sowie rautenförmig eingeschnittener und geflämmter Calamari mit Limettensaft und Kohlesalz als in sich komplexester Happen. Diesmal zudem kein vorlauter Wasabi und somit insgesamt wirklich sehr gut!
Zum Abschluss erfrischte die Kombination eines „Millesfeuilles" aus Nori-Blättern mit üppiger weißer Ingwer-Ganache und einem duftig säurefrischen Yuzu-Sorbet. Im Vergleich zu sonstigen Dessertkreationen typisch schlicht, aber ein gelungener Kontrast zwischen üppigem Schmelz und purer Frische.
Begleitend kann dazu neben einer Wasser- und Grüntee-Flat eine hochwertige Sake-Begleitung (drei Sorten) geordert werden. Außerdem stehen einige interessante offene Weine zur Wahl, es kann aber natürlich auch im großen Sortiment des benachbarten Storstad gestöbert werden. Der präsente und aufmerksame Service macht es einem jedenfalls leicht, etwas Passendes zu finden.

5

Luma

Hochweg 83,
93049 Regensburg
0941-2805598
www.luma-regensburg.de
Mi–Fr u. So von 12–14 Uhr u. ab 18 Uhr, Sa ab 18 Uhr, Mo u. Di RT
Hauptgericht: 30–34 €,
Menüs: 25–59 €
VISA

Lange haben sie in der Silbernen Gans am Donauufer gewirkt – im letzten Jahr haben Lucia und Mario Parnitzke mit ihrem neuen Projekt im Westen der Stadt erfolgreich eine neue Heimat gefunden. In dem in lichter, moderner Eleganz gestalteten Lokal mit markanter Bar bieten die beiden von einfacheren Bistrogerichten und Business-Lunch bis zu ambitionierterer Küche à la carte und einem Gourmetmenü ein cleveres mehrheitsfähiges Programm. Sowohl die einfacheren als auch die exklusiveren Gerichte werden schnörkellos-frisch zubereitet, und sie leben von pfiffigen Akzenten mit verhältnismäßig einfachen Mitteln. Und dabei zahlt sich die Erfahrung des Teams aus, denn die markanten Pointen sitzen. Dazu gibt es eine entspannte Atmosphäre und kompetente Weinempfehlungen.

7

Roter Hahn

Rote-Hahnen-Gasse 10,
93047 Regensburg
0941-595090
www.roter-hahn.com
Küchenchef: Max Schmidt
Di–Sa von 12–14 Uhr u. ab 18 Uhr, So u. Mo RT
Hauptgericht: 32–45 €,
Menüs: 35–140 €
VISA P

Mitten in Regensburgs hübscher Innenstadt und dort im gleichnamigen Hotel in der Rote-Hahnen-Gasse gelegen, begrüßt das Restaurant Roter Hahn seine Gäste in einem geschmackvoll schlicht gehaltenen Ambiente auf unterschiedlichen Ebenen. Mit bequemen grauen Ledersesseln und Bänken, Natursteinwand und als Eyecatcher einigen Skulpturen und einem großformatigen Gemälde von Joseph-Beuys-Schüler Michael Franz und Daniel Spoerri.

Das Restaurant zählt schon seit Langem zu den besseren Adressen der Domstadt, machte aber bislang aus kulinarischer Sicht nie überregional von sich reden. Das könnte sich nun schlagartig ändern, denn seit dem Ende des Corona-Shutdown hat Juniorchef Max Schmidt die Küchenleitung übernommen. Und der hat nach seiner Lehre bei Anton Schmaus mit dem Stockholmer Frantzén, dem Hangar 7 in Salzburg oder dem Zén in Singapur nicht nur Top-Adressen besucht, sondern offenbar auch richtig Bock, den hochkreativen Input jetzt im elterlichen Betrieb in entsprechenden Output umzuwandeln und sich auf den Spagat zwischen dem eigenen hohen Anspruch und der wirtschaftlichen Vernunft einzulassen.

Und das lässt sich gut an! Mittags gibt es ein etwas schlichteres, aber keinesfalls anspruchsloses Programm zwischen Jakobsmuscheln mit Wassermelone und Rucola und einem klassischen Wiener Schnitzel, während am Abend neben kreativen, aber nicht übertrieben exklusiven Gerichten à la carte auch ein fünfgängiges Gourmetmenü geboten wird. Das begann in unserem Fall mit einem Gänseleber-Macaron mit Holunderbeere und einem Stück Lammfilet auf mildwürzigem Gemüsepüree mit einem kecken Hauch Zitrusfrische, ließ damit aber die Katze noch nicht so richtig aus dem Sack.

Ein expressiver und dabei gut ausbalancierter (flüssiger) Aromenakkord aus Aprikose (Coulis und Öl), Ponzusauce und herben Arabica-Kaffeeearomen ließ die roh marinierten Tranchen von der Eismeerforelle, die ansonsten mit dünnen Streifen von fermentierter Aprikose, verschiedener Kresse und Blüten belegt waren, ziemlich spannend und dynamisch schmecken. Mit einfachen Mitteln und ohne viel Anrichteaufwand wurde hier ein sehr interessantes modernes Gericht auf den Teller gebracht.

Nach ähnlichem Schema, aber aromatisch natürlich ganz anders, präsentierte sich sodann in einem kleinen Schälchen die Zwiebel-Velouté, die sich mit den Aromen von Lakritz und Mandel sowie unterschiedlichen Konsistenzen wie etwa einem ziemlich intensiven, dunklen, süßlich-würzigen Zwiebelpüree am Boden des Schälchens, einer seidigen Lakritzcreme, einem Mandelmilchschaum und knusprigem Mandelsplitter während des Löffelns als überraschend vielseitig entpuppte.

Wie entspannt originell und souverän die Küche ist, bewies sie mit einem kleinen, aber sehr feinen und ausdrucksstarken Intermezzo, das in Gestalt eines mit „O'bazda" und einer Art Zwiebel-Soubise gefüllten und mit reichlich Sommertrüffel überhobelten Röstbrotriegels, der in Begleitung eines Miniweißbiers aufgetischt wurde. Kulinarischer Humor mit reichlich Substanz, unkompliziert zugänglich und dennoch raffiniert, vor allem aber sehr einprägsam. Ganz so, wie man es hierzulande zum Beispiel von Christian Jürgens kennt.

Weltläufiger wirkte wiederum der Zwischengang um Hummer, Fingerlimes, Bier und die sagenumwobene, geheimnisvolle XO-Sauce, die hier als Cremetupfen integriert war und ebenso unaufdringlich ins Geschehen eingebunden war wie das Bieraroma und die kleinen zitrisch-säuerlichen Fruchtfleisch-Bubbles der Fingerlimette. Und während die obenauf liegende Hummerschere recht spröde, fasrig und nur mittelmäßig war, überraschte das knackige Schwanzteil des Krustentiers durch überraschend gute Qualität und frischen, klaren, süßlich-nussigen Geschmack.

Ein ebenfalls sehr starkes und einprägsames Tellerbild lieferte der Hauptgang Kalbsbries „La vie en rosé", bei dem die Begleitung der drei wirklich sehr guten glasierten Bries-Nuggets – Umeboshi-Salzpflaume, eine an das dunkle Schmorzwiebelpüree von der Suppe erinnernde Komponente, Creme von fermentiertem Knoblauch und Shisokresse – als zierliche Rose auf den Teller gemalt war. Und das sah nicht bloß originell aus, sondern schmeckte auch richtig gut und korrespondierte mit aus-

gewogener Säure, Würze, Frucht und Süße prima mit dem Bries. Die schön klar und präzise nach Thymian schmeckende Jus fügte sich hier ebenfalls prima ein.
Nach einem wohlgelungenen, stilistisch aber eher klassisch-gediegenen Melonensorbet mit Vanilleöl-Glasur ging es zum eigentlichen Dessert mit Curryeis, Maismousse, Joghurtschaum und einem Hauch Schokolade nochmals richtig kreativ und im besten Sinne progressiv zu. Und das funktionierte sogar richtig gut! So wie die glasweisen Weinempfehlungen zum Menü, etwa einem Rosé aus der Steiermark zum Hummer oder dem Tempranillo von Baron de Ley zum Bries. Alles in allem ist dieser alteingesessene Regensburger Klassiker nun also zu einer richtig coolen Neuentdeckung geworden.

6

Sticky Fingers

Untere Bachgasse 9, 93047 Regensburg
0941-58658808
www.stickyfingers.restaurant
Küchenchef: Raphael Schönberger
Di–Sa ab 18 Uhr, So u. Mo RT
Hauptgericht: 25–40 €, Menüs: 65–80 €
VISA

Das Sticky Fingers ist Teil eines kleinen „Gastronomie-Imperiums", das Anton Schmaus mit zwischenzeitlich drei Lokalen in Regensburgs Altstadt betreibt und an deren Spitze das von uns mit 8 Pfannen auszeichnete Gourmetrestaurant Storstad steht. Konzeptionell anders ist das Sticky Fingers gestrickt, das irgendwo zwischen Bar, Bistro und Restaurant angesiedelt ist. Neben einer guten Cocktailkarte steht unter anderem ein Fünf-Gang-Menü auf der Karte, man kann aber auch einfach ein paar Kleinigkeiten essen und an der schick-verruchten, spärlich, aber edel beleuchteten Bar sitzen.
„Wir servieren nicht in Gängen. Wenn es kommt, teilt und erfreut Euch gemeinsam" steht auf der Speisekarte. Zwar wird das nicht ganz sklavisch umgesetzt und um uns herum teilt eigentlich niemand, doch man spürt, dass die Gerichte wohl am besten funktionieren, wenn sie in der Mitte des Tischs stehen. Eine gepökelte, dünn aufgeschnittene und lauwarm servierte Ochsenbacke mit Roter Bete, Zwiebeln und Nori-Chips ist sehr pikant, schön kräftig abgeschmeckt und passt hervorragend zu einer separat servierten Focaccia mit Miso-Tomatenbutter. Ähnlich aromenintensiv präsentiert sich ein Gericht mit Jakobsmuschel, das entfernt an Ceviche erinnert. Die Muschel wurde roh mariniert und mit Apfel, Staudensellerie, Knollensellerie, Radicchio und einem Zitrussud kombiniert, was sich ebenfalls sehr kraftvoll und leicht scharf präsentiert.
Weniger praktikabel zum Teilen, dafür aber herrlich aromatisch, ist schließlich ein Gang, der als „Carbonara" auf der Karte steht, aber eher an Ramen erinnert. Hauchdünne hausgemachte Tagliolini baden hier in einer dunkelbraunen Brühe mit Speck und Miso, die wie ein guter Dashifond schmeckt – getoppt mit einem perfekt gegarten Onsen-Ei. So einfach dieser Gang wirkt, so viel Tiefgang bietet das gute Handwerk, das sich gleich dreifach bemerkbar macht: am Garpunkt des Eies, an der Bissfestigkeit der Pasta und an der Dichte des Fonds. Das Highlight des Abends!
Unser Hauptgang besteht aus Kabeljau, Mangold, Pflaume und Wasserkastanie, einer Knolle, die in verschiedenen Regionen Ostasiens beheimatet ist und einen leicht säuerlichen Geschmack hat. Der Fisch wurde im Brikteig gegart und ist so innen schön saftig und von einem crunchigen Element umgeben. Die Sauce auf Wasserkastanienbasis erinnert durch ihre Säure und Geschmeidigkeit an eine Beurre blanc, die Pflaume fungiert eher als abstrakte fruchtige Komponente und bleibt aromatisch im Hintergrund; sehr gut ist auch der knackig gegarte Mangold. Alles in allem ist dieser Gang braver und klassischer, als er im ersten Moment klingt.
Schokolade bestimmt das Dessert, das der Service als „unbaked chocolate cake" ankündigt und das aus einem Schokoeis, einer Schokosauce, einer Schokomousse, einem Haselnussschaum und einer Passionsfruchtsauce besteht – besonders das Eis und der Haselnussschaum sagen uns zu. Insgesamt ist das zwar ein sehr üppiger, schwerer Nachtisch, und vor allem die Mousse könnte deutlich luftiger gestaltet sein, zum Teilen, also wenn man nur einoder zweimal mit dem Löffel quer durchs Geschehen fährt, bereitet das aber auch so durchaus Freude.

Wir können uns sehr gut vorstellen, uns in geselliger Runde durch einen Tisch voll mit solchen Kleinigkeiten durchzuprobieren und dabei die Weinkarte zu erforschen. Die ist zwar recht kompakt, dafür aber sehr gut strukturiert und bietet neben Großen Gewächsen der Flaggschiffbetriebe Peter Jakob Kühn oder Kühling-Gillot auch Flaschen aufstrebender Weingüter wie Mehling oder Knewitz. Wie alles aus dem Ideenschatz von Anton Schmaus ist auch das Sticky Fingers eine echte Bereicherung für Regensburg und die gesamte Oberpfalz – eine Region, die einst als kulinarische Diaspora galt, sich aber immer mehr zu einer äußerst interessanten Region für Feinschmecker entwickelt.

8

Storstad

Watmarkt 5, 93047 Regensburg
0941-59993000
www.storstad.de
Küchenchef: Josef Weig, Anton Schmaus
Di–Sa von 12–14 Uhr u. ab 18 Uhr, So u. Mo RT
Hauptgericht: 48–54 €, Menüs: 99–125 €

VISA

Mit Blick auf den sonnengetränkten Regensburger Dom, einen exzellenten Champagner von Emmanuel Brochet im Glas und den Sound Bob Dylans im Ohr, dessen Stimme die lässig-schick eingedeckte Terrasse des Storstad beschallt, sind die Startbedingungen für das kommende Menü kaum besser denkbar. Keine Frage: Das modern-urbane Konzept im Stammhaus des gastronomischen Tausendsassas Anton Schmaus, der in Regensburgs Altstadt neben seinen drei Restaurants auch noch eine Weinbar und ein Café betreibt, geht voll auf!

Weniger glücklich sind wir allerdings mit dem ersten Happen, den die Küche unter der Leitung von Küchenchef Josef Weig auftischt: eine Art Erdbeer-/Jakobsmuschel-Salat zeugt zwar von frischen Produkten, ist aber sehr süß und die Jakobsmuschel in etwa fünf Millimeter große Würfel geschnitten, sodass man von ihr aromatisch nicht viel mitbekommt. Auch eine separat gereichte Erdbeerkaltschale mit Basilikumöl ist in erster Linie süß.

Besser gefällt uns da schon der nächste Gang mit Makrele, Kokos, Rhabarber, Sauerampfer und wildem Spargel. Der Fisch ist sanft gegart und anschließend abgeflämmt, was gemeinsam mit dem natürlichen hohen Fettanteil des Fisches ein herrlich saftiges und rauchig-jodiges Geschmacksbild kreiert. Auch die Kombination aus Spargel, Rhabarber, Kokos und Sauerampfer geht voll auf, ist herb kräutrig und süß-säuerlich. Nur: Fisch und Beilagen wollen für unseren Geschmack nicht so recht zusammenpassen. Nicht nur, dass der Fisch von der Süße wieder völlig überlagert wird – auch ist das prägnant rustikal „Fischige", das gegarte Makrele von Natur aus nun mal hat, kein angenehmer Konterpart für das ätherische Aroma der Kokosnuss. Schade, denn für sich genommen sind das zwei hervorragende Geschmacksbilder.

Zum Glück geht es mit dem Zwischengang um Königskrabbe, Hummus, Aprikose und Vanille steil bergauf. Die Königskrabbe ist quer zur Faser in etwa zwei Zentimeter hohe Zylinder geschnitten, die saftig auf den Punkt gegart sind. So entfaltet sich im Mund eine zarte, geleeartige Konsistenz, bei der man das butterzarte Krabbenfleisch erst mit der Zunge zerdrückt und dann die einzelnen bissfesten Fasern zerkaut, was uns an reife Pomelosegmente erinnert. Dazu gibt es einen astreinen Fond auf Krustentierbasis und gepuffte Kichererbsen. Ein neo-klassischer Gang, der mit einem spektakulären Hauptdarsteller punkten kann. Hervorragend!

Loben muss man auch die erstklassige Weinbegleitung, die nach dem Champagner nicht nachlässt. Die Makrele begleitete etwa ein unkonventioneller, aber umwerfend guter Rosé vom Weingut Scheuermann, der mit seiner wilden rauchigen Art hervorragend zum Fisch passt. Ebenfalls sehr gut ist ein betörend exotischer, edelsüß ausgebauter Chenin Blanc von Weingut Mullineux aus Südafrika, das dort zurzeit in der ersten Liga spielt.

Ähnlich neo-klassisch wie die Königskrabbe ist ein Caesar Salad, der bis auf die gegrillten Romanasalatblätter sehr nah am Klassiker gebaut

ist: Parmesan wurde klassischerweise ins Dressing eingearbeitet und außerdem als Chip verarbeitet, Oliven sind ganz pur in sehr guter Qualität auf dem Teller zu finden und die Croûtons dazu herrlich knusprig-buttrig. Auch das Grillaroma des Salats passt hervorragend, raubt den Blättern aber auch Knackigkeit, was beim obersten noch kaum ins Gewicht fällt, die unteren aber in einen Zustand versetzt, den man getrost als matschig bezeichnen kann. Ein potenziell hervorragender Gang, der quasi auf den Zielgeraden zu wanken beginnt …
Im Mittelpunkt des Hauptgangs steht dann ein sehr gut gebratenes Reh mit angenehm intensivem Wildgeschmack und ein guter konzentrierter Jus mit Miso. Unharmonisch und störend wirken hier allerdings ein Bananenkompott und eine Meerrettichsauce, die beide nicht wirklich kongenial zum Reh passen wollen. Sowohl der Charme vollreifer Banane als auch das Reh leben von Aromen, die ganz knapp neben dem Klaren, neben dem Reintönigen liegen, fast wie eine gut getroffene Blue Note in der Jazzmusik. Miteinander kombiniert schmecken diese beiden – für sich genommen erwünschten – etwas dreckigen Aromen in unseren Augen aber zu muffig und zu modrig. Eine sichere Bank ist hingegen das Dessert um ein mit Basilikumöl angemachtes Erdbeerragout nebst Ingwer-Milcheis, das uns nicht bloß aufgrund seiner selbstbewussten Ingwerschärfe gut gefällt.
Auch wenn wir uns in diesem Jahr mit der 8-Pfannen-Bewertung in der Gesamtschau ehrlich gesagt etwas schwergetan haben, bleiben wir zunächst dabei. Kochen kann man hier, keine Frage. Und vieles, das die Küche diesmal auf die Teller brachte, war sogar großartig und hat die hohe Bewertung durchaus verdient: die wunderbar saftige Makrele zum Beispiel oder das aromatische Reh. Verbesserungspotenzial sehen wir nach dem jüngsten Besuch vor allem im kompositorischen Feinschliff einiger Gerichte und in der Konstanz. Für sich genommen zeugte jede Komponente von sehr gutem Handwerk und sprudelndem Ideenreichtum – das muss jetzt nur noch durchgängig in der richtigen Konstellation in Szene gesetzt werden.

Reichelsheim (Hessen)

5

Treuschs Schwanen

Rathausplatz 2, 64385 Reichelsheim
06164-2226
www.treuschs-schwanen.com
Küchenchef: Thomas Treusch
Fr–Di von 11.30–14 Uhr u. ab 18 Uhr, Mi u Do RT
Hauptgericht: 19–35 €,
Menüs: 45–103 €

VISA P

Weiterhin hält Treuschs Schwanen seine über dreißig Jahre andauernde Sonderstellung als einer der wenigen gastronomischen Leuchttürme im Odenwald, für die heutzutage mit Thomas Treusch bereits die nächste Generation am Herd verantwortlich zeichnet. Weiterhin ist hier die Johanns-Stube der Hort für handfestere Regionalküche und das schick modernisierte, zeitlos stilvolle Restaurant der Platz für die gehobenere Kulinarik: mit einer großen gläsernen Weinklimakammer als Blickfang in der Raummitte sowie hellen Wänden mit modernen Bildern und sauber eingedeckten Tischen.
Die Küche ist zwar mit ihrer Präferenz für heimische Viktualien und kraftvoll zupackenden Aromen ebenfalls fest in der Region verwurzelt, unternimmt aber auch immer mal wieder Exkursionen in die weite Welt. Insbesondere im Rahmen der „GenießMahl" genannten Speisefolge, die sich im Vergleich zum „Odenwald-Menü" etwas kosmopolitischer gibt und auch Thunfisch, Jakobsmuschel und Red Snapper ihre Aufwartung machen lässt. Wir schmecken, um unserer Chronistenpflicht nachzukommen, auch immer wieder mal ins weltläufige Programm hinein, interessieren uns hier aber natürlich mehr für die regionalen Produkte. Etwa die marinierten Scheiben vom rosa

Kalbsrücken mit Radieschensalat und Apfelsenf, die uns zuletzt als ansprechender Küchengruß mit einem Hauch Lokalkolorit serviert wurden.
Ob die Wachtelbrust, die als Füllung einer runden Terrine mit einem Salat von properem weißem und grünem Spargel und Frühlingslauch angerichtet war, nun von einem heimischen Tier stammte oder nicht, können wir nicht sagen. Jedenfalls präsentierte sich die Vorspeise durchwegs erfreulich, frisch, aromatisch. Eine Tapenade von der eingelegten schwarzen Walnuss dockte am Aroma der Nüsse an, die in der Farce der Terrine verarbeitet waren, und spendete zudem etwas Süße, die ebenfalls gut ins Geschmacksbild passte. Verschiedene Wildkräuter von Sauerampfer über Zitronenverbene bis Pimpernelle spendierte der Vorspeise zudem herbe Kräuterwürze mit vielen unterschiedlichen Facetten. Fein!
Die zurückhaltend mit Apfel-/Anis-Brand abgeschmeckte Hummersuppe, in der neben drei schwarzen, mit Saiblingsfarce gefüllten Ravioli auch etwas klein gewürfeltes Gemüse (Staudensellerie, Zucchini, Fenchel ...) schwamm, hatte eine schön dunkle rotbraune Farbe, aber überraschend wenig typischen Krustentiergeschmack. Dafür aber verhältnismäßig viel Säure und eine recht rahmige Substanz. Das war handwerklich solide, durchaus schmackhaft und auch harmonisch – nur eben nicht sonderlich geschmackstypisch. Eher etwas flach, weil nach unserem Gusto zudem auch Salz fehlte.
Ähnlich wie bei der saftigen Roulade von der Bachforelle auf Perlgraupenrisotto mit kleinen Knäueln von Brennnesselspinat und einer rahmigen Sauce vom Apfelwein: ein handwerklich achtbares Gericht, gut proportioniert, gefällige Konsistenzen – nur fehlte es an aromatischer Tiefe und einem Akzent, den wir uns in Gestalt von Frucht und Säure von der Apfelweinsauce erhofft hatten. So blieb auch dieser Gang leider etwas blass.
Im Gegensatz zu dem nach klassischem Format mit Farce im Weinblatt eingeschlagenen Lammrücken, der in seiner Umhüllung auf den Punkt gegart war. Der hatte nämlich nicht nur eine Art Gröstl von Pilzen und Gemüsen an seiner Seite, sondern auch eine ziemlich kräftig reduzierte, intensiv schmorwürzige Sauce auf Kalbsjus-Basis. Auch die gebackenen Käseknödel waren eher von der zünftigen Sorte. Das machte alles einen guten und soliden Eindruck, hätte aber nach unserem Dafürhalten noch besser zu einem dunklen Schmorstück gepasst. Für den zartaromatischen rosa Lammrücken war das schon eine recht wuchtige Begleitung ... Geschmeckt hat's trotzdem sehr gut.

So wie auch das Dessert, eine luftige Quarkmousse mit eingemachten Kirschen und einem Kirschsorbet, die von einem Sabayon mit gerösteten Mandelsplittern umschmeichelt wurden. Dass man hier zu allem auch den passenden Tropfen ins Glas bekommen kann, lässt schon das gläserne Weinkabinett vermuten, und die bei deutschen Erzeugnissen nach Rebsorten sortierte, für Frankreich, Italien, Spanien, Österreich etc. nach Regionen gesplittete Karte gibt Gewissheit: eine breite Auswahl mit klarem Fokus auf das Preis-Leistungs-Verhältnis. Und mit Jörg Geigers „Prisecco" oder hausgemachten Limonaden gibt es auch im alkoholfreien Bereich Alternativen zu Wasser, Saft und Softdrinks.

Reil (Rheinland-Pfalz)

Wine & Dine

im Boutique Hotel Villa Melsheimer
Moselstr. 5, 56861 Reil
06542-900034
www.melsheimer.de
Küchenchef: Dirk Melsheimer, Alessandro Riemer
Do u. Fr ab 18 Uhr, Sa u. So ab 12 Uhr durchgehend, Mo, Di u. Mi RT
Hauptgericht: 12–40 €,
Menüs: 32–90 €
VISA

Die Moselstraße in Reil, gleich am Ufer und vom Durchgangsverkehr befreit, ist ein besonders idyllischer und zum Glück auch kulinarisch interessanter Streifen. In der Villa Melsheimer werden im Restaurant Villa Classic zwar auch einfachere, bodenständige Speisen angeboten, im Wine & Dine steht allerdings ein ambitioniertes Menü im Mittelpunkt. Es kann in unterschiedlichen Längen bestellt wer-

den, allerdings sind alle Gänge auch einzeln zu haben.
Vorweg kommen in jedem Falle vier Sorten Brötchen, durchaus angenehm, die von drei hausgemachten Aufstrichen flankiert werden: Thunfischcreme, Tomatenfrischkäse und Kräuterbutter, alles schmackhaft, alles hübsch dekoriert. Noch besser ist das Amuse-Bouche, das auf die Saison und die herrschende Temperatur abgestimmt wirkt: ein recht festes Gurkensorbet mit Sellerie (als gedünstete Scheibe und Creme), Apfel-/Curry-Salat und Apfelgel. Eigentlich fast schon eine richtige Vorspeise und somit ein Hinweis darauf, dass die Portionen ziemlich groß sind. Wer sechs oder sieben Gänge bestellt, sollte sich entsprechend vorbereiten …
Das geschabte Rinderfilet vom Simmentaler Weiderind ist von sehr guter Qualität, ansprechend gewürzt, wird mit sehr dünnen, knusprigen Schalottenscheiben, kleinen Kapern und einem Eigelb verfeinert und ist trotz der überflüssigen Trüffelcreme ein 6-Pfannen-Gang! Auch die Erbsenschaumsuppe macht viel Spaß, wird sie doch attraktiv mit Scheiben vom Bündnerfleisch aufgepeppt, und eine Erbsencreme, vor allem aber eine viel herbe Frische ausstrahlende Zitronencreme bringen Dynamik und Balance ein. Man sieht und schmeckt: Die Küche unter Leitung von Dirk Melsheimer und Alessandro Riemer weiß, was sie tut.
Beim sanft pochierten, im Kern glasigen Kabeljaufilet verliert sie sich aber ein bisschen in den Aromen: Mangoschaum und Mangochutney sind zwar prinzipiell nicht zu tadeln, kommen sich hier aber aromatisch mit dem solo ebenfalls sehr guten Lauchöl in die Quere. Die mit Tonkabohne aromatisierte Mousseline auf Kartoffelbasis ist weniger eine seidige Mousseline, als vielmehr ein recht festes Püree, aber dennoch schmackhaft. Ob es wirklich die Tonkabohnenwürzung gebraucht hat, kann man diskutieren …
Das Tournedos vom Kalbsfilet wird danach mit einer würzig-süßlichen Kruste serviert, in der sich vermutlich die angekündigten Flusskrebse verbergen. Dazu gibt's Spargel, ein wieder recht festes Püree von violetten Kartoffeln, Kartoffelwürfelchen und luftige Hollandaise. Ein leicht rustikaler, aber sympathischer Gang, allerdings recht umfangreich und sättigend. Das Stück Lammrücken im Edamame-Mantel schließlich ist gut gebraten, aber unterwürzt; der knusprig angebratene Curry-/Polenta-Quader passt gut dazu, einzelne Edamame lockern das Ganze auf, die dunkle Jus scheint uns etwas zu stark reduziert.
Handwerklich tadellos zubereitet ist schließlich die Schnitte mit Rhabarber und Valrhona-Schokolade: Der Rhabarber-Geschmack geht zwar etwas unter, aber die Schokolade kommt gut durch und das begleitende Buchweizeneis gerät schmelzig und mundfüllend würzig. Rhabarberragout, ein wenig Schoko-Sponge und kleine Meringuen vervollständigen das Gesamtbild.
Die Weinkarte führt eine gute Auswahl an Moselweinen zu sympathischen Preisen; mit Riesling vom Weingut Melsheimer aus dem gleichen Ort ist man als Gast immer gut bedient. Und was die Bedienung angeht: die ist freundlich, aufmerksam, moselländisch herzlich.

Hotelempfehlung

★★★★

Boutique Hotel Villa Melsheimer

Moselstr. 5, 56861 Reil
✆ 06542-900034
www.melsheimer.de
Einzelzimmer: 65–200 €
Doppelzimmer: 90–245 €
VISA

Unmittelbar am malerischen Moselufer bilden die zwei schmücken Villen aus dem 20. Jahrhundert und das historische „Müllehaus" (aus dem 16. Jahrhundert) des Boutique Hotels Villa Melsheimer zusammen ein zauberhaftes Anwesen. Die ruhige Lage am Ortsrand und die Nähe zur Mosel schaffen einen hohen Erholungswert. Zugleich bieten die elegant und geschmackvoll renovierten Zimmer viel Komfort und reichen von drei Basis-Zimmern mit Dusche/WC, Toilettenartikel, Fön, Zimmersafe, WLAN und SAT-TV über die zusätzlich mit LCD-Flachbildschirm, Telefon, Minibar, Zimmersafe und Schreibtisch ausgestatteten Premium-Zimmer bis zur Junior-Suite oder der

„Villa Nature Spa"-Suite – Letztere mit eigenem Garten inklusive Privat-Spa mit Sauna und Whirlpool. Für kulinarischen Genuss sorgt das Team um Dirk Melsheimer in Bar, Restaurant und Panoramaterrasse mit besonderem Anspruch und deutsch-französischem Einschlag. Restaurant Wine & Dine separat erwähnt.

Reinsbüttel (Schleswig-Holstein)

Gasthof Leesch

Dorfstr. 14, 25764 Reinsbüttel
04833-2289
www.gasthof-leesch.de
Küchenchef: Thorben Witt-Leesch
Di–So von 12–14 Uhr u. ab 18 Uhr, Mo RT
Hauptgericht: 24–48 €, Menüs: 35–80 €

VISA

Und da soll mal einer sagen, dass man mit anspruchsvoller Küche nicht auch auf dem platten Land erfolgreich sein kann! Die Gastgeber und Macher Kathrin Leesch (Restaurantmeisterin und Sommelière) und Thorben Witt-Leesch (Küchenmeister) leiten den Familienbetrieb seit 2013 in der dritten Generation und haben ihn seither nicht nur im Jahrestakt umgebaut, angebaut und modernisiert, sondern auch aus kulinarischer Sicht von der Kneipe zum Restaurant geformt.

Klar, dass man in einer Gemeinde in der Region Dithmarschen mit nicht mal 500 Einwohnern, die weit von den nächsten großen Städten entfernt liegt, nicht mit allzu exklusiver Gastronomie punkten kann und auch den bodenständigen Essern entgegenkommen muss. Doch das ambitionierte Gastronomenpaar scheint hier gar keine großen Kompromisse machen zu müssen und offeriert in der Karte ein durchwegs attraktives Programm, das zeitgemäße Regionalküche mit pfiffigen Ideen der traditionellen Langeweile entledigt, dabei aber auch nicht zu viel will – und überdies sogar noch qualitativ, handwerklich und geschmacklich voll überzeugt.

So bekommt man es hier beispielsweise mit einer Praline vom Susländer Schweinchen nebst Dunkelbiertextur und Gerstensalat zu tun, mit einem Duett von minutenkurz gebeiztem Fjordlachs und Seeteufel, denen Orangencreme, Frühlingslauch und Ananas einen

Hauch exotischer Frische vermitteln, oder mit einem weiteren Duo, diesmal von Aal und Forelle, beides warm geräuchert, in bodenständiger, aber trotzdem auch raffinierter Kombination mit Bauernbrot, Schnittlauchrührei und Meerrettichcreme.

Auch an den saftigen Tranchen vom Hirschrücken, die zusammen mit einer Art Sauce Cumberland sowie geflämmten Knollensellerie-Ronden, eingelegten Apfelspalten und einem verschiedensortigen Salatbouquet aus unter anderem Feldsalat, Portulak und Blutampfer mit Walnuss als Vorspeise der Menüempfehlung aufgeboten wurden, konnte man deutlich sehen und schmecken, wie sorgfältig und stilsicher hier mit guten, frischen Produkten gekocht und kombiniert wird.

Und das zeigte auch ganz zweifelsfrei die Fischsuppe, von der nicht nur die rahmig-gehaltvolle Basis mit finessenreicher Säureader und deutlicher, elegant eingebundener Aniswürze klar zu überzeugen wusste, sondern auch deren reichhaltige Einlage: allesamt äußerst propere, saftig gegarte und frische Fische unterschiedlicher Sorte sowie glasig-knackige Garnelenstücke und fein nussige Nordseekrabben, wie man sie sich immer wünscht und nur selten bekommt … Dazu ein klein wenig Frühlingsgemüse wie grüner Spargel oder Kohlrabi und viel frischer Dill. Ganz wunderbar!

Das stattliche Rinderfilet, das nicht nur perfekt gleichmäßig medium-rare gegart, sondern auch tadellos gereift war, machte ebenfalls großen Spaß. Es wurde von einer saftigen Ochsenschwanzpraline eskortiert, eingebacken in Kataifistroh, die auf dem locker drei Finger dicken Tournedos thronte. Dieses Türmchen war umgeben von fluffigen Kartoffelsticks, von der Art wie aufgespritzte Schupfnudeln, die sich als willkommene Saucenschwämme für die schaumig-estragonduftige Sauce béarnaise erwiesen, welche reichlich und in bester Beschaffenheit auch noch in einer kleinen Saucière an den Tisch gebracht wurde (und von der wir nichts in die Küche zurückgehen lassen konnten). Selbst der brave Gemüseteller war dank guter

Produktqualität und sorgfältiger Garung eines jeden einzelnen Bestandteils deutlich attraktiver als gedacht.
Dass man mit einem halbflüssigen Schokoladenkuchen nebst weißem Schokoladeneis sicherlich keinen Innovationspreis gewinnen kann, liegt auf der Hand – muss man in der ländlichen Abgeschiedenheit Schleswig-Holsteins aber auch überhaupt nicht. Vielmehr freut man sich als Gast darüber, dass das opulente Innere des nur am Rand fest gebackenen Kuchens schön intensiv schokoladig und nicht zu süß ist und dass auch das weiße Schokoladeneis mit viel kakaobuttrigem Schmelz aufwartet.
Dazu gibt's eine ausreichend umfangreiche und absolut brauchbare Weinkarte mit Schwerpunkt bei deutschen Gewächsen von arrivierten Erzeugern oder namhaften Genossenschaften, aber auch internationale Alternativen. Außerdem sehr zuvorkommender Service und ein gutes Preis-Leistungs-Verhältnis.

Reit im Winkl (Bayern)

5

HEIMAT

im Relais & Châteaux Gut Steinbach
Steinbachweg 10,
83242 Reit im Winkl
08640-807505
www.gutsteinbach.de/de/kulinarik/restaurant-heimat
Mo–So von 12–14 Uhr u. ab 18 Uhr, kein RT
Hauptgericht: 19–44 €,
Menüs: 39 €
VISA P

Mitten in der malerischen Chiemgauer Bergwelt und dort auf einer Anhöhe am Ortsrand von Reit im Winkl gelegen, hat Klaus-Dieter Graf von Moltke, der in der Vergangenheit vor allem durch das mittlerweile verkaufte Parkhotel Egerner Höfe in Rottach-Egern am Tegernsee bekannt war, mit Gut Steinbach ein echtes Herzensprojekt realisiert. Der aufwendig zu einem schmucken Hotel sanierte historische Steinbacher Hof und das weitläufige umliegende Land ergeben ein Refugium der besonderen Art. Allein die ruhige und naturnahe Lage ist außergewöhnlich. Dazu kommen aber rund um das Haupthaus und die umliegenden, an Sennhütten in alter Handwerkstradition erinnernden Chalets, noch eine eigene, biozertifizierte Landwirtschaft mit Wild, Schweinen, Ziegen, Hühnern und Yaks. Und ein insgesamt hoher Anspruch an möglichst nachhaltiges Wirtschaften.
Mit Achim Hack wurde ein erfahrener Küchenchef gefunden, der bereits in den Egerner Höfen zeigen konnte, dass er nicht nur eine sichere Hand, sondern auch inspirierte Ideen für verfeinert rustikale Gerichte hat. Gemeinsam mit dem durchgängig hohen Qualitätsanspruch und dem ausdrücklichen Ziel, dass 80 Prozent der Produkte aus einem Umkreis von maximal 80 Kilometern Entfernung stammen sollen, sind das zweifelsohne beste Voraussetzungen für eine anspruchsvolle regionalverwurzelte Küche.
Erlebbar wird diese im ebenso heimeligen wie gediegen eleganten Restaurant Heimat und in drei weiteren, thematisch mit unterschiedlichem Material und Charakter gestalteten Stuben, die aber allesamt durch die gleiche Mischung aus rustikalem Charme und Wertigkeit geprägt sind. Und im Sommer bietet eine weitläufige Terrasse mit elegant gedeckten Tischen und Blick auf die umliegenden Berge ebenfalls ein bestens dazu passendes Ambiente.
Das bis ins Detail durchdachte Gesamtkonzept zeigt sich dann auch bei einem Blick in die Karte, die bewusst keine Menüs oder Gourmetattitüden parat hält, sondern eher bodenständige und produktorientierte Gerichte. Das ergibt ein relativ breites Spektrum vom gezupften Schweinsbraten in der Semmel oder einem Bayerischen Leberkäs mit gebackenem Landei und Kartoffel-/Gurken-Salat bis hin zum Rehrücken mit Sellerie-Cannelloni oder einem lang gereiften Chateaubriand mit geschmorten Artischocken und Sauce béarnaise.
Entscheidend auf beiden Seiten des Spektrums sind dabei die hochwertigen Grundprodukte und das handwerkliche Können des Teams. So brachte beispielsweise ein lauwarmer, aus verschiedenen hocharomatischen Tomatensorten, Frühlingszwiebel und Kräutersalz bestehender „Salat" mit zart schmelzendem Ziegenweich-

käse und gebackenem Salbei viel intensiven Geschmack auf engen Raum – und sehr viel Sommer an den Gaumen! Bester Beweis dafür, wie „einfach" gute Küche sein kann. Und durchaus auch für eine noch höhere Bewertung gut.
Auch die intensiv und markant warmwürzig-pfeffrige Rote-Bete-Suppe mit Himbeeren und einer milden, kräuterwürzigen Forellenrillette brauchte nicht viel, um dennoch mit Tiefe und Spannung zu punkten. Und sie zeigte auch einmal mehr, wie gut das Team handwerklich aufgestellt ist. Genau das illustrierte ebenso ein perfekt souffliertes Wiener Schnitzel aus eigenaromatisch zartem Kalbsfleisch nebst seinen ganz klassischen, hier ebenfalls mustergültig zu Porzellan gebrachten Begleitern in Form eines eher sanften Kartoffel-/Gurken-Salats und herben Wildpreiselbeeren.
Die wenigen Ausnahmen von der selbst gesetzten 80/80-Regel gibt es vor allem beim Meeresfisch. Und so finden neben Forelle oder Saibling durchaus auch mal Wolfsbarsch oder Lachs ihren Weg auf die Teller. Letzterer zuletzt als hohe, kross auf der Haut gebratene und im Inneren glasige Tranche, gemeinsam mit zarten kleinen Gnocchi, intensivem, mit Orangen geschmortem Fenchel und einem reduzierten dunklen, hier vielleicht nur etwas zu plakativem Balsamicosud. Für eine Prise Leichtigkeit sorgten zudem Kräutersalz und knackig marinierter Fenchel, wobei Letzterer etwas filigraner und vielleicht zitrisch unterlegt noch besser gewirkt hätte. So blieb das Ergebnis eher rustikal, machte auf diese Art insgesamt aber ebenfalls Freude.
Den einzigen wirklichen Ausrutscher gab es zuletzt beim Dessert, das als etwas leichtere Alternative zum Kaiserschmarrnklassiker eine gebrannte Ingwercreme mit Himbeerragout und -sorbet kombinierte: Durch die insgesamt lauwarme (extrem süße) Creme und das ebenfalls warme Beerenragout verkürzte sich hier die Halbwertszeit des Sorbets, das ansonsten ein erfrischender Kontrast gewesen wäre, leider rasant. Und so entstand eine fruchtig-süße Melange, die das Potenzial des Desserts bei Weitem nicht ausschöpfte.
Allerdings darf man das auch nicht überbewerten, und es ändert auch wenig am insgesamt sehr stimmigen und positiven Gesamteindruck, der auch eine nicht überbordende, aber anspruchsvolle Weinkarte und kreative Aperitif- und Digestif-Optionen mit einschließt. Nicht zu vergessen den ebenso souveränen wie zuvorkommenden Service, der auf positive Art dann doch wieder mehr an Grandhotel als an Landgut erinnert.

Hotelempfehlung

★★★★S

Relais & Châteaux Gut Steinbach

Steinbachweg 10,
83242 Reit im Winkl
08640-8070
www.gutsteinbach.de
Einzelzimmer: ab 99 €
Doppelzimmer: ab 194 €

Im schönen Chiemgau zwischen Chiemsee und Tirol, nicht weit entfernt von München, liegt in der Bilderbuchlandschaft um den Ort Reit im Winkl das Relais & Châteaux Gut Steinbach Hotel und Chalets. Im Haupthaus des Ensembles befinden sich 58 Zimmer und Suiten sowie das Restaurant HEIMAT & Stuben samt Sonnenterrasse und einer Kaminbar. Rund um einen Naturweiher reihen sich zudem sieben moderne Landhaus-Chalets mit je 150 bis 185 m² Wohnfläche in elegantem alpinem Stil und mit eigener Sauna auf je ca. 700 m² Grund. Im Gut Steinbach Beauty & Spa erwarten die Gäste neben einem 18-Meter-Indoorpool, Whirlpool, Sauna, Dampfbad und Tepidarium verschiedenste Massage- und Beauty-Anwendungen. Entspannung pur! Firmen finden im modernen Tagungsbereich einen idealen Ort für Meetings und Seminare. Im Restaurant setzt das Team um Küchenchef Achim Hack auf saisonale Heimatküche mit starkem Bezug zur Natur, die sich durch Nachhaltigkeit, viele selbst produzierte Lebensmittel und eine besondere Prise Kreativität auszeichnet.

Remchingen (Baden-Württemberg)

6

Landgasthof Hirsch

Hauptstr. 23,
75196 Remchingen (Wilferdingen)
07232-79636
www.hirsch-remchingen.de
Di–Sa von 12–14 Uhr u. ab 18 Uhr, So u. Mo RT
Hauptgericht: 19–31 €,
Menüs: 59–89 €

VISA

Das schmucke Landgasthaus in Eggenstein-Leopoldshafen ist uns mit seiner subtanzstarken Küche schon seit knapp 15 Jahren eine Empfehlung wert, aber so gut wie seit zwei Jahren, als Markus Nagy hier die Regie am Herd übernommen hat, wurde in all der Zeit noch nie gekocht. Die Karte offeriert nach wie vor traditionellere Heimatgerichte, und vor allem mittags sind die Teller etwas einfacher gehalten – daneben wird aber auch deutlich aufwendiger und mit einer breiteren Produktpalette aufgetischt, die auch bretonische Fische, Krustentiere, heimisches Wild oder elsässische Gänseleber umfasst. Doch egal, was man hier bestellt: alles ist mit der gleichen Sorgfalt und identischem Qualitätsanspruch zubereitet – und zu äußerst moderaten Preisen zu haben.

Remscheid (Nordrhein-Westfalen)

6

Heldmann & Herzhaft

Brüderstr. 56, 42853 Remscheid
02191-291941
www.heldmanns-restaurant.de
Mi–Fr von 12–13.30 Uhr u. ab 18 Uhr, Sa ab 18 Uhr, So–Di RT
Hauptgericht: 24–36 €, Menüs: 46–95 €

VISA

Der stattliche, außen wie innen schmuck ausgestaltete Klinkerbau ist und bleibt die erste Adresse für Genießer im Raum Remscheid. Ulrich Heldmann und sein Team bieten in den farbenfroh aufgefrischten Altbauräumen mit Stuckdecken oder im lichtdurchfluteten Wintergarten eine fundierte klassische Küche, bei der die Übergänge zwischen verfeinerten herzhaften Traditionsgerichten und weltoffenen, etwas aufwendiger inszenierten Feinschmeckereien fließend sind. Auch im sogenannten Sternstunden-Menü konzentrieren sich Heldmanns auf die Verwendung heimischer Produkte und kraftvoller Aromen.

Rheda-Wiedenbrück (Nordrhein-Westfalen)

7

Reuter

Bleichstr. 3, 33378 Rheda-Wiedenbrück
05242-94520
www.hotelreuter.de
Küchenchef: Iris Bettinger
Do–Sa ab 18 Uhr, So–Mi RT
Menüs: 89–149 €

VISA

An drei Abenden in der Woche kommen die Gäste im Hotel Reuter in den Genuss der kreativen, weltoffenen Küche von Chefin Iris Bettinger, die hier seit Jahren ambitioniert das Restaurant des familieneigenen Hotelensembles im Herzen des ostwestfälischen Städtchens bekocht. Wer rechtzeitig reserviert (bis spätestens 12 Uhr am gleichen Tag) wird mit unangestrengt schnörkelloser Feinschmeckerküche belohnt, die hier in Form eines bis zu sechsgängigen Gourmetmenüs offeriert wird. Trotz vieler regionaler Produkte und einer generellen Vorliebe für herzhafte Gerichte präsentiert sich das Kulinarium der Chefin bunt, originell und international. Stilistisch klassisch, konzeptionell auf der Höhe der Zeit, handwerklich sehr sauber und präzise ausgeführt und qualitativ anspruchsvoll sind ihre fantasievollen Gerichte – aber auch zugänglich genug, um beim tendenziell recht bodenständigen ostwestfälischen Publikum nicht als abgehoben zu gelten.

Rheinau (Baden-Württemberg)

5↑ 🍴🍴

Gioias Restaurant

Hauptstr. 215-217, 77866 Rheinau
07844-9182299
www.gioias.de
Mi–Sa ab 17.30 Uhr, Mo u. Di. RT
Hauptgericht: 21–29 €, Menüs: 39–59 €
EC VISA P

Im Vergleich zu den teils malerischen Ortschaften, die sich nur wenige Kilometer entfernt am Fuße des Schwarzwaldes tummeln, ist Rheinau im südlichsten Eck des Ortenaukreises nicht unbedingt eine besondere Augenweide. Umso einladender wirkt hier aber das sauber heraus geputzte denkmalgeschützte Herrenhaus auf dem Gutshof zu Hanau an der Durchfahrtsstraße des Ortsteils Rheinbischofsheim, in dem Gioias Restaurant seit 2019 nicht nur mit farbenfroh ausdrucksstarkem Design, sondern auch mit anspruchsvoller Küche die Gäste lockt.
Das junge Team um Inhaber und Chefkoch Francesco D'Agostino, der bis in die Haarspitzen motiviert und auch überaus talentiert ist, setzt sich deutlich vom Mainstream ab und bietet anspruchsvolle Gastronomie mit Fun-Faktor und ohne allzu enges Korsett. Wenngleich hier ein drei- bis fünfgängiges Überraschungsmenü forciert wird, gibt es keinen Zwang zum Einheitsmenü, sondern auch genügend Auswahl à la carte, sodass man als Gast im Endeffekt alle Freiheiten hat. Die nicht zu umfangreiche Speisekarte offeriert einen Mix aus beschwingter Italianità sowie ein paar frankophilen und regionalen Einflüssen, und es bietet dem Team auch noch genug Raum zur Kreativität.
Unser erster Eindruck war sehr eindeutig: Am besten ist die Küche ganz klar dann, wenn sich der Chef auf seine italienischen Wurzeln besinnt und klassische Geschmacksbilder aus dem Mittelmeerraum auf die Teller bringt. Handwerklich und qualitativ zeigte das Team eine durchgehend respektable Leistung, nur je stärker die Aromen und Kombinationen in Richtung „Freestyle" tendierten, desto unruhiger und heterogener wirkten die Kompositionen – wenngleich sie sich auch dann immer noch auf überdurchschnittlichem Niveau bewegen.
Beispiel: Beim schön leicht, frisch und natürlich anmutenden Ceviche von der Jakobsmuschel wirkten Schwarzwurzel, rohe Paprika, Maracuja, Haselnüsse, Avocado und Affila-Kresse zwar nicht völlig unharmonisch, aber auch nicht unbedingt wie eine stringente Komposition. Wie viel stimmiger und runder waren da die tadellos beschaffenen, dünnteigigen Tortellini mit ihrer süffigen (und nicht zu würzigen) Füllung von sanft geschmortem Ochsenschwanz, die zusammen mit den feinsäuerlich-süßlichen Akzenten confierter Tomaten in rahmig-schaumiger Parmesansauce schwammen. Das war zwar sehr eindeutig und aromatisch, aber zugleich so elegant, leicht und transparent, dass auch die vergleichsweise zarten Aromen von Basilikum und Zitronenthymian als animierende Kopfnote immer deutlich präsent waren. In seiner perfektionierten Schlichtheit und Ausdruckskraft im Grunde fast schon 7-Pfannen-Niveau.
Wäre der geflammte Label-Rouge-Lachs, der zusammen mit feinsäuerlichem Caponata-Gemüse und Olivencrunch in einer sehr feinen, mit Krustentier- und Kräuteröl besprenkelten Schaumsauce von gelben Zucchini schwamm, noch etwas exzeptioneller gewesen, hätten wir auch dieses Zwischengericht bei einer Bewertung zwischen 6 und 7 Pfannen eingeordnet. So bewegte er sich, genau wie der als Komposition ähnliche Schwertfisch, doch ein klein wenig darunter – obwohl es hier allerdings gelang, den gemeinhin sehr schnell zur Trockenheit neigenden Fisch recht gut auf den Punkt zu bringen. Auch das ein sehr schmackhaftes Gericht ohne Schnörkel.
Und obwohl am geduldig geschmorten und satt mit der begleitenden Demi-Glace glasierten Kalbsbäckchen nicht das Geringste auszusetzen war, wirkte es mit seiner Begleitung aus recht roher geflämmter Zwiebel, gerösteter Pastinake, Selleriepüree, uncharmant knofelig aromatisiertem Stängelkohl und etwas borstig säuerlichem Himbeergel als Ganzes ein wenig unrund und nicht konsequent zu Ende gedacht – zumindest im Hinblick auf eine höhere Bewertung. Dass diese bei etwas mehr Stringenz locker möglich wäre, das zeigte auch das Dessert, ein cremiger

Schokoladensavarin nebst eingelegtem grünem Apfel, Buchweizencrunch und Eis von karamellisiertem Ziegenfrischkäse, obwohl der ebenfalls annoncierte Staudensellerie geschmacklich nicht dezidiert auszumachen war.
Wir sind gespannt auf die weitere Entwicklung des Teams und gehen davon aus, dass unsere aktuelle Bewertung noch nicht das Ende der Fahnenstange darstellt. Die Weinkarte ist noch ausbaufähig, insbesondere was die Auswahl der badischen Gewächse betrifft, aber man wird darin fündig. Den Service erlebten wir freundlich und engagiert.

Rheinbach (Nordrhein-Westfalen)

5↑

Anna Seibert

Am Bürgerhaus 5, 53359 Rheinbach
02226-8923713
www.anna-seibert.de
Küchenchef: Benedikt Frechen, Jan Conrath
Di–Sa von 12–14 Uhr u. ab 18 Uhr, So u. Mo RT
Hauptgericht: 19–31 €, Menüs: 45–75 €
EC VISA P

Benedikt Frechen, den wir als Küchenchef schon aus seiner Zeit im Klostermannshof in Niederkassel kennen und schätzen, hat sich vor nunmehr zwei Jahren in seiner Heimatstadt Rheinbach rund 25 Kilometer südwestlich von Bonn selbstständig gemacht. Dort belebt er seither ein wunderschönes schmales Fachwerkhäuschen aus dem 18. Jahrhundert mit unkomplizierter und trotzdem anspruchsvoller Regionalküche, für die er zwar den einen oder anderen modernen und auch kreativen Twist auf die Teller bringt, im Großen und Ganzen aber bodenständig auf dem Teppich und bei der heimischen Produktvielfalt bleibt. Hier erwarten die Gäste quasi keine durch besondere Exklusivität aufgebaute Hemmschwellen.
Und so erfreut sich das nach Benedikt Frechens Großmutter benannte Restaurant, in dessen Gasträumen sich Nostalgie und Moderne zu einem originellen und behaglichen Ambiente vereinen, auch und gerade in der Region großer Beliebtheit. Sei es zum günstigen Lunch oder am Abend, wenn etwas aufwendiger und umfangreicher gekocht wird. Das Repertoire reicht von Kleinigkeiten zum Aperitif oder auch nur zum späten Gläschen Wein auf der Terrasse (Crostini mit einer Tapenade aus Ei und Trüffel, luftgetrockneter Schinken vom Duroc-Schwein …) bis zu einem originalen Wiener Schnitzel (mit Kartoffel-/Gurken-Salat und kalt gerührten Preiselbeeren), das selbstredend vom Kalbsrücken stammt und lockerwellig in Butter schwimmend herausgebraten und souffliert wird.
Es gibt aber auch ein allabendliches Menü, dem kleine Grüße vorneweg gehen – zuletzt ein schön natürlich schmeckendes weißes Spargelsüppchen mit Kräuteröl und eine Art Risoni-Nudelsalat mit etwas luftgetrocknetem Schinken vom Duroc-Schwein sowie hausgebackenes Brot und Kräuterquark. Und alles zeugt bereits von redlichem Handwerk ohne Verfeinerungsexzesse und Nähe zum Produkt. So wie auch das folgende Tatar vom Bachsaibling, das aus akkurat geschnittenen, festfleischigen, cremig-rahmig angemachten Würfeln des Fischs bestand, mit gebeiztem Eigelb überflockt war und sich den Teller mit intensiver Wiesenkräutercreme, knackigen marinierten Streifen von weißem Spargel und einer Mischung aus Frisée, Feldsalat, Radicchio und viel Dill teilte. Ein animierender, weil in jeder Komponente viel Frische transportierender Gang.
Ähnlich wie auch die äußerst locker-flockigen Gnocchi mit tollem Kartoffelgeschmack, die zusammen mit marinierten Radieschen, in Olivenöl gegarten Cherrytomaten und verschiedenen Kräutern auf einer milden, rahmigen Bärlauch-Velouté angerichtet waren und durch kandierte Zesten von Zitronenschalen einen süßlich-herben Aromenakzent mit auf den Weg bekamen. Solides Handwerk und natürliche Aromen frischer Produkte repräsentierte auch das auf der Hautseite kross gebratene Filet von der Lachsforelle, das sich im Verein mit einer „bunten Gemüsevielfalt“ in Gestalt von jungen Möhren, Mairübchen, Radieschen und gegrillter Lauchzwiebel auf einem kartoffeligen Rucolapüree ohne besonders prägnante Note ausbreitete – eingerahmt und süffig unterlegt von einer ebenfalls eher milden, geschmeidigen Nussbutter-Velouté.

Wem eher nach Fleisch ist, der findet in sorgfältig geschmorten Kalbsbäckchen mit parmesanwürziger Cremepolenta und karamellisiertem Spargel in dunkler Schmorjus oder klassischen Königsberger Klopsen vom Kalb in Kapernsauce, die stilecht mit Roter Bete und Kartoffelpüree serviert werden, genügend attraktive Alternativen. Egal ob Menü oder à la carte: die Portionen sind so bemessen, dass eigentlich immer auch noch ein Dessert geht – selbst wenn man dann spätestens beim köstlichen „Apfelkuchen wie bei Oma" kapitulieren könnte. Denn das in einer kleinen Springform angerichtete und mit einer großen cremigen Nocke Zitronenmelisseeis getoppte Schichtwerk aus Vanillepudding, geschmortem Boskoop-Apfel und Butterbröseln hat es rein mengenmäßig zum Finale noch mal in sich.
Wer den Schmaus lieber herzhaft abschließt, kann sich eine kleine Rohmilchkäseauswahl schmecken lassen und sich dazu nochmals aus dem gepflegten Weinsortiment etwas Passendes aussuchen. Dass hier Wein nicht bloß Nebensache ist, lassen bereits die dekorativ im Lokal ausgestellten Bouteillen unschwer erkennen.

Rheinsberg (Brandenburg)

5

Der Seehof Rheinsberg

im Hotel Der Seehof Rheinsberg
Seestr. 18, 16831 Rheinsberg
033931-4030
www.seehof-rheinsberg.de
Küchenchef: Daniel Pfeiffer
Täglich von 12–14.45 Uhr u. ab 18 Uhr, kein RT
Hauptgericht: 13–20 €,
Menüs: 33–51 €
VISA P

Auf die Küche des Seehofs ist einfach Verlass! Egal ob im Sommer, wenn sich in Rheinsberg die Touristen tummeln und nicht nur den beschaulichen See und die weitläufige Schlossanlage frequentieren, sondern auch die lauschige Innenhofterrasse des kleinen Hotelbetriebs mit ambitionierter Gastronomie, oder jenseits der Saison, wenn es hier vergleichsweise ruhig zugeht: Daniel Pfeiffer und sein Team stehen für eine rundum solide und schwankungsfreie Küchenleistung. Müssten wir in Hinblick auf unser Bewertungssystem ein Musterbeispiel für eine Küchenleistung auf 5-Pfannen-Niveau nennen, wäre dieses Lokal prädestiniert. Das Team bewegt sich bewusst unterhalb der Gourmetschiene, aber weit oberhalb des regionalen Durchschnitts.
Was hier zu moderaten Preisen geboten wird, spricht also ein breites Publikum an, ohne beliebig zu sein, ist bodenständig und trotzdem nicht alltäglich. Man kann im Seehof einfach bloß eine geschmorte Ochsenbacke mit Rotkohl und Serviettenknödel essen oder sich ein sechsgängiges Menü gönnen – und bekommt auf dem Teller immer redliches Kochhandwerk mit harmonischem Wohlgeschmack geboten. Schon an der großporig-lockeren, selbstredend hausgebackenen Focaccia und deren begleitendem Kräuter-/Gemüse-Quark konnte man auch dieses Mal wieder sehr deutlich den Eigenanspruch des Küchenteams erkennen, noch bevor überhaupt der erste Gang auf dem Tisch stand.
Doch der folgte auf dem Fuße und war sogleich eine schöne Bestätigung des ersten Eindrucks. Nämlich ein von leichter Hand angerichtetes Arrangement aus rosa Kalbsfleischscheiben, gebratenen Garnelen, kleinen Blättern verschiedener Salate und einer knusprig getoppten süßlich-würzigen Röstzwiebelcreme. Schon allein an den sehr produktaromatischen, offenbar in einer Art Krustentieröl angebratenen Garnelen konnte man sehen und schmecken, dass hier bei aller Unkompliziertheit der Gerichte nicht einfach profan herumgeköchelt, sondern mit Verstand und Sinn für Details gekocht wird.
Auch die cremige Blumenkohlsuppe, in der neben kleinen knackigen Blumenkohlröschen etwas Curryöl und „Semmelbutter" genannte Röstbrösel für unkonventionellen Pep sorgten, war ein gutes Beispiel für den unaufgeregten Stil der Küche. Klar könnte man hier und da mit verhältnismäßig wenig Aufwand auch noch etwas mehr rausholen. So hätte etwa das Erbsenpüree zum gebratenen Kabeljaufilet nebst weißem Spargel und einigen mit Spargelcreme gefüllten Ravioli schön glatt passiert noch einen etwas eleganteren Eindruck hinterlassen,

als grob und stückig püriert – zumal der Fisch eine sehr zarte, weiche und fein strukturierte, eher an Heilbutt als an Kabeljau erinnernde Konsistenz hatte. Geschmeckt hat es aber auch so sehr gut.
Genau wie der Hauptgang um aromatisch mit Rosmarin gebratenes Lammfilet auf grünen Bohnen, fruchtig-würzigem Tomatenrisotto und reduzierter Lammjus, denen in Form von mildem Gurkenjoghurt ein erfrischend sommerlicher Akzent zur Seite gestellt war. Unkompliziert, handwerklich zuverlässig ausgeführt und in jedem Detail sehr schmackhaft. Und alles so portioniert, dass auch ein Dessert wie die Zitronencreme-/Mürbteig-Tarte nebst Blaubeersorbet, Blaubeerkompott und marinierten Erdbeeren kein Problem darstellt. Zumal es sich hierbei ohnehin nicht um eine süße Last, sondern um einen erfrischend leichten und animierenden Nachtisch gehandelt hat.
In der mit preiswerten Gewächsen von Deutschland bis in die europäischen Nachbarländer ausreichend umfangreich bestückten Weinkarte dürfte auch jeder fündig werden, und den Service erleben wir hier stets sehr freundlich und effizient. Eine Oase in der kulinarischen Diaspora!

Hotelempfehlung

Der Seehof Rheinsberg

Seestr. 18, 16831 Rheinsberg
033931-4030
www.seehof-rheinsberg.de
Einzelzimmer: 65–85 €
Doppelzimmer: 100–120 €
VISA

Aus einem ehemaligen Ackerbürgerhaus von 1750, das direkt im Zentrum von Rheinsberg und nur wenige Schritte vom Ufer des Grienericksees entfernt liegt, wurde mit viel Liebe zum Detail ein kleines, aber feines Landhotel mit unterschiedlichen Bereichen gestaltet. Die elf Zimmer (Einzel-, Doppelzimmer, Appartements und eine Suite), die sich teilsweise in einem hübschen Anbau befinden, den man über den idyllischen Innenhof erreicht, sind mit Bad/Dusche, Kabel-TV, Telefon und WLAN ausgestattet. Die Doppelzimmer liegen im Vorderhaus und verfügen zum Teil über Seeblick. In den Zimmerpreisen ist ein reichhaltiges Frühstück enhalten. Besonderes Augenmerk widmet Familie Pfeiffer ihrer mehrfach ausgezeichneten Gastronomie. Restaurant Der Seehof Rheinsberg separat erwähnt.

Riedenburg (Bayern)

6

Forsts Landhaus

Mühlstr. 37b, 93339 Riedenburg
09442-9919399
www.forsts-landhaus.de
Küchenchef: Rüdiger Forst
Mi u. Do ab 18 Uhr, Fr–So von 11.30–14 Uhr u. ab 18 Uhr, Mo u. Di RT
Hauptgericht: 17–34 €,
Menüs: 35–79 €
VISA

Etwas versteckt im Herzen Riedenburgs und dort nur einen kurzen Spaziergang vom Main-Donau-Kanal entfernt, betreiben die Forsts seit Jahren mit schöner Konstanz ihr gepflegtes Gasthaus mit kleinem Hotelbetrieb. Ob drinnen in den beiden Gasträumen oder im Sommer draußen auf der kleinen Seitenterrasse am vorbeiplätschernden Bach: auf die feine bodenständige Küche von Rüdiger Forst ist Verlass.
Der kocht klassisch, völlig unaufgeregt, aber sehr fundiert und kommt auf den Tellern seiner Menüs mit wenigen Komponenten meist zu einem erstaunlichen Ergebnis. Dabei klingen die Gerichte oft noch nicht mal sonderlich auf-

regend. Doch der Chef weiß einfach, wie's geht, und macht aus wenig viel. Genau diesem Stil folgend grüßte die Küche mit einem schlichten Dreiklang aus mildem Matjes auf lockerem Couscous mit Zitronencreme.
Und auch das sauber von Hand gewürfelte und unter anderem mit Dill aromatisierte Lachstatar, das zusammen mit knackigen Zuckerschoten sowie etwas Frisée und Rucola auf einem aromatischen Zwischending aus Vinaigrette und Pesto (Zitrone, Senfschrot, Parmigiano, Öl ...) angerichtet war. Vereinzelte Granatapfelkerne lockerten das Ganze punktuell auf und setzten auf unaufdringliche Art fruchtige Akzente. Ein sehr schön frischer, leichter Auftakt.
Auch die Garnelensuppe mit Gemüse bot bei maximaler Schlichtheit sehr viel Genuss. An dem vollmundig-rahmigen Schaumsüppchen mit viel Krustentiergeschmack fast ohne Röstaromen und Tomatenextrakt, in dem neben glasigen Garnelenstücken zarte Juliennes von Karotte, Spitzkohl und Kohlrabi schwammen, zeigte sich mal wieder, wie viel man mit handwerklicher Präzision und Substanz erreichen kann.
Und im Grunde bestand auch der Fischgang um eine optimal gegarte, frische und feste Tranche vom Kabeljau mit süßlich-fruchtigem Rhabarber, knusprigen Rosmarinnadeln und Pak Choi nur aus drei tonangebenden Komponenten, die harmonisch und dynamisch als sommerlich leichtes Fischgericht zusammenspielten.
Am besten gefiel uns letztes Mal jedoch der Hauptgang: Ochsenbacke, Kartoffelpüree, Karotte. Das kann alles und nichts sein – hier war es sehr viel! Denn man konnte sich weder das perfekt geschmorte Fleisch, noch die unheimlich geschmackvollen und auf den optimalen Punkt zwischen knackig und weich getroffenen Karotten mit etwas Frühlingslauch und schon gar nicht den nussbuttrigen und mit etwas Parmesan verfeinerten Kartoffelstampf in irgendeiner Art besser vorstellen. Von der mustergültigen Schmorsauce, die das Ganze untermalte, ganz zu schweigen.
Und wenn man glaubt, es geht nicht besser, kommt Meister Forst mit einem fantastischen Dessert ums Eck, das uns die vielleicht cremigste und schmelzigste Panna cotta unseres Lebens bescherte – mit Limette und Chili aromatisiert und mit gedünsteten Aprikosen sowie einem wahrscheinlich auf Joghurtbasis zubereiteten Kokosschaum kombiniert. Ein köstlicher schlichter Abschluss.
Auf der Weinkarte dominieren im Weißweinbereich die Gewächse aus Deutschland und Österreich; unter den Rotweinen findet sich eine ganze Reihe sehr guter, bezahlbarer Bouteillen aus Italien sowie aus Frankreich und Südafrika.

Rohrbach (Bayern)

6

Gasthaus Goldener Stern

Dorfstr. 1, 86316 Rohrbach
08208-407
www.gasthaus-goldenerstern.de
Küchenchef: Stefan Fuß
Mi ab 18 Uhr, Do u. Fr von 11.30–14 Uhr u. ab 18 Uhr, Sa von 11.30–14 Uhr, So–Di RT
Hauptgericht: 15–35 €, Menüs: 45–59 €

Müssten wir den Prototyp eines zeitgemäßen Landgasthofs beschreiben – der Goldene Stern von Familie Fuß käme dem Idealbild schon sehr nahe. Im Zentrum eines beschaulichen Dörfchens im Wittelsbacher Land gelegen, generationsübergreifend familiengeführt, mit lauschigem Biergarten und geschmackvoll modernisierten Gasträumen sowie einer sehr konsequent auf Regionalität und Nachhaltigkeit ausgerichteten Küche, die weit mehr zu bieten hat, als man es erwarten würde.
Küchenchef Stefan Fuß und sein Team kochen durchaus ambitioniert, bleiben aber konzeptionell auf dem Teppich und versuchen sich gar nicht erst in allzu exklusiven Eskapaden, mit denen ein Großteil der Gäste sowieso nichts anzufangen wüsste und die hier auch völlig fehl am Platze wären! Stattdessen konzentriert man sich seit Jahren sehr erfolgreich darauf, bodenständige Produkte aus der Heimat überdurchschnittlich präzise und sorgfältig auf die Teller zu bringen und ihnen sowohl optisch als auch geschmacklich einen originellen Twist zu ver-

leihen. Und zwar immer so, dass im Grunde jeder Gast etwas damit anfangen kann.
So ist beispielsweise das Tatar vom Steber-Rind mit Radieschen, Schnittlauch und Ricotta ein echter Hingucker, weil das feinsäuerlich abgeschmeckte, als kreisrunde Scheibe auf dem Teller angerichtete Tatar mit verschiedengroßen Kratern aus Radieschenmousse getoppt ist, deren Vertiefungen mit Schnittlauchemulsion aufgefüllt sind. Das sieht nicht nur avantgardistisch aus und ist farblich schön aufeinander abgestimmt – es wirkt auch geschmacklich durchdacht und sinnvoll proportioniert. An solch elaborierten und formschönen Vorspeisen (und meist auch an den nicht minder aufwendig arrangierten Desserts) erkennt man das Leistungsvermögen der Küche des Goldenen Sterns am deutlichsten und kann sich in etwa vorstellen, zu was das Team theoretisch in der Lage wäre, würde es ein Gourmetlokal mit maximal zwanzig oder dreißig Gästen pro Abend beispielsweise mit nur einem Menü bekochen …
Doch das ist Gott sei Dank im Goldenen Stern nicht die Realität, was das Gesamtpaket dieses Gasthauses für ein breites Publikum noch viel attraktiver macht. Denn hier kann man zu bodenständigen Preisen nach wie vor einen Schweine- oder Ochsenbraten mit Kartoffelknödel und Spitzkohlsalat bzw. Blaukraut oder ein paniertes Schweineschnitzel bestellen. Und auch die mündlich offerierten Tagesgerichte bieten oft Zupackendes in authentischer, aber geschliffener Zubereitung. Ein anspruchsvolles Gasthaus für viele Gelegenheiten und Ansprüche eben.
Wer es eher traditionell mag, kann sein Mahl etwa mit einer klaren Brühe vom Kalb mit Brätspätzle und Schnittlauch oder mit einer Spargelsuppe beginnen, die keck mit Hausgeräuchertem und Meerrettichöl aufgepeppt ist. In die weltläufig kreative Richtung tendierten die mit (wenig) Tempurateig ausgebackenen Garnelen auf tendenziell recht viel fruchtig-süßlicher Salsa von Gurken und Mango, denen Chipotle-Mayo eine feinwürzige, cremige Fülle und Castelfranco-Salat sowie einige Wildkräuter herbe Frische verleihen.
Im Gegensatz zu den allermeisten Gasthöfen auf dem Lande, bei denen vegetarische Gerichte nicht viel mehr als eine Verlegenheits-Assemblage aus den gängigen Beilagen ist, gibt es hier ein paar durchaus reizvolle und zeitgemäße fleisch- und fischlose Alternativen. Zum Beispiel die mit einer herzhaften, zart fließenden Creme vom Bergkäse gefüllten Fagottini als attraktive Melange mit frischen knackigen Erbsen, Erbsenpüree und Morchelschaum – aufgelockert und akzentuiert von nussigem Cerealien-Crunch und hauchdünn gehobeltem Käseschmelz.
Und wer statt zum immerwährenden Hausklassiker Böfflamott mit Preiselbeergel, glasiertem Gemüse und Brezenknödel oder dem Zweierlei vom Reh aus „Opa Antons Revier“ mit Quinoa, Apfelchutney, Stängelkohl, Bratkartoffelcreme, Fregola sarda und Pilzen lieber zu heimischem Fisch tendiert, wird auch da feststellen, dass die Hauptgerichte im Goldenen Stern tendenziell immer etwas opulent und überladen daherkommen. Die beiden ebenso properen wie stattlichen und tadellos auf der Haut gebratenen Tranchen vom Saibling aus nahegelegener Fischzucht kamen in maritimer Gesellschaft von gegrilltem Sepia und Garnelen daher, wurden von weißem und grünem Spargel sowie Erbsencreme begleitet und auf einem Saucenduett aus heller, milder Fisch-/Krustentier-Sauce und grünem Kräuteröl angerichtet. À part gab's dazu noch ein Schälchen mit süffigem Brennnesselrisotto – so wird man im Zweifelsfall auch nur von einem Gang satt und glücklich.
Was aber ein Fehler wäre, denn wer auf einen Nachtisch verzichtet, kommt schließlich nicht in den Genuss solch aparter Dinge wie der Melange aus Rhabarber, Erdbeeren und Kirsche mit Sauerrahmeis, deren Fruchtigkeit vom süßen Schmelz einiger Kugeln aus karamellisierter weißer „Original Beans“-Schokolade eingefangen und von unterschiedlichen herben Kräuterakzenten markant und originell aufgepeppt wurde. Und zur Not bietet sich das sanft hügelige Umland hinterher für einen ausgiebigen Spaziergang an.

Ronnenberg/Benthe (Niedersachsen)

5↑

Benther Berg

im Hotel Benther Berg

Vogelsangstr. 18,
30952 Ronnenberg/Benthe
☎ 05108-64060
www.hotel-benther-berg.de
Täglich von 12–14.30 Uhr u ab 18 Uhr, kein RT
Hauptgericht: 19–31 €,
Menüs: 35–75 €
VISA

In dem hell und einladend gestalteten und an sieben Tagen in der Woche mittags und abends geöffneten Restaurant im gleichnamigen Hotel gibt es von verfeinert gutbürgerlicher Küche bis zu originellen Kreativgerichten ein breites Spektrum auf konstant hohem Niveau. Besonders bei den meist etwas akkurater und detailreicher gehaltenen Vorspeisen und Desserts erreicht das Team sogar regelmäßig 6-Pfannen-Niveau – aber auch die etwas gediegeneren Hauptspeisen präsentieren hochwertige Produkte, souveränes Handwerk und machen viel Freude. Dazu wurde ein beachtliches Weinsortiment mit Schwerpunkt Deutschland, Frankreich und Italien aufgebaut, in dem sich sowohl große gereifte Gewächse aus Bordeaux als auch viele lohnende einfachere Flaschen finden.

Rostock (Mecklenburg-Vorpommern)

9

Der Butt

im Hotel Yachthafenresidenz Hohe Düne

Am Yachthafen 1,
18119 Rostock (Warnemünde)
0381-50400
www.yhd.de
Küchenchef: André Münch
Di–Sa ab 18 Uhr, So u. Mo RT
Menüs: 139–179 €

VISA

Die Entwicklung eines Restaurants im Verlauf der Jahre zu sehen ist allein schon spannend. Nochmal interessanter wird es aber, wenn sich – so wie an der Ostseeküste zwischen Heiligendamm und Dierhagen – gleich mehrere sehr ambitionierte Küchen quasi ein Kopf-an-Kopf-Rennen liefern. In den vergangenen Jahren schlug das Pendel mal eher in Richtung des Friedrich Franz in Heiligendamm, mal eher zur Ostseelounge in Dierhagen aus; spätestens seit der letzten Saison zog die Hohe Düne mit André Münch im Der Butt aber ziemlich klar davon.
Mit der Verpflichtung des erfahrenen Chefs, der uns schon zuvor in verschiedenen Restaurants, wie dem Gutshaus Stolpe oder dem Wolfsburger Saphir, begeistern konnte, wurde ganz offensichtlich eine genauso richtige Entscheidung getroffen wie mit dem bereits vier Jahre zurückliegenden Umzug des Restaurants in eines der Karrees direkt am Hafen mit unmittelbarem Blick auf das Meer. Was für die einzigartige Atmosphäre der intime Rahmen und die Nähe zum Wasser sind, ist in der Küche die Verbindung von starker Substanz, Ambition und Produktfanatismus, die André Münch hier ins Rennen wirft. Das gesamte Team gibt richtig Gas und hat nach der coronabedingten Pause und der Reduktion auf ein einziges Menü tatsächlich nochmals eine Schippe draufgelegt. Ein bisschen schien es zunächst allerdings so, als wären die frei gewordenen Ressourcen vor allem in noch mehr und noch aufwendigere Kleinigkeiten zur Einstimmung geflossen. Jedenfalls konnte das Team mit der beeindruckenden Fülle an filigranen und zugespitzten Eindrücken zu Beginn schon mal ordentlich Eindruck schinden. Und auch wenn wir grundsätzlich keine Fans von überbordenden Amusements sind: Das machte sehr viel Spaß!
Da kam mild geräucherter, festfleischiger Lachs mit hauchzarter Honig-/Senf-Creme und Kaviar auf einer zarten Knusperunterlage, eine Art Kroepoek mit topfrischen fleischigen Krabben und kräuterfrischer Creme, sowie ein auf nussig-kerniger Basis platzierter gebeizter Hering mit Birne und hintergründiger (Ingwer-) Schärfe … Pure und bereinigende Eleganz folgte darauf mit einem röstig-dichten Garnelensüppchen inklusive soft gelierter Praline. Eigentlich war das Süppchen aber nur die Brücke zu einer weiteren Sammlung akkurater Petitessen, unter denen vor allem ein tiefwürziges, nicht zu fein geschnittenes Rindertatar mit Kaluga-Kaviar sowie eine hochintensive Praline aus Gurke, Dill und softem Wachtelei beeindruckten. Aber auch die säurefrisch zugespitzte Avocadocreme mit Zwiebelcrunch und ätherischen Kräutern oder die intensivierte Caprese-Praline machten neugierig darauf, was die Küche in größeren Formaten abliefern würde.
Klugerweise setzte der erste reguläre Gang dann voll auf aufgeräumten Purismus und hinterließ damit einen besonders starken Eindruck: Drei mittelkräftige Würfel von Gänseleberparfait wurden mit eher hellem leichtem Thunfisch eingeschlagen und mit einem elegant süßwürzigen orientalischen Lack glasiert. Obenauf sorgte jeweils ein keck säuerlicher

Tupfen aus Reineclaudengel für Frische, während drei unterschiedliche, vor jedem Würfel platzierte Tupfen aus dem Lack, Koriandercreme und einer Art würzig-säuerlicher Mayo für pointierte Akzente und unterschiedliche Kombinationen verantwortlich waren. In seiner herrlich freigestellten klaren Art war das sehr stark. Da hätte nach unserem Eindruck einzig mit purerem und kräftigerem Lebercharakter noch mehr rausgeholt werden können.
Nicht weniger gelungen, nur auf eine feiner und dichter verwobene Art, beeindruckte die Garnele aus marokkanischem Wildfang allein durch ihre superbe Qualität (knackig, homogen, nussig-süßlich im Geschmack …). Diese wurde aber durch verschiedene frischgrüne Erbsenkomponenten (Creme, Sprossen, Blüten …) und die zart eingesetzte Fruchtsäure von Ananas als Gel und geflämmte Würfelchen auch noch sehr elegant eingefasst. Die Verbindung zwischen den einzelnen Elementen stellte dabei ein samtiger und zugleich schwebend leichter Krustentiersud mit feinen spicy Nuancen her.
Die Suche nach bestmöglichen Produkten scheint dem Team tatsächlich nicht nur ein Lippenbekenntnis, sondern zentraler Baustein zu sein, denn auch der folgende Steinbutt begeisterte selbst in der bei festfleischigem Plattfisch schnell zum Verhängnis werdenden knapp glasigen Garstufe mit homogener Zartheit und klarem Geschmack. Verdient puristisch auch hier die Umgebung mit einem feinsäuerlichen Schnittlauch-/Sauerrahm-Sud in umgebendem Kartoffelcremering, winzigen Croûtons und reichlich nussig-jodigem Kaviar auf dem Butt. Eleganter haben wir das „Wappentier" des Restaurants hier sicher noch nie genossen.
Auch bei der Etouffé-Taube gelang es dem Team um André Münch ausgezeichnet, eine klassische Grundidee von allem Überflüssigen zu befreien und mit neuem Esprit zu hinterlegen: Die saftstrotzende krosse Brust wurde neben eine schmelzende Praline aus Keulenfleisch und eine (leider etwas trockene) gebackene Leberkugel gestellt, bekam von einem durch Granatapfel aufgefrischten Schalottenconfit und zarte weiße Selleriezubereitungen feine Würze zuteil, während eine elegante Portweinjus sowohl die typische süße Tiefe als auch ausgleichende Säure und Eleganz mitbrachte.
Und apropos Produkte: Das folgende in Koji gereifte Wagyu-Beef wurde als straffe, hocharomatische kleine Stücke zurecht puristisch neben Sushireis mit dessen typischer Säure und Cremigkeit gestellt und weiterhin nur von winzigen Knusperröllchen mit Schmorfleisch und glasiertem Shiitake-Deckel sowie einer leichten transparenten Jus eskortiert.
Ein Paukenschlag dann noch zum Abschluss: Optisch wunderbar markant kam hier eine gelbe „Fake-Zitrone" mit grünen Basilikumblättern und einem duftigen Basilikumsorbet auf den Tisch. Die Zitrone entpuppte sich als hauchdünne helle Kakaobutterhülle mit hochintensiver, beinahe einem Cheesecake ähnlicher Joghurtmousse und einer vanilleduftigen Zitronencreme. Gemeinsam mit dem Basilikum war das ein nahezu kitschig intensivierter und schön freigestellter Dreiklang. Super!
Es scheint ganz so, als hätte André Münch hier das perfekte Umfeld und Team gefunden, um sein Potenzial auszuschöpfen. Mit durchweg großartigen Produkten und cleveren Ideen auf klassischer Basis steht Der Butt damit kulinarisch besser da als jemals zuvor. Und dafür, dass nicht nur das Essen, sondern auch alles andere zum Vergnügen wird, gibt es ja auch noch Butt-Urgestein Thomas Heimann, der hier seit über acht Jahren mit seiner ruhigen, gelassenen Art, sympathischem Humor und ebenso großer Begeisterung wie Expertise in Sachen Wein zugange ist. Sowohl mit seinen hochwertigen offenen Empfehlungen als auch bei der Auswahl passender Flaschen garantiert der Restaurantleiter und Sommelier viel Spaß im Glas.

Stromgold am Strom

Am Strom 75,
18119 Rostock (Warnemünde)
0381-33745379
www.stromgoldamstrom.de
Küchenchef: Abbas Badreddine
Di–So ab 11.30 durchgehend, Mo RT
Hauptgericht: 15–55 €
EC VISA

Direkt am Yachthafen von Warnemünde mit Blick auf unterschiedlichste Boote, das quirlige Treiben rund um den Hafenmarkt und auf das Meer hat das junge Team des Stromgold sich

mutig zwischen die vielen alteingesessenen Fischkneipen und rustikalen Gaststätten platziert. Zwar hat das schmale kleine Restaurant die ortstypische Gemütlichkeit und eine angenehm lässige Atmosphäre, im Sommer auch gern draußen auf der Terrasse, geht aber im Anspruch ein gutes Stück über das 08/15-Angebot rund um Backfisch & Co. aus der direkten Nachbarschaft hinaus.
Das signalisiert bereits der im Eingangsbereich platzierte Dry Ager, in dem die Cuts für die Alternativen zum tonangebenden Fisch reifen. Wer mag, kann also auch nur etwas hausgebeizten Lachs mit Honig-/Senf-Creme, Brotchips und Frisée ordern, danach aber Filet oder Châteaubriand mit Sauce béarnaise, Grillkartoffel und herbem Wildkräutersalat. Innovation ist dabei nicht das Ziel und wird auch nicht krampfhaft gesucht. Stattdessen setzt das Team hier auf einfache natürliche Zubereitung aus guten Produkten. So, wie man es als selbstverständlich erhofft, aber dann doch leider nur sehr selten findet.
So macht dann selbst der aus hochwertigem frischem Filet fabrizierte Backfisch mit Joghurtdip, Bratkartoffeln und Zwiebeln durchaus Freude. Noch besseren Einblick in den Anspruch und das Arbeiten der Küche bot allerdings die Warnemünder Bouillabaisse: Die norddeutsche Adaption des südfranzösischen Klassikers bot einen kraftvoll runden, leicht pfeffrigen Fischfond mit knackigen Streifen von Karotte und Fenchel, reichlich Dill- und Petersilienwürze, vor allem aber eine üppige Einlage aus zartem Lachs, Dorsch und (sehr guter!) knackiger Garnele in allesamt überdurchschnittlicher Frische.
Exklusivere Produkte wie Jakobsmuscheln, Hummer, Seezunge und Steinbutt gibt es nur auf Vorbestellung, was im ersten Moment vielleicht bedauerlich wirkt, aber eigentlich nur den hohen Anspruch an die verwendeten Produkte unterstreicht. Und auch ohne extra Exklusivität kann sich das Gebotene sehen lassen. Tatsächlich war beim zart auf der Haut gebratenen Zander dessen reinweiße und klararomatische Qualität der größte Trumpf. Ansonsten hatte es der auf der Unterseite üppig mit Senfcreme gratinierte und auf einer prononcierten Senfsauce angerichtete Fisch nicht eben leicht. Gemeinsam mit (guten!) Bratkartoffeln mit Speck und Frühlingslauch ergab sich eine kräftige Melange, die zweifelsohne das Prädikat „lecker“ verdiente, aber genauso sicher nicht unbedingt den Fisch in den Mittelpunkt rückte. Letztlich ist aber genau das, nämlich eine leicht verfeinerte Umsetzung der traditionell rustikalen Fischküche, schlicht das Konzept des Stromgold und macht als solches auch durchaus Freude. Denn wenn es schon einmal Matjes nach Hausfrauenart oder frische Kutterscholle sein soll, dann doch lieber da, wo es ziemlich sicher eine Ecke besser ist als bei einer der vielen anderen Optionen in der Umgebung.
Und auch wenn Desserts hier nicht unbedingt das Steckenpferd zu sein scheinen: die selbst gebackenen Kuchen oder Berliner locken am Nachmittag oder nach dem Essen durchaus. Dagegen war die mächtige, in einer tiefen Schüssel angerichtete Crème brûlée wegen des arg süßen (und etwas nach konventionellem Bourbon-Vanillepudding schmeckenden) Ausrichtung kein ganz so großer Wurf. Das kantig säuerliche Beerenkompott und ein Schokoladeneis konnten da auch nicht ausreichend gegensteuern.
Zu alldem passt oft ein frisch gezapftes Bier am besten, alternativ stehen aber auch engagiert gemixte Cocktails und eine Handvoll einfacherer Weine auf der Karte. Ein netter Platz für unkomplizierten Genuss!

Rot am See (Baden-Württemberg)

5↑ 🍴🍴

Landhaus Hohenlohe

Erlenweg 24, 74585 Rot am See
07955-93100
www.landhaus-hohenlohe.de
Küchenchef: Matthias Mack
Di–Sa ab 18 Uhr,
So von 11.45–13.30 Uhr, Mo RT
Hauptgericht: 19–35 €, Menüs: 50–85 €
EC VISA P

Das etwas versteckt gelegene Landhotel im hohenlohischen Rot am See hat sich in den vergangenen Jahren auf ein sehr stimmiges neues Konzept eingegroovt: Matthias Mack ist

schon seit Längerem konsequenter Verfechter (und Förderer) des Slow-Food-Gedankens und entsprechend stehen die Produkte aus der nahen Umgebung im Vordergrund, genauso wie eine nachhaltige und klare Zubereitung ohne unnötigen Firlefanz.
Das spiegelt sich bereits in dem farbenfroh und hell mit vielen Naturmaterialien gestalteten, geschmackvoll schlichten Ambiente wider, in dem, auch durch den zugewandten Service, eine einladend freundliche Atmosphäre herrscht. Zu dem unkomplizierten Rahmen passt dann auch das Konzept der „Hohenlohisch Mediterranen Tapas" ganz prima: Die pfiffigen Miniaturen decken den Bereich der Vorspeisen ab, können gleichzeitig oder nacheinander probiert werden, und bei einer entsprechend großen Neugierde braucht es dann auch gar keinen klassischen Hauptgang mehr.
Wenn doch, dann gibt es die Wahl zwischen drei etwas ambitionierten Gerichten und einer Reihe bodenständig-rustikaler Klassiker wie dem Rahmschnitzel mit Serranoschinken und Spätzle oder einem Referenz-Zwiebelrostbraten nebst geschmälzten und frittierten Zwiebeln, Maultäschle und Pfifferlingen. Produktpuristen können sich auch einfach gut gereifte Cuts vom Premiumfleisch oder ein Saiblingsfilet auf den Punkt braten und mit einigen simplen Beilagen servieren lassen.
Beim letzten Besuch kam nach dem auffallend guten, wattigen Weizensauerteigbrot unter den Tapas die Kombination von karamellisiertem Ziegenkäse mit Cerealien, Aprikosenconfit, Granatapfelkernen und ein paar bitteren Salatspitzen auf schlichte Art gut auf den Punkt – aromatisch balanciert und vor allem dank des cremig-feinsäuerlichen Käses ein Vergnügen.
Vergnügen machte aber auch die bewährte Verbindung von gut gereiftem, hauchdünn aufgeschnittenem Rindfleisch in einer feinsäuerlichen Marinade, Schmandtupfen und Heringskaviar. Die nach dieser Art unaufgeregten, aber mit cleveren Kontrasten versehenen Schälchen machen Lust auf mehr – selbst wenn einige Details auch mal etwas ruppiger oder simpler ausfallen …
Alles andere als simpel war dagegen die kunterbunte Tomatenvielfalt zu Seeteufel und Sepianudeln im Hauptgang. Hier waren tatsächlich die verschiedenen, jeweils sensibel behandelten und individuell temperierten Tomaten mit ihrer natürlichen Frucht und Säure der Star auf dem Teller. Gemeinsam mit etwas Chili und Minibasilikum spielten sie natürlich auch dem (etwas faserigen) Seeteufel gut zu, hätten aber – zum Beispiel mit ein bisschen Ricotta und Pesto – auch rein vegetarisch geglänzt.
Dass es mit der mustergültigen Crème brûlée nebst vollreifen marinierten Sommerbeeren und einem cremig-frischen Basilikum-/Schildampfer-Eis auch im süßen Bereich eine schlicht-souveräne Performance gibt, bestätigte das heuer wieder etwas höhere Gesamtniveau. Ergebnis: Aufwertung mit Bonus-Pfeil! Am ohnehin schon stimmigen Konzept und dem guten Preis-Genuss-Verhältnis hat sich natürlich weiterhin nichts geändert …

Rothenburg o. d. Tauber (Bayern)

Topinambur

im Prinzhotel Rothenburg
Hofstatt 3,
91541 Rothenburg o. d. Tauber
09861-9750
www.prinzhotel-rothenburg.de
Küchenchef: Sebastian Näpfel
Di–Sa ab 18 Uhr,
So u. Mo RT
Hauptgericht: 21–33 €
VISA

Kein Wunder, dass sich alljährlich so viele Besucher aus aller Welt in dem unterfränkischen Städtchen südlich von Würzburg tummeln, ist der historische Stadtkern mit seinen pittoresken Straßenzügen, den vielen Fachwerkbauten und der gut erhaltenen begehbaren Stadtmauer doch selbst für uns, die wir regelmäßig hierherkommen, immer wieder aufs Neue reizvoll. Aus kulinarischer Sicht gibt es hier zwar nicht an jeder Ecke und in jedem Winkel etwas zu bestaunen, aber neben den zahlreichen Touristenfallen kennen wir in Rothenburg ob der Tauber immerhin zwei empfehlenswerte Adressen. Eine davon ist dieses in warmen Erdfarben und hellem Grün gestaltete Lokal im Bistrostil, wo zwar nicht unbedingt gourmet-

like, aber doch mit gehobenem Anspruch gekocht wird.
Hier gab es in den letzten Jahren stets frisch zubereitete pfiffige Gerichte, die zwar nicht auf Perfektion, wohl aber auf Qualität und markige Akzente ausgelegt waren. Ob der neue Küchenchef Sebastian Näpfel grundsätzlich am Niveau des Vorgängers anknüpfen kann, vermögen wir derzeit noch nicht abschließend zu beurteilen, weil die Coronakrise und ihre Auswirkungen, insbesondere für die Hotelgastronomie, natürlich auch hier vorübergehend ihre Spuren hinterlassen hatte. Und so könnte das reduzierte Angebot im Sommer 2020 sowie auch noch in den Wochen nach dem zweiten Lockdown 2021 eventuell noch nicht hundertprozentig repräsentativ gewesen sein.
Ein Teil der Karte bestand aus einer schönen Auswahl verheißungsvoll klingender Burger, neben der Klassiker-Ausführung zum Beispiel eine originelle Variante mit Entenfleisch, gegrilltem Gemüse und Orangensalsa. Einzige reguläre Vorspeise war zum Zeitpunkt unseres letzten Besuches, dessen Eindruck aber wie gesagt durchaus noch im Zeichen von selbstauferlegten Corona-Einschränkungen gestanden haben kann, ein mit Honig glasierter und dann zusammen mit etwas Rosmarin gratinierter (leicht gereifter) Ziegenkäse, der mit ein paar Röstbrotscheiben in direkter Nachbarschaft zweier im Ofen geschmorter (aber nicht enthäuteter) Tomaten und eines mit Pinienkernvinaigrette marinierten Salats aus Rucola und jungem Spinat aufgeboten wurde. Ein schlichtes, solides und schmackhaftes Bistrogericht ohne weiterführende Verfeinerungen.
Zumindest nominell entsprach der Fischgang „Zander, Zitronengras, Wurzelgemüse, Kresse, Nordic Flair und Orangen-Couscous“ dem Küchenstil der letzten Jahre – die Ausführung hinkte allerdings noch etwas hinterher. Der qualitativ recht ordentliche pochierte Zander, der mit der Würzmischung „Nordic Flair“ (u. a. Krähenbeere, Wacholder, Dill, Alge und Rote Bete …) aromatisiert war, lag auf grob geraspeltem und gegartem Wurzelgemüse in einem etwas dünnen, kaum nach dem annoncierten Zitronengras schmeckenden Sud und wurde à part von Couscous begleitet, an dem man die Orange auch nicht unbedingt schmecken konnte. Alles in allem ein etwas biederer, äußerst zurückhaltend gewürzter und kochtechnisch schlichter Teller, der ohne die erhofften Finessen auskommen musste.
Ausdrucksstärker präsentierte sich die unter ihrer knusprig angebratenen Haut mit eingelegten schwarzen Walnussscheiben gefüllte Perlhuhnbrust auf einem überraschend gut beschaffenen Rote-Bete-Risotto (perfekt gegartes Korn, cremige Konsistenz …), das von einem Saucenduett aus hellem Schaum und dunkler reduzierter Geflügeljus umgeben war. Was sich uns hier allerdings überhaupt nicht erschloss, war die Zugabe einiger Streifen von gegrillten Zucchini, die das ansonsten eigentlich eher herbstlich oder winterlich anmutende Gericht wohl in die Sommersaison holen sollte – was allerdings eher befremdlich wirkte.
Nach saisonalen Gesichtspunkten auch nicht wirklich schlüssig war die Kombination von Erdbeeren (mariniert) und Birne (als Sorbet), die sich allerdings geschmacklich nicht so sehr im Weg standen und so von einer mit Vanille aromatisierten Mascarponecreme erfolgreich zwangsvermählt werden konnten. Zu trinken gibt's neben verschiedenen Bieren kleinerer Brauereien weiterhin eine überschaubare, aber ansprechende Weinauswahl überwiegend deutscher Gewächse und einiger internationaler Alternativen. Der Service macht leichte Unsicherheiten durch natürliche Freundlichkeit wett. Alles in allem ist das Topinambur weiterhin eine zuverlässige Adresse – um auf das vom Vorgänger wiederholt erreichte Auszeichnungslevel von fünf Gusto-Pfannen zu kommen, müsste das Team allerdings noch eine Schippe drauflegen. Was nach unserer aktuellen Einschätzung nicht unmöglich scheint …

6

Villa Mittermeier

im Hotel Villa Mittermeier
Vorm Würzburger Tor 7,
91541 Rothenburg o. d. Tauber
09861-94540
www.villamittermeier.de
Küchenchef: Tadej Mesko
Di–Sa ab 18 Uhr, So u. Mo RT
Hauptgericht: 29–46 €,
Menüs: 49–109 €
VISA

Das Label „Casual Fine Dining“ hat Inflation und wird oft schon für jedes Restaurantkonzept hergenommen, das mal ohne Silberbesteck und weiße Tischdecken auskommt. Das stylisch designte und eingerichtete Refugium der Villa Mittermeier ist allerdings eine der wenigen Ausnahmen, auf die das Label tatsächlich perfekt passt – alles ist völlig ungezwungen, aber dennoch in jedem Detail anspruchsvoll. Die Inneneinrichtung verbindet wohnzimmerartige Behaglichkeit mit elegantem Design,

spielt humorvoll mit dem regionalen „Tauberhasen"-Thema und macht es den Gästen in jeder Beziehung sehr leicht, sich wohlzufühlen.
Und genau dem gleichen Prinzip folgt – auch mit post-corona modifiziertem Konzept – das kulinarische Programm, für dessen Ausführung weiterhin Küchenchef Tadej Mesko und sein Team verantwortlich zeichnen. Hier besteht die Möglichkeit, sich vorab festzulegen und via des Reservierungssystems Tock zum attraktiven Preis ein Ticket zu erwerben, oder man reserviert ganz normal und wählt erst am Abend aus der Karte. Neben einer obligatorischen „Grundversorgung" mit Brot, Aufstrich und einem kleinen Appetizer gibt es entweder fünf Gänge nach eigener Wahl aus rund elf möglichen Optionen, sechs Flights im Sharing-Prinzip oder ein 7-Gang-Menü nach Wahl von Küchenchef Ted. Und weil die Zubereitungen durchweg schlank und zierlich daherkommen, liegt die Entscheidung für eine der Optionen im Grunde nur beim Grad der eigenen Neugierde …
Ein ebenso unterhaltsamer wie anspruchsvoll genussvoller Abend ist jedenfalls garantiert! Denn auch wenn das Niveau der mit wenigen Komponenten und meist eher einfachen Mitteln clever auf den Punkt gebrachten Gerichte über das Menü hinweg etwas schwankt – dass hier Leute am Start sind, die wissen, was sie machen, wird an jeder Stelle sicht- und schmeckbar. So beispielsweise schon zum Auftakt bei zwei Sardinenfilets in purer Idealform, deren üppiger Charakter durch die Schärfe von etwas Kimchicreme und knackig gehobelten Fenchel gekontert wurde. Geradlinig und mit wenigen Akzenten zwischen salzigem Schmelz, Schärfe und Frische balanciert. Und wer sich für die unbedingt empfehlenswerte Signature-Weinbegleitung entscheidet, bekommt dazu mit einem 1992er Riesling (halbtrocken) von Koehler-Ruprecht einen Mitspieler ins Glas, der es locker mit dem fetteren Fisch und der Schärfe aufnimmt …
Etwas komplexer aufgebaut und spannungsgeladener verband das Team anschließend würzig-süß geschmorte Miniselleriekknollen, deren süßsauer eingelegte dünne Wurzeln und zarte helle Selleriecreme mit der knackigen Frische von Granny-Smith-Apfel, der kühlenden Schärfe und milden Süße eines Wasabi-Eises und dem röstigen Crunch von Haselnüssen einen ebenso kontrastreichen wie individuellen Eindruck ergaben – sehr gut! Den nachhaltigen und unkonventionellen Umgang mit Produkten prägte auch der Leindotter zur folgenden Goldforelle, der neben knackigen grünen Spargelstreifen nicht nur als mild nussiges Öl, sondern auch als crunchiger Saatenchip und Tresterpolenta eingesetzt wurde. Der sanft und soft gegarten Forelle standen die ungewöhnlichen, sensiblen Noten jedenfalls ganz gut und im Verein entstand daraus ein etwas ruhigerer Gang zum hin- und nachschmecken.
Mit dem „Who the fck is ramen?" ging es dagegen wieder mit Vollgas weiter – zudem kam der typische unkompliziert-humorvolle Zugang des Teams ganz prima zur Geltung. Denn die umamisatte, markant chilischarfe Brühe auf Schweinebasis, eventuell mit Miso verstärkt, war mitsamt ihrer Einlage aus knusprig-soften Schweinebauchtranchen, zarten Spätze (!) und knackigem grünem Blattgemüse echtes Gourmet-Soulfood und definitiv ein Kandidat für ein Signature-Gericht.
Da hatte es das Duett von zupfzart geschmortem und rosa gegartem Wildschwein danach gar nicht so leicht. Vor allem, weil das mit geschmortem, cremigem und feinstreifigem (Rahm-)Kohlrabi servierte Wild in einer insgesamt sehr erdigen, etwas breiten Façon präsentiert wurde, die nur punktuell von der ätherischen Frische einiger Verbeneblätter aufgebrochen werden konnte. Dazu im Glas ein perfekt trinkreifer fränkischer Spätburgunder Centgrafenberg von Rudolf Fürst, der den Teller sogar beinahe in den Schatten stellte …
Die Interpretation von Sticky Reis mit Mango kam trotz ihrer verspielt angerichteten Art inklusive knackiger Kokosmousse-Kuppel mit flüssigem Passionsfruchtkern nicht ganz so zum Zug, wie es die Idee versprach, weil die exotische Säure recht zahm eingebaut war. Insgesamt blieb ein harmonischer, von cremigen Konsistenzen und milder Süße geprägter Eindruck. Da wäre mit deutlicheren Ecken und Kanten noch mehr drin gewesen.
Aber: trotz des leichten Auf und Ab bleiben unter dem Strich ein stimmiger Gesamteindruck und ein rundes Konzept, auch hinsichtlich der bei Speisen und vor allem beim Wein

absolut fairen Kalkulation. Auch wer lieber eine ganze Flasche statt korrespondierender Gläser wählt, findet in der überwiegend fränkischen, durch einige deutsche und internationale Produzenten ergänzten Weinkarte viel Spannendes. Und mit der sehr kompetenten und begeisterten Beratung durch Thorsten Hauk sicher auch das Richtige …

Hotelempfehlung

Hotel Mittermeiers Alter Ego

Vorm Würzburger Tor 15,
91541 Rothenburg o. d. Tauber
09861-94540
www.mittermeiersalterego.de
Einzelzimmer: 95–185 €
Doppelzimmer: 99–244 €
VISA

Ein innovatives „Hybridhotel" mit elf exklusiven Zimmern, die sich wie Appartements anfühlen und nicht wie klassische Hotelzimmer. Mit Mittermeiers Alter Ego haben die passionierten Gastgeber Ulli und Christian ein Hotel geschaffen, in dem für moderne Reisende alles Überflüssige verbannt und die sinnvollen Dinge, wo immer es möglich war, grundlegend verbessert und vereinfacht wurden. Die Gründerzeitvilla steht direkt neben ihrem Stammhaus Villa Mittermeier und verbindet die Qualität und Professionalität eines High-End-Hotels mit der Freiheit und Ungezwungenheit eines privaten Appartements. Rezeption und Lobby gibt es nicht – an deren Stelle finden die Gäste stattdessen eine voll ausgestattete bulthaup-Küche und eine gut sortierte Trustbar sowie eine kleine, mit stylischen Möbeln aus der Rosenthal Kollektion eingerichtete Lounge-Ecke. Auch in den vollklimatisierten, mit Vollholz-Eichenparkett, Fullsize-Boxspringbetten, Doppeldusche, modernen Flat-TVs und modernster Medientechnik mit aktuellen Streamingdiensten ausgestatteten Zimmern steht alles im Zeichen von modernem Design und höchstem Komfort.

Hotel Villa Mittermeier

Vorm Würzburger Tor 7,
91541 Rothenburg o. d. Tauber
09861-94540
www.villamittermeier.de
Einzelzimmer: 55–185 €
Doppelzimmer: 70–234 €
VISA

Die von den Gastgebern Ulli und Christian Mittermeier und ihrem Team mit viel Passion und einer ganz individuellen Note geführte Villa Mittermeier ist ein mit Liebe zum Detail eingerichtetes Boutiquehotel direkt am historischen Würzburger Tor. Die Leidenschaft der Gastgeber für ihre Profession erkennt man am sehr persönlichen Service, aber auch an den originell gestalteten Räumen, von denen jeder ein Unikat ist. Die stilvollen Zimmer reichen von der Basis-Kategorie „Smart" über die geräumigeren Varianten „Comfort" und „Superior" bis hin zu den „Exklusive"-Suiten mit großen Himmelbetten und ausgesuchten Designmöbeln auf großzügigen Grundrissen – manche mit freistehender Badewanne oder gläserner Regenwalddusche –, in denen besonders exklusive Materialien den Ton angeben. Im legeren Gourmetrestaurant Mittermeier stehen Geschmack und Originalität im Vordergrund: „Qualität und Kreativität ohne Schnörkel und Standesdünkel" lautet hier das Motto. Restaurant Mittermeier separat erwähnt.

Prinzhotel Rothenburg

Hofstatt 3,
91541 Rothenburg o. d. Tauber
09861-9750
www.prinzhotel-rothenburg.de
Einzelzimmer: 75–125 €
Doppelzimmer: 85–175 €
VISA

Das Prinzhotel Rothenburg liegt direkt neben der berühmten Stadtmauer in der historischen Altstadt von Rothenburg ob der Tauber und ist mit dem Auto direkt anfahrbar. Ideal für eine Übernachtung, eine Kurzreise oder ein Romantik-Wochenende in der „Perle des Taubertals". Neue, schick renovierte Räume und freundliche Tageslicht-Bäder prägen das Bild der insgesamt 52 komfortablen Einzel- und Doppelzimmer, Suiten und Familienzimmer. Im gesamten Hotel ist Highspeed-WLAN vorhanden. Die modernen, klimatisierten Tagunsräume mit professioneller Technik und persönlicher Tagesbetreuung lassen garantiert jede Tagungsveranstaltung zum Erfolg werden. Auf der Sonnenterrasse des Restaurants Topinambur mit angeschlossener Cocktailbar genießen die Gäste kreative Gerichte und fränkische Weine mit bester Sicht auf den Röderturm. Restaurant Topinambur separat erwähnt.

Rottach-Egern (Bayern)

9

Dichter

im Relais & Châteaux Park-Hotel Egerner Höfe

Aribostr. 19–26,
83700 Rottach-Egern
08022-666502
www.egerner-hoefe.de
Küchenchef: Thomas Kellermann
Mi–Sa ab 18.30 Uhr, So–Di RT
Menüs: 128–198 €
VISA

Die wichtigste Nachricht zuerst: Der mit seiner ringsum durchgehen Glasfront von allen Seiten lichtdurchflutete, durch den offenen Kamin in der Raummitte und viel Naturholz aber trotzdem sehr behaglich, heimelig und sogar ein ganz klein wenig „stubenhaft" wirkende Pavillon, in dem das ländlich-luxuriöse Gourmetrestaurant des Park-Hotel Egerner Höfe residiert, ist zwar ein äußerst schöner und gediegener Platz, der perfekt an den Tegernsee passt – wird aber nur noch bis Mitte Dezember 2020 die Bühne für Thomas Kellermanns Küche sein! Unser Koch des Jahres von 2010, der nach seiner langen und sehr erfolgreichen Zeit auf Burg Wernberg inzwischen in das dritte Jahr am Tegernsee geht und dort mittlerweile nach eigenem Bekunden so richtig angekommen ist, wird Anfang Mai 2021 auf die andere Straßenseite umziehen. Dort nämlich entsteht während einer mehrmonatigen Umbauphase, in der das gesamte Hotel geschlossen sein wird, unter anderem auch ein völlig neues, zeitgemäßes Restaurant mit viel Glas und weitem Blick in den Park.
Der neue Eigentümer des Hotels hat offenbar sehr viel vor, und für den Chef und dessen Team sind das in dieser generell eher schwieri-

gen Zeit fantastische Perspektiven. Wir sind äußert gespannt, wohin die Reise dann in Zukunft gehen wird. Denn grundsätzlich bewegte sich Kellermanns Küche nach dem Umzug von der Burg an den Tegernsee ja vom Start weg gleich wieder auf sehr hohem Niveau – auch wenn er bislang noch nicht ganz an seine beste Phase damals im Restaurant Kastell anknüpfen konnte, als wir seine immer äußerst originelle und zugleich bodenständig geerdete Küche lange Zeit mit unserer Höchstbewertung auszeichneten.

Doch so eine Performance abliefern zu können, hat auf diesem Niveau immer auch ganz viel mit Teamwork und Rahmenbedingungen zu tun. Und wer weiß, ob sich da in gar nicht allzu ferner Zukunft im neuen Refugium alle Umstände wieder so günstig fügen, dass ein konstantes Arbeiten auf allerhöchstem Level möglich ist? An den Grundvoraussetzungen, am Know-how und an Inspiration mangelt es dem Chef jedenfalls mitnichten. Und so hatten wir auch heuer wieder mit begeisternden Kreationen zu tun, die zwar vielleicht teilweise nicht ganz so scharf gestellt und ausgereizt gewirkt haben, wie wir es bei Thomas Kellermann in der Vergangenheit auch schon erlebt haben, die aber dennoch dessen typischen individuellen Stil, der sich durch viel Finesse, Kreativität und Natürlichkeit auszeichnet, adäquat repräsentierten.

Thomas Kellermann geht es nie um bloße Effekte, sondern – so abgeklärt, wie es nur wirklich große Köche können – um möglichst eindrückliche Geschmackserlebnisse. Der Aufwand ist groß, das Ergebnis aber äußerst fokussiert und feinsinnig. So wie auch schon der sommerlich leichte und frische erste Gruß aus der Küche, eine bunte kleine Melange von Tomate und Erdbeeren mit Koriander-/Minz-Eis, die aromatisch ein wenig an das Gazpacho-Thema angelegt war. Etwas kräftiger und warmwürziger wurde es bei der eingelegten und geschmorten Aubergine nebst Auberginenpüree auf einer leichten, geschmeidigen Pinienkernsauce, für die zarte Süße von Mango und ein subtiles Säurespiel in der Sauce Farbtupfer ins nussig-vegetabile Geschmacksbild brachten.

Ein elegant ausgewogenes Spiel von herzhaften Aromen, fruchtiger Süße und eleganter Säurestruktur bot auch die Vorspeise um Zweierlei vom mild geräucherten Aal, der zusammen mit leicht angeflämmter Charentais-Melone und geschmortem Kopfsalat auf einem Püree aus Kopfsalat und Buttermilch angerichtet war – und dort von einem sanften Buttermilchsud erfrischend laktisch umschmeichelt und samtig eingefasst wurde. Ein ganz wunderbarer Fisch war der zunächst nur sehr soft gebeizte und dann in Ingweröl confierte Saibling, der im nächsten Gang mitsamt seinem knackig-frischen Kaviar aufgeboten war. Dessen Begleitung aus Erbse (Schote, Kerne, Creme), eingelegten Radieschen und Kokosschaum stimmte ebenfalls einen präzise abgestimmten Akkord aus der natürlichen Süße, der Säure und der Ätherik der verschiedenen Gemüse an.

Dass Thomas Kellermann exzellent mit Gemüse und insbesondere mit Fenchel und Kohlrabi umgehen kann und dem vermeintlichen Allerweltsgemüse ein Maximum an Geschmack zu entlocken vermag, wissen wir noch aus Wernberger Zeiten, wo er uns regelmäßig gerade mit jenen Kreationen begeisterte, bei denen sich Fisch oder Fleisch und Gemüse gleichberechtigt gegenüberstanden. Von daher waren wir äußerst gespannt auf die grüne Kohlrabischaumsuppe mit Bayrischer Garnele. Und tatsächlich: Das kräftige Süppchen an sich war schon klasse, nahm aber durch den darin platzierten knackigen Kohlrabi-/Minz-Salat mit seiner markanten ätherisch-kühlen Aromatik erst so richtig Fahrt auf. Mit wenigen Tropfen eines roten Curryöls wieder leicht „angewärmt“, war das dann eine perfekte Basis für die glasig-knackigen Garnelen aus der Crusta-Nova-Zucht, von denen auch noch etwas Tatar auf einem kleinen Flan-Sockel aus den Fluten ragte.

Ähnlich dynamisch schaukelten sich die Aromen zu den kurz rundum angebratenen Tranchen von der Gelbschwanzmakrele hoch, obwohl da im Grunde nur Bohne und Zitrone im Spiel waren. Aber die prägnanten herben Zitrusnoten von Zitronenmayonnaise und einer Zitronensauce, die in einer Timbale aus gelben Wachsbohnen und Makrelentatar harmonisch aufgefangen wurden, sorgten für einen Aha-Effekt auf diesem ansonsten nur noch mit grünen Bohnen (als Creme und kleine Stücke) eher schlicht und gediegen gehaltenen Teller.

Einen absoluten Hammergang der ganz besonderen Art bekamen wir schließlich mit dem beherzt angegrillten Ochsenmark aufgetischt, das in zwei herrlich großen Stücken zum voll Auskosten auf einer vermutlich auch mit etwas Ochsenmark aufmontierten Jus daherkam. Aber auch die klar pointierte Komposition drum herum war großartig: Milde und scharfe Zwiebelkomponenten sowie etwas Dattel mit Koriandersaat – Letztere wieder für eine natürliche und unaufdringliche Süße auf dem Teller verantwortlich – machten daraus ein markantes, spannend unkonventionelles Gericht fürs kulinarische Langzeitgedächtnis.

Auch der Rehrücken mit Roter Bete und Pfifferlingen, von dem wir uns rein nominell nach der Speisekartenlektüre zu urteilen erst mal nicht sonderlich viel erwartet hatten, war nicht zuletzt dank des gleichmäßig rundum arrosierten und ebenso makellos ebenmäßig auf den Punkt gebrachten Fleischs eine kleine Offenbarung. Hier konnte man wortwörtlich sagen, die Medaillons standen im Saft, waren kein bisschen mürbe, sondern bambihaft straff und zart und boten ein sensationelles Aroma, das durch die so zurückhaltend wie nötig und so ausdrucksstark wie möglich mit Bitterschokolade abgerundete Gewürzwildjus in höchste Sphären katapultiert wurde. Aber auch die eher erdig-süßlich, aber kein bisschen dumpf gehaltene Bete und die bilderbuchhaften Pfifferlinge dockten an dem überraschend packenden Geschmacksbild an.

Geschmacklich war auch das sommerliche Dessert um Herzkirsche, Sesam und Holunderblüte eine ansprechende Komposition, wenngleich hier die Komponenten, die von Sorbet und Mousse über Eis und Gelee bis zum Granité reichten, seltsam schludrig umgesetzt und angerichtet waren. So fiel dieser Teller irgendwie schon deshalb ein klein wenig aus dem Rahmen, konnte aber den ansonsten wieder sehr guten Gesamteindruck nicht nachhaltig trüben. Und an dem sind hier natürlich auch das sympathische Serviceteam und die äußerst stimmigen Weinempfehlungen zum Menü nicht ganz unschuldig. Wer sich lieber selbst eine Flasche aussucht, hat mit der international umfangreich bestückten Karte die Qual der Wahl.

6

Egerner Bucht

im Hotel Seehotel Überfahrt
Überfahrtstr. 10,
83700 Rottach-Egern
08022-6690
www.seehotel-ueberfahrt.com
Küchenchef: Walter Leufen
Täglich ab 18.30 Uhr, kein RT
Hauptgericht: 25–49 €
VISA

Das Restaurant Egerner Bucht ist konzeptionell sicherlich das am klarsten und stärksten in Region und Tradition verwurzelte Gastronomiekonzept im Seehotel Überfahrt und damit neben Christian Jürgens im Überfahrt als kulinarisches Aushängeschild und dem Schlenker zur italienischen Lebensart im Il Barcaiolo irgendwie auch die logischste Alternative. Das Team um Walter Leufen kauft ebenso selbstverständlich qualitätsbewusst wie regional ein und balanciert gekonnt zwischen alpenländischen Traditionen und modernen Einflüssen, die viele Gerichte etwas schlanker und raffinierter erscheinen lassen als die konservativeren Originale. Das alles gibt's in einem gediegen eleganten Ambiente und im Sommer besonders schön auf der Terrasse mit direktem Blick auf den See.

Konzept und Anspruch machten bereits vor der ersten eigentlichen Kostprobe mit einem kräftig gewürzten dunklen Krustenbrot (als halber Laib zum Selbstschneiden) nebst aufgeschlagener Blütenbutter und bestem Südtiroler Speck viel Spaß – und es dem Gast leicht, sich in die Location und das Konzept einzufinden. Beispielsweise für eine Vorspeise wie die adrett angerichtete Tatar-Timbale vom milden und festen Saiblingsmatjes, die gemeinsam mit aufgeschäumter Buttermilch, Kräuteröl und einem filigranen Knuspergitter für etwas Crunch einen anregend frischen, salzig-herbalen Auftakt bescherte.

Zielsicher auf den Punkt kam die Küche auch mit einer aromensatten Tomatenconsomée mit Tomatenöl, die mit ihrem vollen und komplexen Geschmack bestes klassisches Küchenhandwerk zeigte und angemessen kraftvoll von einem kleinen Lammspieß mit Bohnen auf der Tellerfahne begleitet wurde. Eigentlicher Star war hier aber klar der ausdrucksstarke Tomatengeschmack.

Auf eine ähnlich unkomplizierte und zugängliche, aber clever aufgebaute Art überzeugten auch die taufrischen, auf der Hautseite in locker-flockigen Weißbrot-Crumbles knusprig gebratenen Renkenfilets mit sautierten Pfifferlingen, Kartoffelcroûtons und einer zugespitzt säuerlichen Joghurt-/Honig-Creme. Dazwischen ein paar kräutrige und pfeffrige Nuancen und fertig war ein mit einfachen Mitteln wirkungsvoller Hauptgang.

Alternativ brät das Team aber auch einen Rehrücken klassisch straff auf den Punkt und stellt ihm eine saftige Pilzkruste, Wirsing und Kartoffel-/Speck-Pralinen an die Seite, bringt ein luftig souffliertes Wiener Schnitzel mit Kartoffel-/Gurken-Salat und Wildpreiselbeeren auf den Tisch oder erfrischt zum Abschluss mit einem kühlen Rhabarbersüppchen mit markantem Gin-Flavour und etwas Erdbeer-Baiser als süßem Gegenpol.

Das Niveau schwankt dabei, je nach Aufwand und Ambition, von guten 5 Pfannen bis weiter nach oben. Was das Konzept eigentlich nicht

braucht, sind französische Küchenvokabeln, die dann umständlich mit Fußnote in der Karte erklärt werden, genauso wenig wie mehrfache Öl-Applikationen per Pipette … Sicher ist aber: Die klare Linie, hohe Produktqualität und ein gut balanciertes Geschmacksbild sind immer gegeben. Mal etwas einfacher, mal komplexer.
Letzteres gilt auch für die überwiegend deutschen und österreichischen Weine in der Karte, die neben einigen attraktiven offenen Sachen renommierter Erzeuger vor allem aber bei der Flaschenauswahl spannende Optionen bieten. Und wenn die Entscheidung schwerfällt, hilft der kommunikative und aufmerksame Service genauso kompetent wie bei allen anderen Anliegen.

6

Fährhütte 14

**Weißachdamm 50,
83700 Rottach-Egern
08022-188220
www.faehrhuette.de
Küchenchef: Magdalena Klein
Do–So von 12–14 Uhr u. ab 18 Uhr, Mo–Mi RT
Hauptgericht: 19–35 €, Menüs: 46–58 €**

VISA

Als einziges der Überfahrt-Restaurants liegt die Fährhütte 14 nicht im Stammhaus, sondern etwas entfernt auf einer Landzunge direkt am Ufer des Tegernsees. Bei der idyllischen Premiumlage würde wahrscheinlich jede Art von Gastronomie funktionieren – auch völlig ohne kulinarische Ambitionen oder überdurchschnittlichen Aufwand. Umso erfreulicher ist es, dass hier nicht auf Ausflugslokal mit schlichtem Imbiss zu stolzen Preisen gemacht, sondern auf einfallsreiche zeitgemäße Küche zu vergleichsweise fairen Kursen gesetzt wird!
Der mit teils hell gestrichenem, teils antikem Holz und zarten Farbtupfern in schickem Vintage-Style gestaltete Gastraum macht den Gästen hier – genau wie die Terrasse über dem See und der aufmerksame fröhliche Service – das Wohlfühlen leicht und rundet das stimmige Gesamtkonzept erfolgreich ab. Denn die Gerichte vom Team um Küchenchefin Magdalena Klein passen in ihrer jungen, munteren Art perfekt hierher. Anstelle aufwendiger Basteleien kommen die Sachen auf den Tellern geradlinig auf den Punkt und die Pointen sitzen …
So etwa bei fein von Hand geschnittenem Rindertatar, welches neben dem kräftigen Eigengeschmack des gut gereiften Fleischs eher elegant schnittlauchwürzig gehalten war – und mit tatsächlich mal wirkungsvollen Sprossen und Kresse (Erbse, Radieschen …) sowie einem zarten Kräuteröl und süßsauer eingelegten Waldpilzen ebenso unkompliziert wie wirkungsvoll mit feiner Säure und begleitenden Aromen ergänzt wurde.
Bei der Paprika-Gazpacho wurde anschließend besonders gut deutlich, wie auffallend präzise und zugespitzt hier abgeschmeckt wird: Intensive Gemüsefruchtigkeit ergänzte sich konzentriert mit einem straffen Säuregerüst und präsenter Schärfe. Dazu boten zarte, leicht kolorierte Calamaretti auf winzigen gerösteten Brotflocken und safrangelber Kartoffelcreme auf der Tellerfahne eine erneut gut kalkulierte und stimmig umgesetzte Ergänzung.
Natürlich dürfen hier neben Steinbutt, Seeteufel & Co. (die übrigens alle in überraschend guter Qualität auf die Tische kommen!) auch Fische von „vor der Haustür", sprich dem Tegernsee nicht fehlen. Zuletzt überzeugte unter anderem ein properes Doppelfilet von der Renke, das mit markanten Röstnoten und pikanter Paprikawürze einen selbstbewussten Auftritt hinlegte. Dazu gesellte das Team frischgrünes Petersilien-/Sellerie-Püree, zart gebratenen Blumenkohl mit Mandelsplittern und eine cremig-weinfruchtige Sauce, deren blumige Art wieder perfekt von lebendiger Säure gekontert wurde.

Und da ein Wiener Schnitzel mit Kartoffel-/ Gurken-Salat und Preiselbeeren oder ein Kalbskotelett mit Röstkarotte, Brokkoli und Barbecue-Jus hier genauso souverän von der Hand gehen wie die liebevoll angerichteten, vor allem aber geschmacklich ebenfalls erfreulich klar konturierten Desserts – zuletzt etwa ein zartes Erdbeertörtchen auf Pistazienbiskuit nebst Zitronenverbene und Erdbeereis – sehen wir unsere verhältnismäßig hohe Bewertung heuer erneut bestätigt.
Auch die kleine, aber clever aufgestellte Weinauswahl und der ebenso aufmerksam wie herzlich agierende Service passen bestens ins stimmige Gesamtbild.

6↑

Haubentaucher

Seestr. 30, 83700 Rottach-Egern
08022-6615704
www.haubentaucher-tegernsee.de
Di–Sa von 11–14 Uhr u. ab 18 Uhr, So u. Mo RT

Lois Neuschmid ist mit seinem legeren, aber trotzdem anspruchsvollen Gastrokonzept direkt am Seeufer ganz „Tegernsee" und zu Recht ein seit Jahren beliebter Treffpunkt für Genießer. Diese werden mittags mit geradlinig-pfiffigen Tagesgerichten, nachmittags mit Kaffee, Kuchen und Snacks und abends mit einem inspirierten Gourmetmenü verwöhnt. In Letzterem zeigt sich in den ambitionierten, modern und pfiffig gehaltenen Gerichten ganz besonders die Souveränität des Gastgebers. Dass dieser dabei größtenteils auf regionale Produkte setzt, ist angesichts des breiten Portfolios aus dem sich dabei schöpfen lässt, nur logisch und hält zudem die Preise im Rahmen. In Kombination mit der ungezwungenen Atmosphäre in dem schnörkellos und aufgeräumt gestalteten Gastraum und ansprechenden Weinen zu moderaten Tarifen macht das hier auf unkomplizierte Art immer großen Spaß.

6

Il Barcaiolo

im Althoff Seehotel Überfahrt
Überfahrtstr. 10, 83700 Rottach-Egern
08022-66900
www.seehotel-ueberfahrt.com
Küchenchef: Stefano Romano
Täglich von 12–14 Uhr u. ab 18.30 Uhr, kein RT
Hauptgericht: 28–48 €,
Menüs: 49–72 €

Das Seehotel Überfahrt in Rottach-Egern bietet seinen Gästen (und natürlich auch den externen Besuchern) ein breites Portfolio reizvoller kulinarischer Angebote, auch abseits der Top-Performance von Christian Jürgens. Wie es der Name bereits verrät, steht das Il Barcaiolo – typisch für die Althoff-Hotels – für das südländisch-italienische Genre. Die überraschend weitläufigen Räume geben in schlicht elegantem Ambiente mit edlem Holz, beigen Stoffen und roten Polstern dafür eine ansprechende Umgebung und mit Designdetails einen klaren Italienbezug. Dafür, dass dieser sich auch auf den Tellern mit Niveau widerspiegelt, steht mit Küchenchef Stefano Romano ein erfahrener Cuisinier ein, dessen Küche sich zwar an den Klassikern des Cucina-italiana-Genres wie Vitello tonnato, Piccata und Panna cotta orientiert, diese jedoch individuell und mit höherem Anspruch interpretiert.
Wer mag, startet mit einem Gläschen Spumante nebst frisch hauchdünn geschnittenem Schinken oder Antipasti, in jedem Fall aber stimmt ein Holzbrettchen mit hervorragender Focaccia, Oliven und luftgereifter Salami auf das Folgende ein. Das können unter den Vorspeisen entweder elegantere Sachen wie die mit zarter Sauce und rohem Thunfisch schon allein von der Produktseite her aufgewertete Vitello-tonnato-Version sein oder puristische

Produktküche wie bei der zartschmelzenden Burrata, deren wolkig milchiger Charakter verschiedene intensive Tomatenvarietäten ergänzte. Letztere hätten solo ein paar Salzflocken vertragen, ergaben gemeinsam mit dem prononcierten kräutrig-nussigen Pesto aber dennoch einen runden Eindruck.
Noch reizvoller wäre es – zumindest nach unseren letzten Eindrücken –, direkt mit den Primi piatti zu starten und lieber einen Pastagang mehr zu ordern. Denn dann wartet herzwärmende Wohlfühlküche mit Eleganz, wie es sie in dieser Form in italienischen Ristoranti hierzulande wirklich selten gibt. Etwa bei den geschmeidigen Ravioli mit kraftvoller cremiger Füllung aus Ricotta und Südtiroler Speck, die nebst gebratenen Steinpilzen und einem samtig buttrigen Sud serviert wurden. Oder auch bei der offenen Lasagne vom Perlhuhn, bei der die ebenfalls perfekt gegarten dottrigen Pastablätter mit zartem (dunklerem) Schmorfleisch geschichtet und von der saftig-kross gebratenen Brust gekrönt wurden. Dazu ergänzten knackige grüne Erbsen und eine dezente limonenfrische Note das Gesamtbild.
Bei den Fisch- und Fleischgerichten bleibt die Küche klar auf puristischem Kurs und stellt die guten Produkte neben wenige aromatische Beilagen. So ergänzten die (leider etwas trocken) gebratenen Filets vom Petersfisch zart sautierter Blattspinat und eine feinwürzige Limonen-/Kapern-Sauce ganz ausgezeichnet. Auch die annoncierten (aber nicht vorhandenen) gerösteten Mandelblätter hätten sich da prima eingefügt. Nur die nicht ganz durchgegarten wässrigen kleinen Kartoffeln trübten das Bild ein bisschen.
Dafür glich das Team das überraschend beim Dessert gleich doppelt wieder aus. Alles andere als nur üppig und süß gab es bei einer perfekt geschmeidig gestockten und knusprig dünn karamellisierten Creme zwar durchaus eine gewisse Üppigkeit. Diese wurde aber schon durch markante Zitronenätherik gebrochen, noch einmal mehr durch die Säure roter Johannisbeeren, und bekam durch ein salziges Karamelleis einen spannenden Akzent. Alles zusammen ergab das eine aromatische Punktlandung. Zu alldem gibt es einen flotten, eloquenten Service und eine beachtliche, gut sortierte italienische Weinauswahl von lohender Basis bis zu exklusiver Spitze.

5↑

Kirschner Stuben

Seestr. 23a, 83700 Rottach-Egern
08022-273939
www.kirschner-stuben.de
Do–Di von 12–14 Uhr u. ab 18 Uhr, Mi RT
Hauptgericht: 20–40 €

Die edel-rustikal gestalteten Stuben mit ihrer historischen Holztäfelung sind einer der Klassiker unter den nicht wenigen Genussorten am Tegernsee. Aus der offenen Küche von Franz-Josef Maier und seinem Team kommt hier eine attraktive Mischung aus rustikalen Schmankerln und exklusiveren, weltoffenen Gerichten auf die Tische – alles mit viel Substanz und Blick für das Wesentliche zubereitet. Während hier der Mittag zumeist eher den traditionelleren (aber nicht minder lohnenden!) Zubereitungen gehört, dominieren am Abend die exklusiveren Produkte und bisweilen kreativeren Ideen. Die Grundsätze bleiben aber in allen Fällen gleich: hochwertiger Einkauf, souveräne handwerkliche Zubereitung und wenige markante Akzente. Neben Champagner und hochwertigen Sekten setzt die attraktive Weinkarte einen österreichisch-italienischen Schwerpunkt und bietet glas- wie flaschenweise viele lohnende Entdeckungen.

10

Restaurant Überfahrt

im Althoff Seehotel Überfahrt
Überfahrtstr. 10, 83700 Rottach-Egern
08022-6692922
www.seehotel-ueberfahrt.com/de/restaurant-ueberfahrt
Küchenchef: Christian Jürgens
Mi–Sa ab 18.30 Uhr, So von 12–12.30 Uhr u. ab 18.30 Uhr, Mo u. Di RT
Menüs: 249–309 €

VISA

Auch wenn allein die markanten Kreationen von Christian Jürgens in ihrer Klasse und Individualität bundesweit durchaus herausstechen, ist es das Gesamtpaket aus eben diesem Stil und der idyllisch alpinen Umgebung des Tegernseer Tals, das den Reiz des Gourmetrestaurant Überfahrt sogar noch erhöht. So wie das modern-elegante, mit ländlichen Akzenten spielende Interieur all die kosmopolitische Noblesse des zur Althoff-Collection gehörenden Seehotels zeigt, bestechen die bildhübschen Teller einerseits mit augenzwinkernder Zugänglichkeit und andererseits mit luxuriöser Exklusivität.

Dass Christian Jürgens nach wie vor und ziemlich sicher das bundesweit preisintensivste Menü anbietet, verbuchen wir dabei einfach als Tegernsee-Phänomen. Viel interessanter ist nämlich, dass der dynamische Chef seit Jahren genauso sicher die vermutlich markantesten Tellerbilder und eingängigsten kulinarischen Motive des Landes entwirft. Wie kaum ein anderer seiner Kollegen vermag es Christian Jürgens nämlich, eine konkrete Idee – oft assoziativ mit Traditionen oder Kindheitserinnerungen – in eine optisch bestechende Form zu bringen und zugleich auf das Wesentliche zu reduzieren. Frei nach dem Motto: „Am besten ist es dann, wenn man nichts mehr weglassen kann …".

Das hat den Vorteil, dass sich die Kreationen vor allem visuell stark einbrennen – mitunter aber auch den Nachteil, dass das Wenige am Ende genau das ist: tendenziell wenig. Bei vielen Tellern gelingt es, das durch enorm vielschichtige Fonds und zugespitzte Details zu kompensieren. An manchen Stellen wirken Architekturen und Geschmacksbilder im Vergleich zu ähnlich hoch bewerteten Kollegen jedoch auch deutlich einfacher gestrickt. Am Genuss- und Unterhaltungswert ändert das aber nichts, denn der ist und bleibt maximal hoch!

Dazu gehört unbedingt und nach wie vor auch eine gewisse Verspieltheit beim Anrichten, wenngleich Jürgens die manchmal etwas überstrapazierten Showeinlagen der Vergangenheit deutlich zurückgefahren hat. Die Walnussschalen zum Auslöffeln, die zum Aperitif auf alles Folgende einstimmen, gehören eher in die Kategorie „regionales Design" und sind mit knusprig-cremiger Rauchaal-Brandade, einer Brathähnchencreme mit Erbsen und einem säuerlich-rauchigen Auberginenconfit mit Quinoa und Enoki zudem äußerst pointiert und schmackhaft bestückt.

Und apropos schmackhaft: Die kleine fluffigkrosse Trüffelpizza mit Artischocke, schmelzendem Schinken, Trüffelcreme, Rucola und frischer schwarzer Trüffel lief danach ganz nebenbei den meisten italienischen Spezialisten den Rang ab. Ein zwar für den Einstieg recht üppiger, aber auch unverschämt „leckerer" Snack, den man sich eigentlich irgendwo dauerhaft für zwischendurch verfügbar wünscht … Den Turn ins elegantere Geschäft brachte der vor Jahren als Hommage an Dieter Kaufmanns berühmtes Störparfait kreierte Klassiker rund um Gurke, die typisch prickelnden Zitronen- und Wacholdernoten von Gin Fizz und luftige Störmousse, die generös von bestem Imperial-Persicus-Kaviar gekrönt wird. Das ist schlank, zugespitzt, jodig – und völlig zu Recht auch schon zum Signature Dish von Christian Jürgens avanciert.

Durchaus ein Anwärter darauf – und ebenfalls unverkennbar Christian Jürgens – war die darauffolgende Umsetzung des „Fish & Chips"-Themas. Interpretiert wurde der in seiner Urform rustikale Klassiker hier als schon optisch federleichter und sehr aufgeräumter Teller: Drei Röllchen von festfleischigem Saibling, feinfühlig mit Limettenabrieb akzentuiert, lagen neben kräftigen Mayo-Tupfen zusammen mit Saiblingskaviar in einem transparenten und aromatisch zurückhaltenden Fond. Daneben zierte eine beinahe über die gesamte Länge des Tellers reichende, akkurat geschnittene „Pommesstange" denselben, die sicher nicht aus einer einzigen Riesenkartoffel fabriziert war, aber ein ideales Verhältnis von cremig kartoffeligem Inneren und knusprig-salzigem Äußeren aufbot.

Wiederum bereits Signature-Status hatte der folgende „Hongkong Crayfish Tea", der als einzige Showeinlage eines ansonsten rein auf markanten Geschmack ausgerichteten Menüs effektvoll im Cona-Siphon zubereitet wurde. Die Idee dabei: Eine komplexe, asiatisch grundierte Krustentieressenz wird erhitzt und in einen Glasballon mit asiatischen Aromaten und Krustentierkarkassen geleitet, wo sie so à la minute vielschichtige Kopfnoten verpasst bekommt. Angegossen wird der so verfeinerte Sud dann an einen kapitalen Kaisergranat mit ätherisch-frischer Creme und Sesam und entfaltet so einen enorm verdichteten Aromenteppich rund um das Premiumprodukt. Mit feiner Säure, moderater Schärfe, enormer Tiefe und den flirrenden Akzenten von Soja über Zitronengras bis Korianderkresse.

Ein ebenso herausragendes Produkt und zu Recht maximal reduziert präsentiert folgte sodann mit einer hohen bretonischen Steinbutttranche, sanft gegart, reinweiß, klar im Geschmack und fest in der Konsistenz, die bedeckt von besten Bouchot-Muscheln und herbem Olivenöl-Kaviar bereits ein wunderschöner Anblick war. Dazu brauchte es dann auch nicht viel mehr als einen klaren, leichten

Escabeche-Fond, um durch markantes Süße-Säure-Spiel und pfeffrige Schärfe einen Spannungsbogen aufzubauen. Top!
Auch der Rücken vom Limousin-Lamm mit nussig-kräutrigem Geschmack, der anstelle des eigenen Fettdeckels dicke schmelzende Ochsenmarkscheiben angepasst bekam, auf denen wiederum Schnittlauch und Micro-Croûtons wie Aromenbooster wirkten, hatte – gewohnt fotogen – nur eine kleine Miniaubergine zur Seite. Gefüllt war diese mit zartbitter-fruchtig geschmortem Auberginenconfit und gebrannten Perlzwiebelsegmenten, was gemeinsam mit einer transparenten, eleganten Lammjus einen sehr gelungenen Ausflug in südliche Gefilde ergab.
Schlicht – insbesondere in Relation zu dem à la carte dazu abgerufenen Preis – leitete ein Würfel zartcremiger Brillat-Savarin mit papierdünnen Walnussbrotchips in der sommerlich frischen Begleitung hauchzarter Wassermelonenlamellen und eines klaren, mit Olivenöl und Zitrone emulgierten Melonen-/Tomaten-Fonds zu den Desserts über. Zugegeben war das die Kostprobe eines ausgezeichneten Produktes und eines schön transparenten Gesamtbilds. Allerdings eben auch eines sehr einfach gehaltenen …
Deutlich elaborierter wurde es dagegen wieder beim letzten Akt des Menüs, der erneut einen Eyecatcher lieferte: Als weinrote Kuppel mit hauchdünnen Krokantsplittern und blauen Blüten dekoriert, präsentierte das Team hier einen mandelig-zartfruchtigen (pochierten oder sous-vide gegarten) Weinbergspfirsich, gefüllt mit vanilleduftiger Mascarponecreme. Die Fruchtnoten wurden etwas dunkler in der Geleehaut verstärkt und in einem weinherben, sehr komplexen Pfirischfond zugleich aufgebrochen. Mit eigentlich wenigen Stellschrauben entstand hier ein einerseits wohlig-harmonischer und andererseits spannend gestraffter Abschluss. Eben typisch Christian Jürgens.
Unverkennbar die Handschrift des Chefs trugen final auch noch die kleinen, neckisch in Minigewächshäusern präsentierten „Blumentöpfe", die anstelle konventioneller Petits Fours aufgeboten wurden. Die cremig-knusprigen Miniaturen kombinierten von Heidelbeer-/Champagner-Mousse über Zitronenkuchen bis zum Cheesecake mit Salzkaramell noch einmal ebenso präzise wie eingängige Eindrücke zum unkomplizierten Auslöffeln mit passenden darin „eingepflanzten" Kräutern oder Blüten.
Charmant präsentiert und erklärt wird all das von dem perfekt eingespielten Serviceteam rund um Peter Nasser und Marietta Stegbuchner. Die von der Sommelière zum Menü selektierten Weine, von denen sie die jeweiligen Gerichte auf kongeniale Art begleiten lässt, haben durchweg hohes Niveau – was auch in sehr guten Häusern keine Selbstverständlichkeit ist. Wer zu mehreren unterwegs ist oder sich lieber mehr Zeit für einzelne Weine nehmen möchte, findet im sehr gut sortierten, vor allem bei den österreichischen Gewächsen attraktiv spezialisierten Weinbuch eine Vielzahl spannender Optionen. So ziemlich das Einzige, was man darin nicht finden wird, sind Schnäppchen. Aber dafür ist das Gourmetrestaurant Überfahrt ohnehin nicht bekannt und deswegen kommt schließlich niemand hierher.

Hotelempfehlung

Relais & Châteaux Park-Hotel Egerner Höfe

Arobistr. 19–26, 83700 Rottach-Egern
08022-6660
www.egerner-hoefe.de
Einzelzimmer: 180–260 €
Doppelzimmer: 220–440 €
VISA

Das großzügige Gebäudeensemble gehört der Hotelvereinigung Relais & Châteaux an, liegt nur wenige Schritte von der Uferpromenade des Tegernsees entfernt und lockt mit luxuriösem ländlichem Charme. Schon von außen suggerieren das Stammhaus, die Höfe, die Egerner Alm und die Alm im Park alpenländische Atmosphäre und zeitgemäßen Komfort. In den 98 Zimmern und Suiten erwarten den Gast viele Annehmlichkeiten und Inklusivleistungen. Die Wellness- und Badelandschaft ist mit unterschiedlichen Saunen, Tepidarium, Solarium oder Erlebnisdusche ein Paradies der Erholung. Ziehen Sie im Pool Ihre Bahnen und entspannen Sie im lichtdurchfluteten Wintergarten, von dem aus Sie den traumhaften Blick auf den Park und die Berge genießen. Außerdem: fünf Tagungsräume für bis zu 200 Personen, großer Hotelpark, Barbereich mit täglicher Live-Pianomusik, verschiedene Restaurants. Gourmetrestaurant Dichter separat erwähnt.

Rötz (Bayern)

7

Gregor's Fine Dining

im Hotel Resort Die Wutzschleife
Hillstett 40, 92444 Rötz (Hillstett)
09976-180
www.wutzschleife.com
Küchenchef: Gregor Hauer
Mi–Sa ab 19 Uhr, So–Di RT
Menüs: 119–148 €
EC VISA P

Auch in den östlichsten Gefilden Nordbayerns haben sich die engagierten Gastronomen von der ersten Corona-Welle nicht kleinkriegen lassen und ihre Passion und Inspiration behalten. So hat im Laufe des Sommers 2020 auch das Gourmetrestaurant im Hotel Die Wutzschleife wiedereröffnet und erfreute sich am Abend unseres Testbesuchs trotz herrlichem Wetter und warmen Abendtemperaturen hoher Nachfrage: Der dezent elegant gestaltete Gastraum war vollständig ausgebucht. In dem nach Inhaber und Küchenchef Gregor Hauer benannten Fine-Dining-Restaurant gab es schon immer ausschließlich für alle Gäste ein einheitliches Menü, das wegen der aktuellen Umstände jedoch nochmals etwas reduziert wurde, sodass die Speisefolge beim letzten Mal lediglich fünf Gänge umfasste.

Gegrüßt wurde von der Küche aber so umfangreich wie immer und zuallererst mit allerhand Brotgebäck und Aufstrichen wie der hausgemachten Leberwurst mit gepoppter Schweineschwarte. Das Menü begann mit einem schmissigen Dreiklang aus säuerlich, süß und würzig in Gestalt eines kleinen Schälchens Karotten-Gazpacho mit gegrilltem Fenchel und Birnen-/Senf-Eis. Das cremige Ei in der Eierschale ist ebenfalls ein Klassiker der Küche, der diesmal mit saftigen Kochschinkenwürfeln, Kürbis-Espuma sowie Kürbiskernen und -chips als herzhaft-süßliche Melange daherkam.

Im nächsten Gang wurde es generöser: Dder Wildlachs kam sowohl als schön dick geschnittene Tranchen von der gebeizten Lachsseite als auch als Tatar unter einer Haube von Imperial-Kaviar daher – begleitet von Meerrettich-Mousse und -Espuma, Mango und Avocado. Trotz der Meerrettichschärfe ein eher mildes, sanftes, weiches Gericht, das mit dem von Sommelier Jan Sedlak empfohlenen 2017er Riesling GG Schlossberg von Schloss Vollrads aber in Form von Säure und Mineralität jene Eigenschaften zugespielt bekam, die der Komposition selbst ein wenig fehlten.

Im nächsten Gang spielte Gregor Hauer die klassischen Stärken seiner Küche voll aus. Mit qualitativ ziemlich gutem Hummer, dessen Schwanz- und Scherenteile sich den Teller mit geröstetem und als Creme zubereitetem Blumenkohl, etwas Roter Bete und kleinen Stücken von gegrillter Ananas teilten. Dazwischen fand sich sogar auch noch eine knackige Wildgarnele von ebenfalls erfreulicher Qualität, und ein milder Krustentierschaum sowie eine ziemlich kräftige Krustentierjus brachten nochmal jede Menge Produktpower auf den Teller. So konnte man auch hier ausreichend im Krustentier-Schlaraffenland schwelgen und das alles mit dem dazu empfohlenen 2014er Sancerre kombinieren, der vom sympathischen tschechischen Sommelier mit dem enzyklopädischen Wissen um Hektarerträge und Rebsortenspiegel dazu ins Glas gebracht wurde.

Beim Hauptgang um Iberico-Spanferkel mit Zuckerschoten, Pfifferlingen und Biskuit nutzte das Team die beiden länglichen Vertiefungen im Teller, um das Gericht konzeptionell zweigeteilt anzurichten. Unten – aromatisch eher hell gehalten – den saftigen Rücken im zartkrossen Tramezzini-Mantel und ein mit schachbrettgemusterter Semmelbrösel-/Senf-Haube gratiniertes Keulenstück nebst knackigen Zuckerschoten-Juliennes in heller, rahmiger Sauce. Oben die tiefere, dunkelaromatische Variante mit geschmorten Bäckchen, etwas gepufftem Schwartenpopcorn, Pfifferlingen und einem kleinen Speckbiskuit in reduzierter, kräftiger Jus. Und das war eine wunderbare, ebenso facettenreiche wie pointierte Degustation rund um das spanische Eichelmast-Schwein – zugleich auch ein schönes Beispiel für gekonnt verfeinerte Rustikalität mit authentisch zupackendem Charakter.
Auch das Dessert war so eine abwechslungsreiche Deklination, nämlich von der Orange, die hier in vier Variationen aufgefächert wurde: von erfrischend, leicht und floral (Sorbet und Kompott) über ein warmes, saftiges Orangenküchlein bis zur opulenten, dunklen Schokoladenschnitte mit kandierter Bitterorange. Ein sehr feiner Abschluss, für den das Team – wie bei allen anderen Darbietungen des Menüs – das hohe Niveau der letzten Jahre auch in schwierigen Zeiten souverän aufs Porzellan transportieren konnte. Chapeau!

5

Spiegelstube

im Hotel Resort Die Wutzschleife
Hillstett 40,
92444 Rötz (Hillstett)
09976-180
www.wutzschleife.de
Küchenchef: Gregor Hauer
Mo–Sa 12–13.30 u. ab 18.30 Uhr,
So ab 18.30 Uhr, kein RT
Menüs: 35–54 €
EC VISA P

Wer erleben möchte, wie sehr ein Zweit- oder Hotelrestaurant von einem Gourmetrestaurant mit engagiertem Team unter gleichem Dach profitieren kann, sollte sich das in der bodenständigeren Restaurant-Variante des Resorts Zur Wutzschleife im oberpfälzischen Rötz anschauen. Seit vielen Jahren rangiert die Spiegelstube nämlich, was das Preis-Genuss-Verhältnis der dort gebotenen Küche angeht, bundesweit sehr weit vorn. Denn Küchenchef Gregor Hauer und seine Crew fokussieren sich hier eben nicht nur auf Gourmet und lassen den Rest als gewinnbringendes Sparprogramm mitlaufen, sondern bedienen beide Bereiche aus der gleichen Küche und mit derselben Leidenschaft, oft sogar auf Basis des identischen Mis en place.
Bei unserem jüngsten Besuch nach dem langen Corona-Lockdown hatte sich daran auch grundsätzlich wenig geändert, allerdings wurde das Angebot regionaler Küche voll auf die Hausgästebewirtung abgestellt und auf ein dreigängiges Menü mit verschiedenen Auswahloptionen beim Hauptgang reduziert. Die Bewertung fiel uns deshalb nicht ganz so leicht wie sonst und spiegelt realistisch den aktuellen Stand mit temporär verändertem Konzept wider. Sollten Angebot, Nachfrage und ein Ende der gesetzlich vorgeschriebenen Einschränkungen dazu führen, dass Spiegelstube und Terrasse wieder aufwändiger und umfangreicher mit dem bislang üblichen À-la-carte-Programm bespielt werden können, dürfte für das routinierte Team um Gregor Hauer das Level der Vorjahre spielend wieder zu erreichen sein.
Aber auch diesmal überraschte die Küche mit ihren auf den ersten Blick zwar oft unauffälligen, bei genauerem Nachschmecken aber sehr fundierten und subtanzreichen Zubereitungen. Nach einer guten Brotauswahl gelang das beispielsweise mit einer samtig leichten Süßkartoffelsuppe, die von der klaren kräftigen Basis über den deutlichen Produktgeschmack bis zu belebender Säure einfach handwerklich top gearbeitet war und zudem mit einem überraschend saftigen Geflügel-Pflanzerl noch eine attraktive Einlage mitbekam.
Im Hauptgang stand die Wahl zwischen einem perfekt rosa gebratenen Rinderfilet nebst akkuraten Beilagen in Form von Pfifferlings-/Zuckerschoten-Gemüse und einem Kartoffelgratin-Riegel oder saftig-krossem Doradenfilet in guter Qualität und von einem eher größeren Fisch stammend, das auf knackigen Gurkenscheiben in einer blumig-milden Curryschaumsauce angerichtet wurde und so zwar ein wenig oldschool wirkte, aber ebenfalls ausgewogen und handwerklich sauber auf den Tisch kam.
Den aufwändigsten Teller bot das rund um verschiedene Callebaut-Schokoladen variierte Dessert mit einem akkuraten (eventuell hochqualitativ zugekauften?) dunkel-weißen würfelförmigen Törtchen, einer luftigen weißen Mousse, dunkler Ganache und einer etwas dickschaligen Praline – alles fruchtig kontrastiert von marinierten Erdbeeren und Erdbeersorbet.

Geblieben sind auch das ausgezeichnete Preis-Genussverhältnis, der flotte und gut eingespielte Service, sowie die kleine ansprechende Weinauswahl.

Hotelempfehlung

★★★★S

Resort Die Wutzschleife

Hillstett 40, 92444 Rötz (Hillstett)
09976-180
www.wutzschleife.com
Einzelzimmer: 84–125 €
Doppelzimmer: 128–196 €

Ein Hideaway zwischen München und Prag, mitten im Naturpark Oberer Bayerischer Wald, umgeben von viel Natur für ausgiebige Wanderungen. Neben komfortablen Zimmern in verschiedenen Einrichtungsstilen von „Feel Free Style“ über „Romantic“ bis „Lifestyle“ gibt es jede Menge Anspruchsvolles für Körper und Geist: Der 1200-m²-Wellnessbereich verfügt über einen lichtdurchfluteten Innenpool, Whirlwannen, Sauna, Dampfkabinen und Fitnessstudio und hält Angebote wie die „Heat & Ice“-Gesundheitsschleife oder verschiedenste Beauty- & Body-Anwendungen bereit. Das Ayurveda-Team aus Sri Lanka kümmert sich um die vollkommene Gesundheit von Körper, Geist und Seele der Gäste. Ein 18-Loch-Golfplatz sowie zwei neu gestaltete Tennis-Sandplätze grenzen an das Hotel an. Restaurants Spiegelstube und Gregor's Fine Dining separat erwähnt.

Rügen (Mecklenburg-Vorpommern)

5

Ambiance

in Romantik Roewers Privathotel
Wilhelmstr. 34, 18586 Rügen (Sellin)
038303-122150
www.roewers.de
Küchenchef: Dirk Brettschneider
Täglich ab 12 Uhr durchgehend, kein RT
Hauptgericht: 29–39 €, Menüs: 44–79 €

Das Ambiance ist das gehobenere der beiden Restaurants im Romantikhotel Roewers, einem charmanten inhabergeführten 5-Sterne-Superior-Haus in Sellin im Süden der Ostseeinsel Rügen. Der Fokus der Speisekarte liegt auf klassischen Kreationen ohne Schnörkel, und auch die recht fair bepreiste Weinkarte legt ihren Schwerpunkt auf bewährte Weingüter, vorrangig aus Deutschland.
Die Vorspeise, eine Hühnersuppe mit hausgemachten Nudeln und Estragonöl, kann uns auf Anhieb überzeugen. Die Brühe ist gut gekocht, dicht und aromatisch, die Nudeln erinnern entfernt an Orecchiette, sind aber weicher, leicht souffliert und haben eine Textur wie frisch gekochte Spätzle. Auch zwei kleine Fleischklöße auf Farce-Basis zeugen von gutem Handwerk, sind angenehm fluffig und gut abgeschmeckt.
Ähnlich stimmig präsentiert sich der Zwischengang mit Saint-Pierre, Graupen, Erbsen

und einer Olivensauce: Der Fisch selbst ist gut gebraten, saftig und auf der Hautseite leicht kross, die Erbsen, die dichte Olivensauce und die prima harmonierenden, optimal al dente gekochten Perlgraupen hinterlassen dazu ein angenehmes Spiel aus getreidigen, gemüsigen und jodigen Aromen.
Nicht ganz rund lief es zum Zeitpunkt unseres Besuchs im Service. Erst nach gut 30 Minuten und zweimaligem Nachfragen können wir unsere vollständige Bestellung aufgeben. Und auch eine unnötig harsche Zurechtweisung des Auszubildenden durch den mutmaßlichen Serviceleiter mitten im Gastraum trug nicht unbedingt zu einer entspannten Atmosphäre bei.
Überzeugend war wiederum der Hauptgang, in dessen Mittelpunkt ein gutes, rosa gebratenes Lammkarree stand. Das liierte die Küche mit einem feinen Selleriepüree, das ganz hervorragend dazu passte. Auch die Kartoffelwaffel wohlgelungen, als Beilage zum feinen Lammfleisch nach unserem Dafürhalten aber etwas zu massig. Auch die Jus war für unseren Geschmack zu stark angedickt, daher etwas uncharmant pastös und zugleich geschmacklich „verdünnt". Alles in allem dennoch ein sehr stimmiger Hauptgang, bei dem man mit nur ein klein wenig mehr Feinjustierung sogar noch einiges hätte rausholen können.
Noch ein wenig besser war das Dessert in Gestalt von Grießflammeri mit Nougatcreme, Baiser und frischen Himbeeren. Besonders das geschmeidige Flammeri sagte uns sehr zu, da es nicht zu süß schmeckte und schöne vollkornige Aromen hatte, die gut zur Frische der Himbeeren passten. Ein einfacher, aber sehr kurzweiliger Abschluss.
Die kleinen Serviceschwächen konnten auch diesmal nicht über den grundsätzlichen Charme des Hotelrestaurants hinwegtäuschen und sind hier ohnehin nicht an der Tagesordnung, wie wir aus den Vorjahren wissen. Die Küche des Ambiance jedenfalls steht wie auch in der Vergangenheit für sehr zuverlässiges Handwerk ohne unnötige Pirouetten und war diesmal insgesamt so gut, dass wir uns veranlasst sahen, das mit einer Höherstufung mittels Bonus-Pfeil zu quittieren. Und das ist ja schließlich das Wichtigste!

Die Genussmanufaktur

Dorfstr. 24, 18528 Rügen (Sehlen)
03838-8289555
www.kastanie-sehlen.de
Küchenchef: Rene Tangermann
Mi–So ab 17.30 Mo u. Di RT
Hauptgericht: 8–29 €, Menüs: 49 €

Die Genussmanufaktur (ehemals Mehana Kastanie) in Sehlen ist in vielerlei Hinsicht bemerkenswert: allein die Tatsache, dass im Rügener Off ein eigentlich bulgarisches Restaurant mit original neapolitanischer Pizza an den Start geht, ist zumindest ungewöhnlich. Dass diese aber auch noch mit hervorragendem Teig und ausgesucht hochwertigen Zutaten überzeugt, auch sonst die verwendeten Produkte weit überdurchschnittlich sind und daneben die traditionellen bulgarischen Gerichte auf frische hausmannsköstliche Art erfreuen, macht es noch interessanter.
So kann man in dezent folkloristischem Ambiente (das mit landestypisch heiterer bulgarischer Musik noch stimmiger wäre, als mit getragenen klassischen Klavierstücken …) entweder nur auf eine der hervorragenden, teils mit bulgarischem Twist variierten Pizzavarianten vorbeikommen – zuletzt etwa mit festen kleinen Steinpilzen wie aus dem Bilderbuch, herzhafter Pancetta und grasigem Olivenöl – oder etwas umfangreicher bestellen und sich zur Vorspeise erst mal durch die mit feinen bulgarischen Wurstwaren, Käse und mariniertem Gemüse bestückten „Mezze" probieren.
Neben diesen Klassikern, zu denen auch das im bemalten Tontopf zusammen mit Schafskäse gebackene Gemüse-Potpourri aus Tomate, Paprika, Zwiebel, Peperoni und Zucchini nebst luftigem Pizzabrot zählt, werden stets auch einige saisonale Tagesgerichte geboten. Unter diesen konnten die mit perfektem Biss und Getreidegeschmack in waldig-pilzigem Trüffel-

rahm servierten Bandnudeln begeistern. Ganz ohne Übertreibung: Besser bekommt man derlei auch bei über 90 Prozent der ambitionierteren italienischen Restaurants nur sehr selten.
Aber auch das erfreulich dick geschnittene Kotelett vom Duroc-Schwein konnte punkten. Zwar hätte es mit ein, zwei Minuten weniger in der Pfanne noch besser gewirkt, konnte dank guter Fetteinlagerung aber dennoch auch im fast durchgebratenen Zustand noch mit seiner Produktqualität überzeugen. Ergänzt wurde das saftige Fleisch von locker-krossem Blätterteig mit einer Füllung verschiedener aromenintensiver Gemüse von gegrillter Paprika über Zwiebel und Aubergine bis zu Steinpilzen sowie einer gemüsefruchtig-pikanten Sauce. Und à part im Schälchen von einem schmackhaften Bratkartoffelsalat.
Das alles macht auf ganz einfache Art uneingeschränkt viel Spaß. Wer viel Verschiedenes probieren will, sollte angesichts der nicht eben zierlichen Portionen aber am besten zu mehreren kommen und spontanes Sharing zelebrieren. Die charmante unkomplizierte Gastgeberin hat da sicher nichts einzuwenden und freut sich über restlos geleerte Teller und Gläser. In letztere kommen neben einer kleinen deutschen Weinauswahl (u. a. von Markus Schneider) auch gute bulgarische Gewächse und natürlich frisches Bier, was zu vielen Speisen hier ebenfalls prima passt.

7↑

Freustil

Zeppelinstr. 8, 18609 Rügen (Binz)
✆ 038393-50444
www.freustil.de
Küchenchef: Ralf Haug
Mi–So von 12–14 Uhr u. ab 18 Uhr, Mo u. Di RT
Menüs: 49–99 €
EC VISA

Obwohl das entspannte Restaurant von Ralf Haug im Zentrum von Binz nun schon ein paar Jahre existiert, hat man jedes Mal ein wenig das Gefühl, in einer neuen Location zu sitzen. Der gebürtig aus Baden-Württemberg stammende Chef lässt nämlich nicht nur die halbhohe rundumlaufende Holzverkleidung und die Wände in immer wieder neuen, frischen und ausdrucksstarken Farbkombinationen erstrahlen, sondern gibt den Räumen darüber hinaus auch mit wechselnden Bildern, Gestaltungs- und Designelementen ein leicht verändertes Antlitz.
Auf den Tellern gibt's ebenfalls von Mahl zu Mahl Neues zu entdecken! Beim Küchengruß verlieh das Team verschiedenen eher knackig und frisch als weich und erdig gehaltenen Bete-Sorten einen nahezu fruchtigen Charakter und stellte ihnen mit Meerrettich-Eis, gehobelten Haselnüssen und Schafsmilch-Kefir zudem auflockernde und interessante Akzente zur Seite. Insbesondere das Zusammenspiel von Süße und ätherischer Schärfe beim Meerrettich-Eis mit einem Hauch Majoran in den Knusperbröseln on top hatte was! Raffinesse mit verhältnismäßig einfachen Mitteln, gute und oft ganz einfache Produkte aus der Region, natürliche, aber markante Aromen: Typisch für die Freustil-Küche und somit ein Auftakt nach Maß.
Ähnlich bodenständig-kreativ war zuletzt auch die erste Vorspeise des Menüs, bei der eine geschmorte halbierte Lauchstange auf luftig aufgeschäumter Kartoffelcreme, Ziegenfrischkäse und verschiedenen, mutmaßlich aus allen drei Produkten zubereiteten Cremes angerichtet und davon umgeben war. In Summe ein relativ weiches und dichtes, cremiges Gericht, als solches aber durchaus gelungen. Man hätte eventuell für mehr Abwechslung im Mund noch etwas Knuspriges dazu addieren können, aber wirklich gefehlt hat das auch nicht.
Die im Frühsommer nur vermeintlich aus der Saison gefallenen, weil nämlich „falschen" Schwarzwurzelstangen, entpuppten sich auf dem Teller als mit einer schwarzen Panierung aus Lauchasche und Panko knusprig ausgebackene weiße Spargelstangen, die zusammen mit weiteren naturbelassenen weißen und grünen Spargelstücken auf rahmig-saftigem Hühnerfrikassee platziert waren. Eine schaumige Eicreme im Stil einer Hollandaise brachte da nicht nur zusätzliche Süffigkeit und Schmelz, sondern auch eine feine Säure ins Spiel. Und hier war es der würzige Liebstöckel, der dem Ganzen wieder einen durchaus passenden aromatischen Kräuterakzent verlieh.

Etwas gediegener und unauffälliger kam die mit einer dünnen Kräuterbröselmatte gratinierte saftige Scholle daher, die im Verein mit verschiedenen relativ naturbelassen schmeckenden Gurkenkomponenten auf einem Dillfond schwamm. Weil die ebenfalls eingebaute Vogelmiere ein naturgemäß eher zurückhaltendes Kraut ist, blieb das Ganze dann auch ein sehr leichtes, frisches Gericht der leisen Töne. Und war als solches auch sehr gut!

Das fein dosierte Wechselspiel von Süße und Salzigkeit brachte dem in einer längs halbierten grünen Weinflasche angerichteten Zwischengang um gegrillte Jakobsmuschelscheiben nebst Blumenkohl in verschiedenen Strukturen und Geschmacksschattierungen sowie Haselnuss den Gaumenkitzel. Und die Tatsache, dass hier nicht nur der Blumenkohl, sondern auch die Haselnuss von knusprig (geröstet und karamellisiert) bis cremig (als Rahmeis) in verschiedenen Konsistenzen aufgeboten war, ließ das Ganze zudem auch noch sehr vielschichtig wirken.

Ein perfekt auf den Punkt gebrachter, sehr saftiger und aromatischer Rücken eines Maibocks, der trotz des bambihaft zarten Fleischs genügend Biss und Struktur hatte, durfte noch ein wenig in seinem natürlichen Umfeld verbleiben: Buchen- und Enokipilze, Blaubeeren, Moos aus Spongecake mit Wildkäuteraroma und knusprige „Baumrinde" waren dem Wild ein sehr stimmiges und auch betont leichtes Geleit mit Assoziation an Wald und Flur. Nur die recht intensive Jus auf Kalbsknochenbasis hätte man sich etwas durchdringlicher und transparenter vorstellen können. Dass das à part in einem kleinen Nest dazu servierte gebackene Wachtelei eher dem thematischen als dem kulinarischen Kontext dienlich war, tat der Sache keinen Abbruch. Eine kurzweilige, oft augenzwinkernde Küche, die einfach Spaß macht und noch dazu ein ganz bemerkenswertes Preis-Leistungsverhältnis bietet. Wo sonst gibt es auf diesem hohen Niveau 6 Gänge für 66 Euro?

Hier wird immer auch viel fürs Auge geboten, oft schmecken die Freustil-Gerichte aber sogar raffinierter als sie aussehen. So wie das Dessert um die ausgehöhlten und mit einem aromatischen Sorbet aus sich selbst gefüllten Jumbo-Erdbeeren, die auf wolkenzarter Quarkmousse und buttrigen Malzcrumbles mit einem Hauch Zimt angerichtet werden und in der Erdbeerzeit fast schon ein Klassiker des Hauses sind.

Das junge, stets locker, entspannt und professionell auftretende Serviceteam rundet das Gesamterlebnis ab, bringt positive Stimmung ins Restaurant und berät kompetent. Auch bezüglich der großen Auswahl interessanter alkoholfreier Getränke und der attraktiven deutschen Weinkarte. Letztere ist übrigens ebenso günstig kalkuliert wie die Küche selbst.

5

Gutshaus Kubbelkow

im Hotel Gutshaus Kubbelkow

Dorfstr. 8,
18528 Rügen (Sehlen-Klein Kubbelkow)
03838-8227777
www.kubbelkow.de
Küchenchef: Axel Diembeck
Täglich ab 18 Uhr
(auf Anfrage auch mittags), kein RT
Hauptgericht: 28–36 €,
Menüs: 49–76 €

EC P

Es ist ein richtiges Kleinod, das Gutshaus von Familie Diembeck, das da inmitten einer parkähnlichen Gartenanlage idyllisch versteckt im Dörfchen Klein Kubbelkow liegt. Hier kann man es gut aushalten! Sowohl in einem der Hotelzimmer dieses gepflegten kleinen Hotelbetriebs als auch in den hübschen historischen Herrenzimmern mit Parkettböden, in kräftigen Farben wie dunklem grün und rot abgesetzten Wänden, Kronleuchter und offenem Kamin. Denn auch die dort servierte Küche bietet mehr als das Alltägliche, arbeitet handwerklich seriös und kauft gute Produkte ein.

Dass das Angebot, das sich stilistisch mehr französisch-mediterran als nordisch präsentiert, in Zeiten von Corona vorübergehend deutlich verkleinert wurde und zum Zeitpunkt unseres Besuchs nur in Form zweier beliebig kombinierbarer Dreigang-Menüs offeriert wurde, änderte an dieser Einschätzung nichts. Schon die beiden sehr guten, saftigfrischen Brotsorten vorneweg, als auch der kleine Küchengruß in Gestalt von gezupftem Schmorfleisch einer Dammwildkeule mit de-

zent asiatisch aromatisierter gelber Linsencreme, machten auf ihre schlichte, schmackhafte Art Spaß.
Auch die Bouillabaisse zeugte von sehr solidem Handwerk und guten, frischen Produkten. In der mittelkräftigen, aromatisch ausgewogenen klaren Suppenbasis schwammen neben verschiedenen noch nicht zu weichen, aber auch nicht mehr zu rohen Gemüsen auch ein paar größere, glasig soft gegarte Stücke vom Ostseelachs sowie eine gebratene Garnele und eine Miesmuschel. Einen herzhaft pikanten Push und den endgültigen Dreh ins Mediterrane gab dem Ganzen ein Klecks Sauce Rouille, die sich nach und nach mit der Suppe vermählte.
Auch dem kross auf der Haut gebratenen Filetstück von der Rotbarbe, das auf einem Sockel aus fruchtigem rotem Reis und Mangold aus dem eigenen Gutshausgarten thronte und von einer sehr guten, zwar relativ cremig gebundenen, aber schön natürlich nach ihrer Basis aus gerösteten Krustentierschalen schmeckende Hummernage umflutet war, konnte man nichts nachsagen. Außer vielleicht, dass der Fisch selbst etwas zaghaft gewürzt war – aber viel lieber so als umgekehrt!
Identisch ließ sich beim Hauptgang um laut Speisekarte „getrüffeltes" Kalbsfilet argumentieren, das die annoncierte Trüffel nicht mal erahnen ließ. Denn viel besser so als wenn man es mit künstlichem Trüffelölaroma zu tun hat. Zusammen mit zweierlei von der Kohlrabiknolle aus dem eigenen Garten, die es als luftig durch den „Cream-Whip" Syphon geschäumtes Püree und als rahmig eingefasste knackige Stücke auf den Teller geschafft hatte, war auch das gediegene Drei-Komponenten-Küche in schlichter, schmackhafter Ausführung. Der man höchstens ankreiden könnte, dass eine der drei Fleischtranchen deutlich zu sehr durchgebraten und längst nicht so schön zart und saftig wie die anderen beiden war. Dafür gab's aber ausreichend süffige Grundlage in Gestalt einer guten, ausgewogenen reduzierten Sauce auf Kalbsjusbasis.
Auch zum Dessert gab's Saisonales aus dem eigenen Garten, nämlich Erdbeeren und Rhabarber, die hier neben ihrer marinierten und eingelegten Urform auch als Eis bzw. Sorbet, Baiser, Fruchtpüree und ein in weiße Schokolade gehüllter Mousseriegel auf schwarzem Schiefer angerichtet waren. Und einen unaufgeregten, gelungenen süßen Abschluss bescherten. Spaß machte auch die Auswahl verschiedener Rohmilchkäse: qualitativ nicht „high-end", aber bisweilen gar nicht schlecht. Allerdings wäre es deutlich zuträglicher gewesen, diese in gebührendem Abstand voneinander auf einem großen, flachen Teller zu präsentieren, als unschön zusammengepfercht und teils übereinandergestapelt auf einem kleinen Dreieck.
Angenehm und aufmerksam agierte wie gewohnt der Service um Gastgeberin Kinga Diembeck, deren junge Mitarbeiterinnen leichte Unsicherheiten spielend durch natürliche Freundlichkeit wett machen konnten.

6

nixe

Strandpromenade 10,
18609 Rügen (Binz)
038393-6662042
www.nixe-hotel.de/restaurants/restaurant-nixe
Küchenchef: Frank Linke
Di–So ab 18 Uhr, Mo RT
Hauptgericht: 12–21 €,
Menüs: 89–129 €

VISA

In die kleine Nixe an der Binzer Strandpromenade ist wieder kulinarisches Leben eingekehrt! Nach dem Weggang von Ralf Haug vor einigen Jahren erlebte das verwinkelte Souterrainrestaurant mit seinen gemütlichen Nischen und der coolen Baratmosphäre, das zum gleichnamigen Designhotel an der Binzer Promenade gehört, eine recht unruhige Zeit mit wechselnden Küchenchefs und unterschiedlichem Niveau.
Seit Mitte 2020 wird es nun aber von Frank Linke als neuem Küchenchef bekocht, der definitiv das Zeug dazu hat, die Nixe auch kulinarisch wieder wachzuküssen und zu einem veritablen Ziel für Feinschmecker zu machen. Stationen wie das Louis C Jacob in Hamburg, das Frankfurter Français, das Restaurant Die Quadriga in Berlin oder das ehemalige Friedrich Wilhelm in Potsdam haben ihn geprägt; im Luce d'Oro auf Schloss Elmau erlebten wir

ihn selbst schon in seiner ersten Küchenchefposition.

In der neuen Wirkungsstätte geht es konzeptionell natürlich deutlich legerer und auch kulinarisch bodenständiger zu als in den vorab genannten Adressen, aber das Team hat schon den Anspruch, hier in jeder Hinsicht weit überdurchschnittlich zu bewirten. Das erkennt man bereits beim Blick in die Speisekarte, die rund 15 Gerichte listet, die man entweder ganz normal à la carte, als Foodshare-Happening „Tisch voll" in vier Aufzügen (ab 2 Personen und natürlich nur tischweise), oder in Form von sechs vom Küchenchef ausgewählten Gängen als Gourmetmenü bestellen kann. Egal für was man sich entscheidet: Stilistisch geht das stets in eine weltoffene, moderat kreative Richtung und reicht von Calamaretti und Schweinebacke mit Aubergine in einem würzig-süßlichen Zwiebelsud bis zur Wachtel mit Spitzkohl, Salbei und Salzzitrone.

Manche Gänge sind auch vegetarisch, so wie die geriebene marinierte Rote Bete mit gerösteten Sonnenblumenkernen, einer mildnussigen Creme aus denselben sowie einer Nocke Ayraneis, das hier mit Temperaturkontrast, laktischer Säure und der typischen leichten Salzigkeit einen schönen Akzent setzen konnte. Die als Vinaigrette und frische Blätter integrierte Wasserkresse bot dem Ganzen mit ihrer pfeffrigen Schärfe ebenfalls attraktiven Mehrwert; das Rote-Bete-Baiser on top hatte indes eher dekorativen Zweck. Aber man sieht, dass es das Team draufhat, mit relativ einfachen Mitteln Raffinesse auf den Tellerchen und in den Schälchen zu erzeugen.

So spendeten etwa leicht gedörrte, aber noch saftige Weintrauben dem folgenden, mit einer Marinade von gereiftem Balsamessig angemachten Makrelentatar angenehm fruchtige Süße als Gegenspieler und Puffer zu den etwas derb vorschmeckenden rohen Zwiebeln, die den Fisch zusammen mit Perlzwiebel und Röstzwiebel eskortierten. Aus was die ziemlich kitschig mit grüner Lebensmittelfarbe colorierte Creme gemacht war, mit der das Tatar neben gepickeltem Radieschen und etwas Sauerklee außerdem noch gekrönt war, konnten wir nicht erschmecken …

Sehr fein war die qualitativ überraschend gute und perfekt saftig gegarte Tranche von der Scholle, die mit etwas Fenchelcreme bestrichen, mit gerösteter Rapssaat beflockt, mit Nordseekrabben beladen und mit Ackersenf getoppt in einer kraftvollen rahmigen Krustentier-Schaumsauce angeschwommen kam. Einziger kleiner Wermutstopfen war hier etwas zu viel Salz an dem Gericht.

Den besten und auch handwerklich aufwendigsten Gang bekamen wir als Hauptgericht serviert, in dessen Mittelpunkt sehr schön gleichmäßig rosa gebratene Nüsschen und süffiges geschmortes Schulterragout vom Mecklenburger Reh standen. Begleitet von zweierlei Selleriecreme, Apfel, sautierten Herbsttrompeten und etwas Quitte war das ein sehr gutes klassisches Wildbret mit einer ebenso klassischen reduzierten, ziemlich intensiven Sauce, die wohl eher auf Kalbsknochenbasis zubereitet war, als dass es eine Wildjus gewesen wäre. Geschmeckt hat das natürlich trotzdem sehr gut – mit einer leichteren und deutlicher auf Wildbasis zubereiteten Jus wäre es aber eben noch produktfokussierter gewesen.

Auch beim aufwendig und vielteilig arrangierten Dessert, einem halbkreisförmig angeordneten Sammelsurium aus Pistazieneis, marinierter Zwetschge, überraschend saftigem Zitronen-Sponge und angeflämmter cremiger Baisermasse, dekoriert mit etwas Blutampfer, konnte man den Anspruch und die Ambitionen des Teams sehr gut erkennen. Wir sind gespannt, wie sich das in den kommenden Monaten weiterentwickelt, und freuen uns schon auf den nächsten Besuch im kommenden Jahr. Beim Publikum scheint das auch alles recht gut anzukommen, denn das Lokal war jenseits der Hochsaison und unter der Woche bestens besucht.

Hotelempfehlung

Hotel Gutshaus Kubbelkow

Dorfstr. 8,
18528 Rügen (Sehlen-Klein Kubbelkow)
03838-8227777
www.kubbelkow.de
Einzelzimmer: 130–180 €
Doppelzimmer: 130–180 €
VISA

Obwohl zentral im Mittelpunkt der Insel Rügen gelegen, residieren die Gäste im Gutshaus Kubbelkow beschaulich fernab der Hektik und können hier in ruhiger, privater Atmosphäre entspannen. Der Blick schweift über weite Felder, umliegende Wälder und in den traumhaften Gutspark. Seit dem Jahr 2002 führt die Familie Diembeck das Gutshaus inmitten einer denkmalgeschützten Parkanlage und restauriert das gesamte Anwesen behutsam und mit viel Liebe zu historischen Details. Heute laden gemütliche Doppelzimmer, großzügige Juniorsuiten und Suiten zum Erholen, die mit wertvollen Möbeln, Wandbespannungen, schweren Teppichen und hochwertigem Interieur ausgestattet sind – aber auch modernen Komfort wie Plasma-TV, DVD-Player, DSL-Telefonie und Highspeed-WLAN bieten. Ein Highlight ist das „Gutsherrenbad", ein kleiner, feiner Spa-Bereich in fast privater Atmosphäre. Hier kann man beispielsweise ein traditionelles Badezeremoniell aus dem Orient (Rasulbad), Massagen, Dampf- und Aromenbäder oder unterschiedliche Saunen genießen. Engagierte regionale Frischeküche – mal leicht und modern, mal deftig und traditionell – bietet der Chef im eleganten Restaurant. Gutshaus Kubbelkow Restaurant separat erwähnt.

★★★★★S

Romantik Roewers Privathotel

Wilhelmstr. 34,
18586 Rügen (Sellin)
038303-1220
www.roewers.de
Einzelzimmer: 139–329 €
Doppelzimmer: 139–329 €

VISA

Das First-Class- und Wellness-Hotel gehört zum Verbund der Romantik Hotels und ist eines der Hotellerie-Attraktionen im Ostseebad und auf der ganzen Insel Rügen. Die Villen im Stil der wilhelminischen Bäderarchitektur sind denkmalgeschützt und liegen direkt an der Selliner Pracht- und Flaniermeile. Die insgesamt 55 Zimmer und Suiten sind in hellen, fröhlichen Farben des Sommers gestaltet und vermitteln auf Anhieb Wohlgefühl. Die Liebe zum Detail spürt man hier überall und genießt darüber hinaus jede Menge Komfort. Vor allem Wellness wird in Roewers Privathotel großgeschrieben: Neben dem Areal für Erholung und Entspannung mit Massagen, Bädern, Beauty und „Duo-SPA"-Angeboten in höchster Perfektion auf über 1200 m^2 erwarten die Gäste hier auch ein Indoor-Pool mit Sauna- und Fitnessbereich und ein Rooftop-Außenpool mit 13 Metern Länge. Außerdem hat man die Wahl zwischen zwei Restaurants, einer großzügigen Terrasse mit Bewirtung und einer schicken Hotelbar. Gourmetrestaurant Ambiance separat erwähnt.

Rust (Baden-Württemberg)

9

AMMOLITE – The Lighthouse Restaurant

im Europa-Park Rust
Peter-Thumb-Str. 6,
77977 Rust
07822-776699
www.ammolite-restaurant.de
Küchenchef: Peter Hagen-Wiest
Mi–Sa ab 19 Uhr, So von 12–14 Uhr u. ab 19 Uhr, Mo u. Di RT
Menüs: 95–148 €

VISA

Hier ist der Name tatsächlich Programm! Das „Lighthouse-Restaurant" Ammolite im auch ohne Eintrittskarte frei zugänglichen Hotel- und Gastrobereich des Europaparks Rust residiert nämlich nicht nur in einem klassischen rot-weiß gestreiften Leuchtturm – es ist auch aus kulinarischer Sicht ein echter Leuchtturm im äußersten Südwesten der Republik. Denn das sehr elegant und originell designte Gourmetrestaurant ragt und leuchtet selbst in diesem Landstrich, der ohnehin mit sehr vielen

Feinschmeckeradressen übersäht ist, aus der Menge heraus. Das liegt aber nicht nur an der außergewöhnlichen Lage auf dem Areal von Deutschlands größtem Freizeitpark oder an der noblen Ausgestaltung des runden Gastraums, sondern in erster Linie schon an den Kochkünsten von Peter Hagen-Wiest und dessen Team, die hier eine sehr niveauvolle klassische Küche interpretieren.
Dafür wird einerseits kein Aufwand gescheut, andererseits aber auch kein ausufernder Aktionismus betrieben. Sämtliche Kreationen der beiden Menüs, von denen sich das eine („Black Forest Cuisine") mit der heimischen Produkt- und Aromenvielfalt beschäftigt und das andere („Around the World") mit dem Gast auf kulinarische Weltreise geht, wirken souverän aufgeräumt und auch aromatisch auf das Wesentliche fokussiert. Obwohl sehr viel auf jedem Teller passiert, hat man nie das Gefühl, dass man auch etwas hätte weglassen können. Jede eingesetzte Komponente ist genau durchdacht, alles hat seine bestimmte Aufgabe. So war das zuletzt auch schon bei den sechs extrem feinmechanisch fabrizierten und trotzdem unheimlich eingängig und voll schmeckenden Kleinigkeiten zum Auftakt, unter denen wir hier beispielhaft nur den cremigen Kalbszungensalat im Baumkuchenring anführen wollen.
Die Vorspeise des weltoffenen Menüs begann mit sehr gutem Kingfisch, der hier nicht nur in Gestalt der drei großen, mit einem überraschend subtilen, karamellig-fruchtigen Sojalack eingelassenen Tranchen in der Tellermitte stattfand, sondern auch als schön pures, die tolle Qualität des Hiramasa noch deutlicher herausstellendes Tatar. Das versteckte sich allerdings in den flockigen Blumenkohlkomponenten, die als Ring um den Fisch gezirkelt waren und von vereinzelten Tupfen eines Yuzu-Gels punktuell frisch und zitrusherb akzentuiert wurden. Für harmonische Verbindung und einen wohligen Background war die am Tisch in den Ring angegossene Nussbutter-Beurreblanc verantwortlich.
Der nächste Step auf der Weltreise führte in orientalische Gefilde, war ein durch diverse Bausteine ergänztes Süppchen und bestand im Grunde ausschließlich aus Karotte. Von daher war es umso erstaunlicher, was das Team daraus gemacht hat und wie vielseitig sich das Wurzelgemüse auf sehr engem Raum präsentierte: die Suppe selbst mit zugespitzer Säure und Frucht, der darin überflutete Zylinder aus Karottentatar eher von der erdigen Seite, das Sorbet auf der Tellerfahne mit natürlicher Süße, Vadouvan-Würze und natürlich Temperaturkontrast, und die knusprig-fragilen Streifen fügten sich auf leicht nussige Art gut ins Geschehen ein.
Gelungenen Purismus stellte sodann der nächste Gang um taufrisch-knackigen Kaisergranat dar, welcher lediglich mit einer reizvollen Mischung aus knackigen und knusprigen Streifen von Grüner Papaya getoppt in einem Thaicurry-Sud auf Basis von Krustentierfond schwamm. Ähnlich aufgebaut – ein mit seiner Eskorte beladener Fisch auf Sauce – war auch der mustergültige Steinbutt, der ein Röllchen Gurkensalat, eine Nocke Imperial-Kaviar und etwas in Lardo gehülltes Ragout von der Lila Kartoffel auf seinem Rücken trug. Und dieses sensibel zwischen zupackender Herzhaftigkeit und eleganter Mineralität, zwischen Luxus und Bodenständigkeit austarierte Geschmacksbild wurde durch die sublime Kartoffelsauce mit feinwürzigem Kräuteröl kongenial getragen.
Ein kurzer Exkurs ins heimatliche Menü bescherte uns ein wunderbar fleischiges, kompaktes Stück Schweinebauch mit subtiler Kümmelwürze, das als Rechteck auf einer herzhaften Senfsaat-Jus schwamm und mit Shiitake-Pilzen, feinen knackigen Kohlstreifen, gepoppter Schweineschwarte und knusprigen Blättern karamellisierten Rotkohls bestückt war. Ein äußerst gelungenes Beispiel für elegant verfeinerte Rustikalität. Und auch wenn die Teller durchwegs sehr fotogen angerichtet sind, wird hier nicht allzu ziseliert gebastelt. Das zeigte auch der Hauptgang, in dessen Mittelpunkt der Rücken eines Poltinger Lamms stand. Denn die beiden nur behutsam gewürzten Tranchen dieses herausragenden Lammfleischs mit ihrem superkross gebratenen Fettdeckel waren lediglich auf etwas cremige Polenta gesetzt und wurden aromatisch von roter Paprika (geschmortes Confit und Gänseschnabel) sowie einem Bärlauchöl akzentuiert. Für die sanfte Tiefe war eine schön natürliche Lammjus verantwortlich. Eine im Grunde sehr gediegene Komposition, die jedoch durch die hohe Qualität des Hauptprodukts und die klar und deutlich herausgestellten natürlichen Aromen der Begleiter voll überzeugen konnte.
Vor dem süßen Abschluss kam mit lautem Tusch nochmal ein richtiger Wachmacher, nämlich eine nicht nur wegen der Schärfe äußerst spannende Kombination zwischen Rhabarber (als Kompott und Espuma) und Jalapeño (als Eis). Danach ging es mit einem deutlich sanfteren, aber nicht minder unterhaltsamen, auf zwei Teller aufgeteilten Dreiklang von Pfirsich, Mandel und Lavendel ins Ziel, wo noch handwerklich fein gearbeitete und geschmack-

lich präzise Petits fours warteten. Und so ist und bleibt das Ammolite für uns die mit Abstand größte Attraktion in Deutschlands beliebtestem Vergnügungspark – für die man sich noch nicht mal in eine lange Warteschlange stellen muss. Wobei: Reservieren sollte man zumindest zeitig, denn die Tische sind eigentlich immer sehr gut gebucht.

Hotelempfehlung

★★★★S

Europa-Park-Resort Bell Rock

im Europa-Park Rust
Peter-Thumb-Str. 6,
77977 Rust
✆ 07822-776699
www.europapark.de/de/hotels/4-sterne-superior-erlebnishotel-bell-rock
Einzelzimmer: ab 86 €
Doppelzimmer: ab 121 €
EC VISA

Im 4-Sterne-Superior-Erlebnishotel Bell Rock im frei zugänglichen Bereich des Europaparks Rust begibt sich der Gast auf die Spuren der Pilgerväter und Entdecker Amerikas. Das Ziel der Reise ist Neuengland, die historische Wiege der USA. Das Hotel erzählt die Geschichte der Ein- bzw. Auswanderer und deren Leben in der neuen Welt. Dementsprechend orientiert sich das Gebäude mit der imposanten Herrenhausfassade an der Formensprache des neuenglischen Siedlungsbaus und die Zimmer und Suiten (für bis zu sechs Personen) sind thematisch ebenfalls an die Epoche angelehnt. Es gibt zehn unterschiedliche Kategorien vom Standardzimmer bis zu der im Leuchtturm untergebrachten John-F.-Kennedy-Suite – alle

Räume sind klimatisierte Nichtraucherzimmer und standardmäßig mit Safe, Dusche/WC, Haartrockner, Flachbildschirm, Schreibtisch, Telefon sowie High-Speed-Internetzugang ausgestattet. Großer Wellness-, Fitness- und Spa-Bereich. Unterschiedliche Restaurants und Bars. AMMOLITE – The Lighthouse Restaurant separat erwähnt.

Saarbrücken (Saarland)

8↑

Esplanade

Nauwieserstr. 5,
66111 Saarbrücken
✆ 0681-84499125
www.esplanade-sb.de
Küchenchef: Silio Del Fabro
Mi–So von 12–14 Uhr u. ab 18.30 Uhr, Mo u. Di RT
Hauptgericht: 29–49 €,
Menüs: 72–129 €
EC VISA

Das in einem geradlinig-schlichten, denkmalgeschützten Gründerzeithaus mit großen bodentiefen Fenstern angesiedelte Restaurant Esplanade überrascht im Inneren mit elegant-modernem Design, bequemen farbigen Sesseln

an blanken dunklen Tischen und entspannter Musik im Hintergrund. Gemeinsam mit dem französischen Charme von Gastgeber Jérôme Pourchère, der vielen Gourmets auch aus seiner Zeit als Maître im Gästehaus Erfort bekannt sein dürfte, ergibt das einen Ort, an dem man sich auf völlig unkomplizierte Art unmittelbar sehr wohl fühlen kann.
Passenderweise zielt auch die Küche von Silio Del Fabro in genau die gleiche Richtung: Unaufgeregt, souverän klassisch und doch mit augenzwinkernd moderner Finesse. Die klare Grundlinie ist und bleibt dabei die französische Haute-Cuisine, die auf schlanke und zeitgemäße Art mit perfektioniertem Handwerk und sehr präzise freigestellten Aromen punktet. Wenig verwunderlich, wenn zu den Lehrmeistern unter anderem Helmut Thieltges, Heinz Winkler und Klaus Erfort zählen, aber dennoch alles andere als alltäglich. Zumal unser Aufsteiger des Jahres von 2018 nach einer Anfangsphase mit teils aufwändigeren Spielereien und modernistischen Anleihen sehr schnell – und trotz seines noch jungen Alters – zu seiner eigentlichen Stärke gefunden hat, die eben eher in puristischer, laserscharf umgesetzter Produktküche liegt.
In diesem Sinne überzeugten auch diesmal bereits zur Einstimmung eine topfrische Auster in feiner Akzentuierung durch Holunderblütenessig und Minze, ein kleiner warmer Blutwurststrudel mit grünem Apfel und Röstzwiebel sowie ein hauchdünnes knuspriges Linsentartelette, randvoll mit säuerlich straffer Sauce Béarnaise. Ebenso simpel wie genial war auch die Idee, einen dünnen Streifen krossen Schweinebauchs einfach mit roher Langoustine und duftigen Kräuterspitzen zu belegen und so einen wunderbar schmelzend-krossen Surf-and-Turf-Happen zu kreieren. Einzig die eigentlich wie von selbst laufende Kombination aus Räucheraal und cremigem Eigelb mit Trüffelschaum sowie gehobelter australischer Trüffel wurde leider durch heftigen Einsatz von Trüffelöl torpediert und wirkte so eher anstrengend als erfreulich.
Sommerlich beschwingt und wieder absolut souverän startete das eigentliche Menü mit einem Salat von Bretonischem Hummer in perfekter Qualität, der mit dünn gehobeltem grünem Spargel und vollreifen Wassermelonenwürfeln in einer milden geeisten Krustentierbouillon badete. Für etwas unterfütternden Schmelz sorgte eine Kimizu-Mayonnaise, während ein separates Linsentartelette mit üppiger Hummertatar-Füllung einen konzentrierten Side-Kick der gleichen Aromen bot.
Auch der „Gemüsegarten" mit mildsäuerlich eingelegten kleinen Gemüsen aus dem nahen Stadtgarten, ätherischen Kräutern und knackigem Spargel hielt das hohe Frischelevel und bot zudem feinsinnige aromatische Balance – unter anderem durch etwas Crème fraîche und einer zwischen herbal und umamistark angesiedelten Bonito-Vinaigrette. Dazwischen noch außen kurz abgeflämmter, sanft temperierter Lachs mit betörendem Schmelz sowie dünne krosse Brotchips und fertig war eine weitere perfekte Sommervorspeise.
Das vorübergehende Highlight – und locker bei 9 Pfannen oder mehr angesiedelt – kam allerdings mit der hohen, fein aufblätternden Tranche vom Rochenflügel, die von einem feinwürfeligen Topping aus Kalbskopf mit herrlichem Schmelz versehen war. Dazwischen funkten noch kleine auflockernde Mikroelemente von confierter Tomate über Minipaprika bis zu gebackenen Kapern und als säuerlich gestraffter Rahmen unterstütze die begeisternde Komposition ein weißer kräuterduftiger Tomatenschaum. Das war in seiner fokussierten Art schon sehr großes Kino und dennoch genauso charmant unaufgeregt wie alles eigentlich hier …
Für Freunde kraftvoller Eleganz kaum weniger gelungen war das folgende Kalbsbries, dessen üppige, außen kross karamellisierte und innen cremig-zarte Stücke mit verschiedenen Zwiebelzubereitungen, sautierten Champignonwürfelchen und einer ebenso tiefgründigen wie säurefrischen Nussbutterjus serviert wurde. Dabei prägte eine cremige Zwiebelsoubise eher die helle Seite des Gerichts, während karamellisierte Zwiebelcreme voll die dunkle, würzige Seite betonte. Top!
Nicht ganz auf dem Niveau der besten Gänge, aber dennoch ein souveräner Abschluss war das rund um Erdbeeren der Sorte Mara de Bois angelegte Dessert mit Sorbet, Sphäre und eingelegten Früchten, die eine gewisse alkoholische Würze einbrachten, flankiert von einem Erdbeerkrokant-Röhrchen, gefüllt mit eher zurückhaltender Buttermilchcreme und dezent duftigen Noten von Tonkabohne. Handwerklich war das kaum besser zu machen, doch fehlte in dem eher milden und sanften Ensemble trotz einer gewissen facettenreichen Abstufung der gewisse aromatische Kick.
Aber letztlich zeigen derartige Kleinigkeiten auch nur auf, wie wenig hier zu einer noch höheren Bewertung eigentlich nur fehlt. Das bestens eingespielte Serviceteam rund um Gastgeber Jérôme Pourchère würde diese jedenfalls genauso stimmig abrunden wie die nicht über-

bordende, aber mit hoher Kennerschaft zusammengestellte Weinauswahl, aus der auch glasweise ebenso anspruchsvolle wie gut abgestimmte Tropfen ausgeschenkt werden.

10

GästeHaus Klaus Erfort

Mainzer Str. 95,
66121 Saarbrücken
0681-9582682
www.gaestehaus-erfort.de
Küchenchef: Klaus Erfort
Mo–Fr von 12–13.30 Uhr u. ab 19 Uhr, Sa u. So RT,
Hauptgericht: 58–140 €,
Menüs: 147–225 €

VISA P

Das etwas tiefstapelnd „GästeHaus" genannte Restaurant von Spitzenkoch Klaus Erfort, das eigentlich eine stattliche Villa ist, gehört seit vielen Jahren bundesweit zu den Top-Adressen für anspruchsvolle Genießer. Der Chef hat hier ganz ohne Mäzen oder Hotelbetrieb im Hintergrund das seltene Kunststück geschafft, höchstes kulinarisches Niveau auch wirtschaftlich erfolgreich umzusetzen. Und er steht mit seiner zeitlos eleganten, eher an großen französischen Vorbildern als am landläufigen Mainstream orientierten Küche im bundesweiten Vergleich unter den Besten der Besten unverändert weit vorne.

Außerdem passt hier einfach auch als gastrokulinarisches Gesamtkunstwerk alles sehr gut zusammen. In den hellen hohen Räumlichkeiten in schlicht elegantem Design oder im Sommer auch auf der malerischen Terrasse mit Blick in den großzügigen Park ist man mit wenigen Schritten dem hektischen Treiben der etwa unwirtlichen Mainzer Straße entrückt und taucht in eine ganz andere, aristokratisch-stilvolle, aber auch sehr entspannte und genussfreudige Welt ein. Und in eine Umgebung, die der reduziert-klaren Küche den perfekten Rahmen gibt.

Auf welchem Niveau sich das Ganze hier abspielt, zeigen ganz unaufgeregt schon die ersten Appetizer, von denen wir exemplarisch das pochierte Wachtelei mit seidig-luftiger Kartoffel-Espuma und hocharomatischer gehobelter Trüffel anführen wollen, das von etwas Geflügeljus und karamellisierter Geflügelhaut mit eleganter Süße neben viel Klarheit und Exaktheit auch jede Menge Tiefgang mitbekommt.

Wunderbar transparent freigestellt machten auch die Aromen der nächsten kleinen Appetizer viel Lust auf mehr, sei es ein luftig-lockerer Bete-Macaron mit Gänseleber und grünem Apfel oder ein knuspriges Filoteigröllchen mit Burrata und getrockneter Tomate. Schon ein kleiner eigener Gang war dagegen das Amuse-Bouche, das sich in der für Klaus Erforts Küche typischen aufgeräumten und klar strukturierten Art präsentierte: Topfrisches Carpaccio vom Kaisergranat war hier von erfrischendem Koriander-/Limonen-Öl und Tupfen einer Hummerjus umgeben, die für einen Hauch röstaromatische Tiefe sorgte. Ansonsten herrschte mit einem Topping aus Kaviar und einer handwerklich perfekten Sphäre aus rosa Ingwer nichts als schwebende Leichtigkeit vor. Ebenfalls beschwingt und frisch folgte als erster regulärer Gang ein „Salat" aus bretonischem Hummer in nussig-zarter Idealform, der in der Hauptsache von grünen und weißen Spargelspitzen ergänzt wurde. Verbunden war das Ensemble von einer herbal-feinbitteren Spargel-/Petersilien-Vinaigrette, aufgelockert von Petersilie-, Kerbel- und Sellerieblättern sowie schwarzer Trüffel. Den entscheidenden Kick brachte der Komposition allerdings ein prägnantes Zitronengel mit knackiger Säure und viel ätherischer Zestenaromatik. Derartige Gerichte sind ganz typisch für den klaren, oft puristisch wirkenden Erfort-Stil, der auf hervorragende Produktqualitäten mit feinen, scharf gestellten Akzenten baut – und damit in den besten Fällen sehr feinsinnige und eindrückliche Ergebnisse erzielt, andererseits aber selbst kleinere Ungenauigkeiten sofort aufzeigen würde.

Mit einer neuen Variante des Erfort-Klassikers rund um eine auf Meersalz gegarte Langoustine Royale, die hier zuverlässig in Referenzqualität auf den Tisch kommt und trotz ihrer vermeintlichen Simplizität zu Recht zum Signature Dish avanciert ist, dreht das Team dann die Intensitätsregler schon deutlich weiter auf. Begleitet wurde das Premiumkrustentier diesmal von einer Tomaten-/Auberginen-Tarte, die in ihrer millimetergenau ausgefeilten, konzen-

trierten mediterranen Geschmackswelt auch beinahe hätte für sich alleine stehen können. Vom in bester französischer Manier durch und durch dunkel karamellisierten Blätterteig über die saftig feinbittere Aubergine und die säuerlich-süß zugespitzten angetrockneten Tomaten bis zum Zucchiniblüten-Tempura griff hier alles ganz exakt ineinander und repräsentierte eindrucksvoll Perfektion im Einfachen.
Ebenfalls charakteristisch reduziert und optisch markant stellte der folgende Gang eine hohe Tranche vom Steinbutt in den Vordergrund. Dieses in klassischer Perfektion gebratene Prachtstück – nicht zäh, nicht schwammig, sondern gleichmäßig fest und zart mit reintönigem Geschmack – bekam mit einem schaumigen und hochkonzentrierten Vongolé-Sud und kleinen, mit Bouillabaisecreme gefüllten Nudelröllchen volle Meerespower an seine Seite gestellt. Im ersten Moment wirkte das etwas einförmig und in die Breite gehend, durch die im Sud gebündelten Aromen wurde dieser Eindruck allerdings mit den ersten Löffeln wieder ausgeglichen.
Die einzige wirklich nennenswerte Schwäche auf Seiten der ansonsten herausragenden Produkte gab es bei unserem letzten Besuch beim Hauptgang, einem Zweierlei vom Reh: marginal beim zwar perfekt gleichmäßig rosa gegarten, aber dennoch etwas matt wirkenden Rücken – vor allem aber bei der Praline aus kleinwürfeligem Schmorfleisch, das dann leider doch deutlich zu trocken war und damit auch die fokussierte Gesamtwirkung dieses Ganges etwas abschwächte. Dabei war die Umgebung aus Komponenten von der Sauerkirsche, etwas Selleriecreme, einem knackigen Spitzkohlröllchen und einem phänomenalen Saucenduo aus mit Purple Curry aromatisierter Jus und einer mit Gänseleber und Cognac verfeinerten Nage als meisterlich modernisierte Klassik ebenso durchdacht wie aromatisch schlüssig.
Mit einer individuellen Idee und viel sommerlicher Frische kombinierte das Team am Ende unterschiedliche blumig-süße Melonensorten in geeister und schaumiger Form mit süßlich eingelegtem Fenchel, den feinen Anisaromen einer Art Crème pâtissière, etwas Crumble, Sablé und zarten Säurespitzen. Angerichtet in einer hauchdünnen und überhaupt nicht klebrigen Zuckerkugel, ergab das einen einerseits typisch gebündelten und klaren, aber dennoch facettenreich ausdifferenzierten Eindruck.
Dass die filigranen Petits Fours genauso wie die begleitenden Weine und die gesamte Performance des unaufgeregt souveränen Serviceteams höchsten Ansprüchen gerecht werden, braucht kaum gesondert erwähnt zu werden. Fazit des jüngsten Besuchs: wenige und nur minimale Wackler, ansonsten aber eine wieder einmal höchst souveräne Leistung des gesamten Teams, interpretiert als attraktive Mischung aus verschiedenen Erfort-Klassikern und neuen Inspirationen.

5

Schlachthof Brasserie

Straße des 13. Januar 35,
66121 Saarbrücken
0681-6853332
www.schlachthof-brasserie.de
Di–Fr von 12–14 Uhr u. ab 18 Uhr,
Sa ab 18 Uhr So von 12–14 Uhr, Mo RT
Hauptgericht: 16–49 €
EC VISA

Ein Klinkerhaus inmitten des einstigen Schlachthofviertels lädt in einem geschmackvollen Bistroambiente mit Spiegeln, kleinen Tischen, roten Lederpolstern und roten Klinkerboden und -wänden zu hochwertiger Steak-Kultur. Es gibt nicht nur die klassischen Cuts von hochqualitativem Rindfleisch unterschiedlicher Herkunft, sondern auch typische französische Bistro- bzw. Brasserie-Gerichte, mediterrane Evergreens und Traditionsgerichte deutscher Herkunft, wobei natürlich gutes trockengereiftes Fleisch vom 800 °C-Grill im Mittelpunkt des Schaffens steht.

Die Besteck-Symbole

5 Bestecke: luxuriöses Restaurant mit höchstem Komfort und formvollendetem Service, edler Ausstattung und einer Weinkarte, die höchsten Ansprüchen genügt

4 Bestecke: elegantes Restaurant mit hohem Komfort und exzellentem Service, sehr gute Ausstattung, hervorragende Weinkarte

3 Bestecke: gehobenes Restaurant mit gutem Komfort und versiertem Service, umfangreiche Weinkarte

2 Bestecke: besser ausgestattetes Restaurant mit ordentlichem Service, ausgewählte Weine

1 Besteck: schlichtes Restaurant, Gasthof oder Bar

Saarlouis (Saarland)

8

LOUIS restaurant

im La Maison Hotel
Prälat-Subtil-Ring 22,
66740 Saarlouis
06831-89440440
www.lamaison-hotel.de
Küchenchef: Martin Stopp
Do–Sa ab 18 Uhr, So von 12–15 Uhr,
Mo–Mi RT
Menüs: 129–149 €
VISA

Nicht nur die erste Adresse in Saarlouis: Das La Maison Hotel ist eine der geschmackvollsten und angenehmen Destination im Saarland mit Strahlkraft bis weit darüber hinaus. Die gediegen-elegante Atmosphäre der verschiedenen Räumlichkeiten mit ihren durchdachten hochwertigen Details, die weitläufige ruhige Terrasse und ein gut eingespieltes, entspanntes Team sorgen für einen ebenso einladenden wie stimmigen Gesamteindruck. Dazu kommt mit Martin Stopp als Chef am Herd ein Garant dafür, dass sich ein Besuch auch aus rein kulinarischer Sicht lohnt. Der nach Stationen in Zürich, Basel, Berlin und im GästeHaus Klaus Erfort bestens geschulte Chef steht hier seit ein paar Jahren für eine zeitgemäße und ideenreiche Küche, die insbesondere im Gourmetrestaurant Louis mit sehr „bunten" und aromenreichen Gerichten für ein unverkrampftes unterhaltsames Genusserlebnis sorgt.
Und das auf beachtlichem Niveau! Denn auch wenn die oft frechen und knalligen, bisweilen sogar ein bisschen vorlauten Aromen manche Feinheiten überspielen, gehen die Ideen eigentlich immer gut auf. Bereits bei den ersten Snacks geht das Team in die Vollen und serviert ein beachtliches Ensemble verschiedener Miniaturen, die zwar in Sachen Aromenkonzentration und Salzgehalt ziemlich am Anschlag sind, aber auf ihre unterhaltsame Art dennoch viel Lust auf mehr machen. Etwa ein „French Sushi" mit beherzt gewürztem Tatar und Buchweizen, Wasabi-Crème fraîche und Imperial Kaviar als insgesamt konzentrierte Interpretation des Tatar-Themas.
Ebenfalls mit viel Power diente ein Comtécracker als Unterlage für marinierte Rotbarbe, Rouille und Bouillabaissecreme, während als frischester Appetizer unter all den Kraftpaketen ein Shisoblatt mit Melonensorbet und Sojasauce gemeinsam mit einem à table auf Binchotan angegrilltem Stück vom Kaisergranat zum selbst zusammenrollen daherkam. Erneut kontraststarkes und animierendes Fingerfood!
Als Überleitung zu den komplexer und flächiger konzipierten Gerichten folgte das „Louis Ceviche" als knackig-zart gewürfeltes Rondell aus Meeresfrüchtetatar mit Pulpo, Staudensellerie und Mango. Die allzu oft recht aggressive Tigermilch wurde dabei clever als spitzsäuerlicher Espuma obenauf gesetzt, gemeinsam mit Tupfen einer Guacamole und etwas Korianderöl. Auch hier: Nicht die allerfeinste aromatische Feder, aber mit deutlichen und guten Kontrasten ein hoher Genuss- und Unterhaltungswert.
Und auf genau der gleichen Linie ging es auch im Menü weiter. Mutige und markante Aromen, aber dennoch alles andere als grob gefasst. Weiteres Beispiel dafür wäre der kurz kolorierte Balfego-Thunfisch in einer Umgebung aus warmer ätherischer Pfefferschärfe zwischen den jodig-salzigen Noten eines Algensalats mit säuerlich zugespitzter Sudachi-Hollandaise und einer Melange von Algenöl und Thunfisch-/Knochenmark-Vinaigrette. Vielleicht nicht ideal, um den Thunfisch puristisch herauszustellen, ansonsten aber sehr stimmig, ideen- und aromenreich. Und das ist ohnehin alles eher eine Frage des Stils oder der Philosophie und nicht der Klasse der Kochkunst, zumal sich auch die Produktqualitäten alles andere als verstecken müssen.
Wie viele andere Gerichte interpretierte auch die nur ganz kurz in Hühnerfett glasierte Blaue Garnele mit sautierten Champignonwürfelchen, geschmeidiger Landhuhn-Mousseline und knuspriger Hühnerhaut in einem eher milden, aber mit den typischen Aromen von Kokos, Galgant, Koriander & Co. gut balancierten Tom-Kha-Gai-Fumet ein bekanntes und populäres Geschmacksbild mit einem individuellen Dreh. Dass die Anleihen dabei munter aus verschiedenen Kontinenten und Länderküchen stammen, gehört hier ebenso dazu wie die gekonnte Umsetzung.

Ein echtes Highlight schickte das Team anschließend mit der Rotbarbe „à la provençale", die als perfekt saftig gebratenes Filet unter Kräuterspitzen und Knoblauchchips auf den Teller kam. Dezente Röstnoten hab's dazu auch in einem feinsäuerlichen Ratatouille, außerdem hintergründige salzige Würze durch selbst fermentiertes Makrelengarum und geräucherten Jakobsmuschelrogen – hier aber beides dezent im Hintergrund und zudem der ätherischen Frische von Amalfizitrone gegenübergestellt. Dazu noch etwas Rucolaöl und zarter Safranduft und fertig war ein perfekt auf den Punkt gebrachter kreativer Gang, der auch eine noch höhere Bewertung verdient hätte.
Als Einstimmung auf die ebenfalls eher in einen mediterranen Kontext gestellte Poularde im Hauptgang schickte das Team einen kleinen Pot au feu mit sanft gegarter Keule, gebratener Leber, winzigen zarten Petersiliengnocchi, Artischocke und einer frisch-würzigen Röstknoblauch-/Petersilien-Hollandaise. Die gleiche Aromenwelt transportierte dann auch der Hauptteller mittels einer sanft mit Olivenfarce pochierten und mit Zwiebelasche und -crumbles bestreuten Poulardenbrust, die von einer wunderbar leichtfüßig-rustikalen Naturjus begleitet wurde.
Sommerlich leicht (und nicht erzwungen, sondern ganz logisch vegan) kombinierte das Team schließlich im Dessert feinfühlig Seidentofu (als Eis) mit verschiedenen Zubereitungen von Erdnuss, Karotte und prickelnder scharffrischer Ingwerlimonade. Und zeigte damit souverän, dass auch im süßen Bereich die Ideen nicht ausgehen.
Und apropos gute Ideen: Die hat auch der zuvor in der Schwarzwaldstube in Baiersbronn tätige junge Sommelier und Maître Robert Jankowski, vor allem bei der Auswahl passender Weine. Der ebenso engagierte wie kompetente Gastgeber legt sich bei der Selektion und Beschreibung der korrespondierenden Getränke richtig ins Zeug und rundet so das Gesamterlebnis perfekt ab.

5

PASTIS Bistro

im La Maison Hotel

Prälat-Subtil-Ring 22, 66740 Saarlouis
06831-89440440
www.lamaison-hotel.de
Küchenchef: Martin Stopp
Mi–So von 12–14 Uhr u. ab 17.30 Uhr, Mo u. Di RT
Hauptgericht: 14–48 €, Menüs: 30–72 €
VISA

Wer die französische Idee eines klassischen Bistros nahezu in Idealform erleben möchte, muss dazu nicht extra nach Paris reisen, sondern kann das auch schon kurz vor der französischen Grenze im Städtchen Saarlouis. Das in einem Nebengebäude des völlig zu Recht für sein Design und seinen Komfort ausgezeichneten La Maison Hotel angesiedelte Pastis Bistro bietet mit den blitzenden Kupferkasserollen als Deko und den unaufgeregten und doch anspruchsvollen Gerichten aus der Hand von Martin Stopp jede Menge französische Lebensart.
Und der beschwingte, charmante Geist, der das Ambiente einladend macht, prägt auch die Küche. Im Prinzip orientiert sich diese klar an Bistro-Klassikern wie Bouillabaisse oder Bœuf bourguignon, setzt diese aber zum einen perfekt um und gibt ihnen zum anderen oft noch einen spannenden individuellen Turn – ohne dabei viel am Grundcharakter der Originale zu verändern. Bei unserem ersten Besuch nach dem Lockdown schien die Küche noch stärker an eingängig-unkompliziertem Bistro-Style ausgerichtet und etwas weniger individuell und ambitioniert als bei vorherigen Besuchen. Ob das konzeptionell so bleibt, wird sich in Zukunft zeigen und ist zudem auch gar nicht entscheidend, denn stimmig und überzeugend war das Ganze auch so.
Selbst wenn es einmal streng genommen gar nicht französisch zugeht, wie bei Gazpacho Andaluz mit knusprig zarter Rotgarnele, Basili-

kum und Croûtons, überzeugt das Ergebnis. Hier vor allem durch die perfekte Balance zwischen Gemüsefruchtigkeit, Säure und pikanter Schärfe. Man merkt einfach in jedem Detail, dass hier Könner am Werk sind, die genaues Abschmecken und exakte Proportionen aus dem Effeff beherrschen. Eine bewährte Alternative und zu Recht ein Pastis-Klassiker wäre die Bouillabaisse nach Art des Hauses als ungebundenes und trotzdem sehr gehaltvolles Fisch- und Muschelsüppchen mit natürlichem, klarem Geschmack und erfreulich frischer Einlage aus Miesmuscheln, kleinen Filetstücken sowie Röstbrot, Rouille und geriebenen Käse als ebenso klassische wie stimmige Ergänzung. Ebenfalls ein Klassiker sind die „Fish'n'Chips à la française", bei denen saftig in Backteig ausgebackene Stücke von Kabeljau, Lachs und Riesengarnele mit knackig frischer Sauce Remoulade und Pommes Frites (stilecht in Zeitungspapier) serviert werden. Eigentlich lohnt sich allein für die Pommes ein Besuch, denn so perfekt wie die hier etwas dicker mit Schale geschnittenen Exemplare – außen perfekt gleichmäßig kross, innen homogen cremig – gibt's die wirklich nur sehr selten …
Am Abend ergänzen unter anderem mustergültige Flammkuchen das Angebot und auch zum Abschluss übte sich das Team erfolgreich in der Kunst des Einfachen, aber sehr Guten: Mit vollreifen, in Grand Marnier marinierten Erdbeeren samt cremig-dichtem Vanilleeis. Dazu steht eine kleine, aber gut selektierte Auswahl an Weinen auf der Karte, die vom munteren und kompetenten Serviceteam auf Wunsch auch gut passend glasweise empfohlen werden.

Hotelempfehlung

★★★★S

LA MAISON hotel

Prälat-Subtil-Ring 22, 66740 Saarlouis
06831-89440440
www.lamaison-hotel.de
Einzelzimmer: 110–165 €
Doppelzimmer: 150–315 €

Die historische Villa mit modernem Anbau im Herzen von Saarlouis ist ein lebendiges Haus, das Tradition mit Moderne verbindet, und eine feine Adresse für Genussmenschen. Im Design des Hotels spiegeln sich Kultur und Lebensgefühl von Saarlouis wider: Frankophile Atmosphäre verbündet sich mit urbanem Zeitgeist. Die 38 Zimmer sind nicht nur komfortabel und geschmackvoll, sondern auch sehr individuell gestaltet. Alle punkten mit durchdachten Schnitten, hochwertigem Parkett, weichen Teppichen, frischen Farbakzenten und maßgeschneidertem Mobiliar. Für Gäste kostenfrei inklusive: WLAN, Nespresso-Kaffeemaschine und Teeauswahl sowie die Benutzung des Fitnessraums im Erdgeschoss. Im Nebenhaus kommen kulinarische Genießer nicht nur im Gourmetrestaurant Louis und dem anspruchsvollen Bistro auf ihre Kosten, sondern auch im eigenen Feinkostladen: Hier gibt es Köstlichkeiten aus der Hotelküche in bester Manufaktur-Manier. LOUIS restaurant und PASTIS Bistro separat erwähnt.

Sailauf (Bayern)

Hotelempfehlung

Schlosshotel Weyberhöfe

Weyberhöfe 9–15, 63877 Sailauf
06093-993320
www.schlosshotel-weyberhoefe.com
Einzelzimmer: 120 €
Doppelzimmer: 150–190 €

Das mit viel Liebe zum Detail und unter Berücksichtigung des Denkmalschutzes renovierte Schlosshotel Weyberhöfe befindet sich inmitten eines weitläufigen Parks am Naturpark Spessart. Nicht nur die Hotelzimmer, sondern auch die öffentlichen Bereiche wurden umgestaltet und um eine einladende Lobby und eine Hotelbar erweitert. Die insgesamt vierzig luxuriösen Zimmer und Suiten, deren Raumaufteilung und Einrichtung jeweils einzigartig ist, eint der individuelle Charakter der historischen Schlossmauern, gepaart mit stilvollem Ambiente und modernem Komfort wie hohen Betten mit Wendematratze in zwei Härtegraden, Kopfkissenmenu, Pflegeprodukte und Bademantel, SAT-TV und kostenfreies WLAN. Der großzügige Spa-Bereich mit Außenterrasse lockt als Besonderheit mit einem original türkischen Hamam und bietet auch sonst ein breites Spektrum an Wellnessanwendungen. Regionale und internationale Spezialitäten werden im Restaurant Rumpolt kredenzt.

Salach (Baden-Württemberg)

8 Pfannen, 4 Bestecke

fine dining RS

im Burghotel Staufeneck
Burg Staufeneck, 73084 Salach
07162-9334473
www.burg-staufeneck.de
Küchenchef: Rolf Straubinger, Markus Waibel
Do–Sa ab 18.30 Uhr, So von 12–14 Uhr u. ab 18.30 Uhr, Mo–Mi RT
Menüs: 108–172 €

Mit der Anfang 2020 vollzogenen Trennung von Gourmet- und Regional- bzw. Klassikerküche und der Aufteilung in die neuen Restaurants „fine dining RS" und „oifach andersch" begann auf Burg Staufeneck eine neue gastronomische Ära. Und während die bodenständigere der beiden neuen Restaurant-Varianten fortan in den bis auf ein paar kleinere Veränderungen gleichgebliebenen Räumlichkeiten des ehemaligen Burgrestaurants Staufeneck residiert, gab's für die neue Vorzeigelokalität, die sich im Hauptgebäude des Hotelensembles befindet, ein neues Ambiente in schlichter, zeitgemäßer Eleganz.
Das gar nicht so kleine neue Gourmetrestaurant auf Burg Staufeneck hat einen schönen Holzboden und mintfarbene Wände, die gut mit dem kräftigen dunklen Türkis und Violett der bequemen Polsterstühle harmonieren. Die edlen Holztische stehen in weiten Abständen voneinander, das Beste ist aber der weite Ausblick ins Filstal, den das lichte Halbrund der bodentiefen und deckenhohen durchgehenden Fensterfront, die im Sommer auch weit geöffnet werden kann, freigibt. Das alles stellt einen gebührenden Rahmen für die Küche von Rolf Straubinger und seinen Küchenchef Markus Waibel dar, die hier fortan mit zwei verschiedenen Menüs dienlich sind.
Wie schon im alten Restaurant ist eines davon rein vegetarisch. Ansonsten stellt das Kulinarium quasi die Quintessenz des ambitionierteren Parts der ehemaligen Burgrestaurant-Karte dar, auf der ja die Übergänge zwischen kreativer Kochkunst und bodenständigen Klassikern immer relativ fließend waren. Für den Gast hat das natürlich auch einen großen Reiz, wenn filigrane Kochkunst neben substanzstarken herzhaften Heimatgerichten wie Kalbskutteln mit Rotweinessig, Kartoffelcroûtons und Schnittlauch, einer gebratenen Blutwurst mit Selleriepüree, Elstar-Apfel, Kalbsjus und Zwiebelmarmelade oder veritablem Rostbraten vom Stauferrind steht, und er so ganz nach Belieben bestellen kann. Die Brigade lässt so ein breit gefächertes Portfolio aber auch an natürliche Grenzen stoßen, vor allem was die Feinarbeit an den Details angeht.
Von daher sind die Voraussetzungen im neuen Reich natürlich optimal. Und die Küche präsentierte sich uns wenige Wochen nach der Eröffnung dann auch auf einem Niveau, wie in den besten Momenten der vergangenen Jahre – das jetzt konstanter gehalten werden kann. Der während der zurückliegenden Besuche immer wieder mal ernsthaft in Gefahr geratenen 8-Pfannen-Bewertung wird das Team hier äu-

ßerst souverän gerecht. Und es würde uns nicht mal wundern, wenn mittelfristig sogar noch eine Schippe draufgelegt wird ...
Die insgesamt sechs kleinen Einstimmungen, die in und auf einer Holzkiste an den Tisch kamen und in jeweils drei kalte und drei warme Kleinigkeiten unterteilt waren, einte nämlich allesamt eine großartige Eigenschaft, die sich – so viel sei vorab verraten – auch im weiteren Verlauf fast wie ein roter Faden durch das Menü zog: klarer, unverfälschter, bisweilen prägnant herausgearbeiteter und auf den Punkt gebrachter Geschmack sehr guter Produkte. Von einer saftigen Albschnecken-Quiche, dem geschmorten und kross angerösteten Kinnstück eines Schwäbisch-Hällischen Landschweins mit säuerlicher Senfkörnerjus oder einer kraftvollen Essenz vom Tandoori-Hühnchen bis hin zu einer Praline vom Kabeljau-Bäckchen mit Steckrübe und Ingwer oder einer Entenlebercreme mit Zwetschge und einem Hauch von Schokolade machte das sehr viel Spaß und steigerte die Spannung auf das Folgende.
Die Vorspeise um eine hervorragende handgetauchte Jakobsmuschel und Schwarzwurzel, die von den klar präsenten Aromen der japanischen Mandarine und von schwarzer Périgord-Trüffel sehr ausdrucksstark umrissen wurde, war ein handwerklich und kompositorisch durchaus feingliedriger, aber eben nicht schwachbrüstiger Auftakt: jodig, nussig-süßlich und sehr „sauber" der Geschmack der festen Cocquille St. Jacques, intensiv erdig die Trüffel, einen milden zitrischen Kontrast spendete dazu die als „falsches Mandarinenfilet" und Gel interpretierte Mandarinenmousse, und einen seidigen und zugleich erfrischenden Rahmen gab dem Ganzen die rahmige Schwarzwurzel-Vinaigrette. Einziger kleiner Wermutstropfen war allenfalls die Tatsache, dass die leider nur sehr kleine Muschel gegenüber den anderen Komponenten etwas unterrepräsentiert wirkte.
Wie elegant proportioniert und ausgewogen die Kreationen ansonsten aber sind, bewies auch sehr schön der Zwischengang um Selections-Kaviar, Verschiedenes vom Blumenkohl (knackig, cremig, lila, weiß ...), einem als „OREO-Keks" imitierten, also mit Sepiatinte schwarz gefärbten mildwürzigen Cheddar-Cracker und Blumenkohlschaum, bei dem sich alle Komponenten optimal ergänzten. Ähnlich gut funktionierte das Zusammenspiel von Steinbutt und Kalbskopf, bei der die qualitativ beachtliche (aber leider auch wieder relativ kleine) Steinbutt-Tranche nicht nur mit einem hauchdünnen, feinwürzigen Kalbskopfüberzug daherkam, sondern auch von einer gebackenen Kalbskopfpraline eskortiert wurde. Weitere Mitspieler waren von etwas Kürbiskern nussig akzentuierte Butternutkürbis-Komponenten – und wer schon mal in den Genuss von Rolf Straubingers legendärer Bouillabaisse gekommen ist (die es hier übrigens auch als zusätzliches À-la-carte-Gericht gibt), der kann sich in etwa vorstellen, wie aromensatt und zugleich fein ausgewogen die geröstete Fischnage dazu geschmeckt hat.
Als makellosen Hauptgang mit starker Produktpräsenz erlebten wir das Zweierlei von der Taube „Bird Nest", die als perfekt gebratene, eigenaromatische Brust und gebackene Keule im Verein mit Sellerie und Rosenkohl sowie den belebend fruchtig-säuerlichen Akzenten von Cassis und Perlzwiebel in einem filigran knusprigen „Vogelnest" aus Kataififäden brütete. Und weil auch das Vordessert um Sanddorn, Karotte und Hibiskus, insbesondere aber der eigentliche süße Abschluss in Gestalt einer modernen Interpretation vom Apfelkuchen, bei aller Gestaltungsfreude nicht bloß gewollt oder verkrampft originell, sondern souverän umgesetzt und in erster Linie sehr schmackhaft waren, gibt's keine Zweifel an der Bewertung. Und der langjährige Sommelier Markus Canestrini sorgt weiterhin zusammen mit einem jungen, engagierten Serviceteam dafür, dass auch gut korrespondierende Weine in die Gläser kommen.

Hotelempfehlung

★★★★★ S

Burghotel Staufeneck

Staufeneck 1, 73084 Salach
07162-933440
www.burg-staufeneck.de
Einzelzimmer: 120–150 €
Doppelzimmer: 220–240 €

VISA

Burg Staufeneck liegt im Stauferland zwischen Stuttgart und Ulm, hoch über der Gemeinde Salach. Hier haben die Familien Straubinger und Schurr eine historische Burganlage zu neuem Leben erweckt. Das komfortable 5-Sterne-Hotel verfügt über 43 großzügige, modern und gemütlich eingerichtete Zimmer und Suiten mit natürlichen Farben und Materialien. Im Wellnessbereich, der unlängst um ein beheiztes Außenschwimmbecken, einen großzügigen Fitnessraum mit hochwertigen TechnoGym-Geräten sowie neue Massage- und Kosmetikräume erweitert wurde, stehen überdies Blockhaussauna, Laconium, Solestollen, Aromagrotte, Tepidarium, Fitnessraum, Eisbrunnen und Erlebnisduschen zur Verfügung. Außerdem: Hotelbar, Frühstücksterrasse, Veranstaltungs- und Tagungsräume. Restaurant fine dining RS separat erwähnt.

Samerberg (Bayern)

5

Gasthof Alpenrose

Kirchplatz 2, 83122 Samerberg
08032-8263
www.alpenrose-samerberg.de
Mi–So von 11.30–14.30 u. ab 17.30 Uhr, Mo u. Di RT
Hauptgericht: 9–24 €

So schön und genussvoll kann Bayern sein: das liebevoll erhaltene Dorfgasthaus Alpenrose verbindet mit seinen gemütlichen Stuben inklusive altem Holzboden, den herzlichen Gastgebern in schmucker Tracht und der lockeren Stimmung viele Attribute eines bayerischen Vorzeige-Wirtshauses – setzt aber sogar noch einen drauf. Denn eine so pfiffig verfeinerte und niveauvolle Traditionsküche gibt es noch seltener als eine charmante Umgebung. Das Team um Florian Lerche, der die Küche des Familienbetriebs leitet, glänzt sowohl bei ganz traditionellen Klassikern als auch bei aufgefrischten Innereien-Gerichten und manchmal sogar mit gelungenen kreativen Ideen. Alles gekonnt gemacht und schnörkellos auf den Punkt gebracht. Und dafür, dass auch die Gläser nicht leer bleiben, sorgt der herzliche Service mit frisch gezapftem Bier und einer kleinen Auswahl an guten Weinen, vor allem aus Österreich und Italien.

Sasbachwalden (Baden-Württemberg)

6↑

Fallert

im Hotel Talmühle

Talstr. 36, 77887 Sasbachwalden
07841-628290
www.talmuehle.de
Mi–So von 12–13.45 Uhr u. ab 18 Uhr, Mo u. Di RT
Hauptgericht: 25–42 €,
Menüs: 44–98 €
VISA

Ob in der traditionellen Badischen Stube, im klassisch-eleganten Gourmetrestaurant oder im parkähnlichen Garten, wo man an hübsch eingedeckten runden Tischen unter hohen Bäumen sitzt und dem Plätschern des angrenzenden Bergbaches zuhören kann: In der charmant patinierten Talmühle begeistert die gute klassische Küche von Gutbert Fallert die Feinschmecker seit über fünfzig Jahren. Und zwar mit wirklich hervorragenden Produkten und bestem Küchenhandwerk, die hier in Gestalt traditioneller badischer und französischer Gerichte und Menüs serviert werden. Man kann hier tatsächlich ganz bodenständige Klassiker wie Rieslingkutteln, Hechtklößle oder Wildragout mit vom Brett geschabten Spätzle bekommen, aber auch gehobene Küche aus exklusiven Produkten – beides zuverlässig auf bodenständigem Feinschmeckerniveau. Also ganz gegenständlich, ohne Schnickschnack, Verfremdungen und Experimenten gekocht und angerichtet. Keine filigranen Basteleien, stattdessen aromenstarke Produktküche mit viel Substanz, die an ihren Traditionen festhält. Eine besondere Beachtung verdient auch die bestens sortierte, fair kalkulierte Weinkarte mit Schwerpunkt Baden und Frankreich.

Bezahlkarten-Symbole

- Mastercard
- EC-Maestro
- Diners
- American Express
- VISA Visa

Restaurant Engel

im Hotel Engel

Talstr. 14, 77887 Sasbachwalden
07841-3000
www.engel-sasbachwalden.de
Di–So von 12–13.30 Uhr u. ab 18 Uhr, Mo RT
Hauptgericht: 15–38 €,
Menüs: 32–50 €

Schon seit vielen Jahren kommen wir regelmäßig nicht ohne Vorfreude in den stattlichen Fachwerkgasthof, der unlängst aufwendig aufgestockt wurde, aber dadurch nichts von seinem nostalgischen Charme verloren hat. Dass in den weitläufigen und trotzdem sehr gemütlichen Gaststuben regelmäßig gleich an mehreren Tischen um uns herum Französisch gesprochen wird, verwundert uns kaum. Und es liegt auch nicht ausschließlich an der relativen Nähe Sasbachwaldens zur französischen Grenze …
Unsere Nachbarn wussten einfach in kulinarischen Dingen schon immer, was gut ist. Und hier bekommen sie zuverlässig das, was es auch im Elsass längst nicht mehr an jeder Ecke gibt: eine sehr gute preiswerte Küche, die konzeptionell deutlich unterhalb des exklusiven Gourmetsektors angesiedelt ist, sich diesem aber trotzdem immer wieder deutlich annähert. Nicht durch Tellerakrobatik oder höchste Präzision, sondern durch starke Substanz.
Stilistisch bewegt sich das zwischen Baden und Frankreich, es gibt eine Kraftbrühe vom Ochsen-Schaufelstück mit Schnittlauch, Flädle und Markklößchen genauso wie eine nach guter alter Schule hausgemachte Gänseleberterrine, die wunderbar pur ist und mit einem glaubhaft nach gutem Gewürztraminer schmeckenden Gelee und geröstetem Gugelhupf serviert wird. Schon des Öfteren haben wir diesen Hausklassiker hier genossen, und immer war er sehr gut.
Mit ebenso viel Hingabe wird eine sehr saftige, weil besonders sanft pochierte Maispoulardenbrust in nicht zu dünne Scheiben tranchiert, flächig auf dem Teller ausgelegt und mit einer feinsäuerlich abgeschmeckten Thunfischsauce (kein plumper Pamps, sondern wie eine cremige Vinaigrette) nappiert. Darauf nicht nur ein paar fleischige Feldsalatröschen, sondern auch Kapern, milde Sardellenfilets und frische Artischockenstücke. Nach dem in der Karte annoncierten Zitronengelee fahndeten wir allerdings vergeblich – was etwas schade war, denn genau der von diesem erhoffte zitrisch-säuerliche Akzent hätte dem Ganzen noch zur Akzentuierung gefehlt. Aber auch so war's eine überdurchschnittlich gute Vorspeise.
Genau wie das Gratin von Jakobsmuscheln, die in sehr ordentlicher Qualität auf einem Bett aus Blattspinat thronten und gerade so weit aus den Fluten der kraftvollen, mit Estragon feinwürzig aromatisierten Krustentier-/Muschel-Sauce herausragten, dass sie beim Gratinieren der Schaumkrone auch noch etwas Oberhitze abbekamen. Vor allem an der Sauce konnte man sehr gut erschmecken, dass hier nicht bloß mit lauem Wasser gekocht wird, sondern die Herdverantwortlichen schon sehr genau wissen, wie es geht und worauf es ankommt.
Das schmeckte man auch an der folgenden hellen Honig-/Thymian-Sauce, die zwar zum Seeteufel etwas ungewöhnlich anmutete, nicht zuletzt durch die Rotweinschalotten-Tapenade auf dem Fisch aber dennoch ziemlich gut passte. Ein paar grüne Bohnen, confierte Datteltomaten, Oliven und fluffige Kartoffelkrapfen komplettierten diesen aromatisch etwas unentschieden zwischen Mittelmeerküste und Binnenland angesiedelten Fischgang äußerst schmackhaft.
Happy waren wir auch mit dem Nachtisch, einem warmen Apfel-/Vanille-Kompott im Glas, das sehr passend von einer Nocke Sauerrahmeis auf Amarettini-Streuseln und etwas Salzbutterkaramell eskortiert wurde. Die Weinkarte hat ihren Schwerpunkt bei den regionalen badischen Gewächsen und ist dort nach Rebsorten strukturiert. Es gibt aber auch ein paar sehr interessante gereifte Offerten aus Frankreich zu erstaunlich moderaten Preisen. Überhaupt zeichnet sich der Engel seit jeher durch ein sehr gutes Preis-Genuss-Verhältnis aus.

Hotelempfehlung

★★★

Hotel Engel

Talstr. 14, 77887 Sasbachwalden
07841-3000
www.engel-sasbachwalden.de
Einzelzimmer: DZ Abschlag minus 30 €
Doppelzimmer: 110–170 €

EC VISA P

Das hübsche, denkmalgeschützte Fachwerkhaus an der Ortsdurchfahrtsstraße von Sasbachwalden fällt sofort ins Auge. Die Gastgeberfamilie blickt bereits auf eine bald 250-jährige Geschichte zurück: Schon 1764 wurde das Gasthaus erwähnt und ist seitdem in Familienbesitz. Die 17 klimatisierten Doppelzimmer sind hell, sauber und gepflegt, teilweise sogar mit Balkon. Einrichtung und Ausstattung der Zimmer vereinen traditionellen, ländlichen Charme mit modernen Annehmlichkeiten. Alle Zimmer verfügen neben einer gemütlichen Sitzecke und Schreibtisch über Dusche/WC, Telefon, Minibar, TV, Radio und Safe; das Premium-Zimmer lockt unter anderem mit einer Rückenmassage-Badewanne und einer großen Terrasse mit Loungemöbeln. Im Restaurant sorgt Küchenchef Christian Mamber für eine feine badisch-französische Küche. Restaurant Engel separat erwähnt.

★★★S

Hotel Talmühle

Talstr. 36, 77887 Sasbachwalden
07841-628290
www.talmuehle.de
Einzelzimmer: 70 €
Doppelzimmer: 114–164 €

EC VISA P P

Das bereits in dritter Generation familiengeführte Hotel der Fallerts liegt idyllisch am Ortsausgang von Sasbachwalden und verfügt über einen großen, parkähnlichen Garten mit Liegewiese und schattigen Bäumen. Die insgesamt 27 klassisch-eleganten Hotelzimmer bieten 3-Sterne-Superior-Komfort. Alle Zimmer sind mit TV-Geräten (Satellitenfernsehen) und Direktwahltelefonen sowie Safe, Radio, Föhn und Schreibtisch ausgestattet. Als Hotelgast haben Sie kostenlosen Zugang zum WLAN-Hotspot. Bei Kaffee und Kuchen oder einem Menü kann man es sich im Schatten der Bäume, zwischen blühenden Blumenrabatten und mit Blick auf die nahen Weinberge auch kulinarisch gut gehen lassen. Restaurant Fallert separat erwähnt.

Saulheim (Rheinland-Pfalz)

5

mundart Restaurant

Weedengasse 8, 55291 Saulheim
06732-9322966
www.mundart-restaurant.de
Küchenchef: Markus Hebestreit
Mo, Di, Fr u. Sa ab 17.30 Uhr, So von 11.30–14 Uhr u. ab 17.30 Uhr, Mi u. Do RT
Hauptgericht: 17–33 €, Menüs: 34–75 €

EC P

„Weck, Worscht und Woi muss aus Rheihesse soi!“ – Zitat Ende. Genau diese spezielle Bodenständigkeit und Heimatverbundenheit prägt die gesamte Region mit ihrer schier endlosen Anzahl an kleinen Weinörtchen. Und regionale Tradition wird hier eben wirklich gelebt und natürlich auch in kulinarischer Hinsicht gepflegt. Da passte es auch wunderbar ins Bild, dass sich bei unserem letzten „mundart“-

Besuch am Nachbartisch eine fröhliche Winzerfamilie zum Schmaus der heimischen Tropfen in Kombination mit der guten Küche von Markus Hebestreit einfand.
Zudem können Beatrix und Markus Hebestreit nicht nur in gastronomisch herausfordernden Zeiten auf die vielfältige Attraktivität ihres Hauses setzen, das sowohl dem „Schoppepetzer" als auch dem Genießer-Gast mit gehobenem Anspruch ein Refugium bietet. Denn ganz egal ob man im hellen Gastraum, im urigen Weinkeller oder im lauschigen Hof Platz nimmt: Entspanntes Genießen ist hier überall garantiert.
Vor diesem Hintergrund bietet die kulinarische Linie auch von herzhafter Schmankerlküche bis hin zu exotisch oder mediterran inspirierten Tellern so einiges. Komplettiert von einem kleinen Menü und einigen Tagesofferten positioniert sich das Team also weiterhin undogmatisch, aber eben niemals beliebig, sondern mit klarem Blick für die Erwartungen der Gäste.
Ganz in diesem Sinne setzte Markus Hebestreit den ersten Pinselstrich dann zuletzt zwar zunächst noch etwas zaghaft, aber dennoch fokussiert: Zur herrlich zarten, kräuterfrisch marinierten Kalbszunge gab's lediglich frisch geraspelten Meerrettich und Pommery-Senf sowie ein vielsortiges Salatbouquet in der Tellermitte. Und auch wenn für unseren Geschmack durchaus mehr Schärfe im Spiel hätte sein dürfen, ist solch ein Gang insgesamt natürlich ein Beispiel für das hiesige Verständnis von geerdeter Küche: wenige gute Zutaten, ohne Experimente in Szene gesetzt!
Unbestrittene Highlights lieferten heuer sowohl die rösch angebratenen, innen schön glasigen Jakobsmuscheln als auch die hochwertigen Rotgarnelen mit mürbem Biss. Zu den Coquilles gesellten sich leicht säuerliche Aprikosen und ein luftiger Tonkabohnenschaum, während die schön fleischigen Krustentiere mit Fenchelsalat, Limette (Stücke und Öl) sowie sautiertem Mangold aufgetragen wurden. Ausgewogene Aromen und Texturen + perfekt getroffene Garpunkte = großer Genuss!
Diesen hätten wir uns auch beim anschließenden Steak vom Yellow-Fin-Thunfisch gewünscht, den wir, so wie auch annonciert, nur mit leichtem Bratrand und rot-rohem Innenleben erwarteten. Stattdessen erschien unser Exemplar dann aber leider durchgegart, grau und randtrocken, was schlichtweg keinen besonderen Spaß machte. Da änderte leider auch die ansonsten recht ansprechende Zubereitung mit einer schwarzen Sesamkruste, dem Aroma von Limettenzesten und keck angespitzter India-Currysauce nicht sehr viel. Dass dies nur ein ärgerlicher Fauxpas war und die Küche es natürlich schon draufhat, ein Thunfischsteak perfekt zu braten, bestätigte sich beim Blick an den Nachbartisch, wo wenig später ein optimal auf den Punkt gebrachter Tuna serviert wurde.
Viel besser geriet im Anschluss der Fleischhauptgang: Der saftig rosa gebratene irische Lammrücken, der mit seiner Begleitung aus einem bunten Bohnenmix, leicht säuerlichen Tomaten, süßlichen Perlzwiebeln und gebackenen Kräuter-Drillingen daherkam, bewies sofort wieder, dass das Timing am Herd üblicherweise stimmt.
Zu guter Letzt schickte der eigentlich gerade auch im süßen Metier versierte Küchenchef mit einem Dessert rund um Schokoladenmousse und Zweierlei von der Waldheidelbeere aus aromatischen Beeren, aber seltsam nichtssagendem Sorbet, diesmal einen relativ schlichten, ausbaufähigen Teller. Mit Beatrix Hebestreit führt eine in der Gegend bestens vernetzte Gastgeberin das Serviceteam an. Ihre guten Beziehungen zu den umliegenden Weingütern und der stets gepflegte persönliche Kontakt führen immer wieder zu schönen Neuentdeckungen – die (bis auf einige wenige Ausnahmen) konsequent regionale Weinkarte ist so mittlerweile fast schon zum individuellen Visitenkärtchen geworden.

Scharbeutz (Schleswig-Holstein)

ohne Bewertung

DiVa

im Hotel BelVeder
Strandallee 146,
23683 Scharbeutz
04503-3526707
www.hotel-belveder.de
Küchenchef: Gunter Ehinger
Mi–Sa ab 18 Uhr, So, Mo u. Di RT
Hauptgericht: 40–50 €,
Menüs: 77–128 €

EC VISA P

Wie es sich für eine echte Diva gehört, macht es uns das Gourmetrestaurant im Hotel BelVeder seit jeher nicht wirklich leicht, bei ihr zu landen. Etwas launenhafte Öffnungszeiten sorgten schon in der Vergangenheit immer wieder mal für ausbleibenden Reservierungserfolg. Und auch in den Monaten zwischen Lockdown 1 und Lockdown 2 machte sich die Diva so rar,

dass wir sie nicht besuchen konnten. Geplant ist die Wiedereröffnung des kleinen Gourmet-Séparées, in dem Küchenchef Gunter Ehinger nun schon seit Jahren neben dem normalen Hotelrestaurant an vier Abenden in der Woche auch für feine Gaumen kocht, für Ende August 2021. Wir werden da sein und dann schnellstmöglich im Gusto Online-Guide und in der Gusto-App ein Update bringen: Versprochen!
Grundsätzlich muss man wissen, dass man hier mit kurzfristigen Anfragen wohl eher keine Chance auf einen der drei oder vier Tische hat und man sich am besten schon im Vorfeld für einen Menüvorschlag entscheidet. Im Gegenzug gibt sich die Diva dann alles andere als launisch und dankt es mit einer respektablen und sehr konstanten Küchenleistung für einen vergleichsweise moderaten Preis. Dass Gunter Ehinger seine Gäste zwar anspruchsvoll bekochen, aber nicht kompositorisch überfordern möchte, konnten wir hier in der Vergangenheit immer wieder genussreich erleben.
Nach allerhand obligatorischen Küchengrüßen könnte sein Menü zum Beispiel mit Königskrabbe starten, die bei einem unserer letzten Besuche sehr hübsch als ein mit Avocado gedeckelter Tatar-Zylinder und als ganze zarte Stücke vom Krabbenbein neben säuerlich mariniertem Kohlrabi angerichtet waren und von Tamarinde und Yuzu mit komplexer Würze und zitrischer Frische akzentuiert wurden. Den Stempel drückte dieser Vorspeise allerdings eine warme Peperoni-Vinaigrette mit verschiedenen Rohgemüsewürfelchen im Brunoise-Format auf, die hier für eine pikante vegetabile Grundlage sorgte.
Erstaunlich puristisch kam ein anderes Mal der punktgenau gegarte Kabeljau in einer Rapsöl-Emulsion mit Rapsblüten und feinstreifig geschnittenen Rapssprossen daher; für zusätzliche Würze und sensorische Reize sorgte knackiger Saiblingskaviar. Dass hier trotz moderater Menüpreise nicht an den Produkten gespart wird, konnten wir in der Vergangenheit auch schon eindrucksvoll an hervorragendem Hummer sehen und schmecken, der mit seinem ganz zart rauchigen, festen (aber nicht zähen) Schwanzfleisch und einer erstaunlich properen Schere überzeugte. Und zwar zusammen mit Erbsen, Erbsencreme und sehr gutem Spargel der alten Sorte „Huxel Alpha“, der durch die bei den heute handelsüblichen Spargelsorten meist weggezüchteten Bitternoten erfreute – aromatisch untermalt von einer mildwürzigen, leichten Kalbskopfjus.
Ein vom Küchenchef sehr gerne verwendetes Produkt ist auch die Taube, die wir hier schon in „russischer Art“ zubereitetet serviert bekamen: Stimmig mit etwas Kaviar und Buchweizen-Espuma eingeläutet, brachten sodann die gegrillte Brust, die saftige Keule sowie mit Schmorfleisch und Innereien der Taube gefüllte und mit einer Art Knoblauch-Joghurtsauce glasierte Pelmeni (zylindrische Nudeltaschen) jede Menge Produktcharakter und Facettenreichtum aufs Porzellan. Mit den typischen Borschtsch-Aromen, gekochtem und knusprigem Buchweizen sowie einer prägnanten Rote-Bete-Jus auf Taubenfond-Basis wurde zudem das vorgegebene Thema authentisch und nachvollziehbar interpretiert.
Hoffen wir, dass hier solche und ähnliche Gerichte schon sehr bald wieder erlebbar sein werden. Und dass der souveräne, sympathisch natürliche Andre Steltemeier auch wieder als Restaurantleiter vor Ort ist und stimmige Weinempfehlungen zu den einzelnen Menügängen ausspricht. Dann sollte nämlich gewährleistet sein, dass in dem zum Hotelrestaurant hin offenen Gourmet-Séparée wieder eine gewohnt entspannte und genussvolle Atmosphäre herrscht.

Die Symbole

- gute Parkmöglichkeiten
- Hotelgarage
- barrierefrei
- klimatisierte Zimmer
- WLAN-Zugang
- Hallen- und/oder Freibad im Haus
- mit Wellness-Bereich
- mit Fahrstuhl zu den Hotelzimmern
- Hunde im Hotel nicht erlaubt
- mit Garten oder Terrasse

Hotelempfehlung

★★★★★S

Hotel Gran BelVeder

Strandallee 146, 23683 Scharbeutz
04503-3526600
www.hotel-belveder.de
Einzelzimmer: 150–300 €
Doppelzimmer: 190–360 €

VISA

Das Wellness- und Ferienhotel Gran BelVeder liegt direkt am Timmendorfer Strand und ist damit der ideale Ort, um einen komfortablen Ostseeurlaub zu erleben. Die großzügig geschnittenen, luxuriös eingerichteten und modern ausgestatteten Zimmer und Suiten, vor allem aber das Bade-Freizeit-Saunaparadies in der direkt angeschlossenen Therme und dem großen Spa-Bereich des Hauses mit umfassendem Wellness-, Entspannungs- und Erholungsangebot auf über 14 000 m² sorgen dafür, dass man sich hier ganzjährig und bei jeder Witterung rundum wohlfühlt. Bei schönem Wetter locken lange Strandspaziergänge direkt vor der Haustüre, umfangreiche Wassersportangebote, Radtouren oder Golfpartien an die frische Luft. Für Familien mit Kindern gibt es zahlreiche Angebote wie ein eigenes Kinderparadies oder professionelle Kinderbetreuung. Der Kulinarik und dem Genuss gilt in zwei verschiedenen Restaurants, einer gediegenen Cocktailbar und der Davidoff Smoker's Lounge besonderes Augenmerk. Gourmetrestaurant DiVa separat erwähnt.

Scheer (Baden-Württemberg)

5

Brunnenstube

Mengener Str. 4, 72516 Scheer
07572-3692
www.brunnenstube-scheer.de
Küchenchef: Fabrice Coquelin
Di–Sa ab 18 Uhr, So von 12–13.30 Uhr u. ab 18 Uhr, Mo RT
Hauptgericht: 15–32 €, Menüs: 31–61 €

VISA

Eine Reise in die Vergangenheit kann man regelmäßig im authentisch nostalgischen Gasthaus von Rita und Fabrice Coquelin unternehmen, das an der Durchfahrtstraße des Örtchens Scheer, einige Kilometer östlich von Sigmaringen zu finden ist. Hier scheint tatsächlich die Zeit stehen geblieben zu sein – was wir in diesem Fall durchwegs positiv meinen, denn sowohl die gemütlichen beiden Gaststuben als auch das Kulinarium, das sich auf handwerklich fundierter Basis zwischen Fabrice Coquelins Heimat Frankreich und seiner schwäbischen Wahlheimat bewegt, bieten in ihrer altmodischen Art ein wunderbares Kontrastprogramm zur allgegenwärtigen gastronomischen Moderne.
Zumal die Teller aus der Küche von Fabrice Coquelin, die wie aus einem französischen Kochbuch der 70er Jahre aussehen, stets durch Substanz und guten Geschmack überzeugen. Dass hier in keiner Weise dem Zeitgeist gehuldigt wird, zeigte auch schon bei unserem letzten Besuch der Gruß aus der Küche, der aus zwei Scheiben Lachsschinken, einer Petersilienwurzelcreme mit Sesam und etwas Zwiebelbaguette bestand. Dass Terrinen und Pasteten aller Art die große Spezialität des Hauses sind, haben wir an dieser Stelle schon oft angemerkt, und es passt auch prima ins Bild. Beim

Erstbesuch sollte man deshalb unbedingt die in Konsistenz und Geschmack perfekte „Hausterrine" probieren, die ganz altmeisterlich und nur mit etwas Hagebutten-/Meerrettich-Creme daherkommt.
Zuletzt erfreuten wir uns über eine schön saftige und lockere, im Geschmack klare und eindeutige Hummerterrine, die zusammen mit einer Art Krustentiermayonnaise und einem Klecks Keta-Kaviar angerichtet war. Letzterer schlug die Brücke zum Lachs, der sich in Gestalt hausgebeizter Tranchen mit mildem Aroma und erfreulich wenig Salz nebst etwas Meerrettichmousse ebenfalls auf dem Vorspeisenteller tummelte.
Was der Chef und seine beiden Helferinnen in der Küche machen, hat Hand und Fuß. Das schmeckte man auch an der cremigen Hummersuppe, die ebenfalls mit natürlichem Geschmack und einer fein eingebundenen alkoholischen Note überzeugte, welche vermutlich von einem beherzten Schuss Cognac herrührte. Als Einlage hatte das Süppchen, an dem man lediglich die minimal stumpfe Konsistenz vom Abbinden kritisieren könnte, ein locker-saftiges Fischklößchen mit angenehm klarem Aroma ohne jeden diffusen Muff, den solche aus Fischfarce hergestellten Nocken ja gerne mal haben können.
Zugegebenermaßen sahen die leicht mehlierten gebratenen Filets von der Dorade, die neben Camargue-Reis, Linsen, Wurzelgemüsebrunoises und Weißburgundersauce angerichtet waren, nicht nur ziemlich oldschool aus, sondern wirkten auf den ersten Blick auch nicht sonderlich proper – was sich aber als Irrtum herausstellen sollte, denn der Fisch war auf den Punkt gegart und erfreulich frisch, fest, wieder sehr sauber und rein im Geschmack. Der Reis ebenfalls comme il faut und zudem gut abgeschmeckt; die Sauce mit etwas Säure und Weinfrucht, aber insgesamt sehr weich und rahmig, hätte nach unserem Gusto wieder etwas weniger Bindung haben dürfen, was aber den Genuss nicht trüben konnte.
Wer lieber Fleisch isst und zu zweit zu Gast ist, bekommt mit einem Perlhuhn für zwei Personen mit Cognacsauce oder einem am Knochen gebratenen Rehrücken mit Sauerkirschsauce und Eierspätzle ebenfalls was Feines. Und wer nach einer Auswahl von stets gut gereiften französischen Rohmilchkäsen (nicht high end, aber gute Qualität ...) noch Lust auf was Süßes hat, macht mit der reich bestückten Dessertvariation nie einen Fehler. Auch das letzte Mal waren hier von der lockeren Johannisbeer-Mousseterrine über das saftige Mandelküchlein bis zum cremigen und nullkommanull kristallinen Vanilleparfait alle Komponenten wieder tadellos umgesetzt. Und in der gut bestückten Weinkarte finden sich zu allem die passenden Begleiter – auch reifere Jahrgänge.

Schermbeck (Nordrhein-Westfalen)

5↑

Landhaus Nikolay

Kirchhellener Str. 1, 46514 Schermbeck
02362-41132
www.landhaus-nikolay.de
Di–Sa ab 18 Uhr, So u. Fei ab 12.30 Uhr durchgehend, Mo RT
Hauptgericht: 19–42 €, Menüs: 48–95 €
VISA

Ein Besuch dieses wunderbar individuell und mit vielen witzigen Details sehr persönlich eingerichteten Restaurants von Lena und Peter Nikolay lohnt sich, denn hier werden ausgesuchte Edelprodukte bester Provenienzen in sorgfältiger Zubereitung geboten. Und in ganz schnörkelloser, produktfokussierter Art um viele in Eigenanbau ökologisch erzeugte Viktualien ergänzt. Man merkt auch als neuer Gast sehr schnell, dass sich hier jemand seinen Traum vom Landhaus mit eigenem Obst- und Gemüsegarten und freilaufenden Hühnern erfüllt hat und in diesem Umfeld seiner Philosophie einer kompromisslosen und völlig unverfälschten Frischeküche auf hohem Niveau unbeirrt nachgehen kann. Und das schmeckt man auch auf den uneitel schnörkellos angerichteten Tellern. Auf der Weinkarte dominieren französische Gewächse, die von der Gastgeberin charmant offeriert werden.

Schluchsee (Baden-Württemberg)

ohne Bewertung

Mühle

im Hotel Mühle Schluchsee
Unterer Mühlenweg 13,
79859 Schluchsee
07656-209
www.muehle-schluchsee.de
Do–Mo ab 18 Uhr, Mo–Mi RT
Menüs: 79–99 €
VISA

Nach gerade mal gut einem Jahr ist das in unserem Guide zuletzt auf Anhieb mit 7+ Gusto-Pfannen bewertete Restaurant Oxalis in dem aufwendig sanierten historischen Schwarzwaldhof von 1603, der bis ins 18. Jahrhundert hinein als Getreidemühle fungierte und heute als komfortables Hotel Gäste empfängt, schon wieder Geschichte, und dessen ehemaliger kulinarischer Macher Max Goldberg mit dem Irori bereits an einem neuen eigenen Projekt dran. Für das Romantik-Boutiquehotel Mühle geht dieser Wandel aber in keiner Weise mit einer Abkehr von hohem kulinarischem Anspruch und gehobener Küche einher, denn mit Niclas Nussbaumer steht dort schon ein neuer, sehr ambitionierter und talentierter Cuisinier in den Startlöchern, der zuvor in vielen namhaften Häusern gearbeitet hat und zuletzt als Souschef an der Seite von Christian Jürgens (10 Gusto-Pfannen) tätig war. Das neue Gourmetrestaurant heißt einfach Mühle und wird dem Vernehmen nach mit einer etwas internationaleren, stärker an der französischen Klassik orientierten Küche aufwarten. Wir sind sehr gespannt auf unseren ersten Besuch nach dem Lockdown und setzen die Bewertung bis dahin natürlich aus.

Schmallenberg (Nordrhein-Westfalen)

8

Hofstube Deimann

im Romantik- und Wellnesshotel Deimann

Alte Handelsstr. 5,
57392 Schmallenberg (Winkhausen)
02975-810
www.deimann.de
Küchenchef: Felix Weber
Mi–Sa ab 18.30 Uhr, So, Mo u. Di RT
Menüs: ab 119 €
VISA

Es wirkt immer wieder sehr überraschend, wenn das schmucke und weitläufige Fachwerk-Ensemble des Romantikhotels Deimann bei der Anfahrt quasi aus dem ländlichen Nichts auftaucht und mit seinem exklusiv-gediegenen Charme sofort zum Verweilen einlädt. Vom offensichtlich hohen Qualitätsanspruch ist es gedanklich zum Gourmetrestaurant nicht allzu weit. Und tatsächlich bietet das Hotel mit seiner intimen Hofstube, in der die Gerichte an einer offenen Kücheninsel (die ursprünglich für eine Kochschule gedacht war) finalisiert werden, auch einen niveauvollen Genussort für Feinschmecker.
Mit Felix Weber, der nach namhaften Stationen unter anderem bei Thomas Bühner und Helmut Thieltges hier seine Bühne gefunden hat, steht dafür ein echter Könner am Herd. Gemeinsam mit seinem unlängst zwar etwas aufgestockten, aber immer noch recht kleinen Team zelebriert der Chef eine zeitgemäß-schlanke Gourmetküche auf klassisch französischer Basis, bei der es weniger um laute Innovationen als vielmehr um individuelle und feinsinnige Detailarbeit geht.
Und das zahlt sich aus! Schon ein Tapiokachip mit cremigem Lachstatar sowie eine zarte Gänselebercreme mit Süßweingelee und konzentriertem Kern aus Pekannuss zeigten beim letzten Mal, wie akribisch hier gearbeitet wird. Aber auch die federleichte Jalapeño-Espuma mit Gurkenmayo, Staudensellerie, Forellenkaviar und Huchentatar hatte große Klasse: grün, frisch, mit abgestufter Säure, klaren Aromen und verbindendem Schmelz. Super!
Was auch für den ersten regulären Gang galt. In dessen Zentrum standen mild gebeizte und geflämmte Tranchen vom schottischen „Loch Duart"-Lachs in einer knackig säurefrischen Gurkenvinaigrette. Deren forsch zugespitzte Art wurde durch raffiniert jodig-süß karamellisierte Algen-/Shrimps-Crumbles und cremige Joghurttupfen aufgefangen, während ein Austern-/Apfel-Sorbet und verschiedene filigrane Gurkenzubereitungen für jodig-frische Details sorgten.
Nicht ganz auf diesem Niveau lag die etwas ruhiger angelegte Miéral-Taube mit Trüffel, Kerbel und Karotte. Zwar ergaben die perfekt an der Karkasse gebratene Taubenbrust und ein freches kleines Innereiensandwich mitsamt der eleganten Trüffeljus ein ausgesprochen charakterstarkes Trio – dieses hatte in den eher mildweichen Karottenkomponenten allerdings relativ handzahme Begleiter. Da wäre mit mehr Säure in den Beilagen oder sonst einem markanteren Akzent noch mehr drin gewesen.
Alles andere als zahm waren dagegen der betörend duftige Safranschaum und eine mit filigranem Ratatouille gefüllte Zucchiniblüte, die gemeinsam mit Bouchotmuscheln einen perfekt glasig zart gebratenen Seeteufel begleiteten. Weitere Akzente kamen von anisduftiger Fenchelcreme, einem subtil floralen Holunderblütengelee und fruchtigem Tomatenconfit hinzu: Ein äußerst gelungener Schwenk in Richtung französische Mittelmeerküste!

Ein wenig nördlicher angesiedelt, aber mindestens genauso gelungen, war der mit einer lockeren Kirschkruste (auf Basis getrockneter Früchte) gratinierte Rehrücken, der – perfekt klassisch gebraten! – voller Saft und Spannung von einer meisterhaften Preiselbeer-/Pfeffer-Jus mit viel Tiefe und feiner Säure getragen wurde. Dazu gab es fein abgezirkelt kleine Pfifferlinge unter Sellerieschaum, eine knackig frischgrüne Spitzkohlroulade und saftig eingelegte Kirsche. Moderne Klassik mit individuellem Turn und genau dadurch so überzeugend.
Und da auch der süße Abschluss rund um eine federleichte Joghurtmousse mit Erdbeer-/Yuzu-Sorbet und fein differenzierten Komponenten der duftigen Premiumerdbeere „Mara de Bois" und Yuzu inklusive ganz subtilen Ingwerkicks nicht nur perfektes Handwerk, sondern auch aromatisches Feingefühl zeigte, gibt es in diesem Jahr die wohlverdiente Aufwertung.
Viel gibt es innerhalb des aktuellen Konzepts nicht zu optimieren. An manchen Stellen wären vielleicht weniger Arbeitsschritte bzw. Komponenten, dafür aber genauso klar zugespitzte Aromen nicht schlecht – das minimiert die (allerdings ohnehin sehr geringe) Fehlerquote und lässt die Gerichte im besten Fall noch markanter wirken. Davon abgesehen sind wir aber ohnehin sicher, dass sich das Team, nicht zuletzt auch angesichts des anstehenden Umzugs in neue Räumlichkeiten mit besserer Infrastruktur, noch weiter etablieren wird.
An dem beeindruckend umfangreichen und trinkanimierend kalkulierten Weinsortiment wird sich im neuen Refugium vermutlich genauso wenig etwas ändern wie an der ebenso souveränen wie eloquent-lockeren Art des Service, der hier bestens eingespielt für allgemeines Wohlbefinden sorgt …

6

Wintergarten-Restaurant Deimann

im Romantik- und Wellnesshotel Deimann

Alte Handelsstr. 5,
57392 Schmallenberg (Winkhausen)
02975-810
www.deimann.de
Küchenchef: Thomas Stratmann
Täglich von 12–14 Uhr u. ab 18 Uhr, kein RT
Hauptgericht: 13–39 €,
Menüs: 25–48 €
VISA P

In idyllischer Lage zwischen Wald und Wiesen sticht das am Ortsrand von Winkhausen Romantik- und Wellnesshotel Deimann ziemlich imposant aus der ländlichen Peripherie heraus. Das großzügig weitläufige, drinnen mit edlen Materialien hübsch herausgeputzte Haus bietet aber nicht nur ein einladendes Ambiente, komfortable Zimmer und ein umfangreiches Wellnessangebot, sondern hat sich zudem auch anspruchsvoller Kulinarik verschrieben. Das Aushängeschild ist dabei sicherlich das separat beschriebene Gourmetrestaurant im Souterrain, aber auch in dem großzügigen hellen Wintergarten-Restaurant, das mittags (jedoch mit reduzierter „Vesper-Karte") und abends bespielt wird, lässt es sich ansprechend und auf gehobenem Niveau genießen.
Während wir hier noch im Vorjahr die durchaus ambitionierte internationale Küche auch zum Lunch ordern konnten, wurde das Programm in diesem Jahr zur Mittagszeit zugunsten unkompliziert bodenständiger Bistrogerichte vereinfacht – und bewegte sich leicht und locker zwischen ganz einfachen Sachen wie einer Tomatensuppe mit Tomatenchutney

oder verschiedenen hochwertig belegten Flammkuchen und etwas aufwendigeren Sachen. Es lohnt sich hier aufgrund des hohen Anspruchs an Produkt und Zubereitung aber in jedem Fall, auch die rustikaleren Offerten im Blick zu behalten. Denn etwa eine sorgfältig geschmorte Rinderroulade mit hausgemachtem Apfelrotkohl, bei der das Attribut „nach Großmutters Art“ uneingeschränkt als Empfehlung zu sehen ist, hat in der hier gebotenen Qualität mittlerweile Seltenheitswert.
Selbst so scheinbar profane Sachen wie ein knackiger „Vitalsalat“ lag dank der Auflockerung mit Apfelspalten, Sprossen und Kernen und einem gut balancierten Dressing durchaus über dem, was gemeinhin unter dieser Überschrift angeboten wird. Noch besser sichtbar wurde das fundierte Handwerk aber bei einer konzentriert tiefgründigen Rinderbrühe, die recht „oldschool“, aber sehr fein umgesetzt von Blumenkohl, Petersilie, dottergelben Eierstichwürfeln und zart schmelzigen Markklößchen ergänzt wurde.
Zum Dinner kann man sein Mahl dann auch mit einem limonenfrisch marinierten und neben den obligatorischen Parmigiano und Pinienkernen auch mit Trüffel und Kürbis herbstlich angereicherten Kalbscarpaccio beginnen. Und die Küche dann bei kross auf der Haut gebratenem Filet vom weißen Heilbutt nebst süßsaurem Gemüse, cremigem Kräuterrisotto und einem süffigen Saucenduett aus Räucherfischschaum und Fenchel-Velouté zur Hochform auflaufen sehen.
In seiner geradlinigen Art typisch für den aktuellen Stil der Küche war auch das glasig-zart auf der Haut gebratene Lachsfilet auf lockerem Kartoffelschnee und mariniertem Babyspinat, bei dem die prononcierte Körnersenfsauce mit feiner Würze und Säure sowohl für genügend Rückgrat als auch für Akzentuierung sorgte. Als Pendant für Fleischliebhaber bedienen sich in Portwein geschmorte Kalbsbäckchen mit Selleriepüree dem gleichen Prinzip eines wohlgelungenen Dreiklangs. Etwas aufwendiger arrangiert das Team um Küchenchef Thomas Stratmann Dinge wie den rosa gebratenen Hirschrücken in herbstlicher Entourage von Rosenkohl, Grünkohl und Schwarzwurzel sowie Couscous, denen eine mit Bitterschokolade verfeinerte Sauerkirschjus tief und kraftvoll zur Seite steht.
Das süße Finale bilden mittags verschiedene Eisbecher aus größtenteils hausgemachten Eis- und Sorbetsorten sowie Torten und Kuchen – abends dann etwas elegantere und interessantere Sachen wie eine Tonkabohnen-Crème-brûlée mit Rhabarberragout und Schmandeis oder zur kälteren Jahreszeit eine Variation von Nougat und Schokolade mit Gewürzaprikosen, Glühwein und Mandarinensorbet. Zu allen Servicezeiten identisch blieb das vor allem flaschenweise sehr reichhaltige und hochwertige Angebot internationaler Weine und der aufmerksame, gut organisierte Service.

Hotelempfehlung

★★★★

Hotel Störmann

Weststr. 58, 57392 Schmallenberg
02972-9990
www.hotel-stoermann.de
Einzelzimmer: 67–88 €
Doppelzimmer: 114–186 €

Das familiengeführte Haus mit über 250-jähriger Geschichte liegt direkt in der historischen Altstadt von Schmallenberg und ist umgeben von der malerischen Kulisse des Hochsauerlands. Vor der Haustüre erwartet die Gäste hier im Winter das größte Skigebiet nördlich der Alpen und im Sommer ein bestens ausgeschildertes Wander- und Biker-Wegenetz. Von Tennis, Golf und Reiten über Klettern und Mountainbiken bis zu Langlauf und Alpinski sind hier jede Menge sportliche Aktivitäten möglich. Seit 2016 führt die Hotelierfamilie Deimann vom gleichnamigen Wellnesshotel im nahe gelegenen Winkhausen das traditionsreiche Haus, das nach der jüngsten Restaurierung und Modernisierung den Besuchern 31 gemütliche und ruhige Zimmer, Hallenbad, Sauna sowie abwechslungsreiche Gastronomie (Restaurant Bauernstube mit Josper-Grillofen) bietet. Im nur 5 km entfernten Schwesterhotel Romantik- & Wellnesshotel Deimann steht zudem der über 4000 m² große Wellness- und Spa-Bereich zur Verfügung.

★★★★★

Romantik- & Wellnesshotel Deimann

Alte Handelsstr. 5,
57392 Schmallenberg (Winkhausen)
02975-810
www.deimann.de
Einzelzimmer: 155–200 €
Doppelzimmer: 250–610 €

Das romantische Wellnesshotel Deimann in Schmallenberg ist in die malerische Kulisse des Hochsauerlands eingebettet, das im Winter mit dem größten Skigebiet nördlich der Alpen und im Sommer mit einem bestens ausgeschilderten Wander- und Biker-Wegenetz aufwartet. In dem familiengeführten Haus gibt es nicht nur 96 stilvoll eingerichtete und komfortabel ausgestattete Zimmer und Suiten, sondern auch einen 4000 m² großen Wellnessbereich mit verschiedenen Schwimmbädern und Saunen, einer Vital-Oase und verschiedensten Anwendungen von klassischen Massagen über Ayurveda bis hin zu Beauty. Die 27-Loch-Panorama-Golfanlage in unmittelbarer Nähe lässt darüber hinaus das Herz jedes Golfbegeisterten höherschlagen. Für Tagungen und persönliche Festlichkeiten stehen außerdem professionell ausgerüstete moderne Veranstaltungsräume zur Verfügung. Auch der Gastronomie und der Kulinarik wird im Hause Deimann mit verschiedenen Restaurants, Cafés, einer Bar und einem gut gefüllten Weinkeller viel Aufmerksamkeit zuteil. Wintergarten-Restaurant Deimann und Gourmetrestaurant Hofstube Deimann werden separat erwähnt.

Schondorf am Ammersee (Bayern)

Gasthaus Sailer

Landsberger Str. 30,
86938 Schondorf am Ammersee
08192-7428
www.gasthaus-sailer.business.site
Mi–So ab 17 Uhr, Mo u. Di RT
Hauptgericht: 11–19 €

In dem traditionellen Gasthaus mit schlichter, angenehm folklorefreier rustikaler Stube gibt es das, was man als anspruchsvoller Esser so oft sucht und doch nur so selten findet: eine authentische bodenständige Regionalküche, die frisch und fundiert gekocht ist. Ganz ohne kreative Verrenkungen und preistreibenden Firlefanz, aber mit dem Blick für die wichtigen Details. Hier gibt's nicht nur den vielleicht besten Gaisburger Marsch außerhalb Württembergs, sondern auch Saures Lüngerl, Schweinebraten und Ente mit Blaukraut, gefülltem Apfel und Kartoffelknödel und andere Traditionsgerichte in Bestform. Und das zu ländlichen Preisen!

Schorndorf (Baden-Württemberg)

7

Gourmetrestaurant Nico Burkhardt

Höllgasse 9, 73614 Schorndorf
07181-6699010
www.pfauen-schorndorf.de
Küchenchef: Nico Burkhardt
Mi–Sa ab 18.30 Uhr, So–Di RT
Menüs: 109–145 €

Nach sieben Jahren als Küchenchef im Stuttgarter Olivo hat sich Nico Burkhardt in seiner Selbstständigkeit in den Fachwerkgassen von Schorndorf mittlerweile gut etabliert. Neben seinem kleinen Boutiquehotel Pfauen betreibt er inzwischen noch hundert Meter weiter die Brasserie Chez Amis. Im Pfauen selbst gibt es in der ersten Etage unter der Leitung von Klaus

Jäschke (ehemals Küchenchef im Stuttgarter Yosh) ein gehoben-gutbürgerliches Restaurant. Im unteren Bereich werden acht Plätze im Gourmetrestaurant Nico Burkhardt bespielt, die der Namensgeber ganz alleine bekocht.
Der Aufwand, den Burkhardt dafür betreibt, ist mitunter beträchtlich, wie auch bei unserem letzten Besuch gleich zu Beginn zu erkennen war. Los ging es mit einem kleinen Feuerwerk an Aperos, fast wortwörtlich, denn unter den Petitessen befand sich auch ein Stück Schweinebauch mit Mais auf einem Minitischgrill. Außerdem: auf einer längs halbierten Glasflasche ein Macaron mit herzhaftem Hamburger Labskaus mit Matjes und Roter Bete, ein Kartoffelkissen mit Lachs und Senf, eine elegante Interpretation der Thai-Suppe Tom Kha Gai mit Huhn, Kokos und Zitronengras in einer weißen Schokoladenkugel und der Klassiker, den Burkhardt seit seiner Zeit im Olivo pflegt, die flüssige Olive. Schöner Opener!
Als Amuse-Bouche gab es danach zum portablen Sound von „Berlin, Berlin – du bist so wunderbar" die „Berliner Heimatliebe": Miniaturen aus der Altberliner Küche auf einem Frühstücksbrett mit Stadtplan. Originell inszeniert, geschmacklich aber fast original Hausmannskost wie Königsberger Klops mit Kartoffelpüree, Tramezzini mit Eisbein und Sauerkraut (auf einen Spielzeug-Trabbi geklebt) und in einer Eierschale ein Wachtel-Senfei mit knusprig gebacken Kartoffelstückchen. Und natürlich durfte auch ein Schluck Berliner Weiße nicht fehlen ... Einmal mehr beeindruckend war auch die selbst gebackene Brotauswahl zu Butter und Crème fraîche: ein ganzes kleines Roggenbrot und vier weitere Sorten mit Kartoffel, Kümmel, Zwiebel und Tomate, dazu noch eine Gougère, der französische Käsewindbeutel.
Der erste Gang wurde als dekoratives Strandgut arrangiert – mit den Hauptplayern Gelbschwanzmakrele und Seeigel, wobei das Innere des manchmal doch sehr strengen stacheligen Meeresgetiers gut entschärft zu einer Mayonnaise mit Pistazienschaum wurde. Der Fisch, drei kleine nur kurz gegarte Tranchen, war leicht würzig lackiert und lag in einer nicht zu säurebetonten Emulsion aus Zitrusfrüchten. Drum herum waren Algen, Sponge, Fenchelstreifen, Pistazien und zwei sehr feine Geleekügelchen aus rosa Ingwer drapiert. Hübsch anzuschauen, aber etwas muffig wirkten die falschen Muscheln aus recht fester Fenchelcreme. Dennoch: Das Gericht überzeugte nicht nur durch seine Optik, sondern auch durch seine klar trennbare geschmackliche Vielfalt, die mit frisch geriebener Wasabiwurzel den letzten Kick bekam.
Ähnliches kann man zum „Beef-Tea" sagen, der auf einen Teller und drei Schälchen verteilt war. Gänseleber war hier als Eis sehr gut korrespondierend mit einem mehr süßlichen als säuerlichen Granny-Smith-Ragout; als cremige Scheibe in der Mitte des Tellers hatte sie eine Kaviarhaube, umringt von Crème-fraîche-Tupfern mit Kerbelblättern. Das Ganze thronte auf hauchdünnen Geleescheiben vom Ochsenschwanz, die sich mit einer angegossenen, klaren, reinen, warmen Essenz „Beef-Tea" verbünden konnten. Ein drittes Mal Ochsenschwanz gab es als eher zurückhaltend gewürztes Ragout, auf das Sommertrüffel gehobelt war; dazu eine knusprige Scheibe Brioche. Prima!
Der nächste Gang folgte dem nicht immer nachvollziehbaren Trend, Fischgerichte etwas derber zu interpretieren. Ein schönes Stück St. Pierre wurde mit einer dickflüssigen, orangefarbenen Chorizosauce übergossen, die in ihrer Würze immerhin noch Raum für andere Aromen ließ – wobei sich hier die Karotten in verschiedenen Texturen schon ein bisschen schwer taten. Noch mehr Erdiges trugen Saubohnen dazu bei, akzentuiert von einem Klacks Estragoncreme.
Kräftig und trotzdem elegant war das Limousin-Lamm zubereitet: nämlich als Dreierlei, wobei eine Variante weniger auch schon genügt hätte, denn die geschmorte Schulter in geräucherter Hollandaise wirkte seltsam flach in einem ansonsten sehr guten Fleischgericht. Zartrosafarbene Stücke vom Rücken lagen in einer komplexen Jus und hatten mit Povrade, Aubergine und Tomate schön herausgearbeitete Gemüsebegleiter. Darüber wurde noch etwas Belper Knolle mit ihrer pfeffrigen Rinde gehobelt, vom fermentierten Knoblauch aber war nicht viel zu spüren. In einem dritten Schälchen gab es noch einen knusprigen Riegel Lammbauch, dem ein winziger „Tomatensalat" einen fruchtig-frischen Akzent spendierte.
Die Desserts kamen etwas schokoladenlastig und eindimensional daher – vielleicht hätte es ein einziger und dafür komplexerer Nachtisch auch getan. Jedenfalls: Im kleinen Pré-Dessert mit Ivoire, Nougat und Walnuss gab es zum Eis noch ein klein wenig Frische durch Frischkäse und Yuzu. Der „Banana Joe" zum Abschluss war jedoch von cremigen, dichten Aromen geprägt: Manjari-Schokolade, Banane, Eierlikör, dazu noch etwas Atsina-Kresse. Die Einheit des Geschmacksbildes war schnell erschlossen und gab nach dem zweiten Löffel keine neuen Impulse. Die aber kamen dann doch noch durch

die Petits Fours, wieder teils spaßig serviert in einem Miniatureinkaufskorb und auf einem Wellblech.
Der Service bei unserem jüngsten Besuch wurde von Nico Burkhardts Frau Bianca charmant und souverän gemanagt. In der Weinbegleitung steckten ein paar hochkarätige Franzosen. Zum Gourmetzimmer in edel-rustikalem Ambiente gehört übrigens auch eine kleine exklusive Terrasse, eine Treppe oberhalb. Auch hier fühlen sich die Genießer aufgrund der begrenzten Platzzahl ganz unter sich.

Hotelempfehlung

Boutiquehotel Pfauen

Höllgasse 9, 73614 Schorndorf
07181-6699010
www.pfauen-schorndorf.de
Einzelzimmer: ab 109 €
Doppelzimmer: 138–203 €

In dem geschmackvoll sanierten Fachwerkhaus im Herzen der Schorndorfer Altstadt nächtigen Sie Wand an Wand zum Geburtshaus Gottlieb Daimlers. Die sieben schnörkellos eleganten Zimmer bestechen durch ihr liebevoll gestaltetes Interieur, das historischen Charme, modernes Design und zeitgemäßen Komfort verbindet. Das Angebot reicht vom Standard-Einzel- und Doppelzimmer über großzügige Deluxe-Zimmer bis zur Grand-Suite. Jeder Raum ist individuell und trägt den Namen einer berühmten Automobil-Persönlichkeit. „Wilhelm Maybach“ und „Ferdinand Graf von Zeppelin“ heißen beispielsweise die beiden Komfort-Doppelzimmer im ersten Obergeschoss mit 19 m², französischem Bett und antikem Sekretär – „Robert Bosch“, „Carl Benz“ und „Rudolf Diesel” die Deluxe-Varianten, die auf 23 m² durch ihre Geräumigkeit bestechen, und „Gottlieb Daimler“ die 47-m²-Suite mit Chaise Lounge, Schreibtisch und Sekretär, großzügigem Bad (Badewanne und Dusche) sowie separatem WC. Alle Zimmer sind mit modernen Bädern, Kabel-TV und 40″-Flatscreens ausgestattet und empfangen schnelles WLAN. Außerdem: zwei verschiedene Restaurants und eine Cigar-Lounge. Gourmetrestaurant Nico Burkhardt separat erwähnt.

Schramberg (Baden-Württemberg)

Hirsch

Hauptstr. 11, 78713 Schramberg
07422-280120
www.hotel-gasthof-hirsch.com
Küchenchef: Thomas Zimmermann
Do–Mo von 12–14 Uhr u. ab 18 Uhr, Di u. Mi RT
Hauptgericht: 19–38 €, Menüs: 37–75 €

Der Gasthof Hirsch ist ein Musterbild eines bürgerlichen Speiserestaurants in des Wortes schönster Bedeutung. Wer je in den gepflegten Stuben im ersten Stock des schmucken Fachwerkhauses im Schwarzwaldstädtchen Schramberg gesessen hat, umgeben von Sorgfalt und eleganter Tischkultur – polierte Gläser, blitzendes Silber –, der erkennt, was andernorts durch Moden und Beliebigkeit verloren ging. So herzlich wie kompetent der Service durch Patronne Margarete Weber, animierend-klassisch die Speisekarte, aus der wir uns bei unserem jüngsten Besuch zu einer Flasche Chablis und einer gereiften halben Flasche Bordeaux aus der gastfreundlich kalkulierten Weinkarte ein kleines Menü zusammenstellten, wie wir es uns quer durchs Land viel öfter wünschten!

So souverän wie Küchenmeister Thomas Zimmermann (geprägt von Franz Keller und Harald Wohlfahrt) kochen jedoch leider nur wenige. Das machte bereits ein kleines Amuse-Bouche deutlich, das in einem kross ausgebackenen, aber kein bisschen fetten Wan Tan eine saftig-aromatische Edelfischfüllung verbarg, die wunderbar mit einem asiatisch inspirierten kleinen Gemüsesalat in Juliennes von prägnanter Sojawürze und Chilischärfe korrespondierte.

Nach diesem animierenden Kurzausflug nach Fernost schwelgten wir den Rest des Abends selig in den Genüssen der großen französischen Klassik, beginnend mit, versteht sich, einer dicken Scheibe einer schulbuchmäßigen Gänseleberterrine von ideal fester Konsistenz mit großen Leberstücken, wunderbarem – wie es sich gehört: fein herbem statt leberwurstsüßem – Eigengeschmack und zurückhaltender Aromatisierung, die zwar keiner weiteren Begleiter (außer eines Schlucks Sauternes vom Château Rieussec im offenen Ausschank) bedurfte, neben der etwas luftigen Brioche, Portweingelee, einer Sauce Cumberland sowie einigen gedünsteten Apfelspalten jedoch eine sehr gute Figur machte.

Geschmacklich etwas zurückhaltend nach diesem fulminanten Auftakt war die folgende schön klare provenzalische Fischsuppe auf Basis eines pikanten Fischfonds, der wir allerdings etwas mehr Salz und auch Kraft gewünscht hätten. Ein Detail, das eine üppige Menge Safran sowie perfekt gegarte, saftige Stückchen von Seeteufel, Gamba und Steinbutt sowie eine knackige Garnele spielend ausglichen. Ein krosser Croûton mit Sauce Rouille sorgte für etwas Substanz in diesem wunderbar leichten Umfeld, das – typisch für die Küche des Hauses – so konsequent wie souverän auf Verlegenheitskräutlein aller Art zu Dekorationszwecken verzichtet.

Absolute Perfektion dann beim folgenden wilden Steinbutt, der, in Riesling pochiert, blättrig, saftig und aromatisch auf einem zarten Blattspinatbett unter einigen Wurzelgemüse-Juliennes einen echten Höhepunkt des Menüs darstellte! An der Seite etwas „Kartoffelschaum“ genanntes, buttriges Püree mit Croûtons, das uns wehmütig an Meister Robuchon denken ließ, sowie eine leicht schaumige Beurre blanc in feiner Balance ohne jegliche Schwere – aber auch ohne dezidierte Säure.

Da es in der Küche vorhanden war und so gut zum Chablis passte, folgten wir außerhalb der Speisekarte der Empfehlung der Gastgeberin und orderten noch eine kleine Portion Kalbsbries: in zwei Herzstücken perfekt koloriert, leicht kross und im Inneren butterzart und cremig, dazu einige, wie es sein muss (aber meist nicht ist), „al dente“-gegarten Risoni-Nudeln auf einem „Rahmsößle“. Letztere müsste unserer Meinung nach dringend als Anschauungsobjekt in den Lehrplan für die Jungköche aufgenommen werden – zur Demonstration, wie man ohne jede Fettschwere und den geringsten Geschmacksverlust aus angerösteten Kalbsknochen eine perfekte Sahnesauce kocht!

Keine Überraschung, dass in diesem von Wäldern umgebenen Traditionshaus auch das heimische, mürbe in Rotwein geschmorte Rehragout perfekt gelang: in leichtem, samtig-glänzendem Schmorsaft, dazu neben Preiselbeeren und Apfel perfekte, handgemachte Spätzle (dottergelb, buttrig-zart). Die Dessertauswahl dürfte bei aller Liebe zur Klassik – Rote Grütze, gebackene Apfelküchle, Sorbet – dann allerdings durchaus noch ein wenig individueller ausfallen, nach einigen gut gereiften Rohmilchkäsen mit mildem Apfelchutney gefiel uns eine leichte, perfekt karamellisierte Crème brûlée mit feinsäuerlichem Himbeersorbet dennoch natürlich ganz ausgezeichnet.

Zumal wir sehr genau wissen, was das Haus (genauer: Frau Weber) auf der süßen Seite zu leisten vermag: Jedes Mal begeistert uns das wahre Füllhorn von hausgemachtem Gebäck, das hier zum Kaffee in einem knappen Dutzend Varianten in der Silberschale serviert wird – und zwar in einer handwerklichen Präzision, die so manchem Konditor die Schamesröte ins Gesicht treiben müsste!

Schwabenheim (Rheinland-Pfalz)

5

Vinum – Zum alten Weinkeller

Schulstr. 6–10, 55270 Schwabenheim
06130-941800
www.immerheiser-wein.de
Küchenchef: Daniel Immerheiser
Mi–Sa ab 18 Uhr, So von 12–14 Uhr u. ab 18 Uhr, Mo u. Di RT
Hauptgericht: 25–35 €,
Menüs: 42 €
VISA P

Gleich zwei gastronomische Lokalitäten führt Familie Immerheiser zusätzlich zum eigenen Weingut: den Engel, einen Landgasthof an der Durchgangsstraße des Ortes, und das durchaus eigenwillig wirkende Restaurant Vinum, das ein wenig versteckt liegt. Seine Attraktion besteht in der Terrasse samt kleinem Teich, Wasserrosen, Statuen, Tonamphoren, mediterraner Dekoration und Gesamtidylle. Man kann das kitschig finden oder aber als Anspielung auf die Toskana verstehen – ganz nach persönlichem Geschmack. Natürlich werden hier die hauseigenen Weine serviert, aber die Karte führt auch – nicht selbstverständlich! – einige Spitzen von anderen deutschen Winzern oder internationalen Erzeugern auf. Bemerkenswert: Die Namen sind kenntnisreich ausgesucht, die Preise sagenhaft niedrig. Auch die Speisen der überschaubaren Karte sind moderat kalkuliert und die Portionen groß. Wer ein Menü bestellt, sollte dies beherzigen.
Akzeptables Brot mit Olivenöl vorab, dann ein Pfifferlingsrisotto mit Blaubeeren, das durchaus seriös gewürzt, korrekt gegart und mit einem interessanten Aromenspiel zwischen den Pilzen und den Beeren daherkam. Die Zuckerschotensuppe mit Passionsfruchtsorbet setzte einen dreifachen Gegensatz zwischen cremig und fest, warm und kalt, süß und salzig. Das war durchaus angenehm und passte bei unserem Besuch zum immer noch sehr warmen Abend. Gut gelang auch die Interpretation eines Vitello tonnato mit dünnen Scheiben Kalbfleisch, cremiger Thunfischsauce und kleinem Pulpo-Salat mit Speck, in dem die saftigen Tentakelstücke gefielen, der Speck aber ein wenig hart ausfiel.
Beim „Poke Bowl“ konnte man dann hinterfragen, ob die Dimensionen stimmten. Denn die Schüssel Reis mit rohem und gegartem Lachs, Mangowürfeln, reifer Avocado, Wakame-Algen-Salat, gepickelten Gurken, eingelegtem Ingwer und Sesam war nett angerichtet und gut abgeschmeckt, aber einfach zu viel des Guten, um als dritter Gang eines Menüs serviert zu werden. Man hätte sich das Ganze als Lunch-Hauptgang in einem angesagten städtischen Lokal gewünscht – hier auf dem Lande, in einem Weingutsrestaurant beim gemütlichen Dinner, wirkte es ein wenig deplatziert.
Und schließlich folgten ja nach einem erfrischenden Cassissorbet mit ganzen Beeren, das nicht zu süß ausfiel, auch noch die Tranchen vom US-Beef in einer sogenannten „Moscow-Mule-Marinade“, die mit jeder Menge gebratenen Pimientos de Padrón und Steakhouse Fries serviert wurden. Das Positive: Beim Fleisch stimmten Qualität und Garzeit, und die Marinade, die säuerlich-scharf ausfiel und an Chimichurri erinnerte, war ebenfalls wohlgelungen. Nur anstelle der recht faden, belanglosen Fritten hätten wir uns dann doch eher selbst geschnittene Kartoffeln erhofft …
Ein Parfait von Pistazie und Zitrone schloss den Abend erfreulich ab. Es war, balanciert zwischen Cremigkeit, Süße und Frische, zusammen mit Brom- und Blaubeeren angerichtet. Vom angekündigten Sanshopfeffer war nichts zu schmecken, was dem Nachtisch vielleicht gar nicht unbedingt zum Nachteil gereichte. Und so verließen wir dieses nette Restaurant, das sich viel Mühe gibt, den Gast zu überraschen und ihn mit zuvorkommendem Service zu begeistern, auch in diesem Jahr nicht nur sehr satt, sondern auch sehr zufrieden.

Hotelempfehlung

★★★

Hotel Zum alten Weinkeller

Schulstr. 6–10, 55270 Schwabenheim
☎ 06130-941800
www.immerheiser-wein.de
Einzelzimmer: 65–99 €
Doppelzimmer: 90–125 €

Authentisch ländlich-rustikal und trotzdem sehr stilvoll und komfortabel wohnt man in dem zum Weingut Immerheiser gehörenden Hotel Zum alten Weinkeller im beschaulichen Schwabenheim, das im sanften rheinhessischen Hügelland, einige Kilometer südwestlich von Mainz liegt. Hier wohnen die Gäste in ganz individuell mit viel Liebe zum Detail gestalteten Zimmern, etwa mit Natursteinmauern im ursprünglich rheinhessischem Stil, alten Holzfußböden, Eisen-Himmelbetten und Terracotta-Bädern oder im Stil der Provence, mit Wohn- und Schlafbereich, Eisen-Doppelbetten auf Eichenholzdielen und exklusivem Bad mit bodengleicher Flusskiesel-Regendusche. Alle Zimmer verfügen über einen 20-Zoll-LED- Fernseher und sind mit kostenlosem WLAN ausgestattet. Auch das Kulinarische wird bei Familie Immerheiser großgeschrieben: Neben der Vinothek gibt es den Landgasthof Engel mit etwas rustikalerer Regionalküche und das Feinschmeckerrestaurant Zum alten Weinkeller. Restaurant Zum alten Weinkeller separat erwähnt.

Schwäbisch Gmünd
(Baden-Württemberg)

Hi, Charles

Remspark 1,
73525 Schwäbisch Gmünd
☎ 07171-7988219
www.hicharles.de/de
Küchenchef: Lukas Herrmann
Mo–Fr von 12–14 Uhr u. ab 18 Uhr, Sa ab 18 Uhr, So RT
Hauptgericht: 19–36 €, Menüs: 34–75 €

In dem im Herbst 2017 eröffneten Business & Lifestyle-Hotel am Remspark gibt es mit dem Hi, Charles auch ein schickes, modern und sachlich eingerichtetes Restaurant. Auf hellem Parkett laden in der Mitte der großen Quadratfläche mit bis zu 130 Sitzplätzen cremefarbene Lederbänke zum Loungen ein. Aber auch die blanken Holztische an den Außenseiten haben ihre Vorzüge. Da sich das Restaurant in der siebten Etage befindet und fast rundum verglast ist, bietet es einen einzigartigen Blick auf Schwäbisch Gmünd und die umliegenden Hügel der Ostalb, der sich noch steigern lässt: Eine Treppe hoch geht es in die Rooftop-Bar …
Eine Spezialität des Hauses ist Dry-Aged-Beef, bis zu vier Wochen am Knochen gereift, aber die Küche kann noch mehr, besonders kleine Ausflüge ins Mediterrane. Die zwei fleischigen Arme des Pulpos hätten nach unserem Gusto zwar etwas knuspriger sein können, dafür waren sie sehr zart und zudem mit gegrillter roter und gelber Paprika, Scheiben von confierter Zitrone und Pinienkernen apart angerichtet; das alles auf einem leicht fruchtigen und sanft würzigen Rechteck aus Auberginencreme. Auch der Teriyaki-Lachs machte Spaß! Für die ordentlich dicke und saftige Tranche war ein Mix aus Wassermelone, Fetawürfeln und roter

Zwiebel mit fruchtiger Süße, angemessener Würze und nicht zu ausgeprägter Schärfe ein attraktives Bett.
Beim Beef hat man die Wahl zwischen Allgäuer Fleckvieh und irischem Black Angus und vom 200-Gramm-Filet über T-Bone (700 Gramm) bis hin zum Prime Rib à 950 Gramm. Wir haben uns fürs Filet entschieden und als wählbare Beilagen für Schnittlauchpüree und glasierte (zweierlei Sorten) Möhren. Auch hier waren – wie bei nahezu allen Komponenten an unserem Abend – sowohl Konsistenz als auch Garpunkt und Geschmack sehr gut getroffen. Das medium bestellte Tournedos, so hoch wie breit, war von fast tatarhafter Zartheit und mit Himalaja-Salzkristallen bestreut. Standardgemäß wurden dazu eine gute Kräuterbutter und eine Jus gereicht, in deren Aroma auch die nicht überpräsente Note von grünem Pfeffer genau richtig dosiert war.
Doch das Hi, Charles kann auch Fisch! Loben können wir nämlich ebenso den Wolfsbarsch, zwei große krosse Filets, die über ein herzhaftes Tomaten-/Oliven-Ragout auf geröstetem Landbrot gelegt waren. Selbst die vornehmlich dekorative Pestospur drum herum trug ihren Part zum mediterranen Geschmacksbild bei. Die Panna cotta zum Abschluss war guter Standard, leicht wackelnd auf dem Teller und nicht in ein Glas einbetoniert, wie man das selbst von manchen ambitionierten Italienern kennt. Die Erdbeeren dazu schmeckten nach reifen Erdbeeren, waren aber weder mariniert noch sonst wie präpariert.
Das soll aber den Gesamteindruck nicht schmälern, dass im Hi, Charles gute Produkte präzise und schmackhaft zubereitet und sorgfältig angerichtet werden. Mit einem Küchengruß statt nur Brot ohne irgendwas vorneweg (immerhin standen Olivenölfläschchen auf den Tischen), noch ein paar kreativeren Momenten in den Gerichten und vielleicht einem kleinen Degustationsmenü könnte das Kulinarium für Feinschmecker spielend noch aufgewertet werden. Alle Grundvoraussetzungen sind gegeben!
Positiv ist zudem auch die Weinkarte zu erwähnen, die ausgewogen zusammengestellt ist und mit an die 100 Positionen von heimischen Gewächsen über Klassiker aus Österreich, Italien und Frankreich bis hin zum 2011er Mouton-Rothschild reicht.

Schwäbisch Hall (Baden-Württemberg)

7↑

Eisenbahn

im Hotel Landhaus Wolf
Karl-Kurz-Str. 2,
74523 Schwäbisch Hall (Hessental)
0791-930660
www.landhauswolf.eu
Küchenchef: Josef Wolf
Thomas Wolf
Mi–Sa ab 18 Uhr, So,
Mo u. Di RT
Hauptgericht: 38–45 €,
Menüs: 68–130 €
EC VISA P

Das elegante Feinschmecker-Restaurant im Hotel Wolf, das Eisenbahn heißt, weil es quasi schräg gegenüber dem örtlichen Bahnhof liegt, ist bereits generationsübergreifend für die Gourmets der Region da. Mit Josef und Thomas Wolf stehen Vater und Sohn schon seit vielen Jahren gemeinsam am Herd und sorgen hier für eine anspruchsvolle klassisch französische Küche mit gelegentlichen Reverenzen an die Region und ihre Produkte.
Im direkten Vergleich mit Rebers Pflug, dem anderen Spitzenrestaurant der Stadt, wirkt die Eisenbahn gehobener und gediegener, mehr wie ein traditionelles Gourmetrestaurant alter Schule. Auch die Küche tendiert hier noch etwas stärker in diese Richtung. Das bis zu siebengängige „Prestige-Menü“ begann beim letzten Mal vermeintlich simpel – aber sowohl die zart schmelzige Konsistenz, als auch die perfekt abgestimmte Aromatik der kleinen Schichtterrine von zweierlei Paprikamousse, Aalmousse und Tomatengelee, die begleitet von einer Nocke Schmandgurken-Tatar als Küchengruß serviert wurde, ließen unschwer erkennen, dass hier ganze Arbeit geleistet wurde.

Eine hervorragende Gänseleber-Komposition, bei der die Foie gras – dreifach variiert – sehr klar und konsequent im Mittelpunkt stand und als roh marinierter Riegel, als schmelziges Eis und als Füllung einer falschen Kirsche nur noch von etwas Kirschgelee und -sorbet fruchtig akzentuiert wurde, war ein erstes Ausrufezeichen und ein klares Indiz für die positive Weiterentwicklung der Küche.
Und die unterstrich dann auch das folgende Dreierlei von der Königsmakrele, die als mit knusprigem Kataifistroh umwickelte Füllung eines Croustillants, als zitrisch-herb mit Limettenschalenabrieb aromatisiertes Tatar und als ein mit Imperial-Kaviar umsäumtes Carpaccio interpretiert wurde. Und die in Gestalt von mariniertem schwarzem Rettich und Tupfen eines straff säuerlichen Rettichschaums eine sehr leichte und frische Eskorte an ihrer Seite hatte. Gehobene französische Klassik ohne jede Schwere.
Überhaupt wirkte die Küche auch in der Folge effektiv entschlackt. So konnte beispielsweise die roh marinierte Langoustine, die ganz puristisch nur mit einem zart süßlichen Ingwersud nappiert, mit etwas getrocknetem Corail bestreut und von einer Nocke Avocadocreme und einer gegrillten Mangospalte akzentuiert war, ihren starken Charakter voll ausspielen.
Sehr gut, wenngleich nicht optimal, kam der mit Thymian gebratene Seeteufel nach unserem Gusto etwas zu weichfleischig daher, machte im mediterranen Verbund mit gebratener Artischocke, Tomatenconcassée und Steinpilzen aber dennoch sehr viel Spaß. Einzig von der relativ flüchtigen hellen Schaumsauce hätten wir uns etwas mehr aromatische Präsenz gewünscht.
Auch am ultraklassischen Hauptgang rund um gratinierten Lammrücken mit dreierlei Gemüsepürees und Kartoffelgratin gab es nur ganz wenig auszusetzen. So war beispielsweise das Fleisch einseitig etwas grau und randtrocken, und das Karotten-/Ingwer-Püree wirkte in unseren Augen zwischen Aubergine, Tomate und rosmarinwürzigem Gratin etwas deplatziert. Die Liste auf der Habenseite ist allerdings länger: sehr aromatisches Lammfleisch, kraftvoll-elegante Lammjus, intensives Tomatenpüree mit schöner Säure, perfektes Kartoffelgratin … In Summe also auch das ein sehr erfreulicher Gang.
Uneitel und gegenständlich wirkte der Nachtisch, der als hausgemachte Windbeutel mit geeister und frischer Himbeere sowie sahnig-opulenter Passionsfruchtcreme weit von den modernen Basteldesserts der jungen ambitionierten Pâtissiers entfernt lag – und trotzdem anspruchsvollen Genuss bot. Sehr gut ist auch die hochkarätige Weinkarte des Hauses bestückt, die mitunter sehr viele gereifte Raritäten offeriert. Aber auch glasweise hat der Sommelier spannende Sachen in petto.

8

Rebers Pflug

Weckriedener Str. 2,
74523 Schwäbisch Hall
0791-931230
www.rebers-pflug.de
Küchenchef: Hans-Harald Reber
Di–Fr ab 17.30 Uhr, Sa von 12–13 Uhr u. ab 17.30 Uhr, So u. Mo RT
Hauptgericht: 25–45 €,
Menüs: 58–105 €

VISA P

Seit gut 15 Jahren begleiten wir nun schon Rebers Pflug, der idyllisch am oberen Stadtrand von Schwäbisch Hall im beschaulichen Ortsteil Weckrieden liegt und sich dort in dieser Zeit prächtig entwickelt und beachtlich ausgedehnt hat. Erst Ende des letzten Jahres kam der neue moderne Anbau mit acht weiteren komfortablen Hotelzimmern und ein schicker neuer Eingangsbereich hinzu. In der Corona-Krise wurde das gastronomische Konzept um „Rebers Imbiss-Stadl“ erweitert, einer gegenüber des Stammhauses direkt an der Straße eröffneten Essens- und Getränkeausgabe mit lauschigem Biergarten dahinter. Der erfreute sich auch nach Ende des Shutdowns weiterhin großer Beliebtheit und ist an den Öffnungstagen neben Rebers Pflug ab 11 Uhr vormittags mit Burgern, Salaten, Klassikergerichten und Eis „to go“ zu Diensten.
Das Hauptaugenmerk gilt aber weiterhin dem ländlich-elegant gestalteten Restaurant, das sich mit zwei kreativen Menüs (eines davon ve-

getarisch) und einer bisweilen etwas klassischer orientierten À-la-carte-Auswahl an anspruchsvolle bodenständige Gourmets richtet, die Qualität, Substanz und Geschmack einer aufwendigen Inszenierung und überbordender Exklusivität vorziehen. Vor vielen Jahren hatten wir mal geschrieben: „Wer den Adler in Rosenberg liebt, wird sich in Rebers Pflug auch zuhause fühlen". Das ließe sich auch heute noch so feststellen, wenngleich der Adler der Bauers leider längst geschlossen ist und Harald Rebers Küche schon einen ganz eigenen Stil hat.

Das gemessen am hohen Niveau seiner Küche äußerst günstige Menü wird wie immer nur mit Brot und dreierlei Aufstrichen eingeläutet. Auf aufwendige Amuse-Tiraden verzichtet Hans-Harald Reber zugunsten des Preisniveaus bereits seit Jahren. So kommt mit den ebenfalls schon zur Tradition gewordenen, aber immer saisonal abgewandelten Gänseleber-Boules dann schon gleich die erste reguläre Vorspeise, die bei unserem letzten Besuch ganz im Zeichen von Süßkirsche und Bitterschokolade stand. Die sehr akkurat gefertigten, hauchdünn mit Kirschgelee überzogenen und geschmacklich schön puren Gänseleberkugeln waren hier nebst einer ganzen mit Schokoladencreme gefüllten Kirsche, etwas Kirschgelee und Kirschgel sowie Haselnusskernen und einer Art Schokoladenbrioche („Sacherschnitte") auf einer dünnen Spur Ganache längs auf dem Teller angerichtet und repräsentierten als solches eine durchaus sehr klassische Version der Foie-gras-Vorspeise. Von den berüchtigten Gänseleber-„Desserts" mit zu viel Frucht und Süße war diese angenehm herb und puristisch gehaltene Komposition dennoch erfreulich weit entfernt. Mit der mild gebeizten, nur ganz kurz ringsum angebratenen und auf der Schnittfläche mit einer Zitronenglasur lackierten Tranche vom Färöer Lachs, die im Verein mit verschiedenen Blumenkohlkomponenten und eingelegten Rübchen angerichtet war, tendierte das Menü sodann in eine herzhaft-pikante Richtung: Mit milden Curryaromen am marinierten Blumenkohl, sanftem Umami-Background und Schmelz durch Miso-Aioli und grüner, gemüsig-scharfer Würze durch ein aromatisches Lauchöl ergab sich da ein durchaus spannendes und vielschichtiges, aber zu hundert Prozent harmonisch abgerundetes Geschmacksbild.

Ebenso bunt, dynamisch und eingängig präsentierten sich kleine, zarte, kurz angeröstete Pulpo-Tentakel und glasige Wildfanggarnele von fast schon langustinenhafter Zartheit und Eleganz, die mit Erbse (geschmeidiges Püree und knackige Früchte), verschiedenen kleinen geschmorten Karottenvarietäten und Chorizo (als buttriges „Gröstl" und Schaum) eine veritable Verbindung aus natürlicher Süße und pikanter Würze eingingen. Auch mit dem Sorbet vor dem Hauptgang lief die Küche keinerlei Gefahr, vor dem folgenden Wildbret bereits das erste Dessert aufzutischen. Im Gegenteil: Dieses Brunnenkressesorbet, das auf einer Melange aus Schmorpaprika-Brunoises und Gänseschnabel-Paprika in einem Buttermilchsud aufgetischt wurde, kam ohne jede Süße aus, war trotzdem (oder gerade deshalb) sehr erfrischend und überhaupt ein recht großer Wurf.

Der Bühlertaler Rehrücken, der scheinbar etwas kürzer als üblich gereift war, war ein großer Schmaus für all diejenigen Genießer, die es nicht für das Größte halten, wenn sie ihr mürbes Bambi-Fleisch mit dem Löffel zerteilen und es anschließend lutschen können. Die beiden durchaus sehr zarten, aber eben auch noch schön straffen Medaillons hatten nicht nur angenehmen Biss, sondern auch jede Menge Saft und Aroma und waren schon an sich ein großer Genuss. Zusammen mit Rotweinzwiebeln, Knollensellerie, einem mit sich selbst gefüllten Spitzkohlröllchen im Maki-Style, Pfifferlingen und Petersilienspätzle mit Butterbröseln war das ein wieder äußerst klassisches, aber durch die präzise Zubereitung und hohe Qualität aller Komponenten alles andere als dröges Hauptgericht. Auch die feinsäuerliche Schalottenjus (kraftvoll reduziert, aber nicht überkonzentriert) hatte Format.

Etwas simpler wirkte der Käsegang um griechischen Schafskäse mit Tomaten-Allerlei, gerösteten Pinienkernen und knuspriger Oliven-Focaccia, war aber als solches genauso schmackhaft wie das Dessert um einen auch proportional etwas massiven Sockel aus Sauerrahmparfait, das mit einer Nocke hervorragendem Sorbet von der „Mieze Schindler"-Erdbeere, einigen marinierten Beeren derselben alten Sorte, deren Geschmack an Walderdbeeren erinnert, sowie verschiedenen Sommerbeeren und Crumbles von gebrannten Mandeln bestückt war. Und vom entspannten, aufmerksamen Service über die nicht nur bei heimischen Gewächsen gut bestückte Weinkarte bis zum moderaten Preisniveau stimmt hier im Pflug auch sonst alles sehr vergnüglich.

Hotelempfehlung

★★★S

Hotel Landhaus Wolf

Karl Kurz Str. 2,
74523 Schwäbisch Hall (Hessental)
0791-930660
www.landhauswolf.eu
Einzelzimmer: 65–85 €
Doppelzimmer: 88–125 €

Das Landhaus im beschaulichen Hessental, vor den Toren der Kulturstadt Schwäbisch Hall, wird schon in dritter Generation von Besitzerfamilie Wolf geführt, die großen Wert auf sehr persönliche, individuelle Gastlichkeit legt. Die Zimmer und Suiten stehen in verschiedenen Kategorien zur Auswahl, sind allesamt wohnlich eingerichtet und komfortabel ausgestattet. Die Komfort-Doppelzimmer im Neubau beispielsweise unter anderem mit Fußbodenheizung, moderner modengleicher Dusche, Flat-TV mit HD, Minibar. Die „Demi-Suite" im Stammhaus hat sogar eine eigene Sauna. Schnelles WLAN und LAN gibt es kostenlos in allen Zimmern. Außerdem steht für Seminare und Tagungen mit bis zu sechzig Teilnehmern ein mit modernster Technik ausgestatteter Tagungsraum zur Verfügung. Besonderes Augenmerk gilt im Landhaus Wolf hier seit jeher auch der Gastronomie, die mit dem Bistro s'Bähnle und dem Gourmetrestaurant Eisenbahn zwei unterschiedliche Konzepte bietet. Restaurant Eisenbahn separat erwähnt.

Hotel Rebers Pflug

Weckriedener Str. 2,
74523 Schwäbisch Hall
0791-931230
www.rebers-pflug.de
Einzelzimmer: 88–115 €
Doppelzimmer: 115–298 €

In dem von Familie Reber persönlich geführten Haus heißt die Devise „ankommen, genießen, wohlfühlen". Die stilsicher eingerichteten Zimmer und Suiten verschiedener Kategorien sind alle im Landhausstil gestaltet. Eine Besonderheit sind die neuen Suiten im Park des Hauses. Sie verfügen über ein großzügiges Raumangebot mit herrlichem Blick ins Grüne, einen beheizten Outdoor-Holzzuber, eine 35 m² große Gartenterrasse mit gemütlicher Sitzecke und eine Minibar, die die Gäste kostenfrei nutzen können. Das Frühstück lockt mit hausgemachten Konfitüren sowie Wurst, Schinken und vielen weiteren Produkten aus der Region. Auf der Lounge-Terrasse lässt sich bei schönem Wetter in gemütlichen Strandkörben entspannen. Restaurant Rebers Pflug separat erwähnt.

Schwangau (Bayern)

6

Gams & Gloria

im Hotel Das Rübezahl
Am Ehberg 31, 87645 Schwangau
08362-8888
www.hotelruebezahl.de
Küchenchef: Erik Wendt
Fr–So ab 18 Uhr, Mo–Do RT
Hauptgericht: 26–39 €,
Menüs: 89–139 €
VISA

Das Hotelensemble im alpenländischen Stil liegt am ruhigen Ortsrand von Schwangau, vis-à-vis der weltberühmten Königsschlösser. Und es verbindet modernen Lifestyle mit gediegener ländlicher Rustikalität. So auch im kleinen, feinen Gourmetrestaurant Gams & Gloria, das Ende 2018 eröffnet hat und mit seinen fünf Tischen exklusiver Teil des vielfältigen Gastronomieangebots im Hotel Das Rübezahl ist. Mit seiner Holzverkleidung, den Hirsch- und Gamsgeweihen an den Wänden, dem Herrgottswinkel und getrockneten Kräutersträußen über dem Kachelofen vermittelt es zwar traditionelle bayrische Gemütlichkeit und suggeriert bodenständige Heimatküche, doch das junge Team um Küchenchef Erik Wendt hat eher kulinarische Novitäten im Sinn und legt sehr viel Wert auf effektvolle und aufwendige Präsentation – auf und neben den Tellern.
Das wirkt manchmal originell, manchmal etwas bemüht und manchmal obsolet. Beim ersten Küchengruß beispielsweise – etwas Hirschschinken mit Anis-/Fenchel-Brot auf Roggenbasis, Ringelblumenbutter und Steinsalz – war das à part dazu gereichte und mit Trockeneisnebel auffällig in Szene gesetzte Wiesenkräutersorbet eigentlich bloß effekthaschend. Zumal es wirklich ausgesprochen süß schmeckte und damit der feinen, natürlichen Süße des wirklich hervorragenden Schinkens den Garaus machte. Als zweiter Küchengruß kam eine (nur unmerklich) geräucherte und mit geröstetem Pumpernickel beflockte Blumenkohlmousse-Schnitte nebst Balsamicozwiebeln daher, bei dem Letztere auch wieder ziemlich süß ausfielen und der dominante Part dieses Amuse waren.
Naturgemäß süßlich war auch die Petersilienwurzelcreme, die einen mit Eigelbcreme, dünnen Knusperbrotchips und Kresse applizierten Rindertatar-Canellono eskortierte. Doch hier stimmte die Balance perfekt! Zumal à part im Weinglas auch noch ein herzhafter Beef Tea zum Schürfen mitgeliefert wurde, der die aus schön satt marmoriertem Rohfleisch fabrizierte und nur angenehm dezent gewürzte Rolle gänzlich rund machte und dieser rundum gelungenen Vorspeise leichtfüßigen Tiefgang bescherte. Somit war klar: Das Team am Herd hat was drauf und ist wahrscheinlich dann am besten, wenn es sich auf Produkt und Geschmack konzentriert und nicht auf Ikebana.
Was im weiteren Verlauf übrigens noch deutlicher wurde. Denn die mit flüssigem Eigelb und etwas mildwürziger Fischfarce gefüllte Schleie aus einer nahe gelegenen Zucht, die nur von einer herben Brunnenkressemousse (in einer Muschelschale) begleitet wurde, war trotz der ziemlich vielen dünnen Streifen von knusprigem Frühlingsrollenteig, die das gerollte und gefüllte Fischfilet etwas fettig umhüllten, einer der besseren Gänge des bis zu siebengängigen Menüs.
Wohingegen der folgende Zwischengang, auf den wir uns als Blutwurst-Nerds ganz besonders gefreut hatten, ziemlich enttäuschte. Und das nicht nur deshalb, weil auch hier wieder proportional übermäßig viel ausgebackener Knusperteig im Spiel war, sondern weil die Blutwurst als spärliche Füllung eines knusprigen Strudelteigsäckchens im Grunde völlig unterging. Auch die kleine Bratapfel-Frühlingsrolle auf diesem Teller bestand überwiegend aus Teig und kaum aus Füllung, und eine weitere Komponente, ein kleines Bratkartoffel-Soufflé, wirkte ebenfalls eher teigig und mampfig. So war das Ganze nicht nur wegen der quer über den Teller führenden Körner- und Bröselspur aus gerösteten Pinienkernen und schwarzem Sesam – deren Sinn sich nicht ganz erschloss – und auch trotz der saftigen Mitarbeit eines Apfel-Relishs, unterm Strich eine ziemlich trockene und spröde Angelegenheit.
Doch schon beim Dreierlei von der Seeforelle ging die Formkurve wieder nach oben. Die wurde als eine mit Kartoffelknusperpartikeln

besprenkelte Filettranche, eine aus Farce des Fischs hergestellte und mit einer flambierten Wolke aus Muschel-Baiser gekrönten „Praline" sowie ein mit roter Paprika und anderen winzig gewürfelten Rohgemüsen angemachtes Forellentatar interpretiert. Begleitet von geschmorter Steckrübe und unterfüttert von einem mit Coppa herzhaft aromatisierten Fischfond war das trotz ziemlich viel Schnickschnack ein handwerklich gelungener und – noch viel wichtiger! – schmackhafter Teller.
Selbes lässt sich problemlos über den Hauptgang um Filet und Bries vom Kalb sagen, bei dem sogar das gebratene Bries (obwohl in sehr kleine Stücke portioniert) optimal zart und saftig war und seine Vorzüge voll ausspielen konnte – was ihm allerdings als mit Balsamico aromatisierte Füllung winziger ausgebackener Dim-Sum-Täschchen weniger gut gelang. Begleitet wurde das Zweierlei vom Kalb noch von zweierlei Quinoa (geröstet und gequollen), kleinen Mengen einer süßlichen Feldsalatmousse und einem Hauch Salzzitrone, was geschmacklich harmonierte, aber trotz des Zutuns einer feinsäuerlich abgeschmeckten Kalbsjus mangels Schmelz nicht ganz optimal zusammenfand. Trotzdem auch hier: eher oberes 6-Pfannen-Level.
Wohingegen das Dessert „Anatomie der Wachtel" eigentlich bloß strange daherkam und unseren Eindruck manifestierte, dass das Team das Niveau noch deutlich steigern könnte, wenn es mehr die Prämisse „Form follows function" verfolgen würde. Die mithilfe von Kautschukmatrizen und Kakaobutter aus Gelee, Parfait und Mousse von Hagebutte, Himbeere und Erdbeere beeindruckend gut imitierten Einzelteile einer zerlegten rohen Wachtel schmeckten nämlich nicht nur eintönig und akzentlos, sondern waren in Summe auch unheimlich sättigend. Wie es besser geht, zeigte die Küche mit dem zweiten Dessert um Gletscher- und Eisminze nebst Schokolade und Sauerklee zum Finale gleich noch selbst.
Zu trinken hat das junge Serviceteam um Sommelière Caroline Zuber ein internationales Weinsortiment in petto. Es lohnt sich aber auch, zwischendrin mal Barchef Christian Wellisch etwas Korrespondierendes machen zu lassen, denn der erfahrene Mixer und ausgewiesene Rumexperte kommt stets mit außergewöhnlichen Kreationen ums Eck, die er gern detailliert am Tisch erläutert.

Hotelempfehlung

★★★★S

Das Rübezahl

Am Ehberg 31, 87645 Schwangau
08362-8888
www.hotelruebezahl.de
Einzelzimmer: 139–158 €
Doppelzimmer: 100–260 €

EC VISA

Mit seiner Gunstlage vis-à-vis der weltberühmten Königsschlösser Neuschwanstein und Hohenschwangau hat das Hotelensemble im alpenländischen Stil am ruhigen Ortsrand von Schwangau eigentlich schon alle Trümpfe in der Hand. Doch das komfortable 4-Sterne-Superior-Haus, das in seinen Räumen modernen Lifestyle und Komfort mit gediegener ländlicher Rustikalität verbindet, hat noch einiges mehr zu bieten. Luxuriös, individuell und wohnlich aus natürlichen Materialien und edlen Stoffen gestaltete Doppelzimmer zum Beispiel, romantische Junior-Suiten oder auch verschiedene Themen-Suiten von „Almrausch" bis „Rosenreich". Alle sind mit modernen Bädern, Flat-TV, Telefon, Minibar, Safe und Quellwasserbrunnen ausgestattet. Die meisten haben Parkettfußboden und manche einen Balkon oder ein Wintergärtchen. Ein weiteres Highlight ist der große Wellness- und Spa-Bereich mit Tepidarium, finnischer Sauna, Panorama-Bio-Sauna mit Schlossblick, Kräuter-Dampfbad, Solegrotte, Whirlpools, einem beheizten Außenpool und vielem mehr. In drei Restaurants und an der Hotelbar ist auch anspruchsvoll für das kulinarische Wohl gesorgt. Gourmetrestaurant Gams & Gloria separat erwähnt.

Schwarzach (Bayern)

5

Schwab's Landgasthof

Bamberger Str. 4, 97359 Schwarzach
09324-1251
www.landgasthof-schwab.de
Mi–So von 11–14.30 Uhr u. ab 17 Uhr, Mo u. Di RT
Hauptgericht: 10–20 €, Menüs: 25–55 €

Die etwas feinere Variante eines traditionellen Dorfgasthauses bietet sowohl atmosphärisch als auch kulinarisch dieser mit viel Liebe zum Detail hergerichtete Landgasthof der Familie Schwab. Tradition wird hier seit jeher großgeschrieben, und es kommen ausschließlich regionale Produkte auf den Teller. Joachim Schwab führt den prächtigen Landgasthof bereits in der vierten Generation und lässt hier in seiner Küche bei aller bürgerlichen Bodenständigkeit auch das Raffinement nicht ganz außer Acht. Die nicht überbordende Weinkarte listet dazu gute Tropfen aus dem Frankenland.

Schwarzenfeld (Bayern)

6↑

esskunst

Hauptstr. 24, 92521 Schwarzenfeld
09435-6999610
www.restaurant-esskunst.de
Küchenchef: Christian Bernholz
Mi–Sa ab 17.30 Uhr, So von 12–14 Uhr u. ab 17.30 Uhr, Mo u. Di RT
Hauptgericht: 16–22 €, Menüs: 44–48 €

Wer in einem verschlafenen kleinen Nest wie Schwarzenfeld mit einem ambitionierten Gastrokonzept an den Start geht, muss entweder ein bisschen verrückt oder aber sehr überzeugt von dem sein, was er macht. Im Fall von Tamara Fäller und Christian Bernholz ist eher Letzteres der Fall, denn das unkomplizierte, modern-junge Konzept mit einfallsreichen zeitgemäßen Gerichten konnte uns bereits beim letzten Besuch rundum überzeugen und scheint auch in der Region bestens anzukommen. So haben wir in der vergangenen Testsaison einige Anläufe gebraucht, bis wir endlich einen der begehrten Tische ergattern konnten. Der Erfolg scheint den jungen Gastgebern ebenfalls recht zu geben, sind sie doch trotz Krisenzeit nach wie vor motiviert zugange und ganz offensichtlich so richtig vor Ort angekommen.
Auch das Konzept hat sich nicht geändert: Die Karte listet nach wie vor zwei Menüs, eines mit Produkten vom Land, eines mit Hauptdarstellern aus dem Wasser, sowie einige (auch vegetarische) Alternativen. Dass dabei munter zwischen den Menüs gewechselt und frei kombiniert werden kann, ist ebenso Teil der unkomplizierten Gangart wie die nicht übermäßig verkünstelten, aber doch sehr akkuraten Gerichte aus Christian Bernholz' Küche.
Den Qualitätsanspruch markieren bereits die zwei auffallend guten selbst gebackenen Brotsorten mit gesalzener Butter und Olivenöl. So richtig los ging es aber dann – zugunsten fairer Preise ohne weitere Küchengrüße – mit dem ersten Gang als Musterbeispiel für den Stil und das Können des Chefs: Auf einer temperierten Ochsenherztomatenscheibe in Kräuteröl tummelten sich perfekt gegarter Pulpo (leicht geröstet und zart mit Spannung, kein bisschen trocken oder breiig …) und sanft gebackener Schafskäse, verbunden von Tupfen milder Avocadocreme. Einen entscheidenden ätherischen Kick brachte hier Salzzitrone als Gel und Streifen, während dünner grüner Spargel mit knackigen Biss und zarten Bitternoten für zusätzliche Frische sorgte. Volltreffer!
Ebenfalls ein gelungener Wurf folgte mit der federleichten und doch intensiv zugespitzten Paprikaschaumsuppe, deren prägnant bitterfruchtiger Geschmack apart von einer gerösteten Focaccia mit kühler Frischkäsecreme, Radieschen und Chorizo kontrastiert wurde. Einfache Mittel, große Wirkung! Und damit ebenfalls ganz charakteristisch für die Art von unkomplizierter und doch anspruchsvoller Esskunst, der man sich hier verschrieben hat.
Wie recht oft wurde auch hier der Hauptgang weniger auf filigrane Kontraste und mehr auf

kraftvolle Harmonie ausgerichtet. Das allerdings in diesem Fall ohne Abstriche beim Niveau, denn bei dem sanft gegarten Lachs mit Topping aus zarten dünnen (Gelben und Roten) Betescheiben ergaben sich durch gerösteten Romanesco und Mandel, hauchzarte Parmesan-Gnocchi und eine stoffige helle Schaumsauce bei aller Harmonie auch strukturierte Details.
Und beim Dessert drehte das Team den Kontrastregler direkt wieder auf: mit einer wunderbar markanten Kombination aus luftiger weißer Schokoladencreme mit klarfruchtiger Nashi-Birne, die eine feine salzige Ader innehatte (eventuell auch durch die goldknusprigen Knusperbrösel) und von mandarinenfruchtigen Fenchelstreifen auf spannende ätherische Art aufgefrischt wurde. Neben diesem kompakt angerichteten Pol sorgte ein pacojetcremiges Sorbet aus Birne und Thai-Basilikum für weitere duftig-ätherische Noten und kühle Frische. Genau wie auch die Vorspeise eine Punktlandung und durchaus auf 7-Pfannen-Niveau.
Passend zum Gesamtkonzept wurde auch die Weinkarte nach dem Prinzip „klein, aber fein" zusammengestellt und deckt glas- wie flaschenweise ein breites Spektrum ab, ohne allzu exklusiv zu werden. Und wer bei der Auswahl unsicher ist, kann sich getrost auf die ebenso charmanten wie kompetenten Empfehlungen von Tamara Fäller verlassen.

Schweinfurt (Bayern)

6

Kings & Queens

Bauerngasse 101, 97421 Schweinfurt
09721-533242
www.kings-u-queens.de
Küchenchef: Marc Wiederer
Di–Sa ab 18 Uhr, So u. Mo RT
Hauptgericht: 23–29 €,
Menüs: 32–80 €
VISA

Im kleinen, zentrumsnah gelegenen Restaurant von Sabine und Marc Wiederer, wo man recht kuschelig an den eng gestellten Tischen sitzt, wird man seit vielen Jahren auf konstant hohem Niveau bekocht. Und zwar in Gestalt moderner, aber nicht zu sehr verspielter, dafür erfreulich klar strukturierter Gerichte, die keine bestimmte Stilrichtung verfolgen und trotz kreativer Aktente grundsätzlich klassischer Art sind. Für diese bedient sich der Chef oft und gern regionaler Produkte und heimischer Geschmacksbilder, die er mit Feinschliff optimiert – lässt aber gerne auch exotischere Aromen und weiter angereiste Viktualien in sein Kulinarium einfließen, das auch ein rein vegetarisches Menü bietet. Die Preise sind nach wie vor moderat, und die Weinkarte offeriert eine gute Auswahl fränkischer Gewächse und darüber hinaus genügend Alternativen aus anderen Anbaugebieten.

Schwendi (Baden-Württemberg)

7↑

Esszimmer

im Hotel Oberschwäbischer Hof
Hauptstr. 9–15,
88477 Schwendi
07353-98490
www.oberschwaebischer-hof.de
Küchenchef: Julius Reisch
Mi–Fr ab 18.30 Uhr, Sa von 12–13.30 u. ab 18.30 Uhr, So von 12–13.30 Uhr, Mo u. Di RT
Hauptgericht: 29–52 €,
Menüs: 79–119 €
VISA P

Überraschung in Oberschwaben! Im Oberschwäbischen Hof in Schwendi wird schon seit vielen Jahren sehr gut gekocht – aber noch nie so gut wie seit Mitte 2020, als der nach Wanderjahren in guten Häusern von Baiersbronn bis Sylt nach Hause gekehrte Junior Julius Reisch das Küchenzepter im dortigen Esszimmer übernommen hat und fortan richtig Gas gibt. Das konzeptionelle Upgrade wurde deshalb möglich, weil Julius' Vater Elmar und dessen Team die nebenan gelegene Lazarus-Stube

weiterhin mit guter schwäbischer und mediterraner Küche beschickt und so für Hotel- und Stammgäste eine adäquate gastronomische Alternative zur Verfügung steht.
Dort bekommt man weiterhin Dinge wie marinierten Kalbstafelspitz mit Schnittlauchvinaigrette und knusprig gebratenen Schupfnudeln, schwäbische Festtagssuppe oder Rostbraten mit geschmälzten und knusprig gebackenen Zwiebeln, während im unverändert sachlich und gediegen gestalteten Esszimmer zwei anspruchsvolle Menüs zur Auswahl stehen, die einmal moderne internationale Klassik mit Fisch, Meeresfrüchten und Fleisch und einmal einfallsreiche vegetarische Gerichte umfassen. Und hohes Niveau bieten!
Bereits die drei kleinen Interpretationen von der Fjordforelle – ein Tatar, eine Art Ceviche und eine geflämmte Tranche – gaben gleich zu Beginn sehr viel Aufschluss darüber und ließen schon einiges erkennen. Zum Beispiel, dass der junge Chef und sein Team handwerklich äußerst präzise und kleinteilig arbeiten. Und dass sie mutig mit Frucht, Säure und Schärfe zugange sind, diese aber auch sehr gut in die verschiedenen Aromenbilder integrieren können. Dass zudem viel klassische Substanz im Spiel ist, zeigte im Anschluss das kleine Meeresfrüchte-Potpourri mit knackigen Passepierre-Algen und einem Klacks Kartoffelpüree in leichter, aromatischer Krustentiersauce.
Wie originell und fundiert und zugleich unverkopft Julius Reisch die Dinge angeht, bewies sodann das süffige Schichtwerk von fleischig-süßlichem Carpaccio der Rotkopfgarnele, im Big Green Egg gegrillter Ochsenherztomate, einem fruchtigen Kompott von grüner Tomate sowie geröstetem Pulpo, dem von einem Pinienkern-Rahmeis feine nussige Süße und rahmiger Schmelz zuteilwurde und von Kapuzinerkresse eine mildpfeffrige Schärfe, die sich ebenfalls gut ins Geschmacksbild einbrachte. Der gebeizte und geflämmte Hamachi – natürlich nicht high end, aber ein sehr passables Produkt – lag beim nächsten Gang in dünnen Tranchen auf einem mit Aprikose und Lauchzwiebel angemachten Hamachitatar und war von Aprikose und Lauchzwiebel, sautierten Pfifferlingen sowie einer milden Creme von fermentiertem Knoblauch eingerahmt. Auch das ein äußerst aparter, bestens ausgewogener Teller.
Dass Julius Reisch auch für Gemüse ein sehr feines Händchen hat und sein separates vegetarisches Menü in keiner Weise bloß irgendeine abgespeckte Version der anderen Gerichte darstellt, das zeigte eindrucksvoll der Gang um geröstete Bundmöhre, die als Creme und Chips auf einem Savarin von fluffiger Kartoffelroyale drapiert waren, der wiederum von einem säuerlichen Sud aus fermentierter Möhre und Schnittlauchöl umspielt wurde. Im Mittelloch des Savarins befand sich eine Crème-fraîche-Sauce, die sich mit ihrem Schmelz als kongenialer Puffer für die Fermentationssäure erwies.
Gelungenen Purismus repräsentierte der stattlich dicke, ringsum schön arrosierte und im Kern gleichmäßig auf den Punkt gegarte Seeteufel (noch einen Hauch glasig, aber überhaupt nicht zäh), der nur von grünem Spargel und Erbsen begleitet in einer angenehm säurestraffen Yuzu-Beurre-blanc schwamm. Einzig das noch sehr knackige Gemüse und der etwas zaghaft gewürzte Fisch hätten nach unserem Gusto noch etwas optimiert werden können. Perfekt harmonierte dazu der von Julius Reischs sympathischer Lebensgefährtin und fachkundiger Restaurantleiterin Anna Boonk empfohlene 2017er Amphorenwein „Pithium“ von Bassermann-Jordan aus Grauburgunder und Gewürztraminer.
Bei der Jus zum Kalbsfilet, die dem Vernehmen nach mit Peperoni und Ingwer abgeschmeckt war, hätten wir uns diese Aromen deutlich präsenter gewünscht. Ansonsten aber übertraf der Hauptgang die Erwartungen, denn schon alleine das oft zur Belanglosigkeit neigende Kalbsfilet war hier ein ausdrucksstarkes Stück Fleisch – und was so einem recht mageren Teil immer fehlt, lieferte die schmelzig-gelatinöse Scheibe vom Ochsenmark, die obendrauf lag. Als eine federleichte und pointierte Begleitung ohne jeden Sättigungsbeilagencharakter erwies sich hier der mit Radieschen sowie Saubohnenkernen und -creme applizierte geschmorte Romanasalat. Und auch zu diesem Gericht traf die Gastgeberin mit einem Spätburgunder von Peter Jakob Kühn aus dem Rheingau nach unserem Geschmack genau ins Schwarze.
Das süße Finale wurde mit einem kleinen erfrischenden Intermezzo um Sorbet von der Holunderblüte, Joghurtmousse und Staudensellerie eingeläutet – das eigentliche Dessert kam mit einer Komposition um Erdbeere, Schokolade und Verbene tendenziell recht klassisch und gediegen daher. Allerdings trafen auch hier die unterschiedlichen Spielarten der aromatischen Erdbeeren (Sorbet, Mousse, marinierte Beeren, Coulis und Baiser) sowie von dunkler und weißer Schokolade (knackig, cremig und luftig …) äußerst elegant und wohlproportioniert zusammen, und das Eisenkraut sorgte für frischen Durchzug. In Kombination mit der

Brauneberger Juffer Sonnenuhr Auslese von Fritz Haag ein starker Abschluss eines starken Menüs.
Wir sind jedenfalls sehr gespannt, wo das hier noch hinführt, wenn Julius Reisch sich erst so richtig eingegroovt hat und dann vielleicht den einen oder andern Aromenakzent noch ein wenig progressiver anklingen lässt.

Hotelempfehlung

★★★★

Hotel Oberschwäbischer Hof

Hauptstr. 9–15, 88477 Schwendi
07353-98490
www.oberschwaebischer-hof.de
Einzelzimmer: 89–99 €
Doppelzimmer: 130–140 €
VISA

Die moderne Hotelanlage, die man so in dem kleinen, oberschwäbischen Örtchen im Dreieck zwischen Ulm, Biberach und Memmingen nicht unbedingt erwarten würde, besteht aus zwei Hauptgebäuden, die durch ein Foyer verbunden sind. Ein 4-Sterne-Haus in klarer, reduzierter Architektur, mit viel Liebe für Details und für natürliche Baumaterialien wie Stein und Holz. Es gibt insgesamt dreißig komfortable, hell und behaglich, sachlich und funktional eingerichtete Zimmer mit Parkettböden: sieben Frenchbed-Zimmer, zwei Suiten, zwei Appartments und 21 Doppelzimmer, allesamt mit Minibar, Bad/WC, Kabel-TV, Radio und Telefon ausgestattet. Im gesamten Hotel steht WLAN zur Verfügung, und nahezu alle Zimmer verfügen über einen Balkon. Außerdem gibt es im Haus eine Sauna und einen Fitnessraum. Restaurant Esszimmer separat erwähnt.

Schwerin (Mecklenburg-Vorpommern)

7

Restaurant Weinhaus Uhle

im Hotel Weinhaus Uhle
Schusterstr. 13–15, 19055 Schwerin
0385-48939430
www.weinhaus-uhle.de
Küchenchef: Holger Mootz, Ronny Bell
Di–Sa ab 17.30 Uhr, So u. Mo RT
Menüs: 60–140 €
VISA

Auch nach der Corona-Wiedereröffnung präsentiert sich das Team um die beiden kreativen Küchenchefs Ronny Bell und Holger Mootz voll auf der Höhe und bestätigte zuletzt in der von den Gastgebern Annika und Dirk Frymark betriebenen historischen Schweriner Gaststätte Weinhaus Uhle von 1906 unsere hohe Bewertung mit einem respektablen Menü. Generell bietet das Team in dem Restaurant mit prunkvoller Gewölbedecke, kunstvollen Buntglasfenstern mit Reben-Ornamentik, Kronleuchtern und anderen schönen antiken Accessoires, wo man heute noch unschwer nachvollziehen kann, dass hier früher die Mecklenburger Herzöge und Adeligen dem Weingenuss frönten, zwei Menüs: Eines mit ausschließlich regionalen Produkten („Heimat“), für das heimisches Gemüse, Mecklenburger Rippenbraten, Müritz-Zander oder Wöbbeliner Spargel in verfeinert bodenständiger Art zubereitet werden, und das große Degustationsmenü in bis zu acht Gängen.
Auch für dieses featuren Mootz & Bell die besten Viktualien aus der Gegend, bauen aber auch mal aus der Ferne angereiste Spezialitäten ins Programm ein. So wie bei der Vorspeise um roh marinierte Gelbflossenmakrele nebst eingelegter Gurke auf einem Spiegel aus ange-

nehm pfeffrig-herber Brunnenkressevinaigrette. Die bekamen durch wohldosiert eingesetztes Ponzugel feine Umamiwürze mit auf den Weg, deren dezente zitrische Frische durch kleine Salzzitronenpartikel und Limettengelee noch aufgefächert und intensiviert wurde. Nicht zuletzt auch aufgrund der guten Produktqualität des Fischs war das ein sehr gelungener Start, der die erst im letzten Jahr nach oben korrigierte Bewertung untermauerte.
Schon davor grüßte das Team mit einem Frischkäsewindbeutel mit Schnittaluchblüten sowie hausgebackenem Brot mit gemahlenen knusprigen Trestertraubenkernen. Optisch elaboriert, aber aromatisch noch recht schlicht ging es mit einem kleinen Gemüseflan mit Sonnenblumenkernen auf einer kräuterwürzigen Emulsion weiter, ehe es dann bei Grevesmühlen-Garnelentatar nebst einem dünnen, mit weißem Spargel gefüllten Knäckebrotkissen schon finessenreicher wurde.
Nach der bereits beschriebenen Makrele ging es mit Schweriner Aal und Blutwurst wieder in die Heimat. Handwerklich feinsinnig umgesetzt und trotz starker, herzhafter Aromen nicht minder elegant, präsentierte sich dieses Duett in Gestalt des subtil geräucherten saftigen Aalfilets und der Blutwurst als cremiges Innenleben einer gebackenen „Praline", die sich zusammen mit Alblinsen und der säuerlichen Süße von Pflaumentatar in den Fluten eines feinwürzigen Aal-Tees vermählten.
In die klassische Richtung mit weichen Aromen und Texturen tendierte die sous-vide gegarte Meerforelle (auch ein sehr gutes Produkt, butterzart und trotzdem fest ...), die, prononciert gewürzt und mit Keta-Kaviar sowie einem Streifen ihrer separat angekrossten Haut gekrönt, neben pochiertem Wachtelei und aromatischem Spinat angerichtet war. Und zwar auf einem süffigen Duett aus seidigem Kartoffelschaum und herbem Kräutersud.
Gelungen puristisch wurde das Pommernlamm in Szene gesetzt, genauer ein auf den Punkt gegartes Stück aus dessen Rücken, das mit feinen Streifen von Erbsenschoten getoppt auf einem kleinen Püreesockel von Edamame-Bohnen saß und von einer Rote-Bete-Jus umgeben war. Dass das trotz der Raucharomen, die mithilfe einer Glascloche an den Tisch transferiert wurden, ziemlich gut funktionierte und nicht (wie zunächst befürchtet) voll in die Breite ging, lag an der prägnanten fruchtigen Säure, von der die schön zugespitzt-intensive Betesauce gezeichnet war – und letztlich der ganze Teller profitierte.
So ein Akzent hätte theoretisch auch dem Duett von Rinderfiletmedaillon und gebackenem Ochsenschwanz gut zu Gesicht gestanden, das zusammen mit einigen Möhrchenvarietäten und Zwiebelgewächsen (seidige Creme, knackige Perlzwiebel ...) auf einem Spiegel aus exzellenter, mit Ochsenmark angereicherter Jus angerichtet wurden. Doch vermisste man ihn auch in keiner Weise, weil hier alle Komponenten schön differenziert und trennscharf ineinandergriffen und alles von sehr guter Qualität und Beschaffenheit war.
Und das hohe Niveau der Produkte sowie die Präzision bei der Zubereitung und beim Abschmecken zogen sich wie ein roter Faden bis zum Dessert durch: einem cremigen Mousse-Barren aus 55-prozentiger „Femmes de Virunga"-Schokolade von Original Beans, der mit intensiven Erdbeerkomponenten und einer mutig kraftvoll mit tasmanischem Bergpfeffer aromatisierten Rahmeis-Nocke einen spannenden Akkord anstimmte, bei dem alle Geschmäcker und Eigenschaften sehr gut eingebunden und ausgearbeitet waren.
Und wie sieht's im Weinhaus aus mit Wein? Sehr gut! Von ostdeutschen Leuchttürmen wie Proschwitz, Pawis oder Schwarz bis hin zu Molitor, Breuer, von Buhl oder Dr. Heger gibt's aus fast allen Anbaugebieten des Landes namhafte Vertreter; darüber hinaus aber auch aus den Nachbarländern Österreich und Frankreich sowie aus Italien, Spanien und ein wenig Übersee.

Hotelempfehlung

★★★★

Hotel Weinhaus Uhle

Schusterstr. 13–15,
19055 Schwerin
0385-48939430
www.weinhaus-uhle.de
Einzelzimmer: 105–288 €
Doppelzimmer: 105–288 €

VISA

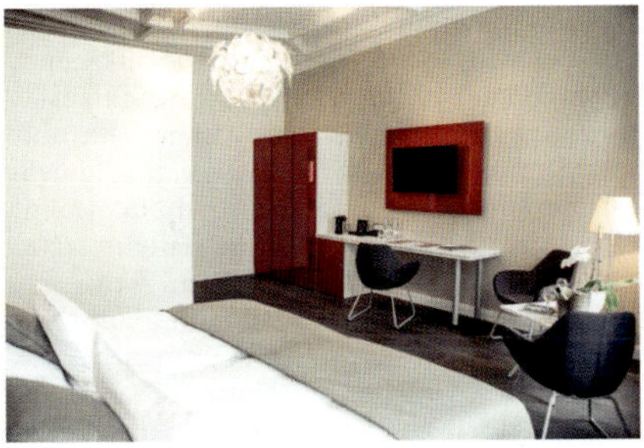

1751 als Weinschenke gegründet und später als Weinrestaurant bereits ein kulinarischer Anziehungspunkt in der Region, wurde das schmucke Anwesen in der Schweriner Innenstadt zu DDR-Zeiten enteignet und erst nach der Wende an die Familie Bühring-Uhle rückübertragen. Seit 2016 hat es nach grundlegender Sanierung als komfortables Hotel mit Restaurant wiedereröffnet – von Gastgeber-Ehepaar Annika und Dirk Frymark mit Liebe gestaltet und kreativ konzipiert. Jedes der insgesamt 16 Zimmer und Suiten (ausschließlich Nichtraucher) ist mit hochwertigen, zeitlosen Möbeln, klaren Formen und individuellen Schnitten einzigartig. Die Räume wirken mit sanften farbigen Akzenten harmonisch und beruhigend. Kostenfreies Highspeed-WLAN, moderne Flatscreen-Fernseher, schöne Bäder und luxuriöse Bad- und Toilettenartikel sind nur einige der Vorzüge, die man hier als Hotelgast genießt. Und auch der kulinarische Genuss hat heute noch einen hohen Stellenwert: Sowohl im eleganten Restaurant, als auch in Weinhandlung und Bistro wird das Weinhaus Uhle gehobenen Ansprüchen gerecht. Restaurant Weinhaus Uhle separat erwähnt.

Schwerte (Nordrhein-Westfalen)

Rohrmeisterei

in der Rohrmeisterei
Ruhrstr. 20, 58239 Schwerte
02304-2013001
www.rohrmeisterei-schwerte.de
Küchenchef: Axel Pferdekämper
Mo–Fr ab 16 Uhr, Sa u. So ab 10 Uhr durchgehend, kein RT
Hauptgericht: 12–28 €

Dieses originell umgebaute Industriedenkmal, das heute aus drei Hallenbereichen besteht, von denen zwei für verschiedenste Veranstaltungen und einer für die vielfältige Gastronomie genutzt wird, ist eine wirklich originelle Location, die schon allein den Besuch lohnt. Hier sitzt man in einer hohen Halle unter einem gewaltigen Deckenkran und kann entweder in dem leicht erhöhten Podest mit rundumlaufender Glasfront Platz nehmen oder an den Tischen drum herum. Und während in der Vergangenheit in dem erhöhten Glaskasten-

Separee in der Raummitte noch eine andere Karte mit gehobenerer Küche aufgelegt wurde, gibt es seit der Wiedereröffnung nach Corona ein einheitliches Konzept und auf allen Plätzen das Gleiche.
Dieses neue Gesamtprogramm entspricht etwa dem, was es zuvor schon im Bistro Unterm Kran gegeben hat und ist um einiges bodenständiger als die ehemalige Glaskasten-Karte – der Unterschied zu durchschnittlicher Gastronomie liegt nicht nur in der Verwendung guter Produkte, sondern auch in deren natürlicher, frischer, handwerklich solider Zubereitung. Die Gerichte sind eher einfach gehalten, kommen hausmannsköstlich und üppig daher. Es gibt weiterhin schlichte und schmackhafte Dinge wie die lauwarmen fleischigen Frikadellen mit Schwerter Senf, grobe Bratwurst mit Sauerkraut und Kartoffelpüree oder auch einfach große gemischte Salate, etwa mit gebratener Putenbrust oder mit Lachs für die schlanke Linie. Und diese völlig unspektakulären Dinge überzeugen eben durch ansprechende Qualität und fundierte Machart.
Und manchmal auch mit etwas unkonventionellem Pfiff, so wie bei der mildwürzig-rahmigen Parmesansuppe, die mit einem feinsäuerlichen Tomaten-/Basilikum-Schaum getoppt war und uns deutlich besser gefallen hat als ein paar Monate zuvor eine arg dröge Paprikacremesuppe mit Kräutercreme und Chorizo, die eher wie ein würziges Tomatenpüree daherkam und stark von Trockenkräuteraroma geprägt war.
Aber an jenem Abend lief es offenbar generell nicht so gut, denn auch die Saltimbocca vom Zander, die auf einer angsteinflößenden Menge eines recht massigen Rucolarisottos nebst sahnig-opulenter Limonensauce saß, war kein sonderlich großer Wurf – was in erster Linie an der eher durchschnittlichen Güte des Fischs lag. Doch schon beim nächsten Mal konnten etwa die unterschiedlichen, allesamt korrekt gebratenen Edelfischwürfel, die auf einem üppigen Salat-Arrangement nebst Apfel, Radieschen,

Cherrytomaten, Champignons und Parmesan angerichtet waren, wieder deutlich mehr überzeugen.
Auch die Roastbeefstreifen, die als saftiges Topping einer mit Bulgur, Hokkaido-Kürbis, Zwiebelconfit, Linsen, Ei und Salat üppig ausgestatteten Bowl reüssierten, machten durchaus Spaß. Solche Gerichte sind ebenso proper und zupackend wie Nachtisch à la Kirsch-/Bananen-Trifle oder eine mit Blaubeercreme kombinierte Tonkabohnenmousse auf Schokoladenbasis. Und so können wir die Küche der Rohrmeisterei auch weiterhin mit bestem Wissen und Gewissen weiterempfehlen, wenn preiswerte, vernünftig zubereitete Küche für jeden Tag gefragt ist.

Schwetzingen (Baden-Württemberg)

5↑

Möbius lebensmittel.punkt

Kurfürstenstr. 22, 68723 Schwetzingen
06202-6085020
www.dermoebius.com
Do u. Fr ab 19 Uhr, Sa ab 12 Uhr durchgehend, So–Mi RT
Hauptgericht: 9–21 €, Menüs: 29–49 €
VISA

Mit seinem neuen Konzept hat sich der gestandene Küchenchef vom klassischen Gourmetrestaurant verabschiedet und setzt in der Schwetzinger Innenstadt bewusst auf eine lockere Mischung aus hochwertig bestücktem Feinkostladen und kleinem Bistrobereich. Statt preistreibend verfeinerter Haute Cuisine konzentriert sich der Chef hier auf eine reelle Frischeküche aus tollen Produkten zu moderaten Preisen, die aber stets mit dem gewissen Etwas daherkommt. Aufgrund der aktuellen Situation und der Corona-Verordnungen wird derzeit nur am Donnerstag und am Freitagabend und Samstag mittags ein dreigängiges Menü mit Auswahlmöglichkeiten geboten.

Seeheim-Jugenheim (Hessen)

5

Gasthaus Landgraf

Felsbergstr. 49, 64342 Seeheim-Jugenheim (Balkhausen)
06251-788749
www.gasthaus-landgraf.de
Do–Di ab 17.30 Uhr, So u. Fei auch von 12–14 Uhr, Mi RT
Hauptgericht: 15–32 €, Menüs: 57 €
VISA P

In dem liebevoll aufgehübschten Gasthof am Rande des Odenwalds mit seinem wohnlichen Gastraum wird großer Wert auf ausgesuchte, wenn möglich regionale Produkte gelegt, und für ein breites Publikum gekocht. Kulinarisch bestimmt ein Stilmix aus regionalen, mediterranen, französischen und verfeinerten Steakhouse-Klassikern das Bild. Vor allem die Auswahl an überdurchschnittlichem Rindfleisch ist zum Markenzeichen des Hauses geworden. Die mit den Gewächsen vieler regionaler Erzeuger bestückte Weinkarte hat auch international einiges zu bieten.

Selb (Bayern)

5

Rosenthal Casino

Kasinostr. 4, 95100 Selb
09287-8050
www.rosenthal-casino.de
Mo–Mi u. Fr von 11.30–14 Uhr u. ab 17.30 Uhr, Sa ab 17.30 Uhr, Do u. So RT
Hauptgericht: 25–34 €, Menüs: 15–62 €
VISA P

Die Villa mit kleinem Retro-Designhotel und Restaurant im ebenso originellen wie originalen 60er-Avantgarde-Stil, die sich etwas unscheinbar hinter dem Firmenkomples der Rosenthal-Porzellanfabrik befindet, bietet seit vielen Jahren die beste Küche in der Region. Das Kulinarium von Sebastian Körber bewegt sich zuverlässig auf einem sehr soliden Niveau, ist gänzlich klassisch und kommt ohne moderne, technische Spielereien oder zu viel Detailaufwand aus, bietet aber stets anspruchsvollen

Genuss. Das Repertoire präsentiert in routinierter Machart ein paar asiatische Akzente, viel Mediterranes, aber auch mal moderat aufgepeppte heimische Klassiker. Eine kleine Auswahl internationaler Gewächse zu moderaten Preisen rundet das Angebot ab.

Selzen (Rheinland-Pfalz)

7

Kaupers Restaurant

Kapellenstr. 18 a,
55278 Selzen
06737-8325
www.kaupers-kapellenhof.de
Küchenchef: Sebastian Kauper
Fr–Di ab 19 Uhr, Mi u. Do RT
Menüs: 86–118 €

VISA P

Malerisch und ein wenig versteckt liegt das an das namensgleiche Weingut Kapellenhof angegliederte Restaurant von Nora Breyer und Sebastian Kauper in der rheinhessischen Ortschaft Selzen. Das gesamte Anwesen verkörpert eine einladende Mischung aus wildromantisch, naturnah und stylisch, im Restaurant selbst entsteht durch die puristisch und dezent modernisierte hölzerne Bausubstanz eine ganz individuelle Atmosphäre – die zugleich sehr gut den Geist transportiert, der hier durch das gesamte Haus weht. Denn Sebastian Kauper in der Küche und Nora Breyer als Gastgeberin sind mit ihrer lockeren, unkomplizierten und zugleich sehr niveauvollen Linie alles andere als Mainstream. Beide setzen hier seit mittlerweile über zehn Jahren sehr konsequent ihre ureigene Idee anspruchsvoller Gastronomie um und orientieren sich dabei weniger an Trends und Moden als an dem, was sie persönlich gut finden.

Und das bedeutet auf den Tellern eine sehr individuelle Art der Terroirküche, bei der alte Gemüsesorten aus dem eigenen Garten genauso zum Einsatz kommen wie seltene Wildkräuter, selbst affinierte Käsesorten oder eingelegte und fermentierte Sachen. Alles allerdings auch abseits der neuen Regionalküchentrends und mit vielen individuellen kreativen Ideen gespickt. Stilistisch setzt das Team dabei eher auf Purismus und Klarheit als auf verspielten Aufwand und fährt damit in den meisten Fällen sehr gut. Wer also im stylisch behaglichen Restaurant oder im Sommer auf der begrünten hölzernen Dachterrasse einen Platz ergattert hat, kann sich auf einen definitiv spannenden und genussvollen Abend freuen und wird dabei vom Team um Nora Breyer auf ebenso lockermuntere wie kompetente Art umsorgt.

Für einen gelungenen Einstieg zum Aperitif sorgte zuletzt auf typisch markante Art ein salziges Sauerteig-Croissant als Ideenresultat der langen Corona-Pause, bevor ausgezeichnetes selbst gebackenes Brot mit zweierlei aromatisierter Butter den ersten Appetit stillte, zugleich Lust auf mehr machte und überhaupt keine Sehnsucht nach aufwendig verspielten Küchengrüßen aufkommen ließ. Der erste eigentliche Gang des Menüs präsentierte dann in markanter Optik eine schmale lange Tranche von der Renke, nur auf der Hautseite gebraten und von kräftigen salzigen Röstnoten gewürzt, die in das zart lauwarm angegarte Filet hineinzogen. Puristisch und zugleich ausdrucksstark stellte eine glasig-zarte Reiscreme dem Fisch eine milde, getreidige Basis, während Zuckerschotensprossen samt Blättern und Blüten knackige Frische beisteuerten und Nori-Algenpulver das Spektrum der salzig-röstigen Noten erweiterte. Starker Einstieg!

Ähnlich konstruiert, aber mit anderem und etwas rustikalerem Aromenspektrum, kombinierte das Team dann kräftig (teils sogar leicht kokelig) gegrillten weißen Spargel mit einer mild nussigen Leindotter-Emulsion, knackigem dünnem Wildspargel und Trieben und Blüten vom Raps, die neben grünen Noten auch eine senfölige Schärfe beisteuerten. Bei derartigen Gerichten wirkt der Purismus zwar teils ein wenig einfach, sorgt aber letztlich auch auf die schlichtere Art für stimmige und überzeugende Ergebnisse.

Typisch dafür, dass es dem Chef wenig um aufwendiges Getue auf seinen Tellern geht, sondern vielmehr darum, wenige ausgewählte oder selbst handwerklich produzierte Sachen bestmöglich zu präsentieren, waren auch die folgenden saftig-krossen Tramezzini mit Blutwurstfüllung. Ergänzt nur durch sautierte feste Pfifferlinge und Liebstöckelstreifen wirkte das Gericht auf den ersten Blick etwas karg, am Gaumen ging die Idee aber mit straightem Wohlfühlcharakter und viel Saftigkeit und Schmelz voll auf …

Im Hauptgang präsentierte das Team mit einem perfekt straff-zarten Rehrücken voller Saft und Spannung ein weiteres Mal ein Top-Produkt und ergänzte es durch außen dunkel gegrillten, innen glasig-süßlichen Kohlrabi und ein crunchy Kohlrabiblatt, das allerdings leider grenzwertig salzig war. Dazu lieferte eine helle elegant-natürliche Rehjus den Rahmen, während kleine, süßsauer eingelegte unreife Weinbergpfirsiche dazu einen pfiffigen und pointierten Kontrast setzten. Ein sommerliches Wildbret der kreativen Sorte!

Und auch beim süßen Abschluss blieb Sebastian Kauper seiner Linie treu und schaffte mit einem dunkel karamellisierten, saftig mit Zitronensirup getränkten Blätterteig nebst eingelegter und roh gehobelter Citronat-Zitrone plus geschmeidigem Zitronensorbet einen wunderbar sommerfrischen Moment mit gekonnt zwischen Süße, Säure und Ätherik differenzierten Zitrusnoten.

Dazu bieten die von Nora Breyer treffsicher ausgesuchten Weine ebenso viel Charakter wie Trinkspaß und ergänzen die Gerichte so gekonnt, dass es von unserer Seite eine besonders warme Empfehlung für die Weinbegleitung gibt. Alternativ findet sich im Keller aber natürlich auch ein reiches Sortiment lohnender und fair kalkulierter Flaschen, bei deren Auswahl genauso kompetent geholfen wird wie bei allen anderen Fragen.

Serrahn (Mecklenburg-Vorpommern)

ohne Bewertung

Martinus

Dobbiner Weg 24, 18292 Serrahn
038456-6692255
www.serrahn.vandervalk.de/veranstaltungen/12211/preis-des-restaurant-martinus
Di–Fr ab 15 Uhr durchgehend, Sa ab 12 Uhr durchgehend, So u. Mo RT
Hauptgericht: 13–25 €,
Menüs: 30–49 €

VISA P

Das Restaurant Martinus befindet sich im Hotel Van der Valk, einem adretten Golfhotel im Landesinneren zwischen der Mecklenburgischen Seenplatte und der Ostseeküste. Das inhabergeführte Hotel fügt sich mit seinem weißen Gemäuer gut in die Landschaft ein und bietet seinen Gästen – auf einer kleinen Kuppe gelegen – einen schönen Ausblick über die Seenlandschaft.

Die Speisekarte des Restaurants listet allerlei Klassiker der internationalen Hotelküche wie beispielsweise ein comme il faut in Butter gebratenes Wiener Schnitzel, einen mit eingelegtem Kürbis, Gurke und Tomate angereicherten Salat mit karamellisiertem Ziegenkäse oder auch einen Burger vom Pommernrind. Daneben gibt es aber auch etwas ambitionierter klingende Gerichte wie eine Vorspeise vom Pulpo mit Schweineschwarten-Pops, Tomatenmarmelade und geräuchertem Joghurt oder ein über 24 Stunden geschmortes Onglet von der Färse mit mariniertem Blumenkohl, Kartoffelheupüree und Shiso, die aber offenbar nur am Abend angeboten werden, was wir im Vorfeld unseres Testbesuchs nicht wussten.

Wir waren daher bei unserem Antrittsbesuch mittags da und entschieden uns zur Vorspeise für ein Rindertatar, das leider nicht handgeschnitten, sondern durch den Fleischwolf gedreht war, wodurch es naturgemäß eine eher breiige Textur bekommt. Aromatisch dominierte die kräftige Würzung mit Essiggurken, Kapern und Tomate – Letztere konnte natürlich von Tomatenmark stammen, erinnerte uns in ihrer Penetranz und Süße aber eher an Ketchup. Abgesehen davon war das Tatar aber treffsicher abgeschmeckt, wurde weder von Salz noch von Säure übermäßig dominiert und repräsentierte ein passables Niveau.

Noch ein wenig besser hat uns allerdings der Hauptgang um einen lokalen Müritz-Barsch mit grüner Sauce und Bratkartoffelsalat gefallen: Der qualitativ gute, frische Fisch war mit seiner krossen Haut und dem saftig-zarten Fleisch tadellos gebraten, und auch die grüne

Sauce zeugte von guter handwerklicher Zubereitung. Allenfalls die Kräuter waren etwas einfältig zusammengestellt, sodass man im Grunde primär Petersilie herausschmecken konnte. Problematisch war in unseren Augen aber der Kartoffelsalat aus Bratkartoffeln, der scheinbar direkt aus dem Kühlschrank kam: eiskalt! Durch das Braten und anschließende Herunterkühlen hatten die Kartoffeln offenbar viel Aroma verloren, und es mischte auch eine etwas unangenehme Note von kaltem Bratfett mit. Vermutlich hätte dem feinen Fisch ein einfacher Kartoffelsalat besser zur Seite gestanden.

Fehlerfrei war das Dessert, das im Wesentlichen aus einer mehrschichtigen Mozartkugeltorte bestand, die treffsicher nach Marzipan, Pistazie und Nougat schmeckte. Angenehm war vor allem, dass die Torte trotz ihrer aromatischen Dichte nicht allzu schwer daherkam. Das Mangosorbet hätte etwas cremiger und schmelziger sein können, passte ansonsten aber genauso gut dazu wie ein paar frische Himbeeren und ein wenig knuspriges Baiser.

Im Wissen um die unterschiedlichen Speisekarten und Konzepte zu Lunch und Diner wollten wir das Restaurant zu einer fairen und ausgeglichenen Bewertungsfindung natürlich auch noch mal am Abend besuchen, aber dann kam der Lockdown, und auch ein Besuch zwischen Re-Start und Redaktionsschluss scheiterte. Wir setzen die Bewertung deshalb noch aus, wollen Ihnen das Restaurant aber als Empfehlung trotzdem nicht vorenthalten.

Fazit zum Lunchangebot: Auch wenn es durchaus etwas zu mäkeln gab, machte die Küche einen soliden Eindruck. Konzeptionell haben die Gerichte durchaus Potenzial, und mit wenigen handwerklichen Kniffen ließe sich das Niveau vermutlich auch noch deutlich steigern. Wer nach einer Runde Golf auf der hauseigenen Anlage des gemütlichen Hotels hier einkehrt, wird redlich bewirtet. Ob das Restaurant Martinus mit seinem Abendprogramm auch ein attraktiver Anziehungspunkt für Feinschmecker ist, werden wir demnächst auch noch eruieren und dann im Gusto Online-Guide und in der Gusto-App entsprechend publizieren.

Siek (Schleswig-Holstein)

5

Alte Schule

im Hotel Alte Schule Siek
Hauptstr. 44, 22962 Siek
04107-877310
www.alte-schule-siek.de
Küchenchef: Kay Franze
Di, Mi, Fr u. Sa ab 18 Uhr, So von 12–14 Uhr u. ab 18 Uhr, Mo u. Do RT
Hauptgericht: 19–55 €, Menüs: 35–75 €
VISA P

Genau das sind die Gasthäuser, wie wir sie uns öfter wünschen würden, sie aber nur selten finden. Bodenständig und doch ambitioniert, mit einer Küche „für jeden Tag“, die aber weit mehr als das Alltägliche bietet. Wer in den beiden schlicht und doch geschmackvoll eingerichteten ehemaligen Klassenzimmern der einstigen Dorfschule in Siek einkehrt, wird sich schnell wohl fühlen. Und wer dann die Karte von Kay Franze in Händen hält, die neben ein paar Klassikern à la carte drei unterschiedliche und allesamt immer sehr ansprechend klingende fünfgängige Menüs offeriert, bekommt unweigerlich Appetit.

Und wieder mal standen auch wir aufgrund der animierenden Offerten dieser Menüs vor der Qual der Wahl, welche Gänge aus dem Fleischmenü „Erdkunde“, dem Fischmenü „Meeresbiologie“ oder der neu hinzugekommenen vegetarischen Speisefolge „Schulgarten“ man denn nur zu Gunsten einer oder mehrerer Kostproben aus den jeweiligen anderen Menüs opfert – Kombinieren ist hier nämlich ausdrücklich erlaubt. Diesmal fiel uns die Selektion besonders im „Erdkunde“-Menü überhaupt nicht leicht, weshalb unsere persönlich zusammengestellte Speisefolge logischerweise recht fleischlastig ausgefallen ist. Und in die-

sem Kontext ging es auch gleich mal mit einem köstlichen kleinen Pulled-Pork-Burger los, der saftig und chunky auf alles weitere einstimmte. Eher das Gegenteil davon, nämlich etwas spröde und trocken, war leider das Carpaccio von der hausgemachten Bresaola, das zwar mit mildem Deichkäse, Kräutern, Rauke, Cocktailtomaten und Spreewälder Leinöl prinzipiell eine sehr ansprechende nordische Variante des mediterranen Klassikers war, aber eben nicht nur wegen der natürlichen Konsistenz des luftgetrockneten Rindfleischs und des Käses etwas matt und saftlos wirkte. Da wäre es nach unserem Dafürhalten gar nicht schlecht gewesen, noch irgendeine cremige Komponente mit einzubauen.
Rundum überzeugend war indes die nachfolgende Ochsenschwanz-Consommé mit Tiefe, Eleganz und feiner Süße, in der als attraktive Einlage eine luxuriös mit gebratener Gänseleber getoppte runde Terrinenscheibe aus dem gepressten Fleisch eines geschmorten und ausgelösten Ochsenschwanzes schwamm. Das Fischmenü wiederum begann mit Rotgarnelen aus Wildfang, die in einem krossen Tempurateig stecken und mit dreierlei Dips serviert werden.
Auch die hausgemachten Ravioli mit ihrem hauchdünnen und dottergelben Teig um saftigen Blattspinat war nicht das Geringste anzukreiden. Im Gegenteil: mit einer schönen Menge guter sautierter Nordseekrabben und etwas Tomatenconcassée in einem vollmundig-rahmigen Krabbensud mit unverfälscht natürlichem Aroma machte dieser Zwischengang eine ausgesprochen gute Figur.
Wie auch der Hauptgang um Zweierlei von der Ente, die als geschmackssatte Brust und lange geschmortes Keulenkompott viel Produktcharakter auf den Teller brachte. Und von im Ofen geschmortem Spitzkohl sowie einem kleinen, mit herzhaftem Bergkäse gefüllten Semmelknödel und kräftiger Jus im Zusammenfluss mit heller, rahmiger Schaumsauce auch noch ansprechend und wohlproportioniert begleitet wurde.
Uneingeschränkten Spaß hatten wir auch mit dem kleinen Schneeball von weißer Schokolade, hinter dessen nicht zu dicker Hülle sich eine Füllung aus Topfenmousse und flüssigem Himbeerkern verbarg – und der zusammen mit einem hervorragenden warmen, fluffig-saftigen Quarkkuchen und einer marmorierten Himbeere-/Käsekuchen-Eisnocke auch noch ein pointiertes Ensemble abgab. Da wirkten die verschiedenen dazwischen gestreuten Beeren, ausgestochenen Fruchtkugeln und -pürees, die das so stringente rot-weiße Trio beliebig bunt umspielten, richtiggehend überflüssig.
Bleibt zu guter Letzt nur noch die attraktive Weinkarte zu erwähnen, deren Fokus deutlich stärker auf Gewächsen mit einem guten Preis-Leistungs-Verhältnis liegt als auf teuren Etiketten. Und natürlich der freundlich-unkomplizierte Service.

Hotelempfehlung

★★★★

Hotel Alte Schule

Hauptstr. 44, 22962 Siek
04107-877310
www.alte-schule-siek.de
Einzelzimmer: 85–105 €
Doppelzimmer: 115–140 €

VISA

Das familiengeführte Hotel im Ortskern von Siek, ruhig und beschaulich rund 20 Kilometer nordöstlich von Hamburg nahe eines Moor- und Seengebiets gelegen, ist in einem ehemaligen Schulgebäude untergebracht. Das 1911 erbaute, inzwischen erweiterte und modernisierte Gebäude beherbergt heute 19 wohnlich und zeitgemäß ausgestattete Zimmer, Sauna- und Fitnessbereich, einen 57 m^2 großen und mit modernster Konferenztechnik ausgestatteten Tagungsraum sowie verschiedene Bankettträume mit Kapazitäten für bis zu hundert Personen. Das macht die Alte Schule zu einer beliebten Hochzeitslocation. Zumal hier seit jeher auch ein besonderes Augenmerk auf das Kulinarische gelegt wird. Neben dem überregional bekannten Restaurant Alte Schule gibt es auch eine Vinothek sowie eine Kochschule, in der Küchenchef Kay Franze sein Können an interessierte Hobbyköche weitergibt. Restaurant Alte Schule separat erwähnt.

Simonswald (Baden-Württemberg)

7 Pfannen

Hugenhof

Am Neuenberg 14,
79263 Simonswald
07683-930066
www.hugenhof.de
Mi–So ab 19 Uhr, Mo u. Di RT
Menüs: 56 €

Was sich hierzulande in der anspruchsvolleren Restaurantlandschaft während der letzten Jahre immer mehr durchgesetzt hat – im Hugenhof von Petra Ringwald und Klaus Ditz wird es schon seit einer gefühlten Ewigkeit so praktiziert: Gegessen wird, was auf den Tisch kommt. Es gibt allabendlich nur ein festes, hier zumeist viergängiges Menü, das allenfalls noch um einen weiteren Gang auf Empfehlung des Chefs erweitert werden kann. Für die Gastgeber dieses sehr schönen, bis zum Dachgiebel hin offenen Restaurants mit einem großen, Behaglichkeit ausstrahlenden Kamin und vinophile Freuden verheißendem gläsernem Weinklimaschrank bedeutet das, dass sie sich souverän als Einzelkämpfer auf ihrem jeweiligen Posten behaupten können. Und den Gästen beschert es ein unschlagbares Preis-Leistungs-Verhältnis. Zumal der Chef, der hier konsequent klassisch und souverän schnörkellos, aber mit viel Liebe zum Detail und noch mehr Substanz kocht, Jahr für Jahr ein beeindruckendes Niveau auf die Teller bringt. In Kombination mit den stimmigen Weinempfehlungen der charmanten Gastgeberin und der entspannten Atmosphäre ergibt das jedes Mal ein besonders attraktives Gesamtpaket.

Bezahlkarten-Symbole

- Mastercard
- EC-Maestro
- Diners
- American Express
- VISA Visa

Sommerhausen (Bayern)

8 Pfannen

Philipp

Hauptstr. 12, 97286 Sommerhausen
09333-1406
www.restaurant-philipp.de
Küchenchef: Michael Philipp
Fr ab 18.30 Uhr, Sa u. So von 12–13 Uhr u. ab 18.30 Uhr, Mo–Do RT
Hauptgericht: 39–65 €,
Menüs: 49–145 €

Sowohl im Corona-Sommer 2020 als auch nach dem Ende des zweiten Lockdowns im Mai 2021 kamen die Philipps mit ihrem kleinen, feinen Restaurant in einem Fachwerkhaus im malerischen Sommerhausen erst sehr spät wieder zurück. Entsprechend knapp waren die Verfügbarkeiten der wenigen Tische in den beiden stilvoll-gemütlichen Gasträumen, denn nicht nur die Stammgäste der Philipps waren verständlicherweise heiß darauf, nach so langer Zeit endlich wieder in ihrem Lieblingsrestaurant genießen zu können.
Auch in den wenigen Öffnungstagen zwischen Re-Opening und dem Redaktionsschluss dieser Ausgabe hatten wir keine Chance mehr, einen Tisch zu ergattern. Die souveräne Konstanz, mit der unser Koch des Jahres von 2009 nun schon seit über einer Dekade auf 8-Pfannen-Niveau kocht, und das Wissen, dass hier auch weiterhin alles seinen geregelten Gang geht, machen es uns nicht schwer, die Bewertung trotzdem aufrechtzuerhalten. Ein Update mit neuer Kritik gibt es dann sehr zeitnah im Gusto Online-Guide und in der Gusto-App.
Als Anhaltspunkt für unsere Leserinnen und Leser, was sie hier im Rahmen des allabendlich einheitlichen Menüs aus der Feder von Michael Philipp erwartet, wollen wir exemplarisch ein paar Gerichte der vergangenen Besuche auf-

führen. Grundsätzlich setzt der Chef, der auch Mitglied der Jeunes Restaurateurs ist, voll und ganz auf klassische Küche, die allerdings von jeder Schwere befreit und durch gute individuelle Ideen lebendig gehalten wird. Dass manche Sachen, wie etwa die Knusperhörnchen mit luftig leichter Frischkäsemousse und Lachskaviar oder einzelne andere Komponenten als bewährte Klassiker immer wiederkehren, stört nicht im Mindesten. Denn sie sind einfach gut!
So wie auch das betont frisch und klar gehaltene, schön grob geschnittene und wunderbar klararomatische Tatar von der Fjordforelle. Dessen fantastische Qualität wurde von knackig marinierter Gurke, limonenfrischer Avocadocreme und einem ätherisch zugespitzten Wasabieis akzentuiert. Daneben sorgten Tupfen von Misomayonnaise und einer sojawürzigen Reduktion für zusätzliche Spannung und obenauf Erbsensprossen für einen extra grünen Frischekick. Ganz ähnlich (und noch komplexer) funktionierte das bei einem anderen Besuch in Gestalt eines Thunfischtatars, dessen klarer, kräftiger Geschmack zwischen Sesam, milder Avocadocreme, knackiger Gurke und kühler Wasabischärfe (diesmal als Eis und als Creme) gekonnt herausgestellt wurde. Für noch mehr Drive sorgten hier eine konzentriert schalenherbe Zitronencreme, feinfruchtige Wassermelonenwürfel und markante Korianderkresse.
Wieder etwas schlichter und aus der Kategorie „Gourmet-Soulfood": ein exakt siebzig Minuten bei Niedertemperatur gegartes Ei in zart zerfließender Konsistenz, dessen Schmelz von einem luftig-leichten pfeffrigen Mignonette-Schaum, Amaranth und Schnittlauch eingefasst war. Beinahe als eigentlicher Hauptdarsteller wurde das Ganze noch von kräftig gerösteten, kräuter- und waldwürzigen Pfifferlingen getoppt. Fein! Mit einem Seeteufel auf Tomaten-/ Paprika-Fondue könnte es aber zum Beispiel auch in Richtung Mittelmeer. Ein scheinbar simples Gericht, das aber aromatisch sehr schlagkräftig daherkommt und mit fruchtigen, feinbitteren Noten sowie den Akzenten von Kapern, Oliven und Basilikum einen duftig-würzigen Oberton verliehen bekommt: Der Seeteufel hatte durch kräftiges Abflämmen die nötige Charakterstärke und eine helle Misocreme sorgte – nicht ganz mittelmeerküchen-authentisch, aber trotzdem gewinnbringend – für einen satten Umami-Background.
Noch eine Spur kraftvoller könnte es mit rosazartem Kalbsfilet werden: Orientalisch-süßwürziger Couscous mit getrockneten Aprikosen, die dunkle Power von schwarzem Knoblauch und knackige Würze von Tropea-Zwiebeln ergeben da gemeinsam mit einer duftig-kraftvollen Purple-Curry-Jus einen unmittelbar zugänglichen und zugleich nuancierten Eindruck. Beim letzten Besuch hatten wir im Hauptgang exakt gebratene Entenbrust mit dünner krosser Haut und straff-zartem Fleisch, die in ein elegant mit Bitterkeit und Süße spielendes Umfeld aus gebratenem Chicorée, feiner Süßholzwürze und dem bewährten Zusammenspiel heller (Miso) und dunkler (Soja) Umami-Facetten gestellt wurde.
Im süßen Bereich könnte es dann handwerklich noch mal aufwendig zur Sache gehen, sei es mit einer exotisch frischen Piña-Colada-Interpretation mit ätherischer Limettenkopfnote oder bei dem etwas üppigeren (aber nicht weniger eleganten) Dessert rund um regionalen Apfel, dessen Frucht und Säure im karamelligen Schmelz weißer Dulcey-Schokolade sanft eingefangen und durch pointierte Salzkaramellkicks mit einem originellen Twist ausgestattet wurde.
Charmant und kompetent leitet Heike Philipp seit jeher den Service als tatsächliche Gastgeberin und weiß zu den Menüs ihres Mannes stets auch mit hochwertigen (oft mainfränkischen) offenen Weinen zu begeistern.

Sonnenbühl (Baden-Württemberg)

6

Hirsch

Romantik Hotel + Restaurant Hirsch
Im Dorf 12,
72820 Sonnenbühl (Erpfingen)
07128-92910
www.hirsch-sonnenbuehl.de
Mi ab 18 Uhr, Do–So von 12–14 Uhr u. ab 18 Uhr, Mo u. Di RT
Hauptgericht: 18–29 €, Menüs: 27–75 €
VISA

Eine der wenigen, aber auch eine der besten und seit vielen Jahren verlässlichsten Genussadressen auf der südlichen Schwäbischen Alb ist der Hirsch von Familie Windhösel. Wer in der kälteren Jahreszeit kommt, wird einen Platz in der gediegenen, ländlich-eleganten Gaststube zu schätzen wissen. Wer das Glück hat, im Sommer hier zu sein, darf im idyllischen Garten sitzen und dort die dörfliche Ruhe genießen. Gerd Windhösels klassische, bodenständig-ländliche Feinschmeckerküche aus regionalen und internationalen Produkten bietet für jeden Geschmack etwas und überfordert niemanden. Gastgeberin Silke Windhösel leitet mit Umsicht den Service, und auf der Weinkarte findet sich viel Gutes aus Württemberg und Baden, aber auch aus anderen deutschen Anbaugebieten und den europäischen Nachbarländern.

Spalt (Bayern)

5↑

Hoffmanns-Keller

Windsbacher Str. 21,
91174 Spalt
09175-857
www.hoffmanns-keller.de
Küchenchef: Andrea Reisinger-Hoffmann, Wolfgang Reisinger
Mo u. Do-Fr ab 17 Uhr,
Sa von 11.30–14 Uhr u. ab 17 Uhr,
So u. Fei ab 11 Uhr durchg., Di u. Mi RT
Hauptgericht: 9–25 €, Menüs: 30–55 €
VISA P

Sicher würde niemand in Spalt, einem verschlafenen 5000-Seelen-Ort in der fränkischen Seenlandschaft, der eine gute halbe Stunde südlich von Nürnberg entfernt liegt, ein anspruchsvolles Lokal vermuten. Auch beim Betreten des Hoffmanns-Kellers, dessen Stammhaus in gemütlicher Fachwerkoptik oberhalb der Ortsdurchfahrtsstraße von einem relativ großen Ungetüm von Anbau überschattet wird, denkt man nicht zwangsläufig an verfeinerte Küche. Das ländlich-traditionelle, sichtbar über viele Jahrzehnte gewachsene und entsprechend patinierte Gasthaus mit großem rustikalem Wirtssaal und einem durch Raumteiler abgetrennten, hier und da optisch aufgehübschten Bereichen erinnert eher an Schäufele & Co. Die gibt es hier zwar auch, und sie werden neben einigen anderen traditionellen Sachen auf der zweigeteilten Speisekarte unter „Wirtshaus-Küche" offeriert. Im Großen und Ganzen schlägt das Herz von Andrea Reisinger-Hoffmann und Wolfgang Reisinger, die während ihrer obligatorischen Wanderjahre beide in zahlreichen guten Häusern mitgearbeitet und dort viel Erfahrung und Inspiration gesammelt haben, aber doch deutlich stärker für die kreativ verfeinerte Version der Heimatküche, die sie „Geschmacks-Küche" nennen. Das Hauptaugenmerk des unter anderem bei Rottners in Nürnberg, Johanna Maier in Filzmoos, den Döllerers in Golling und den Reitbauers im Steirereck in Wien kulinarisch weitergebildeten jungen Gastronomenpaars gilt auch in dieser Sparte fränkischen und bisweilen auch der traditionellen österreichischen Küche, die sie jedoch handwerklich so gekonnt verfeinern und kreativ aufpeppen, dass hier nichts an schwer beladene Wirtshausteller erinnert.
So wird auch ein vermeintlich rustikales Schmankerl wie das „Blunzenbrot" zur Delikatesse: Die partiell mit Blutwurst gefüllte dicke angebratene Tranche eines fluffigen, briocheartigen Brots ist hier mit Kürbiskernölcreme, knusprig gerösteten weißen und saftigen süßsauer eingelegten roten Zwiebeln, Radieschenscheiben, krosser gepuffter Schweineschwarte und vielen Wildkräutern überhäuft und eine ziemlich feine und differenzierte Sache. Das Auge isst auch beim zarten Dammwild-Carpaccio mit, das hier nicht nur mit einem raffinierten Haselnusspesto und Kräuteröl aromatisiert ist, sondern auch durch das Zutun von Holunderkapern, Blüten, Kräutern und gerösteter Quinoa einen optisch aparten und geschmacklich wie haptisch ausbalancierten Eindruck hinterließ.
Etwas schwächer präsentierte sich im Vergleich dazu der Fischgang um ein an sich sehr gutes, tipptopp auf der Haut kross gebratenes Filet von der Lachsforelle. Dessen Begleitung in Gestalt einer seltsam wässrig-unaromatischen, mit Quinoa und Marille gefüllten Kohlrabiknolle und dunkel angeröstetem, vorher aber schon ziemlich lang blanchierten und von daher eher kohlig-dumpfen als knackig-nussigem Brokkoli war nicht der große Wurf, wenngleich der Fisch selbst und auch die frisch und duftig wirkende Kohlrabi-/Kräuter-Sauce durchaus Spaß machten. Rein gar nichts zu mäkeln gab es für uns an der tadellosen Ochsenbacke, die auf ihrer dunklen Glasur aus schmorwürziger, aber nicht zu dichter Jus mit aromatischen Morcheln und Erbsen bedeckt war und à part ein sehr gutes, mit etwas Rosmarin und einem unaufdringlichen Hauch Knoblauch aromatisiertes Kartoffelgratin zur Seite hatte.

Und auch nicht an den süßen Sachen! Denn egal, ob eher schlicht und hausmannsköstlich wie der hauchdünne, leicht karamellisiert wirkende und mit Marillenmarmelade gefüllte Palatschinken nebst Vanilleeis, oder aber handwerklich aufwendigere und vielteiligere Desserts wie das um einen Savarin von weißer Schokoladenmousse nebst Creme, Baiser und gefriergetrockneten Früchten von der Himbeere, geschreddertem Haselnusskuchen und formidablem Sauerkleesorbet: Der Nachtisch ist hier ein Muss, das hatten wir bereits im Vorjahr bemerkt.
Deutlich aufmerksamer und professioneller hatten wir aus dem Vorjahr indes den Service in Erinnerung, der diesmal relativ indisponiert wirkte und dem verhältnismäßig hohen kulinarischen Niveau hinterherhinkte. Doch man sitzt hier ja schließlich nicht im Gourmetlokal, sondern im einfachen Gasthaus, und auch die nach wie vor frappierend günstigen Preise versuchen nichts anderes zu suggerieren. So kann man da auch locker drüber hinwegsehen. Das Angebot auf der Getränkekarte reicht von hauptsächlich fränkischen Weinen namhafter Erzeuger über selbst hergestellte Limonaden bis hin zum Craftbier.

St. Goar (Rheinland-Pfalz)

5

Schlossrestaurant „Auf Scharffeneck“

im Romantik Hotel Schloss Rheinfels
Schloßberg 47, 56329 St. Goar
06741-8020
www.schloss-rheinfels.de
Täglich von 12–14 Uhr u. ab 18 Uhr, kein RT
Hauptgericht: 22–29 €
EC VISA

Einen imposanteren Ort für ein Hotel als die ehemals mächtigste Festungsanlage hoch über dem Rhein, schräg gegenüber dem Loreleyfelsen, wird man kaum finden. Das Ensemble mit seinen Nebengebäuden, unterirdischen Verbindungen und großem Innenhof ist ein Erlebnis – und noch dazu gibt es hier auch reizvolle Verpflegung auf hohem Niveau. Eigentlich könnten sich Frank Aussem und sein Team voll auf dem Ambiente und dem beeindruckenden Blick über den Rhein ausruhen, machen sie aber nicht, sondern bieten eine grundsolide, seriös zubereitete Küche aus guten Produkten. Größere Finessen sind dabei weniger die Stärke des Teams, dafür hält dieses das Niveau aber von akkuraten Vorspeisen bis zu den Desserts erfreulich konstant und lässt sich die Premiumlage nicht mit Fantasiepreisen vergüten.

St. Ingbert (Saarland)

Axel's

am Hotel Sengscheider Hof
Ensheimer Gelösch 30,
66386 St. Ingbert
06894-9820
www.sengscheiderhof.de
Mo–Sa ab 18 Uhr, So RT
Hauptgericht: 28–32 €,
Menüs: 36–69 €
EC VISA

Das behagliche, ländlich elegante Restaurant mit cremefarbenem Ledergestühl, sauber eingedeckten Tischen und teilweise in kräftigem Rot abgesetzten Wänden mit farbenfrohen Bildern am ruhigen Ortsrand von St. Ingbert ist eine sichere Bank, wenn gute, unaufgeregt klassische französische und internationale Küche gefragt sind. Die tendenziell sehr traditionellen, stets fundiert zubereiteten Gerichte werden im Sommer auch auf der großen Terrasse serviert. Gute Weinauswahl, aufmerksamer, ungezwungener Service.

Die Alte Brauerei

Kaiserstr. 101, 66386 St. Ingbert
06894-92860
www.diealtebrauerei.com
So, Mo u. Mi–Fr von 12–14 Uhr u. ab 18 Uhr, Sa ab 18 Uhr, Di RT
Menüs: 29–40 €
EC VISA

Eine empfehlenswerte Adresse für ein nettes, preiswertes Essen in angenehmer Atmosphäre ist diese ehemalige Brauerei mit gepflegten ländlich rustikalen Räumlichkeiten mit ein paar modernen Akzenten. Die Küche gibt sich, abgesehen von ein paar Ausflügen ins Mediterrane, ganz und gar gutbürgerlich-französisch. Gastgeber Eric Dauphin kocht die Klassiker seiner Heimat in fachmännischer Art und Weise ohne Kreatvitätsanspruch, aber mit einer Portion guten Geschmack. Und wer sich bei den gastfreundlich kalkulierten Weinen schadlos hält, kann anschließend in einem der individuell eingerichteten, preiswerten Gästezimmer übernachten.

St. Peter (Baden-Württemberg)

5↑ 🍴🍴

Sonne St. Peter

Zähringerstr. 2,
79271 St. Peter
✆ 07660-94010
www.sonneschwarzwald.de
Di–So von 12–13.30 Uhr u. ab 18 Uhr, Mo RT
Hauptgericht: 14–38 €,
Menüs: 37–69 €

Das idyllische Klosterdorf St. Peter hat nicht nur eine der schönsten kunsthistorischen Anlagen Süddeutschlands zu bieten, sondern auch das Musterbeispiel eines modernen, nachhaltig arbeitenden Landgasthofs. Familie Rombach hat sich hier sehr konsequent der ökologischen Nachhaltigkeit verschrieben und bietet in der großen, hell und einladend gestalteten Gaststube der Sonne eine hervorragende anspruchsvoll bodenständige Küche, für die Handwerk und Authentizität klar im Vordergrund stehen. Man bekommt ausdrucksstarke, authentische Geschmäcker unverfälschter Viktualien in Bio-Qualität, die, wenn möglich, aus der Region stammen. Die einzelnen Speisen aus den unterschiedlichen Menüs gibt es alle auch à la carte und zusätzlich wird eine badische Karte mit traditionellen Gerichten aufgelegt sowie eine Schiefertafel mit saisonalen Tagesofferten aufgestellt. Die besonderen Stärken von Peter Rombachs Küche sind unserer Ansicht nach vor allem Gerichte aus weniger populären Produkten, zu denen wir beispielsweise auch die Innereienspezialitäten zählen. Aber auch für leichte, mediterrane Küche hat der Chef ein Händchen.

St. Peter-Ording (Schleswig-Holstein)

5↑ 🍴🍴

Axels Restaurant in der Strandhütte

Zum Südstrand,
25826 St. Peter-Ording
✆ 04863-4747011
www.die-strandhuette.de
Küchenchef: Joseph Sauer
Mi–So von 12–17 Uhr (einfachere Tageskarte) u. ab 18 Uhr, Mo u. Di RT
Hauptgericht: 25–42 €,
Menüs: 51–71 €

Es ist schon eine ganz besondere Location, diese „Strandhütte", die da in Alleinlage als Pfahlbau in einigen Metern Höhe über dem Watt des Südstrandes bei Sankt Peter-Ording schwebt. Ein Besuch bei Sonnenuntergang ist hier definitiv ein Erlebnis, und bei Flut kann er sogar zu einem kleinen Abenteuer werden, wenn man sich dort zwischen kleinen Seen, Düneninseln und Rinnsalen einen Weg vom Asphalt zur Treppe oder zurück suchen muss – und von Glück sprechen kann, wenn man trockenen Fußes ankommt. Doch das alles gehört zum Gesamtpaket und wird nicht zuletzt mit einer tollen Atmosphäre an einem außergewöhnlichen Ort belohnt.
Und überdies auch mit gutem Essen und Trinken, denn Axels Strandhütte ist kein tumbes Ausflugslokal, sondern durchaus ein Restaurant mit Anspruch, in dem zumindest am Abend auch auf gehobenem Niveau gekocht wird. Mittags gibt's etwas einfachere, populäre Gerichte, Pasta und auch mal einen Burger. Doch zum Diner gipfelt das Ganze in einem (bis zu) sechsgängigen Menü, das klassische internationale Küche ohne bestimmte Stilrichtung in kleineren aparten Portionen bietet.

Und das von moderner Regionalküche bis zur französischen Klassik reicht.
Bei unserem letzten Besuch grüßte das Team zunächst in Gestalt eines kleinen Weizentortilla-Crackers mit einem kleinen Stück von sehr gutem mildem Matjesfilet und einer Art Kräutermayonnaise auf ziemlich schlichte, aber auch schmackhafte Art, bevor es gleich mit der Vorspeise des Abendmenüs zur Sache ging. Wieder ein sehr gutes Hauptprodukt: diesmal Tranchen von subtil gebeiztem Eismeerlachs, dessen mageres, klararomatisches Fleisch auf dünnen knackigen Scheiben bunter marinierter Bete angerichtet war. Kleine mit Wasabi-Frischkäsecreme gefüllte Bete-Kegel sorgten in dem Verein für dezent scharfe Spitzen und markante Akzente auf dem Teller und eine Joghurtvinaigrette mit Kräuteröl für laktisch-säuerliche Untermalung. Leicht, ausgewogen, frisch in jeder Hinsicht. Ein optimaler Start!
Ohne jede Schwere kam auch die folgende Hummercremesuppe daher, die zwar sehr aromatisch und vollmundig, aber kein opulentes Sahnesüppchen war, sondern mit ihrer Bindung aus Kokosmilch vielmehr mit eleganter, dünnflüssiger Struktur und dezent exotischem Touch punkten konnte. In den Fluten eine glasige Garnele mit knackigem Biss, ein als Klecks auf dem Tellerboden aufgetragenes Tomatengel und etwas Korianderöl, das erwartungsgemäß gut mit den Kokosaromen harmonierte.
Überhaupt überzeugt die Küche durchgängig mit guter Produktqualität, sehr sorgfältiger Zubereitung und dem souveränen Weglassen von überflüssigen Aromen und Firlefanz. So war auch der blättrig-feste Skrei-Kabeljau eine feine Sache, der sich zusammen mit Büsumer Krabben und knackigen wilden Brokkolistängeln auf dem Teller befand. Dass sowohl der weiße Saucenschaum als auch das à part im Schälchen dazugereichte (mit Nussbutter aromatisierte) sehr helle Kartoffelpüree aromatisch eher zurückhaltend präsentierten – mildwürzig-sahnig die Sauce, wenig Kartoffelaroma am Püree – war allenfalls ein kleines Manko, konnte aber den guten Eindruck nicht trüben.
Ebenso wenig die Tatsache, dass wir Spitzmorchel, Erbse und Karotte auch schon deutlich ausdrucksstärker und properer gegessen haben als jene Exemplare, die sich zum Hauptgang um ein saftig gebratenes Secreto vom Iberico-Schwein tummelten – jenem fächerförmigen Muskel des spanischen Eichelmastschweins, der sich dank satter Marmorierung und fester Struktur durch eine ebenso saftig-schmelzige wie kernige Konsistenz auszeichnet und meistens so wie hier sehr ausdrucksstarken Fleischgenuss bietet.
Bewegte sich mancher Gang sogar auf knappem 6-Pfannen-Niveau, war das Dessert um Schokolade (Moussetörtchen, Sorbet, Erde …) und Brombeere (ganze Beeren, Gel …) ein solider „5er“, der mehr wie die Summe seiner (guten) Teile wirkte, als wie eine stringente Komposition. Alles in allem also auch in diesem Jahr wieder eine durchwegs gute Küchenleistung, die zusammen mit der originellen Location, attraktiven offenen Weinen, wie beispielsweise Anette Closheims Chardonnay oder der Cuvée „Bell’Aja“ von San Felice aus der toskanischen Region um Bolgheri, und dem ebenso flotten wie freundlichen Service zum runden Gesamtpaket wird.

St. Wendel (Saarland)

6↑

Gourmetrestaurant Kunz

Kirchstr. 22, 66606 St. Wendel (Bliesen)
06854-8145
www.restaurant-kunz.de
Do–Sa ab 18 Uhr, So von 12–14 Uhr, Mo–Mi RT
Hauptgericht: 35–39 €, Menüs: 69–94 €
VISA P

Klassische Küche, zeitgemäß verfeinert und durch kreative Akzente bereichert, sehr sorgfältig und produktorientiert zubereitet, aber nicht übertrieben aufwendig ausgearbeitet: Das Gourmetrestaurant im Hotel von Familie Kunz, direkt gegenüber des imposanten Bliestaldoms und mit Ausblick auf diesen, ist seit Jahren eine der besten kulinarischen Adressen des Saarlandes. Und es bietet in seinen zeitlos -eleganten Räumen oder im Sommer auf der Terrasse französische Haute Cuisine mit mediterranen Anklängen. Vor allem dann, wenn die stets sehr guten, traditionell und aufwendig zubereiteten Saucen im Spiel sind oder die Gerichte generell süffig arrangiert sind, zeigen sich die besonderen Stärken. Zudem wird eine hochkarätige Weinkarte aufgelegt, und der Service agiert ebenso entspannt wie aufmerksam.

Starnberg (Bayern)

7 🍴🍴🍴

Gourmetrestaurant Aubergine

im Hotel Vier Jahreszeiten Starnberg
Münchner Str. 17, 82319 Starnberg
08151-4470290
www.aubergine-starnberg.de
Küchenchef: Maximilian Moser
Di–Sa ab 18.30 Uhr, So u. Mo RT
Menüs: 99–119 €
VISA

Das Aubergine im Starnberger Hotel Vier Jahreszeiten verkörpert den Archetyp eines modernen Spitzen-„Hotelrestaurants" – elegantes Ambiente, weiße Tischdecken, junge Kellner in Anzug und pfiffigen Krawatten, moderne internationale Küche mit regionalem Touch – wie es sie heute landauf, landab zahlreich gibt. Und das ist nicht negativ gemeint: Gerade durch das Antiindividualistische wirkt hier alles sehr vertraut. So auch der engagierte Service, der sehr formal agiert, ganz nach Fine-Dining-Knigge sozusagen. Das reicht hier von zahlreichen Aufmerksamkeiten wie der frischen Serviette, die subito nachgelegt wird, sobald der Gast den Tisch mal kurz verlässt, bis hin zum Kellner, der bei der Rückkehr des Gastes den Stuhl vom Tisch weg- und dann wieder in Richtung Kniekehlen rückt.
Den Auftakt des 7-Gang-Menüs machen bei unserem letzten Besuch drei Cracker, die von „Caesar Salad", „Club Sandwich" und „Trüffelburger" inspiriert sind. Die Barfood-Klassiker in klein schmecken treffsicher nach ihrem jeweiligen Vorbild, nur dass sie feiner sind und ohne viel Fett auskommen. Das ist schon mal sehr gut! Weiter geht es mit norwegischem Wildlachs, Büsumer Krabben, Gurke und Sanddorn. Den Lachs beizen Küchenchef Maximilian Moser und sein Team in Kokosessig, was ihm eine recht feste Konsistenz gibt. Die Gurke können wir in Form von Gurkensorbet, roher Gurke, Senfgurken und Gurkensud ausfindig machen, die Lachshaut kommt knusprig gepufft auf den Teller und der Sanddorn ist als Gelee verarbeitet. Ob der Hauptdarsteller, also der Lachs, eine ganz gute oder sogar ziemlich gute Qualität hat, ist aufgrund der verspielten Kreation nur schwer zu sagen. Die Gels und das Sorbet lassen den Teller ein wenig zu sehr ins plakativ Süßsaure tendieren und dazwischen leider nur wenig Produktcharakter durchschimmern.
Etwas ausgewogener ist die Komposition beim Hummer mit grünem Thai-Curry und Kokos. Die Hummerschere ist optimal gegart, aber nicht von außerordentlicher Qualität. Sehr gut passt dazu aber der zarte Kokos-/Curry-Schaum und die grasige grüne Thai-Curry-Creme. Sogar die auf den ersten Blick belanglosen Zuckerschoten korrespondieren hier durch ihre ätherische Frische prima. Eine mit einer schaumigen Kokosmasse gefüllte und mit gelierter Hummer-Bisque umzogene Kugel kann indes nur wenig beisteuern. Weder erschließt sich uns die Raumtemperatur der golfballgroßen Kugel auf dem ansonsten heißen Teller, noch können wir die Hummer-Bisque wirklich herausschmecken.
Doch jetzt zieht das Niveau an: Die Schlutzkrapfen, eine Art Tiroler Antwort auf die italienischen Ravioli, sind herrlich süffig, heiß und al dente. Dazu gibt es einen Nussbutterschaum und sehr guten Spinat, der sich traut, seine metallischen Bittertöne voll auszuspielen. Das Aufregendste an diesem Teller ist aber gleichzeitig das Simpelste: ein perfektes wachsweiches Eigelb. Sogar noch besser hat uns ein kleiner Lángos mit süßlicher Knoblauchcreme, Ziegenkäse und Schinken gefallen. Wie ein gutes Stück Nigiri verspeist man so etwas am besten mit einem Happen und füllt den ganzen Mund damit aus. Dann spürt man, wie fein hier alle Aromen austariert sind: Fett, Salz, Knoblauchsüße, Ziegenkäse – jeden Bestandteil dieses „Ein-Happen-Gangs" können wir ganz deutlich herausschmecken. Großartig, und letztlich viel komplexer, als es zunächst aussieht!
Der Hauptgang um Lamm vom Ammersee mit Bohne, Minze und Paprika ist dann wieder verspielter. Eine gut gebratene Tranche vom Lammrücken ist hier auf einem schlotzigen Ragout aus Spitzpaprika und Minze angerichtet. Die Jus ist dicht reduziert und intensiv, dabei

aber schön klar. Zusammen mit einer Bohnencreme ist das ein kurzweiliger Menühöhepunkt, der durch die spannende Kombination von Minze und Paprika punktet, die den Teller unverkrampft in Richtung Naher Osten schiebt. Auf einen alten Bekannten aus dem Hummergang treffen wir darauf auch noch: eine golfballgroße gelierte Kugel. Mit der können wir auch hier nicht viel anfangen, da sie zu kalt und das darin eingeschlossene geschmorte Lammfleisch zu trocken ist.
Als Käsegang wählen wir Brillat-Savarin mit Himbeere und Bündnerfleisch, wobei der rahmige französische Weichkäse hier als mit Himbeergelee ummanteltes „Babybel"-Imitat daherkommt und – thematisch passend – auch das Bündnerfleisch sowie Crumble aus Schwarzbrot das Geschmacksbild in Richtung Brotzeit lenken. Loben muss man an dieser Stelle die Weinbegleitung von Sommelière Claudia Mikschowsky, die dazu ein Wein-Bier-Hybrid aus Trauben und Gerste vom Weingut Schätzel ausschenkt. Für sich wirkt der Teller etwas plump, in Verbindung mit dem „Bier-Wein" geht der Brotzeitgedanke aber voll auf. Für Puristen ist das freilich zu verspielt und zu wenig Käse; alternativ gäbe es aber auch einen mit Produkten vom Tölzer Kasladen bestückten Käsewagen. Und der ist immer gut!
Das erste Dessert rund um Grünen Tee, Pflaume und Yuzu gefällt uns vor allem dank des kalten und herben Matcha und der knackigen Pflaumen. Das zweite Dessert „Starnberger Kaskuchen" kommt auf mehreren Tellern, von denen uns das sehr gute Mandarineneis mit einem marshmellowähnlichen Schwamm mit authentischem Eigeschmack am stärksten in Erinnerung bleibt. Das schwächste Glied in dem Verein ist ausgerechnet der eigentliche Käsekuchen, der etwas trocken geriet und zudem nach Kühlschrank schmeckt.
Fazit: Maximilian Moser und sein Team bringen eine moderne Küche mit hohem Präsentationsaufwand und handwerklicher Präzision auf die Teller. Manchmal vermissen wir jedoch weiterhin die klare Fokussierung aufs Wesentliche und können mit einigen Spielereien wenig anfangen. Exemplarisch ist, dass der für uns stärkste Gang des Abends ein frittierter Hefefladen war, den man eher aus ungarischen Imbissbuden als aus Spitzenrestaurants kennt – die aber genau dort hingehören, sofern sie so elegant umgesetzt sind wie hier!

Staufen (Baden-Württemberg)

6↑

Ambiente

Ballrechter Str. 8, 79219 Staufen
07633-802442
www.restaurant-ambiente.com
Küchenchef: Mathias Luiz
Mo, Di, Fr u. So von 12–13.30 Uhr u. ab 18 Uhr, Sa ab 18 Uhr, Mi u. Do RT
Hauptgericht: 29–40 €, Menüs: 50–69 €
VISA P

Wir kehren ausgesprochen gerne hier ein, in diesem etwas versteckt liegenden Refugium von Mathias und Melanie Luiz. Von 1-a-Lage wird man nicht sprechen wollen, ein wenig südlich von Staufen im kleinen Gewerbegebiet – von dem man aber absolut nichts mitbekommt – betritt man das südlich-heitere Restaurant. Sofort fällt nach der stets ebenso höflichen wie zurückhaltenden Begrüßung durch die Gastgeberin die überall im Haus herrschende Klarheit auf, die akkurat eingedeckten Tische, die hübsch arrangierten Blumen, die makellose Sorgfalt, die wunderbaren hausgebackenen Grissini mit Rosmarin und Thymian, leicht angewärmt. Im hohen, mediterran gefliesten Gastraum wähnt man Baden dem Mittelmeer noch näher, als es ohnehin ist. Noch lieber sitzen wir bei geeigneter Witterung auf der schmalen Terrasse unter Markisen hinter einer haushohen Hecke und vergessen die Welt.
Zur Ablenkung genügt die knappe, stets klug komponierte Speisekarte – darauf bei unserem aktuellen Besuch sechs Vorspeisen, drei Hauptgänge, vier Käse-/Dessertgänge, arrangiert zu drei äußerst gastfreundlich kalkulierten Menüs. Egal was man wählt, man kann dank der großen Erfahrung von Mathias Luiz, der nun schon bald zwei Jahrzehnte als Einzelkämpfer hinter

seinem Herd steht, davon ausgehen, dass alles, was hier auf den Tisch kommt, ohne auch nur den Anflug experimenteller Schaumschlägerei ebenso durchdacht wie wohlschmeckend gelingt. Wir haben jedenfalls nie etwas anderes erlebt! Für das Niveau der Küche stehen nicht zuletzt große Namen und Häuser, die den bescheidenen Küchenchef geprägt haben – Steinheuer, Marcobrunn unter Joachim Wissler und das Tantris.
Unser jüngstes Menü starteten wir mit Tranchen eines taufrisch gebeizten Heilbuttfilets (der in der Karte annoncierte Kabeljau war nicht geliefert worden ...) in einem leichten Honig-/Dillgelee-Mantel mit einigen Tupfen eines wunderbar duftigen Limonenschmands sowie einem kleinen Bouquet sorgfältig verlesenen, feinnussigen Feldsalats. So schlicht wie großartig: handwerklich präzise, puristisch! Der wachsig-feste Fisch, schon pur ein punktgenau gewürzter Genuss, die würzig-milde Süße des Gelees, die feinen Zitrusnoten, die exakt balancierte Säure des Salatdressings. Federleicht, geschmackssatt, ohne jeden überflüssigen Schnörkel.
Desgleichen die folgende, schaumig-leichte, duftige Karottensuppe ohne erdige oder sahnige Schwere, perfekt gehoben durch einen feinen Ingweroberton. Allerdings müssen wir festhalten, dass uns die Einlage einiger kleiner (leicht trockener) Nordmeer-Shrimps hier eher weniger überzeugte – da hätte uns eine gebratene Anverwandte von etwas weniger zarter Statur besser gefallen. Nichts zu mäkeln dann beim folgenden Zanderfilet – mit feiner Thymiannote exakt gebraten, dezent koloriert, saftig – auf einem leichten Lauchrisotto mit einer schön weinigen Burgunder-Schalottensauce von perfekt dosierter Süße. Auch hier wieder: Was vermeintlich simpel klingt, bedarf großer Erfahrung und Präzision! Wie oft haben wir landauf, landab solche Konstruktionen schon ganz anders gegessen: strohig-trocken den Fisch, fett und weich der schlaffe Reis, das Ganze von penetranter Schalottensüße erdrückt ...
Ebenfalls in seiner küchentechnischen Komplexität gerne unterschätzt, hier aber sorgfältig wie aus dem Schulbuch serviert: Hirschragout, Spätzle, Wirsing, Preiselbeeren. Mürbe und wunderbar intensiv das Fleisch in seinem glänzenden, leichten und doch tiefen Schmorsud, goldgelb und von feinem Biss die in Butter geschwenkten Spätzle, leuchtend grün und dennoch gar der Wirsing, gemüsig-frisch durch nur eine Ahnung von Sahne gehoben. Und das Schönste: dekorationsfrei! Kein Verlegenheitsblättchen Petersilie oder Kerbel zerstörte die fabelhafte Klarheit.
Gleiches beim folgenden Munster mit Scheiben eingelegter schwarzer Nüsse, während wir angesichts eines cremig-zarten Waldhonig-/Vanille-Parfaits mit Orangenfilets zum Abschluss über eine winzige Pfefferminzdekoration mit Freude hinwegsehen! Keinesfalls unerwähnt lassen wollen wir zum Abschluss jedoch die ausgezeichneten Weinempfehlungen, die Melanie Luiz zu geben versteht. Zum oben geschilderten Menü in Form jeweils einer halben Flasche 2015er Chablis Premier Cru Vaillons und einem Pfälzer Spätburgunder von Rebholz aus dem Jahr 2016.

5

Die Krone

Hauptstr. 30, 79212 Staufen
07633-5840
www.die-krone.de
So-Do von 11.30–14 Uhr u. ab 18 Uhr, Fr ab 18 Uhr, Sa RT
Hauptgericht: 15–35 €, Menüs: 25–45 €
VISA

Seit langer Zeit ist das historische Gasthaus im Herzen des pittoresken Geburtsstädtchens von Dr. Johann Georg Faust mit der hoch über dem Ort thronenden Burgruine in der Region für seine gute bodenständige Küche bekannt. Vor einigen Jahren hat mit Gastgeber und Küchenchef Volker Lahn bereits die nächste Generation der Inhaberfamilie das Ruder am Herd übernommen und das zwischen badischen Traditionsgerichten und aromenstarker mediterraner Leichtigkeit changierende Kulinarium seither nichts von seinem Reiz verloren. Auf der Weinkarte wird der regionalen Spezialität Gutedel eine eigene Sparte gewidmet und auch sonst ausgewählte regionale Erzeuger protegiert. Für alles gilt ein ausgesprochen günstiges Preis-Genus-Verhältnis.

Stolpe (Mecklenburg-Vorpommern)

ohne Bewertung

Gutshaus Stolpe

Peenstr. 33, 17391 Stolpe
039721-5500
www.gutshaus-stolpe.de
Küchenchef: Kai Weigand
Mi–Sa ab 18.30 Uhr, So–Di RT
Hauptgericht: 40–50 €,
Menüs: 120–150 €

Stephan Krogmann, der während unseres letzten Testbesuchs im Herbst 2020 noch als Küchenchef verantwortlich zeichnete, hat das Gutshaus Stolpe zwischenzeitlich verlassen. Sein Nachfolger heißt Kai Weigand und kochte jahrelang im Team von Tim Raue in Berlin. Zunächst in dessen Hauptrestaurant in der Rudi-Dutschke-Straße und später sogar als Küchenchef im Sra Bua by Tim Raue, das sich unter dem Dach des Hotels Adlon befindet. Bis zu unserem ersten Testbesuch im Gutshaus Stolpe unter der Ägide des neuen Küchenchefs bleibt das Restaurant vorübergehend ohne Bewertung.

Die Kritik unseres letzten Testbesuchs, veröffentlicht 11/2020:

Viel versteckter und entlegener kann ein Spitzenrestaurant eigentlich nicht sein als das elegante Speisezimmer im Gutshaus Stolpe, einem Hotelensemble aus mehreren historischen Gebäuden, das in idyllischer Alleinlage inmitten eines weiten, von Mauern umfriedeten Grundstücks im beschaulichen Weiler Stolpe in der Nähe von Anklam zu finden ist. Selbst das Navi ist sich kurz vor Ankunft nicht mehr ganz so sicher. Doch gerade dieser maximal ländliche Standort im Off, nur einen kurzen Spaziergang vom idyllischen Ufer der Peene entfernt, macht den Reiz dieses Hideaways aus. Wir kommen schon seit vielen Jahren immer wieder mit großer Vorfreude hierher und haben am Herd des Gutshauses schon einige sehr gute Küchenchefs erlebt. Und von daher können wir auch besten Gewissens behaupten, dass man hier in der vergangenen Dekade – und ziemlich sicher auch davor – noch nie so gut gegessen hat wie aktuell.

Das liegt in allererster Linie an Küchenchef Stephan Krogmann, der hier 2019 nach einigen namhaften Stationen angetreten war und uns mit seiner leicht modernisierten, überraschend substanzstarken Küche vom Start weg begeistert hat, sodass wir ihn im vergangenen Jahr zu unserem Newcomer des Jahres ausgezeichnet hatten. Dass das auch im Nachhinein eine gute Entscheidung war, konnten wir bei unserem aktuellen Besuch feststellen. Denn erstens ist Krogmann noch da – was bei der Fluktuation am Stolper Herd alles andere als selbstverständlich war – und außerdem hat er sich nicht nur auf dem hohem Niveau des Vorjahres gefestigt, sondern sogar noch eine Schippe draufgelegt!

Schon zum Aperitif gab es vier extrem fein und filigran gearbeitete Petitessen vom Gänseleberhappen bis zum hauchdünnen, mit Rindertatar gefüllten und mit milder Sardelle getoppten Knusperzylinder. Danach ein nicht minder akkurat angerichtetes Kleinod von pochierter Gillardeau-Auster und Rauchaalwürfeln mit zweierlei Störkaviar (einmal sehr hell und ganz mild eingesalzen, einmal dunkel und intensiver) auf einem mit Schnittlauchöl verfeinerten Vichyssoise-Spiegel. Schon hier konnte man klar erkennen, dass Krogmann ein Verfechter der klassisch französischen Küche ist und für seine Kompositionen bei aller Gestaltungsfreude wenig Firlefanz, aber sehr hohe Produktqualitäten benötigt.

Am wenigsten deutlich wurde dies vielleicht noch im ersten Gang, einem sehr leichten, frischen Auftakt in Gestalt eines Canellono aus in grünes Apfelgelee gehülltem Taschenkrebstatar, der mit einem marinierten und mit verschiedenen Cremetupfen, Blüten und gepopptem Amaranth applizierten Kopfsalatblatt gekrönt auf einem apfelfrischen Kopfsalatsud angerichtet war. Feine Säure und moderate Schärfe durch einen Hauch Wasabi und etwas Umami von vermutlich Miso machten das Ganze auf subtile Art komplex und zu einem animierenden Start – das Hauptprodukt selbst wirkte hier allerdings eher etwas austauschbar und spielte nicht unbedingt die erste Geige.

Ganz anders die glanzvolle Produktparade, die mit der monströsen royalen Langustine aus dem bretonischen Loctudy im äußersten nordwestlichen Zipfel Frankreichs aufgeboten wur-

de. Das Krustentier durfte seinen sensationellen Produktcharakter voll ausspielen und in Referenzqualität, lediglich mit ein paar winzigen, superkrossen Kartoffelcroûtons beflockt, der Superstar des Abends sein. Von einer kleinen Nocke seidiger Hokkaidokürbiscreme sowie einem Austernblatt flankiert, thronte die Langustine auf etwas Krustentiersud, der von ein paar Tropfen Kürbiskernöl seine dunkle Farbe und einen dezent nussigen Background verliehen bekam. Ob es hier die weiße Piemonteser Trüffel mit ihrem zwar betörenden Duft, aber sehr flüchtigem Aroma, die vom Service am Tisch noch über den Teller gehobelt wurde, überhaupt gebraucht hätte, können wir gar nicht genau sagen. Gestört hat sie nicht, einen bedeutenden Mehrwert hat sie der Komposition aber auch nicht gegeben.
Nichts zu viel und nichts zu wenig dann beim sehr klassischen, aber in zeitloser Ausführung umgesetzten Fischgang um wieder herausragend guten Steinbutt, der aus einem etwas weiter südlich gelegenen Küstenabschnitt in der Vendée die Reise nach Stolpe angetreten hatte, um hier unter den Händen von Krogmann und seinem Team zu einem mit butterzart-mildem Lauchzwiebelkompott und kleinen aparten gegrillten Lauchzwiebelstangen liierten Schmaus zu werden. Vollendet und veredelt wurde dieser durch eine Beurre blanc von geschmeidig-opulenter Cremigkeit und belebender weinig-fruchtiger Säure und einer generösen Menge Kaluga-Kaviar aus dem Hause N25. Und, ja: Stephan Krogmanns Kulinarium ist eine traditionelle Edelproduktküche, die von den einschlägigen Viktualien der französischen Haute Cuisine lebt. Wenn diese aber so überzeugend und kompromisslos darboten wird wie hier, dann hat das auch und gerade im Jahr 2020 noch seine Berechtigung – und genügend Fans. Dass Krogmann aber nicht partout Hummer, Gänseleber & Co. braucht, um mit seiner Kochkunst zu glänzen, und dass er es ganz genauso drauf hat, mit deutlich einfacheren Produkten maximal zu brillieren, das bewies er gleich im Anschluss mit einem köstlichen Duett von Lammbauch und Lammbries (vom Gut Polting), das in saftig-röstwürziger Idealform nebst etwas Paprikacreme und Gänseschnabel-Paprika sowie einem mit Artischockencreme und Artischockenchips gefüllten Artischockenboden auf konzentrierter Lammjus angerichtet war. So intensiv wie nötig und so zurückhaltend wie möglich eingebundenes Salzzitronenaroma verlieh dem Ganzen eine erfrischend herbe Note, die das an sich sehr kraftvolle Gericht deutlich leichter und vibrierender anmuten ließ.
Ähnlich fein gezeichnet und in jedem Detail enorm ausdrucksstark wie im letzten Jahr der Lammhauptgang, präsentierte sich auch dieses Mal der Hauptgang, der sich um ein wunderschönes Stück Rehrücken aus heimischer mecklenburgischer Jagd drehte, das mit einer prägnanten Kruste von Kampot-Pfeffer gratiniert war. Im Kreise unterschiedlicher Kleinkomponenten von Sellerie wie einer Creme, einem mit aromatischen Piemonteser Haselnüssen aromatisiertem und effektvoll knackig hinterlegtem Salat und einem knusprigen Schichtwerk sowie etwas Preiselbeergel und einer meisterlich dichten und zugleich eleganten Rouennaiser Sauce war das wieder ein sehr starkes Menü-Highlight.
Womit wir aber keinesfalls den anderen Hauptgang in den Schatten stellen wollen, der im Rahmen des siebengängigen Menüs zur Auswahl stand: maximal saftig-aromatisch an der Karkasse gebratene Taubenbrust von Jean-Claude Miéral aus der Bresse, die auf einer gerösteten Roscoff-Zwiebel thronte und von ganz feinem gestovtem Spitzkohl und einer hauchdünn knusprigen Kartoffelrosette à la „Pommes Maxime“ gekrönt war. Süffig und verschwenderisch mit einer „Sauce Périgourdine“ unterlegt, so wunderbar satt zwischen nobler alkoholischer Süße und der typischen dumpfen Erdigkeit schwarzer Périgord-Trüffel eingestellt, wie wir es schon lang nicht mehr schmecken durften. Ganz stark!
So wie auch das fantastische Dessert, eine exotische Liaison aus cremiger heller (50 %) Kidavoa-Schokolade mit thailändischer Nam-Dok-Mai-Mango, Namwa-Banane und Kokosnusseis auf einem Spiegel von mit Zacapa-XO-Rum aromatisierter kreolischer Sauce. Hier war es neben der an sich schon attraktiven Komposition vor allem auch die Kombination aus wirklich perfektem Pâtisserie-Handwerk und herausragend guten aromatischen Produkten, was diesen Nachtisch zu einem beeindruckenden Schlussakkord machte.
Nicht zuletzt auch durch die treffsicheren, anspruchsvollen Weinempfehlungen des sympathischen neuen alten Restaurantleiters und Sommeliers Jan Vollmar-Lederer wirkt das Kulinarium im Gutshaus Stolpe als Gesamtes ausgereift wie nie. Genuss pur. Konsequent klassisch, aber alles andere als altbacken. Und durchgängig auf sehr hohem Niveau!

Straßlach (Bayern)

Gasthof zum Wildpark

Tölzer Str. 2, 82064 Straßlach
08170-99620
www.gasthof-zum-wildpark.de
Täglich durchgehend ab 11.30 Uhr, kein RT
Hauptgericht: 9–18 €

Seit vielen Jahren schon empfehlen wir den Gasthof von Familie Roiderer mit angeschlossener Traditionsmetzgerei all denjenigen, die auf traditionelle bayerische Küche in guter Gesamtqualität aus sind. In den weitläufigen Räumlichkeiten, die sich über zwei Stockwerke erstrecken, werden schmackhafte Schmankerl aufgefahren, die weit über das wenig animierend klingende Repertoire der Standardkarte hinausgehen. Auf der Tageskarte und für Innereienfans besonders auf der eigenen Schlachtkarte finden sich von Nierchen, Kalbskopf, Leber, Bries & Co. bis zu Wildspezialitäten und Geflügel aus dem Ofen allerhand Spezialitäten, die uns regelmäßig das Wasser im Munde zusammenlaufen lassen. Unser Tipp: Allzu Weltläufiges meiden und Regionales bestellen!

Stühlingen (Baden-Württemberg)

5

Gasthaus Schwanen

Talstr. 9, 79780 Stühlingen (Schwaningen)
07744-5177
www.gasthaus-schwanen.de
Mo, Di, Fr u. Sa ab 18 Uhr, So von 11.30–13.30 Uhr u. ab 18 Uhr, Mi u. Do RT (i. Sommer nur Mi RT)
Hauptgericht: 14–26 €, Menüs: 35–49 €

VISA

Seit drei Generationen ist dieser Landgasthof bereits in Familienbesitz und wird seit Jahren schon sehr engagiert von Alexandra und Markus Wekerle betrieben. Im Grunde handelt es sich um einen ganz normalen, bodenständigen Gasthof, doch der Chef bietet hier eine immer wieder verblüffend gute, ebenso substanzstark wie qualitativ hochwertig gekochte Landküche, die an manchen Stellen durchaus knapp unter Gourmetniveau angesiedelt ist – und das bei ländlichen Preisen! Besser kann ein Spagat zwischen anspruchsvoller und bodenständiger Küche kaum gelingen. Wer die Küche herausfordert, bekommt nicht nur überraschend gute, feinsinnig arrangierte Kreationen, sondern auch hochwertige Weine glasweise ausgeschenkt. Kompetenter, sympathischer Service; preiswerte Gästezimmer.

Die Besteck-Symbole

- luxuriöses Restaurant mit höchstem Komfort und formvollendetem Service, edler Ausstattung und einer Weinkarte, die höchsten Ansprüchen genügt
- elegantes Restaurant mit hohem Komfort und exzellentem Service, sehr gute Ausstattung, hervorragende Weinkarte
- gehobenes Restaurant mit gutem Komfort und versiertem Service, umfangreiche Weinkarte
- besser ausgestattetes Restaurant mit ordentlichem Service, ausgewählte Weine
- schlichtes Restaurant, Gasthof oder Bar

Die Symbole

- P gute Parkmöglichkeiten
- P Hotelgarage
- barrierefrei
- klimatisierte Zimmer
- WLAN-Zugang
- Hallen- und/oder Freibad im Haus
- mit Wellness-Bereich
- mit Fahrstuhl zu den Hotelzimmern
- Hunde im Hotel nicht erlaubt
- mit Garten oder Terrasse

Stuttgart

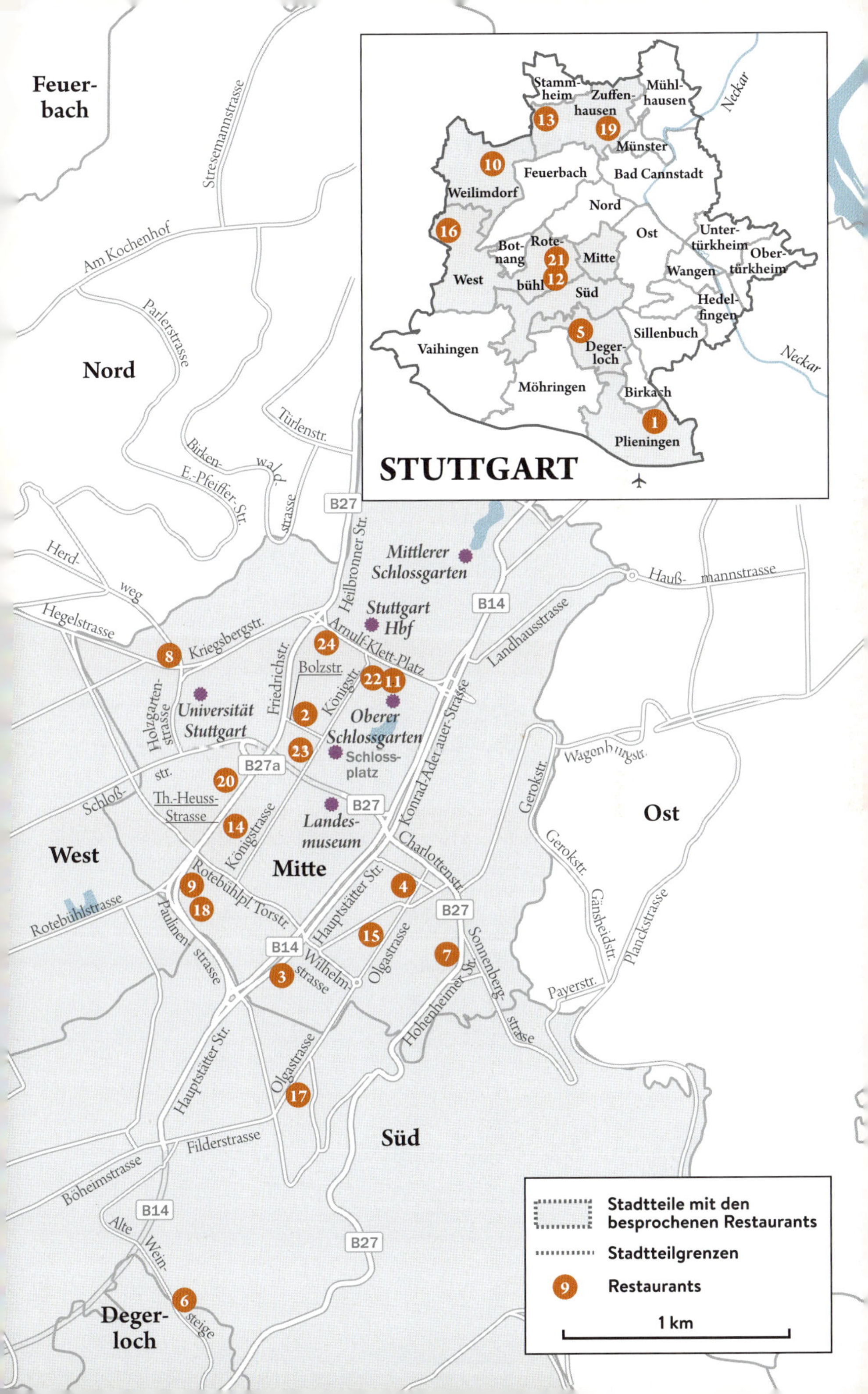

STUTTGART
Stammheim
Zuffenhausen
Mühlhausen
Neckar
Münster
Weilimdorf
Feuerbach
Bad Cannstadt
Nord
Ost
Untertürkheim
Obertürkheim
Botnang
Rotebühl
Mitte
Wangen
West
Süd
Hedelfingen
Vaihingen
Degerloch
Sillenbuch
Möhringen
Birkach
Plieningen
Feuerbach
Nord
Stresemannstrasse
Am Kochenhof
Parlerstrasse
Türlenstr.
Birkenwaldstrasse
E.-Pfeiffer-Str.
Herdweg
Hegelstrasse
Kriegsbergstr.
Heilbronner Str.
Mittlerer Schlossgarten
Stuttgart Hbf
Arnulf-Klett-Platz
Haußmannstrasse
Landhausstrasse
Friedrichstr.
Bolzstr.
Königstr.
Holzgartenstrasse
Universität Stuttgart
Oberer Schlossgarten
Schlossplatz
Konrad-Adenauer-Strasse
Wagenburgstr.
Gerokstr.
Schloßstr.
Th.-Heuss-Strasse
Königstrasse
Landesmuseum
Charlottenstr.
Ost
West
Mitte
Rotebühlpl.
Torstr.
Hauptstätter Str.
Rotebühlstrasse
Paulinenstrasse
Olgastrasse
Sonnenbergstrasse
Gänsheidestr.
Planckstrasse
Wilhelmstrasse
Hohenheimer Str.
Payerstr.
Hauptstätter Str.
Olgastrasse
Süd
Filderstrasse
Böheimstrasse
Alte Weinsteige
Degerloch
B27
B14
B27a
Stadtteile mit den besprochenen Restaurants
Stadtteilgrenzen
Restaurants
1 km

Unsere Besten in Stuttgart

8t – 8 8 Gusto-Pfannen

1. Speisemeisterei ↑

7t – 7 7 Gusto-Pfannen

2. 5 Gourmetrestaurant ↑
3. Délice
4. Der Zauberlehrling ↑
5. Fässle le restaurant
6. Wielandshöhe
7. Zur Weinsteige

6t – 6 6 Gusto-Pfannen

8. Hegel Eins ↑
9. La Fenice
10. Meister Lampe ↑
11. Weinwirtschaft | Weingut Franz Keller

5t – 5 5 Gusto-Pfannen

12. Augustenstüble
13. Christophorus ↑
14. Da Franco
15. Kicho
16. Schloss Solitude Gastronomie
17. Schweizers Restaurant ↑

Weitere Restaurants

18. Beef Burger Brothers, Marienstr. 28
19. Beef Burger Brothers, Hohenloher Str. 8
20. Burger House, Büchsenstr. 37
21. Burger House, Schwabstr. 32
22. Die Zirbelstube
23. Martha's
24. Olivo

Stuttgart (Baden-Württemberg)

5 Gourmetrestaurant

Bolzstr. 8, 70173 Stuttgart
0711-65557011
www.5.fo
Küchenchef: Alexander Dinter
Mi–So ab 18 Uhr, Mo u. Di RT
Menüs: 88–172 €

Wer stylische und abgefahrene Locations mag, wird im unweit des Schlossgartens zentral in Stuttgart gelegenen „5“ seine helle Freude haben. Aber auch alle anderen Gäste finden in dem irgendwo zwischen Industrial-Chic und behaglichem Wohnzimmer angesiedelten Restaurant mit den massiven schwarzen Stahlträgern, lederbezogenen Designersesseln und rohen Holztischen sicher schnell zu einer entspannten Erwartungshaltung.
Und letztlich steht hier ja ohnehin die kreative aromen- und farbenfrohe Küche von Alexander Dinter im Fokus. Der zunächst als Souschef und dann als Doppelspitze mit Claudio Urru bereits seit Langem im Restaurant verwurzelte junge Chef ist hier mit sichtlichem Ehrgeiz und enormer Begeisterung zugange. Seine Menüs sprudeln von kreativen Ideen geradezu über und liegen, was den Mut zu ungewöhnlichen Kombinationen angeht, im weiten Umkreis sehr weit vorn.
Und das demonstrierte das Team auch bei unserem letzten Besuch bereits mit den ersten Snacks zu Beginn: Als erfrischender und mit feinen Details ausgestatteter Löffelsnack kam zunächst eine geeiste Olivenkugel mit Verjus-Gel und Cerealien-Crunch, bevor unter anderem zarte Kalbscreme mit duftiger Estragonmayo, eine gebackene und innen flüssige Liebstöckelpraline und ein hochkonzentriertes Leber-Churro mit nougat- und kaffeeähnlichen Noten die Geschmacksnerven unterhaltsam wachriefen.
Schon hier wurde klar, dass das Team gern „out of the box“ kombiniert, schlagkräftige Aromen mag und ein feines Händchen für zugespitzte Details hat. Die gab es dann auch beim Amuse-Gueule, das fein aufgefächert die Aromen eines frischen Sommersalates interpretierte: Differenzierte Tomatenaromen in einer gelierten Moussekugel, einem Gel und crunchy grünem Chip wurden von hellen und dunklen Balsamiconoten und einem konzentrierten Basilikumsorbet originell und stimmig ergänzt. Fein!
Ganz typisch für den „5“-Style verband der vegetarische erste Gang gleich eine ganze Palette scheinbar disparater Aromen: Auf einem fleischig feinbitteren Tatar von japanischer Aubergine thronten ein mild ausgleichendes Tofueis und Wasabi-Kaviar mit prägnanter ätherischer Schärfe. Drum herum verstärkten schwarze Knoblauchcreme und frittierte Lauchköpfe die eher dunklen Seiten, während ein Kalamansigel zitrisch frische Spitzen einbrachte – sich am Ende aber nicht ganz durchsetzen konnte. Mehr fokussierte Säure oder leicht verschobene Proportionen hätten eine noch größere Wirkung erzielen können.
Nicht etwa einen Schritt zurück, eher zwei vorwärts ging es hinsichtlich der Komplexität bei der folgenden Blumenkohlinterpretation. Die von roh bis geröstet reichenden Seiten des Kohls wurden von Macadamiacreme auf der nussigen Seite verstärkt, bekamen von dehydrierten Trauben etwas Süße und von Bergamotte ätherische Säure an die Seite, in Form eines Kartoffelflans und Kefir noch ein ausgleichendes Zentrum und durch verzögert einsetzendes „Purple Curry“-Eis einen filigranen spicy Background. Und das funktionierte alles zusammen tatsächlich ganz gut, wenngleich diese Kreation sich auch hart an der Grenze bewegte, anstrengend zu sein – und natürlich nicht von jener Klarheit und Brillanz gezeichnet war, mit der beispielsweise Peter Maria Schnurr ähnlich wild kombiniert.
Etwas ruhiger wurde es beim sanft temperierten, festfleischigen und eher mageren pazifischen Wildlachs mit Papaya und Avocado, selbstredend jeweils in unterschiedlichen Texturen, aber jedenfalls mit eher zarten exotischen Fruchtnoten und grünem Schmelz, die ganz prima mit einem klaren Buttermilchmolken-Fond, eingelegten Radieschen und Daikon-Rettich mit leichter Schärfe korrespondierten.
Dass „Sous-Vide“ und Fisch mit dem nötigen Feingefühl ganz prima zusammengehen können, zeigte das Team bei nicht weniger als einer

der besten Zanderzubereitungen seit Langem: fein blätterndes Fleisch und zartkrosse Haut, in einem etwas aufgeräumteren und vielleicht gerade deshalb besonders eindrücklichen Umfeld aus Romanesco (Creme, Stücke, roh geraspelt) und Rauchmandel (Espuma, Stücke) sowie der dunklen Würze einer Creme aus gebackenem Sellerie und herben Kräuternoten. Auf dem Punkt!
Generell scheint es wie so oft, dass trotz allem kreativen Input manchen Gerichten eine etwas klarere Linie mit wenigeren und/oder zugespitzteren Komponenten gut tun würde. Denn auch das sous-vide zu homogen kompakter Zartheit gegarte, mit BBQ-Jus glasierte und dann abgeflämmte Stück Short Rib mit Whisky-Flavour, Polenta und „Mixed Pickles" zeigte schon deutlicher in Richtung 8 Pfannen.
Und es bot so viel Power, dass die erfrischende Überleitung zum Süßen mit klarfruchtiger Melone, Kopfsalat und Joghurteis gerade richtig kam. Beim eigentlichen Abschluss zog das Team dann nochmals mehrere Register und schickte filigrane Zubereitungen von Kirsche, Kerbel und Vanille auf einem Pistazienbiskuitring. Gefüllt war dieser mit Estragon-/Hagebutten-Fond, was einerseits mehr Säure einbrachte, andererseits die klaren Kontraste etwas „verschwommener" wirken ließ. Dennoch ein Finale mit Format und schon eher bei 8 als bei 7 Pfannen …
Sowieso auf Top-Niveau bewegen sich auch die Weinempfehlung von Dirk Romann, insbesondere bei der glasweisen Begleitung, die bestens abgestimmte Top-Weine gern auch gereift und aus der Magnum in die Gläser bringt.

5

Augustenstüble

Augustenstr. 104, 70197 Stuttgart
0711-621248
www.augustenstüble.de
Di–Sa ab 18 Uhr, So u. Mo RT
Hauptgericht: 17–27 €

Ein Bistro für Besseresser: Auf der kleinen, ständig wechselnden Speisekarte dieses bodenständigen, gemütlichen Eckhaus-Gasthauses findet man im besten Wortsinne Gutbürgerliches, das aber absolut fachmännisch und geschmackvoll zubereitet wird. Ohne Gourmetanspruch und optische Verfeinerungskünste, aber geschmacksstark, in sehr fundierter handwerklicher Machart und von überdurchschnittlicher Qualität. Hausmannskost für Feinschmecker! Bei der ansprechenden und umfangreichen Weinauswahl raten wir, den Empfehlungen des Gastgebers zu folgen, der Ahnung vom Wein und gute Ideen hat.

---

fast & SLOW

Beef Burger Brothers

Marienstr. 28, 70178 Stuttgart
0711-94569794
www.beef-burger-brothers.de
Mo–Do von 11.30–21.30 Uhr, Fr von 11.30–22 Uhr, Sa von 12–22 Uhr, So RT

Burger mit Pattys aus Beef von schwäbischen Weiderindern, auf dem Lavagrill zubereitet, mit frischen, natürlichen Zutaten und hausgemachten Saucen.

---

fast & SLOW

Beef Burger Brothers

Hohenloher Str. 8, 70435 Stuttgart
0711-76165203
www.beef-burger-brothers.de
Di–Fr von 11.30–22 Uhr, Sa von 12–22 Uhr, So von 12–20 Uhr, Mo RT

Burger mit Pattys aus Beef von schwäbischen Weiderindern, auf dem Lavagrill zubereitet, mit frischen, natürlichen Zutaten und hausgemachten Saucen.

---

fast & SLOW

Burger House

Büchsenstr. 37, 70174 Stuttgart
0711-72238400
www.theburgerhouse.com
Mo–Fr von 11.30–22.30 Uhr, Sa von 12–24 Uhr, So von 13–22 Uhr, kein RT

Kreative Burger aus hochwertigen, frischen Zutaten.

fast & SLOW

Burger House

Schwabstr. 32,
70197 Stuttgart
0711-55068888
www.theburgerhouse.com
Mo–Fr von 11.30–22.30 Uhr, Sa von 12–24 Uhr, So von 13–22 Uhr, kein RT

Kreative Burger aus hochwertigen, frischen Zutaten.

5

Christophorus

im Porsche-Museum

Porscheplatz 5,
70435 Stuttgart (Zuffenhausen)
0711-91125980
www.porsche.com/museum/de/kulinarischesangebot
Küchenchef: Thomas Heilemann
Di–Sa von 11.30–14 Uhr u. ab 17.30 Uhr, So u. Mo RT
Hauptgericht: 28–84 €,
Menüs: 85–120 €

VISA P

Es gehört irgendwie schon zum guten Ton unter den deutschen Premiumautobauern, dass neben futuristischer Architektur, Museum und Werkschau für die Kunden und Fans auch anspruchsvollere Kost für den Gaumen geboten wird. Bei Porsche in Stuttgart steht dafür schon seit Jahren das in der obersten Etage des architektonisch auffälligen Museumbaus angesiedelte Christophorus unter der Ägide von Chefkoch Thomas Heilemann. Mit massiven Stahlträgern an der breiten Glasfront, roten Lederpolstern und silbernem Porsche-Dekor entsteht ein gediegen lässiger Rahmen, der mit dem Reifeschrank fürs Premiumfleisch und der offenen Küche als Eyecatcher auch die Kulinarik mit einbezieht.

Simpel, aber clever kombiniert, wiesen zum Einstieg zarte Scheiben vom Kalbsrücken mit geräucherter Maiscreme, Erbsensprossen und Süßkartoffelchips mit leichtem BBQ-Charakter auf den Schwerpunkt des Restaurants hin. Denn dieser liegt klar bei den Dry-Aged-Cuts aus dem Reifeschrank, die hier unter maximaler Oberhitze auf den Punkt gegrillt und in bester Steakhouse-Tradition mit blitzsauberen Begleitern nach Wahl ergänzt werden. Daneben stehen – zumindest post-corona – eine Handvoll kreativer, etwas aufwendigerer Gerichte, allerdings zum Zeitpunkt unseres letzten Testbesuchs kein separates Menü.

An der Qualität des Gebotenen ändert das aber natürlich nichts: Die Produkte sind weiterhin ausgesucht gut, und Thomas Heilemann weiß als alter Hase am Herd genau, wie man auch ohne Riesenaufwand hohen Unterhaltungs- und Genusswert schaffen kann. So auch bei der relativ nah am rustikalen Ursprung gelegenen grünen Gazpacho – was durchaus als Kompliment zu verstehen ist! – mit zarter Burrata und gerösteten Pinienkernen. Das Süppchen war zwar nicht so konzentriert und zugespitzt, wie es moderner ausgerichtete Kollegen vielleicht interpretiert hätten, punktete dafür aber mit ausgewogenem Spiel aus produkttypischer Bitterkeit, Gemüsefrucht und Säure mit wohldosierter Schärfe. Da wähnt man sich beinahe eher an der Mittelmeerküste als in Zuffenhausen …

Ebenfalls von mediterranem Esprit geprägt waren der kross aufgeknusperte, innen homogen zarte Pulpo und eine süßliche Jakobsmuschel nebst Passepierre und geschmorten Paprikastücken. Deren Süße und die kräftigen Röstnoten wurden markant von einem Salzzitronen-Granité kontrastiert. Gute Idee und große Wirkung mit wenigen Handgriffen! Nicht ganz so kontrastreich, aber dafür sehr harmonisch, stellte das Team goldknusprigen Seeteufel neben blanchierten Pak Choi, saftig-kross frittierte Reisbällchen und einen duftig leichten Fenchelschaum als eleganten Rahmen. Der Fisch war exakt gegart, aber leider etwas „mushy“ und deshalb weniger charmant, als es mit einem optimalen Produkt möglich gewesen wäre.

Die Desserts wie beispielsweise eine Panna cotta von grünem Tee mit Mango-/Chili-Kompott und Passionsfruchtsorbet folgen ebenfalls dem hier gepflegten Prinzip einer sehr sorgfältigen, aber nicht übergenauen Küche mit kräftigen Aromen und lohnen genauso einen Versuch wie das Stöbern in der mit großen Namen zu fairen Kursen gespickten Weinkarte, die überdies eine herausragende Champagnerauswahl parat hält.

5

Da Franco

Calwer Str. 23, 70173 Stuttgart
0711-291581
www.dafrancostuttgart.de
Di–So von 12–14 Uhr u. ab 18 Uhr, Mo RT
Hauptgericht: 17–29 €
EC VISA

Der Dauerbrenner in Stuttgarts Gastroszene ist (damals noch im Stuttgarter Westen) bereits seit über fünfzig Jahren aktiv! Und wer klassische italienische Küche ohne Firlefanz zu schätzen weiß, der kommt in dem gediegenen Ristorante, das nun auch schon seit über dreißig Jahren in einer Parallelstraße der Stuttgarter Fußgängerzone residiert, auch heute noch voll auf seine Kosten. Die Gastgeberfamilie Annunziata hat in Stuttgart einst wahre Pionierarbeit in Sachen Alta Cucina geleistet und steht hier nach wie vor unumstößlich für gehobene mediterrane Gaumenfreuden. Die Küche ist klassisch und traditionell, gekocht wird sehr leicht, die Pasta ist hausgemacht, die Aromen natürlich und die Produkte frisch. Eine sehr solide und zuverlässige Adresse für gehobene Italianità, die auch eine schöne Auswahl an ansprechenden Weinen aus allen Regionen des Landes und flotten, effizienten Service einschließt.

7

Délice

Hauptstätter Str. 61, 70178 Stuttgart
0711-6403222
www.restaurant-delice.de
Mo–Fr ab 19 Uhr, Sa u. So RT
Hauptgericht: 38–48 €, Menüs: 109 €
EC VISA

Als engagierte Einzelkämpfer auf ihrem jeweiligen Posten drücken Gastgeber und Sommlier Evangelos Pattas sowie Koch Andreas Hettinger dem Délice einen ganz persönlichen, individuellen Stempel auf. Was die beiden ihren Gästen in dem kleinen, eleganten Gewölberestaurant an der Hauptstätter Straße als kongeniales Duo bieten, ist ein anspruchsvolles Programm, das als festes allabendliches Menü und mit einem zuvorkommenden Service guter alter Schule inklusive profunder Weinberatung ein großes Stammpublikum hat, durch den hart erarbeiteten überregionalen Bekanntheitsgrad des Délice aber auch immer wieder neue Gäste anzieht. Die kommen hier in den Genuss einer weltoffenen klassischen Küche mit mediterranem Oberton, die mit großer handwerklicher Sorgfalt und eher gegenständlich als aufwendig verkünstelt auf die zumeist kompakt und süffig angerichteten Teller gebracht wird und auch uns nun schon seit Jahren mit viel qualitativer Substanz überzeugt.

7↑

Der Zauberlehrling

Rosenstr. 38, 70182 Stuttgart
0711-2377770
www.zauberlehrling.de
Küchenchef: Fabian Heldmann
Mo–Fr ab 18.30 Uhr, Sa nur Themenabende ab 19 Uhr, So RT
Hauptgericht: 40–58 €, Menüs: 90–140 €
EC P

Klein, aber fein – das gilt wohl für kaum eine andere Gastroinstitution in Stuttgart so sehr wie für dieses Familienunternehmen im Bohnenviertel. Zum Designhotel mit 13 individuellen Themenzimmern, Gourmetrestaurant und Kochschule gehört auch die gegenüberliegende Wunderkammer als Frühstücksadresse und Bistro. Die Küche im Gourmetrestaurant wird von Fabian Heldmann verantwortet, der nach seinen Lehr- und Wanderjahren schon vor geraumer Zeit zurück in die Heimat gekommen ist. In der Überfahrt am Tegernsee, wo neben dem Victor's Fine Dining wohl seine prägendste Zeit außer Haus war, ist er auf den Pâtissier Philipp Kortyka getroffen. Seit einiger Zeit nun hat der ehemalige Souschef von Christian Jürgens diese Position im Zauberlehrling inne und bestätigt zusammen mit Heldmann Jahr für Jahr das hohe Niveau.

In der intimen Atmosphäre des Restaurants bekommt man viel geboten. Das geht schon mit den Aperos los, wie zuletzt einem Miniburger mit Pulpo zu krosser Süßkartoffelpommes sowie einem herzhaft und warm im Mund zergehenden Zwiebel-/Speck-Bällchen. Als nächstes grüßte die Küche mit einem Shot alkoholfreier „Bloody Mary“ im Reagenzgläschen, mit einem Hörnchen Saiblingstatar und Fischcreme sowie einem geräucherten Würfel von der Wassermelone. Zu zweierlei hausgemachtem Brot mit Yuzu-Butter gab es noch ein Schälchen mit Auberginen-/Tomaten-Schaum, darunter Orangenstückchen und Cashewnüsse, dank Ras el-Hanout mit komplexer orientalischer Note.

Dieser sehr schöne Start wurde mit der Vorspeise bestens fortgeführt, denn auch zum Glen-Douglas-Lachs gab es einen inspirierenden Gewürzsud wie aus Tausendundeine Nacht. Der Fisch selbst ließ durch seine zurückhaltende Würze viel Raum für alles Weitere – darunter steckten in einem Bett aus Avocado und Quinoa auch kleine Würfel von der Honigmelone. Darüber waren auf einem Filoteigdeckel noch ein klares Tomatengel, Lachskaviar, fruchtige Tupfer und Kräuter gesetzt. In der Summe eine kunstvolle Miniatur mit maximalem Geschmack, ein „8-Pfannen-Plus“-Gericht, hinter dem das nächste leider etwas zurückfiel …

Der Island-Kabeljau war zwar von bester Qualität: ein hoher Quader mit sich locker lösenden, leicht glasigen Scheiben, oben kross abgeflämmt und mit Bergamottegel und Kräutern bestückt. Der weiße und grüne Spargel aber hätten knackiger sein können, auf jeden Fall waren sie arg salzig. Selbst der angegossene Kokosschaum brachte nicht die frische Exotik mit, die man erwartet hätte, sondern machte das Fischgericht mit seiner würzigen Note sogar noch schwerer.

Der vegetarische Gang hingegen erfüllte alle Erwartungen einer recht klassischen Kombination. Parmesantortellini mit offenen Kanten lagen in einer geschmeidigen Spinatcreme mit Spuren von altem Balsamico, dazu ein Trockenfrüchtemousse, etwas Erbsensprossen und Pinienkerne – eine in sich stimmige, wohlschmeckende, aber eben nicht sehr spannende Angelegenheit. Mehr Erlebnisfaktor kam traditionell vor dem Fleischgang an den Tisch: Ein Körbchen mit Moosen und Flechten wurde durch flüssigen Stickstoff unter Dampf gesetzt; darin lag ein erfrischendes Granny-Smith-Sorbet in einer Limettenschale.

Der Fleischgang selbst war wieder ein absolutes Highlight! Zum Presa vom Iberico-Schwein mit sehr guter Bissstruktur zeigte ein komplexer Sud aus Mais, Merguez und Ponzu die ganze Aromenklasse des Hauses, hier mit perfekt ausbalancierter Würze, Süße und Säure. Dazu gab es Streifen von grünen Bohnen und Tomatenstückchen, vor allem aber auch zwei ausgehöhlte Zwiebeln: die eine mit geschmortem Schweinekinn gefüllt, die andere mit einem Kartoffel-/Ingwer-Stampf, der dem Gericht viel Frische und Leichtigkeit bescherte. Erneut 8 Pfannen!

Auch der Käsegang überzeugte, weil nicht einfach nur ein aufgehübschter Ziegenkäse von Affineur Tourette serviert wurde, sondern sich dieser als Espuma über geschmorte Aprikosen legte und mit karamellisierten Pekannüssen zu einem geschmeidigen Geschmackserlebnis formte. Recht ähnlich wurde das Dessert interpretiert, was ein bisschen schade war, denn die Geschmacksnuancen von schaumigem Topfen mit Basilikumstaub, winzigen Goldnuggets und Schokobiskuitkugeln über einem gar nicht säuerlichen Rhabarberragout und einem Veilchensorbet ließen sich kaum einzeln wahrnehmen. Positiv gesagt: Sie bildeten eine runde, harmonische Einheit. Klarer voneinander getrennt waren eingelegter Weinbergpfirsich und sein Sorbet mit Kokos-Espuma und Batida de Côco im Pré-Dessert. Ein wunderbarer Abschluss im Zauberlehrling sind Philipp Kortykas Petits Fours sowie seine Schokoladenkreationen, zuletzt drei verschiedene Sorten Bruchschokoladeplättchen.

Zu immer wieder stimmigen Abenden trägt auch der Seniorchef mit seiner schönen und außerordentlich fair kalkulierten Weinauswahl bei – die begleitenden Weine des Menüs lagen alle unter zehn Euro. Neben originell Heimischem wie Aufrichts Scheurebe „470 ob dem See“ wurde mittels Coravin-System auch ein 2011er Santenay von Jean-Marc Pillot kredenzt. Die selbst gemixten „zauberhaften“ Aperitifs im Zauberlehrling haben es übrigens ebenso in sich.

ohne Bewertung

Die Zirbelstube

im Althoff Hotel am Schlossgarten
Schillerstr. 23, 70173 Stuttgart
0711-2026828
www.hotelschlossgarten.com
Küchenchef: Denis Feix
Di–Sa ab 18.30 Uhr, So u. Mo RT
Menüs: 99–179 €
VISA

Auch wenn wir Denis Feix' Kochkünste schon seit 14 Jahren kennen, wir ihn 2008 im Bad Griesbacher Il Giardino zum Aufsteiger des Jahres ausgezeichnet haben und auch schon mehrfach unter seiner Ägide in der Stuttgarter Zirbelstube zu Gast waren: Wir kommen nicht umhin, die Bewertung für Stuttgarts schönste Stube mit der luxuriösen Ausstattung und den großzügigen Tischabständen vorübergehend auszusetzen. Bei Redaktionsschluss war das Restaurant bereits deutlich mehr als ein Jahr lang permanent geschlossen, und es gab auch noch keinen Wiedereröffnungstermin. Wenn es dann im Herbst 2021 für Denis Feix und sein eventuell in den Schlüsselpositionen auch erst noch neu zu besetzendes Team hoffentlich endlich wieder losgehen kann, beginnt man wohl vermutlich erst mal wieder bei null.
Um unseren Leserinnen und Lesern an dieser Stelle trotzdem eine vage Vorstellung vermitteln zu können, was sie dann wohl so erwarten könnten, möchten wir nachfolgend beispielhaft einige Gerichte von unserem letzten Besuch anführen. Denn da ging es nach zwei kleinen Apéro-Snacks, einem noch warmen Roggenbrot mit Butter und Salz sowie als Amuse-Bouche einem „Pausenbrot" aus der Papiertüte (aus Sauerteig mit eingelegtem Gemüse, Schinken und Sauerteigeis) gleich mit dem ersten Gang richtig stark los. Auf Crushed Ice gebettet und am Tisch noch mit flüssigem Stickstoff vernebelt, wurde da in einer Glasschale eine schöne „Meeresbrise" serviert: Dreierlei Muscheln (Jakobsmuschel, Miesmuschel, Venusmuschel) sorgten für eine unterschiedliche Intensität an jodigen Aromen, verstärkt durch etwas Seeigel, das Ganze gut eingebunden mit gelierter Dashibrühe. Kleine Passepierre-Algenspitzen gaben dem Gericht etwas Biss, mehr noch halbierte knackige Erbsen, die wie auch eine Erbsenmousse einen leicht süßlichen Kontraktpunkt setzten. Ein sehr gelungener Auftakt!
Der nächste Gang allerdings hatte eine Ecke und Kante zu viel, sodass die sehr verschiedenen Aromen nach unsrer Auffassung kein stimmiges Gesamtbild ergaben. Sanft gegart und lauwarm serviert wurde ein „Label Rouge"-Lachs aus den schottischen Highlands, begleitet von Saiblingskaviar und Kräuterseitlingen in verschiedenen Texturen: als ganzer Pilz, als Chip und als würzig-erdige Mousse, was sich als Kontrast zum Fisch durchaus bewährte. Auch die Kokossauce mit ihren zitrusfrischen Anklängen hatte zwar ein intensives Aroma, fügte sich aber noch gut ins Bild. Irritierend allerdings empfanden wir damals die gepickelte Miniaturspur auf dem Lachs, die durch ihre zu starke Säure die Harmonie beeinträchtigte.
Perfekt ausgewogen war hingegen die folgende Wachtel: Die für Geflügel relativ knapp gegarte Brust und eine knusprig ausgebackene Keule mit nicht zu dominanter Kräuterpanierung war hier mit einem herzhaft abgestimmten Risotto aus Urstaudenkorn mit geschmeidiger Cremigkeit liiert. Großzügig dazugegebene Scheiben von Périgord-Trüffel gaben dem Gericht eine erdige Tiefe. Besonders gut gefallen haben uns – auch optisch durch das orange-grüne Farbspiel – die zwei Saucen: eine Geflügeljus und ein Sud aus krauser Petersilie. Am Tisch garniert (und auch zum Nachladen in einem extra Schälchen gereicht) wurde der Teller zudem mit zweierlei geeisten Kügelchen aus Petersilie, die einen reizvollen Temperaturkontrast in die Waagschale brachten.
Etwas weniger facettenreich, aber mit guter kompakter Aromatik, präsentierte sich der nächste Gang um ein Stück Rücken von der Gams in einer tiefgründigen Jus mit leichter Zirbelnote. Die recht stärkehaltige, edelsüße Kerbelknolle erwies sich hier als guter Begleiter in verschiedenen Texturen; dazu ein, zwei Waldpilze, Kräuterblätter und frische Preiselbeeren.
Zum Abschluss die Qual der Wahl: klassisch-süß oder eine Neuinterpretation à la Feix? Es musste einfach beides sein! „Edel Weiß / Entenleber / Meeressalat" annoncierte die Karte – und tatsächlich harmonierten die süßen mit den sanft jodigen Noten bestens: Um ein

Eis aus Entenleber waren hier wie bei einem Krautwickel verschiedene Algenblätter gelegt, und weiße Luftschokolade als Block und Schaum veredelte das Arrangement. Auch das klassische Dessert war nicht nur süß, sondern mit einer reizvollen dezenten salzigen Note versehen, wenngleich die Komposition aus festfleischiger Zwetschge, Sahneeis und geschmolzenem Piemonteser Nougat nach unserem Gusto noch etwas mehr Säure vertragen hätte. Drei hübsch präsentierte Petits Fours zu einem überdurchschnittlich guten Espresso rundeten das Zirbelstuben-Mahl äußerst adäquat ab.
Wir sind gespannt, ob die Küche da wieder anknüpfen kann, und was uns dann bei unserem nächstmöglichen Besuch im Detail so alles erwartet. Natürlich werden wir sobald als möglich ein Update mit neuer Kritik und Bewertung im Gusto Online-Guide und in der Gusto-App veröffentlichen.

Fässle le restaurant

Löwenstr. 51,
70597 Stuttgart (Degerloch)
0711-760100
www.restaurant-faessle.de
Küchenchef: Patrick Giboin
Di–Sa von 12–13.30 Uhr u. ab 18.30 Uhr, So u Mo RT
Hauptgericht: 15–33 €,
Menüs: 26–74 €

Genau wie beim gar nicht weit entfernten Restaurant von Vincent Klink lohnt sich die Anreise ins Degerlocher Fässle mit der historischen Zahnradbahn, was neben einem gewissen Unterhaltungswert den Vorteil hat, dass man sich dann vor Ort ausgiebiger mit der vor allem in Württemberg, Baden und Frankreich mit vielen spannenden Gewächsen zu fairen Preisen gespickten Weinkarte widmen kann. Aber ganz gleich, wie die Anreise erfolgt, sicher ist: ein Besuch in dem von Patrick Giboin mit ebenso viel Herzblut wie Können geführten Traditionsort ist immer ein Gewinn. Wer wissen will, wie anspruchsvoll entspannte und bodenverhaftete Küche sein kann, der findet hier eine unmittelbar plausible Antwort. Der erfahrene Cuisinier hält sich an die Tugenden klassisch französischer Küche mit Fokus auf Produkt und Sauce und orientiert sich stilistisch oft eher am Süden Frankreichs in Richtung Mittelmeer …
Als schlichte kleine Einstimmung schickte das Team zuletzt ein grob geschnittenes und damit sehr fleischiges und pures Kalbstatar mit Kürbiskernen und Pfeffer nebst einem tomatenwürzigen mediterranen Graupensalat und milder Avocadocreme. Das zeigte sicherlich noch nicht das volle Leistungsniveau, wohl aber präzises Abschmecken, und machte neugierig auf alles, was da noch kommen würde. Etwa auf den Opener aus dem vegetarischen Menü in Form eines schön mürben, mit milder Ziegenkäsecreme betupften Kräuter-Sablés, auf dem sich ein wahres Feuerwerk unterschiedlicher, jeweils individuell gegrillter, marinierter oder zu intensiver Creme verdichteter Gemüse von Tomate über Aubergine bis Paprika zusammenfand. Dazwischen noch ein paar Kicks durch schwarze Olive, und der imaginäre Wechsel von Degerloch in mediterrane Gefilde war perfekt.
Wie stark die Wirkung solch eher gegenständlicher Zubereitungen ist, erscheint wirklich erstaunlich im Vergleich zu dem, was viele Kollegen für ganz ähnliche Ergebnisse an aufwendig-detailreicher Kleinstarbeit leisten müssen. Aber das Konzept funktioniert. Und trug auch das hohe, mustergültig kross und saftig auf der Haut gebratene Filet vom Wolfsbarsch nebst einem kleinen Ragout aus Pfifferlingen, Mais und Chorizo sowie stoffiger Hummersauce mit elegant eingebundenen Röstnoten. Auch hier: zupackende und klare Aromen. Nur die etwas kurz gegrillte Lauchzwiebel wirkte noch ein bisschen zu roh und deshalb gerade in dem Kontext auch recht derb.
Als klassischer Hauptgang mit Format folgte ein zwar etwas weit gegarter, aber dennoch erfreulich saftiger und zarter Kalbsrücken in kräuterduftig eleganter Jus. Die mediterrane Umgebung stellten hierbei ein junger Zucchino, dessen Blüte mit glasiertem Fenchelragout und Fenchelsaat gefüllt wurde, außerdem ein knusprig gebackener Polentawürfel mit Pistou, Olive und saftiger Ofentomate sowie eine zarte Artischockencreme mit Nussigkeit und leich-

ter Säure. Ganz auf der charakteristischen Linie des Chefs und damit richtig gut!
Der kreativste Part des letzten Besuchs kam ausgerechnet beim Dessert. Das verband die Bitterkeit und Fruchtfrische von Radicchio und Himbeere in einer filigranen Tartelette (sowie als Himbeergel und -Espuma) mit einem nussigen, leicht salzigen Sesameis und – als süßesten Part dieser originellen Komposition – etwas Matchacreme und -Sablé. Wenn bis hierhin noch nicht klar gewesen sein sollte, wie gekonnt das Team seine Aromenpuzzles zusammenbaut – spätestens hier wurde es überdeutlich.
Auch sonst fühlt man sich in dem stilvoll aufgehübschten Traditionslokal rundum gut umsorgt: seit Mitte 2020 unter der kompetenten Ägide von Maître Pascal Foechterlé, der Stuttgarter Gourmets bestens aus dem Olivo und in der Zirbelstube bekannt sein dürfte. Und für die Auswahl des individuell richtigen Weins gibt es überdies auch noch kompetente Beratung. Ein angenehmer Ort!

6↑

Hegel Eins

Hegelplatz 1,
70174 Stuttgart
0711-6744360
www.hegeleins.de
Küchenchef: Daniel Mästling
Di–Sa ab 18 Uhr, So u. Mo RT
Menüs: 70–90 €
EC VISA

Wer in den Genuss eines Fine Dinings im Hegel Eins kommen möchte, der hat auch ein Nachts-im-Museum-Feeling, denn zuerst muss man durchs Foyer des Linden-Museums. Weil das kleine Ein-Raum-Restaurant etwas versteckt in Stuttgarts Völkerkundemuseum liegt, ist es immer noch ein Geheimtipp. Mit seinen Holzschindeln an der Flanke sowie einem Büffelkopf an der Eingangsseite und einem Eber über der Bar gegenüber erinnert es an eine Jagdlodge – mit etwas überpräsenter Loungemusik. Tagsüber gibt es für Museumsbesucher einen kleinen Mittagstisch sowie Kaffee und Kuchen. Abends aber wird groß aufgekocht. Vor allem, seit der langjährige Geschäftsführer Jan Tomasic den Küchenmeister Daniel Mästling, der zuletzt Küchenchef im Hotel Züfle in Sulz am Neckar war, für sich gewinnen konnte. Eine Karte gibt es nicht, sondern ein Menü in fünf, sechs Gängen, das Tomasic am Tisch erklärt. Und das steckte bei unserem Besuch voller Überraschungen im positiven Sinne.
Nach drei Sorten Butter (Paprika, Pistazie, Sepia) zu Scheiben vom Körnerbrot kam als erster Gang ein Lammcarpaccio unter allerlei Kräutern und drei Auberginenchips. Das würzige Rondell hatte durch Chiliöl eine sich sanft steigernde Schärfe, blieb aber am Ende auch etwas undifferenziert, denn von der Auberginencreme, den Paprikastückchen, der Tonkabohne oder gar Kalamansi war einzeln wenig herauszuschmecken. Deutlich nuancenreicher von typisch süß-erdig-nussig bis fruchtig und säuerlich war der verspielte vegetarische Gang mit drei Kürbissorten – Hokkaido, Butternut, Gorgonzola –, die vielfältig inszeniert wurden: als Creme, Flan und Spaghettinester, dazu zwei Sponges und ein Kürbiskernölsorbet.
Zum folgenden Onsen-Ei machte sich natürlich Speck sehr gut. Als Schaum bedeckte er die Hälfte des Gerichts, war aber auch zu Marmelade verarbeitet und sorgte in krossen Stückchen zusammen mit vereinzelten Kartoffelneststreifen für schöne Crunch-Momente. Als kleiner Kontrapunkt blitzte hin und wieder ein verstecktes Kartoffel-/Limetten-Püree mit frischen Akzenten in dem schaumigen Wohlfühlarrangement auf. Als „Asiastyle" angekündigt, überzeugte ebenso der Seehecht als saftiges Filet vom Rücken mit Kohlrabi ummantelt und mit Staub von Matcha-Tee und Wasabi bedeckt. Hier erfüllte jedes Detail – dazu auch zwei Wasabi-Mayonnaise-Tupfer – seinen Zweck, was mit dem Umami-Touch eines angegossenen Dashi und dem knackigen Biss des Kohlrabis ein sehr stimmiges Fischgericht mit feinen Schattierungen ergab.
Ziemlich viele Komponenten und Aromen wurde beim Fleischgericht gesetzt, was sich aber letztendlich doch zu einem harmonischen Ganzen zusammenfügte. Zu den zwei zarten Stücken vom Rehrücken gab es noch ein kräftig geschmortes Ragout mit Zwetschge, die zusätzlich zu einer Mousse verarbeitet war. Dem gegenüber stand die erdige Präsenz von Pastinake, stückig, cremig und dehydriert, aus dem

Teller herausragend und dabei ebenso herbstlich dekorativ wie eine schwarze Walnussscheibe. Eine kompakte, aber an ihren Rändern noch leicht transparente Burgunder-/Schoko-Sauce und ein grün leuchtendes Petersilienöl rundeten das Bild schön ab.
Kaum weniger aufwendig war das Dessert, in dem ein Stück Kokosnuss nachgebaut wurde: mit Schokolade als Schale sowie Kokoseis- und -granité als Fruchtfleisch. Etwas Kokos-/Nuss-Kuchen mit Rum sowie Ananas komplettierten den Piña-Colada-Effekt, der nicht nur süß war, sondern mit Passionsfrucht und Korianderkresse auch willkommene Ecken und Kanten hatte.
Die Weinkarte mit gut zwei Dutzend Positionen hinkte der fortschreitenden Küchenleistung zwar noch etwas hinterher, bot aber einen guten Querschnitt von heimischen bis zu internationalen Gewächsen. Unser erster Testbesuch im Hegel Eins hinterließ einen insgesamt sehr positiven Eindruck, auch wenn es manchmal so schien, als ob der Chef und sein Team vor lauter Ambitionen am liebsten alles auf einem Teller zeigen wollten. Dennoch: Wenn sich das auf diesem Niveau stabilisiert, scheint hier künftig sogar eine noch höhere Bewertung durchaus möglich.

5

Kicho

Jakobstr. 19, 70182 Stuttgart
0711-247687
www.kicho.de
Mo–Sa von 12–14 Uhr u. ab 18 Uhr, So u. Fei ab 18 Uhr, kein RT
Hauptgericht: 14–21 €, Menüs: 29–46 €
EC VISA

Dieses sehr klassisch, aber mit einem leicht modernen Touch eingerichtete Restaurant bietet die mit Abstand beste japanische Küche im Raum Stuttgart. Die Zubereitungen sind traditionell und bestechen durch eine für deutsche Standardverhältnisse sehr gute, klar überdurchschnittliche Produktqualität und Präzision bei der Zubereitung. Und das gilt hier nicht nur für Sushi und Sashimi, sondern auch für Nudel- oder Reisgerichte, verschiedene Tempuragerichte oder Fleisch sowie Fisch vom Grill. Gutes Preis-Leistungs-Verhältnis!

6

La Fenice

Rotebühlplatz 29, 70178 Stuttgart
0711-6151144
www.ristorante-la-fenice.de
Mo ab 18.30 Uhr, Di–Fr von 12–14 Uhr u. ab 18.30 Uhr, Sa ab 18.30 Uhr, So RT
Hauptgericht: 26–33 €, Menüs: 39–69 €
EC VISA

Gehobene italienische Restaurants gibt es in Süddeutschlands Großstädten viele, aber nur selten überzeugt auch deren Küche so sehr wie in dem seit 1989 von den Gorgogliones familiengeführten La Fenice in Stuttgarts Innenstadt. Dabei ist das Erfolgsrezept denkbar einfach, denn auf Chefin Rosa Gorgogliones Tellern findet man weder die geschmacklose Massenware der Großlieferanten noch irgendwelchen obsoleten Schickimicki-Blödsinn, sondern ausdrucksstarke Aromen natürlicher Produkte und kompromisslose Reduktion aufs Wesentliche. Eben das, was die gute italienische Küche ausmacht. Geradlinig und puristisch, leicht und gut proportioniert präsentiert sich diese authentische Cucina italiana auf den hübsch und ästhetisch schlicht angerichteten Tellern, die mit nicht mehr, aber auch nicht weniger als unverfälschtem Wohlgeschmack begeistern. Der Service unter der Leitung von Gastgeber Vincenzo Gorgoglione agiert mit Gentilezza und Umsicht, und die Weinkarte bietet viel Gutes und sogar Gereiftes aus vielen Regionen Italiens.

fast & SLOW

Martha's

Königstr. 28, 70173 Stuttgart
0711-72230555
www.marthas-stuttgart.de
Mo–Mi von 10–20 Uhr, Do–Sa von 10–21 Uhr, So RT
Von vielseitigen Frühstücksvarianten aus guten Produkten über „Oma Marthas Maultaschen“ oder Grill- und Siedwürste vom Schwäbisch-Hällischen Landschwein bis zu Büffel-Burger und Flammkuchen mit hochwertigen Toppings.

6↑ 🍴🍴

Meister Lampe

Solitudestr. 261, 70499 Stuttgart
0711-9898980
www.restaurant-meisterlampe.de
Di–Fr von 12–14 Uhr u. ab 18 Uhr, Sa ab 18 Uhr, So von 12–14 Uhr, Mo RT
Hauptgericht: 20–30 €, Menüs: 45–75 €
EC VISA

In dem kleinen, stilvoll schlicht gestalteten Restaurant im westlichen Stuttgarter Vorort Weilimdorf wird unter der Ägide von Gastgeber und Küchenchef Daniel Stübler schon seit Jahren ein äußerst ansprechender Mittelweg zwischen bodenständiger Gastronomie mit verfeinerter Regionalküche und Fine Dining geboten. Was der stets zwischen Herd und Gastraum hin und her switchende Chef und sein Team in den beiden Gasträumen in schnörkelloser und sehr akkurater Machart auf die Teller bringen, hat hohes Niveau – erreicht ganz ohne aufwendige Stilmittel, preistreibende Luxusprodukte oder noch nie da gewesene Sensationen, sondern mit Qualität, Können und Konstanz. Und auf Basis weitgehend heimischer Produkte, die ganz gegenständlich und unverkünstelt, aber eben sehr präzise und geschmackvoll zubereitet werden. Dazu gibt's ein tolles Weinangebot mit Schwerpunkt bei den süddeutschen Anbaugebieten.

---

ohne Bewertung

Olivo

im Hotel Steigenberger Graf Zeppelin
Arnulf-Klett-Platz 7, 70173 Stuttgart
0711-2048277
www.olivo-restaurant.de
Küchenchef: Anton Gschwendtner
Di–Sa ab 18.30 Uhr, So u. Mo RT
Hauptgericht: 45–65 €,
Menüs: 120–195 €
EC VISA P

Auch im Falle des Gourmetrestaurants Olivo im ersten Stock des Steigenberger Hotels Graf Zeppelin, direkt gegenüber von Deutschlands mittlerweile wohl berühmtesten Bahnhof, tut es uns sehr leid, aber wir haben aufgrund der gegebenen Umstände keine andere Wahl: Wir müssen die Bewertung für diese Ausgabe aussetzen! Ganz ähnlich wie die benachbarte Zirbelstube, die ebenfalls jahrelang zu den am höchsten bewerteten Restaurants in unserem Guide zählte, war auch das seit Sommer 2018 von Küchenchef Anton Gschwendtner passioniert bekochte Olivo zum Zeitpunkt unseres Redaktionsschlusses seit mehr als einem Jahr permanent geschlossen, und ein Wiedereröffnungstermin konnte auf Nachfrage ebenfalls noch nicht genannt werden.

Wenn es für das Team unter vergleichbaren Bedingungen vielleicht irgendwann im Herbst 2021 wieder losgehen kann, wird hier sicher schon recht bald wieder auf einem ähnlichen oder sogar noch höheren Niveau gekocht. Denn Anton Gschwendtner, den wir auch schon vor 2018 von seiner letzten Station in München kannten, ist nicht nur ein sehr talentierter und versierter, sondern auch ehrgeiziger Koch, der sich mit Sicherheit nicht mit weniger zufriedengeben will als mit dem, was er hier noch im Herbst 2019 so abgeliefert hatte.

Das waren etwa drei hübsche Miniaturen vorneweg: Flammkuchen mit Feige und Frühlingslauch, Lachs mit Seeigelcreme und Algenchip sowie eine Sommerrolle mit Garnele und Mango. Ein Schritt zurück bei der Aromenvielfalt, weil eigentlich „nur" fruchtig-frisch, waren die darauffolgenden Variationen von der Tomate (Carpaccio und kleine gelbe Wildtomaten) mit Ziegenkäseeis, angegossen mit einer eher milden Paprika-Gazpacho, ehe Anton Gschwendtner dann als dritten Gruß so richtig einen rausgehauen hat: Mit erdiger und jodiger Würze, samtigem Schmelz und lockerem Crunch kam in einem 30-Gramm-Döschen von chinesischem N25-Kaviar selbiger mit geröstetem Blumenkohl auf Steinpilzgelee gebettet und mit Schnittlauchcreme-Tupfern sowie Arare-Reiscracker-Kügelchen garniert. Eine ebenso schöne wie wohlschmeckende Miniatur, die den Genuss gleich eine Stufe höherschraubte.

So wie damals auch der erste offizielle Gang, ein superlatives Tatar vom Luma-Kalb mit sehr viel Eigengeschmack, darauf eine Scheibe Kalbssülze, dazwischen eine animierend marinierte Scheibe von Kohlrabi, der in dem Gericht auch sonst eine tragende Rolle spielte: als weitere kleine Rädchen, ausgestochene Kügelchen sowie als grün-öliger Sud, der das Rondell umschmeichelte. Nicht nur haptisch perfekt abgerundet wurde diese großartige Vorspeise von knusprigen Parmesanscheiben, Haselnussstückchen sowie mildem Savorasenf.

Nicht minder begeisternd war dann auch als Nächstes die schottische Jakobsmuschel, ein Prachtexemplar, oben knusprig gebräunt, badend in einem eleganten Safranschaum ohne jegliche Strenge. Erneut zeigte sich hier, wie gut Gschwendtner die Kunst des Einlegens beherrscht. Schwer zu sagen, was der Lotuswurzel alles Gutes widerfahren ist, so originell und finessenreich wie sie schmeckte. Vorneraus frisch und zitrisch, hintenraus herb und rauchig; auch der Pak Choi bot eine besondere, intensive Note. Und noch zwei weitere Highlights hatte das Gericht zu bieten: ein auf der Zunge zergehendes Oktopus-Carpaccio und cremigen Koshihikari-Reis als eine Art japanischer Risotto.

Dieses hohe Niveau erreichte damals der folgende Fischgang nicht ganz. Der Seesaibling, als längliches Rechteck zugeschnitten, war zwar fein abgestimmt mit einer Krabben-Beurre-blanc, und drum herum arrangierte Pfifferlinge gaben erdige, Radieschenscheiben leicht scharfe, Brunnenkresse sowie andere Gartenkräuter und Blüten, die Gschwendtner allzu gerne einsetzt, noch etwas grüne Frische – insgesamt aber hatte das Gericht nicht denselben Spannungsbogen aufzubieten wie die beiden vorhergehenden Gänge und war somit schnell erschlossen.

Ähnliches konnte man dem Hauptgang um Limousin-Lamm attestieren, das von einem saftigen Filet und drei kleinen Stückchen vom Bries repräsentiert wurde und einen orientalischen Touch hatte. Dieser rührte weniger von den aparten Minimöhren und den erneut vielen Gartenkräutern her, sondern mehr von kleinen ausgebackenen Kichererbsenquadraten mit Gewürzjoghurt und Mung-Dal-Bohnen in einer so klaren wie aromatischen Jus.

Wir sind gespannt, was uns bei unserem ersten Wiederbesuch nach der Corona-Schließung vielleicht schon im Herbst 2021 im Olivo so alles erwartet, und werden danach zügigst im Gusto Online-Guide und in der Gusto-App berichten, sobald es wieder etwas zu berichten gibt.

5

Schloss Solitude Gastronomie

im Schloss Solitude
Solitude 2, 70197 Stuttgart
0711-4690770
www.joergmink.com
Di–Sa von 11.30–14.30 Uhr u. ab 17 Uhr, So von 11.30–14.30 Uhr, Mo RT
Hauptgericht: 18–29 €
VISA

Schwellenangst muss im feudalen, aber nicht sonderlich mondänen Schlossrestaurant mit unterschiedlichen Speisesälen trotz des aristokratischen Rahmens keine aufkommen, denn sowohl die Atmosphäre, als auch der Service sind durchaus bodenständig und entspannt. Hier wird eine feinbürgerliche Küche aus ausschließlich regionalen Produkten nach weitgehend traditionellen Rezepturen gekocht – und zwar in guter Produktqualität und routinierter handwerklicher Zubereitung.

5↑

Schweizers Restaurant

Olgastr. 133B,
70180 Stuttgart
0711-60197540
www.schweizers-restaurant.de
Küchenchef: Gero Schweizer
Do–Mo ab 18 Uhr, Di u. Mi RT
Hauptgericht: 28–40 €,
Menüs: 65–105 €
VISA

Allein schon das Ambiente ist eine Besonderheit der Stadt. Das Jugendstilhaus ist Jahrgang 1902 und wurde 2006 unter strengen Auflagen restauriert. Hohe Räume und Fenster, Kamin, weinrote Relief-Fliesen auf dem Boden, historisierende Möblierung in dunklem Holz und große Gemälde an den Wänden erinnern in dem Restaurant daran, wie es in Altstuttgart einmal ausgesehen haben muss.

Durch einen langen Gang geht es hinaus in einen verwunschenen Hinterhof mit kleiner Terrasse. Aber auch die Küche ist besonders, weil diese Art von gehobener Brasserie in der Lan-

deshauptstadt eher selten zu finden ist. Verantwortlich dafür ist der Namensgeber des Restaurants Gero Schweizer, der sich hier nach Stationen unter anderem im Schlossgartenhotel der Stadt, im Landhaus Stricker auf Sylt, im Süllberg in Hamburg und zuletzt als Koch in der Stuttgarter Bo'teca di Vino im Frühjahr 2017 selbstständig gemacht hat.
Aus dem „Schweizers Menü" in sechs sowie aus dem vegetarischen in vier Gängen kann man sich auch à la carte etwas zusammenstellen, sodass man zu zweit einen abwechslungsreichen und genussvollen Abend verbringen kann. Nach Kartoffelbrot mit Meerrettichcreme und Kürbiskernen kam als unaufgeregter Gruß Zweierlei von weißen und grünen Bohnen mit eingelegten Radieschen und einem kleinen Rote-Bete-Salat. Grundsätzlich setzt Schweizer in seinem Küchenkonzept wenig auf spektakuläre Momente, sondern auf klare und aufs Produkt konzentrierte Geschmacksbilder – mit denen er aber begeistern kann.
Zum Beispiel bei den Vorspeisen: Die Tranche vom Yellow Fin Thunfisch „à la Caesar" hatte tatsächlich die Grundzutaten eines Caesar Salad: Romanasalat, Cremetupfer aus Eigelb, Senf, Sardellen, Parmesan und hauchdünne Brotchips waren akkurat auf zwei blitzsaubere, tiefrote Scheiben rohen Thunfischs von Premiumqualität gesetzt. Ebenso stimmig zeigte sich die Komposition mit Wachtelbrust: außen knusprig, innen saftig, mit Kräuterseitlingen und Artischocken à la Barigoule, also der provenzalischen Spezialität nachempfunden, mit Stücken und Creme von Artischockenböden. Besonders ausbalanciert dazu war die Thymianjus, die genau das richtige Maß des manchmal gefährlich intensiven Kräuteraromas hatte.
Zu den Hauptgerichten: sehr solide, aber bei unserem Besuch aus küchenpragmatischen Gründen mit ähnlichen Beilagen. Beim Steinbutt ging die krosse Oberfläche ein wenig auf Kosten der Saftigkeit im Inneren – im Gegensatz zum knusprigen Kartoffel-Cannellono mit seiner cremigen Püreefüllung. Der grüne und weiße Spargel in Stangen und Stücken war schön knackig, ein Gelee aus der Salzzitrone sorgte für einen heftigen Sidekick. In einer Extraschüssel wurde noch ein Spargelragout, bedeckt von Hollandaise-Schaum gereicht. Auch zum Fleischgericht gab es ein schaumiges Schälchen, unter dem aber ein herzhaft mürbe geschmortes Fleischragout steckte. Denn der Hauptplayer war Zweierlei vom Weiderind, auf dem Teller üppig portioniert mit drei zarten und kurz gegarten Scheiben vom Rücken in einer harmonischen und noch leicht transparenten Jus.
Der belgische Schokoladenriegel zum Abschluss war „nach Art Fürst Pückler" annonciert und überzeugte mit seiner Aromenvielfalt: sanfte Minznote in der Schokolade, mit der die Vanillecreme ummantelt war, marinierte Erdbeeren mit einem kräftigen Basilikumpesto, Erdbeersorbet und etwas Crumble.
Die Weinkarte listet bezahlbare Vertreter aus der Region ebenso wie internationale Spitzengewächse. Aber Grandseigneur Jure Rübel offerierte auch gute glasweise Empfehlungen wie einen Chardonnay aus dem Burgund. Lobenswert: Mit dem Kauf und Genuss von „Viva con Agua" unterstützt man weltweite Initiativen, die den Zugang zu sauberem Wasser für alle ermöglichen sollen.

8↑

Speisemeisterei

Im Schloss Hohenheim 1B,
70599 Stuttgart (Hohenheim)
0711-34217979
www.speisemeisterei.de
Küchenchef: Stefan Gschwendtner
Mo u. Do–Sa ab 18 Uhr, So von 12–15 Uhr u. ab 18 Uhr, Di u. Mi RT
Menüs: 145–179 €
VISA

In keiner anderen deutschen Großstadt hat die Corona-Krise die Fine-Dining-Szene zumindest temporär so stark verändert und die Rangfolge der besten Adressen so massiv durcheinandergewirbelt wie in der baden-württembergischen Landeshauptstadt. Und so steht nun im Jahr 2021 plötzlich die altehrwürdige Speisemeisterei im Kavaliersbau von Schloss Hohenheim zum ersten Mal seit der glanzvollen Ära unter Martin Öxle wieder als

bestes Restaurant Stuttgarts an der Spitze unseres Rankings.
Das hat natürlich zum Teil mit dem endgültigen Aus für das Top Air und der temporären Aussetzung unserer Bewertung für die seit nunmehr über einem Jahr durchgehend geschlossenen und auch zum Zeitpunkt unseres Redaktionsschlusses noch ohne Öffnungsperspektive brachliegenden Restaurants Zirbelstube und Olivo zu tun, die in den vergangenen Jahren das Dreiergespann mit den besten Bewertungen in unserem Guide darstellten – liegt aber in erster Linie schon an der bärenstarken Entwicklung, die das Team um den langjährigen Speisemeisterei-Küchenchef Stefan Gschwendtner hier in den großzügigen Räumen des barocken und als Kulturdenkmal geschützten Ensembles in der jüngeren Vergangenheit hingelegt hat.
Kann sein, dass die Verknappung des Angebots auf nur noch ein Menü den Entwicklungsschub maßgeblich unterstützt hat. Jedenfalls präsentierte sich uns eben dieses Menü jüngst handwerklich so ausgefeilt und kompositorisch durchdacht, dass die gebotene Performance im Vergleich zur Küchenleistung bei unserem letzten Besuch fast schon einem kleinen Quantensprung glich. Auch wenn sich manche Gerichte der Speisenfolge konzeptionell oder in bestimmten Details ein klein wenig ähnelten und man bislang auch ehrlich gesagt noch keine eigene Handschrift erkennen kann, erhöhen wir die Bewertung in diesem Jahr aus handwerklichen und qualitativen Gesichtspunkten völlig verdient um eine ganze Stufe auf nunmehr 8+ Pfannen. Und sind schon sehr gespannt, wie sich das dann in den kommenden Jahren eventuell auch noch stilistisch weiterentwickelt.
Es begann mit sehr wohlschmeckenden und bereits äußerst fein abgestimmten Kleinigkeiten wie einem in unterschiedlichen Temperaturen und abweichenden Aggregatzuständen als Schichtwerk zum Löffeln ins Schälchen gebrachten „Griechischen Salat“, einem mit fruchtigen Ananasnoten dezent ins Exotische gedrehten Geflügelsnack und einer Art Kroepoek-Chip mit gebeiztem Adlerfisch, Avocadocreme, Gemüsetatar und einem konzentrierten Gel vom Adlerfischsud, mit dem noch mal jede Menge Geschmackstiefe auf engen Raum getupft war. Ein erstes richtiges Ausrufezeichen setzte dann aber ein weiteres Amuse-Bouche, bei dem kleine, schmelzig-aromatische Fleischtranchen vom Wagyu-Roastbeef in satter „A5“-Marmorierung kompakt und süffig mit Zwiebelgewächsen in Texturen und Sherryschaum zusammengebracht waren und im Grunde auch wieder ein unkompliziertes, „leckeres“ Löffelgericht abgaben. Aber eben kein dichtes, einförmiges, sondern eines mit vielen Facetten und Nuancen.
Aus der mittlerweile in Gourmetkreisen bundesweit bekannt gewordenen Fischzucht von Niki Birnbaum aus dem oberbayrischen Epfenhausen entstammte der folgende Huchen in Top-Qualität, der seine Vorzüge als Sashimi und Tatar auch voll ausspielen durfte. Ersteres in dickeren Tranchen, die mit einer Speckmayonnaise, einem mit der Würzsauce Tosazu (Bonito, Kombu, Soja …) aromatisierten Zwiebelgel, eingelegter Peperoni und Chips von der Jakobsmuschel appliziert waren – Letzteres mit Yamswurzel, Gurke, Sesam sowie der Mayo und dem Gel als geschichteter Riegel aufs Porzellan gebracht, bei dem ebenfalls alle Aromen und Strukturen millimetergenau ineinandergriffen. Eine aus dem Fond des Huchens und etwas Korianderöl gemischte Vinaigrette diente in ihrer subtilen Art zudem als gewinnbringende flüssige Grundlage.
Auch beim norwegischen Kaisergranat, der ganz soft gegart und mit Nussbutter nappiert als Savarin auf dem Teller lag und mit kleinen Würfeln von geschmorter Rinderzunge, rohen Tomaten, eingelegten Zwiebelsegmenten und Tupfen einer Ssamjang-Creme ausdekoriert war, stimmte jedes Gramm, war nichts zu wenig und nichts zu viel. Die pikante koreanische Sojabohnencreme transportierte eine warme, wohlige Schärfe in das Gericht, und der Sud von Bärlauchöl setzte mit seiner typischen, hier aber angenehm zurückhaltend transportierten Würze einen Akzent, ohne das feine Krustentier zu dominieren. Etwas ruhiger und gediegener wirkte im Gegensatz zu den schon äußerst dynamischen und zugespitzten Gängen vorab das nächste Zwischengericht um ausgelösten geschmorten Kalbsschwanz mit Paprika, Erbse und Tupfen der traditionellerweise auf Basis von Tomate, Paprika, Knoblauch und Nüssen hergestellten katalanischen Romesco-Creme. Aber auch hier brachen die vollaromatischen gerösteten Piemonteser Haselnüsse das ansonsten eher gemüsig-breite Ensemble effektvoll auf und gaben der Komposition einen originellen Dreh.
In die Vollen ging es dann wieder mit der glasig-soften, festfleischig aufblätternden Lachsforelle aus dem Nordschwarzwald, die aromatisch wie texturell nahezu gleichberechtigt mit einer fetten, fleischigen Gillardeau-Auster liiert war. Eine zitrisch-frische Kimizu-Creme, feinstreifiger Romanasalat, zu mikroskopisch kleinen Brunoises geschnittener grüner Apfel und Saiblingskaviar umspielten das aparte Double

im Zusammenspiel mit einer Sauce von Kefir und Dillöl mit fein ausbalancierten Texturen und Säuren, laktischem Schmelz und einem Hauch Süße.
Im Hauptgang unseres Menüs bot der in klassischer Perfektion saftig und eigenaromatisch auf den Punkt gebrachte Rücken eines Lammes von der Schwäbischen Alb mit Grieben aus dessen gedörrtem Filet und einer wunderbar authentischen, transparenten Lammjus mit Kräutern vollen Produktcharakter. Dem war mit einer Nocke schlotziger Mus von geschmorter Aubergine, einem saftigen Arrangement von Gurke und Joghurt und einem kleinen kross-cremigen Kartoffelwürfel, der ebenfalls mit Gurke und Joghurt getoppt war, eine locker-flockige mediterrane Entourage zur Seite gestellt, die das Fleisch betont leicht und trotzdem aromatisch markant umspielte.
Der weltumfassende Küchenstil des Menüs riss auch im süßen Finale nicht ab, das zunächst von einem cremig-knusprigen Pré-Dessert um die Leitaromen Kokos, Reis und Melone eingeläutet und dann vom eigentlichen Abschluss von Erdbeere, Tonkabohne, Fenchel und der „Edelweiß"-Schokolade aus dem Hause Original Beans mit erfreulich wenig Süße und viel Ausdruckskraft abgerundet wurde. Wie auf allen vorausgegangenen Tellern griffen auch hier wieder alle Aromen und Konsistenzen auf eindrucksvoll präzise Art ganz geschmeidig ineinander.
Neben der starken Küchenleistung stach auch die von Restaurantleiter Florian Kuzler kurzweilig präsentierte Weinbegleitung mit einigen kongenialen Pairings sehr positiv hervor. Und man fühlt sich von dessen sehr gut eingespielten Team auch sonst bestens umsorgt.

6

Weinwirtschaft | Weingut Franz Keller

im Althoff Hotel am Schlossgarten
Schillerstr. 23, 70173 Stuttgart
0711-2626836
www.hotelschlossgarten.com/de
Küchenchef: Stefan Kientz
Täglich von 12–14 Uhr u. ab 17 Uhr, kein RT
Hauptgericht: 12–32 €
VISA

Auch wenn sich Schwaben und Baden oft nicht allzu grün sind – das Joint Venture des Stuttgarter Hotels Am Schlossgarten mit dem Kaiserstühler Winzer, Gastronom und Ex-DFB-Präsident Fritz Keller steht unter einem guten Stern! In der stilvoll holzvertäfelten Weinwirtschaft im Erdgeschoss des Hotels im Zentrum der baden-württembergischen Landeshauptstadt betreiben die beiden Unternehmen eine legere Mischung aus Speisebistro und Weinlokal, die trotz des unkomplizierten Konzepts durchaus gehobenen kulinarischen Anspruch bedienen. Nur eben auf eine ganz bodenständige Art, wie man es ähnlich auch von Fritz Kellers Rebstock in Oberbergen kennt.
Klassischer Elsässer Flammkuchen mit Sauerrahm, Speck und Zwiebeln, der unvermeidliche Rostbraten oder schwäbische Maultaschen mit Zwiebelschmelze auf lauwarmem Kartoffel-/Gurken-Salat stehen hier neben Dingen wie einem von Hand geschnittenen Tatar vom Schwarzwaldrind, einer Rotkohlschaumsuppe mit Pistazie, Schmand und Knödelcroûtons oder einem vegetarischen „Allerlei von der Rübe" mit Risotto, Parmesan und Nussbutter. Sogar eine ständig wechselnde vegane Offerte lässt sich das Team um Küchenchef Stefan Kientz hier einfallen.

Gutes Krustenbrot mit Butter und einer milden Räucherfischmousse als Aufstrich stehen flugs für den ersten Appetit auf dem Tisch. Bei unserem letzten Testbesuch interessierten wir uns unter anderem für eine Vorspeise um gebeizte Schwarzwaldforelle, die für sich genommen relativ deftig (grenzwertig viel Salz!) war, aber nicht nur von ihrem Topping aus knackig-festem Forellenkaviar und ungewürztem Kartoffelknusper etwas abgefedert wurde, sondern auch von mild marinierten Gurken und Senfschmand, sodass hier alles in allem ein durchaus harmonischer, von Bronzefenchel zusätzlich akzentuierter Auftakt entstand.
Die Küche zeichnet sich in jedem Fall durch überdurchschnittlich gute Produkte und sorgfältiges, aber nicht übermäßig elaboriertes Handwerk aus, wie auch die beiden stattlichen Tranchen vom Kabeljau dokumentierten, dessen glasig glänzendes und schön festes Fleisch unter der Haut soft in seine einzelnen Lamellen aufblätterte. Auch der Rote-Bete-Risotto war in seiner Beschaffenheit einer von der besseren Art und transportierte klar und deutlich das Aroma der roten Rübe, deren erdige Noten von frisch gehobeltem Meerrettich noch um eine ätherische Facette ergänzt und von dünnen Granny-Smith-Stiften fruchtig-säuerlich aufgelockert wurde.
Im Vergleich etwas dröge kam der Hauptgang um „Ragout Fin" daher, bei dem ein süffiges klein gewürfeltes Ragout von der Kalbsschulter neben einem etwas trocken und kompakt anmutenden größeren Kalbfleischwürfel stand – und von Kartoffelespuma, glasierter Mini-Rote-Bete, naturbelassenen Champignonscheiben und auf der Microplane fein gehobeltem Mimolette-Käse begleitet wurde. Die ebenfalls annoncierte Zitrone, von der wir uns hier einen herben Frischemoment und schlussendlich mehr Dynamik erhofft hatten, war nicht dezidiert auszumachen. Dafür eine gute, schmorwürzige Sauce, die das Gericht allerdings auch eher breit wirken ließ.
Die zur Mittagszeit auf kleine hausgemachte Naschereien und gute Kuchen und Torten aus der Konditorei nebenan beschränkte süße Kategorie wird am Abend zum Beispiel um veritable Dampfnudeln mit Weinschaum, Vanille und Apfel ergänzt. In der Weinkarte gibt es längst nicht nur die Gewächse des namensgebenden Weinguts Franz Keller, sondern auch attraktive Alternativen, etwa aus Württemberg. Und selbst wenn das den Ambitionen der Küche nicht gerecht wird: Man kann hier problemlos auch mal nur auf einen gepflegten Schoppen einkehren.

7

Wielandshöhe

Alte Weinsteige 71, 70597 Stuttgart
0711-6408848
www.wielandshoehe.de
Di–Sa von 12–14 Uhr u. ab 18 Uhr, So u. Mo RT
Hauptgericht: 41–49 €, Menüs: 88–120 €
VISA

Freunde des unverfälschten Geschmacks, einer traditionellen, klassischen Küche ohne aufwendig-verspielte Verfeinerung kommen in dem zeitlos eleganten Restaurant mit eigener Zahnradbahn-Haltestellte und spektakulärem Ausblick auf die Stuttgarter Innenstadt voll auf ihre Kosten. Sehr viel Regionales, möglichst in Bio-Qualität, handwerklich, geschmackssatt und sehr sorgfältig und durchaus aufwendig zubereitet, aber schnörkellos und pragmatisch präsentiert – all das steht für die Küche des Vincent Klink, für die ihn seine Fans, zu den wir uns unbedingt auch zählen, lieben. Jegliche Verfremdung und Verkünstelung auf dem Teller sind dem Chef fremd. Vielmehr steht seine ebenso unaufgeregte wie substanzstarke Küche, die regionale Traditionsgerichte ebenso berücksichtigt wie frankophile oder mediterrane Aromen, Produkte und Rezepturen, für Einfaches in Bestform. Dazu passend eine beachtliche Weinauswahl, die sich intensiv mit der heimischen Winzerschaft beschäftig, daneben aber auch ganz undogmatisch viele gute Tropfen aus südlichen Gefilden listet. Trotz der gehobenen Anmutung wird im Restaurant der Klinks eine sympathisch entspannte Atmosphäre gepflegt.

Die Symbole

- P gute Parkmöglichkeiten
- Hotelgarage
- barrierefrei
- klimatisierte Zimmer
- WLAN-Zugang
- Hallen- und/oder Freibad im Haus
- mit Wellness-Bereich
- mit Fahrstuhl zu den Hotelzimmern
- Hunde im Hotel nicht erlaubt
- mit Garten oder Terrasse

7

Zur Weinsteige

im Hotel Zur Weinsteige
Hohenheimer Str. 30, 70184 Stuttgart
0711-2367000
www.zur-weinsteige.de
Küchenchef: Jörg Scherle
Di–Sa ab 18 Uhr, So, Mo u. Fei RT
Hauptgericht: 24–40 €,
Menüs: 48–110 €

Es gibt wohl kaum eine Adresse in Stuttgart und Umgebung, in der die alte Schule von guter Küche und gutem Wein auf so hohem Niveau gepflegt wird wie bei den Brüdern Jörg und Andreas Scherle. Das Ambiente im Restaurant Zur Weinsteige an der viel befahrenen Hohenheimer Straße ist klassisch-gediegen mit modernen Akzenten – und so kann man eigentlich auch den Küchenstil beschreiben. Zwiebelrostbraten und Wiener Schnitzel sind auf der Karte unverzichtbar und zählen zu den besten der Stadt. Aber sowohl im großen Menü als auch in einzelnen Gerichten à la carte geht der Horizont weit über das hinaus, was man in Schwaben als bestbürgerliche Küche kennt.
Nach Brot mit Olivenbutter und Tomaten-/Basilikum-Öl konnte man dies zuletzt schon beim Küchengruß feststellen. Das vegetarische Sushi mit Füllung aus Karotte und Gurke hatte mit ausgestochenem Gemüse und winzigen Tofuteilen nicht nur eine schöne Optik, sondern mit einer leichten Sojasoße, genau dosiertem Wasabi und einer Spur Ingwer auch einen sehr guten, sanft exotischen Geschmack.
Auch bei zwei weiteren Gerichten zeigte sich, wie facettenreich Jörg Scherle Gemüse in Szene setzen kann. Zum Zylinder aus zweierlei Spargelmousse – unten grün, oben weiß – gab es knackige Stückchen von beiden Sorten, denen gebratene Würfel von Wassermelonen eine erfrischende Fruchtigkeit entgegensetzten. Vielleicht war der Bärlauchcouscous etwas zu dezent gewürzt, andererseits konnten die Morchelspitzen so ungestört mit ihrer Aromatik auftrumpfen. Morcheln und Spargel tauchten auch im vegetarischen Hauptgang auf, und doch hatte das perfekt gegarte Risotto – cremig und mit Biss – durch schwarzen Trüffel, Mangoscheiben und Tomatenschaum einen ganz anderen erdigen, runden, austarierten Wohlfühlcharakter.
Aber man würde viel verpassen, würde man bei dieser Küche ganz auf Fisch und Fleisch verzichten! Etwa auf die Variationen vom Island-Saibling: auf der Zunge zergehendes, gebeiztes Carpaccio, kompaktes Tatar getoppt mit Saiblingskaviar, akzentuiert mit der sanften Frische von Zitronengrasgel, der herben Schärfe von eingelegtem Rettich und dem kräutrigen Schmelz eines Basilikumeises.
Nach dieser nordisch-asiatischen Fusion wurde das Lamm mediterran orientalisch interpretiert: Die zwei gebratenen Stücke aus dem Rücken waren saftig mit noch guter, fester Struktur und lagen in einer klassisch verdichteten Jus. Die Gefahr, das Gericht durch ein luftiges Süßkartoffelsoufflé, geschmorte Auberginenmousse und mit Chorizo gefüllte Teigtäschchen zu sehr in eine süßlich-würzige Breite zu führen, wurde geschickt durch die erfrischenden Spitzen eines herben Fenchel-/Sesam-Salats umgangen.
Auch die Pâtisserie konnte noch einmal auftrumpfen, denn das etwas üppigere Dessert mit Erdbeervariationen (im Cheesecake, als Sorbet und mit marinierten Stücken ...) bekam durch Pistazienchips und nicht zuletzt durch Gin, Waldmeister und Mascarponeschaum im Glas einen originellen Extrakick. Der Millefeuille von Pfirsich und weißem Nougat hatte on top noch einen Himbeer-Macaron und ein Himbeer-/Rosen-Eis zu bieten.
Was der Weinkeller alles zu bieten hat – mehr als 1300 Positionen, darunter 500 Rieslinge – kann man in einem dicken Wälzer studieren. Noch besser aber verlässt man sich einfach auf die Empfehlungen von Andreas Scherle, einem fachkundigen Berater besonders bei deutschen Weinen, der auch Große Gewächse großzügig einschenkt. Kein Wunder: Er ist nicht nur ein souveräner Gastgeber, sondern führt zugleich einen Weinhandel samt Weinstube. Sein Bruder Jörg Scherle ist übrigens nebenbei ein weltmeisterlicher Koi-Karpfen-Züchter. Die stattlichen Exemplare kann man vor Ort besichtigen.

Hotelempfehlung

★★★★★

Althoff Hotel am Schlossgarten

Schillerstr. 23, 70173 Stuttgart
0711-20260
www.hotelschlossgarten.com
Einzelzimmer: 143–323 €
Doppelzimmer: 163–393 €

Wie in einem Privathaus erleben Sie ein wohnliches Ambiente und gleichzeitig den hohen technischen Standard eines Luxushotels. Warme Naturtöne werden mit kräftigen Akzenten kombiniert – Glas und Chrom treffen auf Holz und edle Stoffe. Die 106 Zimmer und Suiten laden zu einem unbeschwerten Aufenthalt ein, der teilweise von einem unvergleichlichen Panoramablick auf den Schlossgarten begleitet wird. Das Hotel zeichnet sich durch seine einzigartige Lage aus: Inmitten des Schlossgartens und gleichzeitig direkt im Stadtzentrum ist das Althoff Hotel am Schlossgarten bestens geeignet für Ihren Besuch in Stuttgart. Kulinarisch werden Sie im Leysieffer Café am Schlossgarten, in der Weinwirtschaft / Weingut Franz Keller oder der Zirbelstube (separat erwähnt) verwöhnt – alle mit Terrasse zum Schlossgarten.

★★★★

Hotel Zur Weinsteige

Hohenheimer Str. 28–30,
70184 Stuttgart
0711-2367000
www.zur-weinsteige.de
Einzelzimmer: 99–150 €
Doppelzimmer: 120–160 €

Ein in der dritten Generation familiengeführtes und sehr individuell eingerichtetes 4-Sterne-Hotel im Zentrum Stuttgarts, nur fünf Gehminuten vom Schlossplatz, zahlreichen anderen Sehenswürdigkeiten und der Fußgängerzone entfernt. Hier erwartet die Gäste eine gediegene, edel rustikale Einrichtung im Haupthaus und stilvolles mediterranes Flair im zugehörigen Schlösschen. Die Zimmer, die, wie auch das Gourmetrestaurant, die Hotelbar und sämtliche Nebenräume, mit individuellen Klimaanlagen ausgestattet sind, bieten alle Annehmlichkeiten eines modernen Hotels, etwa kostenlosen WLAN-Zugang, große HD-Flatscreens oder Gäste-Tablets. Viele Bäder haben zudem Whirlpool-Wannen. Auch die Kulinarik wird in dem von den Gebrüdern Scherle engagiert geführten Traditionshaus mit Gourmetrestaurant, einer Restaurantterrasse mit Koi-Karpfenteich und herausragend bestücktem Gewölbe-Weinkeller großgeschrieben. Restaurant Zur Weinsteige separat erwähnt.

Sulzburg (Baden-Württemberg)

9

Hirschen

Hauptstr. 69, 79295 Sulzburg
07634-8208
www.hirschen-sulzburg.de
Küchenchef: Douce Steiner
Mi–Sa von 12–14 Uhr u. ab 18.30 Uhr, So von 12–14 Uhr, Mo u. Di RT
Hauptgericht: 58–68 €,
Menüs: 126–235 €
EC VISA

Das Traditionshaus mit seiner nostalgischen Atmosphäre in den beiden wohnlich-eleganten Gasträumen ist und bleibt eine der besten Adressen für feine Küche und gehobene Bewirtung im kulinarisch ohnehin reich gesegneten Südwesten. Mit ihrer sanft modernisierten Version klassisch französischer Haute Cuisine drücken Douce Steiner und ihr Ehemann Udo Weiler der Institution schon seit Jahren ihren eigenen Stempel auf, nachdem der Generationswechsel anfangs etwas schleppend verlief. Die beiden führen hier seitdem die von Vater bzw. Schwiegervater Hans-Paul Steiner schon vor Jahrzehnten etablierte Linie fort, interpretieren diese aber schlanker, filigraner, puristischer und damit schlichtweg zeitgemäßer. Ihre stets sehr elegant und mit feinem Pinselstrich von leichter Hand ausgeführten Kreationen begeistern dennoch durch alle positiven Eigenschaften der französischen Klassik, wie etwa Geschmackstiefe, Süffigkeit und Opulenz, überzeugen durch Stil, Handwerk und Substanz. Familiärer Service, gute Weinauswahl im Flaschenbereich, auch viele gereifte Raritäten zu moderaten Preisen.

Sylt (Schleswig-Holstein)

5

Bistro Stadt Hamburg

im Hotel Stadt Hamburg
Strandstr. 2, 25980 Sylt (Westerland)
04651-8580
www.hotelstadthamburg.com
Täglich ab 12 Uhr durchgehend, kein RT
Hauptgericht: 16–29 €
EC VISA P

Im nordisch-eleganten, in warmem Gelb gehaltenen Bistro des Patrizierhauses im Zentrum von Westerland wird täglich durchgehend eine sehr sorgfältig zubereitete bürgerliche Küche geboten. Die kann ganz traditionell ausfallen, wie das Labskaus, die Nordseekrabben mit Spiegelei und Friesenbrot oder die locker leichten Königsberger Klopse, die völlig zu Recht nicht mehr von der Karte wegzudenken sind – kann aber auch mal einen Hauch Exotik mitbringen, wie die mit Chili und Zitronengras abgeschmeckte Fischsuppe mit Lachsnocken oder der Gemüse-Couscous mit Korianderjoghurt. Alles, was hier aufgetischt wird, zeichnet sich durch natürliche Aromen und behutsame Würzung aus. Moderate Preise; aufmerksamer, flinker Service.

8

BODENDORF'S

im Hotel Landhaus Stricker
Boy-Nielsen-Str. 10,
25980 Sylt (Tinnum)
04651-88990
www.landhaus-stricker.de
Küchenchef: Holger Bodendorf
Di–Sa ab 19 Uhr, So u. Mo RT
Menüs: 178–218 €
EC VISA P

Zwischen der stark regionalbetonten nordischen Küche des Söl'ring Hofs, der weltoffenen Freestyle-Cuisine des Kai3 und der traditionellen Klassik von Jörg Müller hat sich Holger Bodendorf mit seiner modernen klassischen Küche mediterraner Prägung im Kreise der Top 5 auf der Insel stilistisch ebenfalls in einer ganz eigenen Ecke eingerichtet. Was in seinem behaglichen Gourmetrestaurant mit sieben

Tischen im Landhaus Stricker in Form eines sechsgängigen Menüs mit zusätzlichen Auswahl- bzw. Ergänzungsmöglichkeiten bei Vorspeise, Hauptgang und Dessert geboten wird, hat auf Sylt also durchaus Alleinstellungsmerkmal.

Auch stark optimierte und kreativ variierte herzhaft-rustikale Gerichte findet man hin und wieder in seinem Repertoire. So wie beim letzten Mal zum Beispiel eine der Vorspeisen, bei der ein kleiner Riegel von der gepökelten Spanferkelhaxe mit knackiger Bayrischer Garnele aus der Crusta-Nova-Zucht, Imperial-Kaviar, Erbse (in cremig und knackig) sowie gepickelten Radieschen bestückt in einem leichten, transparenten Spanferkelsud mit zarter Säureader angerichtet war. Als aromatischer Clou erwies sich hier eine fruchtige Sorbetnocke mit ausgeprägtem Kümmelaroma, die ebenfalls auf das Fleisch drapiert war und dem Gericht nicht nur einen Temperaturkontrast, sondern eine herzhaft zupackende, aber nicht zu dominante Note verlieh. Der vom neuen Restaurantleiter und Sommelier in Personalunion Thomas Schreiber dazu empfohlene frisch-fruchtige Riesling von Franz Künstler machte sich da als trockener Partner mit eleganter Süße richtig gut.

Schon davor wurde aber bereits zum Aperitif wie gewohnt groß aufgetischt, und es kamen mit Wagyu-Tatar auf mariniertem Steinpilz in umamisatter Pilz-Espuma, einem geschmorten Tafelspitzwürfel mit mariniertem Rettich in Ponzu-Vinaigrette, roh marinierter Fjordforelle mit Himbeeressig-Perlen und Schnittlauch-Mayonnaise sowie kleinen Brioche-Snacks (z.B. mit Gänseleber) und Focaccia-Bällchen mit Lardo gleich eine ganze Menge verschiedener Schälchen, Tellerchen und Fingerfood-Happen auf den Tisch, die ebenso vielseitig sind wie Bodendorfs Küchenstil.

Die zweite Vorspeisenvariante um eine gebratene getauchte norwegische Jakobsmuschel mit Steinpilzen, Edamame-Bohnen (auch in knackiger und cremiger Ausführung) sowie dem

Aroma von Korianderkresse und einem feinsäuerlich-fruchtigen Verjus-Schaum bekam durch die dünne schmelzig-fleischige Kalbskopfscheibe, auf der das alles angerichtet war, ebenfalls einen verfeinert rustikalen Touch, blieb aber aromatisch in subtileren Bahnen. In die mediterrane maritime Welt führte anschließend der saftig fleischige Seeteufel auf Tomatenvarianten nebst Auberginencreme, Basilikumaromen und einem fruchtig-jodigen Vongolé-Sud mit Tomatenconcassé. Ein wunderbar leichtes, duftiges und klares Geschmacksbild: aromatische Muscheln, fruchtiges Tomatenaroma und ein ausgewogenes Spiel von Süße und Säure …

Optisch zwar etwas unschön von dem Plastikbeutel geprägt, in dem es eingeschweißt und sous-vide gegart wurde, geschmacklich und gartechnisch aber ganz hervorragend, kam schließlich der bretonische Kabeljau daher, der mit verschiedenen Varianten vom wilden Blumenkohl (säuerlich mariniert und knackig sowie als Tempura frittiert und eher nussig) sowie winzigen Pfifferlingen und einer umamisatten Pfifferlingscreme aufgeboten wurde. Eine seidige Schalottenvinaigrette als Sauce sorgte hier nicht nur für einen fülligen Background, sondern auch auch für fast schon karamellig anmutende Noten, die sich hier sehr gut ins Aromenbild einfügten.

Zur gebratenen Wachtelbrust vom französischen Züchter Miéral aus der Bresse, die nebst einem mit Pankoknusper überflockten Blutwurst-Raviolo aufs Porzellan geschickt wurde, sorgten die Bitteraromen von Löwenzahn in Zusammenspiel mit Kürbissaft und fermentierter Pflaume für reizvolle Kontroversen. Süße, Säure, Bitterkeit – eingefangen von der Kraft und Fülle einer klassischen Wachteljus. Das hat was!

Den Lammrücken mit kraftvoller, aber auch schön transparenter Olivensauce auf Lammjus-Basis, fruchtig pikantem Pimento-Kompott sowie Topinambur als nussig-erdige Stücke und in Gestalt der knusprigen Schale, konnte auch die Umami-Packung einer Dashi-Creme nicht undurchdringlich verdichten, sodass man es hier mit einem sehr feinen, transparenten Hauptgang zu tun hatte. Sowohl die Aromen des Lammfleischs als auch die der Topinamburknolle und einer duftig-ätherischen Kräuteremulsion vermischten sich hier zu einer feinen, subtilen Angelegenheit.

Und auch das an den exotischen Aromenmix von Piña Colada angelehnte Dessert, bei dem Kokosnuss, Ananas und Pandan in unterschiedlichen Aggregatzuständen teils zwischen knusprige Strudelblätter verpackt waren und von (etwas uncharmant zähem) Salzkaramell einen leicht kontrastierenden Akzent zur Seite gestellt bekamen, fügte sich harmonisch ins Gesamtbild eines rundum stimmigen Menüs ein. Ein Menü, das sich in der Gesamtschau fast auf demselben hohen Niveau wie in den letzten beiden Jahren bewegte, allenfalls in den handwerklichen Details minimal ungenauer wirkte. Am Unterhaltungswert und Genussfaktor ändert dies freilich rein gar nichts!

Fast & SLOW

Brot & Bier

Gurtstig 1,
25980 Sylt (Keitum)
04651-9363743
www.brot-und-bier.de
Di–Sa von 12–17 Uhr u. ab 18 Uhr, So u. Mo RT

Hier werden konsequent einfallsreich und aufwendig zubereitete Stullen serviert. Und diese qualitativ bemerkenswerten Brotkompositionen, die zumeist sensibel aromatisiert und texturell ideal ausbalanciert sind, können es mit manchem Gang in hoch bewerteten Häusern aufnehmen. Dazu gibt's verschiedene hausgebraute Biere.

5

Fitschen am Dorfteich

Am Dorfteich 2,
25996 Sylt (Wenningstedt)
04651-32120
www.fitschen-am-dorfteich.de
Mo u. Mi–So ab 12 Uhr durchgehend, Di RT (Nov.–März: Mo u. Di RT, teilweise mittags geschlossen)
Hauptgericht: 16–32 €,
Menüs: 49–69 €

EC VISA P

Hübsche Gasthäuser in toller Lage gibt es ja nicht wenige auf Sylt, aber nur in wenigen wird ähnlich gut gekocht wie hier bei Familie Fitschen am Wenningstedter Dorfteich. Und das ohne Gourmetambitionen und zu moderaten Preisen. Manfred Fitschen und sein Team bieten in den ländlich eleganten Gasträumen oder im Garten mit Blick auf den Dorfteich eine sehr sorgfältig zubereitete Regionalküche, die von deftig-bodenständiger Kost bis hin zu maßvoll verfeinerten Gerichten reicht. Verena und Claudia Fitschen leiten sympathisch und erfrischend locker den Service. Brauchbare Weinauswahl mit Schwerpunkt Süddeutschland.

5

Genuss-Shop Johannes King

Gurtstig 2, 25980 Sylt (Keitum)
04651-9677790
www.johannesking.de
Täglich von 11–20 Uhr, kein RT

Bei unseren Aufenthalten auf der Insel Sylt kommen wir nie um einen Besuch in Selina und Johannes Kings Genuss-Shop herum, wo es vom halben Dutzend Sylter Royal Austern über „Selinas kleine Wagyu-Burger" bis hin zur geschmorten Kalbsbacke mit Wurzelgemüse allerhand bodenständige, aber sehr attraktiv zubereitete Köstlichkeiten in ungezwungener Atmosphäre gibt. Wenn es das Wetter zulässt, sitzt man auf der kleinen windgeschützten Terrasse sehr angenehm. Ansonsten an einem der wenigen und stets stark frequentierten Hochtische zwischen allerhand Delikatessen im Inneren des Shops. Nicht selten ist Johannes King hier selbst anzutreffen.

5

Goldgelb

Wilhelmstr. 5, 25980 Sylt (Westerland)
04651-8069900
www.goldgelb-sylt.de
Täglich ab 10 Uhr durchgehend, kein RT
Hauptgericht: 19–43 €

EC VISA

Auf den ersten Blick lässt das Lokal von Sebastian Falkenroth in der Fußgängerzone von Westerland nichts Überdurchschnittliches vermuten: Das unkomplizierte Gastrokonzept auf zwei Ebenen samt Freisitz offeriert von verschiedenen Frühstücksvarianten über „Sylter Tapas" bis zu Tagesgerichten, die vom Vormittag bis zum Feierabend ständig verfügbar sind, ein vielseitiges Programm für ein breiteres Publikum. Doch diese Sachen bieten nicht nur überdurchschnittliche Qualität, sondern auch die eine oder andere kulinarische Raffinesse. Vom Frühstück mit Müsli und „Egg Benedict" über die kleinen kreativen Gerichte im Tapas-

Format, von denen nicht wenige Soulfood-Charakter haben, bis hin zu handfesten Tellergerichten wie die Bouillabaisse von Nordseefischen, hausgemachte Pasta mit Steinpilzen und pochiertem Eigelb oder Flanksteak vom US-Beef mit Mais im „Barbecue-Style" bewegt sich hier alles auf einem attraktiven Niveau. Im kleinen begehbaren Weinklimaschrank lagern zudem gute Tropfen mit Schwerpunkt bei deutschem Riesling.

6

Hardy's Restaurant

im Hotel Stadt Hamburg

Strandstr. 2,
25980 Sylt (Westerland)
04651-8580
www.hotelstadthamburg.com
Täglich ab 18 Uhr, kein RT
Hauptgericht: 23–32 €,
Menüs: 80–110 €

Das Patrizierhaus im Zentrum von Westerland beherbergt ein stilvolles Hotel mit zwei verschiedenen Gastronomiekonzepten. Im Bistro wird zu günstigen Preisen vorwiegend regional und qualitativ ebenfalls sehr empfehlenswert gekocht und im unlängst verjüngten und legerer gemachten Restaurant mit Barbereich gibt's zu vergleichsweise gehobeneren, aber keinesfalls abgehobenen Preisen eine feinere Küche mit französisch-mediterranen und regionalen Wurzeln. Die ist in ihren Grundzügen traditionell, präsentiert sich aber dennoch stellenweise recht kreativ, wenn das Team mit nicht alltäglichen, zumeist schlagkräftigen Aromenkombinationen schmissige Akzente setzt. Auch den Service erlebten wir wieder sehr zuvorkommend und sympathisch. Wohlsortierte Weinkarte.

Bezahlkarten-Symbole

- Mastercard
- EC-Maestro
- Diners
- American Express
- VISA Visa

5

Hoog

in Severin's Resort & Spa

Am Tipkenhoog 18,
25980 Sylt (Keitum)
04651-460660
www.severins-sylt.de
Täglich ab 11 Uhr durchgehend,
kein RT
Hauptgericht: 25–42 €

Das Severin's Hotel Resort & Spa am Rande von Keitum an der Wattenmeerküste verfügt über zwei unterschiedliche Restaurantkonzepte. Neben dem nur abends geöffneten Tipken's gibt es im Hoog mit seinem modernen Landhaus-Ambiente (weiß gekalktes Holz, karierte Stoffe, bequeme Polstersessel …) ab mittags durchgehend regionale und internationale Küche der klassischen Art. Das Schöne ist, dass diese Gerichte – ganz egal ob heimisch oder weltläufig – nicht nur durch eine sehr solide handwerkliche Umsetzung überzeugen können, sondern auch durch Qualität und Frische der Produkte. Die Weinkarte listet ein kleines, aber qualitativ sehr gutes Sortiment namhafter europäischer Erzeuger. Das Preisniveau von Speis' und Trank ist angemessen.

7

KAI3

im Hotel Budersand

Am Kai 3, 25997 Sylt (Hörnum)
04651-46070
www.budersand.de/de/kulinarik/kai3
Küchenchef: Felix Gabel
Fr–Di ab 18.30 Uhr, Mi u. Do RT
Hauptgericht: 39–68 €,
Menüs: 98–148 €

Das ebenso großzügige wie lichtdurchflutete Restaurant KAI3 befindet sich am südlichsten Punkt der Insel Sylt, wo sich in Hörnum hinter dem kleinen Hafengelände mit diversen Imbissständen zwischen Kaimauer und exklusiver Golfanlage das Hotel Budersand auftut. Früher war hier der in der Szene bestens bekannte Jens Rittmeyer mit einer zuletzt schon sehr auf Nachhaltigkeit und Regionalität fokussierten Küche der Jahreszeiten zugegen – sein direkter Nachfolger wurde damals Felix Gabel, der sich ebenfalls heimische Produkte und Zutaten ausgewählter Erzeuger aus Norddeutschland und Skandinavien auf die Fahnen geschrieben hat, dessen Kulinarium aber insgesamt deutlich weniger „nordisch", sondern viel weltumspannender wirkt.

Dazu passt, dass sein siebengängiges Menü „Große Aromenreise", das hier neben dem fünfgängigen rein vegetarischen Menü „Kraut & Rüben" zur Disposition steht, den Gast auf eine kulinarische Weltreise mitnimmt, die an verschiedenen Orten der Erde Halt macht und bestimmte Geschmacksbilder von dort mal mehr und mal weniger authentisch und nicht selten mit einem Augenzwinkern interpretiert. Felix Gabel mag starke Aromen, liebt Kontraste und lässt es auf seinen Tellern gerne mal knallig zugehen. Meistens hält er gut die Balance, manchmal schießt er etwas übers Ziel hinaus. Unterhaltsam und sehr schmackhaft ist es aber immer.

Es ging zuletzt bereits sehr kraftvoll und auf reizvolle Weise plakativ los: zunächst mit einer zünftigen Brotzeit, für die auf eine fluffig-knusprige Brotschnitte neben guter Butter ein Rote-Bete-Tatar, frisch gehobelter Meerrettich, verschiedene herbe Kräuter und Kresse sowie Brösel von knuspriger Hühnerhaut geladen waren. Dann mit drei verschiedenen Fingerfood-Petitessen, von denen wir nicht behalten haben, was es exakt war (eine Art Baiser-Doppelkeks mit Sauerkraut, ein Jalapeño-Macaron und eine Teriyaki-Praline von Nordseekrabben), die aber allesamt schön chunky und süßlich-würzig schmeckten. Der Gegenentwurf dazu, ein schlankes, säuerlich-straffes kleines Amuse, kam in einer ausgehöhlten Kohlrabiknolle daher und bestand aus etwas Rauchaal, Saiblingskaviar und marinierten Kohlrabischeiben, die in einem klaren zitrischen Sud schwammen.

Danach ging es jedoch eher in dem etwas plakativeren, mit dickerem Pinselstrich komponierten Stil weiter, was nicht unbedingt nachteilig war, denn wenn es so gelungen kontrastreich wie bei der „Clam Chowder – nur anders" genannten Vorspeise abgeht, soll es uns nur recht sein. Im Hauptteller ein paar Tranchen vom Hummerschwanz in einer süßlichen Krustentier-Bisque mit Limonenfilets und à part in seiner Karkasse das Tatar vom Taschenkrebs mit zweierlei Mais und Basilikumsorbet. Hier etwas zu viel Salz, da etwas ruppige Säure von der Zitrone und dort etwas zu vorlaute Süße – auf diese forsche Art aber irgendwie auch sehr ansprechend.

So wie die Entourage der saftigen Seezunge „allez les Sylt", die auf einem salzig-intensiven Kalbsbriesragout (eher schon eine Bolognese) angerichtet war und von recht ursprünglich belassener, aber mit Rhabarbergel und verschiedenen Kräutern applizierten Haferwurzel sowie Sauerampfer-Beurre-blanc eskortiert wurde. Auch das eine ziemlich kontrastreiche Angelegenheit. Von Sylt nach Korea ging die Reise mit dem Würfel vom Schweinebauch, der im typisch unorthodoxen Stil von einer Art Ragout aus Auster und Kaviar, Röllchen aus fruchtig-säuerlich eingelegtem Rettich, moderat pikanter Kimchi-Consommé und den Akzenten von scharfem ätherischem Senf und umamiwürziger Espuma eskortiert wurde. Leider war das Fleisch relativ trocken und faserig, was dieses Intermezzo unterm Strich rustikaler wirken ließ, als dies vermutlich beabsichtigt war.

Deutlich feiner und kompositorisch ruhiger ging es wieder bei der saftigen, mit Ochsenmark und an Cime di Rapa erinnernden klein geschnittenen grünen Stängeln getoppten Rückentranche vom Holsteinischen Wagyu-Rind „Pirates of the Nordfrisien" zu. Und das obwohl hier in Gestalt einer mit Whisky abgeschmeckten Bananenmousse, intensiver Blattpetersiliencreme und Ingwerjus ein ganzer Schwung Südsee-Exotik im Spiel war. Der eigentliche Hauptgang, der unter dem Motto „Dönerteller Versace" in den anatolischen Mittelmeerraum führte, war sogar richtiggehend puristisch: Auf dem Hauptteller nur ein herzhaft gewürztes Rückenstück vom Lamm nebst rauchiger Paprika-Espuma auf einer kräuterwürzigen Jus. À part auf einem kleinen Tellerchen ein à la Dürüm gefüllter Fladen mit Fleisch, Gemüse und Tzatziki. Eine türkisch-griechische Koproduktion, wenn man so will. Und auch wieder aromatisch eher dicht und kraftvoll.

In den etwas ferneren Orient führte uns die letzte Etappe mit dem Dessert um Orange, Joghurt, Salzmandel und dem bengalischen

Aroma des Langpfeffers, das ebenso auf gleicher Linie blieb wie die von unkonventionellen und ausdrucksstarken Aromen (Kerbel, Safran, Malzbier …) gekennzeichneten Petits Fours. Keine Frage: Es ist nicht alles handwerklich perfekt, manchmal rumpeln die Sachen ein wenig über den Gaumen und nicht jede Kombination scheint zu hundert Prozent schlüssig – uns ist das aber allemal lieber als gediegen perfektionierte Langeweile auf den Tellern. Ein Diner im KAI3 jedenfalls hat hohen Unterhaltungswert und macht richtig Spaß.

6↑

Restaurant JM

im Hotel Jörg Müller

Süderstr. 8,
25980 Sylt (Westerland)
04651-27788
www.hotel-joerg-mueller.de
Mi–So ab 17 Uhr, Mo u. Di RT
Hauptgericht: 32–59 €, Menüs: 76–98 €

Nur weil Altmeister Jörg Müller vor einigen Jahren sein separat geführtes Gourmetrestaurant geschlossen hat, heißt das ja noch lange nicht, dass man bei ihm nicht mehr auf gehobenem Niveau essen konnte. Das Gegenteil ist der Fall: Im ehemaligen Gourmet-Separée und in der heimeligen Friesenstube wird auf einer relativ umfangreichen Karte, die von alten frankophilen Klassikern aus exklusiven Produkten wie Steinbutt, Gänseleber und Rinderfilet bis zu herzhafter Regionalküche aus etwas einfacheren und weniger kostspieligen Viktualien reicht, ein attraktives Kulinarium offeriert. Und das profitiert in hohem Maße von der starken Substanz, die Jörg Müllers Küche seit jeher hat. Man erwartet und bekommt handwerklich fundiert zubereitete gutbürgerliche Küche im besten Sinne, die zwar nicht immer bis ins Letzte ausgefeilt oder verfeinert wirkt, aber grundsätzlich großen Spaß macht. Zumal dann, wenn man sich dazu von Gastgeber und Sommelier Benjamin Birkholz einen ehrwürdig gereiften großen Bordeaux oder Burgunder einschenken lässt, die hier dank rappelvollem Weinkeller und Coravin auch glasweise ausgeschenkt werden.

Sansibar Restaurant

Hörnumer Str. 80, 25980 Sylt (Rantum)
04651-964646
www.sansibar.de
Tägl. ab 10.30 Uhr durchgehend, kein RT
Hauptgericht: 18–45 €

Bislang war der Besuch der berühmten Strandbude auf der Düne zwischen Rantum und Hörnum immer eher nette Chronistenpflicht – seit Sebastian Prüßmann hier Küchenchef ist, zieht es uns noch freudiger dorthin. Dabei hat sich auch unter seiner Ägide das kulinarische Konzept nicht geändert: Von Herzhaft-Gutbürgerlichem aus der schwäbischen Heimat von Chef Herbert Seckler über kräuterwürzig-pikanten Fischeintopf oder im Ganzen gebratene Seezunge bis zu allerhand Steak-Cuts vom U.S.-Beef reicht das Angebot – und die Qualität der Speisen ist hier grundsätzlich deutlich besser, als man es erwarten würde. Allein für das perfekte Kalbskotelett, das wir heuer mit einer formidablen Sauerrahm-Ofenkartoffel aufgetischt bekamen, würden wir immer wieder hierherkommen und einen der Tische auf der Terrasse oder im Sand frequentieren.

6

SIEBZEHN84

im Hotel Landhaus Stricker

Boy-Nielsen-Str. 10,
25980 Sylt (Tinnum)
04651-88990
www.landhaus-stricker.de
Küchenchef: Holger Bodendorf
Mo–So ab 17 Uhr, kein RT
Hauptgericht: 26–42 €, Menüs: 79–94 €

In Holger Bodendorfs wohnlich eingerichtetem SIEBZEHN84 mit gemütlichem Holzgebälk, warmen Farben und modernen Bildern wird eine Küche geboten, die einerseits dem Status als Hotelrestaurant gerecht wird und versucht, es einer recht heterogenen Klientel mit einer recht breit gefächerten Palette an stilistisch unterschiedlichsten Gerichten recht zu machen, die aber andererseits auch das Zeug dazu hat, den Leuten Lust darauf zu machen, auch mal das namhafte Gourmetrestaurant un-

ter gleichem Dach zu besuchen. Wobei sich das Repertoire an keiner Stelle anbiedernd konventionell gibt, sondern eigentlich durch die Bank den gehobenen kulinarischen Anspruch und den Einfallsreichtum des Teams transportiert.
Wer trotzdem eher auf handfesten und traditionellen Genuss aus ist, wählt halt diverse Steak-Cuts mit klassischen Beilagen à la Speckbohnen, Kartoffelpüree, Cole Slaw & Co. Ansonsten geht es selbst bei der Tomatenessenz, die mit Enten-Ravioli serviert wird, oder bei dem durch Ginger Beer und Gurken-Couscous der norddeutschen Biederkeit entrückten Matjesfilet schon individueller zu. Löwenzahnpesto, eingelegter Kürbis und gegrillter Romanasalat eskortieren die italienische Burrata, während der geflämmte Yellowfin Tuna mal nicht in asiatische Gefilde tendiert, sondern mit seinem Geleit aus Kartoffel, Bohnen, Kalamata-Oliven und Petersilienmayo schon eher in Richtung Cucina casalinga geht.
Stilistisch schwer zu verorten und zu kategorisieren war der sehr saftige rosa Tafelspitz mit eingelegter Mango und milder, rahmiger Wasabicreme, der von etwas Schmandcreme und gerösteten Pumpernickelbröseln unterlegt war, was dem Ganzen nicht nur etwas Biss, sondern auch eine unaufdringliche Tiefe gab. Einen zusätzlichen Effekt fürs differenzierte Mundgefühl bot dazu gepuffter Wildreis, der in der saftig-cremigen Melange auch immer wieder mal für crunchige Momente sorgte.
Die starke natürliche Substanz der Hummerschaumsuppe, die jede Menge charakteristischen Krustentiergeschmack bietet und dabei nicht zu sahnig, aber dennoch schön geschmeidig ist, hatten wir bereits im letzten Jahr gelobt – uns damals aber auch über die frittierte Krustentierpraline gewundert, deren einstmals knuspriges Kataifi-Kleid nach dem Angießen nur noch schlaff an ihr herunterhing und im Nu komplett durchgeweicht war. Viel besser klappte das heuer mit den kleinen Pralinen vom Iberico-Schwein, deren Schmorfleisch paniert und knusprig ausgebacken war und sich dergestalt auch nach Minuten in den Fluten der maritimen Suppe noch attraktiv knusprig präsentierte. Weitere Einlage: Shiitake-Pilze.
Und dass der gute Nordsee-Steinbutt aus dem letzten Jahr kein Eintagsfisch war, sondern scheinbar immer in dieser grundsoliden Qualität auf die manchmal etwas wackligen Tische des SIEBZEHN84 kommt, konnten wir dieses Mal verifizieren. Die diesjährige Plattfischtranche hatte eine würzig-herbe Petersilienkruste und schwamm zusammen mit handfestem Kartoffel-/Kürbis-Stampf auf einem Krustentierschaum, der ebenso untadelig war wie die ganz ähnliche Suppe vorweg: kraftvoller, aber eher eleganter Krustentiergeschmack ohne allzu viel Röstpower, rahmige Struktur, natürliche Aromen.
Wer im Hauptgang lieber Fleisch isst, hat neben bereits erwähnten Steaks die Qual der Wahl zwischen unterschiedlichen Hauptgängen, etwa mit Entenbrust, Kalbsleber oder Filet vom Kalb bzw. vom Rind. Das Kalbsfilet wurde in dünnen Scheiben als Saltimbocca nebst geschmortem Kürbis und Kartoffel-/Schnittlauch-Püree aufgefahren – das Rinderfilet in Kombination mit Petersilienrisotto, geschmorten Perlzwiebeln und Shiitake-Pilzen als Medaillon.
Sehr zufrieden waren wir diesmal auch mit dem souverän umgesetzten Dessert, einem saftig-kernigen Kürbiskuchen (als Äquivalent zum populäreren Rüblikuchen) mit geeister Kürbiskernölmousse-Nocke, Schmandcreme und karamellisierter weißer Schokolade, denen von Passionsfrucht ein notwendiger frisch-säuerlich auflockernder Akzent zuteilwurde. Wer davor oder stattdessen Käse mag, findet neben unterschiedlichen Sorten von Affineur Volker Waltmann aus Erlangen immer auch einen weiteren Käsegang in der Karte; oft und gern geschmolzenen Brie auf einer Bratbrotschnitte mit roter Zwiebelmarmelade und Trüffelvinaigrette. Dass es im Hause Bodendorf auch viel Gutes zu trinken gibt und die Weinkarte nicht nur im Gourmetrestaurant hohen Ansprüchen gerecht wird, liegt auf der Hand.

Söl'ring Hof

im Hotel Söl'ring Hof
Am Sandwall 1, 25980 Sylt (Rantum)
04651-836200
www.soelring-hof.de
Küchenchef: Jan-Philipp Berner
Johannes King
Di-Sa ab 18.30 Uhr, So u. Mo RT
Menüs: 154-254 €

Es ist nun mal so, und jeder, der schon mal dort war, wird es bestätigen: Wenn man über den Söl'ring Hof berichten will, muss man etwas weiter ausholen. Das Erlebnis beginnt nämlich nicht erst, wenn man an einem der Tische in diesem großzügigen und hellen, im nordisch-eleganten Stil gehaltenen Restaurant mit offener Küche Platz genommen hat. Es fängt schon an, wenn man sich diesem stattlichen, traumhaft schön zwischen den Dünen am südlichen Ortsrand von Rantum gelegenen Reetanwesen aus den 50er-Jahren nähert. Denn dieser Ort hat wirklich etwas Magisches.

Wer nicht ohnehin in der privilegierten Lage ist, in einem der luxuriösen, aber keineswegs protzigen Zimmer des Hauses zu wohnen und somit das Gesamtkunstwerk Söl'ring Hof ohnehin voll auskosten kann, sollte sich bei entsprechender Witterung zumindest etwas früher hierhin aufmachen. Vielleicht über den nahe gelegenen Steg auf die Düne spazieren und dann auf einem der beiden Bänke dort die Aussicht auf den wahrscheinlich schönsten und unberührtesten Strandabschnitt der Insel genießen. Um sich dann erst ganz allmählich durch das weiße Holztörchen mitten in den Dünensträuchern über einen kleinen Weg langsam dem Söl'ring Hof anzunähern und dort zunächst mal in der kleinen Bar im Erdgeschoss einen Aperitif zu nehmen.

Doch irgendwann hält es uns dann auch nicht mehr in dieser Vorfreude schürenden Warteposition und wir sehnen uns endlich zu Tisch. Denn immerhin gibt es im Söl'ring Hof ja nicht bloß jede Menge Atmosphäre, sondern ganz nebenbei auch die beste Küche Sylts und überhaupt eine der besten des Nordens zu genießen. Und mit diesem stark regionalverwurzelten Kulinarium konnten sich Patron Johannes King und sein langjähriger Küchenchef Jan-Philipp Berner längst eine ganz eigene Handschrift aneignen und haben damit das, was vielen deutschen Spitzenköchen nach wie vor fehlt. Natürlich sind King und Berner nicht die Einzigen im hohen Norden der Republik, die sich mit Vorliebe den besten Produkten aus der nahen Umgebung annehmen, selbst Gemüse züchten, Wildkräuter sammeln und daraus moderne, kreative und vor allem sehr leichte Gerichte machen. Aber sie sind vermutlich die mit der unverkennbarsten Stilistik.

Produkttypisch, klar, puristisch und doch vielschichtig präsentierten sich auch in diesem Jahr schon die ersten kleinen Kostproben, die hier seit eh und je repräsentativ für den Stil der Söl'ring-Hof-Küche sind, die das Pure, Nordisch-Schlanke und die französische Opulenz wie kaum anderswo auf diesem Planeten zu einer ganz eigenständigen Richtung vereint. Ein in Périgordtrüffel-Geleehülle verkapseltes, moussig eingehülltes Wachteleigelb in einer thymianwürzigen Pilzbouillon, die wie Samt und Seide über den Gaumen streichelt, sei nur stellvertretend für viele andere kleine Appetizer genannt. Und ist es eigentlich Einbildung, dass die puren Austern hier immer noch ein klein wenig besser schmecken als anderswo in Deutschland?

Etwas knallig und bunt – und zwar nicht nur optisch! – war die aromatische Untermalung des schon als Produkt herausragenden, leicht röstaromatisch angebratenen Kaisergranats und dessen pur und klar schmeckenden Tatars, die auf zwei Tellern mit einer Vinaigrette beziehungsweise Komponenten von Roter Bete, Rapsöl und Fichtensprosse in Szene gesetzt wurden. Auch wenn hier à part ein kleines Krustentiersüppchen in einer Espressotasse weiteren maritimen Produktcharakter in die Waagschale brachte, hätten wir es fast ansprechender gefunden, wenn das famose Krustentier aromatisch etwas puristischer und subtiler präsentiert worden wäre. Ein starker Start auf hohem Niveau war es aber auch so.

Ruhiger, sanfter und weicher, fast wie eine gute Dashi-Brühe, wirkte der stark reduzierte und leicht geräucherte Fischsud, der dem folgenden Duett vom Saibling als warmaromatische Unterlage diente. Der exzellente Fisch, der soft temperiert und glasig sowie als Tatarrolle mit

Karotte und Sanddorn liiert war, bekam zudem von Estragon eine feine aniswürzige Kopfnote mit und war trotz säuerlicher Frische und knackigem Beiwerk ganz bei sich. Sehr fein!
Wie man norddeutsche Deftigkeit unverstellt und authentisch, aber ohne jedwede Schwere und Opulenz aufs Porzellan bringen kann, das demonstrierte das Team anschließend mit dem Zwischengang um eine großartige Jakobsmuschel, die rösch angebraten und in ihrem fleischig-festen Kern noch roh und glasig, zusammen mit herzhaft würzigem Grünkohl-/Kartoffel-Risotto und Kalbskopf aufgefahren wurde. Dicht, süffig, zupackend, aber nicht rustikal – und irgendwo schwang auch noch eine ätherische Kräuterfrische mit, die uns entfernt an Eisenkraut erinnerte. À part dazu schickten Jan-Philipp Berner und sein Team das Tatar der Jakobsmuschel auch noch in einem Grünkohlwickel als kleinen Fingerfood-Snack, der sehr naturbelassen wirkte.
Schon da konnte man eine der großen Stärken der Söl'ring-Hof-Küche erleben, nämlich mit ganz einfachen Produkten – Kartoffel, Grünkohl, Kalbskopf – große Geschmackserlebnisse zu kreieren. Noch eindrucksvoller und kompromissloser gelang das im nächsten Zwischengang mit Pilz und Bohne. Hier gab es nämlich – und diesmal ganz ohne das Mitwirken eines Edelprodukts – im Grunde nichts anderes als unterschiedlichste Waldpilzsorten und Bohnenvarietäten, die sich in individueller und bis ins kleine Detail sehr präziser Zubereitung zusammen mit herben Kräutern in einer dazu angegossenen, mit Malz würzig intensivierten und vertieften Waldpilz-Consommé zu einem erstaunlich facettenreichen Geschmacksbild vermählte. So etwas funktioniert freilich nur, wenn die scheinbar gewöhnlichen Produkte von außergewöhnlich hoher Qualität sind und das alles mit so viel Fingerspitzengefühl und Aromengespür komponiert und angerichtet wird wie hier.
Deutlich weniger aufgefächert und nuanciert, sondern eher kompakt und aromendicht folgte im Anschluss eine echte Umamibombe. Nämlich eine akkurat gewickelte, mit Lauch sowie aromatischen gerösteten Haselnüssen gefüllte und überdies mit Blüten und Blättern (mutmaßlich von der Kapuzinerkresse-Varietät „Cherry Rose"?) sowie Splittern der krossen Hühnerhaut dekorierte Rolle aus dem Fleisch eines Huhns vom Züchter Lars Odefey. Die war sehr puristisch auf einem Spiegel intensiver Geflügeljus angerichtet, die das Ganze ziemlich intensiv und undurchdringlich wirken ließ. Das kraftvoll würzige Aromengerüst wurde jedoch von Zitronengel ein wenig aufgebrochen, und die krosse Hühnerhaut brachte zur Auflockerung auch noch etwas Crunch ins ansonsten überwiegend weiche, süffige Gericht. Trotzdem eine fast schon grenzwertig intensive Angelegenheit, für die ein korrespondierendes Begleitgetränk (in diesem Fall ein halbtrockener Grüner Veltliner „Tausend Rosen" von Ott aus dem Wagram) eigentlich fast alternativlos erschien.
Weitaus klarer, subtiler und frischer war der Hauptgang unseres Menüs, für den das ausdrucksstarke Fleisch vom Nierenzapfen (Onglet) eines Holsteiner Rinds und etwas Ochsenschwanz-Schmorkompott in den Mittelpunkt gestellt wurde: die köstlichen kurz gebratenen Tranchen mit kernigem Biss und saftig-buttrigem Rindfleischgeschmack zusammen mit einem Ochsenmarkknödelchen, knackigem Topinamburtatar, Waldpilz-Duxelles und einer grüne Frische und herbe Ätherik vermittelnden Petersilien-Tapenade sowie feinster Jus und aromatischem Petersilienöl auf dem Hauptteller – das Geschmorte als Melange zusammen mit Kräutern, roten Zwiebeln und Topinamburstampf à part in der ausgehöhlten Knolle einer im Ganzen im Ofen gegarten Topinambur. Ein sehr feines herbstliches Gericht, durchaus kraftvoll, aber mit vielen subtilen Schattierungen. Perfekt begleitet von einer fein gereiften und doch robusten 1995er Gran Reserva Castillo Ygay von Marqués de Murrieta, die noch den alten Rioja-Stil repräsentiert und hier mit ihrer dumpfen Würze und den erdigen Noten ein kongenialer Begleiter war. Auf die Empfehlungen von Sommelière Bärbel Ring ist immer Verlass!
Auch die Pâtisserie bewegte sich mit einem cremig-saftigen Dessert rund um die Zwetschge und den Leitaromen von Mandel und Portwein ganz im Zeichen der kälteren Jahreszeit, frischte das herbstliche Ensemble aber mit Verbene so schön auf, dass der Winter noch dankbar weit weg schien. Und apropos Winter: Auch bei heulendem Wind und Eiseskälte hat dieser behagliche Platz sicher etwas sehr Reizvolles – am schönsten ist es aber tatsächlich im Sommer, wenn man den Aperitif und die Austern noch draußen auf der Terrasse genießen kann und später oben auf der kleinen Dünenbank den Sonnenuntergang. Wer dies einmal erlebt hat, kommt vermutlich immer wieder hierher.

5

Tellerrand

Sankt-Nicolai-Str. 1,
25980 Sylt (Westerland)
04651-4465300
www.tellerrand-sylt.de
Mi–Mo ab 18 Uhr, Di RT
Hauptgericht: 24–42 €

VISA

Inhaber und Küchenchef Jan Ole Sander bietet in seinem entspannten Lokal im Zentrum von Westerland sehr gute, durchaus anspruchsvolle, aber auch recht unkomplizierte Küche, die richtig Spaß macht und zu moderaten Preisen zu haben ist. In dem im modernen Bistrostil gestalteten Gastraum kommen Gerichte auf die Tische, die oft und gern mit asiatischen Inspirationen gespickt sind, hier und da aber auch mal deftig norddeutsch anmuten, aber immer mit dem Händchen für moderne Präsentation und stimmige Proportionen zubereitet sind. Etwas kreativer und feingliedriger bei den Vorspeisen und Zwischengängen, etwas traditioneller und zupackender bei den meisten Hauptgerichten. Dazu eine schöne Auswahl an internationalen Weinen und zuvorkommender Service.

Hotelempfehlung

★★★★★

Dorint Söl'ring Hof

Am Sandwall 1, 25980 Sylt (Rantum)
04651-836200
www.soelring-hof.de
Einzelzimmer: 425–665 €
Doppelzimmer: 450–690 €

VISA

Schon die Alleinlage auf der Rantumer Düne und der eigene Strandzugang machen den Söl'ring Hof zu etwas ganz Besonderem. Aber auch die private Atmosphäre, die in dem kleinen, luxuriösen Reetdachhaus mit gerade mal 15 Zimmern und Suiten herrscht, vermittelt ein Höchstmaß an Exklusivität. Alle Räume sind mit Fernseher, Telefon, WLAN, Radio und CD-Player von Bang & Olufsen, Minibar und Safe ausgestattet. Im Preis enthalten sind zudem Services wie Abholung am Flughafen oder Bahnhof, Nutzung der hauseigenen Fahrräder, Minibar (Getränke inklusive), privater Strandkorb direkt am Fuße der Düne, Nutzung des Fitnessraumes und des Wellnessbereiches mit Sauna und Dampfbad. In den Wintermonaten werden diverse Arrangements angeboten; auch die Exklusivbuchung des Hauses für private Feiern oder Familienveranstaltungen ist möglich. Außerdem: regelmäßig Kochkurse mit Gastgeber Johannes King buchbar. Gourmetrestaurant Söl'ring Hof separat erwähnt.

★★★★★S

LANDHAUS STRICKER

Boy-Nielsen-Str. 10,
25980 Sylt (Tinnum)
04651-88990
www.landhaus-stricker.de
Einzelzimmer: 160–240 €
Doppelzimmer: 260–340 €

VISA

Das „Relais & Châteaux"-Haus verfügt über 38 komfortable Zimmer und Suiten im eleganten Landhausstil. Hier herrschen warme, erdige Farben und behaglicher Luxus vor. Ein besonderes Highlight ist der neu gestaltete Wellnessbereich mit Pool, Saunen und exklusivem Fitnessbereich mit hochwertigen Geräten sowie Entspannungs- und Beautyanwendungen von SENSAI und BABOR. Seit dem Sommer 2013 steht den Gästen auf der Galerie des Restaurant SIEBZEHN84 ein kleines, ganz spezielles Kino (für max. zwölf Personen) zur Verfügung: Die CINEMA LOUNGE, in deren privater Atmosphäre zum Lieblingsfilm gut gegessen werden kann. Restaurants SIEBZEHN84 und BODENDORF'S separat erwähnt.

Tangstedt (Schleswig-Holstein)

5↑

Gutsküche Wulksfelde

Wulksfelder Damm 15–17,
22889 Tangstedt
040-64419441
www.gutskueche.de
Di–Sa von 12–15 Uhr u. ab 18 Uhr, (So nur BBQ/Brunch), Mo RT
Hauptgericht: 18–38 €, Menüs: 38–78 €

Das ländlich schick eingerichtete Restaurant mit seinem weitläufigen Gastraum befindet sich direkt auf dem Gelände des Bioland-Guts Wulksfelde bei Tangstedt vor den nördlichen Toren Hamburgs. In der offenen Restaurantküche wird größter Wert auf Bio-Qualität und eine besonders nachhaltige Arbeitsweise gelegt. Das Produkt ist der Star: was nicht offiziell zertifiziert ist, wird zumindest so nachhaltig und artgerecht produziert oder gehalten, dass es den sehr hohen Ansprüchen von Gastgeber und Küchenchef Matthias Gfrörer genügt. Doch trotz aller Wertschätzung für gesunde, traditionell erzeugte Lebensmittel und dem bodenständigen Landküchen-Image wird hier keine dröge Öko-Kost geboten, sondern kreativ und bisweilen auch gourmetlike gekocht. Es geht also nicht bloß um authentischen Geschmack, sondern auch um Verfeinerung. Schön, dass zudem nicht nur bei den Produkten für die Küche Wert auf besondere Nachhaltigkeit gelegt wird, sondern auch beim Wein und den anderen Getränken.

Taufkirchen/Vils (Bayern)

5

Landgasthof Forster

Hörgersdorf 23, 84416 Taufkirchen/Vils
08084-2357
www.landgasthof-forster.de
Do–Sa ab 18.30 Uhr, So von 12–14 Uhr u. ab 18.30 Uhr, Mo–Mi RT
Hauptgericht: 19–24 €, Menüs: 45–62 €

VISA

Im Landgasthof von Friederike und Alois Forster isst man seit vielen Jahren konstant gut. Obwohl oder gerade weil die beiden ihre sympathische Adresse für unkomplizierten, aber anspruchsvollen Genuss in der kulinarischen Diaspora zwischen Ober- und Niederbayern führen, kochen und bewirten sie mit besonders viel Engagement. Alois Forster sorgt hier für eine unaufgeregte klassische Küche mit mediterranem Oberton, kauft qualitätsbewusst ein und bleibt mit seinen Zubereitungen immer sehr nah am Produkt. Was bei ihm in geradlinig-puristischer Manier ganz schnörkellos angerichtet wird, will beim Gast nicht durch raffinierte Optik Eindruck schinden, beeindruckt aber nicht selten durch seine sensible Machart und Wohlgeschmack. Eine verfeinerte Landküche mit Ausflügen ins Weltläufige, die von einer ausreichend umfangreichen Weinkarte komplettiert wird.

Tegernsee (Bayern)

6

Maiwerts Hütte

Ledererweg 9,
83684 Tegernsee
08022-95379
www.maiwerts.de
Küchenchef: Dieter Maiwert
Mo ab 11.30 durchgehend, Di–So RT
Hauptgericht: 9–35 €,
Menüs: 45–90 €

Wenn es in unserem Guide eine Sonderkategorie für Chefs gäbe, die trotz widriger und unglücklicher Umstände binnen kürzester Zeit immer wieder erfolgreich neu durchstarten, dann wäre Dieter Maiwert definitiv ganz weit vorn dabei. Denn kaum einen anderen Gastronomen und Koch haben wir über die Jahre an so vielen unterschiedlichen Stationen besucht – jedes Mal überzeugend, aber meist nicht von besonders langer Dauer.

Jetzt ist der routinierte Chef wieder zurück im Tegernseer Tal – zur Freude einer treuen Fangemeinde, die er sich schon in den Jahren zuvor hier aufgebaut hatte und die ihm auch während seines Intermezzos in Sachsen die Treue gehalten hat. In der Region ist Dieter Maiwert zweifelsohne schon eine Art eigene Marke, mit für ihn typischen Gerichten und einem charakteristischen Stil, der unkompliziert Zugängliches mit wohldosierter Finesse und viel Substanz kombiniert. Und das auch in der „One-Man-Performance", die der Chef an seinem neuen Herd abliefert.

Der neue Standort an einem kleinen Golfclub signalisiert mit dem Namen Maiwerts Hütte zunächst eher die rustikale, bodenständige Seite der Maiwert'schen Stilistik. Und auch das heimelig elegante Ambiente mit viel Naturholz, historischem Dekor und Almhütten-Flair schließt daran an. Auf der Karte stehen neben verfeinert traditionellen Gerichten wie einem Kalbsfleischpflanzerl mit Kartoffelspecksalat oder der legendären Maiwert'schen Currywurst mit Mango-/Ingwer-Sauce allerdings auch viele exklusivere Sachen …

Das kann zum Start ein Carpacchio vom Rinderfilet mit starkem Eigengeschmack dank guter Produktqualität und zarter Umami-Rahmung durch Trüffelcreme sein. Oder die ausgezeichnete (außen krosse, innen saftige) gebratene Blutwurst, deren warme Würze und Röstnoten von einem mürbe glasierten Apfelrondell mit genau der richtigen Dosis an Frucht und Säure kontrastiert wird. In der Kombination mit etwas Schalottenjus ist das zu Recht schon seit vielen Jahren einer der Signature Dishes von Dieter Maiwert, der uns an nahezu jedem Standort wieder begegnete. Maximal reduziert und doch sehr fein!

In schlichter und eleganter Art überzeugte auch das samtige Maronensüppchen, dessen produkttypische Süße gekonnt in Zaum gehalten wurde. Präsent war hier eher der nussige Charakter der Esskastanie. Allerdings hätte der Chef das Süppchen gern noch mit irgendeiner kontrastierenden Einlage oder Ergänzung upgraden können, um mehr Spannung zu erzeugen.

Ebenfalls zu Recht ein Klassiker von Dieter Maiwert ist der glasierte Rehrücken in einer reduzierten Birnen-/Wacholder-Jus mit feiner Madeira- und Rotweinnote, zarter Säure und viel Power. Die eher braven Begleiter in Form eines buttrigen Kartoffelpürees und mildem Blaukraut fügten sich hier wie gewohnt recht unauffällig, aber sehr elegant ein. Einziges klitzekleines Manko: die nicht ganz optimale Qualität des etwas mürben Rehs.

Den Abschluss schaffte eine nahezu perfekte, nur ein klein wenig zu puddingweiche Crème brûlée auf ebenfalls hohem Niveau. Wahlweise stehen auch gut gereifte Rohmilchkäsesorten vom Tölzer Kasladen zur Verfügung. Dazu gibt es eine kleine Auswahl attraktiver Weine und Schaumweine, die vom Chef und seinem Servicekompagnon kompetent offeriert werden.

5

Schlossbrennerei Tegernsee

Schlossplatz 1e,
83684 Tegernsee
08022-4560
www.schlossbrennerei-tegernsee.de
Täglich ab 11.30 Uhr durchgehend, kein RT

EC VISA

Nach vielen Jahren gehobener Gastronomie mit Kompagnon Fabrice Kieffer im Les Deux in München hat es Johann Rappenglück zwischenzeitlich von der Landeshauptstadt an den Tegernsee verschlagen. In den historischen hohen Gewölben der Schlossbrennerei direkt am Seeufer hat sich der erfahrene Gastronom eine absolute Premiumlage inklusive großer Terrasse mit Seeblick gesichert und ein rundum stimmiges Konzept auf die Beine gestellt: bodenständig, aber trotzdem mit Anspruch, wird hier für eine breite Zielgruppe gekocht. Alles, was aus der Küche kommt, hat einen bodenständig-traditionellen Charakter, wird aber akkurater und wohlproportionierter umgesetzt als im Durchschnittswirtshaus. Was zudem für die kleine, aber feine Auswahl an Flaschen renommierter Weingüter zutrifft, aus denen auch im Offenausschank Gutes in die Gläser kommt.

Teisendorf (Bayern)

5

MundArt

im Hotel Gut Edermann

Holzhausen 2, 83317 Teisendorf
08666-92730
www.gut-edermann.de
Täglich von 11–14 Uhr u. ab 17 Uhr, kein RT
Hauptgericht: 11–33 €, Menüs: 32 €
VISA

Das schmucke Wellnesshotel Gut Edermann ist ein sehr einladender Ort, an dem man nicht nur gediegen nächtigen, sondern auch sehr gut essen kann. In den wahlweise behaglich regional oder festlich elegant gestalteten Gaststuben des Restaurants MundArt mit seinem schmucken historischen Interieur wird mit viel Liebe zum Detail gekocht und eine zeitgemäße und anspruchsvolle Spielart regionaler Gastlichkeit gelebt. Das Küchenteam fühlt sich stark der Regionalität und frischer handwerklicher Zubereitung verpflichtet und listet die Produzenten detailliert in der Karte auf. Mit verfeinert bodenständigen Gerichten und internationalen Klassikern wird ein breites Publikum angesprochen und der Anspruch an hochwertige Produkte und fundierte handwerkliche Zubereitung auf jedem Teller dokumentiert. Glasweise gibt es eher einfache, aber gute Weine; flaschenweise eine respektable Auswahl, die auch höheren Ansprüchen genügen kann.

Teisnach (Bayern)

8

Oswalds Gourmetstube

im Relais & Châteaux Landromantik Hotel Oswald

Am Platzl 2,
94244 Teisnach (Kaikenried)
09923-84100
www.hotel-oswald.de
Küchenchef: Thomas Gerber
Mi–Sa ab 18.30 Uhr, So–Di RT
Hauptgericht: 29–54 €,
Menüs: 69–135 €
VISA

Mitten im ländlichen Hügelland des Bayerwaldes im 500-Seelen-Dorf Kaikenried, das in etwa auf halber Strecke zwischen Deggendorf und Großem Arber liegt, ist mit dem Landromantik Hotel Oswald über Jahrzehnte und Generationen hinweg ein exklusives Wellness-, Genuss- und Feriendomizil der Spitzenklasse entstanden, das heute hierzulande kaum einen Vergleich scheuen muss. Nicht von ungefähr Mitglied der renommierten weltweiten „Relais & Château"-Vereinigung, bietet der gewachsene Familienbetrieb in der niederbayrischen Provinz seinen Gästen internationalen Standard. Und kulinarisch hohes Niveau, das bei der hauseigenen Metzgerei anfängt und beim Fine-Dining-Restaurant Oswalds Gourmetstube endet.
Diese elegant in dunklen Farbtönen gestaltete Feinschmeckerabteilung mit exklusiver Ausstattung und großen runden und in weitem Abstand gestellten Tischen wird schon seit Jahren von Thomas Gerber verantwortet. Der hat sein Handwerk einst bei Größen der Szene wie Christian Bau oder Heinz Winkler verfeinert, ehe er dann vor einigen Jahren hier als eigenverantwortlicher Küchenchef selbst von sich reden machte und seither sukzessive immer

noch ein klein bisschen besser wurde. Womit wir auch schon die Pointe vorwegnehmen: Auch wenn wir hier und da noch Potenzial zur weiteren Optimierung gesehen haben – beispielsweise könnten die Konturen einzelner Gerichte noch etwas besser herausgearbeitet werden – hat sich die Küche heuer die Höherstufung auf nunmehr 8 Pfannen redlich verdient.
Eine Vielzahl an aparten Kleinigkeiten wie feinsäuerlich abgeschmecktes und ansonsten zugunsten der generösen Kaviarnocke on top eher schlicht gehaltenes Rindertatar, ein Chip mit zitrusfrischem Taschenkrebstatar oder ein Thunfisch-Taco stimmten zum Apero bereits auf hohem Niveau ein, ließen aber nicht so richtig erkennen, zu was die Küche fähig ist. Auch die knusprig und überhaupt nicht fettig ausgebackene Gillardeau-Auster mit Umebudo-Alge nebst Gurkensorbet und marinierter Gurke auf einem grasig-öligen Sud deutete das nur an.
Auch noch knapp unterhalb des 8-Pfannen-Levels bewegte sich die erste richtige Vorspeise des Menüs. Das quadratische Schichtwerk aus Gänseleber, Rauchaal und Ananas mit grünem Pfeffer war zwar aromatisch gut austariert und ließ dem Aal viel Entfaltungsspielraum, sodass hier nicht die fruchtige Süße überwog. Allerdings war die Konsistenz der Leber sehr weich und die Temperatur nicht optimal, sodass nicht nur die Gänseleber-Eisnocke on top schnell dahinschmolz, sondern auch die Foie-gras-Schicht in dem Quader, die so dem festfleischigen Aal nur wenig Textur entgegenbringen konnte. Die gebratene Langoustine im zweiten Akt, die von zwei mit sich selbst gefüllten Kürbistäschchen, einer seidigen Kürbismousseline und etwas Kürbiskernöl begleitet wurde, bekam von einer milden Currysauce mit moderater Ingwerfrische einen ausgleichenden Gegenpol – hätte nach unserem Geschmack aber sogar noch etwas mehr Säure vertragen.
Ziemlich stark und nach unserer Auffassung ganz locker 8 Pfannen wert war der Fischgang, in dessen Zentrum eine sehr schöne, ansprechend kolorierte und punktgenau gegarte Tranche vom Steinbutt stand: klassisch und mediterran, mit zarten Calamaretti, Poveraden und Krustentiersauce begleitet. Letztere sehr ausdrucksstark und druckvoll, aber dennoch elegant, ohne extreme Röstaromen, das Tomatenconcassée in den Artischockenböden mit feiner Säure, der Koriander zwischen den Friséeblättern brachte eine weitere aromatische Facette ein …
Nach einem erfrischenden Intermezzo, bei dem eine aromatische Ochsenherztomate als Sorbet, Schaum und mit Basilikumöl vermählter klarer Sud interpretiert wurde, bewegte sich das Team um Thomas Gerber auch mit dem Hauptgang auf der nächst höhere Bewertungsstufe: klare 8 Pfannen für den hervorragenden Limousin-Lammrücken, der selbst schon vor Saft und Eigengeschmack nur so strotzte und mit einer dünnen, unaufdringlichen Senf-/Kräuter-Haube mit wohldosierter Würze gratiniert war. Umgeben von aparten Komponenten aus Zucchini und Aubergine sowie Gänseschnäbeln und Paprikacreme, süffig unterfüttert von einer fantastischen reinen Lammjus mit Salzzitrone, war das ein großartiges Gericht mit Tiefenschärfe und Ausdruckskraft.
Und das Dessert um Schokolade, Kirsche und Kaffee knüpfte ganz locker daran an. Denn was hier in Gestalt unterschiedlichster Aggregatzustände von Mousse und Creme über Sorbet und marinierten Früchten bis hin zu knusprigen Texturen zusammengebracht wurde, bot nicht nur ein äußerst abwechslungsreiches und perfekt ineinandergreifendes Potpourri an Texturen, sondern auch klar und deutlich herausgestellte Aromen.
Sehr schöne internationale Weinkarte mit Schwerpunkt Deutschland, aber auch die beiden der Region nahe liegenden Nachbarländer Österreich und Tschechische Republik sind adäquat vertreten. Alles ist sehr fair kalkuliert und wird von Sommelier und Restaurantleiter in Personalunion Tobias Blaha fundiert und kurzweilig moderiert.

Hotelempfehlung

★★★★S

Relais & Châteaux Landromantik Hotel Oswald

Am Platzl 2,
94244 Teisnach (Kaikenried)
09923-84100
www.hotel-oswald.de
Einzelzimmer: 111–200 €
Doppelzimmer: 111–300 €

In der beschaulichen Ortschaft Kaikenried, eingebettet in die sanft auslaufende Hügellandschaft des Nationalparks Bayrischer Wald und nur eine gute halbe Stunde von Deggendorf entfernt, hat die Familie Oswald aus dem einstigen Gasthof mit Metzgerei ein komfortables

Landidyll mit spektakulärer Wellnessoase geschaffen. Die vielfach ausgezeichnete Traditionsmetzgerei gibt es heute noch – und auch gastronomisch hat die Kulinarik mit mehreren geschmackvoll eingerichteten Restaurants, einem großen Weinkeller, Bar und Gastgarten einen sehr hohen Stellenwert. Der sehr zeitgemäß und elegant umgesetzte ländlich alpine Stil zieht sich wie ein roter Faden durch das ganze Haus mit seinen insgesamt 58 Zimmern und Suiten unterschiedlichster Kategorien. Mit einem Panorama-Hallenbad, Ganzjahres-Außenpools, einer Saunalandschaft mit Finnischer Sauna, Kräuterbad, Aromadampfbad, Soledampfbad, Fußsprudelbecken und Erlebnisduschen sowie unterschiedlichen Ruhebereichen und Fitness-Area sucht auch das Wellness- und Sportangebot seinesgleichen. Oswalds Gourmetstube separat erwähnt.

Tiefenbronn (Baden-Württemberg)

5↑ 🍴🍴

Bauernstuben

im Hotel Ochsen-Post

F.-J.-Gall-Str. 13,
75233 Tiefenbronn
☎ 07234-95450
www.ochsen-post.de
Küchenchef: Peter Jost Theo Jost
Mo ab 18 Uhr, Di–Sa von 12–14 Uhr u. ab 18 Uhr, So RT
Hauptgericht: 15–44 €, Menüs: 22–78 €
EC VISA P

Egal ob draußen auf der lauschigen Terrasse unter schattenspendenden Bäumen oder drinnen in den anheimelnd verwinkelten authentischen Bauernstuben mit viel dunklem Holz: Bei Familie Jost stehen traditionelles Handwerk, Produktqualität und unverfälschter Geschmack über allem. Was man anhand der immer wieder verblüffend umfangreichen Karte, die uns andernorts eher abschrecken würde, zunächst gar nicht erwarten würde. Doch schon bei deren Lektüre läuft einem ganz unweigerlich das Wasser im Munde zusammen.
Vor allem für Fleisch- und Innereienfans offenbart sich hier ein echtes Mekka: Getrüffeltes Ragout von Kalbskutteln und Kalbskopf auf Butternudeln, Salat von Ochsenmaul und Ochsenbacke, „der Ochse von vorne bis hinten", „Viererlei Saures" von Kalbsniere, Schweinenieren, Schweineleber und Kalbsherz oder aber die wunderbaren, im Fettmantel gereiften Cuts aus der eigenen Veredelungsmanufaktur machen Lust auf Völlerei. Dazu das hausgebackene Holzofenbrot in verschiedenen Varianten, vom Brett geschabte Spätzle, Maultaschen vom Wild, vom Geflügel, klassisch vom Schwein und sogar von der Schnecke, formidables Griebenschmalz, Sauce béarnaise, Trüffelsauce … Willkommen im Schlaraffenland der bodenständigen Feinschmeckerküche!
Das alles wird in ziemlich stattlichen Portionen zubereitet und ist auch sonst eher von der handfesten Sorte. Meist auf attraktive Art rustikal und selten so grob wie zuletzt die Vorspeise um gefüllte Schweineohren, die als eine sehr kompakte gelierte Terrine zubereitet waren: außen uncharmant hartes, knorpeliges Schweineohr, innen recht trockenes gewürfeltes Muskelfleisch und sehr zaghaft gewürzt. So waren auf dem Teller sowohl der begleitende säuerlich marinierte Salat von weißem Spargel als auch das fruchtige Schmorragout von Tomate und Paprika tonangebend.
Bei allem Faible für Fleisch: die Josts können auch gut mit Fisch umgehen! Nachzuschmecken etwa bei der auf eigene Art zubereiteten tomatisierten Fischsuppe mit Safran und Knoblauch, in der neben reichlich maritimer Einlage auch Fenchel schwimmt und die – wie eigentlich alles hier – sehr gehaltvoll daherkommt. Oder beim Hausklassiker „ein Schwabe auf Reisen", einem Zwischengang um eine Jakobsmuschel, eine Riesengarnele und ein Fischfilet nach Fang des Tages, das beim letzten Mal vom Wolfsbarsch war und tadellos kross auf der Haut gebraten mit weißem, festem, saftigem Fleisch auf rahmig-schaumiger Fischsauce schwamm und von heißem Mango-/Paprika-Chutney und Rucolasalat mit Parmesan flankiert wurde. Keine Traumkombination, aber durchaus sehr schmackhaft.
Als Komposition vollkommen schlüssig und zudem äußerst proper kam im Hauptgang ein

sehr gut gereiftes, eigenaromatisches Rinderfilet unter einer schön schmelzigen und nicht zu dicken Steinpilzkruste auf Ragout vom geduldig geschmorten ausgelösten Ochsenschwanz mit eigener Sauce daher. Dazu die würzig-frische grüne Note von Staudensellerie (nicht zu weich und nicht zu knackig) und formidable handgeschabte, mit Butterbröseln beflockte Spätzle von der Sorte, für die man nicht zwangsläufig eine Sauce braucht.
Danach spannt der Ranzen schon ganz beträchtlich, wie der Schwabe so schön sagt – aber ein Nachtisch geht immer noch. Vielleicht nicht unbedingt die opulente Schokoladenvariation, aber zum Beispiel ein mit Rieslingsekt aufgegossenes Beerensüppchen (Brombeere, Himbeere, Erdbeere, Blaubeere, Stachelbeere ...), dem von einer Kugel Walnusseis und einem Klecks sehr guter rahmiger Schlagsahne Schmelz und Süße verliehen werden.
In der Weinkarte findet man zu allem neben währschaften Tropfen aus Württemberg und Baden auch hochherrschaftliches, etwa aus Frankreich. Gute Basisqualitäten im Offenausschank. Aufmerksamer familiärer Service.

Hotelempfehlung

Ochsen-Post

Franz-Josef-Gall-Str. 13,
75233 Tiefenbronn
07234-95450
www.ochsenpost.de
Einzelzimmer: 60–140 €
Doppelzimmer: 78–168 €
EC VISA

Die im Jahr 1694 am damals wichtigen Handelsweg zwischen Cannstatt und Speyer errichtete Ochsen-Post kann auf eine geschichtsträchtige Vergangenheit zurückklicken. Wo einst die Umspannstation für die schwer beladenen Pferdefuhrwerke der Händler war, können heute Gäste in 27 komfortablen, teils modern gestalteten, teils nostalgisch belassenen Hotelzimmern nächtigen: vom romantischen Himmelbett bis zum stylischen Einzelzimmer, ausgestattet mit Sat-TV auf Flachbildschirmen, WLAN, Minibar und modernen Bädern. Bekannt ist die Ochsen-Post auch für ihre kulinarischen Ambitionen, mit hauseigener Premium-Fleischproduktion, einem Backhaus mit täglich frischen Brot- und Backwaren und vielfach ausgezeichneter Gastronomie in unterschiedlichen Räumlichkeiten. Zum Entspannen und Aktivsein steht ein kleiner Wellnessbereich mit Sauna und modern ausgestattetem Kraftraum zur Verfügung. Restaurant Bauernstuben separat erwähnt.

Timmendorfer Strand
(Schleswig-Holstein)

7

Balthazar

im Hotel Yachtclub
Strandstr. 94,
23669 Timmendorfer Strand (Niendorf)
04503-3560081
www.restaurantbalthazar.de
Küchenchef: Oliver Pfahler
Di–Sa ab 18 Uhr, So u. Mo RT
Menüs: 59–129 €
EC VISA

Von der Villa Mare in Travemünde ins Hotel Yachtclub nach Niendorf: Das Balthazar von und mit Oliver Pfahler ist Anfang Juni umgezogen und residiert nun in einem kleinen, maximal vier Tische fassenden Gastraum im Erdgeschoss des Hotelbetriebs an der Strandstraße

des Nachbarorts von Timmendorfer Strand, der an das À-la-carte- und Halbpensionsrestaurant sowie den Barbereich des Hauses angrenzt. Ein schickes neues Zuhause für das Gourmetrestaurant mit Ein-Menü-Konzept, das rein von den Räumlichkeiten her sicher keine Verschlechterung darstellt. Küchenchef Pfahler und sein Team arbeiten hier völlig autark und bieten ihre bis zu sechsgängige Speisefolge von Dienstag bis Samstag nur abends.
Anspruch und Performance haben sich mit dem Umzug übrigens auch nicht verändert. Nach wie vor entsendet das Team zahlreiche kleine Grüße vorweg, die wir teilweise so oder so ähnlich schon aus der alten Location und den Vorjahren kannten. Den wunderbar milden, schmelzigen Lardo zum Beispiel oder auch den in Tempurateig knusprig ausgebackenen Perlhuhn-Nugget mit Creme von schwarzem fermentiertem Knoblauch. Alles unkomplizierte schmackhafte Sachen, die mal handwerklich schlicht und mal aufwendiger ausfallen und stets fein abgestimmt sind. Beim Langustinentatar auf Blumenkohl-Sauerrahmcreme mit Kaviar war nach unserem Gusto lediglich etwas zu viel Schnittlauch im Spiel. Die pochierte Auster wurde von milder, zart gestockter Waldpilzcreme und Schinkenschaum behutsam an Land geholt, aber nicht von ihnen dominiert. Dank sehr präsenter und gut eingebundener Säure hat das erstaunlich gut funktioniert.
Der folgende Carabinero durfte insbesondere als Tatar zusammen mit Melone und Papaya unter einer dünnen fruchtigen Geleefolie seine Qualität und Frische voll ausspielen. Der vorherrschenden Süße stand ein leicht pikantes rotes Paprikasorbet mit vegetabiler Würze entgegen und im Zusammenspiel ergab sich daraus ein reizvoller und gut ausbalancierter Akkord. In einem kleinen Schälchen à part gab's sogar noch mehr von dem Krustentier: als kleine Stücke in einer kraftvollen Carabinero-Essenz, zusammen mit Paprika, Melone und Eierstich. Eine runde Sache!

Den folgenden Label-Rouge-Lachs gab's ebenfalls auf zwei Tellern und ebenfalls kalt und warm – diesmal aber hintereinander serviert: zunächst wieder als Tatar, zusammen mit Gurke und grünem Apfel, und wieder unter einer Geleefolie, die diesmal aus klarem Tomatensaft bestand. Getoppt mit verschiedener Kresse, aufgegossen mit einem Dashi-/Tomaten-Fond, akzentuiert von Dillöl. Im zweiten Teil des Gangs folgte ein sanft glasig gegartes Stück Lachs, das unter seiner Schaumhaube von Dill-Espuma zart aufblätterte und von einem kraftvoll intensiven Sud (wahrscheinlich auf Basis von Fischfond und Tomate) ein starkes Rückgrat verliehen bekam.
Auch die Gänseleber gab's auf zwei Arten. Auf dem Hauptteller als pochierte Ronde, die mit einer Ananasgeleefolie (!) abgedeckt und darauf mit Ananas-Gel, Mousse, Sorbet sowie Pinienkernen und Rauchaalwürfeln ausdekoriert war. In einer Eierschale à part die cremige Gänselebermousse mit eleganter Süße. Insgesamt war das nicht zuletzt durch die herzhaften Aalstücke und trotz des (verzichtbaren) Puderzuckers auf der Brioche-Scheibe ein nicht übermäßig süßer Foie-gras-Zwischengang, der einmal mehr aufzeigte, wie feinsinnig das Team arbeitet.
Zarte Röst- und Raucharomen verliehen der folgenden, auf ihrer Haut dunkel-knusprig angebratenen Taube eine gewisse Deftigkeit, sodass sie ihren mit Rhabarber- und Waldmeisterkomponenten eher fruchtig und lieblich gehaltenen Begleitern zusammen mit der Rotweinjus selbst genügend entgegensetzen konnte. Mit dem Hauptgang kam dann sogar noch richtige Grillatmosphäre auf, denn am Tisch wurde bereits im Vorfeld mit einem kleinen Holzkohlegrill – der größer und heißer als die üblichen Minitischgrills war, die meist nur zu Showzwecken dienen – schon mal ordentlich geflavoured. Darauf setzte der Service für kurze Zeit ein bereits vorgegartes Filet vom US-Beef, um es wenig später noch mal kurz in die Küche zu entführen, wo es zurechtgeschnitten und zusammen mit Holunderblüten-Espuma, Topinamburcreme, Champignonmousse, Zwiebelgel und Nussbutterjus angerichtet und wieder retourgeschickt wurde. Bereits vorneweg hatte man diesen durchaus schmackhaften Hauptgang mit etwas Rindertatar eingeläutet.
Geleefolie Nr. 4 bescherte uns dann das Vordessert um Rhabarber und Pinienkern-Pannacotta. Doch während die Exemplare Nr. 1 bis 3 dünn und schmelzig waren, kam Geleefolie Nr. 4 dick und sehr schnittfest daher und war somit nicht sonderlich gewinnbringend. Sehr fein jedoch die cremig-schmelzige Konsistenz

der flachen, mit weißer Schokolade besprenkelten Yuzu-Mousse (ebenfalls auf Basis weißer Schokolade), die mit verschiedenen marinierten roten und dunklen Beeren, einem Sorbet aus denselben und dünnen Baiser-Plättchen gekrönt war. Ein harmonisch runder Abschluss in jeder Hinsicht. Und weil zudem auch der Service sehr engagiert und die Weinempfehlungen stimmig waren, bleibt hier aus unserer Sicht alles beim Alten …

6

Horizont

im Strandhotel Fontana
Strandallee 47,
23669 Timmendorfer Strand
04503-870414
www.restaurant-horizont.de
Küchenchef: Sebastian Hamester
Di–So ab 18 Uhr (Mai–Sept auch von 12.30–15 Uhr), Mo RT
Hauptgericht: 25–40 €,
Menüs: 75–120 €
VISA

Den Horizont hat man in dem modern-elegant eingerichteten Restaurant im Strandhotel Fontana tatsächlich im Blick, denn das Haus liegt direkt an der Strandpromenade und ist nur durch ein paar Bäume vom Meer getrennt. Der Name könnte aber auch für den weiten Horizont stehen, den das Kulinarium von Inhaber Sebastian Hamester hat: Vor allem fernöstliche Produkte und Aromen prägen seine Küche, was nicht von ungefähr kommt, denn der Chef ist in seinen Wanderjahren viel herumgekommen. Zum Beispiel auch nach Kalifornien, wo er bei Toshi Sugiura nicht nur Einblicke in das komplexe Sushi-Handwerk vermittelt bekam, sondern auch seine Frau Julia kennenlernte, mit der er heute erfolgreich das Hotel am Timmendorfer Strand führt.

Ein aus dem Fleisch der Königskrabbe gepresstes und vor dem Anrichten kurz angegrilltes oder abgeflämmtes Medaillon mit knackig sautierten Gemüsestreifen und frischem Koriander machte bei unserem letzten Besuch den Auftakt. Erfrischt durch kleine Pomelosegmente, die der Vorspeise einen saftig-fruchtigen Akzent verliehen und sich mit der hellen, sehr milden Schaumsauce – vermutlich auf Krustentierbasis, harmonisch, aber solo ohne besonderen Ausdruck – zu einer dynamischen und süffigen Grundlage vermählten. Das machte Spaß, nicht zuletzt, weil hier viel gutes Hauptprodukt mit seinem typischen, zart süßlichen Geschmack im Spiel war.
Den asiatischen Touch, der hier im Horizont auch jenseits der separaten Sushi- und Sashimi-Karte allgegenwärtig ist, fällt mal eher subtil und mal klar und deutlich aus. Subtil etwa bei der Hummer-Bisque, bei der sich die Krustentiereinlage in Dim-Sum-Täschchen versteckte. Klar und deutlich bei der Tom-Kha-Gai mit Hühnchenfleisch, Champignons und verschiedenen Gemüsen (Tomate, Karotte und Zuckerschote), die von Kokosmilch und viel Koriandergrün ihr charakteristisches Aroma und von dünnen Streifen Kokosfruchtfleisch einen zusätzlichen, ganz pfiffigen Akzent erhält.
Der folgende Kabeljau war tadellos frisch, perfekt auf dem Punkt, hatte eine süßlich-sojawürzige Krümelkruste on top und schwamm auf einem ähnlichen, an Teriyaki erinnernden Sud. Auch eine als Ingwerschaum annoncierte, tatsächlich aber eher weiß und akzentfrei schmeckende Schaumsauce war da noch im Spiel – dazu gesellte sich Reis und kurz und knackig ansautiertes „Asia-Gemüse". Beim Fleischhauptgang bekamen wir es mit einem Strip Loin, also einem vom Roastbeef geschnittenen Rumpsteak vom US-Beef zu tun, das in wunschgemäßer und schön gleichmäßiger Garstufe zusammen mit Selleriecreme und verschiedenen knackig gegarten Gemüsen wie Zuckermais, Brokkoli, Radieschen und Frühlingszwiebel angerichtet war. An der kraftvollen, aber gut ausgewogenen und nicht überkonzentrierten reduzierten Jus konnte man einmal mehr das sehr solide klassische Handwerk erkennen, auf dem hier alles basiert.
Desserts wie eine klassische Crème brûlée mit Erdbeeren und Rhabarber oder – als fernöstlich inspirierte Nachtischvariante – Sticky Rice mit Mango, Kokos und Pandan schließen ein Menü im Horizont auf gleichbleibendem Niveau ab. In der Gesamtschau und im Hinblick auf eine höhere Bewertung, die in puncto Produktqualitäten und Grundsubstanz durchaus im Rahmen des Möglichen wäre, müssten nach

unserem Dafürhalten insbesondere die Aromen bisweilen noch etwas klarer und differenzierter herausgearbeitet werden. Allerdings bietet die Küche auch so und in Relation schon ein äußerst stimmiges Gesamtpaket. Und zu diesem gehört auch eine gute Auswahl internationaler Weine, fachkundige Beratung und zuvorkommender Service.

8

Orangerie

im Maritim Seehotel

Strandallee 73b,
23669 Timmendorfer Strand
04503-6052424
www.orangerie-timmendorfer-strand.de
Küchenchef: Lutz Niemann
Mi–Fr ab 18 Uhr, Sa–Di RT
Hauptgericht: 32–54 €,
Menüs: 89–125 €

VISA

Es gestaltete sich in diesem Jahr gar nicht so einfach für uns, zu ein wenig Monte-Carlo-Feeling an der Ostsee und in Genuss der feinen klassischen Küche von Lutz Niemann zu kommen. Denn nach dem Ende des Shutdowns kam das beste Restaurant der Lübecker Bucht erst recht zögerlich wieder in Fahrt und öffnete nur an zwei Abenden in der Woche, die über den Sommer hinweg im Nu ausgebucht waren. Auch im Herbst gab es trotz mehr Servicezeiten nur wenige freie Tische. Kein Wunder, denn die Orangerie ist für Gourmets eine Bank, und Chef Lutz Niemann zählt zusammen mit seinem seit Jahren konstanten Team zu den Besten im hohen Norden. Kontinuität und Verlässlichkeit in allen Bereichen stehen derzeit nun mal bei den Gästen sehr hoch im Kurs, und hier weiß man einfach, was man bekommt. Vom professionellen Hygienekonzept über tadellosen Service bis zur Qualität auf den Tellern.
Und davon konnten auch wir uns nach einigen erfolglosen Versuchen letztlich auch wieder überzeugen und bekamen in der postmondänen Glitzerwelt der Orangerie die gewohnt versierte Betreuung und niveauvolle Gerichte geboten – Letztere ganz im Sinne der vom erfahrenen Chef seit so langer Zeit gepflegten französischen Klassik und nicht ohne die bereits in den vergangenen Jahren dezent eingepflegte Moderne. Wobei wir auch heuer zu dem Schluss kamen, dass die Orangerie-Küche immer dort am stärksten ist, wo sie sich tatsächlich konsequent auf ihre traditionellen Wurzeln besinnt.
Nach netten, aber nicht besonders ausdrucksstarken und eindrücklichen Küchengrüßen mit moderneren Versuchen auf dem Feld der Gemüseküche sowie einem durch Kiwikomponenten fruchtbetonten Thunfisch-Amuse, bei dem der Fisch selbst nur so mittelprächtig war, kam mit der ersten Vorspeise gleich das erste Argument für unsere unverändert hohe Bewertung: Langustino und Wildgarnele, Ersterer leicht abgeflämmt, mariniert und kalt, Letztere knusprig ausgebacken und warm, waren hier im Kreise vorwiegend mediterraner Aromen (Basilikum und Safran) in Gestalt von Creme, Gel, Gelee und Malto-Bröseln zugegen, und ein rotes Zwiebelkompott brachte noch etwas würzig-süßliche Facetten ins Spiel. Ein gelungener Auftakt …
Gefolgt vom einem in der Jakobsmuschelschale servierten Flan mit den Leitaromen von Curry und Zitronengras, auf den die Coquilles als gebratene Scheiben nebst Enoki- und Buchenpilzen, kleinen Quellern und etwas süßscharfer Chilisauce drapiert waren. Von der balanciert gewürzten und nur ganz zart gestockten cremigen Masse über die gute Qualität der Muscheln bis hin zum stimmigen Ganzen eine runde Sache!
So wie auch der Fischgang um ein mit Algen-Gewürzbutter gratiniertes Filet von der Dorade Royal, das auf einen Sockel von Artischockenragout gebettet lag und von Tupfen einer Creme mit den typischen kraftvollen Bouillabaisse-Aromen sowie Spuren intensiv reduzierter Fisch- und/oder Krustentierjus sekundiert wurde. Die Hautseite des Fischs war zudem mit einigen fein gearbeiteten mediterranen Kleinkomponenten bestückt wie etwa einem Zucchiniröllchen, mit Tomatenkompott gefüllten Artischockenboden-Segmenten oder Bohnenkernen. Durch die gut eingeflochtene auflockernde Säure an den Artischocken und gut zugespitzten Aromen war auch das ein sehr attraktives, aufwendig arrangiertes Gericht auf hohem Niveau.

Mit einer fast schon schmelzigen Macadamianuss-Beflockung und extrem guter Wacholder-Wildsauce mit schlanker Struktur, Kraft, Eleganz und wieder angenehm präsenter Säure lag auch der Rehrücken im Hauptgang auf dieser Linie. Ultraklassisch und ziemlich brav zwar, mit etwas Stauden- und Knollensellerie, einer Nocke Quittenmus und ein paar Mini-Kartoffelblinis aber als solches durchaus von Format. Zusammen mit der nach fast zehn Jahren immer noch beeindruckend jugendlich anmutenden 2011er „Nikodemus"-Cuvée von Ellwanger aus Württemberg war das ein gebührender Menühöhepunkt.
Am ausgefeiltesten und präzisesten präsentierte sich jedoch das Dessert aus der Feder von Chef-Pâtissier Taro Bünemann, der hier die Aromen von geröstetem schwarzem Tee, Williams-Birne und Cassis unter anderem als Carpaccio, Creme, Mousse, Gel, Sorbet und Ganache in handwerklich makelloser, aromatisch und haptisch perfekt auf den Punkt gebrachter Machart aufs Porzellan zauberte. Ein besonderes Lob gebührt auch den Weinempfehlungen von Gastgeber Ralf Brönner, der ein gutes Händchen für harmonische Pairings hat. Und wer sich lieber selbst ein Fläschchen aussucht, findet in der Karte interessante, nicht nur im Rotweinbereich oft gereifte Sachen zu bisweilen überraschend günstigen Preisen.

Hotelempfehlung

Maritim Seehotel

Strandallee 73,
23669 Timmendorfer Strand
04503-6050
www.maritim.de/de/hotels/deutschland/seehotel-timmendorfer-strand-ostsee/unser-hotel
Einzelzimmer: 75–390 €
Doppelzimmer: 135–390 €

VISA

Die Lage des Maritim Seehotel, direkt am längsten Strand von Schleswig-Holstein, zeichnet sich nicht nur durch den unverstellten Meerblick aus, sondern auch durch zahlreiche Attraktionen ganz in der Nähe. Das Haus grenzt an den Kurpark mit Zugang zur Fußgängerzone, sodass man in wenigen Schritten die Einkaufsmeile, die Maritim Seebrücke oder das „Sea Life" Timmendorfer Strand erreichen kann. Die 241 Zimmer, darunter sieben exklusive Penthouses, bieten entweder einen herrlichen Blick über das Meer oder zur Sonnenseite in den grünen Kurpark, sind komfortabel eingerichtet und bieten von kostenfreiem Internet bis zu modernen Flat-TVs zeitgemäße Ausstattung. Ein Highlight ist der große Wellnessbereich mit Meerwasseraußen- und -innenschwimmbad mit Luftsprudelliegen, Gegenstromanlage und Massagedüsen, Saunen, Fitnessbereich und dem exklusiven Spa-Bereich mit Dampfbad, Sanarium, Eisbrunnen, Schlammbad, Thalasso-Wannenbad, Seifenschaummassage, Duft- und Klangraum und vielem mehr. In verschiedenen Bars und Restaurants ist auch vielseitig für das kulinarische Wohl gesorgt. Gourmetrestaurant Orangerie separat erwähnt.

★★★★

Strandhotel Fontana

Strandallee 47–49,
23669 Timmendorfer Strand
04503-87040
www.strandhotel-fontana.de
Einzelzimmer: 120–230 €
Doppelzimmer: 145–350 €

VISA

Das von Familie Hamester betriebene Privathotel liegt nur 30 Meter vom Ostseestrand entfernt und ist im Jahr 2017 um einen Neubau in dem für die Ostseeküste typischen Bäderstil erweitert worden. Der klassische und der neue Trakt sind über eine großzügige Lobby miteinander verbunden. Aus vielen der insgesamt 19 Zimmer und Suiten, die elegant und geschmackvoll mit eigens angefertigten Möbeln, edlen Stoffen, liebevoller Dekoration und echter Kunst eingerichtet sowie mit zeitgemäßem Komfort ausgestattet sind, genießen die Gäste Ausblick auf Meer und Strand. Gediegen entspannen und Kraft tanken lässt sich in dem aus edlen Natursteinen und Hölzern gestalteten Spa-Bereich mit Biosauna, finnischer Sauna, individuellen Duschen und Ruheraum mit Blick in den Atriumgarten. Im Restaurant Horizont bieten Juniorchef Sebastian Hamester und sein Team moderne, kreative nordische Fischküche mit asiatischen Elementen. Restaurant Horizont separat erwähnt.

Traben-Trarbach (Rheinland-Pfalz)

5

Bauer's

im Hotel Moseltor
Moselstr. 1, 56841 Traben-Trarbach
06541-6551
www.moseltor.de
Mi–So ab 18 Uhr, Mo u. Di RT
Hauptgericht: 19–25 €,
Menüs: 30–45 €
VISA

Seit fast hundert Jahren werden in dem schmucken Natursteinhaus mit erhöhter Terrasse in Blickrichtung der Mosel, die nur ein paar Schritte entfernt vorbeifließt, Gäste bewirtet. Heute in einem zeitgemäß gestalteten Gastraum, in dem großformatige Fotodrucke von der Geschichte des Hauses zeugen. Georg Bauers Küche orientiert sich weitgehend an den Produkten der Region und der jeweiligen Saison. Der erfahrene Chef pflegt einen im besten Wortsinn gutbürgerlichen Stil ohne Extravaganzen und kreativen Spielereien. Man bekommt exakt das serviert, was in der nicht zu umfangreichen Karte angekündigt wird, ohne Verfremdung oder aufwendige Variationen und meist aus nur drei tonangebenden Komponenten bestehend, dafür aber sorgfältig und handwerklich fundiert auf den Punkt zubereitet.

Travemünde (Schleswig-Holstein)

5

Weinwirtschaft

im Hotel A-ROSA Travemünde
Außenallee 10, 23570 Travemünde
04502-3070847
www.weinwirtschaft-travemuende.de
Mo–Fr ab 16 Uhr, Sa u. So u. Feiertag ab 12 Uhr durchgehend, kein RT
Hauptgericht: 16–31 €, Menüs: 39 €
VISA P

Die Weinwirtschaft im Travemünder A-ROSA-Hotel gegenüber der Strandpromenade ist so etwas wie ein Feinschmecker-Bistro für jeden Tag. Sommelière Jenny Kunaschk und Küchenchef Stefan Tischer fokussieren ihr Tun hier auf ausgesuchte Weine und teils traditionelle, teils aber auch einfallsreich interpretierte Gerichte aus jeweils drei ständig wechselnden Weinregionen. Ergänzt wird das regelmäßig wechselnde Programm noch um diverse feste Hausklassiker wie Flammkuchen, Scholle „Finkenwerder Art" oder Zwiebelrostbraten und saisonale Specials wie Spargel, Trüffel, Matjes oder Wild unter dem Label „Küche der Jahreszeiten". Das alles gibt's hier in entspannter Atmosphäre zu moderaten Preisen.

Trier (Rheinland-Pfalz)

8

Beckers Restaurant

in Becker's Hotel & Restaurant
Olewiger Str. 206, 54295 Trier (Olewig)
0651-938080
www.beckers-trier.de
Mi–Sa ab 19 Uhr, So–Di RT
Menüs: 125–158 €
VISA P

Der moderne dunkle Kubus, in dem Rezeption, Hotelzimmer und Gourmetrestaurant beheimatet sind, wirkt nicht nur gegenüber dem traditionellen Stammhaus der Beckers als scharfer Kontrast, sondern wirkt auch in dem gediegenen Wohngebiet wie vom anderen Stern. Die Verbindung von Moselschiefer sowie weiteren Naturfarben und -materialien ist auf seine avantgardistische Art ein echter Blickfang – und zugleich klar in der Region verwurzelt. Hier gibt's aber nicht nur etwas fürs Auge, sondern mit der äußerst souveränen Gourmetküche von Wolfgang Becker und Team auch für den Gaumen. Die Küche setzt wesentlich auf den unverfälschten Geschmack hervorragender Produkte, die zwar – passend zur Umgebung – modern und aufgeräumt präsentiert werden, aber mehr von ihrer starken Substanz als von filigranen Details oder Effekten leben. Das geht manchmal in die klassische Richtung, mal ins Mediterrane und mitunter auch in exotische Gefilde und bleibt stets ausgewogen und harmonisch. Auch die Weinkarte hält locker das hohe Niveau, und selbst glasweise kommen teils gereifte große Gewächse in die Gläser.

Trittenheim (Rheinland-Pfalz)

7

Wein- & Tafelhaus

Moselpromenade 4, 54349 Trittenheim
06507-702803
www.wein-tafelhaus.de
Küchenchef: Alexander Oos
Mi–Sa ab 18.30 Uhr,
So von 12–13.30 Uhr u. ab 18.30 Uhr,
Mo u. Di RT
Hauptgericht: 45–50 €,
Menüs: 99–145 €

Das Refugium von Familie Oos, das in unmittelbarer Moselnähe Gourmetrestaurant, Weinbar und Gästehaus unter einem Dach vereint, ist ein wunderbarer Platz für gepflegte Gastlichkeit. Vom Restaurant aus, das sich in einem modernen kubischen Anbau mit Glasfront nach zwei Seiten befindet und einerseits modern und schlicht, andererseits auch sehr behaglich anmutet, genießt man direkten Ausblick auf die berühmte Weinlage „Trittenheimer Apotheke", die sich imposant auf der gegenüberliegenden Moselseite auftut. Und auf den Tellern die schnörkellos klassische, vollkommen unverkünstelte Küche von Alexander Oos, der hier seit vielen Jahren so zuverlässig und sorgfältig kocht, wie nur wenige andere in dieser Region.

Seit gut zehn Jahren – so lange kommen wir schon regelmäßig hierher – erleben wir das Tun von Daniela und Alexander Oos immer als sehr ambitioniert und anspruchsvoll, aber immer bescheiden und bodenständig. Die äußerst sympathische Gastgeberin stammt gebürtig aus Österreich und kann von sich behaupten, einst den Grünen Veltliner aus ihrer alten Heimat an die Mosel gebracht zu haben, der dort fortan in der Trittenheimer Apotheke von einem befreundeten Winzer kultiviert und exklusiv für das Wein- & Tafelhaus ausgebaut wird – und sehr überzeugt! So wie auch das Begrüßungs-Trio aus der Küche ihres Mannes: ein mit steirischem Kürbiskernöl aromatisiertes Blumenkohlsüppchen, etwas Wildmousse mit Johannisbeergelee zwischen zwei Deckeln aus Haselnuss-Knusperbrot und ein sehr saftiges Stück Saibling mit Avocadocreme und Sushireis-Knusper.

Es gibt hier ein festes Menü, das zuletzt in maximal sechs Gängen angeboten und von einer Kleinigkeit aus Roter Bete, Birne und Ziegenfrischkäse eingeläutet wurde – von der Machart her sehr einfach, keine kochtechnische Zauberei, aber sehr schön balanciert und schmackhaft. Dank ausschließlich sehr guter Produkte war auch der „Meeresfrüchte-Salat", mit dem unser Menü dann endgültig startete, eine wirklich feine Sache. Hier waren mundgerechte Stücke vom europäischen Hummer, von Kaisergranat und Garnele zusammen mit einer prallen Jakobsmuschel, Scheibchen von Schwertmuscheln sowie einer flockig panierten und knusprig frittierten Meeresfrüchtepraline auf Artischockenwürfeln und Orangenfilets ausgebreitet. Etwas Zitrusfrüchtegel und eine entsprechende Vinaigrette brachten weitere Frischemomente ins Spiel, und so war das ein schönes Beispiel für maritime Produktküche auf einem attraktiven Niveau.

Ähnlich gegenständlich, aber deutlich zupackender folgten im nächsten Gang zwei recht große Würfel vom zart geschmorten und final kross angebratenen Bauch eines Landschweins aus der Eifel mit Ingwer, einer kraftvollen Kümmeljus und luftigem Pfefferschaum auf geschmortem Spitzkohl. Hervorragender Zander, wie man ihn wirklich nur selten bekommt – dick, saftig, festfleischig-blättrig

unter seiner krossen Haut, vor allem aber mit herrlich klarem, sauberem Eigengeschmack – kam danach ganz puristisch in Begleitung von etwas sautiertem Pak Choi und einer kleinen Frühlingsrolle auf einem mutig scharfen Kokos-Thaicurrysud angeschwommen. Beide Zwischengerichte waren beispielhaft für den Stil von Alexander Oos' Küche.
Im Hauptgang hatten wir es mit der Brust einer Challans-Ente zu tun, wie man sie sich als Produkt und von der handwerklichen Umsetzung her kaum besser wünschen kann. Petersilienwurzel als geschmorte Stücke und als Püree sowie keine Semmelknödel-Zylinder waren deren unaufgeregte Begleitung – Letztere erwiesen sich als äußerst willkommene Saucenschwämme für die balanciert fruchtig-würzige Brombeerjus. Und die wiederum korrespondierte bestens mit der von Daniela Oos dazu empfohlenen Rotweincuvée von Lenz Moser, die sich hier mit genügend Tanninstruktur und Säure entgegenstellte, aber auch nicht zu dicht und kantig präsentierte.
Beim Dessert kam das herbstliche Duett von Walnuss und Zwetschge ganz ähnlich wie im letzten Jahr als ein mit karamellisierten Walnüssen getoppter Walnussmousse-Riegel und ein kleiner Zwetschgenstrudel in Kombination mit einer erfrischenden Sauerrahmeis-Nocke auf etwas Zwetschgenröster daher. Und auch hier war nichts gebastelt, und es diente nichts der Show – schlichtweg ein gediegener Nachtisch auf hohem Niveau mit tollem Geschmack der einzelnen, sauber auf den Punkt gebrachten Komponenten und deren harmonischem Zusammenspiel. Und apropos Zusammenspiel: Beim Wein lohnt sich natürlich immer der Blick in die gut bestückte Karte, man kann aber auch getrost einfach die Chefin machen lassen, denn die gibt zu den einzelnen Gängen ihres Mannes stets auch glasweise mit viel Sachverstand und Aromengespür ausgewählte Tropfen ins Glas.

Tröstau (Bayern)

Schmankerl-Restaurant Bauer

Kemnather Str. 22, 95709 Tröstau
09232-2842
www.bauershotel.de
Küchenchef: André Pielorz
Mo, Di u. Do ab 18 Uhr, Fr–So von 11.30–13.30 Uhr u. ab 18 Uhr, Mi RT
Hauptgericht: 12–26 €

In dem liebevoll dekorierten Gasthaus der Familie Pielorz verbinden sich familiäre Atmosphäre und gute Küche auf charmante Art und schaffen in dieser entlegenen Ecke im Fichtelgebirge eines der wenigen reizvollen Ziele für Genießer. Wobei sich auch die zahlreichen Wanderer, Radfahrer und sonstigen Naturfreunde sicherlich über die frisch und aus ausgesuchten Produkten zubereiteten Gerichte aus der halb offenen Küche von André Pielorz freuen. Der kocht mit handwerklicher Sorgfalt eher schlicht und bodenständig, hält manche Zubereitungen ganz traditionell, andere versieht er mit pfiffigen Akzenten. Für einzelne Gerichte wären sogar 5 Pfannen denkbar, manches liegt knapp darunter. Aber nicht zuletzt aufgrund der günstigen Preise ist das Ganze auch so äußerst attraktiv, und die mit Passion zusammengestellte Weinkarte garantiert, dass es dazu auch in den Gläsern etwas Gutes gibt.

Tübingen (Baden-Württemberg)

6

Schranners Waldhorn

Schönbuchstr. 49,
72074 Tübingen (Bebenhausen)
07071-61270
www.waldhorn-bebenhausen.de
Mi–So von 12–14 Uhr u. ab 18.30 Uhr, Mo u. Di RT
Hauptgericht: 32–37 €,
Menüs: 65–82 €

Marie-Luise und Maximilian Schranner bieten in ihren gehoben ländlichen Stuben ambitionierte Gastronomie mit viel Bodenhaftung. Küche und Restaurant sind absolut mehrheitsfähig, also weder besonders elitär und luxuriös noch überbordend kreativ, aber trotzdem etwas Besonderes und Nichtalltägliches. Jeder kann mit dem, was hier in entspannter Atmosphäre aufgetischt wird, etwas anfangen. Das Repertoire des erfahrenen Chefs reicht von verfeinerter Regionalküche der eher traditionellen Art über im besten Sinne opulente und aromensatte französische Klassik bis hin zu leichten, mediterran inspirierten Gerichten und seit einiger Zeit ist sogar ein einfallsreiches vegetarisches Menü im Angebot. All das überzeugt nicht nur mit überdurchschnittlichen Produkten, sondern auch durch seine sehr substanzstarke, schnörkellose Machart. Dazu der zuvorkommende Service von Marie-Luise Schranner und ihren Mitarbeitern, eine gute Weinauswahl mit Schwerpunkt bei den heimischen Gewächsen und überhaupt ein sehr gutes Preis-Genuss-Verhältnis.

Türkenfeld (Bayern)

Gasthof Hartl „Zum Unterwirt“

Duringstr. 5, 82299 Türkenfeld
08193-999517
www.gasthof-hartl.de
Mi–Mo von 11.30–14.30 Uhr u. ab 17.30 Uhr, Di RT
Hauptgericht: 12–23 €

Der in guten Häusern wie dem Süllberg in Hamburg, der Villa Joya in Portugal und dem Murnauer Alpenhof geschulte Josef Hartl Junior verleiht seit ein paar Jahren der heimischen Landküche im familiengeführten Gasthof den Reiz der handwerklich fundierten Zubereitung und gibt den überwiegend traditionellen Gerichten nicht selten auch etwas Pfiff mit auf den Weg. Wenngleich hier und da sogar mal ein bisschen Exotik und Kreativität mit einfließt, bewegt sich das Repertoire im bodenständigen Bereich. Weiterhin gilt: Können blitzt auf nahezu jedem Teller auf und wird im Grunde nur durch die üppigen Portionen und die bisweilen fehlende Detailsorgfalt etwas vernebelt – wobei man hier auch schon aufgrund der günstigen Preise gar nicht unbedingt schlank proportionierte Teller oder überdurchschnittliche Präzision erwartet. Somit in jedem Fall ein solider Tipp!

Tuttlingen (Baden-Württemberg)

7↑

Anima

In Wöhrden 5, 78532 Tuttlingen
07461-7803020
www.restaurant-anima.de
Küchenchef: Heiko Lacher
Di–Sa ab 18 Uhr, So u. Mo RT
Menüs: 94–125 €

Obwohl das Anima direkt an der Donau liegt, sieht man es vom Uferweg aus nicht, denn es wird von einer Hecke abgeschirmt. Das heißt aber umgekehrt, dass man von der Sommerterrasse auch nicht auf die Promenade schauen kann, was ein bisschen schade ist. Aber die größten Schauwerte gibt es ohnehin im Inneren des schicken Restaurants! Zum einen durch das moderne, aber keineswegs kühle Interieur mit Naturmaterialien und blanken Holzischen. Zum anderen aber, weil fast die Hälfte des schlanken Raums von einer offenen Küche mit Pass flankiert wird. Man kann also Heiko Lacher und seinem Souschef Johannes Schühle – mehr sind in der Küche nicht aktiv – gelegentlich beim Anrichten zuschauen. Schon da merkt man, wie jeder Handgriff sitzt.
Bei unserem jüngsten Besuch kam der Küchenchef zur Begrüßung ziemlich zügig mit einer erfrischenden Mais-/Gazpacho-Praline an den Tisch. Es folgte ein Kalbstatar in Misoschaum mit ebenso fruchtig-frischem Aroma, ein Sellerie-Wrap mit Quinoa und Minze sowie ein Sellerie-Sushi – großer Genuss auf kleinstem

Raum! Das Roggenbrot, ein mit Rote Bete gefärbter Sauerteigchip, ein Schnittlauchöl und eine pittoreske geräuchte Senfbutter wurden kurioserweise erst nach dem Zwischengericht serviert, denn den kleinen Grüßen folgten direkt schon die Vorspeisen, die uns aber so begeisterten, dass wir das Brot gar nicht vermissten.
Auf einem rechteckigen Riegel von der Bio-Entenleber, in Portwein mariniert, türmte sich allerhand: Singener Mozzarella, eingelegte Aprikosenschnitze, zarte Friséeblätter, darauf noch Stückchen von Kalamata-Oliven, versteckte Cashewnüsse, das Ganze mit dreißigjährigem weißem Balsamico und Olivenöl verfeinert – sehr rund, sehr stimmig, sehr harmonisch. Dazu gab es auf einer kleinen Brioche-Scheibe noch etwas Tapenade. Der gebeizte Seesaibling der zweiten Vorspeise, der auch geräucht als Extra auf einer Buttertoastscheibe aufgeboten wurde, hatte ziemlich viel Power und wurde begleitet von viel Frische durch Zitronenfasercreme und Limettenblätter-Vinaigrette sowie der Würze einer Mojo. Nur die eingelegte Jalapeño war in dem Blüten- und Kräuterwald nicht so recht auszumachen.
Beim ersten Zwischengericht wurde in Sachen Aromenvielfalt einen Gang zurückgeschaltet, was aber dem Genuss überhaupt nicht abträglich war. Im Gegenteil: Eine so schöne, vermeintlich profane Kartoffelkombination erlebt man selten. Es handelte sich um einen akkurat geschichteten und zum Riegel geschnittenen Millefeuille von der Frühkartoffel, darauf zwei luftige Pommessoufflés und etwas roher, vermutlich fermentierter Kartoffelsalat in feinsten Streifen. Frische Brunnenkresse (auch als Öl), eingelegte Zitrone und ein Kräutersud mit vorrangig Bärlauch rundeten das Gericht zu einem einzigen Wohlgefühl perfekt ab. Ebenso erdige, aber doch ganz andere Töne gab es im zweiten Zwischengericht: zwei Stückchen Sot-l'y-laisse vom Maishuhn auf einer Schwarzbrotcreme, beides nicht zu sehen, denn sie steckten, wie auch die zart glasierten Kohlrabischeiben, in einem schaumigen Buttermilch-Dashi mit Tropfen fermentierten Pilzöls. Weniger geschmacklich, als vielmehr optisch herausragend waren Pfifferlinge und Waldsauerklee.
Bei den Hauptgerichten kamen wir dann ins Grübeln über die Hausphilosophie, „sich auf das Wesentliche zu konzentrieren" – was allerdings nicht negativ gemeint ist. Aber sowohl der Fisch als auch das Fleisch waren sehr komplex und mit vielen Komponenten inszeniert, das Fischgericht zudem als Zweierlei variiert: In einem tiefen Teller überzeugte ein schön festes Stück vom Seeteufel unter hauchdünnen Streifen von Tomaten, diese auch als reduziertes Püree in einem sanften Muschelsud mit Safran. In dem optisch etwas unübersichtlichen Teller waren auch noch gebratene feine Calamaretti zu finden, und in einem Extra-Schälchen lauerte ein ordentliches Stück Pulpo, halb abgetaucht in einem Krustentierfond, in dem auch der Venere-Reis gekocht und etwas angedickt mit einer Creme aus Sonnenblumenkernen worden war. In der Summe ergab dies den erdigeren, herberen Part des Gerichts. Nicht weniger komplex war das Salzwiesenlamm – rot, saftig, zart, mit Senfkruste und reichlich Kräutern bedeckt –, sodass nicht alle zehn auf der Karte gelisteten Komponenten einzeln auszumachen waren. Das Fleisch lag in einem Petersilienöl auf einer Paprikacreme – daneben war aber auch noch eine Molejus im Aromenspiel, Joghurt mit Sumach, Salzzitrone, Austernpilze, Granatapfelkerne, eine Auberginentarte mit Anchovis und noch einmal Aubergine in einem Couscous, der allerdings weder mit seiner Konsistenz (wie Bircher Müesli) noch mit seinem etwas strengen Geschmack überzeugen konnte. Beim Fleischgericht wäre weniger wirklich mehr gewesen, denn es verwischten die Aromen auf dem Teller zu sehr ineinander.
Nach der Erfrischung mit Giersch-Eis und Holunder-Granité mit einer Gin-Emulsion kam „ein Stück St. Maure", wieder mit vielen Komponenten, die den Ziegenweichkäse aber sehr gut begleiteten – besonders die Aromen von Fichte (als Eis und Öl) und Apfel, der in Nussbutter geschmort und mit Ingwer als Creme verfeinert war. Rund um die Erdbeere drehte sich finalement das Dessert: als Eis, fermentiert und zu Erdbeerkernöl verarbeitet, begleitete sie „Omas Ofenschlupfer", ein schokodunkles, fluffiges Exemplar, zu dem sich in einem Extraschälchen auch noch ein Riesling-Sabayon gesellte.
Das Menü wird übrigens in fünf bis acht Gängen offeriert und kann zu zweit vielfältig variiert werden. Neben der Weinbegleitung gibt es auch eine attraktive alkoholfreie Getränkebegleitung. Trotz des auf den ersten Blick puristisch wirkenden Angebots hat man letztlich viel freie Wahl – und fühlt sich sehr wohl dabei.

Überlingen (Baden-Württemberg)

5↑ 🍴🍴

Bürgerbräu

Aufkircher Str. 20, 88662 Überlingen
07551-92740
www.buergerbraeu-ueberlingen.com
Mi–Fr ab 17.30 Uhr, Sa u. So von 11.30–14 Uhr u. ab 17.30 Uhr, Mo u. Di RT
Hauptgericht: 19–29 €, Menüs: 39–65 €

Lassen Sie sich von dem Namen, der auf Stammtisch, Kartenspiel, Bier und rustikale Schmankerl schließen lässt, nicht irritieren, denn das Überlinger Bürgerbräu ist zwar ein bodenständiges, aber durchaus feines Gasthaus mit ambitionierter Küche. Hier sorgen die Metzlers bereits generationsübergreifend dafür, dass anspruchsvoll aufgetischt wird. Im À-la-carte-Bereich über weite Strecken etwas gediegener, in seinem viergängigen Menü deutlich kreativer, macht Küchenchef Simon Metzler hier einen Spagat zwischen badischen oder französischen Traditionsgerichten, mediterranen Ausflügen und der meist stark asiatisch inspirierten Crossover-Küche, die längst zu seinem Markenzeichen geworden ist. So werden hier seit vielen Jahren witzige Ideen, pfiffige Pointen und fundiertes Küchenhandwerk geboten – auch und vor allem, wenn's mal etwas exotischer klingt.

5↑ 🍴🍴

Johanniter-Kreuz

im Romantik Hotel Johanniter-Kreuz
Johanniterweg 11, 88662 Überlingen (Andelshofen)
07551-937060
www.johanniter-kreuz.de
Küchenchef: Andreas Liebich
Di ab 18 Uhr, Mi–So von 12–14 Uhr u. ab 18 Uhr, Mo RT
Hauptgericht: 25–32 €, Menüs: 36–72 €
VISA P

Im Johanniter-Kreuz geht gepflegte Hotellerie mit gehobener Gastronomie Hand in Hand. Der Weiler Andelshofen, wo das Traditionshaus steht, ist Teil der nahe gelegenen Stadt Überlingen, hat aber den dörflichen Charakter wahren können. Das wird einem vor allem auf der großzügigen Terrasse inmitten von Baumgrün bewusst. Der Hauptraum des Altbauteils punktet mit Retrocharme, der sich besonders in den erhaltenen Trägerbalken ausdrückt.
Feinschmecker werden hier bestimmt Andreas Liebichs Gourmetmenü wählen. Neben ofenwarmem Brot, das von Butter, Griebenschmalz, griechischem Olivenöl begleitet wird, gab es bei unserem letzten Testbesuch ein kleines und sehr konzentriertes Gazpacho-Süppchen mit altem Balsamico und zwei Löffelhäppchen, unter denen uns insbesondere der delikate Matjes vom Bodenseefelchen in positiver Erinnerung geblieben ist.
Viel Gestaltungswillen zeigt sodann die lauwarme Gelbschwanzmakrele auf Schnittlauchcreme mit Meerrettich und etwas Tomatenconcassé. Geschmacklich setzen ein paar Tupfer Sojacreme einen kräftigen Akzent; ansonsten dominiert hier die eingelegte Nori-Alge mit ihrer krausen Gestalt und charakteristischen Textur am Gaumen. Es folgt eine tadellose gebratene Entenleber mit aromenkräftigen Balsamicokirschen und kompakter Pastinakencreme.
Das anschließende Hummersoufflé ist zwar ein Klassiker, doch wird uns beim Essen bewusst, wie lange wir dieses Gericht nicht mehr auf einer Karte gesehen haben. Hier gelingt es jedenfalls bestens, auch dank der stimmigen Begleitung aus geschäumter Mandelmilch als bekrönendes Häubchen – ergänzt von behutsam gegartem jungem Spinat und einem dezent aromatisierten Estragonöl-Sud.
Breit aufgestellt ist der Hauptgang, ein „Allerhand vom Kalb", im Rahmen dessen nicht nur das auf den Punkt kurz gebratene Filet und zart geschmortes Bäckchen aufgeboten werden, sondern auch Bries, das wie eine Piccata zubereitet ist. Begleitet wird diese delikate Trilogie von frischen Pfifferlingen im Maiscrêpe und einer tiefen, gehaltvollen Spätburgundersauce. Hier ist der Kontrast zwischen der Kraft des Geschmorten und der Eleganz des Kurzgebratenen schön in Szene gesetzt. Die Brücke baut dabei das Bries, das wiederum optisch mit der Pfifferling-Maiscrêpe korrespondiert – aromatisch wie fürs Auge ein vielfältiges Beziehungsgeflecht.
Beim Dessert schichtet die Pâtisserie in der Art eines Millefeuille Sesam-/Limonen-Hippen mit Himbeeren, die andere Tellerhälfte umfasst Passionsfrucht-Zabaione und Eis von schwarzem Sesam. Ein schillernder Bilderbogen rund um das Leitaroma des Sesams, ergänzt noch

um zahlreiche Kombinationsmöglichkeiten mit den Friandises, die hier gleichzeitig mit dem Dessert aufgetragen werden.
Der Service zeigt eine in dieser Form meist nur in gehobenen Restaurants anzutreffende Professionalität und Aufmerksamkeit. Sinnig zusammengestellt ist die individuelle Weinbegleitung, die sich auf die Bodenseeregion konzentriert. Die Weinkarte selbst ist vom qualitativ anspruchsvolleren Bodensee-Viertele bis zu Klassikern aus dem Bordelais gut bestückt und fair kalkuliert. So wie hier überhaupt ein moderates Preis-Leistungs-Verhältnis herrscht.

5

Landgasthof Zum Adler

Hauptstr. 44,
88662 Überlingen (Lippertsreute)
07553-82550
www.adler-lippertsreute.de
Fr–Di von 11–14 Uhr u. ab 17 Uhr, Mi u. Do RT
Hauptgericht: 12–31 €

Die Familie Vögele betreibt ihren wunderschönen alten Fachwerkgasthof mit nostalgischen, authentisch rustikalen Stuben nun schon in der elften Generation. Und Peter Vögele, der heute am Herd für die kulinarischen Geschicke verantwortlich zeichnet, bietet hier auch schon seit vielen Jahren eine fundiert zubereitete Regionalküche, die neben Altbewährtem auch immer ein paar nicht alltägliche Spezialitäten bietet, zum Beispiel rare Innereien oder Schmorgerichte. Im Sommer sitzt es sich draußen vor dem Haus unter einem schattenspendenden Baum am schönsten, wo solche Dinge wie Schneckenpfännle, Kalbszüngle, Lammbeuscherl oder die famosen hausgemachten Bratwürste gleich noch mal so gut schmecken. Auf der Weinkarte gibt es allerhand Gutes vom See, aber auch Gewächse aus anderen deutschen Anbaugebieten und internationaler Provenienz.

Hotelempfehlung

★★★★

Romantik Hotel Johanniter-Kreuz

Johanniterweg 11,
88662 Überlingen (Andelshofen)
07551-937060
www.johanniter-kreuz.de
Einzelzimmer: 79–89 €
Doppelzimmer: 146–198 €
VISA

Das 400 Jahre alte, ruhig und beschaulich im Weiler Andelshofen bei Überlingen gelegene Landhaus, das einst vom Johanniter-Orden als Poststation bewirtschaftet wurde, ist heute ein moderner Hotelbetrieb. Von hier aus sind es nur fünf Autominuten zum Ufer und zur schönsten und längsten Strandpromenade des Bodensees. In unmittelbarer Nähe befindet sich auch der Golfplatz Lugenhof. Die gepflegten, teilweise klassisch, teilweise modern eingerichteten Zimmer sind hell und geräumig. Darüber hinaus verfügt das Hotel über einen großzügigen Wellness- und Fitnessbereich, der von Gästen kostenlos genutzt werden kann. Kosmetische Anwendungen sind jederzeit gegen Aufpreis buchbar. In der ehemaligen Scheune befindet sich heute der gastronomische Bereich des Hauses mit seinen verschiedenen Räumlichkeiten. Restaurant Johanniter-Kreuz separat erwähnt.

Uhingen (Baden-Württemberg)

Restaurant auf Schloss Filseck

Filseck 1,
73066 Uhingen
07161-28380
www.restaurant-auf-schloss-filseck.de
Küchenchef: Daniele Corona
Di–Fr von 12–13.45 Uhr u. ab 18 Uhr, Sa ab 18 Uhr, So u. Mo RT
Menüs: 85–155 €
VISA

Lange Zeit war das malerisch gelegene Schloss Filseck vor allem für seinen gepflegten Schlosspark, als Ausflugsziel und Hochzeitslocation bekannt und kulinarisch in erster Linie durch bodenständige Kost für Tagesausflügler. Das hat sich schlagartig geändert, seit der junge italienischstämmige Daniel Corona nach seiner letzten Station im Goldberg in Fellbach hier das Ruder am Herd übernommen hat. Gemeinsam mit seinem kleinen Team lauter junger, bis in die Haarspitzen motivierter Landsleute gibt der Küchenchef hier seit ein paar Jahren mittags und abends richtig Gas!
Und dabei hat er mit der kreativen Interpretation typisch italienischer Geschmacksbilder binnen relativ kurzer Zeit sogar ein eigenes Profil geschärft. Schon die üppige Auswahl verschiedener Sorten Focaccia mit Antipasti, feinem Schinken, Salami und Ziegenfrischkäse stimmt sehr schön auf diese Linie ein und gibt mit luftig frittierter Polenta, leicht geschärft durch Nduja, zudem einen deutlichen Hinweis auf die handwerkliche Akkuratesse, mit der das Team hier arbeitet.
Diese prägte auch den kleinen ersten Gruß aus der Küche, obwohl dieser geschmacklich eher kompakt verdichtet die „Wohlfühl-Rezeptoren" ansprach. Serviert wurde ein kraftvolles Sepia-/Erbsen-Ragout mit pikantem Tomatengrundton, darauf als frischgrüner Kontrast Erbsen-Espuma und -Powder, Zuckerschotenstreifen und frittierte Sepiastücke. Die frische Seite dieser Komposition hätte zwar mit mehr Säure oder Ätherik durchaus noch weiter zugespitzt werden können – viel Spaß machte es aber auch so.
Eine kecke Idee folgte mit einer kleinen fluffigen Pizza, die mit ätherischer Limonencreme, verschiedenen Tomatenvarietäten inklusive derer unterschiedlicher Säuren sowie roher roter Gamberoni und N25-Kaviar belegt wurde. Separat stand noch ein mildes Milcheis mit Balsamico als kühler Kontrast daneben und alles zusammen ergab erneut ein schmissiges Gericht mit hohem Genussfaktor. Wenn die einzelnen Komponenten und Proportionen noch geschärft würden (weniger üppig helle Creme auf der Pizza, noch mehr Frische beim Eis ...), könnte das ein neuer „Signature Dish" des Teams werden ...
Tatsächlich schon in dieser Kategorie und bereits seit einigen Jahren dabei ist die von Massimo Bottura inspirierte Parmesan-Deklination. Bei dem kompakten Schichtwerk aus hauchdünner Panna cotta, Creme, Hobeln, Espuma und Knuspergitter gelang es deutlich besser als vorab, feine Differenzierungen und zarte Säure zu integrieren. Der befürchtete Umami-Overkill blieb erfreulicherweise aus. Zudem verhinderten das ohnehin noch knackige Tropea-Zwiebelstreifen und eine Topinamburspalte mit rustikaler Grillaromatik, die der Parmigiano-Deklination willkommenes Kontra gaben.
Dagegen wurde es beim folgenden glasig glasierten Seehecht (top Produkt!) wieder etwas weniger technisch, und das Team knüpfte damit an bekannte italienische Geschmacksprofile an. Tonangebend dafür waren eine helle Bohnencreme und ein konzentrierter Minestrone-Fond mit gemüsiger Schmorwürze. Auffrischend und -lockernd wirkten hier wiederum verschiedene gegrillte und gepickelte Gemüse und eine salzig-herbe Gartenkräuterbutter auf dem Fisch.
Ausnahmsweise humorvoll urdeutsch wurde es beim Pré-Dessert rund um Butterbrezeln und Malzbier, das luftig kühl wie eine Mischung aus Brezel-Crunch mit Malzbonbon inklusive einer reizvollen salzigen Ader wirkte. Der eigentliche süße Abschluss blieb thematisch ebenfalls außerhalb Italiens und schwenkte mit einer ätherisch frischen Yuzu-Crème-brûlée unter Koriandereis und Wasabi-Schaum

aromatisch erfreulich virtuos auf die Zielgerade ein: Süße, Säure und Schärfe waren hier exakt kalkuliert, nur die in Summe sehr schaumig-cremigen Konsistenzen sorgten für eine gewisse Üppigkeit.
Die europäische Weinkarte ist nicht überbordend, aber mehr als ausreichend und bietet neben diversen Crus aus dem Bordeaux oder Spitzengewächsen aus der Toskana auch ansprechende heimische Tropfen zu moderaten Preisen.

Uhldingen (Baden-Württemberg)

7

Seehalde

im Hotel Seehalde
Maurach 1,
88690 Uhldingen (Mühlhofen)
07556-92210
www.seehalde.de
Küchenchef: Markus Gruler
Do–Mo von 11.45–14 Uhr u. ab 18 Uhr, Di u. Mi RT
Hauptgericht: 23–42 €,
Menüs: 45–78 €

In der Seehalde kommt sehr viel sehr Gutes zusammen: eine absolute Premiumlage direkt am Bodenseeufer inklusive Gartenterrasse, ein großzügiges, hell und elegant gestaltetes Ambiente, vor allem aber eine gleichermaßen bodenverhaftete wie fein ausgeführte Küche. Kein Wunder, dass hier selbst unter der Woche immer einiges los ist. Wie könnte es anders sein, stehen auf der Karte vor allem fangfrische Fische aus dem Bodensee, von Felchen über Schleie bis Hecht, im Fokus, aber auch die substanzstarken Wild- und sonstigen Fleischzubereitungen aus der Hand von Markus Gruler und seinem Team sind zu Recht sehr beliebt und immer einen Versuch wert.
In beiden Welten gibt es eine exakte Ausführung und geschliffene Proportionen, mal eher regional, mal mediterran, mitunter auch asiatisch inspiriert und immer im weitestgehend klassischen Fach beheimatet. Ganz in diesem Sinne stimmten zuletzt bereits ein kleines knuspriges Waffelhörnchen mit eleganter kühler Bergkäsecreme und ein fruchtig-pikantes Melonensüppchen mit Parmaschinken auf das Folgende ein – anknüpfend an bekannte Geschmacksbilder, aber doch mit kleinem Überraschungseffekt.
Letzteren gab es beim zartwürzigen jungen Ziegenfrischkäse mit süß-säuerlich eingelegten Gemüsestreifen und herbem Kräutersalat vor allem durch das zum Selbstdosieren angerichtete herbe Fichtensprossensalz. Ansonsten war das ein eher schlichter, erfrischender Einstieg. Vegetarische Gäste haben es in der Seehalde generell nicht ganz so leicht. Schwerpunkt und Stärken der Küche liegen doch klar woanders.
Etwa bei so feingliedrigen Vorspeisen wie den hauchzart und schmelzig ausgebackenen Kalbsbriesstücken, die eine mutig gleichauf zwischen gelierter Maske und aromatischem Fleisch geschichtete Kalbskopfterrine begleiteten – beides erdig mit schwarzer Trüffel beflockt und von einem betont limonenfrischen Saucenschaum eingefasst. Gerade durch den präzisen Säureeinsatz war das eine volle Punktlandung!
Das gleiche Prädikat verdiente auch das hohe, saftig und kross auf der Haut gebratene Filet vom Bodenseehecht. Der von Natur aus eher kräftige und hier zudem mit präsenten Röstnoten versehene Fisch bekam durch abwechslungsreiche Bohnenkomponenten von weißer Creme über dicke Bohnen bis zu knackigen grünen Bohnen, auffrischenden rohen Birnenstreifen und geschmorter Birne sowie einem hauchdünnen Speckchip das klassische Eintopfthema „Birne, Bohne, Speck“ als elegante Umgebung. Zusammen mit einer dezenten Bohnenkrautnote und einem luftig leichten, aber ausdrucksstarken Speckschaum fügte sich hier – bis auf das insgesamt recht hohe Salzlevel – ebenfalls alles sehr exakt zusammen.
Auch bei den begeisternd frischen, festen und aromatischen Steinpilzen hatte es das Team mit dem Salz ziemlich gut gemeint. Ansonsten ergaben die edlen Waldbewohner gemeinsam mit zarten rosa Scheiben von der Rehkeule nebst säuerlich zugespitzten Kirschen, einer kraftvollen, aber nicht überreduzierten Wildjus und buttrigen Spätzle ein erwartungsgemäß klassisches Gericht zum Schwelgen, in nahezu

perfekter Ausführung. Generell ist es eine der Stärken der Küche, dass selbst vermeintlich unspektakuläre Sachen durch die feine Umsetzung sehr hohes Niveau erreichen.
Das schließt ganz uneingeschränkt auch die Desserts ein, unter denen zuletzt eine an „Tarte au citron" angelehnte und durch Mädesüß duftig aromatisierte Zitronencreme mit geflämmtem zartem Baiser und mürben Gebäcksplittern obenauf viel Freude bereitete. Nicht zuletzt, weil diese verdichtete Zitronenminiatur durch ein helles, nur dezent gesüßtes Milcheis einen cleveren Gegenpol zur Seite gestellt bekam.
Ob es in den Gläsern auch eher zu einem Gegenpol oder zu harmonischem Gleichklang kommt, lässt sich mit Blick in die zwischen Region, Deutschland und dem Rest Europas gut strukturierten Weinkarte flexibel entscheiden. Offen ausgeschenkt gibt es eher gute einfache Weine, aber auf Nachfrage auch spannende Alternativen zur glasweisen Begleitung. Der wirklich einzige Schwachpunkt des ansonsten so stimmigen Gesamtbildes lag bei unserem letzten Besuch ausgerechnet beim überraschend heterogenen, teils recht ruppigen, teils aber auch humorvoll charmanten Service. Hier wäre für das Gesamterlebnis eine wieder etwas einheitlichere Linie super …

Hotelempfehlung

Hotel Seehalde

Maurach 1,
88690 Uhldingen (Mühlhofen)
07556-92210
www.seehalde.de
Einzelzimmer: 83–93 €
Doppelzimmer: 152–210 €

Generationsübergreifend zählt dieser familiengeführte Betrieb in Maurach bei Uhldingen seit jeher zu den gediegensten Adressen direkt am Bodenseeufer, doch in den vergangenen Jahren ist unter der Ägide von Thomas und Markus Gruler wieder eine Menge passiert. Es wurde viel umgebaut und renoviert, sodass hier nun zahlreiche neue, moderne Zimmer entstanden sind, die zeitgemäße Optik und komfortable Ausstattung bieten. Alle Zimmer haben Seesicht und sind mit Flachbildfernseher/Sat-TV, kostenlosem WLAN, Föhn, Bademantel, Telefon und Radio ausgestattet, haben teilweise

auch Sitzecke oder Sofa. Die Komfortzimmer zeichnen sich durch ihr geschmackvolles Interieur mit Eichenholzparkett aus und verfügen über Minibar sowie Loggia oder Balkon. Außerdem: eigener Strand mit Steg und Bootsanleger sowie ein Hallenbad mit Sauna. Zur körperlichen Entspannung bietet „SeeYoga-Massage" verschiedenste Verwöhnmassagen wie ayurvedische Ölmassagen, Seidenhandschuhmassagen oder Hot-Stone-Massagen an. Vielfach ausgezeichnete regionale und internationale Küche. Restaurant Seehalde separat erwähnt.

Ulm (Baden-Württemberg)

8

Seestern

im LAGO hotel & restaurant am see
Friedrichsau 50, 89073 Ulm
0731-206400251
www.lago-ulm.de
Küchenchef: Klaus Buderath
Di–Sa ab 18.30 Uhr,
So u. Mo RT
Hauptgericht: 22–40 €,
Menüs: 72–139 €

Wenn man sich von vorne über Parkplatzflächen und Straßenbahngleise dem Hotel LAGO nähert, kann man kaum ahnen, welche Welt sich an der hinteren Seite des Komplexes zum See hin öffnet. Erst recht, seit im Sommer 2018 ein Ergänzungsbau eingeweiht wurde, in dem das Seestern Fine-Dining-Restaurant untergebracht ist. Mit Holz und anderen Naturmaterialen gestaltet, ist es einem Bootshaus nachempfunden, das durch die bodentiefe Glasfront den Blick auf den kleinen See vor der Haustüre freigibt. Größtes Plus für Genießer im Sommer ist neben dem weitläufigen Lounge-Außenbereich die nahtlos ins Restaurant übergehende Terrasse, auf der man nicht nur direkt am, sondern sogar ein Stück weit auch auf dem See sitzt.
Was für ein schönes Ambiente, in dem Klaus Buderath, der bereits seit 2013 im Lago die Gourmetküche verantwortet und dort beste Produkte aus der Region, aber auch weit darüber hinaus, zu aromenstarken Gerichten kombiniert. Das merkt man schon bei den bildschönen Miniaturen vorneweg: ein Schinkensalatröllchen ummantelt mit weißem Spargel, ein mit Thunfisch-/Algen-Farce gefülltes Teigkissen mit Thunfischwürfel on top oder Tomatenvariationen als Mousse im Basilikummantel und mit „Bloody Mary"-Gel. Ganz klassisch kam alsbald auch eine gugelhupfhohe Brioche mit französischer Butter und hausgemachtem (!) Trüffelöl an den Tisch.
Dann der eigentliche Auftakt des Menüs: ein abgeflämmter bretonischer Kaisergranat, der ganz knapp glasig gegart war und so mit seinem reinen mild-nussigen Eigengeschmack überzeugte, unterstrichen durch einen angegossenen Krustentierschaum. Der annoncierte Löwenzahn mit seinen hellgrünen Blättern hatte eher dekorativen Charakter; Himbeeren im Ganzen und als Mousse betonten den süßen Charakter des Gerichts, der durch Pinienkerne und eingelegten Rettich nur wenig kontrastiert wurde.
Auch der zweite Gang hatte einen lieblichen Schwerpunkt, dem aber mit Fruchtsäure eine klare Kante entgegengesetzt wurde: Im Teller war eine Mousse aus weißem Spargel auf knusprigen Samen – Kaviar des Feldes – gesetzt, obenauf gebeizter grüner und weißer Spargel, ein Grapefruitgel, Kornblumen und Kapuzinerkresse. Die Spargelsuppe, die diese hübsche Insel umzingelte, war bis an die Grenze gehend gewürzt. Als Ausrufezeichen dazu gab es auf einem Löffel eine grüne Spargelmousse mit Deckel aus weißer Schokolade, auf dem Yuzu-Kaviar und erneut Grapefruit mit Säure powerten.
Die Aromenvielfalt und Dichte der Gerichte steigerte sich konsequent und erreichte mit dem Büsumer Goldbutt einen ersten Höhepunkt. Auf dem so saftigen wie knusprigen Fisch waren marinierte Krabben, die allerdings kaum Säure, sondern durch Piment d'Espelette und Selleriesalz eine stahlig-scharfe Würze hatten und dem Butt einen enormen Kick gaben. Auch der zwischen Graubrotchips versteckte superkrosse Lardo sorgte für Aha-Effekte in einem grundsätzlich sehr erdigen, harmonischen Fischgericht, das durch eine Bärlauch-Beurre-Blanc und ein pochiertes Wachtelei auf einem getrüffelten Kartoffelflan perfekt abgerundet wurde.
Der Fleischgang danach war vielleicht nicht ganz so elegant, aber von großer Intensität und Tiefe. Das Salzwiesenlamm, um das es hier ging, wurde als Zweierlei zubereitet: im Ganzen punktgenau gegart der zarte, aber weder blutrote noch schwammige Rücken mit krossem Fettdeckel, dazu kräftig Geschmortes zu einer dicken Merguez-Scheibe geformt und mit Knoblauchblüte bestückt. Ein Auberginen-Involtino und eine Mousse aus roter Paprika zeigten noch einmal deutlich, was in einigen Komponenten zuvor, etwa beim Tomatengruß, schon zu spüren war: wie Klaus Buderath und sein Team es verstehen, nicht nur das Letzte an Geschmack aus dem Gemüse herauszuholen, sondern es durch Gartechniken, Pürieren, Verdichten und natürlich auch Würzen zu potenzieren. Ein weiteres Highlight auf dem Teller war die Jus, die auf Bärlauchgel-Tupfer angegossen wurde: eine Aromenrundreise, die auch pur zu genießen war und die eben nicht dickflüssig auf dem Teller stand, sondern ihre ganze Klasse durch Klarheit und Transparenz demonstrieren konnte. Ganz stark!
Im Käsegang waren auf eine kompakte Kuppel aus Ziegenkäse gepickelte Radieschen- und Apfelscheiben drapiert, garniert mit Kornblumen und vor allem Schafsgarbe, die zusammen mit einem Sorbet sowie einem Pulver aus Weizengras für einen attraktiv herben Touch sorgte. Im Dessert schließlich wurde wieder Wohlklang inszeniert, weil auch die Säure von Rhabarber gut eingebunden war. Die Hauptsache, das Topfensoufflé, war als Abschluss zwar recht mächtig, aber im Verbund mit einem Dreiklang aus eben Rhabarber, Brombeeren und Holunder – sowohl in der Sauce als auch in einem bunten Früchterondell mit Holunderkoralle im Zentrum und Sauerkleeblättern ringsherum – war jeder Widerstand zwecklos. Ebenso wie bei den hausgemachten Petits Fours zum Kaffee.

Apropos Getränke: Wer mag, kann begleitend zum Menü, das in vier, sechs oder acht Gängen auch mit vegetarischen Alternativen angeboten wird, originelle alkoholfreie Drinks ordern. Möglicherweise aber verpasst man dabei einige charaktervolle Weine, die man sich merken muss: etwa den Grünen Veltliner Alte Reben von Markowitsch oder einen Pouilly-Fuissé vom Château des Rontets.

6↑ 🍴🍴🍴

Siedepunkt

Eberhard-Finckh-Str. 17, 89075 Ulm
0731-9271666
www.siedepunkt-restaurant.de
Küchenchef: Benedikt Wittek
Di–Sa ab 18 Uhr, So u. Mo RT
Hauptgericht: 30–40 €,
Menüs: 59–135 €

EC VISA P

Nach erfolgreichen Jahren als Küchenchef im Siedepunkt, das in Böfingen am nördlichen Stadtrand von Ulm unter dem Dach des Best Western Plus Atrium Hotel residiert, hat sich Christoph Hormel nun neuen Herausforderungen gestellt. Sein Nachfolger ist der 30-jährige Benedikt Wittek, der zuletzt als Souschef von Stefan Meier im Nürnberger ZweiSinn tätig war und nun das zeitlos modern in Grau-, Schwarz- und Holztönen gestaltete Gourmetrestaurant federführend mit seinem Team bekocht. Es gibt hier standardmäßig ein maximal sechsgängiges Menü mit Fisch und Fleisch, das nach Absprache bei der Reservierung auch als vegetarische Variante angeboten wird. Ein Blick in die Menükarte verrät noch nicht allzu viel darüber, was unter dem neuen Chef von der Küche zu erwarten ist: internationale Produkte, internationale Aromenvielfalt.
Entsprechend weltläufig sind auch die ersten Küchenboten, ein Fingerfood-Dreierlei zum Apero, gefolgt von einem wachsweichen Eigelb in dichtem Vadouvan-Schaum, was sich trotz einiger Knusperpartikel am Boden des Schälchens und etwas Lauchstroh on top ein wenig einförmig am Gaumen präsentierte – als cremiges Löffelgericht mit warmer exotischer Würze im Vorprogramm aber durchaus sehr adäquat seinen Zweck erfüllte: Lust auf mehr zu machen!
Die Entenleber, die zur offiziellen Vorspeise als ein kakaobestäubtes Parfait von abstrakter Architektur nebst einem mit Passionsfrucht vermengten Bananen-„Tatar“, einer Nocke Bananensorbet und geeisten Yuzu-Perlen in moderner Optik aufs Porzellan geschickt wurde, erwies sich leider als verfrühtes Dessert: viel Frucht, viel Süße, etwas Säure, aber kaum Salz, Würze, Tiefe. Auch der fehlende Charakter der Fettleber, die in der sehr kalten und sehr kompakten sahnigen Parfaitmasse kaum zur Geltung kam, trug seinen Teil dazu bei, dass man diese Vorspeise völlig problemlos auch als Nachtisch hätte servieren können.
Deutlich besser in der Balance gehalten war der folgende Zwischengang um mild gebeizte und auf der Oberseite abgeflämmte Forelle, die von den Leitaromen des klassischen Waldorfsalats begleitet wurde – also Sellerie, Apfel und Walnuss. Hier unter anderem als fein gewürfelte Brunoises und marinierte Streifen von der Sellerieknolle, Gel vom Apfel und Mayonnaise von der Walnuss, am Tisch vom Service vollendet mit einem grünen, apfelfruchtigen Staudenselleriesud. Leicht, frisch und klassisch.
Und das Niveau zog noch weiter an: Beim Stubenküken mit Lauch, Topinambur und Shiitake war schon das Hauptprodukt in Gestalt seiner marinierten und saftig-kross auf der Haut gebratenen Brust sowie das in leider etwas spärlicher Portionierung in einem Gyoza-Täschchen versteckte Schmorfleisch der Keule sehr gut – und wurde von gebratenem jungem Lauch, seidiger Topinamburcreme, knackigen dünnen Topinamburscheiben ansprechend begleitet. Für raffinierte Zwischentöne sorgte einerseits der fettig-salzige Geschmack und die knusprig-schmelzige Textur krosser Hühnerhaut und die wenigen, aber schön prononciert nach Koriander schmeckenden Tapiokaperlen. Aufgegossen mit einem fülligen Shiitakepilztee, der eine angenehm unaufdringliche Umamiwürze und Tiefe in das Gericht brachte, war das eine sehr runde Sache mit auflockernden Nuancen. Und zugleich der beste Gang des Menüs: klares 7-Pfannen-Niveau!
Das Duett von sous-vide gegartem und dann abgeflämmtem, für unseren Geschmack aber einen Tick zu trocken auf den Teller gelangten Steinköhler und einer panierten und knusprig

ausgebackenen Kalbskopf-„Boulette“ spielte sich zwischen einer süffigen Melange aus mildwürziger Blumenkohlcreme und laktischer Schnittlauchsauce auf Crème-fraîche-Basis ab. In einem Filoteigröllchen assistierte den beiden etwas Pfifferling-Duxelles und knackige Blumenkohlscheiben sowie ein paar Friséespitzen, sodass sich hier im Verein ein zwar etwas molliges und breites, aber auch sehr harmonisches Geschmacksbild abzeichnete.
Ebenfalls sous-vide vorgegart, dann auf Buchenholz nachgegrillt, in der Konsistenz schön zart, allerdings auch wieder etwas matt und trocken, kam sodann im Hauptgang ein „Presa“, also das Kernstück des Nackens vom Ibericoschwein, in Begleitung eines geschmorten Bäckchens derselben spanischen Schweinerasse daher. Knackiger und cremiger Zuckermais, gebratener Wildspargel, mutmaßlich mit reichlich Parmesan abgeschmeckte Kartoffel-Espuma und eine reduzierte Jus waren diesen beiden Hauptdarstellern einmal mehr sehr harmonische, klassische Begleiter – hier mit gut ausgeglichener Balance zwischen Süße und Würze. Durch die fürs Glas dazu empfohlene 2017er Cuvée „Luitmar“ von Philipp Kuhn kamen eine robuste Säurestruktur und feine Tannine hinzu, die das runde, weich und etwas brav anmutende Geschmacksbild auf dem Teller gewinnbringend konterkarierten und es perfekt ergänzten.
Dass hier mit etwas mehr Präzision für ein perfekteres Finish der Hauptprodukte und vielleicht etwas mehr Mut zu Ecken und Kanten bei den Aromen ganz locker der Sprung auf 7 Pfannen drin ist, zeigten auch die Desserts. Das Fichtensprossen-Rahmeis mit eingelegten Kirschen als Vordessert und im Besonderen auch der Nachtisch um Joghurt, Sauerampfer und Erdbeere hatten nämlich das, was wir bei den herzhaften Gängen etwas vermissten: scharfe aromatische Konturen.
Die Weinkarte, ein aufwendig gedrucktes und gebundenes kleines Buch, listet ausschließlich deutsche Gewächse aus nahezu allen Anbaugebieten des Landes. Es empfiehlt sich aber auch, den glasweisen Empfehlungen zu folgen, die in unserem Fall alle sehr gut korrespondierten.

5

Treibgut

im LAGO hotel & restaurant am see
Friedrichsau 50, 89073 Ulm
0731-206400251
www.lago-ulm.de
Küchenchef: Ole Lückstädt
Täglich ab 14 Uhr durchgehend, kein RT
Hauptgericht: 12–30 €
VISA P

Die Gastronomie im Hotel LAGO am kleinen Messezentrum in der Ulmer Friedrichsau ist seit jeher überdurchschnittlich ambitioniert und treibt einen hohen Aufwand, insbesondere was das regionale Produzentennetzwerk und die verwendeten Viktualien angeht. So scheint es wenig verwunderlich, dass nicht nur das Gourmetrestaurant Seestern unter gleichem Dach ein äußerst lohnenswertes Ziel ist, sondern auch das deutlich größere und bodenständigere Treibgut, in dem seit geraumer Zeit Küchenchef Ole Lückstädt für die Umsetzung des Kulinariums verantwortlich zeichnet.
Im Grunde ist das Treibgut ein Hotelrestaurant, doch es nur darauf zu reduzieren, würde der Sache nicht gerecht. Es spricht allein schon sehr für das Konzept und die Macher dahinter, dass längst nicht nur hungrige Hotelgäste an den schicken Holztischen sitzen, sondern gefühlt deutlich mehr Leute aus der Region zum entspannten Genuss hierherkommen. Und obwohl man hier schon darauf achtet, ein Restaurant für viele Gelegenheiten zu sein, gibt es nicht einfach ein breit gefächertes Angebot, das für jeden Geschmack etwas bereithält.
Es gibt natürlich schon auch ganz traditionelle Sachen wie ein originales Wiener Kalbsschnitzel mit Preiselbeeren und hausgemachtem Kartoffel-/Gurken-Salat oder den unverzichtbaren schwäbischen Zwiebelrostbraten mit Bratkartoffeln – Letzterer übrigens ein durchaus properes Exemplar, das mit guter gereifter Fleisch-

qualität, tadellosen Bratkartoffeln, schön natürlich und nicht zu konzentriert schmeckender Bratenjus und sowohl geschmälzten als auch knusprig gerösteten Zwiebeln ein Musterexemplar seiner Art war. Daneben findet man im Repertoire aber auch weniger konventionelle Gerichte, die ebenfalls durch ausgesuchte Produktqualitäten, grundsolides Handwerk, dem Gespür fürs Wesentliche überzeugen – darüber hinaus aber sogar auch mit dem Talent, durch verhältnismäßig einfache Mittel etwas Finessenreiches zu kreieren.
Besonders deutlich wird das im Bereich der Vorspeisen, die insgesamt etwas kreativer und detaillierter wirken als die Hauptgänge. Etwa wenn ein Tatar vom Weiderind mit wachsweich schmelzigem Eigelb, säuerlich-fruchtig gepickelten Minigemüsen und Kapern zu einem abwechslungsreichen Starter arrangiert werden. Oder ganz besonders auch bei unserer Tomatenvorspeise, bei der reife, aromatische Exemplare zusammen mit Tomatenmousse und -sorbet sowie Büffelmozzarella und Pumpernickel-Crunch nicht nur optisch als aparte, differenzierte Angelegenheit mit reizvollem Spiel von Süße und Säure daherkommen.
Manche Gerichte haben sich offenbar bereits als Hausklassiker etabliert. So kannten wir etwa den kross auf der Haut gebratenen Adlerfisch auf fruchtigem Tomatenragout mit hausgemachten Salbeinudeln und Weißwein-Butterschaum schon vom Besuch aus dem letzten Jahr als sehr guten Fischgang. Ebenfalls überzeugen konnte diesmal der saftig gegarte und goldgelb colorierte Waller, auch wenn seine Begleitung in Gestalt von Schnittlauch-Kartoffelpüree, Rote-Bete-Ragout und milder Meerrettich-Rahmsauce nur solide war und relativ grob, jedenfalls nicht sonderlich raffiniert wirkte.
Der Trumpf der Küche sind in jedem Fall die guten Produkte und ihre fundierte, schmackhafte Zubereitung. Ganz egal, ob das Örlinger Kornhuhn, dessen gebratene Brust mit glasierten Karotten, Baby-Mais und Süßkartoffelpüree liiert wird, oder die diversen, auf dem Holzkohlegrill finalisierten Cuts von bayrischen Weidelandrindern aus Mutterkuhhaltung. Und natürlich die vielen selbst hergestellten Viktualien aus der LAGO-Genusswerkstatt mit eigener Metzgerei, Bäckerei, Pâtisserie und Brauerei.
Statt dem Signature-Dessert „Bienenstich Treibgut“ mit Honigrahmeis, Vanillecreme, Mandelkaramell und Hefeteig auf Basis des eigenen Honigs, den 15 Bienenvölker auf dem Dach des Hotels produzieren, haben wir uns dieses Mal zum Abschluss für die Buttermilchmousse mit Erdbeersorbet und marinierten Sommerbeeren von der Tageskarte entschieden – waren davon aber nicht gleichermaßen begeistert, weil nicht nur der relativ ausdruckslosen und recht schnittfesten Mousse das gewisse Etwas fehlte. Auch der Nachtisch um einen relativ trockenen Schokoladenbrownie-Riegel nebst hausgemachtem Schokoladenrahmeis und karamellisierten Bananen konnte nicht ganz mit den Desserts vom letzten Mal mithalten. Am guten Gesamteindruck hat das dennoch wenig geändert.

Hotelempfehlung

★★★★

LAGO hotel & restaurant am see

Friedrichsau 50,
89073 Ulm
✆ 0731-2064000
www.lago-ulm.de
Einzelzimmer: 89–148 €
Doppelzimmer: 99–165 €

EC VISA

Mitten im Grünen und trotzdem zentrumsnah: das modern gestaltete 4-Sterne Hotel LAGO in der Ulmer Friedrichsau ist an das Ulmer Messegelände angebunden und umgeben von einer parkähnlichen Anlage, direkt an einem beschaulichen Natursee. Dennoch sind es nur wenige Minuten bis in die Innenstadt, und damit ist das LAGO ein optimaler Ausgangspunkt für den geschäftlichen und privaten Aufenthalt. In den sechzig stilvollen, klimatisierten, harmonisch und komfortabel eingerichteten Nichtraucherzimmern verschiedener Kategorien findet man als Gast erholsame Ruhe und neue Inspiration. Im Zimmerpreis enthalten sind Softgetränke, Auslandsgespräche im Festnetz, HomeTV, ein Parkplatz pro Zimmer und die Benutzung des Wellnessbereichs mit Sauna, Thermium und Dampfbad. Restaurants Treibgut und Seestern separat erwähnt.

Unterammergau (Bayern)

7

Dorfwirt & Friends

Pürschlingstr. 2,
82497 Unterammergau
08822-9496949
www.dorfwirt.bayern
Küchenchef: Thomas Zwink
Mo u. Do–Sa ab 17.30 Uhr, So von 12–14 Uhr u. ab 17.30 Uhr, Di u. Mi RT
Menüs: 49–89 €

VISA P

Der Dorfwirt in Unterammergau ist für uns ein bodenständiger kulinarischer Sehnsuchtsort, und Thomas Zwinks Kulinarium ein blendendes Beispiel für eine wirklich hervorragende, unverkünstelte Regionalküche auf hohem Niveau, die auch entsprechend hoch bewertet sein sollte. Dabei hat sich im Vergleich zu unserem letzten Besuch sogar einiges verändert: Nachdem Thomas Zwink noch bis Frühjahr 2020 mit dem jungen und ambitionierten Fabian Höckenrainer kompetente Verstärkung an seiner Seite gehabt hatte und Gastgeberin Brigitte Zwink in Karen Morandin jahrelang eine kongeniale Servicepartnerin, wirken die beiden seit der Wiedereröffnung nach Corona nun erst mal als Einzelkämpfer auf ihren jeweiligen Posten weiter.
Was die Küche angeht, macht sich das auf den Tellern auch durchaus ein wenig bemerkbar, weil die Gerichte im Vergleich nämlich schon etwas weniger detailaufwendig wirken, bisweilen pragmatischer angerichtet sind und man als Gast vielleicht sogar auf den einen oder anderen kreativen Schlenker verzichten muss. Was den reinen Genuss angeht, muss der Gast allerdings auf rein gar nichts verzichten, denn die Qualität der Produkte, die Substanz der Zubereitungen und überhaupt das ganze handwerkliche und kulinarische Know-how sind nach wie vor in gleichem hohem Maße vorhanden.
Deshalb haben wir uns auch klar dafür entschieden, die hohe Bewertung unverändert zu lassen. Weil es diese fantastische Küche unserer Auffassung nach einfach wert ist. Und weil wir damit ein weiteres deutliches Zeichen dafür setzen möchten, dass in unserem Guide auch künftig (und immer selbstverständlicher) die vermeintlich einfachere Regionalküche, die ganz ohne die Stereotypen der konventionellen Gourmet- und „Sterneküche" auskommt, hohe Bewertungen erreichen kann, sofern sie ein solches Maß an Expertise, Qualität und Delikatesse auf die Teller bringt wie hier. Denn so lassen sich fehlende kunsthandwerkliche Ambitionen, aufwendige Präsentation und preistreibende Exklusivität locker aufwiegen.
In der ländlich gemütlichen Gaststube ging es auch dieses Mal direkt maximal köstlich und produktpuristisch los: mit dünn aufgeschnittener geschmorter Kalbshaxe und schmelzigem Lardo von den eigenen Wollschweinen, die nebst ein paar eingelegten Balsamico-Perlzwiebeln und grasigem Olivenöl aus Apulien gegen den ersten Appetit und für den ersten Genuss aufgetischt wurden. Dazu ein Winzersekt vom Weingut Doll aus Rheinhessen, mit dem die Zwinks ebenso befreundet sind wie mit den Erzeugern des apulischen Olivenöls und den Menschen hinter vielen weiteren Produkten, die in ihrer Küche Verwendung finden. Dorfwirt & Friends ist hier eben nicht bloß ein netter Name, sondern Programm.
Weiter ging es mit einem Salat von Kalbszunge und Kalbskopf, die von zartem angeröstetem Pulpo mediterrane Unterstützung bekamen und mit Staudensellerie, Fenchel und Artischocke, etwas Olivenöl, Zitronensäure und animierender Chilischärfe ein wunderbar leichtes, frisches und sommerliches Vorspeisenvergnügen abgaben. Bodenständige Schmankerlküche repräsentierte das sogenannte „Wiener Butterschnitzel", was so etwas wie ein „Falscher Hase" ist: drei Scheiben vom wunderbar puren, fleischigen Kalbfleischpflanzerl auf Rahmgurken, die hier zudem von einer cremig-gemüsigen Sauce begleitet wurden. Ein im Grunde völlig simpler Teller, aber mit viel Geschmack.
Stark sind auch Thomas Zwinks Gnocchi mit Steinpilzen, Schafsmilchfrischkäse und Salsiccia-Ragout: Die Wurst stammt selbstverständlich auch von den eigenen Wollschweinen und

ist selbstredend hausgemacht, schmeckt natürlich und nicht überwürzt, die Gnocchi sind fluffig und zart, die gebratenen Steinpilze hocharomatisch und mit einem Hauch säuerlicher Essigsüße abgeschmeckt, die Salsiccia sehr natürlich, nicht überwürzt und der Frischkäse bringt viel laktische Frische mit. Dass Thomas Zwink nicht bloß ein gutes Händchen für exzellente Fleisch- und Wurstwaren, sondern auch für Gemüse hat, das bewies eindrucksvoll die formidable „Tarte Legumes". Mit sattem Schmorgemüsegeschmack und zarter, karamelliger Süße war sie der Star auf dem nächsten Teller und stahl der ebenfalls hervorragenden, taufrischen Lachsforellentranche, die nur einseitig kurz angebraten und auf der anderen Seite roh war, fast ein wenig die Show. Auf dem Fisch etwas säuerlicher knackiger Fenchelsalat und drum herum ein warmes, sowohl mildes als auch scharfes Selleriepüree und fertig war ein attraktives Gericht mit hohem Suchtfaktor.
Im Hauptgang des Überraschungsmenüs gab's diesmal geschmorte Kalbsschulter auf Stampfkartoffeln mit Pfifferlingen und Karotte – und was nicht nach besonders viel klingt, auf den ersten Blick noch nicht mal nach besonders viel aussah, war hier doch jede Menge! Nämlich perfekt geschmortes, nicht zu mürbes Fleisch mit angenehmer Struktur und viel Eigengeschmack, wie aus dem Ei gepellte Pfifferlinge, die glaubhaft am Morgen noch im Wald der Nachbargemeinde herumstanden, Stampf aus einer sehr aromatischen Kartoffelsorte, die von mit dem Dorfwirt befreundeten Erzeugern angebaut wird, und noch leicht knackige, beherzt in Butter angeröstete Karotte mit ebenfalls sehr viel Eigengeschmack. Das sah zwar wirklich nicht nach 7 Pfannen aus und war vom Gestaltungsaufwand de facto deutlich schlichter gehalten als die meisten Gerichte, die man sonst in dieser Bewertungsklasse so vorgesetzt bekommt, hat aber viel bessere Chancen auf einen guten Platz im kulinarischen Langzeitgedächtnis als sehr viele Streberteller ohne Tiefenwirkung.
Mit dem Slogan „vom Einfachen das Beste" hätte auch das Dessert überschrieben sein können: ein Marillen-Topfenknödel nebst einer Nocke Sauerrahmeis auf einem Marillen-Fruchtspiegel. Denn vom fluffig-saftigen Knödel über das fantastisch pure Marillenmark mit herber Frucht und erfrischender Säure bis hin zum rahmig-säuerlichen Eis mit glattem Schmelz hatte das alles schon irgendwie Referenzcharakter. So bleibt's nicht nur bei der hohen Bewertung, sondern auch bei unserem Fazit, dass der Dorfwirt der Zwinks ein Gasthof für echte Gourmets ist.

Utting a. Ammersee (Bayern)

5 Pfannen

Lenas am See

Seestr. 10, 86919 Utting a. Ammersee
08806-9570957
www.lenasamsee.de
Küchenchef: Lukas Vavrecka
Mi ab 17.30 Uhr, Do–So von 12–15 Uhr u. ab 17.30 Uhr, Mo u. Di RT, (Mai–Sept. auch Mi Mittag)
Hauptgericht: 15–30 €
EC VISA

Direkt an der kleinen Uttinger Seepromenade gelegen und dort als „Ausflugsgaststätte" quasi konkurrenzlos, hat sich dieses eigentlich alteingesessene, vor etwa zwei oder drei Jahren aber hübsch modernisierte und nun von der neuen Gastgeberin Lena Mielke und Küchenchef Lukas Vavrecka engagiert betriebene Lokal in der Region auch unter kulinarisch interessierten Leuten einen Namen gemacht. Denn die Karte ist nicht zu umfangreich, dafür aber relativ einfallsreich, es wird auf gute und wenn möglich regionale Produkte Wert gelegt und konsequent frisch und fundiert gekocht.
Klar gibt's hier auch einfachere und populäre Dinge wie Burger, Wiener Schnitzel oder gebratene Ammerseerenke mit gemischtem Salat und Kartoffeln – doch auch da ist der Anspruch ans Produkt größer als anderswo: Der Burger ist vom Spanferkel (mit Brioche, Tomate, Gurke, Kimchi und Salat), das Wiener Schnitzel selbstredend vom Kalb und die Renke aus dem See vor der Haustüre frisch und mit Sorgfalt gebraten. Neben solchen Sachen gibt es aber eben auch ausgefallenere Dinge, vor allem im Vorspeisenbereich, etwa gebratenen Kabeljau mit Pistaziensauce, Kohlrabi, Buttermilch oder ein durch Tataki vom Thunfisch von der traditionellen Rezeptur abweichendes Vitello tonnato.

Auch der Pulposalat war eine der interessanteren Offerten und dank der gut proportionierten sowie aromatisch fein austarierten Kombination mit Aprikose, Koriander, roter Zwiebel, Pink Grapefruit und einem erfrischenden Zusammenfluss aus Grapefruitvinaigrette und Kräuteröl auch geschmacklich wie handwerklich durchaus überzeugend. So wie die ausgewogen und voll schmeckende Petersilienwurzelsuppe, die cremig, aber nicht breiig den typisch süßlich-erdigen Geschmack des Wurzelgemüses transportierte. Dass die spärlich über das Süppchen und das begleitende helle Röstbrot gehobelte Trüffel nichts zum Geschmacksbild beitragen konnte, empfanden wir nicht als tragisch – sahen vielmehr das Positive darin, dass die Küche nicht der Versuchung erlag, mit scheußlichem Trüffelöl nachzuhelfen.
Überhaupt zielt das Team erfreulicherweise weitgehend auf klaren, natürlichen Geschmack ab, weshalb auch die als „Bowl" servierte Tom-Yum-Suppe zu überzeugen wusste, in deren angenehm säuerlich-pikant abgeschmeckten Fluten sich neben Cherrytomaten, Champignons und Koriandergrün auch verschiedene, allesamt qualitativ ganz propere Meeresfrüchte von Calamaretti über Herzmuscheln und kleinen Krabben bis zur Garnele tummelten. Der gebratene Lachs, der zusammen mit geräuchertem Blumenkohl, Blumenkohlpüree, Quinoa und einem etwas schwachbrüstigen, sahnig-milden Madeiraschaum aufgeboten wurde, litt zwar ein wenig an Trockenheit, war aber ansonsten auch ein sehr solides Exemplar.
Wer mehr Lust auf Fleisch im Hauptgang hat, wird mit geschmortem Ragout vom bayrischen Rehbock nebst Kartoffelstrudel, Schmandsauerkraut und Himbeerjus oder kurz gebratenem Karree vom Iberico-Schwein mit gefüllten Pfifferling-Gnocchi, Babyspinat, sautieren Cherrytomaten und Waldpilzen adäquat bedient. Und wer noch Lust auf etwas Süßes hat, beispielsweise mit einer moussig-cremigen Schokoladen-/Bananen-Schnitte auf Biskuitboden nebst pacojetcremigem Bananeneis und Bananenchips. Die war zwar insgesamt recht lieblich und mild und hätte gut noch irgendeinen Akzent vertragen – unterm Strich aber auch so ein harmonischer Abschluss.
Wenn sich bei schönem Wetter die Touristen an der Seepromenade tummeln und hier einfallen, haben Küche und Service natürlich alle Hände voll zu tun, doch dafür läuft es tatsächlich erstaunlich rund. Einiges wird auch über den angrenzenden Kiosk abgefangen, der ebenfalls von Lena Mielke und Lukas Vavrecka betrieben wird.

Vaihingen / Enz (Baden-Württemberg)

9 | 4 Bestecke

Lamm Rosswag

im Hotel Lamm Rosswag

Rathausstr. 4,
71665 Vaihingen / Enz (Rosswag)
07042-21413
www.lamm-rosswag.de
Küchenchef: Steffen Ruggaber
Mi ab 18 Uhr, Do–Sa von 12–13.30 Uhr u. ab 18 Uhr, So–Di RT
Hauptgericht: 32–48 €,
Menüs: 44–130 €

EC VISA P

Unseren sehr guten Eindruck der letzten Jahre, der für einen auf den ersten Blick unscheinbar wirkenden Landgasthof zu einer sehr hohen Bewertung und für Inhaber und Küchenchef Steffen Ruggaber zum Titel „Aufsteiger des Jahres" führte, sehen wir auch heuer bestätigt. Denn was er und sein kleines Team hier auf die Teller zaubern, ist spektakulär. Allenfalls könnte man weiterhin die Frage stellen, ob fast jede Begleitung eines jeweiligen Hauptplayers in zig Texturen – als Öl, Gel, Tee, Espuma, Sponge Crunch, Staub und dergleichen – verarbeitet sein muss, um auf solche Genusserlebnisse zu kommen. Entscheidend aber ist, dass trotz manch überraschender, aber nie irritierender Kombinationen immer äußerst stimmige Geschmacksbilder entstehen. Zudem bekommt der Gast im Lamm Rosswag auch vorneweg und hintenraus in sehr gutem Timing überdurchschnittlich viel geboten, ohne dass die große Vielzahl an Kleinigkeiten irgendwie ermüdend wirken würde.
Los ging es zuletzt mit vergleichsweise einfachen Genüssen: einem Roggenbrotchip mit Beef Tatar und Barbecue-Gel sowie einem Süßkartoffelchip mit Tandoori-Chicken. Es folgten eine kleine Lauchquiche, dann drei Sor-

ten Brot, Butter und Frischkäse, ehe mit einem weiteren Gruß erstmals demonstriert wurde, dass hier zumeist viele Miniaturen in Summe ein sehr stimmiges Ganzes ergeben. Auf einem breiten Pinselstrich Tapenade wurden zu Oliven-Crumble Tomaten in allerlei Texturen inszeniert, auch zu weißen Moussenocken in einer Vinaigrette mit Tomatenkernöl und Sherrygelee – eine federleichte und doch komplexe Komposition …

… die mit dem ersten offiziellen Gang naturgemäß eine Steigerung erfuhr: Zu zwei hausgebeizten Forellenfilets wurden die Komponenten Gurke, Dill, Kefir und Erdnuss vielfältigst verarbeitet, wobei hier vor allem erstaunte, wie gut sich die Erdnuss als helle Sauce und Crumbles auf dem Fisch in das frische Ensemble fügte. Bei den zwei falschen Erdnüssen nicht weiter verwunderlich, denn sie bestanden aus Forellentatar. Weitere Highlights: Gurkengranité, Geleewürfel aus Senfgurken und ein Dilleis. Süße, Säure, Würze – alles war hier perfekt ausbalanciert.

Um eine sous-vide gegarte und kurz abgeflämmte Obsiblue Garnele tat sich auch allerhand, jedoch als ganz anderes Geschmacksbild mit lieblich milder Basis und herb fruchtigen Akzenten. Das lag auch am Blumenkohl als Grundierungsstreifen, Couscous und Tee sowie dessen verarbeiteten Blättern. Exotische „Inseln" entstanden durch Variationen von Mango, die wiederum von Estragonöl, starken Currynoten und herben Cremetupfern eines Milchkaffees kontrastiert wurden. Dass die verschiedenen Aromen nicht auseinanderfielen, lag auch an dem angegossenen Sud, in dem viele dieser Aromen nochmals gekonnt vereint waren.

Als nächstes wurde Yellofin Tuna schon insofern anders interpretiert, als er nicht als kompakter Block, sondern in dünnen Scheiben angerichtet wurde. Kann man Shiso-Kresse (als Öl) und Passionsfrucht (mit Tapiokaperlen) als durchaus erwartbare Begleiter sehen, ist man dann doch überrascht, wie gut der Fisch zu Butternutkürbis passt. Neben Kürbisvariationen war das Element „Erde" auch durch Buchenpilze vertreten – wie überhaupt das Fischgericht durch eine dunkle Knoblauchvinaigrette und trotz der Passionsfrucht wenig säurehaltig war, sondern einen warmen, würzigen Grundton hatte.

Gingen in den bisherigen Gerichten die Aromen manchmal nahtlos ineinander über, so waren sie zum Felsenoktopus deutlicher voneinander getrennt, zumal hier trotz vieler Geltupfer nicht ganz so kleinteilig gearbeitet wurde. Auf dem dicken, saftigen Arm des Oktopus befand sich – so wie eigentlich in jedem Gericht irgendwie verarbeitet – etwas Crunch, daneben setzten zwei große Flans ganz eigene Akzente: Kartoffel mit starken Zitrusnoten, Chorizo mit kräftiger Würze. Weitere starke Player dieses Ensembles waren rote und grüne Paprika, Letztere zu einer herben Pimientos-de-Padrón-Nocke verdichtet und alles wunderbar aufgefangen durch einen bei aller Power auch erstaunlich eleganten Chorizo-Fond auf Krustentierbasis.

Am klassischsten zeigte sich der Hauptgang um Hirschkalbsrücken, der wie übrigens jedes Fleisch im Hause Ruggaber grundsätzlich nicht sous-vide gegart war, sodass er auch noch eine gute Struktur und viel Saftigkeit aufs Porzellan brachte. Bunte Bete sorgte dazu nicht nur für Farbe auf dem Teller, sondern auch für intensive Fruchtmomente – so wie auch Cassis und Kokoscreme, denen durch Blutwurst als Krapfen, als Creme und als gebratene Scheibe auf dem Fleisch auch noch etwas Deftigkeit entgegengesetzt wurde. Dies alles in einer phänomenalen Purple-Curry-Jus, die wie alle Saucen und Suds zeigte, dass Ruggaber vor seiner Rückkehr in den elterlichen Betrieb nicht umsonst Chefsaucier bei Dieter Müller im Schlosshotel Lerbach war.

Das süße Finale wurde in fünf Akten gespielt, vorneweg mit einem Pré-Dessert aus Variationen von Holunder und Buchweizen. Rund um die Heidelbeere (auch als Eis, Sphäre und Baiser) drehte es sich dann im eigentlichen Dessert, einer nicht ganz so leichtfüßigen Kreation mit São-Tomé-Schokolade, Lakritzspuren und isländischem Skyr-Joghurt, gefolgt von einem Mojito „nach Art des Hauses" zum Löffeln. Damit nicht genug, gab es statt Petits Fours mit einer falschen Himbeere in Paprikasud und Petersilienöl noch einmal eine leicht pikante Note, ehe dann eine Mini-Crème-brûlée den endgültigen Schlusspunkt setzte.

Der Service unter der Leitung von Sonja Ruggaber kennt sich bestens aus und kann eine Komposition mitunter minutenlang erklären, wenn das gewünscht ist. Sehr lobend muss auch die Weinbegleitung erwähnt werden, die von der Frau des Küchenchefs so lässig wie kompetent präsentiert wird. Sonja Ruggaber konzentriert sich inzwischen ausschließlich auf deutsche Weine, die sie bei Winzern selbst aussucht und passgenau zu den komplexen Gerichten serviert. Inklusive gereifter großer Gewächse zu fairen Preisen und – weil der romantische Weinbauort Rosswag am Rande von Steillagen doch etwas abseits ist – auch in Autofahrerportionen. Keine Frage: Ein Besuch im Lamm Rosswag ist ein Genusserlebnis in jeder Hinsicht, zumal das elegante Ambiente des Gastraums alles andere als steif wirkt.

Hotelempfehlung

Hotel Lamm Rosswag

Rathausstr. 4,
71665 Vaihingen / Enz (Rosswag)
07042-21413
www.lamm-rosswag.de
Einzelzimmer: 75–85 €
Doppelzimmer: 95–105 €
VISA

Das hübsche Fachwerkhaus von Gastgeberfamilie Ruggaber liegt im historischen Ortskern des malerisch von Weinbergen umgebenen Rosswag im Enztal, direkt am beliebten Enztalradweg. Das Haus verfügt über zwölf gepflegte Einzel- und Doppelzimmer, die großzügig angelegt und mit Dusche und WC, Telefon, Kabel-TV und WLAN ausgestattet sind. Das reichhaltige Frühstücksbüfett (bei schönem Wetter kann auch auf der Terrasse gefrühstückt werden) lässt keine Wünsche offen, denn das Kulinarische hat im Lamm Rosswag ohnehin einen sehr hohen Stellenwert: von der eigenen Metzgerei über die mehrfach ausgezeichnete kreative Gourmetküche im Restaurant bis hin zur umfangreichen Weinauswahl mit zahlreichen regionalen und internationalen Gewächsen. Für Hausgäste gibt es zudem eine eigene Karte mit schwäbischen Gerichten. Restaurant Lamm Rosswag separat erwähnt.

Vallendar (Rheinland-Pfalz)

5

Die Traube

Rathausplatz 12, 56179 Vallendar
0261-61162
www.stefan-schleier.de
Di–Sa von 12–14 Uhr u. ab 18 Uhr,
So u. Mo RT
Hauptgericht: 18–36 €, Menüs: 49–69 €

In den stilvollen nostalgischen Stuben kommen zwischen alten Wandvertäfelungen und schwerem Holzgebälk nicht nur Freunde rustikaler Fachwerkromantik auf ihre Kosten, sondern auch Leute, die auf gute, schnörkellose Küche aus sind. Stefan Schleier konzentriert sich nämlich bei seinen Gerichten stets auf wenige, fundiert und sorgfältig zubereitete Elemente und lässt lieber die Viktualien für sich sprechen, als zu viel Zirkus auf den Tellern zu veranstalten. Schlicht und einfach also, ohne kreative Mätzchen, dafür aber mit viel Geschmack. Die Gastgeberin kümmert sich aufmerksam und engagiert um das Wohl der Gäste und empfiehlt treffsicher aus ihrer Weinkarte, die auch mit zahlreichen offenen Offerten aufwartet und ansonsten ein fair kalkuliertes europäisches Sortiment listet.

Velbert (Nordrhein-Westfalen)

8

Haus Stemberg Anno 1864

Kuhlendahler Str. 295,
42553 Velbert (Neviges)
02053-5649
www.stemberg.tv
Küchenchef: Sascha Stemberg
Sa–Mi von 12–15 Uhr u. ab 18 Uhr,
Do u. Fr RT
Hauptgericht: 20–48 €, Menüs: 39–99 €
VISA

Es gibt wohl bundesweit kaum ein besseres Beispiel dafür, wie man anspruchsvolle Küche demokratisieren und wirtschaftlich tragfähig machen kann, als das Haus Stemberg bei Velbert-Neviges, eine halbe Autostunde östlich von Düsseldorf. In den zwar zwischenzeitlich

zeitgemäß gelifteten, grundsätzlich aber immer noch den ursprünglichen Charme des anno 1864 erbauten Hauses versprühenden Gasträumen dieses maximal sympathischen Familienunternehmens gehen Tradition und Innovation, Bodenständigkeit und Exklusivität so harmonisch zusammen und sind deren Übergänge so fließend, dass sich dort eine völlig heterogene Klientel bestens aufgehoben fühlt.
Und die reicht von Stammgästen aus der Nachbarschaft, die nur wegen eines formidablen Wiener Schnitzels hierherkommen, bis zu erfahrenen reiselustigen Gourmets, die entweder begeisterte Wiederholungstäter sind oder schon oft vom Phänomen Haus Stemberg gehört haben und das heitere Feinschmeckergasthaus, das allein wegen seiner hervorragenden Küche zu reellen Preisen auch mittags unter der Woche grundsätzlich ausgebucht ist, endlich mal live erleben wollen.
Das Geheimnis hinter diesem Phänomen ist schnell gelüftet: Bodenständigkeit, Authentizität, Handwerk und Qualitätsbewusstsein sind die vier dicken Säulen, auf denen Coren und Sascha Stemberg mit tatkräftiger Unterstützung der Eltern bzw. Schwiegereltern deren Lebenswerk bereits in der fünften Generation erfolgreich weiterführen. Und es zu einem überregional bekannten, von sämtlichen Fachleuten geschätzten „Place to be" der Gourmetszene machten – wo Gourmetkritiker und Spitzenköche ihr heimliches Wohnzimmer haben, wo mit Herzblut und ungekünstelter Gastfreundschaft von Vollblutgastronomen „lecker" aufgetischt wird.
Ein unter anderem mit Kalamansi und Koriander aromatisiertes Tatar vom Färöer Lachs, der bereits lieb gewonnene Teufelssalat vom Kalbstafelspitz, eine Blumenkohlsuppe mit schön präsenter, aber milder Currynote und ein vollmundiges Krabbenrahmsüppchen zeugten gleich vorneweg zur Begrüßung von der für uns längst zur geschätzten Gewohnheit gewordenen starken Substanz dieser Küche bei Produkt, Handwerk und Aromengespür.
Das Menü begann sehr stark mit einem langen Streifen eines in Kräuter marinierten „Königsmatjes", der mit seinem milden, eleganten Säurespiel und viel Produktcharakter so gar nichts mit den meist recht derb schmeckenden Artgenossen gemein hatte und eindrucksvoll aufzeigte, wie so ein Matjesfilet im besten Falle schmecken kann. Mit Radieschen und Gurke, Saiblingskaviar und Schnittlauchcreme (auch auf einem à part dazu gereichten Schüttelbrot) sowie einem mit grünem Apfel erfrischten Wiesenkräutersalat hatte der Matjes auch äußerst stimmige Begleiter, mit denen auf kreative Art am traditionellen „Hausfrauenart"-Thema angeknüpft wurde. Der eigentliche Clou der Komposition war aber die gekühlte Röstzwiebelvinaigrette auf Sojabasis, die dem Ganzen eine spannende Grundierung mit herzhafter Würze, straffer Säure und unaufdringlichem Umami-Kick bescherte.
Die grüne vegetabile Schärfe einer Creme aus Jalapeño und Avocado sowie die frische, zitrische Säure einer weißen, rahmig gebundenen Tomatenvinaigrette, die aus dem klaren Abtropfsaft von Tomaten gewonnen wird, vermählten sich zum hervorragenden lauwarmglasigen Lachs, der auf einer Scheibe von der Ochsenherztomate thront, zu einem spannend dynamischen Aromen-Background. Schön leicht und frisch und trotzdem vollmundig und süffig. Anschließend bekam das heiße, saftige Kalbsbries in Stücken von optimaler Größe, das mit gebratenen Champignons, Erbsen, Kalbsjus und Belper Knolle ja theoretisch schnell mal zur deftigen Breitseite neigen könnte, durch das Mitwirken von eingelegter Zitronenschale und belebender Säure an der zwar kraftvollen, aber überraschend leichten Sauce auf magische Weise fast schon etwas ätherisch Schwebendes …
Obwohl wir mit dem Degustationsmenü stets überaus zufrieden sind, schielen wir immer auch etwas neidisch auf die À-la-carte-Offerten aus der bodenständigeren Linie – und können meist nicht anders, als uns davon auch noch ein Gericht in kleiner Portionsgröße ins Menü einbauen zu lassen. Besonders gut geht das natürlich mit Stembergs hausgemachter Blutwurst nach altem Hausrezept. Die ist von hervorragender Qualität, hat ein sehr feines authentisches Aroma und schmeckt hier mal nicht wie ein verkappter Weihnachtsspekulatius – in Kombination mit geschmortem Boskop-Apfel, Püree von Knollensellerie, etwas vom wilden Brokkoli und einer kräftigen Schalottenjus macht das unterm Strich reizvoll verfeinerte Rustikalität und bringt großen Genuss.
So wie die wirklich überraschend gute Short-Rib-Tranche vom niederrheinischen Wagyu-Rind, die zunächst sanft gegart und dann knackig angegrillt ein echtes Produkthighlight darstellte. Sascha Stemberg ließ das Prachtstück auch gebührend der Star auf dem Teller sein und stellte ihm mit geschmorten Romanasalatherzen à la Caesar Salad, Ochsenmarkkrapfen und Rinderjus eine pointiert reduzierte Eskorte ohne jeden Anflug von Sättigungsbeilagen-Schwere an die Seite. Top!
Und selbst mit dem süßen Abschluss um ein moussig-cremiges Törtchen aus 66%iger „Beni Wild Harvest"-Schokolade, dem mit Himbeere

in Texturen, Joghurt, einem von den typischen Kräutern der Frankfurter Grünen Sauce aromatisierten Sud und dem floralen Aroma der Tonkabohne sämtliche Opulenz genommen wurde, hielt das Team das Niveau hoch. So verließen wir auch in diesem Jahr das Haus Stemberg nicht nur rundum glücklich, sondern auch mit der Gewissheit, dass unsere hohe Bewertung für die Küche zu hundert Prozent verdient ist.

Verden (Niedersachsen)

5

Pades Restaurant

Grüne Str. 15,
27283 Verden
04231-3060
www.pades.de
Täglich ab 17.45 Uhr, kein RT
Hauptgericht: 17–37 €,
Menüs: 36–66 €
VISA

Der einst bei Größen wie Witzigmann und Ducasse in die Geheimnisse der Grand Cuisinie eingeweihte Wolfgang Pade ist mit allen Kochwassern gewaschen, hat sich im heimischen Betrieb am Domplatz aber nicht mehr den gehobenen Gourmandisen verschrieben, sondern bietet seinen Gästen eine fundiert zubereitete saisonale Frischeküche ohne größtmöglichen Verfeinerungs- und Exklusivitätsanspuch. Die ist dafür zu moderaten Preisen und täglich mittags und abends zu haben. Im Grunde sind das schicke Lokal mit Wandstuck, Art-déco-Mobiliar, viel Holz und bequemen Ledersesseln und die sehr gute entspannte Küche mit vielen heimischen Bezügen und Ausflügen in südliche Gefilde ein schönes Beispiel für ein zeitgemäßes gutbürgerliches Restaurant im allerbesten Sinne. Im Sommer schön zum Draußensitzen, tolles Preis-Leistungs-Verhältnis, netter und flinker Service.

Villingen-Schwenningen (Baden-Württemberg)

6

Rindenmühle

im Romantik Hotel Rindenmühle
Am Kneippbad 9,
78052 Villingen-Schwenningen (Villingen)
07721-88680
www.rindenmuehle.de
Küchenchef: Martin Weißer, Gregor Schlüter
Di–Sa von 12–13.30 Uhr u. ab 18 Uhr, So u. Mo RT
Hauptgericht: 19–36 €,
Menüs: 39–75 €
VISA

Schön, wie sich die Küche des gediegenen Restaurant Rindenmühle im gleichnamigen Romantik Hotel am ruhigen Ortsrand von Villingen-Schwenningen in den letzten Jahren entwickelt hat! Vor gar nicht allzu langer Zeit sahen die Teller hier zwar überwiegend innovativer, aufwendiger und verspielter aus, doch ging das nicht selten auch zu Lasten der Präzision oder des guten Geschmacks. Inzwischen ist es umgekehrt: Vieles wirkt nicht sonderlich kreativ, und die Gerichte sind meist vergleichsweise schlichter und eher gegenständlich als künstlerisch ambitioniert aufs Porzellan gebracht, doch die handwerkliche Qualität und nicht zuletzt der Geschmack überzeugen umso mehr.

Das Zweierlei von der Entenleber beispielsweise war eine im besten Sinne opulente Foie-gras-Vorspeise mit einer schön dicken, sauber parierten und beidseitig knusprig angebratenen Scheibe der Leber und gleich drei Schnitten eines Leberparfaits, das mit einer dünnen Geleeschicht als „Delice“ daherkam. Mit einer Entourage aus Erbsencreme, schön säuerlichen Aprikosen und etwas Nussbutterschaum, der seine dezente Umamiwürze mutmaßlich ein wenig Miso zu verdanken hatte, war das zudem auch nicht eines jener desserthaft süßen Fettlebergerichte, sondern schön ausgewogen zwischen Herzhaftigkeit, Frucht und Säure – die kleinen Brioche-Scheiben spendeten dazu noch ein wenig Buttrigkeit und Backaromen.
In eine ganz andere, leichte, mediterrane Richtung tendierten die gebratenen Garnelen, die mit Jalapeño-Espuma, cremig-aromatischem Ziegenfrischkäse und einem Schmorpaprikachutney zusammenfanden, dessen Süße sich hier als Baustein zwischen der milden Schärfe des Schaums und dem Schmelz des Frischkäses gut machte. Und auch das anschließende Curry-/Zitronengras-Schaumsüppchen auf Kokosmilchbasis stellte unter Beweis, dass die Rindenmühlen-Küche ein gutes Gespür für ausgewogene Geschmacksbilder hat.
Wir folgten zuletzt dem Vorschlag des „Rindenmühlen-Menü“, der im Hauptgang Fisch vorsah und uns eine richtig schön dicke, frische, attraktiv kross auf der Haut gebratene und auf den Punkt finalisierte Tranche vom Adlerfisch bescherte. Die war ganz gediegen auf eine Melange aus sehr gutem Mittelmeergemüse gebettet, das aromatisch geschmort war (nicht zu weich, nicht zu roh) und von fluffigen Gnocchi sowie einer ausgesprochen guten Hummerrahmsauce ergänzt wurde. Letztere durchaus kraftvoll, aber ohne allzu intensive Röstpower.
Und weil auch die unheimlich feincremig gestockte Panna cotta mit zartem Lavendelaroma, die von fantastischem Aprikoseneis sowie subtil und überraschend finessenreich mit Jägermeister marinierten Brombeeren begleitet wurde, auf locker und entspannte Art das Niveau der anderen Gänge hielt, erhöhen wir die Bewertung heuer abermals auf nunmehr verdiente 6 Pfannen. Auch dem sehr jungen, aber bemerkenswert engagiert und souverän auftretenden Service muss ein Lob ausgesprochen werden.
Und dafür, dass es zu allem auch einen guten Tropfen ins Glas gibt, garantiert die gut sortierte Weinkarte, die recht international gehalten ist und neben den besten nahe gelegenen Erzeugern wie dem Weingut Clauss aus Lottstetten oder Aufricht vom Bodensee auch Gewächse namhafter Châteaux aus Bordeaux, Prestigeträchtiges aus der Toskana und den einen oder anderen Überseewein listet. Da lässt es sich aushalten! Vor allem im Sommer, wenn man das alles auf der lauschigen Terrasse genießen kann.

Vogtsburg (Baden-Württemberg)

KellerWirtschaft

im Weingut Franz Keller
Badbergstr. 44,
79235 Vogtsburg (Oberbergen)
07662-933080
www.franz-keller.de
Küchenchef: Amadeus Kura
Mi–Sa ab 17 Uhr, So ab 13 Uhr durchgehend, Mo u. Di RT
Hauptgericht: 18–45 €, Menüs: 64–69 €
VISA

So oft und gern wir hier in der Vergangenheit bislang meist in dem äußerst großzügigen, mit viel Sichtbeton modern und schnörkellos gestalteten Gastraum im Inneren des Weinguts gesessen sind, desto lieber streben wir mittlerweile einen Besuch im Sommer an, wenn man bei schönstem Wetter draußen auf der Terrasse des futuristisch anmutenden Gebäudes mit Blick in die umliegenden Weinberge verweilen kann. Dieses Ambiente an diesem Ort ist kaum zu toppen.
Da könnte es die Küche im Prinzip auch ganz entspannt angehen und zu den hervorragenden Weinen aus dem Hause Franz Keller und weiteren, meist internationalen Alternativen bloß ein bisschen Brot und Schinken aufschneiden, und die Leute wären glücklich. Sehr gutes Brot gibt es hier auch und Schinken ebenfalls – nämlich feinster Kaiserstühler Coppa, der mit Oli-

ven und Ciabatta offeriert wird. Daneben hat das ambitionierte Team um Küchenchef Amadeus Kura aber in der Hauptsache deutlich gestalterischere und einfallsreichere Dinge im Sinn, die hier auch als viergängiges Menü angeboten werden.
Wer lieber nur einen handfesten Gang und danach vielleicht noch etwas Käse essen will, findet trotzdem was. Zum Beispiel ein Rib-Eye-Steak von der deutschen Färse, das mit Pak Choi, Champignons und Wildkräuterbutter offeriert wird. Da wir eher zu ausgiebigerem Genuss tendieren, starteten wir heuer mit gebeiztem schottischem Lachs, der in zwei schön dick geschnittenen Tranchen nebst Kohlrabi in einem Purple-Curry-Sud angerichtet war. Und als solches ziemlich facettenreich daherkam: Der Kohlrabi war als mild geräucherte Creme, als säuerlich gepickelte dünne Scheiben und als Kohlrabigrün zugegen, und die durch viel Hibiskusblüte sehr florale Currynote wurde von kleinen geeisten Perlen aus violettem Senf spannend konterkariert.
Etwas „geerdeter", aber nicht minder spannend, folgte die Melange aus pochiertem Ei (Eiweiß sehr fest, Eigelb noch schön flüssig), gebratenen Steinpilzen und Steinpilzcreme sowie Lauchzwiebel in einer leichten, betont säuerlich gehaltenen Röstzwiebel-Nage. Schon hier zeigte sich mal wieder, wie gut es der Küche gelingt, aus einfachen Dingen mit viel Fingerspitzengefühl etwas Raffiniertes und sehr Gutes zu machen. Noch deutlicher wurde das bei der Liaison von dünn aufgeschnittenen Scheiben der rosa gegarten und sehr saftigen Kalbshüfte, die hier mit Paranüssen und pikantem Kimchi als knackige Chinakohlblätter und cremige Espuma zu einer süffigen Melange zusammengestellt waren.
Im Hauptgang freuten wir uns über ein Duett aus Hüfte und Zunge vom Lamm und ließen uns auch von der etwas rustikalen Optik der grauen, im Ganzen auf den Teller platzierten Lammzunge die Freude nicht nehmen, die auch etwas zarter und aparter hätte sein können. Am saftigen Hüftstück jedoch war ebenso wenig etwas auszusetzen wie an deren Begleitung, die mit fruchtigem Butternutkürbis, (cremig und knackig), lockeren Falafelbällchen und Zatar-Jus in Richtung Naher Osten tendierte. Über den Sinn der Baiser-Makronen ließe sich hier vielleicht noch diskutieren – über den aus der Magnum dazu ausgeschenkten Spätburgunder „A" von 2008 allerdings nicht: Der war dem orientalisch angehauchten Lamm ein kongenialer Begleiter.
Birne, Haselnuss und „Neuer Süßer" bildeten als Eis, Mousse, Püree und Schaum nebst knackigen Nüssen und saftigen Birnenspalten den rundum gelungenen süßen Abschluss, den man sich wahlweise mit einer 2013er Zweigelt-Auslese von Kracher sogar noch etwas schöner trinken konnte. Das alles ist so wohldimensioniert, dass man auch nach einem ausgiebigeren Mahl keinen Verdauungsspaziergang machen muss – wenngleich die wunderbare Gegend natürlich unweigerlich dazu einlädt.

8

Schwarzer Adler

**Badbergstr. 23,
79235 Vogtsburg (Oberbergen)
07662-933010
www.franz-keller.de
Küchenchef: Christian Baur
Fr ab 18.30 Uhr, Sa–Di von 12–13.30 Uhr u. ab 18.30 Uhr, Mi u. Do RT
Hauptgericht: 34–52 €,
Menüs: 104–135 €**

VISA

Warum der Schwarze Adler von Familie Keller für so viele Feinschmecker, nicht nur aus Deutschland, sondern auch aus der Schweiz und dem benachbarten Elsass, ein echter Sehnsuchtsort ist? Weil er inmitten des Kaiserstuhls eine absolute Gunstlage besitzt. Weil in den verschiedenen nostalgischen Stuben gehobene Gastlichkeit auf entspannte Art zelebriert wird. Weil hier – während sich um Oberbergen herum das Personalkarussell in der Gastronomie bedeutend schneller dreht – von Sommelière Melanie Wagner bis zu Maître Hubert Pfingsttag ein seit vielen Jahren unverändertes und ebenso hochkompetentes wie maximal sympathisches Serviceensemble für das Wohl der Gäste da ist. Weil die Weinkarte schlicht sensationell und überaus fair kalkuliert ist. Aber natürlich genauso auch wegen der Küche, die mit Klassikern wie der legendären unter der Haut getrüffelten Bresse-Poularde aus der Salz-

kruste oder der Schweineblase im Grunde ein Alleinstellungsmerkmal hat. Wo bekommt man in Deutschland derlei sonst noch in vergleichbarer Qualität?
Die Küche unter der Leitung von Christian Baur kann aber noch viel mehr! Seit Jahren gibt es in Deutschland kaum ein zweites Restaurant, in dem Klassik und Moderne so konträr, aber auch gleichzeitig so harmonisch zusammenkommen wie hier. Für die traditionsreichen Gerichte aus der französischen Küche, die für dichte, kraftvolle Aromen und wohldosierte Opulenz stehen, zeichnete über vierzig Jahre Anibal Strubinger verantwortlich, der die große Klassik aus dem Effeff beherrscht und dem Schwarzen Adler auch nach Übergabe des Küchenzepters an seinen Nachfolger als Berater, Einkäufer und Unterstützer erhalten blieb. Christian Baur, der in den vergangenen Jahren viel von Strubinger gelernt hat und fortan so etwas wie der Gralshüter der legendären Adler-Kulinarik ist, konnte hier aber auch eine ganz neue, modernere Linie etablieren.
Die ist betont leicht, schlank, transparent und führt bisweilen auch in asiatische oder mediterrane Aromenwelten. Und während sich das À-la-carte-Programm mehrheitlich der traditionellen französischen Küche widmet, steht das bis zu sechsgängige Menü primär im Zeichen der Moderne – wobei wir uns hier grundsätzlich schwertun, uns für eine Richtung zu entscheiden und am liebsten in beiden kulinarischen Welten schwelgen. Und besonders beglückend ist diese Liaison immer dann, wenn sich die Möglichkeit ergibt, zum Hauptgang eines der Gerichte für zwei oder mehr Personen zu ordern: etwa die eingangs bereits erwähnte getrüffelte und mit Gänseleber, Reis und Gemüse gefüllte Poularde in der Schweinsblase, die es jedoch nur auf Vorbestellung gibt.
Wir widmeten uns beim letzten Besuch wieder primär dem Menü und bekamen es gleich zu Beginn mit einem ebenso süffigen wie butterzarten Kalbszungenragout unter einer luftigen Sellerie-/Kartoffel-Schaumhaube zu tun, über dem ein eleganter Hauch von Madeirasüße schwebte – ein ganz typisches Beispiel für den aktuellen Stand der Küche im Schwarzen Adler, die mehr denn je in der französischen Klassik schwelgt und trotzdem auf der Höhe der Zeit ist. Bereits davor gab's zum Aperitif für den ersten Appetit lockere Käsemakronen und hervorragendes helles Brot mit französischer gesalzener Butter.
Die straffe, fruchtige Säure einer grünen Vinaigrette und einige saftige Wassermelonenwürfel gingen beim mit Sesam und Korianderkresse aromatisierten Sot-l'y-laisse vom Truthahn zusammen mit der cremigen Erdnussmousse eine spannend kontrastive Verbindung ein. Und im feinsüßlichen Schmelz dieser Erdnusscreme wurde auch das nicht unproblematische roh marinierte Paprikagemüse, mit dem diese Vorspeise dezent unterfüttert war, sanft und harmonisch eingefangen.
Ein ebensolches dynamisches und trotzdem ausgewogenes Aromenspiel umgarnte auch die in Perfektion geröstete Tranche eines Wallers, die mit maximal krosser Haut und herrlich saftigem Fleisch begeisterte. Hier waren es die Gegensätze von gepickelter Petersilienwurzel und der sanft umamiwürzigen Füllung einiger Ravioli, die nämlich eine mit Parmesan abgeschmeckte Spinatcreme intus hatten, welche sich mit dem leichten Sud zu großem Genuss vermählte.
Ein echtes Traumpaar war für uns das Duett aus in Buttermilchsud mit Zitronenmyrte geschmorten Lammbäckchen von der Schäferei Storz aus Münsingen und perfekter gebratener Entenleber aus dem Elsass. Die schwammen nämlich zusammen mit ein paar Saubohnenkernen, gerösteten Haselnüssen und einem kleinen, raffiniert cremigen Salzzitronen-Kartoffelknödel in einer kraftvollen, aber auch sehr eleganten und transparenten Lammjus und waren für uns das heimliche Highlight des Menüs. Womit wir aber keinesfalls die dicke, optimal auf den Punkt gebrachte Schnitte vom atlantischen Wildfangsteinbutt unter den Teppich kehren wollen, die man zwar anders, aber sicherlich kaum besser begleiten kann, als dies dem Team um Christian Baur mit dem als glatte Creme und sehr dünn gehobelte knackige Stücke interpretierten Blumenkohl gelang. In Kombination mit einer zitrisch-herb und erfrischend säuerlich gestalteten Beurre blanc, die hier in der großen Sauciere zum reichlichen Nachlegen am Tisch verblieb, war das ein sowohl vollmundig opulenter als auch schlank zugespitzter Fischgang – und im Zusammenspiel mit dem von Sommelière Melanie Wagner dazu empfohlenen Pouilly-Fuissé „Les Combettes“ von Chateau Fuissé aus 2014 sowieso eine Bank. Ganz fantastisch!
Wem es möglich ist, sich mit seinen Mitessern auf ein gemeinsames Hauptgericht zu einigen, sollte auf gar keinen Fall diese Chance ungenutzt lassen und sich eines der Hauptgerichte für zwei bis vier4 Personen gönnen – vornehmlich Geflügel, im Ganzen zubereitet und dann in zwei Gängen serviert. Die unter der Haut mit Trüffel gefüllte, in der Meersalzkruste gegarte und dann in zwei Gängen servierte Bresse-Poularde ist ein Erlebnis fürs kulinarische Langzeitgedächtnis. Und das feste, eigenaro-

matische Fleisch mit einer intensiven, erdigen Trüffelnote, vor allem aber die tiefschürfende und exakt ausbalancierte Rotweinjus schreit nach einem gereiften Burgunder, von denen es hier unzählig viele gibt, denn die formidable Weinkarte mit beachtlicher Jahrgangstiefe glänzt nicht nur bei den Gewächsen des eigenen Weinguts, sondern auch bei großen Burgundern und Bordeaux.
Nach einem fantastischen Himbeersorbet auf schaumweinherbem Espuma-Cremeteppich in der Glasbowle erreichte uns beim letzten Besuch zum Abschluss ein spätsommerliches Zwetschgendessert, bei dem glasierte und zu Sorbet verarbeitete Kaiserstühler Früchte von cremiger Jivara-Schokoladenganache und würzigem Zimt-Sablé gewinnbringend eingerahmt waren. Und wenn man sich davor noch den mit Bernard Antonys Delikatessen reich bestücken Käsewagen hat vorfahren lassen, wird man den Schwarzen Adler nicht nur wunschlos, sondern auch rundum glücklich wieder verlassen. Und schon beim Abend- oder Nachmittagsspaziergang durch die ländliche Idylle des Kaiserstuhls dem nächsten Besuch entgegenfiebern.

5

Winzerhaus Rebstock

Badbergstr. 22,
79235 Vogtsburg (Oberbergen)
07662-933011
www.franz-keller.de
Küchenchef: Dominique Gutleben-Strubinger
Mi–So ab 12 Uhr durchgehend, Mo u. Di RT
Hauptgericht: 14–20 €, Menüs: 34–36 €

VISA P

Auf die Gefahr hin, dass wir uns wiederholen, aber der Rebstock von Winzer- und Gastronomenfamilie Keller im beschaulichen Kaiserstuhl ist für uns seit vielen Jahren so etwas wie der Prototyp des badischen Wirtshauses. Hier wird in der schlicht eingerichteten Gaststube oder im wind- und sonnengeschützten Innenhof ganz und gar bodenständig und traditionell, aber dennoch mit hohem Anspruch an Produkt und Handwerk gekocht. Dazu tolle Weine, nicht nur aus dem Sortiment und der Schatzkammer des eigenen Weinguts, und das alles zu absolut reellen Preisen, durchgehend von mittags bis abends.
Auf der Karte finden sich jahrein, jahraus zahlreiche Hausklassiker, etwa ein mit herzhaftem Munsterkäse und hauchdünnem luftgetrocknetem Schinken gefülltes Cordon bleu, dass auf seiner krossen Panierung mit frisch geschnittenem Schnittlauch und Maldon-Salzflocken gewürzt ist. Das Carpaccio vom Kalbskopf mit Berglinsensalat oder das im Ganzen im Ofen gebackene „Mistkratzerle“ sind ebenfalls lohnenswerte Evergreens im Rebstock. Und natürlich die wunderbare provenzalische Fischsuppe, ein rustikaler Fischeintopf mit viel Gemüse, aber auch mit satter Substanz auf Basis von Fisch- und Krustentierkarkassen, in dem viel gutes Meeresgetier in Gestalt kleiner Filets und Meeresfrüchte wie Vongolé, Krabben, Pulpetti und kleinen Tintenfischringen schwimmen.
Daneben gibt es aber immer auch tolle Sachen auf der Tageskarte, die hier nicht ständig im Angebot sind. Zuletzt beispielsweise schön dicke Tranchen vom mild gebeizten Lachs, die mit einem Schalotten-/Schnittlauch-Öl mariniert waren und neben ein paar gebratenen Champignons und Cocktailtomaten auch zwei Scheiben einer sehr feinen Lauchterrine zur Seite hatten, die als pure Schichtterine zubereitet waren – also ohne Farce und weitere Ingredienzen. Und so passten diese mit ihrer puren, vegetabilen Art auch gut zu der schön transparenten, produktpuristischen Vorspeise.
Und apropos transparent: Auch der Gemüserisotto, der mit den Spitzen von knackigem grünem Spargel und kurz und knapp glasig gebratenen Gambas angereichert war, präsentierte sich nicht als rahmig-opulentes Gericht, sondern trotz der Zugabe von reichlich Parmigiano und somit jeder Menge Schmelz und Umami als sehr klare, durchsichtige Angelegenheit.
Als überraschend gut empfanden wir auch die Tranchen von der kurzen Rinderrippe, die zart geschmort, aber eben nicht fasrig und mürbe, sondern mit saftigem und elastischem Biss daherkamen – also fast wie ein Mittelding zwischen geschmort und kurz gebraten. Das war schon solo so gut, dass man die relativ intensive, dichte (und leider etwas zu salzige) Schmorsauce eigentlich sowieso nur in homöopathi-

scher Dosis gebraucht hat. Als Beilagen gab's dazu optimal bissfest-zarte buttrige Karotten und fluffige, kurz angebratene Spätzle von der Sorte, die man ebenfalls ganz ohne Sauce mit großem Genuss essen kann.
Wem süßer Nachtisch wie Crème brûlée mit Vanilleeis, Mousse au Chocolat oder verschiedene Sorbets nicht zusagen, wird sich zum Abschluss vielleicht über perfekt gereiften Rohmilchkäse von Maître Antony freuen – und dazu gerne noch mal einen Blick in die Weinkarte werfen. Es bleibt, wie es ist: Der Rebstock ist ein Wirtshaus für Gourmets!

Vöhringen (Bayern)

6

Speisemeisterei Burgthalschenke

Untere Hauptstr. 4,
89269 Vöhringen (Thal)
07306-5265
www.burgthalschenke.de
Küchenchef: Karl Großhammer
Di–So von 12–13.45 Uhr u. ab 18 Uhr, So u. Fei von 12–13.45 Uhr u. ab 18 Uhr, Mo RT
Hauptgericht: 18–32 €, Menüs: 16–59 €
EC VISA P

Die Speisemeisterei Burgthalschenke von Familie Großhammer in der Nähe von Vöhringen, die wir schon seit über 15 Jahren in unserem Guide empfehlen und in all der Zeit nicht ein einziges Mal nennenswerte Schwankungen der Küche erlebt haben, ist und bleibt eines der erfreulichen Beispiele, wie gut Bodenständigkeit und gehobener kulinarischer Anspruch zusammengehen. Das verkehrsgünstig nahe der Autobahn A7 südöstlich von Ulm gelegene Lokal mit seinen grob gekalkten Mauern, dem massiven Kamin in der Mitte und dem wuchtigen Holzgebälk befindet sich in einem mehreckigen Anbau, ist auf drei Ebenen angelegt und wird hier und da von Designdetails und moderner Kunst stimmig aufgelockert.
Hier wird ebenso unspektakulär wie grundsolide gekocht – oft sogar mit dem gewissen Etwas! Das Qualitätsbewusstsein, mit dem eingekauft wird, die Frische der Produkte, vor allem die große Sorgfalt, mit der gearbeitet wird, erkennt man auf jedem Teller. Die À-la-carte-Gerichte reichen von Rostbraten vom Allgäuer Rind mit Zwiebeln und handgeschabten Spätzle über Cordon bleu vom Kalb mit Preiselbeeren und Petersilienkartoffeln bis zum Ragout vom Illertaler Reh mit gebratenen Kräutersaitlingen und glasierten Äpfeln, was sich zumindest nominell erst mal nicht von dem unterscheidet, was sehr viele andere Restaurants der Region so machen. Hier wird tatsächlich nichts sonderlich Spektakuläres oder Kreatives geboten, aber die Art und Weise, wie feinsinnig und ausdrucksstark die gediegen klingenden Gerichte zubereitet sind, sorgt regelmäßig für angenehme Überraschungen und vor allem für viel Genuss.
Besonders deutlich wird das stets im Rahmen des saisonal wechselnden Menüs. So übertraf zuletzt auch wieder die Vorspeise, die als Waldpilzterrine mit Liebstöckelpesto und Speckstrudel annonciert war, die Erwartungen: die auf ein Friséesalatbett drapierte und von kleinen frischen Pfifferlingen begleitete Terrine bestand aus einer Scheibe festcremiger und sehr aromatischer Pilzfarce, die in einen Flädlemantel eingeschlagen war. Der Speckstrudel kam in Gestalt zweier kleiner knuspriger Strudelteig-Ravioli, sehr sorgfältig fabriziert und mit cremigem Speckrahm gefüllt, das Pesto brachte viel Schmelz und die typische Kräuterwürze von Liebstöckel auf den Teller. Da braucht es nicht sehr viel Fantasie, um sich vorzustellen, dass das zudem alles prima miteinander harmonierte.
Auch das kleine rahmige Frühlingszwiebelsüppchen, das mit viel typischem Aroma, aber ganz ohne zwiebelige Penetranz daherkam und so für den darin versteckten zart-saftigen Lachsraviolo eine adäquate Umgebung darstellte, war eine ausgesprochen propere Vertreterin ihrer Art. In einem mediterranen Umfeld wurde schließlich der auf den Punkt klassisch gebratene und mit einer Aromaschmelze aus Kräutern und kleinen milden Zwiebelstückchen glasierte Lammrücken präsentiert: Da waren ein kleiner gegrillter Schaschlikspieß mit etwas Lammfleisch und verschiedenen eingelegten Gemüsen, ein paar Ofentomaten, et-

was Zucchini, frittierte Salbeiblätter und mit getrockneten Tomaten durchzogene hausgemachte Gnocchi, die fluffig-zart und an manchen Stellen angekrosst waren. Nicht zuletzt an der gut gelungenen, ausgewogenen Jus, die zwar kräftig war, sich aber für das Lamm als nicht zu intensiv erwies, konnte man einmal mehr die starke Substanz dieser Küche erkennen.
Ein sehr lockeres Innenleben unter einer hauchdünnen, knusprigen Schicht boten schließlich die kleinen gebackenen Grießknödel, die zusammen mit fruchtigem Kirschragout und einer schmelzig-glatten Nocke von feinsäuerlich erfrischendem Joghurteis (sowie Brombeeren und Himbeeren und verschiedenem Frucht-Coulis) ein wunderbares Dessert abgaben. Zu all dem hat die zuvorkommende Gastgeberin Ariane Großhammer immer auch die eine oder andere gute Weinempfehlung glasweise parat. Und wer sich lieber selbst ein ganzes Fläschchen aussucht, findet in ihrer Weinkarte ebenfalls Lohnenswertes zu moderaten Preisen.

Volkach (Bayern)

5↑

Schwane 1404

im Hotel Romantik Hotel Zur Schwane
Hauptstr. 12,
97332 Volkach
09381-80660
www.schwane.de
Küchenchef: Cornelia Fischer
Täglich von 12–17 Uhr u. ab 18 Uhr, kein RT
Hauptgericht: 17–29 €
VISA P

Es kommt nicht von ungefähr, dass die fränkischen Weinorte bei emsig fotografierenden Touristen sehr beliebt sind. Die pittoresken, von Weinbergen umgebenen Städtchen mit ihren kleinen Gassen, Fachwerkhäusern und dicken Stadtmauern haben einen besonderen Reiz. Und dazu kommt, dass es hier nicht nur viel Historie zu bestaunen, sondern auch eine lebendige Genusskultur zu entdecken gibt. Das Hotel Schwane in Volkach des gleichnamigen VDP-Weingutes ist dabei zweifelsohne eine der besonders lohnenden Entdeckungen. Neben den typisch fränkischen Weinen, vor allem Riesling und Silvaner, wird hier auch viel Wert auf anspruchsvolle Kulinarik gelegt. Das Programm umfasst das Genussfrühstück und das Gourmetprogramm im Restaurant Weinstock genauso wie die anspruchsvolle Traditionsküche im Restaurant 1404.
Letzteres wurde heuer mit Fokus auf den Abendservice und einem Degustationsmenü als Novum sogar ebenfalls ein bisschen mehr in Richtung Fine Dining bewegt. Allerdings eher im Sinne einer bewussten Fokussierung des Schlichten in sehr guter Qualität. Kerngeschäft ist und bleibt hier die starke Substanz einer handwerklich arbeitenden Küche. Entsprechend klar und freigestellt läutete das Team den letzten Besuch mit einer ideal zartcremigen und mild rauchigen Forellenmousse ein, die neben grasig-mild marinierten Baby Leafs und Kräutern sowie einem roh geriebenen Granny-Smith-Apfelkompott einen schön klar freigestellten Auftritt hatte. Das wirkt einfach und ist es auch, lebt aber gerade deshalb vom Feingefühl und der Qualität der Zutaten bis hin zu den verwendeten Essigen und Ölen.
Dass hier „einfach“, anders als es der erste Eindruck vermuten lässt, oftmals alles andere als simpel ist, zeigte auch die klare Sellerie-Essenz mit enormer Umami-Power und komplexem Selleriegeschmack. Da reichten einige knackige Selleriestreifen und ein erneut perfekt zart gestockter Eierstich als Einlagen völlig aus.
Auch der folgende behutsam glasig-kross gebratene Zander zeigte vor allem viel sehr gutes Produkt. Charakteristisch reduziert gab es dazu nur ein mildes Spinatrisotto, das zwar erfreulich ohne Käseschwere auskam, dafür aber recht körnig und wenig cremig war und damit eher wie ein Spinatreis wirkte als wie ein klassischer Risotto. Letztlich ist das aber mehr eine Frage der durch die Annoncierung geweckten Erwartungen, denn gemeinsam mit einem luftigen Rieslingschaum inklusive straffem, fruchtigem Säurekern war das Ganze dennoch rund und angenehm.
Was auch für das Dessert um eine mit marinierten Erdbeeren und konzentriertem Erdbeer-/Limetten-Sorbet bestückte Panna cotta galt. Neben dem harmonischen, fein zwischen üppi-

gem Schmelz und prägnanter Säure balancierten Geschmack fiel auch hier die perfekte Konsistenz der zartcremig gestockten gekochten Sahnecreme sehr positiv auf.
Dass es dazu vor allem die eigenen fränkischen Weine gibt, braucht kaum eigens erwähnt zu werden. Wohl aber, dass diese bis hin zum Großen Gewächs auch glasweise zu sehr fairen Kursen ausgeschenkt werden. Und wer doch mal über den Tellerrand schauen möchte, findet auch eine kleine Auswahl anderer (fränkischer) Erzeuger.

---

ohne Bewertung

Weinstock

Hauptstr. 12, 97332 Volkach
09381-80660
www.schwane.de/de/restaurants/restaurant-weinstock
Küchenchef: Cornelia Fischer
Fr–Di ab 17.30 Uhr, Mi u. Do RT
Menüs: 65–174 €
VISA P

Cornelia Fischer folgt als neue Küchenchefin der Gastronomie im Hotel und VDP-Weingut Zur Schwane in Volkach auf Steffen Szabo. Sie war zuletzt in der Brigade von Andreas Caminada im schweizerischen Fürstenau tätig und zählte davor unter anderem zum Team von Christian Jürgens im Seehotel Überfahrt in Rottach-Egern. Bis zu unserem ersten Testbesuch unter neuer Küchenleitung bleibt das Restaurant Weinstock zunächst ohne Bewertung.
Nachfolgend die Kritik unseren letzten Besuchs, noch unter Küchenchef Steffen Szabo:
Im ersten Stock der Schwane im Herzen des Winzerorts Volkach, deren Küche seit Anfang 2019 von Küchenchef Steffen Szabo verantwortet wird, eröffnete im Laufe des vergangenen Jahres das separate Gourmetrestaurant Weinstock, wo fortan in maßvoll modern akzentuiertem Ambiente die gehobenere Version der Gastronomie des Hauses zelebriert wird. Wir kennen den jungen Küchenchef schon aus seiner Zeit in der Goldenen Traube Coburg, wo er auch voller Schaffensdrang und kreativer Ideen am Werk war, uns aber nicht mit allem restlos überzeugen konnte. Zu forciert war damals mancher Teller, zu verkrampft manche moderne Interpretation.
Mittlerweile wirken seine Gerichte jedoch deutlich gereifter, weniger verspielt und weniger effekthaschend. Im Vergleich zur Küche im Restaurant Schwane 1404 im Erdgeschoss, der etwas bodenständigeren Gastrovariante des Hauses, werden die Kreationen des bis zu sechsgängigen Menüs, das es mit Fisch und Fleisch sowie in einer abgespeckten vegetarischen Variante gibt, handwerklich und gestalterisch aufwendiger präsentiert und bisweilen exklusivere Produkte verwendet – im Detail ist der Unterschied aber gar nicht so gravierend. Was jedoch weniger gegen das eine, als vielmehr für das andere spricht …
Nach einem „Le Grand Petit"-Winzersekt aus Weißburgunder und Scheurebe vom Schloss Sommerhausen, veganem Zwiebelmett, einer kurkumawürzigen Kichererbsencreme und Olivenölbutter mit getrockneten Tomaten, die von einem vielsortigen Brotservice begleitet werden, starteten wir mit dem vegetarischen Küchengruß etwas zusammenhanglos ins Menü: Eine kleine Süßkartoffel-Moussekuppel, etwas Pastinakencreme, mit Sonnenblumenkern-/Kräuter-Vinaigrette marinierter Kopfsalat, schön durchgezogene gepickelte Navette und knuspriger Kräutersponge wirkten mehr wie die Summe ihrer Teile als wie eine stringente Liaison – geschmeckt hat's trotzdem sehr gut.
Deutlich pointierter wurde der in Apfelsud gebeizte und vor dem Servieren akkurat abgeflämmte norwegische Lachs begleitet, der auch selbst durch milde Würze und angenehm feste Konsistenz überzeugte. In Gin marinierte Gurke, mit Gin-Schaum gefüllte Gurkenröllchen, ein Apfel-/Dill-Sorbet und geeiste Joghurtperlen spielten dem lauwarmen Fisch fruchtig und leicht zu – die Süße wurde von den herben Gin-Aromen und den milchig-neutralen Joghurtperlen eingefangen und austariert, der dazu empfohlene Gemischte Satz vom Weingut Störrlein fügte sich ebenfalls überraschend gut ein. Ein gelungener Start auf 7-Pfannen-Niveau!
Eher bei 6 Pfannen sahen wir die etwas sperrige Begleitung zur Wachtelbrust in Gestalt von mariniertem Romanasalat mit Sonnenblumenkernen und Karotte in Texturen, die auch durch den zart fließenden Dotter eines Wachtel-Spie-

geleis nicht geschmeidig ineinanderflossen und eher etwas spröde als genial wirkten. Auch die Eskorte zu einem wirklich hervorragenden Stück Steinbutt, der sehr saftig und sehr reinaromatisch auf dem Teller lag und für sich genommen auch eine viel höhere Bewertung hätte bekommen können, riss uns nicht vom Hocker. Zu simpel und grob wirkten die Zubereitungen der Mairübe, von denen vor allem das wässrig-säuerliche Püree für den etwas grobklotzigen Gesamteindruck verantwortlich war. Sandelholz – auch als cremige Sauce – brachte einen interessanten Aromenakzent ins Spiel. Im Endeffekt fehlte aber eine Art Puffer, der die Rübchen sanft einfängt und ihr ätherisches Aroma (vielleicht mit moderater Süße?) harmonisch ins Geschehen einbindet.
Runder und differenzierter wirkte wieder der Hauptgang um eine gegrillte Rückentranche vom Bison, die von verschiedenen Pilzkomponenten (rohe Champignons, rahmiges Tatar, glasierte Champignonköpfe, schmelziges Pilzgelee …) und feinwürziger Thymian-Luft umgeben war – und als solches auch ohne klassische Sauce auskam. Als Menühöhepunkt empfanden wir das hervorragende Dessert, eine als roter Pfirsich imitierte und mit Pfirsichkompott gefüllte Mandelmousse nebst einer Nocke Sauerampfereis auf einem Bett aus verschiedenen, sehr gut korrespondierenden Kräutern wie Blutampfer, Verbene oder Waldmeister, japanischem grünem Pfirsich, Pfirsichpüree und dunklen, malzig-kakaowürzigen Knuspercrumbles, die dem Ganzen nicht nur Struktur, sondern auch Tiefe verliehen.
Die nach Rebsorten gegliederte, rein fränkische Weinkarte listet etliche VDP-Erste Lagen und Große Gewächse und ist ein Who's who der regionalen Winzerszene. Der junge engagierte Service macht seine Sache sehr gut.

Wachenheim (Rheinland-Pfalz)

8

The Izakaya

Weinstr. 36,
67157 Wachenheim
06322-9593729
www.the-izakaya.com
Do–Mo ab 18.30 Uhr, Di u. Mi RT
Menüs: 75 €
EC VISA

Wenn Köche sogenannte Zweitrestaurants betreiben, bieten sie dort zumeist eine stark vereinfachte Version ihrer Kochkunst. Bei Benjamin Peifer ist das anders, denn in seinem The Izakaya wird die gleiche Philosophie und Qualität geboten wie im „Stammhaus" Intense in Kallstadt. Und genau dort wird auch das Mise en place für die Gerichte des einheitlichen Menüs vorbereitet, das dann in Wachenheim nur noch finalisiert wird. So gibt es hier wie dort eine Küchenstilistik, für die japanische Techniken und regionale Produkte clever miteinander kombiniert werden. Basis sind meist Saucen mit großer Geschmackstiefe, die Umami- und Säureakzente setzen. Der einzige und wesentliche Unterschied zum Intense sind die Hauptgerichte, die im The Izakaya für zwei Personen zum Teilen konzipiert sind – genauso schmackhaft, aber weniger elaboriert als die übrigen Speisen aus der Feder von Benjamin Peifer. Die Weinkarte bietet eine breite Auswahl vor allem Pfälzer Weine; die Weinbegleitung setzt vor allem auf Natur- und Orangeweine.

Die Besteck-Symbole

luxuriöses Restaurant mit höchstem Komfort und formvollendetem Service, edler Ausstattung und einer Weinkarte, die höchsten Ansprüchen genügt

elegantes Restaurant mit hohem Komfort und exzellentem Service, sehr gute Ausstattung, hervorragende Weinkarte

gehobenes Restaurant mit gutem Komfort und versiertem Service, umfangreiche Weinkarte

besser ausgestattetes Restaurant mit ordentlichem Service, ausgewählte Weine

schlichtes Restaurant, Gasthof oder Bar

Waging am See (Bayern)

6

Landhaus Tanner

im Hotel Landhaus Tanner

Aglassing 1,
83329 Waging am See (Aglassing)
08681-69750
www.landhaustanner.de
Küchenchef: Franz Tanner
Mo ab 17 Uhr, Di–Fr ab 12.30 Uhr durchgehend, Sa ab 12 Uhr durchgehend, So RT
Hauptgericht: 15–35 €,
Menüs: 24–49 €

VISA

Es gibt tatsächlich nur wenige ländliche Gasthäuser, auf deren Besuch wir uns jedes Mal aufs Neue so freuen wie auf eine Einkehr bei Familie Tanner in Waging am See. Das schmucke Landhaus hat sich zu Recht über viele Jahre einen Namen als bodenständiger kulinarischer Hotspot und mit dem Hotelbetrieb auch als komfortabler Rückzugsort gemacht. Im Restaurant gehen familiärer herzlicher Service, ein von Leidenschaft und Expertise geprägtes Weinsortiment und die anspruchsvolle alpenländisch-mediterrane Regionalküche im Sinne des „Slow Food"-Gedankens auf beispielhafte Art und Weise Hand in Hand.
Dabei ist es auch nur den persönlichen Vorlieben oder der Stimmung überlassen, ob man in der behaglich traditionellen Stube oder dem etwas eleganter designten Restaurant Platz nimmt – die angenehm gastliche Atmosphäre bleibt überall gleich. Und auch das, was auf die Teller kommt, unterscheidet sich nicht. Das Team um Franz Tanner verfeinert traditionelle Gerichte, ohne sie zu verfremden. Das holt Stammgäste aus der Region genauso ab wie auch Besucher von weiter her, wobei am Ende eben doch alles ein bisschen exakter, aromatischer und leichter daherkommt, als bei den meisten vergleichbaren Häusern.
Eine lange Liste ausgesuchter lokaler Produzenten untermauert den Anspruch ans Produkt und die Verpflichtung zu nachhaltigem Arbeiten. Das Beste aber ist: Der Aufwand macht sich auch geschmacklich unmittelbar bemerkbar. So liegt schon das Bio-Brot von einem regionalen Bäcker weit über dem Durchschnitt und macht zusammen mit hausgemachten Aufstrichen Lust auf mehr ursprüngliches Handwerk. Und genau das prägte dann auch den milden, fein prononcierten Matjes von der Chiemseerenke, den man in unterschiedlicher Form immer wieder auf der Karte findet und der heuer auch mit säuerlich marinierter Bete, nussiger eingelegter Senfsaat und filigranem Kartoffelknusper für etwas Crunch eine gute Figur machte.
Und apropos Handwerk: da dieses bei allem Liquiden generell besonders gut sichtbar wird, war auch die schaumige Spargelsuppe eine Referenz für sorgfältiges Arbeiten. Ein voller Körper, samtige Konsistenz, feine Säure und deutlicher Produktgeschmack zeigten hier den Anspruch des Teams, während ein anisduftiges Kerbelpesto und zarte Rinderfiletstreifen dem Süppchen auch noch elegante Akzente hinzufügten.
Unter den Klassikern des Hauses treffen beispielsweise Oma Lonis knusprig zarte Kalbsfleischpflanzerl mit Kren und Kartoffel-/Gurken-Salat genau die richtige Balance zwischen Rustikalität und leichter Verfeinerung. Genau wie das luftig soufflierte Schnitzel, wahlweise vom Strohschwein oder Kalb, mit kalt gerührten Preiselbeeren und Petersilienkartoffeln. Derartige scheinbar simple Sachen kann man nur selten ähnlich gut oder gar besser genießen. Allerdings wird es wohl ein unerfüllter Vorsatz bleiben, einmal ausschließlich die verfeinert rustikalen Klassiker des Hauses durchzuprobieren. Dafür sind die saisonalen und immer neuen Gerichte wie zuletzt die exakt rosa gegarte Maibockkeule mit Mohn, Himbeere, Apfel und Sellerie, die gekonnt zwischen den nussigen, fruchtig-säuerlichen und umamistarken Akzenten inszeniert wurde, einfach zu verführerisch. Nicht zu vergessen die lockeren Brezenknödel, die gekonnt die Brücke zur Tradition schlagen.
Das hat alles natürlich nicht die Eleganz und den Feinschliff noch höher bewerteter Küchen, zielt aber auch gar nicht darauf ab. So können durchaus auch mal sehr kräftige Röstnoten im Spiel sein, und die einzelnen Komponenten auf den Tanner-Tellern sind sowieso eher gegenständlich als filigran – am Genusswert ändert

das aber wenig. Und so sind selbst die süßen Sachen immer einen Versuch wert, seien es die hausgemachten, natürlich aromatischen Eis- und Sorbetsorten oder – einer der Klassiker des Hauses – die mustergültig dünn karamellisierte Crème brûlée mit Rotweinkirschen.
Die Weinkarte listet im tannertypisch einladenden Preis-Genuss-Verhältnis viele hochwertige Flaschen renommierter Erzeuger aus Österreich und Italien, von denen auch korrespondierend gute Sachen in die Gläser kommen.

Hotelempfehlung

★★★★

Hotel Landhaus Tanner

Aglassing 1,
83329 Waging am See (Aglassing)
📞 08681-69750
www.landhaustanner.de
Einzelzimmer: 89–100 €
Doppelzimmer: 150–183 €

Wer echte Gastfreundschaft und eine beispielhaft moderne Umsetzung der Landgasthaus-Idee erleben möchte, ist bei Familie Tanner in Waging am See genau richtig. Das schmucke Landhaus im modernen alpenländischen Stil hat sich zu Recht über viele Jahre einen Namen als kulinarischer Hotspot und komfortabler Rückzugsort gemacht. Die Philosophie des Hauses wird getragen vom herzlich-familiären Service der Gastgeber, sie prägt die individuell gestalteten und komfortabel ausgestatteten Zimmer mit gemütlicher Couch, Lesesessel, Schreibtisch mit Internetanschluss, modernem Badezimmer mit Wasserfall-Dusche, Flatscreen, Minibar und Safe, Balkon sowie einer besonderen Auswahl edler Stoffe und Materialien und natürlich die anspruchsvolle Regionalküche im Sinne des „Slow Food"-Gedankens. Um die Chiemgauer Natur zu erkunden, stehen Leihfahrräder zur Verfügung. Im Wellnessbereich „Alpin-Garten" laden finnische Sauna, türkisches Dampfbad, Wärmegrotte und Infrarotkabine, ein Bergpfad sowie Ruheraum und Daybeds zum Entspannen ein. Diverse Massagen und Anwendungen werden ebenfalls angeboten. Restaurant Landhaus Tanner separat erwähnt.

Waiblingen (Baden-Württemberg)

bachofer

im Hotel Bachofer
Marktplatz 6,
71332 Waiblingen
📞 07151-976430
www.bachofer.info
Küchenchef: Bernd Bachofer
Di, Mi, Fr u. Sa ab 18.30 Uhr, Do von 12–14 Uhr u. ab 18.30 Uhr, So u. Mo RT
Hauptgericht: 24–56 €,
Menüs: 56–120 €

Bernd Bachofers ebenso beliebtes wie legeres Restaurant im Waiblinger Zentrum ist im letzten Jahr um einen kleinen, feinen Hotelbetrieb ergänzt worden. Oberhalb des Gastraums befinden sich in dem denkmalgeschützten Gebäude nun acht individuell designte Zimmer, die allesamt nach Gewürzen benannt sind, sodass sich hier der Kreis zur im Erdgeschoss gebotenen Kochkunst schließt. Denn in der kulinarischen Stilrichtung, die der Fernost-Fex Bachofer in seinem länglichen Restaurant mit offen einsehbarer Küche schon seit vielen Jahren pflegt, spielen markante Gewürze und starke Aromen ebenfalls eine gewichtige Rolle.
Freunde zurückhaltend eleganter Geschmacksbilder werden hier deshalb ungleich weniger begeistert sein als all jene Feinschmecker, bei denen es auf den Tellern gerne etwas progressiver zugehen darf, die scharfe Kontraste und (harmonische!) Ecken und Kanten mögen und die auch vor Schärfe und Säure nicht zurückschrecken. Was nicht heißen soll, dass der Chef und sein Team hier nur laut poltern – aber sie

drehen die Aromenregler schon gerne mal etwas weiter auf! Wir finden es gut, denn die Kreationen des bis zu neungängigen Menüs (es gibt daneben aber auch eine À-la-carte-Auswahl und eine vegetarische Speisefolge) sind trotzdem stets harmonisch, und was hier aufgetischt wird, bietet nicht nur Unterhaltungswert, sondern auch viel Genuss.
Schon die ersten Boten aus der Küche zeigten in ihrer äußerst kontrastreichen, im positiven Sinne plakativen und aromensatten Art alle Eigenschaften der Bachofer-Küche: im „Brotkorb" verschieden aromatisierte Tapioka-Cracker mit zitrusfrischer Avocadocreme, Yuzu-Hollandaise, gesalzenen Edamame-Schoten zum Auszuzeln – auf der schwarzen Schieferplatte ein intensiver Krustentiersuppen-Shot (süß), eine Nocke Passionsfruchtsorbet (sauer) auf Wasabi-Crunch (scharf), ein würziges Garnelentatar, milde Blumenkohl-„Panna cotta" mit kraftvoll grüner Fenchelvinaigrette. Fusionsküche mit hohem Funfaktor!
Und den brachte auch die Bento-Box mit drei Köstlichkeiten an den Tisch. Darin ein mit Miso-Eis gekröntes Thunfischtatar in Yuzu-Ponzusauce, ein lauwarmes Sashimi vom Hiramasa Kingfish (Gelbschwanzmakrele), das mit einer Tofucreme glasiert und mit verschiedenem Kaviar (Forelle, Saibling, Fliegenfisch) appliziert auf einem Bett aus Somen-Nudeln angerichtet war, sowie rauchig-grillaromatische Würfel vom Wagyu-Flanksteak, die mit Gurkenröllchen und mildem Wasabi-Espuma auf eleganter Teriyakisauce daherkamen. Da ist viel Zug und Wumms dahinter, aber nichts schießt über's Ziel hinaus.
Die zwei Tranchen vom lackierten Unagi-Aal, die auf einem kleinen Holzkohlegrill an den Tisch gebracht wurden, warteten nur darauf, in die zwei großen, unter anderem mit Rettich und Ingwer vorpräparierten Shiso-Blätter eingewickelt, mit Misocreme verfeinert und als Fingerfood verspeist zu werden. Schon der säuerlich marinierte Daikonrettich und die Ingwerfrische gaben dem würzig-süßlichen Aal genügend Gegengewicht, was zusätzlich von einem kleinen, feinsäuerlich abgeschmeckten Shiso-Süppchen à part unterstützt wurde.
Der glasig gebratene Eismeersaibling in Begleitung eines mit Kimchi gefüllten Dim-Sum-Täschchens, gebratenen Shiitake-Pilzkappen und Schnittlauchblüten profitierte schließlich von einem dynamischen Saucenduett aus Pilzdashi und japanischer Hollandaise, die sich mit Umami, Schmelz und Säure zu einer köstlichen Liaison vereinten. Im Anschluss war auch der mit einer schaumigen Lauchhaube überzogene Seeteufel mit Tamarindenjus, einem nussigen Salat von grüner Papaya und Thaicurry-Kokosschaum sehr vielschichtig und ausgewogen zwischen Würze, Säure und Schärfe eingestellt.
Bachofers Pekingente, der wir im Hauptgang gegenüber dem Wagyu-Beef den Vorzug gaben, hatte zwar mit einer Pekingente im traditionellen Sinne nur denkbar wenig zu tun, brachte jedoch in Gestalt eines mit geschmortem Fleisch der Entenkeulen gefüllten Teigröllchens, rosazarter Brust und einer mit „Purple Curry" gewürzten Sauce, die mit ihrer leichten Süße ein wenig an eine Hoisin-Sauce erinnerte, schon gewisse Anklänge an den Klassiker aufs Porzellan. Kürbis in Texturen sowie etwas Shiso-Kresse vervollständigten auch dieses Gericht durchaus stimmig.
Und weil „Bachofers Apfel 2.0" mit Mak-Kenn-Pfeffer, Staudensellerie und Gewürzkaffee, der in unterschiedlicher Zusammensetzung identischer Produkte als Dessert in zwei Gängen interpretiert wurde, schließlich ein ebenso kurzweiliger wie aromatisch markanter Abschluss in typischer Bachofer-Manier war, bleibt hier bewertungsmäßig alles beim guten Alten: eine Küche auf starkem 7-Pfannen-Niveau mit ein klein wenig Originalitätsbonus, die für das nächst höhere Level nur eine etwas filigranere Linienführung und mehr Tiefenschärfe bräuchte – dies aber eigentlich überhaupt nicht vermissen lässt und sehr viel Spaß macht, genau so wie sie ist.
Die Weinkarte listet von fair kalkulierten Vertretern aus dem Remstal (mit deren Winzern hier regelmäßig Abende mit „Flying Menüs" veranstaltet werden) bis hin zu internationalen Besonderheiten eine schöne Bandbreite, die für jeden Geschmack und jedes Budget etwas zu bieten hat.

Hotelempfehlung

Hotel bachofer

Marktplatz 6, 71332 Waiblingen
07151-976430
www.bachofer.info
Einzelzimmer: 108–145 €
Doppelzimmer: 145–220 €

Das denkmalgeschützte Gebäude im ruhigen Zentrum von Waiblingen war bislang nur für hervorragende Fusionsküche bekannt, ist seit 2019 aber auch ein modernes Boutiquehotel. In den acht sehr stilvoll und individuell designten Zimmern, die allesamt nach Gewürzen benannt sind und damit eine thematische Verbindung zur gewürzaffinen Küche von Gastgeber Bernd Bachofer schlagen, gehen historische Bausubstanz, moderne Technik und komfortable Ausstattung eine behagliche Liaison ein. Diese reichen vom 19m² großen Einzelzimmer mit Boxspringbett, Schreibtisch, großem Badezimmer und separatem WC bis hin zur 48-m²-Suite mit Kingsize-Bett. Alle Zimmer sind mit großen Flatscreen-TVs, Bluetooth-Soundbar, Kaffeemaschine und modernen Bädern mit Regenwald-Dusche sowie Klimaanlage ausgestattet. Restaurant Bachofer separat erwähnt.

Waldbronn (Baden-Württemberg)

8

Schwitzer's Restaurant

in Schwitzer's Hotel am Park

Etzenroter Str. 4,
76337 Waldbronn (Reichenbach)
07243-354850
www.schwitzers.com
Küchenchef: Cédric Schwitzer
Di–Sa ab 18 Uhr, So u. Mo RT
Hauptgericht: 39–49 €,
Menüs: 99–189 €

Im Städtchen Waldbronn ist das Label „Schwitzer" mittlerweile allgegenwärtig und hat sich zur Marke entwickelt, die von den engagierten Gastgebern in den vergangenen Jahren poliert, gepflegt und weiterentwickelt wurde. So punktet das Trio um Stephanie und Cédric Schwitzer sowie Johannes Rupp, die wir 2020 zu unseren Gastgebern des Jahres ausgezeichnet hatten, längst nicht nur mit dem eleganten Fine-Dining-Restaurant, sondern lockt mit etwas bodenständiger bestückter Karte auch viele Einheimische und Kurgäste in die loungig-lässige Brasserie nebenan und in das Bistro in der Albtherme. An Überzeugung und uneingeschränktem Engagement hat es hier seit dem Start im Jahr 2014 wahrlich nie gemangelt.
Dass der Chef auch Teamplayer und Nachwuchsförderer ist, zeigt sich nicht nur an Events wie einem „Azubimenü" oder dem zeitweilig in die alleinige Verantwortung der engagierten Nachwuchskräfte übergebenen „To-go"-Angebot des Hauses. Das Miteinbeziehen der gesamten Besatzung des Hauses bis hin zum Spülerteam, die den Gästen auf den am Tisch aufgestellten Menügang-Kärtchen vorgestellt wird, zeigt ebenfalls, dass hier das En-

semble der eigentliche Star ist – auch wenn der gebürtige Lothringer als Küchenchef natürlich klar die kulinarische Linie vorgibt. Dass für diese Linie seine französischen Wurzeln weiterhin die Grundlage bilden, zeigte sich auch heuer auf nahezu jedem Teller, wobei er auch gerne mal asiatische oder mediterrane Farbtupfer setzt.
Beispielhaft dafür war gleich zu Beginn die mehrteilige Einstimmung rund um Entenleber, Jakobsmuschel und Thunfisch – alles wie erwartet sehr nah am jeweiligen Hauptprodukt orientiert und schnörkellos aufs Porzellan gebracht. Während die mit Kirschgel ummantelte und nur mit einem Klacks Skyr dezent genordete Foie-gras-Praline gekonnt die Heimat zitierte, lieferten das taufrische Sashimi von der Jakobsmuschel mit Sushi-Reis und Nori-Alge sowie die Kombination von Thunfisch, Miso und Sesam auch ohne französisches Küchenerbgut authentische Akkorde á la Cédric Schwitzer. Bei dem im Anschluss als eigenen Menügang servierten kross-krustigen Dinkel-/Weizen-Brot nebst Misobutter sollte man sich angesichts der bis zu achtgängigen Menüfolge vielleicht etwas zurückhalten, auch wenn das bei der tollen Qualität des kleinen Laibs ehrlich gesagt gar nicht so leichtfällt.
Die aromensatte und herrlich stoffige Gänseleber aus dem Aufwärmprogramm durfte sich sodann in Form eines aufgeschnittenen Zylinders gleich noch einmal präsentieren, nun aber in einem federleicht-floralen Umfeld, vor allem durch eine duftige Waldmeisternote getragen und vom Crunch einiger Croustillant-Blättchen aufgefächert. Das vom Chef selbst gesammelte und in verschiedene Aggregatzustände wie Mousse, Gelee oder Pulver gebrachte Maikraut dominierte auf dem Hauptteller sehr nachdrücklich und fast schon ein wenig zu vehement das Geschehen, während bei dem auf einem Satellitenteller präsentierten, mit Waldmeistergel und Gänseleber-Espuma gefüllten „Kristallbrot" Süße und Würze besser austariert waren – und so der Grundgedanke noch überzeugender rüberkam. Trotzdem auch in der Gesamtschau ein sehr ansprechender frühlingsfrischer Auftakt um ein gewohnt hochwertiges Hauptprodukt.
Denn gerade bei der Auswahl der Viktualien geht das Team nie Kompromisse ein, sondern setzt konsequent auf überdurchschnittlich hohe Qualitäten. Wie beispielsweise die „Crusta Nova"-Garnele oder exquisiten „Königslachs", die beide nahezu unbehandelt ihr jeweiliges Naturell voll ausspielen durften. Das etwas festere, leicht süßliche Fleisch des Krustentiers erschien folglich in rohem Zustand noch fleischiger und schmelziger als „denaturiert" und profitierte zudem von einer punktgenau gesetzten Kante aus Säure, Süße, Schärfe und Rauch. Denn sowohl der erfrischende Sockel aus Apfel-/Gurken-Chutney als auch die grundierende rauchig-scharfe Dashibrühe mit Wasabi sorgten für klug gesetzte Reizpunkte und umspielten im Verbund mit süßsauer eingelegtem Rettich den spezifischen Charakter dieser White-Tiger-Garnele aus bayrischer Zucht.
Ähnlich viel Raum ließ Cédric Schwitzer im Anschluss auch dem nur dezent gebeizten und geräucherten, auch als „Quinnat" bekannten Königslachs aus dem Pazifik, der mit Fenchel (fermentiert und als Chip), rosa Pfeffer und Limettenabrieb getoppt war. Als süffiger aromatischer Clou sorgte eine Nage von Black-Queen-Kaviar für fein geschliffenen jodigen Push. Kein Wirrwarr unterschiedlicher Elemente, sondern ein sehr stringent komponiertes Gericht.
Gerade weil die maritimen Gänge so makellos daherkamen, rückten kleinere Unebenheiten bei den Fleischgängen etwas mehr in den Fokus – auch wenn die in der Gesamtschau allenfalls eine Randnotiz darstellen. So durfte etwa die saftig gebratene Miéral-Wachtel (Brust und Keulchen) mit Morcheln à la Creme schön waldig im Unterholz gründeln und bekam punktuell durch Lauchragout und -gel stimmige grüne Aromenspitzen verpasst; die ebenfalls aufgelegte plakativ essigsaure Balsamico-Zwiebelcreme gab allerdings den rumpeligen Grobian und hätte besser nur homöopathisch dosiert werden sollen.
Im Detail ebenfalls nicht ganz rund und ausgereift war nach unserer Auffassung auch die Begleitung zum kanadischen Wildbison. Die geschmackssatte, perfekt auf den Punkt gebrachte Tranche vom Entrecôte und das mit geschmorter Süßkartoffel als Riegel präsentierte Ochsenschwanzragout begeisterten durch ihre Qualität und den tollen, puren Fleischgeschmack und auch im Begleitprogramm erwies sich die Kombination von eingelegter Bete, fermentiertem Pfeffer und zerdrückten Himbeeren als gelungener Akzent aus erdig, scharf und fruchtsäuerlich. Die sehr stark reduzierte, fast lackartig-pastöse Purple-Curry-Jus und eine ebenfalls etwas vorlaute Essiggurkencreme waren in ihrer jeweiligen Form aber schlichtweg too much. Zugegeben, wir jammern auf sehr hohem Niveau!
Beim süßen Finale setzte die Pâtisserie mit einer Assemblage aus Valrhona-Grand-Cru-Schokolade, Limette, Olive und Minze dann wieder voll und ganz auf die Harmoniekarte: Ein ausbalanciertes „Concerto grande" von

Schmelz, Säure und Frische, das allenfalls von den haptisch etwas sperrigen getrockneten Olivenstücken ein ganz klein wenig konterkariert wurde. Ansonsten funktionierte das Zusammenspiel der Elemente nämlich bestens, vor allem in Gestalt der als Kringel aufgetragenen Schokoladen-/Olivenöl-Mousse sowie einer sauber abgedrehten Nocke Olivenöl-/Minze-Eis.

Stephanie Schwitzer und ihre schwarze Brigade haben weiterhin Vorbildcharakter für jedes Serviceteam, denn die Art und Weise, wie hier der Gast mit viel Charme, Umsicht und Sachverstand in den Mittelpunkt gerückt wird, sei unbedingt zur Nachahmung empfohlen. Auch bei der Weinbegleitung sollte man sich ganz auf den Rat des äußerst kompetenten Teams verlassen. Hochwertiges, vor allem aus Baden und der Pfalz, aber auch Ausgesuchtes aus der Heimat des Küchenchefs liefern glasweise kongeniale Begleiter zu den einzelnen Menügängen und sind zudem fair kalkuliert.

Waldenbuch (Baden-Württemberg)

7

Gasthof Krone

Nürtinger Str. 14, 71111 Waldenbuch
07157-408849
www.krone-waldenbuch.de
Küchenchef: Erik Metzger
Mi–Fr u. So von 12–14 Uhr u. ab 18 Uhr, Sa ab 18 Uhr, Mo u. Di RT
Hauptgericht: 28–40 €, Menüs: 61–99 €

Dass die Bezeichnung „traditionell" keineswegs mit „antiquiert" oder „angestaubt" gleichzusetzen ist, lässt sich besonders in Baden-Württembergs Restaurantszene immer wieder auf genussvolle Art entdecken. Auch in der Krone in Waldenbuch wird seit vielen Jahren klassische Gourmetküche nach französischem Vorbild geboten – mit hoher Produktqualität und substanzreichen Saucen, exakten Garzeiten und eleganten Proportionen. Klingt für Innovationsgourmets nicht so spannend? Ist es aber durchaus und auch für jene, die sonst gern die moderne Avantgarde besuchen. Denn zum einen bindet das Team um Erik Metzger gute individuelle Ideen in die Gerichte ein und zum anderen lässt sich hier prima erleben, wie durch genaues Abschmecken und viel Feingespür auch scheinbar unspektakuläre Sachen große Wirkung auf den Tellern entfalten können.

Geeicht wurde der Gaumen zuletzt schon bei der Miniatur-Trilogie aus einem Blumenkohlsüppchen mit viel Zug und feiner Säure, etwas Räucherfisch mit Yuzu-Gel und „Ginger Ale"-Gelee sowie feinwürzigem Kaninchen-Rillettes mit gebackenen Kapern und Kapernmayonnaise. Alles mit deutlichen, kraftvollen Aromen ausgestattet. Der Einstieg ins Menü gelang mit einem Teriyaki-Rindertatar ebenfalls markant, aber zugleich leicht und harmonisch: Die süßliche Sojawürze und gerösteten Sesamnoten spielten dem Fleisch gut zu, während kühle Gurkenkomponenten (inklusive schmelzigem Sorbet) mit rosa Ingwer für Frische sorgten und eine feinporige dichte Schaumsauce das Ganze schmeichelnd verband. Bis hin zu den hauchdünnen spicy Knusperchips war das ein genau durchdachter Gang und ein animierender Einstieg auf hohem Niveau, der vergessen ließ, dass wir die Küche der Krone bislang eher am unteren Ende der 7-Pfannen-Skala gesehen haben …

Dass das Team, anders als viele klassisch verortete Kollegen, auch vegetarisch kann, zeigte der bildhübsch angerichtete Teller mit aufgestellten Kohlrabiröllchen, gefüllt mit Erbsen- und Pfeffercreme, bedeckt von einer dunkel röstigen Gebäckhippe und umgeben von hervorragenden frisch gepulten Erbsen, sautierten Pfifferlingen und gepickelten Radieschen. Die zarte Verbindung der einzelnen Komponenten schaffte hier eine luftige und mit Pilz-Powder bestäubte Pfeffermousse. Das war beachtlich fein umgesetzt!

Beim folgenden sanft pochierten Saibling fiel das Gesamtbild dann ausnahmsweise einmal etwas behäbiger und breiter aus, was bei den an sich tadellosen Mitspielern aus cremiger Fregola sarda, Artischockencreme (und -stücken), grünem Spargel sowie einem mit Farce gefüllten Calamaretto vor allem an den insgesamt sehr weichen Konsistenzen und unterrepräsentierter Säure lag. Auch der eher milde Krustentierschaum konnte da kein markantes Zeichen setzen. Insgesamt war das aber trotzdem ein sehr schmackhaftes Vergnügen, wenngleich

nicht ganz auf dem Niveau der sonstigen Zubereitungen.
Bei den Hauptgerichten haben die Fleischzubereitungen wahrscheinlich generell knapp die Nase vorn, weil sie – wie beim rosa Rinderfilet unter prononcierter Senfkruste – auf die Kombination aus einem kraftvollen Hauptdarsteller mit Eleganz plus prononcierter Säure in der begleitenden Jus setzen können. Aber auch das Dessert rund um fruchtig frische Träubchenzubereitungen mit crunchy Haferkeksstücken und einer karamelligen (nur leider etwas festen) Dulcey-Panna-cotta als kräftigen Kontrast machte einiges her, war fein gearbeitet und baute zum Abschluss sogar noch ziemlich gekonnt einen Spannungsbogen auf.
Die Weinkarte ist, wie das gesamte kulinarische Konzept, eher französisch geprägt und selbst bei großen Weinen aus Bordeaux und Burgund fair kalkuliert. Aber auch gute Weine von Winzern aus der Region wie etwa Wöhrwag, Knauß und Ellwanger finden sich in stattlicher Anzahl und werden vom versierten Gastgeber mit erkennbarem Faible und gutem Gespür für stimmige Aromenallianzen empfohlen.

Waldkirch (Baden-Württemberg)

Gasthaus Löwen

**Schwarzwaldstr. 34,
79183 Waldkirch (Buchholz)
07681-9868
www.loewen-buchholz.com
Mo–Sa 11.30–14 Uhr u. ab 17 Uhr,
So RT
Hauptgericht: 9–29 €, Menüs: 26–39 €**
EC VISA

In der ländlich-rustikalen Gaststube des Löwen im Waldkircher Ortsteil Buchholz, der neben dem traditionellen Stammhaus auch über einen modernen Hotelanbau verfügt, wird eine ansprechende gutbürgerliche Küche geboten, die auf solidem Handwerk und frischen, saisonalen Produkten basiert. Keine kreativen Kapriolen, keine aufwendigen Arrangements, sondern schlicht, aber fundiert gekochte Gerichte in guter Qualität. Das meiste davon entspricht dem, was man in einem guten badischen Gasthaus erwartet, es gibt aber auch Ausflüge in die weite Welt. Bei schönem Wetter gibt's auch draußen auf der Terrasse hinter dem Haus ein schattiges Plätzchen.

Waldkirchen (Bayern)

Herzstück

**Marktplatz 19, 94065 Waldkirchen
08581-6909594
www.herzstueck-waldkirchen.de
Täglich durchgehend ab 11 Uhr,
kein RT
Hauptgericht: 12–22 €, Menüs: 29–65 €**
EC VISA

Hier ist der Name tatsächlich Programm: Das direkt am kleinen hübschen Marktplatz von Waldkirchen gelegene Lokal ist auf stylische Art „cosy", „hyggelig" oder eben herzwärmend … Massive Holztische und bequeme farbige Designerstühle und -sessel rund um eine markante Bar im Zentrum des Restaurants geben gemeinsam mit dem flotten herzlichen Service einen Rahmen, der das Wohlfühlen leicht macht.
Und das ist theoretisch sogar vom Morgen, bei einem attraktiven Frühstücksangebot, bis zum Mittag und Abend mit der gleichen umfangreicheren Karte und sogar am Nachmittag bei einigen unkomplizierten Gerichten oder frischen Kuchen und Torten möglich. Erfreulicherweise wird bei diesem umfangreichen Ganztagesprogramm konsequent auf Qualität und eine frische, natürliche Zubereitung geachtet. Dass es dabei auf den Tellern eher unkompliziert bleibt, ist Teil des Konzepts. Die eine oder andere pfiffige Idee findet sich aber trotzdem immer.
So etwa beim sanft auf dem Teller gar gezogenen Lachscarpaccio, das zwar recht salzig war und damit etwas derb wirkte, dafür aber durch Limette, knackig süße Wassermelonenkugeln, verschiedene Micro-Kresse und mit Tomatenconfit gefüllten Gurkenröllchen abwechslungsreich und frisch akzentuiert wurde. Gemeinsam mit hauchdünnen Knusperflakes

(eine Art Kroepoek) ergab das einen animierenden Einstieg.
Wem das schon zu fancy ist, der kann genauso gut auch mit attraktiv mittels Feta und Basilikum bestückter Bruschetta oder einem vielfältig selbst modulierbaren Salat starten. Auch bei den Hauptgerichten gibt es viele sehr einfache Bistrosnacks vom Schnitzel mit Pommes über diverse Steaks vom argentinischen Rind mit variablen Beilagen bis zu den clever gepimpten Burgern – etwa mit Hendl, Cheddar, smokey BBQ-Aioli und karamellisierter Zwiebel. Genauso finden sich dazwischen aber auch einfallsreiche, etwas ambitioniertere Gerichte in der Karte.
So etwa die im Kohlblatt saftig (aber etwas heiß) gebratenen Saiblingsfilets, die mit knackig-brutzeligem Pak Choi, angegossenem Joghurt, Sesam und Ingwer aromatisch clever abgestimmt auf den Tisch kamen. Die einzelnen Komponenten sind zwar auch bei solchen Sachen eher grob gehalten (ganzer Pak Choi inklusive Strunk ...), zeigen aber das Gespür der Herdverantwortlichen für attraktive Geschmacksbilder.
Mit genau diesem kombiniert das Team auch über 24 Stunden soft niedertemperaturgegarten Schweinebauch mit einem aufgelockerten Umfeld aus Blumenkohl, Spitzkohl, Pfifferlingen und Senfkörnern – oder bringt am Ende warme gebratene Ananasscheiben mit üppigem hausgemachtem Vanilleeis und (etwas zuckrigen) Kokosbaiser-Platten als ebenso unkomplizierten wie eingängigen süßen Abschluss aufs Porzellan.
Neben einer stattlichen Bierauswahl, hausgemachten Limonaden und diversen Cocktails gibt es glas- und flaschenweise eine kleine feine Auswahl deutscher und österreichischer Weine auf gutem Niveau.

7↑ 🍴🍴🍴

Johanns

Marktplatz 24,
94065 Waldkirchen
08581-2082000
www.restaurant-johanns.de
Küchenchef: Michael Simon Reis
Mo–Sa von 12–14.30 Uhr u. ab 18 Uhr, So RT
Hauptgericht: 16–36 €,
Menüs: 35–95 €
EC VISA P

Seit der Gründung im Jahr 1896 (!), spätestens aber nach dem Wiederaufbau in den Fünfzigerjahren und der rasanten Expansion ist das Modehaus Garhammer wohl der stärkste Anziehungspunkt für Besucher und lockt die Menschen von weiter her ins beschauliche Waldkirchen. Und seit der Eröffnung des elegant designten und nach dem Modehaus-Gründer benannten Gourmetrestaurant Johanns im obersten Stock des Hauptgebäudes kamen noch einige mehr hinzu, die nicht in erster Linie der Mode wegen, sondern wegen des kulinarischen Genusses hierherkommen.
Und das völlig zu Recht, denn sie bekommen in dem äußerst großzügig angelegten modernen Gastraum nicht nur einen tollen Ausblick über das weite Hügelland und aufmerksamen Service geboten, sondern auch eine richtig originelle Küche. Was das Team um Michael Simon Reis hier über die Jahre entwickelt und etabliert hat, ist ein ebenso cleveres wie eigenständiges Konzept. Die Einflüsse von großen Lehrmeistern wie Heinz Reitbauer oder Elena Arzak sind sichtbar. Es wird aber nicht angestrengt versucht, eine bestimmte Richtung zu imitieren. Die farben- und aromenfrohen Gerichte profitierten von gewissen Herangehensweisen und Grundideen, werden vom Chef und seinem Team aber sehr eigenständig interpretiert. Charakterstarke Gemüse spielen eine große Rolle, Getreide und Nüsse. Aber auch oft fruchtige Noten und nicht selten ein ausgesprochen feines Säurespiel.
Wie gut die Ideen aufgehen, zeigte zuletzt unter anderem das samtig leichte Kohlrabi-/Fenchel-Süppchen, das beide Protagonisten klar und deutlich präsentierte und sie außerdem mit einem vollen Körper und fein eingebundener Säure ergänzte. Weitere Dimensionen kamen von Hüttenkäse mit laktischem Schmelz, Mispelkompott mit gelben Fruchtnoten und Säure sowie Brunnenkresse für pikante Frische hinzu. So spannend kann feine Küche auch ganz ohne preistreibende Edelprodukte sein ...

Aus dem gleichen Genre, nur noch komplexer aufgebaut, kam die saftig gedämpfte und kräftig angekrosste Getreideschnitte im Zentrum verschiedener roher und gegarter Rübenzubereitungen in allen erdenklichen Farben daher. Deren erdig ätherische Noten wurden von Chiasamenknusper, spicy Kürbiskernen und einer Nussbuttersauce durch nussig-röstige Akzente ergänzt, während ein elegantes Kürbischutney auf pikante Art zusammen mit saftigem Gelbwurz-Tapioka eher einen kühlend frischen Part einnahm.
Der folgende Saibling hatte zwar einen minimal derberen Geschmack als im Idealfall, punktete ansonsten aber mit knusprig kross gebratener Haut und glasigem Fleisch. Wiederholt waren auch hier die Gemüsezubereitungen der eigentliche Star des Tellers: Es gab eine Variation gelber und roter Karotten – teils zart gegart, teils pacojetcremig, teils roh –, die von jungem Karottengrün effektvoll katalysiert und mit einem pikant-eleganten Kürbis-/Karotten-Gewürzfond unterlegt wurden.
Beim perfekt kernig-zarten Kalbsrücken dagegen standen das eigenaromatische Fleisch und eine kraftvolle, orientalisch duftige Jus klar im Mittelpunkt. Ergänzt wurden sie von gebackenen kräutergrünen Kichererbsennocken, deren Kreuzkümmel-Flavour den charakterstarken morgenländischen Gesamteindruck weiter verstärkte, während zarter wilder Blumenkohl und Kresse für auflockernde Leichtigkeit sorgten. Fein!
Und apropos Leichtigkeit: Das frühlingshafte Dessert rund um eine luftige Topfenmousse und rosa Rhabarber (pochiert und schaumig) in Rosenfond hatte viel kantige Säure, aber auch ausreichend Schmelz und Süße als Gegenpole zu bieten – unter anderem in etwas weißer Schokolade und einem zarten Melisse-/Zitronen-Eis. Einmal mehr der Beweis, wie aromensicher und präzise Michael Simon Reis seine Gerichte aufbaut.
Zum stimmigen Gesamteindruck trägt auch der flotte und charmante Service um Felix Raitner und Lisa Wandl das Seine bei. Beide sind schon längere Zeit im Team und beraten kompetent – lohnende Weinempfehlungen aus der nach Rebsorten sortierten und vor allem aus Deutschland und Österreich bestens aufgestellten Getränkekarte inklusive.

Hotelempfehlung

★★★S

Hotel Herzstück

Marktplatz 19, 94065 Waldkirchen
📞 08581-6909594
www.herzstueck-waldkirchen.de
Einzelzimmer: 79 €
Doppelzimmer: 68–230 €

Das Hotel und Restaurant Herzstück liegt mitten im Herzen des niederbayrischen Städtchens Waldkirchen, ist mit seinem modernen, jungen Style ein geschmackvoller Gegenentwurf zu den mehrheitlich ländlich-traditionellen Betrieben der Gegend, fügt sich aber trotzdem prima in die Region ein. Die insgesamt 24 Zimmer und Suiten mit zeitgemäßen Bädern – alles Nichtraucherzimmer und davon 16 klimatisiert – zeichnen sich durch eine ideale Kombination aus Design, Komfort und Liebe zum Detail aus. Man schläft in nagelneuen Boxspringbetten mit Bettwäsche nach Bio-Standard, hat einen großen Flatscreen mit Sat-TV und schnelles WLAN zur Verfügung und genießt Annehmlichkeiten wie Minibar, Safe und einen großzügigen Schreibtisch. Alle Suiten verfügen sogar über eine eigene Sauna und Dachterrasse. Besonderer Wert wird auch auf ein hochwertiges Frühstück gelegt: frisch gebackenes Brot, hausgemachte Aufstriche, regionale Wurstspezialitäten, zahlreiche Käsesorten, ausgewählte Kaffeespezialitäten und Teesorten, Bio-Säfte … Im täglich durchgehend geöffneten Restaurant gibt's ein stilistisch breit gefächertes, aber nicht zu umfangreiches Programm vom Spezial-Burger über Zwiebelrostbraten bis zum Thai-Curry. Restaurant Herzstück separat erwähnt

Waldshut-Tiengen (Baden-Württemberg)

5

Brauerei Walter Restaurant

Hauptstr. 23,
79761 Waldshut-Tiengen
07741-83020
www.brauereiwalter.de
Di ab 17 Uhr, Mi–Fr 11.30–13.30 Uhr u. ab 17 Uhr, Sa u. So ab 11.30 Uhr durchgehend, Mo RT
Hauptgericht: 23–36 €, Menüs: 37–69 €
VISA

In dem weithin bekannten Hotelrestaurant von Familie Hoferer im beschaulichen Tiengen geht es im besten Wortsinne gutbürgerlich zu. Schon der ländlich-adrette Gastraum strahlt bereits auf den ersten Blick sehr gepflegte, gehobene Gastronomie aus, zugleich aber auch angenehme Bodenständigkeit: keine übertriebene Eleganz, keine steife Gangart des sympathischen Serviceteams und somit auch keine Hemmschwelle. Und auch die Küche repräsentiert hier genau das, was man im positiven Sinn unter gutbürgerlichen Gerichten versteht: keine modischen Extravaganzen, keine kreativen Auswüchse, sondern ganz traditionelle, unaufgeregte Gerichte – allerdings in einer Qualität, wie man sie so nur noch selten bekommt.

Walldorf (Baden-Württemberg)

5

Kaminrestaurant

im Hotel Vorfelder

Bahnhofstr. 28, 69190 Walldorf
06227-6990
www.hotel-vorfelder.de
Küchenchef: André Gödde
Mo–Sa ab 17.30 Uhr, So RT
Hauptgericht: 13–27 €, Menüs: 41–56 €
VISA

Wie in allen anderen Hotelbereichen dieses Hauses zieht sich das schicke geradlinige Design auch wie ein roter Faden durch das Kaminrestaurant und die zugehörige Lounge. Dieses modern gestaltete Souterrain-Restaurant passt bestens zur Küche, die zeitgemäß, schnörkellos, weltoffen ist und für jeden Geschmack etwas zu bieten hat. Das Management des Hauses scheint gut darin zu sein, die unterschiedlichen Bedürfnisse der Gäste zu verstehen.
Da wären jene, die sich hier unter der Woche zu Übernachtungszwecken aufhalten und nur eine Kleinigkeit essen möchten, da wären aber auch Menschen, die ausgedehnte Geschäftsessen planen, und die, die sich eher für die touristischen Schönheiten der Region interessieren. Das Ambiente des Kaminrestaurants ist für alle attraktiv, die Speisekarte überfordert niemanden. Und mit Rucolabutter und drei Sorten ordentlichem Brot, wie sie uns serviert wurden, sowie dem Amuse-Bouche, einem gratinierten Ziegenkäse mit Früchtebrot und Radicchiochutney, dürfte sich wohl jeder anfreunden können.
Der erste Gang, „Vitello tonnato 2020“, bestand aus sous-vide gegartem Kalbfleisch, dünnen, schön rosa gegarten Scheiben, einem Stück sautiertem Thunfisch, innen angenehm saftig, sowie Kapern-Aioli und Salzzitronenschaum, der die erhoffte Frische mitbrachte. Auf die Balsamicoperlen dazu hätte man durchaus verzichten können, aber insgesamt handelte es sich hierbei doch um ein gut durchdachtes Gericht und einen angenehmen Start. Die folgende „Schaumsuppe“ von weißem Spargel mit geröstetem Pesto-Crostino war leider kaum schaumig und recht dünnflüssig, durchaus akzeptabel gewürzt, aber nicht wirklich ausdrucksstark oder interessant; der à part servierte Crostino überdeckte das dünne Aroma der Suppe daher fast vollständig.
Das Rinderfilet war korrekt medium rare gebraten (den gewünschten Gargrad hatte der Service zuvor abgefragt …) und mit einer buttrigen, leicht schaumigen und deutlich pfeffrigen Kruste bedeckt. Gute Fleischqualität, Saftigkeit und eine adäquate Würzung trugen erheblich zur Freude bei. Die begleitende Vanille-Peperonata bestand aus verschiedenfarbigen, schön zart geschmorten Paprikapartikeln, die mit Vanille im richtigen Maße gewürzt waren; das Süßkartoffelpüree hatte eine lockere, seidige Konsistenz und war ebenfalls akzentuiert abgeschmeckt. Auch an der ausgewogenen Balsamicojus war nichts auszusetzen. Ein rundum solider Hauptgang!
Das saisonal ausgerichtete Dessert nannte sich „Erdbeere hoch 3“, bestand aus Mousse, Sorbet und Espuma von der Erdbeere und wirkte tendenziell recht cremig und süß, obwohl ein gepfefferter Erdbeersalat und ein paar dekorative Balsamicoperlen auf der Espuma auch etwas Säure und Biss ins Spiel brachten. Freundlicher

Service, netter Empfang plus Verabschiedung und eine sympathische Weinauswahl sind ebenso positiv zu erwähnen wie das gute Preis-Leistungs-Verhältnis. Bleibt als Fazit, dass das Kaminrestaurant weiterhin ein solider Tipp im Rhein-Neckar-Raum ist und sich die Küche weiterhin auf soliden Bahnen bewegt – mit etwas mehr Kreativität und Präzision hier und dort jedoch mit relativ einfachen Mitteln auch noch einiges rausholen könnte.

Wallerfangen (Saarland)

7

Landwerk

Estherstr. 1,
66798 Wallerfangen
06831-62622
www.land-werk.de
Mi ab 18.30 Uhr, Do–So von 12–14 Uhr u. ab 18.30 Uhr, Mo u. Di RT
Menüs: 79–145 €

VISA P

Das geschmackvoll modernisierte Gebäude aus dem letzten Jahrhundert, das etwas unscheinbar in einem Wohngebiet liegt und zum ehemaligen Keramikwerk von Villeroy & Boch gehörte, beherbergt heute ein stylisches Hotel mit modernem Restaurant und feiner gehobener Küche. Für Letztere zeichnet nun schon im dritten Jahr der Klaus-Erfort-Schüler Marc Pink verantwortlich, der seinen Gästen zeitgemäße klassische Gerichte kredenzt, die keiner bestimmten Stilrichtung frönen, sich in ihrer Ausführung zwar modern und kreativ geben, aber in erster Linie ganz substanziell mit Qualität, Handwerk und Geschmack punkten können. Das sympathisch unprätentiös und aufmerksam arbeitende Serviceteam sowie eine klug gestraffte europäische Weinauswahl, die kaum Wünsche offenlässt, sind weitere gute Gründe für einen Besuch.

Wangen (Baden-Württemberg)

5↑

Landgasthaus Adler

Obere Dorfstr. 4,
88239 Wangen (Deuchelried)
07522-707477
Do u. Fr ab 17.30 Uhr, Sa, So u Fei. von 12–13.30 Uhr u. ab 17.30 Uhr, Mo–Mi RT
Hauptgericht: 21–27 €, Menüs: 38–49 €

P

In den stilvollen Stuben dieses Bilderbuchgasthauses wird man seit vielen Jahren sehr persönlich und aufmerksam von der sympathischen Chefin umsorgt und von ihrem Mann routiniert auf gehobenem Niveau bekocht. Mit einer zeitlosen, weltoffenen Landküche, fernab irgendwelcher Küchenmoden, aber ebenso weit von behäbiger Traditionspflege entfernt. Auch wenn hier in früheren Zeiten auch schon mit mehr Blick für die Feinheiten und Details gekocht wurde: Uwe Zöllners relativ statisches Repertoire bewegt sich auch weiterhin handwerklich souverän und geschmackssicher zwischen pfiffigen Regionalia und harmlosen Ausflügen ins Mediterrane und Asiatische. Die Gerichte sind klar strukturiert und gefallen mit ausdrucksstarken Aromen. Gute, individuelle Weinauswahl; sehr gutes Preis-Leistungs-Verhältnis.

Die Hoteleinträge

★★★★★S	Superior
★★★★★	Unterkunft für höchste Ansprüche
★★★★★	Unterkunft für hohe Ansprüche
★★★★	Unterkunft für gehobene Ansprüche
★★	Unterkunft für mittlere Ansprüche
★	Unterkunft für einfache Ansprüche
	Unterkunft ohne Sterne-Klassifizierung

Wartenberg (Bayern)

Schweigers Landgasthof

Manhartsdorf 2-4,
85456 Wartenberg
08762-73070
www.schweigers-landgasthof.de
Küchenchef: Martin Beckhold
Mo–Sa ab 17 Uhr, So u. Fei von 11–14 Uhr u. ab 17 Uhr, kein RT
Hauptgericht: 12–39 €, Menüs: 31–59 €

Es ist ein großer Pluspunkt des gesamten Südens der Republik, dass sich selbst in abgelegenen Winkeln noch Gasthäuser finden, in denen frisch und natürlich – im besten Fall sogar noch mit einem gewissen Anspruch und individueller Note – gekocht wird. Das liegt sicher an einer gewachsenen und bewahrten Gast- und Genusskultur, aber auch an einem weiten Netz an qualitativ arbeitenden Produzenten und Lieferanten, die von Gemüsen über Fleisch bis Fisch noch abseits der Standard-Großhandelsketten arbeiten.
Der stattliche und im kleinen Manhartsdorf bei Wartenberg zwar nahe des Münchener Flughafens, ansonsten recht weitab vom Schuss gelegene Schweigers Landgasthof ist seit vielen Jahren ein Vorzeigeexemplar eines attraktiven Wirtshauses: klar der Tradition verpflichtet, aber mit Anspruch an Produkt und Zubereitung und oft einem kleinen pfiffigen Kick auf den Tellern. Dazu kommen das gepflegte, gemütliche Ambiente, ein weitläufiger Gastgarten mit alten Kastanien und ein zugewandter Service, der auch bei vollem Haus die Herzlichkeit behält.
Auf der Karte stehen einerseits viele traditionelle Klassiker, andererseits aber auch saisonal variierte und etwas einfallsreichere Gerichte. So kann man entweder mit einer natürlichen, tiefgründigen Rinderkraftbrühe oder mit einer ebenso natürlichen, stoffigen Spargelcremesuppe starten – beides klare Indizien für das gute handwerkliche Niveau. Oder aber es geht mit einem zart knusprigen Brezenknödel-Carpaccio mit gebratenen Egerlingen und Salatspitzen als pfiffig aufgelockertes Traditionsgericht los.
In die gleiche Kategorie gehörte zuletzt auch der mild in Grappa gebeizte Lachs, dessen geschmeidige Tranchen gemeinsam mit reichlich Saiblingskaviar, saftig-krossen Röstistücken, süßer Senfcreme und einem zarten Salatbouquet präsentiert wurden. Eigentlich recht simpel, aber eben mit Feingefühl handwerklich tadellos umgesetzt. Dieser Stil prägt das gesamte Programm und sorgt auch für repräsentable Hauptgerichte wie den hohen, schön gleichmäßig rosa gebratenen Rostbraten aus aromatischem, gut gereiftem Fleisch, der mit frisch gekrossten Zwiebeln, kleinen zart-knusprigen Kartoffelstrudelchen und einer kräftigen Jus serviert wurde.
Die gleiche, klassisch gezogene und natürlich aromatische Jus begleitete auch zartrosa Tranchen von der Kalbsleber die – aufgeräumt und reduziert – neben intensivem Kartoffelpüree und fruchtig-süßlichen Rotweinzwiebeln auf den Teller kamen. Zum Abschluss schickt das Team beispielsweise einen mustergültig fluffigen, karamellisierten Kaiserschmarrn (dann vielleicht vorher kleine Portionen ordern …), stockt aber auch eine Panna cotta vorbildlich zu cremiger Leichtigkeit und kombiniert dazu schlicht und gut einfach vollreife marinierte Erdbeeren.
Hinterher lockt die als Blickfang drapierte stattliche Auswahl guter Brände von Lantenhammer bis Ziegler. Ansonsten kommen in die Gläser neben frisch gezapftem Bier offene Weine, vor allem aus der Pfalz, oder eine Bouteille etwa aus dem deutlich umfangreicheren Angebot an Flaschenweinen.

Wasserburg (Bayern)

CARALEON

im Hotel CARALEON
Halbinselstr. 70,
88142 Wasserburg (Bodensee)
08382-9800
www.caraleon.de
Küchenchef: Felix Barthold
Mi–So von 12–14 Uhr u. ab 17.30 Uhr, Mo u. Di RT
Hauptgericht: 15–45 €, Menüs: 35–95 €

Das grundlegend renovierte Traditionshaus, das seine Gäste in einem geschmackvollen Ambiente mit wohltuend schlichter Eleganz empfängt, liegt im Grunde direkt am Bodenseeufer. Ein sommerlicher Platz auf der Terrasse wird bei Sonnenuntergang aber eigentlich fast noch von einem Platz im Restaurant getoppt, von dem aus man einen noch besseren und unverstellten Blick aufs glitzernde Wasser genießt. Ein wirklich sehr schöner Ort, an dem auch gut gekocht wird! Und daran hat auch der jüngste Küchenchefwechsel nichts geändert, denn Felix Barthold, der neue erste Mann am Herd, hält locker ein ganz ähnliches Gesamtniveau, wie wir es schon von unserem letzten Besuch kannten.
Dabei pflegt Barthold aber einen etwas anderen Stil, kocht deutlich puristischer als sein Vorgänger und letztlich auch etwas klassischer. Es begann mit einem zarten Würfel vom Roastbeef, der mit süßlich-rauchiger Barbecuesauce lackiert war und prima mit dem säuerlich-scharfen, nach Kimchi-Art fermentierten Kohl harmonierte. Und das war genauso gut und schnörkellos zubereitet wie das nachfolgende Thunfischtatar, das akkurat von Hand geschnitten und in guter Produktqualität als Törtchen mit Avocadopüree-Deckel serviert wurde – dekoriert und ausgewogen aromatisiert von den Tupfen eines Kalamansigels und einer umamiwürzigen Mayonnaise. Statt des annoncierten Rettichs fand sind noch ein Kapernapfel on top und die leicht nussigen Crumble-Brösel waren in dem Kontext sogar etwas mehr als bloß ein knuspriger Kontrast.
Der mit 16 Euro vergleichsweise stolze Preis der Pfifferlingscremesuppe mit Estragon und gebeiztem Saibling weckte im Vorfeld hohe Erwartungen, die jedoch nur bedingt erfüllt werden konnten. Am Süppchen selbst war wirklich nichts auszusetzen, es schmeckte sehr kraftvoll und natürlich nach den „Eierschwammerln" und hatte eine cremige, aber nicht zu breiige Konsistenz. Der als eine Art Pistou auf die Suppe gegebene Estragon wirkte allerdings geschmacklich recht stumpf, brachte also nicht die erhoffte ätherisch-duftige Aromatik von frischem Estragon mit, und der als kleine dünne Ronden auf die schaumige Oberfläche der Suppe drapierte Fisch war ziemlich salzig und wirkte so etwas derb.
Von der Produktseite her deutlich besser gefiel uns da die feste und frische, schön goldbraun colorierte Tranche vom Steinbutt, die mit kleinkörnigem Imperial-Kaviar getoppt auf einer schön nussbuttrigen Kartoffelmousseline und frischem jungem Blattspinat angerichtet sowie von einer Beurre blanc umflutet war. Hier fehlte uns allenfalls ein wenig mehr Säure, die für zusätzliche Dynamik hätte sorgen können, denn so war die Komposition eher ziemlich weich, breit und gefällig – als solches aber absolut untadelig!
So wie auch der Nachtisch, ein halb flüssiger Schokoladenkuchen der besseren Sorte, der hier mit weißem Schokoladensorbet auf einem sommerlichen Beerenragout angerichtet war, in dem kleine Tupfen von weißer Schokoladencreme für zusätzlichen Schmelz sorgten. Auch das ein sehr gefälliges, harmonisch-rundes Geschmacksbild ohne Ecken und Kanten, das nur wenig Anlass zur Kritik bot – außer vielleicht, dass es tendenziell recht süß gehalten war.
Den Service erlebten wir diesmal wieder engagiert, freundlich und flink. In der gut sortierten Weinkarte mit durchwegs namhaften Erzeugern aus Deutschland, Österreich, Italien und Frankreich, einigen Klein- und Großformaten und ausreichend glasweisem Ausschank dürfte jeder fündig und nach seiner Façon glücklich werden.

Hotelempfehlung

Hotel CARALEON

Halbinselstr. 70,
88142 Wasserburg (Bodensee)
08382-9800
www.caraleon.de
Einzelzimmer: ab 120 €
Doppelzimmer: ab 140 €

Das Hotel & Restaurant Caraleon, das direkt an der Wasserburger Bucht liegt und über einen eigenen Strandabschnitt am Bodenseeufer mit beeindruckendem Bergpanorama verfügt, besteht aus vier zusammenliegenden Häusern, die sehr liebevoll und aufwendig renoviert wurden. Der neue, schlicht-elegante und schnörkellose Stil zieht sich durch alle Räume. Die lichtdurchfluteten Zimmer und Suiten sind mit modernen Flatscreen-TVs mit Satellitenempfang, Minibar, Safe, Telefon und Balkon ausgestattet, es gibt kostenloses WLAN und für die Gäste stehen flauschige Bademäntel, Badeslipper, Pool-Tücher und Föhn bereit. Denn wenn man im Winter oder wegen schlechten Wetters mal nicht im See vor der Haustüre baden kann, gibt es auch einen Indoor-Pool. Gerne kann man sich auch in der hauseigenen Sauna aufwärmen. Zeitgemäße saisonal geprägte Küche und andere authentische Gaumenfreuden in einem besonderen Ambiente werden im Restaurant mit Seeblick geboten. Restaurant Caraleon separat erwähnt.

Wasserburg am Inn (Bayern)

5↑

Herrenhaus

Herrengasse 17,
83512 Wasserburg am Inn
08071-5971170
www.restaurant-herrenhaus.de
Di–Sa 12–14 Uhr u. ab 18 Uhr,
So u. Mo RT
Hauptgericht: 14–29 €, Menüs: 40–57 €

Das schmale Altstadthaus mitten im pittoresken Ortskern von Wasserburg birgt hinter seinen dicken Mauern nicht nur eine einladend atmosphärische Mischung aus ebenso behaglichem wie elegantem Ambiente mit charmant nostalgischem Touch, sondern auch pfiffige, ambitionierte Küche ohne übertriebenen Exklusivitätsdrang. Im Sommer kann man die auch draußen auf der Straßenterrasse mit viel Flair genießen. Das junge Team trägt ebenfalls zur Wohlfühlatmosphäre bei, indem es den eigenen Anspruch in einer lockeren Gangart umsetzt. Neben dem grundsoliden und sehr sorgfältigen Arbeiten ist es eine der größten Stärken der Küche, dass sie nicht zu viel versucht, sondern die Gerichte einfach hält. Drei Komponenten, elegante Proportionen und die eine oder andere clevere Idee – mehr braucht es da manchmal gar nicht. Gemeinsam mit dem charmanten und angenehm natürlich auftretenden Service und einer ansprechenden Weinkarte, aus der auch offen niveauvoll ausgeschenkt wird, entsteht ein absolut runder Gesamteindruck.

Weiherhammer (Bayern)

5

Elements

Paul-Engel-Str. 1,
92729 Weiherhammer
09605-9199210
www.elements-bhs.de
Di–Sa ab 17 Uhr, So u. Mo RT
Hauptgericht: 15–30 €,
Menüs: 45–65 €

In einer der oberen Etagen des modernen Firmenkomplexes der BHS (Maschinen- und Anlagenbau) mit viel Beton, Glas und klaren modernen Linien bietet das Restaurant Elements ein ebenfalls sehr modernes und stylisches Ambiente: graue Velourssessel und hellbraunes Leder, ein markanter Kamin in der Raummitte und Ausblick über den namensgebenden Weiher. Sehr schick! Das Restaurant ist quasi die Speerspitze eines ganztägigen Gastronomieangebotes der BHS und klar auf den besonderen Anlass zum Genießen ausgerichtet. Aus der klug übersichtlich gehaltenen Karte mit teils klassischen, teils kreativeren, aber in jedem Fall immer mehrheitsfähigen Offerten werden jeweils zwei Menüs zusammengestellt, eines davon vegetarisch. Der Service ist auf Zack und hat die nicht wenigen Plätze umsichtig im Blick. Kleinere Weinauswahl zu fairen Kursen und auch glasweise mit Niveau.

Weikersheim (Baden-Württemberg)

7↑

Laurentius

Marktplatz 5, 97990 Weikersheim
07934-91080
www.hotel-laurentius.de
Mi–Sa ab 18.30 Uhr, So von 12–14 Uhr, Mo u. Di RT
Hauptgericht: 20–45 €,
Menüs: 49–99 €
VISA

Das über 400 Jahre alte Kellergewölbe am Marktplatz von Weikersheim mit seinen massiven Natursteinmauern und den modernen Gestaltungselementen ist ein echtes Kleinod unter den Gourmetrestaurants. Und das nicht nur wegen des besonderen Ambientes, sondern auch weil es dem Team um Jürgen Koch so gut gelingt, die Produkte aus der Region des Taubertals bodenständig-raffiniert und zugleich einfallsreich-kreativ zu präsentieren. So kommen bestes klassisches Handwerk und pfiffige Ideen zu einem attraktiven Küchenstil zusammen, der einerseits ganz zugänglich, andererseits aber auch sehr anspruchsvoll ist. Begleitet und moderiert wird das Ganze durch die charmante Art von Gastgeberin Sabine Koch und vielen lohnenden Weinen aus der Region und von weiter her.

Weilheim i. Oberbayern (Bayern)

5

Oberbräu

Obere Stadt 31,
82362 Weilheim i. Oberbayern
0881-2316
Mo u. Mi–Sa ab 17 Uhr, So u. Fei 11–14.30 Uhr u. ab 17 Uhr, Di RT
Hauptgericht: 13–23 €

Winkler-Schüler Alois Jobst kocht in der traditionellen Wirtschaft, die seit Generationen in Familienbesitz ist, einen souveränen Mix aus pfiffiger bayrischer Schmankerlküche und spanisch-mediterranen Gerichten. Die kommen jeweils ohne unnötigen Firlefanz aus, lassen aber in allen wichtigen Details erkennen, dass der Chef sehr genau weiß, worauf es ankommt. Von sorgfältig behandelten Produkten und korrekten Garzeiten bis zu gehaltvollen, aber immer auch elegant ausgewogenen Saucen, Fonds und Vinaigrettes zeigt sich die Souveränität des Könners.

Weimar (Thüringen)

6

Andreas Scholz

im Hotel Alt Weimar
Prellerstr. 2, 99423 Weimar
03643-86190
www.restaurant-andreas-scholz.de
Küchenchef: Andreas Scholz
Mi–So ab 18 Uhr, Mo u. Di RT
Hauptgericht: 21–30 €, Menüs: 38–76 €
VISA

Mit dem ehemaligen Wohnhaus von Rudolf Steiner und dem jetzigen Hotel Alt Weimar haben Stefanie und Andreas Scholz im ohnehin geschichtsträchtigen Weimar einen historisch besonders aufgeladenen neuen Standort gefunden. Die Villa atmet mit den hohen Räumen, der dunklen alten Holztäfelung und den grün gepolsterten Bänken viel von der Vergangenheit und hat ein wenig Weinstuben- oder Kneipen-Flair, wirkt mit den schmuck gedeckten Tischen aber auch als Restaurant sehr einladend.
Mit „Kneipe“ hat das, was Andreas Scholz hier veranstaltet, ohnehin nichts zu tun. Im Gegenteil: Der erfahrene Koch setzt, wie auch zuvor im Anastasia, auf unaufgeregte substanzstarke Gerichte, mal eher bodenständig in der Region, mal etwas exklusiver in der klassischen Gourmetwelt angesiedelt. Typisch ist aber immer: die Gerichte sind gegenständlich, leicht zugänglich und in der Regel auf wohlige Art vollmundig. Wie gut das funktioniert, ohne auf der anderen Seite in plumpe Behäbigkeit abzudriften, demonstrierten schon die buttrigen Zandermaultaschen, deren lockere zarte Füllung von einer säuerlich zugespitzten Kürbiscreme und verschiedenen ätherischen Kressen begleitet wurde.
Etwas aufwendiger wurde es beim folgenden Steinbutt, dem in verschiedenen Konsistenzen von knackig bis geliert und schaumig abwechslungsreiche Gurken- und Wasabi-Komponenten zur Seite standen. Geschmacklich hatte das etwas von einem etwas differenzierteren cremigen Gurkensalat mit ätherischem Schärfe-Background und ergab ein angenehm frisches Umfeld. Nur der etwas rustikal (leicht meliert) gebratene und aromatisch nicht ganz klare Steinbutt überzeugte hier nicht völlig und warf die Frage auf, warum es unbedingt Steinbutt sein muss. Zu den gleichen Komponenten hätten zum Beispiel definitiv auch Salmoniden aus der Region eine gute Figur gemacht.
Dafür gab es bei der gebratenen Entenstopfleber produkttechnisch überhaupt nichts zu bemängeln. Die hohe, geschmeidig feste Tranche mit ihren deutlichen Röstnoten war beinahe perfekt und zudem mit fruchtsäuerlichen Aprikosen, einem kleinen Semmelauflauf mit Goji-Beeren und einer tiefschürfenden Portweinjus in ein sehr harmonisches, kraftvolles Umfeld gestellt. Gourmet-Soulfood!
Durchaus ebenfalls in dieser Kategorie lag der sanft gebratene, zart aufblätternde Rochenflügel (schon als Produkt sehr gut!) in einem klaren, leicht gebundenen Tomatenfond. Dessen eher zarter Hintergrundgeschmack wurde durch die sonstigen, allesamt eher kraftvoll und markanten Komponenten etwas torpediert. Die Gesamtwirkung aus einem Kartoffelrisotto mit Oliven-/Kapern-Pesto, süßsauer eingelegten Tomaten und einem von der Tomatenseite her sehr konzentrierten Ratatouille war aber dennoch harmonisch und machte Spaß.
Und den machte auch das sommerlich erfrischende Dessert rund um verschiedene, teils frische, teils als Parfait gefrorene Beeren, ein dichtes Beerensorbet und diverse andere Komponenten mit einer gekonnt zwischen natürlicher Säure und zarter Süße balancierten Gesamtwirkung.
Die Weinkarte hat einen klaren Schwerpunkt auf Saale-Unstrut, mit vielen Weinen, die Thüringen sonst kaum verlassen, bietet aber auch Alternativen aus dem Rest Deutschlands und Europas und eine insgesamt faire Kalkulation, die kompetente Beratung von Stefanie Scholz inklusive.

5

AnnA

im Hotel Elephant
Markt 19, 99423 Weimar
03643-802639
www.hotelelephantweimar.com
Küchenchef: Johannes Wallner
Täglich von 12–14 Uhr u. ab 18 Uhr, kein RT
Hauptgericht: 25–39 €, Menüs: 29–79 €
VISA

Es ist mittlerweile schon eine ganze Weile her, dass im traditionsreichen Hotel Elephant in Weimar unter Marcello Fabbri italienisch inspirierte Grand Cuisine aufgetischt wurde. Seitdem wurden nicht nur eine aufwendige Renovierungs- und Umbauphase des gesamten Hauses, sondern auch ein Konzeptwechsel im kulinarischen Bereich abgeschlossen. Beide bewegen das Haus klar in die Moderne, ohne aber am unverwechselbaren Charakter des renom-

mierten Grandhotels etwas zu verändern. Die Kombination des Baustils der 20er- und 30er-Jahre mit modernem Komfort, Eleganz und Design sowie die allgegenwärtigen Bezüge zu Kunst und Kultur blieben unverändert.
Und im Grunde wird auch in der Küche, wenn auch auf etwas zugänglichere Art als in der Vergangenheit, der Anspruch weiter hochgehalten. Auf der idyllisch begrünten Terrasse oder dem reduziert-eleganten Restaurant setzt das Team auf eine zeitgemäße Gangart, sorgfältiges Handwerk, regionale Produkte und zugleich Einflüsse aus aller Welt. Das Angebot bewegt sich dabei clever zwischen unkomplizierten Sachen wie einem durch herbe Wildkräuter aufgelockerten Salat mit Tomate und Sonnenblumenkernen oder einem mustergültigen Cordon bleu mit Kartoffel, Blattsalat und Pilzrahm auf der einen Seite und exklusiveren Offerten wie Rinderfilet mit gebratener Entenleber, Pommes Anna und Trüffeljus auf der anderen Seite. Das alles wirkt stimmig und hat erkennbares Potenzial.
Allein: Die Umsetzung konnte bei unserem letzten Besuch nur bedingt überzeugen. Zunächst zeigte das saftig knusprige Weißbrot mit guter Öl- und Butterauswahl noch recht klar die kommunizierten Ambitionen. Das folgende Tatar mit Topping aus Karotten-Confit, marinierten Karottenscheiben und knusprigem Karottenstroh wirkte dagegen auf dem ansonsten blanken und nur mit etwas Erdnuss und Sesamöl gesprenkelten Teller ziemlich spröde und simpel. Da hätte es für einen stimmigen Eindruck noch irgendeinen kräftigeren Kontrast und/oder eine saftig-cremige Verbindung gebraucht.
Von den Konsistenzen her abwechslungsreicher arrangiert war das gebackene Ei, das auf einer Art saftiger Quinoa, gebratenen Pilzen und frittierter Petersilie angerichtet wurde. Hier gab es zur cremigen Fülle auch ordentlich Knusper und zart herbalen Crunch. Unter dem Strich blieb aber auch dieses Arrangement auf seine durchaus harmonische, geschmacklich aber relativ breit angelegte Art eher unauffällig und wirkte sogar ein wenig dumpf. Auch hier hätte es zu dem gekonnten Handwerk, das am akkurat gebackenen Ei erkennbar wurde, etwas mehr Mut zu deutlichen Akzenten gebraucht.
Ein ähnliches Bild gab es dann auch bei der etwas zu beherzt auf der Hautseite gebratenen Lachsforelle mit recht massivem Kartoffel-/Oliven-Stampf, grobstückigem Fenchelgemüse und einer röstig-gemüsefruchtigen Schaumsauce: gutes Produkt, handwerklich frische Zubereitung, aber eine zu grobe Umsetzung für eine Auszeichnung auf Pfannen-Niveau. Das alles soll allerdings nicht überkritisch wirken, denn letztlich bewegt sich das Team mit dem Gebotenen immer noch deutlich über dem Durchschnitt – allerdings eben auch unterhalb von dem, was der kommunizierte Anspruch, das Konzept und die Preisgestaltung eigentlich ermöglichen würden und sollten.
Wohin die Reise gehen könnte, zeigten zuletzt ausgerechnet die Desserts, sei es bei einer mustergültigen Crème brûlée oder einem geschmeidigen und floral duftigen Holunderblütensorbet. Und auch die nicht überbordende, aber gut strukturierte Weinkarte mit – bis auf kleine Schwenker nach Österreich, Italien und Frankreich – konsequent deutschem Angebot und auffallend vielen hochwertigen glasweisen Offerten macht viel Freude.
Ob der diesjährige durchwachsene Eindruck auf die nach dem reduzierten Corona-Programm noch relativ frische Karte, auf grundsätzliche Probleme oder bewusstes „Downgrading“ zurückzuführen ist, hatte sich uns auch nach einem zweiten Besuch noch nicht wirklich erschlossen und wird sich wohl erst in der Zukunft zeigen. Sicher ist aber: hier geht noch mehr! Denn dass Küchenchef Johannes Wallner einiges auf der Pfanne hat, konnte er ja nicht nur einst im Clara in Erfurt, sondern auch schon hier im AnnA unter Beweis stellen. Dass sich das Gebotene zuletzt eigentlich sogar knapp unter Pfannen-Niveau bewegte, wollen wir aufgrund dieses Wissens und der aktuellen Situation nicht überbewerten und sehen dem nächsten Besuch erwartungsfroh entgegen.

6

Weinbar Weimar

Humboldstr. 2, 99423 Weimar
03643-4699533
www.weinbar-weimar.de
Di–Sa ab 18 Uhr, So u. Mo RT
Menüs: 49–79 €
VISA

Wenn eine ambitionierte Weinbar mit rund einhundert attraktiven glasweisen Offerten und ein hervorragender Koch mit jahrzehntelanger Gourmeterfahrung gemeinsame Sache machen, kann ja fast nur etwas sehr Gutes dabei herauskommen. Marcello Fabbri, der vor etwa zwei Jahren bei Philipp Heines Weinbar als Küchenchef dazustieß, lässt es in der lässigen Atmosphäre mit gemütlicher dunkler Holzvertäfelung und dekorativen Weinregalen auch am Herd etwas entspannter angehen als einst im Gourmetrestaurant Anna Amalia des altehrwürdigen Hotel Elephant, kocht aber trotzdem mit unverändert hohem qualitativem Anspruch und mit gewohnt leichter Hand. Seine beschwingte und inspirierte mediterrane Küche, die er hier in Form eines nach Saison und Marktlage wechselnden fünfgängigen Menüs kredenzen lässt, präsentiert sich in der Ausführung etwas schlichter und weniger exklusiv als an der alten Wirkungsstätte, hat aber rein gar nichts von ihrer Attraktivität eingebüßt. Dazu gibt's spannende Weinempfehlungen und das alles zu einem attraktiven Preis-Genuss-Verhältnis.

Hotelempfehlung

Hotel Elephant

Markt 19, 99423 Weimar
03643-8020
www.hotelelephantweimar.com
Einzelzimmer: 170–290 €
Doppelzimmer: 170–710 €
VISA

Das Traditionshotel Elephant in Weimar, direkt am historischen Marktplatz gelegen, ist mehr als nur ein renommiertes Grandhotel: Als Kulturinstitution bietet es eine Plattform für Events und die regionale Kunst- und Kulturszene. Und dieser offene kosmopolitische Geist prägt das gesamte Haus, nicht nur im beeindruckenden Lichtsaal, in dem die meisten der Konzerte und Veranstaltungen stattfinden. Seit der aufwendigen, im Jahr 2018 fertiggestellten Renovierungs- und Umbauphase ist das Haus einen weiteren Schritt in die Moderne gegangen: In den 99 Zimmern und sechs Suiten verbinden sich der Baustil der 20er- und 30er-Jahre mit modernem Komfort, Eleganz und Design. Jedes Zimmer ist geprägt von ausgewählter Kunst. Sie reichen von „Classic“ über „Deluxe“ und „Grand Deluxe“ bis hin zu exklusiven Suiten. Ein großes bequemes Doppelbett, ein moderner Flatscreen-TV, ein Schreibtisch und schnelles WLAN gehören bereits zur Grundausstattung. Zum Entspannen lädt der neue Fitness- und Saunabereich ein, der erst Anfang 2020 fertiggestellt wurde. Und kulinarisch werden die Gäste im Restaurant AnnA mit unkompliziert raffinierter Küche verwöhnt. Restaurant AnnA separat erwähnt.

Weingarten (Baden-Württemberg)

6

ZeitGeist

im Walk'schen Haus

Marktplatz 7, 76356 Weingarten
07244-70370
www.walksches-haus.de
Küchenchef: Sebastian Syrbe
Di–Sa ab 18 Uhr, So u. Mo RT
Hauptgericht: 19–36 €,
Menüs: 49–99 €
VISA

Vor nicht allzu langer Zeit sind Teilbereiche im Inneren des imposanten jahrhundertealten Fachwerkhauses mit Fotoprints und Kunstblumen in einer Glaswand modern aufgehübscht worden. Und auch im kulinarischen Konzept ist der „Zeitgeist“ mit seiner Sharing-Kultur in die badische Tradition mit eingezogen. Während der Corona-Krise hat Küchenchef und Mitgeschäftsführer Sebastian Syrbe zusammen mit seinem Team die Entscheidung getroffen, sein Konzept fortan nicht mehr in das enge „Sternerestaurant“-Korsett zu quetschen und es künftig stärker an den Bedürfnissen der Gäste auszurichten. Das bedeutet offenbar auch, dass asiatische Akzente nun wieder etwas zurückhaltender eingesetzt wer-

den, wie bei unserem jüngsten Besuch vom Service zu hören war, als am Nebentisch nach dem Onsen-Ei gefragt wurde …
In vier bis acht Gängen kann man sich mit einem Menü überraschen lassen und auf der Karte wird auf das Baukastenprinzip gesetzt, nach dem man aus den Kapiteln „Einstieg", „Hauptakt", „Sattmachern" und „Süßem Finale" auswählen kann. Nach einem frisch-spätsommerlichen Auftakt mit Ziegenkäsepraline und Wassermelonenragout sowie mit Kräutern garnierter Butter zum Brot ging es auch schon gleich mit den Vorspeisen los. Thunfischtatar sei aus, hörten wir vor der Bestellung, stattdessen gab es Lachscarpaccio mit den gleichen Komponenten: Gurke, Gin, Limette. Die hauchdünnen Lachsscheiben waren an manchen Stellen von einem hellgrünen Sud bedeckt, in dem wohl auch der Gin steckte, der jedoch kaum zu erahnen war. Die Limettenperlen hatten wenig Fruchtsäurepower, was in der Summe mit schlanken Gurkenstreifen und Kräutern eine sehr sanfte, ja schon fast blasse Vorspeise ergab.
Auch bei der gebackenen Garnele – drei frische Exemplare, knusprig im Tempurateig ausgebacken – war wenig Aromatik geboten. Wasabi war so sparsam eingesetzt, dass eigentlich nichts davon zu spüren war. Und in Erwartung eines kräftigen Kimchi muss man zum Spitzkohl unter den aufeinandergetürmten Garnelen sagen, dass er sehr schnell in der Erinnerung verblasste. Anders die Hauptgerichte, bei denen verschiedene Geschmacksnuancen besser herausgearbeitet waren. Der nicht mehr ganz glasige Kabeljau lag in einem Schaum aus Mandelmilch, deren feine, nicht zu durchdringende Süße mit der fruchtigen Säurenote von der Passionsfrucht kontrastiert wurde. Unter dem Fisch sorgte Spinat für erdige Würze, die allerdings beim „Sattmacher", dem cremigen Kartoffelgratin, fehlte.
Herausragend hingegen war die zum Fleischgericht bestellte Polenta in Form von so knusprigen wie fluffigen Talern mit feiner Zitronennote. Der gewürfelte Mix aus Bohnen und Paprika war ein eher unauffälliger Begleiter, das Hauptprodukt aber zeigte volle Präsenz: Lammhüfte im BBQ-Style, lackiert und mit deutlichem Raucharoma, in einer kräftigen, auf dem Teller stehenden Jus. Etwas mehr Spitzen und Kanten und eben auch asiatisches Süß-Säurespiel gab es dann doch noch in einem der Desserts: einer schönen Kombination von Thai-Mango und Limone unter einer mächtigen Haube aus Vanilleschaum, begleitet von lockeren Sponges. Im zweiten Dessert waren auf einem Riegel Schokoladentarte aus Ivoire-Ganache ein angenehm zurückhaltend gesüßtes Sorbet aus Erd- und Himbeere sowie zwei mit Creme gefüllte Himbeeren gesetzt.
Ob die auf ein laminiertes Blatt mit einer kleinen Auswahl an offenen Gewächsen und Flaschen reduzierte Weinauswahl nun auf die Konzeptänderung oder Corona zurückzuführen ist, können wir nicht genau sagen. Sicher ist jedoch: neben Vertretern in allen drei Farben aus der Weinmanufaktur Weingarten wurden auch drei internationale Gewächse angeboten, alles fair kalkuliert, wie überhaupt das Preis-Leistungs-Verhältnis im Walk'schen Haus sehr gastfreundlich ist.
Und so kommen wir zu dem Schluss, dass man hier trotz des bewussten konzeptionellen „Downsizings" weiterhin sehr gut essen kann. Allerdings waren die Kreationen im Vergleich zu den letzten Jahren relativ schlicht und ließen in Teilen auch ein wenig Präzision und Tiefenschärfe in den insgesamt ausgewogenen und mehrheitsfähigen Gerichten vermissen. Wir kommen jedenfalls gerne wieder und sind sicher, dass sich das neue Konzept gut etablieren wird.

Weinheim (Baden-Württemberg)

6↑

EssZimmer

Alte Postgasse 53, 69469 Weinheim
06201-8776787
www.esszimmer-weinheim.de
Küchenchef: Philipp Weigold
Mi–Sa ab 19 Uhr, So von 12–15 Uhr, Mo u. Di RT
Hauptgericht: 25–45 €, Menüs: 45–85 €

Das Restaurant in der historischen Alten Post, einem länglichen Fachwerkhaus an der Weschnitz, wirkt mit seinem schönen Holzboden und den blau-grau gestrichenen Wänden, die mit den großen, alten Sprossenfenstern entfernt an eine ehemalige Werkstatt oder ein Künstleratelier erinnert, überaus einladend. Bei stimmungsvoller Beleuchtung nimmt man hier in braunen Ledersesseln an unterschiedlichen Holztischen Platz und genießt die durchaus kurzweilige und kreative, aber nicht übertrieben forcierte, in jedem Fall aber stets fundiert und sorgfältig zubereitete Küche aus der Feder von Gastgeber und Küchenchef Philipp Weigold. Dieser konzentriert sich in der Hauptsache auf heimische Produkte und ein festes Menü, spart aber deshalb die eine oder andere Meeresspezialität, exotische Aromen oder À-la-carte-Alternativen nicht kategorisch aus. Gutes Preis-Genuss-Verhältnis, auch was die glasweisen Weinempfehlungen betrifft.

Weinstadt (Baden-Württemberg)

5

Gasthaus Rössle

Forststr. 6, 71384 Weinstadt (Baach)
07151-66824
www.roessle-baach.de
Mo, Di u. Fr von 11.30–14 Uhr u. ab 17 Uhr, Sa ab 11.30 Uhr durchgehend, So u Fei von 11.30–18 Uhr, Mi u. Do RT
Hauptgericht: 8–28 €, Menüs: 21–48 €

Ein von Familie Welte ganz bodenständig in fünfter Familiengeneration seit 1890 geführtes Lokal am Tor zum Remstal mit schlichter, aber gepflegter Einrichtung und einem traditionellen schwäbischen Speiseangebot, das sich zwischen verschiedenen Allerweltsgerichten, wie sie hier in jedem zweiten Gasthof zu haben sind (allerdings selten in der hier gebotenen Qualität!), auch recht originell präsentiert. Gerade wer Innereienspezialitäten etwas abgewinnen kann und bei Metzelsuppe, frischen Blut- und Leberwürsten oder Kalbsbries nicht die Nase rümpft, wird hier freudig einkehren. Aber auch sonst gibt's auf der Tageskarte immer wieder auch sehr attraktive regionale Gerichte, die nicht selten mit verfeinerter Rustikalität einhergehen. Darüber hinaus bietet die Weinkarte viele gute lokale und regionale Gewächse namhafter Winzer.

Weissenhaus (Schleswig-Holstein)

6↑

Bootshaus

im Hotel Weissenhaus (Grand Village Resort & SPA)
Parkallee 1, 23758 Weissenhaus
04382-92620
www.weissenhaus.de
Küchenchef: Christopher Schlang
Täglich von 12–16.30 Uhr u. ab 18 Uhr, kein RT
Hauptgericht: 36–49 €, Menüs: 79 €

Fast sah es so aus, als ob das zum luxuriösen Weissenhaus Grand Village Resort & Spa gehörende, aber etwas abseits des weitläufigen eingezäunten Grundstücks direkt am Strand gelegene Restaurant Bootshaus für uns in diesem schwierigen Jahr zu einer uneinnehmbaren Festung werden würde. Aufgrund der Corona-Bestimmungen und dem daraus resultierenden geringeren Platzangebot war das behaglich eingerichtete und illuminierte Lokal mit unverstelltem Meerblick – wie auch alle anderen Restaurants des Hotels – ausschließlich den Hausgästen vorbehalten. Doch auch als dann nach Ende der Hauptsaison wieder externe Gäste zugelassen waren, scheiterten wir immer wieder bereits beim telefonischen Reservierungsversuch, denn wir kündigen uns ja ganz selbstverständlich und grundsätzlich nie als Tester an, sondern reservieren ausschließlich anonym.
Unsere Hartnäckigkeit hat sich aber schlussendlich doch noch gelohnt, denn kurz vor knapp konnten wir auf der letzten Tour durch den hohen Norden last minute noch einen unbesetzten Tisch ergattern – und wieder mal nachvollziehen, warum das Bootshaus bei den Gästen so ausgesprochen beliebt ist. Klar, der Platz ist einmalig. Aber auch das Team um den

langjährigen Küchenchef Christopher Schlang gibt richtig Gas, hat das kulinarische Konzept jetzt kürzlich sogar nochmals geschärft und bietet neben den vor allem zur Mittagszeit hoch im Kurs stehenden Klassikern à la Wiener Schnitzel mit Kartoffel-/Gurken-Salat ausschließlich am Abend (!) eine ambitionierte und sogar überraschend elaborierte Küche, die nun thematisch noch deutlicher in Richtung Italianità ausgerichtet ist. Allerdings ohne folkloristische Züge und mit gelegentlichen Schlenkern in die internationale Moderne.

Der Abend beginnt mit sehr gutem knusprig-luftigem italienischem Landbrot nebst Gewürzbutter, und die Küche kommt ohne große Umschweife gleich zur Sache. In unserem Fall mit einer schlicht als „Tatara di Gamberi“ angekündigten Vorspeise, die optisch, konzeptionell und qualitativ auch in einem deutlich höher angesiedelten Gourmetrestaurant hätte bestehen können: Im Zentrum eines per Schablone akkurat in Form gebrachten und mit allerhand Kleinkomponenten wie Gurkenröllchen, Apfelkugeln, Kräuter, Blüten und Eiweißperlen applizierten Rings aus glasigen marinierten Gambaschwänzen stand eine Timbale vom herzhaft aromatisierten Tatar des Krustentiers, das von einer Nocke Apfel-/Meerrettich-Sorbet gekrönt war. Aufgegossen war dieses leichte, ätherisch-fruchtige Vergnügen mit einem Sud von Gurke und Apfel, der offenbar noch mit etwas Krustentieröl angereichert wurde. Wenngleich der Gamba-Ring nach unserem Geschmack etwas zu kalt und das Sorbet etwas zu sulzig war: klares 7-Pfannen-Niveau!

So wie auch die „Zuppa d'Arragosta“, wieder so ein Wolf im Schafspelz. Denn was kredenzt wurde, war nicht einfach eine rahmige Krustentiersuppe, sondern ein Teller mit einem properen und recht großen gebratenen Färöer Kaisergranat neben einem mit saftiger Krustentierfarce und weiterem Krustentierfleisch gefüllten Karottenzylinder. Letzterer nicht nur von etwas Mango-/Ingwer-Salat gekrönt, sondern auch von jodig-maritimem Grün wie Salty Fingers, Oyster Leaf und Algen. Und dann waren da noch zwei augenscheinlich unauffällige, mit ihrem herben, harmonischen Kaffeearoma aber durchaus ausschlaggebende längliche Karottenstücke, die in Kombination mit der erst am Tisch angegossenen Bisque und der leicht scharfen Frucht von Mango und Ingwer einen spannenden Akkord anklingen ließen.

Nicht weniger kreativ und dynamisch, allerdings nicht ganz so ausgefuchst, war der Fischgang. Der drehte sich in der Hauptsache um eine zwar sehr saftige und zarte, aber mit weicher Haut servierte Tranche vom Wolfsbarsch, die uns mit Röstaromen und krosser Haut noch etwas besser gefallen hätte. Zumal im Kontext mit dem kräuterwürzig-fruchtigen Tomaten-/Paprika-Kompott, einem überraschend raffinierten Anchovi-Pesto, Zitrusfrüchtefilets und -zesten sowie Paprika-Beurre-blanc, denn da hätten ein paar rauchig-röstige Noten sehr gut ins Bild gepasst. Auf die Nocke Süßkartoffelpüree hätte man nach unserem Dafürhalten zugunsten einer noch stringenteren Komposition sogar verzichten können. Wirklich gestört hat sie aber auch nicht.

Gestört hat uns allerdings das gar nicht mal so dezent eingesetzte Trüffelöl (oder anderes synthetisches Trüffelaroma) an der ansonsten so attraktiven, mehrschichtig dünn mit Trüffel und Farce gefüllten Brusttranche von der Poularde. Die saß auf einem Sockel aus erfreulicherweise ohne künstliches Zutun getrüffeltem Wirsing und wurde von gebratenen und säuerlich eingelegten Steinpilzen, zweierlei herbstlichen Pürees (Kürbis und Pastinake) und einer guten Sauce Riche umspielt. À part gab's auch noch das zu einer saftigen, mit Rohschinken und Salbei à la Saltimbocca aromatisierten Praline verarbeitete Keulenfleisch auf etwas Pilz-Duxelles. Und bis auf das penetrante Trüffelöl bot auch dieser Gang viel Genuss und Finesse.

Herbstlich ging das Menü mit einem Nachtisch zu Ende, der die Aromen von Apfel und Hagebutte sowohl auf einer Kürbiskern-Biskuitschnitte mit Schmandcreme als auch in einem Sorbet transportierte. Schon davor demonstrierte ein kleines Pré-Dessert von Paprika und Himbeere, dass auch die Pâtisserie im Bootshaus nicht von der Stange ist. Dazu ein engagiertes junges Serviceteam und eine attraktive Weinkarte, in der man zwar keine Schnäppchen, aber europaweit viele gute Begleiter für die Küche finden kann. Eine stimmige glasweise Weinbegleitung zum Menü gibt es auch.

10

Courtier

im Hotel Weissenhaus (Grand Village Resort & SPA)

Parkallee 1, 23758 Weissenhaus
04382-92620
www.weissenhaus.de
Küchenchef: Christian Scharrer
Täglich ab 18.30 Uhr, kein RT
Hauptgericht: 70–85 €,
Menüs: 169–209 €

VISA

Das Gourmetrestaurant im Weißenhaus Grand Village Resort & Spa am Meer, das zweifelsohne zu den exklusivsten und exponiertesten Hotels in Deutschland gezählt werden darf, war nach dem Ende des Corona-Shutdowns erst mal für ein paar Monate exklusiv nur den Hausgästen dieses traumhaften Hideaways vorbehalten. Im Herbst hatten dann aber endlich auch wieder externe Gäste die Möglichkeit, in den Genuss von Christian Scharrers Küche zu kommen. Und so war auch uns, die wir ja ebenfalls ausschließlich über den ganz normalen Weg und stets inkognito reservieren, noch rechtzeitig vor Redaktionsschluss ein Tisch in den beiden feudalen Speisesalons des früheren Herrenhauses dieser einstigen Gutsanlage aus dem frühen 17. Jahrhundert sicher.
Es wundert uns natürlich überhaupt nicht, dass dieses Luxusresort, das sich auf einem 75 Hektar großen Privatgrundstück am Ostseestrand befindet und in dessen 400 Jahre alten Park mit sehr viel altehrwürdigem Baumbestand sich zahlreiche historische Gebäude erstrecken, gerade zu Pandemiezeiten so gefragt ist. Denn hier haben die Gäste nicht nur draußen unendlich viel Platz und Luft – auch in den verschiedenen weitläufigen Gebäuden ist es ein Leichtes, sich aus dem Weg zu gehen und die Abstandsregeln einzuhalten. Allein das Anwesen, in dem das in vielerlei Hinsicht nach Art eines klassischen Feinschmeckertempels eingerichtete und mit großformatigen historischen Schlachtengemälden behängte Courtier residiert, ist ein Palast. Zum Restaurant gehört im Grunde das gesamte Erdgeschoss und damit neben einem großen Aperitifsalon auch eine Zigarrenlounge und ein Billardzimmer.
Im Sommer erstreckt sich das Ganze noch auf die prächtige Terrasse mit Blick in den Park, auf unendliche Flurweiten und eine kleine Waldschneise, durch die man in der Ferne sogar das Meer glitzern sieht. Eine Traumkulisse für das feudale Kulinarium von Christian Scharrer, das seit jeher auf den Grundfesten der französischen Klassik basiert, kompositorisch aber alles andere als traditionell wirkt. Vielmehr bewegen sich die Kreationen des einst bei Harald Wohlfahrt gestählten, über die Jahre aber längst zu sehr viel Souveränität und einer eigenen Handschrift gekommene Sympathieträger aus Südbaden handwerklich und technisch voll und ganz auf der Höhe der Zeit. Sich dem Zeitgeist anzubiedern liegt dem bodenständigen Cuisinier allerdings ebenso fremd wie das bloße Protzen mit Luxusprodukten. Der Chef komponiert sehr überlegt und ordnet letztlich alles dem guten Geschmack unter.
So beginnt das Mahl nicht nur mit drei ebenso raffinierten wie wohlschmeckenden vegetarischen Apero-Snacks, die hier „Gaumenöffner" heißen, sondern auch mit zwei Sorten hervorragendem vollwertigem Brot nebst zweierlei aufgeschlagener Butter (davon eine mit Algen aromatisiert), die direkt am Tisch aus einer großen Schüssel auf einen großen gekühlten Stein gestrichen werden. Dass das Team das Spiel mit Säure perfekt beherrscht, war bereits beim Küchengruß rund um betörend schmelziges Tatar vom Thunfischbauch erkennbar, bei dem säuerlich eingelegter Rettich und eine Zitrus-Hollandaise zusammen mit Korianderöl für spannungsgeladene Dynamik und zugleich sanften harmonischen Einklang verantwortlich waren.
Auch das sensible Einbinden von Schärfe ist für das Courtier-Team kein Problem: so markant wie möglich und so zurückhaltend wie nötig war Curry beim folgenden Carabinero absolut tonangebend, aber überhaupt nicht plakativ oder gar ungehobelt im Einsatz. Das funktionierte vor allem im Zusammenspiel mit der fruchtigen Süße der Mango, die ja auch schnell mal zu einer plumpen Angelegenheit werden kann, hier aber ebenfalls sehr präzise eingebunden war – unter anderem als ein sehr frisches, säuerliches Micro-Tatar zusammen mit Papaya. Flankiert wurde das zarte, optimal glasig-knackige Krustentier von einem cremigen Schichtwerk aus korianderwürziger Reiscreme und Carabinero-Tatar, eingefasst von einem Ring aus Currymousse und getoppt von einem umamisatten Sojaschaum auf Apfelbasis. Und auch in der auf Krustentierbasis zubereiteten Sauce wurden die Leitaromen dieses Gerichts gekonnt gespiegelt. Ein in jeder Hinsicht starker Auftakt!
Etwas sanfter, aber nicht minder ausdrucksstark wurde es im Anschluss mit einem waschechten Löffelgericht, einem süffigen Schichtwerk, bei dem (von unten nach oben) eine Kabeljau-Brandade, Rote-Bete-Stücke, festfleischiger und noch hauchzart glasig glänzender Kabeljau, Meerrettichcreme, Rote-Bete-Sauce und ein mit Kaviar getopptes Rote-Bete-Gelee

überraschend differenziert und klar aufgefächert übereinanderlagen. Und nicht zuletzt durch die exakte Proportionierung und die optimalen Garpunkte von Fisch und Gemüse war das deutlich raffinierter und trennschärfer, als es auf den ersten Blick wirkte.
Wie tief Christian Scharrer auf der einen Seite in der französischen Klassik verwurzelt ist und wie viel Verständnis er auf der anderen Seite für die kulinarische Moderne hat, konnte man bei der folgenden Seezunge bestaunen. Die las sich auf der Karte in Kombination mit Lauch und Champignon eher wie gediegene Langeweile, war aber dann tatsächlich das Gegenteil davon. Und das, obwohl hier zu der saftigen länglichen Tranche des Plattfischs neben einer fantastischen schaumweinherben Champagnersauce auf Basis eines kräftigen Fonds von den Seezungenkarkassen tatsächlich nicht mehr als Lauch und Champignon aufgeboten wurden. Nur eben in verschiedenen Zubereitungsarten und Facetten und jeweils so exakt proportioniert und geschmacklich zugespitzt, dass es eine wahre Freude war. Der Lauch etwa gestovt, als Püree und in Gestalt des butterzarten, reintönigen Inneren von verbrannten Stangen, die Pilze in eingelegter Form, als rohe (Portobello-)Scheiben, als intensive Creme.
Mit der in klararomatischer Idealform dargebotenen Rotbarbe, deren beiden Filethälften auf Fenchel und eine Fenchel-/Bouillabaisse-Creme gebettet, mit Miesmuscheln, Zitruskaviar, Olivenbröseln und Fenchelgrün beladen und von einem ebenso kraftvollen wie feinsinnigen Bouillabaisse-Sud umflutet waren, kredenzte das Team sodann auf kleinem Raum das ganze Mittelmeer in einem Teller. Kunstvoller und doch ursprünglicher kann man die Aromen der mediterranen Küste eigentlich nicht aufs Porzellan bringen. Sommelière Anne Tenschert, die schon davor mit einem Moselriesling „Fass 9" von Peter Lauer zum pikanten Carabinero oder mit einem 2017er Vacqueras von der Domaine d'Ourea zur Seezunge kongeniale Weinpartner ins Glas gebracht hatte, traf mit ihrer gänzlich unkonventionellen Empfehlung, dazu einen feinherben Vouvray von der Domaine Huet zu trinken, abermals ins Schwarze. Zwar ordnete sich dieser Wein dem Gericht nicht unter, weil er alleine durch seine Restsüße einfach deutlich mehr Präsenz am Gaumen zeigte, als dies mit einem vollständig trocken ausgebauten, salzig-mineralischen Begleiter der Fall gewesen wäre – aromatisch war diese Begegnung auf Augenhöhe allerdings eine äußerst harmonische.
So auch die des südafrikanischen 2016er Shiraz Luddite mit dem fantastischen Rücken eines Poltinger Lamms. Das mit dünn aufgekrosstem und darunter zart schmelzigem Fettdeckel zur Perfektion gebrachte Fleisch aus Niederbayern, das für uns das vielleicht beste Lammfleisch aus deutscher Zucht ist, war mit verschiedenen Kichererbsen- und (vor allem!) fruchtig-rauchigen roten Paprikakomponenten fast schon ein klein wenig pikant und Barbecue-like umspielt. Und das machte diesen von dunklen Fruchtnoten und ausgeprägt würzig-pfeffrigen Sekundäraromen gezeichneten, eigentlich sehr warmaromatischen, aber trotzdem mit kühlem Schliff über den Gaumen streichenden Wein zu einem idealen Partner – und dieses Pairing für uns auch geschmacklich zum Menühöhepunkt. Wobei wir damit in keiner Weise die Pâtisserie hintanstellen wollen! Denn was hier aus der süßen Abteilung zunächst mit einem cremig-voluminösen und trotzdem fein abgestuften Pré-Dessert um Banane, Lupinenkaffee und Kapstachelbeere angedeutet und dann in Gestalt des eigentlichen süßen Abschlusses um Apfel, Joghurt und Shiso voll ausgespielt wurde, bewegte sich mit allem anderen auf ein und demselben Level: sehr leicht und frisch, trotzdem nicht seicht, sondern mit viel Zug und Tiefe. Und mit sehr schön klar und prägnant herausgearbeiteten Aromen.
Und so resümieren wir den letzten Besuch wieder mit unserer Höchstbewertung und fiebern bereits beim Vollenden dieser Zeilen dem nächsten Besuch im kommenden Jahr entgegen. Dann hoffentlich wieder ganz ohne Pandemiesorgen, zu einem früheren Zeitpunkt des Jahres und auf der Terrasse, die für uns bundesweit zu den schönsten Outdoor-Plätzen für Fine Dining zählt. Egal ob drinnen oder draußen: der zuvorkommende Service unter der Leitung der charmanten Gastgeberin Nathalie Scharrer lässt ebenfalls keine Wüsche offen.

Hotelempfehlung

Weissenhaus

Grand Village Resort & Spa am Meer
Parkallee 1, 23758 Weissenhaus
04382-92620
www.weissenhaus.net
Einzelzimmer: 425–1840 €
Doppelzimmer: 465–1840 €
VISA

Das historische Schlossgut am Meer bietet unberührte Natur, grenzenlose Weite und Ruhe für eine Auszeit allein oder zu zweit, für den luxuriösen Wellnessurlaub zum Entspannen oder als inspirierende Umgebung für Events. Die Gäste erwartet ein 75 Hektar großes Privatgrundstück im Naturidyll Schleswig-Holstein, direkt am 3 km langen Naturstrand der Ostsee. Das Gelände beherbergt vierzig historische Gebäude mit Schloss, in denen sich zeitlos elegante, mit viel Liebe zum Detail gestaltete Zimmer und Suiten befinden, die höchsten Komfort bieten. Alle Gebäude und jedes Zimmer sind individuelle Unikate. Der Wellness- und Spa-Bereich mit verschiedenen Schwimmbädern und Saunen, Dampfbädern, Banja, Schneegrotte, Fitnessareal und unzähligen Anwendungsmöglichkeiten lässt ebenfalls keine Wünsche offen. Vier verschiedene Restaurants, Bars und eine Weindegustations-Lounge machen Weissenhaus auch kulinarisch zu einem vielseitigen Erlebnis. Restaurants Bootshaus und Courtier separat erwähnt.

Weißenstadt (Bayern)

6

Gasthaus Egertal

Wunsiedler Str. 49, 95163 Weißenstadt
09253-237
www.gasthaus-egertal.de
Küchenchef: Theodor W. Rupprecht
Mo u. Do–Sa ab 17.30 Uhr, So von 12–13.30 Uhr u. ab 17.30 Uhr, Di u. Mi RT
Hauptgericht: 14–49 €, Menüs: 39–69 €

EC VISA P

Das Gasthaus Egertal von Familie Rupprecht und seit Jahrzehnten und insbesondere auch aktuell unter der Ägide der beiden Theodors – Senior im Service, Junior und Neffe des Gastgebers in der Küche – ist eine Institution für Genießer im weiten oberfränkischen Umfeld. Tatsächlich musste und muss man im Fichtelgebirge ziemlich weit reisen, um auf ähnlichem Niveau bewirtet zu werden.

Davon zeugen nicht nur die zahlreichen Fotos unterschiedlichster Prominenter aus Showbusiness und Politik, die unter anderem während der Wagner-Festspiele in Bayreuth immer wieder den Weg in diese Institution gefunden haben – man kann sich auch höchstselbst auf den Tellern davon überzeugen. Dass es dabei ganz ungestelzt zugeht und das Egertal ohnehin nie etwas anderes sein wollte als eben ein gepflegtes Gasthaus, macht das Gesamte noch stimmiger.

Im Sommer sitzt es sich draußen auf der Terrasse genauso entspannt wie in den mit eleganten Farbtupfern aufgelockerten Gasträumen. Und auf den Tellern geht es einerseits bodenständig zu, andererseits aber auch anspruchsvoll. Wie es sich in einem Gasthaus für Feinschmecker gehört, punktet die Küche vor allem mit viel klassischer Substanz und von A bis Z frisch zubereiteten Komponenten.

Und weil das Team zudem auch qualitätsbewusst einkauft, gelingt auch so cooler Purismus wie bei den dünnen Tranchen vom festfleischigen Label Rouge Lachs ganz prima: Die zarten Scheiben wurden in heißer brauner Butter im Teller gegart und genauso serviert, einzig und allein mit einer markanten Zitronennote und reichlich Schnittlauch als Akzente. Wer mag, bekommt aber genauso verlässlich gut auch ein Carpaccio aus gut gereiftem und angenehm temperiertem Rindfleisch mit pfeffriger Senfsauce und Parmesan oder eine charakterstarke Gänsestopfleber-Terrine mit eingeweckten Kirschen und dem warmwürzigen Oberton der orientalisch anmutenden Gewürzmischung „Quatre Epices".

Auch bei den Hauptgängen stehen rustikalere Zubereitungen wie die mustergültig geschmorte und sorgfältig glasierte Lammhaxe mit cremiger Polenta, gegrillter Zucchini und Aubergine (jeweils mit etwas Feta beflockt ...) sowie einer natürlichen Schmorjus neben etwas exklusiveren Sachen. Vom Lamm kann das dann

beispielsweise der mit einer locker-saftigen Kruste gratinierte Rücken sein, der neben gebratener Polenta und einer duftigen Kräuterjus aufgeboten wird. Oder beispielsweise schön hohe, kross gebratene Filets von der Dorade, die (etwas unkonventionell) mit der gleichen gebratenen Polenta, aber auch mit einer stoffig-aniswürzigen Pernodsauce kombiniert werden. Das Niveau schwankt dabei, je nach Wahl, von sehr guten 5 Pfannen für die etwas handfesteren Sachen bis zu guten 6 Pfannen für alles, das etwas akkurater und präziser arrangiert wird. Die Substanz bleibt aber in beiden Fällen gleich und prägte zuletzt auch das Dessert, das wieder ganz puristisch einen vollreifen, in champagnerherbem Sud pochierten Pfirsich mit üppig cremigem Safraneis verband. Eine sehr effektvolle Kombination!
Dazu kommen (auch glasweise) viele gute Weine aus Franken und dem Rest Europas, darunter auch anspruchsvollere Nischenerzeugnisse wie die Naturweine von Gut Oggau. Und über den Service unter den Gastgebern lässt sich ohnehin auch in der Nach-Corona-Ära nur sagen: charmant und zugewandt wie eh und je!

Zum deutschen Haus

Marktplatz 8, 95163 Weißenstadt
09253-9543760
www.gasthof-deutscheshaus.de
Do–Di ab 11.30 Uhr durchgehend, Mi RT
Hauptgericht: 9–25 €
EC VISA P

Das von den Gastgebern seit Jahren engagiert geführte Haus am Weißenstädter Marktplatz ist in Zeiten von Convenience und Systemgastronomie ein erfreuliches Beispiel dafür, dass man auch als bodenständiges Gasthaus mit günstigen Preisen eine frische, handwerkliche Küche realisieren kann, wenn man nur will. Deren Spektrum reicht von fränkischer Tradition bis zu deutschen Klassikern, alles ohne Exklusivitäts- und Kreativitätsanspruch, aber mit dem Blick für die wesentlichen Dinge zubereitet. Dazu gibt es eine kleine Wein- und Getränkeauswahl und freundlichen Service. Was will man manchmal mehr?

Werder an der Havel (Brandenburg)

7

Alte Überfahrt

Fischerstr. 48b (Zugang über Uferstr.), 14542 Werder an der Havel
03327-7313336
www.alte-ueberfahrt.de
Küchenchef: Thomas Hübner
Mi–Fr ab 18 Uhr, Sa u. So von 12–14 Uhr u. ab 18 Uhr, Mo u. Di RT
Menüs: 59–99 €
EC VISA P

Patrick Schwatke und sein Küchenchef Thomas Hübner sind mittlerweile ein perfekt eingespieltes Team und konnten das Gesamtniveau ihrer modernen und einfallsreichen, stark gemüselastigen, aber nicht rein vegetarischen Regionalküche in jüngerer Zeit deutlich steigern. Was der Gastgeber in seinem schlicht elegant in Grüntönen und Naturfarben gehaltenen Restaurant der auch von außen stilvoll anmutenden Alten Überfahrt oder bei Sommerwetter vis-à-vis an den sauber eingedeckten Tischen am beschaulichen Ufer der Halbinsel Werder kredenzt, ist ebenso kreativ und schnörkellos. Mit verhältnismäßig einfachen Mitteln raffiniert umgesetzt, stellt die Küche sehr konsequent und sorgfältig die guten Produkte in den Mittelpunkt, die nicht selten aus der näheren Umgebung, zumindest aber aus den umliegenden Bundesländern stammen. Und das alles gibt es nach wie vor zu einem äußerst günstigen Preis-Genuss-Verhältnis, was auch auf die vom Chef kurzweilig vorgestellten und mit Bedacht und Kennerschaft ausgewählten Tropfen aus der Weinbegleitung zutrifft.

Wernberg-Köblitz (Bayern)

5

Landgasthof Burkhard

Marktplatz 10, 92533 Wernberg-Köblitz
09604-92180
www.hotel-burkhard.de
Mo–Mi von 12–14 Uhr u. ab 17.30 Uhr, Do von 12–14 Uhr, Sa ab 17.30 Uhr, So von 12–14 Uhr, Fr RT
Hauptgericht: 14–28 €

VISA

In dem traditionellen Gasthof mit Hotelbetrieb in der Ortsmitte von Wernberg-Köblitz wird in den gepflegten ländlichen Gaststuben eine durchaus sehr schmackhafte, sorgfältig zubereitete Küche serviert. Das Repertoire reicht von regionalen Schmankerln bis hin zu moderat gehobener internationaler Küche. Hier wird ohne übertriebenen Aufwand und Verfeinerungsanspruch gekocht und trotzdem auf die elementaren Feinheiten wie Ausgewogenheit von Saucen und Suppen oder korrekte Garzeiten geachtet. Und das zu sehr moderaten Preisen.

Wernigerode (Sachsen-Anhalt)

5↑

Gaststuben Gothisches Haus

im Travel Charme Hotel Gothisches Haus
Marktplatz 2,
38855 Wernigerode
03943-6750
www.travelcharme.com/hotels/gothisches-haus
Küchenchef: Ronny Kallmeyer
Täglich von 12–14 Uhr u. ab 18 Uhr, kein RT
Hauptgericht: 19–36 €,
Menüs: 37–59 €

VISA

Die schmucken Fachwerkhäuser in den kleinen verwinkelten Gassen machen den großen Reiz des Städtchens Wernigerode im Harz aus – und das direkt am historischen Rathaus gelegene Hotel Gothisches Haus ist ein besonders schönes Exemplar! Entsprechend locken auch die gemütlichen Stuben im Inneren mit viel historischem Charme, gepaart mit nobler Eleganz. Bis Herbst letzten Jahres war hier die als separates Gourmetrestaurant geführte Bohlenstube das kulinarische Aushängeschild. Nach einer von längerer Hand geplanten konzeptionellen Neuausrichtung der Gastronomie setzt das Team unter der bewährten und souveränen Leitung von Küchenchef Ronny Kallmeyer fortan unter dem Namen Gaststuben Gothisches Haus auf eine etwas bodenständigere und deutlich regionalbetontere Linie.

So gibt es in allen Gasträumen an sieben Tagen in der Woche mittags und abends die gleiche Karte, die neben teils ganz traditionell gehaltenen, teils aber auch durchaus kreativ aufgepeppten Gerichten à la carte abends auch ein preiswertes viergängiges „Signatur-Menü" in diesem Stil offeriert. Die geräucherte Brust, die zur Mousse verarbeitete Leber und die knusprig gebratene Haut vom Prignitzer Maishähnchen etwa gibt es da in Kombination mit grünem Spargel, gerösteten Haselnüssen, Apfel und geliertem Hühnerfond als ambitionierte Vorspeise. Und auch die zusammen mit Blaubeeren gebeizte Lachsforelle, auf deren schön dick geschnittenen, fleischig-festen Tranchen etwas Fichtensprossenpesto, ein Gel von Harzer Gin, Forellenkaviar und Kartoffelknusper appliziert waren, zählte eindeutig zur kreativeren Linie der Küche. Das herbsüße Zusammenspiel von Wacholder und Tannenwipfel korrespondierte hier sehr gut mit dem final am Tisch angegossenen Staudenselleriesud.

Als Hommage an Ronny Kallmeyers Uroma kreiert und eher der traditionellen Sparte zuzuordnen, deshalb aber nicht weniger attraktiv, war eine Nudelsuppe, in deren Fluten von kraftvoller Perlhühnerbrühe neben dem ausgelösten Perlhuhnfleisch, verschiedenem Wurzelgemüse, unterschiedlichen Pilzen und Kräutern auch breite hausgemachte Bandnudeln mit gutem Biss und ein sorgfältig pochiertes, zart fließendes Hühnerei zu finden waren. Eine sehr reiche und vielfältige Einlage, die Kallmeyers

Nudelsuppe fast schon wie eine heimische Version der fernöstlichen Ramen-Suppe wirken ließ. Sehr fein!
Tendenziell eher klassisch sind die Hauptgänge konzipiert. Egal ob Forellenfilets mit Gurken-/Fenchel-Salat und gedämpften Drillingen oder à la bourguignonne zubereitete Hirschbäckchen mit Champignons, Speck und Schalotten nebst Selleriepüree – man kann sich stets auf gute Produktqualitäten und fachmännische Zubereitung freuen. Auch die gebratene Perlhuhnbrust mit ihrem saftigen und aromatischen Fleisch, die zusammen mit zart knackigem Rahmwirsing, festen frischen Pfifferlingen und einer Kartoffelkuchenschnitte aufgeboten wurde, war eine grundsolide, wohlschmeckende Geschichte. Allenfalls die relativ kräftige, dicht reduzierte Jus hätten wir uns in dem Fall etwas leichter und transparenter gewünscht.
Bei verspielten Desserts wie „Unser Wald", bei dem ein aus Schokoladenmousse und Vanilleparfait zubereiteter Pilz mit dunkelbrauner, kakaopulverbestäubter Samtkappe und ein erfrischendes Fichtensprossensorbet zusammen mit unterschiedlichen Beeren, Haselnusskernen, Moos und Schokoladengehölz auf jeder Menge krümeliger Schokoladenerde alias Waldboden angerichtet waren, werden zum Finale sogar noch sehr authentische Erinnerungen an die ehemalige Bohlenstube wach. Wobei man gar nicht wehmütig sein muss, denn trotz dem Aus des separaten Gourmetrestaurants wird im Hotel Gothisches Haus nach wie vor sehr gut und auch durchaus motiviert gekocht!

7

PIETSCH

Breite Str. 53a, 38855 Wernigerode
03943-5536053
www.pieket.de
Küchenchef: Robin Pietsch
Mi–Sa ab 19 Uhr, So u. Mo u. Di RT
Menüs: 99–120 €
VISA

Mitten in Wernigerodes nostalgischer Innenstadt mit ihren unzähligen Fachwerkhäusern offenbart sich in Robin Pietschs Tresen-Restaurant mit viel Sichtbeton, grau verputzten Wänden, verchromten Abluftrohren sowie den blanken Edelstahlflächen der voll ins Geschehen integrierten Küchenschränke und -geräte ein architektonisches Kontrastprogramm: puristisch, geradlinig, clean. Damit hebt sich das Ambiente auch von Robin Pietschs nahe gelegenem zweitem Restaurant Zeit Werk ab, das sich mit seinen charmant verwinkelten Räumen und viel Holzgebälk nämlich nahtlos in die Umgebung einfügt.
Doch das minimalistische und gänzlich schnörkellose Setting im Restaurant PIETSCH – das im letzten Jahr noch PIEKET hieß, weil da noch Jürgen Kettner als Kompagnon und Küchenchef mit im Boot war (PIEtsch/KETtner) – passt sehr gut zum Konzept und zu dem, was das junge Team hier während des kurzweiligen Abends auf die Teller bringt. Der beginnt übrigens für alle Gäste um 19:30 Uhr mit dem Aperitif und das inklusive der kleinen Einstimmungen des etwa zwölfgängigen Menüs, das vor den Augen der auf bequemen drehbaren Hochstühlen entlang eines langen Tresens platzierten Gäste finalisiert wird, nur eine Viertelstunde später. Während sich der umtriebige Chef für das Kulinarium in seinem Zeit Werk seit jeher ausschließlich an den besten Produkten der Region orientiert, bedient man sich im PIETSCH hingegen Viktualien aus aller Welt und gibt der Küche zudem eine asiatische Färbung.
Allerdings ohne dezidiert fernöstlich zu kochen! Eine Umami-Brühe mit hintergründiger Zitrusnote (Lemongras oder Kaffirlimette) und einem Hauch Schärfe suggeriert dies zwar zunächst, und das folgende filigrane Knusperkörbchen mit Tatar vom Ikarimi-Lachs, Forellenkaviar, Wasabi und frittiertem Selleriestroh geht aufgrund der dezent eingebundenen schneidigen Schärfe des japanischen Meerrettichs ebenfalls aromatisch in diese Richtung. Doch im weiteren Verlauf des Menüs wird immer deutlicher, dass sich das Team vielmehr an der Klarheit der Geschmacksverläufe und den pointierten Purismus der japanischen Küche orientiert als an deren typischen Aromen und Produkten.
Denn was beim Lachs auf der haptischen Ebene mit einem attraktiven Wechselspiel zwischen dem fleischigen rohen Fisch, den knackigen Kaviarperlen und dem strohig-knusprigen Sellerie und geschmacklich durch die sich gut

ergänzenden Gegensätze der Mineralität und der röstwürzigen Erdigkeit gut funktionierte, klappte auch bei Rinderbrust mit Rettich: eine saftige, leicht angeröstete Brotstulle, belegt mit einem süffigen Kompott von geschmorter Rinderbrust und säuerlich eingelegtem schwarzem Rettich, bei der im Hintergrund noch ein süßlicher Essighauch mitschwang. Da wird mit ganz einfachen Mitteln viel Raffinesse erzeugt. Und in eben diesem Stil geht es angenehm zügig, aber nicht gehetzt mit vielen Kleinigkeiten weiter, die nicht selten aus nur zwei oder drei tonangebenden Komponenten bestehen und damit immer schön pur und straight, aber nie eintönig und profan daherkommen. Etwa ein nur sehr kurz pochiertes und damit noch sehr flüssiges Ei, das nebst etwas schmelzig zartem Lauch unter dezent getrüffeltem Kartoffelschaum mit einem Topping aus Schnittlauch und feinbröseligem Brotknusper versteckt ist. Oder ein mit glasig-knackigen Stücken von der Rotgarnele gefülltes Dim-Sum-Täschchen in einem Krustentierschaum, der mit Ingwer, Limettenblatt und Korianderöl wieder einen asiatischen Dreh bekam.
Der Kaisergranat durfte mit seiner überdurchschnittlichen Qualität ganz minimalistisch für sich selbst stehen, war auch nur dezent gewürzt und hatte lediglich ein kleines Schälchen voll mit Togarashi gewürzter Hollandaise zu seiner Seite, in das man das zart knackige und schön sauber schmeckende Krustentier eintunken konnte. Den Rest dieser köstlichen pikanten Schmelzigkeit haben wir nur allzu gerne mit dem übrig gebliebenen (sehr guten!) Sauerteig-Krustenbrot einer regionalen Bäckerei aufgetunkt, das bereits zuvor zusammen mit Zitronenbutter einen eigenen Auftritt hatte.
Und auch beim festfleischig-reinaromatischen, vor dem Garen mild und kurz gebeizten Kabeljau nebst straffer Kombualgen-Beurre-blanc und Störkaviar sowie beim Hauptgang um zwei Tranchen einer angenehm kompakten geschmorten Schweinebacke mit Buchweizenknusper, die sich den Teller mit etwas Topinambur, einem Holunderbeerenmus und feinherber Jus teilte, zogen Pietsch & Co. diese Linie ebenso kompromisslos wie überzeugend durch. Sodass man schließlich, nach einem markanten Sorbet von gedörrter Birne und dem angenehm wenig süßen Abschluss in Gestalt einer Nocke Rahmeis von gerösteter Kokosnuss auf Kompott von geschmorter Ananas, vielleicht noch nicht von einer eigenen Handschrift, wohl aber von einem konsequenten und recht unverkennbaren Stil sprechen kann.
Was uns noch nicht hundertprozentig überzeugt hat, waren manche der „Pairings" mit den korrespondierenden Getränken, die zwar nie unharmonisch, aber oft auch nicht ganz schlüssig wirkten. Besonders die alkoholfreien Varianten machten manchmal einen ziemlich gegensätzlichen Eindruck, und es erschloss sich nach unserem Gusto nicht so recht, warum jetzt ausgerechnet das zu dem ... Was aber den stimmigen Gesamteindruck in keiner Weise schmälern konnte, der auch durch das sehr sympathische und engagierte Team noch mal dick unterstrichen wird.

7

Zeit Werk – by Robin Pietsch

Große Bergstr. 2a,
38855 Wernigerode
03943-6947884
www.dein-zeitwerk.de
Mi–Sa ab 18 Uhr, So–Di RT
Menüs: 66–99 €

VISA

Das ausgesprochen wohnlich wirkende Lokal von Robin Pietsch, in dem gemütliches dunkles Fachwerkgebälk und moderne helle Raumgestaltung eine geschmackvolle Verbindung eingehen, ist quasi der atmosphärische Gegenentwurf zu seinem zweiten Restaurant PIETSCH, das clean und puristisch gestaltet ist. Auch kulinarisch unterscheiden sich die beiden Konzepte deutlich, denn im Zeit Werk dreht sich das umfangreiche Menü ausschließlich um regionale Produkte. Die werden hier kreativ, im Detail zwar äußerst puristisch und schnörkellos, in Summe aber durchaus facettenreich präsentiert. In den acht Jahren, in denen der Chef und sein Team dieses Restaurant nun schon betreiben, haben sie ihr Profil deutlich geschärft. Hier wird nicht im Gourmet-Mainstream mitgeschwommen, sondern ein klares, recht eigenes, von der Region und ihren Produkten inspiriertes Konzept verfolgt.

Hotelempfehlung

★★★★S

Travel Charme Hotel Gothisches Haus

Marktplatz 2, 38855 Wernigerode
✆ 03943-6750
www.travelcharme.com/hotels/gothisches-haus
Einzelzimmer: 92–104 €
Doppelzimmer: 128–208 €

Direkt am pittoresken Marktplatz Wernigerodes gelegen, mit Blick auf das historische Rathaus und den Brunnen, bietet das Hotel Gothisches Haus hinter seiner schmucken denkmalgeschützten Fachwerkfassade den Komfort eines exklusiven Premiumhotels. Der individuelle Service schafft beste Voraussetzungen vom Kurzaufenthalt über die Märchenhochzeit und große Tagungen bis zum Familienurlaub. Die individuellen Zimmer, viele historisch anmutend mit Holzbalken, Dielen oder freigestelltem Fachwerk, verbinden edle Materialien mit eleganter Moderne. Wohlfühlen, entspannen und aktiv sein ist im „PURIA-Spa“ mit seinen vielfältigen Saunen, Wellness- und Fitnessmöglichkeiten angesagt. Neben Massagen, Anwendungen und Kosmetik kommt aber auch das kulinarische Wohlbefinden nicht zu kurz: Anspruchsvolle Traditionsküche und gehobene regionale Gerichte gibt's im einzigartigen historischen Ambiente des Restaurants Gaststuben Gothisches Haus und bei warmem Wetter auf der idyllischen Sommerterrasse am Markt. Restaurant Gaststuben Gothisches Haus separat erwähnt.

Westerheim (Bayern)

Brauerei-Gasthof-Hotel Laupheimer

Dorfstr. 19, 87784 Westerheim (Günz)
✆ 08336-7663
www.laupheimer.de
Küchenchef: Martin Laupheimer
Täglich von 11–14 Uhr u. ab 17.30 Uhr, kein RT
Hauptgericht: 13–33 €, Menüs: 23–85 €

Ein Allgäuer Brauereigasthof wie er im Buche steht! Auch wenn der Brauprozess selbst in Westerheim-Günz schon vor langer Zeit eingestellt wurde – eine eigene Biermarke wird in den gepflegten ländlichen Gasträumen des stattlichen Gebäudes an der Ortsdurchfahrtstraße dennoch ausgeschenkt. Und darüber hinaus wird unter der Ägide von Wirt und Küchenchef Martin Laupheimer auch noch überdurchschnittlich gut gekocht.
Wir empfehlen die Küche seit jeher vorwiegend für ihre zupackenden Regionalgerichte, etwa die hausgemachten schwäbischen Maultäschle, das gefüllte Bierfahrerschnitzel, die klassischen Rinderrouladen oder den Sauerbraten, dessen Sauce hier immer mit etwas Balsamicoessig abgeschmeckt wird. Solche Schmankerln der im besten Sinne gutbürgerlichen Küche, die sich gediegen zwischen herzhaften bayrisch-schwäbischer Kost und internationalen Klassikern wie Wiener Schnitzel oder Kalbstafelspitz bewegt und stets frisch und fundiert gekocht ist, erfüllen unsere Erwartungshaltung am besten. Daneben gibt es immer auch etwas weltläufigere Dinge, die je nach Vergleichbarkeit mehr oder weniger überzeugen.

Die asiatische Garnelensuppe etwa war eine klare, süßlich-scharfe Suppe, die mutmaßlich auf Basis eines tomatisierten Fisch- und Krustentierfonds zubereitet war und neben feinstreifig geschnittenen Wurzelgemüsen eben auch einige Garnelen intus hatte. Mit ganz klassischen asiatischen Aromen wie beispielsweise Zitronengras, Limettenblättern oder Koriander hätte man das Ganze zwar spielend noch deutlicher in Richtung Fernost drehen können – schmackhaft und natürlich war's aber auch so.

Die gebratenen Garnelen mit ihrer rahmigen, milden Chilisauce hatten mit knackigen Romanesco-Röschen einerseits ganz passende, insbesondere mit den recht großen Karottenstücken sowie dem Blumenkohl mit Butterbröselschmelze aber auch eher unpassende, treudeutsche Beilagengemüse an ihrer Seite. Auch da hätten wir tendenziell etwas mehr Exotik erwartet. Allerdings erwartet man in einem Brauereigasthof auch nicht unbedingt solche Gerichte.

Voll befriedigt wurde unsere Erwartungshaltung mit einer klassischen Rinderroulade, die butterzart und nicht zu mürbe neben schön buttrigem Kartoffelpüree und fruchtigem Blaukraut mit Biss in einer natürlich schmeckenden schmorwürzigen Sauce lag. Und auch den klassischen Zwiebelrostbraten vom trocken gereiften Rind, der wunschgemäß schön gleichmäßig medium rare gebraten unter seiner knusprigen Zwiebelhaube versteckt lag, konnte als bayrisch-schwäbische Variante überzeugen. Während im württembergischen Teil von Schwaben zumeist glasig geschmelzte Zwiebeln zum Einsatz kommen, mag man im bayrischen Teil Schwabens lieber frittierte Röstzwiebeln auf dem Fleisch. Und als Beilage nicht selten Kässpätzle, die hier mit kraftvoll aromatischem Bergkäse zubereitet waren. Und wie schon zuvor bei den Rindsrouladen, entpuppte sich auch hier die Sauce zum Rostbraten als sehr solides und schmackhaftes Küchenhandwerk.

Auch der Nachtisch wie zuletzt etwa eine Dessertvariation, die mit Amarenakirscheis, etwas feisten Apfelküchle (nicht frisch ausgebacken), lauwarm-saftigem Schokoladenkuchen und schön festcremiger, nicht zu süßer Schokoladenmousse gut ins Gesamtbild passt, ist hier eigentlich immer eine sichere Bank.

Hotelempfehlung

★★★S

Brauerei-Gasthof-Hotel Laupheimer

Dorfstr. 19, 87784 Westerheim (Günz)
✆ 08336-7663
www.laupheimer.de
Einzelzimmer: 59–63 €
Doppelzimmer: 88–96 €

VISA

Dieser stattliche Brauereigasthof in Günz ist nicht nur für seine gute Regionalküche bekannt, sondern beherbergt auch einen Hotelbetrieb der Klassifizierung 3-Sterne-Superior. Die insgesamt neun Einzel- und Doppelzimmer sind mit Dusche oder Bad, Haartrockner, Zimmersafe, WLAN-Hotspot, Telefon und TV ausgestattet und bieten den Gästen mit ihrer freundlichen und modernen Einrichtung einen angenehmen Aufenthalt. Für größere Veranstaltungen wie Hochzeiten oder Betriebsfeiern gibt der Feststadl bis 500 Personen oder der Festsaal mit rund 160 Plätzen den passenden Rahmen. Für kleinere Feiern, Seminare oder Konferenzen (bis zu 36 Personen) steht das neu gestaltete Herrenzimmer auch mit entsprechender Technik zur Verfügung. Restaurant Brauerei-Gasthof-Hotel Laupheimer separat erwähnt.

Wiesbaden (Hessen)

Ente

im Hotel Nassauer Hof
Kaiser-Friedrich-Platz 3–4,
65183 Wiesbaden
0611-133666
www.hommage-hotels.com/nassauer-hof-wiesbaden/kulinarik/restaurant-ente
Küchenchef: Michael Kammermeier
Di–Fr ab 18.30 Uhr, Sa von 12–14.30 Uhr u. ab 18.30 Uhr, So u. Mo RT
Menüs: 120–165 €
VISA

Der mehr als 200 Jahre alte Nassauer Hof darf sich getrost und ohne überheblich zu wirken als erstes Haus am Platz bezeichnen. Denn nicht nur die Top-Lage in unmittelbarer Nähe zu Spielbank, Kurhaus und Staatstheater, auch die illustre Gästeschar, die von Kaiser Wilhelm II. bis zum Dalai Lama reicht, verweist eindrücklich auf die lange Geschichte des imposanten Hauses und wird in diesem Zusammenhang natürlich gerne zitiert. Dass in solch einem aristokratischen Rahmen auch ein anspruchsvolles Feinschmeckerlokal existiert, ist fast schon obligatorisch. Und weil das nicht nur ein spektakuläres Ambiente nebst großer Empore mit Blick in den hellen, klassisch-eleganten Gastraum zu bieten hat, sondern auch attraktive Küche, ist und bleibt ein Besuch dieser Wiesbadener Institution auch aus Gourmetsicht sehr empfehlenswert.
„Inspired by the world's flavour – apart from Antarctica" nennt Küchenchef Michael Kammermeier augenzwinkernd seine betont weltoffene Linie, die trotz des weit gespannten Bogens durchweg schlüssig und keineswegs beliebig wirkt. Den roten Faden bilden hierbei ausgesuchte Edelprodukte wie Felsen-Languste, wilder Nordsee-Steinbutt oder Stockyard-Beef, die vom Küchenchef gerne mal etwas exotischer und kreativer, aber mitunter auch ganz traditionell in Szene gesetzt werden – und erfreulicherweise meist ohne überflüssiges Beiwerk auch als solche glänzen dürfen!
Und wenn wie hier die hohe Güte der Produkte kompromisslos die Richtschnur der Küche darstellt, kann eigentlich auch nicht viel schief gehen. So repräsentierte folglich die dänische Gelbschwanzmakrele, die als etwa drei Millimeter dick geschnittenes Sashimi sehr reintönig und sauber mit fleischigem Schmelz ganz für sich einnahm, fast schon so etwas wie Referenzqualität. Um diese nur subtil, frisch und „grün" zu begleiten, genügten etwas Avocadocreme, erfrischende Gurkenröllchen, ein Apfelsorbet und der als Saucenspiegel angegossene Estragonsud. Die ebenfalls eingesetzten Soja-Tapiokaperlen spendeten der Komposition zwar aromatisch einen schönen, satten Umami-Akzent, konterkarierten mit ihrer naturgemäß klebrig-zähen Konsistenz aber den ansonsten fast schon ätherischen Charakter dieses Auftakts.
Völlig makellos fügten sich mit ihren jeweils perfekt getroffenen Garpunkten Erbsen, Zuckerschoten und Mini-Pak-Choi als Begleiter eines Schwanzstücks von der Tristan-Felsenlanguste ein. Und auch der feinjustierte Kontrast von Schärfe und Süße in einem mit rotem Curryöl gepimpten Kokossud trug das Seine zu dieser rundum gelungenen Komposition bei. Eine adäquate Entourage für die hochwertige Kaltwasser-Languste, die nur rund um die Insel Tristan da Cunha im Südatlantik gefischt wird und sich hier einer perfekten Behandlung durch die Küche erfreuen durfte: Saftig, fein und zart, mit seinem leicht süßlichen Oberton, war das ein süchtig machender Genussbringer, der mit abgezirkelter Exotik passgenau in Szene gesetzt war.
Vergleichsweise rustikaler, aber natürlich alles andere als rumpelig und profan, präsentierte sich der folgende Zwischengang, in dessen Zentrum eine Tranche vom trockengereiften Schweinebauch aus der Bruchköbler Traditionsmetzgerei Eidmann stand. Der sanft bei Niedertemperatur gegarte Riegel durfte mit schmelzendem Fettanteil und krosser Schwarte sein Naturell ungebremst ausspielen und wurde in Begleitung zweier (grenzwertig salziger) Kimchi-Röllchen und einiger Buchenpilze in einer keck angespitzten Koriander-Chili-Jus platziert. Ein kraftvolles und sattes Gericht, in

deren Mitte der sehr sparsam dosierte schwarze Knoblauch in Form eines winzigen Cremetupfers aromatisch kaum auffiel.
Anders gelagert, aber auch nicht hundertprozentig ausgewogen präsentierte sich danach der Fischgang um die von einer süffigen Ochsenmarkkruste aromatisch geboostete Schnitte eines wilden Nordsee-Steinbutts, die als solches herrlich saftig und soft aufblätternd großen Genuss verhieß. Denn obwohl so ein feiner Hauptdarsteller im Grunde genommen ja fast für sich stehen kann und kein besonders aufwändiges oder auffälliges Beiwerk nötig hat, ließen dessen Begleiter in Gestalt eines noch recht bissfesten Porree-Stücks nebst etwas Lauchzwiebel, zweier Radieschenscheiben, ein paar blasser Umibudo-Algen sowie einer überraschend flüchtigen, großporig aufgemixten Beurre blanc das Ganze etwas karg wirken. Da wäre mehr ausnahmsweise tatsächlich auch mal mehr gewesen.
Zum Entrecôte vom Stockyard-Beef zog die Küche die Zügel dann aber wieder an und stellte dem satten Eigenaroma des Edelrinds mit zweierlei Knollensellerie und Zwiebelkomponenten unterschiedlicher Facetten (angeröstet, frittiert, als Rotweinmarmelade …) einen reizvollen, aromatisch nicht zu plakativen Texturverlauf zur Seite. Zusammen mit sehr kleinen, frischen Pfifferlingen, ein paar Wildspargelspitzen und den punktuell scharf aufploppenden Akzenten schwarzer Pfefferkörner sowie einer kraftvoll konzentrierten, aber nicht zu stark reduzierten Jus war das für den fulminanten Hauptdarsteller mit hohem Suchtfaktor ein diffizil zwischen cremigen, krossen, süßlichen und scharfen Akzenten vermittelnder Rahmen. Klasse!
Und weil die vor allem mit deutschen und französischen Erzeugnissen bester Provenienzen bestückte Weinkarte genauso wenig Wünsche offen lässt wie die Pâtisserie, die mit einem fermentierten Erdbeersorbet, „Original Beans"-Edelweißcreme, Hafercrunch und Senfblüte zum Finale ein sommerfrisches Dessert präsentierte, verteidigt der Platzhirsch seine unangefochtene Position in der hessischen Landeshauptstadt weiterhin sehr souverän. Was auch am jungen Serviceteam liegt, das hier mit viel Elan agiert und ebenso sympathisch wie kompetent durchs kulinarische Programm geleitet.

Wilhelmshaven (Niedersachsen)

5

Artischocke

Peterstr. 19, 26382 Wilhelmshaven
04421-34305
www.artischocke-whv.de
Di–Sa von 12–14 u. ab 18 Uhr, So u. Mo RT
Hauptgericht: 11–22 €, Menüs: 34–38 €
VISA

Das im imposanten Bau der Landesbühne beheimatete Restaurant ist bereits seit vielen Jahren eine Institution für Genießer in und um Wilhelmshaven. In den hohen und hellen, markant mit großformatiger moderner Kunst gestalteten Räumen herrscht eine entspannt beschwingte Atmosphäre. Passt gut zum Kulturkontext und macht das Wohlfühlen leicht. Wobei natürlich auch die charmante Gastgeberin und die Damen im Service dazu beitragen. Kulinarisch ist das Ganze klar mediterran angesiedelt und eher schlicht auf natürliche Zubereitung guter Produkte fokussiert. Modernes oder Kreatives wird man vergeblich suchen, bekommt dafür aber sorgfältiges Handwerk und satte Aromen.
Das deutete das Team mit einem mild zwiebeligen Gurkensalat und gebratenem salzig-säuerlichem Schafskäse als Küchengruß neben sehr gutem saftig-knusprigem Brot und Zitronenbutter zunächst noch piano an. Schon bei den zarten, verführerisch in brauner Butter geschwenkten Frischkäse-/Rucola-Ravioli legte die Küche dann aber einen Zahn zu. Gemeinsam mit süßlich geschwenkten (sauber enthäuteten) Cocktailtomaten, Pinienkernen, Salatspitzen und Kräuteröl war das ein schlichter und sehr einladender Auftakt. Einzig die dominante Nelkennote an den Tomaten irritierte hier ein klein wenig.

Wie so oft wurde bei der tiefen, goldfarbenen Kraftbrühe die Substanz der Küche, die handwerkliche Sorgfalt und das Können des Teams besonders deutlich. Zudem wurde die nur vermeintlich simple Brühe mit zweierlei zarten Fleischknödeln und Frühlingslauch attraktiv ergänzt. Die wenig aromatische, eher vegetabile schwarze Trüffel hatte allerdings mehr Dekofunktion als aromatische Power.
Ein gestandener Hauptgang in bester Old-school-Manier kam danach mit saftig kross gebratenen Filets von einem großen Wolfsbarsch (gute Qualität, aber kein High-End-Produkt), die neben einem üppigen Rondell schmorfruchtigem und erfreulicherweise nicht zu Matsch verkochtem Ratatouille angerichtet wurden. Außerdem ergänzten thymianduftige Pfifferlinge, sautiertes Blattgemüse und attraktiv angekrosste halbe Drillings-Kartoffeln das schmackhafte Ensemble. Den annoncierten Hummer-/Orangen-Schaum suchten wir vergeblich, waren aber auch mit der klaren Fond-/Öl-Emulsion auf dem Tellerboden sehr zufrieden …
Der Abschluss geriet mit einer zwar sehr zarten, aber überwiegend süßen weißen Schokoladenmousse ebenfalls solide, aber nicht ganz ausgereizt. Selbst die naturgemäß säuerlichen roten Johannisbeeren und die ätherische Minznote konnten das nicht ganz ausgleichen, harmonierten aber bestens mit dem herrlich intensiven, stückigen Pistazieneis.
Im glasweisen Ausschank gibt es dazu eher einfache gute Weine, bei den Flaschen auch eine kleine Auswahl höherwertiger Tropfen.

Wilthen (Sachsen)

5

Erbgericht Tautewalde

Tautewalde 61,
02681 Wilthen (Tautewalde)
03592-38300
www.tautewalde.de
Mo–Mi ab 18 Uhr,
Do–Sa von 11.30–14 Uhr u. ab 18 Uhr,
So 11.30–14 Uhr u. ab 17.30 Uhr, kein RT
Hauptgericht: 18–27 €, Menüs: 24–55 €

Das Landhotel von Familie Schulz im beschaulichen Tautewalde, das nur etwa eine Viertelstunde von Bautzen entfernt liegt, ist eine der wenigen kulinarisch empfehlenswerten Adressen in der schönen Oberlausitz. Das Restaurant in dem über 200 Jahre alten Vierseithof präsentiert sich in schnörkellosem, ländlich elegantem Ambiente; bei schönem Wetter kann man auf der Innenhofterrasse Platz nehmen. Geboten wird eine handwerklich sehr solide verfeinerte Landküche, die ihren programmatischen Schwerpunkt auf heimische Viktualien gelegt hat. Es gibt etwas handfestere und bodenständigere Spezialitäten der Oberlausitz, aber das Team blickt auch oft und gern bis weit über den Tellerrand hinaus und bringt mit Produkten und Aromen aus aller Welt zusätzlich Farbe ins Kulinarium.

Wirsberg (Bayern)

8↑

Restaurant Alexander Herrmann by Tobias Bätz

im Posthotel Alexander Herrmann
Marktplatz 11, 95339 Wirsberg
09227-2080
www.alexander-herrmann.de/gourmetwelten/gourmet
Küchenchef: Tobias Bätz
Mi–Sa ab 18.30 Uhr, (ein Seating, Beginn um 18.30 Uhr), So, Mo u. Di RT, (Jan u. Feb. auch Mi RT)
Hauptgericht: 40–55 €,
Menüs: 128–199 €
VISA

Die monetären und kreativen Investitionen von Patron Alexander Herrmann und Tobias Bätz, dem Küchenchef und eigentlichen Macher des Fine-Dining-Restaurants im Posthotel Wirsberg, machen sich weiterhin bezahlt. Die besten Produkte aus der Region und die innovativen Ideen der Küche, deren Stil wir schon im vergangenen Jahr als enorm ausdrucksstark und kontrastreich charakterisiert hatten, formen sich weiter zu einer bemerkenswert spannenden Handschrift. In der Karte liest sich manche Kreation so, als sei sie aromatisch überfrachtet oder plakativ – auf den Tellern zeigt sich jedoch, dass trotz der Vielzahl an Komponenten jedes einzelne Element seinen kalkulierten Zweck hat und optimal in Szene gesetzt ist. So erweisen sich vermeintliche Showeffekte mittlerweile als zwingende Bestandteile eines Gerichts, was in der Vergangenheit nicht immer so war. Beim diesjährigen

Menü zog sich zudem der beherzte und stets optimal balancierte Einsatz von Säure stringent wie ein roter Faden durch die Speisefolge, ohne jemals anstrengend zu wirken. Auch die Qualität und Ausdruckskraft von Fisch und Fleisch war die reine Freude. Somit können wir dem Team zur dritten Aufwertung innerhalb von drei Jahren gratulieren!

Wolfsburg (Niedersachsen)

Aqua

im Hotel Ritz-Carlton
Parkstr. 1, 38440 Wolfsburg
05361-606056
www.restaurant-aqua.com
Küchenchef: Sven Elverfeld
Di–Sa ab 18.30 Uhr, So u. Mo RT
Hauptgericht: 74–82 €,
Menüs: 195–255 €
VISA

Die moderne Industrie-Architektur und die akkurat abgezirkelten Park- und Hügellandschaften, über deren beleuchtetes Grün am Abend immer wieder weiße Kaninchen hoppeln, geben der Umgebung des Restaurants Aqua im Hotel Ritz-Carlton inmitten der Wolfsburger Autostadt fast schon etwas Surreales. Und wenngleich es auch auf Sven Elverfelds Tellern ähnlich technisch, präzise und maßgeschneidert zugeht: mit nüchterner Hightech-Fabrikation haben seine Kreationen rein gar nichts zu tun. Ganz im Gegenteil, wirken die kulinarischen Kunstwerke des gebürtigen Hessen doch niemals angestrengt, verkopft oder gar abstrakt, sondern sind stets voll und ganz auf zugänglichen Genuss programmiert. Nicht selten hat man es im Aqua sogar mit echten „Wohlfühlgerichten" zu tun, die in klassischer Manier mit Süffigkeit und Fülle wuchern, ohne dass das Geschmacksbild oder die Haptik dabei unscharf verschwimmen würde.

Zudem ist Sven Elverfeld, der zu den wenigen amtierenden deutschen Spitzenköchen zählt, den die Foodies weltweit auf dem Zettel haben, stets um die maßvolle Weiterentwicklung seiner Küche bemüht. Und man hat als regelmäßiger Gast des Aqua tatsächlich immer das Gefühl, dass hier kontinuierlich etwas in Bewegung ist. Ein Prozess, der eben nicht nur das behutsame Optimieren der eigenen Klassiker bedeutet, sondern der zusammen mit spannenden neuen Gerichten von Jahr zu Jahr immer auch etwas Veränderung der Stilistik mit sich bringt. Am deutlichsten wird diese Entwicklung stets im Menü „Inspiration", welches im Gegensatz zum Menü „Erinnerung" den neuesten Stand der Elverfeld'schen Kochkunst zeigt.

Und hatten wir dieser Kochkunst bereits im letzten Jahr attestiert, ein Musterbeispiel an Ausgewogenheit, Präzision, Eindeutigkeit und Eleganz zu sein, die bei maximaler Prägnanz und Ausdrucksgraft so grazil, sachte und scharf gestellt daherkommt, dass man sich auf den Tellern mit beinahe schon beängstigender Perfektion konfrontiert sieht, wirkte es in diesem Jahr ganz so, als ob der Chef nun noch stärker auf Subtilität setzt. Ein ehrfurchtgebietendes Kunstwerk an filigraner Perfektion und leisen Aromen war bereits die Gänseleber-Vorspeise, bei der eine runde Scheibe von der marinierten Foie gras mit hauchdünnen Topinambur-Ronden, karamellisierten Piemonteser Haselnüssen, schwarzer eingelegter Walnuss, Nougat, Zitronenmelisse und Zitrusgel appliziert und mit einer Nocke Birnen-Cremesorbet getoppt war. Platziert auf einem Spiegel aus fruchtigem Birnen-/Ingwer-Sud war das ein Meisterstück an Vielschichtigkeit und Balance, bei dem alle Aromen und Strukturen perfekt ineinandergriffen.

Auch der in Butter confierte und von einer Art Krustentiermayonnaise und etwas Krustentierschaum in seinem Charakter verstärkte Carabinero war trotz seiner theoretisch sehr markanten und schlagkräftigen Mitstreiter Shiso, Umeboshi (Salzpflaume) und eingelegter Rettich praktisch eher ein Wunderwerk an Subtilität und Feinsinn – nach unserem Gusto wirkte das jedoch fast schon ein bisschen zu sehr zurückgenommen. Wir hätten uns an dieser Stelle (subjektiv) tatsächlich etwas mehr Ausdruckskraft gewünscht, was (objektiv) jedoch an der Perfektion dieses Zwischengangs nichts änderte.

Ein für den seit Anbeginn von Sven Elverfelds Tätigkeit im Aqua grundsätzlich sehr konstanten, aber dennoch kontinuierlich weiterentwickelten Stil exemplarisches Gericht kam im Anschluss in Gestalt der Makrele, die als vermeintlicher Brot-und-Butter-Fisch mit Pumpernickel, Zwiebel, Heringssalat und Knoblauch mit ganz einfachen und unglamourösen Produkten liiert war. Die unter der Hand des Meisters aber trotzdem zu etwas ganz Besonderem werden: Der Fisch selbst war natürlich ein stolzer Bretone, der Heringssalat, auf dem er dockte, elegant veredelt, der Pumpernickel als flüssige Creme und fragile Chips meilenweit von mampfiger Banalität entfernt, und die geschmorte Zwiebel brachte nichts Derbes, sondern mit frischer Säure sogar etwas angenehm Auflockerndes mit. In Summe ergab das ein zwar ganz authentisches und ursprüngliches Geschmacksbild – nur eben in maximal verfeinerter Ausführung.

Und es ging ähnlich ursprünglich und erdverbunden, zugleich aber sehr kunstvoll und fast schon ätherisch weiter: So waren ein mit Gin gekochtes Sauerkraut, eine sanfte Wacholder-Velouté mit Senfkörnern und etwas Petersilienöl die süffige Grundlage und Aromengeber für ein Duett von Jakobsmuschel und gezupftem Eisbein, denen etwas Schüttelbrot-Crunch (mit Jakobsmuschelstaub) einen reizvollen Knuspereffekt beisteuerten. Ein Ragout von Fenchel, geschmorter Paprika und Sobrassada stellten dem zartfleischigen Duett von Kalbsherz und Herzmuscheln („Kalbs-HERZ-Muschel") ein herzhaftes Bett, das zudem von einem schaumig aufgemixten Muschelsud sanft umschmeichelnd eingefasst war.

Ganz und gar klassisch präsentierte sich diesmal der Hauptgang, in dessen Zentrum zwei schöne Tranchen eines gereiften Kalbskoteletts standen, die reich mit duftig-intensiven, auf der Microplane fein gehobelten schwarzen Périgord-Trüffelflocken überhäuft waren. Eine weitere erdige, allerdings eher süßliche Facette kam durch Petersilienwurzel ins Spiel, die wiederum mit verschiedenen Micro-Komponenten der Blattpetersilie dekoriert war. Durch einen mit Petersilienbrösel-Panierung beflockten (trapezförmigen) Markknödel gaben Elverfeld und sein Team noch gewinnbringenden Schmelz in die Waagschale, und ein apartes Saucenduett aus formvollendeter reduzierter Jus und einer hellen cremigen Gänselebersauce besorgten dem feinen hellen Fleisch viel Tiefe und Süffigkeit, ohne es zu dominieren.

Und weil die Pâtisserie ihre Akzente ebenfalls äußerst behutsam setzt und ausgesprochen subtil mit den Aromen umgeht, gerät auch ein Dessert mit Chicorée selbstredend nicht zum kühnen Experiment, sondern vielmehr zur souveränen Vorstellung. Im Zusammenspiel mit einem Joghurtsorbet, einer fragilen Honigwaben-Gebäckwaffel und der durchaus forschen, allerdings von einer eleganten Karamellsüße sanft eingefangenen Essigsäure ergab sich daraus ein überaus dynamischer und zugleich harmonisch in sich ruhender Nachtisch – auf handwerklich höchstem feinmechanischem Niveau versteht sich.

Da schlägt nichts durch, da trumpft nichts auf. Genau wie bei den weiteren süßen Kleinigkeiten, die das Menü endgültig beschlossen: einem aparten Minidessert aus Karotte, Zitrone und Limoncelloeis sowie einer dezent japanisch inspirierten Komposition aus Mangoragout, Kokoscreme und Eis von Matcha-Tee, die beide mit stark zurückgefahrener Süße, aber markant herausgearbeiteten Aromen beeindruckten.

Unser Fazit auch diesmal: Das Aqua ist in Deutschland aus kulinarischer Sicht zweifellos ganz vorne mit dabei. Und das junge, bestens geschulte Team unter der Leitung von Marcel Runge als Chefsommelier und Restaurantleiter in Personalunion sorgt dafür, dass das auch in puncto Wein und Servicequalität so ist.

7

La Fontaine

im Hotel Ludwig im Park

Gifhorner Str. 25,
38442 Wolfsburg (Fallersleben)
05362-9400
www.ludwig-im-park.de
Di–Sa ab 18 Uhr, So u. Mo RT
Hauptgericht: 35–45 €,
Menüs: 70–130 €

VISA

Das Gourmetrestaurant im Hotel Ludwig am Park in Fallersleben, dessen Name völlig zutreffend französische, im besten Sinne konservative Klassik suggeriert, ist seit vielen Jahren eine sichere Bank für anspruchsvollen, gediegenen Genuss. Schon der elegante, großzügige Rahmen mit opulent eingedeckten runden Tischen, die in weitem Abstand voneinander stehen, bietet all das, was man sich unter einem Restaurant „La Fontaine" vorstellt. Und auch das Kulinarium mit zwei klassisch französisch aufgebauten Menüs bleibt der Suggestion nichts schuldig. Das Team um den gebürtigen Unterfranken Hartmut Leimeister, der schon seit über dreißig Jahren in Fallersleben am Herd steht, setzt die Gerichte in den meisten Fällen souverän um. Der jugendliche Service zeigt sich engagiert und gibt sich größte Mühe, dem Rahmen entsprechend würdevoll aufzutreten, ohne steif zu wirken. Auf der Weinkarte finden sich viele Erzeugnisse arrivierter europäischer Erzeuger in moderater Preisgestaltung.

Würselen (Nordrhein-Westfalen)

6

Alte Feuerwache Bistro-Restaurant

Oppener Str. 115,
52146 Würselen
02405-4290112
www.alte-feuerwache-wuerselen.de
Küchenchef: Kurt Podobnik
Di–Fr von 12–13.45 Uhr u. ab 18 Uhr, Sa ab 18 Uhr, So u. Mo RT
Hauptgericht: 24–32 €, Menüs: 52–70 €
VISA

Das geräumige Restaurant von Familie Podobnik, das seine Gäste, wie der Name bereits vermuten lässt, tatsächlich innerhalb der Grundmauern einer alten Feuerwehrstation von 1923 empfängt, ist ein schönes Beispiel für einen gelungenen Mittelweg zwischen gehoben-bürgerlicher Bewirtung und Gourmetambitionen. In dem durchaus schicken, aber nicht übertrieben exklusiven Ambiente braucht niemand Schwellenängste zu haben. Und in der Karte, die von regionalbetonten Gerichten wie der famosen hausgemachten Blutwurst mit Kartoffelsalat und Meerrettich über internationale Klassiker wie das originale Wiener Kalbsschnitzel bis hin zum Seeteufel in Rosmarinbutter mit provenzalischem Gemüse und Safran-/Tomaten-Buttersauce reicht, wird auch jeder nach seiner Façon fündig.

Das Beste aber ist die Tatsache, dass alles mit der gleichen hohen Expertise zubereitet wird und sich ganz bodenständig und unspektakulär klingende Sachen oftmals auf den Tellern viel raffinierter präsentieren, als man das zunächst erwarten würde. Somit ist das gehobene, aber hinsichtlich des Gebotenen durchaus moderate Preisniveau gerechtfertigt. Ein schönes Beispiel für so einen kulinarischen Wolf im Schafspelz war beim letzten Besuch zum Beispiel die Vorspeise um Ziegenfrischkäse und Tomate: Im Zentrum stand ein Schichtwerk aus leicht süßlich confierten Cocktailtomaten, vollreifen Fleischtomatenscheiben und einem kleinen Kräutersalat-Bouquet, akzentuiert mit Pinienkernen und intensiven kleinen Oliven. Als Gegenpart standen drei innen zart schmelzende und außen hauchdünn in Reisflakes ausgebackene Ziegenkäsepralinen mit etwas kräuterduftigem Pesto. Zusammen ergab das einen auffallend fein ausgeführten Auftakt.
Von einer weiteren Vorspeise um glasierte Jakobsmuscheln und einen hausgemachten Polenta-/Frischkäse-Raviolo auf jungem Blattspinat, mildem Zitronengrasschaum und Pfifferlingen hatten wir rein nominell vorab schon mehr erwartet – und bekamen es auch: Die Coquilles waren zwar nicht „high end", aber qualitativ in jedem Fall überdurchschnittlich, die Füllung des Raviolo locker und leicht, die Pfifferlinge ausgesucht klein, fest und aromatisch, die Sauce druckvoll und zugleich sehr elegant. Von Zitronengras war zwar explizit nichts zu schmecken, sie wirkte aber wie eine sehr frische, leichte Pfifferlingsrahmsauce.
Bei den Hauptgerichten schwächelte beim „Frikassee" von Seeteufel und Riesengarnele ausgerechnet der Fisch mit leicht faseriger und trockener Konsistenz, während die exakt knapp gegarten Krustentiere überzeugten. Genau wie die auflockernden Gemüse in Form von Tomatenconcassée und grünen Bohnen sowie der alles harmonisch verbindende, tiefaromatische und leicht tomatenfruchtig gehaltene Fischsud. Einmal mehr zeigte auch die Beilage in Form von zarten Ricotta-Gnocchi in idealer Konsistenz, dass hier die handwerklichen Grundzubereitungen eine der ganz großen Stärken sind.
Noch stärker und fast schon auf 7-Pfannen-Niveau präsentierte sich der Hauptgang um hervorragendes Husumer Lamm, bei dem der sehr feine saftig-aromatische Rücken mit einer dünnen, unaufdringlichen Parmesankruste (wir schmeckten auch etwas Senf…) gratiniert war. Daneben zwei naturell gebratene Stücke, die vermutlich aus der Lammhüfte stammten, und als überraschender Clou ein prall und saftig mit sehr aromatischer, leicht süßlich-al-

koholisch abgeschmeckter Lammhaxen-Farce gefüllter Raviolo. Begleitet von provenzalischem Blattspinat, fluffiger gebratener Polenta und sehr guter, weil nicht zu sehr konzentrierter Jus war das ein Teller, der rundum großen Spaß machte.
Den machte prinzipiell auch das Gratin von reifen Erdbeeren mit nach unserem Gusto perfektem Sauerrahmeis, allerdings lag hier ein handwerklicher Makel vor, denn unter der etwas zu dunkel gratinierten Oberschicht hatte sich die schaumige Masse weitgehend verflüchtigt und schwamm in verflüssigter Form zwischen den Erdbeeren. Geschmeckt hat's trotzdem. So wie der „geeiste Cappuccino", der sich im Grunde, nicht mehr und nicht weniger, als ein erstklassiger Eiskaffee ohne übertriebene Süße mit einem hausgemachten Vanilleeis und kakaoherbem Knusperstick entpuppte.
In die Gläser kommen dazu offen eher einfache, aber gute Basisweine. In der umfangreicheren Weinkarte finden sich dafür auch interessante und fair kalkulierte höherwertige Gewächse renommierter Winzer.

Würzburg (Bayern)

5

Bürgerspital-Weinstuben

Theaterstr. 19, 97070 Würzburg
0931-352880
www.buergerspital-weinstuben.com
Küchenchef: Alexander Wiesenegg
Täglich ab 10 Uhr durchgehend, kein RT
Hauptgericht: 8–30 €, Menüs: 25–50 €
EC VISA

Das Bürgerspital im Würzburger Zentrum, das im Jahr 1316 ursprünglich „zur Pflege christgläubiger Kranker, Armer und Reisender" gegründet und 1873 erstmals als eine sogenannte Gothische Trinkstube eröffnet wurde, ist seit jeher eine Genussinstitution in der Residenzstadt. Und das nicht nur wegen der bekannten und (lohnenden) fränkischen Weine des VDP-Weinguts, sondern auch wegen der substanzreichen Küche in den Weinstuben.
In den historischen Räumen oder dem weitläufigen idyllischen Innenhof mit alten Bäumen und blühenden Sträuchern werden einerseits rustikale fränkische Klassiker in sehr guter Qualität aufgetischt. Genauso aber auch verfeinert Rustikales und ambitionierte Gerichte mit

mehr Feinschliff, die dann oft auch einen leicht mediterranen Einschlag haben.
Wer abseits der fränkischen Tradition von Blauen Zipfeln bis Schäufele genießen möchte, wählt am besten das angebotene Menü – und bekommt dann zum Einstieg beispielsweise fleischige, frisch marinierte Tranchen vom Schwertfisch mit einem dezent chilischarfen Mango-Confit sowie herben Salatspitzen und Kressen. Dabei hätte der Fisch etwas sauberer pariert und mit einem kleinen Qualitäts-Upgrade noch besser gewirkt, machte aber auch so keine schlechte Figur in diesem fruchtig-scharfen Umfeld, in dem vor allem rosa Pfefferkörner mit ihrem bitteren Crunch und der leichten ätherischen Schärfe für Pfiff sorgten.
Den etwas bodenständigeren und traditionelleren Bereich markierte eine voluminöse Pfifferlingscremesuppe mit reichlich Pilzpower und erfreulich präsenter Säure – oldschool, aber auf angenehme Art! Überhaupt wirken die blitzsauber und handwerklich solide präsentierten Klassiker hier oft noch überzeugender und stimmiger als die etwas moderner und forcierter angelegten Sachen.
Genau in der Mitte zwischen diesen beiden Polen bewegte sich der kurz gebratene Lammrücken nebst speckwürzigem Bohnenragout, leichter Tomatenfruchtigkeit, knusprigen Drillingen und einer kräuterduftig-röstwürzigen Lammjus. Durch die genauen Proportionen und Details wie dem duftigen leichten Kräuterschaum, der die Jus ergänzte, hatte das bei aller Bodenständigkeit auch eine gewisse Eleganz. Nur das Lamm selbst, das nur sehr kurz durch die Pfanne gezogen und etwas ungleich (und teils deutlich zu knapp) gegart war, hätte etwas mehr Sorgfalt vertragen.
Zum Abschluss profitieren die souverän umgesetzten Desserts wie eine Crème brûlée mit Birnenkompott und Vanilleeis oder die herbsäuerliche Weinschaumcreme mit Quittenragout und Walnusseis ebenfalls von gekonntem Handwerk und machen auch ohne übermäßige Filigranität noch mal Freude. Fazit: Trotz kleinerer Unebenheiten beim letzten

Besuch bleibt die Küche im Bürgerspital dank guter Hauptprodukte und grundsätzlich souveräner Zubereitung eine sichere Bank im Genießerland Franken.

6↑ 🍴🍴🍴

KUNO 1408

im Hotel Rebstock Best Western Premier
Neubaustr. 7, 97070 Würzburg
0931-30931408
www.restaurant-kuno.de
Küchenchef: Daniel Schröder
Mi–Sa ab 18 Uhr, So–Di RT
Menüs: 89–99 €

Etwas überraschend erreichte uns zum Jahreswechsel die Nachricht, dass Benedikt Faust nach fast sieben erfolgreichen Jahren das im April 2013 unter seiner Ägide eröffnete Gourmetrestaurant im Hotel Rebstock in Würzburg verlassen würde. Seinen Nachfolger Daniel Schröder, den es während seiner obligatorischen Lehr- und Wanderjahre unter anderem ins Restaurant Dirk Maus, ins Gourmetrestaurant Ars Vivendi im Jagdhof Glashütte und zu Harald Rüssel nach Naurath verschlagen hatte, verpassten wir in der letzten Testsaison nur ganz knapp an seiner ersten Küchenchefstelle im Gourmetrestaurant im Landgasthof Karner im Chiemgau, das aber nach kurzer Zeit vom Betreiber schon wieder geschlossen wurde. Nun aber konnten wir in seiner neuen Wirkungsstätte zu Gast sein.

Augenscheinlich wirkt in dem modern und nobel dunkel gestalteten KUNO 1408, das nach dem ersten Besitzer des „Hofes zum Rebstock" und dem Jahr der ersten Beurkundung benannt ist, alles noch wie zu Benedikt Fausts Zeiten. Selbst die Typografie der Speisekarte und deren „fränkisch-weltoffenes" Konzept mit zwei fünfgängigen Menüs wirkt auf den ersten Blick genau so, wie wir es aus den letzten Jahren kannten. Doch bei genauerem Studium der heute mit „Internationales Franken" bzw. „Französisches Franken" überschriebenen Speisefolgen lässt sich ausmachen, dass da mittlerweile nur noch sehr wenig dezidiert „fränkisch" ist. Schon der Vorgänger hatte sich im letzten Jahr vom ausschließlich regionalen Konzept verabschiedet und eines der beiden Menüs weltoffen gestaltet – heute wirkt das ganze Repertoire sehr international.

Einzig die jeweiligen Hauptprodukte eines fast jeden Gerichts sind solche, die auch in Franken (bzw. Deutschland) vorkommen. Ansonsten hat das Kulinarium im Vergleich zu früheren Zeiten deutlich weniger Lokalkolorit. Was es natürlich nicht schlechter, aber doch um einiges vergleichbarer macht. Los ging es in unserem Fall schlicht und schmackhaft mit einer in Kataifiteigfäden ausgebackenen Garnelenpraline auf etwas Meerrettichschmand sowie einem mit Rindertatar gefüllten Brickteigröhrchen. Außerdem: drei Sorten hausgebackenes Brot mit Leinöl und Butter.

Die erste Vorspeise aus dem Menü „Internationales Franken" gefiel sogleich mit einem ausgesprochen guten Hauptprodukt: Ein schön dickes, dunkelrotes Stück Lachsforelle, mild gebeizt und festfleischig, war mit einer Nocke Walnuss-/Buttermilch-Eis gekrönt und schwamm auf einem Gurkenrelish mit Peperoni und kleinen Schinkengelee-Partikeln, das noch mit Forellenkaviar und Nordseekrabben angereichert und von einer milden Schinkenvinaigrette eingefasst war. Nicht nur eine sehr leichte und frische, sondern durch den Schmelz und die zarte Süße vom Eis auch eine schön runde Sache.

Der nächste (vegetarische) Gang um Karotte und gepickelten Zuckermais mit Cheddarcreme, Sauerrahm, Feldsalat und Tortilla wirkte ein bisschen diffus und improvisiert. Etwas pikant, viel natürliche Süße von Mais und Karotte, recht ungehobelte Säure – insgesamt ein eher unruhiges Geschmacksbild. Wieder deutlich klassischer und auch feiner kam der sous-vide „confierte" Saibling daher, der schön soft und glasig und nur angenehm zurückhaltend gewürzt auf etwas Fenchelpüree dockte und am Tisch mit einer kraftvollen Sauce Bourride geflutet wurde. Ein Salzzitronengel konnte hier herb-säuerliche (diesmal sehr gut eingebundene) Akzente setzen, und dünn gehobelter marinierter Fenchel brachte ein wenig knackige Frische ins Spiel.

Der beste Gang des Menüs, den wir auf klarem 7-Pfannen-Niveau gesehen haben, drehte sich um eine tadellose Tranche von der Entenbrust, die von Couscous, intensiver Mandel-

creme und einem an sich gut passenden, hier allerdings etwas karg ausgeführten „Chicorée-Orangensalat" (zwei winzige Blattstücke Chicorée, kleine Fitzelchen Orangenfilet ...) eskortiert wurde. Eine kleine, mit flüssigem Gewürzjoghurt gefüllte gebackene Kugel und ein Orangengel sorgten zudem auch hier wieder für ausgleichende Frischemomente, und die Sauce mit guter Struktur und Länge – konzentriert, aber nicht zu stark verdichtet – ließ seriöses Handwerk und Fingerspitzengefühl erkennen.
Ein schlicht angelegter, aber durchaus effektiver Akkord von Hafermilch, Aprikose und Estragon erreichte uns zum Dessert – und zwar in Gestalt eines Savarins aus cremiger Hafermilch-Panna-cotta, in deren Zentrum etwas Hafercrunch, ein angenehm herbes und säuerliches Aprikosengel und ein schmelziges Estragoneis mit duftiger Note platziert waren. Ein prima Abschluss, unprätentiös und sehr schmackhaft! Wer die glasweise Weinbegleitung wählt, bekommt im Laufe des Menüs neben sehr guten fränkischen Gewächsen wie Paul Fürsts Chardonnay Erste Lage „Bürgstädter Berg" (zur Karotte) oder Rudolf Mays Rieslaner Auslese (zum Dessert) auch mal einen Exoten wie beispielsweise einen israelischen Petite Syrah ins Glas.

7

Reisers am Stein

im Weingut Ludwig Knoll
Mittlerer Steinbergweg 5,
97080 Würzburg
0931-286901
www.der-reiser.de
Küchenchef: Bernhard Reiser
Domenico Allegretta
Mo–Sa ab 17.30 Uhr, So RT
Hauptgericht: 39–56 €,
Menüs: 120–145 €
VISA

In ganz Würzburg und weit darüber hinaus gibt es wohl keinen zweiten Platz, an dem man so schön draußen sitzen und zugleich auf hohem Niveau dinieren kann, wie auf der aussichtsreichen Terrasse von Reisers Restaurant. Allein der Platz im Innenhof des Weinguts am Stein, das umgeben von Rebhängen oberhalb der Residenzstadt thront, hat was. Dass es dazu noch eine ausgesprochen gute, weltoffen-kreative Küche gibt und das alles in ganz entspannter Atmosphäre abläuft, macht die Sache um so attraktiver.
Offeriert werden nach wie vor zwei bis zu fünfgängige Menüs, davon eines mit Klassikern aus Bernhard Reisers Repertoire der letzten Jahre, und ein kreatives „Warenkorb"-Menü, von dem nur die Grundprodukte und Aromen wild durcheinander angeordnet aufgeführt sind und man sich letztlich überraschen lassen muss, was das Team daraus macht und wie es diese Viktualien miteinander kombiniert. Eines vorweg: Man kann sich getrost darauf einlassen, denn das Team weiß sehr genau, was es da macht.
Zunächst gab's bei unserem jüngsten Besuch zwei kleine Brot-Cracker, davon einer mit Erbsencreme und Radieschensprossen und der andere ein Tomatenknäckebrot mit gebeiztem Roastbeef und einem Tupfen Yuzu-Gel; daneben ein Salat von säuerlich marinierten Gurkenstreifen, eingelegten roten Zwiebeln, Olive und Fetakäse. Eine unkomplizierte Brotzeit mit Pfiff! Dem kleinen Küchengruß folgte mit leicht pikant gewürzter und mit Sesam „panierter" Entenbrust auf spicy Kimchi nebst Essigmelone und zweierlei Zubereitungen von der Paprika – einer würzig pikanten roten Creme und einem eher fruchtig-süßlichen gelben Sorbet – gleich ein sehr schönes Beispiel dafür, wie weltoffen und ausdrucksstark das Team hier komponiert.
Ein mildes und transparentes Umami-Gericht war das Duett von zunächst zart geschmortem, dann kurz angeröstetem und mit Knusperbröseln seiner krossen Schwarte beflocktem Schweinebauch und einer Tranche vom geräucherten Aal. In Gesellschaft verschiedener Pilze, eines Auberginenpürees und frischer Erbsen schwammen die beiden in einem leichten Sud, der mit der Gewürzmischung Ducca aromatisiert war. Das gewisse Etwas bekam die Melange aber erst durch die ätherischen Aromen von Minze und einem prägnanten Zitronen-/Ingwer-Gel verliehen, die dem ansonsten eher würzigen Verein Frische und Dynamik verliehen.
Dass es das Team draufhat, auch ohne Fleisch und Fisch anspruchsvolle, vielseitige und ausgewogene Geschmacksbilder zu kreieren, bewies es sodann mit einem vegetarischen Zwischengang, bei dem drei verschiedene Zubereitungsarten der Aubergine – gedämpft, knusprig gebacken und als Creme – mit einer von salbeiwürziger Frischkäsecreme gefüllten Cappelletti-Nudeltasche liiert waren. Himbeere und Cashewnüsse sowie etwas frittierter Salbei lieferten dazu nicht nur spannende Sekundäraromen, sondern waren auch für

ein abwechslungsreiches Mundgefühl verantwortlich.
Im Hauptgang setzte die Küche an diesem heißen Sommerabend auf Fisch und schickte ein wunderbares Stück Zander, wie man es auch in besseren Restaurants nicht allzu häufig in dieser Qualität bekommt; das unter der knusprigen Haut ganz locker in seine festfleischigen Lamellen zerfiel und ganz sauber, klar und zart nussig schmeckte. Der Fisch auf seinem Belugalinsen-Bett funktionierte prima mit Selleriekomponenten von Knolle und Staude, die hier nämlich allesamt nicht dick auftrugen und von geschmortem Romanasalatherz, milder Säure und der subtilen Fruchtsüße von Granatapfelkernen ohnehin gut aufgelockert waren.
Den seit vielen Generationen erprobten Akkord von saftiger dunkler Kirsche, Rahm und Schokolade interpretierte das Team zum Nachtisch ebenfalls sehr souverän und locker-flockig: Die Schokolade war in fünf verschiedenen Sorten und etwa gleich vielen Aggregatzuständen von Ganache bis Biskuit verarbeitet, die aromatischen Kirschen als mit Schokocreme gefüllte Früchte und als Sorbet, der Rahm als schaumige Espuma. Alles zusammen brachte eine geschmeidig ineinandergreifende Melange klassischen Wohlgeschmacks an den Gaumen und war ein sehr feiner Abschluss eines kurzweiligen Menüs. Wer sich dazu auf die glasweisen Weinempfehlungen einlässt, bekommt eine Begleitung, die ebenso weltoffen und vielseitig ist wie die Küche. Und das alles zu nach wie vor moderaten Preisen.

Hotelempfehlung

★★★★

Hotel Rebstock Best Western Premier

Neubaustr. 7, 97070 Würzburg
0931-30930
www.rebstock.com
Einzelzimmer: 113–149 €
Doppelzimmer: 157–179 €

Mitten im Zentrum der Barockstadt Würzburg finden hinter der denkmalgeschützten Rokokofassade des Stammhauses von 1408 und dem 2019 fertiggestellten angrenzenden Neubau historische Bausubstanz, modernes Design und zeitgemäßer Komfort zusammen. Der Familienbetrieb verfügt im Altbau über 72 gemütliche, individuell eingerichtete Zimmer, von denen jährlich einige rundum neu gestaltet werden – etwa im modernen Lounge-Stil mit warmen Erdtönen und kuscheligen Möbeln. Im Neubau kamen 54 weitere Gästezimmer und Suiten sowie ein neuer multifunktionaler Konferenzbereich für bis zu 180 Gäste und eine eigene Tiefgarage hinzu. Alle Zimmer im Rebstock verfügen über Safe, SAT-TV, Verdunklungsmöglichkeit, Schreibtisch, Minibar und Zubereitungsmöglichkeit für Kaffee/Tee, manche Komfortzimmer über Extras wie größere Betten, Badewanne und Klimaanlage. Im modernen SALON erwarten die Gäste feine Speisen in Wohnzimmeratmosphäre und kreative fränkische Cocktails an der Bar. Im Gourmetrestaurant KUNO 1408 kredenzt Küchenchef Daniel Schröder avantgardistische Regionalküche. Restaurant KUNO 1408 separat erwähnt.

Xanten (Nordrhein-Westfalen)

6

Landhaus Köpp

Husenweg 147,
46509 Xanten (Obermörmter)
02804-1626
www.landhauskoepp.de
Di–Fr von 12–14.30 Uhr u. ab 18 Uhr, Sa ab 18 Uhr, So von 12–14.30 Uhr, Mo RT
Hauptgericht: 29–36 €, Menüs: 64–98 €

Das etwas versteckt hinterm Rhein-Deich zwischen Campingplätzen und Kleingärten gelegene Landhaus von Patron und Küchenchef Jürgen Köpp ist längst ein Gourmetklassiker und beständig das beste Restaurant im weiten Umkreis. An fein eingedeckten Tischen mit weißem Damast, edlem Besteck und guten Weingläsern kredenzt das Team hier eine konsequent klassische, nach allen Regeln der Handwerkskunst zubereitete Gourmetküche. Zwar fehlt es uns für eine noch höhere Bewertung etwas an Esprit und an Präzision im Detail, wer aber auf hochwertige Produkte in harmonischer, wohlproportionierter Fassung steht, wird hier definitiv nicht enttäuscht. Und zudem wird man dabei dank gastfreundlicher Menüpreise nicht arm und kann sich ganz entspannt etwas Passendes aus dem lohnenden internationalen Weinangebot mit Schwerpunkt Deutschland, Frankreich und Italien auswählen.

Zerbst (Sachsen-Anhalt)

5

Park-Restaurant Vogelherd

Lindauer Str. 78, 39261 Zerbst
03923-780444
Mi–So von 11.30–15 Uhr u. ab 18 Uhr, Mo u. Di RT
Hauptgericht: 16–29 €, Menüs: 30–70 €

VISA

An einem kleinen springbrunnenplätschernden Teich im Grünen und etwas außerhalb von Zerbst steht mit der historischen Villa Vogelherd einer der beliebtesten Genussplätze im weiten Umfeld. Für Feiern, Jubilare und wichtige Termine führt kein Weg am Lokal von Familie Erdmann vorbei. Ein Abstecher lohnt sich aber auch so, denn auf der Terrasse über dem Teich sitzt es sich idyllisch, und wer es festlicher mag, wird im hohen Saal glücklich. Vor allem aber gibt es ein kulinarisches Angebot, dass sich deutlich vom landläufigen Durchschnitt abhebt – mit einer klassisch regionalen Linie, oft sehr ambitioniert, an vielen Stellen etwas bürgerlicher und gröber gefasst. Kleine Auswahl einfacher, guter Weine im glasweisen Ausschank.

Zeuthen (Brandenburg)

5

Leutloff's am See

Schulzendorfer Str. 5-6,
15738 Zeuthen
033762-72366
www.wirtshaus-zeuthen.de
Küchenchef: Andrew Boyle
Mi–So ab 12 Uhr durchgehend, Mo u. Di RT
Hauptgericht: 19–30 €, Menüs: 43–71 €

VISA

Das Gasthaus von Familie Leutloff, das beschaulich am Ufer des kleinen Miersdorfer Sees liegt, ist ein ganz wunderbarer Ort für eine entspannte Landpartie und in einer knappen halben Stunde vom Berliner Zentrum aus zu erreichen. Im modernen, lichtdurchfluteten Anbau und auf der im letzten Jahr neu gebauten Veranda davor gibt's einen schönen Ausblick auf die beschauliche Szenerie, die Küche bietet weit mehr als das Alltägliche und der sympathische Gastgeber pflegt in hohem Maße die Weinkultur. So gibt es zu Dingen wie einer

Variation vom Frischling aus Brandenburger Jagd oder Karree von der Heidschnucke aus dem Harzer Vorland mit Bohnen, Karottenpüree und Lammjus immer auch spannende gereifte Tropfen zu moderaten Preisen.
Die Küche erleben wir zwar seit Jahren fast schon verlässlich heterogen, aber in der Gesamtschau immer auf einem soliden Level – mal eben etwas besser, so wie beispielsweise im Vorjahr, dann wieder etwas schwächer, so wie beim jüngsten Besuch. Los ging es diesmal nach einer seltsam uninspirierten Antipasti-Kleinigkeit auf eher störender als gewinnbringender Balsamicocreme mit einer angenehm puristisch gehaltenen Vorspeise: in erfrischender Zitrusvinaigrette roh marinierte Jakobsmuschelscheiben, die in Begleitung eines kleinen, frischen Salatbouquets aufgetragen wurden. Das funktionierte schon allein deshalb so gut, weil die Qualität der Coquilles untadelig und die feinsäuerliche Vinaigrette harmonisch abgeschmeckt war. Die Tupfen von Avocadocreme und einem wacholderwürzigen Birnengel passten hier auch ganz gut ins Bild und rundeten den wohltuend schlichten, auf Qualität und guten Geschmack abgerichteten Auftakt stimmig ab.
Vergleichsweise rustikal wirkte dagegen die relativ grob pürierte Pfifferlingssuppe, die aber trotz ihrer recht plumpen, breiigen Konsistenz immerhin mit viel natürlichem Produktgeschmack punkten konnte. Der folgende Zwischengang, bei dem es in der Hauptsache um drei gebratene Garnelen auf einem quadratischen Sockel aus Thymian-Risotto ging, die wieder von einem Salatbouqet und wieder von den bereits aus der Vorspeise bekannten Tupfen Avocado- und Birnenpüree flankiert waren, wirkte von der Machart her ebenfalls sehr einfach und gröber gestrickt. Schmeckte als solches aber nicht schlecht und gab wieder ein solides Gesamtbild ab.
Spätestens auf dem Teller des Hauptgangs wirkten dann die mit einem Dauerabo ausgestatteten Tupfen von Avocado und Birne doch ziemlich redundant – zumal sich hier zum qualitativ und handwerklich leider bloß passablen Steinbeißer mit viel Eiweißaustritt neben sautierten Pfifferlingen, einer Pfifferlingsjus und Kartoffelpüree auch die bereits vom zweiten Salatbouqet bekannte kräutergrüne Vinaigrette gesellte. Damit kein falscher Eindruck entsteht: Auch das war – mal abgesehen vom etwas trocken und spröde anmutenden Fisch – eine solide Angelegenheit, konnte aber trotzdem nicht darüber hinwegtäuschen, dass das Repertoire diesmal vergleichsweise wenig Substanz hatte und die Küche im Vergleich zu der deutlich stärkeren Vorstellung im letzten Jahr heuer wieder etwas schwächelte.
Im Direktvergleich wirkte es sogar fast so, als ob das alles aus einer anderen Küche käme. Wie auch das Dessert, ein recht trockenes und ausdrucksloses Schokoladenküchlein, das mit Himbeersorbet, einem Saucenmix aus Erdbeer- und Ingwer-Coulis sowie einer Balsamicocreme und jeder Menge Knallbrause aufgetischt wurde. Aber erstens wollen wir das in diesem für die Gastronomie unglaublich schwierigen Jahr nicht überbewerten und zweitens können wir uns bei Leutloffs Wirtshaus am See ohnehin fast schon blind darauf verlassen, dass der Eindruck im nächsten Jahr schon wieder ein ganz anderer ist. So bleiben wir nicht nur bei unserer grundsätzlichen Empfehlung, sondern auch bei der bisherigen Bewertung und freuen uns schon auf den nächsten Besuch am Miersdorfer See.

Zusmarshausen (Bayern)

5

Alte Posthalterei

im Hotel Alte Posthalterei
Augsburger Str. 2, 86441 Zusmarshausen
08291-858220
www.posthalterei.com/restaurant-und-bar
Täglich ab 11.30 Uhr durchgehend, kein RT
Hauptgericht: 14–28 €, Menüs: 39–69 €
VISA

Die Posthalterei im Herzen von Zusmarshausen, etwa dreißig Kilometer westlich von Augsburg nahe der A8 gelegen, ist ein geschichtsträchtiger Ort. Da das heute gut 6000 Einwohner zählende Städtchen während des

18. und 19. Jahrhunderts an der einzigen Poststrecke von Wien nach Paris lag und in dem stattlichen Gebäude von 1648 schon damals Gäste bewirtet wurden, sollen bereits die damalige österreichische Erzherzogin und spätere französische Königin Marie Antoinette sowie Napoleon hier eingekehrt sein. Nach einer aufwendigen und umfassenden Renovierung hat das erste Haus am Platz nun seit Ende 2019 mit 66 Hotelzimmern wieder geöffnet und empfängt die Gäste im Hier und Jetzt mit einer reizvollen Mischung aus Tradition und Moderne, aus historischer Bausubstanz und zeitgemäßer Architektur.

Und mit gehobenem gastronomischem Anspruch! Denn was in den neuen Gasträumen, die vom stimmungsvollen Gewölbekeller über den lichtdurchfluteten und sich weitläufig auf zwei Ebenen erstreckenden Hauptraum mit Barbereich bis hinaus in den lauschigen Innenhof reichen, unter der Regie des neuen Gastgeberpaars Manuela und Marc Schumacher geboten wird, ist deutlich mehr als üblicher Standard. Das verheißt schon der Blick in die nicht überladene Speisekarte, in der neben einer Handvoll Klassiker wie Wiener Schnitzel mit Pommes, Zwiebelrostbraten oder Kässpatzen hauptsächlich interessantere und unkonventionellere Gerichte offeriert werden.

Auch die Verwendung überwiegend heimischer Viktualien, deren Herkunft explizit genannt wird, wirkt sympathisch und vertrauenerweckend: Forelle und Saibling vom Züchter aus dem nahe gelegenen Horgau, Zusser Weidehuhn, Reh aus dem Augsburger Land, Allgäuer Strohschwein, Chorizo von der Landmetzgerei Baur, Käse von Wolfgang Hofmann aus dem Tölzer Kasladen – hört sich alles nicht schlecht an. Und schmeckt: Bereits die Vorspeise des fünfgängigen Sommermenüs, das neben der À-la-carte-Auswahl einen schönen Querschnitt durch die Küche in schlankeren Portionen verspricht, kommt modern, kreativ und wohlproportioniert daher. Stücke einer geräucherten Forelle schwimmen hier zusammen mit etwas Brunnenkresse, knackigem mariniertem Rotkohl und Tupfen einer Rotkohlcreme in einem leichten, dezent säuerlich abgestimmten Rotkohlsud. Das wirkt ziemlich proper und elegant proportioniert, einzig die kleinen Räucherfischstücke hätten in unserem Fall etwas saftiger sein können.

Ebenfalls sehr elegant umgesetzt waren die mit einer aromatischen Zitronen-/Basilikum-Creme auf Ricottabasis gefüllten und nicht zu dickteigigen Ravioli, die mit einer schaumig aufgemixten Grauburgunder-Weißweinsauce nappiert waren. Etwas gröber wirkte der Fischgang um confierten Saibling, der zwar schön zart und saftig, aber dezent unharmonisch bitter (eventuell von zu langem warmem Kontakt mit Zitronenschale) auf dem Teller lag. Und zwar in Begleitung seiner separat gekrossten Haut sowie aromatischer bunter Rüben und grüner Nudelflecken. Die Buttermilch, die hier in Gestalt zweier kleiner Mousse-Blumen zugegen war, hätten wir uns im Nachhinein als laktisch-frischen Sud gewünscht, denn dem Gericht fehlte nicht nur die Süffigkeit, sondern nach unserem Dafürhalten auch etwas Säure.

Ganz im Gegensatz zum Hauptgang um Reh aus dem Augsburger Land, dessen Rücken wunderbar saftig und eigenaromatisch auf seinem Bett aus seidiger Knollensellerie lag und von zweierlei Mangold, Nektarine und reichlich Jus umgeben war. Auch dieser Teller wirkte von der Machart her etwas einfacher und gröber gefasst, überzeugte aber als solcher vollauf. Wer auf zupackende Aromen und handfesten Genuss steht, wird auch mit dem Barbecue-Grillteller glücklich, auf dem sich in Begleitung von etwas Grillgemüse diverse Teilstücke von Rind, Schwein und Huhn tummeln, die zuvor im „Big Green Egg" den typisch rauchigen Grillflavour verpasst bekamen. Passend dazu kredenzt der freundliche Service, der viel zu tun hat und trotzdem den Überblick behält, krosse Wedges, Sour-Cream und fruchtig-würzige hausgemachte BBQ-Sauce.

Das Menü schloss mit einem Joghurtsorbet im filigran verzweigten Schokoladennest nebst Kirsche und Pekanuss auf (viel!) Schokoladenerde recht herb und kakaolastig. Jeden Versuch wert ist übrigens auch der für zwei Personen im Pfännchen servierte Kaiserschmarrn, der sehr schön fluffig und dünn karamellisiert nebst Zwetschgenröster, Himbeer-/Rhabarber-Kompott, Apfelmus und hausgemachtem Vanilleeis aufgetragen wird. Die Weinkarte konzentriert sich weitgehend auf preiswürdige Gewächse aus Deutschland und den Alpenländern, und auch im alkoholfreien Bereich gibt es ansprechende Alternativen zur allgemein üblichen Saft- und Softdrink-Palette.

Hotelempfehlung

Hotel Alte Posthalterei

Augsburger Str. 2,
86441 Zusmarshausen
08291-858220
www.posthalterei.com
Einzelzimmer: ab 80 €
Doppelzimmer: ab 108 €

VISA

Im Städtchen Zusmarshausen, ruhig und doch verkehrsgünstig nahe der A8 im Naturpark Westliche Wälder gelegen, trifft in der aufwendig renovierten Alten Posthalterei von 1648 jahrhundertealte Tradition auf modernes Ambiente und zeitgemäßen Komfort. Die Atmosphäre spiegelt sich auch in den insgesamt 66 Zimmern unterschiedlicher Kategorien wider – darunter 45 „Posthalterzimmer", acht „Adelszimmer", zwei „Fürstenzimmer" und ein Apartment mit eigener Küchenzeile. Alle wurden liebevoll mit vielen kleinen Details gestaltet. Im Zimmerpreis enthalten sind das Frühstücksbüfett, WLAN und ein Parkplatz. Zu den wichtigsten Annehmlichkeiten des Traditionshauses gehören neben einem Wellness- und Fitnessbereich, einer Bibliothek, einer 24-Stunden-Rezeption, modernen und technisch voll ausgestatteten Tagungsräumen sowie einem Textilreinigungsservice auch das Restaurant mit regionaler wie saisonaler nachhaltiger Küche. Bei den Freizeitangeboten stehen sich Natur, Kultur und Kinderfreizeit in unmittelbarer Nähe gegenüber: Der „Western Woods Nature"-Park ist nur eine Gehminute entfernt, römisches Museum, Mozarthaus und Stadttheater Augsburg sowie das Legoland jeweils nur etwa dreißig Kilometer. Restaurant Alte Posthalterei separat erwähnt.

Zweiflingen (Baden-Württemberg)

8

Le Cerf

im Wald- & Schlosshotel Friedrichsruhe

Kärcherstr. 11,
74639 Zweiflingen (Friedrichsruhe)
07941-60875402
www.schlosshotel-friedrichsruhe.de
Küchenchef: Boris Rommel
Mi–Fr ab 18.30 Uhr,
Sa–Di RT
Hauptgericht: 36–58 €,
Menüs: 108–174 €

VISA

Keine Frage: Der Trend zum Casual Fine Dining hat viele Türen geöffnet und manchen Gourmetrestaurants neue Gäste beschert. Und doch ist es hin und wieder auch ein schönes Erlebnis, sich im klassischen Rahmen von einem exzellenten Service verwöhnen zu lassen – so wie im Le Cerf des Wald- & Schlosshotels Friedrichsruhe. Drei ineinander übergehende Räume sind mit weichen Teppichen und schweren Vorhängen, mit Kronleuchtern und Ölgemälden aus der Sammlung des Hausherrn Reinhold Würth ausgestattet. Chef de Cuisine ist seit Anfang 2016 der Mann mit der Schiebermütze: Boris Rommel, dessen Küche zwar französisch geprägt ist, aber durchaus auch moderne Interpretationen und ein gelegentliches Augenzwinkern zulässt. Alternativ zum „Chef's Menü" in fünf Gängen gibt es auch eine etwas kleinere vegetarische Speisefolge.
Schon bei den hübschen Aperos wurden sehr unterschiedliche, klare Geschmackserlebnisse präsentiert: in einem Hörnchen eine Apfel-/Meerrettich-Crème-fraîche getoppt mit einer Roten-Bete-Sphäre. Enorme Wucht entfaltete am Gaumen eine eingelegte Makrele auf einem Kartoffelwürfel. Auch gut: eine Kaninchenpra-

line, ein Sauerteigbrotstück mit Avocadocreme und ein Karotten-/Couscous-Quader. Nach Brot mit Butter, Olivenöl und einer Frankfurter grünen Creme grüßte die Küche einmal kalt, einmal warm. Steinpilze als Tatar, Sphäre und eingelegte Scheibe überzeugten zu zwei Pastramiröllchen in einer Apfel-/Estragon-Vinaigrette. Eine warme Kartoffel-Espuma bildete die Basis für drei kleine auf der Zunge zergehende Filets vom Stör: gebeizt und kurz abgeflämmt, darauf Crème fraîche und Kaviar.
Dieser animierende Wechsel von Kaltem und Warmem wurde auch im ersten Gang mit der Königskrabbe geboten. Auf einem Tatar-Rondell waren Erbsen und Mango, deren feine Süße gut in eine Erbsenvinaigrette eingebettet war und von einem Ring aus Joghurtcreme mild aufgefangen wurde. Nach der Leichtigkeit des ersten Teils folgte als kleiner Joker mit herzhaftem Nachhall die Königskrabbe in Tempura mit Wasabi-Mayonnaise.
Gänseleber spielt im Le Cerf natürlich immer eine besondere Rolle – und wird häufig auch besonders interpretiert. Auf den ersten Blick kann man sich ein wenig über das Basilikumpesto auf dem gebratenen Oval mit sanftem Schmelz wundern. Bei der zweiten Gabel aber kann man auch denken: ja, das passt, weil das Pesto nicht zu herb ausgearbeitet ist und der Gänseleber angemessenen Entfaltungsspielraum lässt. Ein Püree und ein Chip von der Süßkartoffel fügten sich hier gut in die Lieblichkeit, die mit frittierten Schalottenkringeln und einer dunklen Zwiebeljus aber durchaus auch etwas Wumms mitbekam.
Geballte Fruchtpower von Tomaten und Salzzitrone gab es dann zum Rochenflügel mit Artischocke (als Creme und in gebratenen Stücken), deren feinherbe Note trotz der Übermacht an Tomaten gut erkennbar war. Als Basis diente schon fast mehr eine Suppe als ein Sud aus grünen Tomaten, in der zudem bunte Miniexemplare schwammen. Und weil's zuvor bei der Roten Bete und dem Steinpilz schon so schön war, verzeihen wir die Wiederholung gerne: zuoberst thronte eine Sphäre, diesmal aus einer roten Strauchtomate.
Herbstliche Töne wurden schließlich zum Hauptgericht angespielt, das auch insofern bemerkenswert war, weil nicht die üblichen Verdächtigen wie Wagyu-Beef, Reh oder Taube eingesetzt wurden, sondern ein vermeintlich profaner Landgockel – ein „Mäusdorfer" aus Bio-Haltung. Und zwar in zwei Aufzügen. Einmal als saftiger Riegel von der Brust unter knuspriger Haut in einer gar nicht süßen Quittenjus – oder sagen wir: in einer klassischen dunklen Jus mit winzigen Quittenwürfeln. Dazu Pastinake als Püree mit einem Steinpilz on top sowie als eingelegte, abgeflämmte und akkurat gestapelte Röllchen mit einem schönen Frischekick. Geschmeidig fügte sich ein zur Nocke geformtes Ragout aus Steinpilzen ins Herbstbild und auch die Minimöhre sah nicht nur gut dazu aus. Als eine Art „Omaküche de luxe" wurde der zweite Teil des Gockels in Gestalt von Königinnenpastetchen in hellem Ragout interpretiert. Hier nun mit Steinchampignons, geschmorten Schalottenhälften und Trüffel – und als kleine Reprise noch einmal mit Erbsen und Möhrchen.
Ein weiteres Augenzwinkern mit Retrocharme folgte als Pré-Dessert: Pfirsich Melba, wenn auch dekonstruiert mit Himbeersorbet und Vanille-Espuma unter einem feuerroten Gitter. Das eigentliche Dessert war wieder zweiteilig und präsentierte sich als Variationen von der Aprikose: in einer Schale mit einem Savarin, Eis und geschmort sowie einer hellen Ganache und finalement mit Verbene-Champagner angegossen. Auf einem separaten Teller gab's noch zu einem Karamellchip eine Kugel Mousse mit Chutney gefüllt.
Ähnlich wie bei den Aperos folgten vor der vielfältigen Pralinenauswahl noch einmal Kleinigkeiten ganz unterschiedlicher Ausprägung: erneut ein Hörnchen, diesmal mit einer Kugel Maracujasorbet, etwas karamellisierte Banane auf Schokolade und Spekulatiuschip, ein Kirschgelee und ein Kaffeepad. Und weil die Küche in ihrer Gesamtheit heuer unterm Strich noch etwas konsistenter gewirkt hat, die einzelnen Kompositionen feinsinniger ausgearbeitet und die Proportionen exakter aufeinander abgestimmt waren, erhöhen wir die Bewertung auf nunmehr verdiente 8 Pfannen.
Sehr umsichtig agiert weiterhin der Service unter der Leitung von Robert Mrusek, der bei der Weinbegleitung und speziellen Wünschen auch lässig seine profunden Kenntnisse ausspielen kann. Zur Königskrabbe servierte er einen Sauvignon Blanc von der Cloudy Bay, zur Gänseleber einen süßen Sherry, zum Gockel einen großen Spätburgunder von Dautel – und traf damit immer ins Schwarze.

Hotelempfehlung

★★★★★S

Wald & Schlosshotel Friedrichsruhe

Kärcherstr. 11,
74639 Zweiflingen (Friedrichsruhe)
07941-60870
www.schlosshotel-friedrichsruhe.de
Einzelzimmer: 250–350 €
Doppelzimmer: 340–630 €

EC VISA

Das von einer großen gepflegten Parklandschaft umgebene 5-Sterne-Superior-Hotel zählt zu den schönsten Hideaways in Deutschland und gilt zudem seit Jahrzehnten als Hochburg des Genusses. Im idyllischen Hohenloher Land begeistert es seit jeher die Gäste mit Stil, Exklusivität und außergewöhnlichem Service in allen Bereichen. Im Haupthaus sind alle Zimmer im englischen Landhausstil eingerichtet – elegant, herrschaftlich und in frischen Farben. Die Hotelzimmer im Spa-Haus folgen hingegen dem Prinzip einer minimalistischen Formenwelt mit warmer Farb- und Materialkomposition, die für einen modernen und harmonischen Charakter sorgt. Romantisch und nostalgisch sind die Räume im Jagdschloss und im Gartenhaus gestaltet. Alle sind modern ausgestattet mit Flat-TV, WLAN, Fußbodenheizung, beleuchtetem Kleiderschrank und vielen weiteren Annehmlichkeiten. Auch die prämierte Spa- & Wellnesswelt begeistert mit ihrer besonders hochwertigen Ausstattung. Im eleganten Gourmetrestaurant Le Cerf und drei weiteren Restaurants wird ein anspruchsvolles kulinarisches Programm geboten. Restaurant Le Cerf separat erwähnt.

Zwingenberg (Hessen)

5↑

Kaltwassers Wohnzimmer

Obergasse 15, 64673 Zwingenberg
06251-1058640
www.kaltwassers-wohnzimmer.de
Mi–Sa ab 18 Uhr, So von 12–14 Uhr u. ab 18 Uhr, Mo u. Di RT
Hauptgericht: 18–26 €, Menüs: 39–59 €

EC VISA

Ein paar Schritte vom historischen Marktplatzbrunnen der ältesten Stadt an der hessischen Bergstraße entfernt, setzt das fein herausgeputzte „Wohnzimmer" von Gastgeber und Küchenchef Marc-André Kaltwasser schon von außen einen hellen und freundlichen Kontrastpunkt zu den umliegenden Fachwerkhäusern von anno dazumal. Im Entrée sorgt ein museal anmutendes Wohnzimmer für eine augenzwinkernd nostalgische Stimmung, die sich im Gastraum fortsetzt. Kulinarisch bietet die Küche allerdings einen überzeugenden Gegenentwurf, denn die modern verschlankte, eher leichte als üppige Regionalküche, die auf den Tellern zumeist mit recht sicherem Gespür für Proportionen arrangiert wird, hat wenig gemein mit der meist deutlich gröber umgesetzten Regionalküche eines gutbürgerlichen Wirtshauses. Die kleine Weinkarte präsentiert neben einigen Bergsträßer Winzern auch Gewächse aus der nahen Pfalz oder Rheinhessen.

Die Besteck-Symbole

- (5 Bestecke) luxuriöses Restaurant mit höchstem Komfort und formvollendetem Service, edler Ausstattung und einer Weinkarte, die höchsten Ansprüchen genügt
- (4 Bestecke) elegantes Restaurant mit hohem Komfort und exzellentem Service, sehr gute Ausstattung, hervorragende Weinkarte
- (3 Bestecke) gehobenes Restaurant mit gutem Komfort und versiertem Service, umfangreiche Weinkarte
- (2 Bestecke) besser ausgestattetes Restaurant mit ordentlichem Service, ausgewählte Weine
- (1 Besteck) schlichtes Restaurant, Gasthof oder Bar

Deutschlandkarte

Personenregister

Register der Restaurants

Register der Hotels

DÄNEMARK
Sylt
Föhr
Glücksburg
Güby
Friedrichstadt
Alt Duvenstedt
Panker
Lunden
KIEL
Weißenhaus
St. Peter-Ording
Molfsee
Helgoland
Reinsbüttel
Timmendorfer Strand
SH
Scharbeutz
Bad Schwartau
Travemünde
Cuxhaven
Lübeck
Tangstedt
Dornum
Pinneberg
Lütjensee
Wilhelmshaven
HAMBURG
Siek
Bremerhaven
Jork
Buxtehude
HH
Buchholz
Hanstedt
HB
Bad Zwischenahn
BREMEN
Verden
Faßberg
NI
Celle
Burgwedel
Wolfsburg
Ronnenberg/ Benthe
HANNOVER
Hörstel
Braunschweig
Osnabrück
Barsinghausen
Gehrden
Bünde
Aerzen
Bielefeld
Münster
Detmold
Ilsenburg
Rheda-Wiedenbrück
Horn-Bad Meinberg
Wernigerode
Paderborn
NW
rtmund
Schwerte
HE
TH

Restaurant
Hotel
Hotel und Restaurant
50 km
EMARK
Rügen
Ostseebad Dierhagen
lungsborn
ad Doberan
Heiligendamm)
Rostock
Heringsdorf
Stolpe
MV
Krakow am See
Serrahn
werin
Groß-Nemerow
Neustrelitz
Fürstenhagen
gslust
POLEN
Rheinsberg
Lüchow
BE
BERLIN
Brandenburg an der Havel
POTSDAM
Werder (Havel)
Zeuthen
MAGDEBURG
BB
Zerbst
Burg/Spreewald
stadt
Dessau
nburg
Finsterwalde
SN
Halle/Saale
20
19
24
11
10
12
2
9
13
14
15

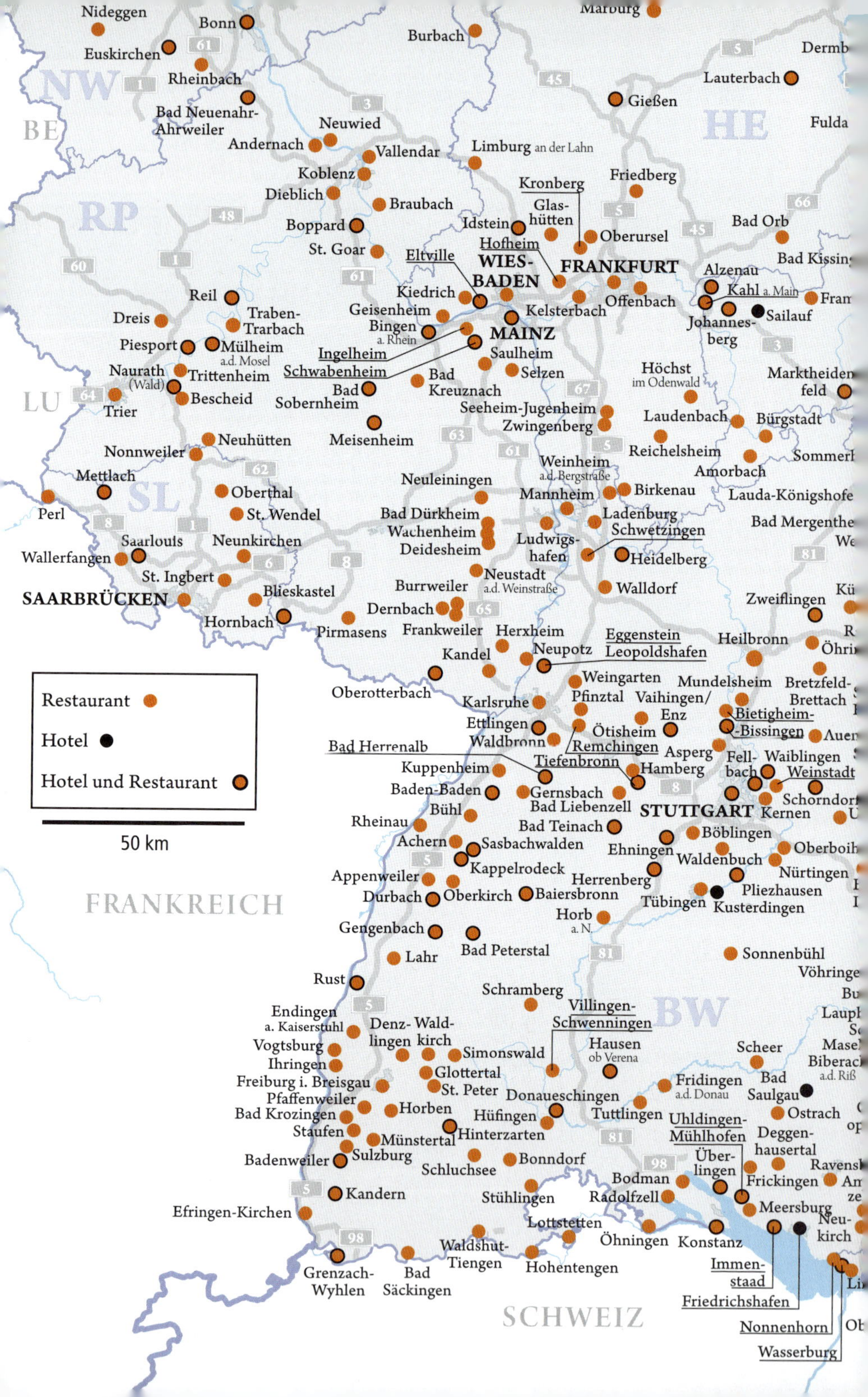
Nideggen
Bonn
Marburg
Burbach
Euskirchen
Rheinbach
Dermb
Lauterbach
NW
BE
Bad Neuenahr-Ahrweiler
Gießen
HE
Fulda
Neuwied
Andernach
Vallendar
Limburg an der Lahn
Koblenz
Friedberg
Dieblich
Kronberg
RP
Braubach
Glas-hütten
Bad Orb
Boppard
Idstein
Oberursel
St. Goar
Hofheim
Bad Kissin
Eltville
WIES-BADEN
FRANKFURT
Alzenau
Kahl a. Main
Reil
Kiedrich
Offenbach
Fran
Dreis
Traben-Trarbach
Geisenheim
Kelsterbach
Johannes-berg
Sailauf
Bingen a. Rhein
MAINZ
Piesport
Mülheim a.d. Mosel
Ingelheim
Saulheim
Naurath (Wald)
Trittenheim
Schwabenheim
Selzen
Höchst im Odenwald
Marktheiden-feld
LU
Trier
Bescheid
Bad Sobernheim
Bad Kreuznach
Seeheim-Jugenheim
Laudenbach
Bürgstadt
Zwingenberg
Neuhütten
Meisenheim
Reichelsheim
Nonnweiler
Sommerh
Weinheim a.d. Bergstraße
Amorbach
Mettlach
Neuleiningen
SL
Oberthal
Mannheim
Birkenau
Lauda-Königshofe
Perl
St. Wendel
Bad Dürkheim
Ladenburg
Wachenheim
Schwetzingen
Bad Mergenthe
Saarlouis
Neunkirchen
Deidesheim
Ludwigs-hafen
We
Wallerfangen
Heidelberg
St. Ingbert
Neustadt a.d. Weinstraße
Blieskastel
Burrweiler
Walldorf
SAARBRÜCKEN
Dernbach
Zweiflingen
Hornbach
Pirmasens
Frankweiler
Herxheim
Eggenstein
Leopoldshafen
Heilbronn
Neupotz
Öhri
Kandel
Weingarten
Mundelsheim
Bretzfeld-Brettach
Oberotterbach
Restaurant
Hotel
Hotel und Restaurant
50 km
Karlsruhe
Pfinztal
Vaihingen/Enz
Ettlingen
Bietigheim-Bissingen
Waldbronn
Ötisheim
Auen
Bad Herrenalb
Remchingen
Asperg
Fell-bach
Waiblingen
Tiefenbronn
Kuppenheim
Hamberg
Weinstadt
Baden-Baden
Gernsbach
Schorndorf
Bad Liebenzell
STUTTGART
Kernen
Bühl
Rheinau
Bad Teinach
Böblingen
Achern
Sasbachwalden
Ehningen
Oberboih
Waldenbuch
Kappelrodeck
Nürtingen
Appenweiler
Herrenberg
FRANKREICH
Durbach
Oberkirch
Baiersbronn
Pliezhausen
Tübingen
Kusterdingen
Horb a. N.
Gengenbach
Bad Peterstal
Lahr
Sonnenbühl
Vöhringe
Rust
Schramberg
Villingen-Schwenningen
BW
Endingen a. Kaiserstuhl
Denz-lingen
Wald-kirch
Laup
Vogtsburg
Hausen ob Verena
Scheer
Biberac a.d. Riß
Ihringen
Simonswald
Bad Saulgau
Glottertal
Freiburg i. Breisgau
St. Peter
Fridingen a.d. Donau
Pfaffenweiler
Donaueschingen
Horben
Ostrach
Bad Krozingen
Hüfingen
Tuttlingen
Uhldingen-Mühlhofen
Deggen-hausertal
Staufen
Münstertal
Hinterzarten
Über-lingen
Ravensb
Badenweiler
Sulzburg
Schluchsee
Bonndorf
Frickingen
Bodman
Kandern
Stühlingen
Radolfzell
Meersburg
Efringen-Kirchen
Lottstetten
Neu-kirch
Öhningen
Konstanz
Waldshut-Tiengen
Hohentengen
Immen-staad
Grenzach-Wyhlen
Bad Säckingen
Friedrichshafen
SCHWEIZ
Nonnenhorn
Wasserburg
1
3
5
45
61
48
60
66
67
63
62
8
6
64
65
81
98

TH
SN
BY
TSCHECHISCHE REPUBLIK
ÖSTERREICH
Lichtenstein
Hartenstein
Aue
Meiningen
Neuhaus am Rennweg
Presseck
Selb
Bad Staffelstein
Wirsberg
Weißenstadt
Tröstau
Göpfertsgrün
Schweinfurt
Bindlach
Neualbenreuth
Volkach
Bamberg
Schwarzach am Main
Dettel-bach
Iphofen
Forchheim
Auerbach i. d. OPf.
Pirk
Weiherhammer
Heroldsberg
Wernberg-Köblitz
Langenzenn
Fürth
Bad Windsheim
Illschwang
Neunburg vorm Wald
Nürnberg
Rothenburg ob der Tauber
Schwarzenfeld
Rötz
Ansbach
Herrieden
Spalt
Ponholz
Pleinfeld
Teisnach
Beilngries
Regensburg
Perasdorf
Kirchdorf im Wald
Ellwangen
Mintraching
Riedenburg
Bad Abbach
Niederwinkling
Nördlingen
Oberkochen
Ingolstadt
Moos
Waldki
Königsbronn-Zang
Lauingen
Höchstädt
Dillingen
Landshut
Rammingen
Langenau
Kranzberg
Augsburg
Wartenberg
Hohenkammer
Freising
Pleiskirchen
Zusmarshausen
Taufkirchen/Vils
Illertissen
Rohrbach
Dachau
Krumbach
Maisach
Kraiburg am Inn
Forstinning
Beuerbach
Herrsching
MÜNCHEN
Kirchdorf
Türkenfeld
Feldkirchen
Schondorf
Starn-berg
Wasserburg am Inn
Landsberg a. Lech
Baierbrunn
Finning
Utting
Samerberg
Bad Wörishofen
Aying
Prien a. Chiemsee
Waging am See
Dießen am Ammersee
Andechs
Straßlach
Feldkirchen-Westerham
Westerheim
Leeder
Chieming
Teisendorf
Hechenberg
Frasdorf
Weilheim
Irschenberg
Aschau i. Chiemgau
Piding
Fischbachau
Flintsbach
Inzell
Böbing
Bad Tölz
Murnau
Bayrisch Gmain
Bad Wiessee
Unterammergau
Rottach-Egern
Bayrischzell
Reit im Winkl
Berchtesgaden
Pfronten
Schwangau
Tegernsee
Garmisch Partenkirchen
Blaichach
Bad Hindelang
Krün
Ofterschwang
Grainau
Elmau
Mittenwald
Oberstdorf

Restaurant
Hotel
Hotel und Restaurant
50 km
NIEDERLANDE
BE
LU
HB
NI
NW
HE
RP
Krummhörn
Bad Zwischenahn
BREMEN
Verden
Barsinghausen
Hörstel
Osnabrück
Bünde
Emsdetten
Aerzen
Billerbeck
Bielefeld
Münster
Detmold
Bocholt
Rheda-Wiedenbrück
Horn-Bad Meinberg
Xanten
Schermbeck
Dorsten
Paderborn
Herne
Dortmund
Essen
Duisburg
Mülheim a.d.Ruhr
Schwerte
Krefeld
Velbert
Arnsberg
Brilon
Kassel
DÜSSELDORF
Korschenbroich
Remscheid
Schmallenberg
Erkelenz
Odenthal
Gummersbach
Pulheim
Bergisch Gladbach
Frankenberg
Köln
Würselen
Kerpen
Aachen
Niederkassel
Bad Hersfeld
Nideggen
Bonn
Marburg
Euskirchen
Burbach
Rheinbach
Lauterbach
Bad Neuenahr-Ahrweiler
Gießen
Neuwied
Andernach
Vallendar
Limburg an der Lahn
Koblenz
Friedberg
Dieblich
Braubach
Kronberg
Glashütten
Idstein
Oberursel
Boppard
Hofheim
Bad Orb
St. Goar
Eltville
WIESBADEN
FRANKFURT
Alzenau
Kahl a. Main
Reil
Kiedrich
Offenbach
Kelsterbach
Traben-Trarbach
Geisenheim
Dreis
Bingen a. Rhein
MAINZ
Johannesberg
Sailauf
Piesport
Mülheim a.d. Mosel
Ingelheim
Schwabenheim

HAMBURG
HH
MV
Neustrelitz
Ludwigslust
Hanstedt
Rheinsberg
Lüchow
Faßberg
ST
Celle
Burgwedel
Wolfsburg
Brandenburg an der Havel
POTSDAM
Werder (Havel)
Braunschweig
MAGDEBURG
BB
Zerbst
Halberstadt
Ilsenburg
Dessau
Wernigerode
Quedlinburg
Halle/Saale
Friedland
SN
Leipzig
TH
Naumburg
Herleshausen
ERFURT
Weimar
Hartmannsdorf
Eisenach
Jena
Chemnitz
Bad Tabarz
Blankenhain
Gera
Lichtenstein
Dermbach
Hartenstein
Aue
Meiningen
Neuhaus am Rennweg
Presseck
TSCHECHIS
Bad Kissingen
Bad Staffelstein
BY
Selb
Wirsberg
Weißenstadt
Schweinfurt
Göpfertsgrün
Tröstau
REPUBLI
Bindlach
Bamberg
Neualbenreuth

detten
eck
33
30
2
Aerzen
7
39
NI
Bielefeld
36
Münster
Detmold
Halberstadt
Horn-Bad Meinberg
Ilsenburg
Rheda-
Wiedenbrück
Wernigerode
1
Paderborn
2
33
7
Dortmund
44
Schwerte
Friedland
Brilon
Arnsberg
44
38
46
Kassel
45
nscheid
Schmallenberg
TH
ummersbach
49
NW
Frankenberg
7
Herleshausen
ERFURT
4
Eisenach
4
Bad Hersfeld
Bad Tabarz
Marburg
Burbach
Dermbach
5
71
7
45
Lauterbach
3
Gießen
Meiningen
HE
Neuwied
Fulda
73
Limburg an der Lahn
48
Vallendar
olenz
Kronberg
Friedberg
Braubach
Glas-
hütten
66
Bad Orb
71
5
ard
Idstein
Oberursel
45
Bad Kissingen
Goar
Hofheim
Bad Staffelstein
Eltville
WIES-
BADEN
FRANKFURT
Alzenau
61
Kahl a. Main
Frammersbach
Schweinfurt
Kiedrich
Offenbach
Geisenheim
Kelsterbach
Johannes-
berg
Sailauf
7
70
73
Bingen
a. Rhein
MAINZ
3
Ingelheim
Saulheim
Bamberg
abenheim
Bad
Kreuznach
Selzen
Höchst
im Odenwald
Marktheiden-
feld
Dettel-
bach
Volkach
Bad
heim
67
Schwarzach
amMain
Seeheim-Jugenheim
Laudenbach
Würzburg
Zwingenberg
3
Meisenheim
63
Bürgstadt
Forchheim
61
5
Reichelsheim
Weinheim
a.d. Bergstraße
Sommerhausen
Iphofen
Amorbach
Fürth
Neuleiningen
Mannheim
Birkenau
81
Lauda-Königshofen
Bad Dürkheim
Ladenburg
Langenzenn
Wachenheim
Schwetzingen
Bad Mergentheim
Weikersheim
Deidesheim
Ludwigs-
hafen
Bad Windsheim
8
Heidelberg
BW
Rothenburg
ob der Tauber
Nürnberg
Neustadt
a.d. Weinstraße
Burrweiler
Walldorf
Ansbach
ach
Dernbach
65
Zweiflingen
Künzelsau
7
6
Rot am See
Pirmasens
Frankweiler
Herxheim
Eggenstein
Leopoldshafen
Heilbronn
Öhringen
Herrieden
Spalt
Kandel
Neupotz
6
Schwäbisch
Hall
Weingarten
Bretzfeld-
Brettach
Pleinfeld
Oberotterbach
Mundelsheim
Karlsruhe
Pfinztal
Vaihingen/
Enz
NK-
Ettlingen
Bietigheim-
-Bissingen
Ellwangen
Ötisheim
Auenwald
Bad Herrenalb
Waldbronn
Remchingen
Asperg
7
Tiefenbronn
Fell-
bach
Waiblingen
Kuppenheim
Hamberg
Weinstadt
Schwäbisch Gmünd
Nördlingen
CH
Baden-Baden
Gernsbach
8
Schorndorf
Oberkochen
Bühl
Bad Liebenzell
STUTTGART
Kernen
Uhingen
Königsbronn-
Zang
Rheinau
5
Bad Teinach
Salach
Achern
Sasbachwalden
Ehningen
Böblingen
Oberboihingen
Höchstädt

MAGDEBURG
BB
POL
ST
SN
BY
TSCHECHISCHE
REPUBLIK
Zerbst
Dessau
Quedlinburg
Burg/Spreewald
Finsterwalde
Halle/Saale
Leipzig
Naumburg
Radeburg
Radebeul
DRESDEN
Wilthen
Kirschau
Hohnstein
Weimar
Jena
Blankenhain
Gera
Hartmannsdorf
Chemnitz
Lichtenstein
Hartenstein
Aue
Neuhaus am Rennweg
Presseck
Selb
Wirsberg
Weißenstadt
Tröstau
Göpfertsgrün
Bindlach
Neualbenreuth
Auerbach i. d. OPf.
Pirk
Weiherhammer
Heroldsberg
Wernberg-Köblitz
Illschwang
Neunburg vorm Wald
Schwarzenfeld
Rötz
Ponholz
Teisnach
Beilngries
Regensburg
Perasdorf
Kirchdorf im Wald
Riedenburg
Bad Abbach
Mintraching
Niederwinkling
Freyung
Ingolstadt
Moos
Waldkirchen
9
13
14
15
38
4
72
17
70
93
6
3
92
Restaurant
Hotel
Hotel und Restaurant
50 km

Register der Hotels

2ND HOME HOTEL 666

A
Aktivhotel Inselsberg 110
Alpin Lifestyle Hotel Löwen & Strauss 685
Althoff Hotel am Schlossgarten 849
AMERON Bonn Hotel Königshof 222
Atrium Hotel Mainz 572
Auberge de Temple 477

B
Badhotel Sternhagen 246
Bellevue Rheinhotel 224
Bernhard's Boutique Hotel Société 119
Best Western Plus Kurhotel
an der Obermaintherme 108
Biohotel Kurz 141
Birke Hotel Kiel 497
Boutiquehotel Pfauen 797
Boutique Hotel Schieferhof 648
Boutique Hotel Villa Melsheimer 740
Brauerei-Gasthof-Hotel Laupheimer 928
Burghotel Staufeneck 785

D
Das Burghotel Falkenstein 706
Das Freiberg Romantik Hotel 685
DAS.HOCHGRAT 683
Das Rübezahl 806
Der Öschberghof 260
Der Seehof Rheinsberg 747
Designhotel Die Reichsstadt 365
Dorint Söl'ring Hof 859
Drei Mohren & Lodner Genießerhotel 548

E
Europa-Park-Resort Bell Rock 776
Excelsior Hotel Ernst 524

F
freistil. boutiquehotel. 690

G
Garden Hotel Reinhart 725
Genießer-Landhotel Birkenhof 653

H
Höerhof 464
Hotel Alte Posthalterei 941
Hotel Alte Schule 817
Hotel Anker 578
Hotel bachofer 902
Hotel Bareiss 132
Hotel Bayerischer Hof 632
Hotel Bei Schumann 501
Hotel Berlins KroneLamm 112
Hotel Blauer Engel 73
Hotel BollAnt's im Park 106
Hotel Bornmühle 377
Hotel Cap Polonio 711
Hotel CARALEON 912
Hotel Clostermannshof 662
Hotel Dannerwirt 323
Hotel Die Mühlenhelle 380
Hotel Die Sonne Frankenberg 328
Hotel Domschenke 207
Hotel Eckert 375
Hotel Elephant 916
Hotel Engel 787
Hotel Erbprinz 310
Hotel Fährhaus 262
Hotel Gasthof Hasen 450
Hotel & Gasthof Seefelder Hof 256
Hotel Gasthof Zufriedenheit 643
Hotel Gasthof zum Bad 544
Hotel Gasthof Zum Rebstock 484
Hotel Gran BelVeder 791
Hotel Gut Ising Chiemsee 244
Hotel Gutshaus Kubbelkow 774
Hotel Herzstück 908
Hotel Hofgut Hohenkarpfen 430
Hotel Kleber Post 104
Hotel Krone 59
Hotel Kronenschlösschen 296
Hotel Lamm Rosswag 888
Hotel Landhaus Feckl 288
Hotel Landhaus Tanner 900
Hotel Landhaus Wolf 804
Hotel Lindenhof 297
Hotel Lindenhof 1887 568
Hotel Meisenheimer Hof 582
Hotel Menge 69
Hotel Michaelis 557
Hotel Mittermeiers Alter Ego 757
Hotel Neumayr 632
Hotel Oberschwäbischer Hof 810
Hotel Orania.Berlin 196
Hotel Papa Rhein 209
Hotel Pfaffenkeller 483
Hotel Rebers Pflug 804
Hotel Rebgut – Die Weinherberge 546
Hotel Rebstock Best Western Premier 938
Hotel Residenz Heinz Winkler 71
Hotel & Restaurant Mayers Waldhorn 539
Hotel Restaurant Vinothek LAMM 91
Hotel Ritter Durbach 278
Hotel Rose 206
Hotel SaxenHof der Rhöner Botschaft 251
Hotel Schillingshof 354
Hotel Schloßanger Alp 707

Hotel Schloss Hohenkammer 457
Hotel Schönbuch 717
Hotel Schwarzmatt 121
Hotel Seehalde 879
Hotel Seehof 470
Hotel Störmann 795
Hotel Talmühle 787
Hotel Tandreas 369
Hotel Torbräu 633
Hotel Traube Tonbach 133
Hotel Villa Heine 380
Hotel Villa Mittermeier 757
Hotel Waldgasthof Buchenhain 123
Hotel Weinhaus Uhle 811
Hotel Zum alten Weinkeller 800
Hotel Zum Hirschen 318
Hotel Zur Weinsteige 849

K

Kloster Hornbach 461

L

LAGO hotel & restaurant am see 884
LA MAISON hotel 782
Landhaus Biewald 354
LANDHAUS STRICKER 859
Landhaus Zu den Rothen Forellen 468
Landhotel Saarschleife 584

M

Maritim Seehotel 869

N

Nachtquartier 311
Naturhotel Tannerhof 138
Naturresort Gerbehof 355

O

Ochsen-Post 865

P

Parkhotel Adler 455
Parkhotel Herne 446
Park Hotel & Spa KATHARINA 122
Parkhotel Surenburg 462
Prinzhotel Rothenburg 758

R

Relais & Châteaux Gut Steinbach 743
Relais & Châteaux Hotel Schloss Hohenhaus 445
Relais & Châteaux Landromantik Hotel Oswald 863
Relais & Châteaux Park-Hotel Egerner Höfe 765
Résidence Bellevue 225
Resort Die Wutzschleife 768
Riva Hotel 532
Rocco Forte The Charles Hotel 633
Romantik Alpenhotel Waxenstein 374
Romantik Hotel Bayrisches Haus Potsdam 723
Romantik Hotel Chalet am Kiental 452
Romantik Hotel Gasthaus Rottner 675
Romantik Hotel Johanniter-Kreuz 876
Romantik Hotel Kieler Kaufmann 498
Romantik Hotel Reichshof 664
Romantik Hotel Sackmann 133
Romantik Hotel Sanct Peter 99
Romantik Hotel Schubert 551
Romantik Roewers Privathotel 774
Romantik- & Wellnesshotel Deimann 789
Rüssels Landhaus 645

S

schanz. hotel. 709
Schloss Elmau Luxury Spa & Cultural Hideaway 293
Schlosshotel Hugenpoet 308
Schlosshotel Weyberhöfe 783
Schlössl 680
Schwarzwaldresort Dollenberg 103
Seehotel Töpferhaus 57
solewerk Hotel Sächsischer Hof 581
Spa & Golf Resort Weimarer Land 211
Stadthotel Zur Alten Brücke 437
Steigenberger Hotel Der Sonnenhof 116
Strandhotel Dünenmeer 695
Strandhotel Fischland 696
Strandhotel Fontana 869

T

Travel Charme Hotel Gothisches Haus 927

W

Wald & Schlosshotel Friedrichsruhe 944
Weinromantikhotel Richtershof 589
Weissenhaus 922
Weißes Roß 468
Werners Boutique Hotel 360
Widmann's Hotel 527

Z

Zeller – Hotel + Restaurant 480
Zum Goldenen Anker 288

Register der Personen

A
Abele, Thomas 78
Alesi, Andrea 235
Allegretta, Domenico 937
Ammon, Michael 699
Amtmann, Chris 724
Apel, Richard 231
Arnecke, Erik 325

B
Bachofer, Bernd 901
Badreddine, Abbas 752
Barnhusen, Stefan 347, 348
Barthold, Felix 911
Barth, Sebastian 109
Bätz, Tobias 931
Bau, Christian 23, 27, 700
Bauer, Alexander 716
Baur, Christian 893
Beastall, Mark 561
Becker, Felix 404
Beckerling, Pierre 266
Becker, Mike 579
Beckhold, Martin 910
Beckmann, Klaus 156
Behljuljevic, Denis 230
Bell, Ronny 810
Belser, Christer 675
Bendel, Philipp 191
Bender, Thorsten 488
Berger, Florian 607
Berlin, Franz 110
Berner, Jan-Philipp 23, 857
Bernhard, Stéphan 118
Bernholz, Christian 807
Besirevic, Kemal 672
Bettinger, Iris 744
Biebrich, Antonia 115
Binder, Pierre 496
Bischof, Johannes 677
Bittkowski, Manfred 233
Blonkowski, Marcus 273
Bodendorf, Holger 850, 855
Bonk, Martin 368
Boyle, Andrew 939
Brandt, Tristan 431
Brauch, Marco 366
Brandstätter, Magdalena 19
Bräuer, Bobby 43, 605
Braumüller, Friedrich 681
Brettschneider, Dirk 768
Brockel, Herbert 658
Brodal, Thorsten 445
Broszio, Vicenzo 190
Buderath, Klaus 880
Bulander, Sascha 604
Burger, Dirk 96
Burkel, Diana 673
Burkhardt, Nico 796
Busch, Joachim 334

C
Campolattano, Federico 343
Champroux, Dominique 438
Chetah, Anuchit 618
Cihlars, Sebastian 59
Conrath, Jan 745
Coquelin, Fabrice 791
Corona, Daniele 877, 881
Courtin, Cyril 638

D
de Jong, Randy 693
Del Fabro, Silio 777
Denami, Antonino 630
Denninger, Fabian 667
Diekjobst, Jan 252
Diembeck, Axel 771
Dinter, Alexander 833
Draisbach, Chris Bastian 350
Dunkel, Enrico 226
Düsel, Roy 553
Dyllong, Michael 268

E
Eberleh, Maximilian 261
Eberlein, Silvio 201
Eckhardt, Christian 61
Elbruda, Marcel 427
Elverfeld, Sven 27, 932
Engelke, Oliver 263
Erfort, Klaus 25, 778
Erhard, Jakob 213
Ermler, Johannes 693
Ermler, Josef 693
Ernst, Sebastian 301
Extra, Tim 116
Eyrainer, Thassilo 464

F
Fäth, Stefan 401
Fecht, Jochen 531
Feckl, Franz 288
Fehling, Kevin 27, 414
Fehrenbacher, Daniel 540
Fernandes, Pedro 490
Ferrantino, Matteo 389
Filgertshofer, Andreas 255
Fischer, Cornelia 896, 897
Fontanazza, Salvatore 564

Forst, Rüdiger 748
Frank, René 158
Frank, Sebastian 23, 170
Franze, Kay 816
Frechen, Benedikt 745
Freihardt, Hans-Jürgen 447
Freitag, Björn 263
Frick-Renz, Artur 648
Frühsammer, Sonja 167
Fuhrmann, Florian 228
Fuhrwerk, Volker M. 698
Fuß, Stefan 749

G
Gabel, Felix 853
Gabelsberger, Anna 86
Gallotti, Marcello 485
Gamba, Mario 594
Gassen, Karl 209
Gaul, Mirko 522
Gebhart, Benjamin 199
Gerasch, Oliver 361
Gerber, Thomas 862
Gerhardinger, Viktor 43
Gerner, Joachim 27, 164
Giboin, Patrick 839
Gilles, Thomas 660
Glania-Brachmann, Wilfried 566
Gleiß, Matthias 194
Gmelin, Dirk 119
Gödde, André 908
Görke, Marcel 397
Gottschlich, Daniel 521
Grainer, Christian F. 498
Grammon, Dirk 265
Graun, Marcus 141
Greco, Carmelo 330
Grom, Jason 257
Gromotka, Claus 641
Großfeld, André 339
Großhammer, Karl 895
Groß, Maria 299
Grubert, Dieter 425
Grubmüller, Bernhard 203
Gruler, Markus 878
Grünewald, Carl 570
Grünwald, Christian 76
Gutleben-Strubinger, Dominique 894

H
Häge, Hans 543
Hagen-Wiest, Peter 775
Hahn, Nicholas 63, 64
Halbedel, Rainer-Maria 217
Hallerbach, Jürgen 469
Hamester, Sebastian 867
Hammer, Jörg 487
Hämmerle, Cliff 212
Hankh, Udo 296
Hannappel, Knut 304
Harings, Joachim 659
Hartwig, Jan 27, 596
Hauer, Gregor 766, 767
Haug, Ralf 770
Hauptvogel, Robert 500
Hebestreit, Markus 787
Hedderich, Christian 545
Hegmann, Chris Brigitte 649
Heidarzahdeh, Hamid 54
Heilemann, Thomas 835
Heimann, Ulrich 140
Helbig, Ludger 476
Heldmann, Fabian 836
Helzle, Philipp 105
Hemmann, Sven 486
Henkel, Nils 43, 207
Henke, Sarah 43, 65
Herbig, Grischa 516
Hermann, Steve 470
Herrmann, Lukas 800
Herrmann, Martin 101, 102
Hess, Joachim 432
Hillejan, Andreas 584
Himmler, Wilhelm 125
Hirschfeld, Enrico 520
Hoberg, Dirk 528
Hodapp, Karl 483
Hofer, Sandra 940
Högner, Alex 393
Hohlfeld, Tony 423
Hohlwein, Alexander 558
Höller, David 449
Holzinger, Julian 60
Höptner, Sebastian 202
Huber, Alexander 714
Huber, Anette 613
Huber, Michael 609
Hübner, Thomas 923
Huggler, Mario 84
Hummel, Gerhard 364
Hüsken, Michael 625
Huu, Vuong Pham 198

I
Imbusch, Thomas 387
Immerheiser, Daniel 799
Ivić, Paul 43, 627

J
Jacoby, Oliver 459, 461
Jadischke, Eric 815
Janssen, Gerold 261
Jebe-Öhlerich, Frank 378
Jost, Peter 864
Jost, Theo 864
Juhnke, Björn 393
Junge, Sebastian 417
Jürgens, Christian 23, 763

K
Kaiser, Christoph 263
Kaiser, Constantin 91
Kaiser, Joachim 665
Kallmeyer, Ronny 924
Kalweit, Mario 267
Kammermeier, Michael 929
Kandlbinder, Martin 718
Käppeler, Dominik 623
Karrer, Armin 313
Kasprik, Boris 409
Kathage, Lars 214
Kauper, Sebastian 814
Kazda, Marcel 285
Keim, Thomas 730
Kellermann, Thomas 758
Kempf, Michael 27, 164
Kerber, Dennis 406
Ketter, Hendrik 81
Kiehne, Constantin 688
Kientz, Stefan 846
King, Johannes 23, 857
Klein, Daniel 586
Kleinknecht, Denis Michael 572
Klein, Magdalena 761
Knebel, Ralph 308
Knörlein, Udo 173
Kobatake, Toshio 629
Kokoszka, Kris 306
Kokot, Marcel 302
Komp, Julia 517
König, Bernhard 453
Koppe, Alexander 187
Kosslers, Sascha 269
Köthe, Andree 23, 668
Kottmann, Andreas 87
Kovacs, Philipp 315
Kracht, Fabian 214
Kraus, Christopher 323
Kraus, Thomas W. 560
Krolik, Andreas 43, 335
Krones, Peter 588
Kropf, Christopher 134
Kube, Marcel 728
Kuckein, Felix 493
Kuhn, Malte 119
Kühn, Patrick 94
Kujanski, Christopher 179
Kuntzsch, Konstantin 381
Kunz, Benjamin 631
Kunz, Christoph 594
Kura, Amadeus 892
Kurz, Christl 139
Kurz, Florian 657
Kuth, Astrid 221
Kux, Laurin 637
Kvesic, Andrej 622

L
Laberer, Christian 344
Lacher, Heiko 873
Lang, Simon 80, 82
Lanz, Nico 59
Laupheimer, Martin 927
Laus, Michael 74
Laux, Andreas 367
Lee, Song R. 407
Lehmann, Hanna 428
Leise, Joshua 43
Leist, Bjoern 250
Leitner, Kevin 216
Lemberger, Johann 646
Lermann, Bernhard 577
Leufen, Walter 760
Liebich, Andreas 875
Linke, Arne 494
Linke, Frank 772
Lodner, Alexander 547
Lorenz, Maximilian 520
Lorscheider, Hans Georg 197
Lückstädt, Leon 882
Luiz, Mathias 825
Lumpp, Claus-Peter 25, 127
Luther, Dirk 25, 371
Lutz, Holger 241

M
Mack, Matthias 753
Maerz, Benjamin 204
Maetzke, Giorgio 594
Maiwert, Dieter 860
Mälzer, Tim 393
Martian, Pierantonio 100
Martin, Thomas 400
Mästling, Daniel 840
Mauritz, Peter 712
Maus, Dirk 470
Meier, Stefan 673, 683
Melsheimer, Dirk 739
Menchon, Eric 517
Menge, Christoph 68
Mensies, Arjan 440
Menzel, Maike 623, 720
Merkle, Thomas 298
Mesko, Tadej 755
Messinger, Sebastian 223
Metzger, Erik 904
Metzner, Sven 161
Meusel, Benjamin 423
Mezger, Steffen 69
Michel, Torsten 25, 43, 130
Mitschele, Benjamin 75
Mohr, Martina 370
Mootz, Holger 810
Morel, Frédéric 635
Morina, Christopher 647
Moser, Maximilian 824
Müller, Alexander 238

Müller, Carsten 689
Müller, Frank 135
Müller, Marco 23, 182
Müller, Nelson 306
Müller, Rolf 135
Münch, André 16, 750
Münch-Buchna,
Christian 583
Munz, Alexander 691

N
Nagaya, Yoshizumi 27, 281
Nakamura, Tohru 27, 619
Näpfel, Sebastian 754
Neidhart, Hubert 729
Nerlich, Thomas 399
Neumann, Toni 562
Neumayr, Andi 611
Nguyen, Van Hung 527
Niemann, Lutz 868
Niemann, Peter 443
Nippkow, Pierre 694
Nölly, Gerhard 448
Nouri, Wahabi 411

O
Obendorfer, Hubert 652
Oberhofer, Christian 679
Oberholzner, Sebastian 707, 731
Obermaier, Heiko 312
Obermeier, Dominik 153
Oettinger, Michael 316
Ollech, Yves 23, 668
Oos, Alexander 871
Ostermann, Marc 710
Oster, Maurizio 43, 419
Otto, Hendrik 25, 175

P
Pahl, Anton 283
Pala, Costantino 669
Pape, Daniel 502
Pape, Markus 581
Paul, Dominik 576
Pavic, Vjekoslav 713
Pfaff, Roman 349
Pfahler, Oliver 865
Pfeiffer, Daniel 746
Pferdekämper, Axel 812
Philippi, Markus 580
Philipp, Michael 818
Pielorz, André 872
Pietsch, Matthias 219
Pietsch, Robin 925
Podobnik, Kurt 934
Prinz, Markus 300

Q
Quendler,
Michael 376, 379

R
Rädel, Robert 435
Radtke, Armin 287
Rainer, Christoph 27, 291
Rambichler, Clemens 19, 25, 270
Raub, Daniel 352
Raue, Tim 23, 43, 191
Reber, Hans-Harald 802
Reheis, Manuel 600, 657, 664
Reinwald, Tim 359
Reisch, Julius 17, 808
Reiser, Bernhard 937
Reisinger-Hoffmann, Andrea 820
Reisinger, Wolfgang 820
Reising, Peter 58
Reis, Michael Simon 906
Richert, Julian 56
Richter, Jörg 115
Riehl, Alexander 228
Riemer, Alessandro 739
Rienzner, Christiano 522
Riewoldt, Danny 477
Rink, Hedi 655
Ritacco, Maurizio 542
Rocholl, Tobias 96
Romano, Stefano 762
Rommel, Boris 942
Rösch, Holger 373
Rösch, Ulrich 289
Rosin, Frank 263
Roß, Manfred 634
Roth, Matthias 599
Rüffer, Christoph 25, 395
Ruggaber, Steffen 887
Ruhland, Alexander 678
Rundau, Viktor 468
Rupprecht, Theodor W. 922

S
Sackmann, Jörg 129
Sackmann, Nico 129
Saremba, Gerd 563
Sator, Nico 136
Sauer, Joseph 822
Sauer, Mario 433
Saul, Andreas 149
Schablinski, Lars 391
Schäfer, Micha 177
Schäfer, Stefan 429
Schanz, Thomas 25, 27, 708
Scharrer, Christian 25, 920
Schellenberger, Patrick 554
Scherle, Jörg 848
Schider, Christian 652
Schiller, Mike 43, 504
Schilling, Stephan 353
Schimkowitsch, Daniel 247
Schlachter-Ebert, Barbara 705
Schlachter, Simon 704
Schlaipfer, Michael 342

Schlang, Christopher 918
Schlegel, Detlef 15, 555
Schlimbach, Tobias 658
Schlüter, Gregor 891
Schmah, Christoph 254
Schmaus, Anton 736
Schmid, Dominik 318, 320
Schmidthaler, Daniel 357
Schmidt, Max 734
Schmitz, Erik 521
Schneider, Felix 23
Schneider, Marco 114
Schneider, Phillip 263
Schneller, Kai 689
Schnurr, Peter Maria 23, 551
Scholz, Andreas 914
Schönberger, Raphael 735
Schönhofer, Tobias 499
Schröder, Daniel 936
Schröder, Timo 327
Schubert, Stefan 550
Schulze, Hinrich 239
Schuster, Leopold 348
Schuster, Torben 726
Schütz, Alexander 723
Schwab, Johannes 473
Schweisfurth, Amelie 198
Schweizer, Gero 843
Schwencke, Valentin 198
Schwingshackl, Erich 112
Schwitzer, Cédric 903
Schwögler, Helmut 86
Senff, Christian 328
Settele, Stefan 77
Siebert, Daniel 561
Siewert, Ronny 88
Sigl, Edip 614
Silva, Vicente Matias Diaz 186
Simon, Elmar 696
Singer, Christian 191
Sinzinger, Steffen 151
Somann, Christian 439
Sondej, Andreas 94
Spiesberger, Paul 492
Spitzner, Karl-Nikolas 639
Steindorfer, Denis 512
Steiner, Douce 850
Stemberg, Sascha 889
Steska, Christian 356
Stier, Patrick 530
Stirnal, Simon 294
Stolte, Florian 126
Stopp, Martin 780, 781
Stöver, Jan Philip 235
Stowasser, Julian 402
Stratmann, Thomas 794
Straubinger, Rolf 783
Straub, Sebastian 463
Strohe, Maximilian 194
Sugimoto, Atsushi 732
Swanson, Björn 166
Syrbe, Sebastian 917

T

Tangermann, Rene 752, 769
Tanner, Franz 899
Tepner, Joschua 513
Terziyan, Netlef 89
Thoms, Felix 152
Thieltges, Ulrike 19
Tienelt, André 276
Tobias, Pfeiffer 537
Tramp, Thomas 274
Traut, Yannick 350
Treusch, Thomas 738
Trichi, Mimo 275

U

Ulrich, Manuel 259
Unger, Benjamin 72
Uphoff, Michael 232
Urru, Claudio 382
Utzeri, Maria 669

V

Vavrecka, Lukas 886
Vogel, Florian 456, 466
Vogel, Philipp 177

W

Waibel, Markus 783
Wallner, Johannes 915
Weber, Felix 793
Wecker, Christopher 722
Weidlich, Florian 220
Weidt, Christian 558
Weigand, Kai 827
Weig, Josef 736
Weigold, Philipp 918
Weißenbeck, Elisabeth 246
Weißer, Martin 891
Weiß, Sascha 346
Wendt, Erik 805
Wenz, Andreas 480
Werner, Eric 509
Weyers, Tobias 304
Widmann, Andreas 524, 526
Wiedecke, Carsten 122
Wiedenhöft, Harald 479
Wiederer, Marc 808
Wiedmer, Nicolai P. 374
Wiesenegg, Alexander 935
Wiese, Sebastian 537
Wilbrand, Alejandro 686
Wilbrand, Christopher 686
Willamowski, Bastian 815
Winkler, Heinz 25, 69
Wissler, Joachim 23, 27, 142
Wittek, Benedikt 838, 842

Witt-Leesch, Thorben 740, 744
Wohlfeld, Thomas 421
Wolf, Josef 801
Wolfmiller, Konrad 320
Wolfmiller,
Veronika 320
Wolfsgruber, Jürgen 626
Wolf, Thomas 801
Woltaire, Janine 18, 170
Wolter, Philipp 281
Wuhrer, Johannes 691
Wulf, Alexander 302

Y
Yakushchenko, Igor 574
Yilmaz, Erkan 237

Z
Zeidler, Steven 154
Zell, Weert 535
Zieher, Markus 474
Zimmermann,
Thomas 798
Zörner, Jonas 168
Zwink, Thomas 884

Register der Restaurants

5 Gourmetrestaurant 833
73 Burger Bar 541
100/200 Kitchen 33, 37, 45, 387
485 Grad 509
959 Heidelberg Stadtgarten 431
1876 Daniel Dal-Ben 278

A
Acetaia 594
Acquarello 594
Adler 370, 540
Adler Stuben 453
Adler Wirtschaft 293
Agatas Restaurant 278
Ahlmanns 494
Al Contadino Sotto Le Stelle 149
Alfredo 509
Almer Schlossmühle 234
Alois 35, 594
Alte Baiz 382
Alte Feuerwache Bistro-Restaurant 934
Alte Liebe 29, 75
Alte Pfarrey 649
Alte Posthalterei 940
Alter Wirt 321
Alte Schäferei im Pächterhaus 252
Alte Schule 816
Alte Überfahrt 923
Am Bassenheimer Hof 569
Ambiance 768
Ambiente 825
Ambiente Italiano 490
Am Humboldthain 225
Am Kai 412
Am Kamin 587
AMMOLITE – The Lighthouse
Restaurant 775
Anders auf dem Turmberg 485
Andreas Scholz 914
Anima 873
AnnA 915
Anna Seibert 745
ANNA – Tisch und Tresen 76
Apicius 116
Aqua 27, 932
Aquarium 355
Arenaris 109
Artichoke 428
Artischocke 930
Artiste 272
Aschbacher Hof 312
Aska 29, 732
Astrein 509
Atelier 27, 596
Atelier Gourmet 598
Atelier Sanssouci 728
Atrium Bistro 229
August 76
Augusta 502
Augustenstüble 834
Augustiner am See 473
August und Maria 84
Aureus 328
avui 313
Avus 472
Axel's 821
Axels Restaurant in der Strandhütte 822

B
Bachmaier 437, 441
bachofer 901
Bachstelze 299
Backmulde 539
Balthasar 696
Balthazar 865
Bandol sur mer 149
Bärenkrug 585
Bastian's Restaurant 350
Bauer 312
Bauernstuben 864
Bauer's 870
Bavarie 598

Beckers Restaurant 871
Beef Burger Brothers 834
Beißer Burger 77
Belsers Restaurant 675
Belvedere 439
Bembergs Häuschen 310
Benther Berg 750
Berchtesgadener Esszimmer 138
Berens am Kai 279
Berggasthaus Niedersachsen 361
Berlins Krone 110
Bernhardhof 60
Bernstein 440
bianc 389
Biancalani [Cucina] 330
Bidlabu 330
Bieberbau 150
Big Stuff Smoked BBQ 150
Binderhäusl 472
Bio-Restaurant Naturküche 247
Bistro Grundschlag 151
Bistro Schweizerhof 421
Bistro Stadt Hamburg 850
BjoernsOx 250
Blauer Bock 598
Bleiche Restaurants 238
BLEND berlin kitchen and bar 151
Bob & Mary 279
Bob & Thoms 152
BODENDORF'S 850
BOK – Brust oder Keule 634
Bootshaus 20, 29, 207, 918
Borchardt 153
Brasserie Colette Tim Raue 153, 527, 599
Brasserie Les Deux 600
Brauerei-Gasthof-Hotel Laupheimer 927
Brauerei Walter Restaurant 908
Bräutigams Weinstuben 464
Brechtmanns Bistro 390
Bricole 154
Brighella 330
Brockel Schlimbach 658
Broeding 600, 657, 664
Bromberg Alm 213
Brook 391
Brooklyn Burger Bar 392
Brot & Bier 852
Brunnenstube 791
Buchholz 156
Buchner Welchenberg 662
Büffelhof Beuerbach 198
Bürgerbräu 875
Burger House 601, 602, 834, 835
Bürgerspital-Weinstuben 935
Butcher's american steakhouse 392

C

CA-BA-LU Bar 603
Café 1980 511
CALLA 115
Camers 456, 466
Capricorn [i] Aries Brasserie 511
CARALEON 911
Carmelo Greco 330
Casala 580
Casino Zollverein 303
Chairs 332
Chalet am Kiental 451
Charlotte & Fritz 156
Chez Georges 56
Christian & Friends Tastekitchen 39, 356
Christians Restaurant 498
Christopher's 157
Christophorus 835
Christoph Pauls Restaurant 511
Cinco by Paco Pérez 157, 179
Clara 300
Clostermanns Le Gourmet 660
Coda 158
Cœur D'Artichaut 33, 635
Cookies Cream 160
Cordo 160
Cornelia Poletto 392
Courtier 25, 41, 920
Culinarium R 2.0 588

D

Da Franco 836
Dampfschwein 272
Das Alpenglühn Restaurant 536
Das Alte Haus 226
Das Ballenberger 301
Das garbo im Löwen 285
Da Signora 214
Das kleine Lokal 230
Das Luitpold 603
Das Marktrestaurant 584
Das Scheibenhardt 485
Da Vinci 502
Délice 836
DÉLICE La Brasserie 603
Der Butt 750
Der Schafhof 59
Der Schneider 263
Der Seehof Rheinsberg 746
Der Zauberlehrling 836
Dichter 758
Die Alte Brauerei 821
Die Brasserie 713
die burg 257
Die Ecke 77
Die Gams 138
Die Genussmanufaktur 31, 752, 769
Die Gute Botschaft 393
Die Klosterhofstuben 136
Diekmann 160
Die Krone 826
Die Mühle Jork 477
Die Mühlenhelle 376, 379
Die Reichsstadt 364

Die Scheuer 456
DIE.SPEISEKAMMER 681
Die Traube 889
Die Windmühle Fissenknick 459
Dinzler 474
Dobler's 574
Domschenke 206
Dorfstuben 124
Dorfwirt & Friends 31, 884
Drei Birken 209
Drexlers 343
Dr. Kosch 279
Due Fratelli 230
DUE – Italian Street Food 230
DUKE 161

E
Ebbinghaus 239
Eckert 374
Ederer 604
Egerner Bucht 760
Eichhalde 343
eins44 Kantine Neukölln 162
einsunternull 33, 162
Einzimmer Küche Bar 667
Eisenbahn 801
Elements 272, 913
Engel 67
Ente 199, 929
Entenstuben 667
erasmus 37, 485
Erbgericht Tautewalde 931
Erbprinz 308
Ernos Bistro 333
Ernst 164
Esplanade 777
Ess Atelier Strauss 684
Essence 604
Essigbrätlein 23, 33, 35, 37, 668
esskunst 39, 807
Esslust 754, 790
Esszimmer 45, 808
EssZimmer 605, 918
ESTIMA by Catalana 39, 301
Exenberger 333
Extrawürste 56 496

F
Facil 27, 35, 45, 164
Faelt 29, 166
Fährhaus 261
Fährhütte 14 761
Falco 23, 45, 551
Falconera 691
Fallert 785
Farina Meets Mehl 393
Fässle le restaurant 839
Favorite 569
Feengarten 428
Felix 371
Ferment 637
Field 564
Fiester Hannes 238
fine dining RS 783
Fischereihafen-Restaurant 393
Fischerhus 535
Fischerklause am Lütjensee 569
Fischers Fritz Restaurant 496
Fitschen am Dorfteich 852
Forellenstube 468
Forsthaus Strelitz 656
Forsts Landhaus 748
Français 35, 333
Freihardt 447
Freihaus Brenner 113
freistil. 688
Freustil 770
Friedrich Franz 88
Friedrich von Schiller 204
Fritz's Frau Franzi 39, 279
Frühsammers Restaurant 167
Fürstenhof 542

G
Gabelspiel 607
Gabriel's im Kaiserhof 638
Galleria 608
Gambero Weinbar 105, 109
Gams & Gloria 805
Garden Restaurant 724
GästeHaus Klaus Erfort 25, 35, 41, 778
Gasthaus Egertal 922
Gasthaus Goldener Stern 39, 749
Gasthaus Jakob 39, 699
Gasthaus Landgraf 813
Gasthaus Lege 239
Gasthaus Limbacher 451
Gasthaus Löwen 905
Gasthaus Müller 135
Gasthaus Rössle 918
Gasthaus Sailer 789
Gasthaus Schwanen 829
Gasthaus Settele 77
Gasthaus Stappen 533
Gasthaus Süßbräu 541
Gasthaus Weißenbeck 246
Gasthaus Zum Hirschen 315
Gasthaus zum Raben 459
Gasthof Alpenrose 785
Gasthof Bärwalde 729
Gasthof Dannerwirt 322
Gasthof Diem 535
Gasthof Hartl
„Zum Unterwirt“ 873
Gasthof Hasen 448
Gasthof Heinzinger 572
Gasthof Krone 904
Gasthof Leesch 740, 744
Gasthof Restaurant Hirsch 87
Gasthof Seefelder Hof 255

Gasthof Sommerau 223
Gasthof Widmann 573
Gasthof Zufriedenheit 642
Gasthof zum Bad 543
Gasthof zum Hirsch 648, 693
Gasthof zum Kranz 563
Gasthof Zum Rebstock 483
Gasthof zum Wildpark 829
Gaststuben Gothisches Haus 924
Geniesser-Restaurant Altmugler Sonne 646
Genießer Stube 352
Genussapotheke 104
Genuss-Atelier 273
Genussschmiede 712
Genuss-Shop Johannes King 31, 852
GenussWerkstatt 570
Giverny 638
Goldberg 315
Goldener Anker 263
Goldener Hahn 321
Goldener Pflug 243
Goldgelb 852
Goldman Restaurant 333
Goldner Engel 547
Golvet 168
Gourmetrestaurant Aubergine 824
Gourmetrestaurant Kunz 823
Gourmetrestaurant Münchhausen 56, 844
Gourmetrestaurant Nico Burkhardt 796
Gourmetrestaurant Usinga 243
Gourmetrest. Laudensacks Parkhotel 93
Grammons Restaurant 265
Grashoff's Bistro 231
Gregor's Fine Dining 766
Grill Royal 169
Grindhouse 169, 280
Gruber's Restaurant 512
Grüner Baum 729
Gude Stub – Casa Antica 235
Gustav 334
Gute Stube 445
Gut Lärchenhof 41, 726
Gutshaus Kubbelkow 771
Gutshaus Stolpe 827
Gutsküche Wulksfelde 37, 860

H
Haco 393
Haebel 395
Haerlin 25, 395
Hager – Tölzer Schießstätte 112
Halbedels Gasthaus 217
Hamburgerei 78, 608
Hämmerle's Restaurant Barrique 212
handicap. 537
Handwerk 421
Hannappel 39, 304
Hanse Stube 513
Hardthaus 533
Hardy's Restaurant 853
Haubentaucher 762
Haus am Berg 676
Haus am See 663
Haus Stemberg Anno 1864 39, 889
Hegel Eins 29, 840
Heimat 332, 334
Heimatjuwel 397
Heising & Adelmann 514
Helbigs Gasthaus 476
Heldenplatz 398
Heldmann & Herzhaft 743
Henne. Weinbar & Restaurant 514
Henrich Höers Speisezimmer 463
Henri-Philippe 373
Henrys 235
Henssler & Henssler 398
Herrenhaus 913
Herrenmühle 432
Herzstück 906
Hi, Charles 800
Himmelstoß 254
Hippocampus 609
Hirsch 798, 819
Hirsch – Das Ellwanger Landhotel 290
Hirschen 35, 850
Hirschen Lehen 344
Hirsch – Genusshandwerk 94
Historisches Gasthaus Buschkamp 201
H'manns 649
Hoffmanns-Keller 820
Hofgut Hohenkarpfen 429
Hofstube Deimann 793
Holzöfele 464
Hoog 853
Höptners Abendmahl 202
Hörger Tafernwirtschaft 534
Horizont 867
Horváth 23, 33, 37, 170
Huber 609
Hubertus Stüberl 499
Huberwirt 714
Hugenhof 818
Hugenpöttchen 305
Hugos 172
Hygge 399

I
Ich weiß ein Haus am See 533
Il Barcaiolo 762
Il Calice 172, 227
Im Gütchen 94
Insel Beach Club 423
Irma la Douce 173
Iuma by Dyllong & De Luca 266

J
Jacobs Restaurant 400
Jagdhaus Heiligendamm 89

Jahreszeiten Grill 400
Jan's Restaurant 252
Jante 33, 423
Jean 294
Jellyfish 401
Jin 610
Johannas 611
Johanniter-Kreuz 875
Johanns 39, 906
John's Burgers 497
Juliette 719
Jungborn 105
Juwel 500

K
Käfer-Schänke 612
Kahn 78
KAI3 853
Kaltwassers Wohnzimmer 944
Kaminrestaurant 908
Kaminstube 101, 125
Kaminzimmer im Staudenwirt 318
Kandlbinder Küche 718
Karl Hermann's 515
Kartoffelfräulein 553
KATHARINA 119
Kaupers Restaurant 814
Keidenzeller Hof 545
KellerWirtschaft 892
Kesselhaus 693
Kesselhaus³ 486
Kicho 841
Kiedricher Hof 493
Kin Dee 173
Kings & Queens 808
Kirschner Stuben 763
Kitchen Library 173
Klassenzimmer 41, 357
Kleinod 691
Koch & Kellner 669
Kochzimmer 721
Köhlerstube temporaire 126
KOOK 36 586
Kraftwerk 686
Kräutergarten 218
Kreuzblume 345
Krone 58
Kronenschlösschen 41, 294
Kropf – Bamberger Köstlichkeiten 134
Küche im Keller 366
K. u. K. im Weinhäuschen am Rhein 218
Kulmeck 29, 441
KUNO 1408 936
Kupferpfanne 359
Küppersmühle 274

L
La Becasse 54
La Corona 67
La cuisine Mario Kalweit 267
La Cuisine Rademacher 515
La Fenice 841
Lafleur 335
La Fontaine 933
La Grappa 305
L.A. Jordan 247
Lakeside 402
Lamazère 174
Lamm 579
LammButtRind 56
Lamm Rosswag 887
Landersdorfer & Innerhofer 612
Landgasthaus Adler 910
Landgasthaus Schuster 348
Landgasthaus Schwarzbachtal 458
Landgasthaus zur Linde 715
Landgasthaus Zur Linde 714
Landgasthof Adler 730
Landgasthof Burkhard 924
Landgasthof Forster 860
Landgasthof Hirsch 743
Landgasthof Hirschen 458, 462
Landgasthof Löwen 678
Landgasthof Paulus 663
Landgasthof Zum Adler 876
Landhaus Donautal 350
Landhaus Feckl 288
Landhaus Fischerheim 534
Landhaus Gräfenthal 207
Landhaus Hadrys 569
Landhaus Halferschenke 29, 254
Landhaus Hohenlohe 753
Landhaus Köpp 939
Landhaus Nikolay 792
Landhaus Rössle 234
Landhaus Scherrer 404
Landhaus Tanner 899
Landhotel Edelfinger Hof 96
Landküche 566
Landwerk 909
La Société 516
Laurentius 913
Laurus 428
La Vallée Verte 37, 443
Le Canard 404
Le Cerf 942
Le Chopin 223
Le Corange 574
Le Flair 280
Le Gourmet 433
Le Jardin de France 118
Le Moissonnier 35, 517
Lenas am See 886
Lenz 406
Le Pavillon 102
Les Deux 614
Le Stollberg 31, 613
L'étable 91
Le Temple 648
Leutloff's am See 939

Lido Hafen 280
Lindenblatt Burger-Bar 425
Lindenhof 296
Lindenhof 1887 567
Lockstein 1 139
Lodner Genießerrestaurant 547
Lohmayr Stub'n 707, 731
Lohninger 336
Lokschuppen by Julia Komp 517
Lorenz Adlon Esszimmer 25, 175
LOUIS restaurant 780
Löwen Altheim 349
Luce d'Oro 27, 291
Luma 734
Lumperhof 732

M
Maerz – Das Restaurant 204
Magnolia 79
maiBeck 518
Maître 519
Maiwerts Hütte 860
[maki:'dan] im Ritter 276
Malathounis 491
Maltes „hidden kitchen" 119
Mamajun 497
Manufactur 497
Marburger Esszimmer 577
Marly 575
Martha's 841
Martinus 815
Matsuhisa Munich 616
MAX ENK 553
maximilian°s 80
maximilian lorenz restaurant 520
Meierei Dirk Luther 25, 371
Meisenheimer Hof Restaurant 581
Meister Lampe 842
Memory 407
Menge 68
Merkles Restaurant 298
Meyers Keller – Jockl Kaiser 665
Michaelis 554
Michael's Leitenberg 342
Moarwirt 431
Möbius lebensmittel.punkt 813
Mölleckens Altes Zollhaus 587
Momos 176
Moritz 274
Mountain Hub Gourmet 347, 348
Mühle 793
Müllers auf der Burg by Nelson Müller 362
MundArt 862
mundart Restaurant 787
MUN Restaurant 616
Münsters 555
Mural 616
Murnauer Reiter 641
Mussumer Krug 214

N
N°4 37, 241
Nagaya 27, 281
Natusch – Fischereihafen Restaurant 231
NeoBiota 33, 521
Neta 177
Nihonryori KEN 337
NIKKEI NINE 407
Nil 408
nineOfive 81, 281, 617
nixe 772
Nobelhart & Schmutzig 37, 177
Nose & Belly 29, 81
noVa 449
Nymphenburger Hof 617

O
Oben 435
Oberbräu 914
Obere Mühle 93
Oberländer Weinstube 487
Ochsen 634
Oettingers Restaurant 316
Ollanner Buurhuus 479
Ophelia 41, 528
Opus V 576
Orangerie 868
Orania.Berlin 31, 177
ÖSCH NOIR 45, 259
Osteria da Francesco 409
Ostseelounge 45, 694
Oswalds Gourmetstube 862
Ottenthal 179
Otto's Burger 409
Ox & Klee 33, 521

P
Pades Restaurant 890
Pageou 618
Palmgarden 33, 268
Pankratz 571
Papageno 530
Paris-Moskau 179
Parkhaus Hügel 306
Parkrestaurant Nodhausen Brasserie 657
Park-Restaurant Vogelherd 939
PASTIS Bistro 781
Pavo 704
Petit Amour 409
Pfaffenkeller 481
Pfälzer Stuben 453
Pfeffermühle 365
Philipp 818
Philipp Soldan 325
PHOENIX Restaurant & Bar 281
PIETSCH 925
Pig Bull BBQ 521
Piment 411
Plaisir by Hamid Heidarzadeh 54

Poisson 521
Ponyhof Stammhaus 365
Pool 136
Pospisils Gasthof Krone 236
Poststuben 96
POTS – Dieter Müller 179
Prism 181
Prometeo – Pizza & Comfort food 181
Pur 41, 140, 534
Pure White 522
PURS 45, 61

Q
Quà Phê 181
Quartier77 458

R
Räthro 29, 376
Raub's Landgasthof 538
Rauchfang 100
Rebers Pflug 39, 802
Rebgut – Die Weinherberge 545
Rebstock la petite Provence 438
Rebstock-Stube 249
Redüttchen 219
Reindl's Restaurant 361
Reisers am Stein 937
Restaurant 360° 558
Restaurant 1797 698
Restaurant Alexander Herrmann by Tobias Bätz 931
Restaurant am Steinplatz 181
Restaurant auf Schloss Filseck 877, 881
Restaurant Bareiss 25, 35, 127
Restaurant Engel 786
Restaurant JM 855
Restaurant Lamm 91
Restaurant PIER 6 232
Restaurant Residenz Heinz Winkler 25, 69
Restaurant Saarschleife 583
Restaurant Überfahrt 23, 763
Restaurant Weinhaus Uhle 810
Restaurant zur Krone 654
Reuter 744
Richard 182
Rindenmühle 891
Ristorante Ai Pero 63
Ristorante Amalfi 548
Ristorante Bellini 542
Ristorante Il Cavallo 244
Ristorante L'Arte in Cucina 282
Ristorante Oliveto 220
Ritterhof Zur Rose 241
Rive 411
Rohrmeisterei 812
Rolin 710
ROMANs {Take . Eat . Easy} 577
Röperhof 412
Rosenflora 659
Rosenthal Casino 813
Rosin 263
Rossini 283
Roter Hahn 29, 734
Royals & Rice 182
Rüen Thai 618
Rüssels Restaurant 41, 644
Rusty's Burgers 555
Rutz Restaurant 23, 33, 37, 182
Rutz Zollhaus 185
Ryong 185

S
Sagrantino136 186
SALON rouge by Tohru Nakamura 27, 619
Sanct Peter – Restaurant Brogsitter 96
Sandhof Gourmetrestaurant Dirk Maus 470
San Martino Restaurant 531
sansaro 621
Sansibar Restaurant 31, 855
s'Äpfle 216
Sartory 82
Savarin ... die Gesundheitsküche 89
Scala 475
Schachener Hof 560
Schäferstuben 312
schanz. restaurant. 25, 27, 708
Schapeau 622
Scharffs Schlossweinstube 436
Schattbuch 59
SchauMahl 687
Schieferhof 647
Schillers Manufaktur 504
Schillingshof 353
Schlachthof Brasserie 780
Schlei-Liesel 378
Schloßanger Alp 705
Schlossberg 129
Schlossbrennerei Tegernsee 861
Schlössl 679
Schloss Loersfeld 492
Schlossrestaurant „Auf Scharffeneck" 821
Schlossrestaurant Victoria 535
Schloss Solitude Gastronomie 843
Schmankerl-Restaurant Bauer 872
Schneider 252
Schönbuch 716
Schönburger Palais 558
Schönemann 337
Schote 306
Schranners Waldhorn 873
schuberts 550
Schuhbauers Oberwirt 348
Schuhbecks in den Südtiroler Stuben 623
Schützenhof 370
Schwabenstube 71
Schwab's Landgasthof 807
Schwane 1404 896
Schwarzer Adler 35, 893
Schwarzer Hahn 249

Schwarzkopf 325
Schwarzmatt 120
Schwarzreiter 623, 720
Schwarzwaldstube temporaire 25, 130
Schweigers Landgasthof 910
Schweizers Restaurant 843
Schwingshackl ESSKULTUR 112
Schwitzer's Restaurant 903
Schwögler 86
Seehalde 41, 878
Seehaus 256
Seehof 469
Seerestaurant Riva 531
Seestern 880
sein 488
Sellhorn 427
Setzkasten 283
Seven Swans 337
Sgroi 413
Shiso Burger 31, 187
showroom 623
SIEBZEHN84 855
Siedepunkt 838, 842
Silberdistel 689
SKYKITCHEN 45, 187
Söl'ring Hof 23, 45, 857
Sonne St. Peter 822
SonneStuben 327
Sonnora 25, 270
Sons of Mana 189
Sophia's Restaurant & Bar 625
SoulFood 74
Spaccaforno 31, 413
Sparkling Bistro 626
Speiseberg 381
Speisemeisterei Burgthalschenke 895
Spiegelstube 767
Spielweg 640
Spitzner Restaurant 639
Staader Fährhaus 532
Stadtpfeiffer 555
St. Andreas 72
Stanley 338
Stappen 284
St. Benedikt 55
Steinheuers Restaurant Zur Alten Post 98
Sterneck 244
Sternenschanz 696
Sticky Fingers 735
Storchennest 257
Storchen Restaurant Hotel 94
Storstad 736
Strandhaus 221
Stromgold am Strom 752
Stüffel 414

T

taku 522
Tandreas 368
Tante Fichte Speiselokal 189
Tantris 45, 627
Tapas La Cazuela 189
Taverna & Trattoria Palio 241
Tellerrand 859
Terra 475
The Big Dog Berlin 189
The Butcher 189
The Dawg 190
The Duchy 284
The Grand 190
The Izakaya 899
The NOname 190
THE O'ROOM 443
The Table Kevin Fehling 27, 414
Tian 37, 627
Tillmann Hahns Gasthaus 537
TIM's KITCHEN 359
Tim Raue 35, 191
Titus im R23, öhrbein 425
Tomatissimo 203
Topinambur 754
Torkel 663
Toshi 629
Trattoria Ai Pero 64
Trattoria Enoteca 141
Traube 285
Treibgut 882
Treuschs Schwanen 738
Tropeano Di Vino 426
Troyka 302
Trüffelschwein 416
Tschebull 417
Tulus Lotrek 194
Tupac 194
Turmschänke 289
Turmstube 652

U

Upper Burger Grill 194
Urgestein 655
Ursprung 723
ursprung – das Restaurant 524

V

Valentin 561
Vecchia Lanterna 630
Vendôme 23, 27, 142
Victor's Fine Dining by
Christian Bau 23, 27, 700
VIDA by Dyllong & De Luca 269
Vier Jahreszeiten Restaurant Imhof 466
Villa Esche 243
Villa Hammerschmiede 703
Villa Kellermann 722
Villa Merton Bistro 339
Villa Merton Gourmet 339
Villa Mittermeier 755
Villa Patrizia 275
Villino 562
Vilotel 677

VINCE 427
Vineria Nürnberg 669
Vinothek by Geisel 631
Vinum – Zum alten Weinkeller 799
Vlet 417
Voit 490
Volt 194
Vox 196
v. Scheffel-Restaurant 107

W
Waidwerk 670
Waldgasthof Buchenhain 122
Waldhorn 691
Wein | Kultur | Bar 274
Weinbar Weimar 916
WeinBasis – Restaurant & Weinbar 427
Weinhaus Anker 577
Weinhaus Neuner 631
Weinhaus Stern 239
Weinhaus Tante Anna 284
weinlokal heinzhermann 523
Weinrot 233
Weinschänke Schloss Groenesteyn 494
Weinsinn 341
Weinstock 897
Weinstube 727, 741
Weinstube Brandt 341
Weinstube Drei Kronen 114
Wein- & Tafelhaus 871
Weinwirtschaft 870
Weinwirtschaft | Weingut Franz Keller 846
Weisses Brauhaus 631
Werners Restaurant 41, 367
Westfälische Stube 459, 461
Widmann's Löwen 526
Wielandshöhe 847
Wine & Dine 739
Wintergarten-Restaurant Deimann 794
Winzerhaus Rebstock 31, 894
Wirtshaus am Spitalplatz 541
Wirtshaus im Gut 373
Wirtshaus zum Dorfwirt 210
Wirtshaus zum Nepomuk 436
Witthüs 417
Wolfshöhle 346
Wolfs Junge 417
Wonka 672
Wullenwever 564
Würzhaus 673

X
Xaver's 632

Y
Yoshi by Nagaya 285
YOSO 65
Yunico – Japanese fine dining 222

Z
Zehners Stube 703
Zehntkeller 473
Zeik 419
ZeitGeist 917
Zeit Werk – by Robin Pietsch 926
Zeller Restaurant 479
Zirbelstube 347, 673
Zöllners Weinstube 323
Zucker – Restaurant in der Raffinerie 228
Zum Adler 237
Zum Alten Zollhaus 323
Zum Blauen Fuchs 682, 686
Zum deutschen Haus 923
Zum Goldenen Anker 287
Zum Goldenen Engel 370
Zum Hasen 549
Zum Krug 295
Zum Luitpold 551
Zum Ochsen 490
Zum Queri 61
Zum Riesen 480
Zum Staudenwirt 320
Zum Vaas 31, 324
Zum Wattkorn 420
Zum Weissen Schwanen 226
Zur Esche 454
Zur Glocke 456
Zur Golden Kron 341
Zur Iphöfer Kammer 474
Zur Krone 453, 455
Zur Linde 676
Zur Malerklause 197
Zur Post 686
Zur Tant 524
Zur Weinsteige 848
ZweiSinn Fine Dining 673, 683

Eigene Notizen

IMPRESSUM

Hinter jedem tollen Buch steckt ein starkes Team

Projektleitung: *Marc Strittmatter ppp.services, Freising*
Satz: *Reemers Publishing Services, Krefeld und Anja Dengler, Werkstatt München*
Korrektorat: *Karen Dengler und Martin Waller, Werkstatt München*
Karthografie: *Anneli Nau Computergraphik – Buchillustrationen – Kartographie, München*
Gestaltung: *Irene Schulz*
Herstellung: *Frank Jansen*
Producing: *Jan Russok*
Druck & Bindung: *Parzeller print & media GmbH & Co. KG, Fulda*

1. Auflage 2021

Kaiserstraße 14 b
D-80801 München
ISBN: 978-3-96584-065-2

REDAKTIONSBÜRO GUSTO MEDIA

ViSdP: Markus Oberhäußer
Siemensstraße 12
D-86899 Landsberg am Lech
TEL: 0049 (0) 8191- 91 57 852
FAX: 0049 (0) 8191- 91 57 853
E-Mail: mail@gusto-online.de
Internet: www.gusto-online.de

Inhaltlich Verantwortlicher gemäß § 6 MDStV: Markus Oberhäußer

„Gusto – Der kulinarische Reiseführer“ ist eine unter der Registernummer: 302019233450 beim Deutschen Patent- und Markenamt eingetragene Wort-Bildmarke (Individualmarke). Inhaber ist Markus Oberhäußer, Geschäftsanschrift: Siemensstraße 12, 86899 Landsberg am Lech

ANZEIGENMARKETING

Patrick Kittler
Decker Mediaservice GmbH

LIEBE LESER*INNEN

wie schön, dass Sie ein Buch von ZS in den Händen halten. „jetzt leben!“ ist das Motto unseres Verlages. Es steht für Genuss und Inspiration, Unterstützung und Motivation. Ob Kulinarik oder Fitness, Gesundheit oder Lebenshilfe – seit über 30 Jahren bieten wir kompetente Ratgeber für (fast) alle Lebenslagen. Wir lieben Tradition genauso wie Innovation – sie treiben uns an. Unsere Autor*innen sind Menschen, die zu ihrem Thema wirklich etwas zu sagen und zu schreiben haben. Unsere Produkte sind erzählerisch, appetitmachend und als gedruckte Bücher haptisch echte Erlebnisse. Für Sie mit ganz viel Liebe gemacht! Entdecken Sie mehr aus unserer wunderbaren Welt!

UNSER VERLAGSHAUS

Mit Standorten in München, Hamburg und Berlin zählt die Edel Verlagsgruppe zu den größten unabhängigen Buchanbietern Deutschlands. Zur Edel Verlagsgruppe gehört unter anderem ZS mit seinen Lizenzmarken Dr. Oetker Verlag, Kochen & Genießen und Phaidon by ZS.

ZS - Ein Verlag der Edel Verlagsgruppe
www.zsverlag.de
www.facebook.com/zsverlag
www.instagram.com/zsverlag

FÜR DIE UMWELT

ZS unterstützt bei der Produktion dieses Buches das Projekt „Junge Riesen für die nächsten 100 Jahre“ im Naturpark Nossentiner/Schwinzer Heide. Damit wird ein Anteil der unvermeidbaren CO2-Emissionen im direkten Umfeld des Produktionsstandortes kompensiert.

PARTNER Naturpark Nossentiner / Schwinzer Heide
www.optimal-media.com/naturschutzprojekt-001

NEWSLETTER

Ab sofort keine kulinarischen Trends mehr verpassen und gleichzeitig einen Kochkurs mit einem Spitzenkoch von ZS gewinnen?

Melden Sie sich jetzt beim ZS Newsletter an und bleiben über neue Bücher, Themenschwerpunkte und News immer informiert.

Jetzt anmelden unter:
www.zsverlag.de/newsletter

ANMELDEN!

GEWINNEN

Unter allen Neuabonnierenden verlosen wir jeden Monat *10 neue Bücher* und jährlich einen *Kochkurs* mit einem Spitzenkoch von ZS.